dtv

auszuliegen pflegten, haben das Erscheinen eingestellt. Sauerkraut heißt neuerdings Freiheitskohl. Bismarckrolle heißt Schöne Amerikanerin. Das Goethe-Standbild steht noch im Stadtpark, aber die Germania ist vom Brumder Newspaper Building entfernt worden. Mildred Fish und ihre Freundin Grace Carlsruh sitzen auf einer Bank hinter dem Carlsruh-Haus im Garten.

Mildred hat keine deutschen Vorfahren, im Gegensatz zu Grace und vielen anderen an der West Side High School. Sie hat trotzdem am Deutschunterricht teilgenommen. Aber damit ist es vorbei. Die Schülerinnen der West Side High rollen Verbände, stopfen Strümpfe und errichten Fahnenstangen im Schulhof. Und Mildreds Gedicht ›Our Boys‹ über die kämpfende Truppe wird nächste Woche in der Schülerzeitung ›Comet‹ erscheinen:

Perhaps a nobler life is theirs in death.
How little of the debt we can repay –

Das hat Mildred geschrieben. Mildred schreibt sehr talentiert, das sagen alle. Für ihre Geschichte über wahre christliche Liebe in Kriegszeiten hat sie letztes Jahr sogar einen Preis gewonnen, eine Kodak-Kamera im Wert von acht Dollar, Mildred weiß genau, was christliche Liebe ist. Ihre Mutter ist eine Anhängerin der Christlichen Wissenschaft. Sie hat Mildred beigebracht, dass das Böse in Wahrheit gar nicht existiert. Leid und Kummer, Schmerz und Verzweiflung, Krankheit und Tod sind nichts als Trugbilder. Wirklich ist allein die Liebe, die stark ist wie der Tod.

Mildred selbst ist keine Anhängerin der Christlichen Wissenschaft. Aber sie glaubt an die Macht der Liebe. Sie glaubt an die Einheit von Gott, Natur und Mensch. Alles ist heilig. Alles ist vom Wesen des Göttlichen durchdrungen: Das glaubt Mildred ganz fest. Sie und Grace Carlsruh reden eine Menge

1

Was folgt auf das Ende, was liegt vor dem Anfang? Das Korn ist eingebracht, die Felder sind leer. Der Nachmittag ist farbensatt, warm wie das Fell eines Hundes, der in der Sonne schläft. An Silberfäden segeln winzige Spinnen durch die Stille, sichtbar-unsichtbar, schwebend in den Aufwinden der Thermik. Der Garten liegt im Rausch von Goldmohn, Dahlien, Zinnien, Sonnenblumen, die den kommenden Winter nicht überstehen werden. Ist hier jemand? Hat jemand gerufen? Die Zeit kräuselt sich.

Die Zeit strudelt in Wirbeln, und die Geschichte entfaltet sich, sie rollt sich auf wie ein Farnblatt, verzweigt sich, sie teilt sich in Stränge, die sich umeinander winden und zu Spiralen, Wendeln, Spindeln verschlingen, bis der Anfang wieder mit dem Ende verschmilzt, das nichts ist als ein weiterer Anfang: ein warmer goldener Indian-Summer-Nachmittag 1917 in Milwaukee, der deutschesten Stadt Amerikas.

Amerika und Deutschland befinden sich miteinander im Krieg. Das deutschsprachige Pabst-Theater ist geschlossen. Die deutschsprachigen Zeitungen und Magazine, die in den Cafés

Margaret hat für Horace Greeleys ›New York Tribune‹ über Kunst, Kultur und Literatur geschrieben, und 1846 ist sie nach Europa gereist, als erste weibliche Auslandskorrespondentin einer amerikanischen Zeitung. Es war alles sehr abenteuerlich und romantisch. Denn in Italien hat Margaret sich in den jungen italienischen Revolutionär Marchese Giovanni Angelo d'Ossoli verliebt. Sie hat Seite an Seite mit ihm für die Republik gekämpft, und er hat eisern zu ihr gestanden, auch als sie schwanger wurde und seine Familie drohte, ihn zu enterben. Nachdem die italienische Revolution gescheitert war, war er sogar bereit, mit Margaret und dem Kind nach Amerika auszuwandern.

Im Mai 1850 traten sie die Reise an. Aber an Bord des Schiffs brachen die Pocken aus. Der Kapitän erlag der furchtbaren Krankheit, und als vor Fire Island ein Sturm aufkam, lief das führerlose Schiff auf Grund.

Margaret, der Marchese und ihr kleiner Sohn ertranken, in Sichtweite der amerikanischen Küste. Tagelang wanderte der Philosoph Henry David Thoreau am Strand zwischen den angespülten Trümmern umher, auf der Suche nach Margarets Manuskript über die italienische Revolution. Er fuhr sogar mit einem Boot an den Ort des Unglücks und versuchte, auf das Wrack zu gelangen. Vergebens. Margarets letztes Werk hat die See behalten, ebenso wie ihre sterblichen Überreste.

»Mir ist langweilig«, sagt Grace.

Sie stellt ihr leeres Limonadenglas auf den Boden neben die Bank im Carlsruh-Garten. Sie gähnt, sie streckt sich.

»Wollen wir Rollschuh fahren?«

»Gern«, sagt Mildred. »Ich habe meine Rollschuhe vorn am Tor liegen lassen.«

Die Mädchen gehen miteinander über den Rasen. Sie sind

über solche Themen. Im Moment reden sie aber über Miss Simmons, ihre Englischlehrerin.

»Sie ist ein Trampeltier«, sagt Grace zu Mildred. »Und sie ist humorlos. Sie hat Betty eine Strafarbeit aufgegeben, nur weil Betty im Unterricht gelacht hat.«

»Sie ist vor allem geistlos«, sagt Mildred. »Was sie über Dichtung sagt, ist niemals tief empfunden oder eigenwillig gedacht. Es ist immer nur ein ganz mechanisches Gerede.« Mildred überlegt. Dann weiß sie es.

»Es ist ein Dröhnen wie von einem Staubsauger. Und man selbst ist der abgewetzte Teppich, dem sie die letzten Fäden eigener Gedanken herauszieht.«

Mildred lächelt, weil Grace lacht. Sie sitzen im Schatten nebeneinander und trinken Limonade. Die Limonade hat ihnen Mrs. Carlsruhs irisches Mädchen gemacht. Die Carlsruhs haben ein Mädchen. Bei den Fishs wäre man froh, wenn man Limonade hätte. Man wäre froh, wenn man jeden Abend satt ins Bett gehen könnte, schuld an der Misere ist Mildreds Vater.

Der Vater ist ein Versager, der nur an seine Pferde und an den Whisky denkt. Die Mutter hat ihn längst aus dem Haus geworfen. Sie schultert die ganze Last allein. Sie verdient sehr wenig, mit ihrer Arbeit. Sie geht aber aufrecht. Sie ist schmal, überarbeitet und zäh, aber sie hält den Kopf hoch, auch wenn sie für fremde Leute putzt, um ihre vier Töchter durchzubringen.

Die Älteste, Harriette, ist inzwischen verheiratet. Mildred ist die Jüngste. Sie wird studieren. Sie wird schreiben, so wie die Journalistin und Literaturkritikerin Margaret Fuller aus dem Kreis der neuenglischen Transzendentalisten um Ralph Waldo Emerson und Henry David Thoreau. Ganz sicher bedeutet es doch etwas, dass Mildred Fish dieselben Initialen hat wie Margaret Fuller?

fünfzehn Jahre alt. Sie gehen Arm in Arm, sie lachen. Sie spielen ein Spiel, einem alten Kinderreim folgend,

Two little hands go clap, clap, clap,
Two little feet go tap, tap, tap.

Sie werden für immer zusammenbleiben, das haben sie einander versprochen. Sie werden niemals heiraten, sondern zusammen in einem kleinen Haus an einem grünen Flussufer leben, mit Katzen und Kanarienvögeln und englischen Rosen im Garten. Tagsüber werden sie dichten und singen. Und abends werden sie ihre Freunde empfangen: Dichter, Philosophen und Künstler, die wie Mildred und Grace nach dem Edlen, Echten, Einfachen streben, es wird sein wie am Hofe von König Artus. Mildred weiß nur noch nicht, ob sie Guinevere oder Galahad sein wird. Und gleich werden sie das Tor erreicht haben.

Sie werden auf die Straße hinaustreten. Sie werden ihre Rollschuhe anschnallen, und dann geht die Fahrt los. Dann geht es den Hügel hinunter, auf die Küste zu, schnell und schneller unter Rufen und Gelächter denen entgegen, die in der Ferne auf sie warten,

Two little legs kick high, high, high,
Two little arms wave bye, bye, bye.

Arvid Harnack ist in Berlin, zu Besuch bei Tante Amalie und Onkel Adolf. Adolf von Harnack ist 1914 für seine Verdienste vom Kaiser geadelt worden. Es war dasselbe Jahr, in dem Arvids Vater gestorben ist. Am 27. Februar ist Otto Harnack aus dem Haus gegangen und nicht mehr wiedergekommen. Erst nach mehr als drei Wochen hat man ihn gefunden, im Schilf am Flussufer strudelnd, der schwere Körper leicht im eisigen Schmelzwasser des Neckar. Während der Wochen des Wartens hat seine Frau Clara jeden Tag daran denken müssen, dass sie am Sonntag davor nicht mit ihm in die Mozartmatinee gegangen ist.

Sie war mit einem Modell verabredet, in ihrem schönen stillen Atelier, weitab der Kinder, der Familie, des alltäglichen Lärms, geborgen zwischen Farbtuben und Pinseln, im sauberen Geruch von Leinöl und Terpentin. Sie freute sich sehnsüchtig auf diesen Termin. Otto war natürlich voller Verständnis. Er war immer voller Verständnis, wenn jemand der Welt entfliehen wollte.

»Geh du nur malen«, hat er gesagt. »Geh du ruhig malen, wenn du es so gern möchtest.«

Dann ging er ins Konzert, allein. Und Clara hat ihn gehen lassen. Aber hätte sie ihn zurückhalten können? War ihr ein Mittel gegeben, um ihn zu retten, den Literaturprofessor und Goethe-Forscher Otto Harnack? Clara glaubt es nicht. Die tiefe, schauervolle Nacht hatte ihn überkommen. Das schäumende Meer hat ihn mit sich fortgerissen. Und natürlich ist er nicht absichtlich an jenes Ufer, an genau jene Stelle gegangen, an der er nicht mehr weiterkonnte. Aber einmal dort angelangt, sah er keine Möglichkeit mehr. Es gab kein Boot, keine Brücke, keinen Fährmann, mit dem er zu neuen, helleren Ufern hätte übersetzen können. Clara denkt, dass er am Ende vielleicht ganz heiter war. Er war vielleicht erleichtert, es hinter sich zu haben. Nun muss Clara Harnack ihre vier Kinder eben allein durch diesen Krieg hindurchretten.

Aber nicht ganz allein. Schließlich ist noch die Familie da. Onkel Adolf und Tante Amalie empfinden die familiäre Verantwortung. Sie bewohnen eine große Villa im Berliner Professorenviertel in Grunewald. Sie haben Platz: Ihre Kinder sind alle schon erwachsen und aus dem Haus. Onkel und Tante sind gern bereit, von Zeit zu Zeit die Sprösslinge ihrer

Schwägerin zu sich zu nehmen, diesmal ist Arvid allerdings ohne seine Geschwister nach Berlin gefahren.

Es ist eine außerturnusmäßige Reise. Arvid soll sich von einer Verletzung erholen. Man hat ihm sechs Glassplitter aus dem Auge operiert. Die Sache war leider nicht zu vermeiden. Ein Straßenbengel hatte einen kleineren Jungen mit einem Stock bedroht. Arvid hat eingegriffen, und bei der Rangelei ist seine Brille kaputtgegangen, das Unangenehmste waren wie immer Aufregung und Sorge der Mutter. Dabei hat Arvid sich bemüht, ihr den schlimmsten Schrecken zu ersparen. Er hat sich sein Taschentuch vors Auge gedrückt und ist ganz allein ins Krankenhaus marschiert, wo der Arzt die Splitter ohne Betäubung entfernt hat. Arvid ist nicht einmal angebunden worden. Er hat versprochen stillzuhalten, und das hat er auch getan. Er hat sich einfach die ganze Zeit über vorgestellt, er wäre ein Soldat im Krieg. Er hat sich vorgestellt, er wäre in vorderster Linie an der Front verletzt worden und läge nun da und würde operiert, es ist ein Junisonntag 1916.

Der Krieg geht ins dritte Jahr. In den Gärten der großen Grunewaldvillen wachsen Kartoffeln und Kohl. Zwerghühner scharren zwischen den Frühbeeten. Hähne krähen den Amseln und Drosseln in ihre Lieder hinein. Im Schuppen der Delbrücks haust eine Milchziege. Im Schuppen der Harnacks hausen Kaninchen. Im Zaun dazwischen ist eine Pforte, die von einem Grundstück zum anderen führt, so dass man jederzeit zwischen dem Delbrück-Haus und dem Harnack-Haus hin- und hergehen kann: Amalie von Harnack und Lina Delbrück sind Schwestern, und ihre Männer sind über das unter Schwägern übliche Maß hinaus miteinander befreundet. Heute hat man sich um die sonntägliche Mittagstafel der von Harnacks versammelt.

Im Moment plaudert man über Max Reinhardts Inszenierung der ›Räuber‹ an der Volksbühne, die Arvids Vettern Ernst und Axel gestern Abend gesehen haben. Ernst und seine junge Frau Änne sind zurzeit auf Besuch in Berlin. Ernst hat neunzehn Monate im Felde gestanden, dann ist er zusammengebrochen. Inzwischen haben die Kopfschmerzen nachgelassen, auch das Zittern und die Weinkrämpfe. Fronttauglich ist er aber nicht. Er ist zur deutschen Zivilverwaltung in Polen abkommandiert, Arvid vermeidet es, ihn darauf anzusprechen. Es ist dem Vetter doch sicher peinlich. Arvid selbst ist ärgerlicherweise erst fünfzehn und damit noch zu jung für den Krieg. Seine Mutter ist zum Frauenfriedenskongress der Internationalen Frauenliga für Frieden und Freiheit nach Den Haag gereist. Arvid stimmt ihr gern zu, dass Frieden viel besser wäre als Krieg. Aber er hofft doch, dass er noch mit dabei sein und für Deutschland kämpfen kann, bevor der Frieden ausbricht, auch wenn er auf dem dummen Auge vielleicht nie wieder richtig sehen wird.

»Wollen wir nachher Schlagball spielen, Arvid?«

Justus Delbrück sitzt Arvid gegenüber. Die Harnack-Vettern und -Basen sind alle erwachsen. Aber Just ist genauso alt wie Arvid. Mit Just, Emmi und Max Delbrück lässt sich etwas anfangen.

»Wollen wir Schlagball spielen oder lieber Boccia?«

»Schlagball zuerst. Boccia wird später sowieso gespielt, wenn Onkel Adolf in den Garten kommt.«

Das Rhabarberkompott ist serviert. Die Löffel klappern. Die Fenster sind geöffnet. Draußen rauschen die Bäume. Das Gespräch an der Tafel plätschert munter dahin, teilt sich in mehrere Läufe auf, in Bächlein, die sich durch Wiesen schlängeln und über Steine springen, bevor sie wieder in ein gemeinsames Bett zusammenfinden. Dann rücken die Schwäger ihre Stühle zurück: Der Theologe und Religionswissenschaftler Professor

Adolf von Harnack und der Historiker und Herausgeber der ›Preußischen Jahrbücher‹ Professor Hans Delbrück haben ihren Nachtisch aufgegessen.

»Was ich noch anmerken wollte«, sagt Adolf von Harnack.

»Wenn ich dir kurz meine Ansicht der Lage«, sagt Hans Delbrück.

Das ist das Zeichen. Die Damen erheben sich, die Kinder springen auf. Die Herren entzünden Zigarren, während um sie herum eilig das Schlachtfeld geräumt wird.

»Man wundert sich doch über Admiral von Tirpitz' Forderung nach dem uneingeschränkten U-Boot-Krieg«, sagt Hans Delbrück zu seinem Schwager. »Selbst wenn uns das den Sieg bringen würde, was ich nicht glaube, muss man sich fragen, was damit gewonnen wäre. Dauernder Friede wird doch nur möglich sein, wenn wir zeigen, dass Deutschland bereit ist, eine Macht unter anderen Mächten zu sein. Wenn wir jeden Anschein vermeiden, als befänden wir uns auf einem sozusagen napoleonischen Weg und strebten nach der Unterwerfung anderer Nationen.«

»Ich bin in diesem Punkt ausnahmsweise einmal ganz deiner Meinung«, sagt Adolf von Harnack. »Hast du meinen Artikel im ›Tag‹ gelesen? Ich bin darin Zedlitz entgegengetreten, der sich ebenfalls darüber ereifert, dass nicht alle zur Verfügung stehenden Machtmittel eingesetzt werden, um Deutschland zum Sieg zu verhelfen. Seiner Meinung nach gehen Entscheidungen auf der Grundlage humanitären Gedankenguts auf Kosten deutscher Interessen. Aber wie kann der äußerste Einsatz aller Kampfmittel jemals im Interesse Deutschlands liegen? Man muss doch wenigstens die diplomatischen und handelspolitischen Folgen abschätzen, wenn man schon sonst keine Maßstäbe mehr kennt. Ich hatte gestern ein längeres Gespräch mit dem Reichskanzler. Ich habe ihm zu bedenken gegeben, dass auch politische Entscheidungen letztlich der sittlichen Betrachtung unterworfen sind, dem Spruch des Gewissens. Natürlich gelten in der Politik andere ethische Regeln als im Privatleben. Aber auch einer Regierung wird am Ende nur vertraut werden, wenn sie sich an die Regeln der politischen Ethik hält.«

»So ist es«, sagt Hans Delbrück. Er streift die Asche seiner Zigarre ab und lässt den Blick aus dem Fenster schweifen. »Letztlich muss man sich fragen, ob unsere heutigen Entscheidungen auch noch von Nachkommen gebilligt werden können, die unsere beschränkten und kurzlebigen Interessen nicht teilen. Aber solch weiten Blick wird man von Tirpitz wohl nicht erwarten können.«

Der Krieg ist blöde, aber er ist nötig. Das hat Harro Schulze längst kapiert. Der Großneffe des Großadmirals Alfred von Tirpitz, ältester Sohn des Korvettenkapitäns Erich Edgar Schulze und seiner Frau Marie-Luise, geborene Boysen, vermisst seinen Papa sehr. Aber für das Vaterland, die Volksgemeinschaft, den Sieg muss man Opfer bringen. Und die Engländer muss man verachten, das weiß Harro auch. Die Engländer kennen keine höheren Werte. Sie sind ein Volk von Händlern. Ihnen geht es nur um Geld und Gewinn und um Mehrung ihrer Macht. Sie haben keinerlei echte Moral: Sie versuchen nur mit allen möglichen tückischen Tricks zu verhindern, dass die Deutschen auch mal drankommen und Kolonien in Asien oder Afrika haben, und die Franzosen sind auch nicht besser, Harro ist am Sedantag 1909 geboren, dem Jahrestag des entscheidenden Siegs über die Franzosen in der Schlacht von 1870. Die Mutter hat Harro erklärt, dass dieses Geburtsdatum ein Grund ist, stolz zu sein. Harro schreibt seinem Papa an die Front.

Ich freue mich, wenn ihr die Engländer wegjagt. Wann ist

wohl der Krieg zu Ende? Wir hätten Dich Weihnachten so gern hier gehabt.

Harro ist letztes Jahr in die Vorschulklasse des Realgymnasiums Schmargendorf aufgenommen worden. Er konnte schon vorher ein bisschen lesen und schreiben, aber inzwischen klappt es richtig gut. Harro schreibt,

Lieber Papa,

ich habe Dich immer noch lieb. Ist der Krieg nicht bald zu Ende? Das Bild und den Spruch von Friedrich dem Großen habe ich bekommen, auch den Aufruf des Kaisers an Heer und Flotte. Ich habe ihn gerne gelesen. Gestern war wieder ein großer Ball, wir haben alle getanzt und etwas vorgeführt und danach noch Grießspeise gegessen. Wir dichten hier sehr viel. Ich habe keine Zeit mehr, viele Grüße von Deinem Sohn Harro

Dann ist der Krieg tatsächlich zu Ende. Harros Papa scheidet aus der Marine aus und kommt nach Hause. Harro freut sich natürlich, aber es wurmt ihn auch. Es ist doch irrsinnig ungerecht, dass ausgerechnet die perfiden Engländer den Krieg gewonnen haben, und auch noch die Franzosen, der Erbfeind. Der Kaiser hat sich ziemlich geräuschlos nach Doorn in den Niederlanden verkrümelt. Die Revolution hat die Monarchie hinweggefegt. Und die Deutsche Vaterlandspartei, die Onkel Alfred von Tirpitz, sein Schwiegersohn Ulrich von Hassell, Wolfgang Kapp und Alfred Hugenberg 1917 gegründet haben, hat sich aufgelöst. Während des Krieges hat die DVP in deutscher Standhaftigkeit und unerschütterlichem Glauben an den Sieg jedes schwächliche Nachgeben nach innen und außen aufs Schärfste verurteilt. Der Einigungsfrieden, den es unbedingt zu verhindern galt, ist auch tatsächlich nicht zustande gekommen. Stattdessen hat Deutschland nun eine atemberaubende Niederlage erlitten.

Und schuld daran sind die Sozialdemokraten! Schuld ist das internationale Judentum! Schuld sind die Novemberverbrecher! Das deutsche Heer war im Felde unbesiegt!

Zum Glück hat Onkel Alfred die aufrechten Deutschen schon wieder um sich gesammelt, in der Deutschnationalen Volkspartei.

Lasst die alten Fahnen wehen, deutschnational bringt Auferstehen!

Harro verbringt in den folgenden Jahren die Sommerferien bei den Hasselrots in Schweden, wo man das magere Kind ein bisschen aufpäppelt. Er besucht Tanzereien und spielt Theater, er segelt und schwimmt, er lernt Schwedisch, schließt Freundschaften und bastelt mit dem Sohn des Hauses an einer eigenen Zeitung,

Lenin von Läusen aufgegessen

Dempsey hat Kind totgetrampelt

Frankreich trauert: Poincaré verliert Nachtmütze

Sie lachen sich halb tot. Bengt muss ja im Rollstuhl sitzen, weil er Kinderlähmung gehabt hat. Aber rudern kann er, man muss ihn nur ins Boot heben. Und er spricht sehr gut Deutsch. Harro wird bald auch sehr gut Schwedisch sprechen.

Lenin äts upp av löss

Dempsey har trampat barn

Frankrike sörjer: Poincaré förlora sängfösare

Im Sommer 1922 kann Harro schon echte schwedische Zeitungen lesen. Da gibt es nun allerdings Nachrichten, die ihn elektrisieren.

Assassination

Tysklands utrikesminister Walther Rathenau mördad

Seine Gastfamilie lächelt ein wenig über Harros kindliche Aufregung. Aber sie kapieren eben nicht, dass sein Papa die Drahtzieher des Attentats alle persönlich kennt,

Hakenkreuz am Stahlhelm,
Schwarz-weiß-rotes Band,
Die Brigade Ehrhardt
Werden wir genannt!

Kapitän Hermann Ehrhardt ist ein alter Kamerad von Harros Papa. Seine Marinebrigade konnte das Kämpfen nach dem Krieg nicht einfach sein lassen. Entschlossen, weiterhin für das Vaterland zu wirken, knüppelte sie mit vollem Einsatz die Arbeiter- und Soldatenräte in Braunschweig nieder, half die Münchner Räterepublik zu beseitigen und die Aufstände der Polen in Oberschlesien niederzuschlagen. Und dann, zum Dank für all das, sollte Kapitän Ehrhardt sein Freikorps auflösen, nur weil der Vertrag von Versailles das verlangt.

Aber er hat den Teufel getan. Der Kapitän ist nach Berlin marschiert. Seine Brigade hat das Berliner Regierungsviertel besetzt, die Regierung verjagt und die Unruhen der Arbeiter im Norden der Stadt niedergeschlagen. Nun hätte eigentlich Kapp mit seinen Leuten loslegen müssen: Onkel Alfreds Parteifreund Wolfgang Kapp und seine Leute wollten doch schon die ganze Zeit putschen, nun sollten sie allmählich mal sehen, dass sie mit ihren Plänen beikämen.

Aber der Staatsstreich kam zu langsam in Gang. Die Zivilisten erwiesen sich als zu schlaff, die Vorbereitungen waren lausig. Die Arbeiter gingen in Generalstreik, die Ministerialbürokratie verweigerte den Putschisten den Gehorsam, und schließlich sah die Sicherheitspolizei ein, dass mit den neuen Leuten noch weniger Staat zu machen war als mit der alten Regierung. Kapp rannte davon, die Regierung kehrte zurück und setzte die Brigade Ehrhardt nicht etwa fest, sondern gegen die Märzaufstände in den Arbeitervierteln ein, die als Folge des Putschs ausgebrochen waren.

Danach war dann tatsächlich Schluss. Die Brigade wurde aufgelöst. Einige ihrer Mitglieder wurden in die reguläre Reichswehr eingegliedert. Ein paar kamen auf ostelbischen Gütern unter, als billige Arbeitskräfte und willkommene Schlägerreserve gegen aufmuckende Landarbeiter. Und aus dem Rest konstituierte sich die Organisation Consul, die erst den verhassten Erfüllungspolitiker Matthias Erzberger und dann Außenminister Walther Rathenau umgebracht hat.

Das offizielle Entsetzen über die Morde war ebenso groß wie die heimliche Freude der Arbeitgeberverbände und anderer staatstragender Kräfte.

»Papa, was ist ein Erfüllungspolitiker?«

Harro und der Vater sitzen daheim im Wohnzimmer.

»Einer, der brav ausführt, was die Sieger verlangen, bis Deutschland endgültig zugrunde geht.«

Und Kapitän Ehrhardts Organisation Consul erschießt solche Leute, auf offenem Feld. Harro ist beindruckt. Der Vater erklärt ihm den Unterschied zwischen guter und schlechter Gewalt: Schlechte Gewalt ist es, wenn die Tat selbstischen Zwecken dient. Gut und gerechtfertigt ist die Gewalt, wenn sie im Dienste höherer Ideale ausgeübt wird, weil man zum Beispiel das Vaterland retten muss.

Harro und der Vater sitzen im Wohnzimmer und debattieren. Die Mutter sieht in der Küche nach dem Rechten, das Baby Hartmut schreit, die kleine Helga wickelt ihre Puppen. Harro und der Vater diskutieren in männlicher Verbundenheit. Sie reden von Dingen, die die Mutter, die Schwester Helga, das Baby Hartmut niemals begreifen können. Sie erregen sich gemeinschaftlich über Professor Delbrück, die Franzosen, die Belgier, die Engländer, die Amerikaner, das Parteiensystem, die Republik, es ist wunderschön. Harro und der Vater reden von kämpferischen Dingen. Sie reden über die Köpfe der anderen Familienmitglieder hinweg, sie begeistern sich gemeinsam: Die Schulzes sind 1922 gerade noch rechtzeitig nach Duisburg umgezogen, um den Beginn des Ruhrkampfs zu erleben, alle Deutschen verbrüdern sich nun.

Alle politischen Konflikte, sozialen Unterschiede, Fragen der Klassenzugehörigkeit sind hinweggefegt. Telefon heißt ab sofort Fernsprecher, Trottoir Gehweg, automatisch selbsttätig, ein Kasino ist ein Werksgasthaus. Harro ist dreizehn, dann vierzehn. Die deutsche Welle, die alles Trennende wegspült, reißt ihn mit sich und trägt ihn empor. Er entwischt seiner Mutter, marschiert in einer Kundgebung mit und wird prompt verhaftet.

»Also, mein Sohn. Dann erkläre mir mal, warum du deine Mutter so in Angst und Sorge versetzt hast.«

Aber der Vater kann seinen Stolz nicht verhehlen. Der Korvettenkapitän Erich Edgar Schulze, Neffe des Großadmirals Alfred von Tirpitz: Er kann es beim besten Willen nicht tadelnswert finden, dass sein Junge sich für das Vaterland einsetzt.

Auch Arvid Harnack ist zum Einsatz bereit.

Als kaum Achtzehnjähriger hat er sich einem Studentenbataillon der Freikorps angeschlossen und ist in den Kampf gezogen, um die Provinz Oberschlesien für das Reich zu erhalten. Die Oberschlesier hatten sich schließlich in einer ordentlichen Abstimmung für ihre Zugehörigkeit zum Reich entschieden. Aber die Siegermächte haben die Resultate der Wahl nicht umgesetzt. Solch offenbare Ungerechtigkeit der Machthaber ist schwer zu dulden. Arvid ist zum Kämpfen entschlossen. Er wird nicht beiseitestehen in dieser wilden Zeit, in der alles brodelt und kämpft, zueinander drängt, miteinander ringt. Die Freikorpsler sind allerdings nicht Arvids Fall.

Sie haben Arvid ziemlich erschüttert. Arvid sieht ein, dass es nicht immer ohne Gewalt abgeht. Aber ist es per se ein Zeichen jugendlicher Lebensfreude, wenn man zu fünft einem Einzelnen aufs Maul haut, wie die Kerls in den Korps sich auszudrücken belieben? Dies ist denn doch nicht Arvids Schlachtfeld. Arvid wird nun studieren und Universitätsprofessor werden. Er wird aus einer anderen Position heraus kämpfen. Anders geht es ja auch gar nicht. Arvids Vater war ebenso Universitätsprofessor wie Arvids Onkel Adolf Harnack und wie Hans Delbrück, der sozusagen sein Onkel ehrenhalber ist. Arvid studiert nun also Jura. Die Familie ist erleichtert. Aber schon ein paar Monate später lässt Arvid alles stehen und liegen und reist ins neugegründete Königreich der Serben, Kroaten und Slowenen.

Er reist auf den Spuren von Stjepan Radić, dem Vorsitzenden der Kroatischen Bauernpartei. Radić tritt für ein unabhängiges Kroatien ein und für die Rechte der Bauern. Er beruft sich auf das Selbstbestimmungsrecht der Völker, wie es der amerikanische Präsident Woodrow Wilson proklamiert hat, er kämpft gegen die Unterdrückung der kroatischen Landbevölkerung durch die Serben, die im neugegründeten Königreich das Sagen haben wie die Siegermächte in Deutschland.

Arvid bewundert Radić. Der Mann stammt aus allereinfachsten Verhältnissen. Er ist stark kurzsichtig, aber er hat es geschafft, die Schule zu besuchen. Er hat sich durchgeschlagen, er ist ein Kämpfer und ein Demokrat. Man kann von ihm lernen. Arvid lässt sich auf einem Floß die Drau hinuntertreiben. Er wird verhaftet, weil man ihn für einen ungarischen Spion hält. Er entkommt, fährt durch Rumänien und Bulgarien, gelangt mit Waffenschmugglern über das Schwarze Meer in die Türkei und kehrt von dort schließlich einigermaßen heil wieder nach Hause zurück. Was ihm von dieser Reise bleibt, ist die Erinnerung an Momente starker Gefühle, Augenblicke staunender Selbstvergessenheit.

Zwischen diesen Momenten hat er sich oft gelangweilt. Landschaft zog vorüber, flüchtige Begegnungen ereigneten sich, während Arvid vorandrängte, getrieben von einer starken Unruhe, auf ein Ziel zu, das sich ihm entzog, je länger und weiter er reiste, die Frage ist doch, warum die Welt ist, wie sie ist. Warum ist alles so ungerecht verteilt: Besitz, Glück, Gesundheit, Reichtum, Bildung? Wie kann man die Lage verbessern, wie kann man für Gerechtigkeit sorgen? Wie sollte Deutschland aussehen, wie könnte Arvid seinem Land aufhelfen? Arvid ist zu dem Schluss gelangt, dass alles letztlich eine Frage der Ökonomie ist.

Er hat beschlossen, dass er die Juristerei nun zügig zu Ende bringen und dann Nationalökonomie studieren wird. Er wird sich eine breite Grundlage schaffen. Und dann muss er eine Position erringen. Nur aus einer Position heraus kann man etwas bewirken.

Mit dreiundzwanzig wird Arvid Harnack zum Dr. jur. promoviert. Für ein Gastsemester geht er an die London School of Economics. Danach empfiehlt Onkel Adolf den Neffen an Professor Albrecht Mendelssohn-Bartholdy, der das Hamburger Institut für Auswärtige Politik leitet. Der Professor ist von dem jungen Wissenschaftler recht angetan. Zusammen mit dem Präsidenten der Notgemeinschaft der deutschen Wissenschaft setzt er sich dafür ein, dass Arvid Harnack ein Rockefeller-Stipendium erhält und zwei Jahre lang an der University of Wisconsin in Madison studieren kann: Und so also treffen Mildred und Arvid einander.

Arvids Weg zu Mildred führt über Schlesien, Polen, Jugoslawien, Rumänien, die Türkei und England nach Bremerhaven, über den Atlantik nach New York, auf Schienen an die tausend Meilen weit nach Westen, wo er sich an einem Frühsommermorgen im Jahre 1926 auf dem Campus der University of Wisconsin verläuft und schließlich in den falschen Seminarraum stolpert, in dem nicht Professor Commons, sondern die Literaturwissenschaftlerin Mildred Fish am Pult steht und als Assistentin von Professor Laird Studienanfänger in Homer einführt,

Leise redete mancher, und sprach die geflügelten Worte:
Tadelt nicht die Troer und hellumschienten Achaier,
Die um ein solches Weib so lang' ausharren im Elend –

Da steht Mildred, groß und schlank, das strahlend blonde Haar altmodisch und romantisch aufgesteckt, in einem fadenscheinigen Kleid ihrer Schwester Harriette, das sie trägt wie ein Königinnengewand. Arvid bleibt. Nach der Stunde spricht er Mildred an. Er entschuldigt sich für die Störung. Er beruft sich auf mangelnde Ortskenntnis. Er ist nervös, er sucht nach Worten, er bedauert sein schlechtes Englisch. Sie bedauert lachend ihr schlechtes Deutsch.

»Wir könnten vielleicht zusammen lernen«, sagt er. »Wir könnten einander unsere Sprachen beibringen, Sie mir die Ihre und ich Ihnen die meine.«

Es beginnt also damit, dass sie einander zu verstehen trachten. Dass sie bereit sind, die Vokabeln des anderen zu lernen, die Konstruktionen seiner Sätze zu begreifen, sie setzen nicht selbstverständlich voraus, dass sie mit denselben Worten immer auch dasselbe meinen. Sie müssen nachfragen, sich vergewissern.

Sie meinen also?

Habe ich richtig verstanden, dass?

Arvid versteht am Anfang meist falsch. Er ist zu förmlich, er ist zu steif. Er kann sich nicht daran gewöhnen, dass amerikanische Professoren ihre Studenten beinahe wie Gleichrangige behandeln. Er hat es nie erlebt, dass ein Professor ständig für seine Studenten erreichbar ist, dass er sich mit ihnen am Abend trifft, wie es John R. Commons mit der verschworenen Gemeinschaft seiner Friday Nighters tut, der Professor für politische Ökonomie und Soziologie gilt als der glanzvollste Geist der Universität.

Er versucht, christliche Ideale mit den Erkenntnissen der Soziologie und der Wirtschaftswissenschaften zu vereinen. Er entwickelt Konzepte für eine staatliche Arbeitslosenversicherung, für eine Arbeiterunfallversicherung. Er berät den Gouverneur von Wisconsin, er arbeitet mit Regierungsmitgliedern und mit Gewerkschaftern zusammen: Wirtschaftliche Gegebenheiten können nicht isoliert verstanden werden, sondern nur zusammen mit der sozialen und politischen Wirklichkeit, in die sie eingebettet sind. Die Menschen verfolgen unterschiedliche wirtschaftliche Interessen. Aber sie sind daran interessiert, diese Interessen miteinander zu versöhnen. Dabei zu helfen ist Aufgabe des Staates, und den Staat richtig anzuleiten ist Aufgabe der Wissenschaftler der Universität. Die Grenzen der Universität von Wisconsin sind die Grenzen des Staats Wisconsin: Das ist die berühmte progressive Wisconsin Idea, auf die sie alle so furchtbar stolz sind. Aber ist es nicht eigentlich eine deutsche Idee?

Die Amerikaner brauchen sich gar nicht so viel auf die gesellschaftlichen Wirkungsmöglichkeiten einzubilden, die sich ihre Universität erkämpft hat. Ist nicht Arvids eigener Onkel Adolf von Harnack das beste Beispiel für ein Wissenschaftlertum, das sich mit den Institutionen des Staates verbindet, um auf sie einzuwirken und so der Gesellschaft direkt zu nützen, statt weltfern auf dem grünen Hügel zu residieren? Bei aller typisch deutschen Bescheidenheit muss man es doch als selbstverständlich voraussetzen, dass auch den Amerikanern die ethische und ästhetische Überlegenheit europäischer und insbesondere deutscher Kultur über alles Amerikanische klar bewusst ist. Keiner der Friday Nighters widerspricht Arvid.

Sie kennen Arvids Onkel ja überhaupt nicht. Sie haben Adolf von Harnacks Namen noch niemals gehört, auch nicht den Namen der Kaiser-Wilhelm-Gesellschaft, deren Präsident dieser Onkel angeblich sein soll, es ist ihnen auch ziemlich egal. Sie respektieren Arvid für die Tatsache, dass er bereits ein Studium abgeschlossen hat. Sie wundern sich ein wenig über die hochfahrende Verletzlichkeit ihres deutschen Kommilitonen, der sich benimmt, als versuchten die Amerikaner sein persönliches Erbe zu schmälern, aber sie sind entschlossen, ihren eigenen Traditionen zu folgen und ihrem Gast tolerant und freundlich zu begegnen, Arvid Harnack wird sich schon eingewöhnen.

Er arbeitet bei John Commons über die Geschichte der vormarxistischen Arbeiterbewegung in den Vereinigten Staaten. Der Professor interessiert sich zurzeit sehr für die historische Entwicklung der amerikanischen Gewerkschaften. Arvid und Mildred sitzen allein in dem Souterrainraum der Universität, in dem sich die Friday Nighters heute Abend treffen wollen.

Arvid erzählt Mildred von Albert Brisbane. Er hat Brisbane soeben für sich entdeckt. Brisbane ist in der Gegenrichtung zu Arvid gereist: Er war Amerikaner und hat in Europa Literatur und Philosophie studiert. Brisbane war von Europa begeistert. Er verkehrte im Salon der Rachel Varnhagen von Ense. Er war befreundet mit dem Komponisten Mendelssohn-Bartholdy, dem Großvater des Professors, dessen Empfehlung Arvid seinen Amerika-Aufenthalt verdankt. In Berlin hat Brisbane Hegel gehört. Und dann ist er auf ein Buch des Frühsozialisten Charles Fourier gestoßen, das ihm den größten Eindruck gemacht hat.

»Brisbane beschreibt das ganz wunderbar. Er beschreibt, wie Fouriers Ausdruck *Attraktive Industrie* auf ihn gewirkt hat. Das war ja ganz unvorstellbar. Es ist heute noch unvorstellbar, dass etwas mit industrieller Produktion Zusammenhängendes anders als schäbig, schmutzig, ausbeuterisch und zerstörerisch sein könnte. Warten Sie, ich lese es Ihnen vor«, Arvid räuspert sich. Er schlägt die Seite in Brisbanes Buch auf, die er mit einem Papierchen markiert hat. »*Ich sprang auf, warf das Buch zu Boden und begann in der höchsten Erregung auf und ab zu marschieren. Eine neue Welt ging vor mir auf. Ich sah eine gesunde und reiche Menschheit überall ihre geistigen Zentren, ihre Universitäten errichten. Welche gewaltige Revolution würde es bedeuten, wenn es gelänge, an die Stelle des niederdrückenden, entwürdigenden Schuftens, des traurigen Loses der Massen, das sie mit seinen prosaischen, verdummenden und verbildenden Einflüssen vollständig erdrückt, angenehme, nicht schändende und nicht entwürdigende Arbeit zu setzen. Das erste natürliche Resultat würde sein, dass alle arbeiteten und so die Mittel schüfen, die es allen erlauben würden, sich den heute nur wenigen offenstehenden wissenschaftlichen und intellektuellen Beschäftigungen hinzugeben.*«

Arvid sieht auf. Mildred ist hingerissen: Welch wunderbare wahre Vision. Ja, wenn keiner mehr wie ein Sklave schuften muss, wenn die Arbeitszeit auf acht Stunden am Tag begrenzt ist, wenn jeder über die nötigen Mittel verfügt, dann werden die Menschen von ganz allein frei und gut werden. Sie werden ihr Geld für gute Bücher und Theaterbesuche ausgeben, sie werden nach der Arbeit die Philosophen studieren, die großen Dichter lesen, ihre Seelen verfeinern, so dass endlich alle lernen, liebevoll und mitleidig miteinander umzugehen, statt stumpf und dumpf ein Leben lang nach nichts Höherem als dem nächsten Stückchen Brot zu trachten.

Mildred sieht aber noch mehr. Sie sieht die tiefe Verbindung zwischen ihrer und Arvids Seele.

Denn Brisbane ist schließlich nach Amerika zurückgekehrt. Dann ist er zu George Ripley gefahren und hat ihm die neuen Ideen unterbreitet. Ripley aber hatte damals gerade die Brook Farm gegründet, eine ideale Gemeinschaft von Arbeitern, Studenten und Lehrern, von Dichtern und Denkern und einfachen Leuten, die sich vom Land ernähren, in liebevoller Eintracht und persönlicher Freiheit miteinander leben und körperlich und geistig zusammen arbeiten wollten, in einer Oase der Harmonie, in der die Bedürfnisse der Seele und des Körpers miteinander in Einklang gebracht wären, so dass Brook Farm eines Tages als Modell für die ganze Welt dienen würde: Und Margaret Fuller, Mildreds Vorbild seit Jugendtagen, hat eine Weile auf dieser Farm gelebt.

Nathaniel Hawthorne hat auf Brook Farm gelebt. Emerson ist zu Besuch gekommen. Alle neuenglischen Transzendentalisten sind dort gewesen, alle die Helden, die Mildreds Denken und Fühlen bestimmen, und nun ist also Arvids Albert Brisbane dazugekommen, die Verbindung ist unverkennbar. Arvid und Mildred sind seelenverwandt. Arvid ist Mildreds Freund, ihr Bruder. Er ist der, der neben ihr ausschreitet: Mildred liest Arvid Walt Whitman vor,

Allons! after the great Companions, and to belong to them!
Allons! through struggles and wars!
Allons! the road is before us,
Camerado, I give you my hand!
I give you myself before preaching or law –

Und haben sich nicht gerade die neuenglischen Transzendentalisten immer auf Deutschland berufen? Haben nicht gerade sie, die wahren Begründer der amerikanischen Literatur, viele ihrer Inspirationen aus Arvids Land bezogen? Margaret Fuller etwa, die Biografin Goethes,

had seated herself beneath the great German oak, and gazed upon the growth of poesy, of philosophy, of criticism, of the drama,

Margaret hat Goethes ›Tasso‹ in Englische übersetzt. Sie hat Goethes ›Gespräche mit Eckermann‹ übersetzt, die Arvids Vater in Deutschland herausgegeben hat: Otto Harnack war Literaturwissenschaftler, genau wie Mildred. Er hat ein Buch über Goethe geschrieben, das Arvid sich extra von seiner Mutter nach Amerika hat schicken lassen, um es Mildred schenken zu können,

Otto Harnack: ›Goethe in der Epoche seiner Vollendung 1805–1832‹

Mildred hat sich noch nie einem Mann so nah gefühlt. Arvid liest ihr Goethe vor. Er trägt Gedichte vor, auswendig. Arvid kann den halben ›Faust‹ auswendig,

Die Sonne tönt, nach alter Weise,
In Brudersphären Wettgesang,
Und ihre vorgeschriebne Reise
Vollendet sie mit Donnerklang.

»Mein Vater hat sich übrigens ertränkt.«

Arvid und Mildred sind auf dem Weg nach Palfreys Glen. Sie sind seit einer Stunde unterwegs. Arvid hat vorhin nach Mildreds Hand gegriffen. Sie hat sie ihm einen Moment überlassen, dann aber doch wieder entzogen. Sie haben Trinkwasser mitgenommen, sonst nichts. Wenn sie Hunger haben, werden sie irgendwo unterwegs an die Tür eines Farmhauses anklopfen und dort um etwas zu essen bitten. So ist es üblich, hier im Westen, wo Solidarität und Hilfsbereitschaft der Pioniere sich noch erhalten haben: Das hat Mildrd Arvid erklärt. Man wird sie auf ein wenig Zimttoast einladen oder auf ein paar frische Waffeln, und wenn sie Glück haben, wird sich eine lange Unterhaltung mit den Farmersleuten ergeben, aus der man viel Praktisches und Wirkliches über das Leben lernen kann.

»Mein Vater hat sich ertränkt und ist erst nach drei Wochen gefunden worden«, sagt Arvid.

»Mein Vater ist erfroren«, sagt Mildred. »1918, ein furchtbarer Winter. Er war vorher auch verschwunden, aber nur ein paar Tage lang. Dann hat man ihn gefunden, unter einer meterhohen Schneeverwehung, in seinem Pferdestall, in dem keine Pferde mehr standen. Nichts war mehr da. Er hatte alles verkaufen müssen. Er war pleite. Er hat niemals für uns gesorgt. Das hat unsere Mutter getan. Unsere Mutter ist eine sehr starke Frau.«

»Meine Mutter auch«, sagt Arvid. »Die Frauen müssen stark sein, vielleicht stärker als die Männer.«

»Glauben Sie das?«, sagt Mildred. Sie bleibt stehen, sie ergreift seine Hand. »Glauben Sie das wirklich und ehrlich? Oder sagen Sie das nur?«

»Ich glaube es«, sagt Arvid, verblüfft über ihre plötzliche Leidenschaftlichkeit. »Ich glaube es ganz wirklich und ehrlich.«

»Dafür liebe ich Sie«, sagt Mildred. »Wirklich, das tue ich. Ich liebe Sie.«

»Sie lieben mich?«, sagt Arvid.

Am nächsten Tag fahren sie mit dem Boot auf den See.

Es ist früh am Morgen. Es ist warm. Wunderbarerweise fällt ein leichter Regen aus einem fast wolkenlosen Himmel. Das Kanu gleitet hinaus auf den Lake Mendota. Mildred hat ein

Tuch umgebunden, gegen die Feuchtigkeit. Sie lachen. Dann sind sie still. Sie genießen die Einsamkeit auf dem Wasser, die Ruhe. Als sie das Ufer am Picnic Point erreichen, hört der Regen auf. Sie ziehen das Boot über die Kiesel an den Strand. Sie haben Sandwiches dabei, Kaffee, die Sonne kommt heraus und trocknet die Kiesel.

»Haben Sie Hunger?«

»Noch nicht.«

Sie sitzen am Strand und blicken über das Wasser. Der Himmel ist jetzt ganz klar, ein glänzender Morgenhimmel. Das Wasser am Ufer schmatzt friedlich wie ein Baby. Sie sprechen über Arvids neuesten Fund: New Harmony, eine kleine Siedlung in Indiana, die 1814 von dem deutschen Radikalpietisten Johann Georg Rapp gegründet worden ist. Rapp und seine Anhänger suchten nach einer neuen Form des Gemeinschaftslebens, basierend auf den Prinzipien eines wahren Christentums außerhalb der Kirche. Sie versuchten das Reich Gottes vorauszunehmen: das Reich brüderlich-sozialer Versöhnung und vorbehaltloser Liebe, wie es für das Ende der Zeit nach Armageddon verheißen ist. Sie hielten sich zehn Jahre, dann waren sie am Ende. Sie verkauften ihre Siedlung an Robert Owen. Auch Owen ging es um eine Erneuerung des Gemeinschaftslebens. Aber er wollte bei den Arbeits- und Produktionsbedingungen anfangen. Außerdem hielt er es für unabdingbar, die Menschen von klein auf zur Vernunft zu erziehen. Er begann mit seinem Sohn, Robert Dale Owen.

»Und der hat seine Ideen fortgeführt«, sagt Arvid. »Er hat eine Gefährtin gehabt, Frances Wright. Eine schottische Frauenrechtlerin. Sie haben gemeinsam in der New Yorker Arbeiterpartei gekämpft, für Owens Erziehungsideale und für die Freiheit der Frau.«

Sie sehen einander an.

»Es ist ein langer Kampf, nicht wahr?«, sagt Mildred. »Aber es ist ein Kampf, der sich lohnt. Ich glaube, dass die Menschen sich fortentwickeln. Es geht nur allmählich, und es gibt Rückschritte. Aber man darf nicht aufgeben. Ich glaube, es ist so, wie Emerson und die Transzendentalisten sagen: Der Geist des Menschen kann alles schaffen. Der Mensch ist fähig, immer neues Licht und neue Kraft in sich aufzunehmen. Und dieses Licht, diese Liebe werden die Welt immer mehr erfüllen und erleuchten, in jedem Bereich. Recht, Wirtschaft, Schulen, Landwirtschaft, Naturwissenschaft, alles wird sich immer mehr zum Besseren wandeln.«

»Das haben Sie schön gesagt«, sagt Arvid. »Ich finde es sehr schön, dass Sie sagen, es sei die Liebe, die die Welt wandeln wird. Aber vielleicht ist es doch eher die Vernunft? Die klare Erkenntnis des wünschenswerten Zustands. Wie sollte die Welt beschaffen sein? Das ist ja die größte aller Fragen. Es ist die Frage nach der Aufgabe der Menschheit.«

»Aber diese Frage kann man nur mit Liebe beantworten«, sagt Mildred. »Einander zu lieben, einander liebevoll zu begegnen ist doch das Vernünftigste, was man tun kann, und auf diesem Prinzip muss alles aufbauen. Nur so können wir herausfinden, wie wir der Menschheit bei ihrem Aufstieg helfen können.«

Arvid betrachtet sie begeistert.

»Wir haben uns dieselbe Aufgabe gestellt«, sagt er. »Und wir stehen nicht allein. Durch alle Zeiten hindurch haben die Menschen versucht, gerechter miteinander umzugehen. Immer haben sie versucht, neue wirtschaftliche und politische Modelle zu entwickeln, neue Formen des Zusammenlebens, und sie tun es auch jetzt. Sie tun es hier. In Deutschland. In Russland. Überall suchen die Menschen nach neuen Wegen.«

»Die Jungen suchen jedenfalls«, sagt Mildred. »Junge Menschen auf der ganzen Welt, über alle Grenzen hinweg.«

»Ja. Das glaube ich auch. Ich glaube auch, dass wir uns am Beginn einer neuen, besseren Zeit befinden.«

I announce justice triumphant;
I announce uncompromising liberty and equality;
I announce the justification of candor, and the justification of pride;
I announce a life that shall be copious, vehement, spiritual, bold;

Himmel und Wasser sind im Morgenlicht von irisierendem Perlmutt, wie das Innere einer Seemuschel. Ein sanfter Wind weht. Mildred ist durchdrungen von Freude. Es ist wie in dem Hölderlingedicht,

Es kommt der neue Tag aus fernen Höhn herunter,
Der Morgen der erwacht ist aus den Dämmerungen,
Er lacht die Menschheit an, geschmückt und munter,
von Freuden ist die Menschheit sanft durchdrungen.

Wie schön das ist, wie hell und heiter. Ein junger Gott tritt Mildred aus diesen Versen entgegen, arglos und leichtfüßig, Mildred denkt mit einmal, dass sie Arvid heiraten wird. Sie haben einander noch nicht geküsst. Mildred denkt, dass Arvid sie heute küssen wird.

Dass er sie heute fragen wird,

Willst du mich heiraten?

Und natürlich wird sie Ja sagen.

Ja, ja, ja, ja!

Sie kann seine Frage fast nicht mehr erwarten.

Sie kann seinen Kuss kaum erwarten. Sie muss tief Atem holen, als erhöbe sich etwas in ihr, das mehr Luft unter den Schwingen verlangt, dies ist die Höhe, auf der sie fortan leben wird. Sie sieht Arvid an, von der Seite: das schon vertraute

Profil, klar vor dem Morgenhimmel, den ernsten Mund, die geraden Brauen,

You must be he I was seeking.
I have somewhere surely lived a life of joy with you,
You grew up with me, were a boy with me,
I ate with you, and slept with you –

Arvid wendet sich ihr zu. Mildred hält ihm ihr Gesicht entgegen.

Well done, Harnack!

Die Freunde, die Schwäger klopfen ihm auf die Schultern, an diesem 7. August 1926. Nun ist Arvid verheiratet. Nun lernt er Amerika kennen. Nun lernt er, Geschmack an Potato Chips und Root Beer zu finden, er lernt amerikanische Lieder, schließt neue Bekanntschaften. Sie lesen Shakespeare mit verteilten Rollen, in den langen Winternächten, sie fliegen in der Winterdunkelheit im Segelschlitten übers Eis des Lake Mendota und braten hinterher Hammelkoteletts am offenen Feuer unter dem Sternenhimmel. Sie trinken eine Flasche geschmuggelten Weins in der Küche ihrer winzigen Wohnung, sie sitzen auf Stühlen, die ihnen eine Professorengattin ausgeliehen hat, an dem von einer anderen Professorengattin geliehenen Gartentisch, Arvid löst Mildreds Haar. Mildred nimmt Arvids Brille ab. Wie haben sie nur gelebt ohne einander? Wie haben sie es ertragen, einander nicht zu kennen? Und natürlich wird Mildred an Arvids Seite bleiben. Im Frühling 1928 endet Arvids Stipendium. Arvid muss nach Deutschland zurückkehren. Mildred wird noch einen Kurs halten, über den Konflikt zwischen Ästhetik und Ethik bei Hawthorne, und dann wird sie ihm übers Meer folgen.

»Wie romantisch!«

Mildreds Freundinnen umdrängen Mildred. Was für ein

Abenteuer, sich in einen Ausländer zu verlieben, in einen jungen europäischen Wissenschaftler, wie glamourös, ihm nachzureisen in die Alte Welt,

Allons! after the great Companions, and to belong to them!
Allons! through struggles and wars!
Camerado, I give you my hand!

Und in zwei Stunden ist es so weit.

Es ist jetzt elf Uhr morgens. In zwei Stunden wird Mildred von Bord gehen. Sie wird angekommen sein, in Bremerhaven, bei Arvid, Mildred hat sich ungeduldig nach ihm gesehnt. Sie hat sich nach Deutschland gesehnt, nach Europa, wo ihr Leben nun endlich anfangen wird, natürlich wird Mildred Zeit brauchen, um sich in der Fremde zurechtzufinden. Sie hat sich aber gut vorbereitet. Sie ist auf der Überfahrt viel allein gewesen. Sie hat Emersons Ratschlag beherzigt,

To go into solitude, a man needs to retire as much from his chamber as from society. I am not solitary whilst I read and write, though nobody is with me. But if a man would be alone, let him look at the stars.

Jede Nacht ist Mildred an Deck gegangen und hat allein zu den Sternen hinaufgeblickt. Jeden Tag hat sie viele Stunden an der Reling gelehnt, tatenlos, ohne Buch, während der Bug des Schiffs durch die Wellen schnitt, das Wasser vor ihr aufrauschte, die Zukunft ihr streng und wundervoll entgegenblies wie der salzige Wind, der keine Spur von vertrautem Landgeruch mehr trug. Sie glaubt nun zu wissen, was die europäischen Auswanderer bei ihrer Überfahrt nach Amerika empfunden haben müssen, die Väter jener amerikanischen Patrioten, die Amerikas Unabhängigkeit und Freiheit erkämpft, die Mildreds Heimat gegründet haben. Mildred hat sich gesagt, dass diese Heimat unverlierbar ist. Mildreds Heimat ist nun nicht mehr der amerikanische Boden. Mildreds Amerika ist eine Heimat des Geistes und des Herzens, das jeden willkommen heißt, der aufrechten Gemütes ist, ein geläutertes Amerika, das auf der offensichtlichen Wahrheit gründet,

that all men are created equal, that they are endowed by their Creator with certain unalienable Rights, that among these are Life, Liberty and the pursuit of Happiness.

Mildred steht an Deck.

Bald hat die Fahrt ein Ende. Mildred wird von nun an Deutsch sprechen. Sie sagt sich stumm die Verse des »Prologs« aus dem ›Faust‹ vor, die ihr überaus passend erscheinen, jetzt am Ende ihrer Überfahrt,

Die Sonne tönt, nach alter Weise,
In Brudersphären Wettgesang,
Und ihre vorgeschriebne Reise
vollendet sie mit Donnerklang.

Nun, vielleicht geht es auch etwas leiser. Mildred gedenkt, kein unnötiges Getöse zu machen. Sie ist bereit. Sie hat gepackt. Sie kann sofort von Bord gehen. Sie bringt nicht viel mit: eine Kiste voller Bücher, zwei Koffer, die so leicht sind, dass sie sie allein tragen kann. In weniger als zwei Stunden wird sie ihren Fuß auf den Boden des fremden Landes setzen. Arvid wird sie am Hafen erwarten. Sie wird ihn umarmen. Und wenn sie das nächste Mal den Kopf hebt und um sich blickt, wird alles Vorhergehende an Bedeutung verloren haben.

Die Erinnerung an ihre Reise, die angeregten Kontakte, die sich auf langen Schiffsfahrten so erstaunlich schnell einzustellen pflegen, die verträumten Stunden im Liegestuhl, das geschäftige Treiben in den Salons und das gleichförmige Schwappen und Aufstäuben der Wellen am Bug: All das wird zu verblassen beginnen und immer mehr verblassen, vor den großen Erlebnissen, die auf sie warten. Es wird immer ferner ins Unwirkliche entgleiten, ein Geschehnis jenseits der Zeitenwende: Und dann wird eines Tages nichts mehr davon geblieben sein. Es wird sich aufgelöst haben, gänzlich und ohne jeden Rest.

Die Gedenkstunde hat noch nicht begonnen. Die Stimmen sind gedämpft, wie es dem Anlass entspricht. Es ist viel Prominenz gekommen, aus Wissenschaft, Politik, dem öffentlichen Leben. Vorn in der ersten Reihe sitzen Amalie von Harnack und Lina Delbrück, die Schwestern und Nachbarinnen. Die Witwen: Sie haben die Hände im Schoß gefaltet. Sie halten sich sehr aufrecht. Sie haben beide ihre Männer verloren: Am 14. Juli 1929 ist Hans Delbrück gestorben, und nun, keine zwölf Monate später, sein Schwager Adolf von Harnack. Durch die geöffneten Fenster des Goethe-Saals strömt der Duft der Lindenblüten herein.

Arvid unterhält sich leise mit Adolf Grimme, dem preußischen Kultusminister. Grimme ist Sozialdemokrat. Er ist ein Parteifreund von Arvids Vetter Ernst, aus dem Bund religiöser Sozialisten. Ernst hat Grimme und Arvid vorhin miteinander bekanntgemacht. Nun erläutert Grimme, was er unter religiösem Sozialismus versteht.

»Wirken für den Frieden, für die Völkerverständigung. Man könnte sagen, wir bemühen uns um ein Verständnis des Sozialismus im Licht seines religiösen Sinns. Oder um das Verständnis des Christentums, im Licht seines sozialen Sinns. Jeden Christen muss doch die kalte Gleichgültigkeit des Kapitalismus gegen das von ihm verursachte Elend erschrecken. Die Selbstverständlichkeit, mit der über die Güter der Erde verfügt wird.«

»Sie nehmen unter anderem Bezug auf das 3. Buch Mose, wenn ich recht verstehe«, sagt der Theologe Hans Lietzmann, der neben Grimme steht. »*Darum sollt ihr das Land nicht verkaufen für immer. Denn das Land ist mein, und ihr seid Fremdlinge und Gäste bei mir.*«

»Das würde meiner Frau gefallen«, sagt Arvid. »Mildred? Es klingt wie eine Stelle bei Emerson. Du weißt sicher, welche ich meine.«

Sie weiß es genau.

The charming landscape which I saw this morning, is indubitably made up of some twenty or thirty farms. Miller owns this field, Locke that, and Manning the woodland beyond. But none of them owns the landscape.

Mildred und Arvid leben erst seit ein paar Monaten in Berlin. Sie haben zum ersten Mal eine eigene Wohnung. In Jena, dann in Gießen haben sie in kleinen möblierten Studentenbuden gewohnt. Mildred war am Anfang vor allem damit beschäftigt, Deutsch zu lernen. Sie hat natürlich schon in Amerika sehr gut Deutsch gesprochen. Aber es ist anders, eine Sprache im Ausland zu erlernen. Zu Hause übersetzt man nur das Eigene, ohne zu bemerken, wie fremd das Fremde tatsächlich ist. Mildred in Amerika hat sich nicht vorstellen können, was in Deutschland auf sie zukommen würde.

An manchen Tagen geht alles sehr gut. Mildred sagt sich, dass dies die Mehrzahl der Tage ist. An diesen Tagen tritt sie morgens auf die Straße hinaus und fühlt sich im Einklang mit der deutschen Welt. Sie genießt dann die Freiheiten deutscher Studenten, die keine Pflichtseminare kennen, keinen Anwesenheitszwang, und die Universität können sie wechseln, wann immer sie möchten. Natürlich sind die Harnacks durch die finanzielle Situation etwas eingeschränkt. Arvid ist bestrebt, seine Karriere auf ein breites Fundament zu gründen, und das braucht seine Zeit. Mildred und Arvid müssen sich ihrer bescheidenen Lebensumstände aber nicht schämen.

Hier in Berlin am Rande des Kreises der großen Professorenfamilien stellt Geld allein noch keinen Wert dar. Hier mitten im alten Europa, wo die gediegenen Professorenmöbel sich von Generation zu Generation vererben, wo die Gespräche bei Tisch um Philosophie, Theologie, Literatur und Kunst und nach Tisch um Politik, Wirtschaft und Wissenschaft kreisen, wo jedes Kind selbstverständlich ein Instrument erlernt und man den Kleinsten an ihren Bettchen zur guten Nacht Goethe vorliest: Hier misst man der Höhe der Aktienkurse nicht quasireligiöse Bedeutung bei. Hier zählen Bildung, geistige Durchdringung und Anstand mehr als ein Reichtum, der seinen sittlichen Verpflichtungen nicht nachkommt. Hier genügt es nicht etwa, sich zu fragen, ob das, was man erzählen möchte, hinreichend interessant ist. Man muss auch erwägen, ob es nicht womöglich zu interessant ist, so dass die Zuhörer zu dem Schluss gelangen könnten, man hätte sich prahlerisch herausstellen wollen.

Einfach leben, anspruchsvoll denken: Das ist das Motto, unter das auch Mildred ihr Leben mit Stolz stellen kann. An guten Tagen fühlt sie, wie mühelos sie hineinschmilzt in die Form, die ihr das Leben vorgibt. Sie freut sich dann ihrer Schmiegsamkeit, der Gewandtheit, mit der sie sich den Sitten und Gebräuchen anpasst, der Kompetenz, mit der sie die vielfältigen Aufgaben und Anforderungen ihrer Arbeit, ihres Privatlebens erfüllt. Die guten Tage sind so.

Es gibt aber auch andere Tage. Dann fühlt sie sich wie ein runder Pflock in einem eckigen Loch. Wie der sprichwörtliche wunde Daumen in der amerikanischen Redewendung, der in einem unmöglichen Winkel absteht: auffällig, gefährdet, womöglich gebrochen, während sich alle anderen Finger aufs Artigste aneinanderschmiegen. Es liegt nicht an Arvids Familie. Mildred ist von allen sehr herzlich willkommen geheißen worden. Aber an den fremden Tagen hilft ihr das nichts. Sie kann dann überhaupt nichts tun. Sie kann nur warten, dass es vorübergeht. Sie kann sich nur sagen, dass sie sich irrt: Sie ist nicht die Fremde. In Wirklichkeit ist sie nicht heimatloser auf diesem Stück Erde, das Deutschland genannt wird, als all die hier Geborenen, die in behäbiger Selbstsicherheit durch ihr Land schreiten ohne den geringsten Zweifel an ihrer Daseinsberechtigung, ohne auch nur ein Quäntchen jenes eigentümlichen Heimwehs, das unter gebildeten Menschen Philosophie genannt wird.

Inzwischen haben die meisten Trauergäste Platz genommen.

Auch die Harnacks haben sich gesetzt. Clara Harnack sucht die Hand ihres Ältesten. Arvid drückt ihre Finger. Mildred auf Arvids linker Seite beugt sich ein wenig vor. Sie sieht zu ihrer Schwiegermutter hinüber, mit dem Hauch eines Lächelns, fragend hochgezogenen Augenbrauen. Clara deutet ein Nicken an.

Mildred nickt zurück und lässt sich wieder in ihren Sitz sinken. Clara ist froh über diese Schwiegertochter. Sie passt sehr gut zu Arvid. Sie ist blond wie er, hell wie er, sie teilt seine Interessen. Etwas altmodisch Romantisches umweht sie, das Arvid sehr angezogen haben muss.

Auch Falk liebt seine Schwägerin.

Arvids kleiner Bruder: der schlaksige Siebzehnjährige zu Claras rechter Seite, er ist das jüngste der vier Harnack-Kinder. Zu dieser Gedenkstunde ist er von seinem Internat in Weimar beurlaubt worden. Falk presst die feinen Lippen aufeinander. Er fingert nervös an seinen Manschetten, genau wie sein Vater es immer getan hat. Falk weiß das natürlich gar nicht. Er weiß nicht, ob er seinem Vater ähnelt. Er hat keine Erinnerung an ihn. Er fragt nie nach ihm: Er sieht in allem zu Arvid auf.

Der Saal ist nun ganz besetzt.

Die Verwandtschaft ist vollständig versammelt: die Mitglieder der vielfach miteinander verflochtenen Familien der Harnacks, Delbrücks, Bonhoeffers und Dohnanyis, die im Professorenviertel des Grunewalds wohnen. Röcke rauschen, hier und da räuspert sich jemand. Dann wird es still. Das Streichquartett spielt das Adagio aus Haydns ›Quartett in g-Moll‹. Die Gedenkstunde beginnt.

2

Es ist der Sommer 1913. Hans von Dohnányi ist elf Jahre alt. Er liegt in seinem Bett. Er kann aber nicht schlafen. Das liegt an der Stille: an der schlimmen, tonlosen Stille, die alles erfasst hat, Hans hat extra das Fenster seines Zimmers geöffnet. Aber keine Musik quillt unten aus den Salons hinaus in den Abend. Kein Kammerkonzert, kein gemeinsames Klavierspiel der Eltern klingt zu den Kinderzimmern hinauf: Nichts schwappt von draußen herein als immer neue Schwälle von Stille. Es hat auch keinen Sinn, wenn Hans jetzt heult. Wenn er heult, schläft er erst recht nicht ein. Dann bekommt er Kopfweh und fühlt sich flau im Magen, und dann verzweifelt er gänzlich, Hans versucht daran zu denken, dass er morgen mit Justus Delbrück Tennis spielt. Just ist sein bester Freund. Sie besuchen beide das Grunewald-Gymnasium. Sie werden Tennis spielen, und nach dem Spiel werden sie zu den Delbrücks in die Kunz-Buntschuh-Straße gehen. Erst am Abend muss Hans wieder zu Hause sein, zum Abendessen, zum Schlafengehen, Hans wünschte, er könnte schlafen. Aber der Lärm der fehlenden Musik ist zu laut. Die Mutter könnte doch wenigstens ein bisschen Klavier spielen?

Elisabeth von Dohnányi ist Pianistin. Sie könnte sich an den Flügel setzen, ein wenig improvisieren. Aber wahrscheinlich würde das alles nur noch verschlimmern. Es würde das Unhörbare noch lauter machen: das Fehlen des väterlichen Spiels, Ernst von Dohnányi ist ausgezogen. Er ist fort. Alles andere ist noch da: die Villa, die Hunde, das Personal, das französische Fräulein, der riesige Garten. Was haben Hans, Grete und die Mama falsch gemacht?

Der Vater ist ein bedeutender Mann. Er ist Professor an der Königlich-Preußischen Hochschule für Musik, er komponiert, er hat in Wien, London, Paris, New York Konzerte gegeben. Hans, Grete und die Mama haben immer sehr darauf geachtet, den Vater nicht bei der Arbeit zu stören. Sie haben immer Rücksicht genommen. Aber vielleicht war es nicht genug Rücksicht. Der Vater ist jedenfalls fort. Es kommen auch keine Gäste mehr. Früher wurden bei Tisch oft drei oder vier Sprachen durcheinander gesprochen, und dann gingen die Kinder zu Bett und lauschten der Musik, die durch die Nacht zu ihnen hinaufwallte. Nun sitzen sie abends allein zusammen. Es ist fast, als wäre jemand gestorben.

Es ist, als hätten sie alle Angst. Aber wovor? Das Schlimmste ist doch bereits passiert. Sie sind allein und verlassen, gibt es etwas Schlimmeres? Hans versucht an die Menschen zu denken, die noch da sind. Er versucht an seinen besten Freund Justus zu denken: Aber Just hat seinen Vater noch.

Just, Emmi und Max sind zu dritt, in der Delbrück-Villa in der Kunz-Buntschuh-Straße. Sie sind eigentlich sogar zu siebt, auch wenn die ältesten Geschwister nicht mehr ständig im Haus leben. Und gleich nebenan wohnen Onkel und Tante Harnack, und bei ihnen gehen Justs Vettern und Basen ein und aus, Hans von Dohnányi in der Stille seines Bettes wünschte, ihn umgäben auch so viele Leute.

Er wünschte, er wäre Just Delbrücks Bruder oder wenigstens sein Vetter. Aber das ist ein dummer Wunsch. Er kann ja niemals in Erfüllung gehen. Nun weint Hans doch. Es ist wirklich schlimm mit ihm. Er weiß genau, er wird nun Kopfweh bekommen. Aber er kann nichts gegen die Tränen tun. Nun, wo er einmal angefangen hat zu weinen, darf er gar nicht mehr damit aufhören: Sobald das Schluchzen verstummt, flutet die Stille ins Zimmer zurück, mit erneuter Macht. Und dann ist sie erstickender, tödlicher denn je.

Die Stille ist immer da, immer. Wen sie einmal erfasst hat, den lässt sie nie wieder los. Aber tagsüber muss man sie nicht hören. Das helle Licht des Mittags übertönt ihren Hall, der Lärm der Aktivitäten, Hans von Dohnányi spielt mit den Delbrück-Kindern Schlagball. Sie spielen auf der Kunz-Buntschuh-Straße vor dem Delbrück-Haus. Sie spielen nicht um Punkte, dazu sind sie zu wenige. Eine richtige Schlagballmannschaft besteht aus zwölf Spielern, und sie sind heute wieder nur zu viert, es ist das dritte Kriegsjahr.

In den Gärten der großen Grunewaldvillen wachsen Kartoffeln und Kohl. Zwerghühner scharren zwischen den Frühbeeten. Hähne krähen den Singvögeln ins Frühlingskonzert hinein. Im Schuppen der Delbrücks haust eine Milchziege. Im Schuppen der Harnacks hausen Kaninchen. Im Zaun dazwischen ist eine Pforte, die von einem Grundstück zum anderen führt, so dass man jederzeit zwischen dem Delbrück-Haus und dem Harnack-Haus hin- und hergehen kann. Arvid kommt immer auf diesem Weg herüber, wenn er nebenan bei Onkel Adolf von Harnack und Tante Amalie zu Gast ist. Er ist aber bereits abgereist, was sehr schade ist: Arvid könnte die Mannschaft verstärken. Er würde sicher eine Menge Punkte holen, wenn sie um Punkte spielen würden.

»Los, Just! Schlag schon!«

Just hat den Ball. Aber er lässt sich nicht hetzen. Er lässt sich von niemandem etwas sagen, schon gar nicht von kleineren Geschwistern. Neuerdings hat er aufgehört, sich zu waschen. Er hat aufgehört, sich zu kämmen oder das Hemd zu wechseln oder die Schuhe zu reinigen. Er behauptet, diese Dinge wären belanglose Äußerlichkeiten, sie zu unterlassen störe keinen großen Geist, und einen kleinen Geist ginge es nichts an. Emmi riecht hin und wieder an Just, um zu prüfen, ob er schon stinkt.

Natürlich stinkt Just nicht. Er riecht inzwischen nur intensiv nach Just, was Emmi aber nicht stört: Und heißt das, sie ist ein großer Geist? Hans steht ruhig, konzentriert. Der kleine Max neben ihm trippelt und hopst auf der Stelle, an den Marionettenfäden seiner Ungeduld. Emmi steht leicht vorgebeugt, auf dem Sprung. Sie wird losrennen, sobald Just geschlagen hat. Sie kann ziemlich schnell rennen. Sie kann diesen Punkt holen, um den sie nicht spielen, Just bewegt die Hand mit dem Ball auf und ab, als schätzte er sein Gewicht. Er streicht sich das Haar aus der Stirn, kneift die Augen zusammen. Dann holt er aus. Emmi spürt ein Ziehen in ihren Muskeln, als liehe sie Just ihre eigene Kraft. Als führte sie selbst diesen Schlag, für ihn,

Weit, Bruder! Weit!

Just wirft. Just schlägt. Der Ball fliegt. Emmi rennt. Hans und Max rennen auch. Emmi rennt an ihnen vorbei. Sie triumphiert: Die Jungen haben den Ball nicht gefangen. Sie werden Emmi nicht abwerfen, Emmi rennt zu dem Zaunpfahl, den sie als Tickstange benutzen, tippt den Pfahl an, rennt wieder zurück. Aus den Augenwinkeln sieht sie zwei fremde Jungen die Kunz-Buntschuh-Straße herunterkommen. Emmi rennt weiter. Die beiden Jungen überqueren die Straße und kommen auf sie zu. Der größere hat etwas in der Hand: den Ball, den er jetzt hochhält.

»Das ist doch bestimmt eurer, nicht wahr.«

Emmi bleibt stehen. Der Junge mit dem Ball ist kräftig, mit einem Schopf dunklen Haars wie ein dichtes Fell. Er mag etwa vierzehn oder fünfzehn sein, also ungefähr im Alter von Just und Hans. Der andere Junge ist kleiner und jünger. Er hat ein ganz helles Gesicht: ein hellblondes, ein wenig trotziges Weihnachtsengel-Gesicht, das dem seines Bruders überhaupt nicht gleicht. Trotzdem sieht man sofort, dass es Brüder sind. Der größere Junge lässt seinen Blick von Hans zu Just schweifen, von Just zu Max und Emmi.

»Hier«, sagt er schließlich zu Hans. »Euer Ball.«

»Danke«, sagt Hans.

»Der ist bis nach dahinten gerollt«, sagt der Junge. »Bis ins Gebüsch.«

»Ja«, sagt Hans. »Da landet er oft.«

»Manchmal fliegt er sogar bis rüber zu den Harnacks«, sagt Just. »Manchmal müssen wir ihn eine Ewigkeit suchen.«

»Mir ist mal ein Ball in eine Scheibe geflogen«, sagt der fremde Junge.

»Au Backe«, sagt Just. »Und, hast du sehr schlimm Schimpfe gekriegt?«

»Nein«, sagt der Junge. »Sehr schlimm Schimpfe kriegen wir nur, wenn wir lügen. Ich habe aber nicht gelogen. Mein Vater hat die Scheibe ersetzt. Es war nur eine ganz kleine Scheibe, von einem Schuppen. Aber den Besitzer hättet ihr erleben müssen. Der hat sich aufgeregt, als wäre ihm das Haus abgebrannt.« Der Junge hält inne. Er mustert seine Zuhörer. Dann geht er das Risiko ein. »Mein großer Bruder hat gesagt, der Kerl hätte bestimmt ein Gesundheitsproblem. Ihm säße die Galle da, wo normalerweise das Herz hingehört.«

Hans, Max und Just lachen. Der Junge grinst. Emmi lacht auch, obwohl sie nicht genau weiß, worüber.

»Und das Herz«, sagt Just und hebt die Hand wie in der Schule, »das hatte er dafür in der Hose.«

Sie lachen noch mehr. Emmi findet den fremden Jungen nett.

Sie findet, er sieht stark aus. Sie findet, er sieht aus, als könnte er sehr gut Schlagball spielen.

»Wir wohnen gleich dahinten«, sagt der Junge. Er wedelt in die Richtung, aus der er gekommen ist. »Wangenheimstraße Nummer 14. Wir sind gerade erst hergezogen. Was meint ihr, könnten wir wohl bei euch mitspielen?«

»Klar«, sagt Hans. »Von mir aus gern.«

»Sehr gern sogar«, sagt Emmi.

»Wir sind sowieso zu wenige«, sagt Hans. »Wir könnten Verstärkung gut gebrauchen.«

Der fremde Junge nickt. Er streckt den anderen seine Hand hin.

»Ich heiße Klaus«, sagt er. »Klaus Bonhoeffer. Und das hier ist mein Bruder Dietrich.«

Sabine Bonhoeffer liegt in der Dunkelheit. Es ist die Dunkelheit ihres eigenen Zimmers. Sie klopft an die Wand. Sie klopft dreimal,

Gu-te-Nacht

Sie lauscht. Nach einem Moment kommt die Antwort, dumpf durch die Wand.

Tock-tock-Tock

Sabine lächelt, in der Dunkelheit. Sie stellt sich Dietrich vor, in seinem Bett, auf der anderen Seite der Wand. Die Bonhoeffers sind gerade umgezogen, in ein großes Haus in der Grunewalder Wangenheimstraße. Nun hat jedes der acht Bonhoefferkinder sein eigenes Reich. Tagsüber findet Sabine es schön, ein eigenes Reich zu haben.

Tagsüber denkt sie gar nicht mehr an die Nacht. Sie vergisst, dass sie Dietrich in der Nacht vermisst. Natürlich können sie sich nicht bis an ihr Lebensende ein gemeinsames Reich teilen, das sieht Sabine ein. Sie sind schließlich keine kleinen Kinder mehr: Dietrich und Sabine sind am 4. Februar zehn Jahre alt geworden. Sabine wartet einen Moment. Dann klopft sie noch einmal,

Tock-tock-Tock

Einen Moment später kommt das Klopfen zurück. Als sie noch ein gemeinsames Reich teilten, haben Dietrich und sie einander oft fünf-, sechs-, siebenmal gute Nacht gewünscht. Keiner wollte, dass es der andere zuletzt gesagt haben sollte. Immer noch einmal riss man sich mit Mühe aus dem Schlaf,

Gute Nacht, Dietrich

Gute Nacht, Sabine

Dazwischen haben sie an die Ewigkeit gedacht.

Das ist schwieriger, als man meinen sollte. Das Sterben kann man sich ziemlich leicht vorstellen, jedenfalls das Fallen im Krieg: Es knallt, peng, die Kugel trifft, man fällt um, es tut weh. Es tut scheußlich weh. Dann ist der Schmerz weg. Alles ist weg. Das heißt, man ist tot. Wahrscheinlich ist man froh. Man ist froh, dass man es hinter sich hat, den Schmerz und das Sterben. Und dann beginnt das Totsein. Dietrich und Sabine haben versucht, sich dieses Totsein vorzustellen. Das ewige Leben. Ewigkeit. Sie haben versucht, einfach nur dieses Wort zu denken,

Ewigkeit. E-wig-keit

Es ist sehr schwer. Sabine hat sich immer wieder dabei ertappt, wie sie plötzlich gar nicht mehr an die Ewigkeit gedacht hat, sondern an den kleinen Schrank für ihre Puppe Clara, den sie mit Blumen bemalen will, oder an die Rechenaufgaben für morgen oder an Vera von Trott zu Solz und ihre armseligen Schulbrote. Veras Vater ist preußischer Kultusminister, aber Veras Brote sind trotzdem immer bloß mit gekochten Wintererbsen bestrichen. Die Trotts haben immer Hunger. Wenn Vera und ihr kleiner Bruder Adam zum Essen bei den Bonhoeffers sind, dann essen und essen sie, bis alles abgeräumt wird. Natürlich hat Sabine ihre Gedanken immer schnellstens wieder zur Ordnung gerufen,

E-wig-keit

Eeeeee-wig-KEIT

Wenn man es lange genug durchhält, öffnet sich vor einem plötzlich die Dunkelheit, dröhnend und tief. Wenn man es zu lange durchhält, wird einem schwindlig. Sabine allein in ihrem eigenen Reich hat anfangs überlegt, ob sie auch ohne Dietrich an die Ewigkeit denken soll. Aber das wäre ungefähr, wie allein bei Dunkelheit in den Wald hinter Friedrichsbrunn zu gehen, wo die Bonhoeffers ihr Ferienhaus haben,

Tock-tock-Tock

Fast war Sabine eingeschlafen. Sie reißt sich noch einmal hoch. Sie klopft leise zurück,

Gu-te-Nacht

Sie überlegt. Dann klopft sie noch etwas.

Diet-rich

Und hat er verstanden? Sabine ist nun wieder hellwach. Atemlos liegt sie in der summenden Dunkelheit. Dann kommt es zurück, von der anderen Seite, leise und dumpf.

Tock-tock-Tock

Eine Pause. Und?

Tock-tock-tock

Sa-bi-ne

Christel Bonhoeffer streift mit ihrem Bruder Walter durch den Wald. Sie sind für den Sommer in das Harzer Ferienhaus der Bonhoeffers gezogen, wie jedes Jahr. Das Haus hat weder fließend Wasser noch Strom. Christel liebt das Haus. Sie liebt das Knarren seiner Stufen, das Knacken seiner Balken. Sie liebt den Sommergeruch nach Holz und Staub. Im Winter wuchern Eisblumen über die Fenster, das Wasser in den Waschschüsseln gefriert, und unten in der Stube raucht und bullert der Ofen. An den Sommerabenden spielen die Bonhoeffer-Kinder mit den Dorfkindern Ball auf der großen Wiese, die morgens voller Tau ist, wenn Christel und ihr Bruder Walter als Allererste hinaus ins Freie stürmen, Walter würde nie Ursel mitnehmen, auf seine Streifzüge durch die Harzer Wälder.

Ursel heult, wenn Walter auf einen Spatz schießt und trifft und das Blut spritzt. Christel heult nicht. Sie will schießen lernen. Sie lernt es bereits: Walter zeigt es ihr. Er hält ihre Hand, er stabilisiert den Lauf des Luftgewehrs. Dann drückt Christel ab und trifft die Schießscheibe, Christel denkt, dass sie bald sehr gut schießen wird.

Sie denkt, sie hat das Prinzip begriffen: Vordergründig geht es darum, genau zu zielen, sich nicht ablenken zu lassen, die Hand ruhig zu halten. Aber das ist nur bei Schießscheiben so. In Wirklichkeit geht es um etwas anderes. Es geht um eine Verwandlung. Wenn man seine Beute sicher treffen will, muss man ihre Reaktionen vorausahnen. Man muss ihre Absichten erkennen, möglichst noch bevor sie entstehen. Man muss das Tier werden: Man muss zu der Beute werden, die man töten will. Christel hat Walter ihre Entdeckung noch nicht mitgeteilt. Sie muss sie erst ausprobieren. Sie weiß auch schon genau, was sie tun wird. So bald wie möglich wird sie selbst auf einen Spatz schießen, heimlich. Dann wird sie ja sehen, ob sie recht hat und trifft.

Walter bleibt stehen. Er beugt sich vor, studiert etwas am Wegrand.

»Das hier ist Fuchslosung. Hier muss ein Fuchs langgekommen sein.«

Walter kann die Spuren aller Tiere unterscheiden, auf den Waldwegen zwischen Friedrichsbrunn und Thale. Er weiß, wo Enten nisten oder Habichte, wo Waldhimbeeren wachsen und Pilze. Er kennt die Verstecke der Krebse an den Teichufern, die sie fangen und kochen, so dass ihr Fleisch rot und süß wird. Walter und Christel fangen auch Eidechsen, Molche und Schlangen. Sie bauen Aquarien und Terrarien, und dann setzen sie die Tiere hinein und nehmen sie mit nach Berlin.

»Wollen wir heute Krebse fangen, Walter?«

»Mal sehen. Vielleicht später. Aber ich will noch trainieren.«

Das ist ein bisschen ärgerlich. Neuerdings trainiert Walter jeden Tag für den Krieg. Er packt sich den Rucksack mit Steinen voll und macht einen Waldlauf, er macht Kniebeugen mit Gewichten. Wenn Walter trainiert, hat er keine Zeit für Christel, sie überqueren eine Lichtung.

Die Sonne steht schon hoch. Es riecht nach warmer Erde, nach Holz. Hoch oben über ihnen kreist ein Falke. Walter zielt, schießt und trifft. Der Falke stürzt durch die Luft zur Erde. Er schlägt mit einem stumpfen Geräusch vor Walters Füßen auf. Seine Flügel zucken, zwei-, dreimal. Der Schnabel geht auf und bleibt offen. Der Hals verrenkt sich, streckt sich lang. Dann liegt der Vogel still. Walter steht starr. Ein Laut entringt sich ihm. Im nächsten Moment dreht er sich um und rennt, rennt über die Lichtung zurück in den Wald, in Richtung Friedrichsbrunn, Christel ruft ihm nach.

»Walter!«

Sie ruft noch einmal.

»Walter, warte!«

Dann ist sie allein. Sie beugt sich über den Falken. Sie betrachtet ihn genau. Das Loch im Bauch ist nicht sehr blutig. Die Federn sind am Rücken braun mit schwarzen Flecken, am Kopf blaugrau. Christel versucht, eine der braunen Federn herauszuziehen, aber die Feder löst sich nicht. Christel zieht stärker. Der Vogel hebt sich vom Boden. Der ganze Vogel scheint an dieser einen Feder zu hängen, Christel lässt los. Der Falke fällt zu Boden, mit demselben stumpfen Laut wie vorhin. Die Baumkronen rauschen. Christel sieht, dass die Augen des Falken sehr merkwürdig geworden sind. Dass sie immer merkwürdiger werden. Nun rennt auch Christel.

Sie rennt quer durch den Wald. Sie rennt schneller und schneller, je weiter sie sich von dem Falken entfernt. Sie kommt auch voran. Sie weiß, wo sie ist, sie nähert sich dem Haus, zugleich ist es ihr, als käme sie nicht von der Stelle. Es ist, als würde sie nie wieder herausfinden aus der Welt des toten Falken, in die sie leichtsinnig einen Schritt hineingetan hat und in deren Mitte sie nun gefangen ist wie in einer Blase: Und dann auf einmal liegt vor ihr das Haus.

Friedrichsbrunn liegt vor ihr. Menschenwelt. Auf der offenen Wiese jenseits des Waldes spielen die Brüder mit ein paar Dorfkindern Ball. Irgendwo singt jemand, Dietrich vielleicht,

Über die Wellen gleitet der Kahn

Pfarrer Priebe schreitet die Reihe entlang. Jetzt steht er vor Klaus Bonhoeffer. Jetzt vor Just Delbrück. Jetzt vor Gerhard Leibholz. Und gleich wird Hans von Dohnányi an der Reihe sein, einen Moment hat Hans Angst, dass ihm schlecht werden könnte. Es ist nicht die Aufregung. Es ist Hunger. Hans hat heute Morgen nur einen Fingerbreit Brot gefrühstückt. Es ist schlechtes Brot, halb Kleie, halb Sägemehl. Zeitungspapier ist darin eingebacken. Neulich hat Hans einen ganzen langen

Streifen aus einem Brot gezogen. Irgendetwas über den Fall von Bagdad stand darauf. Alle Leute hungern. Aber Hans hat den Eindruck, dass es die Dohnanyis besonders hart trifft. Sie sind eben eine Familie ohne Vater. Hans hasst es, wenn er das denkt, aber er denkt es oft, zum Glück ist Hans weiterhin ein gern gesehener Gast in den großen Häusern der Wangenheim- und der Kunz-Buntschuh-Straße.

Er nimmt teil an den Tanzabenden und Musizierstunden dort, er spielt Tennis mit den Delbrücks, Harnacks und Bonhoeffers: Und jetzt wird der Katholik Hans von Dohnányi von Pfarrer Priebe konfirmiert, gut evangelisch-lutherisch und ganz genau so wie seine protestantischen Freunde Just Delbrück und Klaus Bonhoeffer. Genau so wie Gert Leibholz, der jüdischer Herkunft ist und neuerdings mit zu ihrem Kreis gehört.

Hans öffnet den Mund. Die Oblate klebt auf seiner Zunge. Dann klebt sie am Gaumen. Hans hat den Mund voll mit bitterem Wein, dann voll mit bitterer Spucke. Hans schluckt und schluckt, während der Pfarrer weitergeht, der Segen gesprochen wird, die Konfirmanden erheben sich. Sie wenden sich wieder der Gemeinde zu,

Vertraut den neuen Wegen,
auf die der Herr uns weist,
Vertraut den neuen Wegen
und wandert in die Zeit!
Gott will, dass ihr ein Segen
für seine Erde seid.

Christel hockt im Südzimmer. Sie hockt hier seit einer Ewigkeit. Sie wird hier für immer und immer hocken: Die Zeit ist stehengeblieben. Christels Bruder ist tot. Walter Bonhoeffer, der Jäger und Sammler: Er ist seinen Kriegsverletzungen erlegen, nach dem allerletzten Großangriff im Westen, es ist der 28. Mai 1918. Am 10. Dezember wäre Walter achtzehn geworden. Christel sitzt in der Wangenheimstraße.

Sie sitzt zwischen den Aquarien und Terrarien, die sie und Walter zusammengebaut haben, zwischen den Eidechsen, Molchen und Schlangen. Es ist aber auch hier nichts mehr von Walter zu finden. Nichts regt sich im Haus. Nichts geschieht. Der Tod greift nach jedem einzelnen lebendigen Moment und lässt ihn erstarren. Oben im Elternschlafzimmer wird die Mutter von ihrem Schmerz verschlungen. Alle anderen Bewohner der Wangenheimstraße gehen auf Zehenspitzen, ducken sich, halten sich nahe an den Wänden. Christel beginnt gerade erst zu begreifen, was wirklich geschehen ist.

Es ist nicht leicht herauszufinden. Die wesentlichen Sachen sind ja nicht offensichtlich. Man kann sie nicht erfragen. Sie werden nicht erklärt. Sie sind von Belanglosigkeiten verschüttet, unter zufälligen Bemerkungen begraben, aus denen man sie herausklauben muss wie Edelsteine aus einem Berg Kiesel, offenbar haben die Eltern den offiziellen Depeschen vertraut.

Professor Dr. Bonhoeffer hat den Berichten seiner Kollegen geglaubt, die einen Besuch im Lazarett für unnötig erachtet hatten: Walter war ja nur leicht verletzt. Er hatte kaum mehr als einige Kratzer an den Beinen davongetragen, von ein paar Granatsplittern. In einer Woche, spätestens in zehn Tagen würde er reisefertig sein. Dann würde man ihn nach Hause schicken, zur Rekonvaleszenz. Das Telegramm, das die dramatische Verschlechterung von Walters Zustand anzeigte, ist gleichzeitig mit der Todesnachricht eingetroffen. Und dann letzte Woche kam der Umschlag mit Walters letztem Brief.

Heute hatte ich die zweite Operation, bei der tiefere Splitter entfernt werden mussten. Ich hoffe, dass der Fall damit erledigt ist. Meine Technik, an den Schmerzen vorbeizudenken, muss in letzter Zeit doch ziemlich herhalten.

Voll Sehnsucht denkt an Euch, Ihr Lieben, Minute um Minute der langen Tage und Nächte

Euer noch immer so weit entfernter Walter

Manchmal schreit die Mutter auf, oben in ihrem Zimmer. Es ist kein richtiger Schrei. Es ist eher ein Aufheulen, das in stöhnender Tiefe beginnt, emporwankt und in einem hohen Ton endet, bevor es abbricht. Dann ist es wieder lange Zeit still. Der Vater ist oben und gibt ihr Medikamente. Christel hockt im Südzimmer.

Sie blickt zurück. Hinter ihr liegt die vertraute Welt: die Welt von Christels Kindheit, üppig, prall gefüllt. Sie liegt noch in Sichtweite. Aber sie ist unbetretbar geworden. Walters Tod hat sich vor sie geschoben wie ein Riegel. Die neue Welt ist karg. Nichts geschieht in ihr. Christel blickt nach vorn, wo die Zeit nicht vergeht, sie weint aber nicht.

Walter hat nicht geweint. Er hat nie geweint, nicht einmal, als er sich damals in Friedrichsbrunn den Ast in den Arm gerammt hat und in Thale genäht werden musste. Nicht einmal bei dem Falken, der durch die Luft auf die Erde stürzte, vor seinen Füßen aufschlug, Walter hat für den Krieg trainiert. Er hat sich Sandsäcke auf den Rücken gebunden, er hat Kniebeugen gemacht und das Schießen mit Gepäck geübt, er wollte unbedingt in den Krieg ziehen.

Er muss gewusst haben, dass man in einem Krieg sterben kann. Aber er wollte trotzdem dabei sein. Er hat seinen Fuß auf einen Weg gesetzt, und dann kam keine Kreuzung mehr, und also ist er weitermarschiert bis zum Ende des Weges, ist das ein Trost?

Auch Waldemar Delbrück ist gefallen, Justs und Emmis ältester Bruder. Sein Grab liegt ganz in der Nähe von Walters

Grab. Die Leute nehmen die Hüte ab, an den Gräbern der beiden jungen Männer. Und nie, niemals, in hundert Jahren nicht wird irgendjemand über Waldemar oder Walter anders als mit Ehrerbietung und Liebe sprechen, auch wenn ihr Tod es nicht abwenden konnte, dass Deutschland am Ende besiegt worden ist, Christel hockt noch immer im Südzimmer.

Ihre Beine kribbeln. Christel löst die Arme, mit denen sie ihre Knie umschlungen hält. Sie stützt sich auf, streckt die Füße nach vorn und wackelt mit den Zehen. Irgendwo im Haus schlägt eine Tür. Von draußen sind Stimmen zu hören. Christel merkt, dass sie Hunger hat. Sie steht auf, sie streicht ihren Rock glatt, wie spät mag es sein?

Aus der Küche dringt der Duft von angebratenen Zwiebeln. Christel überlegt, dass sie morgen wieder in die Schule geht. Sie besucht das Grunewald-Gymnasium. In ihrer Klasse ist sie das einzige Mädchen. Sie muss aber Latein lernen, damit sie nach dem Abitur Zoologie studieren kann. Sie wird ganz sicher Zoologie studieren, es war mit Walter so ausgemacht. Christel überlegt, dass sie morgen nach der Schule mit ihrem Bruder Klaus und mit Just Delbrück zu den Gräbern gehen könnte. Sie könnten ihren toten Brüdern Blumen bringen: Die Kränze von der Beerdigung sind doch inzwischen sicher verwelkt. Christel tritt vor den Käfig mit der einsamen Blindschleiche. Christel ergreift den Käfig. Sie wird jetzt in den Garten gehen und die Blindschleiche freilassen.

Von heute an wird sie jeden Tag ein Tier freilassen: erst die Schlangen, dann die Erdkröten und die Eidechsen, bis alle Tiere fort sind. Ein eigentümlicher Gedanke weht am äußersten Rand ihres Bewusstseins vorbei, streift sie sacht wie eine Vogelfeder.

Walter hat es hinter sich.

»Christel? Bitte, auf einen Moment, mein Kind.«

Fast hätte sie es geschafft. Fast wäre sie sicher in ihr Zimmer gelangt, nach diesem Abendessen, das sich ganz unerträglich in die Länge gezogen hat, sie war schon an dem großen Alpenglühen von Urgroßvater Stanislaus Kalckreuth vorbei. Sie hatte den Treppenabsatz schon erreicht, wo Onkel Leopold Kalckreuths Radierungen hängen.

»Mama?«

»Ich wollte es dir heute Morgen schon sagen. Wenn der junge Dohnányi dir Blumen mitbringt, dann soll er sie unten in der Küche abgeben. Er kann nicht einfach in dein Zimmer hineinmarschieren und sie selbst in eine Vase stellen.«

»Ja, Mama.«

»Bitte bedenke, es könnten Strümpfe von dir herumliegen.«

»Natürlich, Mama.«

Und haben Strümpfe herumgelegen, als Hans ihr gestern die Astern gebracht hat? Und warum hat er sie nicht schon gestern geküsst? Die Ungeduld klumpt sich in Christels Kehle zusammen wie Eulengewölle. Christel will nicht hier auf der Treppe stehen. Sie will nicht mit der Mutter reden. Sie will in ihr Zimmer gehen und Hans einen Brief schreiben, in dem sie ihn fragt, warum er sie nicht schon gestern geküsst hat, es ist der 28. September 1921.

Christel wird diesen Tag niemals vergessen. Sie wird nicht vergessen, dass sie an diesem 28. September siebzehn Jahre alt gewesen ist und Hans neunzehn. Sie wird nicht vergessen, dass sie das grüne Kleid anhatte und er den grauen Pullover, dass der Spätsommerhimmel über dem Hohenzollerndamm geleuchtet hat wie aus Glas, und direkt vor Nummer 89 kamen ihr drei junge Pudelchen entgegengetollt, so freudig, als hätten sie gerade auf Christel gewartet. Eigentlich wollte sie nur Hans' Schwester Grete besuchen. Wollte sie Grete besuchen?

Sie musste dazu durch Hans' Zimmer gehen. Sie klopfte an seine Tür. Er öffnete. Sie trat ein. Er schloss die Tür. Er stand da. Sie ging nicht mehr weiter. Er nahm sie in die Arme und küsste sie. Küsste sie und küsste sie, vor Gretes Tür, in dieser kleinen engen Nische zwischen der Wand und seinem riesigen Schreibtisch, dessen Ecke sich schmerzhaft in ihren Oberschenkel grub.

Ich liebe dich

Hat er das gesagt?

Liebste

Er hat das gesagt.

Willst du meine Frau werden?

Wohin trägt man ein solches Glück? Wohin wird man getragen? Die Welle will Christel emporheben, die Treppe hinauf und über den Gang in ihr Zimmer schwemmen, Christel stemmt sich ihr mannhaft entgegen. Sie darf sich keinesfalls etwas anmerken lassen. Sie muss unter allen Umständen den Schein wahren: An eine offizielle Verlobung ist im Moment ja überhaupt nicht zu denken. Hans hat noch nicht einmal sein Studium beendet, geschweige denn die komfortable Stelle gefunden, auf der der Vater ohne Zweifel bestehen wird, die Mutter blickt zu ihrer Tochter empor.

»Also, Christel. Sprich bitte mit Hans. Er ist manchmal etwas zu unbesorgt. Er scheint zu glauben, dass gutes Benehmen vor allem eine Sache schöner Worte ist.«

Dieser Vorwurf nun wieder. Der generelle Bonhoeffersche Vorbehalt gegen alles, was gesucht oder womöglich unecht anmutet: Aber Hans ist doch nicht etwa aufgeblasen. Er ist nicht großspurig, ganz und gar nicht, auch wenn er gelegentlich Fremdwörter verwendet oder eine Geschichte erzählt, ohne vorher genau abzuwägen, ob der Anspruch, etwas berichten zu können, überhaupt an den Tisch der Bonhoeffers passt.

»Ich werde mit Hans reden, Mama.«

»Gut, mein Kind. Kommst du später noch einmal herunter?«

»Ich denke nicht. Ich gehe bald zu Bett. Ich bin müde.«

»Dann schlaf gut.«

»Du auch. Gute Nacht, Mama.«

Geschafft. Christel ist frei. Sie kann nun entfliehen, die Treppe hinauf und über die Diele, die Tür fällt hinter ihr zu. Das Zimmer nimmt sie auf. Hans' Astern stehen auf dem Schreibtisch. Ein langer weißer Strumpf hängt über der Stuhllehne. Hans' Buch liegt auf dem Nachttisch, oben auf einer Ausgabe von Goethe-Gedichten. Es liegt dort seit zwei Jahren: seit Hans es ihr geschenkt hat,

Sophie, mein Henkersmädel,
komm, küsse mir den Schädel!
Zwar ist mein Mund
ein schwarzer Schlund,

Morgenstern. Die ›Galgenlieder‹: Hans' erstes Geschenk an sie. Das Thema ihres ersten Briefs an ihn.

Lieber Hans,

vielen vielen Dank für das Buch. Ich habe jetzt andauernd darin gelesen, und das, obwohl ich griechische Verben zu lernen gehabt hätte –

Und wie lange wird sie diese Geheimniskrämerei ertragen? Wie lange wird Christel es aushalten, ihrer eigenen Mutter Theater vorzuspielen?

So lange, wie es eben nötig ist. Christel ist nicht zu Heimlichkeiten erzogen worden, aber sie wird sich daran gewöhnen. Sie nimmt das Buch in die Hand. Der Einband ist abgegriffen, staubfrei.

Sophie, mein Henkersmädel,
komm, schau mir in den Schädel!

Die Augen zwar,
sie fraß der Aar –

Das Kichern steigt ihr in die Kehle, ununterdrückbar wie jedes Mal an der Stelle. Als wäre der Tod am Galgen nichts als ein bedauerliches Missgeschick. Als wären leergefressene Augenhöhlen eine kleinere Peinlichkeit, über die eine Dame taktvoll hinweggeht.

Liebste! Ist es dir ernst?

Sie hat es Hans wieder und wieder bestätigt. Er hat sie wieder und wieder gefragt.

Ist es dir wirklich ernst?

Wirst du mich wirklich heiraten?

Sie hat Ja gesagt, ja, ja, ja, erst atemlos flüsternd, dann lachend und mit Überschwang. Zuletzt ernst, ganz ernst, immer hoffend, er würde sie noch einmal fragen und noch einmal. Und wird Hans wohl bereit sein, den Akzent in seinem Nachnamen zu streichen? Sie muss mit ihm dringend darüber reden. Dieses á ist doch ein wenig zu fremd. Es ist zu ausländisch, jedenfalls in einem Nachnamen für Christel Bonhoeffer. Außerdem werden sie Ringe brauchen. Darum wird Christel sich allein kümmern. Sie wird Hans nicht damit beschweren. Er hat ja kein Geld. Christel kann vielleicht ihre Präparate verkaufen: ihre Flusskrebse, die Feuersalamander, die Frösche in verschiedenen Entwicklungsstadien, die Wespen, Schmetterlinge und Wanzen, die sie zum Teil vom Vater erhalten, zum Teil noch mit Walter zusammen präpariert hat. Walter würde es völlig in der Ordnung finden, wenn Christel jetzt die Sachen verkauft.

Der tote Bruder. Der Sammler und Jäger: Die Erinnerung an ihn ist wie in einem Glasdöschen aufbewahrt. Ihm würde Christel ihr Geheimnis verraten. Christel in der Wangenheimstraße 14 geht in ihrem Zimmer umher. Sie berührt hier einen

Buchrücken, dort ein Bild. Sie berührt die Astern, die Hans ihr gestern mitgebracht hat, den Briefbeschwerer aus Glas, den Hans ihr letztes Jahr zum Geburtstag geschenkt hat, es kommt Christel vor, als lebte sie schon sehr lange. Als wäre sie schon ziemlich alt, jetzt, hier, am Ende dieses einen Weges und am Anfang eines neuen, Christel war zwölf, als sie in das Haus in der Wangenheimstraße gezogen sind. Es war das dritte Kriegsjahr. Die Mutter ließ Möhren säen, die Kinder legten Kartoffeln. Der Vater ordnete an, Hühner anzuschaffen, eine Milchziege.

Die Ziege ist immer noch da, auch die Hühner. Der Krieg ist vorbei, aber die Versorgungslage ist schlechter denn je, Christel ist froh, dass die Ziege da ist. Sie ist froh über die Kaninchen, die Hühner, den Garten. Sie liebt dieses Haus, seine Dielen und Flure, seine Wirtschafts- und Wohnräume, das Musikzimmer mit dem Flügel, das Südzimmer mit den Präparaten, das Bastelzimmer, in dem sie Strohsterne, Ostereier, kleine Mitbringsel fertigen, das alte Schulzimmer, in dem die Mutter die drei Jüngsten unterrichtet hat: Dietrich, Sabine und die kleine Suse. Christel liebt die Alpenlandschaften von Urgroßvater Kalckreuth, die Radierungen seines Sohnes Leopold, die holländischen Flusslandschaften und Stillleben. Sie liebt die Teppiche, die Lampen, sogar die Schüsseln, Töpfe und Tassen, die Fransen an den Deckchen und die Streifen in der Tapete. Alles hier sagt »zu Hause« zu Christel. ZU HAUSE, in Großbuchstaben. Das Haus umgibt sie wie eine Haut. Wie ein Kokon: den sie nun bald sprengen wird, um ihm zu entschlüpfen.

Liebste
Meine Liebste
Meine Frau
Bald, bald, hoffentlich bald meine Frau

Christel öffnet das Fenster zum Garten. Draußen rauscht die Septembernacht. Der erste Biss der Herbstkühle ist bereits fühlbar, in der nächtlichen Luft. Auf dem Heimweg vorhin war es noch ganz warm. Es dämmerte schon. Sie schoben die Räder. Sie gingen nebeneinander, ohne sich zu berühren. Sie gingen langsam, randvoll mit Schwüren, Beteuerungen, schwindlig von dem, worauf sie sich einließen: auf ihr Leben. Sie gingen durch die Franzensbader Straße, dann durch die Reinerzstraße. Der Weg, den sie gingen, war voller Bedeutung. Es war ja nun der Weg in die Zukunft, jeder Schritt ein Schritt auf dem Lebensweg, den sie zusammen gehen würden. Hans küsste sie noch einmal, mitten dort auf der Straße. Es war fast dunkel. Er glühte vor Glück, als er sie losließ: Und dann mussten sie sich furchtbar beeilen, damit Christel noch pünktlich zum Essen kommen würde. Hans hat es bestimmt nicht mehr rechtzeitig geschafft.

Ob seine Schwester etwas bemerkt hat? Ob seine Mutter ungehalten war? Christel sieht in den Garten hinaus. Die Baumkronen rauschen. Die Sterne halten still, über dem Haus. Einen Moment ist es ihr, als stünde Walter dicht hinter ihr. Sie denkt seinen Namen, wie einen Ruf. Dann denkt sie den ihren.

Hans und Christine von Dohnanyi

»Heiraten?«

Gerda Walras und Christel Bonhoeffer sitzen auf der Bank unter der Linde, wo sie oft die Vorlesungspausen verbringen. Gerda ist das einzige Mädchen, das Christel bis jetzt an der Universität kennengelernt hat.

»Ich werde niemals heiraten«, sagt Gerda Walras. »Ich könnte das nicht. Niemals könnte ich es ertragen, von einem Menschen abhängig zu sein.«

Christel ist erstaunt. Unter diesem Aspekt hat sie noch nie

über die Ehe nachgedacht. Wird sie von Hans abhängig sein, wenn sie ihn heiratet?

»Ja aber bitte, natürlich werden Sie das. Wer wird denn das Geld verdienen? Wer wird also darüber entscheiden, wofür man es ausgibt? Ganz davon zu schweigen, dass die Ehe eine Frau schon durch die Art der häuslichen Arbeiten zu einem besseren Dienstmädchen herabwürdigt.«

Christel runzelt die Stirn. Sie denkt an ihre Mutter. Ist Paula Bonhoeffer ein besseres Dienstmädchen? Die Idee ist absurd. Und wird Christel ihren Mann um ein paar Pfennige für neue Strümpfe bitten müssen, wenn sie erst einmal verheiratet sind? Wird Hans ihr die Groschen verweigern? Es erscheint Christel nicht nur lächerlich, sondern geradezu geisteskrank, eine Ehe unter solchen Aspekten zu betrachten. Eine Ehe besteht doch nicht darin, dass man einem Mann das Essen kocht und die Wäsche macht.

Dann wäre Christel ja mit ihrem Bruder Dietrich verheiratet, dem sie neben dem Studium den Haushalt führt. Manchmal kommt auch Just Delbrück zum Essen dazu. Christel stopft Just Delbrücks Strümpfe, weil dessen Wirtin sich weigert. Christel hasst es, Justs Strümpfe zu stopfen. Sie tut es aber trotzdem. Sie hat sich bei Hans über Dietrich und Just beschwert. Hans war besorgt. Wird Christel, wenn sie verheiratet sind, womöglich auch das tägliche Haushalten hassen?

Aber das ist natürlich Unsinn. Eine Ehe ist eine ganz andere Sache. Eine Ehe ist ein Leben. Just und Dietrich sind nicht Christels Leben. Was Christel für Dietrich und Just tut, führt nirgendwo hin, es behindert sie nur beim Studieren. Tatsächlich ist Just gemein. Er spielt Christel gegenüber nur zu gern die Rolle des älteren Bruders, aber im Kreis der Studenten reißt er blöde Witze, genau wie die anderen. Er scharrt mit den Füßen und johlt, wenn Christel oder ein anderes Mädchen den Hörsaal betreten. Und dann hat die Mutter ihr vor einiger Zeit doch allen Ernstes nahegelegt, sie möchte lieber Just als Hans heiraten.

»Christel, mein Kind. Hans hat keine guten Aussichten. Er ist das Kind einer gescheiterten Künstlerehe. Er ist immer ein wenig großspurig, und er ist katholisch erzogen. Just und du, ihr würdet so gut zueinander passen. Der familiäre Hintergrund ist ähnlich, auch der religiöse. Solche Ähnlichkeiten können entscheidender für das Gelingen einer Ehe sein als romantische Gefühle.«

Christel hat die Mutter gefragt, ob sie vergessen hat, dass Hans protestantisch konfirmiert worden ist. Die Mutter hat Christel daran erinnert, dass die Eltern nichts als Christels Wohl im Auge haben. Das ist natürlich wahr. Christel hat also alles daran gesetzt, die Eltern davon zu überzeugen, dass es Hans ist, den sie zu ihrem Wohl braucht. Das haben die Eltern inzwischen akzeptiert. Sie haben Hans angenommen, als zukünftigen Schwiegersohn. Seitdem hat sich das Blatt gewendet. Nun stärken sie Hans den Rücken, wenn er seine Wünsche äußert.

»Mein liebes Kind«, sagt der Vater. »Wenn du entschlossen bist, Hans zu heiraten, und er als dein zukünftiger Mann auf eine baldige Hochzeit drängt, dann ist es kaum vertretbar, ihn wegen deiner Doktorarbeit noch ein oder zwei Jahre lang hinzuhalten. Du wirst auf die Promotion verzichten müssen. Das Studium ist nun ja ohnehin nicht mehr sinnvoll.«

Im Grunde stimmt Christel den Eltern zu. Christel hat auch gar keine Lust mehr zu studieren. Christel wird heiraten, sie wird mit Hans in Hamburg einen eigenen Hausstand gründen. Er wird seine Referendarausbildung absolvieren und seine Promotion vorbereiten, und Christel wird ihn dabei unterstützen. Sie wird es ihm wohnlich, gemütlich und nett machen. Sie wird sich um Haus, Garten und zukünftige Kinder kümmern, um die Freunde und die Familie, so wie Paula Bonhoeffer es ihren Töchtern vorgelebt hat, jemand muss im Mittelpunkt des Gewebes verankert sein, das alles überspannt. Jemand muss der Pfahl sein, an dem die anderen sich emporranken, sonst liegt alles zertreten am Boden.

»Mann und Frau brauchen doch einander, meinen Sie nicht?«, sagt Christel zu Gerda Walras. »Die Abhängigkeit des Mannes von der Frau ist doch im Grunde ebenso groß. Es ist nur eine andere Art von Abhängigkeit.«

»Unsinn«, sagt Gerda Walras. »Das versucht man uns natürlich einzureden. Aber wer das Geld hat, hat das Sagen. Und überhaupt, wie kann man sich damit abfinden, den Rest seines Lebens Köchin zu sein? Wer einmal in der Forschung tätig war, dem kann das doch niemals mehr genügen.«

Christel schweigt.

Sie wünschte, sie könnte anständig kochen. Sie wünschte, sie könnte irgendetwas Wirkliches: ein Hemd faltenfrei bügeln, Socken stricken, Pflaumen einmachen, Salat ziehen. Tatsächlich ist sie noch weit davon entfernt, den Ansprüchen zu genügen, die die Ehe an sie stellen wird. Die Bonhoeffers hatten ja immer Dienstmädchen. Christel hat schon erwogen, sich selbst für eine Weile als Dienstmädchen zu verdingen, damit sie endlich einmal etwas Nützliches lernt. Aber die Eltern haben es ihr verboten. Christel ist sich nicht sicher, ob es am Ende nicht womöglich leichter wäre, Zoologin zu werden als eine gute Hausfrau, Ehefrau und Mutter. Die Zoologie ist immerhin ein Beruf, den man studieren kann.

»Und was ist mit Kindern?«, sagt Christel zu Gerda Walras. »Wollen Sie denn keine Kinder haben?«

Gerda Walras schnaubt. »Kinder. In der heutigen Zeit? Wer kann denn die Verantwortung übernehmen, Kinder in diese

Welt zu setzen? Nein, meine Entscheidung ist gefallen. Ich bin dreiundzwanzig. Ich werde nächstes Jahr promovieren. Ich werde das Leben einer modernen Frau führen.«

»Ich wünsche Ihnen dabei viel Glück«, sagt Christel.

Sie steht auf, sie packt ihre Sachen zusammen. Christel sieht jetzt klar. Sie ist sehr froh, dass sie diese absonderliche Person getroffen hat. Sie weiß nun genau, was sie keinesfalls will: Sie will sich nicht in Gerda Walras verwandeln, Christel wird Hans heiraten. Sie wird ihr Studium abbrechen. Sie ist ganz erleichtert: Wahrscheinlich ist doch die Häuslichkeit das einzige Feld, auf dem die Frau genuin etwas Großes, Eigenes zu leisten vermag, weil sie hier ganz für das Glück der anderen da ist. Das hat sie auch schon an Hans geschrieben,

Wir Frauen brauchen andere Menschen. Wir brauchen es, andere zu lieben und in der Sorge für sie aufzugehen, so wie ihr Männer ganz im Sachlichen aufgehen könnt.

»Ich will frei sein«, sagt Gerda Walras. »Ganz frei. Ich kann mir nicht vorstellen, in engster Gemeinschaft mit jemandem zu leben, auf Gedeih und Verderb auf ihn angewiesen zu sein. Es geht ja nicht nur um die wirtschaftliche Machtlosigkeit. Es geht auch darum, dass das eigene Schicksal dann von einem anderen Menschen abhängt, von seinem Tun oder Nichttun, von seinem Sein oder Nichtsein. Es ist, als stellte man dem Schicksal eine Geisel. Nein. Dieser Gedanke ist mir unerträglich.«

Christel und Hans heiraten 1925 in Berlin und ziehen nach Hamburg, wo Hans von Dohnanyi sein Referendariat ableistet und nebenbei an Professor Albrecht Mendelssohn-Bartholdys Institut für Auswärtige Politik tätig ist. Das Institut soll die jüngste europäische Geschichte aufarbeiten. Es soll untersuchen, ob es in der Politik gesetzmäßig ablaufende Prozesse gibt, deren Erforschung und Kenntnis dazu dienen könnten, weitere Kriege zu verhüten. Es soll Leitlinien entwickeln für eine friedensorientierte und demokratisch legitimierte Außenpolitik. Mendelssohn ist im Übrigen Mitglied der Vereinigung für eine Politik des Rechts, der auch Professor Delbrück angehört, Hans von Dohnanyis Ersatzvater seit Kindertagen. Wahrscheinlich steckt also er dahinter, dass Hans diesen Posten bekommen hat, so wie ja auch Adolf von Harnack seinen Neffen Arvid an Mendelssohns Institut empfohlen hat.

Arvid hat Hans von Dohnanyi in Hamburg willkommen geheißen. Sie sind einander seitdem mehrfach begegnet. Hans sieht ein wenig zu dem ein Jahr älteren Arvid auf, der bereits im Begriff steht, sein zweites Studium zu beginnen. Er erhofft sich auch einigen Nutzen daraus, dass Arvid den für Hamburger Referendare wichtigen Regierungsdirektor Meyer kennt. Aber darüber hinaus gibt es zwischen den beiden nicht allzu viele Berührungspunkte. Arvid Harnack ist in Aufbruchstimmung, er ist auf dem Sprung nach Amerika. Hans von Dohnanyi dagegen ist bereits ein verheirateter Mann.

Er ist nicht aus innerem Drang Jurist geworden. Er wollte vor allem schnellstmöglich Geld verdienen, um die Grundlagen für seine Ehe mit Christel zu schaffen. Nun allerdings ist er entschlossen, beruflich etwas zu leisten. Und geht Hans ganz im Sachlichen auf, wie Christel es von den Männern annimmt?

Hans möchte für Christel sorgen, damit sie für ihn sorgen kann. Christel lernt das Kochen, das Nähen. Gemeinsam entdecken sie die Freuden des unbeobachteten Lebens: Zum ersten Mal wohnen sie nicht in der Nähe ihrer Familien. Bald erwarten sie ihr erstes Kind. Und wer führt nun an Christels Statt Dietrich Bonhoeffers Haushalt?

Aber Dietrich ist ja inzwischen so gut wie fertig mit dem Studium. Er wird in diesem Jahr 1927 seine Doktorarbeit abschließen. Im kommenden Januar wird er das erste theologische Examen ablegen. Und er hat sich verliebt, in eine Kommilitonin.

Sie sehen einander beinahe täglich. Sie sitzen im Hörsaal nebeneinander, sie diskutieren über Theologie, natürlich hat sie von Dietrichs Gefühlen keine Ahnung. Natürlich sind seine Gefühle ganz und gar einseitig, daran hegt Dietrich nicht den geringsten Zweifel. Es ist anders ja gar nicht möglich. Er hat deshalb auch zu niemandem davon gesprochen. Er will nicht von ihr sprechen. Er wünschte, er müsste nicht ständig an sie denken. Er wünschte, er müsste nicht so sehnsüchtig an sie denken. Er wünschte, er wäre frei, und diese ziehende schwere Verzweiflung fiele von ihm ab, dieser Überdruss, der wie Lehmklumpen an der Seele hängt, es ist eine Anfechtung. Acedia: die Krankheit der schwarzen Trauer, des Verfaulens bei lebendigem Leib, die Apathie, die dazu führt, dass man sich angeekelt abwendet von Gottes Schöpfung, dass man der Welt und dem eigenen Platz darin jeden Sinn abspricht, die Acedia ist eine Todsünde. Ein Christ ist nicht verzweifelt. Wie kann er es sein, wenn er doch in der Gnade lebt, wenn er alles aus der gütigen Hand Gottes empfängt?

Dietrich sitzt am Fenster in seinem Zimmer in der Wangenheimstraße. Von unten klingen die Stimmen der anderen herauf. Man hat sich wegen des wunderbaren Sommerwetters zum Kaffee in den Garten begeben, auch Dietrich wird gleich wieder hinuntergehen.

Onkel Dietrich: Er ist der Pate der kleinen Marianne, deren Taufe sie heute feiern, des ersten Kindes seiner Zwillingsschwester Sabine und ihres Mannes Gerhard Leibholz. Sabine und Gert haben letztes Jahr geheiratet, nicht zur reinen Freude von Sabines Vater.

Gert ist freilich ein sehr angenehmer Mensch. Er ist intelligent, er ist fleißig: Mit neunzehn hat er über Fichte und den demokratischen Gedanken promoviert, dann hat er Jura studiert und mit zweiundzwanzig Jahren seinen zweiten Doktortitel erworben, dennoch fürchtet Karl Bonhoeffer, dass sein Schwiegersohn beruflich vielleicht nicht so vorankommen wird, wie er es verdient. Man wird ihm möglicherweise weniger begabte junge Männer vorziehen.

»Ich sehe es doch bei meinen jüdischen Kollegen«, hat der Vater zur Tochter gesagt. »Ich sehe, dass selbst mein Einsatz oft nicht zu helfen vermag.«

Sabine hat sich aber nicht beirren lassen. Sie hat lediglich eingewilligt, mit der Heirat noch zwei Jahre zu warten, bis zu ihrem zwanzigsten Geburtstag.

Und nun ist sie einundzwanzig, und sie ist Mutter.

Volljährig ist sie, erwachsen wie Dietrich, Dietrich sitzt in seinem Zimmer. Er lässt das Unglück, das heulende Elend, die wilde Sehnsucht emporsteigen, er lässt zu, dass sie ihn überschwemmen, gleich wird er den Kampf aufnehmen. Gleich wird er in der Lage dazu sein. Dietrich Bonhoeffer vergräbt das Gesicht in den Händen. Er überlegt, dass er ins Ausland gehen sollte. Er muss fort.

Heb auf, was Gott dir vor die Tür legt!

Das hat Onkel Adolf einmal zu Emmi Delbrück gesagt. Adolf von Harnack: Er hat mitten im sonntäglichen Bocciaspiel auf der Wiese zwischen dem Delbrück- und dem Harnack-Haus innegehalten.

»Emmi, mein Kind. Eine Frau muss keine großartigen Lebenspläne haben. Das behindert sie nur in ihren Pflichten. Aber nimm dir vor, dass du immer aufheben willst, was Gott dir vor deine Tür gelegt hat.«

Und das wäre was? Emmi sitzt im Wohnzimmer der Bonhoeffers. Sie ist zu einer kleinen Tanzerei herübergebeten worden: Gert Leibholz ist inzwischen als Professor in Greifswald tätig, und nun ist er mit Sabine zu einem kurzen Besuch nach Berlin gekommen. Emmi wollte eigentlich am liebsten absagen und zu Hause bleiben. Aber Klaus und Dietrich Bonhoeffer haben sie gedrängt, und auch die Mutter hat ihr zugeredet.

»Geh ruhig, Kind. Es tut dir gut, wenn du ein wenig aus dem Haus kommst.«

Also hat Emmi sich einen Stoß gegeben. Und hier sitzt sie nun. Dietrich spielt wie üblich Klavier. Er ist erst vor einigen Monaten aus Spanien zurückgekehrt, aus Barcelona, wo er Vikar der dortigen Auslandsgemeinde war. Auch Emmi ist in Spanien gewesen.

Sie ist nach Madrid gereist, um ihre Schwester nach der Geburt ihres ersten Kindes zu pflegen. Dann ist sie ganz allein weitergefahren, immer weiter nach Süden bis hinunter ins wilde Marokko. Und in dieser Zeit ist ihr Vater gestorben. Es ist schwer, einen solchen Tod zu fassen. Emmi hat sich ja nicht vom Vater verabschieden können. Gegen alles Wissen rechnet sie noch immer damit, dass sein Tod sich als ein Irrtum herausstellt.

Dietrich spielt einen Walzer. Es wird getanzt. Emmi fühlt sich fremd. Wie ist das möglich? Eine ganze Jugend lang haben sie zusammen in diesen Räumen getanzt, die Dohnanyis und Delbrücks, Bonhoeffers und Harnacks. Nun sind Sabine Bonhoeffer und Gert Leibholz verheiratet, ebenso Christel Bonhoeffer und Hans von Dohnanyi. Hans' Schwester Grete hat sich mit Karl Friedrich Bonhoeffer verlobt, und Ursula Bonhoeffer hat den Regierungsrat Rüdiger Schleicher geehelicht, der als Einziger nicht von Anfang an zum Bonhoefferschen Jugendzirkel gehört hat. Emmi verschränkt die Arme.

Klaus ist nicht da.

Er hat so gedrängt, dass sie kommen solle, und nun ist er nicht da. Am anderen Ende des Bonhoeffer-Salons ist Unruhe entstanden. Ein verspäteter Gast ist eingetroffen: eine füllige junge Dame, die nun von einem zum anderen geht, jeden Einzelnen begeistert begrüßt. Emmi zieht die Brauen hoch.

Emilie Delbrück, schmal, selbstverständlich ungeschminkt, mit feinem Gesicht und straffgescheiteltem aschblondem Haar: Sie muss aufpassen, dass sie die füllige Dame nicht anstarrt. Die Dame ist unglaublich vulgär. Ihr Rock ist zu kurz, ihre Bluse zu eng. Der kokette Gesichtsschleier lässt den bemalten Mund frei, den sie den Männern aufreizend hinhält, wie konnte sich eine solche Person zu Bonhoeffers verirren?

Aber Emmi könnte lachen. Zum ersten Mal seit dem Tod ihres Vaters empfindet sie eine unbändige Lachlust. Es liegt an den empörten Gesichtern der weiblichen Gäste. Ein Jüngling küsst errötend die Hand der vulgären Person, ein älterer Herr verneigt sich vor ihr, dann wirbelt er mit ihr auf die Tanzfläche hinaus: Und nun presst Emmi die Hand vor den Mund. Nun funkeln ihre Augen, nun ist sie sehend, wie konnte sie nur dermaßen blind sein?

Die üppige Dame ist Klaus Bonhoeffer.

Emmi hat oft genug mit Klaus Bonhoeffer getanzt, um diese Drehungen zu erkennen. Klaus ist nicht ganz schlank, das ist wahr. Er isst gern, er schätzt gute Weine, er verfügt über ein kleines Mokkaservice, mit dem er sich nach dem Essen selbst den türkischen Trank braut, aber er ist ein eleganter Tänzer, Emmi braucht all ihre Selbstbeherrschung, um nicht vor Vergnügen aufzuschreien, die anderen Gäste am Arm zu packen und ihnen ihre Erkenntnis zuzuflüstern. Und jetzt löst sich die Dame aus den Armen ihres Galans. Sie kommt direkt auf Emmi zu. Emmi legt die Hände an die Wangen, lacht ihm entgegen.

»Schönes Fräulein«, sagt Klaus zu ihr. Er lüftet den Schleier ein winziges bisschen. Sie sieht seine Augen: sehr männliche Augen. »Darf ich fragen, was Sie hier tun, inmitten all dieser erregten Damen? Sie sind kaum halb so alt wie die anderen und nicht ein Viertel so breit. Bitte treffen Sie mich in zehn Minuten draußen in der Diele. Ich muss Ihnen eine wichtige Frage stellen.«

Die Gedenkstunde kann nun endlich beginnen. Sie sind jetzt alle versammelt, die Mitglieder der vielfach miteinander verflochtenen Familien der Harnacks, Delbrücks, Bonhoeffers und Dohnanyis. Die Stimmen sind gedämpft, wie es dem Anlass entspricht. Es ist viel Prominenz erschienen. Vertreter der Wissenschaft, der Politik, des öffentlichen Lebens schreiten gemessen die Stuhlreihen entlang, beugen sich über die Hände der verwitweten Schwestern in der ersten Reihe, Amalie von Harnack und Caroline Delbrück haben beide ihre Männer verloren, innerhalb von nur zwölf Monaten. Es ist der 15. Juni 1930, 11.30 Uhr.

Durch die geöffneten Fenster des Goethe-Saals strömt der Duft der Lindenblüten herein. Der Glanz des Sommerhimmels draußen über dem Park will nicht recht zur Trauergarderobe der Anwesenden passen: Das denkt Ernst von Harnack, der ganz hinten im Saal steht, er fühlt sich ein wenig unwohl.

Natürlich liegt das zum Teil an der Wärme. Es liegt an dem Kragenknopf, der heute eng sitzt wie nie. Vor allem liegt es aber daran, dass Ernst sich ständig dabei ertappt, auf die Ankunft seines Vaters zu warten. Der Regierungspräsident von Merseburg Ernst von Harnack ist zweiundvierzig Jahre alt und längst selbst mehrfacher Vater: Aber es will ihm noch immer nicht in den Kopf, dass Adolf von Harnack heute nicht teilnimmt, an dieser Feier zu seinen Ehren. Freilich, der Vater war beinahe achtzig. Aber ist das Ausmaß der Lücke, die einer hinterlässt, eine Frage der Jahre?

Ernst hat nicht damit gerechnet, dass sein Vater nicht mehr von dieser Vortragsreise nach Heidelberg zurückkehren würde. Er hat nicht damit gerechnet, dass die Trennung so plötzlich kommen würde, so unangekündigt, Adolf von Harnack ist vor fünf Tagen gestorben. Seitdem hat die Trauerfeier in Heidelberg stattgefunden, die Einäscherung in Berlin, die Gedächtnisfeier der Berliner Theologischen Fakultät. Nun ist noch diese Gedenkstunde der Kaiser-Wilhelm-Gesellschaft zu überstehen. Und dann ist es vorbei. Dann wird man mit seinem Verlust ins Private entlassen.

»Die Demokratisierung der Kirche. Ein entschiedenes Wirken für Frieden und Völkerverständigung. Das umschreibt unsere Aufgaben.«

Adolf Grimme steht neben Ernst. Der preußische Kultusminister, Sozialdemokrat und Parteifreund aus dem Bund religiöser Sozialisten: Er spricht mit Ernsts Vetter Arvid, Ernst hat die beiden vorhin miteinander bekanntgemacht, auf Arvids dringenden Wunsch. Arvids Ansinnen gerade jetzt war vielleicht nicht sonderlich pietätvoll. Andererseits ist dies womöglich der wahre Sinn solcher Gedenkstunden: unter dem Bild des Verstorbenen Menschen zusammenzuführen, die einander sonst gar nicht begegnet wären, Arvid und Adolf Grimme stehen dicht beieinander, einander zugeneigt. Ernst fällt auf, dass sie das gleiche Brillenmodell zu tragen scheinen, die gleichen randlosen Gläser, die gleichen goldfarbenen Bügel.

Darum sollt ihr das Land nicht verkaufen für immer. Denn das Land ist mein, und ihr seid Fremdlinge und Gäste bei mir.

Arvid lächelt. Der Effekt ist erstaunlich. Sein etwas trockenes Bürokratengesicht belebt sich augenblicklich. Seine Züge werden warm und hell, wie unter einer plötzlichen Aprilsonne.

»Das würde meiner Frau gefallen«, sagt er.

Mildred Fish-Harnack, die Amerikanerin. Ernst sieht sich nach ihr um. Mildred begleitet soeben ihre Schwiegermutter und ihren jungen Schwager Falk an ihre Plätze in der Saalmitte. Wie immer wenden sich Köpfe, folgen ihr Blicke. Mildred ist groß, von eleganter Haltung. Sie ist auffallend, wie eine Schauspielerin: Sie trägt altmodische Kleider, die ihr wunderbar stehen, sie steckt ihr leuchtend blondes Haar zu altmodischen Frisuren hoch, sie scheint sich ihrer Anziehungskraft aber gar nicht bewusst zu sein. Wahrscheinlich ist es nur Geldmangel. Wahrscheinlich versucht Mildred einfach, das Beste zu machen aus den bescheidenen Verhältnissen, in denen sie und Arvid leben.

»Ach, lieber Ernst. Was lässt sich sagen?«

Vetter Just ist herangetreten, Justus Delbrück.

»Es ist so schmerzlich, wenn man den Vater verliert, egal in welch hohem Alter er war. Ja, aber nun sind sie fort. Nun sind sie beide gegangen, unsere großen alten Herren.«

Diese beiden Musterexemplare ihrer Generation: großbürgerlich, demokratisch, unbedingte Patriarchen und schamlose Verfechter eines aufgeklärten Nepotismus.

»Das Ende einer Epoche. Es ist das Ende einer Epoche.«

»Dennoch, es macht mich froh, dass wir heute gerade hier zusammengekommen sind«, sagt Dietrich Bonhoeffer.

Er ist an Justs Seite getreten und hat Ernsts Hand ergriffen, durchaus mit Ehrerbietung gegen den älteren. Er gehört zu den Rednern der heutigen Feier, als Vertreter der jüngsten Generation ehemaliger Schüler Adolf von Harnacks.

»Hier im Harnack-Haus in Dahlem«, sagt Dietrich. »Es macht mich froh, lieber Ernst, dass dein Vater die Eröffnung dieses Hauses letztes Jahr noch miterleben konnte. Wie war es ihm doch befriedigend. Wie hat es sein Streben der letzten Jahre gekrönt, dass es ihm gelungen ist, in Berlin diese internationale Begegnungsstätte der Forschung geschaffen zu haben.«

Das ist allerdings wahr. Fast muss Ernst lächeln. Inzwischen haben die meisten Trauergäste Platz genommen.

Röcke rauschen, hier und da räuspert sich jemand. Allmählich wird es still. Das Streichquartett spielt das Adagio aus Haydns ›Quartett in g-Moll‹. Dann tritt der erste Redner ans Pult: Friedrich Schmitt-Ott, Präsident der Notgemeinschaft der deutschen Wissenschaft. Emmi Delbrück, die neben ihrem Verlobten Klaus Bonhoeffer sitzt, ist entschlossen, sich ganz auf die Reden zu konzentrieren.

Es ist aber schwer. Der Tag ist so wunderschön, die Sonne so golden. Emmi versucht an den Onkel zu denken. Sie sieht ihn im Garten des Harnackschen Hauses, mit seinen Bocciakugeln, umwimmelt von Kindern und Enkeln, Freunden und Verwandten.

Emmi, mein Kind. Ich werde dir was sagen. Wenn du mal nicht weißt, was du machen sollst, dann mach das, worauf du weniger Lust hast. Das ist fast immer das Richtige.

Emmi und Klaus werden am 3. September heiraten. Klaus hat ein wenig gedrängt. Er hat behauptet, er hätte sich gleich bei der allerersten Begegnung in Emmis Gang verliebt. In ihren Gang? In das Getrommel ihrer elfjährigen Füße allenfalls, auf der Straße vor dem Delbrückschen Haus, wo die Delbrück-Kinder mit Hans von Dohnanyi Schlagball spielten. Aber Klaus besteht darauf, er würde nun schon seit über zehn Jahren auf Emmi und das Eheglück warten, und allmählich verlöre er die Geduld. Es ging aber gar nicht schneller.

Klaus hat ja gerade erst seine Anwaltskanzlei eröffnet. Für Mietzahlungen fehlt ihnen vorerst das Geld. Sie werden deshalb bei den Bonhoeffers in der Wangenheimstraße wohnen. Natürlich wird das nicht einfach sein. Es wird Emmi nicht leicht werden, sich als Frischvermählte laufend die Ratschläge der Schwiegermutter und der langverheirateten Schwägerinnen gefallen zu lassen, ein Stoß lauer Luft weht durchs Fenster herein.

Emmis Herz dehnt sich, entfaltet die Flügel. Dieser Duft, diese köstliche Wärme, das blaugoldene Licht dieses wunderbar heiteren Raums! Und Klaus ist jedenfalls ein ganzer Kerl. Er ist ein Mann von Kraft, Geschmack und Humor, großzügig, weltläufig, mit warmen Händen und einem schönen Mund. Emmi schiebt heimlich ihre Hand unter Klaus' Arm.

Klaus sucht ihre Finger und umschließt sie. Seine Augen beginnen zu lächeln, obgleich sein Mund angemessen ernst bleibt. Kann man einem Menschen wahrhaft vertrauen, den man nach seinem zwölften Geburtstag kennenlernt? Emmi könnte trällern. Das Leben liegt vor ihr wie ein Sommertag. Wie durchsonnter Frühnebel, goldblendend und verheißungsvoll.

Vorn am Pult verneigt sich der Redner.

Aber der nächste steht schon bereit: Reichsinnenminister Joseph Wirth, der der Familie ein weiteres Mal sein tiefempfundenes Beileid ausspricht, noch einmal die Schwere des Verlusts betont, der die Kaiser-Wilhelm-Gesellschaft, die Gemeinde der Wissenschaftler, die ganze Nation trifft mit dem Hinscheiden dieses vorzüglichen Mannes: des Kirchenhistorikers Adolf von Harnack, noch vom Kaiser persönlich geadelt für seine Verdienste um Volk und Reich, Professor für Theologie, Mitglied der Berliner Akademie der Wissenschaften, Königlich-Preußischer Wirklicher Geheimrat, ehedem Generaldirektor der Königlichen Bibliothek und Preußischen Staatsbibliothek, Kanzler der Friedensklasse des Ordens Pour le Mérite, Träger des Adlerschildes des Deutschen Reiches und der nach ihm benannten Harnack-Medaille und erster Präsident der Kaiser-Wilhelm-Gesellschaft.

»Und so geht mit seinem Hinscheiden eine Epoche zu Ende.«

Ja. Ja doch. Mag sein! Aber was weiß der Mann? Christel von Dohnanyi ist mit einem Mal indigniert. Was reden sie alle? Was heißt das überhaupt: Ende einer Epoche? So plötzlich enden Epochen nicht. Sie brechen nicht mit einem Schlag ab. Sie versanden allmählich. Ein alter Mann stirbt, dann stirbt der nächste. Die Kinder werden erwachsen, heiraten und gehen fort. Die Enkel kehren nicht mehr zurück. Die Urenkel leben verstreut, sie vergessen. Räume leeren sich, bleiben leer, Fenster stehen offen. Enfernungen wachsen. Türen schlagen quietschend im Wind, Regen rinnt an den Wänden herunter, dann stürzt das Dach ein. Holunder und Birkenschösslinge treiben aus den Ruinen.

Darum sollt ihr das Land nicht verkaufen für immer. Denn das Land ist mein, und ihr seid Fremdlinge und Gäste bei mir.

Irgendjemand hat das vorhin gesagt. Es ist ein Bibelspruch. Christel weiß nicht, wo er steht. Sie wird nachher ihren Bruder Dietrich fragen, der vor ein paar Momenten ans Rednerpult getreten ist, es ist wirklich nett von Dietrich, dass er sich die Zeit nimmt.

Er legt immerhin gerade das Zweite Theologische Examen ab. Für die Ordination ist er allerdings noch zu jung. So wird er vorerst als Stipendiat am Union Theological Seminary in New York unterkommen, bis er das vorgeschriebene Mindestalter von fünfundzwanzig erreicht hat.

»Jeden, wem auch immer er begegnete, zwang er zur Ehrfurcht vor einem Leben, das im Geist und im Kampf um die Wahrheit geführt wurde«, sagt Dietrich.

Er spricht über Adolf von Harnack, seinen Lehrer. Er spricht wie immer, wenn er öffentlich spricht: schwer, stockend, suchend. Dabei ist er im Privaten durchaus gewandt. Er ist schlagfertig, witzig, er kann die Dinge auf den Punkt bringen. Christel von Dohnanyi sieht zu ihrer Schwester Sabine hinüber.

Sabine hält Gerts Hand. Sie erwartet ihr zweites Kind. Man sieht noch nichts, aber Sabine hat Christel die Nachricht vorhin zugeflüstert. Sabine sitzt kerzengerade, angespannt, jeden der Sätze ihres Zwillingsbruders mit ihm durchleidend. So war es schon immer. Als kleine Kinder waren Dietrich und Sabine wie eine Person. Wenn man den einen rief, kamen beide. Wenn man den einen schalt, weinten beide. Wenn Dietrich etwas erhielt, dankte Sabine, als hätte sie das Geschenk empfangen. »Sabine hat Hunger« konnte auch Dietrichs Hunger meinen, »Didi weint« konnte im Munde des einen wie des anderen Dietrichs, Sabines oder ihrer beider Tränen bezeichnen. Solche Bande sind unzerreißbar.

Familienbande sind unzerreißbar. Die Dohnanyis verdanken Christels Eltern ihre Möbel. Sie verdanken Paula Bonhoeffer das Kindermädchen für ihre drei Kinder. Sie verdanken es der Familie, dass sie überhaupt nach Berlin zurückgekehrt sind: Gert Leibholz hat Hans von Dohnanyi für einen Posten vorgeschlagen, der ihm selbst angeboten worden war. Hans ist nun persönlicher Referent des Reichsjustizministers Franz Gürtner. Christel sieht zu ihrem Mann hin, der Dietrich mit brüderlichem Stolz lauscht. Hans nennt die Eltern Mutter und Vater. Sie betrachten ihn als ihren Sohn. Und gibt es einen größeren Segen als den, dass die, die man liebt, auch einander lieben?

In Hamburg waren die Dohnanyis frei. Sie lebten ganz aufeinander konzentriert. Sie hatten sich einen eigenen Freundeskreis aufgebaut, fern von der Familie: Aber natürlich war es richtig, Hamburg zu verlassen.

Hans' Karriere hat schließlich Vorrang. Sie müssen darauf bedacht sein, dass Hans vorankommt, und hier in Gürtners Ministerium sitzt er im Zentrum der Geschehnisse. Aber warum hat Christel dann manchmal das Gefühl, die unbeschwertesten Jahre lägen womöglich schon hinter ihnen? Vorn am Pult kommt Dietrich zum Ende.

»Wir sahen in ihm den Vorkämpfer des freien Ausdrucks einmal erkannter Wahrheit. Das ist sein Vermächtnis an uns: echte Freiheit des Schaffens und Lebens, und zugleich tiefstes Gehalten- und Gebundensein, durch den ewigen Grund alles Denkens und Lebens.«

Die Worte verklingen in einem tiefen Moment des Schweigens. Dann setzt die Musik wieder ein. Beethoven, ›Opus 135‹. Der langsame Satz.

Wenn der Sturmsoldat ins Feuer zieht,
Dann hat er frohen Mut,
Und wenn das Judenblut vom Messer spritzt,
Dann geht's noch mal so gut.

Der letzte Akt des Kampfes um die Republik hat begonnen. Gegenüber der SA geraten Stahlhelm und Jungdeutscher Orden, die vaterländischen Verbände und die zahllosen miteinander rivalisierenden deutschvölkischen Gruppen und Grüppchen mehr und mehr ins Hintertreffen.

Die Juden und Marxisten,
Die bringen uns kein Heil,
Den Severing und Genossen
Erschlagen wir mit dem Beil.

Aber auch untereinander sind die Stürme nicht selten zerstritten. SA ermordet Kommunisten, SA schikaniert jüdisch wirkende Mitbürger, und SA verdrischt begeistert SA, auf Straßen, in Gaststätten und in Bierkneipen. Nacht für Nacht geht der ehemalige Waldorfschüler und gelernte Gärtner Maikowsky mit seinem berüchtigten Charlottenburger Sturm 33 auf die Jagd,

Wir sind die Nazileute
vom Mördersturm Charlottenburg
vom Mördersturm Charlottenburg!

Schamhaftes Schweigen kann man diesen Leuten kaum vorwerfen, jedenfalls nicht in Berlin. Vielleicht besteht in Dörfern eher Anlass zur Mäßigung. Vielleicht gebietet in kleinen Städten, abgelegenen Ortschaften gelegentlich politisches Kalkül, die wahren Absichten der Nationalsozialisten zu verschleiern. Aber in Berlin ist der Fall klar. Die Kolonnen brüllen und grölen auf den Straßen, man muss etwas unternehmen.

Man muss sich der Flut entgegenstemmen. Man kann nicht tatenlos beiseitestehen, man muss aktiv werden: So sehen es die Harnacks. Mildred hat deswegen ein paar ihrer Studenten eingeladen. Sie sitzen rund um den großen Esstisch, den Mildred mit Plätzchentellern, mit Blumen und Kerzen nett und wohnlich gemacht hat. Mildred hofft weiterhin auf das Beste. Sie trifft sich regelmäßig privat mit ihren Studenten, wie es in Amerika üblich ist. Sie empfiehlt ihnen Bücher, dann geht man im Tiergarten spazieren und spricht über das Gelesene: über Emerson oder Kipling oder über Walt Whitman, es verrät viel über einen Menschen, wie er auf ein Gedicht oder eine Erzählung oder einen Film reagiert. Und wenn Mildred zu dem Schluss kommt, einen brauchbaren Menschen vor sich zu haben, dann stellt sie ihn ihrem Arvid vor. Heute zum Beispiel dreht sich das Gespräch um einen Film, der in Frankreich wegen Deutschfreundlichkeit zensiert, in Deutschland wegen Deutschfeindlichkeit verboten worden ist.

»Es ist doch klar. Der Film ist eine Absage an den Nationalismus. Die Helden definieren sich nicht über ihre Nationalität, sondern über ihre Menschlichkeit. Über ihre Klassenzugehörigkeit. Der Film zeigt, worum es geht. Wir müssen den Nationalismus überwinden.«

»Gar keine Frage. Die Industriebarone sind uns darin längst voraus. Die denken längst nicht mehr national. Den Herren ist nichts so schnuppe wie ihr Vaterland. Sie verachten jeden, der so primitiv ist, noch an dem Landstrich zu hängen, auf dem er lebt. Sie lieben nur den, dem sie etwas verkaufen können. Selbst wenn es Waffen sind, die sich gegen ihre eigene Heimat richten.«

»Sie ruinieren die Länder, in denen sie hausen. Und wenn sie dann ihre Konten ins Ausland schieben, was sagen sie dann? Schuld sind die Gewerkschaften. Schuld ist der Arbeiter, mit seinen überzogenen Forderungen.«

»Die Interessen der Arbeiter sind überall dieselben. Nationalismus und Sozialismus sind deshalb unvereinbar.«

Arvid hat bis jetzt geschwiegen. Nun richtet er sich auf.

»Ich stimme nicht zu«, sagt er. »Ich meinerseits gedenke jedenfalls nicht, die Vaterlandsliebe kampflos dem politischen Gegner zu überlassen. Ich halte das für einen schweren Fehler, politisch ebenso wie moralisch. Deutschland ist geografisch dazu berufen, eine wirtschaftliche und geistige Mittlerrolle zwischen Ost und West zu spielen. Dazu muss es sich von der Bevormundung durch die Weststaaten lösen. Das sowjetische Modell kann Deutschland dabei helfen, sich zu emanzipieren. Aber ich bin kein Russe. Ich bin Deutscher, ich habe ein Vaterland. Und das überlasse ich nicht Verbrechern, die Deutschland aus lauter Liebe in den Schmutz treten wollen. Ich überlasse ihnen das Wort nicht. Ich kann nicht akzeptieren, dass Worte wie Gemeinschaft, Freiheit oder Heimat zu Schleimbrocken werden, vor denen sich jeder anständige Mensch ekelt, weil diese sie in ihren unreinen Mündern geführt haben.«

Einen Moment sind die anderen still. Dann sagt einer der Studenten vorsichtig: »Aber Sie sind jedenfalls ein Verfechter der Planwirtschaft.«

»Natürlich«, sagt Arvid. »Selbstverständlich. Welcher denkende Mensch ist das nicht? Der westliche Kapitalismus hat so offensichtlich abgewirtschaftet. Die Sowjetunion ist die einzige Volkswirtschaft, die nicht unter der Depression leidet. Dnjepr-Staudamm, Weißmeerkanal, der Eisenbahnbau. Im Osten geht es bergauf, im Westen bergab.«

Die Krise des Kapitalismus und die sowjetrussische Planwirtschaft haben Arvid schon während des Doktorandenseminars bei Professor Friedrich Lenz an der Universität von Gießen beschäftigt. Der Professor ist zu der Ansicht gelangt, dass Wirtschaftsplanung zunächst ein gesellschaftlich wertneutraler Begriff ist, ein Mittel einer jeden Wirtschaftsordnung, gebunden an den jeweiligen Charakter der Staatsgewalt.

»Der totale Staatsplan im Sozialismus der Sowjetunion stellt sozusagen nur den einen Pol dar. Am anderen Pol löst sich der Begriff auf zur Planung schlechthin, wie sie im Grunde in jedem Privathaushalt stattfindet«, sagt Arvid. »Natürlich kann man sagen, der Kollektivstaat und seine totale Planung des individuellen Daseins stehen auf der einen Seite, die kapitalistische Individualgesellschaft auf der anderen. Aber ist nicht auch die kapitalistische Wirtschaftsordnung schon heute mit sozialistischen Gedanken durchsetzt? Greift Franklin D. Roosevelts geplanter New Deal nicht massiv in die Wirtschafts- und Sozialstrukturen ein?«

Tatsächlich steht der amerikanische Präsident im Begriff, mit Edwin E. Witte und Arthur Altmeyer ehemalige Schüler von Arvid Harnacks Professor John R. Commons an der University of Wisconsin nach Washington zu holen, die das amerikanische Sozialversicherungssystem entwickeln werden.

Commons und seine Schüler haben den optimistischen Glauben an eine harmonische Selbststeuerung der Wirtschaft niemals geteilt. Angesichts der Entwicklung ist dieser Glaube auch vernünftigerweise nicht mehr zu halten. Was nun nottut, ist eine gründliche Beschäftigung mit den Verhältnissen in der Sowjetunion. Eben dazu ist die Arplan ins Leben gerufen worden, die Arbeitsgemeinschaft zum Studium der sowjetischen Planwirtschaft.

Den Anstoß zu ihrer Gründung hat Sergej Bessonow von der Handelsvertretung der UdSSR in Berlin gegeben. Das heißt nicht, dass alle fünfunddreißig Mitglieder glatte Kommunisten wären. Henryk Großmann vom Institut für Sozialforschung in Frankfurt am Main gehört der Arplan ebenso an wie der Herausgeber der ›Zeitschrift für Politik‹ und Dozent an der Deutschen Hochschule für Politik Adolf Grabowsky, der Marxist und Sinologe August Wittfogel, der Nationalbolschewist Ernst Niekisch, der Philosoph und Literaturhistoriker Georg Lukács, der nationalrevolutionäre Schriftsteller Ernst Jünger, der Literaturwissenschaftler Alfred Kantorowicz und der antiliberale, dem Nationalsozialismus gewogene Rechtsphilosoph Carl Schmitt: Reine und Unreine, wie Bessonow intern gelegentlich spottet. Vorsitzender der Arbeitsgemeinschaft ist Arvids Professor Lenz.

Arvid ist Erster Sekretär. Er unterhält enge Verbindungen zum Personal der russischen Botschaft Unter den Linden. Vor allem mit dem gebildeten und kultivierten Legationssekretär Alexander Hirschfeld isst er regelmäßig zu Mittag. Manchmal gesellt sich auch Klaus Mehnert zu ihnen, Generalsekretär der Deutschen Gesellschaft zum Studium Osteuropas, Redakteur der Zeitschrift ›Osteuropa‹ und Arvids Assistent im Arplan-Sekretariat. Bei Schnitzel, Bratkartoffeln und einem kleinen Hellen plaudern sie über die jüngste Premiere des Staatlichen Schauspielhauses am Gendarmenmarkt, die Arbeitsbeschaffungsmaßnahmen der Regierung und die paritätische Verteilung leichter bis mittelschwerer Prellungen: Alexander Hirschfeld und Klaus Mehnert nehmen zusammen Privatstunden in Jiu-Jitsu.

Mildred gehört nicht zur Arplan. Aber Arvid berichtet ihr von den Sitzungen.

Mildred hat alle Bücher über das neue Russland gelesen. Sie und Arvid haben alle Filme gesehen: Eisensteins ›Panzerkreuzer Potemkin‹, ›Oktober‹, ›Die Mutter‹, ›Sturm über Asien‹. Sie pilgern regelmäßig in die Berliner Vororte, in die schmuddligen kleinen Kinos, wo diese Filme laufen, ›Erde‹ hat Mildred sogar zweimal gesehen, und sie hat beide Male geweint.

Die Sowjetunion ist der Schauplatz eines außerordentlich wichtigen Experiments, bei dem es um Nächstenliebe geht. Russland ist das einzige Land, das sich bemüht, allen Arbeit und Brot zu geben und alle Menschen gleich zu behandeln.

Das hat Mildred ihrer Mutter geschrieben.

Daran hat Mildred auch während der Reise immer gedacht. Im Sommer 1932 ist die Arplan nach Russland gefahren. Mildred konnte leider nicht mitkommen. Sie musste zu der Zeit gerade ihre neue Stelle antreten: Mildred unterrichtet jetzt am Berliner Abendgymnasium, einer auf den Ideen der Volkshochschulbewegung beruhenden Anstalt für Erwachsenenbildung, die es vor allem Arbeitern ermöglichen will, das Abitur abzulegen. Also ist Mildred allein in die Sowjetunion gefahren. Sie hat sich einer Gruppe von Arbeitern angeschlossen, die mit Intourist reisten, dem offiziellen russischen Reiseveranstalter, und war das nicht noch viel passender?

Es ist außerdem gut für eine Frau, hin und wieder allein zu planen und nicht alles ihrem Mann zu überlassen. Mildred glaubt an die Gleichrangigkeit von Mann und Frau. Sie glaubt an die Freiheit, an die Völkerverständigung. Sie glaubt an die Möglichkeit, einander über alle Grenzen hinweg zu verstehen und zu achten. Lebt sie nicht selbst auf einem fremden Kontinent? Sie glaubt an die Planwirtschaft, genau wie Arvid. Sie glaubt an die Sowjetunion. Mildred hat sich auch auf der Reise fest an ihren Glauben gehalten. Sie hat sich ganz fest daran geklammert, wenn der Anblick der abgemagerten Gestalten an den Bahnhöfen der Ukraine sie entsetzte: Frauen, die ihre Kinder unter Klagelauten den westlichen Gesichtern hinter den Zugfenstern entgegenstreckten, Kleinkinder, deren Köpfe haltlos auf den Hälsen schwankten wie auf Blumenstielen, was war dies denn, etwa eine Hungersnot?

Aber nein. Die russischen Reisebegleiter der Intourist erklärten es gern ihren deutschen Gästen. Die Jammergestalten vor den Fenstern hatten sich ihr Elend einzig und allein selbst zuzuschreiben. Es waren allesamt Großbauern gewesen, Großgrundbesitzer, die man enteignet hatte, um ihr Land gerecht zu verteilen, und nun weigerten sie sich stur, am Aufbau des neuen Staates mitzuwirken, Mildred war dankbar für die Erklärungen. Sie sah nun klarer.

Sie verstand: Alles Schlechte war ein Erbe der Vergangenheit. Alles Gute war die Saat der Zukunft, die nur noch aufgehen musste, unter den Zaren war es den Leuten doch viel schlechter gegangen. Nun brauchte man freilich noch etwas Zeit, um endgültig aufzuholen.

Und wie freundlich die Leute waren. Mildred war begeistert von der russischen Mentalität. Sie war begeistert von den Kulturschätzen. In Moskau herrschte überall auf den Straßen lebhaftes und geschäftiges Treiben. Leningrad erstrahlte unter wolkenreinem Augusthimmel: die Stadt der Oktoberrevolution und der Dichter, überall sah man Mildred offen ins Gesicht.

Überall war man hilfsbereit, wenn sie einen der kleinen Zettel vorwies, auf die sie die Namen aller Sehenswürdigkeiten geschrieben hatte, mit kyrillischen Buchstaben, um die Einheimischen nach dem Weg fragen zu können.

Roter Platz – Красная Площадь

Puschkin-Museum – Новый сайт музея изобразительных искусств им. А. С. Пушкина

»Es war eine großartige Reise«, sagt Mildred zu Boris Winogradow von der Presseabteilung der sowjetischen Vertretung in Berlin. »Es sind großartige Erfolge zu verzeichnen, auf die Ihr Land wirklich stolz sein kann.«

Die Harnacks sind anlässlich des fünfzehnten Jahrestages der Oktoberrevolution am 7. November 1932 zu einem großen Empfang in die russische Botschaft geladen. Die Unter den Linden vorgefahrenen Wagen reihen sich bis zum Brandenburger Tor. Drinnen drängt sich eng das illustre Publikum, inmitten der Pracht roter Teppiche, weißen Marmors, kostbarer Möbel der Zarenzeit. Militärs und Diplomaten, Politiker, Künstler und hochrangige Industrielle rangeln darum, an die Tische zu gelangen, die sich unter gefüllten Karaffen, Schüsseln mit Kaviar, Platten mit Störfilet biegen. Der Verleger Ernst Rowohlt und der Schriftsteller Ernst von Salomon haben sich zu dem Grüpplein um die Harnacks gesellt.

Salomon ist ein typischer Vertreter seiner Generation: Für den Krieg war er zu jung, nicht aber für den Eintritt in das Freikorps des Leutnants Roßbach, mit dem er im Baltikum und in Oberschlesien gekämpft hat. Nach Auflösung des Freikorps ist Salomon in Kapitän Ehrhardts Organisation Consul eingetreten. Für seine Beteiligung an der Ermordung von Außenminister Walther Rathenau ist er zu fünf Jahren Zuchthaus verurteilt worden. Die Haft hat ihn allerdings nicht wesentlich gebessert. Nach seiner Entlassung hat er in der Landvolkbewegung mitgemischt, der zahlreiche Anschläge zur Last gelegt werden,

Herr Landrat, keine Bange,
Sie leben nicht mehr lange!

Schließlich hat Ernst Rowohlt angeregt, Salomon möge seine Erlebnisse doch einmal in Romanform zu Papier bringen. Erst zögerte der angehende Autor. Aber kurz darauf wurde er wegen eines provokatorischen Scheinanschlags auf das Reichstagsgebäude am 1. September 1929 wiederum verhaftet. In der Justizvollzugsanstalt Moabit fand er endlich die für die Schriftstellerei so unabdingbar nötige Zeit und Ruhe. Und Rowohlts Instinkt hat nicht getrogen: Ernst von Salomons Roman ›Die Geächteten‹ ist ein großer Erfolg.

Es ist ein Buch ganz nach dem Herzen der heutigen Jugend, voll authentischer Schilderungen des blut- und kraftvollen Freikorps- und Geheimbundlebens der Nationalisten und Kämpfer der Nachkriegszeit, mit wahren Berichten über die Morde an Erzberger und Rathenau. Rowohlt ist sehr stolz auf seinen Autor. Salomon wird umschwärmt. Er ist überall ein gern gesehener Gast, in Mildreds kleinem Salon ebenso wie bei den Empfängen der amerikanischen oder der russischen Botschaft.

»Seht mal, da ist Papen.«

Es ist eine Sensation. Die Luft summt vor Spannung, kaum unterdrückbarer Erregung: Reichskanzler Franz von Papen ist in die russische Botschaft gekommen.

»Und dabei hat er doch gerade noch wilde Attacken gegen den Kulturbolschewismus geritten.«

Was wird morgen in den Zeitungen stehen? Die Vertreter aller Redaktionen sind jedenfalls anwesend: Mitarbeiter der ›Berliner Börsenzeitung‹, der ›DAZ‹ und der Hugenbergpresse ebenso wie Journalisten des ›Berliner Tageblatts‹ und der ›Vossischen Zeitung‹, Friedrich Stampfer vom sozialdemokratischen ›Vorwärts‹ ist da und Hans Zehrer von der rechtsgerichteten ›Tat‹. Nur die Nationalsozialisten fehlen. Die hat man nicht eingeladen.

3

»Wenn man überlegt, dass du dieses Blatt mal geleitet hast«, sagt Hans Otto zu seinem Freund Adam Kuckhoff.

Adam Kuckhoff und Hans Otto sitzen in einer kleinen Gaststätte am Viktoria-Luise-Platz in Berlin. Sie sitzen einander gegenüber, an dem blankgescheuerten Holztisch, auf dem ein Senftöpfchen steht, ein Salzstreuer, ein Aschenbecher und zwei kleine Helle. Daneben liegt eine Ausgabe der ›Tat‹ vom September 1932, die offenbar ein früherer Gast hier zurückgelassen hat.

»Wenn man überlegt, dass John Sieg damals in diesem Blatt geschrieben hat«, sagt Hans Otto.

»Nun ja«, sagt Adam Kuckhoff. »John ist bei der ›Roten Fahne‹ doch besser aufgehoben. Ich bin Diederichs nicht böse. Er hat es eben mit der Angst bekommen, also hat er mich hinausgeworfen. Und seit Hans Zehrer die Sache macht, ist die Auflage gestiegen, das muss man zugeben.«

»Diese Salonnazis«, sagt Hans Otto. »Sie werden sich noch wundern, wenn erst die echten Nazis an der Macht sind.«

Hans Otto ist Vorsitzender der Berliner Sektion des Arbeiter-Theater-Bundes Deutschland, Obmann der Gewerkschaft der Deutschen Bühnenangehörigen und aktives Mitglied der KPD. Adam Kuckhoff gehört keiner Partei an. Aber in den zwanziger Jahren hat er die Werke Georg Büchners in einer kommentierten Volksausgabe herausgegeben. So ist er zum Marxisten geworden: durch seine Liebe zu dem verfolgten Dichter-Revolutionär.

Hérault-Séchelles, einige Damen am Spieltisch. Danton auf einem Schemel zu den Füßen von Julie.

Hérault-Séchelles: Die Revolution muss aufhören und die Republik muss anfangen. In unsern Staatsgrundsätzen muss das Recht an die Stelle der Pflicht, das Wohlbefinden an die der Tugend und die Notwehr an die der Strafe treten. Jeder muss sich geltend machen und seine Natur durchsetzen können. Wir alle sind Narren, es hat keiner das Recht, einem andern seine eigentümliche Narrheit aufzudrängen.

Wäre Hans Otto ein überzeugender Danton? Er wäre wohl zu schön für die Rolle, zu strahlend. Vor einem Dutzend Jahren hat er als blutjunger Anfänger am Künstlertheater in Frankfurt am Main unter dem Intendanten Adam Kuckhoff seine Karriere begonnen. Inzwischen ist er am Staatlichen Schauspielhaus am Gendarmenmarkt engagiert, wo gerade die Proben zu ›Faust II‹ unter der Regie von Gustav Lindemann begonnen haben, mit Gustaf Gründgens als Mephisto und Hans Otto als Kaiser.

»Ich wünschte, man könnte Gründgens für uns gewinnen«, sagt Hans Otto zu Adam Kuckhoff. »Ich wünschte, man könnte ihn zur Mitarbeit bewegen. Aber die Kollegen leben ja völlig auf die Premiere hin. Sie leben und reden, als wäre das Theater die wirkliche Welt, und was auf den Straßen geschieht, beträfe sie gar nicht. Na, du kennst das alles ja zur Genüge.«

Adam Kuckhoff nickt. Er war Dramaturg am Schauspielhaus. Sein Freund Adolf Grimme, damals noch preußischer

Kultusminister, hatte ihm den Posten verschafft. Anfang dieses Jahres ist Adam aber gekündigt worden. Und er hat sich von Gertrud getrennt, seiner zweiten Frau. Gertrud ist die Schwester seiner ersten Frau Marie. Marie wiederum ist mit Hans Otto verheiratet, so dass Hans Otto nun also Adams Schwager und der Stiefvater von Adams und Maries Sohn Armin-Gerd Kuckhoff ist.

»Gertrud leidet noch immer sehr unter der Trennung«, sagt Hans Otto. »Sie weint sich regelmäßig bei Marie aus. Sie will es einfach nicht wahrhaben, dass du endgültig gegangen sein sollst.«

Gertruds Kummer ist natürlich zu bedauern. Aber Adam hat eben eine neue Liebe gefunden: Greta Lorke, fünfzehn Jahre jünger als er. Greta ist keine eigentlich schöne Frau. Aber sie hat Stil. Sie verfügt über eine Art natürlicher Eleganz, die bei günstigen Lichtverhältnissen ihr schlichtes glattes Haar, ihr fast männlich herbes Gesicht mit dem langen Kinn ins Hochinteressante veredeln kann: So sieht es jedenfalls Mildred.

Greta und die Harnacks kennen einander aus Amerika. Greta Lorke hat ungefähr zur selben Zeit wie Arvid in Wisconsin studiert. Sie war es, die den letzten Rest amerikanischen Akzents aus Mildreds Deutsch getilgt hat: Sie hat Mildred den eleganten Tipp gegeben, es mit dem französischen R zu probieren, wenn ihr das deutsche schwerfällt. Mit dem Pariser R: also nicht *Bwömöörrhaven,* sondern *Bchemerhaven,* Mildred muss seitdem immer an Greta denken, wenn jemand ihre Aussprache lobt.

In Deutschland haben sie einander aus den Augen verloren. Arvid und Mildred sind in die Provinz gezogen, sie haben in kleinen Universitätsstädten weiterstudiert, während Greta in Berlin Texte zum amerikanischen Aktienrecht übersetzt und Unterricht in Wirtschaftsenglisch erteilt hat,

Defizit der Handelsbilanz – balance of trade deficit
bilanzexterne Finanzierung – off-balance-sheet financing

Ungefähr um die Zeit, als Arvid und Mildred nach Berlin zurückkehren und der Gedenkfeier zu Ehren Adolf von Harnacks beiwohnen, hat sich Greta entschlossen, zur Auflockerung ihres geistigen Lebens am IV. Internationalen Theaterkongress in Hamburg teilzunehmen. Und dort hat sie sich in Adam Kuckhoff verliebt.

Greta Lorke und Adam Kuckhoff liegen auf Gretas Bett, in Gretas kleinem Berliner Mietzimmerchen. Es ist Juli 1930. Sie sind erst vor ein paar Tagen vom Hamburger Kongress zurückgekehrt. Soeben hat Adam Greta vorgeschlagen, am Sonntag in den Spreewald zu fahren. Er hat ihr von einem winzigen Wanderzirkus erzählt, der in der Nähe ihrer Wohnung gastiert und den man unbedingt besuchen sollte. Er hat ein selbstgedichtetes Couplet vorgetragen, wobei er sich selbst auf einer Geige begleitet hat, Adam sprüht vor Einfällen, vor Vitalität, vor Lebenslust. Greta könnte daran verzweifeln, dass sie ihm in Hamburg vorgelogen hat, sie hätte drei Söhne von drei verschiedenen Männern. Warum tut man so etwas? Warum beschädigt man sich selbst, aus Stolz, aus Angst, aus Scham, aus Übermut? Aber er sollte eben nicht denken, sie könnte womöglich eine alte Jungfer sein, mit ihren siebenundzwanzig Jahren. Er sollte nicht auf die Idee kommen, bisher hätte sie vielleicht kein anderer haben wollen.

»Und ich will jetzt nur sagen, dass es alles nicht stimmt. Du bist nicht mein erster Mann, natürlich nicht. Aber ich habe keine Kinder. Und ich habe nie jemanden wirklich geliebt. Das sollst du wissen. Du sollst wissen, dass diese Begegnung mit dir anders ist als alles Bisherige.«

Gretas Mutter würde die Hände über dem Kopf zusammenschlagen angesichts eines solchen Bekenntnisses. Und Greta wird ihrer Mutter gleich recht geben, schon im nächsten Moment, wenn es wie immer zu spät sein wird.

»Ich muss dir auch etwas sagen.« Adams Stimme ist brüsk, fast zornig. »Ich bin verheiratet.«

Im selben Jahr verlässt Greta Deutschland. Sie zieht für drei luxuriöse Jahre nach Zürich, als Mitarbeiterin des Aktienrechtlers Rosendorf. Sie bewohnt ein Zimmer in einer Villa mit Blick auf den Park und blühende Veilchenwiesen. Sie besucht Theater, Museen, Konzerte. Die Familie ihres Arbeitgebers behandelt sie wie eine Tochter. Sie laden Greta zu kleinen Spritztouren nach Straßburg ein, um Froschschenkel, Schnecken und Paté foie zu essen. Greta lernt Austern zu schlürfen und Krebse zu zerlegen, sie erwirbt bleibende Kenntnisse über antike Möbel und moderne Kunst, ihr neuer Geliebter ist ein Schweizer Künstler. Greta verkehrt nun in Ateliers und Künstlercafés. Sie reist mit dem Freund, sie unternehmen wunderbare Ausflüge. Das Leben hat Glanz. Und was treibt sie dann 1933 zurück nach Deutschland?

Welche Sehnsucht, welche Unruhe, welcher ferne Ruf bewegt sie dazu, ihr schönes Zimmer zu räumen, die Rosendorfs zu verlassen, Freiheit und Sicherheit der Schweiz gegen Frankfurt am Main einzutauschen, wo die Nationalsozialisten soeben an die Macht gelangt sind? Findet Greta ihr Leben banal, hat sie das Luxusdasein satt? Treibt das Heimweh sie, das Verlangen nach einer anspruchsvolleren Tätigkeit? Oder ist ihr Adam Kuckhoff wieder eingefallen? Was ist Grund, was ist Ursache für den Entschluss, vom geraden Weg abzubiegen, den Pfad nach links oder nach rechts zu wählen?

Greta hat eine Stelle als Sekretärin des Soziologen Karl Mannheim angenommen. Adam Kuckhoffs Freund Adolf

Grimme, zu jenem Zeitpunkt preußischer Kultusminister, hat Mannheim 1930 eine Professur am Institut für Sozialforschung in Frankfurt verschafft. Schon wenige Wochen nach Gretas Ankunft in Frankfurt muss der Professor allerdings aufgrund seiner jüdischen Abstammung emigrieren. Im Mai 1933 befindet sich Greta wieder in Berlin. Sie ist aufs Neue vereint mit Adam Kuckhoff.

»Adam Kuckhoff?«, sagt Arvid. Er und Greta sind einander auf der Straße begegnet. »Du hast dich in Adam Kuckhoff verliebt? Was für ein Zufall. Adam und ich kennen einander seit Jahren.«

Und könnten sie sich jetzt nicht einfach alle ein wenig anpassen, nun, wo die Straßenkämpfe endlich ein Ende gefunden haben und die Dinge entschieden sind? Könnten sie es nicht dabei bewenden lassen, dass sie sich um ihr berufliches Fortkommen kümmern, ihre Freundschaften pflegen, ihre Wohnungen gestalten, Wochenendausflüge in den Spreewald oder an die Havelseen und gelegentliche Ferienreisen in die Alpen oder an die Ostsee unternehmen?

Man muss jetzt eben bereit sein, sich in die Gemeinschaft einzugliedern. Man muss die Größe der Zeit erfassen, in der sich die Prophezeiung erfüllt: Das Volk wird zusammengeschmiedet, die neue Wirklichkeit wird erschaffen, nun ist niemand mehr allein. Nun ist jeder Einzelne geborgen wie im Mutterleib in der gleichbleibenden Wärme der Gemeinschaft, alle stehen zusammen in harmonischer Einigkeit, nicht mehr zerrissen von Partikularinteressen, sondern gemeinsam dem einen großen Ziel unterstellt.

Die Arplan ist aufgelöst. Die Druckplatten für Arvids Buch über die Sowjetunion hat der Rowohlt-Verlag zerstören lassen. Mrs. Turner von der Amerikanischen Kirche hat das Manuskript von Arvids zweitem Band über die vormarxistische Arbeiterbewegung in Amerika in Verwahrung genommen. Arvid Harnack und Adam Kuckhoff treffen sich jetzt häufig, um zu diskutieren.

»Letztlich ist auch der Sieg des Nationalsozialismus auf nichts anderes als ökonomische Fragen zurückzuführen«, sagt Arvid Harnack zu Adam Kuckhoff. »Aber wie ist dieser Sieg im Einzelnen zustande gekommen? Und wie soll es jetzt weitergehen? Der Nationalsozialismus wird nicht ewig währen. Aber was wird ihn ablösen? Das ist die Frage, die wir uns stellen müssen.«

Eine Neuauflage der Weimarer Republik kommt jedenfalls nicht in Frage. Es waren schließlich die Herrschenden von Weimar, die Hitler überhaupt erst an die Macht gebracht haben: die bürgerlichen Parteien, die Plutokratien, das Kapital. Die Modelle der Vergangenheit halten keine Lösung bereit. Nicht rückwärts-, vorwärtsgewandt muss man die Zukunft gestalten. Man muss den Nationalsozialismus geistig überwinden, man muss für eine neue Zeit planen.

Mildred schreibt an ihre Mutter,

Mach Dir bitte keine Sorgen, Mama. Wir tun ja nichts. Wir sind nur ein paar Studenten, die in einer Ecke der Welt sitzen und sich unterhalten.

Sie sagt sich das selbst, zu ihrer Beruhigung. Aber sie ist nicht ruhig. Auf Mildred hat sich eine schwere Last gesenkt. Die neue große Wohnung in der Hasenheide 33 ist schön und sehr hell, mit heiteren modernen Wänden in Hellblau und Hellgelb. Aber Mildred empfindet es nicht, dass dies eine stille Ecke der Welt ist. Mildred befindet sich im Zentrum: Direkt an das Haus, in dem sie wohnt, grenzt der große Park, nach dem die Straße benannt ist, und gegenüber, auf der anderen Seite der Hasenheide, liegt das gefürchtete Columbia-Haus. Die

Lastwagen rumpeln den ganzen Tag an Mildreds Wohnung vorüber. Den ganzen Tag lang liefern sie neue Opfer an. Mildred kann nicht mehr arbeiten. Sie kann nicht lesen, sie kann nicht schreiben, sie muss jedes Mal aufstehen und ans Fenster treten und durch die Vorhänge nach den Lastwagen spähen. Sie murmelt vor sich hin,

Wieder einer

Noch einer

Auch John Sieg soll im Columbia-Haus inhaftiert sein, der Freund Adam Kuckhoffs und Arvid Harnacks, der Pendler zwischen den Welten, Sohn einer deutsch-amerikanischen Ehe. In den USA hat John Sieg an Henry Fords Fließbändern gestanden und von Deutschland geschwärmt. Nach Deutschland zurückgekehrt, hat er als KPD-Mitglied und freier Autor für die ›Rote Fahne‹ geschrieben und dennoch immer wieder Amerika verteidigt, das zupackende amerikanische Wesen, den Optimismus, den Lebensmut der Amerikaner, den er auch sich selbst zugute hält, im März 1933 hat ihn die SA abgeholt. In einem der Lastwagen, die an der Wohnung der Harnacks vorüberrumpeln, ist John Sieg ins Columbia-Haus gebracht worden.

Mildred steht am Fenster. Die Lastwagen rumpeln. Das Lager müsste längst voll sein. Es müsste längst überlaufen, aus allen Nähten platzen, bersten wie eine Eiterbeule und mit seinen widerwärtigen Giftstoffen das ganze Reich verpesten, alle Lebensbereiche infizieren und ganz Deutschland in ein Lager verwandeln. Aber die Lastwagen karren immer weiter ihre Opfer heran.

»Du solltest vielleicht doch Max Reinhardts Angebot annehmen«, sagt Adam Kuckhoff besorgt zu seinem Schwager Hans Otto.

Die ›Faust-II‹-Inszenierung am Staatstheater ist ein Triumph. Gustaf Gründgens wird als Mephisto gefeiert, Hans Otto als Kaiser. Dennoch hat Hans Otto heute zum letzten Mal auf der Bühne gestanden. Der neue Intendant hat ihn aus politischen Gründen entlassen.

»Du solltest vielleicht doch zu Reinhardt nach Wien gehen«, sagt Adam Kuckhoff zu seinem Schwager. »Du gefährdest dich in Berlin, Hans.«

»Und Marie und Gerd?«, sagt Hans Otto. »Ich könnte sie doch nicht einfach hier zurücklassen. Und mitnehmen könnte ich sie auch nicht. Ich würde dich dann ja von deinem Sohn trennen. Nun, das sind freilich nur private Sachen. Aber denk an die vielen, die nicht gehen können. Wäre es fair, sie einfach im Stich zu lassen?«

Sie schweigen eine Weile.

»Was haben denn die Kollegen zu deiner Entlassung gesagt?«, sagt Adam dann.

»Was sollen sie gesagt haben. Gründgens hat die Sache bedauert. Er hat sogar offen protestiert, aber natürlich ändert das nichts, er ist auch nicht der Mann, der für andere etwas riskieren würde. Dazu nimmt er andere Menschen nicht ernst genug. Es ist ihm schlicht nicht bewusst, dass sie ebenso sehr auf der Welt sind wie er selbst, ebenso Mittelpunkt ihrer Geschichte. Und siehst du, Adam, darum ist er ein sehr einsamer Mann. Er ist einsam, dabei lieben ihn so viele.«

Arvid ist zu Besuch bei seinem Vetter, dem Parteifreund Adolf Grimmes und religiösen Sozialisten Ernst von Harnack. Ernst, Änne und die Kinder wohnen seit dem Herbst letzten Jahres in einem kleinen Haus in der Siedlung am Fischtalgrund, die vor fünf Jahren von der Gemeinnützigen Aktiengesellschaft für Angestellten-Heimstätten erbaut worden ist, unter Mitwirkung der Reichsforschungsgesellschaft. Offizielles Ziel war es, mit verkleinerten Baukörpern die Zins- und Mietbelastung der Bewohner in Grenzen zu halten und dabei dennoch die kulturellen Bedürfnisse des Mittelstandes zu wahren. Kulturelle Bedürfnisse des Mittelstandes? Ernst war preußischer Regierungspräsident, er und seine Änne haben im Merseburger Schloss gewohnt. Aber beim Preußenschlag am 20. Juli 1932 hat Ernst von Harnack sein Amt verloren, ebenso wie sein Parteifreund, der Kultusminister Adolf Grimme, und alle anderen Mitglieder der preußischen Regierung. Die von Harnacks haben die meisten ihrer Besitztümer verkauft oder verschenkt. Der liebevoll gesammelte Hausrat war ja im neuen Domizil gar nicht unterzubringen. Aber Ernst war entschlossen, sich eine Stimmung heiterer Zuversicht zu bewahren. Er hat für seine Änne gereimt,

Was sich schickt im Palast,
wird in der Hütte Ballast.

Inzwischen haben sie sich in dem kleinen Haus im Fischtalgrund sehr gut eingelebt. Ernst und Arvid sitzen in Ernst von Harnacks Arbeitszimmer.

»Mein lieber Vetter«, sagt Ernst. »Ich weiß, was du meinst. Man hatte sich Wirkungsmöglichkeiten erträumt, man wollte mitgestalten, und nun sieht man alle Möglichkeiten verbaut. Es ist bitter. Ich denke aber, man darf die Hoffnung nicht aufgeben. Ich schreibe ja nun dieses Buch über die Praxis der öffentlichen Verwaltung. Vielleicht wird man mich doch wieder einstellen. Ich blicke immerhin zurück auf sechzehn Jahre praktische Erfahrung. Das ist doch nicht vom Tisch zu wischen. Sechzehn Jahre im Dienst des Staates. Und es waren nicht einmal die Nationalsozialisten, die mich aus dem Amt geworfen haben. Papen war es, und was hat er davon gehabt?«

Herrscher dünkte sich im Reich er,
doch schon schlich heran der Schleicher.

Ernst liebt seine Gelegenheitsdichtungen. Er versucht guten Mutes zu bleiben, auch wenn er nicht weiß, wie er seine Familie ernähren soll. Er wirkt allerdings ein wenig überanstrengt. Er war nie von kräftiger Konstitution, jedenfalls nicht mehr nach seiner schweren nervlichen Erkrankung in den Schützengräben des Weltkriegs.

»Ich denke, es wird den Nazis nicht anders gehen als den letzten Regierungen«, sagt Ernst. »Sie werden sich nicht lange halten. Sie werden über das Arbeitslosenproblem stürzen, wie alle anderen. Und bis dahin muss man eben die Wege beschreiten, die einem noch offenstehen. Es lässt sich auch ohne persönliche Stellung noch einiges ausrichten. Gestern war ich zufällig in Lichterfelde bei Pastor Hans Francke aus dem Vorstand des Bundes religiöser Sozialisten, als ein Rollkommando von SA-Hilfspolizisten kam, um ihn festzunehmen. Er hatte wohl zu offen von seiner ersten Haftzeit gesprochen. Nun wollte man ihn noch einmal holen. Der arme Mann ist völlig außer sich geraten. Er ist über sechzig und herzkrank. Ich habe also darauf bestanden, ihn zu begleiten, und tatsächlich hat der Sturmführer in der Hedemannstraße ihn mir schließlich wieder mitgegeben. So sind die Dinge jetzt. Diese neuen Leute tun, was sie wollen. Sie halten sich an keine Regeln, sie interessieren sich nicht für Gesetze. Wenn sie jemanden mitnehmen wollen, dann tun sie das. Aber man kann sie manchmal auch dazu bewegen, ihn ohne viel Umstände wieder herauszugeben.«

»Schön und gut«, sagt Arvid. »Aber für jeden, den du rettest, sperren sie zehn andere ein. Und ich glaube nicht, dass wir sie so schnell loswerden. Man muss das Unrecht an der Wurzel packen. Dann darf man sich aber nicht unnötig exponieren.

Man muss möglichst unsichtbar werden, auch wenn das manche gute Tat ausschließt.«

»Das Unrecht an der Wurzel packen«, sagt Ernst. »Was stellst du dir vor, einen Staatsstreich? Man muss diese schwere Zeit überstehen. Und bis es vorbei ist, haben wir die Pflicht, so viel Elend wie möglich zu verhüten. Im Moment suche ich nach Johannes Stelling. Er ist in der Nacht vom 21. zum 22. Juni verhaftet worden.«

In jener Nacht hat der junge Arbeiter Anton Schmaus sich gegen seine Verhaftung in der Kleingarten-Kolonie Elsengrund am S-Bahnhof Köpenick gewehrt und dabei drei SA-Männer niedergeschossen. Daraufhin ist die SA ausgeschwärmt. Kommunisten, Sozialdemokraten und Mitglieder der Deutschnationalen Volkspartei sind unterschiedslos verschleppt und gefoltert worden, im Amtsgerichtsgefängnis an der Puchanstraße, im Wassersportheim in der Wendenschlossstraße, in Köpenicker Gaststätten und Bootshäusern. Johannes Stelling war Ministerpräsident von Mecklenburg-Schwerin. Er hat im Reichstag gegen Hitlers Ermächtigungsgesetz gestimmt. Aber danach ist er dem SPD-Parteivorstand nicht nach Prag ins Exil gefolgt.

»Hätte er es getan! Aber freilich, das sagt sich so leicht.« Ernst schüttelt den Kopf.

Es klopft. Änne bringt den Tee. Sie verteilt Tassen, schenkt ein. Das Gespräch wendet sich anderen Dingen zu.

»Wir haben ja gestern in der Philharmonie Mozarts ›Streichquintett g-Moll‹ und im Anschluss Bruckners ›Streichquintett F-Dur‹ gehört. Eine sehr interessante Gegenüberstellung.«

Die Türglocke schellt.

»Das wird Mildred sein.«

Im Flur erklingt aber die Stimme einer fremden Frau. Ernst hört Änne sagen: »Warten Sie. So warten Sie doch einen Moment, ich hole meinen Mann.«

Ernst ist schon an der Tür.

Ihm gegenüber steht eine junge Frau, der Blick wild, das Gesicht weiß. Es ist Stellings Tochter.

»Mein Vater ist gefunden.«

»Frau Koß. Kommen Sie doch herein.«

»Mein Vater ist gefunden. In einem Sack.«

»Was?«

»In einem Sack in der Dahme. Nahe der Grünauer Fähre.«

»Um Himmels willen.«

»Ein mit Steinen beschwerter Sack.«

»Und Sie sind sicher, dass es Ihr Herr Vater war.«

»Er hat kein Gesicht mehr. Aber seinen Trauring. Und er hatte zwei Taschentücher in der Hose, mit seinem Monogramm. Sie waren voll Blut. Mein Vater hat tagelang in einem Sack im Fluss gelegen. Aber die Taschentücher waren voll Blut.«

Als seine Besucher wieder gegangen sind, sitzt Ernst lange an seinem Schreibtisch. Er denkt nach. Oder er betet. Er könnte es nicht sagen. Er versucht, ein Stück tragfähige Erde zu finden, einen Meter Boden, auf dem man stehen kann, es ist nicht einfach. Berlin ist porös geworden, brüchig. Die Wirklichkeit ist brüchig. Die Risse sind überall. Es scheint aber keiner zu bemerken. Die Leute gehen ihren Beschäftigungen nach, als wäre alles normal, als täten sich nicht überall vor ihnen, zwischen ihnen Abgründe auf, Schlünde zu unwirklichen Orten, zu Höllenkellern, in die kein Gesetz und kein Licht hinabreichen, Arvid hat recht. Man muss an die Wurzeln gehen. Man muss das Ausland informieren, die Parteigenossen im Ausland. Man braucht Daten. Man braucht Fakten. Ernst von Harnack wird einen Fragebogen entwerfen. Er wird ihn vertrauenswürdigen Parteifreunden zuschicken, Genossen vom Bund religiöser Sozialisten.

Wo sind Schutzhäftlinge in Ihrer Gegend untergebracht?

Wie heißen die betreffenden Konzentrationslager und Gefängnisse?

Belegungsstärke?

Aufgliederung der Häftlinge nach Geschlecht, Konfession und politischen Parteien?

Ernst wird Informationen sammeln. Diese Informationen wird er an das Züricher Büro der religiös-sozialistischen Internationale weiterleiten. Und die werden das Ihre tun. Ernst ist zuversichtlich. Wenn erst im Ausland Berichte über die deutschen Verhältnisse bekannt werden, wird ein Sturm losbrechen. Man wird ihnen helfen. Das Ausland wird handeln. Die Welt wird dieses Unrecht nicht dulden.

Am 13. Juli wird Ernst von Harnack im Urlaub am Bodensee in Schutzhaft genommen. Er kommt schon Ende des Monats wieder frei, ist aber gehalten, sich in den nächsten Monaten regelmäßig bei der Polizei zu melden. Er erzählt ganz heiter, dass der Gefängnishof in Überlingen als ein recht hübsches Gärtlein angelegt war. Er berichtet von seinen Bemühungen auf dem Holzplatz, wohin er sich freiwillig zur Arbeit gemeldet hatte, von den interessanten und Respekt gebietenden Begegnungen mit den Stammgästen des Etablissements: Vagabunden und Arbeitslosen zumeist, viele von ihnen geübte Handwerker, bärenstarke Holzfäller.

Aber war es denn nicht fürchterlich, in der Haft?

Das Heitre will ich sagen,

Das Schwere will ich tragen.

Ernst liebt seine Zweizeiler. Allerdings ist ein süddeutsches Provinzgefängnis im Sommer 1933 auch wirklich kein wildes Berliner Konzentrationslager. Man hat Ernst von Harnack leidlich gut behandelt. Was hat man ihm überhaupt vorgeworfen, diesem milden Mann? Er weiß es nicht. Er erfährt den Grund seiner Verhaftung so wenig wie den Anlass seiner Entlassung. Gründe werden vielleicht nicht mehr benötigt. Es genügen nun Ursachen.

»Hans ist verhaftet worden.«

Es ist der 14. November 1933. Marie steht in Adam Kuckhoffs Wohnzimmer: Marie Otto, geschiedene Kuckhoff.

»Hans ist in dem kleinen Gasthaus am Viktoria-Luise-Platz von der SA verhaftet worden.«

Marie hat ihren Mantel nicht abgelegt. Sie hat die Hände gefaltet, als betete sie. Adam tritt zu ihr und umfasst ihre Hände.

»Was werden sie mit ihm tun, Adam? Was werden sie mit ihm tun?«

Die ersten Misshandlungen erfolgen im Café Komet in Stralau-Rummelsburg. Man hält sich hier nicht mit Finessen auf. Es gibt keine Nadeln unter die Nägel, keine Wadenklammern: Dies ist die Zeit der wilden KZs, unter Führung der SA. Hier wird frisch und geradeheraus drauflosgeprügelt, mit Gummiknüppeln, Eisenstangen, nackten Fäusten. Anschließend wird der Verletzte nach Köpenick transportiert. Er wird zu anderen Häftlingen in eine Sammelzelle gesperrt. An manchen, die dort liegen, kann Hans Otto sehen, was die Zukunft für ihn bereithält. Diese Zukunft beginnt kurz darauf mit einem weiteren Verhör. Sie setzt sich in einem SA-Quartier in der Möllendorffstraße fort. Dann schleppt man Hans Otto zum Geheimen Staatspolizeiamt, das im Mai in das Gebäude der ehemaligen Kunstgewerbeschule in der Prinz-Albrecht-Straße 8 eingezogen ist. Letzte Station ist die SA-Kaserne in der Voßstraße.

»Das ist hin«, sagt Obersturmführer Maier. Er tippt das zusammengekrümmte Bündel zu seinen Füßen leicht mit der

Stiefelspitze an. »Selbst wenn das noch mal wach würde. Reden kann man halt nicht ohne Fresse.«

Der Obersturmführer kickt den Bewusstlosen noch einmal, diesmal etwas härter. Der alte Freikorpskämpfer Maier: Er hat in Oberschlesien gekämpft. Er hasst die Polen, die Juden, die Kommunisten. Er glaubt mit ganzem Herzen an die Notwendigkeit der rassischen Neuordnung Europas: Dies ist eine heroische Epoche, und die Deutschen müssen sich ihr gewachsen zeigen als ein heroisches Volk. Der Obersturmführer ist kein Träumer und Romantiker. Er ist ein knallharter Realist. Er bejaht die Wirklichkeit. Er ist bereit, die weichlichen Schwärmer mit Stumpf und Stiel auszurotten, die mit ihren Humanitätsduseleien und ihren absurden Fantastereien von ewigem Weltfrieden nur die Kampfkraft des Volkes schwächen. Es gibt keine allgemein gültigen Menschheitsziele. Es gibt nur den Widerstreit der Interessen. Es gibt nur den immerwährenden Kampf, der ebenso wie der Krieg Teil der Natur ist. Der Obersturmführer starrt auf das Bündel vor sich.

»Immerhin ein bekannter Name«, sagt er. »Also. Was macht man nun damit?«

»Wieso schmeißen wir ihn nicht einfach aus dem Fenster.«

»Wie.«

»Da. Aus dem Fenster. Ist doch alles klar. Der Schauspieler Hans Otto hat versucht, sich der Befragung durch Selbstmord zu entziehen.«

Adam Kuckhoff steht mit seinen beiden Ehefrauen an Hans Ottos Krankenhausbett. Die Schwestern Marie und Gertrud weinen. Adam weint nicht. Er glaubt nur nicht, dass er je wieder lachen wird. Er würde den sterbenden Freund gern berühren, aber er findet keine Stelle, die heil genug wäre. Er versucht sich an das helle, offene Gesicht des jugendlichen Helden und

Liebhabers zu erinnern, der den Ferdinand, den Egmont, den Prinzen von Homburg gespielt hat, aber es will ihm nicht gelingen, was schuldet er dem Sterbenden? Welches Maß an Mut, an heldenhafter Güte, welche Art von Auferstehung fordert dieses Martyrium?

Hans Otto stirbt am 24. November. Marie ist es verboten, seinen Tod bekanntzugeben. Der Öffentlichkeit ist die Teilnahme am Begräbnis auf dem Wilmersdorfer Waldfriedhof Stahnsdorf untersagt. Gustaf Gründgens ist danach zu Marie Otto gekommen, heimlich.

»Gnädige Frau. Ich wollte Ihnen meine Hilfe anbieten.«

Marie schüttelt den Kopf. Sie antwortet nicht. Sie kann nicht, weil sie weint.

»Verzeihen Sie«, sagt Gustaf Gründgens. »Aber Hans war zuletzt arbeitslos. Sie müssen finanziell wirklich knapp sein. Ich wäre geehrt, wenn ich die Kosten der Bestattung tragen dürfte. Nein, wirklich, ich bitte darum.«

Marie antwortet noch immer nicht. Gustaf Gründgens hat ein Bild Hans Ottos in die Hand genommen, das auf dem Wohnzimmerbüfett steht.

»Wie sie ihn fürchten müssen«, sagt er. »Wie sie ihn fürchten müssen, dass sie ihn noch als Toten fürchten.«

Arvid ist gezwungen, seinen Lebensplan zu revidieren. Er hat sich habilitiert, aber die Universität Marburg hat ihn nicht angenommen und auch keine andere Hochschule. Arvid hat eine Weile als juristischer Assistent bei der Lufthansa gearbeitet, wo Emmi Bonhoeffers Mann Klaus inzwischen Syndikus ist. Nun bereitet er sich in Jena am Gericht auf seine Assessorenprüfung vor.

Er wird kein Professor werden, das steht fest. Aber er wird dennoch lernen und lehren. Er wird seine denkerische Kraft, seine Überlegungen, seine theoretischen Studien nun eben auf seine privaten Untersuchungen konzentrieren. Er wird seine Forschungsergebnisse in einem ausgewählten Kreis Eingeweihter diskutieren, Referate und Schulungsmaterial für Lernwillige vorbereiten.

Allons! after the great Companions, and to belong to them!
Allons! through struggles and wars!
Allons! the road is before us!

Mildred steht an Arvids Seite. Auch sie ist davon überzeugt, dass es eine hellere Zukunft geben wird. Die Menschheit befindet sich im Aufstieg. Die Geschichte schreitet voran, aber sie tut es nicht von allein. Man muss ihr immer wieder auf die Sprünge helfen, jeder muss bereit sein, das Seine beizutragen. Letztlich wird sich das Gute gegen das Böse durchsetzen. Und bis es so weit ist, muss man die anständigen Leute bei der Stange halten.

Man muss Überzeugte stützen, Schwankende überzeugen, den Gegnern des Regimes den Rücken stärken, sie gegen das Böse immunisieren und so die Kräfte des Guten bewahren, bis das Tor der Zukunft sich endlich öffnet. Mildred hilft Arvid, wo sie kann. Sie sucht nach brauchbaren Schülern für ihn, sie führt ihm die besten ihrer Schüler zu. Mildred sagt sich, dass sie trotz allem, trotz aller widrigen Umstände ein sinnvolles Leben lebt.

Mildred schreibt. Sie veröffentlicht. Man druckt sie. Man liest sie. Sie lehrt. Sie singt mit ihren Schülern. Sie übersetzt vom Englischen ins Deutsche, was ungewöhnlich und schwierig ist, manchmal hilft ihr Greta. Greta und Mildred helfen einander: Greta arbeitet als freie Mitarbeiterin des Reichsministeriums für Volksaufklärung und Propaganda, wo sie unter anderem an der englischen Übersetzung von Hitlers ›Mein Kampf‹ beteiligt ist.

Mildred schreibt im ›Berliner Tageblatt‹ über Hölderlin.

Sie hat auch über Walt Whitman geschrieben. Sie hat eine Reportage über die grünen Weiden Neuenglands geschrieben, über die Maisfelder und Wälder des Mittleren Westens. Unter der Schirmherrschaft der Amerikanischen Botschaft hält sie Vorträge vor Journalisten und Professoren, sie probt Theateraufführungen im English Club des Abendgymnasiums, sie veranstaltet Lesungen im American Women's Club, den sie leitet, oder in dem kleinen Häuschen draußen in Eichkamp, in das Emmi und Klaus Bonhoeffer mit ihren Kindern gezogen sind, Mildred ist eine vielbeschäftigte Frau.

An den Wochenenden entflieht sie der Stadt, wann immer sie kann. Sie besucht Arvid in Jena, oder sie wandern gemeinsam im Grunewald, wenn Arvid in Berlin ist. Mildred organisiert diese Ausflüge für ihn. Arvid liebt es, wenn ihn viele Freunde und Verwandte begleiten. Aber er hält Abstand zu ihnen. Er geht weit voraus, seinen eigenen Gedanken hingegeben, Kraft aus dem Wehen des Windes, dem Rauschen der Bäume, dem Leuchten der Sonne schöpfend und aus der fernen Nähe seiner Begleiter, ihrem leisen Lärm und gedämpften Getöse, dem herüberklingenden Kinderlachen, den vertrauten Stimmen.

Mildred pflegt auch weiterhin ihren kleinen Salon.

Sie bewirtet ihre Gäste mit hauchdünnen Schnittchen, mit Wein und feinem Gebäck. Der Lektor Max Tau erscheint regelmäßig, der Chefredakteur der ›Dame‹ Ludwig Reindl mit Frau, es geht darum, Freundschaften aufzubauen, Kontakte zu knüpfen. Es geht darum, gedruckt und gelesen zu werden. Rowohlt-Lektor Ernst von Salomon gehört weiterhin zu Mildreds Kreis, ebenso wie Heinrich Ledig-Rowohlt und Martha Dodd, die Tochter des amerikanischen Botschafters, mit der Mildred eng befreundet ist.

»Pea-nut Peanut butter Jelly
Pea-nut Peanut butter Jelly!«

Martha singt aus vollem Hals. Sie sitzt vor Mildred auf dem Beifahrersitz. Mildred kann ihr Haar im Fahrtwind fliegen sehen. Es ist ein leuchtender Maisonntag 1934, und Boris Winogradow von der russischen Botschaft hat sie alle mit seinem offenen Auto abgeholt. Er ist zurzeit Marthas wichtigster Geliebter.

»Pea-nut Peanut butter Jelly
Pea-nut Peanut butter Jelly
Pea-nut Peanut butter Jelly!«

Martha lacht wie verrückt. Boris legt den Arm um sie und greift hingerissen in ihre Locken.

»Bitte helfen Sie mir weiter«, sagt Heinrich Ledig-Rowohlt, der neben Mildred auf der Rückbank sitzt. »Was wird erwartet? Was verlangt das diplomatische Protokoll? Soll ich nun auch den Arm um Sie legen?«

»First you take the peanuts
and you
dig-em, dig-em,
dig-em dig-em dig-em –«

Es war Ledig-Rowohlts Idee, diesen Ausflug zu machen. Sie sind auf dem Weg zu einem seiner Autoren: zu dem Schriftsteller Hans Fallada, der sich in Carwitz vor den Nazis verkrochen hat, einem kleinen Dorf im südlichen Mecklenburg.

»Nicht dass das nötig gewesen wäre. Er muss sich überhaupt nicht verkriechen. Ehrlich, ich verstehe ihn nicht. Warum kommt er nicht nach Berlin? Sein letztes Buch ist nicht nur nicht verboten worden. Es hat schon zwanzigtausend verkauft.«

Mildred freut sich. Sie freut sich für Fallada und Ledig-Rowohlt, sie freut sich für Martha und Boris. Sie freut sich für sich selbst: Was für ein schöner Tag, Mildred legt den Kopf zurück. Der leuchtende Morgen braust ihr entgegen, und sie sind auf dem Weg zu einem richtigen Schriftsteller. Wie strahlend ist Mecklenburg im Mai. Wie wunderbar ist das wahre Deutschland: die sanften Hügel, die Weite, die Wiesen, die Alleen. Gedichtzeilen fallen Mildred ein, bunt gemischt: Goethe, Whitman, Hölderlin,

Es kommt der neue Tag aus fernen Höhn herunter,
Der Morgen der erwacht ist aus den Dämmerungen –

Das Licht über den mecklenburgischen Feldern wird intensiver. Am westlichen Himmel ballen sich Wolken, oben watteweiß, aber mit dunklen Unterseiten, unter denen die Landschaft in allen Tönen von Grün, Ocker und Lavendel leuchtet.

»*Pea-nut Peanut butter Jelly*
Pea-nut Peanut butter Jelly!
First you take the peanuts
and you
dig-em, dig-em –«

Martha Dodd singt natürlich englisch. Sie spricht noch immer kaum Deutsch. Sie spricht auch kein Russisch, oder jedenfalls nicht mehr als ein paar jener Vokabeln, die unter allen Umständen ein Ausrufezeichen vertragen,

Dobriy den! Do svidaniya! Spasibo! Poyaluysta!

Boris' Sprachkenntnisse entsprechen denen Marthas.

You beautiful. Me Russian. Very dangerous! You like? You dance?

Mildred hat noch niemals zuvor gesehen, wie sich ein Paar mithilfe eines Wörterbuchs streitet.

You – c – g – k – n – q – sa – se – sh -si – *slut!*

Es ist ein ziemlich einzigartiger Anblick. Es ist Mildred rätselhaft. Es ist durchaus bewunderungswürdig: Wie lässt sich ein Gefühl wie Wut in voller Stärke konservieren, ohne jede Schwankung, ohne die geringste Modulierung ins Zweifelnde oder Verzeihende, während man sich zugleich auf das Alphabet konzentriert?

Ich – e – g – h – ha – hab – haf – hal – has – *HASSE dich!*

»– *then you*
smash-em, smash-em
smash-em smash-em smash-em.
Pea-nut Peanut butter Jelly –«

Die Wolken bedecken jetzt große Teile des Himmels. Es sind violettweiße Gebirge, unter denen die Sonne dünn und grell hervorscheint. Dann fallen die ersten Tropfen, schwer, lässig. Boris ruft etwas. Martha dreht sich um.

»Er fragt, ob wir das Verdeck schließen sollen.«

»Unsinn!«, ruft Ledig-Rowohlt. »Es wird sicher vorbeiziehen.«

Das Grün der Felder leuchtet unnatürlich, in dem fahlen Licht. Der Regen wird heftiger. Er trommelt bereits hörbar auf die Straße, auf die Blätter der Alleebäume, dies ist erregend, gewagt. Mildred hebt dem Wasser das Gesicht entgegen. Sie lacht. Sie lachen alle.

»Juhh! Juhuuu!«

Dann prasselt es ernsthaft los. Der Regen rauscht. Die Erde duftet. Für etwaige Bedenken ist es nun zu spät: Sie sind schon bis auf die Haut durchnässt.

»Juhuhuhuhu!«

»– *spread-em, you spread-em,*
spread-em spread-em spread-em –«

»Da vorne ist es!«

Die ersten Häuser. Es ist geschafft. Wie auf Kommando reißen die Wolken auf. Die Sonne scheint wieder, aus einem wässrigblauen Himmel, über den Wolkenfetzen jagen.

»Nur zehn Minuten später! Wenn es nur zehn Minuten später angefangen hätte.«

»Wenn wir zehn Minuten früher angekommen wären.«

»Hoffentlich hat Fallada Handtücher.«

»Und Kaffee. Wie sehen wir aus! Wie sehen wir bloß aus.«

»Hoffentlich hat er einen Wodka.«

»Einen Wodka! Einen Wodka für Boris.«

Pea-nut Peanut butter Jelly
Pea-nut Peanut butter Jelly

Die Straße dampft. Blitzend liegen die Tropfen auf der jungen Saat, hängen an Blütenstängeln und Blättern.

»Ist das nicht herrlich?«

»War das nicht herrlich!«

»Ich liebe Deutschland!«

»Wir alle lieben Deutschland! We love Germany!«

Im Februar 1935 legt Arvid die Assessorprüfung ab. Er erhält eine Stelle im Reichswirtschaftsministerium. Und nun taucht auch sein alter Freund Alexander Hirschfeld von der russischen Botschaft wieder auf, der sich letzthin sehr zurückgezogen hatte.

»Ich gratuliere Ihnen ganz herzlich zu Ihrer neuen Position.«

»Nun ja«, sagt Arvid. »Von einer Position kann im Grunde noch nicht die Rede sein.«

»Aber Sie beginnen. Sie werden sich einarbeiten. Sie werden natürlich viel lernen, in nächster Zeit, Sie werden viel erfahren. Ihre jetzige Position verleiht Ihnen damit ganz neue Möglichkeiten.«

Tatsächlich wird es zu Arvids Aufgabenbereich im Ministerium gehören, Kontakt zu den ausländischen Vertretern der Wirtschaft zu halten, zu Sergej Bessonow von der russischen Handelsvertretung zum Beispiel, dem Freund aus den alten

Zeiten der Arplan. Arvid gibt nun also Informationen zur deutschen Währungs- und Wirtschaftspolitik, zu geheimen Handelsabkommen, zum Ausmaß deutscher Investitionen im Ausland an die Sowjetunion weiter.

Es kann natürlich nicht die Rede davon sein, dass Arvid sein Land verrät. Alles, was den bestehenden Staat schwächt und von innen aushöhlt, dient den wahren Interessen Deutschlands. Die Nazis werden irgendwann wieder verschwinden, und als Patriot muss man dazu beitragen, dass das Regime möglichst bald kollabiert.

»Ich sehe Deutschland als zukünftigen Mittler zwischen West und Ost«, sagt Arvid zu Mildred. »Ich stelle mir einen Staat vor, der planwirtschaftlich organisiert ist, ansonsten aber ein Höchstmaß an individueller Freiheit bietet. Das heißt, wir müssen unsere Kontakte zu den Russen pflegen, ebenso wie die zu den Amerikanern. Wir müssen uns im Ausland der Hilfe aller Willigen versichern.«

So sieht es auch Mildred.

Mildred steht an Arvids Seite, felsenfest. Genauso fest, genauso einig mit ihm, wie sie in der Nacht vom 22. auf den 23. August 1927 vor dem Staatsgefängnis von Charlestown, Massachusetts an seiner Seite gestanden hat, inmitten der unübersehbaren schweigenden Menschenmenge, unablässig umkreist von schwerbewaffneten Polizisten zu Pferde, sie alle sahen hinauf zum Turm. Um Mitternacht begann dort das Licht zu flackern. An, aus, an, aus. Jedes Verlöschen bedeutete einen Stromstoß, der durch den gepeinigten Körper Saccos, dann durch den Körper Vanzettis gejagt wurde: So hatte man es angekündigt. Was war das Verbrechen der beiden Männer gewesen? Sie waren Italiener. Sie waren Ausländer und Anarchisten: tickende Zeitbomben, Staatsfeinde, zukünftige Terroristen, auch wenn sie bis jetzt noch nichts Wesentliches verbrochen hatten, so dass man ihnen einen Raubmord in die Schuhe hatte schieben müssen, um sie legal ermorden zu können. Hunderttausende säumten die Straßen, als der Trauerzug mit den Leichen zum Friedhof zog. Mildred stand neben Arvid am Straßenrand. Sie sah Arvid weinen. Sie weinte selbst, voll Trauer und Zorn. Überall wurden Flublätter verteilt, auf denen Auszüge aus Vanzettis Autobiografie und aus seiner Abschiedsrede nach der Urteilsverkündung durch Richter Thayer zu lesen waren.

Wir haben bewiesen, dass es auf der ganzen Erde keinen Richter geben kann, der voreingenommener und grausamer ist, als Sie gegen uns gewesen sind. Ich habe nicht nur kein Verbrechen begangen, sondern das Verbrechen bekämpft, das die offizielle Moral und das offizielle Gesetz billigen und heiligen: die Ausbeutung und Unterdrückung des Menschen durch den Menschen. Ich suchte meine Freiheit in der Freiheit aller, mein Glück im Glück aller. Wenn es einen Grund gibt, warum Sie mich in wenigen Minuten vernichten können, dann ist dies der Grund und kein anderer.

Mildred besitzt das Flugblatt noch immer. Sie hat es aufbewahrt. Sie sagt sich manchmal etwas daraus vor.

Ich bin überzeugt, dass ich im Recht bin. Und wenn Sie mich zweimal hinrichten könnten, und wenn ich zwei weitere Male geboren werden könnte, dann würde ich wieder das tun, was ich getan habe.

Darum geht es. Das ist das Wichtigste: die Flamme nicht erlöschen zu lassen, den Mächten der Finsternis die Seelen der Unschuldigen nicht kampflos zu überlassen. Mildred steht an Arvids Seite, das ist nicht die Frage.

Die Frage ist, wie lange dies noch gehen wird. Wie lange wird das tausendjährige Reich noch währen? Die Stiefel marschieren, die SS grölt, sie wohnen nicht mehr in der Hasenheide, sondern in der Genthiner Straße in Tiergarten, die neuerdings Woyrschstraße heißt. Mildred ordnet Weidenkätzchen in einer Vase, Blumen in einem Krug. Sie legt jetzt immer sehr viel Wert darauf, dass ihre Berliner Wohnung aufgeräumt, staublos, fleckenlos rein ist. Sie bringt bunte Steine von einem Spaziergang mit und arrangiert sie auf einem Teller. Sie zündet Kerzen an, auf dem Schränkchen unter dem großen Ölbild, das Arvids Mutter gemalt hat. Das Bild zeigt die Ostsee, die Wanderdünen auf der Kurischen Nehrung. Mildred schiebt die Fotografien auf der Anrichte hin und her, sie legt ein buntes Kissen erst in die linke, dann in die rechte Sofaecke und nimmt es wieder weg, sie sagt sich, dass sie ihre Zeit nicht so nutzlos verplempern sollte.

Die Zeit verfließt, sie eilt, sie strömt. Wo ist der Sommer hin? Im Sommer ist die Mutter hier gewesen. Mildred hat sich mit der Mutter in London getroffen: Sie haben Ahnenforschung betrieben, damit Mildred endlich den Arierausweis beibringt, den Arvids Ministerium von Arvids Frau verlangt. Und so hat es sich wunderbarerweise herausgestellt, dass Mildred berechtigt ist, ihre Aufnahme bei den Daughters of the American Revolution zu beantragen.

Es hat ihr den Atem verschlagen. Die Organisation ist ungeheuer wählerisch. Unter dem Motto »God, Home, and Country« nimmt sie nur weiße Amerikanerinnen auf, nur hervorragende Patriotinnen, deren Vorfahren nachweisbar bei der Erlangung der amerikanischen Unabhängigkeit mitgewirkt haben.

Mildred hat vor Stolz und Freude geweint, als ihr Antrag angenommen worden ist. Und dann ist sie ein paar Wochen lang schwanger gewesen.

Aber sie hat das Kind verloren.

Sie selbst hat dies getan. Ihr eigener Körper ist verantwortlich: Er hat das Kind nicht behalten. Begonnen hat es mit Schmerzen. Dann kam Übelkeit dazu, fast sofort auch Fieber, und Arvid hat sie in die Klinik gebracht. Es war eine Notoperation.

Es ging ums Leben, mein geliebtes Herz.

Das hat Arvid danach gesagt. Aber um welches Leben ging es? Wo ist das Leben, das in ihr war? Jemand war bei ihr und ist nun fort. Ein Herz hätte an ihrem Herzen geschlagen, unter ihrem Herzen. Etwas Lebendes hätte sich an sie geschmiegt, es ist aber an der falschen Stelle gewesen. So hat sie es verstanden. Wie kann ein Leben an der falschen Stelle beginnen? Mildred hat ihr Leben weitergeben wollen. Sie wollte dies tun: von ihrem Leben schenken, sie ist vermessen gewesen. Solch eine Gabe hat ihr nicht zugestanden. Das Geschenk ist ihr aus den Händen geglitten. Es ist ihr aus den Händen geschlagen worden, mit einem harten Schlag. Es ist zu Boden gefallen und zersprungen. Nun ist es November.

November 1936: noch nicht einmal vier der tausend Jahre sind vergangen, Mildred steht am Fenster.

Sie steht oft lange am Fenster und sieht hinaus. Es schneit, in wattigen Flocken, die grau aus grauen Wolken taumeln: Dies ist kein Schnee, der liegenbleibt.

I'll take you home again, Kathleen
Across the ocean wild and wide
To where your heart has ever been
Since you were first my bonnie bride –

Die Trauer drückt Mildred die Kehle zu. Was tut sie hier? Womit verbringt sie ihre Lebenszeit? Wie legt sie sie zurück, die kurze Strecke Wegs zwischen dem Eingang in diese Welt und dem Ausgang? Frau Dr. Mildred Harnack-Fish, schon Mitte dreißig und kinderlos: Sie steht morgens auf und bereitet Arvids Frühstück. Sie räumt die Wohnung auf, sie unterrichtet ihre Schüler. Sie arbeitet an einem Artikel. Sie übersetzt eine Rede Roosevelts oder Churchills ins Deutsche, damit Arvid sie in seiner Gruppe analysieren kann. Abends essen sie in der kleinen Gaststätte gegenüber, oder Mildred bereitet eine Kleinigkeit zu, danach sitzen sie beieinander. Sie lehnen sich aneinander. Sie versuchen, wieder zu sich zu finden, nach dem langen Tag draußen in der Welt, sie versuchen zueinander zu finden, bevor der neue Tag beginnt, welcher neue Tag?

Die Sonne wird aufgehen. Die Sonne wird untergehen. Die Tage werden kommen und gehen. Sie werden an Mildred vorüberwandern, gleichförmig und gut gedrillt wie eine Kompanie Soldaten, während die Volksempfänger Goebbels-Reden plärren und SS-Stiefel durchs Treppenhaus trampeln und die Kolonnen auf der Straße ihre Lieder bellen, während Mildred den Müll hinunterträgt und Lebensmittel hinaufträgt und für das Winterhilfswerk spendet und noch einmal zähneknirschend für das Winterhilfswerk spendet, Mildred möchte nach Hause.

Sie möchte amerikanische Luft atmen, amerikanisches Essen essen. Sie möchte durch die Wälder und Berge des Mittleren Westens schweifen, im Boot über seine Seen treiben. Sie möchte amerikanische Stimmen hören. Sie möchte laut und frei amerikanische Gedichte rezitieren,

Let music swell the breeze,
And ring from all the trees
Sweet freedom's song.
Let mortal tongues awake;
Let all that breathe partake;
Let rocks their silence break –

Sie möchte aufrecht durchs Leben schreiten, frei und heiter und ohne Scheu. Sie möchte mit freien heiteren Menschen sprechen. Sie möchte den Kopf auf die Schulter der Mutter legen, die Augen schließen und schlafen. Und kann Mildred nicht einfach heimfahren?

Kann sie nicht in Amerika Arbeit finden, das Nötigste verdienen, sich irgendwie allein über Wasser halten? Sie hat an William Ellery Leonard geschrieben, ihren früheren Förderer an der Englischen Abteilung der University of Wisconsin. Sie hat angefragt, ob er ihr helfen könne. Leonard hat abgesagt. Er hat seine Ablehnung äußerst rücksichtsvoll formuliert. Aber er hat abgesagt. Draußen vor den Fenstern fällt der Schnee auf Berlin.

Es ist Mildred, als fiele er im Zimmer. Es ist, als wehte ihr ein kalter Wind ins Gesicht. Ein dünner Jenseitswind, der das Diesseitige auflöst: die Dinge und die Menschen und Mildred selbst, so dass alles transparent wird, durchscheinend und dünn, um schließlich ohne Rest zu verwehen, was wird von ihr bleiben?

Vielleicht ein Artikel, ein Brief, ein Foto. Vielleicht eine Erinnerung. Vielleicht ihre eigene Erinnerung, an die weiten Himmel des Mittleren Westens, an den Klang einer Nuss, die in der Herbststille aufs Laub fällt. Vielleicht weniger. Vielleicht nur ihre Sehnsucht: ein schimmernder Nebelstreif, der noch eine Weile in der Luft hängt, bevor auch er zerfließt und sich auflöst.

I'll take you home again, Kathleen
Across the ocean wild and wide
To where your heart has ever been –

Und dann fährt Mildred heim. Arvid hat selbst darauf gedrungen. Seine Lippen waren schmal, sein Gesicht blass.

»Fahr ruhig. Nimm dir eine Weile Urlaub von Deutschland. Es wäre ja nicht für immer. Du kannst doch jederzeit zurückkommen. Ich werde mich noch einmal um ein Rockefeller-Stipendium bemühen. Vielleicht klappt es ja. Fahr du schon einmal vor.«

Am Anfang hat sich Mildred gewehrt. Wovon sollte sie denn drüben leben? Die Devisenbestimmungen machen es ja unmöglich, mehr als zehn Reichsmark ins Ausland auszuführen.

»Geh zu deiner Schwester. Geh zu deiner Mutter. Organisiere alles von dort. Lass deine alten Kontakte wieder aufleben. Geh zu deinen alten Lehrern. Versuche, vor Ort Kontakte zu knüpfen. Das ist vielleicht leichter, als wenn du von hier aus Briefe schreibst. Halte eine Vortragsreise.«

Eine Vortragsreise? Das war eine gute Idee. Das war eine Möglichkeit: Mildred würde eine Vortragsreise halten.

Und nun ist es so weit. Sie sind in Bremerhaven an Bord gegangen. Die See ist eisengrau. Mildred und Arvid stehen an der Reling. Hier auf der Meerseite des großen Schiffs ist der Winterwind von beißender Schärfe. Sie stehen nebeneinander, ohne sich zu berühren: Und bereut Mildred ihren Entschluss schon?

Mildred kann nichts empfinden, nicht einmal Kummer. Nicht einmal Vorfreude. Nicht einmal Angst. Sie und Arvid haben kaum miteinander gesprochen, heute Morgen auf dem Weg zum Hafen. Mildreds Gepäck ist bereits unter Deck verstaut. Dies sind die letzten Minuten. Um sie herum brandet der übliche Tumult: Trubel und Geschrei, das unfassbare Durcheinander von Kofferträgern und Passagieren, Abschiednehmenden, Lachenden, Weinenden. Sie reden nicht miteinander. Was gibt es noch zu sagen? Arvid ist sehr froh, dass Mildred endlich geht. Er hat ihr das gestern gesagt, in der Nacht.

»Ich bin froh, dass du dich in Sicherheit bringst. Dass ich dich in Freiheit weiß.«

Sie konnte nicht einmal über diese Worte weinen. Sie hat ihn nur gebeten, sie nicht zu wiederholen. Und es ist ja auch Unsinn: Mildred wird schließlich zurückkommen. Sie verlässt Arvid nicht. Sie besucht ihre Mutter, sie geht auf Vortragsreise. Sie wird in Amerika über die Rezeption amerikanischer Gegenwartsliteratur im heutigen Deutschland sprechen, und dann kehrt sie zu Arvid zurück, die Schiffssirene tutet. Mildred schrickt auf. Sie wendet sich Arvid zu.

»Ich glaube, du musst gehen«, sagt sie.

Sie betrachtet das vertraute Gesicht: der ernste Mund, die geraden Brauen, die etwas kurzsichtigen Augen hinter der runden Brille. Arvid sieht Mildred an. Sie weiß nicht, was er sieht. Dann umarmen sie einander.

»Ich komme zurück«, sagt Mildred. »Ich bin bald wieder da. Ich komme bald zu dir zurück.«

Die Worte fallen ihr von den Lippen wie tote Vögel. Sie sind echolos, wie in einem schalldichten Raum gesprochen, was ist es nur? Sie ist doch auch früher schon ohne ihn gereist. Sie ist immer zu Arvid zurückgekehrt. Sie wird auch diesmal zurückkehren, sie flieht nicht, ein Bild blitzt auf.

Eine Erinnerung. Der Morgen am Picnic Point, Lake Mendota, 1926. Ein Sommermorgen, die Luft lau. Sie waren mit dem Boot herübergekommen. Sie saßen am Strand und blickten übers Wasser: zwei junge Studenten, sie hatten über irgendetwas diskutiert. Sie diskutierten immer über irgendetwas: Politik, Literatur, Kunst, Philosophie. Er wartete auf ihre Antwort. Er hatte etwas gesagt, über Gerechtigkeit oder Freiheit oder Liebe. Etwas Großes, Erhebendes, das sie an ein Gedicht von Walt Whitman erinnerte,

I announce justice triumphant;

I announce uncompromising liberty and equality;
I announce the justification of candor, and the justification of pride;
I announce a man or woman coming – perhaps you are the one –

Himmel und Wasser waren von irisierendem Perlmutt, wie das Innere einer Seemuschel. Mildred dachte mit einem Mal, dass sie Arvid heiraten würde. Sie hatten einander noch nicht geküsst. Sie dachte, dass er sie heute küssen würde. Dass er sie heute fragen würde,

Willst du mich heiraten?

Und natürlich würde sie Ja sagen.

Ja, ja, ja, ja!

Sie konnte seine Frage fast nicht mehr erwarten. Sie konnte seinen Kuss kaum erwarten. Sie musste tief Atem holen: als erhöbe sich etwas in ihr, das mehr Luft unter den Schwingen verlangte, dies war die Höhe, auf der sie fortan leben würde. Sie sah ihn an, von der Seite,

You must be he I was seeking.
I have somewhere surely lived a life of joy with you,
You grew up with me, were a boy with me,
I ate with you, and slept with you –

»Ich gehe jetzt«, sagt Arvid.

Dann geht er. Er geht über das Deck, verschwindet im Schiffsinneren, Mildred wird schlecht.

Ihr wird körperlich übel, als wenn ihre innersten Organe mit den seinen unauflösbar verbunden wären, und nun zerrte er sie nach außen, Mildred steht noch immer da und ringt mit dem Brechreiz, als das Schiff schon längst abgelegt hat. Es nimmt Kurs auf Amerika. Das Wasser braust. Deutschland entschwindet.

Arvid in Berlin wird noch einmal ein Stipendium der Rockefeller-Stiftung beantragen, zusammen mit seinem Jugendfreund Max Delbrück, dem Cousin seiner Cousins. Max Delbrücks Antrag wird angenommen werden. Max wird emigrieren. Er wird ein berühmter Genetiker und Biophysiker werden, er wird 1969 den Nobelpreis für Medizin erhalten und nie mehr nach Deutschland zurückkehren. Arvids Antrag wird abgelehnt. Die Begründung, die intern für solche Fälle gegeben wird, leuchtet ein.

Es besteht ein zu großes Risiko, dass ein solcher Auslandsaufenthalt die Bereitschaft eines deutschen Wissenschaftlers mindern könnte, sich nach seiner Rückkehr wieder mit den Umständen in Deutschland abzufinden.

Die letzte Fluchtmöglichkeit ist ihm also genommen. Er muss sich nun damit abfinden: Hier ist er, hier bleibt er, hier wird er sein Leben verbracht haben. Für eine Karriere im Ministerium ist der Parteieintritt unabdingbar. Arvid Harnack tritt in die Nationalsozialistische Deutsche Arbeiterpartei ein. Und in den Frühlingswochen 1937 kehrt Mildred nach Berlin zurück. Warum? Was kann schlimmer sein als ein Leben in Berlin?

Du warst einfach zu lange in Deutschland.

Das hat Mildred in Amerika immer wieder gehört.

Du warst zu lange in Deutschland, du denkst wie eine Deutsche.

Mildred hat in Amerika nicht Fuß fassen können.

Sie denkt diesen Ausdruck auf Deutsch. Es ist ein wundervoller Ausdruck: Er beschreibt die Dinge genau. Um Fuß zu fassen, muss man den Boden unter den Füßen ja erst einmal verloren haben. Man muss gefühlt haben, wie es ist, einem Abgrund entgegenzuschliddern, hilflos, machtlos, auf einem vereisten Weg oder an einer schlammigen Böschung: Und dann mit einem Mal fühlt man Grund unter den Sohlen. Man findet Halt. Man gewinnt wieder die Kontrolle, man steht, die Zehen bohren sich in die Erde. Das Herz rast noch, aber die Panik weicht: Man hat Fuß gefasst, steht nun fest und sicher, wohlbegründet auf seinem eigenen Fleckchen Erde, genau das ist Mildred nicht gelungen.

Schon die Schiffspassage nach New York war gänzlich unwirklich: ein grauer Traum, in dem Mildred Tag für Tag an der Reling stand, auf das wogende graue Wasser starrte, sie sah nichts, sie fühlte nichts. Wo war Emerson, wo war Margaret Fuller?

Be not the slave of your own past. Plunge into the sublime seas, dive deep and swim far, so you shall come back with self-respect, with new power, with an advanced experience that shall explain and overlook the old.

Aber der Pegelstand der erhabenen Meere war offenbar gesunken. Das Sublime war verdampft. Mildreds Schiffe liefen auf Grund. Und dort, wo ihr Herz hätte sein müssen, waren leere Gänge, hallende Korridore, die sie mit wachsender Unruhe zu durchstreifen begann, mit einer immer atemloseren Ungeduld, als liefe sie Gefahr, eine lebenswichtige Aufgabe unerledigt zu lassen, einen entscheidenden Termin unwiederbringlich zu versäumen. Aber welche Aufgabe? Welchen Termin?

Das Schiff legte in New York an, fahrplanmäßig. Mildred ging von Bord. Sie fuhr zu ihrer Mutter. Das Haus roch nach Apfelkuchen, wie sie es sich ausgemalt hatte. Die erste Woche versuchte Mildred zu genießen. Sie versuchte heimzukehren, in das kleine Häuschen unter dem weiten amerikanischen Himmel: Aber das Gefühl der Dringlichkeit wuchs, trieb sie, scheuchte sie vor sich her, als zählte von nun an jede Minute, sie nahm Kontakt zur Universität von Wisconsin auf. Arvids Professor John R. Commons war natürlich längst in Florida im Ruhestand. Ein paar der Leute von früher waren aber noch da.

Man erinnerte sich an sie. Natürlich erinnerte man sich an sie: an die junge Mildred Fish, leuchtend im Schmuck ihres hellblonden Haars, und auch an ihren Freund, den Rockefeller-Stipendiaten Dr. Arvid Harnack. Man bedauerte aufrichtig, dass man für Mildred so wenig tun konnte. Immerhin half ihr eine der Mitarbeiterinnen im Sekretariat, Kontakte zu Organisationen zu knüpfen, die an ihren Vorträgen interessiert sein könnten: »Rezeption amerikanischer Gegenwartsliteratur im Deutschland von heute«, den ersten Vortrag hielt sie für den Madison Book Club. Als Veranstaltungsort hatte man ausgerechnet den Konferenzsaal des Green Lake Hotel ausgewählt, in dem Mildred vor elf Jahren ihre Hochzeit gefeiert hatte. Damals war es August gewesen. Die Wälder und Seen Wisconsins lagen in der Hochsommersonne. Ein großes Fest hatten sie sich nicht leisten können, aber sie hatten doch die engste Familie, einige nahe Freunde eingeladen. Es war alles schlicht und sehr geschmackvoll gewesen: die Speisen, die Tischdekoration in Hellblau und Weiß, die Speisekarten, die Mildred alle mit der Hand geschrieben hatte. Sie besaß noch ein Exemplar. Es lag in der Nachttischschublade, in ihrer Berliner Wohnung, auf ihrer Seite des Ehebetts, in dem nun Arvid allein schlief. Mildred saß am Kamin in der Lobby des Green Lake Hotel, allein.

Es war Winter. Sie sah die Liste der Gäste durch, die zu ihrem Vortrag erwartet wurden. Entsetzen überkam sie. Nicht nur Mitglieder der gastgebenden Organisation, Studenten und Professoren hatten ihr Erscheinen angekündigt, sondern auch Mitglieder von Fritz Kuhns Deutsch-Amerikanischem Bund: ein berüchtigter Zusammenschluss von Amerikanern deutscher Herkunft, von Nazi-Sympathisanten, die über Kontakte zum Regime verfügten. Sie konnte also auch in Amerika nicht frei sprechen.

Gerade nicht in Amerika. Nicht hier, wo sie keinen mehr kannte, sich auch unter den wenigen Bekannten von früher niemandes mehr sicher sein konnte, wie konnte sie wissen, was ihre Gesprächspartner wirklich dachten? Wie konnte sie sicher sein, dass man sie nicht überwachte, dass keine Spione der Nazis mithörten?

Nirgendwo konnte man frei sprechen, nirgendwo sich unter den Seinen wähnen, nirgends gab es Freiheit, Sicherheit vor dem Geheimdienst. Natürlich, solange sie hier in Amerika war, würde man ihr nichts tun. Aber Arvid war in Deutschland. Er war die Geisel. Und was also durfte sie bei ihren Vorträgen sagen?

Sie ging ihr Manuskript durch, in bebender Eile. Sie ging es noch einmal durch. Noch einmal. Sie strich. Und strich. Sie präsentierte die Ruine im Konferenzsaal des Green Lake Hotel. Dem Vortrag war alle Kongruenz abhanden gekommen. Der Rahmen fehlte, der Gesamtzusammenhang, die Wände des Gebäudes. Die Details hingen im Raum wie Stromkabel nach einem Desaster, wie geschwärzte Dachlatten nach einem Brand. Hinterher kam einer ihrer alten Professoren auf sie zu. Er drückte ihr die Hände, hielt sich bedeckt. Sie ließ es ihm nicht durchgehen. Sie forderte eine Reaktion, drang in ihn, erhitzte sich, erklärte, er sagte: »Ah. Ich verstehe. Aber bitte, warum haben Sie das nicht gesagt? Das hätten Sie doch nur sagen müssen. Dann wäre es ein guter Vortrag geworden statt –«

Er ließ es dankenswerterweise offen, was der Vortrag geworden war. Und natürlich verdiente sie mit dergleichen ohnehin zu wenig. Sie war auf ihre Familie angewiesen, auf Freunde. Pflichtschuldigst nahm man sie auf. Man lud sie zum Essen ein, man kaufte ihr ein paar neue Strümpfe. Konnte sie vielleicht etwas übersetzen? Vielleicht konnte sie journalistisch tätig werden, so wie in Deutschland für die ›Dame‹? Sie fragte bei einigen Zeitungen an, bei Verlagen.

Man fragte sie, was sie hier eigentlich tat. Warum war sie nicht in Deutschland bei ihrem Ehemann, wo sie hingehörte? Warum war sie ganz allein unterwegs, ohne ihn? Warum war sie in Amerika? Was wollte sie hier? War sie womöglich eine Spionin der Nazis?

Das fragte der Chefredakteur des ›Wisconsin Sentinel‹.

Aber bitte, er wollte keineswegs irgendwelche Empfindlichkeiten berühren. Er musste immerhin fragen dürfen: War sie bereit, an seinem Blatt einen offenen Journalismus zu pflegen? Glaubte sie an das amerikanische Modell, oder war sie drüben umgekrempelt worden? Würde sie womöglich sein Blatt verwenden, um propagandistisch für das deutsche System zu arbeiten?

Sie konnte das natürlich nicht beantworten. Sie konnte dazu überhaupt nichts sagen, nicht einmal, dass sie nichts dazu sagen konnte, sie floh aus dem Büro des ›Sentinel‹. Man starrte ihr verständnislos nach. Was hatte sie denn? Worüber erregte sie sich so? Litt sie unter Verfolgungswahn? Hatte sie gar kein Zutrauen mehr?

Ich bitte dich, Mildred, rede einfach drauflos! Rede doch frei von der Leber weg, hier sind wir unter uns! Hier bist du nicht bei deinen deutschen Nazis. Hier bist du in Amerika, nicht in Berlin.

Sie schnappte nach Luft: *deine deutschen Nazis.* Sie machte den Mund auf, schloss ihn wieder, was sollte man sagen? Wo sollte man ansetzen, wie einer solchen Dummheit begegnen? Die Leute hier waren dumm. Sie begriffen nichts. Das lag an der Freiheit. Freiheit und Sicherheit hatten sie verblöden lassen. Die Demokratie, die Selbstverständlichkeit ihres Glücks hatten sie arrogant und stumpf gemacht, Mildred wusste ja genau, was sie von ihr hören wollten.

Ich hasse die Nazis. Arvid und ich, wir hassen die Nazis. Wir wünschen uns Hitlers Tod! Wir wünschen uns die Befreiung, das amerikanische Modell.

Das waren die Sätze, die sie von ihr erwarteten, während Arvid drüben festsaß.

Und saß er nicht im Reichswirtschaftsministerium? Er arbeitete doch für den deutschen Staat. Das war schließlich nicht nötig. Er unterstützte mit seiner Arbeit das Hitler-Regime, freiwillig, ohne äußeren Zwang, konnte er nicht etwas Anständiges tun?

Was denn, verhungern?

Mildred war elend vor Wut und Demütigung. Sie war beschmutzt. Sie war ihnen nicht gewachsen, diesen Glücklichen, die da vor ihr standen in ihrer Unschuld, ihrer weißen Reinheit, wie konnten sie verstehen, wo Mildred lebte? Mildred selbst verstand es ja erst jetzt. Wie konnten sie verstehen, dass ein jeder sich zwangsläufig besudelte, der in einem solchen Staat lebte? Dass dieser Staat alle Lebensbereiche durchdrang und durchseuchte, dass er nichts unbefleckt ließ, dass man nichts vor ihm retten konnte, weil kein Teil des Lebens von seinem Einfluss frei war? Sie konnte nicht darüber reden. Sie konnte es nicht wagen: Also musste sie schweigen.

Man fand sie reserviert. Man fand sie arrogant, worauf bildete sie sich eigentlich so viel ein? Sie hatte verlernt, leichthin zu plaudern. Man saß um den Tisch und plauderte. Man saß am Kamin und plauderte, über dieses und jenes, ihr fiel nichts ein, was sie hätte sagen können. Das, was sie nicht sagen konnte, schob sich vor alles andere. Das Ungesagte wuchs, wurde sperrig, verstellte ihr jeden gedanklichen Raum wie riesige Kulissenteile eine Bühne, sie hatte nichts Freies, Offenes mehr.

Man begann zu munkeln, sie könnte selbst eine Nationalsozialistin sein.

Wie sonst ließ sich denn ihr Verhalten erklären? Sie war verdruckst. Verknöchert. Wenn sie einmal etwas sagte, klang ihr ihre eigene Stimme schrill im Ohr, wo war nur die alte Mildred hingekommen? Die junge, schwebend leichte Mildred mit dem leuchtenden Haar, dem weißen Spitzenkragen, aus dem ihr schlanker Hals, ihr Kopf hervorwuchsen wie auf einem altertümlichen Frauenporträt: Diese Mildred war ein Weidenzweig gewesen. Nun war sie ein Stock. Ein hölzerner Stock, unbeugsam. Rücksichtslos. Ausschließlich auf ihre eigenen Belange konzentriert: Das warf ihr die Schwester vor.

Du bist wirklich eine Deutsche geworden.

Das sagte die Mutter.

Sie meinte es scherzhaft. Es traf Mildred tief. Es war wahr. Amerika war nicht mehr ihr Land. Sie erkannte nichts wieder, weil alles genauso geblieben war wie früher. Amerika erschien ihr unwirklich, ein Reich vager, zu nichts verpflichtender Gutwilligkeit. Es war viel unwirklicher als das ferne Land, das sie verlassen hatte: Deutschland, in seinen grausamen Wirren. In Deutschland hatte sie Heimweh nach Amerika gehabt. Jetzt, hier in Amerika, hatte sie Heimweh nach einem Sommermorgen im Jahre 1926. Nach Mildred Fish und Arvid Harnack, zusammen am Picnic Point, am Ufer des Lake Mendota, die Luft war lau. Es war still, bis auf ein paar einzelne Vögel. Er sah sie an. Sie sahen einander an: Jetzt, jetzt, jetzt küsste er sie. Das Glück war ein heißer Strudel,

Heirate mich!

Ja! Ja, ja, ich heirate dich.

Gab es eine andere Antwort? Niemals auf Erden. Sie stand am Picnic Point. Es war Winter: Februar 1937. Das Wasser war gefroren. Drüben in der Ferne sah sie die blaue Linie der

Bäume. Was tat sie hier? Arvid wartete nicht am Picnic Point auf sie, in irgendeiner Vergangenheit. Er wartete zu Hause, in ihrer gemeinsamen Wohnung in Berlin. Er saß am Tisch und aß, von seinem einsamen Teller. Er schlug abends die Decke des leeren Betts zurück,

I have somewhere surely lived a life of joy with you,
I ate with you, and slept with you –

Vielleicht stellte er in der Dämmerung eine Kerze auf das Schränkchen unter dem großen Ölbild von den Wanderdünen auf der Kurischen Nehrung, das seine Mutter gemalt hatte. Vielleicht wanderte er dann allein in der Wohnung herum. Mildred glaubte seine einsamen Schritte zu hören, sein Hüsteln, seine Stimme, die zu einem Besucher sprach, der dann wieder ging und ihn allein ließ. Mildred hatte das nicht gewusst. Sie hatte gedacht, man könnte fortgehen und zurückkehren. Aber so war es nicht. Der Weg führte nur in eine Richtung, voran. Nichts konnte zurückgenommen werden. Hinter keinen einmal überschrittenen Punkt konnte man zurückgehen. Sie war fortgegangen, und nun war sie eine Fremde in ihrem eigenen Land.

Es war noch schlimmer. Denn als Fremde hätte sie sich wohl eingewöhnen, sie hätte im Laufe der Zeit hier heimisch werden können. Aber Mildred besaß schon nicht mehr, was eine Fremde erst noch zu erringen hoffte. Amerika öffnete sich ihr nicht mehr. Es ließ sie nicht ein. Die Lücke, die ihr Fortgehen gerissen hatte, hatte sich hinter ihr geschlossen. Für Mildred war kein Schlupfloch übrig geblieben.

Aber sie hat eine Trophäe errungen. Sie hat der Heimat einen Menschen entrissen, sie hat jemanden auf ihre Seite gezogen: Jane Esch, Mildreds Nichte, die Tochter ihrer ältesten Schwester Harriette. Jane ist einundzwanzig. Sie hat die Highschool abgeschlossen, nun besucht sie ihre Tante Mili. Und deutet Janes Nachname nicht darauf hin, dass ihr Vater deutsche Wurzeln hatte? Ist Jane in Deutschland also gar nicht im Ausland, sondern sozusagen endlich nach Hause zurückgekehrt?

Jane liebt deutsches Bier und deutschen Schinken. Mildred zeigt der Nichte deutsche Burgen, deutsche Dörfer, noch einmal eröffnet sich Deutschland für Mildred. Noch einmal spiegelt sich auf den Zügen ihrer Nichte ihre eigene anfängliche Begeisterung. Noch einmal findet sie das Land, das sie vorgefunden hat, als sie einst von Bord des Schiffs ging, um mit Arvid Harnack zu leben, dies kann selbst Hitler nicht zerstören.

Dies wird bleiben und Hitler überdauern: der deutsche Wald, die Hügel, die Wiesen. Die deutschen Burgen, Schlösser und Dome. Die kleinen Städtchen und Dörfer mit ihrem Fachwerk, mit ihren Stadtmauern und Kirchlein und kleinen Gasthäusern. Wissen die Deutschen überhaupt, wie schön ihr Land ist? Hitler kann sich hier unmöglich halten, nicht im Land Goethes, Heines und Thomas Manns.

»Ja gut«, hat Charmetta Riebe vom American Women's Club gestern Abend gesagt. »Mag ja sein. Aber Heines Werke haben sie verbrannt. Und Thomas Mann lebt in Amerika. Die deutschen Dichter sind entweder tot oder längst bei uns. Und den Deutschen sind sie völlig egal.«

Sie sind von Thale hier hinaufgestiegen, Mildred, ihre Nichte Jane und Charmetta. Sie rasten im Schatten einiger Bäume am Rande eines weiten Plateaus. Dieses Plateau wird ebenso Hexentanzplatz genannt wie das auf dem Brocken, dessen schroffe Hänge sie auf der anderen Seite des Tals liegen sehen. Mildred hat Freude daran, dass sie solche Wörter kennt, Wörter, die selbst im aktiven Wortschatz der Deutschen selten vorkommen: schroff, blümerant, Gunst, Liebreiz. Es ist ein stiller Spätsommertag, schwer und süß wie Pflaumenmus. Sie haben ihr Picknick schon beendet, ein einfaches Mahl aus dunklem Brot, Käse und kaltem Tee, das sie in ihren Rucksäcken mitgebracht haben. Wenn man vom Brocken absieht, ist ihre Fahrt bislang vom Wettergott begünstigt gewesen: So hat Mildred es gestern ausgedrückt. Sie sind von Goslar über den Brocken und das Bodetal unterwegs nach Quedlinburg. Heute Vormittag haben sie bereits das Bergtheater und den Sachsenwall besichtigt, und die Walpurgishalle natürlich, mit den Gemälden nach Goethe. Mildred murmelt lautlos vor sich hin,

Auf die Berge will ich steigen,
Wo die dunkeln Tannen ragen,
Bäche rauschen, Vögel singen,
Und die stolzen Wolken jagen –

Dies ist freilich nicht von Goethe, sondern von Heine. Es ist aus Heinrich Heines ›Harzreise‹: aus dem Text, der Mildred überhaupt erst auf die Idee zu dieser Wanderung gebracht hat. Natürlich ist Heine verboten. Aber für die Harnacks ist das kein Grund, Heines Werke aus der Bibliothek zu entfernen.

Goldene Sonnenlichter durchs dichte Tannengrün … schwellende Moosbänke, hellgrüne Sammetpolster. Liebliche Kühle, Wasser unter den Steinen, silberhell … die geheime Bildungsgeschichte der Pflanzen, das ruhige Herzklopfen des Berges …

Mildreds Nichte Jane spricht inzwischen schon ziemlich gut Deutsch. Ihr R klingt freilich noch immer amerikanisch. Sie tut sich noch immer schwer mit Wörtern wie »träumerisch« oder »Quellengemurmel«. Aber sie hat Heines Ersteigung des Brockens mit klar erkennbarem Textverständnis vorgetragen. Mildred bekam mit einem Mal heftige Sehnsucht nach der Natur, eine überwältigende Lust zu entfliehen, Berlin hinter sich zu lassen, ins Freie zu gelangen. Und warum nicht? Warum sollten sie nicht dem deutschen Dichter folgen, tief hinein in den deutschen Wald? Sie würden mit den einfachsten Mitteln reisen. Sie würden im Wesentlichen zu Fuß gehen, wie weiland Goethe und Heine, sie würden in ländlichen Herbergen übernachten, Jane und Charmetta waren von der Idee begeistert. Und hatten sie keine Befürchtungen, so allein zu reisen, drei Frauen ohne männlichen Schutz?

Aber sie haben ja einen Mann dabei: den verbrannten Dichter, den sie sich zum Begleiter erkoren haben und dessen Verse man ohne Gefahr nur noch lesen kann, wenn man sie im Herzen trägt. Mildred denkt das auf Englisch,

I know Heine by heart.

Sie denkt nur noch selten in ihrer Muttersprache. Sie träumt meist nicht einmal mehr auf Englisch, nach beinahe einem Jahrzehnt in Deutschland. Dennoch, manchmal ist der englische Ausdruck einfach schöner,

Ich kann Heine auswendig – I know him by heart.

Natürlich nicht den ganzen Heine. Aber seine Beschreibung der Brockenersteigung hat sie jedenfalls vor Beginn der Wanderung in ihr Reisetagebuch übertragen,

Man kann sich nicht erwehren, an die ergötzlichen Blocksbergsgeschichten zu denken, und besonders an die große, mystische, deutsche Nationaltragödie vom Doktor Faust. Mir war immer, als ob der Pferdefuß neben mir hinaufklettere, und jemand humoristisch Atem schöpfe.

Es ist eine Kette. Die einzelnen Glieder greifen ineinander. Es steht jedem frei, sich anzuhängen, die Kette zu verlängern, selbst ein Glied in ihr zu werden, Heine ist auf Goethes Spuren gewandelt. Und Mildred, Jane und Charmetta sind nun wiederum Heine gefolgt, bei ihrer Ersteigung des Brocken,

Viele Steine, müde Beine, Aussicht keine, Heinrich Heine.

Auch die drei Frauen fanden den Aufstieg unerwartet anstrengend. Auch für sie hüllte sich der Gipfel in dichten Nebel. Zum Glück hatten sie Zimmer im Brockenhotel reserviert, wobei die *wunderlich zusammengesetzte fremde Gesellschaft,* die Heine dort oben vorgefunden hatte, in ihrem Fall aus einer Ladung angetrunkener Kraft-durch-Freude-Urlauber und einer Gruppe Hitlerjungen bestand, die vor dem Hotel zelteten. Mildred und ihre Freundinnen aßen ein leichtes Abendbrot. Danach hatten sie eigentlich Goethes »Walpurgisnacht« aus dem ›Faust‹ lesen wollen, aber daran war unter den gegebenen Umständen nicht zu denken. Das Zimmer war kalt und ungemütlich. Draußen nieselte Regen aus einem trüben Abendhimmel. In der Gaststube sangen die KdF-ler, so dass ihnen schließlich nichts anderes mehr übrigblieb, als zeitig zu Bett zu gehen. Auch am nächsten Morgen klarte es nicht auf. Sie fuhren mit der Schmalspur-Eisenbahn wieder hinunter, ganz unsportlich und schweigsam, Mildred war es, als hätte sie persönlich versagt.

Es kam ihr vor, als wäre alles ihre Schuld. Es ist ein alter Fehler, von dem sie sich nicht freimachen kann: Mildred fühlt sich häufig für die Stimmung anderer verantwortlich. Sie fühlt sich verantwortlich nicht nur für das, was sie beeinflussen oder gestalten kann, sondern auch für Dinge, die völlig außerhalb ihrer Macht liegen: das Wetter, die Qualität eines Gaststättenessens, die Pünktlichkeit öffentlicher Verkehrsmittel, Mildred kann sich für eine Verspätung der Straßenbahn entschuldigen, als wäre sie von Beruf Schaffnerin.

Es tut mir wirklich leid, dass das jetzt passieren muss. Es tut mir leid, dass wir warten müssen, aber die Bahn kommt sicher gleich, ich verstehe das gar nicht. Sie sind sonst immer so pünktlich. Vielleicht haben sie eine Panne gehabt. Vielleicht gab es einen Unfall auf der Strecke.

Mildred möchte immer, dass alle froh sind. Sie wünscht

sich so sehr, dass diese Wanderung schön werden soll, bedeutsam, erinnerungswürdig vor allem für Jane, sie möchte schrecklich gern, dass Jane ein positives Bild von Deutschland mit nach Amerika zurückbringt. Ein positives Bild von Mildred in Deutschland. Mildred hat Arvid und die ganze Familie gebeten, Jane gegenüber von allen Gräueln zu schweigen. Es wäre Mildred nicht angenehm, wenn Jane dergleichen Erzählungen mit nach Amerika trüge. Es hat doch keinen Sinn, dass noch mehr Horrorgeschichten in der Familie kursieren. Mildred möchte, dass Jane sich gern an Deutschland erinnert. Sie möchte, dass Jane zu Hause erzählt, was für ein anregendes, lohnendes, erfülltes Leben Tante Mildred trotz allem führt, in dem fremden Land.

Jane und Charmetta kramen in ihren Rucksäcken nach der Taschenbuchausgabe des ›Faust‹. Sie wollen die Lesung der ›Walpurgisnacht‹ nachholen, hier auf diesem anderen Hexentanzplatz. Mildred hat ihr Buch bereits aufgeschlagen. Sie lässt ihren Blick in die Ferne schweifen, hinaus in die klare Weite, über die Tannen, über die wunderlichen Gruppen der Granitblöcke, von hier oben sieht man die verhassten Fahnen nicht flattern. Man hört die verhassten Stimmen nicht grölen. Dies ist das Herz Deutschlands, das wahre Deutschland, das Mildred liebt.

»Ich bin so froh, dass ihr diese Wanderung vorgeschlagen habt«, sagt Jane. Sie streckt sich, sie legt den Kopf in den Nacken. »Ich bin wirklich froh, dass ich mitkommen konnte, bevor ich abreise.«

Und warum muss Jane überhaupt abreisen? Das würde Mildred gern wissen. Jane öffnet vorsichtig ihr Buch. Sie hat es mit einem Gummiband umwickelt, damit all die Andenken, die sie zwischen seinen Seiten sammelt, nicht herausfallen: Theaterbilletts, Opernprogramme, ein vierblättriges Kleeblatt aus dem Berliner Tiergarten. Und tatsächlich wird Jane Esch auch nicht nach Amerika zurückfahren.

Kurz vor seiner Emigration in die USA wird Max Delbrück noch rasch seinen Freund Otto Donner mit Arvid Harnack und dessen Familie bekanntmachen, und im selben Jahr wird Jane Esch Otto Donner heiraten. Harriette Esch wird ihrer Schwester Mildred das niemals verzeihen. Jane Donner aber wird erst ganz am Ende zurück nach Amerika finden, erst 1945, wenn alles vorüber ist.

Den ältesten ihrer drei Söhne wird sie zu diesem Zeitpunkt bereits an Meningitis verloren haben. Mit den beiden anderen wird sie sich von Varchentin in Mecklenburg, wohin sie vor den Bomben evakuiert worden sind, nach Westen durchschlagen. Sie wird in die Vereinigten Staaten zurückkehren, dort Psychotherapeutin werden, sich von Otto Donner scheiden lassen, Vincent Sweeney heiraten und mit ihm das Center for the Study of Human Systems gründen. Und 1994 wird sie bei einem Bootsunfall in der Chesapeake Bay ertrinken, zusammen mit ihrem jüngeren Sohn. Erst Tage später wird man ihre Körper finden, im Schilf an der Mündung des Choptank River, schwerelos im grünlichen Wasser treibend.

Jane also bleibt in Deutschland. Aber ansonsten wird es leerer und leerer um Mildred. Manchmal kommt Mildred sich vor wie in einem Film. In diesem Film sieht man Berlin von oben. Man sieht, wie die Stadt mit magnetischer Kraft alle und jeden zu sich heranzieht, dann läuft der Film in größter Geschwindigkeit rückwärts, und alles stiebt wieder auseinander. Die deutschen Schriftsteller und Wissenschaftler sind gleich 1933 geflohen. Dann sind die Amerikaner abgewandert, angeführt von den jüdischen Medizinstudenten, die in Deutschland dem konfessionellen Numerus clausus der amerikanischen Universitäten hatten entgehen wollen. Es wird leerer um Mildred. Es wird leerer in Deutschland.

Mildred fährt nach Norwegen, um eine Reportage für die ›Dame‹ zu schreiben und heimlich nebenher die Ausreise des Lektors Max Tau vorzubereiten. Sie fährt nach Paris, wo sie die Gelegenheit nutzt, ihren amerikanischen Pass zu verlängern. Mildred hat Irving Stones van-Gogh-Biografie ›Lust for Life‹ übersetzt, dann ›Drums along the Mohawk‹ von Walter D. Edmonds. Sie arbeitet freiberuflich für den Verlag Rütten und Loening. Nun fährt sie nach London, um Rebecca West zu gewinnen: Mildred möchte ›The Return of the Soldier‹ übersetzen, Rebecca Wests ersten Roman. Er erzählt die Geschichte eines Heimkehrers aus dem Weltkrieg, der hofft, nun mit seiner wahren Liebe zusammenleben zu können, einer einfachen Arbeiterin, statt zu seiner großbürgerlichen Gattin zurückkehren zu müssen. Auch an ›The Thinking Reed‹ hat Mildred gedacht, Wests Roman über den korrumpierenden Einfluss von Reichtum auf im Grunde anständige Leute. Mildred freut sich auf die Begegnung.

Sie bewundert Rebecca. Sie beneidet sie: Rebecca schreibt scharfzüngig und scharfsichtig. Sie schreibt für die größten amerikanischen und englischen Zeitschriften und Zeitungen. Ihr gelingen Romane. Und Rebecca ist frei. Sie ist Feministin, Sozialistin, sie steht auf der richtigen Seite. Sie lebt in England, einem freien Land, immerhin wird Mildred sie nun kennenlernen. Sie werden womöglich Freunde werden. Mildred steht in Rebeccas Wohnung im Orchard Court.

»Und Sie wollen also meine Bücher übersetzen? Von mir aus gern. Aber solche Dinge werden doch gewöhnlich unter den Verlagen geklärt. Warum macht Ihr Verlag nicht einfach meinem ein Angebot, wegen der deutschen Rechte?«

»Nun ja, es gibt da ein kleines Problem. Dieses Problem hat mit Ihrem Namen zu tun. Ich weiß natürlich, dass Ihr Name ein Pseudonym ist. Aber die deutsche Öffentlichkeit weiß es nicht.«

»Ich verstehe nicht.«

»Wissen Sie, Frau West, mein Mann und ich bemühen uns sehr, die Kultur hochzuhalten, das Gute und Verfeinernde. Wir vertrauen auf den zivilisierenden Einfluss großer Werke auf den nationalsozialistischen Staat. Wir sind sehr glücklich, wenn Bücher wie die Ihren bei uns erscheinen dürfen, also fühlen wir uns verpflichtet, dafür zu sorgen, dass dies auch tatsächlich geschieht. Es ist nicht immer einfach, aber wir tun, was wir können.«

»Hören Sie, Frau Harnack. Sagen Sie mir doch bitte einfach, was Sie von mir wollen.«

»Ich möchte Ihre Bücher übersetzen. Es würden sehr schöne Bücher werden, das kann ich Ihnen versichern. Und sie würden so viele gute Menschen in Deutschland beglücken und erbauen. Aber das Problem ist Ihr Vorname. Sie müssten eine Erklärung unterschreiben, dass Sie nicht jüdisch sind, sonst dürfen Ihre Bücher in Deutschland nicht erscheinen.«

»Ich soll was? Sind Sie noch bei Trost?«

»Nein, warten Sie bitte. Sie verstehen nicht. Eine solche Erklärung bedeutet ja gar nichts. Es ist eine reine Formsache, weiter nichts. Es bedeutet nur, dass wir Ihre Bücher dem deutschen Publikum zugänglich machen können.«

»Sie müssen verrückt sein. Ich soll erklären, nicht jüdisch zu sein. Das ist blanker Antisemitismus. Sie glauben doch nicht im Ernst, dass ich so etwas unterschreibe. Eher würde ich sterben, als das zu unterschreiben und mich bei Ihrem Führer anzuwanzen.«

»Aber das würden Sie doch überhaupt nicht. Sie würden

nur dafür sorgen, dass Ihre Bücher in Deutschland erscheinen können.«

»Ich muss Sie bitten, nun sofort zu gehen. Ihr Ansinnen ist eine Unverschämtheit.«

»Aber wenn Sie nicht unterschreiben, wird man Ihre Haltung gar nicht zu würdigen wissen. Keiner wird denken, was Sie für eine aufrechte Frau sind. Jeder wird einfach annehmen, Sie seien eben doch eine Jüdin.«

»Raus jetzt. Raus mit Ihnen. Gehen Sie, sonst lasse ich Sie hinauswerfen. Ich kann nur sagen, ich wünsche Ihnen, dass Hitler Sie mieser behandelt als je einen Juden.«

Und nun sind auch die Russen weg. Die alten Freunde sind fortbeordert worden: Alexander Hirschfeld, der Geliebte Martha Dodds Boris Winogradow, Sergej Bessonow.

Bessonow ist bei seiner Ankunft in Moskau sofort verhaftet worden. Über Monate hat er eisern geschwiegen, um dann im Frühjahr 1938 im berüchtigten dritten der Moskauer Schauprozesse mit düsterer Entschiedenheit auszuführen, wie die Botschaft Unter den Linden als Verbindungspunkt der trotzkistischen Verschwörung genutzt worden sei. Er ist zu fünfzehn Jahren Lagerhaft verurteilt. Mildred ist entsetzt.

»Es ist doch absurd. Wenn er ein Verräter seiner Heimat wäre, dann wäre er doch nicht zurückgekehrt. Dann wäre er hiergeblieben. Aber er ist auf den ersten Ruf hin in Moskau erschienen.«

»Wir wissen nicht, was wirklich dahintersteckt«, sagt Arvid. »Die deutsche Propaganda bewirft die sowjetische Justiz natürlich aus Prinzip mit Schmutz. Aber der russischen traue ich auch nicht. Wir wissen jedenfalls nicht, was Bessonow getan und was er nicht getan hat. Vielleicht war er wirklich nicht zuverlässig, vielleicht hatte er zu enge Bande zu Deutschland. Außerdem ist es für uns egal. Ich glaube an die Vorzüge der Planwirtschaft, nicht an die des Stalinismus. Wenn ich hoffe, in den Russen Verbündete gegen Hitler zu finden, dann heißt das nicht, dass wir uns in Abhängigkeit von den Sowjets begeben oder ihr System imitieren sollten.«

Aber Mildred muss immer wieder an Bessonow denken, auch an Boris Winogradow, der im Januar zurückgefahren ist und von dem seitdem niemand mehr etwas gehört hat. Sie muss an den Ausflug zu Fallada denken, mit Ledig-Rowohlt und Martha Dodd, an die Fahrt in Boris' Cabrio durch den Frühlingsregen,

Pea-nut Peanut Butter Jelly,

Pea-nut Peanut Butter Jelly –

Auch Martha Dodd ist nicht mehr da. Die Botschaftertochter ist mit ihrem Vater nach Amerika zurückgekehrt. Mildreds Kontakte zur amerikanischen, Arvids Kontakte zur sowjetischen Botschaft sind nun also abgebrochen. All das ist beendet. Sie haben nur noch das schwindende Häuflein der deutschen Freunde. Und nun gehen auch noch die Heberles.

Rudolf Heberle hat mit seiner Frau Franziska von 1926 bis 1929 als Stipendiat der Rockefeller Foundation in Amerika geweilt. Dort haben sie sich mit den Harnacks angefreundet. Die Freundschaft hat sich in Deutschland weiter vertieft, so dass Mildred 1935 sogar Taufpatin der kleinen Antje Elisabeth geworden ist. Und nun ist Mildreds Patenkind schon drei Jahre alt, und die Heberles verlassen Deutschland.

»Alles Gute, ihr Lieben.«

»Alles alles Gute für euch, für euer neues Leben.«

Mildred und Arvid stehen am Bahnsteig. Sie stehen an Gleis elf. Der Zug wird die Heberles nach Bremerhaven bringen. In

Bremerhaven wartet das Schiff: der große weiße Ozeandampfer, der sie nach Amerika bringen wird.

»Wir denken an euch.«

»Wir wünschen euch Glück.«

Weiße Schwaden dampfen über den Bahnsteig. Es ist zugig. Die Heberles haben ihr Abteil schon bezogen, dann sind sie wieder ausgestiegen, um die Harnacks ein letztes Mal zu umarmen. Es birgt durchaus ein Risiko, hier zu stehen. Wer weiß, ob man beobachtet wird. Wer weiß, wem es auffällig scheinen könnte, dass ein Beamter des Wirtschaftsministeriums einen Emigranten verabschiedet.

»Ihr werdet uns fehlen!«

»Schreibt!«

»Schreibt ihr auch!«

Aber wozu? In den Briefen würde nichts stehen. In Zukunft werden sie versuchen, nicht mehr aneinander zu denken. Es ist ja nun einmal ein Abschied für immer, der Zug fährt an. Die Harnacks winken. Die Lokomotive verschwindet in Dampfschwaden, bevor sie endgültig die Halle verlassen hat, Arvid nimmt Mildreds Arm. Sie gehen den Bahnsteig entlang, dann durch die Bahnhofshalle. Sie gehen langsam. Sie halten sich sehr eng nebeneinander. Der Raum um sie ist leer, und er wird immer leerer, in dieser Leere sind Mildred und Arvid sehr sichtbar.

Mildred möchte sich ducken. Sie hat manchmal Anfälle entsetzlicher Angst, wenn sie merkt, wie allein Arvid und sie aus der Leere aufragen, in den leeren Himmel hinein, und hätte sie nicht doch in Amerika bleiben sollen, im letzten Jahr?

»Warum bist du nur wiedergekommen«, hat Arvid bei ihrer Rückkehr gesagt. »Du hättest drüben bleiben sollen. Du hättest nicht wiederkommen sollen.«

Seine Stimme schwankte, kenterte. Er drückte Mildred an

sich, umklammerte sie, hielt sie fest. Die Überfahrt nach Amerika war ein grauer Traum gewesen. Dort, wo Mildreds Herz hätte sein müssen, waren leere Gänge gewesen, hallende Korridore, die sie mit wachsender Unruhe zu durchstreifen begann, mit einer immer atemloseren Ungeduld, als zählte von nun an jede Minute, als liefe sie Gefahr, eine lebenswichtige Aufgabe unerledigt zu lassen, einen entscheidenden Termin zu versäumen. Dies ist die Aufgabe. Dies ist der Termin.

Sie gehen jetzt die Linden entlang. In den Kronen der Bäume sind Arbeiter damit beschäftigt, Lautsprecher für irgendeine Großveranstaltung zu befestigen. Arvid und Mildred Harnack nähern sich dem Brandenburger Tor. Von irgendwo Trommeln: zwei langsame, drei schnellere Schläge. Aus den Lautsprechern dröhnt es. Plötzlich strömen von überall Menschen herbei. Arvid und Mildred halten sich eng beieinander. In die Leere, die sie umgibt, ergießen sich die Horden wie eine dreckige Flut in ein Bassin, das Rauschen der Menge wächst.

Dann das Donnern des ersten Schreis, in der Ferne. Mildred und Arvid beginnen zu kämpfen. Sie kämpfen gegen den Strom an, der sie aber unaufhaltsam weiterzieht, das Donnern kommt näher. Dann ist der Orkan über ihnen. Der Schrei brandet auf, brandet auf, brandet auf, wieder und wieder, da steht er, im Wagen.

Er kommt auf sie zu. Arvid kämpft. Er ringt. Mildred ringt an seiner Seite. Aber sie kommen nicht heraus. Es ist zu spät. Die Welle reißt sie mit: die Flut derer, die sich die Seelen aus den Leibern schreien, der Weg hinter Mildred hat sich geschlossen. Mildred und Arvid können nicht mehr zurück. Sie müssen nun ausharren, bis alles vorbei ist.

Aber wissen die Harnacks denn gar nichts von den ermutigenden Plänen, die im weiteren Kreis der Professorenfamilien geschmiedet werden? Wissen sie nicht, dass Hans von Dohnanyi in ebendiesem Herbst 1938 zusammen mit Offizieren aus dem Heeresnachrichtendienst, der Abteilung Abwehr, in Vorbereitungen für einen Staatsstreich verwickelt ist?

Wohl kaum. Die familiären und freundschaftlichen Bande zwischen Hans von Dohnanyi und Arvid Harnack sind schließlich nur locker geknüpft. Hans von Dohnanyi hat Arvid ebenso wenig in die Pläne um General Beck und Abwehroffizier Hans Oster eingeweiht wie Arvid ihn in seine Beziehungen zu den Russen.

Und wie steht es mit dem schillernden Bekannten der Harnacks, Ernst von Salomon, oder dem ehemaligen Arplan-Mitglied Klaus Mehnert? Der Frontkämpfer, Journalist, Buchautor und Abwehr-Offizier Friedrich Wilhelm Heinz hat schließlich mit Salomon zur Terrororganisation Consul gehört, und mit Klaus Mehnert hat er eine Weile für die Monatsschrift ›Buch und Gewehr‹ geschrieben.

Aber Heinz hat Salomon nicht aufgefordert, sich an dem Putsch zu beteiligen. Und Mehnert ist ohnehin schon längst weg.

4

Es ist Sommer 1937. Klaus Mehnert wechselt gerade von der Universität Berkeley an die Universität Honolulu, wo man ihm eine Professur für neuere Geschichte und Politikwissenschaft angeboten hat. Mildred zeigt ihrer Nichte Jane Deutschland. Greta Lorke bereitet ihre Hochzeit mit Adam Kuckhoff vor. Und die beiden Offiziere Friedrich Wilhelm Heinz und Hans Oster sitzen in Hans Osters Büro in der Abwehr am Tirpitzufer und besprechen die schöne Idee, die Friedrich Wilhelm Heinz gerade gehabt hat.

»Ich denke, wir sollten sie alle ins KZ schicken«, sagt Heinz zu Hans Oster. »Alle höheren Wehrmachtsoffiziere. Das wäre doch mal ein nützlicher Ausflug für sie. Eicke könnte sie selbst herumführen. Der KZ-Inspekteur und Führer der SS-Wachverbände Theodor Eicke, kennen Sie ihn?«

»Ich bin ihm persönlich bisher nicht begegnet«, sagt Oster. »Er soll kein angenehmer Mensch sein.«

»Er ist ein Haufen Dreck. Er bildet im KZ Dachau persönlich die Aufseher für alle Lager aus. Und angeblich hat er Röhm umgebracht. Das ist nur ein Gerücht, aber man traut es ihm natürlich zu. Nicht dass es mir um Röhm leidtäte.«

Heinz ist selbst früher einmal Mitglied der NSDAP gewesen. Von Hitler hat er allerdings nie viel gehalten: Friedrich Wilhelm Heinz war Anhänger des linken Flügels der Partei um die Brüder Gregor und Otto Strasser. Wie sie hat er den Kampf gegen den Kapitalismus ernster genommen als die Herumreiterei auf dem Antisemitismus. Biologische Unterschiedlichkeit der Rassen? Nun ja. Wahrscheinlich ist es doch eher so, dass die psychischen Unterschiede zwischen Juden und Nichtjuden für die offensichtlichen physiologischen Differenzen verantwortlich sind, was die Judenfrage als Rassenfrage zwar nicht erledigt, aber doch zu einer Problematik dritter Ordnung herabstuft. Friedrich Wilhelm Heinz persönlich ist allenfalls die übermächtige Konkurrenz des jüdischen Literatenpacks auf die Nerven gegangen, wobei man allerdings auch hier einsehen muss, dass Salomons ›Die Geächteten‹ Heinz' ›Sprengstoff‹ wahrscheinlich viel mehr Leser gestohlen hat als die gehirnlichen Zergliederungen und Ergüsse irgendwelcher mottenzerfressener Intellektueller, ob nun jüdisch oder nicht.

Tatsache ist jedenfalls, dass Friedrich Wilhelm Heinz als Autor nicht sonderlich reüssiert hat. Und auch mit der politischen Karriere hat es nicht geklappt. Heinz ist noch vor der Machtergreifung gegen seinen Willen aus der NSDAP ausgeschlossen worden. Kurz darauf ist Otto Strasser freiwillig aus der Partei ausgetreten. Unterstützt von Kapitän Ehrhardt, hat er seine Kampfgemeinschaft Revolutionärer Nationalsozialisten gegründet. Aber die Leute, auf die er gesetzt hatte, sind ihm nicht gefolgt. Sie sind fast alle in der Mutterpartei geblieben. 1933 ist Otto Strasser emigriert, und sein Bruder Gregor ist 1934 im Zuge der Ausschaltung der SA und der Ermordung Röhms von der SS umgebracht worden.

Hans von Dohnanyi hat damals zusammen mit der zentralen Staatsanwaltschaft den Fall von Gregor Strassers Witwe untersucht, der die Lebensversicherung ihres Mannes nicht ausgezahlt worden war: Das Geheime Staatspolizeiamt hatte der Versicherung mitgeteilt, Strasser hätte Selbstmord begangen.

Aber ist es nicht tatsächlich Selbstmord, sich bei der Führung des Reichs unbeliebt zu machen? Als persönlicher Referent des Reichsjustizministers Gürtner hat Hans von Dohnanyi die Folgen des Röhm-Putsches unmittelbar erlebt. Er hat den Minister zu Göring begleitet, er ist mit ihm zu Hitler nach Berchtesgaden geflogen. Hans stand daneben, als Gürtner das Gesetz unterschrieb, das die Verbrechen legitimierte: Die Morde seien zur Niederschlagung hoch- und landesverräterischer Angriffe rechtens gewesen, eine präventive Maßnahme gegen einen unmittelbar bevorstehenden Putsch der SA unter Röhm.

Das System etabliert sich. Seit dem Röhm-Putsch stabilisieren sich die Strukturen. Es besteht keine Hoffnung mehr auf ein schnelles Ende. Hans von Dohnanyi hat damit begonnen, ein Diensttagebuch zu führen.

Das gehört ohnehin zu seinen administrativen Pflichten. Aber Hans führt es besonders akribisch. Er vermerkt jeden Rechtsbruch, der ihm bekannt wird, jede Häftlingsmisshandlung, jeden unterschlagenen Brief, jedes Päckchen, das nicht ins Konzentrationslager weitergeleitet wird.

»Manchmal denke ich, man dürfte gar nicht mitmachen«, sagt Hans Dohnanyi zu seiner Frau Christel. »Aber was dann? Man muss doch seine Familie ernähren. Man muss doch in der Welt vorankommen, auch unter widrigen Bedingungen. Man hat sich seine Zeit nicht ausgesucht, aber nun muss man doch in ihr leben. Das Schlimme ist, dass ich keinen Grund sehe, warum sie sich nicht für immer und ewig an der Macht halten sollten. Wenn man nur hoffen dürfte, dies wären ein paar Jahre in der glühenden Esse, aus denen man geläutert hervorgeht, und dann beginnt das wahre Leben.«

Hans von Dohnanyi ist oft nah daran, zu verzweifeln. In der Hast des Tages lässt sich vieles ertränken, aber schlimm ist es, wenn man einmal zu sich kommt und begreift, wie sinnlos alles ist, was man tut. Gestern hat er in seinem Tagebuch festgehalten, dass die der Abtreibung angeklagte jüdische Hausangestellte Ottilie Mansfeld freigesprochen worden ist.

Abtreibung ist an sich mit der Höchststrafe bedroht. Aber Paragraph 218 des Strafgesetzbuches soll schließlich eine völkische Schutzbestimmung sein. Eine Jüdin kann sich im Sinne dieses Paragraphen also gar nicht schuldig machen,

im Gegenteil würde ihre Bestrafung der völkischen Zweckbestimmung des Abtreibungsverbotes geradezu entgegenwirken.

Hans war voll angeekelter Bewunderung. Das doppelt widerwärtige Urteil hat dem Mädchen das Leben gerettet. Wie müssen ihr die Gesichter ihrer Richter erschienen sein? Wie Tierfratzen? Wie schnatternde Dämonen?

»Wir werden unser Leben in dieser Höhle verbringen, die sie für uns gegraben haben«, sagt Hans zu seiner Frau Christel. »Das heißt, man wird kein Leben gehabt haben. Man wird nie etwas Sinnvolles geleistet haben.«

Aber das lässt Christel ihrem Mann nicht durchgehen. Natürlich sind die beruflichen Bedingungen nicht, wie er sie sich erträumt hat. Aber dann muss er eben den Schwerpunkt auf das Private legen.

»Nur dort liegt heutzutage das Positive, und dort musst du es suchen. Dass du das Leben sinnlos nennst, mit drei Kindern und meiner liebeerwidernden Person, das muss ich mir jedenfalls verbitten. Und immerhin tust du doch das Deine. Immerhin kannst du verfolgten Menschen helfen.«

Das ist wahr. Hans hat sich erst neulich wieder sehr für seinen früheren Vorgesetzten eingesetzt, Reichsjustizminister a.D. Curt Joël, der jüdischer Herkunft ist. Hans hat sich bemüht, Joël unter den persönlichen Schutz Gürtners stellen zu lassen. Es ist ihm tröstlich zu wissen, dass jedenfalls Joëls Sohn als Referent für Strafsachen im Reichsjustizministerium fest im Sattel sitzt.

Günther Joël ist außerdem seit 1934 Mitglied der NSDAP und Verbindungsmann zwischen dem Ministerium und der SS, dem SD und der Gestapo. Und er gehört der Kommission an, die festlegen soll, wie in Zukunft mit Polizeibeamten zu verfahren sein wird, die der Gefangenenmisshandlung bezichtigt worden sind.

Das Problem ist, dass diese sogenannten verschärften Vernehmungen von Seiten der höchsten Staatsführung für erforderlich und unerlässlich anerkannt worden sind. Da ist es dann freilich widersinnig, die ausführenden Beamten wegen Amtsverbrechens zu verfolgen. Aber genau das müssen die Staatsanwälte tun. Sie können nicht einfach nach freiem Ermessen von Verfahren Abstand nehmen, wollen sie sich nicht der strafbaren Rechtsbeugung schuldig machen. Und auch die individuelle Niederschlagung jedes einzelnen Falls ist keine Möglichkeit. Angesichts der puren Masse der Fälle wäre der Führer, der allein das Niederschlagungsrecht besitzt, damit über alles Maß hinaus belastet.

Der einzig gangbare Weg liegt also in einer gesetzlichen Regelung. Mit anderen Worten, den Staatsanwälten muss die Möglichkeit gegeben werden, ein Verfahren gegen einen prügelnden Polizisten wegen Mangels der Rechtswidrigkeit einzustellen.

Joëls Sekretärin tippt. Ihr Chef hat ihr aufgetragen, von dem als vertraulich zu behandelnden Protokoll der vorgestrigen Sitzung eine Kopie anzufertigen.

Frage 1: Bei welchen Delikten sind »verschärfte Vernehmungen« zulässig?

Es herrschte Übereinstimmung, dass derartige Vernehmungen nur in solchen Fällen vorgenommen werden dürfen, in denen der Sachverhalt unmittelbare Staatsinteressen berührt. Als solche kommen in erster Linie Hoch- und Landesverrat in Betracht. Die Vertreter der Gestapo gaben der Meinung Ausdruck, dass möglicherweise auch in Bibelforscher-, Sprengstoff- und Sabotagesachen eine verschärfte Vernehmung in Frage kommen könnte. Sie behielten sich jedoch insoweit eine Stellungnahme nach weiterer Erörterung mit dem Herrn Reichsleiter der SS vor.

Frage 2: Art der körperlichen Einwirkungen?

Grundsätzlich sind bei verschärften Vernehmungen nur Stockhiebe auf das Gesäß, und zwar bis zu 25 Stück zulässig. Die Zahl wird von der Gestapo vorher bestimmt. Vom 10. Stockhieb an muss ein Arzt zugegen sein. Es soll ein »Einheitsstock« bestimmt werden, um jede Willkür auszuschalten.

Frage 3: Wer ordnet die Vornahme einer verschärften Vernehmung an?

Grundsätzlich nur die Gestapo in Berlin. Die örtliche Stapostelle muss vor verschärfter Vernehmung die Genehmigung in Berlin einholen. Ohne Vorliegen der Genehmigung darf eine verschärfte Vernehmung nicht vorgenommen werden.

Frage 4: Wer führt die körperliche Einwirkung durch?

In keinem Fall darf der Beamte, der die Vernehmung durchführt, auch die Einwirkung vollziehen. Vielmehr wird hier-

für ein besonderer von den Stapostellen auszuwählender Beamter bestimmt werden.

Frage 5: Welche Sicherungen sind gegen die Anwendung verschärfter Vernehmungsmaßnahmen bei Unschuldigen gegeben?

Die Frage wurde durch die zu Frage 3 erörterten Sicherungsmaßnahmen für erledigt erklärt.

»Ich habe heute Wiedemann in der Reichskanzlei getroffen, Hitlers persönlichen Adjutanten«, sagt Hans von Dohnanyi zu seiner Frau Christel. »Angeblich hat Hitler zu ihm gesagt: Jede Generation braucht ihren Krieg, und ich werde dafür sorgen, dass auch diese Generation ihren Krieg bekommt.« Hans nimmt seine Brille ab, er reibt sich die Augen. »Wiedemann sagt, gegen Hitler hilft nur noch der Revolver. Die einzige Frage wäre: Wer soll es machen?« Hans setzt die Brille wieder auf. »Aber das ist natürlich absurdes Gerede.«

»Ich denke, wir sollten sie alle ins KZ schicken«, sagt Abwehr-Offizier Friedrich Wilhelm Heinz in Hans Osters Büro in der Abwehr am Tirpitzufer. »Alle höheren Wehrmachtsoffiziere. Das wäre doch ein nützlicher Ausflug für sie.«

Die Idee findet allgemeinen Zuspruch. Der KZ-Inspekteur und Führer der SS-Wachverbände Theodor Eicke lässt es sich nicht nehmen, höchstpersönlich die drei Busladungen hochgestellter Wehrmachtsoffiziere willkommen zu heißen, für die Friedrich Wilhelm Heinz und Hans Oster den Ausflug ins KZ Sachsenhausen organisiert haben. Er sichert den Offizieren zu, ihnen authentischen KZ-Alltag bieten zu wollen. Nach einer orientierenden Führung durch das Lager folgen der Lagerappell, der Vollzug der Prügelstrafen, schließlich eine Musikvorführung des KZ-Orchesters.

Die Offiziere haben auf dem Heimweg wenig gesprochen. Es sind für alle sehr, sehr eindrückliche Stunden gewesen. Womöglich waren die Herren sogar zu gründlich beeindruckt, um offiziell gegen die Willkür in den Lagern zu protestieren oder sich klar gegen das Regime zu stellen, wie Heinz und Oster es sich erhofft hatten? Die Reaktionen sind jedenfalls enttäuschend.

Und nun? Was könnte man als Nächstes unternehmen?

Der Leiter der Abwehr zuckt die Achseln. Admiral Wilhelm Canaris äußert sich nicht zu den Eskapaden und Kapriolen seiner Untergebenen. Aber er toleriert sie durchaus wohlwollend. Intrigen, Verschwörungen, generelle Geheimnistuereien jeder Art bereiten ihm seit jeher ungeteiltes Vergnügen. Canaris ist ein alter Freund des Brigadekapitäns Ehrhardt. Er hat den Kapp-Putsch unterstützt, er hat der Organisation Consul bei ihren Waffengeschäften geholfen. Er hat Friedrich Wilhelm Heinz persönlich ins Amt geholt, und auch Oster verdankt dem Admiral seine Position.

Der Berufsoffizier Hans Oster hat noch zu Weimarer Zeiten seinen Dienst quittieren müssen, wegen einer Affäre mit einer Offiziersgattin. Die Liebe ist eine gefährliche Sache. Sie kann einem Offizier das Leben ruinieren, davon könnten manche ein Liedlein singen.

Es ist der 5. November 1937. Der Reichskriegsminister, Oberbefehlshaber der Wehrmacht und fünffache Vater Werner von Blomberg liegt mit seiner Geliebten im Bett. Von Blomberg ist neunundfünfzig Jahre alt und seit vier Jahren Witwer. Margarethe Gruhn ist fünfundzwanzig. Blomberg ist zwar Soldat, aber er ist nicht aus Eisen.

Tatsächlich ist der Generalfeldmarschall eine schmiegsame, eine geradezu harmoniesüchtige Natur: Er hat alle Proteste erstickt, die innerhalb des Offizierskorps gegen die Entfernung jüdischer Kameraden etwa hätten laut werden wollen, und er hat kein Sterbenswörtchen gegen die Ermordung der ehemaligen Reichswehrgeneräle Kurt von Schleicher und Ferdinand von Bredow im Verlauf des Röhm-Putsches vorgebracht. Sein Herz war im Gegenteil voll Dank und Liebe: Nach der Ermordung der SA-Führungsspitze hat der Führer die Reichswehr zum einzigen Waffenträger des Reiches erklärt. Blomberg hat noch im selben Jahr 1934 aus ureigenstem Antrieb alle seine Soldaten auf Hitler persönlich vereidigen lassen. Was hat sich der Führer darüber gefreut! Und nun haben sie sich miteinander gestritten, und der Feldmarschall ist bis in den Kern seines Wesens verbittert.

Eigentlich hatte man sich auf der heutigen Konferenz über die Rohstoffzuteilung einigen wollen. Wie sollen die Rüstungsbetriebe sich den großen Aufgaben der Zukunft gewachsen zeigen, wenn es ihnen an Stahl mangelt? Hitler hat an diesen Fragen aber kein übermäßiges Interesse bekundet. Er wollte lieber detailliert ausführen, dass er gedenkt, demnächst in die Tschechoslowakei einzumarschieren. Aus seinem mehrstündigen Vortrag ging hervor, dass er fest davon überzeugt ist, England werde einem solchen Angriff tatenlos zusehen, und dann werden auch die Franzosen nichts unternehmen. Aber Hitler irrt.

Die Briten werden sich an die Seite der Tschechoslowakei stellen, die Franzosen an die Seite der Briten, und es wird zum Krieg gegen Deutschland kommen. Und diesen Krieg kann Deutschland nicht gewinnen. Die Wehrmacht ist nicht ausreichend gerüstet. Wie denn auch, wenn es nicht genug Stahl gibt? Es ist mithin alles Görings Schuld: Er ist schließlich verantwortlich für den Vierjahresplan, über den man heute eigentlich hätte reden müssen.

Blomberg weiß sich mit dieser Ansicht nicht allein. Der Oberbefehlshaber des Heeres Werner Freiherr von Fritsch ist mit ihm ganz einer Meinung. Auch er hat Göring kritisiert und mit aller Schärfe vor einem Krieg gewarnt, ebenso Außenminister Neurath.

»Ach, Krieg«, sagt Margarethe Gruhn. »Es gibt doch keinen Krieg. Wie kann es Krieg geben, wenn du nicht willst? Du hast doch alle diese Ämter. Du bist doch Kriegsminister und Oberbefehlshaber und alles.«

Blomberg lacht leise, geschmeichelt. Er zieht Margarethe an sich, legt eine Hand auf ihre strammen runden Hinterbacken und knetet und drückt das feste Fleisch. Margarethe reagiert aber nicht so freudig wie sonst.

Sie mag Werner Blomberg wirklich, aber sie kann nicht nur auf ihn setzen. Wenn der Feldmarschall sie nicht nimmt, dann nimmt sie eben der junge Friedolin.

»Natürlich ist er mir ganz egal«, sagt Margarethe zu ihrem Feldmarschall. »Natürlich liebe ich nur dich allein, das weißt du ja. Aber es muss jetzt geheiratet werden, so viel steht fest. Ich bin schwanger.«

Werner von Blomberg sitzt bei Göring auf der Couch.

»Ich möchte sie unbedingt heiraten«, sagt er. »Ich muss sie heiraten. Ich liebe sie. Und sie erwartet ein Kind.«

»Aber dann heiraten Sie sie doch«, sagt Göring. »Was spricht denn dagegen?«

»Nun ja«, sagt Blomberg. »Sie ist ein einfaches Mädchen. Sie ist bezaubernd, von reinstem Charakter. Aber eben ein Kind des Volkes, sozusagen.«

»Aber das ist doch großartig«, sagt Göring. »Das schadet doch nicht, ganz im Gegenteil. Die nationalsozialistische Bewegung kennt keine Klassenschranken, das wissen Sie doch.

Ich werde selbst mit dem Führer reden. Ich bin sicher, er wird einwilligen.«

Der Feldmarschall seufzt.

»Da ist noch etwas«, sagt er. »Eine kleine Sache. Es gibt einen, nun ja, einen jungen Mann. Er ist ein bisschen lästig. Sie verstehen.«

»Auch das ist bestimmt zu lösen«, sagt Göring. »Der Mann will doch sicher Karriere machen. Man muss ihm eine Chance geben. Man muss ihm etwas im Ausland offerieren. Argentinien, vielleicht?«

»Mein Herr«, sagt Blomberg und ergreift Görings Hand. »Ich bin Ihnen zu tiefstem Dank verpflichtet.«

»Aber nein«, sagt Göring und legt Blomberg die Hand auf die Schulter. »Gar keine Ursache, Herr Reichskriegsminister. Wirklich, überhaupt keine Ursache.«

»Liebchen. Ich habe eine Überraschung für dich. Göring hat mit dem Führer gesprochen. Wir können heiraten.«

Der erhoffte Schrei der Freude. Sie fliegt ihm um den Hals.

»Und rate, wer unsere Trauzeugen sein sollen. Nicht nur Göring. Der Führer persönlich. Blomberg, hat der Führer zu mir gesagt, mein Los ist es, allein mit Deutschland verheiratet zu sein. Aber von Ihnen ist das nicht verlangt. Folgen Sie Ihrem Herzen, verzichten Sie nicht auf Ihr Glück. – Jetzt feiern wir erst einmal ganz unbeschwert Weihnachten. Und gleich danach wird geheiratet, ganz privatim, ohne großes Aufsehen.«

Aber warum eigentlich? Was soll diese Heimlichtuerei? Warum verzichten sie auf das Bad in der Menge, warum erscheinen keine Beilagen in den Tageszeitungen?

Margarethe Gruhn ist kein ganz unbeschriebenes Blatt.

Das hat sie ihrem Blomberg schon längst gestanden. Der wiederum hat durchaus versucht, Göring gegenüber das Problem anzudeuten. Was kann er denn dafür, wenn Göring ihn nicht verstanden hat?

Nach dem Trauakt beglückwünscht Hitler das junge Paar, dann reicht Göring dem Kriegsminister die Hand.

»Nun haben Sie ja erst einmal Zeit, sich ganz auf Ihr neues Glück zu konzentrieren. Wohin geht denn die Hochzeitsreise?«

Das erste Ziel ist Leipzig, wo es einem Zeitungsfotografen gelingt, vor dem Affenkäfig im Zoo endlich ein Bild der beiden Jungvermählten zu schießen. Die Berliner Prostituierten erkennen die Kollegin, die Sache spricht sich herum und kommt schließlich einem Kriminalkommissar zu Ohren. Der findet in Margarethes polizeilicher Meldekarte einen Hinweis auf die Akte 1932. Er informiert den Chef der Sicherheitspolizei Werner Best, und der begibt sich sogleich zum Berliner Polizeipräsidenten Helldorff.

»Ach. Zeigen Sie mal her. Erstaunliche kleine Bildchen. Ja, sehr hübsch. Ein leckeres Mädel. Und auch noch in landschaftlich reizvoller Umgebung fotografiert.«

»Aber dass Blomberg sich so bereitwillig ins Unglück stürzt.«

»Nun ja. Er weiß vielleicht gar nichts von diesen Meisterwerken. Man muss ihn dringend informieren. Es hat ja nun schon Kreise gezogen.«

Aber Blomberg ist nicht zu erreichen, er ist auf Hochzeitsreise. Helldorff meldet die Angelegenheit also dem Chef des Wehrmachtamtes Keitel, der vorschlägt, doch erst einmal Göring aufzusuchen und ihn zu fragen, ob die Dame auf den Bildchen überhaupt Frau von Blomberg ist.

»Unverfroren!«

Wiedemann duckt sich. Fritz Wiedemann, persönlicher Adjutant des Führers: Er hat den Chef selten so toben hören. Dabei kennt Wiedemann Hitler schon lange. Hitler war im Weltkrieg Meldegänger beim bayerischen Infanterieregiment 16 und dort Wiedemanns Untergebener.

»Das ist unerhört. Das ist eine unerhörte Unverschämtheit.«

Der Schreibtisch liegt voll mit den Fotos von Frau von Blomberg.

»Unverfrorene Unverschämtheit! Ich werde mir das nicht bieten lassen!«

Göring tanzt begeistert um den Führer herum. Er ringt die fetten Hände.

»Es ist eine Katastrophe. Es ist entsetzlich. Und ich habe mich für den Mann eingesetzt! Aber nun ist er verloren. Dies bricht ihm das Genick. Der Mann muss zurücktreten. Er muss sofort von allen Ämtern zurücktreten.«

Aber genau das passt Hitler ja gar nicht. Er würde seinen Kriegsminister viel lieber behalten. Blomberg ist Hitler vollkommen ergeben. Hitler ist der unabänderlichen Ansicht, dass Blomberg Kurt von Schleicher daran gehindert hat, Hitler 1933 in letzter Minute die Macht vor der Nase wegzuschnappen. Auch nach der Beseitigung Schleichers im Zuge des Röhm-Putschs hat Blomberg unerschütterlich zu Hitler gestanden. Und nicht zuletzt hat er die schöne Idee mit dem persönlichen Treue-Eid auf den Führer gehabt, den jeder Soldat der Reichswehr leisten muss.

Aber es hilft alles nichts. Hitler muss sich von Blomberg trennen: Darauf drängt Göring, der sich begreiflicherweise sehr über Blombergs Genörgel an seinem Wirtschaftsplan geärgert hat. Und er würde gern selbst Kriegsminister. Der

Beauftragte für den Vierjahresplan, Oberbefehlshaber der Luftwaffe, Präsident des Preußischen Staatsrates, Reichsluftfahrtminister, Reichsforst- und Reichsjägermeister Hermann Göring findet Ämter und Titel einfach unwiderstehlich.

Hitler ordnet schließlich an, Blomberg auf Weltreise zu schicken, versehen mit einer größeren Summe aus der Staatskasse. Da nützt es nun auch nichts mehr, dass Blomberg bereut, dass er sich zur Scheidung bereiterklärt. Aus Italien treffen flehende Briefe ein: Werner von Blomberg möchte heimkehren, er möchte wieder beim Führer sein. Aber es ist zu spät. In manchen Dingen ist auch der Führer nicht frei in seinen Entscheidungen.

Das Offizierskorps weint Blomberg ohnehin keine Träne nach. Der Gummilöwe war hier nie hoch angesehen, im Gegensatz zum Oberbefehlshaber des Heeres, Generaloberst Werner Freiherr von Fritsch, der von Rechts wegen Blombergs Nachfolger als Oberbefehlshaber der Wehrmacht ist.

Fritsch erfreut sich unter den Offizieren allgemeiner Wertschätzung. Die folgende Schmierenkomödie wird entsprechend unfreundlich aufgenommen. Otto Schmidt ist aber auch ein unappetitliches Bürschlein.

Er ist ein Zuhälter und Erpresser, und die Prellung über dem rechten Auge macht ihn nicht sympathischer. Nicht dass er für Letztere etwas kann. Schmidt sitzt zurzeit in einem der berüchtigten Moorlager im Emsland ein. Er ist durchaus geneigt, mit den entscheidenden Stellen zusammenzuarbeiten. Er hat sich der Polizei schon früher als Informant zur Verfügung gestellt.

»Hören Sie, Schmidt. Sie haben da 1936 diese Geschichte erzählt. Hinter dem Bahnhof Potsdamer Platz wollen Sie 1933 einen hohen Offizier bei homosexuellen Aktivitäten mit dem

Bayern-Seppl beobachtet haben. Sie haben damals zugegeben, den Mann mehrere Monate lang erpresst zu haben.«

»Jawohl, Herr Kriminalinspektor.«

»Der Offizier hieß Fritsch. Ist das richtig?«

»Jawohl, Herr Kriminalinspektor.«

»Würden Sie den Mann wiedererkennen?«

»Ja. Ja, bestimmt. Ich denke schon.«

Ein Foto wird über den Tisch gereicht.

»War es dieser Mann?«

»Nein. Doch, ja. Ich weiß nicht. Ich bin nicht sicher.«

»Schmidt. Dies ist Fritsch. Oder nicht.«

Was die Befürworter verschärfter Vernehmungen immer wieder verdrängen, ist, dass man aus Angst auch lügen kann.

»Ja. Ja, er war es. Jetzt erkenne ich ihn auch. Er war es ganz sicher. Er war der mit dem Bayern-Seppl.«

»Wir haben den Bayern-Seppl festgenommen. Wir haben ihm ein Foto von Fritsch gezeigt. Aber er hat Fritsch nicht erkannt.«

»Das kann nicht wahr sein.«

»Schmidt hat gesagt, er hat Fritsch nach Lichterfelde zu seiner Wohnung begleitet. Fritsch hat aber nie in Lichterfelde gewohnt. Es ist eine Verwechslung. Der 175er ist in Wirklichkeit ein Rittmeister Frisch. Wir haben ihn vernommen. Er hat alles zugegeben.«

Werner Best, SS-Standartenführer und Chef der Sicherheitspolizei, erhebt sich.

»Ich gehe zu Polizeipräsident Helldorf. In was für einen Schlamassel sind wir denn hier wieder hineingeraten. Das darf vorerst nicht an die Öffentlichkeit gelangen.«

Generaloberst Werner von Fritsch steht in der Bibliothek der Reichskanzlei. Ihm schwindelt. Ihm ist übel. Er glaubt sich einer Ohnmacht nahe. Er hat die ganze Nacht nicht geschlafen. Er hat sich nicht einmal hingelegt. Die ganze Nacht lang ist er stöhnend auf und ab gegangen, auf und ab: Oberst Hoßbach hat ihm gestern hintertragen, dass man Fritsch ein Vergehen nach Paragraph 175 vorwerfen will. Seitdem fühlt sich Fritsch wie mit Kot beschmiert. Die ganze Nacht hat er sich vorgestellt, wie er die Sache richtigstellen, sich von der Beschmutzung reinigen werde. Er hat versucht, den Schweinehund zu erraten, der ihn derart beworfen hat. Er hat in Rachefantasien geschwelgt. Und nun steht Fritsch Hitler und Göring gegenüber, und bei ihnen ist ein schmieriger kleiner Widerling, den Fritsch noch nie gesehen hat.

»War das der Mann?«, hat Hitler das Subjekt gefragt.

»Der war es.«

Und Fritsch hat gebrüllt.

»Was war ich! Was soll ich gewesen sein! Mein Führer! Ich habe dieses Subjekt nie gesehen! Ich schwöre! Ich schwöre bei Gott und meinem Leben!«

Hitler hat abgewunken.

Er hat abgewunken.

Es ist Fritsch, als stürzte er in einen tiefen Schacht. Er fällt und fällt und fällt, und seine eigene Stimme klingt ihm hohl in den Ohren, noch während er schreit.

»Aufklärung. Ich fordere volle Aufklärung! Ein Ehrengericht. Ich verlange ein Ehrengericht! Ich werde darauf bestehen!«

»Es ist nicht zu fassen. Der Führer hat abgewunken. Er glaubt einem verurteilten Erpresser mehr als einem seiner höchsten Offiziere. Er hält die absurden Anschuldigungen eines Sträflings für glaubwürdiger als die beeidete Darstellung eines Frontkämpfers, der im Weltkrieg schwer verwundet worden ist. Es ist eine Beleidigung der Armee. Es ist eine Ohrfeige ins Gesicht des gesamten Offizierskorps.«

So sehen es die Offiziere, auch Hans Oster.

»Dies ist ein Angriff auf die Armee, nicht nur auf die Person des Oberbefehlshabers. Dahinter steckt die SS. Fritsch darf das nicht dulden. Ich schlage vor, wir marschieren in die Gestapo-Zentrale in der Prinz-Albrecht-Straße und setzen die SS-Führung ab. Oder Fritsch fordert Himmler zum Duell. Dann erhebt sich das Heer, und wir stürzen diesen Staat.«

Generaloberst Ludwig Beck ist entrüstet.

»Wie kommen Sie auf eine solche Idee. Meuterei und Revolution sind Worte, die es im Lexikon eines deutschen Soldaten nicht gibt!«

»Ich kann doch keinem Staatsstreich zustimmen.« Fritsch sitzt zusammengesunken in seinem Lehnstuhl. »Ich kann doch keinen Bürgerkrieg entfesseln, weil mir persönlich Unrecht getan wird.«

»Aber was wollen Sie dann tun?« Oster ist außer sich. »Wollen Sie dieses Unrecht etwa schweigend dulden?«

Fritsch winkt ab, müde.

»Wissen Sie was, Oster? Erschießen Sie mich. Sie täten mir einen Gefallen.«

Aber wenn Fritsch sein Leben schon dermaßen leid ist, könnte er sich dann nicht bemühen, es wenigstens auf sinnvolle Weise loszuwerden?

Ein gutes Jahr später wird während der Kämpfe in der Vorstadt Praga bei Warschau ein polnisches Maschinengewehr in einen Steinhaufen feuern. Einer der umherspritzenden Kieselsteine wird Fritschs Oberschenkel treffen und die Hauptschlagader verletzen. Als man ihm helfen will, wird er noch einmal abwinken, mit derselben müden Geste. Und dann wird

Werner von Fritsch verbluten. Er wird einen Tod sterben, der so heldenhaft und sinnerfüllt ist wie ein Haushaltsunfall. Aber noch ist es nicht so weit.

»Herr von Dohnanyi«, sagt Justizminister Gürtner zu seinem persönlichen Referenten. »Ich beauftrage Sie damit, ein Gutachten über den Fall Fritsch anzufertigen.«

In diesem Gutachten wird Hans von Dohnanyi eine ordnungsgemäße Voruntersuchung verlangen und auf ein Verfahren vor dem Reichskriegsgericht drängen. Fritschs Verteidigung wird der Nationalsozialist Rüdiger von der Goltz übernehmen, ein Vetter von Hans Dohnanyis Frau Christel, der vor 1933 unter anderem die Haupttäter in mehreren Fememord-Prozessen verteidigt hat. Der Prozess wird am 10. März beginnen. Wegen des Anschlusses Österreichs an das Reich wird er aber sofort wieder ausgesetzt. Österreich wird annektiert, der Prozess wird wieder aufgenommen, in seinem Verlauf wird Fritschs Unschuld klar erwiesen, das interessiert aber nun keinen mehr: Das Volk feiert Großdeutschland.

Und Hitler hat die Januarwirren und Fritschs Rücktritt genutzt, um das Kriegsministerium in das neugeschaffene Oberkommando der Wehrmacht einzugliedern und sich selbst zu dessen neuem Oberbefehlshaber zu machen. Vierzehn Generäle sind in den Ruhestand versetzt, sechsundvierzig Kommandostellen umbesetzt. Göring ist zwar nicht Kriegsminister, aber zum Trost Generalfeldmarschall der Wehrmacht, Keitel Chef des Oberkommandos der Wehrmacht mit Ministerrang, und neuer Oberbefehlshaber des Heeres ist Walther von Brauchitsch.

Brauchitschs Neffen werden beide den Krieg nicht überleben. Werner von Haeften wird in der Nacht vom 20. auf den 21. Juli

1944 als Adjutant Claus Schenk Graf von Stauffenbergs im Hof des Bendlerblocks erschossen, sein großer Bruder Hans Bernd knapp zwei Monate später von Roland Freisler zum Tode verurteilt und am selben Tag hingerichtet werden. 1938, zur Zeit der Fritsch-Krise, ist Hans Bernd von Haeften Kulturattaché an der deutschen Botschaft in Bukarest. Die beiden Brüder könnten möglicherweise ein paar Worte zur Ernennung ihres Onkels wechseln, per Telefon.

»Hannes? Hast du gehört? Onkel Walther lässt sich von Tante Elisabeth scheiden und heiratet diese Charlotte Rüffer, ob du es glaubst oder nicht.«

»Aber Tante Elisabeth hat sich doch immer gegen die Scheidung gesträubt.«

»Na, aber jetzt wird Onkelchen ja Generaloberst und neuer Oberbefehlshaber des Heeres. Und dafür hat ihm Hitler die achtzigtausend versprochen, die die Tante verlangt hat, um in eine Scheidung einzuwilligen.«

All diese Generäle, Feldmarschälle und preußischen Feldherrn denken offenbar nur an das eine. An das Vaterland nämlich. Österreich ist deutsch, und deutsch soll auch das Sudetenland werden. Oster schreibt Denkschrift um Denkschrift an Walther von Brauchitsch: Ein Krieg mit der Tschechoslowakei werde England und Frankreich auf den Plan rufen, und dann sei Deutschland verloren. Brauchitsch soll die Denkschriften an Hitler weiterleiten. Aber tut er es?

Das fragen sich Oster und Beck. Liest Brauchitsch die Dinger wenigstens selbst? Beck hat Walther Brauchitsch den geschlossenen Rücktritt der Generalität vorgeschlagen, wenn Hitler weiterhin zum Krieg drängt. Dafür war aber keiner der Herren zu haben, am wenigsten der frischgebackene Oberbefehlshaber selbst. Womöglich müsste er dann die achtzigtausend wieder ausspucken, die er für die Scheidung gebraucht hat?

Zurückgetreten ist nun schließlich Beck selbst. Sein Nachfolger ist Franz Halder. Halder ist auch der Meinung, man sollte den Krieg besser verhindern. Aber er möchte mit der Absetzung Hitlers lieber noch etwas warten. Er sieht sich außerdem in der Pflicht, den Krieg so gewissenhaft wie möglich vorzubereiten für den Fall, dass man ihn nicht verhindern kann. Er will den Krieg verhindern, weil Deutschland ihn verliert. Er muss einen Krieg vorbereiten, den er verhindern will, weil er schon verloren ist, aber falls er ihn nicht verhindern kann, muss er dafür sorgen, dass der Krieg, der nicht gewonnen werden kann, so wenig verlustreich wie möglich verloren wird, so dass Deutschland in dem Krieg, den Halder verhindern will, weil er nicht gewonnen werden kann, irgendwie doch siegt. Wiedemann, Hitlers Adjutant, hat am 18. Juli 1938 den englischen Außenminister Halifax in seiner Privatvilla am Eaton Square 88 besucht. Er hat Dohnanyi davon berichtet.

»Hitler hatte mich beauftragt, Halifax zu drohen, wir würden das Sudentenland notfalls mit Gewalt einnehmen. Ich habe Halifax aber erklärt, wir wollten die Sudetendeutschen unbedingt auf friedlichem Weg heim ins Reich holen.«

»Und was hat er gesagt?«

»Dohnanyi, die rücken uns auf die Pelle, wenn wir ins Sudetenland einmarschieren.«

»Was hat Hitler dazu gesagt?«

»Nichts. Er wollte meinen Bericht nicht mehr hören.«

Aber Hans von Dohnanyi wird es nicht zu einem Krieg kommen lassen. Er wird mithelfen, Europa zu retten. Er befindet sich ja nun mitten unter Leuten, die allen Ernstes planen, Hitler zu stürzen: Reichskriegsgerichtsrat Dr. Carl Sack hat ihn während des Fritsch-Prozesses mit Hans Oster bekannt gemacht. Inzwischen ist auch Generaloberst Beck zu einem

Staatsstreich bereit. Und sie suchen weitere Entschlossene um sich zu scharen.

»Wie merkwürdig hat es sich gefügt«, hat Hans von Dohnanyi zu seiner Christel gesagt. »Und wie wunderbar wäre es, wenn es gelingt. Christel, ich kann mich dem nicht versagen. Was für eine Chance. Wie entscheidend würde der Umsturz unser aller Leben verwandeln.«

Und es könnte klappen. Die Deutschen wollen keinen Krieg. Wenn es wegen der Sudetenfrage zum Krieg käme, könnte man gegen Hitler vorgehen, ohne damit einen Bürgerkrieg zu riskieren. Man wüsste dann die Bevölkerung hinter sich. Man könnte Hitler verhaften, ihn als Reichskanzler absetzen und ihn vor Gericht stellen. Und zu diesem Zeitpunkt käme Hans ins Spiel. Hans würde dem Gericht sein in Jahren gesammeltes Material zur Verfügung stellen, das beweist, dass nicht Hans von Dohnanyi ein Verräter des Vaterlandes ist, sondern Adolf Hitler.

»Denn das ist doch das Problem. Ach Christel, ich bin doch eigentlich gar kein Revolutionär. Ich bin Jurist. Ich bin Beamter. Ein Staatsdiener. Ich habe mich verpflichtet, der Regierung Deutschlands zu dienen, ob sie mir nun passt oder nicht. Und das hat doch eigentlich seine Ordnung. Es kann kaum richtig sein, dass jeder Einzelne zu jedem Zeitpunkt willkürlich entscheiden darf, wem gegenüber er seine Pflichten zu erfüllen gedenkt, ob er sich an seine dienstlichen Verpflichtungen gebunden fühlt, ob ihm persönlich die Regierung genehm ist. Wo sollte solche Eigenmacht hinführen? Nach jeder neuen Wendung der Dinge könnte man dann den Bettel hinwerfen, ohne irgendwem Rechenschaft schuldig zu sein. Natürlich versuche ich, solche Gedanken wegzuschieben. Aber dann stürzt es wieder alles auf mich ein. Andererseits, ist man nicht verpflichtet zu handeln, schon wegen all der armen drangsalierten Menschen, die erst wieder in Frieden leben können, wenn Hitler entmachtet ist?«

Eine Entmachtung genügt aber nicht. Hitler muss entzaubert werden. Die Macht, die er über die Seelen hat, muss für immer gebrochen werden. Deshalb ist vorgesehen, dass Christels Vater, der allseits hochgeschätzte Psychiater, Neurologe und medizinische Gutachter Professor Karl Bonhoeffer, den Führer Adolf Hitler vor dem Gericht und der Weltgeschichte für geisteskrank erklären wird.

»So machen wir es.«

Das sagt Oster zu Beck und Dohnanyi.

»Genau so machen wir es. Und wenn Halder sich weiterhin ziert, dann machen wir es eben ohne ihn. Wir lassen einfach einen Stoßtrupp in die Reichskanzlei marschieren.«

»Einen Stoßtrupp?«, sagt Beck. »Wohl eher ein Himmelfahrtskommando. Wer wird sich denn dazu bereit erklären?«

»Heinz und Liedig. Die waren früher bei der Organisation Consul. Sie sollen ihre alten Freikorpsfreunde zusammentrommeln, das sind die richtigen Leute für so etwas.«

Friedrich Wilhelm Heinz ist ganz dieser Ansicht. Er willigt freudig in den Vorschlag ein. Sein Stoßtrupp wird in die Reichskanzlei vordringen und den Führer gefangennehmen, und dann geht alles seinen Gang, Hans von Dohnanyi schaut auf die Uhr. Es ist spät. Hans muss los. Beck begleitet ihn. Einen Moment später sitzen Oster und Heinz allein zusammen.

»So«, sagt Heinz. »Sind die Saubermänner weg? Dann können wir jetzt ja klar miteinander reden. Ich gehe da rein, das ist keine Sache. Aber Hitler absetzen und ihn leben lassen? Das ist Schwachsinn.«

»Darüber habe ich auch schon nachgedacht«, sagt Oster.

»Hitler wird sich womöglich gar nicht zur Abdankung zwingen lassen. Und solange er lebt und Reichskanzler ist, werden sich viele ihm verpflichtet fühlen.«

Heinz wedelt den Rauch seiner Zigarre fort.

»Ich sage Ihnen was, Oster. Bei der Verhaftung des Führers wird es leider zu einem Tumult kommen. Dabei wird sich ein Schuss lösen. Und dieser Schuss, es treibt mir die Tränen in die Augen, wird den Kerl umnieten.«

Und wie wunderbar wäre das. Wie entscheidend würde der Umsturz alles verwandeln. Hans hätte die Aussicht, als Jurist doch noch zu einem erfüllten Dasein zu finden. Und er hätte keinen Ärger mehr wegen des albernen Ariernachweises. Hans' Großvater Anton Kunwald nämlich war laut seiner von der Synagogengemeinschaft in Ungarn ausgestellten Geburtsurkunde das Kind jüdischer Eltern. In der Familie aber heißt es, eine christliche Mutter habe das Kind unehelich geboren, und diesen Makel sollte die Urkunde tilgen. Die Sache ist Hans eine ständige Last. Der Ariernachweis ist eigentlich für einen Beamten unabdingbar. Minister Gürtner deckt seinen persönlichen Referenten, aber die Lage wird immer prekärer. Vor allem Roland Freisler lässt keine Möglichkeit aus, um Hans wegen des fehlenden Papiers zu drangsalieren.

Freisler ist Staatssekretär im Reichsjustizministerium. Hans hat sich ihm schon vor Jahren entgegengestemmt, in den Sitzungen der Strafrechtskommission, die den Auftrag hatte, das Strafrecht im nationalsozialistischen Sinn umzugestalten und vor allem die Rechte des Einzelnen zugunsten der Volksgemeinschaft und des Staates zu beschneiden. Hans hat den tobenden, schmollenden, zickigen Freisler immer wieder durch formaljuristische Einwürfe zu mäßigen und zu manipulieren versucht, was der natürlich übelgenommen hat. Und wäre es nicht wunderbar, wenn solche Dinge plötzlich einfach keine Rolle mehr spielten?

Hans' Probleme wären mit einem Schlag erledigt. Hans' Schwager Dietrich Bonhoeffer könnte die Illegalität verlassen und aus seinen pommerschen Wäldern in die Öffentlichkeit zurückkehren. Gerhard Leibholz, der Mann von Dietrichs Zwillingsschwester Sabine, würde nicht länger aufgrund seiner jüdischen Abstammung schikaniert. Der Gang der Geschichte wäre aufgehalten, die Zeit schlüge eine Volte, und alles geriete wieder ins Lot. Woran erkennt man überhaupt, dass die Dinge nicht mehr im Lot sind?

Woran erkennt man, dass sich etwas Grundsätzliches verschoben hat? Wie bemerkt man, dass etwas geschieht, das nicht mehr dem Bereich des Normalen zuzuordnen ist, den Fluktuationen des Alltäglichen, sondern dass sich die Fundamente verändern, auf denen der Alltag ruht?

Noch herrscht kein Krieg, aber er wird vorbereitet. Noch werden die Juden nicht deportiert und ermordet, aber sie werden immer stärker drangsaliert, die Mehrheit der Deutschen kommt damit ausgezeichnet zurecht. Zum einen muss schließlich irgendwer den Paria abgeben, damit sich jeder Prolet zum Arier geadelt fühlen kann. Und zum anderen ist es eine international anerkannte und wissenschaftlich erwiesene Tatsache, dass es grundsätzlich verschiedene Menschenrassen gibt. Niemand würde dem widersprechen, auch kein Bolschewist oder Angelsachse. Verlangt wird vom Volksgenossen aber noch nicht einmal biologisches Verständnis, sondern schlicht Zustimmung zu der Erkenntnis, dass man ins Vaterland nicht eintreten kann wie in einen Verein.

Deutscher wird man nicht durch Wunsch, Willen, Wohlverhalten oder Verdienst. Deutscher wird man durch Zauberei.

Gehört man nicht von vornherein dazu, können auch guter Wille und persönliche Mühe des Einzelnen nichts ausrichten: Ein Christ mit deutscher Staatsbürgerschaft und jüdischen Vorfahren ist und bleibt ein Jude, es sei denn, alle seine jüdischen Urgroßeltern hätten ihre Kinder christlich taufen lassen.

Es ist die reine Magie: Derselbe Mensch, der als Nachkomme ungetaufter Großeltern Jude wäre, verwandelt sich in einen reinrassigen Arier, wenn ein paar Tropfen Weihwasser die Scheitel seiner verblichenen Ahnen benetzt haben. Ist es da ein Wunder, dass der Staat die Kirche drangsaliert, wenn er ihr eine solche Macht zuschreibt?

Bedauerlicherweise nützt die Kirche diese Macht nicht.

Es ist Dezember 1933. Dietrich Bonhoeffer hat im Herbst dieses ersten Jahres nationalsozialistischer Herrschaft Deutschland verlassen.

Er hat sich einsam gefühlt, isoliert noch unter den Freunden vom Pfarrernotbund: Dietrich hat verlangt, der Notbund solle festschreiben, dass jeder, der dem Ausschluss von jüdischen Christen aus der Kirche zustimmt, sich damit selbst aus der Kirche ausschließt. Dietrichs Freunde fanden das reichlich radikal. Dietrich amtiert nun als Pfarrer zweier deutschsprachiger Kirchengemeinden im südlichen Londoner Vorort Forest Hill. Sein verehrter Lehrer, der Schweizer Theologe Karl Barth, hat versucht, ihn nach Deutschland zurückzubeordern:

Sie haben jetzt kein Recht auf interessante denkerische Schnörkel und Sondererwägungen. Es geht jetzt darum, dass Sie ein Deutscher sind, dass das Haus Ihrer Kirche brennt, dass Sie genug wissen und das auch gut genug zu sagen wissen, um zur Hilfe befähigt zu sein, und dass Sie also mit dem nächsten Schiff auf Ihren Posten zurückzukehren haben.

Dietrich hat aber nicht gehorcht.

Er hat in England einen wichtigen, wunderbaren Freund gewonnen: George Kennedy Allan Bell, den Bischof von Chichester. Bell hat in einer Rede im Oberhaus die britische Öffentlichkeit mit der Bekennenden Kirche und den Beschlüssen der Bekenntnissynode von Barmen bekannt gemacht. Zusammen mit Dietrich hat Bell Hilfsmaßnahmen für Flüchtlinge aus Deutschland eingeleitet, Unterkünfte besorgt, Gelder bereitgestellt, Dietrich findet nicht, dass er in England überflüssig ist. Zudem nimmt er auch von hier aus weiter am Kirchenkampf in Deutschland teil. Er schreibt Briefe, er empfängt Besucher in seiner Wohnung in Sydenham, London.

Es ist eine typisch englische Behausung, groß und geräumig, mit Fenstern, die die zauberhafte Gartenlandschaft von Kent überblicken. Leider schließen die Fenster aber nicht richtig. Es zieht. Es gibt auch keine vernünftige Heizung. Im Sommer wird es hier wunderschön sein, aber jetzt ist es Winter, Dietrich an seinem Schreibtisch hat sich in mehrere Decken gehüllt.

Etwas quält ihn, seit Wochen schon. Kurz vor seiner Abreise nach England ist in Berlin Sabines Schwiegervater gestorben. Der alte Mann hatte sich gewünscht, dass Dietrich die Trauerfeier halten sollte. Aber Dietrich hat abgelehnt.

Seine vorgesetzte Behörde hatte ihm sehr entschieden Zurückhaltung nahegelegt: Der alte Leibholz war schließlich nicht getauft. Er hat an seinem jüdischen Glauben festgehalten, er war kein Christ, und folglich war Dietrich für ihn gar nicht zuständig. Dietrich schreibt nach Göttingen an Schwester und Schwager,

Ich verstehe es selbst gar nicht mehr. Wie konnte ich nur so grauenhaft ängstlich sein? Ihr habt es gewiss auch nicht verstanden und mir nur nichts gesagt. Aber mir geht es nun

ganz grässlich nach, gerade weil dies eben eine Sache ist, die man nun nie wieder gutmachen kann.

Sabine Leibholz hält den Brief in der Hand. Sie wird dem Bruder gleich schreiben, dass sie ihn damals sehr wohl verstanden hat und dass auch Gert ihm nie böse war.

Offiziell unterrichtet Gert Leibholz noch immer. Am Morgen geht er immer noch in die Universität. Aber letzte Woche stand wieder SA vor dem Hörsaal.

Geht nach Hause! Leibholz ist Jude, der liest heute nicht.

Das Haus der Leibholzens ist noch immer ihr Heim. Seine Räume, die Gegenstände in diesen Räumen sind durchtränkt von den Jahren, die die Leibholzens in ihnen gelebt haben. Aber außerhalb ihrer vier Wände wird ihnen zunehmend das Atmen schwer. Feindseligkeit umgibt das Haus wie Wasser. Der Druck dieser Feindseligkeit wächst. Wie lange werden die Wände halten? Nachts liegt Sabine wach und lauscht den marschierenden Stiefeln, den Trommeln.

Sie flüchten aus Göttingen, wann immer das möglich ist.

Sie fahren nach Frankreich, in die Schweiz, zu den Eltern nach Berlin. Sie fliehen vor ihrem schönen Haus. Sie fliehen vor den Narzissen und den blühenden Apfelbäumen, vor den heißen Sommertagen, vor dem Wein, der sich an den Wänden rot färbt, vor den Herbstastern, dem warmen Lampenlicht am Abend und den wohlgefüllten Regalen im Keller, in denen sich die Marmeladen, Gelees und eingemachten Früchte reihen, die Sabine aus dem Obst ihres Gartens gekocht hat.

Sobald sie außer Landes sind, verstehen sie ihre eigene Angst nicht mehr. Es ist doch alles gar nicht so schlimm. Es kann gar nicht so schlimm sein, wie sie es erinnern. Sie wollen es noch einmal angehen, sie wollen guten Mutes sein. Aber kaum sind sie zurück, legt sich die Bedrückung wie Blei auf die Brust, es ist ja im Grunde erstaunlich, wie alles, noch das Gewöhnlichste, bedrohlich werden kann.

Es ist erstaunlich, welche Furcht und Beklemmung einem ein Buchstabe einflößen kann. Wenn man zum Beispiel das Wort »Jude« auf einen Zettel schreibt, ist es nur ein Wort. Aber wenn man es an eine Schaufensterscheibe pinselt, in riesengroßen Lettern, die sich über den Passanten auftürmen, jeden Moment aus dem Glas herauszuschreiten scheinen, dann sind die Buchstaben selbst bedrohlich. Sie sind wie ein riesiges hasserfülltes Gesicht, wie ein überdimensionales Zähnefletschen, so dass die Leute ihre Schritte beschleunigen, sich mit eingezogenen Köpfen in ihre Mäntel ducken, eilend vorüberhasten. Und wer ist es, der da die Zähne fletscht? Aber es steht ja da. Es steht an der Wand,

JUDE

1935 kehrt Dietrich Bonhoeffer aus England zurück. Er sieht jetzt klar. Er weiß, was er zu tun hat. Er sieht jetzt den Weg, der vor ihm liegt, und den Weg, den er zurückgelegt hat, es scheint ihm ein gerader Weg zu sein. Es ist eine Reise mit Stationsnamen: Rom, Barcelona, New York, Kuba, England, Fanö. Dietrichs Freund Bischof Bell ist zurzeit Präsident von Life and Work beim Ökumenischen Rat in Genf.

Er hat veranlasst, dass Dietrich letztes Jahr auf der ökumenischen Weltkonferenz in Fanö sprechen durfte. Dietrich hat die Versammlung aufgerufen, sich gegen die Kriegsvorbereitungen zu wehren,

Worauf warten wir noch? Wollen wir selbst mitschuldig werden wie nie zuvor? Warum fürchten wir das Wutgeheul der Weltmächte? Warum rauben wir ihnen nicht die Macht? Wir können es noch heute tun. Das ökumenische Konzil ist versammelt. Die Völker warten darauf im Osten wie im

Westen. Müssen wir uns von den Heiden im Osten beschämen lassen?

Mit den Heiden hat Dietrich die Inder gemeint. Dietrich wollte eigentlich von England aus direkt nach Indien weiterreisen, zu Mahatma Gandhi. Er hat diesen Plan schon dreimal erwogen, und jedes Mal ist etwas dazwischengekommen. Aber diesmal war er ernsthaft entschlossen. Er wollte sich von Gandhi in der Praxis des passiven Widerstands unterweisen lassen. Bischof Bell hatte den Kontakt bereits hergestellt. Gandhi hatte Dietrich schon in seinen Ashram eingeladen. Aber er hat ihn auch freundlich darauf hingewiesen, dass Dietrich sich vielleicht allein würde behelfen müssen: Gandhi selbst rechnete damit, demnächst wieder einmal verhaftet zu werden. Daraufhin ist Dietrich von England direkt nach Deutschland zurückgekehrt.

Er wird nun seinen eigenen Ashram gründen. Er hat in Fanö Jean Lasserre wiedergetroffen, mit dem er vor einigen Jahren am Union Theological Seminary in New York zusammen studiert und unterrichtet hat. Lasserre ist Pazifist. Er war höchlichst erstaunt, als Dietrich ihm Luthers Zwei-Reiche-Lehre dargelegt hat. Die Kirche soll sich aus den weltlichen Angelegenheiten des Staates heraushalten? Wie das denn? Ist denn die Welt nicht den Menschen gegeben, damit sie in ihr leben? Hat nicht Jesus selbst in der Welt gelebt, ist er nicht selbst in der Welt gestorben?

Nach dem Treffen in Fanö hat Dietrich Lasserre nach Bruay-en-Artois in Frankreich begleitet, in Lasserres Gemeinde. Sie haben noch einmal über die Bergpredigt gesprochen. Dietrich glaubt, dass er nun zu begreifen beginnt. Ihm ist endlich klargeworden, was er zu tun hat. Und er ist erschüttert. Er kann es kaum fassen, was er bislang für ein Mensch war. Er hat gepredigt, er hat über die Kirche geredet und geschrieben, und die ganze Zeit war er gar kein Christ. Er war eitel und ehrgeizig. Er wollte sich aus dem Kreuz, an dem Christus gestorben ist, eine steile Karriere zimmern, und er war auch noch ganz zufrieden mit sich selbst. Es ist ihm ganz schauerlich, daran zu denken. Aber nun ist alles anders. Dietrich betet. Erst jetzt hat er eigentlich beten gelernt. Von nun an will Dietrich nicht mehr Theologe sein, sondern Christ. Er wird ab jetzt kompromisslos für Frieden und Gerechtigkeit einstehen, also für Christus. Dies ist nun sein Beruf. Seine Berufung. Er kann kaum glauben, wie er bisher gelebt hat.

Er kann kaum glauben, dass er und seine Freunde einmal ernstlich erwogen haben, ein Gespräch zwischen Hitler und Barth einzufädeln. Dabei soll doch nicht Hitler bekehrt werden, sondern die Kirche. Natürlich hört Hitler nicht, er darf gar nicht hören. Er soll vielmehr seine Gegner zum Hören zwingen: Das ist der Auftrag, den Adolf Hitler auf der Welt zu erfüllen hat. Dietrich und die Seinen sind es, die lernen sollen zu hören: So herum liegt die Sache. Dietrich hat begonnen, die Bibel zu lesen.

Er legt nicht Texte für eine Predigt aus, er diskutiert nicht im Geist mit Vorgängern oder Kollegen. Er will nicht beeindrucken. Er schweigt. Er lauscht. Er liest die Bibel gegen Dietrich Bonhoeffer: Er liest sie, als würde etwas von ihm verlangt. Als würde etwas gefordert. Es ist eine große Befreiung, ein starkes Glück. Nur darf er nun nicht aus lauter Angst vor der Meinung anderer Menschen wieder irgendwo stecken bleiben. Er muss ein ernsthafter Mensch werden, er muss mit der Bergpredigt Ernst machen, mit der Nachfolge Christi. Dies ist die einzige Kraftquelle, die den ganzen Hitlerspuk in die Luft sprengen kann, dessen ist er sicher.

Auf die Ehe wird er verzichten, auf die Liebe einer Frau.

Dergleichen ist ihm nicht bestimmt. Auch das ist ihm nun klargeworden. Dietrich ist neunundzwanzig. Die Frau, die er acht Jahre lang geliebt und begehrt hat, hat seine Gefühle erwidert. In all der Zeit, in der er sich nach ihr gesehnt hat, in der er einsam gelitten und gerungen hat, hat sie genau das Gleiche erlebt. Dies ist nun zutage gekommen. Und warum haben sie nicht zueinandergefunden? Sie standen einander doch nah genug. Er hat Elisa noch aus London jede Predigt gesandt, auch seine Weihnachtspredigt 1933 über das Magnificat der Maria,

Das leidenschaftlichste, wildeste, revolutionärste Adventslied, das je gesungen wurde, ein unerbittliches Lied von stürzenden Thronen, von den gedemütigten Herren dieser Welt, ein Lied von Vertrauen und Rettung, von Gerechtigkeit und Heil, gesungen von einem jungen Mädchen aus einfachen Verhältnissen, einer ledigen Mutter.

Elisa war von der Predigt entzückt. Sie hat all die Jahre auf Dietrich gewartet, auf den Schritt, den er nicht gewagt hat. War er zu eitel, zu scheu, zu ängstlich, zu spröde?

Nun ist es zu spät. Sie können nicht da anknüpfen, wo sie vor acht Jahren hätten beginnen müssen. Sie können die Jahre des Wartens nicht überspringen, die große Sehnsucht, in der sie acht Jahre lang nicht zueinandergefunden haben. Das ist Dietrich klar. Alles wird nun klar und klarer.

Dietrich ist zu Besuch bei den Leibholzens in Göttingen. Er sitzt mit seiner Zwillingsschwester Sabine auf der kleinen Veranda, die an Sabines Wohnzimmer grenzt.

»Und was wirst du jetzt tun, Dietrich?«

»Ich werde ein Predigerseminar einrichten, für angehende Pastoren der Bekennenden Kirche. Wir müssen kompromisslos nach der Bergpredigt leben, in einer Art neuen Mönchstums. Was Gott dann daraus macht, weiß ich freilich nicht. Vielleicht geht es darum, dass man Menschen sammelt, von denen eine Erneuerung der Kirche ausgehen kann. Dank Bisch konnte ich einige Klöster der Kirche von England besu Mir scheint, die Regelhaftigkeit des Zusammenlebens in chen Gemeinden soll dem Einzelnen eine besondere Art der Freiheit verleihen. Man tritt einander nicht mehr als Sohn und Vater oder Freund und Freund entgegen, sondern als Mensch, für den Christus die Vergebung erwirkt hat. Man muss einander nicht mehr bewerten, bekritteln, erziehen. Man kann den anderen freigeben. Christus hat mein Gegenüber gerettet, wie er mich gerettet hat. Der andere soll mir nur noch begegnen als der, der er für Christus schon ist.«

Dietrich steht auf. Er tritt ans Fenster, er blickt hinaus in den abendlichen Garten.

»In mir ist noch viel Ungehorsam und Unehrlichkeit«, sagt er. »Es ist ein langer Weg. Ach Sabine. Wenn man doch nur durchhalten könnte.«

Mehr sagt Dietrich nicht. Er will die Schwester nicht beunruhigen. Aber er ist sicher, dass all die gegenwärtigen Sorgen und Widrigkeiten innerhalb der Kirche nur ein Vorgeplänkel sind. Bald wird man dem Staat offen entgegentreten müssen. Natürlich reden die Brüder sich nach wie vor mit Luthers Zwei-Reiche-Lehre heraus, nach der die Kirche sich aus den Angelegenheiten des Staates heraushalten soll. Aber in Wirklichkeit haben sie einfach nur Angst. Das ist verständlich. Aber es ist inakzeptabel. Kirche muss in der Wirklichkeit stattfinden. Wirklich ist, was wirkt. Angst vor den Konsequenzen des Handelns verbietet sich: Für einen Christen geht es ja allein darum, in jedem Augenblick das Richtige zu tun. Die Konsequenzen liegen nicht in seiner Hand. Über sie wird Gott entscheiden. Dietrich ist entschlossen, nun Ernst zu machen. Was er damit meint, hat er einem Freund geschrieben.

Inzwischen ist es ja nur allzu klar geworden, wer Hitler in

Wirklichkeit ist. Die ganze Christenheit muss nun mit uns darum beten, dass ein Widerstehen bis aufs Blut kommt und dass Menschen gefunden werden, die es erleiden.

In der schlichten weißen Kirche des Gutshofes Finkenwalde bei Stettin predigt Dietrich Bonhoeffer über den aaronitischen Segen. Der Gottesdienst ist gut besucht. Der Gutshof war in ziemlich verkommenem Zustand, aber die dreiundzwanzig Kandidaten haben ihn inzwischen wieder bewohnbar gemacht. Sie haben verputzt, geweißelt, die Böden abgezogen, sie haben die Kirchenstühle und den Esstisch gezimmert, natürlich fehlt es nach wie vor an allen Ecken und Enden.

Das ist Ruth von Kleist-Retzow offensichtlich. Sie ist entschlossen zu helfen. Sie kennt Dietrich noch nicht persönlich. Aber sie ist entschlossen, ihn sofort nach dem Gottesdienst aufzusuchen. Jedes seiner Worte spricht ihr aus dem Herzen. Auch die kleine Maria hängt an seinen Lippen. Ruth von Kleist-Retzow ist gerührt und erstaunt. Maria ist ja erst elf. Sie ist das jüngste der sechs Enkelkinder, mit denen Ruth nach Stettin gezogen ist, damit die Kinder nach Jahren des Privatunterrichts auf den elterlichen Gütern nun das Gymnasium besuchen können.

Der Chorgesang braust empor. Dietrich spricht den Segen, über den er gepredigt hat,

Der Herr segne dich und behüte dich
Der Herr lasse leuchten sein Angesicht über dir und sei dir gnädig
Der Herr hebe sein Angesicht auf dich

Noch immer blickt die kleine Maria selbstvergessen zu dem viel älteren Mann dort vorn empor. Erst als man sich erhebt, scheint sie zu erwachen. Sie zupft ihren geliebten großen Bruder am Ärmel.

»Max? Ich habe mitgezählt. Er hat es achtundsechzigmal gesagt. Das Wort ›Herr‹. Achtundsechzigmal. Das ist ziemlich viel, findest du nicht auch?«

So ist dieses Band geknüpft. Ruth von Kleist-Retzows Sonntage finden nun in Finkenwalde statt. Nach dem Gottesdienst isst man gemeinsam an der langen Tafel des Gutshofs. Dann spielen die Enkel mit den Seminaristen Tischtennis oder Schach, und Dietrich Bonhoeffer liest Ruth von Kleist-Retzow aus dem Manuskript seiner ›Nachfolge‹ vor. Sie lauscht konzentriert und mit geschlossenen Augen. Ruth von Kleist-Retzow ist theologisch beschlagen. Sie kennt Adolf von Harnack, Karl Barth, Paul Tillich. Sie organisiert Lebensmittel für das Seminar, Möbel, Kochtöpfe, Geld. Sie meditiert über denselben Texten wie die Seminaristen. Einer von ihnen isst donnerstags immer in Stettin zu Abend, um mit den Enkeln französisch zu plaudern. Dietrich selbst kommt jeden Mittwoch und erteilt den älteren Kindern Konfirmandenunterricht. Er lernt immer mehr Mitglieder der riesigen Familie kennen, über der Ruth als Matriarchin thront. Sein Leben nimmt Gestalt an, es strukturiert sich. Dietrich hat seine ganze Bibliothek nach Finkenwalde kommen lassen, auch seinen Bechstein-Flügel.

Abends begleitet er darauf Eberhard Bethge, einen Seminaristen der ersten Stunde, der als Mitglied des Bruderhauses bei Dietrich in Finkenwalde geblieben ist. Die Kandidaten lernen hier, wie man eine Predigt vorbereitet, wie man tauft, traut und beerdigt. Aber die Kurse sollen nicht immer wieder von vorn anfangen. Neulinge sollen sich in eine bereits funktionierende Gemeinschaft integrieren. Sie sollen sich dem vorgefundenen Rhythmus des Hauses anpassen: den Andachten, den Beichten, die Dietrich wieder eingeführt hat, den täglichen halbstündigen Meditationen über einem Vers, mit denen sich viele Kandidaten schwertun, sie sprechen von Verzweiflung, Tränen, Zornesausbrüchen, düsterer Leere, die in dieser halben Stunde auf sie eindrängen.

Dietrich hört sich alles an. Dann schickt er sie wieder zum Meditieren. Die Kandidaten verzweifeln fast an der furchtbaren Regel, niemals über einen abwesenden Bruder zu sprechen, oder wenn, es ihm hinterher haarklein zu gestehen. Aber Dietrich besteht darauf. An heißen Sommertagen fahren sie an die Ostsee zum Schwimmen und zum Ballspielen. Sie singen. Sie kochen. Sie dichten Bettelverse, um die pommerschen Gutsherren und Gemeinden zu weiteren Spenden zu bewegen. Dazwischen ist Dietrich für die Bekennende Kirche auf Reisen. Dann trägt Eberhard Bethge die Verantwortung: der »Stellvertreter des Führers«, wie er witzelnd genannt wird. Eberhard duldet die Bezeichnung mit gutmütigem Humor. So ist Eberhard eben. Er ist Dietrich unverzichtbar.

Ich kenne überhaupt keinen Menschen, der Dich nicht leiden kann, während ich viele kenne, die mich nicht leiden können.

Das schreibt Dietrich dem Freund.

Es liegt wohl daran, dass Du von Natur aus offen und bescheiden bist, während ich verschlossen und etwas anspruchsvoll bin.

Aber Eberhard gegenüber ist Dietrich nicht verschlossen. Mit Eberhard an seiner Seite ist Dietrich nicht allein. Mit den Brüdern an seiner Seite ist er nicht allein: Und er denkt nicht an Klaus oder Karl Friedrich Bonhoeffer, wenn er von den Brüdern spricht. Er denkt an die, mit denen er lebt.

Im September 1937 schließt die Gestapo das Seminar und versiegelt den Finkenwalder Gutshof.

Pfarrer Martin Niemöller ist bereits ins KZ eingewiesen. Überall werden nun die Brüder verhaftet. Die offizielle Reichskirche der Deutschen Christen schweigt. Keiner erhebt die Stimme und nimmt die Verhafteten in Schutz. Dietrich Bonhoeffer zieht sich mit den Seinen in die pommerschen Wälder zurück.

Er bringt seine Kandidaten in leeren Pfarrhäusern unter, in Köslin, in Schlawe, in Schlönwitz, dann im Sigurdshof, der einem Verwandten von Ruth von Kleist-Retzow gehört. Dies ist die Zeit der Sammelvikariate. Offiziell sind die Kandidaten Gemeindepfarrern der Bekennenden Kirche zugewiesen. Heimlich aber wird der Unterricht fortgesetzt. Die Lebensverhältnisse der Kandidaten sind nun wahrhaft einfach. Sie müssen weite Wege zurücklegen, um auch nur das Nötigste einzukaufen. Wasser holen sie von einer Pumpe im Hof. Ihre Notdurft verrichten sie in einem Häuschen am Waldrand. Im eisigen Winter biegen sich Äste und Balken unter dem Schnee, und die Wäsche gefriert auf den Leinen. Jeder Schritt knirscht in der einsamen Stille. Aber keiner springt ab.

Sie sind standhaft. Sie sind Illegale. Dietrich beschwört sie: Haben es die offiziellen Pfarrer der Bekennenden Kirche denn leichter? Sie erhalten Bezahlung, schön. Aber dafür müssen sie jederzeit fürchten, verhaftet zu werden. Wie leicht kann es unter diesen Umständen geschehen, dass man sich anpasst. Und ist dies nicht die größte Gefahr: dass man aus der Wahrheit fallen könnte? Dietrich nimmt nirgends und nie ein Blatt vor den Mund.

Er muss dazu keinen besonderen Mut aufbringen. Es fällt ihm leicht. Noch ist die Zeit, in der es geboten ist zu sprechen. Noch ist die Zeit des Kampfes. Noch ist er nicht allein: Was er trägt, trägt er mit den Seinen. Aber wenn der Krieg kommt, wird sich das ändern. Dietrich wird den Kriegsdienst verweigern. Dann werden sich alle von ihm wenden. Auch die Brüder. Sich auf solche Weise dem Staat zu widersetzen ist in der evangelischen Kirche unerhört. Dietrich wird dann allein sein. Er wird allein leiden. Das nennt man das Martyrium: die Zeit einsamen Leidens, Dietrich ist ganz heiter. Es ist Sommer. Dietrich fährt durch den dichten Wald. Er fährt nach Schlawe, wo die Brüder auf dem Rasen sitzen, bei Kaffee und Broten mit Ruth von Kleist-Retzows Himbeermarmelade, und Dietrich kommt mitten unter sie.

Ich hab mein Sach Gott heimgestellt,
er machs mit mir, wies ihm gefällt.
Soll ich allhier noch länger leben,
ohn Widerstreben –

Aber der Umsturz steht nun ja bevor.

Es ist Spätsommer 1938, und Christel und Hans von Dohnanyi sitzen auf den Treppenstufen vor dem alten Bonhoeffer-Ferienhaus. Hans ist für zwei Tage nach Friedrichsbrunn gekommen, wo Christel mit den Kindern die Sommerwochen verbracht hat. Seit die Eltern die Villa in der Wangenheimstraße verkauft haben und in die Marienburger Allee gezogen sind, ist dies der einzige Ort, an dem noch ein wenig Bonhoeffer-Kindheit klebt. Es ist der einzige Ort, der Christels Bruder Walter noch gekannt hat. Es ist später Abend.

Die Wiese liegt grau im Mondlicht. Der Wald steht schwarz und schweigend. Hans wird morgen noch hierbleiben. Er hat Bärbel versprochen, ihre Puppenwiege zu reparieren. Er wird für die Jungen Pfeil und Bogen schnitzen und mit ihnen ein Stündchen durch den Wald streifen. Und dann fährt er nach Berlin zurück. Dann wird Hitler die Mobilmachung gegen die Tschechoslowakei anordnen, und dann wird man den Führer verhaften. Christel hofft, dass nun bald alles vorüber ist.

Hans muss endlich zur Ruhe kommen. Er vibriert, hin- und hergerissen zwischen Hoffnung und Verzweiflung, Anspannung und Erschöpfung, es war ein unerträglicher Sommer. Freisler und seine Leute sind seit Mai so massiv gegen Hans vorgegangen, dass Minister Gürtner sich gezwungen gesehen hat, ihn aus dem Ministerium hinauszubefördern: Am 4. September ist Hans zum Reichsgerichtsrat ernannt worden. Hitler persönlich hat am Rande der Bayreuther Festspiele die Beförderung um zwei Stufen unterschrieben. Die Dohnanyis werden nun also nach Leipzig ziehen.

Christel lehnt sich an ihren Mann. Er legt den Arm um sie. Die Wälder umstehen sie stumm, fast fühlbar. In der Ferne zeichnet sich der Brockengipfel vor dem hellen Nachthimmel ab. Ein Schauder läuft Christel über den Nacken, wie von einem Windstoß auf schweißnasser Haut, sie werden nach Leipzig ziehen?

Hans wird Hitler stürzen. Und dann wird er die neue Stelle antreten, auf die ihn Hitler versetzt hat?

Christel faltet die Hände auf den Knien. Sie presst die Handwurzeln zusammen. Die Idee, Hitler vor ein Gericht zu stellen, erscheint ihr mit einem Mal völlig absurd. Sie erscheint ihr fantastisch, von märchenhafter Unwirklichkeit: Genauso gut könnte man versuchen, den Teufel vor ein Gericht zu laden. Aber vielleicht irrt Christel. Vielleicht fehlt ihr die Fantasie. Vielleicht mangelt es ihr an Glaube, Liebe, Hoffnung. Vielleicht kann wirklich die Tat einiger Einzelner, vielleicht kann Hans' reiner guter Wille allein jene leuchtende Brücke über den Abgrund schlagen, auf der ein ganzes Volk sicheren Fußes zurückfinden könnte auf die richtige Seite. Aber Hans glaubt ja selbst nicht, dass der Staatsstreich gelingt.

Die Einsicht stürzt ohne Warnung herab, wie ein Fels auf ein Bahngleis. Christels Magen hebt sich, in ihren Ohren pfeift es: Hans geht davon aus, dass die Sache schiefgeht.

Warum sonst bereitet er den Umzug nach Leipzig vor?

Warum sonst besteht er darauf, dass Sabine und Gert Leibholz das Land verlassen? Hitlers Sturz würde doch den Krieg verhindern, das Unrecht an den Juden rückgängig machen, die Parteien wieder etablieren, die Gerechtigkeit herstellen, die Ministerien und Gerichte umkrempeln.

»Hans?«, sagt Christel. »Und du bist sicher. Du glaubst, dass es gelingt. Du glaubst an diese Sache. Du gehst davon aus, dass der Umsturz stattfindet.«

Hans antwortet nicht gleich. In der Dunkelheit nimmt er seine Brille ab, putzt sie an seiner Jacke, umständlich, gründlich. Und wozu das? Was glaubt er sehen zu können, mitten in der Nacht, mit seiner sauberen Brille? Hans setzt die Brille wieder auf.

»Ich weiß es nicht«, sagt er. »Ich weiß es wirklich nicht. Wie soll ich es wissen? Ich gehe einfach nur. Ich gehe, Schritt für Schritt. Mehr kann ich ja nicht tun. Schritt für Schritt, und vielleicht im Kreis. Vielleicht auf einen Abgrund zu. Aber man kann ja nicht stehenbleiben. Das kann keiner. Man muss weitergehen, in irgendeine Richtung. Und kann ich in eine Richtung gehen, die ich von vornherein als falsch erkenne?«

»Gerts Bruder wird mit seiner Familie nach Melbourne auswandern«, sagt Sabine Leibholz.

Sabine und Dietrich Bonhoeffer sitzen im Garten der Leibholzens in Göttingen, auf der kleinen Terrasse. Der Sommer hat seine Höhe überschritten. Der Wein an der Mauer hat begonnen, die Farbe zu wechseln.

»Sie gehen nächste Woche«, sagt Sabine. »Gerts Bruder hat die Sommerfelder Tuchfabrik Just Delbrück überschrieben, damit nicht alles den Nazis in die Hände fällt.«

»Ihr müsst auch fort«, sagt Dietrich. »Hans ist von einer weiteren Verschärfung der Lage überzeugt. Wenn Hitler in die Tschechoslowakei einmarschiert, gibt es Krieg. Und wer weiß, ob ihr dann noch aus dem Land kommt. Hans sagt, jüdische Pässe sollen demnächst eingezogen und besonders gekennzeichnet werden. Und neuerdings raunt man von Plänen zur restlosen Vernichtung der Juden im Kriegsfall. Freilich, das wird eine Übertreibung sein. Aber ihr seid hier im Grunde schon lange nicht mehr sicher. Und immerhin könnt ihr nach England gehen, wo sich Bischof Bell für euch einsetzen kann.«

Sie schweigen. Sabine sieht zu ihrem Mann hinüber. Gert wandert im hinteren Teil des Gartens umher, zwischen der Himbeerhecke und den verblühenden Sonnenblumen.

»Mich hält ja hier gar nichts mehr«, sagt Sabine. »Ich will längst fort. Ich will Mann und Kinder in Sicherheit wissen, daneben ist mir alles andere gleichgültig. Aber Gert wird es so schwer. Siehst du, so wie jetzt geht er immer. Er wandert über Stunden hinweg allein im Garten herum, unansprechbar, vollständig verdüstert.«

Wobei, ganz so leicht wird es auch Sabine nicht. Sie entwirft seit Monaten im Geist eine Liste der Dinge, die sie mitnehmen wird. Aber natürlich kann man den Spätsommerduft nicht mitnehmen, den Nebel aus den Wiesen oder die Dämmerung, in der die letzten Blüten der weißen Rosen schwerelos zu schweben scheinen. Und vor allem kann man die Familie nicht mitnehmen, die Eltern, die Brüder und Schwestern.

»Ihr solltet vielleicht zuerst in die Schweiz fahren«, sagt Dietrich. »Das wäre noch kein endgültiger Abschied. In der Schweiz könntet ihr abwarten, wie sich alles entwickelt. Ich könnte so lange hier im Haus bleiben, damit niemand denkt, ihr wärt emigriert.«

Denn dann würde das Haus enteignet. So wollen es die deutschen Devisenbestimmungen: Genehmigungsfrei dürfen Reisende und Auswanderer nicht mehr als zehn Reichsmark ins Ausland ausführen. Was Emigranten darüber hinaus mitnehmen wollen, muss von den Devisen- und Zollfahndungsstellen ausdrücklich genehmigt werden. Zu den genehmigungsfähigen Gegenständen zählen weder Schmuck- noch Wertgegenstände, sondern ausschließlich unverzichtbare Artikel des täglichen Bedarfs. Wenn die Genehmigung zur Mitnahme vorliegt, sind die genehmigten Artikel vollständig aufzulisten, und zwar mit Angabe von Kaufdatum und Preis. Auf alle nach 1933 erworbenen Gegenstände erhebt die Deutsche Golddiskontbank sodann eine Abgabe, gewöhnlich in der Höhe des Kaufpreises. Darüber hinaus fällt eine Reichsfluchtsteuer von fünfundzwanzig Prozent auf den gesamten Besitz an. Und sollte die Devisenstelle frühzeitig genug auf die Idee kommen, jemand könnte die Ausreise erwägen, erlässt sie eine Sicherungsanordnung. Damit werden alle Konten gesperrt, und man verliert das Recht über sein gesamtes Eigentum.

»Bring deinen Mann und deine Kinder in Sicherheit«, sagt Dietrich. »Das ist nun deine wichtigste Aufgabe.«

Und was ist die seine?

Die Bekennende Kirche hat dem Druck nicht standgehalten.

Im Laufe des Sommers haben fast alle beamteten Pastoren den persönlichen Loyalitätseid auf Hitler abgelegt. Karl Barth in der Schweiz hat die Tschechoslowaken zum Kampf gegen Hitler aufgerufen, und daraufhin hat sich die Vorläufige Kirchenleitung der Bekenntnissynode von ihm distanziert. Und Dietrich selbst ist der Aufenthalt in Berlin verboten.

Er darf die Hauptstadt nur noch besuchen, um seine Eltern zu sehen. Aber er darf nicht lehren.

Er darf überhaupt nicht mehr öffentlich sprechen: Die Zeit der offenen Worte ist vorbei. Dietrich ist in die Verschwörung eingeweiht. Er darf keinerlei Aufmerksamkeit mehr auf sich ziehen. Und wenn der Krieg beginnt und er zum Militär eingezogen wird, wird Dietrich den Kriegsdienst verweigern. Und dann wird man ihn töten.

Marianne Leibholz sitzt am Tisch, in ihrem Kinderzimmer. Sie ist elf Jahre alt. Sie hat alles um sich herum ausgebreitet: Papier, Pappe, Stifte, Klebstoff. Onkel Dietrich ist zu Besuch. Das ist schön. Marianne hat es gern, wenn sie möglichst viele Familienmitglieder umgeben. In den letzten Wochen war beinahe immer jemand zu Besuch. Das wird aber enden. Marianne weiß längst, dass sie bald fortgehen werden. Die Eltern reden nicht offen darüber. Aber sie reden auch nicht nicht darüber. Neulich waren die Leibholzens in Berlin bei Oma und Opa. Mama hat mit Opa geredet, und sie hat nicht gewusst, dass Marianne alles hört.

Sie weiß nicht, dass Marianne alles sieht. Neulich hat es spät nachts an der Tür geklingelt. Marianne hat sich hinaus auf den Treppenabsatz geschlichen. Sie hat gesehen, wie die Mutter den Vater schnell durch den Hintereingang in den Garten gedrängt hat, aber dann war es zum Glück nur eine Nachbarin. Marianne weiß, dass von nun an alles nur noch vorübergehend ist.

Sie hat ihrer kleinen Schwester Christiane gesagt, dass sie jetzt nicht gestört werden will. Was sie hier tut, ist schließlich kein Spiel. Marianne hat entschieden, welche Puppen sie mitnehmen wird. Es sind ihre Lieblingspuppen. Ihre Lieblingspuppen kann Marianne natürlich nicht zurücklassen. Marianne hat entschieden, dass Cläre und Jenny ihre Lieblingspuppen sein müssen. Sie sind klein. Sie sind nur so lang wie Mariannes Hand. Man kann sie in eine Manteltasche stecken, und dann kann man sie auf jeden Fall mitnehmen. Marianne hat begonnen, Tagebuch zu führen. Man sollte alles aufschreiben, wenn alles nur vorübergehend ist. Andererseits darf man nicht wirklich alles aufschreiben. Man muss es so aufschreiben, dass andere es nicht lesen können.

An wichtigen Tagen malt Marianne ein Kreuz in ihr Tagebuch. Wichtige Tage sind Tage, wo Marianne glaubt, dass über das Fortgehen entschieden wird. Seit Onkel Dietrich da ist, hat sie jeden Tag große Kreuze in ihr Tagebuch gemalt. Marianne hat keine Angst vor dem Fortgehen. Sie werden wohl in die Schweiz gehen, und Marianne ist immerhin schon ein paarmal in der Schweiz gewesen. Einmal waren sie im Winter dort, da sind sie mit dem Pferdeschlitten gefahren. Daran kann sie sich jetzt halten.

Marianne hat die Mama gebeten, ihr ihren Pass zu leihen, auch ihre Geburtsurkunde und ihr Taufzeugnis. Die Pässe für Cläre und Jenny hat sie genau nach Vorlage gemacht, auch die Geburtsurkunden. Nun fehlen nur noch die Taufzeugnisse. Die sind sehr wichtig. Das weiß Marianne. Der Vater ist getauft, das weiß sie genau. Er ist kein Jude, er ist nur jüdischer Abstammung. Wenn er nicht getauft wäre, dann wäre er Jude, und das wäre noch viel schlimmer: So hat es die Lehrerin Marianne voller Mitleid erklärt. Marianne hat mit niemandem darüber gesprochen. Sie hat lange nachgedacht, wie sie mit den Taufzeugnissen verfahren soll. Nun hat sie sich entschlossen. In die Zeile »Konfession des Vaters« wird sie schreiben: »evangelisch-lutherisch (aber jüdischer Abstammung)«. Nicht dass das auf ihrem Taufschein stünde. Aber es ist so. Und Jenny und Cläre sind Mariannes Lieblingspuppen. Da kann man wohl erwarten, dass sie Mariannes Schicksal teilen.

Bis zum Ende des Picknicks waren sie noch alle ganz fröhlich, auch die Erwachsenen. Sie haben sogar gesungen, wie sie es immer mit Onkel Dietrich tun,

Über die Wellen gleitet der Kahn –

Dann ist Onkel Dietrich unruhig geworden. Er hat zum Aufbruch gedrängt: Die Grenze kann jederzeit geschlossen werden.

Sie haben also voneinander Abschied genommen. Der Onkel kommt ja nicht mit in die Schweiz. Er ist mit seinem Freund Eberhard Bethge zurück nach Göttingen gefahren. Es berührt Marianne eigentümlich: Der Onkel fährt zurück in das Haus, das für Marianne immer zu Hause gewesen ist, und sie selbst wird gar nicht dort sein, um ihn zu empfangen. Sie und Christiane sitzen hinten im Auto.

Sie stecken zwischen Koffern und Decken und Tüten und Taschen wie Nippesfiguren in einem vollgestellten Regal. Sie fahren mit offenem Verdeck, obwohl es jetzt nicht mehr warm ist. Tatsächlich ist es kalt. Die Eltern sind verstummt. Es dämmert bereits, bald wird es dunkel sein. Christiane spielt mit ihrer Puppe. Sie plappert und singt leise vor sich hin. Marianne beneidet sie. Christiane ist erst sieben. Sie versteht noch gar nichts von dem, was geschieht. Sie weiß nicht, dass sie niemals mehr nach Hause zurückkommen. Die Räder rollen. Die Eltern schweigen. Dann wendet sich die Mutter um.

»Kinder? Wir sind gleich an der Grenze. Ihr wisst, was ich euch vorhin gesagt habe.«

Sie wissen es. Die Mutter hat ihnen eingeschärft, sich an der Grenze schlafend zu stellen, damit die Grenzbeamten Erbarmen haben und den Wagen nicht durchsuchen. Marianne legt sich zurecht und schließt die Augen. Dann öffnet sie sie noch einmal, um zu kontrollieren, dass auch Christiane sich zurechtgelegt und die Augen geschlossen hat. Der Wagen verlangsamt die Fahrt.

Dann hält er. Dies ist die deutsche Seite. Eine Männerstimme sagt etwas, was Marianne im Motorenlärm nicht verstehen kann. Sie blinzelt. Dann kneift sie schnell die Augen wieder zusammen: Männer in Uniform umstehen den Wagen. Marianne dreht das Gesicht so, dass es fast unter einer roten Tasche verschwindet, die unter das Verdeck geklemmt ist. Sie hört den Vater antworten, in scherzendem Tonfall, dann fährt der Wagen wieder an. Marianne schläft weiter. Die Mutter hat es so angeordnet: schlafen, bis die Entwarnung kommt. Sie fahren. Sie sind nicht mehr in Deutschland. Sie sind aber auch noch nicht in der Schweiz. Marianne blinzelt. Es ist stockdunkel. Sie fahren. Dann hält der Wagen wieder.

Wieder eine Männerstimme, aber diesmal mit einem Akzent, dies ist die Schweizer Seite. Marianne blinzelt. Es scheint ihr nicht so gefährlich, auf dieser Seite zu blinzeln. Christiane schläft jetzt wirklich. Der Vater hebt grüßend die Hand an den Hut, dann fährt er an. Das Auto fährt. Es fährt über den Grenzstreifen, hinein in das andere Land, wo man frei ist, die Mama dreht sich um. Sie lächelt. Sie sagt: »Es ist in Ordnung, Mariannchen, du kannst die Augen aufmachen.«

Marianne setzt sich auf. Sie streckt die Arme, sie reckt den Kopf, sie legt die Hände um den Hals der Mutter.

»Vorsicht! Wackle nicht, das Gepäck.«

Sie lachen.

»Wir halten gleich einmal an und schließen das Verdeck, dann wird es wärmer.«

Sie sind nun frei. Die Schweiz ist ein freies Land. Sie bleiben vorerst hier und warten ab, was in Deutschland passiert. Das haben die Eltern mit Onkel Dietrich besprochen. Etwas soll passieren. Marianne weiß nicht, was es ist. Die Mutter hat gesagt, es könnte sein, dass sie in ein paar Wochen wieder zurückkehren. Marianne glaubt nicht daran. Sie weiß auch gar nicht, ob sie es will. Sie sind nun hier. Der Abschied ist vollzogen. Marianne weiß nicht, ob sie noch einmal hinter diesen Abschied zurückgehen möchte.

Es hängt jetzt alles vom Ausland ab. England muss hart bleiben. Die Briten müssen Hitler zwingen, seine Karten auf den Tisch zu legen. Sie dürfen in der Sudetenfrage nicht nachgeben, sie dürfen Hitler nicht wieder willig servieren, was er verlangt. Sie müssen es auf einen Krieg ankommen lassen. Und dann werden die Verschwörer um Hans Oster, Ludwig Beck und Hans von Dohnanyi handeln. Christel schreitet durch die Tage vom 26. bis zum 28. September wie durch einen Wachtraum. Nichts scheint ganz wirklich, während die Anspannung wächst und wächst, alles auf den erwarteten Marschbefehl hinstrebt, den ganzen Tag lang läuft das Radio.

Mussolini ist um Vermittlung ersucht worden.

Es wird noch einmal zu Verhandlungen kommen.

Christel sitzt am Radioapparat. Sie folgt dem Fortgang der Konferenz. Klaus von Dohnanyi ist zehn Jahre alt. Etwas bedrückt ihn seit gestern Abend. Der Vater hat etwas zur Mutter gesagt, leise. Klaus hat es nicht verstanden. Er hat nicht gelauscht: So etwas täte er nie. Er hat aber ein Wort aufgeschnappt, das ihn seither nicht loslässt,

Testament

In der Nacht zum 30. September 1938 wird von den Regierungschefs Großbritanniens, Frankreichs, Italiens und des Deutschen Reichs das Münchner Abkommen unterzeichnet, das Hitler die Genehmigung zum Anschluss des Sudetenlandes erteilt. Vertreter der Tschechoslowakischen Republik sind nicht eingeladen. Anfang Oktober wird das Sudetenland von den Deutschen besetzt. Ab 2. Oktober okkupiert auch Polen tschechische Gebiete im geteilten Teschener Olsagebiet. Ungarn besetzt Grenzgebiete mit teils ungarischer Bevölkerung. Die westliche Welt bejubelt die Erhaltung des Friedens. Die Deutschen bejubeln die Gebietsvergrößerungen und Adolf

Hitler. Der ist bitter enttäuscht. Wieder hat man ihn seinen Krieg nicht führen lassen.

Aber das wird schon noch kommen. Es ist ja nun für einen Putsch zu spät. Wer wollte den heißgeliebten Führer im Moment seiner höchsten Glorie vom Sockel stürzen? Es ist nun also alles vorüber. Die Dohnanyis verlassen Berlin. Sie ziehen nach Leipzig wie geplant, in ein schönes Haus mit Garten: Hans wird zum ersten Mal gut verdienen. Er hat in jeder Beziehung reinen Tisch gemacht. Er hat sich von den Militärs zurückgezogen. Er hat den Kontakt zu Oster und Beck abgebrochen. Er ist so weit, sich in die Dinge zu schicken: Der Nationalsozialismus wird eben von allein zugrunde gehen oder gar nicht.

»Und ich bin ohnehin nicht geschaffen für die Welt dieser Militärs. Ich verstehe sie gar nicht. Dieses ganze Gerede von Befehl und Gehorsam. Ich bin Beamter, ich sollte diesem Staat loyal dienen. Wenn ich es nicht kann, dann ist das meine eigene Entscheidung, die ich schweren Gewissens trage. Aber sie übertragen die Befehlsgewalt immer dem Nächsthöheren, den sie für die Sache gewinnen können, und hinfort fühlen sie sich weisungsgebunden. Sie sind mir im Grunde ganz fremd, diese Leute.«

Dietrich Bonhoeffer und Eberhard Bethge sind in das Göttinger Haus der Leibholzens eingezogen. Jeden Morgen beginnen sie mit einer gemeinsamen Andacht, genau wie im Predigerseminar in Finkenwalde. Dann schreibt Dietrich an seinem Buch mit dem Titel ›Gemeinsames Leben‹.

Er schreibt über seine Erfahrungen im Predigerseminar. Es ist eine beglückende und schmerzliche Arbeit. Noch einmal sitzt er mit den Brüdern am Tisch, noch einmal durchstreift er mit ihnen die Dünen der Ostsee. Noch einmal durchwandert er im Geist die Räume des Gutshauses, das er verlassen musste.

Und er selbst sitzt in dem Haus, das seine Schwester mit ihren Gedanken durchschweift.

Es steht noch immer voller Möbel, voller Bücher. Dietrich hofft, Sabine noch das eine oder andere zukommen lassen zu können. Er schreibt auf der hübschen kleinen Veranda, die an ihr Wohnzimmer grenzt. Er ist voller Dankbarkeit, während er schreibt. Finkenwalde war ein großes Geschenk. Niemand hat schließlich einen Anspruch auf Gemeinschaft. Die Christenheit ist ausgestreut unter alle Völker der Erde. Christus selbst lebte mitten unter seinen Feinden. Am Ende verließen ihn sogar seine Jünger, und am Kreuz war er ganz allein, umgeben von Übeltätern und Spöttern. Also gehört auch der Christ nicht in die friedliche Abgeschiedenheit oder unter die Brüder, sondern mitten unter seine Feinde.

Dort ist Dietrich jetzt. Er spricht nicht mehr offen. Er ist vorsichtig. Er grüßt mit Hitlergruß. Nachmittags spielt er mit Eberhard Bethge Tennis. Abends musizieren sie. Sie sprechen über Dietrichs Buch, über die Grundlagen ihres Lebens in Finkenwalde. Immer wieder mussten die Neuankömmlinge zuerst einmal von diesem Leben enttäuscht werden.

Immer wieder mussten sie begreifen: Wer seinen Traum von einer Gemeinschaft mehr liebt als die wirkliche Gemeinschaft, der wird jede Gemeinschaft zerstören. Wer träumt, fordert von anderen die Erfüllung seiner Träume. Aus diesem Anspruch befreit nur die Wirklichkeit. Sie sorgt für Demut. Immer wieder mussten die Brüder daran erinnert werden: Es ging in Finkenwalde weder um ekstatische Erweckungserlebnisse noch um Erfahrungen tiefer persönlicher Verbundenheit. Gott ist kein Gott der Gemütserregung, sondern der Wahrheit. Und eine Bruderschaft ist keine Familie. Sie beruht auch nicht auf erotischer Anziehung oder auf Kameradschaft: Sie ist eine geistliche Gemeinschaft, in der die einzelnen Brüder überhaupt nicht direkt miteinander verbunden sind, sondern nur mit Gott, und miteinander nur über Gott.

»Verstehst du?«, sagt Dietrich Bonhoeffer zu Eberhard Bethge. »Der Grund seelischer Gemeinschaft ist das Begehren. Das Wesen des Begehrens ist Finsternis: die Sehnsucht nach Verschmelzung, nach Auflösung. Ob ich mit einem anderen in der Liebe verschmelze oder ob ich ihn mir unterwerfe, ihn vergewaltige, ist so gesehen ein und dasselbe. Aber die wahre Liebe weiß, dass sie keinen unmittelbaren Zugang zum Menschen hat, sondern nur über Christus andere erreicht. Die wahre Liebe begehrt nicht, sie dient. Sie will nicht bekommen, sie will geben. Sie kommt von Christus, und ihm dient sie allein.«

Unter Kameraden ist alles gut, was der Gemeinschaft nützt. Es gibt keine eigene Verantwortung, keine eigene Schuld: Die Gemeinschaft ist die höchste Instanz, vor der der Einzelne Verantwortung trägt. Aber in einer geistlichen Gemeinschaft ist jeder seinem Gewissen persönlich verantwortlich, denn jeder ist Gott persönlich verantwortlich.

Gott hat Dietrich das erkennen lassen: Auch in der Gemeinschaft ist jeder ein Einzelner, er bleibt immer ein Einzelner. Dietrich schreibt,

Und bald mag es sein, dass uns die tiefste Einsamkeit umgibt.

»Verstehst du, Eberhard?«, sagt er. »Verstehst du?«

Christel und Hans sitzen im Garten. Es ist ein wunderschöner, ungewöhnlich warmer Oktobermorgen. Die Kinder sind in der Schule, und die Dohnanyis halten ein zweites Frühstück.

Hans blättert in Papieren. Er arbeitet zurzeit wieder viel zu Hause. Er hofft sehr darauf, nach den Querelen in Berlin nun am Reichsgericht endlich befriedigend tätig werden zu können. Allerdings zeichnet es sich ab, dass das Amt eines beisitzenden Richters durchaus seine Schwierigkeiten birgt. Die Gesetzesvorschriften weichen oft allzu eklatant von Hans' eigenem Rechtsempfinden ab. Und natürlich muss man dennoch nach dem Gesetz urteilen. Wonach sonst? In der Rechtsprechung darf nicht das persönliche Empfinden eines Richters ausschlaggebend sein. Jegliche Willkür muss ausgeschlossen bleiben. Das eben ist doch das Recht: dass jeder Richter an die gleichen Gesetze gebunden ist, und zwar an Gesetze, die nicht er selbst erlassen hat.

Christel schreibt eine Einkaufsliste. Es ist sehr angenehm, zum ersten Mal in ihrer Ehe keine brennenden finanziellen Sorgen zu haben. Heute Abend kommen Reichsanwalt Richter und Senatspräsident Ernst Brandis mit ihren Frauen zum Essen. Es sind nette und angenehme Menschen, keine Nationalsozialisten. Sie sind die Kür. Christel hat sich aber vorgenommen, von nun an auch regelmäßig ihren Pflichteinladungen nachzukommen und Leute einzuladen, die Hans' Karriere fördern können. Sie werden sich einrichten in diesem Leben.

Das hat Christel sich vorgenommen: Sie wird Hans alles Glück geben, das ihm in der Arbeit versagt bleibt. Er wird nun im Privaten, in seiner Liebe zu seiner Frau und seiner Familie zur Ruhe kommen.

5

Die Geschichte erzählt sich von ihrem Ende her. Das hat Libs sofort begriffen. Die Geschichte entsteht erst, wenn sie bereits vorbei ist: wenn das schöne liebende Mädchen tot an der Seite seines geliebten Königs zusammenbricht. Aber was steht am Anfang? Ein Vorsatz, ein Entschluss? Oder folgt ein Schritt aus dem anderen, als würde man einem unschuldig Gefangenen ein Stück Brot in die Zelle schmuggeln, dann bäte der Gefangene um eine Feile, dann um ein Pferd, und schließlich würde man auf der Flucht mit ihm zusammen erschossen?

Am Anfang steht der Ruf. Der Ruf ertönt, der feige Vetter duckt sich, und das Mädchen Auguste tritt hohen Mutes an seine Stelle. Als Page verkleidet reitet sie in die Schlacht, an der Seite des Schwedenkönigs Gustav Adolf. Will sie für Deutschland kämpfen, für den wahren Glauben? Hat sie beschlossen, für die gute Sache tapfer ihr junges Leben zu wagen?

Auguste bewundert den jungen König. Sie liebt ihn. Sie begeistert sich für ihn, sie sucht unbedingt seine Nähe, bis die Schüsse fallen, deren einer sie trifft. In diesem Moment entsteht die Geschichte.

Sie entsteht erst, wenn sie bereits vorbei ist: erst als das schöne liebende Mädchen schon tot ist und der feige Vetter hinter dem Ofen hervorkriecht und fragt,

Kann ich nun meinen Namen wiederhaben?

Nein, Herr! Euer Name wird die Ehre haben, auf dem Grabhügel eines hochgesinnten Mädchens zu stehen, das einen herrlichen Helden bis in den Tod geliebt hat. Ihr aber habt Euer höchstes Gut gerettet, das liebe Leben. Damit begnüget Euch!

Libertas sind beim Lesen die Tränen in die Augen getreten. Natürlich musste das Mädchen Auguste Leubelfing sterben, das hat sie sofort verstanden. Ohne ihren Tod wäre ja die ganze Erzählung Wirrnis geblieben, Willkür, ungeordneter Zufall. Ohne ihren Tod hätte es gar keine Geschichte gegeben: Erst als Auguste an der Seite ihres Königs fällt, erfährt ja die Welt, wer Gustav Adolfs Page in Wirklichkeit war. Erst ihr Tod offenbart ihr Geheimnis, ihren Mut, ihre Liebe, Libs hat deutlich gefühlt, dass sie ist wie Auguste.

Es ist der 2. September 1929. Libs ist fünfzehn Jahre alt. Augustes Lebensmotto wird auch das ihre sein, das hat Libs beschlossen,

Courte et bonne! Ich wünsche mir alle Strahlen meines Lebens in ein Flammenbündel und in den Raum einer Stunde vereinigt, dass statt einer blöden Dämmerung ein kurzes, aber blendend helles Licht von Glück entstünde, um dann zu löschen wie ein zuckender Blitz.

Libertas hat die Stelle wieder und immer wieder gelesen. Es war ja nicht zu glauben, wie schön dies war,

blendend helles Licht von Glück

alle Strahlen meines Lebens in ein Flammenbündel

Libs selbst wird eines Tages solche Dinge schreiben. Das ist ganz sicher. Libs schreibt ja schon. Sie hat den besten Aufsatz der ganzen Klasse geschrieben. Sie hat ihn heute vorlesen dürfen. Es war eine verdiente Auszeichnung. Libertas Haas-Heyes Aufsatz war wirklich der beste, das weiß Libs genau, auch das Vorlesen hat wunderbar geklappt. Alle haben ihr applaudiert. Die Lehrerin hat gelächelt und gelobt.

»Eine sehr schöne Leistung, Libertas. Beeindruckend die Begeisterung und die Tiefe der Empfindung.«

Libs musste sich von innen auf die Backen beißen, um nicht zu sehr zu strahlen. Ihre Backen glühen noch immer: Sie kann die Wärme spüren. Sie hat aber schon während des Lesens gespürt, dass alles klappen würde. Die anderen in der Klasse haben ihr zugehört, sogar Hetti Gebler, die immer deutlich zeigt, dass sie Libs nicht leiden kann, entscheidend ist aber nicht Hetti Gebler.

Entscheidend ist die Sechsergruppe. Sophie Sell aus der Sechsergruppe hat Libs angelächelt, während Libs an ihren Platz zurückgekehrt ist. Sophie Sell aus der Siebenergruppe: So wird die Gruppe heißen, wenn Libertas Haas-Heye dazugehört. Sie will dazugehören. Ihre ersten Lebensjahre hat sie auf Schloss Liebenberg im Löwenberger Land verbracht, etwa fünfzig Kilometer nördlich von Berlin. Aber ihr Schweizerdeutsch ist inzwischen perfekt. Sie hat die Zürcher Privatschule Dr. Goetze besucht, und nun hat sie die Aufnahmeprüfung für die Städtische Töchterschule Zürich bestanden. Seit Anfang des Jahres wohnt sie als Pensionärin im Haus der Sells.

Sophie Sell ist ihre Freundin. Sie hat Libs auch mit zu den Pfadfindern genommen. Am Wochenende fahren sie nun immer alle zusammen in die Berge zum Zelten. Sie streifen gemeinsam durch die freie Natur, sie singen gemeinsam am Lagerfeuer, und Sophie spielt dazu Schifferklavier. Libs hat ihrem Vater geschrieben, dass sie sich auch ein Schifferklavier wünscht. Sophie spielt nicht besonders gut. Aber Libs wird gut spielen. Libs faltet die Hände auf ihrem Pult, sie verschränkt die Füße unter dem Stuhl, vielleicht wird sie Sophie heute Nachmittag das Gedicht zeigen, das sie geschrieben hat. Oder vielleicht auch nicht. Vielleicht wird sie es niemandem zeigen, sondern es gleich an eine Zeitung schicken,

Courte et bonne möchte ich das Leben
Stets voll heißem, grossem Streben,
Aufwärts zur Vervollkommnung.
Kämpfen, fallen, unterliegen –
Aber immer vorwärts gehen.
Todesmutig streitend, siegen –
Aber niemals stille stehen.

Das ist gut. Das ist eine gute Idee. So wird Libs es machen. Sie wird das Gedicht an die Zeitung schicken. Die Zeitung wird Libertas' Gedicht drucken. Und dann wird Libs dem Sechserclub die Zeitung zu lesen geben. Dem Siebenerclub.

Voll genießen alle Tage,
Edle Herzen, die Natur.
Ganz durchleiden jede Plage,
Aber leben, leben nur!

Libertas reitet über Liebenbergs Wiesen. Sie ist neunzehn. Sie reitet durch den Liebenberger Park, hinunter zum See. Sie lässt das Pferd traben, dann galoppiert sie, der Wind strömt ihr entgegen, und sie lockert die Zügel, Libs könnte jubeln. Ihr ist, als könnte sie sich aufschwingen, hoch hinaus. Als könnte sie fliegen, fort von hier in die Weite, in die Ferne, zu einem wilderen Horizont,

über meiner heimat frühling
seh ich schwäne nordwärts fliegen
ach mein herz möcht sich auf grauen
eismeerwogen wiegen –

Libs ist unterwegs von Schloss Liebenberg zu dem Besitzteil Häsen hinter den Lankebergen. Sie durchquert die Kiefernwaldung, den Modderfenn hinter der Großen Lanke auf dem Mückendamm, dann beginnt der Urwald: eine sumpfige Landschaft aus Teichen und verlandenden Fenns, Ausläufern der Seen, durchwachsen von Erlen, Schilf und Wiesenblüten, wo es Bekassinen gibt, Eisvögel. Im Herbst fallen hier Schwärme von Wildgänsen ein. Libertas liebt diese Landschaft. Sie liebt Liebenberg. Sie kommt oft am Wochenende nach Liebenberg, um zu schwimmen, zu reiten und ihrer Mutter nahe zu sein, die mit der alten Fürstin in den Gemächern über der Nordischen Halle im Schloss wohnt. In Liebenberg ist Libertas' Zuhause: hier, wo sie nur die allerersten Lebensjahre und die Schulferien verbracht hat und wo ihr kein Stein, kein Brett, keine Schindel gehört. Libertas Haas-Heye ist in Paris geboren, als Enkelin des Fürsten Philipp zu Eulenburg und Hertefeld.

Phili Eulenburg, wie man ihn nannte: Hofmarschall und engster Vertrauter Kaiser Wilhelms II. seit dessen Jugendtagen, Dichter der ›Rosenlieder‹, Träumer und Spiritist, von Neidern und verhärteten Gemütern als Graf Troubadour bespöttelt und schließlich von Maximilian Harden mit dem Vorwurf vernichtet, ein homosexuelles Verhältnis zum Kaiser zu unterhalten. Der Kaiser hat sich nicht etwa schützend vor den Freund gestellt. Er hat sich sofort von ihm abgewandt. Diese Kälte, diese Untreue, diesen Verrat hat der Fürst bis zu seinem Tod nicht verwunden.

Er ist 1921 gestorben, in ebendem Jahr, in dem Libertas endlich ihren Vater kennengelernt hat. Libs war ja noch kein Jahr alt, als der Weltkrieg ausbrach. Der Modeschöpfer und Lebemann Professor Otto Haas-Heye organisierte damals gerade eine Werkbund-Ausstellung in Bern. Er blieb in der Schweiz, bis der Krieg vorbei war. Nach seiner Rückkehr ließ er sich von Libs' Mutter scheiden, gründete die Mode- und Kostümabteilung des Staatlichen Kunstgewerbemuseums in der Berliner Prinz-Albrecht-Straße und holte seine Kinder zu sich nach Berlin: erst Johannes, dann Ottora und schließlich auch die kleine Libertas.

Sie wohnten bei seiner Mitarbeiterin Valerie Wolfenstein, die sie häufig in die Unterrichtsanstalt des Kunstgewerbemuseums mitnahm. Libs hat ganze Tage auf den weitläufigen Fluren der Prinz-Albrecht-Straße 7 und 8 gespielt, bevor die Anstalt sich mit der Hochschule der Bildenden Künste zu den Vereinigten Staatsschulen für Freie und Angewandte Kunst zusammengeschlossen hat und in die Hardenbergstraße 33 umgezogen ist.

Sie erinnert sich an den Klang ihrer Stimme in den hohen Räumen. Sie erinnert sich an das Licht in den Ateliers, deren Fenster geneigt waren, so dass man die Straße nicht sah, sondern nur das Licht des Himmels. Sie erinnert sich daran, wie der Vater nach Paris ging und die Kinder verteilt wurden: Johannes wurde auf ein bayrisches Internat, Ottora auf eine Haushaltsschule nach Potsdam und die kleine Libs zu einer befreundeten Familie nach Zürich gegeben, wo sie sechs Jahre später ihr Abitur gemacht hat. Danach hat Libs eine Weile in England gelebt. Und nun ist sie wieder da.

Nun ist sie nach Liebenberg zurückgekehrt, in die Geborgenheit ihrer ersten Jahre. Natürlich nur besuchsweise: Libs ist Pressereferentin der Berliner Niederlassung der Filmgesellschaft Metro-Goldwyn-Mayer, sie bewohnt eine hübsche helle Atelierwohnung unweit des Kurfürstendamms.

Libs reitet über den Liebenberger Schlosshof. Sie reitet die Dorfstraße hinunter, an den kleinen ebenerdigen Hütten vorüber, in denen die Deputanten leben. Sie ist unterwegs zum Seehaus, einem zweiten Schloss, das direkt am Ufer der Großen Lanke liegt, eine gute halbe Stunde Fußmarsch vom Hauptschloss entfernt. Fürst Philipp hat es für seinen Sohn Friedrich zu dessen Hochzeit erbaut: für Libs' Onkel Büdi und seine Frau, Onkel Büdi ist Schlossherr auf Liebenberg.

Sein Sohn Wend hat eine Weile bei Libs in Berlin gewohnt, während seines Volontariats bei einer Bank. Wend ist nur fünf Jahre älter als Libs. Aber er war von allem schockiert: von den flirtenden Mädchen, den unernsten Jünglingen, dem lockeren Ton, der ganzen Berliner Libertinage, in der seine Base lebt, Wends Schwester darf beim Fünfuhrtee im Hotel Esplanade nicht einmal an den Rand der Tanzfläche treten. Aber Libs ist immer unterwegs.

Sie knüpft ständig neue Bekanntschaften. Sie besucht Konzerte und Dichterlesungen, Diskussionsrunden und Vorträge. Sie geht zu Kostümbällen und ins Kino, zu Tanzereien und ins Theater. Wo Libs erscheint, wird sie umschwärmt und umgirrt: Libertas mit ihren dichten Haaren, ihren dichten Wimpern, Libertas mit den Grübchen, dem auffordernden Blick, den wie geschwollenen Lippen, Libs arbeitet für den Film, sie schreibt Gedichte. Sie trägt Bermudahosen und raucht ein Damenpfeifchen. Libs lacht. Sie lockt. Sie duldet keine Distanz. Libs ist überall dabei, glühender Mittelpunkt, wo immer sie auftritt. Wend war empört zu sehen, mit was für Leuten sie sich umgibt: Künstler, Fabrikantensöhne, dichtende Nichtstuer und Anhänger der Russen, Wend seinerseits ist im Frontkämpferbund engagiert, dem Stahlhelm.

Er wird der nächste Schlossherr sein. Onkel Büdi hat ihm bereits die Verwaltung der Landwirtschaft übergeben, vielleicht hat Wend ja sogar recht, wenn er sich empört. Libertas denkt das manchmal. Es bleibt ein Element des Unverpflichtenden in allem, was Libs tut. Libs ist umgeben von unverpflichtenden Leuten. Sie steht inmitten eines Netzes unverpflichtender Beziehungen, die süß und hübsch anzusehen sind wie Desserts, aber ernähren kann man sich nicht von ihnen, Libs singt zu ihrem Akkordeon. Sie singt das Lied von den alten Eichen,

Alter Zeiten alte treue Zeugen,
Schmückt euch doch des Lebens frisches Grün,
Und der Vorwelt kräftige Gestalten
Sind uns noch in eurer Pracht erhalten.

Libs ist voller Sehnsucht. Sie könnte nicht sagen, wonach sie sich sehnt. Es wäre so schön, einen Sinn im Leben zu finden, eine Aufgabe.

Es wäre schön, Teil eines engen verschworenen Bundes zu sein, so wie damals in der Schweiz bei den Pfadfindern. Es wäre schön, zu Hause zu sein, irgendwo fraglos dazuzugehören. Libs singt zu ihrem Akkordeon,

Abend wird's, des Tages Stimmen schweigen,
Röter strahlt der Sonne Glühn.
Und hier sitz ich unter euren Zweigen,
Und das Herz ist mir so voll, so kühn!

Vielleicht findet Libs ja in der Nationalsozialistischen Partei, was ihr fehlt.

Sie ist gerade erst eingetreten. Sie hat während des Fackelzugs am 30. Januar 1933 in der jubelnden Menge gestanden, tief berührt, aufgewühlt, ergriffen, berauscht von der Aufbruchsstimmung, der Bewegung, der Verbundenheit eines ganzen Volkes, einer ganzen jungen Generation. Ihrer eigenen Generation. Wahres Glück, wahre Erfülltheit des Lebens gibt es doch nur, wenn man das Leben mit anderen teilt. Die Familie hat Libs' Eintritt in die Partei natürlich befürwortet. Endlich einmal hat Onkel Büdi einen Entschluss seiner Nichte ohne

Vorbehalt gelobt. Der Onkel ist schon seit 1931 Parteigenosse, und im Laufe der letzten beiden Jahre sind ihm die meisten Verwandten gefolgt.

Libs ist auf dem Weg zurück zum Schloss. Sie reitet. Sie ist zwanzig Jahre alt. Sie sehnt sich nach dem Beginn ihres richtigen Lebens. Dies alles ist doch nur ein Vorgeplänkel, eine Ouvertüre. Ihr eigentliches Leben wird außergewöhnlich sein, so viel steht fest. Es wird voll Kampf und Geist und Rausch und Tiefe sein. Voll Leidenschaft. Libertas wird leidenschaftlich lieben. Und sie hofft, dass man sie lieben wird. Sie hofft, dass sie unzerreißbare Bande knüpfen wird. Dass sie ganz fest verankert sein wird in der Familie, im Kreis der Freunde, ganz fest eingebunden in die Volksgemeinschaft.

Und dann kommt Harro.

Im Sommer 34 segelt Libertas mit Freunden auf dem Wannsee, und Harro hält genau auf sie zu. Harro Schulze, der braungebrannte blonde Pirat in seinem kleinen Boot: Er winkt, er ruft etwas, das sie nicht versteht. Sie ruft zurück. Ruft absichtlich unverständlich, eine übermütige Aneinanderreihung von Vokalen,

Juhujuiuiuiuuuhu!

Sie sieht seine Zähne blitzen. Später an Land, als sie angelegt haben, setzt Harro sich neben sie auf den Bootssteg. Inzwischen ist er fast fünfundzwanzig. Er ist, wie man so sagt, erwachsen geworden,

Kamerad, reich' mir die Hände,
Fest wollen zusammen wir stehn.
Man mag uns auch bekämpfen,
Der Geist soll niemals verwehn!

Und seit wann interessiert sich Harro für Mädchen?

Harro Schulze, Großneffe von Admiral Tirpitz, Sohn des Korvettenkapitäns Schulze: Er ist Kamerad durch und durch. Partnerinnen benötigt er nur beim Tanzen. In der Wirklichkeit geht es um andere Dinge. Das Wirkliche ist die Zukunft Deutschlands. Das Wirkliche ist die Politik, die Welt der Bünde, die Welt der Männer, 1925 ist der fünfzehnjährige Harro in eine Jugendgruppe des Jungdeutschen Ordens eingetreten.

Der Jungdo ist nicht etwa eine Partei. Er ist kein Debattierkränzchen: Ihm gehören ja sogar Mitglieder der Organisation Consul an, der Jungdo ist eine völkisch-nationale Gemeinschaft aus Bruderschaften, verpflichtet der Kameradschaftlichkeit der Frontsoldaten und dem Ideal mittelalterlicher Ordensritter, geführt von einer Elite der Besten, an deren Spitze Hochmeister Mahraun steht.

Was nottut, sind nationale Autarkie und eine neue Elite. Was nottut, ist eine grundsätzliche Erneuerung des Vaterlands, anknüpfend an das Deutschland des Mittelalters: Aber das heißt nicht, dass man im Jungdo rückwärtsgewandte Konzepte duldet, ganz sicher nicht.

Es führt kein Weg zurück in die bürgerliche Innerlichkeit und die protestantische Gewissenskultur. Es führt kein Weg zurück ins Wilhelminische Deutschland. Das Zeitalter mag nicht viel taugen, das ist wahr, andererseits liegt man, wie man sich bettet. Wenn man nicht leben kann, wie man will, dann muss man eben leben wollen, wie man kann. Da gibt es nichts zu jammern und zu klagen. Die expressionistische Heulerei ist lächerlich und spießig. Das Freiheraussagen, das Bekennen, der Schrei aus der Tiefe, das schrankenlos Echte, der Dreck unter dem Fingernagel und der Mundgeruch der Emotion, die dem Gegenüber mit Bekenntnissen auf den Hals rückt und ihn als Müllabladeplatz missbraucht, all das angeblich Authentische ist in Wirklichkeit nichts als Selbstinszenierung. Zu bevorzugen sind Menschen, die sich die Hände waschen, ihre Hose zuknöpfen und eine gewisse Selbstdisziplin an den Tag legen. Sich heiter erhalten, das ist die Devise. Nonchalance zeigen. Nichts setzt einen Menschen mehr herab, als wenn er sich zur Kreatur macht.

Nichts setzt einen Menschen mehr herab, als sich wie ein Sklave der Mentalität der Sieger zu unterwerfen, nachdem man schon auf dem Schlachtfeld niedergeworfen worden ist. Muss man sich nun auch noch demütig das Denken, die Demokratie, die Vokabeln, die Vorstellungen von Recht und Unrecht von den Siegern diktieren lassen? Die Demokratie ist nicht deutsch. Die Parteien sind überhaupt keine organische Volksvertretung, sondern nur wirtschaftliche Interessengruppen, bereit, ihre weltanschaulichen Linien in jedem Kuhhandel zu verraten. In ihnen herrschen die Plutokratie und die Gerontokratie: die alten Männer und das Geld, und entsprechend gibt es dort nichts als Zank und Geklüngel und nutzloses Gekeile. Die deutsche Jugend ist nicht in Parteien organisiert, sondern in Bünden: in verschworenen Gemeinschaften, denen es um Treue und Ehre, Zusammenhalt und Opfermut geht. Um Gerechtigkeit, um die Einheit. Harro hat Großonkel Alfred von Tirpitz darüber einen schönen Brief geschrieben.

Harro in der grauen Windjacke, mit dem weißen Koppel des Ordens: Er hat dem Onkel erklärt, dass alle Parteien abgeschafft werden müssen. Man muss endlich damit aufhören, Menschen nach Rang, Stand, Besitz oder Parteienzugehörigkeit einzustufen. Die besten Leute sollten vereint nach Lösungen suchen, die besten Köpfe von links bis rechts, vereint in einer einzigen Bewegung. Eine Gesellschaft ohne Klassenunterschiede, ohne Konflikte, ohne Parteien muss entstehen, wenn Deutschland zu seiner einstigen Größe gelangen soll. Und dafür müssen das Nationale und das Soziale miteinander versöhnt werden.

Das Problem dabei ist, dass das Bürgertum den Begriff des Nationalen für sich allein in Anspruch nimmt, schreibt Harro an den Großonkel. *Jeder Sozialdemokrat, jeder Kommunist, jeder Arbeiter wird als vaterlandsloser Geselle abgetan. Wie soll da der Arbeiter lernen, national zu denken? Wie soll die große politische Einheit hergestellt werden?*

Admiral von Tirpitz hat zurückgeschrieben. Der Mitgründer der Deutschnationalen Volkspartei, von 1924 bis 1928 Mitglied des Reichstags: Er liebt Weimar und seine Parteien auch nicht,

Aber die Gegensätze sind da. Rechts und links, arm und reich, schwarz weiß rot und schwarz rot gold. Und man beseitigt Gegensätze nicht, indem man ihre Beseitigung proclamiert.

Aber der Onkel ist alt. Harro ist jung. Die Zeit des Onkels ist vorbei, bei allem Respekt. Jetzt ist Harro an der Reihe.

Es ist das Jahr 1928, und Harro ist mit der Schule fertig. Er hat sein Abitur in der Tasche, er studiert in Freiburg Jura,

Student sein, wenn die Humpen kreisen,
In lieberschloss'nem Freundesbund
Von alter Treue bei den Weisen
Der Väter jauchzt der junge Mund!

Harro ist in die Albingia eingetreten, eine schlagende Verbindung natürlich. Er verachtet die Friedensduselei der deutschen Pazifisten, er ist kein Freund der Ossietzkys und ›Weltbühne‹-Tucholskys und dieser ganzen undeutsch-schlappen Chose. Harro ist kämpferisch. Er kann sich nicht mit der Plebejermoral eines Europa anfreunden, das zwischen Russland und Amerika eingeklemmt winselt: Tretet mich, aber lasst mich leben. Europa muss seinen eigenen Weg gehen.

Deutschland muss seinen eigenen Weg gehen. Harro verachtet von jeher die englischen Händlerseelen, den angelsächsisch-jüdischen Kapitalismus. Er hat einmal seine Ferien in einer englischen Gastfamilie verbracht. Er kann aus eigener Anschauung sagen, dass die Engländer ihr Parlament selbst gründlich leid sind, aber sie sind einfach zu schlaff, um etwas dagegen zu unternehmen. Harro hört Vorlesungen über Literatur, Graphologie und Psychiatrie. Er ficht wacker Mensur, sticht den Gegner mit Schmissen ab, wird 1. Chargierter, fährt Ski, bummelt durch Freiburg und vermasselt leider den Staatsrechtsschein. Er sitzt mit Corpsbrüdern auf dem Haus und spielt Bridge, er liest ›Das Dritte Reich‹ von Moeller van den Bruck und Spenglers ›Untergang des Abendlandes‹, und als der Frühling kommt, streift er die Provinz ab, steigt aus allem aus und zieht nach Berlin.

Student sein, wenn die Veilchen blühen,
Das erste Lied die Lerche singt,
Der Maiensonne junges Glühen
Triebweckend in die Erde dringt –

Harro mietet sich im Wedding ein. Er gründet sofort eine Gefolgschaft des Jungdeutschen Ordens, hier mitten unter den roten Horden. Harro trinkt nicht, er raucht nicht. Dergleichen bürgerliche Laster sind untragbar. Harro ist einundzwanzig, er überblickt die Dinge. Er sitzt im Kolleg, dann geht er heim und schreibt Briefe. Er isst in Eile in einem kleinen Lokal um die Ecke, geht zu einer Debatte beim Deutschen Studentenverband und erscheint anschließend auf die Minute pünktlich beim Repetitor, bereits im Smoking, weil er um acht am Bahnhof Zoo ein Mädel abholen muss, um mit ihr zum Universitätsball zu gehen. Es spielen dort recht brauchbare Tanzkapellen. Harro ist ein hervorragender Tänzer. Er hat schon viele neue Bekanntschaften geschlossen. Er ist überall gern gesehen: Er sieht gut aus, er hat Charisma. Er besucht die Kostümfeste der Akademie mit Regine Schütt, die den Fehler gemacht hat, sich in ihn zu verlieben.

Student sein, wenn zwei Augen locken,
Ein süßer Mund verschwiegen küsst,
Dass jählings alle Pulse stocken –

Gegen Morgen fallen sie alle zusammen in ein Künstlercafé ein. Es ist ein ganz wüster Schuppen, an dem Harro vor allem begeistert, dass er mit seiner Beschreibung im nächsten Brief seine Mutter schockieren kann. Harro ist eine Führernatur. Er ist Elite: Daran hegt er nicht den geringsten Zweifel. Er setzt sich entschieden für den freiwilligen Arbeitsdienst ein. Er ist dafür, die großen Güter im Osten des Reiches zum Verkauf von Land zu nötigen, auf dem dann neue Bauern- und Siedlerstellen geschaffen werden können, wo die Arbeitslosen unterkämen, er schickt jede Woche seinen Wäschesack heim zur Mama, wie das üblich ist. Papa zahlt das Studium und die Wohnung. Harro initiiert und organisiert den Diskussionskreis Forum, Politische Arbeitsgruppe zu Berlin, zu dem er Otto Strasser und Ernst Jünger einlädt, er spricht auf einer Parteiveranstaltung der NSDAP, die in einem Grunewalder Lokal stattfindet, entsprechend gehoben ist das Publikum. Harro erklärt, dass er weder den Nationalsozialismus noch den Kommunismus schätzt und schon gar nicht die bürgerlichen Parteibuchtrottel.

»Ob KPD oder NSDAP: Wenn eure Führer am Ende sind, werden wir zusammen weitermarschieren in einer größeren Front, die durch alle Lager geht. Mir ist egal, welcher Ansicht einer ist. Mein Freund ist nicht, wer mir zustimmt, sondern wer mit mir wächst.«

Er hat vielen dort aus der Seele gesprochen. Ein gewisser Justus Delbrück hat Harro sogar zu sich nach Hause eingeladen: ein Sohn des alten Delbrück, der mit seinen dummen

Angriffen Onkel Alfred ebenso wie seinen Großneffen Harro mehr als einmal schwer erzürnt hat. Aber dafür kann man den Sohn ja nicht verantwortlich machen. Harro ist also hingegangen. Er hat sich natürlich sofort zu Alfred von Tirpitz bekannt. Die Gastgeber haben an seinen verwandtschaftlichen Bindungen keinerlei Anstoß genommen. Sie waren überhaupt ganz prächtige Menschen, die mit ihrer Villa absolut nicht geprotzt haben. Aber was schreibt Harros Mutter? Sie befürchtet, solch anti-nationalsozialistische Einladungen könnten jüdischen Ursprungs sein.

Das hat sie im Ernst geschrieben. Solche Einlassungen könnten noch dem eingefleischtesten Judenhasser den Antisemitismus vermiesen. Immerhin gibt dergleichen Harro die Gelegenheit, auch einmal scharf zu formulieren.

Dummheit ist ja an sich nicht schlimm. Aber sie verpflichtet zur Zurückhaltung.

Harro seinerseits ist nicht dumm. Nach der Naziversammlung im Grunewald wollte die Polizei ihn heimbegleiten, so hoch ging es her. Er hat aber abgelehnt. Courage imponiert immer, und auf sie wird er sich verlassen,

Student sein, wenn die Hiebe fallen
Im scharfen Gang, der selbstgewählt,
Im blut'gen Aneinanderprallen
Der Mut sich für das Leben stählt.

Harro bejammert nicht das Los der Deutschen, er beklagt sich nicht über die Franzosen oder die Polen. Er betrachtet die Dinge nüchtern, sachlich, kühl. Harro teilt seiner Mutter mit, immerhin verstünde Marx etwas von Ökonomie, im Gegensatz zu dem vertrottelten Gottfried Feder, auf den sich Mamas Nazis berufen. Harro wünscht die Revolution. Er wünscht die Sozialisierung der Produktionsmittel und die Nationalisierung von Grund und Boden, damit die unterdrückten, recht-

und heimatlosen Proletarier Seite an Seite mit der bündischen Jugend kämpfend einbezogen werden können in die Wiederherstellung der Souveränität der Nation.

»Wer war das?«, sagt Emmi Bonhoeffer, geborene Delbrück, die auf einen Sprung von ihrer Wohnung im Haus ihrer Schwiegereltern in der Wangenheimstraße zu ihrer Mutter herübergekommen ist und Harro gerade noch von hinten gesehen hat.

»Ein Bekannter deines Bruders«, sagt Lina Delbrück. »Ein Großneffe von Tirpitz. Was hätte dein Vater dazu gesagt.«

Harro hat Ernst von Salomon kennengelernt, ehemals Mitglied der Terrororganisation Consul. Harro erzählt ihm, dass Kapitän Ehrhardt ein Freund seines Vaters ist. Er erklärt Salomon, dass Tirpitz sein Großonkel ist: Aber was ist all das gegen die Organisation Consul? Salomon war in das Attentat auf Rathenau verwickelt, er hat in Festungshaft gesessen, und jetzt ist er Schriftsteller, Lektor bei Rowohlt. Harro ist hingerissen. Das ist perfekt: ein schreibender Revolutionär. Harro trifft den Nationalbolschewisten Ernst Niekisch. Er befreundet sich mit Karl Otto Paetel, Gründer der Gruppe Sozialrevolutionärer Nationalisten und Chefredakteur von Ernst Jüngers bündisch-revolutionärer Zeitschrift ›Die Kommenden‹, er pflegt engen Umgang mit den abtrünnigen NSDAPlern von Otto Strassers Schwarzer Front. Man steht

zur Nation als letztem politischen Wert, zu Volk und Sozialismus, gegen das Bürgertum, gegen Republik und Demokratie, gegen den Westen, der mit der Phrase der Freiheit auf Betrug ausgeht, für Aufgabe der Weltwirtschaftshypothese, für Planwirtschaft, wirtschaftliche Autarkie, einen autoritären Staat und Verzicht auf Kino und Ballsaal.

Gegen den Ballsaal? Da allerdings macht Harro nicht mit.

Harro freundet sich mit dem Herausgeber der ›Tat‹ an, Hans Zehrer. Die Auflage der ›Tat‹ ist doppelt so hoch wie die der ›Weltbühne‹, in der Carl von Ossietzky mitteilt, neben Otto Strasser und Ernst Jünger repräsentiere der ›Tat‹-Kreis am deutlichsten die Verwirrung liberalistischer Bürger, die sich vor dem drohenden ökonomischen Weltuntergang ekstatisch dem Rechtsradikalismus in die Arme würfen. Harro ist ganz auf Zehrers Seite. Zehrer ist ein kluger Kopf. Ein großer Mensch. Harro schwingt Reden,

Wir brauchen Aufbruch und Bewegung. Wir brauchen eine Bundesgenossenschaft der besten Kräfte aus allen Lagern. Zucht, Verantwortung, Vertrauen. Wir müssen zu einer neuen Art vorbildhaften Lebens gelangen.

Harro sammelt Menschen um sich. Er steht im Mittelpunkt. Er ist ein Führer der Menschen, in dieser wilden wirren Zeit, in der alle jung und besitzlos zu sein scheinen, in der alle auf den Straßen sind und durcheinanderschreien,

Wir fordern die freie deutsche Nation, die Befreiung der werktätigen Massen Deutschlands von Ausbeutung und Unterdrückung, den Sieg der Arbeiterschaft über die Schmarotzer aller Rassen und Bekenntnisse. Gegen die Amis! Gegen die Russen! Gegen die Macht transnationaler Konzerne, gegen die Interessenvertreter des Kapitals!

In der Unzahl der Bünde und Orden sind Doppelmitgliedschaften durchaus üblich. Jeder Charismatiker zieht sein Träublein Jünger hinter sich her, in einer Wolke aus Jungmännlichkeitsdunst, Schiller-Zitaten und Militärmusik,

Student sein, wenn dein einzig Sorgen,
Ob fest und tapfer du wirst steh'n:
An deines Leben Wagemorgen –

Harro hat Bekanntschaften zu Mitarbeitern der französischen Zeitschrift ›Plans‹ geknüpft.

Und warum nicht? Artur Mahraun vom Jungdo spricht sich schließlich durchaus für die Verständigung mit Frankreich und ein französisch-deutsches Wirtschaftsbündnis aus. Harro lernt Franz Jung kennen, den Expressionisten und Dadaisten, Kämpfer auf Seiten der Spartakisten, in die KPD eingetreten und wieder rausgeflogen, mehrfach inhaftiert, von den Niederlanden in die Sowjetunion ausgewiesen, heimlich mit falschem Namen zurückgekehrt, dramaturgischer Mitarbeiter bei Piscator, Stückeschreiber, nun Herausgeber der Zeitschrift ›DER GEGNER‹, für die auch Harro zu schreiben beginnt. Harro schreibt nach Hause,

liebe mama, lieber papa,

die franzoesische zeitschrift ›PLANS‹ und der berliner ›GEGNER‹ sind natürlich linksstehende blaetter. Ich glaube es mit meiner ueberzeugung vereinbaren zu können, in ihnen zu schreiben. Ich glaube, dass unsere regierung, soweit sie ueberhaupt noch chancen hat, von jeder radikalen opposition profitieren kann.

Wenig später gehört der ›GEGNER‹ ihm allein. Die zur Gewerkschaft gehörenden Pommerschen Bauhütten wollten zusammen mit französischen Stellen in Marseille eine Gartenstadtsiedlung nach Entwürfen von Le Corbusier errichten. Franz Jung hat das Geschäft angebahnt und dazu Reichsmark nach Frankreich transferiert, was nach den Devisenbestimmungen strafbar ist. Jung musste also wieder einmal untertauchen. Das Büro des ›GEGNERS‹ ist versiegelt, die Gelder sind gesperrt, und Harro hat die Redaktion vorübergehend in die Rotgraue Garnison verlegt: in die Achtzimmerwohnung in der Kreuzberger Ritterstraße, wo Eberhard Koebel mit einem Haufen seiner Jungen haust. Eberhard Koebel ist der Gründer der deutschen jungenschaft 1.11.

Er kommt aus der Bündischen Jugend, aber er kocht sein

eigenes Süppchen. Er ist als Rentierhirte monatelang mit einer Nomadenfamilie in Lappland herumgezogen,

Es ist aber kein mystischer, unerklärlicher drang der seele gewesen. Ich brauche nicht vor mir angst zu haben. Es ist ja alles gesund und natürlich. Jetzt weiß ich, was ich in Lappland gesucht habe.

Seit damals nennt Eberhard Koebel sich tusk: Tysk, der Deutsche. Er geht mit seinen Jungen auf Großfahrt nach Schweden oder zur finnischen Eismeerküste. Er entwickelt die Jungenschaftsjacken, er entwickelt die Kohten: Zelte, in deren Mitte ein Feuer brennt, tusk ist ein Selbsterringender, kein Wiederholender.

So nennt er sich. So sollen auch seine Jungen sein. Sie sind wild und frei und militärisch gedrillt. Sie ziehen auch im Winter mit der Kohte hinaus. Sie dichten, spielen Theater und komponieren. Sie singen, was tusk für sie gedichtet hat,

über meiner heimat frühling
seh ich schwäne nordwärts fliegen
ach mein herz möcht sich auf grauen
eismeerwogen wiegen –

d. j.-Mitglieder dürfen ausschließlich der KPD, NSDAP oder SPD angehören, also nur Parteien, die für die strikte Durchführung des Sozialismus zu sorgen bereit sind: So sagt es tusk. Tusk selbst tritt in die KPD ein, dann tritt er wieder aus,

Jugend ist entwicklung, hass gegen den bisherigen zustand, die liebe zum besseren menschen. Das ist revolution. Wir wollen alles besser lernen und besser können: besser singen, besser schweigen, besser schlemmen, besser fasten, grimmig arbeiten und hemmungslos faulenzen.

Dort ist Harro nun also gelandet. In der Garnison wird alles geteilt: Geld, Essen, Abwaschdienst, die Arbeit in tusks Lasso-Verlag, tusk hat leider weder Geld noch Lust, sich am

›GEGNER‹ zu beteiligen, der nun der ›gegner‹ ist. Aber Harro kann den Schweizer Alfred Schmid gewinnen, den Führer des elitären Grauen Corps. Harro ist jetzt Zeitungsherausgeber, mit dreiundzwanzig. Er bricht sein Studium ab. Er wirft sich ganz auf die Politik,

Europa war die Uhr der Welt. Sie steht.

Das schreibt Harro.

Außerdem beginnt er Russisch zu lernen: Der neue Mensch entsteht in der Sowjetunion, das ist ihm unlängst klargeworden. Schon Onkel Alfred Tirpitz konnte schließlich die Engländer nicht leiden. Schon er war für einen russischen Sonderfrieden, damals im Weltkrieg. Die Sowjetunion ist das einzige Land der Welt, das floriert. Die Planwirtschaft hat die wirtschaftliche Desorganisation und die Erwerbslosigkeit beseitigt, die nationale Mobilisierung aller Energien ist geglückt. Außerdem ist Russland der natürliche Verbündete Deutschlands, nachdem der Versailler Vertrag und der Vertrag von Rapallo beide Länder als Parias der internationalen Gemeinschaft gebrandmarkt haben. Moeller van den Bruck, Autor von ›Das Dritte Reich‹, hat die Dinge im Vorwort zu der von ihm herausgegebenen Gesamtausgabe Dostojewskis sehr treffend bezeichnet,

Wir brauchen in Deutschland die voraussetzungslose russische Geistigkeit. Wir brauchen sie als ein Gegengewicht gegen ein Westlertum, dessen Einflüssen auch wir ausgesetzt waren, wie Russland ihnen ausgesetzt gewesen ist, und das uns dahin gebracht hat, wohin wir heute gebracht sind. Nachdem wir so lange zum Westen hinübergesehen haben, bis wir in Abhängigkeit von ihm gerieten, sehen wir jetzt nach dem Osten hinüber und suchen die Unabhängigkeit.

Russland ist die einzige Kraft, die sich gegen Pan-Amerika richtet, gegen das seelenlose Gestern und Vorgestern des Kapitalismus, der alles dem Westlertum unterwerfen will. Harro zieht in ein sehr schönes Zimmer bei einem russischen Ehepaar in Halensee. Deutschland muss sich auf die Seite des Ostens stellen: was aber nicht etwa heißt, dass Harro etwas gegen die Franzosen hat.

Harro hat Freunde in Frankreich. Er schreibt für ›Plans‹ und druckt Artikel der Zeitschrift im ›gegner‹. Man muss paneuropäisch denken. Die Jugend Europas, die jungrevolutionären Kräfte müssen gemeinsam Liberalismus, Kapitalismus und die veralteten nationalistischen Verkrustungen überwinden. Der ›gegner‹ polemisiert nun scharf gegen Niekisch und die nationalrevolutionäre Bewegung. Notwendig ist eine Bundesgenossenschaft des Ordensmannes mit dem proletarischen Klassenkämpfer. Ahnen der Bewegung sind die Bettelmönche und die Geusen, die Puritaner und Jakobiner,

Gegner in allen Lagern, vereinigt euch!

Die Eltern sind außer sich. Was soll aus dem Jungen werden? Er hat sein Studium abgebrochen. Glaubt er, auf jeden bürgerlichen Unterbau verzichten zu können? Und wovon zum Teufel redet er überhaupt?

Wie willst Du je Volksführer werden, wenn Du so schwierig bist und so stark eigene Wege gehst und im ›gegner‹ so ausgefallene Themen stehen? Selbst wenn Du ein Genie bist, wie willst Du andere überzeugen?

Das schreibt die Mutter. Sie kriegt und kriegt es einfach nicht über, sich immer wieder eine blutige Nase zu holen.

Genie?, antwortet ihr Sohn. *Darum geht es nun wirklich nicht. Aber jeder hört doch in sich die stimme gottes, oder meinetwegen die stimme seines gewissens, seines müssens oder wollens, es bleibt sich gleich. Wenn du wüßtest, mit welcher grandezza man bereit sein kann, die chance, alles zu wagen, einzutauschen gegen das risiko, nichts zu werden.*

Die Mutter ist gerührt. Die Stimme Gottes. So also steht es. Liebend und besorgt nennt sie ihren Sohn einen wahren Idealisten, zu gut für die Welt, Harro verdreht die Augen. Die Frau weiß wirklich nicht, worum es geht. Aber er wird es ihr erklären,

Es geht um die Freude am Leben, am Körper, am Vitalen. Um den Sozialismus. Um Nietzsche, Klages, um die Abkehr von der mechanistischen Zivilisation des liberalen Kapitalismus. Das ist Leben und Arterfüllung, Licht, Sonne, Freiheit, Seele. Sich dafür einzusetzen: Das heißt Idealismus.

Zugeklebt den Brief und auf die Post damit, zusammen mit dem Wäschesack. Und dann zum monatlichen Treffen des ›gegner‹-Kreises im Café Adler am Dönhoffplatz, wo sich am Nebentisch die ›Weltbühne‹-Autoren mit ihren Lesern treffen, Harros Gefolgschaft wächst. Immer mehr Leute stoßen zu den ›gegnern‹. Dies ist der Kern einer neuen Bewegung. Der Kern eines neuen Gemeinwesens, eines neuen Staates formiert sich um Harro,

Kämpferische, wertvolle Menschen gibt es in allen Lagern. Es kommt immer nur auf Charakter und inneren Wert an. Der aber offenbart sich am besten in einem überschaubaren Kreis von Menschen, die sich zum Dienst am Ganzen zusammenfinden. Ein wahrer demokratischer Staat würde sich ohne Parteien, allein aus den überschaubaren Räumen der Nachbarschaften und Wohnquartiere aufbauen.

Das schreibt er.

Mit beschwingtem Herzen schreibt er von der niederdrückenden Tragödie der Gesamtbourgeoisie, die nicht mehr imstande ist, die geistigen Werte der Zeit zu fassen. In bester Stimmung beschwört er den wahrscheinlichen Sieg der Nazis herauf, den Wahlerfolg des vor Ressentiment schäumenden Kleinbürgers, in dem der Demokratismus sich zu seinem eigenen Selbstmord anschickt: Und dann wird es zum Bürgerkrieg kommen. Dann wird es zum Massenaufstand kommen, zum Generalstreik, und dann ist sie da, die Revolution. Warum schreibt er nicht über den Terror der SA?

Warum kein Wort über den Altonaer Blutsonntag 1932, warum nichts über die Solidarisierung Hitlers mit den Mördern von Potempa, wo ein junger Arbeiter in seiner Wohnung vor den Augen seiner Mutter erschlagen wurde?

Aber das ist ja schon längst wieder Schnee von gestern. Harro interessiert sich nicht dafür. Er ist weiter, er überspringt die Gegenwart. Er ist nicht Teil seiner eigenen maroden Epoche: Er gehört schon der Zukunft an, ein Mensch von morgen,

Die Parole von gestern hieß: Mehrheit! Morgen wird es heißen: Minderheit. Die Losung von gestern: Masse. Die von morgen: Der Orden.

Harro schreibt nach Hause,

Ich brauche an miete und telefon ca. 45.-, essen 50,-, stadtbahnkarte 5,-, zusammen also etwa 100,-, ich hoffe aber, bis zum 1. Juli wieder in den besitz von etwas geld zu kommen, also wieder nicht mehr als 60.- von euch zu benötigen.

Im Herbst 1932 nimmt er am dritten Reichskongress von Otto Strassers Schwarzer Front auf der Leuchtenburg teil. Leute des ›Tat‹-Kreises sind vertreten, Mitglieder der Freischar, Gäste vom Bund der Köngener und Mitglieder des Leuchtenburgkreises. Harro trifft dort auch Klaus Mehnert, der der Arplan angehört und Otto Strasser mit seinem Auto zu dem Treffen gefahren hat.

Mehnert hat sich einmal bei einer Versammlung der Schwarzen Front zum Thema Sowjetunion zu Wort gemeldet. Hinterher sind er und Strasser einen trinken gegangen, und sie haben sich prima verstanden. Seitdem sind sie Freunde. Auch Harro und Klaus Mehnert verständigen sich sofort.

»Die Kameraden in der SA und bei Rotfront, in der Bündischen Jugend, in der Schwarzen Front, im Reichsbanner oder im Stahlhelm ringen doch alle um das eine, um einen Weg aus der deutschen Not«, sagt Klaus Mehnert. »Wir ringen in Versammlungen, auf Übungsmärschen, in nächtlichen Zwiegesprächen im tiefsten Herzen alle um das Gleiche, und dann schlagen wir uns um Nuancen der Formulierungen willen gegenseitig den Schädel ein.«

Harro stimmt von Herzen zu. Alle stimmen Klaus Mehnert zu. Harro ist beeindruckt: Hier ist ein Mann, der in Moskau geboren worden ist und fließend Russisch spricht.

»Aus den Phasen des russischen Kampfes können wir für uns nichts lernen«, sagt Klaus Mehnert. »Lernen können wir aber von den Bolschewiken, ein Ziel im Auge zu haben. Auch wir haben ein Ziel, ein freies Deutschland, frei nach außen und innen. Auch wir befinden uns in einer einmaligen Situation, in der sich vorher kein Volk befand. Wir suchen nach einer neuen Einstellung zur persönlichen Freiheit, zur Rolle des Eigentums, in den Arbeitslagern, den Kampfverbänden, der Siedlungsbewegung. Es gilt, die einzelnen Bäche zu einem gewaltigen Strom zusammenzufassen.«

Und das kann nur die Jugend leisten.

Die Politiker in den Parteien sind ja ganz offensichtlich zu beschäftigt, um sich neben der Tagespolitik mit der notwendigen grundsätzlichen Neubesinnung zu beschäftigen. Aber der Jugend geht es nicht um Tagespolitik. Ihr geht es nicht um Vorstandsposten oder um eine aussichtsreiche Stelle auf der Wahlliste, sondern um das Wesen, die innere Haltung, um Wahrhaftigkeit und innere Freiheit, es geht darum, einen Standpunkt zu erringen.

Es geht um Rausch, um Kampf, um Verbundenheit. Es geht gegen die Entseelung der amerikanisierten Kultur, gegen die Vermassung, gegen den internationalen Kapitalismus, für den deutschen Menschen, den neuen Menschen. Harro ist durch und durch frohgemut. Ihm geht es gut, er ist frisch und gesund und tatenfroh. Er ist jung. Er wird sein Leben leben, kämpfend und fröhlich, und zwar auch nach dem 30. Januar 1933.

Es schreckt ihn mitnichten, dass Hitler die Macht übernommen hat. Die alte verbrauchte Liberalenfront hat nun wenigstens abgewirtschaftet. Das ist ein Gewinn. Die wahre sozialistische Diktatur wird kommen. Die Revolution wird sich weiter radikalisieren: Und freilich darf sie der bürgerlichen Reaktion dann nicht länger das freie Wort gestatten. Ein autoritärer Staat ist durchaus gerechtfertigt, wenn es um die Durchsetzung der wahren Revolution geht.

Harro selbst wird aber weiterhin Einfluss nehmen. Er wird weiterhin die Ereignisse kritisch begleiten. Er wird den ›gegner‹ vielleicht umbenennen müssen: Der Name könnte störend wirken, im Nationalsozialismus. Aber Harro selbst wird das Hitler-Reich von innen erobern, es geistig durchdringen und unterwandern. Er wird die Einigung der deutschen Jugend weiter vorantreiben, er wird sich seine Zukunft nicht stehlen lassen. Hitlers Sieg ist nicht das Ende.

Am Ende ist doch alles noch einmal gutgegangen. Harro ist in Sicherheit. Es war richtig, dass Marie Louise Schulze sofort nach dem Anruf von Duisburg losgefahren ist, ohne auch nur einen Koffer zu packen, ohne noch ihren Mann zu verständigen.

Es war richtig, dass sie dies allein getan hat. Ein Mann an ihrer Seite hätte mehr verdorben, als er ihr hätte helfen können. Harros Mutter ist allein bei von Levetzow gewesen. Beim

Polizeipräsidenten von Berlin: Er hat erst gezögert, sich gegen die SA zu stellen. Aber dann hat er ihr doch zwei Polizisten mitgegeben. Er hat ihr zugesagt, Harro freizulassen, wenn sie ihn finden kann.

Marie Louise Schulze ist von Folterkeller zu Folterkeller gefahren, von einem wilden KZ zum anderen. Die KZs sind überall, in der ganzen Stadt, in Kneipen, Kegelhallen, Tanzsälen, Kellern, in Scheunen und auf Dachböden. Im Fürstenbrunner Weg hat sie ihn schließlich gefunden, im Keller des Hilfskommandos Henze. Sie darf jetzt nicht daran denken. Sie darf nicht an die Stunde denken, die sie dort auf der Straße verbracht hat, vor dem Haus, verstrickt in ein Wortgefecht mit diesem fürchterlichen Menschen. Drinnen im Haus hatten sie ihren Sohn. Hörte sie einen Schrei? Von dort? Der junge Kerl vor ihr grinste, kratzte sich am Geschlechtsteil. Aber sie hat Harro wieder.

Sie hat ihn gefunden. Es ist der 25. April 1933. Harro sitzt hier, neben ihr im Taxi, das durch Aprilpfützen fährt, durch dünnen Aprilsonnenschein, zurück in die ganz normale Welt. Sie sind in der normalen Welt. Sie sind in Sicherheit. Harros Verhaftung war ein Fehler. Der Fehler ist nun berichtigt. Es ist also alles wieder gut. Harro ist grauweiß im Gesicht, mit bleifarbenen Ringen unter den Augen. Seine Haare sind raspelkurz, als käme er aus einem Straflager. Seine Lippe ist gespalten. Seine Braue ist blutverkrustet. Schlimmeres ist im Moment nicht zu sehen. Er hat aber Mühe gehabt, ins Taxi zu steigen. Er hält sich am Vordersitz fest, vermeidet es, sich anzulehnen.

»Harro. Mein Kind.«

»Still.«

Sie weiß nicht, ob er das wirklich gesagt hat. Es war ein Laut, vielleicht nur ein Aufschluchzen. Draußen hat es zu regnen begonnen. Wenigstens wohnt er jetzt in der Siedlung Eichkamp, nicht mehr in diesem grässlichen Weddinger Loch in der Liesenstraße und auch nicht mehr bei den Russen. Der Wagen hält. Lärchenstraße 6. Sie sind da. Sie bezahlt. Er steigt aus, wiederum mit Mühe. Er wehrt ihre stützende Hand ab. Er öffnet die Haustür, geht vor ihr die Treppe hinauf, die Tür ist unversehrt. Hier waren sie also nicht. Sie haben ihn aus den Redaktionsräumen des ›gegner‹ geholt, aber seine Wohnung haben sie nicht durchsucht. Drinnen riecht es ein wenig muffig, ungelüftet. Es ist aber alles sehr ordentlich. Natürlich. Auf Ordnung hat Harro schon als Kind Wert gelegt.

»Zieh das Hemd aus, Kind.«

Er antwortet nicht.

»Harro, ich bitte dich. Zieh das Hemd aus.«

Sie ist fast verblüfft, als er gehorcht. Sein Rücken, seine Schultern sind voller Striemen. Manche sind blaurot, aufgepfiffen. Manche sind geplatzt und nässen. Sie schafft es, weder zu schreien noch zu stöhnen. Sie spricht ganz ruhig.

»Wir müssen einen Arzt holen. Du bleibst hier. Ich werde augenblicklich einen Arzt holen.«

»Hör auf, Mama. Ich bitte dich.«

Er setzt sich auf den Rand eines Stuhls. Er sieht an ihr vorbei, auf die Wand. Er sagt: »Henry ist tot.«

Sie kann nicht antworten. Der Regen draußen scheint stärker geworden zu sein. Sie hört die Tropfen gegen das Fensterglas schlagen.

Er sagt: »Sie haben ihn totgeschlagen.«

Sie erinnert sich an Henry Erlanger. An Harros Mitarbeiter und Freund: einen schmalen jungen Mann mit dunklem Haar, dunklen Augen, einer erkennbar jüdischen Nase.

»Wir werden sie anzeigen, Harro. Du bleibst hier. Ich werde zu von Levetzow gehen und sie anzeigen.«

Er wendet ihr das Gesicht zu. Er ist vierundzwanzig Jahre alt. Er beginnt zu lachen, lautlos.

»Mein Kind!«

Nach einer Weile sagt er: »Ich kannte zwei von denen. Ich kannte zwei. Sie kamen nur eben ein wenig spät. Sie kamen zu spät.«

Da ist es wieder, das Geräusch. Es ist kein Weinen. Es ist eher ein nervöses Geräusch, wie ein Schnappen nach Luft. Sie kennt diesen Laut. Er hatte das schon als Kind. Schon als kleiner Junge, wenn er sich sehr aufgeregt hat, vielleicht über eine Zurücksetzung, die nicht einmal seine eigene gewesen sein musste. Er sagt: »Wie hast du mich überhaupt gefunden?«

»Ich war bei von Levetzow«, sagt sie. »Er ist zum Berliner Polizeipräsidenten ernannt worden. Admiral von Levetzow, natürlich kennt er Papa. Natürlich kannte er Onkel Alfred. Ich habe ihm gesagt, wer wir sind. Ich habe ihm gesagt, wer du bist.«

»Ja«, sagt Harro. »Der Großneffe von Großadmiral von Tirpitz. In einem SA-Folterkeller. Das sieht freilich nicht gut aus.«

»Von Levetzow wusste nicht, wo du warst«, sagt sie. »Wir haben dich gesucht. Zwei Tage lang.«

Sie presst die Hand vor den Mund. Zwei Tage. Wenn man es ausspricht, ist es ganz unfassbar. Wie viele Stunden, wie viele Minuten, wie viele einzelne Augenblicke. Und kein einziger lässt sich überspringen. Harro sagt: »Wir. Wer ist wir? Mit wem hast du nach mir gesucht?«

Sie zögert. Dann sagt sie es.

»Mit Fräulein Schütt.«

»Ah. Regine.«

Sie weiß selbst nicht, warum sie nun eifrig wird.

»Fräulein Schütt hat uns in Duisburg angerufen. Sie hat mir gesagt, dass du verschwunden bist. Dass sie dich abgeholt haben, aus der Redaktion. Ohne sie hätte ich es gar nicht erfahren. Ohne sie«, aber nun spricht sie nicht weiter.

Er sagt auch nichts. Er lässt sie verstummen. Sie würde jetzt gern seine Wunden verbinden. Sie würde gern dafür sorgen, dass er etwas ruht. Sie würde ihm gern eine Suppe bringen, einen heißen Kaffee: Aber sie kennt ihn ja, ihren Sohn. Harro hasst alles, was nach Einmischung aussieht, nach Bevormundung und mütterlicher Fürsorge. Er hasst es, wenn sie ihn auszufragen versucht. Aber sicherlich hat sie doch ein Recht auf ein wenig Information? Sicherlich hat sie ein Recht auf eine einzige kleine Frage, jetzt, nachdem sie ihm gerade zum zweiten Mal das Leben geschenkt hat? Der Gedanke reißt sie zurück in den Strudel, in den Schrecken der Möglichkeiten, der unabsehbaren Wege, die die Zukunft hätte einschlagen können ohne ihr Eingreifen. Ohne Fräulein Schütts Eingreifen.

»Ein sehr nettes Mädchen, dieses Fräulein Schütt«, sagt sie.

Nun ist es gesagt. Nun ist es egal.

»Sehr gut erzogen«, sagt sie. »So freundlich und warmherzig. Und couragiert. Dass sie mich gleich angerufen hat. Dass sie von einem SA-Lokal zum nächsten gezogen ist.«

»Ja«, sagt Harro.

»Ist da denn etwas Näheres, zwischen euch?«

»Nein«, sagt er.

Sie wagt ein Letztes.

»Sie scheint das aber anders zu empfinden. Sie scheint mir sehr, nun, sehr eingenommen von dir.«

»Mag sein. Wir hatten, nun ja. Was man so hat.« Wieder der rasche Atemzug, der fast ein Schluchzen ist. »Sie ist gern abends in die Redaktionsräume gekommen. Sie fand die Atmosphäre anregend.«

»Harro? Du wirst nun aber doch davon lassen, nicht wahr? Du wirst nun, ich weiß nicht. Dich ein wenig anpassen. Dich mit dem Gegebenen arrangieren.«

Er sieht sie an, zieht die Brauen empor.

»Was meinst du, Mama?«

Nun weiß sie nicht weiter.

»Du weißt das ganz genau«, sagt sie. »Du weißt genau, was ich meine. Ich habe es doch immer gesagt. Ich habe es die ganze Zeit geahnt. Ich habe dich angefleht, deine Zeitschrift aufzugeben. Aber nun wirst du dich um Politik nicht mehr kümmern.«

»Werde ich nicht?«

Er reckt sich ein wenig in die Höhe, mit einer Art Drehung, wie er es schon als kleiner Junge getan hat.

»Werde ich mich jetzt um nichts mehr kümmern?«

Der Wind schleudert eine Handvoll Tropfen gegen die Scheibe, wie kleine Steine. Harro steht auf, geht zum Fenster.

»Der ›gegner‹ ist allerdings am Ende«, sagt er. »Da hast du recht. Der ›gegner‹ ist verboten, und es ist alles zerschlagen. Da kannst du also völlig beruhigt sein.«

Sie wendet die Augen vom Anblick seines Rückens.

»Ich denke, ich werde nun Flieger werden«, sagt Harro. »Diese Sache in Warnemünde, von der Papa sprach.«

Die Ausbildung an der Deutschen Verkehrsfliegerschule. Sie hält sich zurück. Sie bemüht sich, beherrscht zu sein, die Erleichterung nicht zu zeigen, den Jubel aus der Stimme zu halten.

»Ja, Kind. Das tu. Tu du am besten, was dein Vater sagt. Werde du ein Flieger.«

Der Regen hat nachgelassen. Harro steht weiter am Fenster. Sie überlegt, wo sie später essen könnten: bei Lutter & Wegener vielleicht oder sogar in der Traube, hat das Kind nicht etwas

Besonderes verdient? Und er hat doch sicher einen gewaltigen Hunger, nach allem, was geschehen ist.

»Mama«, sagt Harro, ohne sich umzuwenden. »In diesem Keller. In diesen Tagen. Ich habe dort Menschen kennengelernt«, er hebt die Hände, lässt sie wieder sinken. »Menschen, die«, er schüttelt den Kopf. Er wendet sich um, sieht seine Mutter an. »Das werde ich nicht vergessen, Mama.«

Juhujuiuiuiuuuhu!

Es ist der Sommer 34. Libs winkt, sie lacht, sie sieht Harros Zähne blitzen. Harro ändert den Kurs, hält direkt auf sie zu, selbst ihn hat sie also betört. Selbst Harro, den Weltverbesserer und Frauenverächter mit seinen Männerfreundschaften, seiner Affinität zu homoerotisch angehauchter Männerbündelei, der bislang Frauen in den Bereich des Hobbys verwiesen hat. Libs strahlt.

Libs tanzt, sie singt, sie duldet keine Distanz. Sie spielt das Schifferklavier, ein Bein aufgestellt, die Zigarette im Mundwinkel. Sie singt das Lied vom Räuberhauptmann,

Nimm diesen Ring, und sollte jemand fragen,
So sollst du sagen, ein Räuber habe ihn getragen,
Der dich geliebt bei Tag und bei der Nacht –

Libs ist überall dabei, glühender Mittelpunkt, wo immer sie auftritt. Wie hätte Harro ihr widerstehen können?

Aber vielleicht war alles ganz anders.

Vielleicht war es seine Einsamkeit. Vielleicht war es die tiefe Trauer, die ihn überkommen haben muss, als alles zerstört war: die Räume des ›gegner‹ zerschlagen, sein Lebensplan in Scherben, die Freunde verhaftet oder geflohen, selbst seine Schreibmaschine beschlagnahmt und er allein mit seinen Erinnerungen an den sterbenden Henry Erlanger, allein in Warnemünde an der Deutschen Verkehrsfliegerschule, in einer rüden Zwangsgemeinschaft, die seine Unterordnung verlangt. Und zu allem Übel haben offenbar auch noch ein paar Leute von seiner Vergangenheit erfahren. Sie drangsalieren ihn, und er kann sich nicht wehren. Er muss sich schikanieren lassen. Er kann hier nicht leben. Er ist ratlos.

Die Eltern wickeln derweil den ›gegner‹ ab.

Der Vater bezahlt die horrenden Außenstände. Regine Schütt kommt nach Warnemünde und beschwert sich, dass SA-Sturmführer Zietlow sie bedrängt. Scham ist Harro ein neues und widerwärtiges Gefühl. Wie kann er seinem Vater danken? Was soll er gegen SA-Sturmführer Zietlow unternehmen? Warum demütigt Regine ihn mit diesen Geschichten, ihn, dem die Hände gebunden sind? Zietlow droht, Harro aus dem Weg zu räumen, wenn Regine sich ihm nicht ergibt. Er prahlt, wie leicht es für die SA sei, ein Flugzeug über Warnemünde abstürzen zu lassen. Soll er doch. Soll Regine doch zu Zietlow gehen, Harro ist es egal. Regine ist fassungslos.

Sie weint. Sie will ein Kind von Harro, sie will die Seine sein. Warum lässt sie ihn nicht in Ruhe? Harro ist verzweifelt. Er ringt. Er ringt darum, Harro Schulze zu bleiben. Er kämpft gegen die Ressentiments an, die in ihm hochbrodeln wie gärender Schleim, gegen die Selbstvergiftung durch gehemmte Rache, durch heimlichen Groll und Ohnmachtsgefühle, Harro kann das nicht dulden. Ein vornehmer Mensch ist vor sich selbst aufrichtig, er lebt vor sich selbst mit Vertrauen und Offenheit. Aber die Seele des Ressentimentzerfressenen schielt. Sein Geist liebt Schlupfwinkel, Schleichwege und Hintertüren. Harro weiß nicht, wie lange das alles noch zu ertragen ist. Wenn dies eine Sackgasse ist, wenn der einzige Ausweg der offene Himmel über ihm, das Wasser unter ihm ist, dann wird er diesen Weg wählen. Harro ist allerdings ein hervorragender Flieger.

Das immerhin wird respektiert, in einer Gruppe, aus der wegen der Härte der Ausbildung laufend Leute ausscheiden.

Harro verfasst ein Lied für einen Kameradschaftsabend. Er studiert mit seiner Gruppe einen Sketch über Deutschlands Austritt aus dem Völkerbund ein, einen Schritt, den Harro im Übrigen ganz und gar befürwortet. Der Sketch kommt sehr gut an. Die Akteure strahlen. Die Zuschauer grölen, man applaudiert. Man ruft ihn auf die Bühne,

Harro, Harro!

Sein Vorgesetzter gratuliert ihm, schriftlich. Na also. Vielleicht muss Harro seinen Blickwinkel ändern. Vielleicht sollte er es so sehen, dass der Nationalsozialismus ihm die Arbeit abgenommen hat. Auch Harro und die Seinen wollten das Weimarer System ja abschaffen. Das ist nun geschehen. Nun muss man weitersehen. Dies ist nicht das Ende. Die Nazis werden sich nicht halten. Der Byzantinismus, die Heuchelei und das Mittelmaß dieser Menschen werden für ihren eigenen Untergang sorgen. Im Frühling 1934 wird die Fliegerschule geschlossen, und Harro findet sich in Berlin wieder.

Und nun?

Die Eltern ermahnen ihn, gut auf seine Gesundheit zu achten.

Er versteht sehr wohl. Er sieht ja, wo die anderen sind: Tusk von der deutschen jungenschaft 1.11. hat in der Haft zwei Selbstmordversuche unternommen. Karl Otto Paetel hat Schreibverbot. Otto Strasser ist von Klaus Mehnerts Bruder Lars in Klaus' Opel außer Landes gebracht worden, um einer Verhaftung zu entgehen. Lars ist im Übrigen Parteigenosse und SA-Mann. Und auch der dritte Mehnert-Bruder Frank liebäugelt mit dem Nationalsozialismus: Victor Frank, wie er sich als Bildhauer nennt. Er beteiligt sich zurzeit an einem Wettbewerb für ein SA-Standbild.

Er rechnet sich keine übergroßen Chancen aus, aber allein für die Teilnahme erhält man tausend Mark, und das ist für einen nicht allzu erfolgreichen Künstler viel Geld. Nur deshalb hat sich auch Claus Schenk Graf von Stauffenberg dazu durchgerungen, dem abgebrannten Freund auf dem leeren Hopfenboden einer verlassenen Bamberger Brauerei Modell zu stehen.

Claus selbst ist kein Nationalsozialist. Er ist ein Stauffenberg: Er kann niemals Untertan eines Kleinbürgers sein. Ohnehin sind Ideologien etwas für mindere Menschen, die solcher Krücken bedürfen. Claus ist aber auch kein Gegner Hitlers. Er wartet ab. Er ist durchaus gespannt. Es ist ja noch gänzlich ungeklärt, was sich mittels der Person Hitlers zu verwirklichen sucht. Vielleicht hat der Mann einen Auftrag, möglicherweise einen, der ihm gar nicht bewusst ist. Kann ein Mensch überhaupt seinen eigenen wahren Auftrag erkennen? Vielleicht ist Hitler dazu ausersehen, alles Sinnentleert-Überlebte zu zertrümmern, um Raum zu schaffen für gänzlich Neues, dem er selbst gar nicht mehr angehört.

Und könnten Claus Schenk Graf von Stauffenberg und Harro Schulze nicht einander begegnen? Sie hätten sich sicher einiges zu sagen. Vielleicht könnten die Mehnert-Brüder Frank und Klaus sie miteinander bekannt machen? Aber Klaus Mehnert ist ja gar nicht mehr in Deutschland. Der Schriftleiter der Zeitschrift ›Osteuropa‹ hat Deutschland den Rücken gekehrt und ist nach Moskau gezogen, nicht als Emigrant, sondern als Zeitungsreporter für deutsche Blätter.

Oberleutnant Claus Schenk Graf von Stauffenberg ist an die Kavallerieschule Hannover versetzt.

Und Harro ist im Reichsluftfahrtministerium untergekommen, in der neu gegründeten Nachrichtenabteilung.

Er ist sehr erleichtert. In Görings Ministerium wird er zwar nicht viel verdienen, jedenfalls nicht zu Anfang, aber immerhin ist er hier einigermaßen sicher vor den Nachstellungen der Gestapo. Die Tätigkeit liegt ihm: Er wird vor allem damit beschäftigt sein, ausländische Zeitungen auszuwerten. Und wenn auch der ›gegner‹ zerschlagen und Harros Antrag auf Zulassung als Schriftleiter abgelehnt worden ist, so ist doch Harros bisheriges Wirken nicht gänzlich spurenlos ausgelöscht: Nach einer Theateraufführung der HJ in Zehlendorf sah er sich auf einmal von einem Dutzend prächtiger Jungen umringt, die alle zur Leserschaft des ›gegners‹ gehört hatten.

Harro ist beglückt: Der ›gegner‹ ist zerschlagen, aber sein Erbe lebt fort. Harro muss jetzt einfach nur stillhalten.

Er muss warten. Er ist zu früh gekommen, das sieht er jetzt ein. Er hätte die Nazis von Anfang an die Schmutzarbeit für sich erledigen lassen sollen. Nun ist das alte System jedenfalls hinweggefegt. Nun müssen die Dinge sich entwickeln. Harro wird sich bereithalten. Vielleicht wird seine große Zeit erst kommen, wenn er schon fünfunddreißig oder vierzig ist, also in zehn oder fünfzehn Jahren. Dann wird Harro sich an die Spitze einer neuen Bewegung setzen, und diese Jungen von der HJ werden mit ihm marschieren. Und bis dahin muss man sich nun eben munter und wohl erhalten. Harro stattet Kapitän Ehrhardt einen Besuch ab.

Der Brigade Ehrhardt ist 1933 offiziell zuerkannt worden, Wegbereiter des Nationalsozialismus gewesen zu sein. Ehrhardt hat es mit Zähneknirschen vernommen. Er kann Hitler nicht ausstehen. Hitler ist ein Weichei. Als sein Putsch vor der Feldherrenhalle scheiterte, war Hitler der Erste, der sich verpisst hat. Und wo bitte war er, als Ehrhardts Organisation Consul die Schmutzarbeit machte und Erzberger, Rathenau und all die anderen wegräumte?

Aber auch die Zuneigung der Nationalsozialisten ist nicht von verlässlicher Stabilität. Als Hitler um den 30. Juni dieses Jahres seinen treuen Gefolgsmann Ernst Julius Röhm und mit ihm die ganze SA-Spitze sowie einen Haufen anderer missliebiger Leute ermorden lässt, kann Ernst von Salomon den Kapitän gerade noch rechtzeitig warnen und ihn von Mitgliedern der Brigade außer Landes schleusen lassen.

Juhujuiuiuiuuuhu!

Harro fährt zum Segeln an den Wannsee.

Diesen ganzen Sommer lang zieht er mit Libs und ihren Freunden herum: Sie segeln mit dem Boot von Richard von Raffay, Sohn eines Hamburger Autohändlers, sie fahren mit dem Mercedes eines Sohns von Krupp von Bohlen und Halbach ins Grüne. Sie schwimmen, sie wandern, sie sitzen am Feuer und singen mit dem schönen Russen Wanja russische Lieder,

Schwarzer Augen Pracht, dunkler Sterne Strahl,
heißer Liebesnacht leuchtend Flammenmal –

Libs streicht über Harros Rücken mit den allmählich verblassenden Narben. Libs, die Parteigenossin: Sie hat keine Ahnung gehabt, dass dergleichen möglich ist. Sie hat geglaubt, die Partei spränge nur mit Staatsfeinden dermaßen hart um.

»So ist es«, sagt Harro. »Ich bin ja ein Staatsfeind.«

Sie liegen auf Libs' Bett in Libs' Atelierwohnung unweit des Kurfürstendamms. Sie haben sich gerade geliebt.

»Lass doch die Narben«, sagt Harro.

Er lacht, er wedelt mit der Hand.

»Das war eine Auseinandersetzung unter Männern, mehr nicht. Ich lebe. Andere leben nicht mehr.«

Er streckt den Arm aus und tastet nach den Zigaretten.

»Aber die Toten sind nicht umsonst gestorben. Denk an Horst Wessel. Der hat mit seinem Tod mehr zum Sieg des Nationalsozialismus beigetragen, als er es lebend je vermocht hätte. Und genauso sind die Opfer der Arbeiterschaft und der geistigen Kräfte nicht umsonst gewesen.«

Harro raucht, dann hält er die Zigarette Libs hin. Er sagt: »Ein Opfer, das für ein Unternehmen erbracht wird, dessen Aussichtslosigkeit von vornherein feststeht, kann überhaupt von der Geschichte niemals ausgelöscht werden.«

Libs stimmt selig zu. Sie hat sich Harro sofort ergeben. Sie hat ihm keinerlei Widerstand entgegengesetzt, nicht einmal das nur taktische Widerstreben, dessen Motiv die Sehnsucht nach Vergrößerung der eigenen Niederlage ist. Der Sommer geht zu Ende. Der Herbst beginnt, der Winter.

Harro geht ins Reichsluftfahrtministerium. Er bringt schwedische, englische, französische Blätter mit nach Hause. Er lernt Russisch. Er nimmt als einer von zehn Deutschen auf Kosten des Ministeriums für Wissenschaft, Erziehung und Volksbildung an der Sommerschule des Weltverbandes für Völkerbundfragen in Genf teil. Er beginnt wieder zu schreiben, für eine Zeitschrift namens ›Wille zum Reich‹, die eine freie germanische Gläubigkeit propagiert. Religiöse Fragen interessieren Harro nicht sonderlich, aber ein paar alte Bekannte aus dem ›gegner‹-Kreis machen bei der Zeitschrift mit. Es ist eine reizvolle Herausforderung, sich in hintergründigen und doppeldeutigen Wendungen über das System zu äußern, unter Pseudonym natürlich und mit der gebotenen Vorsicht. Libs tippt manchmal einen Artikel für Harro.

Sie würde gern selbst etwas schreiben, aber ihr fällt nichts Rechtes ein. Es ist im Grunde langweilig, über einem Blatt Papier zu brüten. Die Ergebnisse sind so belanglos, vor allem, wenn sie ihre Versuche mit denen Harros vergleicht.

Libs meldet sich freiwillig zum Arbeitsdienst.

Und wird Harro sie zurückhalten? Wird er andeuten, dass er es lieber sähe, sie bliebe bei ihm in Berlin?

Harro wird den Teufel tun. Harro hält niemals jemanden von irgendetwas zurück. Er beglückwünscht Libs zu ihrer Entscheidung: Es wird sicher eine Erfahrung für Libs, und Harro ist immer für Erfahrungen. Auch hat sich der Jungdeutsche Orden von jeher für den Arbeitsdienst starkgemacht: Der freiwillige Arbeitsdienst integriert die Elite in die Arbeiterschaft, er bündelt die Kräfte des Proletariats und der Elite in einer proletarisch-intellektuellen Gemeinschaft. So sieht es Harro, der für sich selbst allerdings auf die großartigen Möglichkeiten des Arbeitsdienstes verzichtet hat. Aber Libs wird nun bis Juli 1935 in Glindow bei Werder an der Havel auf einem Hof schuften.

Und vielleicht wird sie ja tatsächlich eine Erfahrung machen. Vielleicht wird sich etwas ereignen, über das zu berichten sich lohnt. Libs wird endlich zu schreiben beginnen, sie wird endlich Stoff für ein Buch haben. Vielleicht wird Libs das Entstehen einer klassenübergreifenden Gemeinschaft erleben, das organische Zusammenwirken aller Einzelnen über alle Schranken der Weltanschauungen und Konfessionen hinweg, im Dienst am großen Ganzen?

Der Tag beginnt mit Frühsport, gefolgt von kalten Waschungen, Fahnendienst, gemeinsamem Singen. So weit ist es wie bei den Pfadfindern. Die anderen Mädchen sind nett. Libs kommt gut mit ihnen zurecht. Ihren Außendienst leistet Libs auf einem kleinen Bauernhof ab.

Libs muss fegen und Böden schrubben, Wäsche waschen und die Kaninchen versorgen. Die Bäuerin ist krank, die Stimmung ist trist. Die Arbeit ist eintönig und schmutzig. Die Bäuerin jammert, das Kind heult und hat die Nase voll grünem Schnodder, Libs ist voll Mitleid und Widerwillen. Zum Abendessen versammeln sich die Mädchen wieder im Lager. Es gibt dünnen Kakao, vom Frühstück übrig gebliebene Semmeln mit Margarine. Danach kommen die Vorträge: Der nationalsozialistische Katechismus will heruntergebetet werden, Abend für Abend. Bei den anschließenden Tanzereien gibt es nicht etwa Tango, Walzer oder Fox, sondern Volkstanz, es ist im Grunde alles kleinkariert und schäbig.

Libs hat Heimweh. Sie vermisst Liebenberg, ihre Mutter, die Freunde. Sie vermisst Harro. Immerhin kommt er sie am Wochenende besuchen.

Immerhin wird sie über ihre Erfahrungen schreiben können: Das war ja im Grunde der Sinn der Sache, im Juli 1935 ist Libs wieder in Berlin. Sie verfasst ein Exposé, das Harro an Ernst von Salomon im Rowohlt-Verlag weiterreicht.

Aber ist es überhaupt klug, ein Buch zu schreiben? Was soll darinstehen? Wird die Führung des Reichsarbeitsdienstes ein ehrliches Buch nicht übelnehmen? Kann Libs ein unehrliches schreiben? Ist es sinnvoll, überhaupt zu schreiben, überhaupt das Auge des Staates auf sich zu lenken, in Anbetracht von Harros Mitarbeit beim ›Wille zum Reich‹?

Es ist im Grunde besser, wenn Libs die Sache sein lässt. Das Thema entspricht ihr eigentlich gar nicht. Libs hat außerdem genug anderes zu tun. Sie hilft Harro bei Übersetzungen für das Amt. Sie tippt einen Artikel über Russland, den Harro für die ›Luftwehr‹ geschrieben hat und der zu seinem Stolz sogar im ›Völkischen Beobachter‹ nachgedruckt wird. Sie versucht sich selbst an einem kleinen Artikel für das ›Reich‹, den Harro freilich überarbeitet. Und im August fahren Libs und Harro im Auftrag des Auswärtigen Amtes nach Genf zu einer Konferenz über Völkerbundfragen, zusammen mit Klaus Jedzek, Dramaturg am Staatlichen Schauspielhaus am Gendarmenmarkt und überzeugter Nationalsozialist.

Klaus Jedzek besitzt den Vorzug, ein Auto zu haben. Sie fahren über Frankreich, besuchen Rilkes Turm im Wallis, und vor Rilkes Grab auf dem Burghügel über Raron spricht Harro die berühmten Zeilen:

O Herr, gib jedem seinen eigenen Tod.
Das Sterben, das aus jenem Leben geht –

In Genf treffen sie Schweizer, deutsche Emigranten, Franzosen. Die Tage sind rauschhaft, elektrisierend. Überall wird erregt diskutiert. Überall fragt man sie um ihre Meinung, die drei jungen Deutschen aus dem merkwürdigen Reich jenseits der Grenze, sie diskutieren über den Völkerbund, den Vertrag von Versailles, Deutschland, Frankreich, die Sowjetunion.

Sie treffen alte Freunde von Libs und diskutieren über die Wirkungen kosmischer Strahlung, die aphrodisierenden Effekte von Ingwer, die Idee der reinen Abstraktion, die Rolle weiblicher Schönheit in der proletarischen Kunst der Sowjetunion und die einzig richtige Art, Weinbergschnecken zuzubereiten. Sie sitzen in Salons und in Ateliers, auf Sofas, Stühlen, Hockern, in Cafés und Versammlungshallen, Libertas spricht Schweizerdeutsch, zur allgemeinen Begeisterung. In einem Lokal leiht sie sich von einem Musiker das Schifferklavier,

An einem Bach, in einem tiefen Tale
da saß ein Mädchen an dem Wasserfalle
das Mädchen war so schön wie Milch und Blut

sie war von Herzen einem Räuberhauptmann gut.
Armes Mädchen, du dauerst meiner Seele
dieweil ich muss in meine Räuberhöhle –

»Harro. Mein geliebter Harro. Wie ganz ich dir gehöre. Ich kann nicht mehr ohne dich leben, keinen einzigen Tag lang.«

»Nein, Libs. So geht das nicht.«

Sie starrt ihn an.

»Ich kann solche Abhängigkeiten nicht ertragen. Wie soll ich ein kämpferisches Leben führen, wenn du mich so belastest? Verstehe bitte, ich brauche kein Klammerweibchen, sondern einen Kameraden, einen Bundesgenossen. Und den glaubte ich in dir gefunden zu haben. Wenn du mit mir leben willst, musst du dich darauf einstellen, nicht nur einen Tag, sondern möglicherweise eine lange Zeit ohne mich auskommen zu müssen.«

Sie nickt. Sie sagt: »Du musst keine Angst haben, Harro. Ich werde deine Arbeit nicht behindern. Ich werde dich unterstützen, das weißt du doch. Ich werde kein Klammeräffchen sein.«

Im Jahr darauf heiraten sie. Harros Mutter hat darauf bestanden: Die wilde Ehe des Sohnes ist in ihren Augen unannehmbar. Am Sonntag, dem 26. Juli 1936, werden Libs und Harro in der Schlosskapelle von Liebenberg getraut. Onkel Büdi hat Libs zur Hochzeit einige schöne Möbelstücke aus dem Schloss geschenkt: ein Büfett, einen Schreibtisch, einen Esstisch und zwölf Mahagonistühle, zwölf große, grünlich schimmernde Weinkelche. Harros Mutter hat das Leinen der Tisch- und Bettwäsche mit einem zarten Monogramm bestickt: *SB*. Schulze-Boysen. Gerade noch rechtzeitig zu seiner Hochzeit hat der Gefreite der Reserve Harro Schulze es durchgesetzt, dass er ganz offiziell seinem Namen den Mädchennamen der Mutter anhängen darf. Die Hochzeitsreise führt sie nach Schweden zu den Hasselrots, wo Harro als Kind seine Sommer verbracht hat, und zu Libertas' älterer Schwester Ottora, die seit letztem Jahr mit dem schwedischen Adeligen Carl Douglas verheiratet ist.

Nach ihrer Rückkehr tritt Libs aus der Partei aus. Zusammen mit Harro verfasst sie ein offizielles Schreiben: Nun, da sie geheiratet habe, gedenke sie ganz in ihrer Aufgabe als nationalsozialistische Frau und Mutter aufzugehen. Sie könne deshalb fortan nicht mehr mit jenem vollständigen Einsatz für die Sache des Nationalsozialismus kämpfen, den die Parteizugehörigkeit in ihren Augen unbedingt erfordere. Deshalb erkläre sie blutenden Herzens ihren Austritt.

»Großartig.«

»Eine großartige Argumentation.«

Wie sie lachen. Wie sie einander umarmen, an Libs' Schreibtisch aus Liebenberg, der am Wohnzimmerfenster ihrer neuen Wohnung steht: Sie sind umgezogen, in die Waitzstraße.

Sie haben ein Auto angeschafft. Sie haben ein Segelboot in Pichelsdorf liegen. Sie haben einen großen 4-Röhren-Radio-Super erworben, den sie nun abends immer anschalten.

Nicht dass Harro den Radionachrichten trauen würde.

Harro bezieht seine Nachrichten aus dem Amt. Er ist überzeugt davon, dass der spanische Konflikt demnächst auf ganz Europa übergreifen wird. Schon jetzt kämpfen in Spanien doch Iren, Österreicher, Deutsche, Engländer Seite an Seite mit den beiden Kriegsparteien. Ein neuer Dreißigjähriger Krieg steht Europa bevor: Nicht mehr Staaten werden sich gegeneinander wenden, sondern der Riss wird sich quer durch die Nationen, quer durch alle Völker ziehen. Jeder wird für sich allein entscheiden müssen, auf welcher Seite er steht. Harros Seite ist klar. Er steht auf seiner eigenen und ansonsten auf der aller anständigen Menschen.

Einige Male erfährt er im Amt die Namen von Spitzeln,

die Deutschland in die Linien der roten Spanienkämpfer einschleust. Libertas' Base Gisella von Pöllnitz wirft die Zettel mit den Namen nachts heimlich in den Briefkasten der Sowjetbotschaft. Dann kehrt sie zu den Schulze-Boysens zurück, die ein paar Freunde eingeladen haben. Libs und Harro führen ein offenes Haus.

Sie veranstalten regelmäßig Feste mit Lesungen und Musik, die sie Picknicks nennen und zu denen jeder willkommen ist. Sie lesen Ernst Jünger, Platon, Macchiavelli. Ernst Salomon kommt, Ernst Scholz, Albrecht Haushofer, auch die Schumachers, die schon vor 1933 zum ›gegner‹-Kreis gehört haben.

6

Kurt Schumacher ist 1932 zu dem Diskussionskreis im Café Adler am Dönhoffplatz gestoßen. Er war Mitglied der KPD, wie sein Vater. Er hat eine Lehre als Holzbildhauer gemacht, dann hat er an den Vereinigten Staatsschulen für Freie und Angewandte Kunst Bildhauerei studiert, wo er auch seine Frau kennengelernt hat: Elisabeth Schumacher geborene Hohenemser, Grafikerin bei der Reichsstelle für Arbeitsschutz.

Elisabeth ist erst mit vierundzwanzig Jahren nach Berlin gezogen. Ihr Vater entstammte einer Frankfurter Bankiersfamilie. Fritz Hohenemser war Ingenieur. Er hatte ein Auto, er fuhr Ballon. Die ersten zehn Jahre ihres Lebens hat Elisabeth mit Papa, Mama und den Geschwistern in Straßburg gelebt, in einem großen Haus mit Personal und einem hellen Zimmer für Elisabeth ganz allein. Elisabeths Vater spielte das Cello. Er hielt Pferde, er ritt sehr gut. Er war Patriot: Sofort bei Kriegsausbruch meldete er sich freiwillig an die Front. Im September 1914 verlieh man ihm das Eiserne Kreuz. Vier Wochen später war Fritz Hohenemser für Deutschland gefallen, und Rose Hohenemser, geborene Eckold, kehrte mit ihren fünf Kindern zurück zu ihrer Familie nach Meiningen, wo Elisabeth gelebt hat, bis sie siebzehn Jahre alt war. Dann ist sie nach Frankfurt am Main gezogen.

Es ist das Jahr 1921, und der Bruder ihres Vaters hat Elisabeth bei sich in Frankfurt als Haustochter aufgenommen. Elisabeth wird nun die Werkkunstschule in Offenbach besuchen, und nebenbei wird sie der Tante zur Hand gehen. Elisabeth steht im Wohnzimmer ihres Onkels. Das Wohnzimmer ist voller Menschen. Onkel Moritz ist da, die Tanten, diverse Vetter und Basen.

»Natürlich war schon unser Vater getauft!«

Keiner hat Elisabeths Kommen bemerkt. Sie hat ja nicht geklingelt: Sie hat seit gestern einen eigenen Schlüssel.

»Natürlich sind wir alle getauft.«

Elisabeth hat Onkel Paul noch nie so gesehen. Sie hat noch nie erlebt, dass der Onkel so erregt spricht, dass er mit der flachen Hand auf den Tisch schlägt, es ist Elisabeth unheimlich. Sie ist erst seit knapp einer Woche in Frankfurt. Natürlich hat sie gleich an ihrem zweiten Tag in Frankfurt an die Mama geschrieben.

Liebe Mama!

Es geht mir gut. Onkel Paul und die Tante haben mich sehr lieb aufgenommen. Auch Onkel Moritz war schon hier und hat mich willkommen geheißen. Aber Frankfurt gefällt mir überhaupt nicht. Ein furchtbares Gedränge, überall auf den Straßen. Und nie hätte ich gedacht, nicht einmal gefürchtet, dass es tatsächlich so viele Juden gibt. Es hat mich sehr niedergedrückt. In zweieinhalb Stunden nur zwei Fräuleins und ein Kutscher, die nicht jüdisch aussahen.

»Alle zwölf Hohenemser-Kinder! Alle miteinander getauft, konfirmiert, kirchlich getraut. Und wenn wir einmal sterben, werden wir christlich beerdigt.«

Worum geht es nur? Was soll die Aufregung? Es scheinen aber alle Bescheid zu wissen: alle außer Elisabeth, die allein dasteht inmitten ihrer Familie. Onkel Moritz lacht auf.

»Getauft. Na und? Sei bitte vernünftig, Paul. So ein paar kirchliche Wasserspritzer waschen doch den Juden nicht ab. Nicht einmal Blut schafft das, das musst du begreifen. Nicht einmal, dass Fritz sein Leben gegeben hat.«

Elisabeth steht ganz still. Sie regt sich nicht. Das ist wichtig. Es ist enorm wichtig, sich jetzt nicht zu bewegen. Elisabeth ist nicht mehr aus Fleisch und Blut. Sie ist aus einem ganz dünnen Stoff. Aus einem spröden Stoff, aus hauchdünnem Eis vielleicht, das bei der geringsten Regung zerspringen wird,

Natürlich war schon unser Vater getauft.

Natürlich sind wir alle getauft. Alle zwölf Hohenemser-Kinder –

Es ist zu spät. Der Stein hat getroffen. Risse durchziehen das Eis. Risse sprengen die Hülle, alles bricht auseinander,

Fritz' Blut!

Der Vater. Der Onkel meint Elisabeths Vater. Die furchtbare Beleidigung meint Elisabeths Vater. Nun kann sich Elisabeth nicht mehr bewegen, selbst wenn sie es wollte. Alles ist erstarrt. Onkel, Tanten, Neffen, Nichten, Basen, Vettern: Die Welt ist geronnen, sie hat sich zu einem Holzschnitt verfestigt, dann kippt sie. Die Welt steht auf dem Kopf, stolpert in die Ausgangsposition zurück, Elisabeth ist übel. Sie muss sich übergeben. Sie spürt, wie es ihr in die Kehle steigt, sie schluckt krampfhaft,

Das könnte euch so passen!

Elisabeth wird sich nicht übergeben. Elisabeth wird den Teufel tun. Ihr ist jetzt heiß, glühend heiß. Das ist der Zorn. Der Zorn hält Elisabeth zusammen. Er schmilzt das zersprungene Glas zu einem harten, dicken Klumpen: Man hat Elisabeth belogen. Man hat ihr verschwiegen, wer sie ist. Die Familie in Meiningen hat das getan. Die Eckolds. Die verdammten Eckolds. Die beschissenen Eckolds. Die verlogenen Eckolds. Die verlogenen Eckolds und die jüdischen Hohenemsers: Das also ist Elisabeths Familie.

Das sind ihre Familien: Sie sind ja nicht miteinander vereinbar. Das heißt, Elisabeth ist nicht mit sich vereinbar. Sie ist Teil zweier verschiedener Zeichnungen. Sie ist die unglückliche Figur an der Kante, die auf jedem Bild nur halb vorhanden ist, Elisabeth muss jetzt eine Entscheidung treffen. Sie würde sich sträuben, mit Händen und Füßen, wenn es einen Sinn hätte. Sie sträubt sich. Es hat aber keinen Sinn. Elisabeth muss jetzt entscheiden, wer sie ist und zu wem sie gehört. Sie muss es allein entscheiden, bevor sie mit irgendjemandem gesprochen hat. Bevor man ihr die Entscheidung abnimmt. Bevor eine fremde Hand Elisabeth ohne ihre Einwilligung von einem Blatt wegradiert und sie in das andere Blatt hineinstrichelt, nachlässig, unvollkommen, an irgendeiner Stelle, von der Elisabeth dann niemals wieder fortkommt, Elisabeth muss jetzt entscheiden, wo sie steht.

Sie hat es schon entschieden.

Mit vierundzwanzig zieht Elisabeth Hohenemser nach Berlin. Sie besucht die Grafikklasse von Ernst Böhm an den Vereinigten Staatsschulen für Freie und Angewandte Kunst in Berlin Charlottenburg, wo Kurt Schumacher Meisterschüler bei Ludwig Gies ist. Kurt mit seinen Faunsohren, seinem Faunslächeln: Er ist ein Jahr jünger als Elisabeth. Er geht einen geraden Weg. Er tut das wirklich. Er beweist es ihr: An einem Winterabend, als er Elisabeth nach Hause bringt, flankt er über eine Absperrung, klettert über ein Fahrrad, marschiert geradewegs über ein Auto weg, die Abdrücke seiner Stiefel im frischgefallenen Schnee auf der Kühlerhaube hinterlassend, es ist dieser Abend, an dem sie einander das erste Mal küssen.

1934 heiraten sie. Der Kommunist Kurt Schumacher und der jüdische Mischling ersten Grades Elisabeth Hohenemser, die aufgrund ihrer Abstammung bei der Reichsstelle für Arbeitsschutz als Grafikerin nicht fest angestellt werden darf: Erst nachdem sie beide zu Reichsfeinden erklärt worden sind, erheben sie offiziell Anspruch darauf, im bürgerlichen Sinn als Paar anerkannt zu werden. Eigentlich halten die Schumachers nichts von der Ehe. Sie halten nichts von sexueller Zwangsmoral, bürgerlicher Kleinfamilie und der Ausweitung des kapitalistischen Besitzdenkens auf den Partner. Sie glauben an die Prinzipien der freien Liebe, genauso wie die Mehrzahl ihrer Freunde.

Oda Schottmüller hat eine Platte aufgelegt. Yoruba-Trommler. Ein seltenes Sammlerstück. Es ist der 5. Mai 1936. Oda ist gerade eingezogen: Reichsstraße 106, Berlin-Charlottenburg. Fünfter Stock. Der Raum ist noch leer. Er ist ein Versprechen. Das Grammophon immerhin steht schon. Oda macht ein paar Schritte in den Raum hinein, wie zur Probe. Sie nimmt die Arme hoch, tanzt auf der Diagonale, in Wechsel- und Seitwärtsschritten wie ein Fechter, stampft auf, den Kopf zurückgeworfen, ein Krieger, dies ist ihr Raum. Keiner wird ihr dies streitig machen. Der Tanz gewinnt Gestalt. Der Kriegstanz. Tanz der Amazonen? Triumphritt einer Hexe auf ihrem Besen, durch den leeren Nachthimmel? Oda war nie glücklicher.

Oda Schottmüller, einunddreißig Jahre alt: Sie kann nun arbeiten. Sie kann nun losgehen und ihre Sachen holen, aus dem alten Atelier an den Vereinigen Staatsschulen, das sie mit Fritz Cremer und Kurt Schumacher geteilt hat. Sie wird ihr Bett hier aufstellen, ihre Regale, ihre Arbeitstische. Sie wird modellieren, Masken bauen, Kostüme nähen, sie wird tanzen, tanzen, tanzen in dem weiten lichtdurchspülten Dachraum, der sich über Berlin erhebt wie eine Kapitänsbrücke über die See. Und fehlt ihr jetzt Kurt?

Wäre sie froh, wenn Kurt mit ihr in diesen Raum einziehen würde? Wünschte sie, dass er nicht mit Elisabeth verheiratet wäre, von der Oda letztes Jahr noch gar nichts gewusst hat? Oda hat nicht gewusst, dass Kurt verheiratet ist. Und wenn sie es gewusst hätte, hätte das etwas geändert?

Dann wäre es doch besser, dass Oda unwissend gewesen ist. Oda kann sich nicht ungeschehen wünschen, was zwischen ihr und Kurt geschehen ist. Oda, die Papatochter: Auch ihr schon lange verstorbener Vater hieß Kurt. Und ist das ein Zeichen? Wofür? Die Dinge sind eine Kette. So viel ist klar.

Ein Glied greift ins andere. Die Kette wird geschmiedet von der Magie der richtigen Zeitpunkte. Was, wenn Oda im letzten Frühling nicht Fritz Cremer getroffen hätte, wenn sie ihn nicht begleitet hätte in das Atelier, das er mit Kurt teilte? Oda stand damals auf der Straße.

Sie stand auf dem Kurfürstendamm, mit einen großen Strauß gelber Mimosen in der Hand. Sie hatte die Blumen aus Trotz gekauft, gerade weil sie nicht einmal mehr eine Blumenvase ihr Eigen nannte. Sie hatte soeben ihr Atelier verloren. Sie wusste nicht, wohin. Fritz Cremer lud sie ein, erst einmal in sein Atelier in den Vereinigten Staatsschulen mitzukommen. Und da stand Kurt Schumacher.

Fritz war Meisterschüler bei Gerstel. Kurt war Meisterschüler bei Gies. Oda stellte ihre Mimosen in ein Marmeladenglas. Sie holte ihre Sachen von der Tante ab: ihr Bettzeug, ihre Modellierstäbchen, und dann begannen sie die Arbeit. Sie standen füreinander Modell. Sie berieten einander, sie kochten Kaffee. Sie empfingen den steten Strom der Besucher, sie schimpften auf Hitler, legten Geld für Wurstbrote und Bohneneintopf zusammen, tranken Rotwein und rauchten, bis der Qualm in Schwaden in der Luft stand.

Oda in ihrem neuen Atelier streckt sich.

Die Yoruba-Trommler sind verstummt. Oda streckt die Arme nach den Seiten aus. Der offene Raum umschließt sie, sanft und spürbar, wie Wasser. Er ist ein Becken, durch das Oda schwimmt, ganz in ihrem Element, Oda schlägt mit den Armen. Sie wirbelt in einem Wirbel, strudelt im Strudel, wälzt sich durch die Wogen der Stille wie ein Wal. Sie ist nun allein.

Die Ateliergemeinschaft ist aufgelöst. Fritz Cremer steht im Begriff, nach Rom zu ziehen, und Kurt Schumacher hat sich ein eigenes Atelier gebaut, in seinem Kleingarten in der Papestraße. Er hat das Atelier in den Staatsschulen geräumt, aus Protest gegen die Einschränkungen und Schikanen, denen sein Lehrer Ludwig Gies durch die Nazis ausgesetzt ist: Und wie kann man überhaupt auf die Idee kommen, einen Künstler zu schikanieren?

Wie kann man ihm die Zeit rauben, die er zum Arbeiten braucht? Zum Fertigstellen des Ganzen: Denn es geht ja nicht um etwas Einzelnes. Es geht um das gesamte Werk, das sich in sich selbst einrollt, wie eine Spirale, wie ein Farnblatt, bereit, sich jedem einzelnen Zuschauer neu zu entfalten. Das ganze Werk ist ein Tanz, den man an einem bestimmten Punkt im Raum beginnt. Und wenn der letzte Ton verklungen, der letzte Schritt getan ist, hat man den Ausgangspunkt wieder erreicht. Am Ende ist man wieder dort angekommen, wo man losgelaufen ist: Aber zuvor hat man den ganzen Raum durchmessen. Den gesamten zur Verfügung stehenden Raum, in seiner Weite und Länge: Man hat ihn für sich erschritten, ihn für sich erobert. Man hat seine Form, seine Fülle, seinen Mangel, seine Enge und Weite in alle Richtungen begriffen. Man hat die

Gestalt sichtbar gemacht, die ihn bestimmt, die Grenzen, die ihm Kontur geben und die ihn vom Unumschriebenen in einen Raum verwandeln, durch den nun ein jeder schreiten kann, der Lust dazu hat: Und wenn man so weit ist, ist man fertig. Dann kann man gehen. Dann hat man alles zum Abschluss gebracht. Aber wie lange braucht man?

Wie lange hat man?

Die Eile treibt Oda. Der Zeitmangel: Sie muss vorankommen. Sie muss arbeiten, arbeiten, die verlorenen Jahre einholen, die Zeit zurückholen, die man ihr abgerungen hat. Oda hat spät angefangen. Wenn man den Eingang in den eigenen Raum nicht findet, wenn niemand den Königsweg weist, sondern im Gegenteil auch noch die mühsam entdeckten Schleichpfade vermint werden, irrt man Jahre an seinen Außengrenzen entlang. Immerhin hat die Nationalgalerie Odas ›Mädchenakt mit Tuch‹ erstanden. Oda muss sich nun um die Mitgliedschaft in der Reichskulturkammer bewerben. Sie hätte es längst tun sollen. Sie hat das Formular schon abgeholt,

Beantworten Sie zur weiteren Bearbeitung Ihres Antrags folgende Fragen:

1) Haben Sie eine Büste des Führers Adolf Hitler gestaltet?

2) Haben Sie eine Büste einer weiteren Persönlichkeit des politischen Lebens gestaltet?

3) Von wem? Für wen?

Die Zulassung als Solotänzerin bei der Reichstheaterkammer besitzt Oda bereits. Sie hat letzten Monat ihren zweiten großen Auftritt gehabt. Die Kritiken waren im Ganzen recht erfreulich, und nicht nur die offiziellen in der Fachpresse.

»Ach Oda«, hat Elisabeth gesagt. »Dein ›Erdwächter‹. Die Kraft darin. Wie schön das war. Diese Vorstellung, dass es einen gibt, der die Erde bewahrt.«

Und ist Oda Elisabeth überhaupt gewachsen? Kann sie weiter das Haupt hochtragen, im Angesicht von Elisabeths großmütiger Güte, ihrer Nachsicht? Elisabeth ist ganz anders als Oda. Sie hat etwas Frauliches, Mütterlich-Weiches. Sie wirkt, als sollte sie Linsen verlesen oder eine Wiege schaukeln, in weltvergessener Versunkenheit wie die Frauen auf den Gemälden Vermeers. Elisabeth und Kurt haben 1934 geheiratet, gerade noch rechtzeitig, im letzten Moment vor dem Erlass der Nürnberger Rassengesetze. Schon 1935 wäre eine Eheschließung zwischen dem Arier Kurt Schumacher und dem Mischling ersten Grades Elisabeth Hohenemser nur noch mit einer Sondergenehmigung möglich gewesen, die aber so gut wie niemals erteilt wird. Dann wäre Kurt unverheiratet gewesen, als er Oda kennengelernt hat: Und wäre Oda darüber froh?

Allein der Gedanke erschreckt sie.

Allein die Vorstellung, dass Odas Wünsche Oda in solch eine Richtung führen könnten, treibt Oda von sich selbst fort: Und was dann? Wen hat Oda denn, außer eben Oda? Wo sollte Oda hin, wenn das einzige verlässliche Gegenüber wegfiele, das sie bis jetzt gefunden hat, nämlich Oda selbst? Oda glaubt nicht, dass sie durch einen einzigen Tag käme ohne das leise, vertraute Gespräch, das Oda ständig mit Oda führt.

Allerdings ist es die Frage, wie viel Verlass auf Oda selbst ist. Es ist die Frage, wie viel Verlass darauf ist, dass man sich selbst immer rechtzeitig ertappt. Wie lange kann man sich bewahren? Wie lange kann man widerstehen, bevor das Unrecht sich durch Gewöhnung einschleift? Wie lange kann man bei Verstand bleiben, wenn überall Unrecht als Recht hingestellt wird, wenn Entrechtung und Unterdrückung Freiheit genannt werden, Güte Verrat und Unmenschlichkeit höchste Tugend? Die Zeit hat ja ihren eigenen Sog.

Oda erinnert sich gut an eine Welt ohne Rassengesetze. Sie erinnert sich an die Welt vor Hitlers Machtergreifung, die erst drei Jahre her ist. Und wo werden sie in weiteren drei Jahren stehen, im Sommer 1939? Wer wird Oda dann sein? Es könnte womöglich dazu kommen, dass man selbst Schreckliches anrichtet, mit den besten Absichten. Womöglich könnte man überzeugt sein, weiterhin das Richtige zu tun, während man sich in Wirklichkeit längst abhanden gekommen wäre. Und woran lässt sich dergleichen messen? Wenn die Gesetze nicht dazu taugen, wenigstens eigenes Unrecht zweifelsfrei zu erkennen: Welchen Maßstab könnte man dann anlegen?

Vielleicht ist deshalb der ›Erdwächter‹ zu Oda gekommen. Oda wusste sofort, wer er war. Er war in den ersten Schritten, in einer Haltung der Arme, der Schultern, die Schritte kommen immer zuerst. Dann erst kommt der Name. Das Vorhandene zeigt sich. Dann muss man herausfinden, was man gesehen hat: wem die Maske gehört, die weitausgreifenden Schritte, die weitausholenden, umarmenden Gesten. Der ›Erdwächter‹ duldet keine Niedrigkeit, keine Niedertracht. Ernst und unaufhörlich ist er um den Schutz der Erde bemüht, der Wächter einer Ordnung, die unumstößlich ist, weil sie in der Welt selbst gründet. Der ›Erdwächter‹ wird dafür sorgen, dass Oda nichts von sich verliert, dass sie sich nicht selbst achtlos am Wegrand zurücklässt. Oda geht zum Fenster und öffnet es.

Draußen flimmert der Frühsommertag. Hinter ihr vibriert der Raum voller Möglichkeiten. Von irgendwo schallt die Musik einer Kapelle herein. Kein Nazigetrommel, nicht diesen Sommer: Die Vorbereitungen auf die Olympischen Spiele haben das Stammestamtam vorläufig erstickt. Man scheint doch noch über einen Rest von Schamgefühl zu verfügen. Über einen Rest von Wirklichkeitssinn: Immerhin ahnt man, auswärtige Besucher könnten auf SS-Gegröle und Judenhetze womöglich nicht begeistert, sondern angewidert reagieren. Aber wenn man das ahnt, warum macht man dann weiter? Warum erschrickt man nicht vor sich selbst? Wie erträgt man es, zu sich selbst quer zu stehen, wie ein Gauner oder ein Mörder?

Oda hat sich ihrerseits ihr Krümelchen vom Olympischen Kuchen gesichert. Sie wird in den szenischen Aufführungen des Händel-Oratoriums ›Herakles‹ mitwirken, einem Teil des offiziellen Rahmenprogramms, mit dem das Reich sich der Welt als Kulturnation andient. Sie wird zusammen mit Abordnungen der SA und Jugendgruppen der NS-Frauenschaft ordentlich in Reih und Glied schreiten, mehr wird ihr künstlerisch nicht abverlangt. Aber die Gage allein für die Proben beläuft sich auf 125 Reichsmark, was die Ateliersmiete sichert. Oda braucht das Atelier. Sie braucht ihre Freiheit.

Sie braucht ihren inneren Raum. Sie will ihren Hexen und Dämonen Masken erschaffen, sie will ihren ›Erdwächter‹ tanzen, ihren Engel der Empörung und die Irrende Seele. Sicher, die Ebene dieser irrealen Figuren steht schief zur sogenannten wirklichen Welt: der Welt der Aufwartefrauen, Arbeitslosen, Aufsichtsräte und anderer zweckverhafteter Existenzen. Aber das muss ja so sein. Wie sonst könnten die Erhellungen, die jene andere Welt zu bieten hat, zurück in die Büroräume der Aufsichtsräte, die Besenkammern der Aufwartefrauen reflektieren? Wie sonst sollte es nützlich sein, was Oda zu bieten hat, ohne dass sie selbst sich einlassen muss auf die Welt der Nützlichkeiten?

Das sagt sie zu Kurt.

Sie weiß, was Kurt dazu sagt.

Sie kann seine Worte hören, wie in einer ihrer vielen Debatten. Kurt will vor allem politisch wirken. Er besteht darauf, dass Kunst und Politik zwei Seiten derselben Medaille sind.

»Denk an Veit Stoß. Den haben sie mit einem glühenden Eisen gebrandmarkt. Denk an Jerg Ratgeb, der im Bauernkrieg bei lebendigem Leib von vier Pferden auseinandergerissen wurde. Denk an Tilman Riemenschneider, dem sie in der Folter die Hände gebrochen haben. Sie wurden alle drei vergessen, genau wie es geplant war. Aber am Ende haben sie sich durchgesetzt. Zwingend haben sie sich durchgesetzt, gegen eine hasserfüllte Obrigkeit, gegen das von oben verordnete Vergessen, und warum? Gerade weil sie sich mitten in ihre Zeit hineingestellt haben. Weil sie ihrer Zeit nicht ausgewichen sind. Ein Künstler muss doch die Formen eines Werks selbst erschaffen, in sich erschaffen, also muss er erst einmal sich selbst formen. Er kann nicht ausweichen ins Belanglose, sonst wird auch sein Werk belanglos sein. Er selbst wird am Ende belanglos gewesen sein, und wozu dann alles? Wozu unter allen Umständen am Leben bleiben, wenn das Leben belanglos ist? Wirkmächtig kann doch nur ein Kunstwerk sein, für das der Künstler zu sterben bereit ist.«

Das Wort hing im Raum. Oda spürte eine unwiderstehliche Lachlust. Sicher, irgendwann würde man wohl sterben müssen. Aber konnte man nicht vorher noch eine heiße Schokolade kochen? Blieb nicht genug Zeit, um eine blaue Weintraube über Kurts Mund baumeln zu lassen und sie jedes Mal wegzuziehen, wenn er versuchte, die Beeren mit den Lippen zu schnappen?

Oda am Fenster reibt sich die nackten Arme, über die der Wind einen angenehm-unangenehmen Schauer jagt.

Sie sieht über die Berliner Dächer nach Osten. Das Haus ist ein Schiff, das die Stadt durchpflügt, und Oda ist der Kapitän auf der Brücke, Oda wendet sich vom Fenster ab. Sie betrachtet ihr Atelier. Es ist leer. Ein Leben der Entdeckungen wartet auf Oda.

Eine Welt voll weißer Flecke, ein unvermessenes Land. Oda kann schemenhaft seine Bewohner ausmachen. Sie winken ihr, laden sie ein, näher zu kommen. Sie sind alt und jung, hell und dunkel. Sie sinken hin und erstehen neu, nur um wieder hinzusinken und erneut zu erstehen. Die Gestalten der anderen Welt: Sie locken und schweben, humpeln und schwanken. Oda erkennt diese Wesen. Sie weiß, wo sie herkommen: aus demselben Grund, aus dem der ›Erdwächter‹ stammt.

Und ist Libs nun zur Ruhe gekommen? Hat sie in ihrer Ehe mit Harro die Geborgenheit gefunden, die ihr als Mädchen gefehlt hat? Harro fährt nach List auf Sylt zu einem Lehrgang. Libs macht Urlaub an der Nordsee. Sie trifft die Mutter in München, um mit ihr ein paar Tage Skifahren zu gehen, sie fährt nach England und besucht Freunde. Sie fährt mit einem Frachter ins Schwarze Meer, allein mit achtundzwanzig Seeleuten, während Harro eine Nierenkolik hat, die Reise widert sie ab dem ersten Tag an.

Was tut sie überhaupt hier? Was will sie unter den fremden Kerlen? Sie langweilt sich, sie hat Heimweh. Sie will ein Buch schreiben. Sie will etwas erleben, worüber man ein Buch schreiben könnte, sie will eine Erfahrung machen. Sie zählt die Tage bis zu ihrer Heimkehr. Aber sie bricht nicht ab. Sie fährt eisern bis Jalta. Sie wird nicht weich werden: Er wird es schließlich auch nicht. Er bittet sie nicht darum, zurückzukehren: Die Entfernung, die Trennung wird ihre Liebe nicht zerbrechen. Das sagt Harro immer wieder. Er meint, es sei der Alltag, der eine Liebe zerfrisst. Das Schlimmste ist der Trott, das Sattsein im gegenseitigen Besitz. Er hat sicher recht. Sie sind einander sehr nah, wenn sie getrennt sind.

Sie sind ganz voneinander durchdrungen, wenn ihre Sehnsucht sie miteinander vereint. Harro bemerkt Libs, wenn sie fort ist, während ihre Anwesenheit ihm im Alltag das Selbstverständliche ist.

Es ist das Jahr 1938. Es ist eine Sommernacht, weichgrau und sanft wie ein Angorapullover. Der Wind riecht nach dem Wasser der Großen Lanke. Das Feuer ist schon weit niedergebrannt. Im Schein der Glut sind ihre Gesichter gerade noch auszumachen: Harros aufleuchtende Augen, Elisabeths Wange. Kurt Schumachers Faunsohren. Libertas' Knie. Sie hat die Beine angezogen. Sie sitzt zwischen Günther Weisenborn und ihrem Harro. Sie umschlingt ihre Beine mit den Armen.

»Komm, Günther«, sagt sie. »Erzähle uns etwas. Erzähl irgendwas. Irgendeine Abenteuergeschichte.«

Sie sind gerade mit dem Essen fertig geworden. Marta und Elfriede haben die Teller eingesammelt. Günther hat Wasser vom See geholt, um sie einzuweichen. Natürlich hätten sie auch ganz bequem oben im Schloss wohnen können. Libertas und Harro sind gleich nach der Ankunft hinübergegangen, um Mama und Onkel Büdi schöne Pfingsten zu wünschen. Der Onkel hat ihnen noch einmal das Seehaus angeboten, das hübsche Schlösschen direkt am Ufer der Großen Lanke, Harro hat aber abgelehnt.

»Wir müssen mal wieder richtig hinaus«, hat er gesagt. »Mal wieder richtig im Freien sein, mit Luft, Wasser und Erde.«

Die anderen haben zugestimmt. Sie haben die Zelte an einer Stelle aufgeschlagen, wo das Ufer weich zum See hin abfällt. Das Seehaus ist von hier nicht zu sehen. Jetzt in der Dunkelheit, am Rande des Waldes, fühlt es sich nicht an, als wären sie im berühmten Liebenberger Landschaftspark, gestaltet von Peter Joseph Lenné. Es ist, als wären sie in der Wildnis. Als wären sie ein Grüppchen Jäger und Sammler, das hier für eine Nacht eine Rast einlegt, ein letztes unbelehrbares Trüpplein Wildbeuter, von Ackerbauern und Viehzüchtern, von Kain und von Abel gleichermaßen an die äußersten Ränder der bewohnbaren Welt gedrängt.

Kurt hat den Kopf in Elisabeths Schoß gelegt. Er ist froh. Die Medaillons mit plastischen Stadtansichten aus den Jahren 1650 und 1688, die er geschaffen hat, sind am Geländer der Schleusenbrücke angebracht worden. Die Brücke überspannt den westlichen Spreearm an der Spreeinsel und verbindet so den Werderschen Markt mit dem Schlossplatz. Kurt kann über die Brücke gehen und seine Medaillons betrachten.

Er kann gemütlich schlendern, stehenbleiben, seine Arbeit überprüfen: Niemand würde ihn erkennen. Niemand würde ihn für einen Künstler halten. Kurt Schumacher sieht wie ein Handwerker aus, auch wenn ihm bereits als Student die Prämie des Großen Staatspreises der Akademie der Künste verliehen worden ist. Elisabeth streicht ihm über das glatte Haar, das kräftige Gesicht.

Sie erfühlt seine Züge, in der Dunkelheit. Sie genießt die warme Müdigkeit, die Schwere in den Armen und Beinen. Sie ist den ganzen Nachmittag mit den anderen geschwommen. Sie sind gerudert, in dem alten Kahn, der drüben vor dem Seehaus am Steg angebunden liegt. Aber das ist es nicht, was so wohlig müde macht. Es ist auch nicht der Rotwein aus dem Liebenberger Schlosskeller, den Libertas mit zum See hinunter gebracht hat. Es ist das Abfallen der Spannung.

Es ist, als ob man in Berlin, im Alltag von Berlin tagein, tagaus in ein enges Korsett geschnürt wäre, und wenn man es hier endlich einmal ablegen kann, sackt man in sich zusammen. Hier am Ufer der Großen Lanke ist es, als gäbe es die Nazis gar nicht. Hier gibt es keine Aufmärsche, keine Propaganda, kein Gegröle im Marschtritt, nicht das Hetzen der Redner, das Grollen der Menge und das ununterbrochene Gebrüll der Plakate. Hier kann man die Rüstung abwerfen, die Waffen niederlegen. Hier kann man, für diese paar Pfingsttage, seine Stadttore öffnen, die Bemannung von den äußeren Wällen holen.

Libertas streckt ihre Beine aus.

»Komm schon«, sagt sie. »Ziere dich nicht, Günther. Erzähl uns von New York, oder von Südamerika.«

Günther lacht leise. Er legt den Arm um Libs' Schultern, zieht sie einen Moment an sich, lässt sie wieder los.

»Ja, unbedingt«, murmelt Kurt aus den Tiefen von Elisabeths Rock. »Am besten die Geschichte vom toten Indianer.«

Alle lachen. Günther lehnt sich gegen Libertas. Sie legt den Kopf an seine Schulter. Angeblich erteilt er ihr Unterricht. Angeblich schreiben sie zusammen ein Hörspiel. Angeblich lernt Libs bei ihm, wie man Drehbücher produziert. Und zu welchem Film wohl? Die Anziehung zwischen ihnen ist ein sprühendes Band. Elfriede Paul sieht zu Harro hinüber.

Sein Gesicht ist heiter, gelassen. Er ist erst vor ein paar Tagen bei Elfriede in ihrer Wilmersdorfer Praxis gewesen. Seine Nieren, wie immer. Er hat Glück, dass er heute überhaupt mit nach Liebenberg fahren konnte. Natürlich sieht man ihm seine Schwäche nicht an. Niemand würde glauben, dass der Fliegeroffizier Harro Schulze-Boysen ein chronisches Nierenleiden hat.

»Du musst mehr auf dich achten, Harro«, hat Elfriede nach der Untersuchung gesagt. »Das mit deinen Nieren ist nicht so einfach vom Tisch zu wischen. Du musst eventuell an einen Krankenhausaufenthalt denken, oder an eine Kur.«

Aber Harro hat natürlich abgewehrt.

Elfriede sieht Libertas an. Libs lächelt zu Harro hin. Aber den Körper hat sie zu Günther gewandt.

»Ich weiß, es ist vielen unverständlich, wie ich meine Ehe handhabe«, hat Harro zu Elfriede gesagt. »Aber kann man denn Liebe einfordern, per Verordnung? Wohl kaum. Und ich hätte auch keinen Spaß daran. Ich denke, ich bin Mann genug, mir meine Frau immer wieder neu erringen zu wollen.«

Elfriede hat zugestimmt. Natürlich schließen Liebe und Besitzansprüche einander aus: Elfriede selbst lebt schließlich mit Walter Küchenmeister zusammen. Sie hat einen steinigen Weg hinter sich. Die Ärztin Elfriede Paul kommt aus einer Arbeiterfamilie. Sie hat sich das Studium bitter erkämpfen müssen. Sie war schon sechsunddreißig, als sie endlich die eigene Praxis eröffnen konnte. Und dann trat Walter in ihr einsames Leben. Elfriede hat sich in ihn verliebt. Walter ist verheiratet und hat zwei Söhne. Aber er war sofort bereit, seine Familie zu verlassen. Elfriedes Leben in Wilmersdorf sagt ihm weit mehr zu als seine alte Existenz im Wedding: Die Wohnung, die Möbel entsprechen seinem Geschmack, die Atmosphäre ist angenehm, und er hat nun endlich Muße zu schreiben. Walter Küchenmeister ist nämlich ein Dichter. Er hat ebenso wie Harro für die Zeitschrift ›Wille zum Reich‹ geschrieben, die aber inzwischen verboten ist. Er ist Kommunist, aber die KPD hat ihn schon vor vielen Jahren ausgeschlossen. Früher hat ihn seine schöne junge Frau ernährt, die jeden Morgen in die Fabrik geht. Nun ernährt ihn Elfriede. Walter ist so begabt. Aber er findet einfach keine Verdienstmöglichkeit.

»Los, Günther, komm schon«, sagt Libertas. »Mach uns die Freude. Wir wollen alle den toten Indianer.«

»Die Geschichte kenne ich«, sagt Marta.

Sie ist blond, kühl, der nordische Typ. Sie ist heute zum ersten Mal dabei. Günther hat sie mitgebracht. Er kennt sie von früher, von einem Filmprojekt mit Bertolt Brecht. Libs lacht auf.

»Natürlich«, sagt sie zu Marta. »Jeder kennt doch diese Geschichte. Jeder kennt Günthers toten Indianer.«

»Es war am Rio Paraná«, sagt Günther zu Marta. »Es war 1930. Ich war damals Postreiter in Argentinien.«

Und das ist wahr. Günther war wirklich Postreiter in Argentinien. Er war wirklich Journalist in New York. Aber letztes Jahr ist er nach Deutschland zurückgekehrt, im vierten Jahr nach der Machtübernahme.

Er hat es in Amerika nicht mehr ausgehalten. Er war heilfroh, wieder zu Hause zu sein, in Berlin, bei seinen Freunden.

»Damals lernte ich Pedro kennen«, sagt Günther, mit der Stimme, die er immer hat, wenn er von Südamerika erzählt. »Ich hatte ein Zimmer in Rosario gemietet. Es war eine ziemlich üble Absteige über einer Hafenspelunke, aus der die ganze Nacht lang der Tango heraufklang. Pedro war einer der Gauchos von der Estancia Linda.«

Elfriede hört Günthers Stimme kommen und gehen, wie in Wellen. Sie schließt die Augen, lauscht dem Wind in den Kronen der Bäume, natürlich ist auch Liebenberg nicht das Paradies. Es ist keine losgelöste Insel der Seligen, auf der man die wirkliche Welt vergisst, nicht einmal für ein Pfingstwochenende. Harro hat den üblichen Stoß ausländischer Zeitungen aus dem Reichsluftfahrtministerium mitgebracht: schwedische, englische, französische Blätter.

»Nichts ist bis jetzt endgültig entschieden«, hat Harro gesagt. »Ich halte eine Massenerhebung des Volkes nach wie vor für denkbar. Ich bin sogar davon überzeugt. Wenn es Krieg gibt, wird es zur Revolution kommen. Und dann werden wir uns an die Spitze der revolutionären Kräfte setzen.«

Libs und Marta haben sich nicht an dem Gespräch beteiligt. Die beiden Schönen: Sie haben ein wenig abseits gelegen und ihre nackten Brüste der Sonne entgegengereckt, darum wetteifernd, wer die tiefere nahtlose Bräune mit nach Berlin zurückbringt. Marta ist erst letzte Woche aus der Haft entlassen worden. Ihr Freund ist Kommunist. Marta hat ihn und seinen Vater monatelang vor der Gestapo versteckt, dann sind sie aufgeflogen. Die beiden Männer sitzen noch immer im KZ Sachsenhausen. Günther hat das erzählt, als er angefragt hat, ob er Marta mit nach Liebenberg bringen könnte. Marta selbst hat kein Wort über ihre Gefangenschaft verloren. Es hat sie auch keiner darauf angesprochen. Manche Fragen verbieten sich, wenn man nicht sehr, sehr gut miteinander bekannt ist,

Erzähl doch mal, Marta, wie war es im KZ?

Marta hat still in der Frühsommersonne gelegen, nackt und reglos und mit geschlossenen Augen. Günther hat immer wieder zu Libs hinübergesehen. Und ist das der Unterschied? Legt sich Marta in die Sonne, weil sie die Wärme genießt, und Libs, damit man ihr dabei zusieht, auf welch wunderbare Weise sie bräunt? Was nicht etwa heißen soll, dass Elfriede Libs nicht mag. Das ist ja ganz undenkbar. Jeder mag Libs. Libs ist das Küken: Sie ist dreizehn Jahre jünger als Elfriede, neun Jahre jünger als Elisabeth Schumacher. Sie ist ein Wirbelwind, lebhaft, jung, unbedingt liebenswürdig. Sie und Harro sind ein blendendes Paar: gutaussehend, gebildet, von der weltgewandten Selbstsicherheit jener, die es gewohnt sind, sich in den unterschiedlichsten Gesellschaftsschichten zu bewegen. Manchmal denkt Elfriede bei sich, dass Libs eine ganz dumme Pute ist.

Manchmal beneidet sie sie glühend. Manchmal denkt sie, dass es nur natürlich ist, wenn Libs mit ihren Reizen nicht geizt. Vielleicht ist es eine wilde Großzügigkeit. Vielleicht bringt Libs es nicht übers Herz, die Überfülle für sich zu behalten, sie nicht zu verschwenden. Oder vielleicht hat man Libs allzu zeitig gezeigt, worum es bei einer Frau ausschließlich geht.

Dann wäre Libs' ständiger Einsatz ihrer Reize eine Art Bitte. Die kindliche Bitte, das Geschenk anzunehmen, ihr etwas dafür zurückzugeben, für dieses Einzige, was sie zu bieten hat: sich selbst, ihre Schönheit und Liebenswürdigkeit. Günther hat Libs heute Nachmittag ein Rindenschiffchen gebastelt, ein kleines Boot aus Borke. Libs hat Günther umarmt. Sie lässt keine Chance aus, Günther zu umarmen.

»Ein Rindenschiffchen! Solche haben wir gemacht, als ich klein war.«

Libs hat es vorsichtig auf den See gesetzt, der klar ist, dunkel und torfig. Wohin segelt man, mit einem solchen Boot? Mit einem Ästchen als Mast, einem Blatt als Segel? Vielleicht nach Feenland. In ein Fantasien, wo die Bäume blau sind und die Wiesen rot, wo im Winter die Amseln singen und die Liebe ewig währt oder doch solange man schläft und träumt, und wenn man erwacht, liegt man unter einem kahlen Baum, tausend Jahre sind vergangen, und alle, die man geliebt hat, sind lange tot. Und hat Elfriede wirklich einen Moment lang geschlafen?

Es scheint so. Den größten Teil von Günthers Geschichte hat sie jedenfalls verpasst.

»Da lag er, der Indianer, am sumpfigen Ufer des Rio Paraná. Lange Zeit sagte keiner von uns ein Wort. Schließlich richtete sich Pedro auf. *Vamos muchachos,* sagte er. *Reiten wir zurück zur Estancia.* Ich packte meinen Postsack und schwang mich auf mein Pferd. Da rief uns Pedro noch einmal zurück. *Muchachos?,* sagte er. *Und vergesst nicht. Kein Wort zum Patrón. Dieser Indianer da, der ist für gar nichts gestorben. Claro? Für überhaupt nichts.*«

Günther verstummt. Die Geschichte ist für diesmal zu Ende. Sie schweigen. Das Schilf am Seeufer rauscht und flüstert. Marta richtet sich auf.

»Günther«, sagt sie. »Bitte, ich muss dich das jetzt fragen. Wieso ist denn dieser Indianer ertrunken? Letztes Mal hast du noch behauptet, er wäre erschossen worden. Letztes Mal hast du behauptet, ihr hättet später die Mörder gefunden.«

Libs lacht. »Da darfst du dich nicht verwirren lassen, Marta. Günther und sein toter Indianer. Von dem gibt es sehr viele Geschichten. Den hat er doch immer dabei. Letztes Mal hieß es sogar, er triebe hier, in unserer Lanke.« Libertas fährt hoch, deutet zum Seeufer. Sie stammelt, mit zitternd ausgestrecktem Arm. »Da! Seht doch! Sein Auge! Seht ihr nicht sein Auge im Wasser blinken? Da treibt er! Da! Der tote Indianer!«

Alle lachen, außer Marta. Alle sehen Libs an, auch Harro.

»Aber welche Geschichte ist denn nun die wahre?«, sagt Marta zu Günther. »Welche ist erfunden, und welche ist wirklich passiert?«

»Tja«, sagt Günther. »Was weiß denn ich? Ich glaube fast, sie sind alle erfunden. Ich glaube, sogar die, die wirklich passiert ist, ist nur erfunden. Jedenfalls, sobald ich sie erzähle.«

»Es ist furchtbar schwer, etwas zu erzählen, was wirklich passiert ist«, sagt Libertas. »Ich merke das gerade. Da sitze ich nun seit Monaten an dieser Geschichte über meine Fahrt auf dem Kohlenfrachter von Hamburg nach Jalta. Und ich habe auch schon 147 Seiten, die zähle ich immer nach, ob es nicht von allein mehr werden. Ich muss es fertig machen. Ledig-Rowohlt will es drucken. Aber es ist so langweilig. Es ist unwahrscheinlich langweilig, aufzuschreiben, was wirklich passiert ist.«

»Sei doch du still«, zischt Marta sie an. »Ich wollte gar nicht wissen, was du langweilig findest. Ich wollte nicht wissen, ob du schreiben kannst oder nicht.«

»Die eigentliche Frage«, sagt Harro, »ist doch, ob dieser Pedro im Recht war.«

Alle verstummen. Alle Aufmerksamkeit richtet sich auf Harro, wie immer, wenn Harro spricht. Wie immer, auch wenn Harro nicht spricht. Auch wenn er nur zuhört, die eindringlichen Augen auf den Redner geheftet, bereit für jede

Anregung, hungrig auf jeden Reiz. Elfriede weiß, dass ihn nach der Machtübernahme SA-Schläger abgeholt haben.

Sie haben ihn in eines der wilden KZs geschleppt, und Harro musste Spießruten laufen. Dreimal trieb man ihn durch eine Gasse von Männern, die von beiden Seiten auf ihn einpeitschten. Angeblich bestand Harro selbst auf einem vierten, freiwilligen Durchgang. Danach salutierte er.

Melde gehorsamst, Befehl ausgeführt plus Ehrenrunde!

Woraufhin ihm die SA-Schläger lärmend die Mitgliedschaft in den eigenen Reihen angetragen haben sollen,

Du bist doch in Wirklichkeit einer von uns!

Und ist es ein Kompliment, solcherart vom Opfer zum Täter befördert zu werden? Es war im Übrigen nicht Harro selbst, der Elfriede diese Geschichte erzählt hat. Er hat sie aber auch nie dementiert. Elfriede weiß nicht recht, ob sie die Sache glaubt. Sicher, es ist eine verlockende Vorstellung, dass man im äußersten Fall seine Mörder mit solcherlei Mätzchen entwaffnen könnte. Dass man sich möglicherweise retten könnte, indem man mehr Schmerzen auf sich nimmt, als einem zugedacht waren. Aber was, wenn man sich hinterher winselnd auf dem Boden krümmen müsste, anstatt Haltung zu zeigen? Schließlich könnte man das Ausmaß der freiwillig übernommenen Qualen ja nicht bestimmen. Man kann nicht vorhersehen, wie viel man erträgt. Was, wenn man nicht mehr hochkäme?

Harro jedenfalls hat überlebt. Und inzwischen ist ihm alles verziehen. Staat und Partei tragen es ihm nicht mehr nach, dass sie seinen Freund ermordet und ihn selbst misshandelt haben. Man vertraut ihm offenbar: Der Fliegeroffizier Harro Schulze-Boysen hat Zugang zu geheimen Projekten, vertraulichen Papieren. Harros Dienstherr Göring hat Libertas in die Wange gekniffen.

Der Reichsluftfahrtminister und Reichsjägermeister Hermann Göring ist ein alter Freund von Libs' Onkel Büdi. Er weilt regelmäßig oben im Schloss. Von seinem eigenen Anwesen Carinhall in der Schorfheide sind es ja kaum sechzig Kilometer bis hierher nach Liebenberg im Löwenberger Land, wo es das herrlichste Damwild gibt, manchmal reitet auch Libertas mit auf die Jagd. Am Abend wird die Strecke auf dem Schlosshof verblasen, bei Fackelschein. Gemeinsam schreitet man sie ab, um vor dem Essen die erlegte Beute zu begutachten.

»Aber Kindchen«, hat Göring gesagt. »Was behaupten Sie da! Ihr Mann kommt nicht recht voran, nur wegen dieser alten Geschichten? Na, das wollen wir doch mal sehen. Ist doch an sich ein wackerer Bursche, dieser Schulze-Boysen. Ein Großneffe von Admiral Tirpitz, wenn ich mich nicht irre. Wie alt war er, bei dieser leidigen Sache damals? Drei-, vierundzwanzig? Aber bitte. Lässliche Jugendsünden.«

Vom See weht ein Luftzug herüber, wie ein Atemhauch.

»Also was meint ihr?«, sagt Harro. »War Pedro im Recht? Das, scheint mir, ist die entscheidende Frage, jedenfalls bei dieser neuesten Version der Geschichte. Ist der Indianer wirklich umsonst gestorben?«

»Nein«, sagt Libs. »Nein, niemals, Harro. Das darf ja nicht sein. Das kann ich nicht glauben. Ich glaube niemals, dass er umsonst gestorben ist. Ich glaube nicht, dass er überhaupt tot ist. Ich glaube, er ist hier bei uns, tief unten in unserer Lanke.«

Marta macht eine Bewegung des Unmuts.

»Er ist jedenfalls gescheitert«, sagt Kurt.

Er spricht aus den Tiefen von Elisabeths Rock.

»Der Indianer ist gescheitert«, sagt Kurt. »So viel ist klar. Aber darauf kommt es nicht an. Nur weil etwas scheitert, muss es noch lange nicht umsonst gewesen sein.«

»Da seht mal«, sagt Elisabeth. »Der Mond.«

Alle drehen sich um. Der neue Mond hängt über den Baumwipfeln, dünn und grellweiß, eine scharfe Klinge. Elisabeth beginnt leise zu summen,

Der Mond ist aufgegangen,
die goldnen Sternlein prangen –

Elisabeths Summen klingt wunderbar tröstlich. Es klingt nach Abendgebet, nach warmer Honigmilch und sorglich festgestopften Decken. Sie werden alle still. Sie schließen die Augen oder blicken versonnen in das erlöschende Feuer. Die Frauen summen leise mit,

Wollst endlich sonder Grämen,
Aus dieser Welt uns nehmen
Durch einen sanften Tod,
Und wenn du uns genommen,
Lass uns in Himmel kommen –

Libs springt auf.

Sie schüttelt sich, wie ein Hündchen. Sie schüttelt die Stimmung des Liedes ab, steigt über Günthers Beine hinweg, klettert über Kurt Schumacher, taucht hinten in einem der Zelte unter. Taucht einen Moment später wieder auf, mit ihrem berühmt-berüchtigten Akkordeon, sie lässt es einmal aufkreischen wie ein kranke Katze. Dann stimmt sie eines ihrer Lieblingslieder an,

Vor zwee Jahren im Aujust
habe ick noch nicht jewusst,
dass ick heute Klagelieder singen muss –

Fredy Siegs »Lied von der Krummen Lanke«. Sie richten sich auf. Sie strecken sich, holen Luft wie befreit. Einer nach dem anderen fallen sie in das Lied ein,

Ach, der erste Kuss war scheen,
darum blieb's nich bei dem een,
denn een Kuss alleene hat ja nich viel Zweck!

Sie erheben die Stimmen. Jetzt hat Libs sie. Alle singen, auch Marta. Harro lacht. Er wirft noch einmal Zweige aufs Feuer. Günther stochert den Brand an, ist denn noch Wein da? Aber sicher: der Rote, aus dem Keller des alten Fürsten. Libs steht vor ihnen allen und singt.

Emma küsste mit Jefühl,

und die Nacht, die war so schwül –

Sie ist vierundzwanzig Jahre alt. Ihre Stimme ist hoch, ein wenig schrill. In der Dunkelheit schimmern ihre nackten Arme. Das Instrument hustet auf und setzt erneut an, dramatisch und mit Witz,

– und der letzte Zug war sowieso schon weg!

Der See rauscht auf, im Nachtwind. Das dunkle torfige Wasser: in dessen Tiefe irgendwo Günthers toter Indianer schläft.

Auch Harro weiß im Übrigen nichts von dem geplanten Putsch anlässlich der Sudetenkrise. Dabei haben er und der Frontkämpfer, Journalist und Abwehrmann Friedrich Wilhelm Heinz eine Menge gemeinsamer Bekannter: Kapitän Ehrhardt, Ernst von Salomon, Otto Strasser, Klaus Mehnert, den Nationalrevolutionär Karl Otto Paetel. Heinz hat sogar eine Weile dem Jungdeutschen Orden angehört.

Tatsächlich ist er ebenso wie Harro kurz nach der Machtergreifung in eines der wilden KZs geschleppt worden, und zwar zusammen mit Ordensgroßmeister Mahraun höchstpersönlich. Sie sind alle miteinander verbunden: Harro Schulze-Boysen kannte Ernst Niekisch, der Arvid Harnack aus der Arplan bekannt war, er kannte Cläre, die Gattin des Arplan-Mitglieds Richard Oehring, die 1917 den ›GEGNER‹-Gründer Franz Jung geheiratet hat, Arplan-Mitglied Wittfogel hat zusammen mit Klaus Mehnert 1931 einen Vortrag zum Fünfjahresplan gehalten, und danach ist Harro mit beiden ins Gespräch gekommen: Und war Harro 1935 auch zur Taufe der kleinen Antje Elisabeth Heberle eingeladen?

Es wäre immerhin denkbar. Der Großvater des Täuflings war schließlich Harros Großonkel. Harros Mutter war also die Nichte des Soziologen Ferdinand Tönnies. Tönnies' 1887 erschienenes Grundlagenwerk ›Gemeinschaft und Gesellschaft‹ hat den Gemeinschaftsbegriff geprägt, der die Jugendbewegung der Kaiserzeit und der Weimarer Republik begeistert und auch noch die Gemeinschaftstümelei der Nazis beeinflusst hat. Diesem Werk zufolge ist man in einer Gemeinschaft wesentlich miteinander verbunden, sei es in einer Familie, einem Dorf oder einem Freundeskreis. Die einzelnen Mitglieder sind unterschiedlich begabt und befähigt, ergänzen aber einander, jeder dient also dem Ganzen, und jeder solche Dienst hat seine ihm eigene Würde. Natürlich ist das Kind dem Vater, der Tagelöhner dem Großbauern nicht gleichgestellt. Aber Rechte und Pflichten korrespondieren. Wer viel zu sagen hat, trägt auch viel Verantwortung. Ungleichheit ist natürlich möglich, aber nur in sehr engen Grenzen, weil die Gemeinschaft sonst keine mehr ist.

In der Gesellschaft dagegen ist man wesentlich voneinander getrennt. Das Gemeinwohl ist dem Einzelnen deshalb gleichgültig, es interessiert ihn nur sein eigenes. Für alles, was er tut, verlangt er eine Gegenleistung. So wird alles zur Ware, Arbeit ebenso wie Geld. Alles wird zu Geld: Der Händler kauft Ware, um sie zu Geld zu machen, er kauft Arbeit, um sie zu Geld zu machen, er kauft also letztlich Geld mit Geld, wobei der einzige Zweck des Ganzen die Anhäufung von mehr Geld ist.

Ferdinand Tönnies war von Anfang an ein scharfer Gegner des Nationalsozialismus. 1933 verlor er seine Lehrbefugnis, wurde unter Streichung seiner Bezüge aus dem Beamtenstand entlassen, verarmte rasch und starb unbeachtet am 9. April 1936. Aber mindestens Harros Mutter wird sich doch die Mühe gemacht haben, zur Beerdigung ihres Onkels zu fahren.

Sie wird mit ihrer Cousine in der Aussegnungshalle gestanden haben: mit Tönnies' Tochter Franziska, der Ehefrau Rudolf Heberles, der von 1926 bis 1929 als Stipendiat der Rockefeller Foundation in Amerika geweilt und sich dort mit den Harnacks angefreundet hat. Die Freundschaft hat sich in Deutschland weiter vertieft. Mildred ist sogar Taufpatin der kleinen Antje Elisabeth geworden. Und war nun Harro bei der Taufe zugegen? Hat Franziska ihre Gäste einander vorgestellt?

»Harro Schulze-Boysen, der Sohn meiner Cousine. Harro, darf ich dich mit Frau Dr. Harnack bekanntmachen, der Patin unserer kleinen Tochter.«

War es so?

Drei Jahre später stehen Arvid und Mildred auf dem Bahnsteig und winken. Es ist der Herbst 1938. Die Heberles verlassen Deutschland.

»Die Heberles verlassen Deutschland«, sagt Harro zu seinem Freund Kurt Schumacher. »Das sind doch nun alles tüchtige nordische Menschen. Da fragt man sich doch, ob eine solche Abwanderung im Interesse selbst dieses Staates liegen kann.«

Die Sudentenkrise ist glücklich vorüber. Der Frieden ist für diesmal gerettet. Bei Schulze-Boysens wird mal wieder ausgeschenkt.

»Schön«, sagt Harro. »Sehr schön, wenn der Krieg sich ein für alle Mal vermeiden ließe. Aber genau das bezweifle ich. Die Sache ist lediglich aufgeschoben. In spätestens zwei Jahren geht es doch los.«

Harro lehnt am Büfett. Er hat Tee gekocht, er balanciert mit der Linken die Tasse, gestikuliert mit der Rechten.

»In spätestens zwei Jahren wird es sich zeigen, dass Österreich und die Tschechoslowakei nur die ersten beiden Schlachten eines neuen Weltkrieges waren«, sagt Harro. »Die nächsten sind dann vielleicht schon an der Schwarzmeerküste, oder in Litauen. Und dann wird es zehnmal so viel Opfer geben, als wenn es jetzt gleich geknallt hätte.«

Noch sind nur Günther Weisenborn, Oda Schottmüller, Kurt und Elisabeth Schumacher da. Die Schumachers sitzen Oda gegenüber, auf dem großen Liebenberger Sofa. Libertas tritt herein, mit einem Tablett voller Gläser. Harro rutscht zur Seite, damit Libs die Gläser auf dem Büfett abstellen kann. Es sind schöne Gläser: große, grünlich schimmernde Weinkelche aus Liebenberg.

Libs und Harro stellen immer nur Gläser bereit. Alles andere bringen die Gäste mit. Die Schulze-Boysens führen noch immer ein offenes Haus: etwas, was Berlin im Jahre 1938 eigentlich längst nicht mehr zu bieten hat. Harro lässt sich aber nicht einschränken. Er ist entschlossen, sich frisch und wohl zu erhalten. Im Winter fahren Harro und Libs Ski in Österreich, im Sommer zelten sie mit Freunden auf dem Darß. Sie radeln sonntags nach Liebenberg hinaus und baden in der Lanke, sie fahren mit dem Wagen an die Adria, in den Spreewald. Sie verfassen gelegentlich ein Flugblatt. Nichts Weltbewegendes, nichts mit hohen Auflagen: Sie verbreiten einfach in ihren nach Information hungernden Kreisen ein paar Neuigkeiten aus der Auslandspresse. Kurts Augen blitzen.

»London hat nun mal kein Interesse an einem Krieg«, sagt er. »Man fürchtet um die Geschäfte. Man fürchtet, dass es vor allem dem britischen Weltreich an den Kragen gehen könnte. Was zählen da schon die Tschechen. Was zählen irgendwelche

Versprechen, die man solch kleinem Ländchen irgendwann mal gemacht haben sollte.«

Wenn Kurt den Kopf neigt, erinnert er noch mehr als sonst an einen Faun, mit seiner ausgeprägten Nase, den nach außen gebogenen Spitzen seiner Ohrmuscheln. Elisabeth sitzt Kurt zugewandt. Oda sieht weg. Oda hat heute eine Packung Leibnizkekse beigesteuert. Elisabeth hat einen selbstgebackenen Apfelkuchen mitgebracht, aus selbstgepflückten Äpfeln von ihrem Baum in dem Kleingarten an der Papestraße.

Manchmal fragt Oda sich, was sie hier tut. Warum sie überhaupt immer noch herkommt. Oda will nicht hier sein. Sie will tanzen. Sie will arbeiten. Sie arbeitet aber nicht. Der Schriftsteller kann schreiben, auch wenn ihn keiner druckt. Der Maler kann malen, der Komponist komponieren: Aber kann der Schauspieler spielen, wenn ihm keiner zusieht? Kann der Sänger singen, der Tänzer tanzen? Es wäre, wie in einen blinden Spiegel zu sehen. Es wäre, wie zu kochen ohne einen Esser. Oda soll das Dessert sein, auf der Speisekarte des Dritten Reichs. Sie ist aber nicht süß genug. Sie müsste leichter sein, mehr Soufflé, natürlich kann Oda nicht den ›Erdwächter‹ tanzen, im Kabarett der Komiker, das ist ihr klar.

Sie hat also ›Lied überm Land‹ getanzt. Ein so schöner Tanz. Ein so schönes Kostüm: ein weich schwingendes Kleid, das schimmert und fließt, so dass ihre Figur im Spiegel aussieht wie etwas in Wasser Gespiegeltes, wie ein Bild, das ihr ein Fluss entgegenwirft. Oda ist aber abgelehnt worden.

Dann hat die Direktrice vom Plaza neulich bei einer Probe zugesehen. Oda hat die ›Seltsame Stunde‹ getanzt. Ein Maskentanz. Die Nazis sind eigentlich sehr für Masken. Masken sind überindividuell. Aber auch sie ändern nichts daran, dass unter der Maske Oda steckt. Oda trägt die Maske während des Tanzes auf dem Hinterkopf. Erst wenn der Zuschauer ganz sicher fühlt, dass er die Tanzende von vorn sieht, wendet sie sich um und zeigt ihr wahres Gesicht. Die Direktrice hat aufrichtig applaudiert. Dann hat sie ihren Arm unter Odas geschoben.

»Nehmen Sie es mir nicht übel, meine Liebe. Es war großartig, keine Frage. Aber es ist eben doch auch ein wenig, nun ja. Entartet. Und nachdem wir ein gehobenes Publikum zu unterhalten haben.«

Oda hat in den letzten Monaten im Wesentlichen mit dem Honorar für die Büste von Carin Göring auskommen müssen. Ein Auftrag der Droste-Hülshoff-Mittelschule für Mädchen, die sich soeben nach des Reichsmarschalls erster Frau benannt hat. Letzte Woche ist die Büste der neuen Namensgeberin aufgestellt worden. Natürlich ist auch die Droste noch da. Sie ist nur relegiert worden. Sie ist ein Stück weiter nach hinten gewandert, in der großen Aula, und an ihrem Platz steht nun eben Carin. Ist Oda vielleicht inkonsequent?

Muss sie viel konsequenter werden?

Wenn sie nicht süß genug ist, sollte sie vielleicht ganz radikal auf das Abgründige setzen, kompromisslos das Bizarre forcieren, das Groteske.

»Du musst unbedingt in die Ausstellung!«

Das sagt Kurt gerade zu Günther Weisenborn. Er kommt nach wie vor in Odas Atelier. Er wirft sich auf Odas Sofa, er witzelt, er redet. Er begutachtet ihre Arbeit, beginnt eine Diskussion, aber dann geht er wieder, und nur sein Abdruck bleibt auf dem Sofa zurück. Oda sehnt sich nach Heiterkeit. Sie sehnt sich nach Helligkeit, Leichtigkeit, Wärme, Gelächter.

»Entartete Kunst. Du musst dir das unbedingt ansehen. Grosz, Klee, Schmidt-Rottluff, Ernst. Fantastisch. Eine letzte Chance, bevor sie endgültig vernichtet oder ins Ausland verkauft werden. Oder bis Göring sie alle in Carinhall einlagert.

Er hat sich einen Franz Marc unter den Nagel gerissen, den ›Turm der blauen Pferde‹. Ich habe das Bild bei ihm gesehen. Göring ist ein begabter Sammler. Er hat auch einen van Gogh. Er hat eine Brückenlandschaft von Cézanne.«

Kurt muss es wissen. Er kennt Görings Anwesen in der Schorfheide: Er hat in Carinhall die Schnitzereien über den Türen gefertigt. Wahrscheinlich hat Libertas ihn Göring empfohlen. Oda hat Kurt nicht danach gefragt, aber es ist anzunehmen.

»Und er hat einen Löwen«, sagt Kurt. »Der zweite Mann im deutschen Staate fläzt im germanischen Lederwams auf germanischen Fellen, in einer Halle, die doppelt so groß ist wie das Sudetenland. Neben ihm brät ein germanischer Ochse am Spieß. Und dann geht die Tür auf, und sein Löwe kommt rein. Original germanischer Löwe. Typisches altgermanisches Haustier.«

Am liebsten stünde Oda jetzt auf und gäbe ihm einen Kuss. Am liebsten führe sie mit der Hand durch sein Haar, zöge ihn an seinen Faunsohren.

»Die Ausstellung zeigt wirklich wunderbare Arbeiten«, sagt Elisabeth zu Günther. »Aber die Besucher. Diese Ignoranz, dieser Hohn. Endlich können sie alles bespucken, was ihnen zu hoch ist. Und dann die Schilder an den Wänden: *Seelische Verwesung. Geisteskranke Nichtskönner.* Hinter Scharffs ›Weiblichen Torso‹ haben sie ein Foto von einem Verrückten gehängt. Natürlich sieht der ›Torso‹ dadurch ganz obszön aus. Er sieht aus wie ein geschändeter Leib. Wie das Werk eines verrückten Mörders.«

Es klingelt. Libs geht zur Tür. Hinter den milchigen Glaspaneelen ist der Umriss einer Frau auszumachen. Libs öffnet. Es ist Marta. Die blonde Marta, die Günther neulich mit nach Liebenberg zum Zelten gebracht hat.

»Marta«, sagt Libs. »Wie schön! Komm, ich nehme dir den Mantel ab.«

»Lass nur«, sagt Marta, »nicht nötig.« Sie eilt an Libs vorbei, ruft durch die Tür ins Wohnzimmer. »Walter ist frei!«

Einen Moment ist alles still. Dann erhebt sich der Chor. Alles steht auf, alles umdrängt Marta.

»Er ist heute freigekommen. Er wird gleich hier sein.«

Elisabeth umarmt Marta, Oda umarmt Marta. Marta strahlt. Sie ist atemlos. Ihre Augen glänzen. Ihre Wangen sind rot. Es klingelt wieder.

»Das ist er sicher!«

Aber es ist Heinrich Maria Ledig-Rowohlt. Es klingelt. Diesmal sind es die Engelsings von der TOBIS-Filmgesellschaft. Alles ertrinkt nun im Lärm der Begrüßungen, der zügig erscheinenden Gäste.

»Es sind alle da! Wir können anfangen. Was lesen wir heute?«

›Das Abenteuerliche Herz – Figuren und Capriccios‹. Eine Sammlung von Ernst Jünger. Es ist die zweite Fassung des Werkes. Die erste ist 1929 herausgekommen, unter etwas anderem Titel. Vom ursprünglichen Text ist kaum ein Drittel erhalten geblieben. Offenbar war der Autor bestrebt, die politischen Teile weitgehend zu tilgen.

»Es geht ihm diesmal eben um etwas anderes. Es geht ihm um Darstellung seiner poetologischen Wahrnehmungsweise. Er will uns zeigen, dass es mehr als eine Art gibt, sich der Welt zu nähern. Dass man durch intuitive Erfühlung ebenso gut wie durch scharfe Beobachtung zu Erkenntnissen gelangen kann.«

»Intuitive Erfühlung. Wenn ich das schon höre. Stell dir mal vor, Marx hätte ›Das Kapital‹ intuitiv erfühlt. Geh mir weg mit Jüngers Erfühlung.«

»Es ist schon wahr. Dass er die Tätigkeit des Verstandes so

als Ameisenfleiß herabwürdigt, kann man nicht zugeben. Nur die Ergebnisse des Verstandes sind schließlich auch für andere nachprüfbar.«

»Aber am Anfang jeder Entdeckung steht doch die Intuition. Selbst in der Wissenschaft ist es so. Am Anfang steht eine Idee, wie man es machen könnte. Eine richtige Frage.«

»Das Genie erfasst Lösungen intuitiv. Es erfasst im Flug, während der nur Begabte zu Fuß gehen muss.«

»Es geht doch darum, was man am Ende hat. Es geht am Ende darum, ob ein Ding echt ist, ob es Echtheitskennzeichen hat, ob es ins Innerste des Künstlers hineingenommen und von dort reproduziert worden ist, statt eine platte Abbildung zu sein, es ist doch eine Lüge, so zu tun, als bilde man die Wirklichkeit ab. Es ist alles zurückgenommen in den Menschen, aus dem es wieder hervorbricht. Nur vom einzelnen Künstler erhält das Werk seine Wirkungsform.«

»Wirkungsform? Hat hier jemand von Wirkungsform gesprochen? Was heißt denn das? Was heißt denn Wirkung, heute für uns? Ästhetische Wirkung? Hübsche oder selbst schockierende Wirkung? Was soll uns denn eine Diskussion über Ästhetik?«

»Na sieh dir doch ihre Fackelzüge an! Sieh dir ihre Inszenierungen an, und dann sage mir, dass dieser Staat nicht zu drei Vierteln aus ästhetischer Wirkung besteht.«

So geht es immer. So schwadronieren sie. So kommen sie vom Hundertsten ins Tausendste. Jemand öffnet eine Flasche Rheinwein. Jemand verteilt Gläser, die Elisabeth füllen hilft. Sie reicht die vollen Gläser in die Runde, wie eine Nektar spendende Muttergöttin.

»Hör mal«, sagt Günther und legt einen Arm um Oda. »Ich habe einen enorm guten Witz für dich. Also, pass auf. Das Auto des Führers fährt den Hund eines Fleischers tot.

Adolf schickt den Chauffeur in den Fleischerladen, um sich zu entschuldigen und Schadensersatz anzubieten. Der Chauffeur sagt: *Heil Hitler. Der Hund ist tot.* Der Fleischer fällt ihm um den Hals und jubelt. *Endlich! Endlich! Seien Sie mein Freund! Seien Sie mein Bruder! Hier, nehmen Sie! Nehmen Sie! Nehmen Sie die größten Würste mit!*«

Oda lacht. Günther lacht. Irgendwo weiter hinten im großen Wohnraum imitiert jemand Hitler, wahrscheinlich Kurt.

»Rose de Rescht? Das ist doch ein ganz undeutscher Name. Ich hege den Verdacht, es handelt sich hier um eine volksfremde Rose. Eine volksfrremde Rrrose, in einem volksdeutschen Garrten! Das kann und das wärrde ich nicht länger dulden! Ich wärrr-de dieses Gewächs herrraus-reißen! Mit der Wurr-zel heraus-reißen, aus dem Boh-den des Va-terlands.«

Da ist es, das Gehämmer. Da ist der Anrufungs-Singsang voll falscher Betonungen, die keinen Sinn ergeben, sondern allein dazu dienen, einzelne Worte wie Reißnägel in die Seelen der Zuhörer hineinzudrücken.

»Diese *un*deut-schen *Rrrroooo*-sen rrrücksichts-*los vernich*-ten, sie *un*-er-*bitt*-lich aus-*mer*-zen aus der *Volks*-ge-*mein*-schaft.«

Oda hört das Stimmengewirr, den schockierten Aufschrei einer Frau. Günther schwenkt sein Glas.

»Die Nazis?«, ruft er jemandem zu. »Aber wir wollen ihnen doch gar nichts Schlimmes! Wir wollen sie nur auf eine einsame Insel sperren. Und dort stellen wir Lautsprecher auf, und dann müssen sie vierundzwanzig Stunden am Tag ihren eigenen Reden zuhören.«

Es klingelt.

»Walter! Es ist Walter Husemann.«

»Endlich.«

Oda streckt sich. Sie spürt die Muskeln unter ihren Kleidern. Sie spürt ihren Körper, straff und biegsam, spürt das Leben in ihrem Körper, jemand reicht ihr ein Glas Wein. Oda wird hierbleiben. Sie braucht ihren Platz, hier, im Haus der Schulze-Boysens. Wohin soll man gehen, wenn nicht hierher? Oda muss ihr Leben haben. Sie kann unmöglich alles der siegreich mütterlichen Elisabeth überlassen.

Viel später am Abend liegen Marta und Walter Husemann zusammen in Martas Mädchenbett. Marta hält ihren Walter fest umschlungen: ihren sanften Jungen, den sie im Lager gequält haben.

»Marta«, sagt Walter. »Liebste. Wir dürfen nicht mehr so oft zu den Schulze-Boysens gehen. Diese Leute sind keine Kommunisten. Es sind Bourgeois, die nichts von Konspiration verstehen. Sie sind charmant, aber sie sind lebensgefährlich unvorsichtig. Sie sind naiv. Sie verstehen überhaupt nicht, in welcher Gefahr sie sind.«

Im Bayerischen Viertel liegt alles voll Scherben. Das ganze Tauentzien ist übersät mit Seidenstrümpfen und zerschmetterten Möbeln, Pariser Schuhen und Luxusroben. Aus den Fenstern der luxuriösen Textil- und Modehäuser rund um den Hausvogteiplatz fliegen die Stoffballen, die sich an den Fassaden festlich flatternd entrollen, leuchtende Fahnen einer Welt des Luxus und des Frohsinns.

»Die Rosenbaums sollen sie abgeholt haben«, sagt erschüttert der Angestellte Karl Matzke zu seinem Bruder Klaus. »Die Schaukästen vor ihrem Laden sind alle zerschmissen. Es ist entsetzlich. Was für eine entsetzliche Zerstörung. Was für eine Belastung des Volksvermögens, die meisten Häuser, in denen sie gehaust haben, gehören ja gar nicht den Juden, sondern Ariern! Ganz gewöhnlichen braven Volksgenossen. Die Juden sind dort nur Mieter oder Pächter. Das heißt, die Versicherungen werden diese riesigen Schäden bezahlen müssen.«

»Es ist entsetzlich«, sagt die Direktrice des Modehauses Schöning zu Frau Doktor Engelbrecht. »Diese abstoßende Rohheit. Aber bitte, sie hätten sich doch auch nicht so breitmachen müssen. Sie hätten sich etwas zurückhalten können. Man trifft ja kaum noch einen Deutschen, in manchen Gegenden. Man fühlt sich gar nicht mehr wie im eigenen Land. Am Kudamm sind doch fast alle Geschäfte in jüdischer Hand.«

»Ick weeß nich, ick weeß nich«, sagt Frau Schmittke vom Gemüseladen zu Herrn Schmittke. »Ick kann se ja ooch nich leiden, die Juden. Aba det jing mir denn doch zu weit. Det sind doch trotzdem immer noch Menschen.«

»Was hast du denn da?«, sagt Udo Peters zu seiner Frau. »Das Kleid kenne ich doch noch gar nicht.«

»Vom Juden«, sagt Hilde Peters verschämt. »Gefällt es dir?«

»Wie, vom Juden.«

»Na, drüben von Spiegelberg. Da haben sie doch die Fenster eingeworfen. Jetzt mach nicht so ein Gesicht. Wenn ich das Kleid nicht genommen hätte, hätte Trudchen Grohte es sich unter die Nägel gerissen, die war ja auch da. Weggekommen wäre es auf jeden Fall.«

Gestern Abend hat Klaus Bonhoeffer im Kinderzimmer Dürers Stich ›Ritter, Tod und Teufel‹ aufgehängt. Emmi ist erschrocken. Sie hat Klaus gefragt, was er sich bei solchem Wandschmuck denkt.

»Warum?«, hat Klaus gesagt. »Es ist ein gutes Bild. Es ist wichtig für Kinder, mit guten Bildern aufzuwachsen.«

»Ja«, hat Emmi gesagt. »Aber es sind Kinder. Glaubst du nicht, dass du sie erschreckst, mit solchem Bild?«

»Ach?«, sagte Klaus. »Ja, freilich. Es wird ihnen schon etwas ungewohnt sein. Unsere Zeit neigt dazu, den Teufel mit dem Kavaliersdegen abzubilden, elegant im rot-schwarzen Seidenumhang. Aber das Mittelalter hat ihn klarer erkannt. Das Böse ist ein Schleim, ein ekelhafter Pilz, der alles überzieht. Wer das erkennt, wer den Teufel wirklich erkennt, dem fällt die Wahl zwischen Tod und Teufel nicht schwer.«

»Tod und Teufel. Was ist das denn für eine Wahl? Klaus, es sind Kinder. Sie müssen doch das Leben wählen können.«

Klaus hat Emmi einen Moment lang betrachtet.

»Nun ja. Sicher, das Leben.«

Dann ist er weicher geworden. Er hat den Arm um sie gelegt.

»Der Ritter ist ja nicht allein. Er wird von seinem Hund begleitet. Er hat seinen Hund, und er hat sein Pferd.«

Dann hat er sie losgelassen. Er ist aus dem Zimmer gegangen, den Hammer in der Hand.

Oda sieht auf die Uhr. Sie hat noch eine halbe Stunde Zeit, sich umzukleiden und zu schminken. Sie steht im Schlafzimmer der Gastgeber, das ihr als Garderobe zur Verfügung gestellt worden ist: Dies ist eine Privatvorführung. Warum schreckt man immer ein wenig davor zurück, anderer Leute Schlafzimmer zu betreten? Es ist fast, als hinterließen sie etwas von sich in diesem Raum. Als klebte ein Teil ihrer Seele hier an den Wänden, der im Zimmer bleibt, selbst wenn ihre Körper weg sind, hellwach den Tagesgeschäften nachgehen. Die Seelen der Toten spuken an den Orten, wo sie gestorben sind. Die Nachtseelen der Lebenden spuken in den Schlafzimmern: wo sie träumen, schwitzen, weinen, kopulieren, wachliegen mit weit offenen Augen, einander wortlos den Rücken zukehren.

Aber Oda ist froh. Sie wird heute tanzen. Sie wird den besonderen Tanz zeigen, den sie schon vor Langem entwickelt, aber bis jetzt nicht aufgeführt hat. Oda ist konzentriert. Sie beugt, streckt, biegt, dehnt sich, sucht den Körper in etwas anderes zu verwandeln, etwas Raumfüllendes. Werden sie sehen können, was sie tut? Werden sie irgendetwas verstehen? Oder werden sie heimlich auf die Uhr linsen, überlegen, was morgen im Dienst zu tun ist? Es klopft. Die Tür öffnet sich einen Spalt.

»Fräulein Schottmüller?«

Kurt Schwaen, ihr Pianist.

»Ich wäre so weit.«

»Ja. Ich auch, in einem Moment.«

Kurt Schwaen hat ihr von diesem Tanz abgeraten, den sie tanzen wird. Oda hat ihn ignoriert. Sie will tanzen. Sie wird tanzen. Sie geht zur Tür. Sie überquert den Flur, betritt das Esszimmer. Sie sieht die Gäste, dicht gedrängt. Sie sieht Kurt Schwaen am Klavier. Oda atmet tief ein, dann aus. Sie betritt den Raum.

Der erste Ton. Der erste Schritt. Oda spürt, wie das Publikum mitgeht. Die Musik hämmert. Der Körper handelt. Der Körper ist der Tanz. Der Körper, der wirbelt, schreitet, stürzt, die Arme, die stoßen, schlagen, schneiden, gleiten, die Beine, die treten, schreiten, sich biegen und strecken: Das ist sie und nicht sie. Das ist das andere, das sie beherrscht und vorantreibt, in den Taumel hinein, den die starre Maske abfängt, die Maske ist das ganz andere. Oda ist die Zweigesichtige: Das Gesicht und die Maske. Von ihrem Gesicht ist nichts zu sehen, unter der Maske. Die Maske hat die Form eines menschlichen Gesichts. Es hat den Ausdruck angespannter Starre. Es ist ein grausames Gesicht. Oder ist es ein grausam zugerichtetes? Es ist ein Gesicht ohne Blick: Die Augen sind geschlossen oder ausgewaschen. Die Wangen, die Stirn, das Kinn weichen zurück, so dass das Gesicht etwas Zugespitztes hat, wie bei einem kleinen Raubtier, einer Ratte vielleicht, etwas straff nach vorn Gespanntes, dabei eine hochgezogene Oberlippe wie bei einem knurrenden Hund oder einem Leidenden. Was ist diese Tänzerin, ein Teufel, ein Irrlicht? Ein Tier. Eine Drohung im Unterholz. Etwas, das aus der Nacht kommt, von dort, wo die Zivilisation nicht hinreicht, wo die Wildnis wartet, die Barbarei. Das Wesen springt, bäumt sich auf. Sein Schatten flieht schwarz an der Wand lang. Er legt sich auf die Gastgeberin, verfinstert die Gäste, einen nach dem anderen, der Schatten duckt sich, bäumt sich auf.

Er hebt die Arme, gekrümmt, die Krallen des Raubvogels. So verharrt er. So bleibt Oda stehen. Das Publikum ist einen Moment wie betäubt. Es will schon beginnen zu applaudieren, da setzt die Musik noch einmal ein.

Es ist noch nicht zu Ende. Es beginnt neu, oder setzt es sich fort? Das Wesen dort vorn verkrampft sich. Es windet sich. Es kämpft, auf der Stelle, zappelnd wie an einem Seil, es kämpft einen zuckenden Kampf um Luft und Leben. Dann bricht der Kopf seitlich weg. Die Grausamkeit scheint aus der Maske verschwunden, wie ist das möglich? Kann man in ein Stück Holz eine Veränderung hineintanzen? Kann der Tanz einer Maske Leben verleihen, so dass die Fratze der Grausamkeit nun zum Antlitz der grausam Misshandelten wird? Die Gestalt stürzt zu Boden, wie vom Strick geschnitten. So bleibt sie liegen, während die Musik noch einmal aufbraust, dann abbricht, mit einem letzten dünnen Ton. Einer der Gäste wirft einen diskreten Blick auf den Programmzettel. Dort steht der Name des Tanzes.

›Der Henker / Der Gehenkte‹

Elisabeth Schumacher ist bei den Hohenemsers zu Besuch: bei dem Bruder ihres Vaters und seiner Frau, ihrem blinden Onkel Richard und Tante Alice. Elisabeth sieht sich selbst in keiner

Gefahr. Sie ist nur Halbjüdin und außerdem mit einem Arier verheiratet. Aber sie fürchtet für ihre Verwandten. Für ihre wahre Familie, die jüdischen Geschwister ihres Vaters: Onkel Paul und die Seinen in Frankfurt, Onkel Richard und Tante Alice in Berlin. Elisabeth hat vorsichtig angefragt, ob sie nicht lieber emigrieren wollen. Aber Tante Alice ist nicht bereit, eine solche Möglichkeit auch nur zu erwägen.

»Wie stellst du dir das vor, Kind?«, sagt Tante Alice zu Elisabeth. »Wo sollen wir denn hingehen, wenn wir Deutschland verlassen?«

Im Juli 1938 sind auf Initiative des amerikanischen Präsidenten Franklin D. Roosevelt in Évian-les-Bains Delegierte aus zweiunddreißig Nationen zusammengekommen, um das Flüchtlingsproblem zu lösen. Einstimmig hat man sich dafür ausgesprochen, allen Personen, die aus politischen, rassischen oder religiösen Gründen ihre Heimatländer verlassen müssen, Asyl zu gewähren, jedenfalls soweit die Finanzierung von privaten Organisationen getragen wird und man alles vermeiden kann, was als Eingriff in die inneren Angelegenheiten des Deutschen Reichs gedeutet werden könnte.

Die europäischen Länder sind allerdings nicht in der Lage, noch jemanden aufzunehmen. Sie haben schon zu viele Arbeitslose. Amerika kann bedauerlicherweise seine festen jährlichen Einwanderungsquoten nicht beliebig erhöhen. Kanada und Australien können zu ihrer Betrübnis nur englische Einwanderer aufnehmen, da ihre Länder bislang gänzlich frei von Rassismus sind und sie nicht gedenken, nun anderer Leute Rassenprobleme zu importieren,

insbesondere da die Zuwanderung von Juden doch letztlich den Juden selbst schaden würde, weil sie dem Antisemitismus neuen Auftrieb geben muss.

Aber vielleicht kann man die Juden ja nach Madagaskar

schicken. Vielleicht könnten sie in die portugiesische Kolonie Angola einwandern oder in das von der Sowjetunion eingerichtete Autonome Gebiet Birobidschan. Und hat nicht der Diktator der Dominikanischen Republik angeboten, bis zu hunderttausend Juden aufzunehmen? Er hat ja jetzt Platz. Er hat gerade erst achtundzwanzigtausend haitianische Arbeiter massakrieren lassen.

Keiner will sie!

So hat der ›Völkische Beobachter‹ beglückt getitelt.

Ist es denn ein Wunder, dass Deutschland sich eines Bevölkerungssegments zu entledigen trachtet, das auch in den anderen Ländern niemand aufzunehmen bereit ist?

»Wie stellst du dir vor, dass wir ins Ausland gehen, ohne Geld, ohne Fremdsprachenkenntnisse?«

Das sagt Onkel Richard.

»Meinen Brüdern ist es nicht geglückt. Und ich bin auch noch blind. Nein. Wir sind Deutsche, und wir bleiben hier. Das alles kann ja nicht ewig dauern. Das Land von Goethe und Schiller wird diese Barbarei nicht dulden. Das Land von Martin Luther.«

Und das ist ein weiteres Problem. Die USA wären bereit gewesen, Elisabeths Frankfurter Onkel Paul mit seiner Familie aufzunehmen. Der Onkel hätte nur die Reise bezahlen und den Besitz von 400 Dollar nachweisen müssen. Dollars sind aber kaum zu beschaffen. Ihr Besitz ist strafbar. Ein Amerikaner hätte also die Summe vorstrecken müssen. Aber das Komitee der amerikanischen Juden setzt sich nur für Glaubensjuden ein.

Getauft! Natürlich sind wir alle getauft. Alle zwölf Hohenemser-Kinder, christlich getauft, konfirmiert, kirchlich getraut, und wenn wir mal sterben, werden wir christlich beerdigt.

Nicht nur in Amerika, überall nehmen sich die jüdischen Hilfsorganisationen nur der Juden an, die dem alten Glauben treu geblieben sind. Deswegen kümmert sich Bischof Bell besonders um jüdischstämmige Christen. Dietrich Bonhoeffers Freund und Vertrauter aus Dietrichs Jahren als Auslandspfarrer in England hat den Vorsitz des International Christian Committee for German Refugees übernommen. Die Engländer verlangen für die Erteilung eines Visums die Vorlage einer Bürgschaft. Bischof Bell hat in diesem Winter 1938/39 bereits persönlich für neunzig Menschen gebürgt, vor allem für Mitglieder nichtarischer Pfarrersfamilien. Bells Schwägerin Laura Livingstone hält sich in Deutschland auf, um Juden bei der Auswanderung zu helfen: Sie arbeitet mit dem Büro Pfarrer Grüber zusammen, mit den Quäkern der Religiösen Gesellschaft der Freunde.

George Bell bemüht sich als Lordbischof und Mitglied des Oberhauses seit Langem darum, den Engländern klarzumachen, wie schwierig das Leben für Gegner des Nationalsozialismus in Deutschland ist, wie furchtbar die Feinde des Regimes bedrückt werden.

Aber die Engländer verstehen es natürlich nicht. Wie sollten sie? Sie leben in einem freien Land. Bell versucht, den Bischöfen der Church of England die Barmer Theologische Erklärung zu erläutern, das Gründungsmanifest der Bekennenden Kirche. Aber die Bischöfe zucken die Achseln. Sie begreifen nicht, wie man zwischen rechtmäßiger und nicht rechtmäßiger Berufung auf Jesus Christus unterscheiden kann.

Natürlich kümmert sich George Bell auch ganz besonders um die Zwillingsschwester seines Freundes Dietrich Bonhoeffer und ihren Mann Gert, die nach England geflohen sind. Er hat sie als seine Gäste eingeladen, so dass das Jahr 1939 für Sabine und Gert Leibholz luxuriös in einem mit Stoffen ausgeschlagenen Schlafzimmer im Bischofspalast von Chichester beginnt.

Das Mädchen hat die Vorhänge geöffnet und ihnen eine Tasse Tee am Bett serviert. Dann hat es die hübsche bunte Blechdose neben dem Bett geöffnet, um ihnen die Frühstückskekse anzubieten, die sich darin befinden müssten. Die Dose war aber leer.

Die Kekse sind weg. Die Leibholzens haben sie gestern Abend gegessen, und nun fällt ihnen nicht einmal ein Scherz ein, den sie dem mit der Dose enteilenden Mädchen nachrufen könnten: Ihr Englisch ist noch immer sehr hölzern. Das Schlimme ist nicht der Keks. Das Schlimme ist der Verlust der Grazie. Sabine fühlt sich wie jemand mit zwei linken Füßen. Mit zwei linken Daumen. Sie fühlt sich wie auf einer Eisfläche: Sie läuft bei jedem Schritt Gefahr, auszurutschen oder einzubrechen. Sabine sollte wirklich lachen, über die beiden Kekse. Und natürlich hat sie auch gelacht, über den verblüfften Blick des Mädchens. Das liebe, unschuldige Ding, so erstaunt, dass es Leute gibt, die sich nicht an die vernünftigen und kultivierten Regeln zivilisierten Zusammenlebens halten! Es ist aber nicht lustig.

Nichts ist lustig. Sie sitzen beim Dinner, diese wohlerzogenen Engländer, sie sitzen beim Breakfast. Sie lesen ›Antonius und Cleopatra‹, mit verteilten Rollen. Sie stehen im Salon, sie lächeln freundlich, sie balancieren Teetassen. Sie scherzen, Hitlers Gebell sei zweifelsfrei schlimmer als sein Biss. Sie versichern einander, das Regime würde sich mit der Zeit schon mäßigen, die stürmischen Auswüchse würden sich totlaufen. Freilich, am Ende wird sich alles totlaufen! Wo heute Chichester steht, der Bischofspalast, die Kathedrale, stand einstmals eine römische Siedlung. Wo die Gäste des Bischofs heute das großzügige und köstliche englische Frühstück genießen, siedelten keltische und noch früher irgendwelche neolithischen Stämme, wo sind sie hin? Alles läuft sich am Ende tot: Aber so lange können die Leibholzens nicht warten. Es ist atemberaubend, dass man nicht weiß, wie lange man warten muss. Wann werden sie wieder leben, wann darf Gert wieder arbeiten? Wann kann er aufhören, seine Zeit zu vertrödeln?

Es ist das, was Gert quält: das unwiederbringlich verfließende Leben. In direkter finanzieller Not sind sie nicht. Sie haben ein paar Ersparnisse, Gert erhält ein kleines Stipendium aus einem Hilfsfonds des Weltrats der Kirche, und Sabine plant, wieder zu töpfern. Sie haben ein Auskommen. Aber ihr Leben ist hinter ihnen zurückgeblieben: die Familie, die Sprache, alles, was sie berührt und erschüttert und im Innersten angeht. Die innere Unruhe ist manchmal fast nicht erträglich.

Die Unruhe drängt Sabine hinaus in die Stadt, wieder zurück ins Zimmer, zum Sofa, zum Tisch und wieder aus dem Haus. Sie treibt Sabine der Zukunft entgegen. Die Zukunft beginnt aber nicht. Und die Vergangenheit ist vorüber. Die Engländer sprechen heiter, gelassen.

Die Engländer plaudern, sie machen Konversation über die Lage auf dem Kontinent, sie nehmen ein weiteres entrindetes Kressesandwich und wechseln zu einem englischen Thema. Sabine und Gert gehen durch Sydenham, durch Chichester. Sie gehen durch London.

Sie überqueren die Plätze und Straßen dieser riesigen Stadt. Sie fluten mit den anderen in die Mäuler der Untergrundbahn, werden wieder ausgespien, sie sind in Berlin aufgewachsen, aber dem Wirbel, dem Strudel, dem Strömen solcher Menschenmassen sind sie niemals ausgesetzt gewesen. Zu Hause wussten sie, wer sie waren. Hier sind sie Tröpfchen in der Flut, verloren in einem schneelosen englischen Winter voll Nebel und grünem Gras, Möwengeschrei wie am Ostseestrand, die weißen Vögel wirbeln aus den Wolken herab. Sie wirbeln aus dem Nebel über der Themse. Sabine und Gert gehen und warten, stehen und warten. Sie warten darauf, endlich zu wissen, worauf sie warten oder wie lange sie werden warten müssen. Dann, mitten am Tage, mitten im Warten, mitten in diesem grauen Meer eines unbestimmten Lebens, ergreift Sabine mitunter eine große Freude.

Sie sind am Leben. Sie sind in Sicherheit. Das eiserne Band, das Sabines Herz in Deutschland so viele Jahre enggeschnürt hat, ist geborsten. Die Nazis sind fern. Sabine und Gert sind jung. Sie reisen. Sie erleben ein Abenteuer. Sie sehen und lernen Neues, immerzu, jeden Tag. Sie haben einander, sie haben die Kinder, die schon beginnen, Englisch zu sprechen, ohne die Spur eines deutschen Akzents.

ZWEITER TEIL

1

Es ist alles zerstört. Es ist alles zugrunde gerichtet. Es ist ein Herbstabend 1932, und sie werden laut, sie werden scharf, sie schreien einander an. Worum geht es überhaupt?

Auf dieser zwanzig Hektar großen Insel mitten im Tegeler See haben einst Alexander und Wilhelm von Humboldt gespielt. Dann hat der Naturforscher Karl Bolle nach seinen Studienreisen zu den Kapverdischen und Kanarischen Inseln Hunderte ausländischer Bäume und Sträucher hier heimisch werden lassen. Und 1922 hat Direktor Wilhelm Blume seine Reformschule gegründet, die Schulfarm Scharfenberg. Die Schüler waren von Anfang an mit dabei. Sie haben beim Bau des Fährhauses und des Blume-Hauses geholfen, auf dem Scheunenboden einen Schlafsaal eingerichtet und die Scheune zum Speisesaal ausgebaut, in dem sie nun sitzen und einander bekriegen.

»Keine Verantwortung! Diese Schüler haben keinerlei Verantwortung gezeigt!«

Aber was brüllt Ackermann denn? Ackermann ist ein Idiot.

»Was denn für Verantwortung? Verantwortung übernimmt man freiwillig. Verantwortung kann nicht gefordert werden.

Verantwortung kann man nur tragen, solange man sich selbst die Regeln gibt.«

»Dummes Gerede!«

Wann hätte je ein Lehrer einen Schüler auf Scharfenberg beschimpft?

»Dummes Gequatsche, es sind ja eure Regeln! Dass man sich abzumelden hat, wenn man die Insel verlassen will, ist noch in der Zeit der Schülerselbstverwaltung beschlossen worden.«

In den guten alten Zeiten, als Entscheidungen auf Scharfenberg streng demokratisch getroffen wurden: Jeder hatte eine Stimme, Schüler wie Lehrer, außer wenn es um die Verleihung dieses Stimmrechts an Neuzugänge ging. Über die Aufnahme eines neuen Mitschülers bestimmten die Schüler allein. Ein Neuer musste am Ende des ersten Schuljahres zwei Drittel der Schülerstimmen für sich gewinnen, in freier und geheimer Wahl, oder er musste die Schule wieder verlassen: Und wie ist es dann möglich, dass es hier neuerdings Nazis gibt?

Sieben Tageszeitungen aller politischen Richtungen werden auf Scharfenberg ausgelegt. Es gibt einen Presseclub, der den Inhalt dieser Zeitungen für die Lesefaulen zusammenfasst. Es gibt Mitglieder aller Parteien, aber immer waren Kommunisten und Sozialdemokraten weit in der Überzahl. Die meisten Schüler stammen schließlich aus Arbeiterfamilien. Scharfenberg ist erschwinglich. Das Schulgeld ist am Einkommen der Eltern ausgerichtet, und einen großen Teil ihres Lebensunterhalts erwirtschaften die Schüler selbst: Zur Farm gehören fünfzehn Morgen Ackerland, zwanzig Morgen Weide, vier Morgen Mähwiesen, Schweine, Pferde, Kühe, Kaninchen. Man kann in der Landwirtschaft mitarbeiten, in der Tischlerei, in der Schlosserei, in der Gärtnerei oder der Gruppe Allzeitbereit, die zum Beispiel die Klos sauber hält. Es gibt den Läutenant, der morgens früh um sechs alle mit der Glocke zum Morgenlauf rund um die Insel weckt. Es gibt einen Mahlzeitenchef, der beim Ausmisten der Ställe, dem Einbringen des Heus zur Kaffeepause mit dem Korb voller Schmalzstullen erscheint.

Natürlich wird alle Arbeit freiwillig geleistet. Arbeit ist schließlich keine Strafe. Eine Strafe ist es, nicht mehr arbeiten zu dürfen, von allen Aufgaben, von jeder Mitwirkung befreit zu sein. Was ist Erziehung? Einsicht in das Notwendige. Auf Scharfenberg gibt es keine Noten, keine fest abgezirkelten 45-Minuten-Stunden. Es gibt Waldläufe und Schwimmfeste, aber keine Turnstunden. Bei der Feldbestellung, der Wartung der Maschinen in den Werkstätten, den Fettuntersuchungen der Milch, der Anlage eines Gewächshauses, den meteorologischen Messungen, deren Ergebnisse täglich an den Zentralen Wetterdienst weitergeleitet werden, der Bekämpfung der Wasserratten auf der Kükenfarm gehen Unterricht und Arbeit ineinander über. Für die jährlichen Theateraufführungen kommen Schauspiellehrer nach Scharfenberg, die die Proben leiten und die Schüler in der Kunst des Vortrags und der freien Rede unterrichten.

»Ach hört doch auf. So ist es ja gar nicht mehr. Es geht hier doch alles kaputt.«

Das ruft Natze von der Kükenfarm. Die Kükenfarm wird längst ganz von der Schülerselbstverwaltung geleitet. Die beiden Jungen, die dort wohnen und arbeiten, tragen große Verantwortung: In ihren Händen liegt die Aufzucht der Wellensittiche, der Enten-, Gänse- und Hühnerküken und die Versorgung der Seidenraupen. Sie bauen Brutkästen und Volieren, sie schleppen die Maulbeerbaumblätter für die Raupen von der Anlegestelle herauf, sie machen ihre Schulaufgaben zwischen Säcken voll Tierfutter und Werkzeugkisten. Sie schlafen auch auf der Kükenfarm, in einem Raum im Dach.

»Das ist Verantwortung. Unsere Verantwortung für die Tiere. Keiner hat gesagt, wir müssten das machen. Wir haben uns freiwillig gemeldet, also tragen wir die Verantwortung. Aber für das, was jetzt passiert, sind wir nicht verantwortlich.«

Das ruft Natze Probst von der Kükenfarm. Natze kann wunderschön revolutionäre Lyrik rezitieren.

Auch heute du zerstampft. Ein Noch-Zerschellter.
Sie aber töten nicht den Geist.
Zurück, empor gen unberührte Wälder!
Der Mensch sei frei!
Ich breche auf. Ich komme! Ah: Trompeten.

Die Kükenfarm ist das letzte bewohnte Haus auf der Insel, mindestens hundert Meter entfernt von den anderen Gebäuden. Deswegen treffen sich dort die Kommunisten. Hans Coppi kommt aus einem kommunistischen Elternhaus. Heinrich Scheels Vater ist Sozialdemokrat. Hans Coppi hat Heinrich Scheel per Handschlag in den Kommunistischen Jugendverband aufgenommen. Durch das Lager der Scharfenberger ging der große Riss nicht, der die Linke spaltet. Aber natürlich ist auch auf Scharfenberg nun alles vorüber: alle Eintracht, alle Freiheit, alle Scharfenberger Traditionen.

»Und schuld daran ist Direktor Blume!«

Der Direktor ist nicht da, sonst wäre dieser Tumult gar nicht möglich.

»Zu Zeiten der echten Selbstverwaltung wäre eine solche Regelverletzung gar nicht möglich gewesen. Schuld ist Direktor Blume selbst, er verstümmelt die Schule. Er verzichtet freiwillig auf unsere alten Prinzipien.«

»Was soll Blume denn machen? Er hat doch nur Angst, dass die Schule geschlossen wird, falls die Nazis drankommen.«

»Sie wird nicht geschlossen. Es wird nur ein anderer Geist einziehen.«

Schulz. Sein Vater ist Nazi.

»Schulz! Wenn dir der Geist hier nicht passt, warum bist du nicht woanders hingegangen?«

»Wer hat Schulz überhaupt gewählt? Warum hat der das Stimmrecht bekommen?«

»Von wegen Stimmrecht. Hier wird ein Geist der Disziplin einziehen!«

»Schließen wir die Disziplinverletzer aus der Inselgemeinschaft aus!«

Das schreit Schulz. Nun springen die Ersten auf. Der Tumult ist perfekt. Der kleine Böker zieht Schulz am Ärmel: der kurzsichtige Rechtsanwaltssohn Böker, Gefolgschaftsführer der Hitlerjugend, über den sich die anderen ständig lustig machen.

»Das kannst du doch nicht verlangen, Schulz«, sagt er. »Das sind doch auch Volksgenossen. Das sind doch unsere Mitschüler. Du kannst doch nicht wollen, dass man sie ausschließt.«

»Ausschluss!« Schulz schüttelt den Ärmel, den Böker festhält. Er beachtet Böker gar nicht. Wer beachtet Böker? »Ich bin für den Ausschluss!«

Hans Coppi erhebt sich.

»Dann schließt mich auch aus. Ich solidarisiere mich mit den Jungen, die mit mir und auf meinen Vorschlag hin in den Film gegangen sind.«

»Hans!« Heinrich Scheel hat den Arm des Freundes ergriffen. »Hör auf. Überlege dir, was du sagst. Du hattest doch eine Genehmigung.«

»Ich solidarisiere mich. Diese Diskussion ist eine Scheindiskussion. In Wirklichkeit geht es nicht um Genehmigungen, sondern um den Film. Der Film ist antinationalistisch. Der Besuch des Films soll bestraft werden.«

Ein paar jüngere Schüler haben Hans Coppi aufs Festland begleitet, um mit ihm zusammen Pabsts Film ›Kameradschaft‹

mit Ernst Busch zu sehen, von dem Coppi ihnen vorgeschwärmt hat. Die Jungen hatten keine Erlaubnis, die Insel zu verlassen. Das ist alles. Früher hätte die Schulgemeinschaft die Sanktion für eine solche Sache besprochen. Wahrscheinlich hätte man die Schüler für eine Weile von ihren Pflichten entbunden: Wer sich nicht an seine eigenen Regeln hält, dem kann man keine Verantwortung übertragen.

»Blume wird die Ausschlüsse sicher wieder rückgängig machen.«

Draußen vor der ehemaligen Scheune hat der Kunstlehrer Erich Scheibner, Rat genannt, Hans Coppi eingeholt. Rat ist beliebt. Er ist zuständig für die Dinge, die den Schülern wirklich wichtig sind: für die Theateraufführungen, Zeichenwettbewerbe, Marionettenspiele, Studienfahrten. Er und Hans Coppi haben denselben Weg. Rat hat ein Arbeitszimmer im Fährhaus, wo die Jungen sich Döblin, Remarque, Brecht, Tucholsky ausleihen können, Bände und Zeitschriften über Barlach, Dix, Pechstein, Grosz. Aber er schläft genau wie Hans Coppi, Hans Lautenschläger und die anderen im großen Jungenschlafsaal im Neubau.

»Coppi, Sie hatten eine Genehmigung. Sie müssen die Schule nicht verlassen. Denken Sie nur, wie enttäuscht Ihr Vater sein wird. Sie müssen mit Blume sprechen, wenn er wieder da ist.«

Hans Coppi sieht zu Rat hinunter, den er um mehrere Haupteslängen überragt.

»Mein Vater wird mich verstehen«, sagt er. »Er wird mein Verhalten gutheißen. Und ehrlich gesagt, ich habe gar nichts dagegen, hier wegzugehen. Ich gehe aufs Festland. Ich will nicht länger hier herumsitzen. Ich will gegen die Nazis kämpfen. Mein Vater wird auf meiner Seite sein. Er ist Arbeiter, und er wollte ein besseres Leben für mich.«

»Dann machen Sie Abitur!«

»Das kann ich auch auf dem Festland.«

Hans Coppi geht. 1934 wird auch der Lehrer Rat die Schule verlassen. Heinrich Scheel wird Direktor Blume ans Humboldt-Gymnasium begleiten, zusamen mit mehr als der Hälfte der Schülerschaft. Scharfenberg gibt es nun nicht mehr. Stattdessen gibt es nun die Rudolf-Heß-Schule, eine nationalsozialistische Musteranstalt, an der das Führerprinzip herrscht.

Hilde Rake kennt Scharfenberg gar nicht. Sie weiß nicht einmal, dass es auf der Insel Scharfenberg diese Schule gibt. Es ist ein kühler Frühlingstag 1939. Hilde wohnt in Berlin Mitte, über dem kleinen Laden für Lederwaren, den die Mutter betreibt. Sie wohnt noch immer dort, mit ihren fast dreißig Jahren. Sie hat auch dort gewohnt, als Franz noch in Berlin war. Franz und Hilde durften ja nicht heiraten. Sie konnten nicht zusammenziehen. Sie konnten nicht in einer gemeinsamen Wohnung wohnen, in einem steinernen Raum mit vier steinernen Wänden. Aber sie haben auf ihrer Insel gelebt.

Eine Weile haben sie auf ihrer eigenen Insel gelebt, die freilich den Stürmen immer weniger Widerstand entgegenzusetzen hatte. Das Meer biss erst kleine, dann riesige Stücke aus ihr heraus. Die Überfahrt wurde immer gefährlicher. Die Pfade, die in ihr Zentrum führten, wurden halsbrecherisch, dann gänzlich unwegsam, zuletzt war auch das Zentrum zerstört: das pulsierende Zentrum, in dem Franz und Hilde still waren, geborgen beieinander. Nun ist Franz fort.

Er hat Hilde verlassen. Hilde Rake und Franz Karma werden einander niemals wiedersehen, und Hilde hat nicht einmal den Trost der Wut, der gerechten Empörung. Franz hat sie ja ihr zuliebe verlassen.

»Ach Hilde. Von mir selbst einmal ganz abgesehen. Aber was hast du denn für ein Leben mit mir? Du kannst dich öffentlich nicht mit mir zeigen. Wir können nicht ins Kino gehen, nicht ins Theater. Warte, bis sie mich aus der Wohnung werfen. Dann kannst du mich im Judenhaus besuchen, und am Ende sperren sie dich dafür ein. Es geht nicht mehr. Ich bin eine Gefahr für dich.«

Aber es war natürlich umgekehrt. Hilde war eine Gefahr für Franz. Ihm hätten sie Rassenschande vorgeworfen, dem jüdischen Mann. Hilde wird niemals den Moment vergessen, als ihr endgültig klarwurde, dass Franz fortmusste.

Es war am Morgen nach den Novemberpogromen 1938. Franz und Hilde befanden sich in Sicherheit, bei arischen Freunden. Sie standen am Fenster hinter dem Vorhang und sahen hinaus auf den Hausvogteiplatz. Vor einem Kurzwarenladen lag die ganze Straße voll Knöpfe: Glasknöpfe, Holzknöpfe, Lederknöpfe, Hirschhornknöpfe, schillernde Perlmutterknöpfe und blitzende Messingknöpfe, gold- und silberfarbene Knöpfe, Knöpfe festlich bunt wie gestreute Blüten. Ein alter Mann kauerte auf dem Boden. Er sammelte seine Knöpfe in einen Eimer. Ein SS-Mann trat an ihn heran. Hilde Rake schwindelte es.

Es schwindelte ihr vor der Fülle der Handlungsmöglichkeiten, die dieser SS-Mann nun besaß, vor der schieren Menge begehbarer Wege, die sich jetzt, in diesem Moment, vor ihm auffächerten und von denen er gleich einen wählen würde. Und diese Wahl wäre in Ewigkeit unumkehrbar. Niemals würde er sich umwenden, zurückgehen und eine andere Abzweigung wählen können. Der SS-Mann hob den gefüllten Eimer auf, wog ihn in der Hand. Die Welt stand still. Dann kippte der SS-Mann die Knöpfe auf die Straße zurück, in weitem Bogen, in einer Geste großer, heller Lässigkeit. Der alte Mann hob den Kopf nicht. Der SS-Mann stellte den Eimer wieder hin. Er dachte einen Moment lang nach. Dann beugte er sich über den Alten und spuckte ihn an. Der Speichel traf die Schläfe, rann die Wange herunter.

»Du musst fort«, sagte Hilde. »Nun musst du fort.«

Franz ist fort.

Die Insel ist versunken. Hilde ist einkaufen gewesen. Nun ist sie vom Einkaufen zurück. Die Mutter sitzt auf dem Sofa. Halb sitzt sie, halb liegt sie, wie immer, wenn ihr Herz Sachen macht. Hilde stellt die Einkaufstasche ab. Die Mutter sieht mit schwimmenden Augen zu Hilde auf.

»Das Herz«, sagt die Mutter. »Mein Herz macht wieder Sachen, schon seit heute Morgen.«

»Hast du deine Tabletten genommen?«, sagt Hilde. »Ich glaube fast, du hast sie heute Morgen vergessen. Soll ich dir einen Kamillentee machen?«

Die Mutter antwortet nicht. Hilde hofft, dass sie nicht quengelt. Die Mutter neigt manchmal dazu, zu quengeln, wenn man etwas von ihr verlangt: dass sie ihre Tabletten nimmt, dass sie ihren Tee trinkt, dass sie tapfer ist, bis Erwin zurückkommt, Erwin hat beruflich verreisen müssen. Die Mutter mag das nicht. Sie kann nicht allein sein. Sie wird unsicher, sie ängstigt sich. Man kann ihr keinen Vorwurf machen. Wenn die Mutter stärker sein könnte, wäre sie es. Wenn sie es besser machen könnte, würde sie es besser machen. Die Mutter ist schwach. Aber ihr Erwin wird zurückkehren. Franz ist fort.

»Ich koche dir einen Tee«, sagt Hilde zur Mutter. »Ich hole dir deine Tabletten, bleib liegen.«

Sie nimmt die Einkaufstasche, trägt sie in die Küche. Sie hat Brot gekauft, Milch, einen kleinen Blumenstrauß. Hilde geht in der Küche umher, setzt Wasser auf, räumt das Brot in den Kasten. Sie nimmt die Teetasse und legt die Tabletten an den Rand des Untertellers. Hildes Lippen sind noch immer wund.

Es ist die letzte Spur. Das letzte Zeichen der letzten gemeinsamen Nacht, die vergangen ist, wie Tausende solcher Nächte für Tausende von Liebenden vergangen sind. Einmal noch sind die Brecher an dem Damm aufgeschäumt, der Vergangenheit und Zukunft trennte. Dann kam der Morgen. Franz brach auf. Er war ruhig.

Am Ende war er ruhig. Am Ende hat es kaum noch für einen Kuss gelangt. Hilde nimmt das Tablett. Sie geht zurück ins Zimmer, zur Mutter. Sie weiß noch nicht recht, wie sie gehen soll. Sie weiß nicht recht, wie man leben soll, seitdem die Welt sich am Hausvogteiplatz gewandelt hat. Vielleicht muss man sehr, sehr sanft zu allem sein. Vielleicht muss man wie ein Schlafwandler gehen, die Füße so auf den Boden setzen, dass sie ihn fast nicht berühren. Jeder neue Tag ist eine neue Schneewüste.

Die Wüste sieht jeden Tag gleich aus. Hilde hinterlässt vielleicht eine Spur. Sie sieht aber keine Spur. Jeden Tag geht sie wieder los, allein, durch die schneestiebende weiße Dunkelheit. Und wenn sie sich umwendet, liegt hinter ihr alles wie unberührt, als wäre dort niemals jemand gegangen.

»Hier, Mama, deine Tabletten. Vorsicht mit dem Tee.«

»Danke, Kind. Und dann mein Rücken. Ich habe es wieder so sehr im Rücken, schon seit heute Morgen. Würdest du mir ein wenig den Rücken massieren, Kind.«

»Aber gern, Mama. Ist es so besser? Das ist gut. Dann decke ich jetzt den Tisch, zum Abendessen.«

Und dann kommt Hans Coppi. 1939 hat Hilde Hans Coppi wiedergetroffen: Sie kennen einander von früher, aus einer Gruppe von Jungkommunisten. 1933 war Hans sechzehn. Er besuchte das Lessing-Gymnasium in Tegel, wo er sich nach den Scharfenberger Jahren freilich überhaupt nicht zurechtfand. Er blieb auch nicht lange. Er hat Flugblätter verteilt, und die Gestapo hat ihn in Haft genommen. Im KZ Sachsenhausen bei Oranienburg hat man ihn aufbewahrt, bis er achtzehn war und man ihm den Prozess machen konnte, und dann hat man ihm ein Jahr Jugendstrafe in Plötzensee aufgebrummt.

Hans Coppi schüttelt den Kopf.

»Plötzensee. Schlimm genug. Aber Oranienburg. Ich frage mich, was sie erreichen wollen, wenn sie einen dort einsperren. Glauben sie, dass man ihr System freundlicher beurteilt, wenn man ihre Lager von innen kennt? Glauben sie, dass man danach nicht mehr gegen sie kämpft?«

»Sie wollen einem wohl Angst machen«, sagt Hilde. »Sie wollen, dass man nichts so fürchtet wie die Rückkehr ins Lager.«

Hans lacht auf. Er legt den Arm um Hilde, die sich an ihn lehnt, Hilde setzt die Füße immer noch sehr vorsichtig. Hans tritt entschieden auf. Er ist sieben Jahre jünger als Hilde, aber so fühlt es sich nicht an.

»Man muss kämpfen«, sagt er. »Mit allen Kräften muss man gegen sie kämpfen, das sage ich dir.«

Hans hat natürlich recht. Hilde weiß das. Sie hat bisher gegen gar nichts gekämpft. Vielleicht hat sich einfach noch keine Gelegenheit ergeben. Franz Karma hat keinen Wert darauf gelegt, dass Hilde um ihn kämpft oder an seiner Seite kämpft. Vielleicht ist es diesmal anders. Vielleicht wird diesmal etwas von Hilde verlangt. Vielleicht genügt es dann, dass Hans mutig ist. Wenn Hans mutig ist, reicht das vielleicht für sie beide.

Lotte Schleif sitzt in ihrer kleinen Wohnung am Küchentisch. Hans Coppi ist gerade gekommen, der Sohn ihrer alten Freundin. Er hat zwei Freunde mitgebracht, Heinrich Scheel und Hans Lautenschläger.

Sie sind alle drei Scharfenberger. Die Scharfenberger halten zusammen. Sie haben ihre eigene Sprache, einen eigenen Umgangston, gemeinsame Erinnerungen, wie die Mitglieder einer Familie. Heinrich Scheel und Hans Lautenschläger treffen sich auch weiterhin mit ihrem alten Lehrer Scheibner, den alle auf der Insel Rat nannten.

In Rats Wohnung am Hackeschen Markt tagt regelmäßig ein Lern- und Diskutierzirkel, in dem manchmal auch Flugblätter hergestellt werden und wo sie einander nun fragen müssen, ob sie die ganze Zeit auf dem falschen Weg gewesen, die ganzen Jahre zu falschen Göttern gebetet haben: Es ist der 25. August 1939, und Stalin hat gemeinsam mit Hitler einen Nichtangriffspakt unterzeichnet.

Die Sowjetunion paktiert mit den Nazis. Russland lässt die deutschen Arbeiter im Stich und macht mit dem Todfeind gemeinsame Sache. Hans Coppi sieht ganz eingefallen aus.

»Und was ist mit den Toten?«

»Was ist mit den Ermordeten?«

»Jeder Gefängniswärter kann nun in die Zellen hineingrinsen und sagen, da habt ihr es, Stalin lässt euch im Stich, die Russen gehen mit dem Führer.«

»Eine Kapelle der Roten Armee soll das ›Horst-Wessel-Lied‹ gespielt haben, bei Ribbentrops Ankunft in Moskau.«

»Wie sie über uns lachen müssen!«

»Sind wir denn ganz allein?«

»Sind wir seine einzigen Feinde?«

Sie schweigen. Es gibt nichts mehr zu sagen. Sie sitzen nahe beieinander. Dies ist Lottes Wohnung. Aber so fühlt es sich nicht an. Es fühlt sich an, als wären sie auf einem Ozeandampfer. Draußen tobt der Sturm. Sie allein sind übrig. Sie leben noch. Alles andere ist untergegangen. Und dringt nicht schon Wasser unter der Tür herein? Welches Werg soll dieses Leck stopfen?

Aber vielleicht weiß Kurt Schumacher Rat. Kurt Schumacher hat schon einmal Rat gewusst, nach der Flucht Rudolf Bergtels, der als Kommunist wegen Hochverrats zu acht Jahren Zuchthaus verurteilt worden war. Es ist Rudolf aber gelungen, aus dem Straflager Aschendorfer Moor zu entkommen. Er hat sich zu Lotte Schleif durchgeschlagen, nach Berlin Wilmersdorf, in die Kaiserallee 172. Lotte spielt sich den Moment immer wieder vor, wie einen Lieblingsfilm.

Es klingelte. Lotte öffnete. Der Mann vor ihrer Tür duckte sich unter seinen Hut, hüllte sich in die Dämmerung dieses Sommerabends, der zu warm war für seinen Schal, für den hochgeklappten Kragen seines Mantels. Woher hatte er den Hut, woher den Mantel? Lotte packte seinen Arm, zog ihn in die Wohnung. Sie schloss die Tür hinter ihm, lehnte sich mit dem Rücken gegen die Tür.

»Da bist du. Da bist du.«

Sie umarmten einander, berauscht von seiner Flucht, seiner Rückkehr ins Leben. Er würde aber nicht bleiben können: nicht in Lottes Wohnung, nicht in diesem ganz gewöhnlichen Berliner Mietshaus. Lotte hat Ilse um Rat gebeten.

Die Bildhauerin Ilse Schaeffer: Auch ihr Mann ist wegen kommunistischer Umtriebe inhaftiert. Ilse wiederum hat sich an den Genossen Kurt Schumacher gewandt, und der hat Rudolf Bergtel sofort in seiner Laube im Kleingarten in der Papestraße verborgen.

Der Garten ist nicht einsehbar. Er ist der letzte in der Reihe. Dahinter beginnt die Wildnis, die bis zu den Bahnschienen reicht. Aber länger als ein paar Tage konnte Rudolf Bergtel natürlich auch hier nicht bleiben. Also hat Kurt vorgeschlagen, ihn in die Schweiz zu bringen. Sie haben alle zusammengelegt. Sie haben Decken besorgt, Proviant, Bahnfahrkarten. Lotte hat einen Zehn-Dollar-Schein in Rudolfs Schuh eingenäht. Dann hat Harro Rudolf Bergtel zum Anhalter Bahnhof begleitet.

Der Fliegeroffizier Harro Schulze-Boysen: In Uniform ist er an Bergtels Seite gegangen, vorüber an den Steckbriefen mit Bergtels Gesicht, beschwingt von der Arroganz seines Muts, getragen vom Hochgefühl der Tat, nach all dem Gerede und Herumgesitze der letzten Wochen, Monate und Jahre. Er hätte sich gewünscht, jede Woche so einen Gang zu tun.

Er hätte singen können.

Er hat womöglich gesungen oder jedenfalls leise durch die Zähne gepfiffen. Bergtel hat verbissen geschwiegen. Der hochgestimmte Mann an seiner Seite war ihm nicht geheuer. Der Kerl hatte die Aura des Klassenfeinds, ihm fehlte jeglicher kommunistische Stallgeruch. Und woher zum Teufel nahm er die gute Laune?

Am Bahnsteig ist Bergtel in den Zug nach Bregenz eingestiegen.

Ein paar Abteile weiter hinten saß Kurt, in voller Bergsteigerausrüstung. Harro hat auf dem Bahnsteig gewartet, bis der Zug angefahren ist. Erst ist Rudolf Bergtel an ihm vorbeigerollt, ein paar Momente später Kurt. Sie haben einen langen leuchtenden Blick gewechselt. Dann rollte der Zug aus der Bahnhofshalle. Harro sah ihm nach. Das war nun also schon wieder vorbei. Er ging nach Hause und schickte Libs zu Elisabeth, um sie wissen zu lassen, dass Kurt gut aus Berlin weggekommen war. Aber damit ist die Gefahr natürlich längst nicht überstanden.

Elisabeth steht im Garten an der Papestraße. Sie sammelt die Läuse von einer Rose ab. Sie ist ruhig. Wann ist die Gefahr überstanden? Wenn man tot ist. Es ist also zwecklos, sich zu fürchten. Man lähmt sich nur selbst. Man lähmt den anderen. Nichts ist einschränkender für einen Menschen, als in steter Sorge sein zu müssen wegen der Sorgen, die er anderen bereitet. Im Grunde müsste man an jedem gewöhnlichen Alltagsmorgen mit Todesangst erwachen: Solange man lebt, kann man sicher sein, den Tod noch vor sich zu haben. Elisabeth hat den Salat gegossen. Sie hat die Erde um die Karotten gehackt, ein paar Hände Stangenbohnen geerntet und einige schöne Tomaten. Kurt soll morgen Abend zurückkehren. Dann wird sie erfahren, wie alles gewesen ist.

Den ersten, anspruchslosen Teil des Weges sind sie getrennt marschiert. Kurt ist vorausgegangen. Er hat darauf geachtet, nicht außer Sichtweite zu gelangen, was gar nicht so einfach war: Bergtel ist nicht durchtrainiert. Er ist geschwächt von der Lagerhaft. Immer wieder musste Kurt auf ihn warten, und zwar unauffällig: In den Niederungen des Gebirges treibt sich an schönen Hochsommerwochenenden viel ausflüglerisches Volk herum. Gegen Abend wurde es leerer. Dennoch erreichten sie die Hütte später als geplant.

Am nächsten Morgen brachen sie zeitig auf. Hier oben waren sie allein. Sie marschierten gemeinsam. Zum Glück hielt das Wetter. Mehrfach mussten sie klettern, auf schmalen Älpler- und Schmugglerpfaden. Zweimal hatte Kurt ernste Bedenken, ob er seinen Schützling überhaupt heil auf die andere Seite bringen würde. Nach einem steilen Anstieg über Geröllhalden konnte Bergtel lange nicht weiter, und Kurt stand neben ihm und verzweifelte. Was, wenn dem Mann nicht mehr aufzuhelfen war? Aber Bergtel nahm seine Kraft zusammen.

Dann entsetzte ihn der Blick in die Schlucht so sehr, dass er sich lange nicht auf den Felsgrat wagte. Aber nun ist auch diese Gefahr bestanden. Sie haben den Kamm des Gebirges erreicht. Sie haben ihn bereits hinter sich gelassen. Sie stehen an einen Felsen gelehnt und sehen hinab, wo unter ihnen in der wasserklaren Luft ein Steinadler seine Kreise zieht.

»Die Schweiz«, sagt Bergtel.

»Ja.«

Also nun bergab. Kurt stützt Bergtel. Der Abstieg quält untrainierte Muskeln mehr als der Aufstieg.

»Sind wir schon da?«

»Ich bin nicht sicher.«

Weiter. Und über die unsichtbare Grenzlinie geradewegs in die Schweiz hinein. Bergtel kauert auf dem Boden, das Gesicht tränennass. Kurt steht neben ihm. Er richtet den Blick über den Kopf seines Schützlings hinweg.

»Komm, Genosse«, sagt er schließlich. »Ich begleite dich noch ein Stück, bis zu den drei großen Felsen dort unten. Ab da ist der Pfad klar erkennbar und leicht. Ich muss zurück. Ich habe es noch weit, bevor es dunkel wird.«

Elisabeth hat die Wicken hochgebunden, das Unkraut zwischen den Kohlköpfen entfernt. Sie wischt sich die Stirn. Sie sieht auf die Uhr. Die Zeit vergeht, aber sie vergeht langsam, in tröpfelnder Stille. Elisabeth wünschte, sie könnte Kurt helfen. Sie hilft so gern. Sie würde die Welt so gern in Ordnung bringen. Sie glaubt, dass die Welt in Ordnung zu bringen wäre, wenn nur jeder mitmachen würde. Viele Leute sind prinzipiell auch bereit dazu. Sie wissen oft nur nicht, wo sie anfangen sollen.

Dabei ist das egal. Es ist wie mit einem verwüsteten Zimmer. Zuerst steht man händeringend inmitten des Chaos. Aber dann stellt man eben den nächstbesten Stuhl wieder auf. Man sammelt die Scherben vom Boden, man stapelt die aus den Borden gerissenen Bücher, man wischt und wäscht ab und arbeitet sich allmählich vor, und irgendwann ist alles fertig.

Elisabeth denkt an Kurt. Sie hat ihn den ganzen Weg im Geist begleitet, Kilometer für Kilometer der Reise, Schritt für Schritt über das Gebirge. Elisabeth überlegt, ob sie es Oda sagen würde, wenn Kurt auf seiner Bergtour verhaftet würde. Es ist aber ein unsinniger Gedanke.

Einmal aus der gütigen Dunkelheit ins grelle Licht des forschenden Staates gezerrt, ginge es für sie alle nicht mehr um private Animositäten. Es ginge dann nur noch darum, niemandem die Gestapo auf die Fersen zu hetzen, niemanden den Gewalten auszuliefern. Sie sind wie kleine Tiere, in die Finsternis unter der riesigen Erdkruste gesperrt. Die Kruste lastet auf ihnen: die Gewalt dieses Reichs, seine Schwärze, sein atemberaubendes Gewicht. Warum das Flirren eines Glücks inmitten dieser Nacht zertreten? Warum sich nicht freuen über das, was Kurt bei Oda findet? Seine Zuneigung zu Oda schmälert doch nicht seine Liebe zu Elisabeth. Wird nicht im Gegenteil die Gesamtheit der Liebe durch jede neue Liebe vermehrt?

Freilich muss man diese Haltung erst üben. Elisabeth geht langsam durch den Garten auf Kurts Atelier zu. Kurt ist nicht da. Elisabeth könnte Kurt eines Tages verlieren, das ist eine Möglichkeit. Und wenn es so wäre, wenn es sich nicht vermeiden ließe, wäre es dann nicht ein großes Glück, ihn nur an eine andere verloren zu haben?

Elisabeth hat die Tomaten und das Gemüse in ein Körbchen gelegt. Das Körbchen ist für die Hohenemsers: für Elisabeths blinden Onkel Richard, für Tante Alice. Elisabeth will sie nachher noch besuchen. Sie hat ihnen eine kleine Tasche voll Welt gepackt: Fotos von einem Ausflug in den Spreewald,

Patience-Karten, die Juniausgabe von ›Velhagen und Klasings Monatsheften‹ mit Artikeln über den Tenor Benjamino Gigli, den Maler Wilhelm von Kobell und leider auch einem Erguss des evangelischen Theologen Gerhard Kittel über Weltjudentum und Rassenmischung in der römischen Kaiserzeit.

Tante und Onkel sind für alle Gaben sehr dankbar. Sie können ja nur noch in ihrer Wohnung sitzen. Fast alles andere ist ihnen verboten: Museen, Konzerte, Kinos, Theater, Badeanstalten, Busfahren und die Rast auf Parkbänken, die Benutzung der öffentlichen Verkehrsmittel, auch die Mitgliedschaft in Vereinen.

»Natürlich hilft uns nun auch keiner mehr.«

Das sagt Tante Alice.

»Uns sieht ja keiner mehr. Wer soll uns helfen? Keiner bemerkt ja mehr, dass wir da sind.«

Keiner außer Elisabeth. Immerhin sind die Hohenemsers bislang nicht aus ihrer Wohnung vertrieben worden.

»Ach Kind. Darauf warten wir noch. Hier sitzen wir und warten darauf, dass sie uns aus unserer Wohnung vertreiben. Die Goldmanns sind aus ihrer geworfen worden. Wo sie doch zweiundzwanzig Jahre dort gelebt haben. Aber wir gehen nicht. Eher sterbe ich.«

Elisabeth geht durch Kurts Atelier. Das große Tor steht offen. An der Wand liegt der halbfertige Druckstock, an dem Kurt zurzeit arbeitet. Daneben auf einem großen Holztisch liegen Stifte und Papier. Elisabeth tritt an den Tisch.

Sie ergreift einen Stift. Sie nimmt ein Blatt. Sie beginnt zu zeichnen: Kurt Schumachers Gesicht, das so oft gezeichnete, dies gelingt ihr blind. Es gelingt ohne Vorlage, auch wenn er nicht bei ihr ist. Diese Züge, diese Formen hat sie in den Innenflächen der Hand, in den Fingerspitzen. Aber sie hat das Gesicht ein wenig zu weit nach rechts gesetzt.

Viel zu weit nach rechts. Die Zeichnung ist nicht balanciert. Sie verlangt nach einem Gegengewicht. Elisabeth zögert. Dann holt sie einen Handspiegel aus der Tasche. Sie betrachtet sich im Spiegel, greift wieder zum Stift, dies kann sie nicht blind tun. Ihr eigenes Gesicht ist ihren Fingern fremder als das seine.

Lotte Schleif sitzt in ihrer kleinen Wohnung am Küchentisch, mit Heinrich Scheel, Hans Lautenschläger und Hans Coppi. Rudolf Bergtel ist fort. Er ist sehr weit fort: Er ist in Sicherheit. Lotte denkt an Rudolf Bergtel, an seine Jahre im Lager.

»Und wozu das alles?«

Stalin und Hitler haben einen Pakt unterzeichnet.

»Was ist mit den Toten? Was ist mit den Ermordeten?«

Ein Kommunist hat zwei Vaterländer, Deutschland und die Sowjetunion. Nun sind sie von beiden Ländern verraten.

Aber vielleicht haben Lotte und die Jungen etwas übersehen. Vielleicht kann Kurt Schumacher noch einmal helfen? Ein paar Tage später sitzen die Scharfenberger wieder um Lottes Tisch. Sie sitzen wie das letzte Mal. Aber die Atmosphäre ist verwandelt. Das drückende Wetter ist abgezogen, die Luft prickelt und sprüht vor Frische. Kurt und Elisabeth Schumacher haben einen Mann mitgebracht, der sich als Hans hat vorstellen lassen. Er trägt Knickerbocker, ein loses Hemd. Das blonde Haar hat er zurückgekämmt. Sein Gesicht ist offen, freundlich. Seine Haltung ist entspannt. Dennoch hat er etwas Straffes, durchaus Militärisches.

»Also?«, sagt der Mann, der sich Hans nennt. »Was meint ihr? Was wird eurer Meinung nach im Westen passieren?«

Die Jüngeren hängen an seinen Lippen.

»Was wird passieren, wenn wir demnächst Polen überrennen?«

»Die Westmächte werden uns den Krieg erklären.«

Der neue Hans betrachtet den Sprecher voll Stolz, wie ein Lehrer den Klassenprimus.

»Richtig«, sagt er. »Genau. Sie werden uns den Krieg erklären. Aber werden sie ihn führen? Werden sie ihn führen können?«

Die Jungen beginnen zu strahlen. Der neue Hans grinst.

»Was, wenn sie uns den Krieg erklären, aber ihn gar nicht führen können? Was, wenn dann Russland einen Beistandspakt mit dem Westen hätte statt eines Nichtangriffspaktes mit uns?«

»Dann müssten die Russen für die Engländer kämpfen.«

»Dann müssten die Russen sich für die Kapitalisten schlagen.«

Nun strahlen sie alle. Sie reden durcheinander. Der neue Hans hat sie, er reißt sie mit.

»Es ist also gar kein Nichtangriffspakt.«

»Es ist ein Noch-nicht-Angriffspakt.«

»Der den Russen Zeit gibt, sich vorzubereiten.«

»Darauf, die Nazis fertigzumachen.«

Der neue Hans nickt. Er lässt seinen Blick von einem zum anderen schweifen, liebevoll wie ein Vater im Kreis seiner Söhne.

»Hitler zerstört den kapitalistischen Westen. Und danach wird Stalin Hitler zerstören.«

»Dann kommt die nationale Erhebung der Deutschen.«

»Und die Arbeiter der anderen westlichen Länder werden sich uns anschließen.«

Es ist also alles gar nicht so furchtbar. Es ist im Grunde alles in Ordnung. Alles ist auf dem richtigen Weg, alles befindet sich im Aufstieg. Sie sind kurz davor, einander zu applaudieren. Sie sind kurz davor, einander zu umarmen, in Hurrarufe auszubrechen wie nach einem Sieg. Dabei ist alles noch genauso wie vorher. Die tatsächliche Lage hat sich nicht verändert.

»Dies ist nicht nur ein Kampf zwischen Demokratie und Faschismus. Dies ist ein Kampf zwischen Westen und Osten.«

»Genau. Und wenn das jetzt nicht entschieden wird, geht es in der nächsten Generation von vorn los. Dann kämpfen die nächsten den Kampf zwischen Kommunismus und Kapitalismus.«

»Aber es kann ja diesmal gar nicht zugunsten des Kapitalismus entschieden werden. Der Kapitalismus ist am Ende, das hat man in der Weltwirtschaftskrise gesehen. Es kann nicht wieder zugunsten der Ungleichheit entschieden werden. Das würde nur neuerlichen Konflikt bedeuten.«

Der neue Hans betrachtet den Sprecher begeistert.

»So ist es. Jetzt kriegt der Westen die Quittung für seine Abwieglerei. Erst haben sie vor den Roten geschlottert, und jetzt schlottern sie vor dem Krieg mit uns, den sie führen müssen, wenn wir Polen angreifen. Ich gönne ihnen den schlechten Schlaf. Die Spanier haben auch schlecht geschlafen, als man in London Nichteinmischung gespielt hat.«

Die Jungen lachen. Sie strahlen den neuen Hans an. Er kommt erst ins Laufen, wenn die anderen umfallen. Ihm ist erst wohl bei Temperaturen, bei denen die anderen ermattet zu Boden sinken. Er hat die große Geste, die Überlegenheit, die Unbekümmertheit, die alles leicht und gefahrlos aussehen lässt.

»Also Mut. Warten wir ab, wie es weitergeht. Wir dürfen jedenfalls alle sehr gespannt sein. Wir dürfen sehr optimistisch sein.«

Er erhebt sich. Die anderen erheben sich mit ihm. Es ist alles gesagt. Der fremde Hans hat alles bereinigt.

»Ach Kinder, es ist doch toll. Es ist doch eine aufregende Zeit, in der wir leben dürfen.«

So ist es. Wenn dieser Mann es behauptet, dann ist dies keine verfluchte Epoche, sondern eine packende, herausfordernde.

»Wir sollten unbedingt in Kontakt bleiben«, sagt Heinrich Scheel.

»Unbedingt«, sagt Hans Lautenschläger.

»Ich finde auch«, sagt der Mann namens Hans. Er streckt Heinrich Scheel die Hand hin.

»Harro Schulze-Boysen«, sagt er. »Lotte weiß, wie ihr mich erreicht.«

Hans Coppi und Hilde Rake sitzen im Garten der Coppis in der Laubenkolonie Waldessaum. Die Kolonie liegt im Norden Berlins zwischen den Borsig-Werken und der Haftanstalt Tegel, am ausgefransten Rand der Stadt, deren letzte Ausläufer sich hier in der Ödnis der Schuttplätze, Lagerschuppen und Fabrikhöfe verlieren. Es ist ein heißer Augustabend.

Ein Mittwoch: Am Mittwoch schließt die Arztpraxis, in der Hilde als Sprechstundenhilfe angestellt ist, schon am Nachmittag. Hilde ist sofort losgeradelt. Sie sitzen im lichten Schatten des Apfelbaums, zwischen Rosen und Kartoffeln, Beerenbüschen und Küchenkräutern, weit fort von den glänzenden Villenvierteln, den dichtgedrängten Arbeiterquartieren, den Boulevards, Kneipen, Theatern und Warenhäusern der Stadt.

Sie sind allein. Mutter Coppi bedient noch in ihrer kleinen Eisdiele schräg gegenüber der Kolonie. Hilde lehnt an Hans' Schulter. Sie hat ihre Brille abgenommen. Alles ist grün und üppig und hell. Das sieht Hilde. Sie sieht alles verschwommen, weil sie die Brille abgenommen hat. Sie zerreibt ein Blatt Petersilie zwischen den Fingern und freut sich an ihrem scharfsüßlichen Duft. Sie ist sehr glücklich.

»Was mich wirklich verärgert, ist die Ungerechtigkeit«, sagt Hans. »Dass manche Leute mit einem silbernen Löffel im

Mund geboren werden, mit allen Chancen dieser Welt, und andere müssen um alles ringen und kommen doch nicht von der Stelle.«

Hans ist Dreher. Er arbeitet in der Fabrik. Er arbeitet hart, und er ist im Grunde zu intelligent für seine Arbeit.

»Ich bin natürlich selber schuld«, sagt Hans. »Warum trete ich nicht in die Partei ein? Warum mache ich nicht Karriere bei der SS? Warum bilde ich mir ein, an eine bessere Welt glauben zu müssen, an eine gerechtere Zukunft?«

Hilde streichelt seinen Arm.

»Du könntest vielleicht noch einmal die Schule besuchen«, sagt sie.

Hans schweigt einen Moment.

»Ich weiß nicht«, sagt er dann. »Ich glaube, das ist Unsinn. Ich glaube, ich bin zu alt dafür.«

»Du bist erst dreiundzwanzig«, sagt Hilde. »Und du sollst ja gar nicht wieder aufs Gymnasium gehen. Aber es gibt doch Abendschulen. Du könntest dort das Abitur nachmachen.«

»Noch einmal Fremdsprachen büffeln«, sagt Hans. »Noch einmal Goethe, Schiller und Hölderlin. Sich noch einmal all den bildungsbürgerlichen Ballast aufladen. Nein, ich mag meine Zeit damit nicht mehr verplempern. Ich möchte praktische Dinge tun. Dinge, die einen Nutzen haben.«

Die Sonne ist untergegangen, aber es ist immer noch warm.

»Eine Technikerschule vielleicht«, sagt Hans. »Ich könnte eine Technikerschule besuchen. Ich muss darüber nachdenken. Aber im Grunde. Warum nicht.«

Hilde hat ihre Brille abgenommen. Aber sie sieht, wie Hans sie ansieht. Sein Blick ist wie eine Decke, die Hilde sich um die Schultern zieht. Sie weiß, dass sie an Hans' Seite nichts zu fürchten hat.

Harro und Libs haben neuerdings darüber nachgedacht, dem Großstadtleben den Rücken zu kehren. Sie haben ernstlich mit dem Gedanken gespielt, hinauszuziehen in irgendeine schöne ländliche Gegend, Bücher zu schreiben, zu reisen und womöglich doch ein Kind zu bekommen. Harro war bei der Gestapo vorgeladen, weil Werner Dissel, ein alter Kumpel aus ›gegner‹-Zeiten, wegen bündischer Umtriebe und kommunistischer Zersetzung verurteilt worden ist.

Das ist es allerdings nicht, was Harro wurmt. Es ging ja wie immer alles gut aus. Aber Harro ist im Ministerium nicht glücklich. Natürlich klingt es großartig: Abteilung fremde Luftmächte. Es klingt glamourös. Aber tatsächlich ist der Verdienst schlecht, es gibt sehr viel Arbeit, und direkte nachrichtendienstliche Erkundigungen obliegen nicht etwa dem Reichsluftfahrtministerium, sondern der Amtsgruppe Abwehr der Wehrmacht unter Admiral Canaris. Harros Abteilung kann nicht viel mehr tun, als sich aus Zeitungen und Büchern über die Stärke der ausländischen Luftrüstung zu informieren. Harro ist unzufrieden. Er ist unterfordert, unterbewertet, unterbezahlt, und warum soll er sich unter diesen Umständen abarbeiten? Libs schreibt Filmkritiken, sie fotografiert. Harro hat seine Übersetzungen, die ihm einiges einbringen. Vielleicht wäre ein Leben auf dem Land wirklich eine Alternative. Sie könnten ein Bauernhaus in Meeresnähe beziehen und einen Gemüsegarten anlegen. Wie wäre es mit Schleswig-Holstein? Libertas zieht es sowieso immer hinaus in die Natur.

Sie hat sich für ein paar Juliwochen in Nidden auf der Kurischen Nehrung bei einem Fischer eingemietet, ganz in der Nähe des verlassenen Ferienhauses von Thomas Mann. Sie will ein wenig zur Ruhe kommen, in der Natur neue Kraft schöpfen und endlich ihr Buch schreiben. Welches Buch, was soll darin stehen?

Libs weiß es genau, solange sie nicht schreibt. Solange sie nicht schreibt, ist die Geschichte fertig. Sie flimmert, sie lebt, sie ist voll Witz und voll Tiefe. Die Figuren funkeln, sie vibirieren vor Lebendigkeit, Heiterkeit und Melancholie. Liebe und Schmerz, Trauer und Freude, Geburt und Tod sind aufs Wundervollste miteinander verwoben. Dann setzt sich Libs hin, und alles ist weg. Sobald das weiße Papier vor ihr liegt, besteht die ganze Welt aus Papier, und Libs steht vom Schreibtisch auf und wandert in die Dünen.

Warum will sie aber auch unbedingt ein Buch schreiben? Es muss doch gar nicht sein. Libs verdient gut mit ihren Filmkritiken. Sie verdient mehr als Harro. Sie schwimmt im Meer, weit hinaus. Während sie schwimmt, überlegt sie, was sie nach dem Schwimmen tun könnte. Sie kauft geräucherten Fisch an einer Fischerhütte und lacht mit dem jungen Fischer, den sie bezaubert. Was, wenn sie hierbliebe?

Harro fehlt ihr. Sie geht am Strand entlang, dann wandert sie in den Bruch hinein. Wird sie vielleicht einen Elch sehen? Sie malt sich aus, wie es wäre, mit dem jungen Fischer zu leben. Es wäre ein Dasein, so simpel wie Brot. Ein Leben, bestimmt vom Rhythmus der Jahreszeiten, von Ebbe und Flut. Es wäre Harmonie, Geborgenheit, Frieden. Wie wundervoll. Nur müsste eben auch Harro dabei sein. Die Freunde müssten zu Besuch kommen. Man müsste wenigstens hin und wieder einmal nach Liebenberg fahren können.

Bei ihrer Rückkehr wird sie erwartet. Polizei steht am Fischerhäuschen, um Libs wegen Spionageverdachts zu verhaften.

Freilich stellt es sich schnell heraus, dass alles nur ein Irrtum war. Freilich lässt man sie gleich wieder frei. Aber Libs ist verstört. Sie kehrt sofort nach Berlin zurück, wo Harro sich inzwischen überlegt hat, dass man besser doch nicht aufs Land zieht.

Es ist immerhin fraglich, ob sie genug verdienen würden. Das wirtschaftliche Risiko wäre schwer kalkulierbar. Im Übrigen ist ein solches Idyll schlicht nicht mehr zeitgemäß. Man darf im Grunde nicht einmal davon träumen: Das verkündet Harro, Harro ist nach wie vor unterbezahlt, unterfordert, unterschätzt. Er lebt nicht das Leben, das er leben wollte. Daran sind die Nazis schuld. Also müssen die Nazis fallen.

Die Nazis müssen verschwinden, damit Harro sich entfalten kann, und sie werden auch verschwinden. Wer ins Innere dieses Staates sieht, weiß, dass sie nicht bleiben können: Das sagt Harro im Kreis seiner Getreuen. Sie haben sich in Elfriede Pauls Wohnung versammelt.

»Alles wird in einem neuen Weltkrieg untergehen«, sagt Harro. »Das prophezeie ich. Erst kommt der Weltkrieg und klärt die nationalen Fragen, dann wird der Klassenkrieg die sozialen Fragen klären.«

Und wie kann Harro für sich auf eine führende Rolle hoffen, wenn er sich jetzt dem Kampf entzieht? Worauf soll er sein Recht auf Mitgestaltung begründen, wenn er den kommenden Auseinandersetzungen schon im Vorfeld ausweicht und in die Pampa zieht? Nein, er muss in Berlin bleiben.

»Im Ministerium haben wir jetzt wochenlang an einem Papier über die Entwicklung der ausländischen Luftrüstung geknobelt«, sagt Harro. »Aus den verfügbaren Informationen geht zweifelsfrei hervor, dass die Franzosen und Engländer die Deutschen bis Ende des Jahres in der Luftrüstung eingeholt und in puncto Flugzeugproduktion bis Anfang 1940 überflügelt haben werden. Also haben wir das geschrieben. Göring hat getobt. Defätismus! Verrat! Vernichtung! Wir werden ihm nun ein neues Papier basteln. Aus dem wird hervorgehen, dass die Luftrüstungskapazität der anderen viel zu gering ist, um selbst innerhalb einer ganzen Dekade unseren Rüstungsvorsprung einzuholen.«

»Und was ist über die englische Garantie zu sagen, Polen als Staat zu erhalten?«

»Ach, die Engländer. Die werden für Polen keinen Finger rühren. Der Westen faselt von Menschenrechten und Freiheit, aber in Wirklichkeit haben sie nur Angst davor, dass die Roten drankommen. Franco, Hitler und Mussolini können sich auf den Westen verlassen. Madrid war noch nicht gefallen, da hatten die Westmächte das Franco-Regime bereits anerkannt. Nein, der Westen wird uns nicht angreifen. Aber wir werden den Westen angreifen.« Harro streckt sich, er greift nach seiner Teetasse. »Ich bin im Grunde sehr optimistisch«, sagt er. »Natürlich nicht in dem Sinne, dass ich einem wirren Traum vom Glück nachhinge, das sicher nicht. Ich glaube nicht an einen guten oder friedlichen Ausgang der Dinge. Aber darum geht es auch nicht. Es geht um ein kämpferisches Leben, das man jederzeit bejahen kann.«

Harro klingt immer sehr frohgemut.

Wenn Harro guten Mutes ist, dann will auch Libs kein defätistischer Feigling sein. Ihr ist es manchmal, als sackte der Boden unter ihr weg.

Sie hat manchmal das Gefühl, als käme die Wirklichkeit ihr rasend entgegen, eine Lokomotive, die aus den Gleisen des Alltags gesprungen ist, in denen sie fahrplan- und vorschriftsmäßig dahinzugleiten hätte, während Libs hinter der sicheren Schranke steht. Aber was, wenn Libs in Wahrheit gänzlich ungeschützt ist? Was, wenn in Wirklichkeit nur ein paar dünne Jahre zwischen ihr und dem Alter, dem Tod, dem Verderben stehen? Was, wenn sie ihre Jugend verliert, ihre Reize, ihre Anziehungskraft, wenn ihr nie etwas Bleibendes gelingt, wenn sie Harro verliert, für immer, für immer?

Es ist freilich Unsinn, so etwas zu denken. Es vergeht auch gleich wieder. Es war sicher nur ein Anflug von Erkältung. Libs nimmt ein schönes heißes Bad. Sie fährt nach Liebenberg zum Reiten. Libs fährt mit der Mutter an den Rhein, mit Harro und den Schumachers in den Spreewald. Sie lädt Gäste ein, sie kocht ihnen Tee, sie hat eine Flasche Rum aufgetrieben. Libs packt ihr Schifferklavier, stellt das Bein auf den Stuhl und singt. Sie singt das Lied vom Räuberhauptmann und seinem Mädel,

Nimm diesen Ring, und sollte jemand fragen,
So sollst du sagen, ein Räuber habe ihn getragen,
Der dich geliebt bei Tag und bei der Nacht.

Harro lächelt. Er hört ihr zu. Er singt leise mit, die letzte Strophe,

Und auf dem Berge, da sah man Schwerter blitzen,
und an der Spitze den Räuberhauptmann sitzen.
Doch eine Kugel traf ihn in das Herz.
Sechs stolze Reiter, die trugen seine Leiche,
und legten ihn wohl unter eine Eiche

Dietrich Bonhoeffer hat Deutschland verlassen. Er ist in Amerika. Er ist emigriert. Es ist der 15. Juni 1939. Dietrich ist seit einer guten Woche hier. Er hat sich den Entschluss nicht leichtgemacht. Er hat mit Bischof Bell in England gesprochen, auch mit Willem Adolf Visser 't Hooft, dem neuen Generalsekretär des Vorläufigen Weltrats der ökumenischen Kirche. Beide haben ihm zugeredet zu gehen. Denn was soll Dietrich tun, wenn er zum Kriegsdienst einberufen wird?

Er ist unter keinen Umständen bereit, für Hitler in den Krieg zu ziehen und den Treueeid der Soldaten zu leisten. Mit dieser Haltung steht er allein. Tatsächlich ist man in den Bruderräten allgemein der Ansicht, auch ein Pfarrer hätte die Pflicht, für sein Vaterland zu kämpfen, wenn er eingezogen wird. Dennoch hat Dietrich die Abreise so lange hinausgeschoben, dass es fast zu spät gewesen wäre.

Reinhold Niebuhr und Paul Lehmann haben Dietrich auf ein Gastsemester in die USA eingeladen. Dietrich hat ein Urlaubsgesuch eingereicht, aber noch bevor das Wehrmeldeamt darüber entschieden hatte, kam der Befehl zur Musterung. Ohne die Fürsprache seines Vaters hätte man Dietrich wohl schwerlich eine Unbedenklichkeitsbescheinigung ausgestellt.

Aber es ist alles gut ausgegangen. Dietrich ist in New York. Die Bescheinigung gilt für ein Jahr. Dietrich hat ein Jahr Zeit, um mit sich zu Rate zu gehen. Aber er wird natürlich hierbleiben. Er wird auch nach Ablauf dieses Jahres nicht zurückkehren, er müsste ja verrückt sein. Dietrich ist nun in Sicherheit.

Er ist außerdem sehr nett empfangen worden. Paul Tillich und Reinhold Niebuhr haben ihn am Hafen in New York abgeholt. Sie haben ihn in seinem alten kleinen Zimmer im New Yorker Union Seminary untergebracht, in demselben, das er 1930 bei seinem Studienaufenthalt bewohnt hat. Sie haben auch Einladungen zu Vorlesungen und Vorträgen für ihn eingefädelt.

Dietrich hat nun alles, was sich ein Flüchtling oder ein Emigrant nur wünschen kann: Wirkungsmöglichkeiten, ein Einkommen, Freunde, ein Zuhause. Man duldet ihn nicht nur, man freut sich über seine Ankunft. Man ist erleichtert und glücklich, ihn hier zu wissen. Und natürlich geht man davon aus, dass er bleibt, solange das Reich der Finsternis währt. Das Problem ist, dass Dietrich nicht recht begreifen kann, warum er eigentlich hier ist.

Dietrich ist in Amerika nicht nötig. Er ist überflüssig. Er ist vollkommen ersetzbar: Alles, was er hier tut, könnte von anderen getan werden. Paulus Tillich hat abgewunken, als ihm Dietrich seine Bedenken mitgeteilt hat.

»Das ist doch Unsinn. Natürlich werden Sie hier gebraucht, genau Sie. Man wird Ihnen anbieten, die Betreuung der Emigranten in New York zu übernehmen, im Auftrag des Amerikanischen Komitees für christliche deutsche Flüchtlinge. Das ist doch eine Aufgabe von Belang.«

Ohne Zweifel. Aber wenn Dietrich Emigranten betreut, Feinde der Nationalsozialisten, ist ihm der Rückweg endgültig versperrt. Das ist ein unerträglicher Gedanke. Dietrich quält sich seit Tagen. Das Heimweh quält ihn, das bitterste, bitterböseste Heimweh. Er versteht es nicht. Er ist so oft im Ausland gewesen, und er hat niemals Heimweh gehabt. Er muss sich einfach am Riemen reißen. Er muss sich damit abfinden, dass er jetzt hier ist. Sicher geht es den meisten Emigranten nicht anders als ihm. Und die Freunde haben so viel für ihn getan. Er möchte keinesfalls undankbar erscheinen. Aber Deutschland fehlt ihm. Die Brüder fehlen ihm, die Arbeit.

Arbeitet er hier etwa nicht?

Jedenfalls tut er etwas. Warum es nicht Arbeit nennen? Er hat seit drei Tagen keine Post mehr erhalten. Ein Tag ohne Post ist ein toter Tag. Ein Tag ohne Nachricht von daheim ist ein Tag, den Dietrich nicht gelebt hat, und nun sind es bereits drei Tage. Hat man ihn schon vergessen? Ist er für die anderen tot? Dietrich ist lebendig begraben. Diese große Stadt New York, dieses weite Land Amerika ist eine Gefängniszelle, in die er eingekerkert ist. Und je länger dieser fürchterliche Zustand dauert, desto entschiedener sträubt er sich dagegen, dies als nunmehr geltenden Normalzustand zu akzeptieren. Jeder neue Tag kommt, jeder Tag vergeht. Die Zeit hat ein ungeheures Gewicht. Jeder Moment hat Gewicht. Jeder Moment dröhnt, wie ein Bronzegong. Gestern hat er in der Bibel geblättert, auf der Suche nach einem Losungswort. Er hat auch eines gefunden. Er hat Jesaia 28, 16 aufgeschlagen,

Wer glaubt, flieht nicht.

Und aus welchen Tiefen entspringt der Impuls zu handeln, so und nicht anders zu handeln? In welche Fundamente ist der Pfeil gesetzt, der einem Menschen die Marschrichtung vorgibt, der ihm den Weg weist, von dem er nicht abweichen kann, ohne zu verzweifeln? Das schreibt Dietrich in sein Tagebuch. Er bildet sich nicht ein, die Antwort zu wissen. Er weiß gar nichts, nur dass er fort muss. Er kann seinen Helfern nicht erklären, welche Motive ihn treiben, er kann es sich selbst nicht erklären. Natürlich ist man ein wenig verstimmt. Man hat sich mit diesem Flüchtling alle nur erdenkliche Mühe gegeben, und nun ist Dietrich entschlossen, am Vorabend des heraufziehenden Krieges wieder nach Deutschland zurückzukehren,

Wenn du mal nicht weißt, was du tun musst, dann tu das, was dir schwerer wird, es ist meist das Richtige.

Das hat Dietrichs Lehrer Adolf von Harnack gelegentlich behauptet. Aber das ist Unsinn. Das Falsche zu tun ist nicht das Leichtere. Das Falsche zu tun ist unendlich schwer. Und welche Qual müsste es erst sein, das Falsche gewählt zu haben und dann ein Leben lang gewaltsam das Wissen darum unterdrücken, in jeder Lebensminute das schrille Gepfeife von Schuld und Versagen ersticken zu müssen? Welche Gewaltanwendung wäre das gegen das eigene Herz und Ohr, welche Selbstvernichtung, fast schon ein Selbstmord. Es wäre Selbstmord.

Das Falsche zu tun ist ein Akt gegen das eigene Leben, der in der Richtung des Selbstmords liegt. Das weiß Dietrich jetzt.

Paul Tillich geleitet Dietrich Bonhoeffer aufs Schiff. Tillich ist betrübt, er ist schweigsam. Dietrich ist ruhig. Er ist federleicht. Er verlässt Amerika. Er fährt heim.

Dietrich, warum bist du zurückgekehrt? Warum bist du nicht in Amerika geblieben?

Er ist in England, in Sydenham, wo er Station bei seiner Schwester Sabine und ihrer Familie gemacht hat. Der Aufenthalt geht dem Ende entgegen: In zwei Stunden wird Dietrich nach Deutschland abreisen.

Warum bleibst du nicht auf meiner Seite der Welt? Warum bist du nicht in Amerika geblieben, wo ich dich auch in einem Krieg immer hätte erreichen können? Warum bist du nicht dortgeblieben als unser Wegbereiter, für den Fall, dass die Deutschen England erobern?

Es hat aber keinen Sinn, diese Fragen zu stellen. Sabine Leibholz hat sie für sich behalten. Ihr Bruder hat seine Entscheidung getroffen, also gibt es nichts mehr zu der Sache zu sagen. Dietrich steht mitten im Zimmer. Er hat ihr zum Abschied ein Geschenk gemacht: eine prächtige indische Samtdecke von einem Londoner Flohmarkt, als Tagesüberwurf für ihr Bett, damit sie in der elenden Welt möblierter Zimmer etwas Schönes ihr Eigen nennen kann. Er hat alle seine Kleidungsstücke auf dieser Decke ausgebreitet: Er will sie hierlassen, für Gert. Sabine weiß nicht, ob sie lachen oder weinen soll.

»Aber Dietrich. Du wirst doch auch in Deutschland Hosen brauchen.«

»Dann kaufe ich mir eben welche. Gert hat die Sachen nötiger. Wer weiß, wann er wieder arbeiten kann. Außerdem ist es auch eine Befreiung für mich. Es ist wundervoll, leicht zu reisen.«

Dietrich lacht. Das Fenster steht offen. Von unten klingen die Stimmen der Mädchen herauf, die auf dem englischen Rasen der Pension von Miss Sharp spielen. Der Garten hängt noch immer voller Rosen.

»Ich bin so froh«, sagt Dietrich. »Denk nur, wenn der Krieg

schon ausgebrochen wäre, hätte ich es vielleicht gar nicht mehr nach Hause geschafft. Das wäre furchtbar gewesen.«

»Aber was wirst du nun tun? Was tust du, wenn es zum Krieg kommt?«

»Ich werde sehen. Vielleicht eröffnen sich Möglichkeiten im Sanitätsdienst. Ich werde jedenfalls nicht für Hitler kämpfen. Ich bin kein Pazifist, aber auf der falschen Seite zu kämpfen ist nicht erlaubt.«

Sabine sieht ihn an, ihren Zwillingsbruder, diesen großen, breiten, vitalen Mann. Er sieht vollkommen anders aus als sie selbst, die dunkle, schmale Sabine. Aber wenn sie ihn ansieht, ist es ihr, als sähe sie sich selbst, ihr eigenes Spiegelbild.

»Und wirst du es auch nicht bereuen, Dietrich?«

»Ich darf es nicht bereuen. Sieh mal, wenn ich mich jetzt gedrückt hätte, dann hätte ich mir doch später niemals mehr anmaßen können, an der Wiederherstellung christlichen Lebens mitzuarbeiten.«

Jetzt weint sie. Er ergreift ihre Hände.

»Nicht weinen«, sagt er. »Das musst du nicht. Ich bin wirklich vollkommen heiter. Du musst auch heiter bleiben und Gott vertrauen. Du darfst die Hoffnung nicht verlieren.«

Sie hebt den Kopf.

»Aber worauf hoffst du?«, sagt sie. »Wofür wirst du beten, Dietrich?«

»Für die Niederlage Deutschlands natürlich. Ich werde von nun an täglich für den Sieg der christlichen Zivilisation beten, um den Preis der Zerstörung unserer Heimat. Und siehst du, gerade deswegen muss ich ja zurückkehren. Diese fürchterliche Bitte dürfte ich doch niemals aussprechen, wenn ich in Sicherheit in Amerika geblieben wäre.«

2

»Man muss den Krieg nehmen wie ein Gewitter.«

»So sehe ich es auch. Ein Gewitter, das die Luft klären wird.«

»Nächstes Jahr im Herbst ist der Spuk vorbei.«

»Das Tausendjährige Reich wird deutlich kürzer als geplant.«

»Noch fünf Minuten! In fünf Minuten ist es so weit.«

»Das ist Quatsch. So leicht wird es auch wieder nicht. It's a long way to Tipperary, das sage ich euch.«

It's a long way to Tipperary
It's a long way to go –

Harro hat ihnen vorhin das Lied beigebracht. Seitdem ist es immer wieder angestimmt worden, unabhängig davon, welche Platte gerade auf dem Grammophon lag,

It's a long way to Tipperary
To the sweetest girl I know –

»Noch vier Minuten!«

Es ist der Abend des 1. September. Heute Morgen hat der Krieg gegen Polen begonnen. Und um Mitternacht wird Harro dreißig, ebenso der Gastgeber Herbert Engelsing, Herstellungsleiter bei der TOBIS-Filmgesellschaft.

»Noch drei Minuten!«

Viele Gäste drängen sich in der großen Wohnung der Engelsings draußen im Grunewald. Das Wohnzimmer ist zum Tanzen leergeräumt. Im Esszimmer ist ein Büfett aufgebaut. Die Sektgläser stehen gefüllt bereit.

»Die Kriegsursachen sind doch nicht irgendwelche Staatsmänner. Wenn Idioten an der Spitze stehen, ist das doch kein Zufall.«

»Jetzt bricht zusammen, was zusammenbrechen muss. Die Nazis werden hinweggefegt. Frankreich und England werden nicht länger zusehen –«

Goodbye Piccadilly,
Farewell Leicester Square!
It's a long long way to Tipperary –

»Ganz Europa wird hinweggefegt werden, das sage ich euch. Der britische Imperialismus wird zusammenbrechen, und damit ist auch die Vorherrschaft Europas und der weißen Rasse zu Ende. Die europäische Lebensordnung wird hinweggefegt, oder das, was noch davon übrig ist.«

»Noch zwei Minuten!«

»Das Kolonialsystem wird zusammenbrechen, der Monopolkapitalismus, der diesen Krieg wollte. Danach wird man eine freie Gesellschaft schaffen. Eine Gesellschaft, die nicht auf Ausbeutung beruht.«

»In einer Minute! Achtung!«

»Dieser Krieg wird das alte Europa unter sich begraben.«

Bis jetzt ist Tanzmusik gespielt worden. Jetzt nimmt jemand den Plattenarm vom Grammophonteller. Jemand hält eine Uhr hoch, beginnt zu zählen wie an Silvester.

»Neun – acht – sieben – sechs –«

Alles hat sich erhoben. Alles umdrängt Harro und den Gastgeber. Die letzten Gläser werden hastig verteilt.

»Drei!«

»Zwei!«

»Hoch!«

Libertas fliegt Harro um den Hals. Ingeborg Engelsing umarmt ihren Mann,

Hoch soll'n sie leben!

Hoch soll'n sie leben!

Die Gefeierten werden umdrängt wie Helden. Gläser klingen, Augen leuchten, dann stimmt jemand die »Marseillaise« an. Die ersten zwei Zeilen: Weiter kommen sie nicht.

»Libs!«

»Wo ist Libs!«

Libs ist die Rettung. Sie ist diejenige, die den Text kennt. Libs ist immer die, die alle Texte kennt.

Contre nous de la tyrannie,

L'étendard sanglant est levé –

Jemand schiebt die Gläser beiseite. Harro und Herbert heben Libertas hoch, auf den Tisch.

Aux armes, citoyens!

»Alle mitsingen! Los, alle mitsingen!«

Sie beginnen von vorn. Noch einmal. Und noch einmal. Jetzt können es die meisten,

Allons enfants de la Patrie,

Le jour de gloire est ARRIVÉ!

Ingeborg Engelsing fasst ihren Mann am Arm.

»Herbert? Ich fürchte, man kann uns draußen hören. Ich fürchte, wir holen uns die Polizei auf den Hals. Ich gehe mal eben hinaus auf die Straße.«

Es ist eine milde Nacht. Die schweren Samtvorhänge vor den Fenstern dämpfen offenbar die Geräusche: Im Vorgarten hört man zwar noch schwach die Stimmen, aber ohne einzelne

Worte zu verstehen. Ingeborg Engelsing tritt durch die Gartentür auf die Straße hinaus. Hier ist gar nichts mehr zu hören. Ingeborg geht am Haus entlang, biegt dann in die Seitenstraße ein, die an der Längsseite des Gartens hinunterführt, es ist sehr still. Ist der Gesang verstummt? Es ist sehr dunkel: Aus den Fenstern der Grunewaldvillen fällt kein Lichtstrahl. Ingeborg bleibt stehen.

Deutschland ist im Krieg. Die Leuchtreklamen sind abgeschaltet. Still breitet sich die erloschene Stadt unter dem klaren Nachthimmel hin. Man kann die Sterne sehen, am Himmel über Berlin. Klar, feierlich, kalt. Sehr, sehr weit weg. Ingeborg Engelsing versucht, nicht zu weinen.

Elisabeth Schumacher ist in Meiningen, bei der ungeliebten Verwandtschaft. Sie ist bei den Eckolds, der Nazi-Familie der Mutter. Es gibt Brot. Es gibt Schmalz, Gurken, Wurst. Es gibt genug zu essen, trotz der neu ausgegebenen Lebensmittelkarten. Hier auf dem Land wird es immer genug zu essen geben. Aber natürlich müssen die Karten sein.

Das sagt Elisabeths Tante. Es geht ja nicht, dass die, die morgens schon kommen, den anderen alles wegkaufen können. Die Karten müssen sein, der Krieg muss sein. Niemand hier ist vom Krieg begeistert. Aber der Einmarsch in Polen war unvermeidlich. Das müssen doch auch die Engländer einsehen. Die Krise um Danzig hatte sich unerträglich zugespitzt, was hätte der Führer denn tun sollen? Die Polen haben eineinhalb Millionen Menschen unter Waffen genommen und an die Grenze geschafft. Wer behauptet, die deutsche Führung hätte gezielt auf den Krieg mit Polen hingearbeitet, der ist ein Verräter und ein Lump: So geht es den ganzen Tag. Die Tanten haben Angst. Einmal mehr hat sich die ganze Welt gegen Deutschland verschworen. Frankreich und Großbritannien haben dem Reich den Krieg erklärt, Australien, Indien, Neuseeland, Kanada und Südafrika.

»Was hat die Welt denn nur gegen uns? Was hat man im Ausland nur gegen das arme Deutschland?«

Hilde sitzt mit der Mutter und deren Lebensgefährten Erwin beim Abendessen am Küchentisch, als ein langgezogenes Heulen den Raum erfüllt. Sirenen. Sie starren einander an. Dann springt Erwin auf.

»Fliegeralarm! Das ist Fliegeralarm. Feindliche Flugzeuge sind im Anflug auf Berlin.«

Er stürzt zum Fenster und reißt es auf. Das Geheul schwillt an. Draußen vor dem Fenster liegt die Straße. Der Himmel über Berlin ist leer.

»Wir müssen in den Keller«, sagt Erwin.

»In den Keller?«, sagt die Mutter. »Aber Erwin. Das ist doch lächerlich.«

»Wir müssen in den Keller«, sagt Erwin. »Es ist verboten, bei Luftalarm in der Wohnung zu bleiben.«

»Das ist doch Unsinn. Das kann man nicht verlangen. Ich bin ein kranker Mensch. Im Keller würde ich mir den Tod holen.«

»Wo ist überhaupt die Luftschutztasche?«, sagt Erwin.

»Was?«

»Die Luftschutztasche. Sag nicht, ihr Frauen habt keine Luftschutztasche gepackt.«

Erwins Entrüstung ist echt. Die Mutter ist verschreckt. Was hat der Feind überhaupt in Berlin verloren? Der Feind gehört nicht nach Berlin. Er gehört dorthin, wo die deutschen Soldaten sind: an die Front.

»Gut«, sagt die Mutter. »Dann gehen wir eben in den Keller. Es ist natürlich lächerlich. Du wirst sehen, wir werden dort ganz allein sein.«

Aber sie irrt. Der Keller ist voll. Alle hocken sie da, komplett mit Gasmasken. Gleich vorn an der Tür steht Bauer, der Luftschutzwart.

»Na, Frau Rake. Da sind Sie ja endlich. Wo ist denn Ihr Luftschutzgepäck?«

»Schaut mal! Ein Flieger!«

Der kleine Walter aus dem dritten Stock steht am Kellerfenster. Das Kellerfenster liegt oberirdisch. Es ist offen, schließlich riecht es muffig hier unten. Erwin tritt neben Walter. Es stimmt. Hoch oben am Himmel schwebt jetzt ein einsames Flugzeug. Es blitzt einmal auf, in der Abendsonne, dann dreht es ab.

»Ist das der Feind?«, sagt der kleine Walter.

»Nee«, sagt Erwin. »Glaube ich nicht.«

Bauer steht jetzt auch dabei.

»Bestimmt ist das einer von unseren«, sagt er. »Sonst würde unsere Flak doch schießen.«

Wieder heulen die Sirenen auf. Es ist aber ein anderer Ton.

»Und jetzt? Was ist das jetzt?«

»Gar nichts. Entwarnung.«

Der Spätherbstwind rührt die See auf wie ein Schneebesen. Regen fällt, in langen grauen Schnüren, dann wieder gibt es Tage voll eines wechselnden unsicheren Sonnenscheins, wo es an den geschützten Stellen unten an der Seepromenade so warm wird, dass sich die Leibholzens auf eine der Bänke setzen können. Sie sind aus London weggezogen. Sie wohnen nun im Süden Englands, am Meer, in einem kleinen Ort namens St. Leonards-Hastings.

Sabine hat inzwischen sehr viel gelernt. Sie weiß nun, dass man Engländer nicht gleich zu Anfang einer Bekanntschaft nach ihrem Beruf fragen darf, dass Engländerinnen nicht lobend über die eigenen Kinder sprechen und dass die Tür einer nicht besetzten Toilette immer einen Spalt offenstehen muss, weil es sich nicht gehört, an einer geschlossenen Toilettentür zu rütteln. Sie kommt zurecht. Sie lebt sich ein. Und ist es nicht schön, an der See zu wohnen? Es ist doch fast wie Urlaub. Vielleicht kann man das Flüchtlingsdasein auch so auffassen: wie eine lange Reise mit sehr geringem Budget. Für Gert ist es allerdings eine Reise, die ein Leben ersetzen soll, eine Karriere, seine Lebensleistung. Und nun befinden sich England und Deutschland im Krieg.

Jedenfalls ist der Krieg erklärt. Geschehen ist bis jetzt noch nichts. Die Engländer sind weiterhin freundlich. Sie nehmen es Gert nicht übel, dass er jüdischer Abstammung ist. Sie nehmen es den Leibholzens nicht übel, dass sie Deutsche sind. Sie laden die Deutschen nicht in ihre Häuser ein, aber sie sind höflich, sie grüßen auf der Straße, die Leibholzens sind zum Glück auch nicht die einzigen Deutschen hier.

George Bell, der Bischof von Chichester, hat im Villenviertel von Hastings aus seinen Privatmitteln eine schöne alte Villa gemietet, in der er vierzig jüdischstämmige deutsche Pfarrer mit ihren Familien untergebracht hat. Sabine ist regelmäßig in der Bellschen Villa in Hastings zu Besuch, schon damit Marianne und Christiane Spielgefährten haben. Die Villa ist ein typisch englisches Haus, schön, aber unpraktisch. Zentrale Öfen gibt es nicht. Vor den offenen Kaminen wird man von vorn gegrillt, von hinten vereist. An einem englischen Waschbecken befinden sich immer zwei Wasserhähne: einer für heißes und einer für kaltes Wasser, so dass man sich die Finger entweder verbrüht oder erfriert, natürlich sind diese Dinge Lappalien. Die wirkliche Sorge nennen weder die Leibholzens noch die Familien der Pfarrer in der Villa gern beim Namen: Alle haben Angst, dass die Deutschen gewinnen könnten.

Alle haben Angst vor der deutschen Invasion Englands: davor, ihre Muttersprache am Strand von Hastings zu hören, aus den Mündern von Soldaten. Sabine geht fast jeden Tag mit den Kindern an den Strand. Man muss das Leben von Tag zu Tag nehmen. Die Kinder suchen im nassen Sand nach Muscheln, bunten Steinen. Sabine hat ihnen versprochen, dass sie ihnen im Sommer das Schwimmen beibringen wird. Christiane hat sich gefreut. Sie hat gequengelt: Wann ist denn Sommer?

Marianne hat die Mutter zweifelnd betrachtet.

»Im Sommer«, hat sie gesagt. »Jetzt ist ja noch nicht einmal Weihnachten. Meinst du wirklich, im Sommer sind wir noch hier?«

Hans von Dohnanyi ist Sonderführer des Amtes Ausland/Abwehr im Oberkommando der Wehrmacht am Tirpitzufer. Gerade noch rechtzeitig vor Ausbruch des Krieges hat der Leiter der Zentralabteilung und Chef des Stabes im Mobilisierungsfall Hans Oster seinen Freund für das Amt angefordert. Hans wird Abwehrchef Canaris persönlich zuarbeiten. Er ist damit uk-gestellt, unabkömmlich: Man kann ihn nicht mehr an die Front schicken. Die Dohnanyis sind von Leipzig zurück nach Berlin gezogen. Sie wohnen bei Christels Eltern: nicht in dem alten Haus in der Wangenheimstraße, das die Eltern längst verkauft haben, sondern in der Marienburger Allee 43 in Berlin-Charlottenburg. Im Haus nebenan wohnt Christels Schwester Ursel Schleicher mit ihrer Familie.

Christel hätte es nicht für möglich gehalten, dass sie einander noch einmal dermaßen bebrüten würden. Die Dohnanyis wohnen im Haus der Eltern wie in einer Sardinenbüchse, zu fünft in den zwei kleinen Zimmern, die einst Oma Julie beherbergt haben.

Wieder ist ein Abschnitt des Wegs zurückgelegt. Aber was

ist das Ziel der Wanderung? Wieder ist ein Kapitel abgeschlossen: Aber zu welchem Roman werden sich die Kapitel am Ende summieren?

Hans steht nun wieder mitten im Zentrum. Seine politische Abstinenz nach dem missglückten Putsch im Herbst 1938 hat ohnehin nur ein paar Wochen angehalten. Schon nach den Pogromen hat er wieder an den Donnerstagstreffen von Hans Oster und Ludwig Beck teilgenommen. Und nun hat der Krieg sie alle enger denn je zusammengeführt.

Der furchtbare Krieg: Angeblich werden in Polen auf Anordnung von höchster Stelle Zivilisten erschossen. Es soll keine Konsolidierung der Verhältnisse geben, keine Rückkehr des Rechts, keinen Frieden. Die alten polnischen Führer sollen getötet und die Entstehung einer neuen Führerschicht rücksichtslos verhindert werden. Der Volkstumskampf verlangt Chaos und Gewalt: Posen und Westpreußen sollen auf Befehl der höchsten Stellen schon in wenigen Jahren wieder deutsches Land sein. Ein Wort macht die Runde, das Ulrich von Hassell zugetragen worden ist: Hitler soll den Generalgouverneur der besetzten Gebiete Hans Frank aufgefordert haben, in Polen das Werk des Teufels zu verrichten und bis zum Ende durchzuführen. Auch Oberbefehlshaber Walter Brauchitsch soll von diesem furchtbaren Wort wissen. Er soll Abwehrchef Canaris gegenüber davon gesprochen haben, dass sich ein Blutrausch im Osten austobe.

»Mag sein, dass er das gesagt hat«, sagt die geschiedene Frau von Generalfeldmarschall Brauchitsch zu Ulrich von Hassell. »Dennoch. Mein Exmann ist für Ihre Zwecke unbrauchbar. Meine Nachfolgerin ist eine zweihundertprozentige Nazisse, und sie hat ihn fest in der Hand.«

Ulrich von Hassell würde ihr so gern nicht glauben. Er ist

der angeheiratete Onkel von Harro Schulze-Boysen: 1911 hat er Alfred von Tirpitz' Tochter Ilse geehelicht, die Cousine von Harros Vater. Im Weltkrieg war er Mitglied der rechtsradikalen Deutschen Vaterlandspartei, die sein Schwiegervater mitgegründet hatte. Danach sind sie alle in die Deutschnationale Volkspartei eingetreten. 1938 ist Hassell während der Blomberg-Fritsch-Krise im Rahmen der Umgestaltung des Auswärtigen Amtes als Botschafter in Rom abberufen worden. Und nun überlegt er zusammen mit Ludwig Beck und Carl Friedrich Goerdeler, dem ehemaligen Oberbürgermeister von Leipzig, ob man nicht Hitler entfernen und Göring an die Spitze hieven könnte. Aber im Grunde ist längst alles verloren.

Es ist Krieg. Es ist zu spät. Am 5. November rafft sich der Oberbefehlshaber des Heeres Walther von Brauchitsch auf. Er tritt vor Hitler. Es geht ihm nicht darum, das Morden in Polen zu unterbinden. Es geht ihm um Deutschland: Er will den Führer von einem Angriff auf den Westen abbringen, von dem geplanten Überfall auf Belgien und einem Durchmarsch durch Holland nach Frankreich. Hitler kanzelt ihn ab wie einen Jungen. Er stößt wilde Drohungen aus.

» – rücksichtslos vernichten, was sich mir in den Weg stellt, Geist von Zossen vernichten – «

Hat er womöglich Wind davon bekommen, dass ihm seine Offiziere nicht durch die Bank wohlgesinnt sind? Den Oberbefehlshaber beschleicht kaltes Grausen. Zusammen mit seinem Stellvertreter Halder macht er sich schleunigst daran, alle Pläne für den Staatsstreich zu vernichten.

Georg Elser weiß davon nichts. Er ist ein süddeutscher Handwerker, kein preußischer Militär. Er war Mitglied der Holzarbeitergewerkschaft. Er hat früher, als dergleichen noch möglich war, kommunistisch gewählt. Aber er ist Christ, er geht sonntags in die Kirche. Er war Mitglied des Heimatvereins, und er spielt die Zither, aber das Gequatsche von Volksgemeinschaft, Rasse und Blutreinheit prallt vollkommen an ihm ab. Wenn er um sich blickt, muss er allerdings feststellen, dass er ziemlich allein dasteht.

Er allein scheint wach zu sein, bei Bewusstsein. Die anderen haben alle glasige Augen. Sie sind hypnotisiert, sie sind Schlafwandler: Es scheint ihnen nicht viel auszumachen, dass die Arbeiterklasse ihrer mühsam erkämpften Rechte beraubt wird. Sie nehmen es nahezu klaglos hin, dass die Löhne immer schlechter werden, dass ein Arbeiter nicht mehr frei seinen Arbeitsplatz wählen kann und dass die HJ Anspruch auf seine Kinder erhebt. Aber der wirkliche Schrecken steht Deutschland erst noch bevor. Ein großer Krieg ist in Planung. Nur Hitlers Tod kann das Land noch retten.

Elser ist ein einfacher Mann. Er glaubt, dass man das, was man als richtig erkannt hat, auch tun muss. Er sagt zu keinem Menschen ein Wort. Wozu andere gefährden? Wozu delegieren, was man selbst tun kann? Er arbeitet ein paar Monate lang in einem Steinbruch, um sich Sprengstoff zu besorgen. Dann zieht er nach München und beginnt mit der Konstruktion der Bombe. Ab Ende August isst er jeden Abend im Bürgerbräukeller eine einfache Mahlzeit, versteckt sich dann in der Besenkammer und wartet, bis das Gasthaus geschlossen ist. Dreißig Nächte braucht er, um die Holzsäule auszuhöhlen, in der die Bombe versteckt werden soll.

Wie muss es gewesen sein, all die Monate lang so zu leben, allein mit sich selbst, herausgenommen aus dem Alltag, ganz erfüllt von der Mission, getragen Tag und Nacht vom Glauben, das Richtige zu tun? Wie muss es gewesen sein, die Schritte zu durchdenken, den Plan zu entwerfen, dann Stück für Stück, Schnipsel für Schnipsel die aufkommenden Probleme zu lösen:

Wie kann man ihn töten? Mit einer Bombe. Wie kann man die Bombe in seiner Nähe platzieren, wie den richtigen Moment abpassen? Und dann immer tiefer zu gehen, immer genauer zu planen, immer mehr in die Details einzudringen, nachts wachzuliegen oder unter abgeblendeter Lampe wachzusitzen, versunken in eine einzige, winzige Frage: das Häkchen im 90- oder 95-Grad-Winkel? Fragen, die nichts mehr mit dem großen Plan, nichts mehr mit Politik zu tun haben, nichts mehr mit der Suche nach Richtig und Falsch, weil all das ja bereits geklärt ist, so dass man es nun vergessen, begraben kann unter dem Zunächstliegenden: 90- oder 95-Grad-Winkel? Den Draht straff gespannt oder um die Schraube gewickelt?

Die Attentatsplanung ist nun Alltag, Regelmäßigkeit, Künstlerbesessenheit. Sie besetzt ihn so, dass er darüber vergisst, was er vorhat: den großen Krieg zu vermeiden mit Millionen von Toten. Im Verlauf der Tage, der Stunden, der Minuten schrumpft dies Gewaltige zusammen auf die sachlichen Überlegungen des Handwerks. 90- oder 95-Grad-Winkel? Den Draht straff gespannt oder um die Schraube gewickelt? Er kauft ein paar Semmeln, er holt Milch. Er ist unverändert freundlich, freundlich zu allen Menschen.

Die Mädchen sehen ihm nach: Er ist ein gutaussehener Mann Mitte dreißig, schlank und gelenkig, kräftig, das Haar dicht und dunkel, die Brauen schön geschwungen. Und wie er geht, und wie er schaut: versunken, wie nicht von dieser Welt, getrennt von den anderen Menschen durch eine unsichtbare Membran, die ihn vollständig abschließt und die erst die Folter der Gestapo durchstößt.

Wie hat er die Folter, die Haft, die vollständige Isolation ertragen, in der er leben wird, bis man ihn kurz vor Kriegsende ermordet?

Wie hat er den Fehlschlag ertragen?

Es ist eine große Gemeinheit. Elsers Arbeit war perfekt, sie war fehlerlos. Die meisten Attentate scheiterten an den Schludrigkeiten der Attentäter. Aber dieses nicht. Was in Georg Elsers Hand gelegen hat, ist ohne Tadel, sein Plan läuft wie geölt. Die Bombe soll explodieren, während Hitler wie immer am Abend vor dem Jahrestag seines missglückten Putschversuchs vom 9. November 1923 im Bürgerbräu spricht. Und sie explodiert, exakt zur vorgesehenen Zeit und mit vollkommen ausreichender Gewalt: Das Dach stürzt ein, das Lokal ist verwüstet. Es gibt acht Tote und zahlreiche Verletzte. Aber Hitler ist nicht darunter. Das Wetter ist schlecht, das Flugzeug kann nicht starten. Hitler wollte den Nachtzug nach Berlin noch erwischen, deshalb hat er den Saal dreizehn Minuten vor der Explosion verlassen.

Der Münchner Bodennebel also ist schuld an der Vernichtung der europäischen Juden, an über fünfzig Millionen Toten, an Flucht, Vertreibung, der Teilung Deutschlands, den Opfern an der Mauer und der jahrzehntelangen Unterdrückung Mittel- und Osteuropas durch die Sowjetunion. Der ›Völkische Beobachter‹ feiert in großer Schlagzeile die wunderbare Errettung des Führers. Die Deutschen sind ergriffen, tief berührt vom rettenden Eingriff der göttlichen Vorsehung. Und in der Reichshauptstadt läuft ein neuer Witz um: Jemand habe eine Gedenktafel in den Ruinen des Bürgerbräukellers aufgestellt.

Dem leider zu früh Heimgegangenen

Es ist Krieg. Es ist Advent. Dietrich Bonhoeffer hat die Betreuung der Sammelvikariate auf dem Sigurdshof und in den pommerschen Wäldern wieder aufgenommen. Er teilt sein Leben zwischen Pommern und Berlin, wo er im Haus der Eltern in der Marienburger Allee 43 wohnt, Wand an Wand mit seiner Schwester Christel und ihrem Mann Hans von Dohnanyi, Haus an Haus mit seiner Schwester Ursula und ihrem Mann Rüdiger Schleicher. Hans, Christel und Dietrich sitzen in Dietrichs Zimmer.

»Und kannst du dir eine Welt vorstellen, in der das, was Oster getan hat, nicht als Verrat bezeichnet wird?«

Verrat. Das Wort klingt dumpf, hohl. Es ist ein hallendes Rohr, das in eine andere Zeit führt, ins Mittelalter oder zu Shakespeare oder womöglich zu den alten Germanen,

Vom Verräter frisst kein Rabe –

Hans raucht seine vierzigste Zigarette.

»Ist es denkbar, dass man uns das je verzeiht?«

Hans Oster hat dem niederländischen Militärattaché, seinem alten Freund Major Sas, den Termin verraten, zu dem Deutschland die Niederlande überfallen will.

»Er hat sich nicht mit uns abgesprochen«, sagt Hans. »Jetzt sind wir wahrhaftig Verräter. Landesverräter. Hochverrat mag einem ja geradezu als Pflicht erscheinen. Aber Landesverrat?«

»Hans«, sagt Christel. »Die Niederlande zu überfallen ist doch ein furchtbares Unrecht. Wie kann es da Unrecht sein, die Überfallenen zu warnen? Ein Unrecht wird doch nicht zu Recht, nur weil es dem eigenen Land Nutzen bringen soll.«

»Kann ein Unrecht dem Land überhaupt nützen?«, sagt Hans. »Die Moral sagt Nein. Aber Politik beruht doch auf genau dieser Annahme. Eine Regierung hat die Pflicht, das Wohlergehen der eigenen Bürger zuerst zu sichern, ihre Interessen gegen die aller anderen zu vertreten. Recht ist also, was meinem Land nützt, auch auf Kosten der anderen.«

»Dem kann ich natürlich nicht zustimmen«, sagt Dietrich. »Dauerhaften Nutzen kann ein Land niemals auf Kosten seiner Nachbarn haben.«

Hans ist aufgestanden und geht im Zimmer umher. Er geht fünf Schritte in die eine Richtung, fünf in die andere.

»Wenn man nur wüsste, was richtig und falsch ist«, sagt er. »Wenn man wüsste, wann ein Verrat gerechtfertigt ist. Der Maßstab sollte die Stimme des Gewissens sein, das ist klar. Aber folgen dieser Stimme nicht auch die Nazis? Würde nicht jeder von ihnen ebenso behaupten, in seiner Treue zum Führer und seiner Pflichterfüllung ein reines Gewissen zu haben?«

Dietrich kneift die Augen zusammen.

»Mag sein, dass sie das behaupten würden«, sagt er. »Aber sie haben ja gar kein Gewissen. Sie haben es durch den Gehorsam ersetzt. Sie handeln nicht aus freier Verantwortung.«

»Freie Verantwortung«, sagt Hans. »Das ist es. Es ist im Grunde die Verantwortung, die mich belastet. Was, wenn auch nur ein einziger deutscher Soldat wegen dieses Verrats fällt? Klebt dann nicht Blut an unseren Händen? Müssen wir nicht die Verantwortung für jeden Toten übernehmen, der ohne unsere Tat nicht umgekommen wäre?«

»Aber Hans«, sagt Christel. »Ihr wollt den Krieg doch abkürzen. Ihr wollt ihn verhindern. Ihr wollt Menschenleben retten.«

»Ja. Aber welche Leben? Wenn ein Einziger stirbt, der sonst vielleicht überlebt hätte, kann ich mich dann damit herausreden, dass mein Verrat tausend andere gerettet hat? Rechtfertigen die tausend den einen? Machen sie mich an dem einen unschuldig?«

»Nein«, sagt Dietrich. »Natürlich nicht. Das wäre wirklich ein schlimmer Fehlschluss. Wir tragen für jeden unserer Eingriffe die Schuld. Aber wenn wir aus Angst vor persönlicher Schuld gar nicht handeln, stellen wir unsere Unschuld höher als die Verantwortung für die anderen. Dann laden wir noch heillosere Schuld auf uns.«

»Aber auch so könnte ein Nazi sprechen«, sagt Hans. »Ein Attentäter könnte so sprechen. Ein Verblendeter, der zum

Besten der Welt mit einer Bombe in einen Kindergarten marschiert.«

Sie schweigen einen langen Moment. Christel beugt sich vor. Sie nimmt die Hände ihres Mannes in die ihren.

»Hans«, sagt sie. »Wie kannst du nur glauben, etwas Falsches zu tun? Wenn diese schlimme Zeit vorbei ist, wird jeder sagen, dass du richtig gehandelt hast. Jeder wird erkennen, dass ihr gegen das Böse gekämpft habt. Man wird euch nicht verurteilen. Man wird euch als Helden feiern.«

»Das ist nicht gewiss«, sagt Dietrich. »Aber darum darf es auch nicht gehen. Uns muss es um unser Gewissen gehen. Wer seinem Gewissen nicht folgt, endet in innerlicher Zerrissenheit. Das Gewissen ist aber der Ruf zur Einheit eines Menschen mit sich selbst. Seinem Gewissen nicht zu folgen geht also in Richtung des Selbstmords.«

Hans nickt langsam.

»Ich hoffe nur, es ist nicht alles umsonst«, sagt er. »Ich hoffe, man riskiert seinen Kopf nicht umsonst, und die Niederländer und die Belgier nutzen die Warnung und bereiten sich vor.«

Und wieder überwältigt Christel die Erkenntnis: Hans glaubt nicht an den Erfolg der Sache, für die er sich einsetzt. Er rechnet mit dem Krieg gegen den Westen.

»Auch das müssen wir nicht bedenken«, sagt Dietrich. »Wir sind freie Menschen, denn wir glauben an Gott. Das heißt, wir wissen, dass wir nur für unsere Handlungen verantwortlich sind. Der Ausgang unserer Sache liegt nicht bei uns, nur unser Bemühen.«

»Tötet ihn!«

Christel erschrickt vor sich selbst.

»Tötet Hitler, erschießt ihn.«

Hans nickt. Er sitzt zusammengesunken, mit abgewandtem Gesicht.

»Ja. Es läuft natürlich darauf hinaus. Und nicht nur ihn wird man umbringen müssen, sondern die gesamte Parteispitze. Die Frage ist, ob wir das Recht dazu haben. Das Recht auf Mord. Dietrich, was mich quält, ist nicht so sehr das Fünfte Gebot. Es ist der Spruch im Matthäus-Evangelium. *Wer das Schwert zieht, der möge durch das Schwert umkommen.*«

»Du fragst dich, ob der Spruch auch für die Mörder Hitlers gelten würde?«

»Ja.«

Dietrich sieht seinen Schwager an.

»Sie wären davon natürlich nicht ausgenommen«, sagt er. »Sie hätten aber die Möglichkeit, die Geltung dieses Gerichtsworts bewusst auf sich zu nehmen.«

Der Landwehrkanal ist zugefroren. Der Himmel ist überhaucht vom Kupferdunst der Kälte. Die Stadt duckt sich ins Grau, während sie den Angriff des Westens erwartet. Mildred und Arvid fahren im Grunewald Ski. Ihr Atem raucht in der klaren Januarluft 1940. Sie sind mit Freunden verabredet: mit dem Ersten Sekretär der amerikanischen Botschaft Donald Heath und seiner Frau Louise. Die Harnacks sind sehr glücklich über diese Freundschaft.

Die Einsamkeit ist ein schreckliches Leiden. Mildred tippt deshalb Manuskripte über die Arbeiterbewegung in anderen Ländern ab, sie übersetzt Reden Roosevelts, englische und amerikanische Zeitungsartikel. Dieses Material kann an Freunde weitergegeben werden, an Arvids Debattier- und Schulungszirkel, an ausgewählte Leute in Fabriken und Ministerien, wo es wie ein Lichtsignal wirkt, wie ein warmer Händedruck: Wir sind nicht allein. Es sind dort draußen noch immer welche von uns. Das Netz hält, es trägt.

Es wird weitergeknüpft: Mildred und Louise Heath begegnen einander regelmäßig im American Women's Club. Donald und Arvid treffen sich regelmäßig zum Mittagessen: Es ist Teil von Arvids Aufgaben, sich mit amerikanischen Kollegen und Fachleuten zu besprechen. Arvid ist jetzt Oberregierungsrat im Reichswirtschaftsministerium. Er erfährt viele Dinge, die anderen verschlossen bleiben: Interna über die Reichsbank, die Arbeitsweise des deutschen Finanzministeriums, er steht in engem Kontakt mit der Wirtschaftsabteilung des Auswärtigen Amtes. Donald Heath ist sehr interessiert an wirtschaftspolitischen Informationen. Es interessiert ihn brennend, wie Arvid die deutschen Kriegspläne unter wirtschaftlichen Erwägungen einschätzt.

»Also, Donald. Ich denke, zuerst werden wir Dänemark einnehmen, als Sprungbrett sozusagen. Und dann werden wir Norwegen besetzen. Durch die Erzbahn von Schweden nach Narvik ist Norwegen von außerordentlichem wirtschaftlichen und militärischen Wert für uns. Seit dem Verlust der französischen Eisenerzeinfuhr erhalten wir ja vierzig Prozent des Eisenerzbedarfs über Schweden, und die Briten wollen uns diese Rohstofflieferungen abschneiden.«

Mildred hat natürlich auch ihre Nichte Jane Donner in den American Women's Club eingeführt. Otto Donner arbeitet in der militärischen Forschung. Arvid hat ihn Heath vorgestellt, der erfreut war, die Bekanntschaft zu machen. Und ist dies Verrat? Arvid schüttelt den Kopf.

»Der Weltkrieg kommt, Mildred. Hitler wird ihn verlieren. Und danach muss jemand da sein, dem die Sieger vertrauen, mit dem sie verhandeln können. Jemand, der die ganze Zeit auf ihrer Seite stand. Nur so kann Deutschlands Unabhängigkeit erhalten bleiben. Nur so können wir verhindern, dass Deutschland als Land aufhört zu existieren. Deutschland muss die geistige und wirtschaftliche Mittlerrolle zwischen West und Ost übernehmen, die seine Aufgabe ist. Darum geht es. Wenn das Verrat an Deutschland ist, bin ich allerdings ein Verräter.«

Aber das ist Arvid nicht. Er unterhält sich doch nur mit einem Landsmann seiner Frau. Es geht im Grunde auch gar nicht um die Weitergabe von Zahlungsbilanzen oder Fakten über den Außenhandel. Es geht darum, die Türen nicht zufallen zu lassen: So sieht es Mildred.

Es geht darum, in Fühlung zu bleiben, im Austausch. Arvid und Mildred versorgen ihre isolierten deutschen Freunde mit verbotenen Informationen aus dem Ausland, und sie versorgen ihre amerikanischen Freunde mit verbotenen Informationen aus Deutschland.

Es ist Sonntag, früher Nachmittag.

Mildred hört das leise schabende Geräusch der Skier. Sie hört Arvids Atem, wenn sie eine kleine Steigung erklimmen. Manchmal knackt ein Ast, unter dem Gewicht des Schnees. Mildred ist froh, dass sie jetzt hier sind. Sie ist froh um jede Stunde, die sie der Stadt entfliehen kann. Deutschland ist im Krieg. Das normale Leben geht aber weiter. Nahrungsmittel sind rationiert, aber man kauft weiterhin ein. Bei Lutter & Wegener am Gendarmenmarkt muss man wie überall Marken abgeben, bevor man sein Mittagessen bestellen darf. Aber Mildred und Arvid essen zu Mittag, so wie alle anderen auch. Arvid geht ins Ministerium. Mildred unterrichtet.

Sie hält neuerdings auch Kurse an der gerade gegründeten Auslandswissenschaftlichen Fakultät der Berliner Universität, wo die künftige diplomatische Elite des Reichs herangezogen werden soll. Die Leute planen ja weiterhin Schul- und Studienabschlüsse. Wer noch nicht eingezogen ist, tut so, als ob eine Chance bestünde, in Ruhe seinen Weg weiterzugehen, es ist alles ein einziges So-tun-als-ob.

Das ist wieder so ein deutscher Ausdruck. Ein Ausdruck wie aus einem Kinderspiel, harmlos, charmant: Komm, wir tun, als ob wir Gauner wären, Prinz und Prinzessin, Engel im Himmel. Und wenn man lange genug so tut als ob, glaubt man sich die Rolle, die man spielt. Mildred hat eine Weile nachdenken müssen, bis ihr der entsprechende englische Begriff eingefallen ist,

to pretend

Aber das ist nicht dasselbe. Dem englischen Wort wohnt ein Moment des Bösartigen inne, etwas von arglistiger Täuschung. Der pretender spielt nicht mit der Wirklichkeit. Er verneint ihre Berechtigung. Er spielt nicht für sich, sondern gegen die anderen, deren Wahrnehmung er zu täuschen gedenkt. Er ist ein Heuchler, in weniger schlimmem Fall ein Angeber und bestenfalls einer, der Ansprüche auf den Thron erhebt, die erst noch zu überprüfen wären. Und ist es das, was sie und Arvid tun?

Erheben sie Ansprüche?

Erheben sie Anspruch auf die Zukunft, auf ein Leben danach, ein Leben auf der anderen Seite dieses Berges, den es zu erklimmen gilt?

»Wir müssen die Leute auf Linie halten«, sagt Arvid. »Das ist entscheidend. Wir müssen ihnen helfen, nicht an allem irrezuwerden. Wir müssen die Aufrechten motivieren, ihnen die Mittel in die Hand geben, die sie brauchen, um sich gegen die Nazipropaganda wappnen zu können, bis wir alle über den Berg sind.«

The bear went over the mountain, the bear went over the mountain,
the bear went over the mountain, to see what he could see.

Und dann? Was werden sie vorfinden, wenn sie auf dem Gipfel stehen?

The other side of the mountain, the other side of the mountain –

Aber so darf sie nicht denken. Sie muss sich an das halten, was sie hat: an das Leben von Moment zu Moment, an das So-tun-als-ob. Die Bäume stehen schwarz vor dem großen Weiß. Darüber leuchtet ein winterlicher Himmel, der sie an zu Hause erinnert, an die herben Winter des Mittleren Westens. Arvid hält an.

Er späht durch die Bäume, den Weg hinunter: Und da kommen sie. Da kommt Heath. Da kommt Louise, mit Donny junior, den Mildred neuerdings in amerikanischer Literatur unterrichtet.

»Juhu!«

Mildred winkt. Louise hebt ihren Skistock und winkt zurück. Dies sind Freunde. Sie sprechen amerikanisch. Es wird ein schöner Nachmittag werden.

Libs sitzt an ihrem kleinen Damenschreibtisch, hinten in einer Ecke des Wohnzimmers. Sie sind wieder umgezogen: Sie wohnen nun in der Altenburger Allee 19. Libs hat einen dicken Pullover von Harro angezogen und sich eine Decke über die Beine gelegt. Sie fröstelt dennoch. Es ist Anfang April 1940 und immer noch kalt, und es gibt keine Kohlen. Libs gähnt.

Sie betrachtet das Blatt, das vor ihr liegt. Sie hat ein paar Blumen darauf gemalt, einen Baum. Eigentlich müsste sie arbeiten. Die Besprechung des Maria-Stuart-Films für die ›Essener Zeitung‹ ist bereits fertig. Aber die Kritik über den österreichischen Musikfilm hat sie gerade erst angefangen,

Es wird a Wein sein

Und mir wer'n nimmer sein

Libs hat keine Lust. Manchmal hat sie keine Lust. Manchmal möchte sie von allem entbunden werden. Und dann wieder kann es ihr nicht genug sein, und sie schnappt glücklich nach Luft unter der Flut der Einfälle, der Lawine der Aufgaben, die sie sich auflädt. Es ist, als gäbe es einen Schalter, dessen Stellung bestimmt, wie Libs ihr Leben lebt, den sie aber selbst nicht betätigen kann.

Im Moment steht der Schalter auf aus. Libs betrachtet den Stiftehalter aus Walnussholz in Gestalt eines Nachens, der auf dem Schreibtisch steht. Sie wählt einen roten Stift. Sie kritzelt ein Mädchengesicht,

's wird schöne Madln geben
Und mir wer'n nimmer leben

Sie muss diese Kritik fertig machen. Der Film war dumm und banal. Sie wird schreiben, dass der Film dumm und banal war. Sie möchte nicht einmal das schreiben. Der Film ist ihr egal. Es ist ihr egal, was sie schreiben wird, Libs kritzelt eine Wolke, aus der es regnet. Diese blöden Filmkritiken sind überhaupt nicht das, was sie machen will. Libs will Gedichte schreiben, Hörspiele, vielleicht einen Roman. Libs ist sechsundzwanzig. Wie ist es möglich, dass man mit sechsundzwanzig immer noch nicht mit seinem wirklichen Leben begonnen hat? Wo ist Harro?

Er kommt jetzt immer erst spät nach Hause. Er hat sein abgebrochenes Studium wieder aufgenommen: Er besucht die neugegründete Auslandswissenschaftliche Fakultät der Universität, die als zentrale Institution der NS-Außenpolitik geplant ist. Wer dort studiert, soll danach direkt an höhere Staatsstellen weitergegeben werden. Das gefällt Harro. Und mindestens wird ein ordentlicher Universitätsabschluss die Voraussetzungen schaffen, die nötig sind, damit man ihn endlich zum Regierungsrat befördert. Libertas dreht das Weinglas, das vor ihr steht.

Es ist einer der grünlich schimmernden Weinkelche aus den Liebenberger Beständen, die ihnen Onkel Büdi zur Hochzeit geschenkt hat. Der Kelch ist wunderschön, anheimelnd, auch wenn er jetzt nur Wasser enthält. Der Schreibtisch ist ebenfalls aus Liebenberg. Libs würde am liebsten nach Liebenberg fahren. Aber ihre Schwester Ottora darf nicht nach Hause, und solange dieses Verbot besteht, ist Liebenberg auch für Libertas tabu. Es ist ja alles außerordentlich empörend.

Ottora lebt in Oslo. Die Deutschen haben Norwegen angegriffen. Sie haben Oslo bombardiert, und nun kann Ottora nicht vor Görings Bomben nach Liebenberg fliehen, weil Göring von Onkel Büdi verlangt hat, Ottoras Mann das Haus zu verbieten. Angeblich hat sich Carl Douglas zu deutschlandfeindlichen Bemerkungen hinreißen lassen. Libs hört den Schlüssel im Schloss. Dann geht die Tür. Harro kommt herein, mit einem Schwall eiskalter Luft.

»Libs? Libs! Ah, da bist du ja. Ach du arme Verfrorene, was ist dir? Ja, das ist gut, dass du den dicken Pullover geholt hast.«

Er geht ins Schlafzimmer. Er spricht durch die offene Schlafzimmertür weiter mit ihr, während er die Uniform auszieht.

»Ich habe noch ein bisschen mit Six im Niquet-Keller zusammengesessen. Mit dem Dekan der Fakultät. Ich habe dir ja von ihm erzählt.«

Die Atmosphäre der Wohnung hat sich verändert. Die tote Luft prickelt, perlt wie von Kohlensäure durchspült.

»Franz Alfred Six. Ein angenehmer Mann, ruhig und sachlich. Habe ich dir gesagt, dass er im selben Jahr geboren ist wie ich? Ich habe das Gefühl, dass er mir wohlwill. Natürlich ist er ein Ideologe. Aber er holt historisch sehr weit aus, um heutige Reichsansprüche zu begründen, bis zum mittelalterlichen Reich unter Heinrich I., den ottonischen Kaisern und Friedrich II. Da lernt man durchaus noch etwas dazu. Wir haben im Jungdo damals ja auch die starke Verpflichtung betont, die das Mittelalter für Deutschland darstellt.«

Sie hört ihn mit den Hosenbügeln klappern, mit den Schuhen. Sie kann vor sich sehen, wie er die Jacke aufhängt, dicke Socken anzieht.

»Albrecht Haushofer gehört auch zum Lehrkörper. Ich habe ihn daran erinnert, dass er einmal bei uns aus seinen Werken vorgelesen hat. Es ist ja recht ordentlich von Six, dass er Haushofer geholt hat. Er hat immer wieder Ärger wegen der jüdischen Herkunft seiner Mutter.«

Harro kommt aus dem Schlafzimmer. Er knöpft im Gehen das Hemd zu, zieht den Pullover über den Kopf. Libertas wickelt sich aus ihrer Decke. Sie geht ihm voraus in die Küche.

»Hast du schon gegessen?«, sagt Libs. »Wenn nicht, kann ich dir etwas machen. Ich habe allerdings keine Milch mehr bekommen.«

Harro schätzt abends sanfte Speisen, gekochte Haferflocken oder Grießbrei. Vielleicht kann Libs im Sommer Himbeersaft einmachen. Es gibt so viele Himbeeren in Liebenberg. Libs wünschte, es gäbe jetzt welche. Sie wünschte, sie hätte eine Handvoll Himbeeren, sonnenwarm, die sie mit Harro teilen könnte.

»Es geht auch ohne Milch«, sagt Harro. »Ich denke, ich habe noch Ovomaltine von meiner Mutter.«

Libs entzündet die Gasflamme, nimmt einen Topf aus dem Schrank. Sie überlegt, ob sie auch etwas essen möchte. Sie hat durchaus Hunger, aber sie hat keinen Appetit.

»Ich würde dich ja zum Essen ausführen«, sagt Harro. »Aber ich möchte keinesfalls Radio Moskau verpassen. Ich mache mir wirklich Sorgen wegen des Finnlandfeldzugs. Das darf so nicht bleiben. Das ist ja blamabel, wie sich das hinzieht, ich verstehe es gar nicht. Ich verstehe nicht, warum die Russen nicht längst gesiegt haben. Sie müssen wirklich noch viel besser werden, bis sie in der Lage sind, uns von Hitler zu befreien.«

Libertas setzt das Wasser auf. Sie nimmt die Ovomaltine aus dem Schrank: das Stärkungsgetränk für die körperlich und geistig Erschöpften, hat Harro das nötig? Er ist immer in Bewegung. Er ist immer aktiv, ein ganz und gar lodernder Mensch.

»Six und ich haben uns auch auf mein Thema in diesem Trimester verständigt«, sagt er. »Flottenrüstungen und Weltmachtstreben in der Zeit nach Bismarck. Also eine Verneigung vor Onkel Tirpitz«, er nimmt den Wasserkessel vom Herd und füllt ihn. »Jetzt koche ich erst einmal Tee. Du siehst ganz bleich aus um die Nase. Ach richtig, hör mal, das wird dich freuen. Was meinst du, wer mit mir Schwedisch belegt hat? Die jüngste Tochter von Prinz Wied. Sie macht einen sehr verständigen Eindruck. Ich habe gedacht, sie könnte vielleicht das Ottora-Problem lösen. Sie könnte mal mit ihrem Vater reden.«

Prinz Wied ist der deutsche Gesandte in Stockholm. Er ist es, der sich bei Göring über die deutschlandfeindlichen Bemerkungen von Ottoras Mann beklagt hat.

»Das wäre wirklich schön«, sagt Libertas. »Die Sache muss doch wieder in Ordnung zu bringen sein. Wenn Carl Douglas wirklich so deutschfeindlich wäre, hätte er kaum eine Deutsche geheiratet. Onkel Büdi kann ihm jedenfalls nicht auf Dauer das Haus verbieten, das muss Göring einsehen. Wo soll Ottora denn wohnen, wenn sie von Norwegen zu Besuch kommt? Und jetzt, wo wir Oslo bombardieren. Die arme Mama.«

»Man muss aber auch Göring verstehen«, sagt Harro. »Er hat Ottora und Carl sehr großzügig zu ihrer Hochzeit beschenkt. Da hat er natürlich keine Lust, bei seinen Jagdreisen nach Liebenberg einen Carl Douglas vorzufinden, der ein Deutschenhasser ist. Aber wir werden sehen. Ich werde mit der kleinen Wied reden. Und wegen der Bomben beruhige deine Mutter. Nach allem, was ich weiß, gibt es bisher keine zivilen Opfer, und es ist auch kaum etwas zerstört worden.«

Franz Alfred Six, dreißig Jahre alt, Präsident des Deutschen Auslandswissenschaftlichen Instituts, Dekan der Auslandswissenschaftlichen Fakultät, an der Mildred Harnack unterrichtet und Harro Schulze-Boysen studiert, hat es weit gebracht für einen, der als Schüler dazu gezwungen war, zwei Jahre lang den Besuch des Gymnasiums zu unterbrechen, um zur Ernährung der Familie beizutragen. Er ist ein vielbeschäftigter Mann. Er hat drei Hauptabteilungen des SS-Sicherheitsdienstes geleitet: Presse und Museum, Weltanschauliche Gegner, Lebensgebietsmäßige Auswertung. Der Schwerpunkt hat natürlich immer klar auf der Ermittlung von Regimegegnern gelegen, und das ist bestimmt kein lyrisches Thema.

Aber eine primitive Prügelgruppe war der Inlands-SD unter seiner Leitung nie. Six hat auf streng wissenschaftlicher Arbeitsweise bestanden. Ob Marxisten in verschiedenen Teilen des Reiches sich fremdvölkischen Minderheiten anschlossen, um ungestörter gegen den Staat zu arbeiten, oder ob Bibelfreizeiten und Jugendlager zu untersagen und zu sprengen waren: Six hat sich immer bemüht nachzuweisen, dass am Grunde des Problems der Jude lauert wie die Kröte im Teich.

Natürlich nicht der physische, schläfchenlockengeschmückte ›Stürmer‹-Jude, wie ihn sich Fritzchen Unbedarft vorstellt. Es geht ja gar nicht um das Individuum. Es geht um das Prinzip. Es geht um das wissenschaftlich erwiesene geistige Zersetzungspotenzial, das spirituelle Prinzip des Jüdischen, das ausgemerzt werden muss, wenn Deutschland blühen soll. Die rassische Neuordnung Europas ist nur mit einem streng sachlichen, wissenschaftlichen Vorgehen zu erreichen, keinesfalls mit primitivem Gefühlsantisemitismus. Die degoutanten Methoden des Straßenterrors mögen natürlich durchaus dazu beitragen, die Auswanderungslust der Juden zu steigern, das will Six gar nicht in Abrede stellen. Aber unter ihm hat sich der Sicherheitsdienst damit nicht gemeingemacht.

SS-Standartenführer Six, einer der sieben ranghöchsten Führer im SD-Hauptamt und Vorgesetzter Adolf Eichmanns, ist all die Jahre maßgeblich an der Entwicklung wissenschaftlicher Lösungen der Judenfrage beteiligt gewesen, an der Entwicklung stimmiger Lösungen aus einer Hand, ob es nun um bloße Auswanderungsfragen ging, um ideologische Schulungen und die Entwicklung von Propagandakonzepten oder um historische Forschungen zum Nachweis der zersetzenden Umtriebe des Weltjudentums. Die Judenfrage muss zentralisiert behandelt werden. Jemand muss die Generalkompetenz haben, und die hat der SD bisher mit Recht für sich beansprucht.

Aber letzten Sommer, während Six noch die staatspolizeilichen Aufgaben des Polenfeldzuges vorbereitet und die Pläne zur Liquidierung der polnischen Führungsschicht mitentwickelt hat, ist hinter seinem Rücken die Zusammenlegung von Sicherheitspolizei und SS-Sicherheitsdienst zum Reichssicherheitshauptamt beschlossen und im September vollzogen worden. Six soll sich fortan nur noch mit einer *mehr forschungsmäßigen Tätigkeit* befassen, wie Schellenberg es von oben herab und perfide ausgedrückt hat.

Mit anderen Worten, man will Six marginalisieren. Schellenberg ist fast ein ganzes Jahr jünger als Six! Er ist noch nicht einmal dreißig. Aber Schellenberg, Müller und Ohlendorf versuchen Six an die Wand zu spielen, sie versuchen seine Handlungsspielräume einzuschränken. Natürlich ist Six ein Wissenschaftler. Eine forschungsmäßige Tätigkeit bereitet ihm Freude. Aber Forschung bedeutet doch nicht, möglichst viel für konkrete Entscheidungen bedeutungsloses Papier von einer Ecke in die andere zu schaufeln. Six ist ein Mann der Tat, nicht nur des Geistes. Er braucht Mitarbeiter. Aber für sein Amt II im RSHA, das sich immerhin mit der gesamten Gegnerforschung (Freimaurerei, Judentum, Kirchen, Marxismus, Liberalismus) beschäftigen soll, hat man Six kaum Personal gelassen und damit so gut wie keine praktischen Mitwirkungsmöglichkeiten. Six ist unglücklich.

Er will gestalten. Er will am Aufbau der neuen Zeit teilhaben. Er hat es satt, ein Gehilfe Heydrichs zu sein, der grundsätzlich mit Six macht, was er will. Six hat sich nun als Freiwilliger zur Waffen-SS gemeldet.

Er will in den Krieg ziehen. Er will unmittelbar wirken, er will an der Großraumgestaltung Europas beteiligt sein, an der Einigung Europas, gegen die die Uneinsichtigen in den besetzten Ländern nach wie vor Bürgerkriege führen. Er will noch einmal von vorn anfangen, als schlichter bescheidener SS-Mann, wobei ihm sein Rang als SS-Standartenführer außerhalb der Truppe natürlich bleibt: Und heute, an diesem 19. April 1940, hat er Nachricht von Werner Best erhalten, dass Heydrich ihn und auch Best selbst zum Wehrdienst freigegeben hat.

Und die Fakultät? Die neugegründete Auslandswissenschaftliche Fakultät?

Nun, das muss man eben organisieren. Six wird Vertreter für seine Aufgaben finden. Harro Schulze-Boysen könnte zum Beispiel das Kolloquium für Six leiten. Das würde Schulze-Boysen bestimmt freuen.

Six sagt sich immer wieder, dass Schulze-Boysen es zu nichts gebracht hat. Im Vergleich mit ihm selbst ist der gleichaltrige Schulze-Boysen ein Versager, trotz seiner lässig-selbstbewussten Art, seiner Abkunft von Männern des Geistes und der Tat wie Professor Tönnies und Großadmiral Tirpitz. Aber Six freut sich sehr, dass Harro ihn nicht abzulehnen scheint.

Sie sind einander gedanklich nicht völlig fremd, das empfindet Six. Er hat eine Ahnung, dass Schulze-Boysen im Grunde seines Herzens kein überzeugter Nationalsozialist ist: Aber darum darf es an der Fakultät ja gar nicht gehen.

Natürlich muss sauber und nationalsozialistisch geforscht und unterrichtet werden, das ist selbstverständlich. Aber banale Fächer wie Rassenkunde gibt es bei Six nicht. Diese Dinge sind anders zu vermitteln. Wenn beispielsweise historische antideutsche Komplotte überstaatlicher Mächte untersucht werden, wird von ganz allein deutlich, wie sich Juden, Jesuiten, Freimaurer und Bolschewisten seit jeher zum Schaden des Reichs mit Christen und Liberalen verschworen haben. Primat hat unter allen Umständen die Wissenschaft. Darum hat Six ja Albrecht Haushofer geholt, obwohl der alles andere als rasserein ist. Darum schützt er den jüdisch versippten Wilhelm Grewe. Darum duldet er einen wie Egmont Zechlin, der nun wirklich kein parteitreuer Denker ist.

Six weiß genau, dass von Seiten der Universität gegen ihn Stimmung gemacht worden ist. Six' Feinde behaupten, die Fakultät betreibe platte Propaganda. Hartung vor allem scheint mit hochgezogenen Augenbrauen darauf hingewiesen zu haben, dass Six' bisherige wissenschaftliche Veröffentlichungen aus einem Bericht über den ersten Reichsberufswettkampf der Studenten, einer 38 Seiten langen Untersuchung zum Thema Pressefreiheit, 42 Seiten über die Presse in Polen und 38 Seiten über Freimaurerei und Judenemanzipation bestehen. Aber natürlich ist Hartung ein Mann von gestern.

Six ist der Mann dieser historischen Stunde. Er ist kein konventioneller deutscher Wissenschaftler, sondern ein Organisator wissenschaftlicher Arbeit, ein Wegbereiter geistiger

Taten, ein uneigennütziger Förderer, der es anderen ermöglicht, sich ihren speziellen Themen und Aufgaben zu widmen. Das kommt der Fakultät zugute, die Hervorragendes leistet: Das hat ihm Schulze-Boysen bestätigt.

Es hat Six gefreut. Six empfindet, mitten in seinem Ärger über die ständigen Missverständnisse und Herabsetzungen, denen er sich ausgesetzt sieht, jedes Mal etwas wie Freude, wenn er an Schulze-Boysen denkt.

Hans von Dohnanyi und Hans Oster haben nun schon mehrfach den katholischen Münchner Juristen und Abwehr-Mann Dr. Müller nach Rom geschickt. Müller soll über Papst Pius XII. mit dem britischen Gesandten am Vatikan Kontakt aufnehmen. Er soll sich um die Zusage Englands bemühen, im Fall des Staatsstreichs Ruhe zu bewahren und nicht etwa die Situation auszunutzen und Deutschland doch noch anzugreifen.

Ohne ein solches englisches Stillhalteversprechen sind die Generäle nicht zum Handeln zu bewegen. Sie müssen aber handeln. Sie müssen den Westfeldzug verhindern. Da die Engländer bisher zu keinerlei Zusagen bereit gewesen sind, haben Dohnanyi und Oster die Ergebnisse der römischen Gespräche nun frisiert.

Sie haben einen sehr schönen, ermutigenden Bericht entworfen. Christel hat den Bericht getippt. Ulrich von Hassell hat ihn Franz Halder vorgelegt, dem Chef des Generalstabes. Der reicht ihn an Brauchitsch weiter, der vollkommen außer sich gerät und den Namen des Verräters einfordert, der hinter dem Rücken des Führers Geheimverhandlungen mit dem Feind vorantreibt. Brauchitsch wird den Mann sofort verhaften lassen. Natürlich geschieht nichts dergleichen. Der Ehrencodex der Offiziere verbietet es, einen der Ihren ans Messer zu liefern. Er verbietet es nicht, hinterrücks ein Land zu überfallen. Der Angriff ist allerdings schon mehrfach verschoben worden, vom 12. auf den 19., dann auf den 24. November 1939, in den Dezember, in den Januar 1940 hinein. Oster meldet die sich ändernden Pläne getreulich seinem niederländischen Freund Sas. Sas informiert jedes Mal die vorgesetzten Stellen. General Reynders glaubt dem Militärattaché aus Berlin kein Wort. Der niederländische Geheimdienst geht davon aus, dass Deutschland die Niederlande wie 1914 ungeschoren lässt, und diese Ansicht herrscht auch in der Bevölkerung vor. Am 3. April 1940 lässt Oster Sas wissen, dass der Angriff auf Dänemark und Norwegen am 9. April und der Angriff im Westen am 10. Mai 1940 beginnen wird.

»Mein lieber Freund, jetzt ist es wirklich aus. Es sind keine Gegenbefehle gegeben. Jetzt ist es wirklich endgültig aus. Hoffentlich sehen wir uns nach diesem Krieg wieder.«

Sas leitet die Warnung sowohl dem belgischen Attaché Goethals in Berlin als auch der Regierung in Den Haag zu. Alles winkt ab. Alles verdreht die Augen. Wie oft hat dieser Oster inzwischen Warnungen herumposaunt, zwanzigmal, öfter? Ist der Mann verrückt? Will er die Niederländer verrückt machen? Und wenn er sich wirklich einbildet, reale Angriffspläne weiterzugeben, dann ist er ein Vaterlandsverräter. Dann ist er ein erbärmlicher Kerl, und man tut gut daran, ihn zu ignorieren.

Der zurückgetretene Generaloberst Beck wirft derweil seinem Nachfolger Halder Schlaffheit vor und fordert ihn auf, sich endlich zum Handeln aufzuraffen. Halder gibt zurück, er seinerseits habe Hitler von Anfang an abgelehnt, im Gegensatz zu manch anderen, besten Dank. Und im Übrigen sei die Armee nicht der Hausknecht irgendwelcher ziviler Widerständler wie Goerdeler oder Hassell, er selbst werde nur vorangehen, wenn ihm eine breite Widerstandsbewegung von rechts bis links folge, und die würden die Zivilisten ja offenbar nicht zustande kriegen, bis jetzt jedenfalls sei hier alles Teenachmittag und Kaffeekränzchen, weit und breit nichts als zergrübelte Einzelgänger und innerlich zerrissene Zweifler, und das schließe im Übrigen Beck mit ein, der von ihm aus heimgehen und weiter irgendwelche Denkschriften für seine Tochter fabrizieren könne.

Dann beginnt der Angriff auf den Westen. Die von Oster gewarnten Länder trifft er vollkommen unvorbereitet. Und die deutschen Militärs werfen sich nun auf ihre eigentliche Aufgabe, als Hitlers Kriegsherren Dänemark, Norwegen, Belgien, Holland, Frankreich zu erobern. Es ist ja auch befriedigend, in seinem Beruf einmal mit ganzem Einsatz wirken zu können.

Christel gräbt den Garten um. Ihr Bruder Dietrich und sein Freund Eberhard Bethge helfen ihr. Sie sind nur auf der Durchreise: Der Bruderrat der Bekennenden Kirche hat sie zu Visitatoren ernannt, und morgen werden sie eine längere Reise nach Ostpreußen antreten. Dietrich kann jeden Tag einberufen werden. Er ist nicht uk-gestellt wie Hans von Dohnanyi bei der Abwehr, Klaus Bonhoeffer bei der Lufthansa und Justus Delbrück, der inzwischen Hans' engster Mitarbeiter ist. Christel und Dietrich haben die Rosen ausgegraben und ganz hinten an den Zaun gesetzt. Sie haben die Staudenrabatten zerstört, Beete für Kartoffeln angelegt, für Kohl, Mohrrüben und Sellerie. Dies ist schließlich nicht ihr erster Krieg. Die Deutschen werden vielleicht siegen, vielleicht auch nicht.

Sie werden nicht siegen. Sie werden hungern.

Sie siegen. Am 14. Juni ist die Wehrmacht in Paris einmarschiert. Hans von Dohnanyi geht umher, als hätte er etwas

Bitteres im Mund. Alles steht fassungslos vor dem Versagen des Westens. Haben nicht sogar hohe Militärs vor dem Untergang Deutschlands in einem Krieg gegen die Westmächte gewarnt? Und nun taumelt das Reich von Sieg zu Sieg, während alles darauf wartet, dass die Luftschlacht um England beginnt.

Am Pfingstmontag haben die Engländer Mariannes Vater abgeholt.

Sie haben ihn nicht geholt, weil er Jude, sondern weil er Deutscher ist. Marianne hat Brote für den Vater gemacht. Die Engländer haben gesagt, das sei nicht nötig. Sie sind sehr höflich gewesen. Sie haben versichert, die Internierten würden ausreichend verpflegt.

No really, Mrs. Leibholz, this is absolutely unnecessary. We are not barbarians, you know.

Aber Marianne hat sich nichts erzählen lassen. Marianne weiß, Männer, die in einem Lager interniert werden, müssen Essen bekommen. Die Frage ist, wie es weitergeht. Bisher waren die Leute alle ganz nett. Aber sie werden unfreundlicher. Natürlich beschimpft man Marianne hier nicht, weil sie nicht arisch genug ist. Man beschimpft sie, weil sie zu arisch ist, mit ihren schönen Zöpfen,

Du bist Hitlers Tochter, du bist Hitlers Tochter –

Marianne hat sich die Zöpfe abgesäbelt, mit Mamas Nagelschere. Ihre Haare sind nun kurz. Die Mutter hat Marianne eingeschärft, dass nicht die Engländer am Krieg schuld sind, sondern die Deutschen. Die Engländer haben diesen Krieg nicht gewollt. Aber haben ihn Onkel Dietrich, Oma und Opa gewollt? Hat Marianne den Krieg gewollt oder Mariannes Vater, den sie abgeholt haben?

Marianne hat alle Wurst und allen Käse auf Vaters Brote gelegt. Ihre Schwester Christiane hat geweint. Marianne nicht.

Marianne weint nicht. Sie denkt nicht an Deutschland. Sie will nicht reden, nicht zurückblicken. Die Leibholzens reden nicht mehr deutsch, in der Öffentlichkeit. Marianne möchte am liebsten auch nicht mehr englisch reden. Sie erwägt, ganz zu verstummen.

Hans ist verstummt. Hans von Dohnanyi, Beamter im Oberkommando der deutschen Wehrmacht, die berauscht ihre Erfolge feiert: Wenn er hofft und plant, spricht er mit Christel. Er spricht, wie einer in ein Tal ruft und dann prüfend dem Echo seiner Stimme lauscht. Diese Gespräche erfordern viel Zeit. Wenn Hans verstummt, tun sich deshalb große Räume freier Zeit vor Christel auf. Sie sucht dann Bücher für ihn aus, die ihm gefallen könnten, sie geht mit ihm spazieren.

Die Bücher sind aber eingelagert, und die Stadt bietet wenig Möglichkeiten zum Spazierengehen. Was ihnen fehlt, ist ein eigener Garten.

Was ihnen fehlt, ist ein eigenes Haus: Sie leben noch immer in der hundehüttengroßen Wohnung im Haus von Christels Eltern, wo man einander auf die Füße tritt und der ständigen Beobachtung der Dienstboten, der ständigen Anwesenheit von Mutter, Vater, Schwestern, Schwägern, Nichten, Neffen und Brüdern ausgesetzt ist. Die Dohnanyis brauchen ein Heim. Sie brauchen eigene Möbel, wohnliche Gestaltung, nette Eckchen mit Kissen, Blumenvasen, einen Rückzugsort des Friedens, wo Hans bei Frau und Kindern zur Ruhe kommen kann, wenn er abends müde und abgeschafft nach Hause kommt.

Hans wirft die Jacke von sich. Er wirft sich in einen Sessel. Er entzündet die hundertste Zigarette des Tages.

»Die Idiotie, mit der man den Tag verbringt.«

»Das immergleiche Einerlei des Alltags.«

»Die Sinnlosigkeit, die das Leben auffrisst.«

»Es ist alles sinnlos. Wenn ich über die letzten Wochen nachdenke, verzweifle ich. Was ist geschehen? Nichts. Was habe ich geschafft? Nichts. Berge von Papieren auf dem Schreibtisch, Sonntage im Amt, keine Zeit, einmal ein vernünftiges Buch zu lesen, und wofür? Wenn ich wenigstens Herr meiner Zeit wäre, die mir von jedem gestohlen wird, der sich gerade langweilt oder der zu faul ist, seinen Mist allein zu regeln. Wenn mich meine Tätigkeit nur etwas anginge. Wenn es mich irgendwie berühren würde. Aber ich halte mich mühsam auf einer Position, in der Hoffnung, dass ich mich in irgendeiner Zukunft auf ihr entfalten darf. Und die Gegenwart verkümmert.«

Mehr denn je setzt er sich für Verfolgte des Regimes ein. Er kennt viele Leute. Er kann sich nach wie vor an Justizminister Gürtner wenden, an seine Kontaktleute bei der Nationalsozialistischen Volkswohlfahrt, an Eva von Schroeder im Amt für Bittgesuche an den Führer. Hans bittet auch seinen Schwager Rüdiger Schleicher um Unterstützung.

»Rüdiger ist manchmal entsetzlich lasch«, sagt er zu Christel. »Er ist eben wirklich ein Bürokrat. Er hält sich an die Amtswege. Er ist nicht bereit, darüber hinaus tätig zu werden. Da ist deine Schwester aus anderem Material, das zarte Frauchen.«

Aber Ursula geht Christel sehr auf die Nerven. Die Schleicher-Kinder kennen einfach keine feste Ordnung. Die Schleicherei geht zu Bett, wann sie will, und dann mäkeln die Dohnanyi-Sprösslinge natürlich, dass sie sich an feste Zeiten halten sollen. Man darf in diesen Dingen keinen Schlendrian einreißen lassen. So etwas verfestigt sich, und dann hat Christel plötzlich abends keine freie Minute mehr, warum muss eigentlich immer alles so anstrengend sein? Warum muss das Leben so viel fordern, dem Menschen so viel abverlangen?

Christel flieht mit den Kindern nach Friedrichsbrunn, wann immer sie kann.

Das alte Haus umgibt sie, duftend, leise knackend und keuchend. Die Baumkronen rauschen. Und nun ist Hans für zwei Tage zu Besuch gekommen, auf dem Weg nach Rom. Er will die Auslandskontakte selbst in die Hand nehmen. Die Kinder sind bereits zu Bett gebracht. Auch Hans liegt schon im Bett. Christel streift ihr Kleid ab, streift das Nachthemd über. Hans gähnt. Er streckt sich. Er ist müde. Wenigstens hat er sich vorhin noch die Zeit genommen, ausführlich von zu Hause zu berichten: aus dem Amt, der Familie und der Privatpraxis, wie sie es nennen.

»Ich habe eine Umsiedelungsgeschichte erledigt, mit der ich sehr zufrieden bin. Volksdeutsche in Polen, die von Haus und Hof gejagt werden sollten. Ich denke, ich habe ihnen helfen können. Und ich habe ein paarmal mit einem Kollegen vom Amt gegessen, ein sehr interessanter Mann. Ein Graf Moltke. Ein Großneffe des Feldmarschalls oder so ähnlich. Aber wirklich, das erzähle ich später.«

Und wann ist das: später?

Christel schlüpft ins Bett, neben Hans. Er hat die Augen geschlossen. Ist dies eine Ehe? Dies ist keine Ehe. Dies ist ein Kurzbesuch, um einen Mitarbeiter auf dem Laufenden zu halten. Im Halbschlaf streckt Hans seinen Arm aus, umfasst sie.

»Liebste.«

Sie schmiegt sich in die vertraute Höhlung. Sie flüstert.

»Lieber. Ich möchte dich um etwas bitten. Du hast wenig Zeit, ich weiß. Aber könnten wir uns nicht jeden Tag einen kleinen Gruß zuschicken. Das haben wir doch früher auch getan. Wir müssen nicht alles ganz aufgeben.«

Aber er schläft schon. Er hält sie fest. Er atmet in ihren Nacken. Sie schließt die Augen, sie versucht, sich zu entspannen. Aber sie wird immer wacher. Ihr Herz klopft immer heftiger, panischer, kaum kann sie es genießen, ihn bei sich zu haben. Die Monate gehen dahin. Die Jahre gehen dahin. Ihr Leben vergeht, am liebsten würde sie ihn wecken. Am liebsten würde sie ihn wachrütteln, am liebsten würde sie schreien. Aber das kann sie nicht. Das bringt sie nicht übers Herz. Er schläft ja ganz tief, der liebe Mann.

Gert ist noch immer interniert. Die meisten Engländer befürworten die Internierungen. Die Stimmung im Land hat sich gegen die Deutschen gewandt. Leute sollen ihre Anstellung verloren haben, weil sie deutscher Abstammung sind oder deutsche Nachnamen haben. Irgendein Witzbold hat darauf hingewiesen, dass man dann auch das Königshaus abschaffen müsste: Königin Victorias Prinzgemahl Albert war schließlich ein Deutscher aus dem Haus Sachsen-Coburg-Gotha, und erst George V. hat im Weltkrieg der königlichen Familie den Namen Windsor gegeben. Es ist alles schwer verständlich. Alle Flüchtlinge sind doch bereits bei ihrer Ankunft in England auf politische Zuverlässigkeit geprüft worden. Es steht in Gerts Personalausweis: *Flüchtling der nationalsozialistischen Unterdrückung*. Aber jetzt gibt es eine neue Bezeichnung: *Feindlicher Ausländer*. Sabine hätte es nicht für möglich gehalten, wie zerbrechlich Freiheit und Gerechtigkeit sind.

Sie hätte nicht geglaubt, wie schnell selbst ein Land wie England umkippen kann. Aber das darf sie nicht denken. Sie muss darauf vertrauen, dass England wieder zu sich selbst erwacht.

Sie muss darauf vertrauen, dass es nicht zu einer deutschen Invasion kommt. Dann könnte die SS sofort die Lager übernehmen, in denen die Engländer vorsorglich bereits alle deutschen Dissidenten versammelt haben, Sabine spricht mit den

Kindern nie mehr deutsch. Sie lüftet ihre Bettwäsche nicht mehr am Fenster, seit eine Nachbarin sie dafür scharf zur Rede gestellt hat.

What are your sheets doing out there on the window sill? Das ist wohl ein vereinbartes Zeichen. Sie wollen wohl Ihren deutschen Freunden auf See ein Signal geben!

Engländer lüften die Bettdecken nicht am Fenster. Sie sind überhaupt nicht sonderlich sauber. Es soll Sabine ja recht sein, dass sie Fairness wichtiger finden als Hygiene, aber dann sollten sie sich gefälligst auch in Gerts Fall daran halten. Sabine breitet das Bettzeug zum Lüften nun immer auf Stühlen im Zimmer aus. Englische Betten sind ohnehin fürchterlich. Sie haben ein fürchterliches Maß: Für zwei sind sie zu klein, für einen allein zu groß.

»Sie müssen weg von der Küste.«

Das sagt Pastor Griffith. Er betreut die nichtarischen deutschen Pfarrer oben in ihrer Villa, im Auftrag von Bischof Bell.

»Wenn die deutsche Invasion kommt, wird man Sie hier sofort finden und erschießen.«

Aber Gert wird seine Familie suchen, wo er sie verlassen hat, in St. Leonards-Hastings. Sabine weiß nicht, wo Gert ist. Sie kann ihm keine Nachricht geben. Wie sollen sie einander wiederfinden, wenn Sabine geht? Sabine hat bisher geglaubt, mit Deutschland hätte sie die Heimat verloren. Erst jetzt weiß sie, wie glücklich und geborgen sie auch hier im Exil gelebt hat. Erst jetzt ist sie heimatlos, ohne ihren Mann. Sie weiß ja noch nicht einmal, in welche Himmelsrichtung sie ihre Gedanken wenden soll, wenn sie an ihn denkt: Und dann kommt sein erster Brief.

Gert befindet sich in einem Internierungslager in Huyten. Er bittet um Nahrungsmittel, Nähzeug, Zahnpasta. Er weiß nichts über den Kriegsverlauf. Zeitungen sind den Internierten nicht gestattet. Er bittet, ihm auch nichts über den Krieg zu schreiben: Wahrscheinlich würde die Zensur sonst den Brief nicht durchlassen. Das Päckchen an ihn hat Sabine ein paar Stunden später zur Post gebracht. Und nun gehen sie fort von der See.

Pastor Griffith hat von einer Witwe in Devon erzählt, die bereit wäre, die Leibholzens aufzunehmen. Sabine hat seit Gerts Verhaftung auf gepackten Koffern gesessen. Auch Marianne hat schon gepackt.

Es gefällt ihr eigentlich ganz gut hier, an der See. Aber wenn sie weggehen müssen, müssen sie eben wegehen. Es war schwer, aus Deutschland wegzugehen. Aus London wegzugehen war schon ziemlich leicht. Es wird immer leichter. Es wird sehr, sehr leicht sein, hier wegzugehen. Kinderleicht.

Devon ist schön. Es ist grün, idyllisch, mit schilfgedeckten Häuschen inmitten üppig blühender Bauerngärten. Tagsüber schreibt Sabine Briefe an wichtige Persönlichkeiten, die sie bittet, sich für ihren Mann einzusetzen. Die Leibholzens stellen in England ja nichts dar. Sie haben kein Geld, und sie sind nicht von Adel. Wie sollen die gebildeten Stände Englands erkennen, dass die Leibholzens nicht aus der Gosse kommen, sondern als gleichrangig anerkannt werden müssten? Darum schreibt Sabine ihre Briefe. Nachts liegt sie wach. Sie fragt sich, wie es Gert geht. Ob er ihr mitteilen dürfte, wenn es ihm schlechtginge. Jedenfalls ist er noch nicht deportiert.

Anfang Juli ist die Arandora Star gesunken, mit über tausend Menschen an Bord. Ein paar kriegsgefangene Nazis und Faschisten waren darunter. Aber die meisten Passagiere waren Flüchtlinge, aus Deutschland und Italien. Die Arandora Star war auf dem Weg nach Kanada, um die Flüchtlinge zu deportieren. Sie war nicht als Zivilschiff gekennzeichnet: Sie war grau gestrichen wie ein Kriegsschiff. Vor Irland hat sie ein deutscher

Torpedo versenkt. Beinahe alle Passagiere sind ertrunken. Der Shipping Minister Ronald Cross hat im Parlament gesagt, an Bord wären mehr als genug Rettungsboote und Flöße gewesen. Waren die Internierten also zu dumm oder zu stur zum Überleben? Der ›Daily Herald‹ vom 4. Juli hat berichtet, sie hätten in ihrer Feigheit wie wild um Plätze in den Booten gekämpft und wären damit selbst schuld an ihrem Tod: So haben es die Bewacher erzählt, die alle überlebt haben und offenbar aus den Booten zusehen konnten, wie ihre Schützlinge ertranken.

Gert ist noch in England. George Bell setzt sich für ihn ein, der Bischof von Chichester. Er und der Bischof von Canterbury haben im Parlament die Internierung angeprangert. Sabine hat es in der ›Times‹ gelesen.

Der Geist, in dem wir kämpfen, ist wichtiger als der Sieg. Wenn wir werden wie die Nazis und dann siegen, bedeutet es für die Welt dasselbe, als wenn die Nazis gewonnen hätten.

Hoffentlich ist Gert noch in England. Sie weiß es ja nicht. Sein letzter Brief ist vier Tage alt. Vielleicht befindet sich Gert längst auf einem der Schiffe. Vielleicht ist er auf dem Weg nach Australien. Wäre doch Dietrich in Amerika geblieben! Sabine hat für sich und ihre Familie die Einwanderung in die USA beantragt, aber die Wartelisten sind endlos lang. Und es wird immer voller in England.

In immer neuen Wellen schwappen die deutschen Flüchtlinge ins Land, die in Paris, in Holland, in Norwegen von den Nazis eingeholt worden sind, und die Feindseligkeit der Engländer wächst mit jedem neuen Schub. Sabine kann es verstehen. Frankreich ist gefallen, um England wird gekämpft. England kämpft allein: Frankreich ist gefallen. Alle fürchten, dass deutsche Soldaten mit Fallschirmen über England abspringen könnten.

Am meisten fürchten sich davor die geflohenen Deutschen.

Sie dürfen kein Radio mehr besitzen, auch keinen Fotoapparat. Abends haben sie Ausgehverbot. Und dann wird auch Willand in Devon zum Schutzgebiet erklärt. Das heißt, dass feindliche Ausländer dort nicht mehr geduldet sind. Sabine und die Kinder müssen weiterziehen. Wohin? Was würde Gert raten, was würde er wünschen? Sabine wagt nicht, ihn in einem Brief zu fragen. Sie denkt, dass sie nach Oxford gehen sollten. Wenn Gert freikommt, besteht in Oxford vielleicht die Möglichkeit eines akademischen Neuanfangs für ihn.

Marianne schläft bei ihrer Mutter im Bett. Sie schläft schlecht. Sie fühlt die Ruhelosigkeit der Mutter. Sabines Ruhelosigkeit. Marianne nennt Vater und Mutter seit Neuestem Sabine und Gert, wenn sie sich die Leute aufzählt, mit denen sie lebt, die Leute, die sie noch hat: Sabine, die kleine Schwester Christiane, Mrs. Wilkinson. Mrs. Wilkinson ist sehr nett. Sie steckt Marianne und Christiane selbstgekochte Bonbons zu. Sie kniet morgens auf dem Steinboden und betet für die Niederlage Deutschlands. Sabine, Marianne und Christiane tun das auch. Mrs. Wilkinson kann nichts dafür, dass Mariannes Vater interniert ist. Sie kann nichts dafür, dass die Leute sagen: Richtig so, sperrt die Deutschen ein, endlich tut Churchill etwas. Sehr anstrengen musste Churchill sich jedenfalls nicht, um Mariannes Vater gefangenzunehmen. Es wäre gut, wenn Churchill sich ein wenig mehr anstrengen würde, um die Deutschen von England fernzuhalten.

Marianne muss sich ziemlich anstrengen.

Sie hat es auf sich genommen, immer neue Verstecke für Gerts Manuskripte zu finden. Wenn die Nazis kommen, dürfen sie keinesfalls Gerts Schrift über Deutschlands Mittlerrolle zwischen Ost und West finden: Das hat die Mutter ihr eingeschärft. Im Moment ruht die Schrift in der Standuhr in der Diele.

Aber vielleicht kann man sie in Mrs. Wilkinsons Garten vergraben. Vielleicht muss man sie nicht mitnehmen, wenn sie weiterziehen. Marianne ist bereit weiterzuziehen. Sie ist bereit, alles hierzulassen, nichts mitzunehmen, sie findet es leicht, zu kommen und zu gehen. Sie braucht kein Vaterland. Ein Vaterland ist eine große Belastung.

Gert ist wieder da. Er ist aus dem Lager entlassen. Als die Nachricht kam, hat Sabine ernstlich gefürchtet, ihr Herz könnte stillstehen. Sie hielt sich an der Wand fest, das Telegramm in der Hand. Was, wenn sie tot umfiele, jetzt, wo er zurückkam? Mit stolperndem und holperndem Herzen ist sie irgendwie durch den Tag gekommen, bis sie Gert abends vom Zug abholen konnte. Natürlich verdanken sie alles Dietrich. Gerts Freiheit, vielleicht sein Leben verdanken sie Dietrichs Freunden: Professor Niebuhr, Professor Coffin, Professor Lehmann in Amerika, denen Sabine geschrieben hat. Die Leibholzens besitzen nun eine Einladung nach Amerika.

Gert hat ein Angebot für eine Professur erhalten. Er ist daraufhin sofort aus dem Lager entlassen worden. Am liebsten führen sie nun auch wirklich ab. Aber sie wagen es nicht. Gerade ist wieder ein Kindertransport von den Deutschen torpediert worden. Gert ist schmal, blass, angestrengt. Aber er wird sich erholen. Sie können warten. Sie haben einander: Sie trennen sich kaum mehr eine Stunde voneinander. Alles ist gut, wenn nur die Deutschen nicht die Luftschlacht gewinnen. Überall in den Straßen, an öffentlichen Gebäuden, in U-Bahnen und in Bahnhöfen hängen neuerdings große Plakate. Sabine betrachtet sie voller Bewunderung. Die Plakate rufen nicht etwa dazu auf, den Feind zu töten oder die Deutschen zu hassen. Sie empfehlen den Londonern, Ruhe zu bewahren, in großen weißen Buchstaben auf rotem Grund. Mehr als alles andere lassen diese Plakate Sabine hoffen. Ein Volk, das solche Plakate druckt, während es von feindlichen Fliegern bombardiert wird, kann gar nicht anders als den Krieg zu gewinnen. Sabine liest die Plakate, wo sie sie findet.

KEEP CALM
and
CARRY ON

Alle Männer der Familie sind nun uk-gestellt: Karl Friedrich Bonhoeffer als Wissenschaftler, Klaus Bonhoeffer als Syndikus bei der Lufthansa, Ursels Mann Rüdiger Schleicher im Reichsluftfahrtministerium und Hans von Dohnanyi im Amt Ausland/Abwehr im Oberkommando der Wehrmacht, wo er erst Just Delbrück und nun auch Dietrich glücklich untergebracht hat, als zivilen Mitarbeiter der Münchner Abwehr unter V-Mann Schmidhuber.

Dietrich kann in Kloster Ettal weiter an seiner ›Ethik‹ arbeiten. Er wird Reisefreiheit haben: Er kann also seine Verbindungen ins Ausland weiterpflegen. Möglicherweise werden seine Kontakte in die Ökumene sich irgendwann einmal als nützlich erweisen, für die wahren Ziele, die Hans Oster, Hans Dohnanyi und Ludwig Beck verfolgen. Vor allem aber können die Frauen aufatmen. Ihre Männer sind nun alle in Sicherheit.

3

Elisabeth Schumacher ist müde. Es ist spät. Sie ist gerade erst nach Hause gekommen, an diesem Sommertag 1940. Sie war für Tante Alice und Onkel Richard auf dem Amt, und dann ist sie noch einmal zurückgegangen, um ihnen zu berichten, was sie erreicht hat. Gar nichts, natürlich. Dabei ging es nicht einmal darum, dass Juden nur noch zwischen fünf und sechs Uhr abends Lebensmittel einkaufen dürfen.

Tante Alice muss um diese Zeit natürlich immer sehr lange anstehen. Oft bekommt sie gar nichts mehr. Und wenn es noch etwas gibt, darf sie immer nur so viel einkaufen, wie sie und der Onkel sofort verbrauchen können. Vorratshaltung ist Juden verboten. Die Tante muss diese wie jede Last ganz allein tragen, weil der Onkel ja blind ist. Es ist schlimm, und es wird immer schlimmer. Das Schlimmste ist aber die Sache mit den Kleiderkarten. Juden erhalten seit Februar keine Kleiderkarten mehr, auch kein Garn, keine Knöpfe, keine Stoffe, keine Nadeln oder Schuhsohlen. Deswegen war Elisabeth bei der NSV. Die Mitarbeiter der Nationalsozialistischen Volkswohlfahrt sind meist nett und hilfsbereit. Der Sachbarbeiter heute war selbst ganz bekümmert über die Situation.

»Es muss demnächst sicher eine Regelung kommen«, hat er gesagt. »Langfristig geht es so schließlich nicht. Was sollen die Juden denn machen? Vorhin war eine junge Mutter hier, die für ihr Kind keine Windeln hat«, er hat den Kopf geschüttelt. »Und die meisten Leute wissen gar nicht, was passiert. Es steht ja nichts mehr davon in der Zeitung. Die Juden werden mit Handzetteln über die neuesten Maßnahmen informiert. Aber die Leute erfahren gar nichts mehr davon.«

Die Juden. Die Leute. Natürlich hat der nette Sachbearbeiter die Juden nicht mit Absicht aus der Gruppe der Leute ausgeschlossen. Er hat es nicht einmal mit Absicht getan. Und ist das nicht noch schlimmer?

Kurt und Elisabeth sitzen in der Küche beim Abendessen.

»Liebste mein. Ich fürchte, ihr müsst morgen ohne mich auskommen. Ich kann unmöglich mit an den See fahren. Es hätte auch gar keinen Sinn.«

In seinem Studio in der Papestraße arbeitet Kurt ununterbrochen an seinem ›Totentanz‹. Es ist ein großer Druckstock aus Eichenholz. Soldat und Feldherr, Bettler und König, Richter, Häftling, Arbeiter und Bauer, Hure, Nonne, Mutter und Kind wirbeln miteinander im Reigen, jeder leichthin in den Arm des Todes geschmiegt. Kurt findet für nichts anderes mehr Zeit. Elisabeth hat ihn selten so glücklich, so ganz und gar lebendig gesehen wie in den letzten Tagen. Er gibt sich nicht zufrieden. Er duldet keine Halbherzigkeit. Kein Detail seiner Arbeit darf auch nur einen Hauch des Zufälligen an sich tragen.

»Liebste mein. Ich weiß, du fändest es nett, wenn ich mitkäme. Aber was soll ich am See? Ich würde sie doch alle nur als Skelette sehen.«

Sie haben ihr Lager am Flussufer aufgeschlagen. Die Havel ist hier breit wie ein See. Das Flusswasser ist warm und grünlich, verwunschen. Elisabeth schwimmt. Die Strömung ist schwach. Elisabeth stößt kräftig die Arme vor, schiebt in einem weiten Kreis das Wasser von sich. Das andere Ufer schwimmt diesig in der Hitze. Elisabeth dreht sich auf den Rücken, tritt Wasser. Die anderen lagern hinter dem Schilfgürtel wie Figuren auf einem impressionistischen Gemälde. Jemand hebt den Arm, winkt ihr zu. Elisabeth winkt zurück. Sie schwimmt weiter, mit kräftigen Zügen gegen die Strömung, dann passiert etwas Merkwürdiges. Elisabeth kommt nicht mehr weiter. Etwas hält sie an den Beinen fest, zieht an ihren Beinen, zieht an Elisabeth, es ist die Strömung. Die Strömung scheint hier in einer Rinne dahinzuschießen. Sie zieht Elisabeth mit sich. Elisabeth sagt sich, dass sie nicht ernstlich in Gefahr ist. Dies ist die Havel, nicht der Styx. Schlimmstenfalls schwemmt sie der Fluss ans andere Ufer, und dann muss sie eben sehen, wie sie zurück zu den Freunden gelangt. Elisabeth kann ganz beruhigt sein. Sie ist aber nicht ruhig.

Elisabeth hat die Kontrolle verloren. Sie gerät immer weiter flussabwärts. Elisabeth schreit. Es ist kein lauter Schrei, eher ein Aufjammern. In dem Moment spürt sie Grund unter den Füßen. Sie gräbt die Zehen in den Boden, stemmt sich gegen die Flut, die sie noch einmal wegzureißen droht, bekommt etwas zu fassen. Holz. Eine Wurzel. Sie klammert sich fest. Sie ist am Ufer. Sie kann stehen. Sie kann sich an Land ziehen. Es ist das richtige Ufer. Elisabeth ist gerettet.

Die ganze Mannschaft lagert um die Picknickkörbe, auf Decken und Kissen. Elisabeth wickelt sich in ein Handtuch und setzt sich zu Eri. Erika Gräfin von Brockdorff bietet gerade von dem Napfkuchen an, den sie für heute gebacken hat. Geboren ist sie als Erika Schönfeld. Bevor sie den Bildhauer Cay Graf von Brockdorff geheiratet hat, war sie Hausangestellte, dann Vorführdame in einem Modesalon. Zur Zeit absolviert sie einen Stenografiekurs, um ihre Verdienstmöglichkeiten zu verbessern. Cay verfügt ja über keinerlei Einkünfte.

Er ist erst fünfundzwanzig, vier Jahre jünger als Erika. Er studiert Bildhauerei bei Wilhelm Gerstel an den Vereinigten Staatsschulen für Freie und Angewandte Kunst in Berlin-Charlottenburg. Er trägt sich aber mit dem Gedanken, an die Auslandswissenschaftliche Fakultät zu wechseln. Darum hat Kurt Schumacher ihn vor ein paar Tagen mit Harro Schulze-Boysen bekanntgemacht.

»Ich leite zurzeit ein Kolloquium in Vertretung von Dekan Six«, sagt Harro gerade zu Cay von Brockdorff. »Ich würde mich freuen, Sie dabeizuhaben. Ich brauche dringend Leute, die die Fragen aufwerfen, die ich selbst nicht stellen kann. Es sind im Übrigen schon ein paar sehr gute Leute dabei. Horst Heilmann zum Beispiel. Jung, aber ein brillanter Kopf. Ich habe gerade eine gemeinsame Arbeit mit ihm begonnen. Sie werden ihn dann ja kennenlernen.«

»Wir können doch deinen Verwandten helfen«, sagt Erika von Brockdorff zu Elisabeth. »Wir legen zusammen. Jeder rückt raus, was er erübrigen kann. Hier ein Fädchen, da ein Knopf oder eine Nadel. Ich wollte mir ja eigentlich ein Kostüm machen lassen. Das hätte 45 von meinen 100 Punkten gekostet. Aber das alte geht auch noch sehr gut. Wozu sich aufputzen, wo die Männer doch nach und nach alle im Feld verschwinden«, Erika lacht. Ihr breites blondes ostpreußisches Gesicht ist hübsch und gutmütig. »Und Windeln könnte ich sicher auch besorgen. Saskia müsste inzwischen sauber sein. Sie ist fast drei. In dem Alter sind Kinder doch sauber, oder? Ich werde gleich morgen meiner Mutter schreiben.«

Saskia von Brockdorff wächst bei Erikas Eltern in Pommern auf. Das Landleben ist für Kinder gesünder. Die Luft ist viel reiner als in Berlin. Und Erika muss schließlich Geld verdienen. Sie besucht ihre Tochter allerdings, und manchmal holt sie sie für ein paar Tage.

»Aber dann stört sich Cay schon gleich wieder an ihrem Geschrei«, sagt Erika. »Und das geht dann wieder mir an die Nerven.«

Rainer Küchenmeister hört den Erwachsenen nur mit halbem Ohr zu. Der Sohn Walter Küchenmeisters: Er darf den Vater häufig begleiten. Er muss ihn begleiten, ob er will oder nicht. Die drei Brüder halten im Grunde alle zur Mutter. Der Vater hat die Mutter verlassen, er lebt nun mit der Ärztin Dr. Elfriede Paul in Wilmersdorf. Warum das so ist, weiß Rainer nicht. Rainer fragt nicht. Er zeichnet.

Er zeichnet die Entenfamilie auf dem Wasser. Die Enten sind sehr gute Schwimmer. Rainer nicht. Rainer kann gar nicht schwimmen. Letztes Wochenende war Rainer mit seinem Vater und dessen Freunden in Liebenberg. Sie haben alle im Zelt geschlafen. In der Schlosshalle stand eine Ritterrüstung. Das war interessant. Dann sollte Rainer schwimmen. Aber er konnte es nicht.

Er kann es nicht, obwohl Kurt Schumacher in Liebenberg extra eine Art Floß für Rainer gebaut hat. Rainer war ziemlich stolz. Keiner hatte ihm je ein Floß gebaut.

»Du kannst schwimmen«, hat Kurt gesagt. »Jeder kann schwimmen. Du musst nur den Kopf über Wasser halten.«

Kurt hat Rainer hochgehoben. Rainer hat geschrien und gestrampelt. Die anderen haben alle herzhaft gelacht. Dann war Rainer im Wasser. Rainer weiß nicht mehr viel. Er wird wohl weiter getreten, gestrampelt, geplärrt haben. Es ist anzunehmen. Er hat jedenfalls Wasser geschluckt. Er kam hoch und hat Luft geschappt und noch mehr Wasser geschluckt, dann mit einmal wurde er vollkommen ruhig. Dieser Kampf war sinnlos. Er war nicht zu gewinnen. Er würde jetzt ertrinken. In dem Moment, wo ihm dies klar wurde, gab Rainer sich ganz hin. Eine lange lange Zeit, Stunden vielleicht, Tage, eine Ewigkeit, länger als sein ganzes bisheriges Leben trieb er im Wasser, durch das sich das Sonnenlicht in moosiggoldenen Fäden zog. Dann packte ihn irgendeiner von hinten. Irgendwer zog ihn nach oben, zog ihn aus dem Wasser,

Rainer! Rainer!

Die Rückkehr dauerte lang und war nicht angenehm. Rainer mag nicht daran denken. Er zeichnet.

Er zeichnet immer. Rainer hat einmal in Elfriedes Praxis auf den Vater warten müssen. Es ging gegen Abend. Der letzte Patient war schon gegangen. Rainer saß in der Küche und zeichnete. Durch die halb geöffnete Küchentür konnte Rainer Elfriede im Sprechzimmer am Tisch sitzen sehen. Im Wohnzimmer: Es gibt bei Elfriede keine Trennung zwischen privatem und öffentlichem Leben. Elfriede Paul empfängt ihre Patienten in ihrem Wohnzimmer. Die Sprechstundenhilfe residiert im Esszimmer. Und das Schlafzimmer ist zugleich Warteraum. Morgens stopft Elfriede das Bettzeug in die Truhe, und das Bett wird zum Sofa. Elfriede räumt persönliche Dinge weg, sie schiebt den Wandschirm aus Holz, Stoff und Papiermaché, der abends die Karteikästen verbirgt, vor den Kleiderschrank, und am Abend geht es dann wieder los, diesmal in die umgekehrte Richtung.

Rainer beobachtete sie. Sie notierte etwas. Das Licht der Arbeitslampe schien auf ihr Ohr, ihren strengen Scheitel. Sie saß da, als glaubte sie sich allein, dabei saß Rainer in ihrer Küche. Rainer gab sich einen Ruck.

»Wann kommt denn mein Papa?«

Frau Doktor Elfriede Paul wandte den Kopf. Sie sah ihn an.

Sie bekam diesen merkwürdigen Blick: leer, abwesend, als schlösse ihre Seele die Fensterläden.

»Ich denke, er wird gleich da sein.«

Dann sah sie wieder auf ihr Blatt Papier. Rainer wusste nicht weiter.

Er weiß mit ihr nicht weiter. Sie macht ihn einfallslos. Er kann sich nicht vorstellen, worüber sie vielleicht gern reden würde. Warum macht sie es sich so schwer? Warum macht sie es Rainer so schwer? Elfriede ist wie ein sperriges Schloss. Der Vater hat den Schlüssel, sonst keiner. Rainer sieht zu seinem Vater hinüber: zu Walter Küchenmeister, der neben Elfriede Paul sitzt. Elfriedes und Rainers Blicke treffen sich. Rainer beugt sich wieder über sein Blatt.

Auch Elfriede sieht weg.

Sie mag Rainer nicht besonders. Sie wünschte, sie könnte ihn mögen. Aber sein zittriges Getue geht ihr auf die Nerven. Wieso war er heute noch kein Mal im Wasser? Wieso hat er Harros Angebot abgelehnt, einmal mit dem Boot hinauszufahren? Er hätte doch einfach nur schwimmen müssen, als Kurt ihn letzte Woche ins Wasser geworfen hat. Rainer ist offenbar wasserscheu, und das ist ein richtiger Junge doch nicht. Rainer ist kein richtiger Junge.

Elisabeth gegenüber sitzt Philipp Schaeffer. Der Mann der Bildhauerin Ilse Schaeffer, die im Sommer 1939 ihren Kollegen und Genossen Kurt Schumacher um Hilfe für den Flüchtling Rudolf Bergtel gebeten hat, ist nun auch aus der Haft entlassen worden. Vor seiner Verhaftung hat er mit Walter und Marta Husemann politisch zusammengearbeitet: mit der blonden Marta, die Libs nicht leiden kann, mit dem sanften Walter, der auch erst seit Kurzem wieder in Freiheit ist, es ist wie ein Tanz. Man reicht einander die Hände, zu komplizierten und verschlungenen Figuren, und wenn man aufblickt, ist gerade wieder ein weiterer Tänzer in den Reigen eingetreten, den hier zu sehen man gar nicht erwartet hätte. Philipp Schaeffer liegt auf seine Ellenbogen gestützt.

Den schmalen Kopf hat er zurückgeworfen. Elisabeth überlegt, dass sie Philipp Schaeffer gern zeichnen würde. Er hat den schönsten Kopf, den Elisabeth je gesehen hat: schmal, haarlos, mit einer schmalen scharfgeschnittenen Nase, geschwungenen Lippen, leuchtend dunklen Augen. Er blinzelt ins Sommerlaub des Baums hinauf, der seine Krone über ihn wölbt. Sein magerer nackter Oberkörper ist vollkommen weiß. Schneeweiß. Philipp Schaeffer war fünf Jahre lang im Zuchthaus Luckau inhaftiert. Fünf Jahre lang hat er nicht gesehen, wie Sonnenlicht in den Baumkronen flirrt und auf dem Wasser der Havel blitzt. Wie hält man das aus?

»Man hält es eben aus«, hat er vorhin zu Eri Brockdorff gesagt. »Ich habe mich meiner buddhistischen Studien entsonnen, so etwas kann helfen. Und es war ja nicht das erste Mal. Sie hatten mich schon 1933 einmal kurz in der Mangel, gleich nach dem Reichstagsbrand. Und dann noch einmal Ende 1934.«

Der Kommunist Dr. phil. Philipp Schaeffer ist 1894 geboren worden, als Sohn eines königlich-preußischen Offiziers, der in St. Petersburg stationiert war. Die Familie war wohlhabend, es gab viel Personal. Der Vater fuhr einmal im Jahr in den Urlaub. Aber er nahm nicht etwa seine Frau mit, sondern eines der russischen Dienstmädchen. Er war ziemlich erstaunt, als ihm aufging, dass dieses Mädchen daheim auch mit seinem sechzehnjährigen Sohn ins Bett stieg. Das alles hat Kurt seiner Elisabeth erzählt.

»Und dann?«

»Was weiß ich? Nichts dann. Was ist schon ein Dienstmädchen, in den besseren Kreisen? Dann kam der Weltkrieg, und Sohn und Vater Schaeffer sind zusammen interniert worden. In Archangelsk. In Sibirien.«

Und Philipp Schaeffer hat über Nagarjunas ›Yuktisastika‹ promoviert.

Das hat er vorhin auf Libs' Frage geantwortet. Er hat seelenruhig abgewartet, was Libs nun tun würde. Sie hat das ihr Gemäße getan: Sie hat ihn berückend angestrahlt und um nähere Erklärungen ersucht. Es verwirrt Elisabeth, dass sie sich über Libs' Geturtel geärgert hat. Elisabeth mag Libs. Sie mag sie wie eine jüngere Schwester: Sie nimmt Libs, wie sie ist, sie nimmt Libs vor sich selbst in Schutz, Elisabeth ist neun Jahre älter als Libs. Sie überlässt Libs gern die Rolle des Wirbelwinds, des Kätzchens.

»Und Sie sind also in Russland geboren«, sagt Libs zu Philipp Schaeffer. »Da sprechen Sie sicher perfekt Russisch.«

»Ja«, sagt Philipp Schaeffer. »Russisch, Tibetisch, Sanskrit, Chinesisch und noch eine Reihe weiterer ökonomisch vollständig unverwertbarer Sprachen. Ungefähr die, die mein Haftgenosse nicht lernen wollte. Wilhelm Guddorf. Er ist der Richtige, falls Sie mal jemanden suchen, der Altfranzösisch fließend beherrscht oder Ungarisch. Oder Finnisch, oder die Frühformen des Finnischen. Wir haben uns in der Haft eine Art Sport daraus gemacht, wer am schnellsten das meiste unbrauchbare Wissen ansammeln konnte.«

Philipp lacht wieder. Er hat es Harro und Kurt nicht verschwiegen, dass er unter Polizeiaufsicht steht: Es ist Philipp Schaeffer streng verboten, mit Kommunisten, Sozialisten, einschlägig Vorbelasteten und allen früheren Freunden Kontakt aufzunehmen. Er wendet sich zu Harro.

»Sie sollten Guddorf mal kennenlernen«, sagt er. »Ich werde ihn Ihnen vorstellen, bei Gelegenheit. Er wird Ihnen gefallen. Ein wirklich hochinteressanter Mann. Unendlich gebildet. Im Moment arbeitet er als Aushilfe in der Gsellius-Buchhandlung.«

Elisabeth sieht Philipp Schaeffer an. Sie sagt sich, dass Philipp Schaeffer mit seiner Ilse sicher sehr glücklich ist. Sie sagt sich, dass sie mit Kurt sehr glücklich ist. Sie weist sich selbst darauf hin, wie froh Ilse sein muss, ihren Mann wiederzuhaben, nach den langen Jahren der Haft. Philipp Schaeffer wendet den Kopf.

»Geht es Ihnen denn jetzt wieder besser?«, sagt er. »Sie haben vorhin sehr erschöpft ausgesehen, nach Ihrem Bad.«

»Ja«, sagt Elisabeth. »Ja, danke. Ich habe mich wieder erholt, denke ich.«

Philipp Schaeffer sieht Elisabeth an. Sein Blick ist klar und weich, wie dunkles Flusswasser. Zärtlich. Voll nicht näher bestimmbarer Trauer.

Kurt ist zu Hause, als Elisabeth heimkommt. Sie sieht seine Schuhe neben der Tür im Flur, sie sieht seinen Schlüssel am Brett. Sie freut sich. Es ist nicht selbstverständlich, dass er hier ist. Er arbeitet oft bis in die Nacht hinein an seinem ›Totentanz‹. Aber jetzt sitzt er auf dem Küchentisch und blättert in einer Zeitung.

»Da«, sagt er, ohne hochzublicken. »Wir haben es wieder einmal verpasst. Wieder einmal haben wir einen großen historischen Moment zum Jubeln ausgelassen. Die siegreichen deutschen Truppen sind im Verlauf der Siegesfeier durch das Brandenburger Tor in die Stadt gezogen. Die jubelnden Massen waren siegestrunken.«

Elisabeth stellt ihren kleinen Fahrtenrucksack ab, füllt am Wasserhahn ein Glas. Über der Spüle hängt eine Schiefertafel, wie Kinder sie zum Schreibenlernen benutzen. Im Allgemeinen hinterlassen Kurt und Elisabeth einander darauf kleine Nachrichten. Aber jetzt ist auf der Tafel nur ein Ausrufezeichen zu sehen.

»Ich hoffe, die siegestrunkenen Massen haben euch nicht auf der Fahrt behindert«, sagt Kurt. »Wie war es denn?«

»Heiß«, sagt Elisabeth. »Anstrengend, aber schön. Die Brockdorffs haben es sehr bedauert, dass du nicht mitgekommen bist. Ebenso die Schaeffers.«

Kurts Augen lachen. Sein Gesicht ist spitzbübisch wie immer. Seine Gestalt ist stämmig, robust, Kurt Schumacher steht im Leben, in der Gegenwart. Er hat nichts Verträumtes an sich. Er ist handfest, massiv wie das Holz, mit dem er arbeitet.

»Ich liebe dich«, sagt Elisabeth.

»Liebste mein. Tritt heran.«

Seine Hände legen sich um ihre Schultern. Er zieht sie an sich. Sie spricht leise, an seiner Schulter.

»Bist du vorangekommen, mit der Arbeit?«

»Ja. Sie sind demnächst alle skelettiert. Liebste mein, wie schön, dass du jetzt da bist. Ich habe ja nur nachts die Erlaubnis, auf der Welt zu wandeln. Bald dämmert der Morgen, der Hahn kräht, und ich muss zu meinen Toten in die Werkstatt zurück.«

Und dann geht die Sonne auf, und es beginnt ein neuer Tag, an Kurt Schumachers Seite. Elisabeth im Arm ihres Mannes denkt an Philipp Schaeffer.

Warum haben Sie vorhin so erschöpft ausgesehen?

Das hat Philipp Schaeffer zu ihr gesagt.

Es dämmerte schon. Sie fuhren mit den Rädern in langer Schlange. Philipp war auf einmal neben ihr.

»Verzeihen Sie, dass ich noch einmal frage. Nach Ihrem Bad: Sie haben ausgesehen, als wäre Ihnen etwas zugestoßen.«

Elisabeth hat gelacht, den Kopf geschüttelt.

»Und Sie haben ganz traurig ausgesehen, vorhin.«

»Ach? Vielleicht. Aber jetzt nicht mehr. Nicht wahr? Nein, jetzt nicht mehr.«

Dann hat er ein Gedicht rezitiert.

Gleichwie der edle Büffelstier
Die Pflugschar nachzieht nackenstark
Mit leichter Mühe, Tritt um Tritt:
So lass' ich laufen ab die Zeit
Mit leichter Mühe, Tag um Tag
Im ungemischten Glücke gleich.

»Das ist schön.«

»Ja, nicht?«, hat Philipp Schaeffer gesagt. »Und wenn es mit dem ungemischten Glück schwer wird, hilft immerhin eine Dosis Pervitin.«

Sie war verblüfft. Pervitin? Sie hätte es nicht für möglich gehalten.

»Knastgewohnheiten«, sagte er. »Die Leute wollen einem etwas Gutes tun, und dann schmuggeln sie etwas ein, um einem das Leben zu erleichtern. Opium wäre natürlich besser. Aber das ist hierzulande ja nicht sehr üblich. Oder Kokain. Haben Sie schon mal Kokain geschnupft?«

»Nein.«

»Das habe ich mir gedacht. Sie haben so etwas Reines an sich. Etwas Glasklares. Sie sind von einer reinen, glasklaren Freundlichkeit, die ganz und gar wunderbar ist.«

Er sah sie an. Sie wandte den Kopf, sah dann schnell wieder weg.

»Und Sie sind eine so schöne Frau«, sagte Philipp Schaeffer. »Mein Gott. Eine so wunderschöne Frau.«

»Was für eine großzügige Wohnung. Und wie stilvoll habt ihr alles eingerichtet.«

»Ja«, sagt Greta. »Na, nicht alle Leute teilen unsere Vorliebe für Antiquitäten. Aber ich finde nicht, dass der Sozialismus hässlich sein sollte.«

Mildred Harnack ist zu Besuch in der neuen Dachwohnung der Kuckhoffs in Friedenau. Adam und Greta haben vor drei Jahren geheiratet, am 28. August 1937, zwei Tage vor Adams fünfzigstem Geburtstag. Adam war lange nicht bereit, eine dritte Ehe einzugehen, zumal mit einer Frau, die sechzehn Jahre jünger ist als er. Aber Greta war schwanger. Das hat den Ausschlag gegeben. Und nun eilt der kleine Ule mit seinem Gießkännchen geschäftig zwischen den Blumentöpfen und der wassergefüllten Wanne hin und her, die ihm seine Mutter draußen auf die Dachterrasse gestellt hat.

»Wir schlafen zurzeit alle drei hier, wegen der Hitze«, sagt Greta. »Hoffentlich hält das Wetter bis zu Adams Geburtstag. Ihr kommt doch? Tagsüber wird der übliche Trubel herrschen, aber den Abend würden wir gern nur mit euch verbringen. Oder fast nur mit euch. Adam bemüht sich zurzeit doch um Kontakte zum Film. Deswegen waren wir neulich draußen im Grunewald, bei einem Produktionsleiter der TOBIS-Filmgesellschaft. Engelsing. Es war noch ein anderes Paar eingeladen. Junge Leute, die uns aber ziemlichen Eindruck gemacht haben. Harro und Libertas Schulze-Boysen.«

»Natürlich erinnere ich mich«, sagt Arvid. »Er ist ein Verwandter der Heberles. Ein Hitzkopf. Oder ein Wirrkopf? Aber gut, er mag sich geändert haben. Es ist ja doch einige Jahre her.«

Die Harnacks sitzen beim Abendessen. Es gibt Hering und Pellkartoffeln. Mildred legt die Gabel weg.

»Er ist am Reichsluftfahrtministerium tätig«, sagt sie. »Und außerdem hält er zurzeit ein Kolloqium für Dekan Six, an der Auslandswissenschaftlichen Fakultät. Wir begegnen einander manchmal auf dem Flur.« Mildred sieht auf ihren Teller. »Kuckhoffs kleiner Ule plappert sehr hübsch, für sein Alter«, sagt sie.

Die Temperatur am Esstisch wechselt. Mildred wirft Arvid einen raschen Blick zu.

»Vielleicht sollte ich doch nach Marienbad fahren«, sagt sie. »Arvid? Vielleicht sollte ich es wenigstens probieren. Der Arzt hat es mir doch empfohlen.«

»Warum nicht«, sagt Arvid. »Natürlich, wenn du fahren möchtest. Nimm alles in Anspruch, was dir hilfreich erscheint.«

Sie essen eine Weile, schweigend.

»Ich möchte nur nicht, dass du traurig bist«, sagt Arvid. »Ich möchte nicht, dass du immerfort hoffst und hoffst und dann, nun ja. Womöglich immer neu Unerfüllbarem nachweinst.«

Aber Mildred wird dieses Jahr erst achtunddreißig. Sie ist noch längst nicht in den Wechseljahren. Noch ist überhaupt nichts unerfüllbar.

»Es wäre der letzte Versuch«, sagt sie. »Ich würde im Herbst fahren, im September.«

»Wie du möchtest«, sagt er. »Im September. Warum nicht. Wenn du meinst.«

»Heberles«, sagt Harro. »Ja, natürlich. Franzi ist die Cousine meiner Mutter. Wir haben uns direkt vor ihrer Ausreise noch einmal in Kiel getroffen. Wie lange ist das her, drei Jahre? Es gab eine große Zusammenkunft, mit allen Kindern von Onkel Ferdinand, um Rudolf und Franziska gebührend zu verabschieden.«

»Es hat mir so leidgetan«, sagt Mildred. »Ich hätte so gern mein Patenkind aufwachsen sehen.«

»Ja wirklich«, sagt Harro, »es ist ein Verlust. Aber so geht es in Deutschland.«

Sie sitzen um den Kuckhoffschen Esstisch. Der Tisch ist inzwischen abgeräumt. Mildred fragt sich, wie viele Tage Greta wohl Marken gesammelt hat, für diese opulente Mahlzeit. Die Kuckhoffs denken marxistisch, aber sie speisen am liebsten französisch. Greta hat in ihren Schweizer Jahren als Mitarbeiterin des Wirtschaftsjuristen Richard Rosenfeld in den besten Restaurants im Elsass, in Straßburg, in Florenz getafelt, und ihr Adam ist der Sohn eines wohlsituierten Aachener Nadelfabrikanten, ein heiterer Rheinländer aus gehobenem Haus, der gern isst und trinkt. Die Kuckhoffs haben den Abend mit einem Glas Wein und hübsch angerichteten Häppchen auf der Dachterrasse beginnen lassen. Dann gab es eine klare Brühe mit Klößchen, gefolgt von Poulet au vinaigre mit Möhren und Erbsen und Tarte tatin mit echter Sahne. Mildred fragt sich, woher Greta die Zeit genommen hat, all diese komplizierten Gerichte vorzubereiten.

»Und Sie haben eine Verfilmung Ihres Romans also tatsächlich abgelehnt?«

Libs umgarnt Adam, mit großen Augen. Adam wirkt wie ein Fels, neben dem drahtigen Harro und dem schmächtigen Arvid. Vom Alter her könnte er Libs' Vater sein.

»Das ist erstaunlich«, sagt Libs. »Das ist bewundernswert. Ein solcher Verzicht.«

»Nun ja«, sagt Adam. »Es ging eben nicht. Eine Verfilmung hätte zwangsläufig zu Missverständnissen geführt. Schon das Angebot beruhte auf einem Missverständnis. Sehen Sie, Hauptfigur des Romans ist ein in Frankreich naturalisierter Deutscher, der während des Weltkriegs deutsche Soldaten vor ihren französischen Verfolgern schützt. Aber er ist kein Nationalist. Er will einfach nur anständig sein. Er glaubt an die

Möglichkeit der Völkerverständigung. Und er ist nicht bereit, von diesem Glauben abzurücken, auch nicht, wenn es das Leben kostet. Er opfert sich für das, was er als richtig erkannt hat. Am Ende wird er von den Franzosen erschossen. Sie sehen, das Buch ist im Grunde schon 1937 bei Rowohlt nur durch die Zensur gekommen, weil man es falsch verstanden hat.«

»Bei Rowohlt«, sagt Libs. »Dann kennen Sie natürlich auch Ernst Rowohlt.«

Greta erhebt sich. Sie ist sehr zufrieden. Der Abend scheint ein Erfolg zu werden: Das Essen war gut, das Gespräch ist im Fluss, und die Gäste sind lebhaft aneinander interessiert. Greta kann nun in die Küche gehen, den Kaffee aufsetzen und den Cognac ausschenken, den Mildred über die amerikanische Botschaft besorgt hat.

Der Kaffee ist getrunken. Libertas reicht Fotos von Liebenberg herum: vom Schloss, vom Seehaus, das sich im ruhigen Wasser des Sees spiegelt, vom Lindenhaus und dem Teehaus. Mildred ist hingerissen.

»Wie schön«, sagt sie. »Wie deutsch, diese Idylle am Wasser, der Hof mit dem Pflaster.« Sie lehnt sich zurück, spricht die Zeilen mit Hingabe.

»*Ich weiß ein graues Schloss am See,*
Drin tiefe Gänge führen.«

»Rilke«, sagt Harro. »Ja. Vielleicht nicht sein bestes Gedicht. Aber auch wir lieben ihn sehr. Wir standen damals an seinem Grab, in Raron im Wallis, bei unserer Schweizreise.«

»Wunderbar«, sagt Adam Kuckhoff. »Und sind Sie denn bei der Gelegenheit auch im Bietschtal gewandert? Und haben Sie ein Gomser Fondue gekostet? Mit diesem ganz besonderen Käse, den es nur dort gibt.«

Adam schenkt Cognac nach.

»Das Leben ist so reich und wundersam, nicht?«, sagt Mildred. »Unser merkwürdiges Leben, auf diesem kleinen Stern.«

In diesem Moment beginnen die Sirenen zu jaulen. Sie sehen einander an.

»Ich weiß nicht, wie Sie es halten«, sagt Adam. »Gehen Sie gewöhnlich in den Keller?«

»Eher nicht«, sagt Harro. »Damit fangen wir gar nicht erst an. Das geht ja nun schon die fünfte Nacht so. Will man seine Abende ab jetzt denn generell im Keller verbringen? Eine uns befreundete Ärztin ist im Übrigen der Meinung, dass das Gesundheitsrisiko in der Nässe und Kälte der Keller eine größere Gefahr darstellt als das Bombenrisiko.«

»Letzte Nacht soll es allerdings am Kottbusser Tor fünf Tote gegeben haben«, sagt Arvid.

»Ja«, sagt Harro. »Das kommt von unserer totalen Kontrolle des englischen Luftraums.«

Sie lachen.

»Aber im Ernst«, sagt Harro. »An einem guten Wochenende schafft der Berliner Straßenverkehr doch mehr Opfer als diese Bomberei.«

»Am meisten stört mich der Krach«, sagt Adam. »Ich fürchte nur, man wird sich daran gewöhnen müssen. Wir gehen meistens hinunter, wegen des Kindes. Aber gestern sind wir hier oben geblieben. Ule ist ja zurzeit bei meiner Mutter. Ich muss sagen, es war ein Riesengeballer. Wirklich ein beeindruckendes Feuerwerk.«

»Ja«, sagt Harro. »Und dann gegen elf startete ein Nachtjäger, und heute früh hieß es, der Nachtjäger sei versehentlich von uns abgeschossen worden.«

Die Sirenen schrillen nun ohrenbetäubend.

»Vielleicht könnten wir einen Moment auf Ihre Dachterrasse hinaustreten?«, sagt Libertas. »Von hier aus muss man doch einen fantastischen Blick über die ganze Stadt haben. Diese Luftangriffe haben ja durchaus eine Art schauerlicher Schönheit. Die Strahlenbündel der Scheinwerfer, das Wetterleuchten der Flak. Die Leuchtbomben, wie sie am Himmel hängen.«

»Aber vier Stunden lang?«, sagt Arvid. »Das ist mir zu viel schauerliche Schönheit. Man braucht schließlich auch seinen Schlaf. Gestern haben die Fenster so toll gescheppert, dass an Schlaf gar nicht zu denken war.«

»Ich fürchte, man wird sich auf noch Schlimmeres einstellen müssen«, sagt Harro. »Ich bin überzeugt, dass wir auf die größte Schlacht aller Zeiten zusteuern. Auf ein wahres Ragnarök, das man sich noch gar nicht vorstellen kann. Nun, am Montag werde ich einunddreißig. Damit habe ich schon länger gelebt als manch anderer. Das eigene Leben erscheint mir im Übrigen auch nicht so wichtig. *Veritas necesse est, vivere non est necesse*. Und bei alledem darf man nie vergessen, dass wir natürlich den Führer haben, während die anderen eine solche Gestalt entbehren. Das gibt uns eine besondere Position. Eine, die wir ohne den Führer gar nicht hätten.«

Der Alarm ist vorüber. Sie sind enger zusammengerückt. Sie haben die Stimmen gesenkt. Greta hat noch einmal Kaffee gekocht. Sie hat noch einmal Cognac ausgeschenkt.

»Wir bringen regelmäßig Gedichte in Umlauf, die Kuckhoffs und wir«, sagt Mildred zu Libertas. »Gedichte, die mit der Not und dem Krieg zu tun haben, so wie das ›Kriegslied‹ von Matthias Claudius. Wir schreiben sie auf schönes Papier und verschenken sie, oder wir sagen sie einander auf.«

»Wir hoffen, dass diese Gedichte etwas auslösen«, sagt Greta. »Wir hoffen, dass sie weitergegeben werden. Und das werden sie auch tatsächlich. Ihre Verbreitung ist ja nicht verboten.

Manchmal kommen sie nach Wochen zu uns zurück, von ganz unerwarteter Seite.«

»Ich habe gehört, Sie sind ein Kenner Skandinaviens«, sagt Arvid zu Harro. »Ich habe es aus sauberer Quelle, dass Stockholm der englischen Regierung im letzten Jahr fest versichert hat, es würde die Erzexporte nach Deutschland nicht erhöhen, sondern sie auf dem Niveau von 38 einfrieren. Das ist auch geschehen. Allerdings können wir nun völlig legal die Mengen aufkaufen, die vorher für die besetzten Länder bestimmt waren, etwa für Polen. Die Frage ist, wie es weitergeht. Wie lange werden sich die Schweden dem Druck der Alliierten widersetzen können? Ich denke, früher oder später werden sie ihre Exporte ins Reich drastisch reduzieren.«

»So oder so werden wir im nächsten Jahr die Sowjetunion angreifen«, sagt Harro. »Darauf wette ich. Das ist die große Wende, auf die wir zusteuern.«

»Ich teile Ihre Ansicht«, sagt Arvid. »Der Angriff auf die Sowjetunion ist wie alles andere wirtschaftlich erklärbar und begründet. Wir werden in Richtung Baku vorstoßen. Wenn wir Baku nehmen, ist das Erdölproblem für uns gelöst.«

Es wird spät und später.

»Die Planwirtschaft. Die Planwirtschaft ist ganz selbstverständlich die Grundlage meines Denkens«, sagt Arvid.

»Wir müssen dieses Gespräch weiterführen«, sagt Harro. »Wir sollten uns wiedersehen, Herr Dr. Harnack. Ich denke, wir sollten uns regelmäßig austauschen.«

Mildred ist von Marienbad zurück. Sie ist allein gefahren. Arvid war in Berlin unabkömmlich. Sie sitzen im hinteren ihrer drei Zimmer unter einer Wolldecke, engumschlungen wie ein junges Liebespaar. Sie haben eine Heizsonne auf dem Tischchen aufgestellt. Berlin ist kalt, nass, grau, eisig.

»Wenigstens hast du in Marienbad etwas Ruhe gehabt«, sagt Arvid. »Es zerrt doch an den Nerven, der Alarm jede Nacht. Und vor drei Tagen habe ich einen wirklichen Schreck bekommen. Gegenüber wurde es strahlend hell. Ich dachte schon, da brennt irgendwas. Und dann kam ein richtiger kleiner Hagel von Granatsplittern. Ich habe jetzt ein zweites Bett für uns besorgt und es in den Keller gestellt. Ich habe letzte Woche schon zweimal dort geschlafen, mit Ohropax gegen den Krach.«

Mildred nippt an ihrem Tee.

Ihre Gedanken sind noch nicht wieder ganz in Berlin. Sie ist noch nicht fertig mit den Resultaten ihres Marienburger Aufenthalts. Mildred war tief unglücklich. Sie schritt in den Kolonnaden auf und ab, trank das Wasser und nahm Moorbäder gegen die nervliche Überreizung, die möglicherweise Ursache der gynäkologischen Unregelmäßigkeiten sein mochte.

Verlasst mich hier, getreue Weggenossen!
Lasst mich allein am Fels, in Moor und Moos;
Nur immer zu! euch ist die Welt erschlossen –

Das Echo der Goethe-Verse begleitete sie: die wilde Trauer darüber, dass das Leben sich nicht noch einmal runden würde, wie es das früher nach mageren Zeiten immer wieder getan hatte, dass die Hoffnung auf erneuerte Lebenserfüllung enttäuscht war und nun unausweichlich, ein für alle Mal das Schwinden, das Ausfransen, das Ende begonnen hatte. Die Verheerungen ihrer Trauer waren am leichtesten einzugrenzen, wenn sie sich mit einer Mauer umgab. Wenn sie allein sein konnte, wie auf hoher Klippe. Dort stand sie und winkte sich nach, sah sich in der Ferne entschwinden: die Mildred, die eine Mutter hätte sein können. Am Ende all der gynäkologischen Untersuchungen und Behandlungen stand nichts als die Hoffnungslosigkeit.

Es geht jetzt aber wieder.

Mildred ist hier. Sie hat alles zu Arvid getragen. Sie hat auch dies zu Arvid tragen dürfen. Dies ist ihr Leben: Sie fährt von Arvid weg. Sie fährt zu Arvid hin.

»Ich habe mich übrigens ein paarmal mit Schulze-Boysen getroffen«, sagt Arvid. »Ich habe ihm meine Meinung erläutert, dass nach dem Krieg ein Bündnis zwischen Russland, Deutschland und China geschlossen werden sollte. Er hält ebenfalls den Osten für unseren natürlichen Verbündeten, schon rein geografisch gesehen. Ein solches Bündnis würde uns wirtschaftlich ungeahnte Möglichkeiten eröffnen, vor allem den Zugriff auf riesige Rohstoffvorkommen. Wir stimmen auch in unserer Einschätzung überein, dass Deutschland die Sowjetunion überfallen und dann den Krieg verlieren wird.«

Arvid nimmt die Brille ab, reibt sich die Augen. Er setzt die Brille wieder auf.

»Jemand war hier, während du weg warst«, sagt er. »Ein Russe. Er nennt sich Alexander Erdberg. Ein Mitarbeiter des NKWD, nehme ich an. Er kennt Alexander Hirschfeld, er hat mich von ihm grüßen lassen. Er dringt auf Zusammenarbeit. Ich habe darüber nachgedacht. Ich denke, wir sollten es tun. Wir sollten nach Kräften dazu beitragen, den bevorstehenden Krieg gegen die Sowjetunion zu verlieren.«

»Ja«, sagt Mildred. »Ja, du hast sicher recht. Russland zu überfallen ist ein Verbrechen. Und wer von einem geplanten Verbrechen weiß, der muss das Opfer warnen und ihm helfen.«

»Je schneller der Krieg vorüber ist, desto geringer werden die Opfer sein«, sagt Arvid. »Und dann, wenn alles vorbei ist, muss jemand da sein. Jemand muss das Vertrauen der Russen besitzen, damit Deutschland nicht völlig verloren ist. Wenn wir jetzt mit den Russen zusammenarbeiten, können wir uns ihrer Unterstützung sicher sein. Wir werden dann persönlich ein Wort mitzureden haben, bei Deutschlands Neugestaltung. Und für diesen Moment müssen wir uns bereithalten. Wir müssen jetzt wirklich aktiv werden. Wir müssen Leute an den entscheidenden Schaltstellen gewinnen, die nach Kriegsende, nach dem Fall der Regierung administrative Aufgaben übernehmen können. Darüber bin ich mir auch mit Kuckhoff einig.«

»Ja«, sagt Mildred. »Natürlich.«

»Und wir dürfen nicht zulassen, dass uns der Westen noch einmal die Friedensbedingungen diktiert«, sagt Arvid. »Es darf keinesfalls ein zweites Versailles geben.«

Mildred antwortet nicht. Sie denkt an die armen Menschen, die bald von den Deutschen überfallen werden sollen. Sie denkt daran, wie freundlich die Russen Mildred empfangen haben, damals auf ihrer Reise durch die Sowjetunion. Arvid legt die Wange auf ihren Scheitel.

»Du Liebe, du«, sagt er. »Manchmal tut es mir so weh, dass ich mit dir durch diese Zeiten gehen muss. Dass ich dir nicht ein anderes Leben bieten kann. Ein leichtes Leben, voller Schönheit und Heiterkeit und Poesie. Ein komfortables Leben, wie du es verdient hast.«

»Rede nicht so«, sagt Mildred. »Sage das nicht. Es ist doch ein Leben Seite an Seite.«

Er küsst ihren Scheitel.

»Ich bin froh, dass wir Schulze-Boysen getroffen haben«, sagt er. »Ich bin froh, dass wir unsere Basis verbreitern. Erdberg wird uns bald wieder besuchen. Er wird dir gefallen, er ist sehr nett. Er ist ein Mann, wie soll ich es sagen. Ein Mann von draußen.«

»Ich bin froh, dass du dich entschließen konntest, mit Schulze-Boysen zusammenzuarbeiten«, sagt Adam Kuckhoff zu Arvid

Harnack. »Und ich bin sehr froh über diese Sache mit Erdberg.«

Seine Stimme ist weich.

»Was wäre Hans Otto froh«, sagt er. »Was wäre mein erschlagener Schwager glücklich über diese Fügung.«

»Würden Sie mir bitte das Brot – ja. Danke.«

Philipp Schaeffers vormaliger Haftgenosse Wilhelm Guddorf sitzt mit Eva-Maria Buch und ihren Eltern am Abendbrottisch. Er und die Eltern sind noch immer beim Sie. Es wird sich auch kaum ändern. Eva-Maria Buch weiß das. Das Du würde der Vater allenfalls anbieten, wenn es nichts mehr zu verhindern gäbe, also nach der Eheschließung, gegen die er sich wehren würde bis zuletzt. Eva-Maria nimmt es heiter.

Sie muss es heiter nehmen: Das ist sie den Eltern schuldig. Man soll seine Eltern ehren. Eva-Maria wird den elterlichen Kummer nicht damit verschlimmern, dass sie Vater und Mutter Vorwürfe macht oder sie bittet, Eva-Maria aus dem schrecklichen Zwiespalt zu entlassen, in den sie sie mit ihrer Ablehnung stürzen. Sie muss das nun aushalten. Sie ist immerhin schon zwanzig.

Wilhelm Guddorfs Tochter Isa ist elf. Pauls Tochter: Der Name ist an ihm hängengeblieben, seit er in den zwanziger Jahren unter dem Pseudonym Paul Braun für kommunistische Blätter geschrieben hat. Unter einem Decknamen also. Wer braucht denn einen Decknamen? Die Eltern sind verstört.

Sie waren entsetzt, als sie erfuhren, dass Paul fast fünf seiner vierzig Jahre im Zuchthaus verbracht hat. Auch viele Freunde Pauls waren schon im Zuchthaus. Paul hat sich vor seiner Entlassung verpflichten müssen, zu keinem von ihnen Kontakt aufzunehmen, aber natürlich hat er sich nicht daran gehalten. Eva-Maria hat inzwischen Ilse und Philipp Schaeffer kennengelernt, Marta und Walter Husemann, Elisabeth und Heinz Verleih, Lotte Schleif.

Und war nicht Gott selbst im Gefängnis?

Ist nicht Jesus in Schande hingerichtet worden, der unschuldigste aller Menschen? Wie kann man jemanden für das Leid verurteilen, das ihm zugefügt worden ist? Aber Eva-Maria muss es ertragen, dass ihre Eltern Paul ablehnen. Eva-Maria kennt das Gebot gegen Ehebruch. Sie ist streng katholisch erzogen worden. Sie war auf der Ursulinenschule, bevor die von den Nazis geschlossen worden ist. Aber es ist doch nicht zu ändern, dass Paul verheiratet ist. Paul wird sich ja scheiden lassen. Soll Eva-Maria ihn nicht mehr ansehen, bis er endlich geschieden ist? So versteht Eva-Maria die Religion nicht. Der Glaube an Gott kann doch keine Decke aus starren Regeln sein, unter denen das Leben erstickt. Und Paul ist gut.

Darauf kommt es an. Er ist ein guter Mensch. Er will das Beste für alle Menschen, Paul und Eva haben einander in der Gsellius-Buchhandlung kennengelernt, wo Paul fest angestellt ist und die Studentin Eva-Maria mit ihrer Aushilfstätigkeit ein wenig zum Unterhalt der Familie beiträgt. Sie studiert Sprach- und Dolmetscherwesen an der Auslandswissenschaftlichen Fakultät unter Dekan Six.

Sie spricht schon ziemlich perfekt Französisch. Seit letztem Jahr unterrichtet sie sogar gelegentlich selbst. Natürlich ist das nichts im Vergleich zu Paul. Paul spricht alle europäischen Sprachen. Er spricht nicht nur Englisch, Französisch, Spanisch, Italienisch, sondern auch Finnisch, Ungarisch und Bulgarisch. Er spricht einige Dialekte dieser Sprachen, er spricht ihre Frühformen. Natürlich wusste sie das nicht, als sie ihn kennengelernt hat.

Es war ja erst ihr zweiter Tag in der Buchhandlung. Eva-Maria beriet eine Dame, die ihrem Bruder ein Werk über Mozart zum Geburtstag schenken wollte. Sie hatte einiges zur Ansicht vor der Kundin ausgebreitet: Paumgartners ›Mozart‹, Kolbs ›Mozart‹, Valentins ›Wege zu Mozart‹, Schiedermairs ›Mozart – Sein Leben und seine Werke‹, ein Werk über die ›Zauberflöte‹ – Herkunft, Bedeutung, Geheimnis.

»Das ist doch keine Literatur!«

Der Satz war laut gesprochen worden, mit tragender Stimme. Eva-Maria und die Kundin fuhren hoch. Weiter hinten im Laden stand eine ältere Frau, klein, rund, mit riesiger Einkaufstasche und einem komischen grünen Hütchen auf der zerrauften Frisur. Ihre Stimme schrillte.

»Was ist das denn alles? Was soll das denn? Warum sind Sie so schlecht sortiert? Goethe, Schiller, Hölderlin, na gut. Das versteht sich ja wohl von selbst. Aber sonst? Hamsun. Ganghofer. Rosenberg. Löns. Bücher über Blumen. Über Vögel. Bücher über den Harz, Bücher über Radieschenzucht. Und alles steht schön eng im Regal. Ganz ganz eng. Als gäbe es überhaupt keine Lücken. Ihr solltet wenigstens so ehrlich sein und die Lücken leerlassen, da wo sie die Bücher rausgezogen und verbrannt haben.«

Und dann geschah es. Ein Mann trat an die Dame heran.

»Gestapo. Bitte weisen Sie sich aus.«

Es war, als wäre ein Stein ins Wasser gefallen. Alles strebte auseinander, von der Mitte weg, in deren Zentrum der Mann in Zivil stand. Alle wandten sich ab, senkten die Blicke auf ihre Bücher, starrten angestrengt in die Regale, Evas und Pauls Blicke trafen sich. Er nickte ihr fast unmerklich zu.

»Ich muss Ihren Ausweis mitnehmen«, sagte der Gestapo-Mann zu der Dame mit Hütchen. »Bitte melden Sie sich heute Abend um sechs in der Dienststelle der Prinz-Albrecht-Straße 8.«

Dann ging er. Die Dame mit dem Hütchen stand noch einen

Moment im Laden, dann stürzte sie hinaus, und Eva-Maria wandte sich mit klopfendem Herzen wieder Mozart und ihrer Kundin zu. Später, als sie den Laden verließ, wartete Paul draußen auf sie: Herr Guddorf, wie er damals noch für sie hieß, er und Fräulein Buch wechselten ein paar belanglose Worte.

»Wo müssen Sie hin? Nehmen Sie die U-Bahn? Darf ich Sie begleiten? Ah, dann haben wir ja ein Stück weit denselben Weg.«

»Ist es nicht komisch, wie leise auf einmal alles war?«, hat Eva-Maria schließlich gesagt. »Die Dame mit dem Hütchen. Der Mann von der Polizei. Ist es nicht erstaunlich, wie leise er gesprochen hat.«

Ihr Begleiter hat aufgelacht.

»In der Tat. Aber die müssen nicht schreien. Die können hauchen, wie ein Lüftchen. Kaum dass ein Farnwedel im Unterholz erzittert: Aber schon stieben die Kaninchen auseinander, die Vögel fliegen auf, der ganze Fischschwarm zuckt herum, haben Sie das schon einmal gesehen? Es ist ein großartiger Anblick. Alle Einzelwesen ändern zugleich die Richtung, im gleichen Augenblick. Man begreift nicht, wie sie die Bewegung synchronisieren.«

Sie sah ihn von der Seite an. Sein Gesicht war zerfurcht. Sein Kopf schien zu groß, für seinen Körper.

»Alle haben vor der Gestapo Angst«, sagte sie. »Auch die Parteigenossen, glaube ich. Auch Leute, die gar nichts getan haben.«

»Nein«, sagte er. »Nein, sie haben nicht alle Angst. Das Vertrauen, das die meisten Leute aufbringen, ist ganz erstaunlich. Sie gehen davon aus, dass irgendwie schon alles seine Ordnung haben wird, selbst wenn das Unrecht bereits durch ihr Fenster starrt. Und auch wenn man sich von der Macht bedroht fühlt, gibt es ja mehr als eine Weise, damit fertigzuwerden. Manche wehren sich gegen die Bedrohung. Und manche schließen sich den Bedrohern an.«

Schon an diesem Abend hat es sich entschieden. Schon an diesem allerersten Abend haben sie miteinander geredet, ohne ein Ende zu finden. Sie sind erst vor der Bahnstation auf und ab gegangen, dann vor Eva-Marias Haus. Er hat ihr erzählt, dass er eigentlich katholischer Priester hätte werden sollen. Aber er ist stattdessen Kommunist geworden. Und ist das nicht vernünftig? Ist das nicht beinahe dasselbe? Es ist wie das Bibelwort,

An ihren Früchten sollt ihr sie erkennen.

Auch der Kommunismus will doch das Gute. Auch er will die Menschen retten und erlösen. Eva-Maria hat Paul erzählt, dass sie auf die Ursulinenschule gegangen ist. Die Schule ist geschlossen und verboten worden, genau wie die Kommunistische Partei. Eva-Maria hat erklärt, dass sie entschlossen ist, aus dem Geist der Bergpredigt heraus zu leben oder es doch mit Gottes Hilfe zu versuchen, so schwer das auch sein mag in diesen Zeiten.

»Übrigens, was denkt ihr, wen ich heute getroffen habe?«, sagt Eva-Marias Mutter in das nicht ganz entspannte Schweigen am Abendbrottisch. »Sophie. Meine Kollegin aus der Kanzlei von Harri Wolf. Sie stand mit dem Rücken zu mir. Sie hatte einen Hut auf, so dass ich zuerst nicht ganz sicher war. Also habe ich ganz schüchtern gefragt: Entschuldigung, sind Sie Sophie Sieg?«

Paul fährt hoch.

»Und stellt euch nur vor, sie war es tatsächlich.«

»Sophie Sieg!«

Paul kann nicht an sich halten. Er legt die Hand auf den Arm von Eva-Marias Mutter, die unter der Berührung versteinert.

»Ist es möglich? Die Frau von John Sieg. Aber das ist großartig. Ich kenne Sophie. Ich kenne John gut, wir haben früher beide für die ›Rote Fahne‹ geschrieben. Liebe Frau Buch. Sie haben doch sicherlich die Adresse? Bitte, verraten Sie sie mir. John Sieg! Gleich morgen muss ich zu ihm. Oder ich gehe sofort zu ihm. Gleich jetzt.«

Ist Wilhelm »Paul« Guddorf also über John Sieg zu den Harnacks und den Kuckhoffs gestoßen? Oder hat er über Philipp Schaeffer, mit dem er im Zuchthaus Luckau gesessen hat, die Schulze-Boysens kennengelernt? Mit Arvid diskutiert Guddorf Arvids umfangreiche Studie über die wirtschaftlichen Grundlagen des nationalsozialistischen Deutschlands. Mit John Sieg redigiert er die periodisch erscheinende illegale Zeitung ›Die Innere Front‹. Über Robert Uhrig, der 1936 mit Guddorf im Zuchthaus Luckau inhaftiert war, besteht eine Verbindung zur kommunistischen Römer-Uhrig-Gruppe. Auch zu Franz Jacob und Bernhard Bästlein, den Leitern der KPD-Widerstandszellen in Hamburg, hält Guddorf Kontakt, Paul Guddorf ist ein Gläubiger. Er ist die Brücke zur Partei.

»Und darum kann man mit einem wie Küchenmeister überhaupt nicht verkehren!«

Das schleudert Guddorf den anderen entgegen.

Walter Küchenmeister liest Marx und Lenin. Er liest Moeller van den Bruck: ›Das Recht der jungen Völker‹, ›Das Dritte Reich‹. Er ist aus der KPD ausgeschlossen worden. Seine Gedichte sind schlecht, seine politischen Ideen wirr. Er hat sich erst von seiner Frau ernähren lassen, die jeden Tag in die Fabrik geht, und dann hat er diese junge, ungewöhnlich schöne Frau verlassen, um sich von der hageren ältlichen Ärztin Dr. Elfriede Paul in ihrer eleganten Wohnung in Wilmersdorf aushalten zu lassen.

»Der Kerl ist ein Wirrkopf und ein Gigolo!«

Echte Kommunisten, ordentliche Parteimitglieder wie Walter Husemann und Paul Guddorf trauen einem wie Walter Küchenmeister keinen Meter weit. Aber auch Küchenmeister ist schon in Haft gewesen. Auch er ist ein Gegner der Nazis. Das genügt Harro.

Harro kennt keine Parteien, sondern nur Persönlichkeiten: Darauf besteht er heute wie vor 1933. Paul Guddorf, Walter Husemann und Kurt Schumacher ziehen sich von Küchenmeister zurück.

Alle Verbindungen lockern sich. Der Krieg durchschneidet alte Bande, knüpft dafür neue. Anfang 1941 wird Harro Schulze-Boysen in die Attachégruppe versetzt, ins Hauptquartier der Luftwaffe in Wildpark-West bei Potsdam.

Auch Heinrich Scheel ist nicht mehr in Berlin. Er hat großes Glück gehabt: Der Scharfenberger Hans Böker, Nazi der ersten Stunde, friedfertig, hilfsbereit und zu Zeiten der Schulfarm Objekt ständigen Spottes, ist heute ein höheres Parteitier. Er hat dafür gesorgt, dass der frischgebackene Ehemann und Vater Heinrich Scheel nicht an die Front abkommandiert, sondern als Wetterdienstinspektor der Fliegerhorstkommandantur Rangsdorf in Märkisch-Friedland sicher untergebracht ist. Harro hat darauf gedrungen, unbedingt weiterhin in Kontakt zu bleiben.

Er hat zuerst vorgeschlagen, Heinrichs Frau könnte doch gelegentlich Libs besuchen. Aber das geht nicht. Fridel stammt aus allereinfachsten Verhältnissen. Heinrich hat sie einmal mit zu den Schulze-Boysens genommen, und da war sie schon vom Treppenhaus eingeschüchtert, von dem roten Teppich, der vor ihr die Stufen hinaufströmte, von dem Spiegel an der Wand über dem Treppenabsatz, wo sich in den Hinterhäusern der Abort für die Mieter zweier Stockwerke befindet. Dies war ganz offensichtlich ein Treppenhaus des Klassenfeinds. Und oben in der Wohnung hing eine Uniformjacke neben einem Damenpelzmantel.

»Warum gehst du zu diesen Leuten, Heinrich?«, hat Fridel gefragt. »Was erhoffst du dir von ihnen, reichen wir dir nicht?«

Aber es ist ja vor allem Harro, der auf die Fortsetzung der Bekanntschaft drängt. Harro sucht immer die Kreise zu erweitern, er sucht Menschen an sich zu binden.

»Hans Coppi könnte sich sicher hin und wieder bei euch melden«, sagt Heinrich Scheel zu ihm. »Er wird jedenfalls nicht eingezogen. Er ist wehrunwürdig, aufgrund seiner Vorstrafe.«

So hat also auch dies etwas Gutes.

Hilde ist froh: Ihren Hans wird der Krieg nicht holen. Hans und Hilde sind inzwischen verheiratet. Sie wünschen sich ein Kind. Sie haben sich ein winziges Häuschen gebaut, in der Laubenkolonie am Waldessaum, wo in diesen Frühlingstagen 1941 die ersten Krokusse und Narzissen ihre grünen Triebe durch Schneereste und altes Laub ans Licht schieben. Hans ist entschlossen, voranzukommen: Er besucht nach der Arbeit die Technikerschule. Und dort hat er Karl Böhme wiedergetroffen, einen Jugendfreund aus dem Kommunistischen Jugendverband.

Bommel Böhme hat Hans in den Kreis des Theatermannes Wilhelm Schürmann-Horster eingeführt. Zu diesem Kreis gehören auch Cay und Erika von Brockdorff. Die Brockdorffs haben Schürmann-Horster 1938 auf einem Kostümfest an der Akademie der Künste kennengelernt. Cay ist inzwischen eingezogen worden. Aber Erika kommt weiterhin zu den Treffen bei Schürmann-Horster. Sie ist mit Kurt und Elisabeth Schumacher befreundet und mit Oda Schottmüller, und nun freundet sie sich auch mit Hans und Hilde Coppi an. Erika besucht die Coppis in ihrem Häuschen in der Laubenkolonie. Sie unternehmen eine Wochenendtour mit Zelt und Paddelboot. Sie fahren zu Heinrich Scheel, wenn der zu Besuch in Berlin weilt. Hilde Coppi, Erika Brockdorff und Fridel Scheel ziehen das kleine Töchterchen der Scheels hübsch an und setzen es für einen Spaziergang in den Kinderwagen. Hans Coppi und Heinrich Scheel gehen in einigem Abstand hinter den Frauen her.

»Es geht also los«, sagt Heinrich Scheel zu Hans Coppi. »Der Angriff auf die Sowjetunion steht unmittelbar bevor.«

Heinrich hat auf der Fliegerhorstkommandantur in Rangsdorf von der massenhaften Verlegung ganzer Flugstaffeln nach Osten erfahren.

»Ich gehe morgen in die Altenburger Allee«, sagt Hans Coppi. »Ich lasse es Libertas wissen.«

Libertas hat Heinrich Scheels Nachricht an Elisabeth Schumacher weitergegeben. Elisabeth trifft sich regelmäßig mit Harro an der Mole in Marquardt. Gestern ist sie mit einer Aktenmappe voll Papieren zurückgekehrt, Informationen aus dem Hauptquartier der Luftwaffe über die Vorbereitungen des Russlandfeldzugs, die Libertas den Harnacks bringen soll. Das Material ist als offizielle Eingabe an eine Amtsstelle getarnt. Aber wen würde diese dünne Täuschung in die Irre führen, wenn Libs in eine Razzia geriete? Libs ist mit dem Rad auf dem Weg in den Tiergarten.

Sie hat die Aktenmappe dabei. Sobald sie diese Mappe in die Hand nimmt, fühlt sie sich wie verkleidet. Sie fühlt sich, als spielte sie eine Hosenrolle, allerdings auf einer leeren Bühne: Harro kommt erst in zehn Tagen wieder nach Berlin. Und dann will er die Napoleon-Schrift fertigmachen, die in Wahrheit eine dünn verschleierte Biografie Hitlers ist. Die Parallelen zwischen den beiden sind wirklich erstaunlich. Es beginnt damit, dass Hitler wie Napoleon nicht in dem Land geboren ist, das er beherrscht. Harro hat sogar den Reichstagsbrand eingebaut,

Napoleon berichtete dem Volk von einer »grauenvollen Verschwörung der Terroristen«. Es gelte, das Parlament vor einem furchtbaren Anschlag zu retten.

Vor allem will Harro natürlich noch vor Beginn des Feldzugs gegen die Sowjetunion auf den Untergang der Grande Armée in den Weiten Russlands verweisen. Aber meint er, dass das noch irgendetwas ändert? Wie will er die Schrift überhaupt verbreiten? Um sie nur unter Freunden zu verteilen, sind Risiko und Zeitaufwand vielleicht doch allzu hoch.

»Warum?«, hat Harro gesagt. »Wenn ich Lust habe, einen solchen Text zu verfassen, dann tue ich es. Muss ich mir überlegen, ob ich ein Recht darauf habe? Ich will schreiben, was ich will. Ich will spielen, wenn mir danach ist. Ich fordere die Freiheit, der Autor meiner Lebensgeschichte zu sein. Tatsächlich denke ich darüber nach, ob ich die Napoleon-Schrift nicht an das Reichspropagandaministerium schicken sollte.«

An diesem Punkt der Unterhaltung klingelte das Telefon. Libs meldete sich, aber keiner antwortete. Libs rief mehrfach in die hallende Stille.

»Hallo? Hallo!«

Dann hörte sie es klicken, ganz leise. Libs stand da, mit dem stummen Hörer in der Hand. Wer war das gewesen, Gevatter Tod? Aber nein. Sie wusste es natürlich ganz genau.

»Warum tut sie das, Harro? Warum tut sie das wieder? Es ist nun schon das dritte Mal. Sprich doch bitte einmal mit ihr. Sag ihr, dass sie sich melden kann. Bitte, du gehst ab jetzt ans Telefon. Sie ruft ja sicherlich wieder an.«

Libs weiß nicht, ob Stella Mahlberg noch einmal angerufen hat. Sie weiß nicht, ob Harro und Stella einander getroffen haben. Wahrscheinlich hat Harro Stella am Theater abgeholt. Seine Geliebte. Nun wird auch Harro eine außereheliche Geliebte gehabt haben. Libs weiß noch nicht, wie sie damit fertigwerden soll. Sie weiß nicht, was sie tun soll, wenn ihr Harro entgleitet. Kann ihr entgleiten, was sie nie festhalten durfte?

Libs hat den Tiergarten fast erreicht.

Sie ist fast am Ziel: Sie fährt schon unter den Bäumen dahin, mit der Aktentasche auf dem Gepäckträger, die für Mildred bestimmt ist, für Mildreds und Arvids Russen.

Mildred steht am Fenster ihrer Wohnung.

Sie ist im Mantel. Sie wartet auf Donald Heath junior, den Sohn der Heaths von der amerikanischen Botschaft. Mildred erteilt ihm Unterricht in amerikanischer Literatur. Heute allerdings werden sie einen Frühlingsspaziergang durch den Tiergarten machen und dort zufällig Libs begegnen. Was ist unverfänglicher als zwei Frauen und ein Kind, die plaudernd auf einer Parkbank sitzen? Libs und Mildred werden die Taschen tauschen, dann werden sie wieder nach Hause gehen. Mildred weiß nicht genau, was ihre Tasche enthält. Arvid hat in letzter Zeit eine Unmenge Arbeit in seine Studie über die Grundlagen des Nationalsozialismus gesteckt. Er wird von vielen Leuten mit Daten und Zahlen und Fakten beliefert. Er unterhält Kontakte zu Arbeitern in Rüstungsbetrieben, bei Telefunken und Siemens, der AEG und der IG Farben. Mildred liest diese trockenen Dinge nicht.

Sie sieht den großen Zusammenhang, sie glaubt an den hohen moralischen Ernst ihrer Aufgabe. Aber heute hat sie nicht einmal frühstücken können. Mildreds Leben verdüstert sich mehr und mehr. Mildred ist einfach keine Abenteurerin. Die

Gefahr erregt sie nicht. Das Verschleiern, das Verstecken, das Geheimhalten sind ihr zuwider, der Mangel an freier Offenheit dörrt ihre Seele aus,

I announce justice triumphant;
I announce uncompromising liberty and equality;
I announce the justification of candor, and the justification of pride;
I announce a life that shall be copious, vehement, spiritual, bold;
I announce an end that shall lightly and joyfully meet its translation;
What is there more, that I lag and pause?

Es klingelt. Mildred öffnet. Es ist Donny Heath.

»Nein, Donny, lass deine Jacke ruhig an. Wir machen einen kleinen Spaziergang.«

Libs radelt. Sie radelt unter den Bäumen des Tiergartens entlang. Jetzt sieht sie schon Mildred in der Ferne, begleitet von einem kleinen Jungen. Sie betreten den Park, jede von ihrer Seite.

Es ist jedes Mal wieder ein kleiner Schock, einen der Briefe im Kasten zu finden. Es ist aber nur der erste Moment. Die Briefe sind Mildred ja inzwischen vertraut.

Der Umschlag enthält nichts als ein Blatt mit ein paar unverbindlichen Grußformeln. Entscheidend ist das Datum des Poststempels. Exakt eine Woche danach steht abends um acht Uhr der Russe vor der Tür: Alexander Erdberg, wie er sich nennt. Er ist ein sehr angenehmer Mann. Sein Deutsch ist erstaunlich gut, fast akzentfrei.

»Was soll ich Ihnen sagen, Frau Harnack. Ich hätte zu gern einen Sohn gehabt. Es ist sicher albern, aber so sind die Männer. Sie wollen einen Sohn, der in ihre Fußstapfen tritt.«

Er sagt das tatsächlich. Er verwendet solch idiomatische Sprache. Es beeindruckt Mildred sehr. Es beweist Erdbergs Intelligenz, seine Kultiviertheit.

»Seien Sie glücklich, überhaupt Kinder zu haben«, sagt Mildred. »Seien Sie froh über Ihre beiden kleinen Töchter.«

»Oh, sicher«, sagt Erdberg. »Das bin ich auch, das bin ich. Ich habe sie sehr lieb, meine beiden Mädchen. Aber das ist es ja eben. Werden sie mich nicht am Ende betrüben? Was werden ihnen die Männer antun?«

Sie sitzen noch zu Tisch. Mildred hat die kleinen besonderen Kartoffeln gekocht, die ein wenig nach Nuss schmecken. Sie hat einen Salat gemacht. Erdberg hat ein großes Stück Räucherfisch beigesteuert. Er bringt immer Geschenke mit. Nichts Großes, beileibe nicht: eine Flasche alten Starka, einen warmen Schal für Mildred.

»Nein, ich bitte Sie. Nachdem Sie in der unangenehmen Situation sind, für alles Kleiderkarten zu benötigen. Es ist ein Geschenk, ein kleines Dankeschön unter Freunden. Der Wodka ist auch gut für medizinische Zwecke. Nach einer Aufregung, zur Stärkung. Sagen Sie mir einfach, was Sie brauchen können.«

Aber letztere Bemerkung ging schon zu weit. Arvid ist empört aufgefahren.

»Was soll das sein, eine Bezahlung? So sind wir nicht, mein Herr. Wir verraten unser Land nicht gegen dreißig Silberlinge.«

»Aber Herr Doktor Harnack. Wer käme auf eine solche Idee! Ich will Ihnen als einem Freund nur etwas aushelfen. Die Dinge, für die Sie keine Verwendung haben, geben Sie bitte einfach weiter.«

Das hat Arvid besänftigt.

Er und Erdberg reden jetzt über Architektur. Erdberg ist in vielen Bereichen bewandert.

»Vielleicht können wir nach dem Krieg ja einmal die Wohnungen tauschen«, sagt er zu Mildred. »Wenn man wieder frei reisen kann. Dann leben Sie einen Sommer lang in Moskau und wir in Berlin.«

»Das wäre schön«, sagt Mildred. »Das wäre wunderbar. Wir lieben Moskau sehr, Arvid und ich.«

Und warum muss man warten? Warum kann man den Krieg, die Zerstörung, den Tod nicht einfach überspringen und sofort in die Zukunft eintreten, die hinter dem bitteren Ende liegt? Die schöne Zukunft, für die sie leiden und kämpfen,

I announce what comes after me;
I announce mightier offspring, orators, days.

Mildred ist immer in Angst, wenn Erdberg da ist. Was, wenn ihm jemand gefolgt sein sollte? Was, wenn es nun klingeln würde und vor der Tür stünde Polizei? Es ist nicht verboten, einen Russen zu kennen. Es ist nicht verboten, mit einem Russen zu sprechen. Aber es ist verdächtig. Alles ist verdächtig. Es ist kaum mehr vorstellbar, dass man eines Tages wieder unschuldig und offen auf der Straße gehen wird.

»Wissen Sie, dass man in Deutschland die These verbreitet, die Russen würden die Deutschen als Befreier vom Kommunismus willkommen heißen?«, sagt Arvid.

Erdberg lacht auf.

»Ja«, sagt er. »Das habe ich gehört. Oder es heißt, wir würden laufen wie die Hasen, sobald die Deutschen die Grenze überschreiten. Das werden wir allerdings nicht tun. Wir werden kämpfen. Wobei wir uns dazu noch ein paar grundsätzliche Gedanken machen müssen, Sie und ich. Wenn der Krieg da ist, wird es ja nicht mehr möglich sein, den Kontakt in gewohnter Weise aufrechtzuerhalten. Wir hatten deshalb daran gedacht, Ihnen Funkgeräte zur Verfügung zu stellen. Sie wären sonst ja hier ganz allein, ohne alle Verbindung nach draußen.«

4

»Ein Funkgerät.« Harro starrt Arvid an. »Ein Funkgerät bieten sie uns an.« Harro lacht. »Das ist großartig. Das ist der Beweis. Sie sehen uns nicht als Teil des deutschen Regimes. Wir sind eine eigenständige Gruppe für sie, wir sind gleichwertige Gesprächspartner.«

»Mag sein«, sagt Arvid. »Aber ich werde kein Funkgerät in meiner Wohnung dulden, und ich werde auch nicht funken. Es ist zu gefährlich.«

»Aber wenn du es nicht tust, wer dann? Funksprüche müssen innerhalb bestimmter Zeitfenster gesendet werden, und ich kann nicht garantieren, dass ich jedes Mal von Wildpark West herüberkommen kann. Kurt Schumacher ist eingezogen. Heinrich Scheel ist in Rangsdorf. Das ist ja lächerlich. Soll die Sache daran scheitern, dass wir keinen Funker haben? Halt. Ich weiß, wen ich fragen werde.«

Hans Coppi. Und der nimmt die Aufgabe natürlich voll Stolz an.

Er ist tief beglückt: Dies gibt seinem ganzen Leben Sinn. Die Jahre im KZ und im Gefängnis sind ja nun nicht mehr verlorene Jahre. Sie waren Vorbereitung, Prüfung. Sie sind wieder eingegliedert in Hans Coppis Leben. Nie hätte der jugendliche Flugblattverteiler von damals doch davon zu träumen gewagt, dass er einmal zu einer solchen Aufgabe auserwählt würde. Der Dreher Hans Coppi ist es, der den Kontakt zur Sowjetunion halten soll, im Auftrag der gesamten Gruppe. Er hat allerdings keine Ahnung vom Funken. Aber das kann man ja lernen. Harro hat Hans letzte Woche die Grundlagen erklärt. Er hat Hans ein Funker-Handbuch geschenkt, getarnt als Sammelheft zur Naturheilkunde:

WIESBADEN: Uralte Heilkraft – Ewige Schönheit

Hans hat die ganze letzte Woche darin gelesen, in jeder freien Minute. Nun ist das Gerät geliefert worden. Und es funktioniert nicht.

Das verdammte Ding gibt keinen Piep von sich. Hans Coppi kann es nicht fassen. Sie umstehen es in der Küche im kleinen Häuschen der Coppis.

»Es kann nicht sein«, sagt Hans. »Es ist nicht möglich. Die können uns doch nicht ein defektes Gerät geliefert haben.«

»Stimmt vielleicht was mit den Batterien nicht?«, sagt Erika Brockdorff. »Oder vielleicht ist die Reichweite zu gering.«

»Was denn, Reichweite! Schau doch hin. Das Ding ist tot. Da, die Lämpchen da blinken ja nicht einmal.«

»Es ist doch nicht so schlimm. Es gibt ja noch eins, das hat Harro gesagt.«

»Nicht schlimm? Noch eins? Ich weiß davon nichts. Mir hat er nichts davon gesagt.«

»Auf jeden Fall ist die Sowjetunion vor dem Angriff gewarnt«, sagt Hilde. »Das ist das Wichtigste. Sie sind schon vor der Lieferung des Funkgeräts gewarnt worden. Sie sind also vorbereitet.«

Jelena Iwanowa kehrt die Scherben in Wsewolod Nikolajewitsch Merkulows Arbeitszimmer zusammen. Sie stammen von einem Aschenbecher, der offenbar vom Schreibtisch gefallen ist.

Er ist nicht gefallen: Wsewolod Nikolajewitsch hat ihn zerschmettert. Jelena hat ihn fluchen und stöhnen hören. Dann ist der Aschenbecher zersplittert. Jelena richtet sich auf. Sie geht mit der Kehrichtschaufel zum Schreibtisch, unter dem der Papierkorb steht. Auf dem Tisch liegt ein Schreiben. Sie beugt sich vor. Das Schreiben ist vom 16. Juni 1941. Es ist sechs Tage alt. Offenbar handelt es sich um einen Agentenbericht der Berliner Residentur,

Alle militärischen Maßnahmen der Deutschen zur Vorbereitung eines bewaffneten Angriffs auf die Sowjetunion sind vollständig abgeschlossen, so dass dieser Angriff jeden Augenblick erfolgen kann. Die Informanten arbeiten im deutschen Wirtschaftsministerium sowie im Luftfahrtministerium.

Daneben ein handschriftlicher Hinweis. Jelena Iwanowa fährt entsetzt zurück: Aber sie hat ja schon gelesen, was dort steht.

Sie hat es nicht gelesen. Sie hat diesen Bericht niemals gesehen. Vor allem aber hat sie nicht gelesen, was Stalin handschriftlich am Rand vermerkt hat,

An den Genossen Merkulow. Schicken Sie Ihren Informanten von der deutschen Luftwaffe zu seiner Hurenmutter zurück. Das ist kein Informant, sondern ein Desinformant. J. Stalin.

Kurt Schumacher ist fort. Die Freunde haben im Atelier in der Papestraße von ihm Abschied genommen. Jetzt ist das Atelier leer. Es ist kahl: Kurt hat all seine Arbeiten weggegeben. Er hat alles an seine Freunde verliehen. Sein Herz hat er weggegeben, Stück für Stück. Warum? Ganz zuletzt hat er Elfriede Paul den Druckstock für den ›Totentanz‹ überreicht. Er hat gewitzelt.

»Vielleicht minder passend für eine Ärztin.«

Nun ist er fort. Elisabeth muss nun tapfer sein. Sie muss ganz, ganz tapfer sein,

Die bange Nacht ist nun herum,

wir fahren still, wir fahren stumm –

Elisabeth kann den Schatten nicht abschütteln, der sich beim Abschied über sie gesenkt hat. Es ist ihr, als wären sie nun für immer getrennt. Als würde sie nie wieder mit Kurt leben dürfen,

Wir fahren ins Verderben!

Das ist natürlich Unsinn. Kurt steht nicht einmal an der Front. Er ist nach Posen abkommandiert, als Bewacher für ein Kriegsgefangenenlager. Er wird nicht ernstlich in Gefahr geraten: Wahrscheinlich ist er in Posen sicherer als hier zu Hause, wo nun dieses Funkgerät steht. Vielleicht hat er deswegen seine Arbeiten weggegeben. Vielleicht wollte er nicht, dass sie in der gefährlichen Nähe des Funkgeräts stehen. Zurückgeblieben ist nur die Zeichnung, die Elisabeth gemacht hat, als Kurt mit Bergtel über die Grenze in die Schweiz gewandert ist. Die Zeichnung zeigt Kurts Gesicht, und Elisabeths. Kurt hat das Blatt gerahmt und hier aufgehängt, wo er es beim Arbeiten sehen konnte. Es hängt noch immer hier, als einziges Bild im verödeten Atelier.

»Liebste mein. Dies bleibt. Dies war von Dir für mich, nun bleibt es von mir für Dich. Es wird ja jetzt bald zu Ende sein. Der Russlandfeldzug ist das Ende.«

Elisabeth hält Kurts Brief in der Hand. Seinen ersten Brief aus Posen, der gerade gekommen ist,

Liebste mein!

Elisabeth hat den Brief dreimal gelesen. Sie steht in der Laube in der Papestraße. Sie hat Wasser von der Pumpe geholt, sie hat sich auf dem kleinen Kocher in der Werkstatt einen Tee aus frischer Minze gemacht. Sie kann sich nicht losreißen. Sie kann sich nicht aufraffen. Sie muss zu Tante Alice und Onkel Richard gehen. Die beiden warten sehnsüchtig auf sie. Sie warten auf das Gemüse, das Elisabeth aus dem Garten bringt, aber mehr noch warten sie auf Nachrichten, Neuigkeiten, Informationen, sie kommen ja kaum mehr aus dem Haus.

Sie klammern sich an jeden Strohhalm: In der Stadt hört man neuerdings Gerüchte, es rumore in der Armee.

Das wäre die Rettung. Natürlich ist Elisabeth für eine Volkserhebung, genau wie alle ihre Freunde. Sie ist für die Revolution, für einen Aufstand von unten. Aber wenn der ausbleibt, würde Elisabeth auch einen Staatsstreich von oben begrüßen. Alles wäre Elisabeth recht, auch ein Militärputsch, wenn nur Elisabeths Familie endlich wieder in Freiheit leben dürfte, Elisabeth steht noch immer in der Laube. Sie hält noch immer den Brief in der Hand: Kurts ersten Brief aus dem Krieg. Von draußen haucht ein Duft von Rosen und spätem Flieder herein, der sich mit dem Minzgeruch mischt. Elisabeth atmet ein, dann aus. Sie steckt den Brief weg, trinkt den Tee aus,

Wie weht so frisch der Morgenwind
gib her, noch einen Schluck geschwind
vorm Sterben, vorm Sterben

Harro leuchtet. Er strahlt. Er lodert, wie auf einem Fest. Vor vier Tagen hat der Krieg gegen die Sowjetunion begonnen. Vor vier Tagen haben die Deutschen die Grenze überschritten, von der Ostsee bis zu den Karpaten. Die widerliche und widernatürliche Kumpanei ist nun endlich zu Ende. Der Pakt zwischen Hitler und Stalin ist aufgelöst. Die Dinge sind wieder in Bewegung geraten, und Harro steht mitten in ihrem Zentrum. Elisabeth, Harro und Hans Coppi umstehen das Funkgerät in der Laube der Schumachers in der Papestraße.

»Es ist so weit«, sagt Harro. »Wir senden ihnen jetzt einen Probefunkspruch.«

»Was senden wir?«, sagt Hans Coppi, eifrig wie ein Kind.

»Grüße«, sagt Harro. »Wir senden hinter die feindlichen Linien. Wir senden ihnen Grüße, mitten aus dem Herzen des Feindeslandes, das sie angreift.«

1000 Grüße allen Freunden

»Und?«

»Es hat geklappt!«

»Es hat funktioniert!«

Sie umarmen einander. Sie schlagen einander auf die Schultern.

»Das Ding geht. Das Ding geht. Das Ding geht.«

Hans Coppi hat Tränen in den Augen. Sie haben die Tür abgeschlossen, an diesem sonnigen Sommertag. Sie haben die Vorhänge vorgezogen. In ihrem Land sind sie isoliert. Aber mit der Welt sind sie verbunden. Die dumpfe Widerwärtigkeit des nationalsozialistischen Alltags beengt sie von allen Seiten. Aber nun ist ihnen, als stünden sie auf Bergeshöhen. Frischer Morgenwind weht, die Luft ist klar. Die Welt hört sie. Sie sind nicht vergessen. Sie stehen in einem gewaltigen Zusammenhang: Sie sind Teil eines Netzes, einer Gemeinschaft, Teil der großen Weltfront, die dem Bösen entgegentritt.

»Das Gerät kann hier aber nicht bleiben«, sagt Harro zu Elisabeth. »Es kann nirgends lange bleiben. Wir dürfen nicht immer vom selben Ort senden. Es muss also weggebracht werden.«

Der Koffer wiegt mehr, als Erika Brockdorff gedacht hätte. Der Kinderwagen ist schwer zu fahren. Aber Erika muss zu Fuß gehen. Es gibt zu viele Patrouillen in den öffentlichen Verkehrsmitteln. Es gibt zu viele Treppen hinab und hinauf. Wie sollte sie einem hilfsbereiten Volksgenossen das Gewicht des leeren Wagens erklären? Sollte sie ihm vielleicht erklären, sie führe ein kleines Dinosaurierbaby durch die Gegend? Das Lachen quillt in ihr empor, nervös, fast unstillbar. So ist es recht. Sie muss alles von sich schieben. Sie muss vergessen, was sie mit jeder Faser weiß: Sie ist in Lebensgefahr, solange sie das Funkgerät hat. Erika hat es bei Elisabeth abgeholt. Und wer ist nicht in Lebensgefahr?

Man geht fröhlich pfeifend aus dem Haus, und an der Ecke überrollt einen der Bus. Man rutscht auf der Straße aus, ein Dachziegel fällt einem auf den Kopf oder eine britische Bombe, das Leben strotzt von tödlichen Gefahren. Man weiß nur nicht die Stunde, zu der es einen erwischt. Man weiß nicht den Ort. Man ahnt nicht die Schrecken, die kurz vor dem letzten Moment liegen.

Es ist kalt. Es ist Sommer, aber seit zwei Tagen regnet eisiger Berliner Nieselregen aus wattigen grauen Berliner Wolken. Der kleinen Saskia ist das Wetter zum Glück egal. Sie ist für drei Wochen zu Besuch bei ihrer Mutter, während die Großmutter mit ihrem Leiden im Krankenhaus liegt. Erika hofft, dass es nicht länger dauern wird. Das Kind ist reizend, aber es behindert Erika. Erika ist nicht an ein Kind gewöhnt. Erika arbeitet, sie verdient Geld, sie kann sich nicht kümmern, wie das Kind es von der Großmutter gewohnt ist. Wobei sich Saskia gerade jetzt als sehr nützlich erweist.

Ihre Anwesenheit erklärt immerhin den Kinderwagen. Harro war begeistert von der Idee. Er war begeistert von Erikas Angebot, das Gerät eine Weile zu sich zu nehmen. Erika ist jung. Sie ist gepflegt, sehr elegant. Sie kann jederzeit die Gräfin spielen, die sie durch Heirat geworden ist. Und ist es nicht eine unglaubliche Situation? Hier geht sie, die ostpreußische Hausangestellte, und schleppt ein russisches Funkgerät zurück in ihr gräfliches Heim,

Aber das macht nichts, wenn man noch jung ist –
Wenn man nicht übel, wenn man im Schwung ist –

Im Grunde ist dies kein Drama, sondern eine Operette. Erika könnte jetzt pfeifen. Sie pfeift tatsächlich, wenn auch leise. Es ist viel Verkehr auf den Straßen. Lebhafter Betrieb herrscht auf den Gehsteigen, viele Uniformen sind darunter. Vielleicht sind die Deutschen wirklich ein Volk in Waffen. Aber vor allem sind sie ein Volk in Waffenröcken.

Ohne zu klagen
Kann man's ertragen.
Wenn man dabei
Immer lustig und frei.
Mein Amt ist herrlich,
Wenn auch beschwerlich –

Ein junger Mann sieht Erika an. Er ist blond, jung. Hübsch. Er trägt die schwarze Uniform der SS. Das Blut schießt ihr zum Herzen, in ihren Ohren dröhnt es. Dies ist ein mit Verlaub saumäßig dämlicher Moment, um mit einem SS-Mann zu flirten. Was also nun, die Kokette spielen, die Reservierte? Aber es ist schon passiert. Erikas natürliches Gebaren hat schon entschieden. Sie lächelt. Es ist nur die Spur eines Lächelns, dann ruft sie sich verzweifelt zur Ordnung, der Mann sieht ihr nach. Sie spürt seinen Blick. Und wenn er ihr folgt? Wenn er versucht, herauszufinden, wo sie wohnt? Wenn er sie anspricht, ihr anbietet, den verfluchten Kinderwagen zu schieben, das Einkaufsnetz zu tragen?

Treibt in die Enge
Mich sein Gedränge,
Sage ich lachend zu ihm: Ja, ja!

Sie hält es nicht aus. Sie bleibt stehen und richtet etwas am Wagen. Sie blickt vorsichtig zurück, während die Operette in ihrem Kopf weiterdudelt,

Muss es sein,
Werd ich dein,
Nur nicht gleich, nicht auf der Stell' –

Nein, nicht auf der Stelle. Noch gehört sie nicht der SS. Der Mann ist in der Menge verschwunden. Erika marschiert weiter.

Der Keller ist wirklich hübsch geworden, mit seinen blau-weiß und rosa-weiß überzogenen Bettchen, den kleinen Tischen und Stühlen und den bunten Bildern an den Wänden, die die Künstler aus der Nachbarschaft gestiftet haben. Der kleine Ule Kuckhoff hat nichts dagegen, hier unten zu schlafen, zumal sich im Kinderkeller der Wilhelmshöher Straße 18 im Laufe des Abends alle seine Freunde aus den Nachbarhäusern versammeln. Greta geht immer schon etwas früher mit ihm hinunter, damit er noch Zeit hat, alle zu begrüßen. Jetzt kriecht er ganz zufrieden ins Bett. Greta zieht die Decke gerade, gibt ihm einen Kuss.

»Nun schlaf schön, mein Kind.«

Die Tür zum Gang wird geöffnet, und Erika Gräfin von Brockdorff kommt herein. Mit ihr kommt ein kleines pummeliges Mädchen. Die Brockdorffs wohnen nebenan in der Wilhelmshöher Straße 17. Greta bemüht sich, das Kind nicht anzustarren. Wo hat die Gräfin es auf einmal her? Greta hat sie noch nie mit einem Kind gesehen. Sie sind allerdings auch nicht persönlich miteinander bekannt.

»Das ist Saskia, meine Tochter«, sagt Frau von Brockdorff. »Sie lebt normalerweise bei meinen Eltern auf dem Land. Sie ist nur zu Besuch. Meinen Sie, ich könnte sie auch in eines dieser Bettchen legen?«

»Ich weiß nicht«, sagt Greta. »Die Bettchen gehören den Familien. Aber lassen Sie Saskia doch heute Nacht bei Ule mit im Bett schlafen. Und morgen soll Schwester Maria herausfinden, ob eines der Bettchen zurzeit nicht gebraucht wird.«

In diesem Moment ertönt der Alarm. Erika ist noch mit ihrer Tochter beschäftigt. Greta geht noch einmal hinauf in die Wohnung, um ihre Tasche zu holen. Im Hinausgehen sieht sie, dass Frau von Brockdorff einen Koffer mitgebracht hat. Es ist ein großes, sperriges Ding. Frau von Brockdorff muss sich sehr davor ängstigen, bei einem Angriff ihre Habe zu verlieren.

»Ich funke nicht«, sagt Arvid zu Mildred. »Dabei bleibt es. Das habe ich Harro gesagt. Ich habe ihm gesagt, ich wäre allenfalls bereit, die Funksprüche zu verschlüsseln. Aber mehr nicht. Und ich habe auch nicht die Absicht, den Kurier zu spielen und mit dem Material durch die Stadt zu rennen. Ich denke, das kann jemand anders erledigen. Jemand, der nicht einmal wissen muss, was er da transportiert.«

Rose Schlösinger hat den Briefumschlag bei Harnacks abgeholt. Sie soll ihn in die Wilhelmshöher Straße bringen, quer durch die Stadt. Rose weiß nicht, was der Umschlag enthält. Aber das ist egal. Es soll gar nicht jeder alles wissen. Rose genügt es, die Sicherheit zu haben, dass ihr Einsatz zählt, dass er nützt, dass sie mithelfen kann, gegen das Reich des Bösen zu kämpfen. Sie ist in zweiter Ehe mit ihrem Cousin Bodo Schlösinger verheiratet, einem ehemaligen Schüler Mildreds. Bodo hat Rose bei den Harnacks eingeführt, in den Kreis um Mildred, wo man über den Marxismus und allgemeine ethische Fragen diskutiert. Nun steht Bodo an der Front, in einem Krieg, den er verabscheut. Ist es da nicht Roses Verpflichtung, wenigstens hier zu Hause die gemeinsamen Ideale hochzuhalten? Rose blickt an dem Haus hoch, vor dem sie steht. Wilhelmshöher Straße 17. Rose sucht auf dem Klingelbrett. *Brockdorff.*

»War das nicht die Tänzerin Oda Schottmüller, von der Sie sich vorhin an der Straßenbahnhaltestelle verabschiedet haben?«, sagt Greta Kuckhoff zu Erika von Brockdorff im Luftschutzkeller. »Das ist wirklich ein lustiger Zufall. Ich habe Fräulein Schottmüller vor Jahren einmal kennengelernt. 1924 muss das gewesen sein, zu Anfang meines Studiums. Ich habe damals bei einer ihrer Tanten zur Untermiete gewohnt. Hiltgart Vielhaber. Sie wohnte in Lichterfelde, ganz in der Nähe des Botanischen Gartens. Fräulein Schottmüller hat sie regelmäßig besucht. Grüßen Sie sie doch bitte von mir, wenn Sie sie wiedersehen.«

»Was machst du eigentlich bei Alarm mit dem Ding?«, sagt Hans Coppi zu Erika Brockdorff.

»Ich schleppe es mit in den Keller«, sagt Erika. »Was sonst? Ich kann es doch nicht hierlassen. Was, wenn der Luftschutzwart schnüffelt.«

Erika sitzt auf dem Bett. Hans Coppi kniet vor dem Funkgerät. Es ist sehr aufregend. Hans wird gleich funken. Er hat Eri erklärt, dass man nicht funken kann, wann man will: Man erhält einen komplizierten Schlüssel, nach dem man die jeweils passende Zeit errechnen muss. Erika hat ihm den Funkspruch schon übergeben. Sie hat ihn nicht lesen können. Auch er ist verschlüsselt. Erika kannte die hübsche junge Frau nicht, die ihn vorhin vorbeigebracht hat. Hans Coppi dreht und fingert an dem Gerät herum. Dann richtet er sich auf und sieht auf die Uhr.

»Es ist so weit«, sagt er.

»Du, Hans«, sagt Erika. »Der Stecker ist noch nicht drin.«

»Danke«, sagt Hans.

Er steckt den Stecker in die Steckdose. An dem Gerät leuchten alle Lämpchen auf einmal auf. Es knallt. Es zischt. Die Lämpchen erlöschen.

»Puff, knall, kaputt«, sagt Erika.

Sie beginnt zu lachen. Sie kann nicht anders: Hans ist zu komisch, wie er da sitzt. Er hebt das Gesicht zu ihr empor. Seine Züge sind vollkommen verzweifelt.

»Was war das?«, flüstert er. »Was ist geschehen? Was ist in drei Teufels Namen geschehen?«

»Gleichstrom«, sagt Harro. »In Friedenau haben sie Gleichstrom. Das Gerät braucht aber Wechselstrom. Daran haben wir nicht gedacht.«

»Was mich wundert, ist der Fall von Riga und Minsk«, sagt Hans Coppi zu seiner Hilde. »Ich hatte die Sowjetunion gewarnt! Ich weiß es genau. Warum haben sie keine Vorkehrungen getroffen? Ich verstehe das nicht. Glauben sie uns nicht? Was ist da drüben im Osten eigentlich los?«

»Marta?«

Walter Husemann ist gerade nach Hause gekommen. Er hängt seine Jacke an den Haken, er betritt die Küche.

»Marta, hör zu. Wir müssen den Kontakt zu Schulze-Boysens abbrechen. Wir müssen uns ab jetzt vollständig von ihnen fernhalten.«

»Gern«, sagt Marta. »Libs ist eine Pute, und Harro ist ein Wirrkopf. Aber das war schon immer so.«

»Harro ist verrückt«, sagt Walter. »Er hat ein russisches Funkgerät. Ich weiß ja nicht, warum man ausgerechnet ihm so etwas anvertraut, wo er nicht einmal in der KPD war. Aber wie auch immer. Die Sache ist, er hat es mir erzählt. Es ist nicht zu fassen. Hält der Kerl sich für unverletzlich? Denkt er, seine Fliegeruniform ist ein Mantel aus Drachenblut?«

Libs hat ihr schwarzes Kleid angezogen. Es ist das schmale elegante Kleid, das sie sich noch vor dem Krieg hat nähen lassen. Sie sitzt zusammen mit Poldi bei Horcher. Poldi ist jung. Er ist Wiener, ein Nebenrollenirgendwer beim Film, den Libs neulich bei einer Premiere kennengelernt hat. Harro ist immer noch in Wildpark West. Poldi und Libs haben sich gerade einen Film mit Marika Rökk angesehen. Der Film war banal. Poldi hat oft gelacht. Libs hat einen Moment daran gedacht, wie Harro den Film kommentiert hätte. Sie hat an den Witz, an die Schärfe seiner Kritik gedacht, an das Lachen, das sie miteinander geteilt hätten, Poldi ist aber auf seine Weise durchaus hinreißend. Er ist schmal, langwimprig und selbstverliebt wie eine Katze. Und was macht Libs hier mit ihm?

Sie essen. Es gibt Brathuhn, Kartoffeln, grüne Bohnen. Es ist teuer, aber dafür offiziell ohne Marken. Horcher setzt auf die freiwillige Abgabe. Man schiebt ein paar Marken diskret unter die Blumenvase, oder man lässt es bleiben. Hier speisen so viele Nazigrößen, dass Horcher erst dann ohne Brathuhn dastehen wird, wenn die gewöhnlichen Volksgenossen schon längst vor Hunger auf der Wiese weiden. Die Kapelle spielt einen Tango. Das Gespräch plätschert dahin. Und wird Libs nachher mit Poldi schlafen?

Sie wird sich von ihm küssen lassen. Der Gedanke erfüllt sie mit einem Kribbeln, das nicht eigentlich sexuell ist. Sie fühlt, wie seine Aufmerksamkeit sich auf sie konzentriert, jedenfalls der Teil seiner Aufmerksamkeit, den Poldi nicht für Poldi selbst benötigt. Kann es sein, dass Libs gegen Poldis Selbstliebe antritt? Möchte sie ernstlich mit Poldi um Poldis Aufmerksamkeit konkurrieren?

Libertas ist müde. An manchen Abenden schläft sie sehr schlecht ein, allein in dem gemeinsamen Bett. Es fehlt Harros Atem. Es fehlt Harros Arm. Es fehlen die verheirateten Nächte und Wochenenden, das Vertraute, leicht Angestaubte geteilter Gewohnheiten. Harro kommt morgen. Aber dann wird er mit Stella Mahlberg und ihrem SS-Verehrer ausgehen.

»Ein außergewöhnlich intelligenter Mann, von dem ich zu profitieren hoffe.«

Das hat Harro zu Libs gesagt. Libs möchte jetzt am liebsten nach Hause. Sie möchte Harro-Alltag: einen verregneten Sonntagmorgen auf dem Sofa mit Zeitschriften, einen straffen Marsch Seite an Seite gegen den Wind, einen heißen Sommernachmittag, an dem sie noch und noch in die Lanke steigen, einen Abend am Küchentisch mit einer Kanne Tee. Sie möchte mit Harro im Bett liegen, eine Zigarette teilen und dem Abendregen lauschen, im Geruch von Rauch und nassem Asphalt.

Ich liebe dich, Libs. Ich habe dich über die Maßen lieb,

Sie kann sich die Sätze des Anfangs vorspielen wie eine Grammophonplatte.

Ich bin kein sexueller Freibeuter. Ich gedenke nicht die Abenteuer, die Leidenschaft und die Höhen aus meiner Ehe hinaus-, sondern sie in meine Ehe hineinzutragen.

Und nun?

Nun ist sie ihm zu schwer, zu drängend. Nun ist ihm ihr Liebesverlangen erstickend. Es tötet sein erotisches Vergnügen. Er wünscht blitzende Klingen, keine stumpfen, dumpfen Hammerschläge: Und war Libertas Haas-Heye nicht eine Florettfechterin, so brillant und leicht wie nur irgendeine?

Stella Mahlberg wird sich noch wundern.

Joy wird sich womöglich noch wundern: Joy Weisenborn, Günthers frischgebackene Ehefrau. Libs war es, die die beiden miteinander bekanntgemacht hat. Sie hat Joy vor Günthers Untreue gewarnt. Joy hat die Warnungen ignoriert. Und jetzt haben Joy und Günther geheiratet. Libs denkt an ein Wochenende in Liebenberg, an der Lanke,

Erzähl uns vom toten Indianer, Günther –

Bei Libertas ist Günther nicht geblieben. Und entgleitet ihr nun Harro? Vielleicht sollte Libertas mit allem Schluss machen. Vielleicht sollte sie sich scheiden lassen, irgendwo anders neu anfangen. Oder sie sollte Harro noch einmal heiraten. Das müsste es geben. Es müsste nach der Hochzeit ein weiteres Ritual geben. Etwas wie eine Konfirmation: eine Bestätigung, eine Vergegenwärtigung, eine Erneuerung des waghalsigen Versprechens, einander zur Seite zu stehen bis zur Scheidung durch den Tod, eine Möglichkeit, sich erneut und noch inniger miteinander zu verbinden als am zittrig-prekären Anfang. Libs denkt an ein Fest, vor vielen Jahren. Irgendwer hatte nach ihr gerufen, wie so häufig.

»Libs! Libs soll etwas singen. Das Schifferklavier! Hast du dein Schifferklavier, Libs? Die olle Quetschkommode? Komm, sing uns was vor! Sing die ›Räuberbraut‹. Ja, Libs, sing uns die ›Räuberbraut‹!«

An einem Bach, in einem tiefen Tale,

Da saß ein Mädchen an einem Wasserfalle,

»Wasserfahle? Was ist denn ein Wasserfahle?«

Das Gelächter toste, ein Rausch. Libs schnipste die Zigarette in den Aschenbecher. Sie stellte einen Fuß hoch,

Nimm diesen Ring, und sollte jemand fragen,

So sollst du sagen, ein Räuber habe ihn getragen,

Der dich geliebt bei Tag und bei der Nacht –

Harro sah zu ihr hin, strahlend und stolz. Einer der Gäste

sprang auf, stellte sich neben sie. Er legte den Arm um ihre Schultern, stimmte in das Lied ein,

Und der schon viele Menschen umgebracht!

Sie lachten einander an. Libs warf den Kopf zurück, griff in die Tasten. Sie sangen gemeinsam,

Geh du nur hin auf eine grüne Wiese,
Wo viele andre junge Männer sind.
Vielleicht kannst du mit einem glücklich sein –

Sie hielten inne, zusammen, dramatisch. Sahen einander tief in die Augen, dann setzte Libs neu an.

Ich aber muss in finstern Wald hinein!

Stella hat gepatzt. Sie hat das Glas zu früh weggenommen. Sie weiß nicht, wie ihr das passieren konnte. Sie darf das Glas nicht wegnehmen, bevor Anton sie darum ersucht. Anton war wütend. Sein Text wäre gewesen: Bitte, servieren Sie ab. Aber das konnte er ja nun nicht mehr sagen, nachdem Stella bereits abserviert hatte, Anton hat die Situation natürlich gerettet. Er hat seinen Satz dennoch gesagt und hinzugefügt: Oh, Sie haben ja schon, wirklich, sehr umsichtig, Stella hätte tot umfallen können.

Es war ihr so peinlich. Es war entsetzlich. Natürlich ist Harro schuld. Stella hätte sich auf Harro niemals einlassen dürfen. Sie hätte sich nie an ihn wegwerfen dürfen. Sie hätte Widerstand leisten müssen, von Anfang an. Jeder weiß, dass ein verheirateter Mann nichts als Unglück bringt: Und Harro hat nicht einmal so getan, als wäre er bereit, sich scheiden zu lassen. Er hat von Anfang an klargestellt, dass er sich nicht von seiner Frau zu trennen gedenkt. Stella hat ihm natürlich nicht geglaubt. Sie hat geglaubt, dass er seine Meinung schon ändern würde, gerade weil er auf die üblichen Lügen verzichtet hat. Und dann hat er behauptet, er hätte seiner Frau alles gestanden.

Er will Libertas gebeichtet haben, er hätte eine Geliebte. Aber das kann nicht sein. Welche Frau würde so etwas akzeptieren? Harro lügt eben doch. Stella ist verzweifelt. Ihr Herz rast, ihr Atem stockt, deswegen hat sie auf der Bühne gepatzt. Und Harro war natürlich nicht da.

Er ist in Berlin, aber er ist nicht in die Vorstellung gekommen. Warum auch? Wenn sie noch nicht einmal eine Hauptrolle hat, sondern nur das Zimmermädchen spielt? Solchen Kleinkram nimmt einer wie Harro doch gar nicht ernst. Stella sieht noch einmal auf den Brief.

Libs ist von mir nicht beschwindelt worden. So was machen wir nicht. Ich rufe Dich Mittwoch früh um neun an. Wir gehen dann entweder vormittags zusammen ins Theater oder wir treffen uns am Bhf Zoo wie sonst, wann, machen wir noch aus.

Oui, mon general!

Stella ist genauso weit wie vorher. Sie ist so weit wie ohne den Brief: Sie weiß nicht, ob er mit in die Hauptprobe kommt, sie weiß nicht, ob er überhaupt kommt, warum trifft er sie überhaupt? Was will er von ihr?

Und kannst Du dann eventuell ausmachen, dass Hecker sich abends irgendwo mit mir verabredet und Du nach dem Theater dazukommst?

Großartig. Brigadeführer der SS Ewald Otto E. Hecker, Präsident der IHK Hannover, Aufsichtsratsmitglied der Commerzbank und acht oder neun weiterer Unternehmen, Mitglied des Freundeskreises Reichsführer-SS Himmler, Richter des Ehrengerichts der Reichswirtschaftskammer: Harro wird sich mit ihm treffen, und Stella darf dazukommen. Neulich hat Harro einen ganzen kostbaren Abend damit verschwendet, sich von Hecker erklären zu lassen, wie es mit der Arisierung jüdischer Vermögenswerte vorangeht. Wie kann ihm ein solches Gespräch wichtiger sein als die wenigen Stunden mit Stella? Es ist noch kein halbes Jahr her, dass sie zum ersten Mal miteinander getanzt haben, und er zitterte in ihren Armen wie ein nasser Hund. Und soll sie ihn noch einmal anrufen? Aber er ist nicht in Wildpark West. Er ist in der Stadt. Er ist bei Libs. Warum teilt er sein Leben nicht mit Stella? Warum tut er ihr das an?

»Stell dir vor«, sagt Harro zu seinem Freund Herbert Engelsing von der TOBIS-Filmgesellschaft. »Selbst Himmler soll nicht mehr ganz sicher sein, ob der Krieg zu gewinnen ist. Ich habe mit einem Bekannten aus dem Freundeskreis Reichsführer-SS gesprochen, und der sagt, in der SS hege man generell Zweifel. Dort reagiere man eben hellsichtiger auf Entwicklungen als Hitler.«

Sophia Poznańska eilt die Treppe des Mietshauses in der Rue des Atrébates 101 in Brüssel hinunter, immer zwei Stufen auf einmal nehmend. Zosia: So nennt sie, wer sie lieb hat. Aber hier heißt sie nicht so. Hier heißt sie Anna Verlinden. Zosias Herz rast. Sie ist empört. Warum, wegen der Sicherheit einiger Deutscher? Es geht aber um etwas anderes. Es geht ums Prinzip. Es geht um Kompetenz, um eine grundlegende moralische Sauberkeit, um Disziplin ohne jede Nachlässigkeit, wie man sie gerade von den Eigenen erwartet. Sophia hat soeben den jüngsten Funkspruch der Moskauer Zentrale dechiffriert.

Sie ist auf dem Weg zu Anatoli Gurewitsch. Er ist ein charmanter Junge, gutaussehend und den Freuden von Tisch und Bett zugeneigt. Man munkelt, er sei in den Dienst gepresst worden, mit Drohungen gegen Frau und Kind. Sophia hofft, dass das nicht wahr ist. Sie hofft, er tut dies für die Sache, so wie sie selbst. Sophia hat immer die Sache über alles andere gestellt. Es geht um Gerechtigkeit. Um Gerechtigkeit und um Liebe. Natürlich war der Funkspruch aus Moskau chiffriert. Aber was heißt das? Was, wenn jemand ihn abgefangen hat? Was, wenn jemand den Code knacken könnte? Was hieße das für die erwähnten Personen, deren Klarnamen erwähnt worden sind?

Suchen Sie in Berlin Adam Kuckhoff oder seine Frau in der Wilhelmstraße 18, Tel 83 62 61, zweite Treppe links, obere Etage auf und erklären Sie, dass Sie von einem Freund Arvids und Harros geschickt werden, den Arvid als Alexander Erdberg kennt. Schlagen Sie Kuckhoff vor, für Sie, KENT, ein Zusammentreffen mit Arvid und Harro zu arrangieren. Klären Sie, warum die Funkverbindung nicht funktioniert, und bereiten Sie Unterbringungsmöglichkeiten für die Aufnahme von Personen vor. Falls Kuckhoff nicht anzutreffen ist, wenden Sie sich an Harro Schulze-Boysens Frau Libertas, Altenburger Allee 19, Tel 99 58 47.

Wenn die Gegenseite diesen Funkspruch lesen könnte: Was hieße das für Sophia Poznańska, genannt Zosia? Der Funkspruch ist an Gurewitsch gerichtet. Aber das Funkgerät steht in Zosias Wohnung. Sie wedelt den Gedanken weg. Sie schüttelt den Kopf, kurz und heftig, so wie Hunde es tun, wenn sie frei sein und nicht gehorchen wollen.

Harro ist ein Schatten, ein dauernder Schmerz. Er ist ein böser Geist: Er könnte genauso gut schon tot sein und nun in Stellas Leben spuken. Stella ist am Wörthersee. Es ist ein Ausflug mit Hecker. Noch drei Vorstellungen, dann ist das Engagement in Wien vorbei, und sie wird nach Berlin zurückkehren. Nicht dass sie je fort war.

Nicht dass sie einen Tag wahrhaft in Wien zugebracht hat. Nicht Harro ist das Gespenst: Stella ist es. Harro ist viel zu wirklich. Noch seine Abwesenheit hat mehr Wirklichkeit als die österreichischen Berge, die Stella umgeben. Stella möchte sich wünschen, sie hätte ihn nie kennengelernt, und kann nicht einmal das. Ebenso gut könnte sie wünschen, nicht auf der Welt zu sein: Aber ist Stella überhaupt auf der Welt?

Nicht für Libertas Schulze-Boysen. Stella hat Harro und Libertas miteinander im Adlon gesehen, vor ihrer Abreise nach Wien. Sie hat die Schulze-Boysens gesehen: So muss sie das sagen. Stella dreht das Messer noch einmal um,

die Schulze-Boysens, die Schulze-Boysens, die Schulze-Boysens

Stella kam mit Hecker ins Adlon. Sie wusste sofort, dass die Frau an Harros Tisch seine Frau sein musste. Sie sah es an der Art, wie sie saßen, wie sie sprachen, wie sie rauchten. Stella ist Schauspielerin: Sie weiß, wie ein tief miteinander verbundenes Paar sitzt. So also lagen die Dinge. Es raubte Stella den Atem. Dann sah Harro Stella. Wenn er überrascht war, zeigte er es nicht. Er richtete ein Wort an Libertas, erhob sich, Hecker eilte bereits auf ihn zu. Die Männer begrüßten einander. Harro streckte Stella die Hand entgegen. Er bat sie an seinen Tisch, er stellte sie seiner Frau vor. Libs lächelte. Sie sagte etwas zu Stella,

Wir kennen uns bereits, sozusagen. Wir haben ja schon miteinander telefoniert.

Der Wörthersee leuchtet blau. Stella wird Harro verlassen. Sie muss ihn verlassen. Am Horizont erheben sich weiche Hügel, dahinter die scharfe Linie der Karawanken. Stella hat nadelstichscharfe Erinnerungen an Harro. Mund, Kinn. Seine mageren Schultern. Sie ist mit Hecker unterwegs. Es ist furchtbar, mit dem falschen Mann an einem richtigen Ort zu sein. Und ist Harro wenigstens eifersüchtig? Er hat ihr zu dem Thema geschrieben,

Was haben es andere Leute gut mit Dir. Sei glücklich,

Der Teufel soll ihn holen. Harro kann nicht einen Moment aufhören, an sich selbst zu denken, an das, was ihn umtreibt, an seinen Ehrgeiz. An sich. Er denkt nur an sich. Stella muss ihn verlassen.

Schon seine Handschrift zu sehen ist ihr eine Freude. Tatsächlich ist dies fast das Schönste an seinen Briefen: der Moment, wenn sie den Umschlag in die Hand nimmt und im gleichen Moment den Absender erkennt,

Mein Sohn

Luise Schulze hat das Schönschreibheft noch, in das Harro sein erstes mühevolles ABC hineingemalt hat. Wie viel Jahre seitdem, wie viel Leben bis hin zu diesen hingeworfenen, leichten Zügen, in denen sich seine Handschrift nun über die Zeilen schwingt, uneingeschränkt von ihrer Besorgnis?

Denn Harro macht ihr Sorgen. Er passt sich nicht an. Er lässt sich nichts sagen. Er sagt ihr nicht viel: Sie weiß nicht, was er tut. Aber sie weiß, was er denkt. Es bedrückt sie, an Harro zu denken. Schuld ist natürlich ihre Schwiegertochter.

Mit Regine Schütt wäre Harro ein anderer geworden.

Luise Schulze weiß noch ganz genau, wie sie damals mit Fräulein Schütt in den SA-Kellern nach Harro gesucht hat. Fräulein Schütt hätte auf Harro geachtet. Sie hätte auf ihn eingewirkt. Sie hätte andere Werte gehabt: Sie hätte sich Kinder gewünscht, sie hätte für Harro gekocht, seine Wäsche gewaschen. Aber Libertas hat Harro verführt.

Es ist das Sexuelle. Libertas hat Harro sexuell umgarnt. Sie ist kein bisschen mütterlich, sie sorgt nicht für Harro. Gerade, dass Harro inzwischen seinen Wäschesack nicht mehr nach Hause zu seiner Mutter schickt! Er sollte ihn schicken. Bei ihrem letzten Besuch in Berlin war sein Mantel wieder nicht sauber. Sein Mantel musste gewaschen werden. Und kaum hatte sie als Mutter es sich erlaubt, das Libs gegenüber anzumerken, musste sie Harros Zorn über sich ergehen lassen. Aber auch das ist Libertas' Schuld. Harro ärgert sich immer gleich über seine Mutter, dabei meint sie es doch nur gut. Warum nur muss man seine Söhne so völlig hergeben?

Die Töchter bleiben Töchter, auch wenn sie verheiratet sind. Warum dann muss man seine Söhne so völlig ihren Frauen überantworten?

Nicht dass sie sich in Harros Leben einmischen will.

Harro ist schließlich erwachsen. Es ist nur, dass sie fürchtet, es könnte Harro eines Tages leidtun. Eines Tages könnte er es bereuen, dass er sich ausschließlich von materialistischen, selbstischen Zwecken hat bestimmen lassen. Wie kann er allen Ernstes auf Kinder verzichten, nur damit Libertas weiterhin Geld verdient? Wie kann er seiner Mutter schreiben, Libs' 800 Reichsmark im Monat wären doch sehr angenehm, weil man dann weiterhin in Gaststätten essen kann?

Luise hält Harros Brief in der Hand. Sie betrachtet ihn. Dies ist der schönste Moment: wenn sie seinen Brief aus dem Kasten nimmt und seine Handschrift erkennt. Die Briefe selbst sind häufig enttäuschend. Oft sind sie gänzlich politisch, ohne ein persönliches Wort. Oft richten sie sich nur an den Vater. Oft vertritt Harro Standpunkte, die so kipplig sind, dass Luise selbst sich keine fünf Sekunden auf ihnen halten könnte. Wenn sie es dennoch versucht, wird ihr ihre eigene Welt fremd. Ihre heimelige Wirklichkeit erscheint ihr dann auf einmal brüchig, substanzlos. Und natürlich weiß sie nie, ob sie ihn nicht wieder verärgert hat, mit einer Bemerkung oder einem gutgemeinten Ratschlag. Sie öffnet diesen neuesten Brief deshalb vorsichtshalber im Stehen.

Sie öffnet ihn in der Küche. Auf diese Weise kann sie jederzeit ohne viel Aufhebens die Lektüre unterbrechen, um sich eine Tasse Tee zu brühen oder eine Anweisung für das Mädchen zu notieren. Sie setzt die Brille auf, entfaltet das Blatt.

Ihr Lieben,

Zuerst einmal Dank für eure lieben Grüße und natürlich für das Biomalz. Ich löffle es täglich mit Appetit. So was ist genau das Richtige für mich. Hier ist das Wetter zurzeit ganz herrlich. Ich fahre fast jeden Morgen allein aufs Wasser, so von halb sieben bis neun, mit meiner Olympiajolle.

Sie atmet auf. Es geht ihm also gut.

Dass Mama mit einer Kroatin Freundschaft geschlossen hat, finde ich nicht weiter seltsam.

Immerhin. Keine Kritik.

Sie haben vieles, was wir nicht haben, und umgekehrt. Und warum soll man nicht sein Leben lang immer neue Freundschaften schließen? In den letzten Monaten habe auch ich das Glück gehabt, viele neue Freunde zu finden. Da ist J., ein alter Journalist, sicher schon über 40, mit zwei lustigen Backfischtöchtern, ein netter Zahnarzt mit seiner Freundin, die Libs in vielem ähnlich ist, Horst Heilmann, früher mein begabtester Hörer an der Auslandswissenschaftlichen Fakultät. Und natürlich einige hübsche und nette Mädchen, mit deren einer oder anderer ich von Zeit zu Zeit mal gut esse, in einem der teureren Lokale, wo man noch etwas bekommt. Libs ist befragt und hält sich mit irgendeinem Flirt vom Film schadlos.

Und da ist es wieder. Warum schreibt er so etwas? Tut er es mit Absicht? Muss er unbedingt seine Mutter schockieren? Natürlich, sie ist froh über jedes persönliche Wort. Aber muss man es an die große Glocke hängen, wenn einen die eigene Frau betrügt? Und statt sich Mühe zu geben, wenigstens seine eigenen Eskapaden zu verbergen, schreibt er ihr auch noch offen davon.

Nach allem, was man mitbekommt, habt ihr mehr Ärger mit der Bombardiererei als wir hier in Berlin. Aber Sorgen um das Haus sollte Mama sich dennoch nicht machen. Wir gehen schließlich einer Katastrophe ohnegleichen entgegen. Nichts wird bestehen bleiben. Nichts wird sich der großen Mühle entziehen können, die Europa und alles, wofür es gestanden hat, kleinmahlen wird.

Was ihm nicht viel auszumachen scheint.

Aber es ist doch sein Haus. Es ist das Haus, das er erben soll, um das sie sich Sorgen macht.

Libs ist der typische Skorpion. Harro ist die typische Jungfrau. Libertas hat das nicht gewusst. Sie hat sich noch nie mit Astrologie beschäftigt: nicht bevor sie Annie Krauss kennengelernt hat, die bekannte Hellseherin, die draußen in Stahnsdorf ihre Kunden berät.

»Nicht Kunden, liebe Frau Schulze-Boysen. Freunde. Seelenschwestern und Seelenbrüder. Das sind im Grunde doch alle Menschen. Brüder und Schwestern. Im Innersten wissen wir das auch. Aber die Welt ist so verdüstert, dass wir es nicht immer sehen können.«

Viele Berühmtheiten gehen bei Annie Krauss ein und aus. Hans Albers kommt, Ida Wüst. Annie nimmt kein Geld für ihre Beratungen. Sie fürchtet, dass Honorare ihrer Gabe schaden könnten. Sie akzeptiert freiwillige Spenden, angewiesen ist sie aber auch darauf nicht: Annie Krauss ist eine erfolgreiche Geschäftsfrau. Sie führt eine Farben- und Lackgroßhandlung. Nachdem 1914 ihr Mann gefallen war, hat sie ja für sich und ihren kleinen Sohn sorgen müssen.

»Und Sie sind also ein Skorpion, liebe Frau Schulze-Boysen. Ja, das sieht man Ihnen an. Der Skorpion ist ein zartes Wesen, aber voll unbändiger Energie. Ist es nicht so? Ja. Sie sind eine

Frau, die niemals aufgibt. Eine Frau voll Leidenschaft. Männer bekommen in Ihrer Nähe weiche Knie. Schon so mancher ist Ihnen ohne Rettung verfallen. Aber wenn Sie sich Ihren Herzkönig erst einmal erwählt haben, dann stehen Sie auch zu ihm, in Regen und Sonnenschein, in Licht und Finsternis. Sie sind ja sehr mutig. Ist es nicht so? Ja. Aber ein Wasserzeichen, natürlich. Tiefgründig. Herrscherplanet ist Pluto. Das ist der Herr des Hades, der Herrscher der Unterwelt. Ja, der Skorpion muss durch die tiefste Nacht der Seele wandern, um am Ende ins Licht zu finden.«

Libs war tief beeindruckt. Sie hat sich in dieser Beschreibung vollkommen wiedergefunden. Seitdem ist sie regelmäßig nach Stahnsdorf gefahren, und inzwischen sind Annie und sie Freunde geworden. Annie ist vor acht Jahren hierhergezogen, nach dem Verlust ihres Sohnes. Der Junge war erst achtzehn, ihr einziges Kind. Nach seinem Tod konnte Annie die Stadt nicht mehr ertragen. Sie glaubte zu ersticken, im Lärm und in der Unordnung der Großstadt. Damals haben ja Annies Visionen begonnen.

Annie weiß es noch wie heute. Sie hat es Libs erzählt, die atemlos lauschte: Annie dachte an ihren Sohn. Sie fühlte zu ihm hin. Und plötzlich war Rudolf da. Sie empfand seine Nähe, als stünde er neben ihr. Fast konnte sie ihn sehen. Fast konnte sie seine Stimme hören: Aber in ebendem Moment rumpelte draußen die Stadtbahn vorbei, und alles verflog. Danach hat Annie Krauss das Haus in Stahnsdorf gekauft. Ihre Schwester Martha führt es für sie. Annie kann hier ihre Gabe pflegen: Die Gabe der Hellseherei muss man hüten, man darf sie nicht verwildern lassen.

Annie ist inzwischen fünfundfünfzig. Sie ist älter als Libertas' Mama. Sie hat ein aufregendes Leben hinter sich, ein spirituelles Leben: Sie hat in indischen Tempeln meditiert, sie hat im Tadsch Mahal gebetet. Libs hat lange das Bild von Annie und ihrem kleinen Sohn betrachtet, das an der Wand über der Anrichte hängt. Annies Augen sind hell, in sehr dunklen Schatten. Libs glaubt sofort, dass der tote Junge zu seiner Mutter zurückgekehrt ist: Auf dem Bild sieht Rudolf genauso aus wie seine Mutter.

»Und Ihr Mann ist also Jungfrau«, hat Annie gesagt. »Ja, das sind anziehende Männer. Kluge Männer. Sie haben oft etwas Reines, etwas unbedingt Sauberes an sich, nicht? Es sind Kopfmenschen, allerdings. Keine Romantiker. Goethe war Jungfrau, Tolstoi auch. Es ist nicht immer einfach mit ihnen, ist es nicht so? Ja. Das Wichtigste im Leben ist ihnen die Arbeit. Die Aufgabe, die ihrem Leben Sinn gibt. Sie brauchen eine solche Aufgabe, unbedingt. Darin sind sie dann leidenschaftlich. Aber in der Liebe wirken sie oft eher kühl. Sie tragen ihre Gefühle nicht zur Schau, sie schrecken zurück vor einem Übermaß an Hingabe.«

Und war es möglich, mehr über Harro zu sagen? Annie Krauss ist der Beweis dafür, dass es zwischen Himmel und Erde mehr Geheimnisse gibt, als die Schulweisheit begreifen kann. Sie ist der Beweis, dass das Spirituelle ebenso wirklich ist wie das Materielle.

Auch Harro kommt inzwischen gern nach Stahnsdorf hinaus.

Er hat verschiedentlich mit Annie Krauss über Wiedergeburt und Seelenwanderung gesprochen. Annie ist fest der Meinung, dass man beim Sterben sein altes Ich ablegt wie ein verschlissenes Kleid und dann, nach einer gewissen Zeit der Reinigung und Klärung, eben wieder ein neues Kleid erhält. Der Gedanke fasziniert Harro.

Alles ist eins. Alles ist von einer einzigen Kraft durchzogen, von einer unpersönlichen Schwingung. Es gibt kein endgültiges Ende. Es gibt kein Letztes Gericht. Es gibt keine ewige Verdammnis und keine ewige Seligkeit. In welchem Körper und unter welchen Umständen man auf die Welt zurückkehrt, hängt davon ab, wie vollständig man im Leben seine Aufgaben erfüllt hat. Es ist keine Frage von Lohn oder Strafe, sondern von Ursache und Wirkung. Jeder trägt also Verantwortung, ungeheure Verantwortung, persönliche Verantwortung nicht nur für die Gegenwart, sondern für alle Zukunft.

»Aus seinem Ich aussteigen und neu beginnen zu dürfen ist im Grunde eine Gnade«, sagt Annie Krauss zu Libs. »Wer will denn altern? Wer will verfallen? Wer würde nicht jederzeit den Winter gegen einen neuen Frühling tauschen wollen?«

»Die Menschen entwickeln sich immer weiter«, sagt Annie Krauss zu Harro. »Sie verwirklichen immer klarer das Göttliche, das in jedem von uns liegt. Es geht also stetig aufwärts mit der Menschheit, auch wenn uns diese Einsicht oft verdeckt ist. Die Menschheit wird, wie wir sie machen. Dieses Wissen hat auch in Europa bestanden, aber es ist unterdrückt worden. Die Katharer besaßen es, und sie wurden unbarmherzig verfolgt und vernichtet. Die Kirche hat einen Kreuzzug gegen sie geführt. Einen Kreuzzug mitten in Europa, denken Sie nur. Und vom Wort Katharer stammt das Wort Ketzer, mit dem man Abweichler vom herrschenden Glauben beschimpft.«

»Aber das Wissen der Katharer hat überlebt«, sagt Libs.

»Ja. Das Werk wird immer fortgesetzt, durch alle Zeitalter. Die Rosenkreuzer haben es weitergeführt.«

»Und heute? Wer führt das Werk heute fort?«

Annie Krauss richtet ihre hellen Augen auf Harro.

»Ich«, sagt sie. »Ich führe es fort. Wir alle hier, die wir uns gegen das Böse stellen.«

Annie Krauss hat schon ein paarmal Verfolgte in ihrem Keller versteckt. Und bald wird dort das Vervielfältigungsgerät stehen, das ihr Nachbar John Graudenz zu besorgen versprochen hat.

Johnny Graudenz ist mit siebzehn Jahren nach einem Streit mit seinem Vater nach England gegangen. Dort hat er sich als Ober in Gaststätten durchgeschlagen. Er hat Englisch gelernt, hat begonnen zu fotografieren, zu schreiben, ist nach Deutschland zurückgekehrt, und schließlich hat ihn die amerikanische Nachrichtenagentur United Press nach Moskau entsandt. Es war Johnny Graudenz, durch den Amerika vom Tod Lenins erfahren hat. 1924 hat er für eine Gruppe von Journalisten eine Dampferfahrt auf der Wolga organisiert, quer durch die Hunger- und Elendsgebiete. Seine Bilder sind überall in Amerika erschienen, und Johnny Graudenz ist prompt aus der Sowjetunion ausgewiesen worden. Vier Jahre lang war er für das Berliner Büro der ›New York Times‹ tätig. 1932, nach einer Auseinandersetzung mit einem neuen Vorgesetzten, ist er als Vertreter deutscher Maschinenbaufirmen nach Irland gezogen. Drei Jahre später ist er zurückgekehrt, hat als Handelsvertreter für die Firma Grau-Bremsen in die Flugzeugbranche gewechselt und für sich, seine Frau Antonie und die beiden Töchter das Haus in Stahnsdorf gekauft.

Harro und Johnny Graudenz haben schnell festgestellt, dass sie einen gemeinsamen Bekannten haben: den linksradikalen Aktivisten Franz Jung, Expressionist, Säufer, Kriegsfreiwilliger, Deserteur, Insasse von Militärgefängnissen und Irrenanstalten und Motor des Berliner Dada, der 1920 ein Schiff nach Murmansk entführt, bei Nowgorod eine Zündholzfabrik aufgebaut und als Administrator im Petrograder metallurgischen Betrieb Ressora gearbeitet hat.

»Wir haben vor Zeiten zusammen eine Berliner Fotoagentur gegründet«, sagt Johnny Graudenz. »Und 1920 haben wir zu den Mitbegründern der Kommunistischen Arbeiterpartei Deutschland gehört.«

»Und ich habe seine Zeitschrift übernommen«, sagt Harro. »Den ›GEGNER‹. Ja, sehen Sie, Herr Graudenz, und nun weiß man gar nicht mehr, wo Franz ist.«

»So war er immer«, sagt Johnny Graudenz. »Er ist ein Meister im Wegtauchen. Ein Meister im Ausweichen. Immer wenn die Gefahr bestand, er könnte mit einem seiner Projekte erfolgreich werden oder womöglich berühmt, hat er sich schleunigst davongemacht.«

Die Schulze-Boysens sind bei den Graudenzens zu Besuch. Sie sitzen alle zusammen im Garten. Es ist ein leuchtender Septembernachmittag. Harro ist gerade erst von seinem Liegestuhl aufgestanden. Libs schaukelt mit den Graudenz-Mädchen in der Hängematte hinten im Obstgarten. Karin und Silva sind im besten Backfischalter: Die eine ist im Januar, die andere im Dezember 1926 geboren. Annies Schwester bringt den Kuchen vom Nachbarhaus herüber.

»Eigentlich wollten Mimi und Helmut heute auch herauskommen«, sagt John Graudenz zu Harro. »Aber jetzt ist es wohl zu spät.«

Hart werden! Fest bleiben! Wir sind in diesem Augenblick nicht Hammer, sondern Amboss. Der Amboss kann nicht und braucht auch nicht zurückzuschlagen, er muss nur fest, nur hart sein

Maria Terwiel schreibt. Mimi, wie sie genannt wird: Sie sitzt an der Schreibmaschine und hämmert in die Tasten. Neben ihr liegt bereits ein dicker Packen beschriebener Seiten. Das Radio dudelt, damit man das Geklapper nicht hört,

Sing, Nachtigall, sing,
Ein Lied aus alten Zeiten;
Sing Nachtigall sing –

Lieber würde Mimi Grammophonplatten auflegen. Sie ist anspruchsvoll, was Musik betrifft: Sie spielt selbst Klavier, auch Gitarre, und sie singt ziemlich gut. Aber Grammophonplatten muss man immer wieder wechseln, und das würde bedeuten, dass Mimi ständig ihre Arbeit unterbrechen müsste. Mimi tippt Auszüge aus den Predigten des Münsteraner Bischofs Galen.

Ich will öffentlich warnen vor dem Weiterschreiten auf einem Wege, der nach meiner festen Überzeugung Gottes Strafgericht auf die Menschen herabruft und zu Unglück und Verderben für unser Volk und Vaterland führen muss.

Zum Glück hat Harro einen größeren Posten Papier besorgen können. Mimi und ihr Lebensgefährte Helmut Himpel haben die Schulze-Boysens bei den Engelsings von der TOBIS-Filmgesellschaft kennengelernt, auf einer Feier draußen im Grunewald. Mimi spannt so viele Blätter wie möglich in die Maschine. Zwischen die Blätter legt sie Blaupapier. Das Maximum sind sechs Blätter auf einmal: Wenn sie mehr nimmt, werden die letzten Durchschläge unleserlich.

Ich als Bischof, als Verkünder und Verteidiger der von Gott gewollten Rechts- und Sittenordnung, die jedem Einzelnen ursprüngliche Rechte und Freiheiten zuspricht, bin berufen, die Autorität des Rechts mutig zu vertreten.

Und würde der Bischof Maria Terwiel und Helmut Himpel die Rechte und Freiheiten zusprechen, die sie sich nehmen? Oder würde er sie im Licht der von Gott gewollten Rechts- und Sittenordnung verurteilen? Sie kennen einander schon seit ihrer Freiburger Studentenzeit. An Mimis Ringfinger steckt ein goldener Ring. Helmut hat ihn für Mimi gemacht. Er fertigt in seiner Freizeit gern Schmuck an. Der Ring sieht beinahe wie ein Ehering aus. Mimi und Helmut leben aber unverheiratet zusammen. Mimi ist katholisch erzogen. Mimis Mutter ist schon lange vor Mimis Geburt zum Katholizismus konvertiert. Aber das ändert natürlich nichts daran, dass Mimi als Mischling erster Klasse Helmut nicht heiraten darf. Und leben Mimi und Helmut nun also vor Gott in Sünde? Niemals. Es ist doch nicht vorstellbar, dass das Unrecht auf Erden im Himmel seine Bestätigung findet.

Unsere Soldaten werden kämpfen und sterben für Deutschland, aber nicht für jene Menschen, die durch ihr grausames Vorgehen unsere Herzen verwunden und dem deutschen Namen vor Gott und den Mitmenschen Schmach antun. Wir kämpfen tapfer weiter gegen den äußeren Feind. Gegen den Feind im Innern, der uns peinigt und schlägt, können wir nicht mit Waffen kämpfen.

Mimi zieht die beschriebenen Seiten aus der Maschine. Sie streckt den Rücken, wirft einen Blick auf die Uhr. Halb sieben. Helmut ist noch nicht da. Er ist oft abends oder am Sonntag unterwegs, um die Zähne seiner jüdischen Patienten zu behandeln, so gut das ambulant eben möglich ist. Seit die Juden keine öffentlichen Verkehrsmittel mehr benutzen dürfen, können viele ja nicht einmal mehr heimlich zu ihm in die Praxis kommen. Mimi spannt neue Seiten in die Maschine.

Eigentlich ist sie Juristin. Oder das wäre sie, wenn sie ihre Abschlussarbeit beendet hätte. Sie hat aber abgebrochen. Wozu Mühe und Energie investieren, wenn ihr die Ausübung ihres Berufs ohnehin verboten ist? Mimi arbeitet nun als Stenotypistin und Telefonfräulein. Es füllt sie nicht aus, aber das ist nicht zu ändern. Sie muss nun eben in der Musik, in Literatur und Philosophie die Befriedigung suchen, die ihr im Beruf versagt bleiben wird. Sie muss sich selbst die Aufgaben wählen, die ihrem Leben Sinn verleihen können.

Wir sind in diesem Augenblick nicht Hammer, sondern Amboss. Der Amboss kann nicht und braucht auch nicht zurückzuschlagen, er muss nur fest, nur hart sein.

Mimi hat den Stapel neben sich in drei Unterstapel aufgeteilt. Einen davon wird sie an Harro Schulze-Boysen weitergeben. Ein zweiter Stapel ist für ihren Helmut bestimmt und der dritte für sie selbst, zum Verteilen und Verschicken. Es kann ja nicht sein, dass die Menschen dies Grässliche dulden werden. Es kann nicht sein, dass sich niemand erhebt, wenn erst einmal bekannt wird,

dass die zahlreichen unerwarteten Todesfälle von Geisteskranken nicht von selbst eintreten, sondern absichtlich herbeigeführt werden.

Andererseits kann man dies schon jetzt wissen, wenn man es wissen will. Im Reichsministerium des Innern und auf der Dienststelle des Reichsärzteführers Dr. Conti macht man keinerlei Hehl daraus, dass eine große Zahl von Geisteskranken in Deutschland vorsätzlich getötet worden ist und in Zukunft getötet werden soll,

weil sie nach dem Gutachten irgendeiner Kommission zu den »unproduktiven« Volksgenossen gehören. Sie können nicht mehr Güter produzieren, sie sind wie eine alte Maschine, die nicht mehr läuft, was tut man mit solch alter Maschine? Sie wird verschrottet –

John Graudenz draußen in Stahnsdorf hat beim Lesen laut aufgelacht. Er hat den Kopf geschüttelt.

»Ach tatsächlich«, hat er gesagt. »Da hatte der gute alte Bischof also tatsächlich eine revolutionäre Erkenntnis. So ist eben der Kapitalismus! Der Faschismus treibt die grundsätzliche kapitalistische Haltung ja nur auf eine weitere Spitze.«

Im Radio hat die Musik gewechselt.

Heimat, deine Sterne –

Mimi ist jetzt fast fertig. Dies ist der letzte Satz Blätter. Dann sind die drei Stapel hoch genug. Mimi schreibt schon die letzten Zeilen.

Gehorcht stets unweigerlich der Stimme des Gewissens. Es kann sein, dass der Gehorsam gegen Gott, die Treue gegen das Gewissen mir oder euch das Leben, die Freiheit, die Heimat kostet. Aber lieber sterben als sündigen! Ich hoffe, es ist noch Zeit, aber es ist die höchste Zeit –

Heimat, deine Sterne!

Erich Knauf hat den Text dieses Liedes geschrieben, für den Ufa-Film ›Quax, der Bruchpilot‹, der gerade in die Kinos gekommen ist. Heinz Rühmann spielt darin die Hauptrolle. Er ist ein Patient von Helmut Himpel. Sie kennen einander von den Engelsings. Rühmann hat Helmut erzählt, dass er es war, der Erich Knauf mit Werner Bochmann zusammengebracht hat, dem Ufa-Hauskomponisten. Und nun ist dieses Lied ein so großer Erfolg,

Heimat, deine Sterne,
Sie strahlen mir auch am fernen Ort.
Was sie sagen, deute ich ja so gerne
als der Liebe zärtliches Losungswort.
Schöne Abendstunde,
der Himmel ist wie ein Diamant.

Erich Knauf ist nun erfolgreich, als Dichter eines Nazi-Propaganda-Songs. Aber in nicht einmal drei Jahren wird ihn ein Nachbar wegen einer defätistischen Bemerkung bei der Gestapo denunzieren. Man wird Knauf verhaften, zusammen mit seinem Freund, dem Illustrator Erich Ohser, Schöpfer der berühmten Zeichenserie ›Vater und Sohn‹. Ohser wird sich in der Zelle das Leben nehmen. Erich Knauf wird vom Volksgerichtshof unter Freisler wegen Wehrkraftzersetzung zum Tode verurteilt und am 2. Mai 1944 hingerichtet werden.

Länder und Meere, so schön und so weit,
Ferne, zu Märchen und Wundern bereit,
alle Bilder müssen weichen,
nichts kann sich mit dir vergleichen!
Dir gilt mein Lied in der Ferne, Heimat!

Mimi zieht die beschriebenen Blätter aus der Maschine. Sie streckt die Arme vor, streckt die Finger. Sie betrachtet ihren Ring: den goldenen Ring, dessen Gegenstück Helmut trägt, es ist ein Viertel nach sieben. Mimi hat allmählich Hunger. Aber sie wartet auf Helmut.

Es ist wunderschön, mit Helmut zu essen. Es ist wunderschön, mit ihm zu kochen: Helmut Himpel hat noch rechtzeitig vor dem Krieg einen hübschen Weinkeller angelegt. Er öffnet eine Flasche, und sie trinken ein Glas, während Mimi eine Zwiebel schält, Helmut beginnt, das Gemüse zu putzen, Helmut ist ein leidenschaftlicher Koch. Er vermag noch aus ein paar Rüben oder einem Kohlkopf ein königliches Mahl zu zaubern. Mimi deckt derweil den Tisch. Sie essen bei Kerzenlicht. Wenn der Tisch abgeräumt ist, setzt sich Mimi ans Klavier, und Helmut singt, oder sie spielen eine Runde Schach.

Mimi überlegt, dass sie doch noch einen Satz Blätter tippen will, während sie wartet. Sie nimmt sechs Blätter, legt Blaupapier dazwischen, spannt den Stapel in die Maschine,

Keiner von uns ist sicher, und mag er sich völliger Schuldlosigkeit bewusst sein, dass er nicht eines Tages aus seiner Wohnung geholt, seiner Freiheit beraubt, in den Kellern und Konzentrationslagern eingesperrt wird. Ich bin mir darüber klar: Das kann auch mir geschehen. Weil ich dann nicht mehr öffentlich sprechen kann, darum will ich heute öffentlich sprechen.

Neben Mimi dudelt das Radio weiter.

Stand ich allein in der dämmernden Nacht,
hab' ich an dich voller Sehnsucht gedacht.
Meine guten Wünsche eilen,
wollen nur bei dir verweilen.
Warte auf mich in der Ferne, Heimat.

Überlegt, wen die Bomben zerreißen!

Eva tippt. Eva-Maria Buch: Sie hat fünf Blatt Papier eingespannt, mit Blaupapier dazwischen. Sie hat ein dünnes Stück Gummi um die Walze gewickelt, damit sich der Text nicht auf sie durchdrückt.

Sing, Nachtigall, sing,
von tausend Seligkeiten

Das Radio ist angedreht. Neben Eva sitzt Wilhelm Guddorf. Paul, wie man ihn nennt: Er übersetzt den Text, den sie tippt, ins Russische. Er hat ihn auch schon ins Polnische übersetzt.

Überlegt euch, dass es eure Verwandten und Freunde sind, die die Bomben töten!

Der Aufruf ist für die Arbeiter bestimmt. Für die russischen, polnischen, französischen Zwangsarbeiter.

Leistet Sabotage, wo ihr nur könnt!
Überlegt euch, wen eure Bomben zerreißen.
Rettet Leben! Riskiert euer eigenes!

Paul spannt Blätter in seine Maschine ein. Auch Eva macht eine neue Lage fertig. Sie tippt nun einen anderen Text,

Arbeiter der Reichsbahn! Sorgt für Verspätungen! Lasst die Räder nicht für den Sieg des Hitlerfaschismus rollen!

Diese Blätter sind für Pauls Freund John Sieg bestimmt. John arbeitet bei der Reichsbahn. Alles ist mit allem verbunden. Eva-Maria kennt inzwischen nicht nur die Schaeffers, die Husemanns und die Verleihs, sondern auch die Schulze-Boysens: Paul hat sie einmal zu einem Fest in die Altenburger Allee mitgenommen. Es hat Eva-Maria aber dort nicht gefallen. Es war eine richtige großbürgerliche Tanzerei, mit Blumenschmuck auf den Tischen und dünnwandigen Gläsern. Eva-Maria ist sich deplatziert vorgekommen. Sie hat Paul gesagt, dass sie zu solchen Veranstaltungen nicht mehr gehen möchte. Paul selbst geht auch nicht mehr in die Altenburger Allee. Er traut Walter Küchenmeister nicht über den Weg. Andererseits war es Herr Schulze-Boysen, der mitten im Krieg die russische Schreibmaschine besorgt hat, die Paul benutzt. So ist es auch gut, dass diese Verbindung besteht. Eva schreibt,

Travaillez lentement! Faites des fautes!

Und hat Eva gar keine Angst? Das muss sie sich hin und wieder fragen, wenn ein Gefühl sie anwandelt, das vorgibt, Angst zu sein, während es in Wirklichkeit eine Versuchung ist.

Hör auf!, sagt die Versuchung. Was tust du? Dies ist gefährlich. Es ist glatter Wahnsinn, mitten im Krieg zur Sabotage aufzurufen.

Aber es kommt Eva-Maria nicht zu, sich darüber Gedanken zu machen. Es kommt Eva-Maria nicht zu, sich zu fürchten. Nur Ungläubige müssen voll Angst überlegen, was für Folgen ihre Handlungen haben könnten. Wer nicht an Gott glaubt, wer meint, selbst für sein Schicksal verantwortlich zu sein, der muss sich allerdings fragen, ob er es wagen kann, nach seinen Erkenntnissen zu handeln, das Richtige zu tun und damit womöglich Angehörige zu gefährden. Aber Eva glaubt an Gott. Sie muss deshalb nur von Moment zu Moment entscheiden, was jeweils gerade das Gebotene ist. Der Ausgang liegt nicht in ihrer Hand.

Wer ist aber unter euch, der seiner Länge eine Elle zusetzen möge, ob er gleich darum sorget? Darum sorgt nicht für den andern Morgen, denn der morgende Tag wird für das Seine sorgen.

Eva ist zur Heiterkeit entschlossen. Es ist ganz leicht, heiter zu sein, wenn man weiß, dass man das Richtige zu tun hat und in diesem Wissen mit Paul vereint ist. Paul hat seine kommunistischen Schriften. Eva-Maria hat die Bergpredigt. Der Unterschied ist nicht von Belang. Entscheidend ist, dass sie sich nicht vor der Aufgabe drücken, die ihnen gestellt ist,

Ihr seid das Salz der Erde. Wenn nun das Salz nicht mehr salzt, womit soll man salzen? Es ist zu nichts mehr nütze, als dass man es wegschüttet und lässt es von den Leuten zertreten.

Eva-Maria sieht Paul an. Er spürt den Blick, lächelt, ohne sich unterbrechen zu lassen, auch sie wendet sich wieder ihrer Arbeit zu. Sie ist glücklich. Sie war noch nie so glücklich. Sie war noch nie so verbunden mit einem Menschen,

Heimat, deine Sterne!

Eva-Maria sitzt an der Schreibmaschine. Es ist die Schreibmaschine, die ihr der Vater geschenkt hat, als sie ihr Studium an der Auslandswissenschaftlichen Fakultät unter Franz Alfred Six begonnen hat. Der Vater wäre außer sich, wenn er wüsste, wofür sie sein Geschenk nun verwendet. Dies ist der wahre Zwiespalt. Es ist ein fürchterlicher Zwiespalt: Bricht Eva-Maria womöglich das Vierte Gebot?

Du sollst deinen Vater und deine Mutter ehren, auf dass es dir wohlergehe und du lange lebest im Lande.

Aber der Wille der Eltern kann keine Achtung und keinen Gehorsam verlangen, wenn er zur Feigheit rät. Eva-Maria ist auch hierin zur Heiterkeit entschlossen. Sie muss einem anderen Gebot als dem Vierten gehorchen. Es gibt so viele Gebote, und offenbar kann man nicht immer allen gleichzeitig folgen. Dann muss man auswählen, welches das wichtigste ist. Aber das darf sie nicht denken.

Sie darf nicht denken, dass sie gewählt hat. Dann verliert

sie das Gefühl unbedingten Gehaltenseins, ihre Heiterkeit und den Willen zur Heiterkeit. Sie muss denken, dass sie gewählt worden ist. Sie muss sich immer daran erinnern, dass das oberste Gebot das der Sanftmut ist. Das oberste Gebot ist das des Opfers. Eva-Maria tippt.

Überlegt euch, wen eure Bomben zerreißen.
Rettet Leben!
Riskiert euer eigenes.

»Warum hat mir das keiner gesagt!«

Unter Arvids Augen liegen Schatten. Er ist blaß. Er ist erschöpft, überarbeitet: Er sitzt am Schreibtisch bis weit in die Nacht. Mildred hört ihn aufseufzen, wenn er dann endlich neben ihr ins Bett sinkt.

»Wie ist es möglich, dass mir das keiner gesagt hat? Ich kann euch das nicht glauben!«

Arvid hat Tränen in den Augen. Er wird nie laut, wenn er sich ärgert. Er verkriecht sich, er zieht sich zurück. Aber jetzt schreit er.

»Ich kann es einfach nicht glauben!«

»Sei doch still, Arvid.«

»Bitte, du musst dich beruhigen.«

Sie legen ihm beide die Hand auf den Arm, Harro und Mildred, jeder von einer Seite.

»Arvid, man hört dich!«

Das bringt ihn zur Vernunft. Er schüttelt sie ab, alle beide.

»Ich kann es einfach nicht fassen. Dass mich keiner benachrichtigt hat, dass keiner Rose etwas gesagt hat.«

»Wem?«, sagt Harro.

»Was?«, sagt Arvid. Er wird schon wieder laut. »Es gibt immerhin Leute, die etwas riskiert haben. Es gibt Leute, die haben Texte herumgetragen, von mir verschlüsselte Texte, mit

Verlaub. Ich habe hier gerungen. Ich habe hier Abend für Abend gekämpft, ich habe«, er schluchzt fast. »Ich habe über sechzig Leute, die mich mit Material versorgen, ich habe das zusammengeschrieben, ich habe dein Material hinzugefügt, Harro, ich habe alles verschlüsselt bis in die Nacht, Nacht für Nacht – «

»Ich wusste es doch auch nicht«, sagt Harro. »Das musst du schon glauben. Ich war schließlich nicht da. Ich habe auch eben erst erfahren, dass beide Geräte kaputt sind. Dass kein einziger Spruch durchgegangen ist.«

Er sagt es, als könnte er es selbst nicht fassen.

»Wo sind die beiden Dinger denn jetzt?«

»Das eine steht bei Elisabeth. Da kann es vielleicht repariert werden. Das ist das Gerät, das bei Erika war. Das andere Gerät ist bei Kuckhoffs, und da kann es nicht bleiben. Aber ich weiß, wo Greta es hinbringen kann.«

Zu Mimi Terwiel und Helmut Himpel.

Eine Razzia. Es ist eine Razzia. Jemand hat die Bahnhofswände vollgeschmiert. Über den Bahnhof schwärmt schwarz die SS, wie über ein totes Tier die Fliegen. Das ist das Ende. Das ist der Tod. Gretas Herz stolpert, verhaspelt sich. Die Panik ballt sich in der Kehle zu einem Schrei, einem verzweifelten Brüllen, das nicht mehr lange zurückgehalten werden kann. Greta geht vorwärts. Sie geht. Sie kann nicht fliehen. Sie geht, mechanisch, Schritt für Schritt, vorwärts in den Untergang. Sie hat einen Koffer dabei. Im Koffer ist das Funkgerät. Greta weiß alles. Sie kann hellsehen. Sie weiß ganz genau, was jetzt geschieht,

Machen Sie mal den Koffer auf. Ach nein. Was haben wir denn da

Gretas Blick fliegt von einem Feind zum anderen. Sie sucht

den Ranghöchsten. Da. Der. Groß, dick, massig. Haare wie ein Putzschwamm. Fettiges Gesicht. Sie geht auf ihn zu. Nun hat er sie gesehen. Nun richtet er seine Aufmerksamkeit auf sie, dramatisch lässt sie den Koffer niedersinken. Dramatisch ringt sie die Hände, blickt zu ihm auf.

»Bitte. Ach bitte, wenn Sie mir helfen könnten.«

Der Schweiß rinnt ihr über den Rücken, von den Achseln an den Seiten herunter. Er steht in Machtvollkommenheit. Sie bleibt, wo sie ist.

»Wenn Sie mir mit dem Koffer helfen könnten, nur bis zur nächsten Straßenbahnhaltestelle. Ich verstehe es gar nicht. Ich weiß nicht, was mich überkommen hat. Diese plötzliche Schwäche«, jetzt laufen ihre Tränen. Gut so. Sie braucht ihre Auflösung nicht zu spielen: Die Verzweiflung trägt das Antlitz der Wahrheit. »Der Koffer ist eigentlich nicht sonderlich schwer. Aber ich bin eben im vierten Monat.«

Sein Gesicht zieht sich zusammen, als kaute er Sauerampfer. Schwanger. Arische Mutter, Volksgenossin. Soldaten für das Vaterland. Mutterkreuz. Schwarzer Orden. Ehre. Einsatz. Äußerster Einsatz.

»Es war als Geschenk für meinen Mann gedacht. Das Grimmsche Wörterbuch, in dem Koffer. So günstig ergattert. Und jetzt. Jetzt kann ich einfach nicht mehr weiter.«

»Hermann! Kommen Sie rüber!«

Hermann kommt. Sie sieht Hermann kommen. Er ist lang, mager. Schlaksig. Keine Koordination zwischen Armen und Beinen. Wasserfarbene Augen, wie bei einem Goldfisch im Glas.

»Hermann. Begleiten Sie die Dame nach Hause. Tragen Sie diesen Koffer. Tragen Sie ihn ihr bis nach Hause.«

»Aber nein! Nicht doch. Nicht bis nach Hause, das ist doch nicht nötig.«

»Na nu lassen Sie man. Hermann. Bis nach Hause. Ich erwarte Bericht.«

Hermann bückt sich, nimmt den Koffer auf. Er nickt Greta zu.

»Na denn wollen wir mal.«

Kein Wort mehr. Dankbarkeit jetzt. Lächeln durch Tränen, echte Dankbarkeit. Sie gehen nebeneinander. Vor ihnen liegt der Ausgang. Das Licht des hellen Tags. Ihr kann nichts geschehen: Hermann ist bei ihr. Sie entschwebt durch den Ausgang, beschützt von ihrem Goldfisch.

»Nun sagen Sie mal, wo wohnen Sie denn.«

Und das muss sie jetzt sagen. Die Wahrheit muss heraus: Das ist die einzige Möglichkeit.

»Wilhelmshöher Straße, in Friedenau. Da vorn ist eine Straßenbahnhaltestelle. Wenn Sie mir mit dem Koffer nur bis dahin helfen. Nein, wirklich, das reicht völlig aus.«

»Neeneenee. Ich bringe Sie heim. Ich bringe Sie bis zurück in die Wohnung. Keine Angst. Wir lassen Sie nicht im Stich, mit dem Ding.«

Libs steht am Herd. Sie kocht die Himbeeren ein, die sie von Liebenberg mitgebracht hat. Die Küche ist erfüllt von Dampf, vom Sirupgeruch der brodelnden Früchte. Die ersten Flaschen sind schon gefüllt, für Harros abendliche Breimahlzeiten. Libs hat ein Tuch um den Kopf gebunden wie eine Bauersfrau. Sie ist barfuß, sie hat eine Schürze um. Auf den Schultern spürt sie noch die Sonnenhitze von Liebenberg. Sie singt, während sie im Topf rührt. Sie will nichts hören.

Sie will nichts hören, sie will nichts sehen. Sie will nicht an das Funkgerät denken oder an die Russen. Sie kann Harro nicht hineinreden. Sie kann ihm nicht vorschreiben, was er tut oder lässt. Er lässt sich nichts vorschreiben. Also wird alles gut ausgehen. Libertas kann die Dinge nicht ändern, also ist sie unschuldig, und alles wird gut ausgehen, Libs muss keine Angst haben. Libs singt. Der Himbeersaft brodelt.

Greta ist zusammengesackt. Sie braucht einen Tee, eine Zigarette. Das Funkgerät ist nicht mehr das Problem. Das Funkgerät ist weg. SS-Hermann hat es zu den Kuckhoffs nach Hause zurückgeschleppt, aber Greta ist am nächsten Tag noch einmal losgelaufen, und diesmal hat sie es zu Mimi Terwiel und Helmut Himpel geschafft. Greta braucht einen Schnaps, vielleicht zwei. Sie kann nicht mehr mit ihrem kleinen Ule in die Stadt gehen. Es ist grotesk. Es ist immer wieder dasselbe. An so vielen Sommernächten hat Ule mit seinem Vater auf der Dachterrasse gelegen und in den Nachthimmel zu den Sternen hinaufgeblickt, und nun kann Greta ihm nicht begreiflich machen, was ein erfüllbarer und was ein unerfüllbarer Wunsch ist. Heute in der Stadt ist es wieder geschehen. Sie sind wieder einem Juden begegnet. Er trug einen Stern, wie ihn jetzt alle Juden über sechs Jahre auf der linken Brustseite der Kleidung zu tragen haben. Ule zeigte mit dem Finger darauf.

»Mama! Da ist wieder so ein schönes Sternchen.«

Innerlich schrie Greta auf.

»Mama! Ich will auch solch ein goldenes Sternchen. Ach Mama, warum denn nicht. Schenk mir auch so ein goldenes Sternchen.«

Greta weiß nicht, was sie machen soll. Sie weiß nicht, wie sie dem Jungen erklären soll, warum er kein solches Sternchen haben darf, dann kommt mit einmal eine sehr eigentümliche Idee zu Greta.

Ule sollte sein goldenes Sternchen haben. Und nicht nur Ule, auch Greta. Nicht nur Greta und Ule, sondern auch Adam, Arvid, Mildred, die Schulze-Boysens, sie alle, alle, ganz Berlin, ganz Deutschland, das gesamte Reich und die besetzten Gebiete: Alle Menschen Europas sollten sich solch ein goldenes Sternchen auf die Jacke nähen. *Jude.*

Wo sind seine Versprechungen, vorsichtig umzugehen mit ihrem Herzen? Wo sind seine Schwüre, einst käme der Tag, da würde er an ihrer Tür klingeln, unten würde der Wagen warten, es wäre Sommer und sie führen nach Süden, immer weiter nach Süden? Harro will sich von Stella trennen. Er will nicht, dass sie seinetwegen leidet. Wenn sie seinetwegen leidet, wird er sich aus ihrem Leben herausnehmen, damit sie nicht mehr leidet, zum Beweis seiner Zuneigung. Er denkt nicht wie ein Mensch. Er will fortgehen, weil sie darunter leidet, dass er so viel fort ist,

Ich werde Dir immer seltener schreiben, Dich nicht mehr anrufen, Dich nicht mehr sehen: Denn ich habe Dich ja lieb.

Stella hat Harro also vertrieben. Sie selbst ist schuld, sie ganz allein. Sie muss zu sich kommen. Sie muss ihr Verhalten ändern. Sie darf ihn nicht mehr beschweren. Sie muss ihm erklären, dass sie sich falsch benommen hat, dass sie aus der Situation gehandelt hat, aus der unfertigen Situation, deren Bestandteile ihr den Blick verstellt haben wie Kulissen während eines Bühnenumbaus. Sie wird nun schweigen. Sie wird ihn nicht mehr bedrängen. Sie wird ab jetzt heiter sein, fröhlich. Dies ist doch Stellas Leben. Dies ist kein russischer Roman, wo es um endgültigen Verzicht geht oder um Selbstmord. Es muss eine Lösung geben, eine vernünftige Lösung.

»Kinder?«, sagt Harro zu seinem Freund Herbert Engelsing von der TOBIS-Filmgesellschaft. »Nein, Kinder kamen für mich nie in Frage. Wenn es nach mir gegangen wäre, hätten wir nicht einmal geheiratet. Meine Mutter hat damals darauf gedrängt. Ich habe schließlich nachgegeben, um des lieben Familienfriedens willen. Nun gut, eine legalisierte Beziehung ist dem allgemeinen Fortkommen auch fraglos dienlicher. Und natürlich haben Libs und ich einander von Anfang an völlige Freiheit zugestanden. Aber wie großzügig man diese Dinge auch handhabt, eine Ehe bleibt eben doch eine Ehe. Überhaupt, die Frauen. Egal wie herausfordernd sie sich am Anfang geben, in Wirklichkeit bereiten ihnen Gefahr und erotische Raffinesse einfach nicht dasselbe Vergnügen. Diese Schwere kühlt mich ungemein ab. Dieses Ziehende und Zerrende und Saugende der Frauen. Sie verwandeln auf Dauer alles in Lehm.«

Harro hat Besuch. Libs hört zwei Stimmen, seine und eine fremde. Hat Harro gesagt, dass er jemanden mitbringen würde? Libs klopft, öffnet die Tür. Horst Heilmann erhebt sich. Libs kennt ihn flüchtig. Er war Harros Lieblingsschüler, in dem Kolloquium an der Auslandswissenschaftlichen Fakultät. Er und Harro haben zusammen eine Arbeit erstellt, irgendetwas über die Sowjets und Versailles.

»Störe ich?«

»Aber nein«, sagt Harro. »Libs, das ist Herr Heilmann. Herr Heilmann, meine Frau.«

»Aber wir kennen uns doch«, sagt Libs.

Sie streckt Horst Heilmann die Hand hin. Sein junges Gesicht rötet sich. Wie alt ist er, achtzehn, neunzehn? Er hält ihre Hand, blutübergossen. Sie fühlt den plötzlichen Rausch, die schwindlige Erwärmung.

»Herr Heilmann ist gekommen, um sich zu verabschieden«, sagt Harro. »Er hat sich an die Front gemeldet. Er wird in die NSDAP eintreten.«

»Ja«, sagt Horst Heilmann. »So ist es. Das ist richtig. Ich

bin bereit, das Äußerste für mein Land zu geben. Ich glaube, das ist es, was die Stunde fordert. Und ich kann nicht etwas glauben und dann nicht danach handeln.« Sein Gesicht glüht vor Ernst und Aufrichtigkeit. Er ist gar nicht so scheu. Er sieht entschlossen aus, feurig. Leidenschaftlich. »Man wäre ja ein Lumpenhund, wenn man nicht nach seiner Überzeugung handelte. Wenn man sich feige vor den praktischen Konsequenzen zu drücken versuchte.«

Harro betrachtet ihn stolz, liebevoll.

»Ich bin ganz Ihrer Ansicht, Herr Heilmann«, sagt er. »Ich finde unbedingt, dass man nach seinen Grundsätzen handeln sollte.«

»Ja«, sagt Libertas. »Ja, natürlich. Kann ich Ihnen denn etwas anbieten, Herr Heilmann? Einen Tee vielleicht?«

»Ja, danke, Libs«, sagt Harro. »Das wäre sehr nett.«

Libs steht in der Küche. Sie setzt das Teewasser auf. Sie spürt das Blut, das durch ihren Körper perlt. Etwas steigt in ihr auf. Etwas wie Gelächter. Sie möchte singen. Ihr fällt ein, dass er es hören wird, wenn sie singt. Sie denkt, dass sie die »Loreley« singen könnte, ganz dramatisch,

Den Schiffer im kleinen Schiffe
Ergreift es mit wildem Weh –

Aber nach wildem Weh ist ihr eigentlich gar nicht. Sie fühlt einen rauschenden Übermut wie schon lange nicht mehr, ein strömendes Glück oder das Versprechen von Glück, von Leichtigkeit und Leichtsinn, von hellen Stoffen und Tanz,

Nimm diesen Ring, und sollte jemand fragen,
So sollst du sagen, ein Räuber habe ihn getragen –

Gleich wird der Tee fertig sein. Libs wird servieren. Sie wird Horst Heilmann die Tasse hinstellen, den Zucker. Sie wird Zucker in seine Tasse tun, unverschämt viel Zucker, teuren rationierten Zucker,

Der dich geliebt bei Tag und bei der Nacht!

Und was wird Harro sagen? Harro und sein Schüler. Harro und seine Stella: mit der es allerdings Unstimmigkeiten gegeben zu haben scheint. Es interessiert Libs nicht. Soll er tun, was er will. Sie wird sich nehmen, was sie verdient hat, was ihre Seele erleichtert.

Geh du nur hin auf eine grüne Wiese,
Wo viele andre junge Männer sind –

Jetzt singt sie wirklich. Sie singt nicht sehr laut: nur gerade laut genug für sich selbst, obwohl sie am liebsten schmettern würde.

Vielleicht kannst du mit einem glücklich sein!

Das Teewasser kocht. Libertas gießt den Tee auf. Sie stellt den Zucker bereit, nimmt das Tablett auf,

Ich aber muss in finstern Wald hinein!

»Guten Tag. Bin ich hier bei Kurt Schulze?«

Er ist Russe. Martha weiß es beim ersten Wort, das der Mann von sich gibt. Zwischen diesem Moment, in dem sie ihn als Russen erkennt, und dem nächsten, als sie hastig zur Seite tritt und ihn in den Flur zieht, liegt nicht einmal eine volle Sekunde. In dieser Zeitspanne, die gar keine Dauer hat, erklärt sich ihr alles. Es ist nicht so, dass irgendein Film abliefe. Es ist ihr alles auf einmal präsent, wie auf einem gelungenen Schnappschuss.

Denk dir, Martha, sie haben ein Funkgerät aus Moskau. Stell dir das vor. Jemand, den ich kenne, funkt nach Moskau, mitten im Krieg. Beziehungsweise sie funken eben nicht. Das Ding ist kaputt. Ich soll es mir ansehen. Ich soll ihnen helfen. Sie haben mich um Hilfe gebeten, Martha.

Husemann. Du weißt, Walter Husemann. Mein Kollege im Betrieb. Ein so aufrechter junger Kollege. Er hat mich an-

gesprochen. Ich soll das Gerät reparieren. Und ich soll einen Funker ausbilden. Einen jungen Mann namens Hans, den die Husemanns kennen.

Warum ich? Was für eine Frage, Martha. Weil ich Fliegerfunker im Weltkrieg war, natürlich. Weil man sich auf mich verlassen kann. Weil ich in der Sowjetunion ausgebildet worden bin, deswegen.

Und dann hat er voll Stolz gesagt: Weil ich der Beste bin.

Ich bin der Beste, hier in in Berlin.

Am nächsten Tag haben sie das Gerät gebracht, Walter Husemann und ein sehr großer junger Mann mit Brille und zurückgekämmtem blondem Haar. Sie haben es ins Schlafzimmer getragen. Danach war Kurt bester Dinge.

Es ist unglaublich. Die Anoden sind im Eimer. Man wird sehen müssen, wie man das reparieren kann. An solche Ersatzteile jetzt heimlich heranzukommen ist ja nicht so einfach.

Das ist es tatsächlich nicht. Bis jetzt ist es nicht gelungen. Das Funkgerät funkt immer noch nicht. Es ist aber nicht ganz lahmgelegt. Es mag zum Funken nichts mehr taugen, aber es hat magnetische Wirkung. Magische Wirkung: Es hat Martha diesen Russen ins Haus gezaubert.

Er ist jung, gutaussehend, ungewöhnlich gut genährt für die Zeiten. Dies ist etwas anderes als die Kontakte zu den Husemanns. Dies ist etwas ganz anderes als die Kontakte zu den Kommunisten um Robert Uhrig und Beppo Römer oder zu den jungen jüdischen Kommunisten um Herbert Baum. Diese Gefahr ist zu immens, um sie überhaupt zu ermessen. Martha Schulze packt den Mann am Ärmel. Sie zieht ihn hastig in die Wohnung.

»So kommen Sie doch schon«, sagt sie. »Stehen Sie nicht da. Kommen Sie schnell herein.«

»Wo ist Choro?« Der Mann spricht recht gut Deutsch. Aber Harros Name verrät ihn, die kehlige Aussprache.

»Wird Choro kommen?«

»Ja«, sagt Libs. »Harro wird kommen. Sein Zug fährt um 16 Uhr aus Potsdam ein.«

Es ist Viertel vor vier, Samstagnachmittag. Viele Menschen sind unterwegs, viel Trubel herrscht rund um den Bahnhof Zoo, an dessen Ostseite Libertas mit dem Russen entlangschlendert, auf und ab, hin und her.

Kent. Nennen Sie mich Kent. Ich habe Ihre Telefonnummer von Elisabeth.

Das hat er am Telefon gesagt.

Ich muss unbedingt mit Choro sprechen. Ich kenne Elisabeth aus Marquardt.

Es muss ein Codewort sein. In Marquardt an der Mole hat den ganzen Sommer lang Harros Zelt gestanden, so dass er von Wildpark West aus jederzeit ans Wasser fahren konnte. Libs hat Harro sofort angerufen. Er wusste von nichts. Er kommt aber. Er wird bei den Telefonhäuschen am Hauptausgang zu ihnen stoßen. Es kann Libs im Grunde gar nichts passieren. Sie geht an der Seite eines Mannes vor dem Bahnhof Zoo auf und ab. Der Mann sieht gut aus, er raucht Pfeife. Niemand wird sie ansprechen. Niemand wird sie anhalten. Es besteht überhaupt keine Gefahr. Libertas ist schlecht vor Angst. Eine Grenze ist überschritten. Ein Markstein ist erreicht und passiert worden. Und da kommt Harro. Er soll dies übernehmen. Er soll dies auf sich nehmen und sie befreien.

Er hat sie gesehen. Er kommt ihr und ihrem Begleiter entgegen, strahlend über das ganze Gesicht.

Immer der Schreck. Immer der kleine Schock, wenn es klingelt, ohne dass man jemanden erwartet. Mildred war gerade im Begriff, die Kartoffeln aufzusetzen. Nun stellt sie den Topf wieder weg, eilt zur Tür.

»Ist Arvid da?«

Libertas steht vor ihr. Es ist etwas Aufgelöstes um sie, wie um ein sattelloses Pferd, das weit galoppiert ist.

»Libertas?«

Arvid tritt aus dem Hinterzimmer. Libs' Blick geht über Mildred hinweg.

»Arvid. Kannst du mich begleiten. Harro hat Besuch.«

Mildred wendet sich von den beiden ab. Sie murmelt etwas über Kartoffeln, sie zieht sich in ihre Küche zurück, sie will nicht wissen, was die aufgelöste Libertas an Neuigkeiten bringt.

Manchmal ist der Druck kaum noch zu bewältigen. Manchmal wacht Mildred nachts auf, mit rasendem Herzen, vollkommen sicher, dass sie nicht einen Tag länger standhält. Sie weiß nicht, ob dieser Druck mit dem Funkgerät, den Diskussionszirkeln, den Arbeitspapieren, der Spionage etwas zu tun hat. Vielleicht ist es das Land an sich, das auf ihr lastet. Vielleicht ist es das schwimmende Gefühl der Bedrohung, das vage, oszillierende Gefühl, nirgends und nie in Sicherheit zu sein.

Sie spricht nicht darüber, nicht einmal zu Arvid. Arvid ist in diesen Tagen häufig gereizt. Es ist kaum zu ertragen, wenn zwischen ihr und Arvid Unstimmigkeit herrscht. Mildred stellt ihm dann Blumen auf den Nachttisch. Meist bringt ihn das zur Besinnung, und er lenkt ein. Mildred selbst ist verstummt. Die Bedrückung ist etwas, das sie nicht mehr abschütteln kann, dem sie keinen einzigen Moment mehr entkommt.

Harro ist selig. Er ist beschwingt. Er triumphiert, er kann nicht stillsitzen. Er wandert mit großen Schritten durch die Küche.

»Siehst du, Libs, sie nehmen uns ernst. Sie halten zu uns.

Sie lassen uns nicht allein. Offenbar findet man in Moskau unsere Informationen brauchbar. Ich habe Kent dahingehend beruhigt, dass wir alle wohlauf sind. Er hat mir sein eigenes Verschlüsselungssystem hiergelassen, und ab jetzt wird alles gutgehen, die Dinge liegen glasklar vor uns. Wir werden selbstverständlich diesen Krieg verlieren. Aber der Westen wird uns kein zweites Diktat von Versailles aufzwingen. Wir werden dafür sorgen, dass bei Kriegsende die Sowjets an unserer Seite stehen, an der Seite der Hitler-Gegner. Ich habe Kent die wichtigsten Inhalte der letzten Funksprüche zusammengestellt. Er wird jetzt direkt aus Brüssel funken. Besonders interessiert hat es ihn, dass die Deutschen die englischen Spionageorganisationen auf dem Balkan aufgedeckt haben. Und natürlich, dass ihnen bei der Einnahme von Petsamo ein russischer Funkschlüssel in die Hände gefallen ist.«

Libs wendet sich vom Herd ab. Sie sieht Harro an. Sie hat eine Flasche Sirup in der Hand, Liebenberger Himbeersirup.

»Harro?«, sagt sie. »Hast du eigentlich gar keine Angst?«

»Angst?« Er lacht. »Libs. Du bist eine Frau. Mach du einfach nur, was du dir zutraust. Du musst nichts tun, wovor du dich ängstigst.«

»Nein, Harro. Ich will es von dir wissen. Ich will wissen, ob du manchmal Angst hast.«

»Ich? Nein. Angst? Wozu? Was soll das nützen?«

»Du hast niemals Angst? Auch nicht vor dem Tod? Du hast nie das Gefühl, wehrlos von der Vergangenheit in die Zukunft getrieben zu werden?«

»Darüber denke ich gar nicht nach. Ich denke eigentlich nie an den Tod. Natürlich ist man dem Tod nahe, in diesen Zeiten. Das ist selbstverständlich und für einen Mann von Rasse nicht schwer. Aber wenn es ums Leben geht, auf der falschen Seite gestanden zu haben, das wäre übermenschlich schwer, und die

Aussicht darauf würde die ganze Existenz verdunkeln. Darum stehe ich hier. Darum tu ich, was ich tue, und ich fühle mich wohl in meiner Haut. Natürlich glaube ich nicht an einen guten Ausgang der Dinge. Aber man kann doch trotzdem ein sauberes, kämpferisches Leben führen. Und man kann so ein Leben von Herzen bejahen. Soll es uns verzehren, es ist doch schön gewesen, sag ich.«

Sophia Poznańska, Zosia genannt, sitzt in ihrer Wohnung in der Rue des Atrébates 101. Sie chiffriert einen Funkspruch.

Die deutsche Heeresleitung plant eine Offensive in den Kaukasus, um der Ölknappheit Deutschlands zu begegnen. Offensivrichtung: Maikop. Es wäre am besten, die Ölgebiete zu zerstören, wenn die Deutschen sich ihnen nähern.

Zosia lehnt sich zurück, entzündet eine Zigarette. Sie inhaliert. Sie hat Anatolij Gurewitsch alias Kent gefragt, ob er diesen Leuten in Berlin gesagt hat, dass ihre wahren Adressen und Namen im letzten Funkspruch erwähnt worden sind. Gurewitsch hat den Kopf geschüttelt.

»Nein. Natürlich nicht. Dann stellen sie womöglich die Zusammenarbeit ein, und wer kriegt dann den Ärger?«

Lily sitzt neben Zosia. Sarah Goldberg. Sie werden die ganze Nacht hier sitzen. Es ist viel Material. Sie werden von hier funken, immer von derselben Wohnung aus: von Sophia Poznańskas Wohnung in der Rue des Atrébates 101. Sophia beugt sich wieder über ihre Papiere.

»Und was ist das?«

Arkadi Dmitijewitschs Stimme ist leise. Katerina Petrowna steht mit gesenkten Augen. Es ist immer besonders unangenehm, wenn seine Stimme leise ist.

»Was ist das wieder für ein Mist?«

Vor ihnen auf dem Tisch liegen die Funksprüche aus Brüssel, die Katerina Petrowna entschlüsselt hat.

»Was ist das für ein saudummer Dreck, mit dem ich mich hier herumschlagen soll?«

Und was kann Katerina Petrowna für den Inhalt eines Funkspruchs? Aber freilich, sie ist es nicht, die dieses Material nach oben bringen muss. Nach oben: Das heißt zu Lawrenti Pawlowitsch Berija, Chef der Sicherheitsdienste der UdSSR, Herr über den Gulag, Dirigent des Terrors und der Verfolgung.

»Meinungen«, sagt Arkadi Dmitijewitsch. »Annahmen. Keine Daten. Keine Zahlen. Keine Belege. Dilettantisches Gequassel, sinnloses Gequake. *Der Informant geht von einem Angriff mit Stoßrichtung Kaukasus aus.* Ach. Tut er das? Reizend. Wo sind die Beweise? Wo sind die Angriffstermine, die Aufmarschpläne, die Sitzungsprotokolle? Irgendetwas Handfestes, verdammt.«

Und woher soll Katerina das wissen? Das Gesicht des Genossen Lawrenti Pawlowitsch Berija erscheint vor ihr: die blassen Züge, die toten Augen hinter der randlosen Brille. Das georgische Kinn. Lawrenti Pawlowitsch Berija soll aus nichtigerem Anlass als einem schlechten Bericht seinem Sekretär die Nase gebrochen haben: Er hat ihn an den Haaren gepackt und mit dem Gesicht auf den Tisch gedonnert.

»Wissen Sie, was Stalin zu diesem Mist sagen würde?«

Aber Stalin ist nicht das Problem. Stalin sagt gar nichts: Seit Kriegsbeginn hält er sich im Hintergrund. Selbst in der ›Prawda‹ erscheinen nur noch alte Fotos von ihm. Arkadi Dmitijewitsch seufzt.

»Werfen Sie das weg«, sagt er. Er redet jetzt wieder in normaler Lautstärke. Er wedelt mit der Hand über den Schreibtisch. »Werfen Sie den ganzen Mist weg.«

Die Angst ist eine komische Sache. Sophia Poznańska sagt sich, dass sie keine Angst hat. Sie und Sarah Goldberg haben einmal über Angst gesprochen, über die grundsätzliche Frage, was Angst eigentlich ist. Sarah hat die Meinung vertreten, Furcht bezöge sich auf ein Objekt, Angst aber nicht. Wer voll Furcht ist, könnte deshalb kämpfen, während die Angst handlungsunfähig macht. So gesehen hat Sophia keine Angst. Vielleicht ist sie nicht besonders fantasiebegabt. Vielleicht ist sie dickfellig. Sie hat Papiere. Ihre Papiere sind in Ordnung. Sie muss sich nicht fürchten. Sie ist handlungsfähig.

Manchmal wird sie von einer so hirnlosen, tötenden, ausweglosen Angst überfallen, dass sie nicht mehr weitermachen kann.

Das ist im Wortsinne so. Sie muss dann stehenbleiben. Sie kann keinen Fuß mehr vor den anderen setzen, sie kann nicht mehr atmen, es kann überall passieren. Auf der Straße, beim Einkaufen, beim Heimkommen. Im Bett. Im Bad.

Als die Wohnungstür auffliegt, hat sie keine Angst.

Sie sieht alles klar: glasklar, überscharf. Sie sieht, warum sie die Männer nicht gehört hat: Sie tragen dicke Wollsocken über den Stiefeln. Sie sieht die Waffen,

Erschießt mich!

Sie hat nun Zeit, viel Zeit. Alles ist sehr langsam geworden. Zum Glück ist es Dezember, und das Feuer im Kamin lodert. Es lebe die glorreiche Sowjetunion, die diesen Standort in Belgien mit genug Geld ausgestattet hat, um auf dem Schwarzmarkt Kohlen zu kaufen. Sophia packt den Stapel ihrer Papiere, wirft sie ins Feuer.

»Holt das raus! Holt die Papiere da raus.«

Die Arme werden ihr nach hinten gedreht. Sie spürt nichts. Sie sieht wie durch einen Tunnel, wie durch eine zusammengedrehte Zeitung oder ein Rohr, dass mehr und mehr Männer in den Raum strömen, alle mit diesen lächerlichen Socken über den Stiefeln. Warum so viele? Sie sind nur zu zweit: Sophia Poznańska und Rita, die Haushälterin. Warum brauchen sie Dutzende von Männern, um zwei Frauen zu verhaften? Anatolij Gurewitsch ist nicht da.

Vielleicht kommt er davon. Es werden nicht alle untergehen. Einige werden überleben, einige überleben immer,

Nicht ich

Sarah Goldberg geht die Rue d'Argent entlang. Sie ist erschöpft, zugleich aufgeputscht. Sarah ist bisher davongekommen. Sie ist seit Tagen nicht mehr in ihrer Wohnung gewesen. Sie ist mal hier, mal da untergeschlüpft. Sie ist noch immer in Freiheit, warum sie? Das Davonkommen birgt seine eigenen Schrecken. Sarah kommt gerade von Jakob Gutfrajnd. Er hat sie in seiner Gruppe akzeptiert. Er wollte erst nicht recht, aber Laib hat sich für Sarah eingesetzt, Laib Rabinowicz, einer der alten Freunde aus dem Viertel. Sarah ist jetzt bei den Partisanen. Es ist gefährlich. Gefährlicher als die Funkerei in der Villa? Sarah biegt in die Rue du Fossé aux Loups ein. Vor ihr gehen zwei Polizisten. Am anderen Ende der Rue du Fossé aux Loups kommt ihr Jean entgegen. Der Denunziant. Die Panik versetzt ihr einen Faustschlag in den Magen, einen Handkantenschlag in die Kehle. Sarah tritt zwischen die beiden Polizisten. Sie schiebt sich zwischen sie, drängt den einen beiseite.

»Was soll das? Was machen Sie da?«

»Gehen Sie bitte einfach weiter.«

»Was ist mit Ihnen, sind Sie verrückt?«

»Bitte gehen Sie einfach weiter. Bitte nehmen Sie mich am Arm. So als wäre ich verhaftet, bitte schnell! Ich bin Jüdin. Da vorn kommt ein Denunziant.«

Rechts und links schließen sich die Hände um ihre Arme.

Sarah ist niemals so froh gewesen über den Griff einer Männerhand nach ihr. Fast sackt sie zusammen. Fast lässt sie sich tragen, von Polizistenfäusten schleppen, und da ist Jean. Er sieht sie an. Seine Augen blitzen auf, im Erkennen. Sarah geht weiter. Sie setzt die Füße leicht auf, schwebend, getragen von zwei guten belgischen Polizistenfäusten. Sie biegen in den Boulevard Anspach ein.

»Ich glaube, wir haben es geschafft«, sagt der linke der beiden Polizisten. »Ich glaube, hier sind Sie in Sicherheit. Na. Was man heute so Sicherheit nennt.«

Sie lassen Sarahs Arme los. Sarah strafft sich: Nun muss wieder ihr eigenes Rückgrat die Last übernehmen. Der rechte der beiden Polizisten streckt Sarah die Hand hin.

»Madame. Es war mir eine Freude, Ihnen behilflich sein zu dürfen.«

Es ist der 14. Dezember 1941. Seit drei Tagen befinden sich Amerika und Deutschland miteinander im Krieg. Mildred hat die Kriegserklärung im Rundfunk gehört,

Obwohl sich Deutschland gegenüber den Vereinigten Staaten von Amerika während des ganzen gegenwärtigen Krieges streng an die Regeln des Völkerrechts gehalten hat, ist die Regierung der Vereinigten Staaten von Amerika von anfänglichen Neutralitätsbrüchen endlich zu offenen Kriegshandlungen gegen Deutschland übergegangen. Sie hat damit praktisch den Kriegszustand geschaffen. Die Reichsregierung hebt deshalb die diplomatischen Beziehungen zu den Vereinigten Staaten von Amerika auf und erklärt, dass sich unter diesen durch den Präsidenten Roosevelt veranlassten Umständen auch Deutschland von heute ab als im Kriegszustand mit den Vereinigten Staaten von Amerika befindlich betrachtet.

Einen Moment lang war es Mildred, als risse der Himmel

auf und Fanfaren schmetterten zum Jüngsten Gericht. Die Heaths sind interniert worden, in einem Hotel in Bad Nauheim, zusammen mit allen anderen Botschaftsangehörigen. Mildred ist in Freiheit. Sie ist nicht interniert. Sie ist nun ganz und gar eine Deutsche. Sie hat ihren amerikanischen Pass aus dem Versteck auf dem Dachboden geholt und ihn im Garten der Bonhoeffers vergraben, am Fuß von Emmis und Klaus' Apfelbaum. Alle Türen sind verschlossen, alle Wege versperrt.

Mildred geht durch die Stadt.

Sie geht durch das festliche Berlin, in das sie einst gekommen ist, vor wie vielen Jahren. Sie geht durch die Stadt der Kunst, der Boheme, der Avantgarde, durch die Metropole des Aufbruchs und der Jugend, der gleißenden Lichtreklamen und hellerleuchteten Schaufenster voller Luxus, der Cafés und Restaurants, aus denen Musik, Leben und Wärme quoll. Mildred kann diese Stadt immer noch sehen, hinter der anderen, die sie umgibt: das wintergraue Berlin im Dezember 1941, auf das die Dunkelheit niedersinkt. Die Gebäude verschwimmen in der Abenddämmerung. Nirgendwo flammt Licht auf. Lange Schlangen frieren vor den Läden. Ein Güterzug donnert über den Stadtbahnbogen. Rauch. Ein Soldat auf Stümpfen. Dazwischen die BDM-Mädchen mit den roten Sammelbüchsen des Winterhilfswerks. Und überall die Zwangsarbeiter und Kriegsgefangenen mit ihren Drillichen und Uniformen, die Sklaven, die morgens in die Waffenfabriken, abends wieder in die Baracken getrieben werden. Werden bald Amerikaner unter ihnen sein?

Beinahe überwältigt sie die Panik. Sie muss den Impuls niederringen, sich auf den Boden zu werfen, mit den Fäusten zu trommeln, um sich zu schlagen,

Ich will fort, ich will fort, ich will raus, ich will heim!

Sie hätte letzte Woche noch fliehen können. Und hätte sie

es über sich gebracht, Arvid zu verlassen? Aber warum nicht? Nach dem Krieg wären sie doch wieder vereint gewesen, in der neuen Zeit, irgendwann nach dem Ende dieses Reiches, von dessen tausend Jahren sie immerhin schon ganze acht hinter sich gebracht haben. Mildred geht durch Berlin.

Sie hat das Raumschiff verpasst. Es ist ohne sie aufgestiegen, es wird ohne sie auf dem warmen amerikanischen Boden landen. Mildred ist zurückgeblieben, auf einem fremden Stern. Ihre Seele zappelt wie ein auf einen Dorn gespießtes Insekt. Sie versucht an etwas Schönes zu denken. Sie denkt an letzte Woche, an die Privatvorführung am amerikanischen Seminar der Universität. Sie haben ›Broadway Melody‹ gesehen, mit Fred Astaire. Mildred denkt an die wundervolle Leichtigkeit und Sorglosigkeit der Tanzenden, in den weiten leuchtenden amerikanischen Räumen,

I've got my eyes on you, so best beware where you roam.
I've got my eyes on you, so don't stray too far from home.
Incidentally, I've set my spies on you,
I'm checking all you do, from a to zee –

Mildred muss die Augen schließen. Sie muss ganz fest die Augen schließen. Sie muss sich ganz auf sich zurückziehen.

Liebste mein!

Der Brief liegt noch auf dem Küchentisch. Kurt Schumachers Weihnachtsbrief: Kurt muss über die Feiertage in Posen bleiben.

Und in den langen Nächten der Wachen muss ich immer wieder daran denken, und tausendmal lege ich mir die Frage vor, ob es recht war, dass wir jetzt nicht zwei Kinder um uns haben, es ist mir zu einer richtigen Gewissenslast geworden, und manchmal habe ich tiefen Kummer deinetwegen und meinetwegen darüber. Und dann denke ich wieder an die

Fliegerangriffe und das, was noch kommen wird mit all seinen Furchtbarkeiten.

Aber Elisabeth denkt an nichts Furchtbares. Sie fühlt keine Last. Sie denkt nicht an die Zukunft, nicht jetzt, nicht für diese halbe Stunde, bis es das nächste Mal Alarm gibt oder jemand an der Tür klingelt oder Philipp Schaeffer wieder fortgeht. Elisabeth macht Pause vom Krieg, von der Welt.

Philipp ist da. Der Orientalist Philipp Schaeffer: Elisabeth hat seit dem Ausflug an die Havel an ihn gedacht. Sie hat das nicht gewusst. Aber jetzt weiß sie es. Philipp hat den schönsten Kopf, den sie je gesehen hat: schmal, haarlos, mit einer schmalen scharfkantigen Nase, einem geschwungenen Mund. Seine Augen sind dunkel, ein leuchtendes Schwarz. 1918 hat er Russland verlassen. Zusammen mit seiner Frau, einer russischen Lehrerin, ist er nach Heidelberg gezogen. Er hat am Heidelberger Institut für Buddhismuskunde orientalistische Studien betrieben. Er hat in einem Steinbruch gearbeitet. Er hat viele Sprachen erlernt, was er leicht fand, unter dem Einfluss von Kokain. Er hat sich scheiden lassen, ist nach Berlin gezogen, hat als Gelegenheitsarbeiter bei der Ufa, dann als Bibliothekar gearbeitet, er hat Ilse kennengelernt und geheiratet, ist in die KPD eingetreten und schließlich verhaftet worden. Seit seiner Entlassung arbeitet er als Expedient für die Berliner Frigidaire GmbH.

»Mit anderen Worten, ich verschicke Kühlschränke. Ja, es ist wahr, meine tibetologischen Studien nützen mir wenig, im beruflichen Schieben und Ziehen. Andererseits schaden sie auch nichts. Es ist alles miteinander verknüpft. Nichts existiert ohne Bezüge zu allem anderen, meine allerliebste Elisabeth.«

Wann hat er das gesagt? Seine Stimme ist samtig, hypnotisch. Seine Augen blicken zärtlich und ironisch, mit einer großen, warmen Bereitschaft zum Schmerz. Elisabeth weiß nicht, ob sie Philipp liebt. Er liebt sie. Wenn Elisabeth bei Philipp ist, verlieren die Erfordernisse des Alltags alle Dringlichkeit. Die Wirklichkeit treibt Elisabeth nicht mehr vor sich her: Elisabeth gewinnt Zeit für einen Atemzug, einen freien Schritt, eine schläfrige Stunde mit geschlossenen Vorhängen,

Gleichwie der edle Büffelstier
Die Pflugschar nachzieht nackenstark
Mit leichter Mühe, Tritt um Tritt:
So lass ich laufen ab die Zeit
Mit leichter Mühe, Tag um Tag
Im ungemischten Glücke gleich.

Berlin duckt sich unter dem feindlichen Himmel zusammen, in diesem dritten Kriegswinter. Kurt ist in Posen, verdammt dazu, in einem Lager Gefangene zu bewachen, denen er mehr als alles andere die Freiheit wünscht. Sein Brief liegt noch immer auf dem Küchentisch. Neben dem Brief steht eine Kaffeetasse, mit einer dünnen Lippenstiftspur. Auf der Schiefertafel über dem Ausguss steht mit weißer Kreide ein Wort, das Elisabeth gestern dort hingeschrieben hat,

WENN

Die Stille summt. Elisabeth und Philipp liegen im Bett. Sie sind nackt. Er liegt auf ihr. Sein Mund streift ihre Wange, ihr Ohr. Es nimmt ihr den Atem. Er nimmt ihr den Atem, mit dem seinen, er richtet sich auf, stützt sich auf die Unterarme. Er belastet sie nicht. Sein Gesicht ist still. Seine Bewegungen sind langsam. Er ist der Sog, die unsichtbare Unterströmung im stillen Wasser. Seine Stille reißt sie mit sich fort. Er haucht ein Wort, das in der Stille schwingt. Der Alarm heult los. Das Schrillen fällt über sie beide her, peitscht sie, Elisabeth hebt die Hände, hält ihm die Ohren zu. Er lächelt. Er verschließt ihre Ohren mit seinen Händen. Sie schließt die Augen. Er legt seinen Mund auf ihren. Soll es doch enden, wenn es so endet. Soll es dann doch enden. Er zittert wie im Krampf. Seine Hände sinken von ihr ab. Sie hört die Detonationen. Sie hört die Flak.

»Liebste«, flüstert er. »Liebste Elisabeth.«

Es ist bereits dunkel, als Libs nach Hause kommt. Es ist nasskalt, ein Dezemberabend mit Schnee, der dann in Eisregen übergegangen ist. Libs schließt die Tür auf, schließt hinter sich zu. Harro ist noch nicht da. Sie erwartet ihn aber. Sie streift die Stiefel ab, hängt den Mantel an den Haken, jede Bewegung ist mit Anstrengung verbunden. Alles schmerzt. Jeder Schritt ist mühsam, als watete sie durch Leim. Sie geht in die Küche. Das Weihnachtspäckchen von Harros Eltern ist schon angekommen. Sie hat es gestern geöffnet, aus Versehen: Sie hat es für eine weitere Umzugskiste gehalten. Harro kommt ja nun wieder nach Berlin zurück.

Er ist nur noch für ein paar Tage in Wildpark-West. Zu Weihnachten wird er schon hier sein, und danach beginnt er wieder im Luftfahrtministerium. Libs lässt sich auf den Küchenstuhl fallen.

Auch sie hat eine neue Stelle angetreten. Es ist eine Traumstelle: Seit dem 1. November ist sie Dramaturgin in der Kulturfilmzentrale. Sie ist zuständig für die Sachgebiete Deutsches Land und Volk, Kunst und Völker und Länder. Der Verdienst ist sehr gut. Die Arbeit sagt ihr zu. Libs hat einen sehr netten jungen Mitarbeiter, Alexander Spoerl: ein lustiger Kerl, dessen Vater Romanautor ist. Im Bereich Völker und Länder bekommen Libs und Alexander auch viele interessante Filme zu Gesicht.

Es sind Filme von der Ostfront: Leicafilme, Trophäen stolzer Sieger. Libs hat eine Weile gebraucht, um diese Bilder lesen zu lernen. Es ist nicht ganz einfach. Libs hat am Anfang nicht sehen können, was die Bilder doch offensichtlich zeigen: acht

Frauen von hinten, nicht ordentlich angezogen, zum Teil in Unterröcken auf einer Art kleiner Anhöhe oder einem aufgeschütteten Wall. Vier oder fünf Frauen nackt mitten auf dem Feld. Nackte Männer, nebeneinander aufgereiht. Ein deutscher Soldat vor einer Grube, posierend wie ein Großwildjäger. Ein Mann am Rand einer Grube sitzend, wie am Rand eines Schwimmbeckens. Die Grube ist voller Leichen. Das Gesicht des Sitzenden ist knochig, dunkel, schon nicht mehr ganz menschlich, wie ausgesogen von dem Erlebten. Der junge Mann neben ihm trägt eine Brille. Er hat weiche Züge. Er hält so viel Abstand zu dem Sitzenden wie möglich. Er steht, Standbein Spielbein, den Körper zurückgenommen, den Arm ausgestreckt, in der Hand die Waffe. In ähnlicher Haltung hält ein Mensch eine zusammengerollte Zeitung, um ein Insekt am Fenster zu erschlagen, vor dem es ihn ekelt und das ihn stechen könnte. Im Hintergrund umringen Zuschauer die Szene, in Anzahl und Alter wie eine Schulklasse. Die Gesichter skeptisch, distanziert, abwartend. Bei einer Schulhofprügelei würden sie johlen. Auf dem nächsten Bild eine Frau, mit einem Kind auf dem Arm. Es ist ein großes Kind, sicher neun oder zehn. Die Frau vermag es kaum mehr zu tragen. Das Kind umklammert ihren Hals. Es hat das Gesicht an ihre Schulter gedrückt, die Beine um ihre Hüften geschlungen, so stolpert die Frau vorwärts. So fällt sie. *Klick*. Das perfekte Foto. Eine Leistung, das so hinzukriegen. Schwierig, genau in dem Moment abzudrücken, wo die Kugeln die Frau in den Rücken treffen. Sie hält das Kind fest, mit beiden Armen. Das lebende Kind. Sie wird auf das Kind stürzen. Es sind vier Männer. Auf dem Bild sind es vier. Der Fotograf hat die Schützen aber vielleicht nicht alle aufs Bild bekommen. Er musste ja einen günstigen Winkel auswählen, so dass er die Frau im Dreiviertelprofil hatte, damit man auch sieht, dass sie fällt. Auch die Schützen auf diesem Bild haben ihre Körper auf merkwürdige Weise zurückgezogen, so als könnten sie sich damit aus der Szene nehmen. Auch sie strecken nur die Waffenarme vor. Die Arme deuten auf die Frau: Da, die. Schaut euch die an.

Libs schaut. Dies ist das Undenkbare. Wenn das Undenkbare geschieht, muss man sich neu einrichten in der Welt. Man muss sich in einer Welt einrichten, in der das Undenkbare nicht nur gedacht worden, sondern zur Grundlage des weiteren Zusammenlebens geworden ist.

Libs sitzt auf ihrem Küchenstuhl. Es klingelt an der Tür.

Nein

Dem ersten inneren Aufschrei folgt eine verrückte Beschwingtheit. Wer weiß, wer es ist. Wer weiß, wer jetzt kommt und sie rettet. Sie sieht ihn durch den Spion. Es ist Horst Heilmann. Libs reißt die Tür auf. Sie lächelt strahlend, sie breitet den Arm aus.

»Aber so kommen Sie doch herein, Herr Heilmann. Wie schön! Harro ist noch nicht da, aber er wird bald hier sein.«

Seine Wangen röten sich, wie immer, wenn er sie sieht. Es ist ihr, als stünde sie unter der Dusche. Als prasselte heißes Wasser auf sie, reinigend, wärmend, so dass ihr Blut sich verdünnt, wieder zu fließen beginnt, ihren ganzen Körper durchströmt und sie mit allem versorgt, was sie zum Leben braucht.

»So kommen Sie doch. Kann ich Ihnen einen Cognac anbieten, einen Kaffee?«

Sie führt ihn ins Zimmer. Sie schenkt ihm und sich einen Cognac ein. Sie eilt in die Küche, setzt Kaffeewasser auf, eilt ins Wohnzimmer zurück.

»Ich mache Ihnen solche Mühe«, sagt er. »Ich wollte ganz bestimmt nicht stören.«

»Aber woher denn.« Sie lacht. »Was denken Sie denn. Es ist doch sehr nett, Sie zu sehen. Ich freue mich. Und Harro müsste ja eigentlich längst da sein. Aber das hilft nun nichts. Bis er kommt, werden Sie mit mir vorliebnehmen müssen.«

Er wird tiefrot. Er sagt: »Ich verehre Ihren Mann sehr.«

»Oh sicher«, sagt sie. »Ja. Er hält aber auch sehr viel von Ihnen. Er hat neulich erwähnt, Sie seien auf die Nachrichtendolmetscherschule in Meißen kommandiert worden?«

»Ja«, sagt Horst Heilmann. Er lächelt, verwundert. »Dass Sie das wissen«, sagt er. »Dass er Ihnen das erzählt hat.«

»Aber warum verwundert Sie das? Sie beide sind doch gute Freunde.«

Das Telefon klingelt.

»Sie entschuldigen mich.«

Es ist Harro. Er erklärt etwas. Der Kern schält sich heraus.

»Nichts zu machen, ich schaffe es nicht.«

»Ach, aber das macht nichts. Dann kommst du eben erst morgen. Es ist allerdings Besuch da. Horst Heilmann.«

»Ach, richtig. Heilmann. Wie dumm. Ich hatte das ganz vergessen. Bitte entschuldige mich bei ihm. In diesem Umzugstrubel ist er mir völlig abhandengekommen, um ehrlich zu sein. Verrate mich nicht.«

»Nein«, sagt sie lachend. »Ich decke dich.«

In der Küche kocht das Wasser. Sie ruft ins Wohnzimmer.

»Es war Harro. Einen schönen Gruß, aber er kann leider nicht kommen. Warten Sie, ich brühe nur schnell den Kaffee auf.«

Als sie zurückkommt, steht Horst Heilmann noch immer mitten im Raum, genau dort, wo sie ihn verlassen hat.

»Es tut ihm sehr leid«, sagt Libs. »Harro muss überraschend in Potsdam bleiben. Er lässt sich entschuldigen. Er bedauert sehr, dass Sie sich umsonst herbemüht haben.«

»Das macht doch nichts«, sagt er. »Ja, also. Dann werde ich nun gehen.«

»Aber warum denn! So bleiben Sie doch. Jetzt habe ich extra Kaffee gekocht, und nun wollen Sie ihn nicht trinken. Setzen Sie sich doch. Erzählen Sie. Was haben Sie für Pläne, wenn Sie mit der Schule fertig sind? Wenn Sie wieder in Berlin sind. Wenn dieser Krieg erst einmal vorüber ist.«

»Ich weiß es noch nicht«, sagt er. »Wenn der Krieg vorüber ist? Darüber habe ich noch nie ernstlich nachgedacht. Ich weiß ja gar nicht, ob ich dann noch lebe.«

»Das weiß man natürlich nie«, sagt Libs. »Aber ich bitte Sie, Sie sind so jung. Und man hat Sie auf die Nachrichtendolmetscherschule geschickt. Man hat sicher nicht vor, Sie an der Front zu verheizen.«

Er richtet sich auf.

»Ich bin durchaus bereit zu sterben«, sagt er. »Ich bin zu jedem Einsatz bereit. Ich bin sehr stolz, dabei zu sein. Ich bin glücklich darüber, jetzt zu leben, in dieser Zeit. Ich bin stolz darauf, an dem großen Werk mithelfen zu können, an der Einigung Europas, die alle Kriege beenden wird.«

»Ja«, sagt Libs. »Die Einigung Europas.«

Sie ergreift das Cognacglas. Sie sieht an Horst Heilmann vorbei, hinaus aus dem Fenster, in den Dezemberabend. Horst Heilmann sagt: »Sie sehen müde aus.«

Es ist, als hätte er einen Stöpsel gezogen. Ihr Elan entweicht. Sie kann mit einmal nicht mehr stehen. Sie lässt sich in den Sessel fallen. Er sagt es noch einmal: »Ich gehe jetzt besser.«

»Aber so bleiben Sie doch. Trinken Sie Ihren Kaffee.«

Sie legt das Gesicht in die Hände.

»Ja«, sagt er. »Wenn Sie es wünschen. Wenn es Sie nicht stört. Wenn ich Sie nicht störe, ich weiß ja nicht.«

»Nein«, sagt sie. »Sie stören mich nicht.«

Dann hebt sie das Gesicht und sieht ihn an.

Ich bete an die Macht der Liebe,
die Menschenherzen warm durchfließt,
die selbstlos, rein in heil'gem Triebe
den Feind gleichwie den Freund umschließt.

Elisabeth hat einen kleinen Tannenbaum bei Tante Alice und Onkel Richard aufgestellt. Sie hat die Gans gebraten, die die Mutter aus Thüringen geschickt hat und die aufgrund der großen Kälte tiefgefroren angekommen ist. Sie hat das Stück Weihnachtsstollen aus dem Paket der Mutter in winzige Stücke wie Plätzchen geschnitten.

Ich bete an der Wahrheit Sonne,
die hell des Irrtums Nacht durchbricht;
sie schafft dem Geiste höchste Wonne,
sie schenkt dem Herzen Trost und Licht.

Käthchen und Paul Glaser sind auch gekommen. Sie wohnen nur ein paar Häuser von den Hohenemsers entfernt. Sie haben sich überschwänglich bedankt, für die wunderbare Einladung zu diesem Weihnachtsabend 1941. Sie sind beide bei Zeiss-Ikon arbeitsverpflichtet.

»Ich denke, deswegen werden sie uns auch nicht so schnell evakuieren«, sagt Käthchen. »Sie brauchen doch die Juden als Arbeiter. Nichts fehlt dem Reich so sehr wie Arbeitskräfte. Unser Staubsauger ist seit drei Wochen kaputt, und wir finden keinen, der ihn repariert. An allen Läden im Viertel hängen Schilder: Reparaturen werden nicht angenommen. Wo soll das hinführen?«

»Ich glaube auch diese ganzen schrecklichen Geschichten von den Erschießungen nicht«, sagt Paul Glaser. »Dass sie uns evakuieren, nun gut. Aber warum sollten sie uns erschießen? Das haben sie doch gar nicht nötig. Unser Eigentum nehmen sie uns so oder so ab. Dafür müssen sie uns nicht umbringen. Und einen toten Juden kann man nicht mehr ausnützen.«

»Es geht sowieso zu Ende mit Hitler«, sagt Onkel Richard. »Die Wende ist da, das ist unverkennbar. Warum hat Hitler denn Brauchitsch abgesetzt und selbst den Oberbefehl über die Wehrmacht übernommen? Offenbar gibt es Meinungsverschiedenheiten zwischen Armee und Regierung. Und das ist kein Wunder. Vor ein paar Wochen waren die Russen offiziell schon vernichtet, jetzt lässt es sich nicht mehr verschleiern, dass es in Wirklichkeit die Wehrmacht ist, die ihrer Niederlage entgegensieht. Und nun hat Deutschland auch noch Amerika gegen sich. Nein, dieser Krieg ist nicht mehr zu gewinnen.«

»Und dann kommt die Stunde der Abrechnung«, sagt Paul Glaser. »Dann wird Rache genommen. Für meinen Bruder, der im KZ ist, für meinen Schwiegervater, den sie ermordet haben.«

»Aber lieber Paul«, sagt Onkel Richard. »Rache? Das kannst du nicht im Ernst meinen. Wir sind doch aufrechte Christen. Nein, das erlaube ich nicht, dass du an Weihnachten von Rache redest. Mein ist die Rache, spricht der Herr.«

Paul Glaser schüttelt den Kopf.

»Auch ich bin getauft«, sagt er. »Aber in diesem Punkt empfinde ich alttestamentarisch. Wenn die Brut keine Macht mehr hat, dann will ich Augen für jedes Auge, Zähne für jeden Zahn.«

»Nein«, sagt Onkel Richard. »Was wir dann brauchen, ist die Versöhnung. Wie sollen sonst Arier und Juden wieder friedlich zusammenleben, in demselben Land, auf demselben Boden? Und das muss doch kommen. Das wollen wir doch alle. Das wollen die aufrechten Deutschen, die es immerhin auch noch gibt, und das wollen die deutschen Juden. Eines Tages wird dieser Albtraum vorüber sein, und dann werden wir wieder als geachtete Bürger dieses Landes Seite an Seite mit unseren arischen Nachbarn leben. Es dauert nicht mehr lange.

Die Niederlage vor Moskau ist der Anfang vom Ende. Und in den letzten schweren Tagen, die noch vor uns liegen, wollen wir den Mut nicht sinken lassen.«

Tante Alice hält die Hand ihres Mannes. Sie hat ihm das Fleisch geschnitten wie immer. Sie hat ihm den Weihnachtsbaum beschrieben. Er ist ja blind. Ihre Augen stehen voll Tränen.

Libs hat die Dunkelkammer in der Zentrale vergrößert. Sie hat auf Kosten der Zentrale einen Schriftkopierapparat angeschafft. Sie ist dabei, ein geheimes Archiv anzulegen: Sie hält fest, wann und von wem sie die Bilder bekommt, wer auf ihnen zu sehen ist. Es war ihre eigene Idee, das zu tun.

Sie ist sehr froh, dass sie diese Idee gehabt hat. Nun muss sie die Bilder nicht mehr nur einfach betrachten. Nun kann sie etwas tun. Libs hat endlich etwas gefunden, was sie tun kann, nur sie allein. Harro hat sie gelobt. Er war überrascht und erfreut: Nun sieht er, dass auch sie bereit ist, mutig zu kämpfen. Nun sehen sie alle, dass Libertas Schulze-Boysen nicht nur hübsch, lieb und lustig ist, sondern dass sie auch etwas beiträgt, dass sie in der Lage ist, wichtige Arbeit zu leisten.

Denn einst werden diese Bilder als Beweismaterial dienen. Einst werden sich die Triumphe gegen die Täter kehren. Es ist wahr, die Opfer reden nicht. Sie sind tot. Aber die Täter reden. Sie versuchen nicht einmal, ihre Taten zu verhehlen.

»Sie prahlen damit«, sagt Libs, die in Horst Heilmanns Armen liegt. »Ich muss nur erwähnen, dass ich über eine Dokumentation nachdenke, und schon drängen sie mir ihre Adressen und Feldpostnummern auf.«

»Es ist ganz eindeutig«, sagt Annie Krauss zu Harro. »Vor Ihnen liegt eine glänzende politische Zukunft. Mars lässt keinen

Zweifel daran. Sie werden in hohe und höchste Positionen aufsteigen, Herr Schulze-Boysen, Sie werden in der Öffentlichkeit wirken. Auch Saturn und Jupiter deuten auf diese zukünftige Machtstellung hin. Sie werden Menschen um sich sammeln. Sie werden vorausschreiten, und man wird Ihnen folgen. Nein, Sie wissen doch, ein Honorar berechne ich nicht. Und von Ihnen schon gar nicht. Es beflügelt meine eigene Zuversicht, wenn ich an Ihrem Horoskop arbeiten darf.«

So also ist es, ein Sieger zu sein. So tanzen Sieger: in kalten halbleeren Sälen, unter den steinernen Blicken des offenbar herbeibefohlenen Publikums. Oda Schottmüller ist auf Tournee durch Holland und Frankreich. Durch die Ruinen von Rotterdam rattern deutsche Wehrmachtswagen. Auf einmal versteht hier niemand mehr Deutsch. Die Besiegten wenden sich ab, sie verschließen die Lippen. Oda tanzt in Kasernen, in beschlagnahmten Sälen. Die Cafés in Paris sind voll deutscher Soldaten. Sie scheinen die Kälte nicht zu spüren, unter der Oda erschauert. Sie flanieren, sie lachen, sie sind Sieger unter deutschen Fahnen. Die Dezembertage sind merkwürdig konturlos, in einem flachen grauen Licht ohne Schatten oder Höhungen, das Paris nicht bekommt. Es ist alles tot. Oda hat eine Idee zu einem neuen Tanz.

Sie hat erste Schritte. Es sind beinerne Schritte, ungelenk, staksend. Ein Militärcape ist das Kostüm. Oda hat Erika von Brockdorff in einem Brief von diesem neuen Tanz erzählt. Sie schreibt regelmäßig an Eri. Sie hat ihr geschrieben, wer es ist, der zu Oda gekommen ist, für diesen neuen Tanz: ›Der Letzte‹. Sie hat Erika das Rilke-Gedicht abgeschrieben, das zu dem Tanz gehört,

Komm du, du letzter, den ich anerkenne,
heilloser Schmerz im leiblichen Geweb –

In dem Moment, wo sie die Zeilen schrieb, fiel ihr aber ein, dass dies falsch war. Mit Rilke hatte ›Der Letzte‹ nichts zu tun, sondern mit Kurt Schumacher. Mit Kurts großem Werk vom Sommer 1940, dem ›Totentanz‹.

»Harro sagt, wir könnten das Gerät zu Oda bringen. In Odas Atelier.«

»Aber Oda ist doch in Frankreich.«

Erika von Brockdorff sitzt in der Küche der Coppis. Draußen schneit es. Die Vorhänge am Fenster rahmen den Blick auf die fallenden Flocken ein wie ein Bild. Es ist sehr gemütlich in Hans' und Hildes Laube, die warm ist, weil Hans vorhin noch einmal Holz nachgelegt hat.

»Ich habe einen Schlüssel«, sagt Erika. »Odas Wohnung ist eine Atelierwohnung, im Dach. Es ist ein sicherer Ort. Der Rest der Etage besteht aus Speicher.«

»Müsste man Oda nicht erst fragen?«, sagt Hilde.

»Wozu?«, sagt Erika. »Sie würde es ohnehin erlauben. Aber tatsächlich ist es viel besser für sie, wenn sie nichts davon weiß. Sie weiß ja nicht einmal etwas von dem Funkgerät. Sie ist also vollkommen ungefährdet. Selbst wenn irgendetwas schiefgehen würde, könnte sie sich immer darauf berufen, dass sie nichts von der ganzen Sache gewusst hat.«

»Das stimmt«, sagt Hans Coppi. »Niemand könnte ihr etwas unterstellen, nicht einmal, wenn man uns alle erwischen würde. Oda ist ja nachweisbar gar nicht in Berlin.«

5

S-Bahnhof Westkreuz. Die Stadtbahn bremst ab. Der Zug fährt in die Bahnhofshalle ein, kreischend und ruckend. Die Passagiere klammern sich an die Halteschlaufen. Cato Bontjes van Beeks Muskeln spannen sich. Ihre Aufmerksamkeit zieht sich auf einen einzigen Punkt zusammen. Ihr Herz schlägt ruhig und zuverlässig. Sie steht ganz hinten im letzten Wagen.

Im vorletzten: Der allerletzte ist ja reserviert, für die besonderen Fahrgäste. Der Zug kommt zum Stehen. Die Passagiere drängen hinaus auf den überfüllten Bahnsteig, hinein in den grauen Winterabend. Cato stemmt sich gegen ihre Flut an, bis auch die Fahrgäste aus dem allerletzten Wagen ausgestiegen sind. Sie sind ordentlich beschriftet, mit einem »P« auf der Brust. Jede Kolonne wird von zwei Wachleuten angeführt. Cato eilt los. Ihre Hände tief in den Manteltaschen umklammern Nähgarn, Streichhölzer, Zigaretten. Sie läuft mitten in die Kolonne hinein, ins Geklapper der Holzpantinen. Sie zieht die Hände aus den Taschen. Sie reckt den Kopf, blickt suchend über die Köpfe der Männer hinweg, als hätte sie die Orientierung verloren, während Finger ihre Finger berühren, ihnen Streichhölzer, Nähgarn, Tabak entwinden. Dann ist es schon vorbei. Die ganze Aktion hat kaum fünf Sekunden gedauert. Cato erklimmt das andere Ufer, entsteigt dem Strom, geht nun eilig den Bahnsteig entlang, sie ist jetzt vollkommen lebendig.

Jede Faser ihres Wesens vibiriert, jeder Nerv in den Muskeln pulsiert vor Leben. Das ist das Einzige, was sie einsetzen kann: ihre Lebendigkeit. Natürlich erweist es sich nun als glückliche Fügung, dass Cato Bontjes van Beek nicht schön ist. Cato hat ein Kopftuch umgebunden, das ihr Haar verdeckt. Sie hat den Mantelkragen hochgeschlagen, einen unförmigen Schal um Kragen und Kinn gewunden, auch ihr Mantel ist unförmig.

Unter dem Mantel ist Catos Körper. Es ist ein sehr nützlicher Körper, durch den noch immer das Adrenalin rauscht. Immerhin dies kann Cato tun. Sie kann den Zwangsarbeitern helfen, mit Socken, Kerzen, einem Stück Seife. Cato durchquert die Bahnhofshalle und tritt auf die Straße hinaus.

Die Menschen drängen und schieben, auf dem Weg nach Hause. Winterdunst erfüllt die Luft. In den Häuserschluchten steht die schmutziggraue Dämmerung wie kalte Brühe. Die Dämmerung vertieft sich schnell, dann senkt sich Dunkelheit über die Stadt. Im Schein des Filterlichts von Catos Taschenlampe leuchten matt die mit phosphoreszierender Farbe markierten Bordsteine, Häuservorsprünge und Brückengeländer auf, die Pfeile an den Häusersockeln, die zum nächsten Luftschutzraum weisen, die Katzenaugen an den abgetragenen Joppen vorbeihastender Passanten. Cato hasst die Stadt.

Oder nein, das tut sie nicht. Hassen möchte Cato nicht. Aber sie hat Heimweh. Sie sehnt sich nach Fischerhude, nach dem Hinterland der Küste, über das der Fluss sein weitmaschiges Netz wirft. Der Himmel spannt sich dort von Horizont zu Horizont. Im Frühling ist er ein blasser Hintergrund für die kahlen Zweige, die auf ihm wie Zeichnungen aussehen. In der

Frühe eines Sommermorgens schweben Dunstschleier über den Wiesen. In der Junihitze treiben Spinnwebwolken in die Ferne, Erlen stapfen an den Flussufern entlang, ungerührt wie ein Trupp alter Fischer. Cato liegt oft mit geschlossenen Augen in ihrem Berliner Bett und denkt an zu Hause. Aber sie muss hierbleiben und arbeiten. Sie muss Geld verdienen wie jeder Mensch.

Man braucht sie außerdem in Berlin. Der Vater hat sich nach der Trennung von der Mutter wieder verheiratet. Er und Rali haben vier kleine Kinder, und Rali ist oft erschöpft. Sie hat es nicht leicht: Sie gilt als Halbjüdin. Cato wohnt seit 1940 bei ihrem Vater und Rali, seit ihrer Entlassung aus dem Reichsarbeitsdienst.

Bis zum RAD haben die Eltern sie vor den Nazis beschützen können: Cato hat jahrelang in den Niederlanden bei Verwandten des Vaters gelebt, dann hat sie sich mehrere Monate um die Kinder einer Gastfamilie in England gekümmert. Vielleicht fällt es ihr deswegen so schwer, sich an die Berliner Verhältnisse anzupassen.

Ein wenig hilft ihr Heinz Strelow dabei. Er ist wie ein Gruß von zu Hause. Er selbst ist Hamburger, aber er hat Verwandte in Bremen, die mit Catos Eltern befreundet sind. Heinz war vor 1933 im Kommunistischen Jugendverband. 1935 hat er kurzfristig in Schutzhaft gesessen. Nach seiner Entlassung hat er als Gelegenheitsarbeiter beim Streichen der Dorfhäuser von Worpswede und Fischerhude geholfen, dann war er Soldat im Polenfeldzug, und nun ist er als Unteroffizier nach Berlin-Wannsee versetzt worden. Im Grunde ist Heinz Strelow aber ein Dichter. Darum hat er sich auch in Cato verliebt. Er ist erst seit einem Jahr verheiratet, aber Cato inspiriert ihn, wie es seine Frau nicht tut. Auch Heinz Strelow versucht, ein anständiger Mensch zu sein und ein anständiges Leben zu leben.

Das glaubt Cato fest. Das ist das Wichtigste. Es ist wichtiger, als Schauspielerin zu werden. Cato wäre gern Schauspielerin geworden. Sie macht so gern Späße. Sie macht Leute nach. Sie bringt ihr Publikum damit zum Lachen. Sie lacht selbst so gern, sie verwandelt sich so gern in jemand anderen. Aber wer kann in dieser Zeit schon tun, was er gern tut? Cato kann froh sein, dass man sie nicht in eine Munitionsfabrik dienstverpflichtet hat. Sie absolviert eine Lehre in der Werkstatt des Vaters, der ein berühmter Keramiker ist. Er experimentiert vor allem mit Glasuren: Er nennt seine Arbeiten gealterte Steine, erstarrte Meteoriten. Hinter der Werkstatt des Vaters ist ein Lager für Zwangsarbeiterinnen.

Es sind Ukrainerinnen, bang und elend, graugesichtige Hungerfiguren mit toten Haaren, Vitaminmangel-Ekzemen, den ängstlich zusammengezogenen Schultern Gefangener. Auch sie sind korrekt beschriftet, mit dem Wort »OST« auf der Brust. Jeder kann sie sehen. Aber keiner scheint sie zu bemerken. Eine der ukrainischen Frauen weint immer. Das Mitleid ist eine Art seelischer Schwindel, der Cato schüttelt, ihr den Magen zuschnürt, das Unterste zuoberst kehrt. Cato hat den Vater um Geld für die Frauen gebeten, um die Erlaubnis, ihnen Essen zu bringen. Jeder Kontakt mit den Ostarbeitern ist untersagt. Aber was, wenn Cato nach Russland verschleppt wäre?

Was, wenn dann der linke Träger ihres Kleides risse, und das Oberteil hinge an der Seite herunter, und Catos linke Brust wäre nackt, und sie hätte weder Nadel noch Faden? Nicht einmal eine einzige Sicherheitsnadel?

Der Vater gibt seiner Tochter nach. Cato steckt einer der Arbeiterinnen ein Garnröllchen mit einer Nadel zu. Sie besorgt Butter, sie besorgt Zigaretten für die Frauen: Für Zigaretten bekommt man alles, außerhalb und sicher auch innerhalb der Lager.

Die Lager sind überall, in der ganzen Stadt. Sie sind in Fabriken, stillgelegten Werkhallen, verlassenen Speichern, in Scheunen, Ställen und Kellern, in Gaststuben, Kneipen, Tanzsälen. Ein Haus sieht aus wie ein normales Haus. Dann öffnet sich morgens das Tor, die Kolonne marschiert heraus, und man sieht, dass es ein Lager ist. Und neue Lager wachsen empor, wo nur immer ein Winkel frei ist: auf Baubrachen, in Höfen, in den Ruinen zerbombter Gebäude. Die Lager wuchern in jeden Freiraum hinein: die Holzbaracken, trostlos parallel hinter den Bretterzäunen, eine Baracke, zwanzig, vierzig, sechzig Baracken. Ganz Berlin ist ein Lager. Die Lager wuchern über Berlin hinaus. Ganz Deutschland ist ein einziges Lager. Die Trauer frisst Cato auf.

Die Empörung frisst sie auf. Die Empörung lässt ihr keine Ruhe. Natürlich, es gibt immer Schlechtigkeiten und Unglücksfälle. Es gibt Ungerechtigkeiten, Krankheiten und brennende Häuser. Sogar Mord und Totschlag kommen zu allen Zeiten vor. Aber all das bewegt sich innerhalb gewisser Grenzen. Man selbst bewegt sich in diesen Grenzen. Man putzt sich die Zähne, man grüßt die Nachbarn, man geht in die Stadt und wieder nach Hause, man steht fest auf dem Erdboden, verankert in der in sich selbst gründenden Ordnung der Welt: Und dann steht plötzlich zu befürchten, dass es gar keinen Boden gibt. Dass es keinen verankerten Grund gibt. Dass die Welt etwas Konstruiertes ist, wie eine Kinderbastelei, eine Pappschachtel vielleicht, die jederzeit hochgehoben und geschüttelt werden kann.

Professor Samuel hat im Haus gegenüber gelebt.

Er ist aufrecht und groß durch sein Leben geschritten, ein geachteter Mann. Im Herbst 1938 hat man ihn das erste Mal abgeholt. Man hat in der Wohnung der Samuels alles kaputtgeschlagen: das Geschirr, die Spiegel, den Flügel, die Schallplatten. Nach ein paar Wochen ist Professor Samuel wieder zurückgekehrt. Seine Haut war wächsern. Er hinkte. Er hatte eine Narbe auf der Stirn. Er saß auf dem Sofa. Sein Blick kam von weither, wie vom anderen Ufer eines großen grauen Sees. Er hat die Fotografien betrachtet, die auf der Anrichte standen. Eine Fotografie zeigte ihn mit seinem Bruder, seiner Frau und den Kindern an einer Kaffeetafel im Garten. Eine andere zeigte ihn mit wichtigen Personen, die ihm eine Urkunde überreichen. Herr Professor Samuel saß davor, mit gerunzelten Brauen. Er sah aus, als versuchte er herauszufinden, wer die fremden Leute auf diesen Bildern waren.

Aber er war doch noch immer Professor Samuel? Er war noch immer dieselbe Person. Nur stimmt das natürlich nicht. Herr Professor Samuel war ein Mann von Kompetenz und Stellung, mit Uhr und Kette, gestutztem Bart und fragloser Würde. Der Jude Wilhelm Samuel ist ein Männlein mit grauem Gesicht und roter Narbe auf der Stirn, das zweifelnd und verwundert eine Fotografie betrachtet, auf der einem fremden Professor eine Urkunde überreicht wird. Wie ist das möglich? Wie kann es geschehen, dass man aufhört, man selbst zu sein?

Herr Samuel hat sich zurückgezogen, in seine eigene Welt. Cato stellt sich vor, dass diese Welt ein großer grauer Ozean ist. In der Mitte dieses Ozeans ist eine Insel. Die Insel sieht unaufgeräumt aus, mit zerbrochenen Muscheln und Tangklumpen an einem grauen Strand, Gesteinsbrocken, grauen Gräsern und Flechten. In der Mitte der Insel erhebt sich eine steinerne Festung. Da hinein geht Herr Samuel, wenn er sich zurückzieht. Und wo ist er jetzt?

Die Samuels sind gezwungen worden, in ein Judenhaus zu ziehen, in ein ganz kleines Zimmer in einer Wohnung, die vollgestopft mit fremden Menschen war. Rali hat sie dort noch ein paarmal besucht, heimlich, nach der Verdunkelung. Dann ist das Judenhaus evakuiert worden. Die Leute werden im Osten angesiedelt, heißt es. Cato glaubt nicht, dass die Samuels es dort gut haben werden. Wenn man wollte, dass die Samuels es gut haben, hätte man sie nie aus ihrer Wohnung vertrieben.

Und während das geschah, geschahen zugleich ganz gewöhnliche Dinge. Während die Samuels evakuiert und die Ukrainerinnen verschleppt wurden, sind die nicht evakuierten oder verschleppten Leute jeden Morgen ganz normal aufgestanden. Sie haben sich die Zähne geputzt, sie sind zur Arbeit gegangen, sie haben ihre Hunde Gassi geführt. Das heißt, die Barbarei ist keine Epoche der Vorzeit, sondern ein immerwährender Zustand der Welt.

Die Zeit schreitet gar nicht voran. Es ist gelogen, dass heute auf gestern und morgen auf heute folgt. Jederzeit können behelmte Ritter einander auf dem Potsdamer Platz die Arme abhauen, zottelfellige Jäger zwischen den Bussen und Automobilen des Kurfürstendamms ein schreiendes Tier mit Knüppeln totprügeln, Söldner und Legionäre am Brandenburger Tor einen Unschuldigen ans Kreuz schlagen. Cato weiß das nun.

Sie möchte nicht mehr jammern.

Sie möchte nicht mehr hadern, maulen oder meckern. Man verausgabt sich dabei nur. Man verschwendet seine Kraft, und dann ist man vielleicht nicht mehr stark genug, um das zu vollbringen, was von einem verlangt wird. Cato geht durch das große trübe Berlin, durch den Winterdunst. Die Menschen drängen und schieben von gestern nach morgen, ohne eine Gegenwart, in der sie ruhen. Was mögen sie heute Abend vorhaben?

Im Tivoli läuft ›Quax, der Bruchpilot‹ mit Heinz Rühmann. Im Metropol wird ›Die lustige Witwe‹ gegeben. Handelt es sich vielleicht um Quax' hinterbliebene Gattin? Cato stellt sich den Mondaufgang vor, über den Wiesen in Fischerhude. Sie stellt sich ein Mäuslein im Gras vor, unterwegs auf seinen eigenen Wegen. Sie denkt an Schmetterlinge, Wicken am Zaun, an den alten Kahn an der Holzbrücke zwischen Kalmus und Wasserlilien. Bussarde kreisen hoch oben. Cato stellt sich vor, mit ihnen aufzusteigen, hinaufzukreisen höher und höher in der warmen Luft, die zu den Wolken strebt: Am Wochenende fährt Cato regelmäßig nach Rangsdorff hinaus, zu der Gruppe junger Segelfliegerinnen, der sie sich angeschlossen hat.

Ein Segelflugzeug muss zuerst mit fremder Hilfe auf eine gewisse Ausgangshöhe gebracht werden. Dann aber gleitet man frei und leicht, die Thermik nutzend wie ein Greifvogel, den Blick weit vorausgerichtet, dorthin, wo die Wolkenformationen Aufwinde anzeigen. Eines Tages wird Cato vielleicht über die Alpen fliegen, über die Anden oder wenigstens über die Dünen der Kurischen Nehrung.

Aber nicht jetzt. Jetzt ist sie in Berlin. Sie ist allein unter viereinhalb Millionen Menschen, wie ist das möglich? Wo sind die anderen? Was treiben sie? Die meisten sind wahrscheinlich vollkommen davon ausgefüllt, zur Arbeit oder zur Schule zu gehen, zu essen und zu schlafen. Einige jubeln mit den Nazis, aus Begeisterung oder um irgendwelcher Vorteile willen. Wie viele? Eine Million? Zwei? Drei? Eine Menge Leute sind in den Gefängnissen verschwunden, ganz bestimmt Hunderte, wahrscheinlich Tausende. Aber dann bleiben doch immer noch sehr viele übrig. Wo sind sie? Irgendwo verborgen in dieser Wüstenei, in der schwarzen Leere dieser Stadt, durch die die trommelnden Patrouillen ziehen,

Wir sind die Großmacht! Wir sind die Stärksten! Wir können alle besiegen!

Aber warum sind diese Sieger so mürrisch? Warum sind sie nicht glücklich und heiter? Warum sind ihre Gesichter roh, ihre Lieder hässlich? Cato ist allein. Sie ist müde: Rali war eine

Weile im Krankenhaus, und Cato musste sich um die Kleinen kümmern und um den Vater und den Haushalt. Sie musste Rali besuchen. Sie musste in der Werkstatt helfen. Der Vater lebt ja nur für seine Arbeit.

Er lebt nur für sich. Abends lehnt er im Sessel, mit geschlossenen Augen, und hört einer Grammophonplatte zu.

»Papa? Was denkst du?«

»Ich denke nichts. Ich sitze hier. Ich versuche mein verbogenes Ich wieder geradezubiegen. Aber bleib ruhig. Es ist nett, dass du mir Gesellschaft leistest.«

Cato faltet die Hände. Sie sitzt in der klangdurchwobenen Stille. Am liebsten wäre sie weit fort, in Fischerhude. Am liebsten wäre sie auf einer anderen Welt. Manchmal ist sie nicht sicher, ob sie noch auf dieser Welt ist. Dann möchte Cato laut aufschreien. Cato sitzt neben dem Vater auf dem Sofa, mit gefalteten Händen. Die Musik rauscht und perlt, donnert und feiert, träumt und trauert. Cato hält still. In ihrer Brust rast ihr Herz.

Am nächsten Morgen klebt an der Bushaltestelle ein Zettel. Der Zettel klebt quer über dem Fahrplan,

Deutschland ist im Krieg!

Im Krieg gegen Andersgläubige, Andersdenkende, Andersfühlende

Cato sieht sich um. Keiner achtet auf sie. Keiner beachtet den Zettel. Catos Herz stolpert, es stürmt den Verfassern dieser Botschaft entgegen. Cato geht ganz langsam weiter. Sie geht langsam an dem Fahrplan vorbei,

Wehrt euch!

Wendet die Waffen gegen die Nationalsozialisten!

Verbündet euch mit den Armeen der Sowjetunion und der demokratischen Länder!

Wer hat das gewagt? Wer hat solchen Mumm? Cato triumphiert, als hätte sie selbst diese Zettel geklebt. Sie schlägt die Augen nieder. Wer jetzt in Catos Augen sieht, der wüsste sofort alles über sie,

Wehrt euch!

Ja! Findet mich. Wo seid ihr?

Es gibt sie. Es gibt andere. Es gibt mehr als ein Berlin. Es gibt eine andere Welt. Wo ist sie? Wo ist der Eingang, wo sind ihre Bewohner? Am nächsten Tag sind die Zettel verschwunden. Aber nicht spurlos. Man kann solche Zettel nicht spurlos entfernen. Am Fahrplan klebt noch immer ein wenig Papier. Es ist so groß wie ein Fingernagel. Es ist weiß, unbeschriftet. Aber das macht nichts. Cato weiß, was dort steht. Sie kennt den Text ganz genau.

»Cato«, sagt der Vater, als sie in die Werkstatt zurückkehrt. »Wir haben Besuch. Eine junge Dame von der Kulturfilmzentrale ist da. Sie möchte eventuell einen Film über uns drehen.«

Einen Film über Jan Bontjes van Beek, den berühmten Keramiker. Cato folgt dem Vater in sein winziges Büro.

»Frau Schulze-Boysen«, sagt Jan Bontjes van Beek. »Darf ich Ihnen meine Tochter vorstellen.«

»Und Sie stammen also aus Fischerhude. Das ist das Schwesterdorf von Worpswede, nicht wahr? In Worpswede hat doch Rilke gelebt. Und der Maler Heinrich Vogeler.«

Cato und Heinz Strelow sind bei den Schulze-Boysens zu Gast. Cato darf nun über zu Hause reden, über ihre Mutter, die Tänzerin und Malerin Olga Bontjes van Beek. Olga ist eine geborene Breling. Ihre Schwester Louise ist Otto Modersohns dritte Ehefrau. Entsprechend eng steht die Familie zu den Worpswedern: Martha und Heinrich Vogeler, Rilke und Clara Rilke-Westhoff. Clara ist 1919 sogar von Worpswede nach Fischerhude übergesiedelt. Harro ist begeistert. Er zitiert Rilke. Dann beginnt er Heinz Strelow nach seinen Kriegserlebnissen zu fragen. Libertas erzählt von Liebenberg.

»Ich bin in der Schweiz zur Schule gegangen«, sagt Libs.

»Und ich in den Niederlanden«, sagt Cato.

»Meine Eltern sind geschieden.«

»Meine auch.«

»Am schönsten war es immer, wenn wir auf der Wiese spielten. Unten am Fluss lag ein alter Kahn, von dem konnte man in den Fluss springen.«

»Sie müssen uns unbedingt einmal nach Liebenberg begleiten, an die Große Lanke.«

»Am schönsten waren die Geschichten meines Vaters, wenn wir einschlafen sollten. Er erzählte von Schafen, die über die Brücke gehen. Ein Schaf nach dem anderen. Jedes der Schafe ging über die Brücke. Eins und noch eins und immer noch eins. Und dann konnte man die Geschichte so lange nicht weitererzählen, bis auch das letzte Schaf hinübergegangen war.«

Sie lachen. Sie umarmen einander. So entstehen Mädchenfreundschaften.

»Ich halte den Krieg für verloren«, sagt Harro zu Heinz. »Ich bin der festen Ansicht, dass das Ende nicht mehr lange auf sich warten lassen wird. Russland wird siegen, das ist sicher.«

Heinz Strelow stimmt begeistert zu.

»Das sehe ich auch so, ganz genauso. Ich war früher im KJVD, wissen Sie.«

Harro beugt sich vor.

»Wir wollen am Wochenende einen Ausflug in den Grunewald unternehmen«, sagt er. »Eine richtige Winterwanderung. Kommen Sie doch mit. Wir würden uns freuen.«

»Mit der Miete könnte ich Ihnen helfen«, sagt Libs zu Cato. »Wenn Sie mit Herrn Strelow zusammenleben wollen, darf das doch nicht an der Miete scheitern. Ich habe immer so viel Schreibarbeiten. Ich könnte Ihnen eine Schreibmaschine leihen, und Sie könnten gelegentlich Manuskripte für mich tippen.«

So neigt sich 1941 dem Ende entgegen.

Das Jahr endet mit einer Silvesterfeier bei Wolfgang Rittmeister, wo die Schulze-Boysens den Bruder des Gastgebers kennenlernen.

»John, das ist Herr Oberleutnant Schulze-Boysen. Harro, darf ich dir meinen Bruder vorstellen. Dr. John F. Rittmeister. Mein Bruder ist Nervenarzt und Psychoanalytiker. Er leitet die Poliklinik des Deutschen Instituts für psychologische Forschung und Psychotherapie.«

John Rittmeister ist schon in den Vierzigern. Aber seine Frau Eva ist jung, sogar noch etwas jünger als Libs. Sie trägt sich mit dem Gedanken, Schauspielerin zu werden.

»Wir wollten ja eigentlich Kinder haben, mein Mann und ich«, sagt Eva Rittmeister zu Libs. »John hat sich sehr nach einer richtigen Familie gesehnt. Aber inzwischen denke ich, wenn nach ein paar Jahren Ehe noch immer nichts passiert ist, dann soll es eben nicht sein.«

»Die Suche nach einem Lebenssinn hat mich von Jugend an umgetrieben«, sagt John Rittmeister zu Harro. »Inzwischen bin ich zu der Überzeugung gelangt, dass diese Suche identisch ist mit der nach einem verbindlichen Moralprinzip. Mit anderen Worten, der Sinn des Lebens scheint mir darin zu liegen, dass man sich für das Prinzip des Sozialwohls einsetzt. Aber wirklich befriedigend ist so ein menschengemachtes Konstrukt nicht. Es vertreibt keinesfalls das Gefühl der universellen Leere. Im Grunde bin ich 1937 aus der Schweiz nach Deutschland zurückgekehrt, um hier eine Familie zu gründen. Aber dieser Wunsch scheint nicht in Erfüllung zu gehen.«

Dr. John Rittmeister arbeitet lange Stunden in der Klinik. Er versucht sich seinen Fachaufsätzen zu widmen. Aber ihm scheint, er arbeitet nicht konsistent genug. Er ist zu zerfahren, dann wieder wie gelähmt. Wahrscheinlich publiziert er nicht genug. Der ewige Kampf um Geltung ist so unendlich aufreibend. Der Winter ist lähmend, der Krieg, das Institut. Und Eva entschwindet.

Sie ist lieb, sie ist nett, sie fragt nach seinen Wünschen. Sie sucht seine Nähe. Sie beginnt Gespräche. Aber wozu? Es sind inhaltsleere Gespräche. Wie wären sie mit Inhalt zu füllen? Das Wesentliche kann vielleicht ohnehin nicht gesagt werden. Was würde das für seinen Beruf bedeuten? Was ist das Wesentliche?

»Und Sie arbeiten also für die Kulturfilmzentrale, Frau Schulze-Boysen?«, sagt Eva Rittmeister. »Da kennen Sie doch sicher viele Leute vom Film. Ach, das muss aufregend sein.«

Harro und Libs sind entzückt von Eva. Eva hat mit Libs ein paar Lieder einstudiert. Sie tragen sie in der Altenburger Allee gemeinsam vor. Es gibt Wein. Später wird getanzt. Harro zieht frohgemut über das Regime her, ohne jede Vorsichtsmaßnahme. Der Abend wirkt so lockernd und erhellend auf John, dass nachts sogar die sexuelle Stauung weicht und John Rittmeister sich Eva zum ersten Mal in Monaten annähern kann.

»Wir unsererseits wollten nie Kinder«, sagt Harro zu John Rittmeister. »Wir wollten ein kämpferisches Leben führen, und das ist schwer möglich zwischen nassen Windeln. Aber vielleicht eröffnen sich noch einmal ganz neue Möglichkeiten, wenn erst die Revolution gesiegt hat.«

John Rittmeister würde am liebsten jeden Abend mit Harro verbringen. Harro ist wie eine Reise. Harro ist Ausland, Landpartie, großer Freundeskreis, frischer Wind und spannendes Buch mit unerhörtem Inhalt.

»Ich würde meine Weltanschauung als marxistisch beschreiben«, sagt John Rittmeister zu Harro. »Marxistisch, humanistisch, pazifistisch. Wobei dies philosophisch verstanden werden will. Wirtschaftliche Zusammenhänge habe ich nie wirklich begriffen. Sie interessieren mich auch nicht. Mein Vater war Kaufmann. Ein unterkühlter Mann, ein typischer Hamburger Patrizier. Meine ganze Kindheit lang hat er mir die Vorrangigkeit ökonomischer Interessen vor allem anderen gepredigt, was mich unsäglich abgestoßen hat.«

»Man muss sich ja nicht mit Ökonomie beschäftigen, wenn man dazu keine Lust hat«, sagt Harro. »Ihr Arbeitsgebiet liegt eben woanders, Herr Dr. Rittmeister. Sie beschäftigen sich mit den Nerven, dem Geist, der Seele des Menschen, also mit dem, was uns überhaupt erst befähigt, ökonomische Theorien aufzustellen. Sie gehören zur intellektuellen Elite. Und genau das ist es, was wir brauchen. Wir brauchen Leute, die ganz anders ausgebildet sind als die jetzige Führungsschicht. Deutschland soll den Fortschritt in der Welt nicht hemmen, sondern vorantragen.«

Sie sitzen in der Altenburger Allee. John Rittmeister fühlt sich belebt, ganz gegenwärtig.

»Neulich habe ich Haushofer getroffen«, sagt Harro zu John Rittmeister. »Er ist Dozent an der Auslandswissenschaftlichen Fakultät. In seinen Augen ist Hitler der Antipode zu Christus, das personifizierte Böse. Aber da gehe ich nicht mit. Das gönne ich dem Herrn einfach nicht, dass man ihn nun ins Dämonische entrückt, nachdem ansonsten nichts an ihm geblieben ist. Na, jetzt wird es ihm bald an seinen Spießerkragen gehen. Der Krieg ist verloren, das ist doch offensichtlich. Der Rückzug vor Moskau war die Wende. Man sollte handeln. Jetzt sollte man handeln, nicht erst, wenn es zu spät ist.«

»Handeln«, sagt John Rittmeister. »Handeln. Ja, lieber Herr Schulze-Boysen, das klingt großartig. Das möchte jeder. Sich erneuern, sein Leben im Handeln erneuern. Aber was wollen Sie tun?«

»Wir sollten einen Text entwerfen. Wir sollten damit beginnen, das Volk zu mobilisieren. Wir müssen weitere Kreise zum Widerstand aufrufen.«

Die Sorge um Deutschlands Zukunft geht durch das Volk!

Vergeblich bemüht sich Minister Goebbels, uns immer neuen Sand in die Augen zu streuen. Die Tatsachen sprechen eine harte warnende Sprache. Niemand kann noch länger die Augen verschließen vor der Ungeheuerlichkeit des Geschehens, vor der uns alle bedrohenden Katastrophe der nationalsozialistischen Politik.

Sie haben ein großartiges Flugblatt gemacht. Der Entwurf stammt im Wesentlichen von Harro Schulze-Boysen und John Rittmeister. Aber an der Ausarbeitung haben sich auch andere beteiligt, zum Beispiel Heinz Strelow, der seit Januar 1942 mit Cato Bontjes van Beek zusammenwohnt.

Die Werktätigen sind immer ärgerer Antreiberei und Überanstrengung ausgesetzt. Die letzten Reserven werden aus dem Volkskörper herausgepresst. Immer neue Hunderttausende schluckt die Armee.

Es sind sechs Seiten geworden, einzeilig getippt. Der Abfassung sind erhitzte Debatten vorausgegangen, konzentrierte Arbeit, Begeisterung. Vieles ist so stehengeblieben, wie Harro es formuliert hat.

Angesichts des harten Sterbens ringsum ist die Erinnerung an die Zeit erwacht, da die heute kriegführende Partei dem deutschen Volke selbst die Freiheit nahm. Bevor man Europa in Ketten legte, versklavte man Deutschland.

An anderer Stelle hat Dr. Rittmeister die seelischen Aspekte herausgearbeitet und ins Zentrum gestellt.

In fast jedem deutschen Haus herrscht Trauer. Die Tage vergehen freudlos, ohne dass den Menschen eine Hoffnung winkt. Zeit und Nervenkraft gehen verloren mit den immer knapperen Rationen, die die Regierung dem Volk noch zugesteht. Die Allgemeinheit leidet unter den Unverschämtheiten und Schikanen der Behörden und Parteistellen.

Auch Heinz Strelow war mit Feuereifer dabei. Zum ersten Mal hat Cato ihn ganz gelöst und ausgefüllt gesehen.

Wer erkennt jetzt nicht, dass der ganze vielgepriesene Soziale Aufstieg im Dritten Reich, die Arbeitsbeschaffung, der Volkswagen und so manches andere nichts war als Kriegsvorbereitung und Rüstung? Hat Hitler kein anderes Mittel zur Behebung der Arbeitslosigkeit gewusst als die Ausrottung von Millionen durch einen neuen Krieg? In allen Ländern werden täglich Hunderte, oft Tausende von Menschen standrechtlich und willkürlich erschossen und gehenkt. Noch nie in der Geschichte ist ein Mann so gehasst worden wie Adolf Hitler. Der Hass der gequälten Menschheit belastet das ganze deutsche Volk.

Aber was soll werden? Was soll den Status quo ablösen? Darüber waren sich der Arbeiter und Soldat Heinz Strelow, der Oberstleutnant Harro Schulze-Boysen und der Arzt John Rittmeister sehr schnell einig.

Das deutsche Volk braucht eine sozialistische Regierung der Arbeiter, der Soldaten und der werktätigen Intelligenz. Seine Freunde findet es nicht unter denjenigen, die ein Interesse an der Wiederherstellung des europäischen Zustandes von 1918 bis 1939 haben, sondern unter den fortschrittlichen Kräften

Europas und in der UdSSR. Auf dieser Basis wäre ein Friede möglich, bei dem die Unversehrtheit des deutschen Reiches in den Grenzen vom Frühjahr 1939 gewahrt bleiben könnte. Das deutsche Volk muss verlangen, dass es in umfassenden Handelsverträgen und Abkommen an den Gütern der Erde beteiligt wird.

»Aber das ist nur möglich, wenn jetzt etwas geschieht«, sagt Harro. »Wenn wir zuwarten, verlieren wir jede Verhandlungsbasis gegenüber dem Ausland. Dann wird man Deutschland einfach vernichten. Dann wird der Zusammenbruch so vollständig sein, dass damit verglichen der November 1918 eine Lächerlichkeit war.«

Straft die SS mit Verachtung! Hört endlich auf mit dem Unfug, Winterhilfsabzeichen zu sammeln. Jeder Groschen verlängert den Krieg. Schluss mit Gedankenlosigkeit und Gefühlsduselei! Gebt diesen Brief weiter! Ihr seid nicht allein! Kämpft zunächst auf eigene Faust, dann gruppenweise. MORGEN GEHÖRT UNS DEUTSCHLAND!

– A G I S –

»Was bedeutet dieses Agis, Harro?«, fragt Elisabeth Schumacher.

»Handle, auf Französisch. Aber es ist auch der Name eines griechischen Königs. Hölderlin erwähnt ihn im ›Hyperion‹.«

Endlich nach wenigen flüchtigen Worten bat mich Diotima, einiges von Agis und Kleomenes zu erzählen; ich hätte die großen Seelen oft mit feuriger Achtung genannt und gesagt, sie wären Halbgötter, und ihr Kampf mit dem Schicksal von Sparta sei heroischer, als irgendeiner in den glänzenden Mythen. Der Genius dieser Menschen sei das Abendrot des griechischen Tages, wie Theseus und Homer die Aurore desselben.

Ich erzählte und am Ende fühlten wir uns alle stärker und höher.

Glücklich, rief einer von den Freunden, wem sein Leben wechselt zwischen Herzensfreude und frischem Kampf.

Ja! rief ein anderer, das ist ewige Jugend, dass immer Kräfte genug im Spiele sind und wir uns ganz erhalten in Lust und Arbeit.

O ich möchte mit dir, rief Diotima mir zu.

Nun war kein Wort mehr für uns übrig. Ich fühlte mein höchstes Herz; ich fühlte mich reif zum Abschied. Jetzt will ich fort, ihr Lieben! sagt ich, und das Leben schwand von allen Gesichtern. Diotima stand, wie ein Marmorbild und ihre Hand starb fühlbar in meiner.

Alles hatt ich um mich her getötet, ich war einsam und mir schwindelte vor der grenzenlosen Stille.

Ach! rief ich, mir ists brennendheiß im Herzen, und ihr steht alle so kalt, ihr Lieben! und nur die Götter des Hauses neigen ihr Ohr? Wehe! Das ist kein Abschied, wo man wiederkehrt.

Du wirst sie töten, rief Notara. Siehe, wie sanft sie ist, und du bist so außer dir.

So lebe denn wohl, Diotima!, rief ich. Lebt wohl! lebt wohl!

Ich wankte fort. Diotima folgte mir allein.

Sie sind in Stahnsdorf, vor den Toren Berlins. Cato weiß nicht, wie der Mann heißt, zu dem Harro sie geschickt hat. Heinz Strelow weiß es auch nicht. Der Mann hat sie ins Haus gelassen, in ein Zimmer geführt und ihnen den Vervielfältigungsapparat gezeigt, dann ist er weggegangen. Aber sie wissen gar nicht, wie man mit so einer Maschine umgeht. Cato hat noch nie eine Matrize beschrieben, geschweige denn damit Abzüge gemacht.

»Ach Heinz. Und du auch nicht? Aber wieso hast du Harro das nicht gesagt? Wieso hast du so getan, als wenn du das alles gelernt hättest?«

»Ich habe doch gedacht, es bleibt jemand bei uns. Jemand, der uns zeigt, wie es geht.«

Sie schaffen es immerhin, eine von den sechs Seiten auf die Matrize zu tippen.

»Himmel, Cato. Es geht gar nichts mehr. Ich glaube, wir haben etwas kaputt gemacht.«

Heinz ist außer sich. Cato kämpft mit den Tränen.

»Wir haben das Gerät kaputt gemacht. Was wird Harro sagen!«

Und was tun sie hier überhaupt? Warum sind sie hier? Es ist, als fiele etwas von Cato ab. Es ist, als hätte man ihr die Augen zugehalten, aber nun sieht sie klar. Cato ist gar kein politischer Mensch. Sie möchte anderen helfen, aber wem hilft denn dieses Flugblatt?

Cato nimmt Heinz Strelow am Arm.

»Heinz. Wir sind verrückt. Was machen wir hier eigentlich? Worauf haben wir uns eingelassen? Ich habe Angst, Heinz.«

Er wendet den Kopf, starrt sie an.

»Aber du wolltest doch etwas tun. Du hast doch gesagt, dass du etwas tun willst.«

»Ja. Aber dies ist ganz überflüssig. Es ist albern. Lies doch. *Gebt diesen Brief weiter. Kämpft zunächst auf eigene Faust, dann gruppenweise.* Es kommt doch wegen eines Stücks Papier nicht zu einer Revolution. Und wollen wir überhaupt eine Revolution? Würde die Armee nicht auf die Leute schießen? Ach Heinz. Was sollen wir denn jetzt machen?«

»Sei ruhig. Sei ganz ruhig, Cato. Wir lassen alle diese Sachen hier. Wir gehen jetzt zu Harro. Wir sagen ihm, dass wir nicht mehr mitmachen.«

Und noch etwas anderes war Cato merkwürdig. Leni Riefenstahls Olympiafilm hat Libs und Harro gefallen. Darüber haben sie gesprochen. Libs fand die Filme ganz fantastisch. Das hat sie Cato gesagt. Cato hat geschwiegen. Sie kann sich ja selbst nicht erklären, warum sie sie verabscheut hat, diese Filme, in denen die Menschen die Kugel stoßen, den Speer und den Diskus werfen wie Götter, geschmeidig und strahlend ernst, unberührt von Erdenschwere, als wären sie Vögel oder Fische, die sich vom Sprungturm in die Lüfte schnellen, gen Himmel streben und dann hinab ins Wasser stoßen, nicht etwa der Schwerkraft, sondern allein ihrem eigenen Willen folgend. Wie kann man es ertragen, vor solcher Schönheit ein kleines Erdenwürmchen zu sein? Wie kann man Kummer und Schmerz, Fehlerhaftigkeit und Makel aushalten, das eigene Körpergewicht, die Masse, die Erdgebundenheit, die Sterblichkeit? Die Menschen in diesen Filmen sind keine Menschen, sondern Götter.

Götter oder Maschinen. Maschinen wahrscheinlich: Sie sind nicht mehr, sie sind weniger als menschlich. Cato hat sich umgesehen. Im Aquariumslicht des Kinos schwammen die Gesichter der Kinobesucher ebenso seelenlos, ebenso tot wie die Gesichter der Automaten in den Filmen. Sie saßen wie in der Kirche, die Augen auf die Leinwand geheftet, mit offenen Mündern, hängenden Backen, selbstvergessen.

Und was war denn das überhaupt für ein Unsinn?

Was sollte das heißen: ›Fest der Völker‹, ›Fest der Schönheit‹, ›Sieg des Glaubens‹, ›Triumph des Willens‹? Die alte Lachlust, die Imitationslust überwältigte Cato. Sie musste die Hand vor den Mund pressen, um nicht laut loszulachen, man konnte ja ewig weitermachen mit einer solchen Litanei. Tag der Freiheit, Nacht der Seichtheit. Woche des Bettgestells, Weihe des Schweißgeruchs. Popel des Volksgenossen, Zahnschmerz des Nibelungen. Zither des Zitteraals, Reifen der Riefenstahl, Ohrschmalz der Dämlichkeit, Quark der Verblödung.

»Großartige Kunstwerke, diese Filme«, hat Libertas gesagt. »Die Riefenstahl. Eine fantastische Künstlerin.«

Und nun ist Cato auch Heinz fremd geworden.

Die Flugblattaktion hat etwas zwischen ihnen zerstört. Heinz ist innerlich von Cato abgerückt. Er hat ihre Kritik an dem Flugblatt persönlich genommen, sie haben gestritten, und Cato ist wieder zu ihrem Vater gezogen.

Sie trifft Heinz weiterhin. Aber sie können kein Leben teilen. Cato ist nun wieder, wo sie war. Sie lebt bei ihrem Vater, bei Rali und den kleinen Geschwistern. Sie sehnt sich nach Fischerhude. Sie hat den Kontakt zu den Schulze-Boysens abgebrochen. Sie haben einander ja überhaupt nur ein paar Wochen gekannt. Es ist also nichts passiert. Es ist im Grunde gar nichts passiert.

Die Zahl der Toten steigt in die Millionen. Im Namen des Reichs werden die scheußlichsten Grausamkeiten und Quälereien an Zivilpersonen und Gefangenen begangen. Der Hass der gequälten Menschheit belastet das ganze deutsche Volk.

Johnny Graudenz hat das Flugblatt fertig gemacht. Er hat die Blätter abgezogen, drüben im Haus der Hellseherin Annie Krauss, er hat sie in Kisten gepackt. Dann hat er sich mit den anderen bei den Schulze-Boysens getroffen.

»Und an wen versenden wir das?«

»An die Führung. An die Intelligenz. An Ärzte, Ingenieure, alle wichtigen Ämter, hochrangige Beamte, Offiziere, NSDAP-Funktionäre, Hochschullehrer, Geistliche. Auslandskorrespondenten, Wehrkreiskommandos.«

»An den Staatssekretär im Justizministerium Freisler.«

»An den früheren Finanzminister Popitz.«

»Lasst uns eins an Alfred Berndt schicken, den Ministerialdirektor im Reichspropagandaministerium. Goebbels' Busenfreund.«

»Elisabeth kann Umschläge besorgen.«

»Mit welcher Maschine tippen wir die Adressen?«

Dabei könnten nun eigentlich Eva Rittmeisters junge Freunde helfen, von der Privaten Vorbereitungsanstalt des Dr. Heil in Berlin-Schöneberg. Dort hat sich Eva Rittmeister für das Abitur präpariert, ebenso wie Liane Berkowitz, Friedrich Rehmer und Fritz Thiel, der ein ausgebildeter Funker ist.

»Es ist einfach großartig«, sagt Harro zu John Graudenz. »Thiel war als Funker im Polenfeldzug. Und jetzt ist er uk-gestellt, auf Antrag seines Arbeitgebers Zeiss-Ikon. Er ist in Berlin.«

Liane Berkowitz ist auf dem Weg zu Fritz Thiel.

Sie ist siebzehn. Sie wohnt am Viktoria-Luise-Platz 1, zusammen mit ihrer Mutter, der Gesangslehrerin Katharina Wassieljewa-Berkowitz. Liane ist 1923 in Berlin-Charlottenburg geboren, im selben Jahr, in dem ihre Eltern aus der Sowjetunion geflohen sind. An ihren Vater hat Liane keine Erinnerung. Der Kapellmeister Viktor Wassieljew ist kurz nach Lianes Geburt gestorben. Bald darauf hat Katharina Wassieljewa aber Henry Berkowitz geheiratet, der Liane 1930 adoptiert hat.

Der liebe gute Henry ist für Liane ihr richtiger Papa. Und die Nationalsozialisten haben ihn vertrieben. 1939 hat er sich von der Mutter scheiden lassen und ist nach England emigriert: Henry Berkowitz ist jüdischer Abstammung. Er wollte Frau und Tochter keinesfalls gefährden. Liane hat sehr unter der Trennung gelitten.

Sie vermisst ihren Papa noch immer. Die Nationalsozialisten quälen und morden das russische Volk, sie beschimpfen und besudeln die russische Kultur, Liane hasst die Nationalsozialisten. Sie sucht nach einem Taschentuch, wenn in der Schule bei der Ehrung der Fahne der Deutsche Gruß fällig wird.

Sie nestelt an ihrem Schuhband, wenn die anderen ihre Arme heben, bei der Feier vor den Ferien und der Feier nach den Ferien, bei der Tannenberg-Feier, den Feiern zu Adolf Hitlers Geburtstag, zur Machtergreifung und zur Gründung des deutschen Kaiserreichs, bei den Kolonial-Sommerfesten mit Ehrengästen von NSDAP, NSLB, HJ, BDM und JM, den Volksdeutschen Weihestunden, Siebenbürgener Volkskunstabenden und der Erinnerungsstunde an das Diktat von Versailles, bei den Vorträgen über das Sudetendeutschland, das Deutschtum in Rumänien und generell das Auslandsdeutschtum in Kampf, Not und Überwindung, bei den Gedenkfeiern für Schlageter, Dietrich Eckart, Richard Wagners Schwiegersohn Chamberlain und die Gefallenen des 9. November, Liane hat auch keine Lust mitzudichten, wenn sie an der Heilschen Abendschule für die Schülerzeitung reimen.

»Doch jetzt«, tönt es aus aller Munde,
»kommt Gott sei Dank die Rassenkunde.«
Da waren alle wir gescheit:
Bei ostisch ist der Schädel breit,
Der nordsche Mensch ist hoch gebaut,
der ostsche hat gelbbraune Haut.

Liane sieht in den Spiegel. Ihr Schädel ist nicht breit. Ihre Haut ist nicht gelbbraun. Kinderkacke ist gelbbraun, nicht Liane, Liane hasst die Rassenkunde. Und warum eigentlich nur nordische, ostische, dinarische Rassen?

Das hat Friedrich Rehmer neulich gesagt. Lianes Freund Remus: Sie saßen auf dem Teppich in der Wohnung der Rittmeisters. Der alte Dr. Rittmeister war nicht da, nur seine junge Frau Eva. Sie haben an dem Tag ungeheuer viel gelacht. Liane hat aus Schulbüchern vorgelesen: Günther beschreibt die dinarische Rasse als ausgezeichnet durch ihren besonderen Sinn für Ehre, stark vaterländische, heimatliche Gesinnung, kaufmännische Begabung und eine Neigung zur Rauflust. Lenz findet bei der fälischen Rasse nicht den gleichen Drang in die Ferne wie bei der nordischen, vielmehr ein Haften am Hergebrachten, wobei der fälische Mensch eher noch zuverlässiger ist als der nordische und auch stärker zu Grübelei geneigt. So weit, so gut. Aber warum sollte es nicht auch marsianische und venusische Rassen geben, merkurische und uranische Rassen?

Marsianer sind kleine grüne Männchen, das weiß freilich jeder. Aber die Merkurianer? Wahrscheinlich zeichnen sie sich durch eine ungeheure Geschwindigkeit aus, sozusagen etwas Quecksilbriges. Eva Rittmeister hat ein naturkundliches Fachwerk aus dem Schrank ihres Mannes stibitzt, und dann haben sie losgelegt. Wie wäre es mit dem sulphurischen Menschen, der sich in erster Linie von Schwefel ernährt, oder dem chiropteranischen, der am liebsten mit dem Kopf nach unten von der Gardinenstange hängt? Oder der philhippinische Mensch, der Pferdezähne hat und nicht nur ein besonders begnadeter Cellospieler, sondern auch ein viel besserer Rasenmäher ist als der philovisische Mensch mit seinen Schäfchenlocken und dem Puschelschwänzchen, wobei allerdings der Philovisier über mathematische Begabung, ein besonders robustes Verdauungssystem und vor allem über das Rezept für jenen berüchtigten Rhabarberkuchen verfügt, mit dessen Hilfe die Weisen von Ovision schon seit Jahrhunderten die ganze übrige Menschheit regieren, ohne dass die Regierten von der Weltverschwörung auch nur die geringste Ahnung haben?

Was wiederum daran liegt, dass die meisten Menschen zur caeco-cerebralischen Rasse gehören. Zur Rasse der Blindhirne, die beschrieben ist als miesepetrig, rundschädelig, in den Bewegungen unelegant und mit grauer Gesichtshaut von der Beschaffenheit mehrfach wiederverwendeten Seidenpapiers. Der caeco-cerebralische Mensch fürchtet nichts so wie Widerspruch und Freiheit. Seine Neigung zu Kleinlichkeit und Unduldsamkeit basiert auf der vollständig korrekten Wahrnehmung der eigenen Inferiorität. Das hat Remus gesagt, und Liane hat gelacht und gelacht, es war ein herrlicher Nachmittag. Liane war sehr glücklich.

Sie ist dieser Tage eigentlich immer glücklich: Remus ist im Spätherbst 1941 von der Ostfront zurückgekehrt, wenn auch verletzt. Er ist neunzehn, zwei Jahre älter als Liane. Er ist gelernter Schlosser. Als sie einander Anfang letzten Jahres auf der Heilschen Schule begegnet sind, hat er tagsüber in der Fabrik gearbeitet, und abends hat er die Schule besucht. Liane weiß noch genau, wie er sie das erste Mal heimgebracht hat. Sie radelten nebeneinander her. Sie unterhielten sich über nichts Besonderes, dann begann der Voralarm. Sie traten kräftiger in die Pedale. Sie radelten durch menschenleere Straßen: Die Passanten hatten sich in die öffentlichen Keller geflüchtet.

»Meinst du, wir schaffen es, bevor es losgeht, Remus?«

»Aber klar.«

Sie radelten schneller, immer schneller durch die verdunkelte Stadt, die ihnen nun ganz allein gehörte. Liane fing an zu singen.

Ade zur guten Nacht
jetzt wird der Schluss gemacht –

Remus stimmte ein. Dann kam Vollalarm. Die dissonanten Tonsäulen des Alarms überlagerten, zerschnitten einander, durchkreuzten, zerstörten den Raum, durch den sie radelten wie die Teufel. Und dann sang Remus das Kosakenlied. Das verbotene Lied: Er sang es laut, aus voller Brust, im Knattern der Flak, dem Lärm der aufsteigenden Flieger,

Platoff preisen wir, den Helden,
unsern Feind hat er besiegt.
Heil dem Sieger Preis und Ehr,
Heil dem Donkosakenheer!

Im Juli 41 ist Remus eingezogen und an die Ostfront geschickt worden. Wie hat Liane um ihn gefürchtet. Wie hat sie geweint, als sie ab Oktober nichts mehr von ihm hörte, weil er schwer am Fuß verwundet worden war. Aber das ist im Grunde ein Glück gewesen.

Dank seiner Verletzung ist er nun ja in Sicherheit. Er ist ins Reservelazarett Berlin-Britz gebracht worden, wo Liane ihn besuchen kann. Inzwischen darf er schon wieder aufstehen, sogar das Lazarett stundenweise verlassen. Liane wird ihn heute bei Fritz Thiel treffen. Früher einmal war sie in Fritz Thiel verliebt, aber jetzt gibt es nur noch Remus für sie.

Und auch Fritz hat eine andere Freundin. Hannelore ist die jüngste von allen. Sie ist erst sechzehn. Wenn sie lacht, lacht sie hoch und kichernd, mit der Hand vor dem Mund.

Ursula Goetze ist zehn Jahre älter als Hannelore. Sie studiert bereits, an der Auslandswissenschaftlichen Fakultät. Ursula weiß rasend viel. Genau wie Fritz Thiel hat sie früher zum kommunistischen Jugendverband gehört. Ursula erklärt Eva, Liane und Hannelore, was auch sie unbedingt wissen sollten.

Marxismus ist eine revolutionäre Weltanschauung, die stets nach neuen Erkenntnissen ringen muss, die nichts so verabscheut wie das Erstarren in einmal gültigen Formen, die am besten im geistigen Waffengeklirr der Selbstkritik und im geschichtlichen Blitz und Donner ihre lebendige Kraft bewahrt.

Das ist schön. Das gefällt Liane. Das ist ihr neu: Blitz und Donner hat sie bislang vergebens gesucht. Lebendige Kraft und geistiges Waffengeklirr waren bisher nicht vorgesehen.

Ordnung herrscht in Berlin? Ihr stumpfen Schergen! Eure Ordnung ist auf Sand gebaut. Die Revolution wird sich morgen schon rasselnd wieder in die Höh richten und zu eurem Schrecken mit Posaunenklang verkünden: Ich war, ich bin, ich werde sein.

Das ist es, was Remus glaubt. Liane lernt, damit sie sich mit Remus unterhalten kann, sie liest, damit sie weiß, was er weiß. Natürlich ist alles streng verboten, was Ursula Liane zu lesen gibt. Deswegen liest Liane es ja. Ursula hat die Bücher in unverfängliche Umschläge eingebunden: Friedrich Engels' ›Ursprung der Familie‹ sieht aus wie ein Fachbuch über Kakteenzucht, Rosa Luxemburgs ›Traktate‹ wie ein Hygienelehrbuch für werdende Mütter,

Der Krieg ist ein methodisches, organisiertes, riesenhaftes Morden. Zum systematischen Morden muss aber bei normal veranlagten Menschen erst der entsprechende Rausch erzeugt werden. Dies ist seit jeher die wohlbegründete Methode der Kriegführenden. Der Bestialität der Praxis muss die Bestialität der Gedanken und der Gesinnung entsprechen.

»In der Bücherei bei uns an der Heilschen Schule sind überhaupt keine russischen Autoren mehr zu finden«, sagt Liane zu Ursula Goetze. »Dabei wäre es doch wichtig für die Schüler, zu sehen, was die Russen für große Schriftsteller haben. Dann wüssten sie, dass die Russen keine Untermenschen sind.«

»Man könnte die Bücher ja vielleicht wieder in die Schulbibliotheken hineinschmuggeln«, sagt Ursula Goetzes Freund Werner Krauss. »Wie würde man das nennen? Was ist das Gegenteil von klauen? Wie nennt man das, wenn man jemandem heimtückisch hinter seinem Rücken etwas ins Regal stellt?«

Der Romanist und Schriftsteller ist John Rittmeisters engster Freund. Und er ist der Vetter von Eberhard Koebel: von tusk, dem legendären Gründer der d.j. 1.11., in dessen wilder Wohngemeinschaft einst Harros ›GEGNER‹ zum ›gegner‹ geworden ist.

»Unsere Mütter sind Schwestern«, sagt Werner Krauss zu Harro. »Eberhard und ich haben uns immer sehr gut verstanden. Tatsächlich erinnern Sie mich ein wenig an ihn. Es hat mit der Atmosphäre zu tun, die Sie verbreiten. Man hat das Gefühl, wieder in die Welt vor 1933 einzutauchen.«

»Ach? Nun ja. Dabei halte ich mich für einen durch und durch heutigen Menschen. Aber kommen Sie doch am Samstagabend zu uns. Wir sollten uns einmal länger unterhalten.«

»Aber gern. Mit dem allergrößten Vergnügen.«

»Bringen Sie bitte Ihre Freundin mit. Wir können dann später vielleicht noch etwas tanzen.«

Und welcher magische Schild schützt Harro? Die Verhaftungswelle, die im Februar 1942 über Berlin hinwegrollt, hat jedenfalls keinen aus seinem Bekanntenkreis mit sich gerissen.

Die Gestapo hat mehr als zweihundert Mitglieder der straff organisierten kommunistischen Gruppe um Beppo Römer und Robert Uhrig festgenommen, zu der auch John Sieg und Paul Guddorf Kontakt gehalten haben. Wochen der Angst folgten. Würde unter der Folter jemand John Siegs Namen verraten? Würde sich einer der Beamten daran erinnern, dass Paul Guddorf mit Robert Uhrig im Zuchthaus gesessen hat, ebenso wie Philipp Schaeffer?

»Aber ich habe mich ja zurückgezogen«, sagt Philipp. »Ich möchte nichts mehr mit Politik zu tun haben. Wozu sollte ich auch noch gut sein? Ich wäre nur noch eine Gefährdung für die Genossen.«

Philipp Schaeffer und Elisabeth Schumacher liegen miteinander im Bett. Sie liegen leichthin umschlungen, sie lassen eine gemeinsame Zigarette von Mund zu Mund wandern. Elisabeth weiß inzwischen viel über Philipp. Sie reden oft über seine Studien: Philipp Schaeffer hat am sinologischen Seminar der Heidelberger Ruprecht-Karls-Universität Landes- und Volkskunde Ostasiens, Buddhismus, Hinduismus, Tibetisch und Sanskrit studiert. Er war damals eng befreundet mit Anna Seghers und Laszlo Radvanyi. Sie haben zusammen ausgedehnte Radtouren unternommen, am Neckar und am Rhein entlang.

»Noch als ich in Luckau im Zuchthaus saß, hat sie mir aus Paris ein chinesisches Wörterbuch in die Zelle geschickt.«

Philipp hat in der Haft ein neues System für ein chinesisch-deutsches Wörterbuch entwickelt. Er arbeitet immer noch daran. Er hofft sehr, sein Wörterbuch eines Tages zu vollenden.

»Warst du eigentlich selbst je in Asien?«, sagt Elisabeth.

»Nein. Mitte der Zwanziger habe ich mich einmal für eine Stelle an einem deutschen Konsulat in China beworben. Aber ich wurde abgelehnt. Im Auswärtigen Amt wollten sie nur Juristen. Nun ja. Wer weiß, wie dann alles gekommen wäre.«

Während des Studiums hat Philipp auch Jaspers gehört, der wie Philipp selbst den südindischen Brahmanen Nâgârjuna sehr schätzt. Philipp hat Nâgârjunas ›Sechzig Strophen der Beweisführung‹ ins Deutsche übersetzt, aus der chinesischen und tibetischen Version, weil die ursprüngliche im Sanskrit nicht mehr existiert.

Nâgârjuna hat um das Jahr 250 gelebt. Er wollte die Lehre Buddhas wiederherstellen, deren reiner Kern im Laufe der Zeit vom Streit der Lehrmeinungen verschüttet worden war. Dabei geht es im Buddhismus ja eben genau darum nicht, welche der widerstreitenden Meinungen die richtige ist. Im Gegenteil steht im Zentrum dieser Lehre die Forderung, alle Meinungen hinter sich zu lassen, alle Begriffe zu zertrümmern, Übende in die Wirklichkeit vordringt und erkennt, da. Welt keine Welt des Seins, sondern des ständigen Werdens ist.

Auch das Konzept eines Selbst als eines konstanten Seins ist demnach Illusion. Es gibt keine festen Substanzen und keine unumstößlichen Realitäten. Nichts existiert aus sich selbst, alles ist abhängig von bedingenden Faktoren, und diese Abhängigkeit ist so vollständig, dass die Phänomene selbst gar keine Eigennatur haben, keine eigenen Kennzeichen, keine inhärenten Eigenschaften. Infolge ihrer vollkommenen Abhängigkeit von bedingenden Faktoren sind sie damit in Wahrheit ganz und gar substanzlos,

Leer ist die Welt, o Herr, leer, sagt man –

»Ist also nichts wirklich?«, sagt Elisabeth.

»Doch, natürlich, alles ist wirklich. Es ist wirklich, insofern es in der Welt wirkt. Aber eben diese Wirkmächtigkeit haben ja nur vollkommen voneinander abhängige, also in sich leere Dinge. Ein von allem anderen unabhängig existierendes Einzelwesen wäre nicht Teil des Kausalkomplexes. Es könnte also auch nicht auf ihn einwirken.«

»Es ist schwierig, das zu verstehen«, sagt Elisabeth.

»Sie haben eben keinen Gott, die Buddhisten«, sagt Philipp. »In einer Welt ohne Gott liegt alles beim Menschen. Der Mensch ist es, der die Welt erlösen muss.«

»Und wie?«

»Hafte nicht an den Dingen der Welt, klammere dich an nichts, strebe einzig nach der Erleuchtung. Aber wenn du Erleuchtung erreicht hast, klammere dich auch nicht an sie. Überwinde auch noch die Erleuchtung. Kehre ganz zurück in die leidende Welt, aber hafte wiederum nicht an ihr. Das vollkommene Nicht-Verweilen und das vollkommene Erbarmen sind der Weg der Erlösung.« Philipp lacht leise, in der Dunkelheit des Schlafzimmers. »Als junger Mann habe ich manchmal mit dem Gedanken gespielt, ich könnte vielleicht der Ewige Jude sein«, sagt er. »Ahasver. Es heißt ja, Ahasver hätte Christus auf dem Weg nach Golgatha die Bitte abgeschlagen, auf der Schwelle seines Hauses zu rasten. Aber ich denke, die Sache lag andersherum. Ahasver hat Christus' Angebot abgelehnt, über die Schwelle in Ahasvers Haus zu treten. Er wollte diesen Christus nicht. Er wollte dieses Opfer nicht. Er wollte nicht, dass Christus sich hingibt, um Ahasver von seinen Sünden zu erlösen, er wollte diese Liebe nicht, die ihn zu einem Mörder macht. Er wollte nicht von Christus' Blut beschmiert sein. Er war bereit, die Verantwortung für seine Sünden selbst auf sich zu nehmen. Also muss er wandern, bis er seine Sünden abgebüßt hat. Aber das kann natürlich niemals geschehen.«

Philipp zündet eine weitere Zigarette an. Im Licht der Flamme sieht Elisabeth einen Moment sein Gesicht. Er raucht, dann hält er ihr sanft die Zigarette an den Mund.

»Es heißt, Christus ist aus Mitleid und Liebe zu uns gestorben«, sagt er. »Ich nehme ihm sein Erbarmen ab. Aber in der Tat seines Vaters, der diesen Tod zugelassen hat, ist keinerlei Erbarmen erkennbar. So geht es also nicht, nicht für mich. Man hätte die Erlösung anders einrichten müssen.«

Greta Kuckhoff kocht einen Kalbskopf. Sie kocht ihn nicht: Sie bereitet ihn zu, diesen Kalbskopf nach französischer Art. Adam hat sie darum gebeten. Er hat Arvid Harnack zum Essen eingeladen. Arvid ist erschöpft. Er hat seine große Schrift noch einmal überarbeitet, das Endergebnis all seiner Forschungen und Überlegungen, auf das er Zeit, Arbeit und Mühen verwendet hat wie auf eine Habilitation: ›Das nationalsozialistische Stadium des Monopolkapitals‹.

Auch Adam ist angestrengt. Dies ist eine so freudlose Zeit. Die nächtlichen Störungen durch die Bomber nehmen nicht ab. Die Schlangen vor den Läden werden länger und länger. Greta wird vom Rheuma gequält. Sie hat ihren kleinen Sohn Ule, und sie muss dafür sorgen, dass Geld ins Haus kommt. Adam verdient ja nicht viel. Die meiste Zeit arbeitet er an Dingen, die wenig einbringen, weil sie entweder mit Literatur oder mit Politik zu tun haben. Oft, wenn Greta nach Hause kommt, ist Adam gar nicht da.

Eine seiner Exfrauen passt dann auf den kleinen Ule auf, eine der Schwestern Marie und Gertrud. Marie ist auch heute Nachmittag gekommen. Sie spielt mit Ule, damit Greta in Ruhe den Kalbskopf zubereiten kann. Greta hat ein kleines Vermögen für die Zutaten ausgegeben. Sie hat zwei Tage gebraucht, um alles zu besorgen. Aber sie hat sogar Blätterteig bekommen, bei Rollenhagen am Kudamm. Greta hat die Haare mit einem Tuch weggebunden. Sie steht seit drei Stunden in der Küche, und der Tisch muss noch gedeckt werden.

»Liebes?« Adam erscheint in der Tür. »Mach dich bitte möglichst hübsch, heute Abend.«

Um sieben kommt Arvid. Er ist allein: Mildred erholt sich zurzeit auf Schloss Elmau. Arvid hat eine Flasche Bordeaux mitgebracht, Blumen. Greta trägt das Dunkelblaue mit dem weißen Kragen und die Brosche, die sie zur Hochzeit von ihrer Schwiegermutter bekommen hat. Die Männer tragen blütenweiße Hemden, dunkle Anzüge. Der Tisch ist festlich gedeckt, mit Kerzen, Silber. Adam öffnet den Wein. Greta trägt auf. Sie heben die Gläser, sie beginnen zu essen. Sie plaudern, worüber? Über die Lage an der Front?

Über Immermann. Dann über Büchner. Später am Abend lachen sie. Noch später stehen sie unter der Dachschräge im Wohnzimmer, wo auf einem großen Tisch Ules Miniaturwelt aufgebaut ist. Seine Miniaturidylle: Selbstgebasteltes, Selbstgesammeltes. Eine Stadt, ein Dorf, ein Rummelplatz, ein Bahnhof. Sogar ein Park mit einem Café ist da.

»Man könnte noch einen Teich mit Schwänen hinzufügen.«

»Mit Schwänen und Booten.«

»Für den Teich könnte man einen Spiegel nehmen.«

»Warte, ich hole einen.«

»So. Das ist gut. Ein sehr schöner Teich. Und die Boote vielleicht aus Rinde. Kleine Stückchen Rinde, ein Streichholz als Mast.«

»Rinde. Vielleicht auf dem Dachgarten. Ich gehe auf dem Dachgarten nachsehen.«

»So geht es. Ja, sehr hübsch. Das könnte gehen.«

Ein weiches Ei, Butter, frische Brötchen. Milchkaffee. Ein Frühstück wie im Frieden für die Gäste der Familie Müller auf Schloss Elmau. Vor einem Vierteljahrhundert hat der Lebensphilosoph, Theologe und Schriftsteller Dr. Johannes Müller in diesem weiten, unberührten Hochtal am Fuße der Wettersteinwand begonnen, ein Refugium für den Kreis seiner Freunde und Anhänger zu schaffen. Prinz Max von Baden war häufig hier zu Gast, Ricarda Huch kam, Hans-Georg Gadamer, auch Adolf von Harnack. Über Jahre und Jahrzehnte traf man sich hier zu Gespräch, Meditation und innerer Einkehr.

Der Schlossherr ist auch immer noch da.

Er wohnt mit seiner Familie noch immer im Müllerhaus. Aber er ist nicht mehr Herr im Schloss. Er hat Elmau letztes Jahr als Fronterholungsheim an die Wehrmacht verpachtet, um der unmittelbar bevorstehenden Beschlagnahmung durch die SS zuvorzukommen. Zwar hatte sich Johannes Müller 1933 ehrlich für Adolf Hitler, die nationale Revolution und die neue Idealisierung des Gemeinsinns begeistert, aber er hat auch deutlich kundgetan, dass ihm der Antisemitismus widerstrebt. In der Folge sind seine Schriften beschlagnahmt worden. Jegliche Vortragstätigkeit ist ihm untersagt. Und nun hat er auch sein Schloss verloren.

Aber ein paar Gäste und Freunde sind ihm geblieben. Arvid Harnacks Mutter Clara besucht die Müllers noch immer regelmäßig im Müllerhaus. Sie ist sehr willkommen, wie alle Harnacks: Auf Betreiben von Adolf von Harnack hat die theologische Fakultät der Universität Berlin Johannes Müller 1917 die Ehrendoktorwürde verliehen.

Mildred sitzt in Decken gewickelt auf der Terrasse vor dem Müllerhaus.

In den Senken der Hänge liegen noch Schneereste. Die Bläue des Himmels ist tief und uferlos, in der reinen Luft. Mildred wird bleiben bis in den Mai. Dann kommt Arvid für ein paar Tage, und dann fahren sie zurück nach Berlin. Mildred will nicht daran denken.

Sie will hier sein. Die Müllers sind sehr freundlich. Die Ärzte und das Personal des Schlosses, auch die Wehrmachtsoffiziere behandeln Mildred äußerst zuvorkommend. Vor allem die Höhenluft bekommt ihr gut. Das Zittern der Arme und Beine ist schon viel besser geworden. Mildred weint nicht mehr ständig. Sie erlebt Momente tiefer Ruhe. Sie macht Spaziergänge. Sie denkt an zu Hause, an ihre Mama. Sie singt manchmal leise vor sich hin,

I'll take you home again, Kathleen
Across the ocean wild and wide
To where your heart has ever been –

Sie singt ohne Anstrengung, ohne Schmerz. Die Zeilen fallen ihr ein ohne ihr Zutun. Sie sitzt auf der Terrasse oder auf ihrem eigenen kleinen Balkon. Sie geht um den See. Im See spiegeln sich die Wolken. Die Wolken ziehen.

Wolken ziehen.

Wolken.

Im Wasser des Sees spiegeln sich die Gipfel. Stille herrscht.

Stille.

In der Nacht schläft sie. Gegen Morgen träumt sie. Sie träumt von ihrem Sohn, der ihr über die Wiesen entgegenkommt,

Mama!

Sie ist erstaunt, tief gerührt. Ein Sohn? Keine Tochter? Sie hätte fest geglaubt, das Kind, das sie verloren hat, wäre ein Mädchen gewesen. Aber es war ein Junge, das liebe kleine Herz unter ihrem Herzen. Er läuft auf sie zu. Sein blondes Haar fliegt. Gleich wird sie ihn in die Arme schließen,

Mama!

»Ach, Elisabethchen«, sagt Tante Alice. »Wie kommen einem jetzt die frühren Zeiten golden vor. Wie sehnt man sich jetzt nach früher zurück.«

»Ja«, sagt Elisabeth. »Unsere schönen Ausflüge, nicht wahr? Die Fahrt in den Spreewald, die wir zusammen gemacht haben. Wann war das, 1928?«

Die Tante starrt sie einen Moment an.

»Ich weiß nicht«, sagt sie. »Der Spreewald? Ja. Aber ich meine, wie wir uns damals aufgeregt haben, als Onkel Pauls Artikel nicht in der ›Frankfurter Zeitung‹ erscheinen durfte. Als die ersten kleinen Einschränkungen kamen. Weißt du noch? Damals waren wir noch fast frei. Damals hat es uns nicht an Essen gefehlt.«

»Pro Woche gibt es nun nur noch ein halbes Pfund Brot, 100 Gramm Fleisch, 60 Gramm Fett«, sagt Onkel Richard. »Zum Glück steckt uns Frau Lenau aus dem vierten Stock gelegentlich etwas zu. Was sie eben so entbehren kann. Und du, liebes Kind. Was täten wir ohne dich! Aber du darfst uns nur noch ganz kleine Portionen bringen, hörst du? Mengen, die man sofort aufessen kann. Die Gestapo macht jetzt dauernd Durchsuchungen. Bei Weilers haben sie ein Päckchen Tabak gefunden, und er ist dafür ins KZ gekommen.«

»Und Hettchen soll durch den Tiergarten gegangen sein«, sagt Tante Alice. »Was aber gar nicht stimmt. Sie ist außenherum gegangen, wo es erlaubt ist. Aber sie haben sie trotzdem mitgenommen. Ich denke immer, was soll ich machen, wenn sie jetzt kommen?«

»Das Essen verstecken wir, sobald wir fertig sind«, sagt der Onkel. »Aber wenn sie kommen, während ich mich rasiere? Was mache ich dann mit der Rasierseife? Wie erkläre ich ihnen, wo ich die herhabe?«

»Du kannst ruhig sagen, dass sie von Kurt ist«, sagt Elisabeth. »Kurt ist in Posen. Ich glaube nicht, dass sie ihm dort etwas tun, weil er dir hier einen Rest Rasierseife gelassen hat.«

»Nein. Ihm nicht. Aber mir. Ach Kind. Sie waren bei Onkel Paul. Sie sind einfach da durchgegangen, mitten durch seine Wohnung hindurch, neun Mann. Was soll das heißen? Wird er evakuiert? Er lebt doch schon in einem Judenhaus, er mit seiner Frau. Immerhin sind sie noch zusammen. Das Furchtbarste ist doch, dass sie die Familien auseinanderreißen.«

»Wir lassen uns nicht evakuieren«, sagt die Tante. »Vorher nehmen wir uns das Leben.«

»So rede doch nicht so, Tante«, sagt Elisabeth. »Wir werden schon eine Lösung finden, solltet ihr wirklich evakuiert werden. Aber das passiert ja gar nicht. Kranke und Menschen über fünfundsechzig werden doch in Ruhe gelassen.«

»Das war mal so«, sagt Tante Alice. »Das ist vorbei. Der alte Schönhaus ist letzte Woche evakuiert worden, nach Theresienstadt. Er hat ein Merkblatt bekommen, von der Reichsvereinigung der Juden. Da standen die Bedingungen für die Umsiedlung speziell der Alten und Gebrechlichen drauf. Die Bedingungen wären in diesem Fall sehr großzügig, hieß es, der Transport würde bevorzugt abgefertigt, nur müssten alle vertrauensvoll gehorchen. Fünfzig Mark durfte er mitnehmen, Bettzeug, Essgeschirr, einen Koffer und sogar eine Nähmaschine. Ich habe ihm Gurte genäht, damit er seinen Koffer auf dem Rücken schleppen kann. Aber ich könnte das nicht. Ich will auch nicht. Ich will nicht mehr leben, wenn ich hier fortmuss.«

»Liebe Tante«, sagt Elisabeth. »Wenn es so weit kommt, packen Kurt und ich das Nötigste zusammen. Und dann verstecken wir euch.«

»Das kommt überhaupt nicht in Frage«, sagt die Tante. »Ich lebe doch nicht wie ein Flüchtling auf der Straße. Und wir werden Kurt und dich nicht gefährden. Am Ende kämt ihr wegen uns noch selbst ins KZ.«

»Es soll neuerdings einen Ort in der Nähe von Königshütte geben«, sagt der Onkel. »Auschwitz heißt er oder so ähnlich. In Oberschlesien. Da müssen die Leute im Bergwerk arbeiten. Sie fallen schon nach ein paar Tagen tot um.«

»Aber Paul Glaser ist dort nicht hingekommen«, sagt die Tante. »Er ist nur nach Buchenwald gekommen. Er hat geschrieben. Er darf alle zwei Wochen schreiben.«

»Da siehst du es, Tante. Paul Glaser redet nicht von Selbstmord. Man darf nicht aufgeben.«

Elisabeth ist im vergangenen Winter einmal an einer Kolonne alter jüdischer Männer vorbeigekommen, die zum Schneeschippen eingeteilt waren. Schneeschippen von acht bis fünf, plus den Anmarsch. Einer der Männer war Paul Glasers Onkel. Er ist herzkrank. Elisabeth ist zu ihm hingegangen und hat ihm die Schippe aus der Hand genommen.

»Sind Sie verrückt«, hat der Onkel gesagt. »Geben Sie die Schippe. Gehen Sie weg. Das gibt nichts als Ärger.«

Aber der Vorarbeiter war ganz freundlich. Es war kein SS-Mann. Es war ein ganz normaler Mensch.

»Ich muss Sie bitten weiterzugehen«, hat er zu Elisabeth gesagt. Und zu dem Onkel: »Überanstrengen Sie sich bitte nicht. Machen Sie nicht mehr, als Sie können. Sie sollen arbeiten, aber der Staat verlangt nicht, dass Sie sich totmachen.«

Deutsche, die ihr die Wahrheit über den Krieg im Osten erfahren wollt! Deutsche, die ihr am Kampf zur Befreiung der Heimat vom faschistischen Joch teilnehmen wollt! Hört unsere Sendungen! Hört sie täglich!

Das tut Hilde Coppi. Sie sitzt in ihrem kleinen Häuschen draußen in der Laubenkolonie Waldessaum und hört Radio Moskau. Es geht ihr um die Namen. Es geht um die »Briefe von der Front«, die im Sender verlesen werden. Die »Briefe« strafen Goebbels' Propaganda ein weiteres Mal Lügen. In ihnen wenden sich deutsche Kriegsgefangene an ihre Verwandten in der Heimat. Es stimmt also nicht, dass die Rote Armee alle Kriegsgefangenen umbringt. Der Sender ruft seine Zuhörer auf, die Namen der Gefangenen an ihre Verwandten weiterzuleiten. Er appelliert auch an die Arbeiter in deutschen Fabriken, langsamer zu arbeiten, an die Bauern der besetzten Gebiete, Lebensmittellieferungen an die Armee zu sabotieren, die Ernte zu verbrennen, in die Berge zu fliehen. Aber das geht Hilde nichts an.

Hilde muss nur die Namen und die Adressen der Familien notieren, die in den »Briefen« genannt werden. Und dann muss sie den Angehörigen schreiben. Sie muss den Müttern schreiben, dass ihre Söhne noch am Leben sind. Sie muss ihnen versichern, dass ihre Söhne nicht misshandelt werden, sondern es gut haben in den Kriegsgefangenenlagern der Sowjetunion,

Ihr Sohn befindet sich in russischer Gefangenschaft. Es geht ihm gut. Er ist gesund. Das hat er Sie wissen lassen über Radio Moskau im Wellenbereich 42, 38, 31, 24, 25 m. Hören Sie Radio Moskau um 17.45, 18.45, 19.45, 20.15, 21.15 und nach 22 Uhr, um die Wahrheit über die Lage an der Ostfont zu erfahren.

Sie schreibt mal in Druckbuchstaben, mal in Schreibschrift, mit der linken Hand. Sie berührt das Papier nur mit Handschuhen. Sie schickt die Briefe von verschiedenen Stadtteilen ab. Natürlich bewältigt Hilde dies nicht alles allein. Sie fertigt auch Listen mit Namen und Adressen an, die Hans zur Bearbeitung an Heinrich Scheel weitergibt und an Ina Lautenschläger, deren Mann Hans mit Hans Coppi einst die Schulfarm Scharfenberg besucht hat.

Wie froh müssen die Mütter sein, zu hören, dass ihre Söhne noch leben. Hilde kann sich in sie hineinversetzen. Sie ist schwanger, seit Februar. Alle freuen sich mit ihr. Auch die Mutter freut sich. Hilde hatte etwas Angst, ihre Mutter könnte die falschen Dinge sagen,

Oh Gott, Kind, was, wenn es schiefgeht, du bist über dreißig, und in diesen Zeiten, und ich krank und schwach.

Aber die Mutter hat Hilde umarmt und geweint. Und inzwischen ist Hilde gegen alles gefeit.

Sie ist gerüstet gegen alle Bedenken und Unkereien, gegen alle Ängste und Sorgen. Ihre Rüstung ist Hans' Glück. Ein erster Moment der Freude war natürlich zu erwarten. Aber mit diesem Glück ihres Mannes hat Hilde nicht gerechnet. Hans ist stolz. Er ist demütig. Er ist bescheiden vor seinem Glück: Er lebt, und so viele andere sind tot. So viele töten und sterben, und Hans Coppi hat Leben zeugen dürfen. Womit hat man so ein Glück verdient? Alle Bitternis ist verschwunden. Hans hat Frieden geschlossen, mit sich selbst. Er lacht mit seiner Hilde, er hält sie im Arm. Mitten in diesem Krieg, in dem so vieles untergeht, fangen sie ganz von vorn an. Umso wichtiger ist es, sich jetzt nicht zurückzuziehen. Umso wichtiger ist es, entschieden weiterzuglauben an eine bessere Zukunft, so viele haben schon keine mehr.

So viele Freunde sind gefallen. So viele Scharfenberger. Und jeden Tag kommen Namen dazu. Jeden Tag, jede Stunde. Jede Minute, die dieser Krieg dauert.

»Ich habe immer gedacht, ich könnte nie gegen meine Überzeugungen handeln.«

Horst Heilmann liegt mit dem Gesicht zur Wand.

»Ich habe immer gedacht, ich wäre ein anständiger Mensch, ein aufrechter Freund.«

»Aber das bist du doch.«

Libs richtet sich auf. Sie beugt sich über Horst, zieht ihn an sich. Er hat die Augen geschlossen. Sein Gesicht ist fast kindlich, in seinem Unglück.

»Ich bin ein Schuft«, sagt er. »Ich bin ein Verräter. Ich bin Nationalsozialist und glaube nicht mehr an den Nationalsozialismus. Ich spiegle ein Einverständnis vor, das längst nicht mehr besteht. Ich glaube längst an das, was Harro Schulze-Boysen sagt. Ich weiß, dass er recht hat. Und was tue ich? Er vertraut mir, und ich hintergehe ihn.«

»Aber was redest du denn?«

Es bricht aus ihm hervor wie in größter Not.

»Harro Schulze-Boysen ist mein Freund! Dass wir dies ein Mal getan haben, gut. Aber nun wieder, und immer wieder.«

»Aber das macht doch nichts«, sagt Libs. »Es macht ihm ja nichts aus. Es ist ihm ganz gleichgültig, glaube mir das.«

»Das glaube ich nicht«, sagt Horst. »Wie soll ich dir das

glauben? Er will dir aus Großmut nicht in dein Leben hineinreden. Das glaube ich.«

Libs schweigt.

»Oder vielleicht ist es ihm gleichgültig, was du tust«, sagt Horst. »Aber sicher ist es ihm nicht egal, wenn ich ihn hintergehe.«

Libs erstarrt.

»Er ist mein Freund. Er ist mein Lehrer. Er vertraut mir, und ich – «

»Ja«, sagt Libs. »Ja. Sprich bitte weiter.«

»Ich liege mit seiner Frau im Bett!«

»Das also bin ich. Harros Frau.«

»Nein! Ja. Libs, aber das bist du doch. Du bist Harro Schulze-Boysens Frau.«

»Ich habe immer an eine neue Welt geglaubt. Ich habe immer geglaubt, ich hätte kein Recht auf diese neue Welt, wenn ich der alten nur schweigend zusähe. Ich habe geglaubt, ich müsste handeln, und so bin ich auf Abwege geraten. So bin ich Nationalsozialist geworden. So bin ich fehlgegangen.«

»Aber nein, Herr Heilmann«, sagt Harro. »Sie sind nicht fehlgegangen. Sie haben von einem vereinten Europa geträumt. Das war doch ganz richtig. Sie waren bereit, an der richtigen Front zu kämpfen. Und nun sind Sie bereit, weiterzugehen. Sie sind bereit, über den Nationalsozialismus hinauszugehen.«

»Ja, Herr Schulze-Boysen. Ja. Das bin ich. Der Nationalsozialismus muss überwunden werden. Der Nationalismus auf der ganzen Welt muss überwunden werden. Ich bin zu dem Schluss gelangt, dass es mit dem Nationalismus ist wie mit der Religion in der Zeit der Religionskriege. Die Menschen damals haben schließlich erkannt, dass hinter allen Religionen nur ein Gott steht. Und wir müssen das Menschliche erkennen, das sich hinter allen Nationalitäten verbirgt, den Menschen, der uns in verschiedener Gestalt entgegentritt.« Horst Heilmann sieht Harro an. Sein Gesicht ist hell und sehr jung. »Ich glaube, es wird eine große Vermenschlichung über die Welt kommen, wenn erst der Nationalsozialismus beseitigt ist«, sagt er. »Aber wie beseitigt man ihn? Wie?«

»Libs? Was hast du denn mit Heilmann gemacht?«

»Wieso?«

»Er ist heute bei mir gewesen. Er war vollkommen aus dem Häuschen. Er will aus der Partei austreten. Ich habe ihm natürlich schärfstens abgeraten. Wie würde er einen solchen Schritt denn begründen? Es entstand eine längere Debatte, in deren Verlauf er auch noch erotische Bekenntnisse ablegen wollte. Davon konnte ich ihn gerade noch abhalten. Das geht ja nun wirklich nicht, dass man sich der Peinlichkeit aussetzt, in deiner Abwesenheit über Zugehörigkeiten debattieren zu müssen.«

Elisabeth Schumacher ist erschöpft. Früher ist Elisabeth zur Ruhe gekommen, wenn sie allein war. Aber nun laugt sie genau das aus: das schiere Ausmaß ihres Alleinseins. Elisabeth ist in Posen bei Kurt gewesen, dann bei ihrer Mutter in Meiningen.

Posen war furchtbar. Meiningen auch. Die Tanten wissen es aus sicherer Quelle, dass die Amerikaner mit Sprengstoff gefülltes Kinderspielzeug über Italien abgeworfen haben. Sie bestehen darauf, der Feind würfe über Deutschland kleine Bomben in Damenhandtaschen ab. Elisabeth hat versucht, wenigstens mit der Mutter zu sprechen.

Sie wollte ihr sagen, was sie in Kurts Lager in Posen gesehen hat. Aber die Mutter ist in ihre Tiefen gekrochen, mit abwehrendem, flehendem Blick. Elisabeth hat ihren eigenen

Worten teilnahmslos zugehört: Ihre Worte klangen leer und hart, tot wie Samen, der auf toten Boden fällt. Von da an hat Elisabeth nur noch von Blumen, Bäumen und Kochrezepten geredet.

Sie hat um Atem gerungen im miefigen Dunst von Kloßtöpfen und Bier, Biederkeit und Selbstbeweihräucherung. Onkel Hartwig hat prophezeit, dass man den Krieg schon deshalb gewinnen wird, weil sonst die Rache des Weltjudentums an Deutschland fürchterlich würde und Gott dergleichen nicht wollen kann. Tante Gitte hatte Scharlach, und alle waren sich darin einig, dass die Engländer die Bakterien über Deutschland abgeworfen hätten. Elisabeth hat es nicht mehr ausgehalten. Am Ostersonntag hat sie sich in den Zug gesetzt.

Sie ist gestern spätabends hier angekommen, gerade noch rechtzeitig zum Bombenalarm. Sie war dennoch froh, wieder in Berlin zu sein. Und heute Morgen hat sie sich gleich auf den Weg zu Onkel Richard und Tante Alice gemacht.

Es ist ein frischer Apriltag, windig, mit einem ersten Duft von Frühling über der Stadt. Elisabeth stößt die Haustür auf. Sie steigt die Treppen hinauf. An der Wohnungstür klebt der gelbe Stern, entsprechend der neuesten Vorschrift. Elisabeth klingelt. Aber keiner öffnet. Elisabeth lauscht. Sie sucht ihren Schlüssel: Aber der Schlüssel lässt sich nicht in das Schloss stecken. Elisabeth bückt sich. Das Schloss ist verstopft. Elisabeth klingelt noch einmal. Sie ruft.

»Tante Alice? Onkel! Ich bin es.«

Nun riecht sie es. Gas. Elisabeth tritt von der Tür zurück. Sie schließt die Augen, atmet tief ein, dann wirft sie sich gegen die Tür. Der Aufprall schmerzt. Die Tür gibt nicht nach. Elisabeth tritt gegen die Tür.

»Was machen Sie denn da!«

Der Hauswart. Er hat Elisabeth am Arm gepackt.

»Hören Sie sofort auf. Sind Sie verrückt? Sie machen mir ja die ganze Tür da kaputt. Die sind doch längst tot, die da drin. Ist doch sehr tapfer, was die gemacht haben. Die sollten evakuiert werden. Heute Mittag sollten sie sich in der Synagoge Levetzowstraße einfinden.«

Elisabeth hat sich losgerissen. Elisabeth rennt die Treppe hinunter.

»Wer weiß, was denen erspart geblieben ist«, schreit der Hauswart. »Wer weiß das schon. Wo wollen Sie denn hin?«

An der Ecke ist ein Telefonhäuschen. Kurt ist in Posen. Aber Philipp Schaeffer ist da. Er wird zu ihr sagen: Liebste. Ich bin gleich da. Elisabeth stößt die Zellentür auf und wühlt in den Taschen nach Münzen. Sie schluchzt vor Erleichterung, als sie Philipps Stimme hört.

»Liebste«, sagt Philipp Schaeffer. »Ich bin gleich da.«

Philipp ist über das Gitter von Frau Lenaus Balkon gestiegen. Frau Lenau hält Elisabeths Arm umklammert.

»Das darf Ihr Freund nicht tun. Bitte. Lassen Sie es ihn nicht tun, ich bitte Sie.«

Über Elisabeths Gesicht laufen Tränen.

»Bleib hier, Philipp. Es ist sicher zu spät. Es ist wahrscheinlich ganz sinnlos. Es ändert nichts mehr, es rettet niemanden.«

»Das ist allerdings möglich«, sagt Philipp Schaeffer. »Das ist sehr gut möglich, Liebste.«

Seine schmalen Augen sprühen, mit weiten Pupillen. Er löst eine Hand vom Geländer und streicht über Elisabeths Gesicht.

»Weine nicht«, sagt er leise. »Steh nicht hier. Geh hinunter. Warte unten vor der Tür.«

Er geht in die Hocke, fasst das Balkongeländer an den Stäben.

»Geh. Ich sehe dich unten.«

Elisabeth wendet sich ab. Sie eilt durch Frau Lenaus Wohnung. Frau Lenau ruft ihr nach. Frau Lenau ruft Gott an, weil Elisabeth nicht hört. Elisabeth fliegt durchs Treppenhaus, die Treppe hinab, über den Flur, zur Wohnung ihres Onkels. Des toten Onkels: Wie lange strömt schon das Gas?

Gleichwie der edle Büffelstier
Die Pflugschar nachzieht nackenstark
Mit leichter Mühe, Tritt um Tritt

Ein Schrei: Frau Lenau. Dann weitere Schreie, fugenartig versetzt aus anderen Wohnungen, aus den Nachbarhäusern. Später wird Elisabeth sich einbilden, sie hätte auch den Fall gehört. Den Aufprall seines Körpers im Hof.

Es gibt nichts mehr zu essen in Leningrad. Es gibt gar nichts mehr. Es gibt keine Katzen oder Hunde, keine Ratten oder Krähen. Es gibt keinen Klebstoff, kein Schmierfett, keinen Tapetenkleister. Es gibt die süße Erde nicht mehr, in die beim großen Brand der Warenhäuser der geschmolzene Zucker gelaufen ist und die sehr teuer auf dem Schwarzmarkt verkauft worden ist. Tanja Sawitschewa, geboren am 25. Januar 1930 in Leningrad, schlägt noch einmal ihr Tagebuch auf.

Es war Ninas Tagebuch. Aber Nina ist eines Tages nicht mehr von der Arbeit nach Hause gekommen. Vielleicht ist sie gestorben. Vielleicht ist sie entkommen, über die *Straße des Lebens*: die Trasse über den zugefrorenen Ladogasee. Es ist der 13. Mai 1942. Das Eis ist getaut. Die Trasse ist fort. Tanja ist zwölf Jahre alt. Sie ist nun fertig. Sie hat das Tagebuch fertiggeschrieben. Tanja liest noch einmal, was sie hineingeschrieben hat. Jeder Eintrag steht auf seiner eigenen Seite,

Shenja starb am 28. Dezember um 12.00 vormittags 1941
Großmutter starb am 25. Januar, 3 Uhr nachmittags 1942
Leka starb am 17. März um 5 Uhr vormittags 1942

Onkel Wasja starb am 13. April um 2 Uhr nach Mitternacht 1942
Onkel Ljosha am 10. Mai um 4 Uhr nachmittags 1942
Mama am 13. Mai um 7.30 vormittags 1942
Die Sawitschews sind gestorben
Gestorben sind alle
Nur Tanja ist übriggeblieben

»Elisabethchen. Wie geht es Philipp?«

»Er wird nie mehr laufen können. Das ist jetzt sicher. Das haben sie zu ihm gesagt.«

»Ach Elisabethchen.«

»Sie haben gesagt: Und warum haben Sie das getan? Wofür?«

»Und was hat er gesagt?«

»Was er gesagt hat?«

Der Satz will Elisabeth nicht über die Lippen.

Es gibt Holz, das von Früchten träumt, und Holz, das von Flammen träumt.

»Armes Kiz«, sagt Philipp Schaeffer zu seiner Frau Ilse, die auf der Kante des Krankenhausbetts sitzt. »Für dich wäre es natürlich viel besser, ich wäre tot.«

»Was redest du da«, sagt Ilse. »Es ist Unsinn, und es passt nicht zu dir. So hast du auch nicht geredet, wenn ich dich im Gefängnis besucht habe.«

Er verzieht den Mund. Er spricht nüchtern, wie immer. Er spricht sogar nüchtern, wenn er unter Drogen steht. Seine Nüchternheit kann einem Tränen in die Augen treiben.

»Damals hatte ich Beine«, sagt er. »Ich konnte gehen, wenn auch nicht immer dorthin, wo ich wollte. Jetzt bin ich ein Krüppel und eine Last.«

Er spricht ohne Selbstmitleid. Seine Augen leuchten, fast heiter.

»Du würdest an mir nicht viel vermissen«, sagt er. »Du hast ohne mich gelebt, als ich im Zuchthaus war. Du hast ohne mich gelebt, bevor du mich kanntest, und du wirst ohne mich leben, wenn ich tot bin.«

Ilse betrachtet ihn: Philipp Schaeffer, ihren Ehemann.

»Ich hätte es lassen sollen, nicht wahr?«, sagt er. »Ich habe versucht, zwei bereits verlorene Leben zu retten. Denkst du das? Es ist wahr. Aber jedes Leben ist am Ende verloren. Oder von Anfang an, wenn man es so betrachten will.«

Sie sagt: »War Elisabeth hier?«

»Ja. Und Paul Guddorf. Er hat gehört, dass die Wehrmacht weiterhin alle Versorgungslinien nach Leningrad blockiert. Nach Petersburg. Meine Stadt stirbt. Aber uns geht es wunderbar. Wir haben alles. Wir essen«, er deutet mit dem Kopf zum Tisch, wo seine Scheibe Brot, seine Margarine unberührt stehen. »Wir essen, während die Leningrader verhungern.«

»Du musst auch essen«, sagt sie.

»Ja«, sagt er. »Ich muss auch essen.«

Es klingt, als sagte er etwas anderes. Er nickt Ilse zu.

»Sei heiter, Kiz. Du weißt. Glaube, Mut, Erinnerung, Sammlung, Weisheit. Du wirst arbeiten. Du wirst arbeiten, und Kurt Schumacher auch. Die Bildhauer.«

Philipp lacht leise. Ilse ergreift seine Hand. Seine Finger sind lang, schmal und kühl. Sie hebt die Hand, sie küsst die Finger, die leicht nach Zigarettenrauch riechen. Philipp drückt Ilses Hand. Er lächelt. Er sagt: »Da stehen wir nun. Oder vielmehr, hier liege ich, mit zerschmetterten Beinen, auf einem riesigen Scherbenhaufen zerschmetterter Konzepte. Flugblätter, Agitation, Volksaufklärung. Würde es etwas ändern, wenn alle Deutschen wüssten, was im Osten geschieht? Was meinst du? Würde es etwas ändern, wenn alle Volksgenossen frei über alle Informationen verfügen könnten? Wären sie dann mutiger? Hätten sie mehr Erbarmen?«

Ilse Schaeffer legt die Arme um ihren Mann. Er drückt sie sanft an sich, blickt über ihre Schulter zur Decke empor.

Leer, leer ist die Welt. Leer ist die Welt, o Herr, sagt man.

Die Ausstellung ›Das Sowjetparadies‹ im Lustgarten erstreckt sich über 9000 Quadratmeter. Ein russisches Dorf und ein Stadtteil von Minsk sind nachgebildet worden, angeblich originalgetreu. Aber ist es denkbar, dass die Russen tatsächlich in Erdlöchern leben, in Verschlägen aus Dreck und Stroh? Unter einem schmutzigen Stalin-Bild liegen Schnapsflaschen. Zwischen den Katen lauern Gipsnachbildungen mordlustiger Sowjetsoldaten auf Opfer, bewaffnet mit Äxten und Sicheln. In den Pavillons am Rande der Ausstellung werden Fotografien gezeigt, auf denen man sehen kann, wie diese vertierten Untermenschen samt ihrer Flintenweiber von deutschen Soldaten unschädlich gemacht werden.

Liane Berkowitz ist es von den Bildern übel geworden. Ihr ist von den Reaktionen der Umstehenden übel geworden, von ihrer Häme und Genugtuung.

»Warum sind sie nicht entsetzt?«, sagt Liane zu ihrem Remus. »Warum schämen sie sich nicht in Grund und Boden?«

Sie sind mal wieder bei Fritz Thiel. Bei den Thiels: Fritz hat seine Freundin Hannelore inzwischen geheiratet. Es ging nicht anders: Hannelore erwartet ein Kind von ihm.

»Man konnte auf den Bildern sehen, was sie für Verbrechen begehen«, sagt Liane. »Schämen sich die Leute nicht, dass die Deutschen Menschen erschießen? Vollkommen unbewaffnete Menschen?«

»Wieso sollten sie sich schämen?«, sagt Remus. »Sie sind stolz. Sie freuen sich über jeden toten Russen. Über jeden Erschossenen, Erhängten, Halbverbrannten.«

Remus ist noch immer im Lazarett in Britz. Aber John Rittmeister hat ihn heute Nachmittag abgeholt: Ärzten ist der Gebrauch des Privatwagens gestattet.

»Es ist den Leuten ganz egal, ob Partisanen umgebracht werden oder Unschuldige«, sagt Remus. »Was ist ein unschuldiger Russe? Einer, der noch keinen Deutschen getötet hat. Und was ist ein toter Russe? Einer, der niemals einen Deutschen töten wird. Warum also nicht alle ermorden und damit sicherstellen, dass sie für immer unschuldig bleiben? Warum nicht überhaupt alle ermorden, die keine deutschen Nationalsozialisten sind?«

»Wir müssen etwas tun«, sagt Fritz Thiel. »Wir müssen irgendwie Position beziehen. Wir können diese Ausstellung nicht einfach hinnehmen.«

»Wir könnten beginnen, Flüsterlegenden zu produzieren«, sagt Werner Krauss.

»Das reicht nicht«, sagt Fritz Thiel. »Wir müssen etwas tun, was die Fantasie in Bewegung setzt. Etwas, was die Leute verblüfft.«

»Eine Klebeaktion«, sagt Harro. »Was meint ihr dazu? Wir könnten überall Zettel kleben, in allen Stadtteilen, in ganz Berlin. Auf den Zetteln würden wir die Ausstellung kritisieren. ›Das Naziparadies‹. Das könnte auf den Zetteln stehen.«

»Das Naziparadies!«, sagt Ursula Goetze. »Das ist gut. Das ist eine sehr gute Idee.«

»Aber ganz und gar nicht«, sagt Werner Krauss. »Wozu das Ganze? Warum so viel riskieren für eine Sache, die keinerlei Chance auf Veränderung bietet?«

»Was bietet schon Chance auf schnelle Veränderung?«, sagt

Fritz Thiel. »Wir müssen langfristig denken. Wir müssen den Leuten vor Augen führen, dass nicht die Zustände in Russland, sondern die in Deutschland unerträglich sind.«

»Wir müssen uns vorwagen«, sagt Remus. »Die Nazis zeigen, dass sie da sind. Wir müssen uns auch sehen lassen. Wie wollen wir denn etwas erreichen, wenn keiner weiß, dass es uns gibt? Die Deutschen müssen sehen, dass Alternativen existieren. Sie sollen merken, dass wir uns mitten unter ihnen bewegen. Sie sollen bemerken, dass es Feinde der Nazis gibt, die sich unter den Nazis bewegen wie Fische im Wasser.«

»Gut«, sagt Harro. »Das scheint entschieden. Wir machen also die Aktion. Dann lasst uns jetzt das Praktische regeln. Was genau schreiben wir auf die Zettel?«

»Natürlich ist es gefährlich«, sagt Harro zu Werner Krauss. »Aber die Leute müssen bei der Stange gehalten werden. Die Jungen wollen etwas tun, das ist ganz normal. Wenn man ihnen die Möglichkeit dazu nicht gibt, verlieren sie die Lust und werden der Sache untreu, oder sie handeln auf eigene Faust, was ja noch schlimmer ist.«

»Ich kann Ihnen nicht zustimmen. Was soll denn diese Aktion bewirken? Am nächsten Tag schrubbt die Polizei ohnehin alle Zettel wieder ab. Ich denke, wir sollten die Jungen entschieden vor den möglichen Konsequenzen warnen. Machen denn die Rittmeisters mit?«

»Nein. Ich habe sie gar nicht erst gefragt. Und Sie müssen auch nicht dabei sein, Professor.«

»Wenn die anderen wirklich auf der Aktion bestehen, machen wir auch mit, Ursula und ich. Aber ich halte die Sache nach wie vor für falsch.«

Ständige Ausstellung – DAS NAZIPARADIES – Krieg, Hunger, Lüge, Gestapo – wie lange noch?

Fritz Thiel und John Graudenz haben über tausend Zettel hergestellt.

»Bist du sicher, dass du mitkommen willst, Hilde? Es ist ziemlich gefährlich.«

»Aber du gehst, Hans.«

»Natürlich.«

»Dann gehe ich auch.«

Die Coppis werden im Wedding und in Moabit kleben. Ursula Goetze wird mit Werner Krauss gehen, Liane Berkowitz mit Otto Gollnow: Ihr Remus kann noch nicht gut genug laufen. Sie haben sich bei den Thiels getroffen. Es sind auch Mitglieder anderer Freundeskreise gekommen: Bommel Böhme, Helmut Marquart, Wolfgang Thiess. Remus' Schwester Gerda ist mit dabei. Fritz Thiel wird mit Mimi Terwiel kleben: Seine Hannelore erwartet täglich das Einsetzen der Wehen, und Mimis Helmuth ist zu Verwandten in den Schwarzwald gefahren. Es ist Sonntag, der 17. Mai 1942. Es geht gegen Mitternacht. Dunkler als jetzt wird diese Frühsommernacht nicht mehr werden.

»Also dann. Sind alle so weit?«

Sie umarmen, sie küssen einander.

»Viel Glück.«

»Ja, auch für euch.«

»Viel Glück. Es wird gutgehen.«

Liane Berkowitz und Otto Gollnow gehen eng nebeneinander. Sie gehen eng umschlungen: Sie sollen ja alle Liebespaare spielen. Zwischen ihnen baumelt der Beutel mit den Zetteln, die Flasche mit Leim. Sie sind in Charlottenburg. Die Straßen sind still. Am Anfang müssen sie sich noch verständigen.

»Hier? Was meinst du?«

»Ja, hier vielleicht. Oder ein kleines Stückchen weiter.«

Dann, nach einer Weile, finden sie einen Rhythmus. Liane stellt sich dicht vor Wände, Bäume, Litfaßsäulen. Otto wischt hinter ihr Leim an die Wand. Sie reicht Otto den Zettel. Otto klebt ihn an. Sie gehen weiter. Liane bleibt wieder stehen. Otto klebt. Sie gehen weiter. Allmählich bekommen sie Übung. Nun macht die Sache beinahe Spaß. Sie biegen in eine schmalere Seitenstraße ein, als hätten sie es so abgesprochen. Liane reicht ihm den Zettel. Otto klebt. Sie gehen weiter. Sie biegen wieder ab.

»Ich denke, wir können nun ein Stück weitergehen. Hier hängen genug.«

Ursula Goetze und Werner Krauss haben schon eine Weile am Sachsendamm geklebt, als die erste Patrouille kommt.

»Lehn dich an.«

Ursula gehorcht. Sie lehnt sich gegen die Wand, gegen den Zettel.

»Leg die Arme um mich.«

Sie stehen eng umschlungen. Sie hören die Stiefeltritte, auf dem Pflaster. Näher. Näher. Werner presst sich an Ursula. Er presst sie gegen die Wand, gegen den Zettel. Noch näher die Stiefel. Werner presst sich an Ursula, als wollte er sich in sie hinein-, sich mit ihr in die Wand hineindrängen. Gleich ist alles aus. Wenn sie einen der Zettel sehen, ist alles aus. Werner küsst Ursula. Sie umklammern einander. Er küsst sie. Das Licht der Blendlaternen sucht, trifft. Sie spürt den Strahl im Inneren der Lider,

Küss mich. Küss mich.

Sie küsst ihn. Die Blendlaternen fahren über sie hin, tasten sie ab, in der Ewigkeit, der langen langsamen Ewigkeit. Die Laternen gleiten von ihnen ab. Sie sind vorbei.

»Küss mich! Küss mich. Küss mich.«

Eine Patrouille. Liane lehnt in einem Hauseingang. Otto hält sie umfasst. Sie küssen einander. Liane besteht nur aus Nerven. Sie hört Ottos Keuchen. Sie riecht seinen Schweiß. Sie fühlt seine Angst, wie sie seinen Atem fühlt, seine Zunge. Otto ist so jung. Er sieht aus wie ein Deserteur. Sie werden ihn kontrollieren. Sie werden die Zettel finden. Sie werden Liane verhaften. Liane hört die Reifen der Patrouille. Sie hört das Zischen ihrer Fahrradreifen, auf dem Asphalt. Dann sind sie da.

Dann sind sie vorüber. Die Reifen sind an ihnen vorübergezischt. Einen Moment stehen sie noch aneinandergelehnt, schwer atmend. Dann gehen sie weiter, langsam, eng umschlungen. Sie dürfen nun nicht rennen. Nicht rennen! Nicht rennen. Schlendern, bummeln, eng umschlungen.

»Komm. Wir haben hier noch gar nicht geklebt.«

»Was? Otto, wir machen weiter?«

»Ja klar. Wir müssen doch die Zettel loswerden.«

Sie kleben. Zettel, kleben. Zettel, kleben.

»Da vorn.«

»Patrouille?«

»Ich glaube. Verdammt.«

Und die ganze Straße hängt voll. Niemand ist auf der Straße außer ihnen. Otto packt Lianes Hand. Er zieht sie durch einen Torbogen. Sie stolpert hinter ihm her, in einen Hof, weiter an einer Mauer entlang, um eine Ecke, sie halten inne. Sie stehen zwischen Trümmern. Der Mond ist dünn, aber in seinem Licht kann sie Ottos Umrisse ausmachen. Er wendet sich zu ihr. Sie halten einander an den Händen. Es ist nichts zu hören. Sie lehnt sich an ihn. Ihr Herz rast, dann beruhigt es sich. Ihre Knochen werden weich, biegsam wie Gummi. Ihre Glieder schmelzen. Etwas durchströmt sie, warm und süß wie Kakao.

Otto hält sie fester. Sie kann ihn immer noch riechen: seinen Schweiß, die Bitternis des Haars.

»Küss mich.«

Er küsst sie.

»Sag es nicht Remus.«

»Nein.«

Er küsst sie.

»Komm. Weiter. Wir müssen diese Zettel loswerden.«

Mimi hat anfangs Angst gehabt. Als die erste Patrouille an ihnen vorbeiging, konnte sie sich kaum auf den Beinen halten. Aber direkt danach ist etwas über sie gekommen: ein Rausch, Energie, eine sprudelnde Freude.

»Los, wir kleben weiter. Los, wir haben noch Zettel. Wir kleben weiter, wir geben nicht auf.«

Sie gehen und kleben, gehen und kleben, bis sie keine Zettel mehr haben. Dann bringt Fritz Thiel Mimi Terwiel nach Hause. Auf Zehenspitzen schleichen sie durchs Treppenhaus, die Treppe hinauf in Mimis und Helmuts Wohnung. Sie schließen die Tür. Das Licht flammt auf, in den verdunkelten Räumen.

»Wir haben es geschafft!«

Sie jubeln, heiser und unterdrückt.

»Du. Wir haben es geschafft. Wir haben es wirklich geschafft.«

»Ich brauche einen Cognac. Willst du einen Cognac? Helmut hat doch hier irgendwo Cognac.«

»Meine Güte, als die Patrouille kam.«

»Als die an uns vorbeigegangen sind. Ich dachte, mir bleibt das Herz stehen.«

»Gib mir noch einen Cognac. Das war großartig. Das war ganz großartig, und wir haben alles verklebt.«

Am ruhigsten ist die Aktion für die Coppis verlaufen.

Sie sind wie unter einem guten Stern gegangen. Sie sind Hand in Hand gegangen, die schwangere Hilde und ihr Hans. Sie sind gegangen, wie ein junges Ehepaar geht, das den Sommerabend genießt. Sie sind keiner Patrouille begegnet. Sie haben all ihre Zettel verklebt, und dann sind sie nach Hause gegangen.

»Und wie sie morgen alle gucken werden. Wie sie alle durch die Stadt gehen werden, morgen früh, und überall hängen unsere Zettel.«

Libs ist allein. Sie ist in Liebenberg. Es ist noch sehr früh: viel zu früh, um in Berlin anzurufen. Die Sonne ist gerade erst aufgegangen. Libs hat das Wochenende mit ihrer Mutter verbracht. Gestern ist die Mutter abgereist, zu einem lang geplanten Urlaub an der Mosel. Libs konnte nicht mitkommen: Das Amt hat ihr nicht freigegeben. Immerhin hat sie jetzt aber diesen einen Urlaubstag. Sie wird den Tag genießen. Sie wird erst gegen Abend nach Berlin zurückfahren. Libs hat letzte Nacht nicht im Schloss geschlafen. Sie hat hier unten im Seehaus genächtigt, wo sie gewöhnlich mit Harro und den Freunden wohnt. Libs durchquert die Diele.

Sie zieht die Verdunkelungsvorhänge vor der Balkontür beiseite. Vor ihr liegt leuchtend der See, im Frühsommerlicht der Mark. Das Grün des Waldes ist wie frisch gewaschen. Libs wird jetzt ausreiten. Sie wird hinüber zu den Ställen gehen und Safran satteln, die kleine hübsche Stute. Und nach ihrer Rückkehr wird sie ein Telefongespräch anmelden.

Wie ist die Premiere gestern aufgenommen worden, Harro?

Sehr gut. Es gab begeisterten Applaus.

Das soll er sagen. So ist es ausgemacht. Libs zweifelt nicht daran, dass dies die Worte sein werden, die sie hören wird.

»Mama?«

»Ja, Kind?«

Liane steht da. Sie steht in der Küche. Es ist sehr früh am Morgen. Die Mutter hat gerade Teewasser aufgesetzt. Liane sagt: »Ich wünschte, mein Vater wäre noch am Leben.«

Sie hat das noch nie gesagt, noch niemals. Die Mutter legt vorsichtig die Arme um ihre Tochter. Sie setzt sich auf den Küchenstuhl, sie zieht ihr Kind mit sich. Wie lange hat Liane nicht mehr auf dem Schoß ihrer Mutter gesessen? Wie lange hat sie sich nicht mehr so halten lassen? Liane weint. Sie weiß nicht warum. Es ist herrlich, so zu weinen. Es ist, als zöge man eine Decke um sich. Eine weiche Decke, unter der Liane sicher ist, geborgen, heimelig versteckt wie ein Kind in der hintersten Ecke des elterlichen Kleiderschranks, zwischen soliden Joppen mit Tabaksaroma, warmen Stoffen, die nach Mama riechen und nach sorgsam ausgelegten Mottenkugeln, Gerüche, die garantieren, dass alles erhalten und in Ordnung bleibt. Dann ist es irgendwann vorbei damit. Dann muss man wieder hinaus aus dem Schrank. Dann muss man wieder ins Licht. In die Tageskälte.

Der Reitweg führt durch den Park in den Wald. Libs lässt Safran erst Schritt gehen, dann traben. Licht und Schatten wechseln, Wärme und Kühle. Libs denkt jetzt an nichts. Sie ist hier. Sie ist frei. Als sie auf die Wiese hinauskommen, treibt sie das Pferd zu einem kurzen Galopp. Sie ist eins mit sich, eins mit der Bewegung, geborgen in ihrem Können, der erlernten und oft geübten Fähigkeit. Am Rande der Wiese zügelt sie das Pferd. Es schnaubt, wirft den Kopf. Libs lässt das Pferd Schritt gehen, lenkt es auf den Pfad, der in den Wald hineinführt. Die Stute scheut.

Sie geht hoch, sie schlägt aus, prescht dann voran. Libs

presst die Schenkel zusammen, umklammert den Sattelknauf. Sie kann sich aber halten. Sie gewinnt das Gleichgewicht zurück, ein paar Momente später auch die Herrschaft über das Tier. Sie streicht sich das Haar aus der Stirn. Sie tätschelt den Hals der Stute, spricht beruhigend auf sie ein. Erst jetzt, wo es vorbei ist, ergreift sie eine Art Schrecken. Dies hätte dumm enden können. Natürlich ist es nicht das erste Mal gewesen, dass ihr ein Pferd durchgegangen ist. Es wäre nicht das erste Mal gewesen, dass sie vom Pferd fällt. Bisher hat sie sich niemals verletzt. Aber das Risiko ist da. Man kann dumm fallen, mit dem Kopf auf eine Wurzel oder einen Stein. Das Pferd kann in den Wald stürmen, ein Ast kann den Reiter vom Pferd fegen, kann ihn am Kopf treffen oder am Hals. Safran ist immer noch unruhig. Libs lässt die Stute traben, dann gesammelt galoppieren. Libs hat schon wieder alles im Griff. Und was ist überhaupt passiert? Warum hat das Pferd gescheut? Libs weiß es nicht. Vor ihr liegt das Schloss.

»Ein Brandanschlag. Eine Gruppe hat einen Brandanschlag auf die Sowjet-Ausstellung verübt.«

Herbert und Marianne Baum, Martin und Sala Kochmann. Fast hundert Jugendliche, aus dem kommunistischen, sozialistischen und links-zionistischen Spektrum der jüdischen Jugendbewegung.

»Der Anschlag hat leider keinen großen Schaden angerichtet.«

»Aber sie haben schon viele verhaftet.«

»Sie haben eine Vergeltungsaktion angeordnet. Es sollen fünfhundert Berliner Juden verhaftet worden sein, die gar nichts mit der Sache zu tun haben.«

»Warum haben wir diese Gruppe nicht gekannt?«

Das sagt Harro.

»Warum haben wir aus dieser Gruppe keinen Einzigen gekannt?«

»Harro? Ich habe Angst.«

Harro betrachtet Libs, heiter, kühl, gelassen.

»Das ist normal, sollte man meinen«, sagt er. »Aber es besteht im Grunde kein Anlass. Die Gestapo ist nicht klüger als wir. Wenn nicht das ganze Land voll unbezahlter Spitzel wäre, voll selbsternannter Mitarbeiter, die ihr Bedürfnis nach persönlicher Mitwirkung am Staatsgeschehen durch Verrat befriedigen, dann könnte die Gestapo gar nichts herausfinden.«

Sie geht nicht auf den Ton ein, den allzu vertrauten Ton.

»Ich kann nicht mehr weitermachen«, sagt sie. »Harro, ich kann nicht. Ich halte den Druck nicht mehr aus. Ich habe solche Angst, dass ich es nicht mehr ertrage. Mir ist schlecht vor Angst, ich werde in der Nacht wach vor Angst, ich bin starr, innerlich gefroren. Ich will leben, Harro. Ich will einfach nur leben. Ich will einfach nur auf der Welt sein und mich freuen.«

»Das wollen wir alle«, sagt er.

»Nein«, sagt sie wild. »Du nicht. Du willst kämpfen. Du willst dich einmischen in die Politik, du willst mitreden, du fühlst dich überhaupt erst richtig, wenn du diskutierst und liest und Flugblätter schreibst und Leute triffst und planst. Du hast ein – wie hast du es gerade eben gesagt? Ein Bedürfnis nach persönlicher Mitwirkung. Aber ich nicht. Ich dachte, ich wollte auch am großen Ganzen mitarbeiten, oder ich wollte es früher einmal wirklich, aber jetzt ist es nicht mehr so. Jetzt will ich lieben und geliebt werden. Ich will aufwachen, und nichts ist da, nur der Sommer. Nur die Vögel in den Bäumen. Und ich liege da und höre ihnen zu, ihrem Getschilpe, und der Tag liegt vor mir, offen, ein weites Feld, das mir keiner schmälert, und ob ich singend mitten hineinlaufe oder an seinem Rand entlangstolpere, ob ich Fehler mache oder nicht, all das ist egal. Was ich denke, ist egal. Ob ich für oder gegen Hitler bin, ist egal. Ob ich kämpfe oder nicht, ist egal.«

Sie hebt die Hände, wie bittend. Sie streckt sie ihm entgegen: die leeren Hände, er hat ihr sehr aufmerksam zugehört. Jetzt wendet er sich ab.

»Und was kann ich tun, in dieser Sache? Wir haben Krieg, das kann ich nicht ändern. Wir haben Herrn Hitler. Was kann ich tun, damit du dem Vogelsingen zuhören kannst, in Freiheit und Frieden? Was kann ich tun, damit du jetzt sofort glücklich bist und nichts anderes mehr tun musst, als zu lieben? Damit du in einer Welt leben kannst, wo es egal ist, was du tust. Was soll das überhaupt für eine Welt sein? Es gibt kein Leben, in dem alles egal ist. Man muss der Realität ins Gesicht sehen, anders geht es nicht.«

»Ich will aber nicht mehr«, sagt sie. »Ich will nicht mehr hinsehen. Ich will wegsehen. Ich will egoistisch sein und an mich denken. Ich bin ein so kleines Rädchen, was kann ich ändern? Was können wir ändern? Wir ändern nichts, Harro, ich will leben! Ich will nicht sterben. Ich bin jung, ich bin achtundzwanzig. Ich will nicht philosophieren und politisieren und theoretisieren, ich bin anders als du. Dir ist die Politik wichtiger als alles. Die Politik. Dein Kampf. Und dann hast du Stella gefunden, und jetzt deine Miezen, mit denen du streunst.«

Harro starrt sie an, fassungslos.

»Ah«, sagt er. »Meine Miezen. Während du ein Ausbund an Treue warst, nicht wahr? Aber vielleicht haben wir uns ja geirrt. Vielleicht war unser ganzes Leben ein großer Irrtum. Vielleicht hättest du lieber ein anderes Leben gelebt, als Gattin eines braven Parteigenossen, und inzwischen würde dir längst das Mutterkreuz vom schlaffen Busen baumeln.«

Sie verstummen. Sie stehen auf dem Korridor ihrer Wohnung, der eine im Kommen, der andere im Gehen.

»Libs«, sagt Harro. »Steig aus. Steig einfach aus, aus der ganzen Sache.«

»Aber wie denn, Harro! Wie denn, wenn du weitermachst? Wie soll ich aus dem Gewesenen aussteigen?«

»Trenn dich von mir. Lass dich scheiden.« Er überlegt. »Oder du könntest mich anzeigen. Ja. Ich fürchte, das ist die einzige Möglichkeit. Du müsstest eine echte Gesinnungswandlung bezeugen. Du müsstest ihnen klarmachen, dass du eine gute Nazisse geworden bist. Aber das geht auch nicht. Wenn du mich anzeigst, zeigst du dich damit selbst an. Denn all die Wochen und Jahre hast du ja alles gewusst. Also wäre es doch am besten, du verlässt mich sang- und klanglos.«

Sie nickt, langsam, wie zu sich selbst.

»Du willst mich loswerden«, sagt sie.

Er sieht sie an. Seine Augen sind weit aufgerissen, starr.

»Habe ich dich je hintergangen?«, sagt er. »Habe ich je etwas getan, ohne dich zu informieren? An jedem wesentlichen Punkt habe ich mich deiner Zustimmung versichert, politisch, privat, bei allen Aktionen, auch bei meinen Liebschaften. Was wirfst du mir vor? Dass du mir deine Zustimmung gegeben hast?«

»Nein«, sagt sie.

Sie stehen da, schweigend.

»Du bist nicht so, dass ich dir etwas hätte verweigern können«, sagt sie.

Er antwortet nicht.

»Ich bin nicht so«, sagt sie leise.

Köln ist vernichtet. Am 30. Mai haben tausend Bomber auf einmal die Stadt angegriffen. Es gab vierhundertachtzig Tote, fünftausend Verletzte. Und ist das die Zukunft? Soll es früher oder später allen deutschen Städten so ergehen? In diesem Sommer 1942 verfallen alle Gruppen und Grüppchen, die sich noch in Freiheit bewegen, in hektische Aktivität. Berichte über die wahre Lage an den Fronten werden verfasst, Ratschläge zum Langsamarbeiten getippt, Aufrufe zur Solidarität mit den ausländischen Zwangsarbeitern und Kriegsgefangenen hektografiert, Flugblätter mit den Radiofrequenzen der Auslandssender in Telefonzellen und Stadtbahnen platziert,

Schluss mit Gedankenlosigkeit, Schluss mit Gefühlsduselei

Nur die sofortige Beendigung des Kriegs kann Europa vor dem Untergang und das deutsche Volk vor dem Zusammenbruch seiner nationalen Existenz retten

Die Deutschen glauben, die Amerikaner oder die Russen werden sie vernichten, aber Vernichtung droht uns nur von Seiten unserer eigenen Regierung

Deutschland braucht eine Regierung, die das Wohl des Volkes höher stellt als die Existenz von Staat und Wehrmacht

Organisiert den Massenkampf! Aufruf zum Widerstand aller Berufe und Organisationen gegen die Regierung

Eva-Maria Buch übersetzt.

Ouvriers français!

Offene Briefe an die Ostfront

An einen Polizeihauptmann

Sie sind im Osten Hauptmann geworden, wie ich hörte. Haben Sie am Ende in Ihrem Polizeiverband, der Partisanen bekämpft, sich irgendwie hervorgetan? Ich kann es nicht glauben. Sie gehörten doch wirklich nicht zu den brutalen Polizeibütteln, die ihre Gemeinheiten mit grinsender Charakterlosigkeit und Zynismus begleiten. Würde ich Ihnen sonst schreiben?

Greta Kuckhoff lässt das Flugblatt sinken.

»Ist das von dir?«

»Zum Teil«, sagt Adam. »Von mir und John Sieg. Harro hat es natürlich gesehen. Sag mir bitte, was du davon hältst.«

Im Staatskrankenhaus habe ich neulich einige Kameraden von der Polizei besucht, die aus dem Osten eingeliefert worden sind, wegen Nervenzusammenbruchs, alle. Sie kennen ja die Krankenhausatmosphäre, diese Ruhe besonderer Art; man hatte zudem den Raum mit Blumen belebt, die Kranken durften Musik hören ... Übrigens gibt es dort eine Abteilung, von der mir die Kameraden mit beinah scheuer Erleichterung berichteten, dort lägen die noch schlimmeren Nervenzusammenbrüche: kraftstrotzende Revierbeamte von früher bewegen sich fortgesetzt nur hopsend weiter, wie Kängurus, wissen Sie, und andere wiederum kriechen auf allen vieren, schütteln dabei bedächtig den Kopf, und ihr Blick ist, wiederholte jemand beschwörend, »wie bei einem Bernhardinerhund«... Eine dieser Kreaturen wird das Bild einer kleinen, aus Lumpen gefertigten Puppe nicht los. Er berichtete, er musste die Erschießungen mit dem Revolver vornehmen. Die Opfer hatten hinzuknien, er ging dann in ihrem Rücken die Reihen entlang und knallte seine Schüsse in ihren Hinterkopf. Einmal habe er eine junge Frau, Bäuerin mit ihren drei Kindern, zu erledigen gehabt. Die Frau hielt einen Säugling im Arm. Es war bitterkalt, und sie versuchte, für die Minuten, die ihr Leben noch dauern würde, das weinende Kind mit Fetzen warm einzuhüllen. Rechts neben der Frau kniete ihr sechsjähriges Söhnchen, links ein etwa zwei Jahre altes Mädel, das noch in letzter Minute, ehe es ans Hinknien ging, zurücktappelte, um ihre Puppe zu holen. Nun ja – »Puppe auch mit«. Wie gesagt, es war ein lächerliches, armseliges Stück Puppe aus Lumpen. Sie setzte die Kleine, nachdem sie in un-

beholfener Kinderart selbst niedergekniet war, umständlich, wie das so ist, ebenfalls in kniende Stellung neben sich in den Schnee –

»Was habt ihr vor?«, sagt Greta. »Was wollt ihr damit machen?«

»Es muss an die Ostfront«, sagt Adam. »Bist du fertig? Du bist noch nicht fertig. Lies bitte auch noch die letzte Seite.«

Wenn wir uns besonderer nationaler Leistungen im Kriegswesen rühmen wollen, so dieser: den Partisanenkampf als einzigartige heroische Waffe einer Nation entdeckt und legalisiert zu haben. Denken Sie an Clausewitz. Denken Sie an Gneisenau, diesen Theoretiker des Freischärlertums, und sein Ideal des Volkswiderstandes. Mag zu den »Bernhardinerhunden« gelangen, wer hinzugehört, aus Entschlusslosigkeit, aus purer Feigheit. Ich an Ihrer Stelle ginge zu den Partisanen über, Hauptmann, ohne alle Bedenken. Und ich hoffe zutiefst, dass ich Ihnen damit nur sage, was Sie selber denken.

Harro, Libertas, die Rittmeisters und die Graudenzens machen eine Landpartie. Am Görlitzer Bahnhof haben sie sich mit ihren Rädern mühevoll durch das Gedränge gekämpft. Bis Groß Köris sind sie mit dem Zug gefahren. Dann ging es mit den Rädern nach Teupitz, wo sie nett zu Mittag gegessen haben. Anschließend sind sie mit Ruderbooten zu der Insel übergesetzt: dem Egsdorfer Horst, auf dem Libs ein Seegrundstück gekauft hat. Paul Scholz aus Groß Köris hat ihr das Grundstück vermittelt. Er ist Bauingenieur bei der Märkischen Wochenend-Gesellschaft, die seit 1927 die Ländereien des aufgelösten Rittergutes Teupitz vermarktet. Sie durchqueren die Insel auf dem Hauptpfad.

In blühenden Gärten stehen hübsche kleine Wochenendvillen unter Bäumen. Libs' Parzelle ist noch unbebaut. Aber es gibt eine hohe Kastanie, Wiesenblumen und am Grund des steil abfallenden Ufers einen richtigen kleinen Strand.

»Hier ist es sehr schön«, sagt Johnny Graudenz. »Die Steilküste ist ja fast wie auf Rügen. Da bist du jedenfalls sicher vor der Sturmflut, Libs.«

Libs lacht. Sie nickt. Eva Rittmeister hakt sich bei ihr unter. Mackie, wie John Rittmeister seine Frau nennt: Sie ist an der Schauspielschule angenommen worden.

Sie zieht sich immer mehr von ihrem Mann zurück: So empfindet es jedenfalls John Rittmeister. Er wirft es ihr nicht vor. Ist John Rittmeister nicht in jeder Weise impotent, ist er nicht körperlich, geistig, seelisch zeugungsunfähig? John ist froh, dass Harro ihn vor einem weiteren leeren Sonntag bewahrt hat, vor einem weiteren Sonntag mit Mackie allein. Er liebt sie. Kann er lieben? Mackie ist liebevoll mit ihm, freundlich, bemüht. Sie sagt etwas, und er hört es nicht: Sie hat ihn aus seinen Gedanken gerissen. Er fragt, was sie gesagt hat. Sie antwortet, und es war etwas ganz Unwichtiges, es ist alles leer. Wahrscheinlich ist es eine Depression. Der Nervenarzt und Psychoanalytiker Dr. John Rittmeister überlegt, ob er vielleicht doch einmal mit einem Kollegen reden sollte. Aber das würde womöglich seiner Geltung am Institut schaden.

Libs hat sich auf die Steine am Ufer gesetzt.

Sie hat jetzt etwas, was ihr gehört: ein winzig kleines Rittergut. Sie könnte sich nach dem Krieg hier ein Häuschen bauen.

Sie könnte es gleich tun. Sie könnte sich eine Hütte zusammenzimmern, einen Unterstand. Sie könnte der Stadt entfliehen an ihre eigene Küste, sie könnte Zuflucht suchen in einem Zelt, unter einer zwischen die Äste gespannten Plane. Sie könnte dem wankenden Riesenreich entkommen und sich hier verbergen, in ihrer eigenen Wildnis. Wäre das möglich?

Libs redet mit Eva Rittmeister über die Schauspielerei, sie plaudert mit den beiden Graudenz-Mädchen über die Schule.

Sie strahlt Johnny Graudenz an. Sie zieht die Bluse aus, unter der sie einen Badeanzug trägt. Sie steigt als Allererste in den See. Gemeinsam schwimmen sie weit hinaus. Gemeinsam steigen sie am Spätnachmittag wieder in die Boote, dann am Festland auf ihre Räder, und es geht heim nach Berlin.

Die Insel bleibt zurück. In jeder Baumwurzel krümmt sich ein Gnom. Über jeder Blüte wabert ein Geist. Das Chlorophyll trinkt Licht in jedem Grashalm, die Sonne füttert jedes Blatt. Das Wiesenschaumkraut gischtet dem Wasser entgegen, Nymphen tummeln sich in der Dämmerung über jeder Pfütze, dicht an dicht wie Mückenschwärme, Fische springen und klatschen zurück in den See, Fledermäuse durchflattern die anbrechende Dunkelheit, die dick ist wie Suppe vor Leben, war jemand hier? Hat jemand dieses Gras betreten, haben Schwimmer dieses Wasser durchpflügt? Der See liegt wieder still, unberührt. Die Halme haben sich wieder aufgerichtet. Es wird Nacht.

Mildred blickt über den See. Sie sind nach Sarow hinausgefahren, wo sie ein kleines Häuschen gekauft haben, das sie nun, an diesem Frühsommerwochenende 1942, der Familie zeigen. Mildred hat ein Gedicht mit hinunter ans Ufer genommen. »Wanderers Nachtlied«, von Goethe. Sie versucht es seit Tagen zu übersetzen,

Thou that cometh from the high
Stilling suffering and pain
When despair is doubly nigh

Aber es gelingt nicht. Die Verse schwingen nicht. Ihre Übersetzung hat keinen Klang. Was macht Mildred falsch? Klebt sie an der Oberfläche, findet sie keinen Zugang zum Kern?

Falk und Arvid stehen ein Stück weiter weg, beieinander. Falk geht es nicht gut. Er ist beinahe ständig krank. Dabei ist sein Posten nicht gerade der härteste: Er gestaltet das Radioprogramm der Wehrmacht in Chemnitz.

»Ich denke, dass ich Lilo liebe«, sagt Falk zu seinem Bruder.

Sie sprechen von Lilo Ramdohr, die Falk seit seiner Schulzeit kennt.

»Ich denke, dass ich sie immer geliebt habe, aber ich habe mir nicht erlaubt, darüber nachzudenken. Erst waren wir zu jung, und dann war sie auf einmal verheiratet. Aber ihr Mann ist vor ein paar Wochen im Osten gefallen. Ach Arvid. Chemnitz ist eine solche Qual. Diese Verlassenheit. Die seelische Vereinsamung unter diesen Soldaten, dies Getöse von Kameradschaft, das mir nichts bedeutet. Gut ist für sie alles, was der Gemeinschaft nützt. Was für eine Gemeinschaft es ist, danach fragen sie gar nicht. Sie fragen sich nicht, wer sie sind, was sie tun. Sie stehen nie vor sich selbst da, sondern immer nur vor den anderen. Wenn Lilo mich nur wollte. Ich wäre, wie soll ich es sagen. Ich wäre errettet, glaube ich.«

I'll take you home again, Kathleen
Across the ocean wild and wide
To where your heart has ever been

Mildred sieht über das Wasser. Sie lauscht den Liedfetzen, die ihr im Ohr klingen und ihr den Zugang zu Goethe abschneiden. Mildred wird nicht über den wilden Ozean fahren. Es gibt keine Heimkehr. Es gibt nur ein Leben von Tag zu Tag, angefüllt mit den Mühen des Krieges: dem Anstehen nach Brot, den Nächten im Keller, der Müdigkeit, der Angst und dem Heimweh,

Ah I long for pain to cease
And for joy to give me rest

Clara Harnack steht auf der Terrasse vor dem kleinen Häuschen. Sie blickt über den See. Die Abendsonne scheint. Es ist wunderschön hier: die Stille, der Frieden. Befremdlich war es ihr gestern nur, dass sie auf der Fahrt über Land kaum noch Deutsche gesehen hat. Alles schien voller Russen zu sein.

»So ist es, Mama«, hat Falk gesagt. »Die Deutschen haben in der Sowjetunion zurzeit schwer zu tun, und zum Dank bearbeiten die Russen derweil deutsche Felder.«

Arvid hat das Gesicht verzogen.

»So lernen sie wenigstens gleich den Boden kennen. Für die Zukunft, wenn man sich als Deutscher entscheiden muss, auf welcher Seite der Elbe man leben will.«

Und was hat der Junge damit gemeint? Clara hatte eine schreckliche Vision. In dieser Vision war Deutschland ein geteiltes Land. Auf der einen Hälfte herrschten die Russen, auf der anderen der Westen, und der Riss ging mitten durch die Familien hindurch. Clara sieht zu ihren Kindern hinunter.

Wie sie dort stehen, jeder für sich. Wie allein sie aussehen, Mildred mit ihrem Gedichtband, Arvid und Falk nebeneinander, jeder in seine Gedanken versunken.

»Arvid, Mildred, Falk!«

Falk hebt die Hand.

Arvid und Mildred wenden sich um, mit derselben Bewegung. Sie blicken zu Clara hinauf mit dem gleichen Blick. Sie sind beide blond, beide schmal. Aber es ist der Blick, der besondere Zug um den Mund, der sie wie miteinander verwandt aussehen lässt. Sie sehen nicht aus wie Mann und Frau. Sie sehen aus wie Geschwister.

»Ob meine Handlungen sinnlos sind oder nicht, wirst du kaum beurteilen können«, sagt Harro zu seiner Mutter. »Ich habe weder vor dir noch vor Papa je ein Geheimnis daraus gemacht, wie ich zu dieser Regierung stehe. Ich habe nie ein Hehl daraus gemacht, dass ich ein Gegner der Nazis bin.«

Harro sitzt mit seiner Mutter im Wohnzimmer. Libs in der Küche räumt das Geschirr vom Abendessen weg. Sie kann sie beide hören. Harro hat sich einmal mehr auf eine Diskussion mit dieser schwierigen Frau eingelassen.

»Soll ich das Leben eines anderen leben?«, sagt Harro zu seiner Mutter. »Soll ich auf mein Leben verzichten, nur in der Hoffnung, meinen Körper ein wenig länger auf der Welt zu erhalten? Deutschland ginge es jedenfalls besser, wenn mehr Leute bereit wären, für ihre eigene Überzeugung das Leben zu wagen.«

Luise Schulze hebt die Hände.

»Aber doch du nicht!«

Harro reckt sich empor, wie er es schon als kleiner Junge getan hat, wenn er empört war.

»Warum ich nicht?«

Sie hat sich überlegt, dass sie vielleicht in der Mittagspause an Dieter schreiben könnte. Abends ist sie immer so müde. Abends muss sie noch einkaufen, und die Schlangen vor den Läden werden immer länger. Nebenan spricht der Chef ins Telefon. Natürlich hat er die Tür aufgelassen. Sie beißt in ihr Brot. Streichwurst. Sie beginnt ihren Brief,

Lieber Dieter –

Schon stockt sie. Es ist so schwer, an ihn zu schreiben. Es wird immer schwerer. Sie haben einander lange nicht gesehen, aber das ist es nicht allein. Es ist so schwer, jemandem zu schreiben, dessen Briefe diesen Klageton haben. Es ist ein Ton, den sie von Dieter selbst gar nicht kennt. Es ist ein Sehnen und Saugen, das gar nicht zu ihm passen will. Sie weiß inzwischen gar nicht mehr genau, an wen sie eigentlich schreibt,

Lieber Dieter –

Von nebenan die Stimme. Der Chef. Was redet er da nur wieder.

»Die Poznańska sagt ja nichts. Aber der Wenzel ist inzwischen vernünftig geworden. Ja, einer der Funker. Nicht von der Berliner Gruppe. Aber er kennt den Code. Er ist ziemlich schnell weich geworden.«

Dass nebenan einer in den Hörer krakeelt, macht es nicht leichter, an Dieter zu schreiben. Und nachher kriegt sie den ganzen Mist noch einmal zu hören, wenn sie den offiziellen Bericht stenografieren und tippen darf.

»So, jetzt das Entscheidende. Dieser Funkspruch vom letzten Sommer ist endlich entschlüsselt. Wir wissen jetzt, wer die Berliner Kontaktleute sind.«

So geht es nicht. Der Chef hasst es, wenn die Tür geschlossen ist. Aber man muss auch einmal ein Riskio eingehen, man kann sich nicht immer unterordnen. Sie steht auf und geht zur Tür.

»Also, anzuordnen ist die Überwachung von Harro und Libertas Schulze-Boysen, Adam und Greta Kuckhoff, Arvid und Mildred Harnack.«

Er steht da drin mit dem Gesicht zur Wand. Immer telefoniert er so. Aufgerichtet, mit dem Gesicht zur Wand, bei offener Tür. Sie schließt die Tür lautlos. Sie setzt sich wieder vor ihren Brief. Sie atmet tief ein,

Geliebter Dieter!

Vielen Dank für Deinen letzten Brief. Es tut mir leid, dass ich erst jetzt dazu komme, ihn zu beantworten. Aber das Leben hier ist auch nicht leicht, wie Du Dir vielleicht denken kannst

DRITTER TEIL

1

»Sag, Lilo, glaubst du an Gott?«, sagt Alexander Schmorell.

Er sitzt neben Lilo Ramdohr auf Lilos Sofa, in Lilos kleiner Münchner Wohnung unweit des Schlosses Nymphenburg.

»Glaubst du an ein Jenseits, Lilo?«

»Ich weiß nicht«, sagt Lilo. »Ja, wahrscheinlich. Weißt du, ich habe mir immer gesagt, ich würde schon sehen, was kommt, wenn es so weit ist.«

Alexander betrachtet Lilo, ernst und konzentriert.

»Ich glaube, der Tod ist eine Befreiung«, sagt er. »Eine Heimkehr.«

Sie reden häufig über den Tod, seitdem Lilos Mann Otto gefallen ist. Er ist am 10. Mai 1942 an der Ostfront von russischen Partisanen getötet worden, einen Tag nach Sophie Scholls Ankunft in München. Lilo ist nun Witwe. Witwen sind alt. Sie haben das Leben hinter sich. Lilo fühlt sich alt und abgeklärt, neben Alexander Schmorell. Er ist vierundzwanzig, vier Jahre jünger als sie.

Er ist jung.

Er steht auf einem Hügel im Englischen Garten, reißt seinen Mantel auf, breitet die Arme aus und fliegt den Hügel hinunter, jung, jung, jung und allein, erfüllt von sich selbst, und die flirrende Zukunft weht ihm entgegen, ein Duft, den er schnuppernd aufnimmt, eine Fährte, die ihn in die Ferne zieht, eine Spur, die zu seinem Ziel führt, so dass jeder Schritt ein Schritt in die richtige Richtung sein muss. Alexander Schmorell steht im Regen, die Hände in die Taschen gebohrt, den Kopf zurückgeworfen, so dass das Wasser über sein Gesicht läuft.

»Ich liebe Regen!«

Er lacht. Er ist ernst. Er ist wie ein Tag mit schnell wechselndem Wetter.

»Lilo, hast du mein neues Fahrrad gesehen? Da staunst du, was? Ungefähr zehn Jahre ist es alt. Hans Scholl und ich fanden schon lange, wir bräuchten neue Fahrräder. Also haben wir unsere Räder getauscht. Komm, wir radeln ins Lombardi und trinken Wein. Und wenn wir überschwänglich sind, essen wir dazu dunkles Brot, jeder zwei ganze Scheiben.«

Hans Scholl und Alexander Schmorell studieren beide Medizin. Hans Scholl und Schurik: Das ist Alexanders Spitzname bei den Scholls.

»Ich bin nämlich gar kein richtiger Deutscher. Meine Mutter war Russin. Ich bin in Russland geboren. Meine Mutter ist gestorben, als ich noch ganz klein war. Nur mein Vater ist Deutscher. Wir sprechen auch zu Hause nur Russisch, mein Vater und ich und die russische Kinderfrau. Ich war ja schon vier, als wir nach Deutschland gezogen sind. Ich bin sehr froh, dass ich eigentlich Russe bin. Ich mag die Deutschen nicht besonders. Ich mag nur eine dünne Schicht des deutschen Volkes, und zwar die Intelligenz. Die tumben Massen sind mir verhasst.«

Lilo und Alexander haben einander letzten Herbst im Schwabinger Atelier König kennengelernt, wo sie beide einen Zeichenkurs absolvieren. Alex hat Lilo nach Hause begleitet.

Er kam am nächsten Nachmittag auf einen Tee vorbei: russischen Tee, den er selbst mitbrachte.

»Zurzeit studiere ich Medizin. Aber ich werde später Künstler. Ich werde Maler und Bildhauer.«

Sophie Scholl denkt immer an Schurik.

Sie denkt an sein Gesicht, an seine leichte heitere wilde Jugend. Sie wünschte, sie hätte diese Gedanken nicht. Sie wünschte, sie würde in einer anderen Zeit leben. Sie wünschte, sie würde es nicht so ungerecht finden, in einer Zeit zu leben, die so mit Weltgeschehen ausgefüllt ist. Wird ihr Leben nur darin bestehen, zu warten, bis der Krieg vorbei ist? Ist das die Aufgabe? Gibt es kein leichteres, erfolgversprechenderes Ziel? Es könnte einem die Geduld vergehen. Sophie studiert Biologie und Philosophie: die Fächer, die fragen, was das Leben ist. Sie denkt an Schurik, lachend im Regen.

»Angelika hält mich für oberflächlich«, sagt Alexander Schmorell zu Lilo Ramdohr. »Kannst du dir das vorstellen? Sie hält mich für leichtfertig, für unernst.«

Er ist schon lange hoffnungs- und chancenlos verliebt in die verheiratete Schwester von Christoph Probst, mit dem er seit der Schulzeit befreundet ist.

»Wir laufen uns alle im Kreise nach«, sagt Alex zu Lilo. »Ich laufe Christl Probsts Schwester nach, Sophie Scholl mir, Hans Scholl der Gisela Schertling und Traute Lafrenz dem Hans.«

Hans Scholl und Alexander Schmorell sind Freunde, seit sie 1940 zusammen in Harlaching famuliert haben. Sie gehören derselben Studentenkompanie an. Sie haben schnell herausgefunden, dass sie beide keine Freunde der Nazis sind. Dabei ist Hans Scholl als Junge ein begeistertes Mitglied der Hitler-Jugend gewesen,

über meiner heimat frühling
seh ich schwäne nordwärts fliegen.
ach mein herz möcht sich auf grauen
eismeerwogen wiegen –

Die Ulmer Gruppe des Jungvolks, der er angehört hat, wurde allerdings von Max von Neubeck geleitet, der vorher der deutschen jungenschaft angehört hatte, tusks legendärer d.j.1.11. Tusk selbst hatte im August 1933 in seiner Zeitschrift ›Der Eisbrecher‹ eine begeisterte Grußadresse an Reichsjugendführer Baldur von Schirach gerichtet. Er hat seine Anhänger ermutigt, in NS-Formationen einzutreten und dort bündischen Geist am Leben zu erhalten, und genau das hat Neubeck getan. Neubeck hat die alten Rituale beibehalten. Seine Jungen hielten Fahnenwache, sie fochten mit dem Stock. Sie studierten russische Chorsätze ein und sangen zur Balalaika. Sie schliefen in den Kohten, die tusk von den Lappen im Norden mitgebracht hatte, sie lasen einander am Feuer Rilke vor, Nietzsche und Stefan Georges ›Stern des Bundes‹,

Wer je die flamme umschritt
Bleibe der flamme trabant!

Es galt, den Vermassungstendenzen Widerstand zu leisten. Es galt, sich über die Verpflichtung klarzuwerden, die darin liegt, Elite zu sein. Vor allem galt es, Freundschaft und unbedingte Treue zu halten: Der Eid auf die Fahne der d.j. kann nicht gebrochen werden, auch nicht auf Befehl. Aber genau das hat Neubeck nach seiner Beförderung zum Stammführer von ihnen verlangt.

Er hat gefordert, sie sollten die Gepflogenheiten der HJ übernehmen, die Formen und Gedanken der d.j.1.11. verraten. Hans Scholl war siebzehn. Er sah Neubeck die d.j.-Fahne zerbrechen, auf die sie geschworen, vor der sie in langen Stunden Wache gehalten hatten. Mit Tränen in den Augen ist Hans

Scholl vorgetreten. Er hat Neubeck ins Gesicht geschlagen. Dann ist er vom Feld gegangen,

Wer je die flamme umschritt
Bleibe der flamme trabant!
Wie er auch wandert und kreist:
Wo noch ihr schein ihn erreicht
Irrt er zu weit nie vom ziel

Hans Scholl hat die Seinen zusammengehalten. Mit seiner d.j.1.11.-Horte hat er eigenmächtig eine Gruppenfahrt nach Schwedisch-Lappland angetreten, ohne sie sich von der Reichsjugendführung genehmigen zu lassen. Natürlich hieß das, dass er die Devisengesetze brechen musste. Hans hat das benötigte Geld in einer Nivea-Dose über die schwedische Grenze geschmuggelt. In schwedischen Wäldern haben sie die verbotene Kohte aufgeschlagen, am Feuer haben sie aus tusks verbotener ›Heldenfibel‹ gelesen und seine verbotenen Lieder gesungen, im Dezember 1937 ist die Sache aufgeflogen.

Hans Scholl ist verhaftet worden, zusammen mit seinen Geschwistern, wegen bündischer Umtriebe und Devisenvergehens. Zum Glück ist das Verfahren nach einer Amnestie eingestellt worden. Aber Hans weiß nun Bescheid.

Hans bereut nichts: Was zählt, ist die unbedingte Treue, die mit sich selbst eingegangene Verpflichtung. Was zählt, ist der unbedingte Wille zur Gemeinschaft, der es verbietet, sich der Verantwortung füreinander zu entziehen. Aber das Regime lässt keine Gemeinschaften bestehen. Einen öffentlichen Raum, in den der Mensch frei hineintreten könnte, um zu sprechen, gibt es natürlich ohnehin nicht. Aber auch die privaten Räume kann man nicht einrichten, wie man will, sie sollen ausschließlich nach Vorschrift möbliert sein. Die Geschwister und Freunde müssen sich in den Wald retten, in die Berge, wenn sie entkommen wollen, auf Berghütten im tiefen

Schnee, die nur auf Skiern zu erreichen sind. Sie igeln sich ein, sie schüren den Ofen an, sie ernähren sich von Brot und Tee. Sie stehen unter dem klaren weiten Himmel, sie lauschen auf den Sturm. Sie lesen einander Gedichte vor. Sie singen. Sie reden bis tief in die Nacht hinein, wie nur junge Leute es tun, geborgen in diesen langen ziellosen Gesprächen, im gemeinsamen Gelächter über die alberne Kuckucksuhr, aus der alle Stunde ein heiserer Kuckuck hervortritt,

Grogro! Grogro! Grogro!

»So ruft dich einmal deine Frau! Deine Frau wird dich einmal *Grogro* rufen!«

Dann geht es wieder hinab in die Tiefen, zurück zu den strudelnden trudelnden Menschenmassen. Den Massenmenschen. Sie sind Sophie alle unsagbar fremd.

Mit den Alten verbindet Sophie ohnehin nichts. Die Alten sind schuld am Zustand der Welt. Aber sogar die Jungen sind Sophie fremd. Sie sind gar nicht jung. Sie benutzen ihre Jugend nur zum Genuss. Sophie sehnt sich nach ihren Freunden, den Geschwistern. Sie sehnt sich zurück in die Hütte,

Wer je die flamme umschritt
Bleibe der flamme trabant!

Aber keiner ist frei, keiner kann entscheiden, wo, wie und mit wem er sein Leben verbringt. Sie sind auseinandergerissen, zersprengt: Sie stehen in den Pripjet-Sümpfen, im Kaukasus, in der Bretagne, und es gibt keine Möglichkeiten, privat miteinander in Verbindung zu bleiben. Es gibt keine geschützten Räume. Es gibt nur teure Telefonate, die angemeldet und mitgehört werden, zensierte Briefe. Sophie ist zum Reichsarbeitsdienst im oberen Donautal verdammt worden.

Sie ist aber entschlossen, sich nicht einzugewöhnen. Sie ist auf der Hut: Sie wird sich nicht gemeinmachen, sie wird ihr Hiersein keinesfalls akzeptieren. Sie wird dem Kameradschaftszwang unbedingt die Gefolgschaft verweigern. Sie beschimpft sich, wenn sie mit den anderen lacht, sich auf ihre Ebene herablässt, sich an dem dummen Geschwätz beteiligt. Sie ist anders. Sie sondert sich ab, soweit es nur möglich ist. Sie liest. Dem Gespöttel der anderen Mädchen zum Trotz liest sie Augustinus, Léon Marie Bloy, Thomas Manns ›Zauberberg‹, den russischen Religionsphilosophen Nikolai Alexandrowitsch Berdjajew,

Das Verhältnis der menschlichen Persönlichkeit zu jenen Gemeinschaften, innerhalb deren der Mensch auf dieser Erde zu leben genötigt ist, ist immer paradox und widerspruchsvoll. Hier ist eine volle Harmonie und ein restloses Zusammenstimmen unmöglich. Nie wird der tragische Konflikt zwischen Persönlichkeit und Gesellschaft restlos überwunden sein. Die Überwindung wird nur möglich im Reiche Gottes.

Die Zeit kommt aus der Zukunft, die nicht existiert, in die Gegenwart, die keine Dauer hat, und geht in die Vergangenheit, die aufgehört hat zu bestehen.

Ich bin der Amboss im tiefsten Abgrund, der Amboss Gottes, der mich so leiden macht, weil er mich liebt, das weiß ich wohl.

Die Liebe ist das Einzige, was die Kinder Gottes von den Kindern des Teufels unterscheidet. Hörst du: das Einzige. Wer die Liebe hat, ist aus Gott geboren; wer sie nicht hat, ist nicht aus Gott geboren.

Die Worte werden ihr nicht lebendig. Sie fallen in sie wie Steine, bleiben dort schwer und unbeweglich liegen wie auf dem Grund eines Brunnens. Und wird sie jemals aus sich selbst heraus schöpfen? Die Frage erscheint zweitrangig. Im Moment geht es darum, stur weiter sich von Steinen zu ernähren. Von Steinen und von der freien Natur. Und müsste nicht vor allem die Natur vom Tode erlöst werden, die unschuldigen Tiere und Pflanzen, die durch den Sündenfall des Menschen dazu verdammt sind, eines das andere aufzufressen?

Sophie versorgt das kleine Kindlein einer Bäuerin, die selbst aufs Feld hinausmuss, weil der Mann an der Front steht. Die Wohnung ist winzig, es sind arme Leute. Sophie wischt den Tisch ab, sie fegt den Boden, sie lüftet das Bettzeug, sie summt dabei. Dies ist ihr Puppenstübchen, ihr eigenes kleines Reich. Abends geht Sophie ins Lager zurück. Sie geht unter Bäumen, auf der Allee. Die Bäume sind Federzeichnungen auf hellem Frühlingshimmel. Ein Vogel ruft. Alles knospt, alles drängt in die Zukunft hinein. Sophie pflückt Himmelschlüssel im Park. Sie läuft barfuß über Gras. Sie hilft beim Unkrautjäten auf dem Feld. Sie raucht heimlich Zigaretten, sie raucht sie mit besonderem Genuss: Das Rauchen ist im Lager streng verboten.

Und sind Sophie Scholl und Cato Bontjes van Beek einander begegnet?

Haben sie einander kennengelernt, diese beiden jungen Frauen, die im Abstand von sechs Monaten geboren worden sind und die im selben Jahr sterben werden, auf dieselbe Weise, Sophie im Februar 1943 mit noch nicht zweiundzwanzig, Cato im August mit noch nicht dreiundzwanzig Jahren?

Im Sommer 1939 hat Sophie Scholl Worpswede und Fischerhude besucht, Catos Heimat. Sophie hat Martha Vogeler kennengelernt und Clara Westhoff-Rilke. Sie hat die Bilder von Paula Modersohn-Becker betrachtet, deren Mann mit Catos Tante verheiratet war. Was hätten Cato und Sophie einander zu sagen gehabt, das norddeutsche Mädchen aus dem Künstlerhaushalt und die Tochter eines süddeutschen Bürgermeisters, die die Norddeutschen eingebildet, kalt und unnahbar fand?

Cato ist im Sommer 1939 nicht in Fischerhude gewesen. Sie sind einander nie begegnet. Im Herbst 1939, nach ihrer Rückkehr nach Ulm, wird Sophie einen merkwürdigen Traum haben.

Ich war in einer Gefängniszelle, gefangen über den ganzen Krieg. Ich hatte einen dicken eisernen Ring um den Hals, das war das Unangenehmste.

Cato wird zu diesem Zeitpunkt ihren Traum schon geträumt haben.

Mir träumte, ich sei zum Tode verurteilt worden, zusammen mit noch anderen. Warum, und was ich verbrochen hatte, weiß ich nicht. Nach dem Urteil wurden wir gleich zum Hinrichtungsplatz geführt. Der Weg dorthin ging durch eine große Halle, die mit rotgemusterten imitierten persischen Teppichen behangen war. Zuerst ging der Scharfrichter, dann die Richter, dann wir Verurteilten und hinter uns ein Haufen Volk. Alles strömte durch die riesige Halle einer mit dicken roten Teppichen belegten Treppe zu. Ich wusste genau, dies ist mein letzter Gang. Mir wurde ein Stuhl angewiesen, der sehr viel Ähnlichkeit mit dem eines Zahnarztes hatte, auch die bewusste Stütze für den Kopf fehlte nicht. Ich wusste sofort, das ist der Henkerstuhl. Aber vollkommen ruhig und gefasst setzte ich mich. Ganz tief holte ich dann Atem und legte dann den Kopf zurück, warf ihn in den Nacken. Ich spürte das Messer an meinem Hals, einen Ruck und hörte den Kopf nach hinten rollen, irgendwohin, vielleicht in ein tiefes Loch, wo schon viele Köpfe lagen

»Was hat die deutsche Kultur schon zu bieten?«

Das sagt Alexander Schmorell.

»Wo ist euer Tolstoi, wo ist euer Dostojewski? Ihr habt Goethe. Aber hat Goethe je das Elend gesehen, hat er je der tiefsten

Not ins Auge geblickt? Von wegen. Er hat Unbequemlichkeit, Krankheit, das Böse in der Welt ängstlich vermieden. Es hat ihn sogar vor dem Tod gegraust, der doch unvermeidlich ist. Kurz und gut, er war ein feiger Spießer.«

»Er hat die Schönheit besungen wie keiner, mit seinem ungetrübten Blick«, sagt Hans. »Aber es ist wahr: In seiner Unnahbarkeit steht er riesig vor einem, fast wie ein falscher Gott.«

»Ich kann nichts Göttliches an ihm erkennen«, sagt Sophie. »Diese lächerlichen Gespräche mit Eckermann. Die beiden Hampelmänner. Sie kommen mir vor wie Passagiere eines Dampfers in Seenot, die sich für den Untergang frisieren und pudern. Manchmal denkt man ja, jetzt könnte ihnen gleich ein Licht aufgehen. Aber nichts da. Nichts als Eitelkeit, Dünkel, Selbstverliebtheit. Zwei alberne schwadronierende Pfaue.«

»Ohnehin kann man auch ohne Goethe leben«, sagt Hans. »Ohne Goethe, ohne Schiller, und Hölderlin oder Stifter muss man gar nicht kennen. Dostojewski braucht im Übrigen auch keiner, Schurik. Man kann überhaupt ohne alles leben, außer den Vitaminen, den Kalorien, dem Zeitvertreib und der Wollust. Die Deutschen behaupten, sie verteidigen die europäische Kultur. Aber was sie darunter verstehen, ist ihre Nagelfeile und ihr Wasserklosett und vielleicht noch ihre Briefmarkensammlung.«

»Die europäische Kultur?«

Das sagt Willi Graf. Christl Probst ist ihm beim Fechten begegnet. Willi studiert ebenfalls Medizin. Er gehört der 2. Studentenkompanie an, wie Alexander Schmorell und Hans Scholl, und er ist auch einmal eine Weile wegen bündischer Umtriebe inhaftiert gewesen. Aber im Gegensatz zu den anderen kennt er den Krieg. Er hat den furchtbaren Winter 41/42 an der Ostfront erlebt, bei der Heeresgruppe Mitte.

»Die europäische Kultur? Das ist zum Totlachen, zum Totlachen ist es. Ihr könnt nur so daherreden, weil ihr nicht im Krieg wart. Der Krieg im Osten führt einen an Dinge, an Dinge«, Willi hält inne. Er schüttelt den Kopf. Er presst die Hände an seinen Kopf, »wobei ich manchmal wirklich nicht mehr weiß, worunter ich mehr leide, unter meinen Erinnerungen oder unter eurem ungestörten Leben. Eure gespenstische Friedenswelt, mitten im Krieg. Es ist erstickend zu sehen, wie ihr euch vormacht, alles wäre normal. Es bedrückt mich. Es lähmt mich. Ihr lebt in einer Traumwelt. Soll ich euch sagen, was ich denke? Es wird eine Zeit kommen, wo die Deutschen auf der linken Seite ihrer Kleidung alle das Hakenkreuz tragen müssen, so wie heute die Juden den Stern. Das Hakenkreuz ist das Zeichen des Tiers, des Antichristen.«

Hans Scholl sieht Willi Graf an.

»Wir sind nicht, wie du vielleicht denkst«, sagt er. »Wir sind nicht gleichgültig.«

Nichts ist eines Kulturvolkes unwürdiger, als sich ohne Widerstand von einer verantwortungslosen und dunklen Trieben ergebenen Herrscherclique »regieren« zu lassen. Ist es nicht so, dass sich jeder ehrliche Deutsche heute seiner Regierung schämt, und wer von uns ahnt das Ausmaß der Schmach, die über uns und unsere Kinder kommen wird, wenn einst der Schleier von unseren Augen gefallen ist und die grauenvollsten und jegliches Maß unendlich überschreitenden Verbrechen ans Tageslicht treten?

Sophie hat sofort geahnt, von wem die Flugblätter stammen.

Sie hat das Schiller-Zitat erkannt, dass alles dem Besten des Staates zum Opfer gebracht werden darf, nur dasjenige nicht, dem der Staat selbst als ein Mittel dient. Sie hat die Laotse-

Zitate erkannt: Hans hat ständig Laotse zitiert, in letzter Zeit. Auf seinem Tisch stapeln sich die Klassiker der Geistesgeschichte, Wälzer um Wälzer, als studierte er nicht Medizin, sondern Literatur, Theologie, Philosophie, Staatsrecht,

Jeder einzelne Mensch hat einen Anspruch auf einen brauchbaren und gerechten Staat, der die Freiheit des Einzelnen als auch das Wohl der Gesamtheit sichert. Denn der Mensch soll nach Gottes Willen frei und unabhängig im Zusammenleben und Zusammenwirken der staatlichen Gemeinschaft sein natürliches Ziel, sein irdisches Glück in Selbstständigkeit und Selbsttätigkeit zu erreichen suchen. Unser heutiger »Staat« aber ist die Diktatur des Bösen. Ist Euer Geist schon so sehr der Vergewaltigung unterlegen, dass Ihr vergesst, dass es nicht nur Euer Recht, sondern Eure sittliche Pflicht ist, dieses System zu beseitigen? Wenn aber ein Mensch nicht mehr die Kraft aufbringt, sein Recht zu fordern, dann muss er mit absoluter Notwendigkeit untergehen.

Und nun hat Sophie den Apparat gefunden.

Nun ist alles klargeworden: die schlaflosen Nächte, in denen Hans und Schurik sich miteinander eingeschlossen haben, die blassen Gesichter, die Müdigkeit, Abgehetztheit. Hans Scholl und Alexander Schmorell haben ein Werk geschaffen. Sie haben gelesen, gelernt, gedacht, entworfen und wieder umentworfen. Drei umfangreiche Flugblätter sind entstanden, in nur zwei Wochen. Hans und Schurik haben Hunderte von Abzügen hergestellt und sie an Hunderte von Adressen versandt, die sie den Telefonbüchern entnommen haben. Wie haben sie das bewältigt? Mit der Hilfe von Pervitin? Es war ein Rausch. Die Aufgabe hat sie ergriffen, sie hat sie vollkommen besetzt, vollständig erfüllt.

»Die ersten beiden haben wir vor allem an die Intelligenz geschickt«, sagt Alexander Schmorell zu Sophie. »An die Elite.

An Ärzte, Wissenschaftler und Professoren, an die, deren Aufgabe die politische Führung des Volkes wäre. Aber diese Schicht hat versagt. Sie hat nicht reagiert. Deswegen haben wir im dritten Flugblatt klar und deutlich zum passiven Widerstand und zur Sabotage aufgerufen. Das kann jeder Einzelne für sich leisten. Das muss jeder Einzelne leisten, sonst macht er sich persönlich schuldig.«

Und der Rausch dauert an: das Treibende, das sie nicht zur Ruhe kommen lässt, der Ruf, den sie immerfort hören. Sie antworten. Sie werfen sich auf die gestellte Aufgabe, als schüfen sie Schriften für die Ewigkeit. Als schrieben sie nicht nur gegen den Moment an, gegen die unerträgliche Gewaltsamkeit des Regimes, als füllten sie mit ihren Buchstaben nicht nur Papier, das vernichtet und verbrannt werden wird, sondern meißelten in Stein und sicherten sich die Unsterblichkeit.

»Schurik hat die politischen Teile übernommen«, sagt Hans zu Sophie, »und ich die metaphysischen.«

Sie kann es sehen. Sie kann sehen, welche Teile von wem sind. Hans ordnet schon seit einiger Zeit die Bibliothek Carl Muths, der bis zu ihrem Verbot 1941 der Herausgeber der katholischen Zeitschrift ›Hochland‹ war. Er begegnet fast täglich dem katholischen Philosophen und Schriftsteller Theodor Haecker, der wie Muth überzeugt ist, dass Hitler der Antichrist ist.

»Ich kann es nicht ändern, dass Gesindel die Welt regiert«, hat Haecker zu Hans Scholl gesagt. »Aber eines kann ich verhindern, so schwach ich auch bin: dass es mir die Welt erklärt.«

Jedes Wort, das aus Hitlers Munde kommt, ist Lüge. Wenn er Frieden sagt, meint er den Krieg, und wenn er in frevelhaftester Weise den Namen des Allmächtigen nennt, meint er die Macht des Bösen, den Satan. Sein Mund ist der stinkende Rachen der Hölle, und seine Macht ist im Grunde ver-

worfen. Wohl muss man mit rationalen Mitteln den Kampf wider den nationalsozialistischen Terrorstaat führen; wer aber heute noch an der realen Existenz der dämonischen Mächte zweifelt, hat den metaphysischen Hintergrund dieses Krieges bei Weitem nicht begriffen, d.i. der Kampf wider den Dämon, wider den Boten des Antichrists. Überall und zu allen Zeiten haben die Dämonen im Dunkeln gelauert auf die Stunde, da der Mensch schwach wird, da er seine ihm von Gott auf Freiheit gegründete Stellung im ordo eigenmächtig verlässt, da er dem Druck des Bösen nachgibt, sich von den Mächten höherer Ordnung loslöst und so, nachdem er den ersten Schritt freiwillig getan, zum zweiten und dritten und immer mehr getrieben wird mit rasend steigender Geschwindigkeit – überall und zu allen Zeiten der höchsten Not sind Menschen aufgestanden, Propheten, Heilige, die ihre Freiheit gewahrt hatten, die auf den Einzigen Gott hinwiesen und mit seiner Hilfe das Volk zur Umkehr mahnten. Wohl ist der Mensch frei, aber er ist wehrlos wider das Böse ohne den wahren Gott. Er ist wie ein Schiff ohne Ruder, dem Sturme preisgegeben, wie ein Säugling ohne Mutter, wie eine Wolke, die sich auflöst –

Und ist Sophie stolz auf den Bruder? Fürchtet sie um ihn, hat sie Angst? Versucht sie, ihn zurückzureißen?

Wer je die flamme umschritt
Bleibe der flamme trabant!
Wie er auch wandert und kreist:
Wo noch ihr schein ihn erreicht
Irrt er zu weit nie vom ziel

»Ich möchte mitmachen«, sagt Sophie. »Ich möchte helfen.«

Sie alle helfen. Sie alle beteiligen sich, auch Willi Graf, der ihnen eine ganze Nacht lang von den Verbrechen im Osten erzählt hat, mit geschlossenen Augen, die Stirn gegen den Türrahmen gedrückt,

Und wieder schläft das deutsche Volk in seinem stumpfen, blöden Schlaf weiter. Sollte dies ein Zeichen dafür sein, dass die Deutschen in ihren primitivsten menschlichen Gefühlen verroht sind, dass keine Saite in ihnen schrill aufschreit im Angesicht solcher Taten, dass sie in einen tödlichen Schlaf versunken sind, aus dem es kein Erwachen mehr gibt, nie, niemals? Es scheint so und ist es bestimmt, wenn der Deutsche nicht endlich aus dieser Dumpfheit auffährt. Jetzt stehen wir vor dem Ende. Jetzt kommt es darauf an, sich gegenseitig wiederzufinden, sich aufzuklären von Mensch zu Mensch und sich keine Ruhe zu geben, bis auch der Letzte von der äußersten Notwendigkeit seines Kämpfens wider dieses System überzeugt ist.

»Kann ich das bei dir unterstellen, Lilo?«

Alexander Schmorell steht wieder einmal in Lilo Ramdohrs Stube. Er trägt einen Karton, der offenbar schwer ist.

»Stell ihn in den Keller, ganz hinten in den Besenschrank.«

»Wie immer.«

»Wie immer.«

»Ich hole ihn in ein paar Tagen ab.«

Und dann werden Alexander Schmorell, Hans Scholl und Willi Graf an die Front kommandiert, um mitten im Krieg zu famulieren. Sie fahren nun nach Russland, dem Morden entgegen.

»Ich schieße nicht. Ich nehme keine Waffe in die Hand.« Das sagt Alexander Schmorell. »Ich kämpfe nicht, unter keinen Umständen, in dieser Mörderbande.«

»So darf man das nicht sagen«, sagt Professor Huber, bei dem sie eingeladen sind. »Die Wehrmacht kämpft ehrenvoll und tapfer gegen den Bolschewismus. Die Untaten der SS sind etwas anderes. Aber das Heer ist sauber. Es verteidigt das Vaterland. Man muss auch seine Pflicht tun.«

»Was? Nein. Es ist unsinnig und führt den Menschen auf Abwege, wenn man seine Pflicht tut. Man ist dazu geboren zu denken, nicht dazu, blindwütig seine Pflicht zu tun. Ich bin doch kein Preuße. Ich bin überhaupt kein Deutscher, ich bin Russe. Ich bin ein Gegner des Bolschewismus, aber ich krümme keinen Finger für Deutschland. Ich werde niemals irgendetwas für diesen Staat tun. Mein Vorbild ist die Schweiz, die sich aus allen Kriegen heraushält. Ich fahre nach Russland, um Wunden zu verbinden, das ist alles.«

Sie stehen am Bahnhof, nach der langen Nacht des Abschieds, dünnhäutig, übernächtigt. Das Licht ist zu grell. Sie umarmen einander, sie scheiden. Der Zug fährt ab. Sophie bleibt zurück.

Sie geht nach Hause. Sie sieht um sich, allein in der leeren Wohnung. Wie fremd ist dieser vertraute Ort: Als wäre man tot und besuchte noch einmal die Stätten, an denen man gelebt hat. Und wieso ist sie hier? Wieso ist sie es, die hier ist, an diesem Ort? Ist es nichts als Willkür, dass sie auf der Welt ist, dass gerade sie jetzt und hier auf der Welt ist?

Sophie verlässt München. Sie ist einem Ulmer Rüstungsbetrieb zugeteilt, zum Kriegshilfsdienst. Sie arbeitet Seite an Seite mit russischen Frauen, in diesem Sommer 1942, wo die Harnacks am See in Sarow stehen und Arvids kleiner Bruder Falk in seiner Verlassenheit die Arme nach Lilo Ramdohr ausstreckt.

Falk Harnack und Lilo Ramdohr haben einst ein Jahr lang dieselbe Klasse besucht, im Internat des Dr. Fritz Weiß in Weimar. Sie haben sich angefreundet. Sie sind miteinander spazierengegangen, im schönen Park an der Ilm. Sie haben das Theater besucht, miteinander gelernt, und Falk hat Lilo oft mit zu seiner Mutter nach Hause genommen. Lilo hat auch das letzte Silvesterfest 1941/1942 mit den Harnacks gefeiert.

Alexander Schmorell war gekränkt, dass sie nicht bei ihm in München bleiben wollte. Aber Lilo hat sich nicht abbringen lassen. Sie ist zu den Harnacks gefahren, in die mondäne Villa der Kornmanns am Prinzenweg in Starnberg. Egon und Luise Kornmann leiten das Gustaf-Britsch-Institut für theoretische und angewandte Kunstwissenschaft, auch bekannt als Schule für bildende Kunst Starnberg, Privatkunstschule Britsch-Kornmann und Gustaf-Britsch-Institut für vergleichende Kunstbetrachtung. Clara Harnack ist eine alte Freundin der Kornmanns. Sie verbringt manchmal Monate hier, und natürlich ist auch ihre Familie willkommen.

Falk hat Lilo am Bahnhof abgeholt.

Er hat sie fest und innig umarmt. In der Villa war schon der Teetisch gedeckt. Man begann gleich nach der ersten Begrüßung über die niederländischen Meister zu reden und dann über Spinoza, als wäre das vollkommen normal. Als wären diese Dinge tatsächlich von Wichtigkeit. Lilo lehnte sich zurück, atmete auf. Es war ihr, als käme sie nach Hause, in ihre eigene Familie.

Aber das sind die Harnacks nicht. Lilo Ramdohr trauert um ihren gefallenen Mann. Falk schreibt ihr sehnsüchtige Briefe. Aber Lilo ist nicht in Falk verliebt, und sie wird sich nicht in ihn verlieben. Alexander Schmorell ist an die Front kommandiert, zusammen mit den anderen. Es ist August 1942.

Sie sind alle noch frei und am Leben: die jungen Leute der Weißen Rose, die vielfach verbundenen Familien der Harnacks, Dohnanyis, Bonhoeffers, Delbrücks, die Schulze-Boysens und ihre Freunde, die Coppis und die Brockdorffs und die junge

Cato Bontjes van Beek, die in diesem August in der bayerischen Ostmark herumreist.

Cato hört Bachkonzerte in Passau, sie wandert durch den Bayerischen Wald.

Sie steht unter uralten Bäumen, unter riesigen Farnen wie aus Urzeiten. Im tiefen Dickicht rumort etwas. Über den dichten Kronen klatschen Flügelschläge. Alles ist hier zu Hause, alles gehört hierher, nur Cato nicht. Sie ist allerdings nicht die Einzige, die in diesen Wäldern unterwegs ist.

In allen Berghütten drängen sich die Menschen, die ihresgleichen in den Städten entfliehen wollen. Cato wandert tagelang mit einem jungen Soldaten auf Fronturlaub. Cato betet. Cato liest. Sie ist erfüllt von Trauer, vom furchtbaren Mitleid mit fremdem Schmerz, von der Hilflosigkeit, die auf der Seele lastet. Alles ist Trauer, Trauer schwebend wie Asche, wie Fetzen verbrannten Papiers. Cato in den Bergen Ostbayerns liest Paul Gerhardt. Sie schleppt eine Menge Bücher mit sich herum. Womöglich ist auch Walt Whitman dabei?

O Captain! my Captain! our fearful trip is done;
The ship has weather'd every rack, the prize we sought is won,

Cato ersteigt den Lusen, den Arber, den Falkenstein. Sie ist eine Gipfelstürmerin. Sie breitet die Arme aus in der reinen Luft,

The port is near, the bells I hear, the people all exulting,
While follow eyes the steady keel, the vessel grim and daring,

Der junge Soldat an ihrer Seite ist von großer Angst erfüllt. Er hat bis jetzt im Westen gestanden. Aber er ahnt, dass es nun an die Ostfront geht. Cato sucht ihn zu trösten. Sie reden darüber, dass das, was ist, nicht bleiben kann. Sie reden davon, dass aber manches bleibt: Auch nach dem Krieg wird es noch diesen Wald geben, diese Berge, die Falken. Es wird eine Welt nach Hitler geben und in dieser Welt Frieden und Schönheit,

But O heart! heart! heart!
O the bleeding drops of red,
Where on the deck my Captain lies,
Fallen cold and dead.

2

Libs und Harro lachen. Sie gehen eingehängt und sehr vergnügt. Sie sind braungebrannt: Sie waren letztes Wochenende in Liebenberg, nur sie beide allein. Sie haben mit großem Vergnügen das schöne frische Liebenberger Gemüse gegessen. Sie haben sich nachts geliebt, bei offenen Fenstern, zum ersten Mal seit Langem. Aber sie sind ja erst ein paar Jahre verheiratet. Jede Ehe geht doch einmal durch eine Krise?

Heute Abend waren sie beim kroatischen Gesandten zum Essen.

»Seine Frau war doch großartig.«

»Ja. Und das Essen! So viel schönes Fett.«

»Am besten hat mir die Frau des Attaché-Gehilfen gefallen«, sagt Libs. »Sie sieht aus wie eine Wiener Soubrette.«

»Ja. Na, sie fing ja auch schon beim dritten Gang an zu singen. Dein Kleid ist im Übrigen großartig angekommen, hatte ich den Eindruck.«

»Das will ich hoffen. Es war ja ein frivoler Kauf. Meine allerletzten Kleiderpunkte, für ein schwarzes Kleid bei Kuhnen.«

Harro singt.

»Die al-ler-letz-ten Punkte, für ein schwa-harzes Kleid bei Kuhnen.«

Libs lacht.

»Scht! Du bist zu laut.«

Harro schließt die Haustür auf. Sie betreten den Flur, steigen die Treppe hinauf.

»Eine insgesamt sehr nette Woche. Morgen sind wir dann ja bei den Schweden. Und übermorgen fährt du schon nach Wien. Und wenn du wieder da bist, geben wir mal wieder ein richtiges Tanzvergnügen, mit allen Freunden und Wein und Musik.«

»Ja«, sagt Libs. »Ach, diese Wienfilm-Pläne. Ich werde sehr froh sein, wenn das erst einmal vorbei und gut gelaufen ist. Ich werde froh sein, wenn ich wieder hier bin.«

Zu Anfang der Schwangerschaft war es Hilde Coppi manchmal übel. Aber das ist vorbei. Hilde ist inzwischen im fünften Monat. Es ist die Sommermitte, und ihr Gärtlein ist schöner denn je. Hildes Kind wächst mit der Jahreszeit. Wenn die letzten Äpfel von den Bäumen geholt sind, wird auch ihr Kind geboren werden. Freilich, es wird ein Winterkind. Es wird klein sein, schutzlos, wenn die Kälte beginnt. Aber Hilde wird da sein. Sie wird ihr Kind vor Kälte und Gewalt schützen. Hilde schreibt immer noch ihre Listen mit den Namen gefangener Soldaten. Sie schreibt immer noch Briefe an Mütter und Frauen. Zugleich hat Hilde sich in sich selbst zurückgezogen.

Sie geht zu ihrem Kind, wenn sie in sich geht. Das Kind hat nichts zu tun mit dem Krieg. Es ist etwas ganz Neues und Uraltes. Hilde genügt sich selbst mehr und mehr. Sie braucht nichts, nur das Wissen, dass das Kind da ist. Darin liegt alle Sicherheit. Dann, von einem Moment zum anderen, ist sie wie von Sinnen vor Angst. Sie gebärt ihr Kind in den Krieg. Hilde ist kein Schutz. Sie ist selbst schutzlos, sie ist dem Krieg und der Gewalt ausgeliefert, mit ihrem wachsenden Leib, ihrer wachsenden Unbeweglichkeit, es ist ein gänzlich primitives Gefühl. Es ist die Angst einer Affenmutter in einem Baum über der Savanne, den die Löwen umstehen, und ein Junges hat sie im Fell und eines im Bauch, und mit dieser Last wird ihr der Sprung zum nächsten Wipfel niemals gelingen. Es sind aber nur Momente. Weiße Momente, blendend: Dann geht es vorüber.

Dann ist Hilde wieder ein Mensch. Sie sagt sich, dass sie in ihrem kleinen Garten, in ihrem kleinen Haus draußen vor der Stadt weniger von den Bomben gefährdet ist als alle anderen. Sie verbirgt ihre Angstanfälle vor Hans. Sie will ihn nicht belasten: Er freut sich so sehr auf sein Kind. Er arbeitet in der Fabrik. Er lernt von Fritz Thiel, wie man funkt, er reicht Hildes Adresslisten weiter. Auch Hilde arbeitet nach wie vor, als Sachbearbeiterin bei der Reichsversicherungskammer. Sie wartet in den langen Schlangen vor den Geschäften, sie hackt die Kartoffelbeete im Garten, sie wäscht Wäsche, sie geht ihre Mutter besuchen. Abends liegt sie in Hans' Armen. Dann liegen sie still. Dann streicht seine Hand über sie, ihre Hand über ihn,

Hildchen.

Mein Hans.

Es ist Sonntag, der 30. August 1942. Es ist Spätnachmittag, und Harro ist mit Freunden zum Segeln gefahren: mit Horst Heilmann, John Rittmeister und Stella Mahlberg, die er immer noch von Zeit zu Zeit mehr zufällig trifft. Sie fliegen in Harros Segelboot Duschinka über den Wannsee. Das Wasser glitzert und gleißt. Die Luft ist spätsommerlich süß, weich wie die Haut eines Pfirsichs. Stella unterhält sich mit Dr. Rittmeister. Harro redet mit Horst Heilmann.

Er hat die ganze Zeit mit Horst Heilmann geredet: mit Heilmann und mit Rittmeister. Das Ufer kommt näher. Das Boot wird gleich anlegen. Zwischen Stella und Harro ist noch immer keines der persönlichen Worte gefallen, auf die Stella gehofft hat, auf die sie jedes Mal hofft. Und nun ist der Ausflug gleich wieder zu Ende, schon wieder unwiderruflich vorbei.

»Harro«, sagt Horst Heilmann.

Er ist in der letzten Stunde sehr still gewesen. Der Nachmittag hat sich ihm zusehends verdüstert, ohne dass er genau gewusst hätte warum. Er hat versucht, die Schmerzquelle zu lokalisieren, wie einer, der mit der Zunge von Zahn zu Zahn fährt. Nun hat er sie gefunden.

Es hat mit etwas zu tun, was Harro vorhin gesagt hat. Wenn Horst nicht vollkommen falsch verstanden hat, dann hat Harro angedeutet, illegalen Kontakt zu Stellen in der Sowjetunion zu unterhalten. Horst ist zuerst nur voll Bewunderung erschrocken, wie angesichts eines waghalsigen Kunststücks. Aber seitdem ist sein Unbehagen stetig gewachsen. Und nun weiß er den Grund. Horst Heilmann arbeitet in der Dechiffrierabteilung im Oberkommando des Heeres.

»Harro, ich muss dich unbedingt sprechen. Mir ist gerade etwas eingefallen. Ich muss dich unbedingt sprechen, allein.«

Und da ist sie also wieder, die elende Geheimnistuerei. Harro lässt Stella an seinem Leben nicht teilnehmen, auch diesmal nicht. Er lässt sie nicht sein Leben teilen. Sie hat es satt. Sie wird sich zurückziehen. Diesmal wird sie es sein, die sich zurückzieht. Sie wird die Trennung überleben. Sie wird Harro Schulze-Boysen überleben. Er ist im Grunde ein Büromensch. Er ist ein kalter, herzloser Mensch ohne Leidenschaft, dem alle tieferen Werte ganz gleichgültig sind.

Libertas ist wieder in Berlin. Vor der Haustür hat es einen Treffer gegeben. Es ist nichts Schlimmes, nur ein Loch in der

Straße. Aber wie schön war Wien: der Friede, das Spätsommerwetter, das südlich Prunkende in all seiner ungebrochenen Pracht, das heitere Leben in den Cafés, die Nächte ohne Alarm. Libs schließt die Haustür auf. Es ist Dienstag, der 1. September. Morgen feiert Harro seinen dreiundreißigsten Geburtstag. Libs ist gerade noch rechtzeitig heimgekommen. Sie öffnet die Wohnungstür. Sie ruft seinen Namen.

»Harro?«

Ein Fehler. Der Nachhall des Namens erzeugt genau die Leere in der Wohnung, die sie nicht leiden kann. Und warum hat sie überhaupt gerufen? Es ist Nachmittag, er ist natürlich im Ministerium. Sie stellt den Koffer im Korridor ab. Im Wohnzimmer riecht es staubigheiß, muffig, als wäre seit Tagen nicht gelüftet worden. Aber Harro hatte doch sicher die Fenster geöffnet, um die Morgenkühle hereinzulassen? Er legt Wert auf dergleichen. Andererseits, vielleicht hat er gar nicht hier geschlafen, vielleicht hat er eine neue Liebschaft. Libertas öffnet die Fenster.

Sie geht in die Küche, setzt Teewasser auf, wirft einen Blick in die Vorratskammer. Es ist nichts da. Draußen auf dem Nordfensterbrett schimmelt eine angebrochene Flasche Himbeersaft. Libs reagiert übertrieben, wie neuerdings häufig: Tränen steigen ihr in die Augen, so dass sie schlucken muss. Wie schade ist es doch um den Saft, um all die süßen Beeren aus Liebenberg, die Libertas mit so viel Liebe eingekocht hat. Libs möchte jetzt sofort Harros Stimme hören.

Sie wird ihn im Ministerium anrufen. Sie wird ihm vorschlagen, heute Abend zur Feier des Tages zu Horcher zu gehen oder in die Traube vielleicht. Sie greift zum Telefon. Sie wählt die Nummer des Ministeriums. Fräulein Berger antwortet. Libertas hört sich ihren Namen sagen.

»Libertas Schulze-Boysen hier.«

Noch bevor irgendetwas Weiteres geschieht, verlangsamt sich die Zeit. Gespannte Stille quillt ihr aus dem Hörer entgegen. Die Stille erschafft eine Leere, einen Raum, in dem Libs' Name widerhallt: Aber Libs spricht ja schon weiter. Sie hat überhaupt nicht innegehalten, zwischen der Nennung ihres und seines Namens.

»Kann ich bitte meinen Mann sprechen?«

Fräulein Berger antwortet. Ihre Stimme ist höher als sonst, tönend.

»Es tut mir sehr leid, Frau Schulze-Boysen. Aber Ihr Mann ist nicht da. Er ist auf Dienstreise. Er hat eine dringende Dienstreise angetreten.«

Libertas versucht zu atmen. Sie versucht zu sprechen. Der Raum um sie wächst ins Ungeheure. Die Stille steigt, wie Wasser. Libs versucht ein Wort zu finden, das sie in diese Stille werfen kann.

»Wann?«

»Er ist schon gestern früh weggefahren«, sagt Fräulein Berger. »Man hat ihn ins Foyer gebeten, und er ist nicht wieder heraufgekommen«, Fräulein Berger verstummt. Dann spricht sie wieder, leise und hastig. »Er hat das Zimmer ohne Mütze verlassen. Ohne Mütze und ohne Koppel. Die Mütze liegt ja immer noch da.«

Ein hoher Ton ist nun in Libs' Ohren. Der Ton hindert sie daran, ihre eigene Stimme zu hören.

»Ja«, sagt Libertas. »Ich danke Ihnen sehr, Fräulein Berger.«

Dann hängt sie auf.

Und jetzt? Sie haben nie darüber gesprochen. Sie haben sich niemals überlegt, wie sie sich verhalten würden, wenn das passieren würde, was jetzt passiert ist. Libs hat dies immerfort befürchtet. Aber sie hat niemals damit gerechnet. Sie hat in dauernder Angst vor ebendiesem Moment gelebt und sich sein Eintreten nie vorstellen können, vielleicht ist es ja nicht wahr.

Vielleicht ist Harro gar nicht verhaftet. Oder er ist verhaftet, und es handelt sich um ein Versehen, eine Verwechslung, eine gänzlich andere Sache, die nichts mit Harro und Libertas zu tun hat. Libs muss ruhig werden. Sie muss nachdenken. Es muss einen Ausweg geben. Es gibt immer einen Ausweg: Das hat Annie Krauss ihr beigebracht, die Hellseherin draußen in Stahnsdorf. Annie hat nie gesagt, die Schulze-Boysens würden eines Tages verhaftet. Sie hat so etwas nicht vorausgeahnt, also kann es gar nicht geschehen. Libs muss nun Horst Heilmann anrufen.

Der Gedanke ist eine rettende Insel. Libs ist nicht allein. Harro ist verhaftet. Aber Horst wird Libs schützen. Sie wird Horst anrufen, und zusammen werden sie einen Weg finden, sie wählt schon Horsts Nummer. Es klingelt. Jemand hebt ab. Der Moment der Spannung ist unerträglich. Fast hängt sie auf. Aber es ist Horst. Er ist es wirklich. Er sagt seinen Namen.

»Er hat es mir erst vorgestern gesagt!«

Horst Heilmann ist da.

»Harro hat mir erst kurz vor der Segeltour am Sonntag gesagt, dass er für die Russen arbeitet. Ich verstehe es nicht. Er hat mir nicht vertraut. Dabei bin ich doch auf eurer Seite, ganz und vollständig auf eurer Seite. Harro weiß, dass ich seine Ansichten ganz und gar teile. Ich hätte ihn viel eher warnen können. Aber ihn trifft keine Schuld. Ich habe zu spät eingesehen, dass wir unter einem Verbrecherregime leben, ich habe mich zu spät seines Vertrauens würdig erwiesen.«

Sein Redefluss berührt sie nicht. Seine Selbstvorwürfe sind Wellen, die kaum ihre Zehen belecken. Was gegen sie anbrandet, sind die Funksprüche. In Horsts Dienststelle in der

Funkabwehr sind Funksprüche von Belgien nach Moskau entschlüsselt worden, die etwas über eine Gruppe in Berlin berichten.

»Ich wusste ja nicht sicher, ob es ihn betrifft«, sagt Horst. »Wir haben ausgemacht, dass ich gleich Montag früh im Amt nachsehe. Das habe ich auch gemacht. Und in einem der Funksprüche steht tatsächlich sein Name. Ich habe bei ihm angerufen, aber er war schon fort.« Horst senkt den Blick. Er klemmt die Unterlippe zwischen die Zähne. »Es kann sein, dass auch dein Name in dem Funkspruch steht.«

»Nein«, sagt sie. »Das kann nicht sein. Das kann überhaupt nicht sein.«

Sie beginnt zu zittern. Sie zittert so, dass sie sich kaum auf dem Stuhl halten kann.

»Wir müssen weg, Horst. Wir müssen fliehen.«

»Aber das geht nicht«, sagt Horst. »Das können wir nicht. Liebstes, wir können nicht fliehen. Wir müssen tun, als wären wir uns keiner Schuld bewusst. Wir müssen uns benehmen, als hielten wir uns für ganz ungefährdet.«

Libs hat den Blick zu Horst Heilmann erhoben. Sie hört ihm aber nicht zu. Sie lauscht auf etwas anderes: auf den Lärm in ihrem Inneren, auf verdächtige Geräusche von draußen.

»Wir können nicht fliehen«, sagt Horst noch einmal. Er nimmt ihren Arm, er sagt: »Versteh doch. Wenn wir fliehen, gefährden wir Harro.«

Libertas schüttelt ihn ab.

»Die Bilder«, sagt sie. »Horst. Die verdammten Bilder von der Ostfront.«

Zum ersten Mal fällt ihm auf, dass ihr Mund nicht symmetrisch ist. An ihrer üppigen Unterlippe fällt es ihm auf: Die linke Seite ist noch ein wenig üppiger als die rechte.

»Horst. Es muss alles vernichtet werden. Die Bilder, die

Namen, die Adressen, so komm doch. Komm! Wir müssen alles vernichten.«

Sie ist aufgesprungen. Sie hat ihn am Ärmel ergriffen. Es sieht aus, als stünde die Lippe links etwas vor. Als wäre die Lippe ein wenig geschwollen, wie von einem Schlag oder einem Insektenstich, es ist ein Makel. Er sieht jetzt alles. Er sieht ganz klar. Ihr ganzes Gesicht ist nicht symmetrisch, sondern von großer Ungleichmäßigkeit. Es zerreißt ihm das Herz. Er hat sie noch niemals so geliebt wie in diesem Moment.

Das Telefon klingelt. Arvid Harnack nimmt den Hörer ab.

»Herr Dr. Harnack? Libertas Schulze-Boysen. Schön, dass ich Sie erreiche. Einen herzlichen Gruß von meinem Mann. Er lässt Ihnen ausrichten, er musste verreisen. Nein, er konnte noch nicht abschätzen, wann er zurückkehrt. Er wird sich dann aber sicher bei Ihnen melden.«

Kurt Schumacher sitzt in der Küche, als Elisabeth nach Hause kommt.

Kurt ist zurück: Ende Juli ist er von Posen wieder nach Berlin versetzt worden, um ein Relief für das Heeresneubauamt fertigstellen zu können. Nun schiebt er Wachdienst am Reichskriegsgericht. Elisabeths Freude ist noch immer glänzend und neu. Hier sind sie wieder: Kurt und Elisabeth, in ihrer Küche mit der Schiefertafel über dem Ausguss, den Frühstücksbrettchen Seite an Seite, den gestreiften Vorhängen, die Tante Alice genäht hat. Kurt sitzt am Küchentisch.

Er liest nicht. Er arbeitet nicht. Er sitzt einfach da. Am Haken an der Küchentür hängt ein totes Kaninchen. Kurt schießt öfter Kaninchen, im Garten in der Papestraße. Natürlich wagt Kurt so etwas ausschließlich in aller Herrgottsfrühe, wenn die Laubenpieper noch lange nicht auf sind. Aber es ist dennoch gefährlich. Es ist selbstverständlich streng verboten, Waffen zu besitzen. Das Gewehr stammt aus jenen langvergangenen Zeiten, als Kurt noch hoffte, es könnte einen Aufstand der Massen geben.

»Liebste mein.«

Sie beugt sich über ihn, reibt ihr Gesicht an dem seinen. Sie deutet auf das Kaninchen.

»Ein Festtagsbraten. Wollen wir Harro und Libs dazu einladen?«

Kurt zieht einen Stuhl zu sich heran.

»Komm her. Setz dich zu mir. Nein, setz dich bitte hierher. Liebste mein. Ganz nah zu mir. Libs war vorhin da.«

»Greta? Weißt du noch, vorhin, als es geklingelt hat, und keiner kam herein?«

Greta Kuckhoff erinnert sich. Natürlich hat es heute den ganzen Tag lang geklingelt. Sie haben Adams fünfundfünfzigsten Geburtstag nachgefeiert, mit Adams Mama aus Aachen, mit seinen Exfrauen Marie und Gertrud, mit Freunden und dem kleinen Ule, der ausgelassen zwischen allen umhersprang, beglückt von all dem Kommen und Gehen. Aber Greta erinnert sich: Einmal ist Adam unbegleitet von der Tür zurückgekehrt, und sie hat sich flüchtig gefragt, welcher unsichtbare Gast soeben bei ihnen Einlass begehrt haben könnte.

»Es war Arvid.«

»Warum ist er nicht hereingekommen und geblieben?«

»Harro ist verhaftet.«

»Was sollen wir tun, Kurt? Sollen wir versuchen, über die Alpen zu gelangen?«

»Bergtels Weg?«

Der Gedanke ist natürlich unsinnig. Bergtel ist im Sommer

1939 geflohen, in den letzten Tagen des zerbröckelnden Friedens. Aber dies ist der Sommer 1942, und Kurt ist ein Mann im Soldatenalter. Eine der zahllosen Patrouillen, die ununterbrochen die Bahnhöfe, Straßen und öffentlichen Plätze durchkämmen, würde seine Papiere kontrollieren. Man würde ihn als Deserteur erkennen. Und dann wäre gar kein Funkspruch mehr nötig, um Kurt Schumacher zu erschießen.

»Aber du könntest gehen«, sagt Kurt zu Elisabeth. »Du könntest es allein versuchen.«

»Und wie käme ich über die Alpen? Ich würde doch den Weg gar nicht finden. Und dann, wenn sie dich verhaften würden.«

»Was dann?«

»Wenn sie dich verhaften würden, und ich wäre fort. Wenn sie aus dir herauskriegen wollten, wo ich bin.«

»Ich würde es ihnen nicht sagen.«

»Eben.«

Sie schweigen einen langen Moment.

»Fahr trotzdem«, sagt er.

Sie sagt: »Vielleicht kommen sie nicht.«

Es ist nur noch Asche da. Die Aufzeichnungen, die Bilder, die Namen, Adressen: Asche. Die Geschichte, die Beweise, die Täter und Toten: Asche. Libs hat das ganze Archiv verbrannt. Und hat sie die Ermordeten nun ein zweites Mal umgebracht? Hat sie nun auch noch das Gedenken an sie zerstört, in der Höllenhitze des brennenden Ofens, den sie mitten in der Septemberwärme angeschürt hat? Die Asche im Ofen ist nicht einmal viel. Es ist nur ein kleines Häufchen. Libs wird den Ofen leeren, sie wird die Asche hinuntertragen und in den Mülleimer schütten, und dann wird überhaupt nichts mehr da sein. Libs wird ein Bad nehmen. Sie wird zu Bett gehen. Sie wird schlafen. Libs kann nun ganz ruhig sein.

Sie kann natürlich nicht fliehen, da hat Horst recht. Sie würde sich damit nur verdächtig machen. Sie kann auch niemanden mehr warnen. Kurt hat gesagt, dass sie möglicherweise beschattet wird, und dann wäre jede Warnung ein Verrat. Es liegt nun alles bei den anderen.

Libs ist frei.

Sie ist endlich frei. Ihr Wunsch ist erfüllt: Libs muss nicht mehr mitmachen. Sie hat ihre Rolle gespielt. Nun handeln die anderen. Die anderen müssen Warnungen weitergeben, die anderen müssen sich um die Funkgeräte kümmern und die restlichen Unterlagen vernichten, damit man nichts findet, falls Harro redet. Harro wird natürlich nicht reden.

Er wird niemanden verraten. Vor allem wird er sie nicht verraten, seine Libs. Sie wären sonst schon da. Harro ist Montag verhaftet worden, und heute ist Freitag. Wenn man etwas gegen Libertas Schulze-Boysen in der Hand hätte, hätte man sie längst abgeholt. Es besteht also kein Anlass zu blinder Panik. Sie muss keine Angst um sich selbst haben: Aber was ist mit Harro?

Sie hat dieser Frage bis jetzt ausweichen können.

Wo ist Harro, und was tut man mit ihm?

Die Starre hält an. Sie hat mit der Nachricht von Harros Verhaftung begonnen, und sie will nicht weichen. Greta und Adam Kuckhoff müssten eigentlich nachdenken. Sie müssten sich auf ihre Verhaftung vorbereiten. Sie müssten sich absprechen, ihre Aussagen koordinieren. Sie haben es versucht. Sie haben sich überlegt, was man sie wohl fragen wird, bei einer Vernehmung. Es war aber wie verhext: Es sind ihnen keine Fragen eingefallen, jedenfalls keine, auf die man sich vorbereiten könnte.

Haben Sie für die Sowjetunion spioniert?

Nein.

Waren Sie an der Herstellung von Flugblättern beteiligt?

Nein.

Kennen Sie Harro Schulze-Boysen?

Ja, natürlich. Den schneidigen jungen Offizier, aus der Attachégruppe des Reichsluftfahrtministeriums.

Greta versteht es nicht. Adam ist Schriftsteller, hat er keine Fantasie? Kann er sich nicht vorstellen, wie ein Gestapoverhör abläuft? Was ist mit den angstvollen Stunden gegen Morgen, wenn Greta selbst es sich nur allzu gut vorstellen konnte? Die Erinnerung daran ist geschwärzt. Nicht einmal Angst ist da, nur eine alles durchdringende betäubende Anspannung, die anhält, während Adam seinen Sohn Ule umarmt und zum Abschied küsst, während Adam und Greta aus dem Haus gehen und in der Gluthitze dieses Septembertags den Weg zum Anhalter Bahnhof einschlagen: Adam fährt nach Prag, in die Barrandov-Filmstudios.

Auf dem Bahnhof wimmelt es von Soldaten. Adams Zug steht bereit. Sie belegen einen Fensterplatz, mit Adams Jacke, einem Buch über pikareske spanische Romane.

»Wir haben noch ziemlich viel Zeit. Lass uns ein Bier trinken gehen.«

Sie folgt ihm. Schräg gegenüber dem Bahnhof ist ein kleines Lokal. Es erscheint ihnen sehr dunkel, nach der Glut draußen. Es ist fast leer. Sie setzen sich in eine Nische, weitab vom Fenster. Wie kommt es eigentlich, dass sich die Heimat noch immer nicht anfühlt wie Feindesland? Das Lokal ist heimelig, mit seinem dunklen Holz, dem warmen, leicht schalen Geruch längst vergangener Stammtischrunden. Sie formen mit den Armen vorsichtig einen Bogen um Aschenbecher, Senffass, Salzstreuer und halten einander an den Händen. Das Bier wird gebracht. Zwei kleine Helle. Sie trinken einen Schluck. Etwas in Greta randaliert, tritt gegen Wände, reißt und rüttelt an den Gitterstäben. Aber es kann sich nicht durchsetzen. Es dringt nicht durch, es dringt nicht aus den Tiefen herauf.

»Es ist Zeit, denke ich.«

»Ja, Adam.«

Der Zug ist nun übervoll von Soldaten. Jeder Platz ist belegt, auch der direkt neben dem Fensterplatz, den sie vor einer halben Stunde für Adam reserviert haben.

»Ach«, sagt Adam. »Sieh mal da. Bering.«

Einer der Filmproduktionsleiter. Er sitzt neben Adams Jacke, dem Buch über pikareske spanische Romane. Er erhebt sich, zieht den Hut.

»Gnädige Frau.«

Fliehen!

Das ist es, was sie hört, während Bering es sich wieder auf seinem Platz bequem macht und dabei plaudernd versichert, dass seine Mitfahrt nichts mit Adam zu tun hat: Es hat sich erst in allerletzter Sekunde ergeben, dass ein paar Rücksprachen in anderer Sache notwendig geworden sind. Deshalb nun die gemeinsame Reise. Vielleicht ist es wahr. Bering ist schließlich kein harter Nazi. Man sieht es schon am Gruß. Er hat nicht mit Heil Hitler gegrüßt. Hat er überhaupt gegrüßt? Vielleicht hat er wirklich in Prag zu tun. Vielleicht ist alles nur ein Zufall,

Fliehen!

Adam bahnt Greta einen Weg zurück zur Waggontür. Sie drängen zwischen Soldaten, Gepäckstücken durch.

»Adam.«

»Greta.«

Warum spricht sie nicht?

»Es ist ja nur für eine Woche, Greta. Dann geht es nach Hofgastein. Du und ich, allein zusammen. So wie im Spreewald, weißt du noch? Wie letztes Jahr, der Urlaub auf dem Darß.«

»Ja.«

Warum spricht sie nicht?

»Adam.«

Sie steht schon auf dem Bahnsteig. Der Zug fährt schon an. Er hat das Fenster geöffnet. Er steht am Fenster. Hinter ihm Bering. Sie geht neben dem Zug her. Der Zug beschleunigt. Adam winkt. Greta winkt. Dahinter im Abteil, wie eine gespenstische Spiegelung, der winkende Bering.

Libertas hat Urlaub beantragt. Sie wird zu ihrer Mutter fahren: nicht nach Liebenberg, sondern nach Traben-Trarbach an die Mosel, wo die Mutter bei Freunden weilt. Natürlich kann Libs nicht einfach fliehen. Sie kann nicht türmen, abhauen, sich in die Büsche schlagen. Horst hat recht, das wäre in der Tat hochverdächtig. Aber Libs kann ihre Mutter besuchen. Sie hat angerufen. Sie hat am Telefon nicht offen sprechen können, aber das macht nichts. Was gibt es zu besprechen? Libs will ja nur ein paar Tage ausspannen. Sie will bei Freunden ausruhen, denen sie willkommen ist. *Herzlich willkommen:* Das hat der Gastgeber am Telefon gesagt. Dienstag früh wird Libs abreisen.

Also noch drei Tage. Drei Nächte. Libertas muss nur ruhig bleiben. Sie hat einen ganz normalen Arbeitstag hinter sich. Einen ganz normalen Samstag: Bis 14 Uhr war in der Zentrale zu tun. Anschließend hat Libs Brot gekauft, dann hat sie ziemlich lange um Milch angestanden. Butter gab es keine mehr. Libs braucht jetzt aber auch nicht mehr viel. Sie hat noch Tomaten aus Liebenberg, kleine grüngelbe Augustäpfel. Nun wird sie Horst anrufen und ihn in ihre Reisepläne einweihen. Alles ist im Grunde wie immer. Wahrscheinlich wird auch Harro bald wieder frei sein. Harro ist geschickt, er ist rhetorisch gewandt. Er kann überzeugen. Er war schon einmal in den Krallen der Nazis. Er wird die Gestapo auch diesmal davon überzeugen, dass alles Unsinn ist: ein Versehen, eine Verwechslung.

Ein Funkspruch.

Die Panik faucht. Sie ist noch da. Sie kauert vor den Toren, hinter denen sich Libs verbarrikadiert hat.

Ein Funkspruch der Sowjets an Spione in Belgien, mit Harro Schulze-Boysens Name darin.

Die Panik lauert. Sie ist ein Tier, ein Ungeheuer. Sie duckt sich vor den Toren der Burg, sie wartet auf etwas, das ihr den Weg in die Stadt bahnen kann. Gelegentlich knurrt und schnurrt sie, zärtlich fast, nur um sich in Erinnerung zu halten,

Ein Funkspruch vielleicht auch mit deinem Namen.

Aber das kann nicht sein. Dann wäre sie nicht mehr hier. Man hätte Libs längst abgeholt, wenn Horst recht hätte. Man hätte Horst abgeholt, wenn Kurt recht hätte und Libs beschattet wird. Libs wird Horst jetzt anrufen. Er ist noch im Dienst. Sie wird ihn bitten, dass er gleich nach Dienstschluss zu ihr kommt. Sie greift zum Telefon. Sie wählt. Das Telefon klingelt. Dann wird abgenommen.

»Hallo?«

»Könnte ich bitte Horst Heilmann sprechen?«

»Der Herr ist leider im Moment nicht am Platz. Wer spricht denn?«

Häng auf!

Sie ist unfähig aufzuhängen. Sie ist unfähig zu atmen.

»Hallo? Wer spricht da? Melden Sie sich bitte.«

Der Hörer in ihrer Hand beginnt zu glühen, wird dann zu Eis.

»Hallo. Hier spricht Kriminalhauptkommissar –«

Ihre freie Hand fliegt zur Telefongabel, stürzt sich darauf, presst die Gabel nieder, als könnte sich die Stimme am anderen Ende der Leitung aus dem Telefonapparat befreien, sich vor ihr aufblähen wie ein Flaschengeist. Die Tore splittern, brechen. Brüllend stürzt sich die Panik auf sie.

Man wird sie vielleicht doch übersehen. Es wird vielleicht dieses eine Mal noch alles gutgehen, und der furchtbare Finger Gottes, der suchend das Weltenrund umkreist, wird nicht über den zwei kleinen Gestalten stehenbleiben, die Mildred und Arvid sind. Sie sind gestern Abend auf der Kurischen Nehrung angekommen.

Der Sand am Ufer der Anlegestelle glühte rosig in der Abenddämmerung. Über dem Haff stand bereits der Mond, der leuchtender strahlte, je dunkler es wurde. Ein Fuhrwerk nahm sie mit nach Preil. Überall um sie herum kehrten die freilaufenden Pferde für die Nacht heim. Die Harnacks haben diesen Urlaub lange geplant. Sie haben eines der bunten Fischerhäuschen gemietet, in denen schon Arvids Mutter so manchen Sommer verbracht hat. Hier auf der Nehrung hat sie ja das große Ölbild gemalt, das zu Hause in Mildreds Erker hängt.

Es ist der 6. September, ein Sonntag. Morgen werden die Zechlins nachkommen, mit denen die Harnacks seit Jahren befreundet sind. Professor Zechlin hat Mildred ihre Stellung an der Auslandswissenschaftlichen Fakultät vermittelt, wo nach diesem Urlaub auch Arvid lehren wird.

Endlich wird er sein, was er sein wollte. Endlich wird er in die Fußstapfen seines Vaters und seines berühmten Onkels treten und Studenten unterrichten. Aber noch ist es nicht so weit.

Noch sind sie hier. Noch sind sie allein, an diesem ersten Urlaubstag. Sie sind sehr zeitig aufgestanden. Jetzt geht es gegen Mittag. Sie sind mitten in den Toten Dünen. Der Sand ist weiß wie Mehl. Die Septemberhitze brütet, in tiefer Stille. Über den saharablauen Himmel jagen Wolkenschatten, so dass ständig das Licht wechselt. Sie stehen ganz oben auf dem Dünenkamm, mehr als fünfzig Meter über dem Tal des Schweigens. Nach Osten hin schimmert das Haff hell in der Morgensonne. Gegen Westen zu liegt die dunkle Ostsee, vom Wind aufgewühlt. Jede dieser riesigen Dünen hat ganze Dörfer unter sich begraben. Die Menschen flohen vor den Verwehungen, sie retteten sich und ihre Habe nach Preil: Und werden auch Arvid und Mildred sich retten? Arvid ist zuversichtlich. Er hat keine Angst. Er fand es gut und richtig, an ihrem Urlaubsplan festzuhalten. Auch Mildred ist voll Vertrauen.

»Erinnerst du dich an den Lake Mendoza?«

Wie kann er fragen? Es ist, als fragte er sie, ob sie ihren Vornamen weiß.

»Hier ist es ein bisschen wie damals, nicht? Wie damals am Picnic Point.«

Sie sieht ihn an. Sein Gesicht ist weich. Er zieht sie an sich. Sie lehnen aneinander. Und bereut sie jenen Tag, jenes Versprechen? Sie hat es mehr als einmal bereut. Er hat ihr mehr als einmal in den Ohren gelegen,

Geh doch zurück. Geh nach Amerika.

Aber das ist jetzt vorbei. Sie kann nun keiner Versuchung mehr nachgeben. Arvid legt eine Wange auf ihr Haar.

Es ist alles verloren. Es ist für alles zu spät. Es ist Sonntag. Libs kann nirgendwohin. Sie ist wehrlos. Libs hat Milch warmgemacht, Brot hineingebrockt. Sie hat versucht zu essen. Sie kann nicht. Dies ist Harro-Essen: Milchreis mit Apfelmus, Grießbrei mit Zimtzucker, Haferbrei mit Himbeersaft. Libs würgt. Sie muss würgen, immer wieder, Milch und Brot, Entsetzen und

Galle, Libs muss fliehen. Nach Liebenberg? Nein. Nach Wien. Nein. Zu Freunden, in irgendein Haus bei Berlin. Nein.

Dann in die Wälder.

Nicht in den Grunewald. Libs braucht einen wilden ursprünglichen Wald, so wie alle verfolgten Mädchen und Frauen: wie Allerleirauh, Genoveva, Else von der Tanne,

Und als die Nacht kam, entfloh das arme Mädchen, befahl sich Gott und ging gerade in den Wald hinein –

Und dann? Beeren und Kräuter. Pilze, Wurzeln. Was für Wurzeln? Das hat sie sich schon als Kind gefragt. Von welchen Wurzeln kann man sich nähren? Wie findet man sie, wie gräbt man sie aus? Ach wäre sie doch keine Deutsche. Aber sie könnte vielleicht versuchen, sich in ein Nachbarland durchzuschlagen. Sie könnte versuchen, zu den Partisanen zu gelangen, die überall in den Wäldern der besetzten Gebiete lauern sollen: Und wie will sie die finden? Wie will sie überhaupt über die Grenze gelangen? Wie will sie eine Zuflucht finden, einen Unterschlupf mitten im wilden Wald?

Am dritten Tage endlich fand sie eine Höhle, neben der eine Quelle sprudelte.

Eine Quelle. Ein Bach. Ein Teich. Ach wäre sie doch kein Mensch. Wäre sie ein Wassergeist, eine Nixe, die eintauchen könnte in ihr eigenstes Reich, tief hinab, hinab bis zum braungrünen Grund der Lanke. Und jetzt beginnt der Alarm. Das Heulen der Sirenen, an- und abschwellend. Eine ungeheure Wut steigt in ihr hoch. Wer ist überhaupt an alledem schuld? Wer hat sie in diese Lage gebracht? Wer hat dies verursacht, warum ist sie in solcher Angst und ist in solcher Angst gewesen all die Wochen und Monate? Es war alles verkehrt!

Sie hätte gehen sollen, diesem Land den Rücken wenden, ihm, ihm den Rücken wenden sollen, nun ist es zu spät. Es ist für alles zu spät. Libertas springt auf. Sie löscht die Lichter. Sie öffnet die Verdunkelungsvorhänge. Sie öffnet die Fenster. Der Abendwind streicht herein wie im Frieden. Die Scheinwerfer kreuzen am Himmel ihre Klingen. Sie hört das Brummen der heranziehenden Bomberverbände. Sie streift die Schuhe ab, den Rock. Sie reißt die Bluse auf, wirft die Bluse von sich. Sie steht im Hemd, im ohrenbetäubenden Lärmen der Flak, sie bewegt die Lippen, lautlos.

Hier stehe ich
Hier
Hier
Hier

Dann schreit sie.

»Hier!«

Die Harnacks haben noch nicht gefrühstückt. Sie sind noch allein: Die Zechlins sind gestern Abend in Preil angekommen, aber sie schlafen noch. Mildred und Arvid sind schon in aller Morgenfrühe schwimmen gegangen. Das Wasser der Ostsee war wie Seide, weich und klar, beinahe unbewegt. Sie sind ein Stückchen am Wasser entlanggegangen, dann sind sie in den Elchbruch gewandert: Und da vor ihnen ist der Elch.

Arvid und Mildred bleiben stehen. Der Elch hebt den Kopf. Arvid drückt Mildreds Hand, einmal, dreimal, fünfmal, in flatternden Morsezeichen des Glücks und der Verzückung. Der Elch steht still. Er sieht sie, aber er lässt sich nicht beirren. Dann setzt er sich langsam in Bewegung. Sie folgen ihm hinunter zum Haff, das in der Morgensonne blitzt. Das Wasser ist ruhig wie ein See. Der Elch schreitet hinein. Sein mächtiger Leib pflügt durch die Fluten. Er lässt sich Zeit. Er beachtet Avid und Mildred nicht, auch nicht, als er schließlich ans Land zurückkehrt, triefend zurück in den Wald hineinschreitet. Mildred ist es, als hätte sie bis jetzt den Atem angehalten. Sie wandern durch den Elchbruch zurück nach Preil. Sie suchen nach Worten für diese Erfahrung.

»Wie er dort stand, so groß und still.«

»Wie er uns angesehen hat. Wie aus einer anderen Welt. Er lebt in einer anderen Welt.«

»Welch Geschenk. Was für ein wunderbares Geschenk.«

»Ich werde das nie vergessen, niemals.«

Vor dem Fischerhäuschen stehen zwei schwarze Wagen. Männer stehen dort: drei, vier. Professor Zechlin kommt Arvid und Mildred entgegen.

»Fremdenpolizei. Sie sagen, sie kämmen den Ort durch, reine Routinesache. Ich hole mal eben unsere Papiere.«

»Herr Dr. Harnack?«

»Ja, der bin ich.«

»Ich habe noch einen weiteren Auftrag. Sie sollen sofort nach Berlin zurückkehren. Sie werden dringend im Ministerium gebraucht.«

»Und dafür hat man die Polizei eingeschaltet?«, sagt Anneliese Zechlin. Ihre Schwangerschaft wölbt sich sanft unter der weiten Bluse. »Hätte man Herrn Dr. Harnack nicht einfach mit einem Telegramm benachrichtigen können?«

»Tatsächlich bin ich damit betraut, Herrn Dr. Harnack zurückzubegleiten.«

»Aber das wäre doch nicht nötig gewesen«, sagt Egmont Zechlin. »Eine Nachricht, und er wäre zurückgereist. Wir wären alle zurückgereist. Wir fahren am besten alle zusammen. Anneliese, wir packen sofort.«

Das Gesicht des Beamten zeigt erste Zeichen des Unwillens.

»Herr Professor Zechlin«, sagt er. »Ich habe meine Befehle. Herr Dr. Harnack. Wenn Sie so liebenswürdig wären. Und natürlich auch die gnädige Frau.«

»Natürlich«, sagt Arvid. »Aber Sie gestatten sicher, dass

wir uns umziehen. Ich kann schließlich nicht in kurzen Hosen reisen.«

»Selbstverständlich. Vielleicht möchten auch Sie noch Vorbereitungen treffen, gnädige Frau.«

Ihre Höflichkeit ist beängstigend. Es ist die Höflichkeit der Macht: die fürchterliche Korrektheit der Willkür, die es sich leisten kann, von Moment zu Moment neu darüber zu befinden, ob ein Orden angemessen erscheint oder ein Genickschuss. Und so betreten sie nun wieder ihre Kate. So kehren Arvid und Mildred in ihr Häuschen zurück, das ihnen in den zwei Tagen schon heimelig und vertraut geworden ist, mit seinen bunten Vorhängen, der groben Bettwäsche, dem Holztisch, für den Mildred einen Strauß Wiesenblumen gepflückt hat. Nun ist alles fremd, gleichgültig. Arvid packt. Mildred zieht das Bett glatt. Sie streicht über die Tischdecke, rückt die Blumen zurecht, als könnte dieses Zimmer noch einmal ihre Heimstatt werden, ein Ort der Zuflucht.

»Kommen Sie jetzt, bitte.«

Sie lassen die Tür offen stehen. Draußen eilt ihnen Egmont Zechlin mit einer Kanne Kaffee entgegen.

»Aber es ist ja noch gar nicht gefrühstückt worden. Weder wir noch die Harnacks haben bisher den kleinsten Bissen gegessen. Und auch Sie, meine Herren. Sie können doch nicht mit leerem Magen die lange Strecke zurück nach Berlin fahren. Wir setzen uns jetzt schnell an den Gartentisch, und dann frühstücken wir alle zusammen.«

Der Polizeikommissar seufzt.

»Herr Professor Zechlin. Ich bin sicher, Sie sind nicht so naiv, wie Sie zu sein vorgeben. Ich bin ganz sicher, Sie haben längst begriffen, worum es in dieser Sache geht. Wir würden Sie deshalb herzlichst ersuchen, nun nicht länger lästig zu fallen.«

»Es ist jedenfalls alles ein Missverständnis«, sagt Egmont Zechlin. »Ich fahre sofort nach Berlin zurück. Herr Dr. Harnack und seine Frau sind nebenamtliche Mitglieder unserer Fakultät. Dekan Six wird sich unverzüglich einschalten.«

»Sie werden gar nichts tun, Professor. Sie werden den Mund halten. Und das gilt auch für Ihre verehrte Frau Gemahlin. Haben Sie mich verstanden. Herr Dr. Harnack, wenn Sie jetzt so freundlich wären.«

»Lieber Egmont.« Arvid hält Egmont Zechlin seine Hand hin: seinem Freund, den er in all den Jahren ihrer Freundschaft nie beim Vornamen genannt hat.

»Lieber Egmont, ich danke dir.«

»Frau Dr. Harnack, wenn Sie bitte in den Wagen einsteigen würden. Und Sie in den anderen, Herr Dr. Harnack.«

»Wir fahren nicht zusammen?«

»Nein.«

Libs lebt. Sie packt. Es gibt Hoffnung. Ihr ist nicht das Schlimmste bestimmt. Das Opfer ist nicht angenommen worden: Keine Bombe hat sie getroffen. Also, was braucht sie? Wie lange wird sie fort sein? Es ist spätsommerlich warm. Aber der Herbst steht vor der Tür. Braucht sie Wintersachen? Libs wird untertauchen. Dann, wenn erst einmal die Aufregung abgeklungen ist, wird sie sich in die Schweiz retten. Harro würde genau das wollen.

Er würde sich wünschen, dass sie sich in Sicherheit bringt. In der Schweiz ist der Winter kalt. Also Wollpullover. Oder ist das Unsinn? Sind Pullover eine unsinnige Beschwernis? Libs kann das nicht beurteilen. Sie kann es jetzt nicht beurteilen. Sie braucht Zeit. Sie braucht ihre Mutter. Wenn sie erst einmal bei ihrer Mutter ist, wird sich alles klären. Sie muss aber jetzt packen. Und wird sie im Winter schon wieder hier sein?

Zu Weihnachten. Wird sie Weihnachten auf Liebenberg feiern? Schneeflocken, Stille, Krähen in den Bäumen. Schnee auf dem Hof, staubzuckerdünn. Die Spur ihrer Stiefelchen. Die Kette ihrer einsamen Schritte und Tritte, quer über den Hof: Und dort drüben ganz am Ende des Hofs, klein und unerreichbar fern, dreht sich die siebenjährige Libertas um, sieht herüber, hebt grüßend die Hand, das Entsetzen überkommt Libs wie Frost. Es schüttelt sie, ihre Zähne schlagen aufeinander,

Nie wieder

Sie hat jetzt keine Zeit für dergleichen!

Sie darf sich nicht aufhalten, sie muss in eine einzige Richtung denken. Sie muss einzig und allein an ihre Rettung denken. Libs hebt und senkt die Arme, beißt die Zähne zusammen, trampelt auf der Stelle wie eine Frierende an der Bushaltestelle. Sie muss die Nervosität abschütteln. Sie muss sich konzentrieren. Sie muss packen, was braucht sie? Es ist heiß. Wo sind die Pullover? Es wird kalt werden. Der Herbst steht vor der Tür. Der Winter.

Sie haben sofort zu fragen begonnen. Jetzt sind sie still. Mildred weiß nicht, was sie gefragt worden ist. Sie weiß nicht, was sie geantwortet hat. Mildred ist fassungslos, während die Fragen in ihrem Kopf durcheinanderpurzeln wie gestapelte Bücher, deren unterstes man herausgezogen hat,

Was tun Sie in Deutschland, Frau Dr. Harnack? Was treibt Ihr Mann? Kennen Sie Schulze-Boysen? Seit wann? Wo haben Sie ihn kennengelernt?

Was hat Mildred gesagt? Mildreds Haar ist noch feucht, von ihrem morgendlichen Bad im Haff. Sie weiß nicht, was sie gesagt hat. Sie konnte kaum abstreiten, Harro zu kennen. Das mussten sie doch sicher schon wissen. Mildred müsste wissen, was Harro ihnen gesagt hat. Hat er die Kuckhoffs erwähnt? Sicher nicht. Mildred hat etwas von der Fakultät gesagt. Von der Auslandswissenschaftlichen Fakultät, wo Harro Schulze-Boysen letztes Jahr Dekan Six vertreten hat. Dann ist ihr Arvid eingefallen. Was wird Arvid sagen? Sie haben das Thema Schulze-Boysen aber nicht weiter vertieft. Sie haben sie plötzlich ganz andere Dinge gefragt: Ob sie vor dem Krieg enge Kontakte zu Amerikanern unterhalten hat, zu Russen?

Jetzt sind sie verstummt. Mildred sollte diese Zeit nutzen. Sie sollte überlegen, was man sie noch fragen könnte. Sie sollte ihre Antworten vorbereiten. Midred sieht aus dem Fenster. Ihr Kopf ist jetzt vollkommen leer. Ihr Haar ist noch urlaubsfeucht. Die Landschaft draußen ist flach, öde. Der Himmel hat sich bezogen. Mildred sieht nach vorn. Im Auto vor ihnen sitzt Arvid. Sie erkennt seinen Hinterkopf.

Der Koffer steht mitten im Zimmer. Er steht im leeren Raum: Die Gegenstände weichen vor ihm zurück, in die finsteren Ecken. Libs sitzt am Schreibtisch. Man muss ja irgendwo sitzen. Sie wird morgen fahren. Sie muss jetzt nur noch diesen einen Abend überstehen. Diese Nacht. Diese Dunkelheit, diese Stille. Wo sind Harro und Libs, die hier gewohnt haben? Wo sind die Freunde hin, deren Stimmen dieses Zimmer gefüllt haben? Die Wohnung ist fremd. Die Gegenstände starren Libs unfreundlich an. Libs' eigene Möbel, ihr eigener Besitz verweigert ihr die Gefolgschaft: der Liebenberger Esstisch, die grünlichen Weinkelche, der kleine Damenschreibtisch mit dem Stiftehalter aus Walnussholz in Gestalt eines Nachens. Das Haus ist wie zerbombt. Es ist fassadenlos, brüchig. Und wenn sie jetzt kommen? Still! Sie kommen nicht. Libs muss nur diese Nacht überstehen. Einzig und allein diese Nacht. Das sollte machbar sein. Schon morgen kann sie sich zu ihrer Mutter flüchten. Schon morgen wird sie zu Hause sein, sie wird die Arme um die Mutter legen, geborgen auf Rettung vertrauend,

Mama! Hilf mir.

Natürlich, mein Kind.

Man erklärt ihr nichts. Man behandelt sie, als gäbe es nichts zu erklären. Mildred empfindet eher Trauer als Furcht. Ihre Niedergedrücktheit erwächst aus dieser Wortlosigkeit, der Aufkündigung jenes selbstverständlichen Einvernehmens, dass man Mensch unter Menschen ist und entsprechend behandelt wird. Sie ist in die Prinz-Albrecht-Straße 8 eingeliefert worden.

Dies ist das Reichssicherheitshauptamt, das Zentrum des Schreckens, der ganz Europa verdüstert. Man hat Mildred in den Keller gebracht, durch fensterlose Gänge. Man hat ihre Fingerabdrücke genommen. Finger für Finger hat man gepackt, auf das Stempelkissen gedrückt, dann über ein Blatt gerollt, als wären Mildreds Finger nicht Teil ihres Körpers, sondern Gegenstände, deren sich der Beamte nach seinem Gutdünken bedienen kann, während Mildred jede Verfügungsgewalt über ihren Körper entzogen worden ist. Anschließend hat man sie einen Fragebogen ausfüllen lassen.

Alter: 39

Und in neun Tagen vierzig.

Staatsangehörigkeit: deutsch

Grund der Verhaftung:

Sie schrieb nichts. Dann brachte man sie in einen weiteren Raum. Es war ein Warteraum, fensterlos, mit Holzbänken darin. Zwischen den Sitzen befinden sich Querwände, kastenartige Vorrichtungen, so dass man nicht sehen kann, wer neben einem sitzt. Man sieht allerdings sein Gegenüber.

Mildred hatte kein Gegenüber. Sie saß lange dort. Zwei

SS-Leute lehnten an den Wänden. Zweimal kam einer vorbei, der aussah wie ein Häftling. Er zwinkerte ihr zu. Mildred sah weg. Dann hieß es: Harnack. Aufstehen. Und das alles ohne Erklärung. Wohin würde man sie nun bringen? Warum erklärte man ihr nichts? Nahmen die Leute hier vielleicht an, sie verstünde kein Deutsch? Aber sie haben doch ihren Ausweis: ihren deutschen Ausweis. Sie sprechen sie mit deutschem Nachnamen an. Man hat Mildred in eine Zelle gebracht und eingeschlossen. Die Zelle ist etwa fünf Schritte lang, zwei Schritte breit. Es gibt eine Pritsche, einen Hocker. Es ist sehr kalt hier unten, auf eine dumpfe muffige Art. Sie hat keinen Mantel mitgenommen. Sie weiß nicht, warum sie so dumm war. Wie konnte sie so dumm sein, keinen Mantel mitzunehmen?

Natürlich war schon unser Vater getauft!

Das schrie Onkel Paul. Er schlug mit der flachen Hand auf den Tisch.

Natürlich sind wir alle getauft. Alle Hohenemser-Kinder, getauft, konfirmiert, kirchlich getraut!

Onkel Paul und Tante Hanna haben sich in Frankfurt das Leben genommen. Onkel Richard und Tante Alice haben sich in Berlin das Leben genommen. Onkel Moritz mit seiner Familie wird in den Osten evakuiert. Elisabeth geht zur Arbeit, sie geht wieder nach Hause. Sie geht in die Laube und sieht nach dem Kohl. Elisabeth sitzt Kurt gegenüber am Küchentisch.

Sie sitzt ganz still. Alles in ihr ist still geworden. Sie hofft, dass sie vor ihrer Verhaftung noch zu Onkel Pauls und Tante Hannas Beerdigung fahren kann. Der Termin steht noch nicht fest. Es ist nicht einfach, Juden zu beerdigen. Hier in Berlin sind die zuständigen Stellen stark überlastet, bei zwanzig bis dreißig jüdischen Selbstmorden täglich. Onkel Richard und

Tante Alice sind erst zwei Wochen nach ihrem Tod beerdigt worden. Es war natürlich gar nicht daran zu denken, sie nach Frankfurt zu überführen. Wozu auch? Sie hätten ohnehin nicht im Hohenemserschen Familiengrab beigesetzt werden dürfen, wie sie es sich im Abschiedsbrief gewünscht hatten. Auch jüdische Christen dürfen nur noch auf jüdischen Friedhöfen bestattet werden. Wo mögen die in den Osten Evakuierten ihre letzte Ruhe finden? Die Kremation ist für gläubige Juden verboten.

Natürlich sind wir alle getauft!

So schrie Onkel Paul.

Christlich getauft, christlich konfirmiert, christlich verheiratet. Und wenn wir einmal sterben, werden wir christlich beerdigt

Greta geht in der Wohnung umher. Es ist spät. Sie ist allein: Ule schläft unten im Keller, in seinem Bettchen. Adam ist noch immer in Prag. Sie hätte ihn nicht fahren lassen dürfen. Sie hätte ihn aus dem Zug holen sollen. Greta öffnet die Tür, tritt hinaus auf die Terrasse. Sie muss nachdenken. Nachdenken ist nicht dasselbe wie grübeln. Sie muss das Bild wegdrängen, sonst kann sie nicht denken, nur weitergrübeln. Sie muss das Gesicht des Produktionsleiters am Zugfenster wegdrängen,

Gnädige Frau. Unvorhergesehene Umstände –

Der Zug verließ den Bahnhof. Adam stand am Fenster, seine Augen bereits die eines Gefangenen. Greta würde gern mit jemandem sprechen. Aber sie kann nirgendwo hin: nicht zu Mildred oder Libs, nicht zu Grimmes oder John und Sophie Sieg. Sie alle könnten unter Beobachtung stehen. Sie könnten bereits verhaftet sein. Greta selbst steht vielleicht unter Beobachtung. Sie ist nun auf sich gestellt. Sie waren eine Gruppe, nun sind sie Einzelne. Sie waren ein Kreis, nun sind sie wirbelnde Pünktchen. Fast wünscht Greta sich den Alarm herbei, damit sie zu den anderen in den Keller gehen, vielleicht ein paar Worte mit Erika von Brockdorff wechseln kann. Aber Frau von Brockdorff ist nur eine Nachbarin. Greta muss auf der Hut sein. Sie wünschte, Adam würde noch einmal aus Prag anrufen.

Er hat einmal angerufen. Erst hat er ganz munter gesprochen. Dann hat sie nur noch einzelne Silben verstanden. Und dann riss die Verbindung ab. Wann, bei welchem Wort? Sie sagt sich, dass es klang wie »befremdlich«. Befremdliche Umstände? Befremdliche Zustände?

Flieh!

Das denkt sie. Das versucht sie ihm zuzurufen, über die Entfernung.

Flieh! Lauf weg! Schlag dich zu den Partisanen durch,

Und warum hat sie ihm das nicht nahegelegt, als er noch in Berlin war? Es ist ihr nicht in den Sinn gekommen. Und es wäre sinnlos gewesen. Adam wird nicht fliehen, jedenfalls nicht, solange Greta und Ule noch hier sind. Nicht, solange Marie hier ist, die Mutter seines ersten Sohnes und Hans Ottos Witwe. Adam wird nicht fliehen, wo Hans Otto geblieben ist. Also, was dann? Greta muss nachdenken. Sie muss aufhören zu grübeln. Wieder fällt ihr das Telefongespräch ein. Was hätte sie zu ihm sagen können?

Komm heim.

Das hat sie gesagt. Sie hat es laut in den Hörer gerufen,

Komm heim!

Er hat es aber nicht mehr gehört. Die Leitung war bereits tot. Bei welchem Wort wurde die Verbindung getrennt? Befremdliche Umstände? Befremdliche Geschehnisse? Warum ist der Produktionsleiter mitgefahren?

Der Alarm schrillt.

Der Zug steht auf dem Bahnsteig am Lehrter Bahnhof. Libs ist eingestiegen. Sie sitzt nicht am Fenster, sondern am Gang, so dass man sie vom Bahnsteig aus nicht sehen kann. Der Zug wird Libs in Sicherheit bringen. Er wird sie in Sicherheit bringen, wenn er erst einmal losfährt. Aber er steht. Libs ballt die Fäuste. Der Zug steht. Libs presst die Fußsohlen auf den Boden, mit aller Kraft. Sie krümmt die Zehen in den Schuhen. Aber der Zug steht auf dem Bahnsteig. Er fährt nicht an. Alles wäre gut, wenn der Zug endlich führe. Libs hat eine Fahrkarte nach Traben-Trarbach. Alles wäre gut, wenn Libs schon in Köln wäre, oder in Koblenz. Alles wäre gut, wenn Libs nur schon aus Berlin fort wäre. Sie wird über Potsdam und Magdeburg nach Lehrte fahren. Dort wird sie in Richtung Köln umsteigen. Sie wird unerkannt über den Lehrter Bahnsteig gehen, sie wird in Koblenz noch einmal umsteigen, dann in Bullay das Bähnlein nach Traben-Trarbach nehmen, und dann wird sie endlich in die Arme ihrer Mutter fallen. In ihren Gedanken ist Libs schon dort. Es ist schon alles vorüber. Sie ist bereits angekommen. Aber der Zug steht. Er steht noch immer. Die Türen sind längst geschlossen worden, warum fährt er nicht endlich? Libs sitzt mitten unter Soldaten, einem Schwarm Arbeitsmaiden. Libs darf nicht schreien. Sie ist nun allein,

Harro. Ich lege mein Herz in deine Hände. Ich meine es wirklich so. Ich kann mir nicht vorstellen, es in Zukunft auch nur einen Tag lang ohne dich auszuhalten.

Nein, Libs. Das geht nicht. Du bist mir wichtigster Kamerad und Bundesgenosse. Wie soll ich tun, was ich nun einmal tue, wenn du mir erklärst, keinen Tag ohne mich leben zu können? Wo es doch sehr leicht geschehen kann, dass du nicht nur einen Tag, sondern lange Zeit wirst ohne mich auskommen müssen

In Ordnung!

Sie kann das. Sie kann ohne ihn auskommen, sie kann es sehr gut. Sie kann auf ihn verzichten, sie kann ohne ihn leben, wenn nur der Zug endlich anfahren würde. Ein Pfiff. Ein Ruck. Der Zug fährt an. Libs' Herz setzt aus, dann passt sich ihr Herzschlag dem Rattern der Räder an,

nur weg nur weg nur weg nur weg

Der Zug fährt. Sie rollen aus dem Bahnhof ins Freie. Die Sonne scheint. Libs lehnt sich zurück. Sie atmet tief ein, dann aus, sie ist mit einmal völlig erschöpft. Die Erschöpfung treibt ihr den Schweiß aus den Haaren. Schweiß rinnt ihr über den Nacken, rinnt von ihren Brüsten den Bauch herunter. Der Zug gewinnt an Geschwindigkeit. Libs lehnt den Kopf an den Sitz. Sie schließt die Augen.

Schwere Schritte. Der Schlüssel klappert.

»Harnack, zum Verhör!«

Der Aufzug nach oben. Das nun schon bekannte Kirchengestühl des Vorraums. Mildred hat noch immer keine Angst. Sie empfindet gar nichts. Es ist eine Starre. Sie kann nichts fühlen, sie kann sich nicht bewegen. Sie wird in den Verhörraum geführt. Sie kennt den Mann nicht, der dort sitzt. Habecker. Sie hat diesen Habecker noch nicht gesehen. Er hat eine grauschmierige Verbrechervisage, kleine Augen. Fliege unter der Nase. Fettigglänzende Haut.

»So, Frau Dr. Harnack. Dann wollen wir mal. Bislang haben Sie ja zu den Untersuchungen nicht viel Vernünftiges beigetragen. Mal sehen, ob das jetzt besser wird.«

Sie antwortet nicht. Was sollte sie antworten? Er ist aufgestanden. Er geht in dem Zimmer umher. Er bleibt stehen, neben ihr, beugt sich über sie. Er redet zu ihr, über sie gebeugt.

»Ich weiß nicht, wie Sie sich das hier vorstellen. Ich weiß wirklich nicht, was wir Ihrer Meinung nach tun müssen. Teilen

Sie mir das mal mit. Teilen Sie mir mit, wie Sie sich Ihre Zukunft denken. Sie wollen doch sicher möglichst bald nach Hause. Sie möchten doch sicher nicht gern hierbleiben. Ich verstehe nicht, warum Sie dann nicht mit uns zusammenarbeiten.«

Sie schweigt. Was soll sie sagen? Sie versteht ja nichts. Sie versteht den Mann nicht, der da mit ihr redet. Es ist, als wäre ihr ihre Kenntnis des Deutschen abhandengekommen. Ihr R ist kein deutsches, sondern ein Pariser R. Die Worte sind nur Wörter: deutsche Vokabeln in einem Vokabelheft,

sich vorstellen
Meinung
mitteilen
Zukunft
nach Hause
zusammenarbeiten

»Wir sind ja gern bereit, uns entgegenkommend zu zeigen. Vielleicht können wir Ihnen einen Wunsch erfüllen? Vielleicht können wir Ihnen Ihren Aufenthalt hier bei uns komfortabler gestalten? Wir kommen Ihnen gern entgegen, wenn Sie uns ein wenig entgegenkommen.«

Sie sagt: »Es ist ziemlich kalt in der Zelle. Ich bin das nicht gewohnt. Ich hätte gern meinen Mantel.«

»Na wunderbar«, sagt Habecker. »Großartig. Ihren Mantel. Jawohl. Das lässt sich sicher machen. Nun, dann erzählen Sie mal. Sie waren doch mit den Kuckhoffs befreundet. Wie gut kennen Sie die? Wussten Sie, dass die Kuckhoffs Kontakte in die Sowjetunion hatten?«

Dies ist leicht. Diesen Satz versteht sie. Darauf ist sie gefasst gewesen,

Kennen Sie, wussten Sie, waren Sie beteiligt

»Das weiß ich nicht«, sagt Mildred. »Ich weiß nichts, und ich sage Ihnen nichts.«

Der Schlag trifft sie völlig unvorbereitet. Der Handrücken klatscht auf ihre Wange, eine Fingerkuppe fährt ihr ins Auge, ihr Kopf fliegt zurück, die Erschütterung ergreift sie, durchdringt sie vollständig. Tränen spritzen ihr aus den Augen. Ihr Magen hebt sich, sie würgt. Zugleich verflüssigen sich ihre Knochen, jede Kraft verlässt ihren Körper. Dann bricht das Schluchzen aus ihr hervor, laut und quälend, ein Brüllen wie das einer verendenden Kuh. Sie begreift in diesem Moment. Sie begreift alles: Es gibt keine Rettung. Es gibt keine Rettung.

»Frau Schulze-Boysen?«

Eine Hand greift nach ihr. Sie schreckt hoch, aus dem betäubten Schlaf, der sich über sie geworfen hat wie eine dunkle Decke. Die Räder rollen. Der Zug fährt. Der Mann vor ihr ist fremd. Seine Stimme ist fremd. Seine Hände hängen an seinen Seiten herab. Wer hat nach ihr gegriffen, nach ihrer Schulter? Der Zug fährt. Aber er verlangsamt seine Fahrt. Er fährt bereits in Potsdam ein.

»Sie sind Frau Libertas Schulze-Boysen.«

Es ist keine Frage. Sie nickt. Sprechen kann sie nicht. Sie müsste schreien, um den Tumult der Stimmen in ihrem Inneren zu übertönen,

Renne, lauf, entkomme ihnen. Spring aus dem Zug. Reg dich nicht auf. Es ist nichts! Es ist gar nichts. Es ist eine Verwechslung, ein Versehen, ein dummer Zufall, es ist aus! Sie holen dich ab. Es ist vorbei. Du bist tot. Renne, lauf, entkomme, flieh. In dem Moment, wenn der Zug hält, rennst du los, es ist doch gar nichts. Es ist gar nichts. Es darf nichts sein, es kann nichts sein. Eine reine Routinesache –

»Wenn Sie uns bitte folgen würden. Seien Sie unbesorgt, es handelt sich um eine reine Routinesache.«

Der Zug fährt in den Bahnhof ein. Er hält. Der Mann

beugt sich vor. Er wiederholt: »Es ist eine Routineüberprüfung. Kommen Sie bitte mit.«

Sie erhebt sich, wie an Fäden gezogen. Am besten ist es, vernünftig zu sein. Am besten ist es, zu kooperieren, keinen unnötigen Ärger zu machen. Am besten ist es immer, sich zu verhalten, als wäre man unter vernünftigen Menschen. Sie greift nach ihrem Gepäck.

»Bemühen Sie sich nicht. Wir kümmern uns um die Koffer.«

Sehr höflich. Der Mann ist sehr höflich. Er tritt zur Seite. Hinter ihm steht ein zweiter Mann. Er ist klein, kräftig. Er steht stramm aufrecht, wie Männer mit Bauch es tun, wenn sie schlanker erscheinen wollen. Er macht eine einladende Handbewegung.

»Wenn Sie so liebenswürdig wären.«

Libertas folgt. Hinter ihr geht ein Mann, vor ihr geht ein Mann. Sie stehen auf dem Bahnsteig. Die Männer nehmen sie in die Mitte. Sie wendet sich an den zu ihrer Rechten. An den Mann, der nach ihr gegriffen hat.

»Und darf ich fragen, worum es geht? Herr – ?«

Ihre Stimme ist heller als sonst. Höher. Sie hört es selbst: die Angst in der Stimme. Der Mann räuspert sich.

»Verzeihung«, sagt er. »Strübing. Kriminalsekretär Strübing. Seien Sie unbesorgt. Wie gesagt, es handelt sich um eine reine Routinesache.«

Sie gehen durch die Bahnhofshalle. Es wimmelt von Menschen. Die meisten Männer sind in Uniform. Die Männer neben Libs sind nicht in Uniform. Sie sind in Zivil. Niemand achtet auf sie. Niemand achtet auf Libertas. Libertas ist unsichtbar geworden. Sie wird von zwei Männern verschleppt, mitten in einer Menschenmenge, am helllichten Tag, und keiner kommt ihr zu Hilfe, keiner rettet sie. Vor dem Bahnhof wartet ein Wagen. Der Fahrer steigt aus und öffnet den Fond.

»Bitte, steigen Sie ein«, sagt Kriminalsekretär Strübing.

Libs zögert.

»Nun machen Sie schon«, sagt der andere Mann leise, in einem gänzlich anderen Ton. »Es bleibt Ihnen ja doch nichts anderes übrig.«

Libertas steigt ein. Die Tür fällt ins Schloss. Der Wagen fährt an.

»Wohin fahren wir?«

Strübing vorn auf dem Beifahrersitz dreht sich nicht um.

»Na, was meinen Sie wohl? Zurück nach Berlin. Und Sie? Wo wollten Sie denn so plötzlich hin?«

Libertas hat mit einmal den Mund voll Spucke. Sie muss schlucken. Sie muss all diese bittere Spucke herunterschlucken.

»Zu meiner Mutter«, sagt sie. »Meine Mutter ist an der Mosel, zu Besuch bei Freunden. Ich war eingeladen, zu ihr zu kommen.«

Das letzte Wort ist ein Schluchzen. Es ist ein Aufheulen. Tränen brechen hervor.

»Na«, sagt Strübing. »Nun hören Sie schon auf. Sie bekommen gleich nachher Stift und Papier. Dann können Sie Ihrer Frau Mutter schreiben. Damit sie sich keine Sorgen macht. Man wird Sie doch sonst sicher vermissen.«

»Ja«, sagt Libs. »Ja, das wird man.«

Sie wischt sich die Tränen ab. Sie muss Fassung bewahren. Es ist offenbar noch nicht alles verloren. Sie wird Papier und Stift bekommen, um ihrer Mutter zu schreiben.

»Kennen Sie Elisabeth und Kurt Schumacher?«

Die Frage wirft sie um. Sie hat mit einer solchen Frage überhaupt nicht gerechnet. Soll sie leugnen? Aber welchen Sinn hätte das? Sie wissen es ja offenbar schon. Sie kennen offenbar die Schumachers. Sie kennen den Namen, sie wissen längst, dass Libs die Schumachers kennt, sonst würden sie ihr keine solche Frage stellen. Welchen Sinn hätte es also zu lügen? Das würde sie nur um ihre Glaubwürdigkeit bringen.

»Ja«, sagt sie.

Strübing antwortet nicht. Das Schweigen dehnt sich.

»Es sind Freunde von uns«, sagt Libertas.

»Ah«, sagt Strübing. »Tatsächlich. Ich muss sagen, wir begrüßen es sehr, wenn Sie kooperieren. Das ist sehr vernünftig von Ihnen. Dann werden Sie sicher nicht lange bei uns bleiben. Sagen Sie, wenn Sie und die Schumachers Freunde sind, dann ist Ihnen doch sicher auch bekannt, dass Kurt Schumacher Kommunist ist.«

In Libs' Ohren beginnt es zu schrillen.

»Nein«, sagt sie. »Ja. Vielleicht. Ich weiß nicht. Ich dachte, er wäre kein Kommunist mehr. Ich dachte, er war früher mal Kommunist, aber er wäre keiner mehr. Das habe ich angenommen. Das dachte ich. Ich glaube, er ist kein Kommunist. Ich weiß davon gar nichts. Warum soll er Kommunist sein.«

»Wie bitte?«, sagt Strübing. »Sprechen Sie doch bitte etwas lauter. Sie dachten also, er wäre kein Kommunist. Was haben Sie denn sonst noch so gedacht?«

»Wie meinen Sie das?«, sagt Libs.

»Wie bitte?«, sagt Strübing. »Sprechen Sie lauter! Wo ist eigentlich Ihr Mann? Wissen Sie das?«

»Ja«, sagt Libs.

Sie räuspert sich. Aber sie kann nicht lauter sprechen. Dazu wünscht sie sich zu sehr, ihre Antworten möchten unhörbar sein.

»So sprechen Sie doch lauter«, sagt Strübing. »Man versteht Sie ja gar nicht! Also. Wo ist Ihr Mann? Wenn Sie es wissen, dann sagen Sie es.«

»Mein Mann ist bei Ihnen«, sagt sie.

»Ach. Und wie kommen Sie darauf? Hat Ihnen das jemand verraten? Wieso meinen Sie, wir müssten uns für Ihren Mann interessieren?«

Libs ist nicht zu Hause. Natürlich nicht, an einem ganz normalen Werktag. Sie wird im Büro sein, in der Reichskulturfilmzentrale. Elisabeth zögert. Dann tut sie es doch. Sie ruft Libs im Büro an. Eine Männerstimme meldet sich.

»Spoerl.«

Fast legt Elisabeth wieder auf. Aber Libs hat einmal einen Mitarbeiter dieses Namens erwähnt: einen netten jungen Mann, dessen Vater Schriftsteller ist.

»Könnte ich bitte mit Frau Schulze-Boysen sprechen?«

Einen Moment herrscht Schweigen. Dann kommt die gefürchtete Auskunft.

»Leider nein. Frau Schulze-Boysen ist nicht da. Sie ist verreist. Ganz überraschend.«

Leg auf! Leg sofort auf!

»Sie ist zu ihrer Mutter gefahren«, sagt der junge Mann.

Er sagt es leise, fast als wollte er es eigentlich gar nicht gesagt haben. Elisabeth schließt die Augen, öffnet sie wieder. Sie atmet tief ein.

»Zu ihrer Mutter«, sagt sie ebenso leise. »Danke. Ich danke Ihnen.«

Papier und Stift. Libs darf an ihre Mutter schreiben. Sie sitzt in einem vernachlässigten Büroraum mit abgewetzten Möbeln. Dies also ist die Prinz-Albrecht-Straße, Sitz des Reichssicherheitshauptamtes und Herz des Terrors. Auf diesen weiten Treppen und Fluren hat Libs als Kind mit ihren Geschwistern gespielt. Damals residierte hier die Unterrichtsanstalt des Berliner Kunstgewerbemuseums. Libertas hat die Zimmer größer in Erinnerung, geräumiger. Weil sie ein Kind war? Aber zumindest der Raum, in dem sie sitzt, hat sich tatsächlich verengt. Der Hörsaal, in dem einst Libs' Vater gelehrt hat, ist geteilt worden. Er verfügt nur noch über ein einziges Fenster. Es ist ein Atelierfenster, schräg in die Wand eingelassen und außerdem zu hoch, als dass man auf die Straße hinuntersehen könnte.

»Schreiben Sie keinen Unsinn, bitte sehr. Schreiben Sie, dass es Ihnen gutgeht. Dass Sie gesund sind. Dass Sie leider auf eine Dienstreise gehen mussten.«

Eine Dienstreise. Libertas starrt auf das Papier. Sie beginnt,

Geliebte Mama

»Schreiben Sie endlich! Schreiben Sie, dass man Ihnen einen äußerst interessanten Auftrag außerhalb Berlins erteilt hat, über den Sie im Moment nichts Näheres mitteilen können.«

Sie gehorcht.

Näheres kann ich im Augenblick nicht mitteilen

Hoffe ich, dass es doch noch zu unserer gemeinsamen Reise kommt

Und kann sie denn gar kein Zeichen setzen? Kann sie nirgendwo unterbringen, wie es in Wahrheit steht?

Tausend liebe Grüße und Gedanken

»Sind Sie fertig? Lassen Sie sehen. Und hier habe ich etwas für Sie.«

Es ist ein Schreiben, das amtlich aussieht. Es weist Stempel auf, Randbemerkungen. Libs ergreift es und liest.

Suchen Sie in Berlin Adam Kuckhoff oder seine Frau in der Wilhelmstraße 18, Tel 83 62 61, zweite Treppe links, obere Etage auf und erklären Sie, dass Sie von einem Freund Arvids und Harros geschickt werden, den Arvid als Alexander Erdberg kennt. Schlagen Sie Kuckhoff vor, für Sie, KENT, ein Zu-

sammentreffen mit Arvid und Harro zu arrangieren. Klären Sie, warum die Funkverbindung nicht funktioniert, und bereiten Sie Unterbringungsmöglichkeiten für die Aufnahme von Personen vor. Falls Kuckhoff nicht anzutreffen ist, wenden Sie sich an Harro Schulze-Boysens Frau Libertas, Altenburger Allee 19, Tel 99 58 47

Libs sieht auf. Sie starrt Strübing verständnislos an.

»Was ist das?«, sagt sie. »Ich verstehe das nicht. Was soll das sein? Wer hat das geschrieben? Wilhelmstraße wohnen sie doch gar nicht. Das ist alles vollkommen falsch.«

Strübing lächelt.

»Wilhelmstraße wohnen sie nicht?«

Man hat Libs wieder aus der Zelle geholt. Die Zelle ist fünf Schritte lang, zwei Schritte breit. Von der Decke hängt eine nackte Birne. Etwas graues Licht sickert durch das Kellerfenster. Es gibt eine Pritsche, einen Hocker, einen Klingelknopf, wenn man die Toilette besuchen muss. Man hat Libs in diese Zelle eingeschlossen. Die Tür fiel zu. Die Schritte entfernten sich. Sie ist an den Wänden hochgegangen wie ein Tier. Sie hat geschrien und geweint, sie hat gegen die Mauern geschlagen. Irgendwo ging eine Tür. Irgendwo wurde eine Tür zugeworfen, und in Libs' Ohren knackte es vom Luftdruck. Die Klappe neben der Tür ging auf. Eine Hand reichte einen Napf Suppe herein, ein Stück graues Brot. Sie konnte das natürlich nicht essen.

Sie kann gar nichts essen. Dies kann gar nicht wahr sein. Dies ist nicht wirklich. Es geschieht nicht ihr, sondern einem anderen Menschen, für den Libs nicht verantwortlich ist. Libs sitzt wieder in dem scheußlichen Büro. Sie ist allein. Sie ist vorhin aus der Zelle geholt worden, dann musste sie warten, in einem grellerleuchteten Raum mit Bänken in kastenartigen Verschlägen. Während sie dort saß, kam ein Häftling mit einem Eimer vorbei. Als er an ihr vorüberging, hat er etwas gesagt, ohne sie anzusehen oder die Lippen zu bewegen.

»Einen Gruß von Harro. Er ist hier.«

Sie träumt dies. Sie hat nichts zu tun mit dieser Frau, die hier sitzt. Sie muss aus diesem Spuk aufwachen. Was hat man mit ihr vor? Warum lässt man sie hier allein sitzen, in diesem Spuk-Hörsaal? Sie kann dies nicht ertragen, sie wird schreien. Die Tür öffnet sich. Libs fährt auf. Aber es ist nicht Strübing. Es ist eine Frau. Sie muss etwa so alt sein wie Libs. Sie ist von berückender Schönheit, mit brandrotem Haar, weit auseinanderstehenden grünen Augen.

»Frau Schulze-Boysen?«

Die Frau flüstert. Sie schließt eilig und leise die Tür, sie kommt näher. Sie streckt Libs die Hände entgegen.

»Liebe Frau Schulze-Boysen.«

Libs schießen die Tränen in die Augen.

»Es tut mir so leid, dass man Ihnen das antut! Ich kann Ihnen nicht sagen – warten Sie. Ich habe Ihnen etwas mitgebracht.«

Die Frau holt ein belegtes Brötchen aus der Jackentasche. Libertas muss an sich halten. Sie muss sich beherrschen, sonst reißt sie es der Fremden aus den Fingern.

»Und Zigaretten«, sagt die Fremde. »Da, nehmen Sie. Los, schnell, bevor einer kommt. Nein, so behalten Sie doch das ganze Päckchen. Und jetzt sagen Sie, kann ich Ihnen irgendwie helfen? Kann ich irgendetwas für Sie tun?«

»Aber wer sind Sie denn?«, fragt Libertas.

Sie beißt in das Brötchen. Sie kann es kaum glauben: Butter und Schinken. Das Brötchen duftet. Die Butter schmilzt in Libs' Mund.

»Ach verzeihen Sie«, sagt die Fremde. »Ich habe mich gar

nicht vorgestellt. Ich heiße Gertrud Breiter. Ich bin Sekretärin, hier im Referat IV E 6 des Reichssicherheitshauptamtes. Aber ich mache nicht etwa freiwillig mit, das müssen Sie nicht denken. Ich bin dienstverpflichtet worden. Was bleibt einem übrig? Es ist immer noch besser, als in einer Munitionsfabrik Zünder in Granaten einzubauen. Es sitzen ja viele Leute in den Ämtern, die keine Nazis sind.«

»Das ist wahr«, sagt Libertas. »Das weiß ich sehr gut. Ich bin ja selbst bei einem Amt. Ich bin Dramaturgin bei der Kulturfilmzentrale.«

»Beim Film sind Sie«, sagt Gertrud Breiter. »Das ist sicher sehr interessant. Das ist sicher eine andere Welt als dies hier«, sie wedelt mit der Hand, den Raum umfassend, das Gebäude, Berlin. »Ich hasse das alles, das kann ich Ihnen sagen. Aber was soll man tun? Man muss eben versuchen, das Beste daraus zu machen. Ich versuche zu helfen, wo immer ich kann.«

»Das ist gut von Ihnen«, sagt Libertas. »Das ist sehr gut und großzügig von Ihnen.«

Sie hat das Brötchen aufgegessen. Sie zündet sich eine Zigarette an, inhaliert den Rauch. Sie betrachtet die Frau, die ihr gegenübersitzt: den ersten schönen und warmherzigen Menschen, dem sie hier begegnet ist.

»Hat man Ihnen denn schon gesagt, was man Ihnen vorwirft?«, sagt Gertrud Breiter.

»Nein«, sagt Libs. Die Tränen steigen wieder in ihrer Kehle empor. »Mein Mann ist vor einigen Tagen verhaftet worden. Er ist auch hier, soweit ich weiß, aber mehr weiß ich nicht.«

»Mein Gott, wie furchtbar«, sagt Gertrud Breiter. »Nein, bitte weinen Sie nicht, Frau Schulze-Boysen. Noch ist ja nicht alles verloren. Wir müssen jetzt überlegen, was zu tun ist. Meiner Erfahrung nach ist es am besten, ein wenig mit den Beamten zu kooperieren. Wenn man verhaftet wird, ist es ohnehin zu spät zum Lügen. Dann haben sie einen schon ausspioniert. Also besinnen Sie sich, überlegen Sie. Sie haben ja sicher nichts Schlimmes getan. Und für die Taten anderer Leute müssen Sie sich nicht zur Verantwortung ziehen lassen.«

»Ich habe überhaupt nichts getan«, sagt Libs. »Ich habe sogar Harro beschworen, dass er auch aufhören soll. Ich hatte solche Angst, in der letzten Zeit.«

Gertrud Breiter streichelt ihre Hand.

»Sie Arme«, sagt sie. »Das muss sehr schlimm gewesen sein. Ja, wir leben alle in schlimmen Zeiten. Aber nun weinen Sie doch nicht so. Was könnte man denn gegen Sie in der Hand haben?«

»Ich weiß es nicht«, sagt Libertas. »Ich habe bei keinem Flugblatt mitgemacht, auch nicht bei der Klebeaktion.«

»Klebeaktion?«, sagt Gertrud Breiter.

»Ja. Da haben Freunde meines Mannes Zettel an Wände und Litfaßsäulen geklebt. Es war ein Protest gegen die Ausstellung ›Das Sowjetparadies‹.«

»Mein Gott«, sagt Gertud. »Aber diese Leute befinden sich nun ja in entsetzlicher Gefahr. Sind sie denn gewarnt?«

»Ich weiß nicht«, sagt Libs. »Ich habe es nicht gewagt, viele zu warnen. Ich hatte Angst, mir könnten Spitzel folgen.«

»Das haben Sie vollkommen richtig gemacht«, sagt Gertrud Breiter. »Das ist immer eine Gefahr«, sie denkt einen Moment nach. Dann sagt sie: »Wissen Sie was? Ich könnte Ihre Freunde warnen. Nein, sagen Sie nichts, ich weiß, es ist nicht ganz ungefährlich für mich. Aber man darf nicht immer nur an sich selbst denken. Man muss auch einmal bereit sein, ein Risiko einzugehen, wenn man etwas als richtig erkannt hat.« Gertrud Breiter streicht ihr schönes Haar zurück. »Das tue ich ja Tag für Tag. Ich könnte meine Tätigkeit hier sonst gar nicht verantworten.«

»Ja«, sagt Libs. Sie drückt die Hände ihrer schönen neuen Freundin. Sie sagt: »Sie sind eine sehr tapfere Frau. Das ist kein leichter Weg, den Sie sich gewählt haben, ich weiß es.«

»Das ist wahr«, sagt Gertrud Breiter. »Aber man muss eben dort wirken, wo man von Gott hingestellt worden ist.«

Sie haben nun beide Tränen in den Augen. Libertas hebt die Hand, wischt die Tränen der anderen weg.

»Sie hat mir wirklich der Himmel gesandt«, sagt sie. »Sie sind die Einzige, auf deren Hilfe ich jetzt vertrauen kann.«

»Ich tue es gern«, sagt Gertrud Breiter. »Ich bin froh, etwas tun zu können. Ich bin froh, all dem Unrecht nicht untätig zusehen zu müssen. Aber wir sollten uns jetzt beeilen. Jeden Moment kann jemand hereinkommen, und dann ist es zu spät. Ich weiß ja nicht, ob ich noch einmal die Chance habe, Sie allein zu sehen. Schließlich bin ich in einer anderen Abteilung. Also, wollen Sie mir die Namen jetzt sagen?«

»Ja«, sagt Libs.

»Also dann rasch jetzt.«

»Haben Sie einen Stift? Gut. Warnen Sie auf jeden Fall Hans und Hilde Coppi, wohnhaft in der Laubenkolonie Waldesruh in Tegel. Außerdem Eva und John Rittmeister. Dr. Rittmeister, der Leiter der Poliklinik für Psychotherapie im Grunewald. Dann Helmut Himpel und Maria Terwiel in der Lietzenburger Straße 6. Und Fritz und Hannelore Thiel. Da weiß ich aber die Adresse nicht.«

»Das macht nichts«, sagt Gertrud Breiter. »Das wird schon herauszukriegen sein. Sagen Sie nur die Namen. Die Namen reichen.«

»Frau Breiter. Nehmen Sie doch bitte Platz. Zigarette? Eine Tasse Kaffee? Nun, wie ist es vorangegangen?«

Gertrud Breiter betrachtet ihre makellosen Fingernägel. Sie spürt Strübings bewundernden Blick.

»Sehr gut«, sagt sie. »Die Dame hat kräftig ausgepackt. Eine wirklich nette Person. Ein sehr ansprechendes Wesen. Schade, dass man ihr nicht helfen kann. Aber natürlich, was sie getan hat, ist unverzeihlich. Und ich bin es schließlich nicht, die über ihr Schicksal entscheidet.«

»So ist es«, sagt Strübing. »Rechtsprechung und Urteil sind nicht unsere Aufgabe. Wir haben nur unsere Pflicht zu tun. Wir haben nur zu ermitteln. Wir haben diese Spionagegeschichte polizeilich aufzurollen, der Rest ist Sache des Gerichts. Man darf da nicht sentimental werden. Man darf nicht vergessen, dass diese Leute Volksschädlinge der schlimmsten Art sind. Während deutsche Soldaten an der Front ihr Leben lassen, während wir hier den Bomben widerstehen, haben sie uns an die Russen verraten. Wer weiß, wie viele Deutsche dank dieser Verbrecher gefallen sind. Nun also. Zeigen Sie mal Ihre Liste. Ah. Das ist ja ganz vorzüglich. Klebeaktion? Chef der Poliklinik. Frau Breiter, ich kann Ihnen gar nicht genug danken. Sie sind heute weit über Ihre Pflicht hinausgegangen.«

»Nun ja. Es war nicht allzu schwer. Ich habe früher ein wenig geschauspielert. Natürlich nur in Laiengruppen.«

»Geschauspielert haben Sie. Ja. Sie sind eine beeindruckende Frau, wenn ich das so sagen darf. Ich werde mich persönlich dafür verwenden, dass Ihr Einsatz heute nicht unhonoriert bleibt. Wobei ich hoffe, dass wir weiterhin auf Sie zurückgreifen dürfen? Unter Umständen möchte sich die Dame noch einmal mit Ihnen unterhalten.«

»Jederzeit«, sagt Gertrud Breiter. »Ich stehe jederzeit zur Verfügung.«

Gertrud Breiter steht auf. Sie blickt noch einmal durch den

Spion in den Nebenraum. Libertas Schulze-Boysen sitzt zusammengesunken auf ihrem Stuhl.

»So ein fehlgeleitetes Leben«, sagt Gertrud Breiter. »Ruiniert und verpfuscht. Und wofür? Für nichts. Es ist wirklich traurig.«

Und wenn bis jetzt alles verworren war, so ist nun alles klar. Wenn bisher alles durcheinanderging, wenn alles verschlungen war wie das Leben und die Liebe und der tatsächliche Weg von a nach b, der jeden Tag durch das ganze Alphabet führt, dann sortiert sich jetzt, wo die Verhaftungen begonnen haben, alles aufs Ordentlichste. Jetzt, wo die politische Polizei einschreitet, erhalten die einzelnen Menschen, die Mitglieder dieser teils engen, teils lockeren Freundeskreise zum ersten Mal einen Namen, der sie zusammenfasst: Sie sind die Rote Kapelle. Sie sind die kommunistische Spionageorganisation Harnack-Schulze-Boysen. Alles wird nun ordentlich verpackt und verschnürt, und später werden die DDR und die BRD den Blick der Gestapo übernehmen und Harro und Libertas, Eva-Maria Buch und Cato Bontjes van Beek, Liane Berkowitz und Annie Krauss, Horst Heilmann und Walter Küchenmeister und all die anderen als linientreue Kommunisten und Sowjetspione feiern respektive verdammen.

So werden sie den Opfern am Ende noch einmal ihr Leben nehmen: Aber noch ist es nicht zu Ende.

Es ist noch längst nicht zu Ende. Hannelore Thiel schiebt den Kinderwagen. John Graudenz ist gestern bei Thiels gewesen. Herr Graudenz: Seine Töchter Karin und Silva sind keine zwei Jahre jünger als Hannelore. Hannelore ist ja erst siebzehn. Aber sie ist schon verheiratet. Sie ist Mutter. Wenn die Thiels bei den Graudenzens sind, spielen die Graudenz-Töchter mit

Hannelores kleinem Alexander wie mit einer Puppe. Sie nehmen ihn auf, sie legen ihn wieder hin. Sie singen für ihn, sie wiegen ihn. Sie fragen, ob Hannelore ihn nicht füttern muss. Ob sie ihn nicht einmal baden möchte. Es macht Hannelore froh und sehr stolz. Sie vergisst dann beinahe, dass sie sonst eigentlich fast immer traurig ist.

Sie ist ja fast immer allein mit dem Kind. Fritz ist selten da. Er arbeitet, oder er trifft sich mit Harro Schulze-Boysen und John Rittmeister. Zu diesen Treffen nimmt er Hannelore nicht mit. Hannelore legt auch keinen Wert darauf. Sie muss sich schließlich um ihr Kindchen kümmern. Sie muss vor den Läden anstehen, sie muss kochen, saubermachen, Wäsche waschen und Windeln aufhängen. Der kleine Alexander ist am 24. Mai geboren worden. Es war der Pfingstsonntag. Fritz war nicht da. Er war über die Pfingsttage mit Harro und den anderen nach Marquardt gefahren, wo sie an der Mole gezeltet haben. Hannelores Mutter hat Hannelore in die Klinik gebracht. Die Mutter hat ihr nach der Geburt geholfen, und sie hilft Hannelore jetzt. Hannelore wünschte, sie wäre schon wieder bei ihr.

Sie wünschte, sie wäre das blöde Funkgerät los. Es liegt im Kinderwagen, zu Alexanders Füßen. Herr Graudenz hat Fritz und Hannelore gewarnt: Harro Schulze-Boysen ist verhaftet worden, und nun müssen die Thiels das Funkgerät loswerden. Hannelore ist sehr erschrocken. Sie hat nie darüber nachgedacht, dass sie womöglich in Gefahr geraten könnten. Sie hätte es nie für möglich gehalten, dass man Herrn Schulze-Boysen in seiner Fliegeruniform verhaften könnte. Sie hat Fritz vertraut, sie hat geglaubt, Fritz wüsste ganz genau, was er tut: Er ist schließlich schon sechsundzwanzig. Fritz und Herr Graudenz haben Hannelore beruhigt.

Es besteht keinerlei Gefahr. Harro wird sie nicht verraten, und andere Spuren führen nicht zu ihnen. Dennoch wäre es besser, wenn sie das Funkgerät erst einmal wegbrächten. Deswegen schiebt Hannelore jetzt den Kinderwagen durch Berlin. Sie muss keine Angst haben: Das hat ihr Herr Graudenz versichert. Als er ging, hat er Hannelore väterlich über das Haar gestrichen.

»Sie müssen wirklich gar nichts befürchten, Frau Thiel.«

Außerdem ist Hannelore gleich da. Sie ist gleich bei Herrn Himpel. Herr Himpel ist ein sehr bekannter Zahnarzt. Hannelore wird Herrn Himpel und Fräulein Terwiel das Gerät übergeben. Dann ist es weg. Dann kann Hannelore überhaupt nichts mehr passieren.

»Liebste mein.«

Elisabeth öffnet die Augen. Kurt steht am Bett. Er lächelt. Er beugt sich über sie, streicht ihr das Haar aus dem Gesicht.

»Es ist so weit. Sie sind da.«

Warum fragt sie jetzt nach dem Datum?

»Der 12. September. Nun steh auf. Der Wagen steht vor der Tür.«

Es klingelt, einen Moment später wird mit einer Faust an die Tür geschlagen. Die Schergen sind ungeduldig.

Es klingelt. Es ist vor sieben. Greta ist aber schon aufgestanden. Sie steht immer früh auf, um noch ein wenig Zeit für sich zu haben, bevor Mutter- und Familienpflichten sie vereinnahmen. So ist sie nun also heute rechtzeitig zu ihrer Verhaftung auf den Beinen,

Schnapp dir das Kind und hau ab, über die Hintertreppe!

Und dann? Wohin dann? Ohnehin ist auch die Hintertreppe sicher bewacht. Die Gestapo wird wohl wissen, wie viele Aufgänge ein Haus hat, in dem man jemanden verhaften will. Es klingelt wieder.

»Ja doch! Ich komme schon.«

Sie sind zu dritt. Der Erste klappt den Rockaufschlag um. Gestapo, wie erwartet.

»Heil Hitler. Frau Kuckhoff? Henze mein Name. Dürfen wir hereinkommen.«

Sie tritt zur Seite. Die Männer betreten die Wohnung.

»Frau Kuckhoff. Ich muss Sie bitten, uns zu begleiten. Eine reine Formsache. Kein Grund zur Aufregung. Es kann allerdings sein, dass Sie ein paar Tage bleiben müssen. Wenn Sie also das Nötige zusammenpacken wollen.«

Greta nickt. Die Polizisten stöbern bereits im Papierkorb, in den Schränken, den Bücherregalen. Einer geht auf Ules Tür zu.

»Das ist das Kinderzimmer. Es ist sicher besser, Sie lassen mich meinen Sohn selbst wecken.«

Ule schläft noch. Wichtig ist, dass er sich jetzt nicht aufregt. Greta gerät sonst aus dem Konzept. Sie muss ihre Mutter anrufen. Sie muss Ule anziehen und zu der netten Kinderschwester Maria in den Keller bringen, wo er warten kann, bis die Oma ihn abholt.

»Und was machen Sie mit den Vögeln?« Kommissar Henze ist vor dem Käfig mit den Finken stehen geblieben. »Zebrafinken, nicht wahr? Sehr hübsch. Wo wollen Sie die denn unterbringen?«

»Nirgends«, sagt Greta. »Das ist ja wohl Ihr Problem, wenn Sie mich verhaften. Von mir aus können Sie sie fliegen lassen.«

»Freilassen?« Der Kommissar sieht erschrocken aus. »Nein, das geht nicht. Diese Vögel sind doch gar nicht an die Freiheit gewöhnt. Die könnten doch niemals überleben, da draußen.«

»Tja«, sagt Greta. »Wir haben im Übrigen auch noch eine Schildkröte.«

»Tatsächlich? Zeigen Sie mal. Ah ja. Eine Schildkröte. Sehr interessant. Wie lange haben Sie die denn schon? Die werden ja ziemlich alt, habe ich gehört. Was frisst denn so ein Tier? Muss man den Käfig wöchentlich reinigen? Hm. Also ich denke, die Schildkröte nehme ich mit. Mein Sohn wird sich freuen. Sollte er noch Fragen haben, kann ich mich ja noch einmal an Sie wenden. Ich weiß ja, wo Sie zu finden sind.«

»Doch nicht die Mädchen.«

»Alle.«

»Aber die Mädchen sind erst sechzehn und fünfzehn.«

»Vier Koffer. Für jeden einen eigenen.«

John Graudenz packt methodisch, geübt, als packte er für eine weitere Woche seines Lebens als Handelsvertreter im Außendienst. Antonie Graudenz wirft wahllos Kleider und Wäsche in eine große Tasche, während in allen Zimmern des Hauses Gestapo-Beamte ihre Schränke durchwühlen, Kisten mit Unterlagen, Büchern, Briefen, Fotografien vollstopfen. Und bereut Toni es nun, dass sie damals mit den Kindern zu John zurückgekehrt ist?

Sie haben 1925 geheiratet, sie zum ersten, er zum dritten Mal. Es war von Anfang an nicht einfach. Es gab immer andere Frauen. Es gab berufliche und finanzielle Unsicherheiten, es gab immer die Politik. In den frühen Dreißigern ist Antonie einmal für eine Weile mit den Kindern zu ihrer Schwester nach Gießen gezogen. Dann hat John das Haus gekauft, und sie haben neu angefangen. Drei Jahre später begann seine Affäre mit der jungen Sophie Kuh, der unehelichen Tochter des Anarchisten, Psychoanalytikers und Franz-Jung-Freundes Otto Gross, die nach den Pogromen im November 1938 auf dem Weg nach England war.

Natürlich war Antonie Graudenz zornig. Natürlich hat sie

mit dem jungen Mädchen Mitleid gehabt. Und was, wenn Sophie Kuhs Mutter keine Jüdin gewesen wäre? Was, wenn Sophie hätte bleiben können? Hätte John Graudenz dann seine Familie für Sophie verlassen? Würden dann jetzt nicht Antonie und die beiden Töchter, sondern Sophie Kuh verhaftet?

Wie ruhig Toni wäre, wenn es nicht um die Kinder ginge. Dabei sind die Mädchen selbst völlig ruhig. Karin und Silva sind gefasst, sie wehren die fahrige Hilfe der Mutter ab.

»Lass, Mama.«

»Wir haben schon gepackt.«

Toni eilt in die Küche. Sie wühlt in den Schränken, in der Kammer. Sie findet ein paar Sommeräpfel, Brot, Pflaumenmus.

»Das wird nicht nötig sein«, sagt einer der Gestapo-Leute. »Bei uns verhungert man nicht.«

Antonie Graudenz antwortet nicht. Der Mann beugt sich zu ihr vor und senkt seine Stimme.

»Es tut mir ja leid, dass wir Ihre Töchter mitnehmen müssen«, sagt er. »Aber wenn Sie wüssten, was für schäbige Menschen es gibt. Das ist ganz unabhängig vom Alter. Wenn Sie wüssten, wie das Verrätertum unter den Jungen um sich greift.«

Dann verlassen sie das Haus. Die Tür fällt zu. John Graudenz steht auf der Treppe. Antonie steht neben ihm. Johnny wendet den Kopf, blickt von Ost nach West, West nach Ost: Danziger Straße 9–11, Haus und Garten. Toni sieht in seinem Blick, was er sieht. Die sprühenden Dahlien, Oktober für Oktober zum Überwintern ausgegraben, Mai für Mai wieder gepflanzt. Die Hängematte zwischen den Apfelbäumen, verblichen in den langen Sommern. Herbstastern. Himbeerhecke. Der Federballschläger, der von gestern noch auf der Wiese liegt, daneben der Ball. Wer hätte das bei der Hochzeit ahnen können? Wer hätte all das kommende Glück, den Kummer, die Hoffnung und Liebe erahnen können? Antonie Graudenz greift nach der Hand ihres Mannes.

Johns Hand ist trocken und warm. Toni ist jetzt ruhig. Sie blickt noch einmal an ihrem Haus hoch. Die abgeblühte Kletterrose. Die schlaff hängenden Schlafzimmervorhänge.

»Kommen Sie jetzt.«

Antonie steigt die Treppe hinunter. John folgt ihr. Im Gehen fasst er ihren Oberarm. Sie drückt seine Hand an ihren Körper, so fest wie möglich.

»Frau Graudenz und die ältere Tochter bitte in diesen Wagen. Herr Graudenz. Sie mit der jüngeren in den anderen.«

»Getrennt?«

Das hat sie nicht erwartet.

»Ach nein. Sie trennen die Kinder? Sie trennen mich von Silva?«

»Steigen Sie ein.«

Hilde Coppi ist bereits auf. Es ist noch sehr früh, aber seit Hans fort ist, schläft Hilde unruhig. Es muss sehr schlecht um Deutschland stehen. Hans ist zum Infanterie-Ersatzbataillon 479 nach Schrimm bei Posen einberufen worden. Die Soldaten sterben schneller, als die Mütter Söhne großziehen können, also werden nun auch Wehrunwürdige wie Hans Coppi an die Front geschickt. Hilde hat ihn nicht an den Bahnhof gebracht. Er wollte es nicht. Hilde hat an Franz Karma denken müssen, der auch allein gehen wollte. Was ist es nur mit den Männern, dass sie sich nicht begleiten lassen mögen? Hans hat sie in den Arm genommen.

»Ich will dich eben hier in Erinnerung behalten, so wie du jetzt bist, in unserem Garten. Das Kind kommt ja bald. Dann sehen wir uns wieder. Ich werde doch mein Kind sehen dürfen. Ich werde doch meine kleine Hilde begrüßen.«

»Deinen kleinen Hans.«

»Nein, es wird eine Hilde.«

Es ist Samstag, der 12. September. Vor zwei Tagen ist Hans abgereist. Hilde steht im Garten. Astern blühen, Dahlien, späte Rosen. Über dem Tegeler Wald liegt durchsonnter Morgendunst.

»Es wird wieder ein schöner Tag, denke ich.«

Mutter Coppi ist gekommen, um die mittelspäten Kartoffeln aus der Erde zu holen, bevor sie in ihre Eisdiele geht. Hildes Füße sind geschwollen. Sie ist Anfang des achten Monats, und die Gartenarbeit ist ihr mühsam. Sie ist manchmal so tief erschöpft, als hätte sie alles schon hinter sich: die Geburt des Kindes, den Untergang Deutschlands. Sie hat es aber vor sich. Je näher die Katastrophe rückt, umso größer und drohender wölbt sie sich über Hilde. Dann wieder ist es ihr, als wüchse ihr aus der schieren Gewaltigkeit Mut zu. Das Ende kommt, die Sturmfront, die alles hinwegfegen wird. Aber Hilde muss sich halten. Ihr Kind wird geboren werden, ein heller Funke in der Düsternis. Mutter Coppi richtet sich auf.

»Wer kommt denn da?«

Drei Männer. Sie kommen den schmalen Weg zwischen den Gärten herauf. Sie sehen Hilde an. Sie richten ihre Augen auf Hilde, genau auf Hilde.

»Kind«, sagt Mutter Coppi. »Ach Kind.«

»Sie sind als Untersuchungshäftling der Gestapo in die Frauenabteilung des Polizeigefängnisses am Alexanderplatz eingeliefert worden. Folgende Regeln der Hausordnung sind zu beachten. Das Schreiben sowie das Empfangen von Briefen ist limitiert, genehmigungspflichtig und Ihnen auf Anordnung einstweilen untersagt. Das Rauchen ist verboten. Als Untersuchungshäftling haben Sie das Recht, Zivilkleidung zu tragen.

Die Lieferung von Paketen mit frischer Wäsche sowie die Abholung von Schmutzwäsche durch die Angehörigen ist einmal die Woche gestattet. Die Abwicklung erfolgt über den Hausvater. Pakete mit Esswaren, Büchern oder Sonstigem dürfen nur mit ausdrücklicher Genehmigung des für Sie zuständigen Kommissars ausgehändigt werden. Im Moment sind Ihnen solche Pakete untersagt. Wecken ist um sechs. Sie haben sich sofort zu erheben, das Bett zu machen, den Boden zu wischen und unter dem Fenster zu warten, bis Ihr Krug für den Tag mit Wasser gefüllt wird. Das Wasser dient zum Trinken sowie zum Waschen. Vor dem abendlichen Einschluss haben Sie Ihre Kleidung auf einen Hocker vor die Tür zu legen, insbesondere die Strümpfe. Neben der Tür ist eine Schiebevorrichtung, die sogenannte Fahne. Wenn Sie eine Mitteilung zu machen wünschen, betätigen Sie diese Fahne, dann fällt im Flur eine Klappe herunter. Fragen?«

»Nein«, sagt Elisabeth Schumacher.

Die Justizwachtmeisterin nickt. Sie scheint nicht sonderlich brutal oder scheußlich zu sein. Sie tut ihre Arbeit. Nun geht sie. Die Tür schließt sich hinter ihr, schwer und weich wie eine Tresortür. Der Schlüssel rasselt, Frau und Schlüsselbund klappern den Flur hinunter, und Elisabeth ist allein.

So fühlt es sich an. Es ist aber nicht wahr. In der Tür befindet sich ein Spion. Elisabeth wird nie wieder allein sein. Sie sieht sich um. Die Zelle ist wie die Justizwachtmeisterin: nicht so schrecklich, wie Elisabeth es erwartet hat. Sie mag vielleicht drei mal vier Meter groß sein. Es gibt ein Klo, einen kleinen Holztisch mit Stuhl. In dem Regal darüber stehen ein Essnapf, ein Löffel, ein Trinkbecher, ein Holztöpfchen mit Salz und das Neue Testament. Auf dem oberen Brett steht eine Waschschüssel aus Emaille. Elisabeth legt Zahnbürste, Zahnpasta, Seife und Handtuch daneben. Das Bett an der anderen Wand ist tagsüber hochgeklappt. Es gibt eine dünne Matratze, zwei Decken. Das Fenster ist hoch und von innen vergittert. Elisabeth sieht den Himmel. Wenn sie mehr sehen wollte, müsste sie wohl auf den Stuhl steigen. Sie steigt nicht auf den Stuhl. Sie darf jetzt nicht an die Welt draußen denken. Sie muss sich darauf konzentrieren, wo sie ist, in welcher Lage sie ist.

Sie ist zum Glück völlig gefasst.

Alle zwölf Hohenemsers und ihre Familien sind deportiert oder ermordet. Nur ihre Mutter lebt noch. Die gute Mutter. Auch Kurts Mutter lebt. Die armen Mütter. Was werden sie jetzt zu leiden haben? Wo mag man Kurt hingebracht haben? Vorhin bei der Verhaftung hat Elisabeth Angst um ihn gehabt, als die Beamten anfingen, Elisabeths Arbeiten aus ihren Mappen zu ziehen. Kurt hat aber an sich gehalten. Fast hat er gelächelt, ein kaltes kleines Lächeln. Zum Glück hat er seine eigenen Sachen noch nicht wieder von den Freunden zurückgeholt. Sein ›Totentanz‹ ist nach wie vor in Sicherheit bei Elfriede Paul. Elisabeth muss ihre Gedanken jetzt auf die Zukunft richten. Sie muss sich auf das konzentrieren, was ihr bevorsteht: die Vernehmung. Sie hofft, dass sie bald kommen und sie holen. Dann wird Elisabeth wissen, wie viel die Gestapo weiß. Dann wird sie wissen, ob es Hoffnung gibt.

Man hat Greta Kuckhoff die Zigaretten abgenommen. Das ist im Moment bei Weitem das Schlimmste. Greta geht in der Zelle auf und ab, auf und ab.

Sie möchte rauchen. Der Nikotinentzug überlagert alles, sogar die Frage, wo Adam sein mag. In Prag? In Berlin? Verhaftet? Frei? Die Beamten wollten seine Bücher mitnehmen: die marxistische Literatur. Greta hat sie hochnäsig angefahren.

»Ich habe Hitlers ›Kampf‹ ins Englische übersetzt. Sehen

Sie hier. Natürlich verlangt eine Auseinandersetzung mit den Worten des Führers auch eine solide Kenntnis der Denkungsart unserer Feinde.«

Henze hat gesagt: »Warum?«

Greta wandert auf und ab, auf und ab. Sie hat sich noch nicht gesetzt. Man hat sie ins Polizeigefängnis am Alexanderplatz gebracht. Man hat sie durch Türen geleitet, vor denen sie warten musste, bis man ihr aufschloss, hinter ihr wieder abschloss, sie hat Formulare ausfüllen müssen, man hat ihr Geld, Hausschlüssel, ihre Uhr und ihren Schmuck abgenommen. Ihre Zigaretten hat sie freiwillig auf den Tisch gelegt, mit einer Geste der Verachtung.

Jetzt fühlt sich die Geste hohl an. Sie geht auf und ab, auf und ab. Sie will rauchen. Sie kann nicht rauchen. Am Alex herrscht Rauchverbot. Nun also gut. Sie muss sich darüber klarwerden, was sie tun kann. Was man ihr tun kann. Was man ihr vorwerfen wird. Wie sie sich zu verhalten hat. Abrupt setzt sie sich auf ihren Stuhl.

Der abendliche Einschluss ist vorüber: die doppelte Verriegelung der Tür für die Nacht. Das Licht brennt aber weiter, wenn auch matter. Hilde kann nicht schlafen. Sie kann nicht auf der Pritsche liegen: Die Matratze hängt durch. Sie hat versucht, genau auf einem der Längsbandeisen zu liegen, aber das ist einer Schwangeren nicht möglich. Hilde zerrt die Matratze auf den Boden. So geht es. Wie wird sie das Ding morgen früh wieder hinaufbugsieren?

Das sehen wir morgen. Wir sehen alles morgen. Jetzt geht es Schritt für Schritt. Nur noch Schritt für Schritt.

Hilde legt einen Arm über die Augen, gegen das Licht. Sie wird jetzt schlafen. Das Kind braucht ihren Schlaf. Sie wird nicht einmal weiter darüber nachdenken, dass die anderen mit ihr verhaftet worden sind: die Mutter, die Schwiegermutter, der Schwiegervater. Sie wird an gar nichts denken. Fassung und Ruhe. Fassung und Ruhe. Es geht nicht um sie, sondern um das Kind. Um den Funken Licht, den sie durch die Nacht trägt.

Zum Frühstück Rotwein ist natürlich umwerfend. Und es ist nicht irgendein Rotwein, sondern ein wunderbarer Burgunder, den der Chefredakteur der ›Deutschen Allgemeinen Zeitung‹ Paul Fechter heute für sich und Oda Schottmüller hat auffahren lassen. Sie haben einander vor zwei Jahren während eines Urlaubs auf der Kurischen Nehrung kennengelernt. Nun sitzen sie bei Borchardt in der Französischen Straße und feiern seinen Geburtstag nach: Paul Fechter ist gestern zweiundsechzig geworden.

»Wie schön Sie sind«, sagt Paul Fechter zu Oda. »Ganz braungebrannt und leuchtend sehen Sie aus. Es ist eine Freude, Sie so zu sehen.«

Oda lacht. Es ist wunderbar, jetzt hier zu sitzen und mit Paul Fechter zu frühstücken, dem väterlichen Freund. Es ist schön, das eigene Gefühl bestätigt zu finden: Oda fühlt sich leuchtend, durchpulst von Energie und Schaffensfreude. Sie ist gerade erst aus Italien zurückgekehrt.

Sie hat in den letzten Monaten oft Wein getrunken. Sie hat in weinbewachsenen Lauben gesessen, unter Pergolen, sie hat Oliven geknabbert, frisches Weißbrot und Käse. Oda hat bisher gar nicht gewusst, was es eigentlich heißt zu leben. Sie ist bis Sizilien gekommen. Sie hat jeden Tag getanzt. Sie hat Geld verdient, sie ist gefeiert worden, Abend für Abend. Und Oda hat sich verliebt. Sie spricht natürlich nicht viel Italienisch. Sie hat sich hingegeben, an eine wortlose Liebe der Hände. Sie hat vorher nicht gewusst, wer sie sein kann: eine Frau, nackt unter einem italienischen Rock, das Haar nass vom Meerwasser, barfuß auf Fliesen, auf denen sich jeder Schritt wie ein Tanzschritt anfühlt. Oda ist frei. Kurt ist überwunden. Oda könnte singen,

Tutto passa e si scorda,
tutto deve finir,
le nubi nel cielo
dovranno sparir –

Oda ist wieder in Berlin, aber sie wird nicht hierbleiben. Sie ist nur auf der Durchreise. Ihre Italien-Tournee ist beendet, aber der Vertrag für eine Anschlusstournee ist bereits unterzeichnet. Es ist der 15. September. In zehn Tagen wird Oda abreisen. Sie wird in die Sonne zurückkehren, zu den Gärten, dem Meer, dem Geruch der Macchia in der Mittagshitze, zu den weiten Plätzen und gewundenen Gässlein, zu Rotwein, safttriefenden Früchten und frischem Fisch, zu den Schätzen, die die Museen bergen, und zu dem Mann, dem sie begegnet ist und der auf sie wartet. Oda hat sich in Berlin bei niemandem gemeldet.

Kurt weiß nicht einmal, dass sie hier ist. Oda wird fortan eine andere sein. Sie wird nun ganz andere Tänze tanzen. Sie fängt neu an. Ihr altes Leben liegt hinter ihr,

Tutto passa e si scorda,
ma tu sai che l'amor
fedele e sincero,
non passa dal cuor!

»Wie Ihre Augen strahlen«, sagt Paul Fechter. »Ich glaube, Sie haben sich in Italien verliebt. Wobei ich noch nicht weiß, ob ich Italien lokal oder personal verstehen muss, trinken wir jedenfalls darauf. Ich muss sagen, dies ist ein sehr anständiger Burgunder.«

»Anständig? Er ist ganz köstlich.«

»Je nun. Genießen wir den Krieg, der Friede wird fürchterlich. So sagen die Leute in Berlin. Darf ich Ihnen nachschenken.«

Sie plaudern über Bildhauerei, über Fechters ›Geschichte der deutschen Literatur‹, dann über all die Male, die sie so wie heute beieinandergesessen haben.

»Und im nächsten Frühling werde ich eine Tournee durch Ostpreußen machen«, sagt Oda. »Den Vertrag habe ich schon unterschrieben. Es geht voran, das ist so beglückend. Wie herrlich es ist, hier mit Ihnen zu sitzen.«

»Ich finde auch«, sagt Paul Fechter. »Wollen wir uns morgen wieder hier treffen? Ich möchte Sie gern so oft wie möglich sehen, bevor Sie abreisen.«

»Morgen? Unbedingt. Ich freue mich schon jetzt darauf.«

»Wollen wir Hans Coppi eine Karte schreiben?«

»Wieso, wo ist er denn?«

»Er ist letzte Woche eingezogen worden.«

Sie sitzen bei Grete Ruppin in der Stube. Eine Menge Leute sind da, die meisten vom Mariendorfer Ballspielclub, in dem sich nach 1933 viele ordentliche Menschen zusammengefunden haben. Ina Lautenschläger ist mit Heinrich Scheel gekommen. Sie ist mit Hans Lautenschläger verheiratet, dem Scharfenberger und alten Freund Heinrich Scheels und Hans Coppis.

»Hat irgendeiner Coppis Feldpostnummer?«

»Ich könnte morgen seine Frau fragen.«

»Wenn du sie erwischst. Ich versuche es seit drei Tagen.«

»Rudi?« Heinrich Scheel beugt sich vor. »Du sagst, Hilde ist seit drei Tagen unerreichbar? Hast du es bei Hans Coppis Mutter versucht?«

»Klar. Da ist aber auch keiner.«

»Und im Eisladen?«

»Der ist geschlossen.«

»Rudi. Gib mir die Karte. Ich werde die Feldpostnummer herauskriegen. Ich werde mich um die Beförderung kümmern.«

»Ich habe die Karte mit den Unterschriften im Badeofen bei Ruppins verbrannt«, sagt Heinrich Scheel zu Ina Lautenschläger.

Sie sind auf dem Weg zur Straßenbahnhaltestelle. Ihre Schritte hallen. Die abgeblendeten Lichtkegel ihrer Blaulichttaschenlampen huschen vor ihnen über das Pflaster. Die Nacht ist sehr dunkel zwischen den lichtlosen Häusern, unter einem bedeckten Himmel. Schwach fluoreszieren die Kennzeichnungen der Bürgersteigkanten und Mauervorsprünge. Das Gefühl der Bedrohung, das Ina überkommen hat, als die Tür der Ruppins hinter ihr ins Schloss gefallen ist, verstärkt sich mit jedem Schritt.

»Die Coppis sind offenbar verhaftet worden«, sagt Heinrich Scheel. »Nicht sehr sinnvoll, der Gestapo eine säuberliche Liste ihrer Freunde zukommen zu lassen.«

»Heinrich?«, sagt Ina. »Meinst du, wir sind auch in Gefahr?«

»Sicher. Aber das ist nichts Neues. Was hast du mit der Uniform gemacht?«

Die Uniform eines Artillerie-Obergefreiten. Hans Coppi hat sie den Scheels in ihre Neuköllner Wohnung gebracht. Er hat Heinrich gebeten, die Uniform eine Weile aufzubewahren und gut zu verstecken: Sie gehöre einem Illegalen aus Moskau, der hinter der Front mit dem Fallschirm abgesetzt worden sei. Hans und Heinrich sahen einander an, stolzgeschwellt. Einen Moment öffnete sich ein Fenster, das sie in die Vergangenheit zurückblicken ließ: Und da lag Scharfenberg. Da hopsten zwei

Jungen fröstelnd von einem Bein aufs andere, vor dem morgendlichen Waldlauf, da sammelten sie sich mit anderen um den großen Ofen im Gemeinschaftssaal, da hockten sie auf der Kükenfarm zwischen Rattenfallen und Kanarienvogelkäfigen auf Maulbeerblättersäcken und diskutierten Kommunismus und Sozialismus, und Natze Probst zitierte Majakowski,

In meiner Seele fand sich von grauen Haaren kein Schimmer,
keine Greisenzärtlichkeit fand sich!
Da schreit' ich: Es donnert die kraftvolle Stimme.
Und ich bin schön
und bin zweiundzwanzig

Und nun standen sie hier, und vor ihnen lag die Uniform eines Illegalen aus Moskau.

»Ein dolles Ding«, sagte Heinrich.

»Würdest du den Mann notfalls ein paar Tage beherbergen?«, fragte Hans.

»Was für eine Frage. Selbstverständlich.«

Der Mann kam aber nie. Ein paar Wochen später schickte Hans Nachricht: Die Uniform wurde nun nicht mehr gebraucht. Die Frage war, wie man sie verschwinden lassen konnte. Heinrich hat sie schließlich Ina gebracht. Ina Lautenschläger ist eine schöne Frau. Sie ist Vorführdame in Annemarie Heises Modesalon, in dem Eva Braun, Magda Goebbels, Zarah Leander und Marika Rökk arbeiten lassen. Aber vor allem hat Ina das Schneiderhandwerk gelernt. Sie hat die Uniform gedreht und gewendet. Heinrich hat ihr vorgeschlagen, für ihren kleinen Axel einen hübschen Mantel zu nähen, vielleicht die Stoffteile vorher einzufärben.

»Ich bin einfach nicht dazu gekommen, mich mit dem Ding zu befassen«, sagt Ina nun auf der dunklen Straße zu Heinrich. »Es ist eine Menge Arbeit. Man muss die Uniform auftrennen, die Litzen und Knöpfe entfernen, und das alles muss man ja heimlich machen. Aber ich bin ständig von Leuten umgeben. Also habe ich die Uniform in eine Kiste gepackt und auf den Dachboden gestellt. Und was mache ich jetzt? Wohin mit dem Ding?«

»Lass es, wo es ist. Jetzt ist es zu spät.«

Sie gehen schweigend. Sie nähern sich der Straßenbahnhaltestelle.

»Heinrich«, sagt Ina. »Ich glaube, uns folgt jemand.«

»Ja. Schon seit wir bei Ruppins weggegangen sind. Diese Leute sind ungeschickter, als man es für möglich halten sollte.«

»Darin liegt Hoffnung«, sagt Ina.

»Ja«, sagt Heinrich. »Ich mache mir ohnehin keine Sorgen um mich. Aber ich sorge mich um Fridel und das Kind. Sie sind im Moment im Riesengebirge. Was, wenn etwas passiert? Was, wenn sie mich abholen? Bommel Böhme hat gestern gesagt, er wünschte, er wüsste, wo die Ausgänge aus unserem Heldenkeller liegen. Aber die sind nun wohl alle verrammelt.«

Die Straßenbahn kommt. Sie reichen einander die Hände.

»Alles Gute.«

»Dir auch.«

Ina steigt in die verdunkelte Bahn. Aus den Schatten der Haltestelle löst sich ein Mann. Er steigt mit Ina ein. Heinrich kann sein Gesicht nicht erkennen.

Ina schläft, mit ihrem Jungen im Arm. Sie schläft nicht. Sie liegt wach. Axel ist noch nicht sechs. Sein Vater steht am Westwall. Natürlich, man muss kämpfen. Wenn Hans' und Inas Eltern und Großeltern aus Sorge um ihre Kinder nicht gekämpft hätten, wären Hans und Ina in den Verhältnissen des neunzehnten Jahrhunderts aufgewachsen. Andererseits, wie sind die Verhältnisse jetzt? Alles Erkämpfte ist verloren, alles ist schlimmer als je zuvor. Ina denkt an die Uniform.

Sie hätte sie in den Grunewaldsee werfen sollen, als noch Zeit war. Wann war Zeit? Wann wäre sie freiwillig mit der Uniform eines Illegalen im Koffer durch die Gegend gerannt? Jetzt kann sie die Uniform nicht mehr aus dem Haus tragen. Sie kann sie nicht im Garten vergraben: Es ist klar, dass das Haus bewacht wird. Ina könnte die Uniform vielleicht zerschneiden. Aber wohin mit den Schnipseln? Warum kommen sie nicht? Sie werden ja doch kommen. Warum dann nicht gleich? Schließlich schläft Ina doch ein.

Sie träumt.

Sie träumt von einem Nachmittag, an einer fremden Küste. Sie sitzt in einem Café. Das Kind ist bei ihr, auch Hans Lautenschläger, ihr Mann. Die Luft ist unnatürlich klar, kristallin. Wasser und Himmel sind eins. Nach rechts zu wird der Schwung der Küste von steilen Klippen begenzt, von denen nun auf einmal, mit atemberaubender Plötzlichkeit, eine Front aus Nebel heranbraust. Nebelschwaden hüllen alles ein, Nebel undurchdringlich, als wäre eine Wolke vom Himmel gefallen. Dann ist das Licht wieder klar. Aber schon braust die nächste Wetterfront heran, diesmal bringt sie Schnee. Und wieder scheint die Sonne. Ina begreift plötzlich, was geschieht.

Die Jahre ziehen an ihr vorbei. Die Zeit streicht über sie hin. Die Jahreszeiten, mit Frühlingsnebel, Sommersonne, herbstlicher Kühle. Im Hinterland der Küste leuchten die schneebedeckten Gipfel der Berge, überweltlich klar. Davor dehnt sich die Ebene, mit Feldern und Wäldern, Dörfern und Städten, einzelnen Häusern und Gehöften, traulich, still und hold. Ina würde so gern genau hinsehen. Sie würde so gern aufstehen, loslaufen, sich in dieser herrlichen Welt verlieren. Aber es bleibt keine Zeit. Es verfliegt alles zu schnell, schwindelerregend schnell, als wäre es Ina und nicht die Welt, die sich wandelt, und wieder umschließt sie Nebel. Wieder stürmt Schnee über sie hin. Schnee stürzt auf sie, begräbt sie unter sich, dies ist das Ende. Dies ist die Ewigkeit: Hier wird Ina nie wieder herauskommen. Es klingelt.

Sie wandern durch Odas Atelier wie durch ein Museum. Die Masken faszinieren sie. Einer von ihnen, der jüngste, hält sich die ›Seltsame Stunde‹ vor das Gesicht, betrachtet sich in Odas Spiegel.

»Sollten wir das nicht mitnehmen, Herr Kriminalinspektor?«

»Lassen Sie es erst einmal hängen.«

Der Mann hat eine widerliche Stimme. Er hat die satte, fettige Stimme eines Menschen, der im Begriff ist zu rülpsen. Oda versteht immer noch nicht, was eigentlich los ist. Es war Viertel nach sechs, als es klingelte. Oda war schon auf. Sie wollte vor der Verabredung mit Paul Fechter noch etwas arbeiten. Sie öffnete. Vor der Tür standen diese Männer.

»Fräulein Schottmüller?«

Die Plakette am Aufschlag. Gestapo.

»Sie wissen ja sicher sehr gut, was wir suchen.«

Aber Oda weiß es nicht. Sie hat keine Ahnung. Sie weiß nur, dass diese Männer ihre Sachen durchwühlen, ihr Persönlichstes, ihren privaten Besitz.

»Herr Kriminalinspektor. Sehen Sie mal. Das ist eine höchst erstaunliche Plattensammlung.«

»Ich muss Sie bitten, die Platten hierzulassen«, sagt Oda. »Sie gehören zum großen Teil nicht mir. Ich habe sie zum großen Teil ausgeliehen.«

»Ach? Interessant. Von wem denn? Das ist ja alles entartetes Zeug.«

Die Stimme trieft wie ein Schmalzbrot bei Hitze.

»Na dann erzählen Sie doch mal. Wer hat Ihnen das denn gegeben. Was haben Sie denn so für Bekannte?«

Elfriede Paul hat es nicht verhindern können. Sie musste zulassen, dass sie Kurt Schumachers ›Totentanz‹ von der Wand gerissen haben. Was hätte sie denn sagen sollen? Dass der Druckstock ihr nicht gehört? Dass er nur eine Leihgabe ist? Aber dann hätte sie doch Kurt erwähnen müssen, sie hätte ihn hineingezogen. Nun haben sie den Druckstock entwendet.

Das belastet sie im Moment am meisten.

Das, und dass der Wasserhahn tropft.

Der Wasserhahn tropft seit gestern früh. Walterchen wollte ihn reparieren, aber dann fehlte das Werkzeug. Elfriede hatte kein Werkzeug. Das war das Problem. Walterchen hätte den Wasserhahn repariert. Aber nun ist es zu spät. Der Wasserhahn ist nicht repariert. Der Wasserhahn tropft, und sie haben den ›Totentanz‹ von der Wand gerissen. Elfriede und Walters Sohn Rainer sitzen in einem Wagen der Gestapo. Walter Küchenmeister ist in einem anderen Wagen weggebracht worden.

»Wer ist das denn?«

»Wie alt ist die denn? Was haben sie uns denn da angeliefert?«

Sie reden, als wäre Hannelore gar nicht im Raum.

»Geboren am 30. Oktober 24. Meine Güte. Noch keine achtzehn.«

»So, Mädel. Und du hast also schon ein Kind.«

Hannelore presst die Hände zusammen. Sie hat die Hände gefaltet und zwischen die Knie geschoben, sie darf nicht an ihr Kind denken. Jedes Mal, wenn sie an das Kind denkt, beginnt die Milch zu laufen. Alexander ist dreieinhalb Monate alt, und Hannelore stillt. Sie versucht an Fritz zu denken. Sie versucht an ihre Mutter zu denken. Sie versucht an den Mann zu denken, der vor ihr steht. Es ist ihr, als hörte sie Alexander schreien. Als hörte sie das Säuglingsgeschrei, insistierend, unnachgiebig, ihre Bluse wird nass. Sie spürt es: die Kälte nassen Stoffs. Die Männer sehen es auch. Sie blicken darauf. Sie blicken auf ihre milchblutenden Brüste, vor denen Hannelore jetzt die Arme faltet.

»Nun hören Sie mal auf zu weinen, Frau Thiel«, sagt der Mann im Hintergrund, der bis jetzt noch gar nichts gesagt hat. »Nun beruhigen Sie sich bitte, nun wollen wir mal vernünftig sein. Jetzt sagen Sie uns doch einfach, mit wem Ihr Mann sich trifft. Das ist doch nichts Schlimmes. Das kann man doch erzählen. Damit verrät man doch niemanden. Also, sagen Sie uns, mit wem er in seiner Freizeit zusammenkommt.«

»Ich weiß es nicht«, sagt Hannelore. »Ich weiß es nicht, wirklich nicht. Ich weiß gar nichts. Ich habe doch das Kind. Ich bin doch immer zu Hause, mit dem Kind.«

»So«, sagt der Mann. »Sie sind mit Ihrem Kind zu Hause.«

»Ja«, sagt Hannelore.

»Sie räumen auf, Sie machen sauber.«

»Ja«, sagt Hannelore.

»Und sind Ihnen dabei jemals Schriften aufgefallen? Flugblätter, Flugschriften, politische Texte?«

»Nein«, sagt Hannelore.

»Sie lügen«, sagt der Mann. »Dies hier lag bei Ihnen herum.«

Er knallt mit der flachen Hand auf den Tisch. Hannelore wird übel. Vor ihr liegt ein Zettel,

Ständige Ausstellung – Das Naziparadies – Wie lange noch?

»Das haben wir bei Ihnen gefunden«, sagt der Mann. »Ich warne Sie. Lügen Sie nicht.«

Aber es ist der Mann, der lügt. Die Zettel haben nicht in der Wohnung herumgelegen. Diese Zettel sind nicht mehr da. Sie sind verklebt worden oder vernichtet: Aber der Mann hat einen davon. Sie wissen von den Zetteln. Sie wissen, dass Fritz diese Zettel gemacht hat.

»Komm, sag uns, was du über diese Zettel weißt. Sag, was du weißt, und du kannst zu deinem Sohn nach Hause.«

»Ich weiß aber nichts.«

Sie kann vor Schluchzen kaum sprechen.

»Ich weiß gar nichts, ich habe nichts getan, mein Mann ist doch viel älter als ich. Ich kann doch nichts dafür. Ich habe ihm doch nichts vorschreiben können.«

»Nein, Frau Thiel. Sicherlich nicht. Sie konnten Ihrem Mann sicherlich nichts vorschreiben. Was geschehen ist, war nicht Ihre Schuld. Wir machen Ihnen keinerlei Vorwürfe. Wir glauben Ihnen, dass Sie mit der Sache nichts zu tun haben. Sagen Sie einfach nur, dass Sie diesen Zettel schon einmal gesehen haben.«

Sie weint jetzt so, dass sie gar nicht mehr sprechen kann. Draußen auf den Fluren schlagen Türen, lärmen Stimmen. Die Tür zu dem Zimmer, wo Hannelore sitzt, wird aufgerissen und einer ruft etwas herein, dann fliegt die Tür wieder zu. Telefone schrillen.

»Was habt ihr da denn für ein Kind sitzen?«

»Ist das hier Tante Roswithas Bastelstunde? Lasst doch das Kind, was soll die schon wissen. Bringt die mal weg. Macht hier mal Platz. Die liefern ja im Minutentakt neue. Wir haben den Laden proppenvoll hier.«

»Name?«

»Erika Gräfin von Brockdorff.«

»Geborene?«

»Schönfeld.«

»Alter?«

»Einunddreißig.«

»Wohnhaft?«

»Berlin-Friedenau, Wilhelmshöher Straße 17.«

»Hallihallo, was macht der Harem! Wilhelmshöher Straße. Warten Sie mal. Herr Heyser, da haben wir doch noch eine hier. Am Alexanderplatz sitzt die. Suchen Sie noch mal diesen Funkspruch heraus.«

Sie kramen in einer Akte.

»Ah. Ja. Na, das war ja wunderbar. Ein wunderbares Nest. Wilhelmshöher Straße. Na, dann erzählen Sie mal, wie war das denn so? Wie war Ihr Zusammenleben mit den Kuckhoffs?«

»Wie bitte? Ich weiß überhaupt nicht, wovon Sie reden.«

»Na hören Sie mal. Verkaufen Sie uns besser nicht für dumm. Adam und Greta Kuckhoff befinden sich bereits in unseren Händen. Und Sie wohnen in derselben Straße. Sie wohnen Haus an Haus. Sie teilen sich sogar den Keller. Und Sie wissen nicht, wovon wir reden?«

Erika starrt den Mann an. Sie denkt an Greta Kuckhoff, an ihre Befürchtungen, Frau Kuckhoff könnte den Koffer bemerken: den Koffer mit dem Funkgerät. Aber auch Greta hat eine Zeit lang einen Koffer mit in den Keller geschleppt. Das fällt Erika jetzt ein. Erika lacht. Sie kann nicht an sich halten. Die beiden Männer starren sie an. Erika lacht schallend und aus dem Bauch heraus.

»Die Kuckhoffs. Ja, genau. Wo habe ich die Kuckhoffs kennengelernt? Nein, es ist verrückt. Sie sind verrückt. Entschuldigung. Ich glaube es nicht. Es ist alles total verrückt.«

»Martha Schulze. Ehefrau von Kurt Schulze, sechsundvierzig Jahre alt. Sie sind als Briefverteilerin dienstverpflichtet, im Postamt SW 11. Richtig? Richtig. Also. Kennen Sie Hans Coppi?«

»Nein.«

»Ach. Aber Hans Coppi kennt Sie. Er hat zugegeben, dass er Sie kennt. Also, noch einmal. Kennen Sie Hans Coppi?«

Lügen sie? Sie lügen. Coppi hat nichts zugegeben, das glaubt Martha nicht. Lügen sie oder lügen sie nicht?

»Haben Sie diesen Mann schon einmal gesehen?«

Der Russe. Ein Foto des Russen, der vor Marthas Haustür gestanden hat. Der Russe und sein Funkgerät. Der Russe, lachend, mit seiner Pfeife im Mund.

Kann ich hereinkommen?

»Nein.«

»Ach. Wirklich nicht? Aber er ist in Ihrem Haus gewesen.«

Sie können das nicht wissen.

»Wir wissen das. Ein kleines Vögelchen hat es uns verraten. Es hat uns verraten, dass Sie Russen bei sich aufnehmen. Spione. Das Vögelchen hat es nicht gern verraten, das können Sie mir glauben. Es hat das eine oder andere Federchen lassen müssen. Es sieht jetzt regelrecht gerupft aus. Na, und das wollen wir Ihrem Mann doch ersparen.«

»Lesen Sie das.«

Dr. Elfriede Paul nimmt das Blatt. Sie starrt auf den Text. Sie sitzt auf dem Stuhl, den Kommissar Ramlow ihr hingestellt hat. Sie sitzt auf diesem Stuhl. Sie weiß nicht, wie lange sie schon auf diesem Stuhl sitzt. Sie hat nichts zu trinken bekommen und schon gar nichts zu essen. Sie starrt auf den Text und kann nicht lesen. Sie kann sich einfach nicht konzentrieren.

Straft die SS mit Verachtung! Hört auf, fürs Winterhilfswerk zu spenden, jeder Groschen verlängert den Krieg,

verlängert den Krieg
verlängert den Krieg

Ob wohl der Wasserhahn noch tropft? Der Wasserhahn zu Hause in der Küche. Natürlich tropft er. Sie sind ja nicht mehr dazu gekommen, ihn zu reparieren.

»Sie kennen diesen Text. Wir wissen genau, dass Sie ihn kennen.«

Aber woher? Woher sollten sie das wissen? Kennt sie den Text? Sie kann nicht lesen. Sie kennt das Schriftbild, aber das darf sie nicht denken. Sie darf nichts denken. Sie können Gedanken lesen.

Jeder Groschen verlängert den Krieg! Gebt diesen Brief weiter.

Kämpft auf eigene Faust, dann in Gruppen. Morgen gehört uns Deutschland –

»Sie kennen dieses Flugblatt.«

»Nein.«

»Sie lügen. Sie lügen uns frech ins Gesicht. Damit verbessern Sie Ihre Chancen nicht, davon können Sie ja mal ausgehen. Ihr Freund Schumacher hat uns erzählt, dass Sie dieses Flugblatt kennen.«

Was soll sie jetzt tun? Kurt hat ihr damals das Flugblatt gebracht. Was haben sie mit dem Druckstock gemacht? Mit Kurts ›Totentanz‹, der ihr anvertraut war.

»Wo ist der ›Totentanz‹?«

»Der was? Spinnt die?«

»Wer stellt hier überhaupt die Fragen?«

Es ist noch immer der 16. September. Es ist noch immer der Tag, an dem Ina Lautenschläger verhaftet worden ist, es ist nicht drei Wochen später, drei Leben später, wie lange sitzt Ina nun schon hier, in der Gestapo-Zentrale? Leute stürzen ins

Zimmer, rennen wieder hinaus. Telefone schrillen, Sekretärinnen schleppen schwarzen Kaffee herbei, Zigaretten, es werden immer mehr Leute gebracht. Die Kommissare rauchen Kette. Hin und wieder bietet einer von ihnen geistesabwesend auch der schönen Ina eine Zigarette an. Ina ist trotz ihrer Erschöpfung dabei, ihr Selbstbewusstsein wiederzugewinnen.

Sie sind nicht unfehlbar. Sie sind nicht allwissend. Ina hat sich bisher an die Absprache mit Heinrich Scheel halten können. Sie hat nichts verraten, sie hat die Unwissende gespielt.

»Die Uniform? Was weiß ich, was das für eine Uniform war. Ich habe gedacht, ich könnte einen Kindermantel für mein Söhnchen daraus machen. Es ist wirklich nicht leicht, mit den Punkten auf der Kleiderkarte ein Kind zu versorgen, das wächst. Da nimmt man, was man kriegt, ohne Fragen zu stellen.«

Sie hat Heinrich vorhin sogar einen Moment gesehen. Jemand stieß eine Seitentür auf, und da saß Heinrich im Nebenzimmer. Einer der Vernehmer hatte ihn am Kragen gepackt und halb von seinem Stuhl hochgezogen. Er schrie Heinrich ins Gesicht.

»Offiziersrang? Was heißt Offiziersrang!«

Ina erschrak. Der Polizist stieß Heinrich wieder auf seinen Stuhl zurück. Er hob den Kopf und sah in Inas Augen.

»Ortmann! Machen Sie doch gnädigst die Tür zu.«

Sie sind alle überanstrengt. Sie schreien sich gegenseitig an. Sie schütten Kaffee in sich hinein, sie qualmen Kette, Ortmann geht auf und ab, auf und ab.

»Also, schreiben Sie«, sagt er zu der Sekretärin an der Maschine. »Schreiben Sie. Ich, Ina Lautenschläger, habe gewusst, dass die fragliche Uniform einem Illegalen namens Alfred Hößler gehört hat.«

»Nein!«

Es treibt Ina in den Wahn.

»Nein, das habe ich nicht gewusst. Ich habe es nicht gewusst. Ich habe gar nichts gewusst. Ich kenne gar keinen Alfred Hößler.«

»Gut. Schreiben Sie. Ich habe gewusst, dass die Uniform einem Illegalen gehört, dessen Name mir nicht bekannt ist.«

»Nein«, sagt Ina. Sie versucht ruhig zu sprechen, fest. »Ich habe nichts von irgendwelchen Illegalen gewusst. Das habe ich doch schon gesagt. Das sage ich seit Stunden. Ich habe nicht gewusst, dass die Uniform einem Illegalen gehört hat.«

Ortmann bleibt stehen, schlägt die Hände zusammen.

»Na also! Aber warum sagen Sie das nicht gleich? Sie hätten uns allen viel Mühe erspart. Sie würden uns viel Ärger ersparen, wenn Sie ein wenig kooperieren würden.« Er wendet sich zu der Sekretärin. »Also, dann schreiben Sie. Ich leugne, gewusst zu haben.« Ina vergräbt das Gesicht in den Händen.

Hannelore sitzt im Keller der Prinz-Albrecht-Straße. Sie sitzt in einem fensterlosen Raum, auf einer Bank. Ihr gegenüber hockt ein finster blickender Mann, den sie nicht kennt. Fünf oder sechs SS-Männer patrouillieren zwischen den Bänken. Wie lange ist Hannelore jetzt hier? Ihre Brüste schmerzen. Hannelore schämt sich für sie: Sie sind prall wie Kuheuter, milchberstend, heiß wie entzündet. Aber sicher wird man Hannelore nun freilassen. Sicher wird man sie gehen lassen, nach Hause, zu ihrem Kind. Ein Mann kommt auf sie zu.

»Hannelore Thiel? Folgen Sie mir.«

Sie steigen in den Aufzug. Der Mann drückt auf einen Knopf. Der Aufzug fährt in die Höhe. Er ruckelt und rattert. Der Aufzug hält. Die Tür öffnet sich auf einen langen Gang. Sie steigen aus. Der Mann bleibt vor einer Tür stehen. Er klopft. Es ist nicht eine Tür, die ins Freie führt. Es ist eine Zimmertür, im ersten Stock.

»Also, Frau Thiel. Da sind Sie ja wieder.«

Es ist dasselbe Zimmer. Sie ist wieder in dem Zimmer, in dem sie morgens verhört worden ist.

»Setzen Sie sich. Hier, nehmen Sie, eine Tasse Kaffee. Nein, nehmen Sie ruhig. Sie brauchen das zur Stärkung. Ich wollte Ihnen nur sagen, dass Ihr Mann ausgesagt hat. Er hat schon alles gesagt. Sie müssen nur noch unterschreiben, dass er die Wahrheit gesagt hat, dann dürfen Sie nach Hause gehen. Also, Ihr Mann hat uns ein paar Freunde genannt. Nur die Namen. Er hat nur Namen genannt, er hat niemanden beschuldigt. Wir müssen das nun überprüfen. Sie können sich ja denken, wen ihr Mann genannt hat. Wiederholen Sie nun doch einfach die Namen.«

Was? Welche Namen? Hannelore versteht nicht. Sie kann den Kaffee nicht trinken. Sie beginnt wieder zu weinen.

»Denken Sie an Ihre Pflicht, bitte schön. Ihre erste Pflicht ist es, an das Wohl Ihres Kindes zu denken. Sie wollen doch das Beste für alle. Sie wollen doch heim zu Ihrem Sohn. Also, fassen Sie sich. Es geht ja nur darum, zu überprüfen, dass Ihr Mann uns nicht angelogen hat. Es ist kein Verbrechen, Freunde zu haben. Also sagen Sie, wen würde Ihr Mann als echten Freund bezeichnen?«

»Ich weiß es doch nicht. John Rittmeister vielleicht, oder Werner Krauss. Harro Schulze-Boysen. Friedrich Rehmer vielleicht.«

»Großartig. Fällt Ihnen sonst noch jemand ein?«

Erika von Brockdorff wird zum Polizeigefängnis Alexanderplatz gebracht. Mit ihr sitzen noch vier andere Frauen in der grünen Minna. Die eine ist schon älter, bestimmt über vierzig.

Die zweite ist sehr jung, ein verweintes Mädchen, fast ein Kind. Die dritte ist eine sehr schöne Frau, mit katzenförmigen Augen, gepflegten Locken. Erika kennt keine von ihnen. Sie kennt nur die vierte: Elfriede Paul. Sie haben einander mit den Augen gegrüßt. Es ist bereits dunkel. Der Wagen fährt, hält, fährt wieder an. Dann hält er endgültig. Der Schlag wird geöffnet. Draußen Rufe, Befehle. Im Gedränge des Aussteigens flüstert die Schönheit mit den Katzenaugen Erika etwas zu.

»Warum sind Sie hier?«

Erika sucht nach einer schnellen Antwort.

»Schulze-Boysen.«

»Ich auch! Ich bin Ina Lautenschläger.«

»Erika Brockdorff.«

»Martha Schulze.«

»Hannelore Thiel.«

Ihre Hände finden sich, im Dunkeln. Sie berühren einander, drücken einander die Finger, die Arme.

»Raus da. Raus aus dem Wagen. Was ist denn da drinnen los? Vorwärts jetzt, ausgestiegen.«

In der Dunkelheit umgibt sie der riesige Bau des Polizeigefängnisses. Die Mauern reichen bis an den Himmel. Erika hat auf einmal keine Angst mehr. Sie ist nicht einmal niedergedrückt. Im Gegenteil, eine Art Hochgefühl hat sie erfasst und trägt sie: Erika ist nicht allein. Elfriede Paul ist bei ihr, Greta Kuckhoff soll hier sein. Die drei fremden Frauen aus dem Wagen gehören dazu. Zu wem? Zu ihrer Gruppe. Erika war Teil einer Gruppe, sie ist Teil der Gruppe. Sie gehören zusammen.

Oda ist erschöpft. Sie nimmt ihre Umgebung kaum wahr. Noch auf dem Weg vom Verhör zum Polizeigefängnis Alexanderplatz war sie so außer sich, dass sie hätte schwören können, sie würde niemals mehr schlafen können, und jetzt will sie nichts anderes mehr. Kein Traum kann der Wirklichkeit so fern sein wie diese Wirklichkeit. Man wollte von Oda wissen, wo das Funkgerät ist. Das Funkgerät? Oda weiß von keinem Funkgerät. Aber den ganzen Tag und die halbe Nacht lang hat man ihr etwas von einem Funkgerät entgegengeschrien, man hat sie mit diesem Funkgerät gequält, Oda will schlafen. Sie zittert. Der Mann, der ihr die Fingerabdrücke abgenommen hat, hat sie angeherrscht.

»Was zittern Sie denn so, es tut Ihnen doch keiner was!«

Sie zittert immer noch. Sie liegt in der Zelle auf ihrem Bett, auf der dünnen Matratze. Das Licht brennt, aber nur schwach. Was für ein Funkgerät? Es muss eine Verwechslung vorliegen. Etwas beißt Oda in den Arm, dann ins Bein. Oda springt auf. Wanzen. Das Bettzeug ist voller Wanzen. Oda wirft sich auf den nackten Zellenboden. Ein paar Momente später hallen draußen Schritte. Ein Schlüssel klirrt. Stimmen ertönen nebenan: ein Neuzugang, jetzt in der Nacht. Oda schließt die Augen. Wieder Schlüsselklirren. Ihre Tür wird geöffnet. Der Schein einer Stabtaschenlampe trifft sie.

»Was machen Sie da?«

Oda setzt sich auf. Eine Wachtmeisterin steckt den Kopf durch die Tür.

»Stehen Sie sofort auf. Legen Sie sich sofort ins Bett.«

»Im Bett sind aber Wanzen.«

»Ach. Wirklich? Und Sie sind die Prinzessin auf der Erbse? Zurück ins Bett, aber schnell.«

»Ich kann dort nicht liegen.«

»Sie werden es lernen. Machen Sie schon, sonst lasse ich Sie auf dem Bett festbinden.«

Meint die Frau es ernst? Oda steht auf. Sie legt sich auf die

Matratze. Die Wachtmeisterin zieht sich zurück. Oda wirft sich wieder auf den Boden.

Heinrich Scheel sitzt noch immer in der Vernehmung. Es geht um die Uniform. Es geht noch immer um die Uniform. Er hat durchgehalten. Er hat steif und fest und immer wieder behauptet, sie hätten die Uniform nur aufbewahrt, um Kinderkleider daraus zu machen. Natürlich glaubt Heyser ihm im Traume nicht. Heinrich hätte nie geglaubt, wie zermürbend es ist, wenn man mit jedem Wort auf Unglauben stößt. Es macht ihn fertig, diese Aufkündigung des guten Glaubens, der normalerweise unter den Menschen gilt. Heinrich hätte sich längst schon um Kopf und Kragen geredet, wenn es in der Prinz-Albrecht-Straße nicht den ganzen Tag zugegangen wäre wie in einem Taubenschlag.

Aber jetzt ist es ruhig. Jetzt haben Heyser und Henze Zeit. Sie können sich auf ihn konzentrieren. Sie fragen ihn abwechselnd, immer dieselben Fragen. Es muss längst Mitternacht sein. Und immer noch bohrt Heyser nach, immer noch will er von Heinrich hören, dass Heinrich weiß, wer der Träger der Uniform gewesen ist.

»Nun geben Sie es schon zu. Sie wussten, dass er von drüben kam.«

Und Heinrich nickt.

Nicht Heinrich nickt: Sein Kopf ist es, der nickt, ohne Heinrichs Willen oder Zutun. Und Heyser diktiert.

Ich wusste, dass er von drüben kam.

Das steht da nun. Es steht da. Heinrich kann es sehen. Das Protokoll liegt vor ihm. Was, wenn er sich weigert zu unterschreiben? Aber er hat ja schon unterschrieben. Heinrich Scheel und Heyser sehen einander an. Sie sind beide völlig am Ende. Aber Heyser ist glücklich. Er ist fast ein bisschen stolz auf Heinrich. Er ist nahe daran, Heinrich auf die Schulter zu klopfen, ihn und sich selbst zu beglückwünschen: Haben sie das nicht fabelhaft gemacht?

»Na dann also«, sagt Heyser. »Eine Fesselung wird nicht nötig sein. Henze, bitte bringen Sie Herrn Scheel in die Zelle. Ich gebe denen unten Bescheid.«

Ein neuer Tag. Der 17. September. Vielleicht wird man Greta heute verhören? Man hat sie bisher noch nicht verhört. Es zermürbt Greta. Sie hat sich alles so schön zurechtgelegt. Eine ganz einfache Geschichte. Einfache Antworten auf alle Fragen: Das Funkgerät? Nie gesehen. Mildred und Arvid? Freunde aus Amerika. Schulze-Boysen? Eher flüchtige Bekannte, wohl über die Auslandswissenschaftliche Fakultät zu ihnen gestoßen, zu der ja auch die Harnacks gehören. Greta ist seit fünf Tagen im Polizeigefängnis Alexanderplatz. Alles, was sie zu tun hat, ist, auf und ab zu gehen und die Inschriften an den Wänden zu lesen.

Geduld ist die Haupttugend des Revolutionärs

24 Stunden à 60 Minuten à 60 Herzschläge

Wo mögen die anderen sein? Wo ist Adam? Wenn man sie zum Verhör holen würde, könnte sie das vielleicht erfahren. Man holt sie aber nicht. Es ist immer noch der 17. September. Es wird noch stundenlang der 17. September sein. Wenn man nicht weiß, wann ein Ereignis eintreten wird, auf das man wartet und das man fürchtet, vergeht die Zeit nicht. Man schreitet voran, auf ein Ziel zu, das in immer weitere Ferne entweicht. Sind es zehn, sind es zehntausend Kilometer? Greta steht vor der Wand. Sie betrachtet eine der Inschriften. Einen der kleinen Kalender,

Hier wartete auf das Gericht H. L.

Dann die Striche, jeder ein Tag. Sieben eine Woche. Untereinander, für die Monate. Fünf kleine Blöcke. Dann noch ein halber Block. Und dann? Greta nimmt den Löffel vom Regal. Sie kratzt vier Striche in den Putz der Wand daneben, zieht den fünften durch sie hindurch. Sie schreibt.

Hier wartete auf die Freiheit G.K.

Verhaftet. Verhört. Jetzt ist es vorbei. Jetzt bringt man Mimi Terwiel ins Gefängnis am Alexanderplatz. Sie hat zu allen Vorwürfen geschwiegen. Sie haben ihr gedroht, aber sie hat geschwiegen, sie haben gebrüllt, aber sie hat geschwiegen. Warum haben sie sie nicht geschlagen? Momentelang hat sie daran gedacht, aus einem der Fenster zu springen. Aber es ergab sich nicht. Keinen Moment ist sie allein gewesen. Die Fenster sind auch zu hoch.

»Mischling ersten Grades, richtig?«

»Richtig.«

»Und Sie haben Juden geholfen.«

Sie hat nichts gesagt.

»Sie haben Juden unerlaubt Essen gebracht, das Sie der Volksgemeinschaft entzogen haben.«

Sie hat nichts gesagt.

»Sie haben Juden gemästet, mit Lebensmitteln, die Sie sich hinterhältig angeeignet hatten.«

Was hätte sie sagen können?

»Sie haben einen Deutschen zur Rassenschande verführt.«

Alles, was man tut, alles, was man getan hat, aus Liebe, aus Güte, aus tiefem Glauben heraus, alles übersetzen sie in die Sprache der Rohheit und der Gemeinheit. In die Sprache des Mordens. Es ist die einzige Sprache, die sie haben.

Es ist immer noch der 17. September. Es ist immer noch derselbe Tag. Schritte halten vor der Zelle. Die Tür öffnet sich.

»Kuckhoff, machen Sie sich bereit. Sie werden gleich abgeholt, zum Verhör.«

Das Adrenalin überschwemmt Greta. Jetzt geht es los. Greta ist präpariert. Sie freut sich. Jawohl, sie freut sich auf das Verhör, wie eine gute Schülerin auf eine Prüfung, in der sie brillieren wird. Greta wird nun etwas über ihre Lage herausfinden. Sie wird vielleicht etwas über Adam herausfinden. Jedenfalls geht es jetzt voran. Und Greta hat alles im Griff. Sie hat auf alles eine Antwort. Sie muss sich jetzt sammeln, konzentrieren. Gleich geht es los. Greta ist bereit.

Hätte er doch nicht unterschrieben. Hätte er nicht genickt. Hätte Heinrich Scheel nicht genickt, dann stünde jetzt nicht dieser Satz dort,

Ich wusste, dass er von drüben kam.

Alle seine Gedanken kreisen seitdem darum, wie er diesen Satz wieder wegbekommen könnte. Er muss sich eine Geschichte überlegen. Es ist sicher am besten, wenn es eine ganz einfache Geschichte ist. Oder wäre eine einfache Geschichte nicht glaubwürdig? Vielleicht sind gerade die Details wichtig. Details erhöhen den Realismus einer Darstellung. Sie verkomplizieren die Geschichte aber auch. Vielleicht sollte er doch alles so einfach halten wie nur möglich. Er wünschte, er könnte etwas notieren. Er wünschte, er hätte Papier, einen Stift. Er geht in der Zelle auf und ab, auf und ab. Sie ist so eng, dass man nicht einmal im Kreis laufen kann.

Es ist noch immer der 17. September. Es ist inzwischen Abend, aber sie haben Greta noch immer nicht geholt. Beim abendlichen Einschluss hat sie gefragt: »Ich denke, man holt mich zum Verhör?«

»Keine Ahnung. Jetzt ist jedenfalls Einschluss.«

Gretas Herz rast. Sie rennt auf und ab, auf und ab, mit großen Schritten. Warum holt man sie nicht? Es ist schon dunkel. Es wird schon Nacht. Es ist Nacht. Man hat sie nicht geholt.

Heinrich Scheel ist vom Verhör zurück. Er hat keine seiner schönen Geschichten erzählen können, weder eine mit noch eine ohne Details. Heyser ist gar nicht mehr auf das letzte Verhör eingegangen. Stattdessen hat er ihm Fotos von Fallschirmspringern gezeigt. Heinrich hat wahrheitsgemäß angegeben, keinen der Männer je gesehen zu haben. Natürlich hat man ihm nicht geglaubt. Dabei kennt Heinrich nicht einmal die Mehrzahl seiner Mitgefangenen. Heinz Strelow und Carl Baumann hat er erst hier im Gefängnis kennengelernt, ebenso Karl Behrens und Erwin Gehrts, Adolf Grimme, Carl Helfrich, Emil und Max Hübner, Hans Heinrich Kummerow und viele andere. Warum glaubt man ihm nicht? Allmählich wird Heinrich klar, dass er von ganz falschen Grundvoraussetzungen ausgegangen ist.

Ein Verhafteter ist prinzipiell unglaubwürdig. Seine verzweifelte Frage, warum ihm denn keiner glaube, zeigt nur, dass er die Situation nicht begreift: Man geht davon aus, dass er selbstverständlich lügt. Also darf er auch lügen. Keiner nimmt es ihm übel. Selbst wenn er beim Lügen ertappt wird, schadet ihm das nicht. Schaden kann ihm nur die Wahrheit. Wer die Wahrheit sagt, wird nicht dafür belohnt, nicht einmal mit dem Vertrauen der Polizisten in seine Glaubwürdigkeit. Heinrich spürt den Trotz in sich aufsteigen.

Er wird ab jetzt nur noch lügen. Er wird mit System lügen. Er wird sich alle Fragen aufschreiben, die man ihm stellen kann. Er wird sich alle Antworten aufschreiben. Er wird sich aufschreiben, was man ihn im Anschluss an jede Antwort fragen könnte, er wird einen Zettelkasten anlegen, den er auswendig lernt, er wird sich die Fragen und Antworten einprägen, in immer wieder neuer Form und Reihenfolge. Er braucht einen Stift.

Wenn er einen Stift hat, kann er auf die Ränder der alten Zeitungen kritzeln, die man den Gefangenen als Klopapier in die Zelle reicht. Wenn er einen Stift hat, kann er sich selbst belügen: Er kann vergessen, wie es wirklich war. Er kann neu erlernen, wie alles gewesen sein muss. Nur dann kann er sich richtig verhalten. Nur dann kann er sich treu bleiben: Wenn er nicht mehr ist, der er war.

Um vier Uhr morgens weckt man Greta Kuckhoff und holt sie zum Verhör. Sie stolpert die Flure entlang, sie stolpert hinaus auf den Hof, in den Wagen. Sie war gerade eingeschlafen, als man sie geholt hat. Sie hatte den ganzen Tag gewartet, in immer weiter wachsender Anspannung, dann hatte sie aufgegeben. Das Adrenalin hat sie völlig erschöpft zurückgelassen. Selbst im Wagen schläft sie ein. Sie stolpert aus dem Wagen, in den Aufzug. Oben erwartet sie ein unbekannter Kommissar. Ein frischfröhlicher Typ Marke Sportler, der sie beinahe herzlich begrüßt. Wird man ihr einen Kaffee anbieten?

»Na, dann setzen Sie sich bitte.«

Keinen Kaffee.

Man hat Greta ein paar Fragen nach ihrer Übersetzung von Hitlers ›Kampf‹, nach den marxistischen Büchern in ihrem Arbeitszimmer, nach Adam, Arvid, Mildred gestellt. Ein Kollege hat sich zu dem sportlichen Kommissar gesellt. Es war alles sehr glatt und geschmeidig, wie eine Unterhaltung unter Freunden. Dann haben sie ihr einen Packen Papier hingeknallt und sind frühstücken gegangen.

»Na, Frau Kuckhoff, dann lesen Sie mal ein bisschen.«

Es sind Flugblätter von Harro, Schulungsschriften von Arvid. Sie erinnert sich an Diskussionen über diesen Absatz, an Adams Vorschläge für jenen. Dann folgen Texte, die sie nicht kennt. Wer mag sie verfasst haben? Wie spät mag es sein? Sie sehnt sich nach einem heißen Kaffee, einer Zigarette. Die Kommissare kommen zurück. War der Kaffee kalt, das Brot dünn belegt? Jedenfalls sind sie mieser Laune.

»Also los jetzt. Halten Sie uns nicht auf. Wer hat was geschrieben? Wie viele Vervielfältigungsapparate gab es?«

Greta weiß von einem, den sie verschweigt. Die Gestapo weiß von dreien. Die Fragen erfolgen nun im Stakkato.

»Haben Sie einen Koffer mit einem Funkgerät entgegengenommen, ja oder nein?«

»Wann, sagten Sie, haben Sie Alexander Erdberg kennengelernt?«

»Den Koffer mit dem Funkgerät hat Ihnen Alexander Erdberg übergeben?«

»Sie kennen Erdberg ja, das haben Sie vorhin zugegeben.«

Hat sie? Hat sie nicht? Was hat sie gesagt, was die Kommissare? Der eine schiebt ihr Aussagen unter, der andere fragt zugleich weiter. Greta schaltet ab. Sie versucht wegzuhören, an etwas anderes zu denken. Man schreit sie an. Sie schreit sich selbst an,

Disziplin, Greta Kuckhoff! Du kämpfst um deine Freiheit!

Aber der Körper hört auf nichts mehr.

»Ich kann nicht antworten«, sagt sie schließlich. »Ich kann nicht denken, wenn Sie mich so fragen.«

Die Herren unterbrechen. Nun werden drei Tassen Kaffee gebracht. Greta trinkt, dankbar für die bittere Hitze.

»Das ist der Kaffee aus Ihrer Wohnung. Wir haben ihn mitgenommen. Es wäre ja schade darum gewesen. Bei Ihrem

Unwillen, mit uns zusammenzuarbeiten, hat sich das Aroma längst verflüchtigt, bis Sie wieder nach Hause dürfen.«

Der andere Kommissar seufzt.

»Hören Sie. Kooperieren Sie doch ein wenig. Es ist besser für alle, glauben Sie mir. Ich kann Ihnen sagen, Ihr Mann hat auch lange genug geleugnet. Harnack genauso. Aber nachdem wir die beiden hier zusammengefaltet hatten, waren sie doch ziemlich beeindruckt.«

»Leben sie noch?«

»Ja. Aber wie geht es weiter? Es hängt von Ihnen ab.«

»Sie meinen, ich soll Vorwürfe erfinden, die meinen Mann belasten, um ihm die Folter zu ersparen?«

Für den Moment sind sie verblüfft. Für den Moment verstummen sie: Aber sie werden sich gleich wieder fangen. Und haben sie Adam wirklich gefoltert? Werden sie ihn noch einmal foltern? Das ist die falsche Fragestellung. Nützt es irgendwem, wenn Greta glaubt, dass man Adam foltert? Sie wird nichts glauben. Es ist für alle besser, wenn Greta beschließt, dass auch dies wieder nur eine Gestapo-Finte ist.

Er darf winseln, er darf schreien. Er darf brüllen, er darf darum betteln, dass sie aufhören. Aber er darf nichts verraten. Er darf nicht sprechen. Wenn er spricht, ist er verloren. Er hört sich selbst schreien, von fern. Er darf schreien, flehen, aber er darf nicht sprechen. Wenn er spricht, ist er verraten. Es geht nicht darum, andere zu schützen. Es gibt keine anderen. Die Welt ist leer. Die Welt ist der Schmerz, und sonst gibt es nichts. Niemand erträgt solche Schmerzen. Niemand. Es geht nicht darum, dem Tod auszuweichen: Der Tod wäre ihm herzlich willkommen. Aber er darf nicht sprechen. Wenn er spricht, hat er sie in sich hineingelassen. Dann haben sie in ihn hineingegriffen, in sein Innerstes, dann haben ihre Fäuste seinen Kern gepackt, seinen Wesenskern zerquetscht, er darf nicht sprechen. Wenn er spricht, werden sie dort sein, wo jetzt er ist, und er wird nicht mehr sein, während er aber immer noch leben muss, sie drehen ihn aufs Gesicht. Sie binden ihm die Hände auf dem Rücken zusammen. Einer zerrt ihn auf die Knie. Sie haken das Seil, das von der Decke hängt, in die Fesselung ein. Ein Ruck, und die Schultergelenke sind ausgekugelt. Er hängt in der Luft. Sie lassen ihn zu Boden knallen wie einen Sack.

»Noch mal?«

»Bist du jetzt vernünftig?«

Er spricht.

»Also, haben Sie noch mal nachgedacht?«, sagt der Kommissar zu Libs. »Sie wollen doch mit dem Leben davonkommen. Sie möchten doch nicht, dass man Ihnen den Kopf abschlägt. Das wird man aber tun, wenn Sie nicht kooperieren. Das kann ich Ihnen so versichern. Sie werden hier nicht lebendig herauskommen.«

»Sie müssen sich keine Gedanken um die Folgen machen«, sagt der Kommissar. »Jeder hat das Recht, sein Leben zu retten. Wir werden uns ja nicht auf Ihre Aussagen allein stützen. Wir werden allen Behauptungen persönlich nachgehen. Und wenn wir keine weiteren Beweise finden, wenn wir zum Ergebnis kommen, dass nichts vorliegt, werden wir nicht nur aufgrund Ihrer Aussagen den Leuten Unannehmlichkeiten bereiten. Aber wenn etwas vorliegt, finden wir es ohnehin heraus.«

»Also, dann entschließen Sie sich mal, mit uns zu plaudern«, sagt der Kommissar. »Zigarette? Kaffee? Aber gern. Schmidt, holen Sie der Dame einen Kaffee.«

Nach dem Verhör führt man Greta in den Keller der Prinz-Albrecht-Straße, in einen kleinen fensterlosen Raum. Man befiehlt ihr, sich hinzusetzen. Man richtet eine grelle Lampe auf sie, dreht sie auf dem Hocker herum und presst ihren Kopf gegen eine Stütze.

»Was soll das?«

»Fotografien.«

»Warum?«

»Still.«

Frontal. Profil. Halbprofil. Fertig. Ein kleiner Mann taucht unter dem schwarzen Tuch der Kamera hervor. Er wischt sich die Stirn.

»Wir fotografieren alle«, sagt er. »Alle Mitglieder der Roten Kapelle.«

»Der was?«

»Rote Kapelle. So steht es hier. So habe ich es auf dem Material zu vermerken. Margarete Kuckhoff, geborene Lorke. Mitglied der Roten Kapelle.«

»Nach vorn. So. Drehen Sie jetzt den Kopf zur Seite.«

»Das ist eine Amerikanerin.«

»Wirklich? Das ist ja was. Verstehen Sie, was Halbprofil heißt?«

Mildred kann nicht anworten. Sie versteht natürlich: Sie dreht den Kopf in die gewünschte Position, sie kann aber nicht mehr sprechen. Ihr ist die Fähigkeit verlorengegangen zu sagen, was sie meint. Oder vielleicht ist ihr die Fähigkeit verlorengegangen, etwas zu meinen.

»Sie hatten ja vor drei Tagen Geburtstag. Sie sind vor drei Tagen vierzig geworden.«

Mit wem redet der Mann? Ist jemand da? Man hat Mildred in den Keller gestoßen, durch grelles Licht in fensterlosen

Gängen, in einen dunklen Raum, mit einer Lampe am Stehpult. Man hat sie auf einen Hocker gedrückt. Der wurde gekurbelt. Man gibt ihr Anweisungen.

»Sehen Sie geradeaus, drehen Sie sich seitlich.«

Nichts hält Mildred. Nichts trägt sie. Sie ist von allem abgeschnitten. Sie darf mit niemandem Kontakt aufnehmen, und niemand nimmt mit ihr Kontakt auf. Wahrscheinlich weiß niemand auf der Welt, wo sie ist. Wird man nach ihr suchen? Man wird doch sicher nach Arvid suchen. Wo ist Arvid? Was, wenn Arvid nicht mehr lebt? Wenn ihm etwas zugestoßen ist, in der Haft? Dann wird man Mildred hier vergessen. Mildred wird nie wieder hier herausfinden. Habecker hat ihr gestern Fotos gezeigt.

»Kennen Sie diesen Mann?«

»Nein.«

»Hören Sie auf zu lügen!«

Er schrie das letzte Wort unmittelbar vor ihrem Gesicht, so dass sie seinen Atem roch, seine Spucke sie besprühte.

Ihnen hilft hier niemand!

Habecker hat recht. Sie weiß das. Sie kann das nicht mehr. Es ist zu schmutzig, zu widerlich. Sie kann diese Menschen nicht an sich heranlassen. Sie erträgt Habecker nicht. Sie erträgt das stinkende ölige Gesicht nicht, Zentimeter vor dem ihren, das in sie hineinschreit. Sie hasst sich jedes Mal bis aufs Blut, wenn er sie angeschrien hat. Sie ist beschmutzt, verdreckt, bespuckt, besudelt. Wie kann sie sich von diesem Unrat reinigen? Es ist nicht möglich. Dieser Mann schüttet Kot in sie hinein. Mildred kann nicht leben mit einer Seele voll Kot.

»Ihr Mann. Sie waren doch eng an seinem Leben beteiligt. Ihr Mann hat doch mit Ihnen geredet. Was hat er denn über den Krieg gesagt?«

Sie kann nicht antworten. Wie soll sie einem Mann wie Habecker klarmachen, wie Arvid und sie miteinander geredet haben?

»Reden Sie! Was hat Ihr Mann über den Krieg gesagt? Hat er den Sieg Deutschlands gewünscht?«

Sie muss etwas sagen. Sie muss Arvid schützen.

»Mein Mann ist Patriot.«

»Ach was. Ein dreckiger Verräter, das ist Ihr Mann. Und hören Sie auf zu heulen! Sie brauchen Ihren Mann nicht mehr zu decken, der ist schon fertig. Den haben wir schon fertiggemacht.«

Sie kann es nicht mehr. Sie kann das unmöglich länger ertragen. Im Vorübergehen, im Hinausgehen sieht sie etwas. Nadeln. Stecknadeln, in einem kleinen Döschen, wofür? Es ist egal. Sie stößt an das Döschen. Es fällt zu Boden. Sie bückt sich, um die Nadeln einzusammeln.

»Lassen Sie das!«

Sie gehorcht. Aber sie hat drei Nadeln. Sie hat sie in ihren Schuh geschoben.

Mildred schließt die Augen. Sie öffnet sie wieder. Sie steht in ihrer Zelle. Sie denkt an Arvid. Sie standen nebeneinander, vor dem Staatsgefängnis von Charlestown, Massachusetts, inmitten der unübersehbaren schweigenden Menschenmenge, unablässig umkreist von schwerbewaffneten Polizisten zu Pferde. Es war die Nacht vom 22. auf den 23. August 1927. Sie alle sahen hinauf zum Turm. Um Mitternacht begann dort das Licht zu flackern. An, aus, an, aus. Jedes Verlöschen bedeutete einen Stromstoß, der durch den gepeinigten Körper Saccos, dann durch den Körper Vanzettis gejagt wurde. Arvids Hand umkrampfte die ihre,

Ich suchte meine Freiheit in der Freiheit aller, mein Glück

im Glück aller. Wenn es einen Grund gibt, warum Sie mich vernichten können, dann ist dies der Grund und kein anderer.

Sie ergreift die Nadeln. Sie legt sich die erste Nadel auf die Zunge. Stumpfes oder spitzes Ende nach vorn? Es wird sicher keinen Unterschied machen. Also das stumpfe. Es wäre nicht schön, wenn die Nadel schon in den Mandeln hängenbliebe,

Arvid verzeih

Sie ergreift den Wasserkrug. Sie trinkt. Es war erstaunlich einfach. Es war wie eine Gräte zu schlucken, die schräg sitzt und schließlich doch rutscht. Sie schluckt die zweite Nadel. Nun die dritte.

In der Nacht beginnen die Bauchkrämpfe. Man überwacht Mildred natürlich, man bemerkt die Schmerzen. Man will wissen, was sie getan hat. Sie gibt es zu. Warum nicht? Was will man tun, wie will man ihr die Nadeln aus dem Fleisch ziehen? Sauerkraut wird geholt, Rizinusöl. Macht man sich über sie lustig? Man zwingt sie zu essen, man hält sie fest. Man hält ihr die Nase zu, gießt Rizinusöl in den nach Luft schnappenden Mund, sie hustet, keucht. Sie würgt. Man stopft ihr Sauerkraut in den Mund. Gegen Morgen setzt der Durchfall ein. Sie muss jedes Mal klingeln, wenn sie aufs Klo muss. Die SS-Männer sind wütend auf sie, man lässt sie warten, und sie beschmutzt sich. Die Kälte des Kellers setzt ihr sehr zu. Die schreckliche Kälte, und die Schwäche, die die Durchfälle auslösen.

Der scharfe Warnruf einer Amsel. Kommt jemand? Eva-Maria Buch springt auf, tritt ans Fenster der Gartenlaube. Es ist aber niemand zu sehen. Paul Guddorf sitzt auf dem alten Sofa. Er kann hier nicht bleiben, das ist wahr. Die Laube ist keine Wohnlaube. Es gibt keinen Ofen, keinen Herd, kein fließendes Wasser. Es ist nur ein Hüttchen, gut genug, um sich vor einem Frühlingsregen zu retten. Aber selbst wenn die Laube winterfest wäre, könnte Eva-Maria Paul dort nicht mehr lange versorgen. Jetzt im September ist es noch plausibel, wenn sie jeden Tag in den Garten geht. Sie bringt immer etwas von dort mit: eine späte Gurke, einen Strauß Herbstastern. Aber wie soll sie im Oktober, November, Dezember tägliche Besuche erklären? Die Laubenkolonie ist ja keineswegs leer. Überall sind Leute, wenn auch nicht immer die, denen die Lauben gehören. Manchmal sind es Ausgebombte. Manchmal verstecken sich Deserteure oder sonstige Untergetauchte, und deswegen hält auch die Gestapo immer wieder Razzien ab. Schmidt zwei Gärten weiter hält sich in seiner Laube ein Schwein. Er tut es heimlich. Eva-Maria hat aber das Grunzen gehört. Schmidt muss einen Bombenangriff abwarten, um das Schwein zu schlachten, damit keiner den Schuss hört, das Gequieke: Schwarzschlachten ist bei schwerer Strafe verboten. Nein, die Lauben sind zu unsicher für einen Mann, der von der Gestapo gesucht wird. Außerdem kommt demnächst Eva-Marias Cousine zurück, die den Sommer mit ihren Kindern auf dem Land verbracht hat und der die Laube gehört. Dann muss Eva-Maria den Laubenschlüssel wieder abliefern.

»Du musst jetzt gehen«, sagt Paul. »Du musst gehen, bevor es dunkel wird. Wie willst du erklären, was du mitten in der Nacht in einem Kleingarten treibst?«

Eva-Maria und Paul umarmen einander. Die Abendsonne scheint durch das kleine Fenster. Noch blüht der Rosenbusch davor: Und wird Eva-Maria ihren Paul auch morgen noch hier wiederfinden? Sie wird Pauls Freunde um Hilfe bitten müssen. Sie wird mit den Verleihs sprechen. Heinz und Elisabeth Verleih haben vor drei Monaten ihr erstes Kind bekommen, eine Tochter. Es tröstet Eva-Maria. Elisabeth Verleih ist schon siebenunddreißig. Eva-Maria ist erst einundzwanzig. Also hat sie noch sehr viel Zeit. Auch Eva-Maria wird eines Tages ein Kind haben. Sie muss sich nur gedulden. Es war richtig, dass sie Pauls Wunsch gefolgt ist und das Kind abgetrieben hat. Es war sehr traurig. Sie hat geweint. Sie weint auch jetzt jedes Mal, wenn sie an das Kind denkt. Aber Eva-Marias Eltern wären über ein uneheliches Kind sicherlich nie hinweggekommen. Sie tun sich schwer genug mit den Dingen, wie sie sind.

Nach den Verhören ist die Zelle eine Zuflucht. Oda atmet auf, wenn die Tür sich schließt. Sie geht bis zum Fenster und wieder zurück. Sie hat keine Bücher, keine Stifte. Sie sagt sich selbst Gedichte vor. Sie ist sehr froh, dass sie so viele Gedichte auswendig weiß. Sie turnt, sie macht gymnastische Übungen. Sie geht ganz in sich hinein. Sie verkriecht sich dort. Sie kann das. Sie konnte das schon immer. Sie träumt von Italien, von flimmernden betörenden Landschaften der Hitze. Die Landschaften sind sehr wirklich. Sie geht den Strand der Bretagne entlang, den Strand bei Usedom, bei Nidden. Das Meer rauscht. Es rauscht. Es rauscht. Oda öffnet die Augen, damit sie nicht ertrinkt. Sie betrachtet die Wände. Wenn sie die Augen zusammenkneift, fügen die Unebenheiten der Wände sich zu einer Landkarte zusammen. Zu einem Gesicht. Einer Maske. Einem fantastischen Tier. Dann wird sie wieder zum Verhör geholt. Sie versucht, nicht dabei zu sein. Sie versucht, an anderes zu denken. Hans Coppi soll gesagt haben, er hätte aus ihrem Atelier gefunkt. Sie kann nicht darüber nachdenken, sie schiebt den Gedanken weg. Sie will nicht mit diesen Leuten reden, sie will ihre fettigen Finger nicht in ihrer Seele wühlen lassen. Sie ist jedes Mal glücklich, wenn man sie in die Zelle zurückbringt.

Elisabeth steht auf der Lehne ihres Stuhls. Sie umklammert die Gitterstäbe, um nicht zu fallen. Sie sieht aus ihrem Gefängnisfenster. Nach Einschluss wird kaum noch kontrolliert, was die Gefangenen in ihren Zellen tun. Elisabeth muss dennoch aufpassen. Wenn man Elisabeth erwischt, werden ihr alle Vergünstigungen entzogen: Sie hat einen Bleistiftstummel bekommen, etwas Papier. Sie hat einen Brief an ihre Mutter schreiben dürfen. Ihrer Mutter ist erlaubt worden, Elisabeth ein Buch zu schicken: Stifters ›Nachsommer‹.

Was die Leute meinem Vater übelnahmen, er hätte mir einen Stand, der der bürgerlichen Gesellschaft nützlich ist, befehlen sollen, damit ich demselben meine Zeit und mein Leben widme und einmal mit dem Bewusstsein scheiden könne, meine Schuldigkeit getan zu haben. Gegen diesen Entwurf sagte mein Vater, der Mensch sei nicht zuerst der menschlichen Gesellschaft wegen da, sondern seiner selbst willen. Und wenn jeder seiner selbst willen auf die beste Art da sei, so sei er es auch für die menschliche Gesellschaft.

Elisabeth steht auf der Lehne des Stuhls. Sie riskiert viel damit, dass sie hier steht. Ist das Risiko die Sache wert? Aber selbstverständlich. Draußen vor dem Fenster steht eine Birke.

Er versteht es selbst nicht. Er kann nicht begreifen, was ihm passiert ist. Während der Quälereien, mitten in den unerträglichen Schmerzen überkam ihn mit einmal ein Siegesrausch, eine jubelnde Freude. Er brannte in überirdischer Ekstase: Seine Seele hatte sich von seinem Körper gelöst, der sich dort unten weiterwälzte, in dumpfem stumpfem Krampf. Nun hat man ihn wieder in die Zelle gebracht. Seine Seele ist in den Körper zurückgekehrt. Er zittert wie ein Morphiumsüchtiger, wenn die Wirkung der Droge nachlässt. Er hat aber keine Angst mehr vor weiteren Quälereien.

Er ist über Angst und Schmerz nun erhaben. Dennoch beginnt sein Herz jedes Mal zu rasen, wenn draußen Schritte erklingen. Es ist etwas rein Körperliches, auf das der Geist keinen Einfluss hat. Es ist ihm, als ob etwas in den Tiefen seines Herzens Kurzschluss erlitten hätte.

Man weiß nie, wann sie wiederkommen. Man weiß nicht, wann die Quälereien von Neuem beginnen. Es gibt also keine wirkliche Pause zwischen den Folterungen, in denen er sich wieder zusammensetzen, zur Ruhe kommen, auf der primitivsten körperlichen Ebene regenerieren könnte. Es gibt nur eine unabwägbare Spanne Zeit, die mit Furcht gefüllt ist, mit dem Hochschrecken bei jedem Schritt, mit dem Zusammenzucken bei jedem Schlüsselrasseln.

Walter Husemann weiß das.

Er weiß, was ihn erwartet. Ihm ist nichts neu hier. Er ist von 1936 bis 1938 in Haft gewesen, erst im Konzentrationslager Sachsenhausen, dann in Buchenwald. Er geht neben Habecker den Gang entlang. Schräg vor Walter ist ein Fenster. Es ist geschlossen. Aber Walter kann durch das Glas springen. Habecker geht neben Walter. Walter strafft sich. Das Fenster. Noch einen Schritt. Noch einen. Jetzt. Er packt Habecker, wirft sich mit Habecker gegen das Glas. Der Mann ist schwer. Er ist stark. Glas splittert. Sie packen Walter. Er wird auf den Boden geschleudert, er hat den Mund voll Blut. Ein SS-Stiefel tritt ihm in den Magen, ein anderer in die Nieren. Er verliert das Bewusstsein.

Der Schmerz lehrt nichts. Körperliche Qualen, physische Leiden lehren allein, dass man leiden kann. Wer davon faselt, dass das Leiden adelt oder läutert, der hat nie gelitten. Sophia Poznańska liegt in der Zelle, auf dem Boden. Die Kraft reicht nicht mehr bis hinüber zur Pritsche. Die Schmerzen rauschen über sie hin, eine rotflackernde Flut. Als sie abebben, flutet etwas anderes heran: die klare Gewissheit, dass es wirklich keine Erlösung gibt. Es gibt nur Pausen zwischen den Qualen und am Ende den Tod. Sie erträgt die Folter seit über neun Monaten. Bisher hat sie nichts verraten. An der Wand des Gefängnisses steht ein Gedicht. Sie kann es auswendig,

Je trahirai demain

Morgen werden sie wiederkommen. Morgen? Vielleicht in einer Stunde. Vielleicht gleich. Sie können jederzeit kommen. Insofern lügt das Gedicht. Woher hat die andere überhaupt ihre Sicherheit genommen?

Mein Verrat kommt morgen, noch nicht heute.

Woher nimmt Sophia Poznańska die Sicherheit, dass die Schreiberin eine Frau war? Sie kann das Gedicht an der Wand nicht noch einmal lesen. Sie kann nicht noch einmal dort hinkriechen. Sie haben irgendetwas mit ihrem Magen gemacht. Auch die anderen Verletzungen schränken sie ein: die fehlenden Fingernägel, die Brandblasen. Sie kann nicht mehr jeden Teil ihres Körpers bewegen. Aber der Magen ist schlimm. Sie haben in ihrem Magen etwas kaputtgemacht. Es ist, als müsste sie ständig würgen, würgen und würgen, und dieses Würgen verschlimmert die Verletzung. Sie übergibt sich aber nicht. Das ist wiederum eine glückliche Fügung. Es wäre dumm, sich in der Zelle zu übergeben. Es gibt kein Fenster. Sie müsste in dem Gestank ihres Erbrochenen ausharren. Aber sie hat sich ja nicht übergeben. Sie liegt auf dem Boden.

Ihr kennt nicht das Ende meines Mutes,
ich aber kenne es.
Morgen begehe ich Verrat, nicht heute –

Bilder kommen, von irgendwo: das schöne große Haus in Polen, in dem Sophia aufgewachsen ist. Die Überfahrt nach

Palästina 1925, mit einer Gruppe der Hashomer Hatzair. Die Zeit im Kibbuz Dalet, die hitzigen Diskussionen: Durfte man das jüdische Problem lösen, indem man die Araber von ihrem Land vertrieb? Laibe Trepper und Sophia Poznańska waren einer Meinung: Nein, niemals, das war der falsche Weg. Also fort aus dem Kibbuz, nach Tel Aviv. Die Hütte am Strand. Shmuel Cinnamon. Glück, das war Glück. Aber Glück genügt nicht, für ein Leben. Glück allein macht den Menschen nicht glücklich, es ist nur ein Nebenprodukt. Also ist sie wieder aufgebrochen. Oder war alles planloser Zufall? Sie hat Palästina verlassen und ist Shmuel Cinnamon und Laibe Trepper nach Paris nachgereist. Tapfere, tapfere Sophia. Tapfere, tapfere kleine Zosia. Sie erinnert sich an die entschwindende Küste des Gelobten Landes, ihr nun auf ewig unerreichbar. Sie wird hier sterben, diese Nacht.

Ich brauche die Nacht für den Entschluss
um auf Brot und Wein zu verzichten
um das Leben zu verraten
um zu sterben

Aber sie hat nicht so viel Zeit wie die andere, die das Gedicht geschrieben hat. Sie lauscht. Sie ist ganz allein. Das Alleinsein ist ein hallendes Rohr, an dessen anderem Ende die Stille mit Ketten rasselt. Sie muss jetzt sehr aufpassen, dass sie nicht weint. Ihr eigenes Weinen zu hören, seinen Nachhall, würde ihr alles nehmen. Sie würde nicht handeln können. Die Feinde würden dann bestimmen, wie sie gehen wird. Sie wird aber jetzt gehen. Still, still. Ganz still. Es ist nur ein Schritt. Nur ein Sprung, von ihrem Hocker. Sie muss nun den Gürtel ihres Mantels an dem Haken anbringen, oben an der Wand. Es wird einen Moment dauern. Das ist gefahrvoll und tröstlich. So vieles kann geschehen in diesem Moment. Jemand könnte sie retten. Sie muss sich beeilen. Es muss alles so schnell gehen, dass eine Rettung nicht möglich ist. Andererseits misst Gott die Zeit anders. Ihm genügt der Moment, hauchdünn, haardünn, um vielleicht doch noch eine Entscheidung zu treffen. Sie richtet sich auf. Sie zieht den Gürtel aus den Mantelschlaufen. Sie steht auf, sie stellt den Hocker zurecht. Gott hat wahrlich nicht lange Zeit. Aber er bekommt seine Chance. Diese dünne Chance muss reichen. Seine Schuld, wenn er sie nicht nützt. Seine Schuld, nicht die ihre. Zosia Poznańska hat das Leben nicht verraten. Sie hat dies nicht getan.

Und wird der Blutdunst jemals wieder weichen? Wird es Hans Scholl jemals gelingen, den Geruch aus seinem Haar zu waschen? Es ist Vormittag. Zusammen mit Alexander Schmorell und Willy Graf arbeitet Hans Scholl im Feldlazarett am Hauptverbandsplatz Plankenhorn nahe Gschatsk in Russland, kaum zehn Kilometer hinter der Front. Das Wort Verwundung füllt sich ihm täglich mehr mit Bedeutung. Wie zerbrechlich ist der menschliche Körper, wie unendlich sind die Möglichkeiten, etwas an ihm kaputtzumachen, ihn zu verbiegen, zu brechen, zu zerreißen. Zerquetschte Beine, abgerissene Arme, zermalmte Gesichter. Das Wimmern und Stöhnen. Und überall der Blutdunst. Nach dem OP-Dienst folgt der übliche Vortrag des Oberstabsarztes. Schließlich sind sie nicht zum Vergnügen hier. Sie famulieren. Alles muss seine Ordnung haben. Heute wird lehrplangemäß das Thema Säuglingsernährung durchgenommen. Von der Front dringt ununterbrochen der Kampfeslärm herüber. Nach dem Mittagessen ist Dienst in der Seuchenbaracke. Da liegen sie mit Diphtherie oder Fleckfieber und fantasieren. Dann wird wieder operiert. Hans hat geholfen, einem Zwanzigjährigen das linke Bein abzunehmen. Seine Augen, als man es ihm gesagt hat. Aber am nächsten Abend waren die Augen gebrochen, leer und entseelt wie bei totem Fisch. Im Durchschnitt stirbt jeden Tag ein Dutzend. Na Kamerad, warst du ein guter Nationalsozialist? Hast du in unverbrüchlicher Treue zum Führer gestanden? Sie weinen alle nach ihren Müttern. Aber dahin führt kein Weg zurück, in die dunkle, verantwortungsfreie Geborgenheit vor dem Dreckszufall der eigenen Geburt.

Hans Scholl und Alexander Schmorell gehen durch ein Dorf. Schurik ist noch schwach. Er hat selbst in der Seuchenbaracke gelegen, mit russischer Diphtherie. Aus einem Haus klingen Stimmen. Die Russen dort drin singen. Nach 17 Uhr dürfen sie ihre Häuser nicht mehr verlassen. Wer es doch tut und ergriffen wird, gilt als Partisan und wird erschossen. Alexander klopft. Der Gesang bricht ab. Alex klopft noch einmal, dann ruft er. Hans versteht nicht, was Schurik ruft: Hans versteht ja kein Russisch. Aber die Tür geht auf. Man lässt sie ein,

Vozle ryetshki, vozle mosta,
vozle ryetshki, vozle mosta,
vozle ryetshki, vozle mosta

Sie sitzen mit den Russen zusammen.

trava rosla,
vozle ryetshki, vozle mosta
trava rosla –

»Was singen sie, Schurik?«

Aber Alex mag nicht antworten. Er möchte mitsingen. Er singt mit. Seine Augen stehen voll Tränen, und er lächelt und lächelt,

Uzh ya tu travu kosila,
uzh ya tu travu kosila,
uzh ya tu travu kosila
radi gostya,
uzh ya tu travu kosila
radi gostya

Sie umarmen Schurik, sie drücken seine Hände. Von Hans Scholl rückt man ab. Hans empfindet es sehr stark, wie ein Kind, das nicht mitspielen darf: Man mag ihn nicht. Man wünschte, er wäre weg. Er muss das Haupt senken, er muss sich in dieses Los schicken. Er ist verflucht: Er ist Deutscher. Aber Schurik ist hier Russe. Die Russen drücken Schuriks Hände, wo immer er hinkommt: in den Dörfern, im Lager der Kriegsgefangenen, auf der Krankenstation, der Seuchenstation und der chirurgischen Station, wo arbeitsverpflichtete russische Ärzte, Krankenschwestern, Pfleger und Reinigungskräfte rund um die Uhr mithelfen, die Kranken und Verwundeten zu versorgen. Anders wäre es gar nicht zu schaffen. Es ist nicht zu schaffen,

Uzh ya tu travu kosila,
uzh ya tu travu kosila,
uzh ya tu travu kosila

Noch draußen auf der Dorfstraße, auf dem Heimweg in die Erdbunker singt Schurik leise das Lied vor sich hin.

Am Flüsschen bei der Brücke,
am Flüsschen bei der Brücke,
am Flüsschen bei der Brücke
wuchs das Gras.
Schon habe ich das Gras gemäht,
schon habe ich das Gras gemäht,
schon habe ich das Gras gemäht
für meinen Gast.
Für meinen lieben Gast,
für meinen lieben Gast –

Und war nicht der tote Russe, den sie Tage später finden, auch an jenem Abend in jenem Haus? Hat nicht auch er mitgesungen? Schurik ist beinahe sicher. Es ist aber schwer zu sagen. Das Gesicht des Toten ist schon voller Maden. Sie graben ein

Loch in die Erde, Schurik und Hans. Sie beerdigen den Toten. Sie suchen auch seinen Arm und finden ihn tatsächlich, stark angefressen. Wahrscheinlich ein Hund.

Und dann galoppiert Hans Scholl wieder hinaus. Er reitet durch Wald und Sumpf hinaus in den Wind, in die endlose Ebene, über die die Schwermut in Schwaden zieht wie Rauch. Ein paar Birken leuchten weiß in der Abenddämmerung. In einem verlassenen Laufgraben steht Wasser. Die steinernen Kamine eines niedergebrannten Dorfes ragen in den leeren Himmel. Hans möchte in der grauweißen Weite des Abends versinken, er möchte sich in den Weiten Asiens verlieren, er möchte weitergehen und weiter, barfuß und allein, alles abwerfen, alles zurücklassen, bis er nackt und bloß Gott entgegenträte. Aber Hans Scholl ist hier. Er galoppiert dem Horizont entgegen, der vor ihm zurückweicht.

Und in der Nacht wieder Bomben. Ein Treffer im Lazarett. Der ständige Lärm des Geschützfeuers von der Front. Der Blutdunst, der sich nicht abwaschen lässt. Schreie: Es gibt kein Morphium. Partisanen haben wieder einen Transport mit Hilfslieferungen überfallen und vernichtet. Partisanen sind überall. Ein Fahrdienstleiter berichtet von achtundvierzig gesprengten Zügen binnen der letzten Woche. Eine Aktion zur Bekämpfung des Bandenunwesens ist befohlen. Die Reiterzüge dreier Regimenter haben Befehl, sich zusammenzuschließen und gemeinsam das Hinterland zu befrieden. Es gibt noch immer Dörfer in der Gegend, die nicht niedergebrannt worden sind. Es gibt noch immer Russen, die leben,

Uzh ya tu travu kosila,
uzh ya tu travu kosila

Schurik tauscht Adressen mit russischen Offizieren, russischen Ärzten. Er ist verwarnt worden, weil er sich nicht an die über Wehrmachtsangehörige verhängten Sperrzeiten hält. Auch Hans hat man verwarnt, weil er den Russen Brot und Zucker schenkt. Die Russen ringen um Freiheit und Leben, hungernd und unterjocht, genauso wie Hans Scholl und die Freunde. Sie leiden unter dem Bolschewismus und den deutschen Besatzern, so wie Hans Scholl unter dem Nationalsozialismus. Hans reitet hinaus in die Ebene.

Wie können die Deutschen sich einbilden, jemals über diese Weiten herrschen zu können? Wie können sie glauben, diese Räume voll Trauer, Tiefe und Schönheit könnten sich ihnen jemals ergeben? Die Deutschen werden in ihnen vergehen. Sie werden sich in ihnen auflösen wie Tropfen im Meer.

Uzh ya tu travu kosila,
uzh ya tu travu kosila

Die junge Sina hat begonnen, Hans Scholl und Willy Graf Russisch beizubringen. Sie singen mit Sina und Schurik im Chor,

Vozle ryetshki, vozle mosta,
vozle ryetshki, vozle mosta,
vozle ryetshki, vozle mosta
trava rosla

Oktober. Es ist über Nacht sehr kalt geworden. Maria Grimme, die Frau des letzten preußischen Kultusministers Adolf Grimme, sitzt im Gestapo-Keller und wartet auf ihre Vernehmung. Eine andere Frau wird auf einer Trage hereingebracht. Maria kennt sie nicht. Sie kennt überhaupt keinen. Sie kennt die Bekannten ihres Mannes nicht: Das ist ihr inzwischen klargeworden. Warum hat er ihr diese Leute nie vorgestellt? Die Frau auf der Trage sieht Maria an. Sie hat wunderbare Augen, riesig und dunkel. Sie sagt: »Mir ist so kalt.«

Maria kann es sehen: Die Frau zittert vor Kälte. Auf einem

Tischchen liegt ein Stapel Decken. Kann Maria aufstehen und die Frau zudecken? Wagt sie es? Sie ringt mit sich, sie befiehlt sich, sie schreit sich an. Sie bleibt aber sitzen. Die Frau auf der Trage versucht aufzustehen. Maria ist entschlossen. Sie wird dieser Frau eine Decke holen. Aber sie klebt an ihrem Sitz. Zwei SS-Männer kommen herein. Einer reißt die Frau von der Trage hoch.

»Na, Frau Harnack, geht es wieder?«

Dann schleift man sie hinaus in den Flur. Das Entsetzen schlägt über Maria Grimme zusammen. Sie würde der Fremden eine Decke bringen! Wenn die Fremde wieder hier läge, wenn sie jetzt noch einmal auf dieser Trage läge, dann würde Maria Grimme Mut fassen, sie würde sich erheben und eine Decke holen und sie zudecken. Einer der SS-Männer kommt noch einmal zurück. Er holt die Trage.

»Frau Mahlberg. Welcher Art war Ihre Beziehung mit Harro Schulze-Boysen?«

»Wir waren befreundet.«

»Wie lange kannten Sie einander?«

»Seit dem Frühling 1941.«

»Wussten Sie, dass Harro Schulze-Boysen ein prinzipieller Gegner des Nationalsozialismus ist?«

»Wir haben nie über Politik gesprochen.«

»Aber Sie wussten, dass er ein Gegner des Nationalsozialismus ist.«

»Ich habe ihn das niemals gefragt.«

»Wussten Sie es? Sie mussten das doch wissen. Er hat doch niemals ein Hehl daraus gemacht. Sie sind doch keine dumme Frau.«

»Ich sage doch, wir waren nicht politisch, miteinander.«

»Sie waren aber seine Geliebte.«

»Ja.«

»Sie waren seine Geliebte, und Sie wussten nicht, was er dachte? Sie sind mit ihm ins Bett gestiegen, und Sie wussten noch nicht einmal, mit wem?«

»Nein. So war es nicht.«

»Gut. Er hat Sie also bewusst belogen. Er hat Sie absichtlich hinters Licht geführt. Und Sie haben sich von ihm täuschen lassen.«

»Nein, so war es nicht.«

»Also wussten Sie, dass er dem Nationalsozialismus eher ablehnend begegnet ist.«

»Ja.«

»Und seine Freunde? Wen kannten Sie aus dem Freundeskreis?«

»Niemanden. Ich kannte niemanden. Er nahm mich ja selten mit. Er nahm ja immer nur seine Frau mit.«

»Libertas Schulze-Boysen. Kannten Sie sie?«

»Flüchtig.«

»Immerhin. Wie steht sie denn Ihrer Meinung nach zum Nationalsozialismus und zu unserem Führer?«

Libs ist nun ruhiger. Die ersten Tage war sie verrückt. Sie war ein Tier, das gegen die Stäbe rennt, sie war betäubt von Tränen, von Gewimmer. Sie war ein einziges Sehnen. Eine einzige große Verweigerung,

Dies geschieht mir nicht! Dies ist der Traum eines, der mich hasst,

Aber jetzt erkaltet sie allmählich. Der Brand erlischt. In gewisser Weise macht es die Sache schlimmer. Nun wird ja deutlich, dass all dies Wirklichkeit ist. Und weiß überhaupt jemand, wo sie ist, in welches Kellerloch man sie eingesperrt hat? Libs denkt an ihre Mutter.

Sie stützt sich auf das Wissen, dass die Mutter an sie denkt. Die Mutter sucht sie. Libs hat keine Post bekommen, sie hat nicht noch einmal schreiben dürfen. Aber ihre Mutter sucht sie. Libs spürt die tastenden, tragenden, liebenden Gedanken. Vielleicht hat auch Gertrud Breiter die Mutter informiert. Gertrud hat es versprochen. Im Gang hallen Schritte, Schüsselklirren. Die Zellentür öffnet sich.

»Schulze-Boysen. Packen Sie Ihre Sachen zusammen.«

»Warum? Wo komme ich denn hin?«

»Sie werden verlegt.«

Libs erstarrt. Will man sie verschwinden lassen, sie umbringen? Aber nein. Das kann ja nicht sein. Man entlässt sie. Bestimmt hat man eingesehen, dass Libs nichts Böses getan hat, und nun kommt sie frei. Ihre wenigen Dinge sind schnell zusammengepackt. Sie folgt dem Wachtmeister den Gang entlang, eine Treppe hinauf, dann durch eine Tür hinaus ins Freie. Draußen Licht, Luft. Eine Limousine. Und im Fond sitzt Mildred.

Mildred ist sehr mager geworden. Sie ist grau im Gesicht. Sie sieht aus, als wäre sie sehr schwer krank gewesen. Libs und Mildred sehen einander in die Augen. Sie waren einander nie nah, sie waren nie eng miteinander befreundet. Sie sehen sich an. Dann blickt Mildred weg. Ein Mann steigt mit Libs ein, setzt sich zwischen sie. Der Wagen fährt durch Berlin. Libs sieht aus dem Fenster. Häuser, Bäume, Straßenbahnen. Ein Pärchen geht die Straße entlang. Ein Kind führt einen Hund an der Leine. Eine Frau humpelt vorbei, mit einer schweren Einkaufstasche. Es ist alles da. Libs kann es sehen. Zwischen ihr und der Welt liegt nur eine Glasscheibe. Sie biegen einmal ab, dann noch einmal. Sie sind in der Kantstraße. Sie halten vor dem Frauengefängnis in der Kantstraße. Sie warten. Das Tor öffnet sich. Sie fahren in den Hof.

Elisabeth Schumacher sitzt im Keller der Prinz-Albrecht-Straße auf einer der Bänke. Zur Linken und zur Rechten nehmen Holzwände ihr die Sicht. Elisabeth gegenüber sitzt Ilse Schaeffer.

Der Vorteil der Trennwände ist, dass auch die SS-Männer, die in diesem Warteraum patrouillieren, Elisabeth nicht zu jedem Moment sehen können. Elisabeth und Ilse sehen einander an. Die SS-Männer wechseln ein paar Worte, der eine gibt dem anderen Feuer. Elisabeth haucht.

»Wie geht es Philipp?«

»Ich weiß es nicht.«

»Wo ist er?«

»Ich weiß es nicht.«

Als Elisabeth das nächste Mal auf ihre Vernehmung wartet, wird Philipp Schaeffer hereingebracht. Er schwingt sich herein, auf seinen Krücken: Er wirft die Beine nach vorn, fängt sich ab, setzt dann die Krücken vor. Er sieht Elisabeth sofort. Er bleibt nicht stehen. Er vermeidet jedes Zeichen des Erkennens. Man weist ihm einen Platz an, wo sie einander nicht sehen können. Elisabeth muss an einen gemeinsamen Spaziergang denken, irgendwann im letzten Jahr. Vor ihnen ging ein Mann. Er führte einen Hund an der Leine. Von der anderen Straßenseite wechselte ein Gassenköter herüber, der sich für den Angeleinten interessierte. Der Mann machte zischende, scheuchende Geräusche. Er zerrte an der Leine, zog seinen Hund eilig weiter.

»Wahrscheinlich ist ihm sein Hund zu fein«, sagte Philipp. »Wahrscheinlich haben der Herr Angst, sein gehobenes Tier könnte sich bei Struppi mit einer Krankheit anstecken. Mit dem Wunsch nach Freiheit vielleicht. Mit einer Halsbandallergie.«

Elisabeth lachte. Philipp Schaeffer lachte nicht. Er schüttelte traurig den Kopf.

»Man muss sich doch nur vorstellen, die Dinge wären umgekehrt«, sagte er. »Man muss sich nur vorstellen, die Hunde würden sich Menschen halten. Und wenn wir beide dann zufällig auf der Straße aneinander vorbeikämen, würden wir sofort auseinandergerissen. Wir würden an unseren Leinen weitergezerrt. Und dann wäre man wieder im Zwinger, allein unter Hunden.«

Eva-Maria Buch ist wieder zu Hause. Sie ist gestern verhaftet worden. Und nun hat man sie zu den Eltern zurückgebracht.

»Kind!« Die Mutter. »Du bist wieder da. Vater, man hat das Kind zurückgebracht!«

»Nein, Mama. Ich bin nicht frei.«

Und sehen sie Evas Begleitung nicht? Sehen sie nicht die Gestapo-Kommissare?

»Bitte räumen Sie die Wohnung, Herr Buch. Sie kennen sicher jemanden, zu dem Sie gehen können. Sie haben Verwandte, Freunde. Aber zu niemandem ein Wort über unsere Gegenwart hier.«

Es ist furchtbar, dass Eva-Maria ihren Eltern das angetan hat.

Eva-Maria sitzt in der Küche. Sie sitzt im Wohnzimmer. Sie liegt auf dem Bett. Dies ist nicht mehr die Wohnung, in der sie mit den Eltern gelebt hat. Es wird nie wieder diese Wohnung sein. Eva-Maria wird rund um die Uhr bewacht. Die Beamten wechseln. Sie warten darauf, dass Paul anruft: Wilhelm Guddorf. Eva-Maria weiß, wo er ist. Er ist bei den Verleihs. Bisher hat er zum Glück nicht angerufen. Abends geht sie ins Bad, dann ins Bett. Morgens steht sie auf und geht in die Küche. Die Eindringlinge behandeln sie wie einen Gast. Sie bieten ihr von ihrem eigenen Kaffee an. Sie kaufen für sie ein, mit ihren Marken. Es ist, als schmierte die Katze der Maus ein Käsebrot. Eva-Maria wandelt durch einen düsteren Traum. Ein Mann sitzt im Sessel ihres Vaters, in einem grauen Anzug, wie ihn der Vater trägt, aber er ist nicht der Vater. Eine Hand stellt Kaffeetassen auf den Tisch, die Zuckerdose, aber es ist nicht die Mutter. Fremde Männer spielen im Wohnzimmer Karten. Das Telefon klingelt.

»Hallo Liebe. Ich wollte unbedingt deine Stimme hören.«

»Ach«, sagt Eva-Maria Buch. »Das ist schön.«

Er hört es sofort.

»Was ist mit dir?«

»Nichts.«

Einer der Gestapo-Männer baut sich vor ihr auf, drohend.

»Du klingst merkwürdig, Liebe«, sagt Paul.

»Ich liebe dich«, sagt Eva-Maria Buch zu Paul.

Sie sieht dem Gestapo-Mann ins Gesicht. Sie sagt: »Ich liebe dich, Wilhelm, weil du mich immer verstehst.«

Sie hört Paul Luft holen, kurz und scharf. Dann legt er auf.

Stella Mahlberg geht die Friedrichstraße entlang. Sie kommt von der Schumannstraße. Vom Deutschen Theater. Vom Haus, wie sie am Haus zu sagen pflegen,

Das Haus ist in Aufregung. Das Haus hat beschlossen

Das Haus ist seit 1940 Stellas Zuhause. Es ist ihre Welt. Es ist der Lebensmittelpunkt für alle dort Beschäftigten. Noch im Juni hat Stella unter Heinz Hilpert die Magd Liese im ›Zerbrochenen Krug‹ gespielt. Es war eine Sprechrolle. Stella kann den Text noch,

Hier bin ich, Herr.
Erst die Weste!
Hier sind wir ja. Was wollt Ihr?

Braunschweiger Wurst, Herr Richter.
Die Würste?
Ja, meiner Treu, Herr Richter Adam!
Kahlköpfig wart Ihr, als Ihr wiederkamt;
Ihr spracht, Ihr wärt gefallen, wisst Ihr nicht?
Das Blut musst ich Euch noch vom Kopfe waschen.
Ich will nicht ehrlich sein.

Stella ist gefeuert. Sie war in Haft, also hat man sie bei der Besetzung der Rollen nicht mehr berücksichtigt. Hilpert weiß vielleicht gar nichts davon. Er weiß vielleicht gar nicht, was man in seinem Namen tut. Und Harro? Sie kann nicht glauben, was Harro getan hat. Sie hat nichts davon gewusst.

Deshalb hat man sie freigelassen. Oder hat Hecker sich für sie eingesetzt? Ewald Otto E. Hecker, Präsident der IHK Hannover, Repräsentant und Betriebsführer der Gewerkschaft Friedrich der Große Herne, Aufsichtsratsmitglied der Commerz- und Privatbank, der Dt. Eisenhandel AG und der Vereinigte Industrie-Unternehmungen AG, Richter des Ehrengerichts der Reichswirtschaftskammer, Regierungsrat z. D. und Wehrwirtschaftsführer, SS-Brigadeführer, frühes Mitglied des Freundeskreises Reichsführer-SS Heinrich Himmler, dessen Mitglieder seit 1935 jährlich eine Million Reichsmark an den Reichsführer-SS Heinrich Himmler spenden, wie Hecker Harro Schulze-Boysen erzählt hat, während Stella dabeisaß. Harro hat dergleichen interessiert.

Darum sitzt er nun in Haft. Hätte er sich lieber für Stella interessiert: für Stellizitas, sein Fixlein. Sie muss ihn endgültig aus ihrem Herzen reißen. Harro ist verloren. Sie sind alle verloren. Was soll Stella tun? Sie will überleben. Sie hofft, dass Hecker nichts mit ihrer Freilassung zu tun hat. Sie ist nicht mehr Schauspielerin am Deutschen Theater. Sie wünschte, sie wäre tot.

»Packen Sie das Notwendige, Fräulein Buch.«

»Was meinen Sie?«

»Zahnbürste, Wäsche, Seife. Ein Köfferchen. Nehmen Sie Ihren dicksten Pullover. Ihren wärmsten Mantel.«

»Ich komme also wieder ins Gefängnis?«

»Tja. Wir haben Guddorf. Wir haben ihn gefunden. Auch ohne Ihre Hilfe.«

Erich Edgar Schulze ist bei Admiral Canaris gewesen. Sie kennen einander von früher, aus dem Umkreis der Brigade Ehrhardt und der Organisation Consul. Canaris war aber nicht da. Immerhin hat ihn Canaris' Vertreter an die Prinz-Albrecht-Straße verweisen können, wo Schulze seinen Sohn Harro auch wirklich hat sehen dürfen. Es ist offensichtlich, dass es sehr schlecht steht. Harro selbst hat im Beisein der Gestapo-Kommissare zugegeben, seit Jahren gegen den NS-Staat gearbeitet zu haben. Das muss Erich Edgar Schulze nun Harros Mutter erklären. Was er glücklicherweise nicht erklären muss, ist das Aussehen Harros: seine Bleichheit, die brennenden Augen, die Spuren körperlicher Leiden. Er darf dies unerwähnt lassen.

Harro wird die Freunde retten. Er selbst wird sterben, aber er wird die retten, die auf ihn gesetzt haben. Sein Tod wird also nicht sinnlos sein. Harro wird ihn mit Sinn erfüllen, er wird kämpfen bis zuletzt. Er wird wie Störtebeker nach seiner Enthauptung an der Reihe der Freunde vorbeilaufen und sie alle vorm Tode bewahren. Er hat den Kommissaren vorgelogen, er hätte Dienstunterlagen ins Ausland geschmuggelt, die die NS-Führung schwer belasten und dem Reich erheblichen Schaden zufügen könnten. Er hat sich bereiterklärt, genauere Auskunft über diese Dokumente zu erteilen, wenn man ihm bindend zusichert, die Todesurteile, die für seine Mithäftlinge zu erwarten sind, nicht vor Ende 1943 zu vollziehen. Und man hat es ihm zugesichert.

Man hat Harro Schulze-Boysen versprochen, die anderen noch ein Jahr lang am Leben zu lassen. Bis dahin wird dieser Krieg vorüber sein. Natürlich sähen es die Engländer und die Amerikaner gern, wenn die Deutschen und die Russen einander weiterhin gegenseitig zerfleischten, so dass sie selbst als einzige Macht übrig blieben. Aber das werden die Russen nicht zulassen. Sie werden darauf bestehen, dass die Angelsachsen eine zweite Front im Westen eröffnen. Dann werden die Russen in Deutschland einmarschieren und Libertas Schulze-Boysen, Elisabeth und Kurt Schumacher, die Harnacks, die Kuckhoffs und all die anderen befreien. Die Russen werden Harros Freunde als ihre Freunde umarmen, sie werden sie als Helden des gemeinsamen Kampfes feiern und mit ihnen zusammen ein neues Deutschland des Friedens und der Freiheit gründen. Und Harro wird den Freunden unsichtbar vorausgehen. Er wird nicht umsonst gestorben sein, sondern als Märtyrer. Er wird sein Leben geopfert haben für die Heraufkunft einer besseren Zeit. Für das Leben der anderen.

Karin und Silva Graudenz sind aus der Haft entlassen worden. Sie stehen vor ihrem Elternhaus in Stahnsdorf. Sie sind allein: Mutters Schwester wird aus Gießen kommen und sich um sie kümmern, aber vor heute Abend kann sie nicht da sein.

»Ich schließe auf«, sagt Karin.

Sie stehen aber weiter auf dem Kiesweg, eng nebeneinander. Das Haus liegt totenstill. Auch nebenan im Haus von Annie Krauss rührt sich nichts. Die Kletterrose ist noch da, die blauen Vorhänge im Schlafzimmer der Eltern. Die Hausnummer stimmt: Danzigerstraße 9–11. Der Federballschläger liegt noch immer im Gras. Silva hebt ihn nicht auf. So stehen sie da und sehen zu dem Haus auf, das ihnen völlig unbetretbar erscheint.

Hilde Coppi ist verlegt worden. Sie ist vom Alexanderplatz ins Frauengefängnis Barnimstraße gebracht worden, Abteilung 8, Zelle 12. Eine Mütterzelle. Der Name hat sie an die Imkerei erinnert, an die Wabenzelle der Bienenkönigin, die nach ihrem großen Flug niemals wieder das Sonnenlicht erblickt. Es ist aber eine sonnige Zelle. Sie ist groß, sauber, mit einem Fenster zum Lazaretthof. Es ist ein klarer sonniger Oktober. Hilde erhält alle Vergünstigungen: Zusatznahrung, Päckchen von draußen, Briefe, Bücher. Ihre Mutter und Mutter Coppi dürfen sie häufig besuchen. Und Hilde hat jetzt etwas zu tun. Sie muss nicht mehr den ganzen Tag untätig auf dem Schemel sitzen. Hilde strickt Strümpfe für die Wehrmacht, und sie darf jeden Tag im Lazaretthof spazieren gehen.

Dort gibt es einen Baum, etwas Gras. Eine Bank steht da, auf der Kranke und Schwangere sich ausruhen können. Hinter den Mauern des Hofes erheben sich düstere Mietskasernen. Wäsche trocknet an der Leine. Hilde sieht Geranientöpfe, sie hört Geschrei, Kindergezänk, Grammophonmusik. Hier und da wird tagsüber ein Käfig mit einem Kanarienvogel hinaus in die Herbstsonne gehängt. Einmal hat eine Frau stundenlang laut geweint. Manchmal tritt jemand ans Fenster. Die Leute gucken aber nicht in die Gefängnishöfe hinein. Sie nehmen das Gefängnis gar nicht mehr wahr. Hilde ging es nicht anders, in ihrem kleinen Häuschen in der Laubenkolonie Am Waldessaum 114, im Schatten des großen Wehrmachtsgefängnisses Tegel. Hans und Hilde haben sich auf ihr Kind gefreut, inmitten ihres blühenden Gärtleins, ohne an Tegel zu denken: Und nun wird Hilde ihr Kind im Gefängnis bekommen.

Sie verbietet sich jedes Selbstmitleid. Sind nicht auch die Lager voller Frauen? Bestimmt erwarten manche von ihnen Kinder. Bestimmt geht es ihnen viel schlechter als Hilde: Die Frauen im KZ bekommen keine Extrarationen wie die Schwangeren in der Barnimstraße, wo jede Woche ein oder zwei Kinder geboren werden. Hilde geht im Lazaretthof spazieren. Sie sieht zu den Mietskasernen auf. Das Kind in ihrem Bauch liegt still und lässt sich schaukeln. Vielleicht träumt es, wenn Hilde wacht. Wenn Hilde sich abends hinlegt, erwacht das Kind. Es bewegt sich, es dehnt sich. Hilde legt die Hand auf ihren Bauch. Sie denkt an Hans, der nicht hier ist, um die Bewegungen seines Kindes zu spüren. Sie denkt, dass es den Männern an der Front nicht besser als Hans geht: Auch sie verpassen die Kindheit ihrer Kinder. Ist es ein Trost, zu leiden, wenn alle leiden?

Hilde betet manchmal. Es ist kein Gebet: Es ist ein Ausstrecken der Hand, ein blindes Tasten. Am besten geht es, wenn sie nicht an früher denkt und nicht an die Zukunft, sondern nur an den Moment.

Das ist das Beste: ganz im Moment zu verweilen, immer nur den Moment zu sehen, nur diesen einen Moment. Hilde sitzt auf ihrer Pritsche. Die Sonne scheint herein. Die Nadeln klappern. Das Kind liegt still.

Sie sind verlegt worden. Alle Frauen der Roten Kapelle sind nun im obersten Stockwerk der Männerabteilung des Polizeigefängnisses am Alex untergebracht. So hat es Hilfswachtmeisterin Anneliese Kühn erklärt. Anneliese ist ungewöhnlich nett. Oda nennt sie bei sich Madonna. Madonna hat Oda verraten, dass in der Zelle links neben ihr eine sehr schöne Dame namens Ina Lautenschläger sitzt. Oda kennt keine Ina Lautenschläger. Aber Marta Husemann ist auch hier, und Erika von Brockdorff. Oda hat geweint, als sie das erfahren hat.

Es ist die Nervosität. Odas Nerven sind nicht sehr gut, nach all den Tagen in Isolationshaft. Aber Oda darf nun nach Hause schreiben. Alle dürfen schreiben: Sie haben Stifte bekommen, Papier. Sie dürfen ab jetzt Päckchen mit Esswaren empfangen, auch Bücher, jedenfalls wenn es ihre Kommissare erlauben. Und nun in der Abenddämmerung hat jemand begonnen zu pfeifen.

Ich bin die Christel von der Post,
Klein das Salär und schmal die Kost.
Aber das macht nichts, wenn man noch jung ist –
Wenn man nicht übel, wenn man im Schwung ist.

Carl Zeller. ›Der Vogelhändler‹. In den üblen alten Mauern am Alexanderplatz pfeift jemand den ›Vogelhändler‹. Oda steigt auf die Stuhllehne, hält sich an den Stäben fest. Sie schließt die Augen. Sie konzentriert sich. Das Pfeifen schallt von weiter links herüber,

Ohne zu klagen
Kann man's ertragen.
Wenn man dabei
Immer lustig und frei

Es ist Erika von Brockdorff. Alle hören das Pfeifen, alle, alle. Oda überlegt, was sie zurückpfeifen wird. Aber kaum bricht Erika ab, beginnt eine klare Mädchenstimme zu singen.

Die Gedanken sind frei
Wer kann sie erraten
Sie fliehen vorbei
Wie nächtliche Schatten –

In seiner Zelle tief unten im Männertrakt des Gefängnisses schlägt der Keramiker Jan Bontjes van Beek die Hände vors Gesicht. Es ist seine Tochter, die da oben singt. Cato.

Rainer Küchenmeister hat geschrien. In den ersten Tagen hat er fortwährend geschrien, dann ist jemand gekommen und hat ihm eine Tablette gegeben. Rainer wollte die Tablette nicht nehmen. Sie haben ihn zu dritt festgehalten. Sie haben ihm die Nase zugehalten, bis er nach Luft geschnappt hat, und dann haben sie ihm die Tablette in den Mund gezwungen. Rainer hat nicht gewusst, was es war. Er hat gehofft, es wäre Gift. Aber es war kein Gift. Er lebt. Er weiß nicht, wo sein Vater ist, der mit ihm hierhergebracht worden ist. Er will seine Mutter. Und heute hat man ihn aus der Zelle gelassen, nur um ihn in eine neue Zelle zu sperren. Er hatte geglaubt, er käme in Freiheit.

»Wer weint da?«

Die Stimme kommt von oben.

»Ich bin hier! Wer weint da?«

Rainer tritt ans Fenster.

»Wer bist du?«

»Cato.«

Stille tritt ein, als wäre der Name Trost genug. Als wäre hier, unter den Bedingungen der Namen- und Gesichtslosigkeit, ein beliebiger Name ausreichend, um Tränen versiegen zu lassen.

»Ich heiße Rainer«, ruft Rainer durchs Fenster.

»Warum bist du hier? Schulze-Boysen?«

Rainer überlegt. Ist dies der Grund? Er weiß ja gar nicht, warum er hier ist. Er sagt: »Ich kenne Schulze-Boysens.«

Von oben die Stimme, die er nicht verlieren will.

»Dann sind wir aus denselben Gründen hier.«

Rainer legt beide Hände gegen die Wand. Er streckt sich nach oben, er ruft aus dem Fenster.

»Aber wieso sind wir hier? Was haben wir denn getan?«

Was Cato quält, ist der Gedanke an die Eltern. Der Vater ist ihretwegen verhaftet worden, ihretwegen leidet die Mutter.

Dieses Leiden ist Catos Schuld. Alle waren immer so gut zu ihr, und zum Dank hat Cato alle unglücklich gemacht. Und die Mutter trägt es Cato nicht einmal nach. Sie hat ein Wäschepaket zum Alexanderplatz geschickt, aus dem Cato der Wind von Fischerhude entgegenzuhauchen scheint. Zwischen den Hemden liegt ein Gänseblümchen.

In der Nacht heult der Alarm. Berlin ist bislang glimpflich davongekommen, verglichen mit den Industriezentren im Westen. Die Wachtmeisterinnen gehen dennoch in den Keller. Die Gefangenen sollen in ihren verschlossenen Zellen bleiben, direkt unter dem Dach. Aber die Hilfswachtmeisterin Anneliese Kühn hat die Zellen aufgeschlossen.

»Erika.«

»Oda.«

Sie treten auf den Gang. Sie fallen einander um den Hals. Sie machen sich miteinander bekannt.

»Schulze-Boysen?«

»Ja, Schulze-Boysen.«

Es sind an die vierzig Frauen. Erika Brockdorff ist da, Oda Schottmüller, Ina Lautenschläger, Hannelore Thiel, Liane Berkowitz, Ursula Götze, Cato Bontjes van Beek, Marta Husemann, Hilde Coppi, Maria Terwiel, Annie Krauss, Lotte Schleif, Clara Nehmitz, Ruthild Hahne, Hanna Berger, Joy Weisenborn, Elisabeth Verleih, Ilse Schaeffer, Eva Rittmeister, Rose Schlösinger und noch mehr.

»So viele! Ich wusste gar nicht, dass wir so viele sind.«

»Der ganze Stock ist voll mit unseren Frauen.«

»Wo ist Elisabeth Schumacher?«

»In der Frauenabteilung, sagt Madonna, zusammen mit Antonie Graudenz und Greta Kuckhoff.«

»Wo sind Mildred und Libs?«

»Libs würde ich in Stücke reißen, wenn ich könnte.«

Das sagt Marta Husemann.

»Ich habe immer gewusst, dass sie eine dumme Pute ist. Aber für bösartig habe ich sie nicht gehalten. Sie hat sich auf unsere Kosten reinwaschen wollen. Seitenlang hat sie ausgesagt. Mein Kommissar hat mir alles vorgelegt.«

»Schulze-Boysen?«

»Ja, natürlich. Willst du eine Zigarette?«

»Eine Zigarette! Wo hast du die her?«

»Ich habe ein Päckchen von zu Hause bekommen.«

»Du Glückliche. Ja, da sieht es bei mir schlecht aus.«

»Ich gebe dir etwas ab. Willst du ein Brötchen? Es ist mit Schinken. Ich heiße im Übrigen Ina.«

»Ich heiße Oda. Und ich schlafe offenbar tief und fest. Ich habe gerade geträumt, du hättest mir ein Schinkenbrötchen angeboten.«

Bomben fallen, die Flak tobt. Oda Schottmüller und Ina Lautenschläger sitzen im Gefängnisgang, ganz hinten an der Wand. Sie haben einander nie zuvor gesehen. Sie sitzen umschlungen, rauchen eine gemeinsame Zigarette und erzählen einander ihr Leben.

»Bis ich vierzehn war, habe ich in Danzig gelebt, in Zoppot, bei meinem Vater«, sagt Oda. »Meine Mutter kenne ich kaum. Sie ist jahrelang von einer Heilanstalt in die andere gewandert, weil sie unter Tobsuchtsanfällen litt. Dann ist mein Vater gestorben, und seine Schwester Frida wurde mein Vormund. Von da an gab es ständig Streit um mich. Meine Mutter war nämlich gerade aus der Klinik entlassen worden, und sie wollte mich wiederhaben. Aber die Tanten waren nicht bereit, mich rauszurücken.«

»Und was wolltest du?«

»Meinen Vater wiederhaben. Papas andere Schwester Gerda hat mich dann an der Odenwaldschule untergebracht, wo sie selbst auch gearbeitet hat. Das war eine sehr teure Reformschule. Keine Zensuren, keine Prüfungen und dreißig Lehrer für hundertzwanzig Schüler. Nacktgymnastik, um Verklemmungen vorzubeugen. Jeder machte so ziemlich, was ihn gerade interessierte. Ich habe da meine ersten Tänze entworfen, zusammen mit Klaus Mann übrigens. Er war eine Nonne, die in stiller Verzückung durchs Kloster wandelt, und ich war das Böse, das ihn hinterrücks anspringt. Wir haben uns auch später noch eine Weile geschrieben.«

»Willst du ein Stück Kuchen?«, sagt Ina. »Meine Leute haben mir Sandkuchen geschickt.«

Wenn Ina und Oda in ihren Zellen sitzen, schreiben sie einander Kassiber. Sie schreiben auf den Rändern von Zeitungspapier, auf Papiertaschentüchern. Sie lassen ihre Briefe von Madonna befördern, oder sie reichen sie einander mit den Stöcken zu, die dazu dienen, die hochgelegenen Lüftungsklappen zu öffnen und wieder zu schließen.

»Mit meiner Mutter hatte ich in all den Jahren nur sehr sporadischen Kontakt«, sagt Oda zu Ina Lautenschläger. »Immerhin habe ich ihr nun einen Brief geschrieben. Vielleicht bekomme ich dann ja auch hin und wieder frische Wäsche oder etwas zu essen.«

Madonna überlässt Ursula Goetze eine Zeitschrift, die Ursula an Rose Schlösinger und die wiederum an Marta Husemann weitergibt. Marta Husemann schickt über Madonna Zigaretten an Elisabeth Verleih, Ina Lautenschläger Socken an Oda. Unter Rainer Küchenmeister sitzt ein SS-Mann, der in Norwegen Schiebergeschäfte mit Lachs gemacht hat und dem die Fußnägel einwachsen. Er hat große Schmerzen, deshalb hat Cato ihm über Madonna eine Nagelschere besorgt. Und abends nach Einschluss, wenn das Personal vor allem daran interessiert ist, seine Ruhe zu haben, beginnt das Konzert.

Mimi Terwiel pfeift, Erika pfeift. Cato singt. Die polnischen Frauen schräg gegenüber in der Frauenabteilung singen, dass es über den ganzen Hof schallt, die Zigeunerinnen in der Sammelzelle singen. Die Frauen unterhalten sich durch die Fenster. Sie haben die Wachtmeisterinnen mit Spitznamen belegt: Die Krüger ist das Große Übel. Wilma ist nett, Höllenpup dumm und böse. Madonna ist, der Name sagt es, eine Heilige.

Die Männer sitzen in Spandau. Sie sind nicht untätig wie die Frauen. Sie kleben Tüten. Sie sprechen einander Mut und Trost zu, sie bringen einander Lieder bei. Wo die Heizungsrohre von Zelle zu Zelle führen, befinden sich Schlitze in der Mauer. Die Schlitze sind in mühsamer Kleinarbeit von den Häftlingen so weit verbreitert worden, dass man sich nicht nur mit seinem direkten Zellennachbarn unterhalten, sondern auch Zettel aus Tütenpapier und sogar Bonbons und Zigaretten hindurchschieben kann. Philipp Schaeffer spielt mit Heinz Strelow Schach: mit Catos Freund, der nebenan liegt und den Philipp erst hier kennengelernt hat. Sie haben beide vor sich ein improvisiertes Brett mit Brotteigfiguren, und sie tuscheln einander die Züge durch die Mauerschlitze zu. Philipp Schaeffer hat den anderen auch beigebracht, wie man aus ein paar Spänen Zelluloid, die man vom Griff der Zahnbürste oder einem Kamm abschabt, mithilfe der irdenen Essensschale und einer Tüte als Luntenpapier Feuer machen kann, um eine verbotene Zigarette zu rauchen.

Er hat den anderen das Gefängnismorsealphabet beigebracht, so dass sie sich durch Klopfen an den Rohren auch zwischen den Stockwerken verständigen können: Man malt die Buchstaben in Reihen auf, so dass ein Quadrat entsteht. Kurze

Schläge geben die Reihe an, in der der Buchstabe steht, lange Schläge seine Position in der Reihe. Sie haben die Kunst inzwischen alle gemeistert. Sie müssen das Alphabet nicht einmal mehr vor sich sehen, um eine Nachricht zu verstehen oder um mitzuteilen, was sie bei den Verhören gesagt und über andere erfahren haben. In den Wäschepaketen, in den Deckeln von Marmeladendosen, in Rock- und Hosensäumen schmuggeln sie Briefe hinaus zu ihren Angehörigen.

Schlimm ist es, wenn die draußen zu dumm sind, um zu begreifen, dass ihnen etwas zugestellt worden ist.

Schlimm ist es, wenn sie die Marmeladendose aus Spandau liebevoll wieder füllen, ohne den Deckel zu zerlegen, wenn sie die Wäsche vom Alexanderplatz waschen, ohne die Säume aufzutrennen, so dass die Kassiber ungelesen in die Zellen zurückwandern. So etwas ist zum Verzweifeln. Haben die Menschen dort draußen keine Instinkte? Sind ihre Sinne vollkommen abgestumpft?

Dann wieder Verhöre.

»Ich weiß von keinem Funkgerät!«

»Fräulein Schottmüller. Hier sind die Aussagen von Coppi. Er hat aus Ihrer Wohnung gefunkt.«

»Oder haben Sie mit dem auch ein Verhältnis gehabt?«

»So wie mit Schumacher.«

»Was sind Sie denn für eine, Fräulein Schottmüller? Gehen Sie mit jedem ins Bett? Fangen Sie mit jedem verheirateten Mann ein Verhältnis an? Das ist in Ihren Kreisen offenbar gang und gäbe. Das ist es offenbar, worum es bei Ihnen ging, um das Ausleben niederer Triebe.«

Und Oda hat sich verteidigt. Sie hat versucht, diesem Mann die Liebe zu erklären. Das wird sie sich niemals verzeihen.

Libs liebt ihre Zelle im Frauengefängnis in der Kantstraße. Sie erscheint ihr groß und geräumig. Es ist hier auch nicht so kalt wie in der Prinz-Albrecht-Straße. Durchs Fenster sieht Libs den Himmel. Sie wird freundlich behandelt: Das Frauengefängnis Kantstraße ist ein kleines Gefängnis, und die Vorsteherin war früher in der SPD. Libs darf nun jeden Tag draußen auf dem Hof spazieren gehen. Sie darf ihrer Mutter schreiben. Libs ist nicht von der Welt vergessen: Ihre Mutter weiß, wo sie ist. Libs hat ihre Schreibmaschine, Papier, Bücher. Sie kann dies hier aushalten. Es wird vorübergehen. Libs wird mit dem Leben davonkommen.

Und wovon war Harro besessen, als er seinen wilden Plan entworfen hat? Welche Haftpsychose hatte ihn im Griff, welche Wahnbilder hat ihm sein übermüdeter, gequälter Kopf vorgegaukelt? Harro macht sich rasende Vorwürfe. Die Eltern müssen den Schmerz ertragen und dazu die Schande. Und dann ist Harros Vater auch noch einbestellt worden, um an Harros Mummenschanz zu partizipieren. Musste Harro ihm das zumuten? Konnte er dem armen Mann nicht wenigstens diesen üblen Klamauk ersparen? Denn natürlich hat Harro niemanden retten können: Himmler selbst hat sich eingeschaltet.

Der Reichsführer-SS Heinrich Himmler glaubt an keine belastenden Materialien im Ausland. Aber auch wenn es sie gäbe, würde er niemandem irgendwelche Zusagen machen. Wozu? Er müsste Harro doch nur noch einmal Wadenklammern anlegen lassen. Nach dem letzten Mal hat Harro eine Woche lang nicht gehen oder stehen können. Und selbst wenn er dieses Mal den Klammern widerstünde, selbst wenn man sich auf seinen Plan einließe, würde das die Freunde nicht retten. Kann Harro sich nicht denken, was dem Führer eine geheime Abmachung mit einem hingerichteten Verräter wert wäre? Wie konnte Harro vergessen, was er über den Charakter dieses Reiches weiß? Wie konnte er sich für eine solche Clownerie hergeben, wie konnte er sie für sich entwerfen? Davon abgesehen, was hätte er der Gestapo denn präsentiert? Wenn alles nach Plan gelaufen wäre: Welche Papiere hätte er aus dem Hut gezaubert? Er hat ja nichts. Er steht mit leeren Händen da.

Am Alexanderplatz ist es jetzt sehr kalt geworden. Einmal am Tag rauscht und zischt und dampft etwas Wärme durch die Heizungsrohre, an die sich die Gefangenen schmiegen. Sie tragen Wollzeug, Mäntel, Schals. Sie sollen vors Kriegsgericht gestellt werden: Man wirft ihnen Kriegsverrat vor, außerdem sind Soldaten in ihren Reihen. Einer nach dem anderen werden sie nun Roeder vorgeführt. Oberstkriegsgerichtsrat Manfred Roeders Verhöre sind kurz, eine Formsache. Sie enden mit der Standardformulierung,

Meine Aussagen vor der Geheimen Staatspolizei erhalte ich aufrecht. Sie entsprechen der Wahrheit und ich mache sie zum Gegenstand meiner heutigen richterlichen Untersuchung.

Welche Aussagen? Man hört nie etwas davon, was die eigenen Aussagen bewirkt haben. In einem Verhör nimmt nie jemand Bezug auf das, was man beim letzten Mal gesagt hat. Man spricht in einen Raum ohne Echo hinein, in dem jedes Wort stirbt.

Oda sitzt auf der zischenden Heizung und isst ein Käsebrötchen von Ina. Sie denkt nicht an ihren Prozess. Sie denkt nicht an Italien oder die Freiheit oder ihre Kinderzeit in Danzig. Sie denkt an nichts. Sie ist hier. Draußen auf den Gängen der übliche Lärm: Türenschlagen, Rufe, klingelnde Telefone, Stimmen.

Zur Vernehmung

Das ist Knollenblätterpilz. Die ist nach außen brüsk, aber es gibt Schlimmere.

Los jetzt, kommen Sie schon

Hexenknochen. Hat sie heute Dienst? Das wäre günstig. Oda bekommt von ihr oft ein Stück Extrabrot, wenn sie nett darum bittet. Türenschlagen, Schritte. Oda denkt an nichts. Sie isst ihr Brötchen. Oda ist immer hungrig.

Mildred hat ein Päckchen von ihrem Schwager Falk bekommen. Sie hat ein erstes und einziges Päckchen erhalten, mit einem kurzen Brief darin,

Ich bin bei unserem geliebten Arvid.

Das Päckchen enthält Esswaren, ein Bild ihrer Mutter, ein Bild ihres Mannes, einen Band mit Goethe-Gedichten. Mildred darf keinen Besuch empfangen. Sie darf niemandem schreiben. Sie darf Falks Brief nicht beantworten. Sie liest den Brief wieder und wieder. Sie fühlt jedem Wort nach, langsam und konzentriert, wie man ein teures Stück Konfekt lutscht. Wie hat sie doch in Freiheit mit Worten geaast.

Wie hat sie Worte verschleudert, verschwendet, wie hat sie ganze Sätze hingeworfen, weggeworfen, leichter Hand und leichten Mundes. Hier wiegt jeder Satz eine Tonne. Die einfachen Sätze, die man sagen kann,

Hast du eine Zigarette? Hast du Streichhölzer? Hast du eine Zeitung, hast du etwas gehört, etwas gesehen, weißt du etwas?

Jeder dieser Sätze enthält so viel mehr, als seine dürre Oberfläche zeigt. Jeder ist so mühsam und gefahrvoll zu seinem Empfänger transportiert worden, jeder enthält so viel Liebe oder Not, so viel Freiheit und Überwindung der Gitter, eine solch grundsätzliche Rebellion, dass jeder dieser Sätze der ganze Mensch ist, der spricht. Und zu denken, was früher möglich gewesen wäre!

Zu denken, wie man früher hätte sprechen können. Wie man das kleinste Wörtchen hätte wägen, in der Vielzahl möglicher Adjektive schwelgen, wählerisch die Verben in der Auslage hätte befingern können, statt mit halber Aufmerksamkeit irgendetwas aus den Regalen zu raffen. Zu denken, wie man seine Worte genau an den Zuhörer hätte anpassen können, wie man sie liebevoll, einfühlsam und für jeden extra hätte zubereiten können, statt sie gedankenlos aus der Gulaschkanone zu schöpfen. Und wie ist man selbst damit umgegangen, wenn einem einmal Sätze gereicht worden waren wie ein frisches Stück Brot mit Butter, ein Teller puppenhaushafter Vorspeisen, ein gepfeffertes Filetstück? Achtlos hat man alles heruntergeschlungen oder halb zerkaut liegenlassen. Man hat mit halbem Ohr zugehört, man hat einen Artikel überflogen und dabei an etwas anderes gedacht, man hat die Zeitschrift an den Nachbarn weitergereicht, das Buch angelesen und vergessen. Man hat abwesenden Geistes geantwortet.

Falk kann nicht schlafen, er kann nicht essen. Er denkt an Arvid. Sie haben seinen Bruder gefoltert.

»Er hat es mir gesagt«, sagt Falk. »Als der Gestapo-Beamte einen Moment abgelenkt war. Da hat Arvid es gesagt. Er hat gesagt: Sie haben mich gemartert.«

Sie sind bei Emmi und Klaus Bonhoeffer in der Siedlung Eichkamp zusammengekommen. Ernst und Axel von Harnack sind da, Just Delbrück, die Dohnanyis.

»Ich habe mit Staatssekretär Landfried gesprochen«, sagt Falk. »Mit Arvids unmittelbarem Vorgesetzten. Er sagt, er schätzt Arvid sehr, aber er kann nichts für ihn tun. Nicht angesichts der erhobenen Vorwürfe. Welche das sind, hat er nicht gesagt.«

»Hochverrat, Landesverrat, Feindbegünstigung, Spionage für die Sowjetunion«, sagt Hans Dohnanyi. »Auf den Fluren der Berliner Ämter redet man über nichts anderes. Offenbar sind eine Reihe hochrangiger Beamter in die Sache verwickelt, Mitarbeiter von Ministerien, Männer aus dem Auswärtigen Amt.«

»Arvid möchte, dass du seine Angelegenheiten regelst, Axel«, sagt Falk. »Und er bittet darum, dass du ihn juristisch vertrittst, Klaus.«

Christel fährt hoch.

»Das ist ganz unmöglich«, sagt sie zu ihrem Bruder. »Du kannst dich unmöglich so exponieren, Klaus. Du kannst nicht das Augenmerk der Gestapo auf dich ziehen.«

»Klaus würde sowieso nicht zugelassen«, sagt Hans von Dohnanyi. »Die Sache kommt vor das Reichskriegsgericht. Sie werden auf Offizialverteidigern bestehen.«

»Könnte man sie nicht irgendwie ködern?«, sagt Klaus Bonhoeffer. »Könnte man sie nicht darauf hinweisen, dass die Kontakte Arvids sich als äußerst nützlich erweisen könnten, wenn der Krieg sich ungünstig entwickelt?«

»Das hat schon Professor Zechlin probiert«, sagt Falk. »Er hat mit allen möglichen Leuten verhandelt. Er hat auch mit Six gesprochen. Mit dem Dekan der Auslandswissenschaftlichen Fakultät. Six hat gesagt, er untersucht die Sache.«

»Und Mildred?« sagt Emmi. »Was ist mit Mildred? Sie hat doch sicher nichts mit der Sache zu tun. Für Mildred gab es doch immer nur Kunst und Literatur.«

»Niemand darf zu ihr«, sagt Falk.

Und das ist alles. Falk hat alle Hoffnungen auf die Familie gesetzt, aber die Familie ist machtlos. Falk kann den Bruder nicht retten. Er schreibt an Lilo Ramdohr.

Es ist furchtbar ernst, Lilo. Es ist so ernst, wie es ernster nicht sein kann.

Der Brief liegt auf dem Tisch.

Lilo Ramdohr sitzt mit Alexander Schmorell in ihrer kleinen Küche in München. Alex und die anderen sind Anfang November aus Russland zurückgekehrt.

»Wie soll ich es beschreiben«, sagt Alexander Schmorell zu Lilo Ramdohr. »Die russische Erde. Die russischen Straßen. Das sind wirkliche Straßen, aus leuchtend rotem Lehm und von Birken begleitet, lebendige Straßen, keine deutschen Asphaltschneisen. Ach Lilo. Und die Menschen dort sind gar keine fanatischen Bolschewisten. Das sind einfach Menschen«, Alex wischt sich die Augen. »Welch ungeheuerliche Nöte müssen wir doch erfahren, das deutsche Volk und das russische Volk.«

»Alex spricht ja fließend Russisch«, sagt Hans Scholl zu seiner Schwester. »Natürlich hatte er überall Freunde. Er hat einen ganzen Stapel Adressen mitgebracht. Lauter Leute, die er nach dem Krieg besuchen will. Ach, was soll ich erzählen. Einem jungen Mann die Beine abzunehmen, das ist furchtbar.«

Die Rückkehrer nehmen Bäder. Sie spielen Klavier. Sie malen, sie trinken Wein, sie singen im Bach-Chor Motetten von Schütz. Sie hören den ›Messias‹. Sie gehen ins Theater.

»Ach, was soll ich erzählen«, sagt Hans. »Die endlose Weite. Die Trauer und Einsamkeit will einem das Herz abdrücken. Ich hätte hinauswandern mögen in diese Ebene, immer weiter und weiter nach Asien hinein.«

Und wie kann er aufhören, davon zu sprechen? Wie kann er aufhören, daran zu denken, an das Chaos in den Bahnhöfen, wo die Züge einander kreuzen, die die Zwangsarbeiter in den Westen karren und die Juden wie Vieh nach dem Osten schleppen, und es heißt, Frauen und Kinder kämen niemals irgendwo an?

»Niemals kann nach unseren Verbrechen ein friedlicher

Aufbau Europas folgen«, sagt Hans. »Niemals kann es dieselbe Macht sein, die brennt und mordet und danach ein friedliches Land aufbaut. Und soll ich das alles noch einmal und immer wieder erzählen? Soll ich es wieder und wieder denken? Wie kann ich aufhören, daran zu denken? Wir standen vor dem Eingang zum Warschauer Ghetto. Ein paar deutsche Soldaten schossen in die Fenster eines Hauses, nur so. Ich weiß nicht, ob sie dort drinnen jemanden verletzt haben. Dann öffnete sich das Tor zum Ghetto, und wir sahen, wie zwei winzige Kinderleichen von der Straße aufgelesen und auf einen Lastwagen geworfen wurden wie Tierkadaver.«

»Die Deutschen sind Sklavennaturen«, sagt Alex zu Lilo. »Ihre Städte zerfallen, sie verlieren den Krieg, in jeder Familie zählt man die Toten. Aber sie trotten weiter, unfrei, erbärmlich und gedankenleer. Nur wir sind frei, wir allein.«

»Das Desinteresse der Menschen an ihrem eigenen Leben ist hoffnungslos«, sagt Lilo. »Das sagt Arvid Harnack. Falk Harnacks Bruder.« Lilo legt einen Finger auf den Brief. »Er ist verhaftet worden. Er ist ein Gegner der Nazis.«

Wenige Tage später reisen Hans Scholl und Alexander Schmorell nach Chemnitz, um Falk Harnack kennenzulernen. Hans Scholl ist zum Handeln entschlossen. Er will Kontakt zu den USA und den Engländern aufnehmen. Er will die Öffentlichkeit über das Geschehen im Osten aufklären, er will einen Volksaufstand provozieren. In allen deutschen Städten sollen illegale Zellen entstehen. Wahrscheinlich wird er wieder ins Gefängnis gehen, aber das schreckt ihn nicht. Das Gefängnis ist noch längst nicht der schlechteste Ort in dieser Welt.

Es ist vielleicht der beste. Man muss schließlich schon schlecht sein, um überhaupt am Leben zu bleiben: Das hat

Sophie zu ihm gesagt. Des Nachts fährt Hans aus dem Schlaf hoch. Er träumt vom Stöhnen der Verwundeten, dem Weinen der Soldaten. Er sieht sich in den Ruinen von Warschau.

Sophie schreibt in ihr Tagebuch.

Gib Licht meinen Augen, oder ich entschlafe des Todes, und mein Feind könnte sagen: Über den ward ich Herr.

Fräulein Friedemann im Reichsjustizministerium heftet heute Vormittag Korrespondenz ab. Es ist mal wieder nötig. Vor ihr liegt ein großer Ordner, in dem abgelehnte Bewerbungen archiviert werden,

Von 1926–1929 habe ich das Schlachterhandwerk erlernt. Danach bin ich zu dem Dachdeckergewerbe übergetreten und übe diesen Beruf auch aus. Da ich Lust und Liebe für die Position eines Scharfrichters hege, wäre ich Ihnen sehr zu Dank verpflichtet, wenn Sie mir baldigst

Fräulein Friedemann locht, heftet ab, locht, heftet ab.

Seit längerer Zeit bin ich bei Scharfrichter Johann Reichardt in München beschäftigt. Ich erlaube mir mit der Bitte an Sie heranzutreten, dass wenn irgendwo eine Scharfrichterstelle besetzt wird, ich berücksichtigt werde. Ich würde den mir gestellten Aufgaben mit großem Fleiß und Pflichtbewusstsein nachkommen, um meine vorgesetzte Dienststelle in jeder Weise zufriedenzustellen

Klick, und klick.

Nach Beendigung meiner zwölfjährigen Dienstzeit bei der Wehrmacht im Jahre 1949 möchte ich eventuell den Beruf des Scharfrichters ergreifen. Ich bitte daher ergebenst um einen Bescheid, unter welchen Bedingungen es möglich ist, Scharfrichter zu werden. Gegebenenfalls bitte ich, in den Ostgebieten eingesetzt zu werden. Vielleicht besteht die

Möglichkeit, schon vor Beendigung meiner Dienstzeit an einer Ausbildung

Klick. Und die Kopie des Formschreibens aus dem Reichsministerium der Justiz,

Die Stellen der Scharfrichter sind zurzeit alle besetzt. Neueinstellungen sind nicht zu erwarten. Vormerkungen werden nicht vorgenommen.

Libs ist voll Hoffnung. Sie ist entschlossen, diese Zeit der Haft für sich zu nutzen. Dies ist sie vielleicht, die große Erfahrung, die aus ihr eine Dichterin machen wird. Dies ist der Wendepunkt der Geschichte, der allem einen Sinn geben, der die losen Enden von Libs' Leben bündeln und verknoten wird. Libs hat bereits ein Märchen geschrieben. Sie schreibt Gedichte,

Bald wirst du, Kind, die Suppe gierig schlingen,
Die jetzt die tränennasse Hand weit von sich schiebt –
Wie alle eilig dein Geschirr zum Spülen bringen
und hoffen, dass es sonntags Nudeln gibt –

Libs wird freikommen, daran zweifelt sie nicht. Die Gestapo hat es ihr mehr oder minder zugesichert. Libs hat ja nichts Böses getan. Gott wird nicht zulassen, dass ihr etwas Böses geschieht. Libs ist die Dulderin in der Zelle. Sie verachtet die Frau nebenan, die Tag und Nacht jammert und heult. Libs schreibt, sie betet. Libs wird wachen und beten, wachsen und dichten: Und so wird sie auch dieser Zeit sicher viel Gutes abgewinnen.

Man hat Elisabeth alles weggenommen: die Bücher, den Bleistift, das Papier, auch das Bild, das Kurts Gesicht und ihr eigenes zeigt und das Kurts Mutter ihr ins Gefängnis geschickt hat. Eine Wachtmeisterin hat einen Kassiber von der Polin nebenan abgefangen. Der Kassiber war an Elisabeth gerichtet.

Sie bestrafen immer den Empfänger. Elisabeth darf nun keine Post mehr erhalten, keine Pakete. Es ist aber nicht das, was Elisabeth quält.

Elisabeth macht sich Vorwürfe. Sie hat noch einmal ihre Mutter sehen dürfen, kurz vor der Sache mit dem Kassiber, und sie hat alles falsch gemacht. Sie hat die Besuchszeit nicht ausreichend genutzt, sie hat die kostbare Zeit vertrödelt. Warum ist Elisabeth nicht viel mehr auf die Mutter eingegangen? Es ging schließlich nicht um Elisabeths Gefühle, sondern um die der Mutter. Warum hat Elisabeth der Mutter nicht viel überschwänglicher für alles gedankt, warum hat sie ihr nicht klar genug sagen können, wie lieb sie sie hat? Warum kann sie der Mutter nicht helfen? Die Erschütterung war zu stark. Elisabeth hat immer so gern geholfen. Und nun ist sie der Anlass eines solchen Kummers. Elisabeth schreibt an ihre Mutter. Sie schreibt ihr jeden Tag, jede Stunde: Sie schreibt den Brief, den sie nicht schreiben kann, weil ihr Papier und Stift genommen sind,

Allerliebste Mama, Du hast alles richtig gemacht. Mama, Dich trifft keine Schuld daran, dass alles so gekommen ist. Dir danke ich es, dass ich glücklich bin. Dir danke ich die glücklichen Jahre. Dir danke ich es, dass ich ein glücklicher Mensch geworden bin.

Wenn man sie nur diesen Brief schreiben ließe! Aber im Grunde würde es auch nicht helfen. Elisabeth könnte der Mutter nur helfen, indem sie nicht stirbt, und das wird wohl nicht zu machen sein. Elisabeth gibt sich keinen Hoffnungen hin. Immerhin ist es Herbst, und es wird Winter. Das macht die Dinge leichter. Im Frühling muss es viel härter sein, nicht hinaus ins Freie zu dürfen. Das hat sie der Mutter geschrieben. Elisabeth steht auf der Lehne des Stuhls und sieht hinaus.

Die Birke entblättert sich. Elisabeth beobachtet es seit Tagen. Sie beobachtet das Fallen der einzelnen, ihr fast schon persönlich vertrauten Blätter. Gelbe Blätter wirbeln über den Hof, kleben am Fenster. Wolken rauchen über den Himmel. Im Frühling muss es viel härter sein zu sterben.

Libs sitzt inmitten ihrer Reichtümer. Es ist der 20. November, und Libs ist seit heute neunundzwanzig Jahre alt. Libs weint vor Glück. Ihr Herz quillt über: Mutter und Bruder durften sie besuchen. Sie haben einen Geburtstagskuchen mitgebracht, Äpfel aus dem Garten von Liebenberg, Blumen aus Liebenbergs Treibhäusern. Sie haben Libs umarmt. Libs wird geliebt. Sie hätte sich gar nicht so anstrengen müssen: Libs wird geliebt, auch wenn sie nicht singt oder tanzt oder lacht. Libs wird auch im Gefängnis geliebt.

Sie weiß das nun. Es wird alles gut werden. Es ist nicht zu spät, es ist für gar nichts zu spät. Die Mutter hat Libs einen Adventskranz versprochen. Am Himmel über Berlin steht der Große Bär. Libs denkt, dass sie nun sicher bald freikommen wird.

Sie denkt an Weihnachten in Liebenberg. Sie denkt an die Bescherung der Deputanten in der Kirche, an die Tische der Angestellten des Schlosses in der dreihundert Quadratmeter großen Nordischen Halle, an den Weihnachtsbaum der Familie in der Bibliothek. Am Vortag kommt immer ein Elektriker aus Oranienburg, der den sechs Meter hohen Baum mit Lichtern versorgt. Libs denkt daran, wie sie neben dem Piano steht und singt, während die Mutter sie begleitet. Libs denkt an das verschneite Lindenhaus, an das Teehaus. Sie denkt an das Weihnachtsessen im Speisesaal, an den Blauen Salon, den weiten Park bis zum Hirschentor in der Ferne. Sie denkt an den Schlosshof. Von dort führt die Dorfstraße zwischen den Wirtschaftsgebäuden hindurch zum Dorf mit den kleinen Häusern der Deputanten. Hinter dem Dorf liegt der Weiße See. Zu Fuß ist man von hier in einer halben Stunde am Seehaus.

Sie denkt an ihr Pferdchen Safran. Sie denkt an den Frühling auf Liebenberg, an einen Ritt über den Häsener Weg durch Kiefernwaldungen. Hinter dem Karlsplatz mit dem großen Findling steigt der Weg leicht an. Dann liegt zwischen uralten Linden und Kastanien das zweihundert Jahre alte Gutshaus von Häsen. Über den alten Pflasterdamm gelangt man weiter in das kleine Dorf Klevesche Häuser. Libs liegt auf ihrer Pritsche im Gefängnis Kantstraße. Sie schläft.

Hilde Coppi schreibt an den Gefängnisinspektor, als die Wehen einsetzen. Sie hat ihm gerade dafür gedankt, dass die Mütter sie jeden Sonntag besuchen dürfen, und darum gebeten, ihr Winterschuhe zu genehmigen. Hilde lässt den Stift sinken. Der ziehende Schmerz schwillt an, krampft ihr Bauch und Lenden zusammen, dann klingt er ab. Es ist der 27. November 1942. Hilde steht auf. Sie geht in der Zelle auf und ab. Dieser Schmerz ist stärker gewesen als die Senkwehen der letzten Wochen. Hilde ist bereit, dieses Kind zu gebären. Ihr Körper ist bereit: Ihm ist die Schwangerschaft inzwischen eine Last. Hildes Körper ist bereit für den nächsten Schritt. Er ist bereit für die erste der vielen Trennungen, die Mutter und Kind bevorstehen. Aber ist Hilde bereit? Sie muss bereit sein. Das Kind drängt in die Welt. Die nächste Wehe ergreift sie. Etwas läuft ihr warm die Beine herab. Das Fruchtwasser. Hilde klingelt nach der Wachtmeisterin.

Am 9. Dezember darf Hans Coppi seinen Sohn sehen. Zum Glück ist seine Lippe seit dem letzten Verhör verheilt, der Bluterguss auf dem Wangenknochen ins Gelbliche verblasst. Er wird durch die langen Gänge des Frauengefängnisses Barnimstraße geführt. Ihm ist schlecht vor Aufregung. Er ringt um jeden Atemzug. Die Wachtmeisterin vor ihm bleibt stehen. Dann öffnet sich eine Tür, und da steht seine Frau. Sie hat ein Deckenbündel im Arm. Sie strahlt. Sie kommt ihm entgegen. Sie hält ihm das Bündel hin, darin das Gesichtchen des zwölf Tage alten Kindes. Er sieht es kaum an.

Er hat diesem Moment entgegengefiebert, und nun hält er ihm nicht stand. Er kann dies nicht. Er kann nicht ein ganzes Leben in diesen einen Moment packen: eine ganze Kindheit voll aufgeschlagener Knie und Walderdbeeren, Schulnoten und Weihnachtsgeschenke, Windpocken und erster Liebe. Er ist dem nicht gewachsen. Er sieht Hilde an.

Sie leuchtet. Sie glüht. Wer ist diese Frau? Seine Hilde. Seine schwache, zärtliche, ängstliche Hilde, die nun spielend bewältigt, wovor er versagt. Fräulein Ehrenzweig steht neben Hilde. Die Mitarbeiterin der Hausmutter: Sie wirft einen Blick in Hans Coppis Gesicht. Dann faltet sie die Hände und wendet sich ab.

Es ist vollbracht. Er hat seinen Sohn gesehen. Er hat ihn berührt: Er hat Hilde im Arm gehalten, und sie hielt das Kind. Er hat ihre Wärme durch die Kleider gespürt. Ihr Duft war vermischt mit dem Duft des Kindes. So ging es. So konnte er sie beide umfangen, mit seinem zerbrochenen Wesen. Er fällt. Er wird sterben, das weiß er. Aber sie werden doch Hilde am Leben lassen. Für sich darf er nicht hoffen, dann verschlingt ihn die Verzweiflung. Aber sie werden Hilde verschonen, um des Kindes willen.

Tief in der Nacht ist es so weit. In der Nacht packt ihn die Hoffnung, fällt ihn aus dem Hinterhalt an, schlägt ihre Klauen in ihn: Vielleicht wird er doch am Leben bleiben. Vielleicht kommt er nur ins Zuchthaus oder ins KZ. Vielleicht kann er dann regelmäßig Nachricht erhalten. Nur viermal Nachricht im Jahr. Zweimal. Einmal. Vielleicht kann er einmal im Jahr hören, wie es seinem Sohn geht, wie groß sein Sohn ist oder welche Haarfarbe er hat. Vielleicht kann er einmal im Jahr seinen Namen hören? Den Namen seines Sohnes. Er selbst wird vielleicht als Nummer in einer Dunkelhaftzelle verrotten, aber noch wenn er seinen eigenen Namen denkt, wird es der seines Sohnes sein. Die Hoffnung ist bösartig, ein alles zerfressender Tumor. Er krümmt sich auf dem Boden. Sollen sie kommen und ihn zertreten. Sollen sie jetzt kommen, sofort, alles ist ihm recht. Alles, solange mit ihm nur auch die furchtbare Hoffnung stirbt.

»Wenn man bloß wüsste, was das nun wieder für eine Teufelei ist.«

Sie stehen in der Latrine beisammen, in einem Außenlager des KZ Sachsenhausen. Die Latrine reicht bei Weitem nicht aus für die Anzahl der Lagerinsassen. Der Gestank ist unbeschreiblich. Deswegen stehen sie ja hier zusammen. Hierher verirrt sich die Wache nicht.

»In Plötzensee. Im Hinrichtungsschuppen. Wir haben dort heute einen Eisenbalken an die Decke montiert.«

Der Sprecher trägt den roten Winkel der politischen Gefangenen.

»Hinter der Guillotine«, sagt er. »Es ist ein Eisenbalken mit Haken wie für Schlachtvieh. Was ist das nur für eine neue Schweinerei.«

F – I – L

Philipp Schaeffer in seiner Zelle in Spandau hebt den Kopf.

F – I – L

Das ist er. Das ist sein Klopfname. Auf den Krücken schwingt er sich zum Heizungsrohr.

K–U–R–T I–S–T D–A

Philipp steht still. Es ist der 12. Dezember. Kurt Schumacher ist heute aus der Prinz-Albrecht-Straße nach Spandau gebracht worden. Philipp denkt an Elisabeth. In der Freiheit wog das Risiko leicht, Kurts Zorn und Erbitterung auf sich zu ziehen. Jedenfalls wog es nicht schwerer als Philipp Schaeffers eigenes Leben, nicht schwerer als sein Körper, dessen Gewicht ihn auf das Pflaster des Hofs hinabgerissen hat. Aber Kurt und Philipp sind nicht in Freiheit. Sie sind gebunden. Philipp Schaeffer kennt die Haft. Er hat gesehen, wie Häftlinge, statt einander ihr Los zu erleichtern, sich befehden und bekämpfen und so die Hölle vervollkommnen, die ihnen bereitet ist. Er hat gesehen, wie Männer in Zorn, Groll und Erbitterung starben. Philipp Schaeffer gibt sich keinen Illusionen hin.

Er hat keine Flugblätter verfasst, keine Zettel geklebt, keine Funksprüche an die Sowjetunion gesandt. Er kennt lediglich Leute, die all das getan haben, was man ihm selbst nicht vorwerfen kann. Mit welcher Strafe wird er rechnen müssen? Es amüsiert ihn, dass die Alternativen klingen wie ein verballhornter Kampfruf. *Freispruch oder Tod!* Wahrscheinlicher ist der Tod. Philipp Schaeffer ist zu häufig und allzu einschlägig vorbestraft. Er ist frei von Selbstmitleid, aber er will nicht im Groll von Kurt Schumacher scheiden. Und er selbst kann nichts tun, um Vergebung zu erlangen. Die Erlösung muss von Kurt kommen. Machtlos, eingeschlossen in seine Zelle, auf Krücken humpelnd und in Erwartung des Todesurteils, ist Philipp Schaeffer darauf angewiesen, dass Kurt ihm verzeiht, aus der Größe seines Herzens.

»Heinrich?«

Philipp Schaeffer kauert neben dem Schlitz in der Wand, durch den das Heizungsrohr in Heinrich Scheels Zelle führt. Heinrich steht auf, setzt sich auf seiner Seite auf den Boden.

»Philipp? Was gibt es?«

»Kurt Schumacher ist da.« Ein Geräusch wie ein Auflachen. »Ich muss sagen, mir graut ein bisschen vor dem Hofgang morgen.«

Heinrich Scheel wünschte, er könnte dem zwanzig Jahre Älteren drüben die Hand drücken. Heinrich hat gerade seinen achtundzwanzigsten Geburtstag gefeiert. Er ist jungverheiratet. Er ist in einem ordentlichen sozialdemokratischen Arbeiterhaushalt mit moralischen Maßstäben aufgewachsen. Natürlich weiß auch er, dass nicht alle Frauen treu sind. Aber als er erfahren hat, dass ausgerechnet die weiblich-weiche, sanfte Elisabeth Schumacher ihren Mann mit Philipp Schaeffer betrogen hat, war er doch sehr erschüttert.

»Heinrich? Es bedrückt mich ernsthaft. Meinst du, Kurt trägt es mir immer noch nach? Meinst du, er ist voll Groll auf mich, weil ich seine Frau geliebt habe?«

»Niemals«, sagt der junge Heinrich Scheel. »Niemals.«

Der Wintertag ist eisig und grau. Die Gefangenen gehen in zwei Kreisen: im äußeren die gesunden Männer, im inneren die Kranken, Alten und Gebrechlichen. Philipp Schaeffer wird wie immer als Letzter in den Hof hinausgeführt, damit er mit seinen Krücken die anderen nicht aufhält. Er sieht Kurt sofort. Kurt geht im äußeren Kreis. Philipp reiht sich in den inneren ein. Sein Gehen ist eine Abfolge von Schleuderbewegungen: Er wirft seine nutzlosen Beine nach vorn, fängt sich ab, setzt die Krücken vor und lässt das Gewicht seines Oberkörpers auf sie fallen. Kurt Schumacher geht an ihm vorüber. Sie sehen einander an. Kurts Augen sind sanft. Er lächelt. Er bewegt lautlos die Lippen. Was er nicht sagt, klingt in Philipp Schaeffer auf.

Hallo Philipp.

Kurt Schumacher sitzt in seiner Zelle und schreibt. Er schreibt mit gefesselten Händen. Dies ist nicht der Brief an die Mutter, für den man ihm die Fesseln abgenommen hatte. Kurt Schumacher schreibt nun für sich. Er schreibt für seinesgleichen: für die, die nach ihm kommen und dies vielleicht lesen,

Kann je ein Mensch das Maß an Schmerzen, Kummer, Not, Elend und Verzweiflung ermessen, das all die Armen zu erdulden haben, weil sie an eine friedliche Gemeinschaft der Völker glauben? Von Beruf bin ich Bildhauer, Holzschnitzer. Riemenschneider, Veit Stoß, Jörg Ratgeb waren meine großen Kollegen, vor denen ich mich voll Demut im Dunkeln beuge –

Morgen beginnt der Prozess gegen Kurt Schumacher. Er ist im Reinen mit sich. Er braucht sich nicht zu fragen, ob er recht gehandelt hat. Er braucht sich nicht zu fragen, wie er hierhergelangt ist: Er ist hier, weil er ein freier Mensch ist. Er hat nach eigenem Wollen entschieden, im Gegensatz zu den Mitgliedern der menschlichen Hammelherde, die auf der Schlachtbank des Krieges für die falsche Sache verbluten, für eine fremde feindliche Idee. Kurt weiß, er hat richtig gehandelt. Er darf jetzt nur nicht vom Glauben abfallen. Er darf nicht glauben, dass das Vergessen gewinnen und die Erinnerung an sie alle ausgelöscht werden könnte. Eines Tages wird der Krieg vorüber sein.

Dann wird Frieden herrschen. Dann werden die Überlebenden sich besinnen. Sie werden ein neues Deutschland aufbauen, ein freies, gerechtes, sozialistisches Deutschland, als Teil eines vereinten Europas. Dann wird man sehen, was Kurt Schumacher gewollt hat. Dann wird man sie alle rehabilitieren, man wird begreifen, dass sie keine Verräter waren.

Ich weiß, dass meine, unsere Weltanschauung siegt, auch wenn wir, die Vorhut, fallen. Wir hätten gern dem deutschen

Volk das Härteste erspart. Unsere kleine Schar hat aufrecht und tapfer gekämpft und konnte nicht feige sein,

In Kurt wallt etwas hoch: ein Schrei, ein Aufheulen. Er will nicht sterben. Er ist jung, er ist stark, er könnte noch so vieles leisten. Er könnte noch kämpfen, arbeiten, lieben, er schließt die Augen. Seine Hände umfassen das Holz des Tisches. Das gute Holz. Er denkt an Elisabeth, in ihrer eisigen Zelle am Alexanderplatz, der man alle Vergünstigungen entzogen hat. Er wischt die Tränen weg. Er schreibt,

O Kraft bis zuletzt!

Meine tapfere Elisabeth, du Liebste!

Gefesselt, unter ständiger Beobachtung geschrieben

Er schiebt den Zettel zwischen Pritsche und Wand, in eine Ritze, wo der Putz abgesprungen ist. Viel Hoffnung macht er sich nicht. Wahrscheinlich wird man den Zettel nie finden. Oder man findet ihn zu früh.

Die letzten Argumente
sind Strang und Fallbeil nicht,
und unsre heut'gen Richter sind
noch nicht das Weltgericht

Auch Harro hat einen Zettel in seiner Zelle in der Prinz-Albrecht-Straße verborgen. Auch Harro hat etwas geschrieben: ein Gedicht. Das also wird seine Hinterlassenschaft sein: keine Rede, kein Essay, kein flammender Aufruf, sondern ein ziemlich langes Gedicht. Nun gibt es nicht mehr viel zu tun. Was hat Harro getan? Sein Weg erscheint ihm folgerichtig und klar. Er erinnert sich nicht mehr an all die Details, denen er sich morgen vor Gericht wird stellen müssen, aber das macht nichts. Harro ist ruhig. Groß vor Augen steht ihm noch immer der frühe Wunsch, eine Leistung zu vollbringen, sich als ein dem Vater, den beiden Großonkeln Ebenbürtiger zu erweisen. Er erinnert sich auch, dass Zorn, begeisterte Parteinahme, Ehrgeiz eine Rolle gespielt haben. Aber er kann diese Gefühle nicht mehr mobilisieren. Er ist von alledem frei. Alles hat sich verschoben: Was ihm draußen so wichtig dünkte, ist verblasst, was ihm in der Freiheit kaum bemerkenswert war, leuchtet.

Er denkt sehr viel an seine Eltern. Er denkt an seinen Bruder, an seine Schwester und ihre Kinder. Er denkt über Gott nach, über die Gespräche bei Annie Krauss. Er erinnert sich an manches, was er damals während seiner Mitarbeit beim ›Willen zum Reich‹ flüchtig gestreift hat: religiöse und philosophische Fragen, wie erstaunlich ist doch der Mensch.

Von Anfang an weiß er, dass er sterben wird. Aber dieses Einzige, was bei seiner Geburt schon beschlossen ist, schiebt er achtlos beiseite. Er marschiert los ins Leben, als wäre der Ausgang Verdienst- oder Verhandlungssache. Harro denkt an seine Mutter. Er denkt an abendliche Kindergebete,

Abends wenn ich schlafen geh,
vierzehn Englein um mich stehn,
zwei zu meinen Füßen,
zwei zu meinen Häupten,
zwei zu meiner Rechten,
zwei zu meiner Linken,
zweie die mich decken,
zweie die mich wecken.
Ihm ist, als wäre es so.

Libs ist ganz ruhig. Es geht nun zu Ende. Nun beginnt der Prozess, und man wird Libs freisprechen oder sie zu einer kurzen Gefängnisstrafe verurteilen. Libs fürchtet nicht für sich. Sie fürchtet für Harro. Sie fürchtet, dass Harro nicht so glimpflich davonkommen wird wie sie. Und was soll dann werden? Was soll aus Libs werden, ohne Harro? Aber es hat keinen Sinn, darüber nachzudenken. Es wird alles gut ausgehen.

Thou that cometh from on high
Stilling suffering and pain
When despair is doubly nigh

Man hat Mildred keine Anklageschrift zugestellt. Immerhin weiß sie jetzt, dass ein gewisser Dr. Schwarz sie verteidigen wird. Er vertritt auch Arvid. Mildred denkt nicht an Dr. Schwarz. Sie denkt nicht an den Prozess. Sie denkt nicht einmal an Arvid. Wenn sie daran denkt, dass sie Arvid morgen wiedersieht, wird es ihr unerträglich, bis morgen früh zu warten. Sie konzentriert sich auf »Wandrers Nachtlied«,

Ah, I long for pain to cease
And for joy to give me rest

Arvid denkt an Mildred. Er denkt an den Frühsommermorgen im Jahre 1926, als er in den falschen Seminarraum der University of Wisconsin stolperte, wo nicht der Professor für politische Ökonomie und Soziologie John R. Commons auf dem Katheder stand, sondern die Literaturwissenschaftlerin Mildred Fish, mit strahlend blondem Haar, in einem fadenscheinigen Kleid ihrer Schwester Harriette, das sie trug wie ein Königsgewand. Mildreds Bild liegt vor Arvid. Falk hat es ihm geschickt. Aber wie viel mehr Bilder trägt Arvid im Herzen. Arvid schreibt.

Mein innig geliebtes Herz

Und das ist sie. Sein Herz. Der Taktgeber, der warme pulsierende Ort, wo das Leben zuckt, unsichtbar in der Dunkelheit. Wie hätte er ohne sie gelebt? Morgen wird er darauf beharren, dass er sie verführt, getrieben, missbraucht, für seine ehrgeizigen und verräterischen Ziele eingesetzt hat. Sie muss leben.

Wenn sie bleibt, bleibt sein Bestes. Es geht darum, dass sie das einsieht. Dass sie begreift, wie sehr sie ihm Lebensgrund war, wie sehr sie das verpflichtet: Sie muss nun statt seiner auf der Welt leben. Tränen treten ihm in die Augen. Es ist kein Kummer.

Es ist Erhebung. Er sieht sie am Ufer des Lake Mendota, gesund, frei, die Welt vor sich. Sie wird leben. Das Reich wird enden, und sie wird zu ihrer Mutter heimkehren. Sie wird frei durch ihre Wälder streifen, sie wird über den See rudern, sie wird am Leben bleiben und sein Leben weitertragen.

I ate with you, and slept with you – your body has become not yours only, nor left my body mine only,
I am not to speak to you – I am to think of you when I sit alone, or wake at night alone –

Er schreibt. Jetzt darf er nichts übertreiben. Er darf nicht in theatralische Albernheiten verfallen, er muss den gewohnten Ton beibehalten. Sie kennt ihn. Nur Nüchternheit ist glaubhaft. Es genügt auch. Es genügt, das Glück ihrer Ehe zu erwähnen,

Erinnerst du dich an unser erstes ernstes Gespräch? Dieses Gespräch wurde mein Leitstern und ist es geblieben. Erinnerst du dich an Picnic Point, als wir uns verlobten? Ich sang vor Freude frühmorgens im Club.

Und jetzt wallt dieses Glück wiederum in ihm auf. Ihr Anblick vor dem weiten klaren Himmel, ihr helles Haar, ihre strahlenden Augen. Es ist mehr, mehr. Es ist ihm, als blickte er in einen Sternenhimmel,

bei dem ja auch die Zahl der Sterne ständig wächst, je genauer man hinsieht.

Glück überstrahlt Glück. Und morgen wird er sie sehen. Man wird ihn zum Tode verurteilen, daran zweifelt er nicht. Aber vorher wird er seine Frau sehen. Arvid Harnack ist einundvierzig Jahre alt. Er war fünfundzwanzig, als er Mildred Fish kennengelernt hat. Es ist sein ganzes Leben. Sie hat sein ganzes Leben mit ihm geteilt. Was kann er ihr noch sagen? Er ist allein. Sie ist allein. Sie weiß nichts davon, dass jeden Morgen um acht und jeden Abend um neun die Familie an Mildred und Arvid denkt und Arvid wiederum an die Seinen: Arvid hat Mildred nicht sehen dürfen, er hat ihr nicht schreiben dürfen. Aber nun wird sie erfahren, dass sie nicht vergessen ist. Von morgen an wird sie in die Kette eingewunden sein. Morgen hat alles Schlimme ein Ende: Die Vernehmungen sind abgeschlossen. Die Wadenklammern, die Stäbchen unter den Fingernägeln, die Schläge gehören der Vergangenheit an, ein Weinen steigt in Arvid auf. Kein Weinen: ein klägliches Piepsen zwängt sich durch die Kehle des Nationalökonomen Dr. phil. Dr jur. Arvid Harnack. Aber es ist ja nun vorbei.

Nun muss man nur noch das Ende mit Anstand durchstehen. Und morgen wird er seine Frau sehen. Er sucht in den vielen Zitaten, die sie gemeinsam gesammelt haben, in dem Schatz aus Gedichten, Gebeten, Gesängen, den sie vom ersten Tag ihrer Bekanntschaft an zusammengetragen haben und aus dem er sich so verschwenderisch bedient hat in den letzten Wochen und Monaten, in denen er gefesselt und ohne eine einzige Ablenkung in seiner Zelle gesessen hat.

Du bist mein! Ich bin dein!

Wernher vom Tegernsee. Zwölftes Jahrhundert. Sie haben den Text zusammen im Original gelesen,

Du bist beslossen
In minem Herzen,
Verloren ist daz slüzzelin,
Du muost och immer darinne sin

Er hört ihre Stimme, wie sie das Gedicht spricht. Er hört ihre Stimme singen. Er denkt, dass er in der Stunde seines

Todes gern daran denken würde: an Mildred, die singt. Aber wer weiß, welche speziellen Schrecken dieser Moment für ihn bereithält. Er schiebt den Gedanken weg. Er schreibt an seine Frau,

Unsere angespannte Arbeit machte uns das Leben nicht leicht, und die Gefahr des Erdrücktwerdens war nicht klein, aber trotzdem blieben wir lebendige Menschen. Das wurde mir ganz klar, als wir in diesem Jahr den großen Elch vor uns auftauchen sahen – vorher warst du wie eine Göttin aus dem Meer gestiegen.

Vorhin hat sich der Verteidiger für einen Moment in der Zelle blicken lassen. Dr. Schwarz: Er hat Arvid gestanden, dass er keinerlei Akteneinsicht gehabt hat. Die Anklageschrift ist ihm lediglich in Teilen zugestellt worden. Es geht also morgen um Landesverrat, Hochverrat, Spionage. Arvid hat abgewunken. Ihm helfen zu wollen ist gänzlich sinnlos. Das ist ihm klar. Das hat er den Verteidiger wissen lassen.

»Aber meine Frau. Sorgen Sie dafür, dass meine Frau überlebt. Mildred ist mir nur gehorsame Gattin gewesen. Sie war niemals freiwillig involviert. Sie ist eine im nationalsozialistischen Sinne ergebene Gefährtin ihres Mannes.«

Der Verteidiger hat Arvid zugesichert, alles nur Menschenmögliche für Mildred zu tun. Arvid ist seitdem gefasst. Er schreibt,

Du bist in meinem Herzen: »Du sollst immer darinnen sein!« Mein größter Wunsch ist, dass du, wenn du an mich denkst, glücklich bist. Wenn ich an dich denke, bin ich es.

Erika von Brockdorff singt. Es ist der Abend des 14. Dezember. Es schneit ganz fein. Morgen beginnt ihr Prozess. Erika steht auf der Stuhllehne in der Männerabteilung des Polizeigefängnisses Alexanderplatz. Sie hat ihr Fenster mit dem Stab geöffnet, und sie singt zum Geburtstag von Greta Kuckhoff, die in der Frauenabteilung untergebracht ist.

Wie ist die Welt so stille,
und in der Dämm'rung Hülle
so traulich und so hold
als eine stille Kammer,
wo ihr des Tages Jammer –

So sehen sie nun einander wieder, an diesem kalten dunklen Dezembermorgen. Zuerst sind Elisabeth Schumacher und Erika von Brockdorff im Gefängnis am Alexanderplatz abgeholt worden. Dann ist die grüne Minna in die Prinz-Albrecht-Straße weitergefahren. Und da kommen sie: Harro Schulze-Boysen, Arvid Harnack und Hans Coppi. Sie winken, mit gefesselten Händen. Sie kümmern sich nicht um die Kommissare, die die Fahrt begleiten: Sie reden durcheinander, sie lachen. Die Frauen bestellen Grüße von den gefangenen Frauen am Alex. Es geht quer durch die Stadt, zum Frauengefängnis Kantstraße. Libertas stürmt in den Wagen, auf Harro und Elisabeth zu. Mildred folgt langsam.

Arvid möchte weinen. Er möchte sich in die Finger beißen, er möchte mit der Faust gegen eine Wand schlagen, so elend sieht seine Frau aus.

»Mein liebes Herz. Wie geht es dir?«

»Gut. Jetzt gut, Arvid.«

»Aber es war schwer.«

»Ja. Sehr schwer.«

Über der Stadt dämmert der Wintermorgen. Sie fahren in den Hof des Reichskriegsgerichts in der Witzlebenstraße am Lietzensee ein. Fast gleichzeitig mit ihnen kommt ein zweiter Transport an. Er bringt die Männer aus Spandau: Mildreds ehemaligen Schüler Herbert Gollnow, vor seiner Verhaftung Student der Auslandswissenschaftlichen Fakultät und Oberleutnant der Luftwaffe, John Graudenz, Kurt Schulze, Kurt Schumacher und Horst Heilmann. Kurt und Elisabeth eilen einander entgegen. Horst Heilmann und Libs fliegen aufeinander zu. Sie küssen einander, bis die Kommissare sie trennen.

Und nun gehen die zwölf die Treppe hinauf. Sie gehen in Paaren, artig wie eine Schulklasse, bewacht von den Männern der Gestapo. Auf den Fluren, auf den Treppen, in den Gängen des Reichskriegsgerichts wimmelt es von Soldaten mit Gewehren, aufgepflanzten Bajonetten. Was fürchtet die Macht von diesen zwölf Angeklagten? Glaubt man, jemand könnte versuchen, sie zu befreien? Zittert man vor einem Sturmangriff der Berliner auf das Reichskriegsgericht? Hat man Angst, die Russen könnten sie retten kommen? Die Angeklagten werden in einen Warteraum geführt. Dort nimmt man ihnen die Fesseln ab.

Nun umarmen die Männer ihre Frauen. Die Frauen halten einander an den Händen. Sie fragen einander nach den anderen, sie bestellen Grüße, wieder Grüße und noch einmal Grüße,

1000 Grüße allen Freunden!

Harro berichtet, was Rudolf Behse zu ihm gesagt hat, sein Offizialverteidiger.

»Ich bin Ihr Anwalt, Herr Schulze-Boysen. Sie wissen sicher, es geht um Ihren Kopf, machen Sie sich also weiter keine Gedanken.«

Sie lachen schallend, über diesen lustigen Scherz. Sie sind närrisch, sie sind selig, beieinander zu sein.

»Ich habe meinen Sohn gesehen«, sagt Hans Coppi zu Erika Brockdorff. »Er ist bei Hilde. Deshalb ist sie nicht hier. Hilde wird durchkommen. Sie wird die neue Zeit erleben. Und ich werde meinen Sohn vielleicht noch einmal sehen dürfen.«

»Ich grüße dich von Philipp Schaeffer«, sagt Kurt Schumacher zu seiner Elisabeth. »Und ich werde ihn von dir wiedergrüßen.«

Dann wird Harro Schulze-Boysen aufgerufen.

Er tritt in den Gerichtssaal. Die Besucherreihen sind leer: Die Öffentlichkeit ist von der Teilnahme an der Verhandlung ausgeschlossen. Das Gericht unter Leitung des Präsidenten des 2. Senats Dr. Alexander Kraell hat Platz genommen. Die Richter heben die Hand zum Hitlergruß. Dieser Gruß ist den Angeklagten verboten. Vor dem Geländer, das das Gericht zum Saal hin abschirmt, stehen zwölf Stühle. Harro steht hinter dem ersten. Der Vertreter der Anklage Manfred Roeder trägt die Anklageschrift gegen Harro Schulze-Boysen vor. Er liest die Formalien von einem Blatt ab,

Antworten Sie nur mit Ja oder Nein

Als Zeugen der Anklage fungieren die Kommissare der Geheimen Staatspolizei

Der Verteidigung ist es nicht gestattet, Zeugen zu benennen

»Aber das habe ich doch gar nicht getan!«

Libertas hebt die Hände, sie fleht.

»Nein. Nein, das habe ich nicht getan. Ich habe doch niemanden verraten wollen.«

Libs ist außer sich. Sie spürt, wie die anderen vor ihr zurückweichen, wie die Kälte sich um sie ausbreitet.

»Ich habe das nicht gewollt. Ich bin getäuscht worden. Ich habe dieser Frau vertraut. Gertrud Breiter. Diese Frau hat mich verführt. Die Polizei hat mich verführt.«

Der Ankläger Roeder beugt sich vor.

»Ach? Aber im Allgemeinen sind doch Sie es, die im Ruf der großen Verführerin stehen?«

Libs weint. Dies ist zu entsetzlich. Libs hat Gertrud Breiter geglaubt. Sie hat dem Kommissar geglaubt, dass sie mit einem Kopfnicken hier und da, mit der Bestätigung einer Vermutung, mit dem einen oder anderen kleinen Hinweis niemandem ernsthaft Schaden zufügen würde: Und wie stellt der schreckliche Roeder sie nun dar?

»Sie haben doch sehr gern mit der Gestapo geredet. Sie haben diese weitgehenden Anschuldigungen vollkommen freiwillig gemacht, ohne jeden polizeilichen Druck. Sie haben es genossen, sich zu präsentieren, Sie konnten gar nicht genug davon bekommen.«

Libs wollte doch nur frei sein. Sie wollte sich zu ihrer Mutter flüchten und bei ihr bleiben, sie wollte heim nach Liebenberg und niemals wieder Liebenberg verlassen. Wie können die anderen sie dafür verstoßen? Libs kauert auf dem Stuhl neben Harro. Sie sieht nichts mehr. Sie hört nichts mehr. Mildred wird hereingeführt. Horst Heilmann. Hans Coppi. Es dauert den ganzen Tag. Erst am Abend sind alle zwölf Stühle besetzt.

Und dann kommt die Nacht. Libertas liegt in ihrer Zelle. Sie hat Angst. Sie denkt nicht mehr an den Reichskriegsgerichtsprozess gegen Libertas Schulze-Boysen geborene Haas-Heye. Sie denkt nur noch an das Urteil, das die Freunde über sie verhängen werden. Libs ist voll allerbitterster Reue. Sie ist bereit zu jeder Sühne. Libs weint.

Es ist die Mittagspause des zweiten Verhandlungstages, und Libs weint so, dass man sie stützen muss.

»Aber wer hat denn schon eisern geschwiegen?«

Das sagt ganz unvermutet Arvid Harnack.

Er sagt: »Wer hat wirklich gar nichts verraten? Wer kann von sich sagen, dass er hundertprozentig eisern geblieben ist?«

Am Abend tritt der Offizialverteidiger der Schulze-Boysens Herr Dr. Behse an Libs heran. Er teilt ihr mit, dass die Sache schlecht steht. Er beschwört sie, mit dem Schlimmsten zu rechnen: Libs wird wahrscheinlich zum Tode verurteilt.

Eine Last fällt von Libs ab. Libs ist bereit, alles zuzugeben, sie ist bereit, alle Schuld auf sich zu nehmen. Libs ist bereit zu sterben, wenn die anderen ihr nur verzeihen. Und das müssen sie ja nun. Kann Libs mehr tun, als mit ihnen zu sterben?

»Weine nicht, Libs«, sagt Harro. Auch Harro hat umfangreich ausgesagt. »Wollen wir es einander vorwerfen, wenn unsere Kraft nicht ausgereicht hat? Wollen wir uns das gegenseitig vorwerfen, selbst jetzt noch?«

»Ich war so feige«, weint Libs beglückt. »Ich war schwach, ich hatte Angst. Ihr dürft mich nicht hassen und verachten.«

»Ich hasse dich nicht, Libs«, sagt Horst Heilmann, »ich könnte dich niemals hassen.«

Auf der Heimfahrt ins Gefängnis sitzt Libs zwischen Horst Heilmann und Harro. Sie ist schläfrig und glücklich, wie nach einem langen Ausflug. Ihr ist vergeben. Die schreckliche Last ist von ihr genommen. Sie kehrt in ihre Zelle zurück wie in ihr Zimmer auf Liebenberg. Und morgen wird sie sie alle wiedersehen. Sie werden einander nun jeden Tag sehen, noch drei ganze Tage lang. Sie werden sich niemals wieder trennen. Gemeinsam werden sie vor ihren Richter treten. Libs hat nun alle Prüfungen bestanden.

Sie reden, sie lachen, sie rauchen, in den Pausen im Wartezimmer. Sie verzehren die mitgebrachten Gefängnisrationen. Sie berühren einander, sie sitzen eng zusammengekuschelt wie Wachteln im Schnee, ein verschworener Haufen. Die Wachtmeister lassen sie gewähren, seit Harro einem von ihnen freundlich und entschieden mitgeteilt hat, dass sie alle ohnehin zum Tode verurteilt würden. Dies hat sich Libertas ihr Leben lang gewünscht. Diese Geborgenheit, diese Nähe, diese Zugehörigkeit hat sie ihr Leben lang gesucht. Es fehlte nicht viel, und Libs würde zu singen beginnen,

Und auf dem Berge, da sah man Schwerter blitzen,
und an der Spitze den Räuberhauptmann sitzen –

Mildred begreift nicht recht, was ihr geschieht.

Sie begreift es noch immer nicht. Sie versucht sich zu erinnern, warum sie hier ist. Warum ist sie nicht zu Hause? Warum ist sie nicht in Amerika, in ihrem eigenen Land? Sie scheint auch ihr Deutsch verlernt zu haben: Sie kann dem Prozess nicht richtig folgen. Sie konzentriert sich, aber es ist ihr ständig, als würde das Wesentliche an ihr vorübergehen. Arvid trägt sie aber.

Arvids Augen ruhen immer auf ihr. Arvid ist immer an ihrer Seite. Am 18. Dezember, dem vierten Tag des Prozesses, plädiert der Vertreter der Anklage Manfred Roeder. Er beantragt zwölf Todesurteile. Die Angeklagten erheben sich und umarmen einander.

Die Nacht vor der Urteilsverkündung vergeht sehr langsam. Sie haben ihre Kleider ausziehen und auf Schemel vor den Zellentüren legen müssen, damit keine Suizidmöglichkeiten bestehen: Der Deutschamerikaner John Sieg hat sich schon am 15. Oktober in der Gestapo-Zentrale in der Prinz-Albrecht-Straße das Leben genommen, und am 24. Oktober hat sich im Polizeipräsidium Alexanderplatz Herbert Grasse aus dem Kreis um den Theatermann Willy Schürmann-Horster umgebracht, der unter anderem mit John Sieg an der Herstellung der illegalen Zeitung ›Die Innere Front‹ beteiligt war. Das Licht in den Zellen brennt die ganze Nacht. Alle halbe Stunde sieht einer der Wachtmeister durch den Spion. Arvid liegt mit geschlossenen Augen.

Er spricht sich die Schlussszene des ›Egmont‹ vor, in der die Freiheit erscheint,

Mit blutbefleckten Sohlen trat sie vor mir auf, die wehenden Falten des Saumes mit Blut befleckt. Es war mein Blut und vieler Edeln Blut. Nein, es wird nicht umsonst vergossen. Schreitet durch! Braves Volk! Die Siegesgöttin führt dich an –

Mildred liegt im Halbschlaf, in wirren Gedanken. Einmal schreckt sie hoch, weil sie glaubt, ihre Mutter rufen zu hören. Dann wieder bildet sie sich ein, barfuß über weiches Gras zu laufen.

Erika von Brockdorff schläft gar nicht.

Sie glaubt nicht an ihren Tod. Sie kann sich nicht vorstellen, dass es so endet. Ein Wunder muss geschehen, noch in dieser Nacht, die nicht verstreichen will, so wie manche Kindheitsnächte nicht verstrichen, wenn man mit hohem Fieber zu Bett lag, im Schein einer abgeblendeten Lampe.

Auch Elisabeth Schumacher denkt an ihre Kindheit. Sie denkt an die ersten Jahre, in Straßburg. Sie denkt an das Glück dieser frühen Zeit, als der Vater noch lebte. Sie denkt an ihre hingemordete jüdische Familie. Sie denkt, dass sie im Gegensatz zu ihnen kein unschuldiges Opfer ist: Elisabeth hat den Nationalsozialismus gehasst, sie hat ihn bekämpft. Sie stirbt nicht unschuldig, nicht als Opfer. Der Gedanke ist tief tröstlich.

Libs schläft. Sie schläft wie ein Kind, die Hand unter die Wange geschoben. Sie hat nach der Heimkehr in die Zelle noch ein Gedicht geschrieben. Auch sie hat ein Gedicht geschrieben, genau wie Harro. Aber ihr Gedicht richtet sich nicht an die Nachwelt. Es ist nicht für eine Ritze in der Wand oder im Boden ihrer Gefängniszelle bestimmt, sondern für ihren Mann.

Du bist mir lieber als das Leben,
Ich zahle mit dem höchsten Preis,
Mehr habe ich ja nicht zu geben –
Nun hast du den Beweis.
Wir brauchen uns nie mehr zu trennen,
Wie ist das groß und schön!
Wir wollen stolz es Freiheit nennen –

Die Verteidiger haben ihre Plädoyers gehalten. Die Angeklagten haben ihre Schlussworte gesprochen. Harro und Kurt sind nicht weit gekommen: Roeder hat ihnen gleich nach den ersten Äußerungen das Wort verboten. Arvid hat in wohlüberlegten Sätzen dargelegt, dass er Deutschland vor einer Katastrophe retten wollte, aber seine Stimme klang so müde, als langweilten ihn seine eigenen Sätze. Mildred hat nur geweint. Und auch Elisabeth Schumacher hat keine Worte gefunden.

Sie war auf einmal nicht mehr ganz gegenwärtig. Sie erinnerte sich an eine Ballonfahrt, mit ihrem Vater: Aber hat sie diese Ballonfahrt geträumt? Oder ist sie wirklich einmal mit dem Ingenieur Fritz Hohenemser über diese Felder und Wälder geschwebt, über diese Städte und Dörfer eines längst untergegangenen Reiches, durch die süße Wärme eines längst versunkenen Sommers? Elisabeth hörte den Wind rauschen, sie sah das Gesicht ihres Vaters. Und dort unten, winzig klein, lagen Wälder und Berge, Seen glänzten in der Sonne.

»Die Menschheit entwickelt sich immer weiter fort«, sagte Fritz Hohenemser.

Elisabeth hörte seine Stimme.

»Ganz wundervolle Dinge hält die Zukunft bereit«, sagte der Vater. »Überlege doch nur, in einem Ballon dahinzuschweben. Der Mensch fliegt. Das hätte man sich früher nie träumen lassen.«

Hat er das gesagt? War diese Ballonfahrt wirklich? Was war wirklich, was hat sich Elisabeth nur eingebildet? Diese Frage erschien ihr mit einmal viel brennender als ihr Schlusswort.

»Wenn wir fliegen können, was ist uns dann unmöglich?«, sagte Fritz Hohenemser. Er war Ingenieur. Er spielte das Cello. Er fuhr Auto und Ballon, er liebte seine Familie. Er war jüdischer Abstammung, aber christlich getauft und christlich verheiratet. Er fiel 1914 als Freiwilliger für das Vaterland. Und in Flandern wurde er christlich beerdigt.

»Sind Sie fertig?«

Was hat Elisabeth gesagt? Sie muss etwas gesagt haben.

»Ja«, sagt sie. »Ich bin fertig.«

In der Pause vor der Urteilsverkündung reden die Angeklagten nicht viel. Still sitzen sie beieinander, still halten sie einander an den Händen. Libertas fühlt die Nähe ihrer Liebsten. Sie fühlt sich erhoben, im leuchtenden Raum dieser Stunde, in der sich alle Strahlen ihres Lebens zu einen Flammenbündel vereinigen. Sie teilt Harros Schicksal. Sie teilt das Schicksal aller. Man hat ihr vergeben. Alle Schuld, alle Schwere sind von ihr genommen. Libs kann erhobenen Kopfes unter den Freunden sitzen, von denen sie nun nichts mehr trennt. Dann werden sie in den Saal gerufen. Harro und Libertas Schulze-Boysen, Kurt und Elisabeth Schumacher, Arvid Harnack, Hans Coppi, Horst Heilmann, Herbert Gollnow, John Graudenz und Kurt Schulze werden der Vorbereitung zum Hochverrat und des Kriegsverrats für schuldig befunden, der Zersetzung der Wehrkraft, der Feindbegünstigung und der Spionage. Harro, Arvid, Kurt Schumacher und John Graudenz werden zum Tod durch den Strang verurteilt, die anderen zum Tod durch das Fallbeil. Erika von Brockdorff wird zu zehn Jahren Zuchthaus verurteilt und bricht zusammen. Die Tränen stürzen ihr aus den Augen, ein Frost schüttelt ihren Körper. Dr. Mildred Harnack wird zu sechs Jahren Zuchthaus verurteilt. Arvid erhebt sich halb, strahlend vor Glück.

Du bist mein Licht. Mein Lebenslicht.

Und nun werden sie wieder in ihre Gefängnisse zurückgebracht. Es ist der 19. Dezember 1942. Mildred sitzt neben Arvid. Ihre Hände sind gefesselt. Ihre Arme berühren einander. Mildred schließt die Augen. Das Ruckeln des Fahrzeugs wiegt sie und ihn, sie und ihn. So sind sie früher in Amerika herumgefahren, auf dem Rücksitz eines Autos von Kommilitonen, zu einer politischen Veranstaltung, einem Konzert oder einer Theateraufführung. So sind sie auf den Rücksitzen von Taxis durch Berlin geschaukelt. Mildred geht auf in dieser Berührung. Arvids Nähe erfüllt sie ganz,

You must be he I was seeking,
I have surely lived a life of joy with you

Das Fahrzeug verlangsamt die Fahrt, kommt zum Halt. Sie fahren in den Hof des Frauengefängnisses Kantstraße ein. Die Türen fliegen auf. Mildred bleibt sitzen. Sie bleibt neben Arvid sitzen.

»Aussteigen!«

Mildred bleibt sitzen. Einer der Kommissare nimmt sie am Arm.

»So steigen Sie doch aus.«

Mildred steht auf. Mildred und Arvid sehen einander an.

»Auf Wiedersehen, Mildred«, sagt Herbert Gollnow.

Dann drängt man sie hinaus. Mildred und Libs stehen im Hof des Frauengefängnisses Kantstraße. Die Wagentür schließt sich. Der Wagen mit Arvid und Harro und den anderen rollt über den Hof. Dann fährt er durch das Hoftor davon.

An Libertas' Zellentür hängt ein roter Zettel. *TU.* Todesurteil. Fast scheu schließt die Wachtmeisterin ihr auf. Libs wirft den Kopf zurück. Stolz und aufrecht, so will sie gehen. Stolz und aufrecht, so will sie an der Wachtmeisterin vorüberschreiten in ihre liebe kleine Zelle, sie ist zum Tode verurteilt. Was lässt sich damit vergleichen?

Sie wird nicht alt werden und zahnlos, sie wird nicht verfallen, sie wird nicht langsam dahinsiechen und schließlich einen sinnlosen namenlosen Tod im Bett sterben. Sie wird fallen wie ein Kämpfer, aufrecht und jung, als Heldin der Freiheit und des Geistes, an der Seite ihres Mannes.

Aber zuvor werden die Gnadengesuche eingereicht. Und diese Gesuche werden erst einmal eine Weile auf Ämtern herumliegen, dann müssen sie bearbeitet werden, und das alles braucht seine Zeit. Vielleicht lassen sich die Hinrichtungen hinausschieben, bis der Krieg verloren ist? Vielleicht überleben sie alle, dem Reichskriegsgericht zum Trotz? Warum nicht? So wird es kommen. Genau so wird es kommen.

Madonna ist da. Die Hilfswachtmeisterin Anneliese Kühn: Sie ist in Oda Schottmüllers Zelle gehuscht, mit einem Kassiber von Eri Brockdorff. Oda umarmt Anneliese Kühn.

»Eri ist nicht zum Tode verurteilt. Bitte, darf ich Eri sehen? Heute Abend nach Einschluss, nur für eine Viertelstunde? Eri hat nur Zuchthaus bekommen.«

Oda weint. Alle anderen sollen sterben. Auch Kurt.

Geliebtes Katzentier,

Ina Lautenschläger faltet den Kassiber auf. Sie liest.

Die Schulze-Boysens. Die Schumachers. Hans Coppi

Hans Coppi ist zum Tode verurteilt. Ina Lautenschläger lässt den Zettel sinken.

»Das ist schlimm. Tod durch den Strang. Das ist ganz schlimm.«

Justizwachtmeister Hesse hat sich in Kurt Schumachers Zelle eingenistet. Kurt kann ihn nicht hinauswerfen. Das ist das Schlimmste an einer Zelle: Man kann niemandem den Zugang verwehren.

»Wirklich ein ganz elendiges Schicksal.«

Sogar die Äußerungen menschlichen Mitgefühls verwandeln sich in Hesses Mund zu Gift. Kurt Schumacher ekelt sich. Er beißt die Zähne zusammen. Er ist heute zum Tode verurteilt worden. Kann man ihm nicht die Schleimspur ersparen, die Hesse über alles zieht, womit er in Kontakt kommt?

»Die Frage ist, wird man Ihnen das Genick brechen oder Sie strangulieren? Die Todesart hängt ja ganz davon ab, ob man den Verurteilten mit einem Ruck fallen lässt oder ihn sanft sozusagen in das Seil hineinhängt. Das kann dann ziemlich lange dauern. Minutenlang. Die Verurteilten werden ganz blau dabei, und ihre Zungen schwellen an. Und natürlich entleeren sie sich. Der Gestank ist widerlich. Urin und Scheiße, alles voll damit. Dann wird der Nächste hereingeführt, und der riecht das dann. Dann weiß der ja schon, was ihm bevorsteht. Da machen sich manche schon vorher in die Hose. Ich selber habe das nicht gesehen, aber ein Bekannter hat mir davon erzählt, der hat das in einem KZ gesehen. In den KZs ist das ja eine gängige Hinrichtungsform, für Kriminelle und asoziale Elemente. Aber hier ist es jetzt offenbar ganz neu wieder eingeführt worden. Da bleibt nur zu hoffen, dass der Scharfrichter die Methode überhaupt beherrscht. Na, ich muss dann mal weiter. Schlafen Sie gut.«

Hesse hat auch Johnny Graudenz besucht. Und warum muss Johnny diesen Mann noch einmal ertragen? Hesse hat ihm schon seinen Geburtstag verdorben. An seinem achtundfünfzigsten Geburtstag durfte John Graudenz Frau und Kinder sehen. Er durfte mit ihnen essen: gebratene Ente, Kartoffeln und Rotkohl, an einem gedeckten Tisch. Am Vorabend kam Hesse zu John Graudenz in die Zelle, um ihm zu schildern, warum die Gestapo solche Familientreffen arrangiert. Johnny hat während des ganzen Essens kein Wort herausgebracht. Er hatte Angst, sich zu verplappern, etwas zu verraten. Er hatte solche Angst, den Kindern könnte etwas herausrutschen. Und nun wird Johnny Graudenz seine Familie nicht wiedersehen.

Er wird seine Töchter nicht noch einmal umarmen. Er wird Antonies Stimme nie wieder hören. Johnny Graudenz wird sterben. Mit achtundfünfzig zu sterben sollte leichter sein. Was soll denn schließlich noch Neues kommen? Wechselnde Berufe, wechselnde Länder, Frauen, Freunde, Politik und jetzt am Ende noch Familie, Haus und Garten: John Graudenz hat all dies in seinem Leben untergebracht. Er hat im Grunde auch nichts dagegen zu sterben. Aber er will nicht den Tod sterben, der über ihn verhängt ist. Es entsetzt ihn, es graust ihm. Womit hat er einen solchen Tod verdient? Verurteilt worden ist er als Kommunist. Ist er Kommunist, der Mitgründer der KAPD, der nie an Parteidisziplin, an braves Parteisoldatentum geglaubt hat? John Graudenz ist sein Leben lang der Meinung gewesen, die Menschen bräuchten überhaupt keine Regierung.

Wenn man sie nur in Ruhe ließe und nicht mehr bedrücken und bedrängen würde, könnten sie ihr Schicksal selbst in die Hand nehmen. Sie könnten einsehen, dass Gerechtigkeit, Liebe und Einsicht die Pfeiler sind, auf denen die Welt ruhen sollte, nicht das egoistische Gezänk von Parteien oder gar die Gier der Einzelnen. Dann würde von ganz allein eine vernünftige Gesellschaft entstehen, eine friedliche Gesellschaft ohne Kriege, eine freie Gesellschaft. John Graudenz hat immer an die Freiheit geglaubt.

Er glaubt auch jetzt noch daran. Er wird sich jetzt die Pulsadern aufschneiden, mit dem winzigen Metallplättchen von dem Messer, das ihnen zu den Abendmahlzeiten ausgehändigt wird und das eigentlich dazu dient, einige Zelluloidspäne von der Zahnbürste abzuhobeln, um mit ihnen Feuer für eine Zigarette zu gewinnen. Das Plättchen wird jetzt dazu dienen, John Graudenz zu töten. Johnny ist achtundfünfzig. Es kann doch nicht so schwer sein, mit achtundfünfzig zu sterben.

Kurt Schumacher ist erstaunt darüber, dass er noch immer nicht verzweifelt. Vielleicht liegt es daran, dass Kurt schuldig ist. Der Unschuldige muss wohl verzweifeln: der Handlungsarme, der nichts getan hat, um sich sein Urteil zu verdienen. Und sicher wird auch der verzweifeln, den eine gerechte Strafe daran hindert, von seinem Opfer Vergebung zu erlangen, seine Sünden in der Welt zu sühnen. Aber Kurt hat gehandelt. Er wird zu Recht verurteilt. Er hat getan, was man ihm vorwirft: Er hat das Unrecht verdammt, er hat an eine bessere Welt geglaubt. Die draußen sind ebenso zum Tode verurteilt wie er selbst. Nicht nur die an der Front: Alle, alle, alle sind sie verdammt zu sterben. Warum also nicht zusammen mit denen gehen, die glauben, mit den ungeheuren Mitteln des Fortschritts, den großartigen technischen Errungenschaften der Neuzeit könnte man statt Krieg und Vernichtung auch Wohlstand und Frieden schaffen, eine Gesellschaft, die vernünftig und in Eintracht lebt?

Wobei der Tod, den Justizwachtmeister Hesse geschildert hat, allerdings ein furchtbarer Tod ist. Aber ist es angenehmer, in Stalingrad an einem Lungenschuss zu sterben? Stirbt es sich leichter am Lungenkrebs, der den ewig hüstelnden, bis ins Innerste verschleimten Hesse womöglich eines Tages dahinraffen wird? Wie angenehm war der Hungertod der Leningrader

Frauen und Kinder oder der Fleckfiebertod der Kriegsgefangenen in dem Lager bei Posen, das Kurt bewacht hat? Man wird Kurt strangulieren, oder man wird ihm das Genick brechen. Und seiner tapferen Elisabeth wird man den Kopf abschlagen. Kurt im Halbdunkel der schwach erleuchteten Zelle presst die gefesselten Hände aneinander, presst die Hände gegen den Mund.

O Kraft bis zuletzt.

Kurt Schulze wünschte, er könnte aufhören zu denken. Der Kraftfahrer der Deutschen Reichspost, 1929 in der UdSSR zum Funker ausgebildet, der sein Wissen an Hans Coppi weiterzugeben versucht hat: Er wünschte, er hätte sich die Frage nicht gestellt, woran man eigentlich stirbt, wenn einem der Kopf vom Nacken getrennt wird.

Man erstickt wohl. Aber das Ersticken dauert sicher seine Zeit. Wie lange? Wie viele Minuten? Und wenn es selbst nur Sekunden wären: wie viele Sekunden? Begreift man in dieser Zeit, dass der Kopf vom Körper abgetrennt ist? Das kann nicht sein. Es wäre zu furchtbar. Der Tod würde dann als rasende Panik über sein Opfer herfallen, als Irrsinn, als unausdenkliche Qual des Zerfleischtseins. Nun und? Wer sagt, dass es nicht genau so ist? Es wäre unerträglich, sicher: Aber bislang hat es ja auch keiner ertragen. Kurt Schulze ist kein Christ.

Er ist Kommunist. Er glaubt nicht an ein Leben nach dem Tod, und inzwischen glaubt er auch nicht mehr an eine bessere Welt. Es gibt niemanden, an den er sich wenden könnte um Trost und Erlösung.

Es gibt nichts und niemanden, der seine Frage beantworten könnte: Warum ich? Aber ebenso gut könnte er nach dem Grund seiner Geburt fragen. Warum ist er da? Warum ist er er selbst, warum gibt es überhaupt Menschen? Auf dem Grund dieser Frage räkelt sich Entsetzen wie in einem Brunnen. Und was, wenn es nicht Gott oder der Teufel wäre, der die Geschicke der Welt bestimmt, sondern ein ziel- und absichtslos spielendes Kind? Das ist die grausigste Vorstellung: als wimmerte man seine Klage in den winterlichen Himmel hinauf, und der bliebe nicht nur stumm, sondern begänne leise zu kichern.

Falk Harnack reißt das Telegramm auf. Es ist der 20. Dezember. Das Telegramm ist aus Berlin, von seinem Vetter Axel,

Buch nicht lieferbar. Aber 6 Bilder.

Dies ist der vereinbarte Code. Der Bruder ist zum Tode verurteilt, Mildred zu sechs Jahren Haft.

An diesem Tag endet Mildreds Einzelhaft. Änne Weider, die Vorsteherin des Frauengefängnisses Kantstraße, hat Mildred Harnack kommen lassen. Sie hat sie gefragt, mit wem Mildred gern ihre Zelle teilen würde. Eine halbe Stunde später fallen Gertrud Lichtenstein und Mildred Harnack einander in die Arme. Sie kennen einander schon: Beim täglichen Hofgang hat die eine der anderen jedes Mal zugelächelt. Änne Weider ist eine Anhängerin des Schweizer Theologen Karl Barth. Sie ist früher SPD-Mitglied gewesen. Sie kann diese Frauen nicht retten. Aber sie kann ihnen das Leben ein wenig erleichtern. Was sonst bleibt ihr zu tun? Soll sie ihre Stelle räumen, damit ein straffes Parteiweib nachrückt, das die Gefangenen drangsaliert? Aber nicht einmal das ist ihr möglich. Änne Weider ist dienstverpflichtet.

Harro und Arvid sitzen noch immer in der Prinz-Albrecht-Straße. Sie sind die Letzten. Alle anderen sind verlegt. Arvid ist ruhig. Die letzten Tage waren ruhig und beinahe überirdisch klar. Sehr tief hat er die Liebe empfunden, die ihm seine Familie entgegenbringt: die beiden Schwestern, ihre Familien, die Mutter, Falk. Beglückt hat er an Mildred gedacht, die nun eingebunden ist in das morgendliche und abendliche Gedenken und die leben wird. Er hat an Wanderungen durch Wälder gedacht, an das Brausen von Schmelzwasser zu Beginn des Frühlings, an grüne Spitzen unter altem Laub wie Verheißungen, an die Pracht des Sommers. All das wird weiter bestehen. Arvid wird darin aufgehen. Er wird Teil der Natur werden. Er wird im Schmelzwasser der Flüsse sein, im alten Laub, durch das ein neuer Frühling bricht. Er wird aufgehoben sein wie ein toter Sperling oder das Ei eines Käfers, das an einem Halm überwintert. Er wird im Laub der Sommerkastanien schlafen und im Laub der Herbstkastanien.

Das Schlimmste ist vorüber.

Der Folter wird man Arvid Harnack nicht mehr aussetzen. Vernehmungen und Prozess liegen hinter ihm. Er befindet sich im letzten Stadium der Krankheit. Vor ihm liegt nur noch der letzte Kampf. Tod durch Erhängen. Tod durch Luftmangel, wie beim Ertrinken. Jetzt, hier auf der Schwelle, kommt ihm also noch einmal sein Vater entgegen, Otto Harnack, der mit sechsundfünfzig Jahren freiwillig gegangen ist. Arvid erinnert sich an den weichen schwarzen Goethe-Hut des Vaters, seinen blonden Vollbart mit dem leicht verzogenen Mund. Arvid hat immer die tiefe Romantik empfunden, die darin lag, dass sich der preußische Professor für deutsche Literatur Otto Harnack in Italien, in Rom, in der Villa Borghese in eine zwanzig Jahre jüngere Malerin verliebt hat. Und wie prosaisch muss ihm das Leben danach erschienen sein, das Umfeld an der Technischen Hochschule in Stuttgart. Arvid erinnert sich an Wanderungen mit dem Vater, an Gespräche auf diesen Wanderungen. Er erinnert sich an die Nachdenklichkeit des Vaters, nicht eigentlich aber an Schwermut. Freilich, Arvid war damals ein Kind. Er war zwölf, als sein Vater starb.

Es ist der 22. Dezember 1942. Zwei Tage vor Weihnachten. Arvid Harnack ist aufgestanden wie immer, er hat vorschriftsmäßig das Bett gemacht. Die Tür öffnet sich. Arvid tritt an die Rückwand der Zelle. Er sagt seinen Namen, seine Nummer.

»Fertigmachen zum Transport. Verlegung nach Plötzensee.«

Es ist noch stockdunkel, als in der Frühe der übliche Weckkrawall ausbricht: Einer der Wachtmeister geht durch die Gänge und schlägt dabei auf eine Eisenschiene, damit sich die Gefangenen in Spandau erheben. Der Diplomat Rudolf von Scheliha steht auf, dem man unterstellt, Mitglied der Roten Kapelle gewesen zu sein, obwohl er niemanden der Beteiligten kennt, Kurt Schumacher steht auf, Horst Heilmann, Hans Coppi, John Graudenz und Kurt Schulze. Graudenz und Schulze haben dick verbundene Handgelenke. Sie machen ihre Betten, sie stellen ihre Wasserkrüge bereit. Am Alexanderplatz werden zur gleichen Zeit Rudolf von Schelihas Mitarbeiterin Ilse Stöbe und Elisabeth Schumacher geweckt. In der Kantstraße wird Libertas Schulze-Boysen aufgefordert, ihre Sachen zu packen.

»Warum denn?«

»Verlegung nach Plötzensee.«

Am 22. Dezember also. An einem Dienstag. Arvid ist bereit. Tatsächlich erscheint es ihm passend und tröstlich, dass er an einem Dienstag sterben wird. Der Dienstag ist ein so gewöhnlicher Wochentag. Er hat nichts von Anfang wie der Montag, er bezeichnet keine Mitte, er tost nicht wie der Donnerstag, er verspricht kein Wochenende, keinen Paukenschlag der Freiheit. Er ist der banalste aller Wochentage. Dienstag. Durch das

Fenster in der Prinz-Albrecht-Straße dringt ein wenig graues Licht. Die Wintermorgendämmerung beginnt, die kaum Dämmerung ist. Aber hinter diesen Mauern, hinter diesen Wolken geht unbeeindruckt die Sonne auf,

Die Sonne tönt nach alter Weise
In Brudersphären Wettgesang,
Und ihre vorgeschriebne Reise
Vollendet sie mit Donnergang.

Arvid spricht diese Zeilen. Es ist ihm, als öffneten sich die Wände, und er würde in den Strom der Kraft hineingesogen, der alle Zeitalter, alle Schichten der Welt durchbraust, alles Lebende und Tote mit sich nimmt, in sich birgt. Arvid spricht weiter, fast unhörbar in diesem Strudel.

Und schnell und unbegreiflich schnelle
Dreht sich umher der Erde Pracht;
Es wechselt Paradieseshelle
Mit tiefer, schauervoller Nacht –

Die Stimme versagt ihm. Er muss einen Moment innehalten. Er hört die Schritte, die sich nähern, er hört das Klappern des Schlüssels. Er hört den Schlüssel in der Tür, aber er spricht weiter,

Ihr Anblick gibt den Engeln Stärke,
Wenn keiner sie ergründen mag,

»Harnack. Es ist so weit.«

Aber er spricht zu Ende. Er spricht laut. Arvid glaubt, dass sich die Menschheit im Aufstieg befindet. Er glaubt an die Natur, er glaubt an die Liebe seiner Familie. Er steht in seiner Zelle und ruft zu einem Himmel empor, den er nicht sieht, in der kalten Dämmerung,

Und alle deine hohen Werke
Sind herrlich wie am ersten Tag!

Harald Poelchau ist unterwegs. Der Gefängnispfarrer von Tegel und Plötzensee: Er hofft, dass er noch rechtzeitig kommt. Man hat ihn nicht offiziell informiert, aber Harald Poelchau hat seine Kontakte. Er weiß, dass heute elf Menschen in Plötzensee hingerichtet werden sollen. Man hat ihnen nicht einmal mehr Zeit gegeben, noch Gnadengesuche zu stellen. Die Hinrichtungen sollen um 19 Uhr beginnen. Für die mit dem Fallbeil sind drei Minuten vorgesehen. Aber die ersten fünf Verurteilten sollen durch den Strang sterben, in einem Abstand von fünf Minuten. Harald Poelchau hat es mit Entsetzen vernommen. Fünf Minuten sind eine Unendlichkeit.

Es gibt kein endgültiges Ende. Es gibt kein Letztes Gericht. Es gibt keine ewige Verdammnis. Alles ist eins. Alles ist am Ende wieder eine Schwingung, eine Kraft. In wenigen Stunden wird Harro aus seinem alten Ich aussteigen.

Es ist eine Gnade, keine Strafe. Harro darf die alte Hülle zurücklassen. Er wird neu beginnen. In welchem Körper und unter welchen Umständen, wird nach dem Gesetz von Ursache und Wirkung davon abhängen, wie gut er dieses Leben bewältigt hat: Das hat Annie Krauss überzeugend erklärt. Die Welt ist nicht fertig, sie wird ständig neu erschaffen. Der Mensch ist nicht fertig: Er erschafft sich selbst immer neu, und ist dies nun eine wahre Erkenntnis?

Sind die metaphysischen Überlegungen seiner Haftzeit der Kern, die wahre Wahrheit des Ganzen? Hat Harro in seinem unklaren Drängen und Suchen draußen in der Freiheit das Wichtigste verpasst? Natürlich nicht. Alles ist nur ein Teil des Ganzen. Auch Harro ist nur ein Vorläufiger gewesen.

Geliebte Eltern!

Es ist nun so weit!

Harro Schulze-Boysen in seiner Zelle in Plötzensee schreibt

seinen Abschiedsbrief. Er fühlt sich seinen Eltern sehr nahe. Er ist ganz mit ihnen versöhnt. Und werden die Eltern glauben, dass er ein Lump und Vaterlandsverräter war? Sicher nicht. Aber sie werden leiden. Es liegt etwas Grundverkehrtes darin, vor den Eltern zu gehen, sie solcherart im Stich zu lassen. Aber tun die jungen Toten vor Stalingrad etwas anderes? Die Alten werden wohl lernen müssen, ohne die Jungen zu leben. Harro schreibt.

Dieser Tod passt zu mir. Irgendwie habe ich immer um ihn gewusst. Es ist »mein eigener Tod«, wie es einmal bei Rilke heißt. Wenn ihr hier wäret, unsichtbar seid ihr's: Ihr würdet mich lachen sehen angesichts des Todes. Ich habe ihn längst überwunden.

Und hat er nicht etwas hinzuzufügen, kann er sich nicht rechtfertigen? Wozu der ganze Sturm und Drang, wozu das Leid, das er über die Eltern bringt?

Glaubt mit mir an die gerechte Zeit, die alles reifen lässt! Mag sein, dass wir nur ein paar Narren waren; aber so kurz vor Toresschluss hat man wohl das Recht auf ein bisschen ganz persönliche historische Illusion. Ja, und nun gebe ich Euch allen die Hand und setze nachher 1 (eine einzige) Träne hierher als Siegel und Pfand meiner Liebe.

Und kommen sie nun? Sind sie das? Jemand öffnet die Tür. Harro hebt den Kopf. Ein Pfarrer betritt Harro Schulze-Boysens Zelle.

»Harald Poelchau. Darf ich hereinkommen?«

Libs denkt an Liebenberg. Sie denkt an die jungen Enten in Liebenberg. Die Mutter schwamm immer vorneweg, gefolgt von den Küken, die in einer Reihe hinter ihr herschwammen. Die meiste Zeit waren sie ziemlich diszipliniert, gute Kinder. Aber hin und wieder ging es mit ihnen durch. Dann stoben sie in alle

Richtungen davon, wuselten wild durcheinander, schwammen kreuz und quer, und die Mutter rief laut vor Angst, bis sie die Ihren wieder um sich geschart hatte. Manchmal fehlte dann noch ein Küken.

Manchmal war eines zurückgeblieben. Manchmal hatte eines die anderen verloren, und nun schwamm es in wilder Verfolgung, angstvoll piepsend und flatternd, hinter den Seinen her. So wird es Libs nicht ergehen. Sie wird nicht zurückbleiben. Sie hat ihren Weihnachtsengel mit nach Plötzensee genommen, die gepresste Blume aus Liebenberg. Libs ist bereit. Harald Poelchau ist bei ihr gewesen. Er hat mit ihr das Abendmahl gefeiert. Libs ist tief getröstet: Wer will altern, wer will verfallen? Libs hat den ewigen Frühling, und sie hat das Mysterium der Liebe Gottes. Draußen Schritte, Schritte auf dem Gang. Stille. Die Schritte halten vor ihrer Zelle. Und sind sie das? Ist es etwa schon so weit?

Libs springt auf, sie presst die Hände zusammen. Sie keucht vor Entsetzen. Aber es ist nur ein merkwürdiger kleiner Mann, der in die Zelle humpelt. Er spricht nicht. Er hat einen grauen Kittel dabei, Holzpantinen.

»Er kommt zum Haareschneiden«, sagt der Wachtmeister. »Danach ziehen Sie die Sachen da an.«

Horst Heilmann in seiner Zelle in Plötzensee steht unter ununterbrochener Bewachung, wie alle anderen auch. Fast könnte er darüber lächeln. Glauben sie, dass er ihnen die Arbeit abnimmt? Das wird er nicht tun. Er geht nicht allein, er wartet auf die Freunde. Er geht mit Harro und mit Libs: mit denen, die sein Leben waren. Leid tut es ihm allerdings, dass er den Eltern dies antun muss, so kurz vor Weihnachten. Horst ist neunzehn. Natürlich, viele verlieren ihre Söhne an der Front. Aber wer fällt, bringt wenigstens keine Schande über die Familie.

Horst würde den Eltern gern erklären, dass sie sich auch für ihn nicht schämen müssen. Er würde ihnen gern begreiflich machen, dass er nicht anders handeln konnte.

Er würde gern in Worte fassen, wie ihn das Leben schicksalhaft bis zu diesem Punkt geführt hat, nicht mit Zwang und harter Hand, sondern mit Sanftmut, Schritt für Schritt und fast spielerisch, bedacht noch auf unendlichste Kleinigkeiten und Zufälligkeiten. Es konnte gar nicht anders enden. Und ist das nicht Gnade? Wer im Rückblick zu dem Schluss kommt, dass alles genau so kommen musste, wie es gekommen ist: Kann der nicht sicher sein, dass er gerettet ist, eingefügt in den erhabenen Zusammenhang des Ganzen, auch wenn er dieses Ganze in seiner Unermesslichkeit nicht erkennen kann? Horst schreibt.

Wenn ich wüsste, dass ihr mir verzeihen könnt und vielleicht sogar ein wenig stolz auf mich seid, würde ich vollkommen glücklich sterben. Ich sehe nichts Tragisches in meinem Ende. Mein Leben ist so schön gewesen, dass ich die Einheit der göttlichen Harmonie auch durch meinen Tod hindurchklingen höre.

Er setzt ab. Noch etwas. Und darf er dieses Letzte schreiben? Wird es sie nicht zusätzlich kränken? Ihm ist, als hörte er Harros Lachen. Ihm ist, als sähe er Harro noch einmal wie an jenem elendigen Tage nach dem Verhör im Keller der Prinz-Albrecht-Straße: Horst taumelte in den Flur mit dem Aufzug, und da stand Harro. Sein blonder Haarhelm leuchtete im grellen Licht der Deckenlampen. Über dem Wangenknochen lag noch der Schatten eines Blutergusses. Sein Gesicht war gelassen. Er zwinkerte Horst zu, zwinkerte ihm tatsächlich zu, als hätte er niemals eine trübe Stunde erlebt. In diesem Moment war Horst alles vergeben. Harro hatte ihm Libertas vergeben. Horst schreibt.

Ich habe den Antrag gestellt, meine Leiche auszuliefern, und möchte gern mit meinen Freunden bestattet werden.

So. Nun ist auch das gesagt. Nun ist dies geklärt, und es wird geschehen: Man wird schließlich nicht darüber hinweggehen können, nicht über seinen letzten Willen,

Ich sterbe stark und sicher. In Liebe,

Euer Horst

Trüber Tag, Feld. Es wird schon dunkel. Auf dem Gefängnishof liegt eine dünne Schneeschicht. Ein eisiger Ostwind weht. Harald Poelchau steht vor dem Hinrichtungsschuppen gegenüber von Bau III, mitten im Gesamtkomplex der Gefängnisanlage Plötzensee. Er hat Arvid Harnack gesehen, Harro und Libs, Elisabeth und Kurt Schumacher, auch Hans Coppi. Er hat letzte Briefe entgegengenommen, die er den Hinterbliebenen zustellen soll. Er hat mit Arvid das Abendmahl gefeiert. Er hat mit Harro ein langes, merkwürdiges Gespräch geführt.

»Ich habe hier drinnen etwas verstanden«, hat Harro Schulze-Boysen gesagt. »Etwas, das ein Freund von mir einmal gesagt hat. Opfere alles, was du hast, und am Ende opfere das, wofür du alles geopfert hast. Es ist das Isaak-Gleichnis, nicht wahr? Ich neige dem Christentum nicht sonderlich zu, Herr Pfarrer, und der Befehl zur Opferung Isaaks hat mich immer besonders abgestoßen. Aber ich glaube, ich verstehe das Gleichnis jetzt. Zuletzt zu opfern, wofür man alles geopfert hat, das ist der Weg in die Freiheit.«

Harald Poelchau hat versucht, sich ganz auf Harro Schulze-Boysen einzustellen. Er hat versucht, die Worte hinter den Worten zu hören. Schließlich hat er gesagt: »Wir stellen uns Isaak gewöhnlich als Knaben vor. Aber die jüdische Tradition beschreibt ihn als Mann von siebenunddreißig Jahren.«

Harros Augen haben aufgeleuchtet.

»Das heißt, er stimmt seinem Tod zu?«

»Vielleicht hat er geglaubt, dass sich die Verheißung nur dann erfüllt«, hat Harald Poelchau gesagt. »Es war ja verheißen, dass sein Same in der ganzen Welt aufgehen und Segen bringen würde.«

Harro hat aufgelacht, fröhlich und hell, als ginge es zu einem Fest.

»Und daran hat er festgehalten«, hat Harro gesagt. »Der Gott, der ihm so viel Zukunft verheißen hat, fordert seinen Tod. Aber Isaak hält an der Verheißung fest, auch gegen das Offensichtliche. Er hält an der Zukunft fest, auch noch gegen den Herrn der Zukunft. Ein trotziger Bursche, dieser Isaak, das muss man sagen.«

Harald Poelchau steht vor dem Hinrichtungsschuppen.

Der erste der Verurteilten hat den Schuppen allein betreten. Rudolf von Scheliha. Poelchau hat ihn nicht begleiten dürfen. Es gehört normalerweise zu seinen Pflichten, dem Verurteilten beizustehen bis zuletzt, aber diesmal hat man ihm den Eintritt verwehrt. Er weiß, was die Verurteilten normalerweise erwartet.

Ein schwarzer Vorhang teilt den Hinrichtungsschuppen. An der linken Wand steht der Richtertisch. Eine Kerze brennt darauf. Darüber hing früher der Gekreuzigte, jetzt ist dort eine leere Stelle. Der Verurteilte wird identifiziert, das Urteil wird verlesen. Dann folgt das Kommando.

Scharfrichter, walten Sie Ihres Amtes.

Der Vorhang reißt auf, die Guillotine wird sichtbar. Die Henkersknechte packen den Verurteilten, der keine Zeit mehr zum Denken, zum Sehen, zur Gegenwehr hat. Er wird auf die Maschine gedrückt, und das Beil saust herab. Der Kopf fällt, das Blut bricht aus dem Halsstumpf, die Beine schleudern die Holzpantinen hoch durch die Luft.

So ist es normalerweise.

Der Mann dort im Schuppen stirbt aber anders. Harald Poelchau weiß von der Eisenschiene mit den Fleischerhaken. Er geht über den Hof, zurück zu dem dunklen Bau III.

Die Tür öffnet sich. Gefesselt, in grauem Kittel, mit Holzpantinen an den Füßen wird Harro Schulze-Boysen in den düsteren Abend hinausgeführt.

To conclude – I announce what comes after me;
I announce justice triumphant;
I announce uncompromising liberty and equality;
I announce the justification of candor, and the justification of pride.
I announce mightier offspring, orators, days, and then, for the present, depart.
Is there a single final farewell?
Camerado! This is no book;
Who touches this, touches a man;
Dear friend, whoever you are, take this kiss,
I give it especially to you – Do not forget me;
I am as one disembodied
triumphant
dead

19.10 Uhr Dr. Arvid Harnack – Tod durch den Strang

19.15 Uhr Kurt Schumacher – Tod durch den Strang

19.20 Uhr John Graudenz – Tod durch den Strang

Dann eine Pause. Der Scharfrichter und die Helfer nehmen einen Imbiss zu sich. Die Justizbeamten stehen auf dem Hof und rauchen. Harald Poelchau hält sich abseits. Man hat es ihm verwehrt, noch einmal zu den Gefangenen zu gehen.

20.18 Uhr Horst Heilmann – Tod durch das Fallbeil

20.21 Uhr Hans Coppi – Tod durch das Fallbeil
20.24 Uhr Kurt Schulze – Tod durch das Fallbeil

»Lasst mich!«

Libertas' Schrei gellt durch die Nacht, über den dunklen Hof. Er gellt Harald Poelchau in den Ohren.

»Lasst mich!«

Libertas empört sich. Jetzt ist ihr alles klar. Jetzt lehnt sie sich auf, in diesem allerletzten Moment. Jetzt leistet sie Widerstand, sie allein: Sie braucht Harro nicht für diesen Aufruhr, der ihr ureigenster ist.

»Lasst! So lasst mir doch mein junges Leben!«

Und nun Elisabeth.

Sie ist die Letzte. Fast könnte sie singen, zur Eile mahnen: Denn wer wollte jetzt noch leben? Elisabeth steht vor dem schwarzen Vorhang. Die Kerzen auf dem Richtertisch brennen.

»Name?«

Als ob sie den nicht wüssten. Als ob sie nicht wüssten, wer sie ist. Als ob Elisabeth nun noch vorgeben könnte, eine andere als sie selbst zu sein. Es ist aber ein wichtiger Moment. Dies ist das Letzte, was über ihre Lippen kommen wird, das Letzte, was sie auf dieser Welt sagen wird. Elisabeth Schumacher sagt ihren Namen.

Und dann wird es still. Die Wachmannschaft löst sich auf. Die Vertreter des Staates verlassen den Richtplatz. Der diensthabende Beamte schreitet die Korridore in Haus III entlang. Er schließt die Türen der leeren Zellen. Er löscht das Licht. Harald Poelchau macht sich auf den Heimweg.

23. Dezember 1942. Ein Mittwoch. Der Wind fährt durch die Straßen Berlins wie ein Eisenbesen. Tora zu Eulenburg-Hertefeld steht vor dem Gefängnis in der Lehrter Straße. Sie findet ihr Kind nicht. Sie war schon in der Prinz-Albrecht-Straße, im Frauengefängnis Kantstraße in Charlottenburg, im Polizeigefängnis am Alexanderplatz, aber niemand kann ihr sagen, wo Libertas ist. Tora hat ein Weihnachtspäckchen für Libs gepackt. Sie hat sogar schon Herrn Dr. Kraell angerufen, den Senatspräsidenten. Aber kaum hatte sie Libertas' Namen gesagt, war unerklärlicherweise die Leitung unterbrochen und keine neue Verbindung mehr herzustellen. Kann Tora vielleicht bei Göring anrufen?

Aber der Reichsfeldmarschall hat Toras Bruder Büdi gedroht. Er hat getobt. Er hat es offenbar persönlich genommen: ausgerechnet Schulze-Boysen, aus seinem eigenen Luftfahrtministerium! Ausgerechnet die kleine Libs, die er so oft in die Wange gekniffen hat. Aber was haben Harro und Libs eigentlich getan?

Das fragen Sie? Verrat begangen! Einen ungeheuerlichen, verbrecherischen Verrat.

Ja. So sagen es alle. Aber was haben sie verraten? Was genau haben sie verbrochen? Tora weiß es nicht. Sie weiß es noch immer nicht. Vielleicht ist es wirklich gleichgültig, so wie Libs es bei Toras letztem Besuch gesagt hat.

Liebling, bekümmere dich doch nicht darum. Es ist ja nun alles vergangen und vorüber.

Aber für Tora ist nichts vorüber. Es kann doch nicht gleichgültig sein, wofür man einen Menschen ins Gefängnis wirft. Der Grund seiner Gefangenschaft kann doch dem Gefangenen selbst nicht unwichtig werden. Er muss doch mit aller Kraft um sein Recht ringen, um seine Freiheit, sein Leben.

Tora steht auf der Straße.

Sie ist mitten in Berlin. Menschen hasten an ihr vorüber. Sie müssen alle sterben, jeder Einzelne von ihnen. Die Frau mit dem abgetragenen Mantel und dem harten Gesicht, die ein sehr kleines schreiendes Kind hinter sich herzerrt, der alte humpelnde Mann, die Gruppe junger Soldaten, die graugesichtigen Arbeiterinnen, die Mädchen mit den roten Büchsen vom Winterhilfswerk, die Frauen mit ihren großen Taschen, die in Schlangen vor den Läden warten, im Rauch der Stadtbahn, im Dunst dieses eisigen Dezembertages: Sie werden alle sterben. Warum schreit keiner auf? Warum wirft sich keiner auf den Boden, trommelt mit den Fäusten auf die hartgefrorene Erde?

Weil sie Tag und Stunde nicht kennen. Das ist der einzige Grund. Tora steht in Berlin. Sie steht am Alexanderplatz. Sie trägt ein Paket. Sie hat es in Liebenberg gepackt. Es enthält Weihnachtsgebäck, einen geschmückten Tannenzweig, ein Glas Gelee aus Liebenberger Himbeersaft, einen Band Rilke-Gedichte. Menschen hetzen durch den sich immer tiefer verdunkelnden Nachmittag. Die Menge teilt sich unwillig vor ihr, schließt sich hinter ihr. Tora ist ein Hindernis im schnellen Lauf des Stroms, der dahinstürzt durch die Zeit, seinem Ende entgegen,

Wo ist Libertas? Wo ist mein Kind?

Die hetzenden Menschen sind auf dem Weg nach Hause, zu einer Verabredung, zum Zahnarzt oder zum Milchladen. Sie stehen an nach Brot, nach Fleisch. Sie streben ihren Wohnungen entgegen, während die Zeit verstreicht, Minute um Minute ihrer dünnen, armen Zeit auf der Erde. Tora steht noch immer da. Eine Straßenbahn rattert vorüber, noch eine. Die Berolina reckt sich, präsentiert dem leeren Himmel das Nichts auf geöffneter Hand. Tora weiß nicht, wo ihr Kind ist.

Sie weiß nicht, wohin man ihr Kind gebracht hat. Sie weiß nicht, wen sie fragen kann. Sie sieht sich selbst, am Fenster in

Liebenberg. Sie sieht vom Fenster hinaus auf den Schlosshof. Der Hof ist leer. Er liegt unter einer Decke aus Dezemberschnee, rein und unberührt. Irgendwo lacht ein Kind. Von irgendwo läuft es ins Bild hinein. Es läuft über den Hof, in kleinen roten Stiefeln. Tora sieht die Spuren im Schnee. Ganz hinten am Tor dreht sich das Kind noch einmal um. Es hebt die Hand. Dann ist es um die Ecke verschwunden.

Es beginnt von Neuem zu schneien.

Meine Lieben!

In den nächsten Stunden scheide ich aus dem Leben. Ich möchte euch noch einmal für alle Liebe danken, die ihr mir erwiesen habt, gerade auch in der letzten Zeit. Der Gedanke an sie hat mir alles Schwere leicht gemacht. So bin ich ruhig und glücklich. Auch denke ich an die gewaltige Natur, der ich mich verbunden fühle. Vor allem aber denke ich daran, dass die Menschheit sich im Aufstieg befindet.

Falk hört seinen Bruder. Arvids Stimme klingt aus den Worten des Briefes, Arvids Hand wird sichtbar in seinen Schriftzügen. Falk sitzt mit seiner Cousine Elisabeth von Harnack auf dem Sofa bei Pfarrer Harald Poelchau, in der Wohnung der Poelchaus in der Afrikanischen Straße. Poelchau hat heute Morgen Elisabeth von Harnack angerufen. Elisabeth hat wiederum Falk angerufen. Sie hat die vereinbarten Worte gesprochen.

»Das Buch hat seine Vollendung gefunden.«

Das war um elf. Am Nachmittag war Falk in Berlin. Jetzt sitzt er hier. Er blickt in die stillen Augen dieses Mannes, der Arvid bis vor das Tor begleitet hat.

»Bis in den Hof. Aber nicht hinein in den Hinrichtungsschuppen.«

Falk nickt. Es ist ihm noch nicht klar, dass Arvid tot ist.

Vielleicht begreift er es nie. Falk sitzt und schaut wieder auf den Brief.

»Wie lange hat es für meinen Bruder gedauert?«

»Nicht lange. Es ging sehr schnell. Ich kann Ihnen versichern, dass es schnell ging.«

Eine besondere Freude war mir zu erfahren, dass es in der nächsten Familie voraussichtlich bald eine Verlobung gibt. Ich möchte gern, dass mein Siegelring, der von meinem Vater stammt, an Falk fällt. Seinen Siegelring kann dann Lilo erhalten.

Und wird sich Lilo Ramdohr tatsächlich mit Falk verloben?

Es muss so sein. Es darf nicht anders sein. Es steht in Arvids Brief. Aber wo ist Arvids Ring? Der Ring Otto Harnacks. Arvids Ring, der mit Arvids Sachen übersandt werden soll: Aber was, wenn dem nicht so ist? Was, wenn sie den Ring verschwinden lassen? Falk wird morgen zu Roeder gehen. Er wird nach seinem Bruder fragen, nach seiner Schwägerin. Nach dem Ring. Es scheint ihm in diesem Moment, dass alles an dem Ring hängt. Alles. Lilo. Arvids Leben. Das Lebensglück.

Das also ist der Mann, der Arvids Tod gefordert hat.

Tötet ihn!

So wird er es nicht gesagt haben. Aber das ist der Kern der Sache,

Tötet ihn!

Barrabas, Barrabas

Es ist der 24. Dezember. Falk steht in Roeders Büro. Roeder hat ihm einen Sessel angeboten. Manfred Roeder ist höflich, auf die schneidig-eisige Art, die ihren Ursprung in der Verachtung hat. Falk ist stehen geblieben. Er legt eine Hand auf die Rücklehne des Besucherstuhls, der vor dem Schreibtisch steht, hinter dem Roeder sitzt.

»Ich möchte mich nach dem Befinden meines Bruders und meiner Schwägerin erkundigen und fragen, wo ich die Weihnachtspäckchen für sie abgeben kann«, sagt Falk.

»Die können Sie wieder mitnehmen«, sagt Roeder. »Ich muss Sie außerdem anweisen, keine weiteren Päckchen mehr zu schicken. Sie können hier niemanden mehr besuchen.«

»Wie meinen Sie das?«, sagt Falk. Er spricht mit Mühe. Seine Kiefergelenke sind aus Eis. »Mein Bruder ist zum Tode verurteilt. Aber es besteht doch die Möglichkeit eines Gnadengesuchs. Und meine Schwägerin hat nur eine Zeitstrafe erhalten.«

Roeder brüllt.

»Ihre Schwägerin? Ihr Bruder? Welcher Bruder? Sie haben keinen Bruder. Ihr Bruder ist tot. Ihr Bruder ist hingerichtet worden, und wenn Sie darüber nicht Stillschweigen bewahren, werden Sie es bereuen, so viel kann ich Ihnen versichern. Und Ihre Schwägerin vergessen Sie einfach. Vergessen Sie sie. Sie haben keine Schwägerin. Diese Frau gehört nicht zu Ihrer Familie. Sie werden nie wieder etwas von ihr sehen oder hören!«

»Herr Dr. Zechlin? Falk Harnack am Apparat. Das Buch hat seine Vollendung gefunden. Bitte grüßen Sie Ihre Frau von mir und begehen Sie das Weihnachtsfest friede- und freudevoll. Mein Bruder wünscht es sich so. Er wünscht das in seinem Brief ganz ausdrücklich.«

Keine Antwort.

»Wir sollen singen ›Ich bete an die Macht der Liebe‹«, sagt Falk.

»Ja«, sagt Dr. Zechlin am anderen Ende der Leitung. »Es tut mir leid. Ich finde keine Worte.«

»Nein«, sagt Falk. »Auf Wiedersehen, Herr Dr. Zechlin. Danke für alles.«

Falk geht durch Berlin.

Er ist auf dem Weg zum Bahnhof. Es ist der 24. Dezember. Falk muss nach Jena fahren. Er muss der Mutter sagen, dass ihr ältester Sohn nicht mehr lebt. Und wo ist Arvids Ring? Falk hat Roeder nicht gefragt. Es ging nicht. Roeder hätte womöglich gedacht, es ginge Falk um den Goldwert. Falk ist also vor Roeder eingeknickt. Es quält ihn sehr. Arvid wäre nicht eingeknickt. Falk ist klein vor der Größe des toten Bruders. Er hat keinen Bruder mehr. Er hat nur noch Lilo. Er wird Lilo bitten, zu ihm zu kommen. Er wird ihr seinen Ring geben. Und dann wird er den Siegelring seines Bruders erwarten, der ihm ja vielleicht doch noch ausgehändigt wird,

Setze mich wie ein Siegel auf dein Herz, wie ein Siegel auf deinen Arm. Denn stark wie der Tod ist die Liebe. Wasser können die Liebe nicht löschen, Ströme sie nicht ersäufen. Böte einer all sein Hab und Gut um Liebe, man spottete nur sein

»Sie sagen, sie werden keine Märtyrer dulden.«

»Was meinen sie damit? Bitte, Büdi.«

Der Fürst von Eulenburg-Hertefeld steht am Fenster. Libertas' Onkel: Er ist blass. Er ist gerade aus Berlin zurückgekommen. Es ist der 30. Dezember. Kurz nach Weihnachten hat ein Adjutant Görings in Liebenberg angerufen und die Familie von Libertas' Tod informiert. Er hat ihnen auch Libertas' Abschiedsbrief zugestellt.

Meine unbeschreiblich geliebte Mutti,

Tora hat den Brief so oft gelesen, dass sie ihn auswendig kann. Stücke davon, Satzschnipsel begleiten sie Tag und Nacht, in den Schlaf und durch die endlosen Stunden des Wachseins,

Da ich bereits in einem Traum lebe, aus dem ich, glücklich

wie ich bin, zu keiner grausamen Wirklichkeit mehr erwachen muss

Ich wachse mit jeder Minute mehr in den Himmel hinein

Harro ist mir nahe, Horst ist mir nah, ich leide überhaupt nicht mehr, und alles ist ohne Schrecken

Alle Strömungen meines bunten Lebens fließen zusammen und alle Wünsche werden erfüllt: Ich bleibe jung in Eurem Gedächtnis. Ich brauche mich von meinem Harro nicht mehr zu trennen. Ich liebe die Welt, ich habe keinen Hass, ich habe den ewigen Frühling

Wie kann sie das gefühlt haben? Es ist nicht möglich. Sie hat dies geschrieben, um die Mutter zu trösten, das zärtliche, liebevolle Kind: Aber es ist noch ein zweiter Abschiedsbrief gekommen. Der Pfarrer hat ihn überbracht, Harald Poelchau. In diesem Brief schreibt Libs von einer Frau, die sich in ihr Vertrauen eingeschlichen hat. Sie schreibt von Freunden, die sie verraten hat,

Nun haben mir aber alle verziehen. In einer Gemeinsamkeit, die nur angesichts des Todes möglich ist, gehen wir dem Ende entgegen. Ohne Leid, ohne Bitterkeit.

»Ich will mein Kind wiederhaben, Büdi!«

Aber er wird ihr nichts sagen. Sie kennt ihren Bruder: Er wird ihr gar nichts sagen, wenn die Gefahr eines Gefühlsausbruchs besteht. Sie beißt die Zähne zusammen, sie presst die Knöchel an die Lippen. Büdi ist nach Berlin gefahren. Er ist in Plötzensee gewesen, in der Prinz-Albrecht-Straße. Libs hat einen letzten Wunsch geäußert,

Ich habe gebeten, dass man Dir meine »Materie« überlässt. Begrabt sie, wenn es geht, in Liebenberg, an einem schönen Ort mitten in der sonnigen Natur.

»Ich bin gefasst«, sagt Tora Eulenburg. »Wirklich. Büdi. Sag mir jetzt, was du erfahren hast.«

Er antwortet immer noch nicht. Tora sieht hinaus auf den Schlosshof. Der Hof ist leer. Er liegt unter einer Decke aus Januarschnee, rein und unberührt,

So mein Liebling, die Stunde schlägt: Zuerst geht Harro und ich denke an ihn. Dann geht Horst und ich denke an ihn. Und an mich wird Elisabethchen denken, die Liebe.

»Sie geben ihren Leichnam nicht heraus«, sagt Büdi. »Ich habe alles versucht, aber ohne Erfolg. Ich hatte den Eindruck, sie wüssten nicht einmal genau, wo er ist.«

Er ist sehr zornig. Er ist zornig auf Libertas, seine überspannte Nichte mit ihren verstiegenen Ideen. Libs hat nichts als Schande über die Familie gebracht. Schande und Unglück: Man muss ja nun mit Konsequenzen rechnen. Man muss damit rechnen, dass Onkel Büdis Sohn Wend den Schutz Görings verliert und doch noch an die Front geschickt wird. Büdi ist zornig auf seine Schwester. Tora hätte auf ihn hören sollen. Büdi war von Anfang an gegen ihre Heirat mit Libertas' Vater, gegen diese Mesalliance mit dem Modefritzen Haas-Heye. Büdi sieht seine Schwester an.

Freilich, für Tora ist es schwer. Sie ist aber ruhig. Sie sieht hinunter in den Hof.

Macht es mir drüben nicht schwer mit Tränen, freut euch mit mir.

Ich habe es gut.

Dein Kind

3

Was für ein Jahresende das war. Was für ein Silvester. Man hat Gertrud Breiter das Kriegsverdienstkreuz 2. Klasse verliehen. Sie hat ein Empfehlungs- und Dankesschreiben von Reichsführer-SS Heinrich Himmler persönlich erhalten, außerdem 5000 Reichsmark. Die Mama war so stolz auf Gertrud. Und letzte Woche ist ein Schreiben gekommen, dass Gertrud sich noch etwas von den konfiszierten Haushaltsgegenständen aussuchen darf.

Sie ist gleich hingegangen. Auch Herr Kopkow war dort, der Leiter der Sonderkommission Rote Kapelle. Er hat für billiges Geld einen Küchentisch gekauft, ein Büfett und zwölf alte grünliche Weinkelche. Gertrud selbst hat ein sehr hübsches Ölgemälde von einer Ostseelandschaft mit Dünen erstanden und einen zierlichen Damenschreibtisch, mit einem Stiftehalter aus Walnussholz in Gestalt eines Nachens. Es war erstaunlich, was alles da war.

»Libs lebt noch. Hast du gehört?«

Das flüstert Marta Husemann Oda Schottmüller unter der Dusche zu. Es ist ein unglaublicher Glücksfall. Es ist eine unbegreifliche Nachlässigkeit der Wachtmeisterinnen, zwei Frauen aus demselben Zusammenhang vor ihren Prozessen zusammen duschen zu lassen.

»Nein. Libs lebt? Wie kommst du darauf?«

»Altmann hat es angedeutet. Mein Kommissar. Er hat mir gesagt, Libs' Aussagen würden andere den Kopf kosten, aber sie selbst hätte ihren gerettet. Göring setzt sich für sie ein. Ihre Familie hat doch Verbindungen.«

»Aber wie hält sie das aus?«, flüstert Oda. »Wie hält sie es aus, zu wissen, was sie getan hat? Ich sage nichts. Sollen sie mich umbringen. Aber ich sage nichts.«

Gertrud Lichtenstein nimmt Mildred in den Arm, wenn Mildred weint. Mildred weint oft. Es quält sie so, keine Nachricht von Arvid zu haben. Wie geht es ihm? Wie trägt er sein Schicksal? Mildred hat Arvids Brief immer bei sich,

Mein innig geliebtes Herz

Ohne Gertrud wäre Mildred verloren. Morgens stehen Gertrud Lichtenstein und Mildred gemeinsam auf. Sie machen gemeinsam ihre Betten. Sie räumen ihre wenigen Sachen auf, sie fegen und wischen den Boden, sie warten auf das frische Wasser. Sie frühstücken gemeinsam. Sie benutzen dieselbe Toilette, in Anwesenheit der anderen. Sie singen, sie bringen einander Gedichte bei. Sie gehen zum Nachmittagsspaziergang hinaus in die Kälte. Dann geht es zurück in die Zelle, und sie reden und singen und lernen weiter, bis sie schlafen gehen. Mildred hat Gertrud ein Kinderlied beigebracht,

Flies in the buttermilk, two by two,
flies in the buttermilk, two by two,
flies in the buttermilk, two by two.
Skip to my lou, my darling.

Mildred ist manchmal etwas verwirrt. Sie fragt sich, wo sie

ist, warum sie hier ist. Wo ist ihr Leben hin? Wieso ist sie eine vierzigjährige Frau, in einem fremden Land? Mildred wartet darauf zu erwachen, als ein junges Mädchen in Amerika. Aber sie ist ja gerade erwacht. Der Traum, aus dem sie erwacht ist, ist ihr Leben, das nun hinter ihr liegt: Mildred ist sicher, dass sie sechs Jahre Zuchthaus niemals übersteht. Und selbst wenn sie den Winter 1948/1949 noch erlebte, selbst wenn man sie dann freiließe, wäre sie immer noch in Deutschland. Sie wäre allein. Sie ist allein, im Gefängnis Kantstraße. Sie weiß nicht, ob Arvid noch lebt. Aber Arvid ist zum Tode verurteilt. Sie wird ihn nicht mehr wiederfinden.

Karl Böhme brüllt auf den Gängen des Spandauer Gefängnisses. Bommel Böhme, der Jugendfreund Hans Coppis: Er kommt gerade von einer Vernehmung zurück.

»Sie haben die Urteile gegen Erika und Mildred kassiert!«

Einen Moment ist alles still. Dann bricht in der 9. Abteilung der Haftanstalt Spandau Tumult aus. Sie brüllen, sie trommeln gegen die Türen, sie schlagen mit den Löffeln auf ihre Näpfe.

»Sie wollen unsere Frauen umbringen!«

Keiner achtet auf die Wachtmeister, die hilflos über die Gänge flattern, gegen Zellentüren schlagen.

»Sie wollen uns alle umbringen!«

»Sie wollen uns alle ermorden, sie wollen keinen am Leben lassen!«

»Scheiße noch mal!«

Dann ebbt der Sturm ab. Ruhe kehrt ein. Die Gefangenen sinken auf ihre Schemel, lehnen sich an die Wände, kauern sich auf dem Boden zusammen. Manche halten die Hände vors Gesicht. Manche schützen den Kopf mit den Armen, als erwarteten sie einen Schlag.

Vielleicht ist der neue Prozess ja sogar ein gutes Zeichen. Vielleicht hat man an oberster Stelle eingesehen, dass ein Fehler gemacht worden ist.

Vielleicht hat man eingesehen, dass Mildred nie etwas Böses getan hat: Das sagt Gertrud zu Mildred. Mildred widerspricht nicht. Sie legen die Arme umeinander. Zusammen singen sie, und ihr Atem raucht in der Kälte, in der Januarkälte ihrer Zelle zu Beginn des Jahres 1943.

My country, 'tis of thee,
Sweet land of liberty,
Of thee I sing

Vielleicht ist der neue Prozess ein gutes Zeichen.

Es ist der 13. Januar 1943. Diesmal tritt Mildred allein vor die Richter. Arvid ist tot. Erika von Brockdorff sagt es ihr. Mildred und Erika sind einander in Freiheit niemals begegnet, und nun stehen sie ein zweites Mal zusammen vor Gericht.

»Ach Mildred. Sie sind alle tot, alle. Das weißt du nicht?«

Mildred hat also seit dem 22. Dezember nicht mehr an einen Lebenden gedacht.

»Und Sie hatten ein Liebesverhältnis mit Herbert Gollnow. Die Aussage Gollnows liegt dem Gericht vor. Sie haben diesen jungen deutschen Offizier verführt, um militärische Geheimnisse zu erfahren. Er gibt an, er sei Ihnen sexuell hörig gewesen. Sie haben sich schamlos an saubere junge deutsche Soldaten herangemacht, um sie Ihrem Ehemann als neue Gefolgsleute zuzuführen. Ihr Mann hat Sie zynisch und berechnend für seine Zwecke missbraucht, und Sie haben bereitwillig mitgemacht. Was für ein Sumpf von schäbiger Niedertracht und moralischer Verkommenheit.«

Wer ist Mildred? Im ersten Prozess war sie Frau Dr. Mildred Harnack, Literaturwissenschaftlerin, die etwas weltfremde

Frau eines deutschen Gelehrten. Nun ist sie die soldatenmordende Verräterin.

Und Mildreds Zelle ist leer.

Gertrud ist fortgebracht worden, ins Konzentrationslager Ravensbrück. Mildred hat ihr Arvids Brief mitgegeben.

Mein innig geliebtes Herz

Gertrud hat versprochen, den Brief zu bewahren, ihn über die Zeiten zu retten. Mildred hat nun nichts mehr. Sie ist nackt und bloß. Sie hat den Brief noch einmal betrachtet. Sie hat ihn nicht gelesen: Sie kann ihn auswendig. Sie hat nur noch einmal die vertrauten Züge betrachtet, die Schriftzüge von seiner Hand, die es nicht mehr gibt.

Erinnerst Du Dich an Picnic Point, als wir uns verlobten? Ich sang vor Freude frühmorgens im Club,

Sie musste tief Atem holen: als erhöbe sich etwas in ihr, das mehr Luft unter den Schwingen verlangte.

Mein innig geliebtes Herz –

Mildreds Herz ist gebrochen. Aber es schlägt. Es schlägt immer weiter.

Mein größter Wunsch ist, dass Du, wenn Du an mich denkst, glücklich bist. Wenn ich an Dich denke, bin ich es.

Erika von Brockdorff lacht. Es ist der zweite Prozesstag. Im Gerichtssaal herrscht Totenstille. Nur Erikas Lachen hallt von den Wänden. Die Urteile sind gerade verkündet worden. Sie sind noch nicht verkündet: Schmauser hat eben erst zu sprechen begonnen, und nun lacht Erika von Brockdorff dieses laute Lachen. Beim ersten Prozess hat Erika geweint. Sie hat vor Erleichterung geweint: Sie durfte am Leben bleiben. Sie schämt sich dafür. Diesmal besteht zu Tränen kein Grund. Und es ist in der Tat zu komisch, was der Präsident des Dritten Senats Karl Schmauser soeben verkündet hat.

»– haben wir lange geschwankt, zwei Frauen zum Tode zu verurteilen –«

Feige Lügner und Heuchler. Sklavenseelen. Armselige aufgeblasene Wichte. Erika lacht.

»Was erlauben Sie sich!«

Der Vorsitzende Schmauser pumpt wie ein Maikäfer.

»Was nehmen Sie sich heraus! Die Würde dieses Gerichts. Die Würde!«

Erika von Brockdorff lacht womöglich noch heftiger.

»Ihnen wird das Lachen vergehen. Ihnen wird das Lachen noch vergehen.«

»Da irren Sie«, lacht Erika. »Ich werde noch auf dem Schafott lachen. Ich werde nämlich an Sie denken. Ich werde an Sie denken, wenn man mir den Kopf abschlägt. Gefällt Ihnen das? Und was wollen Sie dagegen tun? Sie können nichts dagegen tun. Und ich werde lachen.«

Im Grunde ist er Nationalsozialist. Im Grunde ist er der Bewegung treu geblieben: Bommel Böhme ist 1928 mit vierzehn Jahren in die Hitler-Jugend eingetreten. Er ist wegen seiner Aktivitäten sogar von der Schule geflogen. Er ist erst 1931 zum Kommunistischen Jugendverband gewechselt. Und warum ist er nicht einfach bei den Nazis geblieben? Ach wäre er doch dabeigeblieben. Er ist im Grunde noch dabei. Er ist ein Unschuldiger. Er ist ein Verführter. Er ist ein Opfer entwurzelter Intellektueller. Aber er wird alles gestehen. Er wird bereuen und dann milde Richter finden und Vergebung der Sünden erlangen.

»Niemals!« Heinrich Scheel flüstert durch den Schlitz neben den Heizungsrohren zu Bommel Böhme hinüber. »Du wirst sterben. Wenn du gestehst, werden sie dich hinrichten.«

Heinrich selbst hat beschlossen, konsequent zu leugnen. Er

wird nicht aufgeben, er wird kämpfen. Er wird überleben. Er muss überleben. Seine Familie wartet auf ihn, Frau und Kind, seine Eltern. Ihre starke Liebe stärkt ihn. Aber sie schwächt ihn auch. Er weiß ja, dass ihre Liebe zu ihm sie verzweifeln lässt. Er möchte ihnen schreiben, er möchte sie bitten, ihn weniger zu lieben, damit er nicht so darunter leidet, an ihr Leid zu denken. Und ansonsten möchte er sich ein Vorbild an Philipp Schaeffer nehmen, seinem Zellennachbarn zur anderen Seite.

Philipp Schaeffer rechnet fest mit dem Tod. Er ist aber vollkommen heiter. Er ist gelassen. Er hat nicht geweint, als er von Elisabeths Tod erfahren hat. Er hat sich nur einen Tag lang geweigert, mit irgendjemandem zu sprechen oder Nachrichten zu klopfen. Heinrich hat ihn gehört. Es klang, als hätte Philipp in seiner Zelle leise gesungen.

Mildred läuft im Hof auf der Diagonalen zu den anderen. Sie darf mit niemandem sprechen. Ohnehin kennt sie niemanden hier. Sie rennt. Sie hat ein Kopftuch umgebunden, sie hat den Mantelkragen hochgeschlagen.

To go into solitude, a man needs to retire as much from his chamber as from society. I am not solitary whilst I read and write, though nobody is with me. But if a man would be alone, let him look at the stars.

Es sind keine Sterne da. Es bleibt kein Ort. Nicht Amerika, nicht Deutschland. Wäre sie Amerikanerin, wäre sie nicht die, die hier sterben wird, in diesem Land, das sie ermorden wird. Eine Deutsche ist sie aber auch nicht mehr. Das ist sehr bitter. Sie hat das zu einer Wachtmeisterin gesagt. Sie hat gesagt: »Und ich habe Deutschland so geliebt.«

Die Wachtmeisterin hat genickt. Sie kommt manchmal zu Mildred in die Zelle. Mildred ist sehr dankbar dafür. Sie stehen dann zusammen am Fenster und sehen hinaus, wo ein wunderschöner Baum steht, entblättert und nackt. Sie sprechen nicht über Verzweiflung oder Krieg. Sie führen ein Gespräch über Bäume.

Every bough
is at rest
Now.
Every crest
Is in stillness deep

Willi Kranz geht durch sein Warenlager. Es ist das Lebensmittellager der Kantinen für die Gefängnisse Moabit, Tegel und Plötzensee. Das Kind ist dabei: die kleine Rita Cohn, die der Gefängnispfarrer Harald Poelchau hergebracht hat. Rita ist acht. Zuerst hat sie mit ihrer Mutter bei den Poelchaus gewohnt. Aber dort konnte sie nicht bleiben. Bei Poelchaus herrscht ein ständiges Kommen und Gehen. Nun hat Harald Poelchau der Mutter unter falschem Namen eine Arbeit verschafft. Und das Kind hat er hierher gebracht. Willi Kranz' Haushälterin Auguste Leißner war zuerst ein wenig im Zweifel. Ein jüdisches Kind aufnehmen? Aber sie hat ihre Angst überwunden. Das Haus in der Klosterstraße 94 ist auch sehr geeignet, um jemanden darin zu verstecken. Es ist geräumig, ein wenig düster, weitläufig und verwinkelt. Willi Kranz stöbert in seinen Vorräten.

»Was suchst du denn?«, fragt das Kind.

»Etwas für eine Gefangene.«

Früher hatten sie ein Recht auf eine Henkersmahlzeit. Meist verlangten sie schlichte Dinge: Schnitzel und Bratkartoffeln. Huhn. Diese Gefangene hatte nichts zu verlangen.

»Ist es eine böse Gefangene?«

»Nein.«

Sein Blick fällt auf ein Kistchen Orangen. Er hat sie unter großen Mühen ergattert, gestern erst. Er nimmt eine Orange in die Hand, reicht sie dem Kind. Das Kind sieht ihn an. Es riecht an der Frucht. Es sagt leise: »Oh.«

»Ja«, sagt Willi Kranz. Er nimmt noch eine.

»Für die Gefangene?«

»Ja.«

Mildred ist nach Plötzensee gebracht worden. Sie hat der Wachtmeisterin zum Abschied ihr Buch mit den Goethe-Gedichten geschenkt. Sie hat eine Widmung hineingeschrieben,

Von der Frau in der Zelle, wo der schöne Baum vorm Fenster stand

Nun ist Mildred hier. Sie hat versucht, das Gedicht aus dem Gedächtnis niederzuschreiben, das Walt Whitman nach der Ermordung Lincolns geschrieben hat,

When lilacs last in the dooryard bloom'd

Dann öffnet sich die Tür, und ein Geistlicher tritt in Mildreds Zelle.

»Harald Poelchau.«

Mildred hält die Orange in beiden Händen. Sie riecht an ihr, mit geschlossenen Augen.

»Ich soll Ihnen letzte Grüße sagen, von Ihrem Mann«, sagt Harald Poelchau.

»Sie waren bei meinem Mann?«

»Ja, ich habe Ihren Mann gesehen.«

Und nun muss er es noch einmal erzählen. Er muss noch einmal berichten, wie er Arvid begleitet hat. Er hat es Falk berichtet und Elisabeth Harnack. Er muss es berichten und wieder berichten, und im Berichten muss er es noch einmal durchleben, denn er muss immer zum ersten Mal erzählen.

»Ich kann Ihnen versichern, dass es schnell ging. Er hat nicht gelitten.«

Sie nickt. Die Tränen laufen über ihr Gesicht.

»Haben sich die Schulze-Boysens noch einmal gesehen?«

»Nein.«

Die Tür geht auf.

Es ist der alte Schuster. Er bringt die Holzpantinen, den Kittel. Er löst Mildreds Haar und schneidet es auf Ohrenhöhe ab. Die langen blonden Haarsträhnen fallen. Die Reise ist vorbei. Die Tage auf See, das Schwappen und Aufschäumen der Wellen, der Kontakt zu den Mitreisenden, der auf langen Reisen so erstaunlich schnell zu gedeihen pflegt, die verträumten Stunden im Liegestuhl: All das liegt jetzt hinter ihr.

Mildred wird gleich ankommen. Sie wird von Bord gehen. Sie wird ihren Fuß auf den Boden des fremden Landes setzen. Und wenn sie sich das nächste Mal umblickt, werden die anderen alle fort sein. Die Mitreisenden, die mit ihr an Bord des Schiffes waren: Sie werden sich alle verloren haben. Auch die Erinnerung wird verblassen. Das Geschehene wird immer ferner ins Unwirkliche entrücken: Und dann wird nichts mehr geblieben sein. Es wird sich aufgelöst haben, gänzlich und ohne jeden Rest.

Arvids Ring war nicht in dem Brief, den die Justizbehörden Arvids Mutter Clara gesandt haben, nur eine Rechnung,

Haftkosten für die Untersuchungshaft
Gerichtskosten
Vollzug der Todesstrafe
Verpflegung des Scharfrichters und der Gehilfen
Portokosten 0,23 RM

312,15 Reichsmark hat Arvids Ermordung gekostet. Sein Vermögen ist eingezogen, auch der Ring seines Vaters.

Es besteht allerdings für Angehörige die Möglichkeit, beim Finanzministerium Erinnerungsstücke in geringem Maße zurückzukaufen

Sie sind nicht nur große Verbrecher. Sie sind auch kleine Gauner.

Soll Falk versuchen, den Ring zurückzukaufen? Seinen eigenen hat er Lilo Ramdohr geschickt.

So hat es Arvid gewünscht, in seinem letzten Brief. Er hat gewünscht, dass ich seinen Ring tragen soll und Du den meinen,

Lilo ist zornig. Sie ist sehr zornig, sie sieht keinen Ausweg. Wie kann Lilo es Falk verwehren, den letzten Wunsch seines toten Bruders zu erfüllen und Lilo zu heiraten? Es ist ein frostiger Abend Anfang Januar 1943, schneelos, dunkel und windstill. Lilo und Alex sind auf dem Heimweg vom Lombardi, wo sie ein Glas Wein getrunken haben. Sie radeln nebeneinander durch menschenleere Straßen: Es hat Voralarm gegeben, und die wenigen Passanten haben sich in die öffentlichen Keller gerettet.

»Er kommt übrigens«, sagt Alex zu Lilo. »Dein Falk. Weißt du das überhaupt?«

»Er ist nicht mein Falk. Und ich weiß nichts davon.«

»Er kommt in fünf Tagen.«

»Und warum?«

»Er trifft Hans Scholl und mich. Er trifft alle.«

Der Voralarm wimmert. Dann setzt der Vollalarm ein. Die Flak knattert. Über ihnen am Nachthimmel blitzt das Metall eines Bombers im Scheinwerferlicht auf.

»Es hat keinen Sinn«, ruft Alex. »Wir schaffen es nicht. Da vorn ist ein Luftschutzraum.«

Der Luftschutzwart lässt sie gerade noch ein. Sie lehnen

die Räder an die Wand, setzen sich nebeneinander auf die Bank. Die Detonationen klingen manchmal dumpf, manchmal schrill. Oft klingen die entfernteren lauter als die in unmittelbarer Nähe. Es hat etwas mit der Luftverdrängung zu tun. Man weiß deshalb nie, wie groß die eigene Bedrohung ist.

»Hast du Angst?«, sagt Alex. Er hält ihre Hände.

»Ja. Und du?«

»Nein. Na, ein bisschen. Ich glaube an das ewige Leben. Ich bin russisch-orthodox, hast du das vergessen?«

Im matten Licht sieht sein Gesicht grau aus, elend. Überanstrengt. Er ist nur für ein paar Tage in München: Sie verschicken die Flugblätter nun nicht mehr nur von München aus, sondern auch von Frankfurt, Freiburg, Hamburg, damit sie im ganzen Reich gelesen werden, ohne dass man ausmachen könnte, wo sie entstanden sind. Alex ist gerade in Regensburg gewesen. Er wird nun nach Österreich fahren, mit einem Koffer voll Flugblätter. Auf diesem fünften Blatt nennen sie sich nicht mehr Weiße Rose. Sie nennen sich Widerstandsbewegung in Deutschland. Sie sind entschlossen zu wachsen, sich auszubreiten, Teil einer großen Bewegung zu werden,

Aufruf an alle Deutsche!

Alex hat Lilo zum ersten Mal offen gefragt, ob sie mitmacht. Sie hat abgelehnt. Sie hat sich noch nie für Politik interessiert. Sie ist keine Heldin. Sie hätte nie die Kraft, zu leben wie Alex: Sie sieht ja, wie sehr die Sache ihm zusetzt. Es ist nicht nur das Reisen, das Kofferschleppen, der Schlafmangel, die Arbeit, die an ihm zehrt. Es ist nicht nur die Angst, die hektische Eile. Der Widerstand an sich ist anstrengend. Es ist, als watete man durch etwas Sirupzähes, als kämpfte man mit allen Kräften gegen einen starken Sog, weitergepeitscht von gnadenlos fordernden Stimmen, die keinen Moment der Ruhe gewähren.

»Wirst du Falk heiraten?«, sagt Alexander.

»Nein.«

»Wirst du es ihm sagen?«

»Ich habe es ihm schon gesagt. Er will es nicht hören. Er schafft es, nur zu hören, was er hören will, egal wie die Wahrheit aussehen mag.«

Alexander Schmorell neigt sich Lilo zu. Er spricht in ihr Ohr. »Doch ein guter Deutscher«, sagt er.

Falk ist da. Er sitzt in der Wohnung der Scholls, mit Hans, Sophie, Alexander Schmorell, Willi Graf und Professor Huber. Sophie hat Tee gereicht, aus dem Samowar. Sie sitzen auf Stühlen, Hockern, auf dem Boden.

»Natürlich habe ich Bekannte in Berlin«, sagt Falk Harnack. »Bekannte und Verwandte. Die mögen die Nazis alle nicht. Aber wer von denen bereit wäre, aktiv gegen die Regierung vorzugehen, kann ich euch natürlich nicht sagen. – Kontakte zur Bekennenden Kirche? Ja, da kenne ich jemanden. Pfarrer Bonhoeffer. Ich kenne ihn nicht sehr gut, aber es gibt eine Verbindung. Einer seiner Brüder hat die Base eines meiner Vettern geheiratet. Die Bonhoeffers sind alle Gegner der Nazis.«

»Kann ich sie kennenlernen?«, sagt Hans Scholl. »Wann können wir uns in Berlin treffen?«

Und dann sind alle fort. Hans ist zu Bett gegangen. Sophie ist allein. Sie steht auf, sie setzt sich wieder. Sie nimmt ein Buch in die Hand. Sie betrachtet die Hand: Wessen Hand ist es? Ihre eigene? Sie überlegt, ob sie eine Kerze anzündet. Ob sie die Hand in die Kerze hält. Sie denkt, dass so etwas verboten ist. Aber jeder Schmerz wäre willkommen. Alles wäre besser als diese leere Ruhe. Die Leere wächst um sie. Hans ist weit fort. Er löst sich, er macht sich frei, er trennt sich von allem.

Ich rechne damit, dass ich im Ermittlungsfall mein Leben verlieren werde.

Das hat er zu Falk gesagt.

Aber darüber werde ich mich hinwegsetzen. Meine innere Verpflichtung zum Handeln steht mir höher.

Ach wäre man ein Mäuslein, ein kleines Tier. Aber auch die Tiere fressen einander. Welches Elend, daran zu denken. Sophie studiert Biologie. Wie kann man die Schönheit der Naturgesetze feiern, wenn sie nichts anderes bedeuten als gewaltsamen Tod? Muss man nicht jedes Geschöpf bedauern, wie man einen von seinem Herrn gequälten Hund bedauert? Muss man sich nicht mit jedem Geschöpf zusammenschließen in Liebe und Verbundenheit, wie es die Gefangenen und die Sklaven gegen ihre Herren und Wärter tun? Muss man nicht alles Seiende lieben, so sehr mitfühlend lieben, dass man bereit ist, sein Leben zu geben? Sophie ringt. Sie muss vertrauen, sie muss glauben. Sophie denkt an die Amseln.

Die Amseln hatten ihr Nest in der Kletterrose gebaut, hinten im elterlichen Garten. Sophie war damals noch klein. Sie hat sich gefreut. Sie fand die Amseln klug. Die Kletterrose blühte, und sie hatte Stacheln. Sie war ein perfektes Zuhause: Sie war schön, und keine Katze würde sie erklimmen. Die Amseleltern hatten drei Junge. Am Anfang waren die Jungen so klein, dass Sophie sie vom Boden aus gar nicht sehen konnte. Dann wurden die Jungen größer. Sie flogen schon ein bisschen: So weit waren sie bereits gediehen. Der Leichnam des ersten hing im Gebüsch. Das zweite hat Sophie zerbrochen auf der Wiese gefunden. Das dritte lag im Blumenbeet am Zaun, ohne Kopf und überschwärmt von Ameisen.

»Wahrscheinlich war es eine Elster«, sagte die Mutter. »Oder Krähen. Die töten Jungvögel, als Futter für ihre eigenen Jungen.«

Aber das war offensichtlich Unsinn. Der Mörder hatte die jungen Amseln gar nicht verfüttert. Er hatte sie lediglich umgebracht.

»Die Amseleltern werden noch einmal Eier legen«, sagte der Vater. »Sie fangen wieder von vorne an. Du wirst es sehen. So ist die Natur.«

Die Amseln legten tatsächlich noch einmal Eier. Sophie weiß nicht, was mit diesen Jungen passiert ist. Eines Tages waren sie fort: getötet, gefressen, fortgeflogen, um selbst ein Nest zu bauen und Amseljunge zu haben. Die Amseleltern brüteten noch ein drittes Mal. Die Natur ist Überfluss. Sie ist nicht geschieden in Gut oder Böse, sie trifft gar keine Entscheidungen. Sie ist eine drängende grüne Kraft, ein Gesang, so dröhnend, dass man ihn nicht mehr hört, voll Gleichmut gegenüber dem einzelnen Schicksal, voll Gleichgültigkeit gegenüber einzelnen Wesen.

Errette mich aus dieser Nacht, in der ich nicht an dich glaube!

Ach, ein Mäuslein zu sein, eine Amsel. Ein Baum. Das wäre schon zu viel. Ein Stückchen Rinde.

Hans Scholl liegt im Bett. Er kann nicht schlafen. In der Wand tickt eine Uhr. Ist es die Gasheizung? Ist es ein Holzbock? Es tickt. Es ist keine Uhr da. Aber die Uhr, die nicht da ist, zeigt unerbittlich die verrinnende Zeit an. Glaubt er, dass er überleben wird? Aber niemand überlebt. Es ist allenfalls die Frage, wann man sein Leben gibt. Ob das eigene Schicksal dann einen Sinn gehabt haben wird. Hans schließt die Augen, er öffnet sie wieder. Er kann nicht schlafen.

Sophie geht durch die Stadt. Sie sieht die Gesichter der anderen Menschen. Es sind Fremde. Sie gehören zu einem anderen

Stamm. Selbst die Jungen sehen nicht jung aus: Es ist ihnen keine Verpflichtung, zu einer neuen Generation zu gehören, es bedeutet ihnen nichts. Es gibt ein neues Flugblatt. Professor Kurt Huber hat es entworfen, aber die anderen haben es bearbeitet,

Kommilitonen! Kommilitoninnen!

Erschüttert steht unser Volk vor dem Untergang der Männer von Stalingrad

Menschen fluten an Sophie vorüber, leere Larven, Fratzen, Masken. Was, wenn sie alle tot wären? Was, wenn gar nichts mehr wäre? Der Wind würde noch sein, die Wolken, die Sonne. Bienen über den Blüten der Ebene. Aber keiner würde es sehen. Keiner würde es bemerken.

Alex war da. Er hat wirres Zeug geredet. Lilo hat nicht verstanden, was er wollte. Sie versteht nicht, was passiert ist. Er hat seine Uniform und sein Soldbuch unten im Ofen verbrannt, in Lilos Mietshaus. Was, wenn ihn jemand beobachtet hat? Was, wenn man die Uniformknöpfe findet, in der Asche?

Es ist Alex egal. Er will weg. Er will sich in einen Russen verwandeln und in einem Kriegsgefangenenlager untertauchen. Eine ukrainische Frau wird ihm dabei helfen, bei der er russische Tänze lernt. Alex ist sicher, dass er verhaftet wird, dass es ihnen allen an den Kragen geht. Er bedauert, sich je auf die ganze Sache eingelassen zu haben. Warum hat er die Deutschen ihren Mist nicht allein ausbaden lassen? Was geht es ihn an, was ging ihn all das jemals an?

»Sie sind verhaftet.«

Alexander ist da.

»Die Scholls sind verhaftet. Ich muss weg. Ich muss weg.«

Es ist der 18. Februar. Vor zwei Tagen ist Mildred Harnack hingerichtet worden.

»Sie sind alle verhaftet worden, heute Vormittag kurz vor elf. Ich verstehe es nicht, sie hätten rennen können! Aber sie sind ganz brav mitgegangen.«

»Woher weißt du das?«

»Alle wissen es. Die Studenten erzählen es überall. Ich habe einen bulgarischen Pass. Frag nicht woher. Da schau, ich habe ihn hier. Er muss jetzt eben geändert werden. Kannst du ihn für mich ändern lassen?«

Das kann Lilo. Ihre Freundin Miele ist Kunstbuchbinderin.

Am nächsten Morgen gehen sie zum Starnberger Bahnhof. Lilo hat Alexander ein Paket mit Esssachen gepackt, sie hat ihm eine warme Decke mitgegeben. Alexander hat seinen Pass. Um den Bahnhof schwirrt Gestapo, wie Obstfliegen um einen faulen Apfel. Lilo und Alexander drehen wieder um. Sie kehren in Lilos Wohnung zurück.

Sie sitzen auf Lilos Sofa.

Sie halten einander bei den Händen.

Wenn die Polizei jetzt kommt, wird man Lilo verhaften. Man wird sie behandeln wie die anderen auch. Wenn Lilo dieses Risiko auf sich nimmt, hätte sie auch mitmachen können. Aber das konnte sie nicht. Und nun kann sie nicht anders als Alexander helfen. So sind die Dinge. Man tut, was man tut. Man ist, wer man ist. Sie warten zwei Tage lang auf ihre Verhaftung. Aber die Gestapo kommt nicht. In der folgenden Nacht geht Alex fort. Er umarmt sie zum Abschied, fest.

Er sagt: »Ruf bitte meine Eltern an.«

Es ist das erste Mal, dass er seinen Vater und dessen Frau so nennt.

»Was soll ich ihnen sagen?«

»Nichts.«

»Was ist mit deiner Ukrainerin?«

»Nichts. Ich sage dir nichts. Und schreibe Falk, dass Hans Scholl nicht kommen wird.«

Dann ist Alex verschwunden, fort in die Nacht.

Lilo steht da. Dann setzt sie sich an den Tisch. Was jetzt? Seine Eltern wird sie nicht anrufen. Sie wird sie lieber morgen besuchen. Aber an Falk kann sie schreiben. Was soll sie schreiben? Vielleicht ist auch er schon verhaftet. Was, wenn er dann einen Brief bekommt, der eine Verbindung zur Weißen Rose herstellt? Sie muss eben einen sehr, sehr langen Brief schreiben. Wer über alles schreibt, darf sicher auch von den Jubelkundgebungen der Studenten berichten, die nach der Verhaftung der Scholls an der Universität stattgefunden haben.

– waren die Studenten natürlich begeistert, dass diese Volksfeinde ihrer gerechten Strafe

Alexander Schmorell hat sich nach Schloss Elmau durchgeschlagen. Das Schloss liegt etwa hundert Kilometer südlich von München, in einem weiten, unberührten Hochtal. Es ist an die Wehrmacht verpachtet, als Fronterholungsheim. Aber der ehemalige Schlossherr Johannes Müller wohnt immer noch mit seinen vielen Kindern im Müller-Haus. Alexander steht mit Ingrid Müller am Fenster des Salons und blickt hinaus auf die winterlich eisige Wettersteinwand.

Er und Ingrid kennen einander vom Skifahren. Alex hat oft hier in der Gegend ein paar Tage Urlaub verbracht. Nun ist er seit zwei Tagen da. Er schläft auf dem Dachboden. Tagsüber hält er sich in Ingrids Zimmer auf, oder er mischt sich unter die Schlossgäste. Es ist sehr kalt. Der Schnee liegt hoch.

»Wenn ich ein bisschen hier warten kann«, sagt Alexander. »Wenn die Bedingungen ein bisschen besser sind. Wenn es zu tauen begonnen hat, dann kann ich über die Berge in die Schweiz gelangen.«

»Ich verstecke dich«, sagt Ingrid. »Ich kann dich lange verstecken. Hier ist ein solches Kommen und Gehen, da fällst du gar nicht auf.«

Es klingelt an der Tür. Es ist die Gestapo. Sie haben einen Hinweis erhalten, dass sich hier oben ein flüchtiger Verbrecher verstecken soll.

»Und du hast ihn verraten!«

Ingrid glüht. Sie ist außer sich. Sie steht ganz nah vor der Schwester.

»Er kommt zu mir, und du hat ihn verraten.«

Die Schwester ist einen Kopf kleiner als Ingrid. Sie steht einfach da, die Zöpfe zurückgelegt, die Arme über der Brust gefaltet.

»Ja. Hab ich. Und? Er wird gesucht. Er ist ein Verbrecher.«

Ingrid muss an sich halten, um die Jüngere nicht zu schlagen.

»Gar nichts ist er. Das siehst du doch. Du bist einfach dumm. Du siehst doch, die Polizisten haben sich entschuldigt und sind wieder gegangen.«

»Und wenn er nichts gemacht hat, warum ist er dann weggerannt?«

Alexander ist fort. Die Polizisten haben Alexanders Pass für echt gehalten. Aber sie haben ihn in Angst versetzt. Er ist hinausgeflohen in die Nacht, in das heftige Schneetreiben. Er wird nicht durchkommen. Er wird es niemals in die Schweiz schaffen.

»Er wird vielleicht erfrieren! Er wird erfrieren, und du wirst schuld sein.«

Die Unterlippe der Jüngeren schiebt sich vor. Ihre Brauen ziehen sich zusammen.

»Du bist dumm und böse. Ich spreche niemals wieder mit dir. Ich will dich niemals wieder Schwester nennen. Sie hätten auch mich mitnehmen können. Weißt du das überhaupt? Die Polizisten hätten mich verhaften können.«

»Hätten sie doch! Hätten sie dich doch eingesperrt!«

Ingrid holt aus. Der Schlag ist so stark, dass die Schwester taumelt.

»Herr König?«

Eine Gestalt tritt aus den Schatten hinter der Tür. Der Leiter der Kunstschule Die Form ist gerade im Begriff gewesen, die Schulräume abzuschließen.

»Herr König, ich bin es.«

Schmorell. Und die ganze Stadt hängt voller Steckbriefe.

»Kommen Sie, Schmorell, schnell. Raus aus dem Licht.«

»Können Sie mir helfen, Herr König?«

Er hat nicht gezögert. Er hat seinen ehemaligen Schüler auf dem Dachboden versteckt. Und wie soll es weitergehen? Was hat der Junge vor? In der Nacht kommt Alarm, ein schwerer Angriff. Und der Junge dort oben im Dach. Herr König kann den Morgen kaum abwarten. In aller Frühe macht er Brote zurecht. Er steigt die Treppe hinauf, er schließt den Dachboden auf. Der Dachboden ist leer. Schmorell ist weg. Der Voralarm schrillt. Der nächste Angriff beginnt. Die Amerikaner und Engländer haben mit Tagesangriffen auf deutsche Städte begonnen. Sie fordern Deutschlands bedingungslose Kapitulation. Es gibt fortan keine Ruhe mehr.

Marie Luise hat Alex Schmorell nicht sofort erkannt. Es ist ja alles eine Weile her, und das Licht im Bunker ist schlecht. Außerdem hat er die Mütze tief in die Stirn gezogen. Aber nun überläuft sie ein Schauer. Da sitzt er. Er ist es. Er sieht abgerissen aus, mitgenommen. Kein Wunder. Überall hängen Steckbriefe. Er hebt den Kopf. Seine Augen weiten sich.

»Marie Luise?«

Die Stimme ist noch immer ein kleiner Schock. Sie steht auf, geht zu ihm hinüber.

»Wie geht es dir, Marie Luise.«

»Ich bin verheiratet.« Sie streckt ihm ihren Bauch entgegen. »Ich bekomme ein Kind.«

Er starrt sie an. Die unsteten Augen, die verkrampften Lippen.

»Du musst mir helfen, Marie Luise. Die Gestapo sucht mich.«

»Ich weiß«, sagt sie. »Alle wissen es.«

Und wo ist nun seine Ironie? Wo ist seine spöttelnde Art, seine Überlegenheit? Er kann nicht stillsitzen. Seine Augen betteln: Und natürlich sehen alle hier unten, dass sie mit ihm spricht. Alle werden sich daran erinnern. Kann sie ein solches Risiko eingehen? Kann sie als werdende Mutter sich so etwas leisten? Hat Alexander Schmorell es verdient, dass sie sich und ihr Kind seinetwegen irgendeinem Risiko aussetzt?

Die Ausschreibung des Verbrechers hat zu seiner Ergreifung geführt.

Lilo liest es am folgenden Tag.

Der Verbrecher wurde gestern von einer Volksgenossin erkannt und dem Blockwart angezeigt, der sofort für seine Festnahme sorgte.

Es ist der 25. Februar 1943. Falk Harnack steht vor der Gedächtniskirche in Berlin. Es ist 19 Uhr. Falk wartet auf Hans Scholl. Aber Hans Scholl ist gestern auf dem Friedhof am Perlacher Forst beigesetzt worden, zusammen mit seiner Schwester Sophie. Falk geht durch die Winternacht. Er denkt, dass Hans Scholl vielleicht verhaftet worden ist. Er denkt, dass er in einem Land lebt, wo eine nicht eingehaltene Verabredung so etwas bedeuten kann. Falk denkt, dass sie nun bald auch zu ihm kommen werden. Fast hofft er es.

Am 6. März wird Falk verhaftet. Am 19. April steht er vor Roland Freisler, zusammen mit Alexander Schmorell. Alexander Schmorell wird zum Tode verurteilt. Falk Harnack wird freigesprochen. Lilo Ramdohr ist vom 2. März bis Anfang April in Haft gewesen. Am Abend des 21. April gehen Falk und Lilo miteinander essen. Sie sprechen über Alexander Schmorell. Lilo hat seine Schritte gehört. Sie ist ganz sicher. Sie hat gehört, wie Alexander Schmorell auf und ab gegangen ist, auf und ab, in der Zelle über der ihren. Sie hat den Rhythmus seiner Schritte erkannt. Ein Kalfaktor hat es ihr bestätigt: Der Häftling über ihr war Alexander. Alexander ist zum Tode verurteilt worden, an genau dem Tag, an dem Falk freikam. Lilo und Falk reden nur von Alexander Schmorell, den ganzen Abend. Falk bittet Lilo nicht noch einmal um ihre Hand. Es wäre vermessen. Arvid ist tot, die Scholls sind tot, Alexander Schmorell ist tot. Falk Harnack lebt. Was will Lilo mit ihm? Es ist nur verständlich, wenn sie seine Hand ausschlägt.

VIERTER TEIL

1

Liane Berkowitz weint immerzu. Es ist immer noch Januar 1943 oder vielleicht schon wieder Januar 1943. Die Zeit vergeht nicht. Die Zeit hängt fest. Liane war dumm. Deswegen weint sie. Liane hat geglaubt, mit achtzehn ein uneheliches Kind zu bekommen wäre eine Katastrophe. Wenig später ist sie verhaftet worden. Das war am 26. September 1942. Wieder hat sie gedacht, nun das Schlimmstmögliche zu erleben, und wieder hat sie sich geirrt. Und nun ist Liane zum Tode verurteilt.

Meine liebste Mamotschka,

auf die Knie möchte ich fallen und Dich um Verzeihung anflehen für das schreckliche Leid, was ich Dir angetan habe.

Die Mutter hat Liane einen Rock geschickt, den man am Bund weiterstellen kann. Die Mutter hat den Stoff besorgt, und Frau Rehmer hat den Rock genäht. So etwas braucht man nun also. Man ist zum Tode verurteilt, aber bevor man umgebracht wird, braucht man einen Rock mit verstellbarem Bund. Die Verhandlung gegen Liane und ihren Remus, gegen Fritz und Hannelore Thiel, Cato Bontjes van Beek und Heinz Strelow, Professor Krauss und Ursula Goetze hat einen Tag nach dem Prozess gegen Mildred Harnack und Erika von Brockdorff vor dem Reichskriegsgericht begonnen.

Der Ankläger Manfred Roeder hat Liane ihre Aussagen bei der Gestapo vorgehalten. Liane hat sich übergeben müssen. Sie und Hannelore Thiel haben furchtbar geweint. Hannelore Thiel ist im letzten Oktober achtzehn geworden. Inzwischen blutet die Milch nicht mehr aus ihren Brüsten. Die Milch ist versiegt: Hannelore hat ihr Kind seit der Verhaftung nicht mehr gesehen. Sie und Liane haben immer wieder dasselbe gesagt,

Bitte, ich habe doch gar nicht gewusst, was ich sage, ich bin doch ganz anders, ich wollte nichts Böses.

Das hab ich nie. Davon hab ich nichts gewusst. Ja, das habe ich gelesen, aber verstanden habe ich es nicht.

Hannelore wird gar nicht vorgeworfen, sich selbst an einer strafbaren Tat beteiligt zu haben. Aber sie hat von allen Aktionen ihrer Freunde gewusst und sie nicht dafür angezeigt. Das hat ihr Mann zu Protokoll gegeben. Fritz Thiel ist auf einem Stuhl angebunden worden, und dann hat man ihn mit ultraviolettem Licht bestrahlt. Fritz hat auch Cato und Heinz Strelow verraten. Heinz Strelow hat vor der Gestapo darauf bestanden, dass Fritz Thiel lügt. Anfangs hat er vermutet, dass die Gestapo lügt, dass Fritz ihn gar nicht verraten hat. Aber dann wussten die Kommissare eben wieder so ein kleines Detail.

»Strelow, Sie haben doch den Fritz Thiel aufgefordert, die Manuskriptseiten des Flugblatts nicht mit bloßen Händen zu berühren. Sie haben gesagt: Zieh dir Handschuhe an.«

Heinz Strelow hat sofort alles zugegeben. Er sah ja alles wieder vor sich. Das Bild war so deutlich, so klar und scharf, dass auch die Kommissare es sehen mussten: Da war der Tisch. Da stand Fritz Thiel, da Harro und da Cato.

»Also, Fräulein Bontjes van Beek. Haben Sie beim Verfassen des Flugblatts geholfen?«

Cato vor dem Richtertisch hebt die Hände. Sie sieht Roeder in die Augen, in hilfloser Offenheit.

»Ja! Aber das ist doch alles schon so lange her!«

Ursula Goetze hat vor der Gestapo behauptet, Professor Krauss zu der Zettelkleberei überredet zu haben. Sie hat alle Schuld auf sich genommen, um den Geliebten zu retten. Krauss selbst hat während der Verhöre konsequent Absurditäten von sich gegeben. Er hat darauf gesetzt, dass man ihn für nicht zurechnungsfähig erklärt. Nun muss er versuchen, auch Ursulas schrecklichen Heroismus ungeschehen zu machen.

»Fräulein Goetze ist süß«, sagt er am ersten Prozesstag zu Roeder. »Sie schwindelt sich die wildesten Geschichten zusammen. Sie hat sicher Angst, dass man ihr nicht glaubt, wenn sie die Wahrheit sagt. Anders kann ich mir das nicht erklären. Ich habe nämlich überhaupt nicht geklebt, und sie selbst ebenso wenig. Sie hat mir so etwas auch nie vorgeschlagen.«

Der 15. Januar 1943 ist zweiter Verhandlungstag. Liane bekommt gleich zu Anfang Nasenbluten. Remus regt sich entsetzlich auf. Die Blutung ist nicht zu stillen. Senatspräsident Dr. Kraell ist verärgert. Liane ist außer sich. Sie weint und weint, krampfgeschüttelt, während ihr das Blut immer weiter aus der Nase schießt. Remus kniet vor ihr. Er umfängt ihre Hände. Er fleht.

»Du musst stark sein, Liane. Ich bitte dich. Du musst doch unser Kind bekommen.«

Das Kind, das arme Kind! Wird Liane nun womöglich verbluten? Liane muss husten, das Blut läuft innen in ihrem Hals herab, Kraell beginnt die Fassung zu verlieren angesichts dessen, was man ihm hier zumutet, und schließlich muss ein Arzt geholt werden.

»Versprich mir, dass du unser Kind bekommst!«

Remus weint nun auch. Gleich nach seiner Verhaftung am 29. November im Lazarett in Britz hat er an Liane einen Brief geschrieben, um sie zu retten.

Du wirst sicher glatt freigesprochen, Du hast schließlich gar nichts gemacht. Du hast von überhaupt nichts gewusst.

»Bekomm unser Kind! Was bleibt denn sonst, worauf sonst kann man hoffen!«

Dieser zweite Verhandlungstag ist ein Freitag.

Am Montag in der Pause vor der Urteilsverkündung bitten Fritz und Hannelore Thiel die anderen um Vergebung. Könnten Cato, Heinz Strelow und Remus es Fritz Thiel bitte nicht nachtragen, dass sie an seinen Aussagen sterben werden? Nach der Pause wird Fritz Thiel ebenso zum Tode verurteilt wie Cato Bontjes van Beek, Heinz Strelow, Professor Krauss, Ursula Goetze, Friedrich Rehmer und Liane Berkowitz. Liane wird ohnmächtig. Hannelore Thiel erhält eine Zeitstrafe von sechs Jahren.

Cato steht in ihrer Zelle. Sie hält das Schälchen in der Hand, das ihr Vater ihr durch den Anwalt gesandt hat. Jan Bontjes van Beek ist schon Weihnachten wieder aus der Haft entlassen worden, zu Catos übergroßer Freude. Auf dem Weg zum Gericht ist die grüne Minna nun jeden Tag an der Werkstatt vorbeigefahren. Cato hat den Vater nie gesehen, aber die Waren in der Auslage des kleinen Ladens. Und nun hat sie dieses Schälchen bekommen. Seine Form erinnert an eine halbe Nussschale, seine Oberfläche an glattgespülte Flusskiesel. Cato denkt an die Winterwiesen von Fischerhude, die Wolken. Sie denkt an die Brücke über die Wümme, an die Schafe, die über die Brücke gehen, ein Schaf nach dem anderen, immer weiter in langer Reihe. Aber nun muss die Geschichte innehalten. Sie kann erst weitergehen, wenn auch das letzte Schaf über die Brücke gegangen ist.

Fräulein Janschke schreibt. Es ist ein handschriftlicher Vermerk, für ihre Vorgesetzte Frau Dr. Pfahl:

Der Beamte vom Reichskriegsgericht, der heute die Untersuchungsgefangene Hilde Coppi abgeholt hat, hat zu Frau Menz gesagt, dass Coppi, wenn sie vom Termin zurückkommt, nachts bewacht werden muss.

Hilde Coppi ist vom Termin zurück. Sie ist zum Tode verurteilt worden. Sie steht am Bett ihres Kindes. Der kleine Hans ist acht Wochen alt. Hilde hat nichts dagegen zu sterben. Sie würde freudig tausend Tode sterben, wenn sie sich ihrem Kind damit erhalten könnte: wenn immer nur Hilde stürbe, aber nicht Hänschens Mutter. Hilde darf nicht schreien, sie darf sich nicht die Haare ausreißen oder sich das Gesicht zerkratzen. Sie muss ruhig sein. Sie muss an ihr Kind denken. Sie wird ein Gnadengesuch stellen.

Die grüne Minna hat erst Mimi Terwiel, Marta Husemann und Oda Schottmüller am Alex abgeholt, dann Helmut Himpel und Walter Husemann in Spandau. Die Männer sind sehr gut aufgelegt. Sie sind sich einig: Es ist nichts mehr zu machen. Es ist alles vorüber, es ist alles vorbei. Sie sind frei, mit anderen Worten. Sie lachen, sie scherzen. Warum nicht fröhlich sein, auf der eigenen Beerdigung, wenn man es doch sogar auf der eines geliebten Menschen sein kann? Helmut Himpel schmiert Brote. Sein Kommissar hat ihm ein Fresspaket überreicht, von Helmut Himpels Schwarzwälder Verwandtschaft: Bienenhonig, Butter, Wurst, Schinken. Die Kommissare reden über den Einschluss der Sechsten Armee bei Stalingrad.

»Grauenhaft«, sagt einer. »Grauenhaft.«

Oda beißt in ihr Brot. Der rauchig-satte Geschmack des Schwarzwälder Schinkens füllt ihren Mund, erfüllt sie mit Glück und mit Wärme. Der Wagen fährt in den Hof des Reichskriegsgerichts ein.

Im Flur tritt Anwalt Behse zu Oda. Rudolf Behse, der Herr Offizialverteidiger: Er hat Oda ein einziges Mal in ihrer Zelle besucht.

»Fräulein Schottmüller? Herr Fechter lässt Sie herzlich grüßen.«

Oda betrachtet ihren Anwalt.

»Herr Fechter von der ›DAZ‹. Er sagt, er kennt Sie. Er lässt Ihnen einen Gruß bestellen, und er wünscht alles Gute.«

»Danke«, sagt Oda.

Dann dreht sie sich um und geht weg. Fechter? Der Name klingt schwach über einen Ozean herüber, aus einem Jenseits, zu dem Oda nicht mehr gehört.

Und liegt es an Ina Lautenschlägers Pillchen, dass Oda sich nicht konzentrieren kann? Ina hat Oda Parfüm in die Zelle geschickt, damit Oda duftet. Sie hat ihr ein Schinkenbrötchen geschickt, damit ihr Magen nicht knurrt, und ein paar wundersame Pillen, damit sie sich nicht aufregt. Nun liest man Oda ihre Aussagen vor, und sie kann sich dazu nicht äußern. Man stellt ihr Fragen, und sie weiß keine Antwort. Was soll diese Farce? Wozu diese hundertfünfzigste Aufführung einer Schmierenkomödie unter der Regie eines Admirals mit Dauerwelle? Oda muss immerzu lachen. Man wird sie alle zum Tode verurteilen, gut. Aber kann man nicht vorher die Beisitzer wecken? Der eine schläft tief und fest, mit dem sanften Säuseln des Rotweintrinkers. Der andere kippt immer so allmählich nach vorn und zuckt dann empor, kurz bevor er mit dem Kopf auf den Tisch schlägt. Oda muss sich auf die Zunge beißen, um es nicht in den Saal zu rufen.

So wecken Sie doch Ihren Herrn Kollegen!

»Nehmen Sie die Sache hier gefälligst ernst!«

»Durchaus.« Oda sieht Roeder an, lachend. »Das tue ich. Es ist für mich ernster als für Sie.«

Sie lesen schon eine Weile aus ihrer Vernehmung vor. Und da kommt es wieder.

Ich leugne, dass mit dem bei mir abgestellten Gerät gefunkt worden ist.

Nun wird Oda munter. Dies ist der entscheidende Punkt.

»Ich leugne es gar nicht«, sagt sie. »Ich weiß nichts davon. Ich wusste überhaupt nicht, dass es so ein Gerät gibt.«

»Sie leugnen also schon wieder. Jetzt bestreiten Sie sogar Ihre Kenntnis des Geräts.«

»Moment«, sagt einer der Beisitzer. Er reibt sich die Augen, er beugt sich vor, »was steht denn in den Aussagen des Coppi und des Schulze-Boysen? Da steht doch in der Tat etwas Entsprechendes. Der Coppi bestätigt doch, dass die Schottmüller von dem Gerät nichts wusste.«

– behaupte ich, das Gerät in Abwesenheit der Schottmüller in ihrer Wohnung aufgestellt zu haben, ohne dass sie Kenntnis davon erlangt hat

»Ja, aber warum haben Sie das denn nicht gesagt? Warum steht das denn nicht in Ihrem Vernehmungsprotokoll?«

»Ich habe es ja gesagt«, sagt Oda. »Ich habe es wieder und wieder gesagt. Es hat nur keiner aufgeschrieben.«

»Natürlich nicht«, sagt Roeder. »Eine Lüge macht die andere nicht zur Wahrheit. Der Coppi hat in diesem Punkt doch auch wieder gelogen. Der hat nur gelogen. Der hat gelogen, dass sich die Balken gebogen haben.«

Dann kommt der zweite Verhandlungstag. Oda wünschte, er wäre schon vorüber. Sie muss über sich selbst lachen: Sie ersehnt das Ende der Unannehmlichkeiten, obwohl an ihrem Ende das Todesurteil steht.

»Sagen Sie mal, kennen Sie eigentlich Schürmann-Horster?«

Das fragt Roeder in der ersten Verhandlungspause. Er hat ein kleines Heftchen aufgeschlagen. Odas Notizbuch. Sie deutet darauf.

»Natürlich kenne ich ihn. Er steht ja offenbar in meinem Notizbuch.«

»Ich kann diesen Namen nicht unterbringen«, sagt Roeder.

Oda auch nicht. Sie kennt den Namen, erinnert sich aber nicht an seinen Träger. Etwas Eisiges berührt sie. Geht jetzt alles wieder von vorn los? Wird man sie wieder zu vernehmen beginnen? Wird man wieder nach Intimem forschen, wieder ihre Seele beschmutzen? Und immer unterstellen sie Lügen, und immer gilt ihnen gerade die Wahrheit als unwahrscheinlich. Hätte Oda doch die Protokolle nicht unterschrieben.

Wäre sie doch nie weich geworden, hätte sie eisern geschwiegen! Sie hätte eher sterben sollen, als ihr Leben von diesen Leuten befingern zu lassen. Oda erträgt es nicht, wenn jetzt alles von vorn losgeht. Sie war so heiter, so gelassen. Kann man sie nicht einfach umbringen?

Und wo hat sie den Namen Schürmann-Horster gehört?

Oda grübelt noch, während Roeder für alle die Todesstrafe fordert. Sie grübelt in der Pause, sie grübelt, während ihr Anwalt sein Plädoyer beginnt. Behse gibt sich große Mühe. Oda hätte das nicht erwartet. Fast ist sie gerührt.

Die Angeklagten sprechen die Schlussworte. Walter Husemann spricht sehr gut, tief überzeugend. Er spricht von einer

Welt der Gerechtigkeit, des Friedens und der Freiheit. Dann spricht Marta. Sie spricht nicht: Sie weint herzzerreißend. Sie sieht so wunderbar nordisch aus. Sie spricht von der Liebe und Treue zu ihrem Mann, der Liebe und Treue zu ihren Freunden. Sie beteuert schluchzend, aufgewühlt ihre Unschuld. Mimi Terwiel bringt kaum einen Ton heraus, so sehr weint sie. Es irritiert Helmut Himpel, es bringt ihn aus dem Konzept. Er stolpert durch zwei, drei Sätze, dann gibt er auf, und nun stottert Oda los und weiß mitten im Satz nicht mehr weiter.

Sie ist tief erschüttert von den Schlussworten der anderen.

So also war es. Das sind sie gewesen: eine Widerstandsgruppe, Kämpfer für Recht und Freiheit und Menschlichkeit. In der Pause umarmen sie einander. Dann betreten sie wieder den Saal. Sie werden alle zum Tode verurteilt, alle außer Marta Husemann, die fassungslos, untröstlich zu weinen beginnt. Sie weint auf der ganzen Rückfahrt. Auch einer der Kommissare ist tief verstört. Er seufzt wieder und wieder, er wischt sich die Stirn.

»Bitte beruhigen Sie doch die Frau«, sagt er. Er schüttelt den Kopf, er wirft die Hände hoch. »Diese Fuhren sind nichts für mich. Es geht mir an die Nieren. Es belastet mich zu sehr, es schlägt mir aufs Gemüt.«

Oda lacht ihm ins Gesicht. Sie isst schon wieder ein Schinkenbrot. Sie prustet los, sie sprüht Krümel vor Lachen. Mit Ausnahme von Marta sind sie alle ganz heiter.

Im Treppenhaus des Gefängnisses am Alexanderplatz ist kaum noch ein Durchkommen. Alles steckt voll mit sowjetischen Kriegsgefangenen. Sie drängen und schieben sich in den Gängen dicht an dicht, in Wolken schweren sauren Gestanks, die Füße mit Lappen umwickelt, Hungergeschwüre an den Beinen. Dann werden Polen hereingetrieben, auf dem Weg von

Irgendwo nach Nirgendwo. In der großen Sammelzelle jammern und schreien die Zigeunerinnen Tag und Nacht: Sie warten auf den Transport in den Osten. Die Wachtmeisterinnen schieben ein Häuflein junger Frauen durch das Gedränge. Sie schließen ihnen ihre Zellen auf, schieben sie einzeln in die Zellen hinein. An den Zellentüren sind Schilder angebracht, schwarze Buchstaben auf rotem Grund.

TU

»Hast du ihn gesehen?«

Frieda Husemann hat voll Bangen auf ihren Mann gewartet.

»Ja, ich habe ihn gesehen.«

»Er hat dich auch gesehen?«

»Ja.«

Walter Husemanns Vater hat eine Ruine nahe der Spandauer Gefängnismauer gefunden, von der aus man Walter Husemanns Zellenfenster sieht.

»Woher weißt du, dass er dich gesehen hat?«

»Er hat gewunken.«

»Du gehst nun jeden Tag?«

»Ich gehe jeden Tag.«

»Kann ich mitkommen?«

»Ja. Obwohl. Besser vielleicht nicht.«

Das letzte Wort ist noch nicht gesprochen. Die Urteile sind noch nicht bestätigt. Ihr könnt noch Gnadengesuche stellen.

Das schreibt Ina Lautenschläger an Oda.

Es ist möglich, dass man das Urteil widerruft. Es ist möglich, dass der Krieg noch vor der Vollstreckung zu Ende geht.

Geliebtes Katzentier. Aber sie versteht nicht. Oda wünschte, sie hätte es hinter sich. Warum haben sie nicht gleich nach dem Urteil Schluss gemacht? Die blöde Warterei geht einem auf die Nerven. Die Gedankenmühle: Ich hätte, ich sollte, ich müsste. Marta Husemann ist nicht zum Tode verurteilt. Marta hat vier Jahre bekommen, wegen Vorbereitung eines hochverräterischen Unternehmens. Oda ist zum Tode verurteilt, wegen Beihilfe zur Vorbereitung eines hochverräterischen Unternehmens und Feindbegünstigung.

Welche Feindbegünstigung? Und wie kann Beihilfe zur Vorbereitung härter bestraft werden als Vorbereitung? Oda mag sich den Kopf nicht mehr länger zerbrechen. Es ist heute ein besonders kalter Tag gewesen. Oda trägt fünf Lagen Wollzeug. Sie hat den ganzen Tag gelesen, nun klingen die letzten Sätze noch in ihrem Geist nach. Oda macht ihre Gymnastik gegen die Kälte: Kniebeugen, Armdrehen. Es mag fünf Uhr sein. Die Sonne steht winterlich schräg und tief. Oda denkt an eine Winterwanderung, vor dem Krieg. Sie denkt an den Schnee, an den violetten Hauch der Kälte im Grunewald. Sie hat es beinahe hinter sich. Sie muss nun wirklich der Mutter schreiben.

Aber sie kann nicht. Sie kann der Mutter nicht mitteilen, wie es ausgegangen ist. Und Madonna ist nicht da, und die Heizungen gehen nicht, und die Klappe ist auf, weil es drinnen kälter ist als draußen, Oda hat keine Angst vor dem Tod. Sie hat nur die endlosen Mühen satt.

Sie hat nur davor Angst, dass alles wieder losgeht, wegen dieses Namens in ihrem Notizbuch: Schürmann-Horster.

»Alles, nur nicht sterben!«

Das weint, das betet Liane Berkowitz.

Mama, Mamotschka, ich will ja alles ertragen, aber ich will nicht sterben.

»Es ist furchtbar«, sagt Gerichtspräsident Neuroth zu seiner Frau. »Ich hatte heute eine achtzehnjährige Schwangere bei mir, die zum Tode verurteilt ist. Ich habe ihr das Begnadigungsgesuch direkt in die Feder diktiert. Sie soll sagen, sie sei verführt worden, sie soll alle Schuld auf die schieben, die in ihrem Zusammenhang schon hingerichtet sind. Aber ich habe wenig Hoffnung. Und die arme Mutter des Mädchens. Wo hat das Leben einen hingestellt.«

Maria hat heute keine rechte Arbeitslust. Sie und Anni Hille stehen im Gesundheitsamt des Stadtkreises Weimar und heften Post ab. Die Hille ist viel älter als Maria. Ihr Sohn steht bei Stalingrad. Erwin Hilles letzter Brief ist vom Silvesterabend datiert. Die Hille hat ihn Maria vorgelesen.

Was mich tröstet, ist das Gefühl, dass ich all das für euch ertrage. Ich will es auch alles gern auf mich nehmen, wenn nur ihr heiter und gesund bleibt und euer friedliches Leben weiterführen könnt. Dann will ich gern bis zum Sieg durchhalten.

Der liebe Junge. Der liebe liebe Junge. Anni Hille locht und heftet ab, locht und heftet ab. Sie hat schon seit Wochen nicht mehr von ihrem Sohn gehört. Tag und Nacht muss sie daran denken, was er durchmacht.

Maria schlägt einen neuen Ordner auf. Der Briefwechsel mit dem Landesgericht. Das Gesuch des Gesundheitsamtes, im Auftrag der Universität Jena.

Das Pathologische Institut der Universität benötigt zur Klärung einer wichtigen wissenschaftlichen Frage frische menschliche Augen. Wäre es möglich, durch Obduzenten des Instituts Enthaupteten die Augen zu enucleiern bzw. könnte man den ganzen Kopf alsbald nach der Dekapitation dem ärztlichen Obduzenten der Pathologie übergeben?

Maria sucht die Antwort des Oberstaatsanwalts am Landesgericht heraus.

Über Maßnahmen aus Anlass von Todesurteilen bezeichne

ich im Vollstreckungsauftrag für die im Gerichtsgefängnis Weimar in der nächsten Zeit zu erwartenden Hinrichtungen wunschgemäß das Pathologische Institut der Universität Jena.

Was für ein Deutsch, denkt Maria. Was für ein grausames Deutsch. Das hätten wir uns mal in der Schule leisten sollen. Die Hille locht, heftet ab, locht, heftet ab. Maria denkt: Die würde die ganze Welt abheften. Lochen, abheften, lochen, abheften, das ist doch kein Leben. Die Hille weint. Maria ist zornig. Der Krieg hängt Maria zum Halse heraus. Ihre Jugend verstreicht, die Zeit, in der Maria schön gewesen sein wird.

»Ich fürchte das Schlimmste«, sagt Frau Hille leise. »Der Untergang von Stalingrad ist nicht mehr aufzuhalten. Und mein Junge ist dort mittendrin.«

Maria sehnt sich nach einer Garnitur Wäsche. Es verlangt sie brennend nach einem neuen Kleid, einem Paar Schuhe ohne schiefgetretene Absätze. Aber vor allem nach Wäsche.

Und wenn man schon sterben muss, kann man es dann bis dahin nicht halbwegs komfortabel haben? Warum gab es heute keine Zeitung? Wo ist Madonna? Die Heizung zischt und dampft, ohne Wärme abzugeben. Hunger, Kälte, Dunkelheit herrschen. Heimlich schiebt man sich unter den Kleidern Sockenschäfte über die Arme. Man verfällt, bevor sie den Körper billig entsorgen. Und draußen der Lärm. Niemals herrscht Ruhe. Es gibt Streit zwischen Wärterinnen und Insassinnen in anderen Zellen, das Telefon schrillt, weil jemand zum Verhör soll, Oda geht immer öfter aus der Wirklichkeit.

Sie reist gen Süden. Sie riecht den Geruch von Hitze, sie hört die Wellen, die über das Muschelgeröll lecken. Oda träumt sich ein Stück Ton herbei, an dem sie arbeitet. Alles gelingt. Darum tut es Oda wirklich leid: um die ungetane Arbeit, das unvollendete Werk, die nicht eingesammelten Jahre der Tätigkeit, Ähren, die auf dem Acker zurückbleiben. Oder keimt gerade aus diesen verschütteten Körnern das Leben neu? Sind sie eine Saat? Aber das ist sentimentales Geschwafel. Oda kann aufhören, sich zu zermartern. Sie ist nicht wieder zum Verhör gerufen worden: Dieser Kelch ist an ihr vorübergegangen. Sie knetet eine Katze aus Brot für Ina nebenan.

Geliebtes Katzentier

Und vielleicht kann sie nun doch noch ihrer Mutter schreiben. Sie muss. Zu so später Stunde muss man noch müssen? Aber auch wenn die Mutter ihr keine Mutter war, muss man ihr doch sagen, dass die Geschichte ihrer Tochter zu Ende ist. Oda schreibt aber nicht. Sie schreibt an Ina Lautenschläger. Das geht ihr schön und leicht von der Hand. Ina schmuggelt Odas Kassiber hinaus in die Freiheit. Das also wird von Oda bleiben: nicht ihre Kunst, sondern ihre Briefe aus der Haft. Oda hat nun doch einen Brief an die Mutter geschrieben. Der Antwortbrief war ominös.

Jetzt hast Du Dein Leiden ja bald hinter Dir.

Oda hat geantwortet:

Wie nett, von Dir zu hören. Wie geht es denn so, wie steht es zu Hause?

Und dann schleicht sich Madonna zu Oda herein. Die dienstverpflichtete Hilfswachtmeisterin Anneliese Kühn kommt, wenn die Luft rein ist, und dann singen sie zusammen und walzen miteinander im Takt durch die Zelle. Sie lachen, sie umarmen einander. Sie tun, als wären sie in der Freiheit, und alles hier wäre völlig normal.

Eva-Maria Buch nutzt die Zeit. Sie lernt jetzt Tschechisch und Slowakisch. Zu den Verhören ist sie oft zusammen mit ein paar polnischen Mädchen gebracht worden, so dass sie inzwischen schon recht ordentlich Polnisch spricht. Diese Haftzeit schafft also auch Schönes. Das Gefängnis leistet einen großen Beitrag zur Völkerverständigung: Eva-Maria hat nie zuvor so viele Ausländer kennengelernt, und sie sind freundlich und nett zu ihr gewesen, obwohl sie doch eine Deutsche ist. Mehr als das Gefängnis quält Eva-Maria die Außenwelt.

Der erste Brief der Eltern enthielt nichts als Vorwürfe an Paul Guddorf, bittere Schuldzuweisungen, zornige Tiraden über den schlechten Einfluss, den Paul auf sie ausgeübt hat. Aber wissen die Eltern denn nicht, dass die Briefe gelesen werden? Wissen sie nicht, wie sehr sie Paul schaden, wenn sie ihm alle Schuld in die Schuhe schieben? Eva-Maria hat sofort zurückgeschrieben.

Sie hat erklärt, dass Paul an allem ganz unschuldig ist. Sie hat von den Eltern christliche Haltung, christliches Vergeben gefordert, Wahrhaftigkeit: Paul hat Eva-Maria Buch nicht verführt. Was Eva-Maria getan hat, hat sie freiwillig getan. Und warum ist dieser Brief nie bei den Eltern angekommen? Wo ist er gelandet?

Eva-Maria hat nach diesem Brief lange nichts von den Eltern gehört. Das hat sie unsagbar gequält. Sie hat den Eltern geschrieben, dass sie außer sich sei vor Sorge, die Eltern könnten zornig auf sie sein. Sie hat geschrieben, dass sie Pauls Unschuld in einem langen Brief erklärt hat. Die Eltern haben zurückgeschrieben, einen solchen Brief hätten sie nie erhalten.

Sie haben geschrieben, Eva-Maria solle gefälligst nicht lügen und behaupten, sie selbst hätte freiwillig gegen Gesetze verstoßen. Aber warum unterstellen sie Paul weiterhin alle Schuld? Warum lenken sie nicht ein, so kurz vor Verhängung der äußersten Strafe? Warum sind sie nicht gütig? Ach wenn man nur einen Tag Urlaub aus dem Gefängnis nehmen könnte, um die Dinge draußen zu klären. Wenn man sich nur einmal zusammensetzen könnte, einen Tag lang Urlaub von der Verständnislosigkeit, der Kälte, den Missdeutungen und Missverständnissen nehmen könnte, einen Tag, um zu heilen, zu lieben, in Ruhe und Liebe alle Wunden aus der Welt zu schaffen.

Und nun sind sogar die Schreibmöglichkeiten sehr eingeschränkt worden: Der Prozess gegen Eva-Maria Buch und Wilhelm »Paul« Guddorf, Greta und Adam Kuckhoff, die Grimmes und Guddorfs Freunde Heinz Verleih und Heinrich Schrader hat begonnen.

Maria Grimme wird freigesprochen.

Es ist der erste Freispruch. Und über Adolf Grimme wird nur eine Zuchthausstrafe verhängt. Ist der Blutdurst der Richter nun endlich gestillt? Aber Adam und Greta Kuckhoff sind zum Tode verurteilt, ebenso Guddorf und Eva-Maria Buch. Eva-Maria ist nun ein Subjekt. Sie ist ein gefährliches Subjekt, verschlagen wie eine Katholikin und staatsfeindlich wie eine Kommunistin: Das hat Roeder gesagt. Er hat sie noch einmal angesprochen, als im Grunde schon alles vorbei war. Er hat sich noch einmal zu ihr gewandt, wie einem Nachgedanken folgend.

»Fräulein Buch. Noch etwas. Sie haben sich doch im Grunde nur verleiten lassen, von Ihrem älteren Freund.«

»Nein«, hat sie gesagt. »So war es nicht.«

Paul hat gestöhnt. Roeder hat genickt.

»Dennoch. Sie haben ja jetzt erst von all den Ungeheuerlichkeiten erfahren, die Ihre Freunde begangen haben. Wenn Sie davon gewusst hätten, wenn Sie die ganze Tragweite erkannt hätten, hätten Sie sie dann angezeigt?«

Eva-Maria hat sich aufgerichtet.

»Niemals. Dann wäre ich ja wirklich so niederträchtig, wie Sie mich hier hinstellen wollen.«

Adam Kuckhoff hat Greta noch ein Gedicht überreicht, bevor sie für immer voneinander getrennt worden sind. Greta hält das Blatt in der Hand.

Sie denkt an den ersten Winter mit Adam, draußen im Pichelsdorfer Bootshaus. Sie denkt an das Feuer im Ofen, an das Gelächter in der Wärme. Sie denkt an die Winterwanderungen durch die Wälder. Die kleinen Uferrestaurants entlang der Scharfen Lanke waren im Winter geschlossen. Aber wenn man klopfte, bekam man dennoch ein Butterbrot und ein Bier, auf wintersonnenwarmen Veranden, wo die frischgewaschenen Tischtücher des Sommers zum Stärken bereitlagen.

Immer war Adam ein Entdecker. Er war ein Schenkender. Er hielt ihr seine Fundsachen hin wie bunte Steine: ein neuentdecktes kleines Lokal, eine Kahntour, einen Wanderzirkus. Aber er hat nie zuvor für sie ein Gedicht geschrieben, in all den Jahren ihrer Liebe nicht.

Denkst du an das Blut in deinen Lungen?
Sprichst du von der Luft, die dich umgibt?
Nein, ich hab dich nicht besungen.
Nur geliebt

Im nächsten Prozess werden Walter Küchenmeister und Philipp Schaeffer zum Tode verurteilt. Philipp Schaeffer lächelt. Seine Ilse hat nur drei Jahre bekommen.

»Drei Jahre, Kiz. So lange hält das Reich nicht mehr.«

Er kann jetzt sagen, was er will.

Aber er hat ja immer gesagt, was er wollte. Er hat immer genau das getan, was er tun wollte.

»Philipp.«

Sie kann ihm nichts übelnehmen, sie kann nicht.

»Ja, liebes Kiz. Nun sage mir noch einmal auf Wiedersehen. Weine nicht, Kiz, es war schön, aber man muss ohne Gier aufhören können. Du kennst deinen alten Buddha. Ich wünschte, ich hätte dir das Glück gebracht, das ich dir bringen wollte. Na, immerhin, das Häuschen in Tiefwerder.«

Es lag direkt am Wasser. Es war winzig, mit Ilses Atelier im Parterre, einer steilen Treppe hinauf in Philipps Türmchen. Früh um vier sangen die Vögel, wenn er am Schreibtisch saß. Baumkronen rauschten. Morgendunst stieg über den Wiesen und dem Wasser auf. Das Ruderboot lag unter Weidenzweigen, lange Strähnen, die der Wind kämmte. Im Winter standen die Reiher auf den überschwemmten Wiesen wie auf den zusammengerollten chinesischen Tuschebildern in der Truhe, die er nicht aufhängte, um sie vor gleichgültigen Blicken zu schützen.

»Kiz. Bleib tapfer.«

Den Männern werden Handschellen angelegt, allen außer Philipp. Er humpelt auf seinen Krücken davon.

So lass' ich laufen ab die Zeit
Mit leichter Mühe, Tag um Tag
Im ungemischten Glücke gleich

Elfriede Paul ist zu sechs Jahren Zuchthaus verurteilt. Sie liegt in der Zelle, den Arm über dem Kopf. Sie hört die Bomben, das Heulen des Alarms. Mag es sie treffen. Mag kommen, was will. Sie wird Walter Küchenmeister nie wiedersehen. Er ist als Kommunist verurteilt worden. Er stirbt für seinen Glauben: Er hat sich ja an keiner Aktion beteiligt. Er ist nur der geblieben, der er vor 1933 war: der Sohn eines Schuhmachers, von Beruf Eisendreher, dann Inseratenwerber, dann Schriftsteller, 1921 in die KPD eingetreten und 1926 wieder ausgeschlossen, arbeitsloser Vater von drei Söhnen und Elfriedes Geliebter.

Er hatte kein Geld, aber er hat für die Familien Inhaftierter Spenden gesammelt. Und noch in der Spandauer Abteilung 9 hat Guddorf gegen ihn Front gemacht. Noch im Gefängnis hat Guddorf darauf beharrt, einem Mann, der vor siebzehn Jahren aus der KPD ausgeschlossen worden war, sei als Mensch niemals zu trauen. Nun wird Guddorf gemeinsam mit Küchenmeister am 15. Februar von Spandau nach Plötzensee verlegt, und dort werden sie beide sterben, am 13. Mai, im Abstand von wenigen Minuten.

Warum habe ich so lange keine Zeile von euch? Seit dem letzten Nachtangriff bin ich außer mir vor Sorge und Angst,

Eva-Maria schreibt. Sie hat immer noch keine Post von den Eltern.

So schreibt mir doch. Ich habe solche Sehnsucht nach euch, und ein Brief würde mir sehr helfen, heiter zu bleiben.

Und das muss Eva-Maria. Sie muss heiter bleiben: Das verlangt Gott von ihr. Gott verlangt ihr Vertrauen. Es wäre eine Sünde zu verzweifeln. Es besteht auch kein Grund. Eva-Maria und Paul können Gnadengesuche stellen. Und sicher wird aus den Hafterfahrungen noch viel Positives entstehen. Eva-Maria Buch schreibt an die Eltern.

Mamale, Vaterle,

Sie schreibt und schreibt.

Bitte schreibt, wie es euch geht. Ihr dürft den Mut nicht sinken lassen, es wird ja alles wieder gut. Ihr müsst mich liebhaben, wie ich euch liebhabe.

Der Baum im Hof ist noch immer kahl. Das ist gut. Die Zeit muss langsam vergehen, langsam, damit das Hänschen Zeit hat zu wachsen. Wie lange wird man Hilde Coppi noch leben lassen? Früher, in gewissen angstvollen Momenten, hat sie sich manchmal ihre Hinrichtung vorgestellt. Sie hat sich dann immer gedacht, man würde sie alle in einer Reihe aufstellen, die Freunde, die Ehepaare und die Liebenden, und dann würden sie alle zusammen erschossen. Aber sie sterben jeder allein. Der große Hans ist tot. Hilde darf leben, solange sie den kleinen Hans weiter nähren kann. Sie darf ihn im Kinderwagen draußen auf dem Hof herumfahren, genau wie die anderen Mütter. Wenn eine der Frauen die Milch verliert, was häufig passiert, nimmt man ihr das Kind weg und gibt es nach draußen. Aber Hilde bekommt zum Glück Extrarationen.

Hildes und Hans Coppis Mütter versorgen Hilde, und Hilde versorgt das Hänschen. Es gurrt, brabbelt, hebt die Händchen, dreht sie wie im Tanz. So viele Kinder verlieren in diesen Tagen die Eltern. So viele Kinder wachsen bei den Großeltern auf. So viele Kinder wachsen nicht auf, sondern sterben in den Lagern. Der kleine Hans ist kein Unglückswurm.

Das sagt sich Hilde.

Sie sagt sich, dass das Kind ein Hänschen im Glück ist: Es wird sich seines Vaters nicht schämen müssen. Es wird von seinen Großmüttern geliebt. Hilde stillt ihr Kind, dann wickelt sie es. Sie hat ihm sein Leben gegeben, und nun ist es sein Leben, das das ihre erhält. Hilde liegt nachts wach, in ihrer Zelle. Sie hat das Kind zu sich geholt, in ihr Bett, und es schläft in ihrem Arm. Hilde liegt im Dunkeln, mit weit aufgerissenen Augen. Sie atmet. Sie atmet tief, ein, aus, ein, aus, sie atmet. Sie wird sich nicht aufregen. Das Kind liegt in ihrem Arm. Hilde sagt sich, dass alles einen Sinn hat. Sie kann sich nicht vorstellen, dass die Welt einsam durch die Weiten des Alls treibt, sinn- und nutzlos, die Menschen darauf nichts als Ameisen, die unter den schweren Schritten der Zeit zerquetscht werden, ohne dass ihre Existenz je von Bedeutung gewesen wäre. Man darf nicht so denken. Es erscheint ihr wie eine andere Version des Hitlerismus, so etwas zu denken. Ihr Herz rast.

Die Haft scheint Dr. John Rittmeister wenig zu beeindrucken. Er arbeitet viel. Wenn der Gefängnisgeistliche Harald Poelchau ihn in seiner Zelle in Plötzensee besucht, erhebt sich Rittmeister und kommt Poelchau entgegen, als empfinge er ihn in seinem Studierzimmer. Rittmeister ist am 26. Februar von Spandau nach Plötzensee gebracht worden. Er ist zum Tode verurteilt. Harald Poelchau war sehr berührt. Dies ist das erste Mal, dass er im Gefängnis auf einen ihm persönlich Bekannten trifft: Harald Poelchau hat regelmäßig Vorträge Rittmeisters an der Poliklinik von Matthias Heinrich Görings Deutschem Institut für psychologische Forschung und Psychotherapie besucht. Er hat sich davon praktischen Nutzen für seine Arbeit versprochen.

»Und nun begegnen wir einander hier.«

»Ja, Herr Poelchau. Und sind Sie verblüfft?«

»Natürlich habe ich damit gerechnet, Sie übermorgen am Institut vorzufinden.«

»Wo man sich wiederfindet, ist letztlich wohl nicht von uns zu bestimmen. Nicht in dieser Zeit. Womöglich in keiner Zeit. Ich denke gerade darüber nach. Sagen Sie, wäre es Ihnen möglich, mir einen Bleistiftstummel zukommen zu lassen? Man verweigert mir hier Stift und Papier. Ich muss aber arbeiten. Ich kann mir nicht vorstellen, dass ich es sonst lange ertrage.«

Natürlich hat Harald Poelchau für Schreibzeug gesorgt. Seitdem scheint Rittmeister nicht mehr viel zu fehlen.

»Man ist hier doch ganz von der Außenwelt abgeschlossen. Man kommt zur Ruhe. Man hat Raum zu einer Ausführlichkeit, die draußen nicht möglich ist. Ich denke hier viel über Probleme nach, die mich schon immer beschäftigt haben.«

Der Tod. Das Leid. Die Liebe. John Rittmeister denkt über die Frauen nach, die er in seinem Leben geliebt hat. Er denkt an seine Frau Eva, er denkt an Dunja, die Cousine von Alexander

Schmorell, in die er 1926 in München verliebt war. Er denkt ohne Groll, ohne Verzweiflung.

Tatsächlich ist er erstaunt, wie gut er die Haft verkraftet. Er schläft hervorragend, besser als in Freiheit. Er zermartert sich weniger, er ist sorglos und ruhig. Der Gedanke an die Freiheit erfüllt ihn durchaus nicht mehr nur mit Begeisterung. Alle Nöte würden von vorn beginnen: die schwierige Beziehung mit seiner Frau Eva, die er Mackie nennt, die leeren Tage.

Und ohnehin ist alles über den Haufen geworfen. John Rittmeister müsste von vorn anfangen. Er müsste um die Wiedergewinnung von Wirkungsmöglichkeiten kämpfen, um die verlorene berufliche Geltung. Er würde wohl wieder an den vielen Aufgaben verzweifeln. Er würde sich wieder verzetteln, wie in der Zeit unmittelbar vor der Haft.

Andererseits könnte er Verpasstes nachholen.

Ihm ist erst jetzt klargeworden, dass er schon längst mit seinem Bruder Wolfgang über früher hätte reden müssen, über die Mutter, über die Zwillingsschwester des Bruders, die beide sehr früh gestorben sind.

»Wenn ich jetzt hier herauskäme, könnte ich es«, sagt Rittmeister zu Poelchau. »Aber ohne die Hafterfahrungen wäre ich nie in der Lage gewesen, die Verhärtungen aufzubrechen. So gesehen sind Reue und Hader doch eigentlich fehl am Platz. Eher sollte man froh und dankbar sein, dass man überhaupt reinen Tisch macht, wenigstens mit sich selbst. Dass man die verpassten Gelegenheiten wenigstens noch als solche erkennt.«

Poelchau sagt nichts. Er hört zu.

»Wenn ich freikäme, müsste ich mich selbst sehr hart an die Kandare nehmen«, sagt Dr. Rittmeister. »Ich müsste ein diszipliniertes Leben führen, ein Leben wie in einer Zelle. Was meinen Sie, aus Ihrer Erfahrung? Gibt es noch irgendeine Hoffnung für mich?«

»Hoffnung gibt es immer«, sagt Harald Poelchau. »Hoffnung besteht, solange der Mensch lebt. Zur juristischen Seite der Sache kann ich allerdings eher weniger sagen als Sie.«

Rittmeister nickt langsam.

»Ich muss sagen, auch eine lange Haft wäre natürlich schwer erträglich«, sagt er. »Vielleicht ist demgegenüber wirklich der Tod vorzuziehen. Glauben Sie an Wiedergeburt?«

»Glauben Sie daran?«, sagt Harald Poelchau.

»Am meisten bedrückt es mich, so viel Halbfertiges zu hinterlassen«, sagt Rittmeister. »Da wäre es natürlich tröstlich zu glauben, man bekäme eine weitere Chance. Es wäre schön, wenn sich im nächsten Leben die Läuterungs- und Erkenntnisstufen fortsetzen würden. Wenn man diese Gewissheit hätte, wäre alles andere unerheblich, sogar das eigene Leiden. Überhaupt, das Leiden. Ich kann es akzeptieren. Das Leiden der Welt ist überall, und in dieser Unendlichkeit des Leidens ist auch mein Leiden aufgehoben. Jetzt, im Leiden, gehöre ich vielleicht zum ersten Mal wirklich dieser Welt an.«

John Rittmeister geht in der Zelle auf und ab.

»Ich denke viel an das Leiden«, sagt er. »Aber an schöne Dinge kann ich nicht denken. Das ist mir ganz unerträglich. Es liegt nicht daran, dass ich die Sehnsucht nicht ertrage. Also, was ist es? Ich kann auch keine Bilder meiner Frau ansehen. Ich breche dann sofort in Tränen aus. Ich muss Ihnen gestehen, Herr Poelchau, ich war ganz froh, als Mackie Anfang Januar verhaftet worden ist. Ich habe mir gesagt, nun machen wir dieselbe Erfahrung, nun gehen wir durch dieselbe Hölle, und wenn wir wieder frei sind, werde ich nicht von ihr abgespalten sein als ein ganz anderer.« John Rittmeister bleibt stehen. »Nun scheint es allerdings, dass sie freikommt und ich hingerichtet werde«, sagt er. »Dann ist dieser Lebensabschluss vielleicht doch der richtige, vom Unbewussten gewollte und gemeinte. Ich habe bei den Vernehmungen nicht gelogen. Mein Freund Werner Krauss war der Ansicht, der Gestapo gegenüber in keiner Weise zur Wahrhaftigkeit verpflichtet zu sein. Das ist sicher richtig. Aber mir selbst gegenüber war ich es. Ich fühle, ich bin verpflichtet, dieses besondere Schicksal abzuleisten. Ich habe mein Leben als ein Ringen um Sinn und Erkenntnis aufgefasst und darüber oft das simple Genießen zu kurz kommen lassen. Das bereue ich ein wenig. Aber so war es nun, mein Leben. Und es darf nicht durch eine falsche Handlung am Ende entwertet werden.«

Oda wird verlegt. Alle, die ihren Prozess hinter sich haben, werden verlegt. Die Hilfswachtmeisterin Anneliese Kühn hat Oda und Ina Lautenschläger nach Einschluss noch einmal zueinander gelassen, um voneinander Abschied zu nehmen.

»Geliebtes Katzentier. Es war so schön, dass ich dich hier am Ende noch gefunden habe.«

»Auf Wiedersehen, meine Oda, du.«

»Du Dumme. Es gibt kein Wiedersehen.«

Morgen früh verliert Oda, was sie sich an Heimat noch einmal geschaffen hat. Morgen früh geht es in den Tod: Da ist Oda sicher.

Cato ist fort. Die Zelle über Rainer Küchenmeister ist leer. Rainer hat nun nichts mehr. Er würde jetzt gern sterben. Cato hat ihm in einem letzten Brief geschrieben, dass er unbedingt malen soll.

Ich weiß nicht, warum ich sterben muss, aber sicher hat das alles seinen Sinn,

Das hat Cato ihm geschrieben.

Lebe Du weiter, lieber Rainer, suche das Schöne in der Kunst und in jedem Menschen.

Schon gut. Malen soll er? Ihn beeindruckt nichts mehr. Nichts. Rainer Küchenmeister wird es Gott nie verzeihen, dass Cato zum Tode verurteilt ist.

Es ist nicht der Tod. Es ist das Leben. Sie sind ins Gerichtsgefängnis Kantstraße verlegt worden, alle zusammen, und sie dürfen hinaus auf den Hof. Sie dürfen ins Freie, hinaus in die Sonne, zum ersten Mal seit sechs oder sieben Monaten. Es ist der 1. April 1943. Es ist Frühling. Es ist ein Tanz. Die Frauen heben die Arme, sie recken sich. Sie breiten die Arme aus wie Schwingen. Sie lachen, sie werfen die Köpfe zurück und blicken in den frühlingshellen Himmel. Sie sind in der Kantstraße, mitten in Charlottenburg. Sie hören die Straße, sie hören vertraute Geräusche. Sie dürfen gehen, laufen, sie wirbeln durcheinander. Sie umarmen einander: Greta Kuckhoff, Erika von Brockdorff, Oda Schottmüller, Mimi Terwiel, Eva-Maria Buch, Marta Husemann, Martha Schulze, Rose Schlösinger, Lotte Schleif, Ursula Goetze, Cato Bontjes van Beek. Die Gefängnisvorsteherin Änne Weider steht oben am Fenster und blickt in den Hof.

Sie wird sich um diese Frauen kümmern. Sie wird sie eine nach der anderen zu sich holen, sie wird herausfinden, was sie brauchen, wonach sie verlangen. Ist das dort unten nicht Oda Schottmüller? Ist das nicht Hanna Berger, auch eine Tänzerin?

Jetzt dürfen die Frauen regelmäßig schreiben und Briefe empfangen. Bücher sind ihnen gestattet, Stifte, Papier zum Zeichnen. Sie müssen nun auch arbeiten. Eva-Maria koloriert Postkarten: Blumen, Kätzchen, ein Liebespaar im Boot unter einer Trauerweide. Elfriede Paul näht Knöpfe an Trauerbekleidung. Oda faltet Orchideen aus Seidenpapier: Dekorationsobjekte für Kameradschaftsabende. Erika von Brockdorff und die Ärztin Elfriede Paul teilen eine Zelle. Sie singen, sie pfeifen, sie lachen viel. Sie kochen vor dem Einschlafen wunderbare Fantasiemenüs, mit drei, vier, fünf Gängen. Greta sitzt draußen im Hof in der Sonne, damit ihr Rheuma sie nicht so plagt. Ilse Schaeffer putzt Möhren in der Gefängnisküche und schiebt ihr hin und wieder ein Stück durchs Küchenfenster zu. Odas Zellengenossin ist eine alte herzkranke und furchtbar depressive Dame.

Oda versucht sie zu trösten und zum Lachen zu bringen. Das ist schwer. Aber Oda lacht. Oda will leben. Sie wird leben, es kann ja nicht anders sein. Sie liest ›Wilhelm Meister‹. Die Mutter schreibt, dass sie an Oda denkt. Das ist sehr schön. Die Mutter schickt Oda Shampoon, das man mit kaltem Wasser nicht aus den Haaren spülen kann. Oda bittet, und die Mutter schickt ihr Seifenpulver in Tütchen. Sie schickt ihr winzige Modellierstäbchen, etwas Ton. Das Leben ist ihnen wiedergegeben, in diesem April.

Auch Franz Alfred Six ist erleichtert. Natürlich hat niemand insinuiert, es wäre sein Fehler gewesen, dass seine Auslandswissenschaftliche Fakultät sich zu einem Nest des Widerstands entwickelt hat. Aber es war auch so scheußlich genug. Harro Schulze-Boysen war in Wirklichkeit ein Feind. Six versteht es immer noch nicht. In so vielen Positionen schienen sie miteinander im Einklang. Und beide Harnacks sind Gegner gewesen, ebenso Eva-Maria Buch, Ursula Goetze, Horst Heilmann, Herbert Gollnow. Wie war das möglich? Was für Nattern hat Six an seinem Busen genährt?

Aber er hat diesen Staub von seinen Füßen gestreift. Am 22. März hat er seine neue Stelle angetreten, in der Informationsabteilung des Auswärtigen Amtes.

Hilde Coppi geht mit ihrem Kind im Hof des Frauengefängnisses Barnimstraße spazieren. Sie erzählt ihm von der Welt. Sie erzählt ihm von Reisen, Festen, Arbeit, von Mahlzeiten und dem Zubereiten von Mahlzeiten, vom Wetter, vom Hausbauen und vom Spazierengehen im Botanischen Garten in Dahlem, wo man an einem Nachmittag durch alle Landschaften der Welt wandern kann. Sie erzählt von der Stadt, dem Land, dem Meer und von seinem Vater. Sie erzählt dem Kind von der Liebe seiner Eltern zueinander und davon, wie sehr man es willkommen geheißen hat. Sie erzählt dem kleinen Hans von ihm selbst. Sie blättert in dem schon prall gefüllten Erinnerungsalbum, auf dem der Name des kleinen Hans steht und das mit jedem neuen Tag praller wird. Und dann ist ihre Freistunde zu Ende, und sie muss sich wieder auf die Wöchnerinnenstation begeben, wo sie sich um die Mütter der Neugeborenen kümmert. Am 12. April 1943 ist dort Irina Berkowitz geboren worden.

Liane Berkowitz hält ihre Tochter im Arm. Hilde Coppi steht an ihrem Bett. Das Schlimme ist, dass Liane keine Milch hat. Das Kind muss von Anfang an zwei Flaschen bekommen, weil es von Liane nicht satt wird.

»Was, wenn sie abnimmt?« Liane starrt Hilde an. »Was dann?«

Dann muss Liane damit rechnen, dass das Kind abgeholt wird. In der Nacht schüttelt Liane das Grauen. Sie umklammert die kleine Ikone, zu der die Mutter ein Leben lang gebetet hat, sie fürchtet, vor Angst verrückt zu werden. Remus ist um ihretwillen ganz verzweifelt. Liane kann ihm aber nichts Beruhigendes schreiben. Sie will nicht sterben. Sie ist bereit, im Gefängnis zu bleiben, ihr ganzes Leben, aber sie will nicht sterben,

Meine Mamotschka!

Sie umklammert die kleine Ikone. Es wird besser. Es ist schon besser. Gleich wird es besser,

Ich will nicht sterben

Oda will nicht sterben. Sie hat eine neue Zellengenossin bekommen, eine liebe kleine Tschechin. Der Frühling braust übers Land, und die Kriegsnachrichten sind beglückend: Deutschland verliert, es verliert, es verliert. Odas Mutter besucht Oda für eine Viertelstunde und bringt Oda Kuchen mit. Oda bittet die Mutter, Handwerkszeug und Plattensammlung in Odas Wohnung zusammenzupacken und gut aufzubewahren, weil die Wohnung untervermietet werden soll.

Bildet sie sich ein, zu ihrer Plattensammlung zurückzukehren?

Oda versucht auszurechnen, wie viele Kilometer sie in den neun Monaten ihrer Haft gelaufen ist. Bis wohin wäre sie in Freiheit marschiert, bis Rom? Sie stellt sich die Freiheit vor. Sie beginnt von der Freiheit zu träumen. Sie weiß, womit die Freiheit beginnt: damit, dass sie ihre Türen selbst auf- und zumachen dürfte.

Das am 20. Januar durch den 2. Senat des Reichskriegsgerichts ergangene Urteil gegen Hilde Coppi, geborene Rake, ist durch den Gerichtsherrn bestätigt und damit rechtskräftig geworden. Anliegende Mitteilung ist der Gefangenen gegen die abzutrennende Empfangsbescheinigung auszuhändigen,

gez. Frau Dr. Pfahl, Regierungsrätin

Es ist Hilde Coppi von Kommissar Habecker gestattet worden, die Briefe ihres Ehemannes sowie ihren Trauring ihrer Mutter zu übergeben.

»Ich bin mir meines Todes beinahe gewiss.«

Harald Poelchau steht in John Rittmeisters Zelle in Plötzensee.

»Ich muss aber sagen, ich habe eine Perspektive gewonnen, aus der heraus betrachtet der Tod gar nicht so grässlich aussieht«, sagt John Rittmeister. »Ich nenne es die Unendlichkeitsperspektive. Wo etwas war, wird irgendwann einmal nichts mehr sein, so will es die Zeit. Vor diesem Wissen schrumpft das gegenwärtige Leiden aufs Winzigste zusammen, und die Misere wird zu nichts. Nichts dauert länger als einen Moment. Dieser Moment ist Gewinnen und Verlieren, er ist Sein und Nichtsein, und in dem Trotz und in der Demut, mit der man beides akzeptiert, berührt man doch vielleicht die Ewigkeit. Seit ich die Dinge von dieser Todesperspektive betrachte, denke ich ganz Unerhörtes. Ich fühle mich innerlich reicher als je zuvor. Was einem alles nimmt, macht einen reich. Das ist ein Widerspruch, aber es ist so. Ich würde natürlich gern leben bleiben. Aber auch wenn ich sterbe, nehme ich nun alle diese Dinge, die ich vorher gar nicht besessen habe, mit in den Tod hinein. Ich bin sehr dankbar dafür. Meinen Sie, dass ich am Leben bleibe?«

»Stellen Sie sich jedenfalls unbedingt auf den Tod ein«, sagt Harald Poelchau. »Tun Sie es, um den Unendlichkeitsstandpunkt zu behalten.«

»Bitte, wo komme ich hin?«

Oda will hierbleiben. Sie sind seit fünf Wochen in der Kantstraße, warum können sie nicht hierbleiben? Oda ahnt, wo man sie hinbringen will.

»Barnimstraße.«

Oda schwindelt es. Ihr wird übel. Sie tritt vor ihre Zelle und sieht die anderen. Da stehen sie auf dem Flur: Erika von Brockdorff, Cato Bontjes van Beek, Rose Schlösinger. Die Todeskandidatinnen. Oda hat Angst zu fallen. Sie fällt.

Im Wagen kommt sie wieder zu sich, eingekeilt zwischen Eri und Cato. Der Wagen hält. Die Tür wird geöffnet. Duftende Luft schwappt herein: Frühlingsluft, Freiheitsluft, durchsonnt und himmelblau. Sie stolpern auf den Hof. Über ihnen leuchtet einen Moment lang das Licht, dann geht es durch die Pforte ins Innere. Das Frauengefängnis Barnimstraße ist für 415 Häftlinge ausgelegt. In diesem Mai 1943 befinden sich 1507 Insassinnen hier. Der riesige Komplex ist durchwabert von einem schweren, dicken Geruch nach Fäkalien, Lysol, Kohl. Sie werden einen Gang entlanggeführt, dann einen anderen. Von irgendwo dünn das Geschrei von Säuglingen. Im Duschsaal entkleiden sie sich unter den Augen der Aufsicht, die mit verschränkten Armen an der Wand steht. Die Gefangenen sind mager. Sie haben stumpfgraue Häftlingshaut, Schuppen und Pusteln. Man händigt ihnen graue Kittel aus, Holzpantinen. Es geht die Eisentreppe hinauf, den Gang entlang, in dem die Stimmen tot klingen, ohne Nachhall.

»Da rein.«

Die Zelle.

Die Ärztin Elfriede Paul sitzt in ihrer Zelle in der Kantstraße. Erika ist fort. Sie ist heute Morgen abgeholt worden: Man hat sie in die Barnimstraße verlegt. Elfriede ist zurückgeblieben. Bisher sind sie gemeinsam marschiert. Aber jetzt trennen sich die Wege der Lebenden und der Toten. Gegen Abend öffnet sich die Zellentür. Marta Husemann stolpert herein, tränenüberströmt. Ihr hat man Cato weggenommen.

Seit die Zahnschmerzen am Ostersonntag den Höhepunkt erreichten, ist Eri Brockdorff bereit zu sterben. Es hat ja gar keinen Sinn zu leben. Das Leben hält nichts bereit als Zorn, Schmerz und Schrecken. Und hätte ihr Tod Sinn? Die Frage ist kindisch. Sie ist anmaßend: Erwartet Erika, dass Gevatter Tod der Gräfin von Brockdorff eine Sonderrolle zuweist, inmitten des Sterbens ringsum? Man stirbt, fertig. Erika muss sich davon befreien, ihr einzelnes kleines Schicksal wäre von Bedeutung in einer Zeit, in der überall gestorben wird.

Sie muss sich davon befreien, das Leben des Einzelnen hätte Bedeutung. Aber wenn das Leben des Einzelnen keine Bedeutung hat, wofür stirbt sie dann? Wenn es egal ist, wie viele sterben, wofür haben sie dann gelebt, wofür gekämpft, wofür sich gequält? Das Leben jedes Einzelnen zählt.

Nur das Leben Erika Brockdorffs zählt nicht. Denn wenn ihr Leben wichtig wäre, wie ertrüge sie dann ihren Tod? 1953 wäre sie entlassen worden, wenn der Führer das Urteil nicht annulliert hätte. 1953 wird sie zehn Jahre tot sein. Alles in Erika empört sich dagegen. Alles empört sich gegen die philosophische Gelassenheit, gegen die ganze geistreiche und blödsinnige Art, mit der manche ihrer Mitgefangenen das Jenseits und die Ewigkeit betrachten. Erika Brockdorff will leben. Sie brennt vor Zorn auf den selbstmörderisch fahrlässigen Harro Schulze-Boysen, auf die eigensüchtige, selbstverliebte blöde Kuh Libs. Am Donnerstag, dem 13. Mai, ertönt der Befehl.

»Fertigmachen zum Verlegen.«

»Bitte, wo komme ich hin?«

Plötzensee.

Am selben Tag sitzt Harald Poelchau wieder einmal mit Mimi Terwiels Eltern in seinem kleinen Dienstzimmer im Gefängnis Tegel. Herr Dr. Terwiel ist hoher Jurist, seine Frau ist Jüdin. Sie bemühen sich verzweifelt darum, ihre Tochter arisieren zu lassen. Poelchau hat versprochen, sich um eine arische Geburtsurkunde für Frau Terwiels Mutter zu kümmern, womit Mimi nicht mehr Mischling ersten, sondern nur noch zweiten Grades und damit einer Arierin gleichgestellt wäre.

»Verraten Sie es ihr aber bitte noch nicht«, sagt Frau Terwiel. »Damit sie sich nur nicht falschen Hoffnungen hingibt.«

Die arme Frau hat Tränen in den Augen. Sie sollte die Urkunde für ihr eigenes Wohl wünschen, ihr aber geht es nur um die Tochter. Was soll Harald Poelchau sagen? Dass es alles nichts nützen wird, weil auch die Arierinnen der Gruppe zum Tode verurteilt werden? Dass Mimi verloren ist, dass sie sterben wird, es sei denn, Gott selbst griffe ein?

Harald Poelchau hat Mimi erst vor Kurzem kennengelernt. Er hat keinen Zugang zum Gefängnis Kantstraße, aber Mimi ist vor zehn Tagen ins Lazarett des Frauengefängnisses Alt-Moabit verlegt worden, weil ihr Finger zu eitern begonnen hat. Die Haut unter dem Nagel ist angeschwollen, Eiter läuft aus den Nagelecken, und die Schmerzen sind fast nicht erträglich. Nun geht es darum, ein Übergreifen der Entzündung auf die Sehnenscheiden und die Knochen zu verhindern. Mimi ist sehr tapfer. Harald Poelchau wird sie noch heute besuchen. Aber vorher muss er nach Plötzensee fahren. Mimis Verlobter sitzt dort seit Anfang Februar ein: der Zahnarzt Helmut Himpel, ein kluger und guter Mann voll Herzenswärme. Ja, dies sind Menschen mit einem weiten Gesichtskreis.

Harald Poelchau sieht auf die Uhr. Er muss das Gespräch mit den Terwiels jetzt beenden. Mimis Helmut wird heute in Plötzensee hingerichtet, zusammen mit Dr. Elfriede Pauls Walter Küchenmeister, Eva-Maria Buchs Paul Guddorf, Cato Bontjes van Beeks Heinz Strelow, Lianes Remus, Hannelore Thiels Fritz, Marta Husemanns Walter, Dr. Philipp Schaeffer und Dr. John Rittmeister. Rittmeisters Institut hat sich nicht für ihn eingesetzt. Im Gegenteil, Rittmeisters Chef, ein Vetter

Görings, hat ihn offiziell aus den Reihen seiner Mitarbeiter ausgestoßen. So sind diese Leute. Seelen wie Hyänen.

Harald Poelchau erhebt sich. Er reicht den Terwiels die Hand. Er tritt auf die Straße. Er schwingt sich auf sein Fahrrad. Es ist ein wunderbarer Maitag, leuchtend und neu, wie frisch geschlüpft. Harald Poelchau radelt die Seidelstraße hinunter, vorbei an der Kleingartenkolonie Zum Waldessaum, in der das Häuschen der Coppis liegt. Dann radelt er ein Stück die Afrikanische Straße entlang, wo er mit seiner Familie wohnt. Er ist auf dem Weg nach Plötzensee. Zwischen 19 und 19.33 Uhr werden dort zwölf Männer durch das Fallbeil sterben. Um 19.36 Uhr stirbt als dreizehntes Opfer Erika Gräfin von Brockdorff.

Am selben Tag schreibt Liane an ihre Mutter,

Weißt Du noch, was Remus und ich immer für schöne Ausflüge gemacht haben? Ihn muss die Haft noch mehr quälen als mich, er hasst es so, eingesperrt zu sein. Wie glücklich waren wir doch vor einem Jahr, als er aus dem Osten ins Feldlazarett Britz zurückverlegt wurde, und wir konnten einander sehen.

Es ist lange kein Brief von Remus gekommen. Lebt er noch, ist er tot? Wenn kein Brief kommt, weiß man nie, ob die Gedanken noch einen Lebenden treffen oder schon einen Toten.

Wie hatte ich mir das Leben gedacht!

Mimi Terwiel hält Helmut Himpels Abschiedsbrief in der Hand. Er schreibt von dem Glück, das sie miteinander geteilt haben, er schreibt von den sinnlichen Freuden des Lebens. Er schreibt von Wein und Küssen, von sauberer Wäsche und gutem Essen, von der Freude an Musik, Kunst, Theater und Wanderungen durch die Natur, all diese Dinge muss man aber loslassen können. Man muss sich ihres Wertes voll bewusst sein, und zugleich muss man Abstand zu ihnen halten und zu dem Körper, der sie genießt. Davon schreibt Helmut Himpel: vom Genießen. Von der Dankbarkeit. Von der Freiheit des Abstands.

Ich weiß, dass Paul so am Leben hing.

Eva-Maria Buch hat vorgestern von Paul Guddorfs Tod erfahren. Sie schreibt den Eltern.

Ich weiß, dass Paul mit jedem Tag wieder fester im Leben Fuß fasste.

Und geht es ihnen nicht allen so?

Ich lege Pauls letzten Brief bei, damit ich ihn hier nicht verliere. Mit ihm sind so viele von uns gestorben, wertvolle Menschen. Ein Schatten des hier erlebten Grauens wird mir für ewig im Herzen zurückbleiben, auch wenn ich mich dagegen wehre. Tatsächlich lache und singe ich mit den anderen, und dabei wundere ich mich, dass es mir möglich ist.

Die Eltern haben schon mehrfach Antrag auf Erteilung einer Sprecherlaubnis gestellt, bisher erfolglos. Vielleicht ist es besser so. Vielleicht ist es besser, sie sehen Eva-Maria jetzt nicht.

Und vielleicht ist nicht alles verloren. Die Gefängnisvorsteherin in der Barnimstraße Frau Dr. Pfahl unterstützt Hilde Coppis Gnadengesuch,

Hilde Coppis Aufgabe ist es, unter Aufsicht auf der Wochenstation Dienst zu tun. Sie stillt ihr Kind, versorgt die Wöchnerinnen mit großer Umsicht und nimmt sich der Neugeborenen und der anderen kleinen Kinder mit viel Liebe an. Sie ist selbstlos, sehr tapfer und trägt ihre schwere Strafe, ohne zu klagen. Ihre Straftat ist hier nicht bekannt. Wir befürworten das Gnadengesuch.

Auch Oda hat nun noch ein Gnadengesuch gestellt. Sie hat es anfangs für sinnlos gehalten: Sie war ja schon aus der Welt getreten. Sie ist aber zurückgekehrt. Es ist Sommer. Oda geht im Hof spazieren. Pfarrer Ohm kommt jede Woche zu ihr, und danach ruft er ihre Mutter an, um sie wissen zu lassen, wie es Oda geht. Oda hat nun eine Mutter. Das ist ihr im Leben noch nicht passiert. Sie schreibt der Mutter, wann immer sie kann,

Mein lieber Teo
Mein lieber Mutti
Sei innig umarmt und geküsst, mein Liebes,
von Deinem Odd

Sie erhält Päckchen mit Seife und Wäsche, Päckchen mit Essen. Und dann darf Dorothea Schottmüller ihre Tochter besuchen. Sie halten einander an den Händen, sie sehen einander an. Sie sagen einander Auf Wiedersehen. Oda steht auf dem Stuhl in ihrer Zelle und sieht aus dem Fenster.

Es ist Sommer. Ein Sommerabend. Der Sonnenuntergang vor dem Fenster flammt und lodert. Dann ist die Sonne verschwunden. Ihr Widerschein lasiert den Rand des Himmels über den Dächern des gegenüberliegenden Zellentrakts rotbraun. Der Himmel darüber leuchtet in den Farben, die ein verblassender Bluterguss annimmt: Gelb, Gelbgrün, Türkis, ein Blau, das sich zum Zenith hin vertieft, allmählich opak wird, zwei Sterne flirren mitten darin. Zwei ferne Sterne, die nichts miteinander zu tun haben, die nicht zu demselben Sternbild gehören. Aber von hier unten zieht Odas Blick sie zusammen zu einem gemeinsamen Bild. Die Terrakottalasur am Himmel hat sich verdichtet. Vom Zenith aus sickert das Schwarz der Nacht allmählich ins Blaue, das Blau ins Gelbgrün hinein. Der Himmel verliert seine wässrige Transparenz. Er entfernt sich und wird dabei immer klarer, eine dichte dunkle Glocke mit mehr und mehr Sternen darin. Kleiner Bär und

Großer Bär tanzen zusammen durch das Nichts, das sanft ist wie Samt.

Auch Eva-Maria Buch ist nun in die Barnimstraße gebracht worden. Auch sie hat ein Gnadengesuch gestellt. Sie hat die Eltern gesehen, schon zum zweiten Mal. Und warum nur hat sie wieder die kostbaren Minuten des Wiedersehens so töricht verschwendet? Sie hat die Eltern bitten wollen, ihr ihren Tod zu verzeihen, ihr nicht böse zu sein, dass sie stirbt,

Ich denke ja immer voller Liebe an euch. Meine lieben lieben alten beiden Eltern, ich mag mich gar nicht trennen von euch, bleibt bei mir in meinem Herzen, ich weiß ja, wie euch dieser Schwebezustand zwischen Hoffen und Bangen quält.

Sie hätte die Eltern so gern stolz gesehen. Sie hätte diesen beiden Menschen, die ihr mehr bedeuten als alle anderen auf der Welt, so gern das Gefühl vermittelt, bei aller Trauer die Handlungen ihres Kindes mit tiefer Befriedigung gutheißen zu können. Aber die Eltern sind von Eva-Maria enttäuscht. Eva-Maria spürt ihre Liebe und ihr Unverständnis,

Warum hast du das getan? Warum hast du uns das angetan? Was hast du denn erreicht? Was du getan hast, war ganz überflüssig und sinnlos.

Sie sagen das nicht. Aber Eva-Maria weiß, dass sie diese Sätze denken.

Liane Berkowitz hat keine Milch mehr. Sie bekommt einfach selbst zu wenig zu essen. Die Pakete der Mutter erreichen sie entweder gar nicht, oder man händigt sie ihr erst aus, wenn immer schon alles verdorben ist. Liane hat die Mutter gebeten, ihr nichts mehr zu schicken. Die arme liebe Mamotschka soll nicht für nichts und wieder nichts hungern. Liane hält ihre

Tochter im Arm. Sie darf der kleinen Irka nun alle drei Stunden Reisschleim mit Traubenzucker geben. Vielleicht nimmt das Kind ja doch ein bisschen zu. Liane hat keine Milch. Sie hat keine Hoffnung. Und Irka ist blau im Gesicht. Sie ist kalt, ihre Augen sind glasig, Liane schreit. Sie schreit. Sie schreit. Alles kommt gerannt: die Ärztin, die Hausmutter, Hilde Coppi. Liane hält ihre Tochter und schreit. In ihr ist eine leise klare Stimme,

Nimm nicht sie, sondern mich! Nicht sie, sondern mich!

Der Präsident des Reichskriegsgerichts Admiral Bastian und der Senatspräsident Neuroth haben für eine Reihe von Frauen eine Umwandlung der Todes- in eine Zuchthausstrafe befürwortet. Göring hat sich dem Antrag angeschlossen. Am 21. Juli hat Hitler persönlich alle Gnadenerweise abgelehnt. Er hat die Hinrichtungen angeordnet. Es ist eben dieser 21. Juli, an dem Lianes Mutter ihre Enkelin abholt. Liane zieht ihrem Kind das rosa Jäckchen an, das die Mutter gestrickt hat. Sie setzt ihr das rosa Mützchen auf, sie bindet das Bändchen unter dem Kinn. Sie hält ihr Kind. Dann lässt sie sich die kleine Irka aus dem Arm nehmen. Die Mutter geht mit dem Kind davon.

Und immerhin ist Irka im Bunker sicher.

Das sagt sich Liane in der Nacht, während die Bomben fallen, die Frauen kreischen und schreien, ihre Schemel gegen die Zellentüren werfen, Kinder brüllen und Bomben heulen. Es hat eben doch alles seine Richtigkeit und seine Ordnung: Denn natürlich ist es entscheidend, dass das Kind in Sicherheit ist. Das ist das Wichtige, auch wenn Liane selbst Tag und Nacht nach ihrer kleinen Tochter weint, Tag und Nacht an sie denkt und niemals mehr schlafen kann, weil sie im Schlaf mit ihrem Kind flieht und dann sofort erwacht.

Oda ist nicht fertig geworden. Das ist sehr schade. Die Dinge, die sie geschaffen hat, summieren sich nicht zu einem Werk. Und wird das Wenige, was sie vollendet hat, bestehen? Werden ihre Statuen überdauern, wird man sich an ihre Tänze erinnern? Aber vielleicht ist das gar nicht nötig. Vielleicht genügt es, dass etwas existiert hat, vielleicht gibt es ein unauftrennbares Gewebe der Zeit, vielleicht ist die Wirklichkeit wirklicher als die Wahrnehmung des Betrachters und benötigt ihn nicht.

Oda geht in Sizilien spazieren.

Das Blau von Himmel und Wasser verschwimmt. Hitzeschlieren wabern über grauen Gewächsen. Die Abende sind voller Motten und Fledermäuse, deren Tänze Oda nicht mehr tanzen wird. Oda sieht einen alten Mann auf einem Boot, eine alte Frau auf einem Esel. Oda denkt, dass sie keine jungen Leute hätte darstellen sollen. Sie hätte die Alten festhalten, die Chiffrenschrift ihrer Falten entziffern sollen, wer von den Jungen wird denn heute noch alt? Die Mörder.

Berlin wird evakuiert. Die Stadt leert sich. Wer keine kriegswichtige Arbeit leistet, ist per Handzettel aufgefordert worden, sich in Sicherheit zu bringen, bevor der große Angriff kommt und es Berlin wie Hamburg ergeht, wo die Toten der letzten Tage in Zehntausenden gerechnet werden. Ab jetzt stirbt keiner mehr seinen eigenen Tod. Ab jetzt werden nicht mehr Menschen umgebracht oder Gebäude zerstört: Von nun an wird der Raum vernichtet, in dem Leben möglich ist. Die Luft geht in Flammen auf, der Boden schmilzt, so dass keine Mücke, kein Wurm, kein Blatt überlebt. Wer kann, bringt seine Kinder aufs Land.

Wer kann, versucht seinen Plunder zu retten: Die Ausfallstraßen sind mit Fahrzeugen und Handkarren verstopft, die

Busse und Züge sind vollgepackt mit Kisten und Koffern, Teppichen und Lampen, Gemälden und Tafelsilber. Hilde Coppi hat ihr Hänschen ihrer Mutter übergeben.

Das Kind ist acht Monate alt. Es ist gesund, lebhaft, es lacht viel. Es wird leben. Es ist fort. Die Aufgabe ist erfüllt. Nun muss Hilde nur noch diese eine Nacht durchschreiten. Dann verlässt sie die Barnimstraße.

Sie umarmt die weinende Hausmutter, sie verabschiedet sich von allen. Dann tritt sie auf den Gang. Die Tür der Zelle, in der sie mit ihrem Kind gelebt hat, schließt sich hinter ihr. Am 3. August bringt man sie nach Plötzensee.

Familienname: Coppi, geb. Rake

Familienstand: verwitwet

Name des Ehemannes: Hans Coppi

Name der Kinder: Hans Coppi

Welche Schule haben Sie besucht? Aus welcher Klasse sind Sie ausgeschieden? Lehrzeit, Stand, Beruf, Religionsbekenntnis. Beziehen Sie Militärrente, Invalidenrente, Unfallrente? Haben Sie Vermögen?

Man hat ihr einen Fragebogen vorgelegt. Einmal mehr muss sie einen Fragebogen ausfüllen. Wie ordentlich sie doch sind. Wie gründlich. Wie sie nichts dem Zufall überlassen, wie sie alles fein säuberlich festhalten.

Letzter Aufenthalt und Wohnung? Name, Stand und Wohnung der Eltern? Der Geschwister? Wie oft sind Sie vorbestraft? Weshalb sind Sie jetzt bestraft?

Hilde schreibt.

Vorbereitung zum Hoch- und Landesverrat.

Gestehen Sie die Ihnen zur Last gelegte Tat ein? Unter welchen Umständen und aus welcher Veranlassung haben Sie sie begangen?

Dazu sagt sie nichts mehr. Dies muss sie nicht ausfüllen, sie hat es nicht nötig: Ihre Schwäche verschafft ihr einen Spielraum, über den Stärkere nicht verfügen. Die Niedrigkeit ihrer Position gestattet ihr eine Würde, die den Höhergestellten versagt bleibt.

Waren Sie schon in Irrenanstalten?

Was gedenken Sie nach der Entlassung zu tun?

Wollen Sie Ihren früheren Beruf wieder ergreifen?

Kennen Sie eine Person, die Ihnen nach der Entlassung hilfreich zur Seite stehen wird?

Strich. Strich. Strich. Laute Rufe aus einer vergangenen Welt, die schon zurückbleibt, die hinter ihr liegt, während sie in ihrem Boot hinausfährt, spurenlos auf dem Wasser, dem fremden Horizont entgegen, noch ein Formular wird ihr gereicht.

»Stellen Sie hier bitte Ihre Habe zusammen.«

2 Hemden

1 Paar Strümpfe

2 Taschentücher

1 Paar Schuhe

1 Brille

1 Seife

1 Brief

Ist das ihre Habe? Was gehört einem Menschen? Die kleinen und geliehenen Dinge, immer wieder aufs Neue geordnet, bis der Befehl zum Aufbruch ertönt und alles zurückbleibt: Haus und Hof, Mantel und Hemd, Geliebtes, Gehasstes und der eigene Körper, der ihr nun, wo man ihr das Kind genommen hat, schwer und lästig ist.

Oda schreibt an ihre Mutter.

Nun haben wir uns nicht mehr sehen können und ich muss auf diese Weise Lebewohl sagen. Ich habe nie alt werden wollen. Sei tapfer, denk dran, dass Du wieder eine gute Zeit erleben wirst. Du hast mir immer zur Seite gestanden. Es bleibt sehr viel – vielleicht das Wichtigste – unausgesprochen zwischen uns –

Sie hält inne. Dann schreibt sie weiter,

Es ist besser so.

Beim Hinschreiben dieser Worte ist ihr sehr elend. Jetzt, noch einmal, geht ihr der Jammer auf: der Tod des Vaters, die lebenslange Sehnsucht nach der Mutter. Aber ist das noch von Interesse?

Was ist von Interesse?

Nur die Tränen darüber, dass es so war. Dass dies das Leben war. Es hätte auch anders sein können, aber auch dann hätte es sicher Tränen verdient, diese selben Tränen, vergossen für das, was nicht zu ändern ist und was sie nun gehen lassen muss. Und wie wird der Tod kommen, als Sensenmann? Als trauriges Mädchen? Als schwarze Hülle, die die Leere verbirgt? Als kühler Schatten, als verzehrendes Feuer? Als große Ruhe, nach der Unerträglichkeit des Schreckens? Warum ist sie überhaupt als Mensch geboren? Und wenn sie auch als etwas anderes hätte zur Welt kommen können: Wer ist es dann, der geboren worden ist?

Eva-Maria Buch schreibt ihren Abschiedsbrief.

Es ist alles gut so, wie es ist. Es war ein so unseliger Zwiespalt in mir, das Erleben der letzten Monate brachte die letzte Lösung, nun ist alles Ruhe und Freude. Eure Treue hat mich tief gerührt. Verzeiht mir. So vieles hätte ich gern wieder gutgemacht. Aber gelt, wir gehören zusammen, ich in eure Mitte. So lieb habe ich euch. Wartet ab in Geduld, bis auch ihr gerufen werdet.

Nun gehe ich den Weg, den ich mir gewünscht hätte, mit meinem großen Hans gemeinsam zu gehen. Aber ich hatte ja erst noch eine Aufgabe zu erfüllen.

Auch Hilde Coppi schreibt.

Seid glücklich mit dem kleinen Hans, der einer großen und glücklichen Liebe entsprossen ist. Wir haben uns auch heute noch sehr lieb, und diese Liebe überlassen wir euch.

Die Unterschiede zwischen Tod und Leben verschwinden in der Freude: zu sein. Es ist Cato, als sei sie ungeteilt in allem aufgegangen, im Himmel, den Wolken, der Luft von draußen, alles ist damit einverstanden, dass es existiert. Alles bejaht sich und weiß sich bejaht, feiert sich selbst in seiner üppigen Vergänglichkeit, von der Cato ein Teil ist. Sie hat in jeder Nacht von Fischerhude geträumt. Die Wiesen, der Flusslauf, die Moorkähne, die Glasveranda, in der die Mutter vor der Staffelei steht: Alles hat Teil an dieser Zustimmung, diesem Einverständnis, es ist alles viel einfacher, als sie gedacht hätte.

Pastor Ohm ist bei ihr. Sie hat den Pastor gebeten, der Mutter am 14. zu ihrem Geburtstag zu gratulieren. Er hat mit ihr gebetet.

»Und jetzt ist es wohl Zeit. Nebenan werden sie ja schon abgeholt. Ich will jetzt auch vorwärts. Dies ist ja kein Ende, das weiß ich. Wir brauchen uns nicht wie Diebe aus der Welt zu schleichen.«

Verzeih mir meinen Tod. Kröne Dein Werk als Mutter und sei stark, bleibe am Leben für meine Irka. Du wirst den letzten Wunsch Deines sterbenden Kindes erfüllen. Ich fürchte mich nicht vor dem Tode. Gott war mir sehr gnädig. Er hat mich alles erfahren lassen, was eine Frau erfahren kann: Ich bin, wenn auch nur kurze Zeit, Mutter gewesen. Ich küsse Irkas

Händchen und Füßchen, ich küsse Dich zum letzten Mal, küsse Deine Hände und empfange Deinen Segen,
Deine ruhige unglückliche Lanka

Rose Schlösinger schreibt an ihre elfjährige Tochter Marianne. Das Kind stammt aus erster Ehe. In zweiter Ehe ist Rose mit ihrem Cousin Bodo verheiratet, der sie in den Kreis um die Harnacks eingeführt hat. Bodo lebt nicht mehr. Am 22. Februar hat er sich an der Ostfront das Leben genommen, nachdem er von Roses Todesurteil erfahren hat, an ebendem Tag, an dem die Geschwister Scholl vor dem Volksgerichtshof unter Roland Freisler zum Tode verurteilt und sofort danach hingerichtet worden sind. Das Sorgerecht für Roses kleine Tochter Marianne wird nun auf Mariannes leiblichen Vater übergehen. Der allerdings wird im folgenden Jahr fallen,

Was sollt ich machen, wenn im Schlaf mit Grämen
Und blutig, bleich und blass,
Die Geister der Erschlagnen zu mir kämen,
Und vor mir weinten, was?
Wenn wackre Männer, die sich Ehre suchten,
Verstümmelt und halb tot
Im Staub sich vor mir wälzten und mir fluchten
In ihrer Todesnot?

Der ›Erdwächter‹ duldet keine Niedrigkeit, keine Niedertracht. Ernst und unaufhörlich ist er um den Schutz der Erde bemüht: der Wächter einer Ordnung, die unumstößlich ist, weil sie in der Welt selbst gründet. Oda wusste sofort, wer er war. Er war in den ersten Schritten, in einer Haltung der Arme, der Schultern. Das Vorhandene zeigt sich. Dann muss man herausfinden, was man gesehen hat.

5. August 1943

19.00 Uhr Stanislaus Wesolek
19.03 Uhr Emil Hübner
19.06 Uhr Dr. Adam Kuckhoff
19.09 Uhr Frida Wesolek
19.12 Uhr Ursula Goetze
19.15 Uhr Maria Terwiel
19.18 Uhr Oda Schottmüller
19.21 Uhr Rose Schlösinger
19.24 Uhr Hilde Coppi
19.27 Uhr Klara Schabbel
19.30 Uhr Else Imme
19.33 Uhr Eva-Maria Buch
19.36 Uhr Annie Krauss
19.39 Uhr Ingeborg Kummerow
19.42 Uhr Cato Bontjes van Beek
19.45 Uhr Liane Berkowitz

»Meine Studentinnen leiden seit jeher unter entsetzlicher Prüfungsangst.« Professor Dr. Stieve lächelt. »Kurz vor dem Examen sind sie nur noch zuckende Nervenbündel, die bei jedem Geräusch aufschreien.«

Sie glaubt es sofort. Sie ist erst seit einer Woche in dieser Stellung. Der Professor macht ihr Angst. Aber in der Angst ist auch ein merkwürdiger Kitzel verborgen. Der Professor ist ein so eleganter Mann. Er ist ein schöner Mann, dabei der bedeutendste Anatom der Berliner Universität. Sie sitzt mit dem Stenoblock an seinem Tisch. Er arbeitet an einer Untersuchung über den Einfluss des Nervensystems, speziell über die Wirkung von Gefangenschaft und Angst, auf den Bau und die Funktion der weiblichen Geschlechtsorgane.

»Also schreiben Sie. Nachdem die Menstruation der Frau

in der Haft drei Monate lang ausgeblieben war, trat plötzlich im Anschluss an eine Nachricht, die die Frau sehr stark erregte (Ankündigung der Vollsteckung des Todesurteils) eine Schreckblutung ein. Zwei Tage darauf starb die Frau an äußerer Gewaltanwendung (Enthauptung).« Stieve bricht ab. »Es ist schon fantastisch«, sagt er. »Die Möglichkeiten der Zeit. Früher ist es ungemein schwer gewesen, Eierstöcke von gesunden Mädchen aufzutreiben. Ich habe einen Fuchs im Käfig in einen Hühnerstall stellen müssen, um wenigstens bei Hühnern Todesgewissheit zu erzeugen. Aber nun wird die Forschung vorangetrieben. Früher musste man mit Rehen, Schafen, Dohlen, Mäusen, mit Grottenolmen arbeiten. Aber jetzt erhält man dank der zeitnahen Anlieferung der Toten einen Werkstoff, wie ihn kein anderes Institut der Welt besitzt. Wer sonst hat schon die Möglichkeit, die Nebennierenrinden von über zweihundert vollständig gesunden Leuten zu sezieren, und keiner länger als drei Stunden tot. Was sehen Sie mich so an? Seien Sie bitte nicht sentimental. Menschenwürde ist ein historisches Konstrukt. Dazu ein Konstrukt, das wissenschaftlich ganz unhaltbar ist.«

12.8.1943
Liebes Hildchen, geliebtes Kind,
Dein kleiner Sohn gedeiht weiterhin prächtig. Er krabbelt sehr wacker, und er versucht sich schon hochzuziehen und auf eigene Beine zu kommen. Wir werden nun noch einmal Besuchserlaubnis beantragen, und vielleicht dürfen wir das Kind ja mitbringen.

28.8.1943
Liebes Hildchen, geliebtes Kind,
der Antrag auf Besuchserlaubnis ist diesmal leider abgelehnt

worden. Aber bleibe tapfer und lass den Kopf nicht sinken. Deine Mutter will es nun versuchen, und vielleicht hat sie ja Glück.

Deutsches Rotes Kreuz
Eberswalde/Mark, 3.9.1943
Krankenhaus Kurmark

An Frau Katharina Wassiljewa Berkowitz
Berlin W 30
Viktoria-Luise-Platz 1

Wir beziehen uns auf Ihr Telefongespräch mit unserer Stationsschwester von Station 16 und bitten um eine Anzahlung von RM 40,– für Ihr am 25.8.43 hier aufgenommenes Enkelkind Irina Berkowitz.
Heil Hitler!

17.9.1943
Hildchen, geliebtes Kind,
nun haben wir schon eine geraume Weile lang nichts mehr von Dir gehört. Wir hoffen, dass das nichts zu besagen hat. Wenn es Dir möglich ist, so schreibe doch ein paar Zeilen.

17.10.1943
An die Lichterfelder Ersatz-Krankenkasse
Auf Ihre Anfrage vom 14.10.43 teile ich mit, dass Ihre frühere Angestellte Hilde Coppi am 5.8.43 verstorben ist.
gez. Dr. Pfahl

17.10.1943
müssen wir Ihnen leider mitteilen, dass Ihre Enkelin Irina Berkowitz gestern hier verstorben ist. Bitte setzen Sie sich

umgehend mit der Stationsschwester von Station 16 in Verbindung.
Heil Hitler!

14.11.1943
Geliebte Olga,
heute zum 23. Geburtstag unserer Cato möchte ich Dir einen lieben Gruß übersenden. Es ist mir stets so, als ob Cato um mich wäre mit allem, was sie tut und denkt und sie so unvergesslich macht

22.12.1943
weiß ich nicht, ob es mir, wenn ich diesen schweren Berg erklommen habe, je wieder gelingt, beim Blick in die Niederungen diese für Realität zu halten

2

Und so endet 1943. Die Rote Armee hat im Verlauf ihrer Winteroffensive die deutschen Linien auf breiter Front durchstoßen. Die nach Prag übergesiedelte ausgebombte Duisburger Oper hat ihre Arbeit mit einer Aufführung von Richard Wagners ›Lohengrin‹ eröffnet. Uhren für Kirchtürme, öffentliche Plätze oder Autos dürfen nicht mehr hergestellt werden. In allen Gauen der NSDAP haben Feierstunden zum Thema »Frau und Mutter« stattgefunden, bei denen Soldatentum und Mutterschaft als zwei Formen letzter Einsatzbereitschaft gefeiert werden. In Teheran haben Franklin D. Roosevelt, Josef W. Stalin und Winston Churchill beschlossen, nach Kriegsende die Grenzen Polens zum Vorteil der Sowjetunion nach Westen zu verschieben und das verbleibende Restdeutschland aufzuteilen. Und Hans von Dohnanyi und sein Schwager Dietrich befinden sich in Haft.

Hans sitzt im Wehrmachtsuntersuchungsgefängnis in der Lehrter Straße ein, Dietrich im Wehrmachtsuntersuchungsgefängnis in Tegel. Die Vernehmungen führt Oberstkriegsgerichtsrat Manfred Roeder, der vor gut einem Jahr für Arvid die Todesstrafe gefordert und durchgesetzt hat.

Während der Verhaftungswelle, die im September 1942 die Freundeskreise der Harnacks, der Schulze-Boysens, der Coppis und all der anderen weggespült hat, waren die Dohnanyis in Italien. Sie sind nach Rom geflogen, dann nach Neapel und Capri weitergereist. Es war Hans von Dohnanyis vierter Aufenthalt in Italien in diesem Sommer 1942.

Ziel der ersten drei Reisen war es, von Rom aus die britische Regierung zu kontaktieren und ihr Zusagen für den Fall eines Staatsstreichs abzuringen. Aber diese vierte Reise ist nun privater Natur. Die Dohnanyis wollen die einundzwanzigste Wiederkehr jenes 28. September 1921 feiern, an dem sie sich einst heimlich verlobt haben. Dieses Datum, nicht das ihrer Hochzeit, ist auch in ihre Eheringe eingraviert. Hans und Christel reisen ohne die Kinder: ein nicht mehr ganz junges, offensichtlich noch immer ineinander verliebtes Paar, das Hand in Hand übers Meer blickt, Arm in Arm durch krumme Gässchen und antike Ruinen schlendert, an Palästen und Palmen vorüber. In einer Trattoria trinken sie mitten am Tag weißen Wein. Beglückt und erstaunt sitzen sie auf einer Terrasse über dem Meer vor einem Teller winzig kleiner gebratener Tintenfischchen und gefüllter Auberginen, und dann schlafen sie auf einem großen Bett im streifigen Schatten der Fensterläden. Sie brauchen beide Ruhe und Erholung.

Hinter ihnen liegt ein anstrengendes Jahr. Hans ist ständig unterwegs gewesen. Christel hat Koffer eingepackt, Koffer ausgepackt, Koffer umgepackt, in ihrer Villa am Havelufer in Sacrow: Die Dohnanyis wohnen nicht mehr bei Christels Eltern.

Sie haben schon seit letztem Jahr wieder ein eigenes Heim. Hans von Dohnanyi hat das Haus Am Großen Hämphorn 10 im Sommer 1941 gekauft, zu Beginn des Russlandfeldzugs. Es war eine günstige Gelegenheit: Eine Frau von Veltheim hatte das Haus billig von Juden erworben, die Hals über Kopf emigrieren mussten. Sie hatte es für ihre Tochter gekauft, die war aber gestorben, und nun konnte Frau von Veltheim das Haus des Kummers nicht schnell genug loswerden.

»Ich denke, das wäre etwas für Sie«, hat Anwalt Carl Langbehn zu Hans gesagt.

Langbehn ist Heinrich Himmlers persönlicher Anwalt. Seine Tochter Elke ist mit Himmlers Tochter Gudrun befreundet. Die Himmlers laden Elke oft zu sich nach Bayern ein, wo auch Langbehns einen Landsitz haben, und so hat sich zwischen dem Reichsführer-SS und Carl Langbehn jene spezifische Verbundenheit entwickelt, die sich einstellt, wenn zwei Männer regelmäßig gemeinsam darauf warten, dass ihre Töchter endlich das Badezeug zusammenräumen oder die Hunde auf der Wiese einen Stock apportieren.

Langbehn nutzt seine Stellung. Es ist ihm schon mehrfach geglückt, über Himmler Verfolgte aus der Haft zu befreien. Mächtiger als der Reichsführer-SS ist nur noch Hitler selbst. Himmler als dem Chef der Deutschen Polizei unterstehen Ordnungspolizei, Geheime Staatspolizei, Reichskriminalpolizei und der Sicherheitsdienst, der parteiinterne Nachrichtendienst in Konkurrenz zum Amt Ausland/Abwehr. Aber es ist ein Eiertanz, ein Minenfeld-Tango. Der Ton leicht burschikoser Offenherzigkeit muss unbedingt gewahrt bleiben, andererseits darf Langbehn nicht wirklich vertraulich werden. Im Fall seines früheren Lehrers Pringsheim, den er aus dem KZ geholt hat, hat er Himmler schlicht um einen persönlichen Gefallen gebeten. In anderen Fällen hat er an Reichsinteressen im Ausland appelliert oder an den Glanz der SS-Macht, die Fälle von schäbiger Geringfügigkeit nicht zum Maßstab ihrer Größe machen dürfe.

Über seine Verbindungen hat Langbehn auch von dem Haus in Sacrow erfahren, auf das er die Dohnanyis aufmerksam gemacht hat. Und er hat Hans den Kredit für den Kauf der Villa verschafft.

Es ist ein schönes Anwesen, ein weitläufiges Grundstück direkt am Wasser. Am Bootssteg ist ein Kahn vertäut. Die Kinder können baden. Christel hat einen Gemüsegarten angelegt. Sie hat eine Milchziege organisiert, sie hält Hühner, sie hat eine Ladung Jungputen ergattern können. Sie hat zwei Mädchen, die ihr zur Hand gehen. Sie musiziert, lernt und liest mit den Kindern. Abends, wenn Hans aus der Stadt zurückgekehrt ist, unternimmt die Familie ausgedehnte Spaziergänge. Und ist Christel nun glücklich?

Sie fühlt sich ständig überlastet. Sie leidet unter Kopfweh, Magenproblemen, einem ständigen düsteren Gefühl des Drucks. Auch Hans hat elende Zustände. Er ist selten zu Hause. Und wenn er zu Hause ist, dann klingelt das Telefon: Sein Schwager Dietrich Bonhoeffer ruft an, Dietrichs Freund Eberhard Bethge, Guttenberg, Just Delbrück oder sonst einer vom Amt Ausland/Abwehr verlangt nach ihm. Es ist ein Kommen und Gehen, eine ständige Unruhe und Rastlosigkeit, vor der sie nun im Spätsommer 1942 nach Italien geflohen sind. Aber schon die letzten Tage der Reise sind erneut überschattet.

Die Zollfahndungsstelle Prag ermittelt gegen Major Wilhelm Schmidhuber von der Abwehr München wegen des Verdachts unerlaubter Devisengeschäfte. Die Vorwürfe sind offenbar nicht ganz unbegründet. Jedenfalls hat Schmidhuber sich geweigert, Hans Oster gegenüber seine Machenschaften offenzulegen. Da Schmidhubers Verhaftung nicht auszuschließen war, hat ihn die Abwehr erst einmal nach Meran geschickt, und nun sollte er sich in Rom mit Hans von Dohnanyi treffen, um das weitere Vorgehen zu besprechen.

Die Angelegenheit betrifft die Dohnanyis schließlich persönlich. Schmidhuber ist Dietrich Bonhoeffers direkter Vorgesetzter. Er ist in Dohnanyis und Osters Geheimverhandlungen mit dem Vatikan eingeweiht. Er hat im Auftrag Hans von Dohnanyis mehrfach Juden im südfranzösischen Lager Gurs Geld zukommen lassen. Und er hat Briefe in die Schweiz geschafft, im Rahmen von Dohnanyis Unternehmen Sieben. Der Name ist nicht ganz zutreffend. Es sind zuletzt weit mehr als sieben Menschen gewesen, die Hans von Dohnanyi vor der Deportation bewahrt hat: Anfangs ging es nur um die Berliner Rechtsanwälte Julius Fliess und Friedrich Arnold mit ihren Familien, aber dann sind noch Schützlinge von Admiral Canaris dazugekommen. Sie haben ganz legal die Schweizer Grenze überschritten, ausgestattet mit offiziellen Ausreisegenehmigungen von Himmler und getarnt als Agenten des militärischen Nachrichtendienstes, die in Südamerika gegen die USA spionieren sollen.

Das Vorhaben wäre fast an der Schweiz gescheitert, die keine Juden mehr einreisen lassen will. Aber Dietrich hat für den Schwager den Kontakt zu Schweizer Kirchenkreisen hergestellt, die die Aktion unterstützt haben. Dann ist Hans selbst in die Schweiz gefahren, hat einem Auslandsdevisendepot der Abwehr 100 000 Dollar entnommen und sie als Kaution hinterlegt. Die Ausreisenden wiederum haben ihr von den Nazis geplündertes Vermögen der Abwehr überschrieben.

Schmidhuber ist nicht in alle Details des Unternehmens eingeweiht, aber er weiß von ihm. Es wäre sicher am besten für alle, wenn er sich nach Portugal absetzen würde. Hans von Dohnanyi wollte in Rom noch einmal mit ihm darüber reden.

Aber Schmidhuber ist zum verabredeten Termin nicht erschienen. Im November 1942 wird er in Italien verhaftet und gleich darauf ins Wehrmachtsuntersuchungsgefängnis in München überführt.

Es ist ein feuchtkalter Novemberabend. Hans steht mit seiner Frau und seinem Schwager Dietrich am Seesteg in Sacrow. Die Stimmen der Kinder klingen hell und unbekümmert herüber. Christel hat mit ihnen die letzten Spätkartoffeln geerntet und ein Kartoffelfeuer entfacht. Sein Rauch riecht bitter in der Dämmerung. Das Wasser fließt schwer und grau unter dem leeren Steg. Es ist spät im Jahr. Kein Boot ist mehr vertäut.

»Dietrich«, sagt Hans. »Die Sache mit Schmidhuber. Man hat ihn verhört. Es heißt, unsere Namen seien gefallen, deiner und meiner.«

Auch Dietrich Bonhoeffer hat ein ereignisreiches Jahr hinter sich. Er hat Karl Barth und Visser't Hooft in der Schweiz besucht. Er hat sich bemüht, die Friedensziele des Auslands in Erfahrung zu bringen. Und im Mai ist er bei Bischof George Bell im schwedischen Sigtuna gewesen. Bell hat gleich nach seiner Rückkehr aus Schweden Dietrichs Schwester Sabine Leibholz in Oxford aufgesucht.

»Dietrich hat mich beauftragt, die britische Regierung darüber zu informieren, dass die Regierung in Deutschland gestürzt werden soll«, hat Bischof Bell zu Sabine Leibholz gesagt. »Sie verstehen. Dietrich hat mich im Auftrag von Männern besucht, die einen Staatsstreich in Deutschland planen.«

Um Sabine her wurde alles grau. Alles verschwamm zur Unwichtigkeit vor der blutroten Gefahr, in der der Bruder sich nun befand.

»Und nicht nur er«, hat der Bischof gesagt. »Ich soll Ihnen sagen, dass Ihre ganze Familie diese Sache unterstützt. Dietrich ist zu mir gesandt worden, um herauszufinden, ob die Alliierten mit einer neuen Regierung über einen gerechten Frieden verhandeln würden, damit dieser furchtbare Krieg endlich endet. Ich kann Ihnen versprechen, dass ich mich mit allen Kräften dafür einsetzen werde. Mit allen meinen Kräften.«

Dietrich hat das Gefühl großer Beschleunigung.

Er hat sich, warum auch immer, sein Leben lang eingebildet, er würde nicht älter als siebenunddreißig. Tatsächlich wäre er um ein Haar nicht einmal sechsunddreißig geworden: Im vergangenen Winter 1941/1942 hat er wochenlang mit einer schweren Lungenentzündung gelegen, aufopferungsvoll gepflegt von seinem Freund Eberhard Bethge. Aber im Frühling ist Dietrich der Welt wiedergegeben worden. Und nun begreift er allmählich, dass er überhaupt kein religiöser Mensch ist.

Pietistische Weltabgewandtheit und Miesepetrigkeit sind ihm natürlich seit jeher ein Graus. Dietrich ist ein Tennisspieler, ein hervorragender Pianist. Er ist ein kräftiger Mann, der gern einmal einen Nachmittag lang Holz hackt oder Schnee schippt. Dietrich ist einfach zu tatkräftig für Religion. Es ist ihm zuwider, wenn Leute von Gott die kampflose Erfüllung ihrer Wünsche erwarten, nur weil sie selbst zum Handeln zu schlapp sind. Gott ist kein Lückenbüßer für einen Mangel an persönlicher Vitalität. Aber die Religion verbannt ihn in die Randbereiche des Lebens, dorthin, wo die sogenannten weltlichen Mittel keinen Erfolg mehr versprechen, wo Ausweglosigkeit herrscht. Dietrich blickt jetzt manchmal tagelang nicht mehr in die Bibel. Wenn er es dann doch tut, kommt ihm der Text ganz wunderbar entgegen, neu und frisch wie nie gelesen. Dietrich spürt, dass er unterwegs ist.

Er nähert sich einem Ziel, einer gewaltigen Sache. Gott steht in der Mitte der Welt. Er steht mitten in diesem Reich der Lüge, das Feigheit als Treue lobt, Gier als Leistungsbereitschaft, Rachsucht als Gerechtigkeit und Gewalttätigkeit als Selbstzucht und keuschen germanischen Opferwillen. Mitten im Zentrum dieses Reichs der Finsternis ist Gott die Freiheit, die Wahrheit, die Barmherzigkeit. Mitten in diesem Reich des gewaltsamen Todes stirbt auch Gott, und eben darum ist er das Leben. Dietrich fühlt, dass er bald klar sehen wird. Er fühlt, dass die letzten Verwirrungen sich lösen, die letzten Widersprüche sich klären werden. Er war immer sicher, nicht blind voranzutaumeln, sondern auf etwas hinzuleben. Nun wird er bald das Ziel erkennen. Und außerdem hat er sich verliebt.

Er hat geglaubt, er würde nicht älter als siebenunddreißig. Und nun hat er sich verliebt, genau in seinem siebenunddreißigsten Lebensjahr. Dietrich war im Sommer zu Besuch in Klein Krössin bei seiner Gönnerin Ruth von Kleist-Retzow, wie so oft seit jenem Sonntag vor sieben Jahren, als Ruth mit ihrer Enkelschar das erste Mal am Gottesdienst in der Kirche von Finkenwalde teilgenommen hat. Dietrich hat in Klein Krössin an seiner ›Ethik‹ gearbeitet: an seinem Schuldbekenntnis und dem seiner Kirche,

Ich bin schuldig des ungeordneten Begehrens, ich bin schuldig des feigen Verstummens, wo ich hätte reden sollen, ich bin schuldig der Heuchelei und der Unwahrhaftigkeit angesichts der Gewalt, ich bin schuldig der Unbarmherzigkeit und der Verleugnung der Ärmsten meiner Brüder, ich bin schuldig der Untreue und des Abfalls von Christus.

Die Kirche bekennt, den Namen Jesu Christi missbraucht zu haben, indem sie sich seiner vor der Welt geschämt hat.

Die Kirche bekennt, die willkürliche Anwendung brutaler Gewalt, das leibliche und seelische Leiden unzähliger Unschuldiger, Unterdrückung, Hass und Mord gesehen zu haben, ohne ihre Stimme für sie zu erheben.

Die Kirche bekennt, schuldig geworden zu sein an den Unzähligen, deren Leben durch Verleumdung, Denunzierung, Ehrabschneidung vernichtet worden ist.

Dietrich war nicht Ruth von Kleist-Retzows einziger Gast. Maria von Wedemayer weilte ebenfalls gerade zu Besuch bei ihrer Großmutter in Klein Krössin. Dietrich war am Tag vor ihrer Abreise angekommen. Sie machten einen Spaziergang durch den Park. Sie plauderten über das Wetter, das Gut. Sie teilten ihre Sorge um ihre Gastgeberin miteinander: Ruth von Kleist-Retzow war an den Augen erkrankt, und es bestand die Gefahr der Erblindung. Dann kam das Gespräch auf Vornamen.

Die neunzehn Jahre alte Maria trägt schließlich den schönsten Vornamen, den eine Frau tragen kann.

»Aber ich bin leider gar keine richtige Maria. Ich bin viel zu wild und rebellisch. Das wissen Sie doch. Oder haben Sie vergessen, wie Sie sich über mich geärgert haben, damals in Stettin? Sie kamen immer von Finkenwalde zu uns herüber und gaben allen Kindern Konfirmationsunterricht, nur mir nicht. Ich war ja erst zwölf. Das hat mich sehr gewurmt. Also habe ich mich draußen im Flur hinter die Glastür gestellt und Sie nachgemacht und Grimassen geschnitten. Die anderen haben natürlich sehr gelacht, und Sie sind richtig böse geworden. Ich habe es aber nur getan, weil ich eifersüchtig war.«

Dietrich sah Maria an. Da ging sie neben ihm, hochherzig und frei und sehr jung und schön.

»Ich kann mich gut daran erinnern«, sagte Dietrich. »Ich muss damals wohl sehr humorlos gewesen sein. Überhaupt muss es Sie nicht bekümmern, wenn jemand Sie für wild und rebellisch hält. Rebellisch war Jesus' Mutter auch. Denken Sie nur an das Magnifikat –«

Großes hat der Mächtige an mir getan.

Gewaltiges hat er vollbracht mit seinem Arm,
zerstreut hat er, die hochmütig sind in ihrem Herzen,
Mächtige hat er vom Thron gestürzt und Niedrige erhöht,
Hungrige hat er gesättigt mit Gutem und Reiche leer ausgehen lassen.
Meine Seele erhebt den Herrn,
und mein Geist jubelt über Gott, meinen Retter,
Siehe, von nun an werden mich seligpreisen alle Geschlechter –

»Ich würde mir wünschen, Sie das einmal lesen zu hören«, sagte Dietrich.

»Wirklich? Aber warum denn? Na ja, vielleicht beim nächsten Mal.«

Ein nächstes Mal?

Am nächsten Morgen fuhr Maria von Wedemeyer ab. Dietrich blieb getroffen zurück. Halb und halb war er bereit, auch diesen Wunsch ins schon recht übervölkerte Reich seiner unerfüllten Fantasien zu verweisen, wie er seinem Freund Eberhard Bethge schrieb, denn wie sollte es ein nächstes Mal geben?

Ein paar Wochen später wurde Ruth von Kleist-Retzow im Berliner Franziskuskrankenhaus am Auge operiert. Und von allen ihren vielen Enkeln wurde ausgerechnet Maria nach Berlin entsandt, um die Großmutter zu pflegen.

Jeden Tag saß sie an ihrem Bett. Und jeden Tag fand sich dort auch der treue Pfarrer Bonhoeffer ein. Maria war etwas erstaunt über seine Beständigkeit, aber auch sehr froh und dankbar für diese Besuche.

Sie hat sich an Dietrich angelehnt, sie hat bei ihm Halt und Trost gefunden: Ihr Vater, der ihr nähergestanden hatte als alle anderen Menschen, war im August in Russland gefallen. Maria hat in ihr Tagebuch geschrieben.

Pastor Bonhoeffer ist ein beeindruckender und gütiger Mann. Ich glaube, wenn es einmal so weit ist, würde ich mich gern von ihm trauen lassen.

Und nun ist auch Max gefallen, Marias geliebter Bruder. Ist es zu ertragen? Genügt es nicht? Sind der Tod von Vater und Bruder nicht genug Kummer und Beschwernis? Muss in diesem Herbst 1942 auch noch der Konflikt zwischen Mutter und Großmutter über Maria hereinbrechen? Die Großmutter hat Pastor Bonhoeffer zur Trauerfeier für Max nach Gut Pätzig eingeladen, und die Mutter hat ihn prompt wieder ausgeladen: Ihr ist zu Ohren gekommen, zwischen dem Pastor und ihrer Tochter bahne sich etwas an.

Natürlich war es die Großmutter, die dieses Gerücht in die Welt gesetzt hat. Es ist Maria schrecklich. Der Pastor soll nicht schlecht von der Mutter denken.

Er soll nicht denken, dass Maria mit all diesen Dingen etwas zu tun hat. Maria von Wedemeyer schreibt an Dietrich Bonhoeffer einen Brief.

Es ist alles nichts als ein albernes Hin und Her innerhalb der Familie. Sie und ich werden davon im Grunde gar nicht berührt

Dietrich in Berlin liest Marias Brief. Er liest die Sätze wieder und wieder,

Sie und ich. Sie und ich. Ein Hin und Her in der Familie. Sie und ich werden davon im Grunde. Sie und ich, im Grunde berührt.

Dietrich wirft sich an den Schreibtisch.

Liebes Fräulein von Wedemeyer

Der Novembertag ist von warmem Grau, silbrig. Es regnet. Alles, alles ist überglänzt.

Ich bitte Gott darum, dass er uns wieder zusammenführt,

bald, recht bald. Ob Sie das verstehen können? Ob Sie es nicht ganz ebenso empfinden – ich hoffe es, ja ich kann es mir gar nicht mehr anders denken.

Maria steht im Zimmer der Mutter, ganz verweint und erschüttert.

»Mama? Ich muss dir etwas beichten. Ach, es ist furchtbar. Ich habe Herrn Pastor Bonhoeffer einen Brief geschrieben. Und nun hat er mir geantwortet. Schau doch nur, was er mir geantwortet hat. Ich weiß überhaupt nicht mehr weiter.«

Die Mutter bittet Pastor Bonhoeffer zu einer Unterredung nach Pätzig, dem Wedemeyerschen Gut in der Neumark. So kommt es, dass Dietrich gezwungen ist, der Mutter die Tiefe seiner Gefühle und den Ernst seiner Absichten zu offenbaren, bevor er noch zu Maria darüber gesprochen hat. Die Mutter ist nicht begeistert.

Ein ganzes Jahr Bedenkzeit hat sie sich ausgebeten, für ihre Tochter: Und für diese Zeit soll eine Kontaktsperre gelten. Aber ein ganzes Jahr? Ist das nicht rasend viel, in einer Zeit wie dieser? Hat man überhaupt noch so viel Zeit?

»Dietrich?«, sagt Hans, am Seesteg in Sacrow. »Die Sache mit Schmidhuber. Er sitzt im Wehrmachtsuntersuchungsgefängnis in München. Und es heißt, unsere Namen seien gefallen. Deiner und meiner.«

Ende November wird Schmidhuber ins Reichssicherheitshauptamt in der Prinz-Albrecht-Straße überstellt, das Hausgefängnis der Gestapo, wo zu dieser Zeit auch Arvid Harnack und Harro Schulze-Boysen einsitzen. Was will denn die Gestapo von Schmidhuber, wenn dem lediglich Devisenvergehen vorgeworfen werden?

Aber es geht ja gar nicht um Schmidhuber. Es geht um die

Abwehr. Zwischen Himmlers Reichssicherheitshauptamt und der Abwehr schwelt seit jeher ein Machtkampf, ein Ringen um Zuständigkeiten. Himmler ist nun entschlossen, den Fall Schmidhuber für seine Zwecke zu instrumentalisieren.

»Dietrich? Es heißt, unsere Namen seien gefallen. Deiner und meiner.«

Maria von Wedemeyer ist froh. Etwas ist an ihr vorübergegangen. Etwas ist in ihre Nähe getreten, aber es ist noch einmal abgewendet worden. Maria kann aufatmen. Sie braucht nicht weiter nachzugrübeln. Alle quälenden Gedanken, alle mühseligen Erwägungen sind aufgeschoben. Denn natürlich ist es überwältigend, dass Dietrich sie heiraten will. Wie kommt er darauf, ein so erwachsener, alter, gelehrter Mann? Was will er mit einem jungen dummen Ding wie Maria? Aber er kennt natürlich nicht Marias Hang zu Vergnügungen, ihre Liebe zum Reiten, zum Tanzen. Würde er sie auch dann wollen? Er will sie. Das hat er zur Mutter gesagt. Natürlich ist Maria nicht in Dietrich verliebt. Aber das macht ja nichts. Sie wird ihn wahrscheinlich lieben lernen. Und es muss ja nicht gleich sein. Es hat zum Glück alles Zeit, Zeit, Zeit. Die Mutter hat eine Kontaktsperre verhängt.

Zur Jahreswende 1942/1943 hat sich die ganze Familie im Haus von Hans und Christel von Dohnanyi in Sacrow versammelt. Die Eltern Bonhoeffer sind da, die Schleichers, Klaus und Emmi Bonhoeffer. Auch Dietrich ist gekommen. Er hat noch keinem von seiner Liebe erzählt, außer seinem Vertrauten Eberhard Bethge natürlich. Eberhard seinerseits wird sich im Januar mit der erst siebzehnjährigen Renate Schleicher verloben, Dietrichs und Christels Nichte. So stehen sie alle inmitten ihrer privaten Träume und Hoffnungen,

Wir haben kein Recht mehr, einen persönlichen Lebensplan zu entwerfen.

Diesen Satz hat Dietrich geschrieben. Er hat zu diesem Jahresende 1942 für Hans von Dohnanyi und Hans Oster eine Denkschrift verfasst, betitelt ›Nach zehn Jahren‹.

Wir sind in eine Situation gelangt, in der wir darauf verzichten müssen, über die nächsten Stunden hinaus zu planen. Wir müssen jeden Tag nehmen, als wäre es der letzte, und zugleich in Glauben und Verantwortung leben, als gäbe es eine große Zukunft. Als läge es bei uns zu entscheiden, wie eine kommende Generation weiterleben soll.

Christel hat Silvester-Pfannkuchen gebacken, eine Linsensuppe gekocht. Die Kinder haben sich nach oben verzogen, wo sie im Jungenzimmer Zahlenlotto spielen. Um Mitternacht stößt die Familie auf Hans von Dohnanyis einundvierzigsten Geburtstag an. Die Stimmung ist gewollt heiter. Jeder bemüht sich um Leichtigkeit, imitten der Anspannung und der Angst, die über allem liegt wie ein Grauschleier. Emmi ist niedergedrückt von Arvids Tod. Hans leidet seit Wochen unter einer schlimmen Grippe. Christel hat Magengeschwüre und wird am 20. Januar operiert. Und ununterbrochen schwingt ein Satz mit,

Dietrich, es heißt, unsere Namen seien gefallen. Deiner und meiner

Die Warnungen von Freunden und Kollegen reißen nicht mehr ab. Es gibt keinen Zweifel: Dietrich und die Dohnanyis werden von der Gestapo überwacht. Die Dohnanyis gehen in den Garten, wenn sie Wichtiges besprechen. Sie blicken prüfend um sich, wenn sie vom Haus auf die Straße treten. Christel denkt manchmal an Rom, an Capri. Wo sind die Wochen hin? Die goldenen Wochen dieser Reise: Womit waren sie angefüllt? Sie waren leicht, federleicht: Und so sind sie auch verflogen. Man weiß eigentlich gar nicht, wo sie geblieben sind.

Lieber Herr Pastor Bonhoeffer

Es hat Tränen gegeben. Maria Wedemeyer hat geweint, und die Mutter auch. Aber die Mutter hat schließlich nachgegeben: Sie sieht ein, dass die Sache Maria keine Ruhe lässt. Maria muss klare Verhältnisse schaffen, anders kann sie nicht leben. Nun darf sie also dem lieben Herrn Pastor Bonhoeffer einen Brief schreiben.

Es ist natürlich nicht einfach, ihm auf eine Frage zu antworten, die er Maria selbst gar nicht gestellt hat. Aber Maria hat die Sache nun mit sich selbst abgemacht. Sie ist zu dem Ergebnis gelangt, dass sie Herrn Pastor Bonhoeffers Antrag unmöglich ablehnen kann. Warum sollte sie auch? Es gibt keinen Grund. Sie wird ihm schreiben, dass sie Ja sagt.

Diese Angelegenheit ist nun also entschieden. Maria ist froh, unendlich erleichtert. Und sie muss ja noch nicht gleich heiraten. Sie muss sich noch nicht einmal gleich verloben. Vor ihnen liegt eine Zeit der Bewährung und der Prüfung: Und falls Herr Pastor Bonhoeffer sich in dieser Zeit anders besinnt, soll er es ihr nur gleich mitteilen.

Das schreibt sie ihm. Die Großmutter hat Maria wahrscheinlich ganz falsch geschildert. Sie hat sicher nur Nettes über Maria gesagt, und jetzt denkt der Pastor wunder wie gut von ihr. Aber vielleicht merkt er ja noch rechtzeitig, dass sie seinen Ansprüchen gar nicht genügt. Dann soll er sie das nur gleich wissen lassen.

Dietrich hält diesen Brief in der Hand. Ihm ist ein Geschenk ohnegleichen zugefallen. Er ist erfüllt, er strömt über vor Dankbarkeit und Beschämung, womit hat er dieses Glück verdient?

Wie kann sie zu ihm Ja sagen? Ihm selbst ist das nie gelungen. Nur als Geschöpf Gottes konnte er sich bejahen. Aber nun ist er gerettet. Er ist auf der Welt angekommen. Über sein Leben ist entschieden. Alles soll von nun an leicht, heiter und froh sein. Er kann nun warten. Er wird nicht drängen. Er wird nicht darauf bestehen, sie sofort zu sehen. Er setzt sich hin und schreibt.

Und wird das möglich sein, dass wir uns bald sehen? Wenn wir nun doch persönlich miteinander reden könnten,

Aber das muss Maria ablehnen. Sie wünscht sich, dass er ihr Zeit gibt: Ein halbes Jahr lang sollen nicht einmal mehr Briefe gewechselt werden. Dies ist der erste Wunsch, den sie an Dietrich richtet. Er wird ja wohl bereit sein, ihn zu respektieren. Aber wenn sie nur wüsste, was Dietrich weiß, wenn sie wüsste, was für Veränderungen bevorstehen. Er schreibt,

Es könnten in der nächsten Zeit Ereignisse von so elementarer Bedeutung, auch für unser persönliches Leben, eintreten, dass es unnatürlich, erzwungen wäre, wenn wir dann nicht miteinander sprechen könnten.

Maria weiß von nichts, sie ist in nichts eingeweiht. Sie weiß nicht, dass Generalstabsoffizier Henning von Tresckow in Berlin eingetroffen ist, der Ia der Heeresgruppe Mitte. Henning von Tresckow ist auf Wartenberg in der Neumark geboren, ganz in der Nähe des Wedemeyerschen Gutes Pätzig. Marias Großmutter Ruth von Kleist-Retzow ist seine Tante. Sein Ordonnanzoffizier Fabian von Schlabrendorff ist Henning von Tresckows und Maria von Wedemeyers angeheirateter Cousin. Tresckow hat Schlabrendorff vorausgeschickt, um Kontakt zur Abwehr aufzunehmen. Was für ein Mensch ist dieser Tresckow?

Schlabrendorff hat Hans von Dohnanyi eine Anekdote aus Russland erzählt. Henning soll spätnachts im Hauptquartier an der Ostfront mit anderen Offizieren zusammengesessen haben. Die Stimmung war düster: Man hatte über Stalingrad gesprochen, wo der Verlust der Sechsten Armee nicht mehr abzuwenden ist. Einer der anwesenden Offiziere zog plötzlich die Waffe und feuerte auf das Hitler-Bild an der Wand. Vollkommene Stille trat ein. Der Mann war verrückt. Er war ja verloren. Er hatte sich völlig in die Hände seiner Kameraden begeben. Henning von Tresckow zog seine Waffe. Er sah die andern an.

Los.

Und dann haben alle auf das Bild gefeuert.

»Ja«, sagt Christel zu Hans. »Na gut. Du glaubst das? Aber inzwischen haben sie das Bild sicher abgehängt. Was also will der Mann von dir?«

Sprengstoff, aus den Lagern der Abwehr.

Christel faltet die letzten Schlafanzüge zusammen und legt sie in den Koffer. Nun sicher, eine Bombe klingt sehr vernünftig. Gegen Bomben gibt es kein wirksames Mittel, das kann man in Berlins Straßen immer wieder beobachten. Mit einer Bombe kann man Hitler vielleicht wirklich beseitigen. Christel kann sich jetzt aber nicht darum kümmern.

Sie hat andere Sorgen. Sie wünschte, ihre Magenoperation ließe sich verschieben: Sie wird hier gebraucht. Es gibt Ärger mit der Zinsabrechnung für das Sacrower Haus. Man muss das klären. Und Hans ist so belastet, und er fühlt sich häuslichen Dingen kaum gewachsen. Immerhin können die Kinder zu Christels Mutter geschickt werden, während Christel im Krankenhaus liegt. Immerhin ist das neue Mädchen halbwegs eingearbeitet. Das ist Christel eine Beruhigung. Es ist ihr eine große Beruhigung.

»Hans Scholl ist nicht gekommen«, sagt Falk Harnack zu Dietrich Bonhoeffer.

Sie sitzen in Dietrichs Arbeitszimmer in der Marienburger Allee. Falk sieht mitgenommen aus. Die Hinrichtung seines Bruders ist erst zwei Monate her. Verwandtschaftlich ist Dietrich diesem jungen Mann nicht verpflichtet. Kaum dass Dietrich Bonhoeffer Falk Harnack von früher kennt: Falk ist ein Vetter von Ernst und Axel von Harnack, die wiederum Vettern von Dietrichs Schwägerin Emmi Bonhoeffer sind. Das ist es also nicht. Aber Falk hat Dietrich Flugblätter der Weißen Rose gezeigt,

Unser heutiger »Staat« ist die Diktatur des Bösen. Ist Euer Geist schon so sehr der Vergewaltigung unterlegen, dass Ihr vergesst, dass es nicht nur Euer Recht, sondern Eure sittliche Pflicht ist, dieses System zu beseitigen?

Die Hochherzigkeit und der Mut dieser jungen Leute haben Dietrich beeindruckt. Natürlich sind Flugblattaktionen ebenso gutgemeint wie unsinnig. Die Dummheit der Volksgenossen kann nicht durch Belehrung überwunden werden, sondern nur durch die Befreiung. Erst wenn die Mächte gestürzt sind, die alle Kraft daransetzen, die Menschen zu verblenden, können die vielleicht sehend werden.

»Ich habe fast eine Stunde gewartet«, sagt Falk. »Aber er ist nicht gekommen. Und er hat auch nicht abgesagt oder einen anderen geschickt. Ich fürchte, er ist verhaftet worden.«

Falk kämpft mit den Tränen. Fast könnte Dietrich in Versuchung geraten, ihm von dem geplanten Sprengstoffattentat zu berichten. Das Attentat würde Falks Freunde ja womöglich retten.

»Nehmen Sie keinerlei Kontakt mehr mit den Leuten auf«, sagt Dietrich stattdessen. »Warten Sie, ob sie sich bei Ihnen melden. Seien Sie auf gar keinen Fall leichtsinnig.«

»Es ist furchtbar«, sagt Falk. »Diese Zeit ist furchtbar.«

Das ist sie. Aber Dietrichs Herz ist froh. Marias Mutter

hat der Verlobung zugestimmt, unter der Bedingung, dass sie Stillschweigen wahren und die vereinbarte Wartezeit einhalten.

Am 4. Februar, an seinem siebenunddreißigsten Geburtstag, hat Dietrich also endlich seinen Eltern von Maria erzählen können.

Und nun geht es los.

Nun muss es losgehen. Das Regime muss fallen: Die Warnungen reißen nicht mehr ab. Man ist Hans von Dohnanyi auf der Spur. Christel spürt ihr Herz schlagen, voll sehnsüchtiger Erwartung,

Jetzt jetzt jetzt jetzt

Es ist der 6. März 1943. Die Kinder waren nachmittags auf einer Tanzerei. Sie sind zurück, sie erzählen, sie reden durcheinander. Christel hält Hans' Hand. Hans war den ganzen Tag kurz angebunden und hektisch. Aber jetzt hört er zu. Er lacht, er wiegt den Kopf.

»Ach Kinder. Ganz so wie ihr haben eure Mutter und ich getanzt, als wir in eurem Alter waren. Und Onkel Dietrich saß immer am Klavier.«

Morgen früh wird Hans verreisen. Eberhard Bethge wird ihn im Auto von Christels Vater nach Königsberg fahren. Dort wird Hans das Flugzeug von Abwehrchef Canaris besteigen. Er wird nach Smolensk fliegen, mit der von der Abwehr-Abteilung II beschafften Munitionskiste im Gepäck, wie es mit Henning von Tresckow und seinem Ordonnanzoffizier Schlabrendorff besprochen ist. Auch Hitler wird sich in Smolensk aufhalten. Hans von Dohnanyi wird Henning von Tresckow den Sprengstoff übergeben. Dann wird er nach Berlin zurückkehren. Den Sprengstoff wird Tresckow in das Flugzeug des Führers schmuggeln, und nach dem Start wird die Bombe die

Maschine zerreißen. Natürlich werden dabei auch Unbeteiligte sterben, der Pilot zum Beispiel.

Das hat Hans beunruhigt. Darf man dergleichen tun? Kein politischer Gewinn wiegt doch das Verbrechen auf, das ihn ermöglicht.

»Aber geht es um politischen Gewinn?«

Das hat Dietrich gesagt.

»Es geht doch darum, den Verbrechen ein Ende zu setzen. Dazu muss uns jedes Mittel recht sein. Sicher, solange das Gute erfolgreich ist, ist Erfolg keine ethische Kategorie. Aber sobald das Verbrechen Erfolg hat, sieht die Sache anders aus. Dann muss man abwägen, ob man sich zur erfolgreichen Bekämpfung des Bösen nicht ebenfalls böser Mittel bedienen muss.«

»Aber was unterscheidet uns dann noch von der Gegenseite?«

»Dass wir unsere Schuld anerkennen. Das ist der Unterschied zwischen ihnen und uns. Wir sind gezwungen, schwere Schuld auf uns zu laden. Aber im Gegensatz zu ihnen wissen wir das. Wir wissen, dass wir Regeln und Gesetze brechen und dass das nur vorübergehend geschehen darf und nur in unserer äußersten Not. Wir brechen die Gesetze, um ihnen wieder zur Wirkung zu verhelfen.«

Sie standen im Garten von Sacrow, am Seesteg. Der Wind blies kalt. Sie hatten das Haus verlassen, um frei sprechen zu können.

»Ich zweifle nicht an der Richtigkeit unseres Wegs«, sagte Dietrich. »Was mich beunruhigt, ist etwas anderes. Wenn man sich zu solch einer Tat gezwungen sieht, zu einer Tat, die mit normalen Maßstäben gemessen ein Verbrechen genannt werden muss: Wer ist man danach? Wer sind wir, wenn wir unser Ziel erreicht haben? Sind wir danach noch brauchbar?«

»Dietrich?«

Sein Herz setzt aus. Er umklammert den Telefonhörer.

»Dietrich, ich bin es, Maria.«

Und dann muss sie schon weinen.

»Großmutter sagt, du wärest in Gefahr.«

Einen Moment schließt Dietrich die Augen.

»In Gefahr?«, sagt er. »Nun, in diesen Zeiten sind alle in Gefahr. Aber was genau könnte die Großmutter denn meinen?«

»Sie sagt, du würdest immer in Gefahren leben, und man müsste um dich fürchten und dürfte dich nicht zusätzlich belasten.«

Das Glück überströmt Dietrich. Er lacht. Er lacht laut, froh und befreit.

»Du sorgst dich um mich! Meine liebste Maria. Du musst dir überhaupt keine Sorgen machen, meine allerliebste Maria.«

Sie lacht nun auch.

»Ich bin so dumm.«

»Du bist kein bisschen dumm. Ich bin dumm. Ich bin furchtbar dumm. Ich sorge für Verwirrung, immer sorge ich für Verwirrung.«

»Mein lieber Dietrich.«

»Liebe geliebte Maria. Du sorgst dich um mich. Ich möchte dich so sehr gern sehen, Maria.«

»Ich muss auflegen, Dietrich.«

»Ich habe dich lieb.«

Es geht alles vorüber, es geht alles vorbei

Das Radio dudelt. Es ist der 13. März. Der Anruf ist gekommen. Das Flugzeug des Führers ist gestartet. Das Päckchen mit den angeblichen Likörflaschen für General Stieff ist an Bord.

Nun müssen sie warten. Hans sitzt am Esstisch in Sacrow. Christel liegt auf dem Sofa, ruhebedürftig, wie sie es nach ihrer Magenoperation immer noch ist. Das Radio dudelt. Aber gleich wird man die Sendung unterbrechen. Der bescheuerte Schlager wird mitten im Ton ausquäken, und die entsetzte, aufgewühlte Stimme des Sprechers wird ertönen,

Der Führer Adolf Hitler ist tot –

Dann ist alles vorüber, dann ist alles vorbei. Dann sind die Eisenfesseln, die Christels Brust umschließen, gesprengt, dann beginnt das Leben neu, dann wird der ganze Aufbau dieses schwarzen Reichs zerkrümeln wie ein Vampir im Sonnenlicht, ein Frühling wird kommen, wie noch keiner war, mit Blütenfülle und Freuden- und Friedensfeiern in allen Kirchen, mit Jubel überall und einer großen Verbrüderung der Völker, dann ist Christel ihr Mann zurückgegeben, sie sind erlöst von dem ständigen Druck, von der trüben Sinnlosigkeit seiner Arbeit, der Angst und Gewissensnot seiner Umsturzpläne, Sabine und Gerhard werden zurückkehren, die ganze Familie wird sich in Heiterkeit zusammenfinden zu einem großen Dankesfest, zu dem die Bonhoeffers besonderen Grund haben: Schließlich wird dann die ganze Familie den Krieg und Hitler überlebt haben.

Alle Bonhoeffers, Dohnanyis, Delbrücks und Harnacks werden lebendig und bei guter Gesundheit sein, wenn man einmal von dem armen Arvid absieht. Und auch die Frauen im Gefängnis Alexanderplatz und die Männer in Spandau werden nicht sterben. Oda wird überleben und Liane Berkowitz, Hilde Coppi und Eva-Maria Buch, Mimi Terwiel, Erika von Brockdorff, Cato Bontjes van Beek, Rose Schlösinger und all die anderen.

Aussteigen bitte aussteigen bitte
wir sind bei der Endstation

Das Radio dudelt. Gleich muss die Nachricht kommen, die nicht nur die armen Gefangenen, sondern Millionen anonymer Menschenleben rettet,

doch ich bleib sitzen und nehm die dritte
Fahrkarte mir heute schon

Das Attentat ist misslungen. Hitler lebt.

Es ist der 14. März. Die Schleichers, die Dohnanyis und Dietrich Bonhoeffer sitzen zusammen im Haus in Sacrow. Sie reden wenig. Es ist alles gesagt. Hans wartet nun auf seine Verhaftung. Haus und Amt sind auf eine Durchsuchung vorbereitet. Die Gestapo wird nichts finden. Hans wird alles leugnen. Aber wer in dieser Sache verhaftet wird, befindet sich in höchster Gefahr, ganz gleich was er getan hat, das wissen sie. Und was hat Dietrich in seiner Schrift geschrieben, die er den Mitverschwörern zum Jahresende geschenkt hat?

Christel erinnert sich ziemlich genau. Dietrich hat den Wunsch ausgedrückt, der Tod möge sie alle nicht zufällig und jäh treffen, abseits vom Wesentlichen, sondern in der Fülle des Lebens und mitten im Einsatz,

Aber nicht die äußeren Umstände, sondern wir selbst werden es schließlich sein, die unseren Tod zu dem machen, was er sein kann, zum Tod in freier Einwilligung.

Manchmal redet er sehr hochgestochen, der liebe Herr Bruder. Christel ist nicht sonderlich religiös. Sie denkt auch nicht daran, frei in den Tod einzuwilligen. Sie ist entschlossen zu kämpfen. Selbst wenn die Gestapo kommt, wird man Hans erst noch nachweisen müssen, dass er an der Sprengstoffsache beteiligt war.

Sie sitzen zusammen bis nach Mitternacht. Dann gehen sie schlafen. Sie liegen im Dunkel: die Dohnanyis in ihrem Ehebett, die Schleichers eng beieinander im Gästebett und

Dietrich allein auf dem Sofa, lauschend, lauschend auf das Motorengeräusch, das Zischen der Reifen, das Quietschen der Bremsen und das Pochen am Tor. Der Morgen graut.

Christel stellt verblüfft fest, dass sie geschlafen hat. Dass sie in ihren Betten liegen, gesund und noch immer in Freiheit. Offenbar ist der Sprengstoff nicht entdeckt worden. Offenbar ist es einem der Eingeweihten gelungen, das verräterische Päckchen vor der Entdeckung wieder an sich zu nehmen. Und Hitler ist immer noch frei und am Leben. Es geht also weiter. Nichts ist vorbei.

Entfliehet, verschwindet, entweichet, ihr Sorgen
verwirret die lustigen Regungen nicht!

Es ist eine Woche später, der 21. März. In der Marienburger Allee 42 üben sie die Geburtstagskantate für den fünfundsiebzigsten Geburtstag von Karl Bonhoeffer ein, während es jeden Moment losgehen, jeden Moment der Umsturz erfolgen kann. Tresckow hat erneut einen seiner Leute entsandt: Rudolf-Christoph Freiherr von Gersdorff, ein Vetter von Fabian von Schlabrendorff, ist bereit, sich im Berliner Zeughaus beim Heldengedenktag zusammen mit Hitler in die Luft zu sprengen. Die Minen wird Gersdorff in seinen Jackentaschen verstecken. Es sind englische Clam-Minen, sehr flach. Die Sache ist genau durchgeplant: Die ganze Aktion wird vom Scharfmachen des Zünders bis zur Explosion zehn Minuten dauern. Gersdorff wird Hitler im richtigen Moment abpassen, unmittelbar vor der Explosion. Er wird sich auf ihn werfen, ihn fest umklammern und ihn nie wieder loslassen.

Lachen und Scherzen
erfüllet die Herzen
die Freude malet das Gesicht

Der Führer betritt das Berliner Zeughaus, weht in kaum vier

Minuten durch die Räume und entschwindet. Der zurückgebliebene Gersdorff schafft es gerade noch rechtzeitig, im Klo die Minen zu entschärfen, bevor er ganz allein in die Luft fliegt.

Maria ist entschlossen, zu Dietrich zu fahren. Sie ist entschlossen, ihn zu sehen. Sie ist entschlossen, sich zu ihm zu bekennen. Sie liebt ihn jetzt. Sie denkt immer an ihn. Seit sie in Hannover beim Roten Kreuz Dienst tut, ist sie ganz eingesponnen in Träume von ihm. Sie kann nun nicht mehr zurück, und sie will es auch nicht. Sie wird zu ihm fahren, sobald sie ein paar Tage freinehmen kann. Sie weiß nicht, woher das Gefühl der Dringlichkeit kommt. Beinahe ist es Angst. Wird etwas Schlimmes geschehen? Womöglich etwas sehr Schlimmes?

»Mutter?«

Paula Bonhoeffer sieht auf. Es ist der 5. April. Dietrich steht in der Tür des Wohnzimmers in der Marienburger Allee 43.

»Es ist etwas geschehen. Ich habe gerade bei Dohnanyis in Sacrow angerufen. Eine Männerstimme hat sich gemeldet, ohne Nennung eines Namens. An Hans' Apparat im Amt war es dasselbe. Die Sache ist klar. Sie sind verhaftet. Sei bitte so gut und lass mir etwas zu essen kommen. Ich gehe nach oben und packe ein paar Sachen zusammen.«

Sie kommen am späten Nachmittag. Es klingelt an der Tür. Das Mädchen öffnet. Im Flur Männerstimmen. Dietrich Bonhoeffer strafft sich. Es ist so weit.

Die Nacht. Der Lärm, draußen auf den Gängen. Die unverständlichen Geräusche: Stimmen, das Klingeln eines Telefons. Die Wachtmeister, ausgemusterte Unteroffiziere, raunzen, brüllen, beschimpfen die Gefangenen in den angrenzenden Zellen. Gegen Morgen fliegt die Tür auf. Jemand wirft Dietrich einen Kanten Brot herein wie einem Hund. Dietrich ist von Entsetzen erfüllt. Dies ist die Hölle, und er ist in ihr allein. Die Zellentür öffnet sich nur, damit er den Kübel hinausstellen oder Essen entgegennehmen kann. In der zweiten Nacht weint der Mann in der Zelle neben Dietrich. Er weint verzweifelt, hemmungslos, die ganze Nacht lang. Dietrich begreift allmählich, dass hier unter dem Dach die zum Tode Verurteilten liegen. Sie tragen Hand- und Fußfesseln, Tag und Nacht. Niemand darf zu ihnen.

Niemand darf zu Dietrich. Niemand spricht zu ihm. Es gibt nichts, womit er die Zeit füllen, den Schrecken lindern könnte. Und müsste nicht er von allen Menschen am besten dieser Situation gewachsen sein? Hat er nicht oft genug die Einsamkeit gesucht? Ist er nicht in Schweigen und Versenkung geübt? Hat er nicht in seinem Buch ›Gemeinsames Leben‹ ein ganzes Kapitel »Der einsame Tag« betitelt? Er hat in Finkenwalde die Meditation eingeführt, er hat davor gewarnt, in Zeiten innerlicher Dürre enttäuscht die Versenkung abzubrechen, er hat von Selbstbeobachtung abgeraten in allen Lebensbereichen: Die Selbstbeobachtung verstellt der Wahrheit den Raum. Also, müsste Dietrich von allen Menschen nicht die Ressourcen haben, um diese Zeit gut zu überstehen?

Dietrich Bonhoeffer denkt an Selbstmord.

Natürlich ist das unfassbar. Nur Gott darf das Leben nehmen, das er gegeben hat. Aber ist dies nicht eine besondere Situation? Dietrich ist bereits tot. Tot und gestorben. Und wenn er in Wirklichkeit schon gestorben ist, erscheint es dann nicht gerechtfertigt, dass er den wüsten letzten Rest Verzweiflung, der alles ist, was von ihm geblieben ist, dem Nichtsein auch noch hinterherwirft? Nebenan brüllt ein Unteroffizier den Gefangenen an, der die Nacht durch geweint hat. Dietrich kann nichts tun. Er ist zur Untätigkeit verdammt. Er muss das Unrecht dulden, die Gemeinheit. Dietrich schlägt mit der Hand gegen die Wand. Er trommelt mit der Faust. Nicht einmal das Echo dringt auf die andere Seite.

Und dies ist also Roeder, der Untersuchungsführer. Der Mann ringt Christel nicht das Geringste ab: keinen Schauder, keinen Respekt. Christel ist vom Charlottenburger Frauengefängnis in der Kantstraße hierher gebracht worden.

Hinter ihr liegen zwei Wochen Einzelhaft, mit Lese- und Schreibverbot. In den Hof darf sie nur allein, unter Aufsicht. Immerhin erlaubt man ihr neuerdings Waschzeug. Aber alle Türen müssen verschlossen sein, wenn man sie in den Waschsaal führt. Es entbehrt nicht der Komik. Wie wacklig muss ein Regime sein, damit es sich gefährdet fühlt, weil einer sieht, wie Christel von Dohnanyi die Zähne putzt? Der Vater hat ihr Stärkungsmittel in die Zelle geschickt, einen Wein für den Magen, spezielle Kekse. Christel hat sich keinen Moment um sich selbst gesorgt. Sie hat die Zeit recht gut überstanden: Sie hat sich Gedichte aufgesagt, sie hat an die Eltern, die Freunde, die Familie gedacht. Sie war nicht allein: Man wird sie ja nicht vergessen und im Stich lassen.

Aber sie sorgt sich um ihren Mann. Hans braucht sie. Er braucht ihre Unterstützung. Sie hat gehofft, ihm hier im Kriegsgericht zu begegnen. Hans ist im Wehrmachtsuntersuchungsgefängnis Lehrter Straße in Moabit. Das hat dieser Mann sie wissen lassen. Roeder. Der Untersuchungsführer. Christel kennt solche Leute. Sie kennt den Typus: Selbstgefälligkeit, Machtgier, Eitelkeit, vollkommener Mangel an Selbstreflexion. Nun, immerhin geschieht jetzt etwas. Immerhin geraten die Dinge in Bewegung. Christel fühlt sich gut. Sie fühlt sich wie Eis: hart und glitzernd und vollkommen unbeeindruckt, härter und abweisender, je mehr Roeder sie in die

Enge zu treiben versucht, er hat nun schon einmal fast die Beherrschung verloren.

»Sie waren bei dem Gespräch Ihres Mannes mit Oster und Canaris dabei!«

»Nein.«

»Doch!«

»Nein.«

»Doch, es ist bewiesen!«

»Nein. Sagen Sie, sind wir hier im Kindergarten?«

»Wir können dies gern zum Kindergarten machen, wenn Sie das wünschen. Wenn Sie weiterhin leugnen, lasse ich Ihre Söhne holen und einsperren.«

Sein Lächeln, mit vielen Zähnen, Wangen hochrot vor Zorn. Ihr ist beinahe heiter vor Wut.

»Bitte sehr. Sperren Sie sie ein. Das erbrächte immerhin eine Aussage über Sie, wenn schon keine von mir.«

Er steht auf. Er tritt ans Fenster. Er hält mühsam an sich. Was will er? Er kann ihr gar nichts. Sie ist eine uninformierte doofe Hausfrau. Die klassische völkisch-dämliche Deutsche, ganz und gar untertan den Anordnungen ihres Mannes. Roeder dreht sich um.

»Wen kennen Sie in Italien?«

»Niemanden.«

»Sie lügen. Sie haben Ihren Mann mehr als einmal nach Italien begleitet. Sie kennen Leute aus dem Vatikan.«

Christel lehnt sich zurück. Sie schüttelt leicht den Kopf.

»Ich kann Ihnen den Namen eines sehr netten und kompetenten Pizzabäckers auf Capri nennen, wenn Ihnen das weiterhilft.«

Vielleicht stirbt er jetzt. Vielleicht bekommt er einen Herzanfall.

»Er heißt Antonio. Ein netter Mann. Er war sehr bemüht,

von uns ein paar Worte Deutsch zu lernen. Kennen Sie übrigens Pizza? Es ist eine Art Weißbrot, mit Tomaten und Käse gebacken.«

Er schweigt. Er geht eine Runde durchs Zimmer, dann nimmt er wieder Platz. Er lächelt. Seine Stimme ist herzlich.

»Wo waren denn die Devisen her, für Ihre Italienreisen?«

»Weiß ich nicht. So was macht mein Mann.«

»Ihr Mann hat inkorrekte Angaben gemacht, um Sie mitzunehmen.«

»Nein. Das ist nicht wahr, das weiß ich zufällig. Er hat es abgelehnt, meine Begleitung als dienstlich notwendig zu deklarieren. Wenn das geschehen ist, dann gegen seinen Willen. Mein Mann ist korrekt.«

Roeder schießt hoch wie ein Schachtelteufel.

»Korrekt? Er ist ein Betrüger! Er macht unsaubere Geschäfte. Es gab unsaubere Geschäfte, bei der Finanzierung Ihres Hauses.«

»Das kann nicht sein. Mein Mann ist moralisch vollkommen integer.«

»Ihr Mann hat Geheimverhandlungen mit dem Vatikan geführt. Er hat sich persönlich bereichert.«

Sie lacht ihm ins Gesicht.

Die Strategie geht auf. Die Strategie der Unverschämtheit: Anderen Tags bietet ihr ein gewisser Sonderegger von der Gestapo Lese- und Schreiberlaubnis, wenn sie ihre Bekanntschaften in Pastorenkreisen auflistet. Christel willigt ein. Ein Stift wird gebracht, Papier. Wie schön, einen Stift in der Hand zu halten. Papier, wie schön. Christel schreibt. Sie schreibt einen einzigen Namen auf das Blatt, den Namen ihres Bruders: Dietrich Bonhoeffer. Christel ist um sich selbst nicht bange. Aber sie sorgt sich furchtbar um Hans.

Hans ist verzweifelt. Die Schuld quält ihn: Seinetwegen ist seine Frau inhaftiert. Seinetwegen ist Dietrich inhaftiert. Seinetwegen entbehren seine Kinder ihre Mutter. Gibt es einen schuldigeren Menschen als Hans von Dohnanyi?

Und er war unfreundlich, am Morgen des 5. April. In der Nacht hatte es Alarm gegeben, er war müde und ein wenig zu spät, er war unwirsch und wie immer in Hetze, und so hat er sich nicht einmal mehr anständig von Christel verabschiedet. Die Qual ist unerträglich. Er hat sich nicht von den Kindern verabschiedet: Sie schliefen noch, nach der nächtlichen Störung, und er wollte sie nicht wecken. Hätte er es doch getan! Aber nein, überstürzt ist er aus dem Haus gehastet, keine Zeit, keine Zeit, muss los, muss los. Hätte er nicht wenigstens anrufen können? Aber bis Mittag ging alles drunter und drüber, und dann ist er verhaftet worden. Dietrich ist verhaftet, Christel ist verhaftet, die Liebste, die Geliebteste, und Hans ist schuld. Er ist an allem schuld. Wie soll er das ertragen?

Elf Tage nach der Verhaftung sehen sie einander, im Beisein Roeders. Es ist eine Gegenüberstellung: Sie sollen einander verraten, einander eine Grube graben. Es ist natürlich ein Fest. Sie sehen einander in die Augen: Du. Seine Augen sind ganz Konzentration, Gegenwart, Liebe. Sie lassen Christel keinen Augenblick los. Soll Roeder reden. Soll er Hans vorhalten, Christel hätte dieses oder jenes gesagt, soll er Christel erzählen, Hans hätte dieses oder jenes zugegeben. Hans und Christel wissen, was sie einander zuschreiben können und was nicht. Sie werden keinen Augenblick irre aneinander. Sie antworten halb mechanisch: Sie sind viel zu beschäftigt damit, zusammenzusein, um sich auf diesen Dritten zu konzentrieren. Als das Verhör vorbei ist, tritt Hans zu seiner Frau, nimmt sie in die Arme und küsst sie.

Am darauffolgenden Tag wird die Isolation aufgehoben. Sie dürfen von nun an pro Woche zwei Briefe schreiben. Christel schreibt nur an Hans. Soll er den Kindern, den Eltern Grüße von Christel ausrichten: Sie schreibt nur ihm, der sie braucht. Er schreibt ihr.

Liebste! Geliebteste,

Was habe ich Dir angetan? Ich habe Dich ins Unglück gestürzt. Was habe ich den Kindern angetan,

Ja, was denn? Hans von Dohnanyi hat die Zukunft für sich in Anspruch genommen. Er hat sich geweigert, sie dem Gegner zu überlassen. Christel beschwört ihn, er möge doch Stärke und Freude aus ihrer beider Verbindung ziehen, statt sich mit Sorge und Trauer zu belasten. Sie schreibt aus der Zelle von dem Glück, mit ihm zu leben. Sie schreibt aus der Haft, dass sie ihm dankt, für jeden Tag, den sie seine Frau sein darf.

Dietrich hat die Fassung wiedererlangt. Die Isolierung ist aufgehoben. Die große Anfechtung, sich das Leben zu nehmen, ist vorüber. Er darf nun alle zehn Tage an die Eltern schreiben. Er darf nicht an Maria schreiben, aber er schreibt über sie, in der Hoffnung, dass die Eltern die Briefe an sie weiterreichen. Er schreibt nun also in jedem Brief an viele Leute. Er schreibt ja auch an den Zensor: Er nimmt an, dass Roeder seine Briefe liest. Das ist nicht ungünstig. Wenn der Mann schon dem Schicksal seines Gefangenen gleichgültig gegenübersteht, dann wird ihm doch sicher Maria das Herz erweichen.

Ihr könnt euch denken, dass mir meine Braut ganz besonders leidtut. Es ist viel für sie, nachdem sie Vater und Bruder erst kürzlich im Osten verloren hat. Als Offizierstochter wird sie vielleicht besonders schwer an meiner Verhaftung tragen. Sie ist eben noch so sehr jung.

Und wenn nicht Mitleid, dann kann vielleicht vaterländisches Verdienst der unschuldig Mitbetroffenen Dietrichs Freilassung beschleunigen?

Grüßt die Großmutter meiner Braut sehr, sie hat auch eine große Last zu tragen mit ihren fünf gefallenen und noch sieben draußenstehenden Enkeln und Söhnen.

Was hat man eigentlich gegen Dietrich in der Hand? Im Grunde nichts. Man hat ihm zugesichert, seine Sache würde im Juli verhandelt. Dann wird er freikommen. Er wird Maria sehen, er wird sie die Seine nennen dürfen: Marias Mutter hat nun, wo Dietrich in Schande gefallen ist, sofort die Verlobung öffentlich bekanntgegeben.

Sie hat Dietrich um Verzeihung gebeten: Im Licht der jüngsten Ereignisse bereut sie es tief, sich der Verbindung in den Weg gestellt zu haben. Dietrich hat Maria seit einem halben Jahr nicht mehr gesehen.

Sie sind einander kein einziges Mal als Verlobte begegnet, kein einziges Mal seit Marias Brief vom 13. Januar, seit Marias Ja zu ihm. Sie hat von seiner Verhaftung erst zwei Wochen später erfahren, am 18. April. Sie war daheim in Pätzig, zur Konfirmation ihres Bruders Hans-Werner. Ihr Onkel und Vormund Hans-Jürgen hat sie zur Seite genommen.

»Dein Verlobter ist verhaftet worden.«

Seitdem ist Marias Herz ganz erfüllt von Dietrich. Was an Zweifeln, an Scheu, an Vorbehalten noch in ihr war, ist verschwunden. Alles in ihr stürmt ihm jetzt entgegen. Im Krankenhaus in Hannover erzählt sie den Kindern Geschichten von ihm. Wenn sie scheuert, singt sie sich seinen Namen vor. Wenn sie schlafen geht, nimmt sie sein Bild in die Hand und erzählt ihm von ihren vergangenen Begegnungen und von dem Leben, das sie in Zukunft miteinander führen werden. Sie erzählt ihm von früher und von später, bis das Jetzt, das dazwischenliegt, zu einem dünnen Spalt zusammenschrumpft, den man mit einem Schritt überquert.

Christel verbringt ihren Tag damit, zu warten, dass der Tag vergeht. Zum ersten Mal in Jahren lebt sie ohne Hetze, ohne Termine, ohne Eile. Aber die Zeit, die man ihr hier nutzlos hinschüttet, wird man später wieder von ihr einfordern. Denn während hier die ungefüllte Zeit dahinschleicht, schießt in den Beeten das Unkraut, und die durchlöcherten Socken und Turnhosen der Jungen türmen sich auf. Immerhin bringt jeder Tag sie der Freiheit näher. Dessen ist sie sich sicher. Christel betet abends das Vaterunser.

Christel, die sich niemals für religiöse Belange interessiert hat: Sie betet »Dein Wille geschehe«. Und dürfte man einen Vorschlag unterbreiten, wie dieser Wille auszusehen hätte? Wohl nicht. Also wird sie sitzen und warten. Und warum nur sind alle Attentate gescheitert? Warum lebt Hitler immer noch, warum ist Hans von Dohnanyi sein Gefangener? Ende April jährt sich der Todestag von Christels Bruder Walter zum fünfundzwanzigsten Mal. Christel erinnert sich an den Falken. Der Falke fiel vom Himmel, vor Walters und Christels Füße. Wie hatte Walter das geschafft, mit nur einem Schuss?

Christel weiß es. Vordergründig geht es beim Schießen darum, genau zu zielen, sich nicht ablenken zu lassen, die Hand ruhig zu halten. Aber das ist nur beim Zielen auf Schießscheiben von Belang. Wenn man eine lebende Beute sicher treffen will, muss man sich verwandeln. Man muss die Reaktionen der Beute vorausahnen, man muss ihre Absichten erkennen, noch bevor sie entstehen. Man muss das Tier werden, das man töten will.

Ab 27. April gelten die Sommerbeleuchtungsregeln. Das heißt, es brennt abends kein elektrisches Licht mehr. Um halb sechs gibt es Abendbrot, danach nimmt man Hans von Dohnanyi das Messer weg, und er hockt in der Dämmerung. In der Dunkelheit.

Er sitzt da und raucht. Immerhin darf er rauchen: seine üblichen sechzig, achtzig Zigaretten am Tag. Immerhin ist der Gefängniskommandant Maass ein anständiger Mensch. Er ist mit dem Heeresrichter Dr. Sack befreundet, der Dohnanyi 1938 mit Oster bekanntgemacht hat. Maass hat Hans gleich nach seiner Einlieferung besucht. Er begleitet ihn gelegentlich beim Spaziergang im Hof, um ihm von der Familie zu berichten. Er ist es auch, der ihm am 30. April die wunderbare Nachricht bringt, dass man seine Frau freigelassen hat.

Hans ist selig. Diese Last ist von ihm genommen. Er hat nun eine neue Lieblingsbeschäftigung: Er stellt sich Christel in Freiheit vor, umgeben von den Kindern, umsorgt von den Eltern. Christel hat sich nach ihrer Entlassung sofort in ein Sanatorium im Westend begeben. Wer dort eingewiesen ist, läuft vorerst nicht Gefahr, Roeder wieder in die Klauen zu geraten. Und ist Christel froh?

Sie zuckt die Schultern. Jedenfalls ist es ein Gewinn, nicht mehr den ganzen Tag lang Romane lesen zu müssen. Die Kinder besuchen sie, die Eltern.

Hans schreibt an seine Schwiegereltern,

Ich habe mit Schwerem ohne meine Frau noch nie fertigwerden müssen. Jetzt muss ich es. Aber ob ich es kann?

Es geht Dietrich jetzt besser. Tatsächlich führt er ein privilegiertes Leben: Man hat in Tegel inzwischen erfahren, dass der Stadtkommandant von Berlin, General Paul von Hase, Dietrichs Onkel ist. Dietrich darf nun Päckchen empfangen. Er darf im Hof spazieren gehen. Er darf sich innerhalb der Gefängnismauern relativ frei bewegen. Die Unteroffiziere haben sich bei ihrem illustren Häftling demütig für die Unflätigkeiten der ersten Wochen entschuldigt. Aber die anderen Gefangenen haben unter ihnen zu leiden wie zuvor. Dietrich befiehlt die schlimmsten Wachtmeister regelmäßig in seine Zelle und weist sie mit aller Schärfe zurecht. Sie geben dann alles zu und zeigen auch Reue. Aber sie sind nur Speichellecker. Sobald sie Dietrich nicht mehr sehen, machen sie wie gewohnt weiter. Sie können vielleicht gar nicht mehr anders.

Maria Wedemeyer sitzt in Dietrichs Zimmer, im Hause ihrer zukünftigen Schwiegereltern. Sie ist mit der Mutter nach Berlin gereist, damit man sich ein wenig besser kennenlernt. Nun hat Dietrichs Mama Maria in Dietrichs Zimmer geführt. Maria sitzt an Dietrichs Schreibtisch. Sie sitzt auf seinem Stuhl. Sie berührt die Stifte und Bücher und Möbel und Kissen, die auch er berührt hat. An diesem Tisch hat er an sie geschrieben. In diesem Bett schläft er des Nachts. Auf diesem Bord stehen seine Schuhe, die noch die Form seiner Füße bewahren. Und wann wird sie ihm zeigen können, wie schön es bei ihr zu Hause ist?

Sie träumt davon mit offenen Augen. Dietrich hat Gut Pätzig ja nur einmal erlebt, ohne Maria und auch noch im November. Sie stellt sich vor, wie sie mit ihm durch das Gutshaus geht, dann über die Wiesen zu der alten Kastanie, von der aus man den schönen Blick hat, weiter zu den Ställen mit den Pferden. Sie stellt sich vor, dass er all das lieben wird. Sie stellt sich vor, wie sie heiraten werden, in der Pätziger Kirche.

Und was eigentlich wirft man Dietrich Bonhoeffer und Hans von Dohnanyi vor? Mitwirkung bei den gescheiterten Sprengstoffattentaten? Unterstützung von Putschplänen? Hochverrat, Landesverrat, Feindbegünstigung?

Der in Italien verhaftete Abwehrmann Schmidhuber hat behauptet, Hans von Dohnanyi hätte Geschenke von ihm angenommen und sich von Auslandsreisen Waren mitbringen lassen. Er hat behauptet, Hans hätte Dietrich nur aus kirchenpolitischen Gründen uk-stellen lassen, ohne dass die Abwehr Dietrichs Dienste benötigt hätte. Roeder hat in Hans' Büro drei Zettel gefunden, aus denen Kontakte zum Vatikan hervorgehen. Hans besteht darauf, die Zettel hätten nur dazu gedient, einen neuen V-Mann in die geltenden Sprachregelungen einzuführen. Im Grunde hat Roeder nichts in der Hand.

Er will Anklage erheben wegen Wehrkraftzersetzung, Bestechung, Ungehorsam, Pflichtverletzung im Felde. Aber der Jurist Hans von Dohnanyi beherrscht juristische Verwirrspiele ausgezeichnet. Er lässt sich auf nichts ein. Er redet weitschweifig, er führt Roeder auf Abwege. Er gesteht eine Lappalie, die nichts mit dem zu tun hat, was Roeder wissen will, Roeder schluckt den Köder und vergisst prompt, wo er eigentlich nachhaken wollte. Hans dreht den Spieß um und verlangt von Roeder, dass der die Richtigkeit seiner eigenen Angaben beweist. Er kämpft zäh um jede Formulierung in den Vernehmungsprotokollen, und dann weigert er sich wegen eines Formfehlers, das Protokoll zu unterschreiben. Er kämpft nicht allein.

Christel ist nun frei. Sie ist in Sacrow. Sie hält Kontakt zu Oster, der unter Hausarrest gestellt ist. Sie sorgt dafür, dass alle Aussagen aufeinander abgestimmt sind: Christel muss nicht befürchten, dass ihre Kassiber entdeckt werden. Die Lebensmittelkoffer, die sie ihrem Mann zweimal wöchentlich bringen darf, werden auf Anordnung des Gefängniskommandanten Maass von ihm persönlich geprüft. Admiral Canaris und Generalrichter Sack versuchen den Prozessbeginn hinauszuzögern.

Sie wollen es gar nicht erst zu einem Verfahren kommen lassen. Sie wollen sämtliche Anklagepunkte schon im Vorfeld entkräften. Sogar Senatspräsident Dr. Alexander Kraell, unter dessen Vorsitz der 2. Senat des Reichskriegsgerichts die Todesurteile über Harro, Libs, Arvid, Hilde Coppi, Liane Berkowitz und all die anderen verhängt hat, nimmt an den Strategieberatungen teil. Wie haben sie denn nur Kraell gewonnen?

Dem ist Dohnanyi herzlich gleichgültig. Er sympathisiert absolut nicht mit Gegnern des NS-Staats. Aber er ist Militärjurist. Er teilt die allgemeine Sichtweise, dass der Fall Dohnanyi dazu dienen soll, das Amt Ausland/Abwehr im Oberkommando der Wehrmacht zu beschädigen. Himmler bemüht sich schon seit Langem darum, alle geheimdienstlichen Funktionen im Reichssicherheitshauptamt zu vereinen. Wenn man der Abwehr hoch- und landesverräterische Pläne nachweisen könnte, wäre der Wehrmacht der Rest ihrer Autonomie entwunden. Die Justiz der Wehrmacht selbst müsste dann dem Reichsführer-SS Tür und Tor öffnen. Das sucht Kraell nach Kräften zu verhindern, und im Übrigen hat er zusammen mit dem Generalrichter des Heeres Dr. Sack das humanistische Gymnasium in Bad Kreuznach besucht.

Christel bemüht sich derweil, über Carl Langbehn direkten Einfluss auf Himmler zu nehmen. Himmlers Anwalt ist ein enger Freund der Dohnanyis. Er hat sich schon oft für Verhaftete eingesetzt, und er ist jederzeit bereit, das auch für Hans zu tun. Aber in dieser Sache hat er bislang nichts erreichen können.

Und Hans von Dohnanyi findet keine Seelenruhe. Christel kämpft in jedem Brief,

Was hast denn Du Dir vorzuwerfen? Einer, der gelebt hat

wie Du, kann doch ein gutes Gewissen haben. Du hast gelebt nur für Familie und Beruf.

Und schreibt sie das für die Zensur? Erinnert sie nicht mehr die Hektik, die Angst, die unzähligen Verschwörerrunden, die Abende in der Stadt, den Zeitmangel, die Überlastung, die sie miteinander getragen haben? Er antwortet,

Ja. Familie und Beruf. Aber ich arbeite ja nicht mehr, und ich bin nicht bei euch. Und es geht trotzdem. Es geht alles weiter, auch ohne mich. Dann frage ich Dich: Wo bleibt die Notwendigkeit des eigenen Daseins?

Aber wäre es ihm wirklich lieber, ohne ihn bräche alles zusammen? Christel schreibt,

Du fragst das? Du fragst, was ist der Lohn für ein anständiges Leben?

Christel packt Pakete für Hans. Ihre Mutter packt Pakete für Dietrich. Emmi Bonhoeffer, Ursel Schleicher und die anderen zweigen für beide Männer ab, was sie entbehren können. Die Frauen kochen und backen, sie machen Kompott, sie packen Wäschepakete, mit denen die Kinder losgeschickt werden. Natürlich haben die Kinder längst verstanden, dass ihre Familie anders denkt und fühlt als der Rest ihrer Welt. Aber Gefängnis, der Vater im Gefängnis? Wie sollen die Kinder diese Spannung aushalten? Wie sollen sie sich in Schule und Hitler-Jugend eingliedern, wie sollen sie in ihrer Alltagswelt bestehen, wenn sie wissen, dass der Vater diese Welt verurteilt und man ihn dafür eingesperrt hat?

»Ach Kinder«, sagt Christel. »Es ist alles nicht so schlimm. Jetzt im Krieg muss eben jeder isoliert werden, wenn ein Missverständnis auftaucht. Das ist keine Schande, es passiert vielen Leuten. Bald wird sich herausstellen, dass dies im Fall eures Vaters ganz unnötig war, und dann kommt er wieder nach Hause.«

Maria war da. Man hat Dietrich ins Reichskriegsgericht gefahren, zu einer weiteren Vernehmung, wie er dachte, und da stand Maria von Wedemeyer.

Dietrich ist fast zusammengebrochen.

Der große starke Mann: Er war zu erschüttert, um zu sprechen. Und nun geht er auf und ab in der Zelle, auf und ab, überwältigt von ihrem Mut, ihrer Großzügigkeit. Er hätte ja nie um ihren Besuch zu bitten gewagt. Er möchte ihr danken. Er möchte Gott danken. Er möchte sogar Roeder danken. Das hat Maria ihn nun wieder gelehrt: Dankbarkeit. Er begreift: Er muss dankbarer werden, viel dankbarer, dann übersteht er diese Zeit. Er setzt sich an seinen kleinen Tisch. Er greift nach dem Stift,

will ich Dir danken
danken

Hans ist dies nicht gewöhnt. Er ist nicht gewöhnt daran, sich mit sich selbst auseinanderzusetzen. Hans ist ein Mann des tätigen Lebens. Für Fragen der Moral war bisher immer sein Schwager Dietrich zuständig, für den Rest seines Seelenlebens seine Frau. Hans selbst hat nie Zeit und Muße gehabt oder überhaupt den Wunsch empfunden, sich der Betrachtung des eigenen Bauchnabels zu widmen. Nun ringt er.

Er ringt mit keinem äußeren Gegner, er ringt mit sich selbst. Er redet mit sich selbst. Es ist ein schmerzliches Gespräch. Es ist gefährlich und schwierig: Er darf sich nicht belügen, und wäre die Lüge noch so tröstlich. Er darf nicht versuchen, sich zu rechtfertigen. Es geht allein um die Wahrheit. Er muss im Gespräch mit sich selbst die Wahrheit über sein Leben herausfinden. Aber mehr und mehr leidet er unter dem Eindruck, dass das Gespräch nicht funktioniert.

Er redet gar nicht mit sich selbst. Er hat sich aufgespalten. Er ist zwei Leute. Den einen kennt er, und der hatte noch niemals

Anlass zur Grübelei: Das ist er, sein unzerstörtes wirkliches Ich. Der andere ist ihm zuwider. Es ist eine gebeugte Gestalt, die düster und verloren durch die Zelle stapft,

Das bin nicht ich. Ich habe mit dem gar nichts zu tun. Er denkt nicht wie ich, er verhält sich nicht wie ich –

Christel geht im Geist alles durch, womit sie die Kinder während ihrer Krankheiten beschäftigt. Sie sollte Hans vielleicht ein Schachbrett schicken, dazu ein Buch mit berühmten Partien. Hans wollte sich immer einmal mit den Akten des Prozesses gegen Veit Stoß beschäftigen, soll sie versuchen, die zu beschaffen? Die Jungen spielen mit großer Begeisterung Go, ein Brettspiel. Vielleicht kann man das auch allein spielen? Hans hat ja nun Zeit.

Er hat endlich die Zeit, die ihm jahrelang fehlte. Aber er wollte sie ja nicht für sich. Er wollte sie für Christel, für seine Frau,

Du hast recht gehabt. Du hast recht gehabt. Die schönsten Jahre des gemeinsamen Lebens, des Lebens mit den Kindern, sie sind vergangen im Fluge – hui, hin sind sie vorbei, man dreht sich um: unwiederbringlich fort. Und was ist geschafft? Wichtig hat man sich genommen.

Hans hungert nach Alltag. Er will teilnehmen: Was liest Klaus zurzeit, was übt Stoffel auf der Flöte? Womit belegt Christel Bärbels Pausenbrot? Was treibt die Ziege im Garten, was tun die Hühner? Ist der Seesteg vermoost, wächst das Gras schlecht oder gut? Hans hungert nach dem Bedeutungslosen.

Das Bedeutungslose, das tägliche Einerlei ist das Leben: die Morgensonne im Schlafzimmer, das Bettzeug, das das Mädchen zum Lüften ins Fenster gelegt hat, der Schlüssel, der sich im Schloss dreht, der Schritt über die Schwelle und der Duft aus der Küche, das Geplapper der Kinder bei Tisch, der Abendspaziergang hinunter zum Bootssteg, ein Sonntagmorgen im Bademantel und die Reparatur eines tropfenden Wasserhahns, die Suche nach einem verlegten Gegenstand in allen Winkeln und Ecken des Hauses, flüchtige Küsse, kleine Streitigkeiten, Versöhnung aus Zuneigung oder Einsicht. Aber der Alltag ist ja gar nicht mehr, was er war.

Wenn Christel im Haus herumkramt und räumt, wird ihr klar, dass sie alles, was sie getan hat, immer im Gedanken an Hans getan hat, zu seiner Freude, zu seiner Bequemlichkeit. Den Kindern ist die Farbe der Tischdecke, der Blumenstrauß auf dem Tisch gleichgültig. Und hat Hans ihre Mühen früher bemerkt?

Wenn nicht, dann bemerkt er sie jetzt.

Alles Fehlende bemerkt er jetzt. Alles erinnert ihn an Verlorenes. Alles Süße wendet sich ins Bittere. Auch der Junigesang der Vögel vor dem Fenster quält ihn über die Maßen. Er lauscht ihm aber.

Er wird die Mauern und das Stück Himmel darüber nicht als Umgebung akzeptieren. Er pflegt seine Sehnsucht. Die Sehnsucht ist die einzige Möglichkeit, mit seiner Familie verbunden zu bleiben, sie auch in der Trennung weiterzulieben. Sehnsucht und Schmerz bewahren vor der Ergebung. Aber gilt das nicht auch draußen, außerhalb des Gefängnisses, in der sogenannten Freiheit von Hitlers Reich? Hat Hans nicht aus Sehnsucht und Schmerz, aus mangelnder Ergebung so gehandelt, wie er nun einmal gehandelt hat?

Christel ist nicht in Gefahr, sich zu ergeben. Sie muss ihre Sehnsucht nicht wachhalten, indem sie den Vögeln lauscht. Sie kann es sich leisten, Musik und Natur wo immer möglich zu meiden. Sie will nicht hören, was er nicht hört, sie will nicht sehen, was er nicht sieht. Ohne ihn auf dem Sacrower Seesteg zu stehen ist ihr eine Qual, die Abendspaziergänge durch die Sommerwiesen behält sie nur der Kinder wegen bei, und wenn Stoffel eine Platte auflegt, geht sie aus dem Zimmer. Das Schlimmste, das Nervenzerrüttende ist, dass man nicht weiß, wie lange dies alles noch dauern soll.

Am Ende muss doch alles wieder gut werden!

Das schreibt er.

Man geht doch davon aus, dass am Ende alles wieder gut wird, wenn man alles richtig macht und sich ordentlich benimmt!

Sie antwortet,

Aber glaub doch daran! Gott wird uns nicht im Stich lassen. Er sorgt für den Sperling auf dem Dach, wie sollte er für uns nicht sorgen?

Einen Moment lang kann er ihre Stimme hören, wie sie das Kirchenlied von Matthias Claudius singt.

Ich danke Gott und freue mich, wie's Kind zur Weihnachtsgabe,
Dass ich hier bin! Und dass ich dich schön menschlich Antlitz habe.
Dass ich die Sonne, Berg und Meer und Laub und Gras kann sehen
Und abends unterm Sternenheer und lieben Monde gehen.
Gott gebe mir nur jeden Tag so viel ich darf zum Leben,
Er gibt's dem Sperling auf dem Dach, wie sollt er's mir nicht geben!

Hans könnte laut aufschreien vor Sehnsucht und Schmerz. Aber er schreit nicht. Er ruft sich zur Ordnung: Er muss stärker werden. Er muss sich ihrer Größe gewachsen zeigen. Er muss das Maß an Schmerz steigern, das er erträgt. Er summt das Kirchenlied den ganzen Tag. Am nächsten Tag auf dem Hofspaziergang findet er einen toten Sperling.

Maria versucht ihren Tag zu füllen. Sie lebt nun wieder auf Gut Pätzig. Sie reitet, sie schwimmt, sie füllt das Haus mit Blumen. Sie träumt von der Hochzeit, ihrem Leben mit Dietrich. Sie hat ihm die Möbel ihres Zimmers aufgemalt, die ihr schon gehören. Es ist jetzt in Kriegszeiten schwer, Dinge zu kaufen. Der Stellmacher hat versprochen, ihr ein Bücherbord zu zimmern. Aber das Esszimmer ist ein Problem. Ein Büfett will sie nicht, das ist altbacken, und ein anständiger Schrank ist kaum aufzutreiben,

Falls ich keine Schlafzimmermöbel auftreibe, darf ich mir Sachen aus unseren Gästezimmern aussuchen.

Dietrich in der Zelle liest. Er schließt die Augen. Er denkt nicht an das Bücherbord oder das Schlafzimmer. Er denkt an Maria, die über diese Dinge nachdenkt. Er betrachtet immer wieder das Bild, das sie ihm geschickt hat: Maria in einem schönen Kleid, als Brautjungfer auf der Hochzeit ihrer Schwester. Und soll er wirklich erleben, dass alles wahr wird? Soll er es erleben, dass er Maria heiratet?

Und dann beginnt der Schmerz. Der körperliche Schmerz beginnt: Etwa zu der Zeit, als Christel ihrem Mann einen Malkasten in die Zelle schickt, einen Bleistift, Kohle und Papier, entwickelt sich in Hans' Bein eine Venenentzündung. Die Entzündung zwingt ihn zum Liegen. Hans liegt auf dem Bett. Er raucht. Er liest. Er zeichnet. Er zeichnet das Haus in Sacrow und heult danach den Rest des Tages. Er zeichnet den Blumenstrauß, den Christel ihm in die Zelle geschickt hat. Er zeichnet sich: Hans von Dohnanyi.

Die ersten Porträtversuche wirft er weg.

Aber er wird besser. In der Sommerhitze dieses Juli 1943, gequält von körperlichen Schmerzen, hält er sich einen Spiegel vors Gesicht und zeichnet, was er sieht. In seinem Bein hat sich eine Thrombose entwickelt. Die Gefahr einer Embolie ist hoch, aber Roeder erlaubt weder Professor Sauerbruch von der Charité, Hans zu operieren, noch darf Hans' Schwiegervater den Kranken untersuchen. Hans zeichnet. Es rettet ihn. Die Schmerzen und die Hitze, an denen er manchmal zugrunde zu gehen glaubt, die Schmerzen, die Hitze und das Mittel dagegen, das Zeichnen, retten ihn. Er ist wieder er selbst: Er ist der, der zeichnet. Es ist sonst keiner da. Die Spaltung seiner selbst wird zu einem Gespräch mit sich selbst, mit seinem Spiegelbild, das er aufs Papier bannt, im Versuch, Schmerzen und Hitze hinter sich zu lassen. Die Zeichnung gelingt. Christel ist verblüfft und entzückt. Wer hätte gedacht, dass Hans dieses Talent hat?

Und wäre er womöglich viel glücklicher geworden, wenn er nicht Jura studiert, sondern ein Leben als Künstler gewählt hätte? Aber wie hätte er dann seine Christel heiraten sollen? Und diesem Wunsch hat er jeden anderen untergeordnet. Alles, was Hans von Dohnanyi in seinem Leben getan hat, war von dem Wunsch bestimmt, Christel Bonhoeffer zu heiraten, eine Familie zu gründen und diese Familie glücklich und wohl zu erhalten. Hans zeichnet seine Tochter. Er zeichnet sein Bein. Er schreibt nach Hause,

Das rechte Bein ist dick wie ein Baumstamm. Es interessiert mich nicht mehr. Man kann auch mit dickem Bein leben, warum sollte es dünn sein? Manche Menschen haben eben dicke Beine.

Er zeichnet das Bein und schreibt dazu ein Gedicht.

Die Vene schwillt, das Bein tut weh, der Künstler hält es in die Höh und zeigt, des Beines sich bewusst, das Bein und nicht ein Bild der Brust.

Christel lacht. Sie heult. Sie kämpft. Zusammen mit Gefängnisdirektor Maass bemüht sie sich darum, Hans in die Charité zu Professor Sauerbruch verlegen zu lassen. Sauerbruch ist ein hervorragender Chirurg, und er ist Mitglied der Mittwochsgesellschaft, zu der unter anderem auch General Ludwig Beck, Ulrich von Hassell und Johannes Popitz gehören. Bei Sauerbruch wäre Hans in besten Händen. Roeder gestattet aber keine Verlegung.

Es fuchst ihn ungemein, dass das Verfahren gegen Hans von Dohnanyi sich immer mehr entpolitisiert. Von all den schönen Vorwürfen sind nur noch die der Bestechlichkeit und des Betrugs sowie der Verdacht auf Devisenvergehen übriggeblieben. Hans selbst ist auch nicht nur erfreut über diesen Verlauf.

Er ist empört: Man will ihn als kleinen Betrüger hinstellen, als Dieb silberner Löffel, als durch und durch minderwertigen Charakter,

Man kommt mir mit Reiseabrechnungen nach Kopenhagen, die ich gefälscht haben soll! Mit Vorteilnahme im Amt! Und wie stehst Du da, mit einem Mann, der des Betrugs angeklagt werden soll?

Es erzürnt Christel über die Maßen. Sie schreibt zurück,

Möchtest Du lieber wegen Hochverrats angeklagt sein? Wem willst Du eigentlich den Gefallen tun, Dir so blöde Gedanken zu machen? Wer glaubt, dass wir silberne Löffel stehlen, lebt in Kreisen, die zu parterre sind, als dass sie einen berühren dürften. Aber entschuldige, gerade sehe ich, ich bin fast so wütend, als wärst Du daheim.

Er ist aber nicht daheim. An den Blumen aus dem Garten, die sie ihm jeden Sonntag zum Strauß bindet, sieht sie, wie das Jahr verrinnt: Maiglöckchen, Rosen und Rittersporn, nun schon Phlox. Es ist Anfang August.

Die Winkel des Hauses in Sacrow sind vollgestellt. In der Nacht vom 27. auf den 28. Juli hat sich in Hamburg nach Bombardierungen der Briten im Rahmen der Operation Gomorrha ein Feuersturm entwickelt, der die Stadt vernichtet und dreißigtausend Tote gefordert hat. Die Zahl ist unvorstellbar. Selbst während der Operation Millenium, als über tausend Bomber Köln angegriffen haben, sind nicht mehr als vierhundertfünfzig Menschen zu Tode gekommen, und das erschien schon ungeheuerlich. Natürlich wird über die Zahl der Toten nicht öffentlich diskutiert. Die Leute reden darüber beim Schlangestehen oder im Bunker: an den beiden Orten, wo es nicht die Regierung ist, die die Massenversammlungen und die Nachrichtenübermittlung organisiert. Könnte nicht wenigstens die BBC bekanntmachen, was in Hamburg wirklich geschehen ist? Andererseits, woher sollen die Engländer das eigentlich wissen? Die waren doch oben in der Luft. Die haben doch nicht unten in den Trümmern die Toten gezählt. Und selbst wenn, würden sie dann die wahre Zahl zugeben? Sicher nicht. Sie würden sich sicher zu sehr schämen. Aber schämen sie sich genug, um nicht Berlin ein ähnliches Schicksal zu bereiten?

Die Stadt wird evakuiert. In einem Flugblatt an alle Berliner Haushaltungen hat Goebbels die Bevölkerung aufgefordert, Berlin zu verlassen, soweit es keine zwingenden Gründe zum Bleiben gibt. Die Bonhoeffer-Familie bleibt. Aber sie haben alle ihre Wertsachen nach Sacrow geschleppt.

Zwischen kostbaren Möbeln stehen Kisten mit Porzellan. Teppiche liegen dreilagig in Diele und Wohnräumen, die Wände sind bedeckt von Bildern holländischer Flusslandschaften, Stillleben, den Alpenlandschaften von Mutters Großvater Kalckreuth. Dazwischen geht Christel umher wie zu Besuch in einem fremden Haus.

Oberstgerichtsrat Roeder hat Maria von Wedemeyer gebeten, auf dem roten Samtsofa im Besuchszimmer des Reichskriegsgerichts Platz zu nehmen. Sie sitzt auf dem Sofa. Sie wartet.

Dann öffnet sich die Tür, und Dietrich kommt herein. Es ist ein leichter Schock, genauso wie letztes Mal: Dies ist der wirkliche Dietrich. Der wirkliche Dietrich ist nicht derselbe wie der, der Maria durch ihre Tage begleitet, den sie als Helden bewundert, als Gefangenen bemitleidet und dem sie in Tagträumen durch die Kirche entgegenschreitet, in Brautkleid und Schleier. Der wirkliche Dietrich ist prosaischer. Er trägt einen gutsitzenden Anzug, geputzte Schuhe. Sein Gesicht ist gelassen. Noch bevor er Maria begrüßt, verneigt er sich leicht in Richtung Roeder, der die Verbeugung erwidert. Maria lehnt sich zurück. Sie presst den Rücken fest gegen das Sofa, sie verschränkt die Arme. Dietrich wendet sich ihr zu. Seine Augen leuchten.

»Liebe Maria. Ich freue mich so. Ich hoffe, du hattest keine zu anstrengende Reise.«

Eine große Ruhe überkommt sie.

»Nein«, sagt sie. »Nein, es war nicht anstrengend. Lass mich dir zuerst sagen, dass alle dich grüßen.«

Er nimmt neben ihr Platz. Er ergreift ihre Hände, lässt sie wieder los. So beginnt das Gespräch. Sie müssen laut und deutlich reden, damit Roeder jedes Wort verstehen kann. Aber sie dürfen miteinander reden. Sie können es auch, sie haben diese Gabe. Sie konnten von Anfang an miteinander plaudern, sie verstummen nicht in Gegenwart des anderen. Der Fluss der Worte plätschert sanft dahin, er trägt sie an Roeder vorüber. Sie sehen einander in die Augen.

Dietrich wendet keinen Blick von Maria, während sie über das Wetter reden, über das Autofahren, über die Bücher, die sie zurzeit lesen. Einmal legt Dietrich seine Hand auf ihre. Ihre Hand ist kalt. Seine Hand ist warm. Ein Strom geht von seiner Berührung aus, der sie durchflutet, so dass die Worte versiegen. Sie möchte nichts mehr sagen. Sie möchte gegen ihn sinken und die Augen schließen. Beinahe eilig entzieht er ihr die Hand. Sie fühlt sich, als hätte man ihr an einem eisigen Morgen die Bettdecke weggerissen. Sie möchte die Arme um sich selbst legen, sich zu einem Ball zusammenrollen, warum hat er die Hand wieder weggenommen? Wahrscheinlich legt er keinen Wert auf Berührung. Wahrscheinlich ist er nicht gern romantisch.

Dietrich, im Wagen, der ihn nach Tegel zurückbringt, schmiegt die Wange in seine Handfläche. Nur einen Moment. Länger lässt sich nicht einmal das ertragen.

Aber er darf ihr jetzt schreiben.

Alle vier Tage darf er schreiben, so dass er nun zwischen Maria und den Eltern abwechseln kann. Er beginnt seinen ersten Brief sofort, nachdem die Zellentür ins Schloss gefallen ist.

Meine liebste, gute Maria

Sie sitzt schon wieder im Zug nach Hause.

Und muss sie nun unbedingt mit Onkel Henning von Tresckow reisen? Der Onkel ist launig, er sucht die Unterhaltung. Er weiß eben von gar nichts. Er versteht nichts. Er kennt Dietrich überhaupt nicht, er weiß nichts von Marias Verlobung, was hat er überhaupt in Berlin zu suchen gehabt? Nun muss er unbedingt mit Maria über das Wetter reden und über die Familie, er muss sich nach Marias Verehrern erkundigen, scherzend, als wäre sie ein Kind, und dann muss er sie daran erinnern, dass sie ihn im Alter von zwölf zu ihrer Hochzeit eingeladen hat. Maria muss sich wirklich bemühen, freundlich zu bleiben. Sie hätte so gern ihre Ruhe.

Sie möchte an Dietrich denken. Sie möchte jeden Moment ihres Besuchs noch einmal erleben, sie möchte noch einmal seine Hand auf der ihren fühlen. Wie furchtbar allein man ist, wenn man es einen Moment lang nicht war. Aber was weiß der Onkel davon? Maria verwünscht den Onkel.

Sie wird ihn aber nicht mehr loswerden, das weiß sie. Er fährt nach Wartenberg, dem Gut der Tresckows, ganz in der Nähe von Gut Pätzig. Sie sind für diese Fahrt aneinandergekettet, ob sie es wollen oder nicht: Henning von Tresckow und Maria von Wedemeyer haben ja beinahe dasselbe Ziel.

Das Haus in Sacrow ist kein Heim, sondern ein Auffanglager. Überall sind Betten aufgestellt. Überall wuseln Kinder herum: Ursulas Kinder, genannt die Schleicherei, Klaus und Emmi Bonhoeffers Sprösslinge. Die Familie isst an mehreren Tischen wie in einem Hotel. Dazwischen kümmert sich Christel um die Ziege, die Hühner, den Gemüsegarten. Dann eilt sie wieder ins Gefängnis. Die Fahrt ist eine Zumutung. Von Sacrow in die Stadt geht es noch leidlich. Aber auf der Heimfahrt schafft es Christel manchmal nicht einmal mehr in den Bus, der mit Kisten und Kästen, Standuhren und Spiegeln vollgestellt ist. Nicht nur die Bonhoeffers, ganz Berlin schleppt offenbar seinen Krempel nach Sacrow hinaus, in der Angst vor dem großen Angriff der Alliierten.

Am Abend des 23. August 1943 steht Dietrich an seinem Fenster im Wehrmachtsgefängnis Tegel.

Der Alarm gellt. Es hat in den letzten Wochen jede Nacht Alarm gegeben, aber der gefürchtete Schlag ist bislang ausgeblieben. Dietrich müsste eigentlich längst in Freiheit sein. Im Juli sollte die Verhandlung stattfinden, sie ist aber auf September verschoben worden. In der Dunkelheit liegt unsichtbar die verdunkelte Stadt.

Dann fallen die Christbäume aus der Finsternis in die Finsternis: die Leuchtzeichen des Kommandoflugzeugs, die markieren, wo die Bomben niedergehen sollen. Dietrich versucht auszumachen, welche Stadtteile betroffen sind. Aber die Finsternis hat alle Orientierungspunkte ausgelöscht. Die Schweinwerfer kreuzen einander am Himmel. Der Lärm ist ohrenbetäubend: Flak, Fliegerminen, Detonationen. Erste Feuer brechen aus. Da. Dort. Und da. Dietrich starrt auf das grausige Bild der Brände. Er ballt die Fäuste, er stampft mit den Füßen. Haben die Eltern den Deckenbalken im Keller verstärkt? Haben sie den zusätzlichen Splittergraben im Garten angelegt? Haben sie eine Verbindung zwischen Graben und Keller geschaffen, wie er es ihnen geraten hat, leben sie überhaupt noch? Leben sie noch, während er hier steht und verzweifelt an sie denkt? Furchtbar die Vorstellung, dass sie tot wären und er hier zurückbliebe. Furchtbar die Vorstellung, im Gefängnis zu sitzen und die Außenwelt verloren zu haben.

In der Nacht vom 3. auf den 4. September trifft es das Gefängnis Plötzensee. Die Gefangenen brüllen in ihren Zellen. Brände brechen aus. Durch die Detonationen springen die Türen vieler Zellen auf. Wer kann, stürzt oder kriecht hinaus auf die Gänge, wo im Chaos weitere verletzt werden. Der nächste Treffer schlägt mitten im großen Zellenbau von Haus III ein. Schmerzschreie, Geheul, gellendes Angstkreischen. Im allgemeinen Durcheinander gelingt vier zum Tode Verurteilten die Flucht.

Aber in Plötzensee sitzen über dreihundert Todeskandidaten ein. Im Ministerium sorgt man sich begreiflicherweise sehr um die Sicherheit. Justizminister Otto Thierack befindet sich dummerweise auf Dienstreise. Sein Staatssekretär Curt Rothenberger muss nun entscheiden. Bei einigen der Todeskandidaten sind die Gnadengesuche bereits rechtskräftig abgelehnt, hier liegen die Fakten klar. Bei der Mehrzahl allerdings läuft das Gnadenverfahren noch. Rothenberger lässt sich ihre Fälle vortragen. Dann ordnet er für alle die sofortige Vollstreckung an.

In der ersten Nacht wissen die Männer noch nicht, was ihnen bevorsteht. Man hat sie auf dem Hof antreten lassen, in Blöcken von jeweils fünf mal acht Mann. Bei dem Luftangriff ist dummerweise auch der Hinrichtungsschuppen getroffen worden, und das Fallbeil ist unbrauchbar. Aber es gibt ja noch den Eisenbalken, der für Harro, Arvid und die anderen angebracht worden ist. Er hat acht Haken. Scharfrichter Reindl mit seinen Gehilfen hat alles vorbereitet. Die Häftlinge auf dem Hof reden leise miteinander. Sie warten. Die Nacht ist kalt. Der Gefängnisgeistliche Harald Poelchau steht bei ihnen. Er hegt einen schlimmen Verdacht. Aber darf er diesen Verdacht lautwerden lassen? Darf er es wagen, die Männer unter Umständen unnötig zu ängstigen?

Dann werden die ersten acht Männer aufgerufen und abgeführt. Poelchau geht mit ihnen. Der Weg führt zum Schuppen. An der Tür weist man Poelchau ab. Schon während er über den Hof zu den Wartenden zurückkehrt, ruft man die nächsten acht. Nun haben die Männer begriffen,

Sie töten uns

In dieser Nacht werden einhundertsechsundachtzig Häftlinge aufgehängt, in Anwesenheit eines Landgerichtsdirektors als Vertreter des Oberreichsanwalts beim Volksgerichtshof und eines Staatsanwalts von der Staatsanwaltschaft beim Landgericht Berlin als Vollstreckungsleiter. Ihre Gegenwart garantiert, dass es sich hier nicht um Mord handelt, sondern um den Schutz des Staates. Es ist schließlich Krieg. Diese Männer sind eine Gefahr. Sie sind Feinde, gegen die das Land sich schützen muss. Der Staat muss sich gegen seine Gegner verteidigen, es bleibt ihm keine andere Wahl. Erst in der Morgenfrühe stellen die erschöpften Henker ihre Tätigkeit ein.

Am Abend geht es weiter. Die angetretenen Männer stehen ganz ruhig. Es sind Deutsche, Franzosen und vor allem Tschechen. Es sind Lehrer, Arbeiter, Kaufleute, Offiziere, Künstler. Sie warten, dass sie in den Schuppen geführt werden, wo die Henker schwitzend und schuftend aufs Neue ihre Pflicht tun. Der Nebenraum des Schuppens ist schon voller Leichen. Die Toten werden nun vor die Tür geworfen. Die Alliierten fliegen auch in dieser Nacht einen Angriff. Scheinwerfer tanzen über den schwarzen Himmel. Im Osten der Stadt fallen Bomben. Gegen Mitternacht müssen die Henker pausieren, weil die Bomber zu nahe kommen. Die schon angetretenen Männer werden noch einmal in ihre Zellen zurückgebracht. Gegen eins geht es weiter, bei Kerzenlicht, da das elektrische Licht ausgefallen ist.

Es ist die dritte Nacht. Die nackten Leichen stapeln sich neben dem Hinrichtungsschuppen. Man weiß nicht, wohin mit ihnen: Die Berliner Anatomie hat gemeldet, ihr Bedarf sei fürs Erste gedeckt und sie sähe sich außerstande, weitere Leichen abzunehmen. Das Sterben geht aber weiter. Stunde um Stunde steht Harald Poelchau im Hof bei den Männern und notiert: ihre Namen, die Namen ihrer Angehörigen, Adressen, letzte Grüße.

»Willi Schürmann-Horster. Bitte, können Sie das aufschreiben? Ich gehöre zur Sache Schulze-Boysen.«

Harald Poelchau erschrickt tief. Welche Gräber öffnen sich hier.

»Wolfgang Thies ist mein Name. Auch Schulze-Boysen.«

»Ich heiße Eugen Neutert. Wir gehören zu denen, die sie die Rote Kapelle genannt haben.«

»Wir sind die Letzten.«

Am 27. September steht Greta Kuckhoff erneut vor dem Reichskriegsgericht. Wieder steht sie vor dem 2. Senat. Was soll das? Was will man ihr noch antun? Greta ist längst zum Tode verurteilt. Sie fühlt nichts. Sie denkt nichts. Sie hört ihren Richtern nicht einmal zu. Sie denkt an einen Ausflug mit Adam, vor Jahren, in das Moorgebiet bei Zossen. Es war ein wunderbar heißer, ganz klarer Julitag. Im Himmel über ihnen schrillten ungesehen die Lerchen. Der Boden federte unter ihren Füßen: Moorboden mit hohen Gräsern und einem Meer gelber und blauer Sumpfblüten. Sie suchten sich einen schwankenden Pfad. Um sie waren viele Vögel, die Adam für sie fand und benannte: Drosselrohrsänger, Rohrdommeln. Adam ging locker, gelöst, vor ihr oder hinter ihr durch die reine Natur.

»Adam, woher kennst du all die Vogelnamen?«

»Was weiß ich. Ich kenne sie eben. Es gibt einen Vogel in Afrika, der legt seinem Weibchen Silberpapier vor, bei der Balz, wusstest du das? Eine Folge der kolonialen Besetzung. Das Silberpapier stammt von europäischen Schokoladen. Einmal hat ein Vogel ein solches Papier gefunden und es seiner Liebsten gebracht, und seitdem braucht jedes Männchen ein Stück von diesem ausländischen Papier, wenn es seine Herzensdame gewinnen will.«

Greta hört Adams Stimme. Sie allein ist übrig. Es sind ja alle tot, alle tot. Und wer Zeitstrafen bekommen hat, ist längst aus Berlin weggebracht worden, in andere Zuchthäuser. Greta hat an einem strahlenden Augusttag vom Tod ihres Mannes erfahren. Poelchaus Kollege Dr. Ohm ist zu ihr in die Zelle getreten. Er hat lange, lange einfach nur dagestanden. Dann hatte Greta alles begriffen. Sie hat gewusst, dass die anderen nun alle tot waren, dass sie allein zurückgeblieben war und allein würde sterben müssen. Man hatte sie aufgespart. Warum? Adam lacht, in einem Land vor dieser Zeit.

»Ja, die afrikanische Silberdohle. Entdeckt wurde sie von Professor Dr. Maximilian Silber. Obwohl, eigentlich war sie zuvor schon entdeckt worden, und zwar von einem einzelnen Xosa, von vierzehn Fluflu und von unzähligen Mitgliedern des Stammes der Asphalti.«

Wie sie lachten. Wie froh sie waren.

»Frau Kuckhoff!«

Sie picknickten unter einem Strauch, der kleine rote Blüten hatte. Wie warm es war, dort auf der Decke in der Sonne.

»Frau Kuckhoff, so helfen Sie uns doch ein wenig.«

Das sagt Kraell. Alexander Kraell, Vorsitzender des 2. Senats. Kraell, ihr Feind. In der Pause tritt er auf sie zu.

»Frau Kuckhoff, bitte helfen Sie uns. Wir wollen Sie retten, aber Sie müssen auch mitspielen.«

Greta retten? Adam ist tot. Alle sind tot. Greta weiß gar nicht, ob sie gerettet werden will.

Adam? Was sagst du dazu?

Aber wie von fern hört sie jetzt einen Ruf. Sie hat das Kind, Ule. Sie ist nicht alt: Sie ist jung, vielleicht wartet doch noch etwas auf sie. Die Hoffnung stürzt über sie wie ein Schwall Wasser. Mit der Hoffnung kommt die Angst: Will Kraell sich über sie lustig machen? Ist dies nichts als eine neue Gemeinheit? Der schreckliche Roeder ist im Übrigen nicht erschienen. Vielleicht hat er keine Lust mehr. Vielleicht hat er das Umbringen über. Oder ist er damit beschäftigt, andere zu quälen? Am Abend weiß Greta, dass sie leben wird. Das Todesurteil ist aufgehoben. Es ist umgewandelt in zehn Jahre Zuchthaus. Nun muss nur noch Hermann Göring es bestätigen, aber das gilt den Richtern als sicher.

Hermann Göring
Dicker fetter Hering

Greta jubelt nicht, sie lacht nicht. Sie fasst es nicht. Als man sie zurück in die Haftanstalt bringt, ist es ihr, als verlöre sie Adam ein zweites Mal. Als verlöre er sie, jetzt wo feststeht, dass sie ihm nicht folgen wird,

Hat ne Laus
Du bist raus

Dietrich hat sein Testament verfasst. Er denkt jetzt manchmal, dass die Dinge vielleicht sehr schlecht ausgehen könnten. Nachts liegt er wach und lauscht den Geräuschen. Schritte hallen. Jemand ruft. Vor den Fenstern der Schrei eines Nachtvogels, tief im Wald. Er denkt an Maria. In ihm flattert und zittert etwas, das er nicht seine Seele nennen möchte. Dann wieder Alarm.

Liebste! Ist es dir ernst?

Sie hat es wieder und wieder beteuert. Er hat sie wieder und wieder gefragt,

Ist es dir ernst? Ist es dir wirklich ernst?

Der 28. September 1921 liegt zweiundzwanzig Jahre zurück. Eigentlich hatte Christel nur Hans' Schwester Grete besuchen wollen. Sie musste dazu durch Hans' Zimmer gehen. Sie klopfte an seine Tür. Er öffnete. Er nahm sie in die Arme und küsste sie, in der engen Nische zwischen der Wand und seinem Schreibtisch. Christel war siebzehn, Hans neunzehn. Sie trug das grüne Kleid, er den grauen Pullover. Später am Abend brachte er sie nach Hause. Sie schoben die Räder. Sie gingen eng nebeneinander, hinein in eine Zukunft, die nun hinter ihnen liegt.

Und wenn du die Zukunft vorausgeahnt hättest?

Das fragt er.

Hättest du mich geheiratet, wenn du die Zukunft vorausgeahnt hättest?

Hans von Dohnanyi mit seiner Venenentzündung, die immer schlimmer wird, weil man diesen illustren Gefangenen Nacht für Nacht in den Keller des Gefängnisses befördert, statt ihn wie die anderen in der Zelle schmoren zu lassen: Wie kann er fragen? Wie kann er zweifeln? Dann gerade hätte sie ihn geheiratet, dann erst recht. Sie schreibt ihm einen Kassiber,

Eine andere Frage ist es, ob ich dann die Gattung Mensch um drei Exemplare vermehrt hätte. Denn wenn sie etwas vom Ebenbild Gottes an sich haben, dann werden sie einen schweren Weg gehen müssen, zwischen diesen Larven in Menschengestalt, mit denen sie verurteilt sind zu leben. Und haben sie es nicht – dann wären doch eigentlich drei junge Pudel netter gewesen.

»Mama, wieso ist Papa immer noch in Haft?«

Das sagt Klaus.

»Mama, du hast doch gesagt, es wäre alles ein Missverständnis? Und Onkel Dietrich ist auch noch nicht frei. Stoffel, du schreibst an Onkel Dietrich. Ich schreibe an Papa.«

Manche Tage sind erträglich. An anderen Tagen lastet die Schwermut erdrückend auf Dietrich. Es sind Tage der Anfechtung. Oder sind es Wachstumsschmerzen? Wenn sie vorüber sind, sieht Dietrich die Welt jedes Mal wie aus größerer Höhe, deutlicher, schärfer. Aber die Anfechtung selbst ist furchtbar. Sehr klar spürt er dann, dass nicht er selbst es ist, der verzweifelt und verzagt, sondern dass etwas von außen über ihn Gewalt gewinnen will, eine böse Macht. Finsternis. Er muss ihr widerstehen. Er muss widerstehen, auch wenn der Prozess wieder verschoben worden ist: Er ist nun auf Mitte Dezember angesetzt.

Weihnachten bist du ja ganz bestimmt wieder frei?

Das schreibt Maria.

Weihnachten feiern wir bei uns auf Gut Pätzig?

Maria schreibt, dass sie vielleicht kochen lernt. Sie sollte sicher kochen lernen, sie will ja heiraten. Sie könnte aber vielleicht auch studieren? Er erschrickt tief. Wieso will sie auf einmal studieren, was soll das? Sie kann doch nicht einfach Entscheidungen treffen. Sie will Entscheidungen treffen, während er machtlos in seiner Zelle sitzt. Kann sie nicht warten? Kann Marias Leben nicht warten, bis Dietrich wieder frei ist? Die Ehe ist doch ein Haus, das der Mann bewacht und das die Frau pflegt. Eine Frau stützt und stärkt ihren Mann in allem, und er liebt und ehrt und beschützt sie dafür in jeder Minute und mit all seiner Kraft, ist es nicht so? Will sie etwa bestimmend sein in der Ehe? Das ist unvorstellbar. Aber alles liegt nur an der Haft.

Alles wäre anders, wenn er hier herauskäme, wenn er mit ihr reden könnte. Sie muss doch mit ihm einig sein. Nichts ist schlimmer, als wenn Mann und Frau unterschiedlicher Ansicht sind: Das schreibt Dietrich seinem Freund Eberhard Bethge, der in diesem Jahr Dietrichs Nichte Renate geheiratet hat. Immerhin kann Dietrich jetzt regelmäßig an Eberhard schreiben.

Er hat eine Möglichkeit gefunden, über einen der Unteroffiziere Briefe aus der Zelle zu schmuggeln. Er hat dem Unteroffizier gestern gleich ein Stück von seinem Kuchen angeboten. Der Kuchen ist an der Pforte abgegeben worden. Dietrich hat ihn lange betrachtet. Er hat daran gerochen. Er hat den Guss berührt. Dann hat er den Kuchen angeschnitten, voll Andacht, der Kuchen ist viel mehr als ein Nahrungsmittel. Er ist das sichtbare Zeichen, dass Dietrich nicht vergessen ist. Unter Dietrichs Augen verwandeln sich Mehl und Zucker, Eier und Fett in Liebe, in die Liebe seiner Familie, die bis in seine Zelle hineinreicht.

Maria reitet durch die Dunkelheit. Die Nacht ist sternklar. Dietrich ist nicht da. Marias Leben vergeht. Maria kann nur warten. Sie kann nichts Vernünftiges tun, sie kann nur Briefe schreiben. Aber er wird ja nun freikommen. Und wie werden sie dann über diese Zeit sprechen, die hinter ihnen liegt: diese Zeit der Bewährung, in der sie die Grundlagen ihrer Ehe gelegt haben, die Grundlagen ihrer Liebe, die nach dieser Zeit nichts mehr erschüttern kann. Maria reitet. Es ist aufregend, nachts zu reiten. Die Nacht ist sternklar. Der herbstliche Boden duftet nach Pilzen, nach Laub. Die Hufe klingen dumpf auf dem Weg. In der Tiefe des Waldes schreit ein Nachtvogel.

Und so neigt sich das Jahr. Wieder zieht der Geruch des brennenden Kartoffelkrauts durch den Garten in Sacrow, wieder fließt das Wasser grau und schwer unter dem Steg hin.

Christel muss diese Dinge tun: Sie muss auf dem Steg stehen, sie muss Kartoffeln in der Glut garen. Die Kinder erwarten es. Aber Christel erträgt es kaum: das gelbe Laub, die spätherbstlich-feuchte Düsternis, den Aschegeschmack der Kartoffeln. Immerhin kann es nun nicht mehr lange dauern.

Die Ermittlungen sind abgeschlossen. Hans und Dietrich warten auf den Prozess, der am 17. Dezember stattfinden soll. Vielleicht wird man Hans nicht freisprechen. Aber zu mehr als ein paar Monaten Haft wird das Material nicht reichen, das sie in der Hand haben. Christel und Hans sind voller Hoffnung. Allerdings werden die Akten neuerdings von Roeder unter einem unheimlichen Namen zusammengefasst. Schwarze Kapelle.

Die Leibholzens sind wieder einmal gezwungen gewesen, ihre Behausung zu wechseln. Aber das ist leicht, wenn man so wenig besitzt. Alles ist leicht, weniges hat Gewicht, in dieser

Zeit, die Sabine auch zu Beginn des sechsten Jahres noch als Übergangszeit, als Zwischenzeit empfindet. Andererseits hat sie sich gut eingelebt. Sabine genießt die schönen Gärten der Colleges in Oxford, sie schätzt die milden Winter. Und die Kinder sind ganz und gar englisch geworden. Sie tragen Schuluniformen, sie lieben Fish and Chips. Die Leibholzens haben englische Freunde gefunden. Schwer wiegt allerdings, dass die Gefallenen zwischen ihnen und den Engländern stehen. Nicht dass die Engländer den Leibholzens etwas vorwerfen würden. Aber Sabine und Gert empfinden es selbst,

Unsere Deutschen haben deinen englischen Sohn getötet.

Und dann erfahren sie von den Verhaftungen.

Erst jetzt im Herbst erfährt Sabine Leibholz, dass ihr Zwillingsbruder im Gefängnis sitzt. Sie hat sofort jeden Kontakt zu ihrer Familie abgebrochen, aus Angst, Briefe aus dem feindlichen Ausland könnten Dietrich womöglich belasten. Sie geht durch den Tag wie durch dicken Dunst. Die Kinder kommen aus der Schule. Sabine sieht ihre Hausaufgaben durch. Die englischen Schulkinder wissen Australien auf einer Karte zu finden, auch Indien. Aber wo liegt die Tschechoslowakei? Wo die Ukraine? Marianne und Christiane bitten die Eltern um etwas Geld: Morgen beginnt eine große Sammelaktion in der Schule. Sabine gibt ihnen eine kleine Summe. Und welchem guten Zweck sollen die Einnahmen dienen? Der Bombardierung Berlins.

Heute Nacht ist es so weit. Heute Nacht soll es Tegel treffen. Das Gefängnis ist ringsum von Christbäumchen umstellt wie für ein Fest. Dann geht es los. Die Detonationen sind betäubend. Die Gefangenen in den Zellen pressen sich an die Wand, halten die Arme über den Kopf. Das Licht erlischt. Glas prasselt. Schweres kracht zu Boden, Kalkstaub füllt die Luft. Das

Gebäude wankt, die Erde bebt. Explosion folgt auf Explosion. Über den Detonationen das infernalische Pfeifen fallender Bomben. Mit einmal scheint die Luft zu vibrieren. Der Einschlag ist so laut wie ein Schmerz. An der Wand der rote Widerschein eines Brandes. Die Gefangenen toben. Dietrich liegt auf dem Boden, an die Wand unter das Fenster gedrückt. Alles Spekulieren hat ein Ende. Alles Grübeln hat ein Ende, alles Nachdenken über das von Menschen Getane und Erdachte. Dietrichs Hände und Füße sind taub. In ihm wächst etwas, bläht sich auf, erstickt ihn, vernichtet ihn. Im ohrenbetäubenden Lärm der Bomben, im Gebrüll der Verletzten, in den Wogen seiner eigenen Angst ist er vollkommen erfüllt von der Gewissheit, dass Christus jetzt und hier anwesend ist.

Die Zellentüren sind aufgeschlossen. Dietrich hilft, die Verwundeten zu versorgen, die Brände zu löschen, Wunden zu verbinden. Sie arbeiten auf dem Krankenrevier bis lange nach Mitternacht. Dann ertönt erneut Alarm.

Hoffentlich kommen sie nicht wieder hierher.

Dietrich hat das gedacht. Er hat sich ertappt. Er entsetzt sich: Er hat anderen Menschen den Tod gewünscht, den er selbst nicht sterben will.

»Bonhoeffer nicht zurück in die Zelle.«

Hier hilft nun wieder der ungesehene Onkel, der Stadtkommandant von Berlin. Einer der Häftlinge beginnt zu weinen. Dietrich nimmt seine Hand. So vergeht diese Nacht.

Dietrich ist unverletzt. Sein Zellenfenster ist unversehrt: Er muss nicht in der Kälte frieren wie so viele andere Gefangene. Und die Eltern sind da gewesen, mit Maria und Eberhard Bethge. Sie haben sich durch die ganze Stadt gekämpft, um Dietrich einen Moment zu sehen. Es war nur ein kurzer Moment.

Aber sie waren da. Sie leben, die vier wichtigsten Menschen, die er auf der Welt hat. Dietrich geht in der Zelle auf und ab, auf und ab. Er sagt es laut vor sich hin,

»Das war schön.«

Er sagt es noch einmal, während es ihm flammend vor Augen steht.

»Das war wirklich schön.«

»Schön, wirklich wirklich schön.«

Der Gefängnisgeistliche Harald Poelchau geht durch Berlin. Nach jedem Bombenangriff macht er sich auf die Suche: In welchem Bezirk sind Polizeireviere getroffen worden? Wo sind Verschüttete nicht gefunden? Sie brauchen die Toten, sie brauchen ihre Namen. Jeder Tod kann ein Leben retten, das Leben eines von der Deportation Bedrohten. So mancher Reviermeister rückt gegen Lebensmittel Blanko-Ausweise heraus. Der Drucker Theodor Görner, Freunde in der Druckerei der Familie Lipschitz liefern perfekt imitierte Dokumente. Aber die Stempel sind ein immerwährendes Problem. Zwei Straßen weiter wird Harald Poelchau dazu angehalten, bei Löscharbeiten zu helfen. Das getroffene Haus beherbergt unter anderem eine Dienststelle der Partei.

Harald geht hinein. Die Stempel liegen alle auf dem Tisch: Hakenkreuz, Adler. Daneben Formulare, Bögen mit aufgedruckten Briefköpfen. Er stopft in seine Aktentasche, was er zu fassen bekommt. Danach hilft er weiter bei den Löscharbeiten. Seine Helfer werden sich freuen.

Harald Poelchau hat eine ganze Reihe von Helfern. Sie tun nicht alle das Gleiche. Einer gibt Geld, ein anderer gewährt Obdach, sie handeln nicht nur aus Mitleid und Selbstlosigkeit. Es ist schwer erklärlich. Was ist das Leben? Der Mensch ist sterblich. Ein jeder stirbt am Ende. Aber es ist, als würde mit jeder Minute, die eines dieser gefährdeten Leben verlängert werden kann, das gesamte Leben auf der Welt gerettet. Das Prinzip Leben: auch das Leben der Helfer also.

Christel hat ein Köfferchen gepackt. Sie zieht nun zu ihrem Mann. Hans von Dohnanyi hat die befürchtete Hirnembolie erlitten. Er leidet unter Sprachstörungen, sein Gesicht ist zum Teil gelähmt. In seiner Zelle hat es gebrannt. Roeder ist aufgrund der unterbrochenen Telefonverbindungen nicht erreichbar gewesen. Also hat Generalrichter Sack sich an den Leiter der Wehrmachtsrechtsabteilung gewandt, und der hat Hans' Einweisung in die Charité verfügt. Christine übernachtet ab jetzt im Krankenhaus. Sie wird auf Hans aufpassen. Sie wird Roeder keine Chance geben, den Kranken in einer Nacht-und-Nebel-Aktion zurückzuholen.

»Liebster«, sie spricht zu ihm. »Liebster, ich komme jetzt jeden Tag.« Sie weiß nicht, ob er sie versteht. »Liebster, ich bleibe bei dir, jede Nacht.«

Und wer ist Dietrich wirklich? Das fragt sich Maria. Der Dietrich, dessen Briefe sie liest, ist nicht derselbe wie der, über den sie Tagebuch schreibt. Der Dietrich der allmonatlichen Besuchserlaubnis ist wieder ein anderer, und noch ein anderer ist der, von dem sie manchmal nachts träumt. In wen verwandelt er sich, wenn er ganz allein ist, in seiner Zelle?

Wer ist Maria?

Sie weiß bald keinen Ausweg mehr aus den Wirrnissen, in die sie geführt worden ist. Sie möchte das Richtige tun. Sie muss ihm schreiben. Warum eigentlich? Sie ist jung, neunzehn Jahre. Sie möchte tanzen, laufen, ihr Pferd im Galopp über die Wiese reiten. Hoffentlich wird ihr nicht so schnell wieder eine Sprecherlaubnis erteilt. Es ist so anstrengend, aus einer Stunde pro Monat eine glanzvolle Stunde machen zu wollen. Da sitzen sie nebeneinander auf dem roten Sofa, irgendein Feldwebel hockt dabei, und ihr fällt nur albernes Zeug ein, mit dem sie ihn sicher langweilt. Und dann muss sie wieder gehen. Die Tür schließt sich hinter ihr, sie geht allein die lange Treppe hinunter, Stufe für Stufe. Warum ist das so?

Wie soll sie mit ihm leben, wenn er aus der Haft entlassen wird? Sie kann es sich nicht vorstellen. Es wird sicher wunderbar. Er wird sie lieben, und sie werden ganz vertraut sein. Sie werden nebeneinander auf dem blauen Sofa sitzen, das die Großmutter ihr versprochen hat, er wird eine Zigarre rauchen, und sie wird ihm Alltägliches berichten. Er wird sie verstehen und sie wird ihm vertrauen, und sie werden miteinander allein sein.

Das blaue Sofa ist eigentlich hässlich.

Maria hat es nie gemocht. Man kann das der Großmutter aber unmöglich sagen. Vielleicht stellt Dietrich es sich besser ins Herrenzimmer. Und nun muss sie ihm schreiben. Was soll sie ihm schreiben? Sie kann ihm vom blauen Sofa schreiben.

Hans' Zustand hat sich gebessert. Er muss aber das Sprechen üben. Er übt es mit Christel. Sie übt mit ihm wie mit einem Kind. Sie versteht ihn, so wie sie als Erste das Lallen der Kinder verstanden hat. Hans ist noch immer sehr niedergeschlagen. Er ist niedergeschlagen, obwohl er seine Christel hat, mit ihr sozusagen in Freiheit ist. Er sieht sie an. Er folgt ihr mit den Augen durch den Raum.

»All die Nachdenkerei und Abwägerei, auf die man sich so viel einbildet. Was sind sie im entscheidenden Moment wert? Dein Gefühl, dein gesundes Gefühl war immer richtig.«

Sie wehrt ab. Sie kann es nicht aushalten, dass er ihr jetzt recht gibt.

»Unwiederbringlich. Unwiederbringlich dahin, die Zeit. Und wofür? Für die Arbeit. Sinnvoll ist Arbeit doch nur, wenn sie anderen hilft oder wenn sie den ganzen Menschen erfüllt. Sonst ist sie Zeitvertreib. Und wie viele Jahre habe ich so herumgebracht? Mein Leben. Die verlorenen Stunden. Die verlorenen Minuten.«

»Bitte, Lieber. Bitte hör doch auf. Es kränkt mich, wenn du dein Leben so wegwirfst. Wenn du die Jahre wegwirfst, die wir miteinander hatten.«

»Nein. Davon werfe ich nichts weg. Was ich getan habe, war getan, damit ihr ein schönes Leben hättet, du und die Kinder.«

»Ja, Lieber. Und das haben wir gehabt. Das haben wir jetzt, wir beide, wo wir wieder zusammen sind.«

»Ja. Wir sind zusammen.«

»Morgen nach der Verdunkelung kommt Just Delbrück dich besuchen. Und Klaus will auch kommen.«

»Ja. Sie sollen kommen.«

Wieder das Gewimmer, die halbe Nacht lang. Wieder das schmerzliche Weinen eines Mithäftlings. Dietrich trägt Tag und Nacht den warmen Mantel, den ihm Maria gebracht hat, den Schal ihres toten Bruders Max. Er hat sich an die Kälte gewöhnt. An die Kälte kann man sich mit der Zeit gewöhnen. Aber immer weniger kann er es ertragen, wie die Menschen hier miteinander umgehen, wie sie einander wehtun und quälen, wie sie die Dunkelheiten noch verfinstern und das Licht ausschlagen, das sich bemüht, für sie zu leuchten. Und dies alles soll er weiter ertragen, auf unbestimmte Zeit?

Es hat ihm den Atem geraubt, dass der Prozesstermin am 17. Dezember wieder abgesagt worden ist. Natürlich ist es egal, wo man Weihnachten feiert. Warum nicht im Gefängnis? Weihnachten kann man auch im Gefängnis feiern, im Gegensatz zu einer Hochzeit oder Taufe. Aber Dietrich will frei sein. Er will hier heraus. Er knirscht mit den Zähnen. Er betet. Er hat wieder begonnen, das Kreuz zu schlagen: Er schlägt das Kreuz über seine Zelle und nimmt sie damit aus Tegel heraus, er entzieht sie dem Staat, er entrückt sie ihnen allen. Er ballt die Fäuste. Er presst die Fäuste gegen seinen Mund: Wenn der Prozess stattgefunden hätte, wäre er frei.

Dietrich muss sich fassen.

Er muss sich ergeben, in diese Entwicklung: Der Prozess hat nicht stattgefunden, Dietrich ist im Gefängnis. Auch Maria hat es sehr hart getroffen, dass er wieder nicht freikommen soll.

»Ach, es wird mir zu lange!«

Das hat sie gesagt. Aber sie hat das nur gesagt. Sie hat es nicht gemeint. Sie bleibt bei ihm, es kann ja gar nicht anders sein. Dietrich muss sich ergeben. Er muss dankbar sein. Er ist dankbar, für sein Glück mit Maria. Er singt sich manchmal im Geist, manchmal in der Wirklichkeit die Adventslieder vor, die er seit Kindertagen kennt. Er schreibt an Maria, an die Eltern, an Eberhard Bethge. Der unglückliche Eberhard: Er ist frisch verheiratet und kann sein junges Glück nicht genießen, weil er als Soldat in Italien an die Front kommandiert ist. Er ist dort sicher stündlich und minütlich den Gefahren ausgesetzt, die Dietrich nur während der Angriffe bedrohen.

Aber immerhin hat er doch seine Renate schon viele Nächte lang im Arm gehalten! Er hat dieses ganze Jahr mit seiner Frau gehabt, während Dietrich allein war. Dietrich trägt den Mantel von Marias totem Vater, er trägt den Schal ihres toten Bruders.

Er will dankbar sein, für sein Glück und für Eberhards Glück. Dietrich will dankbar sein für das Glück, das es auf der Welt gibt, ob es nun ihm zufällt oder einem anderen. Er ist dankbar dafür, dass seine Familie zu Weihnachten zusammen sein wird, auch wenn er nicht dabei sein kann. Die Dankbarkeit wird Dietrich retten. Er klammert sich an sie. Er greift blind nach ihr, wie nach dem rettenden Seil.

Hans hat wieder zu zeichnen begonnen. Er zeichnet seine Frau schlafend auf dem Bett, die Züge wehrlos, aber nicht heiter. Auch im Traum steht noch die Falte der Konzentration, der Anspannung zwischen den Brauen.

Maria hat Dietrich einen Weihnachtsbaum mitgebracht. Dietrich war sprachlos. Alle waren sprachlos. Dann begann der Feldwebel zu lachen.

»Hören Sie auf zu lachen«, hat Dietrich gesagt. »Seien Sie still, ich bitte Sie. Das ist ein wundervoller Baum. Ich kriege ihn problemlos in meiner Zelle unter. Ich entferne einfach das Bett und bleibe bis zum 6. Januar an der Wand stehen.«

Noch nie waren sie alle so fröhlich, bei einer Sprecherlaubnis. Das halbe Gefängnis war zusammengelaufen, um Marias großen schönen Baum zu betrachten. Wie hatte sie ihn nur transportiert? Wie hatte sie ihn nach Berlin gebracht? In dem Durcheinander zog Dietrich Maria an sich. Er umfasste sie fest und küsste sie auf den Mund. Dann ließ er sie los. Sie stand, schwankend, während allgemein beschlossen wurde, den Baum in der Wachstube aufzustellen und Dietrich an den Weihnachtstagen mit in die Stube hereinzubitten.

»Fräulein von Wedemeyer«, hat der Feldwebel gesagt. »Aber nicht dass Sie nun Ihrem Verlobten zu Ostern einen Hasen mitbringen.«

Zu Ostern? An Ostern soll dieser Zustand immer noch andauern?

Maria liegt zu Hause auf dem Bett. Sie weint. Dann beruhigt sie sich. Wenn sie allein ist, geht es doch meist. Schwierig ist es, wenn sie unter anderen Menschen sein muss. Dietrichs Abwesenheit begleitet sie dann. Seine Abwesenheit ist eine Lücke. Maria kann kaum noch zu den anderen finden, über diese Lücke hinweg. Aber wenn sie zulässt, dass die Lücke sich schließt, hat sie Dietrich verraten. Dann haben sie einander verloren. Maria zieht einen Kreidestrich um ihr Bett, etwa in der Größe seiner Zelle. Es ist wahr, ihr Baum hätte niemals dort hineingepasst. Es wäre viel zu eng geworden. Maria stellt ihren Tisch und einen Stuhl ins Innere dieses Kreidevierecks. Dann geht sie im verbleibenden freien Raum auf und ab, auf und ab.

Dietrich schreibt an Eberhard Bethge. Meint Eberhard, es könnte Dietrich später einmal beruflich schaden, dass er für die Abwehr gearbeitet hat? Dietrich wird ja sicher im Frühjahr freikommen.

Eberhard Bethge lässt den Brief sinken.

Wie kann Dietrich glauben, dass man ihn freilässt? Er weiß doch von Martin Niemöllers Schicksal. Dieses Schicksal wäre auch das seine. Nicht einmal im unwahrscheinlichsten aller Fälle, dem Freispruch, würde man Dietrich Bonhoeffer laufen lassen. Man würde ihn ins KZ verfrachten.

Falk Harnack ist desertiert. Im August ist seine Einheit nach Athen verlegt worden. Am 20. Dezember 1943 sollte er nach Berlin zurückfliegen. Die Maschine stand schon bereit, auf dem Flughafen Athen-Tatoi. Aber Falk ist in letzter Minute geflohen. Er kann es sich selbst nicht ganz erklären. Er weiß, dass Deserteure erschossen werden. Aber er hatte plötzlich rasende Angst. Er konnte die Vorstellung nicht abschütteln, dass man ihn in Berlin erneut verhaften und einsperren würde, und diesmal käme er nicht so glimpflich davon, er hat sich in die Berge durchgeschlagen. Er kämpft nun auf Seiten der griechischen Befreiungsarmee E. L. A. S.,

Arvid? Habe ich es nun richtig gemacht, Arvid?

»Sie haben was?«

Dietrich lacht. Er lacht dem Mann glatt ins Gesicht. Der Mann ist aschfahl, er kann kaum gehen. Einer seiner beiden Begleiter muss ihn stützen. Die drei drehen neuerdings gleichzeitig mit Dietrich ihre Runden auf dem Hof. Es sind hochgestellte Männer der Deutschen Christen und selbstverständlich Nationalsozialisten.

»Sie haben sich in die Hose gemacht vor Angst?«, lacht Dietrich. »Und das erzählen Sie mir? Sie schämen sich nicht in Grund und Boden, mir das zu erzählen?«

»Die Bombenangriffe«, sagt der Mann weinerlich. »Meine Nerven. Ich bin dem nicht gewachsen. Die Todesangst. Sind Sie denn aus Stein? Und wenn Sie für sich selbst schon so hartgesotten sind, kennen Sie dann kein christliches Mitleid, kein Mitleid mit einem Leidenden?«

»Mit einem Leidenden? Christliches Mitleid?« Dietrich strahlt über das ganze Gesicht. »Sie sind kein Leidender, Sie sind ein Schwächling. Sie sind ein durch und durch erbärmlicher Kerl. Sehen Sie denn nicht, wie lächerlich Sie sind? Sie und Ihresgleichen haben doch die großen Reden geschwungen, über den Reiz des gefährlichen Lebens. Sie haben doch von Kampf und Einsatz und Todesmut geschwafelt, Sie waren es, die vollkommen ungerührt den furchtbaren Leiden zusehen konnten, zu denen Sie andere verdammt haben. Und jetzt klappen Sie zusammen? Ihr feiges Gewinsel ist ekelhaft. Es ist widerlich. Und reden Sie nicht von Christus. Waschen Sie sich den Mund mit Seife. Für die Sorte Schwäche, die Sie verkörpern, können Sie die christliche Liebe nicht in Anspruch nehmen. Sie besudeln Christus damit, und das werde ich Ihnen nicht erlauben.«

Nach diesem Gang schreitet Dietrich beschwingt wie selten in die Zelle zurück. Dankbarkeit ist natürlich auch hier das Gebotene: Dietrich hat neue Klarheit erlangt. Wenn man es schon nicht schafft, die eigene Angst zu überwinden, dann sollte man wenigstens ebenso schamhaft darüber schweigen wie über seine persönlichen sexuellen Begierden.

In der Nacht beginnen wieder die Angriffe.

Dietrich hat den Wachtmeister gebeten, die Zellentüren der Gefangenen zu öffnen, und der hat ihm den Gefallen getan. Der Wachtmeister ist gesundheitlich angeschlagen. Dietrich hat versprochen, ihm zu helfen: Er will seine Freunde in Pommern und Schlesien fragen, ob nicht jemand dem Mann ein paar Erholungswochen auf seinem Gutshof ermöglichen könnte.

Dietrich geht auf dem Gang hin und her. Er ergreift Hände. Er spricht Mut zu. Er betet, in einem engen Kreis mit den anderen. Hat er keine Angst um sich selbst, Todesangst wie alle anderen? Auch Dietrich ist von Angst um sich selbst erfüllt, solange er an sich selbst denkt. Wenn er damit aufhört, wenn er nicht an sich denkt, sondern an die Angst der anderen, vergeht seine eigene Angst. Handelt er also sehr egoistisch, wenn er sich der anderen annimmt? Dietrich, der seine eigene Angst damit bekämpft, dass er die Angst der anderen mitträgt, hat während des Bombenangriffs Raum, sich das zu fragen.

Das neue Jahr hat begonnen. 1944. Die schöne Zeit ist nun zu Ende. Hans von Dohnanyi liegt nicht mehr im Krankenhaus. Er ist wieder in Haft genommen worden. Generalmajor Alexander von Pfuhlstein hat Hans von Dohnanyi in der Charité besucht, um sich bestätigen zu lassen, dass Roeder in den

Vernehmungen Dohnanyis allen Ernstes Pfuhlsteins Division Brandenburg, eine Spezialeinheit der Abwehr zur besonderen Verwendung, als Drückebergerverein bezeichnet hat. Zu den Aufgaben der Brandenburger gehören Sabotage, die Einnahme operativ wichtiger Angriffsziele, völkerrechtswidrige Einsätze in Volltarnung, also in der Uniform und mit der Ausrüstung des Feindes. Es liegt demnach in der Natur der Sache, dass die Division nie geschlossen eingesetzt wird, sondern in einzelnen Kommandos. Und dafür soll Pfuhlstein seine Männer bespucken lassen?

Pfuhlstein hat Roeder zur Rede gestellt.

Er hat Roeder mit der Faust ins Gesicht geschlagen, was Christels Seele zutiefst befriedigt. Natürlich ist Pfuhlstein daraufhin als Divisionskommandeur abgelöst worden. Und Manfred Roeder hat man die Führung des Verfahrens gegen Hans von Dohnanyi entzogen.

Oberkriegsgerichtsrat Kutzner ist ab sofort mit Hans' Sache betraut. Hans kennt Kutzner von früher. Bisher hat er daraus aber noch keinen erkennbaren Nutzen ziehen können, im Gegenteil: Am 22. Januar hat man Hans aus der Charité fortgebracht und ins Lazarett in Buch verlegt.

Christel fährt einmal die Woche dorthin. Meist ist sie stundenlang unterwegs: Nach einem Angriff fallen Züge und Bahnen aus, und auch während der Reise muss man mit Angriffen rechnen. Die Markierungszeichen für die Tagesangriffe sehen wie helle Wollknäuel aus.

Die Knäuel lösen sich in lange Fäden auf. Die Bomber dröhnen heran. Im Westen Berlins steigt schwarzer Rauch auf. Die Flammen flackern beinahe farblos, in der weißen Wintersonne. Die Wasserversorgung ist zusammengebrochen. Frauen mit Wassereimern kommen Christel entgegen. Die Eimer füllt man an einem Tankwagen. In den Eimern schwimmen Holzbrettchen, die das Herausschwappen des Wassers verhindern sollen. In den Rathäusern gibt es kein Drahtglaspapier mehr für die ausgebrochenen Scheiben, sondern nur noch dünne Pappen. Andauernd ist die Stromversorgung unterbrochen. Christel hat gestern vier Stunden gebraucht, um sich einen Bezugsschein für einen Liter Petroleum zu verschaffen und dann ein Geschäft zu finden, wo man dafür auch welches bekam. Es wird immer schwieriger, alle sattzukriegen. Tagelang gibt es weder Brot noch Milch. Die Kartoffeln setzt man mittags auf, Alarm kommt, man stellt den Herd ab, und wenn man aus dem Keller zurückkehrt, ist die Gasversorgung ausgefallen.

Und mitten hinein in dieses Chaos wird am Morgen des 3. Februar 1944 in Christel Dohnanyis Haus in Sacrow der kleine Dietrich Bethge geboren, Sohn von Dietrich Bonhoeffers bestem Freund Eberhard und Dietrichs Nichte Renate. Christel und die Mutter haben das Kind allein entbunden: Arzt oder Hebamme konnten nicht mehr gerufen werden, und der Vater war gerade in dieser Nacht zu einem Kollegen gefahren, um für den Fall einer Hausgeburt seine gynäkologischen Kenntnisse aufzufrischen.

Nun wohnen in Sacrow vier Generationen. Das Haus platzt aus den Nähten. Christel fährt nach Buch. Hans ist verzweifelt: Er muss seine Schutzschrift verfassen, falls Knall auf Fall der Prozess beginnt. Dabei bräuchte er aber Unterstützung. Hans wird von Rüdiger von der Goltz verteidigt, dem Cousin seiner Frau, der 1938 General Fritsch vertreten und auch Dietrichs Fall übernommen hat. Aber auch Rüdiger wird in diesem eisigen Vorfrühling 1944 kein Benzin für sein Auto mehr bewilligt. Er gelangt deshalb zu selten nach Buch hinaus.

Hans zeichnet.

Das Zeichnen fällt ihm leichter als das Reden. Er hat einen Drachentöter gezeichnet, einen heiligen Georg. Hans ist ja katholisch getauft. Christel kennt sich als Protestantin nicht mit Heiligen aus. Sie hat in einem Lexikon nachgeschlagen: Der heilige Georg hat einst ein Land von einem Drachen befreit, dem schon viele Menschenopfer dargebracht worden waren. Das Volk in seiner Not und Verzweiflung wusste sich nicht mehr zu helfen. Schließlich verlangte der Drache die jungfräuliche Königstochter selbst. Aber Georg hat den Drachen getötet.

Er hat das Terrorregime beendet. Er hat die Königstochter gerettet. Nur ist es ihm nicht reich entlohnt worden wie in den Märchen. Es war Georgs Glaube, der ihm die Kraft zum Handeln verliehen hatte. Und es war sein Glaube, für den er am Ende gefangengenommen, furchtbar gefoltert und getötet worden ist.

Maria hat Dietrich noch nie etwas schreiben sehen. Sie hat ihn noch nie herzhaft gähnen sehen. Sie hat noch nie gesehen, wie er seine Schuhe zubindet oder einen Fisch zerlegt. Sie weiß nicht, wie er aussieht, wenn er zornig ist, wie seine Haare nach dem Aufstehen vom Kopf abstehen, wie er guckt, wenn er telefoniert. Maria ist nach Bundorf gefahren, zu ihrer Cousine Hedwig von Truchseß und Hedwigs Mann Dietz. Maria wird nun hier in Bundorf wohnen: Hedwig hat Maria als Erzieherin ihrer Kinder angestellt. Sie ist einsam. Sie sehnt sich nach Gesellschaft, in ihrem unheizbaren Schloss aus dem sechzehnten Jahrhundert. Große Teile sind über den Winter verschlossen. Das Leben findet nur in den wenigen Zimmern im Seitenflügel statt, die über Kamine und Öfen verfügen. Bundorf liegt in Unterfranken, in der Nähe von Haßfurt. Die Häuschen des Dorfes sind klein und gedrungen. Das Schloss hat Erker und Wendeltreppen und eisenbeschlagene Eichentüren. Es ist eine Burg. Es ist weit nach Berlin. Maria atmet auf.

Dietrich sehnt sich. Er hat in seinem Leben nie eine solch starke, unverrückbare, leidenschaftlich persönliche Sehnsucht empfunden. Nicht einmal zur Zeit seiner ersten Liebe? Aber damals war er frei. Damals konnte er sich bewegen. Jetzt ist er angeschmiedet an den Felsen wie Prometheus. Er ist dankbar. Jetzt hat er Wochen, Monate Zeit, um zu erkennen, dass es die Sehnsucht war, die ihm gefehlt hat. Der Mangel an Sehnsucht hat ihn vor der Zeit altern lassen, so wie es nun die Sehnsucht ist, die ihn verjüngt. Die Sehnsucht ist die einzige echte Verbindung zum Leben draußen. Die Sehnsucht vertiefen heißt die Verbindung zu den anderen stärken, zu den Seinen. Er wird nicht nach billigem Ersatz Ausschau halten. Er wird sich nicht bemitleiden. Er wird nicht jammern. Er wird morgens um sechs aufstehen, sich mit kaltem Wasser waschen und sich auf seine Sehnsucht konzentrieren.

Auf die Sehnsucht und auf die Gegenwart. Man muss wünschen, sonst ist man tot. Und zugleich muss man ganz der sein, der man ist. Man darf nicht wie ein Kind dem Leben immer schon ein paar Meter voraus sein, dort vorn, wo man sich hinsehnt. Man muss hier sein, verfügbar für andere, und dabei muss man seine Wünsche weiter pflegen. Wann wird Maria wiederkommen?

Wann werden sie das nächste Mal unter Polizeiaufsicht nebeneinandersitzen, brav und bieder, als wäre Dietrich ein alter Märtyrer? Aber er ist ein ganz und gar leidenschaftlicher Mensch. Und wenn er das je gefühlt hat, dann jetzt,

Du gingst, geliebtes Glück und schwer geliebter Schmerz,
wie nenn ich dich? Not, Leben, Seligkeit,
Teil meiner selbst, mein Herz – Vergangenheit?
Es fiel die Tür ins Schloss,
ich höre langsam Schritte sich entfernen und verhallen.
Was bleibt mir? Freude? Qual? Verlangen?

Ich weiß nur dies: du gingst – und alles ist vergangen.
Spürst du, wie ich jetzt nach dir greife,
wie ich mich an dir festkralle, dass es dir wehtun muss?
Wie ich dir Wunden reiße, dass dein Blut herausquillt,
nur um in deiner Nähe zu bleiben,
du leibliches irdisches volles Leben?
Ahnst du, dass ich jetzt ein Verlangen habe nach eigenen Schmerzen,
dass ich mein eigenes Blut zu sehen begehre
nur damit nicht alles versinke – im Vergangenen

So also schreibt er sein Hohelied. So überlässt er es den Lesern, ob sie Maria von Wedemeyers Leib oder den Leib Christi bluten sehen, ob sie die Verbindung von Jesus und seiner Kirche oder die von Mann und Frau gefeiert und ersehnt glauben wollen oder etwas ganz anderes.

Ich hasse, was ich sehe,
ich hasse, was mich bewegt,
ich hasse alles Lebendige und Schöne,
was mir Entgelt des Verlorenen sein will.
Mein Leben will ich, mein eigenes Leben ford'r ich zurück,
meine Vergangenheit,
Dich

Aber der Prozess muss nun kommen. Man hat es ihm zugesagt. Der Prozess wird kommen, danach wird er allenfalls noch ein paar Wochen im Gefängnis aushalten müssen, und dann wird er Frontbewährung erhalten. Er wäre jetzt bereit, an die Front zu gehen.

Eberhard Bethge ist an der Front. Er steht in Italien. Dietrich hat sich eine Karte besorgen lassen, die die Umgebung von Rom zeigt. Dietrich geht mit Eberhard die vertrauten Wege, er fährt mit ihm die vertrauten Straßen. Dietrich wäre froh und glücklich, bei Eberhards Einheit in Italien zu stehen.

»Papa. Du musst mir die Bakterien geben.«

Christel und der Vater sitzen im Haus in der Marienburger Allee. Die Fenster sind geöffnet: Es ist ein milder Maitag. Heeresrichter Sack hat Dietrich und Hans warnen lassen, sie sollten nicht mehr mit einem Prozess rechnen. Der Umsturz steht unmittelbar bevor. Ach so? Einmal mehr steht der Umsturz unmittelbar bevor? Hans traut der Sache nicht. Was, wenn es ihm bis dahin so gut geht, dass man ihn ins Gefängnis der Gestapo verlegt? Was, wenn Hans von Dohnanyi sich während des Umsturzes in den Händen der Gestapo befindet? Dies ist nun seine größte Angst.

»Papa. Du musst mir die Bakterien geben. Wenn Hans sich infiziert, wird er ins Seuchenlazarett nach Potsdam kommen.«

»Aber er ist doch noch immer nicht ganz genesen. Weißt du denn, was du tust? Weißt du, was eine zusätzliche Infektion für Folgen haben kann? Weißt du, was du ihm antun kannst?«

»Papa. Er will es. Er muss es doch entscheiden. Er will jedes Risiko lieber eingehen, als in die Hände der Gestapo zu fallen.«

»Nun also gut. Ich will sehen, was ich tun kann.«

»Was ist es?«

»Diphtherie. Präpariere damit eine Speise, die du ihm schickst.«

Und was könnten die Nazis Hans von Dohnanyi antun, das er sich nicht selbst antut? Was für ein Martyrium könnten sie ihm bereiten, das er sich nicht selbst bereitet, dieser Drachentöter? Zu Pfingsten wird er mit schweren peripheren Lähmungen und einer erneuten Thrombose ins Seuchenlazarett eingeliefert. Er ist nun in Potsdam. Er ist beinahe zu Hause.

Dietrich kämpft um seine Vergangenheit. Er ist jetzt seit über einem Jahr in Haft. Er hat hier vier Jahreszeiten erlebt. Die

Gegenwart fängt an, sein Leben zu fressen, seine Vergangenheit auszubluten, die verblasst, zerkrümelt, ihm unter den Fingern zerfällt. Er kann sich an manches nicht mehr klar erinnern. Bilder haben die Farbe verloren, geliebte Erinnerungen das Aroma, so dass er sich gelangweilt von ihnen abwendet. Er kämpft um jeden Splitter. Seine Vergangenheit ist er selbst, Dietrich Bonhoeffer. Er darf sie sich nicht entwinden lassen. In der Nacht träumt er. Es sind große, glühende Träume von einer Heftigkeit, der die Erinnerung des Tages nichts entgegenzusetzen hat. Er muss dankbar sein.

Dankbarkeit, das ist seine Waffe. Dankbarkeit und Reue: Nur das kann ihm die Vergangenheit retten. Warum nur will Maria nicht in Berlin wohnen, bei Dietrichs Eltern?

Er wagt ja nicht einmal, sie zu bitten. Er hat die Möglichkeit bei der letzten Sprecherlaubnis angedeutet, sehr vorsichtig: Wie schön wäre es, sie in der Nähe zu wissen. Sie hat sofort zu weinen begonnen. Sie hat etwas von ihrem Egoismus gesagt. Sie hat ihn beschworen: Sie liebt Bundorf so, sie liebt die Cousine. Was kann Dietrich tun? Ach hätte man ihm doch das halbe Jahr gegönnt, das die Kontaktsperre der Mutter ihnen beiden genommen hat. Hätte man ihn doch zu ihr gelassen, als das noch möglich war. Er sehnt sich nach Maria.

Diese Sehnsucht, dieser Schatz, dieser wildeste Besitz ist nicht ein Stück Gold. Er ist Uran, Radium. Dietrich windet sich, nachts auf seinem Bett. Er möchte schreien, gegen die Wände hämmern. Er schreit sich an. Er brüllt sich nieder: Bejammert er hier seine seelischen Leiden? Seelische Leiden! Schämt er sich nicht? Zum wahren Leiden gehört der Schmerz. Der körperliche Schmerz: ein abgerissenes Bein, ein Bauchdurchschuss, ein Granatsplitter im Auge, ein von Trümmern eingeschlagener Schädel. Das ist Leiden. Alles andere ist Selbstmitleid, Disziplinlosigkeit, ist er etwa ans Kreuz geschlagen?

Er ist beschenkt. Er muss die Augen öffnen und sein Leben überblicken, den Weg überblicken, den er gegangen ist und der ihn hierher geführt hat. Er schreibt an Eberhard Bethge,

Ich möchte Dir versichern, dass ich meine Rückkehr 1939 keinen Moment lang bedauert habe. Ich war mir durchaus im Klaren über die Konsequenzen, und ich möchte nichts in meinem Leben rückgängig machen.

Ihm ist inzwischen klar, dass er nicht damit rechnen kann, entlassen zu werden. Es wird immer klarer: Selbst wenn der Prozess stattfände und man ihn freisprechen würde, käme er danach ins KZ, so wie all die anderen Brüder. Aber der Prozess ist ja ins Unendliche aufgeschoben. Er wird gar nicht stattfinden.

Dietrich beginnt, das Interesse an seiner eigenen Angelegenheit zu verlieren.

Ihn beschäftigen jetzt vor allem theologische Erörterungen. Er teilt sie mit Eberhard Bethge, dem er lange Briefe schreibt. Er entschuldigt sich für seine theologischen Monologe. Aber der Freund wird ihn verstehen. Dietrich empfindet immer stärker, dass es ihm fatal wäre, wenn nichts von ihm bliebe, wenn er keine Spur zurückließe.

Und ist das nicht ein zutiefst alttestamentliches Denken? Aber auch das ist ein spannender Gedanke. Jeder seiner eigenen Gedanken ist ihm zurzeit spannender als die banalen Bemerkungen seiner Besucher.

Dietrich erhält ja viele Besuche. Er gehört in Tegel inzwischen zum Inventar. Viele Häftlinge wenden sich in ihrem Unglück an ihn, und gern kommen auch die Unteroffiziere vorbei, wenn sie für ein Gespräch Zeit haben.

Sie alle wollen aber gar nicht mit dem Pastor Dietrich Bonhoeffer sprechen, sondern mit dem Mann. Das Christentum als Religion hat sich offensichtlich erledigt. Dietrich weint keine Träne nach. Die Welt ist erwachsen geworden, sie kann ihre Angelegenheiten selbst regeln. Sie hat keine Verwendung mehr für die Aufsicht eines Vaters. Wen kann das wundern, wenn Gott nichts ist als der Lückenbüßer menschlicher Unkenntnis? Für das, was der Mensch nicht begreift, macht er ja nach wie vor gern den lieben Gott verantwortlich. Aber dieses Reich des Nichtbegriffenen schwindet mit jeder neuen wissenschaftlichen Erkenntnis. Und mit ihm verschwindet Gott. Er rutscht immer weiter an die Peripherie des Lebens und schließlich darüber hinweg ins Nichts.

Der lebendige Gott muss ein anderer sein. Er wird nicht erfasst von der Religion, die sich allzu lange darum bemüht hat, ihren Anhängern Leben und Welt madig zu machen und ihnen ihr Glück zu vergällen, um die Verzweifelten hinterher religiös vergewaltigen zu können. Mit Recht wendet sich die Welt achselzuckend ab. Religiös landen kann man allenfalls noch bei ein paar intellektuell Unredlichen, die sich vorzeitig in ein Jenseits flüchten, in dem sie nichts zu suchen haben, solange sie auf der Welt leben.

Und bei dieser zweifelhaften Gruppe von Menschen soll man nun seine Ware absetzen? Das sollen die berühmten wenigen Auserwählten sein?

So geht es nicht. Es muss ein neues Christentum gefunden werden, oder man kann den Laden dichtmachen. Und das ist natürlich undenkbar.

Mein Gott, mein Gott, warum hast du mich verlassen!

Es ist absolut undenkbar, dass Dietrich Bonhoeffer denjenigen im Stich lässt, der diesen Schrei ausgestoßen hat.

Gefordert ist der Verzicht auf Sentimentalität. Keine Gefühligkeit ist mehr erlaubt, keine Romantik, keine Suche nach Sensationen. Keine Spekulationen über das Jenseits mehr, keine transzendentalen Verflüchtigungen. Hier muss man stehen, in der Gegenwart. Hier muss gehandelt werden, im Zentrum der Welt. Wenn Gott hier ist, im Zentrum der Welt, nicht an ihren Rändern, dann erübrigt es sich, von Gott zu reden. Im Alten Testament ist es ohnehin verboten, seinen Namen zu nennen, und Dietrich kann jetzt eine Reihe von Gründen für dieses Verbot erkennen.

Unter anderem ist das Gerede unnötig.

Denn am Ende dieser langen Geschichte, am Ende der ganzen abendländischen Tradition des Denkens, Philosophierens, Spekulierens und Theologisierens ist die Frage, wer Christus ist, identisch mit der Frage, wer der Mensch ist. Oder ist es andersherum? Wenn Christus als Mensch geboren worden ist, muss man dann, um ihn zu kennen, sich nicht einfach fragen, wer man selbst ist?

Oder versteigt er sich hier?

Manchmal muss er über sich lächeln.

Manchmal muss er sich selbst begütigend auf die Schulter klopfen. Für wen schreibt er denn eigentlich? Wer soll all dieses Zeug eines Tages lesen? Dietrich hat Publikationsverbot. Er ist eingesperrt. Keine seiner Überlegungen wird jemals Eberhard Bethges Brieftasche verlassen.

Aber wird sich nicht wenigstens Eberhard über den Tag, über die Lektüre eines Briefes hinaus an die Gedanken erinnern, die Dietrich ihm schriftlich mitgeteilt hat? Und selbst wenn er sie wieder vergisst, werden dann nicht vielleicht Spuren von Dietrichs Überlegungen hier und da ans Licht treten, in einem von Eberhards eigenen Gedanken? Kann das nicht genügen?

Vielleicht genügt es aber auch schon, überhaupt zu denken und zu schreiben. Dietrich schreibt mit solch großer Beglückung und Hingabe an den Freund,

Lieber Eberhard,

ich nutze jede Gelegenheit, Dir zu schreiben. Erstens könnte ich wochenlang schreiben, ohne ans Ende zu kommen, zweitens weiß man nie, wie lange es noch geht. Und nachdem Du ja doch einmal dazu berufen sein wirst, meine Biografie zu schreiben –

Das ist doch ein netter Scherz. In Wirklichkeit werden Dietrichs Leben, sein Werk natürlich Fragment bleiben. Sie werden sich nicht runden, ob er nun noch einmal in Freiheit gelangt oder nicht: Die Zeiten, wo Rundung und Vollendung möglich waren, liegen hinter ihnen. Es ist auch nicht wichtig. Wichtig ist, dass man dem Fragment ansieht, wie das Ganze gedacht war. Wichtig ist, nicht irgendwelche Bruchstücke zu hinterlassen, die schlicht auf den Müllhaufen gehören, weil noch eine anständige Hölle zu gut für sie wäre. Dietrich hat über Bachs ›Kunst der Fuge‹ nachgedacht. Ist diese Musik nicht gerade deshalb über Jahrhunderte bedeutsam geblieben, weil sie ein Fragment ist, deren Vollendung nur Sache Gottes sein kann? Und könnte man das eigene Leben als entfernten Abglanz eines solchen Fragments sehen? Als ein Musikstück mit mehr und mehr Themen, mehr und mehr Stimmen, während der Cantus firmus unwandelbar durchgehalten ist? Jede Stimme besäße ihre volle Selbstständigkeit. Aber jede wäre auf den Cantus firmus bezogen. Und je klarer der ertönte, umso gewaltiger könnte sich der Kontrapunkt entfalten. Ein polyphones Leben: Das wäre das Ziel. Wie dieses Ziel erreichen?

Das Leben seiner Mitgefangenen und Wächter jedenfalls scheint immer nur aus einem einzelnen Ton zu bestehen. Die Töne fügen sich zu keiner Melodie, geschweige denn zu einem mehrstimmigen Tonsatz. Beim Essen sind sie alle ganz Gier, bei Fliegerangriffen ganz Panik. Immer löscht ihnen ein Daseinszustand alle anderen aus. Nie halten sie die Gänze ihrer Existenz auf einmal in der Hand. Und die ganze Zeit sehen sie nur sich selbst.

Aber die Mehrstimmigkeit entsteht ja eben, wenn man sein Essen mit anderen teilt, den Gedanken an die eigene Sicherheit hintanstellt. Auf einmal tritt man von Furcht und Gier zurück, die dann nicht mehr den ganzen Menschen besetzen können. Auf einmal ertönen wieder viele Stimmen, voll und klar, und man ist frei.

Den Gedanken an sich selbst zurück- und den an die anderen in den Mittelpunkt zu stellen ist Selbstbefreiung, Transzendierung. Dann steht man ganz und gar in der Welt, in ihrer Mitte: Und eben dort ist Gott, nicht allmächtig, sondern gebrochen, in all seiner Schwäche und seinem Leid. Das also ist nun die Aufgabe: das Leiden Gottes in der Welt mitzuleiden.

Und das Schwerere ist am Ende das Leichtere. Natürlich, von unten sieht jede Tugend aus wie eine Strafe. Von unten, aus der Tiefe der Finsternis und der Abhängigkeit, der Selbstbesessenheit und der Selbstsucht, scheint es unmöglich, ganz für andere da zu sein. Aber in jedem Moment, wo es ihm wirklich gelingt, von sich abzusehen, wird ihm leicht. Er wird ruhig, er ist gesammelt in seiner Aufgabe. Es wird allerdings sehr schwer werden, draußen noch einmal unter Menschen zu leben.

Es ist schon hier immer wieder ein bewusster Schritt, nicht allein nachzudenken, sondern für die da zu sein, die ihn rufen. Er hat oft das Gefühl, dass der Tag zu kurz ist für all das, was ihn interessiert und was er sich vorgenommen hat. Dann abends, wenn die Lichter gelöscht worden sind, liegt er in der Sommerdämmerung auf dem Bett und begleitet den Freund durch Rom.

Er liegt auf den Bergwiesen bei Friedrichsbrunn.

Er sieht in den Himmel, der sich über die Wälder im Harz wölbt: Wölkchen, Licht, Baumwipfel, aus der Perspektive eines kleinen Jungen gesehen. Alles, was geschieht, ist maßlos bedeutsam und zugleich ganz unerheblich. Es existiert, es ist unendlich wichtig. Aber es ist nur ein Vorletztes. Deswegen kann man es jedoch nicht überspringen. Das Vorletzte ist die Bedingung des Letzten. Es ist unwichtig im Angesicht des Letzten, tatsächlich ist es aber das Wichtigste: Denn das Vorletzte rahmt das Letzte auf allen Seiten ein.

Maria hat Schwindelanfälle, Ohnmachten. Wenn sie von Berlin nach Bundorf zurückkehrt, weint sie verzweifelt, sie verliert das Bewusstsein. Sie ist erschöpft: Es ist alles zu viel für sie. Alles in ihr ist Kampf, Aufruhr, Sehnsucht und Angst. Alles um sie ist Frieden: die Kornfelder, Vögel, ein singendes Mädchen im Dorf. Maria erträgt den Gegensatz nicht mehr. Und dann die Fahrten nach Berlin. Es wird ihr so schwer. Die Alliierten fliegen Tagesangriffe, und sie ist manchmal einen ganzen Tag unterwegs. Außerdem kann Maria nichts von dem, was eine Pfarrfrau doch können müsste.

Sie ist nicht still, häuslich, brav und zurückhaltend. Sie kann nicht kochen, sie kann keinen Haushalt führen. Sie ist viel zu jung, um sich der leidenden, alten und schwachen Gemeindemitglieder anzunehmen, wie eine Pfarrersfrau das tun muss. Und sie hat auch nicht denselben Literaturgeschmack wie Dietrich.

Was soll sie ihm heute nun wieder schreiben? Sie wird über den kleinen Christoph plappern, den sie erziehen soll. Dabei sind Dietrichs Briefe so schön, so wunderwunderschön, dass sie sie immer wieder liest. Und dann kommt die nächste Besuchserlaubnis, und sie muss nach Berlin fahren. Dietrich ist natürlich wunderbar. Nichts ist Dietrichs Schuld. Alles wäre gut, wenn Maria nur nicht so unzureichend wäre.

»Ich kann nicht mehr«, sagt sie.

Es ist Pfingstmontag. Sie sitzen auf dem roten Sofa.

»Ich kann nicht mehr«, sagt Maria von Wedemeyer zu Dietrich Bonhoeffer. »Ich weiß nicht, ob ich wiederkomme. Ich kann einfach nicht mehr weiter.«

Dietrich kann nicht antworten. Er kann ihr nicht entgegnen, er ist zu tief entsetzt.

Maria, höre mich an

Als sie fort ist, schreibt er. Er schreibt ihr einen langen Brief,

Ja sag mir, kannst Du denn ohne mich weiter? Und wenn Du meinst es zu können, kannst Du es immer noch, wenn Du weißt, dass ich ohne Dich nicht weiterkann?

Aber müsste er sie nicht gehen lassen? Wie kann er so egoistisch sein, wie kann er sie so an sich fesseln?

Wir wissen nicht, wie oft wir uns in unserem Leben überhaupt noch sehen; so sind nun einmal die Zeiten. Es ist mir ein sehr belastender Gedanke, dass wir uns später einmal Selbstvorwürfe machen müssten über etwas, was nicht mehr gutzumachen ist.

Denn sie würde sich doch Vorwürfe machen. Wenn er sterben würde, würde sie sich Vorwürfe machen, nicht bis zuletzt durchgehalten zu haben. Wenn er ihr erlauben würde zu gehen, täte er ihr einen bösen Gefallen,

Du wirst nicht denken, dass ich das alles aus nacktem Egoismus heraus schreibe; es fällt mir im Gegenteil sehr schwer, Dir das zu schreiben. Wie gern würde ich auf die Freuden, die so ein Besuch in meine Einsamkeit bringt, verzichten. Aber ich habe das starke Gefühl, dass ich das um unser beider, um unserer künftigen Ehe willen nicht darf. Ich muss dieses Opfer von Dir annehmen – und kann es Dir durch nichts vergelten – um unserer Liebe zueinander willen.

»Was wirst du tun?«, sagt Hesi von Truchseß zu ihrer Cousine Maria.

»Ich kann mich jetzt nicht von ihm trennen«, sagt Maria. »Ich habe versucht, ihn um eine Zeit des Alleinseins zu bitten. Es ist mir nicht gelungen. Er hat sie nicht gewährt. Da hilft nun kein Quengeln. Ich kann ihn nicht noch einmal bitten. Aber die Reisen kann ich auch nicht mehr auf mich nehmen. Also ziehe ich ganz nach Berlin.«

Die furchtbaren Nächte sind vorüber. Er weiß es gleich. Er weiß es im ersten Moment, als er sie sieht, so gelöst, so heiter. Sie sitzen und scherzen mit dem Bewacher. Maria nimmt Dietrichs Hand. Ihm schießt das Blut ins Gesicht. Das Glück macht ihn weich. Sie ist nun die Seine. Er hat recht gehandelt: Es war eine Anfechtung, die sie angewandelt hat. Sie hat nun zu sich zurückgefunden. Zu ihm.

Und wieder hat Dietrich etwas verstanden. Seine Vorstellung von der Ehe als einem Haus war zu starr. Es ist nicht alles gegründet in Stein. Vielleicht ist eine wahre Ehe, eine gute Ehe eher wie ein Leben im Zelt, nomadisch, zugvogelhaft, ein Ja zum Leben auf der Erde mit geöffneten Zeltplanen, vielleicht ist eine gute Ehe Musik: der wesentliche Kontrapunkt zum Cantus firmus, wechselnd, nicht verweilend, immer fortschreitend in der Zeit, dabei in sich ruhig und gewaltig. Es ist ein Geheimnis. Er denkt, dass das Geheimnis sich ihm zu erschließen beginnt. In einer glücklichen Ehe muss es leicht sein, ganz frei zu werden. Es muss spielend leicht sein, was sonst überall schwerfällt: nicht in Angst und Gier aufzugehen, sondern den anderen in den Mittelpunkt zu stellen.

Und wenn das gelingt, müsste es auch leicht werden, so sicher beieinanderzustehen, dass man furchtlos dem Fremden Raum geben kann, beflügelt und befreit für das, was außerhalb der Ehe liegt, in einem Zustand des Gehaltenseins, der ein Abbild des Gehaltenseins durch Gott ist. Dietrich denkt, dass eine solche Ehe die Bereitschaft mit sich brächte, zu tun, was die Jünger für ihren Herrn nicht fertigbrachten: mit ihm in Gethsemane zu wachen.

Es ist der 15. Juli 1944. Christel wird sich das Datum merken. Sie und Hans werden es gemeinsam feiern, in späteren Jahren: Das Verfahren gegen Oster ist eingestellt worden. Was haben die Feinde jetzt noch in der Hand? Alle ihre Vorwürfe haben sich zerschlagen. Christels Mann und ihr Bruder werden bald frei sein. Christel kommt gerade von Untersuchungsführer Kutzner.

»Ich denke, für Ihren Mann läuft es auf eine Aussetzung des Verfahrens bis Kriegsende hinaus«, hat Kutzner gesagt. »Und bis dahin wird Ihr Mann interniert, sinnvollerweise in einem Sanatorium.«

Das ist die Rettung. Es darf jetzt nur nichts Dummes mehr passieren. Dann werden sie alle wieder vereint sein, sobald der Krieg endlich verloren ist.

»Onkel Rudi liegt in den letzten Zügen.«

Dietrich hat hohen Besuch erhalten. Onkel Paul ist nach Tegel zu ihm gekommen. Paul von Hase, der Stadtkommandant von Berlin: Er hat Stühle in den Gefängnishof stellen, vier Flaschen Sekt kommen lassen. Dietrich Bonhoeffer und Onkel Paul sitzen zusammen mit den Kommandanten der Haftanstalten Tegel und Moabit-Lehrter Straße in der Sonne. Dergleichen hat es noch nicht gegeben. Die Unteroffiziere kriechen und buckeln. Die Gefangenen kleben oben an den Fenstern. Dietrich ist beeindruckt: Sie sitzen seit drei Stunden hier draußen, und der Onkel macht keinerlei Anstalten zu gehen. Immerhin, er ist kein Feigling. Und er ist auf der richtigen Seite. Paul von Hase unterstützt die Verschwörer.

»Onkel Rudi macht es nicht mehr lange, da bin ich sicher.«

Onkel Rudi ist General Rüdiger von der Goltz, Feind der Republik, Freikorpsführer und überzeugter Nationalsozialist, der Vater von Dietrichs und Hans von Dohnanyis Anwalt und über seine Frau mit den Bonhoeffers verwandt. Sein Name dient in der Familie als Deckname für den Krieg und für das Regime.

»Er hat kaum noch Chancen«, sagt Paul von Hase. »Man rechnet damit, dass die Krisis noch in diesem Monat zu durchstehen ist.«

Dietrichs Herz stolpert, dann beginnt es zu rasen. Er muss atmen. Er muss ruhig werden. Er wird frei sein. Er wird Maria sehen, Eberhard, den kleinen Dietrich, seinen Patensohn. Er wird auf Wiesen laufen, er wird Rosen riechen und das Wasser von Seen, die Sommersonne wird ihn durchtränken, und er wird seine Frau in den Armen halten. Sollte es möglich sein? Ist es vorstellbar?

Dietrich ist wieder in seiner Zelle.

Er hat Sekt getrunken. Er hat die Sonne gefühlt wie seit mehr als einem Jahr nicht. Er geht in der Zelle auf und ab. Er kann sich nicht setzen, er ist viel zu aufgewühlt,

Unruhig, sehnsüchtig, krank, ein Vogel im Käfig,
ringend nach Lebensatem, als würgte mir einer die Kehle,
umgetrieben vom Warten auf große Dinge,
vom Warten auf große Dinge,
vom Warten auf große Dinge –

Er wünschte, er könnte glauben, dass der Umsturz gelingt.

Er wünschte, man hätte auf ihn gehört und seine Sache vorher verhandelt. Er wünschte beinahe, er wäre verurteilt und säße im KZ, um dort das Ende des Krieges zu erwarten.

Aber so geht es nicht. Er muss Mut haben. Gott kann aus allem, auch aus dem Bösesten, Gutes entstehen lassen. Dafür braucht er aber Menschen, die sich alle Dinge zum Besten dienen lassen. Daran wird Dietrich sich halten. Er wird sich keine Angst gestatten.

ZWEITES BUCH

ERSTER TEIL

1

Der Regen wispert im Gras, in den jungen Blättern der Linden von Schloss Klein Oels. Es ist ein kühler Frühlingsnachmittag 1912. Bia und Peter Yorck von Wartenburg sitzen im Kinderhaus, das die Schwäbische Hütte genannt wird. Die Schwäbische Hütte liegt in ihrem eigenen kleinen Garten. Sie hat zwei Stockwerke und eine kleine Küche mit Gerätschaften im Kinderformat, mit denen man richtig kochen kann. Meist bewirten hier die Mädchen die Klein Oelser Hausdamen und Kinderfräuleins mit Tee und Kuchen auf Puppengeschirr. Aber heute sind Bias und Peters Schwestern trotz des kühlen Wetters mit dem Ponywagen nach Mechwitz gefahren, und die Jungen haben die Schwäbische Hütte für sich. Sie sitzen im oberen Stock am Fenster und reden über den neuen Bibliothekar. Schloss Klein Oels verfügt über eine der größten Büchersammlungen in deutschem Privatbesitz. Ihren Grundstock bildet die Bibliothek Ludwig Tiecks, die der Dichter einst dem Großvater des jetzigen Schlossherrn vermacht hat. Dessen Sohn hat das Seine getan, um die Sammlung zu vermehren. Inzwischen ist sie auf über hundertfünfzigtausend Bände angewachsen. Und die soll der Bibliothekar nun katalogisieren.

»Ich finde den Bibliothekar ziemlich nett«, sagt Peter zu seinem älteren Bruder.

»Er kann kein Französisch«, sagt Bia. »Er kann sich nicht mal mit Mademoiselle unterhalten. Und Latein und Griechisch kann er auch nicht. Ich habe ihn gefragt. Er hat nämlich Platos ›Gastmahl‹ in der Übersetzung auf dem Nachttisch liegen, nicht im Original.«

Das ist allerdings verwunderlich. Ein Bibliothekar müsste doch eigentlich gebildet sein. Und ein gebildeter Erwachsener verfügt über profunde Kenntnisse der alten Sprachen, der Philosophie, Geschichte und Literatur, er beherrscht das Englische und das Französische fließend, er ist mit den Grundlagen mathematischen und naturwissenschaftlichen Denkens vertraut und besitzt wenn nicht angeborenes, so jedenfalls anerzogenes Musik- und Kunstverständnis. Das setzt man auf Klein Oels als selbstverständlich voraus.

Die Familie hat sich wie jeden Abend zur Lese- und Abfragestunde im Gartensaal versammelt. Gräfin Sophie Yorck von Wartenburg hat ein Fenster öffnen lassen, durch das der Duft der frühlingsfeuchten Erde hereindringt. Graf Yorck von Wartenburg liest heute aus ›Faust II‹ vor.

»Ein Paradies wird um mich her die Runde.
Hinaufgeschaut! – Der Berge Gipfelriesen
Verkünden schon die feierlichste Stunde –«

Peter hat einen wunderbaren Platz ergattert. Er kauert auf einem dicken Kissen direkt zu Füßen des Vaters. Und er darf Hannusch bei sich haben, den kleinen Bruder. Hannusch sitzt auf Peters Schoß. Er hat ein Wollschäfchen im Arm, so klein ist er noch. Seine Haare sind golden und fein, Kleinkinderhaare mit dem süßbitteren Duft von Mandelplätzchen. Der Vater thront in seinem Sessel.

»Nun aber bricht aus jenen ewigen Gründen

Ein Flammenübermaß, wir stehn betroffen;
Des Lebens Fackel wollten wir entzünden,
ein Feuermeer umschlingt uns, welch ein Feuer!«

Peter gegenüber sitzen Püzze und Davy, die beiden ältesten Schwestern. Zu ihren Seiten reihen sich die Geschwister aneinander, die schon alt genug sind, um bei den abendlichen Lesestunden dabei zu sein. Draußen verschleiern Dämmerung und Regen sanft die vertraute schlesische Landschaft.

Graf Heinrich Yorck von Wartenburg hält mit dem Lesen inne. Er klappt den ›Faust‹ zu, einen Finger zwischen den Seiten. Peter setzt sich auf. Ist nun er an der Reihe? Schnell ruft er sich den Anfang seines Gedichts ins Gedächtnis,

Edel sei der Mensch,
Hülfreich und gut!

Das Gedicht reimt sich nicht. Es war deswegen nicht leicht zu lernen. Man kann es nicht einfach herunterleiern. Peter hat beim letzten Vortrag geleiert. Genau deswegen sollte er nun ja dieses Gedicht lernen.

Denn unfühlend
Ist die Natur,
Es leuchtet die Sonne
Über Bös' und Gute,
Und dem Verbrecher
Glänzen wie dem Besten
Der Mond und die Sterne –

Herr Otto hat Peter beim Lernen geholfen, der Hauslehrer. Er ist nett. Er neigt zu schwermütigen Scherzen. Er war meist geduldig mit Peter, er hat selten geschimpft. Leider ist Herr Otto aber entlassen. Er hat in stark alkoholisiertem Zustand Voltaires Gipsbüste im Grünen Korridor umgerannt. Es war keine Absicht, aber was hilft das Voltaire? Er liegt in Scherben. So geht es nicht, das sieht Peter ein. Aber um Herrn Otto tut es ihm doch leid. Auch deswegen hat er das Gedicht vorhin noch einmal geübt, ganz für sich allein.

Edel sei der Mensch,
Hülfreich und gut!

Der Vater hat den Blick aber auf Bia gerichtet, seinen ältesten Sohn und Erben.

»Also, Bia«, sagt er. »Dann fasse doch bitte einmal zusammen, was Plato in der ›Politeia‹ über das Herrschen gesagt hat.«

Bia setzt sich sehr aufrecht hin. Er hebt das Kinn, er faltet die Hände.

»Plato hat gesagt, in einem gerechten Staat müssten Philosophen herrschen, oder die Herrscher müssten philosophieren.«

Der Vater nickt langsam. Er lässt Bia nicht los. Bia setzt neu an.

»Das soll heißen, in Platos Idealstaat herrschen die Weisen«, sagt Bia. »Die Weisen sind eine Elite aus hochgebildeten Menschen. Sie wollen Gerechtigkeit und das Gute. Sie handeln ohne Eigennutz. Sie zeigen den Menschen, dass jeder ein Teil des Ganzen ist. Jeder muss seine Pflichten für das Ganze erfüllen. Wenn die Allgemeinheit glücklich ist, wird auch der Einzelne glücklich sein.«

Der Vater nickt wieder.

»Weiter«, sagt er. »Aber?«

»Das Ideal bleibt nicht bestehen«, sagt Bia. »Früher oder später kommen Menschen an die Macht, die nur aus Eigennutz handeln. Das Wohl der Allgemeinheit ist ihnen gleichgültig. Es sind ungebildete, unvernünftige, mindere Menschen, die nicht verstehen, dass es auch ihnen selbst langfristig nur gut gehen kann, wenn es der Allgemeinheit gut geht. Sie beuten die Menschen aus, bis sich die Verarmten schließlich gegen sie erheben. Die Armen stürzen die Reichen, und so entsteht die

Demokratie. In der Demokratie kann jeder tun, was er will. Jeder verfolgt seine selbstischen Zwecke, keiner sieht mehr das große Ganze. Die Vielen herrschen über die Guten. Weisheit und Gerechtigkeit zählen nicht mehr, sondern nur persönliche Wünsche und Begierden. Und deswegen entsteht am Ende die Tyrannis. Ein einzelner Tyrann übertölpelt das Volk. Er verführt es, damit es ihn liebt. Aber sobald er die Macht errungen hat, zeigt er sein wahres Gesicht. Dann kommt ans Licht, dass er ein Verbrecher ist.«

Bia verstummt. Er ist fertig. Der Vater wartet. Bia würde gern noch etwas sagen. Aber was? Das mit dem Verbrecher ist nun einmal das Ende der Geschichte. Der Vater räuspert sich.

»Passabel«, sagt er dann. »Immerhin passabel, für eine erste kindliche Zusammenfassung. Wir werden gleich noch einmal auf die Einzelheiten eingehen. Aber nun, mein Sohn. Was folgt für dich persönlich daraus?«

Bia schweigt. Er sieht zu Boden. Er sieht zur Seite. Der Vater blickt aus dem Fenster. Er kratzt mit dem Fingernagel über die Zunge: ein Stäubchen offenbar oder ein Haar.

»Dass ich viel lernen muss?«, sagt Bia schließlich. »Dass ich nicht einfach tun kann, wozu ich Lust habe. Dass ich meine Pflichten erfüllen und nach den Regeln der Vernunft leben soll. Dass –«

»Ja«, sagt der Vater.

Es knallt wie ein Peitschenschlag. Er schüttelt den Kopf, streift mit der Zunge an den Zähnen entlang. Aber das Fädchen ist offenbar immer noch da.

»Herrschen heißt dienen, mein Sohn, merk dir das«, sagt der Graf. »Du wirst eines Tages Klein Oels erben. Die Ländereien, das Schloss, die Verantwortung für die Leute, die hier leben und von den Yorcks abhängen. Merk dir, dass das eine Aufgabe ist, keine Auszeichnung. Dein Eigentum dient nicht deinem Genuss. Es dient nicht der Förderung deiner persönlichen Macht. Es ist ein höchstes Kulturgut, das du im Interesse der Allgemeinheit zu verwalten hast.«

Der Vater neigt sich ein wenig vor. Er zieht noch einmal die Zunge an den Zähnen entlang. Dann endlich bläst er das Fusselchen von sich, mit einem lustigen kleinen Geräusch, als entkorkte er eine Flasche.

»Du wirst nach meinem Tod Mitglied des Preußischen Herrenhauses sein«, sagt der Vater zu Bia. »Du gehörst einer Elite an.«

Peter sitzt ganz still. Er kann sein Glück kaum fassen: Das Stäubchen von den Lippen des Vaters ist auf seiner Stirn gelandet.

»Das bedeutet Verpflichtung«, sagt der Vater. »Das bedeutet Verantwortung. Es bedeutet, dass das Interesse der Allgemeinheit dein einziger und höchster Maßstab zu sein hat. Lass dir das gesagt sein, mein Sohn.«

Gräfin Sophie Yorck von Wartenburg steht im Empirezimmer, das vom Roten Gang abgeht. Es ist alles in bester Ordnung: Die Möbel sind poliert, die Betten wie angeordnet bezogen, auf den Tischen stehen späte Gladiolen aus den Treibhäusern von Klein Oels. Die Gräfin ist nach oben gekommen, um sich persönlich davon zu überzeugen, dass das Zimmer ihren Anweisungen entsprechend hergerichtet worden ist. Sie erwartet für morgen den Besuch ihrer Schwägerin Bertha von Kalckreuth, die wie in jedem Jahr mehrere Wochen in Klein Oels verbringen wird.

Bertha hängt an ihrem alten Zuhause. Sie hat ihrem Vater sehr nahegestanden, womöglich noch näher als ihr Bruder. Von Kindheit an hat sie sich ganz in den Kreis des alten Grafen hineinziehen lassen, und auch später blieb ihre geistige Welt mit der des Vaters aufs Innigste verwoben. Entsprechend hart hat sie der Tod dieses überragenden Mannes getroffen, und nicht sie allein. Der Beileidsbrief des großen Geisteswissenschaftlers Wilhelm Dilthey wird in einem eigenen Ordner in der Bibliothek aufbewahrt.

Seit nun fast einem Vierteljahrhundert habe ich mit Ihrem teuren Vater in der innigsten Gemeinschaft aller Ideen gelebt. Er war die genialste größte Natur, die mir außer Helmholtz begegnet ist, aber mehr wog die Herrlichkeit seines Charakters. Allem, was er berührte, verlieh er Adel, Schönheit, Glanz, wenn er erschien, war es, als gehe die Sonne auf. Ich kann mich auch nicht finden, mich dünkt, nichts Philosophisches wird künftig mich wieder mit dem alten Interesse erregen, da ich es mit ihm nicht mehr teilen kann. Welchen Wert soll, was ich noch schreiben könnte, für mich haben, da ich seine Beistimmung, seine Einwendungen, sein Urteil von jetzt ab niemals wieder vernehmen werde. Recht leidend, wie ich bin, empfinde ich es, als ob über dem Rest nun tiefe Schatten sich senken.

Bertha war wie von Sinnen über den Verlust des Vaters. Ihr nüchterner Gatte, der allem Demonstrativen abgeneigte Leopold von Kalckreuth, war tief befremdet von ihrer wilden Hingabe an den Schmerz. Womöglich hat damals schon eine gewisse Entfremdung der Ehegatten begonnen? Aber auf immer zerstört hat ihr Glück erst der Selbstmord des ältesten Sohnes.

Wolf von Kalckreuth, aufgewachsen im weltenfernen, schöngeistigen Idyll seiner Familie, eingesponnen in einen Kokon aus Kunst, Philosophie, Musik und Dichtung, hat seiner ersten Begegnung mit der Außenwelt nicht standgehalten. Er hat sich mit neunzehn Jahren erschossen, seinen Tod inszenierend wie der junge Werther. Seine Eltern konnten sich nicht aneinander aufrichten. Der Schmerz, der sie doch zueinander hätte führen sollen, trat zwischen sie. Seitdem geht jeder seine eigenen Wege. Auch morgen wird Bertha nicht in Begleitung ihres Mannes, sondern ihrer Töchter anreisen. Die Gräfin tritt ans Fenster.

Von hier aus geht der Blick weit über die Yorckschen Besitzungen, die mit ihren mehr als dreitausend Hektar zu den größten in Schlesien gehören. Sie umfassen die Herrschaft Klein Oels, die Herrschaften Bischwitz, Kantschwitz, Niehmen und Sparwitz sowie die Rittergüter Gaulau, Krausenau, Kauern, Weigwitz und Höckricht, wo Leopold und Bertha von Kalckreuth einige Jahre lang gelebt haben. Und ist das nicht der Bibliothekar, dort unten auf der Wiese?

Die Gräfin beugt sich vor. Der Bibliothekar scheint dem Walde zuzustreben. Was er wohl vorhat, an diesem wenig freundlichen Novembertag? Der arme Mann muss Klein Oels zu Weihnachten verlassen. Es hat einen bedauerlichen Zwischenfall gegeben. Zwischen ihm und einem altgedienten Angestellten ist es zu Handgreiflichkeiten gekommen. Natürlich sieht die Gräfin ein, dass der Bibliothekar nun nicht mehr hierbleiben kann. Aber er tut ihr leid. Er ist arm. Er hat ja nicht einmal anständige Stiefel. Angeblich veröffentlicht er Erzählungen und Gedichte, die er mit Pseudonymen wie Pinko Meyer, Fritz Dörry oder Joachim Ringelnatz unterschreibt. Aber wer hat je von einem Schriftsteller namens Ringelnatz gehört? In Wirklichkeit heißt er Hans Bötticher. Was soll aus ihm werden, ohne Arbeit? Nicht dass die Gräfin die Entscheidungen ihres Mannes anzweifeln würde.

Nicht dass sie auf die Idee käme, sich in die Verwaltung von Klein Oels einzumischen. Aber die Gräfin bemüht sich, im Geist christlicher Liebe zu handeln und so auch ihre Kinder zu erziehen. Sie würde niemals den Wert gründlicher Bildung anzweifeln. Sie selbst beherrscht schließlich Latein und Altgriechisch, in Wort und in Schrift. Aber das Allerwichtigste ist doch die Herzensbildung. Agape: Im neutestamentlichen Griechisch Gottes reine und göttliche Liebe, die bedingungslos und ganz auf die Befreiung des anderen gerichtet ist, wobei das griechische Verb agapao doch zuerst einmal bedeutet, sich mit etwas zufriedenzugeben.

Siehe, so fließet aus dem Glauben die Liebe und Lust zu Gott, und aus der Liebe ein freies, williges, fröhliches Leben, dem Nächsten zu dienen umsonst.

Die Gräfin legt die Hand auf ihren Leib. Das Kind bewegt sich, ihr neuntes, so Gott will. Es soll im März geboren werden. Bisher hat es ihr noch nicht viel abgefordert. Für den kleinen Hannusch hat die Gräfin sieben Monate liegen müssen. Die Gräfin denkt besonders gern an Hannusch. Natürlich liebt sie alle ihre Kinder. Aber Hannusch ist blond, engelhaft, strahlend. Er ist inzwischen drei Jahre alt. Aber es ist, als wäre er immer noch nicht vollständig verankert auf dieser Welt, die er verlassen wollte, noch bevor er auf ihr angekommen war. Und wie hat die arme Bertha nur den Verlust ihres Sohnes ertragen? Er wäre dieses Jahr fünfundzwanzig geworden.

Wer spricht von Siegen? Überstehn ist alles.

Das hat Rainer Maria Rilke dem Jungen nachgerufen, in seinem »Requiem auf Wolf von Kalckreuth«. Und ist es ein Trost, das tote Kind wenigstens von einem Dichter besungen zu wissen?

Sei nicht beschämt, wenn dich die Toten streifen,
die andern Toten, welche bis ans Ende
aushielten –

Gräfin Sophie Yorck von Wartenburg steht noch immer am Fenster des Empirezimmers in Schloss Klein Oels. Der glücklose Bibliothekar strebt noch immer durch die Dämmerung dem Wald zu. In der Kastanienallee wirbelt dürres Laub. Ein

Dohlenschwarm erhebt sich vom Schlossdach. Eine plötzliche Düsternis senkt sich über die Gräfin. Und da kommen die Jungen.

Da kommen Bia und Peter, ihre großen Söhne, gefolgt von ihrem Freund Fritzi Schulenburg. Sie haben ihre Ponys geholt. Sie jagen auf Ponys hinter dem Bibliothekar her. Sie galoppieren direkt auf ihn zu, wollen sie ihn über den Haufen reiten? Er hat die Gefahr aber bemerkt. Er ist stehengeblieben. Jetzt rennt er. Er sieht sich um, als wollte er vor den Jungen fliehen. Aber es ist nur ein Spiel.

Die Jungen sind wild, aber sie sind nicht bösartig. Sie sind gesund und lebensvoll, ohne alle Schlechtigkeit. Und wie lange werden sie noch bei ihrer Mutter bleiben? Der Graf gedenkt Bia nach Roßleben zu schicken, ins Internat, und ein paar Jahre später wird Peter dem Bruder folgen, die Gräfin öffnet das Fenster. Es ist ihr, als müsste sie sich hinauslehnen und laut nach ihren Söhnen rufen. Aber natürlich tut sie nichts dergleichen.

Die Jungen würden sie auch gar nicht hören. Sie produzieren selbst zu viel Lärm. Sie treiben ihre Ponys an, sie jagen den glücklosen Bibliothekar. Die hohen Kinderstimmen klingen durch die kalte Luft zum Schloss herüber, schrill und fröhlich wie Vogelschreie.

So also ist es. Alles ist mit allem verbunden, jeder hängt mit jedem zusammen, auf verborgene und auf offene Weise. Woher stammen diese Verbindungen? Sind es Verabredungen? Im Geräteschuppen des Jenseits hocken die Toten auf dreibeinigen Hockern, ausgemusterten Opfersteinen, Autowracks und leeren Weinkisten und planen die nächste Inkarnation. Wir wollen diesmal Vater und Tochter sein, Lehrer und Schüler, fünf wilde Brüder, Mann und Frau.

You must be he I was seeking,
Or she I was seeking
(It comes to me as a dream)
I am not to speak to you, I am to think of you
I am to wait, I do not doubt I am to meet you again
I am to see to it that I do not lose you

Der Maler Stanislaus von Kalckreuth war Paula Bonhoeffers Großvater. Sein Sohn Leopold von Kalckreuth, der 1885 Bertha Yorck von Wartenburg geheiratet hat, war der Bruder von Paula Bonhoeffers Mutter Clara von Hase. Der von Rilke besungene Wolf von Kalckreuth war also Paula Bonhoeffers Cousin, und er war der Cousin der zehn Yorck-Kinder. Und in einigen Jahren wird der kleine Peter Yorck, der soeben dem Dichter Ringelnatz nachjagt, Marion Winter heiraten, die zusammen mit Dietrich Bonhoeffer das Grunewald-Gymnasium besucht.

Marion und Dietrich gehen sogar in dieselbe Klasse. Sie haben denselben Schulweg. Sie begleiten einander oft nach Hause, und der eine bleibt beim anderen zum Mittagessen. Auch an diesem Herbsttag 1921 gehen sie gemeinsam.

»Ich würde gerne mal wissen, wie es ist, keine Eltern zu haben«, sagt Dietrich Bonhoeffer.

»Wie?«, sagt Marion Winter, aus ihren Gedanken gerissen.

Aber es ist typisch. Es ist typisch Dietrich Bonhoeffer, sich so etwas Merkwürdiges zu wünschen.

»Wieso denn?«, sagt Marion. »Es ist doch sicher ganz schrecklich, ohne Eltern leben zu müssen.«

»Bestimmt wäre es schrecklich«, sagt Dietrich. »Aber es wäre auch interessant. Es wäre interessant zu wissen, wie es ist, wenn man sich nicht darauf verlassen könnte, dass sich die Eltern schon um einen kümmern werden. Denn darauf verlässt man sich ja. Man kann gar nicht anders. Man weiß, sie wären für einen da, auch wenn man etwas Gefährliches täte. Also kann man nie herausfinden, wie es ist, wenn sie nicht da wären. Wer man dann wäre, für sich allein.«

»Na ja«, sagt Marion. »Aber die wichtigen Sachen kann einem doch sowieso keiner abnehmen. Die schmerzhaften Sachen. Wenn man sich schneidet, oder wenn man sterben muss. Oder wenn man sehr traurig ist.«

Aber davon weiß Dietrich natürlich nichts.

Vom Traurigsein kann er nichts wissen, da ist Marion sicher. Jedenfalls nicht von dem Traurigsein, das Marion meint. Marion Winter ist siebzehn Jahre alt. Dietrich ist erst fünfzehn. Sie sind zwei von nur zehn Kindern in ihrer Klasse. Sie mögen einander, sie helfen sich gegenseitig bei Griechisch und Latein. Aber Marion kann sich nicht vorstellen, dass Dietrich Bonhoeffer jemals erleben wird, was Marion Winter gerade erlebt hat.

Marion war im letzten Sommer in Schweden. Sie ist davor schon einmal in Schweden gewesen, mitten im Weltkrieg. Damals hat sie siebzehn Pfund zugenommen. Damals hat die Mast geklappt. Diesmal nicht. Marion hat kein Gramm Fleisch angesetzt. Sie ist nach Schweden gefahren in der festen Überzeugung, von Grund auf hässlich und böse zu sein. Mager, hässlich und böse. Dann hat sie bei den Forsells gewohnt. Die Forsells braten Fisch am offenen Feuer. Sie leben den Sommer lang mit offenen Fenstern. Die Kinder umarmen den Vater, wann immer sie wollen. Sie setzen sich auf seinen Schoß, wenn ihnen danach ist, sie geben einander lustige Kosenamen. Und die ganze Familie springt jeden Tag gemeinsam ins Meer. Nackt. Vater, Mutter, Kinder. Alle splitterfasernackt. Unvorstellbar. Marion hat sofort mitgemacht.

Sie hat sich splitterfasernackt ausgezogen und ist mit den

Forsells ins Meer gesprungen. Sie hat Fisch am Feuer gebraten, sie hat den Vater der Forsells umarmt und einen Kosenamen bekommen, bei den Forsells hat Marion sich aus sich selbst herausgeschält wie aus einer zu engen Haut. Und dann hat sie sich verliebt.

Marion will seinen Namen nicht denken, auch sein Gesicht nicht. Sie kann das natürlich keinem erklären. Keiner hier würde irgendetwas verstehen. Wie sollten sie auch? Wie sollten sie die Vernichtung verstehen? Wie sollten sie es verstehen, wenn jeder Gedanke schmerzt, jeder Atemzug, jeder Schritt? Wenn jeder wache Moment zur Qual wird und der Schlaf nicht mehr kommt, so dass es keine Erholung gibt, keine Erlösung, keinen Augenblick mehr, der einem selbst gehört? Marion hat sich den Tod gewünscht.

Sie will nicht davon reden, sie will nicht daran denken. Sie ist ja gerade erst mit der Sache fertig geworden. Sie ist noch immer nicht ganz fertig damit. Ein Rest ist noch übrig, kaffeesatzbitter. Aber sie weiß, etwas so Schreckliches wird ihr nie wieder zustoßen. Die Liebe wird Marion Winter von nun an vermeiden.

»Na gut«, sagt Dietrich. »Natürlich. Schmerzen kann einem keiner abnehmen. Auch Entscheidungen nicht. Ich zum Beispiel lerne jetzt Hebräisch, und das findet meine Familie sehr verwunderlich. Aber stell dir doch nur mal vor, du wärst krank oder du kämst ins Gefängnis. Dann ließe dein Vater die besten Ärzte kommen, die besten Anwälte. Er würde all seinen Einfluss geltend machen. Und wir wissen das. Wir haben diesen Rückhalt. Wir haben jeder einen Vater, der etwas bewirken kann. Wir können nicht so tun, als wären wir allein. Wir können nicht wissen, was man dann taugen würde, man selbst, ganz allein.«

Und natürlich ist es etwas unglücklich, dass das Schloss Mondschütz heißt. Noch dazu ist es ein Wasserschloss. Ein Roman mit einem Wasserschloss Mondschütz darin wäre ein schlechter Roman. Jeder Leser wüsste ja gleich, was die Heldin hier erwartet: Wer die Liebe vermeiden will, darf sich nicht an einen solchen Ort begeben. Aber Marion Winters Leben ist schließlich kein Roman. Und außerdem war dieses Wochenende nur ein Zwischenspiel. Es war nur ein Ausflug zu entfernten Verwandten: Das sagt sich Marion.

Sie fährt ja schon wieder zurück.

Sie fährt schon wieder heim, zum Vater nach Berlin. Es ist der 23. April 1928. Marion hat das Abitur am Grunewald-Gymnasium bestanden. Sie studiert Jura. Sie hat Freunde, sie besucht Tanzveranstaltungen. Sie geht ins Theater. Marion bekommt Freikarten für alle Stücke: Ihr Vater ist Generalverwaltungsdirektor der Staatlichen Bühnen Berlins. Marion sitzt im Zug. Draußen ziehen schlesische Felder vorbei, schlesische Wiesen. Marion ist es, als erwachte sie aus einer Betäubung und käme allmählich wieder zu sich, hier in diesem Zugabteil, das sie mit einem etwas missgestimmten Verehrer teilt. Es ist kein Wunder, wenn er schlecht gelaunt ist. Marion hat sich das ganze Wochenende nicht um ihn gekümmert.

Sie hat sich um niemanden gekümmert. Sie könnte nicht einmal genau sagen, wer die anderen Gäste waren. Alles hat damit begonnen, dass der Platz neben ihr an der abendlichen Tafel unbesetzt blieb. Ihr Tischherr verspätete sich offenbar. Man beschloss zu warten: Draußen regnete und stürmte es, und der Gast kam mit dem Motorrad.

Er kam die ganze weite Strecke von Klein Oels herüber: einem der großen Güter Schlesiens, wie jemand Marion zuraunte, als müsste sie davon beeindruckt sein. Marion plauderte mit ihrem Nachbarn zur Rechten. Dann plauderte sie mit ihrem Gegenüber, einem der zahlreichen Vettern von Köckritz. Schließlich erschien der Verspätete. Man stellte ihn vor: Peter Graf Yorck von Wartenburg. Er war groß, mager, beinahe schlaksig. Er wirkte ein wenig hochmütig. Aber das ist er gar nicht.

Marion weiß noch nicht genau, wie oder wer Peter Yorck wirklich ist. Sie weiß nur, dass er sie das ganze Wochenende lang mit Beschlag belegt hat. Er hat ihre gesamte Zeit beansprucht, er hat sie von allen anderen ferngehalten. Sie haben den ganzen Abend miteinander getanzt. Sie sind den ganzen folgenden Tag miteinander spazieren gegangen, immer am Wassergraben von Schloss Mondschütz entlang, immer rund um das Schloss herum, versunken in einem ununterbrochenen Gespräch, bis nichts mehr zu existieren schien als dieser eine Mann, das tiefe Gespräch mit diesem Mann, manchmal zuckt es um seinen Mund. Es hat sie gerührt, dieses unwillkürliche Zucken. Es hat sie herausgefordert, ihm die Hand an die Wange zu legen, um das Zucken zu beruhigen. Natürlich hat sie nichts dergleichen getan. Was wäre denn in sie gefahren?

Was ist in sie gefahren?

Marion sieht aus dem Zugfenster. Sie fühlt sich zufrieden und zugleich matt, wie nach einem Tennismatch oder einer langen Wanderung. Wie nach einer glücklich überstandenen Reise. Ist sie wirklich nur zwei Tage fortgewesen? Draußen ziehen noch immer Felder vorüber, Wiesen, Häuser, Bäume, Dörfer. Alles ist von solider, verlässlicher Realität, auch der in seiner Eitelkeit gekränkte junge Mann ihr gegenüber, der schlecht gelaunt aus dem Fenster sieht. Und bald wird Marion wieder daheim sein.

Sie wird bei ihrem Vater sein. Sie wird bei der Mutter sein, den Geschwistern. Sie wird durch die Diele in ihr Zimmer gehen, wo die vertrauten Gegenstände auf sie warten, als wäre sie gar nicht weggewesen. Und dann wird sie die Verabredung mit Peter Yorck absagen.

Sofort nach ihrer Heimkehr wird sie sich hinsetzen und ihm einen Brief schreiben, in dem sie bedauert, ihn Samstag nicht am Bahnhof Halensee treffen zu können. Das Leben ist einfach zu schön für solch enge Verwicklung. Marion Winter hat zu viel vor. Sie kann sich nicht okkupieren lassen, sie erträgt solche Vereinnahmung nicht.

Sie haben Cottbus hinter sich gelassen. Dies sind schon die Felder der Mark Brandenburg. Marions vertrautes Leben tut sich vor ihr auf, in das sie eintreten kann wie in einen hell erleuchteten Raum: Am Dienstag gibt es eine Tanzerei bei den Stresemanns. Marion wird das Kleid aus Seidentaft tragen, das ihre Mutter ihr aus einem ihrer eigenen Kleider hat schneidern lassen. Sie wird tanzen, mit wem sie will. Sie wird mit allen Anwesenden plaudern. Und für Freitag hat sie Theaterkarten. Sie wird Klaus Curtius mitnehmen, den Sohn des Reichswirtschaftsministers Curtius. Klaus ist ein Kommilitone von Marion. Er ist völlig unkompliziert. Er erwartet nichts. Er verlangt nicht das Geringste von Marion.

Und hat Marion den Brief an Peter Yorck geschrieben? Hat sie ihn abgeschickt? Hat Peter ihn vielleicht nie erhalten? Oder hat er sich die Freiheit genommen, ihn zu ignorieren? Er ist jedenfalls nicht zum Bahnhof Halensee gefahren, wo keine Marion gewesen wäre, sondern er hat sie ein paar Stunden vor dem verabredeten Zeitpunkt angerufen.

»Fräulein Winter? Ich bin schon früher in Berlin angekommen und wollte fragen, ob ich Sie nicht lieber gleich abholen soll.«

Marion steht in der Diele. Sie hält den Hörer in der Hand. Sie zögert. Sie probiert mögliche Antworten aus,

Haben Sie meinen Brief nicht bekommen
Warum respektieren Sie meinen Wunsch nicht
Ich habe Ihnen doch geschrieben, dass ich verhindert bin
Dass ich Sie nicht sehen kann
Dass ich Sie nicht mehr sehen kann
Dass ich Sie niemals wiedersehen will

»Das wäre natürlich sehr schön«, sagt Marion Winter.

Eine halbe Stunde später steht Peter Yorck vor Marions Tür. Und warum auch nicht? Was kann diese eine Begegnung schon verändern? Warum sollte Marion Winter ihren Verehrer nicht hin und wieder treffen, ihn regelmäßig treffen, allabendlich mit ihm telefonieren? Und wenn die Dinge schon so stehen, warum sollte sie dann nicht einmal mit nach Klein Oels fahren? Peter hat sie so nett eingeladen.

»Ich organisiere eine Jagd, Fräulein Winter. Ich selbst werde zwar nicht mitjagen, aber wir wahren die Tradition meines verstorbenen Vaters. Und im September ist es sehr schön in Schlesien.«

Es ist das Schlesische Himmelreich.

Die Yorcks haben alle gelacht, über Marions kleinen Scherz. Das Schlesische Himmelreich ist ja eigentlich ein Gericht. Es ist ein ziemlich bäurisches Gericht aus Klößen, Speck und Trockenfrüchten in heller Soße, wie es auf Klein Oels sicher niemals aufgetragen würde. An Marions erstem Abend wurden an der großen Tafel im Gartensaal Lachsforellen, Rehziemer und Perlhuhn serviert. Marion konnte kaum etwas essen. Sie war zu aufgeregt. Sie war zu glücklich. Fast alle Geschwister Peters waren angereist, viele Gäste waren gekommen.

»Ich kann Ihnen alles zeigen«, hat Peters kleine Schwester Irene gesagt. »Falls Peter jetzt keine Zeit für Sie hat.«

Irene wird Muto genannt. Sie ist das jüngste der zehn Geschwister, erst fünfzehn Jahre alt. Muto hat Marion im ganzen Schloss herumgeführt. Sie hat ihr die Lindenterrasse auf der westlichen Schlossseite gezeigt, die Weinterrasse vor dem Gartensaal, den Schlossteich, den Gemüsegarten. Sie sind der Allee in den Wald hinein gefolgt, vorbei an Baumriesen, vermoosten Gedenksteinen, es ist unglaublich heiß für September.

Die Sonne scheint hier der Erde näher zu sein. Das Land erscheint Marion weit und wild, mit seinen Rübenfeldern bis zum Horizont, dem Rohrwald, den Rudeln hechelnder Hunde. Dies ist der Osten des Reichs. Alles hier leuchtet, als wäre es neu. Alles ist ins Wunderbare verwandelt, als wäre die Welt frisch geschlüpft, noch nicht abgenutzt, noch nicht von unzähligen gleichgültigen Blicken ins Gewöhnliche gezogen.

»Sie müssen einmal im Frühsommer kommen, Fräulein Winter«, sagt Muto. »Im Juni. Sie müssen sehen, wie dann die Rosen blühen. Und wenn es dämmert, schweben Hunderte von Glühwürmchen umeinander wie Sterne.«

Muto ist selbst wie ein kleiner Stern. Sie hat etwas Schwebendes, Elfenhaftes, das Marion mit Staunen erfüllt. Marion in Mutos Alter war in Schweden bei den Forsells. Damals hat sie sich aus ihrer hässlichen bösen Haut geschält, nur um in lichterlohe Flammen aufzugehen. Muto sieht nicht aus, als könnte ihr dergleichen passieren. Sie ist selbst ein Funken. Sie würde über das Feuer hinwegtanzen, unbeschadet den Flammen entfliehen. Muto und Marion sitzen im Garten, auf der Bank beim Brunnen.

»Übermorgen fährt Peter bestimmt mit Ihnen nach Kauern«, sagt Muto. »Wenn die anderen Gäste fort sind. Kauern ist ein Rittergut. Hannusch verwaltet es für uns, seit der Vater gestorben ist. Bia hat Klein Oels geerbt, und wir anderen Geschwister haben Kauern. Aber wir können natürlich hier bleiben. Wir können immer auf Klein Oels bleiben, auch wenn Klein Oels Bia gehört.«

»Das ist schön«, sagt Marion.

»Ich möchte aber gar nicht hierbleiben«, sagt Muto.

Sie betrachtet die Ältere prüfend von der Seite, dann sagt sie es.

»Ich möchte lieber Ärztin werden.«

»Das ist eine großartige Idee«, sagt Marion. »Das ist ein sehr beeindruckender Berufswunsch.«

»Meinen Sie? Meine Brüder behaupten, es ginge nicht. Sie sagen, ich könnte allenfalls Krankenschwester werden.«

»Unsinn«, sagt Marion. »Und sicher meinen sie es auch gar nicht so. Peter jedenfalls kann das kaum meinen. Ich selbst studiere schließlich Jura, und er hat nie gesagt, dass er. Er hat nie gesagt, dass ich –«

Muto sieht Marion aufmerksam an. Marion wendet das Gesicht ab. Muto beginnt etwas zu summen, pflückt ein Blatt von einem der Weinstöcke.

»Und was wollen Sie tun, Fräulein Winter, wenn Sie fertig studiert haben?«, sagt sie schließlich.

»Ich weiß es noch nicht genau«, sagt Marion. »Ich werde arbeiten, nehme ich an. Und später einmal möchte ich Kinder.«

»Ja«, sagt Muto.

Sie sagt: »Kauern wird Ihnen bestimmt gefallen. Das Schloss ist tiefrot. Die Leute sagen, es wäre mit Ochsenblut gestrichen, aber das stimmt sicher nicht. Es ist außerdem umgebaut, zu Arbeiterwohnungen. Hannusch wohnt im Gutshaus daneben. Wir auch, wenn wir ihn besuchen. Und wissen Sie was? Kauern ist ein Wasserschloss.«

Wann küssen sie einander das erste Mal, wann beschließen sie zu heiraten? Wann wird ihnen klar, dass sie ihr Leben miteinander verbringen wollen? Am 29. Juni 1929 feiert die Gräfin Sophie im Gartensaal von Klein Oels ihren siebenundfünfzigsten Geburtstag. Auch Marion ist eingeladen.

Sie ist es, die gefeiert wird. Muto hat Marions Stuhl bekränzt, Hannusch hat Marion mit einem Lorbeerkranz gekrönt. Bia hat eine Rede zu Marions Ehren gehalten, auf Lateinisch: Seit gestern ist Marion Winter keine Studentin mehr, sondern ein Doktor der Rechte. Alle haben ihr applaudiert. Und dann hat die Gräfin Marion den Lorbeerkranz vom Haar genommen und ihr stattdessen einen Rosenkranz aufgesetzt. Sie hat Marion umarmt und sie als Tochter auf die Stirn geküsst: Marion ist von nun an auf Klein Oels zu Hause. Das hat die Gräfin gesagt, und Bia hat es bestätigt. Alle haben Marion willkommen geheißen. Sie haben sie mit offenen Armen aufgenommen, sie mitten in den Geschwisterkreis hineingezogen.

Marion ist für ein paar Momente ins Freie getreten, um zu Atem zu kommen. Die Junisonne ist gerade untergegangen. Der Himmel glüht in golddurchzucktem Grün. Marion atmet ein, wieder aus. Sie empfindet es tief, dass eine große Entscheidung gefallen ist. Sie geht die Lindenterrasse entlang, durch Wogen süßen kühlen Dufts. Hinter dem Schloss fällt die weite Rasenfläche sanft zum Schlossteich ab. Das Denkmal des alten Yorck verschwimmt im Abendlicht. Bald wird es ganz dunkel werden, und dann werden die Glühwürmchen im Park zu schwirren beginnen. Aber natürlich heiratet Marion Peter nicht, um ein Leben im Schloss zu führen.

Sie heiratet ihn auch nicht, weil sie in wilder Leidenschaft zu ihm entbrannt wäre. Marion brennt nicht. Sie leidet nicht. Sie bangt nicht, sie bebt nicht. Sie ist glücklich. Es ist keinerlei Beunruhigung in diesem Gefühl. Sie weiß ganz einfach, dass Peter Graf Yorck von Wartenburg der Richtige ist. Auch Marions Vater hat sich schließlich davon überzeugen lassen. Er war anfänglich gegen die Heirat. Er fand Peter für seine Tochter zu jung: Sie sind beide 1904 geboren.

»Und sicher, mein Kind«, hat der Vater gesagt, »im Moment scheint das gleichgültig. Aber was wird 1944 sein? Dann seid ihr beide vierzig. Dann ist Peter im allerbesten Mannesalter, und du bist schon eine ältere Frau. Und dann kann es sein, dass du in dieser Ehe sehr unglücklich wirst.«

Sie heiraten am 31. Mai 1930 in der Berliner Dreifaltigkeitskirche, angemessen prachtvoll mit blumenstreuenden Nichten und Neffen, Champagner, Musikkapelle und einem Hochzeitsbankett im Hotel Kaiserhof. Nach den Feierlichkeiten begleitet Marion zum ersten Mal in ihrem Leben ihren Ehemann in die neue Wohnung am Lützowufer. Da steht Marion nun, noch in ihrem Brautkleid. Sie hat immerhin schon den Schleier abgenommen. Sie kämpft mit den Tränen.

»Ist es wirklich so schlimm?« Peter steht vor ihr. Er nimmt ihre Hände. »Herzelein. Ist es so schrecklich, mit mir verheiratet zu sein?«

»Nein! Nein, natürlich nicht.«

Aber Marion heult. Was tut sie hier, in dieser fremden Wohnung? Warum ist sie nicht mit dem Vater nach Hause gegangen? Dann läge sie jetzt daheim in ihrem Bett, geborgen in ihren vertrauten Kissen, statt hier in diesen leeren Räumen herumzustehen: Peter und sie haben darauf bestanden, ihre Möbel selbst auszuwählen, statt das wie sonst üblich den Eltern zu überlassen. Ist dies unumkehrbar? Darf Marion wirklich nie wieder nach Hause zurückkehren, muss sie für immer hierbleiben? Peter hält Marions Hände in den seinen. Er beugt sich über ihre Hände und küsst sie.

»Meine Familie hat dich so gern. Die Geschwister lieben dich alle.«

Aber ja. Marion weiß es. Man wird sie verschlingen. Man wird sie herauslösen aus ihrer eigenen Familie, man wird ihre Nabelschnur durchtrennen. Marion fühlt sich Peters Geschwistern ja jetzt schon näher als den eigenen. Es ist ein Verrat. Aber es ist nicht mehr rückgängig zu machen. Das Fräulein Winter gibt es nicht mehr. Es gibt nur noch Marion Gräfin Yorck von Wartenburg. Marion wird nie wieder die sein, die sie einmal gewesen ist.

»Tuschelchen«, sagt Peter. »Mein Tuschelchen. Komm, wir gehen uns ein wenig umsehen.«

Und wozu das? Wozu durch diese unwirtliche Wohnung wandern?

Im Schlafzimmer ist das Bett frisch bezogen. Ein Fliederstrauß steht da, in dem eine Karte von Davy steckt. Im Bad liegen frische Handtücher.

»Die liebe liebe Davy.«

Marion wischt sich die Tränen ab. Sie kehren ins Wohnzimmer zurück. Immerhin sind die Bücherregale bereits aufgestellt. Davor türmen sich Bücherkisten.

»Peter? Wollen wir ein bisschen einräumen?«

»Wenn du willst.« Er öffnet eine Kiste. »Mal sehen, was als Erstes herauskommt. Ah, Kleist. Sehr schön.

Wir zogen aus, auf des Atriden Rat,
Mit der gesamten Schar der Myrmidonen.«

Marion streift die Schuhe ab. Sie streckt die Zehen.

»Du reichst mir zu«, sagt sie. »Ich stelle die Bände ins Regal.«

Einen Band, zwei Bände, drei Bände Kleist.

»Dies ist auch schön«, sagt Peter. »›Steinschmätzer und Fliegenschnäpper. Beziehungen zwischen Halsband- und Trauerschnäpper, in demselben Brutgebiet‹. Eine Aufsatzsammlung für Ornithologen. Wo mag das herkommen?«

Marion wischt mit der Hand über ein leeres Brett.

»Hätten wir die Regale vielleicht vorher abwischen sollen?«

»Das haben sicher Davys Mädchen gemacht.«

»Wie lieb sie alle zu uns sind.«

Aus den Kisten steigen die Bände, gebunden in gediegenes Leder, in buntes Leinen.

»Der Brockhaus.«

»Platon. ›Gastmahl‹. Wollen wir die Antike dorthin verfrachten, zwischen die beiden Fenster?«

»Es sieht gar nicht mehr so ungemütlich aus.«

»Nicht wahr? Was für eine schöne Wohnung wir haben.«

»Es ist eine wunderschöne Wohnung.«

Zwölf Bände Goethe. Peter reicht zu.

»*Warum gabst du uns die tiefen Blicke*
Unsre Zukunft ahnungsvoll zu schaun –«

»Das kannst du auch auswendig?«

»Nicht ganz. Aber ein Stück weit.
Sag, was will das Schicksal uns bereiten?
Sag, wie band es uns so rein genau?
Ach, du warst in abgelebten Zeiten –«

Ihre Augen beginnen wieder zu schwimmen.

»*Meine Schwester oder meine Frau.*«

Die dreißiger Jahre haben begonnen. Peter hat den Rest seiner Referendariatszeit am Amtsgericht im schlesischen Wansen abgeleistet, er ist in der Anwaltskanzlei Lindgens in Berlin tätig gewesen, als Gerichtsassessor am Landgericht Oppeln, und dann hat er sich für eine Verwaltungslaufbahn entschieden und ist in das neu gegründete Kommissariat für die Osthilfe eingetreten, das sich ostelbischer Güter annimmt, die in finanzielle Not geraten sind. Am 1. April 1932 ist er verbeamtet worden.

»Man müsste bei der Osthilfe mal kräftig ausfegen«, sagt Teddy Kessel zu Peter Yorck. »Der Laden ist rechtlich gesehen doch ein schlimmer Verhau. Ein undurchdringlicher Dschungel von Gesetzen, Verordnungen, Richtlinien und amtlichen Erlassen. Das macht Leuten wie Oldenburg-Januschau ihre Umtriebe natürlich leicht.«

»Oldenburg-Januschau hat kein Ehrgefühl«, sagt Fritzi Schulenburg. »Aber die Partei wird mit alledem Schluss machen. Wenn erst die NSDAP regiert, wird ein erneuertes preußisches Beamtentum mit aller Korruption und Begünstigung aufräumen.«

Albrecht von Kessel, Teddy genannt, ist 1902 in Schlesien geboren und 1927 in den Auswärtigen Dienst eingetreten. Er ist ein Jugendfreund Peter Yorcks, ebenso wie Fritz-Dietlof Graf von der Schulenburg, der seit Anfang dieses Jahres 1932 Regierungsassessor in Ostpreußen ist.

Fritzi ist am 5. September 1902 als vierter Sohn des damaligen Militärattachés Friedrich Graf von der Schulenburg und seiner Frau Freda-Marie in London geboren worden, wo er auch seine ersten vier Lebensjahre verbracht hat. Danach ist er in Berlin, Potsdam und Münster aufgewachsen, und auf dem Gut Tressow in Mecklenburg.

Es ist der 4. August 1911. Fritzis Schwester Tisa steht vor dem Schrankzimmer. Sie fragt sich, was Fritzi diesmal wieder ausgefressen haben mag. Tisa weiß es nicht. Fritzi weiß es wahrscheinlich auch nicht. Weiß es Miss Bull? Miss Bull ist ausschließlich für Fritzi und Tisa da. Die drei großen Brüder sind schon zu erwachsen. Miss Bull ist für sie nicht zuständig. Sie kann sich ganz auf Fritzi und Tisa konzentrieren. All ihre vielen Strafen denkt sie sich nur für Fritzi und Tisa aus, wobei ihr die gute altmodische Ohrfeige immer noch am liebsten ist. Man fliegt um von Miss Bulls Ohrfeigen. Gestern ist Fritzi im Badepavillon unten am See mit dem Hinterkopf auf die Fliesen geknallt. Er hat keine Luft mehr bekommen. Als er wieder atmen konnte, hat Tisa ihn gefragt, ob sie es nicht diesmal der Mama erzählen wollen. Fritzi wollte aber nicht. Er will keine Petze sein. Er glaubt, Miss Bulls Gemeinheit werde sich von ganz allein offenbaren. Das Böse kann nicht ewig verborgen bleiben. Die Sonne wird es an den Tag bringen: Das hat Fritzi gestern gesagt. Tisa steht vor der Tür des Schrankzimmers.

Das Schrankzimmer ist leer. Normalerweise ist es leer. Aber nicht jetzt. Jetzt ist Fritzi drin. Jedenfalls hofft das Tisa. Tisa steht ganz still. Sie steht schon seit einer Weile so. Sie lauscht, aber sie hört nichts. Fritzi ist schon oft ins Schrankzimmer gesperrt worden. Aber bisher hat Tisa ihn immer gehört. Fritzi rennt gegen die Tür des Schrankzimmers an, wenn er eingeschlossen wird. Er trommelt dagegen. Er knallt mit dem Kopf gegen die Tür, wieder und wieder und wieder und wieder. Er lässt seinen Hinterkopf an der Tür herunterrattern, so dass es klingt wie ein fahrender Zug. Aber jetzt ist alles still. Tisa überlegt, dass sie Fritzi rufen könnte. Sie hat aber Angst zu rufen. Sie hat Angst davor, dass Miss Bull sie hört. Sie hat noch mehr Angst davor, dass Fritzi im Schrankzimmer sie womöglich nicht hört. Dass er nicht antwortet. Was dann? Tisa schließt die Augen. Sie faltet die Hände, drückt die Finger ganz fest zusammen. Dann ruft sie, leise.

»Fritzi?«

Niemand antwortet. Lauter jetzt.

»Fritzi.«

Nichts.

Vielleicht ist Fritzi gar nicht mehr in dem Schrankzimmer. Vielleicht ist er geflohen. Vielleicht ist er tot. Tisa schreit. Jetzt, wo sie einmal angefangen hat, kann sie gar nicht wieder aufhören. Sie schreit und schreit. Nach einer Weile kommt jemand gerannt. Es ist nicht Miss Bull. Es ist die Mutter, gefolgt von Bia und Peter Yorck und einem Schwarm Hausmädchen.

»Fritzi ist da drin. Fritzi ist da drin, und Fritzi ist tot.«

Nun schreit die Mutter. Schreie, Durcheinander, das gesamte Haus läuft zusammen. Wer hat den Schlüssel? Wo ist Miss Bull?

»Fritzi! Fritzi!«

Der Schlüssel ist gefunden. Die Tür fliegt auf. Fritzi steht mitten im Zimmer. Er steht mit verschränkten Armen. Seine Augen schwimmen. Seine Lippen sind zusammengepresst, die Mundwinkel herabgezogen. Er ist sehr blass. Er ist wirklich vollkommen weiß im Gesicht. Aber er rennt nicht auf die Tür zu. Er steht, wo er steht. Fritz-Dietlof von der Schulenburg ist acht Jahre alt.

Er ist genauso alt wie Bia Yorck, Peter Yorcks großer Bruder. Die Yorck-Jungen verbringen oft lange Sommerwochen auf Schloss Tressow bei den Schulenburgs, oder Fritzi besucht die Yorcks in Klein Oels. An dem Novembernachmittag 1912, als die Gräfin Sophie am Fenster des Empirezimmers steht, das sie für ihre Schwägerin Bertha hat vorbereiten lassen, und der glücklose Bibliothekar Ringelnatz auf dem Weg zu einem heimlichen Rendezvous mit der Hauslehrerin Timmi dem regenverhangenen Walde zustrebt, sitzen die Yorck-Jungen mit Fritzi Schulenburg im Klein Oelser Kinderhaus, das die Schwäbische Hütte genannt wird.

Bia Yorck hat drei Zigaretten aus seiner Jackentasche gefummelt.

»Wo hast du die her, Bia?«

»Geklaut. Von Rommel.«

Der neue Hauslehrer. Bia zündet sich eine Zigarette an, bläst grauen Qualm.

»Na los, nehmt auch eine.«

»Ich nicht«, sagt Fritzi. »Mir wird davon schlecht.«

»Weichling. Dann du, Peter.«

»Nein, lieber nicht.«

Bia pafft. Peter deutet auf den Bibliothekar.

»Siehst du den Mann da draußen, Fritzi?«, sagt er. »Das ist unser Bibliothekar. Vater hat ihn aber rausgeworfen.«

»Warum denn?«, sagt Fritzi.

»Er hat sich mit jemandem gehauen«, sagt Peter. »Mit einem unserer Leute. Das geht natürlich nicht.«

»Aber gehört der Bibliothekar nicht auch zu euren Leuten?«, sagt Fritzi.

»Nein«, sagt Bia. »Er ist doch nicht auf Klein Oels geboren.«

Sie sehen weiter aus dem Fenster. Fritzi wedelt mit der Hand Bias Rauch weg.

»Wir könnten rausgehen und ein bisschen mit ihm reden«, sagt er.

»Wozu«, sagt Bia. »Und er ist schon viel zu weit weg. Willst du ihm vielleicht nachrennen?«

»Wir könnten die Ponys nehmen«, sagt Fritzi.

»Ja, los«, sagt Peter. »Wir holen die Ponys, und dann jagen wir den Bibliothekar.«

Sie springen auf. Sie rennen die schmale Treppe hinunter, den Parkweg entlang, auf die Ställe zu. Die Luft ist feucht und still. Es riecht nach Laub. Fritzi beginnt laut zu singen. Er singt ein Lied, das er von den Yorcks gelernt hat.

Rote Rosen, rote
Stiehn uf eenem Stängel;
Dar Herr is scheen, dar Herr is scheen,
De Fraa is wie a Engel.

Oben im Schloss öffnet die Gräfin das Fenster. Sie sieht die Jungen, wie sie auf ihren Ponys dem glücklosen Bibliothekar nachjagen. Es ist ihr, als müsste sie sich hinauslehnen und laut ihre Namen rufen. Aber die Jungen würden sie gar nicht hören. Sie produzieren selbst zu viel Lärm. Sie singen, sie rufen. Ihre hohen Kinderstimmen klingen durch die kalte Luft zum Schloss herüber, schrill und fröhlich wie Vogelschreie.

Kleene Fischla, kleene,
Schwimmen ei dam Teiche.
Dar Herr is scheen, dar Herr is scheen,
De Fraa is wie a Leichen

Und dann beginnt der Krieg.

Wie kann man einen Krieg gewinnen, in den man vom Ausland hineingezwungen wird? Wie kann man einen Krieg gewinnen, ohne eigene Kriegsziele zu haben?

Das schreibt der Vater aus dem Feld.

Der Generalmajor Friedrich Bernhard Karl Gustav Ulrich Erich Graf von der Schulenburg, Kommandeur des Regiments der Garde-du-Corps in Potsdam, Flügeladjutant des Kaisers, nun im Weltkrieg Chef des Generalstabs der 5. Armee: Er hat diesen Krieg längst verloren gegeben. Er ist strikt dagegen, dass Deutschland auf einem Siegfrieden beharrt. Es gibt keinen Sieg.

Man kann nur noch die Verluste beschränken, durch freiwilligen Verzicht auf Elsass-Lothringen, durch baldiges Einlenken, durch eine Beendigung des Sterbens. Die Söhne des Generals sind empört. Der Vater hat sicher recht, er hat immer recht, aber dieses eine Mal eben nicht. Der Krieg darf nicht einfach so enden. Der Krieg muss gewonnen werden. Der Krieg muss unbedingt auf Fritzi warten. Heute ist immerhin schon der Gips entfernt worden.

Fritzis Arm sieht komisch aus, sehr dünn und weiß, wie ein Hühnerbein. Der Doktor hat gesagt, der Arm würde nie wieder ganz in Ordnung kommen. Er hat gesagt, Fritzi würde ein Leben lang in seiner Bewegungsfähigkeit gehemmt bleiben. Tisa und Heini haben Fritzi sehr bedauert. Fritzi hat aber nicht geheult.

Er wird auch nicht heulen. Er wird trainieren. Er wird jeden Tag einen Waldlauf machen, dann wird er Hürden springen. Und dann wird er das Werfen üben. Er wird weit werfen, sehr weit, weiter als alle seine älteren Brüder. Er wird sich darin üben, schwere Lasten zu tragen. Und er wird Griffe kloppen. Er hat schon vor dem Unfall Griffe gekloppt, so zackig wie nur irgendeiner. Nun muss er eben wieder von vorn anfangen.

Der Krieg geht ins vierte Jahr.

Der Rasenplatz hinter dem Schloss ist verkrautet, der Park ist verwildert. Die Männer des Dorfes sind an der Front. Die Schulenburgs haben nie wie reicher Adel gelebt, aber nun scheint es, als wären sie gänzlich verarmt. Im weiträumigen Stall von Tressow stehen nur noch die beiden Kutschpferde. Die hohen Schlossfenster sind vorhanglos: Die Mutter hat die Vorhänge an die Leute im Dorf verteilt, damit sie sich daraus Jacken schneidern. Die Tochter der Dichterin Karoline von Arnim, als Stieftochter des Muskauer Standesherrn Traugott Hermann von Arnim-Muskau aufgewachsen im sicheren Komfort von Schloss Muskau inmitten der Fürst-Pücklerschen Parkanlagen: Sie kann das Elend der Menschen in diesem Krieg kaum ertragen. Selbstverständlich nimmt sie für sich und die Ihren keinerlei Privilegien in Anspruch. Zu Wochenbeginn verteilt sie das Brot an die Kinder, nicht mehr und nicht weniger als die offizielle Ration. Jeder Laib ist mit einem Namen gekennzeichnet,

Heini, Fritzi, Tisa

Fritzis Brot ist am Mittwoch weg. Dann behauptet die Mutter, ihr Brot nicht aufessen zu können. Sie wird immer dünner, aber Fritzi ist trotzdem immer hungrig. Das ist das einzig Dumme am Krieg, man bekommt nicht genug zu essen. Aber natürlich wird sich das ändern, wenn erst Fritzi hinaus ins Feld ziehen und Deutschland zum Sieg verhelfen kann.

Dazu allerdings kommt es nicht mehr. Heini wird gerade noch rechtzeitig siebzehn, um den großen Brüdern und dem Vater in den Krieg zu folgen, aber als auch Fritzi endlich alt genug ist, ist der Friede schon ausgebrochen. Fritzi hat zu Hause bleiben müssen, als Einziger der Schulenburg-Jungs.

1920 legt Fritzi am Katharineum zu Lübeck das Abitur ab, dann beginnt er in Göttingen Jura zu studieren. Er tritt ins Corps Saxonia Göttingen ein. Er ist entschlossen, ein erstklassiger Fechter zu werden. Er ist ein erstklassiger Fechter: Alles Zweitklassige ist Fritzi zuwider. Er trainiert selbst in den Ferien auf Schloss Tressow, mit seiner Schwester Tisa.

»Ich habe gezuckt.«

»Hast du gar nicht.«

»Habe ich doch. Noch mal.«

Tisa hebt den Stock, holt aus und lässt ihn ein weiteres Mal vor Fritzis Gesicht durch die Luft pfeifen.

»Näher. Du musst näher ran. Wenn du nicht näher rangehst, ist es kein Kunststück, nicht zu zucken.«

Tisa gehorcht.

»Das war gut. Das war ziemlich gut, findest du nicht?«

»Ja, Fritzi. Ziemlich gut.«

»Jetzt fuchtle mal von oben nach unten und von unten nach oben, so dass ich gar nicht abschätzen kann, wann was kommt.«

Tisa konzentriert sich. Fritzi steht locker, in Fechterstellung. Genau darum geht es. Es geht um lockere Beherrschung, Unerschrockenheit. Es geht Fritzi darum, kaltblütig und geschickt zu sein, ein Fechter, der nicht mit der Wimper zuckt. Fritzi zuckt nicht mit der Wimper. Er ist ein großartiger Schwimmer, ein unermüdlicher Läufer und Hürdenspringer. Er fährt Ski, dass es staubt, er wirft einen Ball oder den Diskus weiter als alle seine Brüder.

»Wilder, Tisa. Du musst wilder sein. Du musst so mit dem Stock fuchteln, dass ich Angst kriege.«

»Du kriegst doch nie Angst.«

»Weil du nicht fuchtelst.«

Tisa lässt den Stock sinken.

»Fritzi. Aber eigentlich ist es doch gut, dass man blinzelt. Das tut man doch, um die Augen zu schützen.«

»Und du meinst, ein Lidschlag schützt gegen eine Klinge? Da setze ich noch eher auf mein Monokel.«

Das ist seine neueste Erwerbung. Fritzi trägt Monokel. Er behauptet, damit besser sehen zu können.

»Und die Splitter?«

»Was für Splitter?«

»Wenn das Monokel zerschlagen würde?«

Fritzi lacht. Er lacht selten und immer nur kurz. Wenn Fritzi lacht, dann ist es, als drehte einer eine Lampe an und dann gleich wieder aus. Fritzi nimmt Tisa den Stock aus der Hand und schleudert ihn weit ins Gebüsch.

»Komm. Wir gehen hinunter zum See.«

Der Mecklenburger Himmel wölbt sich über Schloss Tressow, wässrigblau und wolkenlos. Sie gehen über die Wiese. Die Schlossfenster sind nach wie vor vorhanglos. Das Unkraut in den Parkbeeten steht hoch. Die Schulenburgs haben nun wirklich kein Geld mehr. Vor dem Krieg hat der Vater sein ganzes Vermögen in England angelegt. 900 000 Goldmark, absolut sicher. So sicher wie die Bank von England: Und dann kam der

Krieg, und alles war weg. Die Schulenburg-Jungs haben vor Lachen gebrüllt, als der Vater es ihnen gestanden hat.

»Neun-hun-dert-tau-send!«

»Und der Feind hat den ganzen Zaster kassiert.«

»Dabei hätte ich jederzeit geschworen, wir wären arm.«

Der Vater sitzt hochaufgerichtet in seinem Lehnstuhl im Gelben Salon. Um ihn lagern die Söhne wie große Hunde, auf Sesseln und Sofas und großen Kissen: Albrecht, Wolfi, Heini, Fritzi in ihren abgetragenen Jacken, mit Weingläsern in den Händen. Die Brüder debattieren mit dem Vater. Sie politisieren, ganze Nächte hindurch. Dazwischen hopst der kleine Wilhelm herum, das Nesthäkchen mit Narrenfreiheit, 1914 geboren und patriotisch benannt. Im Nebenzimmer träumt die Mutter versunken am Flügel.

Sie spielt Chopin, Brahms: klare, perlende, trauernde Klänge, übertönt, ausgelöscht von den lauten Stimmen ihrer Söhne, dem Gelächter der Schulenburg-Jungs. Die Brüder sprühen und glühen vor Vitalität. Sie rangeln miteinander, sie versuchen einander zu übertreffen.

»Der Kaiser hätte auf dem Schlachtfeld bleiben sollen.«

»Er hätte an der Front bleiben sollen wie ein Mann, statt im entscheidenden Moment zu verreisen.«

»Ich frage mich, was er in seinem Exil den ganzen Tag macht. Womit er sich die Zeit vertreibt, da oben in Doorn, während hier sein Land untergeht.«

»Vielleicht jagt er.«

»Was denn, Wasserratten? In den Niederlanden gibt es doch nicht einmal Wald.«

»Ich dulde es nicht, Fritzi. Trotz allem dulde ich es nicht, dass du so über den Kaiser sprichst.«

»Ach, Papa. Fritzi war eben nicht an der Front. Ohne das Fronterlebnis fehlt einem Mann etwas.«

»Ach ja, Wolfi? Bei dir fehlt die Vernunft. Die Monarchie ist erledigt. Die Monarchie ist etwas für Walzertänzer.«

»Wer hat behauptet, ich wäre für die Monarchie? Der Kaiser hat die Monarchie erledigt. Er hätte an der Front fallen sollen wie ein Mann! Stattdessen hat er sich davongeschlichen.«

»Und nun waiden die Siegermächte das Reich aus.«

»Die Siegermächte waiden das Reich aus, gesteuert vom internationalen Judentum.«

»Wenn wir nicht handeln, geht das Abendland unter, genau wie Spengler es prophezeit hat.«

»Die Toten dürfen nicht umsonst gestorben sein. Die Opfer, die Deutschland gebracht hat, dürfen nicht umsonst gewesen sein.«

»Muss man sich auch noch wie ein Sklave der Mentalität der Sieger unterwerfen, nachdem man schon auf dem Schlachtfeld niedergeworfen ist? Muss man nun auch noch demütig ihr Denken, ihre Demokratie, ihre Vokabeln, ihre Vorstellungen von Recht und Unrecht auf sich nehmen?«

»Nur ein Titan kann die Dinge noch meistern. Ein Titan, wie er momentan weder links noch rechts zu finden ist.«

»Die Hoffnungen Deutschlands liegen im Wiedererstarken des Preußentums.«

»Im Sozialismus. In einem nationalen Sozialismus.«

»In einem preußischen Sozialismus.«

»Wir brauchen den Neuanfang. Ein Drittes Reich.«

»Wir wollen und wir werden die Revolution gewinnen.«

Und setzt ihr nicht das Leben ein, nie wird euch das Leben gewonnen sein!

Tisa von der Schulenburg sitzt unter ihren Brüdern.

Sie trägt die Jacken ihrer Brüder auf, ihre Hemden. Sie sieht entsprechend aus. Aber das ist auch schon egal. Junge Männer interessieren sich ohnehin nicht für sie. Wenn sie auf Tanzveranstaltungen geht, bleibt sie sitzen, und das kann ja nicht nur an den Kleidern liegen. Tisa wird also niemals heiraten. Sie wird ja niemals jemanden kennenlernen. Das Leben wird an ihr vorübergehen: Im Haus des Vaters gibt es keine Tanzveranstaltungen, nur die Besuche hoher Militärs.

Ludwig Beck kommt, einer der ehemaligen Generalstabsoffiziere des Vaters. Chef der Heeresleitung Hans von Seeckt kommt. Carl-Heinrich von Stülpnagel kommt. Der Kronprinz kommt, mit seiner dicken Gattin, und die Schulenburgs verkochen das Haushaltsgeld eines halben Monats, nur damit der magere Kronprinz gleichgültig alles in sich hineinschaufelt. Tisa ist entschlossen, niemals zu heiraten.

Der große Max Liebermann von der Berliner Akademie hat ihr künstlerisches Talent bescheinigt. Er hat Tisas Scherenschnitte gesehen, 1918, vor drei Jahren. Seitdem steht es fest: Tisa wird Künstlerin werden, und Sozialistin.

Auf, Sozialisten, schließt die Reihen!

Die Trommel ruft, die Banner wehn!

Das Problem ist der Vater. Er ignoriert Tisas Bitten, sie Kunst studieren zu lassen, er winkt ab, er will nicht einmal über dergleichen reden. Er hat Wichtigeres zu bedenken. Er hat wesentlichere Wunden zu lecken: die Schande von Versailles, das verlorene Kaiserreich.

Fritzi und Tisa gehen an der Rückseite des Schlosses entlang.

Tisa geht. Fritzi tänzelt. Sie gehen immerhin nebeneinander. Tisa scheint es oft, als hätte sie eine ganze Kindheit damit verbracht, hinter vier älteren Brüdern herzurennen, ohne sie jemals einzuholen. Eine ganze Kindheit lang hat der eine oder andere Bruder Tisa auf einen Schrank gesetzt oder auf einen Ast, von dem sie allein nicht wieder herunterkam.

Trau dich, spring! Spring doch einfach!

Tisa und Fritzi umrunden das Schloss. Der See liegt unter

ihnen, moosgrün und glitzernd. Als Kinder sind sie diesen Abhang niemals hinabgegangen. Sie sind immer gerannt, im Sommer in leichten Kleidern, in den Frühlings- und Herbststürmen mit ausgebreiteten Armen, offenen Mänteln, in die der Wind fuhr.

Ich fliege, ich fliege!

»Weißt du noch, wie es früher war, wenn wir nach Tressow gekommen sind?«, sagt Tisa. »Erinnerst du dich? Es war immer herrlich. Egal ob wir in London oder in Münster oder in Berlin gelebt haben. Es war immer ein Heimkommen. Es war die Freiheit. Der Wagen fuhr ganz leise, die Pferde griffen aus. Wir wussten, bald würden wir das Haus sehen.«

»Ja«, sagt Fritzi. »Die Spannung war kaum zu ertragen.«

Sie wirft ihm einen Blick zu. Er ist aber ernst. Er macht sich nicht über sie lustig.

»Ich dachte im Übrigen, du möchtest hier weg«, sagt er. »Ich dachte, du wolltest in Berlin Kunst studieren.«

»Er lässt mich ja nicht«, sagt Tisa. »Du weißt genau, dass Vater mich nicht lässt.«

Sie gehen den Weg entlang, der über die Wiese zum Seeufer führt.

»Hast du übrigens den Dostojewski fertig gelesen?«, sagt Fritzi.

»Noch nicht ganz.«

»Und den Romain Rolland?«

»Den schon. Und den Spengler auch. ›Preußentum und Sozialismus‹.«

»Was hältst du von dem Spengler?«

»Ich weiß nicht. Ich habe immer schon genug damit zu tun, alles zu verstehen, was in so einem Buch steht. Ich weiß nicht, wie man es hinterher auch noch beurteilen soll, als wäre man klüger als der Autor.«

»Man muss immer noch mehr lesen. Dann geht es irgendwann.«

Der See liegt dunkel in der Sommersonne. Das Wasser ist überpudert mit Pollenstaub, der in langen schlierigen Strähnen auf der Oberfläche treibt, ohne zu sinken. Sie biegen in den Pfad ein, der zum Badepavillon führt.

»Wollen wir uns ans Ufer setzen und rauchen? Hast du eine Zigarette, Fritzi?«

»Nein. Ich rauche nicht mehr.«

»Was! Seit wann das denn?«

»Seit gestern Abend. Ich werde jetzt genau einundzwanzig Tage lang nicht mehr rauchen. Dann fange ich wieder an.«

»Aber warum?«

»Ich will frei sein. Ich will nicht abhängig sein von Annehmlichkeiten. Ich will nichts brauchen, nur weil ich es gern mag.«

Sie sind jetzt am Pavillon. Das Gittertörchen des Eisenzauns ist verschlossen.

»Wir hätten den Schlüssel mitnehmen sollen.«

Fritzi stützt die Hand auf den Zaun, flankt darüber.

»Komm, Tisa. Los, komm.«

Fast muss sie lachen. Da ist es wieder.

Los, komm, Tisa, du kannst das.

Los, komm! Tisa, komm, oder traust du dich nicht?

Auf die fahrende Berliner Straßenbahn aufspringen, von der fahrenden Straßenbahn abspringen. Auf den Grund des Sees hinabtauchen, zu den großen Barschen und den Wasserpflanzen. Den Rodelschlitten an das Kutschpferd binden, und dann los über die Äcker, mit der Reitgerte. Hoch hinauf in die Tanne klettern und an ihren langen verschneiten Ästen herabrutschen. Am Abend zu der verbotenen Hütte im Wald gehen,

Horch, die Stille! Horch. Horch, wie die Krähen in der Winterdämmerung schreien.

Tisa steht vor dem Gitter. Fritzi steht hinter dem Gitter. Er ist kein schöner Mann, das muss sogar Tisa zugeben. Fritzi ist nicht sehr groß. Die Nase in seinem schmalen Gesicht ist von Schmissen zerhackt. Er legt keinerlei Wert auf seine Kleidung. Er hat kein Benehmen, wenn er nicht will: Gestern war irgendein Graf zu Besuch, den Fritzi von der Schulenburg langweilig fand, und prompt ist Fritzi über den Tiraden des Gasts eingeschlafen. Der Mann hat aber noch Glück gehabt.

Meistens geht Fritzi einfach weg, wenn er sich langweilt. Er steht auf, verlässt das Zimmer und kommt nicht wieder, und der Gast sitzt und wartet, bis ihn Unruhe überfällt und er sich zu fragen beginnt, was seinem Gastgeber zugestoßen sein mag. Tisa ist gespannt, welcher Frau es einmal gelingen wird, Fritzi Schulenburg einzufangen.

Sie kann sich keine Frau vorstellen, die Fritzi widersteht. Als kleiner Junge hat er einmal abends bei Tisch geredet. Alle erstarrten: Die Kinder hatten schweigend zu essen. Der Vater sah Fritzi an. Seine Augen blitzten. Fritzi hob den Kopf und begegnete dem Blick. Seine Lippen wurden weiß. Er reckte das Kinn vor, blitzte aus schmalen Augen zurück.

»Siehst du. Ich kann dich ganz genauso ansehen.«

Gab es an dem Abend die Reitgerte für ihn? Tisa weiß es nicht mehr. Aber es ist anzunehmen. Fritzi tänzelt, auf der anderen Seite des Pavillongitters. Er macht einen Ausfallschritt, wie beim Fechten.

»Tisa? Machst du ein Exlibris für mich?«

Tisa ist sprachlos. Das Glück überschwemmt sie. Dies ist eine Ehre, die größte Ehre.

»Ich dachte an einen Ritter«, sagt Fritzi. »Einen Ritter zu Pferd.«

»Ja«, sagt Tisa. »Natürlich.«

»Auf einem Hügel«, sagt Fritzi. »Verstehst du?«

»Ja«, sagt Tisa, »ja.« Sie sagt: »Ich verstehe genau. Ein Ritter, der Wache hält.«

»Ja. Und darunter mein Motto.«

»Dein Motto?«

»*Leicht und entschieden.*«

Fritzis Vettern sind sehr stolz auf Fritzi. Ulrich Graf Schwerin von Schwanenfeld und Albrecht von Kessel, Teddy genannt: Sie sind Vettern, und Vettern von Fritzi. Ulrich ist ein schmaler scheuer Junge mit Brille. Teddy ist selbstbewusst. Sie besuchen beide die Oberstufe der evangelischen humanistischen Klosterschule Roßleben, in die auch Peter Yorck von Wartenburg letztes Jahr eingetreten ist.

Es ist ein kalter Januartag 1921. Peter ist sechzehn. Er ist der Jüngste der drei: Ulrich und Teddy sind 1902 geboren, im selben Jahr wie Fritzi Schulenburg und Peters Bruder Bia, der als zukünftiger Erbe von Klein Oels gerade eine landwirtschaftliche Ausbildung auf dem Gut Oppin bei Halle absolviert.

»Und Fritzi studiert schon«, sagt Teddy Kessel zu Peter Yorck. »Hast du gehört, dass er in die Göttinger Saxonia eingetreten ist? Angeblich hat er einen Schmiss abbekommen, quer über die Nase. Das muss ja schön aussehen. Sein Bruder Wolfi war sein Sekundant. Na, du kennst Wolfi. Der hat natürlich gerade woanders hingeschaut. Ein Schulenburg braucht keinen Sekundanten, so denkt Wolfi. Zack, da war es passiert. Das Blut ist nur so gespritzt, sagt Papa. Aber Fritzi war es völlig egal. Wie ich ihn kenne, ist er sogar noch stolz auf die Narbe.«

Ulrich Schwerin und Teddy Kessel sind auf Peter Yorck gleich an dessen erstem Tag in Roßleben zugegangen. Peter ist beglückt über diese Bekanntschaft. Er besucht ja zum ersten

Mal eine Schule. Bisher ist er zu Hause unterrichtet worden, so wie die meisten Jungen hier. Aber die Verwandten eines Freundes sind beinahe eigene Verwandte. Dank Ulrich und Teddy hat Peter sich sofort ein wenig heimisch gefühlt, auf Roßleben.

Er hat die Freunde auch gefragt, ob sie es unbescheiden finden, wenn er seine eigene Familiengeschichte so in den Vordergrund stellt, wie sich das bei seinem heutigen Vortrag notwendig ergeben wird. Aber sie waren beide der Ansicht, es wäre doch noch merkwürdiger, wenn Peter als Zuhörer dabeisäße, während ein anderer über Peters Ahnen referiert: über Johann David Ludwig Graf Yorck von Wartenburg, geboren am 26. September 1759 in Potsdam als Johann David Ludwig Jark. Es wird in dem Vortrag natürlich um Tauroggen gehen, um den Vertrag von Tauroggen am 30. Dezember 1812.

Peter hat sich nur über die Struktur seines Vortrags Gedanken machen müssen. Der Inhalt ist ihm so vertraut wie der Schlosshof von Klein Oels. Peter hat sich überlegt, dass er zuerst von Napoleons Russlandfeldzug sprechen wird. Er wird vom Wahnsinn dieses Feldzugs berichten, von seinem erbärmlichen Scheitern in den verschneiten russischen Weiten. Dann wird er schildern, wie im Dezember 1812 die ersten versprengten Franzosen mit Mühe Tilsit erreichen, zeitgleich mit den ersten russischen Reiterpatrouillen. Aber es kommt zu keinem Kampf.

Denn an der Spitze der Russen reiten der kommandierende General Graf Diebitsch aus Groß-Leipe in Schlesien und Generalinspekteur Freiherr vom Stein aus Berlin. Und der Mann, der ihnen als Gegner entgegensprengt, ist nicht etwa ein napoleonischer Offizier, ein Repräsentant der verhassten Macht, die ganz Europa unter ihre Knute gezwungen hat, sondern kein anderer als Generalleutnant Ludwig Yorck, Führer eines preußischen Hilfskorps, das nach der Niederlage Preußens gegen den Korsen auf der Seite der französischen Truppen zu kämpfen gezwungen ist.

Peter liebt diese Szene.

Er hat sie sich schon tausendmal ausgemalt. Das Glück dieser Begegnung, mitten im Krieg, zwischen den feindlichen Linien! Die Überraschung, die Wiedersehensfreude der drei Männer, die sich als Feinde entgegentreten sollen und die doch in Wirklichkeit alle Offiziere preußischer Herkunft sind! Und werden sie es zulassen, dass preußische Soldaten für Napoleon kämpfen? Werden sie weiterhin von ihren Männern verlangen, die Interessen der Besatzungsmacht mit dem Leben zu verteidigen?

So nämlich lautet der Befehl des preußischen Königs. Aber Peters Ururgroßvater widersetzt sich. In einer alten Mühle bei Tauroggen kommen die drei Offiziere heimlich zusammen, und Generalleutnant Ludwig Yorck unterbreitet den anderen seinen Plan: Er wird den Vertrag mit den Franzosen brechen. Er wird den königlichen Befehl ignorieren, einen Waffenstillstand mit den Russen beschließen und seine Soldaten vom Eid auf den preußischen König entbinden. Das ist natürlich Hochverrat. Ludwig Yorck riskiert seinen Kopf. Aber das lässt sich nun einmal nicht vermeiden. Denn in Wirklichkeit ist der scheinbare Verrat ein Akt wahrer Treue.

Er ist ein Fanal, das lang ersehnte Signal zur nationalen Erhebung, zum Aufstand gegen die Franzosen, zur Befreiung Preußens und Europas von der Fremdherrschaft: So hat es Peter schon als kleiner Junge gelernt. Dies ist der berühmte Geist von Tauroggen. Dies ist der Geist der Yorcks. Ein Yorck muss seinen Prinzipien und Werten treu sein, immer und unter allen Umständen, auch und gerade gegen den Staat oder den Landesherrn. Das hat Ludwig Yorck auch seinem König geschrieben,

Jetzt oder nie ist der Moment, Freiheit, Unabhängigkeit und Größe wiederzuerlangen. Ich schwöre Ew. Königlichen Majestät, dass ich auf dem Sandhaufen ebenso ruhig wie auf dem Schlachtfelde, auf dem ich grau geworden bin, die Kugel erwarten werde.

Aber der König ist nach anfänglichem Zorn vernünftig geworden. Er hat Yorck nicht erschießen lassen, sondern ihn vollständig rehabilitiert, er hat sich selbst auf die Seite seines ungeduldigen Volkes gestellt und zum offenen Widerstand gegen Napoleon aufgerufen, und so begannen die Befreiungskriege.

Bleibt eingedenk der Güter, die unsere Vorfahren blutig erkämpften: Gewissensfreiheit, Ehre, Unabhängigkeit, Handel, Kunstfleiß und Wissenschaft. Welche Opfer auch vom Einzelnen gefordert werden mögen, sie wiegen die heiligen Güter nicht auf, für die wir sie hingeben, für die wir streiten und siegen müssen, weil ehrlos der Preuße und Deutsche nicht zu leben vermag. Allein wir dürfen mit Zuversicht vertrauen: Gott und unser fester Wille werden unserer gerechten Sache den Sieg verleihen, und mit dem Sieg einen sicheren Frieden und die Wiederkehr einer glücklichen Zeit!

Und genau so kam es. Am Ende hat König Friedrich Wilhelm III. Peters Ururgroßvater als Ludwig Yorck von Wartenburg in den Grafenstand erhoben und ihm die säkularisierte Johanniter-Kommende Klein Oels im niederschlesischen Landkreis Ohlau als Dotation übergeben, wo Peter geboren worden ist.

Peter ist jetzt doch ein bisschen nervös. Er muss in der nächsten Stunde vortragen. Er beherrscht den Stoff, aber er ist die Rolle nicht gewohnt. Er sagt sich, dass es im Grunde nicht schwerer sein kann, hier zu bestehen, als vor den Augen des Vaters. Wahrscheinlich ist es leichter. Er sagt sich, dass er in freier Rede von Haus aus geübt ist.

Peter? Deinen Vortrag zu Hölderlin bitte. Aber nicht etwa vom Blatt abgelesen.

Peter? Bitte, du hältst morgen die Tischrede zum Geburtstag deiner Schwester Renate.

Es wird schon gehen. Peter muss den Vortrag heute ja noch nicht einmal auf Lateinisch halten.

Im Februar 1923 stirbt Heinrich Graf Yorck von Wartenburg. Er erlebt es nicht mehr, wie sein Sohn Peter zu Ostern das Abitur besteht und Jura zu studieren beginnt. Im Oktober 1926 legt Peter das juristische Staatsexamen ab, ebenso wie sein Freund Teddy Kessel. Teddy plant eine Karriere im Auswärtigen Dienst. Ulrich Schwerin von Schwanenfeld kümmert sich um die Verwaltung der landwirtschaftlichen Betriebe Göhren in Mecklenburg-Strelitz und Sartowitz im polnisch gewordenen Westpreußen, die er geerbt hat. Peter Yorck promoviert in Breslau, teilt seine Zeit zwischen dem Rechtsanwaltsbüro Lindgens in Berlin und Schlesien auf und heiratet Marion Winter. Und Fritz-Dietlof Graf von der Schulenburg ist am 1. Februar 1932 unter der Mitgliedsnummer 948412 in die NSDAP eingetreten, und das, obwohl seine Schwester Tisa mit dem jüdischen Unternehmer Fritz Hess verheiratet ist.

»Verstehe mich richtig«, sagt Fritzi zu Tisa. »Ich bin kein Anhänger Hitlers. Das war ich nie. Ich habe nichts gegen deinen Mann, das weißt du genau. Ich war es schließlich, der Vater überredet hat, ihn überhaupt kennenzulernen. Es geht bei der Sache überhaupt nicht um Einzelpersonen. Reichsorganisationsleiter Gregor Strasser hat klipp und klar erklärt, dass wir keine Judenverfolgung wollen, sondern deutsche Führung ohne jüdischen Geist. Es geht nicht gegen Menschen, sondern gegen das jüdische Element im Geistesleben, also gegen

Verstädterung, Bindungslosigkeit, Imperialismus. Gegen die Mächte des Kapitals. Diese Mächte dürfen Deutschland nicht länger beherrschen. Sie richten uns zugrunde, das ist offensichtlich.«

Tisa weiß nicht, was sie entgegnen soll.

Dass alles zugrunde geht, ist jedenfalls wahr. Deutschland versinkt in Armut und Gewalt. Tisa und Fritzi sitzen einander an einem der kleinen Tische im Romanischen Café gegenüber. Hin und wieder geht jemand an ihrem Tisch vorüber, den Tisa kennt.

Hin und wieder geht einer vorüber, mit dem Tisa das Bett geteilt hat: ein reicher Künstler, ein armer Dichter, ein unbekannter Schriftsteller, ein umworbener Mäzen. Tisa lebt seit sieben Jahren in Berlin. Das wollte sie. Sie wollte in Berlin leben und Künstlerin werden. Und ist Tisa jetzt froh und zufrieden? Die rote Tisa mit ihren Nazibrüdern, die einen Vertreter des jüdischen Kapitalismus geheiratet hat: Hat sie nun inneren Frieden gefunden?

Tisa bewegt sich wie unter Wasser. Sie nimmt an ihrem Leben nicht teil. Sie spielt die Berlinerin, die Bohèmienne, Fritz Hess' Ehefrau, die Rollen wechseln mit der Zeit. Was ist die Zeit? Was bringt die Zukunft? Es ist alles Kaffeesatzleserei. Tisa geht oft in den Berliner Norden. Sie zeichnet die Menschen, die auf den Arbeitsämtern warten. Sie zeichnet ihre grauen Gesichter, ihre hängenden Schultern. Sie tut es heimlich: Sie will nicht von ihnen dabei ertappt werden, wie sie ihre Armut zum Anlass von Kunst nimmt.

»So geht es nicht weiter«, sagt Fritzi. »Das sieht du wohl ein. Wir brauchen eine neue Gemeinschaftsordnung. Die alten Systeme haben sich überlebt. Das westlich-kapitalistische System mit seinem Glauben an die Allmacht der Technik und des Verstandes ist ebenso am Ende wie der Bolschewismus, der den Menschen zur Menschenmasse degradiert, die die Machthaber kneten und knechten können, wie sie wollen. Was wir brauchen, ist eine Erneuerung der Führung, also des Berufsbeamtentums, das doch letztlich den Staat verkörpert. Die Beamtenschaft hat ja schon im Kaiserreich an schöpferischer Kraft und Energie verloren, aber seit dem Krieg ist der Staat endgültig zu einer Dachgesellschaft von Interessenten und Funktionären verkommen, zu einem Schlachtfeld von Parteibonzen.«

Tisa weiß nicht, was sie einwenden soll. Fritzi war von Anfang an kein Freund der Republik, das weiß sie. Schon in seinem Abituraufsatz am Katharineum zu Lübeck hat er die Gegenwart in düsteren Farben gemalt: Er hat die Raffgier der modernen Menschen beklagt, ihr Versinken in selbstischen Begierden und Sinnenfreuden, ihre Gleichgültigkeit, ihr Desinteresse an Wahrhaftigkeit und Erkenntnis und ganz generell die Herrschaft der Vielen über die Guten.

Fritzis Deutschlehrer, Schulleiter Rosenthal, hat Fritzi ein »gut« erteilt. Auch der Vater war angetan. Der Fixstern am Himmel seiner Söhne: Er ist 1924 in den Reichstag gewählt worden, als Abgeordneter von Alfred von Tirpitz' und Wolfgang Kapps Deutschnationaler Volkspartei. Den Schulenburg-Jungs ist die DNVP natürlich viel zu spießig. Den Weimarer Parteienstaat lieben sie nicht, aber ins Wilhelminische Deutschland sehnen sie sich auch nicht zurück. Fritzis Goldenes Zeitalter ist das Preußen des achtzehnten Jahrhunderts.

Sein Atlantis ist das Preußen der Könige, in dem die Beamten als königliche Minister die Träger der Staatsidee waren und der König als ihr unumstrittener Herrscher zugleich erster Diener seines Staats und sichtbarster Exponent eines Beamtentums, das ebendiesen Staat repräsentiert: So hat es Fritzi letztes Jahr bei einem Vortrag vor ausgewählten Mitgliedern der Bündischen Reichsschaft erklärt, bei der ihn sein Freund Cäsar von Hofacker eingeführt hat. Aber die Reichsschaft war auch nur eine Sackgasse.

Fritzi hat nun erkannt, wohin der Weg geht. Er hat eingesehen, dass man einer solch überwältigenden Volksbewegung, wie es der Nationalsozialismus ist, nicht fernbleiben darf. Die Schulenburg-Jungs sind nun alle dabei. Sie haben auch den Vater davon überzeugt, die Partei zu wechseln. Gerade der Vater darf sich nicht versagen. Es geht längst nicht mehr um persönliche Vorlieben. Es geht darum, sich einzureihen. Wo so viele kämpfen und mit aller Kraft zum Guten bereit sind, hat jeder die Pflicht, sein gesamtes Wissen und Können zur Verfügung und in den Dienst der Sache zu stellen. Fritzi ist bereit. Er hat seinen Weg gefunden. Er ist nun Nationalsozialist.

»Ich setze wie gesagt nicht auf Hitler«, sagt er zu Tisa. »Ich setze auf Gregor Strasser. Er steht für die Interessen der Arbeiterschaft. Man muss den Sozialdemokraten und Kommunisten die Arbeiterschaft abspenstig machen. Dafür steht Strasser. Er steht für die Verstaatlichung der Banken, für ein Zusammengehen mit den jungen Völkern Russlands. Die Arbeiter werden ausgebeutet, sie sind ihrer Bodenständigkeit beraubt, ihr Schicksal ist Vermassung, Entseelung, Entwurzelung. Dagegen wendet er sich. Du solltest ihn einmal hören, Tisa. Ein Mann wirklich großen Formats. Er kommt mir vor wie ein Bauer im Bauernkrieg oder ein mittelalterlicher Bürger einer wehrhaften Stadt. Alles an ihm ist Glaube, Mut und Liebe. Er ist die lebendige Verkörperung von Preußentum und nationalem Sozialismus.«

Tisa sieht ihren Bruder an. Sie streckt die Hand aus, nach der Hand ihres Bruders.

»Fritzi«, sagt sie. »Ach, Fritzi.«

Tisa betrügt ihren Mann mit Carl Ulrich von Barner. Fritz

Hess ist gut, stark und empfindsam. Aber Tisa betrügt ihn mit CU, einem Jugendfreund und Nachbarn in Tressow, Tisa will CU Barner niemals mehr sehen. Das nimmt sie sich jeden neuen Tag vor. Sie nimmt es sich jedes Mal wieder vor, wenn sie heimlich und in Eile CUs Wohnung verlässt. Wann wird Tisa endlich die wahre, die erfüllende Liebe finden? Tisa erhofft sich alles von der Liebe.

Sie erhofft sich alles von der Kunst. Sie streift tage- und abendelang durch Berlin, mit ihrem kleinen Zeichenblock. Abends betrachtet sie die Früchte ihrer Arbeit und ringt um Fassung. Das ist alles, was ihr gelungen ist? Womöglich ist sie vollkommen untalentiert. Woher aber dann dieser Drang zu arbeiten? Vielleicht ist manchen Leuten das Scheitern bestimmt. Vielleicht ist es manchen bestimmt, in ebenden Bereichen, zu denen sie sich am stärksten gedrängt fühlen, keinerlei Erfüllung zu finden, zu fehlen und alles von Grund auf zu verpfuschen: Das ist ein Gedanke, den sie oft denkt und der sie mit Entsetzen erfüllt.

»Mir ist es, als wäre ich jetzt erst zu mir gekommen«, sagt Fritzi. »Ich verstehe mich selbst nicht. Was habe ich getan? Was habe ich getrieben? Wie habe ich jahrelang leben können, ohne politisch aktiv zu kämpfen?«

»Ich würde am liebsten ganz weit weggehen, Fritzi«, sagt Tisa. »Ich würde am liebsten ein kleines Haus haben, irgendwo am Strand, in der Sonne. Frische Luft, Frieden. Ruhe. Gutes einfaches Essen.«

Fritzi rührt in seinem Kaffee.

»Man kann nicht weggehen«, sagt er. »Wo will man hin? Man muss hierbleiben und arbeiten. Gott sei Dank ist es noch nicht zu spät. Gott sei Dank gibt es genug zu tun für Generationen in Deutschland. Es kann auch alles nachgeholt werden.« Fritzi legt die Hände vor der Brust zusammen, wie ein betendes Kind. »Es geht um Liebe, Tisa«, sagt er. »Um Liebe. Ich liebe mein Land. Ich möchte mit ihm ganz fest verwachsen. Ich möchte seine Not als meine eigene spüren. Ich bin bereit, alles für dieses Volk zu tun, alles für dieses Volk zu geben. Ich bin bereit zu kämpfen, als gälte es mein eigenes Schicksal. Wird es möglich sein? Das frage ich mich. Wird mir das möglich sein?«

Und ist das Volk Fritzis einzige Liebe? Wird Fritz-Dietlof Graf von der Schulenburg auf Eheglück verzichten? Aber keineswegs. Ungefähr um die Zeit seines Parteieintritts hat er eine Karte an ein Mädchen geschrieben, das er vor ein paar Jahren auf dem Tennisplatz kennengelernt hat, im Sommer 1926 während seines Referendariats in Kyritz in der Ostprignitz.

»Das war ein wirklich sehr gutes Spiel«, sagt der Graf.

Charlotte Kotelmann und Fritz-Dietlof Graf von der Schulenburg haben einmal mehr das gemischte Doppel gewonnen.

»Es waren gute Gegner«, sagt er. »Ein schöner Tag. Mein Fräulein, Sie haben sich hervorragend geschlagen.«

Charlotte wehrt lachend ab. Aber der Graf lacht nicht. Er meint es ernst. Er meint immer alles ernst, was er sagt, er macht niemals einen belanglosen Scherz, ein unernstes Kompliment. Charlotte macht sich aber nichts vor. Der Sieg ist nicht ihr Verdienst, sondern der des Grafen. Graf Schulenburg spielt besser Tennis als Charlotte. Er spielt besser als jeder Mensch, den sie kennt.

»So? Aber darauf kommt es gar nicht an. Wer von uns beiden besser spielt, wäre ja nur von Bedeutung, wenn wir gegeneinander spielen würden. Aber das tun wir keinesfalls. Wir spielen immer zusammen gegen die anderen, und dann summieren sich unsere Kräfte.«

Sie sind auf dem Weg zum See. Das altersklapprige Rad des

Grafen hat einen platten Reifen, also schiebt auch Charlotte. Sie ist sechzehn. Der Graf ist dreiundzwanzig. Der Direktor des Friedrich-Ludwig-Jahn-Gymnasiums, das Charlotte besucht, hat Charlotte ins Gewissen geredet, sie solle nicht stundenlang mit dem Grafen auf dem Seesteg sitzen, das würde sich nicht gehören. Charlotte hat die Mahnung ignoriert. Sie hat keinen Gedanken an sie verschwendet. Wenn der Graf und Charlotte nicht Tennis spielen oder schwimmen, hocken sie auf dem Holzsteg der Badeanstalt und reden und reden und reden miteinander. Sie reden meistens über Bücher.

Sie reden über die Bücher, die er gelesen hat und die er noch lesen will, über Bücher, die sie gelesen hat oder lesen sollte, Charlotte hat noch nie einen Menschen kennengelernt, der so ausdauernd über Bücher reden kann.

Sie hat nicht gewusst, dass es möglich ist, zu diesem Thema so viel zu sagen. Sie hat überhaupt noch nie einen Menschen wie diesen Grafen kennengelernt. Bevor er nach Kyritz gekommen ist, ist er in Südamerika gewesen. Er ist als Matrose auf einem Kohlendampfer gereist. Charlotte kann es sich vorstellen. Sie kann den Grafen ganz genau vor sich sehen, mitten im Karibischen Meer. Er steht hoch auf dem Mast, kohlenstaubbeschmiert, mit Säbel und Augenklappe über dem Auge, wo jetzt sein Monokel sitzt, mit rotem Bandana und einem vielfarbigen Papageien auf der Schulter.

»Wissen Sie eigentlich, was Sie mit Ihrem Leben tun wollen?«

Die Frage ist ein Blitz aus heiterem Himmel. So ist es immer. Charlotte ist schon daran gewöhnt. Sie überlegt: Dies ist nicht ganz einfach. Eine ausweichende Antwort verbietet sich natürlich.

»Studieren«, sagt sie schließlich. »Ich werde erst einmal studieren. Und dann werde ich Kinder haben.«

»Hervorragend.« Er nickt anerkennend. »Ja, das ist ganz genau richtig für Sie.«

»Ich werde vielleicht Literatur studieren«, sagt Charlotte. »Germanistik. Und ich werde viele Kinder bekommen.«

»Großartig.«

Er lacht. Das ist selten. Aber wenn er es tut, ist es sehr schön. Es ist dann, als würde sich plötzlich ein Vorhang heben und für einen kurzen Moment warmer Lichtschein hinausfluten auf den dunklen Hof, der die Welt ist.

»So machen Sie es«, sagt der Graf. »Sie studieren Germanistik. Und dann stellen Sie mir eine Liste zusammen mit allem, was ich noch lesen muss.«

Sie sind jetzt am See. Das Wasser funkelt in der Sonne, grünlich und dunkel. Der Grund ist moorig. Es ist, wie durch Kuchenteig zu waten: Das hat der Graf gestern gesagt, und Charlotte hat sehr lachen müssen.

»Und dann bekommen Sie viele Kinder«, sagt Fritzi von der Schulenburg. »Ich bin sicher, es werden sehr schöne Kinder werden. Und alle mit einem guten, freundlichen Herzen.«

Und dann zieht der Graf fort, und der Kontakt reißt ab. Charlotte macht Abitur. Sie studiert Germanistik in Königsberg. Anfang 1932 fährt sie mit Freunden in den Skiurlaub. Als sie zurückkehrt, findet sie eine Postkarte, die ihr die Mutter von zu Hause nachgeschickt hat. Die Karte ist schon zehn Tage alt. Soll Charlotte sie überhaupt beantworten? Unsinn. Wozu? Aber sie geht ihr nicht aus dem Kopf. Sie liest sie einmal, noch einmal. Sie weiß den Text der Karte auswendig,

Liebes Fräulein Kotelmann!

Sieben Jahre lang habe ich in Treue auf Sie gewartet, und nun diese plötzliche Verlobung? Ich ergebe mich dem Trunke. Schulenburg

Es ist natürlich mehr als albern. Zum einen sind nicht märchenhafte sieben, sondern nur sechs Jahre vergangen, seit Fritzi von der Schulenburg und Charlotte Kotelmann einander auf dem Tennisplatz kennengelernt haben. Und zum anderen bezieht sich das Gerücht, das der Graf gehört hat, gar nicht auf Charlotte. Nicht sie hat sich verlobt, sondern ihre Schwester. Und wie kommt er überhaupt dazu, ihr eine solche Karte zu schicken? Sie denkt gar nicht daran, ihm zu antworten.

Sieben Jahre lang habe ich in Treue auf Sie gewartet

Sechs Jahre. Und natürlich glaubt sie ihm nicht.

Diese plötzliche Verlobung! Ich ergebe mich dem Trunke

Ein Bild steigt vor ihr auf. Fritz-Dietlof von der Schulenburg als Pirat, mit schwarzer Augenklappe, rotem Bandana um die Stirn. Der Gedanke, dass er zwar nicht den wörtlichen Text der Karte, aber doch die unterliegende Botschaft ernst gemeint haben könnte, treibt ihr die Wärme in die Wangen.

Und er hat es ernst gemeint. Natürlich hat er das. Der Graf hat nie auf diese Art gescherzt. Es liegt ihm nicht. Und was als der ernsteste Ernst könnte ihn veranlasst haben, ihr überhaupt zu schreiben, nach all der Zeit?

Liebes Fräulein Kotelmann!

Sie könnte die Karte vielleicht doch beantworten.

Sie sollte es tun. Sie sollte doch wenigstens den Irrtum richtigstellen. Tatsächlich muss sie es tun: Die reine Höflichkeit gebietet es, die Karte zu beantworten und Fritzi Schulenburg darauf hinzuweisen, dass es nicht sie ist, die sich verlobt hat. Es ist ihre Schwester.

Arme Schwester. Sie ist mit einem sehr braven, biederen Mann verlobt. Aber Charlotte ist frei. Sie ist vollkommen frei. Und das wird sie den Grafen jetzt wissen lassen. Jetzt sofort wird sie an Fritz-Dietlof Graf von der Schulenburg schreiben.

Sie hat den Text bereits fertig, das merkt sie erst jetzt. Sie muss ihn nur noch zu Papier bringen,

Lieber Graf!

Ich beschwöre Sie, richten Sie sich nicht sinnlos zugrunde –

Sie kann das Lachen nicht unterdrücken, während sie schreibt. Sie unterzeichnet schwungvoll. Sie klebt den Brief zu, dann stürmt sie los, sie muss sich beherrschen, um nicht zum Briefkasten zu hüpfen wie ein Kind. Der Briefkasten ist nur ein Stückchen weiter die Straße hinauf. Und soll sie diese Karte tatsächlich einwerfen?

Natürlich, was sonst? Sie hat dies geschrieben, sie wird es auch abschicken. Charlotte schiebt die Karte durch den Schlitz.

Aber sie lässt sie nicht los. Sie hält sie immer noch fest, an einer äußersten Ecke. Ihr Herz schlägt. Der Wind weht. Der Himmel ist blau, ein ostpreußischer Frühlingshimmel mit kleinen Wölkchen darin, die fröhlich in die Ferne wandern, als planten sie eine Landpartie. Charlotte ist zweiundzwanzig. Sie studiert Germanistik und Anglistik. Sie ist eine moderne, selbstständige junge Frau. Sie tut, was sie will, sie handelt, wie sie es für richtig hält,

habe ich in Treue auf Sie gewartet

Charlotte lässt die Karte los.

Die Karte raschelt hinab in den Kasten, auf die schon eingeworfenen Briefe: die von Liebe reden, von Kummer, die zärtlich erzählen und zornig drohen, die von Geldsorgen berichten, von Krankheiten, Jubelanlässen und Schicksalsschlägen. Charlotte steht da, ganz still. Dies ist nun nicht mehr rückgängig zu machen,

und nun diese plötzliche Verlobung

Charlotte lacht laut auf. Der Wind greift ihr ins Haar, schüttelt es. Charotte wendet sich von dem Kasten ab.

Sieben Jahre! Sieben Jahre!

Charlotte geht, raschen Schrittes. Im Moment ist es ihr egal wohin. Ihr Herz klopft. Der Wind weht. Etwas hat begonnen. Charlotte freut sich. Sie könnte singen. Es gibt für Charlotte nichts, nichts zu bereuen.

»Hindenburg hätte die Schenkung nicht annehmen dürfen«, sagt Fritzi Schulenburg im kleinen Wohnzimmer der Yorcks. »Oldenburg-Januschau hat ihm Gut Neudeck doch nicht reinen Herzens geschenkt. Er erwartet Gegenleistungen dafür. Das ist der Skandal. Dass Hindenburg das Gut sofort auf seinen Sohn hat überschreiben lassen, um ihm die Erbschaftssteuer zu ersparen, ist damit verglichen eine Nichtigkeit.«

»Der Vorgang ist rechtlich nicht anzufechten«, sagt Peter Yorck. »Aber ich stimme dir zu, Fritzi. Die Sache beschädigt das Bild Hindenburgs doch erheblich. Es ist nur zu hoffen, dass nicht das ganze Kommissariat für die Osthilfe in den Verdacht gerät, Bereicherungen Einzelner zu dulden. Ich kann dir versichern, dass in meinem überschaubaren Umfeld dergleichen nicht vorkommt. Die Osthilfe leistet sehr ordentliche und dringend erforderliche Arbeit. Ulrich, du weißt, dass die Güter im Osten schwer zu kämpfen haben.«

Ulrich Schwerin von Schwanenfeld nickt. Er hat kurz nach seinem Studium die beiden großen landwirtschaftlichen Betriebe Göhren in Mecklenburg-Strelitz und Sartowitz im polnisch gewordenen Westpreußen geerbt, die er nun bewirtschaftet.

»Man hat eben allzu lange gezögert, die Betriebe zu modernisieren«, sagt er. »Das rächt sich jetzt, in der Krise.«

In der kleinen Behausung der Yorcks ist jeder Stuhl besetzt. Die Yorcks wohnen ja nicht mehr in der schönen Wohnung am Lützowufer. Sie sind umgezogen, in eine Hinterhauswohnung am Wittenbergplatz. Die neue Regierung hat gerade noch einmal die Beamtengehälter gekürzt. Natürlich geht es den Yorcks nicht schlecht. Von ihren Wochenendfahrten nach Klein Oels und Kauern bringen sie frisches Gemüse, Milch, frischgebackenes Brot mit nach Hause. Aber Bia ist kein rechter Landwirt. Er lässt das meiste seinen Verwalter entscheiden. Er selbst lebt die meiste Zeit in Berlin und bedient sich dabei recht freizügig aus dem ererbten Vermögen. Es gibt deswegen immer wieder Unstimmigkeiten. Und das Rittergut Kauern, mit dem Bia die Geschwister abgefunden hat, wirft nur wenig ab. Die Brüder haben nun einen Teil von Kauern an eine Eisenbahngesellschaft verkauft, um die Schwestern auszubezahlen. Die Schwestern waren erstaunt und enttäuscht. Aber sie sollten froh sein. Der Eisenbahn war das Land, das sie unter Schienen legen will, deutlich mehr wert, als es einem Landwirt gewesen wäre. Und ist das nicht eigentlich eine Perversion?

Das hat Marion zu Peter gesagt.

Ist es nicht eigentlich falsch, dass Erde, die mit Steinen und Stahl versiegelt ist, damit ein paarmal am Tag etwas über sie hinwegfährt, mehr wert ist als Erde, auf der das ganze Jahr Nahrung wächst?

Marion steht in der Küche ihrer kleinen Wohnung und kocht Suppe. Sie ist ein bisschen aufgeregt. Sie ist es nicht gewohnt, für so viele Leute zu kochen. Ihr gesellschaftliches Leben beschränkt sich meist auf den Umgang mit Peters Geschwistern und deren Familien. Aber heute sind die Roßlebener Ulrich Schwerin und Teddy Kessel gekommen, Peters alter Freund Fritzi Schulenburg sowie Cäsar von Hofacker und Cäsars Onkel Nikolaus »Nux« Graf von Üxküll-Gyllenband, die beide mit den Yorcks weitläufig verwandt sind. Marion hat sich auf dem Heimweg vom Büro sehr beeilt, um noch rechtzeitig einen Imbiss vorzubereiten.

Sie versucht, etwas Geld hinzuzuverdienen: Frau Dr. jur. Marion Gräfin Yorck von Wartenburg erledigt Schreibarbeiten in einer Anwaltskanzlei, bis es endlich so weit ist und die Yorcks ein Kind bekommen. Im Grunde müssten sie längst eines haben. Sie sind schließlich schon zwei Jahre verheiratet. Aber diese Dinge lassen sich nicht erzwingen, und sie sind ja noch jung, sie haben Zeit.

»Diese ganze Potempa-Geschichte ist eine ungeheure Schlamperei«, sagt Fritzi Schulenburg im Zimmer nebenan.

Marion lauscht. Das Gespräch der Männer dreht sich jetzt offenbar um diesen schrecklichen Mord, von dem jeder spricht. Fünf uniformierte SA-Leute sind in der Nacht vom 9. auf den 10. August 1932 in die Wohnung eines jungen Arbeiters und Gewerkschafters eingedrungen und haben ihn vor den Augen seiner Mutter zu Tode geprügelt.

»Der Verantwortliche muss gefunden und abgestraft werden«, sagt Fritzi. »Ein SA-Führer muss seine Leute an der Kandare halten, sonst ist er der falsche Mann. Aber solche Dinge sind letztlich nichts als bedauerliche Zwischenfälle. Es sind Entgleisungen, wie sie in der Kampfzeit jeder Bewegung vorkommen.«

»Vielleicht«, sagt Ulrich Schwerin. »Aber Hitler hat sich mit den Tätern solidarisiert. Er hat ihnen ein Telegramm gesandt, in dem steht, dass er sich ihnen in unbegrenzter Treue verbunden fühlt.«

»Was soll er denn sonst schreiben?«, sagt Fritzi. »Nach außen muss er zu seinen Leuten halten. Wie innerparteilich verfahren wird, bleibt zu sehen.«

»Aber das wäre das Ende des Staats, wie wir ihn verstehen«, sagt Teddy Kessel. »Ein Mord ist ein Mord und muss als solcher verurteilt werden. Es kann doch nicht jede Gruppierung beschließen, was sie für richtig hält, oder selbst die Regeln bestimmen, an die sie sich zu halten gedenkt. Wir sind doch keine Stammesgesellschaften wilder Indianer oder Kurden im Gebirge.«

»Es ist jedenfalls ein problematisches Urteil«, sagt Cäsar von Hofacker. »Die Notverordnung ist ja erst am 9. August erlassen worden. Sie war noch gar nicht öffentlich verkündet, als die Tat geschah. Die Täter konnten also nicht wissen, dass politisch motivierte Totschläge fortan mit dem Tod bestraft werden sollen.«

»Meinst du, es hätte sie von ihrer Tat abgehalten, wenn sie es gewusst hätten?«, sagt Ulrich Schwerin. »Das kann ich mir nicht vorstellen.«

»Die Gegenseite zeigt sich leider ebenfalls nicht zimperlich«, sagt Peter Yorck. »Es sind ja nicht nur die Nationalsozialisten, für die das beste Argument plötzlich zu sein scheint, der Gegenseite eins über den Schädel zu ziehen.«

»Jeder betrauert seine Toten«, sagt Onkel Nux. »Jeder gibt den anderen die Schuld und leitet daraus das Recht ab, nun seinerseits zuzuschlagen. Und so werden die Menschen an Mord und Totschlag gewöhnt.«

»Schuld daran ist die Verkommenheit der Führungsschicht«, sagt Fritzi. »Vor der Gewalt auf der Straße kommt die Gewalt des Systems gegen den Arbeiter, die Morallosigkeit der Unternehmer, die nur an ihre Bereicherung denken, die Verantwortungslosigkeit und Gleichgültigkeit der Verwaltung. Das ganze hysterische Geschrei von Republik und Verfassung kann doch nicht verdecken, dass die Regierenden nicht staatspolitische Ziele im Auge haben, sondern allein die Sicherung von Pfründen und Ämtern. Diese Leute sind nicht nur unfähig dazu, das Land aus dem Chaos zu führen, sie wollen es offenbar nicht einmal.«

»Es ist offensichtlich, dieser Staat ist zu schwach«, sagt

Peter Yorck. »Er ist unfähig, die Gewalt einzudämmen. Aber was wollen wir für einen Staat haben? Ich war anfangs auch kein Freund der Republik. Ich bin ein konservativer Mensch, aber das Kaiserreich lässt sich nicht wiederherstellen. Die Zeit ist darüber hinweggeschritten. Ich hätte mir eine parlamentarische Monarchie gewünscht, aber auch das scheint nicht im Bereich des Möglichen zu liegen. Man muss die Realität sehen, gerade wenn man nicht bereit ist, Traditionen leichtfertig über Bord zu werfen. Also habe ich mich mit der Republik abgefunden. Nun stellt sich die Frage, wer an ihrer Spitze stehen sollte. Wer wäre geeignet, das Land zu führen?«

Fritzi richtet sich auf.

»Na wir doch«, sagt er. »Die Elite. Männer mit Opfermut, mit adeliger Grundhaltung des Gemüts. Deswegen bin ich ja in die Partei eingetreten. Hitler stehe ich kritisch gegenüber, ebenso Göring und Himmler, aber die haben ihre beste Zeit ja schon hinter sich. Die Bewegung wird diese Männer loswerden. Ich erwarte, dass noch in diesem Winter Gregor Strasser die Führung der Partei übernimmt. Mit den Strasser-Brüdern werden wir den Nationalsozialismus über Hitler hinaus auf den Weg der sozialen Revolution treiben. Gregor sieht das Ganze, er spricht aus dem Leben heraus. Er begreift, dass es der Auftrag des Schicksals an das Deutsche Reich ist, die europäischen Nationalstaaten zu vereinen, in einem Großwirtschaftsraum Europa.« Fritzi zündet eine Zigarette an. Dann sagt er: »Im Übrigen werde ich mich verheiraten.«

»Was?«

»Mit wem denn?«

»Warum hast du die Dame vor uns geheim gehalten?«

»Weil sie selbst noch nichts davon weiß«, sagt Fritzi. »Ich habe sie noch nicht gefragt. Aber sie wird Ja sagen. Wir schreiben einander fast jeden Tag. Ich sehe sie, sooft ich kann.

Sie wird Ja sagen. Das sagt mir mein Herz, und mein Herz hat recht.«

»Fritzi macht es richtig«, sagt Nikolaus Graf von Üxküll-Gyllenband auf dem Heimweg zu Cäsar von Hofacker. »Nur nicht lange fackeln, das ist die Devise. Ich wünschte, Berthold könnte sich auch endlich zu einer Heirat durchringen.«

Onkel Nux' Neffe, Cäsar von Hofackers Cousin Berthold Schenk Graf von Stauffenberg, ist seit sechs Jahren mit seiner Mika zusammen. Allmählich verliert sie die Geduld. Onkel Nux hat sie schon einmal zur Rückkehr überreden müssen, als sie bereits auf dem Heimweg nach Russland war, weil sie die Warterei leid war.

»Ich weiß nicht, wie lange sie es noch mitmachen wird«, sagt Onkel Nux. »Berthold ist doch ein Mann, er ist siebenundzwanzig. Er sollte sich über alle Bedenken hinwegsetzen. Aber da sehe ich schwarz.«

»Natürlich kannst du gar nicht daran denken zu heiraten«, sagt Claus Schenk Graf von Stauffenberg zu seinem älteren Bruder Berthold.

Das weiß Berthold selbst. Aber es trifft ihn schwer. Mika wartet schon so lange. Bis zum Austritt Deutschlands aus dem Völkerbund Ende 1931 war Berthold redigierender Sekretär in der Kanzlei des Ständigen Internationalen Gerichtshofes in Den Haag. Nun ist er stellvertretender Abteilungsleiter am Kaiser-Wilhelm-Institut für Völkerrecht. Er ist wieder da, er ist in Deutschland, mit fester Stelle und festem Gehalt. Er und Mika waren fest entschlossen zu heiraten, notfalls auch gegen den Willen des Vaters. Aber es ist der Meister, der die Hochzeit untersagt: der Dichter Stefan George, in dessen *Staat* Berthold, sein Zwillingsbruder Alexander und der jüngere Claus im Mai 1923 eingeführt worden sind. Der *Staat* ist das wahre Deutschland,

das heute unter dem wüsten oberflächenschorf noch halb im traume sich zu regen beginnt, das einzig lebendige in dieser zeit.

Der *Staat* ist das geheime Deutschland. Karl Wolfskehl hat den Begriff gefunden. Das geheime Deutschland hat sich nie in der Welt manifestiert. Es ist das verschworene, heimlich-offene Deutschland, das zugleich ist und nicht ist, das Deutschland Hölderlins und Nietzsches, Klopstocks und Kleists, der wahre Erbe der griechischen Antike und der großen Kaiser. In diesem Geiste haben Berthold und Alexander 1924 als Mitglieder des *Staats* am Grab des Stauferkaisers Friedrich II. im Dom von Palermo einen Kranz niedergelegt.

Seinen Kaisern und Helden
Das geheime Deutschland

Friedrich II., der Enkel Friedrich I. Barbarossa, geboren in Italien, zum Kaiser gekrönt in Mainz und Aachen und schon zu Lebzeiten das *Staunen der Welt,* war ein Held von höchstem geistigem und sittlichem Adel, begabt mit Tatkraft, Geist und tiefem Empfinden, Träger der Traditionen der Staufer und der Normannen. Und seine Erben sind Berthold, Alexander und Claus Stauffenberg.

Dies Erbe ist eine Bürde, die mit Stolz getragen werden will. Es ist höchster ästhetischer Maßstab, und zugleich ist es allerhöchste Verpflichtung zu handeln. Es verlangt vollkommene Härte,

im gleichmässigen vorwärtsschreiten trotz des eignen zweifels · im unbedingten gehorsam sich selbst gegenüber · in der disziplin nur auf eines zu achten

So hat Claus es dem Meister geschrieben, in jugendlichem Überschwang. Die Stauffenberg-Brüder haben einander vor dem Meister gelobt, untadelig zu leben. Sie haben gelobt, füreinander und für die Mitglieder des *Staats* unbedingt einzustehen. Sie haben die Pflege des Erbes gelobt, Opfermut und die Bereitschaft zu dienen, die überhaupt erst zum Führen berechtigt, in Geist und in Tat. Und nun hat sich der Meister in seinem Schreiben klar gegen diese Ehe ausgesprochen.

Natürlich wird Mika furchtbar gekränkt sein. Aber der Ausgang der Sache kann nicht in Zweifel stehen. Der Meister hat ja nicht etwa die Post bemüht. Er hat Frank mit dem Brief zu Berthold gesandt: Frank Mehnert, den alten Freund, den Jünger, den Ergebenen.

Die Mehnert-Brüder und die Stauffenbergs kennen einander schon viele Jahre: Klaus und Frank Mehnert haben ebenso wie Berthold, Alexander und Claus Stauffenberg das Stuttgarter Eberhard-Ludwigs-Gymnasium besucht.

Es ist ein Herbstnachmittag 1922. Klaus Mehnert steht im Zimmer des jüngeren Bruders.

»Du behandelst unsere Mutter, als wäre sie Dreck!«

Frank steht vor dem Älteren, bleich und elend.

»So geht es nicht weiter, Frank. Du trampelst auf uns allen herum. Du benimmst dich vollkommen unentschuldbar. Bist du denn gänzlich herzlos? Siehst du nicht, wie unglücklich du unsere Mutter machst mit deinem unverzeihlichen Benehmen?«

»Wisst ihr überhaupt, wie unglücklich ich bin?«

»Nein, Frank. Das weiß ich nicht. Woher auch? Du bist ja nie hier. Du kommst allenfalls zum Schlafen nach Hause. Du lebst bei den Stauffenbergs.«

»Ach, sei still.«

Ein Aufschluchzen. Der dreizehnjährige Frank ist hoffnungslos dem vier Jahre älteren Berthold Stauffenberg verfallen.

»Du verhältst dich, als wären wir dir vollkommen gleichgültig, Frank.«

»Ihr seid mir gleichgültig. Was weißt denn du. Er hat sich zwei Tage lang nicht gemeldet.«

»Na und? Dann sage dich von ihm los. Was bist du, sein Knappe? Sein Sklave, sein Hund?«

»Verschwinde! Hau ab. Von mir aus könnt ihr alle verschwinden. Oder vielleicht verschwinde ich.« Franks Gesicht ist weiß und wild. »Wenn ich es nicht mehr ertrage, dann darf ich gehen.«

»Was meinst du damit?«

»Wenn es mir reicht, darf ich Schluss machen, das hat er mir gestattet.«

»Schluss womit? Womit, Frank? Herrgott, was hast du vor!«

»Geh weg! Geht alle weg!«

Ich habe nichts, wovon ich sagen möchte, es sei mein eigen.

Fern und tot sind meine Geliebten, und ich vernehme durch keine Stimme von ihnen nichts mehr.

Mein Geschäft auf Erden ist aus. Ich bin voll Willens an die Arbeit gegangen, habe geblutet darüber, und die Welt um keinen Pfenning reicher gemacht.

Ruhmlos und einsam kehr ich zurück und wandre durch mein Vaterland, das, wie ein Totengarten, weit umher liegt.

Frank Mehnert und Claus Stauffenberg lesen zusammen Hölderlins ›Hyperion‹. Es ist Januar 1924. Berthold und Alexander sind zum Studium fortgegangen. Claus besucht noch die Schule. Er ist ohne die Brüder zurückgeblieben. Er fühlt sich einsam, ein bisschen traurig. Er hat Halsweh: Wahrscheinlich bekommt er wieder eine dieser ekligen Mandelentzündungen. Und Frank hockt neben ihm und schluchzt.

»Claus. Was soll ich nur machen. Berthold liebt auch andere. Er liebt nicht nur mich, und ich kenne doch nur ihn, nichts sonst auf der Welt.«

»Komm, Frank. Bitte lass dich nicht gehen. Lies weiter.«

Er ist schlecht, rief ich, ja, er ist schlecht. Er heuchelt grenzenlos Vertrauen und lebt mit solchen – und verbirgt es dir.

Mir war, wie einer Braut, wenn sie erfährt, dass ihr Geliebter insgeheim mit einer Dirne lebe.

Wie eine ergrimmte Schlange, wenn sie unerbittlich herauffährt an den Knieen und Lenden, und alle Glieder umklammert, und nun in die Brust die giftigen Zähne schlägt und nun in den Nacken, so war mein Schmerz, so fasst' er mich in seine fürchterliche Umarmung –

Aber die Umklammerung wird sich lockern. Die Stauffenberg-Brüder gehören bereits zum Kreis des Meisters, in diesem Winter 1924, und im April des folgenden Jahres wird auch Frank Mehnert in den *Staat* eintreten.

Hier wird er unter dem Einfluss des Bildhauers Ludwig Thormaehlen mit der Bildhauerei beginnen. Er wird sich einen neuen Namen geben, Victor Frank. Er kann Berthold nun freier lieben: Im Kreis um den Meister ist auch der Angebetete nur Jünger unter Jüngern.

1930 gestaltet Frank Mehnert in Thormaehlens Atelier Achilleion in der Berliner Albrecht-Achilles-Straße eine Büste, die Büste des zweiundzwanzigjährigen Claus von Stauffenberg. Und nun, zwei Jahre später, hat ihn der Meister zu Berthold Stauffenberg geschickt, damit er ihm den Brief überbringt: Der Meister ist klar *gegen diese ehe.*

Das entscheidet die Dinge. Berthold ist siebenundzwanzig Jahre alt. Aber er ist nicht treulos. Er ist nicht wie Max Kommerell, der sich vom Meister losgesagt hat, weil die unbedingte Zuwendung und Fügsamkeit, die Stefan George von allen

Mitgliedern des *Staates* erwartet, zwar für den Jüngling, nicht aber für den Mann erträglich sei.

Der Meister war bereit, Kommerell zu vergeben. Aber Kommerell hat abgewunken. Er hat damit manchem im *Staat* das Herz gebrochen. Johann Anton, der die Treue gehalten hat und zugleich seine Liebe zu Kommerell nicht aufkündigen konnte, hat sich nach vielen Versuchen, Kommerell zurückzuholen, im letzten Jahr das Leben genommen. Und diesen Abtrünnigen wollte der Meister in den Rat seiner Stiftung berufen!

Aber Kommerell wird es nun selbstverständlich nicht sein, der des Meisters Erbe verwaltet. Die Treuhandschaft für Stefan Georges Nachlass ist durch letztwillige Verfügung auf Robert Boehringer übergegangen, und auf Berthold Schenk Graf von Stauffenberg.

2

Gräfin Dorothy von Moltke hat die Fenster ihres Wohnzimmers geöffnet. Früher am Nachmittag hat es geregnet. Nun duftet die Luft nach Erde und blühendem Holunder. Es ist der 19. Juni 1915, und Dorothy sitzt am Schreibtisch und schreibt an ihre Eltern, wie sie es über die Jahre jede Woche getan hat.

Dorothy Rose Innes, Tochter des Obersten Richters der Südafrikanischen Union Sir James Rose Innes und seiner Frau Jessie: Sie erzählt ihren Eltern von ihren Kindern, von der Familie, von den Leuten im Dorf. Sie kommentiert das Wetter, die Politik, die Wirtschaftslage. Sie beschreibt die Stimmung in Deutschland, die Launen der Tanten oben im Berghaus, sie berichtet von blühenden Akazien und zuckrigen Himbeeren, von Schneeverwehungen und Weihnachtsfeiern, vom Einpökeln des Schweinefleischs und vom Einkochen der Kirschen und überhaupt der Leitung dieses großen schlesischen Landhaushalts, an dessen Mittagstafel sich kaum je weniger als ein Dutzend Menschen einfinden.

Dabei gehört Kreisau mit seinen 400 Hektar zu den kleineren Gütern Schlesiens. Es liegt in einer Mulde zwischen den Hängen des Eulengebirges und dem Zobten, südlich der alten Landstraße, die den Westen mit dem Osten verbindet. Der Generalfeldmarschall Graf Helmuth von Moltke hat es einst von einer Dotation des preußischen Königs erworben. Aber der Feldmarschall ist kinderlos gestorben, und so hat er Kreisau seinem Neffen hinterlassen, dem Vater des heutigen Schlossherrn, der nach seinem berühmten Großonkel auch wieder Graf Helmuth von Moltke heißt.

Dorothy sieht aus dem Fenster. Das Schloss liegt an der Ostseite des Gevierts der Wirtschafts- und Gutsgebäude. Dorothys Wohnzimmer blickt auf den Park, der sich auf der anderen Seite an das Schloss anschließt und durch den der Fahrweg und der grasbewachsene Reitweg zum Gut Niedergräditz führen, gesäumt von drei Reihen hoher Eichen. Alles sieht sehr friedlich aus in der Dämmerung dieses Juniabends. Dorothy senkt den Blick wieder auf ihren Brief. Sie schreibt deutsch: Jetzt im Krieg soll nicht mehr fremdsprachig geschrieben werden.

Noch leben wir hier in Kreisau sehr gut. Und wenn die Russen kommen, müssen die Leute und die Kinder eben sofort nach den Bergen.

Aber das wird ja nicht geschehen. Kreisau liegt abseits, fern von den Fronten. Hierher kommen die Russen ganz bestimmt nie.

Es ist eine furchtbare Zeit. Bitte glaubt nicht, dass die Deutsche unnötig grausam sind. Wo ihnen nichts getan wird von der civil Bevölkerung, tun sie auch nichts.

In der englischen Presse sind beinahe täglich Schauergeschichten über die deutschen Verbrechen zu lesen. Es wäre Dorothy entsetzlich, wenn die Eltern diese Lügen glauben würden. Ist es denn nicht selbstverständlich, dass die deutschen Truppen sich schützen müssen, wenn »franc-tireurs« und Partisanen hinterrücks deutsche Offiziere ermorden?

»Mami?«, hat Dorothys Ältester sie vor ein paar Tagen gefragt. »Wer hat denn nun recht in diesem Krieg, die Deutschen oder die Engländer?«

Der liebe Junge. Er ist erst acht. Dorothy hat versucht, ihm zu erklären, dass es gar keine richtige oder falsche Seite gibt. Sie hat versucht, zu erklären, dass alle Menschen im Grunde gut sind: Gewalt und Gemeinheit, Tod und Hass sind nicht die letzten Wirklichkeiten, das weiß Dorothy sicher.

»Ja, aber für wen bist du?«, hat das Kind gefragt. »Bist du für die Deutschen oder die Engländer?«

Natürlich hat Dorothy dem Jungen versichert, dass sie ganz fest an der Seite seines Vaters und ihrer neuen Heimat steht. Dorothy ist das Kind englischer Eltern, aber sie hat einen preußischen Grafen geheiratet, den schlesischen Majoratsherrn Graf Helmuth von Moltke. Sie hat mit ihm vier Söhne und die kleine Asta. Sie lebt hier auf Kreisau, auf diesem Gut, mit den Menschen dieses Dorfes. Alle lieben Freunde und die meisten Verwandten stehen im Feld, und fast täglich hört man von einem schrecklichen Todesfall. Es genügt jetzt nicht mehr, dass Dorothy die Deutschen gernhat oder sich ihren Sitten anpasst. Es genügt nicht mehr, dass sie an ihrem Deutschsein herumstichelt wie an einem Lieblingskostüm, während ihre Haut darunter so britisch bleibt wie ein Wasserkressesandwich. Dorothy steht fest zu Mann und Kindern.

Aber sie muss dennoch ihre englische Herkunft nicht verleugnen. Das hat sie ihrem kleinen Sohn zu erklären versucht: Sie muss Daddy und Granny keineswegs verraten. Das eine ist das Land ihrer Herkunft, das andere ist das Land ihrer Wahl. Der liebe Junge hat sich alles geduldig angehört. Schließlich hat er ihre Hand ergriffen.

»Weißt du, Mami, eigentlich ist es ganz einfach. Daddy und Granny leben ja gar nicht in England, sondern in Afrika. Also bist du Afrikanerin.«

Dorothy hat sehr lachen müssen. Sie hat ihr Kind an sich gezogen.

»Und bist du dann auch ein kleiner Afrikaner?«

Ihr Ältester steht ihr ganz besonders nah. Dorothy ist ja gemeinsam mit dem kleinen Helmuth James von Moltke in diese Welt hineingewachsen, in der sie nun beide leben. Gemeinsam haben sie die deutschen Sitten und Gebräuche, sogar die Sprache erlernt: Bei ihrer Hochzeit hat Dorothy noch kein Deutsch gesprochen.

Natürlich hat sie von den Einsamkeiten und Verzweiflungen der Anfangszeit niemals nach Hause geschrieben. Der Vater war ohnehin nicht begeistert davon, dass er sein geliebtes einziges Kind an einen jungen Teutonen in einer entlegenen Provinz des Deutschen Reiches verlieren musste. Er vermisst sie sehr, und Dorothy vermisst ihren Vater. Dies ist die Bitternis in ihrem Kelch. Und natürlich wäre manches leichter, wenn der Young Teuton weniger launisch, weniger selbstbezogen wäre. Aber Dorothy verbietet sich Kritik an ihrem Mann. Der Graf hat es in seiner Jugend nicht leicht gehabt. Er ist nicht mit solch großer Wärme und Liebe großgezogen worden wie Dorothy selbst. Dorothys Aufgabe ist es nicht, ihn zu kritisieren, sondern seine Schwächen mit ihren Stärken auszugleichen. Und jedenfalls hat er gute Absichten. Er bemüht sich um das Gute. Er ist selbst ein guter, wenn auch manchmal etwas schwieriger Mensch: So sagt es sich Dorothy. Sie weiß sich mit ihm einig in allen wesentlichen Punkten. Es ist das, was zählt.

Es ist genau so, wie es die Christian Science lehrt: Kummer, Leid, Krankheit, Schmerz und Sündhaftigkeit besitzen keine letzte Realität. Sie sind nichts als eine schreckliche Täuschung der materiellen Sinne. Wahr und wirklich ist nur die Liebe. Seit Dorothy das weiß, hat ihre Seele Frieden gefunden. Und es war der Young Teuton, der ihr dieses Wissen vermittelt hat. Ihr Graf hat Dorothy in die Christliche Wissenschaft eingeführt. Er war es, der ihr die wunderbare Einsicht vermittelt hat, dass das Leiden nicht die letzte Wirklichkeit darstellt, und diese Einsicht ist ihr zur eigentlichen Heimat geworden. Dorothy ist hier in Kreisau am richtigen Ort.

Das ist das Wichtigste. Man muss den Ort finden, an dem man wirken kann: Dorothy hat im Dorf eine Kinderkrippe aufgebaut, sie engagiert sich im regionalen Frauenverein, ihr Mann hat unter ihrem Einfluss in den vergangenen Jahren sehr liberale Ansichten entwickelt, die er als Mitglied des Preußischen Herrenhauses nun in die Politik hineinträgt, und beide zusammen setzen sie sich leidenschaftlich für die Christliche Wissenschaft ein. Dorothy ist reich gesegnet. Sie hat im Haus, im Garten, im Dorf, in der Gemeinde mit wirklichen, handfesten Dingen zu tun. Ihr Tag ist ausgefüllt, ihr Leben hat Sinn. Sie hat fünf gesunde Kinder: ihren dear boy Helmuth James, seine drei Brüder Jowo, Willo und Carl Bernd und die kleine Asta. Und wenn dieser Krieg erst einmal vorbei ist, werden sich eines Tages vielleicht England und Deutschland einander annähern, so wie Dorothy und ihr Mann es in ihrer Ehe getan haben.

Und jedes ihrer Kinder könnte daran mitwirken. Dann wird sich der wahre Grund offenbaren, warum Dorothy nach Deutschland gekommen ist. Dann erst wird klar werden, warum gerade sie kommen musste, um ihren Grafen zu heiraten und ihre Kinder auf die Welt zu bringen. Und ist dies nicht ein wundervoller deutscher Ausdruck? *Auf die Welt bringen*: Das bedeutet doch, der Welt etwas hinzuzufügen, was vorher nicht da war und ohne Dorothy auch niemals entstanden wäre. Mit jeder Geburt beginnt die Menschheitsgeschichte neu.

Mit jeder Schwangerschaft beginnt die ganze Geschichte

des Lebens noch einmal von vorn. Aus einem Klümpchen Schleim wird ein beschwänzter Lurch, ein Frosch, ein behaartes Äffchen und schließlich ein Mensch, ein kleiner Barbar, ein junger Wilder, der sich mit den Händen Futter ins Mäulchen stopft und mit anderen Wilden um ein Spielzeug prügelt. Wie schnell es geht!

Wie lange es dauert. Jeder Tag ein Jahrhundert, jedes Jahr ein Zeitalter. So wachsen die Kinder heran, bis sie in der Gegenwart ankommen, womöglich weit über sie hinausreichen, in die Zukunft hinein. Ist es nicht unfassbar, welche Verantwortung Dorothy hat? Jedes ihrer Kinder könnte sich eines Tages als Segen für Deutschland erweisen und damit als Segen für Europa und die Völkerversöhnung. Jedes könnte mithelfen, den Lauf der deutschen Geschichte in die richtigen Bahnen zu lenken und so die Welt zu verbessern. Und es geht dabei ja nicht nur um die Zukunft.

Es geht auch um die Vergangenheit. Denn wenn man sich eines Tages fragen wird, was Dorothys Kinder zu den Menschen gemacht hat, die sie waren, dann werden auch die Namen der Männer und Frauen wieder aufglänzen, deren Lichter ohne diese Nachfolger erloschen und vergessen worden wären. Im Licht ihrer Namen werden auch die Lichtpunkte in der Vergangenheit wieder zu strahlen beginnen, mit denen sie sich verbunden fühlten. Dorothy denkt es sich wie bei den Ketten, mit denen sie letztes Jahr nach der Elektrifizierung von Kreisau erstmalig den großen Christbaum in der Schlosshalle geschmückt haben.

Eigentlich waren sie nicht so schön wie die altmodischen Wachskerzen. Aber es war faszinierend zu sehen, wie eine ganze Kette erlosch, wenn nur ein einziges kleines Birnchen beschädigt war: Und wenn man dieses eine Birnchen austauschte, strahlten auch alle anderen wieder.

»Freyas Wägelchen! Freyas Wägelchen!«

Das Wägelchen ist am 30. März 1911 ins Kinderzimmer gerollt. Hans und Carl Deichmann lagen noch in ihren Gitterbetten. Sie setzten sich auf, verschlafen und erstaunt: So früh kam der Vater sonst niemals ins Kinderzimmer.

»Ihr habt eine Schwester bekommen. Ein kleines Schwesterchen. Es heißt Freya.«

Ach? Und wo kam dieses Schwesterchen nun auf einmal her?

»Aber das haben wir euch doch gesagt. Mutter und Vater haben es beim Storch für euch bestellt. Nun ist Freya da. Und stellt euch vor, sie hat euch etwas mitgebracht.«

Dann kam das Wägelchen.

Es ist ein ganz wunderschönes bemaltes Wägelchen, mit einem großen Kasten und vier roten Rädern.

»Freyas Wägelchen! Los, wir fahren alle mit Freyas Wägelchen.«

Durch die untere Diele des weitläufigen Kölner Bürgerhauses, über den Hof.

»Los, alle rein! Nehmt auch Freya mit. Willst du mit, Freya? Los, wir ziehen euch.«

Hinaus aus dem Deichmann-Haus, hinaus auf die Straße. Über das Kopfsteinpflaster.

»Nach vorn, zum Fluss zu. Da, wo es den Hügel runtergeht.«

Es ist Sonntag, ein Julisonntag 1915. Das Wägelchen ist voll beladen. Wo ist das Personal? Wo ist die Aufsicht? Wo sind die Kindermädchen, die Erzieherinnen? Ist denn keiner da, der Schlimmes verhindert? Freya ist vier. Wieso hat sie mit den Großen mitkommen dürfen? Sie ist aber dabei, mitten unter den anderen. Sie sitzt eingekeilt zwischen Freunden der Brüder, zwischen Vettern und Basen.

»Haltet euch fest! Haltet Freya fest!«

Schrille frohe Schreie. Hinab, hinab, in wilder und berauschender Fahrt, erst den Hang hinunter, dann unten scharf um die Kurve, Freya sitzt ruhig. Sie hat keine Angst. Ein Arm hält sie von hinten umfasst. Sie weiß nicht, wessen Arm es ist, aber sie fühlt sich ganz sicher. Das Wägelchen holpert und wackelt, springt über einen Stein.

»Noch mal, noch mal!«

»Freyas Wägelchen!«

Hinauf, hinauf, hinab, hinab. Das Wägelchen kippt. Das Rad zerbirst. Es ist ein verrückter, ewiger Moment: der Moment vor dem Aufprall, wenn noch nichts passiert ist. Der Moment vor dem Schmerz. Freya hat immer noch keine Angst. Etwas geht ihr durch den Kopf. Ein Gefühl, ein Gedanke, der Anruf einer leisen Stimme. Ein gemächlicher Satz,

Dir passiert nichts.

Holz splittert und kracht. Sie stürzen übereinander, Beine schrammen, Haut schürft, es gibt Prellungen, aufgeschlagene Knie und Ellenbogen.

»Wo ist Freya?«

Sie sitzt auf der Straße. Sie hat nur einen kleinen Kratzer an der Stirn.

»Freyas Wägelchen!«

Das ist allerdings kaputt. Es ist zerborsten, nichts als ein Haufen bunt bemaltes Brennholz. Hans und Carl kämpfen mit den Tränen. Freyas Wägelchen ist nicht mehr zu retten.

»Nicht weinen«, sagt Freya leise zu ihren Brüdern. »Nicht weinen.«

Der Schnee fällt immer dichter. Helmuth James von Moltke ist auf dem Heimweg nach Kreisau, mit Pferd und Wagen: Im Krieg ist der Zugverkehr zwischen Kreisau und Schweidnitz eingestellt und in diesem ersten Winter nach Kriegsende noch nicht wieder aufgenommen worden. Jeden Tag fährt Helmuth mit dem Wägelchen nach Schweidnitz in die Schule und wieder zurück. Jeden Morgen spannt er den Apfelschimmel vor den kleinen Wagen, der Spinne genannt wird, und dann geht es los, über die Landstraße. Freilich könnte Helmuth auch bei den Trothas wohnen.

Tante Ete hat bis vor Kurzem mit ihren Kindern auf Kreisau gelebt. Margarethe von Trotha: Sie ist die Schwester von Helmuths Vater. Helmuth und seine Brüder sind mit den Trotha-Kindern großgeworden. Am nächsten steht Helmuth sein Vetter Carl Dietrich. Tante Ete ist Carl Didis wegen nach Schweidnitz gezogen, damit er es nicht so weit bis zur Schule hat. Sie würde auch Helmuth aufnehmen. Aber Kreisau verlassen, Mami verlassen? Niemals. Und es sind ja nur sieben Kilometer nach Schweidnitz.

Sieben Kilometer hin, sieben Kilometer zurück. Im Sommer ist die Fahrt sogar schön. Die Morgenfrische, der Dunst der Wiesen. Der Himmel ganz rein, bevor der Tag heiß wird. Das leise Sirren der Räder, die Linden am Straßenrand, und das Land links und rechts der Allee liegt offen wie ein aufgeschlagenes Buch. Aber jetzt ist alles verdeckt und verschwunden, und Helmuth steckt zum fünften Mal fest.

Heute Morgen lag der Schnee nur wie ein dünnes Laken über dem Land. Aber es hat den ganzen Tag weitergeschneit. Helmuth weiß nicht genau, wo er ist. Jedenfalls ist er noch immer auf der Straße, deren Lauf die Alleebäume deutlich markieren. Es ist noch nicht spät, vielleicht halb vier. Aber es dunkelt schon. Es ist eine Art weißer Dunkelheit, die der stiebende Schnee erzeugt. Helmuth ist kalt.

Ihm ist elend. Dies ist mühsam. Er hat die Spinne freigeschaufelt, und ein paar Meter weiter steckt sie wieder fest. Er wird jetzt natürlich nicht zu heulen anfangen. Er ist elf, und im März wird er zwölf. Er heult nicht.

Er wünschte nur, Mami wäre hier.

Der Wunsch ist überwältigend. Helmuth darf ihn gar nicht richtig festhalten und in Worte fassen, er darf ihn allenfalls leicht streifen, wie man etwas mit einem Finger berührt, während man gleichzeitig in eine andere Richtung schaut, sonst überschwemmt ihn der Wunsch mit weinerlichem Überdruss. Ohnehin wäre es sinnvoller, sich den Kutscher Hermann herzuwünschen. Hermann würde nicht nur für den kleinen Moltke schaufeln, er würde ihn notfalls auf den Schultern nach Hause tragen. Es geht aber gar nicht darum.

Es geht nicht ums Schaufeln. Helmuth würde klaglos schippen und schaufeln, wenn bloß Mami hinten in der Spinne säße. Wenn Mami neben der Spinne herginge, in ihre duftenden Pelze gehüllt: Dann hätte ihr Sohn allen Mut der Welt. Er würde sich befähigt zeigen, mutig, zuversichtlich. Mami würde die Hände zusammenschlagen, vor Stolz auf seine unverdrossene Zuversicht.

Er steckt wieder fest.

Er muss wieder schaufeln. Jetzt kommen doch Tränen. Ist das das Leben? Gehen, kämpfen, feststecken, schippen, wieder ein paar Schritte, wieder feststecken? Er hat keine Lust!

Wenn es so ist, hat er keine Lust. Danke bestens, aber Helmuth James von Moltke verzichtet. Ist er etwa verpflichtet? Kann man ihn zwingen? Hat er darum gebeten, auf die Welt zu kommen? Das hat er nicht. Er könnte jetzt aufgeben, wenn er wollte. Er könnte sich in den Schnee werfen und liegenbleiben. Er weiß, was dann passieren würde. Erst friert man entsetzlich. Aber dann wird einem warm, ganz wundervoll warm. Alles ist gut. Und dann stirbt man. Müdigkeit lullt einen ein, Schläfrigkeit wiegt einen in den Tod. Und am nächsten Morgen wird man gefunden, froststeif und halb zugeweht wie ein toter Hase.

Mami

Er heult. Er schippt. Er kann die Kinderstimme, die Kleinkindstimme in seiner Kehle spüren, ohne dass er ruft:

Mami, Mami, warum bist du nicht da?

Er muss aber mindestens das Pferdchen freischippen. Was kann denn das arme Pferdchen für alles? Er muss den Wagen heil heimbringen. Sie brauchen den Wagen auf Kreisau, das weiß er. Alles wird gebraucht, jetzt nach dem Krieg, alles ist knapp. Nichts ist ersetzbar. Und natürlich erwartet Mami von ihm, dass er Pferdchen und Wagen zurückbringt.

Sie erwartet, dass er zurückkommt. Sie wünscht ihn sich zurück. Sie setzt auf ihren Sohn, sie vertraut ihm ganz. Sie hat ihn lieb, sie begleitet ihn mit ihren Gedanken, in gewissem Sinne ist sie also hier.

In gewissem Sinn ist sie tatsächlich hinten in der Spinne. Helmuth James von Moltke schippt. Er beißt die Zähne zusammen. Er steigt nicht wieder in den Wagen. Er zieht das Pferdchen am Zügel weiter, Schritt für Schritt. Mami ist das Zentrum von allem. Ohne sie würde die Welt zerschellen und in Scherben auseinanderfliegen wie eine Tasse auf Steinboden. Helmuth schippt. Er zieht das Pferdchen weiter. Er muss jetzt nur den Gedanken festhalten, dass er das Richtige tut. Er muss sein Bestes geben. Das ist alles. Wenn er sein Bestes gibt, dann wird er auch heil heimfinden. Sein Fäustling ist eingerissen, und Schnee dringt hinein. Schnee fällt ihm in den Kragen. Er zieht das Pferdchen weiter.

Er steckt fest. Er schippt. Er weint jetzt nicht mehr. Er geht, und er schippt. Er ist jedenfalls auf dem richtigen Weg.

Er kommt voran: Vor ihm sind die Linden.

Die Junilinden von Kreisau. Fast ist es ihm, als würde der

Schneefall schwächer. Freilich hängt der Himmel voller Wolken. Aber das kann ihm egal sein. Es geht ihn nichts an. Es obliegt einer anderen Macht, darüber zu befinden, ob es schneit oder friert oder taut. Helmuth James von Moltke muss nur das Pferdchen ausgraben. Er muss dafür sorgen, dass die Spinne fährt. Er friert erbärmlich, und er ist sehr müde. Aber er kann jetzt tapfer sein. Er weiß ja, was er zu tun hat. Er muss Pferd und Wägelchen nach Hause bringen.

Und wie kommen die beiden zusammen? Wie werden sie einander finden, das Bürgermädchen aus dem rheinischen Bankhaus und der schlesische Graf mit seiner englischen Mutter, die bei der Betrachtung ihres hochaufgeschossenen Dreizehnjährigen, barfuß inmitten einer Horde von Landjungen, die Befürchtung beschleicht, der liebe Junge könnte irreparabel verbauern und verschlesiern, wenn er weiter auf Kreisau bleibt?

Nach langer und gründlicher Erwägung hat Dorothy deshalb beschlossen, Helmuth James' weitere Ausbildung dem idyllisch gelegenen Landerziehungsheim Schondorf am Ammersee anzuvertrauen. Schondorf hat sich einem vielversprechenden pädagogischen Ideal verschrieben, nämlich der Erziehung des Einzelnen durch die Gemeinschaft für die Gemeinschaft.

Auch die Familie Deichmann ist zu dem Ergebnis gelangt, dass Schondorf eine geeignete Schule für Freyas ältesten Bruder Carl wäre.

»Und dann ist Helmuth das Trommelfell gerissen.«

Kann man es sich vorstellen? Wie ist es schrecklich. Freya will die Geschichte wieder und wieder hören. Carl erzählt sie wieder und wieder, seit der Vater ihn abgeholt und nach Hause zurückgebracht hat. Freya und Carl sitzen in dem großen verwilderten Garten, der durch einen Torweg mit dem Hof des Deichmannschen Hauses verbunden ist.

Das Haus ist geräumig, ein Kölner Bürgerhaus mit Speise- und Tanzsälen, Treppen und Fluren, Dielen und Emporen und Kammern und Winkeln. Der Garten gehört eigentlich zu den Gebäuden am anderen Ende des Grundstücks, aber deren Bewohner nutzen ihn nicht. Meist toben hier die beiden Brüder herum. Aber Hans ist nicht da. Freya hat Carl für sich allein. Eigentlich sollte er nur über die Ferien nach Hause kommen. Aber nachdem er berichtet hat, was sich in Schondorf abgespielt hat, war klar, dass man den Jungen unmöglich auf diese Schule zurückschicken würde.

»Und dabei hat alles einen so guten Eindruck gemacht!«

Das hat die Mutter gesagt.

»Es war ein so positiver Eindruck. Carl, bist du sicher, dass es ist, wie du sagst? Bist du sicher, dass nicht dieser Helmuth von Moltke selbst die Schuld an allem getragen hat?«

Carl hat sich entrüstet.

»Wie denn, Mama! Er war ja sogar unser Klassenvertreter im Schülerrat. Aber er hat eben den andern nicht nach dem Munde geredet. Er wollte sich nicht ducken. Er hat gesagt, der gefeierte Schondorfer Landheimgeist wäre nichts als eine Sense, die alles wegmäht, was hervorragend ist. Er hat gesagt, man sollte handeln, wie man selbst es für richtig erkannt hat, ohne sich darum zu kümmern, ob das der Gemeinschaft passt oder nicht, und das ganze Gemeinschaftsgetue wäre in Wirklichkeit hohl und erheuchelt und würde nur in der persönlichen Feigheit der Einzelnen gründen. Ich war am Anfang nicht seiner Meinung. Aber dann hat die Schülerversammlung selbst bewiesen, dass Moltke recht hatte. Die haben ihn nämlich in Verschiss getan. Zwei Wochen lang sollte keiner mit ihm reden. Und die meisten haben sich daran gehalten. Sie waren eben feige, oder vielleicht waren sie auch gleichgültig. Aber wir haben weiter mit Moltke geredet.«

Es ist heiß, in dem Garten hinter dem Kölner Haus. Die Pfingstrosen in den vernachlässigten Beeten beginnen gerade zu blühen. Die Luft riecht staubig, nach trockener Erde und Kraut. Von der Essigfabrik auf der anderen Seite der hohen Mauer dringt gedämpft das Scharren und Schnauben der Pferde herüber, die im Erdgeschoss des Lagerhauses untergebracht sind. Freya und Carl sitzen auf einem Backsteinmäuerchen in der Sonne. Freya hat den Kopf in die Hände gestützt. Sie betrachtet den Bruder.

»Und dann sind sie zu euch ins Zimmer gekommen und haben euch verhauen.«

»Genau.«

»Und ihr habt euch nicht gewehrt.«

»Es hätte ja gar keinen Sinn gehabt«, sagt Carl. »Wir waren nur zu zehnt, gegen alle anderen. Mit Gewalt hätten wir keine Chance gehabt. Moltke meinte deswegen, wir sollten uns nicht wehren. Nur dann würde unsere Unschuld offenbar.«

»Macht ihr eigentlich immer, was dieser Moltke will?«

»Nein. Wieso? Er hatte doch recht. Unsere Unschuld ist offenbar geworden. Moltke ist das Trommelfell gerissen, und das Ohr hat sich entzündet, und wir durften alle zusammen in ein eigenes Haus ziehen, zu einem sehr netten Lehrer. Da haben wir selbst für uns gekocht und sind unter uns geblieben, und die anderen haben wir nur noch zu den Schulstunden gesehen. Aber wenn wir uns mit denen geprügelt hätten, wären wir alle zusammen bestraft worden, und geändert hätte sich gar nichts.«

Auf der anderen Seite der Mauer rattert ein Pferdewagen über das Pflaster. Eine Amsel streicht von der Mauer über die Beete, mit einem schrillen Warnruf.

»Ich glaube, eigentlich hatte er einfach Heimweh«, sagt Carl. »Moltke. Er hat nachts immer heimlich geweint. Er hatte Heimweh, und deswegen hat es ihm in Schondorf nicht gefallen. Er wollte nicht dort sein, und deswegen hat er von Anfang an klar gesehen, wie es wirklich ist.«

Ein Junikäfer setzt sich vor Freya auf ein Blatt. Sie hält ihm einen Finger hin. Der Käfer weicht ihrem Finger aus. Freya hält ihm den Finger der anderen Hand hin.

»Dann ist er bestimmt froh, dass alles so gekommen ist«, sagt Freya. »Jetzt ist er ja wieder zu Hause.«

»Ja«, sagt Carl. »Na ja. Es ist nur schade, dass er so weit weg ist.«

Freya versucht den Käfer einzukesseln, so dass ihm keine andere Möglichkeit bleibt, als auf ihre Hand zu kriechen. Der Käfer will aber nicht. Er sucht nach einem Ausweg, nach einer Fluchtmöglichkeit.

»Ihr werdet euch doch sicher wiedersehen, Moltke und du«, sagt Freya. »Ihr könnt einander Briefe schreiben. Er könnte uns besuchen, hier in Köln. Oder wir könnten zu ihm fahren. Wo wohnt er überhaupt?«

»In Schlesien«, sagt Carl. »Auf einem Gut. Es heißt Kreisau. Schloss und Gut Kreisau.«

Freya wendet sich von dem Käfer ab. Sie streicht sich das Haar aus der Stirn, stützt die Hände auf die Mauer.

»Kreisau«, sagt sie.

Helmuth bereitet sich nun in Potsdam auf das Abitur vor. Er wohnt bei Verwandten. Die Schule interessiert ihn nicht sonderlich, entsprechend mittelmäßig sind seine Noten. Interessanter sind ihm seine private Lektüre, seine Begegnungen in Berlin und in Potsdam. Er besteht das Abitur und beginnt zu studieren, in Breslau, in Berlin, in Wien, wieder in Breslau. Sein Name öffnet ihm alle Türen. Er trifft österreichische Dichter und Berliner Politiker, Beamte des Auswärtigen Amtes und amerikanische Journalisten, und einmal und nie wieder besucht er sogar den Kaiser in seinem holländischen Exil. Er ist neunzehn, dann zwanzig, sehr weltmännisch und möglicherweise ein wenig arrogant. Er verachtet Gefühlsduselei, reagiert mit Widerwillen auf Geschwätz, duldet Aufgeblasenheit nicht und ist trotz seiner eher durchschnittlichen Noten entschlossen, von den eigenen intellektuellen Fähigkeiten etwas zu halten. Offiziell studiert er Jura, tatsächlich hört er, wozu er Lust hat: Geschichte, Politik, Kunst, Musik. Zwei Semester lang beschäftigt er sich mit Zeitungswesen. Er beabsichtigt, sehr lange zu studieren, seinen Neigungen ganz nachzugeben. Seine Mutter verteidigt ihn.

Dorothy hat lange gebraucht, um sich daran zu gewöhnen, dass ein Deutscher die Frage nach seiner Identität meist mit der Angabe seines Berufs beantwortet. Aber stellt das Leben seine Ansprüche nicht an den ganzen Menschen? Wer weiß denn, welchem geheimen Plan ein Leben folgt? Wie wichtig ist ein Studiensemester mehr oder weniger, eine Notenstufe besser oder schlechter? Eines Tages könnte sich das Nebensächliche als entscheidend, der scheinbare Umweg als der geradeste Weg auf ein noch unbekanntes Ziel herausstellen.

In den Osterferien 1927 arbeitet Helmuth im Landratsamt von Waldenburg.

Das schlesische Bergbaugebiet ist vollständig verarmt. Das war Helmuth natürlich bekannt, aber so schlimm hat er es sich doch nicht vorgestellt. Zwei, manchmal drei Familien leben zusammengepfercht in Zweizimmerwohnungen. Und in jeder einzelnen Wohnung wartet mindestens ein Erwachsener oder ein Kind auf den Tod: So berichtet es Helmuth zu Hause in Kreisau, wo unter der liebenden Fürsorge der Mutter die Tafel mit altem Leinen gedeckt wird, mit erlesenem Porzellan. Nicht dass es den Moltkes wirtschaftlich rosig ginge.

Kreisau arbeitet ebenso wenig rentabel wie die meisten anderen ostelbischen Güter. Ohne die ständigen Geldsendungen der Großeltern aus Südafrika wäre längst alles verloren. Dabei sind dies die Goldenen Zwanziger. Dies ist die Zeit vor der Weltwirtschaftskrise, als Berlin Intellektuelle und Künstler aus der ganzen Welt und besonders junge Briten und Amerikaner magisch anzieht, die Jugend der Siegerländer des Kriegs, die sich entschlossen auf die Seite der Weltkriegsverlierer stellt, gegen ihre Väter und deren beharrende, erstickende, erbitternde Dumpfheit. Freilich, die Deutschen haben im Weltkrieg versucht, die angelsächsische Vätergeneration auszurotten. Sie haben sich redlich Mühe gegeben, darf man es ihnen vorwerfen, wenn es nicht geglückt ist?

Berlin scheint alle Konventionen von sich geworfen zu haben. Kein künstlerisches, erotisches, pädagogisches, literarisches Experiment ist zu wild, nichts ist zu verworfen. Zugleich ist die deutsche Arbeiterbewegung die mächtigste der Welt. Und wird nicht die Internationale der Arbeiterbewegung den Frieden eher gegen die egoistischen Eigeninteressen der Nationen verteidigen, als das der Völkerbund kann? Muss man nicht vor allem auf die Arbeiter setzen?

Helmuth hat in Waldenburg einen ersten eigenen Eindruck vom Arbeiterleben gewonnen. Er hat Elend gesehen: unerträgliche Zustände. Aber wenn etwas unerträglich ist, wie kann es dann getragen werden, von der Gesellschaft, von den Politikern? Der Landrat ist im Grunde vernünftig, ein Sozialdemokrat. Er hat Helmuth erklärt, dass die Waldenburger Kohle leider nicht mit der qualitativ besseren Kohle Oberschlesiens konkurrieren kann, und deswegen ist die gesamte Region verarmt.

Aber so geht es nicht. Man kann in diesen Dingen nicht gleichmütig auf Ursachen und Wirkungen verweisen, so als würden wirtschaftliche Entwicklungen von Naturgesetzen geregelt, die keine Alternativen zulassen. Die Sache berührt etwas Grundsätzliches: Also muss man etwas Grundsätzliches dagegen unternehmen. Helmuth hat als Erstes Journalisten der in- und ausländischen Presse nach Waldenburg geholt, um die Verhältnisse publik zu machen und damit die obersten Stellen im Reich zu einer direkten Hilfsaktion zu drängen. Und nun muss er selbst den Dingen auf den Grund gehen.

Er muss versuchen, die wirtschaftlichen, die gesellschaftlichen, die politischen Wurzeln der Misere zu begreifen, damit langfristig etwas geschehen kann. Helmuth hat die Sache mit seinem Vetter Carl Dietrich von Trotha besprochen, und Carl Didi hat ihn mit Horst von Einsiedel bekanntgemacht, der wie Carl Didi selbst zur Akademischen Freischar in Breslau gehört.

Die Freischar ist Teil der Jugendbewegung. In Löwenberg hat sie ein eigenes Haus erworben, das Boberhaus. Zunächst war es als Lehrlingswohnheim vorgesehen. Aber dann hat Professor Rosenstock-Huessy von der Breslauer Universität die Freischar überredet, das Boberhaus der Erwachsenenbildung zur Verfügung zu stellen.

Der Professor hält nichts von Universitäten als Elfenbeintürmen reiner Lehre. Er empfindet den Drang und die Notwendigkeit, über die Mauern der Universität hinaus zu wirken. Er ist Berater für Volkshochschulen an der Universität Breslau und einer der Mitbegründer des Hohenrodter Bundes. Die Hohenrodter sind darum bemüht, einen theoretischen Unterbau für die freie Volksbildungsbewegung zu schaffen, ihre grundsätzlichen Möglichkeiten und Ziele auszuloten. Dabei übt man, was den Deutschen schwerfällt: gegnerische Meinungen zu akzeptieren, das Gespräch auch bei unterschiedlichen

Standpunkten fortzusetzen, jenseits konfessioneller und parteipolitischer Voreingenommenheiten zu diskutieren und vor allem nicht davon auszugehen, dass der Dialogpartner einen anderen Standpunkt nur deshalb vertritt, weil er moralisch minderwertig ist.

In erster Linie ist Rosenstock-Huessy allerdings Professor der Rechtsgeschichte, und Helmuth James von Moltke gehört zu seinen Studenten. Also haben Helmuth, Carl Didi und Horst von Einsiedel den Professor nach Kreisau eingeladen. Dazugebeten haben sie den Privatdozenten Hans Peters und Gerhart von Schulze-Gaevernitz, Professor der Nationalökonomie mit Doktortiteln in Jura und Philosophie, geistig dem deutschen Idealismus, politisch dem Liberalismus verbunden und als Besitzer des Gutes Crainsdorf bei Neurode sozusagen ein Nachbar.

Diese gestandenen Herren sind sich mit den drei Studenten schnell darüber einig geworden, dass das Waldenburger Problem vor allem eines der mangelnden Perspektiven ist. Man muss den jungen Arbeitern Zukunftsaussichten eröffnen. Man muss mit ihnen Denkansätze entwickeln, wie die heruntergekommenen Verhältnisse zu verändern wären, aus denen zwangsläufig Gewalt, Verwahrlosung und Hoffnungslosigkeit hervorgehen müssen.

Man muss also eine Tagung einberufen.

Ende Oktober 1927 finden sich siebzig Vertreter der Industrie, der Gewerkschaften, Kirchen und der Staatsverwaltung im Boberhaus der Akademischen Freischar im Löwenberger Land ein. Fabrikanten und Gutsbesitzer, Pfarrer, Lehrer, Bergarbeiter und Gewerkschaftssekretäre sind dem Ruf Professor Rosenstock-Huessys und dreier Studenten gefolgt, von denen zwei noch nicht einmal volljährig sind. Man hat

Arbeiterleistung und Arbeitereinkommen, Konsumgewohnheiten, die Auswirkung der Verkehrsfrage auf die Preisbildung und natürlich die Wohnungsnot erörtert. Die Errichtung eines Mädchenheims und mehrerer Horte für Kleinkinder sind vorgeschlagen worden, um zunächst für die Schwächsten Zufluchtsorte inmitten des Niedergangs zu schaffen. Die Einführung eines neunten Schuljahres in der Volksschule ist angedacht. Und die Löwenberger Arbeitsgemeinschaft hat sich gegründet, die die geistigen und kulturellen Voraussetzungen positiver Veränderungen untersuchen will, die Hindernisse, die der industriellen Entwicklung im Weg stehen, die sozialen Notstände in der Gesellschaft. Helmuth Moltke, Carl Didi Trotha und Horst Einsiedel haben sich der Arbeitsgemeinschaft als geschäftsführende Sekretäre zur Verfügung gestellt.

»Ich habe die publizistische Vertretung übernommen«, sagt Helmuth zu seiner Mutter. »Im nächsten März werden wir ein Arbeitslager veranstalten, mit Studenten, Jungbauern und jungen Arbeitern. Wir werden drei Wochen lang miteinander leben, diskutieren, Vorträge hören und körperlich arbeiten, um etwas über die Lebensbedingungen der anderen Klassen zu erfahren. Natürlich darf die Sache keinesfalls etwas Bündisches haben. Bloß keine Lagerfeuerromantik, die die wirklichen Gegensätze zukleistert oder durch Verbrüderung überbrückt. Im Gegenteil, wir müssen die religiösen, weltanschaulichen und parteipolitischen Differenzen möglichst scharf herausarbeiten, vor allem die einander widersprechenden Eigeninteressen der verschiedenen Klassen. Die sind es ja gerade, die so oft die notwendigen Maßnahmen verhindern.«

»Zuerst müssen wir uns darum kümmern, dass alle Teilnehmer für die Dauer des Lagers offiziell beurlaubt werden«, sagt Eugen Rosenstock-Huessy zu Helmuth Moltke. »Vielleicht könnten Sie bei dem Zentrumsabgeordneten Brüning nachfragen, ob nicht ein finanzieller Zuschuss vom Reichspräsidenten zu erwirken wäre, so dass man den Arbeitern den Lohnausfall ersetzen kann. Ihr Name sollte einen solchen Auftrag begünstigen.«

Natürlich erklärt sich Helmuth Moltke dazu bereit. Brüning sagt ihm alle Unterstützung zu. Rosenstock-Huessy drückt Helmuths Hand.

»Ich kann Ihnen kaum sagen, wie sehr ich mich über diese Entwicklung freue«, sagt er. »Dieses Arbeitslager gibt mir endlich die Möglichkeit, aus dem Rahmen reiner Theorie in die Sphäre praktischer Tätigkeit hineinzuwachsen. Dies alles kann ja nicht mehr sein als ein erster Anfang. Im Grunde geht es nicht nur um das darniederliegende Waldenburg. Es geht um das darniederliegende Deutschland. Deutschland ist besiegt. Es ist noch immer besiegt, auch jetzt noch, beinahe zehn Jahre nach Kriegsende. Was aber besiegt bleibt, nachdem es besiegt ist, kann nicht leben bleiben, weil es sich nicht wandeln kann. Es muss dann so unendlich zu siegen trachten, wie es unendlich besiegt ist. Das ist die Gefahr, der wir gegenüberstehen. Die Verzweiflung. Es ist eine große Gefahr. Denn was bei einem Einzelmenschen Verzweiflung heißt, das heißt bei einem Volk Barbarei.«

Und noch immer kennt Helmuth Freya nicht.

Noch immer hat sein Leben nicht begonnen.

Er spürt es. Er sucht nach einem Anfang wie nach dem losen Ende des Fadens in einem Knäuel. Er sucht nach einem Weg, der sich gehen lässt: Es müsste ein Weg sein, der es der Mühe wert erscheinen ließe, ein Leben lang einen Fuß vor den anderen zu setzen. Die Vorstellung schreckt ihn. Er ist im Grunde lustlos. Es ist diese Lustlosigkeit, die ihn beunruhigt. Es ist diese Antriebslosigkeit, die ihn mit innerer Unruhe erfüllt, einer Unruhe, die ihn umtreibt, ihn zu einem rastlos Tätigen macht. Es gibt auch keinerlei Veranlassung, auf der faulen Haut zu liegen.

Tatsächlich ist die finanzielle Lage prekär. Der Vater ist ganz nach Berlin gezogen, wo er sich früher nur zeitweise aufgehalten hat. Er sieht in Berlin bessere Möglichkeiten, zu Vorträgen für die Christliche Wissenschaft geladen zu werden und seine heilpraktischen Behandlungen durchzuführen. Er wohnt mit Helmuths Bruder Jowo zusammen, der in Berlin studiert. Die verbleibenden Moltkes haben das zugige teure Schloss geräumt und sind hinauf ins Berghaus gezogen.

Dorothy sieht die Sache positiv. Die vier Zimmer im Erdgeschoss sind zwar keine Salons, aber gemütlich und im Grunde auch geräumig genug. Die Schlafzimmer im ersten Stock sind winzig, aber man wird durch den wunderschönen Blick auf das Eulengebirge entschädigt. Im Berghaus kommt Dorothy mit zwei Mädchen und der Mamsell zurecht, was im Schloss undenkbar wäre. Aber vor allem sind die Heizkosten bezahlbar. Dorothy steht am Fenster im Wohnzimmer und sieht in das Schneetreiben hinaus.

Die Flocken fallen so dicht, dass man das Schloss am Fuß des Hügels kaum ausmachen kann. Zum Glück hat Daddy letzte Woche einen Scheck aus Südafrika geschickt, und nun kann Dorothy wenigstens Chintz für die Vorhänge bestellen, nicht in London, aber immerhin in München. Dorothy wartet auf die Heimkehr der Kinder. Carl Bernd und Asta sind noch in der Schule. Willo leistet ein praktisches Jahr in Schweidnitz ab. Helmuth studiert jetzt wieder in Breslau, und jeden Abend kommt er heim nach Kreisau.

Dorothy ist sehr dankbar dafür. Sie genießt jeden Moment mit dem lieben Jungen, der noch einmal zu ihr nach Hause zurückgekehrt ist. Im kommenden März wird er sein Examen machen. Dann wird er fortgehen. Dann werden sie einander nie wieder so nahe sein. Nie wieder wird Dorothy ihn mit so viel Liebe umhegen können wie jetzt.

Helmuth geht durch Breslau.

Das Schneetreiben hat zum Glück aufgehört. Freilich fällt einem nun der Neuschnee in die Schuhe. Helmuth James von Moltke hat nasse Füße, aber das ist die geringste seiner Sorgen. Er geht über den Breslauer Marktplatz. Er ist auf dem Weg zum Zahnarzt. Er hat Zahnweh, schon seit gestern Abend, auch wenn er Mami nichts davon gesagt hat. Und gibt es etwas Unglücklicheres, Überflüssigeres als das Leben?

Man ist auf dem Weg zum Zahnarzt, auf dem Weg zum Bäcker. Man ist auf dem Weg zur Post, auf dem Weg in die Universität, man fährt von Potsdam nach Breslau, von Breslau nach Wien, man sitzt oder steht irgendwo mit irgendwem herum und redet über irgendetwas, was soll das Ganze? Was erwartet man vom Leben? Was um Himmels willen soll man damit anfangen?

Und eben damit quält ihn der Vater.

»Bitte, Helmuth, werde dir darüber klar, was du vom Leben willst. Werde dir darüber klar, wovon du leben willst. Natürlich erbst du einmal Kreisau, aber Kreisau stellt keine ausreichende Lebensgrundlage für mehrere Familien dar, bedenke das bitte.«

Mehrere Familien? Helmuth seinerseits gedenkt keinesfalls zu heiraten. Sich an eine Frau binden, die Verantwortung dafür tragen, dass man Kinder in die Welt gesetzt hat? Es kommt nicht in Frage. Und er allein wird sich schon durchschlagen. Er hat sein Studium so gut wie abgeschlossen, er hat seine Examensarbeit abgegeben. Er ist befreundet mit Edgar Mowrer von der ›Chicago Daily News‹ und mit Dorothy Thompson, der Korrespondentin des ›Philadelphia Public Ledger‹ und der ›New York Evening Post‹. Sie befragen ihn immer wieder nach seiner Meinung zur Lage in Ostdeutschland, zur Lage in Polen. Helmuth könnte jederzeit als Journalist durchkommen, da ist er sicher. Außerdem wird er im nächsten März das Referendarexamen ablegen, im März 1929, gerade zur Zeit des zweiten Löwenberger Arbeitslagers.

Er nimmt aber nicht an dem Lager teil. Helmuth hat sich aus der Arbeitsgemeinschaft zurückgezogen. Reichspräsident von Hindenburg und Innenminister Carl Severing sind inzwischen nach Waldenburg gereist, das alles läuft nun also auch ohne ihn. Helmuths Teilnahme ist nicht mehr zwingend nötig. Die Frage ist nur, wo sie nötig ist.

Die Frage ist, wofür man tut, was man tut.

Es ist doch vollkommen nutzlos, morgens aufzustehen und sich dann bis zum Abend abzustrampeln, nur zu dem einen Ziel, sich selbst am Leben zu erhalten. Es ist nicht der Mühe wert. Wozu das Gerenne, wozu der Energieaufwand, wenn es nur darum geht, für sich selbst möglichst viel Ehren oder Reichtümer zusammenzuraffen? Persönlicher, egoistischer Ehrgeiz muss doch auf jede Tätigkeit sinnentleerend wirken. Ein solches Leben kommt einfach nicht in Frage. Sinn verleihen könnte dem Leben ausschließlich eine Anstrengung, von deren Früchten man nicht selbst satt zu werden gedenkt. Aber welchen Beitrag könnte Helmuth James Graf von Moltke leisten, um die Welt zu verbessern? Und was, wenn die Welt gar nicht wünscht, von ihm verbessert zu werden?

Denn das kann geschehen. Man kann sich leicht sagen, tu dies oder das, es ist das Gute und Richtige, und du selbst hast nichts als Mühe und Plage davon. Aber was, wenn man am Ende erkennt, dass alles umsonst war? Man hat nichts erreicht. Man ist für nichts und wieder nichts soundso viele Jahre auf dieser Erde herumgelaufen, man hätte es ebenso gut bleiben lassen können, es war ganz überflüssig, dass man geboren worden ist. Ist es bei solchen Aussichten nicht besser, gleich zu resignieren? Sollte man nicht einfach in einer Ecke sitzen bleiben und sein Leben lang lesen?

Helmuth hätte nichts dagegen. Er ist einundzwanzig Jahre alt. Er muss sich umsehen. Er muss herausfinden, wo er eine Rolle spielen könnte. Er plant, Polnisch zu lernen. Er wird reisen: Für den kommenden Sommer hat er eine Einladung der polnischen Regierung. Er ist auch den ganzen letzten Sommer unterwegs gewesen, in Polen, in Oberschlesien, in Heidelberg, wo er eine gemeinsame Tagung von Jaspers, Buber, Rosenstock-Huessy und den Löwenbergern angeregt hat. Er hat den kroatischen Bauernführer Stjepan Radić kennengelernt. Er hat Kultusminister Carl Heinrich Becker getroffen. Er muss noch mehr reisen. Er muss mehr lernen: Politische Probleme lassen sich nicht fein säuberlich in rechtliche, historische und wirtschaftliche Teile trennen, man muss nach einer Ausweitung und Vertiefung in jeder Richtung streben. Er findet es anstrengend zu leben. Helmuth James Graf von Moltke würde es begrüßen, wenn das Leben von Helmuth James Graf von Moltke nichts forderte.

Er fände es verlockend, wenn einer zu ihm sagte: Hör zu. Du erhältst ab sofort bis zum Ende deiner Tage diese kleine monatliche Summe, die zuverlässig deine Subsistenz sichert. Dafür musst du nichts weiter tun, als dich zu verpflichten, dein Leben in einer weit östlich liegenden Provinz zu verbringen und dort nicht weiter aufzufallen: Und alle diese Gedanken haben nichts mit Daisy zu tun.

Helmuths Seelenzustand, seine düstere Weltsicht haben überhaupt nichts mit Daisy D'Ora zu tun, das muss Helmuth sich immer wieder sagen. Er steigt die Treppen zur Zahnarztklinik von Herrn Dr. Wilhelm Cohn hinauf. Der Backenzahn links oben pocht. Er pocht seit gestern Abend. Daisy hat seinen Brief von letzter Woche nicht beantwortet. Die Chancen stehen gut, dass sie ihn überhaupt nicht beantwortet. Das Leben ist eng, albern und widerwärtig. Helmuth denkt, dass er für einen freien Ausblick, für einen Moment in freier reiner Luft zwanzig Jahre seines Lebens hingeben würde. Sein ganzes Leben.

Die Bankierstochter Fräulein Freya Deichmann hat die Schule abgebrochen.

Wozu braucht sie ein Abitur? Wozu so lange in die Schule gehen? Wäre es nicht besser, sie täte etwas Sinnvolles? Die Mutter hat Freya vorgeschlagen, in Löbichau eine Reifensteiner Schule zu besuchen. Freya ist ihrem Rat gefolgt.

Sie hat es nicht bereut. Sie ist nun fast fertig. Sie hat sehr viel gelernt. Sie hat lauter Dinge gelernt, die es weder auf dem Gymnasium noch daheim im großen Kölner Haus zu lernen gab: Sie weiß nun, wie man Zwetschgen dörrt und Sauerkraut einlegt, wann man die Möhren verzieht und womit man Saatgut beizt. Sie weiß, wie man Karpfen schlachtet und Hühner hält, sie kann Brustwickel anlegen und Wadenwickel, Tees gegen kindliche Blähungen mischen und Salben zusammenrühren, die das Zahnen erleichtern.

Schaffen und Streben ist Gottes Gebot,
Arbeit ist Leben, Nichtstun der Tod.

Das war das Schulmotto. Es ist ein gutes Motto. Es war eine schöne Zeit. Die anderen Maiden, wie die Schülerinnen der Reifensteiner Schule genannt werden, waren alle sehr nett. Aber bei den Einführungen in Chemie und Physik, in Kunstgeschichte und Botanik ist Freya stutzig geworden. Es fiel ihr alles ein wenig zu leicht. Ist das nicht eine Art von Verpflichtung? Was man bekommen hat, soll man benutzen. Wenn man leicht lernt, dann sollte man lernen. Freya hat nun beschlossen, doch noch das Abitur zu machen.

So sitzt sie nun also zu Hause über Büchern, während Helmuth durch den Schnee stapft, sein Studium abschließt, sein Referendarsexamen ablegt, einen Aufsatz für die Zeitschrift ›The Survey‹ über die Stimmung der deutschen Jugend verfasst, eine Artikelserie über landwirtschaftlich-ökonomische Themen für die ›Vossische Zeitung‹ beginnt, mit der Überlegung spielt, bei der ›New York Evening News‹ von der Pike auf Journalistik zu erlernen, und schließlich seine Koffer neu packt, um zu Fraudoktor an den Grundlsee zu fahren: Die Pädagogin Dr. Eugenie Schwarzwald mietet jedes Jahr im Sommer ein großes Haus, in dem all ihre Freunde und Bekannten zum Selbstkostenpreis ihre Ferien verbringen können.

Sie und Helmuth kennen einander aus der Gemeinschaftsküche im Berliner Schloss, die Genia Schwarzwald eingerichtet und in der Helmuth als Student häufig zu Mittag gegessen hat. Genia Schwarzwald hat Mädchenschulen gegründet und Armenküchen, Alters- und Lehrmädchenheime. Sie hat abgemagerten Kriegskindern Landaufenthalte verschafft, für die Frauenrechte gekämpft und ganz nebenbei eine neue, sanftere Pädagogik entwickelt. Vor allem aber hat Fraudoktor die Gabe, Menschen verschiedenster Geistesart zusammenzubringen. In ihrem Wiener Haus gehen Künstler, Schriftsteller, Politiker jeder Couleur ein und aus. Hier ist Helmuth auch Hans Deichmann begegnet, dem Bruder Carls, des Freundes aus der desaströsen Zeit im Schondorfer Landerziehungsheim. Hans Deichmann wird diesen Sommer ebenfalls wieder an den Grundlsee fahren. Und Freya darf mit.

Es war ein hartes Stück Arbeit, die Mutter zu überzeugen. Den Sieg verdankt Freya vor allem Hans, der ja schon zum dritten Mal teilnimmt.

»Was soll es ihr denn schaden?«, hat er zur Mutter gesagt. »Es wird ihr nicht schaden. Es wird Freya guttun, Mama. Sie kann doch nur davon profitieren, in Fraudoktors Kreis eingeführt zu werden.«

Die Mutter hat schließlich zugestimmt, unter der Bedingung, dass sie selbst auch mitkommt. Freya ist schließlich erst achtzehn. Die Mutter wird Freya begleiten, auch wenn Hans darauf hingewiesen hat, dass das gar nicht nötig ist: Freya wird ja nicht das einzige Mädchen am Grundlsee sein. Helmuth James Graf von Moltke zum Beispiel wird dieses Jahr eine Freundin mitbringen.

Der Junge mit dem gerissenen Trommelfell: Er wird mit Daisy D'Ora anreisen. Daisy wer? Eigentlich heißt sie Daisy Freiin von Freyberg-Eisenberg, D'Ora ist nur ihr Schauspielername.

»Kennst du sie denn?«, hat Freya den Bruder gefragt.

»Nein«, hat Hans gesagt. »Aber sie soll sehr hübsch sein. Sie ist in Amerika zur Miss Europa gewählt worden, stell dir vor. Sie wäre sogar Miss Universum geworden. Aber weil sie Deutsche ist, ging das natürlich nicht.«

Freya hat sich vor den Spiegel gestellt. Sie hat sich von oben bis unten gemustert. Sie ist zu dem Schluss gekommen, dass Freya Deichmann nie und nimmer eine Miss Universum werden könnte. Ihre Hüften sind zu breit, und sie ist nicht einmal blond, was ist zu tun? Soll sie nun anfangen, sich das Haar mit dem Schaumpon Extra-Blond von Schwarzkopf zu waschen?

60 von 100 deutschen Mädels sind im Alter bis zu sechs Jahren blond – später haben aber nur noch 19 ihr gold-blondes Haar! Blonde Mädels sollten deshalb beizeiten etwas

Besonderes für ihr Haar tun und es mit Schwarzkopf-Extra-Blond pflegen, dem Schaumpon der Blondine!

Freya wäscht die Haare mit Eigelb. So geht es also nicht. Sie wird im Leben auf etwas anderes setzen müssen. Das hat sie aber schon vorher gewusst. Freya steht schon gar nicht mehr vor dem Spiegel.

Sie eilt durch die Diele, auf dem Weg in ihr Zimmer. Immerhin ist die Ähnlichkeit ihres Namens mit dem der Schauspielerin lustig. Daisy Freyberg, Freya Deichmann. Frey, frei. Freya hat überlegt, dass sie noch ein wenig Englisch lernen sollte, bevor nachher eine ihrer Freundinnen zu Besuch kommt. Englisch kann man brauchen. Es ist auch eine schöne Sprache. Freya überlegt, dass sie nach dem Abitur vielleicht studieren könnte. Aber das kann warten. Man muss nicht zu weit vorausdenken. Es reicht, anzufangen. Wenn man einmal angefangen hat, dann stellt es sich meist von allein heraus, womit man weitermachen wird. Erst einmal freut sich Freya auf die Ferien am Grundlsee. Sie ist sehr zuversichtlich, was ihre Zukunft betrifft. Die Welt wird ihr freundlich entgegenkommen.

Es gibt Momente, die Einschnitte sind in den Lauf der Zeit, Schluchten, über die keine Brücken führen: Man kann nicht wieder zurückgehen auf die andere Seite und eine andere Abzweigung wählen. Man kann keinen Kreis laufen und so wieder zum Anfang zurückfinden. Freya ist vom Grundlsee zurück. Ihr Leben läuft nun wie auf Schienen.

Die Fahrt hat begonnen, die Richtung ist festgelegt. Es ist alles entschieden, mit dieser einen einzigen Entscheidung. Freya steht in der Diele ihres Kölner Elternhauses. Der Vorhang des Dielenfensters ist grün. Der Dielenleuchter ist vielarmig, geschwungen, mit Glühbirnen, die wie Kerzen aussehen. Freya weiß das. Am Türrahmen neben ihr ist ein Kratzer.

Freya weiß es, ohne hinzusehen, sie hält Helmuth James von Moltkes Brief in der Hand. Der Brief in ihrer Hand verwandelt das Haus.

Nichts ist mehr, was es war. Alles muss nun erneut betrachtet, alles muss erneut gemessen, erwogen, bewertet werden, im Licht dieses Briefes. Freya ist gerade aus Österreich zurückgekommen, vom Ferienlager in Eugenie Schwarzwalds Villa Seeblick. Gleich am allerersten Tag, beinahe in der ersten Minute ihrer Ankunft war schon alles entschieden. Helmuth James von Moltke lehnte am kalten Kamin im Wintergarten, als Freya hereinkam. Freya sah ihn sofort. Er bemerkte sie nicht. Er blätterte in einem Buch, wippte dabei leicht hin und her, von den Fersen zu den Zehen und wieder zurück. Sein Anzug war ein wenig zu elegant für das Landleben. Die Hose war am Schlag angeschmutzt. Am Ärmel klebte Gras. Er sah skeptisch aus, blätterte die Seite um, dann blickte er auf. Er sah Freya an. Es war Freya, als eröffnete sich zwischen ihnen ein Raum.

Der weite Raum der Zukunft: den sie nun betraten, jeder von seiner Seite. Freya ist achtzehn. Helmuth James von Moltke ist zweiundzwanzig. Freya ist erleichtert. Sie ist jetzt sicher. Sie weiß, was sie will. Sie möchte in Helmuth James von Moltkes Nähe leben. Sie hat es geahnt, noch bevor sie ein Wort miteinander gesprochen hatten. Sie hat es gewusst, noch bevor sie wusste, wer er war: der Junge mit dem zerrissenen Trommelfell.

Ich muss Ihnen sagen, dass ich mir nichts vom Leben erwarte.

Ich empfinde eine gewisse Lebensunlust, das leugne ich nicht. Und bin ich denn dazu verpflichtet, dieses Leben zu lieben? Ich habe schließlich nicht darum gebeten, geboren zu werden.

Solche Dinge sagt Helmuth von Moltke. Wahrscheinlich

sollte Freya erschüttert sein. Wahrscheinlich sollte sie sich abgeschreckt fühlen. Aber alles, was zählt, ist ja, dass er diesen Brief geschrieben hat.

Dass er sofort geschrieben hat. Dass der Brief Freya hier schon erwartet hat, bei ihrer Ankunft. Sie sieht nun ihren Weg vor sich. Freya war immer gespannt darauf, wann es wohl so weit sein würde. Natürlich hat sie deswegen nicht herumgesessen und auf eine überirdische Erscheinung gewartet. Freya macht Abitur. Sie wird danach einen Kursus in Stenografie und Schreibmaschine belegen, sie wird vielleicht Geschichte studieren. Wäre das ein Weg?

Es wäre ein Studium. Es würde nicht darüber entscheiden, wo Freya hingehen wird. Aber nun hält sie den Brief in der Hand. Der Brief ist eine Landkarte. Freyas Pfad ist darauf eingezeichnet. Natürlich wird er nicht ohne Tücken sein. Aber die schlimmste Gefahr ist hoffentlich gebannt. In den ersten Tagen befand sich ja alles noch in fürchterlicher Schwebe: Daisy D'Ora war da, die schlanke blonde Schönheitskönigin. Daisy liebt Helmuth aber nicht. Das hat Freya sofort gesehen. Jedenfalls liebt sie ihn nicht, wie Freya Helmuth lieben wird, Daisy hat es vielleicht selbst eingesehen.

Sie ist jedenfalls abgefahren. Von da an hatte Freya Helmuth James von Moltke für sich. Sie sind auf dem See Kahn gefahren. Sie haben zusammen Berge erstiegen, nur sie beide, ohne die anderen. Freya hat Helmuth keinen Moment aus den Augen gelassen. Vom Frühstück bis zur Trennung spät am Abend ist sie an seiner Seite geblieben. Freyas Mutter hat die Hände über dem Kopf zusammengeschlagen.

»Freya, Kind, was tust du denn nur! Du wirfst dich ihm an den Hals. Du machst dich billig. Freya, ich dulde das nicht, du wirst morgen den ganzen Tag zu Hause bleiben.«

Es war aber zu spät. Freya war schon fort. Die Mutter verschloss ein leeres Zimmer: Freya war entlaufen, entflogen, und niemand konnte sie mehr zurückrufen. Freya blickt auf den Brief. Sie liest noch einmal,

Dieser Sommer ist so zu einem Teil meiner selbst geworden, dass alles Weitere ohne diesen Sommer unverständlich bliebe. Das danke ich Ihnen, ich danke Ihnen alles, was ich je werde erreichen können, ganz gleich, wie die Zukunft mit uns verfährt.

Das hat er geschrieben. Und was kann Freya auf einen solchen Brief antworten? Das ist sehr einfach. Freya wird Helmuth von Köln erzählen. Sie wird vom Lernen schreiben, von ihren Mühen um das Abitur. Es ist ja alles klar. Freyas Weg führt nun nach Kreisau.

Helmuth hat ihr das Gut beschrieben. Es liegt zwischen den Hängen des Eulengebirges und dem Zobten, eingebettet in eine Mulde südlich der alten Landstraße, die den Westen mit dem Osten verbindet. Es ist schön dort. Freya hat Sehnsucht nach Kreisau. Das ist äußerst merkwürdig. Sie ist ja noch niemals dort gewesen. Dennoch sehnt sie sich nicht danach, wie man sich in eine abenteuerliche Ferne sehnt. Sie sehnt sich wie aus der Ferne zurück. Sie sehnt sich wie nach einem verlorenen Ort, an den man endlich heimkehren möchte, vielleicht ist es aber auch gar nicht so merkwürdig.

Zu Hause ist ja nun nicht mehr dieses Haus mit seinen Speise- und Tanzsälen, seinen Kammern und Winkeln, seinen Toren und Höfen und Treppen, in dem Freya aufgewachsen ist, sondern Helmuth von Moltke. Daran lässt sich nichts mehr ändern: Es ist kein Gefühl, sondern eine Tatsache. Freya blickt auf den Brief in ihrer Hand. Sie liest noch einmal die letzten Zeilen,

Ich bin frisch, wohl, voller Kraft, voll eines Hochgefühls des Lebens, das ist allein Ihr Werk. Ich hoffe, dass ich in der Lage

sein werde, Sie einmal mit aller Intensität zu lieben, denn was ich jetzt empfinde, ist nur Beginn, der Anfang einer Entwicklung, die mir Höhen erschließen wird, die für mich noch vor vier Wochen unerreichbar waren, eine Entwicklung, deren Spitze gar nicht abzusehen und die alles aus mir zu machen imstande ist.

Freya blickt über den Brief hinweg aus dem Fenster. Der Raum der Zukunft liegt offen vor ihr. Es ist ein weiter Raum, dämmerig. Er ist unbekannt, aber nicht vollkommen unvertraut. Einiges im Vordergrund lässt sich sogar ziemlich klar ausmachen: ihr Antwortbrief, dann sein Antwortbrief. Ihr Lederkoffer, den sie noch nicht ausgepackt hat, aufgeklappt, neu gepackt für eine Fahrt von Köln nach Schlesien, von Westen nach Osten durch das ganze Reich. Der Trubel des Kölner Bahnhofs. Ein Ruck, das Schnaufen eines Zugs. Ein Taschentuch im Wind. Die vertrauten Kölner Giebel und Plätze, noch einmal durchs Zugfenster: ein letztes Mal genau so durchs Zugfenster. Ein bisschen weiter hinten im Zukunftsraum beginnen die Dinge schemenhaft zu werden.

Ihr Koffer auf einem fremden Bahnsteig, der schmal ist und ländlich. Ein Wagen mit Pferd, der sie abholen kommt. Ein Haus auf einem Hügel. Gesichter, die sie nicht kennt, Stimmen, ausgestreckte Hände. Und noch weiter hinten im Zukunftsraum verschwindet alles, löst sich auf in einem leuchtenden Dämmer wie in dünner Milch.

Das Pferd war da, der Wagen auch. Die Bummelbahn, in die Freya und Hans in Liegnitz umgestiegen waren, ratterte um eine langgezogene Kurve, dann verlangsamte sie die Fahrt. Die Lok stieß einen durchdringenden Warnpfiff aus. Freya beugte sich aus dem Fenster. Und da auf Kreisaus kleiner Bahnstation stand Helmuth Moltke, um seine Gäste abzuholen.

»Herzlich willkommen. Hatten Sie eine gute Reise?«

Neben dem Bahnhofsgebäude blühte Holunder. Der Kutscher warf das Gepäck auf den Wagen.

»Wollen wir die Koffer vorausschicken und zu Fuß gehen?«

Pferd und Wagen zuckelten los. Freya, Helmuth und Hans folgten ihnen hinunter zur Dorfstraße. Sie überquerten das Brücklein, das den kleinen, von Kopfweiden gesäumten Flusslauf überspannt, dann bogen sie in den Weg ein, der durch Wiesen und Kuhweiden hügelan führt.

Das war vor zehn Tagen. Inzwischen weiß Freya schon viel mehr: Der Weg, der zum Haus der Moltkes hinaufführt, heißt Berghaushügel. Das Flüsschen heißt Peile, und seine Zahmheit ist trügerisch: Es überschwemmt regelmäßig die Wiesen. Das Gebirge, dessen Umrisse man vom Berghaus aus sieht, ist das Eulengebirge, und der einzelne große Gipfel ist der Zobten. Helmuth hat Freya auch gleich am ersten Nachmittag schon durch das Dorf geführt.

Er hat ihr die Spielschule gezeigt, wo Schwester Ida Hübner die Dorfkinder zusammen mit ihren Pflegekindern großzieht, er hat zum Kapellenberg hinübergewiesen, wo der alte Feldmarschall begraben liegt, dessen asketisches Arbeitszimmer noch immer ehrfürchtige Besucher ins Schloss zieht, dann sind sie an der langen weißen Mauer des Kuhstalls entlang zum Torhaus gegangen. Dort wohnt Zeumer, der neue Verwalter, mit seiner Familie. Helmuth Moltke hat das Tor geöffnet. Vor Freya lag das riesige Geviert des Innenhofs: nicht etwa ein gepflegter Schlosshof mit Fontänen und Buchsbäumen, sondern das eigentliche Gut, ein feldgroßes Stück nackter hartgetretener Erde, wo an diesem Nachmittag viele Pferdefuhrwerke mit Säcken beladen wurden.

Von irgendwo hörte Freya Hammerschläge. Eine Kuh muhte, ein Hund bellte.

»Und da drüben ist das Schloss«, hat Helmuth gesagt. »Da haben wir unsere Kindheit verbracht. Jetzt ist es den Tanten überlassen und unseren Sommergästen.«

Nichts in dem rheinischen Bürgerhaus, in dem sie aufgewachsen ist, hat Freya Deichmann auf Kreisau vorbereitet. Helmuth hat gesagt, Kreisau gehöre zu den kleinen schlesischen Gütern. Aber Freya hat sich eine Besitzung dieser Ausmaße überhaupt nicht vorstellen können. Sie hat sich ein Gewölbe wie das des Kuhstalls nicht vorstellen können. Sie hat sich nicht vorstellen können, stundenlang mit Pferdchen und Wagen über Land zu fahren und immer noch auf eigenem Grund und Boden zu sein. Alles hier überwältigt Freya. Sie liebt Kreisau.

Sie liebt jeden Stein, jeden Halm, jeden Windstoß, der die Luft über Kreisau bewegt. Sie liebt das Berghaus, seine kompakte Geräumigkeit, die Veranda mit dem großen Esstisch und dem durchgesessenen Sofa. Sie liebt das sonnenwarme Holz, die abblätternde Farbe, die uralten Farbschichten darunter, sie liebt die Treppe hinunter zum Garten, auf deren Stufen man in der Sonne sitzen und den Blick weit über die Felder und Wiesen bis hin zum Gebirge in der Ferne schweifen lassen kann.

Nicht dass sie oft dort sitzt. Auf einem Gut gibt es ja immer etwas Nützliches zu tun. Heute hat Freya mit Julian Frisby im Gemüsegarten Unkraut gejätet. Julian ist einer der PGs: der Paying Guests. Julian ist nicht das erste Mal hier. Er will auf Kreisau Deutsch lernen. Aber natürlich nützen alle voller Begeisterung die Möglichkeit, mit ihm Englisch zu sprechen, besonders Dorothy: Mami, wie alle sie nennen.

»Und wissen Sie was, Fräulein Deichmann? Ich bin damals selbst als zahlender Gast nach Kreisau gekommen, im Laufe einer großen Europarundreise mit meinen Eltern. Wir hatten uns für ein paar Tage hier eingemietet. Und als ich am ersten

Abend zum Essen herunterkam, sind alle verstummt. Alle haben mich angestarrt, als wäre ich vom Himmel gefallen. Ich habe erst viel später den Grund erfahren. Meine spätere Schwiegermutter war eine große Anhängerin spiritistischer Sitzungen. Und bei einer solchen Sitzung hatte ihr ein Medium prophezeit, von weither würde eine junge Frau nach Kreisau kommen, in weißem Kleid und mit blauer Kette, die allen großes Glück bringen würde. Ja, und denken Sie nur, an diesem ersten Abend trug ich eben genau so ein weißes Kleid und eine blaue Kette.«

Freya hat über die Geschichte nachgedacht. Sie hat sich gefragt, ob es so etwas geben kann. Ob das ganze Leben vorherbestimmt ist, oder zumindest doch manche Dinge. Ob schon vor der Geburt darüber entschieden ist, wem man im Leben begegnen soll, wo man leben und arbeiten wird, welche Aufgaben man zu lösen hat. Dann hat Freya aufgehört, darüber nachzudenken.

Manche Fragen sollte man besser ignorieren. Man kann sie nicht entscheiden, ohne entweder wie ein abergläubischer Dummkopf dazustehen oder den Hauch des Wunders zu zerstören. Man kann zu keinem Ergebnis gelangen. Und sie sind auch nebensächlich.

Freya und Helmuth kennen sich jetzt. Freya ist auf Kreisau. Alles ist in Bewegung, alles läuft vorwärts, auf die Zukunft zu, leider ist Helmuth im Moment sehr mit Sorgen und Arbeit belastet. In der Hyperinflation und der nachfolgenden Währungsreform haben die Moltkes ihr ganzes Geldvermögen verloren, die gesamten zweieinhalb Millionen, die ihnen der alte Feldmarschall hinterlassen hat. Und als im vergangenen Herbst der alte Verwalter von Kreisau gestorben ist, ist außerdem ans Licht gekommen, dass während der letzten Jahre in Kreisau eine ungeheure Misswirtschaft geherrscht hat.

Im Grunde genommen ist das Gut für die Moltkes bereits verloren. Der Vater fühlt sich der Lage jedenfalls in keiner Weise mehr gewachsen. Er hat seinen Ältesten zum Generalbevollmächtigten für Kreisau ernannt.

»Meine eigenen Pläne sind also auf Eis gelegt«, hat Helmuth zu Freya gesagt. »In den nächsten Monaten werde ich all meine Energie darauf verwenden müssen, das Gut wenn irgend möglich für die Moltkes zu retten. Kennen Sie Luthers Aufsatz über die Freiheit des Christenmenschen? So geht es mir. Ich bin vollkommen frei, solange ich nicht vergesse, dass ich ein Knecht bin. Wobei meine Freiheit vor allem darin besteht, zu wissen, dass das, was ich derzeit tue, im Grunde völlig belanglos ist. Es ist ja wirklich vollständig gleichgültig, ob es nun die Familie der Moltkes ist, die auf Kreisau haust, oder jemand anderes.«

Aber das stimmt nicht. Kreisau ist Helmuth ganz und gar nicht gleichgültig. Helmuths Mutter hat das Diadem verkauft, das sie dereinst zu Helmuths Hochzeit tragen wollte. Helmuth hat die beiden Lenbachs aus dem Schloss verkauft. Er wird das Auto verkaufen. Die Moltkes sind bereit, alles zu verkaufen, nur eben nicht Kreisau. Helmuth hat es seiner Mutter nun schon zweimal versagt, sich einen an sich ganz vernünftigen Wunsch zu erfüllen. Dorothy seufzt dann, sie lacht.

»Der liebe Junge! In allem ist er so verantwortungsvoll.«

Helmuth arbeitet vom frühen Morgen bis in die Nacht hinein. Freya fährt mit Julian und ihrem Bruder nach Schweidnitz, nach Breslau. Noch ist das Auto nicht verkauft: Freya, Hans und Julian fahren mit Asta und Carl Bernd zur Weistritz-Talsperre bei Kynau hinauf, wo es einen herrlichen Badestrand gibt. Von dort oben geht der Blick weit über das ganze schöne schlesische Land. Wenn sie nach Kreisau zurückkehren, kann Freya Helmuth manchmal gerade noch von ihren

Ausflügen erzählen, dann ist der Tag schon wieder vorbei. Aber manchmal ergibt es sich auch, dass sie allein über die Felder und Wiesen von Kreisau wandern, durch die kleinen Waldstücke, die hier in Schlesien Busch genannt werden, dem Lauf des Flüsschens Peile folgend, nach Wierischau zu oder nach Gräditz. Und den gestrigen Tag haben sie in Wernersdorf verbracht, bei Hans Adolf von Moltke, dem Vetter von Helmuths Vater.

Helmuth wollte seine Meinung zu einigen finanziellen Fragen einholen. Das Gespräch hat Helmuth aber wenig befriedigt. Hans Adolf hat ihm geraten, überhaupt nichts zu tun.

»Im Moment sind die Dinge einfach zu unklar. Warte ab, wie sich diese Osthilfegeschichte entwickelt. Wer weiß, in ein paar Wochen gibt es vielleicht schon wieder eine neue Währung oder ein Moratorium für Inlandskredite. Und in einem Monat hat man vielleicht schon das Dritte Reich.«

Freya, Dorothy und Asta haben derweil mit Hans Adolfs Frau Davy Tee getrunken, die 1900 als Davida Yorck von Wartenburg auf Schloss Klein Oels geboren worden ist.

»Mein Bruder hat übrigens an einem deiner Lager teilgenommen«, hat sie im Gehen zu Helmuth Moltke gesagt. »Diese Löwenberger Arbeitslager. Die hast du doch mitgegründet, nicht wahr? Kennst du Peter eigentlich? Er hat auch eine Weile bei Rosenstock-Huessy studiert. Das Lager hat ihn beeindruckt. Er hat erzählt, dass am letzten Tag Regierungsbeamte, Gewerkschaftsführer und andere Stützen der Gesellschaft geladen waren, die den jungen Leuten Rede und Antwort stehen mussten. Er fand alles sehr aufschlussreich und die Atmosphäre offen. Aber er fand es auch ernüchternd zu sehen, wie selten solche in der gesellschaftlichen Verantwortung stehende Menschen in ihrem Denken und Handeln von Klarheit und ethischen Regeln bestimmt sind. Er hat gesagt, da hoffe man doch für sich, dass es gelingt, mit dem eigenen Leben weniger liederlich umzugehen.«

Im Jahr darauf heiratet Peter Yorck von Wartenburg seine Marion. Helmuth dagegen ist nach wie vor zur Rolle des Hagestolzes entschlossen.

Es ist völlig in Ordnung, dass Mami ihr Diadem verkauft hat: Helmuth wird ihr ohnehin keine Gelegenheit bieten, es zu tragen. Er wird Freya darüber auch nicht im Unklaren lassen.

»Ehe, Familie, das ganze bürgerliche Vervielfältigungsprogramm«, sagt Helmuth zu Freya. »Es kommt mir absurd vor. Ich habe selbst nicht darum gebeten, geboren zu werden, wie kann ich dann dasselbe Schicksal einem Kind antun?«

Sie haben sich wieder bei Fraudoktor in Österreich getroffen. Sie haben eine Bergwanderung unternommen, nun rasten sie auf einem Baumstamm am Rande eines Wäldchens. Tief unter ihnen liegt der Grundlsee. Hoch über ihnen wölbt sich der Julihimmel.

»Sie meinen, Sie wären lieber nicht auf der Welt?«, sagt Freya. »Sie meinen, wenn man Sie vor Ihrer Geburt gefragt hätte, hätten Sie abgelehnt?«

»Ich weiß es nicht«, sagt Helmuth. »Ich würde mir wünschen, dann abgelehnt zu haben. Es erscheint einem doch alles sehr aufwendig und ganz sinnlos. Wenn wir schon zusehen dürfen, wie dieses Land vor die Hunde geht, dann möchte man jedenfalls lieber im Rang sitzen als in der Arena stehen.«

Freya antwortet nicht. Sie fragt sich, ob ein Land überhaupt untergehen kann. Natürlich, eine Regierung kann wechseln, eine Staatsform die andere ablösen, Menschen können verarmen, es kann Revolutionen geben, Kriege womöglich. Aber das Land ist dann doch immer noch da. Kann man von Untergang sprechen, solange nicht die Fluten über den Bergspitzen zusammenschlagen, solange noch Menschen die Erde bevölkern?

»Ich glaube, man kann immer etwas Sinnvolles tun«, sagt sie schließlich. »Irgendwo wird doch immer jemand gebraucht, der mit anpackt. Man kann immer etwas finden, das gemacht werden muss und das man machen kann.«

»Das sagen Sie«, sagt Helmuth. »Es ist auch sehr bezeichnend für Sie, das zu sagen. Sie sind eben wie niemand anders zum Leben begabt.«

Und er ist es nicht. Das empfindet Freya. Hier, an Helmuths Seite, empfindet sie zum ersten Mal ihre eigene Begabung zum Glücklichsein, die ihm fehlt. Aber so soll es nicht sein. Freya sieht Helmuth an. Sie strömt ihm entgegen. Sie möchte ihn schützend umfangen, eine federleichte Decke, die ihn niemals beschwert. Sie will hell brennen und alle Schatten aus seiner Seele vertreiben. Sie neigt sich ihm zu, fasst seinen Kopf, reckt sich empor, küsst ihn auf die Stirn und besiegelt ihren Kuss mit einem Kreuzchen, das sie ihm mit der Daumenspitze auf die Stirn malt.

Es überwältigt ihn. Er kann nicht sprechen. Er ist gezeichnet. Er ist unter Schutz gestellt: An diesem hier vergeht euch nicht. An diesem rächt nicht seine Sünden. Es ist ihm, als müsste das Mal sichtbar sein.

Später sagt sie: »Ich will übrigens gar nicht unbedingt heiraten. Ich will erst mal studieren, dann wird sich alles finden. Und Sie kann ich ja auch ohne Ehe lieben.«

Es ist nicht das erste Mal, dass sie ihm ihre Liebe erklärt. Er hat sich schon ganz daran gewöhnt. Auf dem Weg zurück ins Tal lachen sie sehr über ein Eichhörnchen. Sie gehen ein ganzes Stück Hand in Hand.

Liebe Freya,

ehe ich nach Grundlsee ging oder besser, ehe ich in Grundlsee mit Dir lebte, war ich fest entschlossen, keinerlei Ansprüche ans Leben zu stellen. Ich bin in diesem Axiom durch Dich wankend geworden, mehr lässt sich dazu noch nicht sagen.

Und hat er sich wirklich gewünscht, eine ganze lange Zeit lang gewünscht, Daisy sollte zu ihm sein, wie Freya tatsächlich zu ihm ist? Was ist das denn für ein Unsinn gewesen? Warum sollte Daisy wie Freya sein, genügt es nicht voll und ganz, dass Freya wie Freya ist? Vielleicht war er dumm. Es war doch dumm, was er sich da gewünscht hat. Er muss wirklich lachen, über sich selbst. Er lacht. Er schreibt,

Liebe Freya,

es geht mir großartig.

»Mami?«

Helmuth ist zu Dorothy ins Schlafzimmer gekommen. Es ist schon dunkel. Er schaltet das Licht nicht an.

»Ich werde Freya Deichmann heiraten.«

»Helmuth. Freya ist ein sehr liebes Kind, und sie passt sicherlich sehr gut zu uns. Aber wovon wollt ihr denn leben? Wie willst du heiraten ohne ein Einkommen?«

»Was hat das Einkommen damit zu tun? Wenn Freya hier mit mir lebt, muss sie essen, ob wir verheiratet sind oder nicht.«

»Du bist dir sicher.«

»Aber ja.«

»Ich freue mich, Kind.«

Meine liebste Freya!

Mami hat beschlossen, Ende des Jahres nach Afrika zu fahren. Jemand muss so lange nach Kreisau kommen und sich um Carl Bernd und Asta kümmern. Wir müssen also heiraten, damit Du hier mit mir leben kannst.

Freya sitzt eine Weile still auf ihrem Stuhl. Sie lauscht ihrem Herzschlag, dem Rauschen ihres Bluts, der dahinfliehenden Zeit. Jemand muss nach Kreisau kommen und sich um Carl Bernd und Asta kümmern? Freya ist zwanzig. Asta wird siebzehn, Carl Bernd neunzehn. Es gibt die Tanten im Schloss, es gibt die Mamsell und die Mädchen im Berghaus. Es gibt Helmuth selbst, der in Kreisau wohnt und noch immer an der Rettung des Gutes arbeitet. Freya zieht ein Blatt Briefpapier aus ihrer Mappe. Sie überlegt, was sie schreiben wird. Sie liest noch einmal.

Mami hat beschlossen, Ende des Jahres nach Afrika zu fahren. Wir müssen also heiraten, damit Du hier mit mir leben kannst.

Freya schreibt.

Wann?

Am Sonntag, dem 18. Oktober 1931, in Köln. Am Hochzeitstag seiner Eltern und seiner Großeltern. Freya ist nun die Gräfin von Moltke. Sie ist der Pim. So nennt Helmuth sie. Sie nennt ihn Jäm.

Pim!

Jäm!

Mein Pimmes, mein Lieber!

Mein Herzensjäm!

Es war eine sehr einfache Hochzeit. Freya trug ein schlichtes Kleid, Helmuth seinen grauen Anzug. Nach der Trauung gab es ein kleines Essen für vierzehn Personen. Freya ist nun Helmuths Frau. Es ist überwältigend und zugleich selbstverständlich, so wie ein Sonnenaufgang oder der Vollmond. Helmuth hat Freya nicht auf dem Gut oder im Dorf herumgeführt, um sie als seine Frau vorzustellen. Das musste Freya selbst tun. Sie ist bei Schwester Ida Hübner in der Spielschule gewesen, beim Verwalter Zeumer und seiner Familie, bei Frau Rose, die sich um das Geflügel kümmert, bei den wichtigsten Hofeleuten wie Zimmers, Kaisers und Störchers, im Schloss bei den Tanten und bei Stäsches, deren Häuschen dem Berghaus benachbart ist. Es ist, als hätte Helmuth Angst, dem hehren Anspruch einer Ehe nicht gewachsen zu sein, von ihm erdrückt zu werden.

»Pim? Es muss sich doch nichts ändern? Wir können doch einfach so zusammenleben, wie zwei Studenten mit wenig Geld. Was anderes sind wir ja eigentlich nicht.«

Das ist wahr. Das Bankhaus Deichmann ist bankrott. Seine Schuldner haben es mit in den Abgrund gerissen. Das weitläufige alte Haus mit seinem wilden Garten wird aufgelöst. Hans ist bei der IG Farben untergekommen, wo Onkel Georg von Schnitzler Vorstandsmitglied ist. Freya bekommt eine kleine Rente, die ihr monatlich ausbezahlt wird. Und Freyas Vater ist tot.

Er ist still gegangen, ohne Aufhebens. Er war alt, viel älter als Freyas Mutter. Am Tag der Hochzeit lag er mit Lungenentzündung zu Bett. Es schien, als wäre er bereits auf dem Weg der Genesung. Aber als Freya und Helmuth ein paar Tage später von ihrer kleinen Reise den Rhein hinauf nach Zürich zurückkehrten, war er schon nicht mehr am Leben.

Seine Bank war sein Leben. Die Bank war verloren, das Haus auch. Er ist vielleicht lieber in seinem eigenen Haus gestorben, als noch einmal in ein fremdes zu ziehen. Freya hat nun keinen Vater mehr.

Sie versucht sich auf Kreisau nützlich zu machen. Sie macht mit Carl Bernd Hausaufgaben. Sie begleitet Asta zum kleinen Kreisauer Bahnhof, wenn das Mädchen nach Schweidnitz fährt. Sie schneidet die abgeleerten Himbeerruten im Gemüsegarten zurück. Noch hat sie keine Verantwortung zu tragen. Noch ist Mami da: Dorothy Moltke reist nach Weihnachten ab, und es ist erst November. Die Tage sind mild. Es hat noch nicht gefroren. Ringelblumen blühen zwischen den Himbeerbüschen. Sogar die Rüben sind noch in der Erde.

»Aber es wird schon noch kalt genug werden, mein Pim. Bei uns ist es nicht wie bei euch am Rhein. Hier im Osten haben wir heißere Sommer, eisige Winter.«

An klaren Tagen geht der Blick von der Veranda des Berghauses weit in die Ferne. Wenn es regnet, hüllen sich die Berge in Nebel, Dunst verschleiert das Land. Wasser rieselt über Scheiben im Wohnzimmer, wo Freya Briefe beantwortet: Gratulationsschreiben zu ihrer Hochzeit, Kondolenzbriefe zum Tode des Vaters, manchmal muss Freya weinen.

Sie weint aber nicht lange. Sie möchte nicht weinen: Freya ist nun am richtigen Ort. Sie steht an Helmuths Seite. Während sie ihre Briefe beantwortet, hört sie die Stimmen der anderen, in Haus und Garten: Asta, Carl Bernd, Mami, Julian Frisby, der mit Asta scherzt, Mamsell, die Pilzsuppe mit Backobst kocht, Mohnklöße, Kartoffelsalat mit Speck. Und dann tönt Helmuths Stimme durch das Haus.

»Pim! Pimmes! Wo steckt der Pim?«

Abends sitzen sie am Kamin und lesen Schillers ›Tell‹ mit verteilten Rollen. Freya liest Gertrud Stauffacher, das entschlossene Eheweib.

Schon viele Tage seh ich's schweigend an,
Wie finstrer Trübsinn deine Stirne furcht.
Mein lieber Herr und Ehewirt! Magst du
Ein redlich Wort von deinem Weib vernehmen?
Das will Stauffacher gern.
So höre denn und acht auf meine Rede,

Ihr seid auch Männer, wisset eure Axt
zu führen, und dem Mutigen hilft Gott!

»Das gefällt mir«, sagt Helmuth zu Freya. »Eine prächtige Person, diese Stauffacherin. *Mein lieber Herr und Ehewirt.* Das gefällt mir wirklich.«

Und so wird er sich fortan in seinen Briefen an Freya bezeichnen.

Dein Ehewirt ist gut gereist. Ach wie gern wäre ich jetzt zu Hause beim Pim.

Mein Pim. Mein Lieber. Also übermorgen bist Du da. Der Tag ist auch schon um, und Dein Ehewirt ist müde.

Aber erst einmal sitzen sie in Kreisau zusammen und lesen Schillers ›Tell‹ zu Ende. Stauffacher stürzt in die Arme seiner Frau, begeistert und dankbar.

Wer solch ein Herz an seinen Busen drückt,
Der kann für Herd und Hof mit Freuden fechten.
Und keines Königs Heermacht fürchtet er.
Leb wohl – und weil ich fern bin, führe du
Mit klugem Sinn das Regiment des Hauses.

Das tut Freya. Dorothy reist nach Südafrika ab, und Freya kümmert sich um Kreisau, um Helmuth und um Helmuths Geschwister. Zusammen streichen sie die Fenster und die Veranda. Sie bringen die Westfassade in Ordnung, wo der Putz abgeplatzt ist, sie richten und reparieren, was am Berghaus wackelt und klappert. Dorothy ist bei ihrer Rückkehr sehr beeindruckt.

Die lieben Kinder haben den wilden Wein zurückgeschnitten, um die Fassade ausbessern zu können. Sie haben die Veranda grün gestrichen, die vorher weiß war. Sie haben sich Kreisau zu eigen gemacht. Dorothy fühlt sich beinahe wie ein Gast.

Sie bleibt auch nicht. Keiner bleibt. Selbst die kleine Asta besucht nun ein Internat. Dorothy zieht zu ihrem Mann nach Berlin, wo nun auch Helmuth und Freya leben werden: Helmuth beginnt als Gerichtsreferendar am Kammergericht. Und Freya hat begonnen, Jura zu studieren.

Freya und Helmuth haben eine Zweizimmerwohnung in der Berliner Bendlerstraße 42 gemietet. Die Wohnung ist klein, aber modern. Es gibt Zentralheizung, ein Badezimmer und sogar einen elektrischen Herd, den Helmuth seiner Mutter voll Stolz präsentiert.

»Wir haben übrigens diese Töpfe gekauft. Was hältst du von ihnen? Sie haben gute schwere Böden. Das ist wichtig, wir werden ja selbst kochen. Und dies hier ist unser Essservice. Es sind nur sechs Gedecke, aber im Moment reicht uns das. Und man kann problemlos zukaufen, das hat man uns versichert.«

Freya hat schlesischen Mohnkuchen gebacken. Helmuth hat Tee zubereitet. Sie leben nun endlich allein miteinander. Dorothy sieht den beiden zu, wie sie strahlend vor Glück ernsthafte Eheleute spielen. Einen Moment lang steht ihr das leere Kreisauer Berghaus vor Augen. Sie kann die abgedeckten Sofas sehen, die Tische ohne Blumen, das saubere Porzellan im Schrank, die leere Veranda.

»Und stell dir vor«, sagt Helmuth, »wir haben noch Karten für das Leipziger Reichsgericht bekommen. Für die Verfassungsklage wegen des Preußenschlags. Ich werde für Edgar Mowrer von der ›Chicago Daily News‹ einen Bericht über den Prozess schreiben.«

Am 20. Juli 1932 hat Papen mit Rückendeckung Hindenburgs die Regierung des Landes Preußen absetzen lassen. Das letzte demokratische Bollwerk der Weimarer Republik ist gefallen. Die Staatsgewalt im größten Land des Reiches ist auf die Reichsregierung übergegangen. Die Sozialdemokratie ist entmachtet: Sie ist an keiner Regierung mehr beteiligt. Nennenswerte Gegenwehr gab es nicht. Weder hat die preußische Regierung den Generalstreik ausgerufen noch zum zivilen Ungehorsam der Beamten aufgefordert, geschweige dass die preußische Polizei oder das Reichsbanner eingesetzt worden wären. Die preußische Regierung hat lediglich eine Verfassungsklage beim Staatsgerichtshof des Reichsgerichts eingereicht.

Als Adjutant des Reichsgerichtspräsidenten Erwin Bumke ist Hans von Dohnanyi damit betraut, diese Klage des Landes Preußen gegen das Reich zu bearbeiten. Er hat Ernst von Harnack gewarnt: Die Klage hat wenig Aussicht auf Erfolg. Die Regierung Papen hat sich des verfassungsmäßig korrekten Instruments der Reichsexekution bedient, das bereits unter Reichspräsident Friedrich Ebert gegen Sachsen und Thüringen angewandt worden ist. Die alten Verhältnisse werden sich also wohl nicht wiederherstellen lassen.

Es zeigt sich, dass Hans von Dohnanyi die Lage richtig eingeschätzt hat. Die Ereignisse dieses 20. Juli sind nicht zurückzunehmen. Ernst von Harnack bleibt seines Amtes als Regierungspräsident von Merseburg enthoben. Zu Ende des Jahres 1932 zieht er mit seiner Familie nach Berlin-Zehlendorf, in das kleine Häuschen Am Fischtal. Seine Änne hat aber auch hier alles vorzüglich gerichtet. Sie können auf kleinerem Raum und in bescheidenerem Rahmen ebenso zufrieden leben wie vorher, wenn es nur die Zeitläufte erlauben wollen.

Ernst von Harnack spielt Flöte. Dietrich Bonhoeffer spielt Klavier, sein Bruder Klaus Cello und ihr Schwager Rüdiger Schleicher Violine. Sie musizieren zusammen, wie sie es seit

Kindheits- und Jugendtagen getan haben. Zurzeit studieren sie die ›Symphonie Nr. 40 in g-Moll‹ von Mozart ein, bearbeitet für Flöte, Violine, Violoncello und Klavier. Die Musik greift Ernst heute besonders ans Herz: der schmerzlich-leidenschaftliche Charakter dieser vorletzten Sinfonie Mozarts, das mehrschichtige Geflecht des Hauptthemas, das ohne alle Lieblichkeit auskommt. Die lodernde Auflehnung des Finales. Das unerbittliche Ende in Moll. Ernst lässt die Flöte sinken, Rüdiger und Klaus die Bögen. Dietrichs Hände ruhen auf den Tasten. Im Raum herrscht Stille.

3

Julius Leber darf die Abiturrede nicht halten. Er ist der beste Schüler des Jahrgangs 1912. Aber nicht er spricht zu den Eltern und Honoratioren, die sich in der Aula des Freiburger Oberrealgymnasiums versammelt haben, sondern Funck. Der Zweitbeste. Es wundert Julius nicht. Julius' Stiefvater ist Maurer. Julius' Mutter bearbeitet ein Stückchen Wiesenrain, das sie allen Ernstes ihr Feld nennt. Ohne die Fürsprache des Dorfgeistlichen hätte Julius nicht einmal die Mittelschule in Breisach besuchen dürfen. Auf der Mittelschule wurde er bestraft, wenn er keine Turnschuhe oder Schulbücher hatte.

Er wurde bestraft, wenn er dem Unterricht fernblieb, weil er gearbeitet hatte, um Schulbücher und Turnschuhe zu kaufen. Er wurde bestraft, wenn er eine Ausrede für sein Fernbleiben erfand, weil er daheim den Hühnerstall hatte ausmisten müssen. Nach der Mittleren Reife ist er auf Drängen der Eltern als kaufmännischer Lehrling in eine Tapetenfabrik eingetreten.

Die Mutter versprach, die Hälfte seines Lehrlingsgehalts für das Schulgeld der Oberrealschule zurückzulegen. Aber als er die Lehre beendet hatte, war das Geld weg. Die Mutter hatte noch ein Stück Land davon gekauft: noch ein Stück elsässischdeutschen Grenzstreifen, noch ein Stückchen Wiesenrain, das sie nun beackern wollte, um so aus der Misere herauszukommen. Julius konnte es zuerst gar nicht glauben. Es war ein Verrat, aber das war nicht das Schlimmste. Das Schlimmste war, dass es so unsinnig war. Es war dumm. Nicht mehr Dreck konnte weiterhelfen, sondern nur Schulbildung.

Zum Glück hatte Julius die Mittlere Reife mit Glanz bestanden. Er hat für das Freiburger Oberrealgymnasium ein Stipendium bekommen, er musste also gar kein Schulgeld zahlen. Und seinen Lebensunterhalt hat er sich verdient. Er hat Zeitungsartikel verfasst. Er hat seinen betuchteren, aber dümmeren Mitschülern Nachhilfeunterricht erteilt, die natürlich nicht im Traum daran dachten, den unehelich geborenen Kleinbauernsohn Julius Leber als gleichwertig anzuerkennen. Und als wollte er es sich endgültig mit allen verscherzen, ist er dann auch noch in die SPD eingetreten.

Nun ist er zwanzig Jahre alt. In diesem Alter beendet manch gehätscheltes Bürgersöhnchen schon fast das Studium. Julius Leber steht in der Aula des Freiburger Oberrealgymnasiums, unter den anderen Abiturienten.

Funck spricht. Der Zweitbeste. Julius Leber nimmt es ihm nicht übel. Die Abiturrede zu halten ist schließlich eine hohe Auszeichnung. Wer könnte da widerstehen? Julius Leber. Er an Funcks Stelle hätte diese Rede nicht gehalten. Wenn man den Besten seines Rechts entkleidet hätte, die Abiturrede zu halten, dann hätte auch Julius Leber geschwiegen. Er weiß das. Dieses Wissen genügt ihm. Es muss genügen. Vorn am Pult kommt Funck zum Ende. Julius applaudiert mit den anderen. Er wird nun Nationalökonomie studieren.

Und dann kommt der Krieg. Der Elsässer Julius Leber unterbricht sofort sein Studium und meldet sich freiwillig an die

Front, um das Deutsche Reich gegen seine Feinde zu verteidigen. Er liegt eine Weile mit einer Gasvergiftung im Lazarett. Ein andermal wirft ihn ein Beindurchschuss nieder. Dann steht die Niederlage fest. Aus dem Matrosenaufstand in Wilhelmshaven und Kiel entwickelt sich die Novemberrevolution, der Kaiser dankt ab, und Leutnant Julius Leber verteidigt die Republik gegen die Putschisten um Kapp. Aber dann ist es auch genug.

Mit der Waffe kämpfen sollen nun andere.

Julius Leber hat die Reichswehr verlassen, er hat in Eile sein Studium beendet. Am 16. November 1921 feiert Dr. rer. pol. Julius Leber, Schriftleiter des sozialdemokratischen ›Lübecker Volksboten‹ und Mitglied der Lübecker Bürgerschaft, seinen dreißigsten Geburtstag. Drei Jahre später wird er Reichstagsabgeordneter der SPD. Und er lernt Annedore Rosenthal kennen, die streng deutschnational und katholisch erzogene Tochter des Direktors des berühmten humanistischen Gymnasiums Katharineum zu Lübeck.

»Was bist du nur für ein hübscher Frischbekehrter, mein Junge.«

Julius neckt Annedore. Juli: *Jüli,* so nennt sie ihn, mit der französischen Aussprache anspielend auf seine elsässische Herkunft. Sie lässt sich von Jüli necken, es macht ihr nichts aus. Julius Leber ist ein scharfer Redner bei Kundgebungen, ein polemischer Gegner der bürgerlichen Parteien und der rechten Gruppen. Aber er ist ohne jede persönliche Gemeinheit.

»Mein lieber Junge«, sagt Julius Leber. »Nun hat er sich sozusagen vom Saulus zum Paulus gewandelt.«

Annedore ist gestern in die SPD eingetreten. Sie hat endgültig die Seiten gewechselt: Annedore hat ja erst durch Julius erfahren, wie die Welt tatsächlich ist. Erst durch ihn hat sie begriffen, wie privilegiert ihr eigenes Leben bisher gewesen ist. Annedore ist mit Privatunterricht auf das Abitur vorbereitet worden, für das Julius so hart hat kämpfen müssen. Sie kann sich die Häme vorstellen, die er wehrlos hat erdulden müssen. Sie kann sich ja vorstellen, wie es Julius am Katharineum in Lübeck ergangen wäre, das Annedores Vater leitet. Ihr Herz wendet sich um vor Mitleid, wenn sie an den armen Jungen denkt, der Julius Leber gewesen ist, an das Kind mit leerem Magen, todmüde von der außerschulischen Arbeit, heruntergeputzt von kleingeistigen Lehrkräften. Aber der Mann Julius Leber hat nichts Bemitleidenswertes. Er ist stark. Er ist schön: ein männlicher Mann, mit vollem Mund, geraden Brauen. Er ist ein Kämpfer, ein unermüdlicher, unbeugsamer Kämpfer.

»Aber du ja auch, mein Junge. Wie tapfer du darum gekämpft hast, statt des Jurastudiums eine Schneiderlehre machen zu dürfen. Und nun hat sich der Junge noch einmal so mutig gewandelt.«

Und wie auch nicht? Wie könnte sie es ertragen, Julius' große Vision nicht zu teilen?

Sozialismus ist keineswegs ein Parteiprogramm. Sozialismus ist ein politisches Fundament für einen hochstrebenden gotischen Dom. Solange der Mensch denkt, strebt er nach Höhe, nach der Freiheit, hinaus aus der Dunkelheit. Es ist ein Kampf, und er ist unendlich schwer. Es geht ja nicht nur gegen erbitterte Gegner, die ihre Vorrechte verteidigen. Es geht gegen die Stumpfheit und Gleichgültigkeit der Massen.

Das hat Julius in einer seiner Reden gesagt. Annedore ist glühend auf seiner Seite. Sie hat erst an Jülis Seite mit dem Leben begonnen. Natürlich ist das ihrem Vater unverständlich. In Georg Rosenthals Augen ist Leber ein Bauer, ein kulturloser Mensch, der in seinem Leben kein einziges Wort Latein gelernt hat.

»Und er ist zu alt, Annedore. Du bist dreiundzwanzig, und er ist sechsunddreißig. Ganz davon zu schweigen, wie es um seine Moral bestellt ist. Man munkelt sogar von einem illegitimen Kind, was bei der Herkunft des Mannes auch niemanden wundern sollte.«

Das Kind hat Jüli unumwunden gestanden. Es entstammt einer flüchtigen, längst beendeten Beziehung. Jüli bezahlt regelmäßigen Unterhalt, und weitere Kontakte existieren nicht. Was also soll die Angelegenheit Annedore kümmern?

Jüli und sie sind für zwei Tage an die Ostsee gefahren, nach Hohwacht. Sie sind heimlich gefahren, niemand weiß, wo sie sind. Sie gehen am Strand entlang, in Richtung Steilküste. Es ist Abend. Sie haben die Schuhe ausgezogen. Meer, Himmel und Sand sind durchglüht vom Rosa und Purpur eines Sonnenuntergangs von seltener Leuchtkraft. Die Luft selbst scheint rosig gefärbt, das Wasser schimmert und oszilliert. Eine Möwe geht ein Stück zu Fuß, dann schlägt sie mit den Flügeln und erhebt sich in den warm glühenden Himmel. Julius bleibt stehen. Er zieht Annedore an sich.

»Sieh dir das an, mein Paulus. Wie schön.«

Annedore lehnt die Wange an seinen Pullover. Sie spürt die Wolle. Sie spürt Julius: seine Vitalität, seine Stärke, seine Verletzlichkeit, so dass sie ihn mütterlich schützen möchte, diesen schweren kraftvollen Mann, während sie sich an ihn schmiegt.

»Mein Junge. Was hältst du davon, wenn wir heiraten?«

Annedore steht reglos.

Sie hat diesen Moment kommen sehen, von Anfang an. Sie hat nicht gewagt, genauer hinzusehen, als wäre der Moment ein scheues Tier, das fliehen würde, sobald es sich entdeckt fände. Und nun ist er da. Nun hält sie ihn in der Hand. Sie hält ihn ganz lose, sie fühlt das Flattern seiner Flügel.

»Mein lieber Junge. Du sagst ja gar nichts. Na, solange du

wenigstens nicht Nein sagst.« Er schiebt sie ein wenig von sich, sucht ihren Blick. »Wir würden doch gut zueinander passen. Meinst du nicht? So ein frischgebackener Paulus, der ganz fest an meiner Seite steht. So ein lieber kleiner Schmetterlingsjunge.«

Noch immer ist es nicht dunkel geworden. Das Leuchten, das sie umgibt, scheint nicht der untergehenden Sonne zu entströmen, sondern den Dingen selbst: dem Wasser, den Steinen, der Erde, der Luft.

»Jüli.«

»Mein Paulus. Sag es.«

»Ja.«

Sie muss weinen.

Sie heiraten am 21. November 1927. Zwei Jahre später wird Katharina geboren, noch einmal zwei Jahre später Matthias. Das Haus in der Lübecker Gertrudenstraße ist geräumig. Der Garten ist groß. Annedore hat genug zu tun. Sie ist ausgelastet, auch wenn sie einen Gärtner und ein Hausmädchen hat. Und nun ist auch noch der Hund dazugekommen.

Er ist letzte Woche vom Gertrudenfriedhof durch den Zaun in den Garten gekrochen, ein schmutziges schwarz-weißes Bündel. Annedore hat ihn aufgenommen. Sie hat ihn gefüttert und gebadet. Was sonst soll Annedore tun, wenn ein Hund beschließt, fortan sein Schicksal mit den Lebers zu teilen? Sie könnte ihn ja nicht einmal zurückgeben. Sie könnte ihn allenfalls verjagen, aber das brächte sie nicht übers Herz. Sie ist es, die den Hund füttert und pflegt. Dennoch versinkt sie in Bedeutungslosigkeit, sobald Jüli das Haus betritt.

»Ich muss gleich noch einmal in die Redaktion. Tut mir leid, mein Paulus, aber es sind die Ostelbier. Ich sage dir, wenn die Republik scheitert, wird es unter anderem daran gelegen haben, dass sie die ostelbischen Großgrundbesitzer weder überwinden noch eingliedern konnte.«

Jüli ist in Berlin. Jüli ist in Lübeck. Jüli ist wieder in Berlin. Jüli kommt, aber er kann nicht bleiben. Sie stehen hinter dem Haus im Garten, auf der großen Wiese. Jüli ist vorhin aus Berlin zurückgekommen. Der Hund war außer sich vor Glück. Er hat wilde Sätze getan. Er hat gewinselt, geheult, in hohen Tönen geflötet und getrillert wie ein Kanarienvogel. Julius hat ihn kurz getätschelt, dann hat er ihn nicht mehr beachtet. Er ist ein elsässischer Bauernsohn. Für ihn sind Haustiere Nahrung: Stallhasen, Hühner, Zicklein, auch Tauben oder Forellen. Hunde sind zu dulden, wenn es sich um Jagd- oder Hütehunde handelt.

»Es wäre wirklich interessant zu wissen, ob einer wie Hitler mit dem Junkerpack fertig würde.«

Er muss sich sehr geärgert haben, wenn er den Nazis etwas zutraut.

»Das tue ich nicht! Aber das Ostelbierpack strapaziert die Geduld. Sie weigern sich, das Wirtschaften zu lernen, sie überleben nur dank Schutzzöllen und Subventionen und verschulden sich dabei doch immer noch stärker. Aber sie beeinflussen die Militärs, die Staatsverwaltung, den ganzen Apparat im Sinne ihrer Interessen.«

»Es muss dich besonders ärgern, wenn du an deine arme Mutter denkst, mit ihrem kleinen Stückchen Boden.«

»Nein, Paulus, da irrst du. Ich fasse das Problem nicht persönlich auf. Meiner Mutter kann ich ausreichend unter die Arme greifen, und für mich selbst bin ich frei von Ressentiments. Mich fuchst, dass wir nicht zum politischen Handeln finden, nicht einmal nach der Wahlniederlage im letzten Herbst. Nicht einmal, wenn die Existenz der Republik auf dem Spiel steht. Wir erschöpfen uns lieber in theoretischen

Diskussionen. Aber was erwartet man, wenn von den zwanzig Mitgliedern im Fraktionsvorstand nicht ein einziges jünger als fünfzig ist? Nicht ein einziger Mann aus der Kriegszeit oder der Nachkriegszeit ist dabei, nicht einer, der Wirbel in den Laden bringen und die staubschwere Stagnation abschütteln könnte. Unsere Anziehungskraft für die Jungen welkt dahin, und sie wenden sich den Radikalen zu. Darin hat der junge Frahm ganz recht.«

Julius schüttelt den Kopf. Herbert Frahm geht ihm nahe. Das Zerwürfnis mit ihm geht ihm nahe.

»Als wäre ich nicht selbst froh, wenn man sich hart gegen die bürgerlichen Parteien stellen könnte. Aber das triebe sie nur der Rechten in die Arme. Genau wie diese Spaltung der SPD nur der Rechten nützt. Freilich, bei Frahm ist eine Menge jugendliches Ungestüm dabei. Der Junge ist ja noch nicht achtzehn. Er gehört im Grunde gar nicht zu diesen Sektierern von der SAP. Er wird das noch sehen. Er wird sehen, dass solche Absplitterungen immer die Querulanten und Wirrköpfe besonders anziehen, noch mehr als die Politik es ohnehin schon tut.«

»Dass er weggegangen ist, beschäftigt dich also noch immer.«

»Es ist wohl, weil seine Herkunft meiner so ähnlich ist. Unehelich, Stiefvater, Arbeiterkind auf dem Johanneum. Und er ist wie ich im Grunde kein Theoretiker, sondern ein praktischer Mensch. Im Grunde geht es ihm um Gerechtigkeit und Anstand, in der wirklichen Welt. Einmal hat er im ›Volksboten‹ geschrieben, die jungen Sozialisten dürften nicht etwa ihre Zeit nur mit Tanz-, Spiel- und Singabenden ausfüllen, sie hätten die Pflicht, immer an sich zu arbeiten und sich zu vervollkommnen. Ist das nicht rührend? Ich wünschte fast, ich wäre letzte Woche weniger heftig mit ihm gewesen. Aber mich des Verrats an der sozialistischen Idee zu beschuldigen –« Julius bricht ab. Er nimmt ihren Arm. »Komm, mein Paulus. Lass uns sehen, ob eine der Dahlien noch blüht. Die großen orangefarbenen sind mir die liebsten. Und es hat ja noch keinen Frost gegeben.«

Sie gehen miteinander an den Beeten entlang. Übermorgen muss Jüli schon wieder nach Berlin. Er hat dort zu tun, beruflich natürlich. Das hat er betont. Der Hund hält sich fest an seiner Seite. Julius bleibt stehen. Er bückt sich und streichelt den Hund. Der Hund rollt auf den Rücken, verdreht die Augen vor Glück. Vielleicht ist Jüli halb und halb schon gewillt, sich auf ihn einzulassen? Jüli ist verführbar. Annedore hat das gewusst. Hat sie allen Ernstes geglaubt, mit der Geburt der Kinder würde sich etwas daran ändern? Der Vater ist nach wie vor schockiert über den Ton seines Schwiegersohns: Über den Ton seiner Reden, seiner Artikel, über die Schärfe, die Härte, die Art, wie er den Gegner lächerlich macht. Der Vater meint, es läge persönlicher Zorn darin. Aber so ist es nicht. Julius sieht von sich persönlich ab. Er sieht von Annedore ab. Wenn er sie betrügt, tut er gerade das eigentlich nicht. Er betrügt sie nicht: Er vergisst sie, wenn er einer anderen erliegt. Oder erliegt er in Wirklichkeit seinem eigenen Bild, das sich so schön und unwiderstehlich spiegelt in der weiblichen Bereitschaft, sich für ihn wegzuwerfen?

Und dann ist er fort.

Er hat ihr einen Kuss ins Haar gedrückt, er hat ihr geraten, nicht auf ihn zu warten, und dann ist er über die Wiese enteilt. Sie geht langsam zurück zum Haus.

Sie wird auch nicht auf ihn warten. Sie sagt sich, dass sie ihn aufnimmt, wenn er kommt, dass sie aber nicht mehr mit ihm rechnen will, heute Abend nicht und nie mehr. Sie wird jetzt zurück zu ihren Kindern gehen. Der kleine Matthias ist erst ein paar Wochen alt. Er schläft noch nicht durch, er braucht seine Mutter. Und da kommt Julius.

Er kommt tatsächlich noch einmal zurück. Er kommt um das Haus herum, zurück in den Garten, hat er etwas vergessen? Hat er sich umentschieden? Der Hund ist bei ihm.

Noch bevor Annedore Julius gehört hat, noch bevor sie seinen massigen Körper, seinen kräftigen Kopf gesehen hat, hatte der Hund sie schon verlassen und ist durch den Garten gestürmt, seinem erwählten Herrn entgegen.

Wunderbar, Goebbels! Du hinkender Dreckskerl. Wunderbar, danke schön, ich hätte es mir nicht besser wünschen können.

Der Reichstag röhrt, jubelt, krakeelt. Der Reichstagspräsident hämmert auf sein Pult ein. Carlo Mierendorff sitzt still. Was ist los mit ihm? Herr Vielgeschrey ist doch sonst keiner der Zurückhaltenden? Er ist aber beschäftigt: Er kritzelt Notizen. Carlo Mierendorff, mit noch nicht ganz vierunddreißig Jahren jüngstes SPD-Mitglied des Reichstags, hält heute seine erste Reichstagsrede. Daheim in Darmstadt hat er in jeder freien Minute daran herumgebastelt. Aber nun baut er alles um. Nun hat ihm Goebbels ein so schönes Thema vorgegeben. Carlo wird heute aus der Rolle fallen, und das gründlich, Carlo hat das Zahmsein satt.

Das braune Pack stellt die zweitstärkste Fraktion im Reichstag, und die Parteigreise kauern auf ihren Sitzen und ducken sich bei jedem schneidenden Wort aus den eigenen Reihen, weil es die Braven im Lande verschrecken könnte. Die müden Knaben mit ihren brustschwachen Einwendungen,

Hach nein, Herr Dr. Mierendorff. So doch nicht. Das bringt doch nichts. Das sind ja genau dieselben Propagandamethoden wie die der anderen Seite. Nein, nicht diese degoutante

Degradierung des Wortes zur Parole, nicht die Degradierung des Symbols zum Abzeichen!

Carlo Mierendorff wird nun ein bisschen improvisieren. Er wird heute mitnichten dem polemisch pöbelnden Herrn Goebbels Besonnenheit und kluge Zurückhaltung entgegenstellen. Er wird draufhauen, sobald der Klumpfuß abgehumpelt ist und das Pult freigibt. Und welch herrliche Chance, nun auf Goebbels einzudreschen. Die SPD besteht aus lauter Vaterlandsverrätern und Weltkriegsdeserteuren, und die Nazis sind die wahren Erben der Kriegshelden? Warte, du Hinkefuß: Und da zieht er endlich Leine, unter dem Geheul seiner irre gewordenen Kleinbürger, also, nun nach vorn. Nun nicht zaudern. Wenn sich die Aufrechten im Lande weiter zu fein und zu klug sind für Carlo Mierendorffs dreckige Propagandaideen, werden sie ihre Degradierung von politischen Funktionären zu Rabenfutter an der nächsten Straßenlaterne erleben.

Carlo marschiert durch die Reihen. Carlo ist vorn.

»Herr Goebbels! Jetzt rennen Sie doch nicht einfach davon!«

Erneuter Tumult. Geschrei von allen Bänken.

»Nun bleiben Sie einmal da und sehen Sie einem Kriegsteilnehmer in die Augen. Stehen Sie einem Kriegsteilnehmer Rede und Antwort, Herr Goebbels, oder wagen Sie es nicht, einem Kriegsteilnehmer in die Augen zu sehen!«

Der Reichstagspräsident hämmert auf sein Pult ein. Ohne Erfolg. Wie sie johlen und brüllen! So ist es gut.

»In der Tat ist es wahr, dass heute fünf Millionen Menschen in Deutschland hungern, aber brauchen wir zu dieser Erkenntnis den Herrn Goebbels? Ausgerechnet Herrn Goebbels, der passenderweise neben Herrn von Oldenburg-Januschau sitzt, einem der schlimmsten Vertreter der ostelbischen Reaktion und des Junkertums?«

Und während Carlo spricht, während er in seiner Rolle aufgeht, während er in den Tumult hineinschreit, spaltet sich gleichsam sein Bewusstsein. Zu wem spricht er hier eigentlich? Carlo Mierendorff spricht im Reichstag zu Reichstagsabgeordneten, die den Reichstag abschaffen wollen. Er spricht zu Nationalsozialisten, Kommunisten, zu Reaktionären wie Oldenburg-Januschau, der schon im Kaiserreich der Ansicht war, der Kaiser müsste jederzeit einen Leutnant mit zehn Mann in den Reichstag hineinschicken können mit dem Auftrag, den Querulantenladen zu schließen, es ist unglaublich. Es ist verrückt. Sind die Wähler bei Trost? Was soll man tun mit einem Volk, das sein Wahlrecht dazu verwendet, das Wahlrecht wieder abzuschaffen? Aber im Grunde sind die Deutschen nicht so. Sie sind nicht generell zur Freiheit unbegabt. Sie sind nur blind, von der Propaganda verblendet. Sie verstehen die Zusammenhänge nicht.

»Vielleicht versteht ja Herr Goebbels die Zusammenhänge nicht! Meine Damen und Herren, als Herr Goebbels noch mit mir zusammen am Fuße des Heidelberger Schlosses im selben Kolleg saß, da hat er sich nicht mit den großen politischen Fragen beschäftigt. Damals studierte Herr Goebbels die Romantik!«

Schallendes Gelächter, Buh-Rufe. Aber es ist wahr. Goebbels hat bei Friedrich Gundolf gehört. Er hat sich bemüht, über Gundolf an Stefan George heranzukommen, in den elitären Kreis des Dichters vorzudringen, aber er ist barsch zurückgewiesen worden.

»Es wäre besser gewesen, wenn Herr Goebbels damals Nationalökonomie studiert hätte. Dann wüsste er heute vielleicht, dass man die bösen Geister der Wirtschaftskrise nicht mit Nazi-Hokuspokus und Hakenkreuzchen auf jedem Türpfosten bannen kann.«

Carlo muss nicht darüber nachdenken, was er sagt. Er weiß, was zu sagen ist. Die Worte fliegen ihm zu, aus der Zuhörerschaft, die sich nicht einmal mehr den Anschein gibt, ein geordnetes Parlament zu sein.

»Herr Goebbels behauptet, er spräche für die deutsche Jugend. Aber Herr Goebbels spricht nur für seine Vasallen aus diesem wüsten Heerhaufen wildgewordenener Kleinbürger, der sich NSDAP nennt!«

Die Worte tragen Carlo, heben ihn hoch. Der Lärm, die Rufe branden zu ihm herauf, in einem immer noch anschwellenden Crescendo.

»Wir haben damals am Ende des Krieges von einem anderen Deutschland geträumt! Wir haben von einem Deutschland geträumt, das aus dem Geist der Freiheit, der Gerechtigkeit und der höheren Menschlichkeit aufgebaut sein würde. Davon haben wir geträumt, und daran halten wir fest, und mit uns all die Millionen in dem großen Abwehrkampf!«

Und nun spürt er es selbst. Er spürt die Wirkung seiner Worte am eigenen Körper, er spürt die heiße Welle, die ihn nicht nur hochträgt, sondern überschwemmt.

»Wo ginge es hin, wenn einen von uns hier im Krieg die Kugel gepackt hätte, wenn einer von uns hier unter dem Rasen läge, und Herr Goebbels käme daher und sagte, wir wären für sein Drittes Reich gefallen? Dafür haben wir nicht im Schützengraben gelegen, dass wir nun von Nationalsozialisten regiert werden sollen!«

Wilhelm ist 1917 gefallen. Der einzige Bruder tot, und Carlo selbst siebzehnjährig im Feld, im Graben mit dem Gewehr zielend auf die Köpfe dort drüben.

»Dafür haben wir nicht von 1914 bis 1918 unseren Kopf hingehalten, dass die Nationalsozialisten sich nun anmaßen, die Toten des Weltkriegs mit Beschlag zu belegen, dafür nicht!«

Und jetzt kommt es. Jetzt zieht er langsam die Hand aus der Tasche.

»Wir, die wir für Deutschland gekämpft haben!«

Jetzt hebt er die Faust. Nicht zu eilig jetzt. Erst beim letzten Wort.

»Wir sind bessere Testamentsvollstrecker der Kriegsteilnehmer als die Herren vom Hakenkreuz!«

Und jetzt hält er es hoch. Jetzt reckt er es ihnen entgegen, sein Eisernes Kreuz Erster Klasse, verliehen an Carlo Mierendorff für außergewöhnliche Tapferkeit vor dem Feind, der Lärmpegel im Reichstag sackt unvermittelt ab. Das Geschrei wird zu einem dumpfen Grollen. Carlo hält das Kreuz in die Höhe, in den Tumult.

»Und ich frage Sie, wo ist Ihres, Herr Goebbels? Wo ist er denn überhaupt, der Herr Goebbels? Weg! Geflohen! Fragen Sie ihn doch einmal danach, meine Damen und Herren. Fragen Sie den Herrn Goebbels, wo sein Eisernes Kreuz Erster Klasse ist!«

Nun brandet der Lärm wieder auf. Carlo muss schreien, um noch gehört zu werden. Der Reichstagspräsident hämmert auf sein Pult ein.

»Ruhe, ich bitte um sofortige Ruhe.«

»Wir werden für unser Ideal zu kämpfen wissen –«

»Herr Dr. Mierendorff, Ihre Redezeit ist abgelaufen.«

»Wir werden kämpfen, und der Widerstand, den Sie uns entgegensetzen, wird unsere Kräfte –«

»Ihre Redezeit ist abgelaufen, Herr Dr. Mierendorff!«

»Ins Übermenschliche steigern!«

Eigentlich hat Carlo Dichter werden wollen. Damals in Darmstadt, vor dem Kriege: Damals hat er geglaubt, Poet zu sein wäre seine Berufung. Aber die Dichterei war nur eine Station auf dem Weg. Alles war nur Station: die Schule, die Freunde, die ersten Schreibversuche, die sonntäglichen Matineen im gepflegten Salon der Mierendorffs im Darmstädter Roquetteweg 10. Carlo Mierendorff spielte Violine, die Mutter Piano. Seit dem Krieg ist Carlo auf einem Ohr taub. Im Schlamm der französischen Gräben hat er sich eine schwere Mittelohrvereiterung zugezogen, aber auch der Krieg war nur Station, auch der Lärm, der Gestank, die Angst, der Tod. Niemand hat nach diesem Kriege noch die Berechtigung, einfach sich selbst weiterzuleben.

Ungeheures geschieht: Kriege, Revolutionen, das Land ist in Aufruhr. Gewaltige Entwicklungen wälzen sich über den ganzen Kontinent. Kunst ist unter diesen Umständen Luxus. Kunst ist nur eine Stufe auf dem Weg. Carlo Mierendorff studiert nicht wie Herr Goebbels die Romantik, sondern Nationalökonomie.

Er studiert in Heidelberg, Freiburg, Frankfurt am Main. Er studiert, wenn er dazu kommt: wenn er nicht mit Emil Henk herumzieht, bei dessen Eltern er ein Zimmer bewohnt, oder mit dem Dichter Carl Zuckmayer, Carlo weiß sich einig mit Henko und Zuck. Für Überflüssiges gibt es keinen Raum mehr. Es kann nicht reichen, schale Verse zu schmieden und von Frauen nur zu träumen. Heute Abend ist der Student Carlo Mierendorff jedenfalls mit Fräulein Waldtraut vom Theater verabredet.

Er wird sie küssen. Einen ganzen Krieg lang hat er vom Leben geträumt, von den Frauen, jetzt wird er leben und Frauen küssen. Er wird trinken und tanzen, schreiben und lieben und arbeiten. Er wird kämpfen, er wird bis zum Äußersten gehen für die Sache der Freiheit, der Republik, der Menschheit, einer neuen zukünftigen Welt. Carlo Mierendorff ist frei.

Er lebt. Sein einziger Bruder ist tot. Er ist gefallen, 1917 in

Frankreich. Was schuldet ihm Carlo? Was kann ein toter Bruder mit Recht verlangen? Was können die Toten des Krieges, die Gemordeten beider Seiten von den Lebenden einfordern? Carlo fasst es noch immer nicht. Er fasst es womöglich noch weniger als während des Krieges: Wie hat er auf Menschen schießen können?

Wie hat er das Gewehr heben und auf den Kopf eines Mannes zielen können, nur weil dieser Kopf sich einen Moment über den Rand des Grabens erhoben hat? Wie viele mag er getötet haben?

Und ein jeder dieser Toten war eine eigene Welt. Ein jeder war ein Einziger inmitten eines Zirkels anderer Menschen, ein jeder stand im Zentrum eines zarten, komplizierten, lebendigen Geflechts, dessen Fäden Carlo Mierendorffs Kugel für immer zerrissen hat. Und Carlo lebt noch.

Er darf noch schreiben. Er muss sogar schreiben. Es ist nichts einzuwenden gegen die Schreiberei, nur muss, wenn geschrieben wird, gegen die Spießer, gegen die Mucker und Kriegstreiber angeschrieben werden.

Herr Vielgeschrey!

Das ist sein Spitzname. Das ist sein nom de plume, wenn er für Demokratie und Sozialismus kämpft, für ein befreites Deutschland mit befreiten Menschen. Carlo Mierendorff lebt. Er küsst Fräulein Waldtraut, er trinkt mit Henko und Zuck und Theo Haubach, dem Freund seit Kindertagen. 1922 promoviert er mit einer Dissertation über die Wirtschaftspolitik der Kommunistischen Partei Deutschlands. Er ist Mitglied der SPD, er redigiert das Feuilleton des sozialdemokratischen ›Hessischen Volksboten‹ in Darmstadt, und 1931 stellt er als Pressereferent des hessischen Innenministers Wilhelm Leuschner den Nationalsozialisten Werner Best bloß: Bei einer Hausdurchsuchung auf dem Boxheimer Hof, die Carlo durchgesetzt hat, sind Dokumente gefunden worden, in denen Best als Leiter der Rechtsabteilung der hessischen NSDAP-Führung vor dem Hintergrund einer fiktiven kommunistischen Revolution ein Szenario für die Machtübernahme der NSDAP entwickelt und unter anderem die Verhaftung und Ermordung von politischen Gegnern fordert, um ein Gewaltregime durchzusetzen.

Best wird daraufhin aus dem Staatsdienst entlassen. Das gegen ihn eingeleitete Untersuchungsverfahren wegen Hochverrats wird allerdings im Oktober 1932 mit der Begründung eingestellt, die Pläne hätten sich nicht gegen die Regierung, sondern gegen kommunistische Revolutionäre gerichtet.

Carlo sitzt in seiner Darmstädter Wohnung in der Hügelstraße, zusammen mit seinem russischen Freund Sergej Tschachotin, der zurzeit als Gastwissenschaftler in Heidelberg weilt. Tschachotin ist ein Schüler von Pawlow, dem Mann, der seinen Hunden beigebracht hat, auf Befehl zu sabbern. Carlo und Sergej versuchen nun, Pawlows Erkenntnisse auf Menschen anzuwenden. Sie sitzen an Carlos Schreibtisch und lassen sich immer neue Bildchen einfallen, die an die Gefühle der Menschen appellieren sollen. Zuerst waren es einfach nur die drei Pfeile: die Freiheitspfeile der Eisernen Front,

Aktivität Disziplin Einigkeit aller Werktätigen.

Die Genossen sollten mit den drei Pfeilen jedes Hakenkreuz übermalen, das sie im öffentlichen Raum finden. Aber dabei ist es nicht geblieben. Inzwischen haben sich Carlo und Sergej so viele Bildchen ausgedacht, dass sie ein ganzes Heftchen füllen: ›Grundlagen und Formen politischer Propaganda‹. In diesem Heftchen ist zum Beispiel zu sehen, wie man ein Hakenkreuz durch ovale Umrandung und Anbringung zweier Augen, eines Bärtchens und einer Locke in eine Hitlerkarikatur verwandeln kann, durch die dann die drei Pfeile geschossen werden. Carlo und Sergej lachen viel, während sie zeichnen.

Sie leeren viele Flaschen Rotwein. Sie sind wie mittelalterliche Zauberer, die überall ihre magischen Zeichen hinterlassen, um die bösen Geister zu vertreiben. Das denkt Franziska Kinz. May, wie Carlo sie nennt: Sie sitzt im Nebenzimmer und versucht ihren Text zu lernen. Sie spielt die Mutter des Dritten Bürgers, in Kaisers ›Bürgern von Calais‹.

Ich – kann nicht warten! – – Ich habe gewartet – ich habe mich nicht geschont. Ich bin nicht schwach geworden – ich bin nicht feige gewesen – ich habe nicht gerastet – ich bin nicht um Gliedesschmale abgewichen.

Das Darmstädter Landestheater hat einen neuen alten Intendanten, Gustav Hartung. Das Ensemble knüpft große Hoffnungen an ihn. In den Zwanzigern hat Hartung das Darmstädter Theater schon einmal landesweit bekannt gemacht, mit Uraufführungen expressionistischer Autoren. Dann hat er das Berliner Renaissance-Theater geleitet, aber nun ist er wieder nach Darmstadt zurückgekehrt. Das ist ganz großartig. Franziska ist entschlossen, ihr Bestes zu geben. Sie versucht sich zu konzentrieren. Sie lehnt sich zurück, sie schließt die Augen.

Ich – kann nicht warten! – – Ich habe gewartet – ich habe mich nicht geschont. Ich bin nicht schwach geworden – ich bin nicht feige gewesen – ich habe nicht gerastet – ich bin nicht um Gliedesschmale abgewichen –

Von nebenan klingt Carlos Stimme herüber.

»Der Nationalsozialismus ist ein Vampir. Er heftet sich wie ein Blutegel an die lebendigen Strömungen der Republik. Wie der Teufel selbst kann er nichts erschaffen, sondern nur die Schöpfung verzerren und verbiegen. Nichts hat der Nationalsozialismus originär erschaffen, aber alles macht er sich zunutze, alles saugt er aus: die Kritik an den alten Mechanismen, die im Krieg versagt haben, den Ruf nach einer Wertung der lebendigen Persönlichkeit über das Amt, den Appell an die irrationalen Kräfte im Menschen, an Begeisterung und Opfermut. Klar, das macht den Jüngelchen Spaß. Draufgängertum, Uniformen, scheinmännliche Tugenden, Klamauk: Das ist ihre Sache. Denkerische Disziplin? Bloß nicht. Und die Erwachsenen scheren sich entweder nicht um Politik, oder sie pflegen selbst eine Art politisches Triebleben, geistfern und ressentimentgesteuert.«

May gähnt. Sie sieht auf die Uhr: Sie hat heute Abend Vorstellung. Manchmal wird ihr Carlos unablässiger Einsatz ein wenig zu viel. Aber freilich, die Politik ist Carlos Beruf, und in seinem Beruf will ein jeder vorankommen. Bald beginnen die Dreharbeiten zu ›Hitlerjunge Quex – Ein Film vom Opfergeist der deutschen Jugend‹, in dem Franziska eine Rolle bekommen hat.

Es ist keine große, aber dennoch eine wichtige Rolle. Franziska spielt die Krankenschwester, die sich um den Hitlerjungen Heini kümmert, nachdem seine kommunistische Mutter versucht hat, ihn im Backofen zu vergasen. Die eigene Mutter, eine solche Hexe! Man muss sich das vorstellen. Und nur, weil Quex ein Hitlerjunge sein will. So etwas gibt es also auch. Das muss man auch sehen. Man muss immer beide Seiten sehen. Das findet jedenfalls Franziska Kinz. Sie hat das auch zu Carlo gesagt.

Er hat gelacht. Er hat ihr nicht widersprochen. Er erwartet zum Glück nicht, dass sie ebenfalls politisch ist. Er ist ganz damit zufrieden, dass sie ihn umsorgt, dass sie für ihn singt, dass sie ihn liebt und entsprechend hätschelt.

»Du bist meine Rose«, sagt er zu ihr. »Du bist mein Wonnemonat Mai.«

May hört seine Stimme aus dem Nebenraum.

»Und wir? Sagen wir den Bengels, wo es langgeht? Haben wir eine aufregende politisch-soziale Utopie? Nein. Arrogant rümpfen wir die Nase über die jugendliche Sehnsucht nach einer Marschrichtung auf das Glück zu. Arrogant lassen wir ihre Leidenschaft, ihre Einsatzbereitschaft brachliegen und überlassen damit den Feinden das Feld. Statt dass wir den Sozialismus als Sehnsuchtsziel fassbar machen, überlassen wir dem Gegner Mythos, Utopie, Erlebnisse, Gläubigkeit.«

Manchmal macht es May Angst, wenn sie Carlo so reden hört. Er redet ja überall so, er macht keinerlei Hehl aus seinen Ansichten. Was, wenn eines Tages doch die anderen drankommen? Werden sie sich dann nicht womöglich rächen, an Carlo Mierendorff?

Die SPD-Politiker Julius Leber, Carlo Mierendorff und Theo Haubach kennen einander zu diesem Zeitpunkt natürlich längst. Ein Foto zeigt sie alle zusammen bei der Schlusssitzung der SPD-Reichswehrkommission in der Stadthalle Magdeburg am 24. Mai 1929. Auch Helmuth James Graf von Moltke ist Carlo Mierendorff und Theo Haubach schon 1927 begegnet, bei Carl Zuckmayer in Henndorf. Moltkes amerikanische Freundin Dorothy Thompson hat ihn bei Zuckmayer eingeführt, oder vielleicht auch Genia Schwarzwald, die in diesem Sommer 1927 wie immer viele junge Leute am Grundlsee um sich geschart hatte.

Und Adolf Reichwein ist Carlo Mierendorff und Theo Haubach auch kein Fremder. Er schreibt wie sie für die ›Neuen Blätter für den Sozialismus‹. 1928 hat Professor Eugen Rosenstock-Huessy diesen Mitstreiter aus der Erwachsenenbildung und der Volkshochschulbewegung zum ersten Arbeitslager der Löwenberger Arbeitsgemeinschaft eingeladen, wo Reichwein und Moltke einander begegnet sind. Adolf Reichwein war damals gerade erst von seiner Weltreise zurückgekommen. Edolf, wie er seit seiner Rückkehr genannt wird, Äidolf, mit englischer Aussprache: Von 1926 bis 1927 ist er über England nach Amerika gereist, dann quer durch den Kontinent von New York nach Seattle. Er ist durch Kanada nach Alaska gefahren, hat als Matrose auf einem Schiff angeheuert und ist so nach Japan, China, auf die Philippinen und dann wieder zurück nach Amerika gelangt, wo er die kalifornische Küste hinunter bis nach Mexiko gefahren ist. Sein totes Kind war die ganze Zeit bei ihm.

Sein kleiner Sohn, der mit zwei Jahren beim Spielen ertrunken ist: Er ist noch immer da, auch jetzt nach der Reise. Das Kind ist da. Die Mutter ist fort. Nicht jede Liebe ist dem Unglück gewachsen. Die Scheidung ist endlich rechtskräftig geworden. Es ist Anfang März 1928. Adolf Reichwein sitzt in seinem Zimmer im Jungarbeiterwohnheim am Beuthenberg in Jena, das er vor einigen Jahren mit Hilfe der Carl-Zeiss-Stiftung gegründet hat und nun leitet. Er lebt hier zusammen mit einem Dutzend junger Arbeiter.

Adolf Reichwein lebt. Zweimal hatte er unterwegs einen schweren Unfall, aber er ist nicht gestorben. Was immer ihm zu tun aufgegeben ist, ist offenbar noch ungetan. Er hat wieder die Leitung der Volkshochschule Jena übernommen. Er organisiert samstägliche Sportstunden für die Arbeiterjugend, in deren Anschluss er Seminare zur Wirtschaft Mitteldeutschlands anbietet. Er plant, mit den Teilnehmern des laufenden Lehrgangs zum Abschluss ihrer Studien durch Dänemark und Skandinavien zu fahren, bis hinauf nach Lappland, mit einfachsten Mitteln. Lernen, Arbeit und persönliches Erleben bilden eine Einheit oder sollten doch eine Einheit bilden. Man muss sich selbst fordern, immer wieder neu und durchaus mit einer gewissen Härte, um ein sinnvolles Leben zu führen, das glaubt er sicher zu wissen. Die Reise hat ihm diesen Glauben bestätigt.

Sie diente ja nicht etwa seinem Vergnügen, sondern wissenschaftlichen Zwecken, der Vertiefung seiner weltwirtschaftlichen Studien. Deshalb hat auch die Notgemeinschaft der Deutschen Wissenschaft den größten Teil der Kosten getragen. Edolfs wesentlichste Erkenntnis ist, dass es heutzutage keine Ferne mehr gibt.

Alles ist nah, noch das entfernteste Ereignis. Alles betrifft alle, alles, was geschieht, beeinflusst alles, was geschehen wird. Man kann sich nicht mehr verschanzen, nicht in seinem Haus, nicht in seinem Land. Natürlich liegen darin aufregende Chancen ebenso wie große Gefahren. Kein Problem, keine Entwicklung kann mehr begrenzt und lokal gesehen werden. Alles ist global, wie die Angelsachsen sagen. Aber über dieser zweifellos erregenden Erweiterung darf man nicht vergessen, wer man ist, woher man kommt, wo man gebunden ist.

Über genau diese Themen gedenkt Edolf auch in Schlesien zu sprechen.

Er wird in drei Tagen abreisen, um am Ersten Löwenberger Arbeitslager vom 14. März bis zum 1. April 1928 teilzunehmen. Das Lager soll junge Arbeiter, junge Bauern und Studenten zusammenführen, in einer Lebens-, Lern- und Arbeitsgemeinschaft, über alle weltanschaulichen, sozialen und religiösen Grenzen und Gegensätze hinweg.

Es wird kein Erholungsaufenthalt: Wecken ist um halb sieben, danach folgt ein zehnminütiger schweigender Waldlauf. Nach dem Waschen um halb acht spricht Eugen Rosenstock-Huessy eine halbe Stunde zu einem historisch-gesellschaftlichen Thema. Anschließend Frühstück, dann Arbeitsdienst, gegen angemessene Bezahlung natürlich: Hausdienst, Brennholz hacken auf dem Hof der Landesirrenanstalt in Plagwitz, Instandsetzung eines verfallenen Gutshofs. Nachmittags wird Edolf über Fragen der Weltwirtschaft referieren.

In den anschließenden Aussprachegruppen sollen die Teilnehmer der Reihe nach Gelegenheit erhalten, sich und ihr Leben vorzustellen. Allmählich werden sich aus den einzelnen, scheinbar nur individuellen Geschichten allgemeine gesellschaftliche Fragestellungen herausschälen. Die unterschiedlichen Lebenshorizonte der Jungbauern, Arbeiter und Studenten werden erkennbar werden. Und am Ende des Lagers werden die jungen Leute hoffentlich über Kategorien verfügen, anhand derer sie über sich, ihr Land, ihr Leben, ihre Zukunft nachdenken können.

Edolf freut sich auf das Lager.

Er überlegt, ob er nach Schlesien fliegen sollte. Er hat nach dem Tod seines Kindes eine Flugausbildung gemacht und sich eine Klemm 25 angeschafft, ein kleines Sportflugzeug aus Spanholz und Seide mit zwei offenen Sitzen. Edolf Reichweins Blick fällt noch einmal auf die Einladung zu dem Arbeitslager, die vor ihm liegt. Zwei Namen stehen darunter,

Eugen Rosenstock-Huessy
Helmuth James Graf von Moltke

So werden die Verbindungen geknüpft. Noch sind die Fäden lose verschlungen. Noch hat sich der Knoten nicht zugezogen. Noch können sie nicht ahnen, auf welch enge Weise sie miteinander verflochten sein werden, Leber, Mierendorff, Haubach, Moltke und Reichwein.

Edolf Reichwein wird im folgenden Jahr 1929 Berater des preußischen Kultusministers Carl Heinrich Becker werden. 1930 wird Becker das Amt niederlegen, der religiöse Sozialist Adolf Grimme wird sein Nachfolger, und Edolf wird eine

Professur an der Pädagogischen Akademie Halle übernehmen. Diese Ausbildungsstätten, die noch unter Carl Heinrich Becker gegründet worden sind, sollen endlich auch den Beruf des Volksschullehrers auf ein vernünftiges akademisches Fundament stellen.

Romai besucht regelmäßig Edolfs Vorlesungen in Staatsbürgerkunde und Geschichte.

Rosemarie Pallat, Turn- und Sportlehrerin an der Helene-Lange-Schule: Sie freut sich die ganze Woche auf Reichweins Vorlesungen. Eine Spur von Seewind haftet diesem Mann an, von Weite. Romai hat ihn gefragt, wie er auf die Idee mit der Weltreise gekommen ist. Er hat geantwortet, wie er wohl immer antwortet. Dann hat er noch etwas gesagt.

»Mein kleiner Junge war gestorben. Er ist ertrunken. Er war zwei Jahre alt.«

Romai suchte nach Worten, sagte etwas von einem furchtbaren Schicksalsschlag. Er winkte ab.

»Lassen Sie. Ja, sicher. Aber es ist ja nicht so, als wäre man der Einzige, dem so ein Unglück widerfahren ist. Wie viele Söhne sind im Krieg geblieben. Wie viele Väter. Wie viel Leid gibt es auch jetzt, im Frieden. Man darf den eigenen Kummer nicht zu wichtig werden lassen. Man muss sich in diesem Punkt einiges abverlangen. Erst die selbsterzieherische Tat führt schließlich zu einem inhaltsvollen persönlichen Leben.«

Solche Dinge sagt Edolf Reichwein. Die Studenten verehren ihn. Ebenso die Studentinnen. Auf einer Tanzveranstaltung der Studenten letzte Woche ist Edolf Reichwein Rosemarie Pallat auf den Fuß getreten. Er hat sich entschuldigt. Er hat gefragt, womit er seine Ungeschicklichkeit wiedergutmachen könne. Sie wusste genau, was sie zu sagen hatte. Sie wusste es, als hätte sie die Situation lange im Voraus planen dürfen.

»Mit einem Nachtflug.«

»Was? Sie sind mutig. Na, ich weiß nicht. Ich denke, wir einigen uns auf einen Tagflug.«

So fliegen sie also an einem strahlenden Herbsttag 1932 über die Saale zur Leuchtenburg. Es ist der 4. Oktober. Edolf Reichwein ist eingeladen, am Treffen des Leuchtenburgkreises teilzunehmen und sich an der öffentlichen Diskussion zu beteiligen. ›Mit oder ohne Marx zur deutschen Nation‹, so lautet das Thema.

Wie andere Gruppen der jungen Generation sind wir revolutionär. Wir haben die Welt unserer Väter aufgegeben, die bürgerliche Welt. Die neue Front muss die großen Wirklichkeiten unserer Zeit verbinden: Sozialismus und Nation. Die deutsche geistige Tradition und das sozialistische Proletariat müssen zur Einheit der Nation zusammenfinden. Es geht darum, welche Gedanken und Formulierungen des Marxismus in diesem Zusammenhang heute noch gelten können.

Die Leuchtenburger erhoffen sich die Geburt einer wirklichen deutschen Demokratie, die von allen Lagern mitgetragen und befürwortet wird. Man pflegt enge Verbindungen zum Reichsbanner Schwarz-Rot-Gold, dem von Sozialdemokraten dominierten Bündnis zum Schutz der Republik. Viele Mitglieder des Kreises stammen aus der Deutschen Freischar. Sie nehmen regelmäßig an den Treffen im Boberhaus teil, wo die Löwenburger Arbeitsgemeinschaft ins Leben gerufen worden ist. Sind also vielleicht auch Moltkes Vetter Carl Dietrich Trotha oder dessen Freund Horst von Einsiedel an diesem Oktobertag auf der Leuchtenburg dabei? Der Bund der Köngener, zu dem Harald Poelchau gehört, der spätere Gefängnispfarrer von Tegel und Plötzensee, ist jedenfalls mit einigen Mitgliedern vertreten. Auch Harros Jungdeutscher Orden unterhält enge Verbindungen zu den Leuchtenburgern. Otto Strasser ist gekommen, der Führer der Kampfgemeinschaft revolutionärer Nationalsozialisten, und ebenso Wilhelm Rössle von Hans Zehrers ›Tat‹: Die Diskussion zwischen Rössle und Edolf Reichwein soll ja im Mittelpunkt dieses Treffens stehen.

Die Menschheit ist kein Abstraktum. Der Planet ist ein unteilbarer Ort, und es gibt ein umfassendes Schicksal der Menschheit. Alles gehört zusammen: Das trage ich immer im Bewußtsein. Aber wir leben in der Nation und betrachten sie als optimale Lebensform, und zwar für uns ebenso wie für andere. Daraus folgt, dass jeder Imperialismus abgelehnt wird.

Deutsche geistige Tradition und sozialistisches Proletariat: Das ist der Schritt über Marx hinaus. Die Bejahung der Nation lässt sich nicht rational dialektisch oder gar aus wirtschaftlichen Gesetzmäßigkeiten begründen. Das Bekenntnis kommt vielmehr aus einer irrationalen Welt.

Die Nation ist der Ort der Verwirklichung des Sozialismus.

Die revolutionäre Rechte und die revolutionäre Linke sind nur Flügel derselben revolutionären Bewegung. Wir wollen die Einheitsfront aller wahren Sozialisten, eine gemeinsame Front gegen Kapitalismus und Nationalsozialismus.

Aus grauer Städte Mauern
Ziehn wir durch Wald und Feld.
Wer bleibt, der mag versauern,
Wir fahren in die Welt!

Am Rande der Veranstaltung wird gesungen, gelacht, Ball gespielt. Zelte sind aufgeschlagen, es wird abgekocht.

Die alte Führungsschicht hat mit dem alten Staat versagt. Die Jugend muss die neue Führungsschicht bilden. Der bündische Gedanke darf nicht verraten werden: dass wir Jungen als Suchende zueinanderstehen.

Edolf Reichwein ist überall bekannt. Man spricht ihn an,

befragt ihn, will seine Meinung hören, ruft ihm Scherzworte zu. Romai geht an seiner Seite. Sie empfindet die Achtung, die man dem jungen Professor entgegenbringt. Sie versteht nicht alles, worüber diskutiert wird: Politik interessiert sie im Grunde nicht. Aber sie empfindet sehr stark das Aroma des Aufbruchs, das die Versammlung durchweht.

Natürlich rechnet Romai sich keine großen Chancen aus.

Professor Reichwein könnte viele Mädchen haben. Er könnte längst fest liiert sein, wenn er das wollte. Er will aber offenbar nicht. Und selbst wenn, warum sollte er sich dann für Romai entscheiden?

Im Laufe des Nachmittags trübt sich das Wetter auf der Leuchtenburg ein. Als es Zeit für den Rückflug ist, hat sich der Himmel im Westen gänzlich verdüstert. Es sieht nach einem Unwetter aus. Man redet Edolf zu, auf den Flug zu verzichten.

»Fräulein Pallat? Was meinen Sie?«

Romai sieht zu ihm hin. Seine Augen blitzen. Sein mageres Gesicht ist braun gebrannt.

»Steigen wir auf.«

Er lacht laut. Ihr Haar fliegt, im auffrischenden Wind.

»Jawohl, Fräulein Pallat. So machen wir es.«

Er hilft ihr in den Vordersitz, schnallt sie an. Er steigt hinter ihr ein. Der Motor heult auf. Das kleine Flugzeug rollt. Vor ihnen die schwarze Wand des Gewitters. Das Flugzeug wird schneller und schneller. Dann heben sie ab. Sie steigen auf. Die Erde bleibt zurück. Es beginnt zu regnen, erst leicht, dann heftiger. Der Wind packt sie, schüttelt sie. Dann beginnt es zu stürmen. Der Sturm reißt sie mit sich hinauf, lässt sie dann plötzlich fallen wie einen Stein. Einen Moment überflutet Romai Panik. Fast übergibt sie sich. Sie sind in Lebensgefahr. Der Sturm braust ihnen entgegen. Blitze umzucken sie. Der kleine Flieger wird wieder gepackt und hochgerissen, er dreht sich um seine eigene Achse. Romai sieht sich nach Edolf um. Sein ölverschmiertes Gesicht ist ruhig, aufs Äußerste angespannt. Romai überkommt eine wilde Freude. Wetter und Blitze werden sie nicht treffen.

Und wenn, dann wäre es die Sache wert. Wenn dieser Sturm gewinnt, wenn diese Nacht im Himmel Gipfel und rauschender Abschluss ihres Lebens sein soll, wenn sie mit ihm zusammen abstürzt aus dieser großen Höhe, dann wäre auch das vollkommen in Ordnung, genug und übergenug für ein ganzes Leben. Vor ihnen reißen die Wolken auf.

Die Sonne bricht durch, eine goldengrüne Abendsonne, unter der Wiesen und Äcker noch immer in gewittrigem Violett liegen. Eine letzte Bö schüttelt sie. Dann fliegt das Flugzeug ruhig. Vor ihnen taucht die Stadt auf. Der kleine Flugplatz wird sichtbar. Sie setzen zur Landung an, senken sich zur Erde, die sich ihnen entgegenhebt, sie landen wie mit einem Freudensprung. Das Flugzeug rollt aus. Romai löst den Riemen ihrer Kappe, wendet sich um.

»Romai!«

Er hat ihren Namen gesagt.

»Romai. Du hast keine Angst gehabt.«

»Nein.«

Er lacht. Er hat die Kappe abgestreift.

»Du hast keine Angst.«

»Nein.«

Das Flugzeug steht. Er streckt ihr die Hand hin. Beide Hände.

»Romai Pallat. Ich trinke nie. Aber heute trinken wir eine Flasche Wein.«

Vier Tage später fliegt Edolf wieder auf die Leuchtenburg. Edolf Reichwein, Wilhelm Rössle von der ›Tat‹ und einige

Leuchtenburger sind zu einer Tagung von Otto Strassers Revolutionären Nationalsozialisten eingeladen. Und an diesem Treffen vom 8. und 9. Oktober wird auch Harro teilnehmen.

Da sitzt er, der Herausgeber des ›gegner‹, lebendig, gesund, frohen Mutes, er ist gerade dreiundzwanzig geworden. Er ist jung, blond und ahnungslos. Er ist noch nicht von den Nazis verprügelt. Er kennt Libertas Haas-Heye noch nicht. Er kennt Arvid Harnack nicht, auch nicht die Kuckhoffs. Noch ist nichts festgelegt. Sein Tod könnte ein anderer sein, sein Leben könnte sich in eine andere Richtung entwickeln. Da sitzt er mit dem Nationalbolschewisten Karl Otto Paetel, dem Sozialdemokraten Adolf Reichwein, Rössle von der ›Tat‹ und Klaus Mehnert, Arplan-Mitglied und Herausgeber der Zeitschrift ›Osteuropa‹, der Otto Strasser zu diesem Treffen gefahren hat.

Freilich, Ottos Geschichtskonstruktionen empfindet mancher als absurd. Aber mit Otto Strasser könnte der Nationalsozialismus vielleicht über Hitler hinaus auf den Weg der sozialen Revolution getrieben werden. Sein Bruder Gregor ist schließlich der zweite Mann hinter Hitler. Und Geschichtskonstruktionen, Meinungen, Ansichten, Denken und Glaube sind wandelbar und passen sich veränderten Umständen an. Der gleichbleibende Kern eines Menschen liegt anderswo: Darüber ist man sich in diesem Kreis einig.

Otto Strasser und Karl Otto Paetel werden bald emigrieren.

Harros Freund Hans Zehrer von der ›Tat‹ wird sich im Krieg von seiner nach England emigrierten jüdischen Frau scheiden lassen, halbwegs bequem auf Sylt überwintern und nach dem Krieg als einer der engsten Vertrauten Axel Springers Leiter der Redaktion des ›Hamburger Sonntagsblatts‹, Chefredakteur der ›Welt‹ und Kolumnist der ›Bild‹-Zeitung werden.

Klaus Mehnert wird erst in die Sowjetunion, dann in die USA und schließlich nach Shanghai übersiedeln und 1946 nach Deutschland zurückkehren, wo er die verschiedensten publizistischen Aufgaben übernehmen wird.

Und Edolf Reichwein wird man hinrichten, fast genau in zwölf Jahren, am 20. Oktober 1944 um 15.40 Uhr, in ebendem Schuppen, in dem zwei Jahre zuvor Harro Schulze-Boysen gestorben sein wird.

Und vielleicht fliegt Edolf kurz nach diesem Treffen auf der Leuchtenburg nach Untermaßfeld, um seinen Freund Professor Albert Krebs zu besuchen, den Direktor der dortigen Strafanstalt?

Es ist ein kalter stiller Spätherbsttag. Albert Krebs hat Edolf auf einen Spaziergang eingeladen. Die beiden Männer schreiten kräftig aus. Der Weg geht von der Haftanstalt an den Teichen vorbei nach Stillfeld, dann durch den Wald nach Sülzfeld und zurück.

»Ich unternehme diese Wanderung gern mit Häftlingen der dritten Stufe«, sagt Albert Krebs zu Edolf Reichwein. »Ich mache ausgezeichnete Erfahrungen mit der Wirkung dieser Spaziergänge.«

»Das lässt sich denken«, sagt Edolf. »Danke übrigens für die Zusendung eurer Gefangenenzeitung. Ich war beeindruckt. Besonders der Pressespiegel gefiel mir sehr. Ihr haltet offenbar alle großen Zeitungen für eure Häftlinge.«

»Ja«, sagt Albert. »Aber natürlich nicht in genügender Stückzahl. Deswegen versucht die Redaktion der Gefangenenzeitung, die anderen Gefangenen auf dem Laufenden zu halten und nebenbei ihr Verhältnis zur Republik zu stärken. Die Sache macht großen Spaß und ist sinnvoll. Als Nächstes will ich einen Flügel anschaffen. Aber da rebelliert noch das Vollzugspersonal. Sie haben noch immer Mühe damit, zu begreifen, dass sie für die Gefangenen da sind, und nicht umgekehrt. Aber die Erfolge sprechen sich herum, und dann sind sie stolz. Neulich ist Gustav Radbruch zu uns gekommen, um am Sonntagsspaziergang teilzunehmen. Ein ehemaliger Reichsjustizminister, das ist schon was. Ich nehme an, du kennst ihn durch Paul Tillich?«

»Ja«, sagt Edolf, »wenn auch nur flüchtig.«

»Und du kennst wahrscheinlich auch Harald Poelchau«, sagt Albert.

»Poelchau?«, sagt Edolf. »Er hat letztes Jahr bei Tillich promoviert.«

»Genau. Danach hat er in meinem Gefängnis volontiert. Ich wünschte wirklich, ich hätte ihn hierbehalten können. Aber seine Festanstellung ist leider von höherer Stelle abgelehnt worden.«

»Nach allem, was ich gehört habe, geht er nun wieder nach Berlin«, sagt Edolf. »Er wird Gefängnispfarrer in der Strafanstalt Tegel.«

Harald Poelchau hat eigentlich nur aus Trotz beschlossen, Theologie zu studieren: aus Trotz gegen die Kirche und aus Trotz gegen den Vater, den Pfarrer im schlesischen Brauchitschdorf irgendwo an der Bahnstrecke Glogau-Lüben-Liegnitz. Man erkennt Brauchitschdorf schon von Weitem an seinem Kirchturm. Das Dach dieses Kirchturms ist merkwürdig flach. Es sieht nicht aus wie ein Kirchturmdach: Es fehlt ihm die Erhebung, es fehlt ihm der Schwung. Es hat nichts Begeisterndes, nichts, was die Seele emporreißt. Der kleine Harald hat den größten Teil seiner Kindheit auf diesem Dach verbracht.

Man steht hier hoch über allem. Man hat einen weiten, unverstellbaren Blick. Harald sieht die Höfe und Häuser des langgestreckten Straßendorfes. Er sieht die Bauern auf den Feldern.

Er sieht die Felder der Bauern: die handtuchschmalen Streifen, alle zusammen nicht ein Zehntel so groß wie die riesige zusammenhängende Fläche des Gutslandes, das dem Baron gehört. Harald sieht die Hofeleute, die Handwerker, die Tagelöhner ohne Landbesitz. Er sieht die bunte Kolonne der Polen zur Erntezeit kommen und wieder gehen. Er empfindet es sehr tief, dass er und seine Familie an alldem nicht teilhaben.

Sie sind Fremdkörper im Leben des Dorfes. Das liegt nicht daran, dass sie nicht von hier sind. Es liegt daran, dass der Vater keine nützliche Arbeit verrichtet. Was ist denn die ganze Predigerei, verglichen mit der Plackerei auf den schlesischen Rübenäckern? Wer zur Gemeinschaft gehören will, muss etwas tun. Er muss nützlich sein.

Harald hat beschlossen, ebenfalls Theologie zu studieren.

Er wird dem Vater keine Ausflucht lassen. Er wird ihm beweisen, dass man auch als Theologe etwas Sinnvolles mit seinem Leben anfangen kann. Harald möchte in Marburg studieren. Das macht der Vater aber nicht mit. Er besteht darauf, dass Harald nach Bethel geht, wo man ihm seine Flausen schon austreiben wird. Ahnungslos führt er den Sohn auf den richtigen Weg: Denn in den Heilanstalten von Bethel werden ja Kranke versorgt.

Scharen von Epileptikern füllen beim Gottesdienst die Kirche, zusammen mit den Diakonen und Diakonissen, die helfen, wenn einer fällt. Die Kranken wissen nicht, wann der nächste Anfall sie schüttelt. Sie sind dem Kommenden wehrlos ausgeliefert. Ist das nicht jeder Mensch? Aber hier wird es sichtbar. Die Wehrlosigkeit des Menschen wird sichtbar: Diese Kranken können sich nicht vormachen, sie wären die Herren ihres Schicksals. Sie haben nicht die Wahl, ob sie leiden wollen oder nicht. Sie ergehen sich nicht in Dauerreflexionen über die eigene Sündhaftigkeit, sie leiden nicht unter genereller Schwermut und der Erkenntnis, dass man nichts ist als ein unnützer Knecht. Das Leiden der Epileptiker ist schrecklich und echt.

Es ist uneitel. Es verlangt Mut und Demut vom Leidenden, beides zugleich. Es hat nichts zu tun mit der schrecklichen Innerlichkeit, dem Zagen und Beben, den düsteren Abendmahlsfeiern Schwarz in Schwarz, dem depressiven Gewimmer von Schuld und Vergebung. Das echte Leiden ist das Gegenteil der Depression. Es sprengt die trübe Innerlichkeit, die bleischwere Konzentration auf den eigenen Glauben, den eigenen Nabel, die eigene Seelennot: So sieht es Harald Poelchau. In Bethel liest Harald auch Karl Barth.

Er ist nicht sicher, ob er dem Schweizer zustimmt.

Er ist nicht sicher, ob er ihn richtig verstanden hat. Aber jedenfalls hat Karl Barth Gott dem Zugriff von Haralds Vater entrungen. Er hat die Vereinnahmung Gottes beendet: Karl Barth behauptet, Religion sei nichts anderes als das Wissen des Menschen um sein Nichtwissen von Gott. Auf der einen Seite gibt es die göttliche Offenbarung. Auf der anderen Seite gibt es das fortdauernde Selbstgespräch frommer Christen. Und es gibt keine Brücken dazwischen. Offenbarung und Religion sind durch nichts verbunden. Zeit und Ewigkeit, Diesseits und Jenseits, Schöpfer und Geschöpf gehören für immer getrennten Welten an,

Christus ist die uns unbekannte Ebene, die die uns bekannte senkrecht von oben durchschneidet.

Harald Poelchau hat tief eingeatmet, als er diesen Satz gelesen hat. Gott ist nun also wieder frei. Niemand kann sich seiner bemächtigen, nicht die Kirche und schon gar nicht Haralds Vater. Harald studiert nun in Tübingen.

Und er ist verliebt. Das ist an sich nichts Besonderes. Harald Poelchau verliebt sich leicht. Er lässt sich bezaubern, er lässt sich verführen. Er macht sich wehrlos, er unterwirft sich der

Magie. Er hat schon einen kleinen Stapel Gedichte und Briefe, die ihm Mädchen, auch erwachsene Frauen geschrieben haben. Er hebt diese Schriftstücke auf, nicht aus Eitelkeit, sondern aus Respekt, aus Achtung vor den Gefühlen der Frauen. Mit Dorothee Ziegele ist es aber anders.

Dorothee stammt auch aus einem Pfarrhaus. Sie ist klug. Sie ist eigenwillig: Sie hat es zu Hause durchgesetzt, dass sie nach Tübingen ziehen und dort Bibliothekarin werden darf. Sie steht dem Bund der Köngener nahe, dem auch Harald seit seinen Liegnitzer Schultagen angehört. Der Bund der Köngener ist unter dem Einfluss der Jugendbewegung aus den pietistischen Schülerbibelkreisen hervorgegangen, die im Gefolge der nationalen Lutherfeiern 1886 in ganz Deutschland entstanden sind. Er beschwört das Kommen eines neuen Reiches, zu dem alles gehört, was mit deutscher Zunge redet, und das seit einem Jahrtausend ein je und je erfülltes, immer wieder vernichtetes Ziel des deutschen Volkes ist. Bundesführer der Köngener ist Jakob Wilhelm Hauer.

Hauer hat sich in Religionswissenschaften und Indologie habilitiert. Er hat einige Jahre in Indien an einer Missionsschule gelehrt. Bald wird er beginnen, die ›Edda‹ und die ›Bhagavad Gita‹, die ›Upanischaden‹ und Hegel, die Mystiker und Hölderlin zu einem ›Glauben aus deutschem Urgrund‹ zusammenzumischen. 1934 wird er maßgeblich an der Zeitschrift ›Wille zum Reich‹ mitwirken, für die auch Harro Schulze-Boysen und sein Freund, der Mit-Köngener und Nationalbolschewist Karl Otto Paetel schreiben werden. Hauer wird in die SS eintreten, Mitglied im antisemitischen Kampfbund für deutsche Kultur, im NS-Lehrerbund, im NS-Dozentenbund werden, er wird in der Forschungsgemeinschaft Deutsches Ahnenerbe mitarbeiten und im rassenpolitischen Amt der NSDAP.

Noch ist es freilich nicht so weit.

Noch leitet Harald Poelchau die Tübinger Kanzlei des Bundes der Köngener, und Dorothee Ziegele macht für ihn Sekretariatsaufgaben. Dorothee hat eine ruhige Schönheit, wie reines Wasser. Sie wirkt stark und sicher, für ein so junges Mädchen, sie wirkt ganz bei sich geborgen. Aber noch kann Harald keine endgültigen Entscheidungen treffen. Noch studiert er. Und nun geht er tatsächlich nach Marburg.

Der Vater hat sich geweigert, seinem Sohn ein Studium in Marburg zu bezahlen. Aber nun sind die väterlichen Ersparnisse dahin, aufgefressen von der Inflation, und Harald muss sich sein Studium ohnehin selbst verdienen. Auch darin liegt also eine Befreiung. Der Zwang zum Handeln befreit, das wirkliche Leben. Notwendigkeiten befreien.

»Wiesenprinz!«

So nennt Hannah Tillich ihn, mit leicht spöttischer Zärtlichkeit: die Frau seines Professors Paul Tillich.

»Wiesenprinz! Mit vergissmeinnichtblauen Augen und hellem Haar und einer frischen Unschuld wie aus grünen Sommerwiesen.«

Harald Poelchau sitzt in der ersten Reihe des Hörsaals, in dem Paul Tillich seine berühmte Dogmatik-Vorlesung hält.

Dogmatik ist wissenschaftliche Rede von dem, was uns unbedingt angeht. Dogmatik ist Angriff, und nach Nietzsche ist in jedem Angriff klingendes Spiel.

Es verschlägt Harald den Atem. Er ist begeistert. Er wird in Paulus Tillichs Kreis aufgenommen. Gemeinsam wandern sie von Mellnau durch den Burgwald zum Christenberg, wo schon in der Jungsteinzeit Menschen siedelten. Die vierzig Hügelgräber nordwestlich des Plateaus stammen aus der Eisenzeit. Im vierten und dritten Jahrhundert v. Chr. hatten hier Keltenfürsten ihren Sitz. Inmitten der Wallanlage steht noch die romanische St. Martinskirche mit Bauelementen vom elften bis zum neunzehnten Jahrhundert. Und zu ihren Füßen liegt Marburg, Harald Poelchaus Sehnsuchtsziel und Ort der Verbannung für seinen Lehrer.

»Diese kleinen Gässchen, diese kleinen Räume. Diese kleinen Geister. Diese ganze Gedrücktheit und Enge. Keine Theater, keine Anregung, keine schönen Frauen, keine Gesellschaft. Es regiert die Spießigkeit, der bürgerliche Geist der Händler, der alles, was er berührt, zur Ware werden lässt. Ach, Herr Poelchau. Wir verzehren uns nach Berlin, Hannah und ich.«

Hannah Tillich versucht, das Beste aus der bedrückenden Enge zu machen. Sie gibt »parties«, in ihrem Marburger Haus. Sie bringt Harald das Tanzen bei. Der Theologe Paulus ermutigt seinen Schüler, Marx zu lesen. Die Tillichs eröffnen Harald den Expressionismus, sie schenken ihm Nietzsches ›Zarathustra‹ und leihen ihm die ›Brüder Karamasow‹. Man muss in allen Disziplinen zu Hause sein. Man muss alles genießen, was das Leben zu bieten hat. Man muss zu allem bereit sein, man muss vollkommen offen sein, man muss Theologie, Philosophie, Soziologie verbinden, und vor allem muss man den Kapitalismus bekämpfen. Der Kapitalismus ist die deutlichste Ausprägung des Dämonischen in der Gegenwart. Harald sitzt im Hörsaal und lauscht.

»Dämonisch ist eine Macht, wenn sie am Heiligen partizipiert und zugleich widergöttlich ist, wenn sie tragend und zerstörerisch zugleich ist. Wir alle leben vom Kapitalismus. Nur er kann die Massen ernähren, die Welt umspannen und zusammenhalten. Doch zugleich zerstört er uns, die Solidarität, die Gemeinschaft, seine Führer und deren Seelen. Er ist der oberste der Dämonen, den wir bejahen und gegen den wir uns empören. Und nicht der Kampf der Arbeiter gegen die Unternehmer ist der Kampf gegen den Dämon. Dieser Kampf ist integraler Teil der Dämonie. Kampf gegen den Dämon ist ein Kampf gegen das Prinzip, das den Kampf der Arbeiter gegen die Unternehmer nötig macht.«

Paulus Tillich glaubt, dass das Christentum endlich seine soziale Umgestaltungskraft unter Beweis stellen muss. Er glaubt nicht, dass Gott der Fremde, ganz Andere ist. Er glaubt an Gottes unbedingte, unmittelbare Gegenwart. Religion ist nie eine Stütze der bestehenden Gesellschaftsordnung. Im Gegenteil, sie ist dem Staat und auch der Kirche gegenüber die ständige, vom Ewigen und Unbedingten herkommende Kritik.

»Nikolaus von Kues sagt: Der Mensch ist frei, weil Gott ihn freiließ, er selbst zu sein, wenn er es will. Wenn Gott uns zwingen würde, gut zu sein, wären wir Marionetten. Wir können also nicht wirklich wünschen, dass Gott moralische Prinzipien zu Naturgesetzen erhebt. Wir können nicht wollen, dass er eine perfekte Welt schafft. Wir wollen uns die perfekte Welt aber vorstellen. Wir wollen sie entwerfen. Das ist es. Wir sind aufgefordert, die Schöpfung neu zu entwerfen. Und jetzt, hier, ist der Moment, den es nicht zu verpassen gilt. Dies ist der Kairos. Jetzt werden die Weichen gestellt. Jetzt, genau jetzt eröffnen sich die Möglichkeiten, den Sozialismus mit dem Christentum zu verbinden, jetzt kann das Ruder der Geschichte herumgerissen werden. Das Reich Gottes muss sich in dieser Welt durchsetzen. Es muss in dieser Welt seine soziale Umgestaltungskraft beweisen. Die zerstörerischen, dämonischen Kräfte des Kapitalismus und Nationalismus müssen hier und jetzt entmachtet werden, sonst wird es zu spät sein. Was ist Sozialismus? Der Sozialismus ist eine Widerstandsbewegung gegen die Zerstörung der Liebe in der gesellschaftlichen Wirklichkeit.«

Harald beginnt klarzusehen. Er beginnt zu begreifen, was

der Sinn seines Lebens sein könnte. Glauben und Wissen, Seelsorge und ein tätiges Leben voller Einsatz erscheinen ihm nicht mehr als Gegensatz. Harald hat sein Examen bestanden. Er geht nun nach Berlin. Er wird an der Wohlfahrtsschule des Sozialpädagogen Carl Mennicke die Theorie und Praxis der Fürsorgearbeit erlernen: Das hat ihm Paulus Tillich geraten. Und sobald Harald die Prüfung bei Mennicke bestanden hat und endlich Geld verdient, wird er seine Dorothee heiraten.

»Wiesenprinz!«

Harald hat sich sehr herzlich von Tillichs verabschiedet. Hannah Tillich hat seine Hand gehalten.

»Wie schön du doch bist, Wiesenprinz. Was wird deine Dorothee noch zu leiden haben.«

Das ist so Hannahs Art. Aber all dies liegt nun hinter Harald Poelchau.

Er steht am Ufer der Oder. Er hat beschlossen, nach Berlin zu paddeln. Er ist gewarnt worden: Die Oder führt Hochwasser.

Die Wasserfläche vor ihm ist breit, grau unter einem grauen Himmel. Das Wasser fließt eigenartig träge, wie Öl. Harald steigt ins Boot. Er wird sofort ergriffen. Er ist körperlich kräftig, er ist alles andere als ein Schwächling. Er kann mit einem Boot umgehen. Er hat aber gar keine Möglichkeit zu kämpfen. Er kann nur versuchen, das Boot in der Mitte des Stroms zu halten. Der Strom ist reißend, ein Wolf. Im Wasser entwurzelte Bäume, Strudel, einmal ein ersoffenes Kalb. Unter dem grauen Himmel schießt das Boot dahin. Es geht lange so. Stunden. Er kämpft natürlich doch. Er kämpft aber nicht gegen den Strom an, er kämpft mit ihm. Er denkt jetzt nichts. Er handelt. Er ist da. Das Boot schießt den Strom hinab, hinein in die Zukunft, Harald denkt nicht daran, das Ufer anzusteuern. Das rettende Ufer? Er würde zerschellen. Harald war gewarnt, er hätte nicht in das Boot steigen müssen. Er hätte diese Freiheit gehabt.

Und schließlich wird sich der Strom verbreitern. Das Boot wird lenkbar werden, der Kampf wird vorüber sein. Harald wird Berlin heil erreichen. Er wird die Wohlfahrtsschule besuchen, die staatliche Fürsorgerprüfung an der Berliner Hochschule für Politik ablegen, Dorothee heiraten und Geschäftsführer der deutschen Vereinigung für Jugendgerichte und Jugendgerichtshilfe werden: Und 1930 wird ihn Paulus Tillich als seinen Assistenten ans Frankfurter Institut für Sozialforschung rufen.

»Wiesenprinz! Nun bist du also wieder zurück.«

Hannah Tillich ist erfreut. Sie ist froh um jedes vertraute Gesicht, das den Kreis vergrößert und belebt: Der Sprung nach Berlin ist ja wiederum missglückt. Der preußische Kultusminister Becker hätte Professor Tillich voll Freude an der Berliner Theologischen Fakultät begrüßt, aber für die Herren dort war das Verdikt der Kirchenleitung entscheidend, und der ist Paulus Tillich nicht kirchlich genug. So ist er nun als Ordinarius für Philosophie und Soziologie an die Universität in Frankfurt am Main berufen worden, wo unter anderem Erich Fromm lehrt, Arplan-Mitglied Karl August Wittfogel sowie Karl Mannheim, der seine Stellung einer Initiative Beckers und Adolf Grimmes verdankt und 1933 kurzzeitig Greta Kuckhoff als Sekretärin beschäftigen wird. Theodor Wiesengrund Adorno arbeitet bei Paul Tillich an seiner Habilitation über Kierkegaard, Harald Poelchau an seiner Promotion über das Fürsorgerecht. Der geistige Kreis ist also denkbar weit, zumal der Kontakt zu den alten Freunden und Getreuen aus Tillichs Berliner Zirkel unvermindert fortbesteht.

Mit dem Wirtschafts- und Sozialwissenschaftler Eduard

Heimann und dem Reformpädagogen Fritz Klatt gibt Paulus seit 1930 die ›Neuen Blätter für den Sozialismus – Zeitschrift für geistige und politische Gestaltung‹ heraus, Nachfolge-Zeitschrift der ›Blätter für den religiösen Sozialismus‹, Diskussionsforum und linkes Gegenprojekt zu Hans Zehrers ›Tat‹. Zu den Mitarbeitern der ›Blätter‹ gehören religiöse Sozialisten, Jungsozialisten aus dem Hofgeismar-Kreis, Kollegen an der Frankfurter Universität. Im Beirat sitzen unter anderem Professor Dr. Adolf Reichwein von der Pädagogischen Akademie Halle, der zweimalige Reichsjustizminister Gustav Radbruch, der Pressereferent des hessischen Innenministers und Reichstagsabgeordnete Dr. Carlo Mierendorff und dessen Jugendfreund, der Pressechef des Berliner Polizeipräsidenten Theodor Haubach. Es geht darum, den Sozialismus neu zu wagen, ihn mit neuen Inhalten zu füllen, neue Symbole zu finden, neue organisatorische Formen aufzunehmen. Es geht darum, den Sozialismus mit dem deutschen Nationalstaat zu versöhnen.

Und vor allem geht es darum, die Sozialdemokratie zu erneuern, und zwar personell ebenso wie inhaltlich. Die SPD muss endlich anfangen, die Ursachen für den Machtgewinn der Nationalsozialisten und ihre eigene fortschreitende Schwächung bei sich selbst zu suchen. Die politische Lage wird doch immer auswegloser. Vielleicht ist tatsächlich schon alles verloren?

Am Wendepunkt des deutschen Schicksals steht der Staatsstreich des 20. Juli.

So formuliert es im Herbst des Jahres 1932 der Leuchtenburger Hans Muhle unter dem Decknamen Florian Geyer in einem Artikel in den ›Neuen Blättern‹ über den Preußenschlag. Bei dieser Absetzung der preußischen Regierung hat auch Adolf Grimme, der Freund Adam Kuckhoffs, Ernst von Harnacks und Paulus Tillichs, sein Amt als letzter preußischer

Kultusminister verloren. Die Grimmes haben daraufhin den Sommer mit den Tillichs in Sils-Maria verbracht, wo Paulus seine Schrift ›Die sozialistische Entscheidung‹ verfasst hat, aus der er gerade eben etwas vorgelesen hat.

Es ist der Dezember des Jahres 1932. Harald Poelchaus Frankfurter Zeit ist zu Ende. Die Wintersonne steht abendlich tief. Die Poelchaus sind bei Tillichs, um Abschied zu nehmen. Sie werden nun nach Berlin zurückkehren. Auch Tillichs Promovendin Gertie Siemsen ist gekommen. Anfangs haben sich alle bemüht, politische Themen zu vermeiden. Man hat über die 18. Biennale in Venedig gesprochen, über die zweite Phase von Schellings Schaffen, aber nun sind sie doch wieder bei der Politik gelandet, bei den Straßenkämpfen und dem Machtzuwachs der Nationalsozialisten.

»Und warum haben die politischen Romantiker von der NSDAP einen solchen Erfolg?« Paulus Tillich klopft mit der flachen Hand auf das Manuskript vor sich, aus dem er gerade eben zitiert hat. »Weil sie den Leuten süße Lügen auftischen. Die politischen Romantiker machen doch alle den gleichen Fehler, egal ob sie aus dem konservativen oder dem revolutionären Lager kommen. Sie glauben alle, es gäbe einen Weg zurück. Freilich, die Autonomie ist den meisten Leuten eine unerträgliche Last. Sie sehnen sich nach Bindendem, nach Geborgenheit, nach den ursprünglich tragenden Kräften. Aber man kann das Ursprüngliche nicht zurückholen oder zu ihm zurückkehren. Uns ist ein Ziel gesetzt, das in der Richtung nach vorn liegt. Dieses Ziel ist nicht Teil dessen, was ist. Es ist das, was sein soll. Es ist eine Forderung. Wir hören diese Forderung in der Frage nach dem Wozu. *Wozu das alles?* Diese Frage ist die Aufforderung, über uns selbst hinauszugehen. Sie ist ein Ruf.«

Es ist ein Gespräch, das sie auf andere Weise schon früher

geführt haben. *Wozu das alles?* In den alten Marburger Tagen hat Harald seinem Lehrer einmal gestanden, dass ihm das Leben als sehr jungem Mann manchmal vollkommen sinnlos erschienen ist.

»Sinnlos?« Tillichs Augen blitzten auf. »Was ist das Gefühl der Sinnlosigkeit anderes als eine auf das Geistige bezogene Todesangst? Aber diese Angst muss überwunden werden, sonst kann man das Leben nicht mit Sinn erfüllen. Das eigene Sein bejahen, trotz der Elemente unserer Existenz, die dieser Bejahung entgegenstehen, das ist gefordert. Wie sagt Nietzsche? In den Abgrund sehen, aber mit Adlersaugen. Dazu braucht es freilich großen Mut.«

Paulus ist aufgestanden, um eine weitere Flasche Rotwein zu holen. Hannah ergreift Haralds Arm.

»Und der Wiesenprinz will nun also hinter Tegels kalten Mauern frieren! Aber ihr werdet immerhin in Berlin sein. Wie schön wir es hier gehabt haben, nicht? Wie viele Partys, wie viele Kostümfeste!«

Sicherlich. Aber Harald empfindet den Weg nach Tegel als folgerichtig. Er empfand sehr stark den Moment, als er von der offenen Stelle erfuhr. Dies war der Kairos: der rechte, der magische Augenblick, der erfüllte Zeitmoment, in dem sich Vergangenheit und Zukunft berühren, und aus dieser Spannung entspringt das Neue, die verwandelte Gegenwart.

»Und du bist ganz sicher, dass du die richtige Entscheidung getroffen hast.«

Gertie Siemsen hat Haralds Hand ergriffen. Es ist spät geworden. Harald und Dorothee stehen im Flur der Tillichs. Sie gehen jetzt. Sie sind bereits im Mantel. Harald blickt in Gerties freundliches, zu ihm erhobenes Gesicht.

»Du bist sicher«, sagt sie noch einmal. Es ist keine Frage. »Ich beneide dich. Ich bin mir noch nie einer Sache gänzlich sicher gewesen. In allem war immer ein Element des Vielleicht enthalten. Aber du bist sicher. Nun ja. Und auch wenn du es nicht wärst, würdest du deine Zweifel für dich behalten.«

Er lächelt. Sie drücken einander die Hände. Es ist ein Moment gehobener Melancholie, für Hannah und Gertie. Harald bemerkt es. Er teilt die Stimmung der Frauen aber durchaus nicht. Er ist voller Vorfreude. Und sie alle werden einander ja wiedersehen. Es gibt keinerlei Grund zu trauern.

»Du kennst wahrscheinlich auch Harald Poelchau«, sagt Albert Krebs, der Leiter der Haftanstalt, zu seinem Freund Adolf Reichwein.

Es ist ein kalter stiller Spätherbsttag 1932. Albert Krebs hat Edolf auf einen Spaziergang eingeladen. Die beiden Männer schreiten kräftig aus. Der Weg geht von der Haftanstalt an den Teichen vorbei nach Stillfeld, dann durch den Wald nach Sülzfeld und zurück.

»Ein sehr angenehmer junger Mann«, sagt Albert Krebs. »Er hat im Spätsommer in meinem Gefängnis volontiert. Ich wünschte, ich hätte ihn behalten können. Aber seine Festanstellung ist von höherer Stelle abgelehnt worden.«

»Nach allem, was ich gehört habe, geht er wieder nach Berlin«, sagt Edolf. »Er wird Gefängnispfarrer in der Strafanstalt Tegel.«

»Allerdings halte ich es für besser, auf die kostenfreie Dienstwohnung in der Anstalt zu verzichten«, sagt Dorothee. »Freilich wäre es nett, mietfrei zu wohnen. Und auch die Mitbenutzung der Gefängniswerkstätten wäre sicher praktisch. Aber mir gefällt die allzu nahe Nachbarschaft mit den Beamten nicht.«

Harald nickt. Er ist ein durchaus sparsamer Mann. Aber

Dorothee hat recht. Und das Dienstgärtlein, das sich an die Gefängnismauer schmiegt, können sie auf jeden Fall nutzen: Der Garten gehört zu Haralds Dienstzimmer, nicht zu seiner Dienstwohnung. Jetzt Anfang Januar ist natürlich nicht viel zu erkennen. Aber es gibt einen Apfelbaum, eine Himbeerhecke.

»Mir hat die Wohnung gefallen, die wir uns gestern zuletzt angesehen haben«, sagt Dorothee. »Die in der Afrikanischen Straße 140. Sie ist zwar klein, aber nett und modern. Sie liegt günstig. Und wir stehen dort weniger unter Beobachtung.«

Harald weiß nicht genau, warum ihm jetzt das Kirchendach einfällt. Das flache Kirchendach von Brauchitschdorf, auf dem er seine halbe Kindheit verbracht hat: Er konnte von dort oben alles sehen. Er war weit über alle Nöte erhoben. Er konnte stunden- und tagelang dort oben sitzen: genau so lange, bis das Blech unter ihm in der Sonne zu heiß wurde.

»Damit ist es entschieden«, sagt Harald Poelchau. »Wir ziehen in die Afrikanische Straße.«

Es ist der Abend des 31. Januar 1933. Julius Leber ist gerade eben fiebernd von Berlin nach Hause gekommen.

»Aber Jüli. Wäre es nicht besser, du gingest zu Bett?«

»Ja, mein Paulus, bestimmt sollte ich zu Bett gehen. Aber ich kann nicht. Wenn du gesehen hättest, was ich gesehen habe, könntest du dich auch nicht schlafen legen. Dieser Fackelzug, gestern Nacht in Berlin. Ich muss noch einmal los. Ich muss noch einmal in die Redaktion.«

Dann ist er weg.

Annedore bringt die Kinder ins Bett. Sie setzt sich mit einer Näherei an den Esstisch. Der Esstisch steht in einer Fensternische. Die Nische ist gemütlich, ein kleines Zimmerchen im Zimmer. Die Bänke an den Längsseiten sind mit Kissen überhäuft, die Annedore genäht hat. Zwischen den Bänken steht ein schöner großer Holztisch, und durch das Fenster auf der Schmalseite scheint am Morgen die Sonne herein. Es ist aber nicht Morgen.

Es ist Abend. Annedore näht an einem Kleidchen für Katharina. Der Hund liegt zu ihren Füßen. Die Bank ihr gegenüber ist leer. Der Vorhang vor dem Fenster ist zugezogen. Die Uhr tickt. Der kleine Hund schnarcht. Annedore näht. Der Hund steht auf und sucht sich einen neuen Schlafplatz, an dem er sich umständlich niederlässt, dann tief aufseufzend wieder die Augen schließt. Annedore näht bis exakt zehn Uhr. Dann beschließt sie, zu Bett zu gehen. Sie ist nun beinahe ruhig. Er wird einmal mehr gar nicht oder erst in den Morgenstunden nach Hause kommen. Sie geht noch einmal ins Kinderzimmer.

Es ist alles gut. Katharina schläft auf dem Rücken, mit weit auseinandergeworfenen Armen. Matthias liegt zusammengerollt wie ein Igel. Annedore geht ins Bad. Sie putzt sich lange die Zähne, sie lässt sich Zeit beim Waschen. Er kommt aber nicht. Sie bürstet die Haare. Es ist fast elf. Sie wird jetzt schlafen. Sie wird nicht nachdenken, ob eine Frau dahintersteckt. Sie wird nicht weinen. Sie wird wegen dergleichen tatsächlich nie wieder weinen. Annedore geht zu Bett. Es schlägt elf. Es schlägt Mitternacht. Sie macht sich aber keine Sorgen um Jüli.

Sie hat sich dergleichen längst verboten. Sie hat zu oft gefürchtet, ein Unheil könnte ihm zugestoßen sein, wenn in Wirklichkeit ihr ein Unrecht angetan wurde, im Übrigen ist Julius Leber keine Memme. Als letztes Jahr ein SA-Trupp den Saal gestürmt und die Reichsbannerleute verdroschen hat, hat er sich mit einem abgebrochenen Stuhlbein nach draußen gekämpft, und die Meute wildgewordener KPDler, die vor ein paar Monaten in die Redaktion des ›Volksboten‹ eingedrungen ist, hat er mehr oder minder allein aus dem Haus geprügelt. Annedore schläft ein.

Das Telefon klingelt.

Sie springt aus dem Bett, sofort hellwach. Ein Satz formt sich, während sie in die Diele läuft, eine klare Gewissheit.

Jetzt kommt es.

»Paulus. Schau doch mal eben aus dem Fenster. Schau mal, ob da irgendwelche Leute sind.«

Sie legt den Hörer auf das Tischchen. Sie geht ins Wohnzimmer. Sie macht kein Licht. Draußen liegt die Lübecker Gertrudenstraße, leer. Sie geht zurück durch die Diele, betritt das Esszimmer. Der Hund hebt den Kopf. Annedore schiebt den Vorhang beiseite. Der Garten liegt im Licht des Mondes, winterlich kahl, der Rasen schneeüberpudert, unberührt. Dahinter kahle Büsche. Kahle Bäume. Der Zaun. Der Friedhof. Auf dem Friedhof bewegt sich etwas. Da. Und da. Gestalten, dunkel in der Dunkelheit nach Mitternacht. Der Gertrudenfriedhof zuckt vor Leben. Es wimmelt von uniformierten SA-Männern.

»Jüli? Bist du noch dran? Jüli, bleib um Himmels willen, wo du bist! Wo bist du überhaupt?«

»Im Gewerkschaftshaus. Ich bleibe auch hier.«

Sie geht nach oben, zurück ins Schlafzimmer. Sie macht kein Licht. Sie zieht sich an, sieht noch einmal nach den Kindern, dann tastet sie sich wieder nach unten. Sie tastet sich ins Zimmer. Sie setzt sich auf die Bank in der Nische. Von hier aus kann sie die SA-Männer sehen. Was tun sie? Und werden sie kommen? Die Bedrohung ist fühlbar. Das Atmen ist schwer. Es ist, als stiege der Druck der Luft ununterbrochen an, irgendwann erträgt sie es nicht mehr. Sie geht in Jülis Arbeitszimmer, das nach der anderen Seite liegt, zur Straße. Der Hund kommt mit ihr. Sie flüstert ein paarmal seinen Namen.

»Hund? Hundchen.«

Gegen sechs verziehen sich die SA-Männer. Um halb acht sitzt Annedore mit den Kindern beim Frühstück. Jüli ist nicht da. Er wird im Gewerkschaftshaus geschlafen haben oder in der Redaktion des ›Volksboten‹. Sie überlegt, ob sie irgendwo anrufen sollte, lässt es dann. Gegen neun hört sie den Schlüssel im Schloss.

Er hat ein Taschentuch vor das Auge gebunden. Das Taschentuch ist blutig. Der Kopf ist blutig, auf dem Mantel ist viel getrocknetes Blut. Sie schreit nicht, sie wirft die Hände nicht hoch. Sie geht ihm entgegen, nimmt ihm den Mantel ab.

»Ach, mein lieber Junge.«

Sie riecht den Alkohol in seinem Atem.

»Ach mein Paulus. Wie soll ich anfangen.«

»Komm mit in die Küche, Jüli. Lass mich das Auge sehen.«

Er sitzt auf dem Küchenstuhl. Die Wunde am Augenlid wird man womöglich nähen müssen. Ob die Nase gebrochen ist, kann sie nicht entscheiden.

»Wo ist das passiert?«

»Auf der Straße. Rath und Braasch vom Reichsbanner waren dabei. Sie wollten mich nach Hause bringen.«

»Warum bist du nicht im Gewerkschaftshaus geblieben?«

»Ich wollte heim. Ich wollte zu dir. Ich wollte in mein eigenes Bett.«

Er sieht sie an, aus seinem guten Auge. Sie nimmt seine Hand.

»Ich rufe ein Taxi. Wir müssen ins Krankenhaus.«

»Warte noch. Natürlich müssen wir ins Krankenhaus. Die Verletzungen müssen protokolliert werden. Aber erst sollst du wissen, wie es passiert ist. Also, der Abend hat damit angefangen, dass wir auf dem Fackelzug waren, Otto Passarge und ich. Es ist ja klar. In Berlin gibt es einen Fackelzug, also muss es in Lübeck auch einen geben.«

»Und du musst natürlich bei beiden dabei sein.«

»Wir hatten eben Bedenken, Sozialdemokraten könnten sich provozieren lassen. Wir mussten auch tatsächlich zweimal dazwischengehen, weil es Ärger mit ein paar Polizisten gab. Vielleicht hat das Ernsteres verhindert, wer weiß. Aber jedenfalls waren wir schon wieder auf dem Heimweg, da kommt uns Schwohn entgegen. Der Widerling. Ich kann den Kerl nicht ausstehen, selbst davon abgesehen, dass er ein Nazi ist. Aber gut, viel war da auch nicht. Ein paar Worte hin und her, ein bisschen Geschubse, und Schwohn zieht ab. Bloß hat er anschließend offenbar ein paar von seinen SA-Freunden zusammengetrommelt. Jedenfalls, plötzlich hält ein Auto neben uns. Schwohn springt heraus, vier SA-Kerle mit ihm. Dann wurde es scheußlich. Einer von denen hatte eine Stahlrute mit Bleikopf. Ich habe wirklich Bedenken gehabt, wie ich aus der Sache einigermaßen heil herauskommen sollte. Zum Glück hat ein Auto angehalten. Ich habe mich hineingestürzt, und wir sind zur Polizei gefahren.«

»Und dort hat man dich nicht einmal ärztlich versorgt?«

»Ach. Nein. Na, ich wollte nicht. Ich wollte die nicht an mich heranlassen. Die rasten ja gleich los, und dann gab es einen Riesentumult. Sie kamen mit Rath und Schwohn zurück, und wie es scheint, hat Rath einen von den SA-Männern erstochen. Es war natürlich Notwehr. Rath hatte gar keine andere Wahl. Wir sind vollkommen unschuldig.«

Auf der Fahrt ins Krankenhaus schweigen sie.

»Wie geht es ihm jetzt?« Otto Passarge ist gekommen, Bürgerschaftsmitglied und Jülis Parteigenosse. »Was hat der Arzt gesagt?«

»Er hat die Wunde genäht. Julius hat sich hingelegt. Komm, Otto, setz dich. Ich mache dir einen Kaffee.«

Annedore und Otto sitzen in der Fensternische. Sie trinken den Kaffee, den Annedore gekocht hat.

»Getrunken?«, sagt Otto Passarge. »Hm. Na ja. Nur ein paar Grogs eigentlich, im Gewerkschaftshaus, vor dem Fackelzug. Julius war doch so erkältet. Nach dem Fackelzug sind wir erst wieder ins Gewerkschaftshaus gegangen, und dann wollte Julius in die Redaktion. Da war aber niemand. Also, wir waren vielleicht etwas aufgezwirbelt, wir kamen irgendwie nicht zum Ende. Es lag so eine Anspannung in der Luft. Ich weiß auch nicht. Jedenfalls sind wir noch in eine Kneipe gegangen. Wir haben ›Freiheit!‹ gerufen, die Gäste haben ›Freiheit!‹ gerufen, es ging hoch her. Alle waren sehr aufgemöbelt. Ich bin dann nach Hause marschiert. Und Rath und Braasch haben beschlossen, dass sie Julius Geleitschutz geben.«

»Was wird jetzt passieren?«, sagt Annedore.

»Sie werden Rath anklagen, nehme ich an.«

»Und Julius?«

»Was meinst du damit?« Julius steht in der Tür. »Wofür sollte man mich anklagen? Ich habe nichts getan. Ich habe mich lediglich gewehrt, wenn auch nicht sehr erfolgreich.«

Otto Passarge sieht zu Boden.

»Otto?«

»Na ja. Die Arrestzelle. Du warst ziemlich außer dir, glaube ich. Du wolltest den Polizeisenator sprechen.«

»Natürlich wollte ich das! Der Mann ist schließlich Sozialdemokrat. Und man weigert sich, mich mit ihm zu verbinden.«

»Jedenfalls musst du doch sehr aus dem Häuschen geraten sein. Es heißt, du wolltest auf Schwohn losgehen. Es heißt, du warst renitent. Du hast auch die Arrestzelle demoliert.«

Julius geht mit großen Schritten auf und ab.

»Ja und ist das denn verwunderlich? Mich nimmt man in Arrest, wenn es die Nazis sind, die gepöbelt haben.«

Es klingelt. Sie sehen einander an. Annedore steht auf. Sie geht in die Diele. Sie geht zur Tür. Sie blickt durch den Spion. Es ist keine SA, keiner von ihren sogenannten Hilfspolizisten. Es ist normale Polizei.

»Mach auf, Paulus.«

Annedore öffnet.

»Frau Leber?«

»Ja.«

»Ist Ihr Mann zu Hause? Wir haben einen Haftbefehl.«

Aber sie blicken schon an ihr vorbei. Sie blicken über ihren Kopf weg.

»Wie lautet die Anklage?«, sagt Julius Leber.

»Beihilfe zum Totschlag.«

»Aber mein Mann ist verletzt!«

»Keine Sorge, gnädige Frau. Er wird natürlich ins Gefängnislazarett eingeliefert. Wenn Sie das Nötige zusammenpacken würden.«

Und dann stehen Annedore und Julius im Schlafzimmer. Was ist das Nötige? Zahnbürste, Haarbürste, Wäsche, ein Buch. Jülis Brille natürlich. Sie umarmen einander.

»Jüli.«

»Mein Paulus. Mach dir keine Sorgen. Ich bin bald zurück.«

Sie gehen die Treppe hinunter.

»Papa?« Die kleine Katharina steht in der Diele. »Papa, fährst du schon wieder weg?«

Er beugt sich über das Kind, küsst es.

»Papa kommt bald wieder«, sagt Annedore. »Er muss nach Berlin.«

Annedore hat den Hund einsperren müssen. Sie hat ihn in Jülis Arbeitszimmer gesperrt, sonst wäre das dumme Tier Jüli in den Polizeiwagen gefolgt. Nun ist Jüli fort. Annedore ist allein. Die Kinder sind im Bett. Annedore hat sich in den kleinen Sessel am Fenster gesetzt und ihnen eine Gutenachtgeschichte vorgelesen.

Immer schneller und immer höher flogen die drei. Das Haus, die Wiese, der See, der Wald lag bald tief unter ihnen. Die Hügel, die Berge, an denen die weißen Nachtnebel hingen, versanken. Und dann lag die ganze Erde dort unten, unermesslich tief in der blauen, stillen Nacht; mit allen ihren Ländern und Meeren; die große, liebe Erde in tiefem Schlaf.

So ist es. Die Welt schläft. Annedore sitzt auf der Bank in der Esszimmernische. Die Nische ist gemütlich. Zwischen den Bänken an beiden Seiten steht ein schöner großer Holztisch, und durch das Fenster scheint frühmorgens die Sonne herein. Es ist nicht frühmorgens. Es ist Nacht. Annedore näht an einem Kleidchen für Katharina. Der Hund liegt zu ihren Füßen. Die Bank ihr gegenüber ist leer. Sie ist auf ganz andere Weise leer als jemals zuvor. Annedore näht. Es hat keinen Sinn, jetzt nicht zu nähen. In ihr tobt der Aufruhr. Es hat keinen Sinn, sich aufzuregen. Annedore muss handeln. Sie muss herausfinden, wohin man ihn gebracht hat. Und dann muss sie ihn dort wieder herausholen.

Julius Leber ist also verhaftet. Herbert Frahm muss etwas tun. Er und Julius sind mehr als einmal böse aneinandergeraten, aber das ist jetzt ohne Bedeutung. Junge und Alte streiten nun einmal, es ist nichts als eine Generationenfrage. Vor der Abspaltung der SAP hat Julius Leber Herbert Frahm für die Parteipresse schreiben lassen. Er hat ihm Unterstützung für die Zeit des Studiums zugesagt. Das alles hat sich Herbert verscherzt, mit seinem Eintritt in die SAP. Er ist nun Volontär bei einer Schiffsbaufirma, ein Arbeitsloser mit Abitur. Aber all diese Privatdinge sind unerheblich. Leber ist verhaftet, und

Herbert Frahm hat sich bemüht, einen Proteststreik in Gang zu setzen. Der Streik sollte andauern, bis Leber wieder frei wäre. Herbert hat dem Geschäftsführer des Gewerkschaftsbundes den entsprechenden Aufruf auf den Tisch gelegt. Aber der Mann hat sich geweigert.

Er hat sich gewunden. Er hat sich darauf berufen, Streiks wären ab sofort verboten. Er hatte die Hosen voll, das war alles. So sind diese Leute. Sie sind feige.

Dabei ist es überall in Lübeck bereits zu spontanen Arbeitsniederlegungen und Protestmärschen gekommen. Aus Hamburg, aus Berlin, aus Hannover sind Solidaritätsbekundungen eingetroffen. Die sozialdemokratische Reichstagsfraktion hat sofortige Haftentlassung des Genossen Leber verlangt, der als Mitglied des Auswärtigen Ausschusses Schutz der Immunität genießt, und am 3. Februar hat die gesamte Arbeiterschaft Lübecks für eine Stunde die Arbeit niedergelegt. Es ist Leber selbst gewesen, der die Proteste beendet hat.

Er hat aus der Haft einen offenen Brief geschrieben, um einen womöglich blutigen Aufruhr zu verhindern. In dem Brief hat er mitgeteilt, dass er sich entschlossen hat, im Interesse von Rath seine Beschwerde gegen die Verhaftung zurückzunehmen. Die Wahrheit wird ja bald genug ans Licht kommen. Die Untersuchung wird seine und Raths Unschuld erweisen.

Nehmt nur an den von der Führung legitimierten Aktionen teil. Freiheit!

Und nun lässt man ihn frei.

Sein Vertrauen in die Rechtsstaatlichkeit des Verfahrens hat sich also bewährt. Noch scheint nicht alles verloren zu sein. Man lässt Julius Leber frei, weil man davon ausgeht, dass bei einem Mitglied der Bürgerschaft und Vorstandsmitglied der örtlichen SPD keine Fluchtgefahr besteht.

So ist es in der Tat. Annedore braucht keinen Gedanken daran zu verschwenden, ob es nicht sinnvoller wäre, in die Schweiz zu fliehen. Julius Leber wird sich nicht wegbeißen lassen, er wird in Lübeck aushalten.

Otto Passarge hat Annedore Leber mit dem Wagen abgeholt. Zum Glück sind sie frühzeitig losgefahren. Die Menge hat sich längst hinter ihnen geschlossen. Auf der Großen Burgstraße, die zum Untersuchungsgefängnis führt, ist kein Durchkommen mehr. Fast könnte es beängstigend sein. Aber dies sind Freunde. Dies sind die Lübecker Arbeiter, die darauf warten, dass Julius Leber aus der Haft entlassen wird: Dieser Sieg ist schließlich auch der ihre. Ein Geräusch geht durch die Menge, wie ein Atemzug. Und da kommt er, flankiert von Polizisten. Er trägt noch immer die schwarze Augenklappe.

»Weg vom Tor! Zurück vom Tor!«

Die Menge flutet zurück, soweit das überhaupt möglich ist. In den Torflügeln öffnet sich eine Tür, und Julius Leber tritt in die Freiheit. Annedore und Otto Passarge geleiten ihn zum Wagen. Von allen Seiten drängen die Menschen heran. Hände strecken sich Julius entgegen, Hände werden in den Wagen gereicht, der sich im Schritttempo durch die Menge windet.

Viel Glück!

Alles Gute!

Julius!

Freiheit!

Sie feiern ihn. Sie feiern sich selbst. Sie begleiten den Wagen, sie gehen neben ihm her,

Genosse Leber! Viel Glück!

Freiheit! Freiheit!

Otto Passarge wird die Lebers direkt zu einer Massenversammlung der Eisernen Front auf dem Burgfeld fahren. Tausende von Menschen warten dort, trotz der Kälte. Auch Herbert Frahm ist gekommen. Julius betritt die Bühne. Er kann nicht zu der Menge sprechen, wegen seiner Verletzungen. Aber er ruft ihnen das Wort zu.

»Freiheit!«

Annedore sitzt auf der Bank. Sie näht. Es ist die Bank im Esszimmer. Die Bank in der gemütlichen Nische, mit ihren bunten Kissen. Es ist Abend. Die Vorhänge sind vorgezogen. Über dem Tisch brennt die Lampe. Jüli sitzt Annedore gegenüber. Er hat die Stirn auf die Faust gestützt, er liest in einem Buch. Ob er wirklich liest? Seine Augen folgen den Zeilen. Ob er aufnimmt, was er sieht?

Sturm Sturm Sturm Sturm Sturm Sturm

So klingt es. Was sie draußen wirklich grölen, ist nicht genau zu verstehen. So geht es Abend für Abend. Sie sind unten auf der Straße. Sie sind nicht im Haus, sie sind nicht im Garten. Sie sind vor dem Haus. Annedore muss keine Angst haben: Das Haus wird Tag und Nacht von Männern des Reichsbanners bewacht. Dennoch hat Annedore die Kinder zu ihren Eltern geschafft. Der Vater hat zum Glück diesmal geschwiegen.

Annedores Vater: Er hat nicht erwähnt, dass er dies immer hat kommen sehen. Er hat Annedore nicht darauf hingewiesen, dass sie es nur sich selbst zuzuschreiben hat, wenn sie ihre Kinder aus dem Bau schleppen, sie irgendwo in Sicherheit bringen muss wie eine Tiermutter in der Wildnis.

Dies ist die Wildnis.

Und der Vater hat gar nichts kommen sehen. Er hat konservativ gewählt. Wo wäre Hitler ohne die Konservativen? Nicht an der Regierung. Jüli blättert die Seite um. Liest er? Draußen singen sie jetzt ein erkennbares Lied. Dieses Lied hat Annedore schon häufig gehört.

Die Fahne hoch, die Reihen fest geschlossen

SA marschiert mit ruhig festem Schritt.

Sie marschieren. Das tun sie. Sie marschieren jede Nacht vor dem Leberschen Haus auf.

Kameraden, die Rotfront und Reaktion erschossen,
Marschieren im Geist in unsern Reihen mit.

Julius blickt auf, grimmig.

»Merkwürdig doppeldeutig, nicht wahr?«, sagt er. »Wenn man nicht genau wüsste, dass sie wohl ihre von uns erschossenen Kameraden meinen, könnte man glauben, sie feierten die Mörder und politischen Attentäter in ihren eigenen Reihen. So ist das Deutsche gelegentlich, unergründlich.«

Draußen schwillt das Grölen an und ab.

Sturm Sturm Sturm Sturm Sturm Sturm
Läutet die Glocken von Turm zu Turm!

»Vielleicht sollten wir doch gehen«, sagt Annedore. »Alle raten dir zur Flucht, Jüli. Vielleicht sollten wir wenigstens für eine Weile nach Österreich gehen. Wir könnten abwarten, wie sich die Dinge entwickeln.«

Wehe dem Volk, das heute noch träumt!

Er betrachtet sie.

»Nein. Ich gehe nicht. Die Lübecker müssen schließlich auch bleiben. Keine Stadt hatte bei der Reichstagswahl ein so günstiges Ergebnis wie wir. Ich kann vor dreißigtausend Lübeckern, die mir vertrauen, nicht als Feigling dastehen.«

Deutschland, erwache, erwache!

Sie schweigen wieder. Draußen geht das Gejohle weiter. Das Getrampel der Stiefel, das Trommeln,

Tam-tam tamm-tamm-tamm.
Tam-tam-tamm tamm-tamm.
Sturm Sturm Sturm Sturm Sturm Sturm.

Das Haus ist eine Insel. Es ist kein Heim mehr: Es ist ein einsamer Fels im Meer, ein Unglückskliff, ein Magnet der Gefahr. Das Namensschild an der Tür zeigt nicht mehr an, dass die Familie Leber hier geborgen ist. Es verrät Feinden, wo sich ihre Opfer verbergen.

Läutet die Mädchen herunter die Stiegen,
Läutet die Mütter hinweg von den Wiegen!

Annedore hat den Männern vom Reichsbanner vorhin heißen Kaffee hinausgebracht. Und schwärmen die Feinde nur über die Straße? Oder kommen sie schon von hinten durch den Garten, über den Friedhof?

Läutet die Toten aus ihrer Gruft!

Morgen hat der Spuk jedenfalls ein vorläufiges Ende. Morgen ist der 20. März, und die Lebers fahren nach Berlin. Jüli wird nicht fehlen, wenn der Reichstag über das Ermächtigungsgesetz abstimmt. Und in Berlin werden die Lebers erst einmal in Sicherheit sein.

Deutschland, erwache, erwache!

Annedore eilt den Bahnsteig entlang. Sie hat ihre Fahrkarte. Sie weiß, welcher Zug es ist. Wenn ihre Informationen nicht falsch sind, kann dies nicht schiefgehen. Sie trägt ihr Gepäck und Jülis Gepäck. Es ist nicht viel. Was packt man schon ein für ein paar Tage? Am 20. März sind die Lebers in Berlin angekommen. Zur Eröffnung des Reichstags am 21. März in der Garnisonkirche von Potsdam in Anwesenheit des Reichspräsidenten Hindenburg war der Reichstagsabgeordnete Julius Leber nicht geladen. Er hat sich die Chose im Radioapparat angehört, in der Wohnung von Freunden. Er hat einen wüsten Zornesanfall bekommen.

»Diese Farce! Diese unerträgliche billige Goebbelssche Rührkomödie!«

Am 23. März ist er morgens aufgebrochen, um im Reichstag gegen das Ermächtigungsgesetz abzustimmen. Er ist nicht zurückgekehrt. Man hat ihn verhaftet, auf der Schwelle der Krolloper, die seit dem Reichstagsbrand als provisorisches Reichtagsgebäude dient. Und heute soll er nach Lübeck zurückgebracht werden, mit dem Elf-Uhr-Zug, in dessen vordersten Wagen Annedore nun einsteigt.

Wenigstens befindet er sich nicht in den Händen der SA, sondern in denen der Polizei. Annedore geht langsam den Gang entlang. Sie blickt in jedes Coupé. Frauen, Kinder, Männer. Paare. Familien. Menschen. Fremde Menschen. Sie alle sind Mittelpunkt ihrer Welt. Sie alle sind Teil einsamer Planetensysteme, ebenso wie Jüli und sein Paulus. Der Zug fährt an. Annedore geht weiter. Jetzt ist das Gepäck hinderlich. Annedore schiebt sich an einem Raucher vorbei, der den Gang blockiert, an einem jungen Paar. Eine Mutter packt Brote aus. Ein Kind besieht ein Bilderbuch. Hier liest ein junger Offizier die Zeitung, da starrt ein alter Mann nach draußen ins Ungefähre, wo trübe die Berliner Vorstädte vorbeiziehen: Und da ist Julius.

Erleichterung wirbelt Annedore einmal um die Welt und setzt sie dann sehr sanft wieder ab, auf dem genau richtigen Fleck. Jüli lehnt in der Ecke am Fenster. Er wirkt ruhig und gelassen, als säße er zu Hause an seinem Schreibtisch. Ihm gegenüber sitzt der begleitende Kriminalbeamte. Annedore öffnet die Abteiltür. Die Männer wenden sich ihr zu.

»Ist hier noch frei?«

Der Strom zwischen Jüli und ihr rauscht so laut, dass sie kaum ihre eigene Stimme hört.

»Bedaure«, sagt der Kriminalbeamte.

Annedore nickt. Sie tritt wieder nach draußen auf den Gang. Sie lehnt sich an die Wand des fahrenden Zuges. Julius sieht sie an. Sie zählt langsam bis fünfzig. Bis fünfundsiebzig. Hundert. Sie öffnet die Coupétür. Jülis Augen weiten sich. Diesmal hört

Annedore sich reden. Ihre eigenen Worte erscheinen ihr kristallklar, wie gesungen.

»Verzeihen Sie vielmals. Ist es wirklich ganz ausgeschlossen, dass ich hier bei Ihnen Platz nehme?«

Der Beamte mustert Annedore.

»Nun«, sagt er nach einer Weile. »Nein. Es ist nicht ausgeschlossen.«

»Ich danke Ihnen«, sagt Annedore Leber.

Sie betritt das Coupé. Sie schließt die Tür hinter sich.

»Wenn Sie sich auf diese Seite setzen würden«, sagt der Beamte. »Bitte hier. Neben mich.«

Annedore gehorcht. Jüli sieht sie an. Seine Augen lächeln, sie lachen.

»Paulus«, sagt er.

Der Beamte sieht aus dem Fenster. Sie haben vier Stunden. So lange dauert die Eisenbahnfahrt von Berlin nach Lübeck.

»Wie geht es dir, Paulus, mein lieber Junge?«

Ihr Lächeln vertieft sich.

»Gut, Jüli. Es geht mir sehr gut.«

Der Zug bremst ab, quietschend und kreischend. Sie erheben sich, alle drei. Annedore greift nach den Taschen. Ihre Tasche, seine Tasche. Jüli ist im Begriff, ihr die Last abzunehmen, mit der Selbstverständlichkeit einer langen Ehe. Der Beamte hüstelt. Der Zug hält mit einem Ruck. Annedore stolpert. Sie taumelt gegen Jüli, empfindet einen unglaublichen Moment lang seine Stabilität, seine Massigkeit, sein Dasein, das sie ganz selbstverständlich als ewig vorausgesetzt hat. Dann fasst sie sich.

Sie verlassen das Coupé: Annedore, Julius, der Beamte. Die beiden Männer gehen voraus. Annedore folgt ihnen den Bahnsteig entlang, durch die Bahnhofshalle. Vor dem Bahnhof steht der Wagen: ein grüner Polizeiwagen, in den Julius nun einsteigt. Sie sieht ihn fortfahren. Eine große Stille wächst um sie.

Sie steht da, sie lauscht. Sie wird nun die Straßenbahn nehmen. In der Straßenbahn wird ihr allmählich bewusst, wo sie hinfährt: in das Haus in der Gertrudenstraße. In das belagerte, umlagerte Haus. Aber das wird nun ja aufhören.

Jüli ist fort. Sie haben ihre Beute. An Annedore besteht kein Interesse. Annedore wird nun heimgehen. Und dann wird sie darum kämpfen, dass auch Jüli wieder nach Hause kommt, Annedore wird Geld brauchen. An ihren Vater wird sie sich nicht wenden können. Der Vater ist belastet genug. Annedore steigt schon wieder aus der Straßenbahn aus. Sie geht die wenigen Meter zu ihrem Haus. Sicher wird das Mädchen da sein, der kleine Hund. Nachher wird sie die Kinder holen. Annedore steigt die Treppe hinauf, die zur Haustür führt.

Das Fenster ist eingeschlagen, die Tür eingetreten. Sie stößt die Tür auf. Direkt dahinter, mitten in der Diele auf den Glasscherben, trocknet ein großer Haufen menschlicher Fäkalien. Der Hund liegt auf dem Esstisch, in der kleinen Nische, die ein Zimmerchen ist. Seine Augen sind halb offen. Die Zunge hängt ihm aus dem Maul. Sein Bauch ist aufgeschlitzt. Man hat ihn ausgeweidet.

Annedore ist zu Besuch bei den Eltern. Die Mutter ist mit den Kindern ein wenig hinaus ins Freie gegangen. Der kleine Matthias ist zum Glück noch nicht alt genug, um viel zu verstehen. Der kleinen Katharina hat Annedore gesagt, der Vater sei im Ausland und schreibe ein Buch. Die Kinder sind also nicht in Mitleidenschaft gezogen. Annedore sitzt bei ihrem Vater.

»Jüli nennt das Gefängnis sein Sanatorium. Er erklärt in seinen Briefen, dass die unverhoffte Muße ihr Gutes hat: Er kann sich nun bilden, er kann sich endlich den Lektürekanon des Bürgertums anlesen.«

Auch Annedore ist eigentlich ganz heiter. Sie ist froh, dass Jüli noch lebt, dass man ihm nichts getan hat. Sie ist froh, dass sie ihn besuchen darf. Sie holt Bücher für ihn aus der Bibliothek ihres Vaters: aus der Privatbibliothek des streng katholischen, patriotischen, nationalen, erzkonservativen Juden Herrn Dr. Rosenthal, vormals Direktor des berühmten humanistischen Gymnasiums Katharineum zu Lübeck, der gerade von den Nationalsozialisten seines Amtes enthoben und in den vorzeitigen Ruhestand versetzt worden ist.

Er kann es nicht fassen. Er ist gebrochen. Annedore leiht sich bei ihm Friedrich Nietzsche aus, Oswald Spengler: Das sind die Bücher, um die Jüli gebeten hat. Einer der Wachtmeister ist ein alter Sozialdemokrat. Er ist bereit, unter der Hand Päckchen für den Genossen Leber in Empfang zu nehmen: Bücher, Lebensmittel, Tabak. Er trägt auch Briefchen zwischen Jüli und Annedore hin und her. Annedore freut sich auf jedes Briefchen mit einer ganz neuen Freude. Julius geht es ebenso. Er hat es ihr geschrieben,

Was tut mir die Haft? Im Grund ist das Leben nur durch Spannungen schön. Ich wüsste aus meinem früheren Leben kaum etwas, dem ich mit so angespannter Freude entgegengesehen hätte wie Deinen Besuchen.

Er hat sogar nach dem Hund gefragt.

Der kleine Hund. Was macht denn eigentlich der kleine Hund?

Annedore hat ihn auf dem Gertrudenfriedhof begraben, gleich auf der anderen Seite des Gartenzauns. Auf der Grundstücksgrenze. Es schien ihr der angemessene Platz. Der Hund wäre noch am Leben, wenn er diese Grenze nie passiert hätte. Annedore hat es nicht fertiggebracht, Jüli den Tod des Hundes zu berichten. Das ist natürlich albern. Warum sollte ihn dieser Tod erschüttern? Dennoch kann sie es nicht.

Annedore war bei Dr. Völtzer, dem Reichskommissar für Lübeck.

Herr Dr. Völtzer war ausnehmend höflich. Er ist hinter seinem Schreibtisch hervorgekommen, er hat Frau Annedore Leber einen Stuhl angeboten.

»Ich muss Sie bitten, uns zu verstehen, gnädige Frau. Wir werden Ihren Mann festhalten, solange es uns irgend möglich ist. Ihr Mann hat Macht besessen. Ich spreche nicht von der Macht, die irgendwelche Ämter verleihen. Ich meine, er hatte Macht über Menschen. Solche Leute sind sehr gefährlich. Leute, die einmal gefühlt haben, was Macht bedeutet.«

Als Nächstes ist Annedore bei Kriminalkommissar Bock gewesen, um herauszufinden, ob man Julius vielleicht gegen eine Kaution freilassen würde. Bock hat aufgelacht. Er hat sie angestiert, mit Augen, die in seinem Gesicht hingen wie Spiegeleier.

»Freilassen? Ihren Mann? Und dafür soll ausgerechnet ich mich verwenden? Ich sage es Ihnen jetzt mal ganz ehrlich. Wenn es nach mir ginge, wäre Leber tot. Da wäre der Kerl unter der Erde.«

Die Durchsuchung des Kutters war nur eine Formalität. Man hat nicht wirklich gesucht, sonst hätte man ihn sicher entdeckt. Herbert Frahm hat jedenfalls keine Angst gehabt.

Er hat auch jetzt keine Angst. Er muss fort: Er hat dem Publizisten Paul Frölich bei dessen Fluchtversuch nach Dänemark geholfen. Frölich sollte in Norwegen einen Parteistützpunkt einrichten. Er ist aber auf Fehmarn verhaftet worden. Nun ist auch Herbert Frahm in Lübeck nicht mehr sicher. Die SAP-Leitung hat deshalb beschlossen, dass Herbert selbst Frölichs

Aufgabe übernehmen soll. So bringt ihn nun ein Fischkutter im Schutze der Nacht von Travemünde über die Ostsee nach Dänemark.

Sie sind inzwischen auf hoher See. Herbert steht an der Reling. Er ist neunzehn Jahre alt. Er hat hundert Reichsmark in der Tasche, die sein Großvater vom Sparbuch für ihn abgehoben hat. Er klammert sich an die Reling. Er ringt mit der Übelkeit. Er hat keine Angst, aber er ist seekrank. Er ist aufgewühlt. Sie haben versagt. Sie haben die Demokratie nicht gerettet. Sie sind gescheitert. Er ist gescheitert. Die Frage ist, ob er weiterhin scheitert. Die Frage ist, ob er imstande sein wird, etwas zu leisten, ob er jemals etwas Entscheidendes beitragen wird. Wie lange wird er aus Deutschland fortbleiben müssen? Das ist nicht zu sagen. Was im Einzelnen wird er draußen zu tun haben? Er weiß es nicht. Welches Land verlässt er?

Die Bilder, die er mit ins Exil nimmt, sind die widerwärtigen des Judenboykotts vom 1. April. Das Versagen ist überwältigend. Sie haben es nicht vermocht, den Deutschen klarzumachen, welche Unmenschen sie wählen. Sie haben versagt. Er hat versagt. Er darf nicht mehr versagen, das empfindet er stark. Aber wobei? Was ist die Aufgabe? Er ringt mit der Übelkeit. Es ist ihm, als durchquerte das Schiffchen einen Sturm, als türmten sich die Wellen meterhoch auf. Müsste der Fluss Styx nicht vollkommen ruhig fließen? Er wird nicht mehr derselbe sein, wenn sie anlegen. Er wird nie mehr derselbe sein, er lässt alles zurück, er hat ja sogar seinen Namen abgelegt. Er reist unter einem Namen, der nicht der seine ist. Aber das ist so nicht richtig. Genau dieser Name ist nun sein wahrer Name. Im Morgenlicht taucht die dänische Küste auf.

Rödbyhavn.

Es ist, wie der Fischer gesagt hat: Es gibt keine Passkontrollen, es gibt keinen Zoll. Der Kutter legt an. Der Atem raucht, in der eisigen Frühe dieses Frühlingsmorgens. Sie gehen von Bord. Er betritt festen Boden, und die Übelkeit verschwindet schlagartig. Am Kai steht ein Trupp örtlicher Fischer, mit dampfenden Bechern in den Fäusten. Man winkt sie herüber, versorgt sie mit dem heißen Getränk. Er trinkt. Starker Kaffee, mit Zucker und Aquavit. Man nickt einander zu, schüttelt Hände, nennt Namen.

»Hvad hedder du?«

Herbert Frahm richtet sich auf.

»Willy Brandt.«

ZWEITER TEIL

1

In Georg Wilhelm Pabsts Verfilmung von Frank Wedekinds ›Büchse der Pandora‹ spielt Louise Brooks die Lulu und Helmuth Moltkes Jugendschwarm Daisy D'Ora Dr. Schöns Braut. Im selben Jahr 1929 spielt Brooks das Mädchen Thymian in Pabsts Verfilmung von Margarete Böhmes Roman ›Tagebuch einer Verlorenen‹. Daisy ist diesmal nicht dabei, aber dafür Carlo Mierendorffs Geliebte Franziska Kinz, May genannt. Sie spielt die hausbackene und verbitterte Witwe des Apothekers, die von Thymian gerechterweise mit ihren Kindern auf die Straße gesetzt wird. Und nun, in diesem Jahr 1933, ist Carlo Mierendorff in die Schweiz geflohen, und Franziska Kinz spielt die Krankenschwester in ›Hitlerjunge Quex‹, an der Seite von Heinrich George und Berta Drews.

Vorwärts! Vorwärts!
Schmettern die hellen Fanfaren
Vorwärts! Vorwärts!
Jugend kennt keine Gefahren!

Es ist alles genau so gekommen, wie Franziska es gefürchtet hat. Die Nazis haben gewonnen. Werner Best ist hessischer Polizeichef geworden: der Verfasser der ›Boxheimer Dokumente‹, für deren Veröffentlichung ausgerechnet Carlo Mierendorff gesorgt hat und in denen klar und deutlich zu lesen stand, wie die Nazis mit ihren Gegnern verfahren würden.

»Hast du Angst, May?« Das hat Carlo sie nach der Ernennung Hitlers zum Kanzler gefragt. »Hast du Angst, von nun an mit mir gesehen zu werden?«

»Aber nein, Carlo. Warum? Ich bin doch vollkommen unpolitisch.«

»Ja, May. Ah, das ist wahr. Ich werde dich furchtbar vermissen in der Schweiz.«

Aber er kommt zurück, nach kaum mehr als zwei Wochen. Freunde haben um seine Rückkehr gebeten. Sie haben Theo Haubach zu Carlo nach Zürich geschickt, den ältesten Freund aus der Jugendzeit. Theo hat Carlo Vorhaltungen gemacht: Die Arbeiter, die auf die SPD gesetzt haben, können schließlich auch nicht in die Schweiz fliehen. Man kann sie doch nicht einfach im Stich lassen, man darf den Kampf nicht verloren geben.

Schließlich ist Carlo dem Freund schweren Herzens zurück nach Deutschland gefolgt.

Er steht in Franziska Kinz' Wohnzimmer. Er reibt die Hände aneinander, mit abwesendem Blick, geht im Zimmer herum, zum Fenster, schiebt den Vorhang ein wenig beiseite. Er sieht hinunter auf die Straße, lässt den Vorhang wieder zufallen. Es ist Ende März 1933. Das Ermächtigungsgesetz ist in Kraft getreten. Was die Wähler Hitler verweigert haben, das haben ihm die bürgerlichen Parteien auf einem Silbertablett überreicht: die vollkommene Macht. Carlo ist bitter. Er wird gesucht. Er hätte in der Schweiz bleiben sollen. Nun ist er in Frankfurt untergetaucht.

»Hast du Angst, Carlo?«

»Was?«

Er wendet den Kopf zu ihr. Er sagt: »Es ist nicht einfach. Nach der Freiheit in der Schweiz jetzt wieder hier zu sein.«

»Hartung ist auch weggegangen, von einem Tag auf den anderen«, sagt Franziska. »Unser Intendant. Und Lilli Palmer ist gekündigt worden. Die Achtzehnjährige, die letztes Jahr erst bei uns angefangen hat. Sie ist Jüdin.«

Carlo antwortet nicht. Vorhin auf dem Sofa hat er den Arm um sie gelegt. Sein Arm war starr, wie aus Metall. Carlo tritt wieder an Fenster.

»Carlo? Meinst du, dir ist jemand gefolgt? Meinst du, sie wissen, wo du bist?«

Er sagt: »Ich möchte mit dir ins Bett gehen, May.«

Und das muss sie nun tun. Das bleibt ihr nicht erspart. Es war ja klar, dass dies noch zu erledigen sein würde, bevor er nach Frankfurt zurückfährt. Sie gehen ins Schlafzimmer. Sie liegen im Bett. Sein Geruch ist ihr fremd. Vielleicht liegt es an seiner Angst. Sein Gewicht lastet auf ihr, seine Körperlichkeit. Wie sterblich so ein Körper ist: Fleisch, Blut und Knochen, nichts weiter. Dies war ihnen einmal das große Glück. Dies war ihnen Abend und Morgen, das Lied von Nachtigall und Lerche. Nun ist sie der gottergebene Abgrund, in den er sich stürzt, die fühllose Erde, in die er sich vergräbt. Sie stehen in der Diele. Er sagt: »Du fragst gar nicht, wo ich jetzt wohne.«

»Sag es mir besser nicht.«

»Bei Hella. Hella Priemel.«

»Ah. Ja.«

»May Moy«, er lächelt. »Komm, umarme mich. Und dann vergiss mich. Das wäre wohl das Beste für dich.«

Der Schmerz ergreift sie ganz unerwartet. Sie wirft die Arme um ihn, sie presst sich an ihn.

»Geh nicht!«

»Liebste. Aber ich muss doch.«

»Ich liebe dich«, flüstert sie. Sie sagt es heftiger. »Ich liebe dich.«

Er vergräbt den Kopf in ihrem Haar, lässt sie los. Er hält sie auf Armeslänge von sich. Zu ihrem Schrecken sieht sie Tränen in seinen Augen. Dann geht er. May eilt zum Fenster. Sie schiebt den Vorhang ein wenig beiseite.

Da ist er. Er geht rasch. Er dreht sich nicht um. Er überquert die Straße. Ein Stückchen weiter oben wartet Schulze im Auto auf ihn. Aus der Seitengasse oberhalb des Autos kommen vier SA-Männer.

Sie werden ihn sicher nicht erkennen.

Carlo Mierendorff nicht erkennen, in Darmstadt?

Sie haben ihn erkannt.

Sie rufen, sie rennen los. Carlo rennt auch. Er rennt aber nicht weg. Er rennt den Männern entgegen: Er rennt auf Schulzes Auto zu, Schulze lässt den Motor an. Schulze stößt zurück. Die Beifahrertür fliegt auf. Carlo wirft sich in den fahrenden Wagen, reißt die Tür zu, nach der der vorderste SA-Mann schon schnappt wie ein Hund. Schulze rast los. Sie sind fort. Sie sind gerettet. Carlo ist noch einmal davongekommen.

Sie verhaften ihn erst am 13. Juni, in Frankfurt.

Carlos Freunde haben die halbe Nacht lang nach ihm gesucht. Schließlich hat Höxter bei der Polizei angerufen. Siegfried Höxter, Vorsitzender der sozialistischen Studenten in Frankfurt: Er hat sich als SS-Mann ausgegeben. Die Polizei hat ihm Carlos Verhaftung bestätigt.

»Ich gehe jetzt hin«, sagt Siegfried Höxter.

»Du bist verrückt«, sagt Hella Priemel.

»Ich gehe hin! Sie müssen wissen, dass wir wissen, wo er ist.«

»Du kannst aber nicht gehen.«

»Ach? Warum, weil ich Jude bin? Ich werde jetzt dort hingehen und nach Dr. Carlo Mierendorff fragen. Sie müssen wissen, dass sie ihn nicht unbemerkt verschwinden lassen können.«

Aber das ist ja gar nicht ihre Absicht. Im Gegenteil.

Ist das heute wieder ein Gebrüll, unten auf der Straße. Herr Pfeiffer hat sich nach dem Mittagessen noch für ein Viertelstündchen hinlegen wollen, aber an Ruhe ist wieder einmal gar nicht zu denken. Tatsächlich kommen sie nun schon zum zweiten Mal vorbei. Da muss man also bei dem schönen Frühsommerwetter tatsächlich seine Balkontür schließen.

»Komm, Hasso. Komm rein! Ich will dichtmachen.«

Der Hund reagiert nicht. Er liegt auf dem Balkon und schläft. Dass der überhaupt schlafen kann, bei dem Krach. Aber so ist die Kreatur, begnadet.

»Hasso. Na komm schon!«

Keine Reaktion. Wenn man nicht gerade einen Kotelettknochen parat hat, dann ignoriert einen so ein Vieh, als wäre man gar nicht auf der Welt. Aber gut, dann bleibt der Hund eben draußen. Herr Pfeiffer schließt die Tür. Was sich so ein Tier wohl denken mag.

Der Hund liegt in der Sonne, auf seinem Häkelkissen, das ihm bei schönem Wetter immer auf den Balkon gelegt wird. Er schläft nicht. Er hat lediglich die Augen geschlossen. Dies ist ein vorteilhafter Platz: Von hier aus kann man die Straße überriechen, gelassen den Düften folgen, die für gewöhnlich Straße und Häuser überspinnen wie leuchtende Fäden.

Heute sind die Fäden verknäult. Die Gerüche schwappen in Wogen herauf, klatschrot, giftgelb, violett. Sie kommen nun schon zum zweiten Mal vorbei. Erst ging es in die eine Richtung hin, nun geht es in die andere wieder zurück. Mittendrin in der verschlungenen Masse rollt ein stinkendes Blechtier. Der vor dem Blechtier geht an einer Leine. Er geht sehr brav Fuß, aber er bekommt trotzdem Schläge, auf den Leib, auf den Hals, auf den Hinterkopf. Was wollen sie von ihm? Welches Kommando soll er befolgen?

Fuß, Sitz, Platz, Aus, Pfui –

Das aber ist es nicht, was sie dort unten brüllen. Der Hund konzentriert sich. Aber das Gebrüll ist ihm völlig unverständlich,

Mierendorff das Presseschwein der Leuschnerregierung Lump Arbeiterverräter linke Drecksau

Wahrscheinlich ist es dem Angeleinten auch unverständlich. Wahrscheinlich würde er ja gehorchen, wenn er nur wüsste, was er tun soll. Aber da er es nicht weiß, bezieht er eben Prügel.

Dem Hund kann das jedenfalls gleichgültig sein. Es betrifft ihn nicht, und es betrifft nicht seinen Herrn. Vorhin, als sie zum ersten Mal vorbeikamen, hat er eine Weile am Balkongitter gestanden. Er hat auch gebellt. Aber nun liegt er wieder auf seinem Kissen, in der Sonne. Sie sind jetzt auch vorbei. Es herrscht wieder Ruhe. Der Hund denkt über den Duft der gebratenen Zwiebeln nach, der aus dem dritten Stock herüberweht. Er denkt an Wurstpellen, an die Hündin von gegenüber, die läufig ist. An den Juckreiz in seinem Ohr. An Lob von seinem Herrn. An einen alten Hühnerknochen, den er gestern im Hof entdeckt und gefressen hat, mit großem Appetit.

Die Nachricht von Carlos Verhaftung hat in der Zeitung gestanden. Natürlich wusste Franziska schon Bescheid. Aber es war doch etwas anderes, es nun so zu lesen, wie es dort stand,

hat man ihn endlich aufgespürt
feige in seinem Versteck
Er beteuerte, dass er doch nur
Er beteuerte
blieb ihm die Pforte unerbittlich verschlossen

Es klang alles so würdelos. Franziska hat sich fast ein wenig für Carlo geschämt.

Hella Priemel hat herausgefunden, dass man Carlo ins Konzentrationslager Osthofen gebracht hat. Sie hat Franziska gebeten, Carlo dort zu besuchen. Das ist natürlich undenkbar. Franziska Kinz ist eine bekannte Schauspielerin, sie kann sich nicht dermaßen exponieren.

»Gut«, hat Hella gesagt. »Dann gehe ich. Ich müsste mich aber als Carlos Verlobte ausgeben, Fräulein Kinz. Anders erhalte ich keinen Zutritt.«

Aber bitte. Das macht Franziska nichts aus. Im Gegenteil, sie ist Hella dankbar. Sie hat ihr einen Brief an Carlo mitgegeben. Und sie wird ihn auch besuchen. Sie muss nur warten, bis ein bisschen Gras über die Sache gewachsen ist.

So ist also Carlo Mierendorff ohne Prozess ins Konzentrationslager gekommen. Und Julius Leber ist rechtskräftig zu zwanzig Monaten Gefängnis verurteilt, wegen Beteiligung an einem Raufhandel.

Julius war perplex. In einem Kassiber hat er Annedore den Verdacht mitgeteilt, die Richter hätten wohl der Staatsanwaltschaft entgegenkommen wollen.

Nun war Annedore erstaunt. Jahrelang hat Julius Leber die Klassenjustiz angeprangert, und nun verblüfft es ihn, dass er unter einem Reichskanzler Hitler keinen gerechten Prozess bekommt?

»Wie geht es deinem Mann? Hast du von ihm gehört?«

Annedore besucht ihre Eltern. Der Vater ist extra aufgestanden. Er liegt neuerdings viel zu Bett.

»Ich habe vorgestern einen Brief bekommen«, sagt Annedore. »Es geht ihm leidlich. Die Untätigkeit belastet ihn, seit man ihm Papier und Bücher entzogen hat. Aber er schreibt, mit ein bisschen Disziplin ließe sich auch das bewältigen. Er stellt sich nun eben vor, zu lesen und zu schreiben. Jeden Morgen von acht bis zehn Uhr geht er in seiner Zelle auf und ab und denkt. Er nimmt sich ein bestimmtes Thema vor und weicht zwei Stunden lang nicht davon ab.«

Der durchdringende Direktorenblick des Vaters. Ein Räuspern: der ungewünschte Schwiegersohn. Annedore zieht Jülis letzten Brief aus der Tasche.

»Er ist bereit, diese Prüfung zu tragen. Er schreibt, ein Freispruch wäre vielleicht gar nicht gut gewesen. Er hätte dann doch das Gefühl gehabt, im letzten Augenblick seinem Schicksal ausgewichen zu sein, statt es ganz durchkämpft und damit überwunden zu haben.«

Der Vater nickt schwer.

»Das Schicksal«, sagt er. »Ja.«

Annedore entfaltet den Brief. Sie sucht die Stelle, die sie markiert hat, um sie dem Vater vorzulesen.

Immer noch besser, für seine Überzeugung bedrückt zu werden, als in gedemütigter Freiheit zu leben! Sie können mich einsperren, sie können mir Amt und Stellung nehmen, aber nicht die Seele. Ich kann innerlich mit stolzer Seele das Gesicht der Zukunft zuwenden.

»Kann er das«, sagt der Vater. »Kann er das wirklich? Es wäre eine seelische Leistung. Eine große seelische Leistung, stark zu bleiben unter ungerechtfertigter Bedrückung.«

»Ja«, sagt Annedore.

Sie selbst denkt nicht viel über die Ungerechtigkeit des Urteils nach. Sie kommt nicht dazu. Sie kann sich Sinnlosigkeiten wie Bitternis, Ärger oder Ressentiments nicht leisten. Sie kann nicht gegen die Wälle der Wirklichkeit anrennen: Annedore braucht Geld. Jüli erhält ja kein Gehalt mehr. Es erbittert ihn sehr. Er leidet darunter, seine Familie in diese finanzielle Zwangslage gebracht zu haben. Er soll aber frei sein von Kummer und Schuld und von jeder zusätzlichen Last. Also muss Annedore Geld verdienen. Sie hat wieder zu schneidern begonnen. Natürlich stammen ihre Aufträge zurzeit noch meist von wohlmeinenden Leuten, die Mitleid mit ihr haben und die sie und Jüli unterstützen wollen. Aber ihre Künste werden sich herumsprechen.

»Am schwersten wird es Julius, dass er nicht mehr handelnd eingreifen kann«, sagt Annedore. »Er sieht die riesigen Aufgaben in der Außenpolitik und der Wirtschaft, und er darf nicht mehr mitgestalten. Daran könnte er manchmal fast verzweifeln. So ein sinnloses Leben, schreibt er. Ein Leben ohne Leistung.«

Der Vater nickt.

»Ja«, sagt er. »Ja, ich weiß, wovon mein Schwiegersohn spricht.«

Sie nimmt seine Hand.

»Vater«, sagt sie. »Der vorzeitige Ruhestand ist nichts Unehrenhaftes. Deine Lebensleistung wird dadurch in keiner Weise geschmälert.«

Wieder der durchdringende Blick. Er entzieht ihr die Hand.

»Ich habe auf die falschen Leute gesetzt. Und jetzt ist es zu spät. Es ist nicht wiedergutzumachen. Ich bin in Unehren aus dem Amt gejagt, und dein Mann sitzt im Gefängnis. Und was täte er, wenn er frei wäre? Er wäre auch in Freiheit zur Untätigkeit verdammt. Zur Bedeutungslosigkeit. Zur Sinnlosigkeit. Genau wie ich.«

Annedore sieht zum offenen Fenster, durch das der Sommer hereinweht, in sanften Böen warmer Luft. Sie kann es dem Vater nicht erklären, aber sie fühlt sich Julius verbunden wie nie. Sie spürt seine Gegenwart, die Gegenwart seiner Gedanken, mit denen er sie begleitet. Er schreibt von der Sehnsucht nach ihr und den Kindern, nach seinem Häuschen und dem blühenden Garten.

Die Lilien stehen doch jetzt sicher in voller Pracht. Was sagt denn Katharinchen dazu, wenn Du sie an den Blüten schnuppern lässt? Ach, schöne weite Welt da draußen. Und wenn man nur wüsste, was sie mit einem vorhaben.

Aber die Haft wird nicht ewig dauern. Julius wird zu ihr zurückkehren. Er schreibt: *Wie geht es eigentlich dem kleinen Hund? Er muss endlich einen Namen bekommen.*

Ernst von Harnack hat in der Sache Carlo Mierendorff unternommen, was ihm möglich ist. Er hat mit den zuständigen Stellen gesprochen, vor allem mit Werner Best, der im März Staatskommissar für das Polizeiwesen in Hessen und im Juli Landespolizeipräsident geworden ist. Man hat Ernst von Harnack versichert, dass es Carlo Mierendorff gut geht. Man hat angedeutet, dass Carlo demnächst entlassen werden soll. Mehr ist im Moment in dieser Sache nicht zu erreichen. Als Nächstes muss Ernst sich um Emil Fuchs kümmern.

Der Quäker und religiöse Sozialist Emil Fuchs soll sich abfällig über die NSDAP geäußert haben und sitzt deshalb in Haft. Sein Nachbar Harald Poelchau, Gefängnisgeistlicher von Tegel, hat Ernst um Hilfe gebeten: Das Geld für eine Kaution muss aufgetrieben und Fuchs' einstweilige Entlassung aus der Untersuchungshaft beantragt werden.

Die Türglocke schellt. Ernst hört die Stimme einer fremden Frau, dann die seiner Änne.

»Warten Sie. So warten Sie doch einen Moment, ich hole meinen Mann.«

Es klopft. Ernst ist schon an der Tür. Ihm gegenüber steht eine junge Frau. Ihr Blick ist wild, das Gesicht weiß. Es ist Frau Koß, Stellings Tochter.

»Mein Vater ist gefunden.«

Johannes Stelling, der ehemalige Ministerpräsident Mecklenburg-Schwerins, Mitglied des Reichstages und des SPD-Parteivorstands: Auch er hat gegen das Ermächtigungsgesetz gestimmt. Aber er ist dem Vorstand nicht ins Exil gefolgt, er hat alle Warnungen in den Wind geschlagen.

»Mein Vater ist gefunden. In einem Sack.«

»Was?«

»In einem Sack in der Dahme. Nahe der Grünauer Fähre.«

»Um Himmels willen.«

»Ein mit Steinen beschwerter Sack.«

»Und Sie sind sicher, dass es Ihr Herr Vater ist.«

»Er hat kein Gesicht mehr. Aber er trägt seinen Trauring. Und er hatte zwei Taschentücher mit seinem Monogramm in der Hose. Sie waren voll Blut. Mein Vater hat tagelang in einem Sack im Fluss gelegen. Aber die Taschentücher waren voll Blut.«

Als Frau Koß gegangen ist, sitzt Ernst lange an seinem Schreibtisch. Er denkt nach. Oder er betet. Er könnte es nicht sagen. Man muss das Ausland informieren. Man braucht Daten. Man braucht Fakten. Ernst von Harnack wird einen Fragebogen entwerfen. Er wird ihn vertrauenswürdigen Parteifreunden zuschicken, Genossen vom Bund religiöser Sozialisten.

Wo sind Schutzhäftlinge in Ihrer Gegend untergebracht?

Wie heißen die betreffenden Konzentrationslager und Gefängnisse?

Belegungsstärke?

Aufgliederung der Häftlinge nach Geschlecht, Konfession und politischen Parteien?

Dann wird er diese Daten weiterleiten. Man wird ihnen helfen. Das Ausland wird handeln. Die Welt wird dieses Unrecht nicht dulden.

Paulus Tillich ist fort. Er ist von seinem Amt suspendiert worden, kaum dass seine Schrift ›Die sozialistische Entscheidung‹ erschienen war.

Es ist also nicht beliebig oder zufällig, dass die politischen Romantiker Antisemiten sind, sondern folgerichtig, ja zwangsläufig. Der prophetische Protest gegen geheiligte Mächte ist der ewige Feind der an die Ursprünge gebundenen politischen Romantik. Eine wie auch immer geartete jüdische Sezession würde für uns den Rückfall in die Barbarei bedeuten.

Alle seine Freunde haben ihm dringend geraten, Deutschland zu verlassen, vor allem auch die Kollegen am Frankfurter Institut für Sozialforschung. Paulus hat schließlich Einsicht gezeigt. Er ist einer Einladung nach New York gefolgt: Man hat ihm eine Gastprofessur an der Columbia University und am Union Theological Seminary in New York angeboten.

Harald Poelchau ist erleichtert. Der Freund und Lehrer ist nun in Sicherheit. Poelchau selbst hat allerdings keinen Moment mit der Emigration geliebäugelt. Und so kommt es, dass er in diesem Sommer 1934 nun zum ersten Mal einer Hinrichtung beiwohnen muss.

Harald Poelchau hat sich nie klargemacht, dass es in dem von ihm erwählten Beruf womöglich einmal dazu kommen könnte. Es wird ja kaum jemals jemand zum Tode verurteilt. Und selbst an den Verurteilten wird die Strafe gewöhnlich nicht vollstreckt. Allenfalls Massenmörder mussten bisher mit einer Hinrichtung rechnen: Fritz Haarmann, Peter Kürten. Harald Poelchau versteht auch überhaupt nicht, warum man gerade ihn mit dieser Sache betrauen will. Er ist der jüngste und unerfahrenste der sieben Anstaltsgeistlichen, die für die Gefangenen in Plötzensee und Tegel zuständig sind. Er hat den Verurteilten bisher nicht betreut, er kennt ihn gar nicht. Harald Poelchau hat protestiert. Er hat gebeten, dass dieser Kelch an ihm vorübergehen möge. Die Bitte ist ihm abgeschlagen worden. Harald hat tagelang nicht geschlafen. Er hat nicht zur Ruhe gefunden, nicht auf seinem kleinen Boot, das im Tegeler See liegt, nicht am Tisch mit Dorothee, nicht nachts in seinem Bett.

Der Gefangene selbst scheint sich die Sache weit weniger zu Herzen zu nehmen. Er ist ein Raubmörder. Er ist jung, vierschrötig, stumpf, aber er wirkt nicht wie ein Mörder. Wie wirkt ein Mörder? Harald ist pünktlich am Vorabend der Hinrichtung in Plötzensee erschienen, mit Bibel, Gesangbuch, in vollem Ornat. Er war anwesend, als der Vertreter der Staatsanwaltschaft dem Verurteilten die Ablehnung des Gnadengesuchs mitgeteilt hat und den genauen Zeitpunkt der Urteilsvollstreckung: Morgen früh um sechs. Der Gefangene hat aufgeschluchzt. Dann hat er sich gefasst. Willi Krantz, der die Kantine von Plötzensee versorgt, hat die Henkersmahlzeit bringen lassen, Eisbein und Kraut.

Der Gefangene hat sich mit großem Appetit darüber hergemacht.

Er hat sinniert: Vielleicht ist ja der Tod besser als eine lange Haft. Vielleicht ist es besser, gar nicht auf der Welt zu sein, als hier in diesen Zellen zu verschimmeln. Dann hat er eine Weile mit dumpfem Interesse den Kriegserinnerungen der beiden Wachleute zugehört, die dafür verantwortlich sind, dass sich der Verurteilte vor der Hinrichtung nichts antut. Einmal hat er von seiner Mutter gesprochen, mit großer, ehrlicher Wärme.

»Sie wird es sich schrecklich zu Herzen nehmen. Sie hat ja nur mich. Sie ist nicht wie ich, Herr Pfarrer. Sie ist eine gute Frau.«

»Möchten Sie ihr vielleicht einen Brief schreiben?«

»Einen Brief?«

Der Verurteilte hat ihn groß angesehen.

»Hier sind Papier und Stift. Wenn Sie Ihrer Mutter schreiben wollen.«

Der Verurteilte hat sich aufgerichtet.

»Ja«, hat er gesagt. »Dann will ich ihr also mal schreiben. Haben Sie noch eine Zigarette, Herr Pfarrer?«

Und das wird Harald Poelchau nie wieder passieren.

Er hat noch eine Zigarette. Aber es ist die letzte. Die letzte der amtlich ausgegebenen Zigaretten. Warum hat Harald nicht daran gedacht, eine Packung zu kaufen?

Weil er selbst nicht raucht. Er kennt das Bedürfnis nicht, also ist ihm nicht eingefallen, dass ein anderer es haben könnte. Harald Poelchau ist äußerst zornig auf sich. Der Gefangene raucht. Er schreibt. Der Stift ist ein Bleistift. Man hört das Streichen der Mine auf dem Papier. Harald versucht sich zusammenzunehmen.

Er sieht aus dem Fenster, durch das man nichts sieht. Er bemüht sich, anwesend zu bleiben in dieser winzigen Zelle, aus der sogar der Heizkörper entfernt worden ist, nachdem sich einmal ein Verurteilter in der Nacht vor seiner Hinrichtung an ihm stranguliert hat. Der Verurteilte beendet den Brief.

»Und gehen Sie gleich morgen früh zu ihr? Bringen Sie ihr den Brief, trösten Sie sie ein bisschen?«

»Ja. Das werde ich. Ich verspreche es.«

Der Verurteilte hat genickt.

»Dann will ich mich jetzt mal aufs Ohr legen.«

Harald ist sprachlos. So hat er sich Gethsemane nicht gedacht. Aber es ist natürlich das Beste für den Mann. Es ist einfach ein gnadenreicher Mechanismus der verzweifelten Seele, so wird es sein. Harald steht auf, um die Wachleute zu bitten, doch hinaus vor die Zellentür zu treten. Bei seiner Rückkehr hat sich der Verurteilte bereits auf die Pritsche niedergeworfen. Harald setzt sich auf einen Stuhl. Er betrachtet den Gefangenen. Der Mann schläft tief, ohne zu schnarchen. Er ist fünfundzwanzig Jahre alt. Harald versucht sich auf das vorzubereiten, was in wenigen Stunden von ihm verlangt werden wird. Er sucht nach einem sicheren Halt. Er sucht nach einer Standfläche, auf der er so fest verankert ist, dass er dem Ansturm gewachsen sein wird. Bruchstücke des 90. Psalms ziehen ihm durch den Kopf.

Lehre uns bedenken, dass wir sterben müssen, auf dass wir klug werden. Denn tausend Jahre sind vor dir wie der Tag, der gestern vergangen ist, und wie eine Nachtwache

gleichwie ein Gras, das doch bald welk wird, das da frühe blühet und bald welk wird und des Abends abgehauen wird und verdorret

Und wir bringen unsere Jahre zu wie ein Geschwätz

Aber es will ihm nicht gelingen, sich auf das Kommende zu konzentrieren. Seine Gedanken wandern. Sein Geist gehorcht nicht. Die Nacht verrinnt. Das trübe Licht verlischt nicht. Der Verurteilte auf der Pritsche schläft. Hin und wieder erscheint das Auge des einen oder anderen Gefängnisbeamten hinter dem Spion. Und was ist der Unterschied zwischen ihnen und dem Verurteilten? Auch die Wächter sind zum Tode verurteilt. Aber sie kennen nicht den Tag und die Stunde. Harald Poelchau ist zum Tode verurteilt.

Fülle uns frühe mit deiner Gnade, so wollen wir fröhlich sein unser Leben lang

Sei uns freundlich und fördere das Werk unsrer Hände bei uns

Der du die Menschen lässest sterben und sprichst: Kommt wieder, Menschenkinder!

Denn tausend Jahre sind vor dir wie der Tag, der gestern vergangen ist

Die beiden Gefängnisbeamten vor der Tür sind nun still. Draußen ist es noch immer finster. Der Verurteilte bewegt sich. Er ist erwacht. Er setzt sich auf, er sieht sich um.

»Haben Sie noch eine Zigarette?«

Harald Poelchau knirscht mit den Zähnen.

»Leider nein. Aber warten Sie. Ich werde Ihnen eine besorgen.«

Er tritt zur Tür, klopft. Der Beamte öffnet sofort.

»Hätten Sie eine Zigarette für den Mann?«

»Ja, natürlich, gern, Herr Pfarrer.«

»Ich werde sie Ihnen bezahlen«

»Nee, nee. Lassen Sie man. Hier, nehmen Sie noch eine.«

Der Verurteilte raucht. Es ist immer noch dunkel. Dann dringt vom Hof der warnende Ruf einer Amsel herein. Der Gefangene fährt hoch.

»Wie lange noch? Wie spät ist es?«

»Es ist kurz vor halb vier.«

»Das glaube ich nicht. Es ist sicher später.«

Harald hält ihm die Uhr hin. Wie sollen sie nun durch die verbleibende Zeit kommen? Die letzten zwei Stunden eines Lebens: Und man fragt sich, wie man sie totschlagen kann.

»Möchten Sie, dass ich ein Gebet spreche?«

»Nee, nee. Lassen Sie man.«

Sie schweigen. Der Verurteilte sitzt ganz ruhig. Er sieht vor sich hin. Denkt er etwas? Er hat jedenfalls kein Bedürfnis nach einem Gespräch. Er hat kein Bedürfnis nach Bekenntnissen, nach dem Abendmahl. Draußen auf dem Gang ertönen Schritte, Stimmen. Der Gefangene hebt den Kopf. Die Tür öffnet sich. Es ist aber nur der Schuster. Harald hat von ihm gehört.

Er hat gehört, was der Schuster tut: Er nimmt dem Gefangenen seine Kleider ab. Er lässt ihm nur die Hose. Er nimmt ihm die Schuhe ab, gibt ihm Holzpantinen, dann fesselt er ihm die Hände auf dem Rücken.

Der Verurteilte lässt alles über sich ergehen. Poelchau weiß nicht, wie er dies noch länger aushalten soll. Er starrt auf den mahlenden Mund des Schusters, seine wässrigen Augen. Er versucht zu atmen, das Würgen niederzuzwingen. Dann ist der Schuster fertig. Die Zellentür fällt hinter ihm zu. Und wieder Schritte auf dem Flur.

Sie kommen.

Jetzt kommen sie. Es sind nicht die beiden Beamten, die die Nachtwache gehalten haben. Es sind frische, unverbrauchte Männer, die den Gefangenen noch nicht gesehen haben. Der Gefangene steht auf. Die Beamten nehmen ihn zwischen sich. Harald Poelchau folgt ihnen. Die Flure hallen. Sie treten durch die Tür ins Freie. Wieder der schrille Amselruf. Der Gefängnishof ist im Morgenlicht kalt, grau, leer. Ein Altar ist in der Mitte des Hofes aufgebaut. Die Kerzen flackern, im süßen süßen Sommermorgenwind, ihre Flammen blass im Licht der Sonne, die über die Dächer klettert, erste Strahlen in den Hof schickt. Vor dem Altar steht ein Vertreter des Gerichts im Talar, neben ihm zwei Beisitzer. Der Anstaltsdirektor ist anwesend, der Anstaltsarzt, der leitende Scharfrichter Röttger im schwarzen Cut. Er wohnt in der Waldstraße in Moabit. Er betreibt nebenher ein Fuhrgeschäft. Die Henkersknechte sind hauptberuflich Fleischergesellen: Es hilft zu wissen, wie sich bei einem Säugetier die Wirbel aneinanderreihen. Das Urteil wird verlesen. Der Verurteilte steht da. Über seinen nackten Oberkörper ist eine Jacke geworfen. Seine Hände sind auf dem Rücken gefesselt. Die Morgensonne steigt höher. Der Himmel ist hell, wolkenlos. Es wird ein schöner Tag. Das Urteil ist verlesen. Der Verurteilte wird gepackt, blitzschnell zu Boden geworfen, sein Kopf wird auf den Block gedrückt, bevor Harald erfasst hat, dass es nun so weit ist. Er kann sich nicht regen. Aber dies kann ja gar nicht geschehen.

Es ist unmöglich: ein Mord unter offenem Himmel, in Anwesenheit all dieser geachteten Bürger und ordentlichen Kirchgänger. Ein Mord von Menschen an einem Menschen, und keiner schreitet ein, kein Gericht ist dagegen anzurufen: Dies ist das Gericht. In Haralds Ohren schrillt es. Er versucht, nichts zu sehen. Er versucht, nicht dabei zu sein. Aber er ist dabei, jetzt ist er dabei, und er sieht: das erhobene Handbeil, den fallenden Kopf, die wild hochzuckenden Füße, den kopflosen Körper, der vom Block rollt. Das Blut, das Blut, den unvorstellbaren Strom von Blut,

Wiesenprinz! Wiesenprinz!

Sein Magen hebt sich. Er verliert das Bewusstsein.

Mitglieder der Strafrechtskommission des Reichsjustizministeriums zur Frage nach dem Vollzug der Todesstrafe (Auszug aus dem Sitzungsprotokoll)

Prof. Dr. Kohlrausch: Ich halte das Fallbeil heute für die unserem Kulturkreis gemäßeste Vollzugsart. In gewissen Fällen möchte ich auch für das Erschießen eintreten. Darin liegt etwas Männliches und eine gewisse letzte Achtung vor der Überzeugung, der der Täter folgen zu müssen geglaubt hat. Auch den Schierlingsbecher halte ich für erwägenswert.

Professor Dr. Dahm: Ich bin für das Handbeil. In der Todes-

strafe kommt die Überlegenheit des Staates zum Ausdruck, dieser Gedanke erfordert Würde.

Staatssekretär Dr. Roland Freisler: Handbeil. Die deutscheste Hinrichtungsform, die sich bei uns längst eingebürgert hat. Beim Fallbeil ist es auch schwieriger, die Hinrichtung geheim zu halten, besonders wenn die Maschine transportiert werden muss. Es hat auch den Anschein des Seelenlosen, Unpersönlichen. Den Schierlingsbecher halte ich für diskutabel. Vielleicht liegt hierin ein hoher sittlicher Wert.

Professor Dr. Kohlrausch: Bei der Gestaltung der Selbsttötung sind natürlich kirchliche Bedenken möglich.

Staatssekretär Dr. Freisler: Durchaus. Aber der Staat zwingt ja niemanden, freiwillig aus dem Leben zu gehen.

Die letzten Meter sind immer die schwierigsten. Julius ist ins Gefängnis von Wolfenbüttel verlegt worden. Annedore besucht ihn dort alle sechs Wochen. Sie fährt von Lübeck mit dem Zug nach Hamburg, von Hamburg nach Hannover, von Hannover nach Braunschweig, dann nach Wolfenbüttel. Dann geht sie zu Fuß. Die Reise dauert einen halben Tag. Sie haben fünfzehn Minuten Sprechzeit. Anschließend fährt Annedore einen halben Tag lang wieder zurück. Zum Glück ist Annedores Mutter zu ihrer Tochter in die Gertrudenstraße gezogen.

Das Haus wäre sonst gar nicht mehr zu halten. Auch so weiß Annedore manchmal kaum noch, wie sie über die Runden kommen soll. Sie muss ja nicht nur für sich und die Kinder sorgen, sondern auch die Unterhaltszahlungen für Jülis uneheliche Tochter und die Raten für die Prozess- und Haftkosten aufbringen. Annedore kann aber alles tragen, solange die Mutter nicht weint.

Die Mutter weint. Der Vater hat sich umgebracht, und die

Mutter weint. Diese Tränen schwächen Annedore. Das *Wenn-doch-nur* und *Wenn-doch-nicht* schwächt sie, das *Wäre* und *Hätte* und die Unendlichkeit des Haders. Sie kann das ja alles sehr gut verstehen. Aber sie kann es nicht ertragen. Annedore darf jetzt nicht schwach sein. Sie bereitet sich auf die Meisterprüfung vor. Im nächsten Jahr wird Jüli die Strafe verbüßt haben. Im März 1935 wird er freikommen. Bis dahin muss sie eine Existenz aufgebaut haben, die sie beide trägt.

Das ist es, was zählt. Annedore zählt die Briefe, die sie bis dahin noch schreiben darf. Sie hat ihm in einem Kassiber geschrieben, dass seine Strafe gerade in dieser Zeit doch eigentlich ein Glück im Unglück ist: Denn wenn er frei wäre, wäre er womöglich ohne Anklage oder Verhandlung in eines der Lager gesperrt worden, einfach so und auf unbestimmte Zeit. Jüli hat den Gedanken begierig aufgegriffen.

Du hast vollkommen recht. Und dies ist der tiefste Punkt. Es kann von nun an nur wieder aufwärtsgehen, und es wird wieder aufwärtsgehen.

Die letzten Meter sind immer die schwierigsten. Das Gefängnis ist wie alle Gefängnisse: groß, grau, düster. Annedore tritt ans Tor, klingelt. Der Pförtner kommt ans Fenster. Sie zeigt ihre Sprecherlaubnis vor. Die Pforte im großen Tor öffnet sich. Annedore tritt ein. Sie weiß, was jetzt kommt: die Durchsuchung ihrer Taschen, ihrer Kleider, der Gang durch die langen Flure, die Tore, die sich öffnen, hinter ihr schließen wie in einem schlimmen Traum. Aber Annedore ist wach.

Sie ist hellwach, seit jener Eisenbahnfahrt von Berlin nach Lübeck, seit dem Anblick des grünen Polizeiwagens vor dem Bahnhof. Seit dem Tod des Hundes. Die Kinder haben nach dem Hund gefragt. Annedore hat ihnen erzählt, er wäre weggelaufen. Matthias hat sich diese Treulosigkeit sehr zu Herzen genommen. Annedore hat einen Stoffhund genäht. Beide Kinder lieben den Stoffhund sehr. Annedore hat gefragt, wie der Stoffhund heißen soll. Katharina hat die Brauen zusammengezogen. Sie hat lange nachgedacht, mit verlorenem Blick, als lauschte sie auf etwas. Sie hat lautlos die Lippen bewegt.

»Lio. Der Hund soll Lio heißen.«

»Nein! Nicht Lio! Nein!«

Matthias stand mit geballten Fäusten, außer sich. Die Tränen quollen, rannen.

»Aber warum nicht, Kind?«

»Nein, nein!«

»Gut. Nicht Lio. Er muss ja nicht Lio heißen. Wie soll der Hund denn dann heißen, Matthias? Welchen Namen möchtest du ihm geben?«

Aber es war nichts aus ihm herauszubekommen. Katharina war zornig.

»Er heißt doch Lio. Er heißt so, er heißt so, warum geht es immer nach ihm? Warum geht es immer nach Matthias? Lio heißt der Hund, er heißt Lio, Lio, Lio, Lio.«

»Nein! Nicht! Nein, nein nein!«

Im Haus in der Gertrudenstraße wird es immer trister. Es wird immer unmöglicher. Katharina geht durch den Garten. Sie würde gern singen. Sie singt aber nicht. Ihr fällt kein einziges Lied ohne Vögel ein.

Alle Vöglein sind schon da, alle Vöglein alle
Wenn ich ein Vöglein wär und auch zwei Flügel hätt
Ein Vogel wollte Hochzeit halten, in dem grünen Walde
Kommt ein Vogel geflogen, setzt sich nieder auf mein Fuß

Katharina hat im Garten eine tote Amsel gefunden. Sie hat die Amsel lange betrachtet. Es war nicht erkennbar, warum sie gestorben war. Katharina hat überlegt, ob man die Amsel beerdigen sollte. Aber dann hat sie doch einfach der Mutter

Bescheid gesagt, und die Mutter hat den Vogel weggeworfen. Die Großmutter hat geheult. Nicht wegen des Vogels. Die Großmutter heult immer. Der Großvater hat sich umgebracht. Wieso hat er es getan? Katharina will es gar nicht wissen. Katharina heult nicht. Es reicht, wenn einer heult. Sie fragt sich manchmal, warum der Vater nicht kommt. Warum er an seinem Buch schreibt, statt hier endlich für Ordnung zu sorgen. Der Gärtner ist entlassen, das Mädchen auch. Die Teekanne ist heruntergefallen und nicht ersetzt worden. Von einem der Küchenstühle ist ein Bein abgebrochen, und man hat es nicht repariert. Dinge verschwinden: Das Silberbesteck ist durch eines aus Blech ersetzt, aber die Mutter besteht noch immer auf Servietten.

Sie besteht darauf, dass man sich bei Tisch ordentlich hinsetzt, dass man sich ordentlich den Mund tupft, bevor man trinkt, obwohl die feinen Porzellantässchen längst ebenso verschwunden sind wie das Silber. Alles um Katharina herum fällt auseinander. Warum bringt der Vater kein Geld? Hat er seine Kinder nicht lieb? Katharina hat etwas gehört.

An allem ist doch nur dein Mann schuld! Wenn der sich im Reichstag nicht so aufgeführt hätte, dann hätte man deinen Vater nie aus dem Schuldienst entlassen! Wenn dein Mann nicht straffällig geworden wäre, dann hätte Vater sich niemals umgebracht!

Mutter, du musst damit aufhören. Du musst jetzt endlich aufhören, solche Dinge zu sagen.

Katharina hat angefangen zu singen, hin und her zu hopsen. Sie hat lauter Lieder von Vögeln gesungen.

Kommt ein Vogel geflogen, setzt sich nieder auf mein Fuß

Wenn ich ein Vöglein wär und auch zwei Flügel hätt

Katharina schläft neuerdings schlecht. Sie kann nicht einschlafen. Sie wird in der Nacht wach, weil sie schlecht geträumt hat. Und der Bruder spinnt. Er isst nicht. Er spricht tagelang nicht. Er tobt wegen jedem Mist los, er schneidet sich absichtlich in die Hand, er donnert mit der Stirn gegen die Wand. Er sitzt in einer Ecke des Dachbodens oder irgendwo draußen im Garten. Er wiegt sich und singt, wiegt sich und singt. Keiner versteht, was er singt. Es ist eine Fantasiesprache. Manchmal sind es helle und heitere Silben,

hirili lilili hirilelie leh

Aber die Laute werden dunkler, je länger Matthias singt. Dann überwältigt ihn sein Lied, und er kann nicht mehr damit aufhören. Die dunklen Silben brechen gegen seinen Willen aus ihm hervor,

schorouou gorou gorou rou horr horr lorr ror

Es ist grauslig und ziemlich lächerlich. Katharina hat den Bruder schon ein paarmal so gefunden, sich wiegend, die Augen dunkel vor Angst, während die Silben über seine Lippen drängten, furchterregend und albern. Einmal hat sie ihn angeschrien. Einmal hat sie ihn geschlagen.

»Sagen Sie es ihm nicht, Fräulein Kinz. Sagen Sie es ihm wenigstens nicht.«

»Nein. Nein, natürlich nicht.«

Franziska Kinz hat einen Neuen. Sie liebt Carlo Mierendorff nicht mehr. Sie hat sich in einen Nazi-Journalisten verguckt.

»Carlo würde es nicht verkraften. Er klammert sich an Sie. Er hängt an Ihnen mit ganzem Herzen, mit ganzer Seele, mit aller Kraft.«

»Natürlich werde ich ihm nichts sagen. Natürlich werde ich ihm weiterhin schreiben. Ich werde ihn auch wieder besuchen.«

Franziska hat Carlo schon ein paarmal besucht. Die Besuche fallen ihr leichter, seitdem sie in Heinz Kaesbach verliebt ist.

Sie muss nun nicht mehr May Moy sein. Sie ist eine Schauspielerin, in der Rolle der aufopferungsvollen Geliebten. Sie spielt die Rolle sehr gut. Sie hält Carlos Hand, sie sieht ihn liebevoll an. Sie bringt ihm belegte Brote mit, Obst. Sie darf ihn zehn Minuten sehen, dann geht sie wieder. Franziska macht auch weiterhin Eingaben bezüglich seiner Freilassung.

Heinz Kaesbach unterstützt sie darin. Er sähe es ebenfalls gern, wenn Carlo endlich freikäme. Franziska könnte dann reinen Tisch machen, und Heinz und sie könnten heiraten. Und spricht es nicht sehr für Heinz' Charakter, dass er seiner Franziska erlaubt, weiterhin einem Regimegegner zu schreiben?

Es ist ein Zeichen von Mut, von Größe. Es ist ein Zeichen von Liebe, nicht nur jede Eifersucht zu unterdrücken, sondern vor allem die politische Problematik zu tolerieren. Heinz ist schließlich Parteimitglied. Er schreibt für den ›Völkischen Beobachter‹. Er ist Journalist, er verfügt über Informationen: Er erkennt klar, dass es Deutschland nun besser und immer besser gehen wird. Franziska ist froh, dass die nationale Revolution gesiegt hat. Und im Übrigen interessiert sie sich gar nicht für Politik. Sie hat sich noch nie für Politik interessiert.

»Was hältst du davon, wenn ich mit den Kindern nach Berlin ziehe?«

Julius starrt Annedore an.

»Julius. Wäre es dir recht, wenn wir nach Berlin gingen?«

Er antwortet ihr immer noch nicht. Sie stehen in der Besucherbaracke des KZ Esterwegen im Emsland. Es ist das Jahr 1935. Es ist Mai. Im März hatte Jüli seine Strafe verbüßt. Im März hätte er freikommen sollen. Aber sie haben ihn vom Gefängnis direkt ins KZ überstellt. Nun ist er ein Schutzhäftling, wie Carlo Mierendorff. Ein Schutzhäftling weiß nicht, ob er jemals freikommen wird. Über ihn entscheidet kein Gericht.

Und eines ist Annedore in den letzten Wochen klar geworden: Niemals wird man den Lübecker Arbeiterführer Leber freilassen, wenn er danach nach Lübeck zurückkehrt.

»Ich würde gern nach Berlin ziehen, Jüli. Ich denke, es wäre das Beste für alle.«

Nun endlich antwortet er.

»Mein Paulus. Entscheide, wie du es für richtig hältst. Ich werde später einmal sicher alle deine Entscheidungen gutheißen.«

Er scheint sie wirklich nicht zu verstehen. Er sieht sie an. Er streichelt sie, mit seinem Blick. Er trinkt von ihr.

»Mein Jüli. Bist du auch gesund?«

»Natürlich, lieber Junge. Es geht mir sehr gut.«

Und schon ist die Sprechzeit wieder um. Ein Tag Anreise, ein Tag Rückreise. Fünfzehn Minuten Sprechzeit. Man führt Julius weg, dann wird Annedore hinausbegleitet. Nach ihrem letzten Besuch hat er ihr geschrieben,

Was ist ein so kurzer Besuch doch für eine Festigung und Beruhigung.

Selbst wenn sie nur eine einzige Minute bliebe: Ihr Anblick wäre doch der Beweis, dass es eine Außenwelt gibt, ein Jenseits hinter dem Stacheldraht, und dass Julius Leber in diesem Jenseits nicht vergessen ist. Julius Leber zweifelt nämlich jetzt manchmal an dieser anderen Welt. Er kann sie sich nicht mehr recht vorstellen. Er schreibt auch keine langen Briefe mehr.

Es gibt nichts zu schreiben. Es gibt nur das tägliche Einerlei.

Mein lieber Junge. Ich weiß jetzt, durch Dich, was Liebe ist.

Annedore hat eine neue Haftkostenrechnung zu begleichen. 1326 Mark. Sie hat schon zum zweiten Mal um Stundung gebeten. Sie sagt Julius nichts davon. Sie schreibt ihm von den Kindern, vom Wetter. Julius und Annedore sind seit acht Jahren verheiratet, seit zwei Jahren getrennt. Annedore hat Julius gefragt, ob sie versuchen soll, häufiger Besuchserlaubnis zu erhalten. Sie ist sehr darüber erschrocken, wie furchtbar ihr Vorschlag ihn erschreckt hat.

»Nein nein nein, lass das sein. Bitte nicht um Extratermine. Unter keinen Umständen.«

Er versucht also, nicht aufzufallen. Er hat Angst. Der Gedanke lässt ihr keine Ruhe. Was hat man ihm getan, dass er Angst hat, sie könnte eine Bitte wagen? Aber Annedore kann jetzt handeln. Seine Strafe ist verbüßt. Sie kann jetzt mehr tun, als ihn zu besuchen. Sie kann kämpfen: Sie hat nun Aussichten auf Erfolg.

Auch Carlos Jugendfreund Theo Haubach ist seit November 1934 im KZ Esterwegen in Haft. Er liegt auf seiner Pritsche in der Baracke. Sein Nachbar im Dunkel neben ihm haucht durch die blutigen geschwollenen Lippen.

»Es ist heute sehr lebhaft auf dem Kurfürstendamm. Ich komme gerade aus der Redaktion in der Kantstraße.«

Theo schließt die Augen. Er murmelt zurück.

»Ich gehe an der Kaiser-Wilhelm-Kirche vorbei.«

»Ins Romanische Café.«

»Dort treffen wir uns. Es ist wieder wahnsinnig voll. Lauter individualistisch-anarchistische Kaffeehaus-Literaten.«

Ein leises Lachen.

»Aber wir finden einen Ecktisch. Kurt Hiller ist da.«

»Carl Zuckmayer.«

»Was nehmen Sie?«

»Bloß nicht den Kaffee. Vielleicht ein kleines Helles, eiskalt.«

»Und dann weiter ins Café Leon.«

»Die Mampe-Stuben.«

Wieder ein leises Auflachen von der Pritsche.

»Beefsteak mit Zwiebeln.«

»Für mich den Kartoffelbrei.«

»Schwannekes Weinstube in der Rankestraße. Käsewürfel, ein temperierter Burgunder.«

»Wir sitzen am Tisch. Die Lampen verbreiten warmes Licht.«

Etwas wie ein Schluchzen. Theo Haubach fragt, in verändertem Ton.

»Woran denkst du?«

»Meine Frau«, sagt Carl von Ossietzky.

Car-lo! Car-lo!

Die Krähen, die über das Konzentrationslager Lichtenburg fliegen, rufen seinen Namen. Carlo Mierendorff war erst im KZ Börgermoor im Emsland, nun ist er hier auf der Lichte, zusammen mit Leuschner, seinem früheren Chef.

Car-lo Car-lo

Die Krähen wundern sich. Was ist los mit diesen Figuren, dort unten auf dem Hof? Normalerweise lassen sie so viel zurück, sie finden so vieles unverwertbar. Aber hier bleibt nichts übrig. Kein verschimmeltes Brot, keine Kartoffelschalen, keine wurmigen Abschnitte von Kohlrüben.

Carlo, Carlo –

Die Krähen fliegen über das Lager. Ihre Schreie verhallen in der Winterdämmerung.

»Wozu hast du das gemacht?«

Katharina Leber steht vor ihrer Mutter.

»Wozu hast du Vater ein Zimmer eingerichtet, wenn er gar nicht hier ist?«

Annedore Leber und die Kinder sind in Berlin. Sie haben ein winziges Haus bezogen, im Zehlendorfer Eisvogelweg 71.

Wieder ein Vogelname. Und es ist ein hässliches Haus. Katharina findet es ärmlich und scheußlich. Am scheußlichsten ist das Herrenzimmer, mit seinen abgewetzten grünen Möbeln. Neulich hat jemand Katharina gefragt, ob denn ihr Vater noch in Haft wäre. Katharina hat gefaucht.

»Mein Vater ist nicht in Haft. Er schreibt ein Buch.«

Sie hat das auch zu Gudrun Himmler gesagt. Katharina und Gudrun Himmler gehen in eine Klasse. Gudrun war neulich zu Besuch hier. Katharina hat ihr erklärt, wo ihr Vater ist.

»Er ist im Ausland und schreibt ein Buch.«

»Worüber denn?«

»Das weiß ich nicht. Woher soll ich das denn wissen!«

Katharina hat die Mutter noch nie nach dem Buch gefragt. Das wird sie auch nicht tun. Sie steht vor der Mutter, in dem scheußlichen Herrenzimmer.

»Wozu hast du Vater ein Zimmer eingerichtet, wenn er gar nicht hier ist?«

»Er kommt vielleicht bald.«

Annedore hat sich an Hildebrandt gewandt, den Reichsstatthalter von Mecklenburg-Lübeck. Sie hat ihm darzulegen versucht, dass ihr Mann seine Gefängnisstrafe abgesessen hat und im Fall seiner Entlassung nicht mehr nach Lübeck zurückkehren würde. Hildebrandt hat sich nicht geäußert. Annedore hat dem Reichsinnenminister geschrieben. Sie hat ihm die Belastungen geschildert, die sie zu tragen hat. Sie hat erklärt, dass sie und Jüli rein arisch sind, dass sie ihre Kinder in deutschem Geist erziehen, dass Julius Leber national denkt: Warum sonst wäre er als Elsässer nach Deutschland gegangen statt nach Frankreich? Warum sonst hätte er im Weltkrieg auf deutscher Seite gekämpft? Annedore hat nochmals betont, dass er nicht nach Lübeck zurückkehren wird. Sie hat eine von Julius unterzeichnete Erklärung beigelegt, dass er sich nie mehr politisch betätigen wird.

Annedore und Julius sind seit acht Jahren verheiratet. Etwas mehr als fünf davon haben sie zusammengelebt. Seit beinahe drei Jahren sind sie getrennt. Ostern, Weihnachten, die Geburtstage der Kinder markieren den Ablauf der Zeit. Sie beziehen sich in ihren Briefen auf diese allgemeinen Daten. Sie verwenden sie als Anlass, einander zu schreiben: Julius schreibt keine richtigen Briefe mehr. Er schreibt, dass das Essen im KZ gut sei und dass die Bewegung an frischer Luft ihn kräftige. Die Kinder fragen nicht mehr nach dem Vater.

Sie trippeln und hüpfen, wenn Annedore ihnen Grüße von ihm ausrichtet, sie laufen fort, unter einem Vorwand. Annedore denkt, dass sie noch einmal an Hildebrandt schreiben wird.

Er hat versprochen, ihr Gesuch im Innenministerium durch einen Brief zu unterstützen. Sie überlegt, dass sie ein Gesuch an Kriminaldirektor Bock stellen wird, Julius zu Weihnachten freizulassen. Dasselbe Gesuch wird sie an die Gestapo in Berlin schicken.

Annedore näht an einem Kleid für Lina Dahrendorf. Gustav Dahrendorf ist ein Parteifreund von Julius. Er war Mitglied des Reichstags, Redakteur des sozialdemokratischen ›Hamburger Echo‹, und 1933 ist auch er ein paar Monate in Schutzhaft gewesen. Die Dahrendorfs wohnen ganz in der Nähe in Zehlendorf. Annedore näht.

Katharina ist in der Schule. Matthias sitzt am Tisch und malt einen Baum. Der Baum hat Blätter. Einzelne Blätter. Viele viele einzelne Blätter, und sie alle muss das Kind malen. Wie soll es je fertig werden? Die Bäume vor dem Fenster sind kahl. Es ist November. November 1936. Gestern sind sie im Tiergarten spazieren gegangen. Matthias hat einen Gärtner beobachtet, der das Laub zusammengerecht hat. Er hat die Mutter gefragt, warum der Mann das tut. Die Mutter hat es ihm erklärt: Das Laub muss entfernt werden, damit die Grashalme im Winter nicht darunter ersticken. Das Kind hat geschwiegen. Seine Brauen zogen sich zusammen. Dann brach es aus ihm hervor.

»Aber da? Da ist noch Laub. Da ist überall noch Laub, auf den Grashalmen.«

»Aber Kind. Es sind doch nur ein paar einzelne Blätter. Das macht doch nichts.«

»Aber die Halme darunter werden ersticken.«

»Nein. Sicher nicht. Diese paar Halme. Es sind doch nur ein paar einzelne Halme, in der ganzen Wiese.«

»Aber warum diese? Warum gerade diese?«

Im August ist Julius ins Lager Sachsenhausen gebracht worden. Annedore hat seit sechs Wochen keine Besuchserlaubnis erhalten. Sie dürfen einander nur noch zwei Briefe im Monat schreiben, an festgelegten Tagen. Weihnachtspakete sind dieses Jahr verboten. Annedore näht. Vor zwei Monaten hat sie an Hitler geschrieben. Die Reichskanzlei hat den Erhalt ihres Schreibens bestätigt. Annedore hat erneut ein Gesuch an Hildebrandt gerichtet. Sie hat ein Gesuch an die Politische Polizeikommandatur der Länder gerichtet. Sie hat Generaloberst Hans von Seeckt eine lange Liste der militärischen Verdienste Julius Lebers übersandt, auf die ihr Frau von Seeckt freundlich und voll menschlichen Verständnisses geantwortet hat. Sie hat den Bischof von Osnabrück um seine Hilfe gebeten, und er hat sich bei der Gestapo für Julius eingesetzt. Es ist, als liefe man durch Kleister. Warum darf sie ihren Mann nicht besuchen?

Was will man vor ihr geheim halten?

Sie tun ihm irgendetwas an. Nachts kommen Bilder. Dann nimmt sie eine Tablette. Sie hat ein Gesuch an Himmler geschrieben: Katharina geht immerhin mit Himmlers Tochter in eine Klasse. Annedore hat Himmler um ein persönliches Gespräch gebeten.

Damit, nachdem so viel gegen meinen Mann spricht, auch einmal jemand für ihn sprechen kann.

Sie hat keine Antwort bekommen. Sie hat Julius' Anwalt Ruscheweyh zu Kriminaldirektor Bock gesandt. Bock hat Ruscheweyh erklärt, Leber sitze aus politischen Gründen in Haft und es gebe also keine Veranlassung, ihn freizulassen: Der Staat erhebe totalen Anspruch auf seine Bürger, und gegenüber Leber sei er nun eben ein totaler Sieger und handle entsprechend. Es klang, als müsste Annedore sehr froh sein, dass Jüli noch lebt.

Ruscheweyh sieht es offenbar genau so. Er hat Annedore geraten aufzugeben: Weitere Schritte würden ja doch ohne Erfolg bleiben und von der Gegenseite nur als Mangel an würdigem Verhalten ausgelegt. Annedore hat geglaubt, nicht richtig zu hören: Ihr Ringen um Leben und Freiheit ihres Mannes offenbart einen Mangel an persönlichem Stolz? Annedore hat keine Zeit, um über dergleichen Unsinn nachzudenken. Sie muss den Präsidenten des Lübecker Landgerichts Dr. Rischau um Verlängerung der Stundung der Haftkostenrechnung bitten, weil sie sich immer noch bemüht, die Prozesskosten abzutragen, und dann wird sie sich noch einmal an Hildebrandt wenden. Gestern ist einer der beiden Briefe gekommen, die Julius im November aus dem KZ schreiben darf.

Gewaltig ist das Schicksal, aber gewaltiger der Mensch, der es unerschütterlich trägt.

Seine Handschrift hat sich verändert. Die Zeilen schwanken über die Seite. Die Linien sind dünn und zittrig, die Buchstaben unregelmäßig. Die Briefe sehen aus, als wären sie mit verbundenen Augen geschrieben.

Aber die Kinder wissen nichts. Die Kinder sind unbelastet. Matthias sitzt auf dem Boden. Vor ihm steht die Dose. Sie ist aus glasiertem Ton. Der Prägestempel auf ihrem Boden hat die Form eines kleinen Bäumchens. Oder vielleicht sind es zwei große Bs, die ihre Rücken aneinanderlehnen und für Bontjes van Beek stehen, Jan Bontjes van Beek. Die Dose sieht jedenfalls aus wie ein graugrüner Stein.

Sie ist ein Stein, auf dem Grund eines breiten Flusses.

Das ist alles. Das ist das ganze Spiel.

Es ist ein sehr sehr schönes Spiel. Der Stein auf dem Grund des Flusses ist still. Fische glitzern an ihm vorüber, graublau, grünlich silbern. Wasser umschmeichelt ihn, kühl und hell. Aber etwas stimmt nicht. Das Wasser ist tief. Matthias kommt nicht aus dem Wasser heraus. Die Wasserfläche ist hoch über ihm, ein glitzernder Spiegel, ein Wasserhimmel, unter dem er keine Luft bekommt, Matthias muss diesen Himmel durchstoßen. Er muss hindurch, hinauf, hinaus, in das Jenseits auf der anderen Seite, wo er endlich Atem schöpfen kann, Matthias beginnt zu strampeln. Er hält die Luft an. Er kann die Luft nicht mehr lange anhalten. Er wird gleich schreien, aber wenn er schreit, ertrinkt er.

»Was machst du da?«

Jemand hat einen Stein ins Wasser geschleudert. Das Wasser rauscht auf, Schlamm wirbelt hoch, Matthias schnappt nach Luft, ein gestrandeter Fisch.

»Er spielt, Mama.«

Katharina.

»Er spielt? Aber er sitzt doch einfach nur da und strampelt.«

»Lass ihn doch, Mama.«

»Lass mich!«

Schon geht es wieder los.

Und morgen wird Julius Leber entlassen. Es ist der 4. Mai 1937. Annedore hat Theodor Eicke aufgesucht, den Inspekteur der Konzentrationslager in der Prinz-Albrecht-Straße 8. Eicke war sehr nett. Er war verständnisvoll. Er hat Annedore zugehört. Dann hat er ihr geraten, einfach ein kurzes Gesuch auf Haftentlassung zu stellen und darin zu erwähnen, dass sie in der Lage sei, für ihren Mann finanziell aufzukommen. Annedore beschäftigt inzwischen drei Näherinnen. Sie hat das Gesuch gestellt. Und diesem Gesuch ist stattgegeben worden. Annedore kann es noch immer nicht fassen. Sie versucht zu überlegen, was sie nun tun muss. Sie versucht sich vorzustellen, was Julius sich morgen wünschen könnte. Ein schönes Essen, ein heißes Bad. Ein frischbezogenes Federbett. Eine Hand, die ihn streichelt, die Nähe seiner Kinder. Was übersieht sie? Annedore will alles richtig machen. Sie ist so froh. Sie ist Eicke dankbar. Theodor Eicke, wie Julius im Elsass geboren, der im KZ Dachau die Lagerwachen für alle KZs ausbildet: Annedore denkt warmen Herzens an ihn. Am liebsten würde sie ihm eine Freude machen.

Julius Leber sitzt an seinem Esstisch. Er sitzt wie ein Gast. Er ist ein Gast: Dies ist nicht sein Haus in der Lübecker Gertrudenstraße, das er vor vier Jahren verlassen hat. Dies ist Berlin-Zehlendorf, Eisvogelweg 71. Natürlich hat Julius gewusst, dass Annedore mit den Kindern hier lebt: Er hat die Adresse schließlich auf jeden seiner Briefe geschrieben. Aber er hat nie versucht, sich das Häuschen vorzustellen. Er hat sich nie vorgestellt, hier zu wohnen, an Annedores Seite. Wenn er in den Zimmern umhergeht, sieht er verloren aus, richtungslos. Sein Blick hält die Gegenstände nicht fest. Immerhin hat Julius schon eine Nacht in seinem Bett geschlafen.

Gegen Morgen hat er geweint.

Er hat versucht, nicht im Weg zu sein, als Annedore die Kinder für die Schule fertig gemacht hat. Der kleine Matthias wollte nicht gehen. Er wollte bei seinem Vater bleiben: bei dem fremden Mann, an den er keine Erinnerung haben kann und dem er seit gestern nicht von der Seite gewichen ist. Katharina hat den Vater gefragt, warum er keine Haare hat. Sie hat ihn gefragt, warum er nicht in sein Zimmer zieht.

»Wir haben es dir extra eingerichtet. Warum ziehst du nicht da ein?«

Julius sitzt an seinem Tisch. Er schält Kartoffeln, für das Mittagessen. Er trägt seine Kleider. Er ist zurück. Von Zeit zu Zeit sieht er auf, zu Annedore hin. Annedore näht. Um halb zwei kommt die Kundin, dann muss der Rock fertig sein. Das Fenster steht offen. Mailuft strömt herein, Vogelgezwitscher, der Duft von Bäumen. Julius Leber schält Kartoffeln. Er wird bald wieder er selbst sein.

Er ist noch er selbst, er muss es nur wieder spüren. Sie sieht zu ihm hin. Die Falten von Nase zu Mund sind tief. Die Stirnfalten sind tief, die Wangen sind mager. Aber sie haben ihn nicht zerstört.

»Das verdanke ich dir, mein lieber Junge. Du hast mich die ganze Zeit gehalten. In deiner Hand. Wie einen verletzten Vogel hast du mich gehalten.«

Das hat er gestern zu ihr gesagt. Er hat sie umarmt, lange Zeit. Er hat die Arme um ihre Schultern gelegt, er hat sich auf ihre Schultern gestützt.

»Und nun werde ich für dich da sein. Ich bin mit der Politik fertig. Ich will bei dir und den Kindern sein. Ich will essen, trinken, gute Luft atmen. Mehr nicht. Und ich werde wohl eine Möglichkeit finden müssen, ein bisschen Geld zu verdienen.«

»Hast du schon Pläne für die Zukunft?«, sagt Gustav Dahrendorf.

Sie sitzen im Wohnzimmer der Lebers. Gustav und Julius sind einander zuletzt im eisigen Vorfrühling 1933 begegnet, bei der Kundgebung der Eisernen Front auf dem Burgfeld.

»Sprechen konntest du damals nicht«, sagt Dahrendorff. »Aber du hast dich gezeigt. Du bist aufs Podium getreten und hast nur ein Wort gesagt. Das Wort, worum es ging und geht.«

Freiheit

»Ja«, sagt Julius. »Na ja. Politik. Zu deiner Frage. Ich weiß nicht, wie es weitergehen soll. Ich möchte meine Frau nicht die finanzielle Last allein tragen lassen. Ich muss Geld verdienen, aber wie, das weiß ich nicht.«

»Ich bin inzwischen zum Kohlenhändler geworden«, sagt Dahrendorf. »Vielleicht kann ich dich auch in der Branche unterbringen.«

»Das wäre gut«, sagt Julius. »Ich wäre dir sehr dankbar.«

Er steht auf. Er beginnt im Zimmer umherzugehen. Er schreitet nicht die ganze Länge des Raumes ab: Er geht fünf Schritte in die eine, fünf in die andere Richtung.

»Ich muss zugeben, ich finde mich in dieser neuen Welt noch nicht ganz zurecht«, sagt er. »Es hat sich doch sehr viel verändert, im Vergleich zu 1933.«

Hat Julius sich verändert? Annedore hat ihn nach den Briefen mit der zittrigen Schrift gefragt, aus der Zeit, als sie ihn nicht besuchen durfte.

»Ich habe sie im Dunkeln geschrieben«, hat er gesagt. »Ich hatte drei Monate Arrest in der Dunkelzelle. Na, wie soll es da sein, kalt und dunkel. Sehr kalt. Es war ja Winter. Tagsüber darf man nicht sitzen oder liegen. Nachts schläft man auf dem nackten Boden. Irgendwann fängt man an, Dinge zu sehen. Immerhin bin ich nicht blind geworden, das passiert manchmal. Immerhin bin ich nicht verrückt geworden. Am Anfang habe ich versucht zu tun, als wäre es nicht dunkel. Ich habe versucht, Sekunde für Sekunde der tropfenden Zeit zu leben, so als verginge der Tag tatsächlich. Ich habe mir vorgestellt, ich wäre zu Hause. Ich stünde auf. Ich ginge in die Küche hinunter«, er schüttelte den Kopf. »Das geht aber nicht. Man fängt dann an, Kaffee zu riechen, wie bei den Qualen des Tantalus, und dann bildet man sich ein, man hätte den Kaffee und tränke ihn. Ich habe dann versucht, an gar nichts zu denken. Ich habe versucht zu bleiben, wo ich war. Nach einer Weile fühlt es sich an, als ob sich die Zelle bewegt. Als ob sie durch die Dunkelheit fährt. Manchmal fährt sie rasend schnell, rasend schnell.«

»Wie hast du es ausgehalten, Jüli?«

»Schwer zu sagen. Ich weiß es nicht. Ich denke, ich habe mich daran gehalten, dass ein hartes Schicksal nicht dasselbe ist wie ein schlechtes und dass kein Schicksal ganz sinnlos sein kann.«

Fünf Schritte in die eine, fünf in die andere Richtung. Und wieder hin. Und wieder zurück.

»Über das Schicksal habe ich oft nachgedacht. Man bildet sich ja immer ein, seine Entschlüsse frei zu treffen, aber das stimmt nicht. Unser Wesen entscheidet für uns, unsere guten und schlechten Wesenszüge, beide gemeinsam. Und wie viel man auch über die einzelnen Züge weiß, über diese Einheit weiß man nichts. Dabei ist sie der wahre Antrieb, der Motor für alles, was man tut. Man hat sich also selbst dorthin gebracht, wo man steht, auch wenn man nicht weiß, wie man das gemacht hat. Das habe ich mir gesagt. Ich habe mir gesagt, der Weg, den ich gehe, ist trotz allem mein eigener. Ich habe ihn mir nicht wissentlich ausgesucht, aber die Sterne in meinem Inneren haben mir auf ihm vorausgeleuchtet. Nicht dass ich ihr Licht immer finden konnte, dort in der Dunkelheit, wo ich war.«

Fünf Schritte in die eine, fünf in die andere Richtung. Hin, dann wieder zurück, wieder hin.

»Aber nun bin ich frei«, sagt Julius Leber zu Gustav Dahrendorf. »Ich bin am Leben. Ich muss meine Familie ernähren. Ich muss mindestens versuchen, das Meine beizutragen.«

»Du bist erst ein paar Tage in Freiheit«, sagt Gustav Dahrendorf. »Verlange nicht zu viel von dir. Ich muss jetzt los, Lina erwartet mich zum Essen. Aber morgen gehe ich zu den Harnacks. Ernst von Harnack, du kennst ihn?«

»Der ehemalige Regierungspräsident von Merseburg«, sagt Julius Leber.

»Ja. Er wohnt gleich hier um die Ecke. Am Fischtal 8. Er ist 1933 auch kurzfristig in Haft gewesen, im Zusammenhang mit seinen Nachforschungen wegen der Ermordung Johannes Stellings. Komm doch morgen mit, wenn du Lust hast.«

Gustav Dahrendorf geht nach Hause. Er ist voll Bewunderung für Julius Leber. Er geht die Straße entlang, in Richtung Bushaltestelle, und denkt an die Beisetzung der Reichstagsabgeordneten Clara Schuch.

Er denkt daran, wie Clara Schuch in der letzten SPD-Fraktionssitzung aufgestanden ist und vehement für die Teilnahme an der Abstimmung zum Ermächtigungsgesetz plädiert hat, obgleich überall gemunkelt wurde, die SA würde die sozialdemokratischen Abgeordneten nicht lebend aus der Krolloper lassen. Im August 1933 ist sie ins Frauengefängnis in der Barnimstraße gebracht worden.

Sie war nur fünfzehn Tage in Haft. Danach musste sie sich regelmäßig bei der Polizei melden. Sie sprach, sie schlief, sie aß, sie trank, mit leeren Augen, zum Weinen geneigt und zu quälendem Selbstekel. Im Mai 1936 ist sie gestorben, mit sechsundfünfzig Jahren.

Sie ist auf dem Friedhof Baumschulenweg beigesetzt worden. Es war ein wunderbarer Morgen, glänzend vor Frische, grün und golden unter einer kühlen Sonne. Den Angehörigen war verboten worden, den Termin der Beisetzung öffentlich anzuzeigen. Aber von überall strömten Menschen herbei. Die Halle des Krematoriums war schnell überfüllt, aber es kamen immer noch mehr. Erst waren es Hunderte, dann Tausende. Wahrscheinlich kam auf fünfzehn ein Spitzel. Und noch immer riss der Strom nicht ab. Waren es viertausend, die sich hier versammelt hatten, fünftausend? Woher wussten sie von diesem Ereignis? Alle trugen Blumen. Wiesenblumen, Gartenblumen, an Feldrainen, am Spree- und Havelufer selbstgepflückte Sträuße, Bouquets aus Läden und von Marktständen. Niemand sprach. Wer angekommen war, stand und schwieg. Die Menge stand und schwieg, wogte und schwieg. Dann plötzlich ein Ruf.

»Alle Blumen nach vorn!«

Über die Köpfe der Menschen erhob sich die Welle, spülte über die Menge hinweg, schäumte an dem Sarg auf, überschwemmte ihn, bedeckte, begrub ihn, leuchtend und vergänglich, Gustav Dahrendorf weinte. Der neben ihm weinte, ein fremder Mann. Er ergriff Gustavs Hand, so wie Gustav nach der Hand seines Nebenmannes auf der anderen Seite tastete, viele weinten. Noch immer sprach niemand. Noch immer schwieg die Menge, während die letzten Sträuße ihr Ziel erreichten.

»Wozu bin ich frei?«

Carlo Mierendorff sitzt auf dem Sofa im Wohnzimmer seines alten Freundes Henko. Hella Priemel sitzt neben ihm.

Carlo verdankt ihr seine Freiheit. Hella war nur eine von vielen, die für Carlo gebeten haben. Aber sie war es, die den Mut aufgebracht hat, zu Werner Best zu gehen.

SS-Standartenführer Werner Best ist nicht mehr Landespolizeipräsident von Hessen wie 1933, als Ernst von Harnack sich bei ihm für Mierendorff eingesetzt hat. Er ist Abteilungsleiter im Geheimen Staatspolizeiamt in der Prinz-Albrecht-Straße. Seiner Auffassung nach ist ein Staatsfeind ein Krankheitsherd im Volkskörper, den spurenlos zu beseitigen edelste Aufgabe der Polizei ist. Hella hat Best um Carlos Freiheit gebeten.

Best hat bedauernd die Hände gehoben: Mierendorff befindet sich außerhalb seines Befehlsbereichs.

»Dann holen Sie ihn«, hat Hella gesagt. »Holen Sie ihn in Ihren Befehlsbereich.«

Ein starkes Stück. Best hat die Brauen hochgezogen. Noch niemals ist er darum gebeten worden, jemanden in die Prinz-Albrecht-Straße 8 zu holen, ins Hausgefängnis der Gestapo. Und warum sollte ausgerechnet er sich für Mierendorff einsetzen, Werner Best, dessen ›Boxheimer Dokumente‹ Carlo Mierendorff aufgespürt und veröffentlicht hat?

»Weil der nationalsozialistische Staat es einem Volksgenossen nicht für immer nachtragen wird, wenn er am Anfang nicht gleich in der Lage war, die Vorzüge der neuen Ordnung zu erkennen«, sagt Hella Priemel. »Darauf vertraue ich. Herr Dr. Mierendorff hat sich gewandelt. Er wird Ihnen gern eidesstattlich versichern, dass er sich nie wieder politisch gegen den Nationalsozialismus betätigen wird, sondern bereit ist, am Aufbau des neuen Staats mitzuwirken.«

Es reicht noch nicht. Sie spürt es. Sie sagt: »Außerdem glaube ich, dass Sie ein gänzlich vorurteilsloser Mensch sind, Herr Dr. Best, ein sachlich-nüchtern denkender Mensch. Ich kann mir nicht vorstellen, dass Sie sich in sachlichen Fragen von Ressentiments oder Gefühlen wie Zorn und Hass leiten lassen.«

In der Tat, nein. Sich sachlichen Fragen mit Sentimenten zu nähern, wäre Best allerdings wesensfremd. Eine solche Unterstellung müsste er geradezu als Beleidigung werten.

»Frau Priemel. Ich kann Ihnen nichts versprechen. Aber ich werde sehen, was ich tun kann.«

Im Dezember 1937 wird Carlo ins Hausgefängnis der Gestapo gebracht. Fast zwei Monate sitzt er dort im Keller. So viel Zeit lässt sich Best, in aller Sachlichkeit. Carlo schwankt zwischen fast irrer Hoffnung und vollständiger Verzweiflung. Schließlich wird ihm befohlen, seine Sachen zusammenzupacken: Zahnbürste, Kamm, die Briefe von Hella Priemel und Franziska Kinz. Carlo packt in Eile, in Angst, in verwirrter Freude.

»Mitkommen.«

Sie gehen aber nicht auf den Aufzug zu, der die Gefangenen nach oben bringt. Sie biegen in den Durchgang zum Erschießungskeller ab.

Das also ist die Zukunft, die vor Carlo liegt. Das ist seine Freiheit: der Tod. Nun wird Carlo Mierendorff die Überfülle der Macht erfassen, die Best gegeben ist. Nun wird ihm aufgehen, dass er ein Insekt ist vor der gottgleichen Gewalt seines Widersachers. Sie durchqueren den Keller. Eine Tür wird geöffnet. Im Zimmer dahinter steht Franziska Kinz. Carlo Mierendorff verliert das Bewusstsein.

Und nun ist Franziska frei. Sie ist die Verantwortung für Mierendorff los. Carlo sitzt in der Küche seines alten Freundes Henko, und er ist ein Gefangener: Er weiß nicht, wo er ist. Er kennt dieses neue Land nicht. Er begreift seine Spielregeln nicht, die ihn vom Spiel ausschließen. Carlo hat keine Arbeit, keine Wohnung. Es ist ihm egal. Carlo fällt. Carlo ist abgestürzt, er hat sich den Hals gebrochen. Viereinhalb Jahre lang hat ihn der Glaube an Franziska über dem Abgrund gehalten und getragen, viereinhalb Jahre der Misshandlungen, der Schläge, der Demütigungen: Und sie hat sich entschlossen, einen Nazi zu lieben. Carlo steht immer noch im Erschießungskeller, auch hier in Henkos Küche.

Hätte man ihn doch erschossen. Carlo kann nicht mehr leben. Er hat etwas begriffen, was man nicht begreifen darf: Das Leben ist nicht mehr als der Moment, wo sich die Tür vor ihm auftat und er Franziska sah. Das ist das Leben im allerbesten Fall: ein kurzer Moment der Ekstase, ein Augenblick trügerischer Hoffnung und falscher Seligkeit vor dem Fall ins Nichts, dem Beginn der Nacht. Carlos Moment der Ekstase ist vorüber. Er überlegt, ob er sich das Leben nimmt.

Er denkt sachlich darüber nach, nüchtern. Die Freunde beobachten ihn. Sie halten ihn unter Dauerüberwachung, sie reichen ihn von einem zum anderen weiter. Theo Haubach redet ihm zu, Carlos engster Freund aus Jugendtagen. Er versucht Carlo Mut zu machen. Er ist selbst erst vor eineinhalb Jahren aus dem KZ entlassen worden, er begreift die Angst, die Niedergeschlagenheit Carlos. Er weiß, wie mühsam der Neuanfang ist. Zum Glück hat ihm inzwischen Viktor Bausch geholfen, ein alter Freund, der in Neu-Kaliß an der Elde eine Papierfabrik betreibt. Vicky hat Theo Haubach in seiner Berliner Niederlassung angestellt, als Spezialist für Rohstoff-Fragen. Und könnte er nicht auch etwas für Mierendorff tun?

Aber das wagt Viktor Bausch nicht. Zwei entlassene Häftlinge sind ihm zu viel. Er bittet die Freunde um Verständnis: Er ist selbst 1934 einmal kurzfristig in Haft gewesen, weil er Verfolgten falsche Papiere ausgestellt haben soll. Seine Frau unterhält Beziehungen zu verfolgten Malern wie Schmidt-

Rottluff und Karl Hofer. Bausch muss abwägen, er kann kein blindes Risiko eingehen. Carlo Mierendorff hört schon nicht mehr zu.

Wozu das alles, wozu die Mühe? Warum sich nicht einfach fallen lassen?

»Weil man dich braucht!« Theo Haubach wirft die Hände in die Luft. »Weil du dich nicht einfach aufgeben kannst, nicht wegen einer Frau, nicht aus enttäuschter Liebe! Carlo, ich bitte dich!«

Ein befreundetes Ehepaar hat Carlo Mierendorff nach Wolfshau eingeladen, ins Riesengebirge.

»Du fährst, Carlo, nicht wahr? Fahre doch, Carlo, es wird dir guttun.«

Natürlich wird Carlo fahren. Er weiß nicht, wozu. Aber solange man lebt, muss man sich bewegen. Das ist das Leben: Man geht von A nach B, von B zurück nach A. Man ist ein Fisch, der nur Luft schnappen kann, wenn er schwimmt.

Und im Riesengebirge singt er. Die Hänge sind tief verschneit. Er wandert in die Weiße hinein. Er holt Atem. Dann singt er.

Nun sterb ich in Verzweiflung
sterb ich in Verzweiflung.

Die Schneekoppe wirft ihren Schatten über ihn. Er singt, allein in der eisigen Weite,

Brüder, zur Sonne, zur Freiheit, Brüder, zum Lichte empor!

Hell aus dem dunklen Vergangnen leuchtet die Zukunft hervor!

Er tanzt, er hüpft allein über das weiße Eis, der einst schwere Mann, an dem die Haut vom Hunger in der Haft noch immer wie in Falten herunterhängt.

Brüder, in eins nun die Hände, Brüder, das Sterben verlacht!

Ewig der Sklaverei ein Ende, heilig die letzte Schlacht!
Später weint er.

Edolf und Romai Reichwein haben vor fünf Jahren geheiratet, am 1. April 1933. Sie haben eine wunderbare Hochzeitsreise gemacht: In den Alpen sind sie Ski gefahren, im Apennin gewandert, und in Florenz haben sie die Uffizien besichtigt. Dann sind sie nach Halle zurückgekehrt, wo sie feststellen mussten, dass Edolf keine Arbeit mehr hatte: Die Rote Akademie, wie Edolfs Lehrstätte in Halle genannt wurde, war von den Nazis geschlossen worden.

Und die Professur in Ankara, die man Edolf angeboten hat, hat er abgelehnt.

»Die Nazis werden sich nicht lange halten«, hat Edolf zu Romai gesagt. »Jetzt, wo sie an der Macht sind, wird es sich bald zeigen, dass Gegröle allein nicht ausreicht, und mehr haben sie ja nicht zu bieten. Aber wenn sie wieder weg sind, wird man in vielem von vorn beginnen müssen. Dann möchte ich dabei sein und nicht in Ankara sitzen. Davon abgesehen hätte ich sogar Lust, das Angebot in Tiefensee anzunehmen. Da könnte ich doch einmal in der Praxis überprüfen, ob standhält, was ich die letzten Jahre gelehrt habe.«

So ist Edolf nun ein Volksschullehrer, der Bauernkinder an der einklassigen Landschule in Tiefensee unterrichtet. Allerdings zahlt man ihm weiterhin sein Professorengehalt. Man hat ihm Publikationsmöglichkeiten zugesichert. Die Reichsstelle für den Unterrichtsfilm wird ihn bei zukünftigen Forschungsprojekten mit aller Kraft unterstützen. Und Tiefensee liegt nur vierzig Kilometer nordöstlich von Berlin. Edolf kann jederzeit in die Hauptstadt fahren. Er ist sehr zufrieden mit seiner Entscheidung.

Romai hasst Tiefensee. Sie hat sich auf Tiefensee gefreut.

Sie hat sich eine ländliche Idylle vorgestellt, ein kleines Häuschen mit einem Gemüsegarten, ein simples, sauberes Leben mit Kindern in der freien Natur. Romai hat sich geirrt. Sie hat nicht gewusst, was sie erwartet: ein Haus mit Plumpsklo ohne fließendes Wasser, ohne Ausguss in der Küche, ohne Gasherd oder Badezimmer, und heizbar sind nur Küche und Wohnstube. Romai hasst die Pumpe im Hof. Sie hasst die ewige Eimerschlepperei und das Anschüren des Herdes, und zu allem Überfluss ist sie schon wieder schwanger.

Renate ist vier. Roland ist zwei. Das nächste Kind wird im Winter kommen. Edolf verlässt morgens in der Frühe das Haus, um in seine Schule zu gehen. Romai bleibt mit den Kindern allein.

Mit seinen Kindern: Wenn er zu Hause ist, folgen sie ihm auf Schritt und Tritt. Er ist ihr Abgott. Sie hängen sich an ihn, und er verwöhnt und verzärtelt sie und überschüttet sie mit Liebe und Aufmerksamkeit, während Romai die Arbeit tut.

Auch die Dorfkinder laufen ihm nach. Noch nie hat sich ein Erwachsener mit solchem Ernst um sie gekümmert. Edolf geht nach der Schule mit ihnen zum Schwimmen an den Gamensee, er bastelt mit ihnen, sie helfen ihm bei der Gartenarbeit. Er zwingt den Kindern seine beiden Winzlinge auf, zu allen außerschulischen Unternehmungen, und die nehmen sie sogar gern mit. Gibt es überhaupt außerschulische Unternehmungen? Nicht für Edolf. Kinder tun, was Kinder tun: Sie klettern, sie spielen, sie sind allein unterwegs oder mit anderen. Sie finden Dinge am Bachrand, sie finden Dinge auf dem Dachboden, und alles, was sie finden, tragen sie zu Edolf.

Edolf ist da, um ihnen ihre Erlebnisse zu deuten, ihre Fundstücke zu begutachten und einzuordnen, aus Geschehnissen Erfahrungen werden zu lassen. Er hat mit den Kindern ein

Mikroskop gebaut. Sie haben alle zusammen ein Treibhaus gebaut. Edolf hat einen Maurer und einen Tischler aus dem Dorf hinzugebeten, um vor den Kindern nicht vorzugeben, er könnte und wüsste alles allein: Die Kinder sollen ja den Sinn von Gemeinschaft verstehen.

Sie sollen lernen, dass alle gebraucht werden, dass jede Tätigkeit ihre Würde und ihre Berechtigung hat. Und dann abends nach dem Essen schreibt Edolf auf, was er heute von den Kindern gelernt hat.

Es gehört zu den Grundsätzen einer wahrhaftigen Erziehung, dass das Kind den Erzieher selbst als Fragenden erlebt. Seine Autorität stammt nicht aus der Tatsache, dass er das Amt des Erziehens innehat, sondern daraus, wer und was er ist, und er kann nicht alles sein.

Edolf ist vollkommen glücklich. Tiefensee hält, was es ihm versprochen hat. Die Arbeit befriedigt ihn, seine Tätigkeit erlaubt es ihm zu schreiben, sein Erfolg bestätigt seine pädagogischen Theorien. Mindestens einmal in der Woche fährt Edolf in die Stadt. Er trifft Freunde, er schickt Briefe ab: Der Briefträger in Tiefensee ist beauftragt, die Familie Reichwein zu beobachten und ihre Post zu kontrollieren. Er hat die Reichweins anständigerweise vor sich selbst gewarnt: Auch seine Kinder sind schließlich Edolfs Schüler.

Romai lebt immer in Angst, wenn Edolf in Berlin ist. Edolf weiß das natürlich nicht. Sie sagt es ihm nicht. Sie wird den Teufel tun und es ihm sagen.

Hast du Angst? Du hast keine Angst!

Sie flogen durch den Sturm. Das kleine Flugzeug taumelte, stürzte. Romais Seele sang.

Hast du Angst?

Nein. Ich habe keine Angst.

Das Flugzeug ist eingemottet, seitdem auf allen Flugzeugen

ein Hakenkreuz aufgemalt sein muss. Edolf fährt mit dem Zug in die Stadt. Er lebt wie in der Stadt, wann immer ihm danach ist. Aber Romai lebt auf dem Land, und sie will nicht auf dem Land leben. Vielleicht hätten sie unter den Türken in Ankara besser gelebt. Es gäbe bestimmt einen Gasherd in Ankara. Es gäbe einen Ausguss in der Küche, womöglich fließendes Wasser. Könnten sie nicht zurück nach Halle ziehen oder wenigstens nach Jena, wo sie Freunde haben?

»Fahr sie doch besuchen, Romai«, sagt Edolf. »Bleib ein wenig bei unseren Freunden. Ich bringe dich mit den Kindern hin, und nächstes Wochenende hole ich dich wieder ab.«

Aber wenn Romai zurückkommt, ist sie jedes Mal noch unglücklicher als vorher. Dabei bemüht sie sich. Sie versucht sich an das Unglück zu gewöhnen. Sie versucht das Beste daraus zu machen. Sie hat schließlich auch einmal einen Beruf gehabt. Romai hat eine Volkstanzgruppe für die Tiefenseer Frauen eingerichtet. Auf den Schulaufführungen, die Edolf gestaltet, tanzen die Frauen in ihren selbstgemachten Kostümen Romais Tänze. Edolf applaudiert. Da steht er, mit Roland auf dem Arm, Renate an der Hand. Sein feines scharfgeschnittenes Gesicht ist gebräunt, so dass die Augen darin ganz hell sind: die strahlenden, immer strahlenden Augen.

»Im Winterhalbjahr behandeln wir Afrika. Wir werden ein Relief des Kontinents anfertigen und dann das Luftverkehrsnetz in Afrika mit dem in Europa und Amerika vergleichen. Das ist das Erste. Die Kinder müssen hinaus, wenigstens im Geiste. Gerade die Landkinder müssen lernen, ihren Blick über ihr Dorf hinaus zu erweitern. Und dann müssen sie aus der Ferne wieder zu sich und ihrer kleinen Welt zurückfinden. Weltverständnis und Selbstverständnis hängen zusammen. Nur wenn wir in die Welt hinaussehen, erkennen wir klar, wo die Aufgaben liegen, sowohl draußen als auch hier bei uns: in der Bewahrung des Weltfriedens, in der Beförderung internationaler Kommunikation, im sorgfältigen Umgang mit der Natur und ihren Rohstoffen.«

Und würde sie ihn noch einmal heiraten?

Aber das fragt sie sich niemals. Ein anderer Mann wäre überhaupt nicht in Frage gekommen. Nur hätten sie vielleicht nach Ankara gehen sollen. Von Ankara aus könnte Edolf nicht ständig nach Berlin fahren, um sozialistische Freunde zu besuchen. Er könnte ihr nicht ständig Regimegegner ins Haus tragen wie tickende Bomben, und das, wo die Reichweins rund um die Uhr von den Dorfbewohnern beobachtet werden. Meist kommen diese Gäste völlig unangemeldet. Romai hat Edolf schon ein paarmal darauf angesprochen. Er hat die Brauen hochgezogen.

»Unangemeldet? Ich habe doch gewusst, wer kommt.«

»Aber mir hast du es nicht gesagt.«

»Verzeih. Aber wieso wäre das wichtig gewesen?«

»Ich hätte mich vorbereiten können.«

»Worauf? Auf den Besuch eines anständigen Menschen?«

Freiheit ist das Feuer, ist der helle Schein,
solang sie noch lodert, ist die Welt nicht klein,
Nur der Freiheit gehört unser Leben!

Matthias Leber ist auf dem Heimweg von der Schule. In der Schule haben sie wieder von Freiheit gesungen. Das tun sie oft. Es geht ständig um Freiheit: *Sieg der Freiheit, Tag der Freiheit,* jedes zweite Wort ist Freiheit. Matthias Leber hat neulich herausgefunden, dass ein Wort jede Bedeutung verliert, wenn man es oft genug wiederholt.

Jedenfalls gilt das für normale Worte, Worte wie Tisch oder Bank oder Bett. Wenn man sie lange genug wiederholt, bleibt nur noch ein Geräusch ohne jeden Sinn, so wie das Bellen eines

Hundes oder das Tuten einer Hupe oder ein Baby, das Lalala sagt. Zugleich passiert noch etwas Komisches.

Das Wort verliert seine Bedeutung. Aber der Gegenstand gewinnt mehr davon. Er steht plötzlich nackt da, allein, überwältigend in der Wucht seines reinen Vorhandenseins. Was wäre, wenn die Dinge endgültig keine Namen mehr hätten? Was, wenn sie sich befreien, wenn sie die Fesseln ihrer Namen abschütteln könnten? Es ist beängstigend, darüber nachzudenken. Aber es ist nur ein Moment. Nur ein kurzer Blick wird auf die wahre Natur der Dinge gewährt, ein einziger Blick hinter den Vorhang, dann fühlen sich die Dinge ertappt: Und schon ist der Tisch wieder ein braver Tisch, der Baum ein ganz gewöhnlicher Baum, der artig die Lider senkt, stillsteht und nichts mehr von seiner wahren Natur preisgibt. So ist es bei Wörtern wie Baum, Bett, Tisch.

Aber bei einem Wort wie Freiheit ist es anders. Ein Wort wie Freiheit bedeutet überhaupt nichts mehr, wenn man es oft genug wiederholt. Und hinter dem Wort taucht auch nichts Vorhandenes auf. Ein Wort wie Freiheit ist nur das Wort, und wenn das Wort keine Bedeutung mehr hat, dann ist auch dahinter nichts übrig. Dann liegt dahinter nichts als das Nichts.

»Wenn man nur Aussicht hätte, dass sich noch zu unseren Lebzeiten etwas ändert«, sagt Klaus Bonhoeffer zu seinem Schwager Hans von Dohnanyi. »Wenn man nur hoffen dürfte, dies wären ein paar Jahre in der glühenden Esse, und man ginge geläutert aus ihnen hervor.«

»So sieht es nicht aus«, sagt Hans. »Tatsächlich wird es noch schlimmer werden. Ich habe heute Wiedemann in der Reichskanzlei getroffen, Hitlers persönlichen Adjutanten. Angeblich hat Hitler zu ihm gesagt: Jede Generation braucht ihren Krieg, und ich werde dafür sorgen, dass auch diese Generation ihren

Krieg bekommt.« Hans schüttelt den Kopf. »Wiedemann sagt, gegen diesen Mann hilft nur noch der Revolver. Die einzige Frage wäre: Wer soll es machen? Aber das sind natürlich absurde Ideen. Ich wüsste nicht, wie man den Nationalsozialismus zu unseren Lebzeiten noch loswerden sollte. Wir werden unser Leben in seinem Schatten verbringen.«

»Es geht noch darüber hinaus«, sagt Klaus Bonhoeffer. »Sie wollen ja nicht nur bestimmen, wie die Dinge sind, sondern auch, wie sie gewesen sein werden. Angeblich muss Speer in seine Entwürfe für Hitlers Bauten miteinbeziehen, dass sie dereinst zu besonders grandiosen Ruinen zerfallen.«

Den heutigen Abend verbringt Klaus Bonhoeffer bei Ernst von Harnack im kleinen Haus am Fischtal.

Ein paar Sozialdemokraten sind gekommen: Gustav Dahrendorf und Julius Leber, Carlo Mierendorff und Carlos ehemaliger Chef, der frühere Gewerkschaftsführer und hessische Innenminister Wilhelm Leuschner. Sie sind fast alle schon mehr oder minder lange in Haft gewesen. Sie treffen einander regelmäßig, wenn auch nicht immer in so großer Besetzung.

»Es ist eigentlich nicht vorstellbar, dass dieses System noch lange währt«, sagt Ernst von Harnack. »Ich hätte nicht einmal geglaubt, dass es sich so lange hält, wie es das nun doch schon tut. Aber früher oder später muss das Regime stürzen. Es ist ohne Güte und Demut und schon aus diesem Grund zum Untergang verurteilt.«

Julius Leber schüttelt den Kopf.

»Sicher kann ein System, das so verlogen und brutal ist, auf Dauer nicht einmal sich selbst zum Segen gereichen«, sagt er. »Aber allein daraus seinen baldigen Sturz abzuleiten, halte ich für extrem optimistisch und kurzsichtig. Etwas ändern könnte nur eine Erhebung. Der Kampf aller gegen das Regime gerichteten Kräfte. Eine Einheitsfront.«

»Ja«, sagt Carlo Mierendorff. »Aber wie will man die nötigen Verbindungen knüpfen? Wir, die wir hier sitzen, scheinen jedenfalls denkbar schlecht geeignet. Wir stehen alle unter Beobachtung. Wobei die Gestapo nicht halb so viel ausrichten könnte ohne die tatkräftige Hilfe der braven Volksgenossen. Theo Haubachs Portiersfrau hat neulich zu Haubachs Haushälterin gesagt, Haubachs ständige Besucher trügen immer so viel Schneematsch herein und sie müsse dann hinter ihnen herwischen. Aber die Gestapo würde sich ohnehin regelmäßig nach dem feinen Herrn erkundigen, und demnächst würde sie mal all diese besseren Leute melden, die ihr ständig das Treppenhaus verdrecken. Und dann würden die schon sehen, was sie von ihrem Benehmen haben.«

»Mein Lebenswerk ist zerstört«, sagt Julius Leber auf dem Heimweg zu seinem Freund Dahrendorf. »Mein Leben lang habe ich für die Rechte und die Freiheit der armen Leute gekämpft, und nun ist alles zunichte geworden. Und ich soll mich gefälligst damit abfinden. Ich soll ein Leben führen, bei dem es nur um die eigenen materiellen Vorteile geht. Habe ich dafür im Lager gesessen? Habe ich mich dafür in diese Form hämmern lassen, um jetzt in der Freiheit zu zerschmelzen?«

»Aber was willst du tun?«

»Ich weiß es nicht. Was kann man tun? Man passt sich an, stellt sich tot und hofft auf ein Wunder. Man versucht auszuweichen, wie alle anderen auch. Ich habe keine Lust mehr aufs KZ, das kannst du mir glauben. Ach, Gustav, manchmal fühle ich mich wie ein Tier. Wie ein Bär auf dem Kurfürstendamm, der nicht weiß, wo er hinsoll. Wie ein verirrter Wolf auf dem Potsdamer Platz, den ein Omnibus totfährt.«

Sie gehen eine Weile schweigend.

»Vielleicht müsste man hinunter in den Abgrund«, sagt

Julius Leber. »Vielleicht müsste man ganz hinuntersteigen und dort unten am tiefsten Punkt nach einem Pfad suchen. Nicht nach einer Rettung des Ganzen, das wäre wohl zu viel verlangt. Aber nach einem Weg, auf dem man sich selbst bewähren könnte.«

»Man sollte meinen, das hättest du schon getan«, sagt Dahrendorf. »Man sollte meinen, du hättest dich bereits im Abgrund bewährt.«

»Meinst du? Nun gut. Dann ist dieser Weg offenbar ungenügend. Dann muss man sich vielleicht über den Abgrund werfen.«

»Was meinst du damit?«

»Den Versuch, den Abgrund zwischen heute und morgen zu überbrücken. Die eigene Auslöschung, um auf der anderen Seite wenigstens das Licht der Opferfackel zu hinterlassen. Damit die Zukünftigen wissen: Es hat hier und jetzt auch Menschen gegeben.«

2

Wer je die flamme umschritt
Bleibe der flamme trabant!

Zur letzten Totenwache hat Claus Schenk Graf von Stauffenberg seinen Bruder Berthold eingeteilt. Berthold und Frank Mehnert: Die Wachen werden zu zweit gehalten. Claus ist tief erschüttert, dass er das Privileg gehabt hat, den Meister noch lebend anzutreffen.

Stefan George ist in der Nacht vom Sonntag auf den Montag gestorben. Keiner durfte mehr an sein Bett treten, nicht einmal Boehringer. Der Meister ertrug keine Nähe mehr: Wer sich von den Wänden des großen verdunkelten Zimmers löste und zu dem Sterbenden hinzutreten suchte, der wurde mit abwehrender Geste zurückgewiesen. Nicht alle Mitglieder des *Staats* sind noch rechtzeitig gekommen.

Nicht alle sind rechtzeitig informiert worden.

Boehringer war natürlich da, Partsch, Frank Mehnert, Walter Anton, Blumenthal, Thormaehlen. Aber Morwitz, Kantorowicz, Wolfskehl mit Frau sind erst in der letzten Nacht eingetroffen.

Immerhin sind sie noch rechtzeitig zur Beisetzung gekommen. Der Meister wird hier in Minusio ruhen. Die Stauffenberg-Brüder haben mit Vehemenz dagegen protestiert, den Toten womöglich nach Deutschland zu transportieren und in Bingen bestatten zu lassen. Der Meister hat Joseph Goebbels' Angebot abgelehnt, Präsident einer neuen Deutschen Akademie für Dichtung zu werden. Er hat an der groß inszenierten Feier der Nazis zu seinem fünfundsechzigsten Geburtstag nicht teilgenommen. Zwar hat er seinen jugendlichen Freunden niemals verboten, sich für den Nationalsozialismus und die neue Zeit zu begeistern, aber er selbst hat sich hierher in die Schweiz zurückgezogen. Und hat der Meister nicht einmal angemerkt, ein Toter solle bestattet werden, wo er gestorben sei?

Mit diesem Hinweis hat Boehringer die Debatte schließlich beendet. Er ist zu Stefan Georges Erben bestimmt, und Berthold Schenk Graf von Stauffenberg ist der Nacherbe. Ihr Wort hat Gewicht. Der Meister wird in Minusio seine letzte Ruhestätte finden. Man ist übereingekommen, Berthold möge immerhin die Reichsregierung vom Tod des Dichters Stefan George benachrichtigen. Prompt ist der deutsche Gesandte in Bern, Freiherr von Weizsäcker, beauftragt worden, im Namen der Regierung einen Kranz am Grab niederzulegen. Berthold hat Weizsäcker aber gebeten, die Niederlegung auf den Tag nach der Beisetzung zu verschieben.

In diesem Punkt sind sie sich einig. Kein Fremder soll zugelassen sein. Kein Außenstehender soll dabei sein, wenn die Angehörigen des *Staats* den Meister zu Grabe tragen. Es ist der 6. Dezember 1933, ein Viertel nach acht.

Es ist noch dunkel, ein kalter Dezembermorgen. Claus Schenk Graf von Stauffenberg geht inmitten der anderen über den Friedhof von Minusio. In diesem Jahr, das sich nun neigt, hat er die Fundamente zu seinem weiteren Leben gelegt. Er hat geheiratet, und er ist Leutnant geworden. Architektur zu studieren, wie er es als Schüler geplant hat, hat ihm letztlich das Erbe seines Namens nicht gestattet. Nun ist er ein deutscher Offizier, trotz seiner eher schwächlichen körperlichen Konstitution, die ihm immerhin Anlass zu laufender Selbstüberwindung bietet. Und Hitlers Amtsantritt erfüllt ihn mit Hoffnung.

Natürlich fühlt sich Claus Schenk Graf von Stauffenberg nicht als Untertan Hitlers. Das ist gar nicht möglich: Ein Stauffenberg kann niemals Untertan eines Kleinbürgers sein. Auch vom Nationalsozialismus halten die Stauffenberg-Brüder für sich selbst nichts. Weltanschauungen sind unnütz, allenfalls etwas für kleingeistige Menschen. Für einen Stauffenberg muss sich alles dem einen großen Gedanken unterordnen: dem Geist des geheimen Deutschlands, des Reichs, das sich durch die Tat in der Wirklichkeit zu manifestieren sucht. Aber möglicherweise hat Hitler im Rahmen dieses Werks eine Aufgabe zu erfüllen, freilich ohne es selbst zu ahnen. Vielleicht kommt es ihm zu, wie einst Napoleon die leer gewordenen Formen zu zerbrechen. Hat nicht der Meister selbst einmal angemerkt, die Preußen hätten besser daran getan, mit Napoleon zu gehen, dann hätten sie am Ende das Ganze geerbt?

Und jedenfalls kann man unter einem Reichskanzler Hitler darauf hoffen, dass die Reichswehr gestärkt wird. Das ist für Claus entscheidend. Das Offizierkorps der Reichswehr ist die eigentliche Führung von Volk und Reich, oder sie sollte es werden. Offizier sein heißt Diener des Staats sein, mit all der darin einbegriffenen Gesamtverantwortung: Eben darum ist Claus Stauffenberg ja Soldat geworden. Aber all das tritt nun zurück.

Alle großen Ereignisse des Jahres 1933 werden nichtig vor diesem Moment. Claus betritt die Grabkapelle. Der Sarg des

Dichters ist bereits gestern geschlossen worden. Berthold Stauffenberg und Frank Mehnert stehen zu seinen Seiten. Thormaehlen und Boehringer treten neben Frank, Claus und Alexander zu ihrem Bruder. Sie heben den Sarg hoch. Sie nehmen ihn auf ihre Schultern. Sie treten hinaus in den Dezembermorgen.

Nach der Beisetzung hat sich der Kreis rasch zerstreut. Alle sind erschöpft, nach den aufwühlenden letzten Tagen, alle bedürfen der Ruhe, jeder will allein sein, um mit sich und dem Geschehenen zurande zu kommen. Karl Wolfskehl und seine Frau Hanna stehen am Bahnhof von Minusio. Die Wolfskehls sind froh, dass der Meister nun hier liegt, in der Schweiz. Karl hat es vorhin zu Hanna gesagt.

»Dies letzte Jahr hat ihn nicht um einen Haaresstrich aus seiner Bahn bringen können. Ich bin froh, dass er nun liegt, wo er wollte, am letzten Südrand des Reiches, für das er seine Welt erbaut hat.«

Hanna hat zugestimmt, aber nur mit halber Aufmerksamkeit. Etwas anderes beschäftigt sie. Sie grübelt darüber nach, warum sie erst so spät vom Sterben des Meisters erfahren haben, zu spät, um ihn noch lebend zu sehen. Wie viele Wochen, Monate und Jahre hat der Dichter bei den Wolfskehls gelebt? Wie viele Mahlzeiten hat Hanna ihm bereitet, wie viele Lesungen für ihn organisiert? Karl Wolfskehl war es, der das Wort vom *geheimen Deutschland* geprägt hat,

das sich unter dem wüsten oberflächenschorf noch halb im traume regt, es drängt aus seiner berg- und höhlenentrückung herauf ans licht.

Auch Ernst Kantorowicz ist zu spät gekommen. Kantorowicz ist Jude, ebenso wie Morwitz und die Wolfskehls. Wäre es möglich, dass man den Juden im *Staat* absichtlich und aus ebendiesem Grunde erst Bescheid gegeben hat, als der Meister schon tot war? Aber das kann nicht sein. Das lässt sich nicht denken. Thormaelen war es, der die Wolfskehls angerufen hat, und seine eigene Frau ist jüdischer Herkunft.

Ein Zug ist auf dem Bahnsteig eingefahren.

Frank Mehnert steigt ein. Er öffnet das Fenster. Er winkt den Wolfskehls noch einmal zu. Der Zug fährt an. Cajo Partsch auf dem Bahnsteig und Frank Mehnert im Zug heben zum Abschied den Arm zum Deutschen Gruß.

Die Stauffenberg-Brüder haben Minusio mit dem Auto verlassen. Sie kehren nun an ihre Plätze zurück: Berthold ans Kaiser-Wilhelm-Institut für Ausländisches Öffentliches Recht und Völkerrecht in Berlin, Alexander zu seiner Lehrtätigkeit für Alte Geschichte, Claus zu seinem Bamberger Regiment. Claus denkt daran, wie er dem Meister im Mai 1923 vorgestellt worden ist, mit fünfzehn Jahren. Er denkt an seine Aufnahme in den *Staat* als an den Beginn seines Lebens, den Beginn des Glanzes und der Verpflichtung.

Lasst greise des erworbnen guts sich freuen
Das ferne wettern reicht nicht an ihr ohr.
Doch alle jugend sollt ihr sklaven nennen
Die heut mit weichen klängen sich betäubt
Mit rosenketten überm abgrund tändelt,
Ihr sollt das morsche aus dem munde spein
Ihr sollt den dolch im lorbeerstrausse tragen

Im folgenden Frühling steht Claus Stauffenberg dem finanziell etwas klammen Freund Frank Mehnert auf dem leeren Hopfenboden einer verlassenen Bamberger Brauerei Modell für ein SA-Denkmal, das in Magdeburg aufgestellt werden soll.

Frank erhält tausend Mark für seine Teilnahme am Wettbewerb. Aber besteht von offizieller Seite überhaupt noch Interesse daran, einen SA-Mann zu verherrlichen? Einen Monat später wird die SA entmachtet und ihr Führer Röhm ermordet.

Fritz-Dietlof von der Schulenburg ist im Herbst 1932 zum Regierungsassessor in Heiligenbeil im Ostpreußischen ernannt worden. Er hat sich sofort dem Königsberger Kreis angeschlossen, der für die Ideen eines sozialistischen Preußentums eintritt und in dessen Mittelpunkt Fritzis Vorgesetzter steht, Gauleiter Erich Koch, ein enger Freund der Strasser-Brüder und ein Gegner des Hitlerismus. Koch und die Seinen waren alle entsetzt, als Gregor Strasser im Dezember 1932 den Machtkampf mit Hitler verloren gab und von allen Parteiämtern zurücktrat. Gregors Bruder Otto ist 1933 emigriert. Und Gregor selbst, so scheint es nun, ist im Verlauf des Röhm-Putsches ermordet worden.

Fritzi und Charlotte sind vorsichtshalber für ein paar Tage in die Masuren gefahren, in das Landhaus eines Freundes. Hier wollen sie bleiben, bis sich die Dinge beruhigt haben. Charlotte freut sich: Fritzi findet selten die Zeit, mehrere Tage am Stück mit ihr zu verbringen. Sie sind seit dem 11. März 1933 verheiratet. Fritzi hat seine zukünftige Frau gewarnt,

Du heiratest einen Krieger, der wenig Zeit für Dich hat. Aber wenn er bei Dir ist, schenkt er Dir seine ganze Liebe und Freude.

So ist es, und so war es, von Anfang an. Eigentlich hatten sie eine mehrwöchige Hochzeitsreise geplant, aber Fritzi hatte zu viel zu tun. Also hatte er die Idee, von Berlin nach Ostpreußen zu fliegen. Der Flug war Charlottes erster, ein wunderbares Abenteuer. Alles ist bisher ein Abenteuer gewesen. Charlotte hat ja nicht einmal die Wohnung gekannt, in die sie eingezogen sind. Fritzi hatte sie allein entdeckt und sofort gemietet.

Meine schnellen Entschlüsse sind meist die richtigen.

Auch das scheint sich zu bewahrheiten. Die Wohnung ist wirklich hübsch. Sie liegt sehr schön, in Juditten im Samland. Zwar braucht man nach Königsberg eine halbe Stunde mit der Straßenbahn, aber der Garten ist herrlich, und dahinter beginnt gleich der Wald. Charlotte und Fritzi unternehmen jeden Abend lange Spaziergänge. Vorgestern hat Frau Scheffler sie bei ihrer Rückkehr schon erwartet: Jemand hatte nach dem Herrn Grafen gefragt. Frau Scheffler konnte nicht sagen, wer die Männer gewesen waren, aber sie hatten sich eindringlich erkundigt, wann denn die Herrschaft zurückkehren würde.

»Ich habe ihnen gesagt, ich weiß es nicht. Ich habe gesagt, es kann spät werden.«

Fritzi hat genickt. Er ist mit Charlotte ins Arbeitszimmer gegangen und hat die Tür geschlossen.

»Mach dir bitte keine Sorgen, Liebes. Aber ich denke, wir verreisen ein bisschen.«

Charlotte macht sich keine Sorgen. Die Tage sind so schön sonnig und heiß. Der See ist still und kalt. Am Steg ist ein alter Kahn vertäut, in dem Fritzi sie beide aufs Wasser hinausrudert. Morgens frühstücken sie zusammen auf der Terrasse vor dem Haus. Abends essen sie gebratene Fische, im Freien beim Schein eines Windlichts. Charlotte ist im siebten Monat schwanger.

Es geht ihr gut. Fritzi ist gerade ins Haus gegangen, um etwas zu lesen zu finden. Charlotte liegt im Liegestuhl am Seeufer und streichelt den Hund, den Fritzi ihr zu Weihnachten geschenkt hat.

Es war ihr erstes gemeinsames Weihnachtsfest. Für den zweiten Feiertag hatte Fritzi seinen Vorgesetzten eingeladen, den Gauleiter. Dann kam er spontan auf die Idee, auch die Schefflers dazuzubitten. Es war typisch Fritzi: Die Schefflers sind arm. Herr Scheffler ist ein treuer alter Kämpfer der Bewegung, aber arbeitslos. Frau Scheffler ist froh, Charlotte im Haushalt helfen zu können. Sie fühlten sich beide sehr geehrt. Frau Scheffler trug ihr gutes Kleid, Herr Scheffler seine sauber gebürstete SA-Uniform und abgetragene, sorgfältig gewichste Stiefel. Gauleiter Koch musterte ihn.

»Na, Scheffler. Die alten Knobelbecher. Wohin sollen die Sie wohl noch tragen. Hier, sehen Sie mal meine. Original von Breitsprecher aus Berlin.«

Fritzi stand starr. Dann verließ er das Zimmer. Als er zurückkam, brachte er seine Stiefel mit: die guten Stiefel, die ihm die Eltern zum Geburtstag hatten machen lassen.

»Da, Scheffler, probieren Sie an. Nein, wirklich. Probieren Sie diese Stiefel an. Sie passen. Doch, Scheffler, sie passen Ihnen wie angegossen. Ich schenke Sie Ihnen zu Weihnachten. Ich brauche sie nicht. Nein, wirklich, ich bestehe darauf.«

In seinen Augen funkelte das Entzücken, Koch brüskiert, ihn vor sich selbst nackt bis auf die Knochen ausgezogen zu haben. Koch hatte aber natürlich überhaupt nichts bemerkt.

»Na, lieber Graf«, hat er hinterher gesagt. »Das war aber eine noble Geste. Nicht dass Scheffler die Dinger behält. Ich wette mit Ihnen, gleich morgen verscherbelt er sie und tritt doch wieder in seinen Knobelbechern an.«

Seit diesem Vorfall hat es immer wieder Ärger mit Koch gegeben. Fritzi scheut nicht davor zurück, sich mit Vorgesetzten anzulegen. Auch als die Fischer in Heiligenbeil 1932 angeblich alle an der Haff-Krankheit litten, dachte er keinen Moment lang daran, sich seiner Karriere zuliebe ein wenig zurückzuhalten. Die Fischer zeigten ja ganz offensichtlich Vergiftungserscheinungen, und das lag nicht an irgendwelchen mysteriösen Haff-Dämpfen, sondern an den Abwässern der

Zellulosefabriken, die vollkommen ungeklärt ins Meer flossen. Fritzi hat sich sofort an die Verantwortlichen gewandt. Als das wirkungslos blieb, hat er der Königsberger Regierung hochoffiziell die unerklärliche und unerträgliche Lauheit ihrer Maßnahmen vorgeworfen.

Er hat gefordert, dass die Verwaltung sich nicht länger die Befugnis entwinden lässt, die Richtlinien wirtschaftlichen Handelns zu bestimmen, sondern unverzüglich die volle Verantwortung für diese ganze Schweinerei übernimmt. Natürlich war man enorm verärgert. Der Regierungspräsident ist nicht davor zurückgeschreckt, Fritzi Disziplinarmaßnahmen schärfster Art anzudrohen.

Der Krach ist recht erfrischend, hat Fritzi seiner Charlotte damals geschrieben. *Ich habe scharf geantwortet. Ich habe einige so wunderschöne Sätze gebastelt, dass ich sie direkt liebhaben musste.*

Damals waren die Nationalsozialisten noch nicht an der Macht.

Damals war Fritzi voller Hoffnungen: Nach der Machtergreifung würde man ja sofort darangehen, diese typischen Schlampereien und schlimmen Missstände der Systemzeit zu beseitigen. Die Verwaltung würde wieder werden, was sie sein sollte, der eigentliche Träger der Staatsmacht nämlich. Allerdings, wenn es der Partei nicht gelingen sollte, die Macht zu erringen und die Zerstörung des Volkes aufzuhalten, dann mochte es auch anders kommen.

Fritzi hat seiner Charlotte damals geschrieben,

Wenn man alle Möglichkeiten überdenkt, dann gibt es darunter welche, die uns beide vielleicht in äußere Not bringen könnten. Ich weiß aber, dass wir beide selbst die Not mit einem spöttisch zutraulichen Lächeln ansehen würden und dass sie unser Lachen nicht besiegen könnte.

Darin hat er sicher recht gehabt. Bisher sind sie aber in keinerlei Not geraten. Wie auch, wenn Fritzi die Entscheidungen trifft? Was er macht, gelingt.

Charlotte streckt sich in ihrem Liegestuhl aus. Es ist ein Sommertag 1934. Die Sonne ist warm. Das Wasser des Sees glitzert. Fritzi tritt aus dem Haus. Er kommt über die Wiese auf Charlotte zu. Er beugt sich über sie und küsst sie.

»Hast du ein Buch gefunden?«

»Ja. ›Deutsche Dichtung der Gegenwart‹, erst zwölf Jahre alt.«

Charlotte lacht. Fritzi legt sich in seinen Liegestuhl. Charlotte schließt die Augen. In ihrem Bauch regt sich das Kind.

Und nun ist Fritzi Landrat in Fischhausen am Frischen Haff geworden. Sein Wirkungskreis erweitert sich: Fritzi soll in Zukunft sozialpolitische Aufgaben wahrnehmen und sich um die regionale Wirtschaftsförderung kümmern. Vor allem aber müssen die Finanzen saniert werden. Fritzi ist begeistert. Er hat spartanische Amtsführung angemahnt, strikte Sparsamkeit, Selbstbeschränkung in allen Punkten. Er hat die Anzahl der Dienstwagen halbiert. Er zahlt die Kosten für Strom und Heizung aus eigener Tasche. Er hat einen Teil seiner Dienstwohnung schlechtbesoldeten Untergebenen zur Verfügung gestellt. Besitz interessiert Fritzi nicht: Der Graf reist gern leicht. Unbequemlichkeiten und Mühen schrecken ihn nicht, ihm geht es einzig darum, seine Pläne in die Tat umzusetzen.

Es ist ein Februarnachmittag 1936. Der Tag ist strahlend und eisig. Im Licht der tiefstehenden Wintersonne werfen die Alleebäume türkisblaue Schatten. Es ist Charlottes erster Spaziergang seit der Geburt ihrer zweiten Tochter. Fritzi war wieder nicht dabei, als die Wehen einsetzten. Er hielt sich gerade in Berlin auf. Es ging um die Interessen des Volks, und die Interessen des Volks haben vor allem anderen Vorrang. Charlotte hätte sich sehr gewünscht, ihm diesmal einen Sohn zu gebären. Es war aber wieder nur ein Mädchen. Fritzi hat es beglückt begrüßt.

»Noch so ein heiteres kleines Wesen. Und wie schön sie ist, wunderschön.«

Fritzi und Charlotte gehen Arm in Arm. Der Frost überhaucht den Horizont rosig. Fritzi ist gerade von einem Besuch in der Villa von Gauleiter Koch zurückgekehrt. Er hat Koch aufgesucht, um ihm mitzuteilen, dass er sich weigert, weiterhin zwei von drei Stellen mit unfähigen Parteimitgliedern zu besetzen. Tatsächlich schädigt ein solches Vorgehen die Partei. Das Volk ist doch nicht dumm. Es interessiert sich nicht für Parteiprogramme, sondern dafür, wer einer ist, wie einer sich im täglichen Leben hält. Daran wird die Partei gemessen.

»Und fehlender innerer Rang lässt sich nun einmal nicht durch großschnäuziges Auftreten ersetzen«, sagt Fritzi. »Ich habe das zu Koch gesagt. Ich habe ihm gesagt, dass ein wahrer Führer alle Eigeninteressen dem Gemeinwohl opfern muss. Dienst und Pflicht müssen für ihn über allem anderen stehen. Er braucht Urteil und Instinkt, vor allem aber Zivilcourage nach oben, auch im kleinsten Bereich. Er muss den Willen und den Mut haben, scharf gegen Korruption und Rechtsbrüche innerhalb der Verwaltung vorzugehen. Aber nicht nur, dass Koch dieser Wille fehlt, er steht tatsächlich an der Spitze des Ganzen. Er ist es selbst, der sich bereichert. Ich habe es ihm ins Gesicht gesagt. Ich habe ihm gesagt, dass sein Villenneubau ein Verrat am Volksvermögen ist und sein Ende als revolutionärer Kämpfer für den preußischen Sozialismus bedeutet.«

»Und was hat er erwidert?«

Das Schulenburgsche Lachen wetterleuchtet über Fritzis Gesicht.

»Er war außer sich. Er hat mir Verrat an der Idee des Nationalsozialismus vorgeworfen. Ich habe ihm daraufhin mitgeteilt, dass ein solcher Vorwurf einen Angriff auf meine Ehre darstellt und dass ich meine Ehre mit allen Mitteln und ohne jede Rücksicht verteidigen werde.«

»Was meinst du, wie die Sache weitergeht?«

»Er wird natürlich einen Rückzieher machen. Er wird seinen Vorwurf ja kaum vor sich selbst verantworten können. Er wird begreifen, dass ich gar nicht anders kann, als meinem Gewissen zu folgen. Wenn ich einen nationalsozialistischen Führer auf seine Irrtümer hinweise, dann handle ich aus innerer Notwendigkeit heraus.«

Fritzi ist stehengeblieben. Er zündet sich eine Zigarette an.

»Man muss wirklich Kochs Villa gesehen haben«, sagt er. »Man muss es gesehen haben, wie die behandschuhten Diener mit Bohnenkaffee und Torte über das Parkett schlurfen. Es geht dabei zu wie in einem Film. Es herrscht ganz und gar nicht die Atmosphäre eines vornehmen großen Landhaushalts, sondern die Welt des Kinos.«

Fritzi nimmt wieder Charlottes Arm.

»Wobei, das Führerprinzip ist richtig«, sagt er. »Daran glaube ich nach wie vor. Wir haben allerdings die falschen Führer. Aber ich glaube noch immer an die Idee. Ich glaube an sie, und ich bleibe bei ihr, es sei denn, dass man das Volk und seinen Glauben verrät.«

Und hat Fritzi Schulenburg auch an der Verwaltungsreform vom 16. Juli 1938 mitgewirkt? Denn die Beamtenschaft des Dritten Reiches ist natürlich nicht ausschließlich damit beschäftigt, sich zu bereichern. Sie ist auch bemüht, aufbau- und ablauforganisatorisch segensreich zu wirken, zum Wohle der deutschen Volksgemeinschaft. So muss man sich zum Beispiel nur einmal vorstellen, welch Mühe und Elend ein junges Paar erwartet, das den Bund fürs Leben eingehen will und bei der Beschaffung der benötigten Arierausweise feststellen muss, dass der leider bereits verstorbene Vater der Braut aus Abschruten in Ostpreußen stammt.

Aber welches Abschruten ist gemeint? Abschruten im Landkreis Labiau oder Abschruten im Landkreis Insterburg? Abschruten im Kirchspiel Butwethen, das ebenso wie Abschruten im Kirchspiel Kraupischken zum Landkreis Ragnit gehört? Abschruten im Kirchspiel Mallwischken, das wie Abschruten im Kirchspiel Willuhnen zum Landkreis Pillkallen zu rechnen wäre, oder womöglich Abschruten im Kirchspiel Wischwill, Teil der Gemeinde Kallwehlen?

Mit all dieser Qual hat es nun ein Ende. Denn im Zuge der wohltätigen ostpreußischen Verwaltungsreform vom 16. Juli 1938 ist das Abschruten im Landkreis Labiau in Ehlertfelde, Abschruten im Landkreis Insterburg in Ossaquell, Abschruten im Kirchspiel Kraupischken in Steinflur, Abschruten im Kirchspiel Mallwischken in Bitzingen, Abschruten im Kirchspiel Butwethen in Schroten und Abschruten im Kirchspiel Willuhnen in Schruten umbenannt worden, so dass jedenfalls in der Abschruten-Frage endlich vorbildliche Ruhe und Ordnung im Reich herrscht.

Und Fritzi ist von Ostpreußen hinwegbefördert worden.

Im Sommer 1937 ist er zum Polizeivizepräsidenten von Berlin ernannt worden. Die Schulenburgs haben ein Häuschen am Rande des Grunewalds bezogen, im Zehlendorfer Ithweg 15.

Auch Claus Stauffenbergs Patenonkel Nux wohnt in Zehlendorf, im Hoffbauerpfad 25. Sie wohnen nun alle im Berliner Westen: Peter und Marion Yorck von Wartenburg haben vor Kurzem ein nettes kleines Reihenhaus in der Hortensienstraße 50 erworben, gleich am Botanischen Garten. In der Steglitzer Kaiser-Wilhelm-Straße 8 hat sich Cäsar von Hofacker niedergelassen, der Cousin der Stauffenberg-Brüder. Berthold und Mika Stauffenberg haben im Juni 1936 endlich doch noch geheiratet und eine Wohnung in der Konstanzer Straße 14 bezogen, und Claus und Nina Stauffenberg wohnen in der Waltharistraße 20, unweit des Wannsees.

Claus hat im Oktober 1936 an der Berliner Kriegsakademie zu studieren begonnen. Er ist allerdings schon wieder fort. Er ist als 2. Generalstabsoffizier der 1. Leichten Division nach Wuppertal abkommandiert worden: Am 9. September haben die Herbstübungen begonnen, und aufgrund der sich zuspitzenden Sudetenkrise rechnet man in diesen warmen Spätsommertagen 1938 allgemein mit Krieg.

»Im Übrigen habe ich mich Oster zur Verfügung gestellt.«

Die Schulenburgs sind bei den Yorcks in der Hortensienstraße zu Gast. Marion und Charlotte sind mit den Schulenburg-Kindern in den Garten hinausgegangen. Fritzi und Peter sitzen im Wohnzimmer.

»Du hast was?«, sagt Peter Yorck.

»Hans Oster. Von der Abwehr. Sein Referent Lautz war ein Kommilitone von mir. Du kennst Oster?«

»Ja«, sagt Peter. »Mein Bruder Heinrich ist mit Osters Sohn in Stettin stationiert.«

»Wir planen einen Staatsstreich«, sagt Fritzi. »Wir werden es nicht zum Krieg kommen lassen, nicht zum jetzigen Zeitpunkt. Ein Stoßtrupp von ungefähr dreißig Mann wird in die Reichskanzlei hineinmarschieren, Hitler absetzen und verhaften.«

Fritzi Schulenburgs Augen blitzen. Er legt den Kopf zurück und blinzelt Peter durch sein Monokel an.

»Und ich werde dem Stoßtrupp die Tür öffnen«, sagt er.

»Die große Doppeltür hinter dem Posten am Eingang zur Reichskanzlei.«

Peter Yorck schweigt einen Moment. Dann sagt er: »Du rechnest dir Erfolgschancen aus.«

»Aber sicher. Hauptmann Friedrich Wilhelm Heinz und Korvettenkapitän Franz Maria Liedig haben den Trupp zusammengestellt. Die meisten sind ehemalige Mitglieder der Brigade Ehrhardt und der Organisation Consul. Das sind Männer mit einiger Erfahrung. Mein Vorgesetzter ist auch für die Sache gewonnen. Polizeipräsident Helldorf. Ich habe Oster schon im Frühling während der Fritsch-Sache zusichern können, dass die Polizei neutral bleiben würde, wenn sich die Armee dazu bewegen ließe, gegen Hitler vorzugehen. Nun haben Helldorf und ich die polizeilichen Maßnahmen detailliert festgelegt. Übrigens, der Kopf des Ganzen ist Generaloberst Beck. Wir kennen uns seit eh und je. Er war ja oft auf Tressow bei meinem Vater zu Gast.«

»Aber wird es genügen, nur Hitler auszuschalten?«, sagt Peter Yorck. »Ich denke, die gesamte Regierung müsste gehen. Vor allem die SS muss entmachtet werden, wenn man den Wechsel will.«

»Auch recht«, sagt Fritzi. »Ist mir wirklich vollkommen recht. Es existieren schon Pläne für alles. Aber vor allem muss man endlich anfangen. Dieses Land ist wie ein schmutziges Zimmer. Es hilft nichts, die Hände über dem Kopf zusammenzuschlagen. Man muss mit dem Aufräumen anfangen.«

»Aber was soll danach kommen?«, sagt Peter. »Ich bin kein Nationalsozialist. Ich weigere mich nach wie vor, in die Partei einzutreten. Aber die Zustände am Ende der Republik wünscht sich ebenfalls niemand zurück. Also, was dann? Wenn man nicht weiß, was dieses Regime ersetzen soll, könnte ein Staatsstreich das Land ins Chaos stürzen, in den Bürgerkrieg.«

»Aber das Danach ist doch offensichtlich. Danach kommt der wahre Nationalsozialismus. Die gegenwärtige Führung hat alles verraten, wofür die Bewegung gestanden hat. Aber an die Bewegung glaube ich weiterhin. Wenn wir uns von diesen jetzigen Leuten erst einmal gereinigt haben, dann wird der Nationalsozialismus ganz neu erblühen. Heinz und ich sind beide Anhänger von Gregor Strasser gewesen. Wir sind uns einig: Preußentum und Sozialismus müssen die beiden tragenden Säulen des Staates werden. Wir haben ein paar wunderbare Aufrufe an die Bevölkerung fabriziert, die über den Rundfunk gesendet werden sollen, sobald der Sender besetzt ist. Oder ich reite mit einem Pferd durch Berlin und verlese den Text an jeder Ecke.«

Charlotte Schulenburg und Marion Yorck sitzen auf der Bank ganz hinten im Garten, nahe der Bahngleise, im spielenden Halbschatten der Bäume. Marion hält den kleinen Fritz-Dietlof von der Schulenburg auf dem Arm, das Patenkind ihres Mannes. Fritzi junior ist am 10. Mai 1938 in Berlin geboren.

Charlottes Erleichterung hat ihren Mann sehr verblüfft.

»Liebling. Liebesgenius. Mein liebstes Du. Ich hätte mich ebenso über ein weiteres Mädchen gefreut. Was Gott schickt, das schickt er. Ich liebe sie alle, die zärtlichen kleinen Genien.«

Aber Charlotte ist froh. Sie hat ihn endlich, den ersehnten Sohn. Und jetzt möchte Charlotte ein Kleid von Fritzi.

Vielleicht bricht noch diesen Herbst der Krieg aus, vielleicht auch nicht. Vielleicht werden die Entscheidungen Fritzi Schulenburgs die Welt verändern. Vielleicht fällt Hitler eines Morgens tot um. Vielleicht entfaltet sich dann der wahre und richtige Nationalsozialismus in all seiner Herrlichkeit und erlöst das deutsche Volk und mit ihm die Welt von allen Übeln. Aber so lange kann Charlotte nicht warten.

Charlotte hat in den letzten Monaten ein paarmal daran gedacht, ernstlich zu meutern. Sie hat ernsthaft die Revolte erwogen, nachdem es ihr nicht gelungen ist, Fritzi mit friedlichen Mitteln zu reformieren und ihn ein wenig mehr auf die Familie zu verpflichten. Und seit die Schulenburgs in Berlin sind, ist es tatsächlich noch schlimmer geworden. Abend für Abend sitzt Fritzi nun mit irgendwelchen Bekannten zusammen und redet über Politik. Natürlich, Charlotte war gewarnt,

Du heiratest einen Krieger, der wenig Zeit für Dich hat. Aber wenn er bei Dir ist, schenkt er Dir seine ganze Liebe und Freude.

Das ist ja wahr. Aber jetzt möchte sie eben ein Kleid von ihm. Und sie wird diesen Punkt in aller Deutlichkeit ansprechen.

»Fritzi. Weißt du eigentlich, dass ich kein einziges Kleid von dir habe?«

Er hebt den Blick von dem Buch, das er liest. Er sieht sie an, hellwach, interessiert, ohne eine Spur von Verständnis.

»Kein Kleid. Aber du hast doch Kleider.«

»Aber nicht eins davon hast du ausgesucht.«

»Nein. Wozu? Mir gefallen die Kleider, die du dir selbst ausgesucht hast.«

»Welches Kleid besonders?«

»Alle. Immer eins nach dem anderen.«

»Sag mir, was ich für Kleider habe.«

Seine Augen leuchten. Er denkt nach, konzentriert wie bei einer Frage, die entscheidend ist für das Volkswohl.

»Du hast ein weißes Kleid mit blauen Paspeln. Du hast ein graues Kostüm, sehr elegant. Du hast ein kariertes Kleid, in dem du aussiehst wie eine Schülerin. Du hast ein rotes Kleid, in dem du sehr schön bist.«

Sie seufzt.

»Ich möchte aber ein Kleid, das du mir ausgesucht hast. Es würde mich freuen, weißt du.«

»Es würde dich freuen! Sag das doch gleich. Das würde dich freuen? Wann wollen wir los? Was hältst du davon, wenn wir sofort gehen?« Er sieht auf die Uhr. »Sagen wir, in 18 Minuten?«

So sind sie schneller bei Braun Unter den Linden, als Charlotte es für möglich gehalten hätte. Fritzi hält ihr die Tür auf. Er trägt schlecht sitzende Hosen, ein schäbiges Jackett. Die Direktrice eilt ihnen entgegen. Fritzi sieht nicht aus wie ein armer Verwandter der eleganten Charlotte Gräfin von der Schulenburg. Er sieht aus wie ihr verkleideter Ritter. Er geht freundlich nickend an der Direktrice vorbei, schreitet an einem Kleiderständer entlang, zieht an einem Ärmel.

»Das da nehmen wir.«

Der Ärmel ist schmal, waldelfengrün. Charlotte hat noch niemals ein grünes Kleid besessen.

»Und das da.«

Ein blauer Ärmel.

»Also fertig. Ich warte draußen.«

Charlotte hat die Kleider nicht anprobiert. Sie haben sich nichts zeigen lassen, von den Vorführdamen des Salons. Charlotte steht an der Kasse. Fritzi steht vor dem Laden und raucht. Charlotte bezahlt. Sie verwaltet ja die Finanzen. Fritzi beansprucht für sich nur ein kleines Taschengeld: Der Graf reist gern leicht. Man faltet ihr ihre Kleider in Seidenpapier, reicht sie ihr in einer eleganten Tüte. Draußen vor dem Fenster geht Fritzi auf und ab.

»Freust du dich?«, sagt er zu ihr. »Bist du froh?«

»Ja«, sagt Charlotte.

Er nimmt ihr die Tüte ab. Sie muss lachen. Sie schiebt die Hand unter seinen Arm.

»Sehr froh, Fritzi«, sagt sie. »Kommst du denn heute Abend nach Hause?«

»Natürlich, mein Liebstes. Es wird allerdings spät. Ich habe noch eine Verabredung.«

Im Bayerischen Viertel liegt alles voller Scherben. Den ganzen Tauentzien entlang liegen Seidenstrümpfe und zerschmetterte Möbel, Pariser Schuhe und Luxusroben auf der Straße. Die Charlottenburger Synagoge steht in Flammen. Aus den Fenstern der luxuriösen Textil- und Modehäuser rund um den Hausvogteiplatz fliegen die Stoffballen, die sich an den Fassaden festlich flatternd entrollen, leuchtende Fahnen einer Welt des Luxus und des Frohsinns. Und Goebbels brüllt.

Charlotte Schulenburg kann hören, dass er brüllt. Sie kann hören, dass es Goebbels ist: Sie erkennt seine Stimme durch den Telefonhörer, den Fritzi ein Stück von sich weg hält, weil es ihm zu laut ist. Sie versteht einzelne Wörter,

eigenmächtig, ohne jede Rücksprache

Es ist der Abend des 10. November 1938. Fritzi hat in seiner Eigenschaft als Vizepolizeipräsident von Berlin heute Morgen Juden entlassen, die man in der Nacht verhaftet hatte. Und nun ist Goebbels außer sich. Der Hörer schnattert und schäumt. Dann endet er in einer hohen Note, einem hysterischen Fragezeichen. Fritzi legt sorgfältig den Hörer ans Ohr. Seine Stimme ist trocken wie ein Blatt Papier.

»Selbstverständlich habe ich sie sofort entlassen«, sagt er. »Es lag gegen sie nicht das Geringste vor.«

Das Geschnatter setzt erneut ein. Fritzi hält den Hörer von sich, bis es wieder still wird. Dann spricht er.

»So ist nun einmal die Rechtslage, Herr Minister.«

Wissen Sie, was Sie sind? Ein Bürokrat! Ein mickriger kleiner Bürokrat!

Dann schweigt der Hörer. Fritzi lacht einmal auf. Er hängt den Hörer ein. Leicht, und entschieden.

»Es war eine Farce.«

Die Schulenburgs sind bei den Yorcks in der Hortensienstraße 50 eingeladen.

»Diese halbstündigen Aufrufe von Goebbels im Rundfunk, die Bevölkerung möge die Übergriffe auf die Juden einstellen«, sagt Fritzi. »Eine Farce. Als wenn unser Volk fähig wäre zu solch sinnloser Gewalt. Als wenn das deutsche Volk sich für solch schäbige, niedrige Handlungen hergeben würde. Wir hätten putschen sollen. Wir hätten das Münchner Abkommen einfach nicht beachten sollen. Was interessiert uns England? Es geht doch darum, wer wir selbst sind. Ich bin Vizepolizeipräsident. Meine Aufgabe ist es, für Recht und Ordnung zu sorgen. Und genau das hat man mir verboten. Man hat der Polizei verboten einzugreifen. Aber ein Polizeipräsident ohne Eingriffsmöglichkeiten, ohne Handlungsbefugnisse in einer Situation wie in den letzten Tagen ist in Wahrheit ein Sklave, der im Sinne der Macht zu funktionieren hat. Und das weise ich von mir. Ich bin ein freier Diener dieses Staates. Und damit bin ich verpflichtet, den Staat unter allen Umständen zu verteidigen, bis zum letzten Tropfen Blut und notfalls auch gegen seine Führer.«

»Und dann?«, sagt Peter Yorck. »Wenn man die politische Führung beseitigt hat? Das Problem bleibt, dass geklärt sein muss, was für einen Staat man überhaupt anstrebt. Was man an die Stelle des gestürzten Regimes setzen will. Wenn wir das nicht wissen, bekommen wir schlimmere Zustände als am Ende der Republik. Und das können wir nicht verantworten. Man müsste sich einmal hinsetzen, sich die Zeit nehmen und allen diesbezüglichen Fragen wirklich auf den Grund gehen. Und dann müsste man einen großen Neuentwurf wagen.«

Euer Schicksal ist das meine,
Eins mit euch auf Hieb und Stich

»Frank Mehnert hat sich vom Nationalsozialismus abgewandt«, sagt Berthold Stauffenberg zu seinem Bruder Claus. »Fahrner hat es mir gestern berichtet. Er und Frank haben in der Nacht nach den Ausschreitungen in Mehnerts Achilleion eine Hitler-Büste mit Hämmern zerschlagen. Und Fahrner hat Karl Wolfskehls Gedicht für uns abgeschrieben. Das Gedicht, das Wolfskehl letztes Jahr zum Todestag des Meisters aus Neuseeland geschickt hat. Du erinnerst dich. Boehringer hat es in der Kapelle in Minusio vorgelesen.«

Unverbrüchlich was uns eine,
Eins das Große, Eins das Kleine,

Wolfskehl hat in dem Gedicht an das Wirken seiner jüdischen Vorfahren erinnert, die vor tausend Jahren von Lucca nach Mainz zu Kaiser Otto II. gezogen sind. Er hat die innige Verbundenheit seiner Familie mit der deutschen Geschichte beschworen, mit den Kaisern, Dichtern und Mythen Deutschlands, mit der Sprache, die seine Muttersprache ist. Und schließlich hat er sich und die Seinen zu den eigentlichen Trägern deutscher Tradition erklärt, zu den wahren Führern Deutschlands, jetzt, wo im Reich die Barbaren herrschen.

Zu mir traten eure Besten,
Zu mir, den die Flamme weist –
Ob im Osten, ob im Westen:
Wo ich bin, ist Deutscher Geist.

»Die Verbundenheit der Mitglieder des *Staats* muss immer an erster Stelle stehen«, sagt Claus. »Dieses Band ist es, das uns mehr als jedes andere hält und verpflichtet. Ich habe Boehringer auch wegen der Herausgabe des strittigen Bandes aus dem Nachlass des Meisters geschrieben. Wir werden die Herausgabefrage nun einvernehmlich klären. Es ist noch nie vorgekommen, dass sich der *Staat* entzweit, und wir dürfen es unter keinen Umständen geschehen lassen.«

Sie schweigen einen Moment.

»Wie stehst du zum Ende der Sudetenkrise?«, fragt Berthold.

»Es war mir ein merkwürdiges Gefühl, das schon gezogene Schwert wieder in die Scheide zurückzuschieben«, sagt Claus. »So ging es wohl jedem Soldaten. Zumal der Krieg dennoch kommt, so viel steht fest.«

»Ich war letzte Woche bei Yorcks«, sagt Berthold. »Offenbar war ein Staatsstreich geplant. Er ist im Wesentlichen daran gescheitert, dass England der Abtretung des Sudetenlands zugestimmt hat.«

»Ein Staatsstreich?« Claus schüttelt den Kopf. »Ausgeführt von wem, von Zivilisten? Das wäre wohl kaum ein Staatsstreich gewesen, sondern nur eine private Verschwörung. So etwas ist natürlich ganz und gar unmöglich. Ein Staatsstreich kann legitim sein, aber er darf niemals von irgendwelchen einzelnen Aufrührern ausgeführt werden, sondern allein vom Offizierskorps, also von den ernannten und berufenen Führern der Nation. Der Offizier trägt als Diener des Staates die Gesamtverantwortung für das Ganze des deutschen Volkes. Er kämpft ja auch für das Ganze, nicht nur für einen Teil. Dass man uns diese Verantwortung nicht einräumt, dass die Regierung die Heerführer nicht an politischen Entscheidungen beteiligt, ist in der Tat eigentlich unverzeihlich. Nun, man wird abwarten müssen, wie sich diese Dinge im Kriegsfall entwickeln.«

3

Dorothy Gräfin von Moltke ist tot. Sie ist im Juni 1935 gestorben, im Alter von erst einundfünfzig Jahren. Ihr Tod kam völlig unerwartet. Dorothy war gerade erst von einem Besuch der Eltern in Südafrika zurückgekehrt, in Begleitung ihrer Mutter. Nun klagte sie über starke Kopfschmerzen, gegen die kein Mittel helfen wollte, nicht Kühlung noch Massagen und auch nicht der Glaube an die letzte Substanzlosigkeit von Krankheit und Schmerz. Am Tag darauf ist sie gestorben. Sie ist auf dem Kapellenberg beigesetzt worden, in der Gruft des Feldmarschalls. Sie trug ihr schönstes Kleid, ihre roten Schuhe.

Leben wir, so leben wir dem Herrn; sterben wir, so sterben wir dem Herrn. Darum: wir leben oder sterben, so sind wir des Herrn.

Helmuth sprach kein Wort auf dem Rückweg zum Berghaus. Er hatte die Hände in die Taschen seines grauen Straßenanzugs gebohrt, den Blick zu Boden gerichtet. Hinter ihm ging Asta, in Tränen aufgelöst. Kreisaus Sommerlinden blühten und dufteten. Freya stützte Granny: Jessie Rose Innes hatte ihre Tochter nach Deutschland begleitet, um nun am Grab ihres einzigen Kindes zu stehen. Und wie würde das Leben weitergehen? Wer würde von nun an Kreisau beleben, wer würde die Stellung auf dem Gut halten?

»Diese Aufgabe wird wohl dir zufallen«, hat Helmuth zu Freya gesagt. »Ich wüsste wirklich nicht, wem sonst.«

Helmuth ist letztes Jahr in die Berliner Kanzlei von Dr. Karl von Lewinski eingetreten, dem ehemaligen Generalkonsul in New York und Vertreter des Reichs bei den Reparationsverhandlungen in Washington 1922, der auch erst seit 1932 wieder in Deutschland weilt. Seinen ursprünglichen Plan, Richter zu werden, hat Helmuth ja schon vor Abschluss seiner juristischen Ausbildung aufgeben müssen. Die Jurisprudenz in Deutschland geht nicht mehr von einem abstrakten Gerechtigkeitsbegriff aus. Wer aber urteilt, ohne Recht sprechen zu können, wird zwangsläufig große Schuld auf sich laden.

Helmuth und Freya sind also 1934 erst einmal zu Daddy und Granny nach Kapstadt gefahren. Die ganze erste Hälfte des Jahres sind sie in Südafrika umhergereist. Sie haben den Tafelberg erstiegen, das Kastell und den Botanischen Garten besichtigt, den weiteren Kreis der Verwandten kennengelernt und das angenehme, durchaus britische Leben in dem Haus der Großeltern genossen, das Mami so liebt und das nun auch Freya und Helmuth heimatlich umfing. Tatsächlich haben sie sogar flüchtig erwogen, gar nicht mehr nach Deutschland zurückzukehren. Aber Kreisau den Rücken kehren? Mami und die Geschwister im Stich lassen?

Nein, ernsthaft in Frage kam das nicht. Dorothy stand ja zu Hause schon bereit, um sofort nach Helmuths und Freyas Rückkehr ihrerseits zu ihren Eltern zu fahren. Helmuth ist in den langen Gesprächen mit Daddy zu dem Entschluss gelangt, sich auf Völkerrecht und Internationales Privatrecht zu spezialisieren und sich in Berlin als Anwalt niederzulassen. Die Moltkes sind schließlich nicht persönlich bedroht. Von den alten Familien der Großgrundbesitzer lassen die Nazis ebenso brav die Finger wie vom katholischen Klerus und vom Geldadel der Industrie.

»Immerhin ist es gut zu wissen, dass wir auch auf der anderen Seite der Welt leben könnten, falls sich die Lage weiter zuspitzen sollte«, hat Helmuth beim Abschied zu den Großeltern gesagt.

Dann hat das Schiff die Moltkes nach England zurückgebracht, wo sie die Heimreise noch einmal unterbrochen haben, unter anderem, um Lionel Curtis recht herzlich von den Großeltern zu grüßen.

Curtis ist ein alter Freund Daddys. In jungen Jahren hat er zum Mitarbeiterkreis um Lord Alfred Milner gehört: zu Milner's Kindergarten, wie man die Gruppe junger Briten nannte, die nach den Burenkriegen die Aufgabe hatte, die britischen Kolonien im Süden Afrikas zur Südafrikanischen Union zu vereinen, die Wirtschaft wieder aufzubauen und die verschiedenen Bevölkerungsgruppen unter der Flagge Großbritanniens miteinander zu versöhnen.

Curtis hat Helmuth nahegelegt, sich zum englischen Barrister ausbilden zu lassen.

»Und ich denke, ich werde seinem Rat folgen«, hat Helmuth nach der Beerdigung seiner Mutter im Sommer 1935 zu Freya gesagt. »Ich denke, das wäre auch ganz im Sinne Mamis.«

So hat sich Helmuth nun bei der Rechtsgilde des Inner Temple in London eingeschrieben. Lionel Curtis hat ihm zu der Entscheidung gratuliert. Er hat Helmuth für die Dauer der Ausbildung seine Londoner Stadtwohnung in der Duke of York Street angeboten.

Und Freya muss nun schleunigst ihr Studium abschließen. Sie soll ja fortan in Kreisau leben. Im Herbst 1935 beginnt sie im Berghaus mit ihrer Doktorarbeit. Es ist eine einzige Quälerei.

Freya hasst diese teuflische Arbeit. Sie ist angewidert von jedem Satz, den sie schreibt. Sie verabscheut die Juristerei, sie kann nicht, sie will nicht, sie wird niemals fertig werden. Migräneanfälle martern sie. Sie kann nicht essen. Sie kann nicht schlafen. Sie heult. Sie sehnt sich nach ihrem Mann. Was soll Freya allein in Kreisau? Helmuth kommt am Wochenende nach Hause und ist fassungslos.

Wozu in aller Welt quält sie sich so? Ob sie besteht oder nicht, ist doch völlig unwichtig! Hat sie nicht studiert, um ihn besser zu verstehen? Na also, dann hat sich das Studium doch in jedem Fall gelohnt. Braucht sie etwa ein Examen, um ihm zu beweisen, dass er mit ihr über rechtliche Fragen sprechen kann? Soll sie den ganzen Kram doch einfach hinwerfen!

Aber so geht es auch nicht. Das kommt nicht in Frage. Freya ringt. Sie verzweifelt. Aber sie ist fest entschlossen, diese Sache irgendwie zu Ende zu bringen.

Nun gut, auch recht. Wenn Freya ihr Studium abschließen möchte, dann wird ihr das auch gelingen, da ist Helmuth ganz sicher. Er spricht ihr Mut zu, er erteilt brieflich Ratschläge.

Du musst eben bei der Sache bleiben. Du darfst Dich nicht verzetteln, Du darfst Dich nicht überfordern, aber Du darfst Dich in den Stunden, die Du für die Arbeit reserviert hast, auch nicht ablenken lassen.

Und Freya hält tatsächlich durch. Sie schreibt diese Arbeit, Satz für Satz. Anders geht es ja nicht. Wie stünde sie vor sich selbst da? Wie sonst soll sie freikommen? Im Januar 1936 hat sie es geschafft. Die Arbeit ist fertig. Freya Gräfin von Moltke wird zum Doktor der Rechte promoviert, zwar nur mit rite, aber sie kann nun zu Helmuth nach Berlin zurückkehren. Sie kann ihn nach England begleiten. Sie kann sein Leben teilen, jedenfalls so lange, wie der Winter währt. Dann kommt der Frühling, und Freya muss wieder nach Kreisau ziehen.

Helmuth hat schließlich seine Londoner Ausbildung. Er hat seine Berliner Kanzlei. Helmuth muss Geld verdienen, Kreisau ist längst noch nicht schuldenfrei. Außerdem kann es Helmuth schwerlich genügen, sich für immer auf dem Land zu vergraben. Also muss Freya sich um Kreisau kümmern. Natürlich kommt Helmuth am Wochenende heim, und Freya kann ihn in Berlin besuchen. Aber sie weint bei jeder Trennung. Und jetzt will sie ein Kind.

»Aber ich kann das nicht!«

Helmuth Moltke ist sehr erschüttert.

»Ich habe dir das gesagt, Pim. Ich habe niemals Kinder gewollt! Ich habe oft genug mit der Tatsache meiner eigenen Existenz gehadert, wie kann ich ein Kind der Zukunft ausliefern? Wo es doch selbst in den besten Zeiten problematisch ist, die Existenz eines weiteren Menschen auf dieser Welt zu vertreten zu haben. Und unsere Zeit gehört zu den schlechten.«

»Aber wir leben nun einmal jetzt«, sagt Freya. »Ich kann nicht auf bessere Zeiten warten. Und ich kann mein Leben auch nicht durch und durch schlecht finden. Ich kann eine Zeit nicht durch und durch furchtbar finden, in der wir beide zusammen sind.«

»Ja. Gut. Natürlich. Aber überlege das Erbe, das wir unseren Kindern hinterlassen. Überlege die Schuld, die sie werden tragen müssen. Überlege, dass wir Schrecken entgegengehen, die wir noch gar nicht absehen können. Wie soll man diese

Aussichten ertragen, wenn man nicht nur für eine, sondern für zwei Lebenszeiten zu sorgen hat?«

»Natürlich ist es eine schwierige Zeit«, sagt Freya. »Aber das Leben geht weiter. Sogar während des Weltkriegs haben Frauen Kinder bekommen.«

Aber das lässt Helmuth nicht gelten. Helmuth hat Ahnungen, er gerät in Stimmungen, und dann erschreckt er sie damit, dass er seinen frühen Tod ankündigt. Warum tut er das? Er weiß doch, dass sie ohne ihn gar nicht leben kann. Er weiß, dass er der Mittelpunkt ihrer Welt ist. Ihr Leben, wo sie es nicht an seiner Seite lebt, ist ihr ohne jeglichen Sinn.

Er beharrt aber darauf: Er wird früh sterben. Er verschanzt sich dahinter, dass diese Dinge nicht in seiner Hand liegen. Sie ringt mit ihm. Wird er an ihrem fünfzigsten Geburtstag noch da sein? An ihrem fünfundvierzigsten, ihrem vierzigsten? Was würde sie tun, ohne ihn?

Sie blickt um sich. Es gibt Frauen, die ihre Güter allein bewirtschaften, die Gräfin Nostiz zum Beispiel oder deren Schwägerin. Aber doch nicht Freya! Freya ist nicht vom Land. Sie ist ein Stadtkind, sie ist nicht der Scholle verbunden. Sie könnte niemals ein Gut führen.

Ist ja auch nicht nötig.

Das schreibt sie von Kreisau nach Berlin, trotzig. Wenn Helmuth Kreisau liebt, dann tut er gut daran, am Leben zu bleiben. Es ist schließlich sein Gut. Freya vertritt ihn hier allenfalls, und auch das nur notgedrungen. Er braucht sich nicht einzubilden, dass er sich so einfach davonstehlen kann.

Helmuth in England versucht derweil, politisch auf die Engländer einzuwirken. Die Engländer reagieren einfach nicht scharf genug. Nicht einmal Lionel Curtis versteht den Ernst der Lage. Er ist ein kluger, sehr politischer Kopf: Curtis gilt als Architekt des Round Table Movement, 1909 gegründet, um die Entwicklung des Commonwealth zu beeinflussen, und er hat die Delegation angeführt, die 1920 während der Pariser Friedenskonferenz das Royal Institute for International Affairs im Chatham House gegründet hat. Er ist sich der Verantwortung der angelsächsischen Kultur für den Rest der Welt durchaus bewusst und ganz bestimmt nicht politisch naiv. Aber selbst er will nicht erkennen, dass mit Hitler etwas ganz Neues, etwas im Kern Böses, über die Welt gekommen ist, mit dem es keinerlei Aussöhnung geben kann. Und Lord Curtis' Freund Lothian, seit den Tagen von Milner's Kindergarten Erster Sekretär des Round Table Movement, hat Helmuth gegenüber allen Ernstes die Ansicht ventiliert, das Regime in Deutschland werde sich schon normalisieren, wenn man ihm nur mit Freundlichkeit begegnet.

Lothian gehört ebenso wie Premierminister Neville Chamberlain und Lordsiegelbewahrer Edward Halifax zum Kreis der Appeaser, die regelmäßig auf Lady Astors Landsitz Cliveden zusammenkommen. Schon zu Zeiten der Weimarer Republik hat man sich hier dafür eingesetzt, den Vertrag von Versailles zu korrigieren und Deutschland als gleichberechtigten Staat anzuerkennen, um einen stabilen Frieden zu sichern. Damals wäre das möglicherweise sogar ein Schritt in die richtige Richtung gewesen. Aber erkennen die Engländer denn nicht, dass sich die Verhältnisse seitdem gewandelt haben?

Der Nationalsozialismus ist keine politische Richtung unter anderen. Er ist eine Krankheit, ein ekler Pilz. Ebenso gut wie mit seinen Vertretern könnte man mit dem Pestfloh verhandeln, man könnte mit dem Auslöser der Amöbenruhr einen Vertrag zu schließen suchen.

Helmuths britische Zuhörer lauschen verwundert. Aber sicherlich kann man doch mit jedem Menschen reden?

Sicherlich wird auch dieser Herr Hitler zur Vernunft zu bringen sein, wenn man ihm ein Stück weit entgegenkommt, ihm versöhnend die Hand reicht?

Wie Helmuth Moltkes Eltern es waren, so sind auch Lord Lothian und Lady Astor Anhänger der Christlichen Wissenschaft, die lehrt, dass das Böse ohne wahre Substanz ist. In Wahrheit ist alles vom Geist Gottes durchdrungen. Und Lord Halifax fand die Nationalsozialisten eigentlich sogar sehr nett und umgänglich, bei seinem Besuch in Berlin 1936. Alles war sehr interessant und amüsant, sogar Goebbels.

Außerdem darf man doch nicht übersehen, was Hitler für Deutschland getan hat: Auch wenn es am Regime sicher einiges auszusetzen gibt, hat er immerhin den Kommunismus aus seinem Land gefegt.

»Diese Engländer klingen wie die deutschen Abwiegler 1933«, sagt Helmuth zu seinem Freund Michael Balfour, Dozent für moderne Politik in Oxford. »Man muss abwarten, hieß es damals. Man muss sehen, was kommt. Die Nazis werden sich schon die Hörner abstoßen. Sie müssen doch erst einmal für Ordnung sorgen. Sie müssen sich beim politischen Gegner Respekt verschaffen. Die Gewalttätigkeiten sind die Wehwehchen der Anfangszeit. Und die Aktionen gegen die Juden, nun ja, man wird auch da seine Grenzen finden, man wird den Leuten ja wohl kaum die Mittel nehmen, sich ihren Lebensunterhalt zu verdienen. Es ist eine schleichende Gewöhnung. Es ist wie ein Gift, das der Körper toleriert, wenn man die Dosen nur langsam genug erhöht. Und wo sind wir jetzt? Sie haben die Folter wieder eingeführt. Der Gestapo ist es nun von höchster Stelle gestattet, die Leute ganz offiziell zu misshandeln. Natürlich nur manchmal, und nur ein klitzekleines bisschen. Natürlich nur, wenn es das Wohl des Staates zwingend erfordert. Natürlich muss die Anwendung streng reglementiert sein. Ausschließlich Stockschläge sind gestattet. Die Länge des Stocks ist vorgegeben. Der Beamte, der den Züchtigungsbefehl verhängt, darf nicht der sein, der ihn vollzieht. Großartig! Schon ist das Ungeheuerliche bürokratisch verpackt, juristisch reglementiert, rechtlich eingehüllt und damit genießbar und leicht verdaulich.«

Und in diese Welt will Freya ein Kind setzen?

Am 24. Dezember 1936 reisen die Moltkes ein weiteres Mal nach Südafrika. Sie wollen nach den Großeltern sehen. Vor allem Daddy kann den Verlust seiner Tochter nicht verwinden.

»Und zu denken, dass er gar keine Kinder wollte.«

Granny und Freya sitzen hinter dem gemütlichen, ganz und gar englischen Haus der Rose Innes auf der Veranda und blicken in den morgendlichen Garten.

»Was sagst du da?«, sagt Freya.

»Daddy wollte keinesfalls ein Kind. Aber ich. Ich habe eine Weile mit ihm debattiert, und nachdem er sich vollkommen unnachgiebig zeigte, habe ich schließlich gemacht, was ich für richtig hielt. Und nun sieh ihn dir an, wie er um sein Kind trauert. Sieh dir an, wie sehr er seine Tochter geliebt hat.«

»Granny. Ach, nicht weinen, liebe liebe Granny.«

»Ich kann mich aber unmöglich vermehren!«

Es ist ein Aufschrei voll echter Verzweiflung. Er kommt aber zu spät. In diesem April 1937 sind schon zum zweiten Mal die Migräneattacken ausgeblieben, die Freyas Menstruation für gewöhnlich begleiten.

»Ich will keine Kinder! Ich bin davon ausgegangen, dass du das akzeptierst. Ich bin davon ausgegangen, dass du mir zustimmst. Ich kann die Verantwortung nicht tragen.«

»Das musst du auch nicht, Liebster. Es wird mein Kind sein. Ich werde die Verantwortung tragen.«

Helmuth schweigt.

»Liebster«, sagt Freya. »Du musst dich um deine Mandanten kümmern, um Kreisaus Finanzen, um deine englische Ausbildung. Und ich muss ein Kind haben. Verstehst du das nicht?«

Helmuth antwortet noch immer nicht.

Freya sagt: »Ich werde genauso wie jetzt für dich da sein. Ich werde immer ganz für dich da sein.«

Keine Antwort. Freya überlegt. Dann entschließt sie sich. Sie sagt: »Granny hat es auch so gemacht.«

»Granny?«

»Daddy wollte auch keine Kinder. Aber Granny hat dennoch ein Kind bekommen.«

Helmuth wendet sich ab. Er legt das Gesicht in die Hände. Es sieht aus, als hielte er sich die Augen zu. Nach einer Weile sagt er etwas.

»Hoffentlich wird das arme Wurm wenigstens dumm, stumpf und dumpf. Dann hat es vielleicht doch eine Chance, glücklich zu werden, auf dieser Erde.«

Am 2. November 1937 wird im Haus seiner Großmutter Ada Deichmann in Godesberg der kleine Helmuth Caspar geboren. Helmuth ist nicht da. Er weilt in London. Seine Schwiegermutter schickt ihm ein Telegramm. Helmuth öffnet es erst am nächsten Tag.

Freya liegt im Bett, in den hohen Kissen. Sie hält ihr Söhnchen im Arm. Sie schiebt alles von sich. Sie muss nun den Taufspruch für ihr Kind auswählen: 1. Mose 12,2.

So spricht Gott: Ich will dich segnen, und du sollst ein Segen sein.

Und nun ist Freya in Kreisau angekommen. Sie ist jetzt die Kreisauerin. Alles liegt klar vor ihr: Jemand muss Kreisau lebendig erhalten, und das kann nur Freya sein. Helmuth ist Anwalt. Freya ist Ehefrau, Mutter und Gutsherrin. Sie ist auch ein Doktor der Jurisprudenz. Aber sie hat niemals vorgehabt, als Juristin zu arbeiten. Und sie wird sich auch nicht mehr länger sinnlos danach verzehren, mit Helmuth in Berlin zu leben. Die Welt der Möglichkeiten ist eine weite Ebene. Sollen Helmuth und Freya miteinander darum ringen, wem mehr von demselben winzigen Fleckchen zusteht? Es ist doch sinnvoller, einen möglichst breiten Raum zu besiedeln. Helmuth ist Jurist, und Freya ist zuständig für Kreisau.

Nun ist ihr die Ausbildung an der Reifensteiner Schule nützlich, die ihr die Mutter damals vorgeschlagen hat. Freilich, Helmuth kommt am Wochenende nach Hause und klärt die finanziellen und landwirtschaftlichen Fragen mit Zeumer, und Freya ihrerseits kann froh sein, dass sie bei der Leitung des Haushalts weiterhin Mamsell an ihrer Seite weiß. Was versteht eine Kölner Bürgerstochter von einer schlesischen Hausschlachtung? Aber darum geht es nicht. Freya muss dafür sorgen, dass das Gut bleibt, was es ist: das Zentrum einer großen Familie, ein Ruhepol für Helmuths Geschwister, eine Heimat für die Tanten im Schloss, vor allem aber Helmuths Zuhause.

Freya lebt hier im Mittelpunkt seiner Welt. Helmuth hat alles darangesetzt, das Gut für sich und die Seinen zu retten. Nach prekären Jahren sind sie jetzt aus dem Schlimmsten heraus. Aber immer gelten Helmuths Sorge und Zuwendung, seine ersten und letzten Gedanken am Tag dem Gut und seinen Bewohnern. Helmuth ist nie wirklich fort von Kreisau. Freya muss sich hier niemals verlassen fühlen. Alles auf Kreisau ist von Helmuth gesättigt, alles ist durchtränkt von ihm wie ein lange getragenes Hemd. Jeder Baum, jeder Strauch, jeder Fußbreit Boden kennt Helmuth, birgt eine Erinnerung an ihn. Und sie schreiben einander lange Briefe, jeden Tag.

Sie können offen schreiben. Das Kreisauer Postfräulein käme im Traum nicht auf die Idee, die Post des Herrn Grafen zu kontrollieren. So können sie jeden Moment, jede Minute, jeden Gedanken miteinander teilen. Helmuth schreibt von seinem Alltag in der Stadt, von der Stimmung der Bevölkerung, der politischen Entwicklung. Freya berichtet, ob es zum Pflanzen zu kalt war, oder zu nass, um zu heuen. Sie lässt Helmuth wissen, wie viele Enten und Gänse sie dieses Jahr aufzuziehen gedenkt, sie teilt ihm mit, dass der Gärtner an Husten erkrankt ist und dass Schwester Ida in der Spielschule zwei neue Pflegekinderchen aufgenommen hat, sie erwägt mit ihm, ob das Dach der Scheune besser in diesem oder im nächsten Monat neu gedeckt werden sollte, und Helmuth nimmt an all diesen Fragen leidenschaftlichen Anteil.

Er hat mehr als einmal mit dem Gedanken gespielt, sich ganz nach Kreisau zurückzuziehen, finanzielle Bedenken hin oder her. Natürlich gibt es auch in Kreisau Nazis. Aber niemand hier im Dorf würde dem Herrn Grafen den Deutschen Gruß abverlangen oder ihm das Flaggen vorschreiben, wobei es die Dinge natürlich erleichtert, dass der Verwalter Zeumer ein glühender Nationalsozialist ist. Die Front des Torhäuschens, in dem Zeumer wohnt, liegt zur Dorfstraße hin. Wenn Zeumer flaggt, flaggt er sozusagen für das Schloss mit. Zeumer hat zwei Herren: den Führer Adolf Hitler und den Grafen Moltke, und er steht gleichermaßen loyal zu beiden. Warum also nicht auf die heimatliche Scholle zurückkehren, den Städten mit ihren dekadenten Verführungen den Rücken kehren und in aller Ruhe verbauern?

»Genau das ist natürlich das neue Ideal«, sagt Helmuth.

Es ist ein früher Sonntagmorgen. Freya liegt noch im Bett. Helmuth steht am offenen Fenster im Kreisauer Schlafzimmer.

»Schluss mit Politik, Tanzereien, Kino und höherer Bildung. Die Volksgenossen sollen das heimische Feld bekratzen und den selbstgelegten Eierkuchen bebrüten, während in den Städten Theater, Kirchen, Fabriken und Mietskasernen allmählich zu Ruinen zerfallen, zwischen denen nationalsozialistische Schafherden nach nordischem Klee suchen. Nur seine Rüstungsbetriebe, die will mein Führer natürlich behalten. Und die germanischen Hallen Großdeutschlands, die ihm sein Größenwahn bauen soll. Aber was geht das mich an? Ich verlasse die Stadt. Ich werde zu einem deutschen Landmann, der abends sein Pfeifchen schmaucht, seine strohblonden Kinder auf dem Arm, und zusieht, wie sein vor Gesundheit strotzendes Weib die Kühe melkt. Ich hänge die Juristerei an den Nagel, beschränke meinen Wirkungskreis auf Rüben, Getreide und Rindviecher, lese in meiner Freizeit die Philosophen und schnappe lautlos über.«

Und dann beginnt Helmuth das Schlesierlied zu singen.

Kehr ich einst zur Heimat wieder,
Früh am Morgen, wenn die Sonn aufgeht,
Schau ich dann ins Tal hernieder,
Wo vor einer Tür ein Mädchen steht.

Freya muss lachen.

»Pst«, sagt er. »Ich bin noch nicht fertig. Das Beste kommt noch.«

Da seufzt sie still, ja still und flüstert leise:
Mein Schlesierland, mein Heimatland,
So von Natur, Natur in alter Weise,

Freya kann nicht aufhören zu lachen. *So von Natur, Natur in alter Weise?* Herrje, ja, die Lage ist ernst. Aber Freya ist

Rheinländerin. Helmuth und sie sind gesund, sie sind jung. Sie lieben einander. Helmuth lacht nun auch.

»Sind das nicht wunderbare Verse?« Er kommt zum Bett zurück, setzt sich auf die Kante. »Sind das nicht wahrhaft unsterbliche Verse?« Er beugt sich über sie, umfasst sie. »Ah, Pimmes. Du weißt, wie froh ich über dich bin.«

Sie weiß es. Er legt das Gesicht auf ihren Bauch.

»Mein Lieber. Bei Ihnen ist es immer am schönsten.«

Wenn er sich ihr besonders nah fühlt, siezt er sie.

Und natürlich ist es weiterhin auch eine Frage der Finanzen, ob Helmuth sich ganz nach Kreisau zurückziehen könnte. Andererseits, muss Helmuth sein Geld denn unbedingt in Berlin verdienen? Kann er seinem Bedürfnis, in der Welt zu wirken, nicht auch außerhalb Deutschlands nachgehen?

Während der Sudetenkrise im September 1938 hält er sich in London auf, um sich auf sein unmittelbar bevorstehendes Examen als Barrister vorzubereiten. Die englischen Appeaser verweigern alle Zugeständnisse an die Botschafter eines deutschen Widerstands, von denen in diesen Tagen mehrere nach London reisen. Sie geben Hitler ein weiteres Mal nach und vereiteln so die Putschpläne in der Abwehr. Helmuth Moltke weiß von diesen Plänen nichts. Er glaubt im Übrigen nicht, dass es Krieg gibt. Der deutsche Generalstab wird doch sicher geschlossen zurücktreten, wenn Hitler es zum Äußersten kommen lässt?

Erst mit dem Münchner Abkommen erkennt er seinen Irrtum. Erst jetzt wird Helmuth Moltke klar, wie nahe Europa dem Abgrund war. Aber wie konnte die englische Regierung denn nur so blauäugig sein, dieses Abkommen zu unterzeichnen?

Es ist doch immer wieder dasselbe mit den angelsächsischen Politikern. Sie sind allesamt Ahnungslose, naiv Wohlmeinende voll guter Absichten, die sich ein ums andere Mal übertölpeln lassen.

»Die Engländer begreifen einfach nicht, dass der Nationalsozialismus kein System ist, sondern eine Bewegung«, sagt Helmuth Moltke zu Michael Balfour. »Und eine Bewegung muss in Bewegung bleiben. Sie darf sich nicht verfestigen. Sie darf keine Strukturen bekommen, die stabilisieren, also muss ständig etwas Neues passieren. Und was kann das sein? Nur das Nächstschlimmere natürlich.«

Während der Novemberpogrome kämpft Helmuth darum, seine jüdischen Mandanten aus der Haft zu befreien. Am 12. November wird die Verordnung über die Sühneleistung der Juden deutscher Staatsangehörigkeit und die Verordnung zur Ausschaltung der Juden aus dem deutschen Wirtschaftsleben erlassen. In der zweiten Novemberhälfte 1938 reisen die Moltkes noch einmal nach London.

»Man verlangt eine Milliarde Reichsmark von den Juden dafür, dass man ihr Eigentum zerstört hat«, sagt Helmuth zu Lionel Curtis. »Und man enteignet sie, in aller Offenheit. Die Sachverständigen der Industrie- und Handelskammern sind ganz offiziell angewiesen, die Schätzwerte für jüdische Unternehmen nach unten zu drücken. Arisierungskommissionen entscheiden über Liquidation oder Verkauf jüdischer Unternehmen. Die Banken kappen die Kreditlinien, bis die Eigentümer gezwungen sind zu verkaufen, oft genug an die Bank selbst. Natürlich zementiert solches Unrecht die Macht des Regimes. Mittelbar oder unmittelbar ist ja das ganze Volk in diese Ausplünderung verwickelt. Wer sich am Eigentum anderer bereichert, dem muss an der Machterhaltung gelegen sein. Anderenfalls steht zu fürchten, eines Tages belangt zu werden. Und was tue ich? Ich stelle mich als Fassade vor diese

Scheußlichkeiten. Die Richter sprechen Unrechtsurteile, also werde ich kein Richter, sondern Anwalt. Sie enteignen meine jüdischen Mandanten? Ich versuche, die bestmöglichen Konditionen für sie herauszuschlagen. Sie jagen meine Mandanten aus dem Land? Ich betreue sie in Emigrationsfragen. Es widert mich an. Allmählich möchte ich lieber in einem freien Land hungern, als in Deutschland der Macht zu helfen, weiterhin den respektablen Schein aufrechtzuerhalten.«

Und warum eigentlich nicht? Helmuth Moltke ist ja nun als Barrister zugelassen.

»Ich würde Sie gern mit John Foster bekanntmachen«, sagt Lionel Curtis. »Vielleicht wäre es von Interesse für Sie, in seine Anwaltskanzlei einzutreten.«

So endet 1938, und das neue Jahr beginnt. Helmuth will sich von nun an immer eine Woche des Monats in London aufhalten, um auszuloten, welche Möglichkeiten ihm England bietet. Andererseits ist es dazu vielleicht schon zu spät. Vielleicht muss er eine grundsätzliche Entscheidung treffen. Man kann im nationalsozialistischen System ja unmöglich arbeiten, ohne sich die Hände schmutzig zu machen. Man muss bestechen, man muss schmieren, man muss sich bei den Ministerien lieb Kind machen. Dergleichen ist Helmuth James Graf von Moltke nicht gegeben.

»Und man wird mich auch nicht mehr lange gewähren lassen«, sagt Helmuth zu Freya.

Sie sitzen im Wohnzimmer des Berghauses vor dem Kamin. Das Feuer brennt. Sie trinken Tee. Helmuth ist gestern gekommen, für zwei eisige Januartage. Sie sind allein. Sie sind tatsächlich einmal miteinander allein: Sie haben keine Gastgeberpflichten, dieses ganze Wochenende lang.

»Ich sehe im Grunde nur noch zwei Möglichkeiten«, sagt

Helmuth. »Entweder ich lasse mich in Kreisau lebendig begraben und verzichte für immer darauf, irgendetwas wirklich Nützliches zu leisten. Oder wir gehen ganz nach England.«

»Möchtest du das?«, sagt Freya. »Möchtest du auswandern?«

»Es wäre immerhin möglich«, sagt Helmuth.

Sie betrachtet ihn. Er hat die Hände in die Hosentaschen gebohrt. Er sieht ins Feuer. Eine Vision steigt vor ihr auf: tagtäglich mit Helmuth zusammenzusein, am Morgen mit ihm zusammen beim Frühstück zu sitzen und am Abend vor einem englischen Kamin, in einer gemütlichen englischen Wohnstube, die Vorhänge fest verschlossen gegen den englischen Nebel.

»Wir müssten Kreisau vielleicht verkaufen«, sagt er. »Ich müsste Kreisau verkaufen, wahrscheinlich zu einem Bruchteil des Wertes. Es würde sonst ja sicher enteignet. Dann müsste ich die restlichen Schulden begleichen und die Reichsfluchtsteuer bezahlen. Und dann wären wir praktisch mittellos. Im Exil zu leben würde also größte Einschränkungen bedeuten, anfangs auf jeden Fall. Und später? Meine Chancen, es in England als Anwalt zu etwas zu bringen, stehen allenfalls eins zu zehn.«

»Das könnten wir aber hinnehmen«, sagt Freya. »Ich verfüge noch immer über meine kleine Rente, und wenn man mir die nicht lässt, könnte ich sicher Arbeit finden.«

»Und man muss natürlich auch an Casparchen denken«, sagt Helmuth. »In England bekäme er eine schulische Ausbildung, wie sie ihm Deutschland nicht bieten kann.«

Das Kind beginnt gerade zu laufen. Heute Morgen ist Freya mit ihm nach draußen gegangen. Gestern Abend hat es begonnen zu schneien. Als sie zu Bett gingen, lag nur ein dünner weißer Hauch über dem froststarren Land. Aber im Lauf der Nacht sind die Schneefälle kräftiger geworden. Am Morgen war alles weiß versunken. Die Moltkes haben eine Schlittenfahrt gemacht. Sie haben Zeumers Pferdchen eingespannt, dann sind sie losgezuckelt über Helmuths geliebte Felder. Der Schnee stäubte, die Glöckchen klingelten. Jede Staude war frostüberzuckert, jeder Grashalm von zerbrechlichem Weiß. Es fielen noch ein paar winzige Flocken wie Engelsflügelflitter durch die trockene Winterluft. Sie sangen ein Winterlied, zur Freude des Kindes. Dann kamen sie in den Langbusch. Sie wurden still, glitten dahin unter den schneebeladenen Ästen, von denen es manchmal herabstäubte, als hätte in der winterstillen Luft jemand an ihnen gerüttelt. Dann wurde das Schloss wieder sichtbar, seine erleuchteten Fenster, sein schneeüberhauchtes Dach wie ein Schloss in einem Märchenbuch.

»Ein Visum bekämen wir problemlos«, sagt Helmuth. »Es ist mir allerdings zuwider, meine Verbindungen für mich selbst anzustrengen. Es ist mir zuwider, mich Unbequemlichkeiten zu entziehen, wenn es anderen nicht gelingt, ihre nackte Existenz zu retten.« Helmuth steht auf und beginnt auf und ab zu gehen. »Und noch etwas. In England stünde man auf der richtigen Seite. In England würde ich mich ganz zugehörig fühlen, ganz mit meinen wahren geistigen Wurzeln verbunden. Aber wie würden die Engländer das sehen?«

»Du hast gute Freunde in England«, sagt Freya. »Lionel Curtis, Julian Frisby, Michael Balfour.«

»Ja«, sagt Helmuth. »Sicher. Aber eine Sache ist es, wenn man sich vorübergehend im Ausland aufhält, weil man beruflich dort Interessen hat, Stipendiat oder Geschäftsmann oder Beamter auf Dienstreise ist. Eine andere Sache ist die Auswanderung. Wenn wir auswandern, sind wir Exilanten. Wird man mich dann in England wollen? Wird man mir Möglichkeiten zur Mitwirkung einräumen? Werde ich in England weniger nutzlos sein, als ich es wäre, wenn ich mich hier in Kreisau vergrabe? Ich würde mich in England zu Hause fühlen. Aber würde man uns wie Heimkehrer aufnehmen?«

Helmuth bleibt vor dem Kamin stehen. Er stützt den Arm auf, starrt ins Feuer.

»Wie wird denn ein Exilant allgemein angesehen? Er ist einer, der seinem Land den Rücken gekehrt hat. Einer, den sie in seinem eigenen Land nicht haben wollen. Er hat das Recht aufgegeben, selbstverständlich irgendwo hinzugehören. Er ist dem Land ausgeliefert, das ihn aufgenommen hat. Er ist ein Bittsteller, abhängig von den Gewalten der Behörden, der Meinungen, der Vorurteile. Schau dir die deutschen Emigranten an. Man traut ihnen nicht. Man glaubt ihnen nicht, dass sie die Bande an die Heimat durchschnitten haben. Solch zähe undurchtrennliche Bande. Ein charakterloser Schuft, der sie durchtrennen kann. Und sie haben sie ja auch nicht durchtrennt. Sie hassen nicht ihr Land, sondern das Regime, und schau dir an, wie man ihnen neuerdings auch in England ebendiese Untaten des deutschen Regimes ankreidet. Schau dir an, wie sie mit den Machthabern identifiziert werden, vor denen sie geflohen sind, wie man es ihnen übelnimmt, wenn sie um Verständnis für ihr Land betteln, für die dort eingeschlossenen Verfolgten, und wie gleichgültig man ihrem Kummer begegnet.«

Freya sitzt in ihrem Sessel. Sie wartet ab. Sie empfindet eine enorme Gelassenheit: Sie wird gehen, wenn er geht, und bleiben, wenn er bleibt. Sie kommt ohne eine eigene Meinung zu diesem Thema aus: So oder so wird sich alles zum Besten wenden.

Freya glaubt das ganz fest. Sie glaubt, dass am Ende immer die Vernunft siegt, der gesunde Menschenverstand. Sie glaubt, dass die Menschen letztlich immer einsichtig werden. Und was sie sonst noch glaubt oder hofft, wird bestimmt von der Sorge um Mann und Kind, von der Sorge um Helmuth, der mit Skepsis statt mit Vertrauen auf das Leben zugeht. Helmuth soll froh sein. Das ist entscheidend. Freya will dort leben, wo

Helmuth froh ist. Ihm fällt das Frohsein so viel schwerer als ihr.

»Freilich, dank Mami würde ich in England wahrscheinlich nicht als kompletter Germane gelten«, sagt er. »Gut. Aber Kreisau. Was ist mit den Tanten, drüben im Schloss? Was ist mit unseren Arbeitern? Hat man da nicht eine Verpflichtung? Ist man noch man selbst, wenn man seine Verpflichtungen abstößt? Wenn man seine Sachen packt und die zurücklässt, die nicht gehen können: Ist das Freiheit? Vielleicht sollte ich mich also doch einfach nach Kreisau zurückziehen. Aber ist das möglich, finanziell und moralisch? Kann ich mich denn einfach zur Ruhe setzen, nur weil mir selbst nichts Böses droht? Und was, wenn ich zur Armee eingezogen werde?«

»Nun«, sagt sie nach einer Weile. »Wir können diese Sache offenbar noch nicht entscheiden. Wir müssen uns noch ein wenig Zeit lassen. Du musst vielleicht noch ein paarmal hin- und herreisen, bevor du sicher bist, was das Richtige ist.«

»Wenn ich diese Zeit nur habe«, sagt er. »Wenn man mir nur noch eine Weile meinen Pass lässt und meine Möglichkeiten, an Devisen zu gelangen. All das wird ja immer schwieriger. Und weil das bekannt ist, halten sie in England inzwischen jeden Deutschen für einen Spion.« Helmuth seufzt. Er sagt: »Was meinst du, wollen wir morgen mit dem Schlitten zur Kirche fahren? Wir sollten doch den Schnee hier genießen. In Berlin ist alles grau. Und der Wind pfeift. Und natürlich regnet es immer, in der widerlichen Stadt, und wenn es schneit, ist der Schnee schwarz, na, wir wollen jetzt nicht mehr darüber reden. Wollen wir zu Bett gehen? Ich bin müde. Ich werde sogar die Kirche verschlafen, wenn du mich nicht weckst.«

Im Laufe des Frühjahrs und Frühsommers 1939 zieht sich Helmuth von Moltke immer mehr aus Berlin zurück. Er hat die

Zusammenarbeit mit Dr. von Lewinski beendet und ist in die Anwaltskanzlei von Paul Leverkühn eingetreten. Den Kleinkram, die niedrige Arbeit, den täglichen Schmutz hat er an einen jüngeren Mitarbeiter abgetreten. Er selbst widmet sich nur noch den wenigen Fällen, bei denen tatsächlich juristische Fragen entscheidend sind. Ansonsten entwirft er Verträge für international operierende Firmen, die inzwischen aus ganz Europa an ihn verwiesen werden.

Das sichert das Wichtigste: den Fortbestand des Kreisauer Lebens im Berghaus. Und es ist eine Arbeit, die man im Grunde überall erledigen könnte, auch in der internationalen Kanzlei von John Foster und Donald Sommervell in London, wo Helmuth ein Büro angemietet hat.

Er will nun ernstlich versuchen, seine juristische Tätigkeit Schritt für Schritt von Berlin nach London zu verlagern. Er wird Deutschland nicht verlassen, aber sein Leben wird sich zwischen London und Kreisau abspielen. Die Londoner Universität hat ihm einen Forschungsauftrag erteilt, der zwar nicht viel abwirft, aber doch eine gewisse Regelmäßigkeit der Zahlungen garantiert. Alles sieht also einigermaßen zufriedenstellend aus.

Helmuth war nie pessimistischer, was die Zukunft betrifft.

Er war nie bitterer. Nach dem deutschen Einmarsch in die Tschechoslowakei hat er sich für die Engländer in Grund und Boden geschämt. Wieder einmal hat man ein kleines Land, dem man Unterstützung versprochen hatte, einfach sitzenlassen. Und Hitler ist nun nicht mehr zu stürzen.

»Besonders England hat sich wahrlich mit aller Kraft ins Zeug gelegt, um meinen Führer zu stärken«, hat Helmuth zu Lionel Curtis gesagt. »Nun sind seine Gegner im Inland alle verhaftet oder tot, und was das Ausland betrifft, ist es nur noch eine Frage der Zeit, bis ganz Europa Beute dieses

Regimes wird oder selbst ähnliche Regimes entwickelt. Die entsprechenden Knospen schwellen doch schon allenthalben. Der Nationalsozialismus bedroht die Grundlagen unserer Zivilisation, aber niemand unternimmt etwas. Ich selbst sehe im Übrigen auch nicht, was ich unternehmen könnte.«

Und in England sind Helmuth die Hände natürlich erst recht gebunden. In England ist er frei, aber fern. Die Moltkes sind erst einmal wieder nach Kreisau zurückgekehrt.

Sie sitzen alle auf der Veranda des Berghauses. Helmuths Schwester Asta ist mit Freunden aus Breslau gekommen, Onkel Toby ist zu Besuch, die Tanten aus dem Schloss haben sich heraufbemüht. Onkel Toby beugt sich über die Kaffeetafel. Seine Brauen sind gerunzelt. Seine Lippen bewegen sich, als läse er eine Liste vor. Sein Gesicht leuchtet auf.

»Mohnstrudel. Na also. Nichts gegen Torte, wer sie mag, bei der Hitze. Aber schlesischer Mohnstrudel, das ist das Richtige.«

Die Tanten stimmen ihm beglückt zu. Die Gäste bleiben alle mindestens bis morgen, manche sogar noch ein paar Tage länger, wie das auf dem Lande so üblich ist. Freya wird mit Helmuth wohl kaum ein paar Stunden allein sein können, bevor er wieder nach Berlin fahren muss. Aber Kreisau ist nun einmal ein offenes Haus. Das hat Helmuth vorhin zu ihr gesagt.

»Natürlich ist es am schönsten, wenn wir miteinander allein sind, mein Lieber. Aber Ihr Ehewirt fühlt sich bei Ihnen immer daheim, auch wenn Sie gerade einen Haufen Gäste haben.«

Onkel Toby wedelt mit der Kuchengabel.

»Köstlich, meine Liebe«, sagt er zu Freya. »Wirklich ganz köstlich, das muss ich sagen.« Er nickt Helmuth zu. »Und deine Zuckerrüben, mein Bester. Sehr schön. Keine Herz- und Trockenfäule, hoffentlich. Keine Nematoden?«

»Nein«, sagt Helmuth. »Glücklicherweise nicht. Wir haben letztes Jahr den Kalkgehalt des Bodens überprüft, und es scheint, genau da lag das Problem.«

»Jajaja«, sagt Onkel Toby. »Der Kalkgehalt. Der ist wesentlich, das ist wahr. Und dann dein Weizen. Dein Weizen steht prächtig, überhaupt dein Getreide. Ja, es ist schön, so ein Wetter zu haben. Jajaja, unsere herrlichen schlesischen Sommer.«

Der Satz hat einen Nachhall. Er klingt bedeutsam, wie eine Zeile aus einem Gedicht oder Lied,

Unsere schlesischen Sommer
Jajaja ja!
Unsere herrlichen schlesischen Sommer

Freya sieht zu Helmuth hinüber. Er hat sich zurückgelehnt. Er blickt in den Garten, aus dem Kinderstimmen heraufklingen. Die Rosen schäumen, die Malven blühen in Büscheln. Jenseits des Gartens wogen die Felder, dahinter schwimmen die Hänge des Eulengebirges in der Hitze. Die Fülle hat etwas Überbordendes, fast Betäubendes. Die Gäste plaudern. Das Lachen der Kinder klingt herüber wie von fern. Die Stimmen werden leiser. Ein Duft weht heran und verweht: ein Hauch von geschnittenem Gras, von der Zitronensüße blühender Rosen. Es ist Freya, als blickte sie durch das falsche Ende eines Fernglases.

Es ist, als wäre all dies hier längst vergangen. Als wäre sie selbst Teil einer Erinnerung, die noch einmal herüberleuchtet von der anderen Seite des Abgrunds, farbensatt, detailgetreu, gestochen scharf wie eine perfekte Miniatur.

»Helmuth! Bleib doch noch einen Tag länger hier.«

Der Moment verfliegt. Der Wind rauscht auf, in den Kronen der Bäume. Die Stimmen kehren zurück, der Kaffeegeruch, die Wirklichkeit. Asta ist hinter Helmuth getreten. Das Marinkchen, wie sie in der Familie genannt wird: Sie legt ihrem Bruder die Hand auf die Schulter.

»Sag, Helmuth. Du kannst doch sicher bis übermorgen bleiben?«

»Ich fürchte nein«, sagt Helmuth. »Aber ich fahre erst nachmittags. Ich fahre mit dem Eilzug von Schweidnitz, um vier Uhr, denke ich.«

»Na, dann haben wir dich wenigstens noch morgen«, sagt Asta. Sie beugt sich zu ihm hinunter, reibt katzenhaft ihre Wange an der seinen. »Dann haben wir ja noch eine Menge Zeit.«

Harald Poelchau ist auf dem Weg nach Plötzensee. Er fährt mit dem Rad. Es ist ein weiter Weg. Die Poelchaus sind im Frühling 1939 hinaus nach Lichterfelde gezogen. Zum Gefängnis Tegel nimmt Harald den Bus. Aber nach Plötzensee ist es nicht ganz so weit, und es ist ein heller, balsamischer Juniabend: ein Sonntagabend gegen sechs, Harald denkt an seine Familie.

Er denkt an seinen Sohn, Harald junior. Wie viele Jahre haben Dorothee und er sich ein Kind gewünscht? Es war fast wie im Märchen,

Vorzeiten war ein König und eine Königin, die sprachen jeden Tag: »Ach, wenn wir doch ein Kind hätten!« und kriegten immer keins. Da trug sich zu, als die Königin einmal im Bade saß, dass ein Frosch aus dem Wasser ans Land kroch und zu ihr sprach: »Dein Wunsch wird erfüllt werden, ehe ein Jahr vergeht.«

Nun ist das Kind da. Es ist ein zartes Würmchen, immerfort kränkelnd. Darum sind sie ja nach Lichterfelde ins Grüne gezogen, zu einer Tante mit einem schönen großen Garten. Der kleine Harald leidet aber auch dort unter Atemnot. Man möchte verzweifeln, wenn man hilflos zusehen muss, wie das Kind um Luft und Leben ringt.

Vielleicht erstickt es unter der Last dieses Reiches. Oder vielleicht ist sein Vater schuld, Harald Poelchau, Anstaltspfarrer von Tegel und Plötzensee. Es ergehen immer mehr Todesurteile, und immer mehr werden wirklich vollstreckt.

Aber Harald trägt die Erfahrung, die Last der Erfahrung, die Angst und den Schmerz der Toten nicht mit nach Hause. Er tut das nicht: Er tritt in gelassener Heiterkeit in sein Haus, zu seiner Frau, ans Bett seines lebendigen Sohnes, auch wenn er manchmal eine Weile braucht, um dazu in der Lage zu sein. Harald ist im Grunde froh um den weiten Weg, der Lichterfelde von Plötzensee und Tegel trennt.

Morgen früh wird er besonders langsam nach Lichterfelde zurückfahren. Er wird vielleicht sogar Umwege machen. Er wird womöglich durch den Tiergarten radeln oder erst noch nach Tegel an den See fahren, wo sein kleines Segelboot liegt. Er wird aufs Wasser hinausfahren. Er wird langsam, langsam, mit größter Vorsicht seine Gedanken von der Nacht auf den neuen Morgen lenken, auf Frau und Kind, bevor er sich auf den Heimweg macht.

Noch ist es aber nicht so weit.

Noch radelt Harald Poelchau nach Norden. Lichterfelde hat er hinter sich gelassen, Friedenau durchquert. Er ist jetzt in Wilmersdorf. Er fährt am Schrammblock vorbei, dann durch den Volkspark, wo Frauen Kinderwagen über die Wege schieben, Liebespaare zwischen blühenden Rabatten auf Bänken sitzen. Harald radelt weiter.

Er begibt sich tiefer hinein in das innerstädtische Gewirr der Straßen und Häuser. Und ganz allmählich streift er den Gedanken an sein kleines Kind ab.

Es ist ein Prozess, der Geschick und Vorsicht erfordert, Aufmerksamkeit wie das Aufhaken eines Perlenkettenverschlusses. Ganz allmählich bewegt er seinen Geist von Dorothee und dem Kind fort. Der Lichterfelder Garten bleibt zurück, die helle Juninacht. Harald wendet sich der vollkommen anderen Nacht zu, die der Verurteilte in seiner Plötzenseer Zelle zu durchqueren hat: seine letzte Nacht auf Erden. Harald radelt nun durch Charlottenburg.

Der Himmel über der Stadt ist hell und weit. Abendlicht und Wärme durchtränken die Luft. Aus einem Fenster dringt Klavierspiel. Irgendwo blüht und duftet eine Linde. Harald kreuzt die Pariser Straße. Er überquert die Lietzenburger Straße, dann den Kurfürstendamm mit seinen eleganten Läden, seinen gut gekleideten Paaren, Passanten, die zum Ausklang des Wochenendes noch einen Schaufensterbummel machen. All dies wird zurückbleiben.

Es ist da, in seiner leuchtenden Fülle, aber es ist nicht zu halten: nicht von dem einsamen Mann in der Zelle, nicht von Harald Poelchau, der schon weiterradelt, schon vorbei ist, niemand wird es halten. Der Mensch wird von der Vergangenheit in die Zukunft getrieben, ohne Gegenwart, in der er ruhen könnte, blind in die Zeit hinein, voll Angst vor dem Unbekannten, das am Ende wartet und das nicht gekannt werden kann, weil sein eigenstes Wesen das Nichtsein ist. Harald radelt weiter. Als Junge hat er manchmal das Leben für sinnlos gehalten. Aber das Leben ist nicht sinnlos. Es kann niemals sinnlos sein. Der Feind des Lebens ist nicht die Sinnlosigkeit. Der Feind ist die Feigheit.

Sie ist der schlimmste Feind. Die Feigheit ist dämonisch: Sie hat teil an der leidenschaftlichsten Lebensbejahung, weil sie sich an das Leben klammert, aber gerade damit zerstört sie die Möglichkeit, das Leben zu bejahen. Die Feigheit kann sich nicht mit dem abfinden, was das Leben negiert. Deshalb gehört sie zu dem, was das Leben negiert: zum Tod und zu der Angst vor dem Tod. Wer Angst vor dem Tod hat, ist vom Leben besiegt. Aber der Mensch soll das Leben besiegen und damit den Tod. Harald Poelchau radelt.

Er hat alles dabei, was er braucht: Bibel und Talar, Gesangbuch, Wein, vor allem aber Zigaretten, weit mehr als vorgesehen. Was ist gut? Tapfer sein ist gut. Ein Herz haben ist gut. Beherzt sein: beherzt in den Abgrund blicken, und Zigaretten können dazu eine Menge beitragen. Harald überquert die Gotzkowskybrücke.

Der Westen liegt hinter ihm. Dies sind die Mietblocks des Berliner Nordens. Aus den Fenstern riecht es nach Mangel, nach Beharrung, nach täglichem Kampf. Harald radelt über die S-Bahn-Gleise, dann über die Brücke, vorbei am Westhafen, er wird gleich da sein. Und wird er niemals irre an Gott? Glaubt Harald Poelchau, ist das möglich?

Er glaubt vielleicht nicht an einen theistischen Gott. Der Gott der Theisten ist ein allmächtiger Tyrann, vor dem alle anderen Wesen Sklaven sind, Teile einer seinem Willen unterworfenen Maschine, von Gott um ihre Kreativität, ihre schöpferische Freiheit, um jeden Sinn gebracht, den sie selbst ihrem Leben geben könnten. Diesen Gott zu töten wäre ein Akt der Notwehr. Aber glücklicherweise gibt es ihn gar nicht.

Das lehrt Harald Poelchaus Lehrer Paul Tillich: Theistische Theologie ist schlechte Theologie. Sie stellt Gott angeblich weit über die Kategorien und Elemente, aus denen die Realität besteht. Aber zugleich unterwirft sie ihn diesen Kategorien: Der theistische Gott hat ein Selbst, er hat eine Welt, er hat ein Gegenüber, mit dem er in Beziehung tritt, er ist eine Ursache, die eine Wirkung hervorruft. Er ist Ding unter anderen Dingen. Er ist ein Teil des Seins. Aber Gott ist der Urgrund allen Seins und zugleich sein Abgrund. Er ist die Macht des Seins, die ewig ihr eigenes Nichtsein überwindet, das Weltganze, das sich bejaht und an dessen Bejahung Harald Poelchau teilhat, ebenso wie der Mann in der Zelle in Plötzensee. Der Gott von Harald Poelchaus Vater ist schon vor langer Zeit in den Zweifeln Harald Poelchaus untergegangen. Aber der Gott, dessen er sich ganz sicher ist, ist der Gott hinter Gott. Der Glaube an diesen Gott ist kein Gefühl. Er ist ein Wissen und ein Entschluss.

Harald Poelchau ist angekommen. Er steigt vom Rad. Der Pförtner von Plötzensee öffnet ihm.

»Abend, Wuttke.«

»Abend, Herr Pfarrer.«

Kein Heil Hitler, nicht von Wuttke. Wuttke war vor den Nazis hier, er wird hoffentlich nach den Nazis noch hier sein. Harald Poelchau überquert den Hof. Er sieht an den Mauern empor, die den Himmel verstellen. Er betritt Haus II. Alles ist still. Harald Poelchau schreitet die langen Gänge entlang. Hier ist es schon dunkel. Im trüben Licht der Nachtbeleuchtung hat der Bau etwas Unheimliches, Triebhaftes, wie ein unruhig dösendes Tier. Man kann es spüren: Hinter jeder Eisentür befindet sich ein Mensch, der mit Inbrunst um sein Leben und um sein Recht ringt.

Heute ist die Spannung besonders stark. In wenigen Stunden soll hier in diesem Gebäudekomplex ein Mensch von anderen Menschen getötet werden. Das Urteil wird nicht mehr mit dem Handbeil vollzogen: Aus der badischen Strafanstalt Bruchsal ist unter strengster Geheimhaltung eine Guillotine nach Plötzensee transportiert worden. Man hat sie in dem alten Schuppen gegenüber von Haus III aufgebaut. Im ersten Schein des Morgens wird Harald Poelchau den Schuppen an der Seite des Verurteilten betreten. Dann wird dem Mann der Kopf abgeschlagen werden. Und keiner wird einschreiten. Keiner wird sich vor den Verurteilten werfen, der keinen der anwesenden Menschen mehr um Hilfe anflehen kann. Wie erträgt Harald Poelchau das? Wie erträgt er es, die Todgeweihten nicht zu retten?

Sie sind nicht zu retten, jedenfalls nicht von Harald Poelchau. Der Mensch kann nur innerhalb seiner Möglichkeiten helfen. Es ist Matthäus 25,

Ich bin hungrig gewesen und ihr habt mich gespeist, durstig, und ihr habt mich getränkt, nackt, und ihr habt mich bekleidet, gefangen, und ihr habt mich –

Nein, eben nicht befreit. Das Evangelium ist weder naiv noch weltfremd.

Ich bin gefangen gewesen, und ihr habt mich besucht.

Harald Poelchau verlässt Haus II.

Er überquert den Hof. Er nickt dem Beamten zu, am Eisentor zu Haus III, in dem die Zellen der zum Tode Verurteilten liegen,

Hier ist Geduld und Glaube der Heiligen. So jemand in das Gefängnis führt, der wird in das Gefängnis gehen; so jemand mit dem Schwert tötet, der muss mit dem Schwert getötet werden. Hier ist Geduld und Glaube der Heiligen.

Das Tor öffnet sich. Harald schreitet hindurch. Er betritt das Totenhaus. Die Stille hier ist keine Totenstille. Es ist eine angespannte Stille, atemlos. Harald ist jetzt ruhig. Er ist vollkommen gesammelt.

Und ich hörte eine Stimme vom Himmel zu mir sagen: Schreibe: Selig sind die Toten, die richtig vor sich gewandelt haben, sie kommen zum Frieden und ruhen in ihren Kammern. Ja, der Geist spricht, dass sie ruhen von ihrer Arbeit; denn ihre Werke folgen ihnen nach.

Auf Kreisau hat die Getreideernte begonnen. Der Sommer ist satt, glühend, golden. Mittags kommt der Himmel den Feldern ganz nah. Die Tanten und ihr Anhang erscheinen nur noch in der Morgen- oder der Abenddämmerung: Tagsüber verziehen sie sich in die inneren Säle des Schlosses, wo es etwas kühler ist. Freya sitzt auf der Veranda des Berghauses. Sie hat Casparchen zum Nachmittagsschlaf hingelegt. Sie hat selbst eine halbe Stunde geruht. Nun will sie rasch die täglichen Zeilen an Helmuth schreiben, dann wird sie sich mit dem alten Stäsche unten bei den Bienenkörben treffen.

Er hat ihr drei seiner Völker verkauft. Er fühlt sich den Anforderungen seiner Völkerscharen nicht mehr gewachsen. Er ist aber bereit, Freya in ihrer Führung anzuleiten. Freya freut sich. Bienen sind etwas Sinnvolles. Ohne Bienen keine Ackerfrüchte, kein Obst, keine Blumen. Ohne Bienen selbstverständlich auch kein Honig. Alle Leute, die Freya kennt, sind fest davon überzeugt, dass es Krieg geben wird.

Alle außer Helmuth. Für dieses eine Mal hat der Optimismus die Seiten gewechselt und Helmuth zu seinem Vertreter erklärt. Freya ist es recht so. Es freut sie, dass Helmuth heiter gestimmt ist. Sie vertraut ihm ganz, sie vertraut seinem Urteil: Sie ist schließlich nicht in Berlin, sondern weitab von allem, in Kreisau, ebenso wie der Verwalter Zeumer, der Pfarrer in Gräditz oder der alte Stäsche. Von Berlin aus hat man sicher eine andere Perspektive. Dinge, die in Berlin riesig und deutlich sind, sind von Kreisau aus oft winzig, unerkennbar. Freya schreibt Helmuth deshalb auch nicht über Politik.

Er schreibt ihr über Politik. Sie schreibt ihm über Kreisau. Sie schreibt ihm aus dem Herzen seines Reichs, von den Dingen, die ihn tief interessieren.

Ich habe eine Ähre in den Brief gelegt. Zeumer meint, Du wirst Dich freuen. Die letzte, die ich Dir schickte, die mit den 48 Körnern, scheint nicht repräsentativ gewesen zu sein. Zeumer sagte, er hätte an einigen nachgezählt, und sie hätten volle sechzig gehabt.

Freya sieht auf. Bienen summen, in den Stockrosen an der Treppe. Bienen summen in der Clivia, die im Topf auf der Veranda blüht. Freya muss lächeln. Es sind ihre eigenen Bienen. Ihnen zuzusehen ist wie einem Haustier zuzusehen, einem Hund oder einem Kätzchen vielleicht, auch wenn Bienen nicht immer gefällige Haustiere sind. Freya schreibt,

Kannst Du Dir vorstellen, dass ich gestern dreimal gestochen worden bin? Der alte Stäsche hat es einfacher, mit seiner Pfeife. Aber ich werde es schon noch lernen, mich ein wenig mehr in Acht zu nehmen.

Helmuth interessiert sich sehr für die Bienen. Er will alles wissen, was Freya über die Bienen lernt, wie er überhaupt immer alles wissen will. Und Helmuth liebt Honig. Er glaubt fest daran, dass es keinen Krieg gibt. Er ist überzeugt, dass die Vernunft siegt. Freya glaubt ihm natürlich. Aber falls es doch Krieg geben sollte, werden die Dinge erfahrungsgemäß knapp. Und dann haben sie jedenfalls Honig für Helmuth. Freya schreibt,

Ende Juli ist der Beginn des Bienenjahrs. Das hat mir Stäsche gestern erklärt. Die Völker beginnen dann damit, Bienen für den Winter zu erbrüten. Wir haben also einen besonders glücklichen Zeitpunkt für die Übergabe der Stöcke gewählt. Wir sind sozusagen von Anfang an dabei.

Und dann hat der Krieg gegen Polen begonnen. Helmuths Optimismus hat getrogen. Helmuth Moltkes kühner Plan ist zerstört: Er wird sein Leben nicht zwischen England und Deutschland, zwischen London und Kreisau leben. England hat Deutschland den Krieg erklärt. Der britische Botschafter ist abberufen worden, der französische Botschafter ebenso. Helmuth hat am 30. August noch mit dem amerikanischen Geschäftsträger Alexander Kirk in Kirks Villa zu Abend gegessen, und zwei Tage später hat er es bereits aus Taktgefühl vermieden, als Deutscher an den Tisch im Adlon zu treten, wo Kirk mit anderen Ausländern saß. Freya und Helmuth sind ab jetzt allein. Sie sind nicht mehr Teil der Welt, die sie für sich in Anspruch nehmen wollten. Freya sucht nach Helmuths Pistolen. Er hat sie darum gebeten,

Irgendwo müssen noch ein paar alte Pistolen herumliegen, von meinem Großvater. Bitte sei so lieb und werde sie los.

Freya hat die Pistolen noch nicht gefunden. Aber es ist typisch für Helmuth. Der Krieg hat begonnen, und als Konsequenz lässt Helmuth die einzigen Waffen beseitigen, über die Kreisau verfügt.

Freya ist auf dem Weg zu einer tiefen Stelle des kleinen Flüsschens Peile. Die Pistolen sind aufgetaucht. Freya hat sie durch Zufall entdeckt, in einer Kiste für Gartengeräte, die im Schuppen hinter den Treibhäusern steht. Sie hat sie in eine Einkaufstasche gestopft, und nun ist sie unterwegs, um Helmuths Wunsch zu entsprechen und die Waffen zu beseitigen.

Helmuth ist zum Glück nun in Sicherheit.

Die Gefahr seiner Einberufung ist vorerst abgewendet. Sein Vetter Carl Dietrich Trotha hat ihm keine Hoffnungen machen können, im Reichswirtschaftsministerium einen Posten für ihn zu finden, und sein Vetter Hans Adolf Moltke ist von seinem Botschafterposten in Warschau abberufen und konnte ebenfalls nichts für ihn tun. Aber schließlich hat ihn Paul Leverkühn angeworben, sein Anwaltskollege, der inzwischen im Amt Ausland/Abwehr im Oberkommando der Wehrmacht sitzt. Auch Helmuth ist nun in der Abwehr. Er wird für die Beratungsstelle für Völkerrecht tätig sein, der auch das Kaiser-Wilhelm-Institut für Ausländisches Öffentliches Recht und Völkerrecht angegliedert ist.

Ich sitze nun auf einem Platz, wo ich relativ harmlos bin.

So hat er es ihr geschrieben. Erfreulicherweise scheinen ein paar seiner Kollegen recht erträglich zu sein. Und im Institut ist er auf einen soliden Völkerrechtler getroffen, Berthold Schenk Graf von Stauffenberg.

Freya geht mit ihren Pistolen die Eichenallee hinunter. Sie geht auf dem Reitweg, im Gras. Es sind keine Pferde mehr da. Das Militär hat sie mitgenommen. Und die Kreisauer Männer sind eingezogen. Zeumer ist nach Polen gefahren, um dort Arbeiter anzuwerben: Die Rüben sind ja noch nicht eingebracht. Zuckerrüben brauchen eine möglichst lange Vegetationszeit in guter Witterung, und wie beim Wein entscheiden über ihren Zuckergehalt die letzten Herbsttage. Auf Kreisau haben sie die Ernte deshalb möglichst weit hinausgeschoben. Zum Glück hat es noch nicht gefroren. Wenn sie die Rüben verlieren, fehlt es ihnen nicht nur an Bargeld, sondern auch an Rübenblatt für die Rinder, was eine Katastrophe wäre.

Freya biegt vom Hauptweg ab. Hinter einem Weißdorngestrüpp verläuft ein Pfad, der hinunter zum Flüsschen Peile führt. Freya nimmt die Pistolen aus der Tasche und wirft sie in den Fluss. Es gluckert, dann sind sie weg. Kreisau ist entwaffnet.

4

Tisa von der Schulenburg ist wieder in Deutschland.

Tisa Hess, Fritzi Schulenburgs Schwester, Gattin eines deutschen Juden mit honduranischem Pass, in den sie mit eingetragen war: Am Ostersamstag 1934 ist sie ihrem Mann in die Emigration nach England gefolgt. Sie musste ihm ja folgen. Sie konnte sich nicht von ihm trennen. Der deutsche Staat hätte es begrüßt, wenn sie sich vom Juden Hess hätte scheiden lassen, um CU von Barner zu heiraten, also musste Tisa bei Fritz Hess bleiben. Nicht dass Tisa an CU gedacht hätte, als der Zug sie aus Deutschland fortgebracht hat. Er hat ihr nicht gefehlt, nicht einmal das. Tisa hätte schreien mögen. Sie hätte sich die Haare raufen, aus dem verfluchten Zug springen, umkehren, nach Tressow heimrennen, sich neben ihrer Mutter auf den Boden werfen, in ihrem Kinderbett unterkriechen, die Augenlider zusammenpressen, die Zähne zusammenbeißen, die Hände zu Fäusten ballen und diese ganze elende Arbeit, die es bedeutet, auf der Welt und am Leben zu sein, auf einen anderen Termin verschieben mögen. An der Grenze hat Tisa Sekt bestellt. Sie hat ihr Glas geleert. Sie hat das Zugfenster geöffnet und das Sektglas hinausgeschleudert, in Richtung Deutschland.

»What do you think you are doing, Madam?«

Miss Bull!

Es konnte nicht sein. Miss Bull war tot. Aber es war der vertraute Ton. Tisa wandte sich um. Vor ihr stand eine erboste englische Dame. Tisa öffnete den Mund, um ihr zu antworten. Tisa spricht Englisch, sie spricht es gut. Sie hat es eine ganze Kindheit lang gesprochen. Sie hat es eine ganze Kindheit lang gehört,

Tisa von der Schulenburg! I'll give you a box on the ears!

Aber Tisa schwieg. Sie konnte nicht reden. Alle denkbaren Worte waren ihr im Hals stecken geblieben.

In England ist sie jeden Tag vergangen vor Heimweh. Sie hatte Freunde, ihre Arbeit, sie saß im Vorstand der Artists International Association, zu der auch Henry Moore gehört, Tisa hat viel von Henry Moore gelernt. Sie hat gelernt, dass sie als Künstlerin bescheidenes Mittelmaß ist. Und dafür die ganze Aufregung, der Einsatz, die Jahre der Arbeit, der Streit mit dem Vater? Welch Aufwand. Welch Verschwendung. Und der Vater lag im Sterben.

Komm nach Hause. Komm endlich nach Hause.

Die Brüder haben geschrieben. Die Mutter hat geschrieben.

Kind, komm doch heim!

Die Scheidung von Fritz Hess ist im November 1938 rechtskräftig geworden, unmittelbar vor dem Pogrom. Welch perfides Glück. Nach dem Pogrom hätte Tisa den Antrag ja zurückziehen müssen. Abschied türmt sich auf Abschied, Verlust auf Verlust. Tisa hat das Haus verkauft, das Fritz Hess ihr nach der Scheidung überlassen hat: das geliebte Strandhaus mit dem Dielenboden und dem Lavendel im Garten, das Rückzugsnest in der Künstlerkolonie Walberswick an dem schmalen Strand mit seinen grauen Kieseln. Tisa hat heulend davon Abschied genommen. Kann sie eigentlich noch etwas anderes tun als heulen?

Der Vater ist im Sanatorium in St. Blasien gestorben. Sie kam gerade noch rechtzeitig. Er ist gestorben, wie er gelebt hat, in großem Stil: fordernd, röhrend vor Schmerzen, unbedingter Herr über seine Umgebung, niemandem eine Deckung erlaubend. Tisa steht am Fenster in dem kleinen Haus am Rand des Grunewalds, wo ihr Bruder Fritzi mit Charlotte und den Kindern wohnt.

Fritzi ist nicht da. Die Schulenburg-Brüder wohnen in Potsdam dem Staatsakt für den Vater bei: für Friedrich Bernhard Karl Gustav Ulrich Erich Graf von der Schulenburg, geboren am 21. November 1865 auf Gut Tressow, General der Kavallerie, SS-Obergruppenführer, Träger des Ritterkreuzes mit Schwertern, des Pour le Mérite und des Goldenen Parteiabzeichens der NSDAP. Die gesamte Parteispitze ist anwesend, natürlich auch Hitler und Himmler. SS ist aufmarschiert, Reichswehr. Generaloberst von Brauchitsch hat die Abschiedsworte gespochen. Hitler hat den Schulenburg-Brüdern kondoliert: dem Parteigenossen und Erben von Tressow Johann Albrecht, dem SA-Obersturmführer Heinrich, SA-Oberführer Wolfgang und natürlich Fritz-Dietlof, Polizeivizepräsident von Berlin.

Tisa in Berlin sieht hinaus in den Garten.

Draußen auf der Wiese baden ihre beiden Nichten ihre Puppen in einer Emailschüssel. Tisa kann sich nicht daran erinnern, jemals mit Puppen gespielt zu haben. Tisa hat eine ganze Kindheit damit zugebracht, den großen Brüdern nachzulaufen.

Los, komm, spring auf die Straßenbahn auf, traust du dich nicht?

Los, komm, spring in den See, oder traust du dich nicht?

Die Nazibrüder. Gemeinsam rannten sie den Hang zum Seeufer hinab, im Herbstwind, der sich in den offenen Mänteln fing. Tisa steht stocksteif. In ihr tobt der Sturm. Ihre Erinnerungen vergiften sie. Alle Erinnerungen: die an England, die an Deutschland, die Dinge sind nicht mehr, wie sie waren. Sie haben sich geweigert, während Tisas Abwesenheit in einen Dornröschenschlaf zu verfallen. Tisa erkennt nichts wieder: nicht Berlin, nicht die Menschen auf Berlins Straßen. Ein neuer Typus scheint sich durchgesetzt zu haben. Vorherrschend sind untersetzte Einheitsgestalten mit vorgeschobenen Hälsen, kinnbackig mit starrem Blick. Ist dies das Ergebnis eines nationalsozialistischen Zuchtprogramms? Oder ist Biologie eine Frage der Mode? Verändert die Ideologie den Muskeltonus, den Fettstoffwechsel? Es stimmt alles nicht. Die Optik ist verkehrt. Die Fluchtlinien sind falsch angelegt, die Perspektiven sind verzerrt, dies ist kein Leben, sondern ein Albtraum. Tisa hält es nicht aus. Tisa will fort. Sie will nach Hause. Sie will weg von dieser Familie, weg aus Deutschland. Sie will zurück nach England, um sich dort ungestört nach dem für immer versunkenen Deutschland zu sehnen.

»Warum sind Sie denn in Deutschland gewesen?«

Tisa hätte hysterisch lachen können. Warum? Das weiß doch Tisa nicht. Sie weiß gar nichts: Man müsste die nächsthöhere Instanz fragen, wenn man wissen wollte, wie und warum Tisa hier in dieser Kammer gelandet ist. Es ist ein kahler Raum. Grün gestrichene Wände. Betonboden. Eine Bank. Tisa ist wieder in England.

Sie ist nirgendwo: Der Immigration Officer hat sie hier zwischengelagert, in diesem fensterlosen Raum auf dem Flughafen. Tisa ist ein Stück Ware, dessen Bestimmungsort noch nicht feststeht. Es ist der 2. Juni 1939, nachmittags halb drei. Tisa versucht die Fragen zu rekapitulieren, die man ihr gestellt hat, ihre Antworten.

»Sie haben sich von Ihrem Mann scheiden lassen. Ihr Mann war jüdischer Herkunft, sehe ich.«

»Ja. Aber das war nicht der Scheidungsgrund.«

Was für eine Antwort. Was, wenn er auf die Idee gekommen wäre, nun den wahren Scheidungsgrund ermitteln zu wollen? Aber ein Immigration Officer ist kein Psychotherapeut.

»Sie haben Ihren Mädchennamen wieder angenommen.«

Ja. Wie würden Sie lieber heißen, Hess oder von der Schulenburg? Das hat Tisa zum Glück nicht gesagt.

»Warum sind Sie in Deutschland gewesen?«

Sie weiß nicht mehr, was sie geantwortet hat. Mein Vater ist gestorben, SS-Obergruppenführer Graf von der Schulenburg. Ich hatte Heimweh, einen bösen Anfall existentieller Verzweiflung. Aber natürlich, ein Exilant, der ungeschoren mal eben nach Hause und dann wieder zurückfliegen kann, macht sich verdächtig.

»Kennen Sie Kommunisten?«

»Nein.«

»Ist in Deutschland Ihr Leben in Gefahr?«

»Das weiß ich nicht.«

»Ihr Englisch ist erstaunlich gut.«

Ah ja. Miss Bull.

»Öffnen Sie bitte Ihren Koffer.«

Obenauf lagen die Zeitungsausschnitte. Das Staatsbegräbnis des Vaters, mit Himmler, Hitler, SS in Uniform.

»Was ist das?«

»Das. Mein Vater. Das Begräbnis meines Vaters –«

Und ab ging es in den hässlichen Raum. Hier sitzt sie nun. Was erwarten sie von ihr? Soll sie still sein, höflich, englisch?

Soll sie randalieren? Wenn sie zu ruhig ist, nimmt man das vielleicht als Gleichgültigkeit. Aber wenn sie tobt, weisen sie sie aus, weil sie Irre in England nicht brauchen können. Tisa lauscht. Es ist ganz ruhig. Aller Lärm tobt allein in ihr. Die Tür öffnet sich. Eine englische Uniform. Ein englisches Gesicht. Eine englische Stimme, sehr kultiviert.

»You have been refused entry.«

Was?

»You have been refused entry.«

Sie kann es nicht glauben. Sie weiß, dass es stimmt. Sie öffnet den Mund, sie schließt ihn wieder, sie folgt dem Mann hinaus aus dem Zimmer, durch die Halle. Er spricht zu ihr.

»There is a flight to Cologne at half past four.«

»And if I refuse to leave?«

Der Beamte betrachtet sie, ein wenig mitleidig.

»Madam. Then of course we would have to escort you.«

Es nimmt ihr den Atem. Es verschlägt ihr die Sprache. Noch einmal steht sie atemlos, sprachlos wie am Anfang des Exils, als das Sektglas an der deutschen Grenze zersplitterte und die englische Matrone sich über ihr erhob.

What do you think you are doing, Madam?

Nichts. Verzeihen Sie die Störung. Sorry, sorry, sorry: Aber sie hat ja nicht einmal gestört. Tisa Schulenburg geht wieder, das ist alles. Um halb fünf Uhr geht ein Flug nach Köln.

»Ich werde Schlesien zur Musterprovinz dieses Reiches machen.«

Fritzi ist nicht mehr Polizeivizepräsident von Berlin. Er ist nun Regierungspräsident und Vertreter des schlesischen Oberpräsidenten Robert Wagner, und die Schulenburgs sind nach Breslau umgezogen. Fritz und Charlotte sitzen am Frühstückstisch ihres neuen Hauses.

»Wagner scheint zum Glück ganz vernünftig«, sagt Fritzi. »Das sagen auch Peter Yorck und Cäsar Hofacker, die ihm im Reichskommissariat für Preisbildung unterstellt sind. Wir werden hier sinnvoll arbeiten können. Wir werden die Verwaltung vereinfachen, Handwerk und Handel fördern, das Recht der Beamtenschaft wiederherstellen und den Einfluss von Partei und SS erbarmungslos zurückdrängen. Ich habe alle Zusicherungen. Wir werden hier mitten im Unrecht eine Insel des Rechts schaffen, eine Insel der Sicherheit und des menschlichen Anstands. Ich werde natürlich sehr viel unterwegs sein. Gleich heute steht ein Treffen mit einer Reihe großer Gutsherren und Grundbesitzer auf dem Programm. Helmuth Moltke wird auch da sein, der Erbe des Feldmarschalls. Ich werde mit diesen Männern gut zusammenarbeiten.«

Und er wird wieder niemals zu Hause sein. Das ist jetzt schon ersichtlich. Charlottes Hoffnungen verdampfen in der Sonne seiner Begeisterung.

»Papa?«

Schuschu steht in der Tür, die Älteste. Sie hält ein Kalenderblatt in der Hand.

»Papa, sieh mal. Eine Gazelle.«

Fritzi streckt dem Kind die Hand entgegen. Er betrachtet das Blatt. Schuschu lehnt sich an ihn.

»Tatsächlich, eine Gazelle«, sagt Fritzi.

Das Schulenburg-Lachen wetterleuchtet über sein Gesicht. Er reicht das Blatt an Charlotte weiter, zieht Schuschu auf seinen Schoß, Charlotte betrachtet das Kalenderblatt. Die Gazelle ist großäugig und grazil. Der Sinnspruch darunter stammt von Hitlers Stellvertreter Rudolf Heß.

Der Führer Adolf Hitler sichert den Frieden Europas mit seinem unerbittlichen Kampf gegen die Bedrohung durch den russischen Bolschewismus.

Charlotte lacht auf. Fritzi sieht sie an, mit funkelnden Augen. Hitler hat vor drei Tagen den Nichtangriffspakt mit den russischen Bolschewisten unterzeichnet. In der Diele klingelt das Telefon. Einen Moment später kommt das Mädchen herein.

»Herr Graf, Ihre Frau Schwester am Telefon.«

Als Fritzi zurückkommt, ist sein Gesicht versteinert.

»Meine Mutter ist in der Nacht gestorben.«

»Ach Fritzi. Es tut mir so leid.«

Fritzi hebt die Hand. Er sagt: »Meine Mutter ist in der Nacht gestorben. Und meine Schwester wird heiraten. In sechs Tagen, am 1. September. CU von Barner. Ich kenne ihn. Sein Gut liegt zwanzig Kilometer südlich von Tressow.«

Rotz und Tränen und Blut und Sperma. Flüssigkeiten, Säfte, fadenziehende Zeichen der Körperlichkeit, der Sterblichkeit, des bei Geburt schon angelegten Verfalls: Das ist also das Einzige, was man wissen kann. Das ist das Einzige, was sicher ist: dass man sterben wird. Tisa ist nach Tressow zurückgekehrt, zu den blühenden Roggenfeldern Mecklenburgs, dem weichen grauen Regen, den Kartoffelfeuern auf den violetten Äckern. Sie hat ihre Zähne in CUs Schulter gegraben. Er gibt keinen Laut von sich. Sie hat die ganze Zeit geheult, während er auf ihr lag, unter ihr lag, wieder auf ihr, im Wald hinter Schloss Tressow, am See, hinter dem Pavillon, wo Miss Bull einst Fritzi geohrfeigt hat, so dass er hingefallen, mit dem Kopf auf die Steine geschlagen ist. Die Lust rollt über Tisa hin, in langen flachen Wellen wie die Dünung eines Meers. Die Lust zieht an ihr wie Sumpf an einem Schuh, während sie versucht, sich zu befreien, japsend und winselnd unter CU, dann obenauf, ihn reitend und heulend, oben im Schloss liegt die Mutter, totkrank. Die Mutter stirbt. Sie geht, jetzt, wo Tisa doch gerade erst nach Hause gekommen ist. Tisa ist endlich zurück in Tressow. Dies sind die Felder von Tressow, die Hügel, der See. Tisa jault wie eine Hündin, wimmert wie eine Katze. Sie gräbt ihre Nägel in CUs Arm, reibt den Rotz, der ihr aus der Nase läuft, in sein Haar, sie hat den ganzen Weg nach Tressow geweint.

Sie hat den ganzen Weg nach Deutschland geweint, im Flugzeug von England nach Köln, wo ihr Bruder Heini sie abgeholt hat. Ein paar Tage später hat die Mutter ein Schlaganfall ereilt. Tisa kam gerade recht. Sie ist gerade zur Zeit gekommen. Sie hält den Rhythmus, sie verpasst keinen Trommelschlag des Totentanzes.

»Nein nein nein nein!«

Aber er versteht sie. Carl Ulrich von Barner: Er versteht, wogegen sie aufbegehrt, wen sie mit Fäusten schlägt. Oben im Schloss wartet der Gutsherr mit dem Abendessen, Tisas ältester Bruder Albrecht, mit Frau und Kindern. Es sind Gäste geladen: Oldach, der Leiter der Gestapo in Schwerin, Mecklenburgs Gauleiter Hildebrandt. Es gibt kein Zurück, es gibt keine Heimkehr. Es gibt nur den Weg weiter, nach vorn. Den Weg in die Grube. In den saugenden Dreck, aus dem Tisa stammt wie alles.

Und dies ist nicht Tressow. Dies ist Klein Trebbow, das Barnersche Gut, das Tisa von nun an leiten wird. Tisa steht auf der Schlossterrasse und blickt über den See. Sie steht wie unter einem Bann: wie jemand, der seiner Seele vorangereist ist, und nun muss er warten, dass sie ihn einholt.

»Du wirst hier zu Hause sein, Liebste.«

Das hat CU zum Abschied gesagt.

»Du wirst hier zu Hause sein. Du wirst alles leiten, während ich fort bin.«

Deutschland ist im Krieg, zum zweiten Mal in Tisas Leben. Und Tisa hat sich in ihre Mutter verwandelt. Die Mutter ist tot. Tisa ist seit heute verheiratet, und heute ist ihr Mann eingezogen worden. Er ist bereits fort. Tisa wird für ihn das Gut führen, wie die Mutter es für den Vater getan hat. Tisa ist aber eine Mutter ohne Kinder. Sie ist keine Gutsherrin. Sie kann dies nicht, das weiß sie genau. Sie führt eine stumme verzweifelte Unterhaltung mit ihren englischen Freunden.

Ich kann das nicht. I can't handle this.

Es ist vielleicht aber gar nicht nötig. Vielleicht muss Tisa nur so tun als ob. Sie muss die Gutsherrin spielen, wie ein Kind. Sie muss die eigene Mutter spielen, die mütterliche Güte, die Selbstlosigkeit und Großmut ihrer Mutter. Dies ist nun ihr Reich. Sie wird sich Klein-Trebbow zu eigen machen. Sie wird hier eine Insel des Friedens schaffen, eine Insel des Rechts, der Sicherheit, der Menschlichkeit und Freiheit. Ein kleines englisches Eiland auf deutschem Boden. Eine glückliche Insel. Das ist es, was CU ihr aufgetragen hat.

Du wirst alles gut leiten, das weiß ich sicher. Ich werde gesund wiederkommen. Und dann werden wir glücklich sein.

Auch Peter Graf Yorck von Wartenburg zieht in den Krieg. Er muss am Polenfeldzug teilnehmen, ebenso wie sein großer Bruder Bia und sein kleiner Bruder Hans: der große blonde Hannusch, Verwalter von Kauern, Liebling seiner Mutter und Sonnenschein der Familie. Marion ist in Klein Oels gewesen, um ihrer Schwiegermutter beizustehen.

Goldchen, wie die Kinder die Mutter nennen: Sie war gefasst beim Abschied von Bia und Peter, verzweifelt beim Abschied von Hannusch. Nicht dass sie geweint oder die Hände gerungen hätte. Das Übermaß der aufzubringenden Selbstbeherrschung hat sie im Gegenteil erstarren lassen. Hannusch war sehr still und blass in der grauen Uniform, ohne eine Spur der leuchtenden Heiterkeit, die ihn sonst umgibt. Beim Abschied hat er seinen älteren Bruder zur Seite genommen.

»Peter? Ich habe mir gedacht, wir sollten das Dach der alten Scheune in Kauern nicht renovieren, sondern lieber neu errichten lassen. Das Gebälk ist nicht mehr in Ordnung. Wir lassen es erneuern und mauern auch die Rückwand neu auf.«

»Darüber lässt sich nachdenken«, hat Peter gesagt. »Aber das hat sicher noch Zeit bis zum Frühjahr. Das kannst du in die Wege leiten, wenn du wieder zurück bist.«

»Ja«, hat Hannusch gesagt. »Sicher. Ich wollte nur, dass du das weißt. Mit der Scheune. Ich wollte, dass du weißt, was ich vorhatte.«

Er fällt gleich zu Beginn des Polenfeldzugs, am 9. September, kurz vor seinem dreißigsten Geburtstag. Alle Töchter sind zu Goldchen nach Klein Oels geeilt. Auch Marion ist gekommen. Man kann Goldchen keinen Moment aus den Augen lassen. Dies ist nicht mehr die gebildete, zurückhaltende Gräfin, nicht mehr die warmherzige alte Dame mit den feinen beherrschten Gesichtszügen. Dies ist eine Megäre, eine Rasende, eine antike Mutter wie Niobe, die ihre Kleider zerreißt, sich das Gesicht zerkratzt und die Haare ausreißt. Immer ist es Hannusch gewesen, der gewählt wurde, wenn sie einen Begleiter brauchte. Nicht Bia, der Älteste und Erbe, führte die Mutter zu Tisch, zum Wagen, in die Schlosskapelle, zu einer Trauung oder Beerdigung, sondern Hannusch: der große sportliche Hannusch mit seinen blonden Kinderlocken, das liebste ihrer zehn Kinder, für das sie sieben Monate gelegen hatte. Und ist es nicht besser, keine Kinder zu haben, als so zu leiden?

Das hat sich Marion gestern gefragt. Sie hat mit Peters jüngster Schwester Muto auf der Bank beim Brunnen gesessen. Der Septemberabend war lau. Im Dorf bellte ein Hund, irgendwo schrien und lachten Kinder. Marion und Muto saßen wie vor elf Jahren, im September 1928, als Marion das erste Mal auf Klein Oels zu Gast war. Peter hatte sie eingeladen.

Kommen Sie doch mit, Fräulein Winter. Ich selbst werde zwar nicht mitjagen, aber wir wahren die Tradition meines Vaters. Und im September ist es schön in Schlesien.

Der wilde Wein leuchtete rot, die wilden Tauben gurrten. Die Sonne kam der Erde nah wie nirgendwo sonst. Muto war fünfzehn, Hannusch drei Jahre älter: Hannusch zu Pferd, vor der Treppe zum Schloss, der stolze, liebevolle Blick seiner Mutter. Und ist es nicht unendlich viel besser, freiwillig auf Kinder zu verzichten, als womöglich solches Elend zu durchleiden, eine solche Hölle durchwandern zu müssen?

Aber ebenso könnte man sich ungeboren wünschen.

Ebenso gut könnte man alles Ungeborene glücklich preisen. Marion hat sich inzwischen damit abgefunden, dass sie keine Kinder haben wird. Aber sie kann sich dafür nicht glücklich nennen. Sie denkt nicht daran, das Nichts zu verherrlichen. Es geht nicht darum, was man verliert oder verlieren könnte. Es geht darum, etwas gehabt zu haben.

»Peter und du, ihr werdet euch in Zukunft mehr um Kauern kümmern müssen«, sagt Muto. »Heinrich allein kann das nicht schaffen.«

Marion wendet sich ihr zu. Mutos zartes helles Gesicht leuchtet in der Dämmerung.

»Hannusch wollte die Scheune neu bauen«, sagt Muto. Sie weint.

»Es war unbeschreiblich. Sieg auf Sieg auf Sieg auf Sieg.« Claus Schenk Graf von Stauffenberg kommt direkt von der Front. Er ist bei den Schulenburgs in Breslau zu Besuch, auf der Weiterreise nach Westen. »Unbeschreiblich, wie großartig dieser Feldzug war. Die Dramatik einer gut funktionierenden Militärmaschine. Einfach staunenswert. Die Dynamik kleinster und kürzester, sich zu einem einzigen siegreichen Strang bündelnder Befehle. Es wird mir auf ewig unvergesslich sein. Natürlich, vieles ist noch verbesserungswürdig. Es gab Probleme mit dem Nachschub. Vor allem an den Betriebsstoff-Ausgabestellen haben sich Szenen abgespielt, die außerhalb der Armee besser keiner erfährt. Das schmälert aber nicht die überragende Leistung der Wehrmacht.«

»Wesentlich ist, dass wir in den besetzten Gebieten jetzt sofort eine planmäßige Kolonisation anfangen«, sagt Fritzi Schulenburg. »Wesentlich ist, dass wir für Ruhe sorgen und Ordnung schaffen.«

»Das wird kommen«, sagt Claus Stauffenberg. »Wir werden den ganzen grauen verwahrlosten Osten zum Blühen bringen. Was habe ich für wundervolle Gutshäuser und Schlösser vorgefunden, manche mit den unglaublichsten Empiremöbeln ausgestattet. Aber es ist alles heruntergekommen. Wir werden dafür sorgen, dass diese Kulturdenkmäler erhalten bleiben. Wir werden die Ländereien instand setzen. Der einheimische Pöbel war mit solchen Aufgaben natürlich überfordert. Aber der deutschen Landwirtschaft werden sie sicher guttun. Arbeitsam, willig und genügsam sind sie ja.«

»Entscheidend ist, dass wir das Vertrauen der Leute gewinnen«, sagt Fritzi. »Wenn man uns nicht vertraut, kann die Kolonisierung des Ostens auf lange Sicht nicht gut gehen. Wir müssen uns untadelig verhalten, absolut sauber, nach Recht und Gesetz. Aber wie ich höre, sollen bereits einige Schweinereien vorgefallen sein. Es soll zu außerplanmäßigen Erschießungen von Kriegsgefangenen gekommen sein.«

»So etwas muss selbstverständlich schärfstens geahndet werden«, sagt Stauffenberg. »Tatsächlich hat ein mir persönlich bekannter Offizier zwei Polinnen erschießen lassen. Angeblich hätten sie mit Taschenlampen Signale übermittelt. In Wirklichkeit hatten sie sich auf dem Dachboden versteckt, Mutter und Tochter, beide geistig beschränkt und solcher Aktionen gar nicht fähig. Der Mann wird vor das Kriegsgericht gestellt, dafür habe ich persönlich gesorgt.«

»Polen muss eine Musterprovinz werden«, sagt Fritzi. »Alles andere führt in die Katastrophe.«

»Polen soll keine Musterprovinz werden«, sagt Hans von Dohnanyi zu seinem Schwager Klaus Bonhoeffer. »Die Anweisungen sind unmissverständlich, und sie kommen direkt von Hitler. Der Volkstumskampf gestattet keine gesetzlichen Bindungen: So heißt es nun. Alle Ansätze zur Entstehung einer neuen Führungsschicht sollen rücksichtslos zertreten werden, alle Ansätze zu einer Konsolidierung. Rechtlosigkeit soll in Polen herrschen, pure Gewalt. Klaus, die Generäle müssen handeln. Sie müssen jetzt handeln.«

»Es geht um die Möglichkeit eines Generalstreiks«, sagt Klaus Bonhoeffer zu Wilhelm Leuschner. »Generaloberst Ludwig Beck lässt anfragen, wie schnell Sie einen Generalstreik ins Rollen bringen könnten und ob Sie dazu bereit wären.«

Sie sitzen in der Kohlenhandlung Bruno Meyer Nachfolger, nahe dem Bahnhof Schöneberg. Das Häuschen ist gut versteckt hinter den Kohlebergen der Firma, deren Teilhaber Julius Leber dank seines Freundes Gustav Dahrendorf neuerdings ist. Natürlich hat er kein Kapital einschießen können, und entsprechend bescheiden sind die Einkünfte. Aber Annedore ist Leiterin der Schnittmusterabteilung im Deutschen Verlag geworden. Zusammen kommen sie über die Runden. Und die Kohlehandlung schafft eine gewisse Bewegungsfreiheit.

Es wundert niemanden, wenn in einer Kohlenhandlung viele Leute ein- und ausgehen oder wenn im Büro abends noch Licht brennt. Im vorderen Raum wickelt Julius Kundenbesuche ab. Im Hinterzimmerchen sitzen sie zusammen und debattieren. Gustav Dahrendorf kommt, Theodor Heuss, Carlo Mierendorff, Wilhelm Leuschner.

»Das Problem liegt darin, die Leute zu erreichen«, sagt Leuschner. »Die Organisationen der Arbeiter sind zerschlagen, ebenso die Parteien. Ich habe natürlich hier und da noch Kontakte. Aber um unseren Kreis wirklich zu erweitern, um eine tragfähige Opposition auf die Beine zu stellen, sind unsere Mittel vollkommen unzureichend.«

»Weite Arbeiterkreise empfinden durchaus noch die alte Anhänglichkeit an die Sozialdemokratie«, sagt Gustav Dahrendorf. »Aber sie sind anders organisiert. Alles basiert heutzutage auf freundschaftlichen Bindungen. Aber kann Dr. Julius Leber auf einmal in den Arbeiter-Ballsportclub Marienfelde eintreten? Kann Ernst von Harnack im Arbeitergesangsverein Immergrün Mitglied werden, ohne Aufmerksamkeit zu erregen?«

»Ich habe die Reste der zerschlagenen Organisationen und Parteien in den KZ-Baracken gesehen«, sagt Julius Leber. »Carlo hat sie gesehen. Es hat alles keinen Sinn. Alles ist zerstört, was man getan, gedacht und geschaffen hat. Man muss sich damit abfinden.«

»Das kann ich nicht akzeptieren«, sagt Carlo Mierendorff. »Ich kann nicht akzeptieren, dass wir uns ergeben, dass alles unwiederbringlich verloren sein soll.«

»Aber was ist zu tun?«, sagt Julius Leber. »Welche Chancen zu handeln bestehen? Ich kann meinerseits keine erkennen.«

Annedore sitzt am Küchentisch. Sie schält Kartoffeln. Julius ist noch nicht zu Hause. Sie wartet auf ihn ohne Bitterkeit: Er verbringt mehr Zeit bei seiner Familie als jemals zuvor. Sie essen gemeinsam zu Abend, sie spielen ein Spiel mit den Kindern, sie sitzen zusammen und lesen. Katharina ist lieb, anhänglich, fröhlich. Sie ist ganz in die Familie hineingewachsen. Matthias ist scheu.

Das gefährdete Kind: Es zuckt zurück, empfindlich wie die Fühler von Weinbergschnecken. Es grübelt, es legt jedes Wort auf die Goldwaage. Vor einigen Wochen sahen sie bei einem Spaziergang am Abend den Mond.

»Mama! Der Mond wandert über den Häusern entlang!«

»Ja, nicht wahr? Er begleitet uns.«

»Uns beide?«

»Ja.«

»Aber wenn du weitergehst und ich stehenbleibe?«

Annedore hat überlegt, ob Matthias vielleicht einen Hund haben sollte. Ob er etwas haben sollte, was ihm allein gehört, etwas, das ihn schützt und stützt. Sie hat ihm eine kleine Kinderbibel gekauft. Er hat konzentriert darin gelesen. Als er fertig war, hat er seinen Vater gefragt: »Papa? Warum ist Gott eigentlich so böse?«

Der Polenfeldzug ist vorüber. Der Tag ist sonnig und kühl. Freya ist auf dem Weg zu ihren Bienen. Sie ist gerade ein paar Tage bei Helmuth in Berlin gewesen. Er ist zum Kriegsverwaltungsrat ernannt worden. Er sieht schwarz für die Zukunft: Er rechnet fest mit einer Ausweitung des Krieges. Er hofft aber, mit seiner Arbeit in der Abwehr einiges erreichen zu können.

Er ist entschlossen, jetzt sein Bestes zu geben: Seit Kriegsbeginn kämpft er zäh und verbissen darum, den polnischen Soldaten ihren Status als Kriegsgefangene zu erhalten. Wenn man ihnen diesen Status abspricht, verlieren sie alle ihre Rechte. Dann ist jeder von ihnen in Lebensgefahr. Immer wieder erringt er Teilerfolge. Noch vorgestern Abend um halb sieben ist ein einhelliger Beschluss der Minister vom Führer selbst gekippt worden, in Helmuths Sinn und mit seinen Begründungen: Das schreibt er Freya. Wie ist es möglich, dass so etwas geschieht, nur weil ein Rädchen im Getriebe sich nicht drehen wollte?

Aber es ist möglich. Und Helmuth ist dieses Rädchen. Natürlich kommt er den Leuten nicht mit irgendwelchen juristischen Argumenten. Das Recht überzeugt längst niemanden mehr. Aber Helmuth kann auf die möglichen realpolitischen Folgen eines Völkerrechtsbruchs hinweisen. Er kann versuchen, ihnen einzureden, ein halbwegs anständiges Benehmen diente ihrem eigenen Wohl. Er kämpft bis aufs Letzte, und wenn gar nichts mehr zu machen ist, verweigert er immer noch seine Zustimmung.

Neulich hat er darauf bestanden, seine abweichende Stellungnahme zu Protokoll zu geben. Man hat ihm entgegengehalten, als Offizier hätte er keine Rechte auf abweichende Meinungen. Helmuth hat bedauert: Die Verantwortung vor der Geschichte stehe für ihn über der Gehorsamspflicht. Die Erregung war groß. Schließlich wurde der Admiral eingeschaltet.

Admiral Canaris: Er hat sich den Fall schildern lassen. Er hat Moltke einen Moment gemustert, mit seinen hellen Augen. Dann hat er Helmuth zugestimmt. Helmuth war abends sehr guter Dinge, als er zu Freya nach Hause in die kleine Wohnung in der Derfflingerstraße kam.

Die Wohnung gehört Freyas Bruder Carl, Helmuths Freund aus den Tagen des Schondorfer Landerziehungsheims. Sie teilen sie miteinander, aber Carl ist oft fort, und meist hat Helmuth die Wohnung für sich allein. Freya hofft, dass Helmuth guter Dinge bleibt. Bei all seiner Entschiedenheit kann er doch einen gewissen Ton nicht ganz aus seinen Briefen heraushalten. Normalerweise schließt er mit einer Zärtlichkeit,

Bitte behalten Sie lieb Ihren Ehewirt

Aber nun findet sich am Ende oft eine kleine schwermütige Coda.

Die Zeiten sind hart, und sie werden härter

Pflegen Sie sich, mein Lieber, erhalten Sie sich wohl, es kommen schwere Zeiten auf uns zu

Freya ist auf dem Weg zu den Bienen. Sie geht über die Felder. In der Ferne sieht sie Asta auf dem Traktor. Einmal mehr zeigt es sich, wie das Leben Kindheitsträume erfüllt: Es verschiebt sie in den Fugen. Als junges Mädchen war Asta entschlossen, später einen richtigen studierten Landwirt zu heiraten und zusammen mit ihm Kreisau zu einem schicken Landgut zu machen, auf dem es Reitpferde geben würde, Autos und Tennisplätze, wie auf den Gütern ihrer reichen Freundinnen. Und nun ist sie tatsächlich nach Kreisau zurückgekehrt. Sie hat ihre Anstellung in einem Berliner Antiquitätengeschäft aufgegeben, um auf den Feldern Traktor zu fahren.

Freya ist Asta dankbar. Auf Kreisau wird jede Arbeitskraft gebraucht, auch wenn Zeumers polnische Arbeiter die Rüben richtig eingebracht haben. Das Spätherbstwetter ist kühl und klar. Die scharfen Flächen der lehmigen, frisch umbrochenen Erdschollen gleißen in der Sonne wie Metall. In der Stille hört man den Fall einzelner Blätter. Die Bäume sind noch immer belaubt, ein Zeichen, dass es ein harter Winter wird. Freya steht bei ihren Bienenstöcken.

Dies ist ihr letzter Besuch vor dem Frühjahr. Es gibt nichts mehr zu tun: Das Wintervolk ist geschlüpft. Es ist zäh. Es ist langlebig. Es wartet. Eine Sommerbiene verschwendet ihre

Energie in drei bis sechs Wochen harter Arbeit, dann stirbt sie. Aber eine Winterbiene kann bis neun Monate alt werden. Die Aufgabe des Wintervolks ist es, den Winter zu überleben. Die Winterbienen müssen ja noch da sein, wenn das Frühjahr beginnt. Wenn die ersten Frühlingsblüher ihre Knospen öffnen, müssen sie mit dem Erbrüten des Sommervolks beginnen, das sie überflüssig machen und ersetzen wird.

Und denken die Moltkes und die Yorcks manchmal an den Hochsommertag 1938, als Helmuth Moltkes Vetter Hans Adolf von Moltke, deutscher Botschafter in Polen, und seine Gemahlin Davy, geborene Gräfin Yorck zu Wartenburg, in Wernersdorf bei Kreisau die Taufe ihres sechsten Kindes gefeiert haben? Der Salon des Gutshauses war blumengeschmückt. Es gab heiße Schokolade, Baumkuchen, Klaviermusik.

»Peter?« Davy Moltke nahm den Bruder am Arm. »Bevor wir zu Tisch gehen, möchte ich dich mit einem Neffen meines Mannes bekannt machen, mit dem Grafen Moltke und seiner Frau.«

Haben sie bei dieser ersten Begegnung über Politik gesprochen? Über die Probleme der schlesischen Landwirtschaft? Oder vielleicht über Professor Rosenstock-Huessy, bei dem sie beide studiert haben und der längst nach Amerika ausgewandert war? Möglicherweise haben sie sich auch an die Löwenberger Arbeitslager erinnert, deren zweites Peter besucht hat. Tatsächlich ist Peters jüngste Schwester Muto inzwischen ja Ärztin in Waldenburg. Sie lebt unter den Bergarbeitern, deren Elend damals den Anstoß für die Gründung der Löwenberger Arbeitsgemeinschaft gegeben hat.

Jedenfalls sind Helmuth Moltke und Peter Yorck einander nach der Taufe des kleinen Gebhardt von Moltke immer wieder einmal begegnet. Sie haben gemeinsam an Besprechungen zu Fragen schlesischer Agrarpolitik teilgenommen, geleitet von Peters Freund, dem schlesischen Regierungspräsidenten Fritzi Schulenburg. Sie sind zu Sitzungen des Prisengerichts nach Hamburg gefahren, zusammen mit Moltkes Kollegen Berthold Stauffenberg, der mit Peter Yorck weitläufig verwandt ist. Und gelegentlich sind sie einander zufällig über den Weg gelaufen, so wie heute, an diesem kalten Januartag 1940, im Speisesaal des Berliner Hotels Adlon.

Peter ist nach dem Ende des Polenfeldzugs nach Berlin zurückgekehrt und im Reichskommissariat für Preisbildung u. k. gestellt worden. Meist geht er zum Mittagessen nach Hause in die Hortensienstraße. Aber Marion befindet sich gerade in Schlesien.

»Und so bin ich zurzeit auf die Berliner Restaurants angewiesen. Es würde mich freuen, wenn Sie Lust hätten, mit mir zu essen?«

»Aber sehr gern.«

Sie haben einen Tisch im hinteren Raum gefunden. Die Suppe ist serviert. Wie es in dieser Zeit üblich ist, sind sie auf den Krieg zu sprechen gekommen.

»Es ist unfassbar, was sich in Polen abspielt«, sagt Peter Yorck.

Er spricht leise, aber er flüstert nicht. Natürlich muss man sich vorsehen. Man muss nicht alles an die große Glocke hängen. Aber Graf Yorck von Wartenburg sieht keine Veranlassung, sich bespitzelt zu fühlen wie ein Kommunist, wenn er in einem Restaurant mit einem Bekannten seine Suppe isst. Tatsächlich ist er aufgewühlt. Er steht immer noch stark unter dem Eindruck eines Berichts von Ulrich Schwerin von Schwanenfeld. Der Jugendfreund aus der Roßlebener Zeit ist vor ein paar Tagen zu Besuch in der Hortensienstraße gewesen. Er kam direkt von seinem Gut Sartowitz, das in Westpreußen, also in Polen liegt.

»Auf seinem Gut hat eine Massenerschießung stattgefunden«, sagt Peter. »Weit über tausend Menschen sind in seiner Kiesgrube ermordet worden, polnische Christen und polnische Juden. Besonders entsetzlich ist es ihm, weil er sich vor dem Krieg so stark für das Deutschtum in Polen eingesetzt hat, für die Erhaltung deutscher Kulturgüter und Schulen.«

»Ich habe von den Erschießungen gehört«, sagt Helmuth Moltke. »Ich habe bereits offiziell darauf hingewiesen, dass der Schaden für die Wehrmacht unabsehbar ist, wenn diese Dinge bekannt werden. Freilich ist es fraglich, ob man mit einem solchen Protest viel ausrichtet. Aber man muss eben darauf bestehen, dass man dort handelt, wo man sich befindet, und man muss sich selbst in dieser Position ernst nehmen. Die Frage ist ja, was sich überhaupt tun lässt. Die grundsätzlichen Verhältnisse kann man im Moment kaum verändern. Man muss sich also daran halten, dass es heutzutage noch bei den nebensächlichsten Details oft um Tausende von Menschenleben geht.«

»Warum besuchen Sie meine Frau und mich nicht einmal zum Mittagessen in der Hortensienstraße?«, sagt Peter Yorck. »Hortensienstraße 50, am Botanischen Garten. Wie wäre es nächsten Dienstag?«

Dienstag, der 16. Januar 1940. Da sitzen sie nun also am Tisch, in dem Reihenhäuschen der Yorcks.

»Im Moment müssen alle Kräfte darauf gerichtet sein, den Westfeldzug zu verhindern«, sagt Helmuth Moltke.

»Nach allem, was man hört, ist das Militär durchaus nicht zur Gänze bereit, gegen den Westen loszuschlagen«, sagt Peter Yorck. »Es gibt Kräfte, die sich für einen schnellen Frieden einsetzen.«

»Tatsächlich ist mir bekanntgeworden, dass man von verschiedenen Seiten versucht, an der deutschen Regierung vorbei mit den Engländern in Kontakt zu treten«, sagt Helmuth Moltke.

In dieser Absicht ist auch Adam von Trott zu Solz nach England unterwegs.

5

Und jetzt noch einmal von vorn. Nur nicht aufgeben, nur nicht schlappmachen, durchhalten, durchhalten.

Durch!

Das ist in Kassel in der Schule Adams Wahlspruch geworden. Es ist ein guter Wahlspruch. Adam hat Kassel überstanden. Er ist durchgekommen, mit zusammengekniffenen Augen, zusammengebissenen Zähnen, geballten Fäusten. Nun ist Adam im Freien. Adam ist in Imshausen. Es ist das Jahr 1921. Adam gehört hierher, das ist offensichtlich: Alles hier heißt ja genauso wie Adam von Trott zu Solz selbst. Der Wald um Imshausen heißt der Trottenwald. Das Nachbardorf von Imshausen heißt Solz. Niemand in Imshausen oder in Solz käme auf die Idee, Adam in ein Kellerverlies zu sperren, bis er sein Luftgewehr herausrückt. Niemand würde es lustig finden, seinem Bruder Werner in der Schule heimlich ein offenes Tintenfass auf den Stuhl zu stellen, das ihm beim Hinsetzen die Hose ruiniert. Niemand würde seiner Schwester Vera auf der Straße Gemeinheiten nachrufen,

Vera Trotteline, Vera Trotteline, Vera Trotteline mit Süüüüül-ze!

Vera hat in Kassel fast immer geweint. Adam überlegt, wie er es anstellen könnte, für immer und ewig in Imshausen zu bleiben. Adams Vater war bis 1917 preußischer Kultusminister in Berlin, dann wurde er Oberpräsident der Provinz Hessen-Nassau, und die Trotts zogen nach Kassel. Nun ist der Vater nicht mehr im Staatsdienst. Angeblich können sie nun für immer hierbleiben. Aber manchmal wetterleuchtet eine schlimme Befürchtung am Horizont. Adam wird nicht für immer ein Kind sein. Er wird sein Leben zu leben haben, und das lässt sich womöglich nicht in Imshausen erledigen. Es geht schon damit los, dass Adam demnächst wieder zur Schule gehen soll.

Aber noch nicht gleich. Noch wird Adam von der Mama unterrichtet und von einem Privatlehrer, und für die Lateinstunden geht er zum Pfarrer von Solz. Adam war gestern erst wieder beim Pfarrer.

Auf dem Rückweg ist er beim Binnes vorbeigegangen. Der Binnes ist der Dorfjude. Eigentlich heißt er Seelig. Gestern hat Adam mit dem Binnes besprochen, wie Adams Eichhörnchen ausgestopft werden soll. Sie haben sich darauf geeinigt, dass das Eichhörnchen sitzen wird. Aber Adam hat noch einmal nachgedacht, und nun ist er auf dem Weg nach Solz. Man kann von Imshausen nach Solz natürlich einfach die Wolfsbergstraße entlanggehen. Aber Adam hat abgekürzt. Er ist ein Stück weit durch seinen Wald gelaufen, dann quer über die Felder. Jetzt ist er fast da.

Er kann das Häuschen schon sehen: ein windschiefes Fachwerkhäuschen am Ortsausgang, und der Binnes sitzt vor der Tür auf der Bank. Adam ist außer Atem. Er ist das letzte Stück gerannt.

»Guten Tag, Herr Seelig. Ich wollte nur sagen. Ich habe es mir anders überlegt. Ich meine, das Eichhörnchen sollte doch besser springen.«

Der Binnes betrachtet ihn mit großem Ernst.

»Ich glaube, das wäre besser«, sagt Adam. »Wenn es noch geht. Wenn es noch nicht zu spät ist.«

Der Binnes wiegt den Kopf sachte hin und her.

»Wie sollte es denn zu spät sein«, sagt er. »Es kann ja nicht zu spät sein. Das Eichhörnchen kann auch springen. Sicher kann es auch springen. Nur musst du es mir endlich bringen. Es verdirbt sonst. Es verdirbt, wenn es zu lange tot herumliegt.«

Adam hält inne. Wovon redet der Binnes? Wieso soll das Eichhörnchen tot sein? Es ist der 3. März 1921. Adam von Trott zu Solz ist elf Jahre alt. Am 9. August wird er zwölf Jahre alt werden. Dann wird Adam ein eigenes Gewehr erhalten. Und mit diesem Gewehr wird er das Eichhörnchen schießen.

Und nun ist das Kind schon wieder krank. Gerade erst hat Adam den Scharlach und eine Mandelentzündung überwunden, nun liegt er mit unbestimmtem Fieber. Dabei wird er geschont, wo es möglich ist. Eine Schwäche des Herzens ist diagnostiziert worden. Sport, überhaupt alle Anstrengungen körperlicher Art sind dem kleinen Adam von ärztlicher Seite verboten. Eleonore von Trott zu Solz hat ihm eine Schüssel kaltes Apfelmus ans Bett gebracht. Sie hat ihm Wadenwickel gegen das Fieber verordnet. Zum Glück ist Adam zu Hause in Imshausen.

Wer krank ist, ist zu Hause bei der Mutter. Wer gesund ist, geht in Kassel aufs Gymnasium und wohnt bei Pfarrer Jäger, bei dem schon Adams Bruder Werner gewohnt hat, bevor er die Schule ohne Abschluss abgebrochen hat. Werner ist mit dem Pfarrer gut ausgekommen. Adam verachtet den Pfarrer. Der Pfarrer geht ihm schrecklich auf die Nerven.

Dieses sozusagen Zittern und Beben. Wir sollen mutig

sein, nicht immer gleich beten und beten (mir klingt es wie ein Winseln), sondern es durch Taten gutzumachen suchen.

Das schreibt er aus Kassel an seine Mutter. Eleonore stimmt ihrem Sohn zu. Auch sie findet, dass das Christentum mutig machen sollte. In den Schrecken des Weltkriegs hat das radikal Böse die Herrschaft erlangen können, ohne auf nennenswerte Gegenwehr zu stoßen, leider auch nicht von Seiten der Kirchen. Eleonore von Trott zu Solz unterstützt deshalb die ökumenische Bewegung. Sie setzt sich dafür ein, eine ständige gemeinsame Vertretung aller Kirchen zu schaffen, einen Kirchenbund in Anlehnung an den Völkerbund. Das Reich Gottes muss hier auf Erden befördert werden. Und dieses Reich ist international. Also muss auch die wirkliche Kirche international sein. Eleonore hat in Berlin dem Vorstand des Verbands für die weibliche Jugend Deutschlands angehört. In dieser Funktion hat sie 1910 als Präsidentin der vierten Weltkonferenz der YMCA in Berlin fast tausend Delegierte aus dreißig Nationen betreut. Sie hat sich schon im Kaiserreich für den Kinderschutz eingesetzt, Kinderhorte mitgegründet, sich mit Frauenhilfe und Gefängnisfürsorge befasst, in Imshausen allerdings ist ihr Radius naturgemäß eher beschränkt.

Bei Eleonores Geburt 1875 in St. Petersburg war auch nicht damit zu rechnen, dass sie einmal einen zwanzig Jahre älteren deutschen Adeligen heiraten und in einem 150-Seelen-Nest enden würde: Ihr Vater war der preußische General und kaiserlich deutsche Botschafter Hans Lothar von Schweinitz. Ihre Mutter war Anna Jay, Tochter des amerikanischen Botschafters in Wien und Urgroßenkelin John Jays, eines der Gründerväter Amerikas.

Natürlich hat schon die Mutter den großen Ahnen nicht mehr gekannt. Aber die Verpflichtungen, die bei der Geburt auf einen Menschen fallen, stammen oft genug aus einer Zeit vor dem Einsetzen seiner eigenen Erinnerung. Daran kann es keinen Zweifel geben.

Eleonore schreitet die Treppe im Schloss Imshausen hinunter. Sie muss mit ihrem Mann sprechen. Es wird wohl besser sein, für Adam eine andere Schule, jedenfalls eine andere Bleibe zu finden. Das Kind ist ja überaus willig, den gestellten Anforderungen zu genügen.

Tatsächlich ist Adam fest entschlossen, seinen Vater nicht zu enttäuschen. Nachdem sein sieben Jahre älterer Bruder Werner das Kasseler Gymnasium abgebrochen hatte, um Arbeiter in einer Maschinenfabrik in Essen zu werden, hat Adam dem Vater einen Brief geschrieben. Er hat ihm sein Mitleid ausgesprochen. Er hat ihm versichert, dass er ihn auf gar keinen Fall enttäuschen wird: Wenn Werner dies von sich weist, dann wird es Adam übernehmen, die väterlichen Ansprüche zu erfüllen.

Und das tut er. Er wird auf dem Städtischen Gymnasium in Hannoversch-Münden das Abitur machen, untergebracht im Alumnat des evangelischen Klosters Loccum, eingesperrt mit zwanzig Jungen, deren ständige Anwesenheit jeden Rückzug vereitelt, jeden Gedanken an die Adam so nötige Ruhe zunichtemacht. Er wird erst in München, dann in Göttingen Jura studieren, wie der Vater es ihm nahegelegt hat, er wird bei den Göttinger Sachsen eintreten und Mensur fechten wie einst der Vater und im Übrigen Jahre zuvor auch Fritzi Schulenburg. Aber in den Semesterferien 1928 wird ihm die Mutter eine Atempause verschaffen.

Der neunzehnjährige Adam darf nun für drei Wochen nach Genf fahren. Er wird bei dem YMCA-Sekretär Tracy Strong wohnen, einem Freund der Mutter, in einer Stadt, in der über fünfzig internationale Organisationen ansässig sind. Adam trifft Delegierte des Völkerbundes, Mitglieder der internationalen Studentenvereinigung und der Kirchenfriedenskonferenz. Er lauscht Rednern aus Indien und Japan, er begegnet Amerikanern, Polen, Franzosen, Finnen, Ägyptern, Südamerikanern, er spricht mit Leuten, die Tagore oder Gandhi kennen, segelt mit einem jungen Polen, den er im Völkerbundpalast kennengelernt hat, hört einen Vortrag George Bernard Shaws, wird von Eleonores Freund Willem Visser't Hooft vom Weltbund des YMCA zum Essen eingeladen, steigt auf Berge, erklimmt Gipfel und wandelt durch Kunsthallen, er hört Unerhörtes und wagt sogar eigene Redebeiträge. Danach ist sein Leben ein Schuh, der ihm nicht mehr passt.

Also wird er krank. Er liegt lange, mit einer Mandelentzündung, mit Herzproblemen, er tastet und sucht. Es wird erst besser mit ihm, als klar ist, dass er im Frühling wieder entfliehen kann, nach Liverpool zur Konferenz der Christlich-Sozialistischen Studentenbewegung.

Anschließend wird er ein Gasttrimester lang in Oxford studieren, wo ihn die Vielfalt der Eindrücke fast schmerzlich bedrängt. Er ist überall eingeladen, er erfährt überall Neues. Türen fliegen auf, Wege fliehen in alle Richtungen, so dass ihn inmitten des Trubels die Einsamkeit überwältigt. Wer ist er denn, sich all dies anzumaßen? Was tut er hier draußen? Warum ist er, der sich das fragt, nicht glücklich über die Weite, die sich um ihn auftut?

Sein Englisch ist zu mies, er ist zu linkisch. Er weiß die entscheidenden Dinge nicht. Er kommt nicht voran, er ist nicht zufrieden mit sich, er sieht keinen Weg und kein Ziel. Und wo er hinkommt, verliebt man sich in ihn.

Wo er geht und steht, verfallen ihm gleichermaßen Frauen wie Männer. Adam von Trott zu Solz ist schön. Er ist über eins neunzig groß. Er ist schlank, biegsam, mit schönen Händen und Gesten von berührender Eleganz, violettblauen Augen, klassischer Nase und einem vollen Mund in einem schmalen Gesicht. Und von alledem weiß er so wenig wie ein junges Tier. Er schreibt einen Aufsatz, in dem er versucht, England und Deutschland zu versöhnen, das Deutsche und das Angelsächsische in sich.

Man hört immer, dass England ein älteres Land als Deutschland sei. Dann sollten die englischen und die deutschen Studenten in ihrer Unterschiedlichkeit wie Brüder verschiedenen Alters voneinander lernen. Die jüngeren müssen dafür ihren Groll ablegen und die älteren ihre Überheblichkeit.

Sein großer Bruder Werner hat nichts von diesem Aufsatz gehalten. Werner hat zehn Semester Philosophie, Volks- und Sozialwirtschaft studiert, in Marburg und Köln. Er hat wieder ohne Abschluss abgebrochen, genau wie auf dem Gymnasium. Und warum muss Werner immer alles kritisieren? Warum findet er alles fragwürdig, was Adam denkt oder tut? Adam hat Werner immer bewundert. Warum ist Werner so überheblich, dass Adam sich ständig verteidigen muss?

Bei dem Mädchen, das ihm gefällt, kommt Adam nicht weiter. Aber der Historiker Alfred Leslie Rowse, der sich in Oxford in Adam verliebt hat, zappelt und zerrt und tanzt an der Schnur, er zweifelt und bedrängt Adam mit verwirrenden Briefen, die Liebesbriefen gleichen, wo Adam Freundschaft und geistigen Austausch sucht.

Adam studiert nun in Berlin. Seine Wohnung am Olivaer Platz ist zu laut, als dass er sich auf seine Arbeit konzentrieren könnte. Adam zieht zu Onkel Wilhelm, der im Schloss Bellevue wohnt. Dann zieht er zu Onkel Eberhard, der im ehemaligen Kaiserlichen Palais Unter den Linden wohnt. Abends nimmt er an Arbeiterversammlungen teil, begleitet von dem jungen Arbeiter Hans Gaidies, den er in Liverpool auf der Konferenz kennengelernt hat. Sie besuchen Hans Muhle, der ebenso wie Edolf Reichwein, Theo Haubach und Carlo Mierendorff zum Kreis um Paul Tillichs ›Neue Blätter für den Sozialismus‹ gehört. Werner ist aus Geldmangel vorübergehend bei Adam eingezogen, und die Brüder kriegen sich sofort in die Haare. Adams Existenz ist richtungslos, orientierungslos, ausweglos. Er möchte über Deutschlands Zukunft nachsinnen. Er möchte sich mit der Frage beschäftigen, wozu ein Staat da ist, wie er beschaffen sein sollte. Stattdessen schuftet er beim Repetitor für ein Studium, das ihn anödet. Politik interessiert Adam, Philosophie, Literatur. Warum geht es so vielen Menschen so elend, warum sind die Leute so zynisch und kalt? Die Gesichter der Arbeiter sind müde und grau. Alles hastet, alles eilt, keiner wendet sich nach dem anderen um. Ein Mann erleidet auf offener Straße einen epileptischen Anfall, und die Passanten deuten mit Fingern auf ihn und lachen, während zwei Polizisten ihn festhalten und zu Boden drücken. Die Blätter fallen, Adams Hals tut weh, und dann kehrt er auch noch nach Göttingen zurück.

Aber gerade dort wartet die Erlösung auf ihn: Miriam Dyer-Bennet, Mutter von fünf Kindern und fast zwanzig Jahre älter als er.

Miriam ist nach der Scheidung von ihrem Ehemann mit ihren Kindern nach Göttingen gezogen, um Philosophie und Deutsch zu studieren. Dort wird sie Adam begegnen, der sich in sie verliebt. Zu Adams verwirrtem Glück wird sie seine Gefühle erwidern. So wird dieses Jahr unerwarteterweise zum glücklichsten seines bisherigen Lebens werden. Adam wird nicht einmal Zeit haben, übermäßig unter der Trennung zu leiden, als Miriams Studienaufenthalt schließlich endet und sie wieder heimreisen muss: Seine Prüfungen stehen unmittelbar bevor. Und damit beginnt endlich die Zukunft für Adam.

Adam hat über Hegel promoviert, und zwar »summa cum laude«. Er hat das Referendarexamen mit voll befriedigend abgelegt. Und im April 1931 hat er ein Stipendium der Cecil-Rhodes-Stiftung errungen. Adam wird also nun tatsächlich nach Oxford ziehen, genau wie er es sich einst erträumt hat.

Er ist jetzt auf dem richtigen Weg. Er ist auf der richtigen Seite: der Seite der Arbeiter. Entsprechend hat er auch gewählt. Ein Trott wählt SPD? Der Vater war besorgt, als er davon erfahren hat. Wie kann man gegen die eigene Herkunft stimmen? Wäre es da nicht sauberer gewesen, sich ganz der Stimme zu enthalten? Wer ist man denn, wenn man nicht man selbst sein will, also ein Angehöriger der Schicht, in die man hineingeboren ist?

Aber man muss sich durch seine Herkunft nicht einengen lassen. Das hat das Jahr mit Miriam Adam bewiesen. Adam von Trott zu Solz hat mit einer geschiedenen Frau in ihrer Mietvilla am Hohen Weg zusammengelebt, er hat sich mit ihren Söhnen arrangiert, die nur wenige Jahre jünger sind als er selbst, und sogar Adams Eltern haben Miriam sofort akzeptiert. Wer hätte so etwas für möglich gehalten?

Adams Bruder Werner seinerseits ist in die KPD eingetreten. In Werners Augen geht Adam wieder einmal nicht weit genug. Werner hält alles für unsinnig, was der Jüngere beginnt, natürlich auch Adams Englandaufenthalt.

»Wozu diese Reise? Was soll sie einbringen? Das Problem ist, dass du deinen Weg nicht findest, Adam, weder im Privaten noch politisch. Und daran wird auch England nichts ändern.«

»Aber er wird seinen Weg finden, da bin ich sicher«, hat die Mutter zu Werner gesagt. »Letztlich sucht Adam den Willen Gottes zu erkennen. Er sucht die Aufgabe zu erfüllen, die ihm für dieses Leben gestellt ist. Und das tust auch du, Werner. Dasselbe denke ich auch von dir.«

Adam geht durch seine Wälder. Er ist auf dem Weg nach Solz. Man kann von Imshausen nach Solz die Wolfsbergstraße entlanggehen. Aber Adam geht durch den Trottenwald. Er hat seine Schlagworte gefunden: Hoffnung, Wagnis, Zuversicht. Das hat er auch Rowse geschrieben, dem ewig an ihm zerrenden Rowse. Über Miriam geschrieben hat er Rowse aber nicht. Adam wird nicht mehr jedem sein Herz öffnen. Er hat das nicht nötig. Miriam hat ihm gezeigt, dass es besser ist, eine geringere Zahl lohnender Freundschaften zu pflegen, als seine Zeit mit zu vielen wahllosen Bekanntschaften zu verschwenden. Adam geht durch den Trottenwald. Er nimmt Abschied. Er empfindet es stark, dass sein bisheriges Leben in keiner Weise dazu geeignet war, ihn auf seine wirkliche Aufgabe vorzubereiten. Dies wird er nun nachholen. Er wird herausfinden, was die Aufgabe ist. Und dann wird er dafür sorgen, sich ihr gewachsen zu zeigen.

Im Oktober 1931 kehrt Adam endlich nach Oxford zurück. Der Anblick des Magdalen Tower treibt ihm die Tränen in die Augen. Vor der Pförtnerloge des Balliol College, wo die Neuankömmlinge sich anmelden müssen, kommt er mit einem jungen Mann ins Gespräch: mit David Astor, Sprössling einer der reichsten Familien Englands.

Davids Mutter Lady Nancy Astor ist wie Adams Großmutter gebürtige Amerikanerin. 1919 ist sie ins Parlament des Vereinigten Königreiches gewählt worden, und als erste Frau hat sie dieses Amt auch wirklich angetreten. In ihrem Herrenhaus in Cliveden versammelt sie regelmäßig die einflussreichsten Männer Englands um sich: Lord Halifax kommt zu Besuch, Lord Lothian kommt, Neville Chamberlain. Auch Adam wird Cliveden besuchen, zusammen mit David Astor, der in diesen Oxforder Jahren sein engster und bester Freund wird.

Das sucht Adam: Freundschaft, intellektuellen Austausch, geistige Verbundenheit. Aber immer wieder gerät ihm seine Schönheit in den Weg.

»Weißt du, wie die Frauen dich nennen?« Diana Hubbard hängt mit den Augen an Adam. »God. So nennen sie dich. Wenn getanzt wird, hofft jede, du bittest sie um die Walzer.«

Diana eilt Adam entgegen, sie glüht. Sie bietet sich ihm an, ohne Rückhalt.

»Alles. Du kannst alles von mir haben.«

Adam weicht zurück. Wofür hält sie ihn, für einen hechelnden Hund? Sie ist es doch, die ihn begehrt. Aber sie wird natürlich seine Geliebte. Sie ist schön und intelligent, und er ist durchaus dankbar für ihre Liebe.

Miriam hat ihn allerdings niemals so bedrängt. Adam berichtet Miriam von Diana und fällt aus allen Wolken, als Miriam einen Tobsuchtsanfall bekommt. Miriam schluchzt verzweifelt, sie überschüttet Adam mit Vorwürfen. Warum muss Liebe so sein? Warum macht man einander nicht frei und stark, wenn man liebt? Miriam klammert sich an Adam, Diana Hubbard umschlingt Adam, Rowse klebt an Adam. Es ist Adam furchtbar unangenehm. Diese nach außen getragene Liebe beschämt ihn. Sie erinnert ihn an Pfarrer Jäger in Kassel, an dessen winselnde Frömmigkeit. Diese schamlose Liebe, die ihren Rausch auf der Straße zur Schau trägt und sich öffentlich entblößt, hat nichts mit Adam zu tun, und er will sie nicht.

Im Sommer 1932 bekommt Adam Besuch von Klaus Mehnert, der als Sekretär des Akademischen Austauschdienstes an der Auswahl der Rhodes-Stipendiaten beteiligt war. Klaus Mehnert hat sich damals sehr für Adam Trott eingesetzt. Zu seiner Befriedigung kann er nunmehr der Stiftung berichten, dass Adam Trott nicht nur fleißig studiert, sondern auch mit Leidenschaft in den Debattierclubs engagiert ist: Adam hat sich dem Labour Club und dem Bryce Club angeschlossen, dessen Präsident der Volkswirtschaftler Ernst Friedrich Schumacher ist, und seinerseits ist er zum Präsidenten der Jowett-Society gewählt worden, der ältesten und besten philosophischen Gesellschaft Oxfords.

»Und, lieber Trott, was haben Sie für Pläne, wenn Sie Oxford verlassen?«

»Ich weiß es noch nicht. Vielleicht bleibe ich sogar länger, wenn sich mir eine Möglichkeit bietet.«

»Besuchen Sie mich doch einmal in Deutschland.«

Das verspricht Adam.

Er tut es aber nicht. Die Trimesterferien verbringt er in Deutschland, aber er geht andere Wege: Über seinen alten Freund Muhle, der für die ›Neuen Blätter‹ schreibt, hat er Carlo Mierendorff kennengelernt. Muhle und Mierendorff drängen Adam, ebenfalls bei den ›Blättern‹ mitzuarbeiten. Die Stimmung wogt, das Land ist in Aufruhr. Die Freunde drängen Adam, in Deutschland zu bleiben und sich aktiv gegen die Rechte einzusetzen. Aber er kehrt nach England zurück.

Das Land erscheint ihm wie eine Puppenstube. Er schließt sein englisches Studium mit einem Bachelor of Arts ab und plant seine Heimreise für Ende April 1933. Die große Nachricht steht in der Abendausgabe des ›Oxford Mirror‹.

Adolph Hitler Appointed Chancellor of Germany

»Es war nicht einmal die Hauptschlagzeile«, sagt Adam zu Sir Stafford Cripps. »Es stand nicht einmal auf der oberen Hälfte der ersten Seite.«

Adam von Trott zu Solz ist zu Gast im Landhaus der Cripps. John Cripps ist ein Kommilitone Adams, aber Adam hat sich nicht an ihn, sondern an Johns Vater angeschlossen. Sir Richard Stafford Cripps, dritter Mann der Labour Party und Gründer der Socialist League, ist überzeugter Christ und Sozialist. Er raucht nicht, er trinkt nicht, er ist Vegetarier.

»Ich vernehme, dass ich das mit dem neuen deutschen Kanzler gemein habe.«

Das hat er am ersten Abend von Adams Aufenthalt gesagt. Adam hat vor Schreck aufgelacht. Ein größerer Gegensatz als der zwischen dem hochgewachsenen, aristokratischen Cripps und dem österreichischen Bärtchenträger ist kaum denkbar.

Cripps und Adam Trott sind heute nach dem Frühstück zu einem Spaziergang mit Cripps' beiden Terriern aufgebrochen. Sie marschieren durch das Dörfchen Filkins. Krokusse blühen im lichten Schatten der Forsythien. Traubenhyazinthen färben die Beete der Landhäuser blau.

»Also«, sagt Cripps. »Und haben Sie nun erwogen, bei uns in England zu bleiben?«

»Ich kann nicht«, sagt Adam. »Ich hätte gern einen Lehrauftrag angenommen, etwas zeitlich Befristetes, wo ich sozusagen zum Besten Englands noch eine Weile geblieben wäre. Aber das hat man mir nicht angeboten. Meine Abschlüsse waren zu schlecht.«

»Kein Wunder. Sie müssen doch hoffnungslos unterfordert gewesen sein. Man hätte Ihnen lieber so etwas wie eine weitere Doktorarbeit zuteilen sollen, statt zuzulassen, dass Sie sich in vielen kleinen Übungen verzetteln. Ich habe aber gehört, Sie haben sich sehr in den Clubs engagiert.«

»Wobei es in den Debatten immer wieder große Differenzen gab«, sagt Adam. »Man warf mir vor, ich wäre nicht geradlinig genug und Weiß wäre bei mir sozusagen immer im Begriff, gerade Schwarz zu werden. Die Engländer sind einfach keine Hegelianer.«

Sir Cripps lacht auf.

»Mit anderen Worten, Sie sind hier wie dort nicht zu Hause.«

Darauf kann Adam nicht gleich antworten. Er denkt an den wunderbaren Moment, als er vor zwei Jahren in Oxford ankam. Er denkt an das Versprechen dieses Moments, an die Beglückung der weiten offenen Zeit, die vor ihm lag wie eine Ebene. Er denkt an die Sommerbälle, die Tanzereien bis in den Morgen, die Debatten, die Ausflüge, die langen Wanderungen mit Diana Hubbards Freundin Sheila und Sheilas Hund.

Diana hat geweint, als klar wurde, dass Adam nach Hause zurückkehren würde. Sheila hat Adam pikiert gefragt, ob er denn selbst ein Nazi werden wolle. Alles wendet sich an Adam, sobald das Thema Deutschland aufkommt. Man will wissen, was er für Nachrichten hat. Man bedrängt ihn: Man will, dass er die Deutschen verdammt. Das ist aber von Adam nicht zu haben.

Adam hat die Ebene überquert. Er hat gelernt, wie man in der Fremde zurechtkommt: Man muss das eigene Land ganz unverlierbar in sich tragen. Man muss sich in der Fremde immer wieder daran aufrichten können, wer man ist und woher man kommt. Nur David Astor hat das verstanden.

Er hat Adam keine Vorwürfe gemacht: Er hat ihn zum Abschied nach Jura eingeladen, auf die Privatinsel der Astors vor der schottischen Küste.

»Ich bin jedenfalls kein Emigrant«, sagt Adam schließlich.

Cripps wirft ihm einen Blick zu.

»Aber Sie verabscheuen den Nationalsozialismus.«

»Ja. Aber nicht aus denselben Gründen wie die Engländer. Die Engländer haben englische Gründe: Die Nazis lehnen den Versailler Vertrag ab, sie wollen ein großdeutsches Reich mit alter Machtfülle, und das widerspricht begreiflicherweise englischen Interessen. Meine Gründe sind deutsche. Ich wünsche mir ein sozialistisches vereintes Europa, in dem Deutschland seinen Platz an der Seite der anderen Nationen einnimmt.«

Eine Weile marschieren sie schweigend dahin. Dann sagt Adam: »Ich kann auch das Mitleid nicht mehr ertragen, das mir als dem armen Deutschen neuerdings ständig entgegenschlägt. Diese Selbstzufriedenheit: Hier die bösen Deutschen, da die guten Engländer, die mir großmütig verzeihen, dass ich zur falschen Seite gehöre, wenn ich auch persönlich schuldlos bin. Aber natürlich erwartet man dennoch, dass ich einen Teil der Schuld auf mich nehme, die darin liegt, ein Deutscher zu sein. Letztlich unterstellt man, es gäbe einen deutschen Nationalcharakter, und der sei schlecht.«

»Schließlich behaupten die Deutschen selbst, sie seien anders als alle anderen«, sagt Cripps. »Das macht die Sache natürlich schwierig.«

Adam schweigt. Cripps bückt sich und hebt einen Stock auf. Er schleudert den Stock, und die Terrier japsen ihm nach. Cripps wendet sich wieder Adam zu.

»Was wollen Sie denn tun, wenn Sie wieder in Deutschland sind?«

»Das ist die Frage. Ich will natürlich nicht diesem Regime dienen. Aber ich möchte mithelfen, Deutschlands Stellung in Europa und der Welt zu verbessern.«

Cripps nickt.

»Nun, es scheint klar«, sagt er. »Sie werden fahren. Sie sind nicht mehr davon abzuhalten.«

»So ist es wohl. Die meisten Abschiede sind schon vollzogen. Ich habe ja viele Freundschaften geschlossen. Europäische Freundschaften, die werden bleiben. Das ist vielleicht das Wichtigste. Und möglicherweise komme ich ja wieder zurück. Das dritte Jahr des Stipendiums ist ausgesetzt. Es steht mir offen, es einzufordern.«

»Zählen Sie jedenfalls immer auf meine Hilfe«, sagt Sir Stafford Cripps. »Zögern Sie nicht, sich an mich zu wenden, wenn ich Ihnen irgendwie behilflich sein kann.«

»Ich danke Ihnen«, sagt Adam. »Ich danke Ihnen sehr. Sie können gar nicht ahnen, was mir Ihre Worte bedeuten. Was vor mir liegt, wird nicht angenehm, glaube ich. Es ist jedenfalls ein großes Wagnis.«

Cripps bückt sich, der Stock fliegt wieder.

»Ja«, sagt er. »Tatsächlich finde ich Sie sehr mutig. Und ich verstehe sehr wohl, dass Sie sich zur Rückkehr gedrängt fühlen. Sie wollen sich beteiligen, unter allen Umständen. Sie wirken darin sehr deutsch auf mich.«

Adam antwortet nicht. Er sagt nicht, wovor er am meisten Angst hat: davor, dass sie daheim zu ihm sagen werden, er gehöre nicht mehr dazu. Dass sie sagen könnten: Du bist undeutsch.

Und nun? Was soll Adam in Deutschland tun? Der Vater rät ihm, in den Staatsdienst einzutreten: Sicherlich ziehen die Nationalsozialisten ehrliche Außenseiter den Opportunisten vor, die nur so tun, als glaubten sie der Partei.

»Bewirb dich beim preußischen Innenministerium unter Göring, mein Sohn. Versuche dir eine Stellung zu erkämpfen.«

Der Bruder Werner hält das für moralisch anrüchig. Soll Adam etwa dem System zu entkommen versuchen, indem er eine möglichst hohe Stellung bekleidet?

»Das darf man nicht. Du darfst überhaupt nicht mitmachen, Adam. Füge dich in das Erzwungene, ansonsten entziehe dich und stütze dich allein auf deine innere Freiheit.«

Adam möchte weder auf den Vater noch auf den Bruder hören. Er hat seinen Referendariatsdienst in Hanau begonnen. Er liest Vergil, ›Vater des Abendlandes‹ von Theodor Haecker und ›Was ist der Mensch?‹. Er notiert sich ein Zitat und hängt es an die Wand.

Ich habe nicht die Macht zu verhindern, dass das Gesindel die Welt regiert, aber gegen eines kann ich mich Gott sei Dank doch wehren, so schwach ich auch bin, dass mir nämlich das Gesindel die Welt erklärt.

Adam überlegt, ob er nach Frankreich gehen sollte. Könnte er vielleicht Journalist werden? Oder sollte er versuchen, eine akademische Karriere einzuschlagen? Er schreibt an Karl Friedrich Bonhoeffer und seine Frau Margarethe nach Frankfurt,

Erinnern Sie sich an Adam Trott?

Aber natürlich! Der Bruder von Vera, der Schulfreundin von Karl Friedrich Bonhoeffers Schwester Sabine.

Kommen Sie uns doch bitte unbedingt besuchen!

Auch die Bonhoeffers verweigern sich der Partei. Hier entsteht Freundschaft, hier gibt es geistigen Gleichklang. Das ist es, was Adam beglückt. Adam gibt ein Bändchen mit Heinrich von Kleists politischen Schriften heraus und schreibt ein sehr offenes Vorwort dazu, in dem er geschickte Parallelen zwischen Napoleon damals und Hitler heute zieht. Dieses Bändchen verschickt er an Freunde.

Er versucht, seine Freiräume zu nutzen: Er hilft jüdischen Freunden, die schikaniert werden. Ein Kommunist gerät in Haft, und Adam setzt sich für ihn ein. Aber natürlich summiert sich das zu nichts. Es ist ja alles sehr gut und schön, aber wie soll es am Ende ein Leben ergeben?

Wenn Adam ein Amt anstrebt, in dem er öffentlich wirken kann, muss er in die Partei eintreten. Er muss also entweder auf sein Leben verzichten oder einknicken. Er liest die ›Times‹ und fühlt sich in ihr mehr zu Hause als in Deutschland. Er liest die Briefe der englischen Freunde, die aber allmählich seltener werden. Und Diana Hubbard steht schon wieder vor der Tür.

Diana kommt zu oft nach Deutschland, und sie bleibt zu lange. Adam denkt immer häufiger an seine Oxforder Kommilitonin Sheila. Er tut es mit schlechtem Gewissen: Sheila Grant Duff ist Diana Hubbards beste Freundin. Aber sie wirkt frei, stark und unabhängig. Warum liebt ihn Diana, warum nicht Sheila? Diana und Adam verbringen ein paar Tage in Düsseldorf. Adam zählt die Stunden bis zu Dianas Abfahrt und fühlt sich wie ein Schuft. So geht es nicht weiter. Er schreibt ihr, er sei den Anforderungen ihrer Liebe leider nicht gewachsen. Das ist ihr aber egal. Sie akzeptiert seine Kündigung nicht. Sie ist besessen von ihm. Wenn er sich nicht einmal im Privatleben freikämpfen kann, wie will er dann jemals in anderen Lebensbereichen ein wenig Spielraum erobern?

Am 11. Dezember 1934 tritt Adam Trott als Referendar in Paul Leverkühns Anwaltskanzlei für internationales Recht am Pariser Platz 1 in Berlin ein. Albrecht Graf von Bernstorff hat ihm den Platz vermittelt: A.T.A., wie er genannt wird, Geschäftsträger der deutschen Botschaft in London und wie Adam ehemaliger Rhodes-Stipendiat. Zu Weihnachten lädt Adams Corpsbruder Peter Christian von Kleist-Retzow Adam nach Groß Tychow in Hinterpommern ein, wo Adam unter anderem Ewald von Kleist-Schmenzin kennenlernt, der ihm sehr imponiert. Adam sammelt Verbindungen. Er sammelt Bekanntschaften. Er hofft, dass sich irgendwann eine Art Netz daraus knüpfen lässt, das ihm hilft, sich über den Abgrund hinwegzuhangeln, der sich ständig vor ihm aufzutun droht.

Anfang des neuen Jahres ist Diana schon wieder da. Er versucht mit ihr zu reden: Sollte Liebe nicht etwas sein, was die Liebenden auch in Zeiten der Trennung stärkt, eine positive

Kraft, eine Quelle moralischer Kreativität? Empfindet Diana nicht, dass klammernde und unkontrollierte Liebe den Menschen schwächt und klein macht?

Und würde sie jetzt bitte gehen?

Es ist später Abend. Diana kann unmöglich hierbleiben. Sie kann nicht bei Adam übernachten, sieht sie das nicht ein? Der Blockwart und die Haushälterin würden es bemerken. Es würde Ärger geben. Hat Diana schon einmal vom Kuppeleiparagrafen gehört?

Sie weint, sie bettelt. Sie wirft sich zu Boden. Er ist kurz davor, sie aufzuheben und vor die Tür zu tragen, als sie endlich freiwillig geht.

Das Zeugnis, das man Adam über seine Referendariatszeit ausstellt, ist miserabel. Man traut ihm nicht. Er ist politisch unzuverlässig. Er überlegt jetzt: Völkerrecht. Man müsste die Weltlage kennen, sie wirklich begreifen, um Fundamente zu legen, auf denen sich ein System legaler Völkerverhältnisse errichten ließe. Hegel hat das für unmöglich gehalten. Aber das darf man nicht. Wenn man nicht mehr glaubt, dass eine gerechte Weltordnung möglich ist, dann heißt das, man hält den Untergang Europas, die Selbstvernichtung Europas für unvermeidlich. Und hat nicht der Weltkrieg schon einmal um ein Haar die Nationen Europas in den Untergang hineingerissen?

Wenn man nur wüsste, ob man in der dunkelsten Stunde vor Sonnenaufgang lebt oder am Beginn der Nacht.

Adam fährt noch einmal nach England. Er lässt sich von Diana feiern, besucht Balliol College und seinen Freund Cripps, wird überall mit Wärme aufgenommen und kehrt so einsam zurück, wie er losgefahren ist. Auch England bietet ihm ja nicht, was ihm Deutschland verwehrt: eine Aufgabe, die sich lohnen würde.

Aber immerhin kommt ihn nun Sheila besuchen. Diana Hubbards beste Freundin Sheila Grant Duff arbeitet als Journalistin für Edgar Ansel Mowrer, der das Pariser Büro der ›Chicago Daily News‹ leitet. Adam absolviert in diesem Herbst 1935 gerade ein weiteres Praktikum, diesmal bei einer Hamburger Schifffahrtslinie. Zusammen besuchen sie Ingrid Warburg, eine weitere Freundin aus Studientagen. Sie lernen ein nettes Ehepaar kennen: den jungen Anwalt Peter Bielenberg und seine englische Frau Christabel. Adam nimmt Sheila für ein Wochenende mit nach Imshausen und stellt sie seinen Eltern vor. Am letzten Tag von Sheilas Deutschlandaufenthalt machen sie einen Ausflug zum Nordseestrand.

Das Gespräch kommt auf Adams Kleist-Büchlein. Adam hat es Sheila nach Paris zugesandt. Aber warum überhaupt Kleist?

Das fragt Sheila.

Hätte Adam nicht über etwas anderes schreiben können?

Adam ist von der Frage verwirrt.

»Warum nicht Kleist? Er hat mich eben beeindruckt. Sein asketisches Leben. Seine Würde, seine Empfindsamkeit. Ich kenne im Übrigen Mitglieder der Familie. Eine großartige Familie. Ich darf stolz sein, jemanden wie Ewald von Kleist-Schmenzin zu meinen Freunden zählen zu können. Er ist durch und durch Gegner der Nationalsozialisten und von einer menschlichen Größe, wie man sie sonst nur in der Arbeiterschaft findet.«

Sheila antwortet nicht. Sie will nicht noch einmal einen Streit provozieren wie den mit Adams Mutter. Eleonore von Trott zu Solz hat dem Versailler Vertrag die Schuld am Aufkommen der Nazis zugeschoben. Sie hat leidenschaftlich für Deutschland Partei ergriffen, und Sheila hat ebenso leidenschaftlich widersprochen. Hinterher hat sie sich sehr geschämt. Sie war schließlich zu Gast in Imshausen. Sie hat sich noch mehr geschämt, als Eleonore die Größe zeigte, sich bei der Jüngeren zu entschuldigen. Wie unangenehm und peinlich all dies ist, dieser ganze Aufenthalt.

Sheila wäre froh, wenn sie es endlich hinter sich hätte.

Sie geht mit Adam am Strand entlang. Der Sand ist nass und fest. Die Septembersonne ist voller Kraft.

Adam sagt: »Jedenfalls wollen wir uns nicht streiten. Du und ich, wir sind doch die europäische Einigung, auf die man auf der großen Bühne so sehnsuchtsvoll wartet.«

Nun muss sie es doch sagen.

»Aber deine Briefe haben dir sehr geschadet. Jeder hat die Sache mitbekommen. Jeder weiß, dass der Rhodes-Stipendiat Adam von Trott zu Solz dem ›Manchester Guardian‹ 1934 geschrieben hat, es gäbe in Hessen keine antisemitischen Ausschreitungen.«

»Ach Sheila. Noch einmal? Also gut. Das habe ich ja gar nicht geschrieben. Ich habe nie geschrieben, was es gibt oder nicht gibt, ich habe aus meiner persönlichen Erfahrung berichtet. Aus der Erfahrung Anfang 34, an einem kleinen Gericht in Hessen. Aber bitte, was soll es, darauf heute noch einzugehen? Ich habe das vor den Nürnberger Gesetzen geschrieben, vor dem Röhm-Putsch.«

»Dennoch. Selbst ich wusste 1934 vom Ausschluss der Juden aus den Universitäten. Ich wusste von den Boykottmaßnahmen. Die Juden verlassen Deutschland doch nicht, weil sie Angst haben, von euch zu gut behandelt zu werden.«

Adam versteift sich.

»Da ist es wieder. Von euch. Von wem, von mir? Meine Empörung über mein Land ist gewaltig, aber sie ist von grundsätzlich anderer Art als die, die ihr in England so schön zur Schau stellt und die euch nichts kostet. Worauf stützt ihr eigentlich eure moralische Überlegenheit? Auf euer kapitalistisches System, das zu grausamen und unmenschlichen gesellschaftlichen Beziehungen in eurem Land führt? Auf euer Benehmen in den Kolonien?«

Eine Weile gehen sie schweigend nebeneinander her. Dann sagt Sheila: »Ich verstehe einfach nicht, dass du in Deutschland leben willst.«

»Nein«, sagt er. »Nein, das verstehst du nicht. Es ist natürlich einfacher, Deutschland zu beleidigen, als es zu verstehen. Aber es sind nicht alle Deutschen schlecht, das musst du schon glauben. Es sind nicht einmal alle Nazis schlecht. Ich glaube an mein Land. Ich glaube an die grundsätzliche Güte und den Verstand der Deutschen, die auch die Nazis nicht korrumpieren können.«

Und freilich ist sie ungerecht. Sie weiß, dass er jüdische Freunde hat, sie weiß von dem Kommunisten Siebert, den er erst aus dem Gefängnis und dann aus dem KZ Torgau freibekommen hat.

»Ich möchte nichts weniger, als mit dir zu streiten«, sagt er. »Wir wollen also nicht über die Gründe für den Nationalsozialismus reden. Mag er meinetwegen rein deutsche Gründe haben, obwohl ich es nicht so sehen kann. Aber seine Bekämpfung ist keine rein deutsche Aufgabe. Wir müssen ihn gemeinsam bekämpfen, denn er bedroht unsere gemeinsamen europäischen Grundlagen. Der Nationalsozialismus ist eine europäische Frage. Wenn das abgestritten wird, wird alles nur noch schlimmer werden. Sheila, willst du mir nicht helfen?«

Adam ist stehengeblieben.

»Sheila, Darling. Willst du mir vertrauen und soll ich dir ganz und gar vertrauen?«

Eine ähnliche Frage wie diese hat er ihr schon in seinem letzten Brief gestellt. Sie ist aber nicht weiter darauf eingegangen.

»Sheila. Ich möchte dich fragen, ob du meine Frau werden willst.«

Sie hat sich gerade noch im Griff. Sie kann das Gelächter gerade noch unterdrücken. Es entstammt dem Schrecken: Ihn heiraten? Wie kommt er auf die Idee? Zugleich ist ihr bewusst, dass die meisten Frauen den Antrag annähmen. Adam ist einer der schönsten Männer, die sie im Leben gesehen hat. Er ist hochintelligent, sensibel, gebildet. Sie sagt: »Aber du liebst Diana.«

»Nein.«

»Aber ich bin im Begriff, Goronwy Rees zu heiraten.«

»Goronwy Rees.«

Sie kennen einander aus Oxford.

»Goronwy liebt Deutschland«, sagt Adam. Es klingt eigenartig vorwurfsvoll. »Er ist so oft in Deutschland gewesen. Er ist letzten Winter noch hier gewesen.«

»Ja. Er ist sehr niedergeschlagen. Alle jungen Engländer haben Deutschland geliebt, in den Zwanzigern. Und alle fühlen sich jetzt verraten.«

»Ja«, sagt Adam. »Und weißt du auch, warum? Wir sind Gefallene. Und wenn wir fallen konnten, kann es auch euch geschehen. Kein Land ist sicher davor, wenn Deutschland nicht sicher war, und Goronwy weiß das. Nun ist er lieber zornig auf uns, als dass ihm um seiner selbst willen bange würde.«

Und dann weint Adam Trott.

Sheila versucht, nicht hinzusehen. Aber sie sieht die beiden Tränen. Er hat gar nicht ihr einen Antrag gemacht. Nicht mit Sheila wollte er sein Leben teilen, sondern mit der Vergangenheit. Mit der anderen Gegenwart. Mit der Zukunft, die verspielt ist: mit einem Deutschland ohne Hitler, einem England, dem Deutschland verbunden ist. Mit einer Welt, in der Adam von Trott zu Solz hätte frei leben und arbeiten können.

»Ich biete dir meine Freundschaft an«, sagt Sheila. »Kannst du dich nicht an meiner Freundschaft freuen?«

Fast könnte er lachen. Wie lächerlich, sich ebendie Dummheiten anhören zu müssen, mit denen er selbst Sheilas Freundin Diana zu beschwören versucht.

Claritchen, Claritchen!

Es klingt wie etwas aus einem Märchen. Clarita war auf einem Ball, und nun sitzt sie in der Kutsche, die sie von Hamburg heim nach Reinbek bringt. Natürlich ist es keine Kutsche, sondern ein Auto. Natürlich ist dies kein Märchen, sondern eine regnerische Herbstnacht. Aber Clarita Tiefenbacher hat auf dem Ball einen wunderbaren Mann kennengelernt. Es ist natürlich alles dummes Zeug. Clarita ist achtzehn, sie geht aufs Gymnasium. Der Mann ist mindestens acht oder zehn Jahre älter als sie. Er heißt Adam von Trott zu Solz.

»Claritchen, Claritchen. Eine Hamburgerin heiratet keinen Adeligen.«

Das hat ihr ihre Kinderfrau zugeflüstert.

Rapunzel, Rapunzel, lass dein Haar herunter!

Es ist ja wahr, sie muss ihn sich gleich wieder aus dem Kopf schlagen. Er hat sich auch gar nicht für sie interessiert. Clarita ist ein sehr schönes Mädchen. Man sagt das von ihr. Man sagt es zu ihr, man hat es ihr auch heute gesagt. Adam von Trott zu Solz hat es nicht gesagt. Und wahrscheinlich wird sie ihn ohnehin niemals wiedersehen. Er ist kein Hamburger. Er wird nicht hierbleiben.

1937 kehrt Adam nach England zurück. Die Rhodes-Stiftung hat das dritte Jahr seines Stipendiats für eine Studienreise zur Verfügung gestellt. Adam wird über England und die USA nach Asien reisen. Er will einen Bekannten in China besuchen, den Sinologen Gustav Ecke. Er wird sich für die Reise Zeit nehmen. Und dann wird er sich habilitieren, mit einer Arbeit in vergleichender Politik. Er hat den Arbeitstitel: ›Ideen souveräner Herrschaft in der klassischen Zeit chinesischer Philosophie‹. Adam braucht Abstand zu Europa. Er braucht weite Himmel, frischen Wind. Er will den Blick über Europas Grenzen hinausheben, zu anderen Weltregionen. Oder vielleicht will er auch den Blick auf Europa richten, aber eben von außen.

»Deine Reise ist und bleibt ein absurdes Unterfangen.« Das ist die Meinung des Bruders. »Du versuchst krampfhaft, deinem Leben einen Sinn zu verleihen, indem du deine Aufenthaltsorte wechselst. Aber was du wechseln musst, ist dein Standpunkt. Du musst mit dem Gedanken abschließen, es könnte unter den gegebenen Voraussetzungen irgendetwas Sinnvolles geben. So wie die Dinge liegen, ist der Rückzug ins private Leben die einzige Option. Nur dem Privaten kann man noch einen Sinn verleihen, nur der totale Rückzug verhindert, dass man sich besudelt. Aber deine politische Position ist so fragwürdig, dass du dich zu dieser Einsicht nicht durchringen kannst.«

Adams erste Station ist England. Man heißt ihn wie immer herzlich willkommen. Sir Stafford Cripps hat sich bereiterklärt, Adams Schiffspassage von den USA nach China zu bezahlen, nachdem die Rhodes-Stiftung zu Cripps' Empörung nur eine Beihilfe zu Adams Reisekosten angeboten hat. Lady Astor hat den Freund ihres Sohns mit Empfehlungsschreiben, neuen Anzügen und Bargeld versorgt. Aber Adam ist dennoch niedergeschlagen. Dies ist nicht mehr das England seiner Oxfordjahre.

»Man begegnet mir entweder als Nazi oder als Emigrant«, sagt Adam zu David. »Und man mag weder die einen noch die anderen. Man erwartet, dass ich auf mein Land einprügle, und wenn ich es nicht tue, unterstellt man mir sofort Sympathien für die Machthaber.«

»Ich weiß nicht«, sagt David. »Ich denke, das ist es gar nicht. Du bist einfach zu leidenschaftlich engagiert. Dir fehlt die Nonchalance, die bei uns als schick gilt. Das befremdet die Leute.«

Adam Trott widerspricht nicht. Aber er hat das Gefühl, dass etwas anderes dahintersteckt. Er hat das Gefühl, dass man ihm misstraut.

Und was wird bleiben, von Adams Reise? Der erste Blick auf Manhattan, die Geburtsstadt seiner Großmutter? Die Küste Kaliforniens, das Häuschen in Carmel, wo er Tag für Tag Chinesisch lernt und am Strand die Seelöwen beobachtet? Die nächtlichen Schreie der Raubvögel in dem Indianertal, wo Roger N. Baldwin, der Gründer der American Civil Liberties Union, ihn in seinem Farmhaus als Gast beherbergt? Das Treffen mit Paul Tillich? Die Bekanntschaft mit dem späteren Gründer des Geheimdienstes OSS, dem Wallstreet-Anwalt William J. Donovan? Die Erinnerung an das Erdbeben in Manila, an die Choleraepidemie in Hongkong, an einen Taifun mit zehntausend Toten, die Bomben der Japaner auf Kanton, die Ausbrüche der Gewalt in Kwangsi, die Schiffsreise nach Tientsin auf dem verminten Kantonfluss, unter dem Gewehrfeuer der Japaner?

Adam ist nach China gereist, um den politischen Vorstellungen Europas die klassischen Herrschaftsvorstellungen fernöstlicher Philosophie gegenüberzustellen. Zu dumm, dass die japanischen Besatzer ausgerechnet jetzt die Überreste altchinesischer Strukturen zerstören, deren philosophische Wurzeln Adam doch untersuchen wollte. Aber die westliche Gemeinschaft in Peking geht natürlich davon aus, dass Adam als Deutscher auf Seiten der Japaner steht, im Gegensatz zu allen anderen Expatriates. Adam kann dieses Bild kaum korrigieren, ohne dass das wiederum den Deutschen zu Ohren kommt. Er sitzt also auch in Peking zwischen allen Stühlen. Immerhin, er hat Gustav Ecke, den Jugendfreund, bei dem er ein Jahr lang leben wird.

Er reist in die Mandschurai, nach Shantung, Shanghai und auch nach Japan. Er lernt Chinesisch, er studiert den Taoismus und den Konfuzianismus, er verbringt wundervolle Tage in Eckes kleinem Sommerhäuschen nördlich von Peking, gleich neben dem weiten Park des zerstörten Sommerpalasts mit seinen Rokokoruinen, den zerrissenen Tapeten des Bibliothekssaals, dem gemalten Himmel in der Kindergrotte, wo einst die Prinzessinnen spielten.

Am 28. September 1938 hält er sich in Tsingtau auf, das seit Anfang des Jahres von den Japanern besetzt ist. Die Deutschen dort sind in verzweifelter Sorge. Was, wenn es aufgrund der Sudetenkrise zum Krieg kommt? Der Radioempfang ist gestört. Es gibt keine Nachrichten. Dann berichtet ein Reuter-Telegramm vom Münchner Abkommen. Die deutsche Kirche des Europäerviertels kann die Menschen nicht alle fassen, die am Dankgottesdienst teilnehmen wollen. Adam ist tief betroffen. Die Entwicklungen müssen sich in seiner Abwesenheit sehr beschleunigt haben. In welches Land wird er zurückkehren? Aber von Rückkehr ist vorerst noch keine Rede. Adam wird nun erst nach Indochina reisen und dann weiter nach Indien, wo ihn der Politiker und Schriftsteller Humayun Kabir erwartet, sein Freund aus Oxforder Studientagen.

Genau einen Monat später, am 28. Oktober 1938, zwei Stunden vor seiner Abreise nach Indochina, erreicht ihn in Hongkong das Telegramm, das ihm den Tod seines Vaters mitteilt. Die Mutter bittet dringend um seine Heimkehr.

Und nun ist nichts fertig. Adam war nicht in Indochina, er war nicht in Indien. Er hat seine Habilitation nicht abgeschlossen: Die Zeit hat nicht ausgereicht, und die Rhodes-Stiftung hat das Stipendium nicht verlängert. Adam ist einundzwanzig Monate lang weggewesen. Nun reist er zurück nach Europa, über Singapur, Penang, Colombo. Er will nicht zurückkehren. Alles in ihm sträubt sich. Er hat immerhin eine Schrift an Lord Lothian geschickt: »Far Eastern Possibilities«. Aber was soll sich daraus ergeben? Was kann Lothian für Adam tun? Möglichkeiten deutsch-englischer Zusammenarbeit gibt es kaum noch.

Gerade jetzt gibt es sie nicht mehr, wo Adam endlich das Englische und das Deutsche in sich vereint zu haben meint: Von China aus hat sich sein Blick erweitert. Aus der Fremde hat er nicht mehr zwei Nationen gesehen, sondern nur noch ein vereintes Europa. Und ist das sein Lebensthema? Wird er für immer dazu verdammt sein, seine Ideen nicht umsetzen zu können, mitten im Lauf abgefangen, mitten im Flug vom Himmel geholt zu werden?

Das Schiff fährt durchs Rote Meer, durch den Sueskanal. Kaum ein Mensch reist mehr nach Europa. Adam speist allein, er sitzt allein an seinem Tisch im Rauchsalon.

Das Schiff ist ein Geisterschiff: Böse Ahnungen lehnen an jeder Reling, bösere Nachrichten steigen in jedem Hafen zu. Adam schreitet an Deck auf und ab. Sein Vater ist tot, aber Adam ist es, als wäre er selbst der Tote. Das Schiff bringt Adam nach Europa, damit man ihn dort lebendig begräbt.

In Berlin sind die Scherben inzwischen zusammengekehrt. Adam hat vor geschlossenen Geschäften gestanden, vor der ausgebrannten Ruine der Synagoge in der Oranienstraße. Die jüdischen Freunde sind fort, viele nichtjüdische Freunde ebenso. In Imshausen fehlt der Vater. Adam steht am Grab. Er hält die Hand seiner Mutter. Er geht durch seine Wälder. Das starke, alles durchdringende Gefühl der Unwirklichkeit beherrscht ihn. Er erinnert Tage auf See, Rufe der Händler auf einem Markt in Hongkong, den klaren chinesischen Morgenhimmel. Er geht durch den Trottenwald, den der kaltnasse Erdgeruch des beginnenden Winters durchzieht, der Blechgeruch kommenden Schnees. Adam findet sich nicht zurecht. Sein Bruder Werner hat wieder betont, mit diesem Land dürfe man sich überhaupt nicht gemeinmachen, man müsse ihm den Rücken wenden und sich in seine Burg zurückziehen. Adam hat aber keine Burg.

Er will auch keine bauen. Eine Burg taugt nur für ein Kind. Der erwachsene Ritter muss sie verlassen, er muss sich seiner Aufgabe stellen. Und zum Ritter gehören nun einmal auch Tod und Teufel. Sollte er sich ihretwegen von der Welt abkehren? Adam hat dem Bruder unüblich scharf geantwortet.

»Du verdammst die Gegenwart. Nun gut. Aber hast du der Zukunft mehr anzubieten als Wünsche? Hast du einen Gegenentwurf, einen Plan? Hast du eine aus einer wirklichen tiefen Auseinandersetzung mit der Gegenwart heraus entwickelte Satzung für eine bessere Zeit?«

So sind sie einmal mehr in Unfrieden auseinandergegangen.

Und was hat Adam selbst vorzuweisen? Er ist wieder in Berlin. Klaus Bonhoeffer versucht erfolglos, ihn bei der Lufthansa unterzubringen. Reichsbankpräsident und Mitglied des Rhodes-Komitees Hjalmar Schacht, dem Adam ebenfalls seine Ostasiendenkschrift geschickt hat, berichtet vom Umsturzplan unter Osters und Becks Führung. Hans von Dohnanyi bestätigt die Sache. Adam kann sie kaum glauben, gar nicht erfassen. Man wollte also in die Reichskanzlei marschieren und Hitler verhaften. Man wollte den Führer in eine Gefängniszelle sperren, ihn von einem deutschen Gericht verurteilen lassen. Je länger Adam über die Geschichte nachdenkt, desto unwahrscheinlicher kommt sie ihm vor, fast wie für das Theater erdacht. Aber haben die Planer dieses Bühnenputsches denn gar nicht bedacht, dass nicht nur der vollbesetzte Zuschauerraum jederzeit in die Handlung hätte eingreifen können, sondern auch unzählige mögliche Mitwirkende jenseits der Mauern des nationalen Theaters? Man muss doch vor allem das Ausland gewinnen, bevor man auch nur daran denken kann, eine solche Aktion zu planen.

Hans von Dohnanyi hat schief gelächelt.

»Da haben Sie wohl recht. Aber das ist schwieriger, als es scheint.«

Im März 1939 marschieren deutsche Truppen in der Tschechoslowakei ein. Sheila schreibt Adam einen wütenden Brief. Da ist es wieder, das verhasste *Ihr.*

Ihr, ihr, ihr Deutschen!

Adam ist zornig. Er schreibt zurück.

Ich habe Dich nicht von der Gemeinsamkeit unseres notwendigerweise verschiedenen Kampfes überzeugen können. Offenbar betrachtest Du unsere Freundschaft als ein Hindernis. In diesem Fall müssen wir uns trennen.

Es ist ihm ein tiefer Kummer. Der Bruderkrieg zwischen England und Deutschland hat noch nicht begonnen, da sind seine privaten grenzüberwindenden Bande schon gerissen.

Claritchen. Claritchen! Eine Hamburgerin heiratet keinen Adeligen!

Aber wer redet denn von Heirat? Es redet niemand von Heirat.

Es redet niemand von Hamburg: Clarita ist nicht in Hamburg, und sie wird jetzt auch nicht nach Hamburg zurückgehen. Clarita ist in Berlin. Ihr Vater hat sie nicht studieren lassen: Er will keine Blaustrumpftochter. Aber immerhin hat Clarita nach dem Abitur einen Englischsprachkurs in Cambridge absolviert, und sie hat es durchgesetzt, Stenografie und Schreibmaschine lernen und ein halbes Jahr in der Hauptstadt bleiben zu dürfen.

Diese Zeit ist fast um. Aber Clarita wird nicht heimfahren. Sie wird in Berlin bleiben, solange es geht: Clarita Tiefenbacher hat bei ihrem alten Freund Peter Bielenberg Adam von Trott zu Solz wiedergetroffen.

Nicht dass sie seit jenem Tanzvergnügen vor vier Jahren ununterbrochen an ihn gedacht hätte. Aber wenn sie an ihn gedacht hat, dann wie an ein Fest, das man zu früh verlassen musste und obendrein so eilig, dass nicht einmal Zeit blieb, einen verräterischen Schuh zu verlieren. Nun hat Adam sie dennoch gefunden.

Adam redet mit ihr. Er erklärt ihr den Konfuzianismus. Er nimmt sie mit auf einen Ausflug zu Heinrich von Kleists Grab am Kleinen Wannsee. Er kennt Kommunisten, er kennt hohe Militärs wie Kurt von Hammerstein-Equord, den ehemaligen Chef der Heeresleitung und Schwiegervater seines Studienfreunds Freiherr von Münchhausen, er kennt Wilfried Israel, Kaufhausbesitzer, Gründer des Zentralausschusses für Hilfe und Aufbau und der Kinder- und Jugend-Alijah. Und gerade hatte er Besuch von Sir Stafford Cripps' Sekretär Geoffrey Wilson. Die Welt ist nun eine andere.

Clarita hat immer geglaubt, man müsste sich mit der Welt abfinden. Sie hat geglaubt, man müsste sich der Welt anpassen, sich möglichst bruchlos in sie einzufügen suchen. Aber Adam und seine Freunde sind ganz anderer Meinung. Sie reden, als könnte man alles verändern, als wäre man den Gewalten nicht ausgeliefert.

»Das sind wir auch nicht, Fräulein Tiefenbacher. Hitler ist

nur ein Zwischenspiel. Die Stimmung in Deutschland wendet sich bereits gegen ihn.«

Clarita will Adam in allem begleiten. Sie will ihn verstehen, sie will an seiner Seite stehen.

»Man kann sich so wunderbar mit Ihnen unterhalten«, sagt sie zu Adam.

»Finden Sie?«

»Ja. Das ist doch das Wichtigste, oder nicht? Dass man mit einem Menschen reden kann, dass man sich geistig versteht.«

»Das finden Sie also«, sagt Adam. »Das finden Sie wirklich, Fräulein Tiefenbacher.«

Vor einigen Tagen sind sie zusammen im Theater gewesen. Sie haben Tschechows ›Drei Schwestern‹ gesehen.

Nach Moskau! Nach Moskau! Nach Moskau,

Das Stück hat Clarita sehr tief berührt. So wie die Schwestern nach Moskau, so hat sie sich ja nach Berlin gesehnt.

Ich träume jede Nacht von Moskau, ich bin schon ganz verrückt. Ich dachte immer, wenn wir nach Moskau ziehen, würde ich den mir vom Schicksal Bestimmten finden – ich habe von ihm geschwärmt, hab ihn im Traume geliebt – Das Leben entschwindet und kehrt niemals wieder. Die Zeit entflieht so rasch, und es ist mir, als ob ich mich von dem wahren, wirklich schönen Leben immer mehr entferne.

Aber Clarita ist nun in Moskau. Sie hat ihn gefunden, den ihr Bestimmten. Sie ist entschlossen, die entfliehende Zeit festzuhalten, sich ans Leben zu klammern, sich nicht abschütteln zu lassen. Sie wird es leben, das wahre, das wirklich schöne Leben. Tatsächlich hat es bereits begonnen,

Warum bin ich heute so glücklich? Als wenn ich auf dem Meer dahinsegelte: über mir dehnt sich der weite blaue Himmel, und große weiße Vögel schweben durch die Lüfte –

Und dann ist Adam fort.

Es ist der Sommer 39, und Adam ist nach England geflogen. Offiziell reist er im Auftrag des Auswärtigen Amtes, um die Stimmung in England zu erforschen. In Wirklichkeit versucht er, den Krieg zu verhindern: Das hat er zu Clarita gesagt. Clarita weiß nicht, wie er das anstellen will. Sie weiß nicht, ob er wieder zurückkommt. Vielleicht bleibt er in England. Vielleicht sieht sie ihn niemals wieder.

Helmuth Moltke ist nun englischer Barrister. Er hat einen Forschungsauftrag von der Londoner Universität erhalten. Er hat ein Büro in der internationalen Kanzlei von John Foster und Donald Sommervell angemietet. Wer stellt ihn und Adam einander vor? Vielleicht einer der Appeasement-Politiker aus dem Kreis um Lady Astor?

»Darf ich bekanntmachen? Herr von Trott zu Solz. Graf von Moltke.«

Sie stellen schnell fest, dass sie gemeinsame Bekannte haben: den Vorsitzenden der Rhodes-Stiftung Lord Lothian, den Journalisten Edgar Ansel Mowrer von der ›Chicago Daily News‹, den Berliner Anwalt Dr. Leverkühn. Sie stellen fest, dass sie beide dem Regime kritisch gegenüberstehen.

»Aber was kann man tun?«, sagt Helmuth Moltke. »Von innen heraus ist das System nicht zu stürzen. Und im Ausland stellt sich ihm niemand entgegen.«

»Ich muss Ihnen widersprechen«, sagt Adam Trott. »Der deutsche Arbeiter steht nicht hinter Hitler, und das Ausland gilt es zu überzeugen.«

»Ich erwäge jedenfalls, meinen Lebensmittelpunkt nach England zu verlegen«, sagt Helmuth von Moltke.

»Ja«, sagt Adam Trott. »Das hatte ich auch erwogen. Aber kann man von hier aus etwas dazu beitragen, Deutschland nach Europa zurückzuführen? Und was, wenn es Krieg gibt?«

Aber eben den will Adam ja nun verhindern. Es ist der Sommer 1939, und Adam wird in Cliveden erwartet, auf dem Landsitz von Lady Astor. Die Astors geben eines ihrer großen Dinners, zu dem auch Halifax erwartet wird, ehedem Vizekönig von Indien, Lordsiegelbewahrer und nun britischer Außenminister unter Premierminister Chamberlain.

Halifax ist soeben aus Cliveden zurückgekommen. Er sitzt mit seiner Frau im Salon. Die Lady hat ihn nicht begleitet, sie war unpässlich.

»Im Übrigen war auch ein recht interessanter junger Deutscher geladen«, sagt Edward Halifax. »Ein Freund von Lady Astors Sohn David. Offenbar ist seine Mutter amerikanischer Abstammung, was ihn natürlich den Astors empfiehlt. Er ist ein durchaus ansprechender Mann. Er hat im Laufe des Essens verschiedentlich darauf gepocht, dass die Deutschen und die Engländer auf die gleichen geschichtlichen Wurzeln zurückgehen. Er hat vom Mittelalter gesprochen, von der Reformation.«

»Nun, Lieber. Du empfindest ja nicht unähnlich. Nach deinem ersten Besuch in Deutschland warst du ganz angetan.«

Edward seufzt.

»Ja. Ach, wenn ich darüber nachdenke. All die Jahre haben wir um den Frieden gerungen. All die Jahre habe ich den Standpunkt vertreten, dass Deutschland als ein gleichberechtigtes Land in die Staatengemeinschaft zurückgeführt werden müsste. Lothian, Curtis, die Astors, wir alle sind davon ausgegangen, dass ein starkes Deutschland ein Bollwerk gegen den Bolschewismus wäre, und nun hat es sich zu einer eigenen Gefahr entwickelt. Aber man hat das doch nicht voraussehen können. Und dieser junge Mann hat nun behauptet, dass die Regierung Hitler nicht das deutsche Volk repräsentiert. Er verlangt, die englische Regierung sollte sich nicht an die deutsche Regierung, sondern an die Freunde Englands in der deutschen Bevölkerung halten. Angeblich gibt es eine deutsche Opposition, und Trott will, dass wir diese Leute ermutigen. Er will, dass die britische Regierung den Oppositionellen ein Signal des Vertrauens und der Unterstützung sendet. Eine Aufmunterung, sozusagen.«

»Aber warum?«, sagt Lady Halifax. »Warum muntern sie sich nicht selbst auf? Sie haben Hitler doch gewählt. Wenn sie ihn nicht wollen, warum dulden sie ihn? Was haben wir mit dieser Opposition zu tun?«

»Eben. Man hört und sieht nichts von diesen Leuten.« Edward gießt sich Tee nach. »Dieser Trott vertritt außerdem die Ansicht, die Deutschen wären im Begriff, sich mit den Russen zu verbünden, und dann würde Hitler sofort gegen Polen losschlagen. Er hat uns allen Ernstes vorgeschlagen, mit Deutschland zu paktieren, um die Russen auszubooten und so einen Überfall auf Polen zu verhindern. Aber das ist dummes Zeug. Was immer man gegen Hitler sagen kann, das eine muss man ihm zugutehalten. Er hat den Kommunismus aus seinem Land gefegt. In diesem einen Punkt haben wir uns nicht geirrt. Tatsächlich sind wir es, die im Begriff stehen, Russland auf unsere Seite zu ziehen.«

»Vielleicht ist dieser Trott ja ein Agent«, sagt die Lady. »Vielleicht ist er ein Spion.«

»Wie klug, meine Liebe. Genau das habe ich auch schon gedacht. Immerhin reist er in offiziellem Auftrag, für das Auswärtige Amt. Ich werde jedenfalls nicht noch einmal mit ihm reden. Und ich werde Chamberlain vor ihm warnen. Wir sollten zu keinen Zugeständnissen an die Deutschen mehr bereit sein. Sie haben unser Vertrauen nicht verdient. Sie haben uns zu tief enttäuscht.«

Sabine Leibholz und Adam Trott wandern durch die schönen Gärten der Oxforder Colleges. Sabine freut sich über den Besuch. Sie hat den Bruder ihrer Schulfreundin Vera seit Kindertagen nicht mehr gesehen. Auch Adam scheint glücklich. Er strahlt. Seine Augen leuchten.

»Ich glaube, es ist mir gelungen, mit meinem Besuch Wichtiges zu bewirken. Ich kann dir jetzt nichts Genaueres sagen, aber warte ab. Wenn sich die Haltung der englischen Regierung gegenüber Deutschland demnächst ändert, dann auch wegen meiner Anstrengungen.«

Dann ist er wieder fort. Sabine denkt an Deutschland. Sie denkt an zu Hause. Sabine, an diesem milden englischen Juninachmittag, erlaubt sich einen seltenen Luxus. Sie stellt sich ihre Eltern vor. Sie stellt sie sich ganz genau vor. Sie stellt sich das Haus in Göttingen vor. Sie stellt sich vor, wie sie die Tür mit dem Schlüssel öffnet, den Schlüssel auf das Tischchen im Flur legt. Sie kann das Haus fühlen, riechen. Sie geht durch die Diele ins Wohnzimmer. Gert sitzt mit einem Buch auf dem Sofa. Die Fenster zum Garten stehen offen. Draußen im Garten steht Dietrich. Die Rosen duften. Sabine weint.

Und Adam ist schon wieder auf Reisen. Generalsekretär Carter vom Institute of Pacific Relations hat ihn zu einer Konferenz nach Virginia Beach eingeladen, die von der Rockefeller-Stiftung finanziert wird. Es geht um die Probleme des pazifischen Raums. Das Auswärtige Amt hat die Reise befürwortet: Die Haltung der Amerikaner zu Deutschland vor Ort zu erkunden liegt durchaus im deutschen Interesse.

Adam seinerseits hat die Einladung nur zu gerne angenommen. Er empfindet tief das eigene Versagen. Woche um Woche hat er auf ein Zeichen der Engländer gewartet, nach seiner Rückkehr aus Cliveden, es ist aber kein Zeichen gekommen.

Stattdessen ist nun wirklich der Krieg ausgebrochen. Deutschland hat Polen überfallen, und die Engländer haben Deutschland den Krieg erklärt.

Adam hat die MS Vulcania gerade noch erreicht: das letzte italienische Schiff, das bereit ist, deutsche Passagiere aufzunehmen. Am 22. September 1939 läuft es aus dem Hafen von Genua in Richtung Amerika aus. Offiziell reist Adam auf Einladung des Institute of Pacific Relations, halb offiziell im Auftrag des Auswärtigen Amts und inoffiziell in der Hoffnung, dass die amerikanische Regierung sich bereiterklärt, die deutsche Opposition ideell zu unterstützen. Helmuth Moltke hat ihm eine Empfehlung an den früheren Reichskanzler Brüning mitgegeben. Brüning lehrt jetzt in Harvard. Er wird sich sicher an Adams Vater erinnern.

Adam ist entschlossen, Fürsprecher in Amerika zu gewinnen.

Er hat noch einmal einen Aufschub bekommen, für diesen Winter 1939/1940: Er ist noch einmal darum herumgekommen, den Lauf seines Lebens verbindlich festzulegen.

Claritchen! Claritchen!

Sie ist wieder in Reinbek. Adam ist fort. Clarita ist zurückgekehrt in ihr Elternhaus, in ihr Mädchenzimmer, das ihr abgenutzt und ein wenig peinlich vorkommt wie ein kahlgestreicheltes altes Plüschtier. Es ist Dezember 1939. Deutschland ist im Krieg. Clarita sortiert mit der Mutter den Christbaumschmuck, im Wohnzimmer ihres Reinbeker Elternhauses. Adam ist in Amerika. Clarita ist verloren. Er ist ihr verloren: Man wird ihn überall willig aufnehmen, man wird ihn überall lieben, warum sollte er zurückkehren? Alles ist verloren. Alles ist verdunkelt, auch Berlin, die leuchtende Stadt. Berlins Lampen und Lichtreklamen sind erloschen. Durch finstere Straßenschluchten huschen Menschen wie Mäuse, Omnibusse mit blauem Licht durchsegeln die Nacht wie Geisterschiffe. Alles Leben ist untergegangen.

Claritchen! Claritchen! Lass dein Haar herunter!

An den Fundamenten ihres Turms schwappt das Wasser empor. Was hat sie sich gedacht. Was hat sie sich nur gedacht.

»Im Moment müssen alle Kräfte darauf gerichtet sein, den Westfeldzug zu verhindern«, sagt Helmuth von Moltke zu Peter Yorck am Esstisch in der Hortensienstraße.

Es ist der 16. Januar 1940. Helmuth Moltke ist das erste Mal bei den Yorcks zu Gast. Das Haus ist klein, aber sehr nett und heimelig.

»Das Militär ist durchaus nicht zur Gänze bereit, gegen den Westen loszuschlagen«, sagt Peter Yorck.

»So vernimmt man«, sagt Helmuth Moltke. »Außerdem gibt es Bestrebungen, mit den Engländern und Amerikanern an der Regierung vorbei in direkten Kontakt zu treten.«

Im April ist Adam von der Reise zurück. Er ist mit seinem Auftrag gescheitert. Er bringt nichts mit nach Hause, was er mit Stolz vorweisen könnte. Was nützt es, dass er bei Eleanor Roosevelt im Weißen Haus zum Tee gewesen ist oder mit Altkanzler Heinrich Brüning und dem ehemaligen Chefredakteur des ›Berliner Tageblatts‹ ein Memorandum erarbeitet hat? Felix Frankfurter, der Freund und Berater Präsident Roosevelts, ist Adam mit tiefem Misstrauen begegnet.

Überall ist Adam auf Misstrauen gestoßen: Ein Deutscher, der offiziell außerhalb Deutschlands weilen darf, mitten im Krieg? Wer sonst als ein Nazi könnte sich das erlauben? Wem würde es erlaubt?

Nur einem, den man für einen Nazi hält. Das ist ja wahr.

Dieser Annahme durfte Adam also nicht widersprechen. Er, der der Welt im rückhaltlos offenen Gespräch begegnen will, musste ununterbrochen auf der Hut sein. Zudem hat man ihn auf der ganzen Reise bespitzelt. Man hat ihn überwacht, man hat seine Post gelesen und seine Telefonate abgehört. Adam hat es natürlich bemerkt. Er kommt nun einmal aus einem Land, das seine Bürger an eine gewisse Vorsicht gewöhnt. Er hat warnend nach Hause berichtet,

Wie dünn doch die amerikanischen Wände sind. Du wirst es nicht glauben, Mama, aber wenn in meinem Zimmer das Telefon klingelt, dann tut es das zeitgleich auch im Nebenzimmer.

Glücklicherweise waren es nur die Amerikaner, die ihn bespitzelten, nicht die Deutschen. Fast war es rührend zu sehen, wie tollpatschig sich die unschuldigen Kinder dieses freien Landes dabei anstellten. Nach einer Weile begann Adam, seine Beschatter zu grüßen. Einmal hat er ihnen die Nummer seines Mietwagens genannt, um ihnen die Dinge nicht unnötig zu erschweren. Dann hatte er Amerika noch einmal durchquert, bestieg ein Schiff und setzte nach Hawaii über, wo er Klaus Mehnert besucht hat.

Sie haben bis in die Nacht hinein zusammengesessen. Klaus Mehnert kennt China und Japan sehr gut. Adam hat ihm seinen Wunsch dargelegt, vielleicht für das Institute of Pacific Relations in Shanghai tätig zu werden, möglicherweise gar ein Institut in Deutschland zu gründen. Aber seit wann liegt Deutschland am Pazifik? Was erhofft sich Adam? Sind seine Reisen vielleicht wirklich nichts als Donquichotterien, wie sein Bruder Werner es ihm vorwirft?

Klaus Mehnert bringt Adam Trott zur Anlegestelle seines Schiffes im Hafen.

»Acht Jahre, lieber Trott«, sagt Mehnert beim Abschied.

»Sie haben sich acht Jahre lang Zeit gelassen, meinen Oxforder Besuch zu erwidern. Wollen wir hoffen, dass diesmal nicht wieder so viel Zeit vergeht.«

»Das wäre das Jahr 1948«, sagt Adam Trott. »Das scheint allerdings in weiter Ferne zu liegen.«

Und nun liegt alles in weiter Ferne. Adam kann nicht fassen, wie schwach er ist. Er liegt im Bett, und die Sonne scheint blass aus einem wässrigen Berliner Himmel. Aufsetzen ist elend. Aufstehen ist fast unmöglich. Alles dreht sich. Adams Kopf fühlt sich riesig an. Aber die Welt ist eng: Er hat sie ein zweites Mal umrundet.

Noch einmal ist er von Amerika nach Asien und dann mit der Transsibirischen Eisenbahn den ganzen weiten Weg zurück nach Berlin gefahren, und nun schafft er es allein nicht einmal mehr bis zur Toilette. Der Weg war weit, und Adam ist ihn gegangen, aber die letzten Meter sind es, auf denen sich das Versagen zeigt. Adam ist es egal.

Er bringt nicht einmal mehr die Kraft dazu auf, sich gegen seine Schwäche zu empören. Er hat die Gelbsucht. Sein Gesicht, seine Hände, seine Augen sind safranfarben wie eine Mönchskutte. Chinesengelb: Asien hat abgefärbt. Adams Leber schafft es nicht mehr, Adam zu entgiften.

Adam ist vergiftet. Er ist vereist. Alles ist wie gefroren. Adam von Trott zu Solz ist einunddreißig Jahre alt. Er hat keine Wohnung. Er hat keinen Beruf. Er hat seine politischen Ziele nicht vorantreiben können. Er sieht nicht, wie sich unter den gegebenen Umständen jemals etwas an seiner Misere ändern könnte. Seine Schwäche bringt ihn aus der Fassung. Immerhin kann er schreiben. Er kann Briefe schreiben, kurze, schlecht leserliche Briefe,

Liebes Fräulein Tiefenbacher

Clarita. Er schreibt ihr täglich, seit seine Krankheit begonnen hat. Sie antwortet täglich. Die Briefe beginnen, die sibirische Vereisung aufzutauen, die ihn im Bann hält. Er begreift: Er braucht eine Frau. Ein Heim. Eine Partnerschaft, die in den Loyalitäten wurzelt, die ihm wichtig sind. Er braucht eine Kampfgefährtin. Eine Kampfgefährtin? Clarita ist blond, zart, jung. Sie ist die Tochter eines bekannten Hamburger Anwalts. Aber sie steht in Beziehung zu dem Besten, was er in sich hat. Dieses Beste in ihm antwortet ihr. Clarita wird verstehen, was ihm im Leben am wichtigsten ist: die Rettung seines Landes. Sie wird ihm helfen. Allmählich geht es Adam besser.

Er greift zum Stift. Er setzt einen Brief an seine Mutter fort, den er früher am Tag begonnen hat,

werde ich mich demnächst mit Clarita Tiefenbacher verloben. Ich habe sie noch gar nicht gefragt und übrigens auch seit sieben Monaten nicht mehr gesehen, sehe sie aber diesen Sonnabend. Am meisten beruhigt mich an ihr, dass sie innerlich Deinem Wesen sehr verwandt ist.

Das immerhin wäre also geschafft.

6

Es ist der 23. April 1940. Das Wetter ist eisig. Vor zwei Wochen hat Deutschland Dänemark besetzt und Norwegen angegriffen. Freya sitzt an ihrem Schreibtisch und beantwortet Briefe: Kaiser Wilhelm II. hat aus seinem niederländischen Exil darum gebeten, wie immer zum Todestag des Generalfeldmarschalls einen Kranz am Kapellenberg niederlegen zu lassen. Er hat die Widmung beigelegt, die auf der Schleife stehen soll. Freya hat die entsprechenden Anordnungen erteilt. Nun muss der kaiserliche Brief zu Helmuth geschickt werden, damit der sich bedanken kann. Helmuths Brief von gestern liegt neben Freya.

Was den Krieg betrifft, stehe ich da wie ein Testamentsvollstrecker, der mit Entsetzen sieht, wie die Erben sich um eine Erbschaft prügeln, die infolge des Streits immer weniger wert wird. Und man hat die Verpflichtung, einen Weg aus dem Streit hinauszufinden. Und immer wenn man nach langem Suchen glaubt, es gäbe keinen, denkt man wieder, man hätte sicher nur nicht gründlich genug gesucht. Dieser Kreislauf hat mich ganz grässlich gepackt

Ich kann nicht von dem Gedanken los, dass ich immerzu

überlegen und planen muss, um einen Schritt vor den Ereignissen zu bleiben

Die Deutschen haben eine solche Freude daran, etwas gut zu machen. Dabei übersehen sie dann die Frage, ob sie das, was sie so gut machen, überhaupt machen sollten

Helmuth arbeitet rund um die Uhr. Er ist für das Amt Ausland/Abwehr im Oberkommando der Wehrmacht tätig, für das Kaiser-Wilhelm-Institut für Ausländisches Öffentliches Recht und Völkerrecht, und Anfang des Jahres 1940 hat er sich der Anwaltskanzlei von Friedrich Carl Sarre und Eduard Waetjen in der Viktoriastraße angeschlossen.

Aber er wird bald hier sein. Er wird die ganze erste Maihälfte in Kreisau verbringen. Auch die polnischen Arbeiter, die Zeumer im Herbst 1939 angeworben hatte und die zu Freyas großer Sorge über Weihnachten alle nach Hause gefahren waren, sind geschlossen nach Kreisau zurückgekehrt, rechtzeitig zur Frühjahrsbestellung. Nun muss es nur endlich etwas milder werden. Dann besteht auch für dieses Jahr Hoffnung.

Bia Yorck, der älteste der Yorck-Brüder und Erbe von Klein Oels, hat am 5. Mai in Berlin Else Eckersberg geheiratet, eine Schauspielerin der Reinhardt-Bühnen, mit der er schon seit Jahren in Berlin lebt.

Die Familie ist aufs Äußerste empört. Else Eckersberg ist sieben Jahre älter als Bia, zweimal geschieden und Mutter eines dreizehnjährigen Sohnes. Zudem ist sie katholisch. Soll etwa Elses Sohn Alexander, Katholik und Sprössling einer geschiedenen Ehe, einst Erbe von Klein Oels werden, Nachfolger des Grafen Heinrich Yorck von Wartenburg?

Marion ist gestern in Klein Oels angekommen. Seit Hannusch nicht mehr da ist, ist es Peter, der die Verantwortung für das Gut Kauern trägt. Aber Peter ist beruflich in Berlin gebunden, und so sieht nun Marion regelmäßig nach dem Rechten. Sie fährt immer zuerst nach Klein Oels, zu ihrer Schwiegermutter und ihrer unverheirateten Schwägerin Dorothea, Doro genannt, die sich um Goldchen kümmert.

Um Marion zu sehen, ist auch Muto gekommen, die jüngste Yorck-Tochter, die in Waldenburg eine Arztpraxis betreibt. Das Gespräch hat sich fast nur um Bia und seine Frau gedreht. Doro hat erzählt, dass Püzze noch kurz vor der Hochzeit geradeheraus patzig zu ihrer zukünftigen Schwägerin war: Besser einmal unhöflich als ein Leben lang verwandt. Und auch Peter geht davon aus, dass der Bruder einen schweren Fehler gemacht hat. Er hegt keine Abneigung gegen Bias Frau. Aber Bia wird zweifellos unglücklich werden. Wie will er seine Wahl denn langfristig vor sich selbst und vor der Geschichte des Yorcks verantworten?

»Und wie kann er Goldchen einen solchen Kummer bereiten?«, sagt Muto zu Marion. »Wobei ich nicht weiß, ob wir uns richtig verhalten. Der Zwist unter uns Kindern muss ihren Kummer doch noch verstärken.«

Am nächsten Morgen fahren Marion und Muto nach Kauern hinüber.

Kauern liegt an der Landstraße Ohlau-Wansen. Von Klein Oels kommend fährt der Wagen durch Weigwitz, vorbei an der Sandgrube und den beiden riesigen Friedenseichen, die 1813 nach der Völkerschlacht bei Leipzig gepflanzt worden sind. Dann kommen die Löschteiche, auf denen die Dorfkinder im Winter Schlittschuh laufen und die ihnen an heißen Sommertagen als Badeseen dienen. Die Teiche liegen verlassen. Zum Baden ist es in diesem Mai 1940 zu kalt. Der Wagen rollt vorbei an den Häuschen von Buchwalds, Hungers, Fiebigs, Maiwalds und Weißens, dann am Gasthaus mit seinem Tanzsaal für Kino- und Theatervorführungen, dessen dichtender

Wirt, der allgemein der Paschke-Vetter genannt wird, seinen Schnaps aus einem Petroleumkännchen ausschenkt. Neben dem Gasthaus wohnt August Karbstein, bis 1933 Kauerns Gemeindevorsteher. Und ganz am Ende des Dorfes liegt das Gut: das Gutshaus, in dem die Yorcks wohnen, das ochsenblutrote Schloss, das schon vor langer Zeit zu Arbeiterwohnungen umgebaut worden ist, und Hannuschs Scheune.

Das neue Dach ist beinahe fertig. Zwei Polen sind dabei, die Wände weiß zu streichen. Der Wagen hält. Marion steigt aus. Die Ducksche hat sie schon gesehen. Sie eilt Marion über den Hof entgegen. Als Erstes wird die Sache mit dem Deputat zu klären sein. Neunzehn Familien wohnen auf dem Gut: Frauen, alte Männer und wohl an die sechzig Kinder, deren Namen Marion sich ständig erneut einzuprägen versucht. Die dringend benötigten jungen Arbeiter fehlen. Sie sind eingezogen. Man hat Kauern deshalb Polen zugewiesen, Zwangsarbeiter aus der Gegend von Krakau. Peter hat bestimmt, dass ihnen das gleiche Deputat an Zucker, Leinen und Getreide zustehen soll wie den einheimischen Hofeleuten. Dagegen hat es Protest gegeben.

»Und wissen Sie das Neueste, Frau Gräfin?«

Die Ducksche hat geholfen, Marions Taschen hereinzubringen. Sie steht in der kleinen Diele, sie schüttelt den Kopf.

»Die Polenweiber haben zwei alte Frauen dabei. Die tun den ganzen Tag nichts als waschen. Die waschen den ganzen Tag für die anderen, und die Polenweiber gehen in die Rüben mit sauberen Strümpfen. Das muss doch nicht sein. Wer geht denn mit sauberen Strümpfen in die Rüben!«

»Das muss aber nicht unsere Aufgabe sein, darüber zu befinden, nicht wahr?«, sagt Muto sanft. »Das können die Leute sicher selbst entscheiden.«

Die Ducksche schüttelt den Kopf.

»Warum die überhaupt weggegangen sind«, sagt sie. »Das frage ich mich. Warum die von zu Hause weggegangen sind und ihre Höfe verlassen haben.«

»Das wissen Sie nicht?«, sagt Marion. »Weil wir sie von dort vertrieben haben.«

»Wir haben sie vertrieben? Wer, wir?«

»Die Deutschen.«

Die Ducksche steht still.

»Vertrieben«, sagt sie schließlich. »Aus der Heimat vertrieben. Das ist wirklich wahr?«

Marion nickt. Die Ducksche faltet die Hände. Sie wiegt den Kopf. Sie ist noch nie auch nur bis Breslau gekommen.

»Das ist schlimm«, sagt sie. »Das ist sehr schlimm, wenn das wahr ist. Dass Gott das man nicht an uns rächen wird.«

Helmuth Moltke steht im Garten des Berghauses. Es ist der 10. Mai. Helmuth lichtet einen blühunwilligen Fliederbusch aus, damit der Prunus daneben mehr Licht bekommt. Danach will er noch einmal zum Gutshof hinuntergehen und mit Zeumer über den Bestellungsplan reden, und für den Nachmittag plant er eine ausgedehnte Inspektionstour über die Felder. Die andauernde Kälte bei gleichzeitiger Trockenheit erfüllt ihn mit großer Sorge. Am Abend dieses Tages erfährt er, dass der Westfeldzug begonnen hat. Deutschland hat die neutralen Niederlande, Belgien und Luxemburg überfallen. Fünf Tage später kapitulieren die Niederlande, nach der Bombardierung von Rotterdam.

»Und was soll ich jetzt noch in Berlin? Alles, wofür ich im Amt gekämpft habe, alles, was ich in die Wege geleitet habe, ist schlagartig nutzlos geworden, und die Arbeit, mit der man mich ohne Zweifel überschütten wird, wird ebenso nutzlos sein. Ab jetzt werde ich vormittags ein Loch graben, das man nachmittags wieder zuschüttet. Am liebsten würde ich hierbleiben, beim Pim. Am liebsten würde ich die widerliche Stadt nie mehr sehen.«

Er fährt in der Nacht vom 18. auf den 19. Mai. Am 20. Mai erreichen deutsche Panzerverbände nach dem Vorstoß durch die Ardennen die Mündung der Somme und die französische Kanalküste. Am 28. Mai kapituliert Belgien.

Und was, wenn die USA sich in diesen Krieg hineinziehen lassen? Was, wenn die ganze westliche Hemisphäre gegen das von den Deutschen besetzte Europa kämpft?

»Dann sind wir Gefangene«, sagt Helmuth. »Im Grunde genommen sind wir das jetzt schon.«

Aber nicht die Weltlage beunruhigt Freya, sondern Helmuths Verfassung. Einzelne Sätze beginnen aus seinen Briefen hervorzuleuchten wie Warnlampen.

Mir wird alle Tage übler. Manchmal kann ich nichts essen, manchmal muss ich mich übergeben. Diese Phänomene betrachte ich mit Interesse und ohne Anteilnahme

Meine Arbeit ist mir grässlich. Ich werde jetzt auch immer weniger tun

Ein langweiliger Tag heute. An solchen Tagen hat man den Eindruck, dass nicht einmal das Unglück weitergeht

Ich dresche auf einem Nebengleis leeres Stroh

Ich will nichts tun als liegen, lesen und Grammophon spielen

Ich arbeite eigentlich gar nichts mehr

Da ist sie wieder, Helmuths alte Lebensunlust. Da ist sie, die willige Ergebung in die Düsternis, die Verweigerung des Spiels, der völlige Mangel an Erwartung, der beinahe schwelgerische Verzicht auf Zukunft, Hoffnung, Glück, der die äußerste Selbstbeschränkung perverserweise genießt.

Mein lieber Herr und Ehewirt!

Aber ihre Rufe dringen nicht zu ihm vor. Er hat sich verbarrikadiert.

Es sind friedliche Tage
Nichts regt mich auf
In mir geht nichts mehr vor. Mir gefällt es so
Es ist alles leer

Wenn sie telefonieren, ist er einsilbig. Sie spricht, aber sie erreicht ihn nicht. Er schweigt. Sie beginnt dann zu plappern. Nach dem Gespräch ist sie müde, ausgelaugt, ärgerlich auf sich selbst. Das Wetter ist jetzt endlich warm geworden. Aber die Natur ist um Wochen zurück. Viele Blütenstauden sind erfroren, und die Baumblüte ist fast ganz ausgefallen. Kreisau wird dieses Jahr wenig Äpfel und keine Kirschen ernten. Und auch die Bienen leiden. Mitte Mai hat Freya zu ihrem Schrecken festgestellt, dass in der 18 kein Flugverkehr mehr zu bemerken war und auch in der 12 nicht. Vor den Stöcken lagen tote Bienen. Freya hat die Stöcke geöffnet. Bienen saßen reglos auf leeren Waben, die Rüssel ausgefahren. Freya war entsetzt. Was taten die Bienen da? Der alte Stäsche hat es ihr erklärt.

»Sie saugen ihre eigene Brut aus. Kurz vor dem Hungertod werden sie zu Kannibalen.«

Er hat ihr gezeigt, wie man eine Notfütterung vornimmt. Erst haben sie die Bienen vorsichtig mit einer warmen Zuckerlösung besprüht, dann einen Teig aus Honig und Puderzucker auf die obere Zarge gelegt.

»Wenn man überlegt, dass ein Bienenvolk wie ein einziges Wesen ist«, hat der alte Stäsche gesagt. »Da ist es doch, als würde einer sich selbst verzehren.«

Sie wollen nicht wahrhaben, dass Gewalt ein Kennzeichen der Ohnmacht ist. Sie wollen vergessen, dass aus der Sphäre des willentlichen Verzichts auf Macht ständig ein Gericht ausgeht über die Macht: Aber darf das ein Bischof vergessen? Harald Poelchau kommt von Bischof Marahrens. Harald hat den Bischof ersucht, das Gnadengesuch des Theologen und Staatsrechtlers Hermann Stöhr zu unterstützen. Stöhr ist zum Tode verurteilt. Der Freiwillige des Weltkriegs ist in den furchtbaren Schlachten zum überzeugten Pazifisten geworden. Marahrens hat sich geweigert, auch nur einen Finger für Stöhr zu rühren.

Er hat sich noch nicht einmal sonderlich gewunden, sondern sich glatt auf das Rechtsgutachten eines Kirchenjuristen berufen, der die Kriegsdienstverweigerung für unrechtmäßig erklärt hat. Das Gutachten beruht auf dem 13. Kapitel des Römerbriefs: *Seid untertan der Obrigkeit.* Es ist nicht einmal die Abhängigkeit vom Regime oder die Feigheit seiner Vorgesetzten, die Poelchau so bedrückt. Während des ganzen Gesprächs mit Marahrens war ihm merkwürdig und unheimlich zumute. Es war, als redete er gar nicht mit einem Menschen. Es war, als suchte er jemanden zu erreichen, der schon lange tot war oder entflohen: Und der Automat, den er in seinen Kleidern zurückgelassen hatte, war taub und vollständig seelenlos.

Es muss nun genügen. Es reicht. Helmuth Moltke ist zu Suchandtke gegangen. Natürlich wird er nicht bereit sein, eine eventuelle Begradigung seiner schiefen Seelenlage Suchandtkes Tropfen und Spritzen zuzuschreiben. Das wäre ja noch schöner, wenn man mit nichts als ein paar Chemikalien einen erwachsenen Menschen wieder ins Lot bringen könnte. Aber mehr als zwei Wochen einer solch elenden Schwäche darf sich ein erwachsener Mann einfach nicht leisten. Und es hilft natürlich auch, das Unglück schlicht als Krankheit zu betrachten. Wer krank ist, muss dafür sorgen, dass er gefälligst wieder gesund wird. Helmuth wird sich nun an seinen eigenen Haaren aus dem Sumpf ziehen.

Er hat begonnen, Spinoza zu lesen, Kant, Voltaire. Wo immer möglich, meidet er das Amt Ausland/Abwehr. Er verbringt stattdessen viel Zeit im Kaiser-Wilhelm-Institut, wo er im Vorbeigehen ein paar freundliche Sätze mit Berthold Stauffenberg über das Elend und die Dummheit dieses Kriegs wechseln kann und dann seine Ruhe hat. Baruch Spinoza ist natürlich verboten. Das beflügelt Helmuth. Er liest an seinem Schreibtisch im Institut, dass das Streben, in seinem eigenen Sein zu beharren, das eigentliche Wesen eines jeden Dings ausmacht. Dieses Streben macht das Ding zu dem, was es ist. Es ist sein Wesen. Wenn also das Streben verschwindet, verschwindet das Ding selbst. Man will sein, was man ist, weil man sonst nicht ist.

Helmuth James Graf von Moltke lässt das Buch sinken.

Es ist ihm, als hörte er einen Ruf. Er beginnt zu ahnen, was Helmuth Moltkes Seele so verdunkelt hat: Helmuth Moltke selbst. Helmuth hat Augen und Ohren verschlossen. Er war Jonas im Bauch des Wals. Er hat den Ruf nicht hören wollen. Welchen Ruf? Wer ist der Rufer? Helmuth muss nun beginnen. Aber womit?

Am 5. Juni setzt mit der Schlacht um Frankreich die zweite Phase des Blitzkriegs ein. Die Yorcks, die Schulenburgs und Helmuth Moltke sitzen in der Hortensienstraße. Der Abend ist warm. Die Fenster zur Terrasse sind geöffnet. Es wird das Huhn geben, das Marion aus Kauern mitgebracht hat, und danach Pflaumenkompott. Im Moment reden sie nicht über die Ausweitung des Krieges, sondern über Fritzis Zukunft. Fritz-Dietlof Graf von der Schulenburg ist von seinem Amt als schlesischer Regierungspräsident zurückgetreten.

»Es ist ein schwerer Schlag für Schlesien, dass wir dich verlieren, Fritzi«, sagt Peter Yorck.

»Es ist in der Tat ein großer Verlust«, sagt Helmuth Moltke. »Aber nach Abberufung Ihres Vorgesetzten Wagner wäre Ihre Stellung in Breslau natürlich unhaltbar geworden. Haben Sie die Antrittsrede Brachts verfolgt? Er hat gesagt, die Zeit der sachlichen Entscheidungen sei nun vorbei, jetzt werde nationalsozialistisch regiert.«

»Ja«, sagt Fritzi. »Wagner und ich haben die letzten Monate immer darum gekämpft, die neuen schlesischen Zoll- und Verwaltungsgrenzen wieder zurückzuverlegen. Was soll Schlesien mit den neuen galizischen und kongresspolnischen Gebieten? Was soll man mit einer fast rein polnischen Bevölkerung, die alles Deutsche hasst? Und dieser Hass ist wahrlich nicht erstaunlich angesichts unserer Gewalttaten. Ebendiese Gewalttaten der SS und des SD in Polen hat Wagner kritisiert, und darüber ist er gestürzt. Er ist Katholik. Man unterstellt ihm, er nähme die Polen in Schutz, weil sie seine Glaubensbrüder sind.«

»Und wenn es so wäre, wäre es höchst achtenswert«, sagt Peter Yorck. »Obgleich es heutzutage in Anbetracht des Umgangs mit den Juden weniger denn je die konfessionelle Gebundenheit unserer Mitmenschen sein darf, die bestimmt, wie wir uns ihnen gegenüber verhalten.«

»Die Anwendung von Gewalt ist in jedem Fall zu verwerfen«, sagt Fritzi. »Das war von Anfang an mein Standpunkt. Mit Zwang erreicht man im Osten gar nichts. Ohne zu überzeugen, kann niemand herrschen. Man muss die deutschpolnischen Zwischenschichten gewinnen, dann wird die Germanisierung auch bei den polnischen Polen erfolgreich sein. Die Polen haben nun einmal kein Verhältnis zu Städtebau, zu Ordnung, zu Landschaftsgestaltung. Also müssen sie davon überzeugt werden, dass es ihnen unter deutscher Oberhoheit viel besser ginge. Aber Bracht wird auf Terror setzen. Bracht und

Woyrsch. SS-Obergruppenführer Udo von Woyrsch, Sonderbefehlshaber der Polizei, Kommandeur der Einsatzgruppe zur besonderen Verwendung. Ein Mörder. Er hat den Röhm-Putsch genutzt, um alle seine persönlichen Gegner umbringen zu lassen. 1935 war er deswegen sogar eine Weile seiner Ämter in Schlesien enthoben.«

»Und wie ist er dann wieder in sie zurückgekehrt?«, sagt Peter.

Fritzis Augen blitzen.

»Ich sage es doch. Seine Gegner waren tot. Und Himmler setzt auf ihn. So ist es Woyrsch und Bracht ja gelungen, Wagner zu Fall zu bringen.«

»Dann wird Wagner wohl auch nicht mehr lange Reichskommissar für die Preisbildung sein«, sagt Peter. »Er ist bislang ja auch mein Vorgesetzter. Aber wenn Himmler ihn ablehnt, sind seine Tage sicher gezählt.«

»Deswegen fühle ich mich so befreit«, sagt Fritzi. »Alles das liegt jetzt hinter mir. Ich habe meine Pflicht bis zur Neige getan, ich habe mich mit allen Kräften der Verfaulung des Staatsapparats und der Beamtenschaft entgegengestemmt. Jetzt reicht es. Jetzt werfe ich den politischen Ballast ab.«

Fritzi hat sich freiwillig an die Front gemeldet. In drei Tagen tritt der Leutnant der Reserve Fritz-Dietlof Graf von der Schulenburg seinen Dienst beim Infanterie-Regiment Nr. 9 in Potsdam an: im Graf 9, wie es seiner vielen adeligen Offiziere wegen genannt wird, dem Nachfolgeregiment des Königlich Preußischen 1. Garderegiments zu Fuß, des *vornehmsten Regiments der civilisierten Christenheit,* in dessen Regimentshaus die deutschen Kaiser ihre Geburtstage zu begehen pflegten.

»Ich freue mich sehr«, sagt Fritzi. »Und ich bin eigentlich recht optimistisch. Ich glaube an die Möglichkeiten der Zukunft. Ich bin nach wie vor vom Nationalsozialismus überzeugt, er muss aber zu sich selbst zurückfinden. Jetzt gewinnen wir erst einmal den Krieg. Das ist der erste Schritt. Und dann wenden wir uns der Neuordnung im Reich und in den besetzten Gebieten zu. Wir werden die Bonzen entfernen, denen es um nichts geht als um ihre Macht und Bereicherung, wir werden die SS-Leute und Himmlers Organisationen strikt von der Verwaltung und den Aufgaben des Staatsapparats trennen. Ich wette mit Ihnen, lieber Moltke, dass wir in zehn Jahren einen Staat haben werden, den wir beide voll billigen können.«

»Die Frage ist allerdings, wie ein solcher Staat aussehen müsste«, sagt Peter Yorck. »Welche Kriterien müsste ein Staat erfüllen, den wir alle voll billigen könnten?«

»Grundvoraussetzung wäre die Wiederaufrichtung des zertretenen Rechts«, sagt Helmuth Moltke.

»Ich stimme zu«, sagt Fritzi Schulenburg. »Es geht um die Wiederaufrichtung preußischer Tugend.«

»Dann hätte Fritzi die Wette also gewonnen, wenn in zehn Jahren im Deutschland der Nationalsozialisten ein gerechter Staat entstanden wäre«, sagt Peter. »Natürlich immer in den Grenzen, die die menschliche Unzulänglichkeit setzt. Aber was verstehen wir unter Gerechtigkeit?«

Fritzis Monokel funkelt.

»Wenn ich mich recht an die Lehren des vorzüglichen Dr. Georg Rosenthal am Katharineum zu Lübeck erinnere, so herrscht nach Plato Gerechtigkeit, wenn jeder das tut, was seine Aufgabe ist. Eine klare Trennung der Ämter und Zuständigkeiten, mit anderen Worten. Das ist es ja, was ich immer wieder wiederhole.«

»Das genügt mir nicht«, sagt Helmuth Moltke. »Die Befugnisse der Ämter und die Tätigkeit der für sie Zuständigen müssten sich schließlich anhand eines Regelwerks beurteilen lassen. Wann wäre ein solches Regelwerk gerecht? Im Allgemeinen gilt ja als gerecht, was nach äußeren Gesetzen Recht ist. Aber wie wir soeben erleben, muss zwischen formalem und tatsächlichem Recht unterschieden werden. Die Frage wäre also, an welchem höheren Gesetz sich das menschliche Recht messen lassen muss. Gehen wir davon aus, dass Gesetze zeitabhängig, der Mode wechselnder menschlicher Überlegungen und Handlungen unterworfen sind? Oder gibt es unveräußerliche Werte, die ewige Bedeutung besitzen, unabhängig von Zeit, Raum und tatsächlich geltendem Recht, wie die Naturrechtler argumentieren?«

»Mir scheint, das Christentum hätte diese unveräußerlichen Werte aufgestellt«, sagt Peter Yorck. »Dem Wortlaut des Dekalogs folgend scheint mir Gerechtigkeit klar mit einem Sollen verbunden. Dieses Sollen ist nicht anders zu denken als im Bezug auf andere. Es geht um das Verhältnis der Menschen zueinander.«

»Und da ist Gerechtigkeit ein Gebot der Vernunft«, sagt Helmuth Moltke. »Die praktische Vernunft verlangt, dass wir anständig miteinander umgehen, weil es das Einzige ist, was auf lange Sicht gesehen funktioniert. Aber wir haben auch vor uns selbst eine Verpflichtung. Wir müssen an dem festhalten, was wir einmal als gerecht erkannt haben.«

»Das würde heißen, dass man die unabweisbare Pflicht hätte, ungerechte Zustände zu verändern«, sagt Peter Yorck. »Und man hätte diese Pflicht nicht in erster Linie den Opfern von Ungerechtigkeit gegenüber. Man hätte sie vielmehr vor allem vor sich selbst.«

Freya ist in Berlin. Wenn Helmuth abends aus dem Amt kommt, wartet Freya zu Hause in der Derfflingerstraße 9.

Wenn er morgens aus dem Bad kommt, hat sie schon den Frühstückstisch gedeckt. Den ganzen Tag über weiß er, dass er sie abends wiedersieht. Sie sitzen beieinander und lesen, oder sie hören Schallplatten: Beethoven, Bach, Haydn. Sie liegen auf dem Sofa wie zwei in einer Badewanne, einander gegenüber, mit ineinander verschränkten Beinen. Helmuth liest. Freya liest, und dazwischen lässt sie das Buch sinken und sieht Helmuth beim Lesen zu. Manchmal ist Freyas Bruder Carl da, manchmal nicht. Sie trinken Tee und in Regennächten heißen Kakao. Die Derfflingerstraße ist eine Insel des Friedens, wenn Freya da ist. Über Politik reden sie kaum. Helmuth tastet sich allmählich zurück aus dem fremden trüben Land, in dem er während des Westfeldzugs umhergeirrt ist.

Er ist wieder auf dem Weg nach Hause in die belebte Welt, die er mit neuem Abstand betrachtet: Er ist zu der Erkenntnis gelangt, dass er versuchen muss, sich das Widerliche nutzbar zu machen. Man muss es erkennen, analysieren und in einer höheren Schau überwinden. Das kann aber nicht gelingen in einem Zustand ständiger Hektik und Hetze, der Jagd nach immer mehr Information, weiteren Details und Einzelheiten, die nur die Hysterie anstacheln und die Hektik verschärfen.

Helmuth braucht Ruhe. Er hat seine Schrift über die kleinen Gemeinschaften wieder hervorgekramt, die er im letzten Jahr angefertigt hat. Darin hat er sich Gedanken darüber gemacht, wie ein zukünftiger Staat beschaffen sein müsste. Er ist zu dem Ergebnis gekommen, dass die Gesellschaft von unten aufgebaut werden müsste, ausgehend vom einzelnen Menschen. Der vereinzelte Mensch steht dem Ganzen, dem Staat, als etwas Unbeeinflussbarem, Fernem und Fremdem verständlicherweise ganz und gar gleichgültig gegenüber. Und die Regierenden wiederum fühlen sich nur der Klasse der Regierenden verantwortlich. Die Verwaltung müsste aber so organisiert sein, dass in jedem Einzelnen, ob Regierendem oder Regiertem, das Gefühl erweckt und gestärkt würde, für alles persönlich verantwortlich zu sein.

Das dürfte gar nicht so schwer sein. Es drängt doch den Menschen von Natur aus danach, an der Gestaltung der Welt mitzuwirken, sinnvoll und verantwortlich zu handeln und anderen Menschen nützlich zu sein. Man muss ihn darin nur unterstützen. Man muss ihn in der Praxis der Verantwortung für andere Menschen üben. Genau das wäre die Aufgabe der kleinen Gemeinschaften. Ihre Mitglieder sollten nicht nur gemeinsame Ziele verfolgen, wie das jeder Verein tut, sondern sie sollten sich dafür verantwortlich fühlen, diese ihre besonderen Ziele im Interesse des Ganzen und als Teil des Lebens der Gesamtheit zu verteidigen. Nur wenn gruppenegoistische Entwicklungen verhindert werden, wenn das Verantwortungsgefühl des Einzelnen für das Ganze gestärkt wird, können diese kleinen Gemeinschaften, die es ja im Grunde schon gibt, für die Staatsverwaltung nützlich gemacht werden.

So weit ist Helmuth nun also gekommen.

Er ist noch immer nicht voll belastbar. Aber es wird besser. Er schläft, er isst, er liest mit Freude und Konzentration. Er arbeitet im Institut. In seiner Freizeit fährt er regelmäßig nach Babelsberg zur Familie seines Anwaltskollegen Sarre hinaus, wo er die vernachlässigten Komposthaufen umsetzt, was ihn tief befriedigt. Und dann reißt ihn die kampflose Einnahme von Paris und der sich abzeichnende Sieg der Deutschen über Frankreich endgültig aus seiner Depression.

Der Ekel, der Zorn erfüllen Helmuth Moltke mit neuem Mut. Sieben Jahre lang hat Hitler die Gemeinheit als Tugend hingestellt, und nun wird er dafür strahlend belohnt. Mit diesem Sieg über den Sieger des letzten Krieges erscheint er endgültig wie der gottgesandte Vollstrecker historischer Gerechtigkeit. Nicht nur die ewig Ressentimentzerfressenen triumphieren nun, nicht nur das intellektuelle Parterre kreischt und jubelt, sondern alle, alle, das ganze Volk.

Nicht alle.

Helmuth Moltke trifft sich mit Einsiedel, dem Freund seines Vetters Carl Dietrich von Trotha aus der Zeit der Löwenberger Arbeitslager. Er sucht Yorcks Roßlebener Schulfreund Teddy Kessel auf, den er einmal in Genf kennengelernt hat. Er bekommt Besuch von Adam von Trott zu Solz, der ihm von seinen amerikanischen und englischen Erfahrungen berichtet. Er klopft hier an, dort. Er hört sich an, was die anderen sagen. Generell ist man niedergeschlagen. Generell ist man eher noch hoffnungsloser als Helmuth. Helmuth ist bereits aus dem Gröbsten heraus. Er liest Spinoza, er liest Kant. Und er schreibt Peter Yorck einen Brief.

Lieber Yorck,

nun, da wir damit rechnen müssen, einen Triumph des Bösen zu erleben, und während wir gerüstet waren, alles Leid und Unglück auf uns zu nehmen, stattdessen im Begriffe sind, einen viel schlimmeren Sumpf von äußerem Glück, Wohlbehagen und Wohlstand durchwaten zu müssen, ist es wichtiger denn je, sich über die Grundlagen einer positiven Staatslehre klar zu werden. Zu dieser Klärung – meines eigenen Kopfes, nicht des Ihren – möchte ich in diesem Brief etwas beitragen, indem ich an die Unterhaltung zwischen Ihnen, Schulenburg und mir vor nicht ganz vierzehn Tagen anknüpfe.

Peter Yorck hält den Brief in der Hand. Da steht es: *die Grundlagen einer positiven Staatslehre.* Und empfindet Peter nicht schon seit Jahren die Notwendigkeit, sich endlich einmal diesen Fragen zu stellen? Hat er nicht oft genug gesagt, dass man sich Gedanken darüber machen müsste, was denn eigentlich nach Hitler kommen soll? Was hat ihn bisher abgehalten? Vielleicht eine gewisse Trägheit, ein Unwille, Dinge schriftlich zu fixieren.

Aber genau das ist notwendig. Man muss ja nun einen gemeinsamen Ausgangspunkt für weitere Überlegungen bestimmen. Man muss ein Fundament legen. Peter Yorck greift zum Stift.

Lieber Moltke!

Freya steht bei ihren Bienen. Es ist so weit alles in Ordnung. Man darf aber nicht nur an die Gegenwart denken. Man muss für die Zukunft gerüstet sein. Die Zukunft eines Bienenvolks hängt von seiner Königin ab. Wichtig ist es deshalb, hin und wieder zu überprüfen, ob das Volk noch eine Königin hat. Man hängt dazu eine Wabe mit jüngsten Maden in das Volk. Falls nach fünf Tagen Weiselzellen zu sehen sind, also Zellen, in denen zukünftige Königinnen heranwachsen, ist das Volk weisellos. Man muss dann unbedingt eine neue, junge, leistungskräftige Königin zur Hand haben, die man einsetzen kann.

»Ich kann die militärischen Siege der Deutschen nicht nur als einen Triumph des Bösen betrachten«, sagt Peter Yorck zu Helmuth Moltke. »Ist es denn nicht möglich, dass dieser Staat das Böse will und das Gute schafft? Ich habe bei einer kleinen Reise nach Frankreich mitnichten lauter hasserfüllte Menschen getroffen, die Deutschland verfluchen. Man scheint durchaus bereit, die Chance zur europäischen Einigung zu nutzen, die sich jetzt bietet. Wenn man das herrschende System ablehnt, muss man darauf achten, dass man dabei nicht zugleich auch neu erwachende positive Entwicklungen im Keim erstickt.«

»Auch ich glaube an die unbedingte Notwendigkeit einer europäischen Einigung«, sagt Helmuth Moltke. »Aber die

Länder dürfen nicht zusammengezwungen werden. Sie müssen freiwillig aufeinander zugehen. Wesentlich ist doch, dass sich die Leute selbst für ihr Gemeinwesen verantwortlich fühlen, ob es nun ein Staat ist oder ein Staatenbund. Man kann aber nur für Handlungen oder Verhältnisse verantwortlich sein, die man frei gestalten kann. Europa muss von den Bürgern der einzelnen Länder selbst gestaltet werden.«

Sie sitzen in der Hortensienstraße 50. Marion sitzt mit am Tisch, mit einer Handarbeit. Sie ist heute erst aus Schlesien zurückgekehrt. Helmuth Moltke war sehr besorgt zu hören, dass es am Morgen wieder heftig geregnet hat: Es ist höchst schädlich, wenn das Heu zweimal nass wird. Marion hat den Männern Tee gekocht, sie hat ihnen ein Schälchen Erdbeeren aus Kauern hingestellt.

»Wobei bei aller geforderten Freiheit des Einzelnen der Staat unbedingt Vorrang vor den Einzelinteressen haben muss«, sagt Peter. »Die Pflicht zum gemeinnützigen Handeln muss im Vordergrund stehen. Die Pflicht zu dienen, wenn Sie so wollen.«

»Aber auch dienen kann man nur freiwillig«, sagt Helmuth. »Ob man etwas für andere tun will, hängt davon ab, wer man ist. Kein Staatsrecht ist imstande, Menschen zu bessern. Wer nicht für die Gemeinschaft tätig sein möchte, darf also auch nicht gezwungen werden. Das Recht kann nur denen, die ohnehin besser sind, den Weg freihalten.«

»Aber wie? Wie ermöglicht man es ethisch, charakterlich und menschlich hochstehenden Persönlichkeiten, ein Gemeinwesen entscheidend zu beeinflussen? Wenn wir doch sehen können, wie leicht der Abschaum nach oben steigt.«

»Man könnte das Recht auf Mitwirkung im Staatswesen vielleicht an die Verpflichtung zur Mitwirkung koppeln. Wer Mitverantwortung zu tragen bereit ist, erhält im Gegenzug politische Rechte. Wer aber die Freiheit gar nicht nutzt, die Gemeinschaft mitzugestalten, zeigt sich der Verantwortung nicht gewachsen und verliert sein Mitbestimmungsrecht.«

»Mir scheint, hier berühren wir nicht nur ethische, politische und psychologische Fragen, sondern auch pädagogische und wirtschaftliche. Wir müssen, denke ich, Mitdenker finden. Fachleute, die uns unterstützen.«

»Daran habe ich auch schon gedacht. Wir sollten uns bei Debatten auf Referate stützen können, auf sachkundige Arbeiten, die Grundlagen klären.«

»Wir müssen allerdings sehr vorsichtig sein.«

Sie sehen einander an. Ihre Wangen haben Farbe. Sie haben sich zueinander vorgebeugt.

»Das ist wahr. Wir müssen sehr, sehr vorsichtig sein.«

Romai und Edolf Reichwein sind in Berlin. Tiefensee liegt hinter ihnen. Die Dorfschule liegt hinter ihnen: Edolf hat letztes Jahr am Museum für Volkskunde eine Stelle als pädagogischer Mitarbeiter bekommen. Er arbeitet im Prinzessinnenpalais Unter den Linden, mitten in der Stadt. Sie haben eine schöne Wohnung in Berlin-Südende bezogen, im ersten Stock eines Neubaus mit einem großen Balkon zur Gartenseite. Es gibt hier keine Pumpe, keinen schlammigen Hof. Es gibt weit und breit keine Blechwanne an einem Haken, keinen Holzstoß. Romais Küche hat einen Ausguss.

Romai dreht am Hahn, und Wasser sprudelt gut gelaunt aus der Leitung, als wäre das selbstverständlich. Romai dreht das Gas auf, hält ein Streichholz daran, und diensteifrig springt ihr die Flamme entgegen, um die Suppe zu wärmen. Romai stellt Renate, Roland und Katharina im Badezimmer in die Wanne. Sie seift sie ab, dann zieht sie den Stöpsel, und gehorsam gurgelt das Wasser durch den Abfluss davon. Romai geht mit den

Kindern zur U-Bahn, sie fährt mit dem Bus, sie spaziert den Kurfürstendamm entlang. Wie hat sie nur gelebt? Wie hat sie die Verbannung ertragen, fast sechs Jahre lang?

Natürlich, Edolf ist auch jetzt viel unterwegs. Sein Beruf fordert ihn wie nur je: Er arbeitet zwölf Stunden, von acht bis acht. Er führt Schulklassen und Lehrergruppen durch seine Ausstellungen, die er immer neu baut und deren Bau er überwacht, er reist, um für seine Konzepte zu werben, nur selten schafft er es mittags zum Essen nach Hause. Abends ist er müde. Er überanstrengt sich. Außerdem ist er dieser Tage sehr niedergeschlagen. Die Siege der deutschen Wehrmacht setzen ihm zu. Das Gegröl ist ihm widerwärtig, der Taumel. Der dumpfe Triumph ekelt ihn so an, dass er manchmal nichts essen kann.

Romai steht in der Küche und deckt den Abendbrottisch. Edolf wird gleich kommen. Tatsächlich hört sie ihn schon in der Diele. Sie hört die Kinderstimmen.

»Vati, Vati!«

Er kommt herein. Er tritt an den Ausguss, er wäscht die Hände.

»Ist das Essen fertig, Romai?«

Seine Stimme klingt frisch, ungewohnt heiter.

»Das ist gut, meine Liebe. Ich kann nämlich nicht lange bleiben. Ich treffe mich um acht mit Helmuth von Moltke.«

Lieber Einsiedel,

in unserem gestrigen Gespräch haben wir an einem Punkt abgebrochen, den ich noch einmal aufnehmen möchte. Wir sind davon ausgegangen, dass es Zweck der wirtschaftlichen Betätigung sein muss, den Einzelmenschen freier von den Unannehmlichkeiten, Beschränkungen und Grenzen zu machen, die die Natur ihm auferlegt. Aber dann kann es doch nicht Zweck der Wirtschaft sein, den Menschen unfreier zu machen, indem anstelle einer Abhängigkeit von Sachen eine von Unternehmern oder Beamten tritt. Das Thema, das ich mit Dir erörtern will, ist also folgendes: Wie manifestiert sich Gerechtigkeit in der Wirtschaft?

Helmuth Moltke ist zu Hause. Er ist gestern Abend in Kreisau angekommen. Er hat mit Appetit Kreisauer Kartoffeln mit Kreisauer Quark und Kreisauer Schnittlauch gegessen, er hat gut geschlafen, er ist den ganzen Morgen über seine Felder gestapft. Er ist mittags gelöst, ganz weltzugewandt zum Essen erschienen.

»Ich denke, die Getreideernte wird eher mittelmäßig. Das ist ärgerlich, wegen der dringend nötigen Liquidität. Andererseits sieht die Hackfrucht gut aus, und die ist futter- und vorfruchtmäßig für uns entscheidend.«

Sie haben auf der Veranda gegessen. Sie nehmen nun alle Mahlzeiten im Freien ein: So kalt wie das Frühjahr war, so heiß ist der Sommer. Der Himmel ist hitzebleich. Jenseits der schattigen Veranda füllt die Mittagsglut das Tal wie heißes Wasser. Zarte Federwölkchen entschweben in einer Reihe über die Felder und lösen sich in der Ferne auf. Helmuth gießt sich noch einmal Wasser ins Glas.

»Mein Lieber«, sagt er. »Ich kann mich nur bei Ihnen entschuldigen für die Armseligkeiten der letzten Wochen. Ich hoffe aber, es ist nun vorbei. Im Vergleich mit manch anderen geht es mir wirklich schon wieder recht gut. Mein Kopf wird bald restlos geklärt sein, dann wird mir das Vergangene vorkommen wie ein wüster Traum.« Helmuth wendet den Kopf und lauscht. Im Haus ist es still: Die beiden Mädchen, die das Mittagessen kochen, sind ins Dorf zurückgekehrt. Helmuth sagt: »Im Übrigen haben Peter Yorck und ich damit begonnen, uns auszumalen, in was für einem Staat wir eigentlich leben wollen. Wir haben uns die alte Frage gestellt, wodurch sich ein Staat von einer organisierten Bande unterscheidet. Nun versuchen wir, mit dem Denken noch einmal ganz von vorne anzufangen, um zur Vorstellung einer neuen Ordnung zu gelangen.«

Freya sitzt still. Sie sieht Helmuth an. Er ist ganz gelassen. Er sieht in die Ferne, über seine Felder.

»Das Hitlerreich kann ja nicht ewig dauern. Freilich, es ist ein Koloss. Wenn es zusammenbricht, werden Schrecken auf uns einstürmen, die wir uns noch gar nicht vorstellen können. Aber diese Schrecken wollen zuerst geistig überwunden sein. Was soll danach kommen? Was soll dieses Reich ablösen? Wie soll eine neue europäische Ordnung beschaffen sein?«

Kein Vollmond steht am Himmel, keine Klinge blitzt. Kein Reiter pocht in der Nacht ans Tor.

»Ihr wollt einen Staat entwerfen für die Zeit nach Hitler«, sagt Freya.

»Das wollen wir, ja. Aber nicht gegen deinen Willen. Dazu ist die Sache viel zu gefährlich. Ich muss dich fragen, wie du dazu stehst.«

»Aber Lieber«, sagt Freya. »Natürlich musst du dies tun, unbedingt.«

Freya ist Helmuth unendlich dankbar. Er hat herausgefunden, wonach er innerlich strebt. Er hat seinen Fuß auf einen Weg gesetzt: Und nun gibt er ihr die Möglichkeit, ihn aus freier Entscheidung zu begleiten. Er schleppt sie nicht einfach mit. Er gewährt ihr die enorme Freiheit, bewusst und willentlich mitzutragen, was er ihr einfach hätte zumuten können.

»Der Plan ist sehr groß und wunderbar«, sagt Freya. »Und ich werde an deiner Seite sein. Bei allem will ich an deiner Seite sein. Niemals werde ich dich behindern.«

Er nickt. Er sieht sie an. Er sieht sehr glücklich aus.

»Ich habe gewusst, dass du es so sehen wirst. Wir stehen natürlich noch ganz am Anfang. Wir müssen zuerst die Grundlagen schaffen. Sobald die Grundlagen feststehen, wird es um Teilbereiche gehen. Um Wirtschaft, Erziehung, das Verhältnis von Staat und Kirche. Wir werden Gleichgesinnte brauchen, Fachleute, fähige Männer, die auf ihren jeweiligen Gebieten denken. Reichwein ist dabei. Du wirst ihn kennenlernen. Er wird dir gefallen. Im Weltkrieg vor Cambrai ist er schwer verwundet worden, er ist ein absoluter Pazifist. Einsiedel ist dabei. Viele Leute brennen ja auf eine solche Mitarbeit. Sie wollen hier und jetzt etwas Nützliches tun, sie wollen nicht länger willenlos den Geschehnissen ausgeliefert sein. Das ist ein weiterer Aspekt dieser Sache, ein sehr gegenwärtiger. Man kann damit dem einzelnen Menschen vor sich selbst aufhelfen.«

»Mein Leben ist verpfuscht, das lässt sich nicht ändern«, sagt Theo Haubach zu seinem Freund Carlo Mierendorff.

Theo ist zu Beginn des Krieges noch einmal in Haft gewesen. Die Wunde am Bein, mit der er danach entlassen worden ist, musste wochenlang ärztlich behandelt werden.

»Ohne Anlass haben sie mich verhaftet. Der Krieg hat begonnen, die Gestapo hat zum dritten Mal angeklopft. Und das kann sich jederzeit wiederholen. Sie können jederzeit wiederkommen. Alles, was ich gewollt habe, alles, was ich in redlicher Überzeugung getan habe, war ganz falsch. Wofür haben wir denn gekämpft? Woran haben wir geglaubt? An etwas im Menschen. An die Größe des Menschen oder seine Fähigkeit zur Größe. An seine Fähigkeit zur Erkenntnis, zur Güte, es ist aber alles dummes Zeug und Parole. Wenn es jetzt an die Tür pocht, kann es wieder die Gestapo sein.«

»Dass es die Gestapo gibt, widerspricht doch nicht dem, woran wir glauben«, sagt Carlo Mierendorff. »Nur du selbst kannst dem widersprechen. Du selbst widersprichst, wenn du dich hier vergräbst, wenn du keinen sehen und mit keinem reden willst, wenn du alles aufgibst und aufhörst, am Leben teilzunehmen.«

»Ach, Carlo. Ich habe es satt, verstehst du das nicht? Ich spüre das Bedürfnis nach Einsamkeit. Was ist schlecht daran? Ich bin froh, dass ich hier bin und nicht mehr im KZ. Ich bin froh, dass ich eine gute und zuverlässige Haushälterin gefunden habe. Nicht dass irgendwer mir meine Mutter ersetzen könnte.«

Carlo nickt. Sie sind umgeben von den alten vertrauten Möbeln aus Theos Elternhaus, die Carlo seit seiner Kindheit kennt. Das Sofa, auf dem der Freund sitzt, stammt noch aus der Kaiserzeit, der untergegangenen Welt vor dem Weltkrieg. Und wird sich auch dieser Krieg dazu ausweiten? Wird Deutschland noch einmal einen solchen Zusammenbruch zu erdulden haben? Aber man steht allein mit solchen Gedanken. Carlo hat Untergangsvisionen, wo alles um ihn herum Siege feiert.

»Du betrauerst den Tod deiner Mutter, das ist nur natürlich«, sagt Carlo. »Und du bist niedergeschlagen, nach der Haft. Das war ich auch. Das weißt du doch. Und was hast du mir damals gesagt? Ich dürfte mich nicht so fallen lassen. Das sage ich dir jetzt. Wirklich, es ginge dir besser, wenn du etwas unternehmen würdest. Du sitzt immer nur hier, Tag für Tag. Ein Tag ist wie der andere, monoton und ereignislos.«

»Genau«, sagt Theo Haubach. »Ich finde es großartig. Ich liebe die Ereignislosigkeit. Mich beglückt die Monotonie. Ich lese die Philosophen, ich lese Gedichte, ich widme mich der Musik. Ich fahre Rad. Mit dem Rad draußen in der Natur unterwegs zu sein ist ganz wundervoll. Ich plane eine große Tour entlang der Elde, beginnend und endend in Viktor Bauschs Park in Neu-Kaliß. Dort blühen im Frühjahr die Rhododendren. Ich werde ein Buch schreiben, über das Radfahren. Nein, Carlo, ich habe keine Lust, den Kampf der Maus gegen die Katze zu führen. Dieses Regime werden wir nur durch einen verlorenen Krieg los. Und wir siegen. Wir siegen. Ich unternehme nichts. Ich sehe zu. Ich übe mich in der edlen Tugend der Geduld.«

»Die Gestaltung der Gemeinschaft ist die Aufgabe jedes Einzelnen«, sagt Helmuth Moltke zu Peter Yorck. »Darum geht es. Das müssen die Deutschen lernen. Mitwirkung ist keine lästige Pflicht, sondern eine unverzichtbare Dimension menschlicher Existenz, wie Familie und Beruf.«

»Aber fordert diese Mitwirkung nicht auch der Nationalsozialismus? Gerade er verlangt doch den dauernden persönlichen Einsatz für den Staat, unter Zurückstellung aller anderen Bindungen. Wie kann man den Unterschied herausarbeiten?«

»Der nationalsozialistische Einsatz enthält kein Element persönlicher Verantwortung. Er verlangt Pflichterfüllung, aber ohne persönliche Courage. Sie wollen, dass man nicht nur gehorcht, sondern freudig gehorcht, wie ein Kind, das den Eltern zur Freude gute Schulnoten schreibt. Aber diese Sorte Einsatz soll dem Menschen genau jenes Gefühl persönlicher Verantwortung eines jeden für jeden abgewöhnen, das ich gestärkt sehen möchte und das der Kern des neuen Staats sein müsste.«

Die Männer sitzen im Wohnzimmer in der Hortensienstraße. Marion Yorck und Freya Moltke sind in den Garten hinausgegangen. Freya ist vor drei Stunden in Berlin angekommen. Helmuth hat sie vom Bahnhof abgeholt. Er hat ihr für die kommenden Tage ein tolles Vergnügungsprogramm zusammengestellt, wie er es genannt hat: Er will ihr alle Mitglieder des Kreises vorstellen, der sich um ihn und Peter Yorck zu bilden beginnt.

»Was für ein hübsches Haus«, sagt Freya zu Marion.

»Danke. Es ist nicht riesig, aber es genügt uns. Wir sind ja nur zu zweit. Adolf Sommerfeld hat es gebaut, wie so viel hier im Südwesten. Eine meiner Schwägerinnen hat uns damals auf das Häuschen hingewiesen. Sie wohnt gleich bei uns um die Ecke.«

»Das ist schön, wenn man Familie in der Nähe hat. Was haben Sie da für eine wunderbare Rose.«

»Die hat Peter aus Klein Oels mitgebracht. Ich weiß nicht, wie sie heißt, wir müssen Peter fragen. Er ist der Gartenfachmann, ich bin nur für die tägliche Pflege zuständig. Im Herbst würde ich allerdings gern im Vorgarten einen Fliederbusch pflanzen. Es ist so schön, wenn im Frühling der Duft ins Haus zieht.«

»Ich kann Ihnen einen Busch aus Kreisau schicken. Eine spätblühende Sorte, die aber besonders intensiv duftet.«

Sie haben den Garten nun ganz abgeschritten, bis nach hinten zu den Bahnschienen. Sie stehen im Schatten eines hohen Baums und blicken zum Haus zurück: zwei junge Frauen bürgerlicher und großstädtischer Herkunft, die beide Jura studiert, beide schlesische Grafen geheiratet und Verantwortung für die Familiengüter übernommen haben.

»Auf dem Land passiert ja immer so viel«, sagt Marion. »Viel mehr als in der Stadt. Andauernd ist ein Scheunendach kaputt oder die Gänse sind krank oder die Kühe geben keine Milch.«

»Das ist wahr«, sagt Freya. »Zum Glück hatte ich am Anfang noch Mamsell. Da habe ich mir einiges abgucken können. Manche Dinge sind doch ganz anders, als man sich das in der

Stadt vorstellt. Unsere alte Frau Rose verstaut die frisch geschlüpften Hühnerküken für die ersten Tage immer bei sich im Bett.«

Sie lachen. Sie gehen langsam zum Haus zurück.

»Und die Hausschlachtungen«, sagt Marion. »Die schlesischen Hausschlachtungen. Diese Mengen von Fleisch, der Dampf, der Geruch.«

»Und sie feiern! Wie auf einem Volksfest. Sie sind imstande, in drei Stunden ein ganzes Schwein aufzuessen.«

Die Abendsonne wirft tiefe Strahlen über den Rasen.

»Wollen wir im Garten essen?«, sagt Marion. »Mariechen hat im Haus gedeckt, aber es ist draußen noch so schön.«

»In Kreisau essen wir auch den ganzen Sommer lang auf der Veranda. Sie müssen uns bald einmal besuchen.«

»Sehr gern! Und Sie kommen zu uns nach Kauern.«

Marion tritt ins Haus, um Mariechen Bescheid zu geben. Sie denkt, wie sie manche Leute in ihrem Leben Tag für Tag oder Woche für Woche getroffen hat, über Jahre, und bei jeder Begegnung musste man von vorn anfangen. Und manche Menschen trifft man einmal. Aber wenn man einander wiedersieht, womöglich nach Jahren, hat die Bekanntschaft sich in dieser Zeit unterirdisch weiterentwickelt, wie ein Steckling in Anzuchterde.

»Der Unterschied ist der zwischen Freiheit und Ungebundenheit. In den kleinen Gemeinschaften wäre der Mensch frei. Aber er wäre nicht ungebunden.«

»Während er jetzt unfrei ist und zugleich seine persönlichen Bindungen vom Krieg und von der Politik mehr und mehr zerstört werden.«

»Mariechen, wir werden im Garten essen. Lassen Sie uns rasch das Nötige unternehmen.«

»Kann ich zur Hand gehen, liebe Frau Yorck?«

Der Steckling, vor Jahren in die Erde gedrückt, ist noch kahl und blattlos. Aber unter der Oberfläche hat sich unsichtbar ein dichtes Wurzelgeflecht herangebildet, das nun das neue Pflänzchen ernährt.

Der Zug rollt aus dem Schlesischen Bahnhof. Freya fährt wieder nach Hause. Sie hat die Reichweins getroffen, die Yorcks, die Trotts, auch Helmuths Kollegen Otto Carl Kiep und seine Frau Hanna. Sie hat die ersten Entwürfe zu einer positiven Staatslehre gelesen, die Grundlage weiterer Diskussionen sein sollen und die Helmuths Kanzleisekretärin Fräulein Breslauer sauber abgetippt hat. Helmuth und Freya haben auch Kreisauer Dinge besprochen.

»Das Heu ist ja schon vor deiner Abreise hereingekommen. Aber sieh doch gleich nach, ob die Rüben noch verunkrautet sind. Wenn ja, dann muss Zeumer dafür sorgen, dass Menschen und Maschinen eisern dabeibleiben.«

Er hat ihr sehnsüchtig zugesehen, wie sie in den Zug gestiegen ist.

»Hoffentlich hält das Wetter, jetzt zur Getreideernte. Hoffentlich ist die Entwicklung der Milch besser. Schreib mir nur gleich, wie du alles vorfindest. Und pflege dich, mein Herz, achte auf dich.«

Manchmal ist es ihr, als lebte sie nicht nur ihr Leben, sondern auch seines: sein wirkliches Leben, nach dem er sich sehnt, zu dem er nicht kommt und an dem er durch Freya teilhat.

Clarita Tiefenbacher und Adam von Trott zu Solz sind seit sechs Wochen verheiratet. Sie haben auf eine Verlobungszeit verzichtet. Adam ist krank von seiner zweiten großen Reise zurückgekehrt, und kaum war seine Haut nicht mehr gelb, standen sie vor dem Traualtar. Das war am 8. Juni 1940. Adam ist nun in die Informationsabteilung des Auswärtigen Amts eingetreten.

Er ist Mitglied der NSDAP: Das war Bedingung für seine Anstellung. Die Trotts haben eine sehr schöne Wohnung in der Rheinbabenallee bezogen, mit einem Balkon, von dem aus man über blühende Gärten sieht. Clarita von Trott zu Solz muss sich nun in die Rolle finden, Adams Ehefrau zu sein.

Das ist gar nicht so einfach. Adam ist ganz anders als Claritas Vater. Er lässt Rechnungen oder amtliche Briefe einfach ungeöffnet liegen. Auf seinem Schreibtisch türmt sich Papier. Dinge, die ihn stören, stopft er unbesehen in Schubladen. Wenn Clarita ihn kritisiert oder drängt, dann lacht er. Er braucht keine Korsetts der Ordnung, um aufrecht zu stehen. Er folgt in allem sich selbst, seiner inneren Uhr. Er ist zweimal um die Welt gefahren, er tut, was er will. Clarita ist zweiundzwanzig, acht Jahre jünger als Adam. Gleich am Anfang der Ehe hat sie die Lebensmittelkarten verlegt. Die Lebensmittelkarten für den ganzen Monat Juli: Und Adam war nicht einmal böse.

»Aber Clarusch. Das ist doch nicht so schlimm. Wir werden uns zu helfen wissen.«

Der Vater wäre außer sich geraten. Aber Adam misst solchen Dingen keine Bedeutung bei. Er ist offen. Er ist frei. Er ist ihr weit voraus. Der Vater hat nicht recht gehabt: Sie hätte studieren sollen. Aber sie lernt. Sie wird schon weiterkommen. Adam hilft ihr. Er spricht mit ihr. Clarita hätte nie geglaubt, dass man mit einem Mann so sprechen könnte. Er spricht, und wenn sie Einwände hat, dann spricht er mit ihr, bis sie das Problem in der ganzen Weite und Tiefe begreift. Wenn er nicht mit ihr spricht, sitzt er am Schreibtisch. Wenn sie fragt, was er schreibt, liest er ihr vor, was er schreibt. Sie hat auch verstanden, dass er es nicht mag, wenn sie liest, während er arbeitet. Am Anfang hat sie immer gelesen, zusammengekuschelt in einen Sessel neben seinem Schreibtisch. Aber das machte es für ihn sehr schwierig, sie zu unterbrechen.

Nun strickt sie abends.

Adams Mutter hat ihr diesen Rat gegeben.

»Adams Vater war ganz genauso. Er wollte auch, dass ich mich jederzeit ansprechbar hielt. Ich habe mir deshalb das Stricken angewöhnt. Es entstehen auch hübsche und nützliche Dinge dabei.«

»Wir haben uns noch nicht wieder so recht an Deutschland gewöhnt«, sagt Hans Bernd von Haeften zu Adam von Trott zu Solz. »Wir sind ja jahrelang in Bukarest gewesen, und davor in Wien, und davor in Kopenhagen. Seit 1934 sind wir fort gewesen.«

Und nun ist Hannes Haeften zum Stellvertretenden Abteilungsleiter der Informationsabteilung des Auswärtigen Amts ernannt worden. Er ist damit Adams direkter Vorgesetzter. Sie sind einander aber vor Jahren schon einmal in England begegnet. Die Verbindungen reichen sogar noch weiter zurück: Haeftens Schwester ist zusammen mit Dietrich Bonhoeffer und Dietrichs Schwester Sabine konfirmiert worden, die eine Schulfreundin Vera Trotts war.

»Sie kennen die Familie also auch«, sagt Hannes Haeften zu Adam. »Ja, großartige Leute. Aber für Dietrich ist es jetzt schwierig. Man hat ihm Redeverbot für das gesamte Reichsgebiet erteilt.«

Die Haeftens und die Trotts sitzen in der Rheinbabenallee um den Esstisch. Clarita ist etwas aufgeregt: Es ist das erste Mal, dass sie Gäste zum Abendessen eingeladen haben.

»Wir hatten große Befürchtungen, wir könnten womöglich unwissentlich ein Haus kaufen oder eine Wohnung mieten, aus der eine jüdische Familie vertrieben worden ist«, sagt Barbara von Haeften zu Clarita. »Das hätte ich nicht ausgehalten. Aber nun haben sich meine Eltern ganz nach Grammertin auf ihr Gut zurückgezogen, so dass wir ihr Haus in Dahlem beziehen konnten. Ich finde es sehr schön, wieder in Dahlem und in Familiennähe zu leben.«

»Ich will ganz offen sein«, sagt Hannes Haeften zu Adam Trott. »Ich denke in letzter Zeit oft, man hätte emigrieren sollen.«

»Keinesfalls«, sagt Adam lebhaft. »Das wäre ganz falsch gewesen. Emigranten gibt es schon zu viele. Sie werden hier gebraucht, Herr Haeften. Wir werden alle hier gebraucht.«

»Es ist die Frage, wozu man gebraucht wird. Ich leide zunehmend darunter, diesem Regime als Beamter zu dienen. Aber was soll man tun, wenn man vier Kinder großziehen muss.«

»Unser Sohn Jan hat sich neulich eine Karte besehen, wo England mit all seinen Kolonien zu sehen war«, sagt Barbara zu Clarita. »Er hat gesagt: Papa, so eine Karte hat Hitler bestimmt nicht gesehen. Sonst hätte er den Krieg nicht angefangen.«

»Aber wir kennen einander ja längst!«

Die Haeftens, die Trotts und die Yorcks sind bei gemeinsamen Bekannten zum Essen eingeladen.

»Frau von Haeftens Vater ist doch der ehemalige Reichsinnenminister Curtius«, sagt Marion Yorck zu Clarita Trott. »Und mit Klaus Curtius habe ich zusammen studiert. Mit Frau Haeftens Bruder.«

»Teddy Kessel«, sagt Adam Trott zu Peter Yorck. »Sie sind also mit Teddy zur Schule gegangen. Ja, wir sind schon lange befreundet.«

»Die Haeftens und wir sind ja fast Nachbarn«, sagt Clarita. »Von uns zu ihnen ist es nur ein Katzensprung.«

»Und zu uns ist es auch kaum weiter«, sagt Marion. »Kommen Sie doch noch diese Woche einmal bei uns vorbei.«

Sie reden nicht ständig über Politik. Sie sind keine Verschwörer. Sie sind keine Kommunisten, die sich an die Regeln der Konspiration halten müssen. Ihre Treffen basieren auf alten Freundschaften, gemeinsamer Schulzeit, beruflichen und verwandtschaftlichen Beziehungen. Die Gäste der Yorcks kommen ganz offen durch die Haustür oder durchwandern den Garten von den S-Bahn-Gleisen her. Auch Helmuth Moltke kommt über diesen Weg, wenn er seinen Freund Peter besucht.

Der Krieg weitet sich aus.

Die Deutschen haben mit den Luftangriffen auf England begonnen, mit der Bombardierung englischer Schiffe im Kanal. Die Engländer greifen ihrerseits deutsche Städte an.

»Wie Sie natürlich wissen, gehört es zu den Aufgaben der Informationsabteilung des Auswärtigen Amts, die deutschen Dienststellen über die psychologische Lage in den Feindländern zu unterrichten«, sagt Adam Trott zu Peter Yorck und Helmuth Moltke. »Die Bedingungen, weiterhin Auslandskontakte zu pflegen, sind für mich also schlechthin ideal.«

Helmuth von Moltke tupft mit der Serviette die Mundwinkel.

»Das ist es genau, worüber ich mit Ihnen reden wollte«, sagt er. »Solche Kontakte halte ich für außerordentlich wichtig.«

»Meine nächste dienstliche Reise führt in die Schweiz«, sagt Adam. »Ich hoffe, Herrn Visser't Hooft dort zu treffen. Ein Mann der Ökumene. Ich kenne ihn von früher. Die Ökumene hält Menschen jenseits des Nationalismus zusammen, wie das sonst nur noch die internationale Arbeiterbewegung tut.«

»Das ist richtig«, sagt Helmuth. »Ohne selbst ein gläubiger Mensch zu sein, der im Christentum eine persönliche Quelle seiner Kraft sehen würde, muss ich das doch bestätigen. Im Übrigen bilden natürlich Christentum und Antike die Basis der europäischen Kultur, die der Nationalsozialismus zu zerstören sucht.«

Manchmal ist es Freya, als lebte sie nicht nur ihr Leben, sondern auch Helmuths. Aber wer lebt Freyas wirkliches Leben? Das Berghaus war den ganzen Sommer lang überfüllt. Kaum je war es mit weniger als fünfzehn Leuten belegt. Asta kam und ging, Verwandtschaft von Freya, Gäste, die Helmuth ihr aus Berlin schickt.

Ich hoffe, es macht dir nichts aus, mein Pim?

Die Mutter hat geschimpft, Freya lasse sich ausnutzen. Wahrscheinlich hat sie recht. Freya organisiert Russischstunden für einen Vetter, der sich nach Kreisau zurückgezogen hat. Helmuth schickt Ulla Oldenbourg nach Kreisau, eine alte Freundin seiner Eltern. Im September kommt Inge Moltke, die mit Helmuths Bruder Jowo verheiratet ist, um bis zur Taufe ihres kleinen Sohnes Henry im November zu bleiben. Zur Taufe werden natürlich viele Gäste erwartet. Das Haus ist immer unordentlich, egal wie oft Freya aufräumt. Überall herrscht Trubel, überall sind Leute, nirgendwo kommt man zur Ruhe, niemals ist Freya einmal eine Stunde lang allein.

Und Helmuth ist in Berlin. Dies sollte doch sein Nest sein, sein Rückzugsort. Aber er ist gar nicht da. Die Arbeit im Amt erlaubt es nicht, dass er jedes Wochenende nach Kreisau fährt. Auch die neuen Kontakte, die Vorbereitungen der Gespräche mit Peter Yorck, Edolf Reichwein, Adam Trott und den anderen erfordern seine Anwesenheit in Berlin. Freya muss der Welt allein entgegentreten. Fast ist es, als hätte sie gar keinen Mann. Wobei, Helmuth trifft keine Schuld. Er ist ganz und gar dagegen, dass Freya sich von den anderen ausnutzen lässt.

Es verfolgt ihn sogar bis in seine Träume. So ist er neulich morgens voller Zorn auf seine Schwester erwacht, weil er geträumt hat, Asta hätte Freya gebeten, ihr ihre Handschuhe nach Breslau zu bringen, und Freya hätte prompt gehorcht. Eine Unverschämtheit von Asta! Freya konnte gar nicht aufhören zu lachen. Sie hat das Marinkchen vor Helmuths Traum in Schutz genommen: Gerade Asta ist Freya doch eine große Hilfe. Und zu Henrys Taufe ist Helmuth ja immerhin da gewesen.

Danach musste er gleich wieder fort. Aber Inge und Jowo sind Freya so dankbar. So ein schönes Fest! Freya hat alles so wunderbar gerichtet. Nun muss freilich aufgeräumt werden. Andererseits, wozu aufräumen, wenn das Chaos sich nicht einmal mehr die Mühe macht, sich wenigstens stundenweise in die Ecken zu verkrümeln? Das Haus sieht nicht aus wie ein Heim, sondern wie ein gerade verlassenes Hotelzimmer. Der November neigt sich dem Ende zu, und Freya muss Weihnachtspäckchen packen, Mengen von Weihnachtspäckchen für die Kreisauer Männer an der Front. Wie viele Päckchen, zehn, zwanzig, dreißig, vierzig? Und ständig sind staatliche Genehmigungen einzuholen, immer und für alles. Freya ist lustlos, stumpf, erschöpft. Wann hat sie das letzte Mal mit Helmuth in Kreisau wirklich zusammengelebt?

1932. Vor fast neun Jahren. Damals waren sie jung verheiratet, und Mami war nach Südafrika gefahren.

Wir müssen heiraten, damit du hier mit mir leben kannst.

Das würde sie so gern. Sie möchte nichts lieber. Wo ist er nur hin?

Helmuth hat die Denkschrift fertiggestellt, die die ersten Resultate der gemeinsamen Berliner Arbeit zusammenfasst: ›Über die Grundlagen der Staatslehre‹. Freya hat ein Exemplar der Schrift auf dem Dachboden versteckt. Sie hat es natürlich auch gelesen. Helmuth wollte ja ihre Meinung hören. Es war Freya sehr eigentümlich, über diese zukünftigen Fragen nachzudenken. Es war beinahe unheimlich. Es war, als übersprängе man die Gegenwart, womöglich die eigene Lebenszeit. Helmuth war aber guter Dinge. Er ist neuerdings sehr zuversichtlich.

»Was wird dieser Krieg nicht alles aufräumen! Er bietet wirklich die Chance, zu echter Stabilität vorzudringen, so dass nicht noch ein Krieg über immer wieder dieselben Fragen geführt werden muss. Ach, ich sehe alles so klar vor mir. Ich könnte die Geduld verlieren, dass es noch so lange dauern soll.«

Das hat er zu Freya gesagt. Er ist voller Hoffnung, als hätte sich die Lage zum Besseren verändert. Hat sie sich vielleicht tatsächlich verbessert? Ist die Welt möglicherweise wirklich eine andere, jetzt, wo Helmuth Moltke, Peter Yorck und die anderen begonnen haben, über die Zeit nach dem Krieg nachzudenken? Und wie viele Möglichkeiten gibt es, angesichts der täglichen Anstrengung und der kommenden Schrecken dennoch auf die Zukunft zu setzen?

»Ich will noch ein Kind.«

Helmuth sieht aus, als hätte sie ihn geohrfeigt.

»Ein Kind. Jetzt. Mitten im Krieg. Ich muss dir nicht sagen, was ich davon halte. Nein, Freya, wirklich. Ich will nicht der Ursprung eines weiteren Menschenlebens sein, das vielleicht verdammt ist zu unsäglichem Leid. Und in meiner Situation. Es würde mich beengen. Es würde auf mir lasten und mir die Kraft nehmen, die ich brauche, den Mut zum Risiko.«

»Laste ich auf dir?«, sagt sie. »Nehme ich dir den Mut?«

»Du? Wie kannst du fragen! Du bist die Quelle meiner Kraft, und das weißt du.«

»Dann wird auch das Kind nicht auf dir lasten«, sagt sie. »Deine Verantwortung wird ja nicht wachsen, nur die meine.«

»Aber kannst du das tragen?«, sagt er. »Du musst damit rechnen, dass der Krieg verloren geht. Du musst damit rechnen, dass du dann allein bist. Dass ich dann nicht mehr an deiner Seite stehe.«

»Du sollst das nicht sagen«, sagt sie. »Du weißt, dass du mich damit erschreckst. Jeder kann sterben, immer, ich weiß das. Du hast mir schon früher deinen Tod angedroht. Vor dem Krieg. Vor deinen Gesprächen mit Peter Yorck.«

»Aber der Krieg und die Gespräche machen meinen vorzeitigen Tod sehr viel wahrscheinlicher. Kannst du wirklich die Verantwortung für ein weiteres Kind übernehmen? Für ein Kind, das vielleicht keinen Vater haben wird?«

Und warum tut er ihr das an? Die Tränen schießen ihr in die Augen.

»Und selbst wenn ich überlebe«, sagt er. »Ich halte nicht genug vom Leben für einen solchen Entschluss.«

»Aber ich«, sagt sie. »Ich halte genug vom Leben. Ich fürchte mich nicht. Ich nehme das auf mich, auch allein.«

Er schweigt.

Sie sagt: »Casparchen soll einen Bruder haben.«

Nun stimmt er zu.

Dann wird er krank.

Den ganzen Winter über kann Helmuth sich nicht von einer hartnäckigen Grippe erholen. Im eisigen Februar 1941 schließlich tritt er eine Kur an. Ihm sind fünf Wochen Erholung bewilligt worden, von denen sie drei zu einer Reise verwenden. Sie wollen Helmuths kleinen Bruder Carl Bernd besuchen, den liebevollen jüngsten Moltke, das einzige der Geschwister, das zu Anfang einmal mit der Hitler-Bewegung sympathisiert hat und das die Familie den Engel nennt. CB ist in Taormina auf Sizilien stationiert. Helmuth hat eine Devisengenehmigung erhalten, Buttermarken in ausreichender Zahl.

Sie fahren durch die Dolomiten, dann über Florenz, Rom und Neapel zu den Orangenblüten und Mimosen, den Palmen und dem Meer. Sie ersteigen den Vesuv. Sie besichtigen St. Peter, das Kolosseum und die römischen Katakomben: Rom ist ja gänzlich unterhöhlt. Mussolini lässt gerade die Kammern und Gänge, die vom antiken Aquädukt übrig sind, zu Luftschutzräumen ausbauen. Wäre es nicht praktisch, wenn Berlin auch auf Tuffstein stünde?

»Es ist aber leider auf Sand gebaut«, sagt Helmuth zu Freya. »Ich muss sagen, dein Ehewirt schämt sich ein wenig. Ich bin im letzten Jahr doch sehr hinter dem zurückgeblieben, was der Pim aus mir gemacht hat. Ich habe mein Gleichgewicht in skandalöser Weise verloren und nicht gerade mit Grazie wiedererlangt. Aber so etwas wird nicht noch einmal passieren. Ich werde mich nie wieder dermaßen überwältigen lassen. Ich habe meine Lektion gelernt.«

Und was Freya betrifft, so muss das häusliche Leben eben umorganisiert werden. Helmuth hat vorgeschlagen, im kommenden Sommer den Hauptstrom der Besucher am Berghaus vorbei ins Schloss umzuleiten. Man muss einfach nur das Schloss entsprechend herrichten. Helmuth wird sich die Sache besehen: Im Anschluss an die Italienreise hat er ja noch zwei ganze Wochen Urlaub.

Bei ihrer Rückkehr herrscht in Schlesien natürlich noch ungemütliches Winterwetter. Aber die gleichgültigen Felder vor dem Zugfenster sind auf einmal die Felder von Kreisau. Der Himmel über den Feldern ist der Himmel von Kreisau. An der kleinen Bahnstation steht Zeumer mit Wagen und Pferdchen für das Gepäck, und dann stürmt ihnen Casparchen entgegen.

»Reyali, Reyali!«

Zwischen den Schneeflecken blühen Krokusse. Helmuth und Freya sind zu Hause, und sie müssen sich nicht gleich wieder voneinander trennen. Und Freya ist schwanger.

Am 24. März 1941, fünf Tage vor Freyas dreißigstem Geburtstag, reist Helmuth ab. Freyas weißes Taschentuch flattert. Er sieht es in der Frühlingssonne leuchten, dann nimmt der Zug die lange flache Kurve, und Freya entschwindet. Wie immer, wenn er Kreisau verlässt, überkommt ihn der Gedanke, er könnte sein Haus, seine Familie, seine Frau vielleicht nie wiedersehen. Dann ruft er sich zur Ordnung, schließt das Fenster, kramt ein Buch hervor. Von Berlin schreibt er Freya einen Geburtstagsbrief.

Also Du beginnst ein neues Jahrzehnt. Wie wird wohl alles in weiteren zehn Jahren aussehen?

Freya stockt. Er wird den Satz harmlos genug gemeint haben. Aber in zehn Jahren wird Freya vierzig. Halb im Scherz, halb im Ernst hat sie ihm einmal das Versprechen abgerungen, so lange mindestens auf der Welt auszuhalten. Freya schiebt die Unruhe beiseite und liest weiter.

Ich hatte gehofft, nach den fünf Wochen Urlaub die Lage mit einem neuen Blick anzusehen, aber alles sieht noch genau aus wie vorher. Nichts geschieht, was man nicht seit Monaten geahnt hat. Im Grunde ist doch schon alles entschieden. Am liebsten möchte ich gar nicht mehr mitmachen. Am liebsten würde ich mich nach Kreisau zurückziehen und pflanzen und hacken, graben und schneiden und warten, bis die Ereignisse endlich meine Vorstellung einholen.

Sie kennt seine Vorstellung: Nach der Niederlage sind die Deutschen bereit zu Einkehr und Buße. Deutschland wird als selbstständiger Staat am Friedensschluss beteiligt und geht wie alle kontinentaleuropäischen Staaten in einem vereinigten Europa auf, in dem zwar die Regionen ihre Angelegenheiten weitgehend selbstständig regeln, in dem es aber keine nationalen Grenzen mehr gibt. Europa wird ein einheitliches Wirtschafts- und Währungsgebiet, mit gemeinsamer Armee, gemeinsamer Verfassung und gemeinsamer Außenpolitik, auf dem Boden christlicher und humanistischer Tradition.

»Es ist mir alles so deutlich, dass mich die reine Ungeduld am Leben erhält«, sagt Helmuth zu seinem Freund Peter Yorck.

»Ja«, sagt Peter leise. »Man wünschte, man hätte es schon hinter sich. Man möchte diese Treppe nicht mühsam Stufe um Stufe erklimmen, sondern sie emporfliegen, drei Stufen auf einmal. Und doch können wir das Geschehen nicht überspringen. Wir werden es durchleben müssen. Durchleiden, jeden bitteren Moment.«

»Es war ein großartiges Gespräch«, sagt Hans Bernd von Haeften zu seiner Frau.

Er hat heute bei Helmuth Moltke zu Mittag gegessen. Er sieht glücklich aus. Seine Wangen sind gerötet, seine Augen leuchten.

»Es war eine Art Grundsatzbesprechung. Adam Trott war auch da. Wir haben uns darauf einigen können, dass der anzustrebende Staat demokratisch und sozialistisch und außenpolitisch auf eine völkerverbindende Friedensordnung ausgerichtet zu sein hat. Ich habe darüber hinaus meine Meinung dargelegt, dass die Kirche nicht in den Staat eingreifen, sondern sich nur mit den unwandelbaren Gewissheiten des Glaubens befassen sollte. Allerdings sollte sie Theologen hervorbringen, an die sich ein christlicher Staatsmann in weltlichen Dingen um Rat wenden kann. Und dann hat mich Moltke gebeten, eine

Denkschrift zu verfassen. Ich soll mir detailliert überlegen, welche Rolle die Kirche in einem neuen Staat spielen soll.«

»Und du?«

»Ich habe zugesagt.«

»Aber warum? Wozu soll das gut sein? Ich kann es ja verstehen und muss es natürlich gutheißen, wenn du dich für verfolgte Menschen einsetzt. Aber wozu sich die Zukunft ausmalen? Die Zeit nach Hitler wird auch ohne dich kommen. Und wer weiß, ob wir sie überhaupt erleben.«

Hannes sieht Barbara an.

»Wie kann ich mich verweigern? Es ist natürlich gefährlich. Aber wie stehe ich vor mir selbst da, wenn ich nun feige bin?«

»Du feige, ein Mann mit vier Kindern? Manchmal denke ich, du fühlst dich erst wohl, wenn du im KZ sitzt. Erst dann wirst du dir endlich verzeihen, dass du deine Familie versorgst.«

»Ach Bärbel. Rede doch nicht so. Ich habe von Natur aus schon so wenig Mut. Ich stütze mich doch allein darauf, dass es eine Kraft gibt, die man erbitten kann.«

Barbara schweigt. Hans Bernd von Haeften steht auf.

»Und ich werde sie auch erbitten«, sagt er. »Es war ein befeuernder, beglückender Nachmittag. Ich hatte das Gefühl, etwas Neues zu beginnen, etwas Weittragendes. Etwas Richtiges. Man darf keine Angst haben. Wer jetzt Angst hat, der kündigt das Vertrauen zu Gott auf. Und er wird sich mit schwerer Schuld beladen.«

Die Vorbereitungen für den fünfzigsten Todestag des Generalfeldmarschalls am 24. April sind getroffen. Freyas Schwangerschaft ist noch nicht beschwerlich. Die Moltkes erwarten Asta, die Yorcks und Peter Yorcks Schwester Davy mit ihrem Mann Hans Adolf von Moltke zu den Festlichkeiten. Es werden aber auch viele Parteigrößen anreisen, selbstverständlich viel Militär.

»Und haben die Nazis je irgendetwas mit klarem Blick erfasst?«, hat Helmuth gesagt. »Selbst ihre Verehrung des Feldmarschalls basiert auf einem Missverständnis. Von ihm stammt schließlich das Wort, dass jeder Krieg, auch der siegreiche, ein nationales Unglück ist. Und als er nach der Kaiserkrönung in Versailles gefragt wurde, ob er erwarte, in seinem Leben noch Größeres zu erleben, soll er geantwortet haben: einen Baum wachsen zu sehen.«

Während die Parteigrößen schon über das Gut geschwärmt sind, hat er Freya noch rasch einen Stoß Papiere zur Aufbewahrung gegeben. Freya hat sie auf den Dachboden gebracht, zu den anderen Unterlagen. Die Klänge eines Militärmarschs drangen bereits zu ihr herauf.

Der Friede bringt eine einheitliche europäische Souveränität von Portugal bis zu einem möglichst weit nach Osten vorgeschobenen Punkt, bei Aufteilung des ganzen Festlandes in kleine nicht-souveräne Regionen. Einheitlich sind mindestens: Zollfragen, Währung, Auswärtige Angelegenheiten, Wehrmacht, Verfassungsgesetzgebung, Wirtschaftsverwaltung.

Helmuth ist fort. Freya ist auf dem Weg zu ihren Bienen. In den Stöcken wird es jetzt von Tag zu Tag lebhafter.

Die Königin ist tätig. Die Waben werden erweitert, die Baubienen schwitzen Wachse aus, heften es an manchen Stellen an, tragen es an anderen wieder ab, jeder arbeitet vor sich hin. Jeder tut, was ihm selbst am sinnvollsten erscheint, in eigener Verantwortung. Das Gesumme und Gewusel sieht aus wie ungeordnetes Chaos, wie die reinste Anarchie. Aber das täuscht. Die Bienen stimmen ihre Bautätigkeiten perfekt aufeinander ab. Sie wollen etwas hinkriegen: das Brutnest, die Waben für die Honigbereitung, Waben für Pollenlagerung und zum Ausruhen. Alles entsteht in schönster Ordnung. Jeder tut, was er zu tun hat.

Fritz-Dietlof von der Schulenburgs Regiment wird nach Südostpreußen verlegt. Der Russlandfeldzug steht bevor. Das Innenministerium hat versucht, den Grafen in die Verwaltung zurückzuholen, aber der hat sich geweigert. Nun ist er zu Charlotte nach Breslau gefahren, um sich zu verabschieden.

»Aber Fritzi«, hat Peter Yorck gestern noch zu ihm gesagt. »Können wir einen solchen Krieg denn gewinnen? Und wenn wir ihn gewinnen, könnten wir die Macht halten? Ein Reich lässt sich schwerlich ohne die Zustimmung der Betroffenen gründen und führen.«

Aber sie werden ja zustimmen. Da ist Fritzi sicher. Der Feldzug richtet sich schließlich nicht gegen das Volk. Er richtet sich gegen die Regierung, die das Volk unter die Knute zwingt. Der Sowjetstaat zerstört Natur und Familie, er macht die Frau zur Arbeitssklavin. Die Russen und mehr noch die von ihnen unterworfenen Völker werden den Deutschen zujubeln, wenn sie endlich vom Bolschewismus befreit sind.

»Und dann werden wir den Völkern des Ostens völlig freie Entfaltung lassen«, hat Fritzi gesagt. »Kulturell, politisch, religiös. Wir werden das Recht auf Eigentum garantieren, auf Freiheit der Person und der Meinungsäußerung. Wir werden nicht mittels Gewalt herrschen, sondern durch die Überzeugungskraft unserer kulturellen und zivilisatorischen Überlegenheit. Wenn wir uns anständig benehmen, wenn es den Leuten unter unserer Herrschaft besser geht als bisher, wenn die Politik nicht von Ideologie, sondern von der Sache her bestimmt wird, dann wird sich die Zustimmung der unter unserem Schutz stehenden Völker von selbst ergeben.«

Fritzi und Charlotte liegen im Bett.

Charlottes Kopf ruht auf Fritzis Schulter. Seine Arme umfangen sie. Er hält sie fest. Unter seinen Fingern, unter seinen Händen fühlt sie ihren Körper, ihr Fleisch, pulsierend, warm, lebendig. Sie fühlt seinen Körper: seine Verletzlichkeit.

»Du wirst in der Schlacht sein«, sagt sie. »Man wird auf dich schießen.«

»In der Tat. Mal sehen, wie ich mich schlage. Ich hoffe, in Ehren zu bestehen.«

»Hast du keine Angst?«

»Nein. Es ist eine Art Anspannung. Vielleicht ist es doch Angst. Aber nicht Todesangst, eher Prüfungsangst. Da klopft auch das Herz am heftigsten vorher. Die Anspannung wächst und wächst. Aber wenn es dann losgeht, wird die Spannung zu konzentrierter Gelassenheit. Ich bin jedenfalls frei von dumpfen Ahnungen.«

Das beruhigt sie. Er sagt, dass er heil nach Hause kommen wird, also wird es so sein. Er dreht sich auf die Seite, wendet sich ihr zu.

»Aber selbst wenn es mich erwischen würde, wäre es nicht schlimm«, sagt er. »Ich sehe ja in allem, wie gut und großzügig ich geführt werde. Ich habe ein mit Arbeit, Kampf und Liebe erfülltes Leben gehabt, das kann ich jetzt schon von mir sagen. Ob so ein Leben dann lang war oder kurz, ist doch ganz gleichgültig. Was bedeutet Zeit vor der Ewigkeit? Vielleicht zählen vor ihr überhaupt nur die Augenblicke, in denen man nicht schwerfällig dahingetrottet ist, sondern geflogen.«

Viel später sagt sie: »Du denkst also doch an den Tod.«

»Tu ich das?« Er spricht schon schläfrig, in ihr Haar. »Sieh dir an, wie meine Eltern gestorben sind. Sieh dir an, wie mein kleiner Bruder Wilhelm gestorben ist, bei einem Unfall, und mein Bruder Heini an Krebs. So wird man in meiner Familie weggeholt. Man stirbt, ohne dass eine Kugel trifft.«

»Die Zerschlagung der europäischen Staaten ist auch eine Chance. Aus ihnen wird nach dem Krieg ein vereintes Europa entstehen.«

»Nein, Yorck«, sagt Trott. »Erst muss die nationale Souveränität wiederhergestellt werden, die die Deutschen zerstört haben. Und dann muss jedes Land seinen eigenen Weg nach Europa finden.«

»Deutschland muss jedenfalls als Staat bestehen bleiben«, sagt Hans von Haeften. »Ihm kommt eine Mittleraufgabe zu, zwischen West und Ost. Deutschland wird in der Mitte zerrissen werden, wenn es diese Aufgabe nicht erfüllt.«

»Und worin genau soll diese Aufgabe bestehen?«

»Deutschland muss Russland zu Europa herüberziehen.«

»Wie soll das Ihrer Meinung nach geschehen?«

»Nun. Ein erster Schritt wäre sicher, den Russen endlich zu garantieren, dass Europa sie nicht mehr angreifen wird.«

Freya steht bei ihren Bienen. Dies ist die hohe Zeit der Völker. Wenn ausreichend Sammelbienen da sind, genug Futter und in jedem Stock eine gesunde, leistungsfähige Königin, dann muss man den Sammel-, Bau- und Brutpflegebetrieb nur sanft unterstützen. Es ist nichts weiter zu tun. Anders ist es, wenn die Bienen schwärmen. Genau das steht zurzeit zu befürchten. Die Zeichen sind da: Sammel-, Bau- und Pflegetrieb haben abgenommen, die Königinnen in 18 und 13 werden kaum noch gefüttert und legen immer weniger Eier, und die Bienen sitzen untätig im Stock herum oder hängen in Trauben in der Gegend des Fluglochs. Sie warten.

Sie warten auf eine Entscheidung. Die Jungköniginnen werden schlüpfen, und die Altkönigin wird mit einem Teil des Volks fliehen, damit sie nicht von den Jungköniginnen getötet wird. Freya muss aufpassen, dass ihr solch ein abziehender Schwarm nicht verloren geht. Sie muss dafür sorgen, dass die Bienen bleiben, wo sie hingehören. Sie muss die Bienenkönigin im Schwarm entdecken. Sie muss sie töten. Dann kehren die Bienen sofort in ihren Stock zurück.

DRITTER TEIL

1

Freya sitzt mit Casparchen im Bett und liest ihm eine Geschichte vor, wie jeden Sonntagmorgen. Durch das Fenster weht lau der Sommerwind. Das Kind in ihr ist schon zu spüren: Es soll in drei Monaten auf die Welt kommen. Es ist der 22. Juni.

Es ist mir, als wäre heute der 31. Dezember.

Das hat Helmuth gestern aus Berlin geschrieben. Die Zeitenwende ist da, der Anfang vom Ende. Der Krieg im Osten hat begonnen.

Als Romai Reichwein das nächste Mal erwacht, hat der Angriff begonnen. Edolf steht an ihrem Bett. Er war heute Morgen schon einmal hier. Er hat bereits sein Kind begrüßt: sein viertes und letztes. Romai ist fünfunddreißig, Edolf dreiundvierzig. Sie haben sich geeinigt, dass es weitere Kinder nicht geben wird. Einmal muss Schluss sein. Einmal findet jede Lebensphase ihr Ende.

»Wie geht es dir?«, sagt er. »Du siehst wohl aus.« Seine Augen leuchten. Er nimmt ihre Hand, streichelt sie. »Dass wir nun noch ein gesundes Kind bekommen haben. Was für ein

Glück das ist. Wie dankbar ich dir bin, Liebes. Wie dankbar wir beide sein müssen.« Er senkt die Stimme. »Der Angriff hat begonnen. Die Stimmung in der Stadt ist fast hysterisch zu nennen. Aber dich hier drinnen wird das alles nicht tangieren. Du bist doch gut versorgt?«

»Ja«, sagt sie. »Kommt ihr denn zu Hause zurecht?«

»Du fehlst sehr, das ist klar. Aber es geht schon. Ich kann leider nicht lange bleiben. Vielleicht schaffe ich es heute Abend, noch einmal nach dir und nach unserem kleinen Sabinchen zu sehen.«

»Du gehst jetzt zurück ins Museum?«

»Später. Vorher bin ich zum Mittagessen verabredet.«

»Ich kenne Moltke von früher«, sagt Carlo Mierendorff zu Edolf Reichwein.

Sie sind auf dem Weg in die Derfflingerstraße, wo Helmuth Moltke sie zum Essen erwartet. Helmuth möchte Carlo Mierendorff für den Kreis gewinnen, den Berufspolitiker, ehemaligen SPD-Abgeordneten und Sprecher des Gewerkschafters Wilhelm Leuschner.

»Moltke sollte sich eigentlich an mich erinnern«, sagt Carlo. »Wir sind uns Ende der zwanziger Jahre einmal in Henndorf begegnet, bei Zuckmayer. Moltke hatte zwei entzückende Frauen an seiner Seite. Die eine war diese Schauspielerin, Daisy D'Ora. Wie die andere hieß, weiß ich nicht mehr.«

»Freya von Moltke wahrscheinlich. So heißt sie jetzt.«

»Freya. Ja. Er hat sie geheiratet, nicht diese Daisy? Das ist schön. Ich weiß noch, wie sie ihn angesehen hat.«

Der Krieg gefällt Fritzi. Charlotte hat heute einen Brief von ihm bekommen, der klingt wie ein Reisebericht.

Heute Morgen haben wir in einem Urstromtal gebadet.

Abends verzehrten wir ein gebratenes Hähnchen im Garten eines Großbauern. Wir lagen auf dem Rücken im Gras und ließen uns die Beine in den Mund baumeln. Das Hähnchen war im Übrigen ordnungsgemäß bezahlt. Wir werden das russische Bauerntum im Kampf gegen den Bolschewismus zu gewinnen wissen.

Er schreibt ihr vom unvorstellbaren Hochgefühl nach einem erfolgreichen Angriff, von begnadeten Gipfelpunkten im Leben. Er schreibt vom Sturm auf die gegnerischen Linien. Sie kann der Empfindung Raum geben, dass er sie teilhaben lässt an seinen Gefühlen. Er selbst ist aber ganz in Anspruch genommen von den Männern, mit denen er nun lebt: von Axel Freiherr von dem Bussche-Streithorst, erst zweiundzwanzig Jahre alt, von einem anderen jungen Offizier namens Constantin.

Charlotte lässt den Brief sinken.

Sie kann nicht weiterlesen. Sie vermisst ihn zu sehr. Zu fern ist er ihr, zu weit fort, zu verbunden diesen Männern, deren Namen er nennt, Charlotte steht da, mit dem Brief in der Hand. Es ist halb elf Uhr vormittags. Charlotte steht in ihrem Wohnzimmer in Breslau, ihr jüngstes Kind auf dem Arm. Sie versucht sich Fritzi vorzustellen, in seiner anderen Welt des Krieges. Marschieren sie, kämpfen sie, legen sie gerade eine Pause ein? Sie denkt im Plural an ihn.

Sie marschieren. Es ist glühend heiß, staubig. Das Leben hat sich vereinfacht. Fritzis Seele hat sich beruhigt. Er badet in einem Fluss, er kauft bei einem Bauern Eier. Überall in den Dörfern treffen sie auf hilfsbereite, freundliche Menschen. Hier ist alles schlicht, hier ist alles ehrlich. Die großartige einförmige Weite der Landschaft lässt ihn tief atmen. Manchmal ist es ihm, als bildete er sich nur ein zu marschieren und stünde in

Wirklichkeit still, während die Weite an ihm vorüberfließt. Der Himmel ist endlos, der Weg ist endlos.

Dann die erste Schlacht. Die große Probe. Er muss nun ganz zum Tode bereit sein. Er muss seinen Geist ganz auf Gott richten.

Angriff.

Sie stürmen voran, auf die gegnerischen Linien zu,

Gott. Gott Gott Gott Gott Gott Gott Gott Gott

In seinen Ohren rauscht und singt es. Seinen Körper fühlt er nicht. Den Gegner gewahrt er wie im Traum. Er erteilt Befehle, er hört Schreie, Detonationen, Schüsse,

Gott. Gott Gott Gott Gott Gott Gott Gott Gott

Sie siegen. Der Feind flieht. Er flieht. Sie siegen. Sie siegen, in diesem Sommer 1941, und Fritzi Schulenburg lebt, er ist nicht tot, er liegt nicht inmitten kopfloser Leichen, verkohlter Leichen, aufgeschlitzter Leichen mit offenen Bäuchen, aus denen Gedärme quellen, er lebt, er ist begnadigt, er ist wiedergeboren. Die Mächte sind ihm gewogen. Fritz-Dietlof von der Schulenburg weint vor Glück.

Constantin ist tot. Constantin, der mit Fritzi gegangen ist, in den langen Märschen durch die Weite Russlands: Und nun steht Fritzi an seinem Grab. Sie siegen. Sie sterben. Der Adel erbringt wieder sein Blutopfer. Solange er das tut, hat er ein Daseinsrecht als staatstragende Schicht. Was liegt ihnen an Laufbahn, Gehalt und Geld? Sie sind keine Bürger, sie sind Krieger. Sie sind Aristokraten: Sie streben unter allen Umständen nach dem, was edel ist. Was ist edel? Die Tapferkeit. Fritzi hat alle Furcht überwunden: Todesfurcht, Tötungsfurcht, er ist ganz bei sich, wenn der Angriff beginnt. Sein Körper funktioniert. Sein Geist ist ruhig und erfüllt von Gott. Er ist den Mächten gewachsen. Er steht aufrecht, wo alles sich duckt. Er erteilt frei seine Befehle, er ist inmitten der Schlacht geborgen. Abends schreibt er über Constantin. Er schickt diese Blätter zu Charlotte nach Hause.

Wir marschierten in langen Märschen durch die Weite Russlands, Seite an Seite vor der Kompanie, durch Sonne, Hitze und Staub, durch das Dunkel langer Nächte. Am 20. Juli, mittags zwei Uhr griffen wir an. Du stürmtest weit voran, eine Maschinenpistole an der Hüfte. Dein Fuß wurde von einer Gewehrkugel durchschossen. Du marschiertest ohne einen Schmerzenslaut. Den letzten Teil des Weges rittest Du auf einem Schimmel, den Deine Leute für Dich eingefangen hatten, wie etwas aus einer Sage.

Charlotte in Breslau hält das Manuskript in der Hand. So war es? Fast ist sie eifersüchtig auf diesen Mann, der gestorben ist. Fast beneidet sie ihn, den Mann, der neben Fritzi gegangen ist und an den diese glühenden Zeilen gerichtet sind.

Erlass über die Ausübung der Kriegsgerichtsbarkeit im Gebiet »Barbarossa« und über besondere Maßnahmen der Truppe

Für Straftaten feindlicher Zivilpersonen sind Kriegsgerichte oder Standgerichte bis auf Weiteres nicht mehr zuständig.

Freischärler sind im Kampf oder auf der Flucht schonungslos zu erledigen.

Zivilpersonen, die Wehrmachtsangehörige angreifen, sind auf der Stelle mit den äußersten Mitteln bis zur Vernichtung des Angreifers niederzukämpfen.

Gegen Ortschaften, aus denen die Wehrmacht hinterlistig oder heimtückisch angegriffen wurde, werden unverzüglich auf Anordnung eines Offiziers kollektive Gewaltmaßnahmen durchgeführt.

Es wird ausdrücklich verboten, verdächtige Täter zu ver-

wahren, um sie bei Wiedereinführung der Gerichtsbarkeit über Landeseinwohner an die Gerichte abzugeben.

Für Handlungen, die Angehörige der Wehrmacht und des Gefolges gegen feindliche Zivilpersonen begehen, besteht kein Verfolgungszwang, auch dann nicht, wenn sie sich eines militärischen Verbrechens schuldig gemacht haben.

Bei der Beurteilung solcher Taten ist in jeder Verfahrenslage zu berücksichtigen, dass der Zusammenbruch im Jahre 1918, die spätere Leidenszeit des deutschen Volkes und der Kampf gegen den Nationalsozialismus mit den zahllosen Blutopfern der Bewegung entscheidend auf bolschewistischen Einfluss zurückzuführen war und dass kein Deutscher dies vergessen hat.

Białystok hat sich kampflos ergeben. In den Morgenstunden des 27. Juni besetzt das Sicherungs-Regiment 2 die Stadt. Im Hotel Ritz wird Regimentskommandeur Oberst Ronicke mit Salz und Brot willkommen geheißen. Die Stadt ist ganz still, keine Menschenseele ist zu sehen. Gegen neun Uhr rumpelt das Polizeibataillon 309 in die Stadt. Die Polizisten sind betrunken. Sie haben die Aufgabe, die Stadt von deutschfeindlichen Elementen zu säubern. Sie sind gesonnen, das zu tun. Wenn keine deutschfeindlichen Elemente da sind, wird man welche zu schaffen wissen. Die Hälfte der Einwohner sind im Übrigen Juden. Gegen Nachmittag brennt die überfüllte Synagoge, deren Türen verrammelt worden sind. Der Brand greift auf die Innenstadt über. Oberst Ronicke brüllt eine Gruppe grölender Polizisten an, er werde sie erschießen lassen. Er stellt einen lachenden Polizisten zur Rede, dessen Uniform voller Blut ist. Diese Männer sind Ronicke aber nicht unterstellt. Wo ist ihr Kommandeur? Ausgefallen. Liegt irgendwo besoffen herum.

Und Divisionskommandeur Generalleutnant Johann Pflugbeil greift nicht ein. Pflugbeil ist der ranghöchste Offizier hier, er müsste eingreifen, er ist auch empört. Aber er greift nicht ein. Warum nicht, was zum Teufel hindert den Mann?

Zu seinen Füßen liegen zwei Männer im Staub. Sie flehen um seinen Schutz, in höchster Todesangst. Hinter ihnen steht ein Polizist. Er steht Divisionskommandeur Pflugbeil genau gegenüber. Er sieht ihm in die Augen. Dann öffnet er seine Hose, holt seinen Penis heraus und uriniert auf die Wimmernden. Pflugbeils Gesicht rötet sich. Er öffnet den Mund, er schließt ihn wieder. Die Männer umklammern seine Beine. Pflugbeil hat das entschiedene Gefühl, Spritzer des Urins hätten seine Hose beschmutzt. Er reißt sich los. Er wendet sich ab. Er geht davon.

Helmuth Moltke hat sich der Unterstützung seines Kollegen Hans von Dohnanyi versichert. Er hat tagelang wie besessen an einem völkerrechtlichen Gutachten gearbeitet, um zu erreichen, dass Generalfeldmarschall Keitel sich für die Rücknahme der Befehle einsetzt, die der willkürlichen Ermordung von sowjetischen Kriegsgefangenen und Zivilisten Tür und Tor öffnen: Die Bewachungsmannschaften der Kriegsgefangenen sind aufgefordert, bei den geringsten Anzeichen von Widersetzlichkeit von der Waffe schonungslos Gebrauch zu machen, jede Unterhaltung von Kriegsgefangenen mit Zivilisten mit Waffengewalt zu unterbinden und auf fliehende Kriegsgefangenen ohne Anruf zu schießen,

mit der festen Absicht zu treffen.

Helmuth Moltke hat natürlich nicht ethisch argumentiert. Das hätte wenig Sinn gehabt. Er hat auch gleich zu Anfang klargelegt, dass das Genfer Kriegsgefangenenabkommen selbstverständlich zwischen Deutschland und der UdSSR keine Geltung besitzt.

»Aber sinnvollerweise sollten wir uns eben dennoch an die Grundsätze des Völkerrechts halten, nach denen Kriegsgefangenschaft lediglich Sicherheitshaft darstellt und nichts mit Rache- oder Strafaktionen zu tun hat, und zwar um unsere eigenen Soldaten zu schützen, wenn sie in die Hände der Gegenseite gelangen«, sagt Helmuth Moltke zu Hans Dohnanyi. »Das ist meine erste Argumentationslinie. Die zweite verweist darauf, dass jeder Russe bis zum letzten Blutstropfen gegen uns kämpfen wird, wenn bekannt wird, dass das Völkerrecht auf ihn keine Anwendung findet, weil der russische Soldat angeblich nicht aus soldatischer Pflichterfüllung kämpft, sondern aus verbrecherischen Motiven. Und schließlich gebe ich zu bedenken, dass die deutsche Kriegswirtschaft unbedingt auf den Wiederaufbau der besetzten Gebiete angewiesen ist. Aber wer soll den für uns leisten, wenn wir uns verhasst machen? Und das werden wir. Wenn man den jetzigen Richtlinien folgt, lässt es sich ja absehen, wie viele Russen man allein schon wegen Widersetzlichkeit erschießen wird, nur weil sie eine deutsche Anweisung nicht verstehen. Da mag einer noch so antibolschewistisch denken, er wird sich trotzdem nicht auf unsere Seite stellen. Sogar wenn er das trotz seiner Erfahrungen in unseren Kriegsgefangenenlagern noch immer wollte, wäre es ihm politisch unmöglich.«

Dohnanyi legt das Papier Admiral Canaris vor. Der liest, nickt, zeichnet es ab und leitet es an Generalfeldmarschall Keitel weiter, Chef des Oberkommandos der Wehrmacht. Lakeitel: Er antwortet umgehend.

Die Bedenken entsprechen den soldatischen Auffassungen vom ritterlichen Krieg. Hier handelt es sich aber um Vernichtung einer Weltanschauung. Darum billige ich die Maßnahmen in ihrer Gänze.

»Keitel hat begriffen, worum es geht«, sagt Helmuth zu Freya, die nach Berlin gekommen ist. »Sie wissen alle ganz genau, was sie tun. Sie öffnen die Entscheidungsfreiheit nach unten. Sie verlangen keine Untaten. Aber sie sichern den Leuten Straflosigkeit zu und lassen ihnen dann freie Hand. Und weißt du, wie sie argumentieren? Sie argumentieren vernünftig. Sie sind ganz und gar sachlich. Sie sagen: Bitte, lassen Sie sich doch nicht von Ihren Gefühlen mitreißen. Sie sagen: Keine Sentimentalitäten. Wir sind im Krieg. Sie sagen: Die Politkommissare müssen weg. Die Juden müssen weg. Warum? Die jüdisch-bolschewistische Verschwörung muss vernichtet werden, alles andere ist Gefühlsduselei. Wer sich uns in den Weg stellt, wird erschossen. Von allen politischen Folgen einmal abgesehen: Was werden die Deutschen tun, wenn sie begreifen? Was werden sie tun, wenn ihnen klar wird, dass Hekatomben von Leichen auf unseren Schultern liegen?«

»Jetzt ist es nicht mehr weit bis Moskau.«

Sie halten Rast am Rand eines Dorfes, auf Birkenbänken unter einem großen Apfelbaum. Lauter deutsche Jungs sitzen da. Lauter Mayer-Müller-Schulze-Lehmanns.

»Der Kreml. Darauf bin ich wirklich gespannt.«

»Und dann die Oper. Das Bolschoi. Das wollte ich mein Leben lang sehen.«

»Meint ihr, diese Äpfel sind schon bald reif?«

Die Granate explodiert im Wipfel des Baums. Müller zerschmettert es die Schädeldecke. Lehmann hat es das Bein abgerissen. Schulze hat es an der Schulter erwischt, aber er wirft sich neben Lehmann und drückt mit den Fingern die Schlagader zu, aus der Lehmanns Herz in starken Stößen Lehmanns Blut pumpt. Schreie gellen, Hilferufe, das Brüllen Lehmanns. Dann explodiert noch eine Granate.

Sie siegen. Sie siegen. Sie sterben, sie sterben. Sie kämpfen sich durch die Betonbunker, Panzergräben und Minenfelder des Stalin-Riegels. Die Russen sterben. Sie kriechen nicht aus dem Bunker, selbst wenn sie da drin einen Bauchschuss erwischt haben, wenn ein Arm ab ist oder das verdammte Loch brennt, dass es meilenweit zu riechen ist. Sie kommen nicht raus, um sich zu ergeben. Sie geben nicht auf. Sie kämpfen weiter, sie lehnen deutsche Hilfe ab. Haben sie keinen Überlebenswillen? Sie glauben, die Deutschen würden sie erschießen, wenn sie sich ergeben. Ihre Führer haben ihnen vorgelogen, dass die Deutschen Unmenschen sind. Oder haben sie ihnen angedroht, sie selbst würden jeden erschießen, der sich ergibt? Die Russen rennen in Wellen gegen die Deutschen an und lassen sich abschlachten, Welle um Welle. Welch böser Wille treibt sie an?

Und die Deutschen siegen. Sie siegen. Sie sterben. Ein toter Russe ist einem auch schon egal. Die Kraft reicht ja nicht aus, die eigenen zu beweinen. Die armen Mütter und Väter. Und, haben die Russen etwa keine Eltern? Oberleutnant Borinski denkt das, weil es ein logischer Gedanke ist. Er fühlt aber nichts.

Vor ihm in viel Blut liegt ein sehr junger Russe, tot und schmerzlich zusammengekrümmt. Er sieht aus wie Borinskis kleiner Bruder. Wie Hansi, wenn er einen seiner Anfälle hat. Es verfolgt Borinski. Am nächsten Tag stoßen sie auf die Wrackteile eines abgestürzten russischen Flugzeugs. Einer der Fallschirme hat sich in einem Baum verfangen. Borinski holt ihn für Hansi herunter. Am Abend erschüttert eine betäubende Explosion das Lager. Schwarzer Qualm steigt auf. Was ist los, sind die Russen da? Schulze und Mayer rennen nach draußen. Offenbar hat jemand neben einem offenen Benzinbehälter geraucht. Das Zeug ist hochgegangen und hat die Zugmaschine der Panzertruppe in die Luft gejagt. Vor dem Fahrzeug liegt lichterloh brennend ein Mann. Es ist Borinski. Er ist tot. Das Feuer krümmt ihn. So nickt er ihnen allen noch einmal langsam und bedächtig mit dem Kopfe zu.

Und die Deutschen siegen. Sie siegen. Sie lassen Flugblätter abwerfen, auf denen den Russen beste Behandlung garantiert wird, wenn sie sich kampflos ergeben. Die Russen ergeben sich tatsächlich.

Sie laufen in Scharen über, mit erhobenen Händen, weißen Flaggen. Sie lächeln. Sie sind froh: Sie haben es hinter sich, und sie leben. Dazu kommen die vielen Kriegsgefangenen nach gewonnener Schlacht. Dreißigtausend hier, achtzigtausend da. Hunderttausend, dreihunderttausend, sechshunderttausend. In einer einzigen Schlacht. Wohin mit den Leuten? Wo soll man um Gottes willen mit ihnen hin?

Die Pripjetsümpfe, zwischen Dnjepr und Beresina. Wald. Kleine Holzhütten im Wald, barfüßige Frauen, Mücken. Dann Steppe, weit auseinandergezogene Siedlungen. Hier ein paar Hütten, dort. Wie soll man hier Ordnung halten? Hier gibt es keine Strukturen. Wie soll man ein solches Gebiet verwalten? Es ist fremd. Es ist feindlich. Man darf keine Schlappheiten dulden, man muss dem Feind alle Rückzugsmöglichkeiten nehmen. Der Raum ist zu groß. Er ist unkontrollierbar. Sie sind verloren in ihm. Sie sind verloren, in diesem Krieg. Nachts heulen Wölfe.

Es ist eine Sauerei. Es ist eine Riesensauerei. Russische Saboteure haben mehrere Tausend Liter sowjetisches Motorenöl unbrauchbar gemacht, das die Truppe dringend benötigt hätte. Russische Soldaten ziehen deutsche Uniformen an. Man begrüßt winkend einen Freund, und er schießt einem in die Leber. Man weiß nie, wen man vor sich hat, man darf sich von den Kerlen nichts vormachen lassen. Da gibt es dann ein Riesengejaule, nein, nicht, tut mir nichts, ich bin kein Partisan, ich bin nur ein versprengter Rotarmist. Klar, und ich bin Dornröschen. Sie sind alle Partisanen. Alle sind sie heimtückisch. Da ergeben sich zwei, ein Soldat geht hin, um sie festzunehmen, und die schleudern ihm eine Granate zwischen die Beine. Wer so was gesehen hat, der erschießt alles. Der erschießt jeden Russen, der sich ergibt. Man muss auf Härte setzen, auf Rücksichtslosigkeit. Hart durchgreifen.

»Alle im Bialowiczer Forst gelegenen Ortschaften sind sofort zu räumen.«

»Warum denn das?«

»Befehl von Reichsmarschall Hermann Göring direkt. In seiner Eigenschaft als Reichsforst- und Reichsjägermeister hat er das gesamte Gebiet zum Naturschutzgebiet erklärt. Also. Jagt die Dörfler weg, scheucht die Russenweiber in die Sümpfe und zündet die Dörfer an. Hier entsteht wieder echte Natur.«

Die Bomben fallen jetzt dichter auf Berlin. Letzte Woche soll es in einem Wohnhaus am Pariser Platz hundert Tote gegeben haben. Die Ordnungskräfte kommen kaum mehr mit dem Aufräumen nach. Noch am Abend, bevor es erneut losgeht, liegt hier und da verbranntes Zeug auf der Straße. Freya und Helmuth sind bei Hans und Christel von Dohnanyi zu Gast. Sie haben Stühle ans Wasser hinuntergetragen. Sie sitzen im Garten des Hauses in Sacrow, auf dem Seesteg.

»Ich stimme Ihnen zu«, sagt Hans von Dohnanyi zu Helmuth Moltke. »Wir werden den Krieg verlieren. Die Militärs stehen großteils auf dem Standpunkt, man sollte erst putschen, wenn der Krieg im Osten gewonnen ist. Aber ich glaube an keinen Sieg im Osten. Deswegen muss man die Briten dazu bewegen, sich auf Friedensverhandlungen mit einer Regierung nach Hitler einzulassen, solange wir noch siegen. Sobald die Russen beginnen, uns schwere Verluste beizubringen, kann uns der Westen einfach zerschlagen. Dann haben wir nichts mehr in der Hand, und es wird unmöglich, einen für Deutschland akzeptablen Friedensschluss zu erreichen.«

»Ich bin gründlich anderer Meinung«, sagt Helmuth. »Jeder Friede ist für uns akzeptabel. Die Deutschen haben alle Rechte verwirkt, irgendwelche Forderungen zu stellen. Ohnehin geht es mir nicht um Deutschland. Es geht mir darum, dass das Morden aufhört.«

Im Zentrum steht nun nicht mehr die Frage, wie die Welt nach Hitler aussehen soll. Im Zentrum steht die Frage, wie man die Welt nach Hitler schafft. Helmuth Moltke drängt auf den Staatsstreich. Die Militärs müssen Hitler stürzen. Ihr Zögern kostet jeden Tag Ströme von Blut. Helmuth hat Hans von Dohnanyi zu einer juristischen Facharbeit zum Thema Fahneneid angeregt. Er soll die Frage klären, unter welchen Umständen man einen solchen Eid brechen darf: den Treueeid auf Hitler persönlich, den jeder Soldat der Wehrmacht geleistet hat und der nun den Militärs angeblich so große moralische Sorgen bereitet, dass sie nicht zum Handeln gegen Hitler bewegt werden können.

Christel betrachtet Freya Moltke. Freyas lockere helle Bluse kann ihre Schwangerschaft nicht mehr kaschieren. Es ist August. Das Kind soll Ende September geboren werden. Die Gräfin sieht aber wohl aus, ganz heiter. Christel würde sie gern fragen, wie sie das macht. Sie würde Freya gern fragen, wie sie mit der Bedrückung fertig wird, mit den kolossalen

Anstrengungen, der ständigen Angst. Die Gräfin von Moltke sieht nicht aus, als hätte sie Angst. Sie wirkt warm, lebendig, weltzugewandt. Sie ist ganz unbefangen. Sie hat die Hände über ihrem hochschwangeren Leib gefaltet, sie folgt mit großem Interesse dem Gespräch der Männer, in einer schwer zu fassenden Aura der Unangreifbarkeit.

»Jeden Tag wird unsere Schuld größer«, sagt Helmuth Moltke zu Hans Dohnanyi. »Es ist eine Blutschuld, die zu unseren Lebzeiten nicht gesühnt werden kann. Werden Männer aufstehen, die imstande sind, aus dieser Schuld Buße und Reue und damit allmählich neue Lebenskraft zu destillieren?«

Der Blick der Gräfin ruht auf ihrem Mann. Es ist ein Blick voll Liebe und Sorge.

»Das ist die Frage, die ich mir täglich stelle«, sagt Helmuth von Moltke. »Werden Männer aufstehen, die die Schwere dieser Schuld auf ihre Schultern nehmen? Oder wird Europa, wird die Welt, wird alles im Chaos untergehen?«

Die Gräfin wendet keinen Blick von ihrem Mann. Es ist nicht Unangreifbarkeit, was sie umgibt. Es ist Unschuld. Freya von Moltke hat sich mit keinen Schlangen eingelassen. Sie hat nicht von verderbenden Früchten gegessen.

Germann hat den Befehl nicht freiwillig gegeben. Er hat ihn gegeben, weil er musste. Er muss schließlich an seine Familie zu Hause denken. Er hätte den Befehl von sich aus nie gegeben. Er hat ihn vorher mit seinen Adjutanten und seinem Ordonnanzoffizier diskutiert. Die hatten auch wenig Lust, den Befehl zu geben, aber keiner sah, wie man daran vorbeikommen sollte. Also hat Germann sich nicht widersetzt. Wenn die anderen beiden mitgemacht hätten, hätte er sich widersetzt. Wenn sie mitgegangen wären, hätte er sich geweigert. Sie sind aber nicht mitgegangen. Also sind sie schuld, dass er sich nicht geweigert hat. Sie sind schuld, dass er den Befehl gegeben hat. Er hat Klimm gesagt, Klimm müsse den Befehl ausführen.

Klimm hat den Befehl ausgeführt. Klimm hat das getan. Germann selbst hat gar nichts getan.

Und Klimm hat es überstanden.

Er ist wie vorher, eben Klimm.

Man kann, wenn man muss, also auch so etwas überstehen.

Germann ist ein Weichling. Wenn man dem die Arbeit überlässt, geht es mit Sicherheit unsauber und unprofessionell voran. Man muss an diese Dinge mit den Augen des Praktikers herantreten. Man muss den anderen zeigen, dass es geht, und das funktioniert am besten, wenn man ihnen zeigt, wie es geht. Genickschüsse sind im Grunde Unsinn. Solche Eins-zu-eins-Situationen müssen entkrampft werden. Morgen wird Klimm die Leute in einer langen Reihe antreten lassen, und dann sollen sie auf eine lange Reihe Juden schießen, in einer mehr militärischen Situation, wo keiner weiß, wer wen eigentlich getroffen hat. Und dann muss man eben mal ausprobieren, ob das effizient ist. Man muss ausprobieren, was besser geht: Wenn man sie mit dem Gesicht oder mit dem Rücken zur Grube stellt. Wenn man sie nach Größe sortiert. Oder man könnte sie hinknien lassen. Es geht letztlich um die technischen Details.

Man hat Beyer hierhergeschickt. Er hat gedacht, es ginge um Ernteeinbringung, Objektschutz, dergleichen. Was man sich eben unter den Aufgaben einer *Einsatzgruppe* vorstellt. Gut, sie sind auch für den Häuserkampf trainiert worden, und es hat ihn ein wenig beunruhigt, dass Geiselerschießungen geübt wurden. Aber am Anfang hat er nur Lastwagen fahren müssen.

Jetzt ist er als Schütze eingeteilt.

Es ist aber eigentlich nicht er selbst. Er ist nicht gefragt worden, ob er dies machen will. Er will nicht. Aber das zählt nicht. Er ist Befehlsträger. Er trägt ein Gewehr und eine Uniform. Es ist nicht eigentlich er, der dies tut, es ist der Gewehr-, Uniform- und Befehlsträger. Es ist, wie wenn er beim ›Horst-Wessel-Lied‹ den Arm zum Deutschen Gruß hebt. Hitler ist ihm schnuppe, der Krieg ist ihm lästig, er will nach Hause und seine Ruhe, es ist gar nicht er, der den Arm hochnimmt. Und er ist es auch nicht, der jetzt anlegt und schießt, anlegt und schießt, es ist eine Art Spiel, und er spielt eine Rolle. Und irgendwann wird dieses Spiel vorbei sein. Dann geht er wieder zurück nach Hause. Dann ist er wieder der, der er ist.

Schwartz hat geweint. Major Schwartz: Er hat sich vor seine Männer im Polizeibataillon gestellt und ihnen gesagt, was befohlen worden ist: Das Bataillon soll eine Erschießung vornehmen. Die Juden des Dorfes Plowe sollen zusammengetrieben werden. Die Arbeitsfähigen werden abtransportiert. Die übrigen Juden sind auf der Stelle zu erschießen.

»Es ist vielleicht leichter, wenn man an die Frauen und Kinder denkt, die in Deutschland im Bombenhagel stehen«, sagt Schwartz.

Papa Schwartz. Der gutherzige Kerl. Aber er glaubt sich selbst nicht. Er zittert. Er ist grau im Gesicht. Er sagt: »Der Befehl kommt von ganz oben. Aber ich kann und ich werde niemanden zwingen, so etwas Fürchterliches zu tun. Niemand kann so etwas auf sich nehmen, der nicht innerlich bereit dazu ist. Also. Wer nicht mitmachen will, soll jetzt heraustreten.«

Es ist totenstill. Alle blicken zu Boden. Heraustreten? Aus der Reihe heraustreten? Das ist nicht einfach. Es ist schwer. Was ist so schwer daran, aus der Reihe herauszutreten? Aber man kann Papa Schwartz doch nicht so im Stich lassen. Man kann ihn doch nicht allein lassen mit dem furchtbaren Befehl, so wie es jetzt hier und dort und da drüben doch tatsächlich einige tun, zehn oder zwölf von fünfhundert, Verräter, Unzuverlässige, Schlappschwänze, Drückeberger, mit denen nun keiner mehr etwas zu tun haben will. Die anderen heben die Köpfe.

Die verbliebene Mehrheit: Sie sehen einander an. Ein Gefühl der Erhebung überkommt sie, eine Vorahnung historischer Größe: Sie werden bleiben. Sie werden nicht weichen. Sie werden Papa Schwartz' Schwäche nicht gegen ihn verwenden. Sie werden ihn stützen, sie werden sich nicht drücken, sie werden weder Papa Schwartz noch einander im Stich lassen.

Von Jalta bis Sewastopol
So ringsherum um Simferopol
Da tobt der Krieg an allen Fronten
Wir waren überall dabei
Und zeigten gerne, was wir konnten
Und nicht ein Einz'ger schoss vorbei.

Man muss sich an das halten, was man einmal als richtig erkannt hat. Man muss stark sein, man muss sich etwas abverlangen. Hart gegen sich selbst zu sein hat noch keinem geschadet. Und vieles, was einem unvorstellbar schwierig erschien, gelingt, wenn man sich Schritt für Schritt der Aufgabe annähert, wenn man sich erlaubt, allmählich in die Größe der Herausforderung hineinzuwachsen: Man bewährt sich im Leichten und gewinnt Kraft für das Schwere. Es hilft auch, wenn man überlegt, wie man vor den anderen dasteht.

Schließlich ist man nicht allein auf der Welt. Die Kameraden werden einen an dem messen, was man getan hat, an dem, wozu man sich befähigt gezeigt hat. Will man vor ihnen dastehen wie ein Schwächling, ein Scheißkerl, ein übler Verräter? Will man, dass sie sich abwenden von dem, der sie in der entscheidenden Stunde im Stich gelassen hat? Der es den anderen überlassen hat zu tun, was nun einmal nötig ist?

Es ist ja bei Gott nicht so, dass er sich an die Stelle gedrängt hat, an der er nun einmal steht. Das Schicksal hat ihn hierhergestellt. Und sicher, er könnte sich verweigern. Er könnte es von sich weisen zu handeln, er könnte den leichteren Weg einschlagen. Aber dann würde er die Zukunft verraten: die Zukunft der Kinder, die Welt, die sie schaffen wollen. Entscheidend ist die Zukunft.

Nicht die Vergangenheit zählt, nicht die Gegenwart. Entscheidend ist, dass er an die Kinder denkt, an seine Kinder und die Kinder der anderen und ihre Zukunft. Es ist das, was ihn vorantreibt. Die Kinder sollen eine Zukunft haben.

Sie sollen dereinst, wenn der jüdische Bolschewismus ausgerottet, die jüdisch-bolschewistische Weltverschwörung niedergeschlagen ist, unter Kirschbäumen an den Ufern des stillen Don ein Landgut betreiben. Sie sollen in einem Weltreich Germanien herrschen, ohne jemals noch Drecksarbeiten machen zu müssen. Sie sollen nicht mehr ausgeplündert werden, ausgepresst von der jüdischen Finanzinternationale. Die Söhne sollen nicht unter die Knuten dieser Volksverräter gezwungen, die Töchter nicht von ihrer dreckigen Gier besudelt werden. Man muss sich nur vorstellen, was diese Schweine mit einem machen würden, wenn sie die Macht hätten.

Die Feinde des Volkes müssen weg: die Juden, die Bolschewisten, das ganze Pack, das da mit gebrochenen Händen, herausquellenden Augen, Löchern im Schädel quiekend wie eine Schweineherde vor ihm herumkriecht und taumelt. Er schießt in den stinkenden dreckigen Haufen. Er schießt und schießt.

Helmuth Moltke und Peter Yorck setzen alles daran, den Brückenschlag zu den Militärs zu vollziehen. Es muss gehandelt werden. Die Verbrechen dürfen nicht weitergehen. Daneben planen sie weiter die Zukunft. Helmuth hat Besprechungen rund um die Uhr, ebenso Peter. Helmuth schreibt aus Berlin,

Heute Mittagessen mit Mierendorff. Um halb vier kommt Yorck mit Abs von der Deutschen Bank zum Tee. Abends treffe ich mich mit Adam Trott. Morgen Mittag mit Haeften bei Yorck, abends mit Mierendorff in der Derfflingerstraße, nach dem Essen kommt Reichwein, übermorgen kommt mittags Einsiedel, dann gehe ich zu Guttenberg, abends dann Gablentz und Peters. Ein gewisses Problem ist es, dass Yorck und ich schon fast ein bisschen zu gut aufeinander eingespielt sind, so dass Dritte sich leicht als Opfer und nicht als Partner fühlen.

Nun ist Helmuth für fünf Tage nach Hause gekommen. Das Kind kann jeden Tag geboren werden. Helmuth und Freya sitzen auf der Veranda, sie gehen zusammen über die Felder.

»Bist du wohl, Pim?«

Das ist sie.

»Ich möchte diesmal bei dir sein. Ich habe dich bei Casparchen doch sehr schmählich verlassen.«

»Mein Liebster. Mein Herzensjäm.«

Aber das Kind kommt nicht. Am 22. September muss Helmuth wieder nach Berlin zurückkehren.

»Helmuth, darf ich dir Harald Poelchau vorstellen, den Anstaltsgeistlichen von Tegel und Plötzensee.«

Horst von Einsiedel, der Freund aus den Tagen der Löwenberger Arbeitslager, hat Harald Poelchau mit in die Derfflingerstraße gebracht. Einsiedel und Poelchau kennen einander über ihre Lehrer: Einsiedel hat bei dem Soziologen und Nationalökonomen Adolf Löwe studiert, der Anfang der dreißiger Jahre ebenso wie Paul Tillich am Frankfurter Institut für Sozialforschung gelehrt hat. Helmuth hat seine Gäste mit frischen Täubchen aus Kreisau bewirtet. Nun sind die Teller abgeräumt. Das Gespräch hat sich Poelchaus Aufgaben zugewendet.

»Unfassbar«, sagt Helmuth. »Unvorstellbar, wie Sie die Erfahrung bewältigen.« Er sagt: »Was tun Sie, wie überbrücken Sie die Stunden? Diese Stunden der Nacht, allein mit einem Menschen, der weiß, dass es seine letzten sind. Was geht dann in einem vor? Worauf kann man sich stützen, wenn das Ende da ist, wenn keinerlei Hoffnung mehr besteht?«

In Kreisau geht Freya auf und ab. Sie hat Helmuth einmal mehr geschont. Helmuth ist einen Tag fort, und prompt haben heute die Wehen eingesetzt. Freya geht im Schlafzimmer auf und ab, auf und ab, gestützt auf ihre Schwägerin Asta. Es gibt jetzt nichts anderes mehr. Es gibt weder Vergangenheit noch Zukunft. Es gibt nur das, was jetzt zu tun ist. Es gibt nur diese eine ungeheuerliche, vollkommen alltägliche Aufgabe. Freya muss ein Kind zur Welt bringen.

»Wie wohl diese Stunden vergehen mögen«, sagt Helmuth Moltke. »Es ist natürlich grauenhaft. Aber es wirft doch Fragen auf, die in dieser Unbedingtheit, Nacktheit und Absolutheit sonst nicht erscheinen. Bieten Sie den Verurteilten denn das Abendmahl an?«

»Nein«, sagt Harald Poelchau. »Ich biete es nicht an. Aber mehr als die Hälfte verlangt danach.«

Freya hat sich aufs Bett gesetzt. Die Wehen folgen einander nun in kurzen Abständen. Freya versucht, nicht gegen den

Schmerz anzukämpfen. Der Kampf gegen den Schmerz verschärft ihn nur. Sie versucht, nicht mit dem Schmerz zu ringen, sondern ihn zu bejahen. Dies ist ein notwendiger Übergang. Dies ist ein Anfang.

»Wenn ein Mensch am Ende angekommen ist«, sagt Helmuth Moltke. »Was passiert dann mit ihm?«

»Dann kommen Rat und Trost nur noch aus der Ewigkeit.«

»Sie meinen aus dem christlichen Glauben an das ewige Leben.«

»Nicht unbedingt. Nötig ist ein fester, unerschütterlicher Glaube an etwas, das über das eigene Leben hinausragt.«

Freya hat sich hingelegt. Der Kopf des Kindes tritt nun durch das Becken seiner Mutter. Das Kind hat seitlich gelegen, um in den querovalen Beckeneingang eintreten zu können. Nun dreht es sich mit dem Gesicht nach hinten, in Richtung Steißbein. Der Schmerz ist stark. Inzwischen ist auch die Hebamme gekommen, und der Arzt ist da.

»Wünschen Sie eine Betäubung?«

»Nein. Nein. Ich denke, ich schaffe es so.«

»Fällt es einfachen Menschen leichter?«, sagt Helmuth.

Er sitzt vorgebeugt, er sucht Poelchaus Blick.

»Das Warten auf den Tod. Würden Sie sagen, dass diese letzten Stunden für die Ungebildeten und weniger geistigen Menschen leichter sind. Oder sind sie vielleicht sogar schwerer?«

»Ich denke, es ist keine Frage der Bildung«, sagt Harald Poelchau.

Sie sitzen noch immer um den Tisch in der Derfflingerstraße. Es ist schon ziemlich spät geworden.

»Junge Leute sterben meist leichter als ältere«, sagt Poelchau. »Sie sind eben noch freier. Am schwersten fällt der Tod denen, die in den meisten Zusammenhängen tätig waren. Am schwersten fällt er denen, die viele Wurzeln abzuschneiden haben.«

Es ist harte Arbeit. Freya ist schweißnass. Sie keucht. Sie presst. Das Kind drängt in die Welt. Die Mutter will es zur Welt bringen. Mutter und Kind arbeiten miteinander. Die Arbeit ist ein Ja voller Leidenschaft: Mit jedem Kind beginnt alles von vorn. Mit jedem Kind fängt die Welt neu an.

»Pressen. Pressen. Pressen.«

»Wer auf sein Leben zurückblickt, braucht Vergebung«, sagt Harald Poelchau. »Auch die Besten brauchen Vergebung. Vielleicht gerade sie sehnen sich danach. Nach Gottes Vergebung. Nach der Vergebung anderer Menschen, denen sie in diesem Leben nicht gerecht geworden sind.«

Der Kopf des Kindes ist da. Eine Wehenpause ist eingetreten. Freya keucht. Die Hebamme steht bereit. Asta wischt Freya den Schweiß ab. Die nächste Wehe kommt. Wieder dreht sich das Kind.

»Am Ende geht es darum, dass man mit sich versöhnt stirbt«, sagt Poelchau. »Dass man sich selbst reinen Gewissens gegenübertritt. Niemand geht ja so vorbereitet in den Tod wie ein Verurteilter, der auf seine Hinrichtung wartet.«

Das Telefon klingelt.

»Entschuldigen Sie mich.«

Helmuth geht in die Diele.

Als er zurückkehrt, hat das Thema gewechselt: Harald Poelchau und Horst von Einsiedel sprechen über den Kriegsverlauf.

Helmuth setzt sich zu ihnen. Er schweigt eine Weile, beteiligt sich dann an dem Gespräch über General Timoschenko, die Belagerung Leningrads, die Eroberung Kiews. Erst als die Gäste sich verabschieden, erwähnt Moltke den Anruf. Kreisau hat telefoniert. Helmuth Moltke hat einen zweiten Sohn.

In der Nacht schläft Helmuth, erwacht wieder, schläft. Wenn er wacht, ziehen Bilder vorüber: die blühenden Sommerlinden voller Bienen, am 14. Juni 1935 bei der Beerdigung seiner Mutter. Das Schloss im Herbst, in einem Wirbel fallender Blätter. Die Aufgaben, die daheim auf ihn warten, das Berghaus, die beiden Söhnchen, das eine erst wenige Stunden alt. Er denkt an Freya, die nun dort liegt. Schläft sie? Wacht sie? Hat sie das Kind im Arm? Hat Casparchen schon den Bruder gesehen? Sicher nicht, es ist Nacht. Asta ist aber bei ihnen. Das Marinkchen. Sie wird Freya behüten. Alle Gedanken sind ruhig und klar, friedvoll. Helmuth denkt an Poelchau, an das Gespräch mit dem Pfarrer. Er denkt, dass der Mörder mehr zu bedauern ist als der Gemordete. Er hat das immer gedacht. Er empfindet es tief. Und was kann man tun? Hat es Sinn, was Helmuth Moltke tut? Das Handeln, der Kampf, das Wagnis? Aber hat nicht überhaupt nur das einen Sinn, was man in Erkenntnis der Sinnlosigkeit allen Handelns tut? Die Welt ist nicht zu retten, sie ist nicht zu erlösen. Also muss man weiterringen. Der Gedanke vergeht. Die Nacht vergeht. Er denkt an Freya, wie sie im Gemüsegarten die Beete jätet, an den kleinen Caspar. An das Kind, das er noch nicht gesehen hat. Er dämmert im Halbschlaf. Er schläft.

Aber noch kann er nicht nach Kreisau fahren. Noch kann er nicht fort von Berlin. Der Krisenpunkt nähert sich, der um keinen Preis verpasst werden darf.

»Darf ich bekanntmachen«, sagt Peter Yorck. »Helmuth Graf von Moltke. Generaloberst Ludwig Beck.«

Das mühsam erhitzte Eisen muss nun geschmiedet werden. Die Generäle müssen handeln. Die Tage rasen dahin, und jede einzelne Minute kostet vier Deutsche und zehn Russen das Leben. Generaloberst Beck ist ein guter Mann. Auch er drängt zur Tat, daran lässt er keinen Zweifel. Aber die Generäle handeln nicht. Kiew ist genommen.

»Babi Jar? Weiberschlucht heißt das.«

»Wirklich? Ist ja ulkig. Ausgerechnet Weiberschlucht.«

Die Rote Armee ist getürmt. Aber man ist auch jetzt nicht sicher. Die Stadt brennt schon acht Tage. Es gibt eine Explosion nach der anderen. Das sind die Juden. Die männlichen Juden sind schon alle erschossen, aber es werden nun auch noch die Weiber erschossen. Sonst wird nicht Schluss damit.

Konrädchen ist zehn Tage alt. Helmuth ist für zwei Tage zu Hause gewesen. Eine große Beruhigung war es ihm, dass Freya schon wieder auf den Beinen ist.

Sie darf jetzt nicht schwach sein. Sie muss sich pflegen und schnell zu Kräften kommen.

Er hat in den letzten Tagen viel nachgedacht. Er ist zu dem Schluss gelangt, dass seine Hinrichtung äußerst wahrscheinlich ist, nicht jetzt natürlich, nicht gleich, aber eines Tages. Er findet die Vorstellung im Grunde ganz annehmbar. Immerhin wüsste man dann doch, inmitten des allgemeinen Sterbens, wofür man sein Leben loswird: für die Art und Weise, in der man es gelebt hat.

Am 18. Oktober sind Helmuth und Freya zehn Jahre verheiratet. Freya füllt einen ganzen Brief nur mit Erklärungen ihrer

Liebe, ihrer überströmenden Freude an ihrem Leben mit ihm. Er hat für frühmorgens ein Telefonat angemeldet.

»Mein Pim. Das zweite Jahrzehnt soll genau so bleiben, wie das erste war. Schöner und lieber und besser als wir beide kann man ja gar nicht zusammen sein.«

So ist es. Und kann sie den Gedanken fassen, dass ihr Mann einen Staatsstreich plant? Kann sie Konrädchen stillen, mit Casparchen lachen, sich um die Wirtschaft Kreisaus kümmern und den Kopf gelassen hochtragen, während sie weiß, dass ihr Mann die Regierung stürzen will?

Freya hat Helmuth einmal mehr ihre volle und leidenschaftliche Unterstützung zugesagt. Was er tut, ist richtig. Sie kann es mittragen. Sie muss es mittragen: Nur wenn sie aus freiem Willen bejaht, was er tut, bewahrt sie sich ihre Unabhängigkeit. Nur dann kann sie weiterhin tun, was sie tut: nach den Bienen sehen, die Schwester in der Spielschule besuchen, Casparchen ein Liedchen beibringen, mit Zeumer über die Felder fahren.

Fünfzig tote Russen für einen Deutschen. Hundert tote Russen für einen Deutschen. Sie hätten schon viel früher mit den Russen fertig sein müssen. Sie kämpfen, sie sterben, sie siegen, aber es hört nicht auf. Partisanen haben Minen auf die Gleise gelegt und einen Zug mit Medikamenten für die Front zerstört. In der Nähe von Kardymovo haben Partisanen den Bahnhof angezündet und den Bahnhofsvorsteher ermordet.

»Und letzte Woche haben sie einen Truppentransport gestoppt. Einer, der als deutscher Feldwebel getarnt war, hat den Soldaten befohlen auszusteigen. Ganz junge Kerls waren das, frisch aus der Heimat. Und die haben sie abgeknallt.«

In Bjakowo haben Partisanen fünfzehn deutsche Soldaten in ihren Kraftfahrzeugen verbrannt. Also: Den Ort umstellen, alles nach Waffen durchsuchen, ortsfremde Elemente aussortieren und sofort erschießen, dazu jeden zehnten Mann aus dem Dorf.

»Wieder bloß sechsundzwanzig Gewehre. Wie gibt es denn das. Wenn man über dreihundert Tote hat, und dann nur sechsundzwanzig Gewehre. Dann waren das doch nicht alles Partisanen, die wir umgemacht haben.«

»Sei doch nicht blöde. Das waren klar nicht alles Partisanen. Das war eine Abschreckungsaktion.«

»Das sind doch Unterstützungsnester, diese Dörfer. Die unterstützen die Partisanen. Man muss die Nester ausräuchern, damit die Vögel nicht zurückkönnen.«

»Ich weiß nicht. Es gab anfangs eigentlich gar keine Partisanen. Also vielleicht gab es welche, aber jedenfalls, wenn man in die Stadt reinwollte, konnte man da einfach hin, und die Leute waren sogar ganz freundlich, und das geht ja praktisch gar nicht mehr, weil man das gar nicht wagen kann, man kann nur noch im Trupp da hineingehen, und da frage ich mich doch, wo kommen die alle her, die uns umbringen wollen, wenn wir die doch laufend sozusagen exekutieren.«

Die Russen überfallen ihre eigenen Leute. Die Russen bringen die eigenen Leute um, wenn die den Deutschen bloß mal Eier verkaufen oder irgendwie helfen. Wenn die zu den Bürgerwehren gehen. Gute Russen kann man als Bürgerwehren bewaffnen, die einem dann gegen die Aufständischen und die russischen Banden helfen. Aber wer ist ein guter Russe? Immer wieder erlebt man Enttäuschungen. Man weiß nie, auf welcher Seite diese Leute sind. Sie stehen zu weit im Osten. Hier ergeben sich hunderttausend Russen, dort dreihunderttausend. Wohin mit ihnen? Wie soll man sie ernähren? Der Herbst beginnt und es regnet, es kommt kein Nachschub, und der Abschub der russischen Kriegsgefangenen mit der Eisenbahn ist ganz unzureichend. In grauen Kolonnen ziehen sie zu Fuß in Richtung Smolensk. Keiner bewacht sie. Wer zusammenbricht, bleibt am Wegrand liegen. An Pfosten, Ästen, Masten, provisorischen Galgen, überall baumeln die Leichen der Erhängten. Was sind das für Tote? Saboteure. Partisanen. Kommissare. Bolschewistische Hetzer.

Das Hinterland wird immer größer, immer unübersichtlicher, je weiter sie vordringen. Wie soll man es sichern? Es mangelt an Fahrzeugen, an Waffen, an Soldaten,

Tagesmeldung von 21. Oktober 1941: 49 Personen wegen Partisanenverdacht festgenommen und 31 Partisanen erschossen. 22 sowjetische Soldaten als Kriegsgefangene festgesetzt. 1 Kriegsgefangenen auf der Flucht erschossen. 3 kommunistische Agenten hingerichtet. 8 Juden dem Sicherheitsdienst übergeben.

»Ich wünschte bloß, wir wären fertig hier. Ich wünschte, wir hätten die Sauerei hinter uns und könnten nach Hause.«

Freya kümmert sich um die Reparatur einer defekten Wasserleitung im Schloss. Sie geht hinüber nach Wierischau: Ein neuer Mieter hat dort die ehemalige Schäferwohnung bezogen. Sie sieht nach Casparchen, der mit der Kinderfrau den neu angelegten Spielplatz ausprobiert. Sie setzt sich an den Schreibtisch: Helmuth hat erste Richtlinien für eine zukünftige Hochschulpolitik skizziert, ihr den Entwurf geschickt und bis morgen um ihre Meinung gebeten. Jetzt hat Freya Konrädchen gestillt. Das Kind schläft in ihrem Arm, satt und zufrieden. Der Tag neigt sich dem Abend zu: ein wunderschöner Tag auf der Höhe des Oktobers, rotgolden, kühl und sonnig. Freya sitzt in ihrem Sessel. Sie öffnet Helmuths Brief.

Die Tagesereignisse umstehen mich wie Gespenster. Seit

Sonnabend werden die Berliner Juden zusammengetrieben. Am 18. Oktober ist vom Güterbahnhof Grunewald ein Transport von über tausend Juden nach Litzmannstadt und Smolensk abgegangen. Man will es uns ersparen zu sehen, dass man sie verhungern und erfrieren lässt, und tut das daher in Litzmannstadt und Smolensk. Darf ich denn das erfahren und in geheizter Wohnung Tee trinken? Mach ich mich dadurch nicht mitschuldig? Was sage ich, wenn man mich fragt: Was hast du in dieser Zeit getan?

Und die Generäle der Reichswehr handeln nicht. Sie handeln nicht.

Fünf Tage später wird den Juden die Auswanderung verboten, die man vor dem Krieg mit allen Mitteln vorangetrieben hat. Helmuth Moltke sitzt in der Derfflingerstraße. Er liest die Bibel.

Er hat vor einer Weile damit angefangen, einem unbestimmten Impuls folgend. Er liest systematisch. Er hat auf der ersten Seite begonnen. Er liest ganz langsam, jeden Tag ein bisschen. Sehr merkwürdig ist es ihm, dass diese Texte, die ihm früher historisch erschienen, wie alte Berichte von lange vergangenen Ereignissen, jetzt ganz gegenwärtig vor ihn hintreten wie Schilderungen von Tagesereignissen, Kommentare zur gegenwärtigen Lage.

Und Haman sprach zu dem König Ahasveros: Da ist ein Volk, zerstreut und abgesondert unter den Völkern in allen Landschaften deines Königreiches. Wenn es den König gut dünkt, so werde geschrieben, dass man sie umbringe. Da zog der König seinen Siegelring von seiner Hand und gab ihn Haman, dem Sohne Hammedathas, dem Agagiter, dem Widersacher der Juden. Und der König sprach zu Haman: Das Silber sei dir gegeben, und das Volk, um mit ihm zu tun, wie es gut ist in deinen Augen. Da wurden die Schreiber des Königs berufen im ersten Monat, am dreizehnten Tage desselben. Und die Briefe wurden durch die Eilboten in alle Landschaften des Königs gesandt, um alle Juden zu vertilgen, zu ermorden und umzubringen, vom Knaben bis zum Greise, Kinder und Weiber, und um ihre Habe zu plündern. Und auf dass der Befehl in jeder einzelnen Landschaft erlassen würde, ward eine Abschrift des Schreibens allen Völkern bekannt gemacht, damit sie auf diesen Tag bereit wären. Der Befehl wurde in der Burg Susan erlassen. Und der König und Haman saßen und tranken; aber die Stadt Susan war in Bestürzung

»Moltke, Sie hatten recht.«

Fritzi Schulenburg ist da. Sie sitzen in der Hortensienstraße bei Yorcks.

»Ich habe gedacht, die Russen würden nur durch Zwang unter der Knute der Offiziere gehalten. Aber das Verhältnis zwischen Offizier und Mannschaft in der Roten Armee ist schlechthin vorbildlich, und auch Zivilbevölkerung und Armee hält ein starker Geist der Solidarität zusammen. Wir werden es nicht schaffen, die Russen auszuschalten. Die Armee ist ja nur ihre Vorhut. Die Russen kämpfen in ihrem Lande, da ist jeder Russe ein Kämpfer. Und was ihnen vielleicht an Willen fehlte, haben unsere Methoden ihnen beigebracht. Das russische Bauerntum hätte uns eine Hilfe sein können, eine natürliche Truppe gegen den Sowjetstaat, ein Kern des neuen Russland. Aber nicht einmal den Franzosen gestehen wir ja ein Minimum an Macht zu, einen Schein von Souveränität. Und die Bevölkerung im Osten degradieren wir zu Heloten. Alles ist in Hunger und Elend gestoßen. Die Gewalt kennt kein Maß mehr. Alle Ehre, alle Sauberkeit ist verloren. Alles ist beschmutzt und besudelt.« Fritzi spricht leise. Er spricht immer leise. Aber alle hören ihm zu. »Ich habe die Hoffnung verloren. Und wie schön ist das Land. Lang ziehen sich die Hügelwellen in die Weite, gelbgold von Ähren, die sich in der Ferne im graublauen Dunst verlieren. Aber bei den Deutschen herrscht nichts als lähmendes Entsetzen über die Öde. Kein Schimmer des Verstehens für die großartige Natur, kein Funken des Begreifens, was für eine Riesenaufgabe an uns im Osten herantritt. Ich frage mich, ob mit diesem Volk überhaupt irgendetwas zu machen ist. Ich habe mir meine Mitreisenden angesehen, im Zug nach Berlin. Soldaten, Männer mit Paketen, Frauen zweifelhafter Herkunft, Einzelne auf dem Weg von irgendwo nach nirgendwo. Ein Volk auf der Straße, herausgerissen aus seinen Bindungen, aus seinem Urgrund, stumpfsinnig in seiner Urlaubslaune ebenso wie in der Ermüdung. Solche Leute sind eigentlich überhaupt nicht regierbar. Man hat sie in Bewegung versetzt, und jetzt schwingen sie aus. Und das haben die bewirkt, die der Vermassung entgegentreten und das Preußentum in neuem Gewand wiedererstehen lassen wollten.« Fritzi ist sehr blass. Er sagt: »Eine Reform hilft nun nicht mehr. Ich sehe jetzt klar. Alle Züge der Entwicklung haben im Grunde dieselbe Wurzel: Gewalt ohne Maß, innen und außen. Es ist alles miteinander verkettet, und es beruht auf Grundtatsachen, die mit dem Charakter des Systems unwandelbar verbunden sind. Ich habe an den Nationalsozialismus geglaubt. Jetzt sage ich mich von ihm los. Aber ich bin derselbe geblieben. Ich bin der, der ich war. Meine Entscheidung für die Nationalsozialisten beruht auf denselben Grundlagen, die mich nun ins gegnerische Lager treiben.«

»Peters Schwester hat gestern gesehen, wie ein Jude auf der Straße zusammenbrach«, sagt Marion Yorck. »Sie wollte ihm natürlich aufhelfen, aber ein Schutzmann hat es ihr verboten. Er hat gesagt, das dürfte er nicht zulassen, er hätte seine Anordnungen.«

»Sie sind eben feige«, sagt Adam Trott. »Es mangelt an persönlichem Mut. Sie hoffen, sie kommen davon, wenn sie sich ducken.«

»Nein«, sagt Helmuth Moltke. »Das ist es nicht. Es ist keine Feigheit. Hätte der Schutzmann denn untätig zugesehen, wie sein Bruder auf der Straße zusammenbricht? Seine Mutter? Sein Kind? Irgendwo gibt es einen Menschen, für den hätte er alle Anordnungen missachtet, und wenn es sein Leben gekostet hätte.«

»Das ist wahr«, sagt Peter Yorck. »Ich glaube auch, es mangelt eher an Moral als an Mut. Außerhalb seines eigenen engsten Kreises fühlt sich niemand mehr persönlich verantwortlich.«

»Wie auch, wenn der christliche Glaube zerfällt?«, sagt Hans Haeften. »Außerhalb des religiösen Denkens scheint es mir kaum möglich, für mehr als die nächste Umgebung Verantwortung zu empfinden.«

»Aber das Volk«, sagt Fritzi Schulenburg. »Zweifellos tragen wir doch Verantwortung für das Volk!«

Helmuth Moltke setzt sich auf.

»Wir tragen Verantwortung für uns selbst«, sagt er. »Vor allem anderen müssen wir uns doch fragen, wer wir sind.«

Mit der 11. Verordnung zum Reichsbürgergesetz vom 25. November 1941 verlieren alle deutschen Juden, die mit dem Überschreiten der Reichsgrenzen ihren Wohnsitz oder gewöhnlichen Aufenthaltsort ins Ausland verlegen, die deutsche Staatsangehörigkeit. Damit verfällt ihr gesamtes Vermögen dem Reich.

»Ich verstehe das richtig«, sagt Helmuth von Moltke. »Zur Strafe für ihre Deportation enteignet man sie.«

Der Referent im OKW zuckt die Achseln.

»So sieht es aus. Und es wird wenig Sinn haben, dagegen zu protestieren. Im Grunde ändert sich ja auch nicht viel. Es geht doch lediglich darum, den enormen Verwaltungsaufwand zu vereinfachen. Die bisherige Methode, das Vermögen durch Einzelverfügung einzuziehen, hat sich als zu sperrig erwiesen. Man kann den Beamten der Finanzbehörden kaum zumuten, sich mit dem Verbleib und der Veräußerung jedes einzelnen aufgelisteten Tortenhebers und Blumenständers zu befassen.«

Helmuth Moltke atmet ein, dann aus. Rasend komisch zu sehen, wie schwierig das sein kann.

»Wobei die Leute reichsrechtlich gesehen ja gar nicht ins Ausland gebracht werden«, sagt er. »Soweit ich es begreife, landen sie im Generalgouvernement oder in Oberschlesien.«

»Im Sinne der Verordnung gelten alle Sammelstellen für Juden als Ausland.«

So steht Helmuth im Kampf gegen die 11. Verordnung allein gegen vierundzwanzig Männer. Er kämpft einen ganzen Tag lang und verliert.

»Und warum haben Sie sich nun die Mühe gemacht? Ich habe Ihnen doch gleich gesagt, es hat keinen Sinn. Ich habe Ihnen gesagt, Sie werden es nicht ändern.«

Und begreifen diese Leute denn gar nichts? Begreifen sie nicht, dass jede Handlung Konsequenzen hat, dass keine Handlung im Universum verlorengeht, dass alles mit allem zusammenhängt? Nichts ist unwichtig, nichts geschieht ohne Folgen, alles greift ineinander, und noch der kleinste Entschluss, das unwichtigste Rädchen und seine minutiöse Drehung im riesigen Räderwerk beeinflussen für alle Zeit alles, was geschieht und geschehen wird. Aber um das zu erkennen, mangelt es ihnen an Weltweite und an Selbstachtung. Diese Leute verfügen über keinerlei Selbstrespekt. Sie halten sich selbst für unwichtig, für Marionetten: worin immerhin ein Rest von Realitätssinn erkennbar wird.

Solche Leute sind ohne jede eigene Substanz. Sie sind wie Chamäleons: In einer guten Gesellschaft sehen sie gut aus, in einer verkommenen wie der unseren verkommen. Sie sind aber weder das eine noch das andere, sondern Füllsel.

Das schreibt er nach Hause.

Heute waren wieder Deportationen. Schön und bewunderungswürdig, wie die sich halten. Ich hoffe, wir machen es ähnlich gut, wenn wir dran sind.

Freya hat geweint.

Wie soll sie durch den Tag kommen, wenn er ihr ständig davon spricht, dass sein eigenes Ende kommt? Wie kann sie so ihrem Haushalt eine Quelle des Muts und des Frohsinns sein? Freya muss im Alltag den Kopf in den Sand stecken. Sie muss die Untaten von sich schieben, den Krieg, auch die Gefahr. Das ist natürlich ein unmögliches Benehmen. Aber sie kann niemandem nützlich sein, wenn sie sich von früh bis abends zermartert. Freya hat sich einmal um sich selber gedreht. Sie ist hinausgegangen, sie hat nach den Kindern gesehen. Sie hat mit Casparchen ein lustiges Liedchen gesungen. Nun packt Freya Feldpostpäckchen für die Kreisauer Arbeiter. Sie sucht den Ehering von Helmuths Vater: Helmuth benötigt eine Zahnfüllung. Sie schreibt nach Berlin, wen sie zu Weihnachten mit Gänsen, wen mit Enten und Hühnern bedenken möchte. Freya möchte großzügig sein: Sie haben so viel und andere so wenig.

Helmuth stimmt zu. Er gibt ihr allerdings zu bedenken, dass Freya genug Fleisch für Konrädchens Tauffest zurückhalten muss und auch für das große Pfingsttreffen, das Helmuth und Peter Yorck nächstes Jahr in Kreisau veranstalten wollen.

Bedenke aber jedenfalls Unger mit einer Ente, er wird nächstes Jahr sicher umkommen. Ich habe ihm auch Mohnstollen gebracht. Er ist der letzte Jude, den ich kenne, und ich betrachte es als eine Art Ablass. Und sag Zeumer, er soll jeden Russen nehmen, den er kriegen kann. Untersuch sie aber alle auf Läuse, die Flecktyphus verbreiten. Aus den Lagern der Kriegsgefangenen breitet sich der Typhus in einer großen Welle nach Westen aus.

»In den Kriegsgefangenenlagern sterben sie wie die Fliegen«, sagt Helmuth Moltke zu Peter Yorck. »Sie hocken im Freien, Hunderttausende, ohne einen Schutz vor Schnee und Kälte und völlig unzureichend ernährt. Sie erfrieren und verhungern, und für den geringsten Anlass werden sie erschossen.«

»Ich habe es gehört«, sagt Peter Yorck. »Und von Seiten der Behörden ist es nicht einmal Hass. Es scheint eher Desinteresse zu sein. Es ist die Unfähigkeit, den Nachschub zu organisieren. Wir lassen ja sogar unsere eigenen Soldaten unversorgt.«

»Ich muss oft an einen Ausspruch meines südafrikanischen Großvaters denken«, sagt Helmuth. »Er hat gesagt, es würde häufig behauptet, die Sklaverei sei in manchen Kulturen das Beste für die Sklaven gewesen. Das möge sein, wie es wolle. Aber jedenfalls sei sie immer eine schlimme Sache für die Sklavenhalter.«

Was nicht im Sumpf verreckt ist, in der Kapustiza, dem Morast der russischen Herbstregen, geht in den Winter. Die Ebene ist endlos. Es gibt keinen Horizont. Erde und Himmel verschwimmen in einem eintönigen Grau, das die wenigen Fahrzeuge zu schlucken scheint, die sie noch haben. Es ist ja fast alles zurückgelassen worden, feststeckend im Schlamm, ruiniert im Morast. Die Ebene ist grundlos: Die Pferde sind bis zum Bauch eingesunken. Gestürzte Pferde sind auf der Rollbahn ertrunken. Nun regnet es nicht mehr. Die Temperaturen sind schlagartig gefallen. Es friert. Es schneit. Sie verbrauchen das letzte Benzin, um die Motoren einmal pro Stunde warmlaufen zu lassen. Sie hausen in Kuhlen, die sie sich unter den Fahrzeugen gegraben haben. Dann taut es wieder. Der Morast ist zurück.

Der Winter kündigt sich an. Freya hat sich heute ein letztes Mal in diesem Jahr um die Bienenstöcke gekümmert. Sie hat die Einfluglöcher mit einem Keil verkleinert, um sie gegen eindringende Spitzmäuse zu schützen. Sie hat die Stärke der Bienenvölker überprüft: Ein Volk muss zu Winteranfang aus mindestens fünftausend, besser zehntausend Bienen bestehen, sonst kommt es nicht durch. Wenn ein Volk zu schwach zum Überwintern ist, kann man auch zwei Völker vereinigen. Freilich muss dann eine Königin sterben. Und die Volksdüfte müssen einander angeglichen werden, sonst werden die Bienen des stärkeren Volks die Eindringlinge töten. Ein kalter Hauch fegt über die Felder. Zeumer hat heute Morgen erwähnt, dass die Feldmäuse sich besonders tief in die Erde graben. Die Füchse bellen viel in den klaren Nächten. Die Schafe lassen sich nur ungern in den Stall treiben. Es soll ein strenger Winter werden.

Helmuth schreibt.

Halte Dir Enten über den Winter. Wer weiß, ob man nächstes Jahr noch Entenküken kaufen kann. Halte Dir Hühner. In vielen Ländern herrscht schon Hungersnot. Die Deutschen haben alles kahlgefressen: die Niederlande, die Slowakei, Polen, Frankreich. Aber bald wird es im Reich ähnlich sein.

Das sind Los und Lohn des Siegers. Er ist der Letzte, der verhungert.

Fritz-Dietlof von der Schulenburg dringt auf eine Verbreiterung der Basis. Er dringt auf eine Vereinigung der Gruppen: Fritzi pflegt ja nicht nur Kontakte zu Peter Yorck und Helmuth Moltke, sondern auch zu dem Kreis um Carl Friedrich Goerdeler. Der ehemalige Oberbürgermeister von Leipzig ist von seiner Gruppe als Kanzler des neuen Deutschland vorgesehen. Helmuth Moltke nennt die Goerdeler-Leute die Exzellenzen.

Die Exzellenzen hängen reaktionären Ideen wie der Wiedereinführung der Monarchie an. Ulrich von Hassell war Mitglied der reaktionären Deutschnationalen Volkspartei. Popitz ist Träger des Goldenen Parteiabzeichens der NSDAP. Goerdeler glaubt im Ernst, das Deutsche Reich könnte in den territorialen Grenzen vom 1. September 1939 erhalten bleiben, und zusätzlich würden die Alliierten in ihrer Güte nicht nur der Wiederherstellung der Ostgrenzen von 1914 zustimmen, sondern dem Reich als Belohnung für den Angriffskrieg auch noch Südtirol schenken. Aber schließlich lässt sich Helmuth Moltke erweichen und stimmt einem Treffen mit Ulrich von Hassell am 21. Dezember 1941 in der Hortensienstraße zu.

Wie er vorausgesehen hat, führt die Sache zu nichts. Die Exzellenzen setzen auf die Reinstallation der Vergangenheit. Und sie setzen weiter auf das Militär.

»Die Hoffnung, dass das Militär handeln wird, habe ich inzwischen aufgegeben«, sagt Helmuth Moltke zu Ulrich von Hassell. »Es war im Grunde von vornherein aussichtslos. Niemals wieder werden die Generäle doch eine ähnliche Stellung wie unter den Nazis genießen. Warum also sollten sie ihre Förderer stürzen? Ich gelange überhaupt allmählich zu der Einsicht, dass ein Staatsstreich der falsche Weg ist. Im besten Fall würde man eine neue Dolchstoßlegende erschaffen. Viel wahrscheinlicher wäre es allerdings, dass die Sache misslingt, und man würde für nichts und wieder nichts erschossen. Und ganz abgesehen vom Ausgang der Geschichte: Ein Putschversuch ohne Rückhalt in der Bevölkerung müsste so oder so das Land tief spalten, und die Mehrheit bliebe wieder ohne Einsicht, ohne Reue, ohne Bereitschaft zur Buße. Im besten Fall stünden wir also noch einmal dort, wo wir 1918 gestanden haben.«

»Das glaube ich nicht«, sagt Adam Trott. »Es hinge allerdings viel von der Führung ab. An der Spitze der neuen Regierung müsste ein Mann von unangefochtener moralischer Lauterkeit stehen, einer, dessen Charakter über jeden Zweifel erhaben ist. Goerdeler als zukünftiges Staatsoberhaupt halte ich für völlig untragbar. Ich würde Pastor Niemöller vorschlagen. Er ist bekanntlich im KZ inhaftiert. Ein solcher Mann würde den Umsturz von Anfang an in ein klares moralisches Licht stellen, gerade auch in den Augen des Auslands. Das ist ein wichtiger Faktor. Wenn man im Ausland die neue Regierung nicht unterstützen will, kann ja der Umsturz nicht zu einer Beendigung des Kriegs führen.«

»Niemöller?«, sagt Hassell. »Schwer vorstellbar. Ich teile durchaus Ihre Ansicht, lieber Trott, dass wir alles Reaktionäre unbedingt vermeiden müssen. Aber Niemöller? Der Mann ist zu starr, zu unpolitisch. Nach Abklingen der ersten Verblüffung würde man Niemöller mehrheitlich ablehnen, jedenfalls außerhalb gewisser pazifistisch-christlicher Kreise im Ausland, die aber für uns kaum von Nutzen sein dürften.«

»Würden Sie denn Niemöller akzeptieren, wenn Brauchitsch uns darin unterstützte?«

»Brauchitsch? Sie wollen mit dem Oberbefehlshaber des Heeres über Niemöller reden?«

»Das hätte überhaupt keinen Sinn«, sagt Hans Bernd von Haeften, Adam Trotts Vorgesetzter im Amt und Brauchitschs Neffe. »Warum hat Hitler wohl gerade Onkel Waltherchen zum Oberbefehlshaber des Heeres gemacht? Weil Onkel Waltherchen eine Kadettennatur ist. Und seine zweite Frau ist eine unheilbare Nazisse, und er macht alles, was sie sagt.«

Aber das ist nun auch schon egal. Während Ulrich von Hassell, Adam Trott, Peter Yorck und Helmuth Moltke noch in der Hortensienstraße zusammensitzen, hat Hitler bereits seinen Oberbefehlshaber Brauchitsch verabschiedet und persönlich den Oberbefehl über das Heer übernommen.

Zwei Tage später fährt Helmuth Moltke nach Kreisau. Er ist bei seiner Ankunft ganz heiter. Es scheint, er hat alles von sich geschoben.

»Jetzt ist es zu spät«, sagt er zu Freya. »Jetzt kann man sein Heil nicht mehr im schönen geraden Weg der Gewehrkugel suchen. Man hätte vor dem 18. Dezember handeln müssen oder jedenfalls, bevor Brauchitschs Rücktritt offiziell bekanntgegeben worden ist. Nun muss sich das Regime selbst zugrunde richten. Nur noch die bittersten Erfahrungen werden den Deutschen begreiflich machen können, was der Nationalsozialismus ihnen angetan hat.«

Und damit haben sie das Thema ad acta gelegt. Sie haben sehr fröhlich Weihnachten gefeiert, in der Spielschule mit Schwester und den Dorfkindern, im Schloss mit den Tanten, schließlich im Berghaus mit der engsten Familie. Sie haben Kreisauer Gänsebraten gegessen, mit Casparchen gesungen und mit Asta Bridge gespielt, sie sind mit dem Schlitten über die verschneiten Felder nach Gräditz zur Mitternachtsmesse gefahren und haben spät nachts noch einen Punsch getrunken.

»Genießen wir jeden Tag«, hat Helmuth gesagt. »Genießen wir es, an diesem Tisch zu sitzen, genießen wir unsere schönen Berghaus-Betten. Nächstes Jahr sitzt vielleicht schon Herr Serpuchoff hier.«

»Wer?«

»Herr Serpuchoff. Der russische Herr, dem Kreisau gehören wird, wenn wir den Krieg verloren haben.«

Und überall die Gräber. Überall in der russischen Weite die langen langen Reihen der Gräber. Da liegen sie. Da liegen sie alle. Die Jungs, mit denen man hier eingerückt ist: Mayer-Müller-Schulze-Lehmann. Die alte Garde. Alle tot.

»Es wäre am besten, man läge auch da.«

»Es geht eben immer so weiter, bis man selbst eine verpasst bekommt. Dann ist es vorbei.«

Fritzi Schulenburg verbringt Weihnachten zu Hause in Breslau, bei Frau und Kindern. Es ist der erste Weihnachtsfeiertag dieses Jahres 1941. Die Kinder schlafen schon. Fritzi und Charlotte haben die Christbaumkerzen noch einmal angezündet, an diesem ersten Abend, den sie miteinander allein sind.

»Ich habe Gauleiter Koch jetzt endgültig abgesagt«, sagt Fritzi. »Ich habe dir ja erzählt, er hat versucht, mich für die Verwaltung der Ukraine zu reklamieren. Aber es ist nicht geklärt, wer dort die Politik bestimmen wird. Es steht zu befürchten, dass man die Ukraine nur als ein Objekt für Beutehungrige betrachtet, und da werde ich nicht mitmachen.«

»Und was wirst du jetzt tun?«

»Ich werde Beamter mit Sonderstatus. Ich werde mal hier, mal da eingesetzt werden, in Ministerien, in militärischen Stäben. Sie merken allmählich selbst, dass im Grunde der gesamte Laden reorganisiert werden muss. Als Erstes werde ich einen Maßnahmenkatalog für das Reichswirtschaftsministerium erstellen. Die Reichsstellen für die Rohstoffbewirtschaftung müssen Personal abbauen, und dann muss die gesamte Verwaltung vereinfacht werden.«

Fritzi zündet sich eine Zigarette an. Er sagt: »Und da ist noch etwas. Ich habe von einem Lager gehört. Es soll irgendwo im Osten liegen. Dort werden Juden in Öfen verbrannt.«

»Fritzi.«

»Ja. Ich habe mir die Frage nach Gut und Böse gestellt. Und ich habe mich gefragt, wie meine Mutter diese Frage beantworten würde. An ihr muss ich meine Handlungen messen. An ihr muss ich messen, ob ich mich richtig oder falsch verhalte. Ich werde jetzt alles daransetzen, das System zu beseitigen. Wir werden die Regierung stürzen. Es geht um die Zukunft des Volkes.«

»Das Volk«, sagt Charlotte. »Ach Fritzi. Du redest mit dem Gemüsehändler, und der scheint dir ein anständiger Mensch zu sein, und du denkst: Mein geliebtes Volk. Und dann redest du mit dem Bäcker, und er jammert dir von seinem Sohn an der Ostfront und seinen erfrorenen Füßen vor, und du denkst: Mein leidendes Volk. Aber es sind alles nur Leute. Ganz normale Leute. Sollen sie sich doch um sich selber kümmern. Bleib du bei deiner Familie und kümmere dich um uns.«

Einen Moment ist es still. Dann sagt Fritzi: »Du hast mich nicht richtig verstanden. Aber ich erkläre es dir, dann verstehst du es. Ich habe jetzt erkannt, was notwendig ist. Wir brauchen den grundlegenden Neuanfang. Ich weiß das jetzt. Wenn ich weiß, was getan werden muss, dann tue ich es. Alles andere wäre doch verkehrt. Das ist richtig, oder nicht?«

»Ja«, sagt Charlotte.

Er nickt.

»Ja. Und sie sind alle mit dabei: Ulrich Schwerin und Teddy Kessel, Peter Yorck, alle. Wir werden den Neuanfang schaffen. Und dann komme ich heim. Wenn im Reich wieder das Recht herrscht, dann werde ich mich mit dir auf dem Lande zur Ruhe setzen.«

»Das wirst du bestimmt nicht«, sagt sie. »Du würdest sofort eine neue Aufgabe finden. Du würdest eine Rolle spielen wollen in deinem neuen Reich. Man würde das auch von dir erwarten.«

Das Lachen huscht über seine Züge, verlischt.

»Du hältst zu viel von mir.«

Er legt den Arm um sie. Die Kerzen brennen leise herunter. Sie hat den Kopf an seine Schulter gelehnt.

»Mein Liebesgenius«, sagt er. »Weißt du, wie froh und dankbar ich bin, dass du so unbekümmert an meiner Seite gehst? Es ist ein holpriger Weg, das ist wahr. Aber das Schicksal eines Menschen hängt doch eigentlich ganz ab davon, dass er sich nach dem Gesetz, nach dem er angetreten, in das große Schicksal einfügen kann. Und du bist in diese Frage nun einmal mit hineinverwoben, weil du dich mit mir verschworen hast.« Er legt die Wange auf ihr Haar. »Wir müssen eben so gehen, als lustwandelten wir auf einer Promenade. Vielleicht legt das Schicksal ja noch einmal ein Stück Promenade zu, gerade weil wir uns für den holprigen Weg entschieden haben.«

Dann käme er jeden Abend pünktlich zum Essen. Er säße jeden Abend bei ihr, und jeden Sonntag machten sie einen Ausflug mit den Kindern. Kann man es glauben? Wird es so sein?

»Gott hat unser Volk 1918 nicht verlassen«, sagt Fritzi leise. »Er wird uns auch jetzt nicht verlassen, in unserer tiefsten Schuld. Gott wird die Not und den Schrecken dazu dienen lassen, dass wir uns tief innen besinnen, uns wandeln und reiner wieder erheben. Das sagt mir mein Herz. Und mein Herz hat recht.«

Essensausgabe im Dulag 124. Die schönen nationalsozialistischen Abkürzungen. Dem Wort Dulag sieht man nicht gleich an, dass es ein Durchgangslager bezeichnet, gedacht dafür, kurzfristig Kriegsgefangene aufzunehmen, um sie in die Stammlager weiterzuleiten. Aber der Einzige, der hier weiterleitet, ist der Tod. Jaron steht neben dem Topf, aus dem die Suppe geschöpft wird. Er wünschte, die Essensausgabe würde nicht so schlampen. Die Gefangenen können sich vor Schwäche kaum auf den Beinen halten, und dann wird ihnen ihr bisschen heißes Wasser, nach dem sie stundenlang anstehen, zur Hälfte neben den Napf geschwappt. Früher gab es dann manchmal Geschrei, böse Worte, und er musste mit der Faust oder dem Knüppel dazwischen. Das ist lange vorbei.

Jetzt weinen sie.

So sind die Russen, wie Kinder. Sie weinen, klammern, lächeln. Sie ziehen alle Register: Sie betteln mit den gewinnendsten Gesichtern, sie lachen, schmeicheln, schluchzen und fallen auf Befehl um. Und wenn man ihnen dann Beachtung schenkt, wollen sie Brot. Brot, Brot.

Es ist jedes Mal eine schlimme Versuchung. Es ist nicht genug da, um allen mehr Brot zu geben. Soll er sich verführen lassen, manche zu bevorzugen? Wem soll er mehr geben, dem besten Schauspieler, dem Schwächsten, dem Kindlichsten? Sie tun alles für Brot. Sie tun alles für den, der es ihnen gibt. Er könnte hier ein wenig Brot verteilen, dort. Er wäre der Herrscher. Der König. Sie würden auf dem Bauch vor ihm kriechen. Er könnte frei unter ihnen gehen.

Er geht frei unter ihnen. Ein Dutzend deutscher Soldaten bewacht zwanzigtausend russische Gefangene. Aber die Russen sind ja so geschwächt, dass sie umfallen, wenn man sie nur antippt. Und selbst wenn sie stark und gesund wären, wo sollten sie hin, in die Wälder? Das Lager liegt hinter den feindlichen Linien. Es gibt auch in den Dörfern kein Brot. Und wenn die Russen einen kriegen, der aus der Kriegsgefangenschaft geflohen ist, bringen sie ihn als Kollaborateur um.

So lernt man also allmählich die Menschen kennen, die in diesem unergründlichen Land leben und über die man früher nur in den Romanen gelesen hat. Und natürlich, die Russen sind fauler und schmutziger als die Deutschen, das ist wahr. Aber die unverbesserlichen Bolschewisten sind inzwischen doch so gut wie ausgemerzt, und dass die sogenannten Partisanen noch viel Schaden anrichten, kann man sich kaum vorstellen, bei dem geschwächten Allgemeinzustand der Bevölkerung. Durch und durch schlecht sind die Russen jedenfalls nicht. Tatsächlich würden ihre guten Eigenschaften sicher noch viel erkennbarer nach vorn treten, wenn man ihnen nicht mit eiserner Härte, sondern mit einer gewissen strengen Freundlichkeit begegnen würde.

So hat zum Beispiel ein Moskauer Opernsänger zu Weihnachten vor dem Major ganz wunderbar Wagner und Mozart gesungen. Der Dolmetscher des Hauptmanns, Lehrer an der Moskauer Kunstgewerbeschule, fertigt mit einem Stück Holzkohle die hübschesten Zeichnungen von Moskauer Kirchen und Sehenswürdigkeiten auf den Bretterwänden an.

Es ist auch vor einigen Tagen ein Stoß Reclamhefte von zu Hause eingetroffen. Man muss froh sein, dass diese geistige Welt einen Gegenpol darstellt zu den Bildern, die einen umgeben. Man muss froh sein, dass diese Welt standhält. Das Leben hier ist ja entsetzlich schwer. Jaron hat gestern doch wieder schießen müssen, um rings um die Küche die Ordnung aufrechtzuerhalten. Und nun sind seine Russischstunden terminiert worden, weil sich ganz unerwartet herausgestellt hat, dass sein Lehrer Halbjude war.

Manchmal ist Jaron gänzlich entmutigt. Er kann sich zurzeit nicht einmal mehr dazu aufraffen, Vokabeln zu lernen. Aber wenigstens haben die Schneefälle aufgehört, und der Wind kommt nicht mehr von Ost. Die Luft ist klar. Die russischen Abendhimmel leuchten in allen Farben, in dem scharfen, trockenen Frost. Wenn die Gefangenen zur Essensausgabe herantaumeln, fallen immer einige um. Sie sterben einem vor den Füßen weg. Ihre abgemagerten Leichen sehen aus wie Grünewalds Leib Christi auf der Kreuzigungstafel des Isenheimer Altars.

Das denkt Jaron. Im zivilen Leben ist er Religionslehrer. Er denkt, dass auch dieses Sterben sicher irgendwie eingebunden ist in das Sterben Jesu, auch wenn man das als Mensch nicht klar fassen kann. Matthäus 25 geht ihm aber nicht aus dem Kopf.

Da wird dann der König sagen zu denen zu seiner Rechten: Kommt her, ihr Gesegneten meines Vaters, ererbt das Reich, das euch bereitet ist von Anbeginn der Welt! Denn ich bin hungrig gewesen, und ihr habt mich gespeist, ich bin durstig gewesen, und ihr habt mich getränkt, ich bin nackt gewesen, und ihr habt mich bekleidet, ich bin gefangen gewesen, und ihr habt mich besucht. Dann wird er auch sagen zu denen zur Linken: Gehet hin von mir, ihr Verfluchten, in das ewige Feuer, das bereitet ist dem Teufel und seinen Engeln! Ich bin hungrig gewesen, und ihr habt mich nicht gespeist. Ich bin durstig gewesen, und ihr habt mich nicht getränkt. Ich bin nackt gewesen, und ihr habt mich nicht bekleidet. Ich bin krank und gefangen gewesen, und ihr habt mich nicht besucht.

Helmuth Moltke ist wieder in Berlin. Er ist auf einen kurzen Besuch in die Hortensienstraße gekommen: Peter wird morgen nach Ostpreußen fahren. Sein Bruder Bia hat einen Achseldurchschuss erlitten.

»Im Grunde sind wir alle erleichtert. Wir hatten schon halb und halb mit dem Schlimmsten gerechnet, weil wir so lange nicht von ihm gehört hatten. An seinem Frontabschnitt ging es ja besonders wild zu. Jetzt ist er aber bei den Dönhoffs untergekommen, und so weit ist alles gut. Nur scheint es, als hätte sich ein Fieber eingestellt. Ich will also einmal hinauf und nach ihm sehen.«

»Richte ihm bitte meine besten Genesungswünsche aus«, sagt Helmuth Moltke.

Er sieht aus dem Fenster in den Garten, wo ein paar Grünfinken um die Sonnenblumenkerne streiten, die Marion Yorck ihnen gestreut hat. Sein Bruder Carl Bernd wird seit dem 30. Dezember über Afrika vermisst. Der jüngste der Moltke-Brüder. Der Engel. Es gibt kaum noch Hoffnung, dass man ihn findet. Furchtbar die Vorstellung, dass er womöglich verdurstet ist.

Aber das sind Privatsachen. Helmuth eilt von Termin zu Termin. Der Krieg kann nicht mehr lange dauern. Und wenn der Zusammenbruch kommt, muss jene andere Front, die Helmuth Moltke mit den Seinen errichtet hat, so breit wie irgend möglich sein, damit der Neuanfang nicht wieder an inneren Konflikten scheitert wie 1918. Helmuth erträgt ein unumgängliches Geschwätz mit Kiep, er eilt zu einer Verabredung mit dem Berliner Bischof Konrad Graf von Preysing, er trifft den Jesuitenprovinzial Augustin Rösch, er ist mit Gablentz, Steltzer, Guttenberg, Mierendorff, Reichwein verabredet, dazwischen muss er im Institut, in seiner Privatkanzlei, im Amt nach dem Rechten sehen, er eilt also ans Tirpitzufer, in die Bendlerstraße, dann heim in die Derfflingerstraße zum Mittagessen mit seinem Schwager Carl Deichmann. Anschließend bereitet er den großen Tee der Genossen vor.

Man muss die Arbeiter gewinnen. Acht Gewerkschafter und Sozialdemokraten kommen heute in die Derfflingerstraße, angeführt von Leuschner, Mierendorff und Maass. Leuschner gehört zu Goerdelers Herrenclub. Aber vielleicht kann man ihn dazu bringen, die Seiten zu wechseln. Helmuth stellt Honigkuchen aus Kreisau bereit, Schnaps und Zigarren.

Um sieben Uhr abends ist er dann im Venetia verabredet, mit Justus Delbrück, Hans Dohnanyi, Guttenberg, Klaus und Dietrich Bonhoeffer.

Es ist der 23. Januar 1942, und Hans von Dohnanyi ist Moltkes utopische Zukunftsplanerei leid. Er hat Moltkes Schreiberei, seine überflüssigen Denkschriften satt. Hans hat seine Meinung noch einmal verkündet, wenn auch in Anbetracht des Ortes verschlüsselt: Es muss nun endlich gehandelt werden. Sobald das Hindernis aus dem Weg geräumt ist, ist die Bahn frei. Dann wird sich die Zukunft von allein gestalten.

»Und habe ich nicht lange genug aufs Handeln gedrängt?«, sagt Helmuth von Moltke. »Von mir aus soll ruhig gehandelt werden. Aber das tun sie eben nicht. Die bewussten Herren handeln nicht. Immer war es den Herren zu früh. Und jetzt ist es ihnen auf einmal zu spät.«

Zurück. Sie gehen zurück. Sie sollen zurückgehen, in Richtung Westen, aber die Wagen springen nicht an. Es ist zu kalt. Keiner von ihnen ist ohne Läuse. Sie schaffen fünf Kilometer, sechs, sieben am Tag. Sie stolpern. Sie fallen. Es schneit. Es ist, als wäre man erblindet. Gehen sie im Kreis? Eine Bahnstrecke vor ihnen verliert sich im Weiß. Es gibt keine Unterkünfte. Sie sind allein. Die Nasen erfrieren, die Finger, die Zehen. Sie nehmen den Einheimischen alles weg, was sie brauchen können: Eier, Milch, Felle, es ist aber gefährlich. Teilweise ist der Feind schon an ihnen vorbeigezogen, hat die Dörfer schon wieder zurückerobert. Sie nehmen den Russen ihre Jacken, ihre Mützen, ihre Stiefel. Sie sehen nicht aus wie eine Armee. Sie sehen aus wie der Feind: wie die Partisanen in den Wäldern. An den wenigen Fahrzeugen, die noch vorwärtskriechen, sind requirierte Kälber oder Schafe angebunden. Wenn eines stürzt, wird es ein Stück mitgezerrt, dann so lange geprügelt und mit Stiefeln getreten, bis es wieder hochkommt und weitertaumelt.

»Bringt die Gefangenen zur Sammelstelle!«

Wozu? Knallt sie ab, wo sie stehen.

Sie sind im Abwehrkampf. Sie töten, sie töten, sie töten, aber es kommen immer neue Russen. Ungeheure Brände lodern überall in der Weite: Alle Dörfer, alle Ortschaften, alle einzelnen Häuser müssen angezündet werden, sonst nistet sich der Russe in ihnen ein. Sie schaffen es nicht, sich vom Gegner zu lösen. Er ist ihnen auf den Fersen. Er hat sie überholt, er kommt ihnen von vorn entgegen. Wenn ein Sowjetsoldat hinter der Front aufgegriffen wird, wird er abgeknallt. Klar, die sagen immer, sie wären desertiert und wollten heim. Na und? Wenn sie lügen, muss man sie erschießen. Und wenn sie die Wahrheit sagen, ist es egal, ob sie von den Deutschen erschossen werden oder von ihren eigenen Leuten. Schneesturm. Der Sturm treibt die Russen voran: Sie haben den Sturm im Rücken, sie werden von ihm gedeckt. Wenn man sich umwendet, sich den Verfolgern entgegenwirft, treibt einem der Schnee ins Gesicht, in die Augen. Es ist nichts zu sehen. Es ist alles verweht. Die Gegend ist ein leeres Blatt Papier. Sie zerren jemanden aus einem Gehöft, der den Weg weisen soll. Die Frau schreit. Sie schleppen ihn mit. Dann wieder russische Stoßtrupps. Sie tauchen mit einem Mal auf. Es ist alles verloren. Ist der Krieg verloren? Ist es vorbei?

Weiterer Rückzug ist ihnen verboten. Hitler selbst hat befohlen, dass jede Truppe bleibt, wo sie steht. Sie stehen in dünnster

Front, ohne Reserven. Sie haben Stellungen gehalten, die sich nicht verteidigen lassen, statt ein paar Kilometer weiter auf eine Position zurückzuweichen, von der aus eine Verteidigung vielleicht möglich wäre. Sie müssen sich zertrümmern lassen, dort, wo sie stehen.

Heinrich ist tot. Heinrich Yorck von Wartenburg, Peters jüngster Bruder, ist in Russland gefallen. Marion ist nach Klein Oels gefahren. Goldchen war diesmal sehr gefasst. Heinrich ist gefallen, während sie gerade an ihn schrieb.

»Ich bin ihm nahe gewesen«, hat sie gesagt. »Ich bin ihm nah.«

Es ist einer der ersten warmen Tage auf Kreisau. Heute war der Reinigungsflug der Bienchen. Der erste Flugtag, zu Beginn des Frühjahrs 1942, der Tag der Freiheit, wenn die armen Bienchen endlich die braune Kacke des Winters loswerden. Freya musste plötzlich lachen. Sie hat laut gelacht, ununterdrückbar, hysterisch, während die wirkliche Freya erschrocken zuhörte: Hysterisch zu sein ist ganz und gar nicht Freyas Art. Helmuths Brief liegt oben im Berghaus auf dem Tisch.

Der Untergang ist nah. Wir werden aber vorher noch viel Schlimmes über uns ergehen lassen müssen, ohne dass wir dabei unsere Handlungsfreiheit verlieren dürfen. Stell also das Schlimmste in Rechnung und setz Dich für das weniger Schlimme ein. Mein Lieber, sei nicht niedergeschlagen. Es ist ja alles nur Wetterleuchten, denn der Sturm steht vor uns.

Harald Poelchau hat einen Gefangenen aus der Strafanstalt Tegel in sein Gärtlein innerhalb der Gefängnismauern geholt. Er tut das regelmäßig: Er benötigt Hilfe beim Umgraben, beim Beschneiden der Obstbäume. Die Gefangenen sind immer sehr dankbar. Sie arbeiten gern ein wenig an der frischen Luft. Poelchau lädt sie aber auch dazu ein, einfach nur in der Frühlingssonne zu sitzen, im Baumschatten auszuruhen, Gras unter nackten Fußsohlen zu spüren. Es ist ein klarer, kühler Frühlingstag 1942. Der Gefangene ist um die fünfzig. Er hat Harald Poelchau geholfen, die Beete für die Aussaat von Möhren, Salat und Erbsen vorzubereiten. Sie haben wenig geredet. Einmal hat der Mann vor sich hingesummt,

Eine Frau wird erst schön durch die Liebe,
ganz allein nur
durch die Liebe –

»Kennen Sie das?«

»Ja, sicher.«

Das singen sie, wenn sie vor sich hinsingen. Sie singen nicht von sturmläutenden Glocken, von der Partei oder vom Ritt in den Tod im Morgenrot. Sie singen von der Liebe, vom Wandern in der Natur. Die Sonne sinkt tiefer. Es wird Zeit, den Gefangenen wieder zurückzubefördern: Harald Poelchau will heute noch eine Vorlesung des Nervenarztes und Psychoanalytikers Dr. John Rittmeister an der Poliklinik des Deutschen Instituts für Psychologische Forschung und Psychotherapie über die Grundzüge der Tiefenpsychologie besuchen. Harald Poelchau erhofft sich davon praktischen Nutzen für seine Arbeit. Die Psychologie als Wissenschaft ist der Zeit enthoben. Ihr Studium wird Harald Poelchau hoffentlich darin unterstützen, die inneren Spannungen auszuhalten, denen er ausgesetzt ist.

»Ist es schon so weit?«

»Ja. Ich muss Sie nun wieder zurück in die Zelle bringen. Aber der Frühling hat ja erst angefangen. Sie können mir sicher wieder einmal helfen.«

Helmuth ist in Kreisau gewesen. Er war allein: Freya besucht ihre Mutter in Köln. Es war ihm eigentümlich, ohne seine Frau zu Hause zu sein. Er hat ihr immerhin schreiben können, dass ihr Haus in gutem Zustand ist. Er hat sich um die Vermietungen in Wierischau und im Schloss gekümmert. Er hat mit Zeumer die Umsetzung des Bestellungsplans durchgesprochen, er hat nach den Schafen gesehen, von denen schon 135 gebockt haben, er hat bemängelt, dass das Paket mit dem Gemüsesamen noch immer nicht eingetroffen ist. Am Nachmittag hat er eine große Wanderung über die Tonschachtwiese, den Hinterbusch und die Wierischauer Grenze unternommen.

Es war Hochwasser, und nun hatte es noch einmal gefroren. Die Kreisauer Kinder liefen Schlittschuh auf den Wiesen im Park, wie einst Helmuth mit seinen Brüdern und Vettern. Helmuths Bruder Carl Bernd ist tot. Sein Bruder Willo ist nach Amerika emigriert. Immerhin ist das Marinkchen zum Abendessen erschienen, zusammen mit ihrem Verlobten Wend Wendland, und so musste Helmuth nicht allein am Tisch sitzen. Es war aber sehr merkwürdig, ohne Freya im Ehebett zu liegen.

Er konnte lange nicht einschlafen. Und dann hatte er einen eigenartigen Traum. War es ein Traum? Eher war es eine Vision, ein Gespinst im Halbdunkel zwischen Schlaf und Wachsein. Helmuth Moltke war ein sehr alter Mann.

Er kam vom Kapellenberg, vom Grab seiner Mutter. Er war allein. Er hatte sie alle überlebt: die Freunde, die Brüder, die Eltern, Granny und Daddy und vor allem Freya. Alles war gekommen, wie er es gewünscht und geplant hatte, unter übermenschlichen Anstrengungen war alles erreicht worden. Und nun war Freya nicht mehr da, um die Welt zu sehen, die er ersehnt und geschaffen hatte. Sie war nicht mehr da, um sich mit ihm zu freuen, um bestätigt zu finden, dass all ihre Opfer nicht umsonst gewesen waren. Helmuth Moltke war einer der einsamen alten Männer seiner Familie geworden: Daddy ohne Granny und Mami, der kinderlose Feldmarschall ohne seine Gemahlin.

Er ist nach dem Traum erwacht. Er ist aufgestanden und ins Badezimmer gegangen, er hat ein Glas Wasser getrunken.

Und wenn du sicher wüsstest, dass dein Traum Wahrheit wird? Würdest du dann trotzdem mit deinem Leben fortfahren? Oder würdest du dich nach Kreisau zurückziehen und dich fortan ganz deiner Frau widmen?

Es ist aber eine alberne Frage. Er wird ja zuerst gehen. Er wird vor ihr sterben. Er weiß nicht, warum er sich dessen so sicher ist. Allerdings besteht natürlich die Möglichkeit, dass es sich dabei um bloßes Wunschdenken handelt.

»Hitler selbst ist angeblich gar nicht völlig begeistert von den Riesenerfolgen der Japaner im Pazifikraum und Südostasien«, sagt Ulrich von Hassell zu Carl Langbehn, dem Anwalt Heinrich Himmlers, der Popitz nahesteht und mit dem Hassell seit 1939 bekannt ist. »Jemand hat gewitzelt, am liebsten würde er den Engländern zwanzig Wehrmacht-Divisionen schicken, damit sie die Vormachtstellung des weißen Mannes retten.«

Langbehn lacht auf.

»Ja, sehr arisch sind die Japaner nicht. Aber es ist auch lustig zu sehen. Nun haben wir einmal einen brauchbaren Bundesgenossen, und schon quasselt alles von der gelben Gefahr. Aber die Japaner werden uns jedenfalls auch nicht retten. Eben das Gequassel ist ja das beste Zeichen dafür, wie gering wir selbst unsere Stärke einschätzen.« Langbehn räuspert sich. »In der SS wird diese Schwäche übrigens stärker wahrgenommen als in Hitler-Kreisen.«

»Die Entwicklung, von der Sie sprachen, geht also weiter.«

»Es scheint so. Natürlich hält sich Himmler selbst bedeckt, er wäre ja verrückt. Aber aus dem Umfeld sickert einiges durch.«

»Es muss dem Reichsführer-SS allerdings auch besonders vor der Vorstellung grausen, den Alliierten in die Hände zu fallen.«

Langbehn legt den Kopf schief.

»Die Russen«, sagt er. »Die fürchtet er, denke ich, wirklich. Ich glaube, er würde sich gern irgendwie mit den Westmächten verständigen.«

»Ja«, sagt Hassell. »Nun, wer möchte das nicht. Aber in den Augen des Westens ist Himmler nun einmal der Teufel schlechthin. Niemand würde mit ihm gemeinsame Sache machen.«

Andererseits ist die SS schlagkräftig. Sie ist nicht zögerlich wie die Militärs. Sie ist kein Debattierkränzchen wie die Berliner Kreise um Goerdeler und Beck, bei denen gerade mal wieder alles auseinanderläuft, seit der Oberbefehlshaber West Erwin von Witzleben in die Führerreserve versetzt worden ist. Vielleicht sollte man doch noch einmal nachdenken. Vielleicht sollte man wirklich die SS die Drecksarbeit machen lassen.

»Ein Staatsstreich würde nun nicht mehr helfen«, sagt Helmuth Moltke in der Hortensienstraße. »Wir brauchen eine grundlegende Erneuerung, und die kann nicht mit einem Mord beginnen.«

»Warum nicht?«, sagt Adam Trott. »Der Tyrannenmord ist beste deutsche Tradition.

Schlagt sie tot! Das Weltgericht
fragt euch nach den Gründen nicht.«

»Aber können wir das Regime der Mörder mit einem Mord überwinden? Ist ein Mord das geeignete Mittel, um das Bild des Menschen wieder in den Herzen unserer Mitbürger aufzurichten? Was nötig ist, ist ein moralischer Neuanfang.«

»Wir könnten ja danach moralisch neu anfangen«, sagt Carlo Mierendorff. »Lange müssen Sie uns nicht geben, Moltke, nur ein paar Tage zum Aufräumen. Und dann fangen wir moralisch neu an. Hitler hat den Tod tausendfach verdient.«

»Und wir sind es, die das entscheiden. Wir ermorden ihn, weil er es verdient hat. Ermordet man nicht uns, wenn man uns kriegt, mit demselben Argument?«

»Es muss jetzt aber gehandelt werden«, sagt Fritzi Schulenburg. »Wir können nicht warten. Der Schaden wäre niemals wiedergutzumachen. Wir werden es niemals wiedergutmachen können, wenn wir untätig bleiben.«

»Es ist schon jetzt niemals wiedergutzumachen«, sagt Helmuth Moltke. »Was in unserem Namen getan worden ist, kann zu unseren Lebzeiten nicht mehr gesühnt werden. Und wenn wir mit dem Umsturz nicht gleichzeitig auch den Krieg auf akzeptable Weise beenden, würden kaum alle Bevölkerungsschichten die folgende Neuordnung bejahen. Was dann? Aber um den Krieg zu beenden, brauchen wir die Westalliierten. Und die verweigern bisher alle Zusicherungen.«

Aber vielleicht kann Adam Trott diesmal zu den Engländern vordringen. Vielleicht wird es dann einem höheren guten Zweck gedient haben, dass Adam unmittelbar nach der Geburt seines ersten Kindes am 1. März 1942 für eine längere Weile nach Davos reisen musste, um eine eitrige Kieferhöhlenentzündung auszukurieren. Wie immer hat er in der Schweiz seinen Freund Visser't Hooft besucht, den Generalsekretär des Ökumenischen Rates der Kirchen. Und Visser't Hooft hat ihn wissen lassen, dass er nach England zu fahren gedenkt.

Diese Gelegenheit darf nicht ungenutzt verstreichen. Adam

wird ein Memorandum verfassen, gerichtet an die englische Regierung. Sie werden nichts verlangen. Sie werden nicht um Zusagen der Alliierten für den Fall des Umsturzes bitten wie frühere Emissäre. Das Memo soll nichts sein als eine ausgestreckte Hand. Es soll ein Bekenntnis der deutschen Schuld sein, und eine bescheidene Bitte darum, wieder miteinander zu sprechen. Es soll eine Bitte um Solidarität sein: Sie sind doch Krieger in der gleichen Sache. Wie die Alliierten von außen, so kämpfen Adam und seine Freunde im Inneren des finsteren Reichs darum, die drohende Katastrophe abzuwenden: die Vernichtung Europas, die völlige Zerstörung der geistigen und materiellen Grundlagen der westlichen Zivilisation. Seit seiner Rückkehr aus der Schweiz hat Adam nun beständig mit Hans Bernd von Haeften und Eugen Gerstenmaier an der Denkschrift gearbeitet.

Gerstenmaier ist zu Adam und Hannes gestoßen, weil er als Mitarbeiter für Sonderaufträge in der Informationsabteilung des Auswärtigen Amtes beschäftigt ist. Er ist aber eigentlich Theologe. Er steht der Bekennenden Kirche nahe, entsprechend beargwöhnt ihn der Sicherheitsdienst und so mancher Beamte im Auswärtigen Amt. Der Bekennenden Kirche wiederum ist er eben wegen seiner Tätigkeit für das Amt suspekt. Und nun wird ein Freund Eugen Gerstenmaiers in die Schweiz reisen.

Er wird die Denkschrift für Visser't Hooft mitnehmen. Visser't Hooft wird sie nach England bringen und Sir Stafford Cripps überreichen. Adams väterlicher Freund aus Jugendtagen ist Mitglied von Churchills Kriegskabinett, ein sehr mächtiger Mann. Über ihn wird es vielleicht gelingen, die Absolute Silence der britischen Politik zu unterlaufen.

In der Annenkiche in Dahlem tauft Eugen Gerstenmaier die kleine Verena von Trott zu Solz auf den Namen von Adams ältester Schwester. Hans Bernd von Haeften steht Pate. Die

Denkschrift ist auf dem Weg nach England. Es ist nun wieder einmal alles eine Sache der Hoffnung.

Freya hat den Besuch bei ihrer Mutter beendet. Sie ist wieder in Kreisau. Sie geht mit einem Unkrautstecher zwischen den Staudenrabatten umher. Was ist Unkraut? Ein Gewächs am falschen Ort. Man sticht es aus. Dumm ist es, wenn es sich im Wurzelballen einer Gartenpflanze eingenistet hat, die man bei der Entfernung zwangsläufig mitvernichten würde. Man muss dann entscheiden: Ist dieses Unkraut schlecht oder ist es böse? Wenn es lediglich schlecht ist, wird man es nicht um jeden Preis vernichten: nicht um den Preis, dass die schöne, mit Liebe gehegte Pflanze ebenfalls eingeht. Man wird es vielleicht nur abschneiden, immer wieder abschneiden und so am Aussamen hindern. Aber bei einem bösen Kraut gibt es keine solchen Hemmnisse. Ein böses Kraut wie Giersch oder Kriechender Hahnenfuß duldet keine andere Pflanze neben sich. Es bildet Ausläufer, unsichtbar, unterirdisch, seine Wurzeln wachsen und wuchern immer weiter wie Stricke, sie ersticken alles, sie überwuchern den Garten. Ein solches Unkraut wird man unter allen Umständen vernichten, weil es sonst alles erwürgt, auch die Pflanze, in deren Schutz es gediehen ist.

Helmuth ist sehr froh, Freya wieder in Kreisau in ihrem Haus zu wissen. Es ist ihm eine tiefe Befriedigung. Er sieht nun wieder das Berghaus vor sich, wenn er schreibt, er sieht Freya in ihrem Sessel, er sitzt mit ihr im Wohnzimmer oder am Esstisch. Helmuth ist zu Hause, wenn er nach Kreisau schreibt.

Tatsächlich ist er aber auf dem Weg nach Norwegen und Schweden, zusammen mit Dietrich Bonhoeffer. Offiziell reisen sie im Auftrag der Abwehr, um sich ein Bild vom norwegischen Kirchenkampf zu machen. Inoffiziell reisen sie, um den Kampf zu unterstützen und das Leben des inhaftierten Bischofs Berggrav zu retten. Aber als Erstes haben sie die Fähre von Rügen nach Trelleborg verpasst. So haben sie nun fünf Stunden Zeit, um miteinander am Strand umherzuwandern.

»Ich bleibe dabei«, sagt Helmuth Moltke. »Es wäre fatal, wenn Goerdelers rückwärtsgewandte Konzepte sich durchsetzen könnten.«

»Ich verstehe die Intensität Ihrer Bedenken nicht«, sagt Dietrich. »Ich halte Goerdeler für einen überaus fähigen Mann.«

»Für den Umsturz ist es zu spät.«

»Der Umsturz muss unter allen Umständen erfolgen.«

Sie können einander gar nicht verstehen. Alles in Helmuth sträubt sich gegen diesen kapaunhaften Mann, der ohne Frau durchs Leben schreitet und vor allem Sohn seines Vaters zu sein scheint, obwohl sich doch sein Haar schon lichtet. Helmuth Moltke wiederum bleibt Dietrich unverständlich. Dieser schlanke, riesenlange Graf Moltke ist zweifellos höchst intelligent. Er ist auf eine Art intelligent, die Dietrich in einem Brief nach Hause *anregend* nennen wird, aber auch arrogant nennen könnte, während Helmuth Moltke Dietrich in seinen Briefen nur im Vorbeigehen erwähnt. Aber sie sind doch beide überzeugte Hitler-Gegner? Und sie sind beide tiefgläubige Christen: Helmuth Moltke ist inzwischen zu der Erkenntnis gelangt, dass er sich sehr geirrt hat, als er meinte, der Glaube an Gott sei für den Widerstand gegen Hitler nicht wesentlich. Aus der Sicherheit Schwedens wird er an Lionel Curtis schreiben, dass er in diesem Punkt unrecht hatte, ganz und gar unrecht.

Der Grad von Gefährdung und Opferbereitschaft, der heute von uns verlangt wird und vielleicht morgen von uns verlangt werden wird, setzt mehr als gute ethische Prinzipien voraus.

Und das ist es nicht allein. Wie könnte Helmuth Moltke mit ganzem Herzen für den totalen Zusammenbruch seines Landes kämpfen, wenn ihn nicht der Glaube an Gott darin bestätigen würde, dass es höhere Werte gibt als die nationale Einheit, unvergänglichere Reiche als das deutsche? Und könnten Dietrich Bonhoeffer und Helmuth Moltke einander nicht hierin begegnen: in ihrem Glauben an Gott und in ihrer Hoffnung, dass ihr Land den Krieg verliert?

»Das Attentat muss unter allen Umständen erfolgen«, sagt Dietrich Bonhoeffer. »Wir können uns nicht mehr hinter dem Tötungsverbot verstecken. Wir können uns keinesfalls damit entschuldigen, dass wir nicht bereit sind, schuldig zu werden.«

»Das ist auch nicht der Grund, weshalb ich dagegen bin«, sagt Helmuth Moltke. »Ich frage mich aber, ob diese Tat wirklich das ist, was von uns verlangt wird. Jede Handlung hat Konsequenzen, jede Tat zieht ihr eigenes Verhängnis nach sich, auch wenn dessen Gestalt nicht immer gleich erkennbar wird. Wäre es bei einem Mord anders? Würde ein Mord sich isoliert durchführen lassen? Oder würde nicht eine solche Tat am Anfang eines Neubeginns den Neubeginn vergiften und alles Folgende mit sich in die Verdammnis ziehen? Kann es gelingen, den Triumph des Bösen mit einer Tat zu beenden, die selbst dem Bereich des Bösen angehört?«

»Aber wer erkennt, dass die Unschuldigen unter das Rad der Geschichte geraten, hat die Pflicht, diesem Rad in die Speichen zu fallen. Diese Pflicht erlegt uns unser Gewissen auf. Wir können uns weder hinter religiösen noch hinter menschlichen Gesetzen verbergen. Wir müssen die Schuld auf uns nehmen, wir müssen auch eine verdammenswerte Tat auf uns nehmen, um die Unschuldigen zu retten. Die Schuld bürden wir uns auf, nicht denen, die wir vom Joch befreien. Wir nehmen sie auf uns. Es ist ein Opfer, das von uns verlangt wird.«

»Aber nicht wir sind dann das Opfertier. Wir kennen nicht die Folgen einer solchen Tat. Wir glauben sie abschätzen zu können, aber alles greift ineinander, und noch der kleinste Entschluss, das unwichtigste Rädchen und seine minutiöse Drehung im riesigen Räderwerk beeinflusst für alle Zeit alles, was geschieht und geschehen wird. Und dies ist keine Kleinigkeit. Wir können die Folgen überhaupt nicht abschätzen, solange die Haltung des Auslands ungeklärt ist, solange wir die Bevölkerung nicht hinter uns wissen, solange es ungewiss ist, ob ein Attentat den Krieg beenden würde, und solange keine von weiten Kreisen anerkannte Nachkriegsordnung existiert.«

»All das sind wichtige Punkte. Aber bei uns liegt das Gesetz des Handelns. Wir müssen mit allen Kräften auf den Umsturz hinwirken, und die Konsequenzen müssen wir Gott überlassen.«

»Aber die Konsequenzen wären möglicherweise, dass wir, die wir eine solche Tat verüben, von ihr kontaminiert wären und das Neue, das man aufbauen will, von Anfang an mit uns in die Verdammnis ziehen würden.«

Sie sind beide froh, als sie endlich an Bord gehen können. Immerhin sind sie sich bezüglich ihres direkten Auftrags vollkommen einig.

Und haben sie nicht vielleicht auch darüber geplaudert, dass Dietrich Bonhoeffer einst mit Marion Yorck zur Schule gegangen ist? Hat Helmuth Moltke erfahren, dass Peter Yorck und Dietrich Bonhoeffer über die Kalckreuths miteinander verwandt sind? Hat Dietrich Helmuth wenigstens von seinem eigenen Vorstoß bei Visser't Hooft berichtet?

Dietrich Bonhoeffer hat Visser't Hooft im Vorjahr in der Schweiz besucht. In einer gemeinsamen Stellungnahme haben sie die Lage in Deutschland beschrieben und Vorschläge gemacht, wie die Engländer über ihre deutschen Radiosendungen die Stimmung im Land beeinflussen könnten. Visser't Hooft hat das Papier weitergeleitet. Aber London hat nicht reagiert.

Kaum sind Helmuth Moltke und Dietrich Bonhoeffer aus Skandinavien zurück, fährt Dietrich wieder in die Schweiz. Er trifft Visser't Hooft allerdings nicht an. Der Generalsekretär des vorläufigen Ökumenischen Rates der Kirchen ist ja mit Adam Trotts Memorandum nach England geflogen. Aber während dieses Aufenthalts erfährt Dietrich, dass sein Freund Bischof Bell im schwedischen Sigtuna weilen soll. Dietrich kehrt sofort nach Berlin zurück, um von dort nach Schweden weiterzureisen. Er fliegt am 30. Mai. Den Kurierausweis Nr. 474 des Auswärtigen Amtes hat ihm Adam Trott besorgt.

»Ich bin befugt, die Klarnamen einiger der am Widerstand beteiligten Personen zu nennen«, sagt Dietrich zu Bell. »Generaloberst Beck. Carl Friedrich Goerdeler. Wilhelm Leuschner. Ich bin gesandt, um Sie zu bitten, lieber Bischof, Kontakt zur englischen Regierung aufzunehmen. Wir brauchen eine Erklärung, dass England die Deutschen nicht mit den Nationalsozialisten gleichsetzt und für den Fall eines Putsches bereit ist, mit einer neuen Regierung um Waffenstillstand und einen gerechten Frieden zu verhandeln. Es kann doch auch England nicht an einer Verlängerung dieses Krieges gelegen sein.«

Aber können die Krauts denn niemals Ruhe geben? Kann in Sonderheit dieser Bischof Bell nicht aufhören, Anthony Edens knappe Zeit zu fordern? Der unsägliche Bell, der sich seit Jahren zum Anwalt des Kriegsgegners macht: Er ist schon wieder bei Eden vorstellig geworden. Dabei hat man dem englischen Außenminister in ebendiesem schönen Monat Mai bereits Adam Trotts Positionspapier überreicht. Und Bell weiß das.

Er hat ja selbst Bezug darauf genommen, in seinem jüngsten Schreiben,

This is a sequel to the memorandum you have already seen.

Was denken sich diese Leute überhaupt? Wollen sie Eden für dumm verkaufen? Über Trott gibt es inzwischen eine umfangreiche Akte voller Verdächtigungen. Adam von Trott zu Solz hat 1934 Briefe an den ›Manchester Guardian‹ geschrieben, in denen er die Nazis verteidigt hat. Er ist Mitglied der NSDAP. Der amerikanische Professor Frankfurter traut ihm nicht, und Frankfurter berät den Präsidenten, der Trott auch nicht traut. Der Mann ist höchstwahrscheinlich ein Spion. Und die Namen, die in Bischof Bells Brief erwähnt sind? Goerdeler, Leuschner, Beck. Gibt es nichts Neues unter der Sonne? Eden kennt Goerdeler. Er hat ihn schon 1937 getroffen. Goerdeler war 1937 in England, er war 1938 in England, er ist einmal, zweimal, fünfmal, siebenmal hier gewesen, man kennt diese Namen.

Man kennt diese Typen, die in unzähligen Missionen über London, Schweden, die Schweiz und Rom versucht haben, sich an die Engländer anzuwanzen. Mit Sicherheit kennt sie auch der deutsche Geheimdienst. Es kann nicht anders sein. Der deutsche Geheimdienst weiß von diesen Leuten.

Aber er lässt sie gewähren, er erlaubt ihnen, ins Ausland zu reisen. Warum wohl? Die Deutschen sind offenbar davon überzeugt, dass diese Leute nicht Deutschland, sondern England schaden werden. Es hat alles gar keinen Sinn. Die Deutschen müssen niedergeworfen werden. Die Deutschen, nicht etwa nur die Nazis: Diese Teutonen sind nun einmal ganz offensichtlich mit einem Bazillus infiziert, der sie dazu treibt, ständig andere Länder erobern zu wollen.

»Und wir?«, sagt Bell. »Das britische Empire?«

Schluss jetzt!

»Nun hören Sie mal zu, lieber Bischof. Ohne Hitler ist Deutschland vielleicht weniger böse, aber nicht weniger gefährlich. Solange die militärische Macht Deutschlands nicht gebrochen ist, wird ein Friede nichts anderes sein als eine ungemütliche Atempause. Ich glaube ja, dass es möglicherweise in Deutschland Militärkreise gibt, die einem Kompromissfrieden nicht abgeneigt wären, wenn sie nun einmal nicht siegen können. Aber auf lange Sicht wären die auch nicht besser als die gegenwärtige Bande. Diese sogenannte Opposition wird doch von denselben Kreisen geführt, die 1914 nach der Vormacht in Europa gegriffen haben. Es sind die alten preußischen Machteliten. Ich sage Ihnen etwas, Bell. Tatsächlich kämpfen wir nicht gegen Hitler. Wir kämpfen gegen die deutsche Armee. Und also kämpfen wir gegen das deutsche Volk, auf dem diese Armee beruht.«

Aber Bell tut tatsächlich alles, um sich unmöglich zu machen. Er schreibt ein weiteres Mal.

Diese Leute riskieren ihr Leben. Sie wollen von innen gegen eine monströse Tyrannei zu Feld ziehen, die ganz Europa bedrückt und die unser Feind ist. Warum wollen wir sie darin nicht unterstützen?

»Weil wir uns nicht für die innenpolitischen Zwecke der deutschen Opposition einspannen lassen! Welche Opposition überhaupt? Die deutsche Opposition hat bisher wenig Beweise ihres Vorhandenseins geliefert. Seit 1938 schicken sie uns irgendwelche Unterhändler, die von Putschplänen erzählen, aber keiner putscht. Und dann kommt neulich dieser schwedische Baron daher, der unbedingt verdeckt verhandeln will und von Göring persönlich geschickt worden ist. Ganz zu schweigen von diesem Liechtensteiner Prinz, wie heißt er, zu Hohenlohe, der sich die ganzen letzten Jahre immer wieder bei britischen Diplomaten angebiedert hat, erst neulich wieder bei unserem Militärattaché in Madrid. Heinrich Himmler soll hinter dem Mann stehen, heißt es. Sie sehen, lieber Bischof, wir können uns kaum retten vor Friedensofferten. Von allen Seiten flattern die weißen Tauben heran, schneller, als man sie verscheuchen kann, von Abwehragenten, SS-Männern, Kirchenführern, Diplomaten, angeblichen Widerständlern. Wer kann diese Leute auseinanderhalten? Es ist letztlich alles dasselbe Pack.«

»Aber das Memorandum. Sie haben es doch gelesen. Diese Leute, von denen ich rede, wollen eine Demokratie nach westlichem Muster. Sie wollen unsere Verbündeten werden.«

»Reden Sie mir bloß nicht von Verbündeten. Die Distanzierung von Nationalsozialismus einerseits und Kommunismus andererseits, wie sie in Trotts Memorandum vorgenommen ist, ist doch nichts als ein offensichtlicher Versuch, einen Keil zwischen uns und unsere Verbündeten zu treiben. Nichts würde die USA mehr beunruhigen oder unser Verhältnis mit der Sowjetunion mehr gefährden als irgendwelche Geheimgespräche.«

»Aber diese Leute sind doch ebenfalls bestrebt, uns zu helfen. Immerhin hat man uns verschiedentlich deutsche Angriffspläne verraten, über den Vatikan, über die Niederländer.«

»Ja. Und ist es zu fassen? Vertrauen Sie etwa einem Verräter? Das sind doch alles schäbige Menschen. Nein, wir reden nicht mehr mit diesen Leuten. Wir bekämpfen sie bis zum Sieg. Es bleibt bei dem, was wir 1940 beschlossen haben: Es gibt keine Verhandlungen mehr.«

Bischof Bell hält den Brief in den Händen, den Dietrich Bonhoeffer ihm kurz vor seiner Rückreise nach Deutschland geschrieben hat. In diesem Brief dankt Dietrich dem Freund tief bewegt für die Begegnung in Sigtuna.

Dieser Geist der Gemeinschaft und Brüderlichkeit wird mich tragen durch die dunkelsten Stunden. Gott sei mit Ihnen. Bitte beten Sie für uns.

Am 20. Juli 1942 schließt Eden die Akte mit dem Memorandum von Adam Trott. Am 23. telegrafiert Bell nach Genf an Visser't Hooft.

Bedaure tief, keine Antwort möglich.

Adam von Trott sitzt bei Visser't Hooft.

Er kann es nicht glauben. Er kann es nicht fassen. Absolute Silence. Er hat versagt. Keiner meldet sich bei ihm, keiner spricht mit ihm, nicht einmal sein alter Freund und Gönner Sir Cripps.

»Aber warum? *Wenden Sie sich an mich, Mr. Trott. Zögern Sie nicht, sich an mich zu wenden.* Das hat Cripps gesagt. Das waren und das sind meine Freunde. Wir sind ihre Waffenbrüder. Aber sie wollen mit uns nichts zu tun haben. Wir sind Parias für sie. Und kann man es ihnen denn verdenken?«

Adam, in Visser't Hoofts Büro, weint.

»Es gibt nichts Neues. Die Engländer haben nicht geantwortet.«

Adam spricht nonchalant, lässig.

»Aber egal. Es geht trotzdem weiter. Ich mache weiter. Dies ist meine Aufgabe. Kannst du das verstehen, kleine Clarusch? Ich kann es nur schwer ausdrücken, aber ich würde nirgendwo sonst leben wollen, zu keiner anderen Zeit. Ich empfinde es als tief beglückend, dafür arbeiten zu dürfen, dass die Menschen hier einmal so leben können, wie sie es können sollten.«

Er nimmt sie in den Arm. Er ist sehr blass. Er zieht sie fest an sich.

»Ich bin dir so dankbar, dass du mich unterstützt. Dass du an meiner Seite stehst. Dass du nicht von mir forderst, was ich niemals geben kann.«

»Was denn, Adam?«

»Meine Vorsicht.«

»Lasst jetzt euren Vater in Ruhe!«

Edolf Reichwein ist ausnahmsweise über Mittag zu Hause. Renate liegt in seinem Arm. Roland hat sich in dem Dreieck zusammengerollt, das seine angezogenen Beine und die Sofalehne bilden. Da liegen sie und ruhen, während Romai die Wäsche noch nicht aufgehängt hat. In der Küche steht noch das Geschirr auf dem Tisch. Und im Schlafzimmer quäkt die kleine Sabine.

»Euer Vater ist nach Hause gekommen, um sich eine halbe Stunde hinzulegen.«

»Die Kinder können ruhig hierbleiben, Romai. Sie stören mich überhaupt nicht.«

»Aber Edolf. Du kannst nicht so viel arbeiten und daneben Abend für Abend mit diesen Leuten unterwegs sein, und dann deine Reisen in den Warthegau, und wenn du hier bist, sitzt du am Schreibtisch. Wenn du hier bist, lässt du den Kindern alles durchgehen.«

»Romai. Bitte. Sie sehen mich ohnehin nicht häufig, wie du gerade richtig bemerkt hast.«

»Du machst ihnen aber das Leben zu einfach. Du erziehst sie, als würden sie später einmal durchs Leben getragen. Du verlangst zu wenig von ihnen, du verwöhnst sie.«

Er antwortet nicht. Er hat die Augen geschlossen. Sie weiß selbst nicht, warum ihr nun Tränen in die Augen steigen.

»Du siehst so schlecht aus, ganz krank und verhärmt. Du schläfst zu wenig. Du musst mehr auf dich achten.«

»Dann lass mich doch bitte jetzt etwas ruhen.«

»Du musst dich erhalten. Du musst dich für uns erhalten, ich habe vier Kinder!«

Sie hat aufgeschrien. Er öffnet die Augen. Sein Mund wird schmal, seine Wangen straffen sich. Sein Gesicht wird fast militärisch hart.

»Fasse dich, meine Liebe. Tröste dich damit, dass ich Beamter bin. Im Zweifelsfall bleibt dir meine Pension.«

Der Nervenarzt Dr. John Rittmeister und der Gefängnispfarrer der Haftanstalten Tegel und Plötzensee Dr. Harald Poelchau gehen nach Rittmeisters Vorlesung den Gang der Poliklinik entlang zur Treppe. Sie reden über ihre Väter.

»Mein Vater hat mich als Kind immer wieder einmal zu unseren Lagerhäusern am Hafen mitgenommen, wo ich die halb nackten Inder auf den Hansa-Linie-Dampfern sehen konnte«, sagt Rittmeister. »Ich habe ihm dann beim Abendbrot dargelegt, dass es in meinen Augen ein großes Unrecht sei, die Inder zu unterdrücken und nicht frei über sich selbst bestimmen zu lassen. Nun war aber mein Vater ein großer Bewunderer of all things british, also bestand er natürlich darauf, die Inder wären ganz unfähig, ihre Angelegenheiten selbst zu regeln, und sie sollten den Engländern dafür dankbar sein, dass die die Bürde des weißen Mannes auch in Indien trügen und dort unten für Ordnung sorgten. Es gab furchtbare Auseinandersetzungen. Schon deswegen sah ich mich ganz außerstande, in die väterlichen Fußstapfen zu treten und Kaufmann zu werden.«

»Und was hat Sie bewogen, sich gerade der Psychologie zuzuwenden?«

»Der Stachel seelischen Leidens, denke ich. Wenn man dem vitalen, körperlich-leidenschaftlichen Leben mit Zurückhaltung begegnet und auch nicht über ein ungebrochenes Selbstbewusstsein verfügt, dann sucht man eben nach einem anderen Sinn, den man dem Leben geben kann. Man sucht nach einem Licht, das die Trübnis erhellt. Dieses Licht schien mir der Versuch zu sein, das Leiden anderer zu lindern.«

»Ja«, sagt Harald Poelchau. »Da stimme ich zu. Die um sich selbst kreisenden Depressionen sind ein Käfig, den nur das Leiden anderer sprengt. Das ist mir zu Beginn meines Studiums in Bethel klar geworden. Und dabei war es mein Vater, der auf Bethel bestanden hat, in der Hoffnung, dort würde man mir meine Flausen schon austreiben.«

Rittmeister lacht auf.

»Oft wird man auf Wege geführt, von deren Richtigkeit der Führende selbst gar nichts ahnt«, sagt er. »Aus diesem Gedanken erwächst immer wieder eine gewisse Zuversicht.«

Und denkt er an Harro Schulze-Boysen, als er das sagt? Denkt er daran, dass Harro alle Freunde eingeladen hat, mit ihm über Pfingsten in Marquardt an der Mole zu zelten? Die Coppis erwägen hinzufahren, auch Fritz Thiel, dessen Frau Hannelore nun täglich mit ihrer Niederkunft rechnet, und Elisabeth Schumacher wird ebenfalls kommen.

»Haben Sie Pläne für die Pfingsttage, Herr Poelchau?«

»Ja, durchaus. Ich bin von Freunden nach Schlesien eingeladen.«

Dieses erste Kreisauer Pfingsttreffen vom 22. bis zum 25. Mai 1942 ist monatelang vorbereitet worden. Helmuth hat in Berlin die vorangehenden Diskussionen, die Verfertigung der Referate und Denkschriften koordiniert. Und Freya in Kreisau hat die Verpflegung und die Unterbringung der Gäste geplant.

Kreisaus Vorräte sind ja nicht unerschöpflich, jetzt im Krieg. Für Kreisau gelten die Regeln für Selbstversorger, und die Moltkes halten sich besonders streng an die Quoten. Freya hat schon im letzten Winter überlegt, wie sie den Fleischbedarf an diesem Pfingstwochenende abdecken wird. Auch Butter- und Milchverbrauch müssen kalkuliert werden. Freya hat sich überlegt, dass sie für Tee und Frühstück Kuchen backen lassen wird, weil das im Vergleich zu Schnittchen Butter spart. Sie hat mit Marion Yorck abgesprochen, dass die Yorcks aus Kauern frische Eier mitbringen, die beim Abendessen das Fleisch ersetzen können. Die Yorcks werden im Berghaus schlafen, ebenso der Provinzial der Oberdeutschen Provinz des Jesuitenordens Pater Augustin Rösch. Der ehemalige Zentrumspolitiker Hans Lukaschek, Peter Yorcks Schwester Muto, Hans Peters von den Löwenberger Arbeitslagern und alle anderen Gäste sollen im Schloss untergebracht werden und dort auch frühstücken.

Und nach dem Frühstück beginnt die Arbeit, in den schönen Räumen des Berghauses.

Die Diskussionen beruhen auf sorgfältig ausgearbeiteten Vorträgen. Harald Poelchau spricht über Buße und Wiedergutmachung an den Juden, Polen und Russen, Adolf Reichwein über Grundsätze künftiger Schulpolitik, Helmuth Moltke über Möglichkeiten der Hochschulreform. Der Jesuitenpater Rösch stellt die katholische Position zum Verhältnis von Kirche und Staat dar, der Protestant Theodor Steltzer erläutert die entsprechenden Ansichten der evangelischen Kirche. Steltzer ist Oberstleutnant im Generalstab des Oberbefehlshabers von Norwegen in Oslo und Mitglied der Michaelsbruderschaft, der auch die Haeftens nahestehen. Die Michaelsbruderschaft wiederum gehört zur Berneuchener Bewegung, die 1922 aus evangelischen Kreisen der Jugendbewegung entstanden ist und deren Programmschrift auch Paul Tillich sowie Dietrich Bonhoeffers Gönnerin Ruth von Kleist-Retzow unterzeichnet haben. Aber sind es wirklich dergleichen kirchliche und kulturpolitische Fragen, die der Zeit unter den Nägeln brennen? Gibt es nichts Vordringlicheres?

Immerhin begehen sie mit diesen Themen noch keinen Hochverrat. Und hat die Weimarer Republik nicht gerade im Erzieherischen vieles versäumt? Auch jetzt, im Deutschland der Nationalsozialisten, können die Regierenden doch nur regieren, weil ihre Untertanen es zulassen. Wie viel Zustimmung von Seiten der Regierten ist nötig, damit die Machthaber es wagen können, abends ruhig schlafen zu gehen? Gar keine. Es genügt die Gleichgültigkeit.

»Aber gleichgültig ist der Mensch nur so lange, wie er es nicht empfindet, dass seine persönlichsten Interessen verletzt werden«, hat Helmuth zu Freya gesagt. »Es muss hier also eine Erweiterung stattfinden. Die Menschen müssen dazu erzogen werden, dass sie ihre eigensten Interessen als Teil des Lebens der Gesamtheit begreifen. So gesehen werden unsere Themen direkt in den Kern der Sache zielen.«

Glücklicherweise ist es nicht nötig, das Treffen als solches geheim zu halten. Auf den großen schlesischen Landgütern sind Besucher und Gäste seit jeher selbstverständlich, auch wenn man jetzt im Krieg natürlich nicht zu Landpartien, Jagden und Gartenfesten anreist, sondern um sich zu erholen und neue Kräfte zu schöpfen. Die Anwesenheit von Frauen verleiht dem angeblich rein geselligen Charakter der Zusammenkunft zusätzliche Glaubwürdigkeit. So kann man nun endlich einmal einige Tage in Ruhe, ohne Ablenkung und in größerer Runde zusammensitzen und Grundsätzliches schriftlich fixieren: Nach den Diskussionen fassen zwei der Anwesenden die Argumente noch einmal zusammen, letzte Einwände werden erhoben, und dann werden die Ergebnisse von den Frauen festgehalten und später am Abend abgetippt.

Und genügt ihnen das? Reicht es ihnen, Hilfskräfte zu sein, Sekretärinnen, Handlanger, Alibistifter?

Der Staat, in dem sie leben, erhebt auf seine Bürger hundertprozentigen Anspruch. Er greift umfassend in das Privatleben ein, er sucht Männer und Kinder den Familien zu entreißen, er maßt sich die Totalregulierung des Alltags an. Dem stemmen die Frauen sich entgegen. Sie begleiten ihre Männer. Sie gesellen sich zu ihnen, wann immer sie Zeit haben: Es ist ja viel zu tun. Freya hat einen Schwung Kölner Kinder in ihre Obhut genommen, die zum Schutz vor den Bombenangriffen im Westen nach Kreisau gebracht worden sind. Sie fährt morgens wie immer mit Zeumer in seinem Wägelchen über die Felder. Sie sieht nach den Bienen und dem Federvieh, sie sorgt dafür, dass der normale Kreisauer Betrieb weiterläuft. Sie hat auch begonnen, Astas Hochzeit vorzubereiten, die in zwei Wochen in Kreisau gefeiert werden soll. Asta, Muto und Marion gehen Freya zur Hand, wo sie können. Wenn mittags bei Tisch von Politik geschwiegen werden muss, weil zwei Dorfmädchen heraufkommen, um in der Küche zu helfen, ist die Stimmung festlich gehoben. Es wird lebhaft geplaudert, viel gelacht. Man lobt die schönen, einfachen Gerichte, man lobt Freyas Mohnstrudel. Nach dem Essen unternimmt man ausgedehnte Spaziergänge über die frühsommerlichen Kreisauer Wiesen und Felder.

»Was für ein frohes, tüchtiges Leben Sie hier führen, lieber Moltke«, sagt Steltzer.

»Sie haben sich eine regelrechte Insel erhalten«, sagt Lukaschek.

»Das ist wahr«, sagt Edolf Reichwein. »Wie ist es doch immer wieder schön hier.«

Deutschland ist zu einer Lagergesellschaft geworden. Die Menschen sind eingeteilt und zusammengefasst nach Rasse, Geschlecht, Alter, Beruf, Nationalität, ihre Bindungen an Familien, Freunde, Regionen und Religionen sind in Zerstörung begriffen, die gewachsenen Grundlagen vernichtet, die sozialen Bindungen gesprengt, die Privatheit des Einzelnen zerstört, sein Intimstes preisgegeben. Aber nicht auf Kreisau.

Auf Kreisau suchen Protestanten und ein Jesuit, Konservative und Sozialisten vereint miteinander nach einer besseren Zukunft. Diese Zukunft wird auf ein Bündnis von Menschen aller Schichten und aller Denkungsweisen gegründet sein. Auf Kreisau wird gearbeitet, gelacht, zusammengestanden, hier sind die Gedanken frei: So verklärt sich den Kreisauer Freunden die Gegenwart.

Aber das KZ Groß-Rosen ist keine vierzig Kilometer weit weg. In Schweidnitz, Jauer, Langenbielau gibt es Außenlager, auch in Gräditz und in Faulbrück. Russische und polnische Zwangsarbeiter begradigen die Ufer des Flüsschens Peile, das durch Kreisaus Felder fließt, auf denen Zwangsarbeiter hacken und jäten. Ist unter ihnen vielleicht auch ein gewisser Herr Serpuchoff?

»Mein Lieber, vielen Dank«, sagt Helmuth am Abend des Pfingstmontags zu Freya.

Sie haben gerade die letzten Gäste zum Zug gebracht. Nun sind sie wieder miteinander allein. Am kleinen Bahnhof von Kreisau blüht der Holunder. Hand in Hand wandern sie zur Dorfstraße hinunter, dann den Berghaushügel hinauf, durch den sanften Maiabend voller Amselgesang.

»Du hast wieder alles aufs Wunderschönste geordnet«, sagt Helmuth. »Alles war gelungen, die Spaziergänge, das Essen, die heitere Atmosphäre. Was das für unsere Arbeit bedeutet, kann man gar nicht hoch genug einschätzen. Und was für großartige Männer und Frauen wir bewirten durften. Hätte man so unterschiedliche Menschen in einer anderen, stabileren Zeit überhaupt kennengelernt? Wäre man dann nicht in eine feste Gruppe hineingeboren worden, und darin hätte der eigene Zirkel sich begrenzt?«

Helmuth bleibt noch bis zum Wochenende. Erst am 31. Mai kurz vor Mitternacht steht er wieder vor der Wohnung in der Derfflingerstraße und bemerkt, dass er den Hausschlüssel vergessen hat. Er wird also Frau Cohn wecken müssen. Helmuth klingelt. Er wartet. Dann hört er die eiligen Schritte, die Tür wird geöffnet, und er blickt in Frau Cohns angststarres Gesicht.

»Herr Graf!«

Sie bricht in Tränen aus. Helmuth nimmt sie am Arm, drängt sie sanft ins Innere des Hauses. Sie zittert so, dass sie sich nur mit Mühe auf den Beinen hält.

»Ich habe gedacht, sie holen meinen Mann.«

Unter den Schluchzern ist sie fast nicht zu verstehen.

»Seit einer Woche lebe ich in der Angst. Dass sie meinen Mann holen und erschießen.«

Die jüdisch-kommunistische Gruppe Baum hat am 18. Mai einen Brandanschlag auf die Ausstellung ›Das Sowjetparadies‹ im Berliner Lustgarten unternommen. Danach sind Hunderte Juden festgenommen, angeblich Dutzende umgebracht worden.

»Sie haben uns keinen Gefallen getan«, schluchzt Frau Cohn. »Diese aufständischen Menschen. Sie haben uns keinen Gefallen getan.«

Seit der Tagung in Kreisau bestehen Helmuths Briefe im Wesentlichen aus einer Aufzählung von Namen. Es ist ein Bericht aus dem überfüllten Leben,

habe ich eine Besprechung mit Berthold Stauffenberg und

hinterher mit Canaris, gehe ich mit Reichwein zu Yorck, sehe ich Einsiedel, Mierendorff, Üxküll, Peters, Guttenberg, Waetjen, Haeften, Carl Didi Trotha, Rösch, Schulenburg

So schreibt er. Er schreibt gar nicht wirklich einen Brief: Er schickt ihr seinen Terminkalender. Er macht es sich ein bisschen zu einfach. Wenn sie in Berlin wäre, wüsste sie, was er denkt. Sie müsste es vielleicht gar nicht wissen, wenn sie abends mit ihm sitzen könnte, Beinchenbeinchen auf dem Sofa. Aber sie ist nicht in Berlin. Und selbst wenn sie in Berlin wäre, wo wäre er?

Habe ich ein Treffen mit Trott, gehe ich zum Essen mit Peter

Freyas Heimatstadt ist schwer getroffen. In der Nacht vom 30. zum 31. Mai haben über tausend Flugzeuge Köln bombardiert. Tausende Kölner sind obdachlos, alle Bahnhöfe, die wichtigen Brücken sind zerstört, die Stadt ist ohne Strom und Wasser. Helmuth schreibt,

Mein Lieber, wir müssen diese Trauerjahre jetzt überstehen, und dann kommt das Schlimmste noch. Und ob dann überhaupt noch etwas ist, das weiß der liebe Himmel. Halte also Haus mit Deinen Kräften. Ruh Dich aus, stärke Dich, pflege Dich und Deine Söhnchen. Lass Dich nicht niederdrücken. Dass es immer noch drei Mahlzeiten gibt, dass die äußere Fassade noch steht, während das Fundament des Gebäudes schon fehlt, ist gespenstisch.

Ja und Serpuchoff. Du solltest Herrn Serpuchoff keinesfalls in Kreisau empfangen. Am besten wäre es, wenn Du über Wien nach Italien gingest. Bereite Dich darauf vor, das Gut zu räumen.

Aber das wird Freya nicht tun.

Sie wird sich auf gar nichts vorbereiten. Sie ist es schließlich, die das fundamentlose Haus bestellt, sie bringt die drei Mahlzeiten auf den Tisch, sie hat Konrädchen und Casparchen, und Haus und Schloss sind voller Kinder aus dem Westen. Wie soll sie daran denken, nach Wien zu reisen? Freya reist nicht nach Wien, sondern nach Berlin.

Sie kann für ein paar Tage fahren. Sie hat alles geordnet: Die Bienen sind versorgt, Casparchens Ohrenentzündung ist abgeklungen, Asta ist da, um Freya zu vertreten und die Kinder zu hüten. Freya hat ein Huhn, zwanzig Eier, Radieschen und drei schöne Gläser Marmelade eingepackt. Sie ist glücklich, zu Helmuth zu fahren, wie immer. Sie ist aufgeregt, wie vor einer ersten Verabredung. Aber zugleich schmerzt es sie, das Gut zu verlassen. Es ist immer merkwürdig: Kreisau vom Zugfenster aus, wie es entschwindet.

Romai ist neuerdings immer sehr froh, wenn Edolf Besuch bekommt. Wenn die Männer reden, erfährt sie doch immerhin etwas aus seinem Leben. Edolf selbst erzählt ihr fast nichts mehr. Er ist zu müde. Er ist schwach, er hat Schwindelanfälle. Er geht nicht mehr gern über offene Plätze: Er geht an Zäunen entlang, an Mauern, er isst auch schlecht. Wenn sie ihm etwas Gutes tun will, wenn sie ihm leckere Brote macht, dann bringt er sie wieder mit nach Hause zurück.

»Das sollst du mir nicht geben. Das ist für die Kinder.«

Sie selbst ist so erschöpft, dass sie manchmal glaubt, auf der Stelle zusammenbrechen zu müssen.

Klaus Bonhoeffer ist wieder sehr kurz angebunden gewesen mit seiner Emmi. Er hat keine Zeit. Er hat nie mehr Zeit: Wenn er nicht beruflich unterwegs ist, muss er Verabredungen treffen und einhalten. Emmi beißt sich auf die Lippen. Sie beißt sich auf die Zunge. Aber dann sagt sie es doch.

»Siehst du die Dinge nicht zu einseitig? Wieso bestehst gerade du darauf, dich in die Politik zu mischen? Ist es nicht wichtiger, dass du dich für deine Kinder erhältst? Dass du deine Kinder nicht gefährdest?«

Was sie eigentlich sagen möchte, ist: Nehmt euch nicht so wichtig. Was könnt ihr schon ändern? Lass die Dinge ihren Lauf nehmen, denk an deine Familie. Sie sagt: »Ihr seid nicht für eine solche Sache gemacht. Ihr seid zu anständig für einen Mordanschlag, und das ist ein Attentat doch im Grunde. Und meinst du etwa, die Leute werden euch dankbar sein? Sie werden entsetzt sein. Sie wären gegen jeden Umsturzversuch, wenn man sie fragen würde. Aber ihr fragt sie ja nicht. Ich sage dir, es wird alles mehr Schaden als Nutzen bringen.«

Sie sagt das mehrfach: *mehr Schaden als Nutzen.* Klaus antwortet nicht. Er zieht seine Schuhe an. Er ist im Begriff, das Haus zu verlassen.

»Klaus«, sagt sie.

Er hebt den Kopf.

»Und was ist mit den Kindern der anderen?«, sagt er. »Was bin ich meinen Kindern, was kann ich ihnen sein, wenn mich die getöteten Kinder der anderen kaltlassen? Denk einmal darüber nach, warum Gott Lot und seine Kinder verschont hat. Warum er es gerade Lot gestattet hat, seine Kinder aus dem Untergang von Sodom und Gomorrha zu erretten.«

Die zwei Engel kamen gen Sodom des Abends; Lot aber saß zu Sodom unter dem Tor. Und da er sie sah, stand er auf, ihnen entgegen, und sprach: Liebe Herren, kehrt doch ein zum Hause eures Knechtes und bleibt über Nacht. Und er nötigte sie sehr; und sie kehrten zu ihm ein und kamen in sein Haus. Und er machte ihnen ein Mahl und buk ungesäuerte Kuchen; und sie aßen. Aber ehe sie sich legten, kamen die Leute der Stadt Sodom und umgaben das ganze Haus, Jung und Alt, das ganze Volk aus allen Enden, und forderten Lot und spra-

chen zu ihm: Wo sind die Männer, die zu dir gekommen sind? Führe sie heraus zu uns, dass wir sie missbrauchen. Lot ging heraus zu ihnen vor die Tür und schloss die Tür hinter sich zu und sprach: Ach, liebe Brüder, tut nicht so übel! Siehe, ich habe zwei Töchter, die haben noch keinen Mann erkannt, die will ich herausgeben unter euch, und tut mit ihnen, was euch gefällt; allein diesen Männern tut nichts, denn darum sind sie unter den Schatten meines Daches eingegangen. Sie aber sprachen: Geh hinweg! und sprachen auch: Du bist der einzige Fremdling hier und willst regieren? Wohlan, wir wollen dich übler plagen denn jene. Und sie drangen hart auf den Mann Lot. Und da sie hinzuliefen und wollten die Tür aufbrechen, griffen die Männer hinaus und zogen Lot hinein zu sich ins Haus und schlossen die Tür zu. Und die Männer vor der Tür wurden mit Blindheit geschlagen, Klein und Groß, bis sie müde wurden und die Tür nicht finden konnten. Und die Männer sprachen zu Lot: Hast du noch irgend hier einen Eidam und Söhne und Töchter, und wer dir angehört in der Stadt, den führe aus dieser Stätte. Denn wir werden diese Stätte verderben, darum dass ihr Geschrei groß ist vor dem HERRN; der hat uns gesandt, sie zu verderben.

»Ich habe es ihnen heute gesagt, Klaus.«

Klaus und Emmi Bonhoeffer sind dabei, zu Bett zu gehen.

»Was hast du wem gesagt?«

»In der Schlange vor dem Milchladen. Ich habe gesagt, dass sie angefangen haben, die Juden in den Lagern zu vergasen und zu verbrennen. Aber sie haben mir nicht geglaubt. Siehst du? Ich sage es dir doch. Sie glauben nichts davon. Die Verkäuferin war sogar richtig zornig. Sie hat gesagt, das wären alles Gräuelmärchen und englische Propagandalügen. In Wirklichkeit würden die Juden im Osten angesiedelt, wo sie es vielleicht nicht so bequem hätten wie früher hier, in ihren Berliner Villen, aber dafür würden sie auch nicht bombardiert wie wir. Und ich sollte besser still sein, sonst würde ich selber noch ins KZ kommen. Aber ich habe gesagt, ich bleibe bei der Wahrheit, und die verkünde ich, und alle sollen es wissen.«

»Bist du verrückt geworden?«, sagt Klaus leise. »Was hast du dir denn dabei gedacht? Wie kannst du uns solcher Gefahr aussetzen? Begreife bitte, giftiges Gewürm muss man mit dem ersten Tritt zerquetschen. Und das kann nur das Militär. Das kannst du nicht, das kann ich nicht, das kann keiner von uns.«

Emmi schreit auf.

»Aber was macht ihr denn dann! Was machst denn dann du?«

Man hat das Leben nicht, um es zu bewahren, das wird immer klarer.

Es kann nicht darum gehen, sein eigenes Dasein um jeden Preis zu verlängern.

Mein Lieber. Gib Caspar und Konrad bitte je einen Umschlag mit, der geöffnet werden soll, falls wir beide umkommen, und der die Adressen von Leuten enthält, an die sie sich wenden sollen.

Stelle Dich bitte darauf ein, dass ich am Ende nicht bei Dir sein werde

»Hey Kalle, komm mal her, hey ich glaube, da hinten, da werden welche erschossen. Wollen wir mal hingehen. Hey, ich sage dir, so was hast du noch nicht gesehen. Nee du, da können wir ruhig, da sind schon andere. Die gehen da immer hin, wenn so was ist.«

Sie rennt. Der Platz auf den Lastwagen hat nicht gereicht. Ein ganzes Dorf, wie soll da der Platz reichen. Sie hat Merkele auf dem Arm und rennt. Alle rennen sie den Lastwagen nach. Eine Frau vor ihr stolpert, das Kind fällt aus ihrem Arm. Rivka hört den Schuss, den wehen Schrei. Sie läuft weiter. Sie läuft vorbei. Vielleicht wird man sie nur foltern. Vielleicht will man sie nur quälen, nicht töten. Sie rennt. Manche haben zwei, drei Kinder auf dem Arm. Sie hat nur Merkele. Vor ihnen die Lastwagen. Die Lastwagen halten. Die Menschen werden heruntergestoßen. Viele Menschen sind schon da, Schlangen von Menschen, alle nackt. Alle in einer Reihe aufgestellt. Die Reihe führt einen kleinen Hügel hinan. Da ist ihre kleine Schwester, nackt. Da sind die Eltern, in einem anderen Teil der Schlange. Da ist die Großmutter. Es sind alle da. Rivka sieht, was sie sieht: vier SS-Männer, die jeden einzeln erschießen. Sie stellen jeden Einzelnen auf den kleinen Hügel, dann schießen sie auf ihn. Ein Mann fällt vom Gipfel des kleinen Hügels. Eine Frau fällt. Rivka hört die Schreie. Es ist nicht still: Die Luft bebt von Schreien, Gewimmer, schrillen Schmerzlauten. Vor dem Hügel, auf der anderen Seite, ist eine Grube. Es ist verboten, die Schlangen zu verlassen, aber sie will sehen, was in der Grube ist. Sie sieht es. Tote. Getötete.

»Mama, warum hast du mir mein Sabbatkleid angezogen? Sie holen uns, um uns zu töten!«

Merkele hat das gesagt, vorhin im Ghetto. Ihre Tochter, die sie noch immer auf dem Arm hält. Vielleicht werden sie nur gefoltert. Vielleicht sieht sie nicht, was sie sieht. Das Kind schlägt mit den Fäusten auf ihre Schulter ein. Es windet sich in ihrem Arm, es schreit.

»Mama, was stehst du hier? Warum warten wir hier? Lass uns weglaufen, Mama, lass uns doch weglaufen!«

Vor ihr schert jemand aus der Schlange aus. Ein junges Paar,

Hand in Hand. Zwei Schüsse. Sie stürzen. Ein Kind reißt sich los von der Hand seiner Mutter. Schüsse, und es fällt.

»Zieh dich aus, Merkele.«

Das Kind steht da, starrt die Mutter an. Rivka zieht sich aus: das Kleid, die Schuhe.

»Merkele! Zieh dich aus.«

Das Kind zieht sein Sabbatkleid aus. Der Blick hinauf zur Mutter, aus schwarzen Augen. Rivka packt Merkeles Arm, im letzten Moment. Das Kind windet sich, tritt nach ihr. Rivka hält es aber fest. Sie umklammert es, damit es nicht flieht, damit es nicht erschossen wird. Merkele schreit. Alle Kinder schreien. Die Erwachsenen halten die Kinder fest. Sie halten sie auf dem Arm, sie umklammern sie: schreiende Kinder, die sich winden. Es ist so schwer, die Kinder festzuhalten. Rivka hält Merkele und nun auch ihre kleine Nichte. Sie kann sie nicht mehr lange halten. Die Schlange rückt langsam voran, unerträglich langsam, können sie nicht schneller machen? Können sie nicht schneller schießen? Haben sie kein Mitleid mit den Kindern?

»A sof! A sof!«

»Mein Kind, mein Kind!«

Die Schreie der Kinder verschmelzen zu einem einzigen gellenden Ton. Rivka drängt voran, schiebt. Alle drängen, alle wollen endlich an die Reihe kommen. Die Kinder klammern sich an die Eltern. Eltern und Kinder sagen einander Auf Wiedersehen.

»Adje, adje!«

»Mame, Mame!«

Rivkas Vater trägt noch seine Unterhose.

»Papa!«

Er hört nicht.

»Papa, zieh dich aus!«

Er hört nicht. Sie sieht den ersten Faustschlag, der ihn umwirft. Er richtet sich wieder auf. Die Mutter fleht. Sie schlagen.

»Papa!«

Der alte Mann will sich nicht entblößen. Sie reißen ihm die Wäsche vom Körper. Schüsse. Schüsse. Die Mutter fällt. Die Großmutter steht dort mit ihrem verschrumpelten achtzigjährigen Körper, zwei kleine Kinder auf dem Arm. Das Baby blutet. Sie fallen. Zwei ganz junge Mädchen laufen aus der Reihe, die Arme umeinander geschlungen. Die eine ist Rivkas Schwester. Sie treten vor einen Deutschen, sie flehen. Der Mann sieht den Mädchen ins Gesicht. Dann hebt er die Waffe. Sie bluten, sie fallen. Und nun ist Rivka Yosselevscka an der Reihe, mit ihrer Tochter auf dem Arm.

»Wen soll ich zuerst erschießen?«

Sie versteht nicht.

»Wen soll ich zuerst erschießen, dich oder dein Kind?«

Sie spricht nicht. Er nimmt ihr Merkele aus dem Arm.

»Mama!«

Er schießt. Das Kind fällt in die Grube. Er packt Rivka am Haar, dreht ihren Kopf. Sie hört den Schuss. Aber sie steht noch immer. Er dreht ihren Kopf noch einmal, er zielt mit dem Revolver und schreit.

»Augen auf!«

Er dreht ihren Kopf und schießt. Sie stürzt in die Grube zwischen die anderen. Sie fühlt nichts, keinen Schmerz.

Ich bin tot

Aber sie ist nicht tot. Sie kämpft um Luft. Sie erstickt. Jemand fällt auf sie, noch jemand. Ihr bleibt der Atem weg von der Wucht des Aufpralls. Sie kann sich nicht bewegen, sie bekommt keine Luft. Jetzt kämpft sie. Sie kämpft gegen die Körper an, die auf ihr liegen. Hände packen sie, halten sie, ziehen sie hinab. Sie hängen sich an sie, umklammern sie. Sie beißen sie. Sie verbeißen sich in ihre Beine. Sie hängen sich mit Zähnen in ihr Fleisch und mit Klauen, aber sie kämpft sich nach oben, sie schiebt sich aus der zähen Masse heraus, die sie zurück ins Grab ziehen will, überall sind Tote. Hunderte, tausend, mehr als tausend Tote. Wo ist das Ende dieser Toten? Sie kann es nicht sehen. Sie sterben. Sie hört die Schreie, die Schüsse. Sie steht. Sie kann nichts sehen. Blut und Exkremente laufen aus ihren Haaren, eigenes Blut, fremdes Blut, die Exkremente der Sterbenden bedecken sie. Dann sind die Deutschen fort. Sie schreit nun, laut.

»Merkele!«

Kinder schreien. Kinder antworten.

»Mutter! Mame!«

Sie sucht unter den Toten. Unter den lebenden Toten. Man kann die Kinder nicht erkennen. Sie erkennt kein Kind, kein lebendes und kein totes.

»Merkele!«

Und da ist eine Frau. Sie sehen einander, sie sagen einander, wer sie sind. Sie sagen: Du lebst, du lebst.

»Ich lebe. Ich bin hier, ich lebe.«

Aus den Toten und Sterbenden schreit es. Ihr Name ist Mikla Rosenberg. Sie zerren die Leichen weg, sie ziehen die beißenden und kratzenden Sterbenden weg, es ist jetzt Nacht. Es ist dunkel, und sie kämpfen um Mikla Rosenberg. Sie kämpfen und schreien, zwischen den Leichen, Bergen von Leichen, die sie zurückzuziehen trachten ins Grab, mit Flüchen und Schmerzschreien und dem Schreien der Kinder. Die Sterbenden haben die Kraft von Gespenstern. Der Mond kommt. Rivka kann nicht mehr. Sie hat die Kraft nicht. Die grauen Gesichter in der Grube im Mondlicht, die grauen Haare, die offenen Augen der Lebenden und der Toten. Mikla versinkt. Rivka fällt.

»Wir stehen am Ende einer Entwicklung, wie das Europa der Reformation.«

Helmuth Moltke, Hans Haeften und Adam Trott sind einmal mehr in der Derfflingerstraße zusammengekommen.

»Mit der Reformation zerfiel die auf der Kirche gründende Einheit des Mittelalters. Die Welt zersplitterte. Was sie seitdem noch zusammenhält, ist der Nationalstaat. Der Staat des Nationalsozialismus stellt den äußersten denkbaren Punkt dieser Entwicklung dar. Damit muss es nun also zu Ende sein. Ein Neuanfang muss gewagt werden, jenseits von Machtpolitik und Nationalismus, jenseits des Rassegedankens und der Gewalt des Staates über den Einzelnen. Die Grundlage dieses Neuanfangs muss in der inneren Gebundenheit an Werte bestehen, die nicht von dieser Welt sind und denen sich also die gesamte Menschheit verpflichtet fühlen kann.«

»Und was wären diese Werte?«

»Liebe deinen Nächsten wie dich selbst. Dies ist ja die Grundlage der europäischen Kultur: die Erkenntnis, dass jeder Mensch ein selbstständiger Schöpfungsgedanke Gottes ist. Diese Vorstellung vom Menschen ist in Europa gewachsen, trotz der zahllosen Kriege und Krisen. Es ist der verbindende Gedanke unserer vielen wunderbar verschiedenen Länder, das gewachsene Fundament Europas, das sich über die Jahrhunderte hinweg hier gebildet hat, auf das wir stolz sind und das der Nationalsozialismus zerstört. Das ist seine furchtbare Sünde.«

Es finden sich jetzt immer genug Leute, die sich für die Erschießungen melden. Es sind ja nun alles gut eingespielte Gruppen. Sie haben es auch dem neuen Kommandeur gesagt.

»Lassen Sie uns mal machen. Wir verstehen von der Sache mehr als Sie. Wir sind hier eine gut eingespielte Gruppe.«

Man hat ja auch Freude an der Effizienz. Man darf nur keine Angst haben, sich schmutzig zu machen.

Jeder erledigt seine Aufgabe: Die einen räumen, die anderen sperren ab, die dritten schießen. Das Schießen ist jedenfalls viel weniger anstrengend als zum Beispiel das Zuschaufeln der Gruben. Das Schaufeln geht enorm auf die Knochen. Und nur die Schützen haben die Möglichkeit, sich von den Kleidungsstücken und anderen Sachen zu nehmen, was sie brauchen. Aber das Zuschaufeln und das Absperren muss eben auch gemacht sein.

Und er sperrt ab.

Er schießt nicht. Er hat überhaupt nichts mit der Riesensauerei zu tun, die die anderen da hinten veranstalten. Trotzdem muss er immer kotzen. Es ist der Gestank. Der Scheißblutgeruch. Er schämt sich, aber er muss jedes Mal kotzen. Sein Kompanieführer legt ihm den Arm um die Schultern.

»Das geht gleich wieder. Es ist gleich vorbei. Machen Sie sich nichts draus, Mann. Sie gewöhnen sich schon.«

»Schlappschwanz«, sagt Klimm. »Der endet wie Dreher.«

Dreher ist durchgedreht, hahaha. In der Nacht das Gebrüll, und dann hat er versucht, auf seine eigenen Kameraden zu schießen. Er ist offensichtlich nicht mehr ganz richtig im Kopf. Er ist ins Reich zurückgebracht worden. Was da mit ihm passiert ist, weiß man nicht.

»Was ist mit Ihnen?«

Helmuth hat die Rote-Kreuz-Schwester gerade noch auffangen können, sonst wäre sie aus der Straßenbahn gefallen. Nun schwankt sie in einer Dunstwolke von Fusel.

»Warten Sie. Geht es? Ich helfe Ihnen.«

Die Frau schüttelt den Kopf.

»Es geht. Es geht. Es tut mir leid. Sie finden mich sicher widerlich.«

»Nein. Nein. Es tut mir nur leid, Sie so zu sehen.«

Die Frau lacht auf.

»Soll ich Ihnen was sagen? Ich arbeite in einem SS-Lazarett. Da liegen jede Menge Männer, die den ganzen Tag heulen. *Ich kann es nicht mehr, ich will es nicht mehr, ich kann nicht, ich kann nicht.* So geht es von morgens bis nachts.«

»Was ist es denn, was sie nicht mehr können?«

»Woher soll ich das wissen?«, sagt die Schwester laut. Sie beugt sich zu Helmuth vor, starrt ihn aus glasigen Augen an. »Leute ermorden«, sagt sie leise. »Frauen und Kinder umbringen.«

Und deswegen ist die Vergasung eben so eine gute Sache. Man vermeidet das emotionalisierende Gemetzel. Man muss sich nicht mehr mit Kot und Schuld beflecken: Schließlich können ebenso gut die Häftlinge selbst andere Häftlinge ins Gas geleiten. Es geht hier schließlich um wissenschaftliche Tatsachen. Es geht um gesellschaftspolitische Notwendigkeiten, nicht um Gefühle. Gefühle kann man sich nicht leisten in dieser Sache. Es ist einfach so, dass diese Elemente schädlich sind. Also müssen sie ausgemerzt werden. Dazu ist es nicht nötig, sich in vulgäre Hassempfindungen hineinzusteigern. Primitive Pöbeleien gegen Juden sind und bleiben degoutant. Und übertriebene Grausamkeit wird rücksichtslos bestraft. Man muss auch in diesen Härten anständig bleiben. Es kann ja niemand etwas dafür.

Rivka ringt die ganze Nacht. Die ganze Nacht kämpft sie im Lärm der Sterbenden, denen sie nicht entkommt, die Sterbenden sind überall. Sie bedecken den Boden, überall, nach allen Seiten bis weit in die Ferne. Der Morgen graut, und die Deutschen kommen zurück. Sie kommen auf Pferden. Sie haben Leute dabei, Nichtjuden aus der Gegend um Zagrodski. Sie befehlen den Leuten, alle Leiber zu einem großen Haufen zusammenzuschaufeln, die toten Leiber und die verletzten Leiber. Überall laufen Kinder herum. Rivka sieht sie. Sie sieht die Kinder, die aus dem Haufen entkommen sind. Die Kinder sehen Rivka. Sie laufen zu ihr, sie humpeln zu ihr, sie kriechen ihr nach. Sie sind alle schwer verletzt. Sie hängen sich an sie, an ihre Beine, ihre Hüften, bis Rivka niederfällt. Sie sitzt mit den Kindern auf dem Feld. Die Kinder haben Kopfwunden, sie sind blutüberströmt. Sie müssten längst tot sein. Die Deutschen kommen und gehen, sie bewegen sich überall. Sie geben Befehle.

»Bringt die Kinder herüber.«

»Treibt die Kinder zusammen.«

Aber Rivka sitzt mit den Kindern. Die Männer auf den Pferden schießen auf sie. Keine Kugel trifft Rivka. Ein paar Kinder werden getroffen. Die Deutschen kommen heran, auf den Pferden. Die Kinder, die noch hochkommen, stehen auf, sie versuchen zu laufen. Die Reiter treiben sie zusammen. Sie schießen auf die verletzten Kinder. Die Kinder fallen. Über sie wird Erde geschaufelt. Dann sind alle fort. Die Deutschen mit den Pferden sind fort, die Nichtjuden, die Lastwagen. Die Sterbenden. Die Toten. Das Grab hat sich geschlossen. Blut bricht aus dem Grund wie aus einer Quelle. Rivka liegt auf dem geschlossenen Grab. Rivka gräbt. Sie gräbt mit den Fingernägeln.

»Lasst mich hinein. Mutter, lass mich ein. Mame! Merkele. Merkele.«

Sie sieht, was geschehen ist. Sie sieht, was die Erde geduldet hat. Sie sieht und sieht, während die Sterne über ihr kreisen, die Sonne aufgeht und untergeht und Rivka auf dem Grab liegt, in der Erde kratzt.

Was ist meine große Sünde? Warum hat mich der Tod verschmäht? Was habe ich verbrochen, dass man mich übrig gelassen hat?

Die armen Kinder. Diese armen Kinder, die da blutend um das Grab herumliefen. Was hätte aus denen werden sollen? Die hatten doch keinerlei Überlebenschance. Die waren doch schon halb kaputt. Ohne Mütter hatten die keine Chance. Er hat sie erlöst. Er hat nur auf die Kinder geschossen. Den Frauen hat er nichts getan. Er hat nur die Kinder erlöst.

Er kann nicht glauben, was er gesehen hat. Er hat es gesehen. Aber es übersteigt sein Fassungsvermögen, wie ein Schwall Säure eine kleine Phiole. Er muss etwas übersehen haben, einen rettenden Faktor. Er muss sich sagen, dass dies eine Ausnahme war. Eigentlich kommt so etwas nicht vor. So etwas kommt gar nicht vor, weil es nicht vorkommen kann und nicht vorkommen darf. Dies war eine Ausnahme. Eine Ausnahme muss man nicht berücksichtigen. Man kann eine Ausnahme ausschalten aus dem Zusammenhang.

Ein Friseurgeschäft. Wie schön. Fast könnte man ein wenig sentimental werden, angesichts der Scheren, Spiegel, Stühle für die Wartenden, im vertrauten Geruch von Haarwaschmittel und Rasierwasser. Ein Kunde ist auch da. Er hat den Umhang umgelegt. Sein Kinn ist voll Seife. Sein Blick ist ängstlich.

»Jude?«

Der Mann schüttelt krampfhaft den Kopf. Ukrainer. Natürlich beteuert er, Ukrainer zu sein. So ist es immer. Aber jedenfalls ist er ein Kunde, so viel steht fest. Der Friseur und seine Frau wiederum sind Juden, das ist so registriert.

»Mitnehmen. Den und die Frau. Nein, den Kunden lasst da sitzen.«

Wo mag das Rasiermesser sein? Er entdeckt es auf einem Tischchen an der Wand. Er nimmt das Messer, wiegt es in der Hand. Es ist ein schönes Gefühl. Er tritt hinter den Kunden. Der Mann ist aschfahl. Die schlechte Ernährung. Aber gleich wird es ihm besser gehen. Eine gute Rasur ist eine Seelendusche. Es ist sehr genussvoll, das Rasiermesser über Wangen und Kehle des Kunden gleiten zu lassen. Es ist schön, einmal wieder zu sein, was man eigentlich ist. Nur schade, dass man nicht plaudern kann. Er hat immer gern vertraulich geplaudert mit seinen Kunden in Karlsruhe. Aber das geht mit diesem Kunden hier natürlich nicht.

Krieg ist nicht nur an der Front, sondern auch hinter der Front. Man ist nirgendwo sicher. Die Partisanen greifen nachts die Unterkünfte der Deutschen an. Sie verlegen Minen in Gegenden, die längst in deutscher Hand sind. Aber ist irgendetwas in deutscher Hand? Die Einheit hat Befehl, in die weglosen Waldgebiete einzudringen und sie, wenn möglich, zu durchstoßen. Auf einmal schlägt ihnen Feuer entgegen. Im Versuch, den Bränden auszuweichen, verlieren sie die Orientierung. Es gibt keine Straßen, nicht einmal Pfade. Alles sieht gleich aus. Alles ist fremd. Die Russen verschmelzen mit dem Wald, sie werden Teil der Natur. Plötzlich wird geschossen. Der Gegner ist unsichtbar. Wo ist er, wie stark ist er? Es sind nur zwei MGs oder drei. Sie rücken weiter vor. Und dann auf einmal wird ein mörderisches Feuer auf ihre Linien eröffnet, von hinten, von vorn, von allen Seiten. Im Gebüsch Scharfschützen, die gezielt die Offiziere herauspicken.

Und könnte man nicht einfach abhauen? Könnte man nicht desertieren? Aber wo sollte man hin? Man hockt in einem dreifachen Käfig: in der Wehrmacht, in einem fremden feindlichen Land, als Soldat zwischen zwei Diktaturen.

Und ohnehin kann man die Kameraden nicht verlassen. Feigheit ist schlimmer als der Tod, und was die Truppe schwächt, kostet Kameraden das Leben. Man muss anständig bleiben. Anständig handeln heißt im Interesse der Kameraden handeln. Die Treue zu den Kameraden steht über jedem anderen Wert.

Es ist Erntewetter. Die Tage sind trocken und heiß. Morgens vor Sonnenaufgang leuchtet der Doppelstern des Sirius hell am Horizont, im Sternbild Canis Major,

Hundstage hell und klar
zeigen an ein gutes Jahr

Helmuth sehnt sich nach Kreisau. Aber er kann nicht weg. Was er und Peter Yorck sich vorgenommen haben, ist wahrlich eine Aufgabe für Giganten. Katholische Bischöfe und protestantische Pfarrer, Sozialisten und Jesuiten, Konservative, Gewerkschafter und Adelige sollen sich an einen Tisch setzen, sie sollen zu verbindlichen, sachlich zu rechtfertigenden Kompromissen gelangen und sich schließlich auf ein gemeinsames Programm einigen, auf ein Fundament, aus dem eine bessere Welt erwachsen wird.

Alle Seiten sind dazu entschlossen. Alle haben inzwischen ihre Sprecher benannt. Wilhelm Leuschner und seine Gewerkschafter schicken Hermann Maaß ins Rennen. Jesuitenpater Rösch hat Alfred Delp entsandt. Die beiden liefern einander immer wieder hochdramatische Debatten. Freilich, diese Auseinandersetzungen sind unumgänglich, wenn man zu Ergebnissen gelangen will, die von allen Seiten mitgetragen werden. Aber manchmal kann Helmuth seine Ungeduld fast nicht mehr unterdrücken.

Die Streitereien führen ja in der eigentlichen Sache nicht weiter. Die Planungen kommen nicht voran. Und immer wieder endet alles in Vorwürfen.

»Die Kirchen haben auf der ganzen Linie versagt. Sie haben sich an die Macht angepasst, sie haben sich dem Nationalsozialismus regelrecht in die Arme geworfen, und nun behaupten Sie, ausgerechnet das Christentum sollte Maßstab einer zukünftigen Gesellschaftsordnung werden?«

»Ja, aber haben denn etwa Sie Ihre Aufgabe erfüllt? Haben die Sozialisten, die Gewerkschaften, die Arbeitervertreter seinerzeit dem Vordringen des Nationalsozialismus Einhalt geboten? Oder hat man nicht vielmehr auf Ihrer Seite die Halt- und Haltungslosigkeit religiös nicht gebundener Menschen aufs Gröbste unterschätzt?«

Die ganze Woche über eilt Helmuth Moltke von Besprechung zu Besprechung. Am Sonntagnachmittag gräbt er im Babelsberger Garten seines Anwaltskollegen Sarre ein abgeerntetes Gemüsebeet um. Und morgen fährt er nach Kreisau.

Es ist Anfang August, und Helmuth hat Berlin gründlich satt. Außerdem sind in Kreisau einige Katastrophen vorgefallen. Sie haben in den Silos viel Futter verloren. Entsprechend schlecht ist der Stand der Milch. Die Rüben haben Läuse, obwohl der Sommer so feucht war. Aber die heutige Nacht ist warm und trocken.

Der letzte Duft der spätblühenden Sommerlinden hängt in der samtenen Luft. Helmuth und Carlo Mierendorff haben sich am Olivaer Platz getroffen, nun radeln sie zusammen hinaus zu den Trotts. Sie sprechen kaum. Es ist ein zu schöner Abend für Worte.

Es ist Sonntag, der 30. August 1942. Der Sommer hat die Höhe überschritten. Der Sirius ist vom Maul des Großen Hundes entschwunden. Gestern ist Helmuth abgereist. Sie haben über zwei Wochen miteinander gehabt. Nun muss Freya die Lücke wieder füllen, die sich nach Helmuths Abfahrt jedes Mal neben ihr auftut. Sie muss das Gefühl der Leere überwinden, sie muss die Niedergeschlagenheit mit Tätigkeit bekämpfen. Sie wird heute noch einmal Honig ernten: die Sommertracht.

Dies sind die Wintervorräte der Bienen. Nachdem Freya sie den Bienen weggenommen hat, muss sie ihnen einen Ersatz bieten. Sie muss die Völker einfüttern. Dazu verwendet man eine Lösung aus Wasser und Zucker im Verhältnis eins zu eins oder zwei zu drei. Die Sache ist nicht ganz ungefährlich. Man muss möglichst zügig arbeiten, ohne zu kleckern. Wer sorglos und unfähig an die Sache herangeht, riskiert Räuberei: Das Zuckerwasser zieht Wespen an. Wenn es Wespen gelingt, sich an der Nestabwehr vorbei in den Stock einzuschleichen, sind die Bienen so verwirrt, dass sie die Eindringlinge einfach gewähren lassen. Das kann zu einer Katastrophe führen. Es kommt auch vor, dass eine große Masse von Bienen ein schwächeres Volk überfällt und ihm alles Futter stiehlt. Solcherart überfallene Bienenvölker sind meistens nicht mehr zu retten.

Es ist Sonntag, der 30. August 1942. Christel von Dohnanyi schreibt in ihren kleinen Notizkalender, der ihr als Tagebuch dient.

Schöner Tag! Allein mit Justus. Alles erledigt.

Justus Delbrück und Christel haben die Milchziege und die Puten versorgt, sie haben ein letztes Mal Kopfsalat gesät, sie haben die Erdbeeren vermehrt, die Johannisbeersträucher ausgelichtet, den Kirschbaum geschnitten. Es war schön, so gemeinschaftlich zu arbeiten. Hans ist nicht da. Er hält sich in der Schweiz auf, um letzte Vorbereitungen für das Unternehmen sieben zu treffen: Getarnt als Agenten des Amts Ausland/Abwehr werden die jüdischen Berliner Anwälte Julius Fliess und Fritz Arnold mit ihren Familien in die Schweiz fliehen. Sobald Hans zurück ist, kann die Aktion anlaufen.

Es ist Sonntag, der 30. August 1942. Harro Schulze-Boysen liegt in seinem Bett in der Altenburger Allee. Seit Heilmann ihm von dem Funkspruch erzählt hat, hat Harro überlegt, was er tun soll. Er hat erwogen zu fliehen. Er hat überlegt, ob er sich nach Schweden durchschlagen könnte. Die Idee ist aber absurd. Man würde ihn sofort vermissen. Er hat schließlich keinen Urlaub eingereicht. Andererseits könnte er sich krankmelden. Er könnte sich krankmelden und in Uniform reisen, damit man ihn nicht für einen Deserteur hält. Aber er kann nicht einfach so abhauen. Noch ist ja gar nicht geklärt, ob der entzifferte Funkspruch sich überhaupt auf ihn bezieht. Wenn nicht, besteht keine Gefahr. Aber wenn ja, dann hat er kaum das Recht, die anderen, die ihm vertraut haben, im Stich zu lassen.

Es ist Montag, der 31. August 1942. Harro Schulze-Boysen betritt das Ministerium. Er grüßt links und rechts, er betritt sein Büro. Er erkundigt sich bei seiner Sekretärin nach dem Verlauf ihres Wochenendes. Er hängt seine Mütze an die Garderobe. Er legt sein Koppel auf den Tisch. Er setzt sich an den Schreibtisch. Nur immer die Ruhe bewahren. Heilmann wird sicher gleich anrufen.

Dietrich Bonhoeffer hat gepackt. Es ist der 31. August. Dietrich wird morgen nach Klein-Krössin fahren, zu seiner Gönnerin Ruth von Kleist-Retzow, die zurzeit von ihrer Enkelin

Maria von Wedemeyer umsorgt wird. Die alte Dame fürchtet zu erblinden. Dietrich will ergründen, welche medizinischen Maßnahmen angemessen erscheinen, und sich dann mit seinem Vater bereden. Und er will in Klein-Krössin an seiner ›Ethik‹ arbeiten. Er sitzt in seinem Sessel, im elterlichen Haus. Er raucht. Er hat zum ersten Mal seit Langem wieder die Bibel aufgeschlagen: Lukas 19, 41–47.

Als Jesus Jerusalem nahe kam und die Stadt sah, weinte er über sie

Dietrich konzentriert sich auf den Text. Er überlegt nicht, was der Text bedeutet, er formuliert keine Auslegung, er präpariert keine Predigt. Er nimmt sich zurück. Er lässt jedes Wort wirklich werden, in der Stille des Zimmers.

Als Jesus Jerusalem nahe kam und die Stadt sah, weinte er über sie und sprach: »Wenn du doch wüsstest in diesen Tagen, was dir zum Frieden dient. Nun aber ist es vor deinen Augen verborgen. Ja es werden Tage über dich kommen, da werden deine Feinde einen Wall gegen dich aufwerfen, dich belagern und von allen Seiten bedrängen, und sie werden dich dem Boden gleichmachen samt deinen Kindern in dir, nicht einen Stein werden sie auf dem anderen lassen in dir.«

Dietrich liest den Text noch einmal. Er hält ihn fest, ohne ihn zu umklammern, er hält ihn locker, wie man etwas Lebendiges hält.

Und er lehrte täglich im Tempel. Und die Hohenpriester, Schriftgelehrten und die Obersten des Volkes trachteten danach, ihn umzubringen.

»Wir werden uns selbst versorgen müssen«, sagt Helmuth zu seinem Vetter Carl Dietrich Trotha, der zum Essen vorbeigekommen ist. »Normalerweise kocht Frau Cohn für mich. Sie hat es aber heute nicht mehr geschafft. Die Eltern und Onkel und Tante ihres Mannes werden morgen deportiert. Da ist sie natürlich nicht zu vielem gekommen.«

Auch Carl Dietrich sieht bedrückt aus. Zwei Leute aus seinem direkten Umfeld sind verhaftet worden. Der eine ist sein Kollege Arvid Harnack, wie er selbst Oberregierungsrat im Wirtschaftsministerium.

»Und der andere ist Harro Schulze-Boysen. Ich kenne ihn aus der Zeit vor dem Krieg. Aus der Zeit vor 33 sogar. Harro hatte viele Beziehungen zu bündischen Gruppen, genau wie ich. Er hat uns oft besucht, manchmal jede Woche. Es lag ihm immer daran, mit allen in Fühlung zu bleiben. Er scheint auch mit Harnack Kontakt gehabt zu haben. Ich weiß noch nicht einmal, was man ihm oder Harnack vorwirft.«

Die kleine Josefa Deichmann ist tot. Die Tochter von Freya Moltkes Bruder Hans Deichmann: Sie hat sich verbrüht. Einen Tag lang hing alles noch in der Schwebe, aber nun ist das Kind doch gestorben.

»Ich hoffe nur, dass Hans Mittwoch trotzdem nach Oberschlesien fährt«, sagt Helmuth Moltke zu Peter Yorck. »Er soll dort jemanden aus Genua treffen, der aber nur an dem einen Tag dort ist. Es wäre schlimm, wenn die Sache platzt. Es ist Krieg, da darf man privaten Unglücksfällen nicht Priorität einräumen. Man muss solche Kümmernisse möglichst schnell beiseiteschieben und seine Kräfte für Wichtigeres einsetzen. Gerade mein Schwager begreift das hoffentlich.«

Freyas Bruder hält Kontakt zum italienischen Widerstand. Und er arbeitet für die I.G. Farben. Man hat ihn nun schon mehrfach in den Osten geschickt, an einen Ort namens Auschwitz.

»Er sagt, es ist dort eine große Produktionsstätte der I.G. Farben entstanden, die vor allem von Juden betrieben wird«, sagt Helmuth. »Es handelt sich um ein altes Barackenlager für Wanderarbeiter oder etwas Ähnliches. Dort sollen Juden unter besonders furchtbaren Bedingungen zusammengepfercht sein.«

Abends schreibt Helmuth an seine Frau.

Von meinen Lesefrüchten füge ich einen Ausschnitt aus der ›Times‹ bei. Das Zeug heißt bei uns Cyankali.

Sie sitzen alle in Lebers Kohlenhandlung, im Hinterstübchen. Auch Theodor Heuss ist da. Seine Frau Elly ist eine Cousine zweiten Grades von Ernst von Harnack. Elly berät Ernst beim Umbetten berühmter Frauen. Beim Umbetten berühmter Militärs hilft ihm Beck. Ernst von Harnack ist zum Gräberkommissar ernannt worden. Die Toten auf den zweihundert Berliner Friedhöfen stören bei der Errichtung der neuen Welthauptstadt Germania, die Albert Speer für Hitler plant. Ganz wegwerfen kann man ihre Gebeine aber auch nicht. Also überwacht Ernst nun ihre Umbettungen.

Er ist heute sehr schweigsam. Sein Sohn Helmut ist an der Ostfront gefallen. Und seinen Vetter Arvid hat man verhaftet, in dieser Spionagegeschichte.

Der Redaktionschef des Feuilletons der ›Deutschen Allgemeinen Zeitung‹ Paul Fechter sitzt mit den Journalisten Paul Schüddekopf und Ursula von Kardorff in seinem Büro.

»In Charlottenburg und in Tiergarten hat es gestern ja schlimm gekracht.«

»Auch in Lichtenberg, am Prenzlauer Berg, in Spandau. Sie waren überall.«

»Ein Haus in Tiergarten ist vollkommen zerstört, und bei dem daneben fehlt das Dach.«

»Wir sind heute Morgen extra am Kottbusser Tor vorbeigefahren. Zwölf Menschen sind dort ums Leben gekommen.«

»Auch im Wedding soll es fast ein Dutzend Tote gegeben haben.«

»Ich habe den Krieg unglaublich satt.«

Das sagt Ursula von Kardorff.

Sie hat vor ein paar Jahren die Schriftleiteraufnahmeprüfung bestanden und eine Anstellung bei der ›DAZ‹ ergattert. Sie schreibt in lockerem Plauderton über Gesellschaftsereignisse, Mode und dergleichen, Ursula fühlt sich sehr wohl in der Redaktion. Die Kollegen sind keine Nazis. Dafür sind sie viel zu gut erzogen. Fechter wirft einen Blick auf die Uhr.

»Schon halb drei«, sagt er. »Da kommt sie wohl nicht mehr. Ich war nämlich zum Essen verabredet, mit einer ganz entzückenden Dame. Oda Schottmüller, eine Tänzerin. Wir wollten zu Borchardt gehen. Nun, es scheint, dass sie mich versetzt.«

Und weiß Ursula Kardorff an diesem Septembertag 1942 schon von Harros Verhaftung? Harros ehemalige Geliebte Regine Schütt war eine Freundin von Ursula. In den Tagen vor 1933 haben Harro, Regine und Ursula sich häufig auf denselben Festen amüsiert: auf den Kostümfesten der Akademie, den Regimentsbällen des IR 9.

Nun ist Ursula ein wenig niedergedrückt. Nicht dass sie Harro sonderlich gut gekannt hätte oder heute noch mit ihm in Verbindung stehen würde. Ihre Melancholie hat überhaupt nichts mit ihm zu tun: Ursula hat heute zum ersten Mal seit Langem wieder einen Brief von Wolfi bekommen.

Der Anblick seiner Handschrift hat sie getroffen, auch nach sieben Jahren noch. Sie haben einander 1935 kennengelernt, auf einem Kostümfest des Tennisklubs Rotweiß am Hundekehlensee. Sie haben sich sofort ineinander verliebt. Es war eine schmerzhafte Affäre: Denn natürlich war er verheiratet, der Regierungsrat im Reichssportministerium SA-Oberführer Wolf-Werner von der Schulenburg mit seinen lässigen Gesten, seiner spöttischen Stimme, seinem ganzen Schulenburg-Charme. Ursula von Kardorff hat das ewige Warten der heimlichen Geliebten schließlich nicht länger ertragen. Sie ist nach Paris geflohen und erst 1937 zurückgekehrt. Danach hat sie auf Schloss Neuhardenberg als Gutssekretärin gearbeitet.

Es war eine schöne Zeit. Die Hardenbergs haben Ursula nie wie eine Angestellte behandelt, eher wie eine fünfte Tochter: Ursula ist mit dem Schlossherrn durch den Park spaziert. Sie hat abends mit der Familie bei Kerzenschein gespeist, im langen Kleid, unter Bildern von Cranach und Breughel. Als sie beschloss, Journalistin zu werden und Neuhardenberg zu verlassen, war Carl-Hans Graf von Hardenberg gar nicht begeistert. Aber Ursula von Kardorff ist entschlossen, etwas aus ihrem Leben zu machen.

Sie ist eine moderne Frau, eine unabhängige, freie Frau. Sie steht in der Redaktion der ›DAZ‹. Paul Fechter spricht von Oda Schottmüller. Ursula hört nicht zu. Sie spürt Wolfis Brief in der Tasche. Von Zeit zu Zeit erreichen sie immer noch diese Briefe von der Front, die spöttisch und melancholisch, wegwerfend sehnsuchtsvoll an den Sommer 1935 erinnern.

»Du könntest für mich als Sekretärin tätig sein, Kind.«

Graf Hardenberg sitzt mit seiner Tochter Reinhild auf der Terrasse seines Schlosses. Der Graf ist meistens daheim. Er führt ein sehr zurückgezogenes Leben. Er fährt nur in die Hauptstadt, wenn er einmal Dienst hat, was selten genug der Fall ist: 1933 hat er alle seine Ämter niedergelegt. Im Herbst 1940 wurde er persönlicher Adjutant des Generalfeldmarschalls Fedor von Bock, der aber in diesem Sommer schon zum zweiten Mal von Hitler abgesetzt worden ist. So ist auch Hardenberg wieder von der Front zurückgekehrt.

»Du könntest hin und wieder etwas für mich tippen, so wie früher Ursula Kardorff, wenn es dir nicht zu aufwendig würde«, sagt er.

»Aber nein, Papa, natürlich nicht. Ich täte es gern.«

»Gut. Fritzi Schulenburg kommt für ein paar Tage zu uns heraus. Wir werden das eine oder andere besprechen. Und es könnte sein, dass danach etwas zu schreiben ist.« Der Graf räuspert sich. »Ich muss dir nicht sagen, dass deine Arbeit vertraulich ist. Streng vertraulich.«

Fritz-Dietlof von der Schulenburg ist zum fünften Mal Vater geworden. In diesem September 1942 ist die kleine Angela geboren. Das Christkind: Charlotte hat es um Weihnachten empfangen, als Fritzi auf Urlaub zu Hause war. Sie hält das Kind im Arm. Woher kommt ein Kind, so klein, so perfekt, so vital, so lebendig? Für Fritzi ist das keine Frage. Auch hier ist er von überlegener, heiterer Gewissheit: Seine Kinder hat ihm alle Gott geschickt.

Es ist doch offensichtlich. Der Mensch verdankt nichts sich selbst. Er hat sich nicht geschaffen, und er hält sich nicht am Leben. Seine Anlagen hat er von den Vorfahren, und durchs Leben führt ihn Gott. Was bleibt einem selbst dann noch als Aufgabe übrig?

Nichts halb zu tun, sondern mit ganzem Herzen und ganzer Kraft vom tiefsten Grunde her zu leben. Edel zu sein, klar, rein und einfach, auch noch im schlechtesten Menschen das Gute zu sehen, sich fern von Verachtung, Hass und Lüge zu halten, die das Gesicht, den Charakter und den Geist hässlich machen und verzerren.

Das schreibt Fritzi. Er ist natürlich nicht da. Was wohl aus

Fritzis Kindern werden mag, aus dem kleinen Sohn, den vier Mädchen? Sie haben eine liebende Mutter. Sie haben einen Vater, der reinen Herzens ist.

Aber er ist nicht da.

Romai hätte es wissen müssen. Sie kennt Edolf doch. Sie hätte wissen können, dass er das Mädchen nicht danach aussuchen würde, ob es eine möglichst tatkräftige Haushaltshilfe sein würde. Aber Romai war so froh, dass ihr die Hilfe bewilligt worden ist: Romai mit ihren vier Orgelpfeifenkindern von sieben, fünf, drei und einem Jahr, die nun in der Küche stehen und mit offenen Mündern den Neuzugang anstarren, ihre eigene Zwangsarbeiterin aus den russischen Ostgebieten. Edolf ist heute Morgen zum Frauenmarkt am Anhalter Bahnhof hinuntergegangen, wo die Güterzüge mit Mädchen und Frauen aus der besetzten Ukraine ankommen.

Er ist immer noch verwirrt, erschüttert. Er hat natürlich keine Haushaltshilfe gekauft. Er hat ein Kind gerettet.

»Wie heißt sie denn?«

»Vera Davidenko.«

Sie sieht aus wie zwölf. Sie ist aber fünfzehn: Das steht in ihren Papieren. Sie hat zwei dicke blonde Zöpfe bis zur Taille. Die Augen sind aufgerissen, verweint.

»Wo ist ihr Gepäck?«

»Sie hat keins.«

»Spricht sie Deutsch?«

»Natürlich nicht. Du musst es ihr beibringen. Aber erst einmal muss sie etwas zu essen bekommen. Ah so, ja. Hier sind die Richtlinien für ihre Behandlung. Dass ihr fast nichts an Nahrung zusteht, dass sie auf dem Fußboden zu schlafen hat und so weiter. Wirf das Zeug in den Ofen.«

Das hätte er ihr nicht sagen müssen. Die Kammer hinter

der Küche ist bereits hergerichtet, mit einem ordentlich bezogenen Bett.

»Dann komm mal her«, sagt Romai zu dem Mädchen.

Es starrt sie an. Romai fasst es an der Schulter. Es schreckt zurück. Es beginnt zu weinen. Romai legt den Arm um die Kleine, redet sanft auf sie ein.

»Vera. Setz dich hierher. An den Tisch. Ich gebe dir etwas zu essen.«

Die drei älteren Kinder stehen noch immer an der Tür, großäugig, fasziniert. Die Wäsche muss gemacht werden. Romai muss einkaufen gehen. Das Abendessen ist vorzubereiten. Von drüben, wo die Wiege steht, beginnt ein dünnes Stimmchen zu quäken. Und hier steht Romai Reichwein, ohne Haushaltshilfe, aber mit einem fünften Kind.

Werner von Haeften ist bei Ursula Kardorff zu Gast. Der jüngere Bruder Hans Bernd von Haeftens: Er ist im Februar schwer verwundet worden, mit einem Leisten- und Gesäßdurchschuss. Er ist nicht mehr felddienstfähig. Inzwischen kann er immerhin wieder feiern, auch wenn er ein besonderes Kissen mit sich führen muss, über das er sich unbarmherzig lustig macht.

»Sie haben Harro Schulze-Boysen verhaftet«, sagt Werner. »Mein Bruder Hannes und ich sind mit ihm noch aus Kindertagen bekannt.«

Wolf-Ulrich von Hassell tritt zu ihnen heran, der Sohn von Ulrich von Hassell.

»Harro ist mein Vetter«, sagt er. »Vetter zweiten Grades, aber dennoch. Ja, es ist eine schlimme Geschichte. Er soll für die Russen spioniert haben. So etwas darf man allerdings nicht tun.«

Jemand schenkt ihnen Wein nach. Jemand hat eine Grammophonplatte aufgelegt,

Davon geht die Welt nicht unter,
Sieht man sie manchmal auch grau,
Einmal wird sie wieder bunter –
Werner von Haeften kann noch nicht tanzen.

»Aber wenn du dein Kissen mitnimmst, könnten wir am Wochenende nach Neuhardenberg hinausfahren«, sagt Ursula Kardorff zu ihm. »Die Töchter sind zurzeit alle daheim. Das wird dir gefallen, und ihnen auch.«

Später in der Nacht gibt es Luftalarm.

Läuse. Das arme russische Wurm hat Läuse. Nun haben sie natürlich alle Läuse: alle vier Kinder, Edolf, Romai, das ganze Haus. Vera Davidenko hat geweint, als Romai ihren Kopf mit dem Läusekamm behandelt hat. Sie weint, wenn man ihr einen Staubsauger zeigt. Sie weint, wenn man den Wasserhahn aufdreht. Romai weint nicht. Sie erinnert sich an Tiefensee. Es ist nichts Erfreuliches an einer Welt ohne Wasserhahn und Staubsauger. Das muss Vera nun lernen. Sie muss lernen, wie man Staub saugt, wie man am Spülstein abwäscht, wie man einen Gasherd bedient. Sie hat aber inzwischen etwas Zutrauen gefasst.

Das liegt an der kleinen Sabine. Vera geht in jeder freien Minute zu Sabine. Sie liebt Sabine. Sie lässt sie nicht aus den Augen. Sie flüstert mit ihr, sie streichelt und wiegt sie. Sie singt ihr vor, was sie von zu Hause erinnert,

Keine Angst. Still, hab keine Angst

Freya sitzt abends in ihrem Zimmer in Kreisau. Sie ist allein. Karl Schmidt-Rottluff ist bereits schlafen gegangen. Der Expressionist und ehemalige »Brücke«-Maler, dessen Werke 1937 als entartete Kunst aus den Museen entfernt worden sind: Er weilt seit ein paar Tagen in Kreisau. Helmuth hat ihn eingeladen. Helmuth möchte etwas von Kreisau behalten. Er möchte Bilder von Kreisau mitnehmen, wenn Herr Serpuchoff kommt und die Moltkes gehen müssen. Nun wohnt Schmidt-Rottluff auf Kreisau und malt.

Theo Haubach hat ihn vorgeschlagen, der Freund Carlo Mierendorffs, der Carlo in diesem Jahr 1942 häufig zu Helmuth begleitet hat. Schmidt-Rottluff hat regelmäßig etwas zu der Zeitschrift beigesteuert, die Mierendorff und Haubach nach dem Ersten Weltkrieg herausgegeben haben. Sie hieß ›Tribunal‹. Sie ist natürlich längst eingestellt. Und über Schmidt-Rottluff ist letztes Jahr ein Malverbot verhängt worden. Nun malt er Kreisau.

Er malt aber nicht das Schloss oder das Berghaus. Die Moltkes haben ihm nichts vorgeschrieben, und er kann schließlich nicht wissen, auf welchen dunklen Ahnungen seiner Auftraggeber sein Auftrag beruht. So malt er den Zobten, das Eulengebirge, den Blick vom Berghaus über die Rübenfelder. Er malt den Blick vom Schloss über den Schlosspark mit dem Flüsschen Peile. Er malt nicht Kreisau: Er malt, was man sieht, wenn man auf Kreisau wohnt. Er malt keine großformatigen Ölbilder, sondern Pastelle und Aquarelle, leuchtend, italienisch heiter. Er geht auf die sechzig zu, ein Mann mit runder Brille, gepflegt gestutztem Bart, ohne Geld, ohne Einkommen und immer stärker vereinsamend, der nicht mehr malen darf. Und er blüht auf, in Freyas Nähe. Sie empfindet es deutlich, wie nötig er Ansprache, ganz normale Freundlichkeit hat. Insofern ist es gut, dass sie zu Hause geblieben ist.

Eigentlich hatte Freya gleich nach dem Unfall der kleinen Josefa zu ihrer Schwägerin Dickie fahren wollen, um Maria und Thomas zu sich zu holen, Josefas Geschwister. Aber Helmuth hat vorgeschlagen, damit zu warten, bis Schmidt-Rottluff sich eingelebt hat. Das verbrühte Kind ist schließlich so oder so tot. Und seine Mutter wird Freyas Besuch tröstlich finden, ob Freya nun am 12. oder am 28. September ankommt.

Außerdem plant Helmuth, vom 25. auf den 26. selbst in Kreisau zu sein, im Anschluss an seine Skandinavienreise. Er ist zu seinem Freund Steltzer nach Oslo geflogen. Am Nachmittag haben sie norwegischen Widerständlern von den Ergebnissen der Kreisauer Tagung berichtet. Dann sind sie zum Holmenkollen hinaufgefahren und haben über den Oslofjord mit seinen Inseln und Inselchen, seinen Dampfern, seinen unzähligen Booten und Segelschiffen geblickt. Und morgen wird es darum gehen, die leitenden Leute der Wehrmacht zu einer Besatzungspolitik zu bewegen, die sich an den Regeln des Völkerrechts orientiert.

Helmuth sitzt in einer Villa über dem Oslofjord, die die Deutschen requiriert haben. Die Blätter verfärben sich bereits herbstlich. Das Meer leuchtet im Schein der Abendsonne. Es ist wunderbar friedlich. Der Besitzer der Villa sitzt im KZ. Helmuth denkt an Herrn Serpuchoff, wie der einst in Kreisau sitzen wird.

Und könnte es sein, dass der Mensch doch nicht zwangsläufig Zerstörung und Hässlichkeit verbreiten muss, wo immer er hinkommt? Könnte es sein, dass es vielleicht sogar seine Aufgabe ist, klug und kühn in die natürlichen Verhältnisse einzugreifen, um ihnen Leben und Glanz zu verleihen? Helmuth hat Freya einen Stadtplan von Stockholm geschickt. Er hat ihr von der wunderbar modernen Stadt vorgeschwärmt: einer Stadt als Hafen, in Terrassen über das Meer erhoben, durchzogen von Wasser und inmitten von Wald. Freya hat eine Weile über dem Stadtplan geträumt.

Sie hat sich die Felsen zwischen den Häusern vorgestellt, die Wege, die in diese Felsen gehauen sind und auf denen die

Radler sich fortbewegen, Tausende von Radlern. Freya hat versucht, sich eine solche Stadt vorzustellen: eine helle, lebendige Stadt, gepflegt und im Frieden, wo die Leute in der Abenddämmerung am Meer entlangschlendern, Freya tritt noch einmal auf die Veranda hinaus.

Der Septemberabend ist mild. Freya ist allein. Sie geht die Stufen hinunter, in den Garten. In der tiefen Dämmerung leuchten Sterne. Die Einsamkeit schließt sich um sie, schnappt zu wie ein Schloss.

So hatte ich mir das nicht gedacht!

Die Empörung flackert auf und erlischt. In der Hecke singt schläfrig ein Vogel.

Mit Vera ist es besser geworden. Romai hat sie mit dem Mädchen von Freunden bekanntgemacht, das aus derselben Gegend wie Vera kommt. Das andere Mädchen hat Vera mit in die orthodoxe Kirche genommen. Neulich hat Romai Vera gefragt, wie sie nach Deutschland gekommen ist. Es ist immer noch ein Spiel mit Händen, Füßen, einzelnen Wörtern, aber Vera hat die Frage verstanden. Ihre Augen wurden groß und entsetzt. Dann hat sie versucht, es zu erklären: Man hat Vera einfach mitgenommen.

Man hat ihre Familie aus der Wohnung geholt, dann hat man Vera weggezogen. Vera hat es Romai vorgemacht. Sie versteht ein paar Wörter: *Mama, Papa*. Sie hat vorgemacht, wie man sie weggeschleppt hat. Sie hat sich selbst am Arm gepackt. Sie hat *Mama* geschrien, tränenüberströmt, sie ist mit sich selbst davongestolpert. Was mag mit Veras Familie geschehen sein? Mit *Mama, Papa*?

Romai hat Vera danach gefragt. Vera hat geweint. Sie konnte vor Weinen erst nicht reden. Sie weiß es ja nicht. Vielleicht sind alle tot. Viele Menschen sind tot. Vera weiß nicht, warum sie getötet worden sind, oder sie kann es Romai nicht erklären, sie kann alles nur zeigen. Sie hat einen Menschen gezeigt, dem man einen Strick um den Hals gelegt hat, um ihn zu erhängen. Sie hat den Strick zugezogen. Sie hat für Romai einen Graben in die Luft gegraben. Sie hat sich in den Graben gelegt. Sie ist wieder aufgestanden und hat mit dem Gewehr in die Grube geschossen: *Ratatatat.* Und dann hat sie noch etwas gezeigt. Romai hofft, dass sie diesen Teil falsch verstanden hat.

Sie wünschte, sie hätte Vera nicht gefragt. Dann hätte Romai nicht mitansehen müssen, wie lebendige Menschen zu den Toten in die Grube steigen. Zu den Toten und den Verletzten: Es sind ja nicht alle tot, bei Weitem nicht. Die Lebenden versuchen, sich vorsichtig auf die Verletzten und Sterbenden zu legen. Sie versuchen, ihnen nicht wehzutun. Sie streicheln sie. Sie sprechen zu ihnen, leise und tröstend,

Keine Angst. Still, hab keine Angst

Die zweite Kreisauer Tagung findet vom 16. bis zum 18. Oktober statt. Es ist eine Tagung der Stellvertreter: Für den Gewerkschaftsmann Leuschner kommt Hermann Maaß, für den Jesuitenpater Rösch kommt Alfred Delp, für Carlo Mierendorff kommt Theo Haubach. Horst von Einsiedel stellt ein Papier über die Gestaltungsaufgaben der Wirtschaft vor, das er zusammen mit Carl Dietrich von Trotha ausgearbeitet hat, der auch nicht kommt. Ansonsten werden Eugen Gerstenmaier, Hans Peters, Steltzer und natürlich Asta und die Yorcks mit Peters Schwester Muto da sein. Diesmal soll es um Verfassungsprobleme gehen, um den Staats- und Wirtschaftsaufbau.

Das Thema ist vielleicht zu weit gefasst. Sie fühlen sich gehetzt, sie fürchten, das Pensum nicht zu bewältigen. Sie gehen nicht spazieren, sie nehmen sich kaum Zeit für die Mahlzeiten. Dabei hat man diesmal auf ausgefeilte Vorträge verzichtet und sich auf provisorische Arbeitspapiere beschränkt, die die Ergebnisse der kleineren Zusammenkünfte in Berlin zusammenfassen. So präsentiert in einer langen Nachtsitzung Horst von Einsiedel die Ergebnisse seiner Arbeit mit Carl Dietrich von Trotha.

Ist die gegenwärtige Gestaltung der Wirtschaft gelungen? Nein. Das Recht auf Arbeit ist nicht allgemein verwirklicht. In keinem Land ist es gelungen, die Misshandlung der Natur durch wirtschaftlichen Raubbau zu verhindern. Naturschätze werden verschleudert, der Boden ist verwahrlost, die Landschaft geschunden, die Industrieansiedlungen verhässlichen in ihrer heutigen Form die Siedlungen. Die Einkommensverteilung ist unvollkommen gelöst. Die Organisation der internationalen Wirtschaft ist unzulänglich. Es fehlen durchgreifende Maßnahmen für ein Miteinander, das das Gegeneinander der Länder ablöst. Die primitiven Formeln vom Abbau der Handelshemmnisse genügen längst nicht mehr. Das Schicksal einzelner Menschen, ja ganzer Regionen oder Länder wird durch unkontrollierbare wirtschaftliche Entwicklungen bedroht. Das muss sich ändern. Wir müssen das wirtschaftliche Antlitz der Erde bestimmen, wir dürfen das nicht dem Zufall, der Macht Einzelner, dem wilden Spiel der Kräfte überlassen. Das Ziel der Wirtschaft ist der Mensch, nicht umgekehrt. Die Wirtschaft ist nichts als ein Mittel, um das äußere Leben des Menschen zu gestalten.

Freya bemüht sich, es an nichts fehlen zu lassen. Aber sie ist in Mitleidenschaft gezogen vom Tod der kleinen Josefa, von der Trauer des Bruders und der Schwägerin. Sie hat Josefas Geschwister mit nach Kreisau gebracht. Als die Gäste abreisen, ist sie erschöpft. Es ist der 18. Oktober 1942. Ihr elfter Hochzeitstag.

Scheliha und seine Sekretärin Ilse Stöbe sind verschwunden. Sie sind seit Tagen nicht mehr im Auswärtigen Amt erschienen.

»Dolf von Scheliha«, sagt Hans Bernd von Haeften zu seiner Frau. »Ein älterer Kollege, ausgesprochen sympathisch. Wir haben gut zusammengearbeitet. Dolf hat immer wieder ganz offen bei verschiedenen Dienststellen gegen die Verbrechen in Polen protestiert. Adam Trott und ich fürchten nun, dass er verhaftet worden ist.«

Und so neigt sich 1942 dem Ende zu. Im Amt kämpft Helmuth James von Moltke zäh und geduldig gegen die Fesselung englischer Kriegsgefangener. Man hat ihm mitgeteilt, dass man sich weitere Eingaben in dieser Sache verbittet. Aber das ist Helmuth egal. Er stellt es sich entsetzlich vor, seine Hände nicht frei bewegen zu können. Darüber redet er freilich nicht. Aber er wird nicht müde, darauf hinzuweisen, dass sich die Engländer mit der Fesselung deutscher Kriegsgefangener revanchieren.

Wenn er aus dem Amt in die Derfflingerstraße heimkommt, geht das Gezerre mit den Exzellenzen weiter.

Die Opposition gegen Hitler stützt sich auf keine breite Volksfront. Sie ist keine Massenbewegung. Muss man dann nicht wenigstens die kleinen Grüppchen und Gruppen vernetzen? So sieht es Fritz-Dietlof von der Schulenburg. Fritzi ist das Gelenk zwischen den starren Bauteilen der Moltke- und der Goerdeler-Gruppe. Er ist beim Militär zu Hause, in der Verwaltung, unter den Adligen. Er drängt darauf, dass man sich noch einmal mit den Goerdeler-Leuten zusammensetzt. Helmuth sträubt sich. Wozu soll das gut sein? Er kennt die Exzellenzen, er hat sie längst durchschaut.

»Man muss so ein Treffen natürlich gut vorbereiten«, sagt

Fritzi. »Aber wir brauchen die Goerdeler-Leute. Ohne sie kriegen wir das Militär nicht.«

»Für das Militär haben wir keine Verwendung«, sagt Helmuth. »Das Militär handelt nicht, und es ist auch zu spät.«

Es ist immer wieder dieselbe Diskussion.

»Der richtige Zeitpunkt für einen Putsch wäre Ende 1941 gewesen. Nun müssen wir es bis zum Ende durchleben. Nur der vollkommene Zusammenbruch, nur die Einsicht in die Unwiderruflichkeit der Niederlage kann zu einer radikalen innerlichen Erneuerung führen.«

Die anderen schweigen. Helmuth spürt ihren Widerstand.

Ulrich von Hassell wünscht ebenfalls ein Gespräch. Ihm sind seine eigenen Leute zu alt: Goerdeler ist 1884, Ludwig Beck 1880 geboren. Goerdeler ist außerdem ein wenig zu sanguinisch. Man könnte sagen, er ist von naivem Optimismus: Das schreibt Ulrich von Hassell in sein Tagebuch. Es besteht aus lauter einzelnen Zetteln, die er immer sofort versteckt. Und er verwendet einen Code. Aber der Schleier ist dünn. Die Generäle heißen »die Josephs«, Oster »Hase«. Aus jeder Zeile tritt dem Leser Hassells Widerwille gegen das bestehende Reich entgegen. Hat Hassell keine Angst, dass man die Zettel findet?

Man wird sie nicht finden, davon geht er aus. Man wird sie nicht jetzt finden: Aber dann, wenn sie eines Tages gefunden werden, muss man sie auch verstehen können. Wenn das Gebäude dieses finsteren Reichs erst einmal eingestürzt ist, wird Licht hereindringen, und alles wird an den Tag kommen. Aber es ist ja denkbar, dass das nicht mehr zu Ulrich von Hassells Lebzeiten geschieht. Es ist eine furchtbare Möglichkeit, dass keiner von ihnen mehr lebt, wenn es endet, dass keiner mehr Zeugnis ablegen kann: Und dann werden die neuen Machthaber die Geschichte erzählen.

Die Sieger des Krieges werden alles unterdrücken, was das von ihnen entworfene Bild stören könnte. Es wird kein anderes Bild mehr geben als das ihre. Aber wenn Hassell alles aufschreibt, wird die Wirklichkeit überleben.

Sie wird keinen Riss bekommen, in dem alles verschwindet: Gerechtigkeit, Liebe und die Hilfe und Hoffnung der Menschen, ihr ganz gewöhnliches gutartiges, unmilitärisch freundliches Miteinander, das es auch jetzt gibt, auch hier, Ulrich von Hassell schraubt den Füllfederhalter zu.

Er möchte jetzt noch einmal nach seiner Frau sehen. Der Sohn ihres Vetters ist zum Tode verurteilt. Harro Schulze-Boysen. Es ist irgendein Wahnsinn, eine Spionageaffäre. So etwas tut ein anständiger Mensch nicht, schon gar nicht in Kriegszeiten. Aber innerhalb der Familie ist die Sache eben doch bedrückend. Ulrich von Hassell schiebt den Zettel in das Tuch zu den anderen. Er legt alles zurück ins Versteck, wo die Überlebenden es einmal finden werden. Es ist der 21. Dezember 1942. Hassell glaubt nicht, dass er überleben wird, jedenfalls nicht lange genug, um am Ende noch dabei zu sein.

Harald Poelchau ist mit dem Rad unterwegs, allein in der Winterdämmerung. Der Alarm ist gerade vorbei. Die Straßen sind noch leer. Keiner sieht ihn. Keiner hört ihn. Es wäre aber auch inmitten einer Menschenmenge und bei Licht nichts zu bemerken. Der Lärm, die Posaunen des Jüngsten Gerichts, das Scheppern von Pauken und Becken finden hinter geschlossenem Vorhang statt, dort, wo Harald Poelchau mit sich allein ist.

»Abend, Herr Pfarrer. Schön, dass Sie kommen.«

»Abend, Wuttke.«

Kein ausgestreckter Arm, kein Heil Hitler. Das ist klar bei einem alten Kommunisten. Aber Wuttke hat sogar so viel Anstand, ihm jetzt, in Anbetracht der Lage, keinen Guten Abend zu wünschen. Wuttke war es, der Harald Poelchau vorhin angerufen hat.

Er hat sich sehr vorsichtig ausgedrückt. Er hat keine Namen genannt, natürlich nicht. Er hat nur gefragt, ob denn der Herr Pfarrer heute noch heraus nach Plötzensee käme.

»Wir haben sehr viel Besuch bekommen.«

»In Haus III, Wuttke?«

»Ja, Herr Pfarrer. Die Leute werden nicht lange bleiben.«

Harald Poelchau eilt durch das Tor, über den ersten Hof. Haus I. Dann der zweite Hof. Das Verwaltungsgebäude. Hier kann er die Listen der Verurteilten einsehen, die in Haus III einsitzen, im Totenhaus. Früher hatte Plötzensee eine Todeszelle. Heute hat es einen Todestrakt. Poelchau öffnet die Tür zum Büro.

»Ah, Herr Pfarrer. Hier sind die Listen.«

Er nimmt und liest. Das also sind die Todgeweihten. Sie sind erst vor drei Tagen verurteilt worden. Warum die Eile? Und warum hat man Harald Poelchau den Termin der Hauptverhandlung verschwiegen? Er hat sich deswegen vorgestern bei Roeder beschwert. Roeder hat das Gesicht verzogen. Er hat Poelchau mit etwas wie Ekel gemustert.

»Nun und? Eine Beteiligung der Geistlichkeit an dem Verfahren war nicht vorgesehen.«

Und dies ist nun also Roeders Rache: Harald Poelchau auch den Hinrichtungstermin nicht zu nennen, den verurteilten Männern und Frauen den Beistand eines Seelsorgers zu versagen. Aber Poelchau hat seine eigenen Kanäle. Ein Gefängnis ist ein eigener Kosmos, und dem Gefängnis Plötzensee gehört Herr Kriegsgerichtsrat Roeder nicht an.

Liebet eure Feinde wie euch selbst.

Über Roeder nachzudenken wäre die Verführung zum Selbsthass.

Aber Harald Poelchau denkt ja gar nicht über Roeder nach. Er denkt an die, die heute sterben werden, an diesem 22. Dezember 1942.

Rudolf von Scheliha 19.00 Uhr (durch den Strang)
Harro Schulze-Boysen 19.05 Uhr (durch den Strang)
Dr. Arvid Harnack 19.10 Uhr (durch den Strang)
Kurt Schumacher 19.15 Uhr (durch den Strang)
John Graudenz 19.20 Uhr (durch den Strang)
Horst Heilmann 20.18 Uhr (durch das Fallbeil)
Hans Coppi 20.21 Uhr (durch das Fallbeil)
Kurt Schulze 20.24 Uhr (durch das Fallbeil)
Ilse Stöbe 20.27 Uhr (durch das Fallbeil)
Libertas Schulze-Boysen 20.30 Uhr (durch das Fallbeil)
Elisabeth Schumacher 20.33 Uhr (durch das Fallbeil)

»Danke«, sagt Harald Poelchau.

Er tritt aus dem Büro hinaus auf den Gang. Er atmet ein, dann aus, dann ein. Was kann er tun?

Und ihr habt mich besucht.

Vier Eier, hundertfünfzig Gramm Zucker, hundert Gramm Mehl. Kirschmarmelade als Füllung. Es ist großer Luxus, im Winter 1942 eine Biskuitrolle zu backen. Dorothee tut es dennoch. Sie schlägt Eiweiß steif, mit dem Schneebesen. Sie hat die Eier von einer größeren Lieferung abgezweigt, die ihnen pommersche Gutsherren für Untergetauchte und Verfolgte ohne Lebensmittelkarten haben zukommen lassen.

Das haben die Poelchaus inzwischen gelernt: Wenn man die Mithilfe anderer braucht, muss man sie vor Aufgaben stellen, die sie auch bewältigen können. Arbeiterfamilien sind am ehesten willens und fähig, jemanden bei sich zu verstecken. Ehemaligen Kommunisten und Sozialdemokraten bricht nicht automatisch der Angstschweiß aus, nur weil sie etwas tun, was der Staat verbietet. Sie sind oft nicht sonderlich nett, das ist wahr. Sie können unfreundlich zu ihren Schützlingen sein, wortkarg, barsch. Aber sie ertragen den Druck, im Gegensatz zu den Wohlhabenden und Gebildeten, den bürgerlichen und adeligen Familien, die sich der Gefahr nur selten gewachsen zeigen. Meist flehen sie Poelchau schon nach einem Tag an, sie wieder von der furchtbaren Last zu befreien. Sie tun aber Buße. Sie sühnen ihre Schwäche mit Lebensmittelkarten, Geld und Naturalien. Unter dem Bett im Schlafzimmer der Poelchaus liegen Säcke mit Linsen und getrockneten Bohnen. Im Keller, im Schrank lagern Mehl und Grieß. Harald Poelchau hat ein sehr gut funktionierendes Netzwerk aufgebaut. Viele Einzelne gehören dazu, aber auch Gruppen wie die um Ruth Andreas-Friedrich und Leo Borchard, die den Poelchaus erst letzte Woche wieder eine jüdische Frau mit ihrem Kind geschickt haben.

Harald und Dorothee geben die beiden als Besuch vom Land aus. Sie sehen zum Glück nicht sehr jüdisch aus, aber bleiben können sie dennoch nicht: Man würde sich ja fragen, warum die kleine Rita nicht zur Schule geht.

Im Moment sitzt sie still am Küchentisch und spielt mit einem Püppchen, das sie sich aus einem Stück Pappe und einem Stofffetzen von Dorothee gemacht hat. Ihre Mutter schläft erschöpft auf dem Sofa. Sie hatte Fieber, als sie bei Poelchaus ankam, aber inzwischen geht es ihr besser.

Dorothee schlägt Eiweiß.

Der Eischnee wird allmählich fest. Draußen geht ein kalter Wind. Eine dünne Schneedecke überzieht das Dach gegenüber. Harald ist in Plötzensee. Es finden wieder Hinrichtungen statt. Unschuldige werden heute Nacht ermordet, und Dorothee tröstet Harald mit einem Kuchen. Ist das frivol? Aber in Angst und Not richtet sich der Mensch, wenn er es überhaupt vermag, an den Lappalien auf, aus denen ihn friedlicher Alltag anblickt: an einem starken Kaffee, einem Glas Wein, einer Zigarette, einer Mahlzeit. Und Harald isst so gern Süßes.

Er isst so gern Schokolade, Kuchen, Schwarzwälder Kirschtorte. Dass er diesem Hang kaum noch nachgeben kann, trifft ihn weit schwerer als die Kürzung der Zigarettenbezüge oder die Fleischrationierung. Es mangelt auch an Brennmaterial. Dorothee wird dennoch den Badezimmerofen anheizen. Harald wird baden wollen, wenn er aus Plötzensee zurückkommt. Manchmal hört sie ihn dann drüben seufzen. Meist hört sie keinen Laut.

Dafür also hat Harald Poelchau Goethes ›Urworte‹ auswendig gelernt, damals als Schüler der Liegnitzer Ritterakademie. Er hat sie gelernt, damit er sie heute Abend bei sich haben würde. Selbstverständlich beherrscht Herr Dr. Arvid Harnack diese Zeilen selbst. Aber er möchte sie von den Lippen eines anderen hören.

Wie an dem Tag, der dich der Welt verliehen,
Die Sonne stand zum Gruße der Planeten

Dr. Arvid Harnacks eigene Gedanken, seine eigenen Worte genügen ihm nicht, in dieser Stunde. Auch die Zweisamkeit mit Goethe, die Verbundenheit des Lesens und des Zitierens reicht nicht aus. Aber nun ist mit Harald Poelchau ein Dritter dazugekommen, der über das Sprechen der Worte mit dem Lauschenden verbunden ist und über die gesprochenen Worte mit dem, der sie in einer anderen Zeit, an einem anderen Ort verfasst hat, so dass eine Gemeinschaft über die Zeit hinweg entsteht, über das Gefängnis hinaus.

Wie an dem Tag, der dich der Welt verliehen,
Die Sonne stand zum Gruße der Planeten,
Bist alsobald und fort und fort gediehen
Nach dem Gesetz, wonach du angetreten.

Da ist Harald. Er kommt herein. Dorothee Poelchau sammelt sich. Es ist eine Hinwendung.

»Doro.«

Er blickt freundlich, gelassen. Er sieht angegriffen aus, lila bleich vor Erschöpfung.

»Wo ist der Junge?«

»Er schläft schon.«

»Es riecht so gut hier, Doro.«

Dies ist der Mann, der einen Tobsuchtsanfall bekommen kann, wenn jemand unnötigerweise das Licht brennen lässt.

»Vierzehn Leute sind heute hingerichtet worden. Ernst von Harnacks Vetter war darunter. Und ein Mann vom Auswärtigen Amt mit seiner Mitarbeiterin. Sie hatten mit der Sache gar nichts zu tun. Sie wurden in den Zusammenhang willkürlich hineingestellt, damit man sie mit den anderen töten konnte.«

Er steht noch immer mitten in der Küche.

»Wie lieb von dir, einen Kuchen zu backen«, sagt er.

»Ich habe auch den Badeofen angeschürt.«

»Dann werde ich jetzt baden.«

Sie sieht ihm nach. Sie lauscht ihm nach: den Geräuschen der sich öffnenden und schließenden Tür, dem Rauschen des Wassers. Sie hofft, dass heute niemand mehr kommt, der seine Hilfe braucht. Sie hofft, dass es keinen Alarm mehr gibt, oder wenigstens nicht, solange er badet.

Hans Adolf von Moltke ist niedergeschlagen an diesem Weihnachtsfest. Helmuth Moltkes Onkel, Davy Yorcks Mann: Er hat von Schelihas Hinrichtung erfahren. Vor dem Krieg war Hans Adolf Botschafter in Polen. Scheliha war dort Gesandtschaftsrat. Nun ist Scheliha tot. Und Hans Adolf ist nach Madrid versetzt. Er muss natürlich gehen, ob er will oder nicht. Er will nicht. Draußen schneit es, in dichten Flocken.

»*Finsternis bedeckt die Erde und Dunkel die Völker.* Nie in der Geschichte hat das so allgemein gegolten wie in diesem Jahr. Erkennt an, dass es so ist, meine deutschen Freunde, lasst euch nicht betrügen von denen, die euch sagen, es ist Licht, wo in Wahrheit Finsternis ist.« Und hört man ihn? Hört man die Stimme von Paulus Tillich? »Löscht die falschen Lichter aus, die man euch, die man dem deutschen Volk angezündet hat. Es waren Irrlichter, und schon haben sie sich selbst verzehrt.« Paulus Tillich hält die Weihnachtsansprache für die »Stimme Amerikas«, den gerade gegründeten Auslandsrundfunkdienst der Vereinigten Staaten. Es ist ihm, als riefe er in einen Tunnel. Als spräche er in die windige Nacht. »Das erste und verhängnisvollste dieser falschen Lichter war der Glaube an die Erlösung des Volkes durch seinen Führer. Man hat ihn verherrlicht, zum Gott gemacht. Aber die Wege, die ihn zum Führer machten, waren die Wege der Lüge.«

Wie soll er mit der schwachen Kraft seiner menschlichen Stimme den winterlichen Atlantik überwinden, seine schwarzen Brecher und Schaumkronen, um am anderen Ufer Gehör zu finden? Hört ihn jemand? Vernimmt man ihn, in den deutschen Wohnstuben, unter den deutschen Weihnachtsbäumen, in diesem fernen Land auf der anderen Seite des Ozeans, aus dem er stammt und dessen Gegenwart er sich nicht mehr vorzustellen vermag?

Freya hustet. Sie leidet seit Wochen an einer Bronchitis. Es macht Helmuth nervös. Es verdirbt ihm das Fest. Die Sorge um sie verdirbt ihm das Fest.

»Du musst gesund werden. Stell dir vor, wie wichtig das werden kann. Vielleicht verlieren wir in diesem Jahr den Krieg. Vielleicht verlieren wir in diesem Jahr Kreisau, dann brauchst du deine Kraft und Gesundheit.«

Eines der Rottluff-Aquarelle hängt an der Wand. Es ist das Bild vom Kapellenberg, wo Helmuths Eltern beerdigt sind.

»Wir werden sehr arm sein, ist dir das klar? Aber das macht nichts. Du musst nur diesen Husten loswerden. Ich habe noch nie einkalkulieren müssen, dass du einer Aufgabe nicht gewachsen sein könntest. Bitte werde gesund. Bitte. Es geht so nicht, bitte sieh es ein.«

Adam von Trott ist für eine Zusammenarbeit mit den Exzellenzen gewonnen. Fritzi Schulenburg war immer dafür, ebenso Ulrich von Hassell. Goerdeler wiederum nennt die Moltke-Leute Salonbolschewisten. Es geht gegen Mitternacht, und es geht seit acht.

Sie sitzen in der Hortensienstraße. Marion und ihr Mariechen haben den Tisch ausgezogen. Es soll nicht gemütlich zugehen und schon gar nicht gesellschaftlich, aber immerhin haben sie einen großen Topf Erbsensuppe mit Speck vorbereitet und ein paar Schnittchen mit Butter aus Kauern. Peter und Helmuth werden vielleicht darauf zurückgreifen müssen: Die sicherste Methode, im kargen Januar 1943 eine sinnlose Debatte rasch zu beenden, ist es, die Gäste zu Tisch zu bitten. Es scheint demnächst so weit zu sein.

General Beck sieht müde aus. Er hat den ganzen Abend lang kaum gesprochen. Er hat vorhin unauffällig die Lampe ein wenig verrutscht, damit sein Gesicht im Schatten liegt. Dabei wäre ihm die Stellung des Wortführers zugekommen, des Moderators in dieser großen Auseinandersetzung, dieser Abgleichung der Ziele. Bisher hat aber vor allem Goerdeler gesprochen.

Der ehemalige Oberbürgermeister von Leipzig: Er war schon längst in Amt und Würden, als jemand wie Adam Trott noch kaum mit der Schule begonnen hatte. Entsprechend herablassend benimmt er sich nun, wie ein Regierungschef gegenüber einer Splitterpartei. Helmuth ist immer zorniger geworden, dabei immer ruhiger.

»Sie wollen also zurück in die Vergangenheit. Was für ein großartiges Rezept. Wir tun so, als wäre dies die Welt vor 1933 oder besser noch vor 1914. Wir stellen die alten Verhältnisse wieder her und hoffen, dass es diesmal gut ausgeht. Wir springen leichtfüßig über die Geschichte hinweg, aber nicht in die Zukunft, sondern in die Vergangenheit.«

»Aber mein lieber Graf Moltke«, sagt Goerdeler.

Er schüttelt den Kopf wie ein langmütiger Lehrer, der die Kapriolen eines geliebten, nur leider kindischen Schülers erduldet.

»Natürlich brauchen wir eine auf Ausgleich gerichtete Sozialpolitik, da gebe ich Ihnen ja vollkommen recht. Eine Politik, die unverschuldete Schwäche schützt und die Möglichkeit bietet, sich solidarisch gegen die Widrigkeiten dieses Lebens zu sichern. Eine Politik, die vermittelt zwischen den Interessen, einerseits das Kapital der Unternehmer zu erhalten und andererseits die Arbeitskraft der Beschäftigten. Wir sind uns in diesem Punkt doch ganz und gar einig. Hier bei mir sitzen ja lauter Männer mit großer politischer Erfahrung.«

So geht es die ganze Zeit. Goerdeler will nicht scharf und deutlich die Differenzen zwischen den verschiedenen Standpunkten herausarbeiten. Er will im Gegenteil die Kontraste verwischen, die tiefen Gräben mit Floskeln und seiner nervtötenden Väterlichkeit zuschütten. Fritzi Schulenburg und Adam Trott sitzen mit verknoteten Händen, verdüsterten Brauen. Sie haben in langer und mühevoller Kleinarbeit diese Diskussion vorbereitet, die nun in Gemeinplätzen und Selbstgefälligkeiten versickert. Helmuth lehnt sich zurück. Er sieht auf die Uhr, er kräuselt die Lippen.

»Es ist nun gleich Mitternacht«, sagt er. »Und bisher ist nichts gesagt worden. Ich könnte Ihnen natürlich jetzt unsere Vorstellungen zur Wirtschafts- und Sozialpolitik erläutern.«

Alle setzen sich auf. Das ist das Thema, über das sie im Oktober in Kreisau die lange Nachtbesprechung hatten.

»Und danach müsste dann die eigentliche Diskussion beginnen«, sagt Helmuth. »Aber es ist zu spät. Um diese Uhrzeit noch anzufangen hat wenig Sinn. Ich betrachte das Gespräch also als beendet. Was Sie ansteuern, ist nichts als eine Art Kerenski-Lösung.«

Scharfes Atemholen, links und rechts. Marion erinnert sich: Alexandr Kerenski hat 1917 kurzfristig den Regierungsvorsitz in Russland übernommen. Unter ihm schwankte die Regierung panisch von links nach rechts, besaß keine tatsächliche Macht, wurde schlechterdings von niemandem ernst genommen und drei Monate später von der Oktoberrevolution hinweggefegt.

»Ich denke, es gibt nun einen kleinen Imbiss für uns«, sagt Peter Yorck.

Die Nacht ist eisig und sternenklar. Fritzi Schulenburg begleitet Ulrich von Hassell noch ein Stück. Ihre Schritte tönen in der Stille: Busse fahren um diese Zeit nicht mehr, und Taxis und Autos sind Privatleuten verboten.

»Das war nicht sehr gut«, sagt Fritzi. »Goerdeler ist nicht gut angekommen.«

»Das ist wahr«, sagt Hassell. »Ich verstehe es auch. Ich fürchte selbst immer, er sieht die Welt, wie er sie gern hätte, nicht wie sie ist.«

»Und Beck kommt nicht voran. Moltke fragt ihn, wann denn mit dem Eingreifen des Militärs zu rechnen wäre, und

Beck murmelt etwas von der notwendigen Prüfung tatsächlich vorhandener Kräfte.«

»Wobei Moltke mir persönlich zu angelsächsisch ist. Ein hochintelligenter Mann, keine Frage, aber eben doch ein Pazifist, dem reales politisches Handeln fremd ist. Natürlich bin ich auch der Meinung, dass man nach dem Umsturz sofort den Krieg beenden muss. Aber man darf dem Ausland den Frieden doch nicht hochoffiziell anbieten. Man muss so tun, als wollte man unter allen Umständen weiterkämpfen, und die Friedensverhandlungen über inoffizielle Kanäle führen, sonst entsteht sofort eine neue Dolchstoßlegende, und man wird uns die Schuld an der Kriegsniederlage in die Schuhe schieben.« Ulrich von Hassell seufzt. »Wobei sich das wohl ohnehin nicht vermeiden lässt. Man wird uns in jedem Fall Verrat vorwerfen. Wir werden die Rolle des Scheuerlappens zu spielen haben. Sobald die Dreckarbeit getan ist, werden wir in den Eimer geworfen.«

»Von mir aus«, sagt Fritzi. »Das ist mir egal. Die Frage ist, ob wir überhaupt so weit kommen. Ob und wann es ans Aufwischen geht.«

»Man muss freilich mit einem Scheitern rechnen«, sagt Hassell. »Man muss damit rechnen, dass die Sache gleich zu Anfang schiefgeht und wir uns völlig umsonst opfern.«

»Na und?«, sagt Fritzi. »Auch das ist egal. Was tut es, wenn wir fallen? Ich muss meinem Gewissen folgen. Ob mir das Schicksal eine Aufgabe bestimmt hat oder mich als Opfer fordert, ist mir ganz gleichgültig.«

»Ich werde das nicht zulassen«, sagt Helmuth zu Peter, am Tisch der Yorcks. »Dieser Krieg hat doch nur dann so etwas wie einen Sinn, wenn wir danach zu einer wirklichen Stabilität vorstoßen. Der Krieg wird in einer ungeheuren Niederlage enden. Die alten Systeme, die alten Denkweisen, die alten Lösungen werden restlos und für alle sichtbar abgewirtschaftet haben. Das ist eine einzigartige Chance für einen Neubeginn. Aber die Exzellenzen sind natürlich fixiert auf den Nationalstaat. Sie können sich nicht über das Altbekannte erheben. Die Einigung Europas können sie sich nur vorstellen wie die Einigung Deutschlands im neunzehnten Jahrhundert, wobei Deutschland die Rolle Preußens spielen soll. Nein, so geht es nicht. Dieses Gespräch hat mich mehr als alles andere davon überzeugt, dass eine Zusammenarbeit mit diesen Leuten unmöglich ist. Vor allem ist es zu spät für einen Staatsstreich. Man würde nur uns statt den Nazis die Schuld an dem verlorenen Krieg zuschieben. Nein, es gibt für uns nur die völlige Zerstörung. Keine Auswege, keine Hoffnungen, keine Träume dürfen übrig bleiben. Der Nationalsozialismus muss seinen eigenen Untergang herbeiführen. Er muss sich selbst zugrunde richten, für alle Zeit.«

1918. Die Zahl ist plötzlich aufgetaucht. *1918*. Es steht in U-Bahnhöfen, unter den Brücken der Stadtbahn, an Häuserwänden. *1918*. Die 6. Armee hat in Stalingrad kapituliert. In Afrika steht es schlecht für die deutsch-italienischen Verbände. Wo die Zahl *1918* auftaucht, wird sie überstrichen. Aber sie taucht wieder auf. Hier, und dort. Da. Dort drüben. *1918*.

»Wie es sich atmet, jenseits der deutschen Grenzen. Ach Clarusch, ich wünschte, ich könnte dich einmal mitnehmen.«

Adam war fünf Tage bei Visser't Hooft in der Schweiz.

»Die Menschen gehen anders. Sie reden anders. Sie bewegen sich anders. Es sind andere Menschen. Wenn sie das nur begreifen würden. Wenn sie nur verstehen könnten, dass die

Deutschen nicht frei sind. Wir leben so wenig in Freiheit wie die Menschen in den besetzten Ländern. Wenn die freie Welt nur begreifen würde, dass auch Deutschland ein besetztes Land ist. Ich gebe aber nicht auf. Ich kann nicht glauben, dass England die Gemeinsamkeiten, an die wir appellieren, gar nicht empfindet. Ich kann nicht glauben, dass wir uns einig fühlen mit Leuten, die es mit uns nicht sind und auch nicht sein wollen. Aber manchmal, Clarusch, manchmal denke ich, genau so ist es. Manchmal denke ich, es gibt keine Hilfe. Es gibt nur das stumpfe, schwere, gepanzerte englische Schweigen. Aus dem lebendigen Land, in dem ich gelebt habe und das ich liebe, schallt mir keine Stimme entgegen, nur dumpfe Stille, wie aus einem Grab.«

Sie sind die 4. Panzerdivision. Sie sind Elite: Sie ragen ganz allein, isoliert von den anderen, in den russischen Vormarsch hinein. Um sie herum nichts als die Weite des Landes, Schnee und Himmel, die ineinander verschwimmen. In der Nacht ziehen sie weiter nach Westen. Am Morgen fluten auf beiden Seiten wieder die Russen an ihnen vorbei. Ganz allein führen sie Krieg hier, ein verlorenes Häuflein in der russischen Unendlichkeit. Sie bewahren aber Rückgrat, Wagemut, Galgenhumor. Eine Geschichte macht als viel gelobtes Gedicht die Runde. Auf dem Reichsparteitag 1950 wird es zu einem Zwischenfall kommen. Am Ende der Parade der waffenblinkenden siegreichen Wehrmacht wird eine verlauste kleine Schar alter Männer heranhumpeln, mit abgefrorenen Ohren und Zehen, in russische Überröcke und sonst allerlei Lumpen gehüllt, ausgerüstet mit uraltem, verrostetem Kriegsgerät.

Mein Führer, ich glaube, Sie ahnen es schon,
es sind die Reste der 4. Panzerdivision.

Und ist dieser Feldzug gegen die Sowjetunion nun eigentlich ein Krieg, oder ist es ein Bürgerkrieg? Kommunistische, nationalistische, anarchistische Partisaneneinheiten kämpfen gegeneinander und gegen die Deutschen. Weißrussische Partisanen kämpfen gegen jüdische, polnische und Sowjetpartisanen, gegen Litauer und Ukrainer, Ukrainer kämpfen gegen Polen und Russen und die gegeneinander. Jüdische Gruppen kämpfen ums Überleben. Auf Seiten der Deutschen kämpfen Hundertschaften von Ukrainern, Weißrussen, Armeniern, Wolgatataren, Georgiern, Turkmenen, Kalmücken und Kosaken, rumänische, slowakische und italienische Einheiten, Esten, Letten, Litauer, Finnen, Griechen, Franzosen, Dänen, Niederländer, Norweger, Kroaten, in Nordafrika gefangengenommene Inder und Freiwillige aus dem Mittleren Osten. Einheiten der Verbündeten beteiligen sich gemeinsam mit einheimischer Polizei und SS an der Lösung der Judenfrage, Bataillone Hilfswilliger aus den eroberten Ländern helfen bei der Partisanenbekämpfung.

Dennoch siegen sie nicht. Sie siegen nicht.

Wie wollen sie sich hier jemals dauerhaft festsetzen, in der Ukraine, in Weißruthenien, in diesen sogenannten Reichskommissariaten, wie wollen sie dieses Land dauerhaft kolonisieren?

Und die vom Ostministerium geben einem auch keine brauchbaren Ratschläge. Die verstehen die Verhältnisse hier gar nicht. Keiner versteht die. Man versteht ja nicht mal die Sprache. Wie kann man ein Volk beherrschen, wenn kein Mensch ein Wort von dem versteht, was die hier die ganze Zeit brabbeln? Es ist alles ganz undurchschaubar. Wo kommen zum Beispiel all diese Polen her, mitten in Weißruthenien? Die Polen denunzieren die Weißrussen bei den Deutschen, und die Weißrussen beschweren sich, die Polen betrieben die

Polonisierung der von den Deutschen besetzten Gebiete. Wie soll man sich zurechtfinden?

Im August 1941 hat man neunzig Prozent der Wälder im Reichskommissariat Ostland nutzen können, jetzt sind es kaum noch dreißig. Die undurchdringlichen weißrussischen Wälder sind nicht in deutscher Hand. Die Besatzer können sich nur noch links und rechts der Eisenbahnlinien halten, wo Zwangsarbeiter den Wald gerodet und Blockhütten errichtet haben. Die Bahnlinien sind die Lebensadern. Die Verwundeten, die Soldaten auf Urlaub, die Beute, der Nachschub: Alles kommt über die Bahn, alles wird von der Bahn hergeschafft, heimgebracht. Die Blockhütten sehen aus wie im Wilden Westen.

Sie sehen mehr und mehr aus wie Forts. Zwischen ihnen ist Niemandsland. Außerhalb der deutschen Stützpunkte gibt es keinen Staat, niemand regiert hier. Hier ziehen die Banden herum: Ukrainer oder Weißrussen, Polen, Sowjetrussen. Sie überfallen die Bauern, einander, die Deutschen. Die Sicherungsverbände der Wehrmacht, die SS, die Verbündeten, die Hilfstruppen und die Polizei töten, aber sie siegen nicht, sie siegen nicht. Die Partisanengruppen kontrollieren die Wälder.

Und an der Front geht der Krieg weiter. Müller-Mayer-Schulze-Lehmann. Das sind die Namen an der Front. Das sind die Namen im Jahre 1943. Welcher davon ist seiner? Wer ist er? Das ist egal. Ihm ist es egal. Er hat aufgehört zu fragen, für welche schrecklichen Sünden er hier büßt. Es ist ihm klar geworden: An ihm liegt gar nichts. Er ist unwichtig, bedeutungslos, sein Leben, sein Sterben, sein Leid, sein Glück. Denkt er manchmal an seinen ersten Einsatz? Erinnert er sich manchmal an 1941 im Herbst, an das, was man die Feuertaufe nennt?

Nebel lag über der Ebene. In der Abenddämmerung schlugen Granaten ein. Er schoss ins Nichts, blind und verzweifelt nach vorn ins Nichts, dorthin, wo nichts zu sehen war. Er schoss mit geschlossenen Augen.

Inzwischen ist er bildgesättigt. Er ist zweiundzwanzig Jahre alt. Er fragt sich fast niemals mehr, wer er noch ist, ob etwas von ihm übrig ist. Es scheint ihm, dass der letzte Rest schwindet. Seine Seele trägt Uniform: die Uniform des Winterkriegs, die einzig die verzweifelten Augen frei lässt. Er spricht manchmal zu diesen Augen.

Fall um und sei tot.

Fall doch einfach um und sei tot.

Das Leben geht weiter, mit dir, ohne dich.

Fast ist es befreiend, das zu denken. Es ist befreiend. Denn er kann ja nicht genesen. Er ist dreimal verwundet worden. Er ist dreimal auf Heimaturlaub gewesen. Die Zerstörungen in der Stadt haben ihn mit mehr Grauen erfüllt als die Verwüstungen der Front: also auch hier keine Zuflucht, kein Frieden, die sanften tröstlichen Gedankenbilder mitten im Kampf nichts als Traumgaukelei.

Aber zu Hause im Dorf war dann tatsächlich alles beim Alten.

Morgens schien die Sonne, es gab frische Brötchen und Marmelade. Abends im Lampenschein wurden Platten gespielt: Beethoven, Brahms. Er saß im Sessel und blätterte in Stifters ›Bunten Steinen‹.

Es kommen daher wenig Menschen in das Tal, unter diesen manchmal ein einsamer Fußreisender, der ein Liebhaber der Natur ist, eine Weile in der bemalten Oberstube des Wirtes wohnt und die Berge betrachtet, oder gar ein Maler, der den kleinen spitzen Kirchturm und die schönen Gipfel der Felsen in seine Mappe zeichnet –

Er klappte das Buch zu. Was sollte das? Wussten die Leute hier denn gar nichts? Sie sahen die Bilder nicht, die er sah. Sie hörten die Schreie nicht, die ihm auch bei Brahms in den Ohren gellten, vielleicht besonders bei Brahms. Er begann eine Liebschaft mit einem Mädel. Sie berührte nur seine Haut. Er dachte voll Zärtlichkeit an die Kameraden, die weit im Osten lagen, am Don, im Kaukasus, vor Stalingrad. Sie schlugen sich für die Heimat. Sie starben für diese Ahnungslosen hier, für diese Einfältigen, für diese Lebensfremden. Er sah brennende Dörfer, hörte Gewehrsalven, Detonationen. Er dachte an ein Gewitter, an das wilde Spiel der Blitze vor dem gewaltigen Himmel der östlichen Nacht. Er dachte an den Geschützdonner in den Tagen vor Tschuwardino, an das Wassergeplätscher in einem Birkenwäldchen. Das schale Leben hier, die müßige Existenz der Dorfbewohner schien ihm unwirklich, gegenstandslos. Er begriff: Er war nicht im Krieg. Aber der Krieg war in ihm.

Also hat er sich freiwillig zurück an die Front gemeldet.

Er ist nach Russland zurückgekehrt wie in eine Heimat. Er hat die Stellungen bezogen wie sein eigenes Haus. Hier wenigstens lebt man ein ehrliches Leben. Hier wenigstens machen sie einander nichts vor. Hier gibt es keine Illusionen, hier herrscht die Wirklichkeit. Hier breitet man keine Spitzendeckchen über den ganzen riesigen Haufen gequirlter Kacke, die Leben und Tod in Wahrheit sind. Hier ist er frei. Diese Freiheit hat er immerhin genutzt: willentlich hierher zurückzukehren, frei auf sich zu nehmen, wozu man ihn ohnehin verdammt hätte.

Unconditional Surrender!

Roosevelt hat in Casablanca verkündet, von Deutschland nur die bedingungslose Kapitulation zu akzeptieren. Emmis

Bruder Just Delbrück, ihr Mann Klaus und die anderen Bonhoeffers waren außer sich. Welch Geschenk für Goebbels. Alle Zweifler werden nun wieder im Glauben fest. Die deutsche Öffentlichkeit steht wieder hinter der Regierung, Hitler ist bestätigt, wenn er sagt, für den Feind seien Regime und Volk eins, und die Generäle werden nun noch unwilliger sein zu handeln.

»Emmi. Geh bitte raus, lauf ums Haus, damit wir sicher sind, dass keine Spitzel da sind.«

»Emmi, ruf morgen Ernst Harnack an und sage, er solle die Flöte vorbeibringen, er weiß dann schon Bescheid.«

Emmi hat das Gefühl, dass Klaus sie aus dem Haus haben will, aus der Schusslinie. Sie soll nichts wissen. Es ist nicht einfach, so wenig zu wissen und so viel zu ahnen. Aber sie verplappert sich leicht, da hat Klaus recht. Und die Strafen sind sehr hart geworden.

Auf Schwarzhandel steht Todesstrafe, auch auf das Hören von Feindsendern. Für Reisen, die nur zum Vergnügen unternommen werden, kann man ins KZ kommen. Gestern hatten Emmi und Klaus Bekannte von Klaus zu Gast: Adam und Clarita von Trott zu Solz. Emmi weiß nicht genau, woher Klaus sie kennt. Adams Schwester Vera ist wohl früher einmal mit Klaus' Schwester Sabine zur Schule gegangen. Es war jedenfalls ein recht netter Abend. Sie haben vor allem über Kinder gesprochen, über Erziehung, über die Schwierigkeiten der Haushaltsführung. Die Männer haben ins Allgemeine philosophiert. Danach hat Klaus sie gebeten, heute Vormittag bei Ernst von Harnack anzurufen und ihm zu sagen, es ginge dem Hund wieder viel besser. Das hat Emmi getan. Sie haben aber gar keinen Hund.

»Ich habe mit einer offiziellen englischen Stelle in der Schweiz und einem Amerikaner in Schweden Kontakt aufgenommen«, sagt Himmlers Anwalt Carl Langbehn zu Ulrich von Hassell. »Im Fall eines Regimewechsels bei uns wäre England vielleicht zu einem annehmbaren Frieden bereit, hatte ich den Eindruck. Auch Amerika wünscht kein Chaos und schon gar nicht ein bolschewistisches Europa.«

»Sie haben in Abstimmung mit Himmler gehandelt?«

»Nun ja. Sehen Sie es so: Mit Hitler wird es keinen Kompromissfrieden geben. Er ist der Held im Siegerkranz, er stirbt eher, als seiner Selbstdemontage zuzustimmen. Und seine Führungsspitze reißt er eben mit in den Untergang. Aber daran ist Himmler nicht gelegen. Er würde gern den Krieg überleben.«

Helmuth ist müde. Die Fruchtlosigkeit der Diskussionen pumpt ihn leer. Allein hält er die Linie, allein muss er sie immer wieder neu durchfechten. Es ist schwerer, mit den Freunden zu ringen, als im Amt gegen die Staatsmaschinerie zu kämpfen. Es ist so schmerzlich, kämpfen zu müssen, wo man bisher Unterstützung gefunden hat.

Es ist schmerzlich und erschöpfend zu zweifeln: Denn vielleicht müsste man das Attentat ja doch auf sich nehmen. Wer kann die Konsequenzen einer Tat abschätzen? Wie kann man wissen, dass man nicht nur aus Angst zurückschreckt? Es könnte sich ergeben, dass es eine Pflicht würde, das Attentat zu wagen. Dann müsste man es tun. Wenn diese Pflicht auf ihn selbst fiele, dürfte er sich ihr nicht entziehen.

Und Freya hustet. Sie wird nicht gesund. Das ist sehr schwer zu ertragen.

Es ist auch für Freya schwer zu ertragen: Sie hat sich bisher auf sich selbst verlassen, sie hat niemanden belastet. Sie muss standhaft bleiben. Sie schickt Poelchau einen Sack getrockneter Erbsen.

Willi Kranz geht durch sein Warenlager: das Lebensmittellager der Kantinen für die Gefängnisse Moabit, Tegel und Plötzensee. Die kleine Rita begleitet ihn, ein jüdisches Kind, acht Jahre alt. Poelchau hat es vorbeigebracht. Ritas Mutter hat unter falschem Namen eine Arbeit annehmen können. Willis Haushälterin Auguste Leißner war zuerst ein wenig im Zweifel. Aber sie hat ihre Angst überwunden. Das Haus in der Klosterstraße 94 ist auch sehr geeignet, um jemanden darin zu verstecken: Es ist geräumig, weitläufig, verwinkelt, ein wenig düster.

»Was suchst du?«, fragt das Kind.

»Etwas für eine Gefangene.«

»Für eine böse Gefangene?«

»Nein. Nein, sie ist nicht böse.«

Er ist unschlüssig. Was kann eine Amerikanerin wollen, eine so gebildete edle Frau? Er hat sie einmal gesehen, mit ihrem leuchtend blonden Haar, ihren zusammengepressten Lippen, ihren weit offenen, merkwürdigen Augen. Sein Blick fällt auf eine kleine Kiste Orangen. Er nimmt eine Orange in die Hand, riecht daran. Der Duft ist bittersüß, von einer warmen Frische. So muss ein südlicher Morgen duften.

»Für dich.«

»Oh.«

Auch das Kind riecht. Es verkleinert die Augen, das Mädchen, das nie unter einem Sommerhimmel, nie auf einer verschneiten Wiese gespielt haben wird.

»Wie gut das riecht. Zu gut zum Essen.«

»Iss du die man ruhig.«

Er nimmt noch eine.

»Für die Gefangene?«

»Ja.«

»Er ist nicht gekommen«, sagt Falk. Er sitzt in Dietrichs kleinem Zimmer, im Haus der Eltern Bonhoeffer. »Hans Scholl ist nicht gekommen.«

Clara Harnack versucht sich zu sagen, dass andere Mütter vier Söhne an der Front haben. Sie versucht an Frau Dibelius nebenan zu denken, die zwei Söhne in Russland verloren hat. Aber das Leid anderer verstärkt Claras Leid, es lindert es nicht. Sie versucht zu beten. Aber die eherne Stirn des Totengottes ist nicht zu rühren. Es gibt nur ein Hilfsmittel gegen die völlige stumpfe Verzweiflung: Hitlers Tod. Sie stellt sich Hitlers Tod vor. Es ist unfassbar, dass er immer noch lebt, wo ihm so viele Menschen den Tod wünschen.

Wie viele Mütter, wie viele Bräute, wie viele Gefangene und Gequälte quer durch ganz Europa träumen abends vom Tod dieses einen Mannes, so wie man in friedlichen Zeiten von einer großen Liebe träumt oder von einem Lottogewinn? Aber er lebt, er lebt, er lebt.

Clara Harnack hat heute wieder ein Schreiben der Justizbehörden erhalten.

Sie hat es geöffnet, aber nicht gelesen. Sie weiß inzwischen ja, was in einem solchen Schreiben aufgelistet ist: Haftkosten für die Untersuchungshaft, Gerichtskosten, Vollzug der Todesstrafe, Verpflegung des Scharfrichters und der Gehilfen,

Portokosten 0,25 RM.

Arvid ist tot. Nun ist auch Mildred tot. Und Falk ist verhaftet. Clara versucht sich zu sagen, dass andere Mütter vier Söhne an der Front haben. Sie versucht zu beten. Aber sie stellt sich Hitlers Tod vor. Es ist unvorstellbar, wie viele Menschen ihm den Tod wünschen. Aber er lebt. Die Gedanken sind frei. Aber sie haben keine Macht.

Das Kreuz ist ein Symbol. Ein Symbol ist die exakteste Bezeichnung eines nicht exakt erklärbaren Tatbestandes. Das Kreuz als Ausdruck der göttlichen Liebe wäre deshalb kein Symbol. Ein Symbol greift über alle denkbaren Erklärungen seiner selbst hinaus. Es stellt etwas Existierendes dar, das ohne das Symbol eben nicht darzustellen wäre: Darüber hat Harald Poelchau mit seinem Lehrer John Rittmeister zuletzt gesprochen.

Nun stehen sie einander gegenüber, in der engen Zelle in Plötzensee.

»Herr Poelchau. Ja, Sie sind hier. Dass man sich hier wiederfindet. Aber wo man sich wiederfindet, ist letztlich nicht von uns zu bestimmen.«

»Nicht in dieser Zeit.«

»Vielleicht in keiner Zeit.«

2

Es gab mehr als drei Dutzend dokumentierte Attentatspläne auf Hitler. Nicht alle sind ausgeführt oder auch nur versucht worden. Mal kamen die Willigen nicht an den Mann heran. Mal machten die offiziellen Stellen nicht mit, wie im Fall des britischen Militärattachés Sir Noel Mason-MacFarlane, der 1939 vorgeschlagen hatte, an seinem Badezimmerfenster einen Scharfschützen zu postieren, der den Führer während der Geburtstagsparade hätte erschießen können. Mal wurden die Leute vorher verhaftet wie die Kommunisten um Karl Lutter 1933 oder die Mitglieder der Gruppe Markwitz 1935, mal schossen die Attentäter daneben wie die nie gefassten Schützen 1923, 1932, 1933. Aber das allererste Attentat auf Hitler wurde am 17. November 1914 verübt.

Das Regiment List der 12. Königlich Bayerischen Reserve-Infanterie-Brigade war in Flandern eingesetzt. Der Regimentsbefehlsstand lag im Dorf Messines. Weil der Regimentskommandeur an diesem 17. die Kompanieführer der vordersten Linien zu sich befohlen hatte, war der kleine Keller des Befehlsstands voll, als gegen 14.15 Uhr eine englische Granate einschlug. Eisenteile stürzten herab, Erdbrocken, Mauerwerk.

Drei Mann waren sofort tot, vier erlagen später ihren Verletzungen. Aber einer war davongekommen. Der Meldegänger des Regimentsstabes Adolf Hitler hatte wenige Sekunden zuvor den Keller verlassen. So jedenfalls beschreibt es Hitlers Vorgesetzter und späterer Adjutant Wiedemann in seinen Erinnerungen. Aber wer hatte dieses erste Attentat geplant? Wer hat es vereitelt? Wie waren die Rollen verteilt, bei diesem Prolog im Himmel?

Es ist der 2. August 1915. Henning von Tresckow sitzt auf der Kanone vor dem Eingang des Wartenberger Schlosses. Die Kanone stammt aus Frankreich. Onkel Hermann hat sie 1870 erbeutet, mit seinen siegreichen preußischen Truppen: General Hermann von Tresckow, Flügeladjutant Wilhelms I. und Sieger von Loigny. Der Kaiser hat darauf bestanden, den Onkel für seine Verdienste aus seiner Privatschatulle zu bedenken. Mit diesem Geld hat der Onkel Wartenberg erworben. Er ist kinderlos gestorben, und so hat er alles seinem Neffen hinterlassen: dem General Hermann von Tresckow, Hennings Vater.

Einundzwanzig Tresckows sind Generäle gewesen. Henning weiß nicht, wie viele von ihnen Hermann hießen. Aber seit 1336 erstmals ein Hinrico Treskowe aus Rathenow in einer Urkunde erwähnt worden ist, hat es in jeder Generation mindestens einen gegeben, bis hin zu Henning Hermann Robert Karl von Tresckow, geboren am 10. Januar 1901. An sich ist das ein sehr schönes Geburtsdatum: 10.1.01. Nur ist es leider noch nicht lange genug her. Henning und sein Bruder Gerd haben sich beide freiwillig an die Front gemeldet. Gerd ist nur zwei Jahre älter als Henning, aber er ist genommen worden, während man Henning wieder heimgeschickt hat. Man hat ihm gesagt, er wäre zu jung und auch zu schmächtig. Darum isst Henning nun, so viel er kann.

Im Moment kaut er an einem Butterbrot. Er kaut. Er schluckt. Er beißt ab.

»Hast du denn wirklich schon wieder Hunger, Henning?«, sagt Hennings kleine Schwester Marie Agnes. »Wir haben doch erst vor einer halben Stunde gefrühstückt.«

Seitdem hat Marie Agnes nach Henning gesucht. Henning ist ja so selten da. Er ist nur in den Ferien zu Hause. Ansonsten lebt er im Alumnat des Klosters Loccum in Hannoversch-Münden, wo er zur Schule geht. Marie Agnes betrachtet ihren Bruder. Henning von Tresckow sitzt auf der Kanone und beißt in sein Brot. Er kaut. Er kaut und kaut, kaut und kaut.

»Schmeckt es?«, fragt Agnes.

»Wie Pappe. Wie ein ganzer Mund voll Pappe.«

»Dann hör doch auf.«

»Nein.«

»Spuck es aus.«

»Nein.«

Über Wartenberg wölbt sich der helle Himmel der Neumark. Der Sommerwind streichelt das Land: die Wälder, die Wiesen, die Haferäcker, Kartoffeläcker.

»Wollen wir jetzt endlich runtergehen zum See?«, sagt Marie Agnes.

»Von mir aus. In Ordnung.«

Henning rutscht von der Kanone herunter. Einen Moment überlegt er, dass ihm das Brot dabei herunterfallen könnte. Es wäre noch nicht einmal seine Schuld. Das Brot würde zu Boden fallen und schmutzig werden, so dass man es leider Hasso geben müsste. Henning hält das Brot fest. Er beißt in sein Brot. Er kaut. Er schluckt.

1917 legt Henning das Notabitur ab und darf nun endlich dem Bruder folgen. Wie Gerd tritt er ins Königlich Preußische

1. Garderegiment zu Fuß ein. Nach der Grundausbildung auf den Potsdamer Exerzierplätzen, einem Offiziersanwärterkurs in Reims und dem Fahnenjunker-Lehrgang in Döberitz kehrt der Siebzehnjährige am 5. Juni 1918 zu seinem Regiment an die Westfront zurück, als Zugführer einer Maschinengewehrkompanie. Die Kämpfe sind so blutig wie aussichtslos. Viele Soldaten haben die Spanische Grippe. Nach den Julikämpfen verleiht man Henning das Eiserne Kreuz. Aber sie ringen schon längst nicht mehr um den Sieg. Sie ringen um einen Hügel, eine Höhe, ein paar Meter des zerwühlten, blutgesättigten Landes.

Dann ist der Krieg verloren, der Kaiser im Exil.

Das Neue Palais ist dunkel. Der Park liegt entblättert. Über die Wege zwischen den kahlen Bäumen treibt Laub. Marie Agnes und die Eltern stehen vor der Garnisonkirche. Es ist ein winterlicher Regentag. Die Straßen sind aber schwarz von Menschen: An diesem 11. November 1918 kehrt das 1. Garderegiment zu Fuß aus dem Krieg zurück. Ein letztes Mal zieht es in Potsdam ein, *das vornehmste Regiment der civilisierten Christenheit,* in dessen Regimentshaus die deutschen Kaiser ihre Geburtstage zu begehen pflegten. Noch einmal paradiert es vor Prinz Eitel Friedrich, dem Kommandeur der 1. Garde-Infanterie-Division. Dann verabschiedet sich Major Graf zu Eulenburg-Wicken in der Garnisonkirche von seinen Grenadieren und Füsilieren.

»Mein geliebtes, teures Regiment! Wir stehen am Ende des gewaltigsten Ringens der Weltgeschichte. Wie ihr wisst, haben wir seit heute Nachmittag Waffenstillstand. Doch nicht frohen Herzens können wir ihn begrüßen. Schwer lastet das Schicksal auf dem Vaterlande. Durch den Zusammenbruch unserer Bundesgenossen fiel die ganze Last des Krieges auf uns allein. Die Übermacht des Feindes wuchs von Tag zu Tag. Mit schwer keuchender Brust konnte das Heer sich ihrer kaum noch erwehren. Diesen Augenblick, wo der Feind uns vorn an der Gurgel fasst, benutzten Verräter in der Heimat, von selbstsüchtigen Verführern aufgehetzt, um uns das Messer in den Rücken zu stoßen. Sie haben die Bahnen und die Rheinbrücken besetzt, uns die Zufuhren abgeschnitten und unseren geliebten Kaiser und König gezwungen, dem Throne zu entsagen. Der Frieden wird uns Bedingungen aufzwingen, die unser Volk in Schmach und ewige Armut werfen und unter denen noch unsere Enkel stöhnen werden.«

Es versteht sich von selbst, dass Major Graf zu Eulenburg-Wicken unter diesen Umständen keinesfalls bereit sein kann, den Anordnungen der Soldatenräte Folge zu leisten. Er legt die Führung nieder und löst das Regiment auf, und Henning tritt wie viele seiner Kameraden in das Freikorps Potsdam ein.

Zu Beginn des Jahres 1919 beteiligt sich dieses Freikorps an der Niederschlagung des Spartakusaufstandes in Berlin. Bewaffnet mit Flammenwerfern und Maschinengewehren, stürmt es die von Arbeitern besetzten Redaktionsräume des ›Vorwärts‹. In der Stadt rufen schon seit Wochen Flugblätter und Plakate zum Mord an Karl Liebknecht auf,

Schlagt die Spartakistenführer tot! Dann werdet ihr Frieden, Arbeit und Brot haben!

Die Frontsoldaten

Am 19. Januar 1919 finden die Wahlen zur Nationalversammlung statt. Dies soll die Geburtsstunde der jungen Republik sein. Mord und Gewalttätigkeit leiten sie ein: Vier Tage vor den Wahlen werden Rosa Luxemburg und Karl Liebknecht von Angehörigen der Garde-Kavallerie-Schützen-Division misshandelt und umgebracht, mit Billigung, wenn nicht gar im Auftrag der Regierung Ebert und des SPD-Volksbeauftragten für Heer und Marine Gustav Noske. Die Täter werden erst im Mai vor Gericht gestellt, und zwar vor ein Feldkriegsgericht ihrer eigenen Division. Mehrere Männer werden freigesprochen. Den zu zwei Jahren Haft verurteilten Kurt Vogel befreit der spätere Chef des Amtes Ausland/Abwehr Wilhelm Canaris, der als Beisitzer an der Verhandlung teilgenommen hat, im Herbst 1919 in einer filmreifen Aktion aus dem Moabiter Gefängnis und schafft ihn außer Landes. Und der mutmaßliche Mörder Rosa Luxemburgs, Hermann Souchon, kommt mit einer Geldstrafe davon.

Die Revolution ist gescheitert. Die verkrusteten Vorkriegsstrukturen sind einigermaßen unbeschädigt in die neue Zeit hinübergerettet, nicht zuletzt dank der gespaltenen Linken. Und aus dem Geist der Freikorps werden sich später SA und SS entwickeln.

Henning von Tresckow hat dem Freikorps Potsdam nicht lange angehört. Bereits 1919 hat ihn die Reichswehr, deren Heeresstärke der Versailler Vertrag auf hunderttausend Mann begrenzt, schon wieder in ihre Reihen aufgenommen. Im Potsdamer Garnisonsdienst erteilt Henning Unterricht, er bereitet militärische Sportfeste vor, begeistert sich für Spenglers preußischen Sozialismus und bezweifelt stark, dass ein Völkerbund zum Zweck des Weltfriedens erfolgreich sein könnte. Und im Übrigen erwägt er, auch die Reichswehr wieder zu verlassen.

Sie sitzen im Gartensaal von Wartenberg. Henning hat seinen Schaukelstuhl ganz nach vorn an die Glastüren gezogen, die sich zur Veranda öffnen. Es ist der 3. Mai 1920. Auf dem sanft zum Seeufer abfallenden Rasen blühen Narzissen, frühe Tulpen. Henning stemmt die Spitze seines Stiefels gegen den Türrahmen und stößt sich ab, in regelmäßigem Rhythmus.

»Es hat doch alles keinen Sinn mehr. Die Tradition der

Reichswehr ist tot. In der Garnisonkirche ist sie zu Grabe getragen worden, im Dezember 1918.«

»Aber was willst du denn dann machen?«, sagt Gerd.

»Studieren«, sagt Henning. »Geld verdienen. Endlich einmal finanziell solvent sein.«

Hennings Schaukelstuhl hat eine reparierte Kufe. Gerds Hocker ist mit seinem Wackelbein schwer invalide. Der Überzug der Chaiselongue, auf der Marie Agnes den Brüdern zuhört, ist gelblich verschossen. Wenn die Mutter nach Berlin fährt, um die unumgänglichsten Einkäufe zu tätigen, dann fährt sie dritter Klasse und bleibt nur eine Nacht: Der Wartenberger Boden gibt seit je nicht viel her, und nun hat der Krieg auch noch die letzten Reserven vernichtet.

Aber Henning isst gern Spargelspitzen und Hühnchen. Er schätzt feine Wäsche, Duftwässer, polierte Schuhe. Er übt sich gelegentlich in der Pose des jungen Herrn, vornehm zurückgelehnt, blasé mit halb gesenkten Lidern, bis es ihm zu langweilig wird.

»In der Reichswehr ist doch nichts weiter mehr zu erreichen«, sagt Henning. »Man bleibt bedeutungslos, weil die Reichswehr bedeutungslos geworden ist. Ich will aber etwas leisten. Ich weiß nur nicht, was. Ich habe ja leider kein Ziel, keine Ideale, keine Grundsätze, keine Standpunkte. Ich habe keinerlei feste Ansichten zu Religion oder Politik. Ich bin also sozusagen modern. Ein moderner Massenmensch, nein, Gerd, bitte, verteidige mich nicht wieder. Man muss doch eine Haltung gewinnen. Man muss doch eine Meinung zu der Zeit haben, in der man lebt. Aber ich habe keinen festen Grund unter den Füßen. Ich komme mir vor wie einer, der hochspringen will, aber er steckt bis zu den Knöcheln im Schlamm.«

Henning ist neunzehn. Gerd ist einundzwanzig. Wenn Henning sprudelndes Wasser wäre, dann wäre Gerd das Ufergestein. Als Gerd im Krieg einen Bauchschuss erlitten hat, war seine größte Sorge, dass er nun nicht mehr den kleinen Bruder beschützen konnte.

»Ich weiß nicht«, sagt Gerd. »Ich bin Soldat, und ich bin gern Soldat. Ich denke, man muss nicht die Welt verändern. Man muss nur aufrecht seinen Mann stehen, an der Stelle, wo man hingestellt ist.«

Henning hört abrupt auf zu schaukeln. Er stellt die Füße auf den Boden und wendet sich dem Bruder zu.

»Aber das ist es doch«, sagt er. »Wo steht man? Vielleicht muss man die Welt nicht verändern, da hast du recht. Aber zurechtfinden muss man sich in ihr. Und mir fehlen Karte und Kompass. Ich weiß zu wenig, ich bin zu ungebildet. Darum gelange ich zu keinem Urteil. Es hätte ja auch keinen Sinn, zu Urteilen zu gelangen, die unbegründet sind.«

Henning beginnt wieder zu schaukeln. Marie Agnes betrachtet ihre Brüder. Henning weiß zu wenig? Zu Schulzeiten war er immer Klassenbester. Er hat geweint, wenn er nicht Klassenbester war. Er hat auch in seiner Freizeit immer gelesen und gelernt. Als ihn im Krieg sein Kompaniechef zur Rede gestellt hat, weil er einem Befehl nicht gehorcht hat, hat Henning sich auf Moltke berufen, den alten Generalfeldmarschall.

Gehorsam ist Prinzip, der Mann steht über dem Prinzip.

Er hat Prinz Friedrich Karl von Preußen zitiert,

Mein Herr, der König hat Sie zum Stabsoffizier gemacht, damit Sie wissen, wann Sie nicht zu gehorchen haben.

»Ich muss einfach lernen, intensiver zu denken«, sagt Henning. »Gradliniger, konzentrierter. Ich muss so denken, dass man auch zu Ergebnissen gelangt. Schau dich doch um in diesem Land. Es ist doch noch immer wie manchmal im Krieg, wenn man begriff, dass alles, was man tun konnte, nur das Chaos vergrößern würde, weil alles aussichtslos verloren schien. Kennst du jemanden, der wirklich einen Halt hat? Jemanden mit einem Ideal, das sich nicht nur als Talmi entpuppt, als vorschnelles Urteil und geistige Bequemlichkeit?«

Gerd schweigt. Der Maihimmel über Wartenberg ist wolkenlos, hellblau wie ein Babyjäckchen. Draußen auf dem See zieht das Schwanenpaar seinen Kreis.

»Vater und Mutter, würde ich meinen«, sagt Gerd schließlich. »Sie sind Christen, und sie sind Preußen. Das ist nichts Vorschnelles oder Bequemes.«

»Da hast du recht, Gerd«, sagt Henning. »Da hast du allerdings recht.«

Henning fischt in seiner Jackentasche nach einer Zigarette. Dann fischt er in der anderen nach Feuer.

»Vielleicht strauchelt man ja, weil man den Blick zu weit nach vorn richtet«, sagt er. »Außerdem kann man nicht einmal sicher sein, ob man nicht nur theatralisch ist. Ob man womöglich nur posiert, eitel, verwöhnt und feige, wie man ist.« Er stößt sich noch einmal von der Brüstung ab. Der Stuhl schnellt zurück und wieder vor. Getragen von der Bewegung steht Henning auf. »Ich werde jetzt tun, was ich mir vorgenommen habe. Ich werde die Reichswehr verlassen. Das ist das Richtige. Man muss sich vielleicht nur bemühen, in jedem Moment das Richtige zu tun, unter Anspannung der gesamten Kräfte. Vielleicht gelangt man dann allmählich zu einer Klärung, aus dem eigenen Inneren heraus.«

Am Himmelfahrtstag 1924 steht Henning von Tresckow in dem erhöhten Säulengang von Schloss Lindstedt, der über den Garten hinweg vom Parktor zum Schlosseingang führt. Das Schlösschen liegt am Rande Potsdams, eine halbe Stunde westlich des Neuen Palais. Seine ockerfarbene italienische Pracht wirkt vielleicht ein wenig unwahrscheinlich, hier mitten im märkischen Sand, andererseits auch nicht unwahrscheinlicher als die russische Kolonie, die Friedrich Wilhelm III. 1825 für seine dem 1. Garderegiment zu Fuß unterstellten russischen Sänger bauen ließ, oder das Dampfmaschinenhaus von Friedrich Wilhelm IV. in Form einer Moschee mit Minarett.

Friedrich Wilhelm IV. war es auch, der Lindstedt als Altersruhesitz einrichten lassen wollte. Er hat das Schlösschen aber selbst nie bewohnt. Erich von Falkenhayn, ab 1914 Chef des Generalstabs als Nachfolger von Helmuth James von Moltkes Großonkel Helmuth Johannes Ludwig von Moltke, erhielt Lindstedt schließlich 1918 zur Erbpacht.

Falkenhayns Witwe und seine Tochter wohnen noch immer hier. Es ist Hennings erster Besuch. Der Bankkaufmann und Börsenmakler Henning von Tresckow hat seine Pläne in die Tat umgesetzt: Er hat sich ein finanzielles Fundament geschaffen, mitten in dieser schwierigen Zeit. Direkt gegenüber der Potsdamer Garnisonkirche hat er ein Haus gekauft, ist selbst in die schönste Wohnung eingezogen und vermietet den Rest an Offiziere. Auf dem Weg zur Börse trägt er Paletot, Gamaschen, einen weltmännischen Hut. Nun haben ihn Freunde mit nach Lindstedt genommen, um ihn mit Erika von Falkenhayn bekanntzumachen. Und ist sie das nicht, dort unten zwischen den Zierpflaumenbäumen? Sie ist ja wirklich so reizend, wie man sagt. Man könnte sie ein bisschen erschrecken. Henning springt in den Garten hinunter. Er landet auf allen vieren, Erika zu Füßen, unter dem Gelächter und dem Applaus der Freunde.

Aber noch ist gar nichts entschieden. Noch ist alles in der Schwebe. Henning begibt sich ja nun mit einem Freund auf Weltreise. Er ist unruhig. Er braucht neue Horizonte. Er empfindet es stark, dass eine Etappe seines Lebens endet, dass etwas Neues beginnen muss. Sie gedenken von Frankreich über England nach Amerika und dann über Asien wieder zurück nach Europa zu fahren. Henning will seine Kenntnisse der Welt erweitern, er will neue wirtschaftliche Möglichkeiten ausloten. Als der Aufbruch unmittelbar bevorsteht, packt ihn allerdings ein Gefühl wie Reue, eine Art verfrühter Überdruss. Er wünschte, er hätte die Reise schon hinter sich. Was soll diese Sache eigentlich leisten? Wozu Potsdam verlassen, was erwartet er sich?

Aber die Koffer sind gepackt. An einem eiskalten Julitag 1924 brechen sie auf, Henning von Tresckow und Oberleutnant Kurt Hesse, Doktor der Philosophie und Militärschriftsteller, der in seinen Schriften das Erscheinen eines charismatischen Führers herbeisehnt, eines Herrschers der Seelen, auf den doch all jene voll Sehnsucht warten, die Deutschlands Not tief im Herzen empfinden. Noch ist dieser Führer aber nicht erschienen. Tresckow und Hesse reisen über Amsterdam nach London und Südengland, dann weiter nach Paris und Reims, das noch immer kriegszertrümmert ist.

Sie passieren zerschossene Dörfer, riesige Friedhöfe. Sie sprechen nur noch Englisch, um ihre Herkunft zu verschleiern. Fronterinnerungen überschwemmen Henning: Dies ist die alte Marschroute vom Sommer 1918.

Und wie lange wird es wohl dauern, bis dies alles vorbei ist? Wie lange dauert es, bis Gras über die Gräber gewachsen ist, langes zartes zähes Gras, dem man nicht ansieht, dass es Selbstzerfleischung und Hass, Ressentiments und Hader, Zorn, Schuld und Schmerz unter dem Teppich seiner verfilzten Wurzeln erstickt hat? Wann wird die Erde unter dem Pflug nicht mehr die Knochen der Gefallenen ausspucken wie Feldsteine? Wann wird das Lied der Konjunktive verstummen, die ewige Leier der Besiegten, die jeden Morgen erneut auf den ersten Morgen des Krieges gestimmt wird? Wann wird der wahre Frieden beginnen, wann wird Deutschland aus seinem Elend herausfinden?

In Boulogne besteigen sie ein Schiff, das sie über Vigo und Lissabon nach Rio de Janeiro bringt. Sie fahren nach Belo Horizonte, Minas, São Paulo, über Uruguay nach Buenos Aires, über die Anden nach Santiago de Chile. Hier erreichen Henning von Tresckow Alarmrufe: Der Verlust von Wartenberg droht.

Henning kürzt die Reise ab. Über Peru, Panama, Kuba, New Orleans und Washington reist er nach New York, und schon am 8. November ist er wieder in Europa. Er eilt nach Hause und stellt sein ganzes Vermögen seinem Halbbruder Jürgen zur Verfügung, dem Sohn des Vaters aus erster Ehe und Erben von Wartenberg. Der Besitz ist gerettet. Henning von Tresckow ist wieder mittellos.

Er ist wieder in Potsdam. Nun wird er Schloss Lindstedt einen Besuch abstatten, dem Dornröschenschloss: Und ist Henning der Prinz, der Erika von Falkenhayn wachküssen wird?

Er hat sie noch nicht geküsst. Er hat ihr vor seiner Abreise kein Versprechen gegeben, und er hat keines verlangt. Aber einen Schwur hat er doch abgelegt, auf ihrem letzten gemeinsamen Ausflug. Es war nach der Radtour nach Moorlake. Sie kamen in der Dämmerung zurück. Henning und Erika radelten ein Stück hinter den anderen her. Der Mond übergoss Potsdam mit Licht. Die prächtige Stadt spiegelte sich in den Kanälen.

»Wie schön«, sagte Henning. »Wie unvergleichlich. Das eine weiß ich jedenfalls. Potsdam wird stärker sein als alles, was die Welt zu zeigen hat.«

Und hat sich diese Prophezeiung bewahrheitet? Erika von

Falkenhayn steht am Fenster im Lindstedter Salon. Es hat gestern ein wenig getaut, dann in der Nacht stark gefroren. Frostkristalle umhüllen die Zweige der Zierpflaumenbäume wie in einer vorzeitigen Blüte. Erika und Henning haben einander geschrieben, während Henning fort war. Nun wartet sie auf ihn. Die Klingel schellt. Einige Momente später tritt er ein. Sie gehen einander entgegen. Sie reichen einander die Hände.

»Ich bin so froh, Sie endlich wiederzusehen«, sagt Henning von Tresckow. »Erinnern Sie sich denn überhaupt noch an mich?«

Sie erwidert sein Lächeln.

»Ich denke schon. Oder haben Sie sich sehr verändert?«

Das Lachen kräuselt seine Augenwinkel.

»Kein bisschen«, sagt er. »Ich bin ganz derselbe geblieben. ›Semper talis‹, das ist mein Motto.«

Immer gleich.

Eta lacht. Erika von Falkenhayn, Tochter eines preußischen Kriegsministers und Chef des Generalstabs im Weltkrieg: Natürlich erkennt sie das Motto des 1. Garderegiments zu Fuß.

»Und wer oder was sind Sie, mein Herr?«

»Ein Preuße natürlich. Ach so, und ein Vagabund. Ich habe all mein Geld in die Erhaltung Wartenbergs gesteckt. Mit anderen Worten, ich bin jetzt arm. Würden Sie dennoch meine Frau werden?«

Henning von Tresckow und Eta von Falkenhayn heiraten am 18. Januar 1926. Dann tritt Henning wieder in die Reichswehr ein, ins Potsdamer 9. Infanterie-Regiment, den Nachfolger des 1. Garderegiments zu Fuß. Der Sohn des Generals Hermann von Tresckow, Großneffe des Siegers von Loigny, Nachkomme von einundzwanzig Tresckowschen Generälen und Schwiegersohn General Falkenhayns will nicht nur ein Händler gewesen sein. Könnte er denn in dreißig, in vierzig Jahren glücklich und stolz auf das Geleistete zurückblicken, wenn sein einziges Streben auf Erden das Geldverdienen und das Anhäufen von Reichtümern gewesen wäre? Eta und Henning haben Hennings alte Junggesellenwohnung in Hennings Haus am Aufmarschplatz gegenüber der Garnisonkirche bezogen. Hier unter dem Glockenspiel werden 1927 Mark, 1928 Rüdiger und 1931 Uta von Tresckow geboren.

Es ist Frühsommer 1932, ein Sonntagmorgen. Der goldene Potsdamer Sandstein leuchtet unter südlich blauem Himmel. Der Platz vor der Garnisonkirche liegt leer, in reiner Stille. Dann läuten die Glocken. Der Platz füllt sich mit Kirchgängern, mit dem Silbergrau der Uniformen. Man grüßt, nickt, winkt einander zu. Worte gehen hin und her, gute Wünsche. Mark von Tresckow geht an der Hand seines Vaters. Nach dem Gottesdienst wollen die Tresckows einen Ausflug machen. Sie wollen im Boot die Havel hinunterfahren, vorbei an den Schlössern und Schlösschen, die überall im Grün liegen wie liebevoll versteckte Geschenke. Es wird auch ein Picknick geben. Der Weidenkorb steht schon gepackt in der Küche. Eta wird ihn nachher holen, zusammen mit den beiden kleineren Kindern, die in der Betreuung des Mädchens geblieben sind.

Wo Freunde oder Bekannte einen längeren Moment zusammenstehen, reden sie über die Wirtschaftskrise. Die Politik dringt bis ins Innerste des Familienlebens vor: Henning und Eta sind gestern aus Wartenberg zurückgekommen, wo Henning mit seinem Bruder Gerd gestritten hat. Gerd ist ein Gegner der Nazis. Und zum ersten Mal hat er sich von dem Jüngeren nicht umstimmen lassen.

»Diese elende, ganz und gar unpreußische Großmäuligkeit.

Dieser Mangel an Demut vor allem Höheren. Das Antichristliche. Es ist mir unerträglich. Und von diesen Leuten soll ich mich als Reaktionär beschimpfen lassen?«

»Überempfindlichkeiten, Gerd«, hat Henning gesagt. »Das sind alles Überempfindlichkeiten. Entscheidend ist etwas anderes. Die Nationalsozialisten wenden sich gegen die Macht des internationalen Großkapitals. Die angloamerikanische demokratisch-kapitalistische Idee, die auch die jüdische genannt wird, bedeutet doch die Versklavung der Welt durch das Händlertum. Ob Republik oder Monarchie oder Führerstaat, ist mir ganz egal, darauf kommt es gar nicht an. Entscheidend ist in diesen Dingen letztlich immer die Qualität des Einzelnen. Aber gegen die ins Uferlose getriebene Erwerbsgier muss vorgegangen werden, die die wildesten Blüten treibt, während das Volk verarmt und hungert.«

Das Thema geht Henning nahe. Er hält sogar Vorträge darüber, im Regimentshaus des IR 9. Er steht im Teppichzimmer zwischen dem von Kaiser Wilhelm II. gestifteten Gemälde von der Erstürmung Leuthens und einem Landschaftsbild des Grafen von Kalckreuth, ehedem ein Offizier des 1. Garderegiments zu Fuß, und fordert die Abschaffung des arbeits- und mühelosen Einkommens: Geld zu horten und davon reich zu werden, ohne in irgendeiner Weise tätig zu sein oder Werte zu schaffen, muss doch das Gemeinwesen zugrunde richten.

Henning weiß schließlich, wovon er spricht. Er war Teil des Systems, er war Börsenmakler. Aber er hat die innere Wende vollzogen. Er hat begriffen, dass eine solche auf reine Raffgier gerichtete Lebensauffassung zwangsläufig Menschen nach oben tragen muss, die in keiner Weise geeignet sind, eine geistig-sittliche Elite zu bilden: Und genau diesen Standpunkt vertritt eben die NSDAP. Brechung der Zinsknechtschaft ist

Punkt 11 des Grundsätzlichen Programms der Partei. In Wartenberg hat eine entfernte Tante Henning befragt, wen man denn seiner Ansicht nach wählen solle.

»Das kommt darauf an«, hat Henning geantwortet. »Wenn du klug bist, wählst du Hugenberg. Aber wenn du feurig bist, wählst du Hitler.«

Hennings Augen haben gelacht: Tante Beate sieht so gar nicht feurig aus. Sie ist korpulent, sie ist onduliert, und sie hat stark geschwitzt, bei diesem wunderbaren Sommerwetter.

»Aber die Pläne dieses Hitler klingen doch etwas verschroben?«

Henning hat abgewunken.

»Ich weiß schon. Großgermanisches Reich, Vertreibung aller Juden und was man noch so hört. Das ist natürlich unvernünftiges Gerede. Wie wollte man das bewerkstelligen? Aber wir müssen uns wieder auf das Nationale besinnen, das ist der Kern der Sache. Es sind doch die überstaatlichen Geldmächte, die uns in diese Krise geführt haben. Diesen Mächten sind die deutschen Interessen gleichgültig. Deswegen setze ich auf die nationalsozialistische Erhebung. Ich erwarte mir von ihr eine Besserstellung der Arbeiter, damit bolschewistischen Bestrebungen der Wind aus den Segeln genommen ist, und natürlich den Fall der Versailler Fesseln. Damit verbunden kommt dann die dringend nötige Aufwertung der Armee, im Zusammenklang mit verbesserten Aufstiegsmöglichkeiten für Offiziere. Kurz, Freiheit. Die Möglichkeit, dass die Deutschen ihr Leben wieder selbst gestalten können, ohne dass wir das Ausland in unseren ureigensten Angelegenheiten um Erlaubnis bitten müssen.«

Und nun ist es so weit.

Nun ist der Führer da. Hitler ist Reichskanzler.

Erika hat alles sehr schön vorbereitet. Sie ist eine reizende Gastgeberin: Sie hat Plätzchen bereitgestellt, dünne Schnittchen, Obst und Limonade. Natürlich wäre das gar nicht nötig gewesen. Jeder ihrer Gäste ist ohnehin froh und dankbar, dass er heute hier oben bei den Tresckows zu Gast sein darf, im Haus unter dem Glockenspiel, direkt gegenüber der Garnisonkirche. Schon seit dem frühesten Morgen strömen die Menschen in die Stadt. Schulen und Ämter sind geschlossen. Am Festgottesdienst in der Nikolaikirche hat Reichspräsident Hindenburg teilgenommen, am katholischen Hochamt in der Kirche St. Peter und Paul Himmler. Auf der ganzen Breiten Straße stehen schon seit dem frühen Morgen die Fenster offen, gerade als ob es Sommer wäre.

Es ist aber nicht Sommer. Es ist der 21. März 1933: der Tag von Potsdam, der um halb sieben Uhr früh mit einem Militärkonzert der beiden Kapellen des Infanterie-Regiments Nr. 9 im Lustgarten begonnen hat. Erika von Tresckow steht neben ihrer besten Freundin Margarethe von Oven am Fenster.

Sie blicken auf den Platz hinunter, wo unter dem Geläut aller Potsdamer Kirchenglocken die Abgeordneten des neu gewählten Reichstags Aufstellung genommen haben, mit dem Kanzler Adolf Hitler an der Spitze. Reichspräsident Hindenburg in kaiserlicher Paradeuniform schreitet soeben die Ehrenkompanie des Infanterie-Regiments Nr. 9 ab, dann die Reihen der SA, des Stahlhelms und der deutschnationalen Kampfstaffeln. Gleich wird er eine Rede halten. Nach ihm wird Hitler sprechen. Dann wird Hindenburg in die Gruft hinabsteigen und an den Särgen von Friedrich Wilhelm I. und Friedrich II. einen Lorbeerkranz niederlegen. Es ist ein großer Tag, ein bedeutungsschweres Datum: Am 21. März des Jahres 1871 hat Kaiser Wilhelm I. einst den ersten deutschen Reichstag eröffnet.

Und da tritt jetzt gerade der junge Reichskanzler Adolf Hitler nach vorn. Er ist bürgerlich elegant gekleidet, im Cut mit Zylinder. Ehrerbietig nähert er sich dem greisen Reichspräsidenten Generalfeldmarschall Hindenburg. Sie reichen einander die Hand.

Und Hitler verneigt sich.

Demütig beugt er das Haupt vor allem, was in dieser wilden und weglosen Zeit überhaupt Größe und bleibenden Wert hat: Preußen und Friedrich der Große, Bismarck und die Tradition der Reichswehr, Pflichterfüllung, Selbstdisziplin, unbedingte Redlichkeit und Bereitschaft zum persönlichen Opfer.

Dies ist der Schulterschluss, auf den Deutschland gewartet hat. Dies ist die Vermählung alter Größe mit junger Kraft. Eta schiebt ihre Hand unter den Arm Margarethes.

Die beiden sind Freundinnen seit Kindergartentagen, einander vertraut wie Schwestern. Margarethe lebt allerdings ganz anders als Eta. Sie ist unverheiratet. Sie arbeitet als Sekretärin für Reichswehrchef Kurt von Hammerstein-Equord: für den Roten General, der für die NSDAP nicht das Geringste übrig hat.

»Sehen Sie es sich genau an, Fräulein von Oven«, hat er noch gestern zu ihr gesagt. »288 von 647 Reichstagssitzen haben die Nationalsozialisten gewonnen. Mehr nicht, trotz all ihrer Drohungen, trotz all der Gewalt gegen ihre Gegner. Und doch können sie sich jetzt als Gewinner fühlen.«

Mit Wahlen ist es so gesehen eine merkwürdige Sache. Nicht etwa hundert, sondern vielleicht nur siebzig Prozent der Gesamtbevölkerung sind ja überhaupt wahlberechtigt. Von ihnen geben vielleicht nur achtzig Prozent tatsächlich ihre Stimme ab. Über fünfzig Prozent von diesen haben am 5. März 1933 die Nazis nicht gewählt. Und so steht nun im Ergebnis fest, dass auf Wunsch und Willen der Deutschen Hitlers Partei Gewinner der Wahl ist.

»Nun«, hat Hammerstein zu seiner Sekretärin Margarethe von Oven gesagt. »Das sind sie ja auch. Die Nationalsozialisten verfügen tatsächlich über die Mehrheit, dank der Unterstützung der DNVP.«

Die Tresckows sind hocherfreut über diesen Ausgang der Dinge.

»Weimar liegt hinter uns«, hat Henning gesagt. »Ja, ich weiß, Övchen, dein Hammerstein steht auf der Gegenseite. Aber auch er wird es bald anders sehen. Der Wiederbelebung des preußischen Ideals kann und wird er sich nicht verweigern. Treue, Redlichkeit. Ehrlichkeit. Anstand. Die Zeiten des Verfalls sind vorüber. Und die Reichswehr wird wieder Träger der besten soldatischen Tugenden sein.«

Hennings Augen haben geleuchtet. Fast hat sich Margarethe gewünscht, dass er recht behält.

Sie hat es sich gewünscht. Sie kann nicht wünschen, dass Henning enttäuscht wird. 1918 noch ist Henning in den Weltkrieg gezogen, ein glühend begeisterter siebzehnjähriger Freiwilliger. 1920 ist er aus der Reichswehr ausgetreten. Er hat studiert, für eine Bank gearbeitet, er begab sich jeden Morgen zur Börse und verdiente in kurzer Zeit ein kleines Vermögen, warf alles hin und ging auf Weltreise, die er abbrach, um Wartenberg zu retten, dann heiratete er Erika von Falkenhayn und trat wieder in die Reichswehr ein. Niemand hatte begriffen, warum er ausgetreten war. Niemand begriff, warum er wieder eintrat: niemand außer Margarethe von Oven.

Margarethe glaubt, dass sie Henning versteht.

Henning lebt intensiver als andere Leute. Er bewältigt in einigen Jahren, wozu andere ein Leben benötigen. Er hat die Erfahrungen eines gewöhnlichen Zivilistendaseins von sechzig auf sechs Jahre zusammengedrängt. Er hat alles durchlitten, alles durchlebt, was man von so einem Leben erwarten kann und was einen anderen zehnmal so lange in Atem und Aufregung hält, und dann hat er sich etwas Neuem zugewandt. Sie hat ihn einmal gefragt, ob das stimmt. Er hat die Schultern gehoben, gelächelt. Kann irgendjemand lächeln wie Henning von Tresckow?

»Nun, Fräulein Övchen. Vielleicht war es doch etwas weniger großartig. Vielleicht hatte ich einfach das Verlangen, den grauen Rock wieder anzulegen.«

Es klang, als spräche er von der Mönchskutte. Wenn er nach Wartenberg kommt, zieht er die Uniform sofort aus. Mehr als einmal hat Margarethe gesehen, wie er noch in der Minute seiner Rückkehr die Treppe hinauflief, wie er in lockerem Hemd wieder hinabeilte, bevor noch alle Koffer ausgeladen waren.

Kommt, Kinder! Schnell hinaus in die freie Natur!

»Ich bin so froh«, sagt Eta zu Margarethe, am Fenster des Hauses gegenüber der Garnisonkirche.

Margarethe sieht die Freundin an: Eta mit ihren leuchtend warmen Augen, ihrer klaren Stirn, der unvergleichlichen Art, wie sie sich hält, wie sie den Kopf trägt.

»Ich freue mich so für Henning«, sagt Eta. »Er verbindet so viele Hoffnungen mit dem heutigen Tag.«

Sturm Sturm Sturm Sturm Sturm Sturm
Läutet die Glocken von Turm zu Turm!

»Wir wären ausgerückt!«

Henning geht im Zimmer auf und ab. Sein Bruder Gerd ist zu Besuch.

»Wir hätten die SA entwaffnet«, sagt Henning. »Wir hätten einen Putsch der SA niemals geduldet. Die Armee muss einziger Waffenträger der Nation sein. In diesem Punkt sind wir uns immer einig gewesen, Gerd. Natürlich hätte Röhm die Rolle der Reichswehr nie in Frage stellen dürfen, darin bin ich ganz deiner Meinung. Wenn Röhm tatsächlich einen Staatsstreich geplant hat, dann hat er damit Hochverrat begangen, und man hätte ihn vor Gericht stellen müssen. Aber man hat ihn ermorden lassen.«

Punkt kommt zu Punkt.

»Und die Reichswehrführung? Die Reichswehrführung hat die Ermordung General von Schleichers und General von Bredows klaglos hingenommen. Sie hat widerspruchslos akzeptiert, dass zwei Generäle der Reichswehr als Landesverräter diffamiert worden sind. Das ist unerhört.«

»Und der zunehmende Allmachtswahn dieser Leute! Es wird allmählich unerträglich. Ein Kamerad in der Kriegsakademie hat heute allen Ernstes zu mir gesagt, der Nationalsozialismus stünde im Begriff, das Christentum abzulösen und den Glauben an Gott überflüssig zu machen. Ich habe mich so darüber geärgert, dass ich ihm gesagt habe, es wären unglückliche Entwicklungen denkbar, an deren Ende wir einander mit der Waffe gegenüberstehen könnten. Daraufhin hat er jede Beherrschung verloren. Was für Entwicklungen?, hat er gebrüllt. Was ist für Sie eine unglückliche Entwicklung?«

Henning von Tresckow hat die Offiziersausbildung an der Akademie als Bester seines Jahrgangs abgeschlossen. Er ist in die 1. Abteilung des Generalstabes im Reichskriegsministerium versetzt worden. Die Familie ist von Potsdam ins Berliner Westend gezogen, in eine repräsentative Wohnung am Karolinger Platz. In Berlin ist Henning auf Generaloberst Beck getroffen, und auf Generaloberst Fritsch. Margarethe von Oven ist Fritschs Sekretärin geworden, nachdem man Ende Dezember 1933 dem Entlassungsgesuch des Reichswehrchefs Kurt von Hammerstein-Equord stattgegeben hatte. Und seit Fritschs Weggang ist sie für Generaloberst Beck tätig.

»Dann wird der sich ja auch nicht mehr lange halten«, sagt Henning zu seinem Bruder. »Wem Övchen zur Seite steht, der ist so gut wie erledigt. Vielleicht sollte ich sie mal irgendetwas für mich tippen lassen, damit ich auch rausfliege. Das würde mir die Entscheidung abnehmen. Nein, wirklich, Gerd, ich spiele ernstlich mit dem Gedanken, die Wehrmacht wieder zu verlassen. Dieser hanebüchene Vorwurf der Homosexualität. Diese widerwärtige Intrige. Die Schmach, die man dem Oberbefehlshaber des Heeres angetan hat, entehrt doch im Grunde die ganze Armee.«

»Wenn du gehst, gehe ich auch«, sagt Gerd.

»Man muss gehen, fürchte ich«, sagt Henning. »Anders kommt man ja auch aus dem Eid nicht heraus. Ein Schwur unbedingten Gehorsams. Das glatte Gegenteil der preußischen Tradition.«

»Das Gegenteil der christlichen Tradition«, sagt Gerd. »Unbedingten Gehorsam kann nur Gott verlangen.«

»Man hätte den Eid nicht leisten dürfen. Warum hat man es getan? Wir haben nicht gewusst, was uns widerfährt. Das ist es. Und nun müssen wir die Folgen tragen. *Que no sabemos lo que nos pasa: eso es lo que nos pasa.*«

José Ortega y Gasset. Gerd erkennt das Zitat.

Wenn wir nicht wissen, was uns widerfährt: dann ist es das, was uns widerfährt.

»Sie sind also der Meinung, die Heeresführung hätte die Fritsch-Sache nicht hinnehmen dürfen«, sagt Hennings Kommandierender General Erwin von Witzleben.

»Jawohl.«

»Dann bleiben Sie Soldat. Wenn Sie meinen, etwas müsste geschehen, dann bleiben Sie. Wer kann denn aufbegehren, wenn nicht das Militär?«

»Mit Verlaub. Aber wird man aufbegehren?«

Witzleben zieht die Brauen hoch. Er betrachtet den jungen Offizier. Witzleben ist kein Freund Hitlers. Tatsächlich gehört er der Gruppe um Generaloberst Ludwig Beck und Hans Oster im Amt Ausland/Abwehr an.

»Warten Sie noch ein wenig«, sagt er schließlich. »Entmachten Sie sich nicht selbst. Wer bei künftigen Aktionen eine Rolle spielen will, der tut jedenfalls gut daran, auf seinem Posten zu bleiben.«

Henning bleibt also. Aber Margarethe Oven geht fort. Sie zieht nach Lissabon, als Sekretärin des deutschen Militärattachés.

»Auch du wirst wiederkommen, Fräulein Övchen.«

Was soll sie sagen? Sie kann nichts sagen. Sie reist heute ab. Es gilt, dies zu überstehen: den Abschied von Henning und Eta, die Abfahrt nach Berlin. Dann den Abschied von der Mutter, die Abfahrt nach Lissabon. So weit denkt sie jetzt aber noch nicht. Sie muss dies Schritt für Schritt bewältigen. Sie hätte nicht geglaubt, dass es ihr so schwer wird. Sie hat sich auf Portugal gefreut, auf das Abenteuer. Und möglicherweise wird diese Vorfreude ja zurückkehren, sobald sie diesen Abschied hinter sich hat.

Aber noch ist sie hier.

Sie sind im Wald von Wartenberg, unweit des Seeufers. Es ist sehr früh. Bei ihrem Aufbruch vorhin war es noch fast dunkel. Eine Amsel strich aus einem Rosenbusch, mit einem schrillen Warnruf. Das Gras vor dem Schloss war grau, schwer vom Tau. Im Osten leuchtete hell ein Stern. Inzwischen glüht der Horizont in tiefem Rot, und die Dinge nehmen Farbe an. Margarethe hat sich dieses Glück bis zuletzt aufgehoben: diesen Gang durch den Wald bei Wartenberg, allein mit dem

Mann ihrer besten Freundin. Eta ist nicht mitgekommen. Warum hätte sie mitkommen sollen? Eta ist Hennings Frau. Sie ist auf Wartenberg zu Hause. Sie kann diesen Weg morgen mit Henning gehen. Sie kann jederzeit mit ihm gehen: Sie muss nicht in der Morgendämmerung aufbrechen.

Henning hat das Jagdgewehr mitgenommen. Aber bis jetzt hat er es nicht verwendet. Er trägt es nur locker über der Schulter.

»Lissabon«, sagt er. »Eine schöne Stadt. Der Torre de Belém, an der Tejomündung. Die Miradouros. Der Blick ist zauberhaft. Wenngleich ich persönlich Potsdam bevorzuge. Oder Wartenberg, natürlich.«

Henning lacht. Er meint es aber ernst. Er kennt Lissabon. Er kennt London, Paris, New York, Rio de Janeiro, aber er liebt die Mark über alles. Das Morgenlicht sickert verwunschen in den Wald hinein, der den See umgibt wie ein locker gewundener Kranz aus Kiefern, Eichen, Buchen, Birken. Der Weg unter ihren Füßen ist weich. Es ist Sandboden. Märkischer Sand, karg: kein Land, das freiwillig etwas hergibt. Eine Weile gehen sie schweigend. Gestern haben sie bis in die Nacht hinein auf der Veranda gesessen, im Anblick des mondbeschienenen Sees: Margarethe, Eta, Henning, Hennings Halbbruder Jürgen und seine Frau Hedwig. Sie haben über Politik gesprochen, über die Sudentenkrise.

»Die Tschechoslowakei«, hat Henning gesagt. »Es ist Hitlers Entschluss, sie zu zerschlagen. Sein unabänderlicher Entschluss. Das sagt er. So formuliert er. Der Mann ist nicht bei Verstand. Wie kann ein Mensch stolz darauf sein, dass seine Entschlüsse unabänderlich sind? Dass die Wirklichkeit seinem Wahn nichts anhaben kann?«

Margarethe hat Hennings Gesicht nur schemenhaft gesehen, in der Dunkelheit auf der Veranda. Sie konnte nicht sehen, ob er den Mund ironisch-schmerzlich verzog, auf diese bestimmte Art, die er hat. Er hat sich ihr zugewandt, als hätte er ihren Blick gefühlt.

»Nun, Fräulein Övchen. Du entkommst jetzt ja alledem. Du wendest uns den Rücken, uns und Europa, du ziehst in den äußersten Südwesten und schaust freien Blicks übers Meer, bis nach Amerika hinüber. Aber sage ehrlich, ob dir nicht Potsdam fehlen wird.«

»Ja«, hat sie gesagt, schon mit einem Kloß in der Kehle. »Potsdam. Wartenberg. Ihr alle werdet mir fehlen.«

Aber sie hat im Grunde keine Wahl. Margarethe muss arbeiten. Sie muss sich ihren Lebensunterhalt verdienen, ihr eigenes Geld, sie ist nicht so geborgen aufgewachsen wie Eta. Margarethes Vater ist 1914 gefallen. Seit ihrem sechzehnten Lebensjahr hat sie zum Unterhalt der Familie beigetragen, und inzwischen trägt sie die Hauptlast der Sorge für sich und die Mutter. Margarethe ist eine moderne Frau. Sie ist immer unabhängig gewesen, wenn auch vielleicht nicht immer aus Neigung.

»Wäre es dir lieber, ich bliebe hier?«

Was ist in sie gefahren? Das Blut schießt ihr ins Gesicht. Was hat sie vorangetrieben? Was wird er sagen, was muss er denken? Er streckt den Arm vor, versperrt ihr den Weg. Er legt den Finger an die Lippen, hält sie, rettet sie.

»Da. Die Blauracken.«

Vögel. Er meint Vögel. Es ist ein ganzer Schwarm, direkt vor ihnen in den Bäumen. Sie lärmen. Es sind große Vögel, leuchtend bunt: Mehr kann Margarethe nicht erkennen. Sie wirft Henning einen Blick zu, von der Seite. Er lächelt nicht. Lediglich die winzigen Falten in seinen Augenwinkeln sind gekräuselt. Das Erstaunen über ihn nimmt ihr den Atem.

Er ist vollkommen unschuldig. Er hat nicht gehört, was sie gesagt hat. Er steht in seinem Wald, im ersten Morgenlicht, und lauscht beglückt seinen Vögeln. Sie atmet ein. Dann aus. Sie hört, was er hört. Sie hört jetzt alle Vögel, im Wald, am See. Sie klingen ungewöhnlich laut und bewegt, für einen Morgen so spät im Sommer. Ein einzelner Ruf übertönt die anderen. Er beginnt schnarrend, fast knurrend, steigt dann hell an,

krrrruiih, krrrrrruiih!

Nun lächelt Henning. Er sieht sie an, bedeutet ihr, ihm zu folgen. Der Pfad führt zum Wasser. Der See sprüht und funkelt durch die Äste, im Licht der Morgensonne. Stockenten fliegen auf, rauschend wie Taftröcke. Henning lässt das Gewehr von der Schulter gleiten. Aber er schießt nicht. Er legt nicht einmal an. Der merkwürdige Vogelruf ist verstummt. Henning wendet sich zu Margarethe.

»Schade«, sagt er. »Nun hat er sich doch verdrückt. Der Vogel, der so merkwürdig geknurrt hat. Das war eine Wasserralle. Es gibt hier am See gar nicht so wenige. Aber man sieht sie selten. An schlammigen Uferstellen kann man manchmal Glück haben, wo es viel Süßgras und Kolbenschilf gibt, so wie hier. Sie werden dort unvorsichtig. Sie glauben wohl, dort könnte sie niemand entdecken. Na, diese ist uns auch wirklich entwischt.«

Sie folgen dem Pfad zurück in den Wald. Henning hat das Gewehr wieder über die Schulter gehängt. Er spricht über die Schulter zu ihr.

»Weißt du, Fräulein Övchen, die Jagd wird mir mehr und mehr zu einem Vorwand. Ich habe oft gar keine Lust mehr dazu. Aber wir leben nun einmal unter dem Gebot der Nützlichkeit, wir Männer wohl noch mehr als ihr Frauen, und für ein Stück Braten zu sorgen gilt eben nicht als zielloses Streifen. Da darf man dann durch den Wald wandern, solange man mag.«

Sie treten aus dem Wald heraus. Der Himmel der Neumark weitet sich vor ihnen. Sie nähern sich dem Schloss von der Seite. Gleich wird dieser Spaziergang zu Ende sein. Gleich wird Margarethe sich in der Halle wiederfinden, inmitten ihrer gepackten Koffer.

»Wie wird es weitergehen? Wie wird es wohl mit uns allen weitergehen?«

Er antwortet nicht. Dann antwortet er doch. Sie kennt das Zitat, er gebraucht es oft.

Que no sabemos lo que nos pasa: eso es lo que nos pasa.

Und da sind sie. Da sind die Kinder: der zehnjährige Rüdiger, die siebenjährige Uta.

»Papa!«

Die Kinder stürmen über die Wiese. Sie rennen ihrem Vater entgegen wie zwei junge Hunde. Henning winkt. Er breitet die Arme aus. Margarethe steht daneben. Sie wird nun nach Berlin fahren, dann nach Lissabon. In ein paar Tagen verlassen auch Henning und Eta das Gut Wartenberg und beziehen wieder ihre Wohnung im Berliner Westend, mit ihrem Alltagsleben, ihren gesellschaftlichen Verpflichtungen. Rüdiger und Uta hängen sich an den Vater wie Äffchen. Henning hält sie im Arm. Aber über ihre Köpfe hinweg blickt er zu Mark hin: zu seinem Erstgeborenen, seinem Liebling, der neben seiner Mutter geht, keines seiner Kinder ähnelt Henning weniger als Mark.

Mark sieht aus wie Eta. Er hat Etas umschattete Augen, ihr dunkles Haar, ihr Kinn. Tränen steigen Margarethe in die Kehle. Niemand hält sich wie Eta. Niemand hält die Schultern wie Eta, niemand trägt den Kopf auf diese schwanenhafte Weise.

Auch du wirst wiederkommen, Övchen!

Margarethe beißt sich auf die Unterlippe. Sie wischt sich die Augen.

»Habt ihr den Spaziergang genossen?«, ruft Eta. »Was ist es doch für ein herrlicher Morgen.«

Gleich wird sie den Arm um Margarethe legen. Gleich wird Margarethe ihre besorgten Fragen mit einem Scherz abwehren müssen.

»Margarethchen! Aber du weinst ja.«

Da kommt es schon.

»Margarethchen! Was ist dir? Henning, was ist denn vorgefallen?«

Nichts, nichts. Was soll denn vorgefallen sein?

Que no sabemos lo que nos pasa: eso es lo que nos pasa.

Im Januar 1939 werden die Tresckows nach Elbing in Ostpreußen versetzt. Major Henning von Tresckow ist nicht ganz bei Gesundheit. Er leidet unter Gallenkoliken, Nierengrieß. Die politische Entwicklung widert ihn an. Es wird Krieg geben, da ist Henning sicher. Deutschland wird in Polen einmarschieren, und der Westen wird eingreifen. Was dann geschieht, ist nicht abzusehen. Henning unternimmt lange Wanderungen durch die schönen Wälder der Elbinger Höhen. Oft begleitet ihn sein Sohn Mark. Sie reden nicht über Politik. Mark ist ja noch ein Junge. Sie sammeln Pflanzen, die sie zu Hause bestimmen. Hätte Henning vielleicht lieber Botaniker werden sollen?

Am 15. Juli 1939 heiratet auf Pätzig, einem Nachbargut von Wartenberg, Ruth-Alice von Wedemeyer.

Die Mutter der Braut ist Hennings Cousine. Die Großmutter der Braut ist Ruth von Kleist-Retzow, Dietrich Bonhoeffers Gönnerin und Schwester von Hennings Mutter.

»Und das ist Fabian von Schlabrendorff«, sagt Tante Ruth

zu ihrem Neffen Henning. »Ich glaube, ihr kennt euch bisher noch gar nicht.«

Fabian von Schlabrendorff hat vor Kurzem Luitgarde von Bismarck geheiratet, die Tochter einer weiteren Cousine Hennings. Sie stehen vor dem schönen Gutshaus von Pätzig, inmitten der sanft hügeligen Landschaft. Die Tafel ist aufgehoben. Die Männer sind zum Rauchen ins Freie getreten. Ewald von Kleist-Schmenzin hat sich zu Henning und Fabian gesellt.

»Nun wird es also Krieg geben. Es ist ja gar nicht mehr zu verhindern. Ich habe es von Anfang an gesagt. Ich habe von Anfang an vor dem Mann gewarnt. Der Mann verhöhnt Gott und Glauben. Ich hege durchaus keine Sympathien für das Judentum, aber die Emporhebung der Rasse zum Urelement ist lästerlich und der ganze Antisemitismus im Übrigen nichts als eine untaugliche Importware aus Wien. Der Nationalsozialismus ruiniert Deutschland moralisch und politisch, und dieser Unsinn mit dem Lebensraum im Osten wird uns auch noch in einen zweiten Weltkrieg stürzen. Wozu braucht man Lebensraum im Osten? Deutschland als das Reich Bismarcks war und ist ein gewachsener, festumgrenzter Nationalstaat. Das Resultat dieses Krieges wird das Ende des Reichs sein, die Herrschaft des Bolschewismus über Mitteleuropa.«

Nicht dass Ewald von Kleist-Schmenzin die Republik geschätzt hätte. Nach dem Weltkrieg hat er die Schwarze Reichswehr unterstützt, die Freikorps und die Brigade Ehrhardt. Er hat sich an Wolfgang Kapps Seite gestellt, als der 1920 gegen die Republik geputscht hat: Deutschland ist nicht für die Demokratie geschaffen. Ewald von Kleist-Schmenzin war von Anfang an dagegen.

Er hat von Anfang an geahnt, dass diese ganze unsinnige Gleichmacherei nur in einer Herrschaft des Pöbels enden würde. Und genau so ist es gekommen. 1932 hat Kleist-Schmenzin sich Hitler persönlich angesehen. Seine Meinung zu dem Mann stand bereits vorher fest: Hitler hatte während seines gescheiterten Putschversuchs in München gekniffen, und für Feigheit hat ein preußischer Junker nichts übrig. Außerdem hatte Kleist-Schmenzin ›Mein Kampf‹ gelesen. Aber nun wollte er doch noch einmal Hitler persönlich dazu befragen, wie der als Kanzler zu verfahren gedachte. Hinterher hat Kleist-Schmenzin eine Broschüre veröffentlicht: ›Der Nationalsozialismus – eine Gefahr‹.

»Sie sind gerade in England gewesen, habe ich gehört«, sagt Henning Tresckow zu Fabian Schlabrendorff.

»England«, sagt Ewald von Kleist-Schmenzin. »Ich bin letztes Jahr auch in England gewesen. Während der Sudetenkrise. Generaloberst Beck hatte mich darum ersucht. Ich habe mit Churchill gesprochen, aber der hatte damals ja noch nichts zu sagen. Ich habe auch mit Vansittart vom britischen Außenministerium gesprochen. Ich habe ihm gesagt, ich käme sozusagen mit dem Strick um den Hals. Ich habe auf eine Zusage gedrängt, dass England Hitler die Zähne zeigt, wenn er in die Tschechoslowakei einmarschiert. Ich habe keine Zusage bekommen. Das war immerhin korrekt. Sie haben ihm nicht die Zähne gezeigt.«

»Aber diesmal werden sie uns den Krieg erklären«, sagt Fabian von Schlabrendorff. »England wird einen Überfall auf Polen nicht dulden. Das hat man mir gegenüber sehr klar zum Ausdruck gebracht.«

Aus dem Inneren des Gutshauses erklingt jetzt ein Walzer. In der Halle wird der Tanz eröffnet.

»Wann wir wohl jemals wieder ein solches Fest erleben.«

Das sagt die Großmutter Ruth von Kleist-Retzow etwas wehmütig zu ihrer Enkelin, der fünfzehnjährigen Maria von

Wedemeyer, die auf dieser Hochzeit ihrer Schwester eine der Brautjungfern ist.

»In wenigen Jahren, sollte ich meinen«, sagt Gerd von Tresckow lächelnd. »Ich jedenfalls muss darauf bestehen, dass das Versprechen eingelöst wird. Maria hat Henning und mir als Kind geschworen, sie würde uns zu ihrer Hochzeit einladen.«

»Dieser Krieg ist der Untergang Deutschlands«, sagt Henning von Tresckow zu Fabian von Schlabrendorff. »Wir können ihn unmöglich gewinnen. Jeder sieht das, nur die Reichsführung nicht. Hitler ist irrsinnig, anders lässt es sich nicht erklären. Ich fürchte, früher oder später wird man ihn totschießen müssen.«

Fabian von Schlabrendorff steht starr.

Und ist Henning von Tresckow froh, dass es anders kommt, als er vorausgesagt hat? Während des Polenfeldzugs kämpft er als Erster Generalstabsoffizier der 228. Infanterie-Division. Die Vehemenz, die atemberaubende Schnelligkeit des Vormarsches erlauben kein Innehalten, kaum ein Nachdenken über die militärischen Erfordernisse hinaus. Im September wird Henning die Spange zum Eisernen Kreuz II. Klasse verliehen, im Oktober das EK I. Dann ist Polen niedergeworfen.

Aber kann Deutschland auf einen Sieg stolz sein, der darauf beruht, dass England und Frankreich Polen im Stich gelassen haben? Und was ist im Übrigen gewonnen? Dank dieses Sieges sind die sibirisch-asiatischen Steppen nun bis an den deutschen Gartenzaun herangerückt. Das düstere Reich Stalins grenzt jetzt direkt an Ostpreußen. Es stemmt seine Schulter gegen das deutsch besetzte Generalgouvernement.

Dort treiben die Mörderbanden der SS ihr Teufelswerk, ganz wie es mit der Wehrmachtsführung abgesprochen ist.

Die sogenannten volkspolitischen Aufgaben der Einsatzgruppen werden vereinbarungsgemäß außerhalb der Verantwortlichkeit der Wehrmacht wahrgenommen: Das lässt der Oberbefehlshaber des Heeres Brauchitsch Generalleutnant Fedor von Bock wissen, der sich als Befehlshaber des Wehrkreises Danzig im Oktober 1939 bei Gauleiter Albert Forster über die Mordaktionen von Himmlers Selbstschutz beschwert.

Bock ist nicht der Einzige, der Einwände äußert. Aber die Wehrmacht und die SS haben sich auf Arbeitsteilung geeinigt, also sollen die Offiziere jetzt bitte den Mund halten, zumal Himmler sich direkt auf Hitler berufen kann, womit alle Empörung folgenlos bleiben muss.

Und Fedor von Bock wird ohnehin kurz darauf an die Westgrenze verlegt. Er hat den Auftrag, die Heeresgruppe B aufzustellen.

Auch Henning von Tresckow hat man in den Westen geschickt. Seit Oktober 1939 ist er als Gehilfe des Ia, also des Ersten Generalstabsoffiziers, der Heeresgruppe A unter Generaloberst Gerd von Rundstedt zugeordnet. Der Generalstab ist im düsteren und stark blätternden Prunk der heruntergekommenen Rokokoräume des Koblenzer Hotels Riesen-Fürstenhof untergebracht. Zurzeit weilt auch Erika in Koblenz, um Henning zu besuchen. Die Rheinanlagen, die nach dem großen Ulmensterben in diesem Jahr neu gestaltet worden sind, sind jetzt im Spätherbst natürlich kahl. Aber die Tresckows haben sich dennoch zu einem Spaziergang entschlossen.

»Im Grunde ist niemand für den Westfeldzug«, sagt Henning. »Ich weiß mich darin einig mit den vorgesetzten Stellen. Manstein, Rundstedt, Leeb, Halder, keiner glaubt an einen Sieg. Witzleben sowieso nicht. Keiner hält den Angriff für opportun. Es wird auch protestiert. Das hat nur leider keinen

Erfolg. Die Frage ist, was man tut, wenn alle Einwände nichts fruchten. Kann man klein beigeben? Kann man sagen, nun ja, dann geht Deutschland eben unter? Ich habe schon überlegt, ob ich einmal mit Onkel Fedi rede.«

Fedor von Bocks Mutter Olga war eine Schwester des preußischen Kriegsministers und späteren Chefs des Generalstabs Erich von Falkenhayn, Erikas Vater. Eigentlich ist Generalleutnant von Bock also Erika von Tresckows Cousin. Der Altersunterschied ist aber erheblich, und so nennt sie ihn seit Kindheitstagen Onkel.

»Was kann Onkel Fedi denn tun?«, sagt Erika. »Was erwartest du dir von ihm?«

»Ich weiß es nicht. Man könnte versuchen, die Heeresleitung zum Rücktritt zu bewegen.« Henning lacht auf, wie bei einem Scherz. »Oder man könnte die Regierung stürzen.«

»Du willst die Regierung stürzen? Mit Onkel Fedi?«

Nun lacht er wirklich.

»Nein. Ja. Ach, was weiß ich. Ich kann gar nichts tun, ich bin ein zu kleines Licht. Ich kann nur auf meine Vorgesetzten einwirken. Allerdings ist Onkel Fedi nicht einmal mein Vorgesetzter.«

»Und selbst wenn er es wäre. Onkel Fedi würde niemals rebellieren.«

Eine Weile gehen sie schweigend. Dann sagt Henning: »Weißt du, es belastet mich. Es lässt sich ja nicht von der Hand weisen, dass ich es begrüßt habe, als Hitler Reichskanzler wurde. Da ist nun freilich nichts mehr zu machen. Andererseits sind Kurskorrekturen jedenfalls keine Schande, und rasche Lebensbrüche habe ich mehr als einmal vollzogen. Der Westfeldzug muss unbedingt verhindert werden. Und wenn das mit Hitler nicht möglich ist, dann muss Hitler eben weg.«

Fedor von Bock kann dem nicht zustimmen. Er reagiert unwillig auf die Anmutungen seines angeheirateten Neffen. Die Sache ist doch klar: Wenn der Westfeldzug nicht verhindert werden kann, dann muss man ihn gewinnen.

Und sieht Henning seinen Irrtum ein? Bereut er in glücklicher Beschämung den eigenen Kleinmut, bejubelt er den Sieg über Frankreich?

Am 11. November 1918, als Staatssekretär Matthias Erzberger, der Diplomat Graf Oberndorff sowie Vertreter von Heer und Marine in einem Eisenbahnwaggon im Wald von Compiègne das Waffenstillstandsabkommen unterzeichnet haben, war Henning von Tresckow siebzehn Jahre alt, der jüngste Leutnant einer geschlagenen Armee. Die Teilnahme an den Friedensverhandlungen wurde dem Land, für das er gekämpft hatte, versagt. Am 28. Juni 1919 sahen sich Außenminister Hermann Müller und Verkehrsminister Johannes Bell gezwungen, im Spiegelsaal von Versailles, wo keine fünfzig Jahre vorher König Wilhelm I. von Preußen zum deutschen Kaiser proklamiert worden war, unter Protest einen Vertrag zwischen den USA, England, Frankreich, Italien, Japan, Belgien, Bolivien, Brasilien, Kuba, Ecuador, Griechenland, Guatemala, Haiti, Hedschas, Honduras, Liberia, Nicaragua, Panama, Peru, Polen, Portugal, Rumänien, dem serbisch-kroatisch-slowenischen Staat, Siam, der Tschechoslowakei und Uruguay auf der einen und Deutschland auf der anderen Seite zu unterzeichnen, der konstatierte, dass Deutschland allein die Schuld am Ausbruch des Weltkriegs trug. Beglückt es nun also Henning von Tresckow, dass Frankreich geschlagen ist? Triumphiert er, als am 22. Juni 1940 wieder ein deutsch-französisches Waffenstillstandsabkommen unterzeichnet wird, und wiederum im Waggon von Compiègne, den Hitler extra zu diesem Zweck aus dem Museum hat holen lassen?

Vor allem ist Henning Tresckow erleichtert.

Er ist Soldat. Er hat vorbehaltlos für diesen Sieg gekämpft. Es wäre ihm nicht in den Sinn gekommen, etwa auf eine deutsche Niederlage zu hoffen: Um eine Niederlage abzuwenden, wollte er ja eben den Krieg vermeiden. Dieser Sieg ist ohne Zweifel ein großer militärischer Erfolg. Er erscheint umso strahlender, als Tresckow ihn nicht für möglich gehalten hat.

Nun kommt alles darauf an, wie es weitergeht. Es kommt darauf an, dass den Siegen im Norden, Osten und Westen ein guter Frieden folgt, vor allem der Frieden mit England. Es kommt darauf an, dass Ruhe und Recht zurückkehren. Dann wird Henning von Tresckow voll Zuversicht in die Zukunft blicken können. Dann wird eine große Drohung vorübergezogen sein, an Deutschland, aber auch an Henning von Tresckow persönlich.

Er empfindet das stark. Er wüsste nicht zu sagen, warum. Er ist voll allerschwärzestem Pessimismus.

Am 10. Dezember 1940 wird Oberstleutnant Henning von Tresckow zum Ersten Generalstabsoffizier der Heeresgruppe B ernannt, die unter dem Oberbefehl des Generalfeldmarschalls Fedor von Bock steht. Acht Tage später ergeht die *Weisung Nr. 21 Fall Barbarossa.*

Die deutsche Wehrmacht muss darauf vorbereitet sein, auch vor Beendigung des Krieges gegen England Sowjetrussland in einem schnellen Feldzug niederzuwerfen.

Die im westlichen Russland stehende Masse des russischen Heeres soll in kühnen Operationen unter weitem Vortreiben von Panzerkeilen vernichtet, der Abzug kampfkräftiger Teile in die Weite des russischen Raumes verhindert werden.

Den Aufmarsch gegen Sowjetrussland werde ich gegebe-

nenfalls acht Wochen vor dem beabsichtigten Operationsbeginn befehlen.

Der Generalstab der Heeresgruppe B ist in Posen stationiert. Fedor von Bock liegt aber in seiner Berliner Villa krank im Bett. So statten die Tresckows Onkel Fedi kurz vor Weihnachten einen Krankenbesuch ab.

»Na, das ist nett von euch.«

Der Onkel liegt auf seinem Sofa, in Kissen gebettet.

»Der Führer war auch schon da, um sich nach mir zu erkundigen. Es geht ja nun gegen Russland. Er sagt, er sieht Fäden zwischen Russland und Amerika. Er geht davon aus, dass es auch eine Verbindung zu England gibt. Deshalb will er nun die Russen in asiatisches Gebiet zurückdrängen, mindestens bis an eine Linie, von der aus ihre Luftwaffe reichsdeutsches Gebiet nicht mehr erreichen kann. Wenn wir die Sowjets niedergeworfen haben, dann wird uns Japan den Rücken freihalten, davon geht der Führer aus. Dann kommen die Amerikaner nicht mehr an uns heran. Und dann muss auch England klein beigeben.«

»Aber wer garantiert, dass sich die Russen zurückdrängen lassen?«, sagt Henning. »Wer sagt, dass sie bereit sind, mit uns Frieden zu schließen, sobald es uns passt? Was, wenn sie einfach weiterkämpfen?«

»Genau das habe ich den Führer auch gefragt. Ich habe ihm gesagt, dass wir die Russen vielleicht schlagen können, aber zum Frieden zwingen können wir sie nicht. Der Führer war aber ganz und gar zuversichtlich. Er meint, wir seien rüstungsmäßig allem gewachsen und würden eben so lange vorstoßen, bis Stalin nachgibt. Wichtig ist ihm, dass der Kampf in Russland die Welt von den wenig erfreulichen Begebenheiten in Afrika ablenken wird, wo sich die Italiener nicht gerade mit Ruhm bekleckert haben. Aber das konnte ja auch keiner erwarten.«

Sie sehen einander an.

»Wenn es losgeht«, sagt Bock, »wird alles daran hängen, ob es uns gelingt, so schnell wie möglich Moskau zu erobern. Das ist meine Ansicht. Der Führer teilt diese Sicht allerdings durchaus nicht. Sobald Weißrussland genommen ist, soll ich starke Teile meiner Truppen nach Norden dirigieren, um die nördliche Heeresgruppe bei der Vernichtung der feindlichen Kräfte im Baltikum zu unterstützen. Erst nach dem Fall Leningrads soll es gegen Moskau gehen.«

»Und die Heeresgruppe südlich der Pripjetsümpfe?«

»Soll erst die Ukraine und dann das Donez-Becken erobern. Ausschlaggebend dafür scheinen wirtschaftliche Gründe zu sein.«

Sie schweigen einen Moment.

»Dieses riesige Land«, sagt Tresckow. »Selbst wenn es gelingt, die Russen zu schlagen, wie wollen wir die besetzten Gebiete sichern? Wie wollen wir diese Räume auf Dauer beherrschen? Es wird nur möglich sein, wenn uns die Bevölkerung freiwillig darin unterstützt.«

Am 1. Juni 1941 trifft der Kriegsgerichtsbarkeitserlass bei der Heeresgruppe B ein. Im kommenden Feldzug gegen die Sowjetunion sind Straftaten feindlicher Zivilpersonen nicht vor Militär- und Standgerichten zu verhandeln, sondern nach Ermessen des jeweiligen Truppenführers vor Ort abzuurteilen. Freischärler sind durch die Truppe sofort zu erledigen, im Kampf oder auf der Flucht. Gegen Ortschaften, aus denen heraus die Wehrmacht angegriffen wird, sollen kollektive Gewaltmaßnahmen eingesetzt werden. Verbrechen deutscher Soldaten an der Zivilbevölkerung sind nicht mehr zu bestrafen.

»Mit anderen Worten, jeder Soldat darf jeden Russen jederzeit erschießen, von vorne oder von hinten, wie es ihm passt.«

Der Generalfeldmarschall marschiert energisch auf und ab. »Das ist nicht hinzunehmen. Dergleichen muss notwendig schwerste Rückwirkungen auf die Manneszucht haben. Ungeordnete Gewaltmaßnahmen, Ausschreitungen jeglicher Art untergraben Moral und Disziplin der Truppe und können nicht geduldet werden. Wir sind doch kein Landsknechtshaufen im Dreißigjährigen Krieg.«

»Du fliegst also nach Berlin?« Tresckow lässt keinen Blick von Onkel Fedi. »Du fliegst zum Führer und protestierst?«

Generalfeldmarschall Bock bleibt stehen. Er zieht die Stirn kraus.

»Hm. Ich werde Greiffenberg schicken.«

Generalmajor Hans von Greiffenberg ist Chef des Generalstabs der Heeresgruppe Mitte. Der Generalfeldmarschall mag Greiffenberg nicht besonders.

»Greiffenberg«, sagt er. »Auf jeden Fall. Ich schicke ihn zu Brauchitsch. Jawohl. Der Oberbefehlshaber des Heeres soll diese Angelegenheit mit dem Führer klären. Greiffenberg soll ihm das von mir bestellen.«

Henning von Tresckow richtet sich auf.

»Onkel Fedi. Schick nicht Greiffenberg. Greiffenberg ist kein Politiker. Seine Stellung reicht auch nicht aus. Nein, du musst selbst fliegen. Nimm am besten Rundstedt und Leeb mit. Verlangt, dass Hitler den Kriegsgerichtsbarkeitserlass zurückzieht.«

»Verlangen, verlangen. Man kann viel verlangen. Was, wenn Hitler sich weigert? Und er wird sich weigern.«

»Dann droht ihr ihm mit eurem gemeinsamen Rücktritt.«

»Du meinst, ich soll den Führer erpressen?« Fedor von Bock starrt Tresckow an. »Wie denkst du dir das? Was redest du da? Der Mann ist im Stande und nimmt meinen Rücktritt an!«

Henning von Tresckow ist sprachlos.

Greiffenberg kehrt unverrichteter Dinge aus Berlin zurück. Tatsächlich hat er Brauchitsch nicht einmal angetroffen.

Henning von Tresckow hat es nicht anders erwartet. Er hat begonnen, eine kleine Gruppe zuverlässiger Männer um sich zu scharen: Major Berndt von Kleist, Leutnant Heinrich Graf von Lehndorff-Steinort, Major Carl-Hans Graf von Hardenberg, unter dem Henning im Weltkrieg marschiert ist, Leutnant Fabian von Schlabrendorff, der Schwiegersohn von Hennings Cousine und nun Hennings Ordonnanzoffizier zur besonderen Verwendung, und Major Rudolf Freiherr von Gersdorff.

Gersdorff ist Ic, also Dritter Generalstabsoffizier der Heeresgruppe. Er ist gerade von einer Sitzung der Ic-Offiziere im Oberkommando des Heeres zurückgekehrt. Mit Beginn des Feldzuges gegen die Sowjetunion sollen Einsatzkommandos der Sicherheitspolizei und des SD ausrücken und der vordersten Truppe folgen. Ihre Aufgaben sollen in der Objektsicherung bestehen, der Festsetzung von Saboteuren und Terroristen und vor allem der Erforschung und Bekämpfung staats- und reichsfeindlicher Bestrebungen in den rückwärtigen Heeresgebieten. Natürlich dürfen diese Aktionen keinesfalls die militärischen Operationen stören. Auch notwendige Exekutionen sind, wo möglich, abseits der Truppe vorzunehmen.

»Notwendige Exekutionen«, sagt Henning von Tresckow. »Wer entscheidet, was notwendig ist?«

»Die Einsatzgruppen selbst. Sie sind den militärischen Kommandobehörden nicht unterstellt. Henning, bei der Sitzung ist ganz unmissverständlich klar geworden, dass sie Befehl haben, mit besonderer Schärfe gegen Juden vorzugehen.«

»Unsere Aufgaben werden im Säuberungs- und Sicherungsdienst liegen, so viel ist klar«, sagt der Chef des Kommandostabes Reichsführer-SS Kurt Knobloch zu Henning von Tresckow.

Es ist der 19. Juni 1941. In drei Tagen soll der Angriff auf die Sowjetunion erfolgen. Henning und Knobloch stehen auf dem Truppenübungsplatz Arys in Ostpreußen.

»Die kämpfende Truppe soll von Sicherungsaufgaben hinter der Front möglichst entlastet werden«, sagt Knobloch. »Wie die Leute dabei im Einzelnen eingesetzt werden sollen, ist allerdings noch nicht genau festgelegt. Die diesbezüglichen Anordnungen sind bislang im Vagen geblieben.«

»Entscheidend ist ohne Zweifel, dass man der kämpfenden Truppe den Rücken frei hält«, sagt Tresckow. »Wenn wir vorrücken, werden sich hinter uns riesige, nur schwer kontrollierbare Räume auftun. Der Einsatz der Polizeikräfte in den rückwärtigen Gebieten muss die Fronttruppen entlasten und einen möglichen Mangel an Heeresverbänden kompensieren. Sinnvoll erscheint es daher, die SS-Truppen dem Heer zu unterstellen.«

»Das kann man sicher so sehen. Ich bezweifle allerdings, dass der Reichsführer-SS dem zustimmen wird.«

»Das bleibt abzuwarten. Vorläufig sollten die Verbände des SS-Kommandostabes im Gebiet der Heeresgruppe jedenfalls dem XXXXII. Armeekorps unterstellt sein, damit sie effizient zur Sicherung der Transport- und Versorgungslinien verwendet werden können. Entscheidend ist doch, die Bahnlinien vor Sabotage zu sichern. Wobei man hier mit Augenmaß vorgehen muss. Ein Mangel an Bahnpersonal würde die Versorgung der Truppe gefährden. Mein Ic hat deshalb den Befehlshaber der rückwärtigen Heeresgebiete bereits darum ersucht, den Chef der Einsatzgruppe B anzuweisen, keinesfalls wahllos Bahnbeamte umzubringen oder einzusperren.«

Die Einsatzgruppe B steht unter dem Befehl von Reichskriminalpolizeichef Arthur Nebe. Nebe ist Gersdorff von Oster besonders empfohlen worden: Der Reichskriminalpolizeichef hat sich 1938 zu Zeiten der Sudetenkrise an die Seite der Verschwörer in der Abwehr gestellt. Er hat allerdings auch die Sonderkommission Georg Elser geleitet, und das Kriminaltechnische Institut der Sicherheitspolizei, das ihm unterstellt ist, experimentiert mit den Möglichkeiten, die Massenvergasungen bei den Euthanasie-Aktionen bieten. Aber diese Zusammenhänge hängt Nebe nicht an die große Glocke.

Er kommt aus kleinen, finanziell recht beengten Verhältnissen. Sein Vater war Volksschullehrer. Nebe war ein Niemand. Aber er hat schon vor 33 auf die NSDAP gesetzt, und das hat sich ausgezahlt. Er hat eine schöne Karriere gemacht. Gerade eben erst ist er zum SS-Gruppenführer befördert worden.

Dass ihm zugleich Männer wie Oster ihre Wertschätzung erweisen, ist natürlich recht schmeichelhaft. Es ist sehr befriedigend, von allen Seiten umworben zu werden. Außerdem scheint es Nebe eine gewisse persönliche Sicherheit zu versprechen. Man weiß ja nie, wie es weitergeht. Mal kommen die einen nach oben, mal die anderen, so ist das eben. Man weiß nie, wer einem noch einmal nützlich sein kann. Nebe ist bemüht, seine Beziehungen nach jeder Richtung hin zu pflegen. Letztlich geht es dabei gar nicht um irgendwelche Weltanschauungen, sondern darum, dass man sich rein menschlich miteinander versteht. Hauptsache ist, dass die anderen in Nebe den guten Kerl erkennen, der er nun einmal ist und durch alle Widrigkeiten hindurch auch bleibt.

»In allererster Linie liegt mir natürlich die Sicherung des Hinterlandes am Herzen«, sagt Arthur Nebe zu Gersdorff, der als Ic der Heeresgruppe für den Kontakt zu Nebes Einsatzgruppe B zuständig ist. »Nichts und niemand darf der

Front in den Rücken fallen. Die Maßnahmen meiner Leute werden sich also vor allem gegen politisch oder anderweitig gefährliche Gruppen und Einzelpersonen richten, genau so, wie es mit den Dienststellen der Wehrmacht abgesprochen ist. Freischärler, Saboteure, bolschewistische Funktionäre können nicht geduldet werden. Es muss streng im Sinne militärischer Effizienz operiert werden. In diesem Punkt sind wir uns wohl vollkommen einig.«

Und jetzt geht es los. Die Heeresgruppe B ist in Heeresgruppe Mitte umbenannt worden. Ihr Ziel heißt Moskau. Diesmal hat sich die Wehrmachtsführung gegen Hitler durchgesetzt. Nach dem Willen des Generalmarschalls Fedor von Bock muss alle Kraft der Heeresgruppe darauf gerichtet sein, so schnell wie möglich die russische Hauptstadt zu erobern. Das Blitzkriegkonzept, das sich im Westen bewährt hat, muss nun auch im Osten aufgehen: beweglich bleiben, schwerpunktmäßig angreifen, auf schnelle Panzervorstöße mit massiver Unterstützung aus der Luft setzen. Gegnerische Stellungen nicht durchbrechen, sondern umgehen, den Gegner ausmanövrieren, ihn ständig mit Einkesselung bedrohen, ihm die Möglichkeit nehmen, sich wieder zu sammeln oder in die Weiten Russlands auszuweichen. Kühn sein, unberechenbar sein, schnell entscheiden, für Chaos sorgen.

So ist es gedacht. 3,3 Millionen Soldaten sind in drei Heeresgruppen und zwölf Armeen angetreten. Aber die operative Reserve besteht aus einer einzigen Armee. Frankreich, Libyen, Dänemark, Norwegen, der Balkan binden ein halbes Hundert Divisionen. Rückschläge, unvorhergesehene Widrigkeiten sind nicht eingeplant. Generalfeldmarschall Moltkes Grundsatz, nach dem kein Operationsplan auch nur mit einiger Sicherheit über das erste Zusammentreffen mit der feindlichen

Hauptmacht hinausreicht, bleibt unbeachtet. Und bei jedem Blick auf die Karte durchläuft einen denkenden Menschen der Schrecken: der Raum, dieser Riesenraum!

Dieser Krieg ist nicht zu gewinnen. Schon der Gedanke ist Selbstüberschätzung, Hybris, Vermessenheit. Sie müssen aber gewinnen. Was wäre die Alternative? Ein Siegeszug des Bolschewismus durch ganz Europa. Wenn man weiß, wie die Bolschewisten mit den von ihnen besetzten Gebieten umgegangen sind, kann man sich vorstellen, wie sie in Deutschland hausen würden. Bolschewismus bedeutet Enteignung, Unterjochung, Versklavung, Armut, Elend und Gewalt. Sie müssen also diesen Krieg gewinnen.

Denn dass er geführt werden wird, steht fest, ob es Henning von Tresckow nun passt oder nicht. Wenn man ihn aber führt, muss es schnell gehen.

In diesem Punkt herrscht Klarheit. Natürlich fühlt sich Henning als deutscher Offizier zuallererst dem Wohl der deutschen Truppen verpflichtet, für die er Verantwortung trägt. Zugleich will es ihm aber scheinen, dass auch dem Gegner mit einem erfolgreichen Blitzkrieg am besten gedient wäre. Wenn dieser Krieg sich hinzieht, wird er für beide Seiten unermessliches Leid mit sich bringen, vielleicht sogar vor allem für den Kriegsgegner, auf dessen Boden er tobt.

Entscheidend ist jetzt also ein schneller Erfolg der Heeresgruppe Mitte.

Professionelle Leidenschaft ist nötig, die Ausnutzung aller Möglichkeiten und Ressourcen, absolute Priorität des militärischen Denkens. Vielleicht kann man diesen Krieg schnell gewinnen, wenn man mit äußerster Härte kämpft. Vielleicht müssen alle Bedenken in den Wind geschlagen werden, weil der Bolschewismus anders nicht zu besiegen ist. Vielleicht kann man dann vor Einbruch des Winters Moskau nehmen, die

Zentrale der sowjetischen Regierung, Verwaltung, wirtschaftlichen Lenkung, der Verkehrs- und Nachrichtenwege. Wenn das gelingt, dann gibt es vielleicht einen Funken Hoffnung.

Am 3. März 1918 haben die Mittelmächte unter Führung von Deutschland dem revolutionären Sowjetrussland in der russischen Stadt Brest-Litowsk einen Friedensvertrag aufgezwungen, der unter anderem die Bildung deutsch kontrollierter Satellitenstaaten von der Ukraine bis zum Baltikum vorsah und noch im selben Jahr durch den Versailler Vertrag obsolet wurde.

Am 22. September 1939 übergab die deutsche Wehrmacht die gerade eroberte, inzwischen polnische Stadt Brest-Litowsk der Roten Armee, die gemäß dem geheimen Zusatzprotokoll zum Hitler-Stalin-Pakt mit der Besetzung Ostpolens begonnen hatte, danach hielten deutsche und sowjetische Truppen eine gemeinsame Militärparade ab.

In der Nacht des 21. auf den 22. Juni 1941, ein paar Stunden vor Beginn des Überfalls auf die Sowjetunion, passiert ein kleiner Trupp Deutscher die Bugbrücke, die die inzwischen weißrussische Stadt Brest-Litowsk mit dem gegenüberliegenden polnischen Ufer verbindet.

Es sind Angehörige des Lehrregiments Brandenburg, einer Formation zur besonderen Verwendung, die der Abwehr unterstellt ist und die Bezeichnung Lehrregiment lediglich aus Tarnungsgründen trägt. Alle Brandenburger sind Freiwillige, die auch jede einzelne ihrer oft recht speziellen Aufgaben freiwillig übernehmen. Tresckow und Gersdorff haben den Brandenburgern die vorzeitige Überquerung der Brücke genehmigt, unter der Bedingung, dass sie in Volltarnung agieren, also in russischer Uniform und unter Verwendung russischer Ausrüstung.

Ein solcher Einsatz ist völkerrechtswidrig. Wer sich daran beteiligt, genießt nach der Haager Landkriegsordnung keinen Kombattantenstatus und kann an Ort und Stelle erschossen werden.

Die Brandenburger umgehen die russische Grenzsicherung. Sie erreichen die russischen Wachmannschaften. Als kurz nach drei Uhr früh der Angriff auf die Sowjetunion losbricht, ist die Bugbrücke frei. Generalfeldmarschall Fedor von Bock hält seine Verwunderung in seinem Kriegstagebuch fest,

Merkwürdigerweise hatte der Russe keine einzige der wenigen noch vorhandenen Bugbrücken gesprengt.

Tatsächlich weicht der offenbar überrumpelte Gegner auf der ganzen Linie zurück. Haben die Russen vielleicht gar nicht mit einem deutschen Angriff gerechnet? Aber die Reichsführung hat doch ständig vor der bolschewistischen Gefahr gewarnt? Warum ist der Gegner dann so unpräpariert? Fedor von Bock notiert,

Der feindliche Widerstand scheint zunächst nur mäßig stark.

Auffallend ist, dass der Russe an keiner Stelle, außer nordwestlich bei Grodno, nennenswerte Artillerie zeigt.

Unsere Luftwaffe ist den Russen scheinbar turmhoch überlegen.

Es sind 350 Kilometer bis nach Minsk.

Vier Tage später hat sich der Kessel von Białystok um die 3. und 10. sowjetische Armee geschlossen. Am 28. Juni erreicht die Panzergruppe 2 Minsk von Südwesten, die Panzergruppe 3 nimmt Minsk und schließt damit den Kessel im Raum Nowogrodek von Nordosten.

Henning von Tresckow im Hauptquartier der Heeresgruppe liest die Berichte. Der Widerstand der Russen ist jetzt überall zäh. Hundert Kilometer hinter der Front kämpft die 293. Division noch immer um die Bunker bei Siemiatycze. Jeder einzelne Bunker muss einzeln erobert werden, weil die Besatzungen sich einfach nicht ergeben. Das ist nicht verwunderlich. Der Kommissarbefehl ordnet an, politische Funktionäre der Roten Armee noch auf dem Gefechtsfeld zu erschießen,

Im Kampf gegen den Bolschewismus ist mit einem Verhalten des Feindes nach den Grundsätzen der Menschlichkeit oder des Völkerrechts nicht zu rechnen. Die Urheber barbarischer asiatischer Kampfmethoden sind die politischen Kommissare. Sie sind grundsätzlich mit der Waffe zu erledigen.

»Unter diesen Umständen treiben die Kommissare ihre Leute natürlich bis zum Allerletzten voran.« Generalfeldmarschall Bock ist erzürnt. »So muss man nun jeden Russen einzeln totschlagen, unter nicht unerheblichen eigenen Verlusten. Und habe ich Brauchitsch nicht genau davor gewarnt? Freilich, inzwischen wird von allen Seiten gegen diesen idiotischen Befehl protestiert. Aber sein Zerstörungswerk wird durch die Proteste ja nicht gemindert.«

Und wie will man die Bevölkerung eigentlich ernähren? Das Hauptquartier der Heeresgruppe ist in einem ehemaligen Landgut untergebracht. Die früheren Wohnhäuser sind verwahrlost, schmutzig. Die Felder sind kümmerlich bestellt. In den armseligen Nestern der Gegend findet sich kaum das Nötigste. Minsk ist ein Trümmerhaufen. Es gibt keine Läden. Und die kommunistischen Großbetriebe werden gerade von der Wehrmacht zerschlagen. Wo sollen die Leute etwas zu essen finden, unter diesen Umständen? Hat sich darüber überhaupt irgendjemand Gedanken gemacht?

Von Minsk in Richtung Sluzk sind Tausende russischer Soldaten unterwegs, unbewaffnet, hungrig und erschöpft. Viele sind verletzt. Jemand muss sich dieser Leute annehmen. Man versteht es ja nicht. Die einen ergeben sich nicht, bis sie tot sind, die anderen laufen den Deutschen entgegen und fragen, wo es denn bitte in die Gefangenschaft geht. Da lang? Danke schön! In den Wäldern wimmelt es jetzt schon von Tausenden russischer Soldaten. Bei der Weite des Raumes kann man sie unmöglich alle erfassen. Die Heeresgruppe hat dem Befehlshaber im rückwärtigen Heeresgebiet Schenkendorff zusätzlich zwei Divisionen überstellt, um mit den starken Feindresten hinter der Front fertig zu werden.

Diese Kräfte fehlen nun an der Front. Der Raum ist das Problem. Tresckow hat es kommen sehen. Es ist noch nicht Juli, und der Raum ist jetzt schon unkontrollierbar.

Am 30. Juni inspizieren der Leiter des Reichssicherheitshauptamts Heydrich und der Reichsführer-SS Himmler unter anderem die Stadt Grodno. Zu ihrem Erstaunen treffen sie dort überhaupt keine Angehörigen der Einsatzgruppe B an. Natürlich wird Himmler Nebe dafür nicht tadeln. Jeder kann nur eingesetzt werden nach Maßgabe seiner Stärke, und an seiner Leistung misst man seine Eignung für weitere Aufgaben. Himmler ist zuversichtlich, dass Nebe das versteht. Er spricht durchaus freundlich, sogar mit der Andeutung eines Lächelns.

»Ich erwarte Beweglichkeit. Ich erwarte größte Beweglichkeit in der taktischen Einsatzgestaltung.«

Nebe erschrickt sehr. Da steht man nun wieder zwischen Pest und Cholera. Es stimmt ja, in Grodno und Lida sind alles in allem in den ersten Tagen nur sechsundneunzig Juden exekutiert worden. Reumütig meldet Nebe nach Berlin,

Ich habe Befehl gegeben, dass hier erheblich zu intensivieren ist.

»Ich lasse Ihnen gern die Berichte zukommen, die ich nach Berlin schicke«, sagt Nebe zu Gersdorff. »Aber sie sind wenig aussagekräftig. Ich bin entschlossen, die befohlenen Gewaltmaßnahmen so weit wie möglich zu sabotieren und nach Berlin falsche Zahlen zu melden. Natürlich, das Hinterland muss frei gehalten werden. Saboteure, Agitatoren und überzeugte Bolschewiken werden weiterhin exekutiert. Im Übrigen ist es wohl kaum verwunderlich, wenn sich unter diesen Leuten vermehrt Juden befinden. Die Juden haben ja gute persönliche Gründe, uns nach Möglichkeit zu schwächen.«

So hält Tresckow nun den Bericht Nebes über die Aktionen der Einsatzgruppe B in der ersten Julihälfte 1941 in der Hand. Das Deckblatt mit der Verteilerliste ist vorsichtshalber entfernt worden: Der Bericht ist ja nicht für Tresckow, sondern für Heydrich und Himmler in Berlin bestimmt. Tresckow liest. Nebe legt dar, seine Männer hätten sich bemüht, in Weißrussland Pogrome gegen die jüdische Bevölkerung anzuzetteln, das sei aber leider vergeblich gewesen.

Nicht ungeschickt gemacht, wenn Nebe verschleiern will, dass er sich genau darum eben nicht bemüht hat.

Aus Nowogrodek wird gemeldet, dass sich in der Nacht vom 8. zum 9. Juli über hundert Mann irreguläres russisches Militär in die umliegenden Wälder geschlagen hat. Ein Kommando der Wehrmacht und die Feldkommandantur haben von Nebes Männern die erforderlichen Mitteilungen erhalten, um gegen diese Partisanengruppe vorgehen zu können.

Nun gut.

Sieben Kommunisten wurden nach Übergabe an das Einsatzkommando liquidiert, ebenfalls sechs russische Gefangene, die als bolschewistische Propaganda- und Schulungsleiter festgestellt werden konnten.

Es folgen weitere Zahlen: Hinrichtungen von Saboteuren, Partisanen, Bolschewisten. Gersdorff hat den Bericht schon abgezeichnet. In der Randspalte hat er die Zahlen addiert: 1330 Erschossene in einer Woche, in einem etwa 450 Kilometer breiten Streifen. Eintausenddreihundertdreißig Erschossene. Und keinem ist die Prüfung seines Falles durch ein ordentliches Gericht zuteilgeworden.

Wie auch, angesichts des Kriegsgerichtsbarkeitserlasses?

Aber die Zahlen stimmen ja nicht. Das hat Nebe gesagt. Dies sind nur Zahlen, die Nebe nach Berlin meldet. Was sind die wahren Zahlen? Nebe ist Tresckow von Oster empfohlen worden. Tresckow kennt Oster nicht persönlich. Aber er hat von ihm gehört. Oster steht im Ruf eines unbedingt sauberen Mannes.

Wobei, alles entscheidet ja auch nicht Nebe allein. Auch als Unterführer der Einsatzgruppe B hat man seinen Ehrgeiz. Man muss schließlich auf das Ganze sehen, auf die eigene Stellung im Ganzen.

Und das geht doch einfach nicht, dass die anderen schon 1500 Tote haben und man selbst erst 800. Da läuft doch irgendwas völlig quer. Da wird man sich nicht wundern müssen. Wenn das nicht besser wird, dann wird man sich nicht wundern müssen. Wenn die andern schon doppelt so viel haben.

Also, Führungsqualität zeigen. Einsatz. Motivation. Klar ist das alles nicht immer schön, aber Dienst ist Dienst und Schnaps ist Schnaps. Nichts wie ran an die Buletten. Immer und unter allen Umständen das Äußerste geben. Nicht bei hundert Prozent stehenbleiben. Sich selbst zweihundert Prozent abverlangen. Dem Führer entgegenarbeiten.

In den ersten Julitagen hat der Feind sein Aufgebot an Dnjepr und Düna weiter verstärkt. Am 10. Juli hat die Heeresgruppe Mitte den Übergang über den Dnjepr dennoch erzwungen. Der Vormarsch gegen Smolensk geht weiter. Mitte des Monats schließt sich auch hier der Kessel um die Russen, die sich erbittert wehren. Das Hauptquartier der Heeresgruppe Mitte ist jetzt in ein Sanatorium in Borissow verlegt. Das Wetter ist sonnig, sehr heiß. Braungebrannte Soldaten in Badehose planschen im Wasser der Beresina herum, die jetzt im Juli ein sanftes Flüsschen mit Sandboden ist.

»Die Stimmung scheint jedenfalls gut zu sein.«

Major Claus Graf Schenk von Stauffenberg von der Organisationsabteilung des Oberkommandos des Heeres ist zu Besuch gekommen. Henning von Tresckow hat ihn auf einen Spaziergang entlang des Flussufers eingeladen.

»Grundsätzlich ist die Truppe nicht ohne Zuversicht«, sagt Tresckow. »Aber die Verluste sind doch bereits sehr hoch. Unsere Panzerkampfwagen sind den russischen T 34 einfach nicht gleichwertig. Außerdem sind wir nicht ausreichend motorisiert. Die Panzergruppen bestimmen die Geschwindigkeit unseres Vormarsches, aber man kann ihre Erfolge kaum nutzen, wenn die Infanterie nicht nachkommt.«

»Sie fürchten also Nachschubprobleme.«

»Durchaus. Wir verfügen schon jetzt kaum noch über die Hälfte unserer Panzerkampfwagen. Und wie will man die Einheiten angemessen auffüllen, wenn die Opferzahlen so hoch bleiben?«

»Die Lösung für Letzteres liegt meiner Ansicht nach in der Aufstellung von Osttruppen«, sagt Stauffenberg. »Kleinere Einheiten aus Überläufern und Gefangenen sind ja bereits gebildet, aber das ist Stückwerk, zumal man diese Gruppen nicht der Wehrmacht, sondern samt und sonders der SS-Führung als Milizen unterstellt hat. Nötig wäre ein vollkommenes Umdenken.«

Sie sind beide stehengeblieben. Sie haben sich einander zugewandt.

»Was wir brauchen, ist eine intelligente Besatzungspolitik«, sagt Stauffenberg. »Wir brauchen die Möglichkeit, eine Befreiungsarmee aus einheimischen Truppen aufzubauen. Wir können diesen Krieg nur mit den Völkern Russlands gewinnen, niemals gegen sie.«

»Das widerspricht allerdings eklatant der offiziellen Linie.«

»Ich fühle mich dieser Linie auch nicht verpflichtet. Als Nachkomme Gneisenaus fühle ich mich aufgefordert, an die Zeit der Befreiungskriege zu erinnern, als die Deutschen Seite an Seite mit den Russen gegen die Herrschaft Napoleons gefochten haben.«

Sie sehen einander an. Irgendwo ruft ein Vogel, in der moorigen Weite. Aus dem Uferdickicht flattern Enten auf. Henning wendet sich abrupt ab. Sie nehmen ihren Spaziergang wieder auf.

»Ich will ehrlich mit Ihnen sprechen«, sagt Henning von Tresckow. »Trotz aller bisherigen Siege zweifle ich sehr daran, dass dieser Krieg gewonnen werden kann. Die Pläne der obersten Stellen, nach Abschluss der Kämpfe im Raum Smolensk die Panzergruppen 2 und 3 sozusagen rechts und links auseinanderzuklappen und sie die Heeresgruppen Süd und Nord unterstützen zu lassen, führen uns jedenfalls direkt ins Desaster. Wir können den Vormarsch auf Moskau doch nicht nur mit Infanteriedivisionen durchführen. Und wenn wir nicht schnell siegen, verlieren wir. Wenn wir uns von den Russen in einen Stellungskrieg zwingen lassen, wenn es ihnen gelingt, eine Verteidigungsfront vom Schwarzen Meer bis zur Ostsee aufzubauen und uns über den Winter dort zum Stehen zu bringen, dann können sie dahinter in aller Ruhe ihre Kräfte neu sammeln. Dann ist der Krieg verloren.«

Stauffenberg nickt.

»Das Oberkommando des Heeres ist genau dieser Ansicht. Tatsächlich hofft man, die östlich der Dnjepr-Düna-Linie stehenden russischen Verbände könnten bis Ende des Monats zerschlagen sein, so dass man ab Anfang August die Masse der Infanterieverbände den Rückmarsch antreten lassen könnte, um sie vor Einbruch des Winters in die Heimat zu bringen. Dafür müsste man aber nun alle Kräfte gegen Moskau werfen.«

»Es ist allerdings mehr als fraglich, ob man das Oberkommando der Wehrmacht davon überzeugen kann. Man folgt an höchster Stelle einer Linie, die ihren Ursprung in militärischer Inkompetenz, menschlicher Unfähigkeit und blinder Gewalttätigkeit hat und die im Desaster enden wird. Ich bin nach reiflicher Überlegung und nicht ohne innere Kämpfe zu der festen Überzeugung gelangt, dass es nur noch einen einzigen Weg gibt. Man muss die Regierung stürzen.«

Stauffenberg zeigt keinerlei Zeichen der Überraschung.

»Nun gut«, sagt er. »Aber mitten im Krieg? Wären die Folgen nicht unabsehbar? Zumal es ein Kampf gegen den Bolschewismus ist. Im Grunde ist dies doch ein gerechter Krieg. Es ist ein Angriffskrieg, aber er ist gerechtfertigt, wenn er die Lebensbedingungen aller langfristig verbessert. Die Befreiung vom Bolschewismus wird von den Betroffenen ja durchaus begrüßt. Freilich müssen wir aufhören, sie wie Untermenschen zu behandeln. Wir müssen ihnen das Selbstbestimmungsrecht in ihren Ländern garantieren, und dann müssen wir sie an unserer Seite kämpfen lassen, mit allen Rechten der deutschen Truppen.«

»Das wird aber nicht zu erreichen sein. Nicht unter dieser Regierung.«

»Vielleicht nicht. Aber auch dann wäre ein Staatsstreich des Militärs Aufgabe der obersten Armeeführer, zu denen ich mich kaum zählen kann.«

Neue Nachrichten Nebes erreichen Henning von Tresckow.

Nach einer Meldung des Einsatzkommando 9 fand auf das Dienstgebäude der Polizei ein Feuerüberfall statt, durch den jedoch niemand verletzt wurde. Als Vergeltungsmaßnahme wurden 408 Juden festgenommen und nach Beschlagnahme ihres Vermögens erschossen.

Vierhundertacht Juden?

Aber die Zahlen sind ja sicher gefälscht.

Der sich noch im Minsker Zivilgefangenenlager befindliche Rest von 2500 Juden wird laufend weiter aussortiert.

Henning von Tresckow begibt sich noch einmal zu Onkel Fedi. Er legt ihm nahe, zu Nebe Kontakt aufzunehmen und sich persönlich berichten zu lassen. Am 4. August 1941 schreibt der Oberbefehlshaber der Heeresgruppe Mitte Generalfeldmarschall Fedor von Bock in sein Kriegstagebuch,

Aufgrund mir vorgetragener, später als übertrieben erwiesener Gerüchte lasse ich den für mein rückwärtiges Gebiet zuständigen, mir aber nicht unterstellten Polizeigeneral Nebel bitten, Anweisungen zu geben, dass Exekutionen im engeren Bereich meines Oberkommandos nur so weit durchgeführt werden, als es sich um bewaffnet aufgegriffene Banditen oder um Verbrecher handelt. Gersdorff meldet, dass Nebel dies zugesagt habe.

An ebendiesem 4. August stattet Hitler der Heeresgruppe Mitte einen Besuch ab, in Begleitung von Generalfeldmarschall Keitel, General Jodl und Oberst Schmundt. Der Oberbefehlshaber der Heeresgruppe Bock und sein Ia Henning von Tresckow holen den Führer vom Flugplatz ab. Im Hauptquartier der Heeresgruppe wird das Mittagessen serviert. In der anschließenden Besprechung trägt Bock zu den personellen und materiellen Verhältnissen an der Front vor. Guderian und Hoth, Führer der Panzergruppen 2 und 3, betonen noch einmal gesondert, dass ausgefallene Panzer ohne die Lieferung von Motoren kaum zuverlässig wiederhergestellt werden können. Eine reine Reparatur mit Ersatzteilen ist nicht ausreichend, jedenfalls nicht, wenn man mit ihnen weiträumigere Operationen zu unternehmen gedenkt.

Dann spricht der Führer.

Er spricht über England. Man darf in der Heeresgruppe Mitte ja nicht vergessen, dass der Ostkrieg nur geführt wird, um den Rücken für den Kampf gegen England freizubekommen. Die entscheidende Frage ist also, was die Engländer planen. Womöglich haben sie vor, auf der Iberischen Halbinsel zu landen. Für einen solchen Fall nicht gerüstet zu sein, käme einer Katastrophe gleich. Deshalb wird in der Heimat nun eine schnell bewegliche Reserve aus neuen Panzerverbänden aufgestellt, und die benötigen die Masse der produzierten Motoren. Aber gut, es ließe sich vielleicht zugunsten der Ostfront auf eine Monatsrate der Produktion verzichten. Das wären also vierhundert Stück.

Allgemeine Betroffenheit. Vierhundert Stück? Guderian allein bräuchte dreihundert.

Na also! Das ist es eben! Hitler triumphiert. Genau deswegen muss es ja nun gegen Leningrad gehen. In Leningrad befindet sich die Herstellungsstätte für die schwersten russischen Panzer. Leningrad muss abgeriegelt und ausgehungert werden, das hat erste Priorität. Aber die Herren Offiziere wollen das ja nicht einsehen. Die wirtschaftlichen Voraussetzungen ihrer Kriegführung sind ihnen eine Lappalie, die man am besten elegant ignoriert.

Fedor von Bock meldet sich zu Wort. Er pocht darauf: Dies ist der entscheidende Moment. Dies ist der Punkt ohne Wiederkehr, den man nicht verpassen darf. Der Generalfeldmarschall spricht mit allem Nachdruck.

»Wenn man jetzt, aus der gegenwärtigen Ostfront heraus, den Vorstoß gegen den Feind ganz entschlossen wagt, dann wird man seine Stärke treffen. Ein solcher Schlag kann die Entscheidung bringen. Aber er muss mit aller Härte erfolgen, mit aller Härte. Er muss von allen verfügbaren Kräften genährt sein.«

Hitler verschränkt die Arme auf dem Rücken. Er betrachtet Bock mit sichtlichem Unwillen, teilt ihm knapp mit, dass er sich die Entscheidung vorbehalten wird, und damit ist die Besprechung zu Ende.

Die Anspannung weicht. Henning von Tresckow sackt zusammen. Er fühlt sich wie ein nasses Hemd, das vom Kleiderbügel gerutscht ist. Er hat der Debatte nur mit Mühe folgen können. In seinem Kopf hallte ununterbrochen ein Satz.

Erschieß ihn. Erschieß ihn. *Erschieß ihn!*

Am 22. August läuft das sowjetische 436. Infanterieregiment im Bereich der Heeresgruppe Mitte fast geschlossen zur Wehrmacht über. Bock hat seinen Generalstab einberufen. Was ist zu tun? Verwenden darf man die Männer nicht. Die Aufstellung russischer Truppen ist und bleibt verboten.

»Aber sind nicht ein paar Kosaken dabei?«, fragt Henning von Tresckow.

Die Kosaken gelten nicht als Untermenschen. Sie sind als scharfe Gegner des Bolschewismus bekannt. Mit Kosaken lässt sich etwas anfangen. Das sowjetische 436. Regiment wird nun also als Kosaken-Abteilung 600 für Sicherungsaufgaben hinter der Front eingesetzt.

Unterdessen bereitet man im Hauptquartier den Angriff der gesamten Heeresgruppe Mitte in Richtung Moskau vor, den Hitler vor einer Woche explizit verboten hat: Der Führer ist zu dem Schluss gekommen, dass die Hauptstadt des Sowjetreichs dem Gegner gar nicht lebenswichtig ist. Also hat er jedes weitere Vorgehen in Richtung Moskau untersagt.

Der Gegner scheint Hitlers Auffassung allerdings mitnichten zu teilen. Jedenfalls steht die Masse seiner militärischen Kräfte vor der Heeresgruppe Mitte, und noch immer werden hier weitere Truppen zusammengezogen. Das Operationsziel der Heeresgruppe Mitte muss nun eindeutig die Vernichtung der vor ihr stehenden Feindkräfte und damit die Sprengung der beabsichtigten Verteidigungsfront sein: Das trägt der Oberbefehlshaber des Heeres Walter von Brauchitsch dem Führer vor.

Genauso sieht es Bock. Die gesamte ohnehin bereits geschwächte Kraft der Heeresgruppe muss sich auf dieses eine Ziel konzentrieren. Bock ist entschlossen zum Angriff, Befehl hin oder her: Die preußische Militärtradition hat den oberen Truppenführern seit jeher ein höchstes Maß an Selbstständigkeit zugebilligt. Die Pläne des Generalstabs sind fertig. Der Generalfeldmarschall steht im Begriff, die Unterlagen zu den Armeen abgehen zu lassen, als das Telefon klingelt.

Der Befehl des Führers lautet, seinem ursprünglichen Plan gemäß den Schwerpunkt der Angriffe in Richtung der Industrie- und Erdölgebiete der Ukraine und des Kaukasus zu verlagern. Starke Teile der 2. Armee der Heeresgruppe Mitte sowie der Panzergruppe 2 unter Guderian haben sofort nach Süden einzudrehen. Es geht nicht um Moskau, sondern um die Krim. Es geht um die Vereinigung mit den Finnen bei Leningrad, um die Abschnürung der russischen Ölzufuhr, um das Industrie- und Kohlengebiet am Donez.

»Von mir aus!«

Der Generalfeldmarschall ist außer sich.

»Ich habe überhaupt nichts gegen die Abschnürung der russischen Ölzufuhr! Ich habe nichts gegen die Einnahme Leningrads! Ständig wirft man mir vor, ich wollte unbedingt Moskau einnehmen. Ich will gar nicht Moskau einnehmen. Ich will das feindliche Heer zerschlagen! Und die Masse dieses Heers steht vor meiner Front!«

Und wo steht die Heeresgruppe? An den Ufern der Beresina, wo noch die Pfeiler der Brücke aus den Fluten ragen, über die 1812 Napoleons Grande Armée in wilder Panik vor den Kosaken geflohen ist.

»Es ist lächerlich. Es ist eine unmögliche Situation! Die operative Führung des Krieges ist den Heeresführern entwunden. Man degradiert mich vom militärischen Führer zum Durchführer!«

Generalfeldmarschall Bock ruft noch einmal Brauchitsch an. Er ruft Halder an, der ihm mitteilt, Brauchitsch behaupte, Bock sei über Hitlers Pläne gar nicht so unglücklich. Und mitten im Tumult dieses 22. August informiert Arthur Nebe den Ic der Heeresgruppe Mitte Gersdorff davon, dass Befehl ergangen ist, nicht mehr nur jüdische Männer zu töten, sondern auch Frauen und Kinder.

Und Tresckow war an der Front. Er hat gesehen, wie eine kleine deutsche Bewachungsmannschaft, offenbar in Panik, wild in einen Trupp russischer Gefangener hineingeschossen hat. Er hat gesehen, wie ein deutscher Soldat einen russischen Gefangenen in den Rücken geschossen hat, einfach so, ohne erkennbaren Grund. Tresckow hat den Mann gepackt, geschüttelt, er hat geschworen, ihn vors Kriegsgericht zu bringen. Und wie, angesichts des Kriegsgerichtsbarkeitserlasses? Henning muss die Nerven behalten. Henning von Tresckow muss er selbst bleiben. Aber wer ist er? Welch dunkle Spirale wirbelt ihn in die Tiefe? Bock hat den Armeen Befehl gegeben, die rohe Behandlung der Kriegsgefangenen zu untersagen. Gut und schön, aber was nützt das? Der Abtransport all dieser Gefangenen ist ja gar nicht zu bewältigen. Wie soll man die Leute ernähren, auf den langen Märschen durch die weiten, menschenleeren Gebiete?

Wie soll man die eigenen Soldaten ernähren?

Die Versorgung wird schlechter, je weiter sie vorrücken. Die deutschen Soldaten stehlen bei den Bauern. Sie plündern die Bevölkerung aus. Die Heeresgruppenführung hat unregulierte Requirierungen aufs Schärfste untersagen lassen. Aber die Deutschen nehmen den Bauern die Hühner, die Kälber, die letzte Kuh. Sie drücken ihnen Zettel in die Hand, die angeblich eine spätere Bezahlung garantieren. Was steht darauf?

Gott vergelts

Leck mich am Arsch

Die Landschaft ist flach, feucht. In der Abenddämmerung kriecht Nebel von den Flussufern herauf. Dieser Krieg wird nicht enden, solange Stalin und Hitler an der Macht sind. Keiner von beiden wird jemals Frieden mit dem Todfeind schließen. Der Krieg wird sich hinziehen, bis alle verhungert oder erschlagen sind. Henning von Tresckow hat Schlabrendorff nach Berlin geschickt. Und er hat begonnen, Schussversuche durch zusammengerollte Landkarten zu unternehmen.

Er weiß noch nicht genau, was er vorhat. Die Wehrmacht dient nicht mehr dem Staat, das ist der Kern allen Übels. Die Wehrmacht hat sich zum Instrument eines fremden Einzelwillens machen lassen. Diesen Einzelwillen muss man brechen. Womit? Ein Schuss. Eine Kugel. Und dann? Wer weiß. Tresckow macht Schussversuche. Eine zusammengerollte Landkarte ist immer verfügbar und kein schlechter Schalldämpfer. Sie verbirgt auch kurzfristig eine Waffe. Er hätte eine Landkarte mitnehmen sollen, in die Besprechung mit Hitler. Er hätte eine Waffe mitnehmen sollen. Es hat ihn mit Besessenheit ergriffen. Er hätte Hitler erschießen sollen.

Es ist Ende September. Das Heeresgruppenoberkommando ist nach Smolensk verlegt. Schlabrendorff ist von Berlin zurück. Er hat Oster getroffen, Beck, Ulrich von Hassell. In Tresckows Auftrag hat er angefragt, wie man die Engländer kontaktieren könnte. Man muss England die Zusicherung abringen, dass es mit einer neuen Regierung Frieden schließen wird. Dann muss man diese neue Regierung bilden, den Krieg im Westen beenden und den Krieg im Osten mithilfe der Völker Russlands gewinnen.

In Berlin hat man genickt, geseufzt, mit hochgezogenen Brauen gelächelt. Man hat Schlabrendorff zu verstehen gegeben, dass er beileibe nicht der Erste ist, der sich solch schönen Vorstellungen hingibt. Dann hat ihm Ulrich von Hassell auseinandergesetzt, dass auch eine neue Regierung dem Feind nicht einfach den Frieden anbieten könnte. Die Friedensverhandlungen müssten im Geheimen geführt werden, während zugleich der Krieg weiterginge, sonst entstünde sofort eine neue Dolchstoßlegende.

»Aber um die zuverlässig zu vermeiden, muss man warten, bis der Krieg zuverlässig verloren ist«, sagt Henning von Tresckow zu Schlabrendorff. »Und wozu dann ein Staatsstreich? Wozu noch handeln, wenn alles verloren ist?«

Am 2. und 3. Oktober erschießt das Einsatzkommando 8 der Einsatzgruppe B gemeinsam mit einem Polizeibataillon in Mogilew 2273 jüdische Männer, Frauen und Kinder.

Tresckow erfährt davon nichts. Er erhält kaum noch Nachrichten von Arthur Nebe, der auf eigenen Wunsch zum Ende des Monats nach Berlin rückversetzt wird.

Zugleich hat am 2. Oktober nun doch noch die Großoffensive auf Moskau begonnen.

Die Hauptstadt soll vor Einbruch des Winters genommen sein. Die Zeit drängt. Die Kämpfe sind schwer. Der Kampf um das zentralrussische Orel ist am 3. Oktober gewonnen, die Schlacht bei Wjasma und Brjansk am 20. Oktober, unter hohen deutschen Verlusten. An diesem und dem folgenden Tag hat in Borissow an der Beresina ein Trupp der Sicherheitspolizei und des SD gemeinsam mit weißrussischer Miliz an die achttausend Bewohner des jüdischen Ghettos ermordet.

Oberwachtmeister Soennecken, Dolmetscher im Oberkommando, ist mit dieser Nachricht zu Gersdorff gekommen.

»Ich habe es gesehen, mit meinen eigenen Augen. Sie mussten sich selbst ihr Grab schaufeln. Frauen, Kinder, alte Männer. Mit diesen meinen Augen habe ich es gesehen. Und in die frei gewordenen Häuser im Ghetto sollen nun Juden aus Deutschland gebracht werden. Hamburger, Frankfurter, Berliner sollen dort hingebracht werden. Und die will man ganz genauso umbringen.«

Gersdorff vervielfältigt Soenneckens Bericht. Er leitet ihn an die Abwehr weiter, an das Oberkommando der Wehrmacht und das Oberkommando des Heeres. Alle militärischen Zentralstellen müssen von diesem Verbrechen erfahren. Keiner soll sagen können, er habe von nichts gewusst, auch nicht der Befehlshaber des Rückwärtigen Heeresgebiets General von Schenckendorff, der Arthur Nebe zu sich bestellt.

Aber was kann Nebe für diese Sache? Der Chef der Einsatzgruppe B hebt die Hände: Sie sind blitzsauber. Diese Täter standen nicht unter seinem Befehl. Im Gegenteil, die ganze

Sache beweist doch nichts anderes, als dass Nebe seinen Vorgesetzten zu mild ist. Nur deswegen schickt man doch solche Mördertrupps von draußen! Letten, nach allem, was man hört, oder waren es Weißrussen? Diese Leute haben jedenfalls ihre Kompetenzen überschritten. Bedauerlich, aber dergleichen kommt vor.

Das dürfte wohl auch Schenckendorff bewusst sein: Entgleisungen kommen allenthalben vor, in diesem völlig entgleisenden Feldzug.

Es hat zu regnen begonnen. Die Soldaten sind erschöpft, die Pferde am Ende, die Ausrüstung unbrauchbar, die Fahrzeuge verschlissen. Die Straßen haben sich in Sumpf verwandelt.

Tresckow gelingt es nicht einmal mehr, die 9. Armee zu erreichen, von der man seit Tagen nichts gehört hat.

»Und natürlich habe ich mir von Himmlers Besuch keine Wunder erwartet.«

Am 24. Oktober hat der Reichsführer-SS Heinrich Himmler in Begleitung von SS-Obergruppenführer Erich von dem Bach-Zelewski dem Hauptquartier der Heeresgruppe in Smolensk einen Besuch abgestattet, um sich mit Generalfeldmarschall Fedor von Bock zu besprechen. Tresckow war bei der Unterhaltung nicht zugegen. Aber er weiß, dass auch die Judenerschießungen zur Sprache gekommen sind.

»Natürlich habe ich nicht erwartet, dass Onkel Fedi auf Himmler einwirken kann«, sagt Henning von Tresckow zu Carl-Hans Graf von Hardenberg, Fedor von Bocks Ordonnanzoffizier. »Mit dem umgekehrten Effekt habe ich allerdings gerechnet. Ich bin fest davon ausgegangen, dass das Gespräch mit Himmler den Onkel aus seiner Lethargie aufrütteln wird. Aber er war lediglich verstimmt. Er hat mir erklärt, in puncto Juden wäre nichts zu machen. Verhindern ließen sich diese Dinge nicht, das hätte man schon in Polen gesehen, es bliebe nur die Möglichkeit, sich persönlich zu distanzieren. Ich habe ihm klarzumachen versucht, dass das nicht ausreicht. Ich habe ihm vorgehalten, dass er persönliche Schuld auf sich lädt, wenn er sich weiter weigert, seiner Verantwortung nachzukommen.«

»Und was hat er gesagt?«

»Er sei der Oberbefehlshaber der Heeresgruppe Mitte. Dieser Verantwortung komme er nach. Eine andere habe er nicht.«

Und welche Verantwortung trägt Henning von Tresckow?

Klar und furchtbar steht es ihm vor Augen: Er ist in diese Schuld verstrickt. Er hat böse Ahnungen von sich geschoben, er hat sich beruhigen lassen, er hat weggesehen, er hat mit halbherzigem Erschrecken Verbrechen geduldet. Er hat sich gesagt, dies seien sicher nur einzelne Fälle. Lauter schlimme, aber wohl unvermeidliche einzelne Fälle. Und in Borissow an der Beresina sind es nun eben achttausend einzelne Fälle gewesen.

Er muss jetzt sofort handeln. Er hat sich befleckt. Er ist blutbeschmiert. Henning von Tresckow ist nicht mehr, der er war. Aber was kann er tun? Die Generäle müssen für einen Staatsstreich gewonnen werden.

Bock muss gewonnen werden, der mit Berlin ringt: Die große Taifun-Offensive gegen Moskau ist erst im Schlamm versackt, und nun friert und schneit es.

Der Winter ist mit ungewöhnlicher Härte über Russland hereingebrochen. Dennoch ist der Angriff auf der ganzen Front befohlen. Seit Tagen weist Bock Berlin darauf hin, dass die Kräfte der Truppe sich erschöpfen, dass sie in Wahrheit bereits erschöpft sind und dass es unmöglich sein wird, den Übergang zu einer funktionierenden Abwehr zu schaffen, wenn die

Truppe sich erst einmal in sinnlosen Angriffen völlig verausgabt hat. Aber man ignoriert ihn.

Man ignoriert alle seine Warnungen, Bock kann es nicht begreifen. Vielleicht ist der Führer nicht hinreichend über die Lage im Bild? Vielleicht enthält man ihm die Berichte seines Generalfeldmarschalls vor?

Am 3. Dezember morgens ruft Bock ein weiteres Mal General Jodl vom Oberkommando der Wehrmacht an. Ist der Führer auch wirklich umfassend informiert? Aber wenn das so ist, warum lässt er Bock dann seit Tagen auf Antwort warten?

Gegen Mittag erhält der Generalfeldmarschall endlich ein Telegramm aus Berlin. Der Führer gratuliert ihm zu seinem einundsechzigsten Geburtstag.

Zwei Tage später setzt an der Kalinin-Front 150 Kilometer nördlich von Moskau der Gegenangriff der Russen ein.

»Ich habe es gewusst.« Bock steht vor seinen Stabsoffizieren. »Ich habe es gesagt. Und ich hatte recht. Hier, vor seiner Hauptstadt, sucht der Feind die Entscheidung.«

Schon einen Tag nach Beginn der Kämpfe ist offensichtlich, dass die Verbände der Heeresgruppe Mitte den sowjetischen Armeen nicht gewachsen sind. Noch einen Tag später, am 7. Dezember, greifen die Japaner Pearl Harbour an. Am 8. Dezember tritt Amerika in den Krieg ein. Alles ist verloren.

Gersdorff war während dieser Tage Anfang Dezember auf Frontreise. Nach seiner Rückkehr verfasst er einen offiziellen Bericht über die Stimmung in den vordersten Linien. Er nutzt die Gelegenheit, um darauf hinzuweisen, dass man im Offizierskorps die Erschießungen von Juden und russischen Kommissaren allgemein ablehnt und sie als

eine Verletzung der Ehre der Deutschen Armee, in Sonder-

heit des Offizierskorps betrachtet. Je nach Temperament und Veranlagung der Betreffenden wurde in mehr oder weniger starker Form die Frage der Verantwortung hierfür zur Sprache gebracht.

Der Bericht ruft kein außergewöhnliches Echo hervor.

Es schneit. Es friert. Die Zahl der Erfrierungen übertrifft mittlerweile die der Verwundungen. Die Front brennt auf ganzer Linie, sie ist nicht mehr zu stabilisieren. Es geht längst nicht mehr um operative Fragen: Inzwischen könnte man genauso gut eine Münze entscheiden lassen, ob die Heeresgruppe Mitte sich auf dem Rückzug zertrümmern lassen sollte oder besser bei einem weiteren vergeblichen Versuch, sich nach vorn zu kämpfen. Generalfeldmarschall von Bock entsendet dringlichste Verzweiflungsrufe nach Berlin.

Am 15. Dezember ergeht der Führerbefehl, die Linien nördlich Liwny und westlich Tula zu schließen. Der 4. Armee ist es verboten, auch nur noch einen einzigen Schritt zu weichen. Der Gefahr eines Durchbruchs bei der 206. Division ist durch Bereitstellung von Reserven zu begegnen.

Welche Reserven? Und der Feind ist ja längst durchgebrochen. Er greift von den Flanken her an, er droht im Rücken.

Die Stellungen sind unter allen Umständen zu halten. Unter persönlichem Einsatz der Befehlshaber ist die Truppe zum fanatischen Widerstand zu zwingen, bis im Laufe des Januars ganz bestimmt Verstärkungen eintreffen werden: keine Panzer, sondern Ersatzbataillone von Gewehrträgern.

Aber vielleicht ist der Führer ja auch der Ansicht, dass Bock nicht mehr der richtige Mann ist. Vielleicht findet er, eine frische Kraft sollte nunmehr die Leitung der Heeresgruppe übernehmen. Am 16. Dezember weist Bock Berlin auf seine angeschlagene Gesundheit hin, die es erforderlich machen könnte, dass er den Dienst quittiert.

»Jetzt tust du es also doch«, sagt Henning von Tresckow. »Jetzt stellst du doch noch dein Amt zur Disposition.«

Hitler nimmt Bocks Rücktrittsangebot ohne Zögern an. Am 19. Dezember wird Fedor von Bock heim ins Reich beordert und durch Generalfeldmarschall Günther von Kluge ersetzt. Oberbefehlshaber des Heeres Walter von Brauchitsch ist ebenfalls seines Amtes enthoben. Hitler selbst übernimmt den Oberbefehl über das Heer. Ab sofort sind ihm die Oberbefehlshaber der Heeresgruppen unmittelbar unterstellt. Am Tag darauf ergeht der absolute Haltebefehl.

Gefangene und Einwohner sind rücksichtslos von der Winterkleidung zu entblößen. Alle aufgegebenen Gehöfte sind niederzubrennen. Um jeden Fußbreit Boden ist mit letztem Einsatz zu kämpfen. Material zum Stellungsbau soll möglichst in der Nähe vorhanden sein.

Ob sich das Material daran hält? Ob es dem Führerbefehl gehorcht? Verbissen kämpft Tresckow um den neuen Oberbefehlshaber der Heeresgruppe Mitte, Günther von Kluge. Er versucht auch Erich von Manstein für den Staatsstreich zu gewinnen. Überhaupt wirbt er um jeden oberen Truppenführer, der ihm vor Augen kommt: Wobei es eine offene Frage ist, mit wem sich ein Gespräch überhaupt noch lohnt.

Wer könnte denn handeln? Wer hält sich lange genug? Der Oberbefehlshaber der 2. Panzerarmee Guderian ist abgelöst, Generaloberst Hoeppner ist aus dem Heer ausgestoßen, weil er eine Zurücknahme der Front in seinem Abschnitt genehmigt hat, General Graf Sponek ist aus ähnlichem Grund zum Tode verurteilt. Kontinuitäten werden zerstört, Vertrauensbande durchschnitten, Verbindungen nicht mehr aufgebaut. Alle Oberbefehlshaber der Heeresgruppe sind ausgetauscht, die Generalität ist entmannt, ohne Handlungsfähigkeit und ohne verbliebenen Willen zur Selbstbehauptung. Weder die Morde hinter der Front noch die toten Soldaten an der Front reißen sie noch aus ihrer Lethargie. In diesen Tagen prägt Henning von Tresckow ein schönes Wort.

So schlapp wie ein Feldmarschall.

Am 28. März 1942 findet im Führerhauptquartier die erste Besprechung der großen Sommeroffensive statt. Festgelegt wird, dass diese Offensive auf Befehl des Führers die letzten Kräfte der Sowjets vernichten und ihre kriegswirtschaftlichen Kraftquellen blockieren wird.

Kriegstagebuch des Wehrmachtführungsstabes
Verluste und Verbrauch 22.6.1941–20.3.1942
Pers.-Verluste der Wehrmacht:
Tot 237 807. Verwundet 821 746. Vermisst 63 259.
Insges. 1 122 812, davon 36 035 Offiziere.
Pferdeverluste: 264 954. Frontflugzeuge: 8157. Gefangene Russen: 3 461 358

Und die Partisanenzahlen wachsen. Dabei gilt seit Frühjahr 1942 eine neue Linie: Der Kommissarbefehl ist zurückgenommen. Der kommandierende Befehlshaber des Rückwärtigen Heeresgebiets Mitte General von Schenckendorff hat Erschießungen von Frauen und Kindern verboten, jedenfalls soweit die Frauen nicht mit Waffen kämpfen wie Männer, und er hat angeordnet, dass männliche Einwohner, die beim Durchkämmen von Dörfern festgenommen werden, nicht mehr brutal behandelt werden dürfen. Das Bandenunwesen kann nur besiegt werden, wenn das Vertrauen der Bevölkerung in die deutsche Führung gestärkt wird: Das hat die Heeresgruppe Mitte bekanntmachen lassen.

Aber wie soll das bewerkstelligt werden? Zunächst einmal müssten die Besatzer die Sicherung des Existenzminimums sowie eine gerechte Verteilung des Vorhandenen gewährleisten. Aber kaum noch die Hälfte der Züge aus dem Westen kommt durch. Südlich von Wjasma, im Raum Brjansk, in den Wäldern südlich von Jelnja: Überall kämpfen Partisanenverbände und abgesprengte sowjetische Armeeteile. Im Rshew-Bogen spitzt sich die Lage nach der fehlgeschlagenen Operation Wirbelwind weiter zu. Die Partisanen überfallen die Bauern, die Deutschen, auch einander. Wo sie Kollaborateure der Deutschen vermuten, brennen sie das Dorf nieder.

Rauchende Dörfer, baumelnde Erhängte, unkrautüberwucherte Felder wie im Dreißigjährigen Krieg: So sieht das Hinterland der Front aus. Sogar auf die Hauptverkehrsstraßen wagen sich die Besatzer nur noch in geschlossenen Konvois.

Zu Beginn der Sommeroffensive am 28. Juni 1942 macht man sich in der Abteilung Fremde Heere Ost im Generalstab des Heeres grundsätzliche und sorgenvolle Gedanken. Die Anzahl einsatzbereiter Flugzeuge hat sich seit dem Sommer 41 halbiert. Den Panzerdivisionen der Heeresgruppe Mitte stehen für die Offensive vierzig bis fünfzig Panzer zur Verfügung, das entspricht einer einzigen Abteilung. Munition wird ab August knapp werden, Kraftfahrzeuge und Pferde sind es bereits jetzt. Der Geburtsjahrgang 1923 ist schon im April 1942 eingezogen worden, also eineinhalb Jahre zu früh, und wie dieser Vorgriff auf die Zukunft sich noch auswirken mag, lässt sich kaum ausdenken.

Dennoch, und obwohl dem Ostheer seit Beginn des Ostfeldzugs eine Million Mann zugeführt worden sind, sind die Verbände der Heeresgruppen im Schnitt auf ein Drittel ihrer ursprünglichen infanteristischen Kampfkraft geschrumpft. Es erscheint mithin nicht ausgeschlossen, dass der Gegner, dem Führerbefehl offen zuwiderhandelnd, den Hauptteil seiner

Kräfte der geplanten Vernichtung in der Sommeroffensive zu entziehen vermag. Dann muss man sich auf einen weiteren Winterfeldzug einstellen.

Die Augustkämpfe sind ungeheuer blutig. Hitler gestattet den Einsatz von Kosaken nun sogar an der Front. Eine turkestanische, eine georgische, eine kaukasisch-mohammedanische Legion werden gebildet. Ihre Angehörigen sind wie deutsche Soldaten gekleidet und einem Kommandeur der Ostlegionen unterstellt. Kirgisen, Kasachen, Usbeken bilden eigene Kompanien. Der russische General Andrei Andrejewitsch Wlassow, der sich in deutscher Gefangenschaft gegen Stalin gewandt hat, will eine eigene Armee aufstellen. Er wünscht ein freies Russland ohne Nationalsozialismus und ohne Kommunismus, eingefügt in die europäische Staatengemeinschaft. Tresckow dringt darauf, dass Wlassow so bald wie möglich die Heeresgruppe Mitte in Smolensk besucht. Warum nicht mit den Russen kämpfen? Warum nicht Seite an Seite mit ihnen den Bolschewismus beseitigen, und dann womöglich den Nationalsozialismus? Im rückwärtigen Gebiet der Heeresgruppe kämpfen bereits fast hunderttausend Russen im Ordnungsdienst auf Seiten der Deutschen gegen Partisanen.

In der Nacht zum 27. August 1942 schießen ein paar Hundert Partisanen den Bahnhof von Slawnoje mit Granatwerfern in Brand und sprengen an mehreren Stellen die Gleise. Das Dorf brennt nieder, viele Dorfbewohner werden ermordet. Hitler verlangt schärfste Vergeltungsmaßnahmen. Schenckendorff schlägt vor, hundert Bandenanhänger und Familienangehörige von Bandenanhängern zu erschießen.

Das Oberkommando stimmt zu. Henning von Tresckow reicht den Befehl weiter. Er hat begonnen, in den Dnjeprwiesen mit Sprengstoff zu experimentieren.

Dunst steigt von den Dnjeprwiesen auf. Der tiefe Schilfgürtel am Flussufer ist schon herbstlich still, aber gestern sind zwei Schwarzstörche über den Fluss gezogen, in Richtung Süden. Henning hantiert mit einem Zünder.

»Wobei man sich manchmal doch fragt, was man hier eigentlich tut«, sagt Hennings Ordonnanzoffizier Fabian Schlabrendorff, der bei den Versuchen assistiert.

»Was meinst du?«

»Na ja. Wir planen einen Anschlag, wie Verbrecher. Wir wollen das Staatsoberhaupt töten. Unseren Obersten Befehlshaber.«

Henning von Tresckow antwortet nicht.

Wie selten man Schwarzstörche zu Gesicht bekommt. Und am Wiesenrand blüht hier überall eine seltsame Pflanze, mit Blüten wie kleine lila Tropfen. Henning hat eine davon gepflückt. Er will sie pressen und einem Brief an Eta beilegen.

Schlabrendorff räuspert sich.

»Henning. Ich meine, was, wenn bei einem solchen Attentat auch Unschuldige zu Tode kämen?«

Henning von Tresckow hebt den Kopf.

»Unschuldige, in der Umgebung des Führers?«

Henning beugt sich wieder über den Zünder.

Er sagt: »Keiner ist unschuldig, der noch lebt.«

Ende August hat die 6. Armee Stalingrad von Norden her abgeriegelt. Am 13. September beginnt der systematische Angriff auf die Stadt. Mitte Oktober sind vierzigtausend Soldaten der 6. Armee gefallen. Am 19. November 1942 holen die Russen zum Gegenschlag aus. Fünf Tage später ist die 6. Armee eingekesselt. Es hat zu regnen begonnen. Alles versinkt im Matsch. Es friert. Es schneit. Das Jahr 1943 beginnt.

Freya Moltke ist nun wieder allein. Helmuth war über Weihnachten zu Hause, nun ist er fort. Es ist so sehr schwer, in diesen Tagen auf Wiedersehen zu sagen. Auf Wiedersehen, auf Wiedersehen, auf bald, à Dieu. Es ist später Nachmittag. Die Sonne steht tief und feurig über dem kalten Land. Und Freya ist krank. Sie hat Fieber, sie hustet. Dieser Husten will einfach nicht besser werden. Das ist schwer zu ertragen. Freya hat nachmittags zu Bett gelegen, nun ist sie aber doch noch einmal aufgestanden.

Sie lauscht an ihren Bienenstöcken.

Sie lauscht dem Summen. Das Leben hat sich zurückgezogen. Aber es geht weiter. Es wird weitergehen: Einzelne, die abfallen, sterben. Aber die Menge überlebt: der Bienenklumpen im Innersten des Stocks, das Volk der Winterbienen, das die Temperatur im Stock konstant hält. Der Bienenklumpen ist warm, sicher. Nur Einzelne liegen zuckend auf dem Boden, verworfen, abgefallen, der Kälte ausgeliefert.

Der Alltag zerfrisst Christel von Dohnanyi: die Angst, die Sorge. Die Warnungen von Freunden und Kollegen häufen sich. Gestern hat auch Helmuth Moltke im Amt mit Hans gesprochen. Moltke weiß sicher, dass die Dohnanyis von der Gestapo überwacht werden. Christel fühlt sich der Lage nicht gewachsen. Sie fühlt sich noch immer krank und schwach: Am 20. Januar ist sie wegen ihrer Magengeschwüre operiert worden, gerade zu der Zeit, als Henning von Tresckow in Berlin war.

Henning hat mit Beck gesprochen, mit Goerdeler, mit Olbricht. Sie sind sich einig, dass der Augenblick der unmittelbar bevorstehenden endgültigen Niederlage von Stalingrad nicht versäumt werden darf. Jetzt kann man auf Rückhalt in der Wehrmacht wie in der Bevölkerung hoffen. Henning hat seinen Plan dargelegt, sich Walküre zunutze zu machen, den Operationsplan für den Fall innerer Unruhen. Mit Walküre ließe sich der Staatsstreich sozusagen per Dienstweg anordnen. General der Infanterie Olbricht, Leiter des Allgemeinen Heeresamtes im Oberkommando des Heeres, war von der Idee beeindruckt. Nun muss Henning von Tresckow nur noch den Startschuss geben.

Er muss die Flamme an die Lunte halten. Wenn der Führer tot ist, werden alle, die jetzt noch zweifeln, auf die Seite der Verschwörer wechseln. Henning muss nun also Hitler töten. Hans von Dohnanyi hat Sprengstoff besorgt, aus den Lagern der Abwehr. Es ist März 1943. Der Anschlag steht unmittelbar bevor.

Dietrich Bonhoeffers Freund Eberhard Bethge fährt Hans von Dohnanyi nach Königsberg, im Auto von Christels Vater. Bei Stettin haben sie die Oder überquert. Unter einem verhangenen Himmel liegt das Land winterlich kahl, mit letzten grauen Schneeflecken. Sie streifen Provinzstädte: Deutsch Krone, Konitz, Preußisch Stargard. Bei Dirschau überqueren sie die Weichsel. Marienburg, Elbing, nun ist es nicht mehr weit. In Königsberg wird Hans das Flugzeug von Abwehrchef Canaris besteigen.

Er wird nach Smolensk fliegen, mit der Munitionskiste im Gepäck, die vier englische Clam-Minen aus Beutebeständen der Abwehr enthält: So ist es mit Schlabrendorff abgesprochen. Auch Hitler wird sich in Smolensk aufhalten. Hans wird den Sprengstoff an Henning von Tresckow übergeben und dann sofort wieder nach Berlin zurückkehren. Tresckow wird mit seinen Leuten die Bombe fertigstellen und sie ins Flugzeug des Führers schmuggeln. Und dann wird alles seinen Lauf nehmen.

Das Mittagessen ist beendet. Hitler hat den Raum bereits verlassen, umgeben von seinen schwer bewaffneten Leibwächtern. Henning von Tresckow tritt an den Ersten Offizier der Operationsabteilung des Oberkommandos des Heeres heran.

»Oberstleutnant Brandt? Wenn ich Sie um einen Gefallen ersuchen könnte. Ich bin Oberst Stieff noch zwei Flaschen Cointreau schuldig. Eine verlorene Wette. Könnten Sie die Flaschen mitnehmen? Ah. Wirklich sehr liebenswürdig. Nein, bemühen Sie sich nicht. Ich werde das Päckchen direkt zum Flugplatz bringen lassen.«

Schlabrendorff steht auf dem Flugplatz von Smolensk. Hitlers Condor ist vor einem Moment gestartet, begleitet von einer Staffel Messerschmidt-Jagdflugzeuge. Die Bombe befindet sich an Bord. Oberstleutnant Brandt hat sie selbst entgegengenommen.

Ah ja, der Cointreau. Ich weiß Bescheid.

Brandt hat das Päckchen an einen Untergebenen weitergereicht, mit dem Befehl, es sicher zu verstauen. In weniger als dreißig Minuten wird es ihn in Stücke reißen, zusammen mit Hitler und allen anderen.

Und noch meinen besten Gruß an Oberst von Tresckow!

Schlabrendorff steht auf dem Flugplatz. Er folgt der Führermaschine mit den Augen. Die Condor fliegt ruhig inmitten ihres Schwarms von Begleitflugzeugen, stahlgrau unter dem stahlgrauen Himmel. Die Hakenkreuze auf den Seitenleitwerken sind schon nicht mehr auszumachen. Schlabrendorff hat den Mantelkragen hochgeschlagen. Der Wind weht eisig von Osten, sibirisch. Schlabrendorff denkt, dass er Brandt ins Gesicht gesehen hat. Es schneit wieder, in winzigen Flocken.

»Wir hätten ihn erschießen sollen!«

Das war Henning von Tresckows ursprünglicher Plan.

»Wir hätten während des Mittagessens aufstehen und ihn in den Kopf schießen sollen, genau so, wie ich es vorgeschlagen hatte!«

Aber Generalfeldmarschall von Kluge hat das untersagt. Er hat den Offizieren seines Stabes das Versprechen abgerungen, den Führer keinesfalls innerhalb Kluges Verantwortungsbereich umzubringen.

»Und warum haben wir uns diesem Befehl gebeugt?«

Sie sehen einander an, Henning von Tresckow und seine Getreuen.

»Aber Henning. Ein Bombenanschlag erschien uns doch selbst erfolgversprechender, sicherer als ein paar Kugeln.«

Nur ist das Sprengstoffpaket nicht explodiert. Wie ist das möglich? Warum hat der Zündmechanismus versagt? War es im Laderaum des Flugzeugs zu kalt? Immerhin ist es Schlabrendorff geglückt, noch rechtzeitig ins Oberkommando des Heeres zu gelangen und das Päckchen gegen eines mit wirklichen Likörflaschen auszutauschen. So ist die Sache wenigstens nicht aufgeflogen, und die Verschwörer in Smolensk und Berlin sind alle mit dem Leben davongekommen.

»Und war das womöglich der wahre Grund? Haben wir uns deshalb nicht gegen Kluges Befehl aufgelehnt? Hängt man etwa noch immer am eigenen Leben?«

Das wäre in der Tat eine schwere Verfehlung. Die schwerste: Diese Gewissheit hat sie alle erfasst. Ab jetzt muss jeder zum Selbstopfer bereit sein. In wenigen Tagen wird sich Hitler anlässlich des Heldengedenktags zu einer Ausstellung von Beutewaffen ins Berliner Zeughaus begeben. Und Rudolf-Christoph Freiherr von Gersdorff wird sich zusammen mit ihm in die Luft sprengen.

Renate von Hardenberg sieht ihrem Mann zu, wie er sich die Uniformjacke zuknöpft.

Hier auf Neuhardenberg trägt Carl-Hans für gewöhnlich Zivil. Aber heute muss er den vorzeitig pensionierten Feldmarschall Bock, dessen persönlicher Adjutant er ist, ins Berliner Zeughaus zum Heldengedenktag begleiten. Im Rahmen der Feierlichkeiten wird dort eine Ausstellung von Beutewaffen stattfinden.

»Bis dann, meine Liebe. Ich hoffe, es geht vorüber, ohne dass Bock bei Hitler zu sehr um Gnade winselt. Er glaubt noch immer, irgendwie wieder eine Verwendung erhalten zu können.« Carl-Hans von Hardenberg rückt den Gürtel zurecht. »Na, allzu viel Dienst habe ich ja nicht mehr. Also werde ich mich heute mal opfern. Dieser Tag wird auch vergehen.«

Gersdorff ist ruhig. Er ist bereit. Die Clam-Minen trägt er in den Jackentaschen. Sie sind sehr flach, sie tragen nicht auf. Aber sie sind in der Lage, eine dicke Stahlplatte glatt zu durchschlagen. Das Entscheidende wird es sein, die berechnete Verzögerungszeit exakt einzuhalten. Gersdorff wird den Zünder aktivieren. Er wird den Raum ruhigen Schrittes durchqueren. Und dann, im Moment, bevor die Bombe detoniert, wird er sich auf Hitler werfen. Er wird ihn fest umklammern, und Hitler wird sterben, ebenso wie Göring, Himmler, Dönitz und alle anderen Umstehenden.

Gersdorff ist hochgestimmt. Diese Aufgabe ist ihm zugefallen. Er ist es, der seinen eigenen Tod sterben darf, einen wahrhaft ruhmreichen Tod, der das Leben so vieler anderer retten wird.

»Du bist ja schon wieder zurück, mein Lieber.«

Hardenberg lacht.

»Ja. Ich habe riesiges Glück gehabt. Hitler hat Bock gleich zu Anfang angesprochen: Herr Feldmarschall von Bock, ich bitte Sie, als ehemaligen Oberbefehlshaber der Heeresgruppe Mitte, sich mir anzuschließen. Wir also als Entourage alle hinterher. Dann ging es los, im Stechschritt, ohne alle Formalitäten. Innerhalb von zwei Minuten waren wir durch die Ausstellung durch. Wir sind nicht geschritten, sondern gerannt. Gersdorff war übrigens auch dabei. Ich wollte ein paar Worte mit ihm wechseln, aber erst war es nicht möglich, und dann war er weg. Es ging ihm offenbar nicht gut. Er war schneeweiß um die Nase, und dann ist er davongestürzt in Richtung Toiletten. Ja, die Ruhr geht übel um, an der Ostfront.«

Axel von dem Bussche und Fritzi Schulenburg haben sich in eine Ecke zurückgezogen. Die beiden Kriegskameraden aus den ersten Tagen des Russlandfeldzugs: Sie sitzen zusammen im Teppichzimmer des Regimentshauses des Infanterie-Regiments 9, vor dem Kamin, den Herzog Karl Eduard von Sachsen-Coburg-Gotha einst dem Offizierskorps geschenkt hat. Fritzi hat den Jüngeren kurz und knapp darüber informiert, dass er einen Umsturz plant.

Axel hat Tränen in den Augen. Er ergreift Fritzis Hand, drückt sie. Er ist dreiundzwanzig Jahre alt. Am 5. Oktober 1942 ist er als Regimentsadjutant bei Dubno in der Ukraine Augenzeuge der Ermordung von mehreren Tausend Juden geworden. Seitdem quält er sich damit, dass er diesen Mord nicht verhindert hat. Er hat seinen Vorgesetzten bestürmt einzugreifen, er hat die Regimentskameraden angerufen, etwas zu unternehmen. Aber was? Jeder war beschämt. Jeder hat zu Boden geblickt, keiner hat gehandelt,

Was wollen Sie denn tun, Bussche? Wollen Sie sich auch erschießen lassen?

»Hör zu, Axel«, sagt Fritzi. »Ich habe eine erste kleine Aufgabe für dich. Finde heraus, wer von den Kameraden im IR 9 zum Umsturz bereit sein könnte. Das ist immerhin ein Anfang. Und auch ansonsten werden sich noch Aufgaben für dich finden lassen.«

Franz Alfred Six ist sehr erleichtert. Am 22. März hat er seine neue Stelle in der Informationsabteilung des Auswärtigen Amtes angetreten. Natürlich hat niemand insinuiert, es wäre sein Fehler gewesen, dass die Auslandswissenschaftliche Fakultät sich zu einem Nest des Widerstands entwickelt hat. Aber die Erkenntnis allein war schon scheußlich genug: Harro Schulze-Boysen, der Bewunderte, war in Wirklichkeit ein Feind.

Six versteht es immer noch nicht. In so vielen Positionen schienen sie miteinander im Einklang. Und auch beide Harnacks sind Gegner gewesen, die Studenten Eva-Maria Buch, Ursula Goetze, Horst Heilmann und Herbert Gollnow, all diese Leute mussten doch Mitglieder im Nationalsozialistischen Deutschen Studentenbund gewesen sein! Wie war das alles also überhaupt möglich? Was für Nattern hat er an seinem Busen genährt? Aber nun steht Six endlich vor neuen Aufgaben.

Nun werden bessere Zeiten heranbrechen. Man hat Six heute zwei Männer vorgestellt, zwei zukünftige Mitarbeiter, die ihn doch sehr beeindruckt haben: Hans Bernd von Haeften und Adam von Trott zu Solz.

Es ist der 31. März 1943. Freya sitzt neben Helmuth. Die Gemeinde singt. Die Orgel braust. Der Sarg ertrinkt in Kränzen und Blumen: Der deutsche Botschafter in Spanien Hans Adolf von Moltke, der in Madrid den Folgen einer Blinddarmoperation erlegen ist, wird nach einem Staatsakt in der Kirche von Groß Bresa beigesetzt. Davy wird von jetzt an allein zurechtkommen müssen, mit ihren vielen Kindern und der Verantwortung für Gut Wernersdorf, auch wenn Peter Yorck der Schwester natürlich alle erdenkliche Unterstützung zugesichert hat, ebenso wie auch Helmuth Moltke.

Aber kann eine Witwe darauf bauen? Ist die Hilfe anderer ihr ein Trost? Freya spürt Helmuths Arm an dem ihren, den warmen Arm ihres lebendigen Mannes. Es steht ihnen Schlimmes bevor. Woher kommt dieses heiße Wissen?

Ich werde es auf mich nehmen. Ja, ich will es tragen, ich will jedes Kreuz willig tragen.

Freya war nie sonderlich religiös. Sie ist es auch jetzt nicht, obwohl Helmuth sich in den letzten Jahren zu einem gläubigen Christen gewandelt hat. Mit wem spricht Freya dann so leidenschaftlich?

Ja, ich will dies willig auf mich nehmen.

Tränen quellen in ihren Augen empor. Sie sucht nicht die Hand ihres Mannes. Sie fühlt ihn ja neben sich. Dies ist ihnen geschenkt worden, diese Gemeinsamkeit, diese Zeit, die Jahre, die noch immer andauern. Freya senkt den Kopf. Sie möchte nicht, dass jemand ihre Tränen falsch deutet: Sie weint nicht um den Toten dort vorn im Sarg. Sie weint um ihren Mann, der neben ihr atmet, der jetzt nach dem Gesangbuch greift.

Du aber, meine Freude,
du meines Lebens Licht –

Die Orgel braust auf.

Du ziehst mich, wenn ich scheide,
hin vor dein Angesicht –

Großes Glück ist ihnen geschenkt worden. Aber war es ein Geschenk? Freya will nicht rechnen. Wenn es sein soll, kann sie mit vollen Händen geben, sie wird aus vollen Säckeln schöpfen.

»Die arme Davy«, sagt Helmuth auf dem Heimweg zu Freya. »Ein Staatsbegräbnis. Wirklich, eine scheußliche Angelegenheit. Wie will sie jemals darüber hinwegkommen?«

Klaus Bonhoeffer ist Abend für Abend unterwegs. Manchmal wird Emmi nicht mehr schlau aus ihrem Mann. Klaus isst gern gut. Er legt Wert darauf, von schönem Geschirr zu speisen. Er liebt Bilder, Musik, Reisen, fremdländische Gerichte. Er liebt es, sich nach einer gelungenen Mahlzeit selbst einen Mokka zu brauen, den er aus einem winzigen Tässchen trinkt. Er liebt es, spät zu frühstücken, in anregender Gesellschaft. Von seinen Geschäftsreisen kommt er mit erlesenen Mitbringseln zurück, mit Geschenken für Emmi und die Kinder, auch wenn diese Ausgaben bedeuten, dass Emmi sich das Haushaltsgeld einmal mehr von ihrer Schwiegermutter leihen muss, die Emmi streng ins Gebet nimmt, warum sie immer so viel ausgibt. Und würde all das nicht für ein gelingendes Leben reichen?

Wäre das nicht genug? Würde es nicht zum Freuen reichen und zum Streiten? Die Welt ist nun einmal nicht das Paradies. Der Mensch ist nicht gut, das Lamm wird nie mit dem Löwen liegen, und man tut gut daran, sich um seinen eigenen Krempel zu kümmern. Sie haben wohlgeratene Kinder, sie führen eine glückliche Ehe. Sie sind gesund, angesehen und finanziell passabel gestellt. Und der Nationalsozialismus wird ja nicht ewig dauern. Nichts dauert ewig, der ganze Spuk wird in ein paar Jahren vorüber sein, könnten sie also nicht einfach abwarten?

So hadert Emmi mit den Dingen. Was vermag denn Klaus gegen Hitler? Hat er nicht selbst gesagt, dass nur das Militär die Regierung zu stürzen vermag?

Helmuth von Moltke hat die Flugblätter der Weißen Rose eingepackt und einen englischen Bericht über das Schicksal der Studenten verfasst. Morgen fliegt er ab. Es geht wieder nach Oslo, und nach Stockholm. Helmuth wird Leute treffen, die an dem Flugblatt vielleicht interessiert sind. Er wird sie bitten, das Material zu verbreiten, es nach England weiterzuleiten. Dies ist doch endlich ein unwiderlegbarer Beweis dafür, dass ein deutscher Widerstand existiert, dass Deutschland von innen her zerkrümelt. Aber die Begrenztheit der eigenen Kräfte kennt keine Grenzen. Die Möglichkeiten des Scheiterns sind unendlich.

Englische Flugzeuge haben die vervielfältigten Flugblätter der Weißen Rose waschkorbweise über Deutschland abgeworfen. Überall sind die Patrouillen sofort zur Stelle. Sie raffen das Papier auf, sie lassen Passanten das Papier aufheben.

Abliefern, abliefern, abliefern!

Wer riskiert einen Blick? Wer riskiert etwas, für ein Stück Papier? Wer wagt es, das Flugblatt zu lesen, wenn nicht so sehr die Patrouillen, wohl aber die anderen Passanten, die Nachbarn, die ganz gewöhnlichen Volksgenossen mit Wonne ihre lieben Nächsten bespitzeln, denunzieren, verpetzen, belauschen, weil das Denunziantentum die einzige Partizipationsmacht ist, die sie für sich selbst in diesem Staat sehen oder die sie sich zuzugestehen wagen?

Los, abliefern, abliefern!

Und in große Säcke damit. Die ganze Straße ist weiß: Und nicht einen Blick hat man darauf werfen können, doch, einen Blick. In der einen Ecke war eine weiße Rose. Es hebt das Gemüt. Dem einen oder anderen hebt allein diese Tatsache schon das Gemüt: dass Dinge geschehen, immer noch Dinge geschehen, die sie nicht wollen.

Ulrich von Hassell ist von vier verschiedenen Personen gewarnt worden: Er steht unter Beobachtung, sein Telefon wird abgehört.

Fritz-Dietlof von der Schulenburg ist am 2. April gegen drei Uhr früh verhaftet worden, weil bei der Verhaftung eines anderen Offiziers in Potsdam jemand erwähnt hat, Graf Schulenburg suche zuverlässige Offiziere.

»Aber es ist doch überhaupt nichts passiert.«

Fritzi telefoniert mit seiner Frau Charlotte.

»Ja, es ist wahr, ich war kurz in Haft. Aber sie haben mich am selben Tag wieder freigelassen. Es war ein Irrtum. Du musst dir keine Sorgen machen.«

Fritzi wohnt seit zwei Tagen bei Dietrich Bonhoeffers Vetter, dem Anwalt Rüdiger von der Goltz. Und sehr bald wird Goltz Dietrich vertreten sowie für kurze Zeit auch Dietrichs Schwager Hans von Dohnanyi.

»Dohnanyi, Sie sind in großer Gefahr.«

Helmuth Moltke ist in Dohnanyis Büro getreten. Es ist der 5. April 1943, halb ein Uhr mittags.

»Man will Ihnen eine Devisengeschichte anhängen. Ich habe nicht viel Zeit, ich erwarte in einer guten halben Stunde Gäste. Aber präparieren Sie sich. Ich weiß sicher, dass man Sie verhaften wird.«

Dohnanyis Büro ist natürlich längst sauber. Er ist längst darauf vorbereitet, dass sie kommen. Aber warum liegen dann noch Papiere auf seinem Schreibtisch? Warum diese unglückliche Geschichte mit Oster, der versucht, in Anwesenheit der Kommissare dies und das noch verschwinden zu lassen?

Ach, ungezählt sind die Möglichkeiten zu scheitern, eng umgrenzt die Möglichkeiten der Voraussicht. Noch an diesem 5. April werden Hans, Christine und Dietrich verhaftet.

Henning von Tresckow ist zur Konfirmation seiner Söhne nach Potsdam gekommen. Wie immer, wenn er da ist, sieht Erika von Tresckow die von ihm geliebte Stadt mit seinen Augen. Sie sieht das weiche, fast südliche Licht, pastellfarben getönt vom warmen Ocker des Sandsteins, sie sieht das goldene Glühen am Abend, als läge Potsdam an einer lichten Küste. Erika hat sich bei Henning eingehängt. Sie gehen durch den Park von Sanssouci. Die Wiesen sind weiß von Anemonen.

»Um es kurz zu machen«, sagt Henning. »Ich habe versucht, Hitler umzubringen.«

Wo sind sie? Im Park von Sanssouci, auf dem Weg nach Schloss Charlottenhof.

»Ich hätte dich am liebsten nicht damit belastet«, sagt Henning. »Aber Leute sind verhaftet worden, die mit der Sache zu tun haben. Nun musst du wissen, wo ich stehe.«

Erika hat allerdings geglaubt, das zu wissen: Henning schart Offiziere um sich, er hofft, die Macht über die Streitkräfte den Händen wehrmachtsfremder Stellen wieder zu entwinden. Aber nun spricht er davon, dass er versucht hat, seinen obersten Befehlshaber zu ermorden.

»Das Schlimme ist, dass es mir nicht gelungen ist«, sagt Henning.

Er spricht gar nicht, als redete er mit ihr. Er spricht, als wäre er allein. Als wäre er ein Schlafloser, der in der Nacht wach liegt.

»Ich darf nicht verzweifeln«, sagt Henning von Tresckow.

Sie sind am Chinesischen Haus vorbei. Sie befinden sich unweit von Schloss Lindstedt, wo Erika aufgewachsen ist. Aber dies ist ein fremder Ort, wüst und fantastisch. Die Anemonen schäumen in flachen Wellen über das frische Gras, vom Frühlingswind getrieben. Passanten gehen auf den Parkwegen spazieren. Aber Erika und ihr Mann sind an einen Ort fernab aller Menschen verschlagen. Erika erkennt diesen Ort. Er hat sie erwartet, all die Jahre, während sie mit Henning gelebt hat, mit dem jungenhaft Heiteren, dem mühelos Klugen, dem Liebling seiner ganzen Familie.

»Es kann ja keineswegs höhere Fügung sein, dass er wieder und wieder davonkommt«, sagt Henning. »Dass er mir immer wieder entkommt, egal wie sorgfältig ich plane, egal wie gründlich ich alles bedenke.«

Erika sagt: »Und bist du gewiss, dass du das tun musst? Bist du ganz sicher, dass du mit einer solchen Tat keine Schuld auf dich lädst?«

Er lächelt. Er nickt.

»Schuld. Ich habe Schuld auf mich geladen. Ich habe diese Herren an der Macht begrüßt. Ich diene ihnen. Ich lade Schuld auf mich, täglich, stündlich. Alles ist ja auf den Kopf gestellt. Verrat ist Pflichterfüllung, Gehorsam ist Schuld. Widerstand ist wahrer Gehorsam. Ich habe nur noch eine einzige Richtschnur. Ich bin Preuße, und ich bin Christ.«

»Du sprichst in diesen Dingen von Gott? Und das fünfte Gebot? *Du sollst nicht töten.* Gilt das nicht unbedingt?«

Er bleibt stehen. Er sieht sie an, mit einem Blick voll tiefer Zärtlichkeit. Sein ganzes Gesicht hat sich aufgehellt. Es ist verwandelt, rückverwandelt in das ihres Mannes.

»Ich bin Soldat«, sagt er.

»Vergesst niemals, dass ihr auf preußischem Boden und in preußisch-deutschen Gedanken aufgewachsen und heute an der heiligen Stätte des alten Preußentums, der Garnisonkirche, eingesegnet seid. Das birgt eine große Verpflichtung in sich: die Verpflichtung zur Wahrheit, zu innerlicher und äußerlicher Disziplin, zur Pflichterfüllung bis zum Letzten.«

Henning spricht frei wie immer, wenn er öffentlich spricht. »Aber damit ist es noch nicht erschöpft. Das Preußentum wird so oft missverstanden. Vom wahren Preußentum ist der wahre Begriff der Freiheit niemals zu trennen. Wahres Preußentum heißt Synthese von Bindung und Freiheit, Härte und Mitleid, Stolz auf das Eigene und Verständnis für das Andere. In dieser Synthese liegt die deutsche und die europäische Aufgabe des Preußentums. Von solch preußischem Denken ist das christliche Denken gar nicht zu trennen. Man kann das gerade jetzt nicht ernst genug betonen, und hierfür ist unsere alte Garnisonkirche das Symbol.«

Margarethe von Oven ist extra aus Lissabon angereist, für die Konfirmation der beiden Jungen. Einen Moment denkt sie an jenen anderen Frühlingstag, als Hitler und Hindenburg einander vor der Garnisonkirche die Hände reichten.

»Nun hat das Leben dich, Mark, schon zum Soldaten gemacht. Umso schöner, dass ihr beide noch einmal gemeinsam vor den Altar der Garnisonkirche getreten seid, in deren Schatten ihr eure ersten Kinderjahre verbracht habt.«

Mark sieht beinahe gläubig zu seinem Vater auf. Der hebt sein Glas.

»Dank an die Paten, besonders an die Großmutter für so viel Lindstedter Sonnenschein. Dank an den Pfarrer. Vor allem aber und über allen Dank an die Mutter. Trinken wir auf Mark und Rüdiger von Tresckow und ihre Mutter!«

Helmuth von Moltke versucht einen schönen Sonntag zu haben. Er hat gekocht, er hat gegessen, er hat die ›Times‹ gelesen, er hat eine Patience gelegt. Und nun? Die Sonne scheint. Soll Helmuth vielleicht in den Tiergarten gehen? Der Tiergarten ist ihm verhasst.

Für Juden verboten!

Als gingen hier noch Juden. Berlin ist offiziell judenfrei. Gestern hat Helmuth an einer langen Besprechung teilgenommen, zusammen mit Justus Delbrück und den anderen von der Abwehr: Roeder will gegen Hans von Dohnanyi Anklage erheben wegen Wehrkraftzersetzung, Bestechung, Ungehorsam, Pflichtverletzung im Felde, gegen Dietrich Bonhoeffer nur wegen Wehrkraftzersetzung. Die Abwehr muss eine Strategie entwickeln. Helmuth ist tief niedergeschlagen. Das Gefühl, dass nur noch wenig Zeit bleibt, folgt ihm wie ein überanhänglicher Hund. Das Gefühl, dass so vieles ungetan zurückbleiben wird, schnappt nach seinen Fersen. Sein Leben wird sich womöglich nicht runden. Aber er darf nicht zurückfallen in die Zustände von 1940. Er muss sich in Frieden erhalten.

Er muss diese Kunst üben, er muss sie beherrschen, unter allen Umständen. Er fühlt sehr, dass ihm das nötig ist und noch nötiger werden wird. Er muss jederzeit und immer mit sich allein zurande und zur Ruhe kommen können. Er kommt nicht zur Ruhe.

Er reist. Dies ist das Jahr 1943, in dem er in Polen, Österreich, den Niederlanden, Belgien, Frankreich, Skandinavien und der Türkei gewesen sein wird. Er trifft mögliche Verbündete, er versucht zu den Widerstandsorganisationen der Nachbarländer Kontakt aufzunehmen, er kämpft in den höchsten polizeilichen und militärischen Stellen für eine Einhaltung des Völkerrechts, gegen Geiselerschießungen, gegen Nacht-und-Nebel-Aktionen. Er hält führerhörigen Generälen ihre Pflicht vor,

die wir aufs Gröbste verletzen würden, wenn wir uns feige hinter unseren Schreibtischen verkriechen und dem Führer nicht sagen, dass er bei dem Befehl falsch beraten worden ist.

In Paris begegnet er Stülpnagel, in Brüssel General von Falkenhausen, bei dem sein Bruder Jowo Ordonnanzoffizier ist. Er weiß sich einig mit Wehrmachtsoffizieren, sogar mit SS-Männern, zwar nicht im Geistigen oder Politischen, aber im rein Praktischen: Der deutsche Polizeichef Harster in Den Haag sagt Moltke seine volle Unterstützung zu, wenn Moltke sich dafür einsetzen will, dass Geiselerschießungen kategorisch verboten werden. Es ist politisch gesehen doch schlicht Blödsinn, Unschuldige zu erschießen. Wozu soll das gut sein? Es dient nur den Aufständischen in den besetzten Ländern.

Dohnanyi bleibt in Haft.

Dietrich Bonhoeffer bleibt in Haft.

Oster ist aus seiner Stellung in der Abwehr entlassen und unter Hausarrest gestellt.

Just Delbrück informiert Moltke über den Fortgang des Verfahrens. Es scheint glimpflich abzugehen: Die Fälle Dohnanyi und Bonhoeffer werden wohl weitgehend im Sande verlaufen. Aber ist es nicht fürchterlich, wie sich so etwas so unabsehbar hinziehen kann? Helmuth denkt an Dohnanyi im Garten seines Hauses in Sacrow. Dann stellt er ihn sich in seiner Zelle vor.

Er denkt an Kreisau.

Er liegt morgens vor dem Aufstehen nun immer noch einen Moment mit geschlossenen Augen in seinem Berliner Bett und denkt daran, wie Freya jetzt schon wach ist, wie sie das Frühstück für die Söhnchen richtet. Er denkt nie *zu Hause*, wenn er an die Derfflingerstraße denkt. Er denkt immer: *hier*. Ich bin hier. Zu Hause ist Kreisau: die schwärmenden Bienen, die neuen Bestellungspläne, die Brunnen in Wierischau, die Futterumstellung für die Kühe. Freya schickt Erdbeeren nach Berlin, Butter, frisch geschlachtete Täubchen. Helmuth bereitet mit den anderen das dritte Kreisauer Treffen vor.

Er trifft sich mit Yorck und Gerstenmaier bei Trotts. Adam und Gerstenmaier sind mit ihrer Arbeit nicht fertig geworden, Yorck und Moltke mit der ihren sehr wohl. Also machen sie sich nun zu viert daran, die Dinge zu vollenden. Sie setzen sich um den Tisch, sie lachen über einen Scherz. Clarita geht aus dem Zimmer, um nach dem Mittagessen zu sehen und die Männer in Ruhe arbeiten zu lassen.

Sie ist wieder schwanger. Sie ist froh darüber. Aber sicher wird Adam wünschen, dass auch dieses Kind in Imshausen geboren wird. Er wird sie wegschicken, wahrscheinlich bald. Er wird zur Pfingsttagung nach Kreisau fahren, und er wird seine Clarusch kaum allein zu Hause lassen.

»Du musst nach Imshausen fahren. Ich kann das nicht mehr verantworten.«

Sie hat es geahnt. Sie soll ihn verlassen. Sie soll wieder unter seiner überwältigenden Verwandtschaft leben: bei der kränkelnden klugen Mutter, dem schwierigen und so stark gegen Adam eingenommenen Bruder. Es sind wundervolle Menschen von höchstem geistigem und moralischem Rang, und sie lieben Clarita. Das steht außer Zweifel. Aber Clarita ist sechsundzwanzig Jahre alt. Sie ist erst seit drei Jahren verheiratet. Sie ist nicht bereit zu gehen, sie will nicht schon jetzt wie eine Witwe leben.

»Denk an die Kinder«, sagt Adam. »Denk an Verena und an das Kleine.«

Das noch nicht geboren ist. Es soll im November kommen. Wer weiß, was im November 1943 sein wird? Vielleicht ist der Krieg dann schon zu Ende. Vielleicht wird er von allein zu Ende gegangen sein, oder sie haben Hitler tatsächlich gestürzt. Clarita wird jedenfalls nicht dabei gewesen sein. Sie wird nicht an Adams Seite gestanden, ihn nicht begleitet haben.

»Und wie sollen wir miteinander sprechen?«, sagt sie. »Die Post ist nicht sicher, das Telefon auch nicht. Wie willst du mir abends erzählen, was dich den ganzen Tag beschäftigt hat? Ich werde nichts mehr wissen. Ich werde nicht mehr mitkommen zu Yorcks oder zu Haeftens.«

»Barbara Haeften geht auch weg«, sagt Adam. »Sie geht mit den Kindern nach Grammertin, zu ihren Eltern. Und Marion Yorck ist die halbe Zeit in Kauern. Sie ist außerdem keine Mutter. Sie hat nicht die Verantwortung, die du hast.« Adam legt den Arm um Clarita. »Wir werden uns zu behelfen wissen«, sagt er. »Wir werden den Stoff unserer Briefe eben woanders hernehmen müssen.«

Woanders als von da, wo dein Herz schlägt.

Sie kämpft mit den Tränen.

»Aber wird uns das nicht auseinanderbringen?«, sagt sie. »Wird sich nicht all das Ungesagte wie ein Gebirge zwischen uns auftürmen? All die Erfahrungen, die du machst. Du wirst sie einem anderen mitteilen. Ein anderer wird dann dir näher sein als ich. Und werden wir das jemals überbrücken können? Wir werden wie Fremde sein, wenn alles vorbei ist.«

»Niemals«, sagt er. »Niemals wirst du mir fremd werden. Aber versteh doch. Ich muss nun Hände und Kopf ganz frei haben. Und dazu muss ich euch in Sicherheit wissen. Geh mir zuliebe nach Imshausen. Es stärkt mich so, dich dort geborgen zu wissen.«

Sie antwortet nicht. Nach einer Weile sagt sie: »Adam. Halte einen Weg frei, auf dem ich dich wiederfinden kann.«

Und nun muss sie gehen. Die gepackten Koffer stehen in der Diele. Das Todtraurige dieser verschnürten Koffer rührt sie: Sie sind der Ballast, der den Exilierten, den Flüchtling, den Vertriebenen an die Erde bindet. Sie sind die Kulisse, die ihm gnädig den Blick darauf verstellt, dass er in Wirklichkeit von nun an keinen Moment lang mehr besitzt als das nackte Leben. Und ist das nicht ehrlicher als eine Existenz im Schloss?

Sie will kein Schloss. Sie will hier sein. Sie geht noch einmal durch ihre Wohnung: das Kinderzimmer mit Verenas kleinem Bettchen, mit den Vorhängen in Rosa und Weiß. Das Wohnzimmer mit Adams Schreibtisch, mit ihrem Sessel, dem Strickzeug in dem Körbchen daneben. Der große Balkon, geraniengeschmückt, mit dem Blick über die blühenden Gärten. Im Schlafzimmer ist nur noch ein Bett bezogen. Dies ist Claritas Zuhause gewesen, für eine kleine Weile.

Und fast wäre die Familie in die Türkei gezogen. Der deutsche Botschafter in der Türkei Franz von Papen hatte Adam von Trott zu Solz auf Empfehlung Paul Leverkühns als Mitarbeiter angefordert. Leverkühn, mit dem Helmuth Moltke 1938/1939 zusammengearbeitet und in dessen Berliner Anwaltsbüro Adam 1934/1935 als Referendar ein Praktikum abgelegt hat, ist seit 1941 Leiter der Außenstelle der Abwehr in Istanbul.

»Wieder in Asien zu sein. Ach Clarusch, wie das wäre. Ich kann an gar nichts anderes mehr denken. Das Licht, die Gerüche, der Himmel. Würdest du mich denn begleiten wollen?«

Welche Frage. Überall ginge sie mit ihm hin, überall. Jeder Ort wäre ihr recht, wenn sie nur mit Adam zusammenleben könnte.

»Aber wäre es der richtige Weg? Würde ich in der Türkei meinen Weg weitergehen, dem Ziel näher kommen können?«

Staatssekretär Keppler beendet Adams Zweifel. Er weigert sich, Trott gehen zu lassen. Aber zum Trost hat er ihm angeboten, Mitte Juni für zwei Wochen dienstlich nach Istanbul zu fliegen. Das Urteil ist gefallen. Adam denkt: das Gottesurteil.

Carlo Mierendorff ist fast fertig. Carlo und Theo Haubach: Die beiden Freunde haben dem »Aufruf zur Sozialistischen Aktion«, an dem auch Reichwein mitgearbeitet hat, den letzten Schliff gegeben.

Die Sozialistische Aktion ist eine überparteiliche Volksbewegung zur Rettung Deutschlands. Sie kämpft für die Befreiung des deutschen Volkes von der Hitlerdiktatur, für die Wiederherstellung seiner durch die Verbrechen der Nazis niedergetretenen Ehre und für seine Freiheit in der sozialistischen Ordnung. Den Aktionsausschuss bilden Vertreter der christlichen Kräfte, der sozialistischen Bewegung, der kommunistischen Bewegung und der liberalen Kräfte als Ausdruck der Geschlossenheit und Einheit.

Natürlich existiert diese beschworene Geschlossenheit noch gar nicht. Sie muss erst geschaffen werden. Vor allem fehlt noch der Schulterschluss mit den Kommunisten. Carlo hat aber bereits ein Symbol entwickelt. Auf einer roten Fahne umschließt der sozialistische Ring als Symbol der Einigkeit des arbeitenden Volkes das christliche Kreuz.

Die Sozialistische Aktion ruft das Volk in Stadt und Land und unsere tapferen Soldaten zum Kampf auf. Nur die Einheitsfront aller Feinde des Nationalsozialismus kann diese Tat vollbringen.

Ein Staatsstreich allein genügt eben nicht. Die Revolte darf nicht nur von oben ausgehen: Sie muss von unten kommen, aus dem Volk. Der »Aufruf« soll einen der Eckpfeiler für die Diskussionen der dritten Kreisauer Tagung bilden. Carlo Mierendorff wird ihn Moltke mitgeben.

Und er selbst wird nun verreisen.

Carlo Mierendorff wird nicht nach Kreisau fahren, sondern nach Oberstdorf, zusammen mit seiner neuen Liebe, der Künstlerin und Bühnenbildnerin Nina Tokumbet. Eine andere schöne Dame verehrt er platonisch-schwärmerisch. Und heute Abend geht er mit Jacobowskis zum Kegeln: mit Hella

Jacobowski, geborene Priemel, der treuen Freundin, die sich in den Jahren der KZ-Haft um ihn gekümmert hat. Carlo lässt sich nicht unterkriegen. Vor Carlo liegt noch ein ganzes Leben. Er hat gute Freunde, er ist verliebt. Er witzelt, wie er immer gewitzelt hat,

Von nun an geht es nur noch nach oben, entweder an die Macht oder an den Galgen.

Er hat Anwandlungen krähenschwarzer Stimmung. Er hat das Gefühl, mit diesem Aufruf sein Testament gemacht zu haben. Es ist ein erschreckendes Gefühl, zugleich befreiend. Er hat einen Grundstein gelegt. Mag darauf aufbauen, wer kann.

Berlin, 14. Juni 43

Am heutigen Tag, dem Pfingstmontag 1943, haben die Unterzeichneten feierlich beschlossen, ihr gemeinsames Handeln als Sozialistische Aktion durch die Aufstellung des nachstehenden Aktionsprogramms zu bestätigen. Schwere Jahre stehen uns bevor. Fast übersteigt es Menschenkraft –

Die endgültige Fassung der Sozialistischen Aktion ist abgezeichnet. Die dritte Kreisauer Tagung geht dem Ende entgegen. Im Zentrum standen diesmal die Außenpolitik, die Gründung einer europäischen Gemeinschaft zur Erhaltung des Friedens und die Bestrafung von Kriegsverbrechern. Diese Bestrafung der Rechtsschänder soll durch ein gemeinsames Völkergericht erfolgen, zu dem Deutsche, Angehörige der Siegermächte und der neutralen Staaten gehören: Der Kampf gegen den Nationalsozialismus ist ein internationaler Kampf, und die Zusammensetzung des Gerichts sollte das auch ausdrücken.

Wie immer sind die Yorcks mit Peters Schwester Muto dabei gewesen, außerdem Einsiedel, Reichwein, Gerstenmaier, Delp, der Jurist Paulus van Husen und Adam Trott, der die Tagung mit einem Memorandum zur Außenpolitik eröffnet hat. Freya und Helmuth haben diesmal kaum eine Minute Zeit füreinander gehabt.

Zu dem vollen Programm kam hinzu, dass sich Tante Fredchen am Pfingstsonntag auf Kreisau eingeladen hatte. Marion, Muto und Freya haben sie in ihre Mitte genommen. Sie haben ihr erklärt, dass Helmuth mit Amtskollegen tagt. Das fand die Tante aber nicht glaubwürdig.

»Freya, mein Kind. Eine Arbeitstagung an den Pfingstfeiertagen? Und was macht denn dein Mann den ganzen Tag im Haus, bei dem schönen Wetter? Er ist doch sonst so gern im Garten und auf den Feldern. Und dann dieser lange große Dünne, wie heißt er, Trott. Der macht mir einen sehr dubiosen Eindruck. Dem solltet ihr nicht so leichtfertig trauen.«

Adam wandert mit den anderen über die Wiesen. Er isst mit ihnen Kartoffeln und Quark aus Kreisau. Die Gräfin von Moltke trägt das Kopftuch einer schlesischen Bäuerin, wenn sie in ihrem Gemüsegarten arbeitet. Der Graf sieht zwischen den Besprechungen nach den Kühen in dem großen weiß getünchten Stall. Wenn die Männer eine Pause machen, stellt Freya ihnen einen Teller mit Radieschen auf den Tisch, Salz dazu. Von draußen stürmen die Kinder herein, um sich vor dem Mittagessen im Badezimmer die Hände zu waschen. Und wie viele Esser sitzen um den Tisch, wie schlicht und großzügig ist alles gehalten: Kreisau durchweht ein freier, froher Geist.

Freya läuft die Treppe in den ersten Stock hinauf.

Sie hat bis eben bei den Männern gesessen. Sie hört ihre Stimmen auch jetzt noch, aber gedämpft. Freya bleibt stehen. Noch zwei Stufen, und sie wäre in der oberen Diele. Ein Gedanke streift Freya und flattert fort.

Weiter wird das nicht führen.

»Alle sind wieder ganz verzückt«, sagt Helmuth am letzten Tag zu Freya. »Ich danke dir sehr, mein Lieber. Alle haben wieder fühlen können, wie schön ein richtiges Leben wäre. Und das ist in gewisser Weise wichtiger als alles andere. Schließlich geht es im Kern doch genau darum. Dass man sich eine andere Welt noch vorstellen kann.«

Zwei Tage nach Abschluss dieser dritten Kreisauer Tagung wird Adam Trott nach Istanbul fliegen. Er wird bis zum 2. Juli bleiben. Dann wird Helmuth ihm folgen: England verweigert das Gespräch, aber vielleicht kann man die Amerikaner kontaktieren.

Wenn das Reich völlig zusammenbricht, wird doch Russland in das Machtvakuum hineinstoßen. Der Sowjetstaat wird Osteuropa besetzen, eventuell bis tief in die Mitte Europas hinein. Das kann nicht im Interesse des Westens liegen. Wenn das geschieht, wäre Europa geteilt, und neuerliche Konflikte wären vorprogrammiert. Helmuth und Freya haben immer wieder miteinander über dieses Thema gesprochen.

Vielleicht wird es doch nicht Herr Serpuchoff sein, der nach dem Weltkrieg auf Freyas Sofa sitzt. Vielleicht lässt sich eine Möglichkeit finden, den Amerikanern die Front im Westen zu öffnen. Dann könnten ihre Truppen das Reich überfluten, bevor die russischen Truppen es tun.

Poelchau ist nicht in Kreisau gewesen. Er hat keine Zeit. Er sitzt zwischen den Gefangenen, in vollem Ornat. Der Wagen ist überfüllt: Die Holzbänke rechts und links sind für ein Dutzend Leute gedacht, aber heute hat man zwanzig hineingezwängt. Sie werden dennoch zweimal fahren. Zweiunddreißig holländische Widerstandskämpfer werden heute hingerichtet. Es sind NN-Gefangene: Nacht-und-Nebel-Gefangene, die heimlich verschleppt werden und spurlos verschwinden sollen. Die Fahrt von Tegel zum Schießplatz dauert etwa zehn Minuten.

Sie dauert ewig. Durch das vergitterte Fenster in der hinteren Tür sieht man die Straße sich abrollen. Manchmal folgt ein Fahrradfahrer dem Wagen ein Stück. Manchmal tauchen Bäume auf oder eine Frau mit einem Hund an der Leine. Die Männer schweigen. Sie haben in der vergangenen Nacht alles gesagt, was noch zu sagen war. Harald Poelchau hat zugehört und sich Notizen gemacht. Er kann die Männer nicht retten, aber er kann die NN-Geheimhaltung zunichte werden lassen: Sobald er einen Weg der Übermittlung findet, wird er letzte Grüße an Eltern, Frauen und Kinder ausrichten. Der Wagen hält vor einem Tor.

Poelchau weiß, was dahinter wartet. Dies ist ja nicht der erste Transport, den er begleitet. Der Wagen wird durch das Tor rollen, dann halten. Jemand wird die Tür öffnen. Dann wird der erste Mann aus dem Wagen geholt. Er wird in den Hohlweg zwischen den beiden Mauern hineingeführt. Am Ende des Hohlwegs ragt ein Pfahl auf, mit einem Sandhaufen dahinter als Kugelfang. Der Mann wird an den Pfahl gebunden. Die im Wagen warten. Dann, immer unerwartet, der Knall der Salve. Manchmal ein Schrei, der die Seele durchdringt, und gleich darauf noch ein einzelner Schuss. Und dann wird der nächste geholt.

Harald Poelchau hat eine Zigarette angezündet. Das Tor öffnet sich. Der Wagen rollt hindurch. Die Hände der Männer sind auf dem Rücken gefesselt. Harald schiebt die Zigarette einem nach dem anderen zwischen die Lippen. Sie ziehen, inhalieren, atmen aus. Der nächste. Das letzte zu spendende Sakrament.

Harald Poelchau ist müde. In der Nacht hat sein kleiner Sohn wieder einen seiner fürchterlichen Erstickungsanfälle erlitten. Danach ist Harald jedes Mal über Stunden erschüttert, angesichts der Angst in den Augen des Kindes.

Der Anstaltspfarrer von Tegel und Plötzensee, der die Todgeweihten auf ihrem Gang zum Schafott begleitet, ohne an Gott irrezuwerden: Er beginnt mit den Mächten zu hadern, wenn er die Qual seines Kindes sieht.

Und wie hätte er gehandelt, an Abrahams Stelle? Hätte er seinen Isaak geopfert? Manchmal kommt es ihm in den Kopf, dass sein Kind aus diesem Grunde krank ist. Die Krankheit ist eine Strafe für den Vater, eine Züchtigung für seinen Mangel an Unterwerfung,

Du sollst keine anderen Götter haben neben mir.

Neben dir? Über dich stelle ich mein Kind!

Aber das ist Unsinn. Das sind Reste eines Denkens, das ihm sein Vater einst eingeflößt und das er längst überwunden hat. Das Böse dieser Krankheit ist weder Strafe Gottes noch Vergeltung böser Taten. Es hängt nicht ursächlich mit dem Vater oder dem Kind zusammen, es ist völlig funktionslos. Es ist einfach da.

Es ist dumpf, es hat keinen Sinn, es hat keinen Zweck. Das ist es ja eben: Das Böse ist das Sinnlose. Was bedeutet das für eine Welt, die darauf basiert, dass einer den anderen fressen muss, um zu leben? Auf der einen Seite stehen die Natur und der Gott, der sie geschaffen hat. Auf der anderen Seite steht der Mensch, der allein gegen die Sinnlosigkeit des Bösen kämpft. In dieser Aufteilung wäre Gott der Satan.

Harald Poelchau besorgt gefälschte Papiere, er besorgt Unterkünfte für Verfolgte. Er riskiert seine Existenz, trotz seines Kindes, trotz der Gefährdung seines Kindes, nur der Mensch kann die Schöpfung vor der Sinnlosigkeit retten. Aber der Ausgang der Dinge liegt nicht in seiner Hand. Harald Poelchau kann das Böse zum Anlass nehmen, das Gute zu tun. Ob Gutes daraus wird, kann er nicht bestimmen. Der Mensch ist nicht Herr seines Schicksals, er ist nicht Herr seines Lebens, er ist es nicht, der die Folgen seiner Handlungen festlegt. Der Grund, auf dem er steht, ist zugleich ein Abgrund. Es gibt keinen Gott. Aber es gibt auch nicht keinen Gott. Auf diesen Gott setzt Harald Poelchau, felsenfest. Er fühlt sich getragen.

Und nun also Istanbul. Die Stadt überwältigt Adam Trott: die Boote im Morgendunst auf dem Bosporus, das Grün der Villengärten, das Dichtgedrängte der Gassen und der freie lichte Himmel über dem Wasser, der Basarlärm und die Gerüche aus Hauseingängen und Cafés, in denen Männer beim Spiel sitzen oder rauchen. Er wandert durch die Stadt, lauschend, riechend, mit allen Poren Leben saugend wie ein trockener Schwamm.

Natürlich ist dies nicht Peking oder Hongkong. Aber London ist schließlich auch nicht München, Prag ist nicht Paris, und doch sind alle diese Städte Europa. Und dies ist schon Asien. Adam ist nicht in Europa. Dies ist schon Asien.

Adam ist wieder nach Berlin geflogen. Nun ist Helmuth Moltke in Istanbul eingetroffen. Offiziell geht es um eine im Marmara-Meer internierte französische Flotte von Donauschiffen. Inoffiziell geht es darum, Kontakt zu den Alliierten herzustellen. Natürlich wird das Office of Strategic Services niemals einen Vorschlag auch nur in Betracht ziehen, der von der Formel der bedingungslosen Kapitulation abweicht. Helmuth Moltke hat diese Tatsache in seine Pläne einbezogen. Er möchte den Amerikanern vorschlagen, dass Deutschland die Front im Westen nach militärischen Absprachen zwischen hohen Generalstabsoffizieren beider Seiten für die alliierten Truppen öffnet und zugleich eine neue deutsche Regierung bildet, wenn die Amerikaner im Gegenzug garantieren, dann sofort Deutschland in seiner Gänze zu besetzen.

Es existieren Pläne für eine solche Aktion. Helmuth Moltke hat von der Operation Rankin gehört, die für den Fall eines plötzlichen militärischen Zusammenbruchs Deutschlands die sofortige Landung amerikanischer Streitkräfte auf dem Kontinent vorsieht.

»Es wäre ein zweites Tauroggen«, hat Peter Yorck gesagt. »Es wäre die Rettung Deutschlands durch Verrat. Mit einem Schlage wäre eine neue Lage geschaffen, die von der wahren Stimme Deutschlands nur begrüßt werden könnte. Und wie viele Leben würde ein solcher Schlag retten.«

Nun geht es darum, an die Amerikaner heranzukommen. Helmuth Moltke will Kirk kontaktieren. Alexander Kirk ist eine Weile amerikanischer Geschäftsträger in Berlin gewesen. Er ist jetzt amerikanischer Gesandter in Kairo. Sie kennen einander aus Berlin. Sie waren beinahe Freunde: Das wird Kirk nicht vergessen haben. Er wird bereit sein, Helmuth zu treffen. Er wird sich vielleicht sogar freuen. Angehörige des Office of Strategic Services in Istanbul haben Helmuth versichert, bei Kirk anfragen zu wollen.

Helmuth geht durch Istanbul.

Er wartet darauf, dass man ihm Bescheid gibt. Er besichtigt Moscheen, die Hagia Sophia, die Türkenstadt, die Märkte. Er bewundert die kunstvoll aufgebauten Pfirsiche, die wunderschönen Ornamente, zu denen die Kirschen und Mirabellen angeordnet sind, die Himbeeren und Aprikosen. Wie können all diese Früchte gleichzeitig zum Verkauf angeboten werden? Reift hier denn alles zur gleichen Zeit?

Helmuths Pläne reifen nicht. Kirk antwortet nicht. Helmuth sitzt in einem Café im Europäerviertel. Er blickt über das Meer. Er kann sich nicht von dem Gedanken frei machen, dass dieses selbe Gewässer freie Küsten umspült: Neuseeland, Australien. Table Mountain. Er schreibt einer Freundin der inzwischen verstorbenen Großeltern nach Südafrika, dass er hofft, sie alle nach dem Krieg wiederzusehen.

Allerdings nimmt er nicht an, dass es dazu kommt. Bei Kriegsende wird er wohl nicht mehr am Leben sein. In diesem Fall hätte er eine letzte Bitte.

See to it that my boys get out. Our South African heritage is by far our best and I do hope they will realise the importance of their grandmother and her country to us.

»Himmler ist die Lage vollkommen klar.«

Carl Langbehn sitzt einmal mehr mit Ulrich von Hassell zusammen.

»Hitler muss entfernt werden, das ist das A und O der Sache.«

»Und warum eigentlich nicht?«, sagt Johannes Popitz zu Hassell. »Warum sich nicht der SS zum Sturz des Regimes bedienen, schon um dies Instrument zu besitzen und hinterher, nach dem Umsturz, die innere Sicherheit garantieren zu können?«

»Allmählich ist man wirklich fast verzweifelt genug«, sagt Hassell zu Ludwig Beck. »Aber wie soll man sich hinterher der SS wieder entledigen? Ob Himmler und Genossen einem den Gefallen täten, so einfach abzutreten?«

»Vielleicht sollten Sie einmal mit Himmler reden«, sagt Langbehn zu Popitz. »Man müsste natürlich sehr vorsichtig sein. Man dürfte nichts Inkriminierendes äußern. Aber es wäre einen Versuch wert.«

»Du sagst, die SS trägt sich mit Staatsstreichplänen?«, sagt Helmuth Moltke zu Peter Yorck. »Du sagst, Popitz will sich mit Himmler treffen?«

»Das hat man mir hintertragen, ja«, sagt Peter Yorck.

»Das wäre der Teufelspakt«, sagt Helmuth. »Das würde sie wirklich für alle Zeiten erledigen. Im Grunde reicht es schon aus, dass sie einen solchen Plan überhaupt erwägen. Und was für ein Leichtsinn. Es kommt doch einer Selbstanzeige gleich, dem Chef der deutschen Polizei von einem beabsichtigten Staatsstreich zu berichten.«

Und nun, am 5. Juli 1943, hat die Operation Zitadelle begonnen, die große Sommeroffensive gegen den gegnerischen Frontbogen bei Kursk. Ziel ist es, die Sowjets am Vormarsch nach Westen zu hindern und die strategische Initiative zurückzugewinnen. Alles wird nun an die Front gepresst: Rekruten mit drei Wochen Ausbildung, Führer und Unterführer, die niemals einen auch nur halbwegs anspruchsvollen Kampfauftrag befriedigend ausführen könnten. Und der Gegner hat den Angriff längst erwartet. Die Soldaten sterben, sie sterben, sie sterben, vor allem die Jungen, die Neulinge. Selbst der Rückzug ist tödlich für eine Infanteriedivision, die nur über Pferde verfügt und von russischen Panzerspitzen gejagt wird. *Tödlich.* Das Wort sagt sich so dahin. Es enthält nichts von dem grauenhaften Sterben der Soldaten, für die Henning von Tresckow verantwortlich ist. Er ist verantwortlich für solches Gemetzel, solches Abschlachten im Namen eines Reichs, das er vernichtet sehen möchte. Er schreibt nach Hause an seine Frau.

Ich bin verflucht zu einem doppelten Amt.

Er reibt sein Gesicht, die Augen, den Mund. Er bohrt die Fäuste in die Augen. Er schreibt.

Keiner kann's ermessen.

Am 16. Juli durchstoßen die Sowjets im Raum Orel die deutschen Linien. Der Angriff in Richtung Kursk wird abgebrochen, die Divisionen schwenken nach Norden. Der Himmel über Kursk ist hell erleuchtet. Die Stadt steht unter russischem Luftangriff. Was die Russen nicht hochgehen lassen, sprengen die Deutschen. Das Verpflegungslager ist noch immer randvoll. Obstkonserven, Dauerwürste, Cointreau, Hennessy, bestimmt für die Front, gebunkert von der Etappe. Sie schleppen weg, was sie tragen können, sie stopfen die Wagen bis unters Dach voll. Also gut. Nun jagt den Laden in die Luft. Nichts soll übrigbleiben, kein Krümel. Tod dem Bolschewismus! Hier wird die Festung Europa verteidigt. Über die Straße fliegen lose Blätter. Was ist das für Packpapier? Die gesamte Mappe »Geheim« der deutschen Flugplatzkommandantur.

General Guderian hat sich von Hitler einen Gutshof im Warthegau schenken lassen, der weit über eine Million Reichsmark wert ist. Generalfeldmarschall Gerd von Rundstedt hat Geld genommen, die genaue Summe ist unbekannt. Generalfeldmarschall von Kluge ist zu seinem sechzigsten Geburtstag mit 250 000 RM und einer Baugenehmigung für sein Gut bedacht worden, und er hat den Scheck nicht nur angenommen, er hat ihn eingelöst. Es geht ihnen offenbar gar nicht um Staatstreue, den Eid auf Hitler, den Glauben an den Nationalsozialismus, Volk, Armee, das Reich und all das, worum es ihnen angeblich geht. Es geht ihnen um Karriere und Geld.

Darum haben auch Debatten keinen Sinn. Es geht ihnen ja nicht um die Sache. Soll doch das Reich verloren sein, Hauptsache ist das Säckel mein. Fritzi Schulenburg kann es nicht begreifen. Es übersteigt seine Verständnisfähigkeit. Er selbst ist aus so völlig anderem Holz, dass er sich Leute wie Guderian schlicht nicht vorstellen kann. In diesem Juli 1943 weilt er in

Paris, wo er darauf dringt, dass die Wehrmacht in Frankreich die Initiative ergreift, wenn der Staatsstreich in Berlin wieder und wieder hinausgeschoben wird. Und er reitet oft mit Cäsar Hofacker, dem Vetter der Stauffenberg-Brüder, durch den Bois de Bologne.

»Dass die Generäle käuflich sind, erschüttert mich weniger als dich«, sagt Cäsar Hofacker zu Fritzi Schulenburg. »Was mich fassungslos macht, ist, wie entsetzlich billig sie sind. Für ein paar Tausend Reichsmark verhökern sie Seele und Vaterland, als müssten sie anderenfalls Hungers sterben. Als dürften sie die Beute behalten. Denn selbst wenn sie sich jetzt die Taschen bis zum Platzen vollstopfen, was wird es ihnen nützen, wenn der Krieg verloren ist? Was wollen sie dann mit dem ganzen Zaster? Was wird er dann wohl wert sein?«

3

Berlin wird evakuiert. Die Stadt erwartet ihren Untergang. Wer keine kriegswichtige Arbeit leistet, ist per Handzettel aufgefordert worden, sich in Sicherheit zu bringen, bevor der große Angriff kommt und es Berlin wie Hamburg ergeht, wo die Toten der letzten Tage in Zehntausenden gerechnet werden. Die Bonhoeffers bleiben. Aber sie schleppen ihre Wertsachen hinaus nach Sacrow zu Christel von Dohnanyi.

Marion und Peter Yorck bringen Gläser, Porzellan, Silber nach Kauern. Die Züge nach Schlesien sind heillos überfüllt, obwohl man für jede Zugfahrt einen Berechtigungsschein braucht. Marion klettert über ihre aufeinandergestapelten Koffer durchs Fenster in ein Abteil. Ein junger Offizier wuchtet die Koffer zu ihr hinauf. Der Zug fährt an. Da steht Marion, inmitten der schimpfenden johlenden krakeelenden Masse. Dies sind keine Leute, dies ist ein panischer Haufen wie eine Herde erschrockener Schafe. Wie ein Fischschwarm, dessen Mitglieder urplötzlich umschwenken, die Richung wechseln können, alle zugleich wie ein einziges Wesen. Welchem unhörbaren Kommando gehorchen sie? Marion steht über ihren Koffern, klammert sich an eine Haltestange. Wie soll Marion in Breslau umsteigen? Man wird sehen. Marion wird sich durchschlagen. Sie wird Kauern erreichen, sie wird Tee kochen, sie wird nach Klein Oels hinüberfahren und mit Goldchen im Gartensaal sitzen. Und dann kommt sie wieder zurück.

Die Lebers machen Urlaub an der Ostsee. Befreundete Familien sind mitgekommen: die Schwambs, die Dahrendorfs. Die Kinder toben im Wasser, die Väter werfen rund um die Strandkörbe Sandburgen auf. Zum Abendessen kauft man Fisch vom Kutter, die Männer lassen Krüge mit Bier aus der Gastwirtschaft gegenüber kommen. Nach dem Essen wandern sie alle noch einmal an den Strand, der rosig überglüht im Abendlicht liegt.

Es ist der letzte Abend. Morgen werden die Lebers Katharina und Matthias nach Hordorf bei Halberstadt bringen, zu Tante Annie Rosenthal und ihrer Stieftochter Brigitte. Brigitte stammt aus der ersten Ehe von Tante Annies inzwischen verstorbenem Mann. Ihre Mutter ist als Jüdin nach England emigriert, und Tante Annie gibt ihre Stieftochter nun als ihre leibliche aus. Matthias wird vor Kriegsende nicht wieder in das Haus im Eisvogelweg zurückkehren.

Aber das kann er nicht wissen. Keiner kann das wissen, und die Eltern haben versprochen, die Kinder einmal im Monat zu besuchen. Warum also tobt Matthias, als sich die Eltern von ihm verabschieden? Er ist doch nicht allein. Seine Oma ist mit nach Hordorf gekommen, Annedores Mutter. Matthias ist zwölf, er ist kein Kleinkind mehr.

»Ich will nicht, dass der Vater geht, ich will nicht, dass der Vater geht!«

Matthias hat etwas aufgeschnappt. Seine Cousine Brigitte ist in Gefahr. Es ist aber alles sehr unklar. Matthias versteht es nicht. Man verschweigt ihm Dinge. Matthias hat zunehmend das Gefühl, dass alles ganz anders ist, als man es ihm erzählt.

Er hat das Gefühl, dass die Welt aus verschiedenen Teilen besteht, und diese Teile passen nicht zusammen. Wenn man sie zusammenfügen will, ergeben sich Ritzen, schwarze Spalten, Abgründe, in die man unversehens rutschen kann. Es ist Matthias, als wäre er gar nicht wirklich auf der Welt, wenn er darüber nachdenkt. Als wäre die Welt nicht wirklich, wenn er darüber nachdenkt, in welcher Welt er ist und wie diese Welt beschaffen sein könnte: Und zugleich hat er das Gefühl, der Wirklichkeit auf der Spur zu sein. Endlich etwas Wirkliches zu begreifen oder doch kurz davor zu stehen.

Romai Reichwein ist mit den Kindern und Vera nach Hiddensee gefahren, in das kleine Häuschen, das ihr die Mutter vermacht hat. Sie leben dort wie im Frieden: Sie wandern am Strand entlang, sie baden im Meer, sie verzieren Sandburgen mit Muscheln und Steinen. Vera spricht inzwischen ganz passabel deutsch. Sie versucht, schwimmen zu lernen. In der Nacht vom 17. zum 18. August sehen Romai und Vera zu, wie die Briten versuchen, die Heeresversuchsanstalt Peenemünde im Norden der Insel Usedom zu bombardieren. Sie treffen aber die Wohnsiedlung Karlshagen, an die die Kriegsgefangenenlager Trassenheide I und II grenzen. Die Brände lodern in der Nacht. Wenig später wird auch die Wohnung der Reichweins in Berlin brennen. Romai wird mit den Kindern und Vera nach Kreisau ziehen. Edolf wird in Berlin bleiben. Sie werden nie wieder zusammenleben.

Helmuth Moltkes Sekretärin Fräulein Breslauer ist in Kreisau eingetroffen, mit Akten aus Helmuths Anwaltskanzlei.

Freya hilft ihr, alles zu ordnen und unterzubringen. Helmuths Kanzlei ist nun leer. Und auch das Amt Ausland/Abwehr ist in Auflösung. Die Abwehr wird nach Zossen verlegt, angeblich zum Schutz vor den Bomben, in Wirklichkeit aber, um sie zu zerstören. Das Amt ist aus Berlin hinausgedrängt, die Abteilungsleiter sind ausgetauscht, keiner durchblickt das Chaos, in dem Chefs sinnlose Anordnungen plärren, Sekretärinnen hühnerhaft durcheinanderflattern: Und in all dem Aufruhr soll Helmuth nun die Früchte seiner Arbeit ernten.

In einer letzten Anstrengung soll das vollendet werden, was an einem Frühsommertag 1940 begonnen hat,

Ich wette mit Ihnen, lieber Moltke, dass wir in zehn Jahren einen Staat haben werden, den wir beide voll billigen können.

Die Frage ist allerdings, wie ein solcher Staat aussehen müsste. Welche Kriterien müsste er erfüllen?

Tatsächlich muss ich bekennen, dass ich schon seit Jahren die Notwendigkeit empfinde, mich diesen grundlegenden Fragen zu stellen.

Jetzt geht es darum, die Denkschriften, die Ergebnisse einsamen Brütens und mitternächtlicher Debatten, die Planungen und Entschlüsse und die lose flatternden Enden von Gesprächen zu packen und zu bündeln und das bleibende Werk zu schaffen, das zur Grundlage Deutschlands, zur Grundlage Europas, zur Grundlage einer neuen gerechten Weltordnung werden soll, wenn der Krieg erst vorüber ist.

Freya sitzt an ihrem Schreibtisch in Kreisau.

Helmuth hat ihr aufgetragen, die Kreisauer Haupttexte der drei Tagungen je dreimal vollständig abzutippen: »Kirche, Staat und Erziehung« von Pfingsten 1942, »Staatsaufbau und Wirtschaftsaufbau« vom Oktober 1942 und die »Grundsätze einer Außenpolitik« von Pfingsten dieses Jahres. Marion Yorck wird von Kauern herüberkommen und die Papiere mit nach Berlin nehmen.

Hat Marion keine Angst? Fürchtet sie nicht, in eine Razzia zu geraten, ihren Koffer öffnen zu müssen? Beherzigen sie und Freya die Regeln der Konspiration oder wenigstens die der gewöhnlichen Vorsicht? Marion Gräfin Yorck von Wartenburg und Freya Gräfin von Moltke haben die Abschriften sorgfältig in Wachspapier eingeschlagen, bevor sie sie in Marions Korb verstaut haben. Das sollte als Schutz genügen für den Fall, dass eines von Marions dreißig Eiern auf der Reise zerbricht und ausläuft. Am kleinen Kreisauer Bahnsteig umarmen die Frauen einander.

»Grüß Helmuth«, sagt Freya. »Grüß sie mir alle.«

Auch Helmuth Moltke wohnt ja nun bei Yorcks in der Hortensienstraße. Die Derfflingerstraße mit ihrem Flachdach ist angesichts der zu erwartenden Bombenangriffe nicht mehr sicher genug. Natürlich ist Helmuth in der Hortensienstraße noch weniger zu Hause, als er es in Carl Deichmanns Wohnung war. Aber es geht nun ja ohnehin zu Ende. Das Stundenglas rinnt aus. Es ist nicht mehr nötig, sich irgendwo heimatlich einzurichten.

Und hat Helmuth Moltke dafür Sozialisten und Konservative, Jesuiten und Protestanten an einem Tisch vereint, dass ihnen nun der linke Flügel fehlt? Der Gewerkschaftsführer Leuschner hat sich endgültig auf die Seite der Exzellenzen geschlagen. Er hat sich für Goerdeler und dessen Leute entschieden.

»Offenbar ist die Zeit noch immer nicht bereit für eine von allen getragene Neuordnung«, sagt Helmuth Moltke zu Carlo Mierendorff. »Offenbar müssen wieder die alten Fronten entstehen, und die Hoffnung auf Stabilität wird man wieder aufgeben müssen.«

Sie sitzen im Wohnzimmer in der Hortensienstraße. Sie sind allein: Marion ist nach Kauern zurückgefahren, und Peter hat sich nach der großen Debatte für ein halbes Stündchen hingelegt.

»Vielleicht könnte man einen Ersatzmann für Leuschner finden«, sagt Carlo. »Es gibt ja noch andere Leute, deren Wort Gewicht hat in der Arbeiterschaft.«

»Helmuth James Graf von Moltke«, sagt Julius Leber zu Annedore. »Peter Graf Yorck von Wartenburg. Grafen. Großgrundbesitzer. Ostelbische Junker. Nun ja. Man kann sie ja einmal kennenlernen. Im Grunde ist es freilich egal.«

Die Lebers sitzen beim Essen. Julius ist gerade von einem Gespräch mit Carlo Mierendorff zurückgekommen.

»Sie reden«, sagt Julius. »Wie eben alle immer nur reden. Nein, mein Junge, ich weiß. Etwas anderes als das Reden bleibt nicht, und schon das ist gefährlich. Aber manchmal frage ich mich. Ist nicht eine tiefe Leidenschaft, die alle Räume des inneren Wesens erhellt und dadurch erst wirklich macht, im Grunde doch die einzige Rechtfertigung für das Leben? Und ist es möglich, diese Leidenschaft zu ersticken, ohne das ganze Leben zu ersticken? Oder man lebt dann jedenfalls nicht anders als ein Wurm, der noch dasselbe Leben hat, wenn man ihn halbiert.«

Er sieht ihr Gesicht. Er lacht auf, streckt die Hand aus, streichelt ihre Wange.

»Keine Angst, mein Junge«, sagt er. »Ich weiß schon. Ich werde mich weiterhin aufs Reden beschränken. Aber reden werde ich einmal mit den Leuten.«

So also stapft Helmuth nun über die Kohlenhalden, durch die Trübnis dieses glühend heißen Hochsommertages voll Asche und Staub. Leber empfängt ihn in seinem schäbigen Büro: der elsässische Kleinbauernsohn aus dem äußersten Westen des Reichs, dieser schwere und unbeugsame Mann, den Moltke seinem Kreis anpassen will.

»Er scheint mir ein wenig weltenfern«, sagt Leber zu Annedore. »Graf Moltke. Kein schlechter Mann und ganz gewiss nicht dumm. Aber sie sind recht abgehoben, diese Leute. Sie brüten über detaillierten Programmen von solch verworrener Gründlichkeit, dass man sich fragt, wer außer ihnen sich jemals damit beschäftigen soll. In Wirklichkeit liegen die Dinge doch klar. Nach verlorenem Krieg wird Deutschland von den Siegern besetzt und geteilt, und diese Sieger werden über uns bestimmen. Und dann werden all ihre schönen Pläne Makulatur sein. Sie werden auf dem Müllhaufen der Geschichte landen. Ebenso wie mein Leben. Wie das, was ich früher einmal als meine Lebensleistung angesehen habe. Ach, manchmal denke ich, ich würde mit dem Teufel paktieren –« Julius Leber winkt ab. Er redet nicht weiter.

Der Schlusswirbel ertönt, die Trommeln dröhnen. Am Sonntag, dem 8. August 1943, nach Tagen, in denen Moltke in Zweier- und Dreiergesprächen mit Peter Yorck, Adam Trott, Hannes Haeften, mit Carlo Mierendorff, Theo Haubach, Theodor Steltzer, Paulus van Husen und Konrad Preysing letzte Dinge geklärt hat, tagt die Vollversammlung in der Hortensienstraße. In den frühen Morgenstunden des nächsten Tages, an Adam Trotts vierunddreißigstem Geburtstag, verabschiedet der Freundeskreis um Helmuth von Moltke und Peter Yorck von Wartenburg die »Grundsätze für die Neuordnung Deutschlands«, die »Erste Weisung an die Landesverweser« und die »Sonderweisung«.

Die Regierung des Deutschen Reiches sieht im Christen-

tum die Grundlage für die sittliche und religiöse Erneuerung unseres Volkes, für die Überwindung von Hass und Lüge, für den Neuaufbau der europäischen Völkergemeinschaft. Die Reichsregierung ist daher entschlossen, folgende nach innen und außen unverzichtbare Forderungen mit allen ihr zur Verfügung stehenden Mitteln zu verwirklichen:

Das zertretene Recht muss wieder aufgerichtet und zur Herrschaft über alle Ordnungen des menschlichen Lebens gebracht werden. Unter dem Schutz gewissenhafter, unabhängiger und von Menschenfurcht freier Richter ist es Grundlage für alle zukünftige Friedensgestaltung.

Brechung des totalitären Gewissenszwangs und Anerkennung der unverletzlichen Würde der menschlichen Person ist Grundlage der zu erstrebenden Rechts- und Friedensordnung.

Das Recht auf Arbeit und Eigentum steht ohne Ansehen der Rassen-, Volks- und Glaubenszugehörigkeit unter öffentlichem Schutz.

Die Grundeinheit friedlichen Zusammenlebens ist die Familie, sie steht unter öffentlichem Schutz, der neben der Erziehung auch die äußeren Lebensgüter Nahrung, Kleidung, Wohnung, Garten und Gesundheit sichern soll.

Die persönliche politische Verantwortung eines jeden erfordert seine mitbestimmende Beteiligung an der neu zu belebenden Selbstverwaltung der kleinen und überschaubaren Gemeinschaften. In ihnen verwurzelt und bewährt, muss seine Mitbestimmung im Staat und in der Völkergemeinschaft durch selbstgewählte Vertreter gesichert und ihm so die lebendige Überzeugung der Mitverantwortung für das politische Gesamtgeschehen vermittelt werden.

Die besondere Verantwortung und Treue, die jeder Einzelne seinem nationalen Ursprung, seiner Sprache, der geisti-

gen und geschichtlichen Überlieferung seines Volkes schuldet, muss geachtet und geschützt werden –

Es ist fünf Uhr früh, als sie sich voneinander verabschieden. Im Laufe der nächsten Tage werden Marion Yorck und Moltkes Sekretärin Fräulein Breslauer die drei Stapel eng beschriebener Seiten abtippen, und dann wird Marion alles nach Kreisau bringen, wo Freya das Material bis zu seiner Verwendung bewahren wird.

Gegen halb sechs Uhr früh radelt Helmuth von Moltke in den Morgen hinaus. Er fährt zum Bahnhof Zoo, um das Paket abzuholen, das Freya geschickt hat. Die Luft ist frisch und kühl. Die Sonne steht noch tief. Vögel singen in den Vorgärten, in denen das Gras schwer ist vom Tau. Helmuth fühlt sich wunderbar leicht. Er freut sich auf das Paket. Er weiß, was darin sein wird: Äpfel aus Kreisau. Brot und Quark aus Kreisau. Honig und ein Briefchen vom Pim.

VIERTER TEIL

1

Es gibt Momente, in denen ein Mann wirklich zählen kann. Alles vorher, alles was danach kommt, wird von Massen getragen, von anonymen Kräften. Und dann plötzlich hat man das Gefühl, dass all diese Kräfte den Atem anhalten, dass das Riesenorchester, das bisher gespielt hat, plötzlich schweigt, um einem Solisten Gelegenheit zu geben, den Ton für den nächsten Satz anzuschlagen. Und auf diesen Ton wartet man. Nach ihm wird sich das ganze Orchester richten. Und so wird dieser eine Herzschlag unbeschreiblich lang.

Das schreibt Helmuth Moltke im November 1942 an Freya, als er die Landung angloamerikanischer Streitkräfte unter Führung General Eisenhowers in Französisch-Nordafrika erwartet. Zu dem Zeitpunkt ist die 10. Panzerdivision noch an der Besetzung der bis dahin unbesetzten Zone Frankreichs beteiligt. Unmittelbar danach wird sie nach Tunis verlegt, und nachdem die Alliierten dann tatsächlich in Nordafrika gelandet sind, kommt ihr die Aufgabe zu, den Rückzug von Generalfeldmarschall Erwin Rommels Armee zu decken.

Claus Stauffenberg ist zu dieser Zeit gerade damit beschäftigt, seine eigene Situation völlig unmöglich zu machen.

Er hat länger als viele andere geglaubt, der Krieg sei vielleicht zu gewinnen oder die Lage an der Ostfront könne irgendwie stabilisiert werden. Er hat trotz wachsenden Ekels und Zorns noch vor einigen Monaten die Ansicht geäußert, erst nach dem Sieg über die Bolschewisten dürfe man an eine Änderung des Systems denken. Aber nun glaubt er nicht mehr, dass dieser Sieg jemals kommt.

Der Krieg ist verloren. Stauffenberg hat an einer Tagung zur Lage in den besetzten Ostgebieten teilgenommen. Das Ergebnis hätte klarer nicht sein können: Niemals wird Deutschland noch auf die Unterstützung der dortigen Bevölkerung hoffen können. Damit ist die letzte Chance verspielt. Stauffenberg hat lange gehofft, die Grundlagen der Besatzungspolitik ändern und den betreffenden Stellen begreiflich machen zu können, dass große Teile der von Stalin unterworfenen Völker dazu bereit wären, in einer eigenen Armee und unter eigener Führung auf Seiten der Deutschen für ihre Befreiung zu kämpfen. Als Gruppenleiter in der Organisationsabteilung II hat er sich dafür eingesetzt, Turktataren, Kaukasier und Kosaken als gleichberechtigte Mitkämpfer innerhalb der Wehrmacht zu verwenden, er hat es durchgesetzt, dass deutsche Divisionen seit Sommer 1942 Russen nicht nur als Hilfsarbeiter beschäftigen, sondern bis zu zehn Prozent ihrer Planstellen mit russischem Wach- und Sicherungspersonal besetzen dürfen. Er hat sich für den russischen General Wlassow und seine Pläne einer großrussischen Bewegung gegen den Bolschewismus verwendet und immerhin erreicht, dass im März dieses Jahres 1200 Russen als Ostpropaganda-Abteilung zur besonderen Verwendung in Dabendorf südlich von Berlin mit ihrer Schulung beginnen werden, in deutschen Uniformen und mit Abzeichen der zukünftigen russischen Befreiungsarmee. Aber es ist alles sinnlos.

Gegen die sture Beharrung auf rassistischen Ideologien ist nicht anzukommen. Hitler wünscht keine Zusammenarbeit mit den Besiegten, sondern ihre Auslöschung. Er führt nicht Krieg, um den Gegner zu besiegen und so zu einem neuen Frieden zu gelangen, sondern um die Besiegten zu vernichten.

Claus Stauffenberg ist alles andere als ein Pazifist. Er ist in die Reichswehr eingetreten, weil er glaubte, Deutschland als Soldat besser dienen zu können denn als Architekt. Was ist ein Soldat? Einer, der Menschen vor der Bedrohung durch Feinde schützt. Aber in diesem Krieg ist man selbst der Feind. Man selbst ist es, der das Leben der anderen bedroht. Der Soldat ist vom Krieger zum Mörder geworden. Die ganze Idee des Soldatentums ist somit pervertiert. Dieser Krieg ist ein Verbrechen. Und da man ihn nicht einmal gewinnen kann, ist er auch noch ein sinnloses Verbrechen. Stauffenberg kann die Arbeit im Generalstab nicht mehr ertragen.

Er möchte an die Front. An der Front bleibt der Mensch sauber. An der Front geben die Soldaten ihr Leben hin, sie wagen bedenkenlos und ohne Murren den höchsten Einsatz. Hinter der Front ducken sich derweilen ihre Führer, die sogar noch zu feige sind, verantwortungslosen Befehlen zu widersprechen, sich der Inkompetenz, dem Wahnsinn, den Verbrechen in den Weg zu stellen. Dabei wird überall gemault und gemurrt. Überall herrscht Unmut: ein vollkommen steriler Unmut, weil die niederen Ränge nichts unternehmen können und die hohen zum Handeln nicht bereit sind.

Stauffenberg versteht es nicht. Wie kann man die Lage erkennen und nicht sofort damit beginnen, seiner Erkenntnis gemäß zu handeln? Verlangt ist die Tat, als Mittel der Selbstbestimmung. Mutlosigkeit ist unedel. Es gehört sich nicht, das Schicksal zu bejammern: Ein autonomer Mensch nimmt es in seine Hände. Claus Stauffenberg hat inzwischen viele jüngere

Offiziere begeistert. Er argumentiert sachlich, er argumentiert leidenschaftlich. Er verwendet Gedichtzitate wie Argumente. Hitler ist doch ganz offensichtlich der Widerchrist,

Der Fürst des Geziefers verbreitet sein reich ·
Kein schatz der ihm mangelt · kein glück das ihm weicht ..
Zu grund mit dem rest der empörer!
Ihr jauchzet · entzückt von dem teuflischen schein ·
Verprasset was blieb von dem früheren seim
Und fühlt erst die not vor dem ende.
Dann hängt ihr die zunge am trocknenden trog ·
Irrt ratlos wie vieh durch den brennenden hof ..

Der Nationalsozialismus ist im Grunde genau die Lebensform, vor der der Meister immer gewarnt hat. Er ist eine Weltanschauungsdiktatur, ein künstliches, unnatürliches Konstrukt ohne Geist und Leben, das auf Gewalt und Unterwerfung beruht, nichts als eine Imitation wahren Herrschertums. Major von Hößlin, Oberstleutnant Sauerbruch, Major Kuhn, Hauptmann Friedrich Karl Klausing, Oberleutnant Werner von Haeften, Oberst Albrecht Ritter Mertz von Quirnheim und andere stehen inzwischen auf Stauffenbergs Seite. Es sind ihnen aber die Hände gebunden. Sie verfügen über keinerlei praktische Handlungsmöglichkeiten. Gefordert sind die höheren Ränge.

Deshalb beginnt die Lage nun brenzlig zu werden: Claus hat zu viele seiner Vorgesetzten zum Handeln gedrängt, er hat vor zu vielen höheren Armeeführern gefordert, dass das Offizierskorps sich seiner Verantwortung stellt. Er hat sich in eine Situation hineinmanövriert, in der es das Beste für ihn wäre, eine Weile von der Bildfläche zu verschwinden.

Am 3. Februar 1943 gibt das Führerhauptquartier das Ende des Kampfes um Stalingrad bekannt. Am selben Tag erfährt Claus Schenk Graf von Stauffenberg, der gerade in Berlin zu einem kurzen Urlaub eingetroffen ist, dass er nach Tunis geschickt werden soll, um den schwer verwundeten Ia der 10. Panzerdivision zu ersetzen.

Ebenfalls an diesem Tag besucht Henning von Tresckow noch einmal General Olbricht. Sie sind sich einig, dass der Augenblick der Niederlage von Stalingrad nicht versäumt werden darf. In der Wehrmacht wie in der Bevölkerung wird ein Staatsstreich jetzt Rückhalt finden. Der Befehlshaber des Ersatzheeres Fromm ist noch nicht für die Sache gewonnen, aber das wird sich sicher ändern, wenn das Attentat geklappt hat, das Henning von Tresckow zusammen mit Oster und Dohnanyi aus dem Amt Ausland/Abwehr plant. Man muss Hitler bewegen, die Heeresgruppe Mitte zu besuchen, dann werden sie eine Bombe in sein Flugzeug schmuggeln.

Claus Stauffenberg weiß davon nichts. Er sitzt im Reservelazarett Tempelhof am Bett des verletzten Hauptmanns Joachim Kuhn, der mit Stauffenbergs Cousine Marie Gabriele verlobt ist. Er verabschiedet sich: Er wird am 10. Februar über München und Neapel nach Afrika reisen.

Am 14. trifft er auf dem Gefechtsstand seiner Division ein, der Neuling mit seiner hellen Haut und der brandneuen Tropenausrüstung. Aber er lebt sich schnell ein. Er ist bemüht, möglichst viele Kontakte zu knüpfen, zu Offizieren ebenso wie zu unteren Dienstgraden. Er arbeitet täglich zwölf, vierzehn Stunden. Ruhepausen scheint er nicht zu brauchen. Sein Befehlswagen ist ein erbeuteter englischer Autobus, in dem er seinen Besuchern Kaffee anbietet, womöglich tunesischen Wein. Er verbirgt nicht, dass er gläubiger Katholik ist. Er freut sich, wenn er Gesprächspartner findet, mit denen er sich über Geschichte, Literatur, Musik unterhalten kann. Und es fällt ihm immer schwerer, seine Ansicht zu verbergen, dass Hitler gewaltsam beseitigt werden müsste.

Am 6. April greift Montgomery im Süden mit der britischen 8. Armee auf breiter Front an. Am 7. April ist die 10. Panzerdivison in ernster Gefahr, abgeschnitten zu werden. Aber das Oberkommando hat die Erlaubnis zum Rückzug bis zuletzt verweigert, und nun ist es zu spät.

Nun können sie nicht mehr geordnet zurückgehen. In der Enge zwischen dem Salzsee Sebhket en Noual und dem Chabita-Khetati-Pass greifen Jagdbomber an. Überall Explosionen, überall brennende Fahrzeuge, Tote, Verstümmelte, die nicht geborgen werden können. Überlebende versuchen, dem Chaos zu entfliehen. Die Jagdbomber schießen weiter in die Brände hinein. Stauffenberg in seinem Jeep rast zwischen den Einheiten hin und her, im Versuch, sie aus dem Inferno hinauszuführen. Sein Fahrzeug wird von einem Bomber angegriffen. Stauffenberg wirft sich aus dem Wagen, stürzt zu Boden und wird getroffen.

Im Feldlazarett in Sfax werden sein linkes Auge, die rechte Hand und zwei Finger der linken Hand amputiert. Anschließend wird er ins Kriegslazarett 950 bei Tunis-Carthago, dann ins Reservelazarett München 1 überführt. Am 26. April folgen eine Mittelohroperation, kurz darauf eine Kniegelenksoperation, bei der Tetanusviren festgestellt werden. Die Splitter unter der Kopfhaut und am Arm beginnen herauszueitern. Die Mutter kommt, die Brüder kommen, Claus' Frau Nina besucht ihren Mann, auch die Cousine Marie Gabriele findet sich ein, mit ihrem Verlobten Hauptmann Joachim Kuhn, der fast täglich nach Claus sieht.

Claus' Zustand bessert sich erstaunlich rasch. Ende Juni kann er sich schon fast ohne fremde Hilfe anziehen. *Staats*-Mitglied Rudolf Fahrner hat ihm eine Übertragung des Dialogs von Dionysios Solomos zur Durchsicht zugesendet, des

Weiteren eine Nacherzählung des ›Rolandslieds‹. Claus liest, mit einem Auge. Er notiert, mit drei Fingern:

bitte keine gesuchten und prätentiösen satzkonstruktionen. Keine verbrauchtheit der sprache.

Alles Alte, Verbrauchte ist ihm zuwider geworden. Er sehnt sich nach Aufbruch, Befreiung, frischem Wind, Tat. In den Wochen körperlicher Leiden ist etwas in ihm gereift und gewachsen. Er ist schwer verletzt, ein Invalide, ein Kriegskrüppel. Er vibriert vor innerer Energie.

»Wie geht es im Übrigen Ihrem Bruder?«, sagt Helmuth Moltke zu Berthold Stauffenberg, mit dem er beim Mittagessen einige dienstliche Fragen geklärt hat.

»Erstaunlich gut«, sagt Berthold Stauffenberg. »Er ist bereits entlassen worden und weilt jetzt zur Genesung in Lautlingen, auf unserem Familiensitz. Er ist entschlossen, seine körperliche Selbstständigkeit so weit wie möglich wiederzugewinnen. Wir sind alle sehr erleichtert und beeindruckt von ihm. Was ihn allerdings schwer bedrückt, ist die generelle Lage.«

»Ja«, sagt Helmuth Moltke. Er ist soeben von Istanbul zurückgekommen, wo er gehofft hat, Alexander Kirk zu erreichen. »Nun ja. Wen bedrückt die Lage nicht.«

Sie treten hinaus auf die sommerliche Straße. Es ist der 19. Juli 1943. Helmuth Moltke und Berthold Stauffenberg verabschieden sich. Helmuth geht zu einer Besprechung ins Auswärtige Amt, wo er auch Adam Trott treffen wird. Claus in Lautlingen redigiert eine Übertragung des 7. Gesangs der Odyssee. Frank Mehnert, der im Falle von Berthold Stauffenbergs Tod als dessen Nacherbe dazu bestimmt war, Stefan Georges Hinterlassenschaft zu verwalten, ist im Februar gefallen. An Franks Stelle setzt Berthold nun seinen Bruder Claus ein. Zum Erbe des Meisters gehört auch einer von Claus' jugendlichen Ergüssen, den der Meister lange bei sich getragen haben muss, wie die abgestoßenen Falze des Blattes deutlich belegen.

und je klarer das Lebendige vor mir steht · je höher das Menschliche sich offenbart und je eindringlicher die tat sich zeigt · umso dunkler wird das eigene blut · umso ferner wird der klang eigner worte und umso seltener der sinn des eigenen lebens · wol bis eine stunde in der härte ihres Schlages und in der größe ihrer erscheinung das zeichen gebe

Es ist August. Eigentlich wollte Eta von Tresckow ihren Mann zu einer dringend nötigen Kur ins Heereserholungsheim Schloss Elmau begleiten. Aber daraus wird nichts. Das Unternehmen Zitadelle, die große Sommeroffensive der Wehrmacht im Osten, ist gescheitert. Hamburg schwelt noch immer. An den Fronten sterben die Soldaten. In den Städten sterben Frauen und Kinder. In den Lagern sterben die Gefangenen. Dohnanyi ist verhaftet, Oster in Gefahr. Die Abwehr ist damit als Zentrum des Kampfes gegen die Staatsmacht ausgefallen. Berlin wird evakuiert. Die Stadt erwartet ihren Untergang. Henning hat Eta in Rittgarten in der Uckermark abgeholt, vom Gut seines Schwagers Dietloff von Arnim, der Hennings Schwester Marie Agnes geheiratet hat. Er drängt in die Stadt, aus der die Bevölkerung flieht.

Die Tresckows haben die Kinder nach Wartenberg gebracht. Dann haben sie die Arnimsche Villa in Neubabelsberg bezogen, wo sie Berlin näher sind und zugleich abgeschiedener wohnen als in ihrer eigenen Potsdamer Wohnung. Henning trifft Fritzi Schulenburg, Goerdeler, auch Beck, den er noch aus Vorkriegszeiten kennt, als Beck Chef des Generalstabs und Tresckow Generalstabsoffizier in der Operationsabteilung war. Und er geht mit Olbricht noch einmal die Walküre-Pläne durch.

Wie verläuft die Alarmierung der Wehrmachtseinheiten, welche wesentlichen öffentlichen Gebäude müssen sofort besetzt werden? Welche Truppen stehen in und um Berlin zur Verfügung? Wie stark sind im Vergleich dazu die SS-Verbände? Größe und Zusammensetzung des Ersatzheeres ändern sich ständig, es dient ja der Auffüllung der Frontregimenter.

Das ist ein Problem. So viele Unwägbarkeiten bleiben. Kann man nicht wenigstens Einfluss darauf gewinnen, wann das Personalamt welche Stellen mit wem besetzt?

»Übrigens kommt Claus Stauffenberg demnächst nach Berlin«, sagt Peter Yorck zu Helmuth Moltke. »Er besteht auf seiner Wiederverwendung. Ab 1. Oktober ist er Stabschef im Allgemeinen Heeresamt in der Bendlerstraße bei General Olbricht, er wird aber schon im September da sein. Olbricht hat ihn drei Wochen vor Amtsantritt nach Berlin bestellt.«

»Stauffenberg ist hier, wie mit Olbricht abgesprochen«, sagt Henning von Tresckow zu seiner Frau. »Dies wenigstens hat geklappt.«

Und auch Margarethe von Oven kommt. Henning hat ihr geschrieben. Er hat ihr eine neue Stelle besorgt. Margarethe ist nun Sekretärin im Nachkommando der Heeresgruppe Mitte, im Gebäude des Gruppenkommandos 1 in der Kaiserallee. Henning will die Seinen um sich versammeln.

Auch du wirst wiederkommen, Margarethe!

Sie hat Hennings Brief erst eine Weile in der Hand gehalten, bevor sie ihn geöffnet hat. Der Brief war von Potsdam abgegangen. Margarethe war erstaunt: Normalerweise schreibt Henning ihr nicht aus Potsdam.

Er schreibt ihr von der Front. Er schreibt, wenn er von Erika getrennt ist. Wenn er bei Eta ist, überlässt er Eta das Schreiben und kritzelt nur einen Gruß unter Etas Briefe. Jedenfalls hatte der Brief keinen schwarzen Rand. Sie hat sich bei diesem Gedanken ertappt. Sie riss den Brief auf, erwartete das Übliche: ein paar amüsante kleine Anekdoten, ein paar Lesefrüchte, ein paar Beobachtungen. Es standen aber nur drei Zeilen da. Die Hoffnung, dass es ihr gutgehe. Die Mitteilung, dass auch bei Tresckows so weit alles in Ordnung sei. Dann die Bitte.

Övchen. Kannst Du zurückkommen?

Ihr Herz schlug in der Kehle,

Geh nicht geh nicht geh nicht!

Aber nun, sie kommt. Sie kommt zurück. Henning hat sie gerufen. Warum? Sie weiß es nicht. Margarethe, in dem kleinen Flugzeug, das sie von Lissabon zurück nach Berlin bringt, denkt an den morgendlichen Gang durch den Wald von Wartenberg vor fünf Jahren.

Que no sabemos lo que nos pasa: eso es lo que nos pasa.

Margarethe von Oven hat Angst. Sie muss sich das eingestehen. Aber sie muss es für sich behalten.

Sie kann nichts zu Henning sagen. Er würde sofort zurückweichen. Er würde sagen: Dann auf gar keinen Fall. Er würde sagen: Dann verzichte ich auf deine Dienste. Aber nein. Er würde gar nichts sagen. Er würde ihr nur keine Aufträge erteilen, und sie hätte versagt.

»Margarethe. Mein Övchen. Du bist so ein richtiges warm brennendes Öfchen. Ich brauche deine Hilfe. Wir wollen Hitler absetzen und die Regierung stürzen. Wir brauchen jemanden, der Kontakte hält, Leute aufsucht, Termine macht, Verabredungen trifft oder mitteilt. Jemanden, der tippt.«

Eta hat auf dem Sofa gesessen, während Hennings Eröffnungen, aufrecht, die Hände locker im Schoß gefaltet, ganz und gar Herrin ihrer selbst. Sie hat gelächelt. Sie hat Henning angesehen. Margarethe war voll Bewunderung. Sie kann sich Eta nicht verweigern. Sie kann sich Henning nicht verweigern, sie kann ihn nicht im Stich lassen. Er will nicht ganz allein stehen. Er will die um sich scharen, die ihn lieben. Aber Margarethe will leben.

Sie hat noch einiges vor. Sie denkt an Lissabon, an die vergangenen Jahre. Aber die Bilder weichen zurück. Sie bleiben blass, flach, zweidimensional wie gepresste Blumen. Margarethe kommt hier nicht mehr heraus. Sie muss dies tun. Sie muss Henning versichern, dass sie an seiner Seite steht. Sie hat es schon getan. Nun kann sie nur noch Gott bitten, dass sie sich die Hand bricht. Das wäre die Rettung. Wenn sie sich die Hand bräche, könnte sie nicht tippen. Oder den Fuß? Wenn sie sich den Fuß bräche, könnte sie nicht laufen. Sie könnte keine Nachrichten überbringen. Das eine oder das andere reicht nicht aus. Sie müsste sich den Fuß brechen und die Hand. Eine böse Stimme sagt: am besten den Hals.

»Du bist das Warenhaus für kleines Glück.«

Das sagt Henning zu Margarethe.

»Wenn jemand etwas braucht, was er nicht besorgen kann, eine Salbe oder eine Wolldecke, oder wenn er einfach nur wissen will, ob seine Frau die Bombennacht überstanden hat, dann kommt er zu dir. Du telefonierst für ihn, du kümmerst dich. Du bist Betreiberin des Warenhauses für kleines Glück. Ich hoffe, du bist damit einverstanden. Es gibt weit üblere Stellungen in dieser Zeit.«

Henning lehnt an ihrem Schreibtisch, im Wachkommando in der Kaiserallee. Er ist er selbst. Alles andere ist Margarethe fremd. Das Straßenbild ist ganz verwandelt. Lastwagen mit Soldaten beherrschen die Straßen, überfüllte Busse und Straßenbahnen. Dazwischen sieht man Pferdefuhrwerke: Wegen der Benzinknappheit ist es verboten, Auto zu fahren. Auf Reifen muss man wochenlang warten. Für eine Reparatur benötigt man eine amtliche Genehmigung, die nur für den einen Tag gültig ist, und kommt in dieser Zeit ein Angriff, muss man neu beantragen. Ein Taxi zu nehmen ist nur erlaubt, wenn Gepäck zu befördern ist, das zu sperrig ist, um es anders von der Stelle zu bekommen. Die Menschen sind graugesichtig, erschöpft. Fürchten sie die Sieger, die Rache der unterdrückten Völker? *Genießt den Krieg, der Friede wird fürchterlich*: Das hat Margarethe mehr als einmal gehört.

»Also. Heute Nachmittag kommst du zu uns raus, in die Arnimsche Villa. Es geht los.«

Die großen Angriffe auf Berlin haben am 23. August begonnen. Seitdem liegt Nacht für Nacht heller roter Feuerschein über der Stadt. Am Mittag ist es dunkel von Rauch. Am Fenster im Wehrmachtsgefängnis Tegel steht Dietrich Bonhoeffer und sieht die Bomben auf Berlin regnen wie Mohnsamen. Im Gefängnis Lehrter Straße liegt Hans von Dohnanyi mit seinem geschwollenen Bein. Im Hof der Strafanstalt Plötzensee steht Harald Poelchau inmitten der zum Erhängen Angetretenen und notiert Namen, letzte Grüße.

»Willi Schürmann-Horster. Die Sache Schulze-Boysen.«

»Wolfgang Thies.«

»Eugen Neutert. Wir gehören zu denen, die sie die Rote Kapelle genannt haben.«

»Wir sind die Letzten.«

Claus Stauffenberg, Henning Tresckow und Margarethe Oven treffen sich in der Arnimschen Villa oder im Grunewald.

»Övchen, geh zu General Olbricht. Sag ihm, wir müssen den Termin morgen verlegen.«

»Övchen. Geh zu Beck und richte ihm Folgendes aus.«

»Geh zu Helldorf.«

»Dem Polizeipräsidenten von Berlin?«

»Genau dem.«

»Geh zu Rost.«

»Geh zu Oertzen, sag ihm, um neun.«

»Geh zu Generalleutnant Paul von Hase.«

»Zum Berliner Stadtkommandanten?«

»Ebendem.«

Und natürlich fährt der Zug wieder nur zwei Stationen, dann kommt Alarm. Dann geht es nicht weiter, weil der Bahnhof brennt. Leute kommen ihr entgegen, in Tücher gewickelt gegen Hitze und Rauch. Beim nächsten Mal nimmt sie das Rad. Aber bis in die Bendlerstraße ist es doch ein sehr ordentliches Stück. Ruinen und Schotter versperren den Weg. Sie weicht aus, sie macht einen Umweg, aber da brennt es. Asche regnet herab, die Hitze wird unerträglich, die Haut des Gesichts spannt sich. Und dann ist Abendalarm, keiner kommt mehr durch, und so war alles umsonst: Das Treffen, das Margarethe organisiert hat, kommt nicht zustande, und Margarethe geht wieder los. Angst hat sie nicht mehr.

Jetzt, wo sie sich mitten in der Gefahr befindet, zweifelt sie nicht mehr an einem guten Ausgang. Sie glaubt fest daran, dass alles klappen wird: Und wenn Rad und Bahn sie nicht transportieren können, wird sie eben zu Fuß gehen. Sie wird hoffen, dass sie die Leute antrifft, wo sie sie vermutet: Man weiß ja nicht, in welchem Keller einer sitzt.

Auch Eta hilft, wo sie kann. Sie tippt lange Seiten, die er

ihr diktiert, sie schreibt handschriftliche Notizen ab. Henning bittet sie, Handschuhe anzuziehen, bevor sie die Schreibmaschine berührt. Er kommt, er geht, er ist Soldat. Er ist immer in Gefahr. Er war in Russland in Gefahr, warum hatte sie damals weniger Angst um ihn als jetzt? Er kommt, er geht, es ist Nacht, und Eta ist allein. Sie wartet. Sie denkt an die Bomben, an die Gestapo.

Sie sind beinahe fertig. Die Konzepte stehen. Es geht nur noch um Feinheiten. Henning Tresckow, Claus Stauffenberg und Margarethe Oven sind auf dem Weg zum S-Bahnhof Grunewald. Sie haben die Schreibmaschine und einen großen Teil der Unterlagen dabei. In der Trabener Straße rast eines der seltenen Berliner Autos heran. Der Wagen bremst direkt vor ihnen. SS springt heraus. Zwei Männer stürmen an ihnen vorbei in das nächste Haus, die anderen jagen zum Hintereingang. Henning Tresckow, Claus Stauffenberg und Margarethe Oven gehen weiter. Und weiter. Und noch ein Stück.

»Bist du sehr erschrocken, liebes Övchen?«

»Ja. Nein. Es ging alles so schnell. Ich glaube, ich erschrecke erst jetzt.«

»Komm, nimm meinen Arm. Komm, gib mir die Tasche.«

»Und du, Henning? Hast du keinen Schreck bekommen?«

Henning sieht Margarethe an. Fast lächelt er.

»Ach, Övchen. Aber wie ich mich freuen werde, wenn ich einmal wieder mit freiem Blick auf der Straße gehen kann. Mit freiem Blick!«

Margarethe Oven ist nach Neuhardenberg gesandt. Sie soll dem Grafen von Hardenberg etwas ausrichten, der sie sofort mit zu Tisch bittet.

»Und kennen Sie Ursula von Kardorff? Eine Mitarbeiterin

der ›DAZ‹. Sie erholt sich zurzeit bei uns, nach einem kleinen operativen Eingriff.«

Das Schloss ist schön wie ein Traum, unwahrscheinlich wie ein Märchen, mitten im Krieg und so nah bei Berlin. Sie speisen an einer langen Tafel, leinengedeckt und rosengeschmückt. Die Fenster sind geöffnet. Die alten Bäume im Park rauschen. Die Herbstsonne scheint. Der frisch gemähte Rasen duftet, links und rechts der gekiesten Wege, über die sie nach dem Essen wandeln: Graf Hardenbergs Tochter Reinhild mit Claus von Stauffenbergs Ordonnanzoffizier Werner von Haeften und Ursula Kardorff mit Fritzi Schulenburg.

Das also ist er. Das ist der Mann, von dem die jüngeren Offiziere Ursula Kardorff vorgeschwärmt haben. Das ist Wolfis jüngster Bruder, der nichts von Ursulas vergangenem Verhältnis mit Wolfi weiß.

»Ich kenne Ihren Bruder«, sagt Ursula.

Sie hat das keinesfalls sagen wollen. Nun ist es gesagt. Die Schulenburgschen Raubvogelaugen werden hell.

»Ich kannte Ihren Bruder auch«, sagt er. »Jürgen. Darf ich Ihnen sagen, wie leid es mir tut.«

Jürgen ist gefallen. Ursulas Augen füllen sich mit Tränen, sofort, jedes Mal, immer noch, wenn jemand Jürgens Namen erwähnt.

»Und wir beide haben bei Generaloberst Hammersteins Beerdigung nebeneinander gesessen«, sagt Fritzi. »Sie und ich. Im April. Ich wusste nicht, wer Sie sind, aber ich erinnere mich an Sie.«

Sie erinnert sich nicht. Sie würde diesen Fremden am liebsten umarmen. Sie würde ihn gern streicheln, von ihm gehalten werden, an seiner Schulter die Augen schließen. Fritzi in seinen alten blauen Hosen, mit seinem von Schmissen zerhackten Gesicht sieht überhaupt nicht aus wie sein Bruder.

Wolfi ist schön, er ist elegant. Aber Fritzi hat die wegwerfende Schulenburg-Art. Er hat etwas Leises, Zwingendes, das Wolfi fehlt. Ein Stück vor ihnen gehen Reinhild Hardenberg und Werner Haeften. Reinhild hat Werners Arm genommen. Sie lachen, sie schäkern miteinander.

»Ich habe Ihren Bruder gerngehabt«, sagt Fritzi. »Wie kurz doch die Spanne Leben ist, nicht wahr? Nur ein Augenblick, gegenüber der Ewigkeit. Wobei der Tod ja eigentlich keine Schreckensgestalt ist. Er ist nur etwas so Fremdes. Aber wenn wir wesentlich leben, können wir vielleicht langsam in diese Fremdheit und Unfassbarkeit der ewigen Welten hineinwachsen.«

Er hat das auch seiner Frau geschrieben.

Ich möchte so fest und tief in Gott verwurzelt sein, dass ich dem Tod, wo und wie er mich auch trifft, wie einem Freund begegne.

Ursula Kardorff sitzt an der abendlichen Tafel. Die Kerzen brennen, die Suppe ist aufgetragen. Fritzi Schulenburg ist fort. Wo ist er hin?

»Wir haben unser Haus in Breslau aufgegeben«, hat er gesagt. »Die Städte sind zum Untergang verdammt. Meine Familie lebt jetzt bei meiner Schwester in Mecklenburg auf dem Land. Sie sind dort in Sicherheit, meine Kinder und meine Frau.«

Meine Frau. Ein anderer hätte sagen können: mein Liebstes auf Erden, und es hätte leerer geklungen. Eine große Traurigkeit ist über Ursula Kardorff gekommen. Wird jemals jemand dieses Wort auf sie münzen? Wird jemals jemand, noch wenn er mit anderen spricht, plötzlich in diesem Gespräch sie ansprechen, mit dieser Anrufung Ursula Kardorff meinen,

Meine Frau

Mein Mann

»Die großen Städte waren immer ein Irrweg. Sie saugen das Leben der Länder aus, die um sie her verdorren. Die Bomben sind somit auch eine Chance. Ich arbeite gerade an einer Denkschrift über Bombenzerstörungen und Wiederaufbau, die auf alle diese Dinge eingehen wird. Die Menschen erkennen ja jetzt, wie verletzlich und unnatürlich diese Zusammenballungen sind. Wehrlos bieten sie sich der Zerstörung dar, und nichts wird von ihnen bleiben als der Wind in den Ruinen. Aber auch das Abreißen kann ja ein gestalterischer Akt sein. Wir werden zur Natur zurückkehren, zu einem Leben in überschaubaren Gemeinschaften. Statt als städtische Nomaden bindungs- und traditionslos durch ein unfruchtbares Leben zu treiben, zynisch, gefangen in banaler Tatsachengläubigkeit, werden wir in die Geborgenheit dörflicher Siedlungen zurückfinden.«

Das hat er gesagt. Und dann ist er frohgemut nach Berlin zurückgefahren, in die große Stadt, in der er nur noch ein kleines Zimmer bewohnt.

Und wozu mehr besitzen? Fritzi war in den vergangenen Monaten auf der Krim, er hat für das Reichsernährungsministerium in Berlin gearbeitet, er war in Paris, dann ist er nach Belgien gefahren. Er ist immer unterwegs. Und sein Zimmerchen bei Rechtsanwalt Rüdiger von der Goltz gefällt ihm. Es ist einfach, spartanisch, blitzsauber, eine Mönchszelle. Durch das Fenster kann man über den Terrassengarten hinweg auf den Wannsee blicken. Fritzi sehnt sich nach Reinheit, nach einem schlichten Leben, wie er es bisher nur an Charlottes Seite und als Soldat gefunden hat.

Er hofft, dass er dieses Leben nach dem Umsturz führen kann.

Er ist für die Zeit danach guten Mutes: Es gibt viel unterdrückten Ärger in der Verwaltung. Fritzi hat im Frühling in Kopenhagen mit Best gesprochen, der mit deutlichen Worten seine Enttäuschung darüber ausgedrückt hat, dass die Deutschen nicht das Führungsvolk sind, das er einst vor Augen hatte. Wozu hat man die rassische Auslese eigentlich so unbarmherzig vorangetrieben, wenn alles, was dabei herausgekommen ist, ein im Herrenwahn befangenes Volk von Dummköpfen ist? Führung gelingt auf Dauer nie gegen den Willen der Geführten, das ist doch sonnenklar. Und nun wird Deutschland auch noch den Krieg verlieren und damit für lange Zeit jede Autarkie einbüßen. War denn die ganze Mühe für nichts?

Und auch im Inland wächst die Kritik. Die Denkschrift über Bombenzerstörungen und Wiederaufbau, die Fritzi für das Regime verfasst, das er stürzen will, ermöglicht es ihm, sich frei auf den Ämtern zu bewegen, hier Öl ins Feuer zu gießen, dort ein wenig nachzulegen. Er hat dabei erfahren, dass das Justizministerium nach Kriegsende eine Aufwertung des Richterstands erwartet, unter Zurückdrängung der Gestapo. Im Auswärtigen Amt ist der Plan eines Europäischen Bundes souveräner Staaten aufgetaucht, die auf freiwilliger Basis miteinander kooperieren. Eine Kommission von Verwaltungsfachleuten hat mit scharfen Worten die schädliche und lästige Überlappung von Zuständigkeitsbereichen gerügt, die immerwährenden Kompetenzkonflikte und die ständige Einmischung der Sonderbehörden sowie die Tatsache, dass die Gestapo *praktisch den letzten Grad von Unabhängigkeit erreicht* habe, wie man sich auszudrücken beliebte. Und hat Fritzi all das nicht schon immer angeprangert? Er ist wirklich sehr zufrieden.

Es ist immer zu begrüßen, wenn der Mensch einsichtig wird, auch wenn es erst so spät am Tage geschieht. Nach dem

Sturz des Regimes werden all diese braven Volksgenossen jedenfalls willig für eine neue Regierung arbeiten: Und dann wird Fritz-Dietlof von der Schulenburg zu seiner Familie zurückkehren.

Er wird wieder zu Charlotte und den Kindern ziehen, die bei seiner Schwester auf Trebbow leben: Schloss und Gut Trebbow, im Besitz CU von Barners, den Tisa am Tag des Kriegsausbruchs geheiratet hat.

Charlotte glaubt manchmal nicht mehr daran, dass sie jemals wieder ein normales Familienleben mit ihrem Mann führen wird. Wobei, wer tut das schon? Alle Familien sind auseinandergerissen. Und jedenfalls schreibt Fritzi lange Briefe. Charlotte erhält Stimmungsbeschreibungen aus Paris, einen Bericht über die Kathedrale von Chartres, die Schilderung eines Bades im Atlantik. Sie folgt ihm auf langen brieflichen Meditationen über Geschichte, Bestand und Zukunft des deutschen Beamtentums. Sie lässt sich das Porzellan beschreiben, von dem er bei General Stülpnagel gespeist hat,

Dunkelblaue Teller, dünner Goldrand.

Sie erfährt, dass mitten im Krieg das Standbild der Jungfrau von Orleans neu vergoldet worden ist,

So demonstriert der Franzose!

Der Feuersturm, der Hamburg vernichtet hat, hat noch den Himmel über Trebbow verdüstert, achtzig Kilometer weit fort. Charlottes Schwägerin Tisa ist nach Schwerin gefahren. Die Stadt war voller Flüchtlinge. Tisa hat zwei Dutzend von ihnen mit nach Trebbow gebracht. Sie hat Platz in den Nebengebäuden geschaffen, in den Häusern der Gutsarbeiter, im Schloss selbst. Sie haben ein paar alte Herde für die Leute aufgetrieben, Kellerecken für Kartoffeln geräumt. Natürlich streiten die Flüchtlinge sich ständig. Sie streiten um Platz im Fliegenschrank, sie streiten, weil sie einander auf die Nerven gehen, sie streiten, weil sie wünschten, die anderen wären nicht hier, wo sie selbst untergekommen sind. Sie mäkeln, sie hadern, sie maulen, sie meckern. Dies ist das Volk, das Fritzi so liebt.

Dies ist das Volk, für das Fritzi sich einsetzt. Dies sind die Leute, für die er seine Familie vernachlässigt. Charlotte trägt das waldelfengrüne Kleid, das Fritzi ihr bei Braun Unter den Linden ausgesucht hat. Noch passt es. Charlotte ist wieder schwanger. Fritzi wird es sicher schaffen, auch zu dieser Geburt nicht in Trebbow zu sein. Als Schuschu zur Welt kam, war er kaum aus der Tür, als das Wasser brach. Sie hat ihm noch das Dienstmädchen nachgesandt, aber das hat ihn nicht mehr erwischt. Als Beba kam, in Ostpreußen, war er in Berlin. Als Fritz in Berlin geboren wurde, weilte er in Breslau. Als die kleine Charlotte in Breslau geboren wurde, hielt er sich gerade in Krakau auf.

Charlotte hasst diesen Krieg.

Sie hasst Fritzis ewige Abwesenheit. Die Kinder sind kein Ersatz für Fritzis Witz, seine Schlagfertigkeit, seine Präsenz. Sie ist den Kindern kein Ersatz für ihn: Er tobt mit ihnen, er feuert sie an. Er rangelt und boxt mit seinem Sohn, er kitzelt die Kleinen und lässt sich von den Großen Gedichte vorlesen, er sitzt einen ganzen Regennachmittag leise summend vor dem Bücherregal, zieht dieses Buch heraus, jenes, liest, stellt wieder weg, ordnet um.

Es sieht dann so aus, als ordnete er sein Leben. Was wäre die richtige Ordnung? Was wäre das Kriterium? Das Alphabet? Größe, Höhe, Farbe des Einbands? Erwerbungszeitraum, Entstehungsjahr, Brisanz, Qualität? Thema? Gattung? Ethnische Zugehörigkeit des Autors: volksdeutsch, europäisch, jüdisch versippt?

Fritzi sitzt und ordnet, sitzt und liest. Er liest ein paar Zeilen, er schiebt das Buch wieder ins Regal. Sehr schön ist das. Er sitzt da, sie geht aus dem Zimmer und tut beruhigt etwas anderes, und wenn sie zurückkommt, ist er immer noch da. Er sieht zu ihr auf. Das Schulenburgsche Lächeln wetterleuchtet. Er schlägt das Buch zu und sagt: »Ich werde jetzt von ein Uhr zweiundvierzig bis zwei Uhr zehn schlafen. Und dann gehen wir beide Tennis spielen.«

Und so geschieht es. Seine Anwesenheit ist im ganzen Haus fühlbar, noch wenn er schläft. Und dann erwacht er um zwei Uhr zehn, und auf dem Weg zum Tennisplatz fasst er ihren Oberarm und streichelt sanft und verborgen seine Innenseite.

»Wenn die Kinder einmal aus meiner Verantwortung entlassen sind, dann werde ich Theologie studieren. Wir werden ein Jahr nach Paris gehen und ein Jahr nach Rom, du und ich. Und dann werde ich Landpfarrer, irgendwo im Osten des Reichs.«

Charlotte ist schwanger. Es ist das Jahr 1943. Zwanzig, vielleicht fünfundzwanzig Jahre wird man auch diesem Kind Zeit lassen müssen, bis es seinen Vater nicht mehr braucht. Im Jahr 1965 wird Fritzi dreiundsechzig Jahre alt werden. Und dann also will er in Rom studieren.

Aber warum nicht? Wenn er es sagt? Was traut sie ihm nicht zu? Und jedenfalls lässt es sich nicht ändern. Er lässt sich nicht ändern.

»Mein Liebesgenius. Wenn man dem Sturm nicht trotzen will, hätte man sich nicht aufs Meer hinauswagen sollen. Natürlich werden wir jetzt sehr herumgeschleudert. Entscheidend ist aber nur, dass Kurs gehalten wird. Das deutsche Volk muss ja vom Schicksal erbarmungslos hart geschlagen werden, damit die Scheinwerte zerbrechen und der echte Kern wieder wachsen kann. Und weißt du, es scheint mir, als ob im Innersten des Sturms eine große Ruhe herrscht, in der sich die Dinge heiter fügen. Trotz allem, was wir noch verlieren werden, fügen sich mitten im tobenden Wirbel die guten Kräfte zu einer großen Ordnung zusammen.«

Und dann ist er fort. Er hat das Haus verlassen, und es liegt leer und sinnlos um sie.

In der Dunkelheit spielen die Scheinwerfer wie die Beine eines Insekts, das nach der Ausrottung der Menschheit durch die Ruinen wandert. Margarethe tippt. Eta tippt.

Aufruf an das Volk

Aufruf an das Heer

Die Ermordung Hitlers ist unumgänglich. Sie werden diese Tat einer Clique von Parteifunktionären anlasten. So wird es ihnen möglich sein, Partei- und SS-Größen gefangen zu setzen und die Macht an der Heimatfront zu übernehmen. Das Frontheer muss die Ostfront halten, bis die neue Regierung sich auf die Seite des Westens stellen kann. Die Armee im Westen muss den Putsch unterstützen. Und Generalfeldmarschall Witzleben soll den Oberbefehl über die Wehrmacht übernehmen.

Er ist auch gern bereit dazu.

»Was habe ich Ihnen damals gesagt, Tresckow? Bleiben Sie in der Wehrmacht, wenn Sie etwas verändern wollen.«

»Bringen wir es zu Ende. Also schreib, Fräulein Övchen.«

Der Führer Adolf Hitler ist tot

Henning von Tresckow und die Seinen werden niemals Moskau einnehmen, aber mit Mut, Glück und Gottes Hilfe Berlin.

Henning ist fort. Er ist zurück an die Front geschickt, an den Südabschnitt der Ostfront, als Chef des Stabes der 2. Armee.

Eta ist von der Arnimschen Villa wieder in ihre eigene Wohnung in der Potsdamer Burggrafenstraße gezogen. Die Kinder sind für ein paar Tage aus Wartenberg gekommen, um ihre Oma zu besuchen. Jeden Tag fahren sie mit der Straßenbahn bis zur Orangerie oder sie laufen durch den Schlosspark, dann nehmen sie den Weg hintenherum durch das Gut Bornstedt: Und da liegt das Schloss.

Das Dornröschenschloss von Lindstedt, heiter und südlich, das Eta nicht mehr einlässt: Sie kommt nicht mehr in Lindstedt an. Sie steht im Säulengang. Ihr Fuß steht dort, auf dem Boden zwischen den Säulen. Sie sieht ihren Fuß dort stehen. Aber sie ist nicht dort. Es gelingt ihr nicht, einzutreten in das Schloss, in seine heitere Geborgenheit, die Säulen stützen nichts. Sie enden im Nichts. Die Kuppel ist unnötig, überflüssig, es ist alles überflüssig und falsch, der Mammutbaum im Garten ist falsch, dies ist nicht Italien und schon gar nicht Amerika, das Schloss ist eine Lüge, ein schlechter Witz. Eine Absurdität. Und früher war es ihr Zuhause. Der große Saal, die Bibliothek, die Fenster nach Westen hinaus mit dem schönen Abendlicht. Der Laubengang, die im März blühenden Zierpflaumen. Die Platanen, Eichen, der Wein, die Steinbänke, die gerechten Wege: Sie bieten Erika von Tresckow keine Zuflucht mehr.

Romai ist mit den Kindern und Vera nach Kreisau gezogen. Die Berliner Wohnung der Reichweins ist ausgebrannt. Sie haben nun nichts mehr. Edolf trägt Carl Bernds Anzug: Freya hat für den alten Freund ihres Mannes die Sachen des jüngsten Moltke-Bruders zusammengepackt, der in Afrika umgekommen ist. Romai besitzt immerhin noch die Kleider, die sie in Hiddensee für sich und die Kinder mit dabeihatte.

Sie haben drei Zimmerchen im Dach des Schlosses bezogen. Freya hat Betten, Tisch und einen Herd aufgetrieben. Und hat

Romai einst geklagt, in Tiefensee wäre das Leben beschwerlich? Nun kann sie für Tiefensee dankbar sein. Das Leben im Dorfschullehrerhaus war eine gute Übung: Romai muss von jetzt an jedes Holzscheit, jeden Sack Kartoffeln die vielen Schlosstreppen hinaufschleppen.

Das Schloss ist voll belegt. Die Tanten sind da, außerdem Flüchtlinge aus der Hauptstadt, unter ihnen eine alte Dame mit ihren fünf verwaisten Enkeln, die in Kreisau Zuflucht gefunden haben. Die Reichwein-Kinder haben sich schon mit ihnen angefreundet. Sie gehen auch zum Berghaus hinauf und spielen mit Casparchen und Konrädchen. Sie sind froh, hier auf dem Gut. Und Veras Augen leuchten: Das offene Feld, der große Hof, die Gerüche von Tieren und Gras. Vera geht mit Sabine auf dem Arm. Sie zeigt dem Kind alles, sie erklärt alles. Sie flüstert mit ihr. Sie singt leise, auf Russisch. Vera ist ein großes Mädchen geworden. Fast könnte Sabine ihr eigenes Kind sein.

Romai wäscht Wäsche, kocht, putzt. Abends liegt sie in einem Bett, das ihr nicht gehört. Nebenan singt Vera für Sabine. Sie teilt das Bett mit der kleinen Sabine, bis Freya ein weiteres Bett aufgetrieben hat. Romai liegt wach. Sie ist jetzt ein Gast. Sie denkt an ihren Mann in Berlin. Edolf ist bei Romais Schwester untergekommmen. Romai und ihr Mann haben kein gemeinsames Heim mehr.

Helmuth Moltke ist in Dänemark gewesen, um Kim Bonnesen, einen dänischen Bekannten aus dem Schwarzwaldkreis um Fraudoktor, vor der bevorstehenden Deportation der dänischen Juden zu warnen. Bonnesen hat die Warnung weitergegeben, allerdings im Grunde überflüssigerweise: Der deutsche Schifffahrtsattaché in Kopenhagen Georg Ferdinand Duckwitz hatte die Rettungsaktion bereits ausgelöst.

Werner Best ist schwer gerüffelt worden, weil er all die Juden hat entkommen lassen. Es hat Best nicht tiefer berührt. Was will man von ihm? Die Juden sind weg. Genügt das nicht? Die Krittler sollten sich besser um ihren eigenen Kram kümmern. Die Großmäuler haben alles verspielt: den Sieg, den Krieg, das Reich, den Osten.

Helmuth schreibt an Freya.

Best ist kein schlechter Mann, er ist jedenfalls klug. Sie haben mir alle versichert, dass das Erschießen Einzelner nichts nutzen und politisch ungeheuer viel schaden würde. Am meisten hat mich beruhigt, dass Best auf diesem Punkt ganz kategorisch war. Nur weiß ich nicht, wie er sich auf Dauer seine Stellung denkt.

Weiß es Best? Der SS-Obergruppenführer, ein Nationalsozialist der ersten Stunde, der Carlo Mierendorff aus dem KZ geholt hat: Als Leiter des Amtes 1 des Reichssicherheitshauptamts ist er verantwortlich für die Aufstellung der Einsatzgruppen, die in Polen Tausende Juden und Angehörige der polnischen Führungsschicht ermordet haben. In Frankreich hat er sich als Antreiber der Erfassung, Enteignung und Massendeportation von Juden hervorgetan. Nun ist er Gesandter des Regimes in Kopenhagen. Was erwartet er für sich nach Kriegsende?

Freya ist sehr niedergeschlagen. Ihr Haushalt wächst und wächst: Die schwangere Asta ist da, die Tanten mit Anhang, Romai Reichwein mit ihrer Familie, es wimmelt von Kindern, und nun hat Freya in den letzten Wochen fast alle ihre Hühner, Enten, Gänse und Puten verloren.

Die toten Tiere lagen in den Ställen und Gehegen, auf den Wiesen, an den Ufern der Peile. Tagelang zog der Brandgeruch der schwelenden Kadaver über das Gut. Freya hätte weinen mögen, wenn sie an die Entenküken dachte, an die Hühnerküken in Frau Roses Bett, an die jungen Truthähne, aufgezogen mit aller Liebe und Mühe, um so viele Menschen zu ernähren und zu erfreuen. Helmuth hat den Kopf geschüttelt. Er hat ihr vor Augen gehalten, dass sie sich von diesen Dingen nicht beunruhigen lassen darf. Geflügel zu haben ist sicher sehr nett,

aber es ist ganz gleichgültig im Verhältnis zu der Frage, ob du wohl, ausgeruht bist und ein geöltes Seelchen hast. Auf Wiedersehen, mein Lieber, pflegen Sie sich, pflegen Sie sich, vergessen Sie nie, dass von Ihrer guten Laune und Geduld Ihre ganze Familie zehrt.

Freya kann sich aber nicht helfen. Sie ist wie erdrückt. Sie hadert mit den unerreichbaren Mächten, deren Ratschluss es war, alles Federvieh dahinzuraffen. Warum, wozu, was war der Sinn? Als Antwort ist ihr gestern eines ihrer Bienenvölker eingegangen, an einer rätselhaften Seuche, die nicht einmal der alte Stäsche kennt.

»Puppi ist verhaftet worden.«

Es ist September 1943. Dr. Friedrich Carl Sarre steht in Helmuths Büro. Seit 1940 betreibt Helmuth Moltke mit ihm und Dr. Eduard Waetjen, der auch an Helmuths Plänen für die Zeit nach dem Krieg beteiligt ist, eine gemeinsame Anwaltskanzlei.

Waetjen ist mit Sarres Schwester Irene verheiratet. Die Familie lebt in Bern, wo Waetjen für die Abwehr tätig ist. Sarres andere Schwester Marie Louise, Puppi genannt, ist eng mit Himmlers Anwalt Carl Langbehn befreundet. Sie hat Langbehn als seine Sekretärin in die Schweiz begleitet, um bei der Gelegenheit die Waetjens zu besuchen. Und nun sind Langbehn und Puppi verhaftet worden.

»Langbehn hatte Fühler nach Amerika ausgestreckt«, sagt Eddy Waetjen zu Helmuth Moltke. Er ist zu einem kurzen Besuch nach Berlin gekommen. »Er hatte Kontakt zum OSS aufgenommen. Er wollte Allen Dulles treffen, und dabei ist er bei Gero von Schulze-Gaevernitz gelandet.«

Der Sohn von Gerhard von Schulze-Gaevernitz, mit dem Helmuth Moltke einst im Umfeld der Waldenburger Arbeitslager zu tun hatte, ist zu Beginn der dreißiger Jahre nach Amerika emigiriert und inzwischen ein enger Mitarbeiter von Allen Dulles, dem Gesandten des US-Geheimdienstes Office of Strategic Services in Bern.

»Es scheint, dass Langbehn in Himmlers Auftrag unterwegs war«, sagt Waetjen. »Er hat jedenfalls mehr oder minder direkt angefragt, ob Amerika bereit wäre, mit Deutschland einen Separatfrieden abzuschließen, uns aber den Krieg gegen die Sowjetunion weiterführen zu lassen, wenn der Reichsführer-SS den Führer stürzen würde.«

Irgendetwas muss durchgesickert sein. Langbehn ist also verhaftet worden. Und Himmler hat ihn daraufhin natürlich sofort fallen lassen.

»Ganz im Einklang mit demWahlspruch der SS«, sagt Helmuth Moltke.

Meine Ehre heißt Treue

»Gibt es inzwischen denn etwas Neues von der armen Puppi?«

Die Witwe des ehemaligen Kaiserlichen Gouverneurs von Samoa und deutschen Botschafters in Tokio Hanna Solf und ihre Tochter Lagi Gräfin von Ballestrem stehen im Mittelpunkt eines Freundeskreises, der sich regelmäßig in der Alsenstraße trifft und zu dem unter anderem Helmuth Moltkes Bekannter Otto Kiep, der mit Adam von Trott zu Solz befreundete Diplomat Albrecht Graf von Bernstorff, Theodor Heuss' Sohn Lutz, Ernst von Harnack und Puppi Sarre gehören.

Heute hat man sich zu einem Teenachmittag bei Elisabeth von Thadden versammelt, der Gründerin des reformpädagogischen Grundsätzen verpflichteten Evangelischen Landerziehungsheims für Mädchen im Wieblinger Schloss bei Heidelberg, das auch Maria von Wedemeyer und Nina Schenk Gräfin von Stauffenberg besucht haben. 1941 ist die Schule wie alle konfessionellen Privatschulen verstaatlicht worden. Elisabeth Thadden ist nach Berlin gezogen und betätigt sich jetzt beim Roten Kreuz, in einer Stellung weit unterhalb ihrer Möglichkeiten. Es ist der 10. September 1943.

»Ich freue mich so, dass wir heute alle einmal bei mir sein können«, sagt Elisabeth Tadden zu Otto Kiep. »Darf ich Sie mit Dr. Reckzeh bekanntmachen? Herr Dr. Reckzeh kommt gerade aus der Schweiz. Er hat uns so liebe Post mitgebracht. Ich werde den Brief nachher noch verlesen.«

Der Solf-Kreis hat Verfolgten bei der Flucht in die Schweiz geholfen. Er hat auch Lebensmittelmarken für in Berlin Untergetauchte beschafft. Vor allem aber trifft man sich hier, um offen miteinander zu sprechen und beieinander ein gewisses Maß an Freiheit und Erleichterung zu finden.

»Wenn nur auch die arme Puppi hier sein könnte«, sagt Elisabeth von Thadden. »Wenn man ihr nur irgendwie helfen könnte.«

»Ja, es ist wirklich schrecklich«, sagt Paul Reckzeh. »Man gewinnt wirklich den Eindruck, das Regime wird immer unerbittlicher. Es ist unvorstellbar, was gänzlich Unschuldige erleiden müssen.«

So wird die Luft dünner, auch um Helmuth Moltke. Er spürt es. Er spürt den ungeheuren Sog des sich abzeichnenden Untergangs, der alles mit sich in die Tiefe reißen wird. Es erschöpft ihn. Seit Neuestem werden auch ständig Sachbearbeiter vom Sicherheitsdienst bei ihm vorstellig, die sich dringliche völkerrechtliche Fragen erläutern lassen wollen. Diese neue innige Beziehung erscheint ihm rasend komisch und etwas bedenklich. Helmuth ist sehr müde. Er denkt ständig an Kreisau. Wenn der Krieg zu Ende ist, wird er sich nach Kreisau zurückziehen, zu Freya und den Söhnchen, und nie wieder von dort weggehen.

Er kann es sich aber nicht vorstellen. Er kann sich die Welt nach dem Krieg nicht vorstellen. Früher konnte er es.

Er hat es getan: All die Jahre seit jenem ersten Brief an Peter hat er daran gearbeitet, dieses Reich zu überspringen und ein anderes zu entwerfen. Der Entwurf ist fertig. Helmuth hat die Vision verloren.

»Aber Pim. Du bist doch über alle meine Pläne vollständig im Bilde.«

So ist es sicher.

»Es gibt nichts, was ich dir vorenthalte.«

Das ist nicht wahr. Helmuth ist bedrückt. Freya spürt es. Er redet aber nicht darüber. Er will nicht wahrhaben, dass sie traurig ist, wenn er seine Seele so vor ihr verschließt. Die räumliche Distanz zwischen ihnen ist doch nur erträglich, wenn Freya die innere Nähe, die tiefe Verbundenheit mit ihrem Mann über allen trennenden Raum hinweg tief empfinden kann.

Immerhin werden sie nun ein paar Tage lang miteinander zusammen sein. Freya ist zu Besuch in der Hortensienstraße. Sie ist gerade angekommen. Sie wird mit Helmuth das kleine Dachkämmerchen teilen, das er bezogen hat, weil die Wohnung in der Derfflingerstraße zu unsicher ist. Für ein paar

Tage werden sie miteinander vereint sein, ein Paar, fraglos zueinander gehörig, niemandem enger verwandt als einander.

Freya hilft Marion, den Tisch für das Abendessen zu decken. Marion nimmt eine frische Leinenserviette für Freya aus der Anrichte und faltet sie. Dann verteilt sie die Servietten der Familienmitglieder, die zur Unterscheidung in bunten Serviettenringen stecken. Rot für Marion, grün für Peter. Blau für Helmuth.

Im August ist Adam Trott in Brüssel und Den Haag gewesen, im September in der Schweiz. Nun ist er in Schweden. Er fährt im Zug. Vor den Fenstern Landstriche, die aussehen wie niemals betreten, die nordischen Wälder in ihrer Farbenpracht. Werden sie immer leuchtender, je weiter man nach Norden reist? Adam ist wie immer mit offiziellem Auftrag unterwegs. Er fährt zu einer Tagung über Südostasien. Er freut sich darauf. Wie immer hat er auch einen zweiten, geheimen Auftrag: Er wird den schwedischen Außenminister treffen, britische Geheimdienstagenten. Er wird die immer gleichen Vorstöße unternehmen: Werden die Alliierten das Bombardement deutscher Städte im Falle des Putsches einstellen? Werden sie mit einer neuen Regierung verhandeln? Der Krieg ist ein Weltkrieg. Er ist global. Was helfen nationale Kategorien? Sie sind veraltet. Andere Kategorien sind nötig. Auch die alliierten Soldaten sterben, wenn der Krieg immer weitergeht, und er geht immer weiter, alles geht immer weiter, manchmal hat Adam das Gefühl, er stünde still, und es wäre allein die Welt, die sich bewegt.

Die Welt stürzt über ihn hin, die Welt tost an ihm vorüber. Überall, auf all seinen Reisen hat Adam Leute gesehen, die ruhig verharrten, die ihren kleinen Aufgaben nachgingen, diesen süßen täglichen Aufgaben in Peking oder Berlin, in

New York oder Kyoto. Er muss sich nur vorstellen, die Augen zu schließen, und die Bilder sind da: Eine Frau vor einem Hutladen in der Fifth Avenue, ein alter Mann in einem chinesischen Garten, der Käfige mit Singvögeln in die Äste eines Baums hängt, ein Junge irgendwo, der ein Fahrrad über eine Brücke schiebt, ein Kind mit Reifen und Stock, ein Hund, ein Ballon, ein Marktstand mit Obst, ungereimtes Zeug, themenlose Beobachtungen, ein fallendes Blatt, eine Wolke am leeren Himmel, ein kleines Mädchen, das mit hoher Konzentration in eine Pfütze guckt, in der Adam nichts sieht. Überall wird gelebt, intensiv, schmerzlich, konzentriert um einen Punkt, in dem jemand seine Einzigartigkeit tief empfindet. Und ist es nicht genug, dabei sein zu dürfen? Überhaupt dabei zu sein. Dabei gewesen zu sein.

»Du siehst sehr schön aus, mein Herzelein.«

Es ist der 28. Oktober 1943. Die Yorcks sind zur Hochzeit von Fredy von Saucken mit Olga von Üxküll-Gyllenband geladen, einer Cousine der Stauffenberg-Brüder. Die Feier findet im Kaiserhof statt, wo einst auch Peter und Marion geheiratet haben.

»Vor dreizehn Jahren. Weißt du noch, Herzelein? Weißt du noch, wie du damals geweint hast?«

»Ach Peter. Ja, ich war dumm. Aber Dusi wird sich sicher besser halten. Sie ist eine sehr elegante Braut, findest du nicht? Und sie wirkt kein bisschen gerührt.«

»Was verändert sich auch für sie? Sie will ja schon in ein paar Tagen wieder zu ihrer Mutter nach Lautlingen zurückkehren.«

Auch Dusis Vater hält sich oft im Schloss der Stauffenbergs auf. Onkel Nux: Er hat sich zu seinen Neffen gesellt, die in kleiner Runde zusammenstehen.

»Ich sagte gerade eben zu Claus«, sagt Cäsar von Hofacker, »man müsste noch einmal mit Kortzfleisch sprechen.«

Joachim von Kortzfleisch ist Kommandeur des Wehrkreises III, dem Berlin und die Mark Brandenburg zugeordnet sind. Und er ist mit Fredy von Sauckens Schwester verheiratet.

»Vielleicht ist er heute ja aufgeschlossener«, sagt Cäsar. »Vielleicht erkennt er ja hier, inmitten des Familienkreises, wo seine Loyalität wirklich verlangt ist.«

»Das glaube ich kaum«, sagt Onkel Nux. »Kortzfleisch ist ein Hundertfünfzigprozentiger. Da wird nichts zu machen sein.«

»Ich habe die Hoffnung noch nicht ganz aufgegeben«, sagt Claus Stauffenberg. »Ich habe ihn vorhin noch einmal angesprochen, und er hat immerhin zugesagt, morgen mit mir zu Mittag zu essen. Er wäre so wichtig für uns.«

»Bitte alle hinüber in den Saal!«

Hupa steht in der Tür, die Mutter der Braut.

»Bitte! Wir wollen uns aufstellen, für den Fotografen!«

Es dauert eine Weile, bis sämtliche Hochzeitsgäste der Aufforderung gefolgt sind.

»Zusammenrücken, die Herrschaften, bitte enger zusammenrücken!«

Sie sind keine sonderlich große Gesellschaft: Onkel Nux hat Wert darauf gelegt, dass man innerhalb eines gewissen, auch in diesen schlimmen Zeiten noch vertretbaren Rahmens bleibt. So sind wenig mehr als dreißig Gäste geladen. Dennoch verlangt es einiges Geschick, sie alle zusammen auf ein Bild zu bekommen.

»Noch etwas enger, wenn ich bitten darf! Die Herrschaften dort hinten, bitte etwas weiter nach links!«

Schließlich hat jeder seinen Platz gefunden. Der Fotograf taucht unter sein schwarzes Tuch.

»Achtung! Die Herrschaften! Bitte nicht mehr bewegen!«

Alle verstummen. Alle stehen still.

»Claus, jetzt muss ich dir doch einmal auf den Zahn fühlen.«

Berthold Stauffenberg ist bereits schlafen gegangen. Claus und Nina sitzen allein am Tisch in der Tristanstraße. Sie rauchen noch eine letzte Zigarette, bevor auch sie sich zu Bett begeben.

»Nun verrate mir mal, was ihr da eigentlich im Schilde führt. Ich kann mir nicht helfen, aber heute, wie ich euch so zusammen gesehen habe«, Nina schüttelt den Kopf, bläst Rauch aus. »Wie ihr eure Köpfe zusammengesteckt habt, Berthold, Cäsar und du. Da dachte ich bei mir, nun sieh mal an. Nun spielen sie doch tatsächlich Verschwörerles.«

Claus lacht auf.

»Ach Nina. Was bist du doch für ein liebes Kind. Aber nun, du kannst mir kaum vorwerfen, dass ich dir etwas verheimlicht hätte. Ich habe immer wieder davon gesprochen, dass mir eine Änderung der Spitzengliederung von Wehrmacht und Reich dringend geboten scheint.«

Das ist natürlich wahr. Und im Lazarett hat er sich mehrmals zu zornigen Drohungen hinreißen lassen. Aber war das ein Wunder, nach alledem, was er auszustehen gehabt hatte? Da lag er, mit verbundenem Auge, verbundenem Bein, verbundenem Handstumpf, und schwor, die Regierung zu stürzen. Nina hat ihm eine Orange geschält.

Ja, Liebster. Du rettest Deutschland. Warte, der Saft tropft, ich halte dir eine Serviette unter den Mund.

Claus am Esstisch in der Tristanstraße drückt seine Zigarette aus.

»Darum bin ich ja in Berlin«, sagt er. »Darum bin ich in die

Hauptstadt gezogen. Weil ich nicht länger tatenlos zusehen will.«

»Ich weiß schon. Darüber haben wir gesprochen. Aber das war im September. Seitdem haben wir uns nicht mehr gesehen.«

Und Nina hat auch nicht die ganze Zeit über Claus' Absichten gegrübelt. Dazu war sie viel zu sehr mit Alltagsdingen belastet: Nina ist nach Bamberg zurückgekehrt. Während Claus in Afrika war, hat sie mit den Kindern in Lautlingen gewohnt. Aber jetzt ist sie nicht mehr Gast ihrer Schwiegermutter, sondern wieder Herrin ihres eigenen Hausstands. Es wäre ja undenkbar, die vier Kinder den Gefahren Berlins auszusetzen. Claus ist also in die Hauptstadt gezogen und Nina in ihre Heimatstadt, in die Nähe ihrer Eltern.

»Du musst wirklich nicht fürchten, dass ich dich die ganze Zeit mit drängenden Gedanken verfolgt habe«, sagt sie. »Aber wie ihr heute so beieinandergestanden habt, du und dein Bruder und die anderen, da ging mir doch einiges durch den Kopf.«

Claus nickt.

»Im Grunde bist du aber im Bilde«, sagt er. »Du weißt, was ich denke. Du weißt, ich wünschte, es würde sich endlich jemand finden, der Hitler eine Kugel in den Kopf schießt.«

Dergleichen hat er in der Tat schon mehrfach geäußert.

Er sagt: »Es haben sich nun einige Leute zusammengefunden und beschlossen, die Sache selbst in die Hand zu nehmen.«

»Und du gehörst zu diesen Leuten.«

»Sicher.«

»Und was habt ihr vor?«

Claus sieht sie an. Im Halbdunkel des Zimmers leuchtet sein Blick. Er sagt: »Wir planen einen Staatsstreich. Wir planen ein Attentat.«

Nun erschrickt sie doch. Oder der Schrecken, der sich längst in ihr geformt hat, beginnt jetzt an die Oberfläche zu steigen, in kleinen kalten Bläschen.

»Claus. Ein Attentat! Kann so etwas denn recht sein?«

Aber ein Unrecht begehen kann er nicht, das muss sie gar nicht denken. Claus Stauffenberg ist unbedingt edel, dessen kann sie sich sicher sein. Sie sagt: »Wer würde denn so etwas tun? Wer würde es wagen?«

Er antwortet nicht gleich. Dann sagt er: »Wir warten auf eine Gelegenheit.«

»Wer, wir? Wer ist denn dabei?«

Wieder antwortet er nicht.

Sie sagt: »Berthold natürlich.«

»Besser wäre es, du wüsstest das gar nicht. Aber Berthold, freilich.«

»Wer noch? Wie viele seid ihr? Seid ihr sehr viele?«

»Wie man es nimmt. Nein, eher nicht. Ein verschwindend kleines Grüpplein, im Grunde genommen, wenn man die vielen sieht, die sich verweigern.«

»Ich kann mir schon denken, wer dabei ist. Cäsar.«

Er nickt, widerstrebend.

»Onkel Nux.«

Wieder nickt er. Nun ist sie aufgeregt. Sie zündet sich eine weitere Zigarette an, wedelt den Rauch weg.

»Schwerin von Schwanenfeld?«

»Liebes Kind, bitte. Du solltest besser nicht weiterfragen. Am besten wäre es, du wüsstest keine Namen.«

»Aber was genau habt ihr denn eigentlich vor?«

»Wir wissen es selbst noch nicht. Nur so viel ist sicher, Hitler muss weg.«

»Und dabei musst du helfen.«

»Nach Kräften, ja.«

»Und die Gefahr, in die du dich bringst?«

»In Gefahr war ich in Afrika auch. In Gefahr sind wir alle, wer denn nicht? Und alle schieben den Gedanken von sich. Am besten wäre es, du tätest das auch. Am besten wäre es, du wüsstest das alles gar nicht oder könntest es doch sozusagen wieder vergessen.«

Sie raucht. Sie sagt: »Alle. Wir alle, sagst du. Ihr seid also doch ziemlich viele. Ihr seid mehr, als du mir zugeben willst.«

Er betrachtet sie.

»Ja«, sagt er schließlich. »So ist es wohl, ja. Aber es ist spät geworden. Ich denke, es ist Zeit, zu Bett zu gehen.«

Sie löschen die Lichter. Nina folgt ihrem Mann in den Flur. Sie ist erleichtert: Er ist einer von vielen. Natürlich ist er der Strahlendste, der Herausgehobene, der allen Überlegene. Ganz sicher steht er im Zentrum. Aber das heißt, die anderen umgeben ihn. Sie sind ein Kordon, in dessen Mitte er geschützt ist.

»Und wo ist der Blick aufs Wesentliche?«, sagt Julius Leber zu Fritzi Schulenburg. »Ich begreife sie nicht, diese Detailbesessenheit der Moltke-Leute. Niemand wird ihre Pläne je umsetzen. Es geht ja alles am Entscheidenden vorbei. Solche Debatten erinnern mich an 1806, als das alte Römische Reich endgültig zusammenbrach. Damals war der Reichstag gerade damit beschäftigt, die Frage der Eutiner Gemeindeweiden nach allen Seiten hin zu prüfen und zu klären.«

Fritzi widerspricht nicht. Er stimmt Julius Leber ja durchaus zu. Leuschner bedrängt Leber, sich den Goerdeler-Leuten anzuschließen, ebenso der religiöse Sozialist Ernst von Harnack. Klaus Bonhoeffer und Otto John stehen gleichfalls eher den Exzellenzen nahe.

Aber auch das Goerdeler-Milieu ist Julius nicht sympathisch. Dies sind die alten Feinde: die Skeptiker der Republik, die Widersacher der Sozialdemokratie, die Mitglieder der Deutschnationalen Volkspartei, die Reaktionäre, die Julius im Reichstag scharf attackiert hat. Dies sind die Vertreter des arroganten alten Elitedenkens: all diese Angehörigen der Zirkelchen und Salons, die Mitglieder der Mittwochsgesellschaft und des Solf-Kreises, die die fromme Denkungsart mit der Muttermilch aufgesogen haben und die ohnehin nichts ausrichten werden. Wollen sie das Regime mit einem Gedichtbändchen wegwedeln, es mit einem Bonmot verschrecken?

Letztlich sind sie nichts als Teetrinker, die einander die Seelchen massieren, während rings um sie herum gestorben wird. Es sind genau diese Leute mit ihrem selbstverständlichen Überlegenheitsanspruch, die Julius schon in der Schulzeit das Leben schwer gemacht haben. Und nun zuppeln und zerren sie an ihm wie die Hunde an einem Strick: Goerdeler möchte Leber zu gern verwenden, um die Arbeiter, derer er sich dank des Spottes der Jüngeren nun auch besonnen hat, auf seine Seite zu ziehen. Und der Kreis um Moltke zieht von der anderen Seite. Aber Julius ist ja im Grunde nicht involviert. Er ist Zuschauer. Er wird sich zu nichts hinreißen lassen.

Marion Yorck ist wieder einmal von Kauern zurück. Sie hat ihren großen Korb voller Gemüse und Eier in einem Zug voller Soldaten irgendwie heil nach Berlin geschafft. Marion und ihr liebes Mariechen müssen jetzt ja viele Leute versorgen: Nicht nur Helmuth Moltke, auch Eugen und Brigitte Gerstenmaier wohnen seit ihrer Ausbombung in der Hortensienstraße. Und allabendlich finden Besprechungen statt.

Heute sind Julius Leber und Carlo Mierendorff gekommen und auch Edolf Reichwein. Alle sind da, alle hat Helmuth um sich versammelt, und alles bröselt auseinander: Julius Leber passt die Überbetonung des Christlichen nicht, wie er sich auszudrücken beliebt. Seiner Ansicht nach hat Religion grundsätzlich in der Politik nichts zu suchen.

»Und wenn unter dem Druck der vordringenden Roten Armee die kommunistische Bewegung weiter an Boden gewinnt, ist eine christlich gefärbte Programmatik schlicht nicht mehr zu vermitteln, jedenfalls nicht, wenn man die Mehrheit des Volks überzeugen will.«

Das hat Leber vorhin gesagt. Carlo Mierendorff hat ihm zugestimmt. Und auch Adam Trott hat mit einem Mal schon immer gefunden, dass das Wort »christlich« in der Präambel der Neuordnungspläne eigentlich nichts verloren hat. Angeblich hat er seine Zweifel damals nur beiseitegeschoben. Nun hat er sie offenbart: Natürlich sollten Gesetze den Geist christlicher Nächstenliebe atmen. Aber darf man das Christentum zum Werbespruch machen? Darf ein Politiker sich damit schmücken, christlich gehandelt zu haben?

»Wir werden Fehler machen, der Staat wird Fehler machen, Gesetze werden fehlerhaft sein, weil sie von Menschen gemacht sind. Wir dürfen das Christentum nicht für unsere praktischen Dinge instrumentalisieren, damit besudeln wir es, und es verliert den Sinn.«

»Wir müssen sowieso viel praktischer denken.« Das sagt Julius Leber. »Es geht doch allein darum, ob der Staatsstreich gewagt wird oder nicht. Danach wird man weitersehen. Sinnvollerweise wird man die alten Strukturen Stück für Stück demontieren, wie es gerade praktikabel erscheint, bis man ein Zweiparteienparlament nach englischem Muster errichtet hat. Vor allem aber muss man dem Volk vom ersten Moment an die Untaten der alten Regierung offenlegen.«

Carlo Mierendorff setzt sich auf.

»So ist es. Wir müssen sofort nach dem Umsturz einen funktionierenden Presse- und Propaganda-Apparat aufziehen.«

Helmuth Moltke blickt von einem zum anderen. Sie reden nun also wieder vom Umsturz.

»Natürlich. Einsicht ist schön. Propaganda hat ihren Nutzen. Aber es geht hier vor allem um innere Konsequenz, die das Handeln bestimmt.« Das sagt Fritzi Schulenburg. »Nicht irgendwelche theoretischen Erwägungen zählen, sondern allein der Wert der Persönlichkeit. Ausschlaggebend ist immer und bei allem, wer an der Spitze steht.«

Helmuth spürt die Zustimmung der anderen. Er spürt sie bei Carlo Mierendorff, bei Haubach, bei Reichwein. Schulenburg ist offenbar von Leber begeistert. Es scheint eine große Einigkeit zu herrschen.

»Das Theoretische ist doch ohnehin abgeschlossen«, sagt Carlo Mierendorff. »Nun muss es um ein Aktionsbündnis zur Beseitigung der Hitler-Herrschaft gehen.«

Sie wollen die Kommunisten mit ins Boot nehmen. Sie scheinen bereit, sich mit den Goerdeler-Leuten gemeinzumachen. Sie wollen unterschieds- und debattenlos alles mit an Bord zerren: Aber damit verliert das Schiff doch jede Steuerbarkeit.

»Ach woher. Die Bündnisse, die wir jetzt schließen, sind natürlicherweise Bündnisse auf Zeit«, sagt Julius Leber. »Sie gelten nur für das Jetzt, bis zum Putsch.«

»Aber wir tragen Verantwortung für die Zeit danach«, sagt Helmuth.

»Ganz falsch. Wir tragen Verantwortung für diese Zeit. Wir haben diese Katastrophe nicht verhindert. Dafür sind wir verantwortlich. Wir müssen dieses Regime stürzen. Was danach kommt, regelt sich von selbst, wenn uns der Wille zur Tat nicht fehlt.«

Und was ist mit den Neuordnungsplänen, die sie entwickelt haben? Was ist mit den aus den kleinen Gemeinschaften organisch herauswachsenden Politikern?

»Was sollen denn das für Leute sein?«, sagt Leber. »Brave Leute, anständige Leute, mag sein. Aber die Ochsentour produziert keine großen Führer. Auch die ordentliche Anständigkeit tut das nur in den seltensten Fällen. Große Führer kommen fast immer aus dem Chaos.«

Es liegt letztlich alles an Leber. Hat dieser Mann seine Lektion nicht gelernt? Hat er die Nase noch immer nicht voll von charismatischen Führern, die aus dem Chaos kommen? Leber ist Helmuth nicht geistesverwandt. Er ist bäurisch. Er ist nicht geistig genug, er ist zu einseitig im Praktischen verwurzelt. Die spontane innere Gleichrichtung des Kreises ist durch ihn tief gestört.

»Weißt du noch, was du tust?«, sagt Annedore. »Ach Jüli. Weißt du noch, was du riskierst?«

»Mein lieber Junge«, sagt Leber. »Ich tue im Grunde überhaupt nichts. Sie werden ja alle miteinander nicht handeln. Ich tue nur, was ich die ganze Zeit getan habe. Ich diskutiere, ich rede, wenn auch im erweiterten Kreis.« Er steht auf, er geht im Zimmer umher. »Aber ich habe das Reden satt. Ich wünschte, man würde handeln. Sie provozieren mich, mit ihrem ewigen Gerede, sie machen mich ärgerlich. Auch das Reden ist schließlich gefährlich. Aber man geht damit ein Risiko ein, das noch nicht einmal praktische Konsequenzen hat.«

Im November 1943 beginnen die bisher schwersten Angriffe auf Berlin. Der Alarm am 22. November kommt früh, schon um 19 Uhr. Er erwischt Fritz-Dietlof von der Schulenburg im Eisvogelweg. Es ist das erste Mal, dass Fritzi die Lebers privat besucht, dass er Annedore begegnet. Sie sind in den Keller gegangen, und Fritzi sorgt sich um Annedore. Annedore ist eine Dame, und das ist sie auch im Keller.

»Es ist viel zu kalt hier unten für Sie. Warten Sie, ich gehe noch einmal hinauf. Ich hole Kissen und eine Decke, und ich koche uns einen Kaffee. Ich habe ja Pulver mitgebracht.«

Annedore ist gerührt. Für das Sorgende ist in ihrer Familie sonst immer Annedore selbst zuständig. Die Decke wärmt. Der Kaffee ist heiß und stärkt alle wunderbar. So sitzen sie im Keller und versuchen, nicht auf den Höllenlärm zu achten.

»Rosenthal?«, sagt Fritz-Dietlof Graf von der Schulenburg zu Annedore Leber. »Sie sind die Tochter von Georg Rosenthal, Direktor des Katharineums zu Lübeck?« Fritzis Augen leuchten. Seine Stimme ist warm. »Ich habe dort mein Abitur gemacht. 1920. Bei Ihrem Herrn Vater. Er war mein Deutschlehrer im Abiturjahr. Er war ein großer Pädagoge. Ein großartiger Lehrer. Ich verdanke ihm viel.«

Gegen neun kommt Entwarnung. Sie steigen nach oben. Im Norden und Nordwesten brennt es. Es regnet noch immer stark. Der Himmel ist gerötet, aber dichter Nebel liegt über der Stadt. Fritzi hält Annedores Hand umfasst.

»Meine Hochachtung vor Ihrem Mann«, sagt er zum Abschied. »Meine Hochachtung vor Ihrem Vater, und vor Ihrem Mann. Gnädige Frau, falls ich Ihnen jemals von Nutzen sein könnte. Zählen Sie auf mich. Was immer geschieht, zählen Sie auf mich.«

Erst am nächsten Morgen auf dem Weg in die Redaktion der ›Dame‹ erkennt Annedore das Ausmaß des Schreckens, der die Stadt in der Nacht befallen hat. Die U-Bahn fährt nur zwei Stationen weit, dann muss Annedore laufen. Die Gedächtniskirche brennt. Die Wilhelmstraße brennt. Der Zoo brennt: Das Aquarium hat einen Volltreffer abbekommen. Reinickendorf brennt. Tiergarten brennt. Zwischen den brennenden Häusern weinende Menschen, hastende Menschen mit aufgerissenen

Augen, in Schlafanzügen mit übergeworfenen Mänteln. Im Hof der Redaktion kriecht Annedore ein Schäferhund entgegen.

Annedore streckt die Hand aus. Sie lockt das verstörte Tier, das aber in Schrecken vor ihr zurückweicht, dann durch den Torweg auf die Straße stürzt. Der ermattete Wolf lebt noch zwei Stunden. Dann wird er auf dem Potsdamer Platz von einem Löschfahrzeug überfahren.

Die Kurfürstenstraße 137 brennt. Missie sieht es von fern: Missie Wassiltschikow, die schöne und umschwärmte russische Emigrantin, Adam Trotts Sekretärin in dieser Außenstelle des Auswärtigen Amts, die nun wohl nicht mehr zu retten ist. Und da ist Adam. Er sitzt zwei Häuser weiter auf der Vortreppe, mit rußgeschwärztem Gesicht, verschmutztem Anzug. Er winkt. Missie steigt die Treppen empor, setzt sich neben ihn.

»Der Angriff hat mich im Amt überrascht. Also bin ich gleich hiergeblieben.«

Sie sitzen auf einer Treppe, in einer brennenden Straße, in einer brennenden Stadt. Phosphor wahrscheinlich: Das Haus brennt langsam. Das Feuer frisst sich allmählich vom Dach nach unten durch in den Keller.

»Es ist nun also so weit«, sagt Adam. »Aller Trost, alle Selbsttäuschung haben ein Ende. Die große erwartete Heimsuchung hat begonnen.«

Sie sagt: »Glauben Sie an Gott?«

Er faltet die Hände über den Knien.

»Ja«, sagt er schließlich. »Ja, sicher. Ich glaube fest, dass das Christentum das entscheidende Gegengewicht zum Nationalsozialismus ist. Aber bin ich ein Christ? Ich hoffe vielleicht, einst einer zu werden. Bisher fällt es mir leichter, mich an Konfuzius zu halten. *Wenn du einen Edlen siehst, dann trach-*

te ihm nachzueifern. Wenn du einen Unedlen siehst, dann prüfe dich in deinem Innern.«

»Und was findet Konfuzius edel?«

»Weisheit. Entschlossenheit. Richtiges Verhalten anderen gegenüber. Mir erscheint das eine angemessen bescheidene Haltung. Ich gestehe, in der Liebe und in der Religion ist mir das Expressive zuwider.«

Missie sieht Adam von der Seite an. Er ist schmutzig. Er sieht tieftraurig aus. Missie würde ihn gern küssen. Sie sieht wieder weg. Das brennende Haus wispert und seufzt. In der Ferne hören sie den Alarm der Feuerwehr, die keinen Weg durch die Trümmer findet.

»Die Frage ist letztlich, was einem weiterhilft«, sagt Adam. »Darin scheint mir Weisheit zu liegen. Man muss jetzt ja sehr entschlossen und ohne Zaghaftigkeit mit dem Tod Zwiesprache halten. Nur so wird man noch einen einigermaßen tragfähigen Grund für sein Dasein finden können.«

Am 19. November ist Helmuth Moltke nach Kreisau gefahren. Es ist eine traurige Heimkehr gewesen. Asta Wendland, geborene von Moltke, Marinka-Marinkchen, wie sie zärtlich genannt wird, hat ihr erstes Kind bekommen. Es ist aber gleich gestorben, an einem Herzfehler. Asta ist untröstlich. Ihr Mann ist nicht da, er steht an der Front. Es ist Helmuth, der an ihrem Bett steht, im Krankenhaus von Breslau, und ihre Hand hält.

Er blickt über Asta hinweg aus dem Fenster. Was ist dies für ein grässliches Vorzeichen.

Als er aus Kreisau zurückkehrt, findet er seine Wohnung zerstört. Die Derfflingerstraße hat einen Treffer bekommen. Nun steht der ganze Pröll auf der Straße: der Frigidaire, eine Kommode, ein angebrannter Tisch. Was soll man damit machen? Helmuth hat keine Lust, weiter in den Trümmern zu stochern. Er macht sich auf den Weg zurück in den Westen. In der Nähe der Gedächtniskirche klettern Kinder über die Trümmer. Wo kommen die Kinder her, in der evakuierten Stadt? Sie haben bunte Mützchen aufgesetzt. Sie werfen mit Luftschlangen, mit Konfetti. Aus welcher Grube haben sie dergleichen ausgegraben, in einer Zeit des rationierten Papiers? Das Bild ist fröhlich und grauenhaft. Es gibt kein Gas, kein Wasser, kein Licht. Leber, Mierendorff und Haubach haben beschlossen, mit der Goerdeler-Gruppe auf den Staatsstreich hinzuarbeiten. Am Abend gibt es wieder Alarm.

Auf dem Balkon von Berthold Stauffenbergs Wohnung in der Tristanstraße 8 in Berlin-Wannsee stehen die Brüder Berthold und Claus. Die Lichtkegel der Flakscheinwerfer kreuzen sich über den lodernden Bränden am Himmel, den die feindlichen Bomber beherrschen.

Aus purpurgluten sprach des himmels zorn:
Mein blick ist abgewandt von diesem volk …

Im Krachen der Luftminen und der Detonationen der Flakgranaten sind die geflüsterten Worte unhörbar.

Siech ist der geist! tot ist die tat

Annabel Siemens führt den Haushalt in der Tristanstraße 8. Die Tochter von Peter Yorcks Schwester Püzze: Sie wäscht, putzt und räumt auf, sie kauft ein und bereitet das Abendessen vor. Meist sind die Stauffenbergs schon gegangen, wenn Annabel das Haus betritt. Sie bindet eine Schürze um, sie öffnet die Fenster, um den Zigarettenrauch hinauszulassen. Dann räumt sie die Gläser in die Küche, die vom Vorabend noch im Wohnzimmer stehen.

Sie zählt die Gläser. Annabel ist in der Tristanstraße immer allein. Aber sobald sie fort ist, scheint sich die leere Wohnung mit Gästen zu füllen. Manchmal, wenn Claus Stauffenbergs Patenonkel Nikolaus Graf Üxküll-Gyllenband keine Zeit hatte, um Claus am Morgen zur Hand zu gehen, sitzt Claus selbst noch am Frühstückstisch, wenn Annabel kommt. Er bittet sie dann, ihm das Brot zu streichen oder einen widerspenstigen Hemdknopf zu schließen. Sie plaudern über das Wetter, die Familie, Annabels Freundinnen. Viele von ihnen haben einen Bruder verloren.

Claus tupft mit der Serviette den Mund.

»Was soll nur aus diesen Mädchen werden?«, sagt er. »Das muss man sich fragen. Wen sollen sie eines Tages heiraten? Alte Jungfern. Sie werden als alte Jungfern enden. Deutschland wird ein Land alter Jungfern sein.«

Darüber hat Annabel noch nie nachgedacht. Sie fragt Claus Stauffenberg, was er heute tun wird, wenn er ins Amt kommt.

»Noch mehr Söhne und Brüder und Verlobte und Ehemänner in einen sinnlosen Tod schicken.«

Dann geht Claus. Annabel räumt auf, spült ab, macht die Betten. Anschließend geht auch sie. Man hat ihr eingeschärft, nie etwas von dem verlauten zu lassen, was sie vielleicht hört oder sieht. Das würde sie auch nicht tun. Aber sie hört ja nichts. Sie sieht nichts.

Alles verloren wir haben alles verloren

Und lohnt es sich überhaupt, für dieses Volk etwas zu tun? Der Gedanke packt Emmi Bonhoeffer beim Anblick der Möbel, die die Berliner aus den Ruinen bergen. Lohnt es sich, auch nur einen Finger krumm zu machen für diese mutigen Retter halb verkohlter Sofas, verstümmelter Stühle, schwer beschädigter Federbetten?

Bomben sind auf Tegel gefallen. Bomben sind auf das Gefängnis Lehrter Straße gefallen. Hans von Dohnanyis Zelle ist zerstört, und Christel schlägt sich durch die Stadt zu ihm durch. Kann man sich an den Krieg gewöhnen?

Kann man sich an die Bomben gewöhnen, an die Toten? Kann man akzeptieren, dass dies nun die Umstände sind, unter denen gelebt wird? Kann man im Angesicht der Verrohung und des Entsetzens so tun, als gäbe es irgendwo noch einen Rest von Normalität, kann man Briefe schreiben, einkaufen gehen, ein Kind stillen, den Abwasch erledigen? Aber der Krieg, der Terror, das Leben unter dem Schatten äußerster Gewalt ist ja dem Menschen ein ganz gewöhnlicher Zustand. Oder jemand im Menschen ist aktivierbar, dem diese Zustände gewöhnlich und vertraut sind, weil er den Dreißigjährigen Krieg, die Bauernkriege, alle Kriege gesehen hat, weil er weit vor allen Kriegen ein Tier gewesen ist, das andere Tiere anfällt, sie frisst, wenn es nicht selbst von ihnen gefressen wird, von Tieren, die diesen nackten Affen von den Gesäßbacken oder den Schenkeln her fraßen, während er noch lebte, während er ertaubte von seinem eigenen Schmerzgebrüll. Der Mensch ist es in tiefster Tiefe gewohnt, dass ihm dies widerfährt, dass er es anderen zufügt.

Anders kann es nicht sein.

Aber dann ist alles haltlos. Dann ist alles sinnlos. Dann gibt es keine Möglichkeit mehr, weiterzuleben, auszuharren auf einer Erde, die schlimmer ist als der entsetzlichste Fiebertraum einer gefolterten Existenz. Dann heißt die Wirklichkeit sehen: das Nichts sehen. Das schwarze Loch, das die Pupillle des Bösen ist. Den bodenlosen Abgrund.

Ursula Kardorff sehnt sich nach Ohrklipsen. Nicht nach Ohrringen: Sie hat keine durchstochenen Ohrläppchen. Derartige Selbstverstümmelungen überlässt man besser den Seemannsbräuten. Aber Ohrklipse möchte Ursula haben. In Berlin existiert schließlich noch immer ein gesellschaftliches Leben.

Auf dem Land sieht man nur noch Frauen und Kinder: Die Männer stehen ja an der Front. Aber in Berlin sind die Familien evakuiert. Hier gibt es nur Männer: Wehrmachtsangehörige, Parteibonzen, Amtsträger, uk-Gestellte. Nach den Angriffen strömen sie durch die qualmende Stadt ins Adlon. Allerhand Abenteurerinnen gesellen sich zu ihnen: weibliche Glücksritter, zweifelhaftes flimmerndes Gelichter, dazwischen gestandene Frauen mit Berufen wie Ursula Kardorff, die nicht fliehen wollen, Damen aus dem Westen in verdreckten Stiefeln, die einen Whisky kippen kommen, bevor sie sich ans Aufräumen ihrer zerstörten Villen machen. Man bestellt Bier an der Bar, Burgunder an den Tischen. Sind sie nicht alle nur fremde Gäste auf der dunklen Erde? Ursula findet die ganze Bande verachtenswert, lächerlich, unter aller Kanone. Sie kommt jeden Abend. Sie fährt zu Freunden in den Westen, wo es schon wieder Wasser gibt, um sich die Haare zu waschen. Sie sehnt sich nach hübscher Wäsche, einer neuen Frisur. Aber vor allem nach Ohrklips.

Christel sitzt bei Hans in der Charité.

»Liebster. Ich komme jeden Tag. Und ich bleibe bei dir, jede Nacht.«

»Weißt du, du hast immer recht gehabt. Wenn du gesagt hast, ich sollte innehalten, dies wären unsere besten Jahre. Es waren unsere besten Jahre.«

»Sei still. Lieber, sei still.«

Sie kann es nicht ertragen, wenn er ihr jetzt recht gibt.

»Nein. Nein, lass mich das sagen. Es war ja alles für euch getan. Es hat mich beglückt, wenn ich in der heißen Stadt saß, an euch draußen am See zu denken. Es hat mich beglückt, wenn ich im Büro saß, an dich zu Hause zu denken. Ihr solltet ein schönes Leben führen. Ihr solltet ein Heim haben. Ein

Haus. Das Haus musste ich euch schaffen. Das Heim geschaffen hast du.«

Er weint. Sie ist fast zornig. Sie kann es nicht ertragen, kann es nicht ertragen.

Gerüchte wandern umher, Weissagungen, Auslegungen von Bibelsprüchen, Horoskop-Prophezeiungen, Nostradamussprüchen. Es heißt, der Krieg werde noch hundert Jahre dauern, der Krieg werde bald enden. Es heißt, im Mai werde die Welt untergehen, im Mai werde ein König kommen und die Welt erlösen. Es heißt, Gottes Zorn werde über England kommen, ein Kind werde geboren, das die Welt rettet, und bei Karsunke an der Ecke soll es Petroleum geben.

»Es liegt fast etwas Feierliches auf diesem grauen verqualmten Berlin«, sagt Adam von Trott zu Solz zu Claus Schenk Graf von Stauffenberg. »Diese Ergebenheit auf den Gesichtern der Menschen, während um sie herum ihre Welt zu Asche zerfällt.«

Adam und Claus haben einander durch Hans Bernd von Haeften kennengelernt, Adams Vorgesetzten im Auswärtigen Amt. Hannes Haeftens kleiner Bruder Werner ist ja Claus Stauffenbergs Ordonnanzoffizier. Adam hat sich sofort hinreißen lassen. Er hat sich rückhaltlos an Stauffenbergs Seite gestellt. Er geht im Heeresamt bei ihm ein und aus, und Claus besucht Adam in der Rheinbabenallee. Sie sind in ihrem literarischen Geschmack, ihrem politischen Denken, ihrer ganzen Wesensart sehr verschieden. Aber an Stauffenbergs Seite verliert sich Adams Erschöpfung. In Stauffenbergs Gegenwart empfindet er, dass noch gar nichts verloren ist, dass alles noch einmal von vorn beginnen kann, er fühlt sich frisch und erquickt, voll Hoffnung und Lebensmut. Sie sitzen oft und reden bis in die Nacht.

»Wir müssen eine neue politische Sprache finden«, sagt Adam zu Claus. »Wir müssen eine Sprache schaffen, die sich nicht mehr dafür hergibt, die ökonomischen Ungerechtigkeiten zu zementieren. Eine Sprache, für deren Verständnis es ohne Bedeutung ist, ob einer tausend Schafe besitzt oder nur ihr Hirte gewesen ist. Wir müssen ganz von vorn beginnen, wir müssen das Verbrauchte, das Morsche und Tote abschütteln.«

Ihr sollt das morsche aus dem munde spein
Ihr sollt den dolch im lorbeerstrausse tragen

Und dann haben auch der adelige George-Jünger Claus Schenk Graf von Stauffenberg und der Kleinbauernsohn und ehemalige SPD-Führer Julius Leber einander gefunden.

»Der Umsturz«, sagt Julius Leber zu Stauffenberg. »Nur der Umsturz kann Erneuerung bringen. Aber sie ersticken alles in ihren unendlichen Vorarbeiten für eine neue Verfassung.«

»Genau das ist das Problem«, sagt Claus Stauffenberg zu Leber. »Genau das hat Gneisenau gesagt, fast wörtlich. Gneisenau war im Übrigen mein Urgroßvater. Er sah bereits die Notwendigkeit einer engen Verbindung von Volk und Armee. Aber vor allem sah er die Notwendigkeit unbedingten Handelns. Das Attentat ist zwingend nötig und Bedingung für alles Weitere. Das scheint keiner von diesen Leuten um Goerdeler zu begreifen.«

»Sie sind eben alt«, sagt Julius Leber. »Was wir brauchen, sind wenige kühne Männer, die zum Umsturz entschlossen sind, keinen Aufstand der Greise. Andererseits muss man damit rechnen, dass nach einem Attentat eine neue Dolchstoßlegende entsteht. Wenn dann Goerdeler und seine Leute an der Macht wären, könnte man in Ruhe zusehen, wie die Reaktion abwirtschaftet. Danach kämen die guten Leute ans Ruder.«

»So ein Zwischenregime wäre aber ziemlich gefährlich«, sagt Claus. »Gerade im Chaos der ersten Wochen brauchen wir gute Leute. Vor allem, da die neue Regierung von Anfang an auf breiteste Zustimmung stoßen muss, will man eine erneute Spaltung des Landes vermeiden. Genau deswegen lehne ich ja einen bloßen Militärputsch ab. Wir brauchen die Unterstützung der Arbeiter. Der Zwiespalt zwischen Armee und Arbeiterschaft ist mir immer als tragisch erschienen, und er muss endlich überwunden werden.«

»Dafür habe ich mich schon zu den Zeiten der Republik eingesetzt. Mein Ziel war es immer, die Reichswehr und die Arbeiterschaft auf eine republikanische Ebene einzuschwören.«

»Aber leisten kann das nur ein wahrer Volksführer. Herr Dr. Leber, Sie müssen in vorderster Reihe stehen, und zwar von der ersten Stunde an. Ich möchte Sie als Kanzler sehen, nicht Goerdeler.«

Das ist mit Goerdeler natürlich nicht zu machen. Allenfalls das Reichsministerium des Inneren könnte Leber bekommen, das eigentlich für Schulenburg vorgesehen war.

»Ist mir recht«, sagt Fritzi. »Ist mir wirklich vollkommen recht. Leber ist ein überzeugend guter Mann. Soll er die Sache machen. Mir geht es nicht um persönliche Macht.«

»Ach, mein Paulus«, sagt Julius Leber zu Annedore. »Jetzt besteht endlich Hoffnung. Mit Stauffenberg besteht echte Hoffnung. All die Jahre habe ich auf diese Begegnung gewartet, das spüre ich nun. Ich kann dir nicht sagen, wie ich mich danach verzehre zu handeln. Und Stauffenberg verlangt es genauso dringend nach der Tat. Ob man wohl mit dem Leben davonkommt?«

»Die Frage ist allerdings nach wie vor, wer nicht nur willens, sondern auch in der Lage dazu wäre, Hitler umzubringen«, sagt Claus Stauffenberg zu seinem Bruder Berthold. »Wer hätte die Möglichkeit, diese Tat auszuführen?«

Henning von Tresckow hat den Vorschlag gemacht, eine Vorführung der für die Ostfront geänderten Uniformen für ein Attentat zu nutzen.

»Die Veranstaltung wird im November stattfinden, im Führerhauptquartier Wolfsschanze bei Rastenburg«, sagt Claus Stauffenberg zu Fritzi Schulenburg. »Neben Hitler werden wohl auch Göring und Himmler teilnehmen. Der Attentäter würde den Anwesenden die Vorzüge der Uniformen erklären. Im geeigneten Augenblick würde er eine in seiner Uniform verborgene Bombe schärfen. Dann stürzt er sich auf Hitler, umklammert ihn und sprengt sich mit ihm und den anderen in die Luft. Ich würde die Aufgabe selbst übernehmen, aber das ist abgelehnt worden. Man ist der Ansicht, ich wäre der falsche Mann dafür.«

»Natürlich«, sagt Fritzi. »Du wirst hier gebraucht, Claus. Alles kristallisiert sich jetzt doch um dich. Ohne dich würde alles wieder auseinanderfallen.«

Der vierundzwanzigjährige Hauptmann Axel von dem Bussche-Streithorst sitzt mit Fritzi Schulenburg im Regimentshaus des IR 9. Er kommt von der Ostfront. Er hat Fritzi gerade noch einmal dargelegt, dass er nicht darüber hinwegkommt, im Oktober 1942 in Dubno in der Ukraine tatenlos der Massenerschießung von mehreren Tausend Juden zugesehen zu haben. Das Bild der nackten Gestalten, der mordenden Männer lässt ihn nicht los. Fritzi betrachtet Axel, mit leuchtenden Augen.

»Ich habe dir gesagt, du würdest noch eine Aufgabe haben«, sagt Fritzi. »Ich möchte dich gern mit jemandem bekanntmachen.«

»Und warum macht Oberst Stieff es nicht selbst?«, sagt Axel Bussche zu Claus Stauffenberg. »Wenn Stieff regelmäßig Zugang zu Hitlers Lagebesprechungen hat, wenn ich seine Hilfe brauche, um überhaupt in Hitlers Nähe zu gelangen, warum führt er die Tat dann nicht selber aus?«

»Das will ich Ihnen gern sagen«, sagt Stauffenberg. »Oberst Stieff ist nicht der richtige Mann für diese Sache. Er ist, nun ja. Wie soll ich es ausdrücken. Er ist vielleicht ein wenig nervös. Der Typus angespannter Rennreiter, wenn Sie verstehen.«

Axel Bussche und Claus Stauffenberg sehen einander an. Um ihre Mundwinkel zuckt ein Lächeln.

»Und ist es zu begreifen, dass Stieff alles in seiner Hand hält, die Zukunft Deutschlands, die Zukunft Europas, das Leben so vieler Menschen, und dann kann er nicht handeln?«

Axel Bussche und Fritzi Schulenburg sitzen wieder im Regimentshaus des IR 9.

»Ist es zu begreifen, dass er zu sehr am eigenen Leben hängt? Aber wie wird er damit fertig? Wie erträgt er die Schuld? Ich werde es tun. Ich mache es.« Axel Bussche hat Tränen in den Augen vor Begeisterung. »Ich bin bereit. Ich habe Stauffenberg gesagt, dass ich bereit bin, zum vollen Einsatz meiner selbst.«

Tief bewegt tritt Fritzi in den Abend hinaus. Er ist aufgewühlt. Er beschließt, noch eine Runde zu reiten, um zu ruhiger Gelassenheit zurückzufinden. Nach wenigen Minuten scheut das Pferd. Fritzi stürzt und verstaucht sich beide Sprunggelenke. Es ist ihm völlig unmöglich zu reisen. Und so ist er auch dieses Mal nicht dabei, als auf Gut Trebbow die kleine Adelheid geboren wird.

Man muss ihn anrufen. Aber Charlotte ruft niemanden an. Charlotte weint. Wieder ein Mädchen, und wieder ist sie allein, während Fritzi in einer Zehlendorfer Villa auf einem Sofa liegt und sich von seiner Wirtin, von Ursula Kardorff, von all seinen Freunden und Freundinnen pflegen lässt. Charlotte ist müde. Sie hat keine Lust mehr. Sie will auch nicht aufstehen. Charlotte wird krank.

Seit vier Tagen und drei Nächten wartet Axel von dem Bussche in der Gästebaracke des ostpreußischen Führerhauptquartiers Wolfsschanze bei Rastenburg. Heute ist es endlich so weit. Heute wird der Führer sterben. Axel ist bereit. Im Kopf hat er die Sache Hunderte Male durchgespielt. Er wird die Vorzüge der neuen Uniformen erläutern. Er wird die Mine schärfen. Er wird das Zischen des Zünders durch ein lautes Räuspern überspielen und sich dann auf den Führer stürzen. Er hat diesen Moment geübt. Er hat die Sekunden gezählt zwischen dem Schärfen der Mine und dem Sprung nach vorn,

eins zwei drei vier FÜNF

Axel ist ernst. Er ist erhoben. Er hat in den letzten Stunden nur noch Wasser und Brot zu sich genommen. Er will rein sein. Er hat tief geschlafen und in leuchtenden Bildern geträumt: Meere lagen unter ihm, weite Länder, dann erklangen Stimmen, die ihm zuriefen, ohne dass er die Worte verstanden hätte. Er weiß jetzt, was er in Dubno hätte tun müssen.

Sie waren nackt. Sie standen in langer Schlange. Sie wurden getötet, einer nach dem anderen, vom Morgen an und in die Nacht hinein, und keiner unternahm irgendetwas zu ihrer Rettung.

Was hätte man tun können? Axel Bussche und seine Regimentskameraden hätten sich dazustellen können. Sie hätten sich ausziehen können, sie alle miteinander, beim Kommandanten angefangen, und sich dazustellen können. Dann wäre das Morden eingestellt worden. Axel glaubt das sicher. Wenn sie sich unter die Opfer eingereiht hätten, hätte es keine weiteren Opfer gegeben. Axel hat sich jetzt eingereiht.

Am frühen Nachmittag klopft Oberst Stieff bei ihm an.

»Die Vorführung findet nicht statt.«

»Was?«

»Die Uniformen sind nicht angekommen.«

Axel versteht nicht. Es rauscht in seinen Ohren.

»Berlin ist gestern schwer bombardiert worden. Dabei hat es auch den Eisenbahnwaggon mit den Vorführuniformen erwischt. Was ist denn? Was sehen Sie mich so an?«

Axel antwortet nicht. Er sieht Stieff gar nicht an. In seinen Ohren pfeift es. Die alten Wunden haben alle auf einmal zu schmerzen begonnen: der rechte Daumen, die Stelle unter dem Herzen, wo ihn während des Westfeldzugs die Kugel getroffen hat, die Wunde am Bein, wo beim Überschreiten der Beresina die Granatsplitter eingedrungen sind, der Lungenschuss vom September 41.

»Was ist denn mit Ihnen? Sie sind ganz blass. So setzen Sie sich doch. Was haben Sie denn? Seien Sie froh. Seien Sie froh, dass Sie am Leben bleiben werden.«

»Die Uniformen. Kann man keine neuen Uniformen besorgen.«

»Nein. Nicht mehr vor dem Winter.«

Axel von dem Bussche nickt. Er ist jetzt sehr müde. Er wird nun zu seiner Truppe an der Ostfront zurückkehren. Es geht alles weiter. Es geht immer weiter. Axel Bussche ist todmüde. Er muss weiterleben. Er möchte weinen.

Henning von Tresckow hat versucht, Generalleutnant Heusinger, den Chef der Operationsabteilung, dazu zu bewegen, in Urlaub zu fahren und Tresckow als Urlaubsvertretung anzufordern. Dann hätte er selbst Zugang zu Hitler, und alles hätte ein Ende. Aber Heusinger hat brüsk abgelehnt. Tresckow schreibt an Stieff. Er versucht Stauffenberg zu erreichen. Er versucht nach Berlin zurückzugelangen. Er verzweifelt an seiner Tatenlosigkeit. Er steht in Russland. Der Winter hat bereits begonnen. Henning ist umgeben von den gefrorenen Leichen gefallener Russen und Deutscher. Man kann sie nicht begraben. Sie liegen im Schnee, sie liegen in einem Schuppen aufgestapelt wie Holzscheite. Alles bricht um ihn herum zusammen.

Und ist Helmuth James Graf von Moltke tatsächlich gegen ein Attentat? Gut, er glaubt nicht an ein Gelingen, er hegt Bedenken, ob eine moralische Erneuerung durch einen Mord zu leisten ist. Aber kann er es von der Hand weisen, dass Untätigkeit die Zahl der Toten ins Unermessliche steigen lässt?

Peter Yorck ist zerrissen. All die Jahre haben Helmuth und er zusammengearbeitet, wie kann Peter nun Helmuth die Loyalität kündigen? Er kann es nicht tun, und er wird es nicht tun. Peter schweigt in letzter Zeit oft lange, bei Gesprächen mit Helmuth. Er möchte den Niedergeschlagenen nicht noch mehr beschweren. Aber auch Claus Stauffenberg steht ihm nah. Peter hat in der Bibel nach einer gültigen Weisung gesucht. Er hat das Heilige Buch aufgeschlagen und seine Augen auf eine Stelle fallen lassen. Es war Timotheus 4, 7.

Ich habe einen guten Kampf gekämpft, ich habe den Lauf vollendet, ich habe Glauben gehalten.

Es geht also um Treuepflicht.

Natürlich geht es um Treuepflicht. Aber wem oder was gilt es, Treue zu halten in diesem Widerstreit? Peter Yorcks Hoffnung ruht nun ganz auf Helmuths zweiter Reise nach Istanbul. Helmuth wird im Dezember wieder nach Istanbul fliegen. Es gibt guten Grund zu hoffen, dass er dort Alexander Kirk treffen wird. Wenn die Sache mit Kirk funktioniert, sind alle Gegensätze aufgehoben. Stimmt das? Über diesen Punkt hinaus lässt sich jedenfalls jetzt nichts entscheiden.

Genau über diese Fragen hat Helmuth Moltke nun auch mit Carlo Mierendorff ein langes klärendes Gespräch geführt. Helmuth hat Carlo noch einmal aufgezählt, was gegen den Anschlag spricht: die geringen Erfolgsaussichten, der voraussehbar geringe Rückhalt in der Bevölkerung, sollte es nicht sofort nach dem Staatsstreich zu einem Waffenstillstand kommen, die Unwahrscheinlichkeit eines sofortigen Waffenstillstands ohne vorherige Zusagen des Auslands. Aber ebensolche Zusagen erhofft Helmuth ja nun zu erringen.

Helmuth hat Carlo von dem Treffen mit dem amerikanischen Diplomaten Alexander Kirk berichtet, auf das er im Sommer in Istanbul gehofft hat. Dieses Treffen wird nun stattfinden. Es wird alles in neue Bahnen lenken. Ein Attentat wird überhaupt nicht mehr nötig sein. Die Amerikaner werden durch die geöffneten Grenzen strömen und das Reich überfluten. Sie werden den Krieg und das Morden beenden, einen Bürgerkrieg verhindern und mit der neuen Regierung, die sich fern von Berlin in Süddeutschland formieren wird, in weitere Verhandlungen eintreten, wobei an der Formel des Unconditional Surrender natürlich nicht zu rütteln ist.

Es war ein langes, fruchtbringendes Gespräch. Carlo ist halb und halb wieder eingeschwenkt. Es ist noch nicht alles aus dem Wege geräumt, was sich zwischen ihm und Helmuth aufgetürmt hat, aber Helmuth ist bester Hoffnung.

»Wenn Carlo wieder auf Kurs gebracht ist, dann lenken auch die anderen ein«, sagt er zu Peter in der Hortensienstraße. »Wir müssen eben beide ein bisschen mehr ran und unsere Leute neu auf Kurs bringen.«

Peter schenkt Helmuth und sich Tee nach.

»Vielleicht sollten wir uns auch einmal mit Claus unterhalten«, sagt er. »Claus Stauffenberg. Ihr seid euch ja schon begegnet. Er ist allerdings ein starker Befürworter des sofortigen Staatsstreichs.«

»Wer wäre das nicht«, sagt Helmuth. »Ich bin es auch. Solange Hoffnung auf Erfolg besteht, bin ich ganz und gar für einen Staatsstreich. Ich bin nur dagegen, dass man sich für nichts und wieder nichts umbringen lässt. Warum fahre ich denn nach Istanbul? Um diesen Staat zu beseitigen, mithilfe der Amerikaner.«

»Wenn der Plan gelingt, wird es aber auch hier in Berlin zum Umsturz kommen.«

»Wenn der Westen und Süden in der Hand der Alliierten ist, wäre die Führung in Berlin isoliert. Das könnte reichen. Aber das alles bleibt im Moment Spekulation.« Helmuth hält inne. Er sagt: »Es könnte aber in der Tat auch verlangt sein, Hitler umzubringen.«

Er sagt nicht, wer dies verlangen könnte. Peter sieht Helmuth an. Helmuth sieht an ihm vorbei in den Garten. Peter sagt leise: »Helmuth. Du würdest es tun.«

Am nächsten Tag fährt Helmuth nach Hause. Er fährt für vier Tage nach Kreisau, zu Freya. Er geht über seine Felder. Er spricht mit den Söhnchen. Er hält seine Frau im Arm.

Peter Yorck bleibt in Berlin. Claus Stauffenberg ist in der Hortensienstraße zu Gast.

»Peter. Ich wünschte, ich wüsste dich zuversichtlich an meiner Seite. Alle zuverlässig guten Männer müssen jetzt doch zusammenstehen. Entscheidend ist, dass wir uns das Gesetz des Handelns nicht entreißen lassen. Wir sind es, die entscheiden müssen, nicht die Amerikaner, nicht die Engländer. Peter, unsere Vorfahren standen im Zentrum der Befreiungskriege. Ein Yorck hat bei Tauroggen Verrat begangen und seinen Kopf riskiert, um das Volk zu bewegen, die Fesseln der Fremdherrschaft abzuwerfen. Und im Mittelpunkt dieser Erhebung stand Gneisenau, der durch den Volksaufstand das Volk aus dem Heer neu schaffen wollte. Beide standen im Kampf gegen einen Gegner von außen und zugleich gegen die hemmenden tödlichen Kräfte im eigenen Land.«

»Aber diesen Kampf führt auch Helmuth.«

»Tut er das? Ich bin ihm ja immer nur flüchtig begegnet. Aber nach allem, was du sagst, erhofft er sich die Rettung von außen. Er scheint ganz auf der Seite der Alliierten zu stehen, fast als wäre er selbst ein Engländer. Was kann er da von unseren Kämpfen wissen? Wie kann er verstehen, dass wir wie unsere Ahnen an zwei Fronten zugleich zu kämpfen haben? Außerdem will ich dir nicht verhehlen, dass ich ihn für überheblich halte.«

Am Sonntag, dem 5. Dezember 1943, kommt Helmuth frühmorgens nach Berlin zurück. Zusammen mit Fritzi Schulenburg und den Yorcks lauscht er der Predigt von Hanns Lilje über das Grauen und den Ernst der Geschichte, an deren Ende Christus wiederkehrt. Die Predigt ist klug und intellektuell anregend, aber frostig. Helmuth fehlt die Wärme der Gräditzer Kirche, wo die Kreisauer jetzt beieinandersitzen: Freya mit den Söhnchen und ihren Pflegekindern, die Tanten aus dem Schloss, Zeumers Frau, die alte Frau Rose, der alte Stäsche, Schwester Ida Hübner aus der Spielschule, Romai Reichwein mit ihren Kindern und all die anderen lieben und vertrauten Gesichter.

Immerhin bleibt Fritzi Schulenburg zum Essen in der Hortensienstraße.

Er bleibt auch über den Nachmittag. Gegen Abend kommt Edolf Reichwein dazu. Die Yorcks, die Gerstenmaiers, Helmuth Moltke, Fritzi Schulenburg und Edolf Reichwein entzünden die Adventskerzen. Dies ist die Zeit der Vorbereitung. Es soll eine Zeit der Einkehr, der Hoffnung, der Freude sein. Helmuth denkt daran, dass er nun bald zu Alexander Kirk fliegen wird. Er denkt, dass er Carlo zurück ins Boot geholt hat. Mit Carlo an seiner Seite wird er auch die anderen sicher zurückholen.

Zu diesem Zeitpunkt ist Carlo Mierendorff bereits seit einem Tag tot.

Carlo Mierendorff hat für die Brabag gearbeitet, die Pflichtgemeinschaft der Braunkohleindustrie zur Erzeugung synthetischen Benzins. Seine Arbeitsstelle in Böhlen bei Leipzig hat er Tastiblö getauft: das Tal der stinkenden Blockhäuser. Dass er Anfang November während eines Berlinurlaubs in der Verdunkelung vom Rad gestürzt ist, ist ihm gar nicht so ungelegen gekommen. Seine Wohnung in der Konstanzer Straße ist freilich längst den Bomben zum Opfer gefallen. Aber er ist in der kleinen Gästewohnung untergeschlüpft, die zur Berliner Niederlassung von Victor Bauschs Papierfabrik gehört. Den ganzen November hat er krankfeiern können. Nun ist es der 1. Dezember. Carlo muss nach Tastiblö zurückkehren.

Der Abschied trifft vor allem Theo Haubach hart. Carlos engster und ältester Freund arbeitet ja in Bauschs Papierfabrik. In den letzten Wochen hat er jeden Morgen vor Arbeitsbeginn bei Carlo hereinsehen können, er hat mittags oft bei ihm gegessen, und abends hat Carlo ihn heimbegleitet, in die Wohnung voll altvertrauter Möbel aus der Darmstädter Zeit. Während des großen Bombenangriffs in der Nacht des 23. November ist Theo allerdings bei Carlo im Keller geblieben. Dieser Angriff hat Theos Wohnung zerstört, auch seine lebenslang zusammengetragene Bibliothek.

»Ach Carlo. Und nun reist du ab. Ich wünschte, du bliebest.«

»Ich auch, Theo, das lass dir gesagt sein. Aber ich komme ja spätestens Weihnachten wieder.«

Sie stehen zusammen auf dem Bahnsteig, Theo, Carlo und Edolf Reichwein. Sie drücken einander die Hände, sie fassen einander am Arm.

»Also dann. Alles Gute. Alles Gute. Alles Gute.«

Carlo steigt in den Zug nach Leipzig. Der Zug fährt an. Theo hat nasse Augen. Der Verlust seiner Heimstatt und diese Abreise des Freundes scheinen ihm auf unheilvolle Weise miteinander verknüpft.

Der Zug dampft aus dem Bahnhof hinaus, in den düsteren Winterabend hinein.

Carlo starrt in die Nacht. Böse Ahnungen begleiten ihn seit Jahren. Aber seit Lussja Firles Freitod im Herbst 1942 verdichten sie sich. Die alte Freundin aus Heidelberger Zeiten hat sich das Leben genommen, um der Deportation zu entgehen. Carlo hat die Grabrede gehalten, auf dem Russischen Friedhof. Die Schatten, die sich in sonnigeren Zeiten feige in ihre Löcher verkrümeln, kommen seitdem allabendlich aus den Zimmerecken gekrochen. Sie strecken sich lang, sie umschmeicheln Carlos Füße, lecken die Spitzen seiner abgetragenen Schuhe. Carlo versucht an seine Nina zu denken. An Frühlingssonne. An ein lustiges Liedlein. Er sinkt immer tiefer in seinen Sitz.

Am nächsten Tag meldet Carlo sich zur Arbeit zurück. Die folgende Nacht verbringt er bei einer Tante in Leipzig-Stötteritz, in deren Haus im Bozener Weg 18 er ein Zimmerchen bezogen hat. Am 3. Dezember besucht er eine weitere Tante, die ihn, als es später wird, inständig bittet, über Nacht zu bleiben. Der

Neffe kann doch in ihrem Gästezimmer schlafen, in dem lang verlassenen Bett des erwachsenen Sohnes? Was will Carlo sich draußen durch die eisige Nacht schlagen? Was, wenn Alarm kommt?

Aber Carlo wehrt ab. Alarm kann doch den Reichshauptstädter nicht schrecken, der die Novemberangriffe auf Berlin miterlebt hat. Carlo muss fort. Er muss hinaus. Er ist niedergedrückt, erschöpft, zugleich erfüllt von großer innerer Unruhe. Die Geschichte stürzt ihrem Abgrund entgegen. Sie wird alles mit sich reißen. Was wird in den Fluten untergehen? Was wird imstande sein, sich danach wieder aufzurichten? Und wird Carlo Mierendorff dann noch dabei sein? Wird er es erleben, wenn sich aus den wieder sinkenden Wassern die ersten schlammverwüsteten Inseln erheben? Carlo kann es sich nicht vorstellen. Er kann nicht verweilen, er muss weiter. Er nimmt die Tante in den Arm, er lässt die Familie grüßen. Dann flieht er hinaus in die verdunkelte Nacht.

In dem Siedlungshäuschen im Bozener Weg schlafen die Bewohner bereits. Carlo schleicht in sein Zimmer, bemüht, niemanden zu wecken. In den frühen Morgenstunden des 4. Dezember umstehen die Christbäumchen der Alliierten die Stadt. Carlo begibt sich mit der Familie in den Keller. Um 3.58 Uhr beginnen die Bomben zu fallen, sechzehn Minuten lang. Carlo hört die Bombe kommen, die das Haus trifft. Er hört ihr Pfeifen, ein ohrenbetäubendes Schrillen, das bis in die Zähne, die Knochen, die Nägel von Fingern und Zehen eindringt.

»Wahnsinn! Wahnsinn!«

Und Alexander Kirk hat sich nicht gemeldet. Helmuth Moltke kann es nicht fassen. Er geht durch Istanbul. Es ist ein milder Dezembertag 1943. Kirk ist nicht gekommen, er hat sich nicht entschuldigen lassen, er hat keinerlei Nachricht geschickt. Helmuth schreibt noch einmal.

Wenn ich das nächste Mal komme, kann ich Istanbul für 48 Stunden verlassen. Sie können den Ort des Treffens bestimmen. Lassen Sie uns nur einmal über politische und militärische Möglichkeiten des Zusammenarbeitens reden. Dann kann das Technische schnell gelöst werden.

Aber es ist jetzt zu spät. Es bleibt keine Hoffnung. Sie sind vollständig Gescheiterte: Fremde in der Heimat, Zurückgewiesene im Ausland und untereinander nicht mehr einig. Es bleibt nur noch, untätig zuzusehen, wie das Hitler-Regime in den tiefsten Abgrund stürzt und das ganze Land mit sich reißt. Und das neue Reich? Die Zukunftsvision, an der Helmuth James von Moltke so lange gearbeitet hat, die Pläne für die Neuordnung Deutschlands?

Vielleicht werden sie irgendwann umgesetzt. Aber Helmuth Moltke selbst wird es nicht mehr erleben. Das denkt er jetzt ständig. Er denkt, dass er an dieses Reich gebunden bleiben wird, das er hasst und bekämpft. Er wird mit ihm vergehen.

»Sich in den Lauf der Dinge zu schicken ist völlig untragbar«, sagt Claus Stauffenberg zu Helmuth Moltke.

Sie sitzen mit Eugen Gerstenmaier und Peter Yorck in der Hortensienstraße.

»Wir dürfen uns das Heft nicht entringen lassen«, sagt Stauffenberg, »wir müssen uns das Gesetz des Handelns erhalten.«

»Das haben wir längst verloren«, sagt Helmuth. »Die Vorstellung, die Alliierten würden mit uns wie mit einem Partner verhandeln, ist schlicht wirklichkeitsfern. Glauben Sie mir. Deutschland hat auch keinerlei Ansprüche darauf. Es hat alle Ansprüche auf zivilisierte Behandlung verwirkt.«

»So kann ich es unmöglich sehen. Das Reich geht dem Untergang entgegen. Aber noch ist es nicht untergegangen. Noch bleibt Zeit. Nach dem Umsturz wird man mit den neuen Männern verhandeln.«

»Man wird Deutschland zerstückeln«, sagt Helmuth. »Man wird bis zu unserer totalen Kapitulation weiterkämpfen und Deutschland dann aufteilen. Wir haben auch nichts Besseres verdient.«

»Das Schicksal Ihres Landes ist Ihnen gleichgültig?«

»Deutschland wird es nicht mehr geben. Es wird hoffentlich in einem vereinten Europa aufgehen.«

Stauffenberg raucht Kette. Er raucht kleine holländische Zigarren, die einen beißenden Qualm verströmen, eine nach der anderen.

»Gut«, sagt er. »Deutschland geht unter. Es geht in Europa auf. Aber Sie werden mir immerhin darin zustimmen, dass Deutschland nicht untergehen soll, ohne sich von Schuld und Schande befreit zu haben. Wir müssen uns selbst reinwaschen. Wenn das den Siegern überlassen bleibt, wird jede Selbstreinigung für immer unmöglich sein.«

»Sie ist es schon jetzt«, sagt Helmuth Moltke. »Wir können uns nicht selbst reinwaschen. Der Dreck ist zu dick. Und insbesondere klebt er an der Wehrmacht. Der Kadavergehorsam der Offiziere hält ja noch immer an, auch jetzt noch.«

»Es gibt eine ganze Reihe guter, klar denkender Männer in der Armee«, sagt Claus Stauffenberg. »Es gibt auch in der Armee zwei Deutschlands, ebenso wie im ganzen Reich.«

»Das zweite erwacht allerdings etwas spät. Ich frage mich wirklich, wo diese Leute die ganze Zeit gelebt haben. Alle sind jetzt ganz erstaunt und erschüttert. Keiner begreift, wie das alles kommen konnte: der verlorene Krieg, die getöteten Russen, die ermordeten Juden. Man hat sich dergleichen nicht vorstellen können, an jenem großen Tag von Potsdam. Was also hat die Leichenberge produziert? Letztlich der deutsche Mangel an Fantasie.«

In der Küche kochen die Frauen Backpflaumenmus. Marion Yorck, Brigitte Gerstenmaier und Annabel Siemens: Sie haben die Pflaumen eingeweicht, entsteint und in großen Töpfen aufgesetzt.

Die Küche ist voller Dampf. Die Frauen haben Tücher um die Haare gebunden. Sie lachen, sie reden über Nichtiges, immer in der Hoffnung, dass es diese Nacht nicht noch einmal Alarm gibt. Die Tür wird geöffnet. Claus Stauffenberg tritt herein.

»Annabel. Wir fahren.«

Neuerdings übernachtet Annabel im Haus in der Tristanstraße, damit sie nicht auf dem Heimweg vom abendlichen Alarm überrascht wird.

»Können wir nicht noch eben das Pflaumenmus abfüllen?«

»Nein. Bitte, wir fahren sofort.«

Claus ist blass. Auf dem Weg durch den Vorgarten zum Auto murmelt er vor sich hin.

»Ich kann diesen Menschen nicht ertragen. Diesen Helmuth Moltke. Diesen blasierten, herablassenden –«

Die Autotür öffnet sich und fällt zu.

Helmuth Moltke und Peter Yorck sitzen noch einen Moment im Wohnzimmer. Helmuth trinkt eine letzte Tasse Tee.

»Ein guter Mann, dieser Claus Stauffenberg«, sagt er zu Peter. »Ein besserer Typ als Berthold, männlicher und mit mehr Charakter. Er wirkt, als wäre er der Ältere der beiden. Es wird interessant sein zu sehen, wie sich unsere Zusammenarbeit entwickelt.«

Theo Haubach steht vor der Ruine des kleinen Siedlungshauses in der Bozener Straße in Leipzig, wo Carlo Mierendorff gestorben ist. Castor und Pollux, so hat man sie in ihrer Jugendzeit genannt. Die Dioskuren. Nun ist Carlo fort. Es dämmert. Ringsum ist alles im Frost erstarrt. Gärten und Dächer sind schneebestäubt. Kein anderes Haus in der Straße ist zerstört. Nur dieses. Dieses eine. Gottes Finger hat es zerdrückt. Und soll das ein Trost sein oder erneute Trostlosigkeit? Vielleicht ist Carlo entrückt worden, herausgenommen aus der Welt vor ihrem Untergang. Vielleicht hat er vorauseilen dürfen, wie er immer vorausgeeilt ist, schon als Junge, schon in Darmstädter Tagen, Herr Vielgeschrey, heftig und leidenschaftlich, voll Witz und tiefer Melancholie. Carlo hat von Anfang an gewusst, wie alles enden würde.

Er hat geahnt, welche Wildnis vor ihnen lag. Aber das hat ihn nicht daran gehindert, sich zu ihrer Durchquerung bereit zu machen. Nichts konnte ihn hindern, weder dunkle Ahnungen noch klare Einsichten. Nun ist Carlo fort. Die Wildnis hat ihn verschlungen. Die Sträucher sind hinter ihm zusammengeschlagen. Der Kampf ist zu Ende. Nicht Carlos Feinde haben ihn beendet, sondern die, an die Carlo als an seine Verbündeten gedacht hat. Man kann es ihnen nicht anlasten. Wem lässt sich dieser Tod anlasten? Wie soll man die Furcht bestehen? Wie soll man mutig und zuversichtlich bleiben, wie den kommenden Gefahren und Qualen entgegentreten? Nun, da Carlo fehlt, weiß Theo nicht, wie er den Rest ertragen soll.

»Sie kennen ihn? Sie kennen Julius Leber?«

In welchem Zusammenhang ist der Name gefallen? Der Journalist deutscher Abstammung Willy Brandt, verheiratet und Vater einer Tochter, lebt inzwischen in Stockholm. Als die Deutschen in Norwegen einmarschiert sind, hat er sich gerettet, indem er in der Uniform eines Freundes als angeblicher Norweger in deutsche Kriegsgefangenschaft marschiert ist. Nach seiner Entlassung ist er nach Schweden geflohen, und dort haben die Norweger dem in Deutschland längst Ausgebürgerten wirklich die norwegische Staatsbürgerschaft verliehen.

Willy Brandt ist vor fünf Tagen dreißig geworden. An seinem Geburtstag hat er noch mit einer Gelbsucht das Bett gehütet. Inzwischen geht es ihm aber wieder ganz gut. Er ist also heute Abend doch noch der Einladung eines deutschen Bekannten gefolgt, wo er einen gewissen Theodor Steltzer kennengelernt hat, Oberstleutnant und Chef des Transportwesens in Norwegen. Der Mann ist kein Nazi. Er unterhält enge Beziehungen zum norwegischen Widerstand, insbesondere zu Bischof Eivind Berggrav. In welchem Zusammenhang fällt der Name Julius Lebers?

»Grüßen Sie ihn von mir«, sagt Willy Brandt. »Grüßen Sie ihn von –« Er zögert. Nicht der alte Name. »Grüßen Sie ihn von dem jungen Lübecker, dem er einmal den ausgezeichneten Rat gegeben hat, einen Artikel vor der Veröffentlichung immer erst einen Tag in der Schublade liegen zu lassen. Sagen Sie ihm, ich hätte mich daran ebenso selten gehalten wie er selbst.«

Rückblickend bedauert Brandt das Zerwürfnis. Rückblickend scheint es ihm, dass die anspruchsvolleren Kritiker vom rechten ebenso wie vom linken Ende des Spektrums der Sozialdemokratie mehr miteinander gemein hatten als mit der dazwischenliegenden Saft- und Kraftlosigkeit. Es wird sich aber vielleicht alles noch einmal einrenken lassen. Brandt ist längst wieder in die Exilorganisation der SPD eingetreten. Leber und Brandt werden bestimmt wieder zueinanderfinden, wenn erst einmal der Krieg zu Ende ist.

Claus Stauffenberg wird Weihnachten mit seiner Familie verbringen. Er wird Frau und Kinder in Bamberg abholen und dann mit ihnen weiter nach Lautlingen fahren. Heute ist er noch einmal zu Yorcks in die Hortensienstraße gekommen, um sich für die Feiertage zu verabschieden. Sie haben mit einem Glas Rotwein auf die Festtage angestoßen, dann hat Claus sich von Marion verabschiedet. Peter hat ihn hinausbegleitet. Nun stehen sie noch einen Moment vor der Tür, Claus im Wintermantel, den Kragen hochgeschlagen gegen die dichten Flocken, Peter fröstelnd im Jackett. Der Himmel über der verdunkelten Stadt hängt voll Schnee. So neigt sich dieses Jahr 1943 dem Ende zu: das Jahr, das Claus Auge, Finger und Hand gekostet hat.

»Es berührt mich manchmal recht merkwürdig, dass ich nicht weiß, was aus meiner Hand geworden ist«, sagt Claus zu Peter. »Sie war ja ganz zerfetzt. Die Ärzte haben nicht einmal mehr den Ring abgenommen.«

Claus schüttelt den Kopf, in der Dunkelheit der Berliner Dezembernacht. Er erwähnt nicht die Vision, die ihn gelegentlich heimsucht und in der Hunde eine Rolle spielen, afrikanische Straßenhunde.

»Nun ja«, sagt er. »Man hat sie wohl verbrannt. Manchmal denkt man eben solchen Unfug.«

Sie schweigen einen Moment. Dann sagt Peter: »Höre, Claus. Ich stehe an deiner Seite. Das sollst du wissen. Das heißt nicht, dass ich jede Bluttat gutheißen würde. Aber du kannst auf mich zählen. Wir können nicht länger untätig zuwarten. Ich sehe jetzt klar. Diese Schuld wäre die größere.«

Und das muss Peter nun Helmuth Moltke vermitteln. Der Gedanke beschwert ihn. Der Freund, dem Peter sich mit aller Wärme verbunden weiß, wird sich womöglich verraten fühlen, mindestens verlassen. Andererseits hat Helmuth selbst neulich halb und halb eingestanden, dass ein Attentat unter Umständen nötig werden könnte. Und etwas Konkretes ist ja noch gar nicht in Planung. Peter wird am besten abwarten. Er wird schweigen, bis ein fester Plan Gestalt annimmt. Man weiß doch noch gar nicht, wie sich die Umstände bis dahin entwickelt haben werden. Und über die Feiertage ist Helmuth ohnehin nicht hier, sondern zu Hause in Kreisau.

Helmuth und Edolf Reichwein sind zusammen mit dem Zug gefahren. Am Bahnhof von Kreisau verabschieden sie sich.

»Wir sehen uns ja ohnehin in den nächsten Tagen«, sagt Helmuth. »Aber grüße schon einmal Romai von mir.«

»Und du Freya. Und deinen kranken Söhnchen gute Besserung.«

Dann wandert Helmuth allein den Berghaushügel hinauf. Edolf überquert die Peilebrücke und folgt der Dorfstraße zum Schloss, wo seine Familie untergebracht ist. Die Wiesen links und rechts der Straße liegen leer und schneelos, aber der Boden ist steinhart gefroren. In der Winterdämmerung schreien Krähen.

»Man kommt nicht einmal mehr zum Trauern«, sagt Edolf. »Die Kleinkramhetze wälzt sich über alles. Sie begräbt sogar Carlos Tod.«

»Jetzt kannst du dich ja erst einmal ausruhen«, sagt Romai. »Du musst nur sagen, wonach dir zumute ist, und ich werde es zu beschaffen versuchen.«

Sie ist voll Sorge: Edolf sieht schlecht aus. Der lebensvolle Mann wirkt erschöpft, zermürbt, der Pflege bedürftig. Zum Glück ist er auf Kreisau beliebt. Er hatte ja schon immer die Gabe, Menschen für sich einzunehmen. Jeder ist gern bereit,

Romai Eier, Sahne, Butter für ihren Mann zu spenden. Romai hat an diesem ersten Abend ein fürstliches Essen für ihn bereitet, aber er hat gar nicht viel gegessen.

»Seine Arbeit zu tun, ein Treffen einzuhalten, zwischen den Alarmen das Nötigste zu beschaffen übersteigt fast die Kräfte«, sagt er. »Man hastet zum Dienst, man hastet zum Laden, man hastet zum Bus, dann beginnt der Alarm, man hastet in den Keller, und die Bomben fallen. Und nach den Bomben flattern Flugblätter herunter, die erklären, dass man uns wirklich sehr ungern bombardiert, es lasse sich aber leider nicht vermeiden, weil wir nun einmal Nazis sind. Aber wen interessieren denn noch irgendwelche ideologischen Fragen? Und natürlich sind es die nationalsozialistischen Behörden, die nach den barbarischen Angriffen der Alliierten heißen Tee ausschenken und an die Ausgebombten Decken verteilen. Da ist es doch sonnenklar, auf welcher Seite die Bevölkerung steht.«

»Du solltest alle diese Dinge für ein paar Tage von dir schieben«, sagt Romai. »Du musst zu Kräften kommen und ein wenig Abstand gewinnen.«

Edolf schüttelt langsam den Kopf.

»Ich erhoffe mir eigentlich nur eines«, sagt er. »Dass ich in den nächsten Tagen dazu komme, einmal ehrlich um Carlo zu trauern. Das muss man doch schließlich. Oder nicht? Wer wird wohl an uns denken, das frage ich mich. Wer wird um uns trauern, wenn es so weit ist?«

Im Berghaus wird Weihnachten in diesem Jahr gar nicht gefeiert. Die Söhnchen haben Lungenentzündung. Der kleine Konrad liegt fiebernd im Bett, und seinen großen Bruder Caspar hat man sogar ins Krankenhaus nach Breslau schaffen müssen. Und Asta trauert um ihr totes Kind.

Sie ist noch immer schwach, und sie hustet. Womöglich hat

sie sich bei Freyas Kindern angesteckt. Freya eilt zwischen den beiden Kindern hin und her, voll großer Sorge. Nimmt denn die Unglücksserie kein Ende?

Helmuth ist schweigsam. Carlos Tod bedrückt ihn, Kirks Schweigen kränkt und verwundet ihn, dunkle Ahnungen belauern ihn. Am 28. Dezember bringt Freya ihren Mann wieder an den Kreisauer Bahnhof.

»Mein Lieber«, sagt Helmuth. »Ach, mein Lieber. Ich bliebe so sehr gern hier bei dir. Nur bei dir bin ich doch zu Hause. Und nun muss ich euch so zurücklassen, traurig und krank.«

Freya reckt sich zu Helmuth empor. Sie zeichnet ihm das Kreuzchen auf die Stirn, wie sie es seit Grundlsee oft getan hat. Der Zug fährt ein. Helmuth nimmt Freyas Hände in die seinen.

»Ich bin bald zurück«, sagt Helmuth. »Bis bald, mein Lieber, bis hoffentlich ganz bald.«

Dann steigt er in den Zug. Der Zug fährt an. Freya eilt neben ihm her. Sie winkt. Dann endet der Bahnsteig. Der Zug fährt in die lange Kurve, die die Gleise hinter dem Bahnhof beschreiben. Freya winkt. Ihre Tränen laufen. Helmuth sieht, lange noch, Freyas weißes Taschentuch im Winterwind flattern.

»Warum kommen die Kinder nicht alle herüber nach Wartenberg?«

Die Tresckows aus Wartenberg haben in Pätzig bei den Wedemeyers angerufen. Es ist der Nachmittag des 31. Dezembers.

»Hennings und Gerds Kinder sind da, und unsere Söhne haben Freunde mitgebracht. Das ganze Haus ist voller Jugend.«

Maria Wedemeyer war erst nicht sicher. Es ist schwierig, unter Menschen zu sein. Dietrich Bonhoeffers Abwesenheit begleitet sie. Seine Abwesenheit ist eine Lücke, die neben ihr geht. Maria kann nicht mehr lange über diese Lücke hinweg zu den anderen finden. Aber wenn sie zulässt, dass die Lücke sich schließt, haben sie einander verloren. Maria hat mit Kreide die ungefähren Maße von Dietrichs Zelle auf den Boden ihres Zimmers gemalt. Es ist wahr: Der Baum, den sie ihm gebracht hat, war viel zu groß. Marias Bett steht im Inneren des Kreidevierecks. Nun hat sie auch Tisch und Stuhl dazugestellt.

»Komm doch mit zu Tresckows, Maria. Komm doch mit.«

Sie hat schließlich nachgegeben. Durch wildes Schneegestöber sind sie nach Wartenberg gefahren, im geschlossenen Coupé, aber bei der Ankunft waren sie dennoch ganz durchgefroren. Im Schloss brannte aber schon in der Halle ein Feuer. Es gab heißen Kakao, heißen Tee, einen lauten herzlichen Empfang. Wie schön ist es, eine große Familie zu haben. Wie schön ist es, viele Geschwister, viele Cousinen und Cousins, Onkel und Tanten zu haben, in ihre Gesellschaft hineinzusinken wie in ein weiches, vertrautes, gemütlich fleckiges Sofa mit nicht mehr ganz zuverlässigen Sprungfedern. Sie sind bis in den Abend geblieben. Es wurde viel gelacht und gesungen. Maria hat gar nicht an Dietrich gedacht.

Die drei Schulenburg-Brüder, die noch am Leben sind, feiern Silvester in Berlin bei Wolfi, zusammen mit Frauen und Kindern. Sie haben mit großer Fröhlichkeit gefeiert, bis Wolfi das Radio angedreht hat, um zu hören, was Goebbels und Hitler zu sagen haben. Goebbels hat prophezeit, es sei sehr wahrscheinlich, dass der Krieg im kommenden Jahr in sein entscheidendes Stadium treten werde, und dann werde es die heroische Aufgabe der Deutschen sein, mit wenigen, aber tapferen Verbündeten Europa zu schützen, das das im Grunde gar nicht verdient. Hitler hat vom gesunden Hass einer Rasse gefaselt, die weiß, dass sie um ihr Dasein kämpft, mit dem äußersten Fanatismus und bis zur letzten Konsequenz. Wolfi hat aufgelacht und den Apparat abgestellt. Er hat seine Schwester Tisa in den Arm genommen.

»Weißt eigentlich du noch, wofür du kämpfst, Wolfi?«, hat Tisa gesagt.

»Tja. Der Krieg ist verloren, so viel ist klar.«

»Es wäre dann mal wieder so weit.«

»Wir sterben in Schönheit, was lässt sich sonst tun.«

Wolfi wird bis zum Letzten kämpfen. Etwas anderes kommt ja gar nicht in Frage.

»Das ist der Vorzug des Soldatseins«, sagt Fritzi. »Im Kampf sind die Dinge sauber und klar. Tapfer sein genügt, mehr wird nicht verlangt.«

»Besten Dank für die offensichtliche Hochschätzung meiner moralischen und intellektuellen Befähigung, kleiner Bruder.«

Albrecht schüttelt wehmütig den Kopf. Er ist der Älteste und Erbe von Tressow.

»Lasst uns ein Glas auf die Eltern trinken«, sagt er. »Und auf Heini und Wilhelm.«

Die toten Brüder.

»Wann werden wir uns wohl wiedersehen?«

Wolfi lacht.

»Nie.«

Fritzi geht aus dem Zimmer.

Die Stauffenbergs haben sich über Silvester alle in Lautlingen versammelt: Claus und Nina, Berthold und Mika, Bertholds Zwillingsbruder Alexander und seine Frau Melitta. Alexander hat den ›Tod des Meisters‹ fertiggestellt, rechtzeitig zu Georges zehntem Todestag. Nun zu Silvester hat er den Brüdern Abschriften überreicht.

Und scheidend wussten wir: in unserem leben
Ein jeder atemzug und schmerzlich beben
Bleibt dienst an diesem grab mit geist und blut

Claus Stauffenberg sitzt auf dem Rand seines Bettes. Er ist schon in Schlafanzug und Morgenmantel. Es ist spät. Claus ist müde. Er überfliegt noch einmal das Gedicht. Er liest es aber nur mit halber Aufmerksamkeit. Manchmal hat Claus eine merkwürdige Empfindung. Sie überkommt ihn, wenn Müdigkeit, Krankheit oder ein Kummer seine normale, sprühende Persönlichkeit verschatten. Er spürt dann den toten Bruder an seiner Seite: den Zwillingsbruder, den auch er hatte und der bei der Geburt gestorben ist. Es ist ein merkwürdig neutrales Gefühl, weder traurig noch froh, weder überwältigend noch lapidar. Es ist einfach, als ginge eine zweite Wirklichkeit neben ihm her: das, was hätte sein können.

Und so beginnt 1944. Die Rote Armee hat die deutschen Linien auf breiter Front durchstoßen. Die nach Prag übergesiedelte ausgebombte Duisburger Oper hat ihre Arbeit mit einer Aufführung von Richard Wagners ›Lohengrin‹ eröffnet. Uhren für Kirchtürme, öffentliche Plätze oder Autos dürfen nicht mehr hergestellt werden. In allen Gauen der NSDAP haben Feierstunden zum Thema »Frau und Mutter« stattgefunden, bei denen Soldatentum und Mutterschaft als zwei Formen letzter Einsatzbereitschaft gefeiert werden. In Teheran haben Franklin D. Roosevelt, Josef W. Stalin und Winston Churchill beschlossen, nach Kriegsende die Grenzen Polens zum Vorteil der Sowjetunion nach Westen zu verschieben und das verbleibende Restdeutschland aufzuteilen.

»Was uns wohl dieses Jahr bringen wird?«, sagt Marion Yorck zu Peter.

Peter Yorck blickt mit offenen Augen in die Dunkelheit ihres Schlafzimmers, in dem sie umschlungen liegen. Er zieht Marion enger an sich.

»Wir werden wohl beide vierzig, mein Herzelein.«

Marion hat am 14. Juni 1944 Geburtstag, Peter am 13. November. Er sagt: »Wir müssen eben auf Gott vertrauen, Herzenskind. Wir müssen darauf vertrauen, dass er erhält, was erhaltenswert ist. So hat damals mein Lehrer Rosenstock-Huessy Hegels dunklen Satz über die Eule der Minerva interpretiert: Die Eule beginne ihren Flug nicht in der Dämmerung, um mit dem Tag zu enden, sondern um das unsterbliche Teil des untergegangenen Tages durch die Nacht zu retten. Aber ob man selbst wohl den Anbruch des neuen Morgens noch erlebt?«

Helmuth ist fort. Aber Casparchen ist aus dem Krankenhaus entlassen. Freya hat für Asta ein Bett auf dem Sofa gemacht. Sie hat den Geschenketisch aufgebaut und die Kerzen am Baum entzündet. Heute werden sie in Kreisau Weihnachten feiern, auch wenn es nun schon Januar ist.

Helmuth hat aus Berlin geschrieben, dass er bei Hanns Lilje eine große Predigt gehört hat, über Joel 2, 21.

Ein finstrer Tag, ein dunkler Tag, ein wolkiger Tag, ein nebliger Tag; gleichwie sich die Morgenröte ausbreitet über die Berge, kommt ein großes und mächtiges Volk, desgleichen vormals nicht gewesen ist und hinfort nicht sein wird zu ewigen Zeiten für und für. Denn es zieht herauf in mein Land ein mächtiges Volk und ohne Zahl; das hat Zähne wie Löwen und Backenzähne wie Löwinnen. Und sie kamen über das ganze Ägyptenland und ließen sich nieder an allen Orten in Ägypten, so sehr viel, dass zuvor desgleichen nie gewesen ist noch hinfort sein wird. Vor ihm her geht ein verzehrend Feuer und nach ihm eine brennende Flamme. Das Land ist vor ihm wie ein Lustgarten, aber nach ihm wie eine wüste Einöde, und nie-

mand wird ihm entgehen. Sie werden in der Stadt umherrennen, auf der Mauer laufen und in die Häuser steigen und wie ein Dieb durch die Fenster hineinkommen. Vor ihm zittert das ganze Land und bebt der Himmel; Sonne und Mond werden finster, und die Sterne verhalten ihren Schein.

Hanna Solf, ihre Tochter Lagi Gräfin von Ballestrem, Elisabeth von Thadden und andere Angehörige des Solf-Kreises sind von der Gestapo verhaftet. Der angenehme Herr Dr. Reckzeh, den Frau von Thadden bei ihrem Teenachmittag am 10. September des vergangenen Jahres so herzlich willkommen geheißen und allen ihren Gästen vorgestellt hat, ist offenbar ein Spitzel der Gestapo gewesen.

»Eine schreckliche Sache«, sagt Ernst von Harnack. »Diese großartigen Frauen. Ich werde gleich an Werner Best nach Kopenhagen schreiben und sehen, ob ich mich für sie einsetzen kann.«

Er selbst hat glücklicherweise an diesem Teenachmittag nicht teilgenommen. Otto Kiep ist allerdings in Gefahr. Hartmut Plaas, ehedem als Mitglied der Brigade Ehrhardt und der Organisation Consul in das Rathenau-Attentat verwickelt, dann Anhänger der Brüder Strasser und nun dank Canaris im Nachrichtendienst des Reichsluftfahrtministeriums zuständig für die Telefonüberwachung, hat Helmuth Moltke wissen lassen, dass gegen Moltkes alten Bekannten eine Untersuchung schwebt.

Helmuth Moltke hat Kiep gewarnt. Der hat weitere Beteiligte von der Gefahr informiert, bevor er am 16. Januar tatsächlich verhaftet worden ist.

Helmuth schreibt immer unregelmäßiger. All die Jahre gab es ein tägliches Briefchen für Freya. Aber jetzt muss Helmuth, wenn er abends in die Hortensienstraße heimkehrt, natürlich immer erst ein wenig mit den anderen plaudern. Er muss essen, dann abwaschen, bevor der nächtliche Angriff kommt, und dann sinkt er ins Bett, dankbar, dass er noch eines hat. Im Amt ist furchtbar viel zu tun. Und Helmuth hat sich nun wieder Julius Leber vorgenommen.

Er will einen letzten Versuch machen. Er will sie alle zurückgewinnen, seine Truppe, die Freunde, die Träger der Nachkriegsordnung. Es kann schließlich alles nicht mehr lange dauern. Das Ende ist nah, und damit haben sich auch die Staatsstreichträume endgültig überholt. Peter Yorck muss eben auch wieder mehr ran: Das schreibt Helmuth nach Kreisau, in einem der selten gewordenen Briefchen.

Wenn wir die Kunst erlernen, dass wir inneren Frieden halten, was immer um uns herum passiert, dann sind die traurigen Jahre für uns nicht vergeblich gewesen. Mir ist das so wichtig. Wenn ich das Gefühl habe, in Dir ist Frieden, dann bin ich schon halb befriedigt. Wenn ich das Gefühl habe, in Dir ist Unruhe, bin ich ganz beunruhigt. Mein lieber Friedenspol! Wo sonst als bei Dir kann es für Deinen Wirt Frieden geben? Was machen eigentlich die Leute, die das nicht haben und auch keine Mutter mehr? Auf Wiedersehen, mein Herz, hoffentlich ganz bald. Lassen Sie es sich wohl ergehen, pflegen Sie sich, grüßen Sie Ihre Söhnchen und behalten Sie, bitte, lieb Ihren Ehewirt

Freya liest den Brief mehrfach, mit überquellendem Herzen. Sie sehnt sich ihrem Mann entgegen, der täglich, stündlich gegen die Auswüchse eines verlorenen Krieges kämpft, in einer Stadt, die um ihn her zerfällt. Aber bald kommt er ja. Schon in fünf Tagen wird er hier sein. Es ist Montag, der 18. Januar 1944.

Am nächsten Tag wird Helmuth Moltke an seinem Arbeitsplatz in der von der Abwehr requirierten Lausschule in Berlin verhaftet. Otto Kiep hat in der Prinz-Albrecht-Straße seinen Namen genannt.

»Es ist wirklich ungewöhnlich. Helmuth ist doch sonst so pünktlich.«

In der Hortensienstraße warten die Yorcks mit dem Abendessen.

»Hat er vielleicht zu Eugen gesagt, dass es später wird?«

Eugen Gerstenmaier tritt von der Diele herein.

»Sie kommen.«

Einen Moment später klingelt es. Peter öffnet. Vor der Tür ein Auto, mit abgeblendeten Scheinwerfern.

»Gestapo.«

Die beiden Männer betreten das Haus. Marions Herz schlägt in der Kehle.

»Wir haben hier einen Brief von Graf Moltke. Wir sollen ein paar Sachen für ihn holen.«

»Wo ist denn Graf Moltke?«

»Er ist gut untergebracht.«

Die Antwort steht aber in Helmuths Brief.

Ich bin in der Prinz-Albrecht-Straße. Bitte packt zusammen, was man so braucht, und gebt Freya Bescheid.

Was man so braucht? Haarbürste. Zahnbürste. Socken. Eine Decke. Etwas zu essen, natürlich. Etwas zu schreiben: einen Stift, Papier. Marion hat Helmuths Koffer auf sein schmales Bett gestellt, in dem winzigen Kämmerchen unter dem Dach. Daneben auf dem Hocker, der als Nachttisch dient, liegt das Tagebuch, das Casparchen für seinen Vater zu Weihnachten gemacht hat.

»Hier hat der Graf gewohnt? In diesem Zimmer hat der Graf von Moltke gewohnt?«

Sie sind keine zehn Minuten weg, als es erneut klingelt. Es ist Claus Stauffenberg.

»Was sagst du, Peter?«

Freya steht im Kreisauer Wohnzimmer am Telefon und begreift nicht.

»Helmuth hat verreisen müssen«, wiederholt Peter Yorck in Berlin.

»Aber er hat gar nichts davon geschrieben. Er hat gar nichts davon gesagt.«

»Nein«, sagt Peter. »Es kam zu plötzlich.«

»Na, dann wird er mir ja heute noch schreiben. Wo ist er denn hingefahren?«

»Das ist nicht sicher.«

Freya hat das Gefühl, als ob langsam, langsam alles ganz wirklich würde. Jeder Gegenstand steht gestochen scharf vor ihr, jeder Umriss vibriert.

»Und wann kommt er wieder?«

»Auch das ist nicht abzusehen.«

»Ich komme. Ich komme nach Berlin.«

2

Zelle 17, Reichssicherheitshauptamt in der Prinz-Albrecht-Straße. Helmuth geht auf und ab, auf und ab. Es sind sieben Schritt, und wenn er kleine Schritte macht, acht. Der allererste Schock liegt hinter ihm. Das erste Verhör liegt hinter ihm. Es hat sich über sechs Stunden hingezogen, und dabei ist schnell klar geworden, dass es nicht um die Pläne für die Neuordnung geht, nicht um Überlegungen zum Putsch, sondern einzig um seine Warnung an Kiep.

Das ist eine Erleichterung. Er muss nun also nur nachweisen, dass er selbst nicht zum Solf-Kreis gehört. Das ist alles. Er muss klären, dass er Kiep lediglich aus persönlicher Loyalität gewarnt hat, ohne politische Motive. Tatsächlich ist das wahr. Er befindet sich in einem Zustand der Traumklarheit: Nichts ist ganz wirklich, zugleich ist alles wirklicher, als es möglich ist. Hat er tatsächlich schon eine ganze Nacht hier verbracht? Sie haben das Licht brennen lassen. Halten sie ihn für selbstmordgefährdet? Ist er ihnen im Schlaf interessant? Es ist sehr kalt, aber er hat Decken. Er hat seine wichtigsten Akten aus dem Amt mitnehmen dürfen. Marion hat ihm die Bibel mitgeschickt, Schreibzeug, Tee. Es ist also alles nicht hoffnungslos. Es ist klar, was er tun muss. Er muss aufrecht stehen, sich sammeln, sich stärken. Er muss seine inneren Schubladen öffnen, den Inhalt sichten, hervorkramen, was sich zur Stärkung eignet. Der Rest muss weg. Ein seelischer Hausputz ist also verlangt, eine innere Inventur. Vor allem braucht er Beschäftigung. Zuallererst wird er an Freya schreiben. Einen Brief abzuschicken wird ihm vielleicht nicht erlaubt, aber in Marions Koffer hat er das Tagebuch gefunden, das ihm Casparchen zu Weihnachten gebastelt hat.

Er wird nun also Tagebuch führen. Nach seiner Entlassung kann Freya dann alles nachlesen, und so wird diese Zeit keine Lücke in ihr gemeinsames Leben gerissen haben. Das scheint ihm auf einmal ganz und gar entscheidend. Er muss sein Leben mit Freya fortführen. Er schreibt die ersten Worte.

Mein Lieber,

Die Anrufung wirkt sofort. Er kann nun locker schreiben, konzentriert. Er beginnt mit einer Skizze der Zelle, in der er sich aufhält. Er zeichnet Tisch, Bett, Stuhl, dann die Linie, die von der Tür zum Kellerfenster führt. Er schreibt,

Auf der gepunktelten Linie gehe ich auf und ab. Es sind 7 Schritt und, wenn ich kleine Schritte mache, 8 Schritt.

Mehr fällt ihm nicht ein. Die Zelle ist schmutzig. Sie ist kalt. Er hat die Decke um sich geschlungen. Er geht. Er geht auf der gepunktelten Linie, hin, her.

Der Tag beginnt um sechs und endet um acht. Drei Mahlzeiten strukturieren ihn: Brot, Suppe, Brot. Dazwischen sieht immer wieder einmal ein Herr in Zivil zu ihm herein und erkundigt sich höflich, ob es dem Grafen an etwas fehlt. Gestern Abend hat Helmuth gefragt, ob er möglicherweise einen Scheuerlappen bekommen könnte. Den hat er heute tatsächlich erhalten. Er hat damit den Staub von den Möbeln gewischt, dann hat er den Boden geschrubbt, und danach durfte er sich waschen und rasieren. Sogar Marions Schinken hat man ihm ausgehändigt. Seine Erleichterung, seine innere Dankbarkeit erschrecken ihn ein wenig. Verändert er sich bereits, schon am dritten Tag? Er hat eben Schlimmeres über die Haftbedingungen gehört. Aber das bezog sich auf die Lager. Man wird ihn ja kaum ins KZ schicken. Er muss lediglich die Tage herumbringen, bis man den Irrtum erkennt und ihn freilässt. Am besten wird das gehen, wenn er sich ein straffes Programm verordnet. Er wird damit beginnen, ab heute jeden Tag vier mal fünfundzwanzig Kniebeugen zu machen. Dann wird er die Bibel lesen und Tagebuch schreiben. Außerdem muss er sich seine Akten vornehmen. Es geht darum, weiterhin den Tag selbstbestimmt zu strukturieren. Er beginnt mit den Kniebeugen. Schritte hallen auf dem Gang. Ein Schlüssel rasselt. Die Zellentür wird geöffnet.

»Zum Verhör.«

Mein Lieber,

Das Verhör hat keine neuen Fakten erbracht. Immerhin hat man ihm erlaubt, an Freya zu schreiben. Kreisau ist als kriegswichtig eingestuft. Sie haben eingesehen, dass er die Möglichkeit haben muss, Freya Aufträge zu erteilen, die aktuellen Fragen mit ihr zu besprechen. Er schreibt in diesem Sinne. Sein Brief wird Mitleser haben, das muss er nutzen. Er bittet Freya also, Zeumer zu drängen, dass er sich um die Rückkehr der Polen kümmern soll. Er empfiehlt ihr, dem Pflanzen der Bäume Vorrang einzuräumen. Sein Haus, sein Gut wachsen um ihn herum empor, während er an all die Aufgaben denkt, die dort auf ihn warten: Aber er wünschte doch, er könnte mit Freya persönlich sprechen.

Das schreibt er. Freya kann das kriegswichtige Gut Kreisau unmöglich allein führen. Sie kann auf seinen Rat und seine

Anordnungen nicht verzichten. Er ist im Grunde ganz unabkömmlich.

Wegen des Zersägens der Vatspern-Eiche musst Du bei erster Gelegenheit mit Meister Erwin sprechen. Ich kam ja nun nicht mehr dazu.

Den Bericht über den Voranschlag habe ich in einem Exemplar bei mir. Du musst Dir bitte aus meinem Büro die Voranschläge selbst schicken lassen.

Er schafft es, sechs lange Punkte zusammenzubringen. Möglicherweise wird man Einsicht zeigen und ihr einen Besuchstermin einräumen. Er listet auf, was er in seiner Zelle benötigt: Seife, Zucker, Äpfel, Karotten, Kondensmilch, Marmelade, ein Zelluloid-Zahnputzglas, Essbesteck, Schuhputzzeug. Und den Rasierklingenschleifapparat.

Außerdem bitte regelmäßig Leibwäsche, alle 14 Tage ein sauberes Betttuch und einen Kopfkissenbezug.

Und einen Kuchen soll sie ihm backen.

Freya in Kreisau hält den Brief in der Hand. Sie hat in Berlin nichts ausrichten können, also ist sie wieder nach Hause gefahren. Der Kuchen soll ein Trost für die Kollegen im Amt sein: Sie sind sicher furchtbar betrübt, dass Helmuth ausfällt, es macht die Arbeit so schwierig für sie. Freya erkennt: Dieser Brief ist nicht nur an Freya, sondern ebenso an den Zensor geschrieben. Sie wird den Kuchen natürlich dennoch backen. Sie liest weiter, ungeduldig zu sehen, was er über seinen Zustand schreibt. Natürlich schreibt er, es ginge ihm gut. Er schreibt in einem lockeren Tonfall,

Ich poliere eifrig an meinem inneren Menschen herum und bin gespannt, ob das Erfolg haben wird. Die Voraussetzungen dafür sind natürlich glänzend, denn hier gilt nur, was man in sich hat oder finden kann.

Er will sie stärken. Es geht ihm schrecklich.

Es geht ihr schrecklich: Er hat den Text nicht nur für den Zensor, sondern auch für seine Freya verschlüsselt. Vielleicht stimmt das aber gar nicht. Vielleicht geht es ihm wirklich gut, vielleicht ist er der Lage gewachsen. Zweifelt sie etwa daran? Natürlich ist er der Lage gewachsen. Sie ist es auch. Darum wird es nun gehen: Sie müssen sich als der Lage gewachsen erweisen, eine Art Hochgefühl ergreift Freya.

Sie hat in der letzten Zeit immer wieder Befürchtungen niederringen müssen, die Dinge wüchsen ihr über den Kopf. Aber die Seuche, die das Geflügel vernichtet hat, die vielen Menschen und die große Zahl der Kinder, die ihr anvertraut sind, der Hof und seine Erfordernisse: All das fällt nun von ihr ab. All das kann sie spielend bewältigen, jetzt, wo es um Größeres geht: um ihn, um ihre leidenschaftliche Anteilnahme an allem, was ihm widerfährt, sie liest seinen Brief noch einmal. Sie lauscht in die Stille, mit klopfendem Herzen. Ein paar leise Töne erklingen. Ein Thema ist angespielt worden. Es wird sich wiederholen. Es wird sich verdichten, entwickeln, es wird sich zu brausendem Klang erheben,

Hier gilt nur, was man in sich hat oder finden kann. In mir ist natürlich nicht genug, aber Dir bin ich zu großem Dank verpflichtet, dass das wenige da ist, was da ist, und an diesem wenigen fühle ich mich reich. Du hast mich mit Bildern gesättigt, mein Herz.

Helmuth ist sehr zufrieden mit sich. Er hat sich mit den Taufsprüchen der Kinder beschäftigt: für Casparchen 1. Mose 12,2.

So spricht Gott: Ich will dich segnen, und du sollst ein Segen sein.

Für Konrädchen einen Spruch aus dem Korintherbrief.

Wachet, steht im Glauben, seid mutig und seid stark.

Dann hat er noch einmal den ganzen Korintherbrief gelesen. Er hat seine Kniebeugen absolviert, eisern trotz des Muskelkaters, für den sich ein Sechsunddreißigjähriger ja schämen sollte. Aber für Körperertüchtigung hat er sich eben nie Zeit genommen. Nun hat er Zeit. Er wird sie nützen. Er hat auch begonnen, für Freyas Söhnchen über seine Kindheit zu schreiben,

Wie alles war, als ich klein war

Der Herr in Zivil, der nach ihm sieht, heißt Witt. Vorhin hat Witt wieder hereingesehen und ihn mit Tränen in den Augen erwischt. Es war etwas peinlich. Aber Helmuth hatte gerade über Mami geschrieben, über Granny und Daddy. Das ist anstrengend. Das Glück ist zum Weinen anstrengend. Helmuths Leben ist bisher sehr glücklich gewesen. Wieso hat er sich das noch nie richtig klargemacht? Alle in der Prinz-Albrecht-Straße sind sehr freundlich zu ihm.

Die Geschichte ist äußerst unangenehm. Erich Vermehren, Agent der Abwehr in Istanbul, ist zu den Engländern übergelaufen. Adam Trott kennt Erich Vermehren: Vor dem Krieg hat er Vermehrens Bemühungen um ein Rhodes-Stipendium unterstützt. Letztes Jahr sind sie einander in Istanbul wiederbegegnet, bei Leverkühn in der Dienststelle der Abwehr. Vermehren hat Adam beiseitegenommen und ihn um einen Gefallen gebeten: Vermehrens Schwiegereltern haben im Frühling 1937 die Papst-Enzyklika ›Mit brennender Sorge‹ weiterverbreitet, deshalb werden nun die Ausreiseanträge ihrer Tochter zurückgewiesen. Könnte Adam nicht für Frau Vermehren zu Weihnachten ein Ausreisevisum besorgen?

Adam hat gern geholfen. Er hat Erich Vermehrens Frau einen inoffiziellen Auftrag des Auswärtigen Amts und einen Dienstpass verschafft. Damit ist sie zu ihrem Mann gereist.

Nach der Verhaftung Kieps sind die Vermehrens nach Berlin zurückbeordert worden. Sie sind aber stattdessen zu den Engländern übergelaufen. Der britische Militärattaché soll ihnen geholfen haben, nach Kairo zu gelangen. Vielleicht wäre die Sache dennoch halbwegs glimpflich abgelaufen, wenn die Engländer nicht intensiv über die Sache berichtet hätten. So aber hat der Fall hohe Wellen geschlagen. Erich Vermehrens Eltern und Geschwister sind in Sippenhaft genommen. Die Gestapo hat sie als ihre Gäste im Potsdamer Palast Hotel untergebracht. Und Adam von Trott ist in die Prinz-Albrecht-Straße zitiert worden.

Er hat sich zum Glück aus der Schlinge ziehen können. Er hat sich sehr über Erich geärgert, und dieser offensichtlich ganz echte Ärger hat die Beamten überzeugt. Wie hat Vermehren sich aber auch so unentschuldbar benehmen können? Wie konnte er das eigene Wohl vor das der Familie setzen?

Adam hat Grippe, Ischiasschmerzen, Probleme mit der Leber. Zur Geburt seiner zweiten Tochter Clarita am 9. November des letzten Jahres hat er es nicht nach Imshausen geschafft, aber zu Weihnachten ist er ein paar Tage nach Hause gefahren. Imshausen ist voll evakuierter Saarländer. Adam hat sich wie immer mit seinem Bruder Werner gestritten, der ihm einmal mehr vorgeworfen hat, seine Arbeitskraft dem Regime zur Verfügung zu stellen. Natürlich weiß Werner nicht, was Adam in Berlin tut. Er weiß nichts von Adams Umsturzbestrebungen. Aber könnte er Adam nicht einfach vertrauen? Könnte dieser einst so bewunderte große Bruder nicht voraussetzen, dass Adam sich bemüht, das Rechte zu tun?

Es ist atemberaubend, wie isoliert man ist. Die Mitglieder der Widerstandsgruppen in den besetzten Ländern schwimmen in ihrer eigenen Bevölkerung wie Fische im Wasser, getragen vom allgemeinen Hass auf den Nationalsozialismus.

Aber in Deutschland ist man allein, nicht so sehr ein Fisch auf dem Trockenen als vielmehr ein Landtier in der Flut. Es ist ein einsamer Kampf, auslaugend, erschöpfend. Dass Adam seit letztem Jahr Kontakte zum niederländischen Widerstand pflegt, ist deshalb sehr stärkend.

Diese Leute glauben ihm wenigstens. Sie glauben Adam Trott, dass es auch in Deutschland Kräfte gibt, die gegen den Nationalsozialismus arbeiten. Die Niederländer haben ein Memorandum Adams an ihre Exilregierung in London weitergeleitet. Die wiederum hat die Vorschläge des Memorandums befürwortet und es an die englische Regierung weitergereicht. Anthony Eden hat es allerdings wieder zurückgesandt.

Er hat den Niederländern mitgeteilt, dergleichen Schriftstücke stammten vom deutschen Geheimdienst und seien zu ignorieren. Die niederländische Exilregierung hat daraufhin den Kontaktleuten in den Niederlanden mitgeteilt, sie sollten den Verkehr zu den Deutschen abbrechen.

Aber die denken gar nicht daran.

»Von England aus stellen sich die Dinge sicher anders dar«, hat Adams holländischer Kontaktmann Adam wissen lassen. »Aber ich sehe unsere gemeinsamen Interessen durchaus. Die Menschen, die überall in Europa, in Polen, in Jugoslawien, in Frankreich, hier bei uns und eben auch bei Ihnen in Deutschland überlegen, wie es nach dem Krieg weitergehen soll, diese Menschen müssen sich miteinander solidarisch verbinden. Es geht uns doch allen um ein neues Europa. Und in diesem Europa, das wir gestalten werden, muss natürlich auch ein erneuertes Deutschland seinen Platz finden.«

Allerdings ist der Krieg längst kein europäischer Krieg mehr. Werden die Amerikaner und die Russen die Europäer überhaupt fragen, wie sie sich die politische Gestaltung ihrer Länder vorstellen? Die Sowjets werden große Teile Europas besetzen, wenn der Krieg weitergeht. Können die Westmächte das wollen? Wahrscheinlich ist es ihnen egal. Wenn Hitlerdeutschland zerschlagen, die Generalstäbe abgeschafft, die Industrie demontiert und die besetzten Gebiete vom Reich abgetrennt sind, dann kann es ihnen egal sein, was aus den Überlebenden wird. Und gestern ist eine Karte aus England von David Astor angekommen.

Die Karte war vom Juli 1943. Sie war sechs Monate unterwegs. Es standen herzliche Grüße darauf. *Herzliche Grüße.* Adam war zutiefst ergriffen.

»Dich scheint der Tod deines Vaters ja wirklich kaum zu berühren.«

Die Mutter hat einen weiteren Streit vom Zaun gebrochen. Nina Stauffenberg wünschte, sie würde es nicht tun. Sie wünschte, die Mutter würde endlich mit ihren Vorwürfen aufhören. Es quält Nina ja selbst, dass sie nicht stärker mit ihr mitleiden kann.

»Dein Vater ist gestorben, und du weinst ihm kaum eine Träne nach. Das hätte ich niemals für möglich gehalten. Der Tod deines Vaters lässt dich vollkommen kalt, das ist mir unfassbar.«

»Es ist ja auch gar nicht so, Mama. Es lässt mich doch überhaupt nicht kalt. Aber er war so krank. Er hat am Ende so sehr gelitten.«

»Ein Grund mehr, um traurig zu sein! Ein Grund mehr, nicht so kalt zu bleiben!«

Es trifft Nina tief. Aber was kann sie sagen? Nina hat ihren Vater sehr liebgehabt. Nun kann sie nicht anders als froh sein, dass ihm das Schlimmste erspart geblieben ist: Niemals wird er erfahren müssen, dass sein geschätzter Schwiegersohn, der Einzige, der ihn in seinen letzten Lebensjahren aus seinem

Schneckenhaus zu locken vermochte, in eine Verschwörung verwickelt ist.

Der Mann seiner Tochter ein Verräter: Das hätte der Kaiserliche Generalkonsul Gustav Freiherr von Lerchenfeld niemals verwunden. Sein Schmerz, seine väterliche Enttäuschung wären Nina unerträglich gewesen. Aber das kann sie der Mutter ja nicht sagen. Nina kann gar nichts sagen, zu niemandem. Nina muss schweigen, schweigen, schweigen, in Erwartung der Katastrophe: Das hat Claus ihr eingeschärft.

Du darfst von nichts wissen. Verstehst du das? Liebstes Kind, ich will wirklich nicht, dass du dich beunruhigst. Aber wenn etwas schiefgeht, musst du unbedingt die Unwissende spielen können.

Und was weiß sie? Seit der Saucken-Hochzeit im Oktober haben sie einander dreimal gesehen: Im November ist Claus für ein Wochenende nach Bamberg gekommen, Weihnachten haben sie zusammen in Lautlingen gefeiert, und natürlich hat Claus an der Beerdigung seines Schwiegervaters teilgenommen. Bei jedem seiner Besuche hatte er einen Stoß Papiere dabei. Die Wohnung in Berlin verfügt leider über Zentralheizung, also hat er Nina damit betraut, diese Unterlagen für ihn zu verbrennen.

Du sollst das aber bitte nicht lesen.

Nina hat keinen Blick darauf geworfen. Wozu auch? Wozu es lesen, das trockene Zeug? Sie drängt sich nicht in seine Bereiche hinein. Politik interessiert sie im Grunde auch gar nicht. Sie weiß ja genug.

Sie weiß, was sie aus seinen Warnungen schließen kann: Die Planungen schreiten voran. Claus rechnet damit, dass demnächst jemand die große Tat wagt. Als Kind hat Nina einmal mit dem Vater im Tor einer fränkischen Burganlage gestanden. Der Vater hat nach oben gewiesen,

Schau mal. Huh! Gleich kommt es herunter!

Nina ist dem Blick des Vaters gefolgt. Über ihr, schwarz und pfeilspitz, hing das Fallgatter in der Luft. Nina hat aufgeschrien. Sie hat versucht, sich loszureißen. Der Vater hat gelacht.

Kind, es passiert dir doch nichts! Es war nur ein Scherz. Sieh doch, ich bin auch hier! Du musst dich nicht fürchten.

Es geht, wenn man nicht emporblickt. Nina in ihrer Bamberger Wohnung räumt den Wandschrank hinten in der Diele auf. Sie räumt gern auf, sie sortiert gern. Im Wandschrank stehen alte Aktenordner, Fotoalben, Erinnerungsstücke. Nina hat gerade die Briefe neu geordnet, die sie von Vater und Mutter erhalten hat in den Jahren, in denen sie nicht in Bamberg gelebt hat.

Es ist ein ziemlich dickes Bündel. Das Bündel mit Claus' Briefen ist eher dünn. Claus ruft zwar jeden Sonntag an, aber er schreibt nur selten.

Dein Mann! Nein, das begreife ich ohnehin nicht!

Die Mutter hat ihm immer vorgeworfen, sich zu wenig um Nina zu bemühen. Sie ist eine Baltendeutsche, geistreich, witzig, kapriziös. Sie rollt das R wie eine Russin. Sie spricht ohnehin lieber Russisch oder Französisch als ausgerechnet Deutsch. Sie hat klare Vorstellungen vom Leben, auch davon, wie eine Ehe sich zu gestalten hat.

Dein Mann kümmert sich nicht genug um dich. Er nimmt keinerlei Rücksicht auf dich. Er hat nicht genug Zeit für dich. Er tut, als wäre seine Frau ein notwendiges Übel, nicht der Mittelpunkt seiner Welt.

Aber das ist Nina ja auch nicht. Der Mittelpunkt seiner Welt ist die Pflicht. Um diesen Mittelpunkt herum teilen sich die Dinge auf: die Familie, Nina, *Staats*-Dinge, Dienst. Und jetzt ist eben noch ein weiterer Punkt dazugekommen: der Umsturz.

So sollte es nicht sein. Die Frau muss dem Mann heilig sein, ihr Wohl sollte für ihn unbedingten Vorrang haben.

Aber warum eigentlich? Die Empörung der Mutter hat es Nina sehr erleichtert, ihrem Mann die Stange zu halten. Claus ist wundervoll und strahlend, so wie er ist. Soll sie von ihm verlangen, ein anderer zu werden? Soll sie ihn daran hindern, seine selbst gewählten Aufgaben zu erfüllen?

Niemals. Diese Dinge sind auch eine Frage der Selbstachtung. Claus tut, was er für richtig hält, und wenn sie nicht genau weiß, was er tut, dann ist anzunehmen, dass das genau das ist, was er will, also ist sie ihm eine gute Gattin. Liebe bedeutet eben auch Verzicht. Wer das nicht einsieht, wird immer nur hadern.

Nina hockt in der Diele auf dem Boden. Sie hat einen Stapel alter Rechnungen aussortiert, die bezahlt sind, lange genug bezahlt, dass man sie wegwerfen kann. Nun stellt sie alles ordentlich zurück in den Schrank. Alles hat seinen zugewiesenen Platz. Nina weiß genau, wo welcher Gegenstand liegt. Sie hat sich eingerichtet, mit Büchern, Schallplatten, Kunstbänden, schönen Möbeln, mit ihren Kindern, sie darf nur nicht an den Tod des Vaters denken.

Sie darf nicht an die Enttäuschung der Mutter denken, an den verwirrten Schmerz der Mutter, dem sie nicht abhelfen kann. Sie darf nicht daran denken, was geschehen wird, wenn das geschieht, was ihr Mann sich wünscht. Nina richtet sich auf. Sie streicht den Rock glatt. Ein loses Blatt liegt noch auf dem Boden, es ist wohl aus einer der Mappen gerutscht. Sie wirft einen Blick darauf,

Der krieger
Dein bild ist sturm wie einst und glut und brennt
Und fließt in eins mit dem gekrönten reiter
Den unsre fernste hoffnung König nennt

Sie sieht, was es ist. Sie sieht die Widmung, ganz unten auf der Seite.

Für Claus. Von Offa

Alexander Stauffenbergs Name im *Staat*. Nina faltet das Blatt zusammen, mit dem Text nach innen, dann schiebt sie es in eine Mappe mit der Aufschrift »Durchsicht Claus«. Für *Staats*-Dinge interessiert sie sich nicht, ebenso wenig wie ihre Schwägerinnen Mika und Litta.

So hat es der Meister gewünscht. An diesen Wunsch haben die Stauffenberg-Brüder und ihre Frauen sich alle gehalten. Man ist im Grunde ja auch froh, wenn man nicht alles zu seinem eigenen Bereich erklären muss. Und könnte ein Gedicht Alexanders Nina denn etwas Neues über ihren Mann verraten? Kennt sie Claus etwa nicht ganz genau?

In deinem unstillbaren drang
Nach tat so fern – bis du an deinem herzen
Den bruder findest noch im untergang

Wieder einmal bekommt die Hortensienstraße Besuch von der Gestapo. Sie sind seit Helmuth Moltkes Verhaftung schon zweimal dagewesen. Diesmal wollen sie Helmuths Anzug holen. Sie sind freundlich, höflich. Sie plaudern nett, fast intim, wie alte Freunde. Marion öffnet ihnen die Tür, und sie treten ein, als wären sie hier zu Hause. Als wäre das Haus eine Leihbibliothek: Sie nehmen Bücher mit, bringen sie wieder zurück, nehmen andere. Sie durchsuchen einen Schrank, ein Küchenregal, dann verabschieden sie sich und gehen wieder. Und dann kommen sie zurück. Marion hat Helmuths Anzug gebürstet und zusammengelegt. Sie packt Äpfel für ihn dazu, Zucker, Tee. Was könnte Helmuth noch brauchen? Was kann man ihm mitgeben, damit er weiß, dass sie alle gut durch die letzte Bombennacht gekommen sind? Die Patience-Karten?

Die Gestapo-Männer nehmen das Paket entgegen. Sie spielen den Privat-Paketdienst des Herrn Grafen. Was geht in ihnen vor? Wahrscheinlich nichts. Sie gehen, sie werden wiederkommen. Sie kommen unerwartet. Man muss ihnen öffnen. Man muss sie eindringen lassen. Wie kann man sich an dergleichen gewöhnen? Man gewöhnt sich aber. Die Häuser sind wandlos, sie bieten keinen Schutz. Man lebt auf der Straße. Man lebt wie ein Tier ohne Höhle, im Gebüsch, im Wald, im offenen Gelände. Den einen reißen die Bomben der Alliierten die Wände und das Dach weg. Die anderen haben noch Wände und ein Dach, die sie aber vor nichts mehr schützen. Die Häuser sind porös, durchlässig. Es gibt keine Rückzugsräume mehr.

Helmuth Moltke hat einen wunderbaren Tag gehabt. Er hat fürstlich gefrühstückt, mit Weißbrot, Butter, Eiern, Marmelade von Marion. Man hat ihn ins Amt gefahren, wo er einiges diktiert hat. Dann hat man ihn zu einer kleinen Vernehmung gebracht und ihm als Allererstes drei Briefe von Freya ausgehändigt.

Die ersten Briefe seit fast zwei Wochen. Er hat es kaum abwarten können, wieder in seine Zelle zu gelangen. Der freundliche Kriminalinspektor, der ihn in die Prinz-Albrecht-Straße zurückbegleitet hat, ist praktischerweise gleich weiter in die Hortensienstraße gefahren, um den anderen Anzug zu holen. Derweil hat Helmuth Freyas Briefe gelesen. Ein friedlicher, sanfter Ton klang aus ihnen, eine heitere Zuversicht, so dass er getröstet und ganz beruhigt geschlafen hat.

Früh um halb vier beginnt der Angriff.

Keiner hat die Gefangenen aus ihren Zellen geholt. Die Engländer zielen offenbar direkt auf Helmuth. Der Lärm ist betäubend, die Zelle hell von Flammen. Das Fenster birst, Scherben fliegen, die Türen sind verrammelt. Die Zelle füllt sich mit Qualm. Er hustet. Er erstickt. Er kann nicht hinaus. Er brüllt. Die Tür fliegt auf, man zieht ihn auf den Gang.

Da ist Langbehn, der Anwalt Himmlers. Da ist Albrecht Graf von Bernstorff, der Freund Trotts aus dem Solf-Kreis, da Otto Kiep. Man führt sie hinaus in den Garten, wo es einen Splittergraben gibt. In dem hocken sie nun, in ihre Decken gewickelt und um Fassung ringend.

»Die Brandschäden sind nicht unerheblich.«

»Die Zellen sind aber wohl weiter zu nutzen.«

»War das das Luftfahrtministerium, was man von drüben so brennen sah?«

»Und das Völkerkundemuseum.«

»Wie mag es im Rest der Stadt aussehen.«

Sie alle sind elend und schwach vor Angst. Was, wenn das nun jede Nacht so geht? Lieber tot sein als eingeschlossen in einem brennenden Haus. Und was, wenn Helmuths Akten verbrennen, die im Gefängnis und die im Amt? Wird man ihn nicht ganz und gar vergessen, wenn man ihn nicht mehr braucht? Es sind englische Bomben, die auf ihn fallen. Immer wieder einmal drängt sich der schmerzliche und sinnlose Gedanke herein. Es sind englische Bomben. Sie fallen zu Recht. Und wem verdankt er es, dass er noch lebt? Ein offensichtlicher Gedanke tritt aus der Reihe offensichtlicher Gedanken heraus,

Nicht dir selbst.

Aber wenn er gerettet worden ist, dann zu welchem Zweck? Vielleicht ist er nur einer anderen Bombe zum Opfer bestimmt. Aber auch diese Bestimmung könnte womöglich einen Sinn haben.

Jedenfalls gibt es vorerst weder Licht noch Heizung. Helmuth hat seinen Mantel zugeknöpft, er hat einen Pullover um den

Kopf geschlungen. Aber in der Winterdüsternis kann man unmöglich lesen. Soll man nun Tag für Tag hier im Dunkel sitzen, beschäftigungslos, voll Angst vor dem nächsten Angriff? Immerhin ist es hell genug, um an Freya zu schreiben.

Mein Lieber,

Schon beruhigt er sich. Er schreibt sehr langsam. Nach jedem Satz lauscht er in die Stille, wartet auf ihre Antwort, ihr Lachen, eine Bemerkung, einen Kommentar. Er hört ihre Frage,

Wie lange noch, Liebster? Wie lange?

Er antwortet.

Ich werde mich einrichten, als bliebe ich lange hier, denn wenn ich jeden Tag auf einen Fortschritt hoffe, werde ich ungeduldig und verzweifelt, und das hat ja keinen Zweck. Und wenn ich mich schon auf längere Zeit einrichte, dann sollte ich sie vernünftig nutzen. Ich habe überlegt, dass ich vor allem Landwirtschaft einmal gründlich und vom Fundament her studieren sollte.

Er ist verblüfft. Er hat nicht gewusst, dass er dies schreiben würde. Aber es klingt vernünftig. Er kann nur ruhig und stark bleiben, wenn sie es ist, und damit sie stark bleiben kann, muss er es sein. Und Landwirtschaft wäre tatsächlich verlockend, daneben Theologie, er muss nun also eine Bücherliste erstellen. Freya wird ihm die Sachen besorgen. Im schwindenden Licht zieht er den Tisch ans Fenster. Hier ist es doch noch hell genug zum Lesen, allerdings auch besonders kalt. Er trampelt mit den Füßen und liest dabei das Johannesevangelium.

Freya steht in der Prinz-Albrecht-Straße. Sie hat beantragt, ihren Mann sehen zu dürfen, um dringende geschäftliche Fragen mit ihm zu erörtern. Es hat funktioniert. Sie ist hier. Sie ist in die Höhle des Löwen vorgedrungen. Es ist ein Triumph:

Sie ist nicht ohne Möglichkeiten. Seit seiner Verhaftung fliegt sie dahin wie auf dem Kamm einer Welle, wie auf weiten Schwingen. Dies ist das Ende der Banalitäten. Jetzt geht es ums Leben. Jetzt ist alles gefordert: Mut, Liebe, gewandte Schnelligkeit, List. Sie fühlt sich getragen von großer Glaubenskraft. Sie ist nicht verlassen, sie ist nicht machtlos, in diesem kleinen verdreckten Raum, in dem sie darauf wartet, dass man ihr ihren Mann bringt. Die Tür öffnet sich. Da steht er, fassungslos. Hat man ihm nicht gesagt, dass sie hier ist? Sie tritt ihm entgegen, streckt beide Hände nach ihm aus. Er schwankt.

»Pim.«

Er kann kaum fassen, dass sie wirklich da war. Er kann ihren Mut kaum fassen, ihre Stärke. Es treibt ihm Tränen aus den Augen, wenn er daran denkt, wie sie dort gestanden hat, hell, heiter, ruhig, die Wangen von der Kälte draußen gerötet, die Augen klar und warm, voll Kraft und Zuversicht, weit erhoben über ihre Umgebung. Er hat ihr hoffentlich vermittelt, dass auch er stark ist, in Frieden mit sich. Darum geht es jetzt. Unter keinen Umständen darf man jetzt seinen Schwächen nachgeben, sich verzärteln, in Trauer fallen, sich Gefühlsduseleien erlauben. Jeden Abend liest er nun alle ihre Briefe. Dann geht er zu Bett und sucht seine Familie. Wer schläft? Wer wacht? Wo ist seine Frau, wo findet er sie? Im Lichtschein unter ihrer Lampe, an ihrem Schreibtisch vor den Büchern, mit einer Handarbeit auf dem Sofa, bereits im Bett, die Wange im Schlaf in die Hand geschmiegt?

Es geht ihr gut. Er kann es spüren. Er schläft getröstet ein. Wenn er erwacht, denkt er nicht an den Tag, der vor ihm liegt, sondern an den Tag, der vor ihr liegt. Er denkt nicht an sein Amt, an die Verhöre, an die Neuordnung Deutschlands. Er knüpft dort an, wo er am Abend geendet hat: Freya, auf Kreisau. Das Leben ist ganz anders als früher. Er schreibt ihr das. Man kann es lesen. Das befriedigt ihn tief.

Die Vorführung der Uniformen soll am 11. Februar 1944 nun endlich stattfinden. Axel von dem Bussche ist bereit, es ein zweites Mal zu versuchen. Stauffenberg hat für ihn bereits einen Marschbefehl von der Ostfront nach Berlin besorgt. Dummerweise ist Axel krank. Er liegt auf dem Hauptverbandsplatz bei Newel am Ostufer der Uschtscha mit wolhynischem Fieber, das viele hier umwirft. Nun, lange wird es nicht dauern. Sie nennen die Krankheit nicht umsonst auch Fünftagefieber. Am 29. Januar erfährt er, dass sein Bataillon in einem schweren Angriff in größte Bedrängnis geraten ist. So geht es nicht. Die Kameraden zählen auf ihn. Axel gehört nicht zu denen, die sich drücken, weiß Gott nicht. Er rafft sich auf, er zieht sich an. Das Fieber weicht schon. Es geht ihm schon besser.

Hauptmann von dem Bussche-Streithorst eilte in der Stunde der Not zu seinem Bataillon, organisierte die Abwehr, nahm aus eigenem Entschluss, allen vorankämpfend, eine wichtige, verlorengegangene Höhenstellung

Man wird ihm für diesen Einsatz das von Adolf Hitler persönlich gestiftete Deutsche Kreuz verleihen. Und ein sowjetischer Granatsplitter wird seinen rechten Fuß zerfetzen. Auf einem Sturmgeschütz, einem Schlitten und schließlich im Flugzeug wird man den Schwerverletzten in ein Lazarett transportieren.

Wie kann sich Ewald Heinrich von Kleist-Schmenzin unter diesen Umständen drücken? Wie kann er von sich selbst geringeren Einsatz verlangen, als Axel Bussche zu zeigen gewillt war, sein Regimentskamerad aus dem IR 9? Fritz-Dietlof Schulenburg hat Ewald Heinrich Kleist zu Claus Stauffenberg gebracht. Claus hat sehr ernst mit dem jungen Mann gesprochen. Er hat ihn nicht bedrängt. Er hat ihm im Gegenteil geraten, in sich zu gehen, etwas in sich selbst zu finden, was ihn zu einer solchen Tat bewegen könnte. Kleist ist zweiundzwanzig Jahre alt. Seine Bereitwilligkeit zu sterben steht gänzlich außer Frage. Er hat das Stauffenberg versichert. Er hat aber gebeten, vorher noch einmal nach Hause fahren zu dürfen: Er will die Meinung seines Vaters hören. Wenn er stirbt, wenn er so stirbt, dann nicht ohne den väterlichen Segen.

Er ist also zurück nach Schmenzin gereist. Nun steht er im Schloss, im Arbeitszimmer des Vaters. Er hat dem Vater alles berichtet. Der Vater hat noch nicht geantwortet. Er steht am Fenster. Er sieht hinaus. Ewald von Kleist-Schmenzin war kein Anhänger der Republik. Er ist kein Demokrat. Er ist kein Nationalsozialist: Er hat auf eine Restauration der Hohenzollern gehofft. Er ist ein Christ, ein Mitglied der Bekennenden Kirche. Er ist ein Preuße, durch und durch. Sein Sohn hat ihn gefragt, ob er das Leben opfern soll. Das muss nun beantwortet werden. Die Frage lautet, ob Ewald Heinrich von Kleist-Schmenzin sein Leben geben soll, um den Widerchristen zu vernichten, der durch Ströme von Menschenblut watet.

Aber was interessiert dieses Blut Ewalds Vater? Was interessieren Ewald von Kleist-Schmenzin fremde Leute, was kümmern ihn die Toten der anderen? Dies ist sein Sohn. Er darf jetzt nur an seinen Sohn denken, bei dieser Sache, an niemanden sonst. Ewald von Kleist-Schmenzin dreht sich um.

»Ja, das musst du tun«, sagt er. »Wenn du es nicht tust, wie willst du dann jemals wieder froh werden im Leben?«

Fritzi Schulenburg sitzt an Axels Bett.

»Die Veranstaltung ist wieder abgesagt worden.«

Axel von dem Bussche sieht Schulenburg an. Inmitten seiner Schmerzen braucht er einen Moment, um zu begreifen, welche Veranstaltung gemeint ist.

»Kleist ist wieder an der Front«, sagt Schulenburg. »Stieff hat alles abgeblasen.« Er sieht sich um. Er beugt sich zu Axel hinunter, er flüstert. »Höre, Axel. Wenn es vor dem Zusammenbruch nicht mehr zu der bewussten Tat kommt, wird Deutschland unter Fremdherrschaft geraten. Wir müssen für diesen Fall einen Orden gründen. Wir müssen einander schwören, über den Zusammenbruch hinaus an der Treue zu unserem Land festzuhalten. Zu dem Deutschland, das wir errichten wollen.«

Axel antwortet nicht. Er überlegt, was Schulenburg meint. Er überlegt, ob er ein Land errichten wollte. Inmitten der Schmerzen und der Schmerzmittel fällt es ihm schwer, darüber nachzudenken. Man wird ihm wahrscheinlich das Bein amputieren. Er hätte sein Leben gegeben. Aber nur das Bein ist gefordert. Wofür das Leben? Wofür das Bein? Im Moment kann sich Axel nicht recht erinnern. Vielleicht ist es alles schon zu lange her. Vielleicht hat gerade die Zukunft begonnen. So muss es sein. Für alles andere erscheint es Axel von dem Bussche zu spät.

An jenem eisigen 11. Februar, für den Hitler die Vorführung der Uniformen abgesagt hat, wird Helmuth James Graf von Moltke aus Luftschutzgründen ins Frauen-Konzentrationslager Ravensbrück überführt, in den Zellenblock, der dort für politische Gefangene errichtet worden ist. Otto Kiep und Albrecht Graf von Bernstorff werden mit ihm verlegt, ebenso ihre persönlichen Betreuer: Motekus für Kiep und Witt für Moltke. Helmuth hat sich Witts Anhänglichkeit inzwischen mit Schinken aus Kauern und Speck aus Kreisau dauerhaft gesichert. So kommen sie alle gut miteinander aus, auf ihrer Fahrt von Berlin nach Norden.

Sie nähern sich bereits dem Konzentrationslager. Links und rechts des ordentlich gepflasterten Wegs, den sie entlangfahren, liegen hübsche kleine Siedlungshäuser inmitten von Gärten. Es duftet nach Wald. Weiter unten am Ufer des Sees drängen sich die idyllischen Ziegeldächer von Fürstenberg um die Kirche. Auf der Straße kommen ihnen immer wieder SS-Männer entgegen, SS-Helferinnen in schwarzen Soldatenstiefeln. Dann überholen sie eine Häftlingskolonne. Es sind Frauen in gestreifter Gefangenenkleidung. Sie marschieren auf das Tor zu. Sie singen. Es klingt scheußlich.

Fritzi Schulenburg ist in Berlin. Man hat versucht, ihn ins Innenministerium zu holen, aber er hat sich geweigert. Was will er in einem Ministerium? Offiziell bildet er seit Anfang des Jahres im Ersatzbatallion des IR 9 Offiziersanwärter aus. Er kann nun frei walten. Er hat keine feste Bleibe mehr. Er ist in Berlin, aber er ist unauffindbar in den Ruinen der zerfallenden Stadt. Er treibt sich herum, wo er will. Er übernachtet bei Freunden, bei Bekannten, er schläft im Ithweg 29 bei Pfarrer Berndt, in der Markgrafenstraße 5 bei Schwerin von Schwanenfeld, im Kasino oder der Dienstwohnung von Ewald Heinrich von Kleist in der Kaserne des IR 9. Er zieht mit Kameraden durch die Stadt. Er trägt immer dieselbe schäbige Uniform, dieselben blauen angeschmuddelten Hosen seines Zivilanzugs. Er taucht mit Stauffenberg und dessen Adjutanten Werner von Haeften in Neuhardenberg auf, dann in Breslau bei ehemaligen Mitarbeitern, er erscheint im Büro der Holzfirma Nonn im Hotel Esplanade, wo Carola Rüdt von Collenberg für ihn Botendienste übernimmt, Nachrichten übermittelt, Termine vereinbart. Fritzi bewegt sich wie ein Tier im Dschungel, wie ein Kämpfer im Gebirge. Er hat sich keiner der eifersüchtelnden Gruppen und Kreise angeschlossen. Fritzi ist frei. Er ist immer nur Fritzi Schulenburg. Ihn interessieren weltanschauliche Differenzen weniger als die anderen. Er sieht sich Menschen an. Er will wissen, wer ihm gegenübersteht. Er zieht viele an sich. Vor allem jüngere Offiziere scharen sich um ihn. Was ist es an diesem mittelgroßen Mann mit den Schmissnarben im Gesicht, das alle in Bann schlägt?

In den frühen Morgenstunden weckt er Ursula Kardorff und nimmt sie mit zu einer Schumann-Matinee, einem morgendlichen Haydn-Konzert: Die Nächte bieten keinen Raum für Musik, sie sind mit dem Lärm der Bomben gefüllt. Im Offizierskasino referiert er über Spengler, über den preußischen Sozialismus und ›Utopia‹ von Thomas Morus. Spät in der Nacht landet er mit seinen Anhängern im Adlon. Fritzi steht an der Bar, schneidend kühl, von mitreißendem Optimismus, mit seinem absurden Monokel und seiner schiefen Nase. An einem Tisch in der Nähe hockt eine Gruppe von Parteibonzen.

Und warum sitzen die dort so ruhig? Warum raufen sie sich nicht die Haare, warum zerreißen sie nicht ihre Kleider? Wie ist es möglich, dass diese Menschen nicht von den Folgen ihres Tuns erschüttert, von ihrer Schlechtigkeit zerrüttet, niedergetreten von ihrer eigenen Gemeinheit auf dem Boden kriechen? Aber zur Umkehr ist es für sie zu spät. Sie haben keine Wahl mehr. Haben sie gelebt? Sind sie überhaupt da? Fritzi schreibt an seine Frau,

Manche Menschen tragen ständig eine Maske und wissen selber, dass ihr wahres Gesicht beim Lachen unter ihr erschauert.

Sein seltenes Lachen wetterleuchtet über sein Gesicht. Die Jungen hängen an seinen Lippen. Sie sind bereit zu gehen, wohin er sie führt, bereit, jede Festung zu stürmen, die er ihnen nennt, sie kennen keine Angst, nicht einmal mehr Vorsicht. Sie reiten wie auf weißen Schimmeln durch die Stadt. Die Jugend trägt sie, der jugendliche Zorn auf eine Welt, die nicht hält, was man ihnen als Kindern versprochen hat: dass die Guten belohnt und die Bösen bestraft werden.

Wann schlagen wir los? Wann geht es endlich los? Wollen wir warten, bis sie uns alle verhaften? Wollen wir warten, bis die Generäle sich aufraffen, diese alten Männer? Worauf warten wir noch?

Nach jedem Angriff fühlen sie es bis ins Herz, dass sie Verschonte sind. Sie sind Aristokraten, Krieger, Verschworene, sie sind hoch erhoben über den Alltag, über die Bombenfurcht der gemeinen Menschen. Sie trinken in einer Bar, die lichterloh brennt und die sie löschen helfen. Sie trinken in der Potsdamer Wohnung von Madi von Schillings Eltern. Madi ist Sekretärin des Kommandeurs des Grenadier-Ersatzbatallions 9, der ein entschiedener Nazigegner ist. Fritzi steht tief in der Nacht auf, das Glas in der Hand, und zitiert Stefan George.

als sieger dring ich einst in euer hirn
ich der verscharrte – und in eurem samen
wirk ich als held auf den man lieder singt

Und wo steckt er jetzt?

Fritzi ist weg. Madi sucht ihn. Sie tritt hinaus vors Haus, auf der Suche nach Fritzi Schulenburg. Er sitzt auf der Außentreppe, in der eisigen Kälte. Über sein Gesicht strömen Tränen.

Das Schlimmste ist der Dreck. Der permanente Dreck des Bombenkriegs, der Staub, der Rauch, der Ruß, der sich nach jedem Angriff wieder über alles gerade erst Abgewischte, Gekehrte, Gereinigte legt, die Asche, die durch die zerbrochenen Fenster hereinweht, durch die Ritzen der Bretter oder Kartons, mit denen die leeren Fensterhöhlen notdürftig verschlossen sind. Das Schlimmste ist das Heulen der Sirenen, in der Dunkelheit absoluter Verdunkelung. Immer, andauernd heulen Sirenen, und wenn sie nicht heulen, lebt man in der Erwartung, dass sie gleich wieder heulen werden. Die Seele kriecht in sich selbst zurück, rollt sich ein, kneift die Augen zu. Das ist nun das helle lebendige Leben: hautloses Fleisch, zuckende Nerven in einer Kapsel der Starre. Man lebt und erwartet, dass die Sirenen heulen. Man hofft, dass sie endlich heulen, weil es ja doch gleich zu heulen beginnt, dann heulen sie, und man rennt zurück in den Bunker, in den Keller. Der Voralarm wird zu Vollalarm, dann rauschen die Geschwader heran, und die Flak beginnt zu bellen. Schneeregen fällt auf die Ruinen, zischt in den verschwelenden Trümmern, durch die die Gespensterzüge zerlumpter russischer Gefangener ziehen. Zwangsarbeiter graben nach Toten. In den Fensterhöhlen pfeift und singt es, dazwischen das Sirren eines noch immer brennenden Hauses. Die alte Frau Müller schleppt bei jedem Angriff eine Tasche mit ihrem Tafelsilber in den Keller mit. Der alte Schuster Meyer schleicht sich bei jedem längeren Stromausfall aus dem Keller in seine Wohnung zurück, dreht verbotenerweise das Gas auf und macht Wasser für sein Aquarium warm, damit seine exotischen Fische nicht abnippeln. Bei Ursula Kardorff spielt eine Gruppe tschechischer Studenten Jazzmusik.

Don't know why there's no sun up in the sky
Stormy weather
Since my man and I ain't together,
Keeps rainin' all the time

Die Wohnung in der Rankestraße hat keine Fenster mehr. Das Haus hat keine Tür. Es steht einsam zwischen drei Ruinen. Das oberste Stockwerk ist durchgepustet, das Treppenhaus liegt voller Schutt, und durchs Dach regnet es ununterbrochen herein. In Ursulas Wohnung sind noch zwei Zimmer bewohnbar. In einem wohnen die französischen Fremdarbeiter, die Ursula vor längerer Zeit aufgenommen hat, um eine Einquartierung zu vermeiden. Im anderen wohnt Ursula. Sie hat saubergemacht, so gut es ging, sie hat die heilen Möbel geschmackvoll arrangiert und die Pappe vor den Fenstern mit Blumen bemalt. Sie hofft, dass der Nebel über England heute Nacht anhält: Ursula gibt ein Fest für ihren Bruder Klaus, der Fronturlaub hat. Die Tschechen hat sie gestern im verdunkelten Zug von Potsdam aufgegabelt. Die Franzosen haben von zu Hause ein Paket mit Essen und einer unfassbaren Flasche Champagner bekommen.

Bei mir biste scheen
please let me explain

Der Wirt aus der St.-Pauli-Bar von gegenüber hat Rotwein mitgebracht. Schwabs Vater ist im Zuchthaus gestorben, Juttas Geschwister sind verbrannt, Dr. Meiers jüdischer Vater ist im Lager verhungert. Sie tanzen alle. Sie tanzen wie die Verrückten, bis in den hellen Morgen. Drei Tage später brennt der Rest des Hauses ab. Das Gekaufte und Geerbte, das Ersparte und Gepflegte, das Polierte, Erworbene und nach Hause Getragene: ein Haufen Dreck.

Bischof Bell spricht im englischen Oberhaus. Dietrich Bonhoeffers lieber Freund: Er kämpft für die Grundsätze der westlichen Welt, für die Bewahrung der humanen und demokratischen Werte, in deren Namen dieser Krieg geführt wird. Er hat das Area bombing schon im Februar 1943 verurteilt, und er wird es wieder und wieder verurteilen.

»Ich bin mir bewusst, dass der Tod von Zivilisten bei den Angriffen auf Zentren der Waffenindustrie und des Militärtransports etwas Unvermeidliches ist. Aber es muss eine Verhältnismäßigkeit zwischen Mitteln und Zweck bestehen. Eine ganze Stadt auszulöschen, nur weil sich in einigen ihrer Bereiche militärische und industrielle Einrichtungen befinden, verneint die Verhältnismäßigkeit. Diese Flächenbombardierung ist nicht nur unverhältnismäßig, sondern stellt nach Artikel 22 der Haager Landkriegsordnung eine völkerrechtswidrige Vernichtungspolitik dar, und ich fordere das Parlament auf, die Regierung dafür zur Rechenschaft –«

Der Rest der Rede geht in den Tumulten unter. Bell ist vollkommen isoliert. Er steht allein, auch im Unterhaus, wo sich nur zwei Abgeordnete der Labour-Partei seiner Kritik anschließen. Er hat das erwartet. Er steht und lässt die Anwürfe, die Beschimpfungen ein weiteres Mal auf sich herabregnen. Dann fängt er wieder an.

»Wir stehen für etwas Größeres als Macht. Die Hauptinschrift auf unserem Banner ist nicht Macht, sondern Recht. Es ist von höchster Wichtigkeit, dass wir, die wir zusammen mit unseren Verbündeten die Befreier Europas sind, die Macht so nutzen, dass sie unter der Kontrolle des Rechtes steht.«

Der Zellenbau im KZ Ravensbrück, in den Helmuth Moltke eingeliefert worden ist, ist offenbar ganz neu. Er besteht aus zwei übereinanderliegenden Zellenreihen, die sauber und hell sind, mit gestrichenen Dielenfußböden und Fichtenmöbeln. Man hat Helmuth eine Zelle im ersten Stock zugewiesen, nicht eine der Souterrainzellen, die zur Hälfte in den Boden eingemauert sind. Er hat also Glück gehabt. Das Fenster öffnet sich auf eine mit Stacheldraht überspannte Mauer. Links von ihm ist Kiep untergebracht, rechts sind zwei SS-Aufseherinnen, die ständig über Liebesromane reden. Die Untersuchungsgefangenen aus Berlin erhalten nicht Häftlingskost, sondern die gleiche Verpflegung wie die SS-Wachen. Und Helmuth Moltke darf jeden Tag einmal auf den Hof hinausgehen.

Zwanzig Minuten lang darf er an der Mauer entlanggehen und den Himmel sehen. Dabei hat er hinter einem der Fenster Puppi Sarre entdeckt: Marie-Louise Sarre, die Freundin Langbehns, mit deren Bruder und Schwager Helmuth seit 1940 eine gemeinsame Anwaltskanzlei betreibt. Puppis Anblick hat die Erinnerung an Sommerabende in der Sarre-Villa aufsteigen lassen, an Puppis prächtigen Gemüsegarten mit seinen Komposthaufen, die Helmuth in den letzten Jahren regelmäßig gepflegt hat. Trotz der Aufseherinnen kann Helmuth etwas sagen, als er an Puppis Fenster vorbeikommt.

»Wie geht es Ihnen?«

»Den Umständen entsprechend. Seit wann sind Sie hier?«

»Seit gestern. Otto Kiep ist mit mir gekommen.«

»Wissen Sie schon, wie man das Fenster aushängt?«

Diese Dinge lernen sich nun. Helmuth hat sein Fenster ausgehängt. Man kann dann durch die Fenster miteinander reden. Das Reden ist aber anstrengend. Alles ist anstrengend. In diesem Lager müssen viele Tausend Frauen inhaftiert sein. Wenn sie ab fünf Uhr früh zur Arbeit ausziehen, hallt der Zellenbau wider von den Tritten ihrer Holzschuhe, vom Gebell vieler Hunde, von ihrem fürchterlichen Gesang. Und dann den ganzen Tag der Lagerlärm. Die lauten schimpfenden Stimmen, das unsinnige Geschwätz der inhaftierten SS-Helferinnen, das Winseln eines verprügelten Gefangenen, der seit Tagen kalte Platte bekommt, dem also weder Essen noch Decken oder Heizung erlaubt sind. Alles das stürmt auf Helmuth ein, stürzt über ihn hin wie Schwälle von Schmutzwasser. Das Schlimme ist ja nicht, dass man isoliert ist.

Das Schlimme ist, dass man es nicht ist. Ein Gefangener ist ausgesetzt. Seine Zelle ist nicht sein Raum. Er kann niemandem das Betreten verweigern, er kann selbst nicht fortgehen.

Helmuth muss die Zelle zu seinem Raum machen: Er muss sich in ihr einen unbetretbaren Raum schaffen. Wie könnte das gehen?

Die Zeit vergeht erstaunlich schnell.

Die Tage verfliegen, rasend verrinnt alle Lebenszeit. Es ist falsch, sich die Zeit mit Patiencen zu vertreiben. Andererseits muss er sich die Arbeit, die er aus Berlin mitgebracht hat, einteilen: Wer weiß, wie lange ihm diese Freude vergönnt ist. Er ist nun schon fast vier Wochen in Haft. In den letzten beiden Wochen hat man ihn nicht mehr vernommen. Er hat kein Paket von Marion, keinen Brief von Freya, keine Akten aus dem Amt mehr bekommen, seit er hier ist. Was soll das? Tausendmal lieber möchte er in Berlin den Bomben trotzen, als hier in der sicheren Zelle vergessen zu werden, zu verschwinden, sich aufzulösen.

Am nächsten Tag kommen ein Brief von Freya, ein Päckchen von Marion, Akten vom Amt. Er schluchzt vor Erleichterung, zu seiner eigenen großen Verblüffung.

Man darf also nicht warten. Das hat er nun begriffen. An Tagen, wo er wartet, hat er das Gefühl, eine weggelegte Akte zu sein. Sobald er nicht mehr wartet, fliegen die Tage dahin, bis zum Rand gefüllt, voller Kurzweil. Er denkt nach, er erinnert sich, er liest eine Biografie Bismarcks, das 40. Kapitel von Jesaja, drei Ausgaben der ›Times‹. Dann arbeitet er für das Amt. Er schreibt an seinem Bericht für die Söhnchen, er geht im Hof spazieren. Manche Tage schenken ihm so viel Freude, dass er die Menge fast nicht bewältigen kann. Freya hat ihm Schrankpapier geschickt, mit dem er jetzt seine Schubladen auslegen und alles ordentlich halten kann. Aus der Hortensienstraße sind weitere Bücher gekommen. Beim Spaziergang schien klar und herrlich die Sonne. Er hat sich ausführlich mit dem »Zweiten Gebot« im ›Großen Katechismus‹ auseinandergesetzt. Und jetzt schneit es nass und schwer, der Boden ist offen und alle Feuchtigkeit sickert ein. Hoffentlich ist es in Kreisau auch so. Hoffentlich hatte auch Freya einen fruchtbaren, guten Tag.

Frau Pick ist zu Freya gezogen, Helmuths Haushaltshilfe aus Berlin. Freya hat ihr die Kinder anvertraut, dann ist sie nach Schweidnitz gefahren. Helmuth braucht eine neue Zahnbürste, eine Tischlampe, einen Doppelstecker zum Einschrauben in eine Birnenfassung mit einer zwei Meter langen Schnur. Er braucht ein Insektenbekämpfungsmittel, weil er in seiner Zelle einen Floh entdeckt hat, und er wünscht sich ›Civitas Dei‹ von Augustin mit einem lateinisch-deutschen Lexikon.

Wie soll Freya diese Dinge in Schweidnitz bekommen?

Sie muss es eben auch in Breslau versuchen, und sonst in Berlin. Freya hat Sprecherlaubnis erhalten. Sie wird nach Berlin fahren, bei den Yorcks in der Hortensienstraße übernachten und am nächsten Morgen den Zug nach Fürstenberg nehmen. In der Polizeischule Drögen soll sie Helmuth wiederfinden. Und wie wird sie ihn antreffen?

Sie lässt die Kinder bei Asta und Frau Pick, dann fährt sie los. Peter und Marion heißen sie warm willkommen. Es ist sehr merkwürdig, in dem kleinen Dachkämmerchen allein im Dunkel zu liegen, auf Helmuths schmalem Feldbett, das sie nur wenige Male mit ihm geteilt hat.

Man hat ihm nicht gesagt, warum man mit ihm nach Drögen fährt. Er war nicht vorgewarnt: Und da steht Freya. Er ist sprachlos. Ihn schwindelt.

»Liebster, mein Liebster. Wie geht es dir?«

Sie ist sehr erleichtert. Er ist ihr frei entgegengekommen,

ganz vertraut, ohne Fesseln oder Bewacher, in seinem Anzug, nicht etwa in der KZ-Kluft.

»Nehmen Sie doch bitte hier Platz, Frau Gräfin. Hier können Sie in Ruhe arbeiten.«

Der SS-Mann weist ihnen einen Platz an einem Tisch zu, im hinteren Bereich der Verwaltungsbaracke. Sie setzen sich. Sie können einander ansehen. Sie können einander berühren. Freya öffnet den Koffer. Sie beginnt, Bücher und Papiere auf dem Tisch auszubreiten.

»Ich habe ein Paket für dich mitgebracht, das kannst du später auspacken. Und hier sind die nötigen Unterlagen aus Kreisau.«

Der SS-Mann setzt sich an seinen Schreibtisch. Er telefoniert. Freya senkt die Stimme. Sie sagt: »Ich darf dich ab jetzt jeden Monat besuchen. Ich habe ihnen klarmachen können, dass ich den Betrieb unmöglich allein führen kann. Und ich darf dir täglich schreiben, auch wenn du nur alle drei Tage antworten darfst.«

Er kann ihr kaum folgen. Er kann sie nur ansehen. Er kann nur ihre Augen sehen, dunkel strahlend und warm und ganz gegenwärtig.

»Mein Lieber. Mein Liebster. Mein Herzensjäm.«

Ihre Augen schwimmen und leuchten. Sie hält seine Hände. Sie richtet Grüße aus, von Kreisauern, von Berlinern. Keiner hat ihn vergessen, keiner wird ihn verleugnen. Zwei Stunden lang sprechen sie völlig ungestört, über Kreisau, über die Söhnchen, über Helmuths Befinden. Dann blickt einer der Beamten auf.

»Jetzt müssen wir allmählich wieder zurückfahren. Wir nehmen Sie gern mit nach Fürstenberg, Frau Gräfin. Wir kommen ohnehin durch den Ort. Hier in Drögen halten so wenige Züge.«

So sind sie, vollkommen unbürokratisch. Helmuth und Freya sitzen im Fond der dunklen Gestapolimousine. Sie halten einander an den Händen. Sie sitzen vereint im Rachen des Löwen. Vor dem Bahnhof hält der Wagen an. Freya steigt aus. Der Wagen fährt an. Er rollt mit Helmuth davon. Helmuth kann sich nicht vorstellen, dass er hier jemals wieder herauskommt. In seine Zelle zurückgebracht, wird er ohnmächtig.

Immerhin hat er sich nicht verletzt. Er richtet sich vorsichtig auf, ein wenig erschüttert von solchem Mangel an Selbstbeherrschung. Er legt sich erst einmal auf seine Pritsche, rein vorsichtshalber, falls noch etwas vorfällt. So liegt er noch, als es dämmert. Er hört das Rauschen der Bomber über den Wolken, bei ihrem Anflug auf Berlin.

Erst am nächsten Morgen packt er die wunderbaren Dinge aus, die ihm der liebe Pim mitgebracht hat. Das Prunkstück ist die schöne Kreisauer Teekanne. Sie steht vor Helmuth auf dem Tisch. Er berührt ihren Deckel. Er berührt ihren Griff. Schon Mami hat diese Kanne verwendet, Helmuths Mutter. Andächtig füllt er Tee in die Kanne, setzt Wasser auf. Er lässt sich Zeit, er kostet jeden Moment aus. Später hängt er den Anschnitt des Schinkens ins gekippte Fenster. Jetzt fliegen die Meisen bei ihm ein und aus. Sie fliegen in den Rachen des Löwen, der für sie keine Gefahr darstellt: Und das muss er Freya unbedingt noch schreiben.

Er hätte es ihr sagen sollen, aber er hat es versäumt oder vielleicht auch erst jetzt selbst begriffen: Sie dürfen keinesfalls auf irgendeine Rechtsstaatlichkeit vertrauen. Das ist an sich selbstverständlich. Aber man tendiert vielleicht dazu, es zu verdrängen. Sie dürfen also nicht verzweifeln, aber sie dürfen auch nicht auf Gerechtigkeit hoffen.

Freya darf nicht hoffen. Ihr Optimismus ist eine Riesengefahr. Freya hofft auf die Zukunft, auf das Glück, auf die letztendliche Anständigkeit der Menschen. Freya hofft auf ihn, ihren Mann, auf seine Kompetenz, seine Überlegenheit. Und welche Überlegenheit hätte ihn retten können, wenn die Bombe vor dem Fenster in der Prinz-Albrecht-Straße explodiert wäre? Das schreibt er ihr.

Sinnvollerweise kannst Du nur dem vertrauen, der die Bombe entschärft hat, und Du musst Dir die Gewissheit erkämpfen, dass es auch seinen Sinn hat, wenn er einmal eine Bombe nicht entschärft. Jeder menschliche Optimismus ist in diesen Dingen ganz falsch. Aber Vertrauen ist richtig.

Hans von Dohnanyi liegt im Lazarett in Buch. Christels jüngste Schwester ist ausgebombt und mit ihrer Familie zu Christel gezogen, ebenso die Schleichers und die Kinder der gesamten Familie. Das Haus platzt aus den Nähten. Sie essen an mehreren Tischen, wie im Hotel. Sie sind so viele, dass es oft kaum reicht, trotz der Milchziege, der Vorräte an Gemüse und Obst, die sie im letzten Jahr eingemacht haben. Hans und Dietrich müssen schließlich auch versorgt werden. Aber das Unangenehmste ist, dass Christel keinen Ort hat, wo sie zur Ruhe kommen kann, wenn sie vom Lazarett zurückkommt. Sie fährt mehrmals die Woche zum Lazarett. Sie besucht Hans, oder sie gibt ein Päckchen für ihn ab. Das nächste Mal wird Christel übermorgen fahren. Hans hat kein sauberes Hemd mehr, keine Socken, keine Zigaretten. Er hat keinen Mut. Oft braucht Christel Stunden für die Fahrt. Die Züge und Bahnen fallen regelmäßig aus, nach einem Angriff, und was fährt, ist überfüllt. Aber sie darf den Mut nicht sinken lassen. Sie muss optimistisch bleiben, zuversichtlich. Es sieht so aus, als würde das Verfahren demnächst eingestellt, wegen

Mangels an Beweisen. Was wollen sie ihm dann noch anhaben?

»Auf geht es.«

Helmuth Moltke hört die Stimme.

»Los, mitkommen. Nein, das kann alles hierbleiben. Wir machen einen Spaziergang ums Lager.«

Helmuth horcht. Sein Herz rast. Wen trifft es? Den alten Mann in Zelle sieben. Helmuth hat zuerst nicht verstanden, was sich hinter der Aufforderung zu diesen Spaziergängen verbirgt. Wem sie gilt, der kommt nicht wieder. Helmuth hat die Kalfaktorin wegen der Sache gefragt, eine Ernste Bibelforscherin wie fast alle Kalfaktorinnen: Ihrer Integrität vertraut sogar die Lagerleitung. Sie hat auch Helmuths Frage ehrlich beantwortet.

»Man wird erschossen. Man geht zum Erschießungsgang.«

Auf. Wir machen einen Spaziergang ums Lager.

Helmuth wird schlecht. Er möchte weinen, wenn er die Worte hört. Er ballt die Fäuste, sein Herz stolpert. Unterschwellig wartet er ständig darauf, die Worte wieder hören zu müssen. Er hat erfahren, dass das eine SS-Mädchen nebenan wegen Totschlags sitzt, das andere wegen einer Liebschaft mit einem Häftling. Unten sitzen zehn SS-Männer wegen außerplanmäßigen Erhängens. Sie bekommen kalte Platte. Einer ist an Händen und Füßen gefesselt und brüllt einen Tag lang. Die anderen neun beachten ihn nicht. Sie reden über das Erhängen unter sportlichen Gesichtspunkten. Um drei Uhr morgens werden die zehn Männer geweckt. Alles schreckt auf, in allen Zellen drängen die Gefangenen ans Fenster.

»Los, fertig machen. Wir machen einen Spaziergang ums Lager.«

Das Wetter ist windstill, grau, wärmer werdend.

Freya ist seit dem 3. März in Berlin. Helmuth hatte wieder viele Aufträge für sie, und es dauert seine Zeit, bis alles erledigt ist. Am 6. März besucht sie ihn in Drögen, und nun sitzt sie in der Hortensienstraße und schreibt ihm zu seinem siebenunddreißigsten Geburtstag am 11. März.

Ich fühle mich arm an Worten, wenn ich die Kostbarkeit dieses Tages für mich bedenke. Du bist mein Liebstes, und mein Leben ist nicht ohne Dein Leben, Dein Leben ist mein Leben. So werde ich Deinen Geburtstag auch dieses Jahr wie einen großen Festtag begehen, noch festlicher als in den letzten Jahren.

Wer weiß, was das kommende Jahr bringen wird!

Aber es bringt es uns beiden, und deshalb fühle ich mich stark und ruhig.

Oberst Oxé, Gruppenleiter im Amt, will am 11. März zu Helmuth hinausfahren. Er kann den Brief mitnehmen, auch die Geburtstagstorte von Peters Schwester Davy. Oxé wird beladen sein wie ein Packesel. Alle wollen Helmuth etwas schenken.

»Also am 11. März«, sagt Henning von Tresckow zu Rittmeister Eberhard von Breitenbuch. »Es liegt nun bei Ihnen. Sie haben das Schicksal der Frauen und Kinder in den Städten, der Soldaten an den Fronten, das Schicksal Deutschlands in der Hand.«

Von Breitenbuch ist Generalfeldmarschall Buschs Ordonnanzoffizier. Er wird seinen Vorgesetzten am 11. März zu einer Besprechung auf dem Berghof begleiten. Breitenbuch wird eine entsicherte Pistole verborgen in seiner Hose tragen, mit der er Hitler aus nächster Nähe in den Kopf schießen wird. Dann wird die SS-Leibwache Breitenbuch erschießen. Natürlich hat Busch keine Ahnung von dem Plan. Der Mann ist ja ein glühender Nazi. Am Abend des 10. März schreibt Breitenbuch seiner Frau ein paar liebevolle Zeilen, in denen er nicht erklärt, warum er dem Brief seine Uhr und den Siegelring seines Vaters beilegt. Am 11. März marschieren die Generäle einer nach dem anderen in den Empfangssaal. Breitenbuch wird von der SS-Leibwache zurückgehalten. Ordonnanzoffiziere sind bei dem heutigen Treffen nicht zugelassen.

Es ist der 11. März. Helmuth hat Freyas Brief erhalten. Der Inhalt dieses Briefs ist freilich eine Verpflichtung. Er verpflichtet Helmuth sich selbst. Was kann er tun, um diese Frau zu verdienen, dieser Liebe würdig zu sein? Er schreibt seinerseits einen Geburtstagsbrief: Freya wird am 29. März 33 Jahre alt,

Du weißt, dass ich vom Geborenwerden nicht viel halte und mich daher zu Glückwünschen nicht recht aufraffen kann. Die Glückwünsche zu diesem Tag richten sich vielmehr an mich, Deinen unwürdigen Ehewirt.

Er hat noch nie allein stehen müssen, das ist ihm in den letzten Wochen klar geworden wie niemals zuvor. Erst hat ihn die Liebe seiner Mutter umhüllt, dann die Liebe seiner Frau. Er sitzt auf seinem Schemel vor dem kleinen Tisch. Zur Feier ihres Geburtstages liest er »Sprüche 31, 10–31«.

Wem eine tüchtige Frau beschert ist, die ist viel edler als die köstlichsten Perlen. Ihres Mannes Herz darf sich auf sie verlassen, und Nahrung wird ihm nicht mangeln. Sie tut ihm Liebes und kein Leid ihr Leben lang. Sie steht vor Tage auf und gibt Speise ihrem Hause und dem Gesinde, was ihm zukommt. Sie trachtet nach einem Acker und kauft ihn und pflanzt einen Weinberg vom Ertrag ihrer Hände. Sie gürtet ihre Lenden mit Kraft und regt ihre Arme. Sie breitet ihre Hände aus zu dem Armen und reicht ihre Hand dem Bedürftigen. Sie fürchtet für die Ihren nicht den Schnee; denn ihr ganzes Haus hat wollene Kleider. Sie macht sich selbst Decken; feine Leinwand und Purpur ist ihr Kleid. Ihr Mann ist bekannt in den Toren, wenn er sitzt bei den Ältesten des Landes. Sie macht einen Rock und verkauft ihn, einen Gürtel gibt sie dem Händler. Kraft und Würde sind ihr Gewand, und sie lacht des kommenden Tages. Sie tut ihren Mund auf mit Weisheit, und auf ihrer Zunge ist gütige Weisung.

Nachmittags verspeist Helmuth die Torte, zusammen mit seinen neun Aufsehern und den SS-Mädchen. Leider erlaubt man ihm nicht, dass er Langbehn, Puppi oder Kiep ein Stück in ihre Zellen schickt.

Freya und Zeumer sind unterwegs auf dem Wägelchen. In rasanter holpriger Fahrt geht es wie jeden Morgen über die frühlingskahlen Felder. Der Mist aus den Ställen ist bereits untergepflügt. Der Himmel von zartem Blau. Noch zeigen sich keine Keime, aber ein grüner Duft liegt über dem Land. Es geht nun alles wieder von vorn los.

Und warum hat man manchmal einen so schwarzen Tag? Oxé aus dem Amt war da, und Helmuth hat mit ihm Berufliches durchgesprochen. Er hat hinterher noch etwas diktiert: Man schickt ihm dazu eines der Mädchen von der Drögener Dienststelle der Gestapo. Alles war bestens. Und dann auf einmal überschwemmt ihn die schwarze Welle. Unruhe überfällt ihn, Furcht, eine große Trauer. Wofür hat er gearbeitet, wofür hat er gelebt, wofür hat er sich bemüht? Die Rechtsanwaltspraxis ist zerbombt, die Amtsräume auch, alles, was er geleistet hat, ist ausgelöscht. Huppenkothen war da und hat ihm eröffnet, dass von Haftentlassung keine Rede sein kann, sondern dass Anklage wegen Hoch- und Landesverrats erhoben werden soll. Sie werden ihn töten. Er wird Kreisau nie wiedersehen. Er wird nie wieder über die Felder fahren, er wird nie mehr hier herauskommen, und es gibt einen Gott? Einen Gott, der zulässt, dass sie die Unschuldigen töten? Nichts gibt es, nichts, nur das leere All, und er hat sein Leben vertan, er hat falsch gelebt, es hat sich alles nicht gelohnt.

Mit den ersten warmen Sonnenstrahlen beginnen die Berliner zu flanieren. Sie bummeln über den Kurfürstendamm, vorbei an den Trümmern des Romanischen Cafés und der zerstörten Kaiser-Wilhem-Gedächtniskirche, sie sonnen sich auf den Trümmern des Gendarmenmarktes, sie sitzen plaudernd im Schutt auf der Mittelpromenade der Linden, zwischen den verkohlten Stümpfen der Bäume, die keinen Schatten mehr werfen.

Ursula Kardorff hält ein einsames Ostersonntagspicknick. Hinter dem zerstörten Reichstag, zwischen der Ruine des Generalstabsgebäudes und den zerbombten Villen der diplomatischen Vertretungen ist ein großer See entstanden. An seinem Ufer wuchern Schuttblumen: Weidenröschen, Natternkopf, Nachtkerze. Dazwischen liegen die abgeschlagenen Köpfe der Statuen aus der ausgebrannten Krolloper. Im See haben sich schon ein paar Fische angesiedelt. Kinder befahren das Wasser auf improvisierten Flößen aus verkohlten Brettern.

Freya geht einen Schritt nach dem anderen. Sie hat Helmuth noch einmal in Drögen besuchen dürfen. In Kreisau ist wieder die Hühnerpest ausgebrochen, und Freya hat die Küken in einem Bereich der Scheune isoliert. Sie hat Helmuths Aufträge ausgeführt, dann ist sie nach Kauern gefahren, wo Marion Yorck sich beim Saatgutbeizen eine Quecksilbervergiftung zugezogen hat. Asta ist empfindlich, ungerecht, hochfahrend. Ist das verwunderlich? Ihr Kindchen ist gestorben, ihr Mann steht im Feld, und gegen ihren geliebten Bruder soll Anklage wegen Hochverrats erhoben werden. Freya nimmt Asta in den Arm. Sie vermittelt zwischen Asta und Romai. Am Ostersamstag haben sie alle zusammen Ostereier für die vielen Kinder auf Kreisau gefärbt. Am Ostersonntag sind sie in die Kirche gegangen und haben zu Mittag Lammbraten gegessen.

Abends sucht Freya nach einer Gutenachtgeschichte.

Ein altes englisches Kinderbuch fällt ihr in die Hände. ›The Velveteen Rabbit‹. Vielleicht einst ein Geschenk von Granny und Daddy? Freya blättert. Es ist eine hübsche Geschichte. Es geht darum, wie ein Stofftier es anstellen kann, lebendig zu werden. Wie man es schafft, wirklich zu werden, wie man sich Leben und Seele erringt, statt für immer und ewig nur aus Holzwolle zu bestehen,

Du wirst. Es dauert lange. Deswegen passiert es nicht oft bei Leuten, die leicht kaputtgehen oder die scharfe Kanten haben oder mit denen man vorsichtig sein muss. Bis es so weit ist und du Wirklich geworden bist, sind dir meistens alle Haare weggeliebt worden und die Augen fallen dir raus und die Gelenke hängen nur noch an einem Faden und überhaupt bist du ziemlich schäbig. Aber das spielt alles überhaupt keine Rolle, denn sobald du Wirklich bist, kannst du nicht mehr hässlich sein, außer für Leute, die nichts begreifen.

Über die Osterfeiertage haben die Schulenburgs Claus Stauffenberg nach Schloss Trebbow eingeladen, zusammen mit Stauffenbergs Adjutanten Friedrich Karl Klausing vom IR 9, dem Patenonkel der kleinen Adelheid Schulenburg. Zu den Mahlzeiten versammelt sich um Charlotte und Tisa eine große, muntere Runde: Fritzi, die Kinder, der ausgebombte Schauspieler Mathias Wiemann und seine Frau, die Gäste und die Nazigouvernanten und Nazikinderschwestern, die sich alle darum reißen, dem schönen, tapferen Offizier Stauffenberg das Fleisch kleinzuschneiden. Aber nach dem Essen zieht Fritzi sich häufig mit Claus Stauffenberg zurück. Sie wandern durch den Park. Sie sitzen am Seeufer, im Teepavillon. Und abends verkriechen sie sich ins Kaminzimmer. Nicht einmal Klausing lassen sie zu.

»Müssen wir uns das eigentlich gefallen lassen?«

Charlotte ist ungehalten.

»Müssen wir es in Kauf nehmen, dass sich die beiden immer von uns absondern?«

Die Mädchen umschwärmen den jungen Friedrich Karl Klausing. Schuschu hat ihm die Mütze abgenommen. Sie schlingt einen roten Seidenschal um seinen Kopf.

»Jetzt siehst du aus wie ein Türke mit Turban.«

Oder wie eine elegante Dame. Wer hat das gesagt? Wer ist auf die Idee gekommen, Tante Tisas Lippenstift zu holen, Charlottes Gesichtspuder?

»Und die Federboa!«

Sie schütten sich aus vor Lachen. Sie haben den armen Klausing in Stolen gewickelt, ihn mit Tüchern vermummt, sie haben ihn mit Schmuck behängt und mit Parfüm bespritzt.

»Kannst du nicht Stöckelschuhe anziehen? Kannst du nicht?«

»Ach nein, es geht nicht. Seine Füße sind zu groß.«

»Ach wie schade. Komm, wir zeigen ihn Papi.«

Begeisterte Zustimmung.

»Los, doch, du musst hinein.«

»Tresckow hat recht«, sagt Fritzi im Kaminzimmer zu Claus. »Man muss einen Weg finden, eine Bombe in eine Führerlagebesprechung –«

Es klopft. Die Tür öffnet sich, und Klausing wird hereingeschubst, in einer Wolke von Duft und Federboas.

Als die Herren sich wieder beruhigt haben und Klausing abgewaschen ist, setzen sie sich alle vor dem Feuer zusammen. Charlotte löscht die Lichter. Den Rest des Abends erzählen sie einander Gespenstergeschichten.

Adam ist einmal mehr in Schweden gewesen. Er hat die Schweden einmal mehr gebeten, den Engländern klarzumachen, dass das Bombardieren ziviler Ziele nur Hitlers Interessen dient. Er hat sich mit der bedingungslosen Kapitulation, mit einer Besatzung des Landes einverstanden erklärt,

Nur bitten wir um eine Erklärung an das Volk, dass wir nicht versklavt werden.

Es ist keinerlei Antwort gekommen.

Aber das Rhodes-Haus hat sich über das Rote Kreuz nach Adam von Trott zu Solz, nach dem Zustand seiner Wohnung und seinem persönlichen Ergehen erkundigt. Adam weint vor gerührter Freude, als er diese Nachricht erhält.

Am nächsten Tag wird seine Sekretärin Hilde Walter bei einem Bombenangriff verschüttet. Am Abend dieses Tages findet in der Rheinbabenallee eine große Zusammenkunft statt, bei der es ausschließlich darum geht, wie man Helmuth Moltke aus der Haft holen könnte, und die ohne Ergebnis endet.

»Man hat Helmuth Graf von Moltke verhaftet«, sagt Adam von Trott zu Solz zu Gero von Schulze-Gaevernitz.

Adam ist in die Schweiz gereist. Er hat versucht, Kontakt zu Allen Dulles vom Office of Strategic Services in Bern aufzunehmen. Die Russen unterstützen die Gründung des Nationalkomitees Freies Deutschland, warum quittiert der Westen alle Kontaktversuche der deutschen Opposition mit Schweigen?

Dulles ist aber gar nicht da. Sein Mitarbeiter Gero von Schulze-Gaevernitz hat Adam empfangen.

»Man will Graf Moltke des Hochverrats anklagen«, sagt Adam von Trott zu Solz.

Er faltet seine langen schlanken Hände. Es sieht aus, als ringe er sie.

»Das ist allerdings eine schlimme Sache«, sagt Schulze-Gaevernitz.

Er sympathisiert mit den deutschen Oppositionellen. Er ist ja selbst gebürtiger Deutscher. Auch sein Chef wäre gern bereit, diese Leute zu unterstützen. Aber an den geltenden amerikanischen Richtlinien können sie nun einmal beide nichts ändern.

»Ich kenne den Grafen«, sagt Schulze-Gaevernitz. »Tatsächlich kannte ihn schon mein Vater.«

Der Jurist und Professor der Nationalökonomie Gerhart von Schulze-Gaevernitz war einst vor vielen Jahren an der Gründung der Löwenberger Arbeitsgemeinschaft beteiligt, die sich der Not der Waldenburger Bergarbeiter annehmen wollte.

»Ich werde meinem Chef von Graf Moltkes Verhaftung Mitteilung machen«, sagt Gero von Schulze-Gaevernitz zu Adam von Trott. »Aber ich bitte Sie, erwarten Sie sich davon nichts. Wir werden den Grafen nicht befreien können.«

»Nein, das will ich nicht. In der Sache Kiep will ich Moltke nicht. Nehmen Sie ihn dort wieder heraus.«

Der Reichsführer-SS und Chef der deutschen Polizei Heinrich Himmler steht im Begriff, Helmuth James Graf von Moltke zu retten. Er wird persönlich dafür sorgen, dass der Graf nicht zusammen mit den Mitgliedern des Solf-Kreises vor den Volksgerichtshof gezerrt wird. Er hat den zuständigen Kriminalkommissar kommen lassen.

»Moltke ist kein fanatischer Nationalsozialist. Das ist klar, das wissen wir, das haben wir längst gesehen. Es sind ja in letzter Zeit immer wieder einmal Leute von uns bei ihm gewesen und haben ihm ordentlich auf den Zahn gefühlt. Man muss das aber abwägen.«

Moltke gehört schließlich zur Abwehr. Vielleicht kann man ihn noch einmal verwenden, um Canaris' Amt zu schaden. Das wäre weit wichtiger als diese läppische Kiep-Sache.

»Also, das ist klar. Im Umkreis der Solf-Sache will ich ihn nicht. Nehmen Sie ihn dort wieder heraus.«

Außerdem ist der Mann trotz allem ein Moltke. Sein Großonkel war der Sieger von Königgrätz und Sedan, ein Mitbegründer des Kaiserreichs. Soll man nun ohne Not lauthals verkünden, dass ein Träger dieses heiligen Namens ein Feind des Nationalsozialismus ist? Das erschiene Heinrich Himmler nicht sehr geschickt. Man muss auch in diesen Dingen vernünftig bleiben.

»Es geht ihm gut. Es geht Helmuth gut, und er lässt alle grüßen.«

Freya ist in der Hortensienstraße. Sie ist gerade von Drögen zurückgekommen. Es ist bereits später Abend. Marion ist nicht da: Sie ist vorgestern nach Kauern gefahren. Also hat Peter für Freya noch etwas zu essen gerichtet.

»Ruh dich aus«, sagt Peter. »Und ich steige jetzt in den Keller hinunter und hole uns eine schöne Flasche Wein. Du wirst eine Stärkung gut brauchen können. Nein, bleib sitzen, ich hole die Gläser.«

Freya gehorcht. Sie lehnt sich in den Sessel zurück. Die Wanduhr tickt. Das Lampenlicht ist mild. Es geschieht Freya sehr selten, dass ein anderer sie umsorgt. Sie schließt einen Moment die Augen. Sie hört Peter aus dem Keller heraufkommen und in der Küche nach dem Korkenzieher suchen. Dann kehrt er ins Wohnzimmer zurück.

»Also, dann zum Wohl.«

Sie trinken. Freya ist keine Weinkennerin. Helmuth bevorzugt im Allgemeinen Tee. Aber dieser Wein scheint ihr köstlich. Schon nach den ersten Schlucken wird ihr Körper warm und angenehm schwer, als läge sie in einem heißen Bad.

»Lieber Peter. Du hast eine besonders gute Flasche aufgemacht, scheint mir.«

»Ich glaube ja. Dieser Wein stammt noch aus Klein Oelser Vorkriegsbeständen. Ich habe ein paar Flaschen mitgenommen, natürlich im Einverständnis mit Bia.«

»Ach! Dann habt ihr eure Streitigkeiten beigelegt?«

»Leider nein. Ich fürchte, das wird sich wohl auch nicht mehr bewerkstelligen lassen.«

Über die Jahre hat sich die Kluft zwischen Bia und dem Rest der Familie immer weiter vertieft. Peter als dem einzigen noch lebenden Bruder ist dabei natürlicherweise die Rolle des Sprechers für Mutter und Schwestern zugefallen. Im Einvernehmen mit ihnen hat er von Bia verlangt, auf seine Rechte als Herr und Erbe von Klein Oels zu verzichten. Die Sache kam schließlich vor ein Schiedsgericht. Natürlich hat Helmuth den Freund vertreten.

»Nun, du weißt ja, wie die Sache ausgegangen ist. Man war durchaus der Meinung, dass mein Bruder seinen Verpflichtungen in keiner Weise gerecht wird. Man hat ihn aufgefordert, als Herr von Klein Oels zurückzutreten. Das hat er aber nicht getan, obwohl er vorher versprochen hatte, sich dem Spruch dieses Ehrengerichts zu beugen.«

Peter füllt die Gläser nach.

»Ich kann ihm nicht einmal böse sein«, sagt er. »Er ist ja gar nicht mehr fähig, sein eigenes Handeln verantwortlich zu vertreten. Er hat sich völlig in das komplizierte Gebilde seiner abstrusen Rechtfertigungen verstrickt. Er schreibt mir, er teile nun einmal meine Werte nicht, er sei frei, wo ich gebunden bin, und gebunden, wo ich mich frei fühle, und die Wahl seiner Lebensgefährtin für die Ewigkeit hätte er nicht von einem vermuteten Konsens mit der lebenden und der gestorbenen Familie abhängig machen können. Das ist alles schön und gut. Aber wenn er der Wertordnung der Yorcks auf Klein Oels den Rücken gekehrt hat, dann muss er auch konsequenterweise seinen Platz räumen für die, die sich in dieser Ordnung verwurzelt fühlen. Stattdessen schreibt er unserer Mutter lange Briefe, um sie auf seine Seite zu ziehen.«

»Es muss sehr schwer für eure Mutter sein«, sagt Freya. »Ein Bruderzwist, der die Familie zerreißt.«

»Der Unfrieden ist sicher sehr schwer für sie. Aber es ist kein Bruderzwist. Ich vertrete den Standpunkt der ganzen Familie. Die Sache ist für mich im Grunde kaum zu begreifen. Schließlich hat doch auch Bia unseren Vater zum Vorbild gehabt.«

»Warum fährst du immer wieder los?«, sagt Clarita Trott zu ihrem Mann. »Warum versuchst du es wieder und wieder? Nein, ich will nicht die politischen Gründe hören. Ich will wissen, warum du es tust, du.«

»Ich weiß es auch nicht. Vielleicht hoffe ich auf ein Wunder. Ich erwarte mir im Grunde gar nichts mehr von ihnen.«

Adam Trott blickt in die Ferne.

Er sagt: »Sie sollen wissen, was wir hier tun. Verstehst du? Sie sollen es wissen. Wie steht man sonst da? Was soll Sir Cripps sonst von mir denken? Soll er denken, ich hätte den ganzen Krieg lang nur Verwaltungsarbeit im Dienst des Nationalsozialismus geleistet?«

Genau das nimmt Adams Bruder Werner an. Adam ist über die Pfingsttage nach Imshausen gekommen, und sie streiten die ganze Zeit. Werner erwartet, dass Adam tut, was Werner für richtig hält. Er kann nicht aufhören, sich in alles einzumischen, alles zu bekritteln, Adams persönlichste Lebensbereiche zu kommentieren. Der Streit ist ewig, furchtbar und bedrückend.

Am letzten Abend vor seiner Abreise geht Adam noch einmal durch seine Wälder. Am Rande des Eckardtberges oberhalb von Imshausen wachsen eine Tanne und eine Buche eng nebeneinander. Adam selbst hat diese Bäume als Kind gepflanzt. Er hat damals bei sich gedacht, die Tanne sollte den Bruder symbolisieren, und er selbst würde die Buche sein. Wer schneller wüchse, der würde sich im Leben durchsetzen. Natürlich war es die Tanne. Nun und? Es sind eben Bäume aus verschiedenem Holz. Adam geht an ihnen vorbei, ohne sie zu beachten.

Er geht tiefer in seinen Wald hinein, in die sich vertiefende Dämmerung. Er wandert gedankenversunken. Verliert er deshalb die Orientierung? Oder ist er auf ein verzaubertes Grasbüschel getreten, das den Wanderer in die Irre führt, so dass er meint, von der Stelle zu kommen, während er doch nur im Kreise läuft? Es ist dunkle Nacht, und Adam weiß nicht mehr, wo er ist, in diesen Wäldern, die seinen Namen tragen.

Er hat diese Gegend sein Leben lang durchstreift. Er überlegt, dass er nach Osten gegangen ist und also nun nach Westen gehen muss. Aber der Himmel ist bewölkt, die Sterne sind verdeckt, woran kann er sich halten? Wo befindet er sich, inmitten der bekannten und vertrauten Welt, die ihn eine Kindheit lang warmgehalten hat und die ihn nun nicht mehr freigibt? Er hört seine eigenen Schritte in der Dunkelheit. Ein Zweig streift ihn, streichelt ihn mit einem oder zwei Blättern. Ein blattloser stärkerer Zweig kratzt. In der Ferne der Ruf einer Eule. Der Boden ist eben, dann unebener. Wurzeln überqueren seinen Pfad wie versteinerte Schlangen. Diese Wurzeln sind immer da, nur nimmt man sie mittags um zwölf nicht wahr. Jetzt stellen sie sich ihm in den Weg. Er stolpert. Er stolpert wieder. Der Weg scheint abwärts zu führen, kann das richtig sein? Ist er vorher bergan gestiegen? Saugende Geräusche, bei jedem Schritt: Hier scheint der Boden modrig zu werden. Der Weg ist modrig. Er geht gar nicht mehr auf einem Weg. Er hat den Weg verloren. Es hat aber keinen Sinn mehr umzudrehen.

Es hat keinerlei Sinn, jetzt wie ein Dummkopf in den Wald zurückzulaufen, einmal nach links, einmal nach rechts zu rennen und sich dabei um sich selbst zu drehen, er geht geradeaus. Er wird stur weiter geradeaus gehen. Irgendwo endet der Wald. Und wenn er am Ende ins Freie tritt, wird er sehen, wohin er gegangen ist. Der Weg steigt nun wieder leicht an. Moos unter den Füßen. Er kommt sich auf einmal vor wie im Märchen. Der jüngste Sohn. Der tumbe Tor. Einer, der auszog, das Fürchten zu lernen. Als Kind hat er einmal lange über einem Märchen gebrütet, in dem der frohe Wanderer mitten am hellen Tag an einem Galgen mit drei Erhängten vorbeikam. Erst spät hat er begriffen, dass dies kein Märchenspuk war, sondern eine wirklichkeitsnahe Schilderung: Es gab tatsächlich eine Zeit, zu der man Menschen auf freiem Feld henkte und dann im Wind baumeln ließ, bis die Raben und das Wetter sie von ihrem Strick gelöst hatten. Und sind sie nicht eben dort wieder angekommen? Irgendwo in der Ferne winselt ein Hund. Adam umrundet ein Gebüsch, stößt seinen Fuß schmerzhaft an einem Stein und tritt zwischen den Bäumen ins Freie. Vor ihm liegt Imshausen.

Henning von Tresckow und Claus von Stauffenberg sind am Ende mit ihrem Latein. Keiner ist in ihrem Kreis, der nicht das

Selbstopfer angeboten hätte außer dem einen, der an Hitler herankäme: Oberst Stieff hat mehrfach abgelehnt.

»Er redet davon, dass er sauber bleiben will«, sagt Claus Stauffenberg zu seinem Bruder Berthold. »Was meint er damit? Er redet von seiner Familie, aber eben für die Familie müsste er handeln. Nun kann man die Aufgabe nicht erfüllen. Diese Aufgabe ist einem zugefallen, und man kann sie nicht erfüllen. Ich würde es selbst tun. Ich will es ja tun, aber wie?«

Henning von Tresckow verbringt die Pfingsttage auf Wartenberg.

Er schläft, er isst, er plaudert mit seinem Halbbruder Jürgen. Er streicht seinen Kindern über den Kopf. Er sitzt auf der Veranda und blickt über den See. Eta sitzt bei ihm, sein Bruder Gerd. Sprechen sie über früher?

Ach Gerd, du hattest recht.

Der Ältere war von Anfang an ein Gegner Hitlers. Henning war damals tief empört.

Willst du etwa nicht die Verschmelzung der Klassen? Willst du nicht, dass der Arbeiter in seine Rechte tritt? Dass Deutschland die Fesseln des Versailler Vertrags abschüttelt, dass die Reichswehr erstarkt, die Schande von uns abfällt?

Henning geht jeden Morgen durch den Wald, der den See umkränzt. Manchmal begleitet ihn sein Sohn Mark. Sie sprechen wenig und leise. Henning nimmt kein Gewehr mit. Er ist erschöpft. Das Strahlende seines Wesens ist erloschen. Er ist sehr gelassen. Aber seine Gelassenheit ist Wehrlosigkeit, Trauer.

»Ah, Eta. Ein rätselhafter Wille versagt uns den Erfolg.«

Aber der Umsturz muss kommen. Heeresrichter Sack hat Hans Dohnanyi warnen lassen: Er wird versuchen, den Prozess bis zum Umsturz zu verschleppen. Hans hat sich mit Diphtherie infizieren lassen, um nicht zuvor noch der Gestapo übergeben zu werden. Er ist ins Seuchenlazarett in Potsdam eingeliefert worden. Christel und die Kinder besuchen ihn dort jeden Tag.

Dietrich Bonhoeffer mag nicht mehr länger warten, weder auf den Umsturz noch auf seinen Prozess. Er wartet jetzt seit einem Jahr. Allmählich beginnt er das Interesse an seinen eigenen Angelegenheiten zu verlieren. Er hat sich anderem zugewandt: Er arbeitet jetzt entschlossen theologisch.

Auch Helmuth von Moltke wartet nicht.

Er hat sich eingerichtet. Er darf jetzt zweimal täglich ins Freie, in diesen Frühlingstagen 1944. Er steht sich gut mit den Aufseherinnen, vor allem mit der Hauptaufseherin Fräulein Meurer. Sie hatten eine lange Unterhaltung darüber, dass Kinder zum Beten angehalten werden müssen. Fräulein Meurer hat Helmuth zugestimmt: Religion ist notwendig, Nationalsozialismus hin oder her. Sie hat sich mehrfach ins Haar gegriffen. Einmal hat sie sich vorgebeugt und Helmuth am Arm berührt. Helmuth hat ihr Tee bereitet, mit dem Tauchsieder, den er von Freya bekommen hat.

Helmuth kocht Tee, und Puppi Sarre bereitet auf ihrer Kochplatte die schönsten Risottos zu, zu denen Helmuth Speck aus Kauern beisteuert. Die SS-Frauen essen alle mit. Auch Otto Kiep wird versorgt. Für Albrecht Graf Bernstorff, den man bei den Vernehmungen immer besonders schlimm prügelt, hat Fräulein Meurer nichts übrig. Aber wenn Helmuth sich für Bernstorff ins Zeug legt, bringt sie ihm am Ende doch seine Portion, auf dem Weg nach draußen, wo sie drei Lagerinsassinnen zum Strafestehen bis zur Bewusstlosigkeit verurteilt.

Vor Kurzem ist auch Isa Vermehren in den Gefängnisbau eingezogen. Sie ist in Sippenhaft, weil ihr Bruder Erich und seine Frau in Istanbul zu den Engländern übergelaufen sind. Früher war sie einmal mit Helmuths Bruder Willo befreundet. Damals hat Isa Vermehren mit ihrer Ziehharmonika in der Katakombe gesungen, Werner Fincks politisch-literarischem Kabarett. Nun singt sie den anderen am Abend nach Einschluss oft ein langes Sommernachtskonzert vor, ohne dass irgendjemand protestiert.

»Jetzt tu ich es selbst.«

»Nein, Claus, das ist vollkommen unsinnig.«

Die Stauffenberg-Brüder Claus und Berthold sitzen in der Tristanstraße.

»Es ist nicht unsinnig. Wir müssen selbst die Täter strafen, die im Namen Deutschlands gehandelt haben. Wir müssen selbst die Verbrechen ahnden, die in unserem Namen begangen worden sind. Dafür ist keine Tat zu gewagt und kein Opfer zu groß.«

»Aber dem Opfer muss der Sinn des Opfers gegenüberstehen. Du bist zu wichtig. Dich dürfen wir nicht verlieren.«

Claus Stauffenberg ist zum Oberst befördert. Er wird Stabschef des Ersatzheeres in der Bendlerstraße, zweiter Mann unter Fromm. Von nun an hat er Zugang zu Hitler.

»Wir müssen Kontakt zu den Kommunisten aufnehmen. Wir brauchen eine möglichst breite Basis im Volk, vor allem, wenn wir das Ausland nicht gewinnen.«

»Aber es ist zu gefährlich. Die Kommunisten sind alle unterwandert.«

»Wir müssen es dennoch riskieren.«

Edolf Reichwein und Julius Leber sind entschlossen.

»Die Spaltung der Arbeiter hat den Feind an die Macht gebracht. Jetzt muss sie überwunden werden. Nach dem Staatsstreich ist es zu spät.«

»Ich stelle mich hinter Julius Leber«, sagt Claus Stauffenberg.

»Und wir sollten Kontakt zur sowjetischen Diplomatie aufnehmen«, sagt Julius Leber. »Hitler will, dass Deutschland mit ihm untergeht. Und der Westen ist offenbar mit ihm einer Meinung. Die Russen unterscheiden dagegen sehr wohl zwischen Nazis und Deutschen. Stalin hat immer gesagt, dass die Hitlers kommen und gehen, aber das deutsche Volk bleibt bestehen. Wenn der Westen mit uns verfährt, als wären wir Nazis, dann müssen eben die Kommunisten an unserer Seite stehen.«

Später am Abend begleitet Edolf Reichwein Julius Leber noch ein Stück nach Hause.

»Wir scheinen sie überzeugt zu haben.«

»Ja. Julius? Wenn das schiefgeht, kostet es das Leben.«

3

Am 17. Mai 1942 bereitet Helmuth von Moltke in Kreisau mit Freya das erste Kreisauer Treffen vor, das fünf Tage später beginnt. Dietrich Bonhoeffer steht im Begriff, zu Bischof Bell nach Sigtuna in Schweden zu fliegen. Hans von Dohnanyi ist in das Unternehmen 7 verstrickt, mit dem eine Gruppe jüdischer Rechtsanwälte und ihre Familien in die Schweiz geschleust werden sollen. Libs Schulze-Boysen weilt in Liebenberg, während ihr Mann in Berlin sich für die Klebeaktion gegen die Ausstellung ›Das Sowjetparadies‹ bereit macht. Die kommunistische jüdische Jugendgruppe um Herbert Baum trifft letzte Vorbereitungen für den Brandanschlag, den sie am folgenden Tag auf ebendiese Ausstellung verüben wird. Und Erna Eifler, 1935 von Deutschland nach Moskau emigriert und seit 1936 Angehörige der 5. Abteilung der Roten Armee, ist zusammen mit Wilhelm Fellendorf in Ostpreußen in der Nähe von Allenstein mit dem Fallschirm abgesprungen.

Wilhelm Pieck, Walter Ulbricht und andere deutsche Kommunisten dieser Gruppe haben die beiden im Moskauer Hotel Lux davon in Kenntnis gesetzt, dass es ihnen ein Leichtes sein werde, in Deutschland Verbindung zu politisch Gleichgesinnten herzustellen. Der sieg- und ruhmreiche Sowjetkommunismus hat schließlich überall seine Stützpunkte. Überall existieren linientreue kommunistische Kampftruppen, auch und gerade in Nazideutschland. Erna Eifler und Wilhelm Fellendorf sollen als Erstes Kontakt zu Ilse Stöbe aufnehmen, der Mitarbeiterin Rudolf von Schelihas im Auswärtigen Amt.

Die ist nur leider gerade nicht in Berlin, als Erna Eifler und Wilhelm Fellendorf sich Ende Mai endlich bis in die Hauptstadt durchgeschlagen haben. In ihrer Not wenden sich die beiden Illegalen an den achtzigjährigen Emil Hübner. Sie bestellen Grüße von Hübners Sohn Artur, der in Moskau lebt, und bitten um eine Unterkunft. Der alte Mann wohnt zusammen mit seiner Tochter Frida und seinem Schwiegersohn Stanislaus Wesolek in Berlin-Kreuzberg. Er bringt es nicht übers Herz, die beiden jungen Leute abzuweisen. Die Familie beherbergt die Gäste also einige Tage, und am 5. August des folgenden Jahres werden Emil Hübner und Frida und Stanislaus Wesolek dafür in Plötzensee hingerichtet werden, zusammen mit Hilde Coppi, Adam Kuckhoff, Liane Berkowitz und all den anderen.

Auf der Suche nach einem sicheren Quartier klingeln Erna Eifler und Wilhelm Fellendorf als Nächstes bei Klara Schabbel, der sie Grüße von Henry Robinson überbringen, dem ehemaligen Lebensgefährten Klaras und Vater ihres Sohnes. Sie dürfen eine Nacht bleiben, und Klara Schabbel wird am 5. August 1943 mit den anderen sterben.

Dann wird Else Imme an ihrer Arbeitsstelle bei der Nationalsozialistischen Volkswohlfahrt von einem Mann angesprochen, der sich ihr als Willi vorstellt und Grüße von Elses nach Moskau ausgewanderter Schwester Martha Bernstein bestellt. Else Imme lädt den Mann und seine Begleiterin nach Hause zu ihrer Mutter ein, die immer selig ist, von ihrer fernen Tochter zu hören. Die Mutter erkennt Willi auch sofort: Sie ist ihm einst in Moskau bei Tochter und Schwiegersohn begegnet. Fellendorf und Erna Eifler dürfen also ein paar Tage bei Else Imme bleiben, die dafür wie alle anderen auch am 5. August 1943 ihr Leben unter dem Fallbeil lassen wird.

Erna Eifler und Wilhelm Fellendorf fühlen sich in Berlin nicht recht sicher. Sie reisen nach Hamburg weiter, wo Wilhelm Fellendorfs Mutter Katharina lebt. Bei ihr kommt Wilhelm endlich ein wenig zur Ruhe, wofür Katharina Fellendorf am 31. März 1944 in Plötzensee hingerichtet wird. Erna Eifler findet derweil bei Marie Prieß eine Unterkunft, deren älterer Sohn Viktor in Moskau für den militärischen Nachrichtendienst der Roten Armee tätig ist und deren jüngerer, erst zweiundzwanzigjähriger Sohn Heinz am 12. März 1945 im Zuchthaus Brandenburg umgebracht werden wird.

Die Prießens sind es auch, die den Kontakt zwischen Erna Eifler, Wilhelm Fellenbach und der Bästlein-Jacob-Abshagen-Gruppe herstellen.

Bernhard Bästlein hat zwischen 1933 und 1940 unter anderem im KZ Esterwegen, im KZ Dachau und ab 1936 im KZ Sachsenhausen eingesessen. Aus dieser Zeit kennt er Jacob, Abshagen und auch Paul Guddorf, Eva-Maria Buchs Geliebten. So erfährt Paul also von der Ankunft der Fallschirmspringer und informiert sofort Arvid Harnack und Harro Schulze-Boysen. Aber dies ist der August 1942.

Es ist bereits für alles zu spät. An Erna Eiflers vierundzwanzigstem Geburtstag wird Harro Schulze-Boysen in Berlin verhaftet, dann folgen die anderen Mitglieder der Roten Kapelle, zu der die Gestapo und das Reichskriegsgericht der Einfachheit halber auch Erna Eifler und Wilhelm Fellenbach rechnen sowie all jene, die diesen beiden Obdach gewährt haben.

Der Prozess gegen die einschlägig vorbestraften Kommunisten Bernhard Bästlein und Franz Jacob findet dagegen in Hamburg statt. Im Juli 1943 löscht die Operation Gomorrha die Stadt beinahe gänzlich aus. Bernhard Bästlein wird nach Berlin in die Haftanstalt Plötzensee überstellt. Franz Jacob wird zum Entsetzen der Gestapo zusammen mit anderen Häftlingen von der Hamburger Staatsanwaltschaft auf Bombenurlaub geschickt, verspricht treuherzig, nicht zu türmen, und taucht sofort unter. Ein wenig später begegnet er zufällig Anton Saefkow, den er aus früheren Haftzeiten kennt. Im April 1944 stößt auch Bästlein wieder dazu, dem am 30. Januar 1944 während einer Bombardierung die Flucht aus Plötzensee geglückt ist, und von nun an sammelt die Saefkow-Jacob-Bästlein-Gruppe die Versprengten um sich, die Übriggebliebenen, die tatsächlich noch immer nicht in den Lagern verschwunden oder ermordet worden sind: Kommunisten, Gewerkschafter, Sozialdemokraten und auch die Reste der Gruppe um Beppo Römer und Robert Uhrig, zu denen John Sieg und Paul Guddorf Kontakt hielten. Ziel ist es, eine umfassende Widerstandsbewegung von links zu bilden.

»Und für Ernst Rambows Aufrichtigkeit verwette ich meine Seele«, sagt Anton Saefkow zu Franz Jacob. »Ernst und ich waren zusammen im Zuchthaus.«

Ernst Rambow ist nach dem Reichstagsbrand festgenommen worden und bis Juli 1933 im KZ Sonnenburg in Haft gewesen. Danach hat er im Hamburger Bezirk Wasserkante leitende Funktionen übernommen, und am 14. Dezember ist er prompt wieder geschnappt worden, mit einem ganzen Koffer voller Flugblätter.

»Rambow ist einer von den Standhaften«, sagt Anton Saefkow zu Franz Jacob. »Er hat sich eisern geweigert auszusagen.«

So ist es. Und was hat ihm seine Standhaftigkeit eingetragen? Mithäftlinge von der Bezirksleitung haben Ernst Rambow schwer belastet. Er hat sechs Jahre Zuchthaus gefangen, und im Zuchthaus haben ihn wiederum Parteigenossen denunziert, er hätte innerhalb der Zuchthausmauern die Bildung kommunistischer Zellen betrieben. Saefkow ist damals in Rambow gedrungen, keinesfalls Gleiches mit Gleichem zu vergelten.

Er hat Ernst Rambow gestützt. Er hat Rambow geholfen, Selbstachtung zu bewahren. Er hat ihm immer wieder erklärt, Rambow dürfte keine Genossen verraten, schon um seiner selbst willen nicht. Rambow hat sich auch wirklich nicht kleinkriegen lassen. Man hat ihm mit dem KZ gedroht, und er hat dennoch nichts gesagt oder jedenfalls nicht sehr viel.

Aber sie haben ihn nicht in Ruhe gelassen.

Sie sind immer wieder gekommen, auch nach seiner Entlassung. Sie wollten immer mehr von ihm wissen, sie haben sich nicht mit den Knochen abgefunden, die er ihnen hingeworfen hat. Sie sind Hunde: Sie wollten ihm an die Gurgel. Sie wollten sein lebendiges Fleisch, sein warmes Blut. In seiner Not hat er die alten Freunde vor sich selbst gewarnt: Er hat es allen erzählt, dass die Gestapo versucht, ihn als Spitzel zu dingen. Und beweist das nicht seine Aufrichtigkeit?

»Für Ernst Rambow verwette ich meine Seele«, sagt Anton Saefkow zu Bernhard Bästlein.

Am 30. Mai 1944 führt Rambow die Gestapo zu Bernhard Bästlein. Vier Tage später hat Bästlein kein erkennbares Gesicht mehr. Er ist sehr standhaft geblieben: Er hat nur Saefkow und Jacob preisgegeben, die Rambow ohnehin schon verraten hatte, nicht aber die Organisation. Außer Saefkow und Jacob ist ihm angeblich niemand mit richtigem Namen bekannt.

Die Kommissare beraten. Vielleicht ist es klüger, ein wenig

zuzuwarten. Wenn sie Saefkow und Jacob jetzt gleich hochnehmen, ist Rambow als Spitzel verbrannt. Und das wäre doch schade.

Helmuth Moltke ist nach Drögen gebracht worden. Man hat ihm ein Papier vorgelegt: Ist er bereit, sich im Fall seiner Entlassung freiwillig an die Front zu melden? Helmuth hat sofort unterschrieben. Danach durfte er noch seinen Spaziergang im Hof absolvieren. Er hat sich jede Hoffnung verboten. Er hat auch keine gespürt. Es war so kalt, dass eine Hummel, die er im Schatten gefunden hat, sich vor Kälte gar nicht mehr bewegen konnte. Er hat sie auf ein Blatt gesetzt und in die Sonne getragen.

Am 6. Juni 1944 beginnt die Landung alliierter Truppen in der Normandie. Helmuth Moltke hat es beim Spaziergang gehört, im Radio des Lagerkommandanten. Er erstickt weiterhin jede Hoffnung im Keim, er erlaubt solchen Meldungen nicht, ihm in den Weg zu kommen und ihn zu beunruhigen. Er kehrt in seine Zelle zurück und liest in Kants ›Kritik der reinen Vernunft‹, dann in einem landwirtschaftlichen und einem chemischen Fachwerk und schließlich ein Stück von Stifters ›Nachsommer‹. Er schafft inzwischen spielend zweihundert Kniebeugen. Daran erkennt man, dass alles eine Frage der Disziplin ist. Freya hat ihm Täubchen geschickt, Salat, frischen Honig, erste Möhren aus den Treibhäusern. Er findet nicht, dass er Grund zur Klage hat. Er findet nicht, dass er zu bedauern ist, wenn es auch aus dem Krematorium gestern ziemlich entsetzlich gestunken und gequalmt hat. Die SS-Mädchen haben gesagt: »Das war eine ganz Fette.«

Die Invasion hat begonnen. Die Alliierten werden siegen. Sie werden Deutschland überrennen. Christel Dohnanyi empfindet das sehr klar. Das Verfahren gegen Dietrich Bonhoeffer und Hans von Dohnanyi steht kurz vor seiner Einstellung. Das Material reicht nicht für eine Anklage. Man kann nun der Geschichte ihren Lauf lassen. Das Rad wird sich drehen, bis es austrudelt und fällt. Dann werden Dietrich Bonhoeffer, Hans Dohnanyi, Helmuth Moltke und all die anderen es überstanden haben. Der Krieg wird vorbei sein. Wiederaufbau und Neuordnung werden beginnen, und Nachkriegsdeutschland wird froh sein um den Erhalt seiner edelsten Köpfe.

Am Tag nach der Invasion nimmt Stauffenberg erstmals an einer Besprechung bei Hitler auf dem Berghof teil. Das Grauen, das ihn anwandelt, hat nichts zu tun mit den Verbrechen dieser Männer oder mit der Rolle, die zu spielen er entschlossen ist. Es hat zu tun mit dem, was er sieht: mit der Groteske, die sich ihm bietet. Die Luft ist überhitzt, schmutzig, zum Schneiden dick. Die Fenster sind geschlossen. Ein ungeordnetes Durcheinander von Lagekarten bedeckt den Tisch. Im Verlauf der Besprechung vertieft sich der Eindruck des Verrotteten. Ihm ist es, als würde er einem Tier beim Verwesen zusehen. Von den Seiten des Tisches schielt es merkwürdig zu ihm herüber. Hitler hat Augen wie unter Wasser, als blickte er durch Schlieren aus schlammigen Algen, ein schon Ertrunkener. Er stinkt entsetzlich aus dem Mund. Himmlers Augen sind leer, glasartig, das Milchbubigesicht mit dem schwachen Kinn ganz ausdruckslos. Keitel ist ein sabbernder speichelleckender Pudel hinter seinem Herrn, in der geduckten Haltung eines Sklaven. Göring hockt zusammengesunken, ein Koloss mit den winzigen Pupillen, dem gedunsenen Gesicht des Morphinisten. Er ist geschminkt.

»Stauffenberg, Sie können die Sache unmöglich selbst machen!«

Sie haben sich bei Generaloberst Beck versammelt. Alle sind sich einig.

»Sie werden hier gebraucht. Wer soll denn die Sache vorantreiben, wenn Sie fehlen? Kortzfleisch verweigert sich nach wie vor. Hase und Olbricht sind willig, aber nicht gerade Löwen.«

»Und Ali Mertz?«

Albrecht Ritter Mertz von Quirnheim ist seit vielen Jahren Claus Stauffenbergs Freund und nun Nachfolger als Chef des Stabes bei Olbricht im Allgemeinen Heeresamt in Berlin.

»Nein. Mertz ist zwar unbestritten ein guter Mann, aber Stellung und Ansehen reichen nicht aus.«

»Ich wünschte, Tresckow wäre hier«, sagt Claus Stauffenberg. »Dann wäre es leicht, die Aufgaben zu verteilen.«

Sie schweigen einen Moment.

»Ist Fromm nicht vielleicht doch noch zu gewinnen?«

»Fromm ist ein Opportunist«, sagt Claus. »Er sympathisiert durchaus. Am Tag der Invasion hat er am Telefon zu Keitel gesagt, Keitel möge die Amis doch nach Westen laufen lassen, am allerbesten gleich bis über die Weichsel. Aber so redet er eben nur, wenn es ihn nichts kostet.«

»Wobei wir uns fragen müssen, ob die Sache überhaupt noch einen Sinn hat. Die Invasion läuft. Die Alliierten werden Hitler beseitigen. Ist es nicht im Grunde für alles zu spät?«

Fabian Schlabrendorff steht vor Henning von Tresckow. Er wird jetzt gleich nach Berlin abfahren. Er wird Claus Stauffenberg die Antwort auf seine Frage bringen: Henning von Tresckow lässt Stauffenberg sagen, es müsse nun um jeden Preis gehandelt werden.

Es kommt nicht mehr darauf an, ob das Attentat Erfolg hat. Erfolg ist keine moralische Kategorie. Es geht nicht mehr um politisches Kalkül, sondern allein um die freie Tat. Henning von Tresckow reicht Schlabrendorff die Hand. Dann verlässt er den Raum. Auf seinem Tisch liegt aufgeschlagen die Bibel. Schlabrendorff wirft einen Blick darauf. Es ist das 1. Buch Mose.

Willst du denn den Gerechten mit dem Gottlosen umbringen? Es könnten vielleicht fünfzig Gerechte in der Stadt sein; wolltest du die umbringen und dem Ort nicht vergeben um fünfzig Gerechter willen, die darin wären? Das sei ferne von dir, dass du das tust und tötest den Gerechten mit dem Gottlosen, so dass der Gerechte wäre gleich wie der Gottlose! Das sei ferne von dir! Sollte der Richter aller Welt nicht gerecht richten? Der Herr sprach: Finde ich fünfzig Gerechte zu Sodom in der Stadt, so will ich um ihretwillen dem ganzen Ort vergeben. Abraham antwortete und sprach: Ach siehe, ich habe mich unterwunden, zu reden mit dem Herrn, wiewohl ich Erde und Asche bin. Es könnten vielleicht fünf weniger als fünfzig Gerechte darin sein; wolltest du denn die ganze Stadt verderben um der fünf willen? Er sprach: Finde ich darin fünfundvierzig, so will ich sie nicht verderben. Und er fuhr fort mit ihm zu reden und sprach: Man könnte vielleicht vierzig darin finden. Er aber sprach: Ich will ihnen nichts tun um der vierzig willen. Abraham sprach: Zürne nicht, Herr, dass ich noch mehr rede. Man könnte vielleicht dreißig darin finden. Er aber sprach: Finde ich dreißig darin, so will ich ihnen nichts tun. Und er sprach: Ach siehe, ich habe mich unterwunden, mit dem Herrn zu reden. Man könnte vielleicht zwanzig darin finden. Er antwortete: Ich will sie nicht verderben um der zwanzig willen. Und er sprach: Ach, zürne nicht, Herr, dass ich nur noch einmal rede. Man könnte vielleicht zehn darin finden. Er aber sprach: Ich will sie nicht verderben um der zehn willen. Und der HERR ging weg, nachdem er aufgehört hatte, mit Abraham zu reden; und Abraham kehrte wieder um an seinen Ort.

»Mein lieber Paulus.«

Julius Leber ist soeben von einem Treffen im Hotel Esplanade nach Hause gekommen. Er wäscht sich die Hände, dann setzt er sich zum Essen.

»Es gab einen Riesenkrach. Goerdeler glaubt immer noch, Deutschland könnte als gleichberechtigter Partner agieren und in den Grenzen von 1914 weiterbestehen. Er will nicht sehen, dass die Alliierten keinerlei Anlass haben, sich jetzt noch auf Verhandlungen mit uns einzulassen, die sie schon abgelehnt haben, als die Lage für sie noch unsicherer stand. Wirklich klar sieht eigentlich nur Adam Trott. Er begreift, dass der völlige Zusammenbruch vor der Tür steht, und dann wird nichts die Besetzung Deutschlands aufhalten. Schwerin von Schwanenfeld hat schließlich zwischen den Positionen vermittelt. Ich denke, wir werden den Umsturz nun doch wagen. Das wird zwar Deutschland nicht mehr retten. Aber wenigstens werden ein paar Menschen weniger sterben, wenn wir den Krieg jetzt sofort beenden und die Lager befreien.«

»Meine liebe Freya, wie schön, dich zu sehen.«

Auch Peter Yorck kommt von der Besprechung im Hotel Esplanade nach Hause. In der Hortensienstraße haben sie mit dem Abendessen auf ihn gewartet.

»Bitte verzeiht die Verspätung. Eine Dienstgeschichte hat mich im Amt aufgehalten. Ich hoffe, ihr seid nicht vor Hunger halb tot? Fangt doch bitte schon an. Ich komme sofort.«

Peter geht, um sich die Hände zu waschen. Freya zieht ihre Serviette aus ihrem Serviettenring.

»Du darfst nicht denken, dass ich unglücklich bin.«

Adam Trott und Clarita stehen im Erfurter Bahnhof. Sie kommen von Stuttgart. Sie haben dort Philippe Mottu getroffen, Referent im Schweizer Außenministerium und Aktivist der Bewegung Moral Re-Armament. Clarita weiß nicht genau, wozu dieses Treffen gedient hat. Sie weiß nicht, wann oder wie Adam und die anderen Hitler stürzen wollen. Weiß Adam es vielleicht selbst nicht? Das wäre ein Trost. Clarita mag ihn ja nicht einmal fragen, um seine Gewissensnot nicht zu verstärken, falls er es weiß und ihr nicht sagen will. Sie kann ihn nicht mehr erreichen. Und jetzt fährt er fort.

Adam wird nach Berlin weiterfahren, und Clarita muss nach Imshausen zu ihren Kindern zurückkehren. Und empfindet sie den Impuls zu sagen: Fahr nicht?

Fahr nicht, Adam. Komm heim mit uns. Komm einfach heim mit uns!

Und dann? Wer wäre er dann? Worum geht es?

Durch harte Prüfung und Arbeit muss ein neues Lebensgebäude errichtet werden. Das glaubt er, das hat er schon vor 1933 geglaubt. Europa ist weder 1914 noch 1933 untergegangen. Es ringt an der Spitze der Menschheit mit, um eine neue, dem Menschen endlich einmal angemessene Form der Daseinsbewältigung. Nicht nur das Hitlerreich muss ja abgeworfen werden, sondern auch die düstere Verengung, das seelenbedrückende Erbe des neunzehnten Jahrhunderts. Die Zukunft muss anders sein, frei und hell. Die Zukunft zu imaginieren ist die Aufgabe jeder neuen Epoche, und solange Europa sich dieser Aufgabe stellt, wird es bestehen. Was bedeutet denn Europa, wenn nicht zweitausend lange Jahre des Ringens? Sokrates, Platon, Aristoteles, Pythagoras, Abu lbn Rushd, besser bekannt als Averroes, Abu Ali al-Hussein Ibn Abdallah Ibn Sina, genannt Avicenna, Maimonides, Augustinus, Albertus

Magnus, Dante, Galilei, Spinoza, Voltaire, Thomas Hobbes, David Hume, Martin Luther, Karl Marx, Hegel, Kant und nicht zu vergessen ein Mann, der am Kreuz gestorben ist: Aus unzähligen Wurzeln nährt sich der Baum. In seiner Krone braust der Sturm. Und soll Clarita ihren Mann rufen? Soll sie ihn laut bei seinem Namen rufen?

ADAM!

Aber das wäre gefährlich. Es wäre, als weckte man einen Schlafwandler. Adam und Clarita stehen in Erfurt am Bahnsteig. Adam nimmt Clarita in seine Arme. Vor dem Krieg wäre eine solch intime Umarmung in der Öffentlichkeit unmöglich gewesen. Adam hält Clarita. Sein Anzug riecht nach Zigarettenrauch und nach Adam, intensiv und todtraurig nach Abschied von Adam.

»Ich rufe an. Und wir schreiben.«

»Ja. Wir schreiben.«

Er steht noch da, als der Zug anfährt. Aber er ist nicht da. Er sieht zu ihr auf, und seine Augen blicken durch sie hindurch in die Ferne.

Geh nicht!

Sie sagt kein Wort. Sie haben zwei kleine Kinder. Sie sind seit vier Jahren verheiratet. Können vier Jahre eine Frau ein Leben lang tragen? Sie denkt das nicht. Warum sollte sie so etwas denken? Sie vertraut ihm: Alles wird gutgehen, sie werden zusammen sein, wenn dies hier vorbei ist. Er plant zudem einen längeren Urlaub im Juli. Sie muss nun sein Gesicht auswendig lernen. Sie muss jetzt noch einmal sein Gesicht studieren, das sie Zug für Zug, Muskel für Muskel kennt oder zu kennen glaubt, bis sie ihn wiedersieht und die Veränderungen bemerkt, die fremden neuen Züge der Erschöpfung. Sie muss ihn noch einmal genau betrachten.

Dann wird sie frohgemut heimfahren. Die Kinder, Imshausen, ihr Leben warten auf sie. Und im Juli wird Adam kommen.

Aber wie wird er die nächsten Tage verbringen? Wie wird er Schritt für Schritt durch die Tage gehen, und führt der Weg, den er nimmt, noch einmal zu ihr?

Dann fährt der Zug.

Er winkt. Er geht weg. Er dreht sich nicht noch einmal um.

Halte einen Weg frei, auf dem ich dich wiederfinden kann, Adam.

Clarusch. Bleib guten Mutes. Noch stehen wir in den Anfängen, aber in den Grundrissen von Ruinen zeichnet sich die Aufgabe schwarz und klar ab.

Mit wem hat sie gelebt?

Fritz-Dietlof und Charlotte von der Schulenburg haben sich für vier Tage auf Schloss Neuhardenberg getroffen. Es waren glänzende Tage, herausgehoben aus der Zeit, im Park, in den schönen Sälen des Schlosses. Beim Abschied fragt sie: »Wo kann ich dich denn in der nächsten Zeit erreichen?«

»Gar nicht. Ich kann dich erreichen, anders geht es nicht. Ich habe keine Adresse mehr.«

Am 20. Juni beginnen die Luftangriffe auf Berlin erneut.

Henning von Tresckow als Chef des Generalstabs der 2. Armee unterschreibt einen Befehl.

Bei Bandenunternehmungen den Banden abgenommene Jungen und Mädchen im Alter von 10 bis 13 Jahren, die körperlich gesund und deren Eltern nicht auffindbar oder als nicht arbeitsfähige Personen in den für Restfamilien (Bodensatz) vorgesehenen Räumen zusammenzuziehen sind, sind ins Reich abzuschieben.

Dies ist die HEU-Aktion: Heimatlose, elternlose, unterkunftslose Jugendliche werden zur Zwangsarbeit in den Westen verschleppt. Und was würde aus ihnen, wenn man sie sich selbst überließe, nachdem man ihre Eltern getötet hat? Die Hand möchte Henning abfallen, die solchen Befehl unterschreibt.

Helmuth Moltke hat rasendes Kopfweh. Er hat Gliederschmerzen. Ihm ist schwindlig. Seit vier Wochen ist Besuchssperre verhängt. Er denkt ununterbrochen an Kreisau: Hat Zeumer die Rüben und Kartoffeln sauber gekriegt, hat der schwere Regen den Boden verschlämmt, wie hoch ist die Melde im Flachs aufgelaufen, was für Pläne hat Zeumer bezüglich der Gründüngung? Sind die neu gepflanzten Bäume am Kapellenberg angewachsen? Wenn man nur einmal sich darum kümmern könnte. Wenn man nur einmal nach dem Rechten sehen könnte. Wenn man nur einmal, für einen Tag, für einen halben Tag hier herauskäme, nach Hause, nach Kreisau, zu Freya, wenn nur Freya käme. Wenn Freya käme.

Dietrich hat hohen Besuch gehabt. Onkel Paul ist nach Tegel zu ihm gekommen, zusammen mit den Kommandanten der Haftanstalten Tegel und Moabit-Lehrter Straße. Paul von Hase, der Stadtkommandant von Berlin: Er hat Sekt bringen lassen, er ist fünf Stunden geblieben. Er hat Dietrich von dem bevorstehenden Attentat informiert.

Nun steht Dietrich wieder in seiner Zelle. Er hat Sekt getrunken. Er hat die Sonne gefühlt wie seit über einem Jahr nicht mehr. Er rennt in der Zelle auf und ab. Er kann sich nicht setzen, er ist zu aufgewühlt.

Unruhig, sehnsüchtig, krank, ein Vogel im Käfig,
ringend nach Lebensatem, als würgte mir einer die Kehle,
umgetrieben vom Warten auf große Dinge,

vom Warten auf große Dinge,
vom Warten auf große Dinge –

Er wünschte, er könnte glauben, dass der Umsturz gelingt. Er wünschte beinahe, er wäre verurteilt und säße im KZ, um dort das Ende des Krieges zu erwarten. Er wünschte, er wäre bei Maria. Er wünschte, er wäre bei ihr gewesen, er hätte mit ihr gelebt, an ihrer Seite, er hätte das Glück einer Ehe erfahren dürfen. In einer Ehe muss es leicht sein, ganz frei zu werden.

Die Liebe drängt doch von ganz allein darauf, nicht in Angst und Gier aufzugehen, sondern den anderen in den Mittelpunkt zu stellen. Dann ist man voneinander gehalten. Dietrich denkt, dass dieses Gehaltensein ein Abbild des Gehaltenseins durch Gott wäre. Er denkt, dass er das Hohelied jetzt versteht. Er denkt, dass in einer solchen Ehe selbstverständlich wäre, was die Jünger nicht konnten: mit Jesus in Gethsemane zu wachen.

»Und wieso sollte Willy Brandt mir glauben?«

Adam Trott ist im Begriff, nach Schweden abzureisen. Er soll Willy Brandt kontaktieren. Er soll ihn fragen, ob es Willy Brandt möglich ist, einen Kontakt zu den Russen an der schwedischen Sowjetbotschaft herzustellen.

»Wieso sollte Brandt mir glauben, dass ich von Ihnen komme?«

Julius Leber überlegt.

»Erinnern Sie ihn an einen Nachmittag 1932. Er hatte einen furchtbaren Schnupfen. Wir saßen im Lübecker Ratskeller und tranken Rotspon, und er konnte nicht davon lassen, mich von völlig unrealistischen Positionen überzeugen zu wollen.« Leber seufzt. »Sie waren wirklich unrealistisch. Nun ja. Meine Positionen waren es sicher ebenso. Fragen Sie ihn auch, ob er bereit ist, nach dem Umsturz eine Rolle bei uns zu spielen.«

»Es ist so weit«, sagt Julius Leber zu Annedore.

Es ist der 21. Juni. Julius ist spät nach Hause gekommen: Er hat sich mit Theo Haubach, Edolf Reichwein und Adam Trott bei den Yorcks getroffen. Leuschner und Haubach sind nach wie vor gegen eine Kontaktaufnahme mit den Kommunisten.

»Aber die kommunistische Führung muss überzeugt werden, sich im Fall des Putsches auf unsere Seite zu stellen«, sagt Julius zu seiner Frau. »Edolf Reichwein hat über Mittelsmänner mit zwei absolut vertrauenswürdigen Personen Kontakt aufgenommen. Morgen werden wir sie treffen. Jetzt wird es gelingen. Es muss gelingen. Stauffenberg ist mit uns einig. Die Arbeiterbewegung wird mit dem Militär zusammengehen. Aus dem Aufstand ohne Volk wird ein Aufstand aus dem Volk.«

Ernst Rambow steht im Wohnzimmer des Berliner Arztes Dr. Schmid, der ihnen seine Wohnung zur Verfügung gestellt hat. Er steht zwischen Saefkow und Jacob. Bästlein ist nicht da: Der dritte Mann des Führungstrios Saefkow-Jacob-Bästlein sitzt in Haft, und Rambow ist an seine Stelle getreten. Schläft Rambow gut? Schmeckt ihm sein Essen? Sicherlich besser als Bästlein das seine, der nach drei Wochen Gestapo-Haft mit seinem zertrümmerten Gebiss kaum noch die Gefängnissuppe schlürfen kann. Rambow ist übel. Seine Hände sind nass. Es klingelt an der Tür. Dr. Schmid öffnet. Edolf Reichwein und Julius Leber treten ein. Natürlich ist vereinbart worden, dass sie einander nur mit Decknamen ansprechen. Rambow wird als Hermann vorgestellt. Er streckt Julius die Hand hin.

»Guten Tag, Herr Dr. Leber.«

»Es ist gut gelaufen, Paulus. Sehr gut. Ich denke, es wird zu einem zweiten Treffen kommen.«

Es ist aber etwas nicht in Ordnung. Jüli hat etwas verschwiegen. Er hat Annedore etwas verschwiegen oder vielleicht auch sich selbst. Nicht zu fragen ist jetzt das Beste. Sie essen. Jüli ist schweigsam. Nach dem Essen blättert er in einem Buch, steht auf, setzt sich wieder. Er holt sich ein Glas Wasser, er schlägt das Buch wieder auf.

»Soll ich einen Tee kochen?«

»Nein. Danke. Lieber Paulus.«

Später im Bett liegen sie Seite an Seite.

»Paulus? Schläfst du?«

»Nein.«

»Sie waren nicht zu zweit, sondern zu dritt.«

Sie wartet.

»So war es nicht abgemacht. Abgemacht war, dass sie zu zweit sind.«

Sie wartet. Ihr Herz trommelt gegen ihre Brust wie mit Fäusten.

»Und dieser dritte Mann hat meinen Namen genannt. Dieser Mann wusste, wer ich bin. Aber ich kannte ihn nicht.«

Sie erstickt fast an ihrem Schweigen.

»Ich weiß nicht, wer er ist, und er sagt zu mir: Guten Tag, Herr Dr. Leber. Warum hat er das getan? Gut, er hat mich eben erkannt. Ich stand früher auf mancher Bühne. Aber dass er meinen Namen gesagt hat.«

»Jüli, bitte. Geh nicht noch einmal dorthin.«

Eine Pause.

»Ich muss, Paulus. Ich kann jetzt doch nicht aufgeben. Wie habe ich darum gekämpft, dass wir diesen Kontakt herstellen. Und warum habe ich darum gekämpft? Weil es das unbedingt Nötige ist. Ich kann es jetzt nicht einfach sein lassen.«

An ebendiesem 22. Juni 1944 sitzt Adam von Trott zu Solz in Willy Brandts Wohnung im Stockholmer Vorort Hammarbyhöjden. Ein Mann der schwedischen Kirche aus Sigtuna hat ihn herbegleitet, den Kontakt hergestellt und sich dann verabschiedet.

»Julius Leber«, sagt Willy Brandt. »Julius Leber schickt Sie also zu mir.«

»Ja. Er bittet Sie, mir zu vertrauen. Ich soll Sie an einen Nachmittag 1932 erinnern, an dem Sie mit ihm im Lübecker Ratskeller Rotspon getrunken haben. Sie waren sehr erkältet.«

Willy Brandt starrt seinen hochgewachsenen Besucher an.

»Und er glaubt, dass ich mich daran erinnere. An ein Glas Rotspon in Lübeck. Vor zwölf Jahren.«

»Es geht darum, dass in Deutschland ein Staatsstreich bevorsteht.«

Adam Trott gibt keinen Namen preis. Er verrät seinem zunehmend aufgewühlten Gastgeber keine Details. Er deutet allerdings an, dass Korrekturen an der Struktur der neuen Regierung immer noch nicht ganz ausgeschlossen scheinen.

»Für Herrn Dr. Leber könnte sich also unter Umständen eine wichtigere Position als die des Innenministers ergeben.«

»Sie würden das begrüßen.«

»Durchaus. Ja. Und noch etwas. Ich soll Sie fragen, ob Sie sich vorstellen könnten, sich nach einem Staatsstreich der neuen Regierung zur Verfügung zu stellen.«

»Selbstverständlich«, sagt Willy Brandt.

Er steht auf, er geht zum Fenster. Er kommt wieder zurück.

»Mit großer Freude«, sagt er. »Bitte bestellen Sie das Herrn Dr. Leber. Mit der allergrößten Freude.«

Brandt hat Adam Trott auch zugesagt, ihm ein Gespräch mit Alexandra Kollontai zu vermitteln, der Gesandten an der russischen Botschaft. Aber zwei Tage nach Trotts Besuch bei Brandt berichtet die BBC, ein deutscher Rhodes-Stipendiat strecke in Stockholm Friedensfühler aus. Wie hat diese Information die englische Presse erreicht? Ist es denkbar, dass Nachrichten von Adams Gespräch mit dem englischen Botschafter nach außen durchgesickert sind? Das neutrale Schweden wimmelt von Geheimdienstlern, Agenten, Diplomaten, Geschäftemachern und undurchsichtigen Figuren aller Farben und Spielarten. Auch in der russischen Gesandtschaft soll es angeblich eine undichte Stelle geben. Adam Trott ist in Sorge. Er eilt zu Willy Brandt zurück, um seine Bitte zurückzuziehen. Brandt kann seinen Gast beruhigen: Er hat die Russen noch nicht kontaktiert. Und damit ist eigentlich das Gespräch zu Ende.

Es gibt keinen praktischen Grund, warum diese beiden jungen Männer nun noch länger beieinandersitzen sollten. Das tun sie aber. Für gewöhnlich arbeitet Willy Brandt vormittags zu Hause an seinen Artikeln, und nachmittags geht er ins Büro. Aber heute bleibt er in seiner kleinen modernen Wohnung, um mit diesem einnehmenden Emissär seines Heimatlandes zu sprechen, der all die Jahre unter den Nationalsozialisten gelebt hat.

Sie reden über die Kriegslage. Sie reden über Paul Tillich und seine ›Blätter für den Sozialismus‹, über ihr eigenes Verständnis von Sozialismus, naturgemäß gehen der Legationsrat im Auswärtigen Amt und der Emigrant in Skandinavien von ganz unterschiedlichen Erfahrungen aus. Ihre gleichermaßen entschiedene Gegnerschaft zum Nationalsozialismus hat sie in sehr verschiedene Welten geführt. Aber in den wesentlichen Fragen stimmen sie doch überein. Sie werden einander womöglich wiedersehen, nach dem Staatsstreich, wenn der Krieg beendet ist, sie werden sich gemeinsam am Aufbau eines neuen Deutschland beteiligen.

»Die Schwerindustrie und die Großfinanz sind die Hauptverantwortlichen für den Faschismus«, sagt Adam Trott. »Ihre Entmachtung muss ganz am Anfang stehen. Die Ziele der Arbeiterbewegung sind in Deutschland noch lebendig, wenn es auch auf den ersten Blick nicht so scheint. Ein weiterer Hauptpunkt ist die Vereinigung Europas. Deutschland ist uns nur denkbar als eingegliederter Teil eines vereinten Europas.«

»Ja«, sagt Willy Brandt. »Ja, das ist unbedingt richtig. Die deutsche Frage muss in einem weiteren europäischen Kontext gelöst werden.«

Sie reichen einander die Hände. Sie wünschen einander alles Gute.

Dann steht Willy Brandt am Fenster. Er sieht dem hageren deutschen Diplomaten in seinem wehenden Sommermantel nach, der mit schnellen Schritten die Straße hinabgeht, um in diesem Juni 1944 nach Deutschland zurückzukehren.

Auch Willy Brandt ist noch einmal nach Deutschland zurückgekehrt. Im Spätsommer 1936 ist er mit einem norwegischen Pass eingereist, ausgestellt auf den Studenten Gunnar Gaasland, mit dem Auftrag, Verbindungen zu einer Berliner SAP-Untergrundorganisation zu knüpfen. Der Zollbeamte in Warnemünde war ein Lübecker. Brandt erkannte ihn sofort. Er hielt den Atem an: Aber der Beamte, nachdem er den jungen Reisenden einen Moment gemustert hatte, ließ ihn anstandslos passieren. Brandt erledigte seinen Auftrag. Im Dezember kehrte er nach Oslo zurück. Kurz darauf schickte man ihn wieder los, diesmal nach Spanien, in den Bürgerkrieg, Willy Brandt ist niemand, der rasch resigniert.

Er glaubt an die Veränderbarkeit der Welt. Er glaubt, dass es auf jeden Einzelnen ankommt, auf das Verhalten jedes Einzelnen. Und kann er sich vorstellen, dass der Staatsstreich gelingt? Kann er sich vorstellen, in ein paar Wochen als freier Mann in ein befreites Deutschland zu reisen?

Die Vorstellung ist zutiefst erregend. Es ist, als böge man um eine Straßenecke, und statt der erwarteten Verlängerung und Fortsetzung der Straße eröffnete sich dem Blick eine weite Landschaft, wegelos, fremd-vertraut.

Willy Brandt steht am Fenster. Unten auf der Straße ist Adam von Trott zu Solz um die Kurve verschwunden.

Und welchen Moment seines Lebens würde Adam Trott wählen, wenn er wüsste, dass er in diesem Moment die Ewigkeit zu verbringen hätte? Seine Hochzeit? Die Geburt seines ersten Kindes? Claritas ersten Kuss?

Vielleicht den Tag, als der Rhodes-Stipendiat und frischgebackene Doktor der Rechte endlich wieder die Türme der Colleges von Oxford sah. Vielleicht einen Tag in China: Am Vormittag hatte er Laotse gelesen, am Nachmittag war er auf dem verlassenen Gelände des Sommerpalasts umhergestreift, und nun zum Abend saß er in der Wanne, und Eckes freundlicher alter Diener wollte sich ausschütten vor Vergnügen über den Deutschen, der nach dem fast kochend heißen japanischen Bad auf einer kalten Dusche bestand.

Oder vielleicht diese Rückkehr von Schweden. In dem kleinen Flugzeug, das ihn über Meer und Wolken zurück ins düster umdrohte Deutschland bringt, ergreift Adam einmal mehr eine tiefe Liebe zu seinem Land, eine große Freude,

in dieser schweren Zeit gerade hierher gestellt zu sein und für meine Heimat mitkämpfen zu dürfen. Ich glaube, dass mich keine Beziehung zu irgendeinem Menschen so tief bindet wie dieses und dass hierfür besser und brauchbarer zu werden meine erste Pflicht ist.

An der Ostfront hat die sowjetische Sommeroffensive begonnen. Hitler hat es für ein Täuschungsmanöver gehalten, dass in den Wochen zuvor starke feindliche Kräfte an der Front aufmarschiert sind. Er hat sich geweigert, den weit gedehnten Bogen der deutschen Front im Mittelabschnitt zu verkürzen. Er war nicht zu einer taktischen Zurücknahme von Truppen zu bewegen. Sechstausend sowjetischen Flugzeugen stehen vierzig deutsche gegenüber, 1,2 Millionen Russen eine halbe Million deutscher Soldaten. Innerhalb weniger Tage stößt die Rote Armee über dreihundert Kilometer nach Westen vor. Am 3. Juli ist Minsk genommen. Die deutsche 4. Armee und die Reste der 9. Armee sind am Ufer der Beresina in einem Kessel eingeschlossen, ähnlich wie einst die Armee Napoleons.

Die Leichname der deutschen Soldaten bedecken die russischen Straßen. Zu Hunderten, zu Tausenden füllen sie die russischen Gräben, verwesen auf den noch grünen Getreidefeldern. Auch auf den Rollbahnen liegen sie so dicht, dass man ihnen nicht ausweichen kann. Die Fahrzeuge rollen über die toten Körper hinweg.

»Also bis heute Abend, Edolf.«

»Bis heute Abend.«

Es ist der 4. Juli 1944. Romai Reichwein ist für vier Tage nach Berlin gekommen, um ihrem Mann bei der Zimmersuche zu helfen. Edolf wohnt im Moment bei Romais Schwester Marianne in Wannsee. Aber er arbeitet im Prinzessinnenpalais Unter den Linden 5, und der tägliche Weg ist ihm zu weit. Romai war zuerst gegen eine Bleibe im Zentrum. Sie fand es zu gefährlich. Aber heute haben sie tatsächlich über eine Stunde zum Prinzessinnenpalais gebraucht. Und der Weg wird mit jedem Angriff weiter. Nun muss sie also einen Unterschlupf in der Stadtmitte finden, der ein Dach und vier Wände hat und wo die Leute willens und fähig sind, Edolf aufzunehmen.

»Wenn der Alarm lange dauert, bleibe ich manchmal auch in der Stadt«, sagt Edolf. »Sorge dich also bitte nicht, wenn es spät wird.«

Romai nickt.

»Und du hast ja auch noch diese Verabredung«, sagt sie.

Edolf will Kommunisten treffen. Er hat Romai gesagt, dass die Sache nicht ungefährlich ist. Aber das ganze Leben ist schließlich voller Gefahren.

»Ja«, sagt Edolf. »Ich weiß noch nicht, wie lange das dauern wird. Es kann sein, dass ich es heute Abend überhaupt nicht mehr heim schaffe. Wie gesagt, sorge dich nicht.«

»Du bist zurück!«

Annedore ist aufgesprungen. Heute war das zweite Treffen mit den Kommunisten. Nun ist es vorüber. Jüli ist da.

»Wie war es? Ist alles erfreulich verlaufen?«

»Ich bin nicht hingegangen.«

Es ist immer wieder dasselbe mit ihr. Dem Druck ist sie gewachsen, aber die Erleichterung wirft sie um.

»Oh. Paulus. Du bist ganz grün um die Nase. Komm, mein Paulus, setz dich hier hin.«

Er schiebt ihr einen Stuhl unter.

»Es geht schon, Jüli. Es ist nichts. Ich bin froh.«

Er steht, halb über sie gebeugt.

»Und warum bist du nicht gegangen, Jüli?«

»Willst du das wissen? Vielleicht wegen dir.«

Sie betrachtet den Mann: Seine massige Gestalt, das zerklüftete Gesicht wie trockener Lehm, wie das Ufer eines verdunstenden Sees, wo die Kiesel nackt liegen und Dürre die Erde aufreißt.

»Jüli, mein liebster Jüli. Setz dich zu mir.«

Er zieht einen Stuhl heran. Aber er setzt sich nicht.

»Ich war schon auf dem Weg«, sagt er. »Dann bin ich umgedreht. Ich muss sagen, ich habe keine übermächtige Lust, noch einmal im KZ zu landen. Und ich denke so ungern an die Leiden, die du wegen mir durchgestanden hast.«

Er lächelt sie an. Weit draußen gibt es noch Wasser. Boote sind dort, die nun in die Häfen zurückkehren. Sie hebt die Hand, streicht ihm über den Arm.

»Lass mich aufstehen, Jüli.«

»Bleib noch einen Moment sitzen.«

»Ich habe Gemüsesuppe gemacht.«

Er nickt.

»Gemüsesuppe also.«

Er tritt zurück, lässt sie aufstehen. Sie geht zum Herd, schaltet das Gas ein.

»Gemüsesuppe und ein Stück Brot«, sagt er. »Ein gutes Essen.«

Sie schiebt den Topf aufs Feuer.

»Es ist auch ein Stück Suppenfleisch darin.«

»Das wird ja immer besser. Ach Paulus. Wenn ich denke, was wir für ein Jahr hinter uns haben. Was für ein Leben.«

Sie wendet sich zu ihm.

»Ich bin froh«, sagt sie.

»Über dein Leben mit mir?«

»Ja. Aber das weißt du ja. Ich bin froh, dass du nicht zu dem Treffen gegangen bist.«

Nun umarmt sie ihn. Er umarmt sie. Nie waren sie inniger als nach diesem Jahr miteinander ohne die Kinder.

»Es ist merkwürdig, Paulus«, sagt er. »Es ist mir wie eine Warnung vorgekommen. *Herr Dr. Leber.* Ich glaube fast, dieser Mann wollte mich warnen.« Jüli schüttelt den Kopf. »Eine schwere Zeit. Es ist eine schwere Zeit. Und sie ist noch nicht vorüber.«

An diesem 4. Juli hat Freya endlich ihren Mann wiedergesehen.

Sie ist schon seit einigen Tagen in Berlin. Sie ist mehrfach nach Drögen gefahren. Aber erst heute hat sie Sprecherlaubnis erhalten. Wie immer war man freundlich und respektvoll. Die SS-Männer haben den Moltkes ihr übliches Eckchen im Büro freigeräumt. Sie haben Helmuth erlaubt, seiner Frau Tee zu kochen, nach ihrer anstrengenden Reise. Helmuth ist unfassbar guter Laune gewesen.

Er trägt nach wie vor Zivilkleidung. Er hat ihr von seinem Tag erzählt: Er arbeitet konzentriert, er geht morgens spazieren, und abends spielt er im neu angelegten Hof des Zellenblocks mit Isa und Puppi Fangen, Hoch- und Weitsprung. Die große Kriegskarte, die Freya mit Peter Yorcks Hilfe für ihn aufgetrieben hat, hat er an seine Zellenwand gehängt. Auf ihr verfolgt er den Vormarsch des Feindes. Gelegentlich schmeißt er auch eine Party. Dann lädt er Puppi Sarre, Isa Vermehren, seine Wächter und die SS-Mädchen in seine Zelle, zu Kuchen oder Gurkensalat. Und gestern hat Kriminalrat Lange angekündigt, Helmuth werde in den nächsten Tagen entlassen, gegen die Auflage, in der Rüstungsindustrie zu arbeiten.

»Du sollst aber nicht hoffen«, hat Helmuth zu Freya gesagt.

»Ich hoffe nicht. Ich bin voll Vertrauen.«

Sie hat ihn zum Abschied geküsst wie immer. Sie hat das Kreuzchen auf seine Stirn gezeichnet. Er hat den Kopf gesenkt, um es zu empfangen. Dann ist Freya in die Hortensienstraße zurückgekehrt, voll Hoffnung und Besorgnis. Es wird vielleicht doch noch alles gut ausgehen.

Der Schwur ist fertig. Er ist nicht für die Masse bestimmt, nicht zur Veröffentlichung. Er ist das Testament der Stauffenberg-Brüder, ihr eigenstes Glaubensbekenntnis nach all den Kompromissen, die sie haben eingehen müssen, er ist Selbstverpflichtung des innersten Kreises und beansprucht Geltung nur für diesen: Das geheime Deutschland mit seinen Kräften ist berufen, die Gemeinschaft der europäischen Völker zu schönerem Leben zu führen.

Dies ist keine Anmaßung. Es ist ein Auftrag des Meisters. An diesen Auftrag glauben sie, auch jetzt noch. Das geheime Deutschland hat nichts zu tun mit dem Nationalsozialismus. Also kann es von seinen Verbrechen auch nicht befleckt werden.

Wir bekennen uns im Geist und in der Tat zu den großen Überlieferungen unseres Volkes, das durch die Verschmelzung hellenischer und christlicher Ursprünge in germanischem Wesen das abendländische Menschentum schuf.

Sie sind die geistigen Erben der Stauferkaiser, die Erben Barbarossas und Kaiser Friedrichs II., den man schon zu seinen Lebzeiten stupor mundi hieß, das Staunen der Welt.

Wir wollen eine Neue Ordnung, die alle Deutschen zu Trägern des Staates macht und ihnen Recht und Gerechtigkeit verbürgt, verachten aber die Gleichheitslüge und beugen uns vor den naturgegebenen Rängen.

Es sind nun einmal nicht alle gleichermaßen befähigt. Die Herrschaft des Pöbels ist die Herrschaft des Nationalsozialismus. Die Führer der Zukunft dürfen nicht dem Pöbel entstammen. Sie müssen Charakter und Größe besitzen, einen Adel, der nichts zu tun hat mit erblichen Titeln. Sie müssen sein

Führende, aus allen Schichten des Volkes wachsend, verbunden den göttlichen Mächten, durch großen Sinn, Zucht und Opfer den anderen vorangehend.

Und vor allem muss Deutschland auf alle Machtfantasien verzichten, auf Größenwahn und Selbstüberschätzung. Es wird Genügsamkeit lernen. Es wird sich zukünftig auf das beschränken, was es besitzt. Die Deutschen werden ein Volk sein,

das in der Erde der Heimat verwurzelt den natürlichen Mächten nahebleibt, das im Wirken in den gegebenen Lebenskreisen sein Glück und sein Genüge findet und in freiem Stolze die niederen Triebe des Neides und der Missgunst überwindet.

So weit ist der Schwur Programm. Nun folgt, was sie zu tun bereit sind.

Wir verbinden uns zu einer untrennbaren Gemeinschaft, die durch Haltung und Tun der Neuen Ordnung dient und den künftigen Führern die Kämpfer bildet, derer sie bedürfen.

Wir geloben, untadelig zu leben,
im Gehorsam zu dienen,
unverbrüchlich zu schweigen und füreinander einzustehen.

»Wir werden als Verräter in die Geschichte eingehen.«

»Sicherlich. Und an der militärischen Lage wird das Attentat auch nichts mehr ändern.«

»Immerhin muss man dann nicht mehr den Blick vor den Frauen der Gefallenen senken, die nur deshalb Witwen geworden sind, weil man selbst untätig geblieben ist.«

»Immerhin muss man niemanden mehr in den Tod schicken. Ach, wäre es doch so weit. Jede Stunde, die verstreicht, ist eine Schande und ein Fleck.«

»Immerhin ist Offa sicher in Athen.«

»Ja. Das ist gut.«

Alexander Stauffenberg weiß von nichts. Er wird verschont bleiben.

Edolf hat Romai gewarnt. Er hat gesagt, dass er abends vielleicht nicht heimkommen wird. Er hat gesagt, sie solle sich nicht sorgen: Er schläft oft im Palais, wenn die Entwarnung allzu spät kommt. Gestern gab es einen schweren Angriff. Romai sagt sich, dass sie das gar nicht wüsste, wenn sie in Kreisau wäre. Sie wüsste nichts von dem Angriff, sie wüsste nicht, dass er nicht zu Hause geschlafen hat. Sie ist aber nicht in Kreisau. Sie steht in der Hortensienstraße vor dem kleinen Haus der Yorcks. Es ist ein milder Frühsommermorgen. Mariechen öffnet. Ihr liebes Gesicht leuchtet auf.

»Na, da kommen Sie doch herein, Frau Reichwein. Die Gräfin Moltke ist schon wieder fort, aber der Herr Graf und die Frau Gräfin sitzen noch draußen auf der Terrasse beim Frühstück.«

Peter Yorck erhebt sich, als Romai in den Garten hinaustritt. Marion sieht ihr Gesicht und springt auf.

»Edolf ist gestern Abend nicht nach Hause gekommen.«

Peter nimmt Romai am Arm. Er führt sie ins Wohnzimmer. Marion schließt die Tür hinter ihnen.

»Und Julius Leber?«, sagt Peter Yorck.

»Julius Leber?«

»Hat Edolf gesagt, dass sie verabredet wären?«

»Nein. Er hat von einer Verabredung mit Kommunisten gesprochen.«

»Ich rufe Leber an.«

Peter geht in die Diele zum Telefon. Sie hören, wie er jemandem einen guten Morgen wünscht.

»Ich wollte mich nach dem Befinden Ihres Mannes erkundigen.«

Schweigen.

»Das ist schön zu hören. Sagen Sie, wissen Sie, ob er gestern noch einen Untersuchungstermin hatte? Ach. Ja. Er hat den Termin also nicht wahrgenommen. Nun, das ist vielleicht sogar das Beste. Sagen Sie ihm das. Sagen Sie, ein anderer Patient ist im Anschluss an die Untersuchung offenbar gleich in die Klinik eingewiesen worden.«

Peter kommt zurück. Er sieht Marion an.

»Julius habe ich nicht erreicht«, sagt er. »Er war nicht mehr zu Hause und noch nicht in der Kohlenhandlung.«

»Aber was bedeutet das?«

Peter Yorck schweigt.

»Edolf ist verhaftet, nicht wahr?«, sagt Romai. »Er ist verhaftet worden.«

»Möglicherweise«, sagt Peter Yorck. »Aber er könnte auch verletzt sein. Er könnte aufgehalten worden sein. Vielleicht ist er längst zu Hause. Vielleicht ist er im Prinzessinnenpalais.«

Diesmal folgt Romai ihm in die Diele. Sie sagt die Nummer an, er wählt. Sie hört den Hörer quäken.

»Ja«, sagt Peter Yorck. »Danke.«

Er wendet sich ihr zu.

»Das Amt. Die Leitung ins Museum ist unterbrochen.«

Sie stehen in der Diele.

»Ich habe ein Zimmer für Edolf gefunden«, sagt Romai Reichwein.

Es ist Abend. Jüli ist nicht nach Hause gekommen. Annedore hat in der Kohlenhandlung angerufen. Niemand hat abgenommen. Annedore begreift alles, dank Peter Yorcks Anruf: Edolf Reichwein ist verhaftet worden. Und nun haben sie auch Jüli. Es geht alles von vorn los. Annedore hat sich vollkommen im Griff. Sie kann nur nicht sitzen oder liegen. Es sind ihre Beine. Wenn sie ausruhen will, beginnen ihre Beine nervös zu zucken, als wären die Adern elektrische Leitungen, durch die ständig schwacher Strom fließt. Annedore geht hin und her, hin und her. Sie hat alle Papierkörbe, alle Bücherregale, alle Schubladen untersucht. Es ist aber alles sauber gewesen. Ein paar Notizen, die ihr nicht recht plausibel schienen, hat sie verbrannt und die Asche in die Toilette geworfen. Annedore geht durch das Wohnzimmer mit seinem weinroten Plüschsofa, durch die Küche, wo auf dem Herd noch Reste der Gemüsesuppe stehen, durch das Schlafzimmer mit dem großen Schrank und dem blauen Überwurf über dem Bett. Auf Jülis Nachttisch liegt ein Buch. Aufsätze von Kleist. ›Über die allmähliche Verfertigung der Gedanken beim Reden‹. Annedore geht hin und her. Die Nacht schreitet voran. Manchmal presst sie die Hände zusammen. Meistens nicht. Sie setzt sich. Sie kann nicht sitzen. Sie steht wieder auf, mühsam wie ein erschöpfter Sklave. Es fühlt sich nicht an, als ginge sie durch ein Haus im Eisvogelweg 71, Berlin. Es fühlt sich an, als stünde sie auf einem Bergkamm. Der Kamm ist hoch, schmal, Abgründe auf beiden Seiten. Jenseits des einen, milchig in der Ferne, liegt die lange vergangene Vergangenheit: der gestrige Abend, der heutige Morgen. Die Gemüsesuppe, Jülis Hand mit dem Buch, seine Stimme heute Morgen, kurz bevor er gegangen ist. Jenseits des anderen Abgrunds liegt die Zukunft.

Der Sieben-Uhr-Alarm hat Romai am großen Zoobunker erwischt. Sie hat unwahrscheinliches Glück gehabt: Sie hat einen Sitzplatz ergattert. Der Bunker ist für zwanzigtausend Menschen angelegt, aber es sind bestimmt dreißigtausend hier. Man hört immer wieder Gemecker, dass hier auch Kunst aufbewahrt wird: Die Menschen könnten wohl vergehen, wenn nur die Kunst bleibt? Aber es ist umgekehrt. Dome, Bibliotheken, Galerien, Museen und Schlösser zerfallen zu Asche, aber die Menschen bleiben, kriechen weiter durch die Ruinen, wimmeln über die Trümmer wie Läuse, es gibt in den Städten mehr Menschen als Raum für sie. Romai lehnt den Kopf an die Wand. Sie hat Edolf nicht gefunden. Sie hat nichts von ihm gehört. Romai war im Museum. Dort wusste man nur, dass er heute nicht da war. Gegen Mittag gab es Alarm, gerade als sie in der Charité nach ihm fragte. Danach ist sie zu Fuß weitergegangen, weil ein Treffer die S-Bahn lahmgelegt hatte. Sie war in jedem der großen Krankenhäuser. Zuletzt ist sie zum Schlesischen Bahnhof gegangen, wo immer der Sechs-Uhr-Zug nach Breslau abfährt. Vielleicht war er ja auf dem Heimweg nach Kreisau.

Wie? Er würde nach Kreisau fahren, während seine Frau in Berlin weilt?

Sie stand allein im Bahnhofsgewühl. Dann war es nach sechs, der Zug war gefahren, und sie hat sich auf den Weg zurück nach Westen gemacht.

Es ist Juli. Juli 1944. Das elfte der tausend Jahre, die ihnen angedroht worden sind. Das heißt, 989 weitere Jahre liegen noch vor ihnen. Vorhin im panischen Gedränge vor den engen Toren des Bunkers sind Romais Strümpfe gerissen. Jemand hat ihr den Zeh blaugetreten. Das Geschiebe, die Angst, der Zorn waren unbeschreiblich. Das Geschnauze der Ordner, die die Menge auf die verschiedenen Stockwerke verteilen, die Enge der Wendeltreppen, in denen die Schiebenden steckenbleiben, hier eine schreiende Frau, da ein alter Mann, der ohnmächtig wird: Was ist dies für ein Wahnsinn?

Dies ist das deutsche Volk. Dies ist die Heimstatt des deutschen Volkes: der Bunker, überfüllt mit Soldaten, Fremdarbeitern, Liebespaaren, müden Frauen mit leeren Händen oder so schwer beladen, als schleppten sie all ihr Hab und Gut in Säcken mit sich herum, alles dicht gedrängt witzelnd, quengelnd, murrend, schweigend im mattblauen Neonlicht, in der immer stickigeren Luft, dem Surren der Ventilatoren, dem

Gestank zu vieler verängstigter Menschen. Für Schwangere und junge Mütter gibt es einen eigenen Raum. Es gibt sogar ein Entbindungszimmer. Hin und wieder geht jemand auf die Toilette, quetscht sich vorbei an den Bunkertanten, die schon am Nachmittag losziehen wie zu einem Wochenende im Grünen, mit Koffern, Kinderwagen und Proviantkörben, um rechtzeitig zum Abendalarm da zu sein, das Klappstuhlgeschwader, das die Gänge versperrt, irgendwo bricht Streit aus. Irgendwo eine hysterisch kreischende Frau, ein vor Wut brüllender Mann,

Die müsste man alle hier rausschmeißen! Die hocken hier, auf ihren breiten Hintern, die versperren die Gänge, und dann passt von draußen keiner mehr rein!

Räumen Sie gefälligst Ihren Krempel da runter! Das ist ein Sitzplatz. Wozu schleppen Sie diesen Pröll überhaupt mit!

Was erlauben Sie sich! Wie drücken Sie sich aus? Krieg ich vielleicht von Ihnen neue Sachen, wenn bei uns alles abbrennt?

Aber alles wird abbrennen, dieses ganze Reich, Deutschland wird untergehen, nun und? Dieses Pack in den Bunkern, schimpfend, lachend, grölend, heulend, verbissen schweigend, wird sich eben ein neues aufbauen, ein viel schöneres. Von draußen dringt der Lärm der Detonationen herein. Wenn die Flak schießt, schwankt der Bunker, ein Schiff. Dann herrscht einen Moment Ruhe. Alles duckt sich. Dann heben sich die Köpfe wieder. Ein Volltreffer klingt metallisch. Aber der Bunker ist sicher. Dies ist nun Sicherheit: Das Ersticken in dicker Luft. Dies ist die Hölle. Romai ist in ihr allein. Sie ist verlassen, unter den schweren Steinen, zwischen den stumpfen Fremden. Wo ist Romais Mann? Wo ist Edolf Reichwein?

Sie kommen morgens um sieben. Annedore ist bereit. Sie ist angezogen, sie hat gefrühstückt. Sie hat ihre Zahnbürste in die

Handtasche geschoben, ein kleines Bändchen Goethe-Gedichte. Sie nimmt die Tasche, sie öffnet die Tür.

»Frau Leber. Gestapo.«

»Ich wollte ohnehin zu Ihnen«, sagt Annedore. »Ich möchte wissen, wo mein Mann ist.«

An ihr vorbei schwärmt Polizei in die Wohnung. Sie beginnen mit den Bücherregalen, den Schubladen, den Papierkörben. Annedore folgt dem Kommissar zu dem wartenden Auto. Sie blickt nicht zurück.

Romai war bei der Kripo am Alexanderplatz. Sie war bei der Gestapo in der Oranienburger Straße und in der Prinz-Albrecht-Straße. Sie hat sehr naiv und unschuldig gefragt, ob etwas über Adolf Reichweins Verbleib bekannt sei. Man wusste nichts. Man fragte sie: Wollte sie vielleicht eine Vermisstenanzeige aufgeben? Natürlich nicht, neinneinnein! Romai wird nun Edolfs Vorgesetzten, den Generaldirektor des Museums, darum bitten, nach ihrem Mann zu suchen. Dann wird sie Berlin verlassen. Um sechs Uhr fährt der Zug nach Schlesien.

Das Verhör ist vorbei. Es war kurz und unspektakulär: Man hat Annedore Leber ein paar unverbindliche Fragen gestellt, dann hat man sie gehen lassen. Annedore ist frei. Sie hat die Prinz-Albrecht-Straße verlassen, sie sitzt im Bus nach Hause. Vielleicht hat man ihr ihre Naivität, ihre vollkommene Unwissenheit abgekauft, weil sie eingeschlafen ist.

Annedore Leber ist tatsächlich eingenickt, im Warteraum der gefürchteten Gestapo-Zentrale, als säße sie in einem Vorortzug. Es ist aber typisch. Sie ist dem Druck gewachsen, aber sobald er nachlässt, wirft es sie um. Der Druck hat nachgelassen, als die Gestapo kam. Als das Unwiderrufliche begonnen hatte, das allerdings vielleicht gar nicht so unwiderruflich ist.

Annedore weiß noch immer nicht, wo Jüli ist. Aber das wird sich herausfinden lassen. Sie muss nun die anderen von seiner Verhaftung benachrichtigen. Sie wird Ernst Harnack Bescheid geben, der kann es weitersagen. Und dann muss Annedore verschwinden. Sie muss sich selbst außer Gefahr bringen. Nur dann kann sie Jüli retten. Sie hat dies schon einmal getan. Sie wird ihren Mann retten, wie sie es schon einmal getan hat.

»Ich hole ihn raus!«

Claus Stauffenberg steht mitten im Zimmer: im Wohnzimmer der Yorcks, im kleinen Haus in der Hortensienstraße.

»Leber verhaftet! Es ist unerträglich. Ich lasse das nicht zu. Ich hole ihn raus.«

»Es muss jetzt losgehen«, sagt Fritzi Schulenburg. »Wir müssen handeln. Oder wollen wir herumsitzen und warten, dass sie uns einen nach dem anderen verhaften?«

»Man weiß ja auch nicht, ob sie beide standhalten«, sagt Peter ruhig. »Man muss damit rechnen, dass einer von ihnen unter der Folter etwas sagt.«

»Ich hole ihn raus«, sagt Claus Stauffenberg. »Das bin ich ihm schuldig. Sagt das seiner Frau. Sagt ihr, ich hole ihren Mann heraus.«

»Fritzi! Wie bist du denn hereingekommen?«

»Die Portiersfrau hat mir vertraut. Man sollte sie auswechseln, sie hat keine Menschenkenntnis.«

Ursula Kardorff wohnt neuerdings in der kleinen Wohnung der Hardenbergs am Pariser Platz. Sie ist über Mittag auf einen Sprung heimgekommen, um sich etwas zu essen zu machen. Fritzi Schulenburg sitzt auf ihrem Sofa. Er sitzt ganz still. Er ist aber nicht still. Er sitzt wie mitten im Sprung gefangen.

»Du musst etwas für mich tun, Ursula.«

»Ich? Ja, gern. Ja, natürlich, Fritzi, sehr gern.«

»Jemand ist verhaftet worden. Du musst seine Frau besuchen. Sie heißt Annedore Leber. Sie arbeitet für die Schnittmusterabteilung der ›Dame‹, also bei euch im Haus. Ihr seid sozusagen Kolleginnen. Frau Leber liegt im Krankenhaus am Stettiner Bahnhof.«

»Was fehlt ihr denn?«

»Nichts. Der Arzt dort ist vernünftig und äußerst brauchbar. Sag ihr, sie soll unbedingt die nächste Zeit dort bleiben. Sie soll keinesfalls in ihre Wohnung gehen oder in die Redaktion. Das sagst du ihr. Und dann sagst du, dass wir wissen, wo ihr Mann ist.«

Fritzi ist aufgestanden, er geht auf und ab.

»So eine großartige Frau«, sagt er. »Jahrelang hat sie darum gekämpft, ihn aus dem KZ zu holen. Und sie hat ihn herausgeholt. So eine starke Frau, so voll Liebe.« Fritzi bleibt stehen. Er fischt einen verknitterten Geldschein aus der Hose. »Bring ihr Rosen mit.«

Ursula steht da, mit dem Geldschein in der Hand.

»Soll ich ihr nicht lieber Zigaretten mitbringen?«

»Rosen. Und sage ihr, dass wir wissen, was unsere Pflicht ist. Dass wir unsere Pflicht tun werden.«

Und es könnte schon längst alles vorbei sein. Der Staatsstreich könnte schon geschehen sein, sie könnten das Schlimmste schon hinter sich haben: Für den 7. Juli 1944 ist einmal mehr eine Vorführung neuer Uniformen und Waffen angesetzt. Dem Ritterkreuzträger Major Axel von dem Bussche hat man allerdings inzwischen im SS-Lazarett Hohenlychen das Bein abgenommen. Ewald Heinrich von Kleist-Schmenzin steht nicht zur Verfügung. Und Generalmajor Stieff hat sich ein weiteres Mal versagt.

»Ich kann es nicht, Claus. Ich kann es nicht.«

»Aber du hast die Möglichkeit. Du hast die Chance. Du musst dich nicht opfern, du musst die Bombe nur richtig platzieren. Davon hängt alles ab. Du stellst die Aktenmappe unter den Tisch, an dem Hitler sitzen wird, und dann verdrückst du dich unter einem Vorwand.«

Generalmajor Stieff ist grau im Gesicht.

»Du warst bereit«, sagt Stauffenberg. »Du warst bereit, das hat Tresckow gesagt. Er hat gesagt, du hättest ihm deine Handlungsbereitschaft fest zugesagt.«

»Ja. Lieber Himmel. Aber du weißt doch, wie er ist.«

»Tresckow? Ach. Wie ist er denn?«

Generalmajor Stieff schüttelt verzweifelt den Kopf.

»Ich schaffe es nicht, Claus. Ich schaffe es nicht. Ich bin nicht der richtige Mann. Ich kann das nicht, ich muss mein Gewissen rein erhalten. Es würden Unschuldige dabei sterben. Das kann ich nicht verantworten.«

Claus nickt.

»Unschuldige würden sterben«, sagt er.

Er lacht kurz auf, dann murmelt er etwas.

Wenn einst dies geschlecht sich gereinigt von schande
Vom nacken geschleudert die fessel des fröners

»Was?«, sagt Stieff. Er ist den Tränen nahe.

»Egal. Sei gefasst, Mann. Ein anderer wird es tun müssen. Versuche aber wenigstens zu helfen, soweit du es vermagst. Jeder hat seine Rolle. Man kann von keinem verlangen, dass er die eines anderen spielt.«

Dann flattert im frühwind mit wahrhaftem zeichen
Die königsstandarte und grüsst sich verneigend
Die Hehren · die Helden!

Es könnte längst vorüber sein. Es könnte sich längst alles entschieden haben.

»Werner möchte heiraten«, sagt Werner von Haeftens Bruder Hans Bernd zu seiner Frau Barbara.

Sie sitzen im Garten von Grammertin. Hannes ist für das Wochenende zu Frau, Kindern und Schwiegereltern herausgekommen. Das Gut ist überlaufen von weitläufigen Verwandten, ausgebombten Freunden, Nichten, Neffen, Basen und Vettern, die zum Schutz vor den Bomben aus allen möglichen Städten hergesandt sind. Hier im hinteren Teil des Gartens sind sie aber für einen Moment allein miteinander.

»Werner hat sich in Wonte verliebt. In Reinhild Hardenberg. Ich dachte ja immer, sein Herz schlüge eher für Ete Bredow. Aber er sagt, es sei entschieden. Und nun wollte er von mir wissen, ob er sie besser jetzt oder erst nach dem Umsturz fragen soll.«

»Und was hast du gesagt?«

»Dass er warten soll. Aber war das der richtige Rat? Ich habe ihm schon einmal von etwas abgeraten.«

Das war zu Anfang dieses Jahres 1944. Werner hatte erfahren, er würde in den nächsten Tagen überraschend Zugang zu Hitler bekommen. Er war entschlossen, zu handeln und Hitler zu erschießen, aber Hannes hat es ihm ausgeredet. Er hat den jüngeren Bruder gefragt, woher er die Sicherheit nähme, dass Gott ihn wirklich für diese Aufgabe vorgesehen hat.

»Und da hat er nicht standgehalten. Da ist er an seinem Plan irregeworden. Und nun ist Julius Leber verhaftet, und Edolf auch. Wenn ich ihm damals nicht abgeraten hätte –«

»Und deswegen machst du dir nun so viele Gedanken? Ach, lieber Hannes. Es sind doch seit Anfang des Jahres so viele gestorben.«

Hans schreckt hoch.

»Und du gibst mir die Schuld daran?«

»Nein«, sagt Barbara. »Natürlich nicht. Du warst der Meinung, dass allein Gott zu entscheiden hätte, wer lebt und wer stirbt. Und so ist es ja. Wir wissen überhaupt nicht, was passiert wäre, wenn Werner geschossen hätte. Wahrscheinlich wäre dann Werner tot. Und nun ist es eben, wie es ist.«

Hans Bernd von Haeften ist ganz blass geworden.

»Ich bin jedenfalls jetzt für das Attentat«, sagt er. »Ich kann mich nun nicht länger verweigern. Es ist auch zu spät, um auszusteigen. Sollen wir warten, bis sie uns alle verhaften? Ich bin doch auch euch verpflichtet, dir und den Kindern. Ich habe die Verpflichtung, mich für euch zu erhalten.«

»Die hast du allerdings«, sagt Barbara. Sie steht auf. Sie glättet ihren Rock. Sie betrachtet ihren sitzenden Mann. »Dann macht es wenigstens ordentlich«, sagt sie. »Wenn ihr es schon machen müsst, dann sorgt wenigstens dafür, dass es gelingt.«

Sie merkt erst jetzt, dass sie den Tränen nahe ist. Hans steht auf. Er nimmt seine Frau in den Arm.

»Werner ist zuversichtlich«, sagt Hannes. »Er ist fest überzeugt, dass alles glattgeht, Liebes. Ich werde deinen Rat beherzigen, hat er gesagt. Ich frage Wonte erst hinterher. Es geht ja nun nur noch um ein paar Tage.«

»Ich bin natürlich auch bereit, mich mit Hitler zusammen in die Luft zu sprengen«, sagt Claus Stauffenberg. »Das wäre die sicherste Methode. Aber ein sofort wirkender Zünder ist problematisch. Wie sollte ich ihn betätigen, mitten im Konferenzraum, ohne dass jemand etwas bemerkt? Ich müsste dazu in der Aktentasche herumgraben, im Beisein der anderen.«

Und das Ganze mit drei Fingern. Das sagt aber niemand.

»Dass Sie sich opfern, ist vollkommen undenkbar«, sagt General Beck. »Ohne Sie kann der Umsturz nicht gelingen. Sie werden in Berlin gebraucht. Allen anderen fehlt es entweder an persönlichem oder an militärischem Rang. Tatsächlich müssen Sie das Attentat unterlassen, wenn Gefahr besteht, dass Sie nicht lebend aus der Sache herauskommen.«

»Wenn doch Tresckow da wäre. Wenn doch nur Henning von Tresckow hier sein könnte.«

Aber in diesen furchtbaren Sommertagen 1944 führt für Generalmajor von Tresckow, Chef des Generalstabs der 2. Armee in der Heeresgruppe Mitte, kein Weg mehr von der Ostfront zurück nach Berlin. Die blutigste, verlustreichste Niederlage der deutschen Militärgeschichte ist im Gange. Und Stieff verweigert die aktive Teilnahme. Es gibt keine Möglichkeit mehr, die Aufgabe aufzuteilen. Alles liegt nun bei Claus Stauffenberg. Er ist der Einzige, der übrig bleibt. Er ist es, der handeln muss.

Es ist Dienstag, der 11. Juli. Claus wird heute bei Hitlers Lagebesprechung auf dem Berghof von 13.07 Uhr bis 15.30 Uhr zugegen sein. Hauptmann Karl Friedrich Klausing wird ihn begleiten. Sprengstoff und Zünder befinden sich in Stauffenbergs Aktentasche. Allerdings sind weder Himmler noch Göring bei der Besprechung anwesend. Die Generäle bestehen aber darauf, dass Stauffenberg die gesamte Spitze auf einmal ausschaltet: Göring stünde sonst als Hitlers Nachfolger bereit, und Himmler besitzt mit seiner SS eine mögliche Bürgerkriegsarmee.

Leider kommen Göring und Himmler so gut wie nie zu diesen Besprechungen. Bestehen die Generäle auf ihrer Anwesenheit vielleicht nur, um bei offener Zustimmung zugleich das Attentat unmöglich zu machen? Sollte man also nicht einfach handeln?

Stieff rät davon ab.

Hauptmann Karl Friedrich Klausing versteht es nicht. Ist es

Mangel an Mannesmut, ist es Stieffs schwankendes Temperament? Was ist los mit dem Mann? Wie hat er sich echauffiert, er schäme sich, ein Deutscher zu sein, Hitler sei ein Verbrecher und müsse entfernt werden. Aber freilich, die Arbeit sollen andere machen. Stieff möchte sich nicht mit einer Handlung beflecken. Er hüllt sich in persilweiße Reinheit, während an den Fronten, in den Lagern, in den bombardierten Städten weitergestorben wird. Hauptmann Karl Friedrich Klausing ist erbittert. Er sieht zu Stauffenberg hin. Claus Stauffenberg ist sehr blass. Seine Lippen sind ein dünner Strich. Er sagt kein Wort. Er äußert sich nicht zu Stieff.

Es ist Dienstag, der 11. Juli. Der Kriminalrat hat Helmuth Moltke noch einmal aufgesucht. Er hat ihm verkündet, dass seine Entlassung unmittelbar bevorsteht. Helmuth wird jetzt nicht zu hoffen beginnen. Er muss sich das verbieten. Er darf keinen Gedanken auf die Freilassung verwenden. Er hat Rankes ›Päpste‹ zu lesen, das Botanikbuch, das ihm Freya gebracht hat, das Buch Hiob. Das sind ernsthafte Aufgaben, denen er sich mit klarem Kopf widmen muss. Am Nachmittag spielt er mit Puppi ein paar Runden Tischtennis. Es ist heiß und trocken. Die Zelle ist voller Staub, den der Wind in kurzen Stößen hereinweht. Zum Tee um fünf isst er Kreisauer Erdbeeren. Die Nacht bleibt heiß. Zauberhaft liegt das mondhelle Land vor dem Fenster. Gegen Mitternacht beginnt Isa mit ihrer wunderbaren Stimme einen Choral zu singen. Helmuth Moltke glaubt nicht daran, dass er freikommt. Er glaubt fest, dass er freikommt. Nur glaubt er es Kriminalrat Lange nicht. Es liegt nicht in Hitlers Hand, ob Helmuth Moltke freikommt, schon gar nicht in Kriminalrat Langes Hand. Helmuth denkt nicht darüber nach, ob er freikommt. Er muss sich das unter allen Umständen versagen.

Peter Yorck hat in letzter Zeit oft von Hannusch gesprochen, dem kleinen Bruder. Er hat nicht von Hannuschs Tod gesprochen, sondern von seinen Erinnerungen an den Lebenden. Den Tod des Bruders hat er nur einmal erwähnt, nach einem Gottesdienst bei Pfarrer Hanns Lilje.

»Immer wieder versuche ich etwas in mir zu finden, was seinem Tod einen Sinn verleihen könnte. Aber es will mir nicht gelingen.«

Gestern hat Peter in dem kleinen Garten in der Hortensienstraße gestanden, von Marion durch die Glasscheibe des Fensters getrennt. Er stand auf dem Rasen, halb von ihr abgewandt, mit abwesendem Blick, das Gesicht unbestimmt traurig. Niemals hat Marion diesen Gesichtsausdruck bei Hannusch gesehen. Dennoch war Peters Ähnlichkeit mit dem Bruder in diesem Moment so stark, dass es Marion durchfahren hat wie ein schriller Ton.

»Peter!«

Er ist zusammengezuckt. Einen Moment lang sah er fast unwillig aus. Aber dann hat er sich ihr zugewandt. Sie hat ihn zurückgerufen. Er ist wieder zu ihr zurückgekehrt.

Am 12. Juli findet die 1055. Sitzung der Mittwochsgesellschaft statt: der Berliner Freien Gesellschaft zur wissenschaftlichen Unterhaltung, wie sie eigentlich heißt. Ihre sechzehn Mitglieder treffen sich seit 1863 reihum jeden zweiten Mittwoch zu einer wissenschaftlichen Diskussion im privaten Kreis. Diesmal hat Werner Heisenberg alle ins Harnack-Haus gebeten. Er spricht über die Frage: »Was sind die Sterne?« Unter anderem sind der Chirurg Ferdinand Sauerbruch, der preußische Finanzminister Johannes Popitz, Generaloberst Ludwig Beck, Ulrich von Hassell und der Feuilletonchef der ›DAZ‹ Paul Fechter anwesend. Früher gab es zu diesen Anlässen Drei-

Gänge-Menüs. Heute haben alle belegte Brote mitgebracht, die sie in Schnittchen zerteilt und hübsch auf Platten angeordnet haben, und der Gastgeber hat ein paar Flaschen Rheinwein bereitgestellt.

»Na dann bis zum 26. Juli in Lichtenrade bei Ihnen, lieber Fechter«, sagt Ulrich von Hassell zum Abschied.

»Ja«, sagt Generaloberst Ludwig Beck zu Fechter. »Ich freue mich schon. Es war so besonders schön, letztes Mal. Eine ganz besondere Stimmung, in Ihrem wunderbaren Garten.«

»Ja, der Garten, der blüht noch. Aber das Haus ist leider zur Hälfte Ruine.«

»Immerhin nur zur Hälfte, lieber Fechter. Also, dann bis zum 26.«

Und nun ist alle Hoffnung dahin. Nun ist alles verloren. Stauffenberg ist mit dem festen Vorsatz zur Wolfsschanze geflogen, heute zu handeln. Gleich nach seinem Abflug hat sein langjähriger Freund und Vertrauter Albrecht Ritter Mertz von Quirnheim die Walküre-Marschbereitschaft für die Heeresschulen angeordnet, fünf Stunden vor einem möglichen Attentat.

Walküre war also schon angelaufen. Trotzdem haben die Generäle das Attentat ein weiteres Mal untersagt, weil Himmler wieder nicht anwesend war. Stauffenberg hat zweimal mit der Bendlerstraße telefoniert, aber man hat ihm keine Handlungsfreiheit gewährt. Und dann war ihm auch das gleichgültig.

»Ali?«

Am anderen Ende der Leitung in der Bendlerstraße richtete Albrecht Ritter Mertz von Quirnheim sich auf.

»Letztlich ist es jetzt eine Sache zwischen mir und dir, Ali. Was sagst du?«

»Tu's.«

»Und ich hätte es getan!«

Es ist der Abend dieses 15. Juli. Sie haben sich alle in der Tristanstraße versammelt, bei den Stauffenberg-Brüdern.

»Ich hätte es getan«, sagt Claus. »Ich hätte es getan, das habe ich ja durchgegeben. Ich hätte es getan, aber als ich vom Telefon zurückkam, war die Aktentasche verschwunden. Stieff hatte die Aktentasche weggenommen.«

»Dieser Tag ist verflucht!« Albrecht Ritter Mertz von Quirnheim ist außer sich. »Es war um Haaresbreite. Die Walküre-Mobilisierung war angelaufen. Ich habe sie im letzten Moment noch als Übung hinstellen und abbrechen können. Aber es kommt doch nun alles zutage! Es ist doch nun für alles zu spät!«

»Claus? Warum hat Stieff die Tasche weggenommen?«, sagt Fritzi von der Schulenburg.

Claus zuckt die Achseln. Er sieht vollkommen erschöpft aus.

»Er hatte Angst, ein Falscher könnte das Ding finden. Das hat er jedenfalls gesagt.«

Und als Stauffenberg die Tasche endlich zurückerhalten hatte, war Hitler gegangen.

»Und es war zu spät, zu spät, zu spät!«

Es ist der 15. Juli 1944. Christel von Dohnanyi wird sich das Datum merken. Sie und Hans werden es gemeinsam feiern, in späteren Jahren: Das Verfahren gegen Hans Oster ist eingestellt worden. Was hat man jetzt noch in der Hand? Alle Vorwürfe haben sich zerschlagen. Christels Mann und ihr Bruder Dietrich werden bald frei sein. Christel kommt gerade von Untersuchungsführer Kutzner.

»Ich denke, für Ihren Mann läuft es auf eine Aussetzung des Verfahrens bis Kriegsende hinaus«, hat Kutzner gesagt. »Bis dahin wird er interniert, möglichst in einem Sanatorium.«

Hans ist gerettet. Es darf jetzt nur nichts Dummes mehr passieren. Dann werden sie alle wieder vereint sein, sobald der Krieg endlich verloren ist.

Der nächste Tag ist ein Sonntag. Peter Yorck ist gestern spät von der Besprechung in der Tristanstraße zurückgekehrt. Marion und er sind dennoch zu Pastor Hanns Liljes Gottesdienst gegangen. Sie haben miteinander das Abendmahl gefeiert.

»Nun sind wir ein zweites Mal getraut«, sagt Peter leise. »Nun sind wir noch einmal miteinander verbunden worden, miteinander und mit dem, der uns verbunden hat.«

Sie gehen die Hortensienstraße entlang, nach Hause. Marion ist benommen. Sie empfindet eine große Bereitschaft, sie weiß nicht wozu. Sie schiebt ihre Hand unter Peters Arm. Er drückt die Hand, innig und heftig. Pastor Lilje hat segnend den Scheitel jedes der Knienden berührt. Er hat jedem ein Gotteswort mitgegeben, auch Peter.

Fülle mich frühe mit deiner Gnade, so will ich dich rühmen und fröhlich sein mein Leben lang.

Der 90. Psalm.

Der du die Menschen lässest sterben und sprichst: Kommt wieder, Menschenkinder! Lehre uns bedenken, dass wir sterben müssen, auf dass wir klug werden –

»Es war mir wie ein Ruf«, sagt Peter. »Ich hörte die Worte wie einen Ruf.«

»Nina, liebes Kind.«

Es ist Sonntag, der 16. Juli. Claus Stauffenberg ruft seine Frau in Bamberg an, wie jeden Sonntagabend.

»Nina, ich wollte dich bitten, die Reise nach Lautlingen doch noch etwas aufzuschieben.«

»Aber warum denn, Claus?«

»Es wäre mir einfach lieb. Bleibt noch ein paar Tage in Bamberg.«

»Aber ich habe doch die Fahrkarten schon. Das Gepäck ist schon auf die Bahn gebracht. Und du weißt doch, wie schwierig es ist, eine Sondergenehmigung für private Reisen zu bekommen, mit den Kindern und der Kinderpflegerin und dem Hausmädchen und dem ganzen Tross.«

Eine Pause. Dann sagt er: »Ja. Nun gut. Wenn es sich nicht mehr ändern lässt.«

»Ich weiß ja nicht, ob ich recht verstehe«, sagt sie. »Ich will dir ja gern jeden Gefallen tun. Ich verstehe nur die Bitte nicht ganz. Du hast es doch sonst so gern, wenn du uns alle in Lautlingen weißt.«

»Ja, natürlich. Ich dachte nur, ich schaffe es in den nächsten Tagen vielleicht, für einen kurzen Besuch zu euch zu kommen. Es ist freilich sehr unwahrscheinlich. Also, dann fahrt. Du hast sicher recht, wenn du fährst.«

»Die Kinder freuen sich auch schon so sehr.«

»Ja. Ich möchte im Übrigen gern mit Berthold sprechen. Kannst du ihn rufen? Ich würde ihm gern persönlich gratulieren.«

Der Älteste hat die Aufnahmeprüfung für das Gymnasium mit Glanz bestanden.

»Das ist nun aber wirklich dumm! Berthold ist gar nicht da. Die Jungen sind zum Schwimmen gegangen. Es tut mir sehr leid, aber wir konnten ja nicht damit rechnen, dass du ihn würdest sprechen wollen.«

Normalerweise ist es den Kindern nicht erlaubt, das Telefon zu benutzen. Ein Telefon ist kein Spielzeug, es ist ein Gerät zur Nachrichtenübermittlung.

»Da kann man nichts machen. Richte ihm aber meinen Gruß aus.«

»Das werde ich. Er wird sich freuen. Wir denken immer an dich, aber das weißt du ja.«

»Und ich denke an euch. An dich, liebes Kind. Habt eine gute Reise und schöne Ferien. Und grüße alle in Lautlingen von mir. Grüße mir besonders herzlich meine Mutter.«

Nina in Bamberg steht noch einen Moment mit dem Hörer in der Hand, als Claus bereits eingehängt hat. Sie lauscht in die Stille. Etwas irritiert sie. Sie kommt aber nicht gleich darauf, was es ist. Wahrscheinlich nur die Schwangerschaft. Nina ist im dritten Monat schwanger. Zum Glück leidet sie diesmal nicht unter morgendlicher Übelkeit. Nina strafft sich. Sie hängt endlich den Telefonhörer ein, dann geht sie zurück ins Wohnzimmer, wo die Patience-Karten noch auf dem Tisch liegen. Sie hat noch ein wenig Zeit für sich, bevor die Jungen vom Schwimmen zurückkehren.

Claus in der Tristanstraße hat gerade eingehängt, als es an der Wohnungstür klingelt. Fritzi Schulenburg kommt. Adam Trott kommt, Peter Yorck, sie kommen alle in die Tristanstraße, an diesem Abend: Ali Mertz, Cäsar Hofacker, auch Oberst Georg Hansen, seit der Absetzung von Admiral Canaris im Februar des Jahres Leiter der Abwehr. Sie rauchen, sie trinken Kaffee und Wein. Es gibt im Grunde nichts zu besprechen. Aber sie können nicht voneinander lassen. Es wird spät. Aber keiner geht. Sie sprechen immer wieder über dasselbe.

»Es muss nun endlich getan werden.«

»Bei der nächsten Gelegenheit muss es getan werden.«

Sie sprechen, wie sie nur miteinander sprechen können, mit zäher, erbitterter Leidenschaftlichkeit.

»Ich tue es. Bei der nächsten Gelegenheit tue ich es.«

Spät in der Nacht verschwören sie sich aufs Neue. Sie umfassen einander, sie reichen einander die Hände. Sie sind unter sich: Hier sind keine Generäle, die ihnen in den Arm fallen können.

»Bei der nächsten Gelegenheit.«

»Wir zögern nicht länger.«

»Mich wird nichts mehr abhalten.«

»Mit der Hilfe Gottes.«

»Du musst noch einmal Frau Leber besuchen.«

Fritzi ist wieder bei Ursula Kardorff.

»Aber natürlich. Gern. Was soll ich ihr ausrichten?«

»Sag ihr, dass sie sich nicht fürchten soll. Sag ihr –« Fritzi überlegt. Er betrachtet Ursula. »Sag ihr, in drei Tagen fahre ich nach Frankreich.«

»Nach Frankreich?«

»Ja. In drei Tagen.«

»Also am 20. Juli.«

»Genau. Du sagst: Fritzi Schulenburg lässt Ihnen ausrichten, Sie sollen keinerlei Befürchtungen hegen. Er fährt am 20. Juli nach Frankreich.«

»Gut.«

»Und hier. Bring ihr Zigaretten mit.«

»Keine Rosen?«

»Zigaretten. Die kann sie mitnehmen.«

»Wobei sie sich sehr über die Rosen gefreut hat. Graf Schulenburg ist doch der letzte lebende Ritter. Das hat sie gesagt.«

Fritzis Lächeln erleuchtet den Raum und erlischt.

»So. Na. Trotzdem Zigaretten. Sie wird ja nun nicht mehr lange im Krankenhaus bleiben.«

Wie lange kann man Überschwang ertragen, wie lange in großen Höhen atmen? Wann kann man sich nicht mehr halten und erlahmt?

»Das Berliner Parkett wird allmählich allzu lebhaft«, sagt Peter Yorck.

Sie sind diesmal in der Rheinbabenallee zusammengekommen, bei Adam Trott. Es ist sehr heiß. Die Fenster sind geöffnet. Von Zeit zu Zeit gibt einer von ihnen seiner Unruhe nach, tritt auf den Balkon und sieht prüfend die Straße hinauf und hinunter.

»Nach dem Haftbefehl heute gegen Goerdeler wird selbst im Adlon ganz offen darüber geredet, was sich in bekannten Berliner Verschwörerkreisen so tut«, sagt Peter. »Das Führerhauptquartier soll gesprengt werden, heißt es.«

»Wo steckt Goerdeler eigentlich?«, sagt Adam.

»Er ist untergetaucht. Besser, man weiß es nicht, dann kann man nicht plaudern, wenn man selbst an die Reihe kommt.«

Sie schweigen.

»Für Fromm muss es am 15. ja auch lustig gewesen sein«, sagt Georg Hansen. »Er konnte das doch einordnen, mit dem vermasselten Walküre-Befehl. Es muss ihm doch klar geworden sein, dass sein engster Mitarbeiter Stauffenberg ihn in die Luft sprengen wollte.«

»Vorsichtshalber kommt er übermorgen auch nicht mit zur Wolfsschanze«, sagt Claus. »Er hat sich entschuldigen lassen: Er müsste an dem Tag seine Enkel in Westpreußen abholen.«

Fritzi kommt wieder vom Balkon herein.

»Jessen hat bei den Bredows etwas gehört«, sagt er. »Es geht jetzt wirklich schon überall herum.«

»Verfolgen wir eigentlich noch irgendeinen Zweck?«, sagt Georg Hansen. »Geht es uns um Deutschland, um die Beendigung des Krieges? Geht es um Verringerung der Opfer, um ein Eindämmen der Gewalt, um die Wiederaufrichtung des Rechts?«

Keiner antwortet.

»Haben wir überhaupt noch eine Aussicht auf Erfolg?«, sagt Ulrich Schwerin von Schwanenfeld. »Wenn wir immer und immer wieder zuwarten?«

Fritzi Schulenburg steht auf.

»Das Attentat muss gewagt werden«, sagt er. »Koste es, was es wolle. Wie wollen wir denn sonst weiterleben? Nichts hätte dann mehr einen Sinn.«

Berthold und Claus Stauffenberg sitzen in der Tristanstraße, bei Whisky und Zigarren.

»So weit werde ich es immerhin vorantreiben können«, sagt Claus. »Den Umsturz werde ich vorantreiben können. Aber wenn der Umsturz gelungen ist, wenn Hitler tot ist und es eine neue Regierung gibt, wird auch für mich alles vorüber sein.«

»Wie kommst du denn darauf?«, sagt Berthold. »Ganz im Gegenteil, man wird dich feiern. Man wird dir zujubeln. Du wirst den Krieg beendet haben. Du wirst der Held aller Deutschen sein.«

Claus verzieht den Mund.

»Ich werde der Mörder des Führers sein«, sagt er. »Ob die Deutschen den Umsturz gutheißen oder nicht, ob sie uns als Befreier bejubeln oder als Verräter bespucken, mich werden sie mit Entsetzen betrachten. Nein, nach dem Umsturz ruht alle Hoffnung auf Leber. Er ist der einzige überzeugend gute Mann. Für mich gibt es danach keine Zukunft mehr.«

FÜNFTER TEIL

1

»Der Graf kommt.«

Am Telefon ist der Bahnhofswirt von Schwerin.

»Er ist mit dem Zug von Berlin gekommen. Ich soll bestellen, er sei schon unterwegs nach Trebbow, zu Fuß auf der Landstraße.«

Und was für ein unverhofftes Glück ist das? Es ist der Abend des 18. Juli. Wenn Fritzi heute schon kommt, bleibt er sicher bis zum Zwanzigsten. Am 20. Juli 1944 wird Charlotte von der Schulenburg fünfunddreißig Jahre alt, und Fritzi hat versprochen, dieses eine Mal mit ihr ihren Geburtstag zu feiern. Charlotte fährt in ihrem winzigen Auto Richtung Schwerin. Normalerweise erlauben sie sich auf Trebbow keine Privatfahrten. Benzin ist streng rationiert und nur für unumgängliche Fahrten auf dem Gut erlaubt. Aber dies ist eine Ausnahme. Charlotte fährt langsam. Die Allee windet sich immer tiefer in die Sommerdämmerung. Dann ist er da. Er springt vor ihr auf die Straße. Im silbrig-diffusen Licht hätte sie ihn fast übersehen, zwischen den grauen Baumstämmen, in der grauen Uniform. Er reißt die Tür auf, wirft seine kleine Tasche auf den Rücksitz.

»Meine Liebesgöttin.« Er küsst sie auf den Mund. Er fährt

ihr durchs Haar. »Dein Geburtstag wird heute gefeiert, nicht erst am Zwanzigsten.«

Sie hätte es sich denken können. Sie wendet den Wagen.

»Es geht nicht anders. Ich muss morgen Vormittag wieder in Berlin sein. Die Sache geht jetzt über die Bühne.« Funken fliegen. Das Wageninnere knistert elektrisch. »Endlich geht es los. Es wird auch Zeit. Man will es doch einmal hinter sich bringen.«

»Weißt du den genauen Termin?«

»In der allernächsten Zeit. Es ist schon ein paarmal wieder verschoben worden.«

Die Räder knirschen auf dem Kies. Der Wagen hält vor dem Schloss. Fritzi stößt die Tür auf.

»Weck die Kinder.«

»Auch Adelheid? Sie ist noch so klein. Sie wird sicher sehr ungehalten sein.«

»Ich will alle meine Kinder um mich haben. Dann bauen wir deinen Geburtstagstisch auf.«

Tisa kommt ihnen durch die Halle entgegen.

»Schwesterchen. Jetzt wird groß gefeiert. Du musst uns alle deine Kerzen geben. Sparsamkeit gut und schön, aber der Geburtstagstisch muss strahlen.«

Die Kinder in ihren weißen Nachthemdchen fliegen durch den Raum, über die Möbel, sie krabbeln an ihm hoch, umschwärmen ihn, hängen an seinen Armen und Beinen.

Papa, wie lange bleibst du
Papa, kommst du morgen früh mit an den See
Papa, wirst du dir anschauen, was ich gemalt
was ich gebastelt
was ich Bella beigebracht habe

Fredeke hält sich ein Stückchen abseits: Schuschu, fast zehn schon.

»Schuschu, mein großes Mädchen. Komm, setz du dich zu mir.«

Sein blitzschnelles Lächeln, sein Monokel, seine Nähe. Auf dem Tisch Blumen, die Tisa im nächtlichen Garten gepflückt hat, das Kerzenmeer, die Basteleien der Kinder. Sogar Gäste sind da: der ausgebombte Staatsschauspieler Mathias Wiemann und seine Frau, die auf Trebbow leben.

»Nun haben wir gar keinen Kuchen.«

»Aber Wein. Ich habe zwei Flaschen Rotwein aus Berlin mitgebracht.«

Erst spät in der Nacht löschen sie die Kerzen und bringen die todmüden Kinder zu Bett. Im Schlafzimmer zieht Fritzi die Verdunkelungsvorhänge weg. Er stößt die Fensterflügel auf. Unter ihnen glänzt der Mond auf dem See.

»Wie weich die Luft riecht, hier auf dem Land. Wie süß. Man sollte nicht in der Stadt leben. Es ist falsch. Man sollte auf dem Land bleiben.«

»Aber du hast beinahe immer in Städten gelebt.«

»Ja. Weißt du noch, in Fischhausen. Der Wind vom Haff.«

Sie stehen eng umschlungen. Sie haben sechs Kinder.

»Elf Jahre sind wir nun verheiratet«, sagt sie.

Genauso lange, wie Hitler an der Macht ist. Er lacht leise.

»Also nur noch vierzehn Jahre bis zur Silberhochzeit.«

Er küsst ihren Hals, dann die Beuge zwischen Hals und Schulter.

»Mein Liebesgenius.«

Marion Yorck ist zum Aufbruch bereit. Es war ja nicht viel zu packen, für höchstens zwei Nächte: Peters alter Freund Sylvius Graf von Pückler heiratet am 20. Juli im Hotel Elefant in Weimar.

Heute am 19. findet der Polterabend statt. Normalerweise

braucht der Zug nur drei Stunden. Aber sie haben beschlossen, sehr früh am Morgen loszufahren, damit sie auch dann noch rechtzeitig ankommen, wenn man sie unterwegs bombardiert.

»Ich bleibe wohl bis übermorgen, Mariechen«, sagt Marion.

Mariechen steht in der Küche und spült das Frühstücksgeschirr.

»Der Graf wird aber schon morgen wiederkommen«, sagt Marion. »Anderenfalls werden wir telefonieren.«

Peter soll sich am 20. früh in der Bendlerstraße einfinden. So ist es ausgemacht. Falls sich etwas ändert, wird Claus Stauffenberg anrufen. Und wie viel weiß Mariechen, die Haushaltshilfe, die Vertraute, die seit Jahren die Hortensienstraße versorgt, auch wenn Marion in Kauern ist?

»Der Graf ist im Garten«, sagt Marie. »Soll ich ihn holen?«

»Ach nein. Ich gehe selbst.«

Marion tritt auf die Terrasse hinaus. Die Sonne steht noch tief. Die Vögel lärmen. Peter wendet sich um, als Marion näher kommt.

»Wie der Phlox blüht.«

In Kissen, in Polstern, in dicken Kugeln und Tuffs. Tautropfen blitzen in den Schalenblättern des Frauenmantels.

»Wie schön du immer alles pflegst und versorgst«, sagt Peter. »Auch Kauern wird immer gedeihen, solange du dich darum kümmerst.«

»Ich führe doch nur aus, was du beschließt«, sagt Marion. »Du und der Verwalter, ihr entscheidet. Ich selbst könnte kaum eine Landwirtschaft leiten.«

Peter nimmt ihre Hand, küsst ihre Finger.

»Wollen wir los?«

Langsam gehen sie zu ihrem Häuschen zurück. Die Sonne zeichnet die Umrisse von Bäumen und Büschen auf dem Rasen nach, vermählt die Dinge mit ihren Schatten.

»Ich gehe nach oben und hole meine Tasche.«

Sie steht einen Moment allein im Wohnzimmer. Auf der Armlehne seines Sessels liegt aufgeschlagen die Bibel. Marion wirft einen Blick hinein. Jesaja 43 ist markiert,

Und nun spricht der Herr, der dich geschaffen hat, Jakob, und dich gemacht hat, Israel: Fürchte dich nicht, denn ich habe dich erlöst, ich habe dich bei deinem Namen gerufen, du bist mein. Denn so du durch Wasser gehst, will ich bei dir sein, dass dich die Ströme nicht sollen ersäufen; und so du ins Feuer gehst, sollst du nicht brennen, und die Flamme soll dich nicht versengen –

Aus dem Flur seine Stimme.

»Herzenskind? Ich bin so weit.«

Tisa und Fritzi stehen in der Halle von Schloss Trebbow. Es ist sieben Uhr früh. Sie warten auf Charlotte. Es ist still im Schloss. Die Kinder schlafen noch, nach den Aufregungen der gestrigen Nacht. Was gibt es zu sagen? Alles. Nichts. Die Luft ist wie Suppe, fast nicht zu atmen.

Pass auf dich auf. Ich habe solche Angst.

Weißt du noch, früher?

Fritzi, bleib hier.

Ich habe dich immer so lieb gehabt, Fritzi.

Charlotte kommt die Treppe herunter. Fritzi streckt der Schwester die Hand hin.

»Also, mach's gut.«

»Viel Glück, Fritzi.«

»Ja.«

Da stehen sie nun. Man ist falsch erzogen worden. Man hat die falschen Dinge gelernt. Charlotte geht mit Fritzi hinaus. Tisa tritt vor die Tür. Sie sieht, wie Fritzi das Pferdefuhrwerk besteigt. Die Pferde ziehen an, auf dem Weg zur Bahnstation

Lübstorf. Am Ende der Auffahrt dreht Fritzi sich noch einmal um. Er winkt.

Einmal streichelt er ihren Arm. Einmal ihre Wange. Einmal sagt er etwas.

»Wäre es nicht schön, wenn man noch in Tressow vorbeischauen könnte. Es ist so nah. Aber es bleibt keine Zeit.«

Dann schweigen sie wieder. Der Mecklenburger Sommerhimmel ist hoch und hell. Die Eichen und Linden links und rechts der Allee marschieren gen Osten, die Kronen innig ineinander verschränkt. Die Pferde zuckeln gehorsam ihren Weg, im Kloppediklopp ihrer schweren Hufe. Charlotte ist ganz heiter. Er ist ja noch da. Sie spürt ihn neben sich, seine Gegenwart, seine Wärme. Dann taucht die Bahnstation auf. Die Pferde verlangsamen ihren langsamen Schritt. Er sagt: »Du weißt, es steht höchstens fifty-fifty.«

Sie sagt: »Du machst es aber.«

»Natürlich.«

Die Pferde kommen zum Stehen.

»Dann geht es auch gut. Nicht wahr? Wenn du es machst, dann geht es gut.«

Das kurze Licht seines Lächelns, an, aus.

»Ich hoffe nur, die Frauen der anderen sehen das auch so. Dann muss es wohl gutgehen.«

Er springt vom Fuhrwerk, nimmt seine Tasche. Er hat nur diese eine kleine Tasche dabei. Der Graf reist gern leicht. Sie gehen zusammen den Bahnsteig entlang. Der Zug ist noch nicht da. Ein leichter Wind weht.

»Du weißt wohl nicht, wann du wiederkommst, Fritzi?«

»Nein. Sobald ich irgend kann. Das weißt du ja. Ich denke immer an dich, und an meine Kinder.«

Dann sieht sie den Zug in der Ferne. Er braust heran, in

einer Wolke aus Rauch und Dampf. Gleich wird er da sein. Er wird seine Gleise nicht verlassen. Er kann sich nicht frei seinen Weg suchen, er kann nicht über die Felder ins Ziellose.

»Mein Liebesgenius. Wir bleiben, wie wir sind, einander vertraut.«

Er lässt sie los. Der Zug fährt ein. Fritzi wirft die Tasche in den Waggon. Er tritt ans offene Fenster. Charlotte hält ihm die Hände entgegen.

»Gute Reise. Und viel Glück bei allem.«

»Es wird schon werden.«

Der Zug fährt an. Charlotte lässt los. Sie winkt, Fritzi winkt. Der Zug gewinnt an Fahrt. Er hat nur kurz Aufenthalt, an dieser kleinen Station.

Charlotte geht zum Fuhrwerk zurück. Es ist furchtbar wie immer. Charlotte löst die Zügel, klettert auf das Fuhrwerk. Die Pferde ziehen an. Einen Moment später sind sie wieder auf der Allee. Die Bäume marschieren ungerührt gen Westen. Der Himmel ist hell. Das Kloppediklopp der schweren Hufe fügt sich ergeben in die Zeit, in die verhängten Gesetze der erkaltenden Welt. Und war er wirklich gerade noch da?

Fritz-Dietlof Graf von der Schulenburg: Hat er eben noch neben ihr gesessen? War es nicht gerade erst, dass sie ihm entgegengefahren ist? Allein kam er die Landstraße herauf. Sie hätte ihn beinahe nicht gesehen. Die schmale Gestalt in der grauen Uniform war so seltsam mit dem Abend und der Landschaft verschmolzen, als löste sie sich in der Sommerdämmerung auf.

Der neue Tag hat begonnen. Der 20. Juli. Eben hat es von der Weimarer Stadtkirche ein Uhr geschlagen. Peter Yorcks Zug geht um zwei. Peter hat vorhin auf dem Pücklerschen Polterabend eine ergreifende Rede gehalten. Er hat der Rede einen Bibeltext zugrunde gelegt: »Lob der Hausfrau«, Sprüche 31, 10–31,

Wem eine tüchtige Frau beschert ist, die ist viel edler als die köstlichsten Perlen. Ihres Mannes Herz darf sich auf sie verlassen. Sie tut ihm Liebes und kein Leid ihr Leben lang.

Die arme Braut war sichtlich erschrocken. Auch die Hochzeitsgesellschaft hat eine Weile gebraucht, um wieder das vorherige Niveau der Ausgelassenheit zu erreichen. Es konnte ja keiner wissen, dass Peters Hohelied auf Liebe und Ehe gar nicht an das Brautpaar gerichtet war. Es war kein mahnender Appell an ein junges Mädchen: Es war Peter Yorcks Dank an Marion Winter, seine Ehefrau seit vierzehn Jahren. Kurz nach Mitternacht haben die Yorcks sich von Sylvius Pückler und seiner Braut verabschiedet. Sie sind in den Park an der Ilm gegangen, vorbei an Goethes Gartenhaus. Der Abend ist südlich lau, sternenklar.

Sie sprechen jetzt nichts Schweres mehr. Sie gehen durch den Park, wie sie an jenem allerersten Tag auf Schloss Mondschütz miteinander gegangen sind: eng beieinander, ohne sich zu umfassen. Sie sprechen auch darüber nicht. Sie sprechen nicht mehr über Vergangenheit oder Zukunft, auch nicht über den heutigen Tag. Sie plaudern nur über das, was ihnen die leise vorüberschreitenden Momente präsentieren.

»Sieh, der Mond zwischen den Zweigen.«

»Ein Glühwürmchen. Und noch eins.«

»Ich hoffe, du kriegst keine nassen Füße vom Tau.«

Eine Weile sitzen sie auf dem Rand des Brunnens, der vor ihrem Hotel plätschert. Es ist ein schönes Hotel, klein und alt.

»Ist der Stein auch nicht kalt?«

»Wie melodisch das Wasser klingt.«

Sie haben ein Doppelzimmer gebucht. Claus Stauffenberg

hätte anrufen und den Termin verschieben können. Er hat nicht angerufen.

»Ich glaube, wir gehen nun allmählich nach oben. Ich will die Uniform anziehen, dann werde ich nicht von den Patrouillen behelligt.«

Das Hotelzimmer ist bereits verdunkelt. Marion knipst das Licht an.

»Tuschelchen. Mach du dich doch fertig für die Nacht.«

Folgsam zieht sie das Kleid über den Kopf, dann das Hemd. Sie wäscht Hände und Gesicht, putzt die Zähne, zieht das Nachthemd über. Er hat ihr zugesehen. Er knöpft seine Uniformjacke zu, nimmt ihre Hände in die seinen, küsst ihre Finger.

»Herzelein. Schlafe du gut.«

Er lässt ihre Hände los. Er öffnet die Tür. In der Ferne schlägt die Uhr. Er sagt: »Jetzt muss ich wohl los.«

Dann geht er die Treppe hinunter.

Die Morgensonne scheint schon sehr warm. Es wird wohl wieder ein heißer Tag. Barbara und Hans von Haeften stehen vor dem Gutshaus von Grammertin. Hannes ist gestern hier herausgekommen, zum dreizehnten Geburtstag seines Ältesten. Während des Abendessens hat Hannes' Bruder Werner angerufen, Stauffenbergs Adjutant.

»Etwas Besonderes?«, hat Barbaras Vater gefragt.

»Nein. Werner hat nur einen Termin bestätigt.«

Nun muss Hans von Haeften also zum Bahnhof von Altstrehlitz radeln und dann den Zug erwischen, um nach Berlin zu fahren und dort nach Hitlers Tod das Auswärtige Amt zu übernehmen.

»Also, dann alles Gute, Hannes.«

»Ja. Ach, was soll man sagen. Vielleicht findet es ja wieder nicht statt. Vielleicht kommt man noch einmal darum herum. Ich sage dir, ein Fluch liegt auf der ganzen Unternehmung.«

»Dann bleib doch einfach hier.«

»Was soll das helfen? Meinst du, hier wäre ich sicherer? Es ist zu spät für eine Flucht.«

Als er fort ist, geht Barbara zurück ins Haus. Sie setzt sich wieder an den Frühstückstisch. Die ganze Familie sitzt da. Das Haus ist überfüllt, es platzt aus allen Nähten. Barbara schenkt sich Malzkaffee ein. Sie ist ganz allein.

Clarita hat Adam angerufen. Das tut sie selten. Ferngespräche sind teuer, und es ist schwierig, eine Verbindung nach Berlin zu bekommen. Aber manchmal lässt sich Claritas Angst nicht mehr anders lindern. Es ist die immerwährende Angst, Adam könnte ihr abhandenkommen, er könnte verlorengehen in den Gebirgen einsamer Erfahrungen, die der Mangel an geteiltem Alltag zwischen ihnen auftürmt. Später einmal, wenn sie beide alt sind und auf ihr Leben zurückblicken, wird er diese Jahre doch als die wichtigsten und erregendsten seines Lebens empfinden. Es werden genau diese Jahre gewesen sein, in denen er am dringendsten eine Frau an seiner Seite gebraucht hätte.

Nach Moskau!

Einst haben sie in Berlin zusammen Tschechows ›Drei Schwestern‹ gesehen. Wann war das? Vor dem Krieg. Vor einem halben Leben,

Das Leben entschwindet und kehrt niemals wieder. Die Zeit entflieht so rasch, und es ist mir, als ob ich mich von dem wahren, wirklich schönen Leben immer mehr entferne. Nach Moskau! Nach Moskau! Nach Moskau!

Aber das hat er ihr verboten. Clarita muss in Imshausen bleiben. Sie hat zwei kleine Töchter. Sie muss sich für ihre Kinder bewahren. Das sagt er. Immerhin hat er sich über ihren

Anruf gefreut. Er hatte nicht viel Zeit, er war ja im Amt. Aber seine Freude war innig und echt. Allenfalls war er ein wenig enttäuscht, dass sie seinen Brief noch nicht erhalten hatte: den langen Brief, den er ihr offenbar geschrieben hat.

Aber nun hat sie jedenfalls etwas, worauf sie sich freuen kann. Der Brief wird ja sicher morgen ankommen. Und in neun Tagen kommt Adam selbst. Heute ist Donnerstag, der 20. Juli. Am Samstag der nächsten Woche ist es schon so weit. Dann beginnt Adams lang ersehnter Ferienaufenthalt. Es bleibt nur zu hoffen, dass Adams Bruder Werner diesmal ein wenig friedfertig ist.

Es ist zwölf Uhr. Marion erträgt es nicht länger. Sie hat die Zeremonie auf dem Standesamt über sich ergehen lassen, sie hat die kirchliche Trauung durchgestanden. Aber sie kann unmöglich am Mittagessen im Hotel Elefant teilnehmen. Sie erstickt an der nächsten heiter-festlichen Bemerkung, die ihr die Regeln der Konversation abverlangen. Marion hat sich von den Pücklers verabschiedet. Sie fährt nun nach Berlin. Am liebsten flöge sie. Was mag bis jetzt nicht schon alles passiert sein.

»Dann hätte man den Hund eben anleinen müssen!«

Clarita ist außer sich. Sie hat eine Biskuitrolle gebacken. Clarita erwartet ihren Bruder, der auf Urlaub von der italienischen Front ist. Sie hat Eier, Butter und Zucker gehortet, um ihm einen Kuchen zu backen, dann hat sie den Kuchen zum Auskühlen hinaus ins Freie gestellt. Und nun hat ihn der Hund gefressen, der Köter der einquartierten Saarländer Flüchtlinge.

»Wenn der Hund streunt, dann kann er eben nicht frei herumlaufen!«

Es ist ein Uhr mittags. Claritas Bruder kommt in einer Stunde. Was soll Clarita jetzt tun? Es ist zu spät, um einen neuen Kuchen zu backen. Es ist zu spät, die Zutaten zu besorgen.

»Was hat denn das Biest überhaupt im Schlossgarten zu suchen? Behalten Sie diesen Hund doch bei sich! Dieser Hund ist eine Gefährdung.«

Sie sagt es noch einmal.

»Eine Gefährdung ist dieser Hund!«

Dann bricht sie in Tränen aus. Sie kann sich nicht länger beherrschen. Clarita hat sich so auf alles gefreut. Sie hat sich so viel Mühe gegeben. Sie hat so viel Freude und Liebe und Sorge investiert. Und nun ist alles zunichtegemacht.

Die Nachmittagssonne übergießt Schloss Trebbow, See und Park mit Hitze und Licht. Die Erwachsenen sitzen auf der Terrasse. Angela von der Schulenburg ist von Tressow herübergekommen, um Charlotte zum fünfunddreißigsten Geburtstag zu gratulieren. Johann Albrecht hat sie leider nicht begleiten können: Der Älteste der wilden Schulenburg-Brüder ist an Krebs erkrankt, wie vor ihm sein Vater und sein Bruder Heini. Angela hat aber ihre sechs Kinder mitgebracht, die Vettern und Basen von Charlottes Kindern. Die Kinder haben alle etwas vorbereitet, zur Feier des Tages.

Von Osten will das holde Licht
Nun glänzend uns vereinen,
Und schönre Stunden fänd' es nicht,
Als diesem Tag zu scheinen.

Schuschu hat ein Goethe-Gedicht vorgetragen. Die kleinen Mädchen haben einen Tanz vorgeführt. Zur Belohnung haben sie ein Pferdchen bekommen. Ihre aufgeregten Stimmen, ihre glücklichen Rufe klingen aus dem Park herüber. Charlotte lässt sich in das Teegesellschaftsgeplapper, in die Hitze und den Sommer sinken wie in eine betäubende Flüssigkeit. Das

Attentat wird sicher nicht heute stattfinden. Wer weiß, ob es überhaupt stattfindet.

»Es ist ein Telegramm gekommen.«

Charlotte fährt hoch. Einen Moment lang umwirbelt sie die Welt wie ein feuriges Rad. Aber das Telegramm ist gar nicht für sie. Es ist für ihre Schwägerin Tisa. Tisa nimmt es in Empfang. Sie reißt es auf. Sie liest. Charlotte sitzt still. Sie alle sitzen still. Tisa liest. Sie hebt den Kopf nicht. Sie liest und liest. Wie ist das möglich? Was hat man ihr denn gekabelt, ›Krieg und Frieden‹ in drei Bänden?

»Tisa?«

Tisa sieht auf. Sie legt das Telegramm auf den Tisch. Sie sagt: »Wolfi ist gefallen. Mein Bruder Wolfi ist tot.«

Die Wiemanns murmeln etwas Erschrockenes. Angela Schulenburg greift nach dem Telegramm. Dann reicht sie es an Charlotte weiter. Charlotte liest. Wolf-Werner von der Schulenburg, Oberstleutnant und Kommandeur des Fallschirmjäger-Regiments 13, ist im Alter von vierundvierzig Jahren bei Saint-James in der Normandie gefallen.

Charlotte legt das Telegramm weg. Sie hört das Rauschen düsterer Schwingen. Am Horizont scheint sich ein riesiger Vogel erhoben zu haben. Ganz Trebbow duckt sich unter die Schatten seiner Flügel.

Bremsen kreischen. Der Zug hält auf offener Strecke. Das Dröhnen der Flieger erfüllt die Luft. Es sind Dutzende, Hunderte vielleicht. Amerikaner. Sie fliegen nach Norden, vollkommen ungehindert. Ihre Flügel blitzen in der Mittagssonne. Die Zugpassagiere sehen aus den Fenstern, beschatten die Augen mit den Händen, die Bomber fliegen offenbar Bitterfeld an, die chemische und elektrochemische Industrie von Bitterfeld. Die Fahrgäste bleiben, wo sie sind. Keiner schimpft, keiner weint, keiner reißt die Türen auf. Auch Marion Yorck bleibt sitzen. Sie würde aber am liebsten laut schreien. Sie muss nach Berlin, sie hat keine Zeit für Bombenangriffe. Ein junger Soldat hat sich erhoben. Er steht auf, er öffnet die Waggontür und springt ins Freie. Nun kommt Bewegung in die Sitzenden. Alles drängt hinaus auf die Wiese. Es ist sehr heiß. Der Lärm des Bombardements klingt deutlich herüber. Bitterfeld brennt.

»Die kriegen es ab.«

»Wie lange wir hier wohl feststecken werden.«

»Wir sollten einsteigen. Vielleicht geht es gleich weiter.«

Romai steht vor der Tür in der Hortensienstraße. Sie hat geklingelt, aber niemand öffnet. Romai versteht es nicht. Die Yorcks sind nicht da? Die Gerstenmaiers sind nicht da? Niemand ist da, nicht einmal Mariechen? Romai versucht es noch einmal. Jemand muss da sein. Romai hat ganz darauf gesetzt. Sie ist in Potsdam gewesen. Das Ministerium hat ihr endlich offiziell mitgeteilt, dass Edolf verhaftet worden ist, und gestern früh um sieben hat dann die Gestapo in Kreisau angerufen.

Melden Sie sich morgen beim Volksgericht Potsdam. Haben Sie verstanden? Am Donnerstag, den 20. Juli. Um 13 Uhr 30.

Romai ist heute in aller Frühe gefahren. Sie hat sich bemüht, den Kindern ihre Aufregung nicht zu zeigen. Renate war ohnehin bereits misstrauisch.

»Warum nimmst du so viele Sachen mit? Wenn Vati im Krankenhaus liegt und du morgen schon wiederkommst, wozu brauchst du das dann alles?«

»Vielleicht bekommt Vati dort nicht ausreichend zu essen.«

Das Paket für Edolf hat Romai auch richtig an der Gefängnispforte abgeben dürfen. Aber eine Sprecherlaubnis erhalten hat sie nicht. Beim Volksgericht hat man ihr lediglich einen kurzen Brief ausgehändigt. In dem Brief stand, was Edolf benötigt: Wäsche, Seife, Zahnbürste, ein Buch. Unter diese Liste hatte Edolf ein paar Zeilen geschrieben.

Ich bin voller Zuversicht, dass wir mit unserer gemeinsamen Kraft die Wunden und Scharten des jetzigen Schicksals ausheilen und auswetzen werden, auch zum Wohl unserer Kinder. Mache Dir, Liebes, nicht zu viele Sorgen. Bewahre Deine Kräfte für die Kinder und unser zukünftiges gemeinsames Leben.

»Und ich kann meinen Mann wirklich nicht sehen?«

Der Beamte hat sie nicht einmal angeblickt.

»Bedaure.«

Die Enttäuschung hat Romai fast umgeworfen. Den ganzen Weg von Potsdam nach Berlin hat sie allein der Gedanke aufrecht gehalten, gleich bei den Yorcks unterkriechen zu können. Nun steht sie vor der Tür der Hortensienstraße, und niemand öffnet. Die Klingel schrillt in dem kleinen Häuschen. Sie schrillt und schrillt. Romai muss fort. Sie muss nach Kreisau zurückkehren. Freya wird wissen, was zu tun ist.

Bitterfeld brennt. Marion steht auf dem Bahnhof in Halle, im Gedränge und Geschiebe der festsitzenden Fahrgäste. Warum verbreitet der Rundfunk nicht, dass Hitler tot ist? Warum ertönen nicht Schreckens- und Jubelschreie, warum erhebt sich das deutsche Volk nicht und stürmt die Gauämter und Polizeistationen, die SS-Lokale und die Gefängnisse, die Gestapo-Büros und die Parteidienststellen? Warum kommt Marion nicht von der Stelle?

Die Bahnstrecke ist zerstört, heißt es. Aber doch sicher nicht alle Gleise bis Berlin? Man wird doch irgendwie um das Gebiet der Zerstörung herumgelangen und dann weiterfahren können? Man wird wohl nicht warten müssen, bis der Krieg verloren ist, damit jemand die verdammten Gleise repariert. Marion wird nicht für immer hier festsitzen, in dieser hin- und herwogenden Menge: Beamte mit Koffern, Soldaten mit Gepäck, Frauen mit Taschen und Säcken und brüllenden Kindern, alle schiebend und geschoben, im Dampf von Schweiß und Enge, von Angst und verbissenem Zorn, schimpfend und johlend, kreischend, krakeelend, zwitschernd, brabbelnd und krähend, dies ist nicht Deutschland. Dies ist nicht Marions Heimatland. Dies ist ein fremder Planet, und Marion irrt unter Außerirdischen herum. Sie steckt fest, allein unter Larven, schnatternden Gespenstern und seelenlosen Hüllen. Wo um Himmels willen ist sie? Wo ist ihr Mann? Wo ist Peter Graf Yorck von Wartenburg?

»Unser geliebter Führer!«

Alice, das alte Kindermädchen der Schulenburgs, steht mitten im Esszimmer, mit erhobenen Armen wie eine Bühnentragödin.

»Unser geliebter Führer! Er ist verletzt!«

Auf Trebbow hat man sich zum Abendessen versammelt. Charlotte ist es, als vibrierte die Luft. Der Messergriff in ihrer Hand scheint zu glühen. Die Gabel glüht. Charlottes Hände verbrennen, aber sie kann die Finger nicht lösen.

»Meuchelmörder haben versucht, unseren Führer umzubringen. Aber die Vorsehung hat es nicht zugelassen.«

»Aber Alice.«

Tisa ist aufgestanden.

»Was redest du da. Nun mal der Reihe nach.«

»Aber das ist ja alles, was man weiß. Sie haben es im Radio gesagt. Es ist ein Anschlag auf das Leben des Führers verübt worden, aber es ist ihm nichts passiert.«

»Na also«, sagt Tisa, grau im Gesicht. »Dann rege dich in Gottes Namen doch nicht so auf. Da sieht man es, der Führer wird behütet. Der Führer steht unter dem Schutz der Vorsehung.«

Sie geht zum Radioapparat und schaltet an.

Wagner. Der ›Holländer‹.

»Jemand hat einen Anschlag auf den Führer verübt.«

Beim ersten Satz weiß Clarita, dass sie es gewusst hat. Clarita steht in der Auffahrt von Schloss Imshausen, die zweijährige Verena an der Hand, die kleine Clarita im Kinderwagen, den Bruder an ihrer Seite. Sie haben einen Abendspaziergang gemacht. Ein Hofarbeiter ist ihnen entgegengeeilt.

»Ein Anschlag auf das Leben des Führers.«

Sie hat es gewusst. Und der Anschlag ist fehlgegangen. Auch das weiß sie, sie ist ganz sicher.

»Der Führer ist aber kaum verletzt.«

Na also. Und Adam kann nichts geschehen. Claritas erste Ahnung hat sich bestätigt, ebenso ihre zweite, nun wird sich auch diese dritte bestätigen. Adam ist Zivilist, kein Soldat. Er hat sich noch gar nicht exponiert. Adam wird davonkommen, da ist Clarita sicher.

»Es soll heute Mittag passiert sein, gegen eins.«

Clarita muss sich beherrschen, sonst lacht sie los. Um eins hat sie die leere Kuchenplatte entdeckt. Heute um eins hat Rex Claritas Biskuitrolle gefressen, und Clarita hat sich sehr aufgeregt.

»Du weißt es noch nicht?«

Romai ist in Cottbus. Sie hat die Reise unterbrochen, um bei Freunden zu übernachten. Sie schafft es heute nicht mehr bis Kreisau, sie ist wie betäubt vor Erschöpfung.

»Du weißt noch gar nicht, was passiert ist? Auf Hitler ist ein Attentat verübt worden.«

Tatsächlich? Ach.

»Um halb sieben abends haben sie es im Radio gesagt.«

Und was geht das Romai an?

Dann flutet die Wirklichkeit wieder zurück, so wie das Blut in einen tauben Körperteil strömt. Romai schreit fast.

»Ist es geglückt?«

»Nein. Er lebt. Er hat wieder überlebt. Er wird um Mitternacht im Radio sprechen.«

Eta von Tresckow sitzt mit ihrem Schwager Jürgen und seiner Frau Hedwig am See. Es wird bereits Abend, aber sie können sich nicht lösen. Die Ruhe ist so angenehm, nach dem langen heißen Tag. Die Wassernähe ist so beruhigend.

»Wollen wir nicht ins Haus gehen?«

»Ach, wozu. Lasst uns noch etwas hier unten bleiben. Hier ist es so schön.«

Das Schilf rauscht im Abendwind. Der Schwan zieht seine Kreise auf dem Wasser, das sich allmählich verdunkelt.

»Wollen wir nicht die Nachrichten hören?«

»Ach dies eine Mal nicht. Was soll schon Neues geschehen sein.«

Sie liegen in Ostrów bei Białystok. Generalmajor Henning von Tresckow hat den ganzen Tag telefoniert. Er versucht zu retten, was zu retten ist, während sich Katastrophe auf Katastrophe türmt. Hitler verlangt von jeder Einheit, dass sie steht, bis sie aufgerieben ist. Major Krause hält gerade Vortrag über Nachschubprobleme, als der Kurier-Unteroffizier des Stabes mit einer Meldung hereinkommt.

»Ein Oberst Graf Stauffenberg hat ein Attentat auf den

Führer verübt. Ersten Nachrichten zufolge ist es aber gescheitert.«

Der General sah schon vorher blass aus. Er hatte sicher schon vorher diese merkwürdigen Augen: Das sagt sich der Major. Der General schweigt. Dann gibt er eine selten knappe Antwort.

»Den genauen Wortlaut der Meldungen bitte.«

Marion hat es nach Berlin geschafft. Sie ist am Anhalter Bahnhof angekommen. Die Hauptstadt scheint ruhig zu sein. Vom Zugfenster aus waren nirgendwo auf den Straßen Kämpfe zu sehen, nirgendwo jubelten und tosten die Massen. Marion geht inmitten der Menge, die den Bahnhofsausgängen zustrebt, den Ruinen, den Kellern. Und dort ist Mariechen, wie ein kleines Licht. Marion ruft laut. Sie hebt die Hand, sie winkt. Sie ist gesehen worden: Mariechen eilt auf Marion zu.

»Mariechen. Ach Mariechen. Wie haben Sie denn herausgefunden, wo und wann ich ankommen werde?«

»Ich habe gefragt. Ich habe hier gewartet. Geben Sie mir doch Ihre Tasche.«

»Nein, Mariechen, lassen Sie nur.«

Sie gehen den Bahnsteig entlang.

»Frau Gräfin. Der Graf lässt Ihnen sagen, Sie sollen nicht nach Hause gehen.«

Marion bleibt stehen.

»Er hat sich gemeldet?«

»Er war frühmorgens ganz kurz zu Hause. Er hat nur das Hemd gewechselt. Er hat gesagt, Sie sollen das Haus gar nicht betreten, sondern gleich weiter nach Schlesien fahren.«

Sie sehen einander an.

»Es hat einen Anschlag auf Hitler gegeben«, sagt Mariechen. »Hitler ist aber nicht umgekommen.«

»Hitler ist nicht umgekommen.«

»Nein. Ich denke, Sie sollten besser nach Schlesien fahren, Frau Gräfin. Wir müssen zum Schlesischen Bahnhof gehen. Wir müssen zu Fuß gehen. Die Engländer waren letzte Nacht in Kreuzberg.«

Vor dem Bahnhof das übliche Gewühl, das sich aber verläuft. Sie gehen an der Prinz-Albrecht-Straße vorüber, dem Hausgefängnis der Gestapo, Sitz des Reichssicherheitshauptamtes und des Reichsführers-SS Heinrich Himmler. Alles ist ruhig. Sie gehen eng nebeneinander: zwei Frauen in hellen Sommerkleidern an einem heißen Berliner Juliabend. Auch in der Wilhelmstraße ist alles wie immer. Keine Soldaten schirmen das Regierungsviertel ab, keine Menschenmenge flutet die Straße hinauf, der Reichskanzlei entgegen.

»Haben Sie Hunger, Frau Gräfin? Ich habe Ihnen ein Brot gemacht, mit echter Butter und Schnittlauch.«

»Das ist lieb, Mariechen. Vielleicht später.«

Sie gehen die Kochstraße, dann die Oranienstraße entlang. Zum Teil rauchen die Ruinen noch. Auf einer verkohlten Mauer steht etwas.

Alle lebend herausgekommen

In der Ferne eine Kolonne von Russen, die in den Trümmern gräbt.

»Hier kommen wir nicht weiter. Ich denke, wir gehen durch die Alte Jakobstraße.«

»Es ist also schiefgegangen.«

»Ja, Frau Gräfin.«

»Und seit dem Morgen hat der Graf sich nicht mehr gemeldet.«

»Nein. Aber er wollte heute Morgen schon, dass Sie gleich weiter nach Schlesien fahren.«

Im Adlon brodelt unterdrückte Erregung. Der Bendlerblock soll abgesperrt sein, der halbe Tiergarten. Das Regierungsviertel soll abgesperrt gewesen sein, inzwischen ist es aber wieder frei. Hitler soll tot, der Putsch soll misslungen, ein Aufstand soll niedergeschlagen worden sein, alles Unsinn, nichts als SS-Lügen, in Wirklichkeit soll der Staatsstreich in vollem Gange und die Regierung endgültig gestürzt sein. Alles achtet mit großer Umsicht darauf, auch im Zustand höchster Erregung weder Freude noch Angst zu zeigen, weder für noch gegen die Regierung Partei zu ergreifen. Es ist inzwischen zehn Uhr abends.

Ursula Kardorff ist gerade aus der Redaktion gekommen. Sie wird von allen umdrängt. Sie hat einen Fahnenabzug des Extrablatts der ›Deutschen Allgemeinen Zeitung‹ mitgebracht, frisch aus der Setzerei.

Sieben Tote im Führerhauptquartier. Der Führer unverletzt

»Glauben Sie das?«

»Man muss es abwarten.« Graf Hardenberg hat schon mehrfach Ursulas Arm gepackt, er hat sie mehrfach ein wenig geschüttelt. »Wir werden es sehen. Wir werden es ja sehen.«

Ursula nickt. Sie ist gedrückt. Sie hat gerade von Wolfi Schulenburgs Tod erfahren. Sie denkt aber nicht an ihren ehemaligen heimlichen Geliebten, sondern an seinen Bruder Fritzi. Am 18. war Fritzi mittags noch einmal bei ihr. Sie konnte nicht bleiben, sie musste in die Redaktion zurückkehren. Er stand im Begriff, nach Trebbow zu seiner Familie zu fahren. Sie ließ ihn allein in ihrer Wohnung zurück. Abends lag die Bibel auf dem Tisch. Aufgeschlagen war der 73. Psalm.

Denn die Gottlosen sind in keiner Gefahr des Todes, sondern stehen fest wie ein Palast. Sie sind nicht in Unglück wie andere Leute und werden nicht wie andere Menschen geplagt. Darum fällt ihnen ihr Pöbel zu und laufen ihnen zu mit Hau-

fen wie Wasser und sprechen: »Siehe, das sind die Gottlosen; die sind glücklich in der Welt und werden reich.« Ich hätte schier so gesagt wie sie, aber siehe, damit hätte ich verdammt alle meine Kinder, die je gewesen sind

Es ist vorbei. Er ist gescheitert. Bei dem Schusswechsel vorhin ist Claus Stauffenberg an Schulter und Arm verletzt worden. Er steht am Schreibtisch in der Bendlerstraße. Draußen auf den Fluren das Getrampel von Stiefeln, Gelärm, laute Rufe. Seine Frau hat er nicht mehr erreicht. Aber die Sekretärin hat ihn mit Paris verbunden. Claus hätte sich gern von seinem Vetter Cäsar Hofacker verabschiedet. Er hat aber nur Oberst von Linstow gesprochen. Er hat Linstow erklärt, wie die Dinge liegen.

»In Berlin ist alles verloren. Aber kämpft weiter, kämpft ihr dort draußen weiter, rettet, was zu retten ist.«

Was ist zu retten? Claus sieht sich um. Er ist allein. Die Schergen auf den Fluren schreien seinen Namen.

Stauffenberg, wo ist Stauffenberg

Wo sind die anderen? Wo sind sie alle hin, die auf ihn gesetzt, sich an ihn gehängt, ihn bestärkt und vorwärtsgetrieben haben?

In der Stadtkommandantur herrscht das blanke Chaos. Leutnant Ewald Heinrich von Kleist-Schmenzin ist ausgesandt, um Truppen zur Verteidigung des Bendlerblocks zu beschaffen. Stadtkommandant Paul von Hase befindet sich aber bereits in Haft. Kleist eilt in großer Sorge zum Polizeipräsidium. Aber auch Polizeipräsident Helldorff ist nicht mehr aufzufinden.

Ich weiß nicht, zum wievielten Male ein Anschlag auf mich geplant und zur Ausführung gekommen ist

Er ist es. Das ist seine Stimme. Es ist ein Uhr früh. Charlotte, Tisa und die Wiemanns sitzen vor dem Radio. Tisa sieht ihre Schwägerin an. Charlotte sitzt hochaufgerichtet, vollkommen beherrscht.

Eine ganz kleine Clique ehrgeiziger, gewissenloser und zugleich verbrecherisch dummer Offiziere hat ein Komplott geschmiedet, um mich zu beseitigen und mit mir den Stab praktisch der deutschen Wehrmachtführung auszurotten. Die Bombe, die von dem Obersten Graf von Stauffenberg gelegt wurde

Die Wiemanns fahren hoch. Es ist klar, was sie denken: Ist das unser Stauffenberg gewesen? Andere werden diese Frage stellen. Die Tür öffnet sich leise, und Schuschu schleicht im Nachthemd herein. Charlotte wendet den Kopf nicht. Sie rührt sich nicht. Kein Muskel zuckt. Woher nimmt sie die Selbstbeherrschung? Tisa braucht keine Selbstbeherrschung. Es gibt nichts mehr zu beherrschen. Tisa ist lahm, blind, taub, fühllos. Tisa und ihre fünf Brüder: Der kleine Wilhelm ist verunglückt, Heini ist an Krebs gestorben, Wolfi ist gefallen, Johann Albrecht ist auf den Tod krank. Und wo ist Fritzi?

fasse ich es als eine Bestätigung des Auftrages der Vorsehung auf, mein Lebensziel weiter zu verfolgen

Charlotte sitzt still. Sie wünschte, sie könnte sich bewegen. Aber sie ist nicht in der Lage dazu, aufzustehen, den Apparat abzuschalten, Schuschu wieder nach oben zu schicken. Sie kann sich nicht einmal eine Zigarette anstecken.

ein ganz kleiner Klüngel verbrecherischer Elemente, die jetzt unbarmherzig ausgerottet werden

Tisa steht auf. Sie schaltet den Apparat aus. Die Stimme schweigt. Charlotte wendet sich mühsam um.

»Schuschu, was machst du hier. Schnell, geh zu Bett.«

Sie sieht die Augen ihrer Tochter.

»Ich bringe dich noch nach oben, ja?«

Im Flur ist es dunkel wie immer, wegen der Stromsperre. Charlotte knipst ihre Taschenlampe an. Zusammen tasten sie sich die Treppe hinauf.

»Mama? Warum haben diese Männer das gemacht? Warum wollten die unseren Führer umbringen?«

Ja, warum. Warum? Was soll Charlotte antworten? Sie hat Fritzis Entwicklung miterlebt, sie ist Fritzis weiten Weg mitgegangen, und nun weiß sie nicht, was sie ihrer Tochter antworten soll.

»Sie waren vielleicht nicht mit dem Führer einverstanden«, sagt sie. »Sie wussten vielleicht Dinge, die andere nicht wissen.«

»Mama?«, sagt Schuschu. »Wo sind diese Männer jetzt, die das gemacht haben?«

»Ich weiß es nicht«, sagt Charlotte.

Schuschu sagt: »Glaubst du, dass Papa bei diesen Männern ist?«

Der Obergefreite Heim hat Meldung erstattet: Es ist unmöglich, eine Verbindung nach Wartenberg herzustellen. Alle Verbindungen ins Reich sind unterbrochen. Henning von Tresckow wird also nicht mehr mit seiner Frau sprechen.

Er liegt auf dem Feldbett. Es ist noch nicht Mitternacht. Der neue Tag hat noch nicht begonnen. Es ist die schwärzeste Stunde. Henning ergibt sich ihr. Er kann nun nicht mehr an Frau und Kinder denken. Er mag auch nicht mehr an das Attentat denken. Wozu? Er weiß nicht, was in Berlin passiert ist. Er wird es wohl niemals erfahren. Womöglich wird es niemand je erfahren: Und was ändert das?

Que no sabemos lo que nos pasa: eso es lo que nos pasa.

Henning weiß alles verloren, was ihm von Bedeutung war:

Anstand, Ehre, Leben und Vaterland. Es ist auch nichts davon wiederzugewinnen. An Frau und Kinder kann er nicht mehr denken, aber an Wartenberg.

Er stellt sich Wartenberg vor: den waldumkränzten See, das stille Wasser. Schwäne. Das Schloss, seine blinkenden Fenster. Er stellt sich vor, sich diese besudelte Uniform vom Körper zu reißen, ein frisch gewaschenes Hemd anzuziehen, das im Wind der Mark getrocknet ist. Er stellt sich vor, nackt zu sein, in den See zu tauchen. Aber er kann sich nicht reinwaschen, nicht mit Wasser. Es steht zu befürchten, dass Henning morgen stirbt. Wenn das Attentat schiefgegangen ist, muss er sich morgen das Leben nehmen. Er sieht das ganz klar. Er kann jetzt die ruhigen, klaren Gedanken eines Menschen denken, der sich verloren weiß. Dies sind die einzig wahrhaftigen Gedanken, der Rest ist nichts als Maske und Rhetorik. Henning schließt die Augen. Er schläft.

Er schläft. Henning schläft. Seine Lippen sind geöffnet, die Augen geschlossen. Sein Arm ist nach oben und zur Seite geworfen, ragt über die Kante des Feldbetts hinaus. Hat der Mann keine Nerven? Schlabrendorff ist gekommen, um ihn zu wecken. Er hat die Rede im Rundfunk gehört. Er muss Henning wecken: den Verwandten seiner Frau, seinen General, seinen Freund, er kann ihn nicht wecken. Er kann es nicht.

Die Nacht vergeht langsam. Marion und Mariechen sitzen auf den Stufen des Schlesischen Bahnhofs. Marion hat das Brot gegessen, das Mariechen mitgebracht hat. Sie hat die Jacke umgelegt, die in ihrem Köfferchen war. Der nächste Zug nach Breslau geht früh um halb sechs. Mariechen hat ein bisschen geschlafen, den Kopf an Marions Schulter gelehnt. Marion hat nicht geschlafen. Sie könnte nicht sagen, dass sie etwas denkt.

Sie versucht, Peters Gegenwart in ihrem Bewusstsein zu halten. Sie weiß, was sie zu tun hat: Sie muss nach Klein Oels gelangen. Sie muss die Familie informieren. Dann wird sie wieder nach Berlin zurückkehren. Marion hat all das von sich geschoben. Sie hat alle Gedanken weggelegt, wie einen Stapel Papier. Sie versucht wortlos, bildlos, blind die Verbindung zu Peter zu halten. Wo mag er sein?

Vielleicht zu Hause. Wahrscheinlich zu Hause. Sie stellt ihn sich vor, zu Hause in der Hortensienstraße, in der Küche, im Wohnzimmer, im Bett womöglich, tief und fest schlafend. Aber die Verbindung zu ihm reißt ab, wenn sie ihn sich zu Hause vorstellt. Es war sein Wunsch, dass sie nicht nach Hause kommt. Mindestens muss sie diesen Wunsch nun respektieren. Zu Hause hat sie jetzt nichts verloren. Die Verbindung zu ihm reißt ab, wenn sie an zu Hause denkt.

Die Verbindung reißt ab, wenn sie fühlt: Angst, Sehnsucht, Qual, Hoffnung. All dies ist nicht erlaubt. Sie muss den Kontakt zu ihm aufrechterhalten. Aber sie muss dies wortlos tun, bildlos, unterirdisch. Sie weiß, wie es geht. Sie muss seinen Namen in ihrem Herzen halten. Dieser Name ist kein Wort. Er besteht nicht aus Buchstaben, nicht aus Lauten. Es ist sein wahrer Name, der ihn ganz bezeichnet. Mit diesem Namen muss sie ihn rufen.

»Henning.«

Er ist sofort wach. Er wischt die Decke weg, setzt sich auf.

»Fabian. Was gibt es?«

»Es tut mir leid. Ich musste dich wecken. Er lebt. Er hat vor drei Stunden eine Rede gehalten. Ich habe ihn gehört.«

»Vielleicht gefälscht?«

»Unmöglich. Der Ton. Der Hass, der Zorn. Er ist unverletzt.«

»Ja«, sagt Henning.

Sie schweigen.

»Ich werde mich also erschießen«, sagt Henning. »Ich werde morgen früh die üblichen Anrufe entgegennehmen, die nötigen Weisungen und Befehle erteilen. Und dann werde ich mich erschießen.«

»Henning. Aber Henning, zum Mindesten wäre das übereilt. Du weißt doch gar nicht, ob das nötig wird. Du weißt nicht, ob sie auf deine Spur kommen. Du opferst dich vielleicht ganz umsonst.«

»Umsonst?« Ein kurzes Lachen.

»Henning. Du kannst das Eta nicht antun. Und Mark. Denk an Mark.«

»Ich kann es Eta und Mark nicht antun, dass man mich foltert. Wozu sich erst noch foltern lassen, wenn am Ende doch sicher der Tod steht? Aber ich beklage mich nicht. Keiner von uns hat das Recht, sich zu beklagen.«

»Henning«, sagt Fabian von Schlabrendorff. »Geh über die Linien. Lauf zu den Russen über.«

Es ist, als hätte er nicht gesprochen. Henning hat sich zurückgelehnt.

»Erinnerst du dich an den Tod des Herakles? Er hat sich auf einem Scheiterhaufen verbrannt. Er konnte die Qualen nicht ertragen, die ihm sein Hemd bereitet hat. Das Hemd war mit seiner Haut verschmolzen. Wo er es abriss, riss er sein eigenes Fleisch auf. Das Hemd war getränkt mit dem Blut des Kentaurs Nessos. Du erinnerst dich? Herakles selbst hatte Nessos getötet, mit einem seiner vergifteten Pfeile. Er selbst hatte das Blut vergiftet, das auf ihn gekommen ist. Das Blut seines Opfers, an dem er gestorben ist.«

»Was meinst du damit?«, sagt Fabian. »Was meinst du denn, gerade du? Du hast so viel geopfert.«

»Es hat nicht genügt«, sagt Henning. »Wir sind Kain. Unser Opfer ist nicht angenommen worden.«

Henning steht auf. Schlabrendorff sagt: »Was tust du jetzt?«

»Ich arbeite.«

»Und dann?«

»Dann gehe ich.«

»Was soll ich Eta sagen? Und Mark?«

Henning sieht Fabian erstaunt an.

»Dass ich an der Front ums Leben gekommen bin, natürlich. Diese Fiktion muss unbedingt aufrechterhalten werden, Eta und den Kindern zuliebe. Die ganze Welt wird ja jetzt über uns herfallen und uns beschimpfen und uns mit Dreck bewerfen. Ich für mich will darüber auch keinerlei Klage führen. Aber ich würde gern meine Familie davor bewahren.«

Und noch immer ist es Nacht. Der Nachtzug von München ist auf dem Weg nach Berlin. Margarethe von Oven kommt zurück. Sie ist im Wehrmachtserholungsheim Schloss Elmau gewesen, zu einem dringend nötigen Urlaub. Aber sie hat das Schloss nicht ertragen: den Frieden, die Ruhe, die Mahlzeiten. Und im Lauf des gestrigen Tages hat sich ihre innere Unruhe zu einer Art von Hysterie gesteigert. Sie hatte Angst, nie mehr fortzukommen, von einer Lähmung für immer ans Bett gefesselt zu werden, wenn sie nicht sofort aufstand, packte, ihre Abreise vorbereitete. Und dann auf dem Münchener Hauptbahnhof hat Margarethe von dem Attentat erfahren.

Seitdem ist die vertraute Angst wieder da: die physische Angst, das Schlottern der Knochen, die Übelkeit. Haben sie schon die Papiere gefunden? Halten sie schon in Händen, was Margarethe getippt hat?

Der Führer Adolf Hitler ist tot. Eine gewissenlose Clique frontfremder Parteiführer

Und werden Tresckow oder Stauffenberg der Gestapo verraten, wer all das für sie aufgeschrieben hat? Haben sie es womöglich schon getan? Sicher werden sie Margarethe schützen wollen. Aber werden sie der Folter standhalten? Werden sie auch noch standhalten, wenn man ihnen androht, ihre Familien zu verhaften?

In der Morgendämmerung fährt der Zug in Berlin ein, in die Ruinenstadt, durch deren rauchende Trümmer die Lumpenkolonnen der Zwangsarbeiter ziehen, die Kriegsversehrten auf Krücken humpeln. Margarethe wird sich nun nach Potsdam durchschlagen.

Sie ist ausgebombt. Sie und die Mutter sind in der Potsdamer Wohnung der Tresckows untergekommen. Die Wohnung steht aber leer. Die Mutter ist in Schlesien, Henning an der Front, Mark bei der Flak in Finkenbuch und Eta mit den kleineren Kindern in Wartenberg. Wollten die Nationalsozialisten nicht die Familie unter ihren besonderen Schutz stellen?

Steht die Wohnung überhaupt noch?

Es ist unfassbar. Wenn es nicht Wirklichkeit wäre, wäre es unvorstellbar. Aber es ist Wirklichkeit, und in der Wirklichkeit richtet der Mensch sich ein. Das Dach brennt, und er löscht. Sein Haus wird weggepustet, und er zieht in den Keller. Sein Nachbar wird abgeholt, aber bald ziehen neue Mieter in die Wohnung ein, seine Stadt versinkt im Schutt, und er nagelt ein paar Bretter vor ein Loch in den Trümmern, kocht ein Essen aus Abfall und preist sich glücklich, wenn nicht die Leiche eines Erschlagenen den Tümpel vergiftet, aus dem er sein Trinkwasser schöpft. Dann rollt er sich in seinen letzten Fetzen zusammen und vertraut auf die neue Ordnung der Welt, die sich auf das soeben noch Unvorstellbare gründet: Es ist alles furchtbar und morgen noch da. Der Schrecken herrscht heute, und verlässlich herrscht er auch morgen. Margarethe von Oven steigt aus dem Zug. Sie ist zurück.

»Haben Sie die Rede des Führers gehört?«

Eta von Tresckow, ihr Schwager Jürgen, seine Frau, die Mädchen, die Angestellten haben sich wie jeden Morgen in der Halle von Wartenberg zur Andacht eingefunden.

»Die Rede? Nein.«

So erfahren sie es.

»Stauffenberg?«

Der Name verstellt Eta jede Flucht in den Zweifel. Ihr Schwager sieht sie an. Er nimmt sie beiseite.

»Henning steckt in dieser Sache?«

Sie antwortet nicht.

»Wir radeln nach Hohenwartenberg«, sagt Jürgen. »Wir mischen uns unter die Sommergäste. Wir hören mit den anderen die Abendnachrichten, wir zeigen unser Entsetzen, wir spielen großes Theater. So können wir uns vielleicht vor einem Verdacht schützen. Und ihn natürlich auch.«

Ihn schützen? Was redet Jürgen? Eta kann nur eines klar denken. Henning ist tot. Wenn das Attentat missglückt ist, muss Henning tot sein. Er hätte angerufen. Er würde anrufen. Er lebt nicht mehr. Er muss tot sein.

Mark von Tresckow kann es nicht fassen. Er kann die Niedrigkeit nicht begreifen, den Mangel an Ehrgefühl, den diese Offiziere gezeigt haben. Wie konnten sie einen so unglaublichen Verrat begehen? Wie konnten sie alle Loyalitäten vergessen, ihren Eid brechen, mitten im Krieg die oberste Wehrmachtsleitung, Volk, Vaterland und alles, woran man glaubt, verraten? Mark steht bei der Flak in Finkenbuch. Er ist siebzehn Jahre alt: so alt wie sein Vater, als der in den Ersten Weltkrieg zog. Er bewundert seinen Vater. Er gibt sein Bestes, so wie der Vater. Er ist bereit, sein Leben für sein Vaterland einzusetzen, ganz genau so, wie sein Vater es tut. Mark denkt viel an seinen Vater. Er würde sich gern mit ihm unterhalten. Er wüsste zu gern, was sein Vater zu dem feigen, hinterhältigen Attentat zu sagen hat.

General Tresckow hat sich verspätet. Das ist sehr ungewöhnlich. Er hat seinen Fahrer Dassler auf neun bestellt, ist aber erst um halb zehn gekommen. Nun sitzt er wie immer auf dem Beifahrersitz, die Karte in der Hand. Er ist aber nicht wie immer: Er wirkt zerstreut, zugleich eigentümlich heiter. Sie fahren schon eine ganze Weile. Einmal hat der General halten lassen.

»Öffnen Sie bitte das Verdeck. Das Wetter ist so schön.«

Seitdem hat er nichts mehr gesagt. Er hat einmal die ersten Takte eines Liedes gesummt. Dann ist er verstummt. Eigentlich wollte er Rittmeister von Breitenbuch mitnehmen, auf diese Fahrt. Aber dem hatte Feldmarschall Model schon einen anderen Auftrag erteilt. Tresckow hat genickt.

»Dann fahre ich eben allein. Es ist ein wenig schade.«

Sie sind auf dem Weg zum Gefechtsstand der 28. Jäger-Division. Dassler wirft dem General einen Blick zu. Er sitzt ganz entspannt, fast lächelnd, hält mit geschlossenen Augen sein Gesicht in die Sonne, was geht in ihm vor? Er ist Dassler heute fast ein wenig unheimlich.

Joachim Kuhn sollte Marie Gabrieles Briefe vernichten. Das sollte er unbedingt tun. Er weiß es. Er sollte alles vernichten, was ihn mit den Stauffenbergs verbindet. Major Kuhn, Erster Adjutant des Generalleutnants Gustav Heisterman von Ziehlberg, Freund Stauffenbergs, Mitverschworener und bis zum 10. Juli 1943 Verlobter seiner Cousine Marie Gabriele, ist außer sich.

Claus ist tot. Er ist im Hof des Bendlerblocks erschossen worden, zusammen mit Werner von Haeften, Mertz von Quirnheim, Beck und Olbricht. Heute Morgen um sieben Uhr hat die Meldung den Gefechtsstand der 28. Jäger-Division erreicht. Sie haben es also gewagt. Sie haben versucht, Hitler umzubringen, und es ist schiefgegangen. Claus hat versagt, und nun ist er tot. Joachim Kuhn hätte das nie für möglich gehalten.

Er hat das Gefühl, nicht mehr ganz bei sich zu sein. Er ist nicht mehr ganz er selbst. Er ist krank vor Angst. Er muss jede Verbindung zu Stauffenberg tilgen, er muss alle Brücken abbrechen. Er muss Marie Gabrieles Briefe vernichten. Es ist ihm, als bellten Hyänen, lachten Gespenster aus dem Abgrund. Furchtbares Unheil rollt auf ihn zu, und es gibt keine Rettung.

»Kuhn?«

Er fährt hoch, bis ins Herz erschrocken.

»Generalmajor von Tresckow ist auf dem Weg hierher. Er will sich über die Frontlage durch persönlichen Einblick unterrichten. Halten Sie sich bereit, den General zu begleiten.«

»Fabian?«

Hennings Stimme. Die Härchen in Fabian von Schlabrendorffs Nacken richten sich auf, fröstelnd in der Hitze, als hätte ihm die Ewigkeit sanft über den Hals geblasen.

»Fabian? Henning hier. Gibt es eine Veränderung?«

Der Anruf kommt nicht aus der Unterwelt. Er kommt nicht aus dem Jenseits. Er kommt vom Gefechtsstand der 28. Jäger-Division. Fabian von Schlabrendorff kann dennoch nicht sprechen. Seit Henning von Tresckows Abfahrt hat er sich bemüht, mit Hennings Tod zurande zu kommen.

»Fabian. Was ist. Gibt es etwas Neues?«

»Nein«, sagt Fabian von Schlabrendorff.

Er fasst sich. Er sagt: »Nein, ich fürchte, in der Sache gibt es keine neuen Nachrichten.«

Einen Moment ist es still.

»Adieu, Fabian.«

»Henning?«

Die Leitung ist tot. Henning von Tresckow hat aufgehängt.

General Tresckow hat Major Kuhn gebeten, ihn auf eine Erkundungsfahrt zu begleiten. Sie fahren in Richtung der Front. Der General ist unverändert heiter. Er hat einen leichten Plauderton angeschlagen. Kuhn antwortet kaum. Dassler fragt sich, was der Major haben mag. Dassler ist allerdings auch nervös. Die deutschen Linien haben sie längst hinter sich gelassen, sie fahren immer tiefer ins Niemandsland.

»Wir sollten besser umkehren«, sagt Kuhn. »Wir sind möglicherweise unmittelbar vor den russischen Linien.«

»Gut«, sagt der General. »Kehren Sie um, Dassler.«

Sie fahren nun also wieder zurück.

»Biegen Sie nach rechts ab.«

Es ist keine Straße zu sehen.

»Das genügt. Halten Sie. Major Kuhn, wenn Sie mir folgen wollen.«

Der General steigt aus. Er geht in den Wald hinein.

Dassler wartet. Sie sind im Wald bei Królowy Most. Das Unterholz ist dicht. Der General ist verschwunden. Es ist vollkommen still. Kein Vogel singt, nichts ist zu hören. Dann ein tiefer Atemzug: ein Windstoß in den Kronen der Bäume, der aber hier unten nicht zu fühlen ist. Dassler weht es eigenartig an. Er hat Angst. Es ist aber nicht die Angst, wie man sie vor lebenden Menschen verspürt: nicht die Furcht vor einem Hinterhalt, vor einem Angriff der Partisanen, vor einem in der Schlacht weggeschossenen Bein. Es ist Grauen, ein Kindergrauen vor schwarzen Hunden, die die Kutsche jagen, etwas Dunklem unter dem Bett, einer einsamen Gestalt, die aus dem Unterholz tritt, langsam und unausweichlich auf Dassler zuhinkt. Warum kommt der General nicht zurück? Wo sitzt der Feind? Wo lauert der Schrecken? Und da kommt Kuhn. Er stürzt durch das Unterholz, bleich und verwirrt.

»Die Karte! Ich brauche die Karte. Die Karte des Generals, er schickt mich um die Karte.«

Sie reißen die Tür auf, sie suchen. In Kuhns Kopf klingen Hennings Worte.

Sie sind mein Zeuge, Kuhn. Ich brauche einen Zeugen dafür, dass ich von Partisanen erschossen worden bin.

Dann hat der General Kuhns Hände ergriffen.

Adieu. Wenn es Ihnen gelingt, am Leben zu bleiben, dann müssen Sie sagen, was wir gewollt haben.

Was haben sie gewollt?

Henning denkt nicht mehr darüber nach.

Der Wald ist still, bis auf Kuhns eilige Schritte, die sich entfernen. Ein Gedanke streift Henning. Noch könnten tatsächlich Partisanen auftauchen. Sie könnten ihm dies abnehmen, diese letzte Tat. Aber auch dieser Gedanke verfliegt. Henning hält ihn nicht fest. Er hält nichts mehr fest. Es ist jetzt leicht, ganz leicht, die Last abzulegen. Henning hebt den Arm, schießt ein paarmal in die Luft.

Kuhn und Dassler werfen sich ins Gebüsch.

Dassler ist fast erleichtert. Es sind Partisanen. Es ist der Feind. Dies ist saubere soldatische Angst: die Angst vor einer Schusswunde, nicht die furchtbare Furcht, seine Seele zu verlieren. Was ist der Krieg?

Einer muss sterben, ich oder er.

So hat Stieff es einmal ausgedrückt. Er hat aber Deutsche und Russen gemeint, nicht etwa Adolf Hitler und Helmuth Stieff. Henning denkt nicht an Stieff. Er lauscht. Der Wald hat den Nachhall seiner Schüsse verschluckt. Henning hält die Granate in der Hand, lehnt seine Wange daran. Ein Problem von Gewehrgranaten ist ihr Mangel an Zielgenauigkeit. Über diese kurze Distanz wird sich das Problem nicht stellen. Henning atmet ein, dann aus. Noch einmal, ein letztes Mal, wird Henning schuldig am Tod eines Menschen. Henning schließt die Augen.

Vater in deine Hände

Die Detonation ist laut, unverkennbar: eine Granate. Dann Stille. Dassler und Kuhn liegen im Unterholz. Zeit vergeht. Dassler hört ein Geräusch: etwas wie ein Schluchzen, ein Wimmern, es ist Kuhn.

»Herr Major?«

Keine Antwort.

»Herr Major, kann ich helfen?«

Kuhn sitzt im Gestrüpp, schüttelt den Kopf. Seine Augen sind leer. Was hat der Mann? Dassler gibt ihn auf. Er kriecht allein los. Er kriecht auf dem Bauch, vorschriftsmäßig. Er kriecht in die Richtung, aus der die Schüsse gekommen sind. Holz knackt, er hält ein, kriecht weiter. Irgendwo über dem Wald schreien Krähen. Die Düsternis, die seelische Bedrückung senkt sich erneut auf ihn. Er richtet sich vorsichtig auf. Und da liegt der General. Er liegt auf dem Rücken. Er muss es sein. Dassler erkennt ihn an seiner Uniform. Die Arme hat er weit ausgebreitet, als hieße er jemanden willkommen.

Erst viel später fällt es Dassler auf. Erst als es ihm mit Major Kuhns Hilfe gelungen ist, die Leiche des Generals ins Auto zu tragen, wird ihm bewusst, wie merkwürdig unberührt der Kampfplatz aussah. Der übermächtige Gegner, der den General niedergerungen hat, hat keinerlei Spuren hinterlassen.

»Der erste Schuss muss sitzen«, sagt Onkel Nux. »Darum geht es vor allem bei der Löwenjagd.«

Onkel Nux unternimmt mit den beiden ältesten Söhnen seines Neffen und Patensohns Claus Stauffenberg eine Waldwanderung. Die Nachricht vom Attentat hat Schloss Lautlingen schon gestern Abend erreicht. Aber erst heute Morgen, als der Mechaniker Leibold in aller Frühe heraufkam, um die Familie zu warnen, haben sie die ganze Wahrheit erfahren. Alle sind wie betäubt. Claus' Mutter hat ja nicht einmal gewusst, dass ihr Sohn überhaupt in eine Verschwörung verwickelt war. Und selbst Nux hatte keine Ahnung, dass die Aufgabe Claus selbst zufallen würde.

Nun ist Claus tot. Deshalb hat Nux diese Wanderung vorgeschlagen. Nina braucht Zeit, um damit zurande zu kommen, dass es ihr Mann war, der den Anschlag ausgeführt hat, und dass er nicht mehr am Leben ist. Sie muss sich darauf vorbereiten, den Kindern zu sagen, was gesagt werden muss. Sie muss sich auf die Polizei vorbereiten.

»Also, du verstehst, Berthold«, sagt Nux zu Claus' Ältestem. »Man muss den Löwen sofort erlegen. Ein verwundeter Löwe ist nämlich ein äußerst gefährliches Tier. Er denkt nicht daran, vor dem Jäger zu fliehen, sondern er geht sofort zum Gegenangriff über.«

Und wird man auch ihn selbst vernehmen, Nikolaus von Üxküll-Gyllenband? Nux' Herz schlägt fühlbar, mit einzelnen starken, fast schmerzhaften Schlägen. Er muss einen Moment innehalten. Er muss stehen bleiben, um Luft zu schöpfen.

Berthold blickt zu seinem Großonkel empor.

»Man muss sich wahrscheinlich gegen die Windrichtung anschleichen. Oder, Onkel Nux?«

»Ja. Ja, natürlich, aber das ist leichter gesagt als getan. Man weiß ja gar nicht, wo sich der Löwe versteckt hält. Löwen leben in der Savanne. Das ist eine Buschlandschaft mit hohem gelbem Gras, in der der Löwe perfekte Deckung findet.«

»Das weiß ich schon«, sagt Berthold. Er liebt diese afrikanischen Jagdgeschichten. Er ist ganz bei der Sache. »Das Gras fressen die Tiere, die der Löwe jagt. Und durch ebendieses Gras schleicht sich der Löwe an sie an.«

Er ist beinahe ganz bei der Sache. Etwas ist eine Spur anders als sonst. Etwas ist in der Luft. Der Onkel antwortet nicht ganz wie sonst. Der Onkel antwortet immer erst einen Tick zu spät, mit einer winzigen Zeitverzögerung. Was ist los? Was ist passiert? Es hat ein Attentat auf den Führer gegeben, das hat Berthold gestern noch mitbekommen. Die Erwachsenen haben aber abgewunken. Es ist nichts. Es ist gar nichts passiert. Der Führer ist wohlauf. Was gibt es da viel zu fragen? Berthold hat auch nicht gefragt. Er beherrscht schließlich die Schwertworte des Jungvolkjungen,

Jungvolkjungen sind hart, schweigsam und treu.

Jungvolkjungen sind Kameraden.

Des Jungvolkjungen Höchstes ist die Ehre.

Zweifellos. Nur ist Berthold zu jung. Er ist vor drei Wochen zehn Jahre alt geworden. Aber er ist drei Tage zu jung für seine Aufnahme ins Jungvolk. Und er ist zu dünn, hat der Arzt gesagt. Berthold wird es aber schaffen, ein bisschen fetter zu werden. Er wird sich bemühen. Er wird jedenfalls anständig essen, in diesen Ferien. Das hat er sich vorgenommen.

Clarita hat Adams Brief bekommen. Den angekündigten Brief, den sie schon gestern hätte erhalten sollen: Sie hält ihn seit heute früh in den Händen.

Du wirst vielleicht lange Zeit nicht von mir hören. Aber es bleibt das tiefe Vertrauen auf unser gemeinsames Leben, das an zwei so entfernten Polen doch als Teile eines einzigen und unter den gleichen Zeichen gelebt wird.

Da ist er, der ersehnte Satz. Da hat er ihn endlich niedergeschrieben. Clarita hat sofort in Berlin angerufen. Adam ist sofort ans Telefon gegangen.

»Clarusch.«

»Adam. Geht es dir gut?«

»Aber ja. Es geht mir so gut, wie man es nur erwarten kann.«

»Kannst du nicht von Berlin fort, Adam?«

»Aber Samstag in einer Woche komme ich doch ohnehin. Da beginnen doch unsere Ferien.«

»Kannst du nicht heute oder morgen schon kommen? Oder ich komme. Soll ich nach Berlin kommen, Adam? Ich könnte sicher noch heute kommen.«

»Um Gottes willen. Nein, bitte bleib, wo du bist. Versprich mir das. Bleib in Imshausen. Bleib bei den Kindern. Bleib du nur immer und unter allen Umständen bei den Kindern.«

»Ja, Adam.«

Adam legt auf. Er ist zum Mittagessen mit Ulrich von Hassell und Carl-Hans Graf von Hardenberg im Hotel Adlon verabredet. Er ist schon fast aus dem Zimmer, da klingelt das Haustelefon. Es ist Adams Chef, SS-Brigadeführer Franz Alfred Six, bis 1943 Dekan der Auslandswissenschaftlichen Fakultät, zu Beginn des Russlandfeldzugs Leiter des Vorkommandos Moskau in der von Nebe geführten Einsatzgruppe B und inzwischen Leiter der Kulturpolitischen Abteilung im Auswärtigen Amt.

Adam unterdrückt einen Seufzer. Nun auch noch das.

»Six drängt mich, in die Schweiz zu fahren«, sagt Adam zu der Sekretärin Missie Wassiltschikow. »Er ahnt etwas. Und nun will er mich unbedingt ins Ausland schicken.«

»Dann fahren Sie! Warum fahren Sie nicht? Fliehen Sie, ich bitte Sie.«

»Es ist zu spät. Man wird mich nicht mehr außer Landes lassen. Und außerdem muss ich an meine Familie denken.«

»Ihre Familie würde wünschen, dass Ihnen nichts geschieht.«

Adam schweigt.

»Wir können ein Versteck für Sie finden«, sagt Missie. Sie sagt: »Ich verstecke Sie.«

Adam lacht auf.

»Haben Sie mich angesehen?«

»Sie angesehen«, sagt Missie. Sie sieht an Adams langem Körper empor, in Adams schönes Gesicht. »Ja. Nein. Ja. Was meinen Sie denn?«

»Man kann mich nicht verstecken«, sagt Adam.

Er blickt aus dem Fenster auf den leuchtenden Sommertag. Er sagt: »Wozu auch. Seit Stauffenberg tot ist, fühlt man sich wie ein Baum ohne Äste.«

»Setzt euch hierher«, sagt Nina Stauffenberg zu ihren beiden ältesten Söhnen. »Nein, da auf die Bank, mir gegenüber.«

Berthold und Heimeran gehorchen. Berthold sieht die Mutter an. Sie sieht streng aus. Sie sind im Garten in Lautlingen, auf der Terrasse vor dem Schloss.

»Ihr habt gestern gehört, dass jemand versucht hat, Adolf Hitler umzubringen«, sagt die Mutter. »Aber die Vorsehung hat unseren geliebten Führer beschützt. Hört ihr? Die Vorsehung hat unseren geliebten Führer beschützt. Das merkt euch. Das müsst ihr euch merken.«

Sie schweigen. Sie warten.

»Das war nämlich der Papi«, sagt die Mutter. »Der Mann, der versucht hat, unseren geliebten Führer umzubringen.«

Berthold sieht die Mutter an. Er versteht nicht. Er versteht kein Wort von dem, was die Mutter sagt. Sie redet dummes Zeug, unverständliches dummes Zeug.

»Der Papi wollte den Führer umbringen«, sagt die Mutter. »Und nun ist er selbst erschossen worden. Ich habe aber auch noch eine gute Nachricht für euch. Ihr werdet ein neues Brüderchen bekommen, oder vielleicht ein Schwesterchen.«

»Mein Papi?«

Das sagt Heimeran.

»Mein Papi ist erschossen?«

»Der Papi hat sich geirrt. Er war ein lieber und guter Mann, und er hat euch sehr lieb gehabt. Aber er hat sich geirrt. Das müsst ihr jetzt begreifen. Der Papi hat geglaubt, er täte etwas Gutes, wenn er Hitler umbringt. Aber er hat sich geirrt. Ihr seht es ja selbst. Die Vorsehung hat unseren geliebten Führer beschützt.«

»Wir haben das Sprengstoffpaket nun untersucht.«

SS-Sturmbannführer Albert Widmann, Leiter des Referats für Chemie und Biologie im Reichssicherheitshauptamt, ist ins Büro des Kriminalrats Horst Kopkow getreten. Der ehemalige Leiter der Sonderkommission Rote Kapelle ist auch mit der Untersuchung des Attentats in der Wolfsschanze betraut worden. Widmann hat er hinzugezogen, nachdem man nahe der Wolfsschanze weiteren Sprengstoff gefunden hat, den die Attentäter offenbar nach dem Attentat weggeworfen haben.

»Es handelt sich um das gleiche Material, das auch für den Anschlag verwendet worden ist. Warum es nicht zum Einsatz gekommen ist, ist vollkommen unbegreiflich. Es kann keinen

Zweifel daran geben, dass niemand überlebt hätte, wenn dieses Sprengstoffpaket mit dem anderen zusammen explodiert wäre.«

Kopkow schweigt.

»Es hätte auch niemand die Druckwelle der Explosion überstanden, wenn die Besprechung wie geplant im Bunker statt in der Baracke stattgefunden hätte«, sagt Widmann.

»Die Vorsehung schützt eben den Führer.«

»Ja.«

»Warum, meinen Sie, haben die Täter das zweite Sprengstoffpaket weggeworfen?«

»Das kann ich Ihnen wirklich nicht sagen.«

»Und fragen kann man auch keinen mehr. Die Wehrmacht hatte es ja so ungeheuer eilig damit, alles zu erschießen, was einem noch hätte Auskunft geben können.«

»General Fromm. Ja. Fast als hätte er uns die Herren Offiziere in letzter Minute noch entziehen wollen.«

»Na. Wahrscheinlich war es doch eher Feigheit. Der General wollte unter Beweis stellen, dass er nicht zu den Abtrünnigen gehört.«

Sie schweigen eine Weile.

»Wirklich seltsam, das mit dem weggeworfenen Sprengstoff, nicht wahr«, sagt Kopkow schließlich. »Fast als hätten sie den Erfolg nicht gewünscht.«

»Werner ist tot.«

Es ist Freitag, der 21. Juli. Noch immer ist es Freitag, der 21. Juli. Es ist abends, schon nach zehn. Hans von Haeften ist zu seiner Familie nach Grammertin hinausgefahren. Er sieht verstört aus, elend.

»Es ist alles schiefgegangen. Sie haben Werner mit Stauffenberg im Hof des Bendlerblocks erschossen. Sie haben meinen kleinen Bruder erschossen. Es ist uns alles fehlgeschlagen.«

Es schneidet Barbara ins Herz.

»Ja«, sagt sie. »Ich habe ja gleich geahnt, dass es fehlschlägt.«

Hannes antwortet nicht. Er sitzt am Tisch in der Küche des Gutshauses. Barbara hat ihm ein Glas Milch heiß gemacht. Die Milch steht vor ihm, auf dem Tisch. Barbara spült den Topf aus. Sie trocknet den Topf ab. Sie räumt den Topf weg. Sie sagt: »Trink doch die Milch, Hannes.«

Er stöhnt. Er legt das Gesicht in die Hände. Barbara überlegt, ob sie nicht noch den Küchenfußboden wischen könnte. Die Küche ist sauber. Aber nun einfach einen Lappen zu nehmen. Auf die Knie zu gehen, mit Seife und scharfen glatten Strichen über die Fliesen zu fahren. Barbara sagt: »Hannes. Willst du Honig zur Milch? Hannes, du hattest doch auch damit gerechnet. Du hattest einkalkuliert, dass es fehlschlägt. Und du bist trotzdem gegangen.«

»Was hätte ich denn sonst tun sollen? Und man hofft doch. Man hofft, dass es gelingt. Man vertraut auf Gott. Wenn Gott gewollt hätte, wäre es gelungen.«

»Du meinst, Gott wollte nicht, dass Hitler stirbt?«, sagt Barbara.

Hannes stöhnt wieder.

»Wir werden sterben«, sagt er. »Wir werden alle sterben.«

»Hannes«, sagt Barbara. »Bitte. Das klingt so furchtbar hochtrabend. Noch ist doch nicht alles verloren.«

Er nimmt die Hände vom Gesicht.

»Und die Verhöre«, sagt er. »Werde ich den Verhören standhalten? Werde ich die Qualen ertragen können?«

Barbara hat das Gefühl, dass der Boden unter ihr wegsackt. Es ist ein scharfes, körperliches Gefühl, als wäre sie im Glauben, den Fuß einer Treppe erreicht zu haben, unvermittelt ins Leere getreten.

»Du musst mir Anweisungen erteilen«, sagt sie. »Du hast mir noch gar keine Anweisungen erteilt. Was soll ich denn tun? Was soll ich überhaupt tun, wenn du wirklich verhaftet wirst?«

»Ich werde mit Sicherheit verhaftet«, sagt er. »Werner und ich haben zusammengewohnt. Es wundert mich, dass ich noch frei bin. Ich sehe nur noch eine Möglichkeit. Ich werde morgen zu Six gehen und mich nach Werner erkundigen. Ich werde mich stellen.«

»Ich bin auf diese Sache überhaupt nicht vorbereitet«, sagt Barbara. »Wir sind nicht vorbereitet. Wir haben niemals darüber geredet, wie wir uns das Ende vorstellen. Ich weiß nicht einmal, was du dir als Grabspruch wünschst. Vielleicht etwas mit Liebe. *Die Liebe währet ewiglich.*«

Er birgt wieder das Gesicht in den Händen.

»Bitte, Hannes«, sagt Barbara. »Du darfst jetzt nicht verzweifeln. Denk daran, wir müssen schließlich alle einmal sterben. Der eine früher, der andere später.«

Er hebt den Kopf wieder. Er sieht an ihr vorbei.

»Ja«, sagt er. »Aber wären die Jahre, die ich noch gelebt hätte, nichts gewesen als leer gedroschenes Stroh? Ja, man muss sterben. Aber hofft man nicht bis zum letzten Atemzug?«

»Aber was sollen wir denn tun?«

Er antwortet nicht. Er hat wieder das Gesicht verborgen.

Die Angst ist unerträglich. Margarethe Oven liegt in ihrem Bett, in der verdunkelten Tresckowschen Wohnung. Sie ist allein. Sie liegt auf dem Rücken. Sie starrt in die Finsternis. Sie wartet darauf, dass man sie abholt.

Der Führer Adolf Hitler ist tot!

Es muss herauskommen. Es wird herauskommen. Die Angst ist so gewaltig, dass Margarethe sich nicht bewegen, noch weniger Licht machen kann. Es ist ihr, als müsste ihre kleinste Bewegung, ihre winzigste Regung die Aufmerksamkeit der Gestapo auf sie ziehen, die Aufmerksamkeit des Schicksals, den sicheren Tod. Das Telefon schrillt. Margarethe schreit auf, presst das Gesicht ins Kissen.

Das Telefon! Es ist nur das Telefon

Margarethe taumelt aus dem Bett, in den Flur. Sie greift nach dem Hörer.

»Fräulein von Oven?«

Es ist Oberstleutnant Berndt von Kleist.

»Fräulein von Oven, Generalmajor Henning von Tresckow ist tot. Er ist heute an der Front gefallen. Er ist gestorben wie ein Held. Jemand muss es seiner Frau sagen. Würden Sie das übernehmen? Würden Sie nach Wartenberg fahren und seiner Frau die Nachricht überbringen?«

Margarethe von Oven steht in der Diele.

Henning ist tot. Stauffenberg ist tot. Margarethe ist gerettet.

Die Angst ist von ihr genommen. Alles ist Erleichterung: Margarethe ist gerettet, und Henning ist gefallen. Sie können ihn nicht erreichen. Diesen einen können sie nicht erreichen. Gott selbst hat ihn fortgenommen. Dann setzt der Schmerz ein. Es ist ein scharfer, langsam anwachsender Schmerz, wie vom Stich eines giftigen Insekts.

Erika von Tresckow steht mit Margarethe von Oven im Gartensaal. Der Saal ist mitten am Nachmittag düster, von Blitzen erleuchtet: Über Wartenberg geht ein schweres Gewitter nieder. Die Frauen halten einander bei den Händen.

»Mama?«

Uta von Tresckow steht in der Tür. Ihre Kleider kleben nass

an ihren mageren dreizehn Jahre alten Armen und Beinen: Das Gewitter hat sie im Wald überrascht.

»Mama? Was ist denn passiert?«

Eta wendet sich ihrer Tochter zu. Sie sagt: »Mein Kind. Wir müssen jetzt sehr tapfer sein.«

Uta starrt ihre Mutter an. Sie hat begriffen. Sie hat sofort alles begriffen.

»Dein Vater ist an der Front gefallen. Ich weiß, es ist ein furchtbarer Schmerz. Aber glaub mir, es gibt Furchtbareres. Wir können stolz sein auf deinen Vater, denk immer daran. Wir können sehr sehr stolz auf ihn sein.«

Blitze erhellen den Gartensaal von Wartenberg. Donnerschläge rumpeln wie Artilleriefeuer.

Dies muss das schwerste Gewitter sein, das Helmuth Moltke jemals erlebt hat. Der Tag ist zur Nacht geworden. Blitze laufen an dem elektrisch geladenen Draht entlang, der fünf Meter von seinem Fenster entfernt auf der Lagermauer gespannt ist, und verwandeln ihn in einen Lichtbogen. Regen und Hagel fallen senkrecht. Es ist der 22. Juli, und Helmuth Moltke ist eisern entschlossen, sich nicht aufwühlen zu lassen.

Von dem Attentat hat er noch am 20. erfahren, beim Abendspaziergang im Hof. Die Nachricht klang aus dem Radio des Lagerkommandanten herüber. Helmuth hat sie entschlossen ignoriert. Er hat keine rechthaberische Genugtuung empfunden angesichts der Tatsache, dass die Sache schiefgegangen ist, genau wie er es vorausgesagt hat, auch keine Trauer und kein Entsetzen. Er hat sich an sein Programm gehalten: Er hat im Buch Hiob gelesen, in Rankes Werk über die Päpste, dann etwas über Pflanzenernährung. Er hat sich über Casparchens Karte gefreut, über das neue Bestellungsplanbuch. In der Nacht vom 20. auf den 21. hat er tief und traumlos geschlafen.

Aber seit gestern ist es nicht mehr so einfach. Es fällt Helmuth schwer, sich auf seine Lektüre zu konzentrieren. Sein Geist schweift ab. Ununterbrochen werden Neuzugänge gemeldet: Julius Leber ist gebracht worden. Dahrendorf. Haubach. Leuschner. Hassell. Die Gefangenen auf der Nordseite, die die Ankunft der Neuen beobachten können, morsen weiter, was sie sehen. Die Bibelforscherinnen flüstern Namen durch die Türen: Popitz. Ewald Heinrich von Kleist-Schmenzin. Ulrich Schwerin von Schwanenfeld. Peter Graf Yorck von Wartenburg.

Peter. Also auch Peter. Sie haben alle mitgemacht. Helmuth Moltke versucht, die Bitterkeit abzuschütteln. Aber es gelingt nicht. Ulrich von Hassell haben sie letzte Nacht schwer misshandelt. Warum gerade Hassell? Puppi Sarre will ihm und Peter Yorck heute auf ihrer Kochplatte einen Risotto kochen. Helmuth geht in der Zelle auf und ab. Er ist inzwischen recht gut darin, sich nicht von der ständigen Hoffnung auf Veränderung zerfressen zu lassen. Aber die Unruhe macht es schwer, diszipliniert zu bleiben. Immerhin hatte man ihm angekündigt, er würde in den nächsten Tagen freikommen. Das wird sich nun sicher verzögern. Man wird mit anderen Dingen beschäftigt sein. Helmuth muss neu darum ringen, sich bis in die Tiefe seines Wesens mit der Dauerhaftigkeit seines Zustands abzufinden.

Andererseits, beweist nicht gerade die Tatsache, dass er seit Januar in Haft sitzt, wie wunderbar er geführt wird?

Man kann ihn nun ja nicht einmal mehr versehentlich mit der Attentatsplanung in Verbindung bringen. Er muss das Freya wissen lassen. Wahrscheinlich ist ihr der Gedanke schon selbst gekommen. Dennoch, er muss Freya wissen lassen, wie ruhig er ist, damit sie sich nicht beunruhigt. Alles hängt davon ab, dass sie stark und heiter bleibt. Vor Jahren einmal hat er die Widmung aus Will Durandts ›Story of Philosophy‹ für sie abgeschrieben, das fällt ihm jetzt ein.

To my Wife
Grow strong, my comrade … that you may stand
Unshaken when I fall; that I may know
The shattered fragment of my song will come
At last to finer melody in you;
That I may tell my heart that you begin
Where passing I leave off; and fathom more –

Der Regen hat aufgehört. Der Donner grollt nur noch leicht in der Ferne. Das Gewitter ist vorüber. Die Luft, die durchs Fenster in Helmuths Zelle quillt, duftet frisch und süß. Vielleicht wird man ihn heute doch noch einmal hinauslassen. Man treibt die Alteingesessenen jetzt ja immer alle zusammen in den Hof, so dass man sich weder mit jemandem vernünftig unterhalten noch gar ein wenig Sport treiben kann. Aber die Neuen müssen eben einzeln gehen, und das braucht seine Zeit. Heute Morgen hat Helmuth auch Peter im Hof gesehen. Sie haben einander angeblickt.

Freya ist sehr früh aufgestanden. Sie ist bei ihren Bienen. Es sind nicht mehr viele Drohnen in den Körben. Freya hat große Gruppen spätblühender Stauden und Büsche gesetzt, aber dennoch wird mit Beginn des Hochsommers die Nahrung für die Bienen knapp. Und dann steht die Drohnenschlacht an. Aber der Name ist übertrieben. In Wirklichkeit töten die Arbeiterinnen die Drohnen ja gar nicht. Sie hören nur auf, sie zu versorgen. Die meisten Drohnen sterben dann. Sie können sich nicht allein erhalten. Nur wer sich mit dem Sterben zu langsam tut, den schleppen die Arbeiterinnen aus dem Stock, um ihn umzubringen.

Freya kümmert sich heute aber gar nicht um die Bienen. Sie

hat Helmuths Briefe dabei. Sie hätte die Briefe längst an einem sicheren Ort verstecken sollen. Nun wird sie sie in den Bienenkörben verbergen. Es ist Freya vollkommen klar, was das Attentat bedeutet. Freya mag zum Optimismus neigen. Aber sie gibt sich keinen Illusionen hin. Es gibt Momente, die Einschnitte sind in den Lauf der Zeit, Schluchten, über die keine Brücken führen: Man kann nicht wieder zurückgehen auf die andere Seite und eine andere Abzweigung wählen. Man kann keinen Kreis laufen und so wieder zum Anfang zurückfinden. Helmuth wird nun nicht mehr entlassen werden. Man wird ihn mit dem Attentat in Verbindung bringen, vielleicht früher, vielleicht später. Aber es wird geschehen. Freya hat Sprecherlaubnis beantragt. Sie wird nach Ravensbrück fahren.

Tisa und Charlotte stehen am 21., am 22., am 23. Juli sehr früh auf. Sie stehen nun alle Tage früh auf. Sie ziehen sich an, schminken sich die Lippen, kämmen sich, frühstücken und beginnen den Tag. Sie sagen, was zu sagen ist: Sie verleugnen Claus Stauffenberg.

Unser Stauffenberg? Nein, natürlich war der Attentäter nicht unser Stauffenberg. Es gibt Hunderte von Stauffenbergs.

Und wer glaubt ihnen wohl? Tisa und Charlotte gehen jeden Tag mit den Kindern an den See. Sie nehmen Brotkrümel mit und füttern die Fische. Sie bringen dem kleinen Fritzi das Schwimmen bei. Sie reiten das wilde Pferdchen zu. Sie beteiligen sich an der Notgetreidesammlung: Sie sammeln die Ähren ein, die bei der Ernte auf den Feldern liegen geblieben sind. Nachmittags trinken sie Sherry. Abends zum Schlafen nehmen sie Brom. Von Fritzi kommt keine Nachricht. Die Zeit steht still. Die Zeit ist zu einer eisigen Ebene gefroren, auf der sie sich unsicheren Schritts bewegen, insektenkleine Wesen, die versuchen, von der Vergangenheit in die Zukunft zu gelangen. Die gefrorene Zeit ist hart wie Stein. Jeder Tag ist ein Steinblock, eine Mauer, eine Wand. Man muss durch jeden Tag hindurchkommen, aber mit welchem Hammer, welchem Meißel? Dann fallen Charlotte die Briefe ein. Sie muss natürlich Fritzis Briefe verstecken. Sie kann diese Briefe nicht behalten. Sie sitzt die ganze Nacht auf dem Bett und liest. Die Jahre rollen an ihr vorüber. Die bunten Jahre, die vollen Jahre, wie hat sie denken können, er wäre selten da gewesen? Er war immer da. Ihr fällt kein Bild ein, das ihn nicht enthält. Als der Morgen dämmert, ist sie fertig. Die unverfänglichsten Briefe und die, die sie am leichtesten entbehren kann, legt sie für die Gestapo bereit. Die anderen schnürt sie zusammen. Dann verlässt sie leise das Schloss.

Sie geht am See entlang, in den Wald hinein. Es ist noch ganz still. Sie ist allein. Nichts ist zu hören, nur Vogelgezwitscher, laut, lärmend. Eine Ahnung überfällt sie: So wird ihr Leben von nun an sein. Vor ihr liegt die Barnersche Familiengruft. Charlotte steigt in die Gruft hinab. Sie hat die Briefe gut verpackt. Sie wird sie in der Gruft verbergen. Niemals kommt irgendjemand hierher. Niemals steigt jemand hinab, zu den langsam zerfallenden Särgen.

Das Ausland betrachtet das Scheitern des Attentats als einen Glücksfall. Der beim Geheimdienst und beim Außenministerium akkreditierte Deutschlandexperte John W. Wheeler-Bennett legt Churchill und Eden ein Memorandum vor, in dem er erklärt, dass das Scheitern der Verschwörung den Alliierten eine Menge Verlegenheiten erspart hat, in die man geraten wäre, wenn die Generäle die Macht übernommen und dann womöglich ein übereiltes Friedensgesuch gestellt hätten. Auch kann nun nach der Niederwerfung Deutschlands niemand mehr als angeblich guter Deutscher posieren. Winston Churchill erklärt im britischen Unterhaus, es handle sich bei der ganzen Sache lediglich um Ausrottungskämpfe unter den Würdenträgern des Dritten Reiches: Die führenden Persönlichkeiten des Deutschen Reiches brächten sich nun eben gegenseitig um. Die ›New York Times‹ schreibt, das Attentat erinnere eher an einen Kontenausgleich in der Atmosphäre einer finsteren Verbrecherwelt.

Die Verschwörer haben sich ein ganzes Jahr lang mit Plänen beschäftigt, das Oberhaupt ihres Staates und den Oberkommandierenden der Armee gefangen zu setzen und zu töten. Das ist wahrlich kein Verhalten, wie man es normalerweise vom Offizierskorps eines Kulturstaates erwarten würde.

Die ›New York Herald Tribune‹ schreibt, kein Amerikaner könne es bedauern, dass Hitler überlebt hat und nun persönlich seine Generäle umbringt.

Amerikaner haben ohnehin nichts mit Adeligen gemeinsam, und schon gar nicht mit solchen, die ihren Staatschef hinterrücks umzubringen trachten.

Auch Bertolt Brecht fühlt in diesem Punkt ganz amerikanisch.

»Diese Geschichte in Berlin? Eine Sache zwischen Hitler und den Junkergenerälen. Ich persönlich habe ja Hitler den Daumen gehalten. Wer sonst soll diese Verbrecherbande austilgen? Zuerst hat er dem Herrenklub seine SA geopfert, jetzt opfert er eben den Herrenklub.«

Sabine Bonhoeffer möchte sich die Ohren zuhalten.

Sie weiß nichts, sie erhält keine Nachrichten. Sie reden den ganzen Tag über das Attentat, sie berichten in allen Zeitungen, aber es sind keine Berichte. Was sie schreiben, hat nichts mit den Tatsachen zu tun. War Adam Trott nicht in England, um

Kontakt mit offiziellen Stellen aufzunehmen, war Dietrich nicht in Schweden bei George Bell?

George Anthony Bell, der Bischof von Chichester, ist außer sich. Er hat sich einmal mehr an die Regierung gewandt und nachdrücklich gefordert, dass nun doch alles Menschenmögliche getan werden müsse, um wenigstens jene Verschwörer, die noch nicht von der SS ergriffen worden sind, zu retten. Er hat nicht einmal eine Antwort erhalten. Stattdessen posaunt die BBC Namen von noch nicht Verhafteten heraus. Dieser Krieg wird eben nicht gegen Hitler oder den Nationalsozialismus geführt, sondern gegen Deutschland. Die Nationalsozialisten haben behauptet, sie verkörperten die wahren Werte des Deutschtums, in ihnen offenbare sich der deutsche Nationalcharakter. Das Ausland pflichtet ihnen bei.

»Hans Oster ist verhaftet.«

Klaus Bonhoeffer ist nach Sacrow zu seiner Schwester Christel hinausgefahren.

»Er ist schon vorgestern verhaftet worden, einen Tag nach dem Attentat.«

»Und was bedeutet das für Hans und Dietrich?«

»Nichts Gutes. Offenbar bringt man die Abwehr in Zusammenhang mit dem Attentat.«

»Aber das können sie nicht. Hans liegt seit über einem Jahr gefangen. Er ist krank und gelähmt. Er kann kaum sprechen.«

Klaus streicht mit der Hand über die Hand seiner Schwester.

Dietrich Bonhoeffer schreibt. Zu schreiben stärkt und verwandelt, klärt und öffnet. Immer ist es das Schreiben, das ihn hält. Das Schreiben und das Beten: das Gespräch mit dem Unsichtbaren. Dietrich hegt für sich selbst keinerlei Hoffnung mehr.

Er glaubt nicht, dass er gerettet wird. Das Attentat ist fehlgegangen. Sie sind alle verloren. Dietrich schreibt darüber, dass man darauf verzichten muss, etwas aus sich zu machen, eine Rolle spielen zu wollen, das eigene Leiden ernst zu nehmen. Was soll der Vorwurf, Gott dulde das Leiden? Er selbst ist es doch, der leidet. Gott geht an der Welt zugrunde, deren Herr er sein soll. Er, der Allmächtige, hat nicht einmal die Macht, sich selbst zu retten.

Könnt ihr nicht eine Stunde mit mir wachen?

Darum bittet Gott. Wie ist die Bitte zu erfüllen? Wie kann der Mensch an Gottes Ohnmacht in der Welt teilhaben? Das ist die Frage. Wie kann der Mensch das Leiden Gottes an der Welt mitleiden? Das ist die Aufgabe. Und hätte Dietrich diese Erkenntnis gehabt ohne den Weg, den er gegangen ist? War es das wert? Ist eine Erkenntnis das eigene Leben wert?

Aber Gott selbst rettet sich ja, indem er sich nicht rettet. Indem Jesus darauf verzichtet, das eigene Leben zu retten, wird er erst er selbst. Erst damit wird er von Jesus zum Christus. Es geht also darum, das Leben zu gewinnen, indem man sich bereiterklärt, es hinzugeben.

Gerd von Tresckow wird seinen kleinen Bruder nicht allein lassen. Er hat das nie getan. Er hat Henning immer begleitet, und er wird ihn auch jetzt begleiten. Es ist Sonntag, der 23. Juli. Gerd von Tresckow hat an seine Frau geschrieben. Er hat sich von ihr verabschiedet. Er wird nun zu seinem Vorgesetzten gehen und sich an die Seite des Bruders stellen.

Fritz-Dietlof Graf von der Schulenburg steht vor SS-Obergruppenführer Ernst Kaltenbrunner, General der Polizei und Leiter des Reichssicherheitshauptamts in der Prinz-Albrecht-Straße. Fritzi ist bisher nicht misshandelt worden. Es besteht auch kein Anlass. Fritzi lügt ja nicht. Er streitet nichts ab. Er rechnet ab. Er charakterisiert das Regime. Er vernichtet es. Die Beamten wissen manchmal nicht, wo sie hinschauen sollen. Jeder der leisen, bestimmt vorgebrachten Sätze ist ein Peitschenschlag. Jeder Peitschenschlag trifft eine bereits offene Wunde, geht nieder auf die längst ausgerenkten Gelenke des Apparats: Der Krieg ist verloren. Das Regime ist am Ende. Es hat das Vertrauen des Volkes verspielt. Es hat die Grundlagen des Beamtentums zerstört. Es hat jede Rechtsbasis verlassen. Die Parteibonzen sind geldgierig, bestechlich, käuflich. Der Machttrieb ist zum Maßstab des Handelns geworden. Das Volk ist zur Masse atomisiert, die mit Gewalt und den Mitteln der Propaganda niedergehalten wird. Das Regime opfert die deutschen Soldaten hin, es unterdrückt die besetzten Gebiete, es beutet die Hilflosen und Schwachen aus, es hat die ganze Welt gegen Deutschland aufgebracht, das nun gehasst wird wie niemals ein Land der Erde zuvor.

»Und alle Züge der Entwicklung haben im Grunde eine Wurzel: Gewalt ohne Maß, innen und außen. Anfangs suchte ich noch nach Möglichkeiten, dies Übel im Weg der Reform zu heilen. Allmählich aber kam ich zu der Erkenntnis: Eine Reform hilft nicht mehr, da alles ineinander verkettet ist und in Grundtatsachen beruht, die mit dem Charakter des Systems unwandelbar verbunden sind.«

»Und also wollten Sie den Führer beseitigen.«

»Selbstverständlich. Den Führer, die Regierung, den Nationalsozialismus.«

»Gräfin von der Schulenburg? Bitte die Störung zu entschuldigen. Ich suche den Grafen.«

Charlotte ist nicht sicher, dass sie richtig gehört hat. Vor ihr in der Halle von Trebbow steht ein fremder Offizier.

»Ist der Graf hier? Ich muss Sie dringend bitten, die Wahrheit zu sagen. Der Graf steht unter dem Verdacht der Desertion.«

»Wovon reden Sie?«, sagt Charlotte. »Was meinen Sie?«

»Graf von der Schulenburg wird seit dem 20. Juli bei seinem Regiment vermisst.«

»Das Regiment vermisst ihn«, sagt Charlotte. »Das heißt, Sie wissen nicht, wo er ist.«

»So ist es.«

»Er ist verschwunden. Sie meinen, er ist verschwunden?«

»Er ist also nicht hier?«

»Nein. Mein Mann ist nicht hier. Und er ist auch nicht in Berlin?«

»Jedenfalls nicht bei seinem Regiment.«

»Das kann ich mir überhaupt nicht erklären«, sagt Charlotte.

Überschüttet den Boten mit Gold, Silber und Edelsteinen!

»Ich kann mir das wirklich nicht erklären«, sagt sie. Sie spricht sehr laut. Der Jubel in ihr ist ein Symphonieorchester, das alles andere übertönt.

»Clarusch.«

Clarita in Imshausen hört die Stimme ihres Mannes. Sie haben seit dem 20. Juli täglich telefoniert. Clarita geht auf einem Seil. Das Seil ist zwischen die Anrufe gespannt.

»Adam. Wie schön, dass du anrufst.«

»Ja, meine Clarusch. Ich wollte nur unbedingt deine Stimme hören.«

»Ach ja, Adam. Sag, geht es dir gut?«

»Ja, Claruschka. Es geht mir gut. Und das wollte ich dich eben wissen lassen. Dass es mir gut geht. Ich wollte, dass du meine Stimme hörst.«

»Ja, Adam.«

»Bald bin ich bei euch. Ich freue mich schon so.«

»Ja, Adam. Ach, wir freuen uns alle ganz schrecklich auf dich.«

»Grüße bitte meine Mutter recht herzlich. Küsse die süßen Kleinen. Ich melde mich wieder. Auf bald, meine Clarusch.«

»Auf bald, Liebster. Auf bald.«

Charlotte und die Kinder wandern über die Koppeln. Sie lesen Ähren, jeden Tag, alle Tage. Die Kinder schwärmen über die abgeräumten Sommeräcker, zwitschernd und pickend wie heitere Vögel. Charlotte zieht mit ihnen. Sie kann still sein, wenn die Kinder zwitschern. Sie kann Nachlese halten, aufsammeln, was übersehen wurde, retten und bewahren, was liegengeblieben und verlorengegangen ist. In manchen Momenten ist Charlotte ganz still. Es sind die wunderbaren Momente, wenn das um sich selbst kreiselnde Rad ausgetrudelt und zu Boden gesunken ist. Es dauert nie lange. Dann geht es wieder los.

Er ist entkommen. Er ist über die Grenze ins Ausland geflohen. Er hat sich gerettet, er ist in Sicherheit, wir werden hier überdauern, bis alles vorbei ist, dann sind wir wieder vereint, vielleicht ist er nicht geflohen. Er ist nicht geflohen. Er hätte Angst um seine Familie. Er würde fürchten, dass die Gestapo an uns Rache nimmt. Aber er ist verschwunden. Die offiziellen Stellen wissen nichts. Vielleicht ist er untergetaucht. Vielleicht versteckt er sich bei jemandem. Würde er dann nicht Nachricht geben? Er ist nicht untergetaucht. Er ist im Ausland. Er hat sich über die Grenze gerettet. Vielleicht in die Schweiz. Wie ist er durch das ganze Reich gekommen? Vielleicht ist er in Schweden. Warum Schweden? Warum nicht Schweden. Es ist egal, solange er in Sicherheit ist.

Dann herrscht wieder Stille. Der Himmel wölbt sich über den Stoppelfeldern. Die Sommeräpfel am Feldrand reifen. Die Rufe der Kinder klingen hell. Das Pferdchen schnaubt.

Sie haben ihn nicht. Sie wissen nicht, wo er ist. Er wird vielleicht herkommen. Er ist vielleicht schon da. Er wird sich zu helfen wissen, wie könnte ich jemals an ihm zweifeln.

So geht es, so geht es, immer weiter, weiter.

Marion ist zurück. Sie ist wieder in Berlin. Sie hat Schlesien zurückgelassen, die weinende Schwiegermutter, die in Klein Oels zu Bett liegt, die nicht aufstehen kann oder nicht aufstehen will, jetzt, wo der dritte ihrer vier Söhne in tödlicher Gefahr ist. Marion hat die Pflege der Schwiegermutter Davy überlassen. Dann ist sie nach Kauern geflohen. Sie ist über den schweren schlesischen Boden der Zuckerrüben- und Weizenfelder gewandert, an der Sandgrube vorbei in Richtung Weigwitz, über die Brücken von Olbenbach und Ohle, vorbei an den beiden riesigen Friedenseichen von Kauern, an den Löschteichen, in denen die Dorfkinder in der nachmittäglichen Wärme planschten und schrien, sie ist an den Häuschen von Buchwald, Hunger, Fiebig und Weiß vorbeigegangen, am Haus August Karbsteins, der bis 1933 Kauerns Gemeindevorsteher war, sie ist den Weg nach Höckricht hinuntergegangen, wo einst die Kalckreuths wohnten, durch das Gelände, das noch immer der Ziergarten heißt, aber längst landwirtschaftliche Nutzfläche ist. Sie hat eine Nacht in ihrem Bett in Kauern geschlafen. Dann hat sie sich mit Lebensmitteln beladen, hat Kauern in der Obhut des Inspektors Lampel gelassen und ist zurück nach Berlin gefahren. Nun steht sie auf den Stufen vor dem kleinen Haus in der Hortensienstraße 50.

Es ist fünf Tage her, dass sie und Peter durch diese Tür nach draußen geschritten sind, um zur Hochzeit der Pücklers zu fahren. Fünf Tage. Marion schließt ihre Haustür auf. Sie tritt in die kleine Diele. Sie ruft.

»Hallo?«

Mariechen eilt ihr entgegen. Sie fallen einander in die Arme.

Es ist jetzt Nacht. Voraus fährt der Pkw mit Generalmajor Henning von Tresckows Kraftfahrzeug-Stander. Es folgt der Lastwagen mit dem Sarg und den Begleitsoldaten. Das Oberkommando der 2. Armee hat von Henning Abschied genommen, nun wird Fabian von Schlabrendorff ihn nach Hause bringen. Fabian sitzt im Lkw neben dem Fahrer. Er hat den Kondukt westlich von Ostrów übernommen.

»Schlabrendorff, gehen Sie! Man wird Sie verhaften. Laufen Sie über, schlagen Sie sich zu den Russen durch!«

So Berndt von Kleist, der dem Kondukt vor etwa einer Stunde aus der Dunkelheit heraus plötzlich in den Weg getreten ist. Ebenden Ratschlag hat Schlabrendorff vor vier Tagen Henning gegeben. Schlabrendorff könnte nicht sagen, warum auch er ihm nicht folgt. Aber er erwägt nicht einmal, überzulaufen. Die Wucht des Geschehenen hat ihn erfasst, schleudert ihn in die Zukunft. Die Motoren brummen. Das blaue Licht der verdunkelten Scheinwerfer erhellt schwach den unmittelbaren Straßenverlauf. In der Ferne ist alles Finsternis. Immerhin hat die Hitze nachgelassen, jetzt in der Nacht. Sie sind ungefähr auf der Höhe von Zichenau. Der Fahrer neben Schlabrendorff raucht. Schlabrendorff schließt die Augen, öffnet sie wieder. Am Himmel Sterne, in einsamer Größe über der verdunkelten Erde. Hinten auf der Ladefläche der Sarg.

Der Morgen des 25. Juli dämmert. Barbara Haeften ist bereit. Um acht Uhr geht der Zug nach Berlin. Barbara hat den Kindern ihre Aufgaben aufgelistet, für das kleinste Babynahrung in der Küche bereitgestellt. Sie rechnet damit, zwei, drei, eventuell sogar vier Tage lang von Grammertin fortzusein. Hannes ist verhaftet worden.

Die Nacht ist vorüber. Landsberg an der Warthe liegt hinter ihnen. Der Morgen erglänzt über der Neumark. Sie fahren durch Pappelalleen, Birkenalleen, dann Kiefernwälder. Im morgendlichen Dunst fliegen Weißflügelseeschwalben über einem See auf. Die Dörfer beginnen vertraute Namen zu haben: Tarnow, Dölzig, Warnitz. Schlabrendorff lehnt sich zurück. Er hat die Aufgabe gelöst. Er kann Eta entgegentreten. Er wird ihr nichts von dem Selbstmord sagen: Er wird die Fiktion so lange wie möglich aufrechterhalten, dass Henning von Tresckows Tod in keinem Zusammenhang mit dem Attentat steht.

Aber er wird auch Hennings wahres Vermächtnis wahren. Er hat übernommen, was Henning versäumt hat: Hennings Tat zu begründen, klar und für immer zu formulieren, worum es gegangen ist. Schlabrendorff hat das für Henning getan. Er hat alles aufgeschrieben. Hennings letzte Worte stehen nun in Fabian von Schlabrendorffs kleinem Notizbuch.

Jetzt wird die ganze Welt über uns herfallen und uns beschimpfen. Aber ich bin nach wie vor der felsenfesten Überzeugung, dass wir recht gehandelt haben. Ich halte Hitler nicht nur für den Erzfeind Deutschlands, sondern für den Erzfeind der Welt. Wenn ich in wenigen Stunden vor den Richterstuhl Gottes treten werde, um Rechenschaft abzulegen über mein Tun und mein Unterlassen, so glaube ich mit gutem Gewissen das vertreten zu können, was ich im Kampf gegen Hitler getan habe. Wenn einst Gott Abraham verheißen hat, er werde Sodom nicht verderben, wenn auch nur zehn Gerechte darin seien, so hoffe ich, dass Gott auch Deutschland um unsertwillen nicht vernichten wird.

Schlabrendorff starrt nach draußen. Über einer Wiese schwebt ein Raubvogel. Schlabrendorff überlegt, wann man herausfinden wird, was Henning getan hat. Er überlegt, wann man Fabian von Schlabrendorff abholen wird, Hennings Ordonnanzoffizier und angeheirateten Verwandten. Tränen drängen in seine Augen, mit Macht.

Er hat bis jetzt nicht das Bedürfnis gehabt zu weinen. Aber jetzt muss er die Fäuste ballen, die Zehen in den Stiefeln zusammenkrümmen. Ein Quietschen sitzt ihm in der Kehle wie das einer zertretenen Maus. Er beißt sich auf das Innere der Wangen. Er kneift die Augen zusammen, wischt mit den Handballen über sein Gesicht, dann holt er noch einmal das kleine Notizbuch aus der Tasche. Er vervollständigt Tresckows letzte Worte.

Niemand von uns kann über seinen Tod Klage führen. Wer in unseren Kreis getreten ist, hat damit das Nessushemd angezogen. Der sittliche Wert eines Menschen beginnt erst dort, wo er bereit ist, für seine Überzeugung sein Leben hinzugeben.

Barbara Haeften ist bei Franz Alfred Six gewesen, Hannes' Vorgesetztem. Six hat sie äußerst freundlich empfangen.

»Wie gut, dass Sie kommen, Frau von Haeften. Ihr Mann hatte mich ja Freitag nach dem Verbleib seines Bruder gefragt. Das ist jetzt geklärt. Ihr Schwager ist in der Bendlerstraße von der Wehrmacht erschossen worden. Nicht von der SS, wie gesagt. Nicht von uns, sondern von der Wehrmacht.«

»Und wo ist mein Mann jetzt?«

»Nun. Das kann ich Ihnen leider auch nicht sagen.«

Danach ist Barbara in die Prinz-Albrecht-Straße gegangen, wo man sie zur Meinekestraße 10 weitergeschickt hat.

Sie steht vor den schweren Gittertüren. Das Päckchen für

Hannes hat sie unter dem Arm: Wäsche, Obst, Butterbrote. Sie hofft sehr, dass sie es abgeben kann. Sie klingelt. Der Pförtner öffnet die schweren Gitter. Barbara tritt ein. Die Gitter schließen sich hinter ihr. Barbara geht eine Treppe hinauf, dann passiert sie eine weitere Gittertür, die sich hinter ihr schließt.

»Wo wollen Sie denn hin?«

Ein SS-Mann.

»Ich möchte mich nach dem Verbleib meines Mannes erkundigen. Hans Bernd von Haeften.«

»Bitte folgen Sie mir.«

Sie gehen einen Gang entlang. Barbara sieht zu ihrer Rechten ein Zimmer, in dem eine Sekretärin sitzt. Zu ihrer Linken ist ein Fenster. Es ist alles vollkommen normal: nur dass Barbara allmählich das Gefühl beschleicht, einen großen Fehler gemacht zu haben. Sie hätte nicht herkommen dürfen. Sie sollte jetzt gehen. Sie sollte schleunigst das Weite suchen, solange noch Zeit ist. Ihr Begleiter verschwindet in einem der Büros. Momente später öffnet sich die Tür.

»Frau von Haeften? Bitte kommen Sie herein.«

Drinnen ein Mann in Zivil, mit dem Rücken zum Fenster. Eine knappe Verbeugung.

»Neuhaus. Bitte nehmen Sie Platz. Sie sind hier, weil Sie Ihren Mann suchen?«

»Ja. Ich wollte Sprecherlaubnis beantragen.«

Ein kurzes Lachen, trocken wie Hausstaub.

»Selbstverständlich vollkommen ausgeschlossen.«

»Kann ich dann vielleicht erfahren, wo er ist? Ich würde gern etwas für ihn abgeben.«

»Sie können überhaupt nichts erfahren.«

Die Tür öffnet sich hinter ihr. Ein weiterer Mann betritt den Raum.

»Sie sind verhaftet, Frau von Haeften.«

Sie hört sich sprechen, als spräche ein anderer.

»Aber warum denn. Das ist doch gar nicht möglich. Ich habe Kinder. Was ist mit meinen Kindern? Ich habe einen Säugling.«

»Das Kind wird versorgt. Alle Ihre Kinder werden bestens versorgt, davon können Sie ausgehen. Was denken Sie denn von uns? Was denken Sie von der Verwaltung des Deutschen Reichs? Halten Sie uns für Unmenschen?«

Marion Yorck ist bei Johann Ludwig Graf Schwerin von Krosigk gewesen, einem Verwandten von Ulrich Schwerin von Schwanenfeld und ehemaligen Roßlebener. Lutz ist seit 1932 deutscher Reichsfinanzminister. Er hat Marion aber auch nicht weiterhelfen können. Er weiß nicht, wohin man Peter gebracht haben könnte, und er hat sich glatt geweigert, Nachforschungen anzustellen. Er weiß ja nicht einmal, wo Ulrich Schwerin ist. Lutz war Marions letzte Hoffnung. Sie hat alle hochgestellten Männer aufgesucht, die ihr bekannt sind. Nun ist sie wieder in der Hortensienstraße. Sie kann sich aber nicht hinsetzen. Sie kann sich nicht ausruhen. Sie kann nicht stehen, nicht liegen, sie kann es im Haus nicht aushalten. Sie muss handeln. Handeln, handeln, handeln. Marion geht wieder los, sie weiß nicht wohin.

Adam hat angerufen. Es ist alles in Ordnung. Adam wird bald hier sein: Nur noch vier Tage. Er hat bereits eine Vorhut geschickt. Seine Berliner Haushälterin Emma ist heute in Imshausen angekommen. Clarita hat Emma in Bebra mit dem Pferdewagen abgeholt. Sie hat es nicht erwarten können, jemandem nahe zu sein, der heute Morgen noch Adam nahe war.

»Und es geht ihm gut? Es geht ihm wirklich gut?«

»Ja, natürlich. Ein wenig blass und überarbeitet war er, aber es geht ihm gut.«

Wenn die alte Frau nur nicht so schreien würde. Es ist ihre Schwerhörigkeit.

»Hat er mir denn etwas ausrichten lassen?«

»Nein. Nur Grüße. Na, es geht ihm gut, aber er wirkt ein bisschen einsam. Es waren ja sonst immer viele Besucher bei ihm. Aber in den letzten Tagen ist es ziemlich still geworden.«

Der Sarg ist in Wartenbergs Gartensaal aufgebahrt. Uta ist froh, dass er geschlossen ist. Sie will ihren toten Vater nicht ansehen. Sie ist im Garten und pflückt Blumen für ihn. Sie sind alle im Garten: Uta und ihre kleine Schwester Heidi, die Kinder von Tante Hedwig und Onkel Jürgen, die beiden Mädchen von Onkel Gerd. Sie alle pflücken Blumen für den Sarg. Die Mutter ist in Potsdam, um der Oma und natürlich Utas Bruder Mark zu sagen, dass der Vater tot ist. Sie kommt aber heute Abend noch zurück: Onkel Jürgen hat sie angerufen, um sie von Fabian von Schlabrendorffs Ankunft zu unterrichten. Tante Hedwig hat die Idee gehabt, dass die Kinder Blumen pflücken sollten.

Uta versteht, worum es geht. Sie sollen Blumen pflücken, damit sie nicht weinen. Damit sie weniger traurig sind. Es hilft auch. Uta pflückt. Sie hat schon einen Armvoll. Es reicht aber noch nicht. Der Vater soll viel mehr Blumen bekommen. Arme und Arme und Arme von Bechermalven und Flockenblumen, Rittersporn und Sommermargeriten, Goldlack und Marienglockenblumen soll er bekommen, so viele, als bräuchte man nach dem heutigen Tage keine mehr. Als wäre Henning von Tresckow der Letzte, der auf Wartenberg stirbt.

Barbara von Haeften sitzt in einer Einzelzelle des Untersuchungsgefängnisses Moabit. Die Tür ist zu. Barbara weiß nicht, ob man ihre Familie von ihrer Verhaftung verständigen wird. Sie weiß nicht, ob man ihre Eltern behelligt. Sie weiß nicht, wo ihr Mann ist, was aus den Kindern wird, aus ihr selbst, das Nichtwissen ist laut. Es ist ein dröhnendes Rauschen, wie die See bei Sturm. Barbara wird in der Flut ertrinken. Man wird sie verhören, man wird sie vielleicht foltern. Und die draußen wissen nicht, wo sie ist. Barbara weint. Die Wanzen kommen gegen Abend. Barbara kann nicht länger hin und her gehen, sie kann aber auch nicht auf der Pritsche liegen. Wimmernd und stöhnend kauert sie sich in ihrer Zelle zusammen, auf dem Boden der Zelle. Dann schrillt der Alarm. Moabit wankt und zittert unter der Gewalt der Detonationen. Barbara schreit, sie trommelt gegen die Zellentür. Sie liegt an der Wand unter dem Fenster, die Jacke über den Kopf gezogen. Sie fleht.

Bitte bitte, lieber Gott, bitte

Dies also wird ihr Ende sein. Ihr Körper wird zerrissen werden, Gefängnistrümmer werden ihn begraben, und niemals mehr, niemals wird sie bei Hannes und den Kindern sein. Niemand wird von ihrem Ende wissen.

Charlotte und Tisa liegen einander in den Armen. Sie weinen. Sie lachen. Heute Morgen war wieder ein Offizier da. Er hat es bestätigt: Von Fritzi fehlt jede Spur. Fritzi ist frei. Er muss frei sein. Er ist geflohen.

»Aber wer weiß, wo er ist«, sagt Tisa. »Vielleicht hält er sich in den Wäldern versteckt. Vielleicht ist er untergetaucht und versucht das Land zu verlassen. Vielleicht kommt er hierher. Vielleicht ist er ganz in der Nähe. Wir sollten irgendwo eine Kiste für ihn verstecken. Kleider, Streichhölzer. Etwas zu essen. Vielleicht kommt er ja in der Nacht und hat keine Zeit, bis zum Morgen zu warten. Vielleicht muss er es vermeiden, hier von jemandem gesehen zu werden.«

»Ach, Tisa. Das ist aber sehr romantisch. Eine Kiste? Du meinst, wenn Fritzi käme, würde er uns nicht sehen wollen?«

Aber je länger sie darüber nachdenkt, desto plausibler erscheint es ihr. Und ohnehin möchte sie eine Kiste packen. Es ist tief beglückend, die Kiste für Fritzi zu füllen, Wäsche für Fritzi zusammenzufalten, ein Hemd glattzustreichen und in die Kiste zu betten, Brot und ein Stück Speck in Wachspapier zu wickeln.

»Warte«, sagt Tisa. »Mach die Kiste noch nicht zu.«

Sie geht in die Bibliothek. Sie greift ein Büchlein aus dem Regal, schlägt es auf. Hölderlin.

Du Land des hohen ernsteren Genius!
Du Land der Liebe! bin ich der deine schon,
Oft zürnt' ich weinend, dass du immer
Blöde die eigene Seele leugnest

Tisa blättert nach vorn. Da ist es. Ein Ritter zu Pferde auf einem Berg, hinter ihm die aufgehende Sonne.

Leicht und entschieden

Es ist kaum fünf. Ein neuer Morgen zieht herauf. Das Gut Wartenberg erwacht allmählich, aber hier auf der Gartenseite des Schlosses ist es noch still. Eta steht auf der Veranda. Hinter ihr im Gartensaal steht Hennings Sarg. Es ist der Morgen der Beerdigung. Die Wiesen vor dem Herrenhaus sind silbrig vor Nässe. Auf dem See ziehen die Schwäne ihre Kreise. Eta wird tapfer sein, diszipliniert. Das ist sie ihm schuldig. Er ist gefallen. Dass das einmal geschehen könnte, lag immer im Bereich des Möglichen. Es ist diese Möglichkeit, die man von sich schiebt, wenn man einen Soldaten heiratet. Eta ist Henning Tapferkeit schuldig, und Aufmerksamkeit. Sie wird von nun an mit seinen Augen auf den See blicken. Sie wird für ihn auf die Schwäne blicken, auf die Meisen in den Heckenrosen, auf all das, was er nie mehr sehen wird. Eta steht und blickt über den See. Sie hört den Warnruf einer Amsel. Dann ertönt aus dem hohen Schilf ein einzelner Vogelruf. Er beginnt schnarrend, fast knurrend, steigt dann hell an. Eine Wasserralle.

Hennings Cousine Ruthchen Wedemeyer aus Pätzig ist in Begleitung ihres ältesten Sohnes Hans-Werner und ihrer Tochter Ruth-Alice von Bismarck zur Beerdigung gekommen. Ihre Tochter Maria ist nicht dabei: Sie ist in Berlin bei den Bonhoeffers geblieben. Aber Luitgarde von Schlabrendorff ist angereist, zusammen mit Fabians Schwiegereltern Maria und Herbert von Bismarck aus Lasbeck. Nach der Zeremonie gab es einen Imbiss im Schloss. Gegen Abend sind die Wagen über die Feldwege wieder nach Pätzig zurückgekehrt. Danach hat sich Eta auf ihr Zimmer zurückgezogen.

Sie hat noch einmal Hennings Brief gelesen, den Fabian ihr mitgebracht hat. Es ist kein Abschiedsbrief. »Aber Eta«, hat Fabian gesagt. »Wie kann es denn ein Abschiedsbrief sein? Wie soll er denn gewusst haben, dass er an der Front fällt?«

»Ich weiß nicht. Der Brief ist am Tag seines Todes geschrieben. Ist es nicht merkwürdig, Fabian? Dass er gerade am 21. gefallen ist, am Tag nach dem Attentat, und dass er mir vorher noch geschrieben hat?«

Barbara von Haeften hat überlebt. Die Bomben haben sie nicht getötet. Sie muss nun viel lernen. Sie muss lernen, dass sie morgens um sechs Uhr aufsteht und gleich danach mit der Wurzelbürste die Zelle putzt. Sie hat das nicht gewusst. Keiner hat es ihr gesagt. Aber um halb sieben fliegt die Zellentür auf.

»Zum Rapport in die Zellenmitte, Name, Zellennummer, Grund der Haft.«

»Barbara von Haeften.«

»Untersuchungsgefangene Haeften! So heißt das. Wie sieht denn die Zelle aus. Der Boden ist ja ganz trocken.«

So wird sie jetzt lernen. Auf diese Weise wird sie nun unterrichtet. Sie ist bereit, alles richtig zu machen, den Vorschriften unbedingt Folge zu leisten.

»Wasserkrug rausstellen.«

Barbara stellt den Wasserkrug hinaus. Sie betet. Sie kratzt die Wanzenstiche auf. Sie betet das Vaterunser. Sie betet es wieder und wieder und wieder. Das Vaterunser. Es ist, als fielen ihr keine anderen Worte ein.

Charlotte kauert auf dem Steg am See. Um sie liegen die Kinder auf den Bäuchen. Sie starren in die Tiefe. Es ist Schuschu, die heute die Krümel ins Wasser werfen darf. Und da sind sie: Die Fische sind pünktlich, so pünktlich wie die Kinder. Jeden Nachmittag finden sie sich am Steg ein. Zuoberst flitzen die kleinen Fische umher. Darunter, in der grünen Tiefe, stehen Barsche, große Plötze. Von den Kindern kleine Laute des Glücks, der Begeisterung, des frohen Staunens. Sie staunen jedes Mal neu über die fremde Welt unten im See, der doch zu Trebbow gehört, zu den Normalitäten von Trebbow. Es ist genau dieser See, in den sie vom Steg aus hineinspringen, in dem sie schwimmen, mit weiten geübten Zügen oder mit einem Korkgürtel, die Arme um Tisas oder Charlottes Hals geklammert. Aber im Wasser weiß man nichts von ihnen. Und sie wissen nichts von denen im Wasser. Die Welten begegnen einander nur einmal am Tag: wenn die fremdartigen Krumen aus dem Trebbower Brotkorb hinab zu den Bewohnern der Tiefe sinken.

»Frau Gräfin.«

Alice eilt Charlotte auf der Schlosstreppe entgegen.

»Hanke war da.«

Der Förster von Trebbow. Ortsgruppenleiter Hanke.

»Hanke hat zur Köchin gesagt, der Graf wäre verhaftet worden.«

Eine große Erleichterung überkommt Charlotte. Ein großer Zorn. Das ist das Ende der Hoffnungen. Es ist das Ende der Unklarheit. Es ist das Ende des Spiels: Charlotte muss nun nicht mehr tun, als wäre alles in Ordnung. Sie darf nun Besorgnis zeigen, Angst, Wut. Gerechten Zorn: Wie kann Hanke es wagen, den besten Mann auf solch hanebüchene Weise zu beschuldigen? Sie kann nun handeln. Sie kann Fritzi finden. Vielleicht kann sie ihm helfen.

Der Teilnehmer antwortet nicht. Der Teilnehmer antwortet nicht. Der Teilnehmer antwortet nicht.

Clarita ruft wieder und wieder in der Berliner Wohnung an, die sie im Herzen ihr Zuhause nennt. Das Amt bestätigt, dass der Ruf durchgeht. Aber Adam antwortet nicht.

Wo bist du? Halte einen Weg frei, auf dem ich dich wiederfinden kann, Adam.

Es ist aber nicht Adam, der schließlich anruft. Es ist sein Bruder Werner.

»Clarita. Adam ist krank.«

»Ich komme sofort.«

»Es ist eine unerhörte Frechheit.«

Charlotte und Tisa haben die Gestapo-Dienststelle in Schwerin aufgesucht.

»Es ist absolut nicht zu tolerieren, dass Ortsgruppenleiter Hanke dergleichen Lügen verbreitet.« Charlotte ist eine

Löwin, mit ihrem roten Mund, ihrem roten Haar. »Ich verlange, dass der Mann bestraft wird. Der Mann untergräbt die Autorität meiner Schwägerin auf dem Gut. Er untergräbt das Ansehen meines Mannes. Es dürfte bekannt sein, wer Graf von der Schulenburg ist. Es dürfte bekannt sein, dass sein Vater mit militärischen Ehren in Anwesenheit des Führers und des Reichsführers-SS beigesetzt worden ist. Es dürfte bekannt sein, dass mein Schwager Oberstleutnant Wolf-Werner von der Schulenburg als Kommandeur des Fallschirmjäger-Regiments 13 vor einer Woche an der Westfront gefallen ist.«

Der Kommissar steht leicht gebückt. Er ist ruhig und geduldig. Er nimmt alle Angaben zu Protokoll.

»Aber wir sind die falsche Stelle«, sagt er. »Wir sind nicht befugt, in diesem Fall Informationen weiterzugeben. Sie müssen sich an den Gauleiter wenden. Gauleiter Hildebrandt. Frau von Barner, ich denke, Sie sind miteinander bekannt.«

So ist es. Friedrich Hildebrandt, Gauleiter von Mecklenburg, Freund und Verehrer des alten Grafen Schulenburg, eilt ihnen durch sein langgestrecktes Büro entgegen.

»Meine liebe gnädige Frau von Barner, sehr verehrte Frau Gräfin. Aber so nehmen Sie doch Platz. Ich ahne, was Sie zu mir führt.«

»Es heißt, mein Bruder wäre verhaftet worden.«

»Das ist leider wahr.«

»Aber wie ist das möglich? Was wirft man ihm denn vor?«

Hildebrandt zieht die Brauen hoch.

»Liebe Frau von Barner«, sagt er. »Das fragen Sie im Ernst? Sie, die den Grafen Stauffenberg beherbergt haben?«

»Na und?«, sagt Charlotte. »Seit wann ist es verboten, Gäste einzuladen? Es konnte doch keiner wissen, was Stauffenberg einmal tun würde.«

»Ihr Mann hat es gewusst«, sagt Hildebrandt. »Er ist tief in die ganze Sache verwickelt.«

Charlotte richtet sich auf.

»Das glaube ich nicht. Aber was immer er getan hat, ich stehe voll und ganz hinter ihm, aus dem einfachen Grund, weil mein Mann nichts Unrechtes tun kann.«

Hildebrandt seufzt.

»Ach, wissen Sie«, sagt er. »Recht und Unrecht. Aber ich werde sehen, was ich tun kann. Ich werde versuchen, mich für den Grafen einzusetzen, soweit das möglich ist. Mehr kann ich Ihnen im Moment nicht versprechen.«

Charlotte nickt.

»Im Gedenken an Ihren Herrn Vater«, sagt Hildebrandt zu Tisa. Er begleitet die Damen zur Tür.

»Ich bewundere im Übrigen Ihre Loyalität«, sagt er zu Charlotte. »Besonders in Anbetracht der widrigen Umstände für Sie persönlich.«

Charlotte starrt ihn an.

»Es ist doch klar, wie schrecklich dies für Sie sein muss«, sagt der Gauleiter. »Von Ihrem Mann so hintergangen worden zu sein. So ahnungslos dazustehen, nichts von allem gewusst zu haben.«

Tisa gräbt ihre Nägel in Charlottes Arm.

»Ja«, sagt Charlotte.

Moskau, Moskau, Moskau!

Clarita ist nach Berlin gefahren. Endlich ist sie nach Berlin gefahren, wo es sie die ganze Zeit lang mit solcher Macht hingezogen hat. Und nun kann sie nichts tun. Adam ist verhaftet. Wozu ist Clarita gekommen? Es war ein Fehler. Sie hat damit gegen Adams erklärten Willen gehandelt. Aber der schwerste Fehler ist, dass sie Adam erst jetzt nicht gehorcht.

Das Schlimmste ist, dass sie erst jetzt eigenmächtig handelt, wo es sinnlos geworden ist. Sie hätte schon am 21. nach Berlin fahren müssen, vor einer Woche. Sie hätte vor sechs Tagen fahren müssen, vor fünf, vor vier, vor drei Tagen: am 25., als Adams Haushälterin nach Imshausen kam. Adam ist am Abend des 25. verhaftet worden. Am Mittag dieses Tages hätte Clarita ihn noch sehen können. Clarita steht in ihrer Wohnung in der Rheinbabenallee.

Die Möbel umstehen sie, fremd und stumm. Adam hat hier allein gelebt, ein ganzes Jahr lang. Sie sagt: »Wäre er doch geflüchtet. Warum ist er nicht geflüchtet?«

»Ich weiß es nicht. Wegen der Familie vielleicht. Oder vielleicht, weil es ihm nicht gegeben ist. Was weiß ich von meinem Bruder. Ich weiß im Grunde gar nichts von meinem Bruder.«

Clarita sagt: »Er wäre übermorgen nach Imshausen gekommen. Was soll ich jetzt tun? Was soll ich denn jetzt tun?«

»Morgen früh um acht nimmst du den Zug zurück.«

Marion ist auf allen Dienststellen der Gestapo gewesen. Sie war in der Meinekestraße, in der Kurfürstenstraße, im Prinz-Albrecht-Palais. In der Meinekestraße hat sie erfahren, dass ein Dr. Neuhaus die Ermittlungen führt. Er war aber nicht zu sprechen. Marion ist also zurück nach Schlesien gefahren. Sie ist in Klein Oels abgestiegen. Heute Morgen war sie drüben in Kauern. Dort hat der Brief auf sie gewartet.

Liebe Frau,

zur Feier des Sonntags hat man mir freundlicherweise Tintenstift und Papier gegeben.

Peter Yorck wird im KZ Ravensbrück gefangen gehalten, wo sich auch Helmuth Moltke befindet. Marion hat nun eine Aufgabe. Peter bittet um seinen Füllhalter aus dem Büro, um die Bibel, um den ersten Band der Schriften Karl Holls. Er bittet darum, dass Marion die Theaterkarten für nächste Woche abbestellt, dass sie ihm Patiencekarten schickt, einen Rasierspiegel, Schuhputzzeug, Briefmarken.

Ich muss Dir Bankvollmachten ausstellen. Sobald der Bestellungs- und Düngeplan mit Görbing fertiggestellt ist, musst Du Sprecherlaubnis bekommen.

Ja. So machen es die Moltkes. Marion wird morgen noch einmal nach Kauern fahren. Sie muss sich um den Dreschsatz kümmern, um die Erweiterung der Scheune, vor allem aber um den Bestellungsplan. Dann wird sie nach Berlin fahren und Sprecherlaubnis beantragen. Sie wird Pfirsiche mitnehmen, Eier. Sie wird ein Paket für Helmuth packen und eines für Peter. Sie hält Peters Brief in der Hand.

Ich küsse Dir sehr zärtlich die Hände

Charlotte ist ruhig. Seit klar ist, dass Fritzi verhaftet ist, ist sie voll Stärke, voll Kraft. Sie steht morgens auf, frisiert sich, zieht Brauen und Mund nach. Sie ruft ihn leise.

Fritzi

Sie kann ihn sehen. Sie kann sein Gesicht sehen, sie kann ihm in die Augen sehen, seine Augen sind auf sie gerichtet. Sein Blick ruht auf ihr. Charlotte fühlt die Liebe zu ihren Kindern. Ihre Liebe oder seine Liebe? Ständig streckt sie die Arme nach den Kindern aus, streichelt das eine oder das andere, zieht es an sich. Ständig neigt sie das Gesicht in Fritzis oder in Schuschus Haare. Unter ihnen stehen die Fische in der moosigen Stille des Sees. Das Wasser ist warm. Die Kinder spritzen und lärmen. Charlotte kommt vom Baden zurück. Eines der Mädchen eilt ihr entgegen.

»Der Gauleiter ist da.«

»Hildebrandt?«

»Ja.«

Er steht in der Halle von Trebbow. Er sieht ein wenig verloren aus, hier außerhalb seiner Büroräume.

»Frau Gräfin. Ich muss Ihnen eine traurige Mitteilung machen.«

Charlotte steht starr.

»Ihr Mann lebt. Aber ich kann nichts für ihn tun. Und es ist Sippenhaft angeordnet. Die Frauen sollen alle verhaftet werden. Ich werde versuchen, es in Ihrem Fall zu verhindern. Sie müssen mir aber auf Treu und Glauben. Ich meine, Sie müssen mir versprechen. Also, ich muss darauf vertrauen können, dass Sie keine Besuche empfangen und Trebbow nicht ohne meine Erlaubnis verlassen.«

»Anderenfalls?«

»Anderenfalls kämen Sie ins KZ Flossenbürg, nach allem, was ich weiß.«

»Ich bleibe hier«, sagt Charlotte. »Wir werden uns unter Ihre Aufsicht stellen.«

Helmuth Moltke ist verlegt worden, in eine Zelle zur Nordseite hin. Das Strafestehen vom frühen Morgen bis in die Nacht findet jetzt vor seinem Fenster statt. Und immer werden die Frauen angeschrien. Das ist sehr unangenehm. Auch in der Verwaltungsbaracke gegenüber wird immer gelärmt. Der Lärm ist unangenehm. Es ist die Sorte Lärm, den man schwer erträgt, ohne sich zu ducken oder zurückzuschreien oder zu weinen. Es ist böses fieses Gebrüll. Es sind die Schreie Langbehns, dem sie die Hände auf dem Rücken fesseln, bevor sie ihn in seiner Zelle prügeln, Puppis Weinen ob dieser Schreie. Helmuth ist nicht gern in dieser Zelle. Es fällt schwer, hier das Studien- und Leseprogramm durchzuhalten. Es fällt schwer zu glauben, sein Name würde nicht früher oder später in einem der Verhöre fallen. Was wird es ihm dann nützen, dass er zum

Zeitpunkt des Attentats in Haft war? Und Helmuth darf nur noch zehn Zeilen schreiben. Breier war da, der die Briefe zensiert. Er hat es erklärt. Es ist nicht böse gemeint. Aber lange Korrespondenzen kann Breier einfach nicht mehr bewältigen, bei so vielen Häftlingen, die an ihre Frauen schreiben.

Freya wird kommen. Man hat Helmuth Moltke schon um eins nach Drögen gebracht, und nun sitzt er vor der Baracke in der Sonne, wartet auf seine Frau und sieht einer Gruppe militärischer Größen bei ihrem Spaziergang zu. Welch prunkvolle Uniformen: Generäle gehen da, Admiräle, Generalstabsoffiziere. Haben sich am Ende doch noch so viele gegen ihren obersten Dienstherrn gewandt? Oder hat es sich nur dumm ergeben, dass ihre lauwarme Halbherzigkeit, ihr Mangel an Mut und Vorstellungskraft sie hierhergebracht hat, wo andere aufgrund ihres Anstands und ihres klaren Urteils gelandet sind? Inmitten der Prachtuniformen sieht Helmuth Wilhelm Canaris. Er ist also auch hier, der einstige Leiter der Abwehr, den Helmuth in seinen Briefen an Freya gern den kleinen Matrosen genannt hat.

Und dann kommt Freya. Alles andere fällt von ihm ab. Nur das eine zählt: Seine Frau ist gekommen.

»Pimmes?«

»Mein Herz.«

Sie sehen einander in die Augen.

»Du verstehst die Lage.«

Sie nickt. Sie sitzen in ihrer Ecke am Tisch, vor ihren Teetassen. Der Gestapo-Beamte telefoniert.

»Höre«, sagt Helmuth leise. »Wenn ich dir schreibe, die Wiese unten an der Tongrube sollte umgepflügt werden, dann beziehe ich mich auf meine Situation. Der Anteil der umzupflügenden Fläche entspricht dem geschätzten Grad meiner Gefährdung. Hundert Prozent umpflügen hieße also, ich rechne nicht mehr damit, mit dem Leben davonzukommen.«

»Aber noch gibt es keinen Hinweis.«

»Noch nicht. Man kann aber kaum davon ausgehen, dass das so bleibt.«

»Helmuth? Bist du den anderen böse?«

»Nein. Das würde ja implizieren, dass sie es sind, die mein Schicksal bestimmen. Das liegt aber in der Hand eines anderen. Wie im Übrigen auch ihr eigenes Schicksal.«

»Auch Peter bist du nicht böse.«

Eine kurze Pause.

»Nein.«

Der Gestapo-Beamte hat sein Telefonat beendet. Helmuth gießt Freya Tee ein. Freya öffnet den Aktenordner mit Kreisauer Angelegenheiten, den sie mitgebracht hat. Sie sagt: »Zeumer hat hier für dich aufgelistet, was die Hackfrucht voraussichtlich –«

Das Telefon klingelt. Helmuth ergreift Freyas Hand.

»Höre. Bleibt unbedingt so lange wie irgend möglich auf Kreisau. Halder sitzt in der Zelle neben mir. Er glaubt genau wie ich, dass Serpuchoff an Kreisau vorüberziehen wird, um so schnell wie möglich nach Berlin zu gelangen. Überall im Reich wird die Lage dann ungemütlicher sein als daheim. Auf Kreisau habt ihr doch immerhin zu essen und ein Dach über dem Kopf.«

»Ja«, sagt Freya. »Ich habe durchaus nicht vor, von zu Hause wegzugehen, wenn es nicht unbedingt sein muss.«

Er lächelt. Wie ist es erquickend und beglückend, ganz einer Meinung zu sein. Und wie wohl Freya aussieht. Er kann ganz beruhigt sein. Als sie den Kopf neigt, sieht er, dass ihr Haar grau wird.

»Die Unanständigkeit. Von der geht ja immer alles aus. Wenn man unter sich unanständig ist, ist man es auch gegen andere.«

Der Reichsführer-SS Heinrich Himmler spricht vor den Gauleitern, die als die obersten Parteifunktionäre zu einer Tagung nach Posen einberufen worden sind, wo ihnen Erklärungen zum Umsturzversuch zuteilwerden sollen.

Es ist dringend nötig. Es wird viel getuschelt. Es wird gemunkelt, die Attentäter hätten sich auf eine breite Volksbewegung gestützt, sie seien gute Nationalsozialisten gewesen, aufrechte Volksgenossen, die einfach nur den Krieg beenden wollten.

Bisher hat Gauleiter Hildebrandt, der von Schwerin angereist ist, noch nicht viel Gegenteiliges oder Neues erfahren. Goebbels hat über seine neue Aufgabe als Generalbevollmächtigter für den totalen Kriegseinsatz gesprochen, Speer über die Aufwärtsentwicklung der deutschen Rüstung und die Notwendigkeit, wieder das technische Übergewicht über den Feind zu gewinnen. Aber der Reichsführer-SS wird nun hoffentlich zur Sache kommen.

Im Moment spricht er über die Armee, über die Leitung der deutschen Wehrmacht, und Hildebrandt kann nicht recht glauben, was er hört.

»Die Armee hat uns wieder und wieder Heldentaten einfach vorgelogen. Ich will dabei nichts schmälern. Es ist eine ungezählte Reihe von wirklichen soldatischen Taten und Heldentaten geschehen. Aber wenn man da vom Don, Donez, Dnjepr, Wolchow, oder wo wir überhaupt waren, einmal einige Bände auflegen sollte, nur mit Luftbildaufnahmen, dann können Sie blind sagen: Das sind die russischen Stellungen. Denn da sind viele Stellungen. Die deutschen Stellungen sind da, wo nur eine einzelne ist, eine Schützenmulde, weil die Herren Offiziere während der Zeit im Dorf in einem russischen Haus mit russischen Weibern leben mussten, weil sie nicht vorn bei ihren Männern waren und weil selbstverständlich, wenn der Offizier nicht vorn ist, der Mann auch nicht vorn ist.«

So geht es nun schon seit fast einer Stunde. Hildebrandt sieht sich vorsichtig um. Ist er der einzige der Gauleiter, der sich wundert? Anfangs hat Himmler noch vom Treiben einer Clique gesprochen, von den Unarten einer klitzekleinen Clique. Aber nun bescheinigt er dem gesamten Heer, der gesamten deutschen Generalität uferlose und jahrzehntelange Verderbtheit. Wie soll Deutschland dann den Krieg gewinnen? Wie konnte Hitler überhaupt einen Krieg beginnen, wenn böser Wille, Sabotage, Defätismus, Feigheit und Weichheit im deutschen Heere regieren, wenn das Attentat nur der äußerste Ausdruck einer langen Entwicklung gewesen ist? Und wo bleibt der Führer? Ist er nicht der oberste Kriegsherr?

»Es war für den Führer in diesen ganzen Jahren entsetzlich schwer. Die Vorgänge im Heer waren alle so nicht zu fassen. Man spürte es, und man konnte es nicht greifen, man konnte es nicht beweisen, Befehle wurden vierundzwanzig Stunden zu spät sehr oft gegeben. Sie wurden gegeben in einer sinnlosen Form, obwohl der Weitergeber des Befehls genau wusste, dass dieser Sinn des Befehls gar nicht gemeint war. Wenn man aber ein Haarspalter oder Wortspalter ist, kann man natürlich aus einem Befehl auch etwas anderes machen. Es war immer zu fühlen. Aber beweisen Sie einmal, dass dieser Befehl mit Absicht vierundzwanzig Stunden zu spät gekommen ist. Das können Sie gar nicht beweisen, weil der Betreffende sagt: Ich habe ihn am Soundsovielten abgegeben, Leitungsstörungen, tut uns leid. Oder: Ich habe ihn gefunkt, es ist die Funkstation ausgefallen.«

Aber warum haben deutsche Offiziere so gehandelt? Hildebrandt kann ein Gefühl der Schwermut nicht unterdrücken.

Wenn der Umsturz geglückt wäre, hätte er seine Macht, vielleicht sein Leben verloren. Aber ist er nun sicherer? In der letzten Woche sind die Amerikaner nach Avranches durchgebrochen, die Russen haben Brest-Litowsk und Kowno genommen, die Heeresgruppe Nord ist von Ostpreußen abgeschnitten, die Amerikaner haben Florenz besetzt.

»Dann gab es unter vielen, vielen anderen einen Generalmajor von Tresckow, Chef des Stabes einer der tragenden Armeen der Heeresgruppe Mitte. Am 21. Juli soll er gefallen sein oder den Tod gesucht haben. Die Verbindung zu ihm hielt ein Oberleutnant Graf Lehndorff-Steinort aus Ostpreußen. Es war überhaupt bemerkenswert, wie geschickt alle die Stellungen besetzt waren. Es wurde auf jeden Platz der hingeschoben, der dorthin passte und den man dort notwendig hatte.«

Aber wie konnte das gelingen? Diese Männer müssen klug gewesen sein, sehr klug, geschickt und mutig. Sie haben ihr Leben riskiert. Warum? Viele riskieren ihr Leben, um das Vaterland zu retten. Warum haben diese ihr Leben riskiert, um ihr Vaterland zu verraten? Und es waren gar nicht so wenige.

»Auf der zivilen Seite der Regierungspräsident Graf Schulenburg, der Sohn unseres alten, anständigen Generals und SS-Obergruppenführers Graf Schulenburg. Dessen Sohn schändet das Andenken seines Vaters. Herr Schulenburg bemühte sich in den ganzen vergangenen Monaten, ins Innenministerium hineinzukommen. Ich hatte gegen ihn eine Aversion und sagte: Nein, den will ich nicht, den nehme ich nicht herein. Er bemühte sich eifrigst. Er sollte ja auch Staatssekretär oder Innenminister werden. Da kann ich es verstehen, wenn er vorher hineinwollte.«

Hämisches Lachen. Aber hört denn keiner zu? Hildebrandt sieht sich noch einmal um. Es regnet Namen über große Namen.

»Es wird wohl in der nächsten Woche ein erster großer Prozess vor dem Volksgerichtshof erfolgen. Es werden dann eine Anzahl kleinerer Prozesse folgen. Ich bin absolut fest entschlossen, jedem Würzelchen nachzugehen, das in dieses oder jenes Ministerium hineinführt. Ich bin überzeugt, Verästelungen finden wir in der Wirtschaft, im Auswärtigen Amt, die Spuren findet man überall. Die Gefahr der Gesamtverschwörung war riesengroß.«

Keiner reagiert alarmiert, keiner ringt die Hände. Sind sie alle taub?

»Wenn der Herrgott hier die Hand nicht dazwischengehalten hätte, wäre das der Untergang unseres großdeutschen Reiches, der Untergang unseres Volkes gewesen. Besetzung der Konzentrationslager, Entwaffnung der Wachmannschaften. Besetzung der Reichsführung-SS, des Reichssicherheitshauptamtes, der Gauleitung, Aufhebung jeder Dienststelle, Verhaftung jedes Kreisleiters, jedes Gauleiters.«

Hildebrandt ist übel. Wie hat er die Macht seiner Dienstherren überschätzt. Wie hat er auf das falsche Pferd gesetzt.

»Wir mögen alle eines daraus lernen: dass es für uns nur eine unerhörte Einigkeit gibt, dass wir alle uns nur noch enger zusammenschließen können.«

Aber der Krieg ist verloren. Was, wenn Hildebrandt seine Haut hätte retten können, in der Verschwörung? Hätte man doch Hildebrandt gebeten mitzumachen, und hätten die Verschwörer gewonnen! Dann wäre Hildebrandt vielleicht herausgekommen aus den Schrecken, die sich vor ihm abzeichnen.

»Ich habe den Befehl gegeben, dass die Leichen der Hingerichteten verbrannt werden und die Asche in die Felder gestreut wird. Der Reichsmarschall meinte dann sehr richtig: Über die Äcker ist zu anständig, streuen Sie die Asche über die Rieselfelder.«

Die Berliner Rieselfelder sind Ende des neunzehnten Jahrhunderts zur Reinigung der Abwässer Berlins angelegt worden. Sie sollten den Schmutz ausfiltern, damit er nicht mit dem Wasser in die tiefsten Schichten der Erde dringt. Mit der zunehmenden Nutzung von Kläranlagen ist diese Art der Abwasserreinigung im Lauf des zwanzigsten Jahrhunderts aber obsolet geworden. Die Flächen werden nach und nach renaturiert. Es ist eine Landschaft im Umbruch, weder Wald noch Feld. Wildkräuter siedeln sich in ihr an: Spießmelde, Ampfer-Knöterich, Nickender Zweizahn, Roter Gänsefuß. Goldammer und Neuntöter, Knoblauchkröten und Zauneidechsen finden hier eine Zuflucht. In den Flachwasserteichen wiederbewässerter Felder werden Watvögel heimisch, Wasservögel, Gründelenten. Rallen womöglich.

Margarethe von Oven liest es in der Zeitung.

Generalmajor Henning von Tresckow, Chef Gen. Stab 2. Armee, freiwillig ins feindliche Feuer gelaufen

Und nun ist er aus den Reihen der Wehrmacht ausgestoßen, auf Vorschlag des Ehrenhofes des Heeres. Margarethe überlegt, was sie tun soll. Sie überlegt, was das für sie bedeuten könnte. Während sie noch überlegt, kommt das Telegramm. Eta von Tresckow bittet Margarethe, Mark von Tresckow die Wahrheit zu sagen: Tante Övchen soll dem Sohn erklären, wer sein Vater gewesen ist.

»Mark von Tresckow wird gleich da sein«, sagt der Oberleutnant in Finkenbuch bei Berlin. »Lassen Sie sich Zeit, Fräulein von Oven. Um ehrlich zu sein, ich bin erleichtert. Ich bin froh, dass ich es ihm nicht selbst sagen muss.«

Und was kann Tante Övchen zu Hennings Sohn sagen? Er strahlt sie mit blauen Augen an.

»Tante Övchen, das kann nicht sein. Vater ist doch kein Verräter und Eidbrecher.«

»Nein. Sicher nicht. Aber du weißt ja, er war sehr klug. Er hat natürlich über die Zukunft nachgedacht.«

So beginnen sie.

»Er hat vielleicht gefürchtet, Deutschland könnte den Krieg verlieren.«

Es braucht mehr als einen Besuch, mehr als einen Nachmittag, bis Mark von Tresckow glaubt, dass sein Vater ein Feind des Nationalsozialismus war. Es braucht Zeit, bis er die Gründe des Vaters versteht: Den Vater zu verstehen heißt ja, sich selbst vom Nationalsozialismus abzuwenden.

»Deswegen hat dein Vater niemals zu dir über all das gesprochen«, sagt Margarethe. »Er wollte dich froh und frei. Er wollte, dass du glücklich bist. Er wollte nicht, dass du einsam sein solltest, isoliert von den anderen deines Alters. Aber jetzt bist du kein Kind mehr. Jetzt bist du erwachsen.«

Major i.G. Joachim Kuhn, Ia der 28. Jäger-Division, geflüchtet, ausgestoßen aus der Wehrmacht

Das lesen die Eltern. Sofort hebt die Klage der Mutter neuerlich an: Die Stauffenbergs, die Stauffenbergs, es hat alles mit den Stauffenbergs begonnen. Hätte der Sohn sich doch nie in eine Stauffenberg verliebt, hätte er doch nie diese Leute kennengelernt! Es ist ihm daraus nur Unglück geworden. Kuhns Mutter hat die Ehe ihres Sohns mit der Stauffenbergschen Katholikin zu verhindern gewusst. Der Sohn hat um ihr Einverständnis gebettelt. Er hat gebarmt und gebeten, er hat getrotzt und sich gewunden. Aber schließlich ist er eingeknickt. Er hat auf seine Liebe zu Claus Stauffenbergs Cousine Marie Gabriele verzichtet, um der frommen Mutter nicht zuwiderzuhandeln.

Danach war er nie mehr richtig er selbst. Er war nie mehr froh. Er hat sich über den Willen der Mutter nicht hinwegsetzen können, aber Marie Gabriele hat er auch nie vergessen: Er ist eben keiner von den Starken.

Genau das hat seinen Vorgesetzten berührt, Generalleutnant Gustav Heisterman von Ziehlberg. Ziehlberg hat deswegen gegen den Befehl gehandelt. Er hätte Kuhn sofort verhaften lassen sollen. Er hat ihm aber Gelegenheit gegeben, sich zu sammeln, und Kuhn hat die Zeit genützt, um zu den Russen überzulaufen, die ihn sofort gefangen genommen haben. Dass er sich auf seine Zugehörigkeit zu den Verschwörern des 20. Juli beruft, ist ein großer Fehler: Die Verschwörer haben schließlich einen Separatfrieden mit den Westalliierten angestrebt, sie waren und sind somit Feinde der Sowjetunion.

Ziehlberg wird am 2. Februar 1945 in der Berlin-Spandauer Murellenschlucht erschossen werden. Kuhn werden die Sowjets bis Januar 1956 in verschiedenen Gefängnissen festhalten, sie werden ihn verhören und immer wieder verhören, er wird in dieser Zeit den Verstand verlieren und ihn niemals mehr vollständig wiedergewinnen. Nach seiner Rückkehr nach Deutschland wird die Staatsanwaltschaft der Bundesrepublik Deutschland gegen ihn wegen Fahnenflucht und Verdachts landesverräterischer Beziehungen ermitteln. Auch wird man ihm vorwerfen, die freiheitliche demokratische Grundordnung der Bundesrepublik Deutschland im Sinne des Grundgesetzes bekämpft zu haben. Es versteht sich unter diesen Umständen von selbst, dass man ihn nicht als Opfer des Nationalsozialismus anerkennt. Das Todesurteil gegen ihn kann nicht aufgehoben werden, weil es unauffindbar bleibt. Sein Antrag auf Anspruch von Dienstbezügen wird ebenfalls zurückgewiesen, da Major i. G. Joachim Kuhn am 4. August 1944 vom damaligen deutschen Staatsoberhaupt aus der deutschen Wehrmacht ausgestoßen worden ist.

Am 6. März 1994 wird Joachim Kuhn, der seit seiner Haft im Alexandrowski-Zentralgefängnis bei Irkutsk davon überzeugt ist, in Wahrheit ein Graf von der Pfalz-Zweibrücken zu sein oder auch Wilhelm von Preußen, einsam an den Folgen eines Schlaganfalls in einem Pflegeheim sterben. Erst am 23. Dezember 1998 wird er vom Militärgericht des Militärbezirks Moskau *mangels des Tatbestandes eines Verbrechens in seinen Handlungen* rehabilitiert werden.

Charlotte sitzt im Speisezimmer auf Trebbow. Es ist inzwischen dunkel, wohl gegen elf Uhr nachts. Um vier Uhr standen plötzlich drei Männer am Seeufer, die mit ihr zu sprechen wünschten. Immerhin hat man ihr gestattet sich anzuziehen. Sie hat den Moment genutzt, um etwas Brom zu nehmen. Also ist sie nun ruhig. Sie hat den Polizisten den Stapel Briefe mitgegeben, den sie für diesen Zweck präpariert hat. Die Polizisten sind aber mit den Briefen nicht glücklich.

Sie sind mit Charlotte nicht glücklich. Charlotte gibt bereitwillig zu, Stauffenberg gekannt zu haben. Sie erzählt bereitwillig, was Stauffenberg während seines Osterurlaubs auf Trebbow zum Frühstück gegessen hat. Sie berichtet von der eleganten Dame, in die sie den armen Klausing verwandelt haben, von Klausings Federboa, dem Turban mit Perlennadel und den Stöckelschuhen, in die er nicht passte. Die drei Beamten sind kurz davor, die Geduld zu verlieren. Charlotte erzählt gerade eine der langen Gespenstergeschichten, die sie abends am Kamin miteinander erfunden haben. Es bereitet ihr zunehmend Freude. Sie hätte nicht gedacht, dass sie diese Geschichten so genau erinnert. Alle ihre Erinnerungen sind frisch und leuchtend: Klausing mit den Kindern im Boot, Stauffenberg und Fritzi, die am Seeufer Steinchen über das Wasser schnippen, der kleine Fritzi auf den Schultern seines Vaters.

»Nun hören Sie doch bitte auf!«

»Warum? So war es. Stauffenberg sollte sich doch erholen, also haben wir es ihm so schön wie möglich gemacht. Er war schließlich so schwer verletzt worden, im Dienst für das Vaterland.«

Aber sie haben noch eine kleine Rache parat. Im Gehen mustert einer Charlotte von oben bis unten.

»Übrigens haben wir Ihren Mann gefragt, ob er bei all seinen Taten denn gar nicht an das Schicksal seiner Frau und seiner Kinder gedacht hat. Und wissen Sie, was er geantwortet hat? Nichts. Er hat darauf gar nichts geantwortet. Er hat nicht einen Gedanken an Sie verschwendet.«

Charlotte sieht ihnen nach. Die Kleinheit dieser Menschen.

Das hätte der Junge niemals tun dürfen. Er ist zu weit gegangen. Er hätte sich nicht so tief versündigen dürfen vor Volk, Vaterland, dem Führer und seiner Mutter. Er hätte sich niemals mit diesen Männern einlassen dürfen. Und vor allem hätte er das Leben seines Vaters nicht so einfach vernichten dürfen.

Der Rektor der Deutschen Universität in Prag Professor Klausing, SA-Mann, Parteigenosse der ersten Stunde, steht im Arbeitszimmer seiner Dienstvilla in der Bubentscher Straße 55. Die Villa hat einst dem jüdischen Bankdirektor Emil Waigner gehört. Die Waigners leben natürlich längst nicht mehr. Emil Waigner ist in Mauthausen ermordet worden, seine Frau in Auschwitz. Waigners Bank für Handel und Industrie ist der Dresdner Bank zugefallen. Und in die Waigner-Villa sind die Klausings eingezogen, unmittelbar nach der Enteignung der Waigners im August 1940. Der Sohn Friedrich Karl lag damals bereits in Frankreich.

Nun hat sich auch der Vater freiwillig an die Front gemeldet. Professor Klausing hat darum gebeten, den Tod durch den Feind suchen zu dürfen, als Sühne für die Verbrechen des Sohnes. Aber das hat man ihm verweigert. SA-Führer Franz May hat kategorisch Rektor Klausings Freitod verlangt. Er hat Klausing mit Sippenhaft gedroht, mit Entehrung und Auslöschung der ganzen Familie.

Es lebe der deutsche Geist, es lebe Deutschland, es lebe der Führer!

Das hat der Rektor nun unter seinen Abschiedsbrief geschrieben.

Der Brief liegt auf dem Tisch. Vielleicht wird dieser Brief, vielleicht wird Klausings Tod alles wieder in Ordnung bringen? Aber das ist nicht möglich. Nie wieder wird irgendetwas in Ordnung kommen, nicht mit der kreischenden verzweifelten Mutter dort unten, nicht mit den Parteigenossen, vor denen Klausing beschämt und entehrt steht, für immer beschmutzt von der Schande, die sein Sohn über ihn gebracht hat.

Vater, wie kannst du. Vater, angesichts der Verbrechen

Ein einziges Mal gab es diese Diskussion. Danach nie wieder. Niemals wieder. Und nun sieht er, wo diese Haltung ihn hingebracht hat.

Aufs Schafott hat sie ihn gebracht, den Sohn, und er, der Vater, ist zwischen Schraubstöcke gespannt, er wird von divergierenden Kräften zerrissen. Der Sohn hat die Familie vernichtet. Der Sohn hat den Vater vernichtet. Der Sohn war bereit, für seine Sache zu sterben. Hat der Vater je solche Treue empfunden? Professor Klausing empfindet sie jetzt. Er schiebt sich den Lauf der Waffe in den Mund.

Hauptmann Friedrich Karl Klausing ist es in der Nacht vom 20. zum 21. Juli gelungen, zusammen mit Ludwig Freiherr von Hammerstein-Equord den Schergen zu entkommen. Warum ist er danach nicht untergetaucht wie die Hammerstein-Brüder? Ludwig und Kunrat, die Söhne des ehemaligen Chefs der Heeresleitung, werden sich bis Kriegsende verbergen und alle Schrecken überleben. Aber Friedrich Karl Klausing ist aus anderem Holz.

Der Adjutant Stauffenbergs, den Fritzi Schulenburgs Kinder einst in eine schöne Dame verwandelt haben: Er kann nicht allein draußen leben, ohne die Kameraden. Claus Stauffenberg ist tot, Werner Haeften ist tot, Fritzi Schulenburg ist verhaftet. Klausing hat sich nach zwei qualvollen Tagen im Versteck freiwillig der Gestapo gestellt.

Er hat die Zeichen göttlicher Gnade erkannt: Gott hat den Führer gerettet und alles zunichtewerden lassen. Gott hat sie alle zunichtewerden lassen, die das Chaos heraufbeschwören wollten. Diese Führer durften nicht gewinnen. Sie hätten das deutsche Volk in den Untergang geführt. Sie waren ja alle ungenügend, unfähig, sie waren während des Putsches Versager und sie wären als Führer des Volkes Versager gewesen.

Natürlich nicht Claus Stauffenberg, nicht Fritz-Dietlof Schulenburg, nicht Werner Haeften. Das waren große, gute Männer, strahlende Männer. Ohne sie ist die Welt verdüstert und leer. Ohne sie lohnt es sich nicht, am Leben zu bleiben. Aber sie waren zu wenige. Es gab zu viele wie Stieff, wie Fromm.

Es gab zu viele wie General Wagner und General Thiele, die am 20. Juli zum Mittagessen gingen, als Gerüchte aufkamen, das Attentat wäre fehlgegangen, und erst nach drei Uhr wieder zurückkehrten, zu viele wie Olbricht, der noch am Nachmittag zögerte, die Befehle der 2. Stufe herauszugeben, zu viele armselige Wichte mit roten Streifen an der Hose.

Es gab zu viele wie Friedrich Karl Klausing. Das hat er erst jetzt begriffen. Er selbst war es, an dem der Putsch gescheitert ist: Das hat man ihm mittlerweile klargemacht. Klausing hatte die Aufgabe, dem Leiter des Nachrichtendienstes in der Fernschreibzentrale des Bendlerblocks den Text des Fernschreibens zu übergeben, das Walküre in die hintersten Winkel des Reichs tragen sollte.

Der Führer Adolf Hitler ist tot! Eine gewissenlose Clique frontfremder Parteiführer hat unter Ausnutzung dieser Lage versucht –

Dieses Fernschreiben sollte die Unwissenden, die Außenstehenden, die nicht in die Verschwörung Eingeweihten dazu treiben, ahnungslos den Staatsstreich zu unterstützen. Klausing hat den Text Röhrig auch richtig ausgehändigt.

»Sofort an die genannten Empfänger durchgeben!«

»Sofort, Herr Hauptmann. Welche Dringlichkeits- und Geheimhaltungsstufe?«

Klausing hat gezögert. Aber an sich lag die Sache doch vollkommen klar.

»Höchste Dringlichkeitsstufe natürlich! Höchste Geheimhaltungsstufe!«

Warum hat niemand Klausing gesagt, dass das die Durchgabe des Schreibens unendlich in die Länge ziehen würde? Der Text einer geheimen Kommandosache muss ja erst verschlüsselt und dann an jeden Empfänger einzeln übermittelt werden. Bis das geschehen war, bis das Schreiben auch noch den letzten seiner vorgesehenen Empfänger erreicht hatte, war es längst später Abend und längst zu spät.

Das hat Friedrich Karl Klausing nun begriffen. Er hat versagt. Sie alle haben versagt. Und dafür hat er gegen das Gebot verstoßen, das heißt: Du sollst nicht töten. Es war alles ein furchtbarer Fehler. Er hätte sich nie darauf einlassen dürfen.

Allein der Eltern wegen hätte er sich zurückhalten müssen, allein des Vaters wegen.

Friedrich Karl Klausing sitzt in der Zelle und schreibt seinen Eltern, dass er ruhig auf sich nehmen wird, was ihn erwartet. Sein Tod ist eine gerechte Sühne für das, was er den Eltern angetan hat.

So fragt nicht mehr nach mir. Lasst mich ausgelöscht sein.

»Ist es in Ordnung, wenn ich Sie hier aussteigen lasse?«

»Hier?«

Sie befinden sich am Stadtrand von Brieg. Marion Yorck schaut auf die Uhr. Aber es ist zu dunkel, um das Zifferblatt zu erkennen.

»Hier wollen Sie uns aussteigen lassen?«, sagt Marion. »Aber wir müssen doch zum Bahnhof.«

»Ja. Aber bitte, Sie müssen das einsehen. Dass ich besser nicht in die Stadt hineinfahre. Ich meine, unter den gegebenen Umständen.«

»Sie meinen, mit der Frau und der Schwester Peter Yorcks.«

Und wie oft war dieser Mann zu Gast auf Klein Oels und auf Kauern, wie lange hat er sich von Peter Freund nennen lassen? Dieser Mann, der nun nur noch ein Bekannter ist, ein Name, weniger als ein Name, ein namenloser Fremder, weniger als ein Fremder: Ein solcher könnte immerhin eines Tages ein Freund werden.

Marion und Davy hasten durch die nächtlich stillen Straßen. Der Zug nach Berlin geht um Mitternacht. Morgen beginnt der Prozess gegen Peter Yorck von Wartenburg. Das Haus in der Hortensienstraße 50 ist von der Gestapo beschlagnahmt. Marion wird im Dol wohnen, bei Davys Schwester, ihrer Schwägerin Püzze Siemens. Sie hegt nicht die geringste Hoffnung. Sie weiß, wie der Prozess ausgehen wird. Sie hat keine Sprecherlaubnis bekommen, aber vielleicht kann sie ihm nah sein. Vielleicht können sie einander noch einmal sehen, vor dem Ende. Vielleicht kann Peter Marion sehen, das Gesicht seiner Frau. Dann müsste er nicht ganz allein vor seinen Peinigern stehen.

Jüli hat Annedore geschrieben. Man hat ihn ins KZ Ravensbrück gebracht. Er darf alle vierzehn Tage schreiben, mehr weiß er nicht.

Aber Du weißt ja Bescheid. Du kennst das ja schon.

In der Tat. Annedore Leber hat geschlafen, sie ist aber sofort wach, als es läutet. Sie weiß, wer da kommt. Sie kommen ja meistens sehr früh am Morgen. Annedore sieht aus dem Fenster. Draußen die dunkle Limousine. Hat sie damit gerechnet? Warum ist sie dann nicht geflohen? Sie würde auch jetzt nicht fliehen. Sie wird den Männern folgen, die sie mitnehmen wollen. Und diesmal wird man sie nicht wieder heimgehen lassen, dessen ist sie sich sicher. Annedore geht zur Tür und öffnet.

2

Seit 1935 tagt der Volksgerichtshof für gewöhnlich im Schulgebäude des Königlichen Wilhelms-Gymnasiums in der Bellevuestraße 15, gleich neben dem Hotel Esplanade. Aber nicht heute. Der heutige Prozess gegen Oberleutnant Peter Graf Yorck von Wartenburg, Hauptmann Friedrich Karl Klausing, Generalmajor Hellmuth Stieff, Generalleutnant Paul von Hase, Generalfeldmarschall Erwin von Witzleben, Generaloberst Erich Hoepner, Oberstleutnant Robert Bernardis und Oberleutnant Albrecht von Hagen wird im Schöneberger Kammergerichtsgebäude im Kleistpark stattfinden. Marion hat ihr Gepäck im Haus ihrer Schwägerin Püzze Siemens im Dol abgestellt. Dann hat sie sich auf den Weg gemacht.

Sie kommt von der Potsdamer Straße her, so dass sie durch den Park gehen muss. Sie kennt das Kammergerichtsgebäude aus ihrer Referendariatszeit. Sie kann sich vorstellen, wo die Verhandlung stattfinden wird: im Großen Saal im Obergeschoss.

Marion muss einfach nur die Halle durchqueren, die Treppe hinaufsteigen und den Gang entlanggehen. Sie muss überlegen aussehen. Sie muss forschen Schrittes marschieren wie jemand, dem es selbstverständlich ist, in diesem Gebäude sein Ziel zu erreichen. Sie stößt die Tür auf.

Die plötzliche Kühle der Halle treibt ihr den Schweiß aus den Poren. Nicht die Stirn abwischen, nicht zögern. Die Treppe hinauf. Ihre Schritte hallen. Fest auftreten. Nicht huschen, nicht kuschen, von Rechts wegen hier sein. Sie sieht den Saal, am Ende des Gangs. Die Tür steht offen. Der Zuschauerraum ist bereits gut gefüllt.

»Na, und wo wollen Sie denn hin?«

Marion bleibt stehen. Der Wachtmeister betrachtet sie nicht unfreundlich: ein schon älterer Mann mit einem Bernhardinergesicht, kleinen braunen Flecken im Augenweiß.

»Ich will in den Saal.«

»Ach. Sie haben sicher eine Sondergenehmigung.«

Sie sagt: »Mein Mann ist angeklagt.«

Der Wachtmeister nickt. Er sagt: »Es ist keiner zugelassen. Nur Leute mit Sondergenehmigung. Na, denn kommen Sie mal mit.«

Marion erschrickt.

»Sie können zu uns«, sagt der Wachtmeister. »Sie können sich in die Wachstube setzen.«

Marion folgt ihm. Der Wachtmeister öffnet eine Tür.

»Hier herein«, sagt er. »Welcher ist denn Ihr Mann?«

»Peter Graf Yorck von Wartenburg.«

»Na. Denn setzen Sie sich man hier hin, Frau Gräfin. Ich sage Ihnen, wenn Ihr Mann drankommt.«

Im Saal gellt Freislers Stimme. Die Wachleute kommen und gehen, sie sitzen am Tisch, sie stehen wieder auf. Sie reden halblaut miteinander. Die Wände sind nicht sehr dick. Marion hört das böse Gellen, sie versteht aber nicht, was Freisler sagt. Manchmal setzt das Gellen aus, dann geht es wieder los.

So geht es lange. Die Tür öffnet sich, und ein Wachtmeister kommt herein. Es ist Marions Wachtmeister.

»Frau Gräfin. Ihr Mann ist jetzt dran.«

Es ist still drüben. Dann keift die schreckliche Stimme wieder los, in ansteigenden, sich überschlagenden Kadenzen. Die Stimme steigt, steigt, bricht ab, dann herrscht Stille. Hat er eine Frage gestellt? Marion strengt sich an. Sie hört nichts. Sie ist nur durch eine Wand von ihrem Mann getrennt. Ist dies Peter, dieser Moment der Stille? Das Gellen setzt erneut ein, auf neuer, unerhörter Höhe, bricht dann ab, wieder auf diesem hohen Ton, der eine Frage bezeichnen könnte. Was will der schreckliche Mann von Peter wissen? Marion schließt die Augen. Am liebsten würde sie das Ohr an die Wand drücken. Aber nach einem kurzen Moment der Stille, der kaum für zwei, höchstens drei Worte reichen kann, geht das Gebrüll weiter. Marion ist fühllos von der Stimme, ein rollender Kiesel im Brandungsgebrüll. Sie möchte sich die Ohren zuhalten. Sie hält sich aber die Ohren nicht zu. Sie kann Peter nicht hören. Sie kann niemanden hören, nur diese böse Stimme, die alles übertönt. Sie weiß aber, dass Peter da ist. Seine Stimme ist die Stille hinter dem Gebrüll. Seine Stimme ist all das, was das Gebrüll nicht ist.

In der Pause vor der Urteilsverkündigung ist Marion allein. Die Wachtmeister sind alle hinausgegangen. Es ist still. Marion ist aufgestanden: Die Stille hat sie emporgezogen, sie kann sich nicht mehr setzen. Sie geht hin und her, hin und her, dann ertönt wieder die Stimme Freislers. Sie klingt jetzt getragen, dröhnend, als spräche er im Inneren einer Röhre. Dann wieder Stille. Dann Lärm auf den Gängen: Offenbar ist die Verhandlung beendet, das Urteil verkündet. Marion stürzt aus dem Zimmer hinaus auf den Gang.

Sie sieht ihren Wachtmeister. Sein Gesicht, seine mitleidigen Augen. Marion weiß mit einmal, was sie tun muss. Sie muss nach vorn zur Elßholzstraße gelangen, bevor die Tore zum Hof sich öffnen und die Gefangenentransporte das Gebäude verlassen. Marion läuft los. Sie rennt den Gang entlang, die Treppe hinunter, sie umrundet das Gerichtsgebäude. Sie ist nicht die Einzige, viele warten vor den Toren. Marion kommt also nicht zu spät. Die Wartenden stehen still. Sie sehen einander nicht an. Die Tore öffnen sich. Eine grüne Minna fährt vorbei, noch eine. Marion beugt sich vor, sie versucht durch die Rückfenster zu spähen, im Inneren etwas zu erkennen. Die Wagen rumpeln und rattern. Dann sind sie fort.

Ein Stück weit hat Marion den Bus genommen, dann ist sie eine Station mit der S-Bahn gefahren. Seitdem geht sie zu Fuß. Es ist schwierig, voranzukommen in der zerstörten Stadt, im Schein der fröhlichen Hochsommersonne. Marion ist auf dem Weg in die Hortensienstraße. Sie möchte nach Hause. Marion hat sich tapfer geschlagen. Bis hierher hat sie sich tapfer geschlagen, nun wird sie doch auch die letzten paar Meter noch bewältigen? Sie ist ja schon in der Hortensienstraße. Der Weg wird länger und länger, je weiter sie geht. Es ist die Sonne, die furchtbar heitere lachende Sonne, die ihr den Weg so erschwert. Jeder Meter hier ist vertraut. Jedes Haus, jeder Baum hier kennt Peter Yorck. Marion stößt die Gartentür auf.

Sie geht durch den Vorgarten. Neben der Tür der Flieder aus Kreisau. Marion reißt das Vögelchen ab, das die Gestapo über ihr Türschloss geklebt hat, sie schiebt den Schlüssel ins Schloss. Der Schlüssel dreht sich. Die Tür springt auf. Marion betritt ihr Haus. Es ist vollkommen still. Mariechen ist in Schlesien. Helmuth Moltke, Eugen Gerstenmaier und Peter sind verhaftet. War Marion je ganz allein in diesem Haus?

Marion geht ins Wohnzimmer. Auf der Armlehne seines Sessels liegt noch immer die Bibel. Marion geht in die Küche. Sie öffnet den Schrank. Sie berührt die Tassen, aus denen sie jeden Morgen getrunken haben: ein Mann und eine Frau, plaudernd oder Zeitung lesend in stummer Vertrautheit, an der auch die Gegenstände Anteil hatten. Die treuen Gegenstände, ohne die das Leben nicht denkbar wäre, die Dinge, die ihre Besitzer begleiten, die sich ihnen anpassen, schweigend und vorhanden, so dass das Leben in seinem Rhythmus täglicher kleiner Verrichtungen durch sie ausgedrückt werden könnte: durch die Gegenstände, die man benutzt und die alle noch da sind. Das Haus umgibt Marion. Es bewahrt Tasse, Löffel, Kamm, Lampe, Peters Hausschuhe in der Diele, im Schrank seinen Wintermantel, den Schal. Marion steigt die Treppe hinauf.

Sie betritt das Schlafzimmer. Sie setzt sich einen Moment aufs Bett. Sie berührt die Bettdecke, das Kopfkissen. Das Haus umschließt die Dinge und Marion. Es umschließt alles, golden und warm, ewig, aus der Zeit genommen. Museal. Schon vergangen. Schon einer Zeit angehörend, die geendet hat, beendet worden ist. Marion geht wieder hinunter. Vielleicht trifft morgen eine Bombe ihr Haus, vielleicht räumt es übermorgen die Gestapo aus. Im Wohnzimmer tanzt Staub im Sonnenlicht. Vor den Fenstern liegt das, was den Menschen nicht braucht. Was ohne ihn lebt und atmet: Blumen, Bäume, Erde und Himmel. Marion setzt sich in ihren Sessel, dem seinen gegenüber.

Sie sitzt in ihrem Sessel, während der Staub im versiegelten Haus tanzt, im Licht, das allmählich abendlich wird. Sie denkt an ihn, wie man an sich selbst denkt, ohne einen Namen. Es ist, als atmete er neben ihr. Es ist, als wäre er für einen Moment hinausgegangen und käme gleich wieder, jetzt, jeden Moment. Von irgendwo schlägt es fünf.

Sonderaktion. Das Gefängnis Plötzensee hält den Atem an. Alle sind in die Zellen gesperrt worden, niemand arbeitet mehr. Der Bibliothekar und sein Zellengenosse haben den Tisch unter das Fenster geschoben. Sie balancieren auf der Tischplatte, jeder mit einem Fuß, sie umklammern die Gitterstäbe. Auf dem Hof wimmelt es von Gestapo. Dann werden die Gefangenen angeliefert. Sie werden über den Hof III geführt, mit gefesselten Händen, jeder flankiert von zwei Wachtmeistern.

»Das sind bestimmt welche vom 20. Juli.«

»Den einen da kenne ich. Oder ist er es doch nicht? Doch. Das ist er. Mensch. Das ist General von Hase. Der Stadtkommandant von Berlin.«

»Der Stadtkommandant. Unglaublich. Und wer mag der da sein?«

Ein hochgewachsener, schmaler Mann. Ein feines Gesicht.

»Keine Ahnung.«

»Da ist eine Filmkamera. Sie bringen eine Filmkamera.«

Der Mann mit dem feinen Gesicht hebt den Kopf, bevor er das Gefängnis betritt. Er hebt noch einmal das Gesicht zur Sonne.

Die Exekutionen des 8. August sollen um 17 Uhr 25 mit der Erhängung des Generalfeldmarschalls Erwin von Witzleben beginnen. Dann soll der Bruder Paula Bonhoeffers folgen, der Berliner Stadtkommandant Paul von Hase. Nach ihm werden Generaloberst Erich Hoepner, Generalmajor Hellmuth Stieff, Oberstleutnant Robert Bernardis, Hauptmann Friedrich Karl Klausing, Oberleutnant Albrecht von Hagen und als Letzter um 17 Uhr 46 Peter Graf Yorck von Wartenburg sterben. Peter Yorck hat darum gebeten, noch einmal von Pfarrer Hanns Lilje das Abendmahl empfangen zu dürfen. Natürlich ist diese Bitte abgeschlagen worden.

»Graf Yorck.«

»Lieber Poelchau. Ach, das ist schön.«

Harald Poelchau hat es geschafft. Es ist ihm gelungen, zu Peter Yorck vorzudringen. Bis zum Beginn der Hinrichtungen hat die SS ihn und seinen Kollegen Pfarrer Buchholz daran gehindert, die Zellen zu betreten. Aber jetzt kümmert sich keiner mehr um die Geistlichen. Peter Yorck und Harald Poelchau haben nun genau so lange Zeit, wie die sieben anderen Verurteilten brauchen, um zu sterben.

»Wie schön, dass Sie noch kommen können«, sagt Peter Yorck. »Ich habe mit keinem so lieben Besuch mehr gerechnet. Man scheint es ja sehr eilig mit uns zu haben.« Peter beugt sich vor. Er senkt die Stimme. »Es sind noch längst nicht alle Zusammenhänge bekannt. Viele werden sich retten können. Ich nenne keine Namen. Aber lassen Sie das wenn möglich allgemeines Wissen werden.«

Und warum muss dieser Mann sterben? Warum gerade dieser, im großen allgemeinen Sterben? Aber es sterben ja lauter Einzelne, jeder von ihnen ein einzigartiges Geschenk an die Welt.

»Ich habe Marion geschrieben, auch meiner Mutter und Bia«, sagt Peter. »Richten Sie ihnen bitte trotzdem noch einmal meine tiefsten Herzensgrüße aus. Sagen Sie ihnen, dass ich die Gewissheit der Gotteskindschaft auch hier nicht verloren habe. Ich fühle mich frei von den versklavenden Mächten, frei von Sünde und Tod. Ich trete voll Zuversicht vor meinen Richter. Wir haben gegen das fünfte Gebot verstoßen, das ist wahr, wir haben nicht zu den Friedfertigen gehört. Aber das war uns in dieser Zeit eben nicht möglich. Sprechen Sie das Vaterunser mit mir?«

Vater unser, der du bist im Himmel

Draußen auf dem Gang Schritte, Stimmen, Schlüsselrasseln. Sie kommen. Harald Poelchau und Peter Graf Yorck von Wartenburg halten einander an den Händen. Sie stehen Stirn an Stirn.

Und vergib uns unsere Schuld,
Wie auch wir vergeben unsern Schuldigern

Die Zellentür fliegt auf. Grelles Scheinwerferlicht. Eine Kamera.

Und führe uns nicht in Versuchung,
sondern erlöse uns von dem Übel

»Die Zelle räumen. Raus da, alle raus!«

»Los, los, los. Alle raus bis auf den Gefangenen!«

denn dein ist das Reich

»Raus mit dem Pfarrer!«

»Herr Pfarrer, so kommen Sie doch!«

und die Kraft und die Herrlichkeit

Hände packen Poelchau, ziehen ihn fort.

»Ich habe sie gesehen«, ruft Peter Yorck ihm nach. »Meine Frau. Ich habe sie am Straßenrand stehen sehen!«

»Ich sage es ihr!«

In Ewigkeit. Amen

Von der Kirche her schlägt es sechs. Marion steht auf. Sie blickt sich noch einmal um, im Wohnzimmer in der Hortensienstraße. Sie nimmt ihre Tasche, sie nimmt den Schlüssel. Jeder Moment, jede Bewegung, jede Handlung ist aus dem gewöhnlichen Gang der Dinge gelöst wie das Abendmahl. Jeder Moment, jede Bewegung, jede Handlung ist ein einzelner Tropfen, der hörbar in den Strom der Zeit fällt. Marion durchquert die Diele. Sie öffnet die Haustür. Sie schließt die Haustür. Sie durchquert den Garten. Hinter ihr liegt das Haus, in dem die Dinge an ihrem Ort stehen, würdig und still. In ihr ist ein schwarzes Wasser, das steigt und steigt.

Strafanstalt Moabit. Annedore Leber teilt nun Jülis Schicksal. Sie liegt in der Zelle, auf der Pritsche. Und soll sie nicht tragen können, was er schon so lange so tapfer trägt?

Die Stille, nachts. Die Flure. Die Spione. Die schleichenden Aufseherinnen. Das Geklopfe, hier, dort, drüben, überall, nah, fern, dann wieder woanders, es geht die ganze Nacht. Sie reden miteinander. Sie verständigen sich: Annedore weiß das von Jüli. Sie ist allein. Aber die anderen kennen einander. Sie ist nicht allein: Eine Gefangene ist niemals allein. Allein sein kann nur ein Mensch, der bestimmen kann, ob er einen anderen in seinem Raum duldet, ob er ihm die Tür öffnet oder sie vor ihm verschließt. Annedore lauscht auf das Klopfen, sie lauscht auf die Schritte im Gang. Sie denkt nicht an die Kinder. Sie zieht die Kinder nicht hinein: Die Kinder werden leben, sie sind nicht in Gefahr. Annedore denkt an Jüli.

Es ist nun freilich für sie beide zu Ende. Sie kann nicht mehr draußen um ihn kämpfen, und es ist keiner übrig, der um sie kämpfen würde. Es ist auch kein Kampf mehr zu bestehen. Dieser Kampf, der alte um die Freiheit, ist vorüber. Nun wird es darum gehen, den Verhören standzuhalten. Es wird darum gehen, sich auf den Tod vorzubereiten.

Barbara Haeften weint noch immer. Sie weint seit ihrer Inhaftierung. Sie kann nicht aufhören. Sie weint wie Niobe, Tag und Nacht, Barbara ist aber doch eine gute Christin. Sie ist eine sehr religiöse Frau. Sie betet das Vaterunser, wieder und wieder. Aber ihre Seele betet nicht mit. *Dein Wille geschehe?* Barbara von Haeften will nicht, dass Gottes Wille geschieht. Gottes Wille war es offenbar, dass Hitler überlebt. Es scheint sein Wille zu sein, dass Barbara und ihr Mann im Gefängnis gelandet sind. Barbaras Wille ist es, dass jetzt sofort alles gut wird, dass sie frei ist und vereint mit ihrem Mann, dass der

Krieg zu Ende und dieser ganze Albtraum vorbei ist. Barbara möchte, dass nicht Gottes, sondern Barbaras Wille geschieht. Es ist ganz offensichtlich, dass ihr Wille bei Weitem der Vernünftigere ist.

Marion Yorck ist auf dem Rückweg in den Dol, ins Haus ihrer Schwägerin Püzze Siemens. Es ist lang nach Mitternacht. Marion geht zu Fuß. Anders kommt man nachts nicht voran in der zertrümmerten Stadt. Es ist still. Wenn die Bomber schweigen, ist es still, totenstill, reglos bis auf den driftenden Staub. Die Stadt ist keine Stadt mehr, nichts von Menschen Erbautes. Es ist eine Klippenlandschaft, in der Urvögel leben, eine Karstlandschaft, geschaffen von Wind und Wasser, benagt von den Gezeiten. Der Wind singt in leeren Fensterhöhlen. Unter Marions Sohlen knirschen Glasscherben. Irgendwo tropft Wasser: pling pling pling. Marion hat ihre Aufgabe nicht erfüllt.

Sie hat die Briefe nicht abgegeben, die Davy Moltke, Püzze Siemens und Marion gleich nach Marions Rückkehr aus der Hortensienstraße an Peter geschrieben haben. Sie saßen wie Schulmädchen rund um den Tisch.

Lieber Peter

Mein lieber Bruder

Geliebter Mann

Einmal hat Davy gesagt: »Püzze? Weißt du noch? Damals an Weihnachten, als Bia, Peter, Hannusch und Heinrich –«

»Nein«, hat Püzze gesagt, das älteste der Yorck-Geschwister. »Nein, Davy. Das geht jetzt auf gar keinen Fall.«

Davy hat genickt. Sie hat geweint, aber still für sich. Gegen zehn Uhr abends ist Marion mit den Briefen in die Prinz-Albrecht-Straße gelaufen. Kurz nach Mitternacht war sie da. Der Pförtner wollte die Briefe aber nicht annehmen. Marion hat sehr gebeten.

»Sie sind doch für meinen Mann. Er ist zum Tode verurteilt worden. Ich möchte so gern, dass er sie noch liest.«

Der Mann hat abgewunken.

»Nehmen Sie die man wieder mit. Das hat Zeit bis morgen. Wir sind doch keine Unmenschen.«

Am nächsten Morgen steht es in der Zeitung.

Verräter gehängt

Darunter die Namen, Peter Yorcks als Letzter. Freya sitzt am Frühstückstisch im Berghaus. Sie hält die Zeitung in der Hand. Sie denkt an einen Winterabend in der Hortensienstraße, als sie Haydns ›Schöpfungsmesse‹ auf dem Grammophon gehört haben. Sie denkt an einen Tag in Kauern, als sie miteinander Gemüsesuppe gekocht haben. Sie sieht Helmuth am Herd stehen, Peter mit einem Petersilienbüschel aus dem Garten ins Haus treten. Sie sieht die Yorcks hier auf der Veranda des Berghauses beim Frühstück und Helmuth auf der Weinterrasse von Schloss Klein Oels. Sie erinnert sich an Peters Wärme, an sein rücksichtsvolles Entgegenkommen, wenn Marion in Kauern weilte und Freya erschöpft aus Ravensbrück in die Hortensienstraße zurückkehrte.

Peter kochte ihr dann einen Tee oder holte eine seltene Flasche Wein aus dem Keller. Sie saßen entspannt beieinander, sie sprachen wie Geschwister über Alltagsereignisse. Nichts hat Peter ihr von den Attentatsvorbereitungen erzählt, nichts davon, in welcher Gefahr er sich befand und in welche Gefahr er Helmuth brachte. Nun ist Peter tot. Freya weint.

Verräter gehängt

Charlotte Schulenburg liest die Namen. Peter Graf Yorck von Wartenburg, Patenonkel ihres Sohnes Fritzi. Friedrich Karl Klausing, Patenonkel ihrer Tochter Adelheid. Aber der

Name Schulenburg steht nicht auf der Liste der Hingerichteten. Er steht ein paar Zeilen weiter unten.

Ein weiterer Prozess ist für den 10. August anberaumt worden. Er richtet sich gegen Erich Fellgiebel, Berthold Schenk Graf von Stauffenberg, Alfred Kranzfelder, Georg Hansen und Fritz-Dietlof Graf von der Schulenburg.

Der 10. August. Morgen.

Und der Inspektor von Trebbow hat kein Bargeld.

Charlotte von der Schulenburg wird sich nicht um ihren Hausarrest scheren. Sie ist entschlossen, nach Berlin zu fahren: Aber es ist überhaupt kein Bargeld auf dem Hof. Tisa hat Angst, dass dies den Eisenstab brüchig werden lässt, der ihre Schwägerin aufrecht hält.

»Charlotte, wir fahren. Ja, wir fahren nach Berlin. Wir leihen uns einfach das Geld. Wir leihen uns Geld von Oldach. Vom Chef der Gestapo in Schwerin. Wir müssen ohnehin nach Schwerin fahren, uns bei Gauleiter Hildebrandt abmelden.«

Marion hat von Peters Tod nicht aus der Zeitung erfahren. Früh um sieben hat die Frau eines hohen Staatsbeamten bei ihr angerufen, die Marion von früher kennt. Marion ist sofort losgelaufen, ohne irgendjemandem Bescheid zu sagen. Sie hat zuerst nicht gewusst, wohin sie auf dem Weg ist. Dann hat sie sich in der Hortensienstraße wiedergefunden, und das Ziel war klar: Sie ist zu Pfarrer Hanns Lilje gegangen.

Er wohnt in der Hortensienstraße 34. Jeden Mittwoch hält er eine Andacht in der kleinen Kirche ein paar Häuser weiter, und heute ist Mittwoch, der 9. August.

Pfarrer Lilje hat Peter nicht besonders gut gekannt.

»Aber wir haben regelmäßig Ihre Andachten besucht. Wir haben bei Ihnen das Abendmahl gefeiert, ein paar Tage vor dem 20. Juli.«

»Ja«, sagt der Pfarrer. »Ich erinnere mich.«

»Sie erinnern sich! Wie schön ist das. Sie erinnern sich an meinen Mann.«

Sie sitzen beieinander. Sie sprechen über Peter, sie denken an Peter.

Mein Mann ist hingerichtet worden

Ich konnte ihm die Briefe nicht geben

Mit dem Herzen. Mit dem Herzen habe ich ihn begleitet

Das ist wahr. Das hat er gewusst

Aber kein Abschied. Ihn nie mehr zu sehen. Ihn nun einfach nie wieder zu sehen

Und die Abschiedsbriefe. Er hat sie nicht gelesen. Er wird kein Grab haben und kein Begräbnis

Sicher hatte Pfarrer Lilje für den heutigen Tag einen Predigttext vorbereitet. Aber als es schließlich Zeit für die Andacht ist, spricht er nicht über das Losungswort des heutigen, sondern über das des vergangenen Tages. Timotheus Kap. 4, Vers 7.

Ich habe einen guten Kampf gekämpft, ich habe den Lauf vollendet, ich habe Glauben gehalten.

Pfarrer Lilje spricht für Peter Yorck. Keiner außer Marion weiß es. Marion steht ganz hinten in der Kapelle. Mit ihr gedenkt die Gemeinde der Gläubigen in Lichterfelde ihres Mannes, auch wenn keiner von ihnen weiß, für wen diese Andacht heute gehalten wird.

Marion ist wieder auf dem Weg zurück in den Dol. Sie geht. Sie geht schon wieder. Sie hat das Gefühl, seit dem 20. Juli ununterbrochen gelaufen zu sein und noch viel weiter laufen zu müssen. Sie denkt an Peter, nur an ihn. Sie denkt nicht daran, wie sie ihn kennengelernt oder geheiratet hat. Sie denkt nicht einmal an sein Gesicht. Sie lehnt nur ihr ganzes Wesen zu ihm hin, wortlos, bildlos, Marion geht die Treppe zur Villa ihrer Schwägerin hinauf. Püzze kommt ihr entgegen, sehr blass und mit verweinten Augen.

»Die Gestapo war da. Du sollst morgen früh in die Meinekestraße kommen. Was können sie denn nur von dir wollen? Du solltest besser nicht gehen. Du darfst nicht gehen. Du darfst auf keinen Fall gehen. Du musst fort. Aber wo kannst du hin?«

Marion geht in ihr kleines Gästezimmer im ersten Stock. Sie packt ihre Zahnbürste ein, einen Kamm, ein kleines Stück Seife.

Ich habe einen guten Kampf gekämpft, ich habe den Lauf vollendet, ich habe Glauben gehalten.

Charlotte und Tisa sind in Berlin. Gestapo-Kommissar Oldach hat ihnen Geld geliehen. Gauleiter Hildebrandt hat sie ziehen lassen. Sie sind soeben auf dem Lehrter Bahnhof angekommen. Die Bahnhofshalle ist von Bomben aufgerissen. Es ist fünf Uhr früh. Nur zu solchen Zeiten hat man noch die Chance, wenigstens einen Stehplatz in einem der heillos überfüllten Züge zu ergattern. Die Frage ist, was sie nun tun sollen.

Sie gehen nach Süden, ungefähr in Richtung des Volksgerichtshofs. Es ist ein strahlender Morgen. Heute findet der Prozess gegen Fritz-Dietlof Graf von der Schulenburg statt. Tisa sieht ihre Schwägerin an. Charlotte geht ganz willenlos, wie aufgezogen. Sie geht in die Richtung, in die Tisa führt. Auf den Trümmern der Krolloper rasten sie. Charlottes Gesicht hat überhaupt keine Farbe mehr.

»Und jetzt? Wo willst du denn eigentlich hin, Charlotte?«

»Lass uns einfach weitergehen, Tisa.«

Das tun sie. In der vergangenen oder der vorvergangenen Nacht muss hier ein schwerer Angriff gewesen sein. Eine Frau steht, die Arme in den Himmel gestreckt. Ein weinendes Kind sitzt allein, in verdreckter Schürze. Retter von Resthaushalten suchen zerbrochene Kaffeekannen aus den Ruinen zu bergen, Stühle ohne Sitz. Sanft angeschmiegt an eine Hauswand führt eine Treppe direkt in den Himmel. Kinder krabbeln an ihr hinauf und hinunter wie Insekten, beladen mit qualmenden Habseligkeiten. Üppig blüht ein Stück Sommergarten zwischen Trümmern, die ihre Bewohner schon letztes Jahr unter sich begraben haben. Ein Mann mit Kopfverband kommt ihnen entgegen, ein anderer, der auf einem Leiterwagen einen halben Schrank nach nirgendwo zerrt, russische Zwangsarbeiter, umgeben vom Leichengeruch der Verwesten, die sie aus den Kellern bergen. Charlotte sieht nicht aus, als ob sie noch lange durchhält. Tisa sagt: »Ich bringe dich ins Hotel Esplanade.«

»Aber wozu?«

»Und ich gehe dann in die Prinz-Albrecht-Straße.«

»Aber wozu?«

Marion Yorck steht vor dem Gitter in der Meinekestraße. Sie ist gleich morgens losgelaufen. Sie hat ihr Köfferchen mitgenommen, sie hat sich jede Begleitung verbeten. Wozu die Schwägerinnen hineinziehen? Sie klingelt. Das Gitter öffnet sich. Marion tritt ein. Das Gitter schließt sich hinter ihr. Marion geht die Treppe hinauf. Oben befindet sich ein weiteres Gitter. Das Gitter öffnet sich. Marion tritt hindurch. Es schließt sich hinter ihr. Marion geht den Gang entlang. Es ist ein langer Gang. An seinem Ende ist eine Tür. Marion passiert diese Tür, sie kann nun nur noch vorwärts gehen. Es gibt keinen Rückweg, niemals. Der einzige Weg hinaus ist der Weg hindurch.

»Marion Gräfin Yorck von Wartenburg?«

»Ja.«

»Sie sind verhaftet.«

»Ja.«

Ursula Kardorff hält die heutige Ausgabe der ›DAZ‹ in der Hand. Auf der letzten Seite steht die Todesanzeige.

Wolf-Werner Graf von der Schulenburg. Gefallen für Volk und Vaterland

Auf der Titelseite wird die Verhandlung gegen Fritz-Dietlof Graf von der Schulenburg angekündigt, den Verräter des deutschen Volkes.

Charlotte liegt im Hotel Esplanade auf dem Bett. Gleich nebenan befindet sich das Gebäude des Volksgerichtshofs. Charlotte hat das Gefühl, Fritzi nahe zu sein. Wenn er dort drüben ist, ist er ihr nah. Ist er dort? Tisa ist fortgegangen. Sie will herausfinden, wo Fritzi ist. Charlotte ist allein. Sie muss hierbleiben, sie darf sich nirgendwo zeigen. Sie steht unter Hausarrest. Charlotte legt die Hand an die Wand. Auf der anderen Seite ist Fritzi. Das möchte sie denken. Sie möchte fest glauben, dass sie nur durch ein paar Steine von ihm getrennt ist. Sie fühlt ihn, ganz nah.

Die Prinz-Albrecht-Straße hat offenbar einen Treffer abbekommen. KZ-Häftlinge sind damit beschäftigt, den Schutt wegzuräumen und Pappe vor die Fenster zu nageln. Ein Gestapo-Beamter kommt Tisa durch die Verwüstung entgegen.

»Verzeihung. Ich habe einen Brief für meinen Bruder, den würde ich gern abgeben.«

»Gehen Sie.«

»Aber mein Bruder steht heute vor dem Volksgerichtshof. Ich bin Elisabeth Gräfin von der Schulenburg.«

»Gehen Sie. So gehen Sie doch endlich! Los, gehen Sie!«

Man hat Fritz-Dietlof Graf von der Schulenburg nach Plötzensee gebracht. Man hat ihm die Uniform abgenommen, das Hemd, die Schuhe. Er trägt nun Sträflingshosen, Holzpantinen. Er nimmt an, es geht gegen vier Uhr nachmittags. Den Brief an Charlotte hat er geschrieben, unbequemerweise mit gefesselten Händen und miserabler Feder. Er wirft noch einmal einen Blick darauf.

Mein über alles geliebter Liebling!

Es gibt nun nichts mehr zu tun. Es wird sicher auch gleich alles vorbei sein. Er hofft in Ehren zu bestehen. Er vertraut darauf, dass es sein wird wie immer. Es wird sein wie im Krieg, vor einem Angriff: Er wird die Unruhe, die wachsende Anspannung, die Angst zu nennen er sich nicht gestattet, in sich sammeln, in sich wachsen lassen, natürlich ist es Angst. Aber mehr Prüfungs- als Todesangst. Im entscheidenden Moment wird sie zu konzentrierter Gelassenheit werden: Darauf vertraut er. Draußen auf dem Gang Schritte. Das werden sie sein. Gleich wird sich die Tür öffnen. Fritz-Dietlof Graf von der Schulenburg steht auf. Er wendet sich der Tür zu. Er kreuzt die Arme über der Brust.

Milly Ruth tippt. Dies muss vor Feierabend noch erledigt werden. Die Akten sind gerade erst von Plötzensee herübergekommen. Der Chef hat den üblichen Brief diktiert,

An
den Sekretär des Führers
Herrn Reichsleiter Martin B o r m a n n
Führerhauptquartier

Ich melde, dass die vom Volksgerichtshof am 10. August 1944 wegen Landesverrats zum Tode Verurteilten

Fritz-Dietlof Graf von der S c h u l e n b u r g
Berthold Schenk Graf von S t a u f f e n b e r g

Alfred Kranzfelder

heute um 16.00 Uhr im Strafgefängnis Plötzensee in Sträflingskleidung

»Fräulein Ruth?«

Sie sieht auf.

»Hier sind Unterlagen zur sofortigen Vernichtung. Wenn Sie sich bitte noch darum kümmern wollen, bevor Sie heimgehen.«

»Jawohl.«

Es sind zwei Briefe. Milly entfaltet den obersten. Sie liest die Anrede.

Mein über alles geliebter Liebling!

Sie lässt den Brief sinken. Einen Moment lang sitzt sie still. Dann faltet sie die beiden Briefe ganz klein zusammen und schiebt sie in ihr Brillenetui.

Milly tippt. Die Sekretärin im Reichsjustizministerium Milly Ruth: Sie hat die Briefe der Attentäter aus dem Ministerium herausgeschmuggelt. Sie hat aber nicht gelogen. Auf die Frage, ob sie die Briefe vernichtet habe, hat sie geantwortet, sie werde es gleich tun. Natürlich wird sie die Briefe auch vernichten. Aber vorher wird sie sie abschreiben. Sie wird die Namen ändern: Statt Schulenburg wird sie Schulze schreiben, statt Stauffenberg Stanitzke. Sie hat mit Schulenburgs Brief begonnen.

Meine Gedanken waren am schwarzen 20.7. bei Dir und suchten Dich. Auch in den folgenden Wochen, wo ich beim Geheimen Staatspolizeiamt einsaß, habe ich täglich mit Dir über die Ferne weg gesprochen und jedes meiner Kinder gestreichelt.

Milly weint. Sie tippt.

Mein berufliches Leben ist nur ein Fragment geblieben,

wenn auch voller Sehnsucht und Abenteuer. Ein vollendetes Glück habe ich bei Dir gefunden, mein liebes Du. Küsse jedes meiner Kinder, an denen ich nur Freude gehabt habe, meine heiteren Genien. Und Du, mein lieber Liebesgenius, behalte mich so lieb wie ich Dich, ganz fest und vertraut wie von Urbeginn an. Was wir getan, war unzulänglich, aber am Ende wird die Geschichte richten und uns freisprechen.

Charlotte Schulenburg erwacht. Sie ist wieder in Trebbow. Es ist noch immer der 10. August. Sie ist gleich nach der Heimkehr zusammengesunken, in Schlaf gefallen wie in eine Betäubung. Sie wäscht sich das Gesicht, sie geht hinunter. Das Abendessen ist längst vorüber. Die Kinder sind zu Bett gebracht worden. Charlotte ist verloren. Sie denkt, dass sie ohne ihn ganz und gar verloren ist. Aber sie ist doch nicht ohne ihn. Er lebt sicher noch. Er ist vielleicht nicht einmal verurteilt. Fritzi lebt, und Charlotte wird jetzt an ihn schreiben. Sie geht wieder nach oben. Sie sucht einen Füllfederhalter, einen Bogen Schreibpapier.

Mein geliebter Mann

Im Garten von Schloss Lautlingen ist es beinahe wie immer. Es ist heiß und schön. Berthold spielt den ganzen Tag draußen im Park, zusammen mit den anderen Kindern. Am liebsten bliebe er immer hier draußen. Am liebsten ginge er gar nicht ins Schloss. Aber mittags zu den Mahlzeiten und am Abend müssen sie natürlich alle hinein. Dann sitzen sie an der Tafel von Schloss Lautlingen, die sechs Söhne und Töchter von Claus und Berthold Stauffenberg, zusammen mit ihrer lieben Kinderfrau Esther und den beiden Polizisten, die neuerdings im Schloss wohnen.

Die anderen Plätze am Tisch sind leer. Die Mütter, die

Großmutter, Onkel Nux und Tante Hupa sind von der Polizei abgeholt worden. Das ganze Schloss ist leer, groß und leer, ein zu weit gewordenes Kleidungsstück: So fühlt es sich an, wenn Berthold am Tisch sitzt, wenn er in seinem Bett liegt.

Aber wenn er die Gänge des Schlosses durchstreift, bedrängt ihn die Enge. Die Türen links und rechts sind ja fast alle abgeschlossen und versiegelt. Die vertrauten Räume dahinter sind unbetretbar geworden.

Marion Yorck ist in die Prinz-Albrecht-Straße gebracht worden, ins Hausgefängnis der Gestapo. Man hat sie in eine Zelle gesperrt, ohne sie zu vernehmen. Das Türblatt der Zelle ist wie bei einer öffentlichen Toilette im oberen und unteren Drittel ausgesägt, so dass man sehen kann, ob sie liegt oder steht oder sitzt. Marion läuft. Eine Glühbirne im Gang gibt trübgraues Licht. Marion läuft und läuft. Ihr Kopf ist leer. Das Gebäude über ihr lastet auf seinen Fundamenten. Marion läuft. Es sind ihr nur wenige Schritte möglich, dann muss sie umdrehen. Hin und wieder der langsame Schritt des Wärters. Sein ausdrucksloses Gesicht schwimmt in der grauen Düsternis wie Fettaugen in Suppe. Marion läuft.

Annedore ist in Moabit. Sie hat keine Bücher, kein Papier, keinen Stift. Sie hat nichts, mit dem sie die Stunden füllen, die Sinne sättigen, die Gedanken ablenken könnte. Sie hat nur die Verlangsamung der Zeit, den Stillstand der Zeit, ihr Ende in der Stille. Annedore muss alles zum Stillstand bringen. Sie darf nicht mehr hoffen, sie muss sich von der Zukunft verabschieden. In der stillstehenden Zeit kann man noch die winzigsten Kleinigkeiten, die unmerkbarsten Veränderungen bemerken, einzelne Atome in der Leere des Alls, Plankton in der Leere der See. Diese winzigsten Dinge muss sie bemerken und sich an ihnen festhalten. Sie muss sich von ihnen nähren. Vielleicht wird sie dann nicht verrückt. Vielleicht erträgt sie dann die Einzelhaft, die Angst um Jüli, um die Kinder, die Todesangst, wenn Berlin bombardiert wird. Es zählt jetzt alles. Draußen zählt alles nichts. Draußen ist alles da, in überbordender sinnverwirrender Fülle, ein Strudel aus Dingen und Gerüchen, Menschen und Gesprächen, Klugheiten, Dummheiten, Wahrnehmungen, Informationen. Hier hat sich alles verengt. All die vielen Fäden und Fädchen, all die Stränge und Gänge der verschiedenen Handlungen, die durch ihr Leben mäandern, die parallel liefen, sich verschränkten, einander kreuzten und wieder voneinander ließen, sind nun zusammengefasst, gebündelt. Dies ist das Nadelöhr, durch das alles läuft, alles, vom Moment ihres ersten Atemzugs an.

Marion ist verlegt worden. Sie ist nicht mehr in der Prinz-Albrecht-Straße, sie ist nun in Moabit. Die Zelle ist größer, auch heller. Es gibt eine Pritsche, einen Tisch, einen Stuhl. Es gibt ein Fenster. Marion geht noch immer. Sie läuft eine Rhombe. Sie läuft wie eine Billardkugel: über die Bande, von der Tür zum Tisch, vom Tisch zum Fenster, vom Fenster zur Tür. Marion weiß nicht, was geschehen wird, wenn sie nicht mehr laufen kann. Wenn sie zusammenbricht. Sie hat Angst vor dem Moment. Sie sehnt ihn herbei.

Charlotte muss dies nicht glauben. Gauleiter Hildebrandt war auf Trebbow, um ihr zu sagen, Fritzi sei tot. Er kann aber falsch informiert sein. Die BBC hat behauptet, Fritzi wäre frei. Charlotte hat es selbst gehört: *Hier ist England,* dann das V des Morse-Alphabeths: *dit dit dit dah,* wie der Anfang von Beethovens ›Fünfter‹. Dann kam die Nachricht.

Soll sich Fritz-Dietlof Graf von der Schulenburg nach ei-

nem geglückten Fluchtversuch wieder auf freiem Fuße befinden.

Abend für Abend schreibt sie an ihn. Es sind schon viele Briefe. Morgens richtet Charlotte sich sorgfältig her, als käme er zu Besuch. Sie hält ihr Zimmer und die Zimmer der Kinder sauber und in Ordnung, sauber und in Ordnung. Sie macht mit den Kindern lange Spaziergänge. Die Kinder sammeln Kastanien, Bucheckern und Eicheln, im Auftrag der Schule. Sie sammeln Altmetall. Der kleine Fritz sammelt begeistert: Er ist gerade erst in die Schule gekommen. Charlotte hat sich große Sorgen gemacht. Aber niemand hat ihn als Verräterkind beschimpft. Tagsüber erfüllt Charlotte ihre Pflichten. Abends schreibt sie ihre Briefe, jeden Abend einen. Sie lebt wie in einem Aquarium. Es gibt Fische darin: das Mädchen Klara, die Kinder, die Wiemanns, Tisa. Aber es kommt kein Fisch hinzu. Es kommt keiner heraus. Alles ist hinter Glas: Charlotte darf nicht wegfahren, nicht telefonieren, keinen Besuch empfangen. Abends nach dem Essen liest Mathias Wiemann Gedichte vor: der Schauspieler und ›Schatzkästlein‹-Leser, der über Jahre die Deutschen jeden Sonntagvormittag mit schöngeistiger Literatur vom Kriegsalltag abgelenkt hat. Charlotte mag es, wenn Mathias Wiemann liest.

Sie hört nicht zu. Sie hört nur die angenehme Stimme. Solange Mathias Wiemann vorliest, erwartet keiner von Charlotte, dass sie redet, dass sie zuhört. Gedichte helfen. Musik ist quälend. Musik erträgt sie nicht.

Am 14. August um halb sieben kommen sie und holen Helmuth Moltke. Sie dringen in seine Zelle im Gefängnisblock des KZ Ravensbrück ein.

»Aufstehen. Mitkommen.«

Sie legen ihm Handfesseln an. Alles ist klar. Man will ihm

ans Leben. Als er weit nach Mitternacht von der Polizeistation Drögen zurückgebracht wird, sind Übelkeit, Schüttelfrost und die kolikartigen Bauchkrämpfe verschwunden, unter denen er seit Tagen gelitten hat. Möglicherweise hingen diese Beschwerden mit Peter Yorcks Hinrichtung zusammen. Nun sind sie vergangen. Schließlich ist jetzt die Reihe an ihm selbst.

Marion Yorck sitzt auf ihrer Pritsche. Sie hat seit einigen Tagen mit keinem Menschen mehr gesprochen. Es ist ihr gleichgültig. Die Zeit vergeht nicht, sondern wiederholt sich: Jeden Tag wandert ein Sonnenstrahl durch die Zelle, von Wand zu Wand. Manchmal weint jemand, in einer der Zellen. Manchmal brüllt und zetert eine Wärterin, oder man hört laute Worte eines Häftlings. Es berührt sie nicht. Jeden Tag schlägt das Sonnenlicht sein langsames Rad vom Morgen bis zum Abend, wenn es erlischt, um wiederzukommen. Marion träumt. Sie breitet die Arme aus: Sie umarmt ihr gelebtes Leben noch einmal. Nichts anderes ist zu tun. Der Zellentisch ist leer, das kleine Regal ist leer. Peter hat allen Raum. Sie ruft ihn, sie holt ihn zu sich, sie öffnet sich ganz. Am Tag, wenn das Lichtrad langsam durch die Zelle rollt, erinnert sie Peters Art zu lachen, zu reden. Sie erinnert den Moment des Abschieds, seinen letzten Satz auf der Schwelle in Weimar,

Jetzt muss ich wohl gehen

Sie geht von dort aus zurück. Sie wandert durch die Jahre, die sie miteinander gehabt haben, bis zu dem Moment, als er zum ersten Mal durch die Tür des Saales auf Schloss Mondschütz hereinkam und sich auf den Stuhl neben dem ihren setzte. Sie geht noch einen Moment weiter zurück.

Peter ist noch nicht da. Der Stuhl ist noch leer. Ist er leer, wie er auch jetzt leer ist, wie er von nun an immer leer sein wird? Niemals. Der Stuhl war leer, Peter kam herein. Er nahm Platz. Er sagte: Ich weiß, wo Sie wohnen.

Das weiß er noch immer. Er ist immer noch neben ihr. Er ist der Einzige, der sie hier findet. Er füllt den Raum ganz aus. Sie blättert mit ihm in den Büchern, die sie in ihrem Leben miteinander gelesen haben, sie geht mit ihm im kleinen Garten in der Hortensienstraße oder im großen Garten in Kauern umher. Hier ist kein Garten. Aber eine Birke steht vor dem Fenster. Marion sieht ihre Krone. Den Stamm sieht sie nicht: Am Fenster ist ein Blech angenagelt, so dass man nicht in den Hof sehen kann. Die Aufseherinnen wechseln ständig. Das ist gut. So muss sie sich ihre Gesichter nicht merken. Sie reißen das Bettzeug vom Bett, sie befehlen, das Bett neu und anders zu machen. Marion macht das Bett neu und anders. Sie hat Zeit. Sie geht mit Peter durch Kauern. Sie gehen tage- und tagelang, Hand in Hand, eng umschlungen.

Nachts träumt sie von ihm. Sie träumt von den Toten: Hannusch, Heinrich, Peter. Ihr Vater tritt zu ihr in die Zelle und streicht ihr über den Kopf. Peter kommt auf andere Weise. Sie gehen durch den kleinen Garten in der Hortensienstraße, durch den großen Garten in Kauern. Sie muss aufpassen. Sie muss sehr aufpassen. Sie darf ihn nicht ansehen, wenn er neben ihr geht. Sie muss sich zurücksinken lassen, zufrieden mit seiner Nähe. Er lacht leise, neben ihr.

Es hat an einem seidenen Faden gehangen, aber es ist alles gutgegangen.

Das sagt er, in einem ihrer Träume.

Sie erwacht mit diesem Satz. Es ist dunkel. Sie schläft wieder ein, geborgen in seiner Gegenwart. Sie darf ihn aber nicht suchen. Sie darf ihn nicht zu halten versuchen, er kann immer nur freiwillig kommen. Sie geht durch einen hellen Birkenwald. Sie hat nie einen solchen Wald gesehen. Oder doch, als junges Mädchen in Schweden? Es gibt kein Unterholz, nur die hellen Stämme, schimmernd in der lichten Dämmerung, regelmäßig wie von Menschenhand aufgestellt. Dann sieht sie Peter. Er geht vor ihr. Er taucht zwischen den Stämmen auf, dann ist er fort, er taucht wieder auf. Sie eilt ihm nach. Sie kann nicht an sich halten. Sie ruft seinen Namen. Er verschwindet. Marion erwacht. Das Morgenlicht ist grau, birkenstammgrau. Marion setzt sich auf. Sie spricht nicht, sie gibt nichts her. Sie behält alles: Die Träume. Die Stille. Das Rad der Tage. Sie verschließt die Dinge in sich, alles, was sie hat.

Davy Moltke sitzt in Klein Oels. Sie schreibt einen Bittbrief an den Führer. Ihr Bruder Peter ist als Verräter hingerichtet. Aber ihre Brüder Heinrich und Hannusch sind für Deutschland gefallen, und ihr Mann hat immerhin ein Staatsbegräbnis bekommen, im März des vergangenen Jahres. Der einzige ihr gebliebene Bruder ist Bia, und nun sind er und seine Frau in Sippenhaft genommen, ebenso wie Davys unverheiratete Schwestern Dorothea und Muto, ihre Mutter Goldchen und ihre Schwägerin Marion. Davy bittet in ihrem Brief den Führer, wenigstens die Mutter und die Schwestern zu entlassen. Davy sitzt in Klein Oels, ganz allein. Sie hat acht Kinder, zwei Jahre alt ist das Kleinste. Sie muss sich um Klein Oels kümmern, um Kauern. Sie muss sich um das Gut Wernersdorf bei Kreisau kümmern, bei dessen Verwaltung ihr bislang Peter und Helmuth James Graf von Moltke geholfen haben, aber auch Helmuth ist ja in Haft. Es ist hart, nicht in Haft zu sein. Es ist hart, frei zu sein, in diesem Land.

Marion sitzt in ihrer Zelle. Sie döst. Sie träumt, halb wach. In diesem Traum geht sie am Ufer des Meeres. Sie wendet den Kopf, und da auf einer Düne steht Peter, seine Gestalt leuchtend dunkel vor der Sonne hinter ihm. Sie bleibt stehen, sie wendet sich ab. Sie ist ganz still: Die Toten sind scheu, man darf sie nicht erschrecken. Eine unbedachte Bewegung, und man hat sie vertrieben. Marion wird wach. Sie sitzt auf ihrem Stuhl. Peter ist noch bei ihr.

Sie hat von ihm geträumt. Er stand im Garten in der Hortensienstraße. Sie versuchte nicht, sich ihm zu nähern: Er brannte. Sein ganzer Körper stand in hellblauen Flammen, sein Gesicht war aber nicht schmerzvoll. Es war verklärt, entrückt. Er sah sie nicht an. Sein Blick war in die Ferne gerichtet. Er sah nicht aus, als wüsste er, wo er sich befand, oder als sähe er sie. Aber sie konnte ihn betrachten. Sie durfte ihn ansehen, zum ersten Mal, nach Herzenslust. Der Morgen wandert weiter. Zeit vergeht.

In den letzten Tagen hat sie manchmal andere mit hineingenommen in die Zweisamkeit, die sie mit Peter teilt. Sie hat daran gedacht, wie sie auf Kreisau zusammengekommen sind, auf Kauern, in der Hortensienstraße. Sie hat an Helmuth und Freya gedacht, an Fritzi und Charlotte, an die Haeftens, die Trotts, an Ulrich Schwerin, Teddy Kessel, Harald Poelchau, die Stauffenberg-Brüder. Sie sind natürlich alle tot. Die Männer sind tot, und die Frauen werden sterben. Das Lichtrad wandert. Marion hat nichts dagegen zu gehen. Sie denkt nicht an die Hinrichtung, an die Schmerzen, mit denen der Tod vielleicht verbunden ist. Wozu daran denken? Der Schmerz ist kurz. Marion hat nichts dagegen zu sterben. Sie hat nichts dagegen, ganz in Peters Welt einzutreten.

Clarita hat den Verhandlungssaal gefunden. Sie hat eine Frau gefragt, und die hat ihr den Weg gewiesen. Heute wird Freisler über Bernhard und Johannes Georg Klamroth, Egbert

Hayessen, Wolf Heinrich Graf von Helldorf, Hans Bernd von Haeften und Adam von Trott zu Solz zu Gericht sitzen. Am entfernten Ende des Gangs sieht Clarita die beiden riesigen Saaltüren, wie der Eingang zum Weltengericht. Die Türen sind geschlossen. Davor stehen Wachposten. Clarita hat Werner gebeten, sie allein gehen zu lassen.

Sie hat keinerlei Hoffnung, in den Saal vordringen zu können. Aber allein kann sie sich vielleicht irgendwo verstecken. Sie hat sich versteckt, hinter einer Säule. Von hier aus müsste man die Gefangenen sehen können, wenn sie den Saal verlassen. Clarita denkt sich, dass Adam vielleicht mehrfach in den Saal hinein- und wieder aus ihm hinausgeführt wird: Er muss vielleicht als Zeuge aussagen, man wird ihn noch einmal zu seiner eigenen Vernehmung rufen, es wird sicher vor der Urteilsverkündung eine Pause geben. Sie lauscht. Von drinnen die hasserfüllte Stimme.

»Was machen Sie hier?«

Clarita fährt herum. Die Frau steht da, die ihr den Weg gezeigt hat. Sie steht vor Clarita, die Hände in die breiten Hüften gestützt.

»Was schleichen Sie denn hier herum?«

Die Posten sind aufmerksam geworden. Einer kommt auf Clarita zu.

»Ihren Ausweis bitte. Wer sind Sie, und was wollen Sie hier.«

Clarita hat keine Spucke im Mund. Sie spürt ihren Körper nicht. Man wird sie nun verhaften. Woran kann sie appellieren, an ihr Unglück? An seine Güte?

»Ich habe mich verlaufen«, flüstert sie. »Ich werde jetzt auch wieder gehen.«

Der Mann sieht sie an. Er sagt: »Ich bringe Sie zum Ausgang.«

Der lange Weg zurück, fort von der Tür. Die Stimme dahinter wird leiser und leiser. Clarita hat versagt. Alle Hoffnung schwindet. Der Posten sieht sie an, von der Seite.

»Wo wollten Sie denn nun eigentlich hin?«

»Ich weiß es nicht. Ich wollte so sehr gern noch einmal meinen Mann sehen.«

Der Posten zögert. Dann sagt er: »Kommen Sie. Es gibt ein Fenster zum Hof, da können Sie die Gefangenen sehen, wenn sie wieder in die Wagen steigen.«

»Sie können jetzt aufhören, uns hier in die Irre zu führen.«

Adam Trott steht vor Freisler.

»Das haben Sie schon in den Verhören versucht. Da haben Sie auch um den heißen Brei herumgeredet, bis Sie sich nachher doch bequemt haben, Ihre Mitwisserschaft einzugestehen.«

Adam senkt den Kopf. Nachher hat er sich bequemt. Wenn er nur aus seiner Erinnerung tilgen könnte, was diesem Nachher voranging: der furchtbare Schmerz, die Demütigung. Dann hat er sich bequemt. Und nun? Was soll er noch sagen? Es hat keinen Sinn. Es hat ja alles keinen Sinn mehr.

Er sagt: »Ich habe mir die Vorstellung gemacht, dass auf irgendeinem Wege versucht werden würde, die Person des Führers anzugreifen oder auszuschalten.«

Freisler brüllt.

»Und damit waren Sie einverstanden?«

Adam hebt den Kopf. Er sieht Freisler an. Etwas in ihm richtet sich zu voller Größe auf.

»Gewiss.«

»Was machen Sie denn, wo gehen Sie hin?«

Wieder ist die Frau aufgetaucht. Wieder läuft das böse Weib hinter Clarita und dem Wachtmeister her.

»Ich werde das melden. Die hat hier nichts verloren. Wer ist die überhaupt? Warum führen Sie die durch das Gebäude? Die gefällt Ihnen wohl!«

»Es hat keinen Sinn«, flüstert Clarita dem Wachtmeister zu. »Ich gehe. Lassen Sie mich bitte gehen. Es hat ja keinen Sinn.«

Sie wartet seine Antwort nicht ab. Sie flieht. Sie fliegt den Gang entlang, durch die Halle, die Treppenstufen hinab und hinaus in den Kleistpark.

Dort wartet Werner auf sie.

»Du kannst nicht zurück, Clarita. Du wirst gesucht.«

»Was?«

»Du kannst nicht nach Imshausen. Clarita, du musst dich jetzt zusammennehmen. Sie haben die Kinder abgeholt. Vera durfte sie noch bis Kassel begleiten. Dann sind sie von der Gestapo weggebracht worden.«

»Wo sind meine Kinder!«

»Das weiß keiner. Aber wenn du nach Imshausen fährst, wird man dich verhaften.«

Clarita kann sich nicht rühren. Sie kann nicht sprechen. Sie kann nicht schlucken. Sie steht reglos. Dies also ist Todesangst.

»Ich gehe zu Poelchau«, sagt sie zu Werner.

»Hier findet meine Sprechstunde gar nicht mehr statt«, sagt Harald Poelchau.

Er steht vor seinem Schreibtisch in der Haftanstalt Tegel. Er wirkt sehr kühl. Er wirkt überhaupt nicht wie ein Mann, der Clarita trösten, der ihr jetzt raten oder helfen könnte.

»Ich bin heute nur zufällig hier«, sagt Harald Poelchau. »Wer hat Sie überhaupt zu mir geschickt?«

»Ich kenne Ihren Namen von meinem Mann. Er hat ihn mehrmals erwähnt. Ebenso Helmuth Graf von Moltke. Mein Mann ist gestern zum Tode verurteilt worden. Und ich werde gesucht, und meine Kinder sind fort. Ich habe zwei kleine Kinder, und die haben sie mir fortgenommen.«

»Bitte setzen Sie sich«, sagt Harald Poelchau mit veränderter Stimme.

Eine Stunde später steht Clarita wieder auf der Straße. Poelchau hat sie tatsächlich nicht getröstet. Er hat sie gerettet. Er hat ihr nahegelegt unterzutauchen, er hat ihr seine Hilfe zugesagt. Seine Nüchternheit war wunderbar lindernd. Poelchau ist ein Führer durch eine Hölle, in der er sich souverän zurechtfindet, ohne ihr anzugehören. Nach dem Gespräch hat Clarita für sich selbst entscheiden können.

Sie wird nicht untertauchen. Ständig auf der Flucht zu sein, auf Gedeih und Verderb abhängig von der Hilfe Fremder, die sie mit ihrer Anwesenheit in Todesgefahr bringen würde, ohne jede Möglichkeit, die Familie zu kontaktieren oder Nachricht von den Kindern zu erhalten, unabsehbar lange gehetzt zu werden wie ein Tier und am Ende womöglich irgendwo zu sterben, ohne dass jemals jemand davon erfährt? Dann lieber gleich sterben. Clarita ist wieder nach Hause gegangen, in ihre Wohnung in der Rheinbabenallee. Am selben Abend wird sie von der Gestapo verhaftet.

Hans Bernd von Haeften verzweifelt an seiner Schuld. Er macht sich die allerschwersten Vorwürfe: Was hat er getan? Was hat er seiner Familie angetan, seinen Kindern, seiner Frau? Es presst ihm das Herz ab, an das Elend zu denken, das er über sie bringt. Und die armen Eltern. Der jüngere Sohn erschossen, der ältere hingerichtet. Wie konnte Hannes Haeften glauben, richtig zu handeln? Barbara hat recht gehabt mit ihrer Sorge, ihren Zweifeln. Sie hat in allem recht gehabt, wie sie immer recht gehabt hat.

Ich habe das 5. Gebot nicht heilig gehalten. Ich habe gegen euch nicht Liebe geübt, ihr wart mir anvertraut, und ich habe euch im Stich gelassen. Um euretwillen, um der Eltern willen hätte ich von all dem Abstand nehmen müssen.

Das war die Treuepflicht, die er hatte und der er nicht nachgekommen ist.

Das Wissen um diese seine wahre Schuld hat ihm die Kraft gegeben, vor Freisler aufrecht zu stehen.

»Eine Treuepflicht gegenüber dem Führer habe ich nicht mehr empfunden.«

»Aha, so. Es ist also klar. Die haben Sie nicht empfunden und sagen, wenn ich keine Treue empfinde, dann kann ich Verrat begehen.«

»Nein. Nein, so ist es nicht ganz, sondern –«

»Sondern?«

»Nach der Auffassung, die ich von der weltgeschichtlichen Rolle des Führers habe, nämlich dass er ein großer Vollstrecker des Bösen ist –«

Natürlich hat Freisler ihn nicht ausreden lassen. Stattdessen hat er Hans Bernd von Haeftens Aussage selbst komplettiert.

»Ha, ja, na aber, na. Das ist ja nun wohl klar. Da ist also kein Wort mehr dazu zu sagen.«

Hannes Haeften sitzt in Plötzensee. Er schreibt seinen letzten Brief.

Meine liebe allerliebste Frau, Dich küsse ich und umarme Dich und halte Dich an meinem Herzen mit den tiefsten flehendsten Wünschen für Zeit und Ewigkeit

Marion ist verhört worden. Nach all der Einsamkeit und Stille ist sie zurück in die Prinz-Albrecht-Straße gebracht worden. Kommissar Neuhaus ist mit seinen Fragen über sie hergefallen. Marion ist auf keine Frage eingegangen. Sie hat alles abgestritten, sie hat erklärt, von nichts gewusst zu haben. Neuhaus hat versucht, sie zu provozieren.

»Ihr Mann hat Sie also belogen und hintergangen?«

Marion hat nicht geantwortet. Sie hat abgewartet. Was würde er tun, sie schlagen, sie bedrohen? Nach einer Weile hat er sie gehen lassen. Aber die Stille ist beendet. Am nächsten Tag holt man Marion zum Rundgang. Marion versteht nicht gleich.

»Rundgang! Raustreten.«

Marion tritt aus der Tür ihrer Zelle in den Gang. Neben ihr steht Barbara von Haeften.

Marion stopft Socken. Es sind harte Armeesocken. Marion hat ein Kleid, ein paar Schuhe, die Wäsche, die sie trägt. Sie kratzt ihre Wanzenbisse. Sie geht im Hof spazieren, mit den anderen Frauen. Sie darf baden oder duschen, sie hat ein Gesangbuch von der Vorsteherin bekommen. Ist dies nun leichter oder schwerer? Es ist ein Weg zurück. Marion tastet. Sie weiß noch nicht, ob sie den Weg gehen kann. Und dann öffnet sich die Zellentür, und Harald Poelchau kommt zu Besuch.

»Sie!«

Poelchau schließt rasch die Tür hinter sich.

»Sie leben! Ach, und ich war so sicher, die Männer wären alle tot.«

»Nein«, sagt Harald. »Nicht alle sind tot. Hier, nehmen Sie dies und essen Sie erst einmal.«

Er hat ein Brötchen mit Honig mitgebracht. Er hat einen Apfel: einen kleinen sauren Sommerapfel. Honig und Apfel erfüllen die Zelle mit ihrem Duft. Es ist der Duft des Sommers, der Geschmack des Lebendigen, süß und sauer.

»Essen Sie, während ich da bin«, sagt Harald. »Wenn ich weg bin, kommen die Aufseherinnen oft nachschauen, und dann wird alles gestohlen.«

»Wieso sind Sie hier!«

»Der Gefängnispfarrer von Moabit ist schon seit Längerem suspendiert. Er hat seine Schlüssel in einer Zelle vergessen, und der Gefangene ist geflohen. Ich habe mich seit einer Weile darum bemüht, seine Pflichten übernehmen zu dürfen. Und nun endlich ist es gelungen.«

»Ach, Herr Poelchau. Sagen Sie mir, wer lebt. Sagen Sie, wie es den Freunden geht.«

»Ich habe Ihren Mann vor seinem Tod noch einmal sehen können.«

»Sie haben ihn gesehen!«

»Er war ganz ruhig und gefasst. Wir haben das Vaterunser miteinander gebetet. Und er hat mir gesagt, dass er Sie gesehen hat. Auf der Straße vor dem Gericht.«

Nun weint sie.

Barbaras Tränen laufen. Sie laufen und laufen. Barbara näht mit der Nähmaschine Flicken in Luftwaffenhemden. Und sie weint. Was nützt es, dass Marion in der Zelle nebenan sitzt? Was nützt es, dass Barbara nun einmal am Tag an die frische Luft darf? Barbara hat solche Angst vor dem Verhör, vor möglicher Folter, davor, sich in Widersprüche zu verstricken und Freunde zu verraten. Kann man sie nicht einfach zur Hinrichtung bringen? Wozu überhaupt leben, wenn man am Ende stirbt? Wozu sich abquälen, wenn der Tod am Ende alles zunichtemacht? Wäre es dann nicht besser, man hätte nie gelebt, man wäre nie geboren worden? Im Gang auf der Treppe der Anstaltsgeruch. Karbol, alte Socken, verfaulender Kohl. Die anderen krabbeln aus ihren Zellen wie Käfer. Der Hof liegt im

Schatten einer Mauer. Die Tür öffnet sich, und da ist Harald Poelchau. Barbara fällt vor ihm auf die Knie.

»Ich kann nicht lügen. Ich kann unmöglich lügen.«

Harald Poelchau kommt nun jeden Mittwoch. Barbara fiebert diesen Besuchen entgegen.

»Ich würde mich nur selbst in meine Lügen verwickeln«, sagt Barbara. »Ich muss die Wahrheit sagen, ich will wahrhaftig sein. Was sonst bleibt denn noch außer Wahrhaftigkeit?«

»Es ist unsinnig«, sagt Poelchau. »Es ist vollkommen unsinnig, denen die Wahrheit zu sagen.«

Sie führen dieses Gespräch zum wiederholten Mal.

»Was heißt das denn, wahrhaftig um jeden Preis?«, sagt Poelchau. »Auch um den Preis eines Menschenlebens? Um das Leben Ihres Mannes?«

Er sagt ihr nicht, dass Hans von Haeften längst verurteilt ist. Er sagt ihr nicht, dass ihr Mann nicht mehr lebt.

»Ich bringe Ihnen ein Gesangbuch mit«, sagt er. »Marion Yorck nebenan hat auch eins. Sie hat vorgeschlagen, dass Sie nun jeden Abend zusammen singen.«

So klopfen sie nun Abend für Abend nach Einschluss mit ihren Eheringen die Nummer eines Liedes ans Heizungsrohr. Dann singen sie. Sie können einander nicht singen hören. Aber sie wissen, die andere singt dasselbe.

Pfarrer Hanns Lilje wählt einen alten, aber noch guten schwarzen Anzug von strengem Schnitt. Er packt Nachtzeug, Waschzeug, die letzten Brasilzigarren zusammen, die Bibel, ein schön gebundenes Exemplar des Neuen Testaments auf Griechisch mit extra großen Buchstaben für schlechtes Licht, ein Stück Brot, einen Apfel, einen leichten Mantel und nach einigem Überlegen seinen Hut.

»Ich bin so weit.«

Sie fahren in die Lehrter Straße.

»Posten drei! 176 Zugang!«

Die Tür schlägt zu.

Der schlimmste Moment. Bis hierher war Hanns Lilje stark. Jetzt sinkt er auf der Pritsche nieder. Er betet. Er fleht. Worum fleht er, um seine Errettung, um seine Freiheit? Um innere Gelassenheit, um einen Beweis von Gottes Nähe?

Lass mich die Tür vergessen. Die Tür. Ich bitte dich. Lass mich diese Tür vergessen

Clarita ist verhaftet. Sie sitzt in Moabit. Alle Türen sind zu. Sie ist nun entschuldigt. Von ihr kann man nicht mehr verlangen, Adam zu retten und die Kinder zu finden. Adam ist zum Tode verurteilt. Lebt er noch? Die Kinder sind fort. Das Attentat ist vier Wochen her. Genau vier Wochen: achtundzwanzig Tage. Was sind achtundzwanzig Tage, wie viel von einem Monat, einem Jahr, einer Ehe, einem Leben? Wie viel Prozent seines Lebens hat Adam in Haft verbracht, wie viel Prozent ihrer Ehe waren sie getrennt? Auf solche Fragen stürzt sich der übermüdete Geist und rechnet sich an ihnen bewusstlos, um nicht darüber nachdenken zu müssen, was geschehen wird oder geschehen könnte. Clarita sagt sich, dass Adam vielleicht überlebt. Es ist nicht ausgemacht, dass er sterben wird. Der Krieg könnte enden, bevor sie ihn hinrichten. Oder vielleicht trifft eine Bombe sein Gefängnis, die Zellentür springt auf und er kann fliehen. Jetzt, wo seine Familie bereits verhaftet ist, könnte er fliehen, unbesorgt, ohne sich Gedanken um ihr Wohlergehen zu machen.

Und muss ihm das immer wieder passieren? Franz Alfred Six ist zutiefst verärgert. Warum muss jede Institution, die er leitet, zum Verräternest werden? Schulze-Boysen, die Harnacks und all die anderen haben schon das Ansehen seiner Auslandswissenschaftlichen Fakultät ramponiert, und nun blamieren Haeften und Trott die Kulturpolitische Abteilung.

Haeften ist bereits hingerichtet. Aber Trott lebt noch. Six hat sie beide in einer Versammlung im Auswärtigen Amt als Verräterschweine bezeichnet. Und er hat seinen Mitarbeiter Mahnke zu Walter Schellenberg geschickt, um zu eruieren, ob man die Hinrichtung Trotts nicht doch noch verhindern kann.

Es geht Franz Six dabei wie immer nur um die Sache. Adam von Trott zu Solz verfügt über wertvolle Auslandskontakte. Es sind Kontakte, die die politisch Korrekten im ganzen Leben nicht knüpfen könnten. Six gibt sich keinen Illusionen hin: Den meisten seiner Leute fehlt es an Format, an Geist, an gesellschaftlichem Schliff. Trotts englische Freunde würden gar nicht mit ihnen reden. Aber leider hat Schellenberg bei Himmler nichts ausrichten können. Es sind Listen gefunden worden: Adam von Trott war als Staatssekretär im Auswärtigen Amt vorgesehen.

Nun, da lässt sich freilich nichts machen. Allenfalls Alexander Werth ist nun noch zu retten. Er ist ein guter Freund Adam Trotts. Er wohnt in Franz Alfred Six' Villa, seit er ausgebombt worden ist. Werth muss auf jeden Fall gerettet werden, wie soll Six sonst arbeiten? Wie soll er sein Amt weiterführen? Six ist niedergeschlagen: Er hat eigentlich niemanden mehr, mit dem Reste sinnvoller Kommunikation möglich wären. Er ist umgeben von Nazi-Dumpfbacken.

»Waltrude«, sagt der neunundzwanzigjährige Hanns Martin Schleyer zu seiner jungen Frau. »Ich habe das Richtige für uns gefunden.«

Schleyer ist Mitglied der SS, Parteigenosse und überzeugter

Nazi der ersten Stunde. Im Juli 1941 hat er die Leitung des nationalsozialistischen Studentenwerks der Deutschen Universität in Prag übernommen, deren Rektor Professor Klausing war. Mittlerweile hat Schleyer aber einen neuen Arbeitgeber: Seit letztem Jahr ist er als Referent im Zentralverband der Industrie in Böhmen und Mähren tätig. Aufgabe des Verbandes ist die Enteignung der tschechischen Unternehmer und die Germanisierung der Wirtschaft.

»Die Villa Klausing ist wirklich sehr schön«, sagt Schleyer zu seiner Frau. »Sie liegt in der Bubentscher Straße 55, ein sehr nettes Viertel. Sie ist preiswert zu haben, unter den gegebenen Umständen. Am 1. Oktober können wir einziehen.«

Es ist Mittwoch, Besuchstag für die Frauen in Moabit. Dorothee Poelchau steht in der Küche in der Afrikanischen Straße und backt eine Biskuitrolle. Gleich wird Harald kommen und den Kuchen für die Frauen abholen. Die meisten dieser Frauen sind bereits Witwen. So viele Frauen haben ihre Männer verloren, ihre Kinder, ihr Leben. Harald hat alle Hände voll zu tun, wie immer.

Und er wird noch einmal Vater. Gertie Siemsen erwartet ein Kind von ihm. Harald Poelchaus Studienkollegin, die Tillich-Assistentin aus der Zeit in Frankfurt: Sie arbeitet jetzt in Berlin für die Zinkberatungsstelle.

Harald und Gertie haben einander letztes Jahr wiedergetroffen. Gertie ist oft zu Harald in sein Tegeler Gärtchen hinausgeradelt, um ihm bei der Gartenarbeit zu helfen, wenn Harald zwischen den Bombenangriffen, seinen Pflichten in Tegel und Plötzensee und seiner Suche nach Rettungsmöglichkeiten für die letzten untergetauchten Berliner Juden einmal Zeit dafür fand.

Gertie freut sich auf ihr Kind. Es soll im Februar 1945 zur

Welt kommen. Gertie hat keinen Moment lang mit dem Gedanken gespielt, dieses Kind vielleicht nicht zu bekommen. Sie ist siebenunddreißig und unverheiratet. Dies ist das Kind, das sie gehabt haben wird.

Harald hat Gertie Siemsen sehr gern.

Er hat das Dorothee gesagt. Sie haben in der Küche gestanden, zwischen Herd und Ausguss, und einander in den Armen gehalten. Sie haben recht lange so gestanden.

Dorothee steht in ihrer Küche. Sie backt eine Biskuitrolle für die Witwen in Moabit. Harald wird den Kuchen nach Moabit bringen, morgen wird er wieder in Tegel sein und dazwischen vielleicht in Plötzensee. Hier sind sie hingestellt, hier werden sie sich bewähren. Die Arbeit geht weiter, die Sorge, das Sterben und damit die Möglichkeiten zu helfen, zu trösten, nützlich zu sein. Dorothee wird sich den Dingen gewachsen zeigen. Solange der Körper unversehrt bleibt, sind alle Schmerzen Wachstumsschmerzen.

»Es ist ein Fehler. Es ist alles ein furchtbarer Fehler. Dieser Fehler muss sich aufklären. Er wird sich aufklären. Ich begreife es gar nicht, ich begreife es nicht, aber es muss sich doch alles aufklären.«

Marion bereut es bereits ein wenig, dass sie der Gefängnisvorsteherin nachgegeben hat. Die Vorsteherin ist gestern in ihre Zelle gekommen und hat gefragt, ob Marion bereit wäre, eine Mitgefangene in ihrer Zelle aufzunehmen: Elisabeth Freytag von Loringhoven, Mädy genannt.

»Ich weiß überhaupt nicht, was passiert ist. Mein Mann ist tot. Meine Kinder sind fort. Sie sagen, mein Mann hätte sich umgebracht, aber das kann ich nicht glauben, warum hätte er sich umbringen sollen? Warum hat man mir meine Kinder genommen? Man hat mir die Kinder weggenommen.«

Die Gefängnisvorsteherin hat Marion gewarnt: Mädy von Loringhoven steht im Begriff überzuschnappen. Marion hat den Namen Loringhoven noch niemals gehört. Mädy ist aber hier, weil auch ihr Mann in das Attentat verwickelt war. Marion war zerrissen: Musste sie wirklich die Einsamkeit, die Stille aufgeben, zum Wohl irgendeines durchgedrehten Frauenzimmers?

»Wenn niemand sie aufnimmt und beruhigt, muss ich sie nach Buch in die Irrenanstalt schicken«, hat die Gefängnisvorsteherin gesagt. »Sie tobt Tag und Nacht, das geht so nicht weiter.«

Wenige Stunden später ist Mädy Marion um den Hals geflogen. Seitdem redet sie. Sie redet, redet und redet, ohne Punkt und Komma.

»Mein Mann ist Offizier«, sagt Mädy Loringhoven. »Mein Mann war Offizier. Er ist am 23. Juli gefallen, ich habe es gar nicht gewusst. Man hat mich gar nicht unterrichtet. Ich habe ein Beileidstelegramm bekommen und wusste doch gar nicht, dass er tot sein sollte. Natürlich habe ich mich an die Polizei gewandt. Und die behauptet nun, er hätte Selbstmord begangen. Man behauptet, mein Mann wollte den Führer umbringen. Aber das ist doch hanebüchen. Mein Mann war natürlich nach dem Röhm-Putsch entsetzt, aber bis dahin waren wir absolut hitlertreu. Wir haben ja nie über Politik geredet. Ich habe mich nie für Politik interessiert. Ich hatte schließlich meine vier Kinder. Der Kleinste ist gerade erst geboren.«

»Sie meinen, Sie wussten von nichts?«, sagt Marion. »Ihr Mann hat Ihnen nicht gesagt, dass er sich mit Männern trifft, die ein Attentat planen?«

»Nie! Niemals. Ich glaube es auch nicht. Ich glaube niemals, dass er ein Attentat geplant hat. Ich weiß überhaupt nicht, warum ich hier bin. Es ist unerträglich! Ich halte das nicht aus. Mir ist immer schwindlig, mein Herz rast, ich habe Angst, hier zu sterben. Es flimmert mir vor den Augen, ich sehe Sternchen.«

»Mein Mann ist auch tot«, sagt Marion. »Er ist hingerichtet worden. Man hat ihn aufgehängt.«

Das immerhin sorgt für einen Moment der Stille. Aber es dauert nicht lange, dann geht es wieder los.

»Und die Wanzen. Dass man zerbissen wird. Dass man hier von Wanzen zerbissen wird.«

»Ja«, sagt Marion.

Aber es bringt sie auf eine Idee. Marion und Mädy wischen nun die Zelle. Sie wischen und wischen. Sie wischen gegen die Wanzen an, gegen den Wahnsinn, gegen die Verzweiflung Mädys, die Zelle ist schon sehr schön blank und sauber. Mädy zieht immer ihr Kleid aus, wenn sie sich hinkniet, um die Zelle zu wischen. Dann stehen die Wachtmeisterinnen am Guckloch: Mädy hat zauberhafte Wäsche, ganz aus Spitzen und Seide.

Sie hat so schöne Kleider, die die Wachtmeisterinnen befühlen. Sie erlauben Marion und Mädy, immer wieder frisches Wasser zu holen. Dann zieht Mädy ihre Kleider aus und ist still. Abends klopfen Marion Yorck und Barbara Haeften mit ihren Eheringen die Nummer der Gesangbuchtexte ans Heizungsrohr. Dann singen sie zu dritt, Marion, Barbara Haeften und Mädy Loringhoven.

Bei Luftangriffen werden ihnen nun immer die Zellen geöffnet. Dann stehen sie beieinander im dritten Stock. Sie stehen an den Fenstern und sehen die Stadt brennen. Barbara Haeften hat keine Angst mehr. Sie weiß inzwischen von Hannes' Tod. Sie weint noch immer, aber es ist ein anderes Weinen: ein zorniges Schluchzen, das allmählich versiegt. Sie sind hier oben miteinander vereint.

Sie sprechen miteinander. Wie schön es ist, mit einem Menschen zu sprechen. Sie sind vielleicht die Einzigen in der großen Stadt, die sich nicht vor den Bomben fürchten. Sie sind unverwundbar: So werden sie nicht sterben, so nicht, und wenn, dann werden ihre toten Männer sie auffangen. Clarita fragt immer als Erstes nach den Kindern.

»War Poelchau bei euch? Was hat Poelchau gesagt? Weiß man inzwischen, wo die Kinder sind?«

Sie umarmen einander, sie streicheln und trösten einander. Sie halten einander an den Händen, wenn erst diese, dann jene erfährt, dass nun auch ihr Mann nicht mehr lebt. Die Bomben fallen. In den Kellern, in den Bunkern, in den Splittergräben ducken sich die Volksgenossen zusammen, geschüttelt von Todesangst. Die Frauen stehen am Fenster wie bei einem Fest.

»Ich bin ja mal gespannt, ob sie uns hinrichten werden«, sagt Marion.

»Aber wir sind doch unschuldig«, sagt Mädy.

»Du vielleicht«, sagt Marion. »Ich nicht.«

Fast fünfzig Kinder sind es jetzt, im Kinderheim in Bad Sachsa. Das jüngste ist die zehn Tage alte Dagmar Hansen, das älteste der fünfzehnjährige Wilhelm Graf von Schwerin. Aber so heißen sie nicht. So dürfen sie nun nicht mehr heißen.

Schulze. Du heißt ab jetzt Schulze.

Du heißt Braun.

Du Meister.

Das hat man Berthold Stauffenberg gesagt. Er ist am 17. August in Lautlingen abgeholt worden, zusammen mit seinen Geschwistern und den Kindern seines Onkels Berthold. Die Jungen, mit denen er in einem Schlafsaal untergebracht ist, sind in seinem Alter und alle recht nett. Sie spielen den ganzen Tag: Es gibt ja keine Schule, auch keine Kirche. Die Erwachsenen sind alle ganz freundlich. Merkwürdig ist es allerdings, ohne Tischgebet essen zu müssen. Und nachts muss Berthold manchmal weinen. Die anderen Jungen aber auch. Nachts erinnern sie sich daran, wer sie sind.

»Ich heiße in Wirklichkeit gar nicht Braun. Ich heiße Freytag von Loringhoven.«

»Ich heiße auch nicht Meister. Ich heiße Stauffenberg.«

Christa von Hofacker und Uta von Tresckow sitzen Hand in Hand. Uta ist in Haus 7 eingewiesen worden. Ihre kleine Schwester Heidi ist in einem anderen Haus: Die Geschwister sind nach Alter getrennt. Uta sieht Heidi vom Fenster, mittags, wenn Uta schlafen soll. Sie sollen immer viel schlafen. Uta heißt jetzt Wartenberg. Uta Wartenberg, das soll jetzt ihr Name sein. Abends liegt Uta im Bett und flüstert ihren wahren Namen. Sie klammert sich an diesen wahren Namen.

Uta von Tresckow, Uta von Tresckow

Uta und Christa haben eine Weile gebraucht, um einander zu gestehen, dass ihre Mütter im Gefängnis sind. Aber im Gegensatz zu Uta weiß Christa immerhin, warum alles ist, wie es ist. Sie flüstert es Uta eines Nachts ins Ohr.

»Unsere Väter haben versucht, den Führer umzubringen.«

Uta hält den Atem an. Dies ist ungeheuerlich. Uta weiß sofort, dass Christa recht hat. Dies klärt ja alles. Deswegen also hat die Gestapo Uta, Heidi und die Mutter in der Nacht zum 15. August in Wartenberg abgeholt und nach Küstrin gebracht.

Es war eine kühle, klare Vollmondnacht. Die Polizisten waren eigentlich nett. Sie haben den Tresckows empfohlen, Decken mitzunehmen, warme Jacken, dann haben sie sie in einen riesigen schwarzen Mercedes verfrachtet. Heidi war ganz begeistert von dem nächtlichen Ausflug in dem schönen Auto. Heidi ist fünf. Uta ist dreizehn. Ihr war gleich klar, dass sie wohl verhaftet worden waren. Den ganzen nächsten Tag haben sie in einer Zelle in Küstrin gesessen. Am übernächsten sind sie mit den beiden Gestapo-Männern erst im Zug nach Berlin, dann mit der U-Bahn ins Reichssicherheitshauptamt in der Prinz-Albrecht-Straße gefahren, wo Kommissar Habecker vollkommen außer sich geraten ist.

»Kinder? Sind hier alle übergeschnappt? Was soll ich mit Kindern?«

Also hat man sie wieder weggebracht. Der schöne schwarze Mercedes stand wieder unten im Hof, und Heidi und Uta mussten wieder einsteigen. Diesmal hat das Auto Heidi aber nicht getröstet. Heidi hat geweint. Uta nicht. Uta hat sich auf ihrem Sitz umgedreht und ihre Mutter durchs Rückfenster angesehen. Die Mutter ist auf dem Hof zurückgeblieben, in ihrer schwarzen Witwenkleidung. Uta hat ihre Mutter angesehen, bis der Wagen durchs Tor gefahren war und die Tore sich zwischen ihnen schlossen.

»Ich kann das nicht mehr. Ich verkrafte das nicht.«

Frau Dr. Westrick, Ärztin auf der Krankenstation des Gefängnisses Alt-Moabit und selbst Mutter von neun Kindern, hört ihrer Patientin mit Anteilnahme zu. Die Frau ist Kinderkrankenschwester. Sie hat offenbar einen Nervenzusammenbruch. Sie weint und schluchzt unaufhörlich.

»Deutsche Kinder. Deutsche Kinder werden ihren Müttern entrissen. Und ich soll mittun. Ich soll diese Kinder den Müttern vorenthalten.«

»Wohin hat man die Kinder denn gebracht?«

»In ein Kinderheim. Nein, ich kann Ihnen nicht sagen, wo es ist. Das darf ich nicht. Das würde ich nicht wagen. Ach, das

Elend und das Leid. Ich habe es ja verstanden, bei den Polen und den Zigeunern. Aber deutsche Kinder. Ich werde einfach nicht fertig damit. Die Schuld. Die furchtbare Schuld, die man auf sich lädt.«

»Meine Nichte ist verschwunden.«

Frau Dr. Westrick ist wie immer zur Frühmesse in das Kloster gekommen, in dem Claritas Tante als Ordensfrau des Herz-Jesu-Ordens lebt.

»Meine Nichte ist in Haft genommen. Und man hat ihre Kinder verschleppt.«

»Tatsächlich«, sagt Frau Dr. Westrick. »Wie heißt denn Ihre Nichte? Wie heißen die Kinder? Vielleicht kann ich etwas herausfinden.«

»Ich habe eine Spur, die zu den Kindern führen könnte«, sagt Harald Poelchau zu Clarita. »Sie sollen sich in einem Kinderheim in Deutschland befinden, unter anderem Namen. Aber es geht ihnen gut. Und ich habe über eine sichere Verbindung nun Ihre Familie von Ihrer Inhaftierung informieren können.«

»Dieses Verräterschwein, Ihr Mann. Hören Sie auf, ihn zu decken. Wie können Sie den Kerl decken, der Sie belogen hat, diesen Volksschädling.«

Erika von Tresckow wird von Habecker verhört. Sie hat seit ihrer Ankunft in der Prinz-Albrecht-Straße kaum ein paar Stunden geschlafen. Habecker verhört sie, Stunde um Stunde. Erika schweigt. Sie hat geschwiegen, nun aber weint sie.

»Ihr Mann, das gewissenlose Schwein.«

Hennings schmales Gesicht, der verlorene Ausdruck der Augen.

»Ja, das haben Sie nicht gewusst, was? Wie Sie belogen worden sind. Wie Ihr Mann Sie hintergangen und betrogen hat, das hätten Sie sich nicht träumen lassen, was? Was für ein Schuft. Was für ein gewissenloser Lump.«

»Was machen die da?«

Jürgen von Tresckow und der junge Mietschick sind auf dem Rückweg von den Feldern. Mieczystaw Grzeskowiak, 1940 mit seinen Eltern von den Nazis von ihrem Hof bei Posen vertrieben und seitdem Zwangsarbeiter in Wartenberg: Er sitzt im Einspänner neben dem Gutsherrn.

»Was machen die da, was treiben die?«

Am Friedhof vor der Wartenberger Kapelle parkt ein Lkw. Auf dem Friedhof wimmelt es von SS-Männern. Jürgen ist vom Wagen gesprungen. Einer der SS-Leute stellt sich ihm in den Weg.

»Zutritt gesperrt!«

»Aber was machen Sie denn da!«

»Zutritt zum Friedhof ab sofort gesperrt.«

»Sie schänden die Gräber. Sie graben den Sarg meines Bruders aus.«

»Auftrag der Reichsregierung. Fahren Sie weiter. Striktes Verbot, sich der Grabstelle zu nähern.«

Neuhardenberg ist unheimlich. Ursula Kardorff wollte drei Tage bleiben, aber sie weiß nicht, ob sie es so lange aushält. Das Schloss ist verwunschen, nicht mehr von dieser Welt. Fritzi Schulenburg, Claus Stauffenberg, Werner Haeften, der junge Klausing: Sie sind alle tot. Der Park in voller Sonne liegt schweigend, schattenlos, bis an den Rand gefüllt von ihrer Abwesenheit. Und in der Bibliothek Kugelspuren: Hier hat sich der Schlossherr bei seiner Festnahme zweimal in die

Brust geschossen. Graf Hardenberg ist aber seinen Verletzungen nicht erlegen, sondern ins KZ Sachsenhausen eingeliefert worden. Seine Tochter Reinhild ist mit den anderen in Moabit inhaftiert.

Über Hans von Dohnanyi ist vollständige Kontaktsperre verhängt worden. Aber Schwester Hanna im Lazarett hat das Bett direkt ans Fenster geschoben, und so kann Christel ihn sehen, ihn berühren. Es ist zum Glück gutes Wetter. Hans kann sich nicht bewegen, nicht gehen, kaum hören, sehen oder schlucken. Er kann atmen. Christel und ihre Tochter Bärbel stehen wie jeden Tag am Fenster, streicheln wie jeden Tag seine Hand und sprechen ihm Mut zu, als eine Limousine und ein Krankenwagen vor dem Lazarett halten. Kriminalkommissar Sonderegger steigt aus. SS begleitet ihn. Christel hält die Hand ihres Mannes fest, sie starrt Sonderegger entgegen.

»Frau von Dohnanyi. Gehen Sie ruhig hinein. Gehen Sie hinein und verabschieden Sie sich.«

»Was haben Sie vor? Wo wollen Sie meinen Mann hinbringen?«

Sonderegger sieht aus, als wäre es ihm peinlich.

»Ich persönlich glaube ja, dass er krank ist. Ich glaube nicht, dass er simuliert. Aber ich habe Befehl, ihn auf die Krankenstation von Sachsenhausen zu bringen.«

»Ins KZ? Sie wollen einen so kranken Mann ins KZ bringen?«

»Ich habe darauf nicht bestanden«, sagt Sonderegger. »Ich war es nicht. Dahinter steht sein Vorgesetzter. Oster. Es ist eine Schufterei von Oster, die dahintersteht.«

Möge deine lügnerische Zunge in deinem Maul verfaulen

»Sorgen Sie sich nicht, Frau von Dohnanyi. Ich werde persönlich dafür sorgen, dass Ihr Mann gut behandelt wird.«

Klaus Bonhoeffer steht im Kinderzimmer vor den leeren Betten seiner Kinder. Er steht vor Dürers Druck ›Ritter, Tod und Teufel‹. Seine Einsamkeit wird täglich tiefer. Emmi ist mit den Kindern in Holstein. Er würde ihr ohnehin nichts sagen, er will sie nicht bedrücken. Aber Klaus kann an nichts anderes mehr denken als daran, wie entsetzlich angreifbar, wie leicht zerstörbar, wie zerbrechlich der menschliche Körper ist. Das Wissen lässt Klaus keinen Moment der langen Tage mehr los. Haubach, Dahrendorf, Leber, Hans Dohnanyi, Just Delbrück, Dietrich Bonhoeffer sind verhaftet. Klaus schreibt an Emmi nach Holstein.

Es gibt nichts Neues.

Die Maßstäbe haben sich eben verändert.

Klaus kann mit niemandem mehr sprechen. Es ist keiner mehr da: Wer nicht verhaftet ist, ist geflohen oder tot. Klaus ist übrig. Wann werden sie ihn holen? Er geht einsam durch Straßen, die von Menschen wimmeln. In dieser Einsamkeit weiß er, dass er sterben wird: nicht notwendig jetzt, aber eines Tages, und was macht es dann, wenn es etwas früher geschieht?

Nur dass man bis dahin gut zueinander sein sollte. Dass man bis dahin, bis zu dem Moment, wenn die dünne Membran reißt, das zitternde Häutchen, das über den Abgrund gespannt ist, dass man bis dahin zueinander gut gewesen wäre. Darum geht es.

Meine Anschrift ist jetzt Konzentrationslager Sachsenhausen, Block R5b

Hans Dohnanyi liegt im Krankentrakt in einem Einzelzimmer. Max Geissler, Blockältester auf Block R II, ist zu seinem Pfleger ernannt. Er streicht seinem erschöpften Patienten über die Stirn, er gibt ihm zu trinken. Er tröstet ihn, wenn sie ihn von einer Vernehmung zurückbringen. Hans weint dann immer. Sie foltern ihn nicht: Sie wollen nicht riskieren, dass er ihnen wegstirbt. Er soll vorher reden. Er soll erst gesund werden, damit man ihn dann krankenhausreif schlagen kann. Immerhin können sie ihn seelisch quälen. Sie drohen, seine Frau, seine Kinder einzusperren. Er schweigt aber. Er sagt nichts. Er redet nicht, aber er weint. Er weint nach jeder Vernehmung. Manchmal lange. Schreiben kann er nicht. Geissler schreibt seine Briefe für ihn.

Mein süßer geliebter Liebling!

Es kommen keine Antwortbriefe. Vielleicht werden Hans' Briefe gar nicht versandt. Wenn draußen auf dem Appellplatz größerer Lärm herrscht als sonst, fragt Hans, was geschieht. Max tritt ans Fenster. Er will nichts sagen. Hans besteht darauf. Also beschreibt Max die Hinrichtungen. Hans hört das Gebrüll der Tuberkulosekranken, die totgeschlagen werden, weil sie ein Brot gestohlen haben. Am 14. und am 16. September gehen endlich zwei Pakete durch. Hans erhält Mohrrüben, frühe Äpfel, Honig, Hartwurst. Er teilt alles mit Max. Am 22. September findet die Gestapo in Zossen Hans von Dohnanyis Aktensammlung.

Sie finden die Dokumentation der Umsturzvorbereitungen von 1938, 1939, 1940: Protokolle, Einsatzpläne, Adressen, lose Blätter. Es war Ludwig Beck, der darauf bestanden hat, den Trödel aufzubewahren. Er war der Ansicht, sie müssten später einmal beweisen können, zu welch frühem Zeitpunkt sie schon zum Umsturz entschlossen waren.

Das haben sie nun in der Tat bewiesen. Adolf Hitler kann es nicht fassen: Das Attentat ist nicht erst jetzt, wo sich das Kriegsglück vorübergehend gegen ihn gewandt hat, von ein paar missmutigen Geistern ersonnen worden? Man hat ihn schon zur Zeit seiner Siege gehasst, dermaßen gehasst, dass breite Kreise ihn töten wollten?

Keines dieser Dokumente darf an die Öffentlichkeit gelangen. Nichts darf in den Prozessen verwendet werden, nicht ohne ausdrückliche Genehmigung des Führers. Aber sterben sollen sie alle, sterben.

Am 30. September mittags parkt eine dunkle Limousine vor Klaus Bonhoeffers Haus in der Siedlung Eichkamp. Klaus macht kehrt. Er geht sofort zurück in die Stadt, in die Marienburger Allee 42 zu seiner Schwester Ursula Schleicher. Nun ist die Entscheidung nicht mehr aufzuschieben. Christel Dohnanyi, Ursel und Rüdiger Schleicher sitzen mit Klaus um den Tisch. Nun muss Klaus entscheiden, ob er flieht, sich verhaften lässt oder sich umbringt.

»Ich würde mich natürlich verhaften lassen, wenn ich Emmi und euch damit etwas ersparen könnte«, sagt Klaus. »Aber so ist es ja nicht. Seht euch die Schlangen vor den Gefängnissen an. Seht euch an, mit welcher Mühe die Familien ihre Verwandten verpflegen.«

Er geht im Zimmer auf und ab.

»Und will man fliehen? Einmal abgesehen davon, wie viel Aussicht man hätte, ihnen tatsächlich zu entgehen: Will man selbst frei herumlaufen, wenn Frau und Kinder eingesperrt werden? Also. Damit ist die Sache klar. Ich muss mich sofort umbringen.«

»Aber Klaus. Nein, das geht nicht. Der Krieg kann doch nicht mehr lange dauern. Klaus, der Selbstmord ist eine schwere Sünde. Klaus, sieh dir Dietrich und Hans an. Sie sind schon so lange in Haft. Es ist schlimm, ja, aber man kann doch hoffen, dass der Krieg endet, und sie kommen frei. Man muss doch hoffen können. Sie haben doch eigentlich nichts gegen dich in der Hand. Klaus, wie soll man das Emmi erklären, den Kindern?«

So sitzen sie zusammen, die ganze Nacht. Die Gestapo erscheint am nächsten Morgen.

»Natürlich ist damit unser Plan geplatzt, lieber Knobloch.«

Unteroffizier Knobloch schmuggelt schon seit Monaten Briefe für Dietrich Bonhoeffer aus dem Gefängnis, als Gegenleistung für regelmäßige Lebensmittelzuwendungen. Er ist ein Arbeiter aus dem Berliner Norden. Er hat sich überreden lassen, Dietrich in Monteursbekleidung aus dem Gefängnis zu holen und ihn bis zum Ende des Krieges in einer Laubenkolonie in Niederschönhausen zu verbergen. Die Schleichers haben die Kleidungsstücke bereits zu Knobloch nach Hause gebracht. Und natürlich hat man Knobloch zum Dank über das Kriegsende hinaus jegliche Unterstützung versprochen.

»Mein Bruder ist verhaftet worden«, sagt Dietrich. »Unmöglich kann ich nun aus der Haft fliehen. Es ist ja nur zu klar, dass man an ihm Rache nehmen würde.«

Erika von Tresckow ist aus der Haft entlassen. Ihr Mann ist tot. Ihre Söhne sind an der Front. Ihre Töchter sind verschleppt. Ihr Schwager Gerd hat sich am 6. September im Gefängnis Lehrter Straße die Pulsadern aufgeschnitten und ist verblutet. Eta von Tresckow tritt durch das Gefängnistor auf die Straße. Und da steht Margarethe von Oven.

»Övchen? Warum, meinst du, sind sie gescheitert?«

»Weil sie keine Meuchelmörder waren, Eta. Darum.«

»Dann hätten sie es lassen sollen.«

»Ich weiß nicht. Vielleicht. Aber was hätten sie dann gemacht?«

Am 30. September wird Barbara von Haeften zum ersten Mal zum Verhör gerufen. Sie gehen zu Fuß in die Meinekestraße, Barbara, Clarita von Trott zu Solz und Annedore Leber, begleitet von einem Beamten.

Nun, ganz am Ende dieses Wegabschnitts, hat man Barbara also doch noch Fragen zu Briefen gestellt, die sie an ihren Mann geschrieben hat, zu Leuten, die sie gekannt haben soll. Der Kommissar hat das Verhör mit der Mitteilung begonnen, Barbaras Mann habe ausgesagt, seine Frau hätte alles gewusst.

Barbara hätte ihm ins Gesicht lachen können. In dem Moment war klar, dass Harald Poelchau recht gehabt hatte. Diese Leute waren gar nicht interessiert an der Wahrheit. Nun konnte Barbara in Ruhe lügen. Sie konnte lügen, lügen und lügen, bis der Beamte sie gehen ließ.

Clarita ist frei. Die Kinder sind zurück. Die kleine Clarita kann noch nicht sprechen. Aber Verena ist sehr tapfer hereinspaziert.

»So. Da bin ich wieder.«

Seitdem weint sie.

Clarita hält das weinende Kind in ihren Armen, drei Tage lang, drei Nächte lang. Es weint leise, kläglich, untröstlich. Clarita weint nicht. Sie presst die Lippen zusammen. Sie hört das Echo dieses Weinens in sich selbst. Aber sie weint nicht. Sie kann nicht. Sie kann sich nicht bewegen. Nichts kann sie bewegen. Ihre Seele trägt einen Panzer. Clarita wagt nicht, den Panzer auszuziehen. Sie wüsste auch überhaupt nicht, wie.

Uta von Tresckow und Christa von Hofacker haben einander zum Abschied lange umarmt. Sie haben es zuerst nicht geglaubt, dass man sie heimschickt. Aber der Wagen, in dem Uta mit ihrer kleinen Schwester Heidi sitzt, fährt tatsächlich über die Glienicker Brücke.

»Heidi. Sie bringen uns wohl doch nach Hause.«

In die Potsdamer Burggrafenstraße, in die Wohnung, in der Margarethe von Oven mit der Mutter wartet.

»Meine Kinder. Meine Kinder. Jetzt fahren wir heim nach Wartenberg.«

Auch Annedore Leber hat ihre Kinder gefunden. Man hatte sie nach Dessau auf die Polizei gebracht, und von dort hat ein Gestapo-Mann sie mit zu sich und seiner Frau nach Hause genommen. Annedore ist sofort hingefahren. Den Kindern geht es gut. Annedore hat sie wieder nach Hordorf zurückgebracht, zu ihrer Mutter. Dann ist sie nach Berlin zurückgekehrt: Jüli ist nicht mehr in Ravensbrück.

Er ist in Berlin, in der Lehrter Straße. Er lebt. Annedore ist frei. Sie kann nun wieder um ihren Mann kämpfen. Sie kann ihm helfen, ihn pflegen und versorgen. Annedore reiht sich unter die Frauen vor dem Gefängnis Lehrter Straße ein.

Die Frauen stehen dort in langen Schlangen mit Essenspaketen und Wäsche. Nicht nur Verwandte stellen sich an. Auch die Frauen von Freunden kommen, mit belegten Brötchen, mit heißen Bratkartoffeln in Blechdosen, die sie sorgsam mit Papier umwickeln, um sie warm zu halten. In den Brötchen, auf hauchdünnes Papier geschrieben, finden sich Kassiber: Die Namen der Hingerichteten stehen darauf, gegen die man nun notfalls aussagen kann, kleine Vermerke, wie es dem oder jenem geht, was der oder jener gesagt haben soll. Die Frauen warten auf der Gefängnistreppe, bis sie aufgerufen werden. Dann geben sie ihre Gaben ab. Manchmal durchschneidet der diensthabende Beamte ein Brötchen und zerstört damit den Brief. Manchmal verweigert er die Annahme eines Pakets. Die Frauen stehen in der Herbstdämmerung und warten darauf, dass man ihnen die leeren Blechdosen zurückgibt, in denen sich manchmal eine Dankesnotiz befindet. Sie warten, dass man ihnen die getragenen Kleider der Ihren zum Waschen überlässt.

Auch Edolf Reichwein ist inzwischen aus dem Zuchthaus Brandenburg zu den Sozialdemokraten in die Lehrter Straße überstellt worden. Letzte Woche hat man Romai seinen Anzug ausgehändigt. Der Anzug war innen voller Blut.

Romai hat Edolfs Anzug mit nach Kreisau genommen. Sie hat im Zug gesessen, mit dem blutigen Anzug ihres Mannes im Gepäck. In Kreisau hat sie eine Wanne mit Wasser gefüllt. Sie hat versucht, darin das Blut ihres Mannes aus dem Anzug zu waschen. Das Wasser in der Wanne färbte sich rot. Romai schrubbte. Das Rot wurde intensiver, dunkler. Romai nahm die Hände aus dem Wasser. Und Edolf kann nur noch flüstern.

Romai hat Edolf besucht. Sie hat ihn gesprochen, aber sie hat ihn kaum verstanden. Inzwischen weiß sie, was geschieht. Sie würgen ihn, und wenn er das Bewusstsein verliert, holen sie ihn mit kaltem Wasser zurück. Dann würgen sie ihn erneut. Edolf ist also schon viele Tode gestorben. Es genügt ihnen nicht, ihn nur einmal zu erhängen. Romai liegt nächtelang wach und grübelt, wie sie selbst Hitler umbringen könnte. Oder sie könnte vor den Volksgerichtshof treten und ihnen allen die Wahrheit sagen. Wie wollen sie der Wahrheit widerstehen? Wie wollen sie es ertragen, wenn Romai ihnen ihre furchtbaren Verbrechen entgegenschleudert?

Oder Romai könnte ein Kind opfern.

Sie könnte Gott ein Kind anbieten. Er dürfte sich eines der Kinder aussuchen, wenn Romai dafür ihren Mann wiederbekäme. Gott könnte zum Beispiel Sabine nehmen. Romai ist noch nicht so stark an Sabine gewöhnt. Sabine ist die Jüngste, sie ist erst drei. Sie kennt sich noch kaum selbst. Sie hat noch keine tiefen Wurzeln geschlagen. Wenn Gott Romais Mann wieder freigeben würde, dann könnte er sich dafür Sabine nehmen.

Mädy Freytag von Loringhoven ist ebenfalls entlassen worden. Marion ist allein im Gefängnis zurückgeblieben. Und man hat sie verlegt. Man hat ihr eine neue Zelle zugewiesen. Die neue Zelle ist schöner. Sie ist heller, größer, Marion dreht das Gesicht zur Wand. Sie will das fremde Licht nicht sehen. In der alten Zelle hat sie mit Peter gelebt, und mit Mädy. In der neuen ist sie vollkommen fremd. Es ist Oktober. Marion kann nicht sehen, wie ihre Birke vor ihrem Fenster golden wird. Sie hat nun gar nichts mehr. Sie wendet den Blick nach innen. Dort ist immer noch Peter.

Charlotte von der Schulenburg lebt in Trebbow. Sie darf niemanden sehen, niemandem schreiben, nicht telefonieren. Nur hin und wieder dringt etwas zu ihr: der Name eines weiteren Toten. Die Namen der Toten rasseln in der Leere, trockene Knochen in einem Beutel. Fritzis Name ist nicht darunter. Dann kommt der Brief. Es ist ein gedrucktes Formular. Die Daten sind mit der Maschine eingetippt.

Fritz-Dietlof Graf von der Schulenburg
Hoch- und Landesverrat
Tod durch den Strang
Das Urteil wurde …

Drei Punkte. *Das Urteil wurde.* Vollstreckt? Umgewandelt in Erschießen? Aufgehoben? Alles ist sofort wieder möglich. Wie sollte nicht alles möglich sein, wenn es um Fritzi geht? Gott selbst kann eingegriffen haben.

»Ich fahre nach Berlin.«
»Ich komme mit, Charlotte.«
»Nein, Tisa. Nicht nötig.«

Charlotte hat eine Weile warten müssen, im Vorzimmer von Oberstaatsanwalt Görisch am Volksgerichtshof. Es war aber nicht übertrieben lange, weniger als eine Viertelstunde vielleicht. Nun bittet man sie herein.

»Frau Gräfin. Verzeihen Sie bitte die Wartezeit.«

»Ich wollte mich nach meinem Mann erkundigen. Ich habe einen Brief bekommen, sehen Sie. Einen Brief, der mich ganz im Unklaren lässt.«

Der Staatsanwalt wirft einen Blick auf das Formular. Sie atmet nicht. Er hebt die Brauen, schüttelt den Kopf.

»Aha, Frau Gräfin. Ich sehe. Sie müssen vielmals verzeihen. Ein bedauerlicher Fehler des Kanzleipersonals.«

Sie hätte Brom nehmen sollen. Ihr Herz stolpert. Sie hält sich an der Stuhllehne fest.

»Die Überlastung, Sie verstehen. Aber nehmen Sie doch bitte Platz. Die Sache wird sofort in Ordnung gebracht.«

Der Oberstaatsanwalt verschwindet durch eine Tür. Eine Schreibmaschine klappert. Einen Moment später ist er wieder zurück.

»Bitte schön. Damit dürfte die Sache ihre Ordnung haben.«

Charlotte nimmt das Formular entgegen.

vollstreckt

Plötzensee. Das trostlose nördliche Berlin. Zerbombte Vorstädte, Bombentrichter, mit der S-Bahn kommt man noch bis zum Bahnhof Beusselstraße. Charlotte geht über die Brücke beim Westhafen, dann an der langen langen Zuchthausmauer entlang. Charlotte geht vor dem Tor auf und ab. Auf und ab.

Das Tor öffnet sich. Jemand kommt heraus. Charlotte läuft, und der Mann hält ihr freundlich die Tür auf. Sie schlüpft hindurch. Das Tor schließt sich. Einen Moment später stürzt ihr der Wachtmeister entgegen, der Dienst an der Pforte hat.

»Was wollen Sie? Wer sind Sie?«

Sie sagt ihren Namen.

Und damit ist es vorbei. Ihr Name, hier. Sein Name, hier, wo er gestorben ist. Die Tränen stürzen in Flutbächen herab. Sie sieht nichts mehr, nicht den alten Wachtmeister, nicht die Mauern, die um sie aufragen, die sich zu verengen scheinen, je näher sie dem Herbsthimmel kommen.

»Aber Kindchen, Kindchen.«

Der Wachtmeister hat ihren Arm genommen. Sie hört ihre eigene Stimme nicht. Sie hört nicht, was sie sagt: immer wieder dasselbe, dasselbe.

dahin, wo mein Mann gestorben ist, wo mein Mann gestorben ist

Der Pförtner von Plötzensee hält Charlotte in den Armen. Er wiegt sie ein wenig, er sagt es immer wieder.

»Armes Kind, armes Kind.«

Er nimmt sie an der Hand. Er führt sie. Sie gehen über den Hof, sie betreten ein Haus. Ein Eisengitter öffnet sich, schließt sich hinter ihnen. Sie gehen einen langen Flur entlang, durch eine Tür. Die Tür öffnet sich, schließt sich, dahinter ein weiterer Hof. Sträflinge. Sie gehen durch eine Tür, wieder in ein Haus. Gitter öffnen und schließen sich, Schlüssel klirren. Der Pförtner klopft an eine Tür. Er streckt seinen Kopf in die Tür, er sagt etwas. Ein Mann tritt aus dem Büro heraus.

»Wo Ihr Mann – ? Nein, wirklich. Unmöglich. Wir werden Sie hinausbegleiten.«

Sie gehen zurück. Sie gehen den ganzen langen Weg wieder zurück: Charlotte in der Mitte, neben ihr der Pförtner, der ihre

Hand hält, ein korrekter Beamter auf der anderen Seite. Dann öffnet sich das große Tor.

»Bitte«, sagt Charlotte.

»Bitte«, heult sie, »schicken Sie mich nicht wieder fort. Schicken Sie mich nicht hinaus.«

Das Tor öffnet sich. Sie wird hindurchgeschoben. Dann schließt es sich hinter ihr. Charlotte lehnt sich dagegen.

Lasst mich hinein! Mich und alle meine Kinder!

Zwischen dem 14. August, als man ihn um halb sieben Uhr früh aus seiner Zelle im Gefängnisblock des KZ Ravensbrück geholt und in Handfesseln nach Drögen auf die Polizeistation geschleppt hat, und dem 19., an dem sein Status als Untersuchungsgefangener aufgehoben worden ist, ist Helmuth Moltke immer wieder verhört worden. Sie kamen früh um fünf, sie kamen in der Nacht. Sie fesselten ihn mit Julius Leber zusammen, mit Theo Haubach. Beunruhigend waren auch Freyas Briefe. Eine gewisse Verzagtheit war nicht zu überhören. Eine große Unruhe war deutlich.

Am 18. August durfte er noch einmal zu seinem Rundgang hinaus ins Freie. Es war ein sehr schöner warmer Tag. Im Geist sah er die Erntewagen in Kreisau auf den Hof fahren. Am nächsten Tag hat man ihn als Sträfling eingekleidet, ihm alle seine Bücher und sein Schreibzeug genommen und ihn in eine lichtlose Zelle gesperrt.

Nun sind ihm die letzten Mittel genommen, den eigenen Tiefen oder Sandbänken auszuweichen. Nun wird sich herausstellen, ob er auf Grund läuft, absäuft oder sich schwimmfähig erhalten kann. Es ist klar, dass man ihm den Prozess machen und ihn töten will.

Darüber muss er also nicht nachdenken. Er denkt über früher nach, über theologische Fragen, über Probleme der Landwirtschaft. Er erhält nun nur noch die Häftlingsverpflegung, nicht mehr die der SS-Wachen, aber er hat zwei Tage gefastet und das Brot dieser Tage aufgehoben. So hat er festgestellt, dass das Zeug ganz essbar wird, wenn man es durchtrocknen lässt. Seit seiner ersten Vernehmung am 14. August hat er sich bemüht, so viele Bibelstellen wie möglich auswendig zu lernen, um für Kommendes gerüstet zu sein. Diese Stellen sagt er sich nun zweimal am Tag vor. Zu seiner Verwunderung entdeckt er immer wieder neue Aspekte an ihnen. Dazwischen rezitiert er Gedichte. Er betet. Er geht auf seinem Gut spazieren. Einmal lacht er lange über ein paar englische Verse, die ihm eingefallen sind. Trotz alledem überfällt ihn einmal am Tag eine starke Unruhe. Was hat man mit ihm vor, wie wird es enden? Soll er wirklich nie wieder Kreisau sehen, die Söhnchen? Soll er nie wieder in seinem Bett schlafen, nie wieder auf seiner Veranda stehen? Wie lange wird er hier im Dunklen sitzen? Er beginnt dann zu singen, meist Kirchenlieder, die sie in Gräditz in der Kirche zusammen gesungen haben. Er sagt sich, dass ein Weg, dessen Länge man nicht kennt, einem immer meilenlang vorkommt.

Er sagt sich, wie schön es war, bis hierher gegangen zu sein.

Er erzählt sich, wie schön sein Leben war und wie begünstigt vom Glück. Was hat er alles sammeln dürfen. Wie arm und elend sind doch viele Menschen, wie sehr bedürftig seines Mitleids. Wie arm sind auch die, die ihm ans Leben wollen: Keiner von ihnen hatte Freya. Keiner von ihnen kann etwas von dem wissen, was er weiß. Nun, sie hatten ihr Leben. Er hatte seines. Er wandert auf den Kapellenberg, zum Grab seiner Mutter. Er steht auf der Veranda des Berghauses. Die Unruhe quält ihn nun nur noch jeden zweiten Tag. Dann bleibt sie ganz aus. Er lebt von Sekunde zu Sekunde. Er gestattet sich keinen Blick nach vorn mehr. Er lässt den Blick weit über die Rübenfelder von Kreisau schweifen, bis zu den fernen Hängen des Eulengebirges, die die Abenddämmerung violett färbt. Er betrachtet Freya, schlafend, ihr Haar über die Kissen gebreitet. Er betrachtet sie, wie sie Kirschen pflückt, Brot schneidet, eine Buchseite umblättert, ein Kind auf die Hüfte hebt. Sie sieht ihn an. Er spürt, wie sie ihn ansieht. Er weiß, ihr Blick weicht keinen Augenblick von ihm. Dankbarkeit erfüllt ihn. Er hält Ernte. Er ist ein reicher, reicher Mann.

Anfang September gibt man ihm seine Bibel zurück. Er darf nun wieder einmal am Tag eine Stunde lang im Freien spazieren gehen. Und er hat Arbeit: Er zählt und bündelt polnische Geldscheine.

Das hat er noch nie getan: Geld bündeln. Er findet es rasend komisch. Er denkt, während er Geld bündelt, an seine Mutter. Er denkt an Freya: Nun steht sie auf, nun geht sie nach unten. Nun fährt sie mit Zeumer und Pferd und Wägelchen über die Felder. Nun tappeln oben die kleinen Füße der Söhnchen. Ob es so ist? Dies ist sein Erntemonat. Am 12. und gleich darauf noch einmal am 18. September erlaubt man ihm, an Freya zu schreiben. Was für ein lang entbehrter Genuss.

Freya hält die Briefe in der Hand. Es sind Abschiedsbriefe.

Um Dich mache ich mir keine Sorgen, wie es wohl eigentlich meine Pflicht wäre. Aber ich kann nicht. Ich habe so fest das Gefühl, dass Du alles meistern kannst. Du bist nie ein Sorgenpunkt, sondern der Quell meiner Dankbarkeit, Zuversicht und »Glaube, Liebe, Hoffnung, diese drei«.

Und wer hat ihn verraten? Wer hat der Gestapo seinen Namen genannt? War es vielleicht Edolf Reichwein? War es Peter Yorck, Adam Trott? Julius Leber? Es ist egal. Wenn die Alliierten sich nicht sehr mit dem Siegen beeilen, wird man Freyas Mann töten. Das Berghaus ist mit Kindern voll belegt. Das Schloss quillt über von Flüchtlingen aus den bombardierten Städten. Freya fährt mit Zeumer über die Felder, sie besprechen die laufenden Probleme auf dem Hof, Freya läuft zur Spielschule hinunter und sieht nach dem Rechten, alles wendet sich an sie. Alles will wissen, was zu tun ist: Freya muss es wissen.

Sie weiß es auch. Sie weiß, was zu tun ist. Es ist der 28. September. Ein Donnerstag. Der 26. war ein Dienstag. Ein Brief hätte kommen müssen. Helmuth hat ihr geschrieben, dass nur noch einmal in der Woche Post befördert wird, und das ist eben am Dienstag, Freya hat aber keine Post bekommen. Sie wird jetzt nach Ravensbrück fahren. Sie hat keine Sprecherlaubnis. Aber sie kennt die SS-Männer dort. Sie werden ihr sagen, was los ist. Diese Leute machen, was sie wollen. Sie halten sich an keine Regeln. Sie sind wie kleine Kinder, die niemand zum Menschsein erzogen hat: In einem Moment bedauern sie dich für das Pech, das du mit den Gänsen hattest, im nächsten reißen sie dir die Fingernägel heraus. Und gleich danach sind sie wieder anders gestimmt und erlauben voll Großzügigkeit, was an sich nicht zu erlauben ist.

In Drögen hat man Freya wie immer herzlich empfangen.

»Ach wie günstig, Frau Gräfin. Ihr Mann ist nach Berlin verlegt worden, in die Lehrter Straße.«

Lehrter Straße. Edolf Reichweins blutiger Anzug.

»Da können Sie nun gleich seine Sachen mitnehmen.«

Freya ist auf dem Weg nach Berlin. Sie wird nach Berlin gelangen. Aber erst einmal muss sie den Bahnhof von Fürstenberg erreichen, mit Helmuths Koffer und mit dem ihren. Die Koffer sind schwer. Ihr Koffer enthält, was sie diesmal für Helmuth aus Kreisau mitgebracht hat. Sein Koffer enthält alles, was Freya früher von Kreisau hierhergebracht hat: die Bücher, die Lampe, Kleider und Teller. Nun schleppt sie alles wieder mit sich zurück.

Freya hat ihre Koffer bei Helmuths Vetter Carl Dietrich von Trotha untergestellt. Sie kann bei Trothas übernachten. Das ist sehr mutig von ihnen. Carl Dietrich ist ja noch frei, ebenso Horst von Einsiedel. In der Nacht war wieder ein Bombenangriff. Am Morgen braucht Freya bis zur Lehrter Straße zwei Stunden. Teile des Gefängnisses liegen in Trümmern.

»Moltke? Ah. Der Lange. Die sind alle nach Tegel gekommen.«

»Nach Tegel!«

Zu Harald Poelchau.

Romai steht wie jede Woche vor dem Gefängnis Lehrter Straße, mit Gravensteiner Äpfeln, Wäsche, Blumen aus dem Kreisauer Garten. Sie wartet auf das Paket mit der schmutzigen Wäsche, auf den Zeitungsrandabriss mit ein paar darauf hinterlassenen Worten.

Verhandlung wieder verschoben

Das hat Edolf die letzten beiden Male geschrieben. Diesmal kommt kein Zettel mit. Hoffentlich heißt das nicht, dass ihn der nächtliche Angriff verletzt hat. Romai überlegt, dass sie Harald Poelchau bitten wird, sich nach Edolf zu erkundigen. Sie braucht fast eine Stunde bis nach Tegel hinaus. Auf dem Gefängnishof, zwischen zwei Beamten, steht in gestreifter Sträflingskleidung Helmuth James Graf von Moltke.

Freya ist glücklich in das Gefängnis Tegel hineingelangt. Man hat sie durch all die Türen und Tore, Höfe und Gänge, Gitter und abschließbaren Schranken hindurchgeschleust, nun sitzt sie in Poelchaus Vorzimmer. Die Tür geht auf, und Romai kommt herein.

»Freya! Du hier? Ich habe Helmuth im Hof gesehen.«

Freya stürzt los. Sie muss zurück. Man muss ihr öffnen. Freya befiehlt. Ihr Ton duldet absolut keinen Widerspruch.

»Machen Sie auf. Lassen Sie mich hinaus.«

Man gehorcht ihr, bevor man begriffen hat.

»Öffnen Sie. Augenblicklich.«

Und da ist er. Da steht ihr Mann. Sie sehen einander an. Es geht ihm gut. Er ist noch da. Er ist unzerstört: Dies sind Helmuths Augen, die Freya anblicken. Es ist dieser Moment, noch einer. Dann tritt ein Wachmann neben Helmuth. Er führt ihn ab. Freya sieht ihm nach. Auf der Treppe wendet sich Helmuth noch einmal nach ihr um.

»Ist Ihnen jetzt besser?«, sagt der erste Wachtmeister.

»Sind Sie verrückt geworden? Was fällt Ihnen ein? Was glauben Sie, wo Sie hier sind«, brüllt der zweite.

Freya Moltke lacht ihm ins Gesicht.

Ihr Herz singt. Die Türen öffnen sich, schließen sich hinter ihr, Freya geht weiter. Helmuth ist hier. Er ist er selbst. Sie haben ihm nichts anhaben können.

Mein Jäm, mein Herz, mein Wirt, mein Liebster, wie schön, dass ich Dir noch einmal richtig schreiben kann.

Es ist ein unfassbar großes Geschenk: Harald Poelchau hat sich bereiterklärt, einen Brief Freyas zu Helmuth in die Zelle zu schmuggeln, am Zensor vorbei.

Wie beglückend, dass wir uns sahen. Wie gut, dass Du Dich doch zu mir entschlossen hast, wie gut, dass ich Dir für mich die Söhnchen entrissen habe. Wie gut, dass ich jede Minute mit Dir bewusst als Geschenk empfunden habe, dass ich mich um jede gerissen habe.

Harald Poelchau bringt Freya Helmuths Antwort.

Mein liebes Herz, mein Pim, mein Kleiner,

Ich bin meiner Sache so sicher, ich bin so fest verankert, dass, so Gott will, mir die erforderliche Kraft keinen Augenblick fehlen wird.

»Hauptsächlich wirft man ihm vor, dass er über Goerdelers Umsturzpläne informiert war und dies der Gestapo nicht angezeigt hat«, sagt Harald Poelchau zu Freya. »Damit ist er in den Sog des 20. Juli geraten.«

»Ich habe es erwartet«, sagt Freya. »Ich habe es erwartet. Wie lange haben wir noch?«

»Wer kann das sagen? Vielleicht nur ein paar Tage.«

»Weiß er das?«

Harald Poelchau hebt den Kopf. Er sieht aus dem Fenster. Dann sagt er: »Er rechnet im Moment fest mit seinem Tod. Er ist sehr gelassen. Aber das muss nicht so bleiben. In der Haft geht etwas mit den Menschen vor. Sie verlieren den Kontakt mit der Wirklichkeit. Oft setzen sie dann auf die unwahrscheinlichsten Dinge.«

Freya wohnt nun in Carl Dietrich Trothas Wohnung in Lichterfelde. Morgens durchquert sie die Stadt, um einen Brief an Helmuth in der Afrikanischen Straße bei Poelchaus abzugeben. Abends kommt sie wieder, um Helmuths Antwortbrief abzuholen. Jeder Brief ist ein Abschiedsbrief. Jeden Tag kann ja der Prozess anberaumt werden, und dann wird Helmuth womöglich in die Prinz-Albrecht-Straße verlegt, wo Harald Poelchau ihn nicht besuchen kann.

Aber noch ist Helmuth in Tegel. Freya kann Päckchen für ihn packen, mit Brot und Schinken, frischem Obst, frischer Wäsche. Sie bringt auch Wachtmeister Gissel immer Zigaretten und Kreisauer Wurst mit. Wenn Gissel dann Freyas Wäschepaket zu Helmuth hinauf in die Zelle trägt, sitzt Freya in Gissels kleinem Wartezimmer im Gefängnis und begleitet ihn auf seinem Weg.

Jetzt – jetzt – jetzt ist er an der Zelle.

Jetzt öffnet er die Tür.

Jetzt weiß Helmuth, dass sein Pim im Haus ist.

Jetzt weiß er, dass sie ihm nah ist, nur durch ein paar Steine von ihm getrennt. Sie genießt diese Nähe, jeden einzelnen köstlichen Moment. Dann kommt Gissel zurück, und Freya nimmt die schmutzige Wäsche entgegen: die Wäsche, die Helmuth getragen hat. Bewahrt eines seiner Hemden noch die Wärme seines Körpers? Freya verlässt das Gefängnis. Helmuth nimmt sie mit sich. Sie tritt hinaus auf die Straße, sie steigt in die Straßenbahn, in die Stadtbahn. Inmitten der Menschenmassen ist sie mit ihm allein, tief und innig mit ihm verbunden.

Helmuth ist Tag und Nacht gefesselt. Tag und Nacht brennt in seiner Zelle das Licht. Auch die Angriffe muss er in dieser doppelten Wehrlosigkeit ertragen, gefesselt und eingeschlossen. Wachtmeister Claus würde ihm ja liebend gern die Fesseln abnehmen. Aber ihm fehlt der Mut. Immerhin ignoriert er es, wenn Helmuth seine langen, verbotenen Briefe schreibt. Helmuth versorgt Claus mit Schinken und Zigaretten, dann antwortet er auf Freyas letzten Brief.

Er schreibt mit einem Bleistiftstummel, den er in den gefesselten Händen hält. Morgen um diese Zeit ist er vielleicht schon tot. Dann wäre dies das letzte Mal, dass er sich mit seiner Frau unterhält, das letzte Mal, dass er ihre Stimme hört, die ihm aus den Zeilen des Briefs ganz gegenwärtig entgegenklingt.

Es ist doch ohnehin erstaunlich, dass er noch lebt. Otto Kiep ist tot, Fräulein von Thadden, Carl Langbehn, Ulrich von Hassell, Peter Yorck, Ulrich Schwerin von Schwanenberg, Fritzi Schulenburg, Maass, Leuschner und fünfzehn oder noch mehr KZ-Häftlinge, die während Helmuths Ravensbrücker Zeit in den Tod geschickt worden sind.

Los, wir machen einen Spaziergang ums Lager.

Helmuth entsinnt sich nur noch mühsam der Erregung, die ihn anfangs bei diesen Worten erfasst hat. Wer war er damals? Wer ist er heute? Manchmal muss er den Kopf schütteln, lachen. Wo ist nun der Großgrundbesitzer? Wo ist der Graf, der Angehörige des Oberkommandos der Wehrmacht, der promovierte Jurist, der Weltmann? Das Gefängnis stinkt nach Fäkalien, nach Kohl, nach ungewaschenen Leibern. Helmuth James Graf von Moltke muss sich herumschubsen lassen. Auf den Gängen klirrt es, brüllt es, jemand ruft, irgendwo wird geweint, ein Telefon klingelt, Stiefeltritte hallen, Türen öffnen sich kreischend und fallen schwer ins Schloss, und ständig fragt man sich, ob diese Geräusche Bezug zum eigenen Schicksal haben. Das eigene Schicksal ist aber nicht in die eigene Hand gegeben. Was hat Helmuth ins Gefängnis geführt? Eigene Entscheidungen? Er war sich im Klaren darüber, dass er mit seinen Planungen für die Welt nach Hitler sein Leben riskiert. Deswegen sitzt er aber gar nicht hier. Er ist im Gefängnis gelandet, weil er Kiep gewarnt hat. Das heißt, er wäre auch eingesperrt worden, wenn er sich all die Jahre angepasst und still verhalten hätte, wenn er alles, was er getan, gedacht, gesagt hat, unterlassen hätte, bis auf diese eine Warnung.

Es ist eine merkwürdige und beunruhigende Erkenntnis.

Denn erstens bedeutet das ja, dass nicht seine Handlungen ihn in diese Lage gebracht haben, sondern sein Wesen, das es ihm unter keinen Umständen gestattet hätte, Kiep nicht zu warnen, selbst wenn er den befreienden Impuls hätte niedermorden können, über die Grundlagen der Staatslehre nachzudenken. Das wiederum könnte bedeuten, dass seine Arbeit, sein Leben, sein gesamtes Handeln zwar nicht unbedingt nutz- und sinnlos, aber doch nicht der Kern seiner Aufgabe auf Erden gewesen wären. Wenn die eine Handlung, die unbedingt aus dem Kern seines Wesens stammt, ihn nun umbringt, heißt das vielleicht, dass im Kern nicht mehr und nicht weniger von ihm gefordert ist als sein Tod.

Und wenn es so ist, dann ist es eben so. Er steht nun schon so lange am Rand des Abgrunds. Es fehlt nur noch ein letzter kleiner Stoß. Lästig ist ihm allerdings der Umweg über den Volksgerichtshof. Diese Komplikation würde er sich am liebsten ersparen.

Andererseits, wenn er sich Freisler schon stellen muss, dann möchte er nicht nur angebrüllt werden. Er würde sich gern verteidigen können. Aber wie? Wie soll er sich darstellen? Was erwartet ihn überhaupt, rein juristisch gesehen?

»Es tut mir leid«, sagt Rudolf Dix zu Freya Moltke. »Leider kann ich die Sache nicht übernehmen. Ich gehöre nicht zu den Verteidigern, die bei den Prozessen am Volksgerichtshof zugelassen sind.«

Helmuth hat Freya zu dem Rechtsanwalt und Notar Dix geschickt, der bis zur Gleichschaltung des Deutschen Anwaltvereins dessen Präsident war und im Sommer 1943 Hans von Dohnanyi vertreten hat, bis Roeder ihm das unmöglich gemacht hat.

»Wer ist denn zugelassen?«, sagt Freya. »Können Sie mir nicht jemanden empfehlen?«

Dix überlegt.

»Nehmen Sie Hercher«, sagt er dann. »Hercher ist, nun ja, nicht mehr jung, aber jedenfalls nicht tückisch.«

Freya nickt.

»Wobei die Verhandlungen ja wohl ohnehin eine Farce sind«, sagt sie.

»Das ist so nicht ganz richtig«, sagt Dix. »Zunächst einmal verlaufen die Verhandlungen des VGH durchaus ordnungsgemäß. Formelle Anklage, Verhör, Plädoyer. Alles wie üblich.«

»Aber das Urteil steht schon vorher fest, nach allem, was man hört.«

»Nun ja. Nein. Auch Freisler bildet sich sein Urteil erst in der Verhandlung. Tatsächlich würde ich so weit gehen zu sagen, er bildet es sich ausschließlich aufgrund der Verhandlung. Die Grundlage seiner Urteilsfindung ist der menschliche Eindruck, den er persönlich vom Angeklagten gewinnt. Das ist das Ausschlaggebende, nicht die objektive Beweislage.«

»Aber hat man denn die Möglichkeit, diesen Eindruck positiv zu beeinflussen?«

»Der Angeklagte erhält Gelegenheit, sich zu den einzelnen Punkten zu äußern. Aber Freisler hat, nun, eben ein gewisses Temperament. Sobald er sich langweilt oder ärgert, schneidet er dem Angeklagten das Wort ab.«

»Er brüllt.«

»Das passiert. Immerhin bleibt dem Angeklagten das Schlusswort. Ihm bleibt die Möglichkeit, im Schlusswort noch einmal zusammenhängend zu sprechen.«

Freya nickt. Sie wirft einen Blick auf ihren Zettel.

»Mein Mann wüsste außerdem gern, ob man in der Verhandlung Beweisanträge stellen kann.«

Dix beugt sich vor.

»Davon muss ich unbedingt abraten«, sagt er mit plötzlicher Eindringlichkeit. »Bloß keine Jurisprudenz. Bloß nicht formaljuristisch argumentieren. Wie gesagt, es geht Freisler ja nicht um Beweise. Er ist so brillant, dass er ein Urteil auch ohne Beweise überzeugend begründen kann. Sie verstehen? Es geht ihm allein um den Eindruck, den er von der Persönlichkeit des Angeklagten gewinnt.«

»Aber wie erzielt man denn einen günstigen Eindruck?«

»Schwer zu sagen. Man darf keinesfalls intellektuell abgehoben wirken, da wittert er sofort den Feind. Andererseits muss man während der ganzen Verhandlung hellwach bleiben, sehr schnell und sozusagen wendig, sonst ist man verurteilt, bevor Freisler mit der Erfassung der persönlichen Daten fertig ist. Schicken Sie Ihrem Mann Coffeinpulver in die Verhandlung. Geben Sie das Pulver dem Verteidiger mit.«

Anwalt Dix geleitet Freya zur Tür.

»Ich wünsche Ihnen viel Mut und viel Glück«, sagt er. »Wissen Sie, im Grunde müssen Sie sich eine Verhandlung vor dem VGH vorstellen wie ein Theaterstück. Wie großes Drama. Und alles, was zur Spannungssteigerung dieses Dramas beitragen kann, nimmt Freisler begeistert auf. Im Guten wie im Bösen.«

Helmuth brütet nun den ganzen Tag über seiner Verteidigung. Es ist ja gar nicht die Sache Kiep, die ihn umbringt. Die Gedanken, die er sich dazu früher gemacht hat, waren alle ganz falsch. Was ihn umbringt, ist das Attentat. Der Anschlag hat Hitler am Leben gelassen und tötet stattdessen nun Helmuth Moltke.

Das Treffen mit Goerdeler tötet ihn, dieses alberne, gänzlich überflüssige Treffen, gegen das er sich mit Händen und Füßen gewehrt hat. Wie absurd und erzürnend, dass man sein Leben für eine Sache geben soll, die man nie gutgeheißen hat! Helmuth Moltke war gegen das Attentat. Er war gegen Goerdelers reaktionäre Pläne. Er war gegen das Treffen mit Goerdeler und Beck, das ihm jetzt zum Verhängnis wird: Und warum hat er auf der Polizeistation in Drögen gesagt, was er nun einmal gesagt hat?

In den beiden Nächten im August, als man ihn von Ravensbrück abgeholt und in Drögen vernommen hat, hat Helmuth zugegeben, über den ganzen Goerdeler-Mist Bescheid zu wissen. Warum hat er das getan? Natürlich, eine gewisse Kenntnis musste er einräumen, einfach um seine persönliche Gegenposition darstellen zu können. Aber er hat geplappert. Er hat in heißen Worten und ganz unnötig deutlich herausgestellt, wie tief er in die Pläne eingeweiht war und wie völlig verwerflich er sie fand. Helmuth begreift es nicht. Woher kam diese idiotische Bedenkenlosigkeit, dieses ihm sonst ganz fremde Bedürfnis nach Geltung?

»Hatten Sie zuvor etwas gegessen?«

Harald Poelchau ist zu Besuch in Helmuths Zelle.

»Hat man Ihnen vor dem Verhör vielleicht etwas zu essen angeboten?«

Jetzt erinnert er sich. Früh um vier, auf der Polizeistation in Drögen. Der Teller dicke Suppe, nach einem ganzen Tag des Fastens. Poelchau nickt.

»Möglicherweise war darin Pervitin.«

Aber aus einer solchen Sache muss doch wieder herauszukommen sein. Helmuth muss kämpfen, er darf sich nicht einfach verloren geben. Was wirft man ihm denn überhaupt vor?

Erstens: Er hat von der Goerdeler-Gruppe gewusst, und er hat sie nicht angezeigt. Aber wozu hätte er Anzeige erstatten sollen, und vor allem bei wem? Die Abwehr war ja bereits informiert, auch der Chef der deutschen Polizei Heinrich Himmler war dank Langbehn und Popitz hinlänglich im Bilde, und der inzwischen hingerichtete Polizeipräsident von Berlin Graf Helldorf wusste ebenfalls bestens Bescheid.

Zweitens wirft man ihm Defätismus vor. Aber es gehörte zu seinen amtlichen Aufgaben, sich mit dem Kriegsverlauf auseinanderzusetzen und die Ergebnisse dieser Auseinandersetzung auch kundzutun, und doch wohl besonders dann, wenn sie ihm selbst bedenklich erschienen. Wenn so etwas Hochverrat ist, dann wäre jeder verantwortlich arbeitende Beamte ein Hochverräter.

Also dann der dritte Punkt: die Kreisauer Treffen. Aber auch die gehörten doch zu seinen dienstlichen Aufgaben. Es war Helmuths Pflicht, darüber nachzudenken, wie man verwaltungsrechtlich mit Gebieten verfahren sollte, die vom Feind besetzt wären, und Vorkehrungen für jenen Fall zu treffen. Genau das ist es, was sie bei den Kreisauer Treffen getan haben. Und wen will Helmuth Moltke mit alledem täuschen?

Im Grunde ist es alles ein Witz. Er kann seine schönen Darlegungen ja noch nicht einmal selbst ernst nehmen. Es ist doch offenkundig, dass er von Anfang an ein Feind des Nationalsozialismus gewesen ist. Seine Rechtfertigungen sind nichts als Spiegelfechterei, genauso wie die Argumente der Gegenseite, die ja auch nur so tut, als ginge es um Rechtsfragen, während man ihm schlicht und einfach ans Leben will. Und natürlich sehen seine Feinde das alles genauso klar wie er.

Aber das tun sie eben nicht. Helmuth muss es sich immer wieder vor Augen halten: Die drüben auf der anderen Seite leben wirklich in einer anderen Welt. Sie glauben sich selbst. Sie tun nicht nur so als ob, sondern sie beten ihren Baal wirklich an, reinen Gewissens und aus voller Überzeugung. Das sagt Poelchau, und es ist die Wahrheit. Es gibt zwischen diesen Leuten und Helmuth Moltke keinerlei Verständigungsmöglichkeit.

Das ist nicht leicht zu akzeptieren. Helmuth war sein Leben lang bemüht, Menschen aus den unterschiedlichsten Lagern miteinander ins Gespräch zu bringen. Nun muss er sich immer wieder bewusst daran erinnern, dass es Leute gibt, mit denen nicht zu reden ist.

Es gibt keine Rettung. Sie werden Helmuth zum Tode verurteilen. Freya hegt daran keinerlei Zweifel. Sie sitzt bei den Poelchaus am Schreibtisch. Sie schreibt an ihren Mann,

Verteidige Dich bis zum Äußersten, aber schlängeln darfst Du Dich nicht, brauchst Du auch gar nicht, und vor allem darfst Du Dir nicht an den Karren fahren lassen.

Er muss groß aus dieser Sache herausgehen. Sie sollen doch merken, dass sie einen Baum fällen, dessen Wipfel sie himmelhoch überragt.

Du bist ja jemand, also wird es Dir gelingen. Von Dir kann das Schicksal etwas verlangen. Sei kühn.

Und nun geht Freya zu General Müller: zu Gestapo-Müller vom Reichssicherheitshauptamt.

»Helmuth will ihn um eine Unterredung bitten«, sagt Freya zu Harald Poelchau. »Er meint, Müller würde ihn vielleicht aufsparen, wenn Helmuth ihm erklärt, dass seine Beziehungen zu England noch einmal nützlich sein könnten.«

»Man kann es versuchen.«

»Sie glauben nicht daran.«

»Nein.«

»Ich auch nicht. Aber ich werde gehen.«

»Das werden Sie wohl tun. Aber es ist gefährlich. Sie werden das Augenmerk dieser Leute auf sich lenken.«

»Darüber denke ich gar nicht nach.«

Dieser Mann hält nun also Helmuths Leben in der Hand. Freya sitzt im Büro von SS-General Heinrich Müller in der Prinz-Albrecht-Straße. Sie hat ihr Anliegen vorgebracht. Es war nicht einfach zu formulieren. Am deutschen Sieg zu zweifeln ist Hochverrat. Freya hat also nicht von der bevorstehenden Niederlage gesprochen, sondern vom Kriegsende. Wenn der Krieg vorüber ist, könnten sich Helmuths Kontakte als hilfreich erweisen, nicht nur für das Reich, sondern auch für jeden Einzelnen seiner Vertreter.

Müller hat sie genau verstanden. Er ist bis jetzt sehr höflich gewesen. Sie ringen nun schon seit einigen Minuten miteinander.

»Aber die Vorkriegsverbindungen meines Mannes nach England sind doch eben genau deswegen vorzüglich, weil sie durchaus auf privaten Bindungen beruhen.«

»Ja. Das ist es ja. Ihr Mann scheint sich nie vollständig zu Deutschland bekannt zu haben, zu unserem nationalsozialistischen Deutschland.«

»Natürlich ist mein Mann Deutscher. Daran gibt es doch keinen Zweifel. Aber wenn man ihn im Ausland, wie Sie sagen, nicht als nationalsozialistischen Deutschen einschätzt, dann könnte doch gerade das hilfreich sein.«

Müller schüttelt leicht den Kopf. Er sagt: »Frau Gräfin. Wenn Sie wüssten, was Ihr Mann getan hat, dann würden Sie sich wundern. Zum gegenwärtigen Zeitpunkt darf ich mich leider nicht deutlicher ausdrücken. Aber wenn dies hier vorbei ist, dann müssen Sie mich einmal besuchen. Dann werde ich Ihnen alles erklären.«

Freya steht auf.

Sie springt auf: Die Empörung reißt sie empor. Wenn dies vorbei ist? Wenn sie Helmuth ermordet haben: Das meint dieser fürchterliche Mensch. Wenn Helmuth nicht mehr lebt, dann möchte dieser Mensch ihn bei seiner Witwe anschwärzen. Freya sieht Müller in die Augen. Sie sagt: »Ich empfinde für meinen Mann nichts als Liebe und allergrößte Hochachtung. Und in diesem Geist werde ich auch seine Söhne erziehen.«

Müller starrt sie an.

»Natürlich«, sagt er. »Selbstverständlich.«

Freya zieht ihre Handschuhe an. Sie sagt: »Mein Mann möchte gern Gelegenheit erhalten, die Tatsachen einmal aus seiner Sicht darzulegen.«

»Diese Möglichkeit wird ihm in der Verhandlung geboten.«

»Er würde aber gern vorher mit Ihnen persönlich reden.«

»Dann werde ich ihn natürlich empfangen.«

Gestapo-Müller hält Freya die Tür auf.

»Ich empfehle Ihnen im Übrigen, Gnadengesuche an den Führer und an den Reichsführer-SS zu schreiben«, sagt er. »Und kommen Sie ruhig zu uns, wenn alles vorbei ist. Dann werden Sie sehen, dass wir nicht unrecht an Ihrem Mann gehandelt haben.«

»Ja«, sagt Harald Poelchau, dem Freya von der Begegnung berichtet. »Sie glauben sich das. Sie glauben das wirklich.«

Freya muss nun also eine Bittschrift an Heinrich Himmler verfassen. Himmler hat im Frühling dieses Jahres dafür gesorgt, dass Helmuth nicht in die Affäre um den Solf-Kreis mit hineingezogen worden ist. Er wird sich möglicherweise noch einmal für Helmuth einsetzen: Das glaubt Helmuth.

Freya glaubt es nicht. Aber sie wird schreiben. Sie eilt zu Landgerichtsdirektor Kurt Schulze, zu Amtsrat Thiele, zum Vertreter des Oberreichsanwalts Ernst Lautz. Sie hat einen Termin bei Dix, mit dem sie die Verteidigungsschriften durchsieht. Danach geht es weiter zu Gustav Adolf Baron von Steengracht, Staatssekretär im Auswärtigen Amt. Steengracht soll sich dafür einsetzen, dass man Helmuth im Fall eines Todesurteils aufspart, also das Urteil nicht gleich vollstreckt. Seine Frau Illemie ist eng mit Freyas Bruder Carl Deichmann befreundet. Sein Sohn hat häufig auf Kreisau Schutz vor den Bombenangriffen gesucht. Freya soll Steengracht an Helmuths Englandbeziehungen erinnern, an seine persönlichen Bindungen zu ehemaligen Mitgliedern von Milner's Kindergarten, die alle in hohen Ämtern stehen. Und dann muss Freya Anneliese Schellhase anrufen, die sich zusammen mit Theodor Haubachs ehemaligem Chef Vikki Bausch um Theo Haubach kümmert.

Haubach sitzt in der Lehrter Straße. Er ist am 9. August verhaftet worden. Mit dem Attentat hat er so wenig zu tun wie Helmuth. Am 20. Juli war er im Allgäu, wo er mit der knabenhaft schönen, warmherzigen Sängerin Anneliese Schellhase Urlaub gemacht hat. Als Fräulein Schellhase von Haubachs Verhaftung erfahren hat, ist sie von Garmisch sofort nach Berlin gezogen. Sie gilt nun offiziell als Haubachs Verlobte. Freya muss bei ihr anrufen und mit ihr besprechen, wie man Haubach wissen lassen kann, was Helmuth über ihn und Carlo Mierendorff gesagt hat und was er bei der Verhandlung zu sagen gedenkt. Anneliese schmuggelt einen Kassiber in Haubachs Zelle. Freya backt Törtchen für die Männer in der Lehrter Straße, und in die Törtchen backt sie Kassiber ein. Theodor Steltzer hat seinen Kassiber aber nicht bekommen. Offenbar hat er ihn aufgegessen.

Dann muss Freya die Abwehr kontaktieren. Sie soll mit Bürkner reden, mit einem Kollegen Helmuths namens Haus, mit Oxé. Die sollen ein paar hochrangige Leute beauftragen, als Beobachter an Helmuths Prozess teilzunehmen. Helmuth findet außerdem, man sollte eine Bittschrift an Kaltenbrunner schicken, den Chef des Reichssicherheitshauptamts. Und ein Gnadengesuch an Adolf Hitler muss aufgesetzt werden. Es stellt sich natürlich die Frage, wer ein solches Gesuch direkt ins Führerhauptquartier bringen könnte.

Da ist es wieder, das alte Problem: Wie kommt man an den Führer heran? Wer hat Zugang? Wer genießt Hitlers Vertrauen und könnte trotzdem für diese Tat gewonnen werden?

Helmuths Onkel Carl Viggo von Moltke könnte versuchen, Hitler über Keitel zu erreichen. Das muss aber vorher mit Poelchau besprochen werden. Carl Viggo soll sich außerdem an Dr. Carl Sack wenden, den Chef der Heeresjustiz. Der ist allerdings selbst seit August in Haft. Unter diesen Umständen soll Carl Viggo eben direkt zu Freisler gehen. Kann Freya das bitte mit CV besprechen?

Die Verhandlung soll jetzt am 3. November stattfinden, jedenfalls nicht vorher.

Freya liest einen Vortrag, den Freisler neulich gehalten hat. Alles darin ist diabolisch und wirr. Schlagartig kehrt die Klarheit zurück: All ihre Bestrebungen, all ihre Mühen sind umsonst. Man wird Helmuth nicht am Leben lassen. Freya muss Helmuth wieder in diese Klarheit zurückführen. Es ist doch etwas Großes, so bewusst Abschied nehmen zu dürfen. Es ist eine Gnade. Sie dürfen diese Gnade nicht verwässern, sie dürfen sie nicht mit dummen und kleinlichen Hoffnungen zerstören.

Auch Ursula Schleichers Mann Rüdiger ist nun verhaftet. Ursulas Vater Karl Bonhoeffer hat einen Schwächeanfall erlitten: Zwei Söhne und zwei Schwiegersöhne sind in Haft, außerdem Just Delbrück, der Bruder seiner Schwiegertochter Emmi.

Emmi ist nach Berlin zurückgekehrt. Sie ist entschlossen zu

kämpfen. Es ist wie früher beim Schlagballspiel vor den Villen der Delbrücks und der Harnacks in der Kunz-Buntschuh-Straße. Emmi konnte das Ziehen in ihren Muskeln spüren, wenn Just oder Klaus zum Schlag ausholten. Es war, als liehe sie ihnen ihre eigene Kraft, als hätte sie selbst diesen Schlag zu führen. Dann flog der Ball. Emmi rannte. Sie rannte an Hans von Dohnanyi, Just Delbrück, Klaus und Dietrich Bonhoeffer vorbei, entschlossen, diesen Punkt zu holen: Nur dass sie gar nicht um Punkte spielten. Sie waren ja viel zu wenige. Sie waren gar keine ganze Mannschaft.

Ernst von Harnack ist ebenfalls in Haft. Er hat um Papier und Stift gebeten: Er schreibt nun ein Schuldbekenntnis. Wozu kämpfen? Er wird hier nicht mehr lebend herauskommen. Und wenn er gesteht, enden die Quälereien, und er bekommt Hafterleichterung. Dann muss er sich nicht mehr grübelnd zermartern. Dann kann er seine letzten Tage in Frieden verbringen. Er hat sich in der Haft einen Vollbart stehen lassen, der ihn seinem Vater sehr ähnlich macht. Er verbringt viel Zeit damit, aus Verdunkelungspapier Schattenrisse anzufertigen. Die wundervollsten Schattenrisse.

Christel Dohnanyi, Emmi Bonhoeffer, Maria von Wedemeyer, Ursel Schleicher und Ursels Tochter Renate Bethge sitzen im Wohnzimmer in der Marienburger Allee bei den Eltern und bessern die Wäsche ihrer Männer aus. Auch Eberhard Bethge ist inzwischen verhaftet. Er sitzt in der Lehrter Straße, ebenso wie sein Schwiegervater Rüdiger Schleicher und wie Rüdigers Schwager Klaus Bonhoeffer. Immerhin dürfen die Gefangenen in der Lehrter Straße von Zeit zu Zeit besucht werden. Christel dagegen erhält fast niemals Nachricht von Hans, der sich nach wie vor im KZ Sachsenhausen befindet. Und Dietrich ist ins Hausgefängnis der Gestapo in die Prinz-Albrecht-Straße verlegt worden, zu Oster, Canaris, Fabian von Schlabrendorff, Carl Goerdeler und all den anderen.

SS-Standartenführer Huppenkothen vom Reichssicherheitshauptamt versagt ihm jeden Außenkontakt. Aber Kriminalkommissar Sonderegger gestattet es Maria heimlich, an der Pforte Pakete für ihn abzugeben. Maria kocht und bäckt für Dietrich. Sie bügelt seine Hemden. Sie strickt ihm Wollsocken, einen Schal. Sie sorgt für ihn, wie eine richtige Ehefrau. Sie sitzt unter den Ehefrauen und bessert wie die anderen die Wäsche ihres Mannes aus, Dietrichs Wäsche, die sie ihn niemals hat tragen sehen.

Freya erwacht jeden Morgen in Lichterfelde in der Wohnung der Trothas. Sie denkt an Helmuth. Dann beginnt sie den Tag, mit seinen unzähligen Gängen in Helmuths Auftrag. Sie schreibt an Helmuth, ununterbrochen. Die ersten Zeilen schreibt sie gleich nach dem Erwachen,

Mein Lieber, mein Liebster, mein Herzensjäm

Sie schreibt weiter im überfüllten Wartesaal des Bahnhofs Friedrichstraße. Es fahren mal wieder keine Züge. Sie schreibt ihm das, den Block auf den Knien, hinten im hintersten Eckchen, während sie wartet, dass es weitergeht. Dann kommt der Zug, und sie schreibt ihm im Zug, dass sie jetzt im Zug sitzt, allein mit ihm unter den vielen Menschen. Sie beendet den Brief in der Wohnung der Poelchaus, an Haralds schönem Schreibtisch. Dazwischen kommt Harald und bringt Helmuths Brief.

»Es geht ihm recht gut«, sagt Harald Poelchau. In seinen Augen ist ein Lächeln. »Seit es so kalt geworden ist, sitzt er immer auf seinem Tisch. Er sitzt auf einer Decke, und die andere hat er umgelegt.«

Freya muss ebenfalls lächeln, während doch die Tränen schon wieder laufen.

»Auf welcher Decke sitzt er?«

»Auf der braunen.«

»Und in die blau karierte wickelt er sich.«

»Ja. Und zwar so. Sehen Sie? So sitzt er da, wie ein Indianer vor dem Wigwam. Und er pfeift.«

»Was pfeift er denn?«

»Kirchenlieder.«

Harald Poelchau setzt sich zu Tisch, dann legt er sich auf das Sofa, um einen Moment zu ruhen. Freya liest Helmuths Brief.

Mein liebes Herz, guten Morgen. Die große Neuigkeit ist, dass ich den Pim gewaltig liebhabe.

Hat sie früher einmal geklagt, Helmuth ließe sie nicht in die innersten Räume seiner Seele ein? Nun stehen die Tore offen. Helmuth hält nichts mehr vor ihr zurück. Sie weiß, was er fühlt, sie weiß, was er denkt. Sie weiß es oft schon, bevor er es ihr schreibt. Sie schreibt eine Antwort auf seinen Brief unter den ihren, den Harald nachher nach Tegel mitnehmen wird. Dann fährt sie nach Lichterfelde zurück. Im Zug beginnt sie den nächsten Brief.

Mein Lieber, Liebster, Geliebter

Die Bahn fährt am Garten der Hortensienstraße 50 vorbei. Die Blätter fallen. Das Häuschen wird mit jedem Tag sichtbarer. Freya lässt den Stift sinken. Sie blickt zu dem Haus der Yorcks hin, das auftaucht und verschwindet. Dann senkt sie den Blick wieder auf ihren Schreibblock. Das Glück überkommt sie glühend heiß: Noch ist er da. Er lebt. Sie ist ihm ganz nahe, sie ist mit ihm allein. Nichts steht zwischen ihr und ihm, in der menschengefüllten Einsamkeit Berlins. Er wird dies hier lesen: diese Zeilen, die sie jetzt an ihn schreibt,

Deine lieben Augen können noch immer über meine Worte wandern, Deine lieben Augen.

Es überkommt sie glühend heiß, wie allein sie wird bleiben müssen, um ihn zu behalten.

In der Nacht erwacht sie, und das Glück überkommt sie erneut: Er ist da, flammend, und sie fühlt seine Gegenwart bis ins Innerste. Dann schläft sie wieder ein.

Am Morgen erwacht sie mit Kopfschmerzen. Ein Migräneanfall kündigt sich an.

Es ist aber auch nicht fair! Er hat sie oft genug damit gequält, dass er früh sterben würde, aber bis zu ihrem vierzigsten Geburtstag wollte er bleiben. Das hat sie ihm abgerungen. Also noch sieben Jahre. Sie will diese sieben Jahre! Sie besteht darauf.

Aber geht es denn um Quantität? Geht es wirklich um ein paar Jahre mehr, vor der Ewigkeit?

Ja, ja, ja, ja, ja! Es geht um jede Minute, um jede Sekunde!

Sie beginnt einen weiteren Brief.

Mein liebes Herz, mein Liebster

Sie muss ihn noch nicht lassen. Sie darf ihn noch haben. Seine lieben Augen wandern noch immer über ihre Zeilen, seine lieben Augen. Jeder Tag ist ein gewonnener Tag. Jeder Tag, der hinter ihnen liegt, stärkt sie für das, was vor ihnen liegt.

Marion Gräfin Yorck von Wartenburg ist frei. Sie ist endlich aus der Haft entlassen worden. Sie steht auf der Straße, verloren inmitten der Trümmer. Es ist sehr kalt. Wohin nun? Sie darf nicht nach Schlesien fahren: Das hat Dr. Neuhaus angeordnet. Sie darf nicht zu Peters Familie fahren, nicht Trauer tragen, nicht Witwe spielen, kein Wort zu anderen Menschen über die Hinrichtung oder die Haft sagen. Bitte schön, hier unterschreiben.

Marion hat unterschrieben. Versuchsweise setzt sie einen Fuß vor den anderen. Ein erster Schritt. Der Boden wankt. Marion wird jetzt in den Dol gehen, zu ihrer Schwägerin Püzze Siemens. Wenn sie nur schon da wäre. Die Welt stürmt auf sie ein, sie brandet an ihr empor. Alles ist zu laut, zu grell, zu nah, zu wirklich. Marion zwinkert, sie blinzelt. Sie möchte sich die Ohren zuhalten. Sie ist ein nachtaktives Tier, dessen Höhle man an einem blendenden Wintertag aufgräbt. Marion irrt durch die Trümmer. Was bei ihrer Verhaftung noch gestanden hat, scheint inzwischen auch zerstört. Sie muss sich ein paarmal setzen, sie kann nicht weiter. Sie befindet sich im freien Fall: Auf welchen Höhen ist sie gewesen?

Im Haus ihrer Schwägerin wird sie stürmisch begrüßt. Man nimmt sie in die Arme, man küsst sie, man überschüttet sie mit Fragen. Marion wehrt ab, mit Händen und Füßen.

Sie nimmt ein Bad, sie zieht neue Kleider an. Aber es geht nicht. Es geht alles nicht. Was tut sie hier? Marion weint. Sie sind alle tot. Es ist nichts mehr da. Marion muss sich um Lebensmittelmarken kümmern, um eine neue Kleiderkarte. Sie muss sich um einen Totenschein für Peter kümmern. Peters Vermögen ist eingezogen worden. Marion hat kein Heim mehr, keinen Mann, kein Geld. Das ist also alles, was übriggeblieben ist. Das Banalste, Gemeinste, die niedrigsten Bedürfnisse. Marion muss in die Hortensienstraße gehen und nach ihrem Haus sehen.

Sie geht in die Hortensienstraße. Die Tür ihres Hauses öffnet sich. Ein Mann tritt heraus, in SS-Uniform. Eine Frau folgt ihm. Sie trägt Marions Kleid.

Am nächsten Tag flieht Marion. Sie leiht sich von ihrem Schwager dreihundert Mark und macht sich auf den Weg zum

Schlesischen Bahnhof. Bia sitzt noch immer in Sippenhaft. Aber Peters Mutter und seine Schwestern Doro und Muto sind wieder nach Klein Oels zurückgekehrt, und auch Mariechen ist dort. Es ist ein mühsamer Weg zum Schlesischen Bahnhof. Marion ist krank. Sie hat Hepatitis. Marion wird Klein Oels aber erreichen. Und von dort wird sie nach Kauern fahren, mit einem Pferd und einem Wägelchen.

Marion fährt über die abgeernteten Felder. Sie fährt Richtung Weigwitz, über die Brücken von Olbenbach und Ohle. Hinter Weigwitz kommt die Sandgrube. Dann sieht sie schon die beiden riesigen Friedenseichen von Kauern, gepflanzt nach der Völkerschlacht bei Leipzig. Wie wird man Marion in Kauern empfangen? Vielleicht wird man sie bespucken. Ihr Mann ist ja als Verräter gestorben. Vielleicht wird man Marion an die Gestapo verraten: Sie hätte gar nicht zurückkehren dürfen, sie hat das unterschrieben. Vorbei geht es am Gasthaus, an den Häuschen von Buchwald, Hunger, Fiebig und Weiß. Dann Maiwalds. Dann das Haus August Karbsteins, bis 1933 Kauerns Gemeindevorsteher. Auf dem Hof kommt ihr der Verwalter entgegen. Er ist Nationalsozialist. Der Stellmacher kommt ihr entgegen, ein Kommunist. Die Arbeiter kommen, die Polen. Sie begrüßen Marion, sie heißen sie willkommen. Die Polinnen umarmen Marion. Sie streicheln sie, wieder und wieder.

»Der Graf war ein anständiger Mann«, sagt der Verwalter.

»Das war er«, sagt der Stellmacher.

Keiner hier nimmt es Marion übel, dass ihr Mann hingerichtet worden ist. Marion ist gelb. Das Weiße ihrer Augen ist gelb, das Innere ihrer Hände ist gelb, ihr ganzer Körper ist marmoriert. Sie kann kaum stehen. Der Verwalter fährt sie nach Klein Oels zurück. Man bringt sie zu Bett. Muto zieht Marions Bettdecke glatt.

»Du musst ruhen«, sagt Muto zu Marion. »Du musst jetzt ruhen.«

Auf der Anrichte im Esszimmer in Klein Oels steht eine Fotografie, aufgenommen am 28. Oktober 1943 im Hotel Kaiserhof auf der Hochzeitsfeier Dusi Üxküll-Gyllenbands mit Fredy von Saucken.

Onkel Nux und seine Frau stehen inmitten der Gäste, Berthold und Mika, Claus und Nina Stauffenberg, die Hofackers, Peter Graf Yorck von Wartenburg mit Marion und auch Fredy von Sauckens Schwager, General Joachim von Kortzfleisch mit seiner Frau.

Nux ist am 14. September in Plötzensee hingerichtet worden. Er hat mit seiner Einschätzung recht behalten: General Kortzfleisch war nicht für die Sache zu gewinnen. Noch am 20. Juli im Bendlerblock hat er sich eisern geweigert, die Walküre-Befehle für seinen Wehrkreis III zu unterzeichnen.

Das hat schließlich Oberstleutnant Bernardis übernommen. Per Telefon hat er die Kampfverbände in den außerhalb des Stadtgebietes von Berlin gelegenen Teilen des Wehrkreises III alarmiert: die Panzertruppenschulen Krampnitz und Wünsdorf, die Panzerlehrgänge Groß-Glienicke, die Infanterieschule Döberitz, die Fahnenjunkerschule und die Unteroffiziersschule Potsdam. Dafür ist Robert Bernardis am 8. August 1944 in Plötzensee gehängt worden, einen Tag nach seinem sechsunddreißigsten Geburtstag, zusammen mit Peter Yorck, Klausing und all den anderen. Und Kortzfleisch wird am 20. April 1945 sterben, bei einem Fluchtversuch während seiner Gefangennahme durch amerikanische Truppen, in dessen Verlauf ihn ein amerikanischer Corporal erschießen wird.

Freya ist für ein Wochenende nach Kreisau zurückgekehrt. Sie muss nach den Söhnchen sehen, sie muss Nahrungsmittel für Helmuth und die Poelchaus heranschaffen. Wie oft schon hat sie den Nachtzug nach Breslau genommen! Die Züge fahren aber nicht mehr zuverlässig. Sie weichen auf unerwartete Strecken aus. Freya hat sich durch das Geschiebe auf fremden Bahnhöfen gekämpft, sie hat stundenlang in Wartesälen gesessen, mit ihren Koffern im Gang gestanden. Als sie gegen Morgen zu Hause ankam, war sie wie zerschunden und todmüde. Und da lag Kreisau im ersten Sonnenlicht, sanft vertraut in den Farben des Herbstmorgens, der Zobten so zart und fern am Horizont und die ersten Töne von Gold und Rot farbenschlierig durch die Tränen.

Liebster, ich bin zu Hause –

Aber hier in Kreisau wird Freya eingefangen. Sie ist kaum angekommen, da wird sie schon von den Höhen Berlins herabgezogen auf die Kreisauer Erde.

»Reyali, Reyali!«

Casparchen stürmt seiner Mutter entgegen. Konrädchen zappelt auf dem Arm von Frau Pick, Helmuths Berliner Haushälterin. Ulla Oldenbourg ist da, Heilerin der Christlichen Wissenschaft und alte Freundin von Helmuths Mutter. Und Asta ist wieder schwanger. Das Marinkchen: Sie soll Ende April ein Kindchen bekommen.

»Ich soll Erschütterungen vermeiden. Weil doch die letzte Geburt noch nicht lange her ist.«

Das tote Kindchen. Der Beginn der Unglücksserie.

»Geplant war es nicht, das kannst du dir denken. Aber so ist es eben. Wir wollten nicht, und schon ist es so.«

Freya hält Asta lange umarmt. Sie nimmt das Konrädchen hoch, dann das Casparchen. Sie packt ihre Koffer aus und sieht die Post durch, während die Söhnchen sie umschwärmen: *Rey-*

ali, Reyali, dann geht sie hinunter zum Gut und bespricht mit Zeumer, ob die Rübensamen gedroschen werden. Sie vergisst Helmuth nicht, natürlich nicht. Aber sie vergisst seinen Tod. Es ist, wie es immer war: Helmuth begleitet sie, lebend, aber abwesend. Freya gräbt im Gemüsegarten Kartoffeln aus, sie pflückt Äpfel für Helmuth und die Poelchaus. Dann, beim einsamen Gang über die Felder, kehrt Helmuths Tod mit Macht zu ihr zurück.

Freya sitzt am Kapellenberg. Zu ihren Füßen liegt Kreisau: das Dorf, das Gut, das Schloss, das Berghaus auf der anderen Seite des Tals und dahinter ganz zart die blauen Hänge des Zobten und der Eule. Casparchen kuschelt auf ihrem Schoß. Die Luft ist still. Die Schönheit, die Pracht dieses satten Nachmittags ist mörderisch, kaum erträglich. Aber sie muss es ertragen. Sie darf die Augen nicht schließen, sie muss alles einsaugen, einatmen, trinken, für ihn. Von dort, wo sie sitzt, kann sie den kleinen Bahnhof sehen, auf dem sie einst hier angekommen ist. Aber nicht die Vergangenheit zählt, nicht die Zukunft: Gegenwart wird verlangt, Helmuths Gegenwart. Sie wird das tun: Sie wird ihn bei sich halten, ihn gegenwärtig halten unter allen Umständen. Aber wie?

Im Schloss wohnt Tante Leno, die Schwester von Helmuths Vater, mit ihren fünf Enkeln. Ihr Sohn Hans Carl von Hülsen und seine Frau Editha sind bei dem großen Angriff in der Nacht vom 23. November letzten Jahres getötet worden, als ein mit Bomben gefülltes Flugzeug über dem Charlottenburger Schloss abstürzte und den Bunker durchschlug. Ihren Mann hat Tante Leno schon vor vielen Jahren verloren.

»Natürlich denke ich noch an ihn. Aber es war ein anderes Leben, damals. Ich selbst war eine andere.«

Sie vergisst ihn also. Sie hat ihn schon vergessen. Das Feuer ist erloschen, der Herd ist erkaltet, und Tante Leno und ihr

Mann sind für immer voneinander getrennt. Das ist fürchterlich, vollkommen unannehmbar. In Freya soll die Flamme weiterbrennen. Lichterloh lodern soll sie, für immer.

Ulla Oldenbourg nickt.

»Mein Mann begleitet mich immer noch. Man braucht aber viel Zeit dazu. Zeit, Ruhe, Harmonie. Man muss allein sein. Man darf die zarten Organe nicht verkümmern lassen, die es möglich machen, sich aus dieser Welt hinauszuahnen, über ihren Rand hinwegzulauschen.«

Aber wie soll das Freya gelingen? Das Schlimme ist, dass sie so furchtbar tüchtig ist. Sie ist so entsetzlich eifrig, sie steht mit der ganzen Sohle ihrer Füße auf der Erde, und sie hat zu tun, sie hat alle Hände voll zu tun, es ist zum Verzweifeln mit ihr. Freya sieht nach Schwester in der Spielschule, sie holt Eier von Frau Rose. Sie wird alle Äpfel ernten lassen, sonst werden sie doch nur geklaut. Sehr früh am Morgen kommen die Söhnchen zu Freya ins Bett. Sie kuscheln, sie singen, sie lesen zusammen: das aufmerksame, liebe Casparchen mit seinen schon fast sieben Jahren, das stämmige Konrädchen, noch keine drei und der Liebling Frau Picks, die zu Mittag mit tiefer Befriedigung allen eine riesige Ente mit Apfelmus und Kartoffelbrei serviert. Freya isst mit den Kindern, danach besucht sie die Tanten im Schloss. Sie besucht Romai, die aber keine Zeit hat, weil sie schon wieder auf dem Weg nach Berlin ist, und so geht es immer weiter, wie soll Freya die große Aufgabe meistern, ihre Ehe zu vollenden, Helmuth über seinen Tod hinaus bei sich zu halten?

Sie ist so verwurzelt in dieser Welt. Sie ist nicht geistig: Sie ist eine Pflanze, gemacht für diese Erde, auf der sie ihr vollständiges Genügen findet, ihr vollständiges Glück und Auskommen, solange sie nur ihren Mann an ihrer Seite spürt.

Wenn Du sagst, Du seiest eine Pflanze, dann muss ich mich

in Demut vor der Pflanze neigen, die dann, wenn es drauf ankam, noch nie gefehlt oder geirrt hat.

Das schreibt er ihr.

Freya ist wieder in Berlin.

Sie hat alles in Kreisau in Astas und Frau Picks Hände gelegt. Zum Glück ist sie wieder in Berlin, wo sie bei sich ist, bei ihm, allein mit ihm in der Stille des Berliner Lärms.

Mein lieber lieber Jäm.

Dein Pim bin ich.

Und so viele, die Helmuth geliebt hat, sind ihm schon vorausgegangen. Helmuth denkt an Mami, Granny, Daddy, Carl Bernd. Er denkt, dass seine Mutter und seine Frau ihn sein ganzes Leben lang mit Liebe umgeben haben: Helmuth Moltke wird in seinem Leben keine kalte Stunde gekannt haben. Und hat er ihnen allen überhaupt einmal gesagt, wie sehr er sie liebt? Asta, Ulla, Davy, Romai, Marion, Muto, Schwester: Freya muss ihnen unbedingt sagen, was sie Helmuth Moltke bedeutet haben. Helmuth öffnet die Bibel, zu seinen täglichen Studien.

Der du die Menschen lässest sterben und sprichst: Kommt wieder, Menschenkinder! Denn tausend Jahre sind vor dir wie der Tag, der gestern vergangen ist, und wie eine Nachtwache. Du lässest sie dahinfahren wie einen Strom, und sind wie ein Schlaf, gleichwie ein Gras, das doch bald welk wird, das da frühe blühet und bald welk wird und des Abends abgehauen wird und verdorret

Zwischen dem 90. und dem 91. Psalm liegen fünf getrocknete Kreisauer Veilchen. Casparchen hat sie ihm nach Ravensbrück geschickt. Das liebe Söhnchen, mit seinem zarten zärtlichen Herzen, das Freya ihnen beiden errungen hat, ganz allein, unter solch großen Mühen und Sorgen und Schmerzen und ohne irgendeine Unterstützung von ihm. Und nun wird er sie zurücklassen. Er wird sie niemals mehr unterstützen, Freya nicht und auch nicht seine Söhnchen. Er wird den Söhnchen kein Vater gewesen sein. Er wird nichts sein.

Er ist nichts: Er hat sich nicht gemacht, er kann sich nicht erhalten, er ist den Gewalten des Bösen ausgeliefert, man wird ihn töten, töten, töten, er wird sterben, sterben, sterben, er geht über das Seil und um ihn stürzen sie alle, nichts fängt sie und niemand, sie fallen, sie fallen, er fällt, er fällt schon, er ist ein blutiges Wimmern mit gefesselten Händen, das ins Nichts stürzt, in das große Nein, das ihn überwältigt, vertilgt, ein Nein zum Leben, Nein zum Tod, Nein zu allem, zum Sein und zum Nichtsein, ein Fluch und Entsetzen, ach wäre man doch schon tot. Wäre man nie geboren. Das Nein umfasst alles, die ganze Existenz, die in der Sinnlosigkeit verlischt, in der Leere des Alls, in den lichtlosen Pupillen des Bösen, in denen Nichts ist. Seine gefesselten Hände umklammern einen Bleistiftstummel. Er schreibt an seine Söhne. Er schreit laut aus den schwarzen Fluten, in denen er kämpfend versinkt.

Meine lieben Söhnchen, die ich mit diesen Augen nie mehr sehen werde

Der Riegel von Helmuths Zelle schiebt sich zurück. Die Tür öffnet sich leise. Wachtmeister Claus kommt herein. Er riskiert es jetzt manchmal, während der nächtlichen Angriffe eine der Zellentüren zu öffnen, hier oben im dritten Stock, wo auch die Zellen von Johannes Popitz, Ewald von Kleist-Schmenzin, Erwin Planck, Friedrich-Werner Graf von der Schulenburg, Alfred Delp und Eugen Gerstenmaier liegen, und einem der Gefangenen für eine Weile die Fesseln abzunehmen. Alle wahre Güte ist eine Frucht des Muts.

Helmuth liegt auf seinem Bett, zitternd und schwach nach dem furchtbaren Anfall. Er hat wieder Boden unter den Füßen. Er wagt kaum, sich zu regen. Dabei ist der Boden durchaus tragfähig.

Der Boden ist der Tod. Der Boden ist die Einsicht in seine eigene Kleinheit, in sein völliges Angewiesensein auf Gott. Der Boden ist die demütige Ergebung. Er muss seinem Tod zustimmen. Sobald er seinem Tod zustimmt, kann er auch seinem Leben zustimmen. Dem Tod zuzustimmen ist eine wahre Erlösung, nach den Qualen des *Nein*.

Und wofür sind diese Qualen gut? Wird etwas davon Frucht tragen, wird etwas von der Beglückung und der Verzweiflung dieser Wochen anderen nützlich sein? Oder dient alles immer nur dem einzelnen Leben?

Wehmut erfüllt ihn angesichts der Verschwendung. Er ist ein besserer Mensch geworden, als er je war. Er ist wirklicher. Er ist bescheidener, er ist fähiger, er beginnt gerade erst zu begreifen. Er fängt gerade erst an. Und nun also fort damit, weggefegt, auf den Kehricht? Aber wozu dann alles? Wozu die Mühen? Wozu das lebenslange dringende Bedürfnis, über sich selbst hinauszuwachsen, wenn es am Ende doch nur auf die Rieselfelder geht?

Freya hat Helmuths Brief an die Söhnchen erhalten. Nun durchstreift sie die Stadt, auf der Suche nach einem Fixativ. Künstlerbedarf wird natürlich nicht mehr hergestellt. Aber bis die Söhnchen den Brief ihres Vaters lesen können, werden noch einige Jahre vergehen. Und Helmuths Brief ist mit Bleistift geschrieben. Die Schrift wird verblassen. Freya muss ein Fixativ auftreiben.

Alfred Delp und Eugen Gerstenmaier sind neuerdings sicher, dass sie überleben: Sie werden Freisler einfach davon überzeugen, dass sie und Helmuth Moltke nur ein ökumenischer Diskussionskreis waren.

Das teilen sie Helmuth während eines Hofgangs mit.

Aber das ist ganz falsch. Nicht an die Rettung muss man glauben, sondern an Gottes Willen, das Richtige und das Beste zu tun. Gethsemane ist gefordert: *Wache und bete.*

Eugen argumentiert dagegen mit 1. Johannes 5,14 und 15.

Und das ist die Freudigkeit, die wir haben zu ihm, dass, so wir etwas bitten nach seinem Willen, so hört er uns. Und so wir wissen, dass er uns hört, was wir bitten, so wissen wir, dass wir die Bitte haben, die wir von ihm gebeten haben.

Delp beruft sich auf Markus 11, 22–24.

Habt Glauben an Gott. Wahrlich, ich sage euch: Wer zu diesem Berge spräche: Hebe dich und wirf dich ins Meer! und zweifelte nicht in seinem Herzen, sondern glaubte, dass es geschehen würde, was er sagt, so wird's ihm geschehen.

Dann gehen sie wieder ins Gefängnis zurück, Helmuth und die beiden wildgewordenen Theologen, wie er sie im Brief an Freya nennt. Auch Freya findet es erstaunlich: Ausgerechnet der Jesuitenpater und der protestantische Theologe glauben, das letzte Opfer könnte eventuell nicht gefordert werden? Und nun hat Brigitte Gerstenmaier allen Ernstes eine Kartenlegerin befragt, und die hat ihr versichert, der Termin würde bis nach Weihnachten verschoben.

Meint Brigitte denn allen Ernstes, dass Gott sich auf diese Weise in die Karten gucken lässt? Freya ist empört. Brigitte hat Helmuths Tod banalisiert. Sie hat ihn besudelt mit diesem jahrmarkthaften Unernst.

»Ich habe Brigitte gefragt, wie sie darauf kommt, dass Gott ausgerechnet unsere Männer erhalten wird, mitten in dem allgemeinen großen Sterben«, sagt Freya zu Harald Poelchau. »Sie sagt, sie ginge von Gottes Gerechtigkeit aus. Eugen sei unschuldig, also werde er überleben. Aber wie furchtbar, so etwas zu behaupten! Damit sagt sie doch, dass all die Ermordeten ihren Tod verdient haben. Natürlich, so meint sie es nicht. Aber mir erscheint es wie Anmaßung, sich auf Gottes Gerechtigkeit zu berufen.«

»Gerechtigkeit«, sagt Harald Poelchau, »ist ein soziologisches Konzept.«

Immer wieder beginnt Helmuth von vorn: Er wird vertrauen. Er wird geführt. Freilich nicht notwendig dorthin, wohin er so gern ginge. Er schreibt an Delp und Gerstenmaier,

Wenn Gott uns spüren lassen will, dass er bei uns ist, kann er das am Galgen in Plötzensee ebenso gut tun wie in Kreisau oder sonstwo.

Helmuth hat nach wie vor keine Angst vor dem Tod. Aber er hat eine geisttötende Angst vor dem Sterben. Immer wieder zwingt er sich, im Geist den Weg von Tegel bis in den Schuppen von Plötzensee zu gehen. Aber die Angst ist die eines Tiers. Ihr ist mit dem Geist nicht beizukommen. Und was wird man in zwanzig, dreißig Jahren, wenn wirklicher Friede herrscht, von solch einem Briefwechsel wie dem zwischen ihm und seiner Frau denken? Wird man ihn und Freya für hysterisch halten, für völlig übergeschnappt, wenn sie sich ans Hingerichtetwerden gewöhnen konnten?

Freya schreibt ihm,

Mein geliebtes Herz, ich glaube nicht, dass es mit Deinem Tod so schnell gehen wird. Nicht einmal, wenn bald wirklich Prozess ist. Es wird jetzt nicht mehr immer gleich nach dem Urteil vollstreckt. Es leben ja noch viele.

Edolf Reichwein ist inzwischen tot. Am 20. Oktober hat die Verhandlung stattgefunden, und gleich danach ist Edolf hingerichtet worden. Zusammen mit Frau Maaß tut Romai nun all die Gänge, die auch bei einem solchen Todesfall getan werden müssen. Verantwortlich für die Abwicklung vermögensrechtlicher Fragen und die Betreuung der Hinterbliebenen ist SS-Obergruppenführer Breithaupt.

Breithaupt steht stramm vor Frau Maaß, der Mutter von sechs Kindern, die ihren Mann nur um fünf Wochen überleben wird.

»Frau Maaß. Mein Beileid. Was sich tun lässt. Was in meiner Macht steht. Zählen Sie auf mich, ich stehe ganz zu Ihrer Verfügung.«

Auch Amschy Brücklmeiers Mann ist hingerichtet worden, der Diplomat Eduard Brücklmeier, Hitlergegner der ersten Stunde und eng befreundet mit Ulrich Graf Schwerin von Schwanenfeld und Teddy Kessel.

Zu Amschy Brücklmeier sagt Breithaupt: »Betrachten Sie mich fortan als den Vater Ihrer Tochter.«

Charlotte von der Schulenburg hat lange um die gebotene Fassung gerungen. Nun kann sie nicht länger warten. Sie muss den Kindern sagen, dass der Vater tot ist. Ahnen sie es nicht vielleicht schon? Schuschu ist zehn, Christiane acht, Fritzi sechs, Charlotte vier, Angela zwei, und die kleine Adelheid hat gerade ihren ersten Geburtstag gefeiert. Charlotte ist mit ihnen in den Park gegangen, an eine Stelle, wo sie sonst nie sind. Sie umstehen ihre Mutter schweigend, erwartungsvoll. Charlotte spricht die Worte.

»Euer Vater ist tot.«

Sie hört das Unverständnis der Kinder. Es ist, als lausche man dem Fall eines Steins, der aber immer weiter fällt.

»Dann erbe ich jetzt sein Messer«, sagt Fritzi schließlich. »Nicht wahr? Das Messer mit FS darauf.«

»Mama«, sagt Christiane. »Wieso ist Papa tot?«

»Er ist in Berlin hingerichtet worden.«

»Was heißt das, hingerichtet?«

»Es heißt, dass man ihn getötet hat.«

»Wie denn?«

»Man hat ihn aufgehängt.«

»Wie, aufgehängt?«

»An einem Seil.«

Die Kinder starren sie an. »Wo war denn das Seil?«

»Um seinen Hals.«

»Das ist ja überhaupt nicht wahr!« Schuschu fährt hoch. »Das ist nicht wahr, das ist alles gelogen. Ich sehe ihn doch. Da ist Papi doch. Da, hinter dem Baum.«

Alle fahren herum.

Fast kann Charlotte es glauben. Fast kann sie Fritzi sehen: seinen Umriss, der sich in der silbrigen Herbstluft auflöst.

Charlotte träumt. Fritzi reitet durch Deutschland. Er reitet auf einem weißen Schimmel, den seine Leute für ihn gefangen haben, wie etwas in einer Sage. Er reitet über die Ebene. Er reitet in Städte ein und in Dörfer, und wo er hinkommt, strömen ihm jubelnd die Menschen entgegen. Sie rufen seinen Namen. Sie streuen Blumen. Der Held kommt über die Ebene.

In der Nacht friert es. Am Morgen kratzt Fritzi eine Kuhle in die harte Erde. Er streut Gänseblümchen darüber, Buchszweiglein, gelbe Blätter.

»Kind? Was tust du?« Charlotte ahnt es schon.

»Ich schmücke Papis Grab.«

Schuschu spricht nicht.

Charlotte träumt.

Ein berittener Bote ist gekommen. Ein starkes Leuchten geht von ihm aus. Seine Züge sind im Glanz dieses Lichts nicht zu erkennen. Er zieht Charlotte zu sich aufs Pferd. In allen Siedlungen, die sie passieren, klingt ihnen das Hosianna entgegen, die Lobrufe auf die Toten. Dann erhebt sich das Pferd in die Luft. Unter ihnen Ruinen, Ruinen, zertrümmerte Paläste, eingestürzte Kuppeln, geborstene Säulen. Und über allem Asche, staubfein, die in weißgrauen Fahnen aufweht und im Winde strudelt. Hier liegen sie. Hier liegen sie alle.

Der Prozess ist verschoben. Vor dem 13. November ist mit einer Anklage nicht mehr zu rechnen. Freya ist auf dem Weg in die Afrikanische Straße. Sie bleibt jetzt manchmal auch über Nacht dort. Die Poelchaus und sie sagen inzwischen Du zueinander, jedenfalls wenn sie miteinander allein sind. Sobald eine der anderen Frauen dazukommt, kehren sie aber wieder zum Sie zurück: Niemand soll das Gefühl haben, nur ein Schützling zweiter Ordnung zu sein.

Und wenn Brigitte Gerstenmaier die Poelchaus besucht, dann lässt Freya sie danach auch nicht allein in die spätherbstliche Dunkelheit hinausgehen. Brigitte wohnt ebenfalls in Lichterfelde. Gemeinsam steigen Freya und Brigitte in den U-Bahnhof hinab. Gemeinsam fahren sie quer durch die Stadt, die über ihnen in Flammen steht: Die Bomben fallen jetzt rund um die Uhr.

Die Amerikaner bomben am Tag, die Briten in der Nacht. In der Morgenstille türmt sich der Qualm in schwarzen Wolken über den nördlichen Bezirken, wo noch viele Feuer brennen. Verbogene Stahlträger quälen sich aus der Kraterlandschaft der Stadt. Zerklüftete Mauern ragen aus verrußten Steinhaufen auf. Aber die U-Bahnen und S-Bahnen fahren noch immer, wenn auch nicht mehr zuverlässig. Trampelpfade winden sich über die Trümmer. Arbeiter gehen zur Arbeit, Bäckereien backen Brot, die Müllabfuhr holt den Müll ab, der Postbote bringt Post, die leeren Läden halten sich an die Öffnungszeiten. Und Helmuth Moltke hat begonnen zu hoffen.

Er ist plötzlich vollkommen sicher, dass alles gut ausgeht. Er ist jetzt entschlossen, sich mit allen Kräften zu verteidigen. Sein Lebenswillen ist mit Macht zurückgekehrt. So ein Hoch gibt wahrscheinlich nur ein neues Tief, das ist ihm klar. Aber er kommt nicht dagegen an. Es ist auch angenehm, angenehm, angenehm. Nicht einmal die Nachricht, dass Edolf tot ist, vermag Helmuths Euphorie zu dämpfen. Hat er sich nicht immer auf aussichtslose Sachen eingelassen? Und hat ihn dies nicht immer getragen? Warum sollte es diesmal anders sein?

»Helmuth hatte diese wunderbare Klarheit«, sagt Freya zu Harald Poelchau. »Nun verliert er sie wieder.«

Aber Harald hat sie ja gewarnt, dass genau das geschehen könnte. Was kann Freya tun? Sie schreibt an Helmuth,

Wenn ich Deine Anklage in aller Schärfe sehe, dann scheint es mir unerkennbar, wie Du den Klauen entgehen kannst.

Sie muss ihn halten und loslassen, halten und loslassen.

Aber dass Du trotzdem gerettet werden kannst, das glaube ich fest.

Der Prozess soll nun am 13. sein. Und Freya hat tatsächlich noch einmal Sprecherlaubnis erhalten. Sie hat Landgerichtsdirektor Schulze erklärt, dass der Bestellungsplan wegen der Düngerkürzung geändert werden muss, und das könne sie nicht allein entscheiden.

Der Trick hat einmal mehr funktioniert. Freya sitzt bei Helmuth, in Gegenwart des Gefängnisdirektors. Ist es dem Mann nicht peinlich? Da sieht er nun zu, wie ein Mann und eine Frau einander bei den Händen halten, einander in die Augen sehen. Helmuth spricht nicht. Er ist überwältigt davon, dass dies wahrscheinlich der Abschied ist, dass er Freya niemals wiedersehen wird. Helmuth glaubt an die Fortdauer ihrer Liebe zu ihm, seiner Liebe zu ihr. Aber dies ist doch groß, unfasslich groß. Freya nie mehr wiedersehen!

Und Helmuth Moltke soll also nie wieder nach Kreisau fahren?

Das kann nicht sein. Helmuth Moltke trommelt gegen die Mauern, die sich um ihn schließen, während er still auf seiner Pritsche sitzt. Er brüllt, er winselt, während kein Laut über seine Lippen dringt: Er soll nie wieder nach Hause dürfen? Einmal noch. Nur einmal noch sein Haus sehen, einmal noch von der Veranda zur Eule hinüberblicken, einmal den Fuß über die Schwelle setzen und sein Haus betreten, einmal noch Freya im Arm halten, in seinem eigenen Bett liegen, seine Frau im Arm halten und schlafen. Schlafen. Aber das ist ihm nicht vergönnt. Er ist wach. Er begreift: Alles war falsch. Das Gnadengesuch hat den falschen Ton, der Weg zu Hitler ist der falsche, Keitel darf keinesfalls eingeschaltet sein, es ist alles verdorben, es ist zu spät, und er selbst hat es ruiniert, mit seinem Hochmut, seiner Dummheit. Es überschwemmt ihn, es ertränkt ihn, dazwischen sieht er Freya, wie sie ihm heute gegenüberstand, kältegerötet, weich und warm und glühend, mit grauen Strähnen im Haar um ihr noch immer junges Gesicht. Das ganze Glück seines Lebens stand vor ihm. Der ganze Glanz.

Dieser Glanz, der von seiner Frau ausgeht, schneidet ihm stählern ins rohe Fleisch. Ja, man kann mit dem Geist ringen, man kann sich emporkämpfen zu hoher Emphase. Aber Freyas Anblick hat ihn wieder in die Tiefe hinabgerissen. Gott entscheidet über sein Leben? Ach woher denn. Hitler entscheidet, Himmler, Keitel, Kaltenbrunner, Müller. Der Satan entscheidet. Er ist aus der Hand Gottes gestürzt, er stürzt, stürzt, stürzt ins Bodenlose, der Strom reißt ihn fort, der Lavastrom der Hölle. Er spricht Psalmen, Lieder, Bibelstellen. Er ruft laut den 139. Psalm.

Herr, du erforschest mich und kennest mich. Von allen Seiten umgibst du mich und hältst deine Hand über mir –

Aber die Qual weicht nicht. Rühmt er sich nun wohl auch noch damit? Denkt er: Wer wird so gequält und kann es ertragen? Das ist ja aber das Teuflische, das ist sein Hochmut. Und da steht sie wieder vor ihm, seine schöne Liebste. Er sieht sie, sie lächelt. Dankbar sinkt er zurück, erschöpft. Aber er erwacht wieder, und nun ist alles klar. Man wird ihn erhängen. Man wird ihn strangulieren. Man wird ihn langsam, ganz langsam erwürgen. Und wenn es nur schon so weit wäre. Wenn er schon hinge. Wenn er es hinter sich hätte, und hätte in Größe bestanden. In Einfalt. In Zuversicht. Wenn er schon wüsste, dass er angenommen ist, dass am Ende der Qualen Gottes Hand ihn auffängt.

»Du musst die Gewissheit nicht fühlen, Helmuth.«

Poelchau ist da.

»Die subjektive Gegenwart der Erkenntnis ist nicht nötig. Du musst es nicht empfinden, du musst lediglich objektiv wissen, dass du durch Christus gerettet bist. Das genügt.«

Also Jesaja 43, 1.

Fürchte dich nicht, denn ich habe dich erlöst; ich habe dich bei deinem Namen gerufen; du bist mein.

Ja, na ja. Sehr gut, schön. Mit anderen Worten, sollte Himmler getauft sein, sollte Adolf Hitler getauft sein, sollte Helmuths Richter Freisler getauft sein, dann sind sie ebenso von ihren Sünden erlöst wie Helmuth Moltke. Sie sind errettet, sie ruhen in der Hand Gottes, und Helmuth wird sie im Jenseits treffen.

Das ist schwer zu ertragen. Das ist überhaupt nicht zu ertragen. Aber Poelchau hat recht. Was er sagt, ist logisch und offensichtlich und muss nun also gelernt werden. Helmuth muss an seine Frau denken. Darin liegt die Stärke, darin liegt der Glanz. Wenn Helmuth Moltke lernen und akzeptieren kann, dass auch Heinrich Himmler Gottes Kind ist, dann kann er es allein durch die Dankbarkeit für Freya, durch das Glück ihres Bildes. Sein Herz zittert noch, aber den Dank für Freyas Nähe hat er in keinem Moment verloren. Freyas Gegenwart ist der Beweis: Gott muss ihn liebhaben. Gott mag Himmler und Hitler aus der Sünde erretten. Aber Freya hat er nur Helmuth Moltke gegeben.

Und vielleicht wird er im Jenseits nicht auf sie warten müssen. Wenn die Kategorien von Ort, Zeit oder Kausalität im Jenseits gar nicht mehr existieren, dann kommt er vielleicht gleichzeitig mit ihr dort an.

Freya schwebt noch immer in Glück. Es war ein reines Glück, ihn zu sehen. Seine Augen, seine Stirn, sein Mund, seine Hände: Alles ist so, wie sie es erinnert. Alles ist, wie sie es weiß und als Bild in sich trägt. Sie öffnet seinen Brief,

Wenn ich noch lange in dieser Lage bleibe, dann kenne ich die Hölle bald besser als Kreisau. Wenn mir Satan letzte Nacht nicht mit Schweif und Klauen erschienen ist, dann nur, weil nachts das Licht bei mir brennt. Dein schöner, köstlicher, herrlicher, erquickender Besuch, dieser Glanz, in dem sich noch einmal mein ganzes Leben zusammenzufassen schien –

Sie versteht sofort. Sie weckt seinen Lebenswillen. So war es immer, von Anfang an: Sie hat ihn verführt, auf der Welt zu leben, sie hat ihm dieses Leben versüßt, und nun macht sie ihm das Sterben schwer. Aber das ist in Ordnung. Sie hält ihn auf der Welt fest, weil er sie liebt. Die Liebe ist es, die ihn bindet und quält, und die Liebe wird sie beide befreien und ihnen helfen, die bloße Kreatur zu überwinden.

Meine Liebe ist ganz, ganz bei Dir und umfängt und wärmt Dich: Ach, mein Jäm, sie brennt mich wie Feuer! Sie findet Dich immer und ist bei Dir.

Das schreibt sie. Dazwischen wäscht sie ein Hemd für ihn, bügelt es. Sie spült Geschirr. Sie steht in Dorothee Poelchaus kleiner Küche, um das Hasenvieh zu häuten, das sie von Freunden mitgebracht hat. Sie trennt den Kopf ab, zerlegt den Hasen in Vorderläufe, Schenkel und Rücken, schiebt die Messerspitze unter die zähe transparente Haut, die jeden Muskel umspannt, und schabt und reißt, bis die Haut nachgibt und sich abziehen lässt. Sie stellt sich vor, Helmuth käme zur Tür herein. Sie stellt sich vor, er ginge durch die Tür wieder hinaus. Die Tränen laufen und laufen. Sie gibt Fett in die Pfanne, sie füllt einen Topf mit Wasser, pellt eine Zwiebel und setzt den Hasenkopf zum Auskochen auf. Nachher will sie noch zu Hercher, dem Pflichtverteidiger. Dann muss sie Carl Viggo Moltke treffen, der zu Freisler gegangen ist. Es scheint, dass man Kreisau nicht beschlagnahmen will.

Und der Termin ist in den Dezember verschoben worden.

Die Erschütterung ist atemberaubend. Momente strömenden Glücks sind zu ertragen, dazwischen laufen die Tränen. Alles alles alles ist Liebe. Die Liebe bereitet sie vor auf Hellmuths Tod, und die Liebe lässt sie darum kämpfen, dass er lebt. Die Spannung ist manchmal unerträglich: als wäre die Aufgabe, die ihnen gestellt ist, im Grunde nicht jedem Menschen aufgegeben, der einen anderen liebt.

»Was wollen Sie eigentlich mit einem Gesuch bei Hitler erreichen, Gräfin?«, sagt Hauptmann Haus vom Amt Ausland/Abwehr zu ihr. »Hitler ist ausgefallen. Er kann nicht sprechen, er hat Wucherungen im Hals, und seit dem 20. Juli ist er halb taub. Zu ihm dringt nichts mehr durch. Er ist verrückt, völlig übergeschnappt. Alle Macht liegt bei seinen ehemaligen Günstlingen, die einander unablässig umschleichen und belauern. Müller. Kaltenbrunner. Himmler ist eine Spinne. Es ist die Hölle. Und es rast alles dem Ende entgegen.«

Roland Freisler rückt Freya den Stuhl. Dann setzt er sich, mit einer knappen Verneigung. Was kann er für die Gräfin Moltke tun? Graf Moltke leidet unter Ischiasschmerzen? Die verehrte Frau Gräfin möge sich damit doch bitte an Schulze wenden oder an Amtsrat Thiele. Und ein Stuhl, während der Verhandlung? Ja, warum nicht. Graf Moltke erhält in der Verhandlung einen Stuhl.

Freya sieht Freisler an. Sie lächelt. Sie versucht ihm zu gefallen. Aber es ist sinnlos. Er sieht sie ja gar nicht. Er sieht nur sich. Er schwadroniert, er stellt sich dar. Sie kann ihm dabei zusehen, wie er sich selbst beim Reden zuhört.

»Ein guter Richter sieht schon an der Haltung eines Angeklagten, ob er schuldig oder unschuldig ist. Ich erkenne das in den ersten Minuten. Es ist ein hohes Amt, das ich versehe. Ein Richter darf sich niemals irren, er darf niemals ein Fehlurteil fällen.«

Freya sieht, dass er sich glaubt, was er sagt. Er redet dummes Zeug, aber er ist nicht dumm. Er ist eitel, sprunghaft, ein Theaterspieler, ein sehr gefährlicher Mensch.

Aber nicht Freisler wird die Zukunft entscheiden.

An diesen Glauben will Freya sich halten. Sie werden geführt, und wie sie geführt werden, ist es gut und richtig. All die Gänge, die Freya tut, all die Rettungsversuche sind im Grunde vergeblich. Deswegen darf man sie aber nicht unterlassen. Wie hat Helmuth mehr als einmal gesagt? Nur was man in Erkenntnis der Sinnlosigkeit allen Handelns tut, hat vielleicht überhaupt einen Sinn.

Und dieser Sinn ist verborgen. Sie werden geführt, auch wenn sie selbst es nicht erkennen. Der Glaube daran kommt und geht, Ebbe und Flut.

Man hat Helmuth Moltke die Fesseln abgenommen, wegen seiner Ischiasschmerzen. Und man hat ihm seine Anklageschrift zugestellt. Beim Lesen hat Helmuth Herzrasen bekommen: Es steht der tollste Unsinn darin. Der Termin ist jetzt für den 12. Dezember festgelegt. Helmuth muss sich bereithalten zum Kampf. Er muss sich bereithalten zum Sterben. Beides zugleich ist furchtbar anstrengend. Wie hat wohl Peter das Ganze ertragen?

Helmuth denkt jetzt manchmal an den toten Freund. Er denkt, dass Peter ihn selbstloser, tiefer geliebt hat als Helmuth Peter. Andererseits, Peter hatte Glück. Der Tod kam zu ihm so viel schneller als zu Helmuth.

Im Prozess gegen Edolf Reichwein, Eduard Brücklmeier und Hermann Maaß am 20. Oktober ist auch Julius Leber zum Tode verurteilt worden. Aber er lebt noch. Annedore hat das von Kriminalrat Stange erfahren. Der Kriminalrat hat eine Absprache mit Annedore getroffen: Er wird die Akte Leber immer wieder nach unten schieben. Der Krieg geht zu Ende. Deutschland verliert. Wenn die Alliierten da sind, kann Julius Leber dem Kriminalrat nützen. Annedore hat auch schon einige Male Sprecherlaubnis erhalten. Wenn sie allein ist, hofft sie, dass die Alliierten den Wettlauf gegen die Zeit gewinnen und Julius retten. Wenn sie Jüli ansieht, glaubt sie nicht daran: Er glaubt nicht daran.

Sie haben ihn furchtbar gefoltert, den tapferen Mann. Die Spuren bedecken sein Gesicht, seine Arme, alles, was sie von ihm sieht. Sie denkt an seine erste Haft. Sie denkt an seine Briefe mit der zittrigen Schrift: an die drei Monate Arrest in der Dunkelzelle. Es hat ihn nicht gebrochen. Sie haben ihn damals nicht gebrochen und auch jetzt nicht. Aber er ist müde. Todmüde. Sie darf seine Hände streicheln, sie darf sein Gesicht streicheln.

Er sagt: »Ich kann nur dem Schicksal immer wieder danken, dass es dich an meine Seite gestellt hat. Wie unwichtig ist alles andere im Vergleich damit.«

Er sagt: »Die Liebe, derer die menschliche Seele fähig ist und die stärker als alles in der Welt ist, beweist, dass die Seele göttlichen Ursprungs ist. Und das, was von Gott kommt, wird zu ihm zurückkehren.«

Am 16. November wird er dreiundfünfzig. Die Kinder haben ihm Geburtstagsbriefe geschrieben und Bilder gemalt. Sie wenigstens sind unbeschwert von all dem Kummer. Es ist Julius Leber ein großer Trost.

»Wo warst denn du? Wo?«

Konrädchen hält Freyas Beine umfasst. Freya ist in Kreisau: Casparchen hat Geburtstag. Freya hat für ihn Pantöffelchen genäht. Asta hat einen alten Wecker für ihn, der noch geht. Freya holt von Frau Rose fünfzehn Eier, um Mohnstrudel und Apfelkuchen zu backen. Plätschke ist gefallen, Kammel ist vermisst, Krauses Trecker haben die Soldaten mitgenommen. Bei Heides hat die Frau einen Jungen bekommen und ihr Mann eine Kopfverletzung. Das ist natürlich günstig, es geht ihm gut und er ist nun zu Hause.

Casparchen hat viele Geburtstagsgäste eingeladen. Sie spielen den ganzen Nachmittag Fliegeralarm. Freya nutzt die Zeit, um die Bienen für den Winter einzupacken und die jüngsten Briefe in den Stöcken zu verstauen, seine und ihre, die zusammengehören. Ansonsten ist die Dreschmaschine kaputt, das ist mehr als ärgerlich. Der Dampfpflug soll von Ludwigsdorf kommen, hoffentlich schon in den nächsten Tagen. Das wäre großartig. Freya ist fröhlich. Er kann ja nicht sterben. In Kreisau ist klar, dass er nicht sterben kann.

Der Prozess findet wahrscheinlich am 12. statt. Aber er kann auch wieder verschoben werden. Er findet am 12. statt, aber wenn nicht, dann sicher erst nach Neujahr. Oder vielleicht schon morgen. Und dann wird er tatsächlich wieder verschoben, diesmal auf den 19. Dezember. Wollen sie ihn wirklich so kurz vor Weihnachten umbringen? Der Termin ist auf den 20. verlegt. Auf den 19. und den 20., sie nehmen sich also zwei Tage Zeit. Was bedeutet das? Jeder Tag ist ein gewonnener Tag. Jeder Tag bedeutet, dass die Alliierten näher rücken, zugleich bringt er sie der Verhandlung näher. Jeder Tag bedeutet genau das: diesen einzigen Tag.

Freya macht einen Sonntagsspaziergang durch den Tegeler Wald, zusammen mit Harald Poelchau und dem kleinen Harald, der so alt wie Casparchen ist. Das Kind plappert. Freya friert. Sie ist erschöpft. Sie blickt hinüber zu der Haftanstalt, in der ihr Mann sitzt. Die kleine Menge der Tage, die ihr bis zur Verhandlung noch bleiben, schmilzt furchtbar schnell in ihrer Hand. Wie lange wird sie danach ohne ihn leben müssen? Vielleicht noch fünfzig Jahre, im äußersten Fall. Was ist das schon, vor der Ewigkeit? Aber das Leben muss jede Stunde neu begonnen werden.

Auf dem Rückweg gehen sie an der Kleingartensiedlung

Am Waldessaum entlang. Die Eisdiele von Frau Coppi ist geschlossen.

Helmuth sitzt am Tisch und schreibt.

Noch etwas Technisches: Ich will meine Decken und die Wäsche hierlassen, wenn ich wegkomme. Gissel soll alles verwahren, bis Du kommst und es holst. Oder Du kommst am Tag vor dem Termin vormittag und holst alles. Das ist eigentlich schöner, als wenn Du dann in das leere Haus noch einmal kommen musst.

Annedore Leber hat ihre Tochter nach Berlin geholt. Katharina Leber soll für den Vater um Gnade bitten. Sie soll ihre alte Freundschaft zu ihrer Klassenkameradin Gudrun Himmler wieder aufleben lassen, sie soll sich bei Gudrun für den Vater verwenden. Katharina ist aus allen Wolken gefallen. Sie hat nichts von der Verhaftung ihrer Eltern gewusst. Sie hat nicht gewusst, warum ihr Vater niemals mehr zu Besuch gekommen ist.

»Und dafür hast du mich hierhergeholt? Damit ich mit Gudrun rede? Dafür hast du mich nach Hause geholt?«

Die Mutter weint und weint. Die Bomben fallen und fallen. Annedore und ihre Tochter kauern draußen im Garten im Splittergraben. Die Mutter schluchzt.

»Er wird mir noch erschlagen, dort im Gefängnis.«

Aber er wird doch so oder so erschlagen.

»In der Lehrter Straße dürfen sie nicht in den Keller. Ach, er wird mir noch erschlagen, in seiner Zelle.«

Der Vater wird auf jeden Fall erschlagen. Und Katharina und die Mutter vielleicht auch. Also. Was gibt es dann verdammt noch mal ständig zu heulen?

Freya in der Afrikanischen Straße schreibt an Helmuth, dass sie bei Poelchaus zwei sehr nette Frauen kennengelernt hat.

Die eine, die Frau des Truchseß bei Dir in Tegel, hat mir einen großen Eindruck gemacht, sie hat eine große innere Klarheit und Reinheit, dabei viel Charme und Schwung und Klugheit. Die andere war die sehr nette dicke Braut vom jüngsten Bonhoeffer.

Dietrich Bonhoeffer darf Maria Wedemeyer schreiben. Dieser Brief ist sein Weihnachtsbrief: Heute ist der 19. Dezember 1944. Es ist der erste Brief aus der Prinz-Albrecht-Straße, den man Dietrich gestattet, die ersten Worte seit Ende August, die er an seine Lieben richten darf. Er hofft, dass er die richtigen Worte findet. Er will Maria sagen, dass er sich noch keinen Moment vereinsamt oder verlassen gefühlt hat. Alle, die er liebt und die ihn lieben, sind ihm gegenwärtig. Sie umstehen ihn, sie sind verbunden mit ihm, er fühlt ihre Gebete und ihre Gedanken deutlicher als jemals zuvor. Auch andere Schätze vibrieren vor Leben: Musikstücke, Gedichte, die Erinnerung an Gemälde und Landschaften. Er schreibt,

Je stiller es um mich herum wird, desto deutlicher spüre ich die Verbindung mit Euch. Es ist ein großes unsichtbares Reich, in dem man lebt und an dessen Realität man keinen Zweifel hat.

Er hat auch ein Gedicht verfasst, das er beilegen wird. Es ist ihm in den letzten Abenden eingefallen, und er hat mit viel Freude und Genugtuung daran gefeilt.

Von guten Mächten treu und still umgeben
behütet und getröstet wunderbar –
so will ich diese Tage mit euch leben
und mit euch gehen in ein neues Jahr.
Von guten Mächten wunderbar geborgen –

Kommissar Sonderegger händigt Maria den Brief in der Prinz-Albrecht-Straße aus. Er zieht den Hut. Maria dankt. Sonderegger ist sehr zufrieden mit sich. Maria eilt weiter. Sie muss noch einen Besuch in der Lehrter Straße machen, wo ihr Onkel einsitzt, Hans Jürgen von Kleist-Retzow. Dann muss sie hinaus nach Tegel, was sie hoffentlich heute auch noch schafft: In Tegel sitzt Dietz Freiherr von Truchseß, der Mann ihrer Cousine Hesi aus Bundorf, bei der Maria eine Weile gewohnt hat.

Nina Stauffenberg ist ein paar Wochen lang in der Prinz-Albrecht-Straße verhört worden. Inzwischen hat man sie aber im Frauen-Konzentrationslager Ravensbrück untergebracht, in dem Zellenblock, der dort für politische Gefangene errichtet worden ist. Man hat ihr eine Zelle im ersten Stock zugewiesen. Das Fenster öffnet sich auf das Gebäude der Lagerkommandantur. Nina erhält die Verpflegung der SS-Wachen. Außerdem darf ihr ihre Schwägerin Litta einiges zukommen lassen.

Alexanders Frau war nur kurz inhaftiert. Melitta Stauffenberg hat man jüdische Großeltern nachgesehen, wird man ihr da ihre Ehe mit einem Stauffenberg nachtragen? 1939 ist Litta in die Erprobungsstelle der Luftwaffe in Rechlin am Müritzsee zwangsverpflichtet worden, um Zielgeräte für Sturzflugvisiere zu testen. Inzwischen muss sie mit den Stukas Junkers Ju 87 und Ju 88 an die dreitausend Sturzflüge vorgenommen haben: Manchmal fünfzehnmal am Tag hat sie sich aus viertausend Meter Flughöhe auf tausend Meter fallen lassen.

Sie fliegt auch jetzt für Führer, Volk und Vaterland. Zum Dank darf sie ihre Familie besuchen. Der hochschwangeren Nina bringt sie Lebertran, Karotten, Patiencekarten, Zigaretten, auch Lehrbücher über Stenografie. Nina will präpariert sein. Wer weiß, vielleicht wird Nina selbst Geld verdienen müssen, wenn man sie aus der Haft entlässt? Nina übt Stenografie, sie legt Patiencen. Sie raucht. Sie hat immer stark geraucht. Das muss sie nun zum Glück auch hier nicht aufgeben. Das Schlimmste an ihrer Lage scheint ihr zu sein, dass ein paar Zellen weiter die Mutter eingesperrt ist.

Die Mutter hat von gar nichts gewusst. Sie ist vollkommen unschuldig. Die Verhaftung kam für sie aus völlig heiterem Himmel. Und nun lässt man sie nicht zueinander, und Nina kann die Mutter nicht um Vergebung bitten. Nur Briefe können sie einander schreiben. Die Mutter schreibt voll Sorge um die schwangere Tochter. Dabei ist es doch sie, die ganz unschuldig leidet.

Nina hat immerhin von Claus' Plänen gewusst. Sie hat Claus' Pläne gebilligt, sie hat sich ihm nicht in den Weg gestellt. Sie hat nicht als Bleigewicht an ihm gehangen. Nun spürt sie seine Dankbarkeit. Sie spürt seine schützende Nähe,

Du bist bei mir
Wenn auch dein Leib verging

Das schreibt sie in einem Gedicht, das sie nennt: »Unser Papi«. Sie ist Claus dankbar: Er hat ihr beigebracht, alles in ihrem Inneren zu verschließen. Das tut sie. Die Schale wird immer dicker, immer fester, immer undurchdringlicher. Die Schale schützt den Kern, das weiche Innere: ihn und sie und das Kind, das in ihr wächst. Zu Beginn ihrer Haft war sie sehr verzweifelt. Zu Beginn hatte sie große Angst, man könnte sie womöglich auch töten wollen. Jetzt hat sie keine Angst mehr. Der Panzer um sie wächst, das Chitin, die Käferflügel womöglich, mit denen sie ihnen hier entkommt. Sie spürt dieses Wachsen der Schutzhülle, ihre Verhärtung. Alle Waffen müssten schartig werden, an ihrem Hals.

Und sie merken das. Wenn Nina etwas braucht, wenn sie etwas verlangt, dann parieren die Wachen, bevor sie noch darüber nachgedacht haben. Danach sind sie manchmal zornig auf sie. Aber das ist ihr gleichgültig. Das prallt an ihr ab. Alles prallt an ihr ab. So muss es sein. Darauf richtet sie ihre ganze Kraft.

Helmuth lebt. Es ist heute der 19. Dezember, und Helmuth lebt. Der Termin ist noch einmal verschoben worden, auf den 8. Januar. Es hat Freya umgeworfen. Einen Tag und eine Nacht lang war sie versunken in der schlimmsten Migräneattacke ihres ganzen Lebens. Jetzt geht es wieder. Freya ist noch einmal in das liebe vertraute Gefängnis gekommen, zum letzten Wäschetausch vor Weihnachten. Wie gern kommt sie her, wie heimatlich ist ihr der Korridor inzwischen: Dort drüben ist Harald Poelchaus Zimmer, da ist Gissels und hier das Wartezimmer.

Freya setzt sich. Über ihr in seiner Zelle ist Helmuth. Durch diese Tür gegenüber von Freya geht es zu ihm. Freya kann die Tür nicht durchschreiten. Aber andere können es. Es ist nicht unmöglich. Helmuth ist dort oben, er atmet, er geht auf und ab, er denkt an sie, er ist auf der Welt. Seine Augen wandern noch immer über ihre Briefe, seine lieben Augen. Die Tür öffnet sich, und Gissel reicht ihr das Paket mit Helmuths getragener Wäsche.

Am Nachmittag, kurz bevor Freya nach Kreisau aufbricht, bringt Poelchau ihr Helmuths Weihnachtsbrief.

Für den voraussichtlichen Rest meines Lebens bin ich bestens mit allem versorgt.

Helmuth meint Schinken, Butter, saubere Socken. Lange Unterhosen. Honig. Den Honig liebt er am meisten,

Er ist so sehr meines Pims Produkt.

Helmuth schreibt,

Wann stirbt eigentlich das Schwein, vor oder nach dem Termin?

Er meint das Kreisauer Schwein, das schon längst hätte geschlachtet werden müssen. Aber der Metzger hatte keine Zeit. Und Freya kann sich jetzt nicht auch noch darum kümmern. Freya in Kreisau bereitet in aller Eile Weihnachten vor.

Die Handschuhe, die sie in Berlin für die Kreisauer Vorschulkinder gestrickt hat, hat sie zu Schwester in die Spielschule gebracht. Auch all ihre Erbsenpakete und die selbst gebastelten Engelchen hat sie bereits glücklich verteilt. Der Schnee liegt hoch, und es ist sehr kalt. Die Söhnchen sind mit ihr den Berghaushügel hinuntergetollt, über den Gutshof, durchs Schloss und ins Dorf. König hat seinen vierten und letzten Sohn verloren. Schmittkes vierter Sohn ist ebenfalls gefallen. Überall hat Freya Helmuths Grüße ausgerichtet, und überall ist sie auf Mitgefühl gestoßen, auf Sorge, auf Empörung. Nun hat sie noch die Waggons von Helmuths alter Eisenbahn beim Stellmacher abgeholt, der sie mit neuen Dächern versehen hat, sie hat ihren alten Fuchskragen für Frau Pick, die prächtige bestickte Samttasche für Asta und ein paar schöne Bücher für Romai eingepackt. Und damit ist Schluss. Die Bestände sind geplündert. Ein weiteres Weihnachten ließe sich kaum mehr bestücken. Der Baum ist mit Lametta und roten Äpfelchen geschmückt. Unter dem Baum sind die Geschenke für die Kinder aufgebaut: Tuschkasten, Bücher, die Eisenbahn für Caspar. Und für Konrad ein Bollerwagen, von Zimmer gebaut und recht hübsch bemalt,

Freyas Wägelchen!

Pfarrer Lilje ist an diesem Weihnachtsabend zum Gefängniskommandanten von Moabit gerufen worden. Der Kommandant hat Lilje aufgefordert, ihm zu folgen. Vor einer der Zellen ist er stehen geblieben. Die Tür öffnet sich. Und da steht Peter Yorcks Bruder Bia.

»Sie haben für heute Abend um seelsorgerischen Beistand ersucht«, sagt der Kommandant. »Die Gefängnispfarrer haben bereits Dienstschluss. Aber Herr Dr. Lilje wird einige Worte an Sie richten.«

Die Zellentür öffnet sich erneut. Rüdiger Schleicher tritt herein, mit der Geige, die ihm seine Frau hat bringen dürfen.

Rüdiger Schleicher spielt. Er spielt Weihnachtslieder. Können Ernst von Harnack und Justus Delbrück, kann Klaus Bonhoeffer den Schwager hören? Erinnern sie sich der Musizierstunden in den großen Häusern der Wangenheimstraße, der Kunz-Buntschuh-Straße, in den Villen der Gelehrtenfamilien der Harnacks, Delbrücks und Bonhoeffers, einander benachbart, vielfach miteinander verstrickt? Rüdiger Schleicher lässt die Geige sinken. Hanns Lilje richtet sich auf. Er sucht nach Worten für eine Predigt.

Julius Leber liest den Weihnachtsbrief seiner Frau. Sie dankt ihm für das Glück, an seiner Seite zu leben. Sie dankt ihm für das letzte Jahr,

das schönste Jahr. Das härteste, innigste und das schönste.

Dankbarkeit überwältigt ihn. Er schreibt,

Du kennst meine Jugend und mein ganzes Leben. Nie hat meine unruhig suchende Seele eine Heimat gehabt. Aber das letzte Jahr, besonders die letzten Monate, erfüllten mich mit dem alles frühere übertönenden Empfinden: Meine Seele hat ihre Heimat gefunden. Für manchen mag es die Mutter sein oder sonst jemand, für mich bist Du es.

Das Unglück hat ihm die Augen geöffnet. Ohne das Unglück

hätte er dieses Glück nicht erfahren: endlich nach Hause gefunden zu haben,

denn Glück ist kein Spiel, sondern eine Bewährung und ein Kampf.

Er spürt die tiefe, machtvolle Verbundenheit mit seinen Kindern, seiner Frau. Wie werden sie die Zukunft meistern, wie werden sie aus dem Zusammenbruch hervorgehen? Aber Annedore ist klug und voll Kraft. Wenn sein Leben gerechtfertigt ist, dann dadurch, dass sie das ihre mit dem seinen verbunden hat. Sie steht ihm hell und klar vor Augen, leuchtender Mittelpunkt seiner Liebe und Sorge.

Daneben geht mein eigenes Schicksal wie ein schwerer Traum.

Über die Gräber vorwärts! Die Toten sind stärkere Heere als wir auf dem Lande, als wir auf dem Meere. Sie schreiten uns voran!

Goebbels im Deutschlandsender wünscht sich zu Weihnachten die Toten lebendig.

Im Lärm der Schlachten des Krieges gingen sie von uns. Beim Dröhnen der Glocken eines siegreichen Friedens werden sie zu uns zurückkehren. Mehr als allen Lebenden sind wir ihnen das Reich schuldig. Das ist die einzige Forderung, die sie uns hinterlassen haben. Sie gilt es zu erfüllen. Halten wir dafür unsere Hände und Herzen bereit, dann muss sich bald, wie der Dichter sagt, die Welt erneuern, wie ein junggeboren Kind.

»Freya? Du darfst niemals werden wie Romai, bitte.«

Der Weihnachtsabend ist vorüber. Asta und Freya haben die Kinder ins Bett gebracht.

»Romai ist schrecklich. Sie ist wie aus Stein. Die Kinder

flüstern, wenn sie hereinkommt, hast du es bemerkt? Mancher mag ja ihre Haltung bewundern, aber mich macht sie ganz krank, diese Haltung.«

»Es ist eben alles noch sehr frisch. Edolf ist erst zwei Monate tot.«

»Ja. Aber sie musste doch seit Monaten darauf eingestellt sein.«

»Sie trägt eben schwer an ihrem Schmerz.«

»Mag sein. Aber sie weint nicht. Sie ist tapfer, tüchtig, würdig, sie plagt sich, sie schuftet. Kann sie denn niemals traurig sein?«

Was soll Freya sagen?

»Wenn man die Bilder ihres lebensvollen Mannes ansieht, die dort oben unter dem Schlossdach überall hängen, kann man aber auch zornig werden, aus tiefster Seele zornig.«

»Ja, Freya. Nur werde du nicht wie sie. Bitte.«

Am zweiten Weihnachtsfeiertag versammeln sich die Kreisauer Kinder zum Singen im Schloss: Die vielen Reichweinchen, die Söhnchen, Tante Lenos fünf Enkel, die nach ihren toten Eltern Editha und Hans Carl von Hülsen die Hülsenfrüchte genannt werden, und Davy Moltkes große Töchter, die von Wernersdorf herübergekommen sind, um Pakete für Helmuth und für Püzze Siemens abzugeben. Freya hält Konrädchen auf dem Arm. Die schwangere Asta sitzt bei ihr, Tante Ete Trotha, Romai, Ulla Oldenbourg.

O du fröhliche, o du selige,
gnadenbringende Weihnachtszeit!

Freya denkt an den furchtbaren Krieg im Westen. Sie denkt an den furchtbaren Krieg im Osten. Sie blickt in die Gesichter der anderen. Wie die Kinder sich verändern. Jedes Mal, wenn Freya nach Kreisau zurückkommt, sind sie ein winziges bisschen älter. Immer klarer werden ihre Züge, immer deutlicher die Gesichter, die sie haben werden.

Nach der Gesangsstunde wandert Freya mit Asta und den Söhnchen vom Schloss wieder zum Berghaus zurück. Es ist ein klarer Abend, sehr still und kalt. Freya und das Marinkchen gehen Arm in Arm.

Im Berghaus erwartet sie Marion Yorck.

Da sitzen sie nun zusammen, die beiden Frauen, deren Geschichten seit 1940 so eng miteinander verflochten sind. Marion lacht, sie ist heiter und gelöst. Konrädchen wirft sich ihr sofort entgegen. Er plappert, er schäkert, er klettert auf ihren Schoß. Natürlich will er auch, dass ihn diese nette neue Tante ins Bett bringt. Marion ist ganz anders als Romai: Das denkt Freya, fast gegen ihren Willen. Marion sucht die Muße, Romai die Arbeit. Romai leidet unter Edolfs Tod. Marion spricht von Peter wie von einem Lebenden.

Aber Edolf ist so schwer gefoltert worden. Vielleicht ist es unerträglich, angesichts solcher Qualen weich und offen zu bleiben. Vielleicht verhärtet das Entsetzen die Seele. Vielleicht sträubt sich der eigene Lebenswille dagegen, den Erdulder solcher Schmerzen mitfühlend zu begleiten, ihn festzuhalten über den Tod hinaus.

Freya sitzt im Zug. Weihnachten ist vorüber, und Freya kehrt nach Berlin zurück. Natürlich hat sie wieder längst nicht alles erledigen können, was sie sich für Kreisau vorgenommen hatte. Aber Familienleben und gründliche Arbeit lassen sich nun einmal schwer miteinander vereinen, und Familienleben ist das Wichtigere. Freya ist mit Lebensmitteln bepackt, für Helmuth und für die Poelchaus. Kreisau bleibt zurück. In Kreisau hatte Freya die fröhliche Sicherheit, dass Helmuth lebt. Jetzt muss sie zurück auf den dunklen Grund.

Aber Helmuth selbst ist ganz unerfindlich heiter. Er erkundigt sich voll Teilnahme nach dem Schwein. Es ist noch am Leben: Der Metzger war auch zwischen Weihnachten und Silvester verhindert. Das Schwein soll nun also am 19. Januar geschlachtet werden. Helmuth schreibt,

Das Wettrennen zwischen dem Schwein und mir ist also noch nicht, wie ich annahm, zugunsten (?) des Schweins entschieden. Das ist über den Tod wahrscheinlich genau meiner Meinung: dass vier Zentner noch kein zureichender Grund ist.

Helmuth wird nun regelmäßig zum Lichtbad geführt, wegen seiner Ischiasschmerzen. Mittelstädt, der ihn gewöhnlich abholt und ins Lazarett bringt, ist ein entschiedener Nazigegner und offener Defätist. Er behauptet, das wären alle im Lazarett, außer dem Medizinalrat natürlich.

»Der ist ein Hundertfünfzigprozentiger. Aber im Grunde hat er nichts mehr zu sagen.«

Der Medizinalrat weiß schließlich nicht einmal von den Kleintieren, die seine Station beherbergt. Gerade waren ja die Kontrollen, die dafür sorgen sollen, dass Privatleute nicht mehr als zwei Hühner und drei Kaninchen für sich behalten und den Rest bei den staatlichen Stellen abliefern. Also haben die Wachtmeister ihre überzähligen Karnickel und Federviecher vorsorglich samt und sonders ins Lazarett der Haftanstalt Tegel eingeliefert.

»Es geht doch gar nicht anders«, sagt Mittelstädt. »Ich frage Sie ehrlich, Graf. Wie viele Hühner braucht man? Doch mindestens acht, oder besser mehr!«

»Woher bekommen Sie denn das Futter?«

»Das bringen die Gefangenen mit, die auf Außenkommando sind. Dafür dürfen sie selbst auch Kaninchen im Lazarett halten.«

Helmuth Graf von Moltke staunt. Hier also wird er seine letzten Lebenswochen verbracht haben. Wie erstaunlich die Welt ist, überall.

Annedore öffnet Julius' Brief. Der Brief ist vom 1. Januar 1944. In diesem Brief redet Jüli sie nicht als *Mein Paulus* oder als *Lieber Junge* an. Sie liest die Anrede, und die Tränen stürzen auf das Papier,

Meine liebe Frau

Am 5. Januar 1945 wird Dr. Julius Leber im Schuppen von Plötzensee gehängt.

Am 6. Januar darf Freya Helmuth sehen. Sie denkt diesmal gar nicht daran, dass dies das letzte Mal sein könnte. Sie hat das schon viel zu oft gedacht. Sie lässt sich einfach von Helmuths Nähe beglücken. Am schönsten wäre es, gar nicht zu sprechen und nur still beieinander auszuruhen. Aber dann reißt man sie womöglich vorschnell auseinander, weil man glaubt, sie hätten einander nichts zu sagen. Also erzählt Freya von Weihnachten. Helmuth hört zu. Er stellt Fragen, er sieht seine Frau an. Er ist sehr glücklich. Das letzte Jahr war das wichtigste Jahr seines Lebens. Es war eine große Zeit: die größte. Es gab ein paar sehr schlimme Tage, schlimmere, als er jemals erlebt hat, aber das war der Preis. Er kann nur voll Dankbarkeit zurückblicken.

Und wenn er nun doch am Leben bliebe? Könnte er dann wohl eine der Erfahrungen dieses Jahres mit hinüberretten in den Alltag?

Aber das ist nicht mehr wichtig. Helmuth ist auf jeden Fall geborgen. Sein ganzes Leben hat Bedeutung erhalten, alle Nebensächlichkeiten haben sich gruppiert, alle scheinbaren Zufälligkeiten mit Sinn erfüllt. Was er für Bosheit, für Gemeinheit, für Schläge des Schicksals gehalten hat, waren in Wirklichkeit Mittel, ihn zu formen. Nun liegt die Landschaft seines Lebens geordnet und blühend vor seinen Augen: Granny und Daddy, Mami und Papi, die Geschwister, die Freunde, Kreisau und Berlin, Südafrika, England und im Zentrum von allem Freya, die ihn von jeder Sorge um sie oder die Söhnchen befreit und erlöst, so dass er sich ganz seiner Zukunft öffnen kann.

Freya hält Helmuths Hände. Helmuth ist gesammelt. Er hat seinen Fall aus den Händen gegeben. Er ist frei. Freya ist froh.

Katharina Leber kocht vor Zorn. Sie steht am Fenster in Hordorf. Und da kommt ihre Mutter die Straße herauf. Die Mutter ist ganz in Schwarz gekleidet. Klare Sache: Der Vater ist tot. Jetzt wird das Geheule wieder losgehen. Das Gejammer und Geflenne, ununterbrochen. Es geht schon los: Der kleine Bruder ist ans Fenster getreten und hat gesehen, was Katharina gesehen hat.

»Mein Papi!«

Buhuhuhuhuuuu!

Katharina stampft aus dem Zimmer. Sie ist stinksauer.

Und morgen soll nun der Prozess beginnen. Freya und Helmuth haben sich geeinigt, dass Freya nicht versuchen wird, Helmuth während der Verhandlung noch einmal zu sehen. Misslingt es, wären sie beide geschwächt, gelänge es, würde der Abschiedsblick sie umwerfen. Helmuth will lieber mit allem abgeschlossen haben, wenn er in den Saal und vor Freisler tritt.

Er will den Blick nach vorn richten können. Dort sollte eigentlich der Tod stehen. Der ist Helmuth jetzt aber manchmal nicht mehr sichtbar. Es irritiert ihn. Er hat so lange mit dem

Herrn gelebt, dass ihn sein Verschwinden ein wenig aus der Bahn wirft. Aber wer weiß? Letztlich wird sich alles daran entscheiden, wie tief Freisler in Helmuth eindringen kann.

Bleibt er an der Oberfläche, stirbt Helmuth für den Goerdeler-Mist. Dringt Freisler in Helmuths tiefste Tiefen vor, muss er Helmuth umbringen lassen, weil er dann erkennt, wer Helmuth Moltke ist: ein Christ und Todfeind des Nationalsozialismus. Immerhin stürbe man dann für das Richtige. Am wahrscheinlichsten ist es aber doch, dass Freisler zwar die Oberfläche durchstößt, jedoch nicht tiefer in die Wahrheit eindringt als bis in die mittlere Schicht. Dort würde offenbar, dass Helmuth mit Goerdeler nichts zu tun hatte und dass sein Defätismus in Wirklichkeit Teil seiner amtlichen Tätigkeit war. Dann könnte es sein, dass man am Leben bliebe.

Helmuth sitzt in seiner Zelle. Er blättert noch einmal in Freyas letzten Briefen, bevor er sie nachher Poelchau mitgeben wird. Es ergreift ihn stark, wie sehr das, was sie einander zuletzt geschrieben haben, fast bis in den Wortlaut hinein das Gleiche war. Aber es ist eben eine Tatsache, dass Freya und Helmuth ein gemeinsames Herz haben und einen gemeinsamen Blutkreislauf, dass nur sie beide zusammen ein ganzer Mensch sind, ein einziger Mensch, ein gemeinsamer Schöpfungsgedanke Gottes.

Soll er ihr das noch einmal schreiben?

Man muss ein bisschen aufpassen, dass sich diese Abschiednehmerei nicht abnutzt wie Abschiedsgrüße, wenn der Zug nicht abfahren will. Und wie es wohl sein wird, ein letztes Mal im Leben sein J. unter einen Brief an Freya zu setzen? Gleich wird er es wissen. Er schreibt.

Ich habe Dich lieb, und ich bin mit Dir glücklich, und dabei bleibt es. J.

Roland Freisler hat Blumen besorgt. Er ist heute Abend bei den Sündermanns eingeladen. Sündermann ist der oberste Pressechef des Führers. Aber dass Freisler dem Abend mit froher Erwartung entgegenblickt, liegt an Sündermanns Frau. Die junge Liesl Sündermann ist ganz besonders ansprechend, eine herzliche, warme Österreicherin.

»Aber lieber Herr Dr. Freisler, wie schön, dass Sie da sind.«

Diese Haarfülle, dieses Lächeln, diese Lebendigkeit. Ganz rein und frisch, das junge Kind. Und wie man geschätzt, wie man achtungsvoll umsorgt wird. Das Herz geht einem auf, vor allem, wenn man es den ganzen Tag lang mit Verrat und Heimtücke zu tun hat, mit gänzlich verbogenen Charakteren.

»Und was für wundervolle Blumen. Fast wie im Film. Wo haben Sie die nur wieder her? Kommen Sie, kommen Sie, setzen Sie sich. Ich habe wieder das Gulasch gemacht, das Ihnen letzthin so geschmeckt hat.«

Das Gulasch ist auch diesmal vorzüglich. Sündermann hat einen schönen Burgunder geöffnet. Liesl plaudert, sie lacht. Wie angenehm weibliche Gesellschaft sein kann.

»Und Sie verhandeln ja morgen den Fall Gerstenmaier, nicht wahr«, sagt Liesl Sündermann. »Ich bin nämlich mit seiner Schwester sehr eng befreundet. Hanna Schwarz, eine wirklich reizende Person. Sie ist natürlich in großer Sorge, und das bereitet mir echten Kummer. Ihr Bruder ist ja ein ganz weltferner Mann. Er interessiert sich genauso wenig für Politik wie Hanna und ich. Er geht völlig in seinen theologischen Reflexionen auf.«

»Nun«, sagt Freisler. »Ja. Aber immerhin war er für das Auswärtige Amt tätig.«

»Ja. Aber das hatte doch mit seiner Stellung im Kirchenamt zu tun. Nein wirklich, lieber Herr Dr. Freisler, der arme Herr Gerstenmaier hat bestimmt nichts Unrechtes getan. Ich weiß ja nicht, was man ihm vorwirft, aber er ist ganz sicher unschuldig. Allenfalls haben ihn böse Menschen verführt, und er in seiner weltfremden Art hat das gar nicht begriffen. Das kennen Sie doch aus Ihrer Berufspraxis. Sie haben doch bestimmt oft mit solchen Leuten zu tun. Mit wurzellosen Intellektuellen, die naivere, bodenständige Charaktere verderben und vergiften. Ach, und es täte mir so leid um die liebe Hanna. Aber zum Glück liegt die Sache in Ihren Händen. Und Sie kenne ich ja nun als einen gewissenhaften Menschen, der immer den Kern der Dinge sucht und sich nicht vom äußeren Anschein in die Irre führen lässt.«

Jetzt kommt es. Jetzt muss Freya festen Stand auf dem Boden finden, den sie miteinander geschaffen haben. Sie muss ihre Zehen in den Boden graben, sie muss sich entschlossen vorlehnen, dem Sturm entgegen. Sie wird die Tage der Gerichtsverhandlung allein verbringen, in der Wohnung der Trothas. Sie wird nur an Helmuth denken und Helmuth begleiten, sie wird wachen und beten, mit Gottes Hilfe in tiefer Ruhe. Sie hat ihm das geschrieben. Er soll sich auf sich selbst konzentrieren. Er soll jetzt nur noch dann an sie denken, wenn ihn Unruhe überkommt, und dann soll er wissen, dass er sie in tiefer Ruhe findet. Sie hat sich einen Korb Näh- und Stopfsachen bereitgestellt. Es ist leichter, ruhig und konzentriert zu bleiben, wenn die Hände von einer Tätigkeit beansprucht werden, die Herz und Geist nicht fordert.

Und hat sich Roland Freisler tatsächlich von Frau Sündermann betören lassen?

In düsteren Stunden hadert der Präsident des Volksgerichtshofs mit seinem Schicksal. Womöglich wird er es nie erleben, dass man ihm das volle Maß der ihm zustehenden Anerkennung entgegenbringt. Womöglich wird er niemals der Ehrungen, der Fülle des Respekts, der überragenden Geltung teilhaftig werden, die ihm von Rechts wegen gebühren: Denn von Rechts wegen müsste der Reichsjustizminister nicht Otto Georg Thierack heißen, sondern Roland Freisler.

Wenn es so etwas wie Gerechtigkeit auf dieser Welt gäbe, dann hätte die Karriere des Roland Freisler längst alles und alle in den Schatten stellen müssen. Freisler ist nicht nur fleißiger, er ist auch juristisch beschlagener, rhetorisch begabter, kurz: blendender als alle seine Kollegen. Das gestehen ihm sogar seine Feinde zu. Sie können gar nicht anders: In den acht Jahren, die er als Staatssekretär im Ministerium auf der Stelle getreten ist, hat Roland Freisler allmonatlich mindestens einen Aufsatz verfasst. Aber nicht ihn, sondern Carl Schmitt nennt man den Kronjuristen des Führers. Hans Frank ist Reichsrechtsführer und Präsident der Akademie für Deutsches Recht in München. Und Reichsjustizminister ist eben Freislers Vorgänger im Amt, Otto Georg Thierack.

Aber freilich, Thierack wird von Joseph Goebbels protegiert, und Carl Schmitt ist Görings Schützling, während Roland Freisler sich ganz allein emporgekämpft hat. Bei ihm hat niemand von oben gezogen und von unten geschoben, ihn hat man nicht von Stufe zu Stufe die Treppe hinaufbugsiert. Im Gegenteil, man hetzt gegen ihn.

Noch immer hetzt man gegen ihn. Und warum? Weil Roland Freisler in Sibirien um sein Überleben hat ringen müssen. Weil er im Weltkrieg in russische Kriegsgefangenschaft geraten und nach Auflösung der Lager nicht sofort, sondern erst 1920 nach Deutschland zurückgekehrt ist: Deswegen geifert man noch immer hinter seinem Rücken, Roland Freisler wäre ein verkappter Bolschewik. Es ist natürlich die Schuld der Katholiken. Roland Freisler ist schon 1925 der NSDAP beigetreten. Über die Sibirienaffäre wäre längst Gras gewachsen wie über die Jugendsünden anderer auch, wenn nicht die Katholiken Roland Freislers Bruder Oswald zugrunde gerichtet hätten.

Zuerst haben sich katholische Laienbrüder wegen Verbrechen nach § 175 von Oswald Freisler verteidigen lassen. Und dann hat Oswald im Katholikenprozess 1937 für drei Mitangeklagte des Pfaffen Joseph Cornelius Rossaint Freisprüche erwirkt. Mit dem Goldenen Parteiabzeichen der NSDAP im Knopfloch hat Oswald Freisler Hochverräter verteidigt, katholische Hetzer übelster Sorte, die sich auch noch mit den Bolschewiken gemeingemacht hatten: Der Hauptangeklagte Rossaint hat ja versucht, eine Einheitsfront zwischen Katholiken und Kommunisten zu bilden, wofür er nicht etwa zum Tode, sondern unfassbarerweise lediglich zu elf Jahren Zuchthaus verurteilt worden ist.

Für solche Leute ist Oswald Freisler eingetreten, vor den Schranken des Volksgerichtshofs. Man hat ihn natürlich sofort aus der Partei ausgeschlossen, und vor fünf Jahren hat er sich das Leben genommen, kurz nach seiner Verhaftung wegen angeblicher Verwicklungen in Devisengeschäfte. Für Roland Freisler kam das allerdings zu spät. Man hatte ihn bereits wegen seines Bruders zu Goebbels zitiert. Man hatte die Sache bereits vor den Führer gebracht. Oswald hat sich der Schande entzogen, aber an seinem Bruder haftet der Skandal, an ihm haftet der Schmutz, und täglich und stündlich muss Roland Freisler nun darum kämpfen, dass er sich über ihn erhebt.

Das hat er auch heute getan.

Es ist der Abend des 9. Januar 1945, und Roland Freisler schreitet seinem Büro im Gebäude des Volksgerichtshofs entgegen. Der erste Verhandlungstag im Prozess gegen Delp, Fugger, Gerstenmaier, Haubach, Moltke, Reisert, Sperr und Steltzer ist soeben zu Ende gegangen. Fast alle Angeklagten sind heute bereits vernommen worden. Haubach hat gegen Mittag wieder eine Gallenkolik bekommen wie schon mehrmals während der Haft. Freisler hat ihn wegbringen lassen und das Verfahren abgetrennt, ebenso das Verfahren Steltzers. Sperr, Reisert und Fugger sind kleine Fische, wie Freisler das schon vorher geahnt hat. Und Gerstenmaier ist ein Naivling.

Das war vom ersten Moment an ganz offensichtlich. Gerstenmaier ist ein täppischer Schwabe, ein Pfaffe zwar, aber als Protestant den Machenschaften von Jesuiten in keiner Weise gewachsen. Allerdings ist er ein Querulant, ein lästiger und schädlicher Querulant. Am besten wird es sein, wenn man ihn eine Weile aus dem Verkehr zieht, schon um ihn vor sich selbst zu schützen. Man hätte ihn viel früher einsperren sollen, dann wäre er Leuten wie Moltke und Delp gar nicht erst ins Netz gegangen.

Alfred Delp ist ein pfäffischer Narr. Er hat seinem Aberglauben nicht nur nicht abgeschworen, sondern in der Haft sogar noch vor einem seiner heiligen Männer die letzten Gelübde abgelegt. Bereits in den Händen der Justiz, hat er sich endgültig an den Jesuitenorden gefesselt. Wie dumm und verworfen kann man sein? Es ist wirklich zu schade, dass Delps Fall nicht in einem anderen Rahmen abzuhandeln war. Aber der große Jesuitenprozess, den Freisler so gern geführt hätte, ist leider nicht zustande gekommen.

Freisler hatte ihn bereits vorbereitet. Er hatte die Argumentationslinie schon grob ausgearbeitet: die Katholiken als Feinde Deutschlands, die schlimmsten darunter die Jesuiten, sophistische Menschenfänger, morallose Heuchler, predigen Keuschheit und zeugen selbst uneheliche Kinder, schließlich Juan de Marianas Bejahung des Tyrannenmords. Roland Freisler hatte es alles studiert, er hätte sich glänzend produzieren können. Er hat sich schon donnern hören.

Ein Tyrann? Wer ist denn ein Tyrann? Ein Tyrann ist ein Staatsoberhaupt, das so einem Tonsurenköpfchen nicht genehm ist. Und was tut es dann? Dann krabbelt es in die Kirche und bittet Gott, ihm bei seinen Mordplänen behilflich zu sein.

Möglicherweise hätte man einen solchen Prozess gefilmt. Möglicherweise hätte man ihn sogar dem Führer vorgeführt, so wie die ersten Verhandlungen gegen die Unterstützer des 20. Juli. Aber dummerweise hat sich der Jesuitenprovinzial Rösch in irgendein Loch verkrochen.

Soll er immerhin. Freisler hegt keinerlei persönliche Ranküne gegen Rösch. Er hätte ihn nur für seinen Prozess benötigt. Roland Freisler steht in vorderster Reihe: Ihm als dem Präsidenten des Volksgerichtshofs kommt es zu, Jesuiten, Defätisten, überhaupt Volksschädlinge jeglicher Couleur mit aller ihm zu Gebote stehenden rhetorischen Brillanz zu entlarven und anschließend dauerhaft unschädlich zu machen, zum Schutz des Reiches gegen Verrat und zum Schutz des Volkes gegen Zersetzung seiner Kampfkraft.

Natürlich weiß Freisler längst, dass dieser Krieg nicht mehr zu gewinnen ist. Er ist kein verblendeter Dummkopf, er sieht die Fakten. Er hat sich in privatem Rahmen schon letzten Herbst dahingehend geäußert. Aber das ist eben der Unterschied: Wenn Roland Freisler über die Kriegslage urteilt, dann urteilt er als einer, der niemals um Haaresbreite von seiner Treuepflicht abgewichen ist, der auch jetzt nicht davon abweicht, der überhaupt nicht davon abweichen kann: Roland Freisler ist Präsident des Volksgerichtshofs. Was die Volksschädlinge sich unrechtmäßig anmaßen, das eben ist ja Roland Freislers Amt: Er ist zum Urteilen berufen.

Vorbereitung zum Hochverrat begeht jeder, der sich ein Urteil anmaßt in Dingen, die er nicht zu entscheiden hat, weil das Urteil über sie allein dem Führer obliegt. Aber Freisler ist zum Urteilen bestallt, und zwar vom Führer selbst. Er urteilt im Auftrag dessen, der als Führer von Volk und Reich der einzig wahrhafte Richter ist. Er urteilt uneigennützig, gänzlich unbestechlich: Wohlstand und Luxus, Überfluss und verweichlichende Bequemlichkeit ergeben sich nicht aus seiner Tätigkeit, und sie interessieren Roland Freisler auch nicht. Er strebt ausschließlich nach Geltung, Einfluss, Wirkungsmacht, und das nur, um durch ihre Nutzung zu noch höherer Geltung zu gelangen. Roland Freisler ist keinem anderen Ideal untertan als dem selbst gesetzten, immer entschiedener der zu werden, der er bereits ist: der Richterstab in der Faust des Führers.

Das ist Roland Freisler: des Führers Statthalter vor dem Volksgerichtshof. Des Führers Stellvertreter vor dem Gesetz.

Und das Schiff war schon mitten auf dem Meer und litt Not von den Wellen. Aber in der vierten Nachtwache kam Jesus zu ihnen und ging auf dem Meer. Und da ihn die Jünger sahen auf dem Meer gehen, erschraken sie und schrien vor Furcht. Aber Petrus sprach: HERR, bist du es, so heiß mich zu dir kommen auf dem Wasser. Und er sprach: Komm her! Und Petrus trat aus dem Schiff und ging auf dem Wasser. Er sah aber einen starken Wind; da erschrak er und hob an zu sinken. Jesus streckte die Hand aus, ergriff ihn und sprach: Du Kleingläubiger, warum zweifeltest du? Und sie traten in das Schiff, und der Wind legte sich.

Matthäus 14, 22–33. Die Losung, die Eugen Gerstenmaier für den 10. Januar ausgesucht hat. Das ist heute. Es ist Abend, der Abend des zweiten Verhandlungstags. Helmuth James Graf von Moltke ist soeben in seine Zelle zurückgebracht worden. Er ist hellwach: Er hat in den letzten beiden Tagen Unmengen

Kaffee getrunken, Kaffeebohnen gekaut, Coffeinpulver eingenommen. Nun ist alles vorüber.

Nun muss Helmuth das Geschehen deuten, die Zusammenhänge erkennen, die Ereignisse in eine Reihenfolge bringen: die Anklage auf Hoch- und Landesverrat im Kriege, den ratternden Freisler, das Gebrüll, die eigene Sprachlosigkeit. Helmuth ist aufgeputscht, er geht mit großen Schritten in der Zelle umher. Er ärgert sich jetzt, dass er sich nicht doch zu einem Schlusswort durchgerungen hat. Eugen Gerstenmaier hat die Gelegenheit genutzt und gesprochen. In jedem seiner Worte war seine starke Beunruhigung erkennbar. Aber Helmuth war eben nicht beunruhigt. Er war geborgen, eingehüllt in Gottes Gegenwart wie in einen Mantel. Es erschien ihm ganz müßig zu sprechen. Wozu? Es war doch nun alles vorüber.

Es ist vorüber. Gethsemane liegt hinter Helmuth. Er hegt keinen Zweifel, wie das morgige Urteil lauten wird. Dass Delp und Gerstenmaier noch immer hoffen, erscheint ihm wie ein Abfall vom Glauben. Gott will sie alle in die Seligkeit führen, das ist sicher, aber das kann doch nur gelingen, wenn jeder den Weg, den er geführt wird, auch freudig geht. Natürlich kann immer ein Wunder geschehen. Aber man darf ein solches Wunder nicht erwarten.

Helmuth hat ja nicht einmal erwartet, dass man ihn noch einmal hierher zurückbringen würde, in seine Zelle in Tegel. Er hat schon für heute mit der Urteilsverkündung gerechnet, eventuell sogar mit der Vollstreckung. Nun, so wird man ihn eben morgen zum Tode verurteilen, in einem überfüllten Primanerzimmer übrigens: Der Prozess findet im Schulgebäude des Königlichen Wilhelms-Gymnasiums in der Bellevuestraße 15 statt, in dem der Volksgerichtshof seit 1935 seinen Hauptsitz hat.

Und jetzt? Was ist an diesem letzten Abend zu tun?

Jetzt wird Helmuth noch einmal an Freya schreiben. Ihr gegenüber wird er zu einem Schlusswort finden. Er beginnt.

Mein Lieber, denk mal, wie schön, dass ich noch ein Mal hier nach Tegel zurückgebracht worden bin, dass die Würfel, deren Fall schon genau feststeht, sozusagen auf der Kante noch einmal halten. So kann ich noch in Frieden einen Bericht schreiben.

Gestern ist er den Vernehmungen der anderen gefolgt. Heute war er selbst an der Reihe. Gegen fünfzehn Uhr hat Schulze die Anträge verlesen: Delp und Moltke Tod und Vermögenseinziehung. Gerstenmaier, Reisert und Sperr Todesurteil. Fugger drei Jahre. Schulze machte einen ganz guten Eindruck. Auch die Verteidiger waren nett, sie sprachen nach Schulze, und sie hielten sich wacker. So schält es sich allmählich heraus, dass der VGH eben doch ein richtiger Gerichtshof und die Verhandlung nicht nur eine Farce gewesen ist.

Diese Erkenntnis erleichtert Helmuth sehr. Der Prozess ist schließlich der Kulminationspunkt der ganzen Geschichte. Er ist der Höhepunkt, der Schlussakt des Dramas. Helmuth hört Freisler noch einmal losrattern,

Name, geboren, Eltern, Studium, Ausbildung, Tätigkeit, Ämter

Freisler hat die Fragen gestellt, und er hat auch die Antworten gegeben. Wenn Helmuth gelegentlich etwas einzuwerfen, zu ergänzen oder richtigzustellen hatte, verursachte das allenfalls eine momentane Drosselung des Tempos, dann ratterte die Maschinerie sofort wieder weiter.

»Und Yorck haben Sie wo kennengelernt?«

»Und Stauffenberg?«

»Und Goerdeler?«

»Soso, Sie sind also gegen einen Staatsstreich gewesen.«

Es lief wie geölt. Fast war es lustig. Dann kam Kreisau, das Pfingsttreffen 1942.

»Von dem Polizei und Abwehr volle Kenntnis hatten«, warf Helmuth ein.

Und wie hässlich dieser Sand im Getriebe der Maschinerie knirschte. Alles kam zum Stehen. Der Luftdruck sackte ab. Dann brach der Orkan los. Die Losung, die Eugen Gerstenmaier für den heutigen Tag gewählt hatte, erwies sich als äußerst passend,

Er sah aber einen starken Wind; da erschrak er und hob an zu sinken.

Helmuth hat jedoch standgehalten. Er saß in gefasster Erwartung des Todesurteils. Er hatte die Hände vor sich verschränkt, und er hatte den Blick nicht gesenkt, wenn auch Puls und Blutdruck stark anstiegen, als sicher verständliche, aber jedenfalls rein körperliche Reaktion auf das Geschrei.

»Ein Jesuitenpater war auf Kreisau! Ein protestantischer Querulant! Und drei der übelsten Verräter aus dem Grafenkreis, alle nach dem 20. Juli zum Tode verurteilt!«

Yorck, Trott, Haeften.

Helmuth öffnete den Mund, um etwas zu sagen. Der vorne plärrte.

»Nein! Ruhe! Das höre ich mir gar nicht erst an! Nein, das dulde ich nicht, das mache ich nicht mit, ich verbitte mir jedes Wort!«

Helmuth wurde es etwas übel. Zu viel Coffeinpulver vielleicht, oder doch das andauernde Geschrei. Auch der Ischias meldete sich wieder. Das Ganze war lästig und überaus widerlich.

Aber wie albern ist doch ein Mensch, der tobt. Wie erbärmlich ist ein erwachsener Mann, der sich gebärdet wie ein ungezogenes Kleinkind, das sich auf den Boden wirft und mit den

Füßen tritt. Helmuth in seiner Zelle, der Freya schreibt und nun noch einmal den hochroten Richter trotzen und plärren sieht, muss plötzlich lächeln.

Er muss noch einmal lächeln: Denn er hat auch im Gerichtssaal gelächelt.

Es steht ihm deutlich vor Augen. Er erinnert sich: Er hat gelächelt. Die Beisitzer erstarrten. Freisler freilich schäumte zu sehr, um überhaupt etwas zu bemerken. Er wetterte nun wieder gegen die Jesuiten, gegen die Kirche und das Christentum, vor allem aber gegen Kreisau. Alles, was mit Kreisau zusammenhing oder je mit Kreisau in Berührung gekommen war, war Hochverrat. Von Kreisau ging alles aus. Von Helmuth Moltke ging alles aus: Das sieht Helmuth nun.

Wie immer klären sich die Dinge im Gespräch mit Freya. Freisler hat Helmuth Moltke ins Zentrum gerückt. Das war eigentlich schon gestern offensichtlich,

Moltke hat also
Durch Moltke haben Sie
Sie haben mit Moltke
Moltkes Pläne
Der Kreis um Moltke

So ging es in einer Tour. Freislers Gedanken müssen im Grunde während dieses ganzen Prozesses unablässig um Helmuth Moltke gekreist sein, um ihn und um seine Rolle im Kreis der anderen.

Das ist wichtig. Freya muss sofort diejenigen, die noch in Freiheit sind, instruieren, jeden Zusammenhang mit Kreisau abzustreiten, auch den allerbanalsten. Einsiedel, Carl Dietrich Trotha, Peters: Sie müssen sich möglichst fern von ihm stellen. Sie müssen ihn verleugnen. Vor allem müssen sie leugnen, je Gespräche auf Kreisau geführt zu haben.

Denn es geht ja nun nur noch um Worte.

Je länger Helmuth Moltke schreibt, desto klarer wird ihm das. Man wird Helmuth für Worte hinrichten: für die Gedanken, die er mit Freunden geteilt, für die Gespräche, die er mit Freunden geführt hat,

Das Schöne an dem so aufgezogenen Urteil ist Folgendes: Wir haben keine Gewalt anwenden wollen – ist festgestellt, wir haben keinen einzigen organisatorischen Schritt unternommen – ist festgestellt. Wir haben nur miteinander gedacht. Und vor den Gedanken dieser einsamen Männer hat der Staat eine solche Angst, dass er alles, was damit infiziert ist, ausrotten will. Wenn das nicht ein Kompliment ist.

Je länger Helmuth an Freya schreibt, desto klarer erkennt er, wie alles sich gefügt hat. Er ist aus dem Goerdeler-Mist raus, aus den Attentatsplanungen, aus jeder praktischen Handlung. Er ist auch nicht davon befleckt, je aus selbstischen Beweggründen gehandelt zu haben. Es ist ja nun offiziell festgestellt,

dass ich großgrundbesitzfeindlich war, keine Standesinteressen, überhaupt keine eigenen, nicht einmal die meines Landes vertrat, sondern menschheitliche. Dadurch hat Freisler uns unbewusst einen ganz großen Dienst getan, sofern es gelingt, diese Geschichte zu verbreiten und auszunutzen. Und zwar im Inland und draußen.

Nun zeigt sich der Sinn des Opfers, das Helmuth Moltke bringen muss. Nun klärt sich alles, und es wird offenbar: Die ganze Welt soll und muss vom Leben und Sterben des Grafen Moltke erfahren, und von seinem Richter Roland Freisler, der nun auf ewig an Helmuth Moltke gefesselt bleiben wird wie Pontius Pilatus an Jesus Christus.

Denn in diesem Todesurteil, das morgen gegen Helmuth ergehen wird, wird ja offenkundig, was der Nationalsozialismus wahrhaft hasst und verfolgt: nicht Umsturzpläne, nicht Handlungen, nicht Taten oder die Vorbereitung von Taten, sondern den Geist selbst. So also verleiht dieses Urteil der Geschichte von Helmuth Moltkes Leben und Sterben den letzten, den höchsten Sinn. Es enthüllt, was immer und überall, zu allen Zeiten, der wahre Feind des Bösen ist. Es legt offen, welchen machtlosen, unerbittlichen Gegner die Macht des Bösen am meisten fürchtet: den Geist. Der Richter Roland Freisler ist in dieser ganzen Sache nichts als ein Werkzeug Gottes gewesen,

Vivat Freisler!

Das schreibt Helmuth an Freya. Er empfindet es tief. Der Präsident des Volksgerichtshofs Roland Freisler ist von der ganzen Bande der Einzige, der weiß, weswegen er Helmuth Moltke umbringen muss. Er ist der erste Nationalsozialist, der begriffen hat, wer Helmuth James Graf von Moltke ist.

So geht nun also heute am 11. Januar 1945 die Sonne zum letzten Mal für Helmuth Moltke auf. Er hat das aber schon gestern angenommen. Der Moment gestern hat sich ihm nicht mit Pathos erfüllt, zu Recht nicht: Hier steht er und lebt immer noch. Er wartet, ob ihn heute ein Schauder ergreift. Nichts geschieht. Helmuth trinkt den Tee, den Freya ihm geschickt hat, er isst eines ihrer Brötchen. Dann holt er den Brief hervor, den er gestern Abend an Freya geschrieben hat. Er greift zum Stift.

Mein Lieber, ich habe eigentlich nur Lust, mich ein wenig mit Dir zu unterhalten. Zu sagen habe ich eigentlich nichts. Ich denke mit ungetrübter Freude an Dich und die Söhnchen, an Kreisau und all die Menschen da, der Abschied fällt mir im Augenblick gar nicht schwer.

Das ist tatsächlich so. Vielleicht ist Helmuth ein wenig überkandidelt? Jedenfalls ist er in Hochstimmung. Je länger Helmuth über alles nachdenkt, desto klarer erkennt er: In Wahrheit wird er gehenkt, weil er sich gefragt hat, womit im Chaos das Christentum ein Rettungsanker sein könnte.

So sieht er das jetzt. Erst jetzt wird Helmuth allmählich klar, was geschehen ist. Erst jetzt wird ihm deutlich, was für einen Dialog sie geführt haben, Helmuth Moltke und sein Richter. Es ist freilich so, dass die Umstehenden das gar nicht mitbekommen haben. Worte konnte Helmuth ja keine machen. Aber es war ein geistiger Dialog,

bei dem wir uns beide durch und durch erkannten.

Das schreibt Helmuth an Freya. Er hört Freisler wieder, eine der Freislerschen Tiraden,

Nur in einem sind das Christentum und wir gleich: Wir fordern den ganzen Menschen!

Nein, Helmuth Moltke ist nicht achtlos fortgeworfen worden. Freisler hat ihn nicht gleichgültig abserviert. Freisler hat ihn verstanden, er hat Helmuth durch und durch erkannt. Helmuth weiß das jetzt. Dieser Satz, an den er sich gerade eben erinnert hat, wird ihm ja nun minütlich klarer, er wird immer zentraler.

Herr Graf, eines haben das Christentum und der Nationalsozialismus gemeinsam, und nur dies eine: Wir verlangen den ganzen Menschen.

Das hat Freisler gesagt.

Er hat es so gesagt.

Helmuth sieht nun, wie wundervoll er geführt worden ist. Ihm wird strahlend deutlich, welch unerhörte Mühe Gott auf ihn verwandt hat: Der Herr selbst hat ihn geläutert, so dass Helmuth am Ende vor Freisler stand nicht mehr als Preuße, als Protestant oder Adliger, sondern allein als ein Christ.

Sein Auftrag auf dieser Welt ist damit erfüllt. Nun müssen die Überlebenden eine Legende aus ihm machen. Sie müssen seine Geschichte erzählen, Helmuth Moltkes Geschichte, und er steht in ihrem Zentrum, nicht weil er es so wollte, sondern weil Gott es so gefügt hat.

Freilich muss Freya sich auch jetzt noch weiter um Helmuths Freilassung bemühen. Es könnte immerhin sein, dass Gott einen zweiten Auftrag für Helmuth Moltke bereithält. Es könnte auch sein, dass der Feind plant, Helmuth zu prügeln und ihm alle Knochen zu brechen, bevor man ihn hängt. Aber wenn Freya an offizieller Stelle klarstellt, dass Helmuth Moltke auch jetzt nicht vergessen ist, wird sich das vielleicht vermeiden lassen.

Freya darf Helmuth also nicht verloren geben. Gott kann ihn auch jetzt noch vor dem Tode retten, genauso sicher, wie er es letzte Woche vermocht hat oder letztes Jahr. Aber Helmuth glaubt nicht daran. Er weiß nicht einmal, ob er es noch wünscht. Er weiß nicht, ob eine Rückkehr gelänge. Er hat eine Schwelle überschritten. Etwas hat ihn berührt. Er ist geweiht, todgeweiht. Wenn er nun spricht, spricht er mit der Autorität, die ihm durch diese Berührung verliehen ist.

Es ist nicht einmal so, dass mir verheißen wäre, ich würde Dich nicht verlieren; nein, es ist viel mehr: ich weiß es.

Schritte auf dem Gang. Das Geklirr von Schlüsseln. Die Schritte verhalten vor seiner Zellentür. Es ist so weit. Helmuth Moltke wird nun noch einmal vor Freisler treten, um sein Urteil zu empfangen. Die Tür öffnet sich. Helmuth steht auf. Er folgt dem Wachtmeister auf den Gang. In der Tür wendet er sich noch einmal um. Er schickt einen Abschiedsgruß in seine Zelle. Hierher wird er nicht wieder zurückkehren. Möglicherweise ermordet man ihn noch nicht heute, aber sicher wird man ihn nach dem Urteil nach Plötzensee schaffen.

Heute wird also das Urteil verkündet. Freya ist gleich morgens von Lichterfelde in die Afrikanische Straße gefahren. Sie kann sich kaum noch auf den Beinen halten. Hinter ihr liegen die anstrengendsten Tage ihres ganzen Lebens.

Ihre Aufgabe war es, an ihn zu denken, und sie hat an ihn gedacht. Ihre Aufgabe war es, ruhig zu bleiben, und sie ist ruhig geblieben. Sie hatte ihm ihre Ruhe versprochen, und sie hat das Versprechen gehalten. Jetzt ist es damit vorbei. Sie ist völlig kraftlos. Sie liegt auf dem Sofa der Poelchaus und kann nur weinen. Sie soll ihn loslassen, sich Schritt für Schritt von ihm lösen. Kann man sich von seiner Haut lösen, seinen Augen, seinem Herzen? Freyas Beine tragen sie nicht mehr, ihre Arme lassen sich nicht mehr heben. Freya löst sich nicht von ihm, sie löst sich auf, sie verflüssigt sich, alle ihre Muskeln sind zu Wasser geworden. Aber sie darf ihn jetzt nicht allein lassen. Sie muss ihn begleiten! Sie kann nicht. Sie muss bei ihm sein, ganz und nur bei ihm, an diesem Tag, der vielleicht der letzte Tag seines Lebens ist, und sie kann nicht bei ihm sein. Freya schreit auf vor Schmerz, sie krümmt sich. Aber es nützt nichts. Sie kann sich in keine leuchtenden Höhen mehr aufschwingen, um ihm dort zu begegnen, sie kann die hellen goldenen Gassen nicht mehr sehen, auf denen sie mit ihm wandelt. Sie ist allein in der Finsternis, sie sucht ihn und sucht ihn und findet ihn nicht, er ist ihr für immer verloren.

Sie hat ihn gestern schon verloren. Schon gestern suchten ihn ihre Gedanken und fanden ihn nicht, sie schweiften ab, fielen in sich zusammen, und als sie ihm den Abschiedsbrief schreiben wollte, den allerletzten Brief an ihn, wusste sie gar nicht mehr, an wen sie schrieb. Sie hörte kein Echo, keine Antwort, nur Abwesenheit. Sie hat dennoch geschrieben: einen Brief an die Leere, an die sausende Stille. Und gerade hat sie seine Antwort erhalten,

Mein Herz, eben kommt Dein sehr lieber Brief. Der erste Brief, mein Herz, in dem Du meine Stimmung und meine Lage nicht begriffen hast.

So also ist es. Sie hat es falsch gemacht. Sie hat ihn allein gelassen, sie ist nicht bis zuletzt an seiner Seite gegangen. Sie wollte ihn begleiten bis an den äußersten Rand des Grabes und darüber hinaus, und nun steht sie am äußersten Rand ihrer Kräfte, ein armseliger Erdklumpen, ein Lehmkloß ohne Glauben und Hoffnung, körperlich, seelisch, geistig zerschlagen.

Und er lebt. Er lebt. Sie haben ihn ihr noch nicht genommen. Seine lieben Augen sehen noch immer das Sonnenlicht. Freya schafft es nicht einmal bis zur Toilette, ohne dass Dorothee sie stützt.

Dorothee hält Freya fest. Sie hält sie im Arm. Sie nimmt sie in beide Arme, sie redet ihr sanft zu.

»Nicht ringen. Nicht wollen. Nicht kämpfen. Nachgeben.«

Und dann, auf dem Sofa liegend, zugedeckt von Dorothee, die einen Moment hinausgegangen ist, wird es Freya klar.

Sie ist gar nicht nötig. Es ist gar nichts verlangt. Es ist alles geregelt, auch ohne Freyas Mitwirkung. Helmuth lebt, und irgendwann lebt er nicht mehr, Freya lebt, und irgendwann nicht mehr. Es ist nicht so wichtig. Das, was wichtig ist, bleibt wichtig auch ohne sie. Es liegt nicht bei Freya, darüber zu befinden, es liegt nicht bei ihr, Wichtigkeit zu verleihen. Freya muss einfach nur ihr Leben leben. Mehr wird nicht verlangt. Sie muss nicht ringen, sie muss nicht kämpfen, sie muss noch nicht einmal beten. Sie muss nur ihr Leben leben, still, selbstverständlich und vollkommen alltäglich, ihr eigenes Leben und seines, das sie lebt mit ihrer großen Liebe zu ihm, wo immer er ist und wo immer sie ist, an seiner Seite, vereint mit ihm. Freya sieht das nun klar. Ihr Brief gestern ist ins Leere gegangen, weil er aus der Leere kam: weil sie eine andere sein wollte als die, die sie ist.

Freya ist eine Kreatur dieser Welt. Sie ist für das Leben geeignet, sie ist für das Leben gemacht. So liebt Helmuth sie, so wollte Gott sie, so und nicht anders soll sie sich erfüllen. Das heißt, sie ist Gottes Kind. Mitten im Trubel des Lebens kann sie diese Gewissheit haben: Gott wird sich ihrer immer annehmen, da sie nun einmal zu seiner Schöpfung gehört.

Das ist alles. Sie muss darüber nicht nachdenken. Sie kann sich getrost wiegen lassen. Dorothee hält Freya fest im Arm.

»Nicht ringen. Nicht wollen. Vertrauen. Dann fängt etwas an. Es fängt an, nicht du fängst es an. Das sind immer die guten Dinge.«

Freya weint in Dorothees Arm. Sie wird nun noch einmal einen Brief an Helmuth schreiben. Es wird kein Abschiedsbrief sein: Freya hat mehr als genug letzte und allerletzte Briefe geschrieben. Von nun an wird sie nicht mehr mit ihren Gedanken an Helmuth hängen, sondern sie wird ihn mit ihrem Leben begleiten.

Das ist nicht schwer. Das ist leicht. So muss es sein: leicht, federleicht, gewichtlos, nicht gewaltig. Auch wenn Freya einmal selbst stirbt, wird es leicht sein. Das weiß Freya nun. Menschen kommen von irgendwoher und gehen nach irgendwohin, und das tun sie in dieser Welt und jenseits von ihr, und der Schritt vom Leben zum Tod ist klein. Die Schwelle ist winzig.

Das sieht Freya nun, stark und klar: Es ist gar keine Schwelle vorhanden. Der große Strom reißt seine Fluten durch beide Bereiche. Freya weint in Dorothees Arm. Dann versiegt das Weinen allmählich. Es dämmert. Es wird Abend: der Abend des 11. Januar 1945. Tag wird sich nun an Tag reihen, für Helmuth und für Freya, bis sie wieder miteinander vereint sind, auf dieser Welt oder in der anderen.

Dann geht die Tür. Harald Poelchau ist nach Hause gekommen. Helmuth Moltke ist zum Tode verurteilt. Ebenso Alfred Delp. Eugen Gerstenmaier hat sieben Jahre Zuchthaus erhalten. Einen Moment später klingelt es. Freya löst sich aus Dorothees Arm. Sie steht auf, geht zur Tür und öffnet. Sie tritt hinaus auf den Flur und beugt sich über das Geländer. Brigitte Gerstenmaier stürmt die Treppen hinauf. Freya ruft durchs Treppenhaus.

»Sieben Jahre, Brigittchen!«

Brigitte Gerstenmaier taumelt. Sie greift nach dem Geländer, dann sinkt sie auf die Stufe nieder, wo sie steht. Freya läuft die Treppen hinunter. Sie hilft Brigitte auf. Brigitte weint. Später am Abend fährt sie nach Hause. In dieser Nacht bleibt Freya bei den Poelchaus.

Helmuth Moltke ist erstaunt. Man hat ihn wiederum nach Tegel zurückgebracht, in seine alte Zelle. Nun, wahrscheinlich geht es morgen nach Plötzensee. Ihn beschäftigt etwas gänzlich anderes: Warum findet sich in der Urteilsbegründung kein einziges Wort über die wahre Debatte zwischen Freisler und ihm?

Zuerst war Helmuth erschüttert, tief erschreckt. Aber allmählich wird ihm die Sache klar. Es wäre ja töricht von Freisler gewesen, wenn er die wahren Gründe für sein Urteil festgehalten hätte. Die offizielle Urteilsbegründung muss Helmuth also gar nicht berühren. Freisler ist bis in die tiefsten Tiefen gedrungen, er hat Helmuth erkannt, er hat ihn für das Richtige verurteilt. Und es ist ein Glück, dass das keiner mitbekommen hat.

Wenn Freisler die Debatte um Christentum und Nationalsozialismus, um den Geist und den Nationalsozialismus offen geführt hätte, dann hätte er das ja mit Eugen und mit Delp tun müssen, mit den beiden Theologen. Dann hätte sich Eugen schwerlich hinter der Maske des Schafskopfes verbergen können, die ihn nun rettet. Aber so, wie es nun einmal gewesen ist, ist die zentrale Aufgabe auf Helmuth Moltke gefallen. Er ist das Zentrum des Ganzen.

Und nun werden ihm Freislers hochdramatische Worte endlich in ihrer Gänze klar.

Das haben Ihr Christentum und der Nationalsozialismus gemeinsam: Sie verlangen beide den ganzen Menschen

So hat Freisler dieses Wort gesprochen. Und er hat es nicht gesprochen als Vertreter des Nationalsozialismus. Er hat es gesprochen als Prophet Gottes. Durch Freislers Mund hat Gott Helmuth Moltke seinen Auftrag mitgeteilt. Darum waren diese Worte an Helmuth direkt gerichtet, darum hat nur er sie gehört und sonst niemand: Sie waren allein für ihn bestimmt. Das aber heißt nichts anderes, als dass der Prozess nicht der Schluss seines Lebens ist, sondern nur der Abschluss seiner Lehrjahre.

Gott ist noch nicht fertig mit Helmuth. Der Auftrag ist mitnichten erfüllt, tatsächlich hat er gerade erst begonnen. Helmuth war Jona, im Bauch des Wals. Nun hat der Wal ihn ausgespien.

Helmuth verfällt auf diese Idee, er weiß nicht, woher sie gekommen ist. Eine Stunde später haben sie Hofgang. Eugen Gerstenmaier geht neben Moltke.

»Die Losung für heute«, sagt er. »Jona 2, 1–7.«

Aber der Herr ließ einen großen Fisch kommen, Jona zu verschlingen. Und Jona war im Leibe des Fisches drei Tage und drei Nächte. Und Jona betete zu dem Herrn, seinem Gott, im Leibe des Fisches und sprach: Ich rief zu dem Herrn in meiner Angst und er antwortete mir. Ich schrie aus dem Rachen des Todes und du hörtest meine Stimme. Du warfst mich in die Tiefe, mitten ins Meer, dass die Fluten mich umgaben, ich sank hinunter zu der Berge Gründen, der Erde Riegel schlossen sich hinter mir ewiglich. Aber du hast mein Leben aus dem Verderben geführt, Herr, mein Gott!

Freya hat noch einmal Sprecherlaubnis erhalten. Noch einmal sitzen sie beieinander, und Freya sieht in Helmuths Augen, in seine lieben Augen, voll seines großen Mitleids mit ihr.

»Mein armer Pim. Für dich ist es schwerer als für mich. Das Zusehen ist schwerer.«

Noch einmal küssen sie einander, lange und still, ganz und gar unbeeindruckt von der Tatsache, dass sie nicht allein sind. Sie lieben einander nun schon so lange unter den Augen des Feindes. Freya zieht Helmuths Kopf zu sich herab. Sie malt das Kreuzchen auf seine Stirn.

Aber die Arbeit beginnt ja nun von vorn. Neue Aufgaben warten auf Freya. Helmuth schreibt wie immer aus Tegel.

Das Gnadengesuch, das zu Keitel gelangt ist, muss auf Himmler umgelenkt werden, damit es nicht doch noch an Hitler gerät und von ihm abgelehnt wird. Den Haftbefehl und die Benachrichtigung über meinen Tod würde ich vorschlagen, nicht nur ins Russische, sondern auch ins Polnische und Tschechische zu übersetzen.

Du fährst wohl im Laufe der Woche, Dein Schwein zu schlachten.

Helmuth ist guter Dinge. Er ist fest überzeugt, dass Gott ihm ein Zeichen gegeben hat: Helmuths Rettung steht nahe bevor. Freya staunt sehr über Jona und den Wal. Verwandelt Helmuth sich nun in Eugen? Freya glaubt keinen Moment an diesen Wal. Sie ist aber gern bereit, an ihn zu glauben. Warum auch nicht? Bei Eugen ist es ja so ausgegangen. Eugen hat an die Rettung geglaubt, und er ist gerettet. Freya sitzt mit Poelchaus, Marion Yorck und Davy Moltke um den runden Tisch in der Afrikanischen Straße, und gemeinsam verzehren sie den Perlhahn, den Marion und Davy mitgebracht haben.

Auch Gertie Siemsen ist da. Die winzige Wohnung der Poelchaus ist ein Inselchen inmitten des allgemeinen Untergangs, und nun hat sich auch Harald Poelchaus ehemalige Kommilitonin und Geliebte hierher gerettet. Gertie ist schon im September ausgebombt worden, und im Februar soll das Kind kommen, dessen Vater Harald Poelchau ist. Dorothee fand, Gertie könnte unter diesen Umständen nicht länger mal hier, mal da schlafen.

So leben sie nun alle zusammen in der Afrikanischen Straße. Gertie putzt Gemüse. Freya kocht Haralds und Helmuths Unterhosen in dem grüngrau emaillierten Topf. Sie schrubbt Haralds und Helmuths Hemdkrägen mit der Rumpel. Dann macht sie Hausaufgaben mit dem kleinen Harald, der zappelig und wenig umgänglich ist: Ihn verstimmen diese Eindringlinge. Immer belagern Fremde sein Zuhause: Freya, diese Gertie, angebliche Freunde vom Lande, die er nicht kennt und die nach einer Weile wieder irgendwohin verschwinden.

Obwohl das lange nicht mehr vorgekommen ist. Freunde vom Lande scheint es nicht mehr zu geben.

Helmuth in Tegel sucht derweilen nach Zeichen. Das ist nicht leicht. Vielleicht interpretiert er die Zeichen falsch. Wenn er diese Woche noch überlebt, dann ist es ein gutes Zeichen. Oder ein schlechtes. Oder keins. Aber wenn er ein Zeichen bekommen hat, muss er es dann nicht glauben? Er muss sich nun immer wieder ermahnen, nicht an der Rettung seines Lebens irrezuwerden. Er muss fest an diese Rettung glauben. Sein Verstand sagt ihm nämlich, dass er getötet wird. Alles hat sich nun noch einmal gedreht. Alles ist wie umgekrempelt. Vielleicht hat ihn der Wal noch gar nicht ausgespien. Vielleicht hat er ihn gerade erst geschluckt. Diese ständige Unsicherheit, diese Grübeleien lasten schwer auf Helmuth.

Und Freya war noch einmal bei Gestapo-Müller. Der General hat unmissverständlich zum Ausdruck gebracht, dass ihm Helmuth zuwider ist. Noch vor dem Prozess, gleich nach Freyas erstem Besuch, hat Müller eine ganze Stunde mit Moltke verbracht. Danach stand es fest: Hochverräter wie Moltke darf man nicht aufsparen.

Das war ja der Fehler von 1918. Kaum war der Krieg zu Ende, öffneten sich die Zuchthäuser, und die strömten alle wieder ans Tageslicht: Das hat Müller zu Freya gesagt.

Sie rechnen also nun mit einer Niederlage wie 1918, mit dem Untergang ihres Reichs. Freya schreibt Helmuth.

Sie reden jetzt, wenn sie von Dir und den Freunden reden, vom Kreisauer Kreis.

Müller ist also sein geschworener Feind. Helmuth Moltke ist erleichtert. Der große Druck weicht, und alles gerät wieder ins Lot: Helmuth wird nun doch hingerichtet. Er fühlt sich jetzt frei und bereit. Sicher, von acht Uhr früh bis abends um sechs muss er nun jede Minute damit rechnen, dass man ihn abholt. Aber draußen wäre er inzwischen eingezogen und als Neuling an der Front wahrscheinlich schon tot. Und wofür wäre er dann gestorben? So wie es ist, ist es schon besser, für ihn und für Freya.

Er muss nun nur überlegen, womit er in Zukunft seine Zeit füllen soll. Außer dem Tod liegt nun ja nichts mehr vor ihm, und das ist ein wenig ungenügend. Er muss einmal mit Harald besprechen, ob er nicht anfangen sollte, Russisch zu lernen. Im

Moment liest er mit großer Freude ein Buch von Lilje über die Offenbarung, das ihm Harald Poelchau mitgebracht hat.

Wenn Freya morgens erwacht, weiß sie nie, ob Helmuth noch am Leben ist. Aber wer weiß das schon vom anderen, in diesem Krieg, in dieser brennenden Stadt Berlin, die bei Tag und Nacht bombardiert wird? Jetzt wird klar, wie sehr sie selbst in den Wochen vor dem Prozess noch in der Zukunft gelebt haben, in der Zeit, in Plänen, Hoffnungen, Zielen. Aber auch jetzt, im Angesicht des Todes, verweilen ihre Gespräche nicht in der Zeitlosigkeit. Alles ist an das Jetzt gebunden. Jeder Tag ist ein Tag.

Und der Fleischer hat wieder abgesagt. Das Schwein hat eine weitere Galgenfrist bekommen. Aber Freya muss dennoch endlich einmal wieder nach Kreisau fahren. Es ist Freitag, der 19. Januar. Heute vor einem Jahr hat man Helmuth verhaftet. Um neun geht Freyas Zug vom Schlesischen Bahnhof.

Und kann man Helmuth nicht doch noch befreien? Warum brauchen die Alliierten denn nur so lang? Warum sputen sie sich nicht, die Russen von Osten, die Briten und die Amerikaner von Westen? Aber die Russen sind ja schon da.

Am Montag, dem 22. Januar, will Freya von Kreisau nach Berlin zurückkehren. Zu diesem Zeitpunkt haben die Russen die schlesische Grenze bereits überschritten. Breslau ist zur Festung erklärt. Die Evakuierung der Kreise rechts der Oder ist angeordnet.

Helmuth hat es am Sonntag in der Zeitung gelesen. Er ist voll Sorge. Namslau ist von den Russen genommen. Wie weit ist das von Kreisau, hundert Kilometer? Was für eine entsetzliche Reise Freya haben wird. Und was soll nun geschehen? Wenn es ihr gelingt, sich nach Berlin durchzuschlagen, muss sie doch nächstes Wochenende sicher wieder zurück. Aber wenn sie zurückgeht, reißt die Verbindung ab. Dann zünden die Russen womöglich Kreisau an, bevor Freya noch erfahren hat, dass er tot ist. Er wird nicht wissen, dass sie von seinem Tod erfahren hat. Das ist schwer erträglich. Kommt sie überhaupt? Vielleicht bleibt sie in Kreisau. Und wenn jetzt das Ende des Krieges begonnen hat, heißt das, er könnte womöglich doch überleben? Werden ihn die Russen befreien?

Und was, wenn die Russen schon bei Oppeln über die Oder gehen? Dann würde Kreisau Front. Freya, Asta und Frau Pick haben die untere Etage des Berghauses leer geräumt, als Zuflucht für fünfundzwanzig Flüchtlinge. Schloss und Dorf erwarten weitere dreihundertfünfzig Menschen. Am Montag reist Freya nach Berlin zurück.

Aber dies ist das letzte Mal. Ihr Platz ist jetzt in Kreisau, es sei denn, Helmuth verlangt, dass sie Kreisau räumt und mit den Kindern nach Berlin kommt. Aber das kann sie sich nicht vorstellen. Es wäre falsch, sich mit den Söhnchen vom Flüchtlingsstrom hinwegreißen zu lassen. Freya sieht doch die große Not der Flüchtenden, in der furchtbaren Kälte. In Liegnitz auf dem Bahnhof sind Koksöfen aufgestellt worden. Milch wird ausgegeben, Suppe. Überall Mütter mit kleinen Kindern, mit Kinderwagen im tiefen Schnee. Und die überfüllten Züge fahren durch die Bahnhöfe durch, ohne zu halten.

Wo ist Freya? Wo ist seine Frau? Am Montag wollte sie zurück sein, aber Helmuth hat nichts von ihr gehört. Am Dienstag morgen schreibt er an sie. Die Wachtmeister erzählen ihm, dass viele verstörte Frauen und Kinder aus Breslau angekommen seien, wo die Zustände fürchterlich sind. Wo mag Freya stecken?

Sie ist hier. Der Wachtmeister bringt Helmuth Semmeln und Schlagsahne. Freya ist da, und Helmuth ist ganz beruhigt. Es ist Dienstag, der 23. Januar, zehn Uhr früh. Harald Poelchau bringt Helmuth Freyas Brief, und er nimmt Helmuths Brief mit hinaus. Helmuths Augen wandern über Freyas liebe Zeilen, mit großem Entzücken.

Liebe, Liebe, Liebe, mein Herzensjäm; immer bleibe ich Dein P. Ich trug Dich so fest bei mir. Das war sehr schön zu fühlen.

Und sie hat versprochen, ihm heute noch einen weiteren Brief zu schreiben.

Das wird Freya auch tun. Sie muss nur erst organisieren, wer Helmuths Wäsche wäscht, wenn sie in Kreisau ist, wer ihn mit Essen versorgt und woher das Essen kommen soll. Es ist Dienstagmittag, als sie alles unterbricht, sich an Harald Poelchaus Schreibtisch setzt und noch einmal an Helmuth schreibt. Es sind noch so viele sachliche Fragen zu klären. Es geht um Müller, um Himmler, um weitere einzuschlagende Rettungswege,

Und nun bleibt die große Frage: Soll ich nach Kreisau zurück? Kann ich hierbleiben? Soll ich die Jungen holen? Eigentlich kann ich das schon nicht mehr. Der Hauptsinn der Zugbeschränkung ist ja gerade die Abstoppung des Flüchtlingsstroms.

Freya hört den Schlüssel in der Tür, dann Harald Poelchaus Schritte. Sie muss sich beeilen, dann kann Harald den Brief nachher gleich mitnehmen.

Welche Entschlüsse! Die zu Hause rechnen auch damit, dass ich gleich wieder zurückkehre. Jedenfalls werde ich mir jetzt noch eine Sprecherlaubnis besorgen

»Freya.«

1934

Harald steht in der Tür. Freya hebt den Kopf. Sie bricht den Brief ab.

Am 23. Januar 1945 um 14 Uhr wird Helmuth James Graf von Moltke in Plötzensee gehängt, zusammen mit Carlo Mierendorffs Freund Theo Haubach, Julius Lebers Freund Ludwig Schwamb, dem christlichen Gewerkschafter Nikolaus Groß, dem Zentrumspolitiker Eugen Bolz, dem Monarchisten Franz Sperr und dem Staatssekretär a.D. Erwin Planck.

Zwei Tage später verlassen Freya Moltke und Marion Yorck gemeinsam Berlin. Sie fahren nach Kreisau. Dicht nebeneinander sitzen sie auf ihrem Holzbänkchen in der dritten Klasse. Sie fahren nach Osten, gegen den Strom der Flüchtlinge an, die vor der vorrückenden russischen Front fliehen. Sie sind beide ganz heiter. Sie sind auf die Gegenwart konzentriert: Aber sie tragen ihre Männer bei sich.

Du bist mein 13tes Kapitel des 1. Korintherbriefes. Ohne dieses Kapitel ist kein Mensch ein Mensch. Ohne Dich hätte ich mir Liebe schenken lassen, aber ich hätte »der Liebe nicht«. Ich sage gar nicht, dass ich Dich liebe; das ist gar nicht richtig. Du bist vielmehr jener Teil von mir, der mir alleine eben fehlen würde.

Wenn ich mit Menschen- und mit Engelszungen redete, und hätte der Liebe nicht, so wäre ich ein tönend Erz oder eine klingende Schelle. Und wenn ich weissagen könnte und wüsste alle Geheimnisse und alle Erkenntnis und hätte allen Glauben, also dass ich Berge versetzte, und hätte der Liebe nicht, so wäre ich nichts. Und wenn ich alle meine Habe den Armen gäbe und ließe meinen Leib brennen, und hätte der Liebe nicht, so wäre mir's nichts nütze.

Wir sehen jetzt durch einen Spiegel in einem dunkeln Wort; dann aber von Angesicht zu Angesicht. Jetzt erkenne ich's stückweise; dann aber werde ich erkennen, gleichwie ich erkannt bin. Nun aber bleibt Glaube, Hoffnung, Liebe, diese drei; aber die Liebe ist die größte unter ihnen.

3

Die Ostfront ist in Auflösung. Die Räumungstransporte aus Ostpreußen haben begonnen, die Trecks sind aufgebrochen, viel zu spät. Und in Wartenberg ist Jürgen von Tresckow beigesetzt worden.

Henning von Tresckows Halbbruder war kein passionierter Jäger. Er wollte nur zu Weihnachten Fleisch beschaffen. In Frankfurt an der Oder hat man Jürgen noch das Bein abgenommen, das sich nach der Verletzung durch den Keiler entzündet hatte, aber am 18. Januar ist er der Blutvergiftung erlegen. Ruth von Kleist-Retzow ist zum Begräbnis ihres Neffen gekommen, auch die Wedemeyers sind von Pätzig herübergeeilt. Der letzte Herr auf Wartenberg wird in die gefrorene Erde gebettet, in ein Grab neben dem geschändeten, offen stehenden Grab seines Bruders. Wo ist der Leichnam Henning von Tresckows, was hat man mit ihm getan?

»Geben Sie zu, dass dies ein Russe ist.«

Fabian von Schlabrendorff steht im Krematorium des Konzentrationslagers Sachsenhausen, am Sarg Hennings, an dem noch die Erde Wartenbergs haftet. Seit seiner Verhaftung am

18. August hat man ihn mehrfach gefoltert. Er hat einen Herzanfall erlitten. Nun steht Fabian in großer innerer Erschütterung an Hennings offenem Sarg.

»Geben Sie zu, dass Tresckow zu den Russen übergelaufen ist, und Sie haben statt seiner einen russischen Soldaten bestattet. Geben Sie zu, dass dies ein Russe ist.«

»Nein. Dies ist der General.«

»Wie können Sie das behaupten? Wie können Sie behaupten, das zu wissen?«

»Ich erkenne seine Hände.«

Vor Fabians Augen schiebt man Henning mit dem Sarg in die Flammen.

Hennings ältester Sohn lebt zu diesem Zeitpunkt nicht mehr. Mark von Tresckow, der Liebling seines Vaters, Kanonier im Artillerieregiment 23, ist am 22. Januar bei Bentschen gefallen.

Eta weiß davon nichts. Sie geht jetzt. Unmittelbar nach Jürgen von Tresckows Beerdigung bricht sie auf. Sie zieht mit ihren Töchtern nach Westen, in Schnee und Eis, inmitten der endlosen Trecks, die vor den Russen über die Oder fliehen. Sie will nach Rittgarten zu Hennings Schwester Marie Agnes und ihrer Familie. Tante Hete bleibt.

Die Witwe Jürgen von Tresckows kann sich nicht losreißen von dem Schloss, das die Familie so liebt, vom See, in dem vor Jahren ihr Erstgeborener ertrunken ist, vom Grab ihres Mannes, das noch keinen Stein hat. Weinend steht sie auf der Schlosstreppe, als Eta mit ihren beiden Töchtern den offenen Wagen besteigt. An Hetes Seite steht ihr Sohn Rüdiger. Er ist erst sechzehn: Er ist noch nicht an der Front wie sein Bruder Christoph. Rüdiger wird dort auf der Treppe stehen, in ebendieser Haltung, wenn in ein paar Tagen die Russen in Wartenberg einrücken. Ein russischer Soldat wird seine Mutter packen. Rüdiger wird sich dazwischenwerfen. Schüsse werden fallen. Hedwig von Tresckow wird sterben, neben ihrem sterbenden Sohn, während Wartenberg über ihnen in Flammen aufgeht.

Eta von Tresckow und die Mädchen werden das Gut Rittgarten in der Uckermarck erreichen, wo Hennings Schwester Marie Agnes mit ihrem Mann Dietloff von Arnim-Rittgarten und ihrer elfjährigen Tochter lebt. Die Arnims werden keine Erlaubnis zum Trecken erhalten. Eta wird mit westpreußischen Verwandten aus der Linie der Falkenhayns weiterziehen. Kurz darauf wird die Tochter Dietloff von Arnim-Rittgartens aus erster Ehe nach Rittgarten kommen, um nach ihrem Vater zu sehen und ihre Halbschwester abzuholen.

Sie ist verheiratet mit Karl Silex, der bis 1943 Paul Fechters und Ursula Kardorffs Vorgesetzter als Chefredakteur der ›Deutschen Allgemeinen Zeitung‹ war. Frau Silex ist selbst Mutter von drei Kindern.

»Gebt mir doch meine Schwester mit. Ich bitte euch, das Kind ist doch erst elf.«

»Mein Kind bleibt bei mir!«

Marie Agnes ist vielleicht nicht mehr ganz bei Verstand. Sie hat alle ihre Brüder verloren. Alle sind tot, alle werden sterben, es ist alles vorbei, und die Welt geht unter.

»Bitte gib mir das Kind, Marie Agnes. Setz sie doch nicht den Russen aus.«

»Das werden wir nicht, keine Angst«, sagt der Vater.

Dietloff von Arnim-Rittgarten, Landeshauptmann von Brandenburg und Henning von Tresckows Schwager: Weiß er, dass in seiner Babelsberger Villa die Walküre-Pläne getippt worden sind?

Kaum. Der Leiter des Reichskriminalpolizeiamtes Arthur

Nebe, der aufgrund seiner Verwicklung in das Attentat vom 20. Juli verhaftet worden ist und am 3. März in Plötzensee sterben wird, hat Anfang 1940 den SS-Sturmbannführer und Leiter des Referats für Chemie und Biologie im Reichssicherheitshauptamt Albert Widmann mit der Giftbeschaffung für die Tötung Geisteskranker betraut. Die erste Probevergasung nahm Widmann im Januar 1940 im Zuchthaus Brandenburg vor, nicht wie später üblich in einer Anstalt der Psychiatrie oder Behindertenhilfe. Auf diese Weise konnte man den für die Landesheilanstalten zuständigen Brandenburger Landeshauptmann Dietloff von Arnim-Rittgarten umgehen, der offenbar kein uneingeschränkter Anhänger der Euthanasie-Aktion war.

Als Gegner kann man Arnim aber auch nicht einstufen. Denn schon im Spätsommer 1940 hat Arnim verlangt, Amtsrichter Lothar Kreyssig, späterer Gründer der Aktion Sühnezeichen und von Anfang an entschlossener Kämpfer gegen die Mordaktion, möge die sogenannte Verlegung seiner Mündel aus den Anstalten gutheißen, weil kriegswichtige Wehrinteressen dies notwendig machten.

Und drückt Arnim-Rittgarten nun sein Gewissen? Fürchtet er, nach Kriegsende zur Verantwortung gezogen zu werden? Hat er schlechtweg keine Lust mehr, sich auf eine neue Folge des Romans einzulassen, der Leben heißt, und bringt deshalb erst Frau und Tochter und schließlich sich selbst um? Oder entscheidet er sich mit seiner Frau zusammen zu diesem letzten Schritt, nachdem sie beide von den Russen drangsaliert worden sind und keinen Ausweg mehr sehen? Und warum nur hat er das Kind nicht seiner Tochter aus erster Ehe mitgegeben? Es ist nicht bekannt. Im April 1945 jedenfalls wird Dietloff von Arnim-Rittgarten seine Tochter, seine Frau und schließlich auch sich selbst vergiften.

Den Wedemeyers auf Gut Pätzig ist das Trecken verboten. Die Mutter muss also auf dem Gut bleiben, und Maria ist aus Berlin gekommen, um die Kinder zu retten. Auf den Straßen herrscht Chaos. Die Oderbrücken sind von Leiterwagen und Planwagen verstopft. Lautsprecher brüllen immer wieder Befehle, die Straße für die vorüberrumpelnden Militärkonvois zu räumen. Die Flüchtlinge fluten in Wellen von den Brücken zurück, wo kein Durchkommen mehr ist. Marias kleiner Treck mit den fünf Kindern und drei kranken Frauen steckt fest. Also befiehlt sie, den Wagen zu leeren.

»Was?«

»Weg mit dem Gepäck.«

»Aber Maria!«

»Weg mit dem Gepäck.«

Sie gehen zu Fuß über die gefrorene Oder. Sie gehen in weitem Abstand: Bricht einer ein, sollen nicht alle verloren sein. Maria führt Pferd und Wagen. Der Schnee fliegt ihnen waagrecht entgegen. Maria ist zwanzig Jahre alt. Sie denkt voll Angst an die zurückgebliebene Mutter. Zwei Tage nach ihrem Aufbruch brennt Gut Pätzig.

Freya ist wieder in Kreisau. Sie ist von Berlin zurückgekehrt, von weither. Aber man hat ihr keine Zeit gelassen, allmählich in die veränderte Lage hineinzuwachsen.

Der riesige Innenhof des Hofguts steht voller Planwagen und Pferdegespanne: Flüchtlinge von jenseits der Oder rasten hier, auf ihrem Weg nach Nordwesten. Weitere fünfundzwanzig Flüchtlinge sind notdürftig in der unteren Etage des Berghauses untergebracht. Astas Mann Wend Wendland hat im Schloss seine Flakeinheit einquartiert, die irgendwelches Kriegsgerät nach Hirschberg schaffen soll. Kreisau ist voller Menschen: Die gebrechliche Ulla Oldenbourg ist da, die

Schauspielerin Maria Schanda, Helmuths Berliner Wirtschafterin Frau Pick, Romai mit den Kindern. Alle hier haben auf Freyas Rückkehr gewartet. Nun wird Freya von allen Seiten bestürmt: Wie soll es weitergehen? Was hat Freya vor? Wann will Freya trecken? Was gibt es Neues aus Berlin, wo stehen die Russen? Gibt es irgendwo noch Wolldecken? Gibt es gar keine Glühbirnen mehr? Ist nicht doch noch ein Herd aufzutreiben?

Freya hält Konrädchen auf dem Arm, der sie umklammert. Casparchen hält ihre Beine umschlungen. Es ist ihr nicht in den Sinn gekommen, Romai Reichweins Ausweg zu wählen und den Kindern zu sagen, der Vater wäre an einer Krankheit gestorben. Konrädchen ist ja ohnehin erst drei Jahre alt, aber Casparchen ist schon sieben. Ihm hat sie die Wahrheit nicht verschwiegen. So hat sie also am ersten Abend nach ihrer Rückkehr auf Caspars Bettkante gesessen und weinend ihr weinendes Kind im Arm gehalten, das die schrecklichen Fragen gestellt hat.

»Aber warum? Nie wieder? Niemals wieder? Aber Reyali, warum?«

Freya hat in dieser Nacht nicht geschlafen. Aber am nächsten Tag schon ist das Kind durchs Haus getanzt.

»Reyali ist hier, und sie bleibt nun für immer, Reyali ist hier, und sie bleibt nun für immer.«

Die Russen sind bei Brieg über die Oder gekommen.

Freya bereitet den Treck vor und hofft, nicht trecken zu müssen: In den Schneeverwehungen auf den Pässen sollen Kinder gestorben sein.

Bleibe so lange wie möglich in Kreisau.

Ja, Helmuth. Das will ich.

Wo immer Freya ist, spürt sie Helmuth an ihrer Seite. Freya ist den ganzen Tag auf den Beinen. Überall ruft man nach ihr, überall wird sie gebraucht. Aber keine Härte bedrückt sie als hart. Das schrecklich Wirkliche, das sie umgibt, ist nicht wirklich, all das bedrängend Wichtige ist nicht wichtig. Freyas Füße stehen fest und sicher auf dem Kreisauer Boden. Aber sie ist nicht mehr an die Welt gekettet. Es ist ihr, als könnte sie die Schlinge jederzeit abstreifen, die sie bindet. Jeden Tag werden neue Pläne geschmiedet, jeden Tag wird das Leben neu entworfen. Alles blickt zu Freya hin, die es auf sich nimmt zu entscheiden. Freya zögert und zweifelt nicht. Sie wird bei allen Entscheidungen ihrem Herzen vertrauen. Sie schreibt den Poelchaus nach Berlin.

Es ist kühn, an Euch zu schreiben, liebe Freunde! Meine Gedanken sind oft bei Euch, suchen Euch immer wieder in Sorge und Liebe. Mir selbst geht es gut. Ich fange an und ich nicht, sondern es fängt in mir an, und das sind immer die guten Sachen, nicht wahr, Dorothee? Macht Euch keine Sorgen um uns! Ich bin wohl geborgen,

Helmuths Freya

Asta wird den Brief mitnehmen. Das Marinkchen ist im siebten Monat schwanger. Sie verlässt Kreisau mit dem Lazarettzug, der die Kranken, Schwachen und Schwangeren von Schweidnitz nach Westen mitnehmen wird. Freya begleitet den Konvoi zum Bahnhof. Dies ist der Weg, den der kleine Helmuth jeden Tag mit Pferd und Wägelchen zurückgelegt hat, wenn er von Kreisau nach Schweidnitz in die Schule fuhr. Jeden Morgen spannte er den Apfelschimmel vor den Wagen, und dann ging es los, über die Landstraße.

Es sind ja nur sieben Kilometer nach Schweidnitz. Im Sommer ist die Fahrt schön: die Morgenfrische, der Dunst der Wiesen, der Himmel ganz rein, bevor der Tag heiß wird, das leise Sirren der Räder und das Land links und rechts der Allee offen wie ein aufgeschlagenes Buch. Aber jetzt ist alles verdeckt und verschwunden. Der Schnee liegt wie dickes Bettzeug über dem Land. Der Himmel ist grau, voll tief hängender Wolken. Asta sitzt im ersten Schlitten. Freya sitzt im folgenden Schlitten. Sie sieht die Schwägerin hinter einer Kurve verschwinden, dann wieder auftauchen. Dies ist das Mädchen, das zu betreuen Freya einst nach Kreisau gekommen ist, vor wenig mehr als einem Dutzend Jahren und vor einem ganzen Leben. Astas Gesicht ist rückwärts gewandt, still, unwandelbar todtraurig.

Klein Oels treckt. Die alte Gräfin Yorck steht am Fenster des Gartensaals. Sie sieht hinaus auf die Straße, wo unter der Aufsicht ihrer Tochter Doro die Pferdewagen zusammengestellt werden. Bia ist noch immer in Haft. Ihre anderen Söhne sind alle tot. Ein Vogelschwarm wirbelt über die winterliche Allee wie lose Herbstblätter. Schneeflocken wehen in den Teich.

Alexander Stauffenberg ist im KZ Buchenwald inhaftiert. Seine Frau Melitta ist frei. Als militärische Testpilotin der Nationalsozialisten darf sie ihren Mann besuchen, sie darf ihm Lebensmittel bringen, Bücher. Sie hat ihm einen Gedichtband des Meisters gebracht. Alexander hat das Buch aufgeschlagen.

So unterlag er doch der feinde tücke …
Er focht mit wenig treuen wider scharen

Und warum hat Claus seine Getreuen nicht um seinen Bruder Alexander vermehrt? Claus und Berthold: Warum haben die Brüder ihn nicht eingeweiht, warum haben sie ihn geschützt, warum haben sie ihn allein hier zurückgelassen? War er nicht würdig? Wie soll er damit leben? Wie soll er leben, nun wo beide Brüder tot sind? Alexander auf seiner Pritsche im Lagerbau von Buchenwald schließt die Augen. Er hört die

Worte des Meisters, wie sie einst sein Bruder Claus vorgetragen hat, im Dezember 1933 auf dem Friedhof in Minusio.

Wohin ich mich nach seinem tode kehre?
Wer wehrt von mir des rauhen lebens stösse?
Ich werde fallen ohne seine grösse –
o sei es nicht zu fern vom pfad der ehre

Am 1. Februar ist Ernst von Harnack vom Volksgerichtshof unter dem Vorsitz von Roland Freisler zum Tode verurteilt worden. Am 2. Februar sind Rüdiger Schleicher und Klaus Bonhoeffer vom Volksgerichtshof unter dem Vorsitz von Roland Freisler zum Tode verurteilt worden, und Pater Alfred Delp SJ hat man in Plötzensee hingerichtet. Am 3. Februar erlebt Berlin den bisher schwersten Angriff des Krieges.

Wilhelm Canaris, Hans Oster, Dietrich Bonhoeffer, Hans Dohnanyi und die anderen sind zu Beginn des Alarms in den Bunker unter der Prinz-Albrecht-Straße gebracht worden. Im allgemeinen Durcheinander auf den Fluren hat Dietrich ein paar rasche Worte mit seinem Schwager wechseln können, der offensichtlich bewegungsunfähig auf einer Trage in seiner offenen Zelle lag und darauf wartete, abgeholt zu werden.

»Hans! Wie geht es?«

»Pst. Besser, als es scheint. Ich bin vorgestern von Sachsenhausen hergebracht worden. Dietrich, ich kann dir sagen, gegen dich haben sie nichts in der Hand. Aber gegen mich.«

Nach dem Angriff werden die Gefangenen sofort wieder in ihre Zellen zurückgebracht, obwohl das Prinz-Albrecht-Gelände acht Treffer abbekommen hat. Die Zellentüren werden dennoch verriegelt. Vor den Fenstern lodert ein Flammenmeer. Die ganze Welt scheint zu brennen. Wasserleitungen bersten, das Licht erlischt. Die Hitze steigt und steigt, der Sauerstoff wird knapp.

»Lasst uns raus!«

»Lasst uns hier heraus!«

Emmi Bonhoeffer und ihre Schwiegereltern haben sich vor den Bomben in die Tunnelanlagen der S-Bahn am Anhalter Bahnhof geflüchtet. Sie sind auf dem Weg in die Prinz-Albrecht-Straße, um ein Paket für Dietrich abzugeben, der morgen 39 Jahre alt wird. Als sie wieder nach oben steigen, hat sich der Tag verdüstert. Der Qualm der brennenden Stadt verdunkelt die Sonne. Zu Dietrich vorzudringen ist unmöglich. Überall auf dem Prinz-Albrecht-Gelände wüten Brände. Das Reichssicherheitshauptamt, Zentrum der Gewalt, Sitz der Macht, die ganz Europa umklammert, ist zerstört. Aber seine Gefangenen gibt es nicht her. Die nicht anders konnten, als der Gewalt entgegenzutreten, bleiben auch im Untergang an sie gefesselt.

Unter diesen Gefangenen ist auch Fabian von Schlabrendorff. Seine Verhandlung vor dem Volksgerichtshof sollte eigentlich heute stattfinden, an diesem 3. Februar, an dem nun im U-Bahnhof Potsdamer Platz nach einem Arzt gerufen wird.

Der Militärarzt Rolf Schleicher folgt dem Ruf. Er ist auf dem Weg zu Minister Thierack, um ein Gnadengesuch für seinen am Vortag verurteilten Bruder Rüdiger einzureichen. Nun steht er vor dem Mann, der das Urteil gefällt hat. Roland Freisler liegt im Hof des Volksgerichtshofs in der Bellevuestraße. Er ist tot. Die Akte Schlabrendorff ist ihm aus den Händen gerissen. Unbeachtet weichen ihre Fetzen im Schnee.

Hans von Dohnanyi spielt den Gelähmten. Tagsüber liegt er reglos in seiner Zelle. Nachts bringt er sich heimlich das Gehen bei. Er ist von Huppenkothen und Sonderegger an Kriminalrat Kurt Stawitzki überstellt, der ihm jede Hilfe verweigert. Man führt Hans nicht ins Bad, nicht auf die Toilette. Hans kackt also ins Bett. Er ist allein.

Er ist allein in der Stille, in der stinkenden tonlosen Stille. Es kommen keine Briefe. Er darf nicht schreiben. Es hat auch keinerlei Sinn, wenn Hans heult. Wenn er heult, bekommt er Kopfweh und fühlt sich flau im Magen, und dann verzweifelt er gänzlich, Hans darf nicht heulen. Er versucht, an die Menschen zu denken, die er hat.

Er denkt an Christel und die Kinder, Christel und die Kinder. Erinnerungen an Sachsenhausen drängen sich dazwischen. Er hört die Schreie der Gequälten. Er wünschte, er könnte Christels Stimme hören. Er wünschte, er könnte ihr Gesicht sehen. Er wünschte, er könnte ganz sacht ihre Wange berühren, er wünschte, er könnte noch einen Tag seines Lebens in Freiheit atmen. Das ist ein dummer Wunsch. Er wird ja niemals in Erfüllung gehen. Nun weint Hans doch.

Es ist schlimm mit ihm. Aber er kann nichts gegen die Tränen tun. Jetzt, wo er einmal angefangen hat zu weinen, kann er nicht mehr aufhören. Sein Schluchzen vertreibt die Stille. Aber sobald er zu weinen aufhört, flutet die Stille wieder zurück, erstickender und tödlicher denn je.

Alle Hoffnung liegt auf den Alliierten. Alle Hoffnung liegt auf Gottes Willen. Am 7. Februar 1945 wird Dietrich zusammen mit elf weiteren Gefangenen nach Buchenwald verschleppt. Zu Dietrichs Erstaunen bringt man sie aber nicht zur Erschießung ins KZ, sondern sperrt sie in den Keller einer vorgelagerten SS-Kaserne. Nun also hat Dietrich ein weiteres Mal Gelegenheit gehabt, für den Moment zu proben, der ihm wahrscheinlich doch noch bevorsteht. Er denkt voll Mitleid an Maria und die Eltern. Er nimmt nicht an, dass man sie von seiner Verlegung informiert hat.

Die Bonhoeffer-Frauen sind alle tapfer. Sie haben Gnadengesuche für Klaus und Rüdiger gestellt. Sie kämpfen um Wiederaufnahmeverfahren. Emmi kennt Ministerialrat Pippert. Der Ministerialrat hat die Akte Klaus Bonhoeffer mit dem Todesurteil auf dem Weg vom VGH zum Justizministerium abfangen lassen. Am nächsten Tag ist Freisler erschlagen worden. Pippert hat Emmi fest zugesichert, dass die Akte nun nicht mehr auftauchen wird.

Maria von Wedemeyer hat ihren kleinen Treck heil nach Celle gebracht, dann ist sie nach Berlin zurückgekehrt. Am 12. Februar steht sie in den Ruinen der Prinz-Albrecht-Straße. Wo ist Dietrich? Das weiß keiner. Vielleicht ist er in Buchenwald, vielleicht in Flossenbürg. Dort hat man Oster und Canaris hingeschafft. Maria packt einen Koffer für Dietrich und kämpft sich durch die Menschenströme des in Auflösung begriffenen Reiches nach Buchenwald durch. Der SS-Mann betrachtet verwundert die Schildmaid, die in sein Büro gestürmt kommt. Zusammen gehen sie die Einlieferungen der letzten Wochen durch, die Todesfälle. Dietrichs Name ist nicht darunter. Maria schleppt den Koffer wieder den weiten Weg zum Bahnhof zurück, von dem heute aber kein Zug mehr abfährt. Sie übernachtet in der Holzhütte des Bahnhofsvorstehers. Am nächsten Morgen fährt sie nach Bundorf zu ihrer Cousine von Truchseß, von da weiter nach Flossenbürg. Aber dort ist Dietrich auch nicht.

Maria sitzt wieder im Zug. Sie fährt zurück nach Berlin. Das heißt, es ist nun alles verloren. Nicht nur Dietrich, das Leben ist verloren. Maria fährt zurück, zurück, zurück, und die Maschen stürzen von der Nadel, das ganze Werk, mit so viel Mühe und Liebe verfertigt, trennt sich auf, ist nichts mehr als ein Knäuel schmutziger Fäden, von denen kein einziger in die Zukunft reicht. Was hält Maria nun noch auf der Erde?

1948

Nur der Ballast. Ihr Koffer. Ihr Körper. Eine Bomberstaffel nähert sich von Westen. Der Zug hält. Maria bleibt sitzen. Die Tiefflieger beschießen den Zug, und Maria bleibt sitzen.

»So kommen Sie doch!«

Ein junger SS-Offizier packt Maria am Arm. Sie versucht sich loszureißen. Er ist aber stärker. Immer, immer, immer sind sie stärker. Der SS-Mann schleppt die Widerstrebende aus dem Zug, der hinter ihnen in die Luft fliegt. Der Koffer ist zerstört. Maria trägt nun nichts mehr. Es ist dieses Gewicht, das Gewicht des Nichts, das erdrückend auf sie niedersinkt.

In Sachsenhausen hat Christel erfahren, dass Hans von Dohnanyi in die Prinz-Albrecht-Straße gebracht worden ist. Die Prinz-Albrecht-Straße ist eine Ruine. Kaum zu glauben, dass das Gebäude noch benutzbar ist. Aber das gilt ja für ganz Berlin. Christel darf Hans nicht sehen. Aber die Wachmänner sind sehr nett.

Sie steigen hinunter in den Keller zu Hans, sie richten Hans Christels Grüße und Fragen aus, sie tragen Christel seine Antworten zu, sie überbringen Christels Pakete. In einer leeren Brotdose findet sie einen Kassiber. Es geht ihm gut. Höchstens noch acht Wochen, dann wird der Krieg wohl aus sein.

Stawitzki glaubte mich kleinzukriegen, aber ich habe mich aufs Stinken verlassen. Wenn ihr flieht, lasst mir Nachricht am Stein an der Brücke. Und nehmt meine KZ-Briefe mit den Nummern darauf als Ausweis mit.

Jetzt ist es fast geschafft. Jetzt müssen sie nur noch durchhalten bis zum Ende.

Klaus Bonhoeffer will nicht mehr leben. Er hat recht behalten: Er hätte sich gleich umbringen sollen. Klaus Bonhoeffer weiß das nun. Er hat recht behalten in diesem einen Punkt. In allen anderen Punkten hat er sich geirrt. Er hat die Welt für einen Ort gehalten, wo Böses und Gutes miteinander im Kampf liegen. Er hat nicht gewusst, dass die Welt gänzlich dem Teufel gehört. Vom ersten Moment der Folter an hat er das aber begriffen. Beim ersten Schlag ins Gesicht, beim ersten Stoß der Nadel unter die Fingernägel ist ihm klar geworden, dass die Welt die Hölle ist. Es ist freilich eine mit Flitter verhängte, nachlässig mit Pappkulissen kaschierte Hölle, deren Teufel sich in Uniformen kleiden oder bestrebt sind, ihre Vertiertheit durch gut sitzende zivile Anzüge zu bemänteln. Nein, nicht ihre Vertiertheit: Tiere sind rein. Klaus denkt an den Hund auf Dürers Stich, an der Wand des Kinderzimmers zu Hause: ›Ritter, Tod und Teufel‹. Der Tod ist die edlere Wahl. Der Teufel stinkt. Klaus hat ihn gerochen, in Blut und Erbrochenem, in Exkrementen. Er hat den Teufel gesehen, während er auf dem Boden kniete, das Blut schoss ihm aus Mund und Nase, und er hörte sich wimmern,

Aufhören, bitte aufhören

Menschen umstanden ihn. Sie hatten Menschengesichter. Dann trat ihm einer in die Nieren, und er konnte nicht mehr atmen. Klaus hat keine Angst vor dem Sterben, auch nicht vor dem Erhängtwerden. Er möchte nur diese Gesichter nie mehr sehen. Er möchte überhaupt lieber sterben, als diese Gesichter noch einmal zu sehen. Er hat den Teufel gesehen. Das wird er nicht los.

Reisebericht des 1. Staatsanwalts Dr. Gündner, 7.–14. Februar 1945

München:

Verwaltungsamtsmann Gerst bat, die Errichtung der Richtstätte Straubing möglichst zu beschleunigen, da er baldmög-

lichst abtransportieren möchte. Er klagt ferner darüber, dass die Gnadenentscheidungen bei Todesurteilen verhältnismäßig lange auf sich warten lassen. Zzt. säßen 12 zum Tode Verurteilte ein, deren Urteil seit mehr als 3 Monaten rechtskräftig ist.

Nürnberg:

Der Ausbau der Richtstätte ist durch die Witterung verzögert, wird aber nun mit Nachdruck fortgesetzt.

Bamberg:

Die bisher für den Bezirk zuständige Richtstätte in Frankfurt am Main ist für Gefangenentransporte nicht mehr zu erreichen. Der Generalstaatsanwalt schlägt deshalb vor, künftig Straubing als Richtstätte zu benennen. Ich habe angeregt, eine eigene Richtstätte in Bayreuth zu schaffen, wo ohnedies der Volksgerichtshof tagen wird. In Bayreuth hat sich ein Scharfrichter aus Posen gemeldet. Nach den baulichen Verhältnissen könnte, wie der Generalstaatsanwalt versichert, dort eine Richtstätte geschaffen werden. Der Bezirk würde diese Lösung begrüßen.

Am 5. März wird Ernst von Harnack in Plötzensee an ebenjenem Eisenbalken erhängt, der gut zwei Jahre zuvor für seinen Vetter Arvid und dessen Mitkämpfer hier eingezogen worden ist.

Und Hans von Dohnanyi muss sich nun mit Ruhr infizieren. Das schreibt er Christel. Sonderegger hat Hans mitgeteilt, wie innig der Reichsführer-SS Heinrich Himmler auf Hans von Dohnanyis baldige Genesung hofft. Der Krieg ist so gut wie vorüber, soll Hans nun noch die Hinrichtung riskieren? Hans braucht eine solide Ruhr, die ihn ins Krankenhaus bringt.

Decke eine Speise rot zu, und ich weiß, ein ordentlicher Infekt ist darin. Wenn ich nicht bald krank werde, komme ich auch so in ein Krankenhaus und dort machen sie mich gesund.

Wobei ihm das Weiterlebenmüssen jetzt oft über ist.

In manchen Momenten scheint ihm die Vorstellung völlig fantastisch, in die normale Welt des Alltags zurückzukehren. Er ist nicht mehr brauchbar. Er ist befleckt. Ihm ist alle Unschuld abhandengekommen. Aber er muss sich erhalten, für Christel und die Kinder. Er darf ihre Liebe nicht enttäuschen. Hans muss weinen, wenn er an diese Liebe denkt. Es erscheint ihm atemberaubend unwahrscheinlich, dass es etwas so Großes gibt wie die Liebe seiner Frau.

Es gibt wenig Männer, die so glücklich und so reich sind wie ich. Das Glück und der Reichtum meines Lebens, Du bist es, Du!

Aber was tut sie eigentlich, wie lebt sie, womit verbringt sie den Tag? Was machen die Kinder? Er kann es sich nicht mehr vorstellen. Frühstücken sie, gehen sie zu Bett? Sicherlich. Singen sie, während in Sachsenhausen die Knüppel auf die zerbrechlichen Knochen des Schlüsselbeins, des Schädels, der Finger niedersausen? Spielen sie ein Gesellschaftsspiel, während die Geschlagenen flehen, bis ihnen die Lippen zu Brei gedroschen sind? Wann schickt ihm Christel endlich die Ruhrbakterien?

Christel und der Vater kämpfen verbissen darum, dass Hans ins Staatskrankenhaus der Polizei in der Scharnhorststraße 13 verlegt wird. Das kommt aber nicht in Frage, wenn er eine ansteckende Infektion hat. Hans schreibt,

Vielleicht hatte Maaß in Moabit ganz recht, und mit dem, was Du mir bist und die Kinder, und mit dem, was ich erreicht hatte, hätte ich der glücklichste Mensch unter der Sonne sein können. Wozu sich scheren um die Allgemeinheit … Das sind so Gedanken, die auch wieder gehen.

Am 13. März kollabiert er. Ein paar Tage später wird er endlich verlegt. Dr. Albrecht Tietze holt ihn in seine Klinik, ein Freund seines Schwiegervaters. Hans wird gebadet. Man zieht ihm einen sauberen Schlafanzug an. Durchs Fenster sieht Hans Himmel, Sonne und Mond. Er sieht die kahlen Vorfrühlingsbäume. Tietze beugt sich über ihn, mit freundlichem Gesicht.

»Sie haben es hinter sich, Herr von Dohnanyi.«

Hans schüttelt den Kopf, lacht sogar einmal auf.

»Nein. Ich habe nichts hinter mir.«

»Ihre Seele ist erschöpft. Verdüstert. Das ist nur natürlich. Aber Sie werden wieder Lebensmut gewinnen, Sie werden für sich eine Zukunft sehen können.«

»Nein. Sie verstehen nicht. Es ist nicht wie ein böser Traum, aus dem man erwacht. Es ist wirklich. Dies hier, das Schöne, das ist der Traum.«

Hans weint. Er kann es nicht erklären. Er ist nicht mehr in Sachsenhausen. Aber das KZ besteht, der Hinrichtungsplatz besteht, in Sachsenhausen geht alles weiter, Sachsenhausen geht in ihm weiter. Und da ist Christel. Zum ersten Mal seit dem 22. August 1944 sieht Hans seine Frau. Christel und Hans sind noch einmal vereint.

»Christel? Ich möchte mit Himmler persönlich sprechen.«

»Du willst was?«

»Ich möchte mit ihm reden. Er will ja gar keine Namen mehr wissen. Er will, dass ich ihm die ganze Entwicklung des 20. Juli schildere. Ich bin bereit. Ich will ein Gespräch unter vier Augen.«

»Aber Hans. Das bedeutet doch, du gibst alles zu. Himmler wird dich töten lassen.«

Hans sieht Christel an. Er sieht durch sie hindurch. Sie versteht nicht. Sie kann nicht verstehen, es ist ja ausgeschlossen. Sie ist eine Heilige, ein Engel Gottes. Sie kann ihn nicht erlösen. Das kann nur einer, der in die Verstrickung, die teuflische Verstrickung des Bösen so eingesponnen ist wie Hans selbst. Erlösen kann ihn nur, wer die wirkliche Welt kennt. Erlösen kann ihn nur einer, der genau, ganz genau weiß, was Hans ertragen hat, der besser als jeder andere weiß, wie die Welt ist, die Hans von Dohnanyi in diesen zwei Jahren kennengelernt hat, weil er ihr Schöpfer ist: Heinrich Himmler.

Die Kühe sind weg. Die ganze große Kuhherde von Kreisau, Mittelpunkt so vieler Sorgen und Mühen, ist auf Befehl der Partei nach Waldenburg in den Schlachthof getrieben worden. Der Kuhstall ist leer. Kreisau ist leer: Mitte Februar ist Kreisau zusammen mit Schweidnitz getreckt. Die Schlossbewohner, die Hofeleute, der alte Stäsche, Frau Meyer, die alte Frau Rose haben die Planwagen im Hof des Schlosses beladen, sie haben die Pferde angespannt. Alle Pferde sind fort bis auf die, die Freya braucht, wenn sie selbst gehen wird. Freya will noch warten.

Es liegt noch immer Schnee auf den Eulepässen, und die Straßen sind voller Flüchtlinge. Freya geht durch das verlassene Dorf. Sie steht in der verlassenen Spielschule. Freya ist in einem tiefen Traum. In diesem Traum, den sie träumt, folgt ein Tag dem anderen, und es geht einfach weiter, weiter und immer weiter, also macht Freya weiter. Die alte Gräfin Yorck ist mit ihrer Tochter Doro von Klein Oels eingetroffen. Davy Moltke ist mit den Wernersdorfern und allen Kindern gekommen. Und Marion und Muto sind da. Marion und Muto kommen und gehen. Die Wernersdorfer und die restlichen Yorcks ziehen weiter nach Glatz. Im Kreisauer Schloss ist eine Versorgungstruppe einquartiert, mit Vorräten für die Front, die zehn Kilometer weit entfernt ist. Sie hören den Kriegslärm, Explosionen und Schüsse. Striegau ist genommen, Wernersdorf ist russisch. Renate Reichwein steht neben Freya, die an ihrem Schreibtisch sitzt. Romai hat ihren Kindern inzwischen gestanden, wie Edolf Reichwein wirklich gestorben ist, nachdem Freya es ihren Söhnchen gesagt hat.

»Tante Freya? Hasst du die Nazis?«

»Nein. Mein Mann und dein Vater waren gut. Die Nazis konnten sie nicht leben lassen.«

Seit dem 1. April hört Dietrich Bonhoeffer in Buchenwald Geschützdonner von der Werra. Am 4. April werden Canaris' Tagebücher gefunden. Kaltenbrunner lässt sie sofort zu Hitler bringen.

Verraten! Von Anfang an verraten! Mein Werk von Anfang an unterminiert, von Anfang an Intrigen, Meineid, Täuschung, Schäbigkeit,

Hitler schreit nach Brigadeführer Rattenhuber, dem Chef seiner persönlichen SS-Einheit. Er fordert die Vernichtung der Verschwörer, ihre sofortige Vernichtung. Am 5. April weist die Gestapo den Krankenpfleger Schmidt an, Hans von Dohnanyi zur Entlassung bereit zu machen: Der Häftling soll morgen an einen Ort außerhalb Berlins verlegt werden.

Dr. Tietze und Christel sitzen an Hans' Bett. Sie reden, sie predigen, sie flehen.

»Du musst fliehen!«

Hans lächelt.

Der Arzt ist sehr blass. Er sagt: »Ich kann das nicht verantworten. Ich kann das nicht tragen. Ich bitte Sie, schießen Sie mich an und nehmen Sie meinen Wagen.«

»Ach, Herr Doktor. Ist dies ein Roman? Wie weit würde ich wohl kommen, in Ihrem Wagen? Ich würde nur Sie und Ihre Familie gefährden.«

»Unsinn. Ich bitte Sie. Ich nehme das auf mich, ich kann Sie nicht ausliefern.«

»Nein.«

Christel weint. Hans hält ihre Hand.

»Geliebteste. Grüße die Kinder. Ich gehe in den Tod. Ich bin sehr ruhig. Sieh doch, wie ruhig ich bin. Sie werden mich ermorden, sie wissen alles. Nun, so ist es also gekommen.«

Sie hält ihn. Sie hält seine Schultern. Sie hält seinen Kopf. Ihre Tränen fallen auf sein Gesicht, was ihm unangenehm ist. Tietze schiebt die Schluchzende hinaus. Er gibt seinem Patienten eine hohe Dosis Luminal, zusätzlich das Morphium, das er gehortet hat. Hans von Dohnanyi wird jedenfalls nicht leiden. Was immer sie mit ihm tun, er wird nichts spüren. Christel sitzt zu Hause am Tisch. Sie schreibt an ihren Mann.

Du weißt, dass ich Tag und Nacht bei Dir bin und mit Dir gemeinsam trage, auch was ich nicht mit Dir erlebe. Was Du mir in den zwanzig Jahren unsrer Ehe gewesen bist, ich weiß nicht, ob Du das weißt. Aber dass nur Glück und Liebe mein Herz erfüllen, Liebe und Dankbarkeit –

An diesem 5. April erfolgt die Ankündigung der Hungersnot durch die Gauämter.

Empfohlen werden neuartige Nahrungsmittel/Ersatznahrungsmittel: Raps, Rapskuchen, Kastanien, Eicheln, Zucker- und Runkelrüben, Seradella, Klee, Luzerne, Wildpflanzen, Wurzeln, Pilze, Frösche, Schnecken, Kiefer- und Fichtennadel-Jungtriebe als Tee gegen Skorbut-Erkrankungen.

Am 6. April gegen Morgen wird Hans von Dohnanyi bewusstlos zurück nach Sachsenhausen transportiert. Auf dem Hinrichtungsplatz tritt das Standgericht zusammen. Huppenkothen erhebt Anklage wegen Hoch- und Landesverrats. Richter,

Anklagevertreter, Beisitzer überprüfen das Beweismaterial und behandeln jeden Anklagepunkt. Huppenkothen fordert die Todesstrafe. Das letzte Wort hat der Angeklagte, der bewusstlos auf seiner Trage liegt. Das Gericht zieht sich zur Beratung zurück. Dann fällt das Todesurteil. Hans von Dohnanyi wird zum Galgen getragen, und dort wird der bewusstlose Körper aufgeknüpft.

Das zweite Standgericht versammelt sich in Flossenbürg. Es verurteilt Dietrich Bonhoeffer und seine Mithäftlinge zum Tode. Im Morgengrauen des 9. April werden Dietrich Bonhoeffer, Admiral Canaris, Hans Oster und Karl Sack im KZ Flossenbürg erhängt.

Am Morgen dieses Tages sind Freya und ihr kleiner Treck losgefahren.

Bleib in Kreisau!

Aber Romai und Frau Pick fürchten hier für sich und die Kinder. Mit welchem Recht könnte Freya dann darauf beharren, dass das Trecken gefährlicher ist als das Bleiben? So haben sie noch Freyas vierunddreißigsten Geburtstag und auch Ostern in Kreisau gefeiert, mit gefärbten Eiern, selbst gekochten Bonbons und Händels ›Messias‹. Dann haben sie Räucherfleisch, Mehl, Erbsen, die letzten Karotten aus der Miete, Federbetten und Kochtöpfe auf den großen Planwagen geladen und sind aufgebrochen. Sie wollen ins Riesengebirge, nach Pommerndorf über Hohenelbe. Das Dorf liegt ganz abseits, bereits in der Tschechoslowakei. Früher, in einem anderen Leben, ist Romai in der Gegend mit Edolf Ski gefahren. Nun hat sie dort ein kleines leerstehendes Bauernhaus gefunden.

Der Tag ist sonnig. Die Luft ist sanft und hell. Freya und Romai fahren auf Fahrrädern neben den beiden Planwagen her, die auch die sechs Kinder und Frau Pick transportieren. Bei Kynau an der Weistritz-Talsperre wird der Weg sehr steil. Freya lässt die Kutscher alle fünf Pferde vor den großen Wagen spannen. Mit einem scharfen Ruck ziehen die Pferde an. Sabine rutscht ab und stürzt zwischen die Vorder- und Hinterräder. Romai kann das Kind gerade noch rechtzeitig hervorreißen.

Sie schreit. Sie schreit und kann lange nicht damit aufhören. Sie empört sich: Dies ist nicht erlaubt. Einst hat Romai Gott ein Kind angeboten. Aber Edolf Reichwein ist tot. Dieses Opfer darf nicht mehr gefordert werden.

Charlotte von der Schulenburg steht mit ihren Kindern im Hof. Die Wagen sind gepackt und mit Teppichen überspannt. Die Vorräte sind verstaut, Decken liegen bereit. Die fünf wilden Schulenburg-Brüder sind alle tot. Tisas letzter Bruder ist im Januar auf Tressow an Krebs gestorben. Es ist ein milder Frühlingsabend. Charlotte hilft den Kindern auf den Wagen. Und wenn man einen Moment im Leben wählen müsste, in dem man die Ewigkeit verbringt, welchen würde man wählen wollen?

Vielleicht nicht einmal den glücklichsten. Nicht einen Augenblick des Jubels, der Seligkeit, der reinen Ekstase. Vielleicht einen Augenblick in Erwartung des Glücks oder im Nachgeschmack erlebten Glücks, vielleicht einen ganz alltäglichen Moment. Es wäre ein regnerischer Tag, und Fritzi sitzt vor dem Bücherregal.

Charlotte sitzt daneben in einem Sessel, blättert in einer Zeitschrift. Sie raucht eine Zigarette. Der dünne aromatische Rauch kräuselt sich in der Stille. Regentropfen schlagen leise ans Fenster. Fritzi nimmt ein Buch aus dem Schrank, blättert, stellt es woanders wieder hinein. Er nimmt ein anderes Buch, schlägt es auf, lacht leise in der Stille: Oder vielleicht wäre auch das schon zu viel.

1958

Vielleicht würde der Moment genügen, kurz bevor Fritzi das Zimmer betritt. Charlotte stellt Teetassen auf das Tischchen, sie entzündet die Zigarette, die sie in seiner Gegenwart rauchen wird. Oder noch weniger. Vielleicht nur die Stunde am Morgen, bevor Fritzi ankommt. Der Tag davor. Ein Tag allein, nicht unterschieden von allen anderen, ausgezeichnet nur durch das Wissen, dass es der letzte Tag allein ist, für eine kleine Weile. Die Pferde ziehen an.

Es geht los. Der nächste Abschnitt beginnt. Die Bäume der Allee wandern in der Dämmerung stetig nach Westen. Die Pferde zuckeln voran, im Kloppediklopp ihrer Hufe, ergeben in die Gesetze, die über sie verhängt sind. Charlotte Schulenburg blickt hinaus in den Abend.

Sie ächzt lautlos unter der Strapaze, die es bedeutet, am Leben zu sein. Sie wünschte, sie hätte es hinter sich. Sie wünschte, sie wäre tot. Sie wünschte, sie alle wären tot, sie und alle ihre Kinder, im nächsten Moment ruft sich Charlotte Gräfin von der Schulenburg zur Ordnung. Sie ruft sich zurück. Der nächste Abschnitt beginnt.

Harald und Dorothee Poelchau haben Berlin am 4. April verlassen. Sie sind tagelang unterwegs gewesen. Auf der Strecke nach Lichtenfels sind sie bombardiert worden. Bis Schloss Rentweinsdorf sind sie gelaufen, dann haben sie sich auf den Gutshof Maroldsweisach durchgeschlagen. Am 11. April kommen die Amerikaner.

Vier Tage später holt Maria von Wedemeyer die Poelchaus mit Pferd und Wagen nach Bundorf zu ihrer Cousine Hesi von Truchseß: Hesis Mann Dietz, der in Tegel in Haft ist, hat Harald Poelchau eingeladen, hier das Kriegsende abzuwarten. Die kleinen Orte, die Dörfer, die unzerstörten Gutshäuser berühren Harald merkwürdig. Der Singsang des Dialekts erinnert ihn ein wenig an Schlesien. Die Pracht der Wiesen in diesem besonders wundervollen Frühling ist schwer zu tragen. War je ein Frühjahr so verschwenderisch üppig? Wie hält man es aus? Schwer zu begreifen ist das Wort Frieden. Schwer zu ertragen ist diese Stille, diese dröhnende Ruhe. Fremd und einsam gehen die Flüchtlinge aus dem Inferno der Hauptstadt durch die blühenden Felder und Wiesen, wo alles zu Hause ist, nur sie nicht. Wo ist Dietrich Bonhoeffer? Lebt er noch? Hat Maria etwas versäumt?

Die Linden sind zu Stümpfen verkohlt. Das Brandenburger Tor steht noch, ein Dinosaurier, schrundig geschossen. Geisterhaft ragt die Siegessäule aus dem Geröll. Über allem die tiefen Wolken schwelender Brände, der schwebende Ruß. Es fällt schwer, sich zu orientieren. War hier einst das Regierungsviertel? Ist dies das Hotel Kaiserhof, in dem Marion Yorck ihre Hochzeit gefeiert hat? Das Hotel hat schon im Herbst 1943 mehrere Treffer abbekommen, damals, als Henning von Tresckow von der Front kam, um den Führer zu töten und den Krieg zu beenden. Nun wirkt es fast heil, inmitten der Zerstörung. Die SS hat ein paar Räume notdürftig instand gesetzt. Marion hat eine Vorladung bekommen, sich hier zu melden. Ein SS-Gruppenführer empfängt sie und bietet ihr eine Witwenpension an.

Marion glaubt nicht richtig zu hören. Sie soll aus diesen Händen etwas annehmen? Sie lehnt mit großer Entschiedenheit ab. Der SS-Mann überlegt. Dann sagt er: »Wollen Sie seinen Brief? Den Abschiedsbrief Ihres Mannes. Ich habe ihn hier.«

Christel von Dohnanyi war noch einmal bei Sonderegger. Sonderegger hat bedauernd die Hände gehoben. Er weiß von nichts. Er hat nur Befehle ausgeführt. Er hat Hans von Dohnanyi persönlich nie übelgewollt, das wird Christel bezeugen können, er hat keine Ahnung, wo Dohnanyi jetzt ist. Das Reich stürzt, der tönerne Koloss. Das Reich zerfällt. Die Gewalt lockert den Griff nicht. Aber was sie umklammert, beginnt zu zerbröseln.

Lutz Heuss hat Emmi Bonhoeffer versprochen, heute ihren Mann zu holen.

Klaus lebt. Am 18. April hat er noch gelebt, da hat ihn Emmi besucht. Emmi hat das Häuschen in Eichkamp für seine Rückkehr geputzt und geschmückt, so gut es unter den Umständen möglich ist.

Sie hat die Beete für die Frühjahrspflanzung vorbereitet. Sie ist dabei, Erbsen zu legen, als der Alarm losgeht. Aber es ist ja beinahe immer Alarm. Emmi wird sicher noch ihre Erbsen heil unter die Erde bringen, bevor es losgeht? Sie rennt in den Keller, als die Flak zu schießen beginnt. Einen Moment später erlischt das Licht. Schweres kracht über ihr zu Boden. Glas prasselt, Kalkstaub füllt die Luft. Der Keller wankt, die Erde bebt. Explosion folgt auf Explosion. Lauter, lauter, lauter. Über den Detonationen das infernalische Pfeifen fallender Bomben. Mit einmal scheint die Luft zu vibrieren. Eine Deckenstütze kommt Emmi entgegen, die Decke hängt durch, die Luftschutztür ist aus den Angeln gerissen. Die Treppe dahinter ist unpassierbar, der Treppenschacht mit Trümmern gefüllt. Emmis Hände und Füße sind taub. Dann stürzen Teile der Decke ein. Etwas klickt, verschiebt sich. Mit einmal ist Emmi irgendwo hoch oben, allein auf einsamer Zinne. Der Wind bläst kalt. Die Welt um sie ist leer und vollkommen still. Emmi muss nun nur noch reglos hier verharren. Sie muss taub und stumm werden und den Atem anhalten, auf unbestimmte Zeit, dies ist der äußerste Rand. Weiter geht es nicht. Und wird sie in diesem Keller bleiben?

Wird sie hier sterben, an dem Tag, an dem ihr Mann nach Hause kommt?

Emmi wühlt im Schutt. Sie wirft Trümmer beseite. Sie kriecht ein paar Stufen hinauf, sie zerrt an einem Balken, ihre Augen tränen. Ihre Hand ist aufgeschnitten. Das Haus brennt: Offenbar ist eine Gasleitung getroffen. Zwischen zwei Balken hindurch kriecht sie ins Freie.

Es ist mitten am Tag, aber beinahe dunkel. Emmi rennt durch Qualm und Schuttnebel über die Straße zu den Nachbarn, wo die Organisation Todt einen Splittergraben angelegt hat. Dort hockt sie nun mit den Nachbarn. Die dicke Meyer kreischt auf, als es wieder in der Nähe kracht. Emmi möchte ihr eine knallen. Ihr Bruder ist ein Nazi der allerersten Stunde. Soll sie doch dem in die Ohren kreischen. Der alte Peters verteilt nasse Tücher, die sie vor Mund und Nase halten, dann endlich ist der Angriff vorbei. Sie taumeln ins Freie. Emmi schlägt sich durch die brennende Stadt zu ihren Schwiegereltern durch. Klaus ist nicht gekommen.

Aber am nächsten Tag kehrt Justus zurück. Der geliebte Bruder: Er ist zusammen mit Eberhard Bethge aus der Lehrter Straße entlassen worden. Nun sitzen sie alle zusammen im Schleicherschen Keller, siebzehn Leute unter Dauerbeschuss. Sie beklagen gemeinsam die kleineren Unannehmlichkeiten: Das Scheicher-Haus hat einen Treffer bekommen. Das Bonhoeffer-Haus haben vierzig Russen in einer einzigen Nacht versaut. Sie schieben sich ein Kissen unter den Hintern, sie lehnen sich an jemandes Schulter, sie versuchen die Anspannung zu ignorieren: Das Leben wird von Stunde zu Stunde gelebt. Hitler soll sich erschossen haben. Im allgemeinen Tohuwabohu ist ein Topf Sirup umgekippt, alles klebt, und es gibt kein Wasser. Emmi rollt sich zum Schlafen im Heizungskeller der Bonhoeffers zusammen.

Magda Goebbels umarmt ihre sechs Kinder. Dies ist das Ende. Dies ist das Letzte, was sie in Liebe und Treue tun kann. Magda muss nun sterben. Welche Schrecken hält der Tod? Magda stirbt ja nicht für sich. Sie tut es für ihre Kinder. War sie nicht schon in den furchtbaren Jahren bereit zu sterben, für Jupp zu sterben, in den schrecklichen Zeiten der Demütigung, als Jupp sie wieder und wieder belog?

Ich habe die Baarova nicht gesehen und auch keine andere! Ich schwöre es dir.

Wobei denn? Wobei willst du denn schon schwören!

Beim Leben der Kinder.

Er ging zur Kommode. Er ergriff das Bild Helgas, seiner Lieblingstochter.

Ich schwöre beim Leben meiner Kinder, dass ich schon lange keine Beziehung mehr zur Baarova unterhalte.

Und dann saß die Frau mit ihm in der Loge, im Kabarett der Komiker. Magda lag weinend auf dem Sofa bei Ello, ihrer besten Freundin.

Ich kann nicht mehr. Ich weiß keinen Ausweg. Am besten wäre es, ich nähme mir das Leben, dann ist er frei, dann kann er leben, wie er will.

Aber Magda! Und die Kinder? Denk doch an die Kinder!

Natürlich denke ich an die Kinder. Du glaubst doch nicht, dass ich die Kinder zurücklassen würde? Ich meine natürlich, dass ich zusammen mit den Kindern aus dem Leben scheiden würde.

Und jetzt ist es so weit.

Denn natürlich wird nun alle Welt den Namen Goebbels mit

Schmutz bewerfen. Aber Magda wird den Kindern Schande und Elend ersparen. Die Kinder sind vollkommen unschuldig. Die Kinder sind im Licht. Wenn sie jetzt sterben, im Stadium der Unschuld, wird ihnen ein besseres Leben zuteil. Der Tod ist ja nur ein dunkles Tor in das nächste Leben: So steht es bei den Buddhisten.

Ihr Vater hat ihr das einmal gezeigt. Ihr richtiger Vater, nicht der Jude Friedländer, der sie adoptiert und großgezogen hat. Ihr richtiger Vater hieß Ritschel. Magdas Mutter war ein Dienstmädchen. Ritschel war Ingenieur, aus großbürgerlichem Haus. Er hat die Mutter verlassen, als Magda zwei war. Als Magda fünf wurde, brachte der Zug sie zu ihrem Vater zurück. Sie glühte und zitterte vor Freude auf ihn. Der Vater holte sie am Bahnhof in Köln ab und brachte sie sofort in ein Kloster, in die Klosterschule.

Dich lass ich nicht in der kleinbürgerlichen Spießigkeit bei deiner Mutter verschimmeln. Du wirst für andere Kreise erzogen.

Dann ging der Vater fort. Mehr erinnert Magda nicht, aus jener Zeit. Aber als Magda siebzehn war, hat sie den Vater wiedergefunden. Der Vater war ein Anhänger des Buddhismus. Der Buddhismus gehörte nur ihnen beiden, dem Vater und seiner Tochter Magda. Den anderen war er zu fremd und mystisch. Magda gehört zu ihrem Vater, durch den Buddhismus. Es ist eine Frage der Treue. Magda ist treu. Sie hat diesen höchsten Vorzug: unbedingte Treue. Und jetzt, am Ende, hat ihn auch Jupp wieder.

Jetzt am Ende ist er wieder zu ihr zurückgekehrt. Jetzt sind sie wieder miteinander vereint, in der Absicht, im Handeln, wie sie es am Anfang waren, kein anderer Mann hat Magda ja jemals so geliebt wie Joseph Goebbels.

Kein anderer hat sie so begehrt, so gebraucht und vergöttert.

Damals war er noch nicht an der Macht. Damals hat er nur sie geliebt. Keine Frau ist je so geliebt worden, wie Joseph Goebbels seine Magda geliebt hat. Sie hat sich ihm ganz hingegeben, seiner herrischen Leidenschaftlichkeit, seiner kindlichen Liebesbedürftigkeit. Sie hat ihn bemuttert, sie hat ihn bekocht, sie hat seine Manuskripte für ihn getippt und gemeinsam mit ihm musiziert. Sie hatte endlich eine Heimat gefunden: die Partei, Joseph Goebbels, den Führer, der nicht mehr lebt.

Magda kann nicht leben ohne Heimat. Sie kann nicht leben, ohne die Verpflichtungen ihrer Liebe zu erfüllen. Der Führer ist vorausgegangen, Magda wird folgen.

Magda und Jupp: Jetzt am Ende hört er wieder auf sie. Sie werden gemeinsam gehen. Und natürlich werden sie die Kinder mitnehmen. Sie werden die Kindlein nicht vater- und mutterlos zurücklassen. Sie werden sie nicht den Russen überlassen, die sie lebendig zerfetzen würden. Welche deutsche Mutter ließe ihre Kinder zurück? Wenn die Kinder jetzt sterben, werden sie wiederkehren, gereinigt, in einer neuen, unbelasteten Inkarnation.

So sagt es der Buddhismus, den Magda von ihrem Vater hat: Die Kinder werden als Engel den Schrecken der kommenden Wochen und Monate umgehen, sie werden das Entsetzliche überfliegen, und dann werden sie unter glückverheißenden Sternen in die neue Zeit hineingeboren werden, ohne den Makel ihres Nachnamens, ihrer Abkunft tragen zu müssen.

Nicht dass Magda in einer solchen Zeit leben wollte. Wer wie Magda sein Leben auf festen Grund gebaut hat, der fällt, wenn das Fundament zerbricht. Magda tut alles, was sie tut, aus Liebe. So war es immer. So ist sie: eine liebende Frau. Magda betritt das Zimmer der Kinder, in der Tiefe des Führerbunkers.

Freyas kleiner Treck ist nach Michelsdorf gezogen, dann nach Friedland, über den Pass in Richtung Schömberg. Am fünften Tag haben sie Ober-Hohenelbe erreicht. Am siebten Tag sind sie angekommen. Drei Wochen haben sie weltabgeschnitten in ihrer Zuflucht in Pommerndorf verlebt. Nun hat es Freya nicht länger ausgehalten.

Freya ist auf dem Weg nach Kreisau. Sie muss nach ihrem Hof sehen. Die ersten dreißig Kilometer bis nach Trautenau ist sie mit dem Zug gefahren, dann ging es nicht mehr weiter. Freya ist also losgeradelt.

Sie muss ja nicht unbedingt heute ankommen. Sie fährt in die richtige Richtung, sie wird sehen, wie weit ihre Kraft reicht. Bis jetzt ist die Fahrt hoch beglückend. Die leuchtende Frühlingsschönheit des Gebirges erinnert sie an Österreich, an die Tage und Wochen am Grundlsee mit Helmuth. Sie denkt nicht an ihn. Es ist eher so, als dächte er an sie. Als dächte er an die Jahre, die sie miteinander gesammelt haben, unverlierbar. Freya radelt. Gegen fünf Uhr kommt sie nach Friedland.

Sie ist nun über sechzig Kilometer gefahren. Die frische Fröhlichkeit des morgendlichen Aufbruchs ist verflogen. Freya wird allmählich müde. Aber zurück kann sie jetzt nicht mehr, und bei Fremden übernachten will sie auch nicht. Hier ist ihr ja schon alles vertraut. Dies ist schon Heimat: diese Weite und Nähe, die herbe Zartheit dieser Landschaft im Herzen Schlesiens. Also fährt sie weiter. Es ist im Grunde eine rein körperliche Sache: Man setzt einen Fuß vor den anderen, man tritt in die Pedale, man muss vorwärts, immer immer vorwärts. Und von der Höhe des Schlesiertals geht es ja nur noch bergab. Sie tritt in die Pedale. Sie radelt in den Schatten der Eule hinein, das Wüstewaltersdorfer Tal entlang. Bei Kynau biegt sie in die Weistritz-Talsperrenstraße ab.

Wie liebevoll mutet sie hier alles an. Wie liebevoll empfängt sie das Land, mit ausgebreiteten Armen und klopfendem Herzen. Es ist fast, als führe Helmuth neben ihr her, ein jugendlicher Helmuth, noch unbelastet von Schrecken und Schicksalhaftem. Helmuth wollte sie hier. Sie hätte bei ihm in Berlin leben können, aber er wollte sie im Herzen seines Reichs, auf der Insel, die Freya von Moltke geschaffen hatte, für ihn, die Kinder und alle anderen, die ihr anvertraut waren und anvertraut sind. In tief beglückter Melancholie fährt Freya von Moltke in den dämmernden Abend hinein.

Sie lässt die Berge hinter sich, sie fährt gegen Ludwigsdorf. Dann taucht der Kapellenberg auf. Da liegt der Mühlberg, und dort ist Wierischau. Dort ist Kreisau, und das Berghaus neben der großen Akazie. Es brennt Licht in den Fenstern. Freya radelt die letzten von über hundert Kilometern. Sie steigt ab. Sie lehnt das Rad an die Wand des Berghauses, sie schließt ihre Tür auf.

»Freya!«

Marion eilt ihr durch den Flur entgegen. Marion und Muto sind da, schon seit einigen Tagen. Freya ist wieder zu Hause.

Marion kann Peters Brief auswendig. Nun muss sie ihn nicht mehr täglich lesen. Sie hat ihn in ein Leinensäckchen eingenäht, das sie unter den Kleidern um den Hals trägt.

Mein inniggeliebtes Herzenskind!

Wir stehen wohl am Ende unseres schönen und reichen gemeinsamen Lebens. Dass Gott es so gefügt hat, gehört zu der Unerforschlichkeit seiner Ratschlüsse, die ich demutsvoll annehme. Ich glaube mich durch das Gefühl der alles niederbeugenden Schuld getrieben und reinen Herzens. Es war so schön, dieses Leben mit Dir, immer höher hinauf bei allem Leid, was wir darin erlebten. Wenn ich auch hier fortgehe, meine Tapfere, ich lasse Dich nicht allein, auf Schritt und Tritt begleitet Dich meine Liebe. Such für uns zwei eine Stelle aus, wo wir ganz nah beieinander Platz haben. Und die Tafel für Hannusch, die machst Du für uns drei, für ihn, für Heinrich und für Peter. Unsere Zweisamkeit, sie dauert fort, mein Herzlieb, auch wenn meine Hände Dich nicht mehr streicheln können. Mein Tod, er wird hoffentlich angenommen als Sühne aller meiner Sünden und als Sühneopfer für das, was wir alle gemeinschaftlich tragen. Die Gottesferne unserer Zeit möge auch zu einem Quentchen durch ihn verringert werden. Wenn der Anschein auch sehr ruhmlos, ja schmachvoll ist, ich gehe aufrecht und ungebeugt diesen letzten Gang und ich hoffe nur, dass Du darin nicht Hochmut und Verblendung siehst, sondern ein bis zum Tode getreu. »Des Lebens Fackel wollten wir entzünden, ein Flammenmeer umgibt uns, welch ein Feuer!« Und nun sage ich Dir zum letzten Mal Lebwohl. Sei tapfer und stark, gib Liebe und vertraue Dich der Liebe. Nimm den unaussprechlich großen Dank Deines Mannes entgegen, der Dir die Schönheit seines Lebens dankt.

In der zärtlichen Liebe, in der ich hier mit Dir lebe, werde ich weiter leben. Ich streichle und küsse Dir Deine lieben Hände

Helmuth ist nicht fort, von Kreisau. Er wird nie fort sein. Er ist immer hier, alles hier ist von Helmuth gesättigt. Es ist eine beinahe körperliche Erfahrung, wie eine Berührung: Kreisau ist durchtränkt von Helmuth, von seinem Leben, wie ein getragenes Hemd. Jeder Stein, jeder Fußbreit Boden, jeder Baum kennt ihn, birgt eine Erinnerung an ihn. Sie kann über die Felder gehen, einen Stein in die Hand nehmen und sich ihm verbunden fühlen, sie hat das getan.

Sie tut es. Sie hält einen Stein in der Hand.

Am 2. Mai gegen 15 Uhr hat der letzte Stadtkommandant von Berlin, General Helmuth Weidling, den Widerstand gegen die Rote Armee einstellen lassen und die Kapitulationsurkunde unterzeichnet. Christel von Dohnanyi und ihr Sohn Christoph haben einen Schrank auf Speckschwarten gestellt. Wenn die Russen ins Haus kommen, kriechen die Mädchen in die Wandnische. Dann kann Christoph den Schrank vor die Nische schieben. Christophs Bruder Klaus ist als Soldat eingezogen. Niemand weiß, wo Hans von Dohnanyi ist.

Emmi und ihr Bruder Justus sind von Gefängnis zu Gefängnis gezogen. In der Lehrter Straße heißt es, Klaus und Rüdiger Schleicher seien nach Plötzensee gebracht worden. Der Scharfrichter ist aber längst geflohen. Klaus ist nicht in Plötzensee. Auf der Straße liegt ein erschossenes Pferd. Sie säbeln mit Justs Taschenmesser große Stücke davon ab, ebenso wie die anderen, die herbeigelaufen kommen, mit Messern, mit Schüsseln, mit Eimern. In kürzester Zeit ist das Tier verschwunden, bis auf die Knochen und Eingeweide. Das Blut ist hellrot und dünn. Es ist schwer abzuwaschen. Emmi hat es an den Händen, an den Kleidern, auch in der Bonhoefferschen Küche klebt es überall.

Freya steht vor der verlassenen Spielschule, als ein fliedergeschmücktes russisches Motorrad die Kirschallee herunterkommt. Wenige Stunden später wälzt sich die russische Armee durch Kreisau. Halb zerschossene Wagen rollen über die Dorfstraße, mit Beute beladen und mit singenden Siegern. Muto, Marion und Freya stehen am Hofeingang und sehen diesem Einzug zu. Die Männer wenden die Köpfe, als sie die drei Frauen da stehen sehen. Sie sehen ihnen in die Augen. Sie lachen.

Es folgen Nächte im Keller, in den Scheunen der Bauern,

Hetzjagden über die Wiesen, Momente großer Angst und Bedrängnis.

Nach dem Durchzug der Armee wird es ruhiger. Zeumer hat den Dorftreck zurück nach Kreisau gebracht. Die Bestellung der Felder ist im Gange. Die herrenlosen Kühe, die nach der Evakuierung der Dörfer überall auf den Wiesen brüllten, sind zusammengetrieben. Die Arbeiter auf Kreisau erhalten Lebensmittel als Lohn. Helmuth hat recht gehabt,

Bleibt in Kreisau, so lange es geht! Zieht nicht heimatlos durch das Restreich!

Deutschland hungert, aber Kreisau hat zu essen.

Freya, Marion und Muto haben auch Romai und die Kinder aus dem Gebirge zurückgeholt. Sie wohnen nun alle zusammen im Berghaus: Ein voll belegtes Haus ist den Russen gegenüber leichter zu halten. Zur Nacht verriegeln sie sorgsam Türen und Fenster. Wer tagsüber hinausgeht, nimmt Sabine mit oder Konrädchen: Die Russen verschonen im Allgemeinen die Mütter kleiner Kinder.

Allmählich lernen es die Frauen aber, sich auch ohne den Schutz der Kinder zu bewegen. Man muss den Russen ruhig und furchtlos begegnen. Man muss ihnen auf Augenhöhe entgegentreten, dann werden sie meist ganz vernünftig. So können sie sich nun gegenseitig dazu beglückwünschen, dass sie diese wilden Wochen tatsächlich wohlbehalten überstanden haben: Freya Moltke, Romai Reichwein, Marion und Muto Yorck, Helmuth Moltkes alte Haushälterin Frau Pick und alle sechs Kinder. Freya hat sogar eine Lehrerin aus Schweidnitz kommen lassen, die nun ebenfalls auf Kreisau wohnt, um die Kinder zu unterrichten.

Es gibt natürlich keine Unterrichtsmaterialien. Aber Casparchen hat dennoch ein neues Heft aufgeschlagen. Er hat ein neues, sauberes Blatt Papier auf den Umschlag seines alten Schulhefts geklebt. Darauf hat er seinen Namen geschrieben, mit extra großen Lettern.

Helmuth von Moltke

Freya fühlt sich noch immer getragen, geschützt. Sie ist noch immer über den Alltag erhoben. Es gibt allerdings Anfechtungen. Warum das Attentat? Und warum sind die Alliierten nicht schneller gewesen? Warum sind sie nicht vier Monate früher gekommen, in einem Krieg, der beinahe sechs Jahre gedauert hat?

Freya kommt in ihre Küche, und am Tisch sitzt ein Russe. Da ist er: Serpuchoff. Er hat die Füße auf den Tisch gelegt. Er hat den Zylinder des Feldmarschalls auf dem Kopf. Er isst aus einem großen Glas Marmelade. Er strahlt Freya an, mit blitzenden Zähnen. Er isst die Marmelade auf und geht wieder fort.

Marion und Muto haben Kreisau verlassen. Der Krieg ist zu Ende. Marion will nach Berlin. Sie möchte wissen, wie es um das Haus in der Hortensienstraße steht. Marion muss wandern. Sie kann nicht stillsitzen. Sie muss gehen.

Und Kreisau blüht und leuchtet, wie jedes Jahr.

Unsere schlesischen Sommer,
jajaja ja!
Unsere herrlichen Sommer!

Und da ist auch wieder das Unkraut. Auf den Feldern, im Garten, in den Blumenrabatten: das Unkraut, das Freya letztes Jahr, vorletztes Jahr, alle Jahre entfernt hat. Das schlechte Unkraut, das man jätet, wo man es eben jäten kann. Dahinter wächst das böse Kraut, gegen das sie all die Jahre Krieg geführt hat: kriechender Hahnenfuß und Giersch, Kräuter, die nichts neben sich dulden, die alles überwuchern und vernichten. Das kommt immer wieder. Der Kampf dagegen ist nie endgültig gewonnen. Er ist aber auch nie endgültig verloren.

In der Dunkelheit der Nacht haben Marion und Muto Platz in einem Güterzug ergattert. Die Waggons sind halb voll mit Kartoffeln, randvoll mit Flüchtlingen. Sie stehen in einem Bahnhof. Sie wollen nach Berlin. Es ist aber keine Lok da. Auf einem Güterzug nebenan jammern und schreien Verwundete, von wo nach wo unterwegs? Keiner kümmert sich um sie. Überall hohe Feuer, das Schlachten von Vieh, tote Tiere an Bratspießen. Betrunkene Russen.

Im Tiergarten am Lehrter Bahnhof sind sieben Leichen gefunden worden, unter ihnen Albrecht Haushofer, mit dem Klaus Bonhoeffer zusammen inhaftiert war. Klaus war aber nicht dabei. Klaus und Rüdiger sollen von Kommissar Stawitzki abgeholt und nach Mecklenburg verfrachtet worden sein: Dieses Gerücht ist Emmis Bruder Justus zu Ohren gekommen.

Am 25. Mai wird Justus Delbrück von den Russen verhaftet.

Am 30. Mai trifft Eberhard Bethge den einzigen Überlebenden der sechzehn Häftlinge, die in der Nacht des 23. April von einem Sonderkommando des Reichssicherheitshauptamts aus dem Gefängnis geholt und auf dem Trümmergelände des Universum-Landesausstellungsparks in der Nähe der Invalidenstraße durch Genickschuss ermordet worden sind. Zu ihnen gehörten auch Klaus Bonhoeffer und Rüdiger Schleicher. Emmi hat lange an der Mordstelle gestanden. Sie hat Blumen zwischen die Trümmer gelegt.

Und nun hält sie nichts mehr. Ihr Mann ist tot, ihr Haus ist zerstört, ihr Bruder ist von den Russen verschleppt. Emmi will zu ihren Kindern.

Marion und Muto haben Berlin wieder verlassen. Sie sind wieder über die Neiße gegangen, dem Flüchtlingsstrom entgegen, zurück nach Schlesien, in das aus dem Osten immer mehr Polen strömen. Die Unbehausten wogen von Westen nach Osten und von Osten nach Westen. Im Neolithikum ist der Mensch sesshaft geworden. Jetzt beginnt er wieder zu nomadisieren. Marion lebt auf der Straße. Sie hat das Leinsäckchen mit Peters Brief um den Hals. Sie fühlt Peter an ihrer Seite, und sie fühlt ihn am klarsten, wenn sie geht. Also geht sie. Sie haben sich bis nach Kauern durchgeschlagen.

Klein Oels haben sie umgangen: Dort sind die Russen. Marion und Muto sind über die Zuckerrüben- und Weizenfelder gewandert, auf denen hoch das Unkraut steht. Sie sind an der Sandgrube vorbei in Richtung Weigwitz gegangen, über die Brücken von Olbenbach und Ohle, vorbei an den beiden riesigen Friedenseichen von Kauern, gepflanzt 1813 nach der Völkerschlacht bei Leipzig. In den beiden Löschteichen spiegelt sich der Frühsommerhimmel. Peters Wunsch war es, dass Marion mit Muto in Kauern leben sollte.

Sie gehen durch das Dorf. Paschkes Gasthaus ist leer, die Fenster eingeworfen, die Tür aus den Angeln gerissen. Hungers, Fiebigs, Weißens sind weg. Überall surren Fliegen. Auf der Straße der aufgequollene Kadaver einer Kuh. In den Feldern Kadaver von Schafen, bedeckt vom Heer der Fliegen. Bei jedem Untergang gibt es Profiteure. Die Fliegen von Kauern sind groß und blauschillernd. Sie summen in der Stille, erheben sich in surrenden Geschwadern, sinken wieder nieder. Das Häuschen von Buchwalds steht ebenfalls leer. Hoffentlich finden sie keine Toten. Das wäre nicht schön. Sie finden keine. Keine toten Menschen, keine lebenden. Marion ist in Kauern, wie Peter es gewünscht hat. Sie hebt die Hand. Sie berührt den Brief leicht, der an dem Säckchen um ihren Hals hängt.

So wie ich Dich dort geborgen weiß, so lege ich das Wohl und Wehe von Kauern voll Vertrauen in Deine Hände. In den sechzehn langen Tagen der Haft habe ich mir Dein Leben schon teilnehmend ausgemalt. Der Ausbau des Oberstocks bis zur Schüttbodentreppe, also noch rechts zusätzlich zwei große Stuben, wovon die hintere zweifenstrig mit den Berliner Möbeln des Wohnzimmers geschmückt wäre und die Geschirrkammer rechts als Badezimmer figuriert. Ich sah den großen Garten, darin Mariechen als Frau eines zu engagierenden Gärtners. Ich sah die reiche Obstblüte draußen und das Vieh auf gut beregneter Weide. Es war ein Bild der fruchtbaren Liebestätigkeit. Mein liebstes Herzelein, an allem will ich weiter teilnehmen und ich sehe Dich weiter von Goldchen und den Schwestern liebevoll umhegt

Sie berührt den Brief.

Beunruhige Dich nicht, Liebster.

Marion umrundet das Schloss. Sie tritt durch die Tür des Gutshauses. Die vertrauten Möbel sind alle fort: alles, was Marion von der Hortensienstraße hierhergeschleppt hat, um es zu retten. Stattdessen reiht sich Bett an Bett. Die Stille eines Totenhauses liegt darüber. Muto sagt: »Ein Lazarett.«

Sie treten wieder hinaus ins Freie. Die Sonne scheint warm. Sie umrunden die Stallungen. Auf dem Misthaufen Fetzen eines Teppichs, der halb verbrannte Schirm der Leselampe im Wohnzimmer. Und ließe sich Kauern zurückerobern, neu herrichten? Könnten sie dies wieder in Besitz nehmen, hier noch einmal heimisch werden? Hannuschs schöne weiße Scheunenwand ist schwarz von Fliegen.

Sie gehen am Haus von August Karbstein vorbei, bis 1933 Kauerns Gemeindevorsteher. Die Haustür steht offen. In Karbsteins Stube wird eine Klaviertaste angeschlagen. Im Flur steht ein russischer Soldat, ein Tatar, mit flachen Wangenknochen, schmalen Augen. Musik quillt auf die Staße, eine Stimme erhebt sich zum Gesang. Dann tritt Bauer Karbstein auf die Straße hinaus.

»Frau Gräfin!«, sagt er. »Ach, Frau Gräfin. Dass Sie zurückgekommen sind.«

So sind die Menschen. So sind die letzten Sesshaften: zu Tränen gerührt, wenn die Umherziehenden sie besuchen.

Emmi muss über den Fluss gelangen. Bis hierher hat sie sich durchgeschlagen, mit Zügen, mit dem Rad, über weite Strecken zu Fuß. Bei einem Bäcker durfte sie sich Grütze kochen, ein Bauer hat ihr Stachelbeeren geschenkt. Sie hat im Heu geschlafen, im Stall, auf dem unbezogenen Bett freundlicher Leute. Nun ist sie in Neu Kaliß an der Elde. Wer hat ihr geraten, hierherzufahren, der junge Heuss vielleicht?

Geh zu Viktor Bausch. Der hat eine Papierfabrik. Die Russen haben ihn zum Bürgermeister gemacht. Bausch wird dir helfen können.

Aber das kann er nicht. Die Russen lassen niemanden über den Fluss. Der russische Kommandant ist freundlich, dabei ganz unbeeindruckt von Emmis Toten.

»Aber ich muss über den Fluss. Ich muss zu meinen Kindern.«

Und liegt Neu Kaliß womöglich schon in der Schattenwelt? Ist Emmi den Toten in den Hades gefolgt? Liegt vor ihr der Fluss Styx, den niemand mehr in Richtung der Lebenden überschreitet?

Erika Bauschs Stiefvater ist in Berlin von den Russen verhaftet worden, zusammen mit Emmis Bruder Justus. Das hat Erika von Emmi erfahren. Erika will Emmi gern helfen. Der Park der Bauschs grenzt direkt an die Elde. Am Nachmittag versteckt sich Emmi im Keller der Papierfabrik, zwischen den dort verborgenen Bildern von Karl Schmidt-Rottluff, dessen Schülerin Erika Bausch einst gewesen ist. In der Nacht kriecht Emmi durchs Gebüsch hinunter zum Flussufer. Ein Neffe der Bauschs lenkt den Posten ab. Emmi kann ihre Stimmen hören. Sie steigt ins Wasser. Sie schwimmt. Das Wasser plätschert. Es ist flach, dann tief. Wird man auf sie schießen? In der Mitte des Flusses schließt sie die Augen. Dann ist sie hinübergelangt. Ihre Füße finden Grund. Sie kriecht ans Ufer.

Auf Oxfords Straßen und Plätzen und in allen Wohnstuben ist der Sieg gefeiert worden, in Kirchen und Kathedralen läuteten die Glocken. Überall fanden Dankgottesdienste statt. Die Menschen haben einander umarmt, sie haben vor Glück geweint. Aber Sabine Leibholz wird ihre toten Brüder nie wiedersehen. Nun hält Bischof Bell einen Gedenkgottesdienst in der Londoner Trinitatiskirche für seinen guten Freund Dietrich Bonhoeffer, für Dietrichs Bruder Klaus, Rüdiger Schleicher und Hans von Dohnanyi.

Siehe, ich sende euch wie Schafe mitten unter die Wölfe; darum seid klug wie die Schlangen und ohne Falsch wie die Tauben. Hütet euch vor den Menschen; denn sie werden euch überantworten vor ihre Rathäuser und werden euch geißeln in ihren Schulen –

In Deutschland sitzen Paula und Karl Bonhoeffer vor dem Radio und lauschen der Übertragung des englischen Gedenkgottesdienstes für ihre Kinder. Hans von Dohnanyis Schicksal ist der Familie nach wie vor nicht bekannt.

Marion kann nicht aufhören zu fahren. Sie muss fahren, sie muss laufen, sie muss in Bewegung bleiben, Peter begleitet sie auf allen ihren Wegen. Marion und Muto sitzen auf einem russischen Lastwagen. Sie nehmen Nebenstraßen. Sie haben illegal die Neiße überquert, oberhalb von Görlitz, auf einem offenen Kohlenwaggon im Regen, sie sind entsprechend verdreckt. Sie tragen Rucksäcke. Es sind leichte Rucksäcke: Sie haben ja nichts. Kein Zuhause, keinen Ausweis, kein Geld, keine Männer oder Kinder, nur ein paar Dosen mit Essen, Zigaretten zum Tauschen. Dennoch sitzen sie auf ihren Rucksäcken, wenn sie in offenen Waggons unterwegs sind: Polnische Marodeure springen oft von den Brücken herunter in die Waggons und werfen alles Gepäck aus dem Zug, um es danach wieder einzusammeln. Peter hat sich gewünscht, dass Marion in Kauern bleibt.

Ich sah Rosenrabatten mit Frühlingszwiebeln, ich sah Wilhelm Reichert nach seiner Ausbildung auf der Reit- und Fahrschule hochherrschaftlich auf dem Bock und meine Uniform zu Kutscher-Livree umgearbeitet gab ihm das hochherrschaftliche Ansehen, das er als Kutscher der allergnädigsten, allertüchtigsten Frau Gräfin haben muss

Der Lastwagen hält. Sie springen ab. Sie sind im Hirschberger Tal, im Vorland des Riesengebirges. Auf den Höhenkämmen die ausgebrannten Ruinen von Schlössern und Herrenhäusern. Brachliegende Felder. Disteln. Große Gräber an der Straße, manchmal ein rohes Kreuz darauf. Polen, die ihnen nachsehen, niedrig qualmende Feuer. Hühner. Dann keimende Saat, grüne Wiesen. Felder gelb vom Raps, rot vom Mohn, blau von Kornblumen. Verwüstete Dörfer, Alleen, die in die Ferne ziehen. Ein großes zerstörtes Gehöft. Sie gehen quer über ein Feld, dann die Landstraße entlang. Sie wollen nach Waldenburg, wo Muto als Ärztin praktiziert hat. Sie haben dort Freunde. Die Leute in Schlesien sind überglücklich über jeden, der aus Deutschland herüberkommt. Sie freuen sich über alles: über Strümpfe, Nähnadeln, amerikanische Schokolade, sie sind rührend dankbar, dass sie nicht vergessen sind. Aber sie wollen bleiben. Sie wollen, wenn nur irgend möglich, in ihrer Heimat bleiben. Marion nicht. Sie wird sich nirgendwo niederlassen.

Das Leben, das sie geführt hat, ist vorbei: das Leben mit Stoffservietten, warmen Mahlzeiten, einem Garten, das Leben geborgen an der Seite eines Mannes, umsponnen von seiner Liebe. Aber liebeumsponnen ist sie noch immer.

Sie ist inniger mit Peter vereint, wenn sie wandert. Sie spricht mit niemandem darüber. Sie spricht überhaupt nicht über die Vergangenheit. Sie spricht nicht über die Zukunft. Sie geht. Wieder hält ein russischer Lastwagen.

»Mitfahren?«

Ja oder nein?

Fahr ruhig.

»Ja.«

Der Soldat hält ihr die Hand hin. Marion ergreift sie, klettert auf die Ladefläche, Muto folgt. Über ihnen der Sommerhimmel. Die heiße schlesische Sonne, ganz nah.

»Und ist es nicht merkwürdig? Nun ist Kreisau endlich schuldenfrei, und nun werden es die Russen bekommen.«

Das hat Freya letzten Sommer zu Helmuth gesagt.

»Die Russen oder die Nazis«, hat er geantwortet. »Aber es ist schon besser, Kreisau ist dann schuldenfrei.«

Und nun wird man Schlesien den Polen überlassen. Polens Westgrenze soll die Oder-Neiße-Linie werden. Ist die Glatzer oder die Görlitzer Neiße gemeint? Kreisau liegt zwischen den beiden Flüssen.

1978

»Die Glatzer Neiße«, sagen die russischen Soldaten unten im Schloss tröstend zu Freya. »Es ist sicher die Glatzer Neiße.«

Es ist die Görlitzer. Immerhin hat die polnische Kommandantur erlaubt, dass die Kreisauer bis zur Ernte bleiben dürfen. Nun macht sich Freya auf nach Berlin.

Die Trümmer sind abgekühlt, die Brände erloschen. In den Ruinen haben sich Felsgräser angesiedelt, Gänsefußarten, Brennnesseln, Beifuß. Wildbienen summen in den Blüten des Schmalblättrigen Weidenröschens, das die Berliner Feuerkraut nennen. In dem ausgebrannten Sowjetpanzer am Brandenburger Tor haben Wespen mit dem Bau eines Nests begonnen. Tauben nisten in der schrundig geschossenen Reichstagsruine. Das Haus in der Hortensienstraße steht noch. Freya schläft unten im Wohnzimmer, auf dem Sofa. Sie kann nun endlich ihrer Mutter schreiben, den Brüdern, Lionel Curtis in England, Dorothy Thompson in den USA. Die Welt beginnt sich wieder zu öffnen. Einmal überfällt sie beim Schreiben der Schmerz mit kaum erträglicher Macht. Sie schreibt ja Helmuths Briefe. Er sollte es sein, der den alten Freunden versichert, alles heil überstanden zu haben, er sollte *Dear Dorothy* schreiben und *Dear Mr. Curtis.*

Und das wird er auch. Freya wird ihm eine Stimme verleihen. Sie wird seine Stimme hörbar machen,

Mein Lieber, denk mal, wie schön, dass ich noch ein Mal hier nach Tegel zurückgebracht worden bin, dass die Würfel, deren Fall schon genau feststeht, sozusagen auf der Kante noch einmal halten. So kann ich noch in Frieden einen Bericht schreiben.

Die Briefe aus Tegel sind Helmuths Vermächtnis. Er hat ihre Veröffentlichung gewünscht. Freya schreibt die Briefe ab und schickt sie an Lionel Curtis, der sie Ende des Jahres in der Zeitschrift ›Round Table‹ veröffentlichen wird. Es sind die ersten Briefe Helmuths, die öffentlich erscheinen. Viele weitere werden folgen. Alle. Aber so weit ist es noch nicht, noch lange nicht. Freya kontaktiert Allen Dulles vom OSS und dessen Mitarbeiter Gero von Schultze-Gaevernitz und berichtet ihnen von Helmuths Tod. Man stellt ihr eine Art Ausweis aus, eine Bescheinigung in allen Sprachen der Besatzer, dass ihr Mann Opfer des Nationalsozialismus gewesen ist. Dann macht sich Freya auf den Weg in die Afrikanische Straße.

Die Wohnung steht noch: der Unterschlupf, die Rettungsinsel in den wilden und wehen Monaten. Die Poelchaus sind aber in Franken. Freya weiß das. Sie weiß nicht genau, warum sie dennoch klingelt. Die Tür öffnet sich, und vor ihr steht Gertie Siemsen. Sie hat einen Säugling auf dem Arm: ihre und Harald Poelchaus Tochter, geboren am 1. März im Bunker der Spandauer Klinik während eines Angriffs.

»Freya!« Sie umarmen einander. »Rate, wer hier ist, Freya. Wend Wendland.«

Astas Mann. So wird Freya geführt. Sie kann sich ganz darauf verlassen. Als sie Anfang September nach Schlesien zurückkehrt, ist Kreisau offiziell polnisches Staatsgut geworden.

Bleibe so lange wie möglich zu Hause!

Freya hat sich an Helmuths Rat gehalten. Es ist ein guter Rat gewesen. Die Kinder sind gesund, fröhlich, wohlernährt. Aber nun geht es zu Ende. Romai ist mit ihren Kindern schon in den Westen gezogen. Zeumer ist fort, mit Familie, Wagen und Pferdchen. Die Deutschen müssen neuerdings weiße Armbinden tragen. Sie werden von ihren Höfen, aus ihren Dörfern vertrieben. Marion und Muto kommen und gehen. Wenn sie nicht da sind, ist Freya mit ihren beiden Söhnchen und Frau Pick allein. Und sie haben kein Geld. Deutsches Geld ist wertlos geworden. Freya verkauft nach und nach alles, was sie hat, in Schweidnitz gegen polnische Złoty.

Sie geht zu Fuß nach Schweidnitz: Sie besitzt kein Fahrrad und kein Pferd mehr. Sie wandert den Kapellenberg hinauf, vorbei an der Grabkapelle des alten Feldmarschalls und seiner jung verstorbenen Gemahlin, über den Familienfriedhof der Moltkes. Unter ihr liegt das Tal: das Dorf, in dem keine Deutschen mehr wohnen, Schloss und Hofgut, wo die Russen und Polen sind, und jenseits, auf der anderen Seite des Tales, das Berghaus, hinter dem sich klar und zartblau der Zobten erhebt. Freya wandert durch die Felder, sieben Kilometer hin, sieben wieder zurück.

Sie wandert auf den vertrauten Kirchturm von Schweidnitz zu. Aber Schweidnitz ist ihr ganz fremd geworden. Die Häuser, die Kirche: Es ist alles noch da. Aber alles ist polnisch: die Straßenschilder, die Läden, die Umgangsformen. Die Stadt ist bevölkert von Umsiedlern aus den zerstörten Städten Zentralpolens, von polnischen Zwangsarbeitern, die nicht mehr in ihre Heimat im sowjetisch gewordenen polnischen Osten zurückkehren können, von Vertriebenen aus Lemberg oder Wilna, die versuchen, sich hier in der Fremde zurechtzufinden, sich neu einzurichten, noch einmal Fuß zu fassen nach den furchtbaren Schrecken der letzten Jahre, während sie sich heimsehnen nach ihren Dörfern und Städten im Osten, die es längst nicht mehr gibt, ganz wie es Freyas Schweidnitz nicht mehr gibt. Freya wird, wenn sie geht, nicht die Welt verlassen, in der sie gelebt hat. Diese Welt ist unwiderruflich untergegangen.

Aber bevor Freya geht, ist noch etwas zu tun. Marion Yorck ist gekommen, und zusammen haben sie die versteckten Papiere vom Dachboden geholt, die Haupttexte ihrer Männer und ihrer Freunde, die die Gestapo den Kreisauer Kreis genannt hat. Es ist der 1. Oktober 1945. Offen liegt alles vor ihnen auf dem Esstisch von Kreisau. Marion und Freya beugen sich darüber. Sie werden nun aufschreiben, wie alles gekommen ist. Sie waren von Anfang an dabei, als ein Teil des Ganzen.

»Wir halten am besten zuerst einmal die Geschichte des Kreises fest. Dann kommen die Namen und Lebensläufe der Beteiligten.«

»Und dann sagen wir etwas zu dem Programm. Das ist ja doch das Wichtigste.«

»Obwohl. Ist das tatsächlich das Wichtigste?«

Dann ist Marion fort. Freya ist mit den Kindern und Frau Pick allein. Aber es gibt noch das Berghaus, es gibt die große Akazie. Es gibt die Veranda, die warmen Sommerbretter unter den nackten Sohlen, wenn Freya morgens mit einem Malzkaffee ins Freie tritt, es gibt den großen Blumentopf an der Treppe mit der Clivia, die noch von Freyas Schwiegermutter stammt, es gibt den Blick von der Veranda über dieses weite und schöne Land der Felder mit seinen Flussläufen, Hügeln, Baum- und Buschgruppen, den Himmel mit den Wolken, die langsam aus der Ferne über die Felder wandern: Und dann, eines Tages, als Freya wieder einmal aus Schweidnitz zurückkehrt, sind die Engländer da.

Ein kleiner englischer Viersitzer mit einem britischen Fähnchen steht vor dem Haus, inmitten der Polen und Russen. Engländer sind gekommen, mit englischen Röcken und englischen Hemden und unverkennbar englischer Art.

»May I introduce myself. Mr. Hancock, at your service. And this is Mr. Finch.«

Es überwältigt sie. Es gibt sie noch, diese Engländer. Es gibt sie noch, die vergessene vertraute Welt aus der Zeit vor dem

Krieg, als Helmuth und Freya glaubten, ein zweites Heim im freien London aufbauen zu können. Die Herren kommen von der Botschaft in Warschau. Lionel Curtis hat Freyas Brief erhalten.

Nun läuft die Uhr. Freya darf noch vier Wochen bleiben. Dann werden die Engländer sie abholen. Freya muss diese vier Wochen bleiben, ob sie will oder nicht: Praktischerweise hat sie sich den Finger verletzt. Die Wunde hat sich entzündet. Freya könnte unmöglich Gepäck schleppen.

Sie hat also nun noch eine Frist, um zu überlegen, was sie tun soll, wenn sie Kreisau verlassen hat. Zuerst einmal wird sie nach Berlin zurückkehren. Dann könnte sie vielleicht zu einem ihrer Brüder ziehen, zu ihrer Mutter, oder sie könnte bei Freunden unterkommen. Was davon wird ihr möglich sein? Was lässt sich planen, in diesen Zeiten? Freya besitzt noch ein Radio, was den Deutschen verboten ist. Abends sitzt sie in der Küche, hinter zugezogenen Vorhängen, und hört Nachrichten. Und dann steht eines Tages der Russe mit dem Zylinder des Feldmarschalls auf der Veranda und erklärt, die Polen hörten hier abends *Türülürülü*.

Sie überlegt einen Moment. Dann sagt sie: »In der Küche.«

Herr Serpuchoff geht in die Küche. Er nimmt im Vorbeigehen ein Glas Marmelade. Er öffnet die Marmelade, dann sieht er das Radio. Er schaltet es an. Musik ertönt. Herr Serpuchoff tanzt selig, die Marmelade im Arm.

Dann ist das Radio weg.

Freya weiß nun nichts mehr von der äußeren Welt. Sie geht nicht mehr hinunter zum Schloss und zum Gutshof. Dort herrschen die Russen und die Polen. Sie bleibt am Berghaus. Nie war ein Herbst stiller, goldener. Nie waren die blauen Fernen tiefer. Nie war das Summen der Bienen satter. Freya geht noch einmal die Wege, die sie mit ihrem Mann gegangen ist.

Sie geht sie allein, sie geht sie mit den Kindern. Sie geht sie mit Helmuth. Sie stellt sich nicht vor, dass er neben ihr ginge. Sie gehen ja miteinander, auf veränderte Weise durch eine veränderte Welt, Freya ist voll Dankbarkeit. Sie ist hier so glücklich gewesen.

Sie hat großes Glück gehabt, in diesem Jahr 1945: Sie ist wie unter einer schützenden Hand durch all diese wilden Wochen und Monate gekommen, zusammen mit denen, die ihr anvertraut waren. Fast ist es ihr, als vollendete sich jetzt ihr Leben. Fast wünschte sie es sich. Die Strecke, die vor ihr liegt, erscheint ihr unendlich lang und banal: all das Kommende, das über dieses nun abgeschlossene Leben hinausreichen soll. Freya geht zu ihren Bienenstöcken.

Sie holt Helmuth James Graf von Moltkes Briefe hervor, die sie dort versteckt hat. Sie muss dreimal gehen. Es sind weit über tausend Briefe, die ihr ihr Mann in den Jahren ihrer Ehe geschickt hat. Sie liest sie nicht, jetzt nicht. Sie geht über die Wiesen und Felder. Sie ist hier nicht geboren, aber dies ist ihre Heimat. Das sanfte Wort: Heimat. Ein duftendes Weißdorngebüsch, darin gegen Abend der Gesang eines Vogels, der sich dem Auge verbirgt, ein schläfriger Ruf von der Veranda, die Dämmerung an der Seite des geliebten Mannes, die Teller sind abgeräumt und es bleibt lange hell, und im Westen steht am klaren Himmel der Abendstern. Die Nazis haben das Wort Heimat verhunzt und besudelt, wie sie alles besudelt haben, was sie berührt haben. Freya ist nicht hier geboren. Dennoch ist dies Freyas Heimat. Sie wird sie nun aufgeben. Sie wird eine andere Heimat finden.

Dann sind die Engländer zurück. Gero von Schulze-Gaevernitz ist gekommen, der Assistent und Vertraute von Allen Welsh Dulles, Chef des amerikanischen Geheimdienstes OSS in Europa. Einst hat Geros Vater mit Helmuth von Moltke und Eugen Rosenstock-Huessy im Kreisauer Schloss gesessen und erwogen, wie man den Waldenburger Arbeitern helfen könnte. Nun wird Waldenburg polnisch, ebenso wie Kreisau und Krainsdorf, das schlesische Gut der Familie Schulze-Gaevernitz im Glatzer Land. Freya hat gepackt. Sie ist bereit. In dieser Nacht schläft sie zum letzten Mal in dem Bett, das sie mit ihrem Mann geteilt hat. Am nächsten Morgen wacht sie auf. Sie weckt die Kinder. Sie macht das Bett. Einen Moment steht sie am Fenster ihres Schlafzimmers, aber nicht lange. Eine kühle, dünne Herbstsonne scheint. Es wird ein schöner Tag. Nach dem Frühstück spült Freya die Tassen ab. Sie stellt sie in das Abtropfgestell, mit der Öffnung nach unten.

So bleiben die Tassen stehen, während Freya mit den Kindern das Haus verlässt und zu Gero Schulze-Gaevernitz in den Wagen steigt. Der Wagen rollt den Berghaushügel hinunter, er rollt am Bahnhof vorbei, über die Peilebrücke, durch das Dorf und auf der Landstraße fort gen Westen. Kreisau bleibt zurück. Das Berghaus bleibt zurück, unverschlossen. Die Schlüssel liegen auf dem Tisch im Esszimmer.

Am 8. November 1945 besteigt Willy Brandt auf dem Osloer Flughafen Fornebu eine Kuriermaschine der britischen Luftwaffe. Er trägt eine norwegische Uniform, am Arm einen Streifen mit der Aufschrift War Correspondent: Er wird für norwegische und schwedische Zeitungen über den Nürnberger Hauptkriegsverbrecherprozess berichten. In Bremen betritt er zum ersten Mal seit 1936 wieder deutschen Boden.

Er schließt die Augen. Er öffnet sie wieder. Dies ist nicht

möglich. Dies ist nicht wahr, es kann nicht wahr sein. Dies ist eine furchtbare, höllische Vision.

Weihnachten 1945 haben sie in der Hortensienstraße gefeiert: Marion, Muto und das liebe Mariechen, das aus der Tschechei zurückgekehrt ist. Es war ein merkwürdiges Fest. Durch den nasskalten diesigen Abend ohne Schnee sind sie zu der Kirche gewandert, wo früher Hanns Lilje gepredigt hat. Der Pfarrer war neu, sie kannten ihn nicht. Mariechen hatte irgendwo einen Stallhasen aufgetrieben. Es gab frisch bezogene Betten, Kerzen auf dem Tisch. Marion war irritiert. Alles hier war vertraut-befremdlich, die abgeworfene Larvenhaut einer Libelle, die brüchig und tot die Form eines vergangenen Lebens konservierte. Marion musste wieder fort.

Sie ist zusammen mit Muto aufgebrochen, mit der sie nach all ihren Wanderungen zusammengeschweißt ist wie mit niemandem jemals seit Peter. Sie sind nach Kreisau zurückgekehrt.

Freya ist nicht mehr da. Aber sie schlafen im Bett einer jungen polnischen Bäuerin, die früher auf dem Hof für Freya gearbeitet hat und die sich sehr über den Besuch und die amerikanischen Strümpfe vom Berliner Schwarzmarkt freut. Am nächsten Morgen hält ein Auto vor der Tür. Polnische Miliz erscheint: Marion und Muto sind verhaftet.

Was nützt Marion nun der Zettel von der Berliner Stadtkommandantur, der auf Russisch bestätigt, dass ihr Mann und sie Opfer des Nationalsozialismus sind? Marion weiß nicht einmal, was man ihr und Muto vorwirft. Im Februar 1946 werden sie nach Breslau überstellt, ins Untersuchungsgefängnis, dann nach Warschau weitergeschafft. Durch Warschaus Trümmerberge ziehen die Kolonnen der deutschen Kriegsgefangenen, die aufräumen sollen, was sie angerichtet haben. Mit

Marion und Muto weiß man dort nichts anzufangen, und so treibt ein Milizionär sie wieder zum Bahnhof zurück. Der Zug nach Breslau ist überfüllt. Marion und Muto kauern nebeneinander, erschöpft und hungrig, schicksalsergeben wie alle, die zwischen den Fronten wandern. In Breslau sperrt man sie in eine fensterlose Zelle, wo das Regenwasser von der Decke tropft.

Und dort vergisst man sie nach und nach. Man gibt ihnen nicht mehr täglich zu essen. Man redet sie nicht mehr mit Namen an. Dies ist der tiefste Punkt. Dies ist die Talsohle: Hier gibt es keine Hoffnung mehr, nur Kälte und Bosheit, Läuse, Wanzen. Es gibt kein Fenster, und sie haben keine Uhren. Sie wissen nicht, ob es Tag ist oder Nacht. Sie wissen längst nicht mehr, welcher Tag es ist. Meist sitzen sie still beieinander und weinen. Manchmal weinen sie heftiger, lauter, dann weinen sie leiser. Dann öffnet sich die Tür, und man lässt sie frei.

Ein zweites Mal öffnet sich für Marion die Gefängnistür. Die Sonne scheint, die Luft ist erfüllt vom Duft eines weiteren Frühlings. Die Caritas hilft ihnen über die Oder zurück. Marion und Muto beziehen wieder die Hortensienstraße, wo Mariechen auf sie wartet, Muto arbeitet wieder als Ärztin. Marion ist einundvierzig Jahre alt. Sie beginnt nun ein neues Leben.

Sie wird dort anknüpfen, wo sie am 29. Juni 1929 aufgehört hat.

Es war der siebenundfünfzigste Geburtstag der Gräfin Sophie Yorck von Wartenburg. Die Geschwister hatten sich vollzählig im Gartensaal von Klein Oels versammelt. Peters jüngste Schwester Muto hatte Marions Stuhl an der Tafel bekränzt. Peters Bruder Hannusch hatte Marion mit einem Lorbeerkranz gekrönt: Am Vortag war sie zum Doktor der Rechte promoviert worden. Alle haben ihr applaudiert. Dann hat die Gräfin ihr den Lorbeerkranz vom Haar genommen, ihr einen Rosenkranz aufgesetzt und sie in der Familie willkommen geheißen: Marion war nun eine Braut.

Sie war Peters Frau. Sie ist Peters Witwe. Sie ist diesen Weg zu Ende gegangen. Nun wird sie den anderen der beiden Wege beschreiten, die an jenem Tag vor ihr lagen. Sie wird sich wieder der Juristerei zuwenden. Der Krieg ist vorbei.

4

Christel von Dohnanyi kommt nicht mehr zur Ruhe. Es hält sie nirgendwo, das Wandern kann nicht mehr enden, das Haus in Sacrow ist für immer verloren. Nie wieder wird sie mit Hans auf dem Steg stehen. Alles ist Trümmer und Dreck, alles ist verhunzt und beschmutzt und besudelt. Sie war in Sachsenhausen, sie hat Mithäftlinge ausfindig gemacht, sie hat bei den offiziellen Stellen geforscht. Keiner weiß etwas über Hans. Im Dezember 1945 schließlich hat Christine eine Todesanzeige aufgegeben.

Wir müssen es nun als eine Gewissheit hinnehmen, dass mein lieber Mann, unser guter Vater

Aber Christel kann keinen Schlussstrich ziehen. Worunter, unter ihr Leben? Sie hadert mit dem Datum des Kriegsendes. Es ging um Tage. Sie hadert mit den Männern des 20. Juli, mit den Alliierten. Hätten die Alliierten die KZs nicht schon vor der Kapitulation mit Fallschirmspringern besetzen können? Hätten sie nicht die armen Gefangenen retten können, die in den letzten Tagen ermordet wurden? Christel ist enttäuscht von den Rettern. Sie schreibt Ende 1945 an den Gouverneur der Alliierten in Berlin, ob er von der Situation der Deutschen in Hitlerdeutschland eigentlich eine Ahnung hat. Sie fragt an, wie es möglich ist, dass die Alliierten die Witwe Ernst von Harnacks aus ihrem Haus vertrieben haben, ebenso die Witwe von Goerdeler.

Wir Deutschen haben das Recht verwirkt uns zu beklagen, wir haben zu tragen, was wir über uns gebracht haben. Aber wer wie wir den Kampf gegen Hitler vom ersten Tag mitgekämpft hat, hat auch die Pflicht zu reden. Wir sprechen für unsere Toten, die den Krieg im Lager des Feindes mitgekämpft haben, weil sie hofften, dass das, wofür sie in Deutschland nicht leben konnten, sich mit dem Sieg der Alliierten der Verwirklichung nähern würde: ein Leben der Völker untereinander in Recht und christlicher Brüderlichkeit. Lassen Sie sie nicht nachträglich zu Verrätern in ihrem Lande werden. Denn das werden sie, wenn die Alliierten jetzt nicht diesen Geist der Brüderlichkeit und Nächstenliebe zeigen.

Christel hat keine Antwort erhalten. Wieder einmal hat das Ausland geschwiegen, wieder einmal den Widerstand ignoriert. Und den Deutschen ist wie immer alles egal. Deutschland blickt nicht zurück, es denkt nicht daran. Wofür also die Opfer? Die Deutschen haben die Stirn, sich jetzt alle miteinander als Opfer zu betrachten. Sind sie nicht bombardiert worden, haben sie nicht alles verloren in diesem Krieg, kann man nicht endlich einen Schlussstrich ziehen? Die Deutschen wollen nichts mehr von den Nazis hören. Sie sind es leid, sich als Mörder beschimpfen zu lassen, noch dazu von Verräterfrauen.

Vom Verräter frisst kein Rabe

Adolf Grimme, Günther Weisenborn und Greta Kuckhoff haben gleich nach dem Krieg Strafanzeige gegen Manfred Roeder erstattet. Das Verfahren ist von der Staatsanwaltschaft Lüneburg erst verschleppt und dann eingestellt worden. Staatsanwalt Hans-Jürgen Finck und seine Dienstvorgesetzten haben jeden Verdacht einer Rechtsbeugung des Beschuldigten Roeder verneint. Der Abschlussbericht vom 12. Mai 1951 kommt zu dem Ergebnis, die Angeklagten der Roten Kapelle seien allesamt mit Recht zum Tode verurteilt worden.

Landesverrat hat immer und zu allen Zeiten als das schimpflichste Verbrechen gegolten. Auch von der Gruppe des 20. Juli ist in umfassendem Maße Landesverrat und Spionage betrieben worden. Die Militäropposition hat ein ungeheures Maß von Schuld auf sich geladen. Andere deutsche Männer, die als Soldaten und in Verwaltung und Wirtschaft ihre Pflicht taten, würden es sicher mit Entrüstung abgelehnt haben, mit Männern wie Beck, Canaris, Oster, v. Dohnanyi auf die gleiche Stufe gestellt zu werden. Bei der Geheimen Staatspolizei handelte es sich um eine absolut normale Polizeiorganisation. Dagegen besteht die Mehrzahl der hier aufgetretenen Zeugen aus Menschen, die sich in einen maßlosen Hass gegen den nationalsozialistischen Staat hineingesteigert haben.

Der ›Stern‹ wird Roeder Gelegenheit geben, in einer vielteiligen Serie die Toten der Roten Kapelle zu verunglimpfen. Höhne wird im ›Spiegel‹ ohne Quellenkritik oder Quellenangabe aus den Verhören in der Prinz-Albrecht-Straße zitieren, als stellten die Gestapo-Protokolle die Männer und Frauen um Harro Schulze-Boysen und Arvid Harnack objektiv dar. Und Manfred Roeder wird als Mitglied der CDU stellvertretender Bürgermeister seiner Taunus-Gemeinde Glashütten werden.

Auch Fabian von Schlabrendorf, von 1967 bis 1975 Richter am Bundesverfassungsgericht, wird den Prozess gegen die Kapelle als rechtsstaatlich einwandfrei beurteilen. Er wird an der Verurteilung von Hilde Coppi, Eva-Maria Buch, Maria Terwiel oder Liane Berkowitz nichts Anstößiges finden können: Er vermisst an diesen Leuten das christlich-moralische Element. Vielleicht wird das ein wenig damit zu tun haben, dass zu seiner Kanzleigemeinschaft auch der ehemalige Präsident des 2. Senats des Reichskriegsgerichts Dr. Alexander Kraell gehört, Vorsitzender Richter im Prozess gegen die Rote Kapelle?

1956 bestätigt der Bundesgerichtshof die Urteile gegen Dohnanyi, Dietrich Bonhoeffer und Oster: Auch der NS-Staat hat ein Recht auf Selbstbehauptung besessen. Walter Huppenkothen wird nach Teilverbüßung einer kurzen Gefängnisstrafe durch Vermittlung des FDP-Abgeordneten und ehemaligen SD-Mannes Ernst Achenbach eine Tätigkeit als Wirtschaftsjurist antreten. Achenbach und Werner Best, der erst in einer Essener Rechtsanwaltskanzlei beschäftigt ist und ab 1953 als Rechtsberater des Stinnes-Konzerns in Mülheim an der Ruhr fungiert, werden dem ehemaligen SS-Brigadeführer und Vorgesetzten Eichmanns Franz Alfred Six die Möglichkeit vermitteln, Mitinhaber des C. W. Leske-Verlages in Darmstadt zu werden, wo unter anderen Rudolf Augstein publizieren wird, ebenso der ›Spiegel‹-Ressortchef Horst Mahnke, vor 1945 Alfred Six' Assistent, und so geht es weiter und weiter, während die DDR jahrzehntelang die üblichen Phrasen ausspuckt.

Opfermut der Helden im antifaschistischen Widerstand gegen den deutschen Imperialismus chauvinistische Kreise des Finanzkapitals Klassenkampf zwischen der Arbeiterklasse und der Monopolbourgeoisie rechnete die Schulze-Boysen-Harnack-Organisation in Flugschriften mit den volksfeindlichen Plänen jener rechten Oppositionellen ab, die zur Verschwörung des 20. Juli gehörten, ein Beispiel dafür, wie es der KPD gelungen ist, ihre Volksfrontpolitik zu verwirklichen, Kämpfer blieben bei allen Qualen und Folterungen ihrer Liebe zur Sowjetunion als Heimat des Sozialismus treu –

Nicht dass Christel das alles wüsste.

Sie weiß aber, es gibt keine Gerechtigkeit, auch jetzt nicht, auch nach dem Krieg nicht, es wird niemals Gerechtigkeit geben, und das Wissen ermordet ihr ihren Mann jeden Tag aufs Neue.

Verliere nicht den Glauben an die Gerechtigkeit!

Das hat sie Hans hundertmal geschrieben. Das war der Fehler. Hätte man doch auf diesen Glauben verzichtet. Christel ertrinkt in Bitterkeit und Kummer.

Sie ertrinkt in der Stille.

Sie weiß nicht, wohin mit sich, in der leeren Stille nach diesen langen wilden furchtbaren Jahren. Ihre Kinder finden sich hervorragend zurecht in der neuen Zeit. Christel hat das Gefühl, dass sie stört. Sie empfindet, dass sie ihre Kinder bedrückt. Christel ist ein Gummiband, das lange straff zwischen zwei Stühle gespannt war. Nun hat man die Stühle weggetragen. Der Durchgang ist frei, das Zimmer leer, und das Band liegt ausgeleiert am Boden. Christel wünschte, sie wäre an Hans' Stelle. Zu wissen, wofür man stirbt, ist doch eine sehr viel klarere Aufgabe, als nicht zu wissen, wofür man in verworrenen Zeiten lebt. Und war nicht vielleicht Walter mit seiner kurzen, geraden Lebenslinie ein glücklicher Mensch, der glücklichste von allen?

Er zielte und traf. Der Falke stürzte vor seine Füße. Er rannte, dann rannte auch Christel. Sie rannte quer durch den Wald, schneller und schneller, je weiter sie sich von dem Falken entfernte, sie kam auch voran. Zugleich war es ihr aber, als käme sie nicht von der Stelle. Es war, als würde sie nie wieder herausfinden aus der Welt des toten Falken, in die sie leichtsinnig einen Schritt hineingetan hatte und in deren Mitte sie nun gefangen bleiben würde wie in einer Blase: Und dann auf einmal lag vor ihr das Haus. Friedrichsbrunn lag vor ihr. Auf der Wiese spielten die Brüder Ball: Klaus, Dietrich. Jemand sang.

Über die Wellen gleitet der Kahn

Am 22. September 1946 wird Marion Yorck im Berliner Lustgarten eine Rede über die Kreisauer halten, auf einer Feier zu Ehren der Opfer des Faschismus. Professor Robert Havemann wird als Angehöriger der Widerstandsgruppe Europäische Union sprechen, Erich Wichmann für die Beppo-Römer-Gruppe, die Bildhauerin Ruthild Hahne für die Rote Kapelle und Änne Saefkow für die Saefkow-Jacob-Bästlein-Gruppe.

Räder müssen rollen für den Sieg,
Köpfe müssen rollen nach dem Krieg!

Ernst Rambow, der Bernhard Bästlein, Anton Saefkow, Julius Leber und Adolf Reichwein an die Gestapo verraten hat, lebt nicht mehr. Er ist von den Sowjets als Verräter verurteilt und hingerichtet worden.

In diesem Herbst 1946 wird Emmi Bonhoeffer erfahren, dass auch ihr geliebter Bruder tot ist. Justus Delbrück, Freund und Mitverschwörer Dohnanyis, Osters und Dietrichs aus dem Amt Ausland/Abwehr, ist schon 1945 an Diphtherie und Unterernährung gestorben, im russischen Umerziehungslager Lieberose bei Jamlitz, vor 1945 ein Außenlager des KZs Sachsenhausen. Und Horst von Einsiedel, Helmuth von Moltkes und Carl Dietrich von Trothas Freund und Mitstreiter seit den Tagen der Löwenberger Arbeitsgemeinschaft, wird am 25. Februar 1947 im sowjetischen Speziallager Nr. 7 auf dem Gelände des Konzentrationslagers Sachsenhausen ums Leben kommen.

Freya und die Söhnchen werden zu diesem Zeitpunkt Deutschland schon verlassen haben. Sie werden in Südafrika angekommen sein, wohin ihnen viele Mitglieder der Familie folgen. Freya ist der Abschied von Berlin schwergefallen. Aber die Söhnchen müssen essen, sie müssen zur Schule gehen, sie müssen ins Leben hineinwachsen. Freya wird in Südafrika eine Stelle als Fürsorgerin annehmen. Und sie wird die Briefe finden, die der jugendliche Helmuth einst seinen Großeltern geschrieben hat.

Ich fühle mich erstens Europa, zweitens Deutschland, drittens Ostdeutschland, viertens dem Land verpflichtet, wobei das Maß der Verantwortung mit zunehmender Ausweitung des Kreises schwächer wird.

Sie hört seine Stimme, in diesen Briefen. Sie fühlt seine Nähe. Sie lächelt: der lange Weg, den er gegangen ist und sie mit ihm. Am Ende hatten sich seine Wertigkeiten umgedreht, und verpflichtet fühlte er sich nur noch dem weitesten Kreis der Menschheit. Freya ist oft traurig. Oder nein, das ist so nicht richtig: Die Trauer ist eine dunkle Grundierung, auf der durchaus helle und fröhliche Figuren stehen können. Dies sind ihre Wanderjahre. Sie wird nicht für immer in Südafrika bleiben.

Nina Stauffenberg hat 1953 endlich wieder nach Hause gefunden. Im Januar 1945 hat die Gestapo sie erst in ein Entbindungsheim in einem ehemaligen Schloss der Familie Graf von Castell zu Castell-Rüdenhausen bringen lassen und dann in eine Privatklinik in Frankfurt an der Oder, wo Nina ihr Töchterchen zur Welt gebracht hat. Seit Sommer 1945 hat sie mit ihren Kindern wieder in Lautlingen bei Claus' Mutter gelebt, acht lange Jahre lang.

Acht Jahre lang war Nina ein Gast. Acht Jahre lang hat sie sich mit allen Kräften um nichts anderes bemüht als darum, ihr Elternhaus wieder bewohnbar zu machen und ihren Besitz zurückzuerhalten, den ihr die Nazis und die Besatzer gestohlen hatten. Sie hat eine umfassende Inventarliste der entwendeten Wertgegenstände erstellt, dann hat sie sich daran gemacht, Stück für Stück, Teller für Teller, Brosche für Brosche, Silberlöffel für Silberlöffel wieder aufzuspüren, in einem Karmeliterkloster, auf dem Schwarzmarkt, in ehemaligen SS-Dienststellen, in einem Luftschutzkeller zwischen Federbetten. Bei einem Bamberger Finanzamtsvorsitzenden hat sie signierte Grammophonplatten und ihren Jagdstock entdeckt, in der Scheune eines Dorfes die Manschettenknöpfe des Vaters. Und im Jahr 1948 hat sie sogar den Familienschmuck zurückerbeutet, der teilweise schon in Amerika gelandet war.

Das war wahrhaftig ein großes Wunder. Die Augen sind ihr schier übergegangen. Alles hatte zu ihr zurückgefunden: Ohrringe, Ringe, Ketten, ihr silbernes Besteck, die silberne Teekanne mit Zubehör, sogar das goldene Zigarettenetui des Schwiegervaters. Nun wird sicher auch die Mutter Ruhe in ihrem Grabe finden.

Anna Freiin von Lerchenfeld, geborene von Stackelberg, ist in der Gefangenschaft erkrankt und 1945 in Haft verstorben. Nina hat sie nicht mehr wiedergesehen. Die Mutter steht ihr aber oft vor Augen, mit ihren winzigen russischen Zigaretten, ihrer Schärfe, ihrem Witz, ihrem Eigensinn. Sie entstammte dem baltischen Adel. In Deutschland ist sie nie wirklich heimisch geworden, und bis zuletzt hat sie deutsch mit einem russischen R gesprochen. Nina selbst ist ja sogar noch im russischen Kowno geboren. An diese frühe Zeit hat sie natürlich keine Erinnerung mehr. Aber eine ganze Kindheit lang hat sie den eindringlichen Erzählungen ihrer Mutter gelauscht.

Eine ganze Kindheit lang hat sie sich nach der Kindheit der Mutter gesehnt: nach der Weite des Ostens, nach hellen Sommernächten ohne Finsternis, nach Buchweizengrütze mit Rahm und den Klängen der Zarenhymne. Und aus dieser Zeit stammen eben auch die Mondsteinketten, die Nina wieder aufgespürt hat.

Aus der Kindheit der Mutter stammen die Buchara-Teppiche, die Jabotnadel und natürlich die Perlenkette der Anna Iwanowna, das wichtigste Familienerbstück. Nun hat das alles wieder heimgefunden. Nina hat sich in ihrem Bamberger Elternhaus wieder genau so eingerichtet, wie alles früher einmal war. Als einzige Veränderung hat sie das Wappen der Grafen von Stauffenberg über der Tür anbringen lassen.

Sie wird nun ihr Haus nie wieder verlassen. Sie wird hier bleiben, rauchend, mit ihren Patiencen, umgeben von ihren Hunden, inmitten ihrer Dinge. Gelegentlich findet sie sogar noch immer einen Schatz. Erst neulich ist es ihr wieder gelungen, einem Antiquitätenhändler zwei Leuchten zu entwinden, die nachweislich Nina Stauffenberg gehören und auf widerrechtlichen Wegen in seinen Besitz gelangt sein müssen. Geldsorgen hat sie auch nie gehabt: Die Witwe Claus Stauffenbergs hat von Anfang an eine sehr großzügige Pension bezogen, im Gegensatz zu den Witwen der anderen. Und ist es nicht im Grunde ein Glück, dass der Staatsstreich gescheitert ist?

Ein Erfolg hätte doch nur zu Enttäuschungen geführt. Mit Sicherheit hätte es Gerangel gegeben, Streitigkeiten, Zerwürfnisse. Nina hadert nicht mit ihrem Schicksal. Sie ist zum Glück nicht der gefühlsselige Typus. Sie sieht es nüchtern: Claus hat versucht, Hitler umzubringen, das musste er wohl tun, er hat es getan, es ist das Letzte geblieben, was er getan hat, und so ist es am besten für ihn. Auf diese Weise ist es ihm doch erspart geblieben, als Verräter und Verschwörer angeprangert zu werden. Er hat es auch nicht erleben müssen, dass man ihn mit Kommunisten auf eine Stufe stellt, wie das zu Ninas bleibender Empörung bei den Gedenkveranstaltungen zum fünfzigsten Jahrestag des Attentats geschehen ist.

1997

So wie es ist, ist es immer am besten. Traurig ist es allerdings, dass Claus seine vielen Enkel und Urenkel nicht mehr kennengelernt hat. Claus hat ja sehr an seinen Kindern gehangen. Tatsächlich hat Nina es manchmal empfunden, dass Claus mit den Kindern langmütiger, ihnen womöglich inniger verbunden war als sie selbst. Oder er wäre es möglicherweise gewesen. Aber er war ja niemals zu Hause.

Im Nachhinein ist auch das allerdings günstig zu werten. So war Nina es jedenfalls von jeher gewöhnt, allein zu leben, allein zu entscheiden, allein ihr Leben zu gestalten. Und Claus lebt ja in den Kindern weiter, in seinen Enkeln und Urenkeln.

Hitler hatte geschworen, die Stauffenbergs auszurotten bis ins letzte Glied. Aber Nina und Claus haben dreiundvierzig Nachkommen. Und natürlich freut sich Nina immer sehr, wenn jemand aus der Familie sie besuchen kommt. Sie ist allerdings immer auch froh, wenn sie wieder gehen. Im Grunde ist sie am liebsten allein.

1947 bietet die wiedergegründete SPD Willy Brandt an, Vertreter des SPD-Parteivorstandes in Berlin zu werden. Willy ist zu diesem Zeitpunkt Presseattaché der norwegischen Militärmission. Er zögert nicht. Berlin ist voll Not und Elend und Kriminalität. Aber etwas wartet hier auf ihn, ruft ihn. Erinnert er sich, wie er 1933 mit neunzehn Jahren am Ufer des Oslofjords auf und ab ging und die leidenschaftliche Rede memorierte, die er bei seiner Rückkehr nach Deutschland, nach dem Sturz des Regimes, zu halten gedachte? Am 7. November 1947 schreibt er an den norwegischen Außenminister Halvard Lange.

Du sollst wissen, dass ich eigentlich keine Illusionen habe. Aber ich will versuchen dabei zu helfen, dass Deutschland nach Europa zurückgeführt wird. Es ist ziemlich sicher, dass ich Enttäuschungen erleben werde, vielleicht auch mehr als dies. Hoffentlich werde ich einer etwaigen Niederlage mit dem Gefühl begegnen, meine Pflicht getan zu haben.

Am 1. Juli 1948 wird Willy Brandt wieder deutscher Staatsbürger, zehn Jahre nach seiner Ausbürgerung. Ein anderes zerrissenes Band ist zu diesem Zeitpunkt längst geknüpft.

»Frau Leber. Mein Name ist Willy Brandt. Ich kannte Ihren Mann.«

Zusammen mit Willy Brandt wird Annedore Leber 1953 ihr erstes Buch herausgeben: ›Das Gewissen steht auf – 64 Lebensbilder aus dem deutschen Widerstand‹.

Arvid steht hier bei seinem Vetter Ernst von Harnack, Harro Schulze-Boysen bei den Scholls und bei Fritzi Schulenburg, bevor der Kalte Krieg sie trennt, sie nach Zeitgeschmack auseinanderreißt.

Charlotte von der Schulenburg hat Annedore Lebers Buch gelesen.

Sie arbeitet als Lehrerin am Internat Birklehof in Hinterzarten. Seit zwei Jahren erhält nun auch sie endlich eine Beamtenpension, die man der Witwe Freislers keinen Tag lang verweigert hat. Charlotte hat den Abschnitt über Fritzi natürlich zuerst gelesen. Sie glaubte erst, nicht richtig zu sehen,

Er schrieb in seinem Abschiedsbrief an seine Frau

Charlotte hat sich sofort mit Annedore in Verbindung gesetzt. Nun hält sie den Brief in den Händen. Es ist nicht das Original. Es ist eine Abschrift, mit Schreibmaschine.

Mein über alles geliebter Liebling,

Meine Gedanken waren am schwarzen 20.7. bei Dir und suchten Dich. Auch in den folgenden Wochen, wo ich beim Geheimen Staatspolizeiamt einsaß, habe ich täglich mit Dir

über die Ferne weg gesprochen und jedes meiner Kinder gestreichelt. Behalte mich so lieb wie ich Dich, ganz fest und vertraut wie von Urbeginn an
wie von Urbeginn an
wie von Urbeginn an

Die Stimmen werden leiser.

Aber sie verstummen nicht.

Greta Kuckhoff ist von den Russen aus dem Zuchthaus befreit worden. Sie hat die für die Entnazifizierung der Lebensmittelbetriebe zuständige Amtsstelle im Magistrat Berlin geleitet und ihren Sohn Ule wieder zu sich geholt. 1950 wird sie Präsidentin der Notenbank der DDR, 1958 tritt sie nach Konflikten mit der SED zurück, und fortan setzt sie sich als Vizepräsidentin des Deutschen Friedensrates der DDR, Mitglied des Weltfriedensrates und Präsidentin der Deutsch-Britischen Gesellschaft für die Völkerfreundschaft ein. Und lange noch, vielleicht bis zum Ende ihres Lebens, wird sie von Zeit zu Zeit einsam damit ringen, dass der letzte Brief Adam Kuckhoffs, geschrieben am Tag seiner Hinrichtung, ihr einen allerletzten Gruß versprochen hat.

Meine Greta!

Ich weiß, dass es schwerer für Dich ist, als wenn Du mit mir gegangen wärst, aber ich muss mich freuen, dass Du – ich hoffe es – bleibst: für den Sohn, für alles, was nur in Dir so lebendig ist, ich fühle es ganz klar voraus, ich weiß, »wie Du leben wirst« …

Es ist 3 Uhr, kurz bevor ich gehe, schreibe ich Dir den letzten Gruß.

Diesen Gruß hat sie nicht erhalten.

Dieses Abgebrochene ohne Unterschrift ist es, das immer

wieder quälend aus dunklen Bezirken in den hellen Tag hineintritt und ihr den Weg verstellt, so als müsste gerade dort etwas geschehen sein, was zu finden unumgänglich notwendig und doch für immer verloren ist.

Kommt ein Vogel geflogen,
setzt sich nieder auf mein Fuß,
hat ein Zettel im Schnabel

Landesarchiv, am Eichborndamm 115 in Norden Berlins. Er hält die Akte seiner Mutter in der Hand. Hilde Coppis Akte. Da ist das Gnadengesuch aus der Barnimstraße. Da die Auflistung ihrer Habe. Da ist der Fragebogen, ausgefüllt vor der Hinrichtung.

Familienname: Coppi geb Rake
Familienstand: verwitwet
Name des Ehemannes: Hans Coppi
Name(n) der/s Kinder/s: Hans Coppi

Mit acht Monaten war er Waise, mit achtzehn hatte er keine Großeltern mehr. Das Beste seines Lebens war der Anfang. Und dieser Anfang ist seinem Zugriff für immer entzogen. Es ist nicht so, dass es ihn ständig beschäftigen würde. Es überkommt ihn nur in bestimmten Momenten. Diese Momente allerdings nützen sich nicht ab. Sie werden nicht weniger überwältigend, im Laufe der Zeit: Dies ist etwas Unstillbares. Es sind oft Nächte, oder Momente wie Nächte, Momente der Leere, der Stille. Die Tage sind mit Gegenwart angefüllt bis zum Rand, auch mit den Anforderungen eines spät ergriffenen Berufs: Er hat erst mit fünfzig promoviert, im wiedervereinigten Deutschland.

Vater und Mutter war ihm die DDR. Wie deutsch das ist: Das Land als erweiterter Familienverband. Der Aufstand gegen diesen Verband, gegen die Toten, gegen den unbekannten

Heldenvater, der diesen Staat gewollt hatte, war völlig undenkbar. Es ließ sich nicht rebellieren. Er war Ingenieur.

Nun ist er Historiker. Dies ist der Puffer zwischen ihm und den wiederkehrenden Geschichten über die hingerichtete Mutter, den hingerichteten Vater. Dies ist die Knautschzone, die die Gegenwart schützt vor dem Aufprall, den er dennoch immer wieder erduldet, um nicht das wenige zu verlieren, was ihm trotz allem davon gehört.

Natürlich, im Krieg haben viele ihre Eltern verloren. Aber seine Eltern wurden ermordet. Sie waren gemeint. Seine Mutter war still, sanft, tapfer, ganz selbstlos: So ist sie ihm beschrieben worden. Er spricht oft mit ihr, sehnsuchtsvoll. Er sollte das Unabänderliche vergessen: Dieser Rat ist ihm gegeben worden. Er kann aber nicht vergessen, was er nicht erinnert. Was er nicht gesehen, aber erlebt hat, was er nicht erinnert, aber mit der Milch aus der Brust seiner Mutter eingesogen hat: den Tod. Die Liebe. Seine Mutter und ihre überwältigende, ihn ganz umfangende Liebe, die auf ihn und nur auf ihn konzentriert war in diesen ersten acht Monaten seines Lebens, als man sie leben ließ, damit sie ihr Kind nähren konnte. Dann nahm man ihr das Kind aus dem Arm. Er wurde fortgebracht, ohne es zu merken. Er wurde fortgebracht, ohne zu begreifen, was für ein Abschied das war.

Es ist nicht so, dass ihn das ständig beschäftigen würde. Es überkommt ihn nur in bestimmten Momenten, dass sich dieses versäumte Begreifen nicht nachholen lässt.

Kommt ein Vogel geflogen,
setzt sich nieder auf mein Fuß,
hat ein Zettel im Schnabel

Hannelore Thiel ist am 24. April 1945 von der Roten Armee aus dem Fabrikkommando Rathenow des KZ Ravensbrück befreit worden. Ihr Sohn Alexander war drei Jahre alt. Grauste es ihn ein wenig vor dieser fremden Frau mit ihren merkwürdigen Augen, ihren verhärmten Zügen? Wollte Oma Hannah das Kind nicht hergeben? Der Junge ist jedenfalls erst einmal bei seiner Großmutter geblieben. Hannelore hat einen Kommunisten geheiratet. Sie ist mit ihm von Schöneberg in den Ostteil der Stadt gezogen. Und dann kam der Mauerbau, und von da an sah sie ihren erstgeborenen Sohn nur noch bei seinen seltenen Besuchen.

Hannelore wird hinfort immer weinen, weinen und weinen. Sie wird Süßigkeiten essen, fett werden und weinen, sie wird ihrer Tochter Regine aus zweiter Ehe die Jugend vermiesen, das Leben womöglich.

Schscht, leise. Denk an deine Mutter. Sie hat so viel Schweres erlebt.

Schscht, leise. Denk an deinen Vater. Der arme Mann muss so hart arbeiten.

Das sind die Gesänge dieser Kindheit. Es ist eine Kindheit in tiefem Grau. Auf Regine liegt eine Last, ein schweres Leid. Dieses Leid ist das Leid ihrer Mutter. Es ist in Regine. Es gehört nicht zu ihr, aber sie muss es tragen. Am schlimmsten ist es am 13. Mai, dem Tag, an dem Fritz Thiel hingerichtet worden ist. Regine kennt Fritz Thiel nicht, wie sollte sie? Aber am 13. Mai fühlt sie, dass der Schatten niemals abzustreifen ist. Es gibt keine Rückkehr ins Land der Lebenden. Nur ist gar nicht Regine unter dem Schatten gegangen, sondern ihre Mutter. Vielleicht ist Regine ja verrückt. Vielleicht stimmt etwas nicht mit ihr. Eine Wand trennt sie von den anderen. Sie ist nicht normal. Sie kämpft oft mit Selbstmordgedanken, einsam hinter der Membran ihres Schmerzes, der der Schmerz ihrer Mutter ist.

Kommt ein Vogel geflogen,
setzt sich nieder auf mein Fuß,
hat ein Zettel im Schnabel

Annedore und Julius Lebers Tochter Katharina ist von Anfang an entschlossen gewesen, niemals zu werden wie ihre Mutter. Und das ist ihr auch gelungen. Katharina hat sich freigekämpft, aus dem mütterlichen Tal der Tränen. Sie ist der Mutter nicht böse, warum auch? Sie ist auch dem Vater nicht böse.

Aber sie wird sich nicht in Gefühlsstürmen verbrauchen. Sie hat eine Abneigung dagegen, sich auf etwas verpflichten zu lassen. Im Grunde ist es doch alles Wichtigtuerei. Karriere, Ehe, Mutterschaft: Große Worte, aber wozu sind sie gut? Und die Kinder gehen jedenfalls gern zur Oma. Katharina hat schließlich auch nicht eine ganze Kindheit lang an den Rockschößen ihrer Mutter gehangen. Zum Glück! Ohnehin war sie der Liebling des Vaters.

Der Vater hat Katharinas unabhängiges Wesen geliebt, ihren Optimismus. Katharina mag keine unnötigen Verwicklungen. Und welche Verwicklungen sind schon nötig? Sie muss sich doch nur ihren Bruder ansehen, den Sorgenjungen Matthias, den Liebling der Mutter, der wie unter Zwang immer wieder zu Annedore zurückkehrt.

»Sie soll mich in Ruhe lassen! Katharina, warum kann sie mich nicht einfach in Ruhe lassen!«

Soll er doch einfach nicht mehr hingehen! Der Bruder hat Psychologie studiert, dann Medizin. Er müsste nicht mit der Mutter leben. Er könnte allein leben, oder er könnte bei Katharina einziehen. Katharina hat immer ein freies Sofa. Oder sie könnte eine Matratze in die Wohnung legen.

»Bleib doch einfach hier. Geh doch nicht zu ihr. Geh doch nicht immer wieder zu ihr zurück.«

Aber er kann es nicht lassen. Er muss zurückkehren, um weiterzustreiten, weiterzuleiden, weiterzuhadern.

»Sag es mir, Mutter. Wozu hat er es getan? Mein Vater. Seine politischen Ideen kümmern niemanden mehr. Er hat versagt. Sie haben alle versagt. Sie haben ihr Leben weggeworfen, für nichts und wieder nichts. Warum? Warum ist er nicht bei uns geblieben und ein richtiger Vater gewesen? Und du, mit deinen ewigen Tränen, deinen ewigen Büchern. Warum lässt du mich nicht einfach in Ruhe? Du sollst mich in Ruhe lassen. Er soll mich in Ruhe lassen. Ihr sollt mich alle in Ruhe lassen.«

Annedore Leber hat ein weiteres Buch über den Widerstand verfasst, zusammen mit Freya Moltke, die 1956 nach Berlin zurückgekehrt ist.

Von 1954 bis 1962 ist sie Bezirksverordnete von Zehlendorf. 1963 wird sie Mitglied des Abgeordnetenhauses von Berlin. An einem Wintertag dieses Jahres kommt sie nach Hause und findet ihren Sohn tot. Matthias Leber hat sich in der Wohnung seiner Mutter erhängt.

Kommt ein Vogel geflogen,
setzt sich nieder auf mein Fuß,
hat ein Zettel im Schnabel

Erst 2003 liest Saskia von Brockdorff den Abschiedsbrief ihrer Mutter an sie, in der Gedenkstätte des Widerstands in der Bendlerstraße. Nicht die Nazis sind daran schuld. Saskias Vater Cay hat ihr den Brief vorenthalten, wie er ihr alles vorenthalten hat: Nach der Hinrichtung Erikas hat er Saskia von den Großeltern in Ostpreußen fortgeholt. Er hat sie aber nicht haben wollen. Er hat sie von einem Heim ins andere geschickt, von einem Internat ins andere gestoßen. Und er hat ihr die Mutter verschwiegen. Es gab keine Geschichten, keine Bilder, keine Erinnerungsstücke. Nur wenn der Vater sehr zornig war, wieder einmal sehr enttäuscht von Saskia, hat er ihr die Mutter als ewig unerreichbares Vorbild hingestellt. Saskia hat sich gesagt, dass sie ihre Mutter hasst.

Einmal hat sie beim Herumstöbern ein Foto gefunden. Das hat sie behalten und vor dem Vater versteckt.

Sie hat fast ein ganzes Leben gebraucht, um ihrer Mutter zu vergeben: Erika Brockdorff hat sich umbringen lassen. Sie hat Saskia verlassen. Sie war größer als Saskia, unerreichbar groß, und sie allein besaß die Liebe des Vaters. Aber Erika von Brockdorff wollte, dass ihre Tochter Saskia ihre Puderdose haben sollte.

Das steht in dem Abschiedsbrief. Eri hat im Gefängnis einen Pullover und eine Hose für ihre kleine Tochter gestrickt, in den langen eisigen Tagen, während sie auf ihr Urteil wartete. Auch das hat in dem Brief gestanden.

Und dann der Schmerz, den Vater nie gekannt zu haben. Kann man sich das vorstellen? Aber natürlich. So viele sind gestorben, ohne ihr Kind gesehen zu haben, an den Fronten ohnehin, aber eben auch in den Lagern, auch in den Hinrichtungsstätten.

Sie ist eines dieser Kinder, und eben dies: dass ihr Name nicht zu den großen, berühmten, allgemein bekannten Namen gehört, scheint ihr das Exemplarische an ihrer Geschichte zu sein.

Als Kind hat sie das alles von sich geschoben. Die Mutter war schwanger mit ihr, als der Vater ermordet wurde. Diese ganze Geschichte schien ihr die ihrer Mutter zu sein, und die Geschichte der Mutter war nicht ihre eigene. Aber das war natürlich nicht wahr. Das war eine Lüge. Selbsttäuschung. Die Toten begleiten die Lebenden. Sie kehren sporadisch zurück, immer wieder. Es ist eine Lebensphasenarbeit. Das nächste Mal wird es ihr vielleicht in zehn oder zwanzig Jahren geschehen: Sie wird mit nickendem Kopf im Altersheim sitzen und von damals erzählen, von alten Wunden und Wundern, die Sache ist die, dass der Vater ihr nie Gegenwart war.

Sie weiß von ihm nur, was man ihr erzählt hat. Sie kann sich nie fragen, was er heute tun würde, in dieser Welt. Was würde er heute von ihr erwarten? Sie weiß es nicht. Er hat in einer so ganz anderen Situation gedacht und gehandelt. Er hat sie ohne Handlungsanweisung zurückgelassen. Er war ihr nie Gegenwart, und zugleich war er ihr nie Vergangenheit. Er hat sie ja gar nicht gekannt. Sein Blick hat sie nie umfasst, seine kleine Tochter. Sie spürt das Fehlen dieses Blicks noch immer. Sie denkt manchmal, dass alles anders wäre, wenn es das gegeben hätte: dass sein Blick sie wenigstens einmal bemerkt, auf ihr geruht, sie liebend umfangen hätte.

Es gibt nur wenige Fotos von ihm. Auf einem davon hält er ihre Mutter im Arm, strahlend vor Glück. Der Vater ist darauf fünfundzwanzig. Er sieht ihr ähnlich. Er könnte ihr Bruder sein. Wenn sie ein Foto danebenlegt, das sie selbst im selben Alter zeigt, sind die Ähnlichkeiten ganz unverkennbar. Der Vater ist auf dem Foto nicht halb so alt, wie sie es heute ist. Er könnte ihr Sohn sein: der Sohn, den sie nicht hatte. Das ist das Erbe ihres Vaters. Das ist ihr Vater: die Zukunft, uneingelöst. Uneinlösbar.

Vom Dach des zerstörten Reichstags fliegt ein Schwarm Tauben auf.

Auf Kreisau blüht der Holunder.

Holunder treibt aus der verfallenden Schlossmauer, aus dem Geröll am Ufer des kleinen Flüsschens Peile, Holunder wächst am Berghaus, wo einst die Veranda stand. Holunder blüht lichtweiß am Berghügel, seine Blütendolden umschwärmt von Bienen. Und die Geschichte ist noch nicht zu Ende.

2007

Sie geht niemals zu Ende, wie sollte sie denn? 1965 ist Willy Brandt Außenminister geworden. Im Oktober 1967 hat er Georg Ferdinand Duckwitz als Staatssekretär in den aktiven Dienst zurückgeholt, der Helmuth Moltke als Retter der dänischen Juden zuvorgekommen ist. Duckwitz ist ein erklärter Gegner der Hallstein-Doktrin, die die Anerkennung der DDR durch Drittstaaten zu verhindern sucht. 1970 wird er als Verhandlungsführer der Bundesrepublik am Abschluss des Warschauer Vertrags beteiligt sein. Am Tag der Unterzeichnung des Vertrags wird Bundeskanzler Willy Brandt vor dem Ehrenmal der Helden des Warschauer Ghettos auf die Knie fallen, in der Empfindung, dass an diesem Ort der aufrechte Gang allein nicht genügt. Die Welt wird ihn im Folgejahr mit dem Friedensnobelpreis ehren.

Und hat Willy Brandt bei seiner Rückkehr nach Deutschland ahnen können, mit wie viel Hass und Misstrauen man ihm in seinem Heimatland begegnen würde? Hat er sich vorstellen können, wie viel Gift und kleinliche Boshaftigkeit man über ihn, den Emigranten und Kosmopoliten, den vom Nationalsozialismus ganz Unbefleckten, zu Hause ausschütten würde?

Ich will versuchen dabei zu helfen, dass Deutschland nach Europa zurückgeführt wird. Es ist ziemlich sicher, dass ich Enttäuschungen erleben werde, vielleicht auch mehr als dies. Hoffentlich werde ich einer etwaigen Niederlage mit dem Gefühl begegnen, meine Pflicht getan zu haben.

Nach dem Abschluss des Warschauer Vertrags, nach Brandts berühmtem Kniefall ist es polnischen Historikern erstmals möglich, nicht nur ausschließlich den vom Bruderstaat DDR gefeierten Widerstand kommunistischer Gruppen in Deutschland zu untersuchen. Angeregt durch die erste polnische Biografie über Dietrich Bonhoeffer beginnt Karol Jonca, Rechtshistoriker und Professor der Breslauer Universität, sich mit dem

Kreisauer Kreis zu beschäftigen. Und am 18. Mai 1976 besucht er Helmuth James von Moltkes jüngeren Sohn Konrad in Bonn.

Konrad von Moltke hat eine Tochter von Barbara und Hans Bernd von Haeften geheiratet. Er hat Mathematik am Dartmouth College und mittelalterliche Geschichte an der Universität München und der Universität Göttingen studiert. Er hat an der Universität von New York/Buffalo unterrichtet, als Mitglied des Verwaltungsrats dort sechs neue Studiengänge eingerichtet, darunter einen Studiengang der Umweltwissenschaften, er ist Honorarprofessor am Dartmouth College, Gastprofessor für Umweltwissenschaften an der Freien Universität Amsterdam, Senior Fellow am International Institute for Sustainable Development in Winnipeg und dem Institut für Nachhaltige Entwicklung und Internationale Beziehungen in Paris, er war zwischen 1976 und 1984 Gründungsdirektor des Instituts für Europäische Umweltpolitik in Bonn, Paris und London und von 1989 bis 1998 Herausgeber von ›International Environmental Affairs‹, einer Zeitschrift für Forschung und Politik.

Es geht ihm um politische Alternativen zur Lösung der europäischen Umweltprobleme. Es geht um die Beziehungen zwischen internationaler Wirtschafts- und Umweltpolitik, zugleich um den Fortgang der europäischen Einigung und um die essenzielle Rolle, die Nichtregierungsorganisationen als kleinen Gemeinschaften dabei zukommen muss. 1976 trifft Karol Jonca in Bonn Konrad von Moltke.

Und im Mai 1977 kommt Konrad nach Kreisau, mit seiner Frau, seinen vier Kindern und seiner Mutter Freya, die 1960 zu Helmuths Lehrer, dem Mitgründer der Löwenberger Arbeitsgemeinschaft Eugen Rosenstock-Huessy, nach Vermont gezogen ist und seitdem in Amerika lebt.

Wie düster ist diese Rückkehr: Das Schloss ist verfallen, das Berghaus beschädigt, die Veranda verheizt, die Gräber auf dem Kapellenberg sind geschändet. Wie beglückend ist diese Rückkehr nach einunddreißig Jahren. Wie wundervoll erscheint es Freya, in Polen, im polnischen Schlesien neue Freunde gefunden zu haben: So schreibt sie es Karol Jonca. Schlesien in Polen ist für sie neu erstanden. Das tote Land der Erinnerung hat sich ihr wieder belebt.

Von nun an kämpft sie um Kreisau. Natürlich nicht um Rückgabe des Gutes: Freya kämpft um den Geist von Kreisau, Seite an Seite mit Karol Jonca und einer Bürgerinitiative junger Polen, die Kreisau für sich entdeckt haben. Am 12. November 1989, in der Woche des Mauerfalls, feiern der erste frei gewählte polnische Ministerpräsident Tadeusz Mazowiecki und der deutsche Bundeskanzler Helmut Kohl auf Kreisau eine deutsch-polnische Versöhnungsmesse. Und neun Jahre später wird in Anwesenheit von Freya Moltke, Romai Reichwein und Clarita von Trott zu Solz auf dem wunderschön restaurierten Gut die Stiftung Kreisau eröffnet, als Gedenkstätte, Bildungsstätte, internationale Jugendbegegnungsstätte.

Ist die Hoffnung ein Schmetterling, der unversehrt aus den Flammen torkelt? Ist die Zukunft eine Maus mit einem sicheren Versteck tief unter den Ruinen?

Am 8. Mai 1961 ist im Jerusalemer Prozess gegen Adolf Eichmann, Leiter des Referats IV B 4 Auswanderung und Räumung des Reichssicherheitshauptamts in Berlin und zentral verantwortlich für die Deportation und Vernichtung der europäischen Juden, die Zeugin Rivka Yosselevscka aufgerufen worden. Nach Aufnahme der persönlichen Daten beginnt ihre Befragung über die Ereignisse an einem Sabbat im Jahr 1942, im Ghetto der kleinen polnischen Stadt Zagrodski.

Ich hatte meine Tochter auf dem Arm und rannte hinter dem Lastwagen her. Manche Mütter hatten zwei oder drei Kinder, die sie auf dem Arm hatten – und sie rannten hinter dem Lastwagen her. Wir sind den ganzen Weg gerannt. Manche sind gefallen. Wir durften ihnen nicht helfen. Sie wurden erschossen – auf der Stelle – wo sie fielen.

In seinem abschließenden Statement in der 111. Sitzung wird der Chefankläger Gideon Hausner noch einmal auf Rivkas Aussage zurückkommen.

Rivka Yosselevscka ist die Verkörperung all dieser furchtbaren Schrecken. Sie sah, mit ihren eigenen Augen. Sie lag bei den Toten, aber mit unfasslicher Kraft erhob sie sich aus dem Grab. Sie vereitelte den Plan des Bösen. Sie wollten sie töten, aber sie lebt. Sie wollten ihr Gedächtnis vom Antlitz der Erde tilgen, aber sie brachte Nachkommen auf die Welt … Rivka Yosselevscka symbolisiert die ganze jüdische Nation.

Im Publikum sitzt auch Hannah Arendt, 1937 von Deutschland ausgebürgert und seit 1951 amerikanische Staatsbürgerin, als Berichterstatterin für den ›New Yorker‹. Ihre Artikelserie über den Prozess gegen Eichmann wird eine Lawine öffentlicher und privater Schmähungen ihrer Person, ihrer Denkweise, ihres Stils, ihres Werks, ihrer Moral auslösen und 1963 erstmals als Buch erscheinen, unter dem Titel ›Eichmann in Jerusalem: A Report on the Banality of Evil‹.

In Deutschland wird der Piper Verlag Arendts Buch publizieren. Verlagsleiter bei Piper ist zu diesem Zeitpunkt Hans Rößner, der mit einer Arbeit über die geistige Verjudung des George-Kreises promoviert hat, ab 1938 als Referent in der Abteilung II/2 Weltanschauliche Gegnererforschung/Lebensgebietsmäßige Auswertung des Reichssicherheitshauptamtes in der Prinz-Albrecht-Straße unter Franz Alfred Six tätig war, ab 1939 das RSHA-Referat III C 3 Volkskultur und Kunst geleitet hat und 1944 zum SS-Obersturmbannführer befördert worden ist. Hannah Arendt wird davon bis zu ihrem Tod nichts erfahren.

Der Riss, der durch die Welt läuft, trennt nicht nur Opfer von Tätern, Gute von Bösen, Unterstützer von Gegnern, Schwarz von Weiß. Er verläuft im Zickzack, in tausend Sprüngen, nicht als Sprung, sondern als ein Geflecht von Sprüngen. Aber Deutschland ist vom Rest der Welt nicht durch einen Sprung, sondern durch einen Abgrund getrennt.

So empfindet es erschüttert Harald Poelchaus Lehrer und Freund Paulus Tillich. Etwas Satanisches ist in Deutschland geschehen. Die Kluft ist unermesslich, niemals mehr zu überbrücken. Die Welt ist in Deutschland untergegangen. Paulus Tillich findet die Welt nicht mehr, auch nicht in den Augen der Menschen.

Etwas ist über sie hinweggezogen, das mich auf immer von ihnen trennt.

Am 2. Juni, dem Pfingstsonntag 1963, weiht Paul Tillich die Dachlose Kirche von New Harmony ein. Er spricht über seine Entdeckung Robert Owens, als er nach dem 1. Weltkrieg in Deutschland die Geschichte des religiös begründeten Sozialismus studierte. Im Anschluss an den Gottesdienst zieht die Versammlung weiter zu der an die Kirche angrenzenden Parzelle. Hier hat Jane Owen die Anlage eines Parks vorgesehen, der Paul Tillichs Namen tragen soll. Tillich weiht an diesem Tag

diesen Park einer neuen Wirklichkeit, die überwindet, was entfremdet ist, und wiedervereinigt, was zusammengehört, in der Macht der Geistlichen Gegenwart.

Und wie ähnlich ist die Landschaft hier in Südindiana der im fernen Deutschland. Hannah Tillich lässt den Blick schweifen, während Paulus redet. Werden sie hierher zurückkehren, wenn Paulus' Park vollendet ist?

Am 12. Oktober 1965 wird Tillichs Abschlussvortrag über »Die Bedeutung der Religionsgeschichte für den Systematischen Theologen« von den Teilnehmern der Konferenz in Chicago mit einer stehenden Ovation gefeiert. Am nächsten Morgen gegen vier erleidet Paul Tillich einen Herzanfall. Er stirbt am Abend des 22. Oktober im Billing-Hospital der Universitätsklinik, kampflos und friedlich. Die Urne wird auf dem Friedhof von East Hampton auf Long Island beigesetzt, wo die Tillichs ein kleines Haus besitzen, als ländlichen Rückzugsort für den Mann, der über alles die großen Städte liebte. Aber ist dies der richtige Ort?

Hannah Tillich geht durch den Park mit Paulus' geliebten Bäumen. Sie sitzt an seinem Grab zwischen Heckenrosen. Hier hat er gelebt. Aber sollte er hier bestattet sein?

Hannah Tillich gräbt die Urne ihres Mannes wieder aus. Am Pfingstsonntag 1966 bei Sonnenaufgang wird seine Asche der Erde New Harmonys übergeben. Ein großer Gedenkstein soll hier gesetzt werden. Ein Schüler Henry Moores wird ihn anfertigen: Ralph A. Beyer, ein deutscher Emigrant, der auch die Inschriften in der wiederhergestellten Kathedrale des von den Deutschen zerbombten Coventry gemeißelt hat. Vielleicht wird er in den Wochen der Arbeit manchmal auch ein wenig in Tillichs Schriften blättern.

Die Weltgeschichte, die einer unbekannten Zukunft entgegenrollt, macht jeden Menschen zu etwas Vergangenem, und niemand erreicht das Zeitalter der Erfüllung, nach dem der Psalmist sich sehnt. Und so fragen wir wie alle Generationen vor uns: Ist Tragik mächtiger als Hoffnung? Besiegt die Vergangenheit die Zukunft?

Es ist früh am Morgen.

Sie sitzen am Strand und blicken über das Wasser. Der Himmel ist jetzt ganz klar: ein glänzender Morgenhimmel. Sie sprechen über Arvids neuesten Fund: New Harmony, eine kleine Siedlung in Indiana, wo der deutsche Radikalpietist Johann Georg Rapp und seine Anhänger nach einer neuen Form des Gemeinschaftslebens suchten, das auf den Prinzipien eines wahren Christentums außerhalb der Kirche basieren sollte. Sie versuchten das Reich Gottes vorauszunehmen: das Reich brüderlich-sozialer Versöhnung und vorbehaltloser Liebe. Zehn Jahre später hat Robert Owen die Siedlung gekauft. Auch ihm ging es um eine Erneuerung des Gemeinschaftslebens. Aber er wollte bei den Arbeits- und Produktionsbedingungen anfangen, und bei der Erziehung, die die Menschen von klein auf zur Vernunft bringen sollte.

»Er hatte einen Sohn«, sagt Arvid. »Robert Dale Owen. Der hat seine Ideen fortgeführt.«

»Ich glaube ganz fest, dass die Menschheit sich im Aufstieg befindet«, sagt Mildred. »Der Geist des Menschen kann alles schaffen. Seine Liebe wird die Welt immer mehr erfüllen und erleuchten, in jedem Bereich, und alles wird sich zum Besseren wandeln.«

»Das haben Sie schön gesagt«, sagt Arvid. »Ich finde es sehr schön, dass Sie sagen, es sei die Liebe, die die Welt wandeln wird. Aber vielleicht ist es doch eher die Vernunft? Die klare Erkenntnis des wünschenswerten Zustands. Wie sollte die Welt beschaffen sein? Das ist ja die größte aller Fragen. Es ist die Frage nach der Aufgabe der Menschheit.«

»Aber diese Frage kann man nur mit Liebe beantworten«, sagt Mildred. »Einander zu lieben ist doch das Vernünftigste, was man tun kann, und auf diesem Prinzip muss alles aufbauen.«

Arvid betrachtet sie begeistert.

»Wir haben uns dieselbe Aufgabe gestellt«, sagt er. »Und wir stehen damit nicht allein auf der Welt.«

I announce justice triumphant;

I announce uncompromising liberty and equality;

I announce the justification of candor, and the justification of pride;

I announce a life that shall be copious, vehement, spiritual, bold;

I announce a man or woman coming—perhaps you are the one

Himmel und Wasser sind im Morgenlicht von irisierendem Perlmutt, wie das Innere einer Seemuschel. Ein sanfter Wind weht. Mildred denkt mit einmal, dass sie Arvid heiraten wird. Sie denkt, dass Arvid sie heute küssen wird. Dass er sie heute fragen wird,

Willst du mich heiraten?

Und natürlich wird sie Ja sagen.

Ja, ja, ja, ja!

Sie muss tief Atem holen, als erhöbe sich etwas in ihr, das mehr Luft unter den Schwingen verlangt. Dies ist die Höhe, auf der sie fortan leben wird. Sie sieht Arvid an, von der Seite: das schon vertraute Profil, klar vor dem Morgenhimmel, den ernsten Mund, die geraden Brauen.

Camerado! This is no book;

Who touches this, touches a man;

It is I you hold, and who holds you;

I spring from the pages into your arms —

Arvid wendet sich ihr zu. Mildred hält ihm ihr Gesicht entgegen.

DANK

Für ihre frühe Begeisterung und Parteinahme für den Roman danken möchte ich zunächst Professor Dr. Manfred Görtemaker von der Universität Potsdam und Frank Griesheimer, weiterhin all den großartigen Leuten bei dtv, die daraus ein so schönes Buch gemacht und auch das Drumherum so gut gestaltet haben, und mit besonderer Wärme Bianca Dombrowa, die mit Kopf und Herz und von früh bis spät für den Roman und für seine Autorin da war, mitreißend, ideenreich und unermüdlich.

Zu wissen, dass Joachim Jessen von der Agentur Schlück das Skript am Ende in Empfang nehmen würde, hat mir schon während der Arbeit großen inneren Rückhalt gegeben. Und danach erst recht. Wie immer. Großen Dank.

Dass ich ohne die Bücher anderer Autoren, ohne die von ihnen herausgegebenen Briefsammlungen, die Erinnerungsbücher, Biografien und historischen Werke diesen Roman kaum hätte schreiben können, versteht sich von selbst. Ich habe ja keine bislang unbekannten Tatsachen aus den Archiven zutage gefördert, sondern mich ebenso dankbar wie freizügig aus bereits Vorhandenem bedient, das heißt, ich habe aus den Büchern anderer gelernt, ihnen Fakten entnommen, zitiert, diese Zitate kollagenartig gegeneinander gesetzt oder Zitate verschiedener Quellen ineinander verschränkt usw. Ich war dabei notwendigerweise bemüht, mir den Stoff soweit wie möglich zu eigen zu machen, in der Tat so sehr, dass ich zuletzt kaum oder gar nicht mehr auseinanderhalten konnte, was Eigenes war, was ich mir angeeignet hatte und was mir an Eigenem aus dem intellektuellen Eigentum anderer erwachsen war.

Mit der Hilfe von Brigitte Hellmann, der ich ebenfalls noch einmal für ihre Mühe danken möchte, habe ich hinterher versucht, das Gewebe sozusagen wieder aufzuribbeln und herauszufinden, wem ich konkret was verdanke. Die Literaturliste, die so entstanden ist, findet sich im ›Werkstattbericht‹, im Internet (www.wer-wir-sind.de) und als QR-Code am Ende dieses Romans. Sie enthält vielleicht nicht alles, was ich gelesen habe, aber doch, so hoffe ich jedenfalls, all jene Titel, aus denen ich zitiert oder auf die ich unmittelbar zurückgegriffen habe. Den Autoren und Herausgebern den ihnen gebührenden Dank, vor allem den Verfassern und Rechteinhabern der nachfolgend unter ›Quellen‹ genannten Titel. Sollte jemand übersehen worden sein, bitte ich um Verzeihung, es hat kein böser Wille dahintergestanden.

Ihren Weg zu mir genommen haben die Bücher im Übrigen meist über die Kanzlei meines Mannes. Dank deshalb für viel Schlepperei und Kopierdienste an Stephanie Sille, Claudia Schäftlein und Daniela Köhler, und Dank auch den MitarbeiterInnen der Landesbibliothek Coburg, insbesondere der hilfsbereiten und findigen Ulrike Leis.

Sicher habe ich die Langmut meiner Familie in diesen sechs Jahren manchmal stärker strapaziert, als man es mich hat spüren lassen. Für Alena und Philipp ist dieses Projekt ja zu einem Teil ihrer Jugendjahre geworden. Dass sie es nicht nur wohlwollend ertragen, sondern mit Interesse und großer Teilnahme begleitet haben, hat mich riesig gefreut, immer wieder überrascht und in meinem Tun bestärkt. Ich danke ihnen herzlich dafür, ebenso wie meiner Mutter, deren Erzählungen und Erinnerungen mich als Kind sehr gefangengenommen haben und bis heute beschäftigen. Wahrscheinlich gehören sie zu dem Bündel von Ursachen, warum ich dieses Buch schreiben wollte. Meine Mutter war auch die Erste, die die erste zusammenhängende Fassung des Romans gelesen hat, und ihre große Anteilnahme hat mich tief berührt.

Sechs Jahre sind eine lange Zeit, um sich mit einem einzigen Projekt zu beschäftigen. Geteilt hat diese Jahre mit mir mein Mann, Matthias Loßmann. Ihm möchte ich vor allen anderen danken – für die Gespräche, die Kilometer, die Tage und Abende, für seine Unterstützung, Klugheit und Geduld und am innigsten für das, wofür es sich gar nicht danken lässt: dass wir so miteinander leben, wie wir es eben tun.

QUELLEN

Die folgende Liste enthält nur die Quellentexte und Bücher, aus denen die Autorin mehr oder weniger direkt zitiert, Material entnommen hat oder denen sie viel Faktenwissen für ihre eigene Schöpfung verdankt. Die ausführliche Literaturliste findet sich im ›Werkstattbericht‹, im Internet (www.wer-wir-sind.de) und als QR-Code am Schluss dieses Buches. Autorin und Verlag danken allen Rechteinhabern für die freundliche Unterstützung und Genehmigung.

Albrecht, Richard: Der militante Sozialdemokrat Carlo Mierendorff 1897 bis 1943. Eine Biografie. Dietz Verlag, Berlin (Ost)/Bonn 1987

»Am Flüsschen bei der Brücke« (Liedtext) nach: http://www.kaikracht.de/balalaika/songs/vozl_txt.htm

Andresen, Geertje: Oda Schottmüller. Tänzerin, Bildhauerin und Nazigegnerin. © Lukas Verlag, Berlin 2006

Beck, Dorothea: Julius Leber. Sozialdemokrat zwischen Reform und Widerstand. Mit den Briefen aus dem Zuchthaus. Einleitung von Willy Brandt. © 1983, Wolf Jobst Siedler Verlag, München, in der Verlagsgruppe Random House GmbH

Behrend, Hans-Karl: Die »Rote Kapelle«. Widerstand gegen das NS-Regime. Eine Tochter berichtet (Saskia von Brockdorff). In: Zeit Zeugen Brief, Berlin, März 2007 (http://www.zeitzeugenboerse.de/_pdf/zzb_07/zzb_brief_0703.pdf)

Berdjajew, Nikolai: Die menschliche Persönlichkeit und die überpersönlichen Werte. Bermann Fischer Verlag, Wien 1938

Bethge, Eberhard: Dietrich Bonhoeffer. Theologe, Christ, Zeitgenosse. © 1993, Gütersloher Verlagshaus, Gütersloh, in der Verlagsgruppe Random House GmbH

Bethge, Eberhard u. a. (Hg.): Dietrich Bonhoeffer: Widerstand und Ergebung. Briefe und Aufzeichnungen aus der Haft. Dietrich Bonhoeffer Werke, Bd. 8. © 1998, Gütersloher Verlagshaus, Gütersloh, in der Verlagsgruppe Random House GmbH

Bethge, Eberhard/Müller, Ludwig/Schönherr, Albrecht (Hg.): Dietrich Bonhoeffer: Gemeinsames Leben. Das Gebetbuch der Bibel. Dietrich Bonhoeffer Werke, Bd. 5. © 1993, Gütersloher Verlagshaus, Gütersloh, in der Verlagsgruppe Random House GmbH

Bismarck, Ruth-Alice von/Kabitz, Ulrich (Hg.): Brautbriefe Zelle 92. Dietrich Bonhoeffer und Maria von Wedemeyer. © Verlag C. H. Beck, München 1993

Bontjes van Beek, Mietje: »Verbrennt diese Briefe!«. Verlag Atelier im Bauernhaus, Fischerhude 1998

Brakelmann, Günter: Der Kreisauer Kreis. Chronologie, Kurzbiographien und Texte aus dem Widerstand. © LIT Verlag, Münster 2003 (Schriftenreihe der Forschungsgemeinschaft 20. Juli 1944 e. V., Bd. 3)

Brandt, Willy: Links und frei. Mein Weg 1930–1950. © Hoffmann und Campe Verlag, Hamburg 1982

Browning, Christopher R.: Ganz normale Männer. Das Reserve-Polizeibataillon 101 und die »Endlösung« in Polen. Rowohlt Verlag, Reinbek 1994

Brysac, Shareen Blair: Mildred Harnack und die »Rote Kapelle«. Die Geschichte einer ungewöhnlichen Frau und einer Widerstandsbewegung. Scherz Verlag, Bern 2003

Coppi, Hans: Philipp Schaeffer – Orientalist, Bibliothekar, Widerstandskämpfer. In: Internationale wissenschaftliche Korrespondenz zur Geschichte der deutschen Arbeiterbewegung, Heft 3/2005, S. 366–386

Coppi, Hans/Andresen, Geertje (Hg.): »Dieser Tod passt zu mir«. Harro Schulze-Boysen – Grenzgänger im Widerstand. Briefe 1915 bis 1942. Aufbau Verlag, Berlin, überarb. u. aktual. Tb-Ausg. 2002

Coppi, Hans/Danyel, Jürgen/Tuchel, Johannes (Hg.): Die Rote Kapelle im Widerstand gegen den Nationalsozialismus. Edition Hentrich, Berlin 1994

Coppi, Hans/Tuchel, Johannes: Libertas Schulze-Boysen und die Rote Kapelle. Begleitheft zur Ausstellung. Gedenkstätte Deutscher Widerstand, Berlin 2004

Deichmann, Hans: Gegenstände. Deutscher Taschenbuch Verlag, München 1996

Dulles, Allen Welsh: Verschwörung in Deutschland. Schleben Verlag, Kassel 1947

Eulenburg, Thora von (Hg.): Libertas Schulze-Boysen: Gedichte und Briefe. Selbstverlag, o. O. 1952

Fechter, Paul: Menschen und Zeiten. Begegnungen aus fünf Jahrzehnten. Bertelsmann Verlag, Gütersloh 1948

Fest, Joachim C.: Staatsstreich. Der lange Weg zum 20. Juli. Siedler Verlag, Berlin 1994

Friedrich, Jörg: Der Brand. Deutschland im Bombenkrieg 1940–1945. © 2002 Propyläen Verlag in der Ullsteinbuchverlage GmbH, Berlin

Fürst-Ramdohr, Lilo: Freundschaften in der Weißen Rose. Verlag der Geschichtswerkstatt Neuhausen, München 1995. © Lilo Fürst-Ramdohr

Gaevernitz, Gero von (Hg.): Fabian von Schlabrendorff. Offiziere gegen Hitler (1946). Siedler Verlag, Berlin durchges. u. erw. Ausg. 1984

Gerbet, Klaus (Hg.): Generalfeldmarschall Fedor von Bock. Zwischen Pflicht und Verweigerung – Das Kriegstagebuch. © Verlag Herbig, München 1995
Geyken, Frauke: Freya von Moltke. Ein Jahrhundertleben 1911–2010. Verlag C.H.Beck, München 2011
Goedeking, Hans/Heimbucher, Hans/Schleicher, Hans Walter (Hg.): Dietrich Bonhoeffer, London 1933–1935. Dietrich Bonhoeffer Werke, Bd. 13. © 1994 Gütersloher Verlagshaus, Gütersloh, in der Verlagsgruppe Random House GmbH
Gollwitzer, Helmut/Kühn, Käthe/Schneider, Reinhold (Hg.): Du hast mich heimgesucht bei Nacht. Abschiedsbriefe und Aufzeichnungen des Widerstandes 1933–1945. Christian Kaiser Verlag, München 1952
Gostomski, Victor von/Loch, Walter: Der Tod von Plötzensee. Erinnerungen, Ereignisse, Dokumente 1942–1944. Bloch Verlag, Frankfurt a. M. 1993
Grabner, Sigrid/Röder, Hendrik (Hg.): Emmi Bonhoeffer. Bewegende Zeugnisse eines mutigen Lebens. © Lukas Verlag, Berlin 2003
Grabner, Sigrid (Hg.): Henning von Tresckow: Ich bin, der ich war. © Lukas Verlag, Berlin 2003
Griebel, Regina/Coburger, Marlies/Scheel, Heinrich: Erfasst? Das Gestapo-Album zur Roten Kapelle. Eine Fotodokumentation. Hg. in Verbindung mit der Gedenkstätte Deutscher Widerstand von audioscop, Halle 1992
Haase, Norbert: Das Reichskriegsgericht und der Widerstand gegen die nationalsozialistische Herrschaft. Katalog der Sonderausstellung der Gedenkstätte Deutscher Widerstand, Berlin 1993
Hachmeister, Lutz: Der Gegnerforscher: Die Karriere des SS-Führers Franz Alfred Six. Verlag C.H. Beck, München 1998
Haeften, Barbara von: »Nichts Schriftliches von Politik«. Hans Bernd von Haeften. Ein Lebensbericht. Verlag C.H. Beck, München 1997
Hardenberg, Reinhild Gräfin von: Auf immer neuen Wegen. Lukas Verlag, Berlin 2005
Harnack, Arvid: Die vormarxistische Arbeiterbewegung in den Vereinigten Staaten. Eine Darstellung ihrer Geschichte. Verlag G. Fischer, Jena 1931
Harnack, Gustav-Adolf von (Hg.): Ernst von Harnack. Jahre des Widerstands 1932–1945. Neske Verlag, Pfullingen 1989. © Verlag Klett-Cotta, Stuttgart
Hartmann, Christian: Wehrmacht im Ostkrieg. Front und militärisches Hinterland, 1941/42. © 2009 Oldenbourg Wissenschaftsverlag, München
Hassell, Ulrich von: Die Hassell-Tagebücher 1938–1944. Aufzeichnungen vom anderen Deutschland. Siedler Verlag, Berlin 1988. © Almuth von Hassell
Heilmann, Horst: Abschiedsbrief aus dem Gefängnis Plötzensee. © Deutsches-Historisches Museum, Berlin (Inventarnr. DO 71/149II)
Heinemann, Ulrich: Ein konservativer Rebell. Fritz-Dietlof Graf von der Schulenburg und der 20. Juli 1944. Siedler Verlag, Berlin 1990
Herrmann, Ingo (Hg.): Die Kreisauerin. Freya von Moltke. Gespräch mit Eva Hoffmann in der Reihe »Zeugen des Jahrhunderts«. Lamuv Verlag, Göttingen 1992
Himmlers Rede vor den Gauleitern am 3. August 1944. In: Vierteljahrshefte

für Zeitgeschichte, 1953, Heft 4 (http://www.ifz-muenchen.de/heftarchiv/1953_4.pdf)
Hoffmann, Peter: Claus Schenk Graf von Stauffenberg. Die Biographie. Pantheon Verlag, München 2007
Hoffmann, Peter: Claus Schenk Graf von Stauffenberg und seine Brüder. © 2004, Deutsche Verlags-Anstalt, München, in der Verlagsgruppe Random House GmbH. Textstellen im Roman: S. 1528, 1531, 1532, 1597, 1614, 1615, 1678, 1679; bei Hoffmann: S. 297, 299, 300, 395, 396, 399.
Institut für Marxismus-Leninismus beim ZK der SED (Hg.): Erkämpft das Menschenrecht. Lebensbilder und letzte Briefe antifaschistischer Widerstandskämpfer. Dietz Verlag, Berlin (Ost) 1958
Jarausch, Konrad H. / Arnold, Klaus J. (Hg.): »Das stille Sterben…«: Feldpostbriefe von Konrad Jarausch aus Polen und Russland 1939–1942. © Verlag Ferdinand Schöningh, Paderborn 2008
Jens, Inge (Hg.): Hans Scholl, Sophie Scholl. Briefe und Aufzeichnungen. © S. Fischer Verlag, Frankfurt a. M. 1984
Kardorff, Ursula von: Berliner Aufzeichnungen 1942–1945. Verlag C.H. Beck, München 1992
Kettelhake, Silke: »Erzähl allen, allen von mir!« Das schöne kurze Leben der Libertas Schulze-Boysen 1913–1942. Droemer Verlag, München 2008
Kime Scott, Bonnie (Hg.): Selected Letters of Rebecca West. Yale University Press, New Haven 2000
Krusenstjern, Benigna von: »daß es Sinn hat zu sterben – gelebt zu haben«. Adam von Trott zu Solz 1909–1944. Biographie. © Wallstein Verlag, Göttingen 2009
Kuckhoff, Greta: Vom Rosenkranz zur Roten Kapelle. Verlag Neues Leben, Berlin (Ost) 1978
Landzettel, Erich: Kriegstagebuch. © Deutsches Historisches Museum, Berlin (http://www.dhm.de/lemo/forum/kollektives_gedaechtnis/032/index.html)
Leber, Julius: Ein Mann geht seinen Weg. Schriften, Reden und Briefe. Herausgegeben von seinen Freunden. Mosaik Verlag, Berlin 1952
Leibholz-Bonhoeffer, Sabine: vergangen – erlebt – überwunden. Schicksale der Familie Bonhoeffer. © 2005 Gütersloher Verlagshaus, Gütersloh, in der Verlagsgruppe Random House GmbH
Livneh, Neri: »A woman called Zosha«. In: Haaretz, On Holocaust Martyrs and Heroes Day 2003 (http://www.zosha.info/index.php?p=1_1_A-woman-called-Zosha)
Löffler, Peter (Hg.): Bischof Clemens August Graf von Galen – Akten, Briefe und Predigten 1933–1946. Verlag Ferdinand Schöningh, Paderborn 2. Aufl. 1996. © Kommission für Zeitgeschichte, Bonn
Löhr, Sandra: »Auf der Suche – Nochmal Tochter«. In: WOZ – Die Wochenzeitung 16.10.2003 (zu Sophie Templer-Kuh und John Graudenz; http://www.woz.ch/archiv/old/03/42/6120.html)
Madelung, Eva/Scholtyseck, Joachim: Heldenkinder, Verräterkinder. Wenn die Eltern im Widerstand waren. Verlag C.H. Beck, München 2007

Majakowski, Wladimir: Wölkchen in Hosen. Übers. v. Alexander Nitzberg. © Engeler Verlag, Basel u.a. 2002
Meding, Dorothee von: Mit dem Mut des Herzens. Die Frauen des 20. Juli. Siedler Verlag, Berlin 1992
Meinl, Susanne: Nationalsozialisten gegen Hitler. Die nationalrevolutionäre Opposition um Friedrich Wilhelm Heinz. Siedler Verlag, Berlin 2000
Mierendorff, Carlo: Reichstagsrede vom 6. Februar 1931. In: Deutscher Reichstag. Stenographische Berichte über die Verhandlungen des Deutschen Reichstages, V. Wahlperiode, Bd. 444, Sp. 740–743
Moltke, Dorothy von: Ein Leben in Deutschland. Briefe aus Kreisau und Berlin 1907–1934. Eingel., übers. u. hg. v. Beate Ruhm von Oppen. © Verlag C.H. Beck, München 1999
Moltke, Freya von: Briefe an Harald und Dorothee Poelchau. In: Der Aquädukt 1763–1988. Ein Almanach aus dem Verlag C.H.Beck im 225. Jahr seines Bestehens. © Verlag C.H. Beck, München 1988
Moltke, Freya von: Erinnerungen an Kreisau 1930–1945. © Verlag C.H.Beck, München 1997
Moltke, Helmuth Caspar von/Moltke, Ulrike von (Hg.): Helmuth James und Freya von Moltke: Abschiedsbriefe Gefängnis Tegel. September 1944 – Januar 1945. © Verlag C.H. Beck, München 2011
Moltke, Helmuth James von: Briefe an Freya 1939–1945. Hg. v. Beate Ruhm von Oppen. © Verlag C.H. Beck, München 1988
Moltke, Helmuth James von: Im Land der Gottlosen. Tagebuch und Briefe aus der Haft 1944/45. Hg. von Günter Brakelmann. © Verlag C.H. Beck, München 2009
Müller, Stefan: Liebenberg – Ein verkauftes Dorf. Books on Demand 2003
Pallat, Gabriele/Reichwein, Roland/Kunz, Lothar: Adolf Reichwein – Pädagoge und Widerstandskämpfer. Ein Lebensbild in Briefen und Dokumenten. © Verlag Ferdinand Schöningh, Paderborn 1999
Paul, Elfriede: Ein Sprechzimmer der Roten Kapelle. Militärverlag der DDR, Berlin (Ost) 1981
Pejsa, Jane: Mit dem Mut einer Frau. Ruth von Kleist-Retzow. Matriarchin im Widerstand. Brendow Verlag, Moers 1999
Poelchau, Harald: Die letzten Stunden. Erinnerungen eines Gefängnispfarrers aufgezeichnet von Graf Alexander Stenbock-Fermor (1949). Verlag Volk und Welt, Berlin 1987
Poelchau, Harald: Die Ordnung der Bedrängten: Autobiographisches und Zeitgeschichtliches seit den zwanziger Jahren (1963). Verlag Hentrich & Hentrich, Berlin 2004
Petracca, Vincenzo: Predigt zu Hermann Stöhr (www.arche-heidelberg.de/predigten/stoehr.htm)
Roon, Ger van: Neuordnung im Widerstand. Der Kreisauer Kreis innerhalb der deutschen Widerstandsbewegung. Oldenbourg Verlag, München 1967
Rüthers, Bernd: Verräter, Zufallshelden oder Gewissen der Nation? – Facetten des Widerstandes in Deutschland. © Mohr Siebeck Verlag, Tübingen 2008

Sandner, Peter: Zeit der Gasmorde (zu Dietloff von Arnim-Rittgarten; http://www.lwv-hessen.de/files/266/Sandner_Verwaltung_4_Seite_332–510.pdf)
Schaefer, Kirstin A.: Werner von Blomberg. Hitlers erster Feldmarschall. Verlag Ferdinand Schöningh, Paderborn 2006
Scheel, Heinrich: Vor den Schranken des Reichskriegsgerichts. Mein Weg in den Widerstand. Edition q im Quintessenz Verlag, Berlin 1993
Schilde, Kurt (Hg.): Eva-Maria Buch und die Rote Kapelle. © Overall Verlag, Berlin 2. Aufl. 1993
Schlingensiepen, Ferdinand: Dietrich Bonhoeffer 1906–1945. Verlag C.H.Beck, München 2006
Schmidt, Fritz (Hg.): tusk – Versuche über Eberhard Koebel. © Verlag der Jugendbewegung, Berlin 2010
Scholl, Inge: Die weiße Rose. © S. Fischer Verlag, Frankfurt a.M. 1993
Schramm, Percy E./Jacobsen, Hans Adolf/Hillgruber, Andreas/Hubatsch, Walter (Hg.): Kriegstagebuch des Oberkommandos der Wehrmacht. Eine Dokumentation. Bernard & Graefe Verlag, Bonn 1961 ff.
Schulenburg, Tisa von der: Ich hab's gewagt. Bildhauerin und Ordensfrau – ein unkonventionelles Leben. Herder Verlag, Freiburg i.B. 1983
Schulze-Boysen, Harro: Gegner von heute – Kampfgenossen von morgen (1932). Fölbach Verlag, Koblenz 1994
Schulze-Boysen, Libertas: Gedichte und Abschiedsbrief. © Gedenkstätte Deutscher Widerstand, Berlin
Schumacher, Elisabeth: Abschiedsbrief. © Gedenkstätte Deutscher Widerstand, Berlin
Schuppener, Henriette: »Nichts war umsonst« – Harald Poelchau und der deutsche Widerstand. LIT Verlag, Berlin u.a. 2006 (Schriftenreihe der Forschungsgemeinschaft 20. Juli e.V., Bd.7)
Seitz, Hanns Hermann: Verlorene Jahre. © Weiland Verlagsbuchhandlung, Lübeck 1974
Selle, Irene (Hg.): Frankreich meines Herzens. Die Résistance in Gedicht und Essay. © Reclam Verlag, Leipzig 1987
Silex, Christoph: Kindheit (darin über seinen Großvater Dietloff von Arnim-Rittgarten; http://christoph-silex.blogspot.com/)
Simon, Gerd: Germanistik in den Planspielen des Sicherheitsdienstes der SS. Tübingen 1998 (über Hans Rößner; http://homepages.uni-tuebingen.de/gerd.simon/RoessnerEmigr.pdf)
Smid, Marikje: Hans von Dohnanyi – Christine Bonhoeffer. Eine Ehe im Widerstand. © 2002 Gütersloher Verlagshaus, Gütersloh, in der Verlagsgruppe Random House GmbH
Später, Erich: Villa Waigner. Hanns Martin Schleyer und die deutsche Vernichtungselite in Prag 1935–45. konkret texte 50, Hamburg 2009
Staff, Ilse (Hg.): Justiz im Dritten Reich. Eine Dokumentation. S. Fischer Verlag, Frankfurt a.M. 1978
Teller, Christine (Hg.): John Rittmeister: »Hier brennt doch die Welt.« Aufzeichnungen aus dem Gefängnis 1942–43. Gütersloher Verlagshaus, Gütersloh 1992

Tillich, Paul: Das Dämonische. Ein Beitrag zur Sinndeutung der Geschichte. In: Gesammelte Werke, Bd. VI. © Walter de Gruyter, Berlin 2. Aufl.1992
Tillich, Paul: Grundlinien des Religiösen Sozialismus. Ein systematischer Entwurf. In: Ausgewählte Texte. © Walter de Gruyter, Berlin 2008
Tillich, Paul (Hg): Kairos. Zur Geisteslage und Geisteswendung. In: Gesammelte Werke, Bd. VI. © Walter de Gruyter, Berlin 2. Aufl. 1992
Tillich, Paul: Der Mut zum Sein. In: Gesammelte Werke, Bd. XI. © Walter de Gruyter, Berlin 1991
Tödt, Ilse u.a. (Hg.): Dietrich Bonhoeffer: Ethik. Dietrich Bonhoeffer Werke, Bd.6. © 1992, Gütersloher Verlagshaus, Gütersloh, in der Verlagsgruppe Random House GmbH
Vermehren, Isa: Reise durch den letzten Akt. Rowohlt Verlag, Reinbek 1998
Vinke, Hermann: Cato Bontjes van Beek. »Ich habe nicht um mein Leben gebettelt«. Ein Porträt. Arche Verlag, Zürich/Hamburg 2003. © Tim Bontjes van Beek
Voit, Friedrich: Karl Wolfskehl. Leben und Werk im Exil. © Wallstein Verlag, Göttingen 2005
Wassiltschikow, Marie »Missie«: Die Berliner Tagebücher der Marie »Missie« Wassiltschikow 1940–1945. Siedler Verlag, München 1996
Weise, Niels: Reichskriminaldirektor Arthur Nebe – Dissident und Opportunist. In: Matthias Stickler (Hg.): Porträts zur Geschichte des Deutschen Widerstands. Marie Leidorf Verlag, Rahden 2005, S. 245–260
Weisenborn, Günther: Der lautlose Aufstand. Bericht über die Widerstandstätigkeit des deutschen Volkes 1933–1945. Rowohlt Verlag, Hamburg 1953
Weisenborn, Günther: Memorial. Reclam Verlag, Leipzig 1966
Weisenborn, Günther / Weisenborn, Joy: Einmal laß mich traurig sein. Briefe, Lieder, Kassiber 1942–1943. Arche Verlag, Zürich 1984
Welzer, Harald: Täter. Wie aus ganz normalen Menschen Massenmörder werden. © S. Fischer Verlag, Frankfurt a.M. 2006
Wildt, Michael: »Generation des Unbedingten«. Das Führungskorps des Reichssicherheitshauptamtes. Hamburger Edition, Hamburg 2002 (zu Hans Rößner und Hannah Arendt)
Wirth, Günther: Ausgeschlagene Chancen der Neuorientierung. Zwei Schriften aus dem Jahre 1948. In: UTOPIE kreativ, Heft 183 (Januar 2006), S.48–57 (zu Professor Friedrich Lenz; http://www.rosalux.de/fileadmin/rls_uploads/pdfs/Utopie_kreativ/183/183Wirth.pdf)
Yorck von Wartenburg, Marion Gräfin: Die Stärke der Stille. Erzählung eines Lebens aus dem deutschen Widerstand. © 1992 Diederichs Verlag, München, in der Verlagsgruppe Random House GmbH
Yosselevska, Rivka: Testimony at the Eichmann Trial. http://www.shoah.dk/Rivka/index.htm
Zechlin, Egmont: Erinnerungen an Arvid und Mildred Harnack. In: Geschichte in Wissenschaft und Unterricht 33, 1982, S. 395–404
Zimmermann, Peter: Theodor Haubach (1896–1945). Eine politische Biographie. Verlag Dölling & Galitz, München/Hamburg 2004

Eine ausführliche Quellen- und Literaturliste finden Sie im Internet unter www.wer-wir-sind.de oder hier:

NAME: Justus Jonas
FUNKTION: Erster Detektiv
FRAGEZEICHENFARBE: weiß
BESONDERE MERKMALE: das Superhirn der drei ???; Meister der Analyse und Wortakrobatik; erstaunlich schneller Schwimmer; zu Hause auf dem Schrottplatz von Tante Mathilda und Onkel Titus; zupft beim Nachdenken an seiner Unterlippe
IST FAN VON: Tante Mathildas Kirschkuchen und Denksport aller Art

NAME: Peter Shaw
FUNKTION: Zweiter Detektiv
FRAGEZEICHENFARBE: blau
BESONDERE MERKMALE: für körperliche Herausforderungen immer zu haben, dafür kein Ass in der Schule; großer Tierfreund; Spezialist für Schlösser aller Art, die seinem Dietrichset einfach nicht standhalten können; neigt zu Vorsicht und Aberglauben
IST FAN VON: schnellen Autos (insbesondere seinem MG), der südkalifornischen Sonne, so ziemlich jeder Sportart

Die drei
???®